O SENHOR DOS ANÉIS

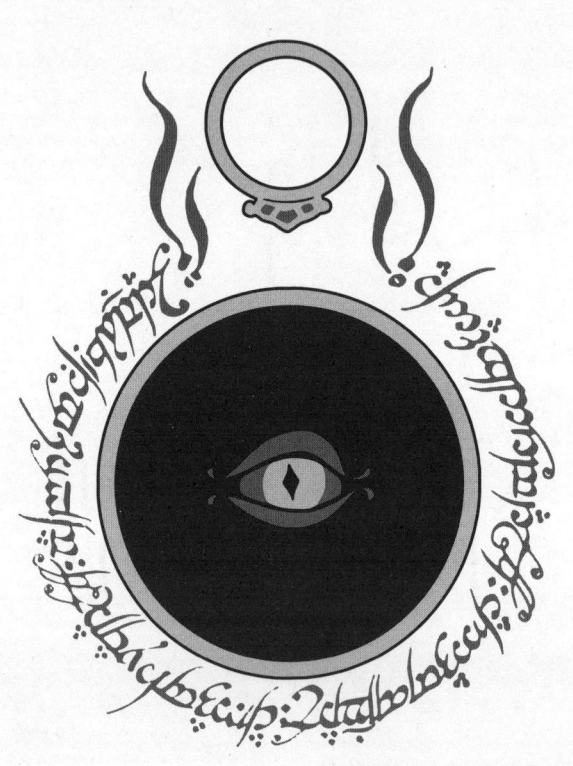

J.R.R. TOLKIEN

O SENHOR DOS ANÉIS

Tradução de
RONALD KYRMSE

Rio de Janeiro, 2022

Título original: *The Lord of the Rings*
Copyright© The Tolkien Estate Limited, 1954, 1966
Edição original por George Allen & Unwin, 1954
Todos os direitos reservados à HarperCollins *Publishers*.
Copyright de tradução© Casa dos Livros Editora LTDA., 2019

Esta edição é baseada na edição revisada publicada pela primeira vez em 2002, que é uma versão revisada da edição revisada publicada pela primeira vez em 1994.

Os pontos de vista desta obra são de responsabilidade de seus autores, não refletindo necessariamente a posição da HarperCollins Brasil, da HarperCollins *Publishers* ou de suas equipes editoriais.

®e TOLKIEN®, são marcas registradas de J.R.R. Tolkien Estate Limited.

Publisher	*Samuel Coto*
Editora	*Brunna Castanheira Prado*
Estagiárias editoriais	*Camila Reis e Laís Chagas*
Produção gráfica	*Lúcio Nöthlich Pimentel*
Preparação de texto	*Leonardo Dantas do Carmo*
Revisão	*Guilherme Mazzafera, Gabriel Oliva Brum, Daniela Vilarinho*
Diagramação	*Sonia Peticov*
Adaptação de capa	*Rafael Brum*

Dados Internacionais de Catalogação na Publicação (CIP)
(Câmara Brasileira do Livro, SP, Brasil)

Tolkien, J.R.R., 1892–1973

O Senhor dos Anéis: volume único / J.R.R. Tolkien; tradução Ronald Kyrmse. — Rio de Janeiro: HarperCollins Brasil, 2022.

Tradução de: *The Lord of the Rings*
ISBN 978-65-5511-424-9

1. Ficção inglesa I. Kyrmse, Ronald. II. Título.

21-86622   CDD: 823

Índices para catálogo sistemático:
1. Ficção: Literatura inglesa 823

Aline Graziele Benitez – Bibliotecária – RB-1/3129

HarperCollins Brasil é uma marca licenciada à Casa dos Livros Editora LTDA.
Todos os direitos reservados à Casa dos Livros Editora LTDA.
Rua da Quitanda, 86, sala 218 — Centro
Rio de Janeiro — RJ — CEP 20091-005
Tel.: (21) 3175-1030
www.harpercollins.com.br

Três Anéis para os élficos reis sob o céu,
  Sete para os Anãos em recinto rochoso,
Nove para os Homens, que a morte escolheu,
  Um para o Senhor Sombrio no espaldar tenebroso
Na Terra de Mordor aonde a Sombra desceu.
  Um Anel que a todos rege, Um Anel para achá-los,
  Um Anel que a todos traz para na escuridão atá-los
Na Terra de Mordor aonde a Sombra desceu.

Sumário

Nota sobre a Tradução	11
Nota sobre o Texto	15
Nota sobre a Edição do 50º Aniversário	23
Prefácio da Segunda Edição	27
Prólogo	31

A SOCIEDADE DO ANEL

LIVRO I

1. Uma Festa Muito Esperada	51
2. A Sombra do Passado	73
3. Três não é Demais	96
4. Um Atalho para Cogumelos	117
5. Uma Conspiração Desmascarada	130
6. A Floresta Velha	142
7. Na Casa de Tom Bombadil	156
8. Neblina nas Colinas-dos-túmulos	168
9. Na Estalagem do Pônei Empinado	182
10. Passolargo	196
11. Um Punhal no Escuro	209
12. Fuga para o Vau	230

LIVRO II

1. Muitos Encontros	251
2. O Conselho de Elrond	272
3. O Anel Vai para o Sul	305
4. Uma Jornada no Escuro	328
5. A Ponte de Khazad-dûm	354
6. Lothlórien	366
7. O Espelho de Galadriel	386
8. Adeus a Lórien	401

9.	O Grande Rio	414
10.	O Rompimento da Sociedade	429

AS DUAS TORRES

LIVRO III
1. A Partida de Boromir — 447
2. Os Cavaleiros de Rohan — 455
3. Os Uruk-hai — 479
4. Barbárvore — 496
5. O Cavaleiro Branco — 523
6. O Rei do Paço Dourado — 541
7. O Abismo de Helm — 561
8. A Estrada para Isengard — 578
9. Destroços e Arrojos — 595
10. A Voz de Saruman — 611
11. A Palantír — 623

LIVRO IV
1. A Doma de Sméagol — 639
2. A Travessia dos Pântanos — 657
3. O Portão Negro está Fechado — 673
4. De Ervas e Coelho Ensopado — 686
5. A Janela para o Oeste — 701
6. A Lagoa Proibida — 722
7. Jornada para a Encruzilhada — 733
8. As Escadarias de Cirith Ungol — 742
9. A Toca de Laracna — 756
10. As Escolhas do Mestre Samwise — 767

O RETORNO DO REI

LIVRO V
1. Minas Tirith — 787
2. A Passagem da Companhia Cinzenta — 814
3. A Convocação de Rohan — 832
4. O Cerco de Gondor — 847
5. A Cavalgada dos Rohirrim — 872
6. A Batalha dos Campos de Pelennor — 882
7. A Pira de Denethor — 893
8. As Casas de Cura — 901

9. O Último Debate . . . 915
10. O Portão Negro se Abre . . . 926

LIVRO VI

1. A Torre de Cirith Ungol . . . 939
2. A Terra da Sombra . . . 959
3. O Monte da Perdição . . . 977
4. O Campo de Cormallen . . . 993
5. O Regente e o Rei . . . 1003
6. Muitas Despedidas . . . 1018
7. Rumo ao Lar . . . 1033
8. O Expurgo do Condado . . . 1042
9. Os Portos Cinzentos . . . 1066

APÊNDICES

A. ANAIS DOS REIS E GOVERNANTES . . . 1077
   I. Os Reis Númenóreanos . . . 1077
   II. A Casa de Eorl . . . 1111
   III. O Povo de Durin . . . 1119

B. O CONTO DOS ANOS
   (CRONOLOGIA DAS TERRAS OCIDENTAIS) . . . 1131

C. ÁRVORES GENEALÓGICAS (HOBBITS) . . . 1150

D. CALENDÁRIOS . . . 1163

E. ESCRITA E GRAFIA . . . 1171
   I. Pronúncia de Palavras e Nomes . . . 1171
   II. Escrita . . . 1176

F. I. Os Idiomas e Povos da Terceira Era . . . 1187
   II. Da Tradução . . . 1194

ÍNDICE REMISSIVO . . . 1201

   I. Poemas e Canções . . . 1202
   II. Poemas e Frases em Idiomas que não a
      Fala Comum . . . 1203
   III. Pessoas, Lugares e Objetos . . . 1203

POEMAS ORIGINAIS . . . 1237

NOTAS SOBRE AS INSCRIÇÕES EM *TENGWAR* E EM RUNAS
E SUAS VERSÕES EM PORTUGUÊS . . . 1269

Nota sobre a Tradução

Nesta nova tradução de *O Senhor dos Anéis*, o leitor atento encontrará diversas diferenças em relação às versões anteriores publicadas em língua portuguesa — tanto no Brasil como em Portugal. Cumpre dizer que, de cerca de meio milhão de palavras que ela contém, não há uma só que não tenha sido sopesada e decidida. Ao contrário de tantas obras que surgem no mercado editorial, frequentemente traduzidas com critérios personalíssimos, às vezes discutíveis, este exemplar foi vertido para o português com o apoio de um conselho de tradução. Participaram dele tradutores acadêmicos, profissionais de edição e revisão e este amador que tem a seu favor o apreço pela obra tolkieniana e decênios de experiência com sua tradução e divulgação.

Os nomes próprios (antropônimos, topônimos, nomes de povos e raças) foram objeto de cuidado especial, com base em uma orientação que o próprio J.R.R. Tolkien nos legou, escrita à época em que *O Hobbit* e *O Senhor dos Anéis* começavam a ser vertidos nos idiomas europeus que eram linguisticamente mais próximos do inglês. Trata-se do *Guide to the Names in The Lord of the Rings* [Guia dos Nomes em O Senhor dos Anéis], que esmiúça muitas dessas palavras e evidencia suas etimologias, sua composição e — o mais importante — a intenção do autor acerca delas. Algumas, diz Tolkien, devem ser mantidas (por serem palavras-élficas, por exemplo); outras, vertidas à língua-destino da tradução; outras, ainda, adaptadas à fonologia desta. O resultado pode ser conferido por quem ler a presente tradução. Para estes, é importante ter em mente que, parafraseando Umberto Eco, traduzir não é um ofício matematicamente exato; consiste, isso sim, em dizer *quase a mesma coisa* em outra língua.

O Senhor dos Anéis é uma narrativa épica que envolve povos e culturas muito diversos, desde os rurais e burgueses Hobbits até os nobres descendentes dos Homens de Númenor, passando pelos cruéis e grosseiros Orques, pelos Elfos antiquíssimos e refinados, porém nostálgicos e conscientes de que seu tempo terminou; inclui também os Senhores-de-cavalos, de honra rude e inabalável, os Ents, sábios e "arvorescos", os Magos e mais... quem ler verá. Cada um desses grupos se comunica à sua maneira, e Tolkien — que posa de mero tradutor do *Livro Vermelho*, que remonta à própria Guerra do Anel — redige suas falas em inglês moderno, mas tomando o cuidado de manter os contrastes de tom, registro e refinamento linguístico. Visto que toda tradução deveria mostrar como seria a obra se ela tivesse sido originalmente composta na língua-destino (em nosso caso o português do Brasil), discutiu-se longamente o melhor modo de fazê-lo. O leitor verá, por exemplo, que os hobbits se tratam entre si por "você", no máximo por "o senhor", mas que os Elfos — em sua majestade quase inalcançável — são tratados por "vós". O pronome corriqueiro entre personagens de nível semelhante é o "tu". Outros artifícios foram usados para refletir o arcaísmo ou a coloquialidade do discurso e da nomenclatura, procurando causar no leitor de língua portuguesa uma familiaridade, ou um estranhamento, semelhante ao que sente o leitor do original.

Este romance contém dezenas de poemas e canções, alguns rimados — uma forma mais familiar aos nossos leitores — e outros aliterantes. Há peças de complexidade espantosa, como o poema sobre Eärendil que Bilbo recita em Valfenda. Ali, além das rimas no *final* dos versos pares, onde já são esperadas, ocorrem ainda inesperadas rimas *internas*, toantes, que interligam o fim dos versos ímpares com o interior dos seguintes. Esse esquema foi respeitado na tradução:

> *Eärendil was a mariner*
> *that tarried in Arvernien;*
> *he built a boat of timber felled*
> *in Nimbrethil to journey in;*
> *her sails he wove of silver fair,*
> *of silver were her lanterns made,*
> *her prow he fashioned like a swan,*
> *and light upon her banners laid.*

> *Eärendil foi um navegante*
> *errante desde Arvernien;*
> *buscou madeira pro navio*
> *em Nimbrethil e foi além;*
> *velas de prata ele teceu,*
> *o farol seu de prata fez,*
> *qual cisne a proa foi formada,*
> *e embandeirada a nau de vez.*

Esta "Balada de Eärendil" foi composta em um estilo que o próprio autor, aliás versificador habilíssimo, considerou extremamente desafiador, chegando a dizer que não pretendia mais escrever nenhum poema tão complexo. Escreveu vários, todos relacionados entre si.

Os poemas que poderão causar maior estranheza são os compostos em versos aliterantes, comuns na tradição germânica — anglo-saxã, alemã, nórdica —, mas extremamente incomuns em línguas românicas como o português. No entanto, esse modo de versificação apresenta um paralelismo com os versos rimados aos quais estamos mais afeitos. Uns e outros são como são porque eram originalmente (na Idade Média) declamados — não escritos — pelos menestréis ou bardos, que usavam recursos fonéticos para ligar os versos entre si e proporcionar aos ouvintes um sentido de continuidade. Simplificando: na poesia em rimas, normalmente são os sons *vocálicos* que se repetem entre um e outro *fim de verso*, enquanto que na aliteração são as *consoantes* que se repetem *dentro de um mesmo verso*. Essas consoantes são as que iniciam as sílabas tônicas de três palavras, canonicamente duas no primeiro hemistíquio (meio verso) e uma no segundo. Podem aliterar entre si formas surdas e sonoras da mesma articulação (*f* com *v*, ou *s* com *z*, por exemplo), e em português convenciona-se também aliterar *r* com *rr*, *l* com *lh*, *n* com *nh*. Ademais, qualquer vogal alitera com qualquer outra (e com *h*, nas línguas germânicas). Estes versos podem servir de exemplo dos dois modos:

A rima marca bem o fim do v<u>erso</u>
Pra que não fique o leitor disp<u>erso</u>.

Ali<u>t</u>eram as <u>t</u>ônicas   repe<u>t</u>indo os sons
Mas <u>u</u>mas às <u>o</u>utras   fazem <u>e</u>co as vogais.

Tolkien valeu-se de diversos esquemas rítmicos; ora, então deveria-se apenas acompanhar essa métrica na tradução. Contudo, o inglês tem muito mais palavras monossilábicas que o português, no qual basta conjugar um verbo no imperfeito para lhe acrescentar, normalmente, mais uma sílaba. Que fazer então? Recorrer a sinônimos mais curtos (quando existem e não são demasiado arcaicos ou eruditos); perder uma parte do sentido original (com uma furtiva lágrima); ou lançar-se num malabarismo prosódico, elidindo vogais aqui e ali na esperança de que o leitor — principalmente o que recita em voz alta! — perceba o que se espera dele? Ao contrário da tradição de língua portuguesa, que conta <u>sílabas</u> com rigor, o idioma inglês conta os <u>pés</u> dos versos: cada um destes é um conjunto de sílabas (uma tônica e várias átonas) que confere ritmo e melodia à leitura. Na tradução dos poemas de *O Senhor dos Anéis* foi dada preferência à contagem de pés, criando uma métrica que possibilite cantá-los, se o leitor quiser, com acompanhamento musical. Tom Bombadil fala praticamente só em versos brancos, cada um contendo dois pés, o que foi reproduzido nesta tradução:

NOTA SOBRE A TRADUÇÃO

Few *now re**mem**ber them, | yet **still** some go **wan**dering, | **sons** of for**got**ten kings | **walk**ing in **lone**liness, | **guard**ing from **e**vil things | **folk** that are **heed**less.*

Pou*cos já se **lem**bram deles, | mas al**guns** inda **va**gam, | **fi**lhos de olvi**da**dos reis | que **an**dam soli**tá**rios, | pro**te**gem de **se**res maus | **gen**te desa**ten**ta.*

Fazendo eco ao grande Eco[1], a tradução consiste em uma negociação em que, às vezes, o tradutor precisa admitir que perdeu o combate:

"Traduzir significa sempre 'cortar' algumas das consequências que o termo original implicava. Nesse sentido, ao traduzir *não se diz nunca a mesma coisa.*" [p. 107; grifo do autor]
    Existem perdas que poderíamos definir como absolutas. São os casos em que não é possível traduzir e, se casos do gênero acontecem, digamos, no curso de um romance, o tradutor recorre à *ultima ratio*, a de anexar uma nota de pé de página — e a nota em pé de página ratifica a sua derrota." [p. 109; grifo do autor]

Com todas essas restrições, o que se perde do texto original? Até que ponto é possível ler uma tradução — pois esse é o objetivo — da mesma maneira que se lê o original? O que restou do espírito de Tolkien neste *O Senhor dos Anéis* transmutado? Espero que o leitor de língua portuguesa possa apreciar, como em uma fotografia em preto e branco de um quadro multicor, um tanto daquilo que o autor quis transmitir. Pois isso foi muita coisa.

Ronald Kyrmse

---

[1] Eco, Umberto. *Quase a Mesma Coisa*. Rio de Janeiro: Record, 2014.

Nota sobre o Texto

O Senhor dos Anéis de J.R.R. Tolkien é muitas vezes chamado, erroneamente, de trilogia, quando se trata, na verdade, de um único romance que contém seis livros e mais apêndices e, às vezes, é publicado em três volumes.

O primeiro volume, *A Sociedade do Anel*, foi publicado na Grã-Bretanha pela empresa londrina George Allen & Unwin, em 29 de julho de 1954; uma edição estadunidense seguiu-se em 21 de outubro do mesmo ano, publicada pela Houghton Mifflin Company de Boston. Na produção desse primeiro volume, Tolkien experimentou o que para ele se tornou um problema contínuo: erros de impressão e enganos de composição, incluindo bem-intencionadas "correções" de seus usos às vezes idiossincráticos. Essas "correções" incluem a alteração de *dwarves* para *dwarfs*, *elvish* para *elfish*, *further* para *farther*, *nasturtians* para *nasturtiums*, *try and say* para *try to say* e ("pior de tudo" para Tolkien) *elven* para *elfin*.[1] Em uma obra como *O Senhor dos Anéis*, contendo idiomas inventados e nomenclaturas construídas com delicadeza, erros e inconsistências impedem ao mesmo tempo a compreensão e a apreciação dos leitores sérios — e Tolkien teve muitos leitores assim desde bem no início. Mesmo antes da publicação do terceiro volume, que continha muitas informações até então não reveladas sobre as línguas e os sistemas de escritas inventados, Tolkien recebeu muitas cartas de leitores escritas nesses sistemas, além de numerosas questões sobre os pontos mais detalhados de seu uso.

O segundo volume, *As Duas Torres*, foi publicado na Inglaterra em 11 de novembro de 1954 e nos Estados Unidos em 21 de abril de 1955. Enquanto isso, Tolkien trabalhava para cumprir uma promessa que fizera no prefácio do primeiro volume: que "um índice remissivo de nomes e palavras estranhas" seria publicado no terceiro volume. Conforme planejado originalmente, esse índice remissivo conteria muitas informações

---

[1] Trata-se em todos os casos de usos não padrão de palavras ou expressões inglesas, traduzíveis respectivamente por "anãos", "élfico", "além", "nastúrcios", "tentar dizer" e, novamente, "élfico". [N. T.]

etimológicas sobre os idiomas, especialmente sobre as línguas-élficas, com um grande vocabulário. O índice remissivo provou-se a principal causa do atraso da publicação do terceiro volume, que acabou não contendo índice remissivo nenhum, apenas um pedido de desculpas do editor por sua ausência. Pois Tolkien abandonara o trabalho nele depois de indexar o primeiro e o segundo volumes, acreditando que seu tamanho, e, portanto, seu custo, seria ruinoso.

O terceiro volume, *O Retorno do Rei*, finalmente foi publicado na Inglaterra em 20 de outubro de 1955 e nos Estados Unidos em 5 de janeiro de 1956. Com a edição do terceiro volume, *O Senhor dos Anéis* estava publicado inteiramente, e o texto de sua primeira edição permaneceu virtualmente inalterado por uma década. Tolkien fizera algumas pequenas correções, porém erros adicionais entraram em *A Sociedade do Anel* em sua segunda impressão, em dezembro de 1954, quando a gráfica, que desmontara a página de tipos móveis após a primeira impressão, recompôs o livro sem informar o autor nem a editora. Incluem-se aí deturpações do texto impresso original — isto é, palavras e frases que podem ser lidas aceitavelmente no contexto, mas que se afastam da redação de Tolkien como foi originalmente escrita e publicada.

Em 1965, devido ao que parecia então um problema de direitos autorais nos Estados Unidos, uma empresa estadunidense de brochuras publicou uma edição não autorizada, sem pagar direitos, de *O Senhor dos Anéis*. Para essa nova edição da Ace Books o texto da narrativa foi recomposto, introduzindo assim novos erros tipográficos; os apêndices, no entanto, foram reproduzidos fotograficamente da edição de capa dura e permaneceram consistentes com ela.

Tolkien pôs-se a trabalhar em sua primeira revisão do texto para que uma edição novamente revisada e autorizada pudesse competir com êxito no mercado americano. A primeira revisão do texto foi publicada nos Estados Unidos, em brochura, pela Ballantine Books, sob licença da Houghton Mifflin, em outubro de 1965. Além de revisões no próprio texto, Tolkien substituiu seu prefácio original por um novo. Ficou contente em remover o prefácio original; em sua cópia de conferência, escreveu a respeito: "confundir (como ele confunde) assuntos pessoais reais com o 'maquinário' do Conto é um erro sério". Tolkien também acrescentou uma extensão do prólogo e um índice remissivo — não o índice remissivo detalhado de nomes prometido na primeira edição, mas sim um índice remissivo despojado apenas com nomes e referências de páginas. Além disso, nessa época os apêndices foram amplamente revisados.

Tolkien recebeu suas cópias da edição da Ballantine no final de janeiro de 1966 e, no início de fevereiro, registrou em seu diário que tinha "trabalhado por algumas horas nos apêndices da versão da Ballantine e encontrado mais erros do que esperava inicialmente". Logo depois, enviou um pequeno número de revisões adicionais à Ballantine para constarem dos apêndices, incluindo o acréscimo, agora bem conhecido, de "Estella Bolger" como esposa de Meriadoc nas árvores genealógicas do Apêndice C. A maior parte dessas revisões, que entraram variadamente na terceira e quarta impressões (junho e agosto de 1966) do terceiro volume, e que nem sempre foram inseridas corretamente (causando assim confusão adicional no texto), por algum motivo jamais alcançaram a sequência principal de revisões na edição britânica de capa dura em três volumes e, por muito tempo, permaneceram como anomalias. Tolkien escreveu, certa vez, a respeito da revisão de *O Senhor dos Anéis*, que talvez negligenciara manter suas anotações em ordem; esse ramo errante da revisão parece ser, provavelmente, um exemplo dessa desordem — quer em suas anotações, quer na capacidade dos editores de segui-las com a maior exatidão.

O texto revisado apareceu primeiro na Grã-Bretanha em uma "segunda edição" de capa dura em três volumes da Allen & Unwin, em 27 de outubro de 1966. Mas outra vez houve problemas. Apesar de as revisões do próprio texto que Tolkien mandou aos Estados Unidos estarem disponíveis para serem usadas na nova edição britânica, suas extensas revisões dos apêndices se perderam após serem incluídas na edição da Ballantine. A Allen & Unwin foi forçada a recompor os apêndices usando a cópia que fora publicada na primeira edição da Ballantine. Isso não incluía o pequeno segundo conjunto de revisões que Tolkien enviara à editora americana; porém, mais significativamente, incluía um grande número de erros e omissões, muitos dos quais só foram descobertos muito tempo depois. Assim, nos apêndices, é necessário um exame detalhado do texto da primeira edição e das impressões da segunda edição, corrigidas muito mais tarde, para detectar se uma determinada alteração dessa edição é autoral ou errônea.

Nos Estados Unidos o texto revisado foi publicado em capa dura na edição de três volumes da Houghton Mifflin, em 27 de fevereiro de 1967. Esse texto foi evidentemente produzido em foto-offset a partir da capa dura em três volumes da Allen & Unwin, de 1966, e é, portanto, consistente com ela. À parte da primeira impressão dessa segunda edição da Houghton Mifflin, que traz a data de 1967 no frontispício, nenhuma das muitas reimpressões está datada. Após as impressões iniciais desta edição, que trazia uma nota de direitos autorais de 1966, a data de direito foi alterada para 1965 para concordar com o que dizia a edição da Ballantine. Essa alteração tem causado grande confusão aos bibliotecários e outros pesquisadores que tentaram organizar a sequência de publicação dessas edições.

Enquanto isso, Tolkien gastou boa parte do verão de 1966 com revisões adicionais do texto. Em junho, ficou sabendo que quaisquer outras revisões chegariam tarde demais para serem incluídas na segunda edição da

Allen & Unwin de 1966 e registrou em seu diário: "Mas estou tentando completar meu trabalho [nas revisões] — não posso abandoná-lo enquanto tenho tudo na mente. Tanto tempo foi desperdiçado em todo o meu trabalho por essa constante ruptura das meadas." Esse foi o último conjunto importante de revisões que o próprio Tolkien fez no texto durante sua vida. Elas foram acrescentadas à segunda impressão (1967) da segunda edição da Allen & Unwin, em três volumes de capa dura. As revisões propriamente ditas incluem mormente correções da nomenclatura e tentativas de consistência de uso em todos os três volumes. Algumas alterações menores foram feitas por Tolkien na edição de volume único de 1969, impressa em papel da Índia.

J.R.R. Tolkien faleceu em 1973. Seu terceiro filho e testamenteiro literário, Christopher Tolkien, enviou à Allen & Unwin grande número de correções adicionais de erros de impressão, especialmente dos apêndices e do índice remissivo, para serem usadas em suas edições de 1974. A maior parte dessas correções era tipográfica e alinhada com a intenção de seu pai, expressa em suas próprias cópias de conferência.

Desde 1974 Christopher Tolkien tem mandado correções adicionais, à medida que os erros vêm sendo descobertos, aos editores britânicos de *O Senhor dos Anéis* (Allen & Unwin, depois Unwin Hyman, e agora HarperCollins), que tentaram ser conscienciosos na tarefa impossível de manter a integridade textual em todas as edições de *O Senhor dos Anéis* que publicaram. No entanto, todas as vezes que o texto foi recomposto para publicação em novo formato (por exemplo, as várias edições em brochura publicadas na Inglaterra nas décadas de 1970 e 1980), enormes quantidades de novos erros de impressão se insinuaram, apesar de às vezes alguns desses erros terem sido observados e corrigidos em impressões posteriores. Ainda assim, ao longo desses anos, a edição britânica em capa dura e três volumes manteve a maior integridade textual.

Nos Estados Unidos, o texto da brochura da Ballantine permaneceu inalterado por mais de três décadas depois que Tolkien acrescentou suas poucas revisões em 1966. O texto de todas as edições da Houghton Mifflin permaneceu inalterado de 1967 até 1987, quando a Houghton Mifflin fez um foto-offset da edição britânica em capa dura e três volumes da época para atualizar o texto usado em suas edições. Nessas novas reimpressões foi acrescentado certo número de correções adicionais (supervisionadas por Christopher Tolkien), e o ramo desgarrado da revisão da Ballantine (incluindo a adição de "Estella Bolger") foi integrado ao ramo principal da descendência textual. Este método de correção envolveu um processo de corte-e-colagem com versões impressas do texto. Começando pela edição da Houghton Mifflin de 1987, uma versão anterior desta "Nota sobre o Texto" (datada de outubro de 1986) foi acrescentada a *O Senhor dos Anéis*.

Esta "Nota" foi retrabalhada três vezes desde então — a versão datada de abril de 1993 apareceu primeiro em 1994, e a versão datada de abril de 2002 saiu no final daquele ano. A presente "Nota" substitui e suplanta todas as versões anteriores.

Para a edição britânica de 1994 publicada pela HarperCollins, o texto de *O Senhor dos Anéis* foi transformado em arquivos de processamento de texto. Esta próxima etapa da evolução textual ocorreu para permitir maior uniformidade do texto em todas as edições futuras, mas, junto com ela, inevitavelmente, vieram novos problemas. Alguns novos erros de leitura entraram no texto, ao mesmo tempo em que outros foram corrigidos. No pior exemplo, uma linha da inscrição do anel, no capítulo "A Sombra do Passado" de *A Sociedade do Anel*, foi simplesmente omitida. Falhas imprevisíveis surgiram em outras edições quando o texto-base computadorizado foi transferido para programas de leiaute ou tipografia — por exemplo, em uma edição de *A Sociedade do Anel*, as duas frases finais de "O Conselho de Elrond" simplesmente e inexplicavelmente desapareceram. Tais falhas têm sido normalmente a exceção, não a regra, e, ademais, o texto tem mantido consistência e integridade por toda a sua evolução computadorizada.

A edição de 1994 também continha um certo número de novas correções (outra vez supervisionadas por Christopher Tolkien), bem como um índice remissivo de nomes e referências de página reconfigurado. O texto de 1994 foi primeiramente usado em edições americanas publicadas pela Houghton Mifflin em 1999. Um pequeno número de correções adicionais foi acrescentado à edição em três volumes de 2002, ilustrada por Alan Lee e publicada pela HarperCollins na Grã-Bretanha e pela Houghton Mifflin nos Estados Unidos.

A história textual de *O Senhor dos Anéis*, meramente na sua forma publicada, é uma trama vasta e complexa. Nesta breve nota forneci apenas um vislumbre da sequência e estrutura geral. Detalhes adicionais sobre as revisões e correções feitas ao longo dos anos no texto publicado de *O Senhor dos Anéis*, e um relato mais amplo sobre a história de sua publicação, podem ser encontrados em *J.R.R. Tolkien: A Descriptive Bibliography* [J.R.R. Tolkien: Uma Bibliografia Descritiva], de Wayne G. Hammond, com a assistência de Douglas A. Anderson (1993).

Para quem se interesse em observar a evolução gradativa de *O Senhor dos Anéis* desde seus primeiros rascunhos até a obra publicada, recomendo extremamente o relato de Christopher Tolkien, que consta de cinco volumes da sua série em doze volumes *A História da Terra-média*. Os volumes 6 a 9 contêm a maior parte de seu estudo acerca de "O Senhor dos Anéis: O Retorno da Sombra" (1988); "A Traição de Isengard" (1989); "A Guerra do Anel" (1990); e "Sauron Derrotado" (1992). Ademais, o livro final da série, "Os Povos da Terra-média" (1996), compreende a evolução do prólogo e dos apêndices de *O Senhor dos Anéis*. Estes volumes contêm um relato cativante, visto por cima do ombro, do crescimento e da composição da obra-prima de Tolkien.

O processo de estudar os manuscritos de *O Senhor dos Anéis* de Tolkien envolveu a decifração de versões em que Tolkien escreveu primeiro a lápis e depois a tinta, por cima do rascunho a lápis. Christopher Tolkien descreveu o método de composição do pai em "O Retorno da Sombra": "Na letra que usava para rápidos rascunhos e esboços, em que a intenção não era que durassem muito tempo antes que ele retornasse a eles e desse-lhes forma mais manejável, as letras são formadas tão frouxamente que uma palavra que não possa ser deduzida ou adivinhada pelo contexto, ou por versões posteriores, pode demonstrar-se perfeitamente opaca após longo exame; e nos casos em que ele usava um lápis macio, como costumava fazer, muita coisa se tornou borrada e fraca." A verdadeira dificuldade em ler tais duplos rascunhos pode ser observada no frontispício de "A Guerra do Anel", que reproduz em cores a ilustração da "Toca de Laracna" de Tolkien, tirada de uma página de seu manuscrito. Olhando muito de perto o apressado rascunho a tinta que ladeia a ilustração, pode-se ver por baixo dele o rascunho a lápis, anterior e mais apressado. Também em "A Guerra do Anel", Christopher Tolkien reproduz uma página do primeiro manuscrito do capítulo "A Doma de Sméagol", e o texto impresso correspondente a ela está espelhada na edição. Fica-se estupefato que alguma pessoa seja capaz de decifrar tais textos.

Deixando de lado essa dificuldade, o que exatamente estes livros significam para leitores comuns e para estudiosos de Tolkien? E qual é "a história da composição" de um livro? Simplesmente esses volumes mostram em grandes detalhes a evolução da história de *O Senhor dos Anéis* desde seus primeiríssimos rascunhos e projeções apressadas até sua consecução. Vemos nos materiais mais antigos algo que é em grande parte um livro infantil, uma continuação de *O Hobbit*, e, à medida que a história cresce em várias "fases", ocorre um incremento de seriedade e profundidade. Vemos ramos alternativos de desenvolvimento, a gradativa amálgama e fusão de certos personagens e o lento surgimento da natureza dos anéis e das motivações de outros personagens. Algumas dessas ideias variadas são abandonadas por completo, enquanto outras são retrabalhadas em formas variantes que podem ou não sobreviver na versão final.

Seria possível montar todo um catálogo de bocados interessantes do estudo de Christopher Tolkien — como o fato de que Passolargo era chamado de Troteiro até uma fase bem tardia da composição do livro; de que Troteiro foi por certo tempo um hobbit, chamado assim porque usava sapatos de madeira; de que, em certo ponto, Tolkien considerou um romance entre Aragorn e Éowyn; de que Tolkien escreveu um epílogo do livro, amarrando pontas soltas, mas este foi abandonado antes da publicação (e agora aparece em "Sauron Derrotado"); e assim por diante. Mas esses desenvolvimentos são mais bem apreciados se forem lidos dentro do contexto do comentário de Christopher Tolkien, e não discutidos separadamente.

A realização mais significativa destes volumes é que eles nos mostram como Tolkien escrevia e pensava. Em nenhum outro lugar vemos o próprio processo autoral em ação com tantos detalhes. Os mais apressados comentários de Tolkien sobre o rumo que a história poderia tomar, ou as razões por que pode ou não pode continuar desta ou daquela maneira — estas questões para ele mesmo foram escritas: Tolkien está literalmente pensando no papel. Isso confere uma dimensão adicional de compreensão ao comentário que Tolkien fez a Stanley Unwin numa carta de 1963, dizendo que, com problemas no ombro e no braço direito, "percebi que não ser capaz de usar uma caneta ou um lápis é para mim tão frustrante quanto a perda do bico seria para uma galinha". E nós, como leitores desses volumes, podemos compartilhar com o próprio Tolkien a admiração e a perplexidade com novos personagens que aparecem como que do nada, ou de alguma outra mudança ou evolução repentina, no momento mesmo em que emergem na história.

Não conheço nenhum outro exemplo na literatura em que temos tal "história da composição" de um livro, contada mormente pelo próprio autor, com todas as hesitações e trilhas falsas expostas diante de nós, organizadas, comentadas e servidas ao leitor como um banquete. São-nos exibidos inúmeros casos no mais miúdo detalhe do próprio processo mental em ação. Vemos o autor totalmente absorto na criação como fim em si mesmo. E isso é ainda mais excepcional porque essa é uma história não apenas do desdobramento de uma história e seu texto, mas da evolução de um mundo. Há uma imensidão de material adicional além do simples texto narrativo. Há mapas e ilustrações. Há línguas e sistemas de escrita, e as histórias de povos que falavam e escreviam nesses sistemas. Todos esses materiais adicionais acrescentam múltiplas dimensões de complexidade à nossa apreciação do próprio mundo inventado.

Após cinquenta anos de vida publicada de *O Senhor dos Anéis*, parece-me extraordinário que tenhamos não somente uma obra de literatura tão magistral, mas também, como acompanhamento, um relato sem paralelo de sua composição. Nossa gratidão como leitores vai para ambos os Tolkiens, pai e filho.

Douglas A. Anderson
maio de 2004

Nota sobre a Edição do 50º Aniversário

Nesta edição de *O Senhor dos Anéis*, preparada para o quinquagésimo aniversário de sua publicação, foram feitas de trezentas a quatrocentas retificações, em seguida a uma exaustiva revisão de edições e impressões passadas. O presente texto se baseia na composição da edição em capa dura da HarperCollins, publicada em 2002 em três volumes, que por sua vez foi uma revisão da edição recomposta da HarperCollins de 1994. Como Douglas A. Anderson comenta na "Nota sobre o Texto" precedente, cada uma dessas edições foi corrigida por sua vez, e cada uma também introduziu novos erros. Ao mesmo tempo, outros erros sobreviveram indetectados, entre eles cerca de cinco dúzias que entraram no remoto ano de 1954, quando foi recomposta *A Sociedade do Anel* e publicada como "segunda impressão".

Tolkien jamais ficou sabendo que a gráfica silenciosamente recompusera *A Sociedade do Anel* e que exemplares haviam sido liberados sem que o autor tivesse lido as provas; e seu editor, Rayner Unwin, só foi informado disso trinta e oito anos após o fato. Tolkien encontrou algumas das mudanças não autorizadas introduzidas na segunda impressão quando (provavelmente ao preparar a segunda edição em 1965) leu um exemplar da décima segunda impressão (1962), mas pensou que os erros fossem recentes. Estes, entre outros, foram corrigidos no decorrer da reimpressão. Então, em 1992, Eric Thompson, um leitor com olho aguçado para detalhes tipográficos, notou pequenas diferenças entre a primeira e a segunda impressões de *A Sociedade do Anel* e chamou a atenção dos então editores para elas. Cerca de um sexto dos erros que entraram na segunda impressão foram revelados rapidamente. Muitos mais foram revelados só recentemente, quando Steven M. Frisby usou engenhosos subsídios ópticos para fazer uma comparação entre exemplares de *O Senhor dos Anéis* com maior detalhe do que fora conseguido antes. Fizemos uso de bom grado dos resultados do Sr. Frisby, que ele generosamente compartilhou e discutiu.

No decorrer de sua história de cinquenta anos, *O Senhor dos Anéis* teve muitos leitores assim, que registraram mudanças feitas entre suas várias publicações impressas, tanto para documentar o que ocorreu antes como para auxiliar na consecução de um texto autorizado. Erros ou possíveis erros foram relatados ao próprio autor ou a seus editores, e informações sobre a história textual da obra circulavam entre entusiastas de Tolkien já em 1966, quando Banks Mebane publicou seus "Prolegomena to a Variorum Tolkien" [Prolegômenos a uma Edição Crítica de Tolkien] no fanzine *Entmoot*. Mais notavelmente, em anos posteriores, Douglas A. Anderson esteve na vanguarda dos esforços para obter um texto preciso de *O Senhor dos Anéis* (e de *O Hobbit*); Christina Scull publicou "A Preliminary Study of Variations in Editions of *The Lord of the Rings*" [Um Estudo Preliminar de Variações em Edições de *O Senhor dos Anéis*] em *Beyond Bree* (abril e agosto de 1985); Wayne G. Hammond compilou extensas listas de alterações textuais em *J.R.R. Tolkien: A Descriptive Bibliography* [J.R.R. Tolkien: Uma Bibliografia Descritiva] (1993); e David Bratman publicou um importante artigo, "A Corrigenda to *The Lord of the Rings*" [Uma Errata de *O Senhor dos Anéis*], no número de março de 1994 de *The Tolkien Collector*. As observações de Dainis Bisenieks, Yuval Welis, Charles Noad e outros leitores, mandadas a nós diretamente ou postadas em fóruns públicos, também foram úteis.

Esforços como estes seguem o exemplo do autor de *O Senhor dos Anéis* durante sua vida. Sua preocupação com a precisão textual e a coerência de sua obra fica evidente pelas muitas emendas que fez em impressões posteriores e pelas notas que fez para outras emendas que, por um ou outro motivo, até agora não foram efetivadas (ou foram apenas parcialmente). Mesmo no fim da vida, quando tais labutas o deixavam exausto, seus sentimentos eram claros. Em 30 de outubro de 1967, escreveu a Joy Hill, da George Allen & Unwin, a respeito da pergunta que recebera de um leitor sobre aspectos dos Apêndices de *O Senhor dos Anéis*: "Pessoalmente parei de me preocupar com essas 'discrepâncias' menores, pois, se as genealogias e os calendários etc. não têm verossimilhança, isso se deve à sua precisão excessiva em geral: em comparação com anais ou genealogias de verdade! Seja como for, os deslizes foram poucos, agora foram removidos em sua maioria, e a descoberta do que resta parece um divertido passatempo! *Mas erros no texto são outra história*" [itálicos nossos]. Na verdade, Tolkien não "parara de se preocupar", e "deslizes" eram tratados à medida que as oportunidades surgiam. Estas, e a indulgência de seu editor, permitiram a Tolkien um luxo de que poucos autores desfrutam: múltiplas chances, não apenas de corrigir seu texto, mas de melhorá-lo e desenvolver mais além as línguas, a geografia e os povos da Terra-média.

O quinquagésimo aniversário de *O Senhor dos Anéis* pareceu uma oportunidade ideal para considerar o texto mais recente (2002) à luz das informações que tínhamos coligido no decorrer de décadas de trabalho em estudos tolkienianos, tendo à mão o estudo de Steve Frisby e uma cópia eletrônica de *O Senhor dos Anéis* (fornecida pela HarperCollins) suscetível de busca por palavra-chave ou frase. Especialmente esta última nos permitiu desenvolver listas de palavras que variavam entre uma ocorrência e outra e investigar variações de uso, assim como constavam do texto da cópia e em relação a edições e impressões anteriores. É claro que Tolkien escreveu *O Senhor dos Anéis* ao longo de um período tão extenso, cerca de dezoito anos, que inconsistências no seu texto foram quase inevitáveis. Christopher Tolkien até nos indicou que algumas aparentes inconsistências de forma na obra de seu pai podem mesmo ter sido propositais: por exemplo, apesar de Tolkien distinguir cuidadosamente entre *casa* "habitação" e *Casa* "família ou dinastia nobre", em dois exemplos usou *casa* neste último sentido, mas em caixa-baixa, talvez porque uma maiúscula tivesse rebaixado a importância do adjetivo ao qual a palavra estava associada ("casa real", "casa dourada"). Porém não pode haver dúvida de que Tolkien tentava corrigir inconsistências, do mesmo modo que erros flagrantes, sempre que chamavam sua atenção, e foi nossa opinião, com o conselho e a concordância de Christopher Tolkien, que deveria ser feito um esforço nesse sentido na edição de aniversário, na medida em que conseguíssemos distinguir, cuidadosa e conservadoramente, o que emendar.

Muitas das emendas do presente texto são de marcas de pontuação, seja para corrigir recentes erros tipográficos, seja para reparar alterações sobreviventes, introduzidas na segunda impressão de *A Sociedade do Anel*. Sob este último aspecto e em todos os casos, a pontuação original de Tolkien é sempre mais adequada — aspectos sutis quando se comparam vírgulas e ponto e vírgulas, mas ainda assim parte da expressão pretendida pelo autor. Palavras características como *chill* [gélido, gelado] em vez de *cold* [frio], e *glistered* [rebrilhava] em vez de *glistened* [cintilava], alteradas pelos tipógrafos muito tempo atrás, sem autorização, foram também restauradas. Uma quantidade controlada de regularização também pareceu necessária, assim como *naught* em vez de *nought* [nada], uma mudança instituída por Tolkien, mas não efetivada em todos os casos; *Dark Power* [Poder Sombrio] em vez de *dark power* quando a referência é obviamente a Sauron (ou Morgoth); *Barrow-downs* [Colina-dos-túmulos] por preferência de Tolkien em vez de *Barrowdowns*; de modo semelhante *Bree-hill* [Colina-de-Bri] em vez de *Bree Hill* [Colina-de-Bri]; *Drúadan*, acentuado e mais comum, em vez de *Druadan*; nomes de estações do ano em maiúscula quando usados como personificação ou metáfora, de acordo com a praxe predominante de Tolkien e a lógica interna do texto; e *Elvish* em vez de *elvish* quando usado como adjetivo separado, de acordo com uma preferência que Tolkien marcou em seu exemplar da segunda edição de *O Senhor dos Anéis*. Adicionalmente, acrescentamos um segundo acento a *Númenórean(s)* [Númenóreano(s)], como Tolkien frequentemente escreveu o nome no manuscrito, e como aparece em *O Silmarillion* e em outras publicações póstumas.

Ainda assim, o resultado continua incluindo muitas variações do uso de maiúsculas, pontuação, e outros aspectos de estilo. Nem todas são errôneas: incluem palavras como *Sun, Moon, Hobbit* e *Man* (ou *sun, moon, hobbit* e *man*), que podem mudar de forma de acordo com o significado ou a aplicação, em relação a adjetivos adjacentes ou conforme Tolkien pretendesse personificação, poesia ou ênfase. Sua intenção não pode ser adivinhada com confiança em todos os casos. Mas é possível discernir as preferências de Tolkien em muitos deles por conta de afirmações que escreveu em seus exemplares de conferência de *O Senhor dos Anéis* ou a partir de uma análise detalhada do seu texto manuscrito, datilografado, em prova e impresso. Toda vez em que houve qualquer dúvida quanto às intenções do autor, o texto foi mantido tal e qual.

A maior parte dos erros demonstráveis notados por Christopher Tolkien em *A História da Terra-média* também foram corrigidos, tais como a distância da Ponte do Brandevin à Balsa (*dez* milhas[1], não *vinte*) e o número dos pôneis de Merry (*cinco*, não *seis*), sombras de rascunhos anteriores. Mas aquelas inconsistências de conteúdo, como a famosa (e errônea) afirmativa de Gimli no Livro III, Capítulo 7, "Até agora nada abati senão madeira desde que deixei Moria", que demandariam para sua emenda uma reescrita, não simples correção, permanecem inalteradas.

Tantas emendas em *O Senhor dos Anéis*, e uma revisão tão extensa de seu texto, merecem ser plenamente documentadas. Apesar de a maior parte dos leitores se contentar com o texto em si, muitos quererão saber mais sobre os problemas encontrados no preparo desta nova edição e suas soluções (quando soluções foram possíveis), especialmente onde o texto foi emendado, mas também onde não foi. Com esse fim, e para esclarecer a obra em outros aspectos, estamos preparando um volume de anotações de *O Senhor dos Anéis* a ser publicado em 2005. Ele nos permitirá discutir, com detalhes impossíveis em uma nota de prefácio, os diversos dilemas textuais de *O Senhor dos Anéis*, identificar mudanças que foram feitas no presente texto, e fazer observações sobre alterações significativas na obra publicada ao longo de sua história. Também explicaremos palavras e nomes arcaicos ou incomuns em *O Senhor dos Anéis*, exploraremos influências literárias e históricas, observaremos conexões com os outros escritos de Tolkien e comentaremos sobre diferenças entre seus rascunhos e a forma publicada, sobre questões de linguagem e sobre muitas outras coisas que esperamos que interessem aos leitores e reforcem sua apreciação da obra-prima de Tolkien.

Wayne G. Hammond & Christina Scull
maio de 2004

---

[1]Equivale a, aproximadamente, 16 quilômetros. [N. T.]

Prefácio da
Segunda Edição

Este conto cresceu à medida que era contado, até se tornar uma história da Grande Guerra do Anel e incluir muitos vislumbres da história ainda mais antiga que a precedeu. Foi iniciado lo go depois que foi escrito *O Hobbit* e antes de sua publicação, em 1937; mas não prossegui com essa continuação, pois desejava primeiro completar e pôr em ordem a mitologia e as lendas dos Dias Antigos, que àquela altura estavam adquirindo forma havia alguns anos. Eu desejei fazê-lo para minha própria satisfação e tinha poucas esperanças de que outras pessoas se interessassem por essa obra, em especial por ela ser de inspiração primariamente linguística e ter sido iniciada para proporcionar o necessário pano de fundo de "história" para as línguas-élficas.

Quando aqueles cujo conselho e opinião busquei corrigiram *poucas esperanças* para *nenhuma esperança*, retornei à continuação, encorajado com pedidos dos leitores por mais informações acerca dos hobbits e suas aventuras. Mas a história foi irresistivelmente atraída na direção do mundo mais antigo e tornou-se um relato, de certo modo, do seu fim e de seu declínio antes que seu começo e meio tivessem sido contados. O processo começara na composição de *O Hobbit*, em que já havia algumas referências ao material mais antigo: Elrond, Gondolin, os Altos-elfos e os orques, bem como vislumbres, que haviam surgido espontaneamente, de coisas mais altas ou profundas ou obscuras que sua superfície: Durin, Moria, Gandalf, o Necromante, o Anel. A descoberta do significado desses vislumbres e de sua relação com as histórias antigas revelou a Terceira Era e sua culminação na Guerra do Anel.

Os que haviam pedido mais informações sobre os hobbits acabaram obtendo-as. Mas tiveram de esperar muito tempo; pois a composição de *O Senhor dos Anéis* prosseguiu com intervalos durante os anos de 1936 a 1949, um período em que tive muitos deveres que não negligenciei, e muitos outros interesses como aprendiz e professor que muitas vezes me absorveram. É claro que o atraso também foi aumentado pela irrupção da guerra em 1939, e, ao final desse ano, o conto ainda não atingira o fim do Livro I. A despeito da treva dos cinco anos seguintes, descobri que, àquela altura, a história não podia ser totalmente abandonada e arrastei-me em frente, principalmente à noite, até me ver diante do túmulo de Balin em Moria. Ali detive-me por longo tempo. Foi quase um ano mais tarde que prossegui e, assim, cheguei a Lothlórien e ao Grande Rio no final de 1941. No ano seguinte, escrevi os primeiros esboços do material que agora permanece como o Livro III, e os começos dos capítulos 1 e 3 do Livro V; e ali, com os faróis ardendo em Anórien e com Théoden chegando ao Vale Harg, eu parei. A presciência falhara e não havia tempo para pensar.

Foi durante o ano de 1944 que, abandonando as pontas soltas e perplexidades de uma guerra que era minha tarefa conduzir, ou pelo menos relatar, obriguei-me a abordar a jornada de Frodo a Mordor. Estes capítulos, que acabariam se tornando o Livro IV, foram escritos e enviados em lotes a meu filho Christopher, à época na África do Sul com a RAF [Royal Air Force, Força Aérea Real]. Não obstante, levou mais seis anos para que o conto fosse levado ao fim atual; nesse tempo mudei de casa, de cátedra e de departamento, e os dias, apesar de menos obscuros, não foram menos laboriosos. Então, quando o "fim" fora atingido afinal, toda a história teve de ser revisada e, de fato, reescrita de trás para a frente em grande parte. E teve de ser datilografada e redatilografada: por mim; o custo de uma datilografia profissional por alguém que usasse dez dedos estava além de minhas posses.

O Senhor dos Anéis foi lido por muita gente desde que finalmente apareceu em forma impressa; e aqui eu gostaria de dizer algo com referência às muitas opiniões ou conjecturas que recebi ou li a respeito dos motivos e do significado da história. O motivo principal foi o desejo de um contador de histórias de experimentar escrever uma história realmente longa que cativasse a atenção dos leitores, os divertisse, os deleitasse e às vezes, talvez, os animasse ou comovesse profundamente. Como guia eu só tinha meus próprios sentimentos sobre o que é atraente ou comovente, e para muitos, inevitavelmente, esse guia estava enganado. Alguns que leram o livro, ou de alguma forma o criticaram, o acharam enfadonho, absurdo ou desprezível; e não tenho motivo para me queixar, visto que tenho opiniões semelhantes sobre as obras deles, ou sobre os tipos de escrita que eles evidentemente preferem. Porém, mesmo do ponto de vista de muitos que apreciaram minha história, existe muita coisa que deixa de agradar. Num conto longo talvez não seja possível agradar a todos em todos os pontos, nem desagradar a todos nos mesmos pontos; pois descobri, nas cartas que recebi, que todos os trechos ou capítulos que para alguns são um defeito são especialmente aprovados por outros. O leitor mais crítico de todos, eu mesmo, encontra agora muitos defeitos, menores e maiores, mas, já que por sorte não tem nenhuma obrigação de criticar o livro ou de reescrevê--lo, ele passará por cima deles em silêncio, exceto por um que tem sido observado por outros: o livro é curto demais.

Quanto a algum significado interno ou "mensagem", na intenção do autor, ele não tem nenhum. Não é nem alegórico nem tópico. À medida que a história crescia ela desenvolveu raízes (rumo ao passado) e lançou ramos inesperados: mas seu tema principal estava definido desde o começo pela inevitável escolha do Anel como elo entre ele e *O Hobbit*. O capítulo crucial "A Sombra do Passado" é uma das partes mais antigas do conto. Foi escrito muito antes que o prenúncio de 1939 se tornasse uma ameaça de desastre inevitável, e daquele ponto a história teria evoluído essencialmente segundo as mesmas linhas, mesmo se aquele desastre tivesse sido evitado. Suas fontes são coisas que estavam em mente muito tempo antes, ou em alguns casos já estavam escritas, e pouco ou nada foi modificado pela guerra que começou em 1939 ou por suas consequências.

A guerra de verdade não se parece com a guerra lendária em seu processo ou seu desfecho. Se ela tivesse inspirado ou dirigido a evolução da lenda, certamente o Anel teria sido tomado e usado contra Sauron; este não teria sido aniquilado, e sim escravizado, e Barad-dûr não teria sido destruída, e sim ocupada. Saruman, sem conseguir entrar em posse do Anel, na confusão e nas traições do tempo, teria encontrado em Mordor os elos perdidos de suas próprias pesquisas no saber do Anel, e em breve teria feito seu próprio Grande Anel com o qual desafiaria o autointitulado Soberano da Terra-média. Nesse conflito, ambas as partes considerariam os hobbits com ódio e desprezo: eles não teriam sobrevivido por muito tempo, mesmo como escravos.

Outros arranjos poderiam ser inventados de acordo com os gostos ou as opiniões dos que gostam da alegoria ou da referência tópica. Mas eu detesto cordialmente a alegoria em todas as suas manifestações e sempre a detestei desde que me tornei bastante velho e cauteloso para detectar sua presença. Prefiro muito a história, verdadeira ou inventada, com sua variada aplicabilidade ao pensamento e à experiência dos leitores. Creio que muitos confundem "aplicabilidade" com "alegoria"; mas uma reside na liberdade do leitor, e a outra, na dominação proposital do autor.

É claro que um autor não pode permanecer totalmente imune à sua experiência, mas os modos como o germe de uma história usa o solo da experiência são extremamente complexos, e tentativas de definir o processo são no máximo conjecturas a partir de evidências inadequadas e ambíguas. Também é falso, apesar de naturalmente atraente, quando as vidas do autor e do crítico se sobrepuseram, supor que os movimentos do pensar ou os eventos do tempo comum a ambos foram necessariamente as influências mais poderosas. Na verdade, é preciso que se experimente em pessoa a sombra da guerra para sentir plenamente sua opressão; mas, com os anos passando, agora muitas vezes parece esquecido que ser apanhado por 1914 na juventude não foi uma experiência menos hedionda que estar envolvido em 1939 e nos anos seguintes. Em 1918 todos os meus amigos próximos, exceto um, estavam mortos. Ou, tratando de um assunto menos aflitivo: foi suposto por alguns que "O Expurgo do Condado" reflete a situação na Inglaterra à época em que eu terminava meu conto. Não reflete. É parte essencial do enredo, prevista desde o início, mesmo que acabasse modificada pelo personagem de Saruman como ele evoluiu na história, preciso dizer que não tem nenhum significado alegórico nem qualquer referência política contemporânea. Tem, de fato, alguma base na experiência, porém tênue (pois a situação econômica era inteiramente diferente), e muito mais remota. A região em que vivi na infância estava sendo miseravelmente destruída antes de eu fazer dez anos, nos dias em que automóveis eram objetos raros (eu jamais vira um) e os homens ainda construíam ferrovias suburbanas. Recentemente vi num jornal uma imagem da última decrepitude do moinho de trigo junto à sua lagoa, outrora pujante, que muito tempo atrás me parecia tão importante. Nunca gostei do aspecto do Jovem moleiro, mas seu pai, o Velho moleiro, tinha uma barba negra e não se chamava Ruivão.

O Senhor dos Anéis sai agora em nova edição, e foi usada a oportunidade de revisá-lo. Certo número de erros e inconsistências que ainda permaneciam no texto foram corrigidos, e tentou-se proporcionar informações sobre alguns pontos levantados por leitores atentos. Considerei todos os seus comentários e questionamentos, e, se alguns parecem ter sido desprezados, isso pode ser porque deixei de manter em ordem minhas anotações; mas muitos questionamentos só poderiam ser respondidos por apêndices, ou de fato pela produção de um volume suplementar contendo grande parte do material que não incluí na edição original, em particular informações linguísticas mais detalhadas. Nesse meio-tempo esta edição oferece este "Prefácio", um adendo ao "Prólogo", algumas notas e um "Índice de Nomes" de pessoas e lugares. O índice, em sua intenção, é completo em termos de itens, mas não de referências, visto que para o presente fim foi necessário reduzir seu tamanho. Um índice remissivo completo, fazendo pleno uso do material preparado para mim pela Sra. N. Smith, faria parte do volume suplementar.

Prólogo

1
A Respeito dos Hobbits

Este livro trata em grande parte de Hobbits, e em suas páginas o leitor pode descobrir muito sobre seu caráter e um pouco de sua história. Informações adicionais também serão encontradas na seleção do Livro Vermelho do Marco Ocidental que já foi publicada, com o título de *O Hobbit*. Aquela história derivou dos primeiros capítulos do Livro Vermelho, compostos pelo próprio Bilbo, o primeiro Hobbit a se tornar famoso no mundo em geral, e por ele chamados de *Lá e de Volta Outra Vez*, visto que contavam sua viagem para o Leste e seu retorno: uma aventura que mais tarde envolveu todos os Hobbits nos grandes eventos daquela Era que aqui se relatam.

Muitos, porém, podem querer saber mais sobre esse notável povo desde o começo, enquanto que alguns podem não possuir o livro mais antigo. Para esses leitores estão coletadas aqui, do saber dos Hobbits, algumas notas sobre os pontos mais importantes, e a primeira aventura é brevemente relembrada.

Os Hobbits são um povo discreto, mas muito antigo, mais numeroso antigamente do que hoje em dia; pois amam a paz e a tranquilidade e boa terra lavrada: uma área rural bem ordenada e bem cultivada era seu pouso favorito. Desde sempre, não compreendem e não gostam de máquinas mais complicadas que um fole de forja, um moinho d'água ou um tear manual, apesar de que eram habilidosos com ferramentas. Mesmo nos dias antigos eles se retraíam, em regra, diante do "Povo Grande", como nos chamam, e agora nos evitam com aflição e estão se tornando difíceis de encontrar. São bons de audição, têm olhar penetrante e, apesar de tenderem a ser gordos e não se apressarem desnecessariamente, são assim mesmo ágeis e destros nos movimentos. Possuíram desde cedo a arte de desaparecer rápida e silenciosamente, quando pessoas grandes que não querem encontrar passam canhestras; e desenvolveram essa arte até ela parecer mágica aos Homens. Mas, de fato, os Hobbits jamais estudaram magia de qualquer espécie e sua natureza evasiva deve-se apenas a uma habilidade profissional que a hereditariedade e a prática, e uma amizade próxima com a terra, tornaram inimitável por raças maiores e mais desajeitadas.

Pois são um povo pequeno, menor que os Anãos: quer dizer, menos corpulentos e atarracados, mesmo quando não são realmente muito mais baixos. Sua altura é variável, ficando entre dois e quatro pés[1] em nossa medida. Agora raramente alcançam três pés[2]; mas diminuíram, ao que dizem, e nos dias antigos eram mais altos. De acordo com o Livro Vermelho, Bandobras Tûk (Berratouro), filho de Isumbras Terceiro, tinha quatro pés e cinco polegadas[3] e conseguia montar um cavalo. Foi ultrapassado, em todos os registros dos Hobbits, apenas por dois famosos personagens de outrora; mas esse assunto curioso é tratado neste livro.

Quanto aos Hobbits do Condado, dos quais tratam estes contos, nos dias de sua paz e prosperidade eles eram uma gente feliz. Vestiam-se de cores vivas, gostando notavelmente de amarelo e verde; mas raramente usavam sapatos, visto que seus pés tinham solas coriáceas e rijas e estavam revestidos de pelos espessos e crespos, semelhantes ao cabelo de suas cabeças, que comumente era castanho. Assim, o único ofício pouco praticado entre eles era o de sapateiro; mas tinham dedos longos e habilidosos e sabiam fazer muitos outros objetos úteis e graciosos. Seus rostos eram em regra mais bem-humorados que bonitos, largos, de olhos vivos, com faces vermelhas, com bocas acostumadas ao riso e a comer e a beber. E riam, e comiam, e bebiam, frequentemente e de modo cordial, pois gostavam de chistes simples a toda hora e de seis refeições por dia (quando podiam obtê-las). Eram hospitaleiros e se deleitavam com festas e com presentes, que davam livremente e aceitavam com avidez.

Na verdade, é óbvio que, a despeito de separações posteriores, os Hobbits são parentes nossos: muito mais próximos de nós que os Elfos, ou mesmo que os Anãos. Outrora falavam as línguas dos Homens, à sua própria maneira, e gostavam e desgostavam mais ou menos das mesmas coisas que os Homens. Mas a natureza exata de nosso parentesco não pode mais ser descoberta. O começo dos Hobbits remonta ao passado longínquo, nos Dias Antigos que agora estão perdidos e esquecidos. Somente os Elfos ainda conservam algum registro daquele tempo desaparecido, e suas tradições se ocupam quase que inteiramente com sua própria história, na qual os Homens aparecem raramente e os Hobbits nem são mencionados. Ainda assim, é claro que os Hobbits de fato haviam vivido tranquilamente

---

[1] Aproximadamente 60 a 120 centímetros. [N. T.]
[2] Cerca de 90 centímetros. [N. T.]
[3] Cerca de 135 centímetros. [N. T.]

na Terra-média por muitos longos anos antes que outras gentes se dessem conta deles. E, afinal de contas, já que o mundo estava repleto de incontáveis criaturas estranhas, aquele povo pequeno parecia ter muito pouca importância. Mas, nos dias de Bilbo e de seu herdeiro Frodo, eles de repente, sem que eles próprios o desejassem, se tornaram ao mesmo tempo importantes e renomados e perturbaram os conselhos dos Sábios e dos Grandes.

Aqueles dias, a Terceira Era da Terra-média, se foram há muito tempo, e a forma de todas as terras foi mudada; mas as regiões onde os Hobbits então viviam eram, sem dúvida, as mesmas onde ainda subsistem: o Noroeste do Velho Mundo, a leste do Mar. Do seu lar original os Hobbits não guardavam conhecimento na época de Bilbo. O amor da erudição (diversa do saber genealógico) estava longe de ser geral entre eles, mas ainda permaneciam alguns, nas famílias mais antigas, que estudavam seus próprios livros e até mesmo reuniam relatos dos velhos tempos e das terras distantes oriundos dos Elfos, Anãos e Homens. Seus próprios registros só começaram após o povoamento do Condado, e suas lendas mais antigas mal remontavam além dos seus Dias Errantes. Ainda assim, fica claro nessas lendas, e pela evidência de suas palavras e costumes peculiares, que como muitas outras gentes os Hobbits, no passado distante, haviam se deslocado para o oeste. Suas histórias mais primitivas parecem entrever uma época em que moravam nos vales superiores do Anduin, entre as beiras de Verdemata, a Grande, e as Montanhas Nevoentas. Não se sabe mais ao certo por que depois empreenderam a dura e perigosa travessia das montanhas rumo a Eriador. Seus próprios relatos falam da multiplicação dos Homens na região e de uma sombra que se abateu sobre a floresta, de forma que ela se obscureceu e seu novo nome foi Trevamata.

Antes da travessia das montanhas os Hobbits já se haviam dividido em três estirpes um tanto diversas: Pés-Peludos, Grados e Cascalvas. Os Pés-Peludos eram mais morenos de pele, mais miúdos e mais baixos, eram imberbes e não calçavam botas; suas mãos e pés eram asseados e ligeiros; e preferiam os planaltos e as encostas dos morros. Os Grados eram mais largos, de compleição mais pesada; seus pés e mãos eram maiores; e preferiam planícies e margens de rios. Os Cascalvas eram mais claros de pele e também de cabelos e eram mais altos e esbeltos que os demais; apreciavam as árvores e os bosques.

Os Pés-Peludos tinham muitos contatos com os Anãos em tempos passados e por muito tempo viveram nos sopés das montanhas. Mudaram-se cedo rumo ao oeste e perambularam por Eriador até o Topo-do-Vento, enquanto os demais ainda estavam nas Terras-selváticas. Eram a variedade mais normal e representativa dos Hobbits e, de longe, a mais numerosa.

Eram os mais inclinados a se estabelecer num só lugar e preservaram por mais tempo seu hábito ancestral de viver em túneis e tocas.

Os Grados demoraram-se muito tempo junto às margens do Grande Rio Anduin e eram menos ariscos frente aos Homens. Vieram para o oeste após os Pés-Peludos e seguiram o curso do Ruidoságua para o sul; e ali muitos habitaram por longo tempo entre Tharbad e as beiras da Terra Parda antes de se moverem outra vez para o norte.

Os Cascalvas, os menos numerosos, eram um ramo setentrional. Tinham mais amizades com os Elfos que os demais Hobbits e eram mais habilidosos em línguas e canções que em ofícios manuais; e antigamente preferiam a caça ao cultivo do solo. Atravessaram as montanhas ao norte de Valfenda e desceram ao Rio Fontegris. Em Eriador logo se misturaram às demais estirpes que os haviam precedido, mas, como eram um tanto mais ousados e mais aventureiros, muitas vezes acabavam como líderes ou chefes entre clãs de Pés-Peludos ou Grados. Mesmo na época de Bilbo, o forte traço cascalvo ainda podia ser percebido entre as maiores famílias, como os Tûks e os Senhores da Terra-dos-Buques.

Nas terras ocidentais de Eriador, entre as Montanhas Nevoentas e as Montanhas de Lûn, os Hobbits encontraram Homens e Elfos. Na verdade, ali ainda habitava um remanescente dos Dúnedain, os reis dos Homens que vieram atravessando o Mar, de Ociente; mas minguavam depressa, e as terras de seu Reino do Norte estavam ficando cada vez mais abandonadas. Havia espaço de sobra para recém-chegados, e não demorou muito para os Hobbits começarem a se estabelecer em comunidades ordenadas. A maioria de seus povoados antigos já desaparecera havia muito e, na época de Bilbo, havia sido esquecida; mas um dos primeiros a se tornar importante ainda perdurava, se bem que em extensão reduzida; era em Bri e na Floresta Chet que ficava à sua volta, umas quarenta milhas[4] a leste do Condado.

Foi nesses dias primitivos, sem dúvida, que os Hobbits aprenderam a escrita e começaram a escrever à maneira dos Dúnedain, que por sua vez haviam aprendido a arte com os Elfos muito tempo antes. E naqueles dias esqueceram-se também dos idiomas que antes usavam e falavam sempre na fala comum, o westron, como era chamado, que era corrente por todas as terras dos reis de Arnor até Gondor e em torno de todas as costas do Mar, desde Belfalas até Lûn. Porém mantinham algumas de suas próprias palavras, bem como seus próprios nomes dos meses e dos dias, e grande número de nomes pessoais oriundos do passado.

---

[4]Aqui e no restante do livro pode-se considerar a "milha" como equivalente à medida inglesa, de 1,6 quilômetros. Portanto, 64 quilômetros. [N. T.]

Por volta desse tempo, as lendas entre os Hobbits começaram a se tornar história com uma contagem dos anos. Pois foi no milésimo sexcentésimo primeiro ano da Terceira Era que os irmãos Cascalvas Marcho e Blanco partiram de Bri; e, tendo obtido permissão do alto rei em Fornost,[5] atravessaram o rio pardo Baranduin com grande séquito de Hobbits. Passaram sobre a Ponte dos Arcos de Pedra, que fora construída nos dias do poderio do Reino do Norte, e tomaram toda a terra além para morarem, entre o rio e as Colinas Distantes. Tudo o que lhes foi exigido era que mantivessem a Grande Ponte em bom estado, e todas as outras pontes e estradas, auxiliassem os mensageiros do rei e reconhecessem sua autoridade.

Assim começou o *Registro do Condado* (R.C.), pois o ano da travessia do Brandevin (como os Hobbits transformaram o nome) passou a ser o Ano Um do Condado, e todas as datas posteriores foram contadas a partir daí.[6] Os Hobbits ocidentais imediatamente se apaixonaram por sua nova terra e ali permaneceram e logo, mais uma vez, se afastaram da história dos Homens e dos Elfos. Enquanto ainda havia rei, eram seus súditos nominais, mas eram de fato governados por seus próprios chefes e não se metiam nem um pouco nos eventos do mundo exterior. À última batalha em Fornost, contra o Rei bruxo de Angmar, enviaram alguns arqueiros em auxílio do rei, ou assim afirmavam, apesar de nenhuma história dos Homens registrar o fato. Mas naquela guerra terminou o Reino do Norte; e então os Hobbits tomaram a terra para si e escolheram entre seus próprios chefes um Thain para assumir a autoridade do rei que se fora. Ali, durante mil anos pouco foram perturbados pelas guerras e prosperaram e se multiplicaram após a Praga Sombria (R.C. 37) até o desastre do Inverno Longo e da fome que se seguiu a ele. Pereceram então muitos milhares, mas os Dias de Privação (1158–60) estavam, à época desta história, longe no passado, e os Hobbits outra vez haviam se acostumado à fartura. A terra era rica e generosa e, apesar de estar deserta há muito quando nela entraram, ela antes fora bem cultivada, e ali o rei outrora tivera muitas fazendas, trigais, vinhedos e bosques.

Quarenta léguas[7] era sua extensão desde as Colinas Distan-tes até a Ponte do Brandevin, e cinquenta das charnecas do norte até os pântanos do sul. Os Hobbits a chamavam de Condado, como região da autoridade de seu Thain e distrito de afazeres bem organizados; e ali, naquele agradá-

---

[5]Como relatam os registros de Gondor, esse foi Argeleb II, vigésimo da linhagem do Norte, que terminou com Arvedui trezentos anos depois. [N. A.]

[6]Assim, os anos da Terceira Era, na contagem dos Elfos e dos Dúnedain, podem ser calculados somando 1600 às datas do Registro do Condado. [N. A.]

[7]A légua equivale a 3 milhas, ou a 4,8 quilômetros. [N. T.]

vel canto do mundo, eles realizavam seus bem-organizados afazeres da vida e se importavam cada vez menos com o mundo lá fora, onde se moviam seres obscuros, até chegarem a crer que a paz e a fartura eram regra na Terra-média e direito de toda a gente sensata. Esqueceram ou ignoraram o pouco que já tinham sabido sobre os Guardiões e a labuta daqueles que tornavam possível a longa paz do Condado. Na verdade, estavam abrigados, mas tinham deixado de se lembrar disso.

Em nenhum tempo os Hobbits de qualquer estirpe foram belicosos e jamais tinham combatido entre si. Nos dias de outrora tinham, é claro, sido muitas vezes obrigados a lutar para se manterem em um mundo cruel; mas na época de Bilbo isso era história muito antiga. A última batalha, antes da abertura desta história, e, na verdade, a única que já fora combatida dentro das fronteiras do Condado, estava além da lembrança dos vivos: a Batalha dos Verdescampos, R.C. 1147, em que Bandobras Tûk desbaratou uma invasão de Orques. O próprio clima havia se tornado mais ameno, e os lobos que outrora vinham vorazes do Norte, nos rigorosos invernos brancos, eram agora apenas uma história de avós. Assim, apesar de ainda haver um estoque de armas no Condado, elas eram usadas mormente como troféus, suspensas acima das lareiras ou nas paredes, ou reunidas no museu de Grã-Cava. Ele era chamado de Casa-mathom; pois qualquer coisa para a qual os Hobbits não tinham uso imediato, mas relutavam em jogar fora, eles chamavam de *mathom*. Era comum que suas residências ficassem um tanto atulhadas de mathoms, e muitos dos presentes que passavam de mão em mão eram desse tipo.

Não obstante, o ócio e a paz ainda haviam mantido esse povo curiosamente firme. Se chegasse a tanto, eram difíceis de desanimar ou de matar; e talvez fossem tão incansavelmente apegados às coisas boas porque podiam, em caso de necessidade, passar sem elas e sobreviver a maus tratos por pesar, inimigo ou clima de um modo que admirava os que não os conheciam bem e não olhavam para além de suas barrigas e de seus rostos bem alimentados. Apesar de dificilmente se desentenderem e não matarem nenhum ser vivo por esporte, eram valentes quando acuados e, se necessário, ainda sabiam manejar armas. Atiravam bem com o arco, pois tinham visão aguçada e eram certeiros. Não somente com arco e flecha. Se um Hobbit se abaixasse para pegar uma pedra, era bom esconder-se logo, como todos os animais invasores sabiam muito bem.

Todos os Hobbits haviam originalmente vivido em tocas no solo, ou assim acreditavam, e em tais habitações ainda se sentiam mais em casa; mas no decorrer do tempo tinham sido obrigados a adotar outras formas de abrigo. Na verdade, no Condado dos dias de Bilbo eram, em regra, só os Hobbits mais ricos e mais pobres que mantinham o antigo costume. Os mais pobres continuavam morando em escavações do tipo mais primitivo, de fato meros buracos, com apenas uma ou nenhuma janela; mas os abastados ainda construíam versões mais luxuosas das simples cavas de antigamente. Porém, locais adequados para esses túneis extensos e ramificados (ou *smials*, como os chamavam) não se encontravam em toda a parte; e nas planícies e nos distritos de baixada os Hobbits, ao se multiplicarem, começaram a construir acima do solo. Na verdade, até nas regiões de colinas e nos vilarejos mais antigos, como Vila-dos-Hobbits ou Tuqueburgo, ou na principal aldeia do Condado, Grã-Cava nas Colinas Brancas, havia agora muitas casas de madeira, tijolos ou pedras. Eram especialmente apreciadas pelos moleiros, ferreiros, cordoeiros, fabricantes de carroças e outros dessa espécie; pois, mesmo quando tinham tocas para morar, os Hobbits havia tempos se acostumaram a construir galpões e oficinas.

Consta que o hábito de construir casas de fazenda e celeiros começou entre os habitantes do Pântano, na baixada do Brandevin. Os Hobbits dessa região, a Quarta Leste, eram bem grandes, de pernas pesadas e usavam botas de Anãos no tempo lamacento. Mas sabia-se bem que eram Grados em grande parte de seu sangue, como de fato era demonstrado pela penugem que crescia no queixo de muitos deles. Nenhum dos Pés-Peludos nem dos Cascalvas tinha qualquer vestígio de barba. Na verdade, a maioria da gente do Pântano e da Terra-dos-Buques, a leste do Rio, que ocuparam depois, chegou tarde ao Condado vinda lá do sul; e ainda tinham muitos nomes peculiares e palavras estranhas que não se encontravam em outras partes do Condado.

É provável que o ofício da construção, como muitos outros ofícios, derivou-se dos Dúnedain. Mas os Hobbits podem tê-lo aprendido diretamente dos Elfos, os mestres dos Homens em sua juventude. Pois os Elfos da Alta Linhagem ainda não haviam abandonado a Terra-média e habitavam ainda, naquela época, nos Portos Cinzentos, longe para o oeste, e em outros lugares ao alcance do Condado. Três Torres-élficas de idade imemorial ainda podiam ser vistas nas Colinas das Torres, além das marcas ocidentais. Elas reluziam ao longe no luar. A maior era a mais distante, posta a sós sobre um outeiro verde. Os Hobbits da Quarta Oeste diziam que era possível ver o Mar do alto daquela torre; mas nenhum Hobbit, que se soubesse, jamais havia subido nela. De fato, poucos Hobbits haviam visto o Mar ou navegado nele, e menos ainda tinham voltado para relatá-lo. A maioria dos Hobbits via até mesmo os rios e os barquinhos com profunda desconfiança, e não muitos deles sabiam nadar. E, à medida que os dias do Condado passavam, eles falavam cada vez menos com os Elfos e passaram a temê-los e a desconfiar dos que com eles tratavam; e o Mar se tornou uma palavra de temor entre eles e um símbolo de morte, e desviavam o rosto das colinas do oeste.

O ofício da construção pode ter vindo dos Elfos ou dos Homens, mas os Hobbits o usavam à sua própria maneira. Não apreciavam as torres. Suas casas normalmente eram compridas, baixas e confortáveis. Na verdade, o tipo mais antigo era nada mais que uma imitação edificada de *smial*, coberta de capim seco ou palha, ou com um telhado de relva, e com paredes um pouco encurvadas. Essa etapa, porém, pertencia aos dias primitivos do Condado, e a construção dos Hobbits já se alterara havia muito, incrementada por artifícios aprendidos dos Anãos ou descobertos por eles mesmos. Uma preferência por janelas redondas, e até portas redondas, era a principal peculiaridade restante da arquitetura hobbítica.

As casas e as tocas dos Hobbits do Condado eram frequentemente grandes e habitadas por famílias extensas. (Bilbo e Frodo Bolseiro eram muito excepcionais como solteirões e também de muitas outras maneiras, como por sua amizade com os Elfos.) Às vezes, como no caso dos Tûks de Grandes Smials, ou dos Brandebuques da Mansão do Brandevin, muitas gerações de parentes viviam juntas, em (comparativa) paz, numa mesma mansão ancestral de muitos túneis. Seja como for, todos os Hobbits eram arredios e registravam seus parentescos com grande cuidado. Desenhavam longas e elaboradas árvores genealógicas com inúmeras ramificações. No trato com os Hobbits é importante lembrar quem é parente de quem e em que grau. Seria impossível expor neste livro uma árvore genealógica que incluísse apenas os membros mais importantes das mais importantes famílias à época de que falam estes contos. As árvores genealógicas no final do Livro Vermelho do Marco Ocidental são um livrinho por si sós, e qualquer um que não fosse Hobbit as acharia excessivamente enfadonhas. Os Hobbits se deleitavam com tais coisas, se fossem exatas: gostavam de ter livros repletos de coisas que já sabiam, expostas em perfeita ordem, sem contradições.

2

A Respeito da Erva-de-fumo

Há outro fato espantoso sobre os Hobbits de antigamente que precisa ser mencionado, um hábito espantoso: embebiam ou inalavam, através de tubos de barro ou madeira, a fumaça das folhas ardentes de uma erva a que chamavam de *erva-de-fumo* ou *folha*, provavelmente uma variedade de *Nicotiana*. Um grande mistério cerca a origem deste peculiar costume, ou "arte", como os Hobbits preferem chamá-lo. Tudo o que pôde ser descoberto a respeito na antiguidade foi coligido por Meriadoc Brandebuque (mais tarde Senhor da Terra dos Buques), e, visto que ele e o tabaco da Quarta Sul desempenham um papel na história que se segue, suas observações na introdução de seu *Saber das Ervas do Condado* podem ser citadas.

"Esta", diz ele, "é a única arte que podemos reivindicar com certeza como sendo nossa própria invenção. Não se sabe quando os Hobbits começaram a fumar, todas as lendas e histórias familiares dão isso por coisa certa; durante muito tempo a gente do Condado fumou várias ervas, algumas mais fétidas, outras mais doces. Mas todos os relatos concordam em que Tobold Corneteiro do Vale Comprido na Quarta Sul foi o primeiro a cultivar a verdadeira erva-de-fumo em seus jardins, nos dias de Isengrim Segundo, por volta do ano de 1070 no Registro do Condado. A melhor erva caseira ainda vem desse distrito, especialmente as variedades agora conhecidas como Folha do Vale Comprido, Velho Toby e Estrela do Sul.

"Não está registrado como o Velho Toby descobriu a planta, pois ele não admitia contar isso nem mesmo no dia de sua morte. Sabia muita coisa sobre ervas, mas não era viajante. Dizem que na juventude muitas vezes foi até Bri, porém é certo que jamais se afastou do Condado mais do que isso. Assim, é bem possível que tenha ficado sabendo dessa planta em Bri, onde agora, seja como for, ela cresce bem nas encostas meridionais da colina. Os Hobbits de Bri afirmam que foram os primeiros reais fumantes da erva-de-fumo. É claro que afirmam que fizeram tudo antes do povo do Condado, a quem se referem como 'colonos'; mas neste caso creio que sua reivindicação provavelmente é verdadeira. E foi certamente de Bri que a arte de fumar a genuína erva se espalhou, nos séculos recentes, entre os Anãos e outras gentes dessa espécie, Caminheiros, Magos, ou viandantes, que ainda passavam para lá e para cá através desse antigo encontro de estradas. O lar e centro da arte, portanto, encontra-se na velha estalagem de Bri, O Pônei Empinado, que vem sendo mantida pela família Carrapicho desde tempos imemoriais.

"Seja como for, as observações que fiz em minhas próprias numerosas viagens rumo ao sul me convenceram de que a erva não é nativa de nossa parte do mundo, mas veio para o Norte desde o baixo Anduin, de onde suspeito que tenha sido trazida por sobre o mar pelos Homens de Ociente. Ela cresce abundante em Gondor, e lá é mais rica e maior que no Norte, onde nunca se encontra selvagem, e viceja somente em lugares quentes e abrigados, como o Vale Comprido. Os Homens de Gondor a chamam de *doce galenas* e a estimam somente pela fragrância de suas flores. Daquela terra ela deve ter sido trazida subindo o Verdescampos, durante os longos séculos entre a chegada de Elendil e nossos próprios dias. Mas mesmo os Dúnedain de Gondor nos concedem este crédito: os Hobbits foram os primeiros a pô-la em cachimbos. Nem mesmo os Magos pensaram nisso antes de nós. Porém um Mago que conheci adotou a arte muito tempo atrás, e tornou-se nela tão hábil quanto em todas as outras coisas a que se dispôs."

3
Do Ordenamento do Condado

O Condado dividia-se em quatro partes, as Quartas já referidas: Norte, Sul, Leste e Oeste; e estas, por sua vez, em certo número de terras familiares, que ainda traziam os nomes de algumas das antigas famílias principais, apesar de, à época desta história, os nomes não serem mais encontrados apenas nas suas terras originais. Quase todos os Tûks ainda viviam na Terra-dos-Tûks, mas isso não era verdade em relação a muitas outras famílias, como os Bolseiros e os Boffins. Fora das Quartas ficavam os Marcos do Leste e do Oeste: a Terra-dos-Buques (pp. 130–31); e o Marco Ocidental acrescentado ao Condado em R.C. 1452.

Nessa época o Condado mal tinha "governo". As famílias geralmente administravam seus próprios assuntos. Cultivar alimentos e comê-los ocupava a maior parte de seu tempo. Em outros assuntos elas eram, em regra, generosas e não gananciosas, mas sim contentes e moderadas, de modo que propriedades rurais, fazendas, oficinas e pequenos comércios tendiam a permanecer inalterados por gerações.

Restava, é claro, a antiga tradição sobre o alto rei em Fornost, ou Norforte, como a chamavam, longe ao norte do Condado. Mas não houvera rei por quase mil anos, e as próprias ruínas de Norforte dos Reis estavam cobertas de capim. Porém os Hobbits ainda diziam, a respeito de gente selvagem e seres malvados (como trols), que eles não haviam ouvido falar do rei. Pois atribuíam ao rei de antigamente todas as suas leis essenciais; e usualmente respeitavam as leis de livre vontade, porque eram As Regras (como diziam), tanto antigas como justas.

É verdade que a família Tûk havia sido proeminente por muito tempo; pois o cargo de Thain havia sido passado a eles (dos Velhobuques) alguns séculos antes, e o chefe dos Tûks ostentara esse título desde então. O Thain era senhor do Tribunal do Condado e capitão das Tropas do Condado e dos Hobbits-em-Armas; mas, como as tropas e o tribunal só se organizavam em tempos de emergência, que não ocorriam mais, o cargo de Thain havia deixado de ser mais do que uma dignidade nominal. Na verdade, a família Tûk ainda merecia respeito especial, visto que continuava sendo numerosa e extremamente rica, e costumava produzir, em cada geração, personagens fortes com hábitos peculiares e até temperamento aventuresco. Estas últimas qualidades, no entanto, eram então mais toleradas (nos ricos) do que aprovadas em geral. Ainda assim, permanecia o costume de se referir ao chefe da família como O Tûk e de acrescentar um número ao seu nome, se necessário: tal como Isengrim Segundo, por exemplo.

O único oficial verdadeiro do Condado, nessa data, era o Prefeito de Grã-Cava (ou do Condado), que era eleito a cada sete anos na Feira Livre das Colinas Brancas, em Lite, isto é, no Meio-do-Verão. Como prefeito, sua única obrigação praticamente era presidir banquetes realizados nos feriados do Condado, o que ocorria a intervalos frequentes. Mas os cargos de Mestre-Correio e Primeiro Condestável estavam ligados à prefeitura, de forma que ele administrava o Serviço de Mensageiros e a Guarda. Esses eram os únicos serviços no Condado, e os Mensageiros eram os mais numerosos e de longe os mais ocupados entre ambos. Nem todos os Hobbits eram alfabetizados, mas os que eram escreviam constantemente a todos os amigos (e alguns parentes selecionados) que morassem mais longe que uma caminhada vespertina.

Os Condestáveis era o nome que os Hobbits davam à sua polícia, ou ao mais próximo equivalente que possuíam. É claro que não usavam uniforme (tais coisas eram totalmente desconhecidas), apenas uma pena no boné; e na prática eram mais guarda-cercas que policiais, mais ocupados com animais desgarrados que com pessoas. Em todo o Condado só havia doze, três em cada Quarta, para Trabalhos Internos. Um grupo um tanto maior, que variava conforme a necessidade, era empregado para "vigiar as divisas" e para assegurar que Forasteiros de qualquer espécie, grandes ou pequenos, não se tornassem incômodos.

Na época em que esta história começa, os Fronteiros, como eram chamados, haviam sido muito incrementados. Havia muitos relatos e queixas de pessoas e criaturas estranhas que andavam a esmo pelas divisas, ou as atravessavam: o primeiro sinal de que nem tudo estava exatamente como deveria e como sempre estivera, exceto em contos e lendas de muito tempo atrás. Poucos deram atenção ao sinal, e nem o próprio Bilbo ainda fazia ideia do que ele pressagiava. Tinham-se passado sessenta anos desde que ele partira em sua jornada memorável, e ele era velho mesmo para os padrões dos Hobbits, que alcançavam os cem anos em metade dos casos; mas evidentemente ainda restava muito da considerável fortuna que ele trouxera. Quanto ou quão pouco, ele não revelava a ninguém, nem mesmo a Frodo, seu "sobrinho" favorito. E ele ainda mantinha em segredo o anel que encontrara.

4

Do Achado do Anel

Como está contado em *O Hobbit*, certo dia chegou à porta de Bilbo o grande Mago Gandalf, o Cinzento, e com ele treze anões: na verdade, nenhum outro senão Thorin Escudo-de-carvalho, descendente de reis, e seus doze companheiros no exílio. Com eles Bilbo partiu, para seu próprio espanto duradouro, numa manhã de abril, no ano que era 1341 do Registro do Condado, em uma demanda de grande tesouro acumulado pelos

Reis sob a Montanha, abaixo de Erebor, em Valle, muito longe no Leste. A demanda teve êxito, e o dragão que vigiava o tesouro foi destruído. No entanto, apesar de antes de tudo estar vencido ocorrer o combate na Batalha dos Cinco Exércitos, e Thorin ser morto, e se realizarem muitos feitos de renome, o assunto pouco teria importado à história posterior, ou merecido mais que uma nota nos longos anais da Terceira Era, não fosse por um "acidente" no caminho. O grupo foi assaltado por orques em uma alta passagem das Montanhas Nevoentas, quando rumava para as Terras-selváticas; e aconteceu que Bilbo se perdeu por um tempo nas negras minas-órquicas, bem no fundo das montanhas e ali, tateando em vão e no escuro, ele pôs a mão em um anel que jazia no piso de um túnel. Colocou-o no bolso. Parecia, então, mera sorte.

Tentando encontrar o caminho da saída, Bilbo prosseguiu rumo às raízes das montanhas até não poder mais ir em frente. No fundo do túnel havia um lago frio, longe da luz, e numa ilha de rocha em meio à água vivia Gollum. Era uma criaturinha repugnante: remava um pequeno barco com os grandes pés chatos, espiando com pálidos olhos luminosos e apanhando peixes cegos com os dedos compridos e comendo-os crus. Comia qualquer coisa viva, até orques, se conseguisse apanhá-los e os estrangular sem luta. Possuía um tesouro secreto que viera até ele longas eras atrás, quando ainda vivia na luz: um anel de ouro que fazia invisível quem o usasse. Era a única coisa que amava, seu "Precioso", e lhe falava mesmo quando não estava com ele. Pois mantinha-o oculto em um buraco de sua ilha, exceto quando estava caçando ou espionando os orques das minas.

Quem sabe ele tivesse atacado Bilbo de imediato, se estivesse usando o anel quando se encontraram; mas não estava, e o hobbit trazia na mão um punhal-élfico que lhe servia de espada. Assim, para ganhar tempo, Gollum desafiou Bilbo para o Jogo das Adivinhas, dizendo que, caso propusesse uma adivinha que Bilbo não acertasse, iria matá-lo e devorá-lo; mas, caso Bilbo o derrotasse, ele faria o que Bilbo desejava: conduzi-lo-ia a um caminho para fora dos túneis.

Visto que estava perdido no escuro, sem esperança e sem poder avançar nem recuar, Bilbo aceitou o desafio; e propuseram um ao outro muitas adivinhas. No fim, Bilbo venceu o jogo, mais por sorte (conforme parecia) que por espertza; pois finalmente ficou perplexo sobre que adivinha propor e exclamou, quando sua mão topou com o anel que apanhara e esquecera: "O que tem no meu bolso?" A isso Gollum não conseguiu responder, apesar de exigir três chances de adivinhar.

As Autoridades, é bem verdade, divergem quanto a esta última pergunta ser uma mera "pergunta" e não uma "adivinha", de acordo com as regras estritas do Jogo; mas todos concordam que, depois de aceitá-la e tentar adivinhar a resposta, Gollum estava obrigado por sua promessa. E Bilbo o pressionou a manter a palavra; pois veio-lhe o pensamento de que a criatura viscosa poderia demonstrar falsidade, apesar de tais promessas serem consideradas sagradas e de antigamente todos, exceto os seres mais malvados, temerem rompê-las. Mas, após eras sozinho no escuro, o coração de Gollum enegrecera, e havia traição nele. Ele escapou e retornou à sua ilha, da qual Bilbo nada sabia, não muito longe na água escura. Ali, pensava, estava seu anel. Agora estava faminto e furioso e, uma vez que estivesse de posse do seu "Precioso", não temeria nenhuma arma.

Mas o anel não estava na ilha; ele o perdera, fora-se. Seu guincho causou um arrepio na espinha de Bilbo, apesar de ele ainda não compreender o que acontecera. Mas finalmente Gollum havia percebido, tarde demais. "O que ele tem nos seus bolsossos?", gritou ele. A luz em seus olhos era como uma chama verde quando ele correu de volta para assassinar o hobbit e recuperar seu "Precioso". Foi bem a tempo que Bilbo viu o perigo e fugiu às cegas pelo corredor, afastando-se da água; e mais uma vez foi salvo pela sorte. Pois ao correr pôs a mão no bolso, e o anel se ajustou secretamente ao seu dedo. Assim foi que Gollum passou por ele sem vê-lo e foi vigiar o caminho de saída para evitar que o "ladrão" escapasse. Bilbo o seguiu cauteloso enquanto ele prosseguia, imprecando e falando sozinho sobre seu "Precioso"; e por essa fala o próprio Bilbo acabou adivinhando a verdade, e a esperança lhe veio na treva: ele mesmo encontrara o anel maravilhoso e uma chance de escapar dos orques e de Gollum.

Por fim, detiveram-se diante de uma abertura invisível que conduzia aos portões inferiores das minas, do lado leste das montanhas. Ali Gollum se agachou vigilante, farejando e escutando; e Bilbo foi tentado a matá-lo com a espada. Mas a compaixão o deteve e, apesar de manter o anel, no qual residia sua única esperança, não iria usá-lo para conseguir matar a criatura desgraçada e em desvantagem. No fim, reunindo coragem, saltou por cima de Gollum no escuro e fugiu corredor abaixo, perseguido pelos gritos de ódio e desespero de seu inimigo: "Ladrão, ladrão! Bolseiro! Nós odeia ele para sempre!"

Ora, é um fato curioso que esta não é a história como Bilbo a contou inicialmente aos companheiros. Seu relato a eles foi de que Gollum prometera lhe dar um *presente* se ele ganhasse o jogo; mas quando Gollum foi buscá-lo na ilha descobriu que o tesouro se fora: um anel mágico que lhe fora dado muito tempo atrás, em seu aniversário. Bilbo adivinhou que aquele era o próprio anel que encontrara, e, como tinha ganho o jogo, ele já era seu por direito. Mas, como estava em apuros, não disse nada a respeito e fez com que Gollum lhe mostrasse a saída como prêmio, em vez de presente. Esse relato foi registrado por Bilbo em suas memórias, e parece que ele mesmo jamais o alterou, nem mesmo após o Conselho de Elrond. Evidentemente ele ainda aparecia no Livro Vermelho original, assim como em diversas cópias e extratos. Mas muitas cópias contêm o relato verdadeiro (como alternativa), sem dúvida derivado de notas de Frodo ou Samwise, que ficaram ambos sabendo da verdade, apesar de aparentemente não quererem eliminar qualquer coisa que o próprio velho hobbit tivesse escrito.

Gandalf, no entanto, não acreditou na primeira história de Bilbo assim que a ouviu e continuou muito curioso a respeito do anel. Acabou extraindo de Bilbo o relato verdadeiro, depois de muito questioná-lo, o que por algum tempo pôs em risco a amizade deles; mas o mago parecia pensar que a verdade era importante. Apesar de não dizer isso a Bilbo, também pensava ser importante, e perturbador, o fato de que o bom hobbit não dissera a verdade desde o começo: bastante contrário aos seus hábitos. A ideia de um "presente", mesmo assim, não era uma mera invenção hobbitesca. Ela foi sugerida a Bilbo, como este confessou, pela fala de Gollum que ele ouviu por acaso; pois Gollum de fato chamou o anel de seu "presente de aniversário" muitas vezes. Também isto Gandalf considerou estranho e suspeito; mas só descobriu a verdade sobre esse ponto muitos anos depois, como se verá neste livro.

Sobre as aventuras posteriores de Bilbo, pouco mais precisa ser dito aqui. Com a ajuda do anel ele escapou dos guardas orques no portão e se reuniu aos companheiros. Usou o anel muitas vezes em sua demanda, principalmente em auxílio dos amigos; mas manteve-o em segredo deles pelo tempo que pôde. Depois de retornar à sua casa nunca mais falou dele para qualquer pessoa, exceto a Gandalf e Frodo; e ninguém mais no Condado sabia de sua existência, ou assim ele cria. Só a Frodo ele mostrou o relato de sua Jornada que estava escrevendo.

Sua espada, Ferroada, Bilbo pendurou sobre a lareira, e sua maravilhosa cota de malha, presente dos Anãos vindo do tesouro do Dragão, ele emprestou a um museu, na verdade, à Casa-mathom de Grã-Cava. Mas manteve em uma gaveta em Bolsão a velha capa e o capuz que usara em suas viagens; e o anel, preso a uma fina corrente, ficou no bolso dele.

Retornou ao seu lar em Bolsão em 22 de junho do seu quinquagésimo segundo ano de vida (R.C. 1342), e nada muito notável ocorreu no Condado até o Sr. Bolseiro iniciar os preparativos para comemorar seu centésimo décimo primeiro aniversário (R.C. 1401). Neste ponto esta História começa.

NOTA SOBRE OS REGISTROS DO CONDADO

Ao final da Terceira Era o papel desempenhado pelos Hobbits nos grandes eventos que levaram à inclusão do Condado no Reino Reunido despertou entre eles um interesse mais amplo na sua própria história; e muitas de suas tradições, que até a época ainda eram principalmente orais, foram coletadas e escritas. As maiores famílias também se preocuparam com os eventos no Reino em geral, e muitos de seus membros estudaram suas antigas histórias e lendas. Ao final do primeiro século da Quarta Era já podiam ser encontradas no Condado várias bibliotecas contendo muitos livros e registros históricos.

As maiores dessas coleções estavam provavelmente em Sob-as-Torres, em Grandes Smials e na Mansão do Brandevin. Este relato do fim da Terceira Era provém, mormente, de *O Livro Vermelho do Marco Ocidental.* Essa fonte mais importante da história da Guerra do Anel era assim chamada por ter sido longamente preservada em Sob-as-Torres, lar dos Lindofilhos, Guardiões do Marco Ocidental.[8] Em sua origem, foi o diário particular de Bilbo, que o levou consigo para Valfenda. Frodo o trouxe de volta ao Condado, junto com muitas folhas soltas de anotações e, durante R.C. 1420–21, ele quase preencheu suas páginas com seu relato da Guerra. Mas anexos a ele e preservados com ele, provavelmente no mesmo estojo vermelho, estavam os três grandes volumes encadernados em couro vermelho que Bilbo lhe deu como presente de despedida. A esses quatro volumes foi acrescentado, no Marco Ocidental, um quinto volume contendo comentários, genealogias e vários outros assuntos que diziam respeito aos membros hobbits da Sociedade.

O Livro Vermelho original não está preservado, mas muitas cópias foram feitas, especialmente do primeiro volume, para uso dos descendentes dos filhos do Mestre Samwise. A cópia mais importante, porém, tem uma história diferente. Estava guardada em Grandes Smials, mas foi escrita em Gondor, provavelmente a pedido do bisneto de Peregrin, e completada no R.C. 1592 (Q.E. 172). Seu escriba meridional anexou esta nota: Findegil, Escriba do Rei, terminou esta obra em IV 172. Ela é uma cópia exata, em todos os detalhes, do Livro do Thain, em Minas Tirith. Esse livro era uma cópia feita a pedido do Rei Elessar de *O Livro Vermelho dos Periannath* e lhe foi trazido por Thain Peregrin quando este se afastou para Gondor, em IV 64.

O Livro do Thain foi, assim, a primeira cópia feita do *Livro Vermelho* e continha muita coisa que mais tarde foi omitida ou perdida. Em Minas Tirith ele recebeu muitas anotações e muitas correções, em especial de nomes, palavras e citações em línguas-élficas; e lhe foi acrescentada uma versão abreviada daquelas partes de *O Conto de Aragorn e Arwen,* que são externas ao relato da Guerra. Afirma-se que a história plena foi escrita por

---

[8] Vide Apêndice B (anais 1451, 1462 e 1482) e nota no fim do Apêndice C. [N. A.]

PRÓLOGO

Barahir, neto do Regente Faramir, algum tempo depois do falecimento do Rei. Mas a principal importância da cópia de Findegil é que só ela contém o total das "Traduções do Élfico" de Bilbo. Esses três volumes revelaram ser uma obra de grande habilidade e erudição em que, entre 1403 e 1418, ele usara todas as fontes disponíveis a ele em Valfenda, tanto vivas quanto escritas. Mas, visto que foram pouco usados por Frodo, já que tratavam quase que inteiramente dos Dias Antigos, nada mais se diz deles aqui.

Visto que Meriadoc e Peregrin se tornaram chefes de suas grandes famílias e, ao mesmo tempo, mantiveram suas conexões com Rohan e Gondor, as bibliotecas de Buqueburgo e Tuqueburgo continham muita coisa que não constava no Livro Vermelho. Na Mansão do Brandevin havia muitas obras acerca de Eriador e da história de Rohan. Algumas delas foram compostas ou começadas pelo próprio Meriadoc, porém no Condado ele era principalmente lembrado por seu *Saber das Ervas do Condado* e por seu *Registro dos Anos*, em que discutiu a relação dos calendários do Condado e de Bri com os de Valfenda, Gondor e Rohan. Ele também escreveu um breve tratado chamado *Antigas Palavras e Nomes no Condado*, demonstrando especial interesse em descobrir o parentesco das "palavras do Condado" com a língua dos Rohirrim, como *mathom* e antigos elementos em topônimos.

Em Grandes Smials os livros tinham menos interesse para a gente do Condado, porém eram de maior importância para a história mais ampla. Nenhum deles foi escrito por Peregrin, mas ele e seus sucessores coletaram muitos manuscritos elaborados por escribas de Gondor, principalmente cópias ou resumos de histórias ou lendas relacionadas a Elendil e seus herdeiros. Somente ali, no Condado, podiam ser encontrados extensos materiais sobre a história de Númenor e o surgimento de Sauron. Foi provavelmente em Grandes Smials que *O Conto dos Anos*[9] foi coligido, com a ajuda de material recolhido por Meriadoc. Apesar de as datas indicadas serem muitas vezes conjecturas, especialmente na Segunda Era, elas merecem atenção. É provável que Meriadoc tenha obtido auxílio e informações de Valfenda, que ele visitou mais de uma vez. Ali, apesar de Elrond ter partido, seus filhos permaneceram por muito tempo, junto com alguns da gente dos Altos-elfos. Diz-se que Celeborn foi morar ali após a partida de Galadriel; mas não há registro do dia em que ele finalmente foi em busca dos Portos Cinzentos, e com ele se foi a última lembrança viva dos Dias Antigos na Terra-média.

---

[9]Representado, em forma muito reduzida, no Apêndice B até o fim da Terceira Era. [N. A.]

A SOCIEDADE DO ANEL

Primeira parte de
O SENHOR DOS ANÉIS

LIVRO I

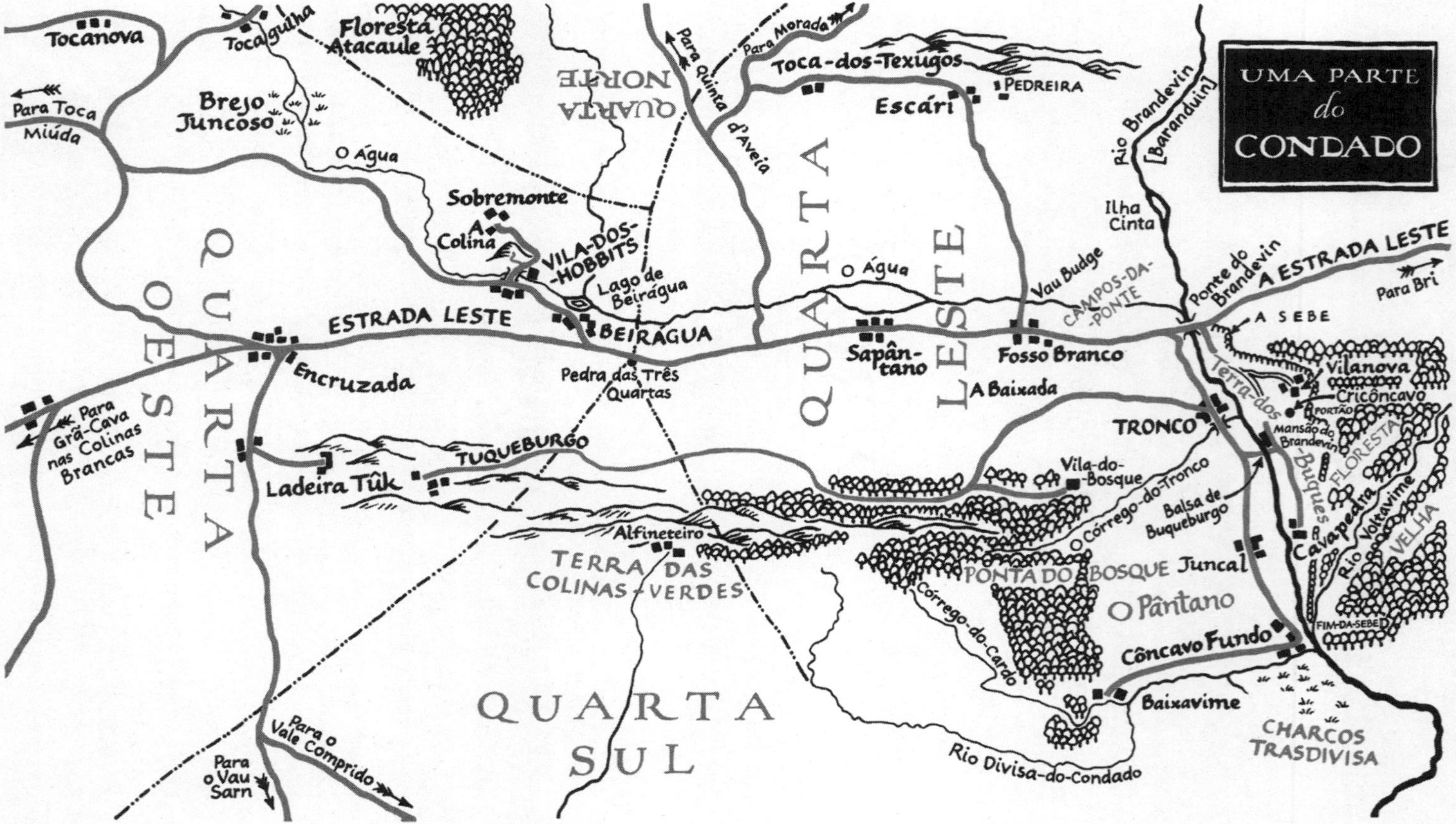

UMA PARTE do CONDADO
Tocanova
Tocaguilha
Floresta Atacaule
Para Toca Miúda
Brejo Juncoso
O Água
Sobremonte
A Colina
VILA-DOS-HOBBITS
Lago de Beirágua
BEIRÁGUA
ESTRADA LESTE
Encruzada
Para Grã-Cava nas Colinas Brancas
Ladeira Tûk
TUQUEBURGO
Pedra das Três Quartas
Alfineteiro
TERRA DAS COLINAS-VERDES
QUARTA OESTE
QUARTA NORTE
QUARTA SUL
QUARTA LESTE
Para o Vale Comprido
Para o Vau Sarn
Para Quinta d'Aveia
Para Morada
Toca-dos-Texugos
Escári
PEDREIRA
O Água
Sapântano
Fosso Branco
A Baixada
Vau Budge
CAMPOS-DA-PONTE
Rio Brandevin [Baranduin]
Ilha Cinta
Ponte do Brandevin
A ESTRADA LESTE
Para Bri
A SEBE
Vilanova
Cricôncavo
PORTÃO
Mansão do Brandevin
Terra-dos-Buques
FLORESTA VELHA
TRONCO
Vila-do-Bosque
O Córrego-do-Tronco
Balsa de Buqueburgo
Cavapedra
Rio Voltavime
Juncal
PONTA DO BOSQUE
O Pântano
Córrego-do-Cardo
FIM-DA-SEBE
Côncavo Fundo
Baixavime
CHARCOS TRASDIVISA
Rio Divisa-do-Condado

… 1 …

UMA FESTA
MUITO ESPERADA

Quando o Sr. Bilbo Bolseiro de Bolsão anunciou que em breve comemoraria seu onzentésimo primeiro aniversário com uma festa de especial magnificência, houve muito falatório e agitação na Vila-dos-Hobbits.

Bilbo era muito rico e muito esquisito, e tinha sido a admiração do Condado por sessenta anos, desde seu notável desaparecimento e inesperado retorno. A fortuna que trouxera de suas viagens já se tornara uma lenda local e popularmente acreditava-se, não importasse o que dissessem os mais velhos, que a Colina em Bolsão estava repleta de túneis entupidos de tesouros. E, se isso não bastasse para a fama, havia também seu vigor prolongado em maravilhar-se. O tempo seguia, mas parecia ter pouco efeito sobre o Sr. Bolseiro. Aos noventa anos estava quase igual aos cinquenta. Aos noventa e nove começaram a chamá-lo de *bem conservado*; mas *inalterado* seria a palavra mais certeira. Alguns havia que balançavam a cabeça, pensando que era bom demais para ser verdade; parecia injusto alguém possuir juventude (aparentemente) perpétua e também riqueza (alegadamente) inesgotável.

"Isso vai precisar ser pago", diziam. "Não é natural e vai dar problemas!"

Mas até agora os problemas não tinham chegado; e, como o Sr. Bolseiro era generoso com o dinheiro, a maioria das pessoas estava disposta a perdoar suas esquisitices e sua boa sorte. Continuava mantendo relações de visita com seus parentes (exceto, é claro, com os Sacola-Bolseiros) e tinha muitos admiradores fiéis entre os hobbits de famílias pobres e desimportantes. Mas não tinha amigos próximos até alguns de seus primos mais jovens crescerem um pouco.

O mais velho deles, e favorito de Bilbo, era o jovem Frodo Bolseiro. Aos noventa e nove anos ele adotou Frodo como herdeiro e o trouxe para morar em Bolsão; e as esperanças dos Sacola-Bolseiros finalmente se despedaçaram. Acontecia de Bilbo e Frodo terem o mesmo aniversário, 22 de setembro. "É melhor você vir morar aqui, Frodo, meu rapaz", disse Bilbo certo dia; "daí poderemos comemorar nossas festas de aniversário juntos, com conforto." Naquela época Frodo ainda estava na *vintolescência*, como os hobbits chamavam a idade irresponsável de vinte e tantos anos, entre a infância e a maioridade aos trinta e três.

Mais doze anos se passaram. A cada ano os Bolseiros haviam dado festas de aniversário conjuntas muito animadas em Bolsão; mas agora ficou evidente que algo bem excepcional estava sendo planejado para aquele outono. Bilbo ia fazer *onzenta e um*, 111, um número bem curioso e uma idade muito respeitável para um hobbit (o próprio Velho Tûk só alcançara os 130); e Frodo ia fazer *trinta e três*, 33, um número importante: a data de sua "maioridade".

As línguas começaram a se mexer na Vila-dos-Hobbits e em Beirágua; e boatos sobre o evento vindouro percorreram todo o Condado. A história e o caráter do Sr. Bilbo Bolseiro tornaram-se mais uma vez o principal assunto das conversas; e os mais velhos de repente descobriram uma grata demanda para suas lembranças.

Ninguém tinha uma plateia mais atenta que o velho Ham Gamgi, comumente conhecido por Feitor. Ele discursava na Moita de Hera, uma pequena taverna na estrada de Beirágua; e falava com alguma autoridade, pois cuidara do jardim de Bolsão por quarenta anos e ajudara o velho Holman no mesmo emprego antes disso. Agora que ele mesmo estava ficando velho e emperrado nas juntas, o trabalho era feito principalmente por seu filho mais novo, Sam Gamgi. Tanto o pai como o filho tinham relações muito amigáveis com Bilbo e Frodo. Moravam na própria Colina, no número 3 da Rua do Bolsinho, logo abaixo de Bolsão.

"É um gentil-hobbit muito simpático e de boa fala, o Sr. Bilbo, como eu sempre disse", declarou o Feitor. Era a perfeita verdade: pois Bilbo era muito polido com ele, chamando-o de "Mestre Hamfast" e consultando-o constantemente sobre o cultivo de vegetais — em termos de "raízes", especialmente batatas, o Feitor era reconhecido como principal autoridade por todos da vizinhança (incluindo ele próprio).

"Mas e esse Frodo que mora com ele?", perguntou o Velho Noques de Beirágua. "Bolseiro ele se chama, mas é mais que metade Brandebuque, dizem. Não entendo por que um Bolseiro da Vila-dos-Hobbits iria sair em busca de esposa lá longe na Terra-dos-Buques, onde a gente é tão esquisita."

"E não espanta que são esquisitos," atalhou Papai Doispé (o vizinho de porta do Feitor), "se eles vivem do lado errado do Rio Brandevin e bem junto da Floresta Velha. É um lugar escuro e ruim, se for verdade metade das histórias."

"Está certo, Pai!", disse o Feitor. "Não é que os Brandebuques da Terra--dos-Buques vivem *na* Floresta Velha; mas são uma família estranha, parece. Ficam brincando com barcos nesse rio grande — e isso não é natural. Pouco admira que tenha dado encrenca, eu digo. Mas, seja como for, o Sr. Frodo é o jovem hobbit mais simpático que você queira conhecer. Muito parecido com o Sr. Bilbo, e é mais do que só aparência. Afinal, o pai dele era Bolseiro. Era um hobbit decente e respeitável, o Sr. Drogo Bolseiro; nunca houve muito que falar dele, até ele se afogar."

"Afogar?", indagaram várias vozes. É claro que já tinham ouvido antes esse boato, e outros mais obscuros; mas os hobbits têm paixão por histórias de família e estavam dispostos a ouvir essa de novo.

"Bem, assim dizem", respondeu o Feitor. "Vejam: o Sr. Drogo, ele se casou com a coitada da Srta. Prímula Brandebuque. Ela era prima-irmã do nosso Sr. Bilbo pelo lado da mãe (a mãe dela era a filha mais moça do Velho Tûk); e o Sr. Drogo era primo-segundo dele. Então o Sr. Frodo é primo dele em primeiro *e* segundo grau, com uma geração de diferença, como costumam dizer, se é que me entendem.[1] E o Sr. Drogo estava morando na Mansão do Brandevin com o sogro, o velho Mestre Gorbadoc, como fazia muitas vezes depois de se casar (já que ele apreciava bons comes, e o velho Gorbadoc tinha uma mesa muito generosa); e saiu para *andar de barco* no Rio Brandevin; e ele e a esposa se afogaram, e o coitado do Sr. Frodo era só uma criança, e tudo o mais."

"Ouvi dizer que eles saíram na água depois do jantar à luz do luar", comentou o Velho Noques; "e foi o peso de Drogo que afundou o barco."

"E *eu* ouvi dizer que ela jogou ele na água, e ele a puxou depois", disse Ruivão, o moleiro da Vila-dos-Hobbits.

"Não precisa escutar tudo que ouve, Ruivão", respondeu o Feitor, que não gostava muito do moleiro. "Não é necessário ficar falando de empurrar e puxar. Um barco já é bem traiçoeiro para quem senta quieto, sem precisar procurar mais motivo de encrenca. Seja como for: aí o Sr. Frodo ficou órfão e encalhado, como poderíamos dizer, entre esse povo estranho da Terra-dos-Buques, e, de qualquer forma, ele foi criado na Mansão do Brandevin. Uma verdadeira coelheira pelo que falam. O velho Mestre Gorbadoc nunca teve menos que algumas centenas de parentes nesse lugar. O Sr. Bilbo nunca fez coisa mais bondosa que trazer o rapaz de volta para morar entre gente decente.

"Mas calculo que foi um golpe brabo para esses Sacola-Bolseiros. Pensavam que iam ficar com Bolsão daquela vez em que ele foi embora e pensavam que estava morto. E daí ele volta e os manda embora; e continua vivendo, vivendo, e nunca parece ter um dia a mais de idade, abençoado seja! E de repente produz um herdeiro, e com toda a papelada certinha.

---

[1] O diálogo está reproduzido com a nomenclatura do original. Pela convenção corrente no Brasil, Bilbo e Frodo são primos em quarto grau pelo lado Bolseiro e em segundo pelo lado Tûk. [N. T.]

Agora os Sacola-Bolseiros nunca vão ver o lado de dentro de Bolsão, pelo menos esperamos que não."

"Tem uma boa quantidade de dinheiro enfiada lá, ouvi dizer", disse um estranho, um visitante a negócios de Grã-Cava na Quarta Oeste. "Todo o topo da sua colina está cheio de túneis entupidos de arcas de ouro e prata e joias, pelo que ouvi."

"Então você ouviu mais do que eu posso garantir", respondeu o Feitor. "Não sei nada de *joias*. O Sr. Bilbo é liberal com dinheiro e não parece que lhe falte; mas não sei de escavação de túneis. Eu vi o Sr. Bilbo quando ele voltou, coisa de sessenta anos atrás, quando eu era rapaz. Não fazia muito tempo que eu era aprendiz do velho Holman (que era primo de meu pai), mas ele me pôs lá em Bolsão para ajudá-lo a impedir as pessoas de pisotearem e invadirem todo o jardim enquanto ocorria a venda. E no meio de tudo isso vem o Sr. Bilbo subindo a Colina com um pônei e uns sacos bem grandes e um par de arcas. Não tenho dúvida que na maior parte estavam cheios de tesouros que ele apanhou em terras estrangeiras, onde há montanhas de ouro, dizem; mas não havia o bastante para encher túneis. Mas meu rapaz Sam deve saber mais sobre isso. Ele entra e sai de Bolsão. Doido por histórias de antigamente ele é, e ouve todos os relatos do Sr. Bilbo. O Sr. Bilbo ensinou as letras a ele — não tem mal nisso, vejam bem, e espero que nenhum mal venha daí.

'Elfos e Dragões!', eu digo a ele. 'Repolhos e batatas são melhores para mim e para você. Não vá se misturar nos afazeres dos seus superiores ou vai acabar em encrenca grande demais para você', eu digo a ele. E poderia dizer isso a outros", acrescentou com uma olhadela para o estranho e para o moleiro.

Mas o Feitor não convenceu sua plateia. A lenda da fortuna de Bilbo já estava fixada demasiado firmemente nas mentes da geração mais jovem de hobbits.

"Ah, mas é bem provável que ele andou acrescentando ao que trouxe primeiro", argumentou o moleiro, expressando a opinião comum. "Muitas vezes ele sai de casa. E veja essa gente bizarra que o visita: anões que vêm de noite, e esse velho feiticeiro andante, Gandalf, e tudo o mais. Pode dizer o que quiser, Feitor, mas Bolsão é um lugar esquisito, e a gente de lá é mais esquisita ainda."

"E você pode dizer o que *você* quiser sobre coisas que você conhece tanto quanto andar de barco, Sr. Ruivão", retorquiu o Feitor, detestando o moleiro ainda mais que de costume. "Se isso é ser esquisito, então seria bom se tivéssemos um pouco mais de esquisitice por aqui. Tem gente não muito longe daqui que não serviria um quartilho[2] de cerveja a um amigo, mesmo que morasse numa toca de paredes douradas. Mas eles fazem as coisas do jeito certo em Bolsão. Nosso Sam diz que *todos* vão ser convidados à festa, e vai ter presentes, veja bem, presentes para todo mundo — e é neste mesmo mês."

Aquele mesmo mês era setembro, e o tempo era o melhor que se poderia querer. Um ou dois dias depois espalhou-se um boato (provavelmente iniciado pelo bem-informado Sam) de que havia fogos de artifício — e mais, fogos de artifício como não se havia visto no Condado por quase um século, de fato desde a morte do Velho Tûk.

Os dias passaram e O Dia se aproximava. Um carroção de aspecto estranho, carregado com pacotes de aspecto estranho, entrou pela Vila-dos-Hobbits certa tardinha e subiu com esforço a Colina até Bolsão. Os hobbits, espantados, espiavam pelas portas iluminadas por lanternas para olhá-lo com pasmo. Era conduzido por gente bizarra, cantando estranhas canções: anões de barbas compridas e capuzes fundos. Alguns deles ficaram em Bolsão. Ao final da segunda semana de setembro chegou uma carroça através de Beirágua, da direção da Ponte do Brandevin, em plena luz do dia. Um velho a dirigia sozinho. Usava um alto chapéu azul pontudo, um comprido manto cinzento e um cachecol prateado. Tinha uma longa barba branca e sobrancelhas frondosas que se projetavam além da aba do chapéu. Criancinhas hobbits corriam atrás da carroça por toda a Vila-dos-Hobbits e também colina acima. Ela tinha uma carga de fogos de artifício, como eles supunham corretamente. Na porta dianteira de Bilbo o velho começou a descarregar: havia grandes feixes de fogos de todos os tipos e formas, cada um marcado com um grande G ग vermelho e a runa-élfica ᚷ.

Essa era a marca de Gandalf, é claro, e o velho era Gandalf, o Mago, cuja fama no Condado se devia principalmente à sua habilidade com fogos, fumaças e luzes. Sua ocupação real era muito mais difícil e perigosa, mas o povo do Condado nada sabia a respeito. Para eles, era apenas uma das "atrações" da festa. Vinha daí a animação das crianças-hobbits. "G de Grandioso!", gritavam eles, e o velho sorria. Conheciam-no de vista, apesar de ele só aparecer na Vila-dos-Hobbits ocasionalmente e nunca se demorar muito; mas nem eles nem algum dos seus ancestrais, exceto os mais velhos, haviam visto uma de suas exibições de fogos de artifício — essas agora pertenciam a um passado lendário.

---

[2]Medida líquida equivalente a 568 mililitros. [N. T.]

Quando o velho, ajudado por Bilbo e alguns anãos, havia terminado de descarregar, Bilbo distribuiu alguns tostões; mas nem um só busca-pé ou bombinha chegou a aparecer, para decepção dos espectadores.

"Agora vão correndo!", disse Gandalf. "Vocês vão ter bastante quando chegar a hora." Depois sumiu no interior de Bolsão com Bilbo, e a porta se fechou. Os jovens hobbits encararam a porta em vão por algum tempo e depois foram embora, sentindo que o dia da festa jamais chegaria.

Dentro de Bolsão, Bilbo e Gandalf estavam sentados à janela aberta de um pequeno recinto que dava para o oeste, com vista para o jardim. O fim de tarde estava luminoso e pacífico. As flores brilhavam em vermelho e dourado: bocas-de-leão, girassóis e capuchinhas se espalhando pelos muros de relva e espiando pelas janelas redondas.

"Como parece luminoso seu jardim!", comentou Gandalf.

"Sim", respondeu Bilbo. "Gosto muito mesmo dele e de todo o querido velho Condado; mas acho que preciso de férias."

"Então pretende prosseguir com seu plano?"

"Pretendo. Tomei minha decisão meses atrás e não a mudei."

"Muito bem. Não vale a pena dizer nada mais. Atenha-se ao seu plano — todo o seu plano, veja bem — e espero que ele acabe bem, para você e para todos nós."

"Assim espero. Seja como for, pretendo me divertir na quinta-feira e fazer minha pequena brincadeira."

"Quem vai rir, eu me pergunto?", indagou Gandalf, balançando a cabeça.

"Veremos", respondeu Bilbo.

No dia seguinte, mais carroças subiram a Colina, e mais carroças ainda. Pode ter havido alguns resmungos sobre "comércio local", mas nessa mesma semana começaram a jorrar de Bolsão pedidos de toda espécie de víveres, utilidades ou luxos que pudessem ser obtidos na Vila-dos-Hobbits, ou em Beirágua, ou em qualquer lugar das redondezas. As pessoas se entusiasmaram; e começaram a marcar os dias no calendário; e observavam avidamente o carteiro, esperando um convite.

Pouco tempo depois os convites começaram a jorrar, e a agência do correio da Vila-dos-Hobbits ficou bloqueada, e a agência do correio de Beirágua ficou soterrada, e foram convocados carteiros auxiliares voluntários. Havia um fluxo constante deles subindo a Colina, trazendo centenas de variantes polidas de "Obrigado, irei com certeza".

Um aviso apareceu no portão de Bolsão: ENTRADA PROIBIDA EXCETO PARA ASSUNTOS DA FESTA. Mesmo àqueles que tinham ou fingiam ter assuntos da festa a tratar raramente a entrada era permitida. Bilbo estava ocupado: escrevendo convites, conferindo respostas, embrulhando presentes e fazendo alguns preparativos particulares. Desde o momento da chegada de Gandalf ele permaneceu sem ser visto.

Certa manhã os hobbits acordaram e viram o grande campo, ao sul da porta dianteira de Bilbo, coberto de cordas e mastros para tendas e pavilhões. Uma entrada especial foi aberta na encosta que levava à estrada, e largos degraus e um grande portão branco foram construídos ali. As três famílias hobbits da Rua do Bolsinho, adjacente ao campo, estavam intensamente interessadas e eram geralmente invejadas. O velho Feitor Gamgi até parou de fingir que estava trabalhando no jardim.

As tendas começaram a subir. Havia um pavilhão especialmente grande, tanto que a árvore que crescia no campo ficou bem dentro dele, e se erguia altiva perto de uma das extremidades, na cabeceira da mesa principal. Havia lanternas suspensas em todos os seus galhos. Ainda mais promissor (na cabeça dos hobbits): uma enorme cozinha ao ar livre foi erguida no canto norte do campo. Um enxame de cozinheiros, de todas as tavernas e tascas a milhas de distância, chegou para suplementar os anãos e outras pessoas esquisitas que estavam alojadas em Bolsão. A animação chegou ao auge.

Então o tempo ficou nublado. Isso foi na quarta-feira, véspera da Festa. A ansiedade era intensa. Então a quinta-feira, 22 de setembro, chegou a raiar. O sol nasceu, as nuvens desapareceram, as bandeiras foram desenroladas e a diversão começou.

Bilbo Bolseiro a chamava de *festa*, mas era de fato uma variedade de entretenimentos embrulhados em um só. Praticamente todos os que moravam perto foram convidados. Alguns bem poucos foram esquecidos por acidente, mas, como eles apareceram assim mesmo, isso não teve importância. Muita gente de outras partes do Condado também foi convidada; e havia até alguns de fora das divisas. Bilbo recebeu os convidados (e os adicionais) em pessoa, no novo portão branco. Entregou presentes a toda a gente e mais alguns — estes últimos eram os que saíram de novo pelos fundos e voltaram a entrar pelo portão. Os hobbits davam presentes a outras pessoas em seus próprios aniversários. Não muito caros, em regra, e não de forma tão pródiga como nessa ocasião; mas não era um mau sistema. Na verdade, todo dia na Vila-dos-Hobbits e em Beirágua era aniversário de alguém, de modo que cada hobbit daquela região tinha boa chance de ganhar ao menos um presente pelo menos uma vez por semana. Mas eles nunca se cansavam disso.

Nesta ocasião os presentes eram incomumente bons. As crianças-hobbits estavam tão animadas que por alguns momentos chegaram a se esquecer de comer. Havia brinquedos como jamais tinham visto antes, todos lindos e alguns obviamente mágicos. Muitos deles, na verdade, tinham sido encomendados um ano antes, e vieram lá da Montanha e de Valle, e eram legítimos produtos dos anãos.

Quando todos os convidados haviam sido recebidos e finalmente estavam dentro do portão, houve canções, danças, música, jogos e, é claro, comida e bebida. Houve três refeições oficiais: almoço, lanche e jantar (ou ceia). Mas o almoço e o lanche se destacaram principalmente pelo fato de que nessas ocasiões todos os convidados estavam sentados e comendo juntos. Em outras horas havia simplesmente montes de pessoas comendo e bebendo — continuamente das onze até as seis e meia, quando começaram os fogos de artifício.

Os fogos eram obra de Gandalf: não somente foram trazidos por ele, mas projetados e feitos por ele; e os efeitos especiais, conjuntos e revoadas de foguetes foram lançados por ele. Mas houve também uma generosa distribuição de busca-pés, bombinhas, estouros em série, estrelinhas, tochas, velas-anânicas, chafarizes-élficos, latidos-de-gobelins e ribombos. Todos eram soberbos. A arte de Gandalf melhorava com a idade.

Havia foguetes como uma revoada de aves cintilantes, cantando com vozes suaves. Havia árvores verdes com troncos de fumaça escura: suas folhas se abriam como toda uma primavera que se desdobra num momento, e seus ramos reluzentes derrubavam flores fulgurantes sobre os hobbits assombrados, desaparecendo com suave fragrância logo antes que lhes tocassem os rostos voltados para cima. Havia fontes de borboletas que voavam, resplandecentes, para dentro das árvores; havia pilares de fogos coloridos que se erguiam e se transformavam em águias, ou navios a vela, ou uma falange de cisnes em voo; havia uma tempestade rubra e um borrifo de chuva amarela; havia uma floresta de lanças de prata que saltavam de repente no ar com o grito de uma tropa aprestada e voltavam a descer sobre o Água com o chiado de cem serpentes abrasadas. E houve também uma última surpresa, em homenagem a Bilbo, e essa assustou imensamente os hobbits, como Gandalf pretendia. As luzes se apagaram. Ergueu-se uma grande fumaça. Ela tomou a forma de uma montanha vista ao longe e começou a brilhar no pico. Cuspiu chamas verdes e escarlates. Dela saiu voando um dragão rubro-dourado — não em tamanho real, mas de aspecto terrivelmente real: saía-lhe fogo pela queixada, seus olhos estavam fixos para baixo; ouviu-se um rugido, e ele mergulhou três vezes sobre as cabeças da multidão. Todos se abaixaram e muitos caíram de rosto no chão. O dragão passou como um trem expresso, deu um salto mortal e estourou acima de Beirágua com uma explosão ensurdecedora.

"Esse é o sinal do jantar!", disse Bilbo. A dor e a aflição sumiram de repente, e os hobbits prostrados puseram-se de pé com um salto. Havia um jantar esplêndido para todos; isto é, para todos exceto os convidados ao jantar especial da família. Este foi servido no grande pavilhão da árvore. Os convites estavam limitados a doze dúzias (um número que os hobbits também chamavam de Grosa, apesar de a palavra não ser considerada adequada falando de pessoas); e os convidados foram selecionados de todas as famílias com as quais Bilbo e Frodo tinham parentesco, com o acréscimo de alguns amigos especiais que não eram parentes (como Gandalf). Muitos hobbits jovens foram incluídos e estavam presentes com permissão dos pais; pois os hobbits eram liberais com os filhos em termos de ficarem acordados até tarde, especialmente quando havia chance de lhes conseguir uma refeição grátis. Criar jovens hobbits custava muito mantimento.

Havia muitos Bolseiros e Boffins, e também muitos Tûks e Brandebuques; havia vários Fossadores (parentes da avó de Bilbo Bolseiro), e vários Roliços (aparentados com seu avô Tûk); e uma seleção de Covas, Bolgers, Justa-Correias, Texugos, Boncorpos, Corneteiros e Pé-Soberbos. Alguns desses tinham apenas um parentesco bem distante com Bilbo, e alguns mal tinham estado na Vila-dos-Hobbits antes, já que viviam em cantos remotos do Condado. Os Sacola-Bolseiros não foram esquecidos. Otho e sua esposa Lobélia estavam presentes. Não gostavam de Bilbo e detestavam Frodo, mas o cartão de convite era tão magnífico, escrito com tinta dourada, que sentiram ser impossível recusar. Além disso, seu primo Bilbo estivera se especializando em comida por muitos anos, e sua mesa tinha alta reputação.

Todos os cento e quarenta e quatro convidados esperavam uma festa agradável; porém estavam um tanto apreensivos com o discurso de seu anfitrião depois do jantar (um item inevitável). Ele costumava incluir fragmentos do que chamava de poesia; e às vezes, depois de um copo ou dois, fazia alusões às aventuras absurdas de sua misteriosa viagem. Os convidados não se decepcionaram: tiveram um banquete *muito* agradável, de fato um entretenimento que os absorveu: rico, abundante, variado e prolongado. Nas semanas seguintes as compras de suprimentos caíram quase a zero em todo o distrito; mas, como o abastecimento de Bilbo havia esgotado os estoques da maioria das lojas, adegas e depósitos num raio de milhas, isso não importava muito.

Após o banquete (mais ou menos) veio o Discurso. No entanto, a maior parte da companhia já estava com humor tolerante, naquele ponto deleitoso que eles chamavam de "preencher os cantos". Estavam bebericando suas bebidas favoritas e mordiscando seus petiscos favoritos, e seus temores foram esquecidos. Estavam dispostos a escutar qualquer coisa e a dar vivas a cada ponto-final.

Minha cara Gente, começou Bilbo, erguendo-se em seu lugar. "Ouçam! Ouçam! Ouçam!", gritaram, e continuaram repetindo isso em coro, aparentemente relutando em seguir seu próprio conselho. Bilbo saiu de seu lugar e se pôs de pé em uma cadeira embaixo da árvore iluminada. A luz das lanternas lhe caía sobre o rosto radiante; os botões dourados brilhavam em seu colete bordado de seda. Todos podiam vê-lo de pé, abanando uma mão no ar, com a outra no bolso da calça.

Meus caros Bolseiros e Boffins, recomeçou ele, *e meus caros Tûks e Brandebuques, e Fossadores, e Roliços, e Covas, e Corneteiros, e Bolgers, Justa-Correias, Boncorpos, Texugos e Pé-Soberbos.* "pés-Soberbos!", gritou um hobbit de certa idade do fundo do pavilhão. Seu nome, claro, era Pé-Soberbo, e bem merecido; seus pés eram grandes, especialmente peludos, e estavam ambos sobre a mesa.

Pé-Soberbos, repetiu Bilbo. *Também meus bons Sacola-Bolseiros a quem finalmente volto a dar as boas-vindas em Bolsão. Hoje é meu centésimo décimo primeiro aniversário: tenho onzenta e um anos hoje!* "Viva! Viva! Muitos Anos de Vida!", gritavam, e martelavam as mesas com alegria. Bilbo estava se saindo esplendidamente. Era desse tipo de coisa que gostavam: curto e óbvio.

Espero que todos estejam se divertindo como eu. Vivas ensurdecedoras. Gritos de "Sim" (e "Não"). Barulho de trompas e cornetas, apitos e flautas e outros instrumentos musicais. Como foi dito, havia muitos jovens hobbits presentes. Centenas de bombinhas musicais tinham sido estouradas. A maioria trazia a marca VALLE; isso não queria dizer muita coisa para a maioria dos hobbits, mas todos concordavam que eram bombinhas maravilhosas. Elas continham instrumentos pequenos, mas de feitura perfeita e tons encantadores. Na verdade, em um canto, alguns dos jovens Tûks e Brandebuques, supondo que o Tio Bilbo acabara (visto que claramente dissera tudo o que era necessário), montaram uma orquestra improvisada e começaram a tocar uma alegre melodia de dança. O Mestre Everard Tûk e a Srta. Melilota Brandebuque subiram numa mesa e, com guizos nas mãos, começaram a dançar a Ciranda-saltitante: uma dança bonita, mas um tanto vigorosa.

Mas Bilbo não havia terminado. Agarrando uma corneta de um jovem próximo, deu três toques altos. O barulho amainou. *Não vou tomar muito do seu tempo,* exclamou. Vivas de toda a multidão. *Chamei todos aqui com um Propósito.* Alguma coisa no modo como disse isso os impressionou. Fez-se quase silêncio, e um ou dois dos Tûks lhe deram ouvidos.

Na verdade, com Três Propósitos! Primeiro de tudo, para lhes dizer que gosto imensamente de todos vocês, e que onzenta e um anos é um tempo curto demais para viver entre hobbits tão excelentes e admiráveis. Tremenda explosão de aprovação.

Não conheço a metade de vocês a metade do que gostaria; e gosto de menos da metade de vocês a metade do que merecem. Isso era inesperado e um tanto difícil. Houve alguns aplausos esparsos, mas a maioria deles estava tentando compreender e ver se era um elogio.

Em segundo lugar, para comemorar meu aniversário. Vivas de novo. *Eu deveria dizer: NOSSO aniversário. Pois é claro que também é o aniversário de meu herdeiro e sobrinho Frodo. Hoje ele se torna maior de idade e faz jus à sua herança*. Alguns aplausos perfunctórios dos mais velhos; e alguns gritos altos de "Frodo! Frodo! O bom e velho Frodo" dos mais moços. Os Sacola-Bolseiros franziram as sobrancelhas e se perguntaram o que queria dizer "fazer jus à sua herança".

Juntos nós totalizamos cento e quarenta e quatro anos. O número de vocês foi escolhido para igualar este notável total: uma Grosa, se me permitem usar a expressão. Nenhum aplauso. Aquilo era ridículo. Muitos dos convidados, em especial os Sacola-Bolseiros, sentiram-se insultados, certos de que só tinham sido chamados para perfazer o número requerido, como mercadorias numa embalagem. "Uma Grosa, essa é boa! Expressão vulgar."

É também, se me permitirem referir-me à história antiga, o aniversário de minha chegada, num barril, a Esgaroth, no Lago Longo; porém o fato de que era meu aniversário me escapou à memória naquela ocasião. Eu tinha apenas cinquenta e um anos, e os aniversários não pareciam tão importantes. O banquete, no entanto, foi deveras esplêndido, apesar de eu estar muito resfriado na ocasião, lembro-me, e só poder dizer "buito obigado". Agora repito mais corretamente: Muitíssimo obrigado por virem à minha pequena festa. Silêncio obstinado. Todos temiam que uma canção ou algum poema fosse iminente; e estavam ficando entediados. Por que ele não podia parar de falar e deixar que eles brindassem à sua saúde? Mas Bilbo não cantou nem recitou. Pausou por um momento.

Em terceiro e último lugar, prosseguiu ele, *desejo fazer um ANÚNCIO.* Falou esta última palavra tão alta e repentinamente que todos aqueles que ainda podiam se ergueram nos assentos. *Lamento anunciar que — apesar de, como eu disse, onzenta e um anos serem um tempo curto demais para passar entre vocês — este é o FIM. Estou indo embora. Estou partindo AGORA. ADEUS!*

Desceu da cadeira e desapareceu. Houve um lampejo cegante de luz, e todos os convidados piscaram. Quando abriram os olhos Bilbo não podia ser visto em nenhum lugar. Cento e quarenta e quatro hobbits estupefatos reclinaram-se emudecidos. O velho Odo Pé-Soberbo tirou os pés da mesa e pisou forte. Então fez-se um silêncio profundo, até que de repente, após várias inspirações profundas, todos os Bolseiros, Boffins, Tûks, Brandebuques, Fossadores, Roliços, Covas, Bolgers, Justa-Correias, Texugos, Boncorpos, Corneteiros e Pé-Soberbos começaram a falar ao mesmo tempo.

A concordância geral era que tinha sido uma brincadeira de muito mau gosto, e foram precisas mais comida e bebida para curar os convidados do choque e do incômodo. "É maluco. Eu sempre disse isso" foi provavelmente o comentário mais popular. Até os Tûks (com algumas exceções) achavam que o comportamento de Bilbo fora absurdo. No momento a maior parte deles achou óbvio que seu desaparecimento nada mais era que uma travessura ridícula.

Mas o velho Rory Brandebuque não tinha tanta certeza. Nem a idade nem um jantar enorme haviam embotado sua perspicácia, e ele falou à nora Esmeralda: "Há qualquer coisa esquisita aí, querida! Creio que o Bolseiro maluco está à solta outra vez. Velho tolo e bobo. Mas por que se preocupar? Ele não levou as provisões consigo." Chamou Frodo em voz alta para que mandasse o vinho passar outra vez.

Frodo era o único presente que não dissera nada. Por algum tempo estivera sentado em silêncio junto à cadeira vazia de Bilbo e ignorara todas as observações e perguntas. É claro que apreciara a brincadeira, apesar de ser um dos iniciados. Achava difícil não rir da indignada surpresa dos convidados. Mas ao mesmo tempo sentia-se profundamente perturbado: deu-se conta de repente de que o velho hobbit lhe era muito querido. A maioria dos convidados continuou comendo e bebendo e discutindo as esquisitices de Bilbo Bolseiro, passadas e presentes; mas os Sacola-Bolseiros já haviam partido furiosos. Frodo não queria mais nada com a festa. Deu ordens para servirem mais vinho; depois levantou-se e esvaziou seu copo à saúde de Bilbo, em silêncio, e se esgueirou para fora do pavilhão.

Quanto a Bilbo Bolseiro, ao mesmo tempo em que fazia seu discurso, ele estivera mexendo no anel dourado em seu bolso: seu anel mágico que mantivera em segredo por tantos anos. Ao descer da cadeira ele o pôs no dedo; e nunca mais foi visto por nenhum hobbit na Vila-dos-Hobbits.

Caminhou enérgico de volta à toca e ficou um momento parado, escutando com um sorriso o ruído no pavilhão e os sons das festividades em outras partes do campo. Depois entrou. Tirou as roupas da festa, dobrou e embrulhou em papel fino seu colete bordado de seda e o guardou. Então vestiu depressa uns trajes velhos e desmazelados, e prendeu à cintura um cinto gasto de couro. Pendurou nele uma espada curta numa bainha surrada de couro preto. De uma gaveta trancada, com cheiro de naftalina, tirou uma velha capa e capuz. Tinham sido trancados como se fossem muito preciosos, mas estavam tão remendados e manchados pelas intempéries que mal se podia adivinhar a cor original: podiam ter sido verde-escuros. Eram um tanto grandes para ele. Depois foi ao escritório e tirou de uma grande caixa-forte um maço embrulhado em panos velhos e um manuscrito encadernado em couro; e também um envelope grande e maciço. Enfiou o livro e o maço no topo de um saco pesado que estava de pé ali, já quase cheio. Deslizou para dentro do envelope seu anel dourado e sua fina corrente, e depois o selou e o endereçou a Frodo. Primeiro colocou-o sobre o consolo da lareira, mas tirou-o de repente e o enfiou no bolso. Nesse momento a porta se abriu e Gandalf entrou depressa.

"Alô!", exclamou Bilbo. "Estava me perguntando se você iria aparecer."

"Estou contente de encontrá-lo visível", retrucou o mago, sentando-se numa cadeira. "Queria apanhá-lo para falar umas últimas palavras. Imagino que você pense que tudo transcorreu de modo esplêndido, de acordo com o plano?"

"Penso, sim", disse Bilbo. "Porém aquele lampejo foi surpreendente: espantou-me bastante, o que dizer dos outros. Um pequeno acréscimo seu, suponho?"

"Foi. Você sabiamente manteve esse anel em segredo todos esses anos, e achei necessário dar aos seus convidados algo mais que pudesse explicar seu súbito desaparecimento."

"E estragasse minha brincadeira. Você é um velho abelhudo intrometido", riu Bilbo, "mas imagino que sabe o que é melhor, como sempre."

"Sei — quando sei alguma coisa. Mas não tenho tanta certeza de toda esta questão. Ela agora alcançou o ponto-final. Você fez sua brincadeira e alarmou ou ofendeu a maior parte de seus parentes, e deu a todo o Condado algo para falar durante nove dias, ou mais provavelmente noventa e nove. Vai em frente?"

"Vou, sim. Sinto que preciso de férias, férias muito longas, como lhe disse antes. Provavelmente férias permanentes: não espero retornar. Na verdade, não pretendo, e fiz todos os arranjos.

"Estou velho, Gandalf. Não pareço, mas estou começando a sentir no fundo do coração. *Bem conservado*, essa é boa!", bufou ele. "Ora, eu me sinto todo fino, como que *esticado*, se você me entende: como manteiga que foi espalhada sobre muito pão. Isso não pode estar certo. Preciso de uma mudança ou algo assim."

Gandalf fitou-o, curioso e de perto. "Não, não parece certo", comentou ele, pensativo. "Não, afinal, eu acho que seu plano provavelmente é o melhor."

"Bem, seja como for, estou decidido. Quero ver montanhas de novo, Gandalf — *montanhas*; e depois encontrar algum lugar onde possa *descansar*. Em paz e com tranquilidade, sem um monte de parentes se intrometendo e uma fileira de malditos visitantes pendurados na campainha. Pode ser que eu encontre um lugar onde possa terminar meu livro. Pensei num bom desfecho para ele: *e viveu feliz para sempre até o fim de seus dias*."

Gandalf riu. "Espero que sim. Mas ninguém lerá o livro, não importa como termine."

"Oh, pode ser que leiam, em anos futuros. Frodo já leu uma parte, até o ponto em que chegou. Você vai ficar de olho em Frodo, não vai?"

"Vou, sim — dois olhos, sempre que os tiver de sobra."

"Ele viria comigo, é claro, se eu lhe pedisse. Na verdade, ofereceu-se para vir uma vez, logo antes da festa. Mas ele não quer de verdade, ainda. Quero ver as regiões ermas outra vez antes de morrer, e as Montanhas;

mas ele ainda está apaixonado pelo Condado, com bosques e campos e riozinhos. Deverá ficar confortável aqui. Estou deixando tudo para ele, é claro, exceto algumas miudezas. Espero que fique feliz quando se acostumar a estar sozinho. Já era hora de ele ser dono do seu nariz."

"Tudo?", indagou Gandalf. "O anel também? Você concordou com isso, lembre-se."

"Bem, há, sim, acho que sim", gaguejou Bilbo.

"Onde ele está?"

"Num envelope, se quer saber", respondeu Bilbo com impaciência. "Ali no consolo da lareira. Ora, não! Aqui está, no meu bolso!", hesitou. "Isso não é estranho?", disse baixinho consigo. "Mas, afinal, por que não? Por que não deveria ficar ali?"

Gandalf encarou Bilbo outra vez, muito intensamente, e havia um brilho em seus olhos. "Eu penso, Bilbo", prosseguiu ele tranquilamente, "que eu o deixaria para trás. Não quer fazer isso?"

"Ora, sim — e não. Agora que a hora chegou, não gosto nem um pouco de me separar dele, é isso. E, na verdade, não vejo por que deveria. Por que você quer que eu faça isso?", perguntou, e sua voz sofreu uma curiosa alteração. Estava ríspida com suspeita e incômodo. "Você está sempre me atormentando sobre meu anel; mas você nunca me aborreceu sobre as outras coisas que obtive em minha viagem."

"Não, mas eu tinha de atormentá-lo", disse Gandalf. "Eu queria a verdade. Era importante. Anéis mágicos são, ora, mágicos; e são raros e curiosos. Eu estava profissionalmente interessado em seu anel, pode-se dizer; e ainda estou. Gostaria de saber onde está, caso você saia outra vez a passear. Também acho que *você* o teve por tempo mais do que suficiente. Não vai mais precisar dele, Bilbo, a não ser que eu muito me engane."

Bilbo enrubesceu, e havia uma luz raivosa em seus olhos. Seu rosto bondoso se endureceu. "Por que não?", exclamou. "E, afinal, o que lhe importa saber o que faço com minhas coisas? Ele é meu. Eu o encontrei. Ele veio ter comigo."

"Sim, sim", assentiu Gandalf. "Mas não há por que ficar com raiva."

"Se estou, é culpa sua", disse Bilbo. "Ele é meu, eu lhe digo. Meu. Meu Precioso. Sim, meu Precioso."

O rosto do mago manteve-se grave e atento, e somente um lampejo em seus olhos profundos demonstrava que estava assustado, de fato alarmado. "Ele já foi chamado assim", afirmou ele, "mas não por você."

"Mas agora eu o digo. E por que não? Mesmo que Gollum alguma vez tenha dito a mesma coisa. Agora não é dele, e sim meu. E vou ficar com ele, eu digo."

Gandalf levantou-se. Falou com severidade. "Você será um tolo se fizer isso, Bilbo", disse ele. "Você deixa isso mais evidente com cada palavra que diz. Ele tem demasiado domínio sobre você. Largue-o! E depois você mesmo pode partir e ser livre."

"Vou fazer o que decido e partir como bem entender", comunicou Bilbo, obstinado.

"Ora, ora, meu caro hobbit!", exclamou Gandalf. "Por toda a sua longa vida fomos amigos, e você me deve alguma coisa. Vamos! Faça o que prometeu: desista dele!"

"Bem, se você quer meu anel para você, diga isso!", exclamou Bilbo. "Mas não vai tê-lo. Não vou dar meu Precioso, eu digo." Sua mão se moveu em direção ao punho da pequena espada.

Os olhos de Gandalf relampejaram. "Logo será minha vez de ficar com raiva", falou ele. "Se você disser isso de novo, vou ficar. Aí você verá Gandalf, o Cinzento, desvendado." Deu um passo na direção do hobbit, e pareceu tornar-se alto e ameaçador; sua sombra preenchia o pequeno recinto.

Bilbo recuou até a parede, com a respiração pesada e a mão apertada no bolso. Passaram um momento encarando-se, e o ar do recinto ardia. Os olhos de Gandalf estavam fixos no hobbit. Lentamente as mãos deste se soltaram, e ele começou a tremer.

"Não sei o que deu em você, Gandalf", afirmou ele. "Você nunca foi assim antes. O que é tudo isso? Ele é meu, não é? Eu o encontrei, e Gollum me mataria se eu não o tivesse guardado. Não sou ladrão, não importa o que ele disse."

"Nunca chamei você assim", respondeu Gandalf. "Nem eu o sou. Não estou tentando roubá-lo, e sim ajudá-lo. Gostaria que confiasse em mim, como costumava." Deu-lhe as costas, e a sombra passou. Pareceu minguar outra vez, tornando-se um velho grisalho, curvado e aflito.

Bilbo passou a mão sobre os olhos. "Lamento", comentou ele. "Mas senti-me muito estranho. E, ainda assim, de certo modo seria um alívio não me preocupar mais com ele. Ele tem dominado minha mente nos últimos tempos. Às vezes senti que era como um olho me fitando. E sempre quero pô-lo e desaparecer, você sabe; ou me pergunto se ele está a salvo, e o tiro do bolso para me certificar. Tentei trancá-lo, mas descobri que não conseguia descansar sem o ter no bolso. Não sei por quê. E parece que não sou capaz de me decidir."

"Então confie em mim", disse Gandalf. "Estou bem decidido. Vá embora e deixe-o para trás. Pare de possuí-lo. Dê-o a Frodo, e eu cuidarei dele."

Por um momento Bilbo ficou parado, tenso e indeciso. Por fim suspirou. "Muito bem", prosseguiu com esforço. "Farei isso." Depois deu de ombros e sorriu um tanto pesaroso. "Afinal, todo esse negócio da festa era para isto, na verdade: dar montes de presentes de aniversário, e de algum modo tornar mais fácil dá-lo ao mesmo tempo. No fim não ficou mais fácil desse jeito, mas seria uma pena desperdiçar todos os meus preparativos. Isso estragaria a brincadeira."

"De fato anularia a única finalidade que cheguei a ver nesse assunto", assentiu Gandalf.

"Muito bem," respondeu Bilbo, "ele vai para Frodo com todo o resto." Inspirou fundo. "E agora preciso mesmo partir, ou outra pessoa vai me apanhar. Eu disse adeus e não suportaria fazer tudo de novo." Apanhou o saco e se aproximou da porta.

"Você ainda está com o anel no bolso", reiterou o mago.

"Ora, estou sim!", exclamou Bilbo. "E meu testamento e todos os outros documentos também. É melhor você pegá-lo e entregar em meu nome. Isso será o mais seguro."

"Não, não me dê o anel", disse Gandalf. "Ponha-o no consolo da lareira. Lá ficará bem seguro até que Frodo chegue. Vou esperar por ele."

Bilbo tirou o envelope, mas bem quando estava prestes a colocá-lo junto ao relógio sua mão se afastou repentinamente, e o pacote caiu no chão. Antes que ele pudesse apanhá-lo o mago se inclinou, pegou-o e o pôs no lugar. Outra vez um espasmo de raiva passou depressa pelo rosto do hobbit. De repente ele cedeu a um olhar de alívio e uma risada.

"Bem, é isso", encerrou ele. "Agora me vou!"

Saíram para o saguão. Bilbo escolheu a bengala favorita no suporte; depois assobiou. Três anãos saíram de diferentes quartos, onde estavam ocupados.

"Está tudo pronto?", perguntou Bilbo. "Tudo embalado e etiquetado?"

"Tudo", responderam eles.

"Bem, então vamos partir!" Deu um passo pela porta da frente.

Era uma bela noite, e o céu negro estava salpicado de estrelas. Ergueu os olhos, farejando o ar. "Que divertido! Que divertido partir outra vez pela Estrada com anãos! Era por isto mesmo que eu estava ansiando durante anos! Adeus!", disse ele, olhando seu velho lar e se inclinando diante da porta. "Adeus, Gandalf!"

"Adeus, por enquanto, Bilbo. Cuide-se! Você é velho o bastante, e talvez sábio o bastante."

"Cuide-se! Não me importo. Não se preocupe comigo! Agora estou feliz como jamais estive, e isso quer dizer muita coisa. Mas a hora chegou. Estou sendo arrebatado, finalmente", acrescentou, e depois, em voz baixa, como que para si mesmo, cantou suavemente no escuro:

> *A Estrada segue sempre avante*
> *Da porta onde é seu começo.*
> *Já longe a Estrada vai, constante,*
> *E eu vou por ela sem tropeço,*

> *Seguindo-a com pés ansiosos,*
> *Pois outra estrada vou achar*
> *Onde há encontros numerosos.*
> *Depois? Não posso adivinhar.*[A]

Fez uma pausa, em silêncio, por um momento. Depois, sem mais palavra, deu as costas às luzes e às vozes no campo e nas tendas e, seguido pelos três companheiros, deu a volta no jardim e trotou percorrendo a longa trilha que descia. Pulou um trecho baixo da sebe no sopé e passou para os prados, entrando na noite como um farfalhar de vento no capim.

Gandalf ficou um tempo com o olhar fixo nele, na escuridão. "Até logo, meu caro Bilbo — até nosso próximo encontro!", disse baixinho e voltou para dentro.

Frodo entrou logo depois e o encontrou sentado no escuro, absorto em pensamentos. "Ele se foi?", perguntou.

"Sim," respondeu Gandalf, "ele se foi afinal."

"Eu gostaria, quero dizer, até esta tarde eu esperava que fosse apenas uma brincadeira", declarou Frodo. "Mas no meu coração eu sabia que ele realmente pretendia ir. Ele sempre brincava com coisas sérias. Eu gostaria de ter voltado antes, só para me despedir dele."

"Na verdade, acho que ele preferiu escapulir tranquilamente no final", disse Gandalf. "Não se aflija demais. Ele vai ficar bem — agora. Deixou um pacote para você. Ali está ele!"

Frodo pegou o envelope no consolo da lareira e lhe lançou um olhar, mas não o abriu.

"Creio que aí dentro você encontrará seu testamento e todos os outros documentos", afirmou o mago. "Agora você é o dono de Bolsão. E imagino que também encontrará um anel dourado."

"O anel!", exclamou Frodo. "Ele deixou isso para mim? Pergunto-me por quê. Ainda assim, poderá ser útil."

"Poderá, ou não poderá", disse Gandalf. "Eu não faria uso dele, se fosse você. Mas mantenha-o em segredo, e mantenha-o guardado! Agora vou para a cama."

Como dono de Bolsão, Frodo sentiu ser seu doloroso dever despedir-se dos convidados. Àquela altura boatos sobre eventos estranhos haviam se espalhado pelo campo, mas Frodo só dizia que "sem dúvida tudo estará esclarecido pela manhã." Por volta da meia-noite vieram carruagens para as pessoas importantes. Uma a uma elas se afastaram, repletas de hobbits cheios, mas muito insatisfeitos. Vieram os jardineiros contratados e removeram, em carrinhos de mão, os que inadvertidamente tinham ficado para trás.

A noite passou devagar. O sol nasceu. Os hobbits se levantaram um tanto tarde. A manhã prosseguiu. Vieram pessoas para começar (seguindo ordens) a remover os pavilhões, e as mesas, e as cadeiras, e colheres, e facas, e garrafas, e pratos, e lanternas, e os arbustos floridos em caixas, e as migalhas e papéis de bombinhas, bolsas e luvas e lenços esquecidos, e a comida intocada (um item muito reduzido). Então chegou um certo número de outras pessoas (sem ordens): Bolseiros, e Boffins, e Bolgers, e Tûks, e outros convidados que moravam ou estavam alojados por perto. No meio do dia, quando até os mais bem alimentados estavam circulando outra vez, havia em Bolsão uma grande multidão, sem convite, mas não inesperada.

Frodo esperava nos degraus, sorrindo, mas parecendo um tanto cansado e preocupado. Recebia todos os visitantes, mas não tinha muito mais a dizer do que antes. Sua resposta a todas as questões era simplesmente esta: "O Sr. Bilbo Bolseiro partiu; até onde sei, em definitivo." Alguns dos visitantes ele convidou a entrar, pois Bilbo deixara "mensagens" para eles.

Lá dentro, no saguão, estava empilhado um grande sortimento de pacotes e embrulhos e pequenas peças de mobiliário. Em cada item havia uma etiqueta amarrada. Havia diversas etiquetas deste tipo:

Para ADELARD TÛK, para ELE MESMO, de Bilbo; num guarda-chuva. Adelard já havia levado muitos que não tinham etiqueta.

Para DORA BOLSEIRO em memória de uma LONGA correspondência, com amor de Bilbo; num grande cesto de lixo. Dora era irmã de Drogo, a mais velha parenta sobrevivente de Bilbo e Frodo; tinha noventa e nove anos e escrevera resmas de bons conselhos por mais de meio século.

Para MILO COVAS, esperando que seja útil, de B.B.; numa caneta de ouro e tinteiro. Milo jamais respondia a cartas.

Para o uso de ANGÉLICA, do Tio Bilbo; num espelho convexo redondo. Ela era uma jovem Bolseiro e, obviamente, acreditava demais ter um rosto formoso.

Para a coleção de HUGO JUSTA-CORREIA, de um contribuidor; em uma estante (vazia) de livros. Hugo era grande tomador de livros emprestados, e pior que o normal para devolvê-los.

Para LOBÉLIA SACOLA-BOLSEIRO, como PRESENTE; num estojo de colheres de prata. Bilbo acreditava que ela carregara muitas das suas colheres enquanto ele estava longe em sua antiga viagem. Lobélia bem sabia disso. Quando chegou mais tarde naquele dia, pegou a alusão imediatamente, mas também pegou as colheres.

Esta é apenas uma pequena seleção dos presentes reunidos. A residência de Bilbo tinha ficado bastante atulhada de objetos no decorrer de sua longa vida. Era uma tendência das tocas de hobbits ficarem atulhadas: o costume de dar tantos presentes de aniversário tinha grande responsabilidade nisso. Claro que os presentes de aniversário nem sempre eram *novos*; havia um ou dois *mathoms* de uso esquecido que tinham circulado por todo o distrito; mas Bilbo normalmente dera presentes novos, e guardara os que recebera. Agora a velha toca estava sendo desimpedida um pouco.

 Cada um dos vários presentes de despedida tinha uma etiqueta, escrita pessoalmente por Bilbo, e diversos tinham alguma alusão, ou alguma brincadeira. Mas é claro que a maior parte dos objetos foi dada a quem precisava e recebia de bom grado. Os hobbits mais pobres, especialmente os da Rua do Bolsinho, deram-se muito bem. O velho Feitor Gamgi ganhou dois sacos de batatas, uma pá nova, um colete de lã e um frasco de unguento para juntas enferrujadas. O velho Rory Brandebuque, em troca de muita hospitalidade, ganhou uma dúzia de garrafas de Velhos Vinhedos: um vinho tinto forte da Quarta Sul, e àquela altura bem maduro, visto que fora armazenado pelo pai de Bilbo. Rory perdoou Bilbo por completo e o declarou excelente sujeito depois da primeira garrafa.

 De tudo, bastante havia sido deixado para Frodo. E é claro que todos os tesouros principais, bem como os livros, os quadros e mais móveis que o suficiente, foram deixados em sua posse. No entanto, não havia sinal nem menção de dinheiro nem joias: nem um tostão nem uma conta de vidro foram doados.

Frodo passou maus bocados naquela tarde. Um boato falso de que toda a instalação estava sendo distribuída de graça espalhou-se como fogo-fátuo; e em pouco tempo a casa estava lotada de gente que não tinha nada a fazer ali, mas que não podia ser mantida do lado de fora. Etiquetas eram arrancadas e misturadas, e brigas irromperam. Algumas pessoas tentaram fazer trocas e acordos no saguão; e outras tentaram pilhar objetos pequenos que não lhes eram destinados, ou qualquer coisa que parecesse não ser desejada nem vigiada. O caminho do portão estava bloqueado com carrinhos de mão e carretas.

 No meio da confusão chegaram os Sacola-Bolseiros. Frodo se afastara por um momento e deixara o amigo Merry Brandebuque vigiando os objetos. Quando Otho pediu para ver Frodo em alta voz, Merry se inclinou polidamente.

 "Ele está indisposto", disse. "Está repousando."

 "Escondido, você quer dizer", retrucou Lobélia. "Seja como for, queremos vê-lo e pretendemos vê-lo. Agora vá e diga a ele!"

 Merry os deixou no saguão por longo período, e eles tiveram tempo de descobrir as colheres que eram presentes de despedida. Isso não melhorou seu humor. Acabaram sendo admitidos no escritório. Frodo estava sentado a uma mesa com um monte de papéis à sua frente. Parecia indisposto — em ver os Sacola-Bolseiros, com certeza; e levantou-se, remexendo alguma coisa no bolso. Mas falou muito educadamente.

Os Sacola-Bolseiros foram bem ofensivos. Começaram lhe oferecendo preços de pechincha ruins (como se fosse entre amigos) para vários objetos valiosos sem etiqueta. Quando Frodo retrucou que só estavam sendo doadas as coisas especialmente marcadas por Bilbo, eles disseram que todo o caso era bem duvidoso.

"Só uma coisa está clara para mim", falou Otho, "é que você está se dando muito bem. Insisto em ver o testamento."

Otho teria sido herdeiro de Bilbo, não fosse a adoção de Frodo. Leu o testamento com cuidado e bufou. Infelizmente ele era muito claro e correto (de acordo com os costumes legais dos hobbits, que entre outras coisas exigem sete assinaturas de testemunhas em tinta vermelha).

"Frustrados outra vez!", disse ele à esposa. "E depois de esperar *sessenta* anos. Colheres? Baboseira!" Estalou os dedos debaixo do nariz de Frodo e saiu pisando duro. Mas Lobélia não era tão fácil de se livrar. Pouco depois Frodo saiu do escritório para ver como as coisas estavam andando e a encontrou ainda rodando, investigando frestas e cantos e dando pancadinhas no chão. Escolheu-a com firmeza para fora do recinto, depois de aliviá-la de diversos artigos pequenos (mas bem valiosos) que de algum modo haviam caído dentro do seu guarda-chuva. Pelo rosto dela, parecia que estava na agonia de imaginar uma observação de despedida que fosse realmente avassaladora; mas só conseguiu dizer, virando-se no degrau:

"Você viverá para se arrepender disto, rapazinho! Por que não foi embora também? Seu lugar não é aqui; você não é Bolseiro — você — você é um Brandebuque!"

"Ouviu isso, Merry? Foi um insulto, se você me entende", exclamou Frodo, fechando a porta atrás dela.

"Foi um elogio", disse Merry Brandebuque, "e, portanto, não era verdade."

Então deram uma volta pela toca e expulsaram três jovens hobbits (dois Boffins e um Bolger) que estavam fazendo buracos nas paredes de um dos porões. Frodo também teve uma briga com o jovem Sancho Pé-Soberbo (neto do velho Odo Pé-Soberbo), que começara uma escavação na despensa maior, onde cria haver um eco. A lenda do ouro de Bilbo excitava ao mesmo tempo curiosidade e esperança; pois ouro lendário (obtido de modo misterioso, se não francamente ilícito) é, como todos sabem, de quem o achar — a não ser que a busca seja interrompida.

Depois de derrotar Sancho e empurrá-lo para fora, Frodo desabou numa cadeira no saguão. "É hora de fechar a loja, Merry", afirmou ele. "Tranque a porta e não a abra para ninguém hoje, nem que tragam um aríete." Então foi recompor-se com uma xícara tardia de chá.

Mal estava sentado quando se ouviu uma batida fraca na porta da frente. "Muito provavelmente Lobélia de novo", pensou ele. "Ela deve ter pensado em alguma coisa bem detestável e voltou para dizê-la. Isso pode esperar."

Continuou com seu chá. A batida repetiu-se, bem mais alta, mas ele não deu atenção. De repente, a cabeça do mago surgiu à janela.

"Se não me deixar entrar, Frodo, vou explodir sua porta, que vai atravessar sua toca e sair pela colina", disse ele.

"Meu caro Gandalf! Meio minuto!", exclamou Frodo, correndo pelo recinto até a porta. "Entre! Entre! Pensei que era Lobélia."

"Então eu o perdoo. Mas eu a vi um tempo atrás, dirigindo uma carreta de pônei rumo a Beirágua com uma cara que azedaria leite fresco."

"Ela quase azedou a mim. Honestamente, faltou pouco para eu usar o anel de Bilbo. Tive ganas de desaparecer."

"Não faça isso!", exclamou Gandalf, sentando-se. "Tenha muito cuidado com esse anel, Frodo! Na verdade, é em parte sobre isso que vim dizer uma última palavra."

"Bem, do que se trata?"

"O que você já sabe?"

"Só o que Bilbo me contou. Ouvi a história dele: como ele o encontrou, e como o usou — na sua viagem, quero dizer."

"Qual história, eu me pergunto", indagou Gandalf.

"Oh, não a que ele contou aos anãos e pôs no seu livro", respondeu Frodo. "Ele me contou a história verdadeira logo depois que vim morar aqui. Falou que você o tinha importunado até lhe contar, e, portanto, era melhor que eu também soubesse. 'Sem segredos entre nós, Frodo', ele disse; 'mas estes não devem ir além. Seja como for, é meu.'"

"Isso é interessante", comentou Gandalf. "Bem, o que você pensou de tudo isso?"

"Se você se refere a inventar tudo aquilo sobre um 'presente', bem, pensei que a história verdadeira era muito mais provável e não consegui ver nenhum motivo para alterá-la. De qualquer modo, não era nada característico de Bilbo fazer isso; e pensei que era bem esquisito."

"Eu também. Mas coisas esquisitas podem acontecer com pessoas que têm tais tesouros — se os usarem. Que isso seja um alerta para você tomar muito cuidado com ele. Ele pode ter outros poderes além de simplesmente fazer você sumir quando deseja."

"Não compreendo", disse Frodo.

"Nem eu", replicou o mago. "Meramente comecei a me perguntar sobre o anel, especialmente desde ontem à noite. Não há por que se preocupar. Mas, se aceita meu conselho, você o usará muito raramente, ou nunca. Pelo menos imploro que não o use de modo que cause comentários ou levante suspeitas. Digo outra vez: mantenha-o guardado, e mantenha-o em segredo!"

"Você está muito misterioso! Do que tem medo?"

"Não tenho certeza, por isso não direi nada mais. Poderei ser capaz de lhe contar alguma coisa quando voltar. Vou partir imediatamente: então é adeus por ora." Levantou-se.

"Imediatamente!", exclamou Frodo. "Ora, pensei que você iria ficar pelo menos por uma semana. Estava contando com sua ajuda."

"Eu pretendia — mas tive que mudar de ideia. Poderei estar longe por um bom tempo; mas virei vê-lo de novo assim que puder. Espere-me quando me vir! Vou chegar furtivamente e em silêncio. Não vou mais visitar o Condado abertamente muitas vezes. Descobri que me tornei um tanto impopular. Dizem que sou inconveniente e perturbador da paz. Algumas pessoas chegam a me acusar de raptar Bilbo, ou pior. Se quer saber, dizem que há um complô entre você e eu para tomar posse da fortuna dele."

"Algumas pessoas!", exclamou Frodo. "Você quer dizer Otho e Lobélia. Que coisa abominável! Eu lhes daria Bolsão e tudo o mais se pudesse fazer Bilbo voltar e sair perambulando por aí com ele. Amo o Condado. Mas começo a desejar, de algum modo, que eu também tivesse ido. Pergunto-me se alguma vez vou voltar a vê-lo."

"Eu também", disse Gandalf. "E me pergunto várias outras coisas. Adeus por agora! Cuide-se! Espere me ver, especialmente em horas improváveis! Adeus!"

Frodo levou-o até a porta. Ele deu um aceno de mão final e partiu caminhando em velocidade espantosa; mas Frodo pensou que o velho mago parecia incomumente curvado, quase como se estivesse carregando um grande peso. A noitinha estava chegando, e seu vulto encapado desapareceu depressa na penumbra. Frodo não voltou a vê-lo por longo tempo.

2

A Sombra do Passado

O falatório não diminuiu em nove dias, nem mesmo em noventa e nove. O segundo desaparecimento do Sr. Bilbo Bolseiro foi discutido na Vila-dos-Hobbits, e, na verdade, por todo o Condado, por um ano e um dia, e foi lembrado por muito mais tempo que isso. Transformou-se numa história ao pé da lareira para os jovens hobbits; e eventualmente o Bolseiro Louco, que costumava sumir com um estrondo e um clarão e reaparecer com sacos de joias e ouro, tornou-se um personagem predileto das lendas e continuou vivendo muito tempo depois de todos os acontecimentos reais estarem esquecidos.

Mas, nesse meio-tempo, a opinião geral da vizinhança era de que Bilbo, que sempre fora um tanto doido, tinha finalmente enlouquecido de vez e saíra correndo para o Grande Mundo. Ali ele sem dúvida caíra em uma lagoa ou um rio, chegando a um fim trágico, mas não necessariamente precoce. A culpa, na maioria das vezes, era atribuída a Gandalf.

"Contanto que esse mago danado deixe o jovem Frodo sozinho, quem sabe ele se acalme e desenvolva bom-senso de hobbit", diziam. E ao que parecia o mago deixou Frodo sozinho, e este se acalmou, mas o desenvolvimento de bom-senso de hobbit não era muito perceptível. Na verdade, ele imediatamente começou a perpetuar a reputação de esquisitice de Bilbo. Recusou-se a vestir luto; e no ano seguinte deu uma festa em homenagem ao centésimo décimo segundo aniversário de Bilbo, que chamou de Banquete do Quintal.[1] Mas ficou abaixo do esperado, pois foram convidadas vinte pessoas, e houve diversas refeições em que nevou comida e choveu bebida, como dizem os hobbits.

Alguns ficaram um tanto chocados; mas Frodo manteve o costume de celebrar a Festa de Aniversário de Bilbo ano após ano, até que se acostumassem. Dizia que não achava que Bilbo estivesse morto. Quando perguntavam "Então onde ele está?", ele dava de ombros.

---

[1] O quintal (em inglês *hundredweight*) é uma antiga unidade de medida de peso eqüivalente a 112 libras (ou cerca de 51 quilogramas). [N. T.]

Morava sozinho, como Bilbo morara; mas tinha um bom número de amigos, especialmente entre os hobbits mais jovens (em sua maioria descendentes do Velho Tûk), que em criança gostavam de Bilbo e costumavam entrar e sair de Bolsão. Folco Boffin e Fredegar Bolger eram dois deles; mas seus amigos mais próximos eram Peregrin Tûk (usualmente chamado de Pippin) e Merry Brandebuque (seu nome verdadeiro era Meriadoc, mas raramente era lembrado). Frodo saía com eles em caminhadas pelo Condado; porém mais amiúde ele perambulava sozinho, e, para espanto das pessoas sensatas, era visto às vezes longe de casa, caminhando nas colinas e nos bosques sob a luz das estrelas. Merry e Pippin suspeitavam que às vezes ele visitava os Elfos, como Bilbo fazia.

À medida que o tempo passava, as pessoas começaram a notar que também Frodo demonstrava sinais de boa "conservação": externamente mantinha a aparência de um hobbit robusto e enérgico recém-saído da vintolescência. "Algumas pessoas têm a sorte toda", diziam; mas foi só quando Frodo se aproximou da idade de cinquenta anos, usualmente mais sóbria, que começaram a achar isso esquisito.

O próprio Frodo, após o primeiro choque, descobriu que ser dono do próprio nariz e *o* Sr. Bolseiro de Bolsão era bem agradável. Por alguns anos foi bastante feliz e não se preocupou muito com o futuro. Mas, meio à revelia dele, o arrependimento de não ter ido com Bilbo crescia constantemente. Ele se pegava perguntando-se, em especial no outono, sobre as terras ermas, e estranhas visões de montanhas que ele jamais vira lhe vinham em sonhos. Começou a dizer para si mesmo: "Quem sabe eu mesmo hei de atravessar o Rio algum dia." A isso a outra metade de sua mente sempre respondia: "Ainda não."

Assim as coisas iam indo até que os quarenta e tantos foram acabando e seu quinquagésimo aniversário se aproximava: cinquenta era um número que ele acreditava ser significativo (ou agourento) de certa maneira; fosse como fosse, fora nessa idade que a aventura subitamente acometera Bilbo. Frodo começou a se sentir inquieto, e as velhas sendas pareciam demasiado bem trilhadas. Olhava mapas e se perguntava o que ficava além de suas beiradas: mapas feitos no Condado mostravam quase só espaços brancos para lá das suas divisas. Principiou a vagar para mais longe, e mais frequentemente sozinho; e Merry e os demais amigos o observavam com ansiedade. Muitas vezes era visto caminhando e conversando com os estranhos viandantes que nessa época começaram a surgir no Condado.

Havia boatos de coisas estranhas acontecendo no mundo lá fora; e, como àquela época Gandalf nem aparecera nem tinha enviado recado por vários anos, Frodo reunia todas as notícias que podia. Elfos, que raramente caminhavam no Condado, agora podiam ser vistos passando pelas matas ao entardecer, rumo ao oeste, passando sem retornar; mas estavam deixando a Terra-média e não se importavam mais com seus infortúnios. Havia, porém, anãos em números incomuns na estrada. A antiga Estrada Leste--Oeste corria através do Condado até seu término nos Portos Cinzentos, e os anãos sempre a tinham usado a caminho de suas minas nas Montanhas Azuis. Eram a principal fonte de notícias de regiões longínquas para os hobbits — caso estes quisessem notícias: em regra os anãos pouco diziam, e os hobbits não perguntavam mais que isso. Mas agora Frodo costumava encontrar anãos estranhos de regiões distantes, buscando refúgio no Oeste. Estavam perturbados, e alguns falavam em sussurros do Inimigo e da Terra de Mordor.

Esse nome os hobbits só conheciam de lendas do passado obscuro, como uma sombra no segundo plano de suas lembranças; mas era ominoso e inquietante. Parecia que o poder maligno em Trevamata havia sido expulso pelo Conselho Branco e ressurgido, com maior força, nos velhos baluartes de Mordor. A Torre Sombria fora reconstruída, dizia-se. Dali o poder se espalhava por toda a parte, e longe no leste e no sul havia guerras e temor crescente. Orques se multiplicavam outra vez nas montanhas. Trols estavam em campo, não mais obtusos, e sim astuciosos e munidos de armas pavorosas. E havia insinuações murmuradas sobre criaturas mais terríveis que todas essas, mas elas não tinham nome.

É claro que poucas destas coisas chegavam aos ouvidos dos hobbits comuns. Mas até os mais surdos e mais caseiros começaram a ouvir relatos peculiares; e aqueles cujos afazeres os levavam até as divisas viam coisas estranhas. A conversa no Dragão Verde em Beirágua, certa tardinha na primavera do quinquagésimo ano de vida de Frodo, mostrava que até no confortável coração do Condado os boatos tinham sido ouvidos, apesar de a maioria dos hobbits ainda rir-se deles.

Sam Gamgi estava sentado a um canto, perto do fogo, e à sua frente estava Ted Ruivão, filho do moleiro; e vários outros hobbits escutavam a conversa deles.

"Coisas esquisitas a gente ouve esses dias, com certeza", disse Sam.

"Ah", respondeu Ted, "ouve mesmo se escutar. Mas eu posso ouvir contos ao pé do fogo e histórias infantis em casa se quiser."

"Sem dúvida que pode," retorquiu Sam, "e imagino que tem mais verdade em algumas delas do que você pensa. E depois, quem inventou as histórias? Veja os dragões, por exemplo."

"Não, obrigado", respondeu Ted. "Não vou ver. Ouvi falar deles quando era menino, mas agora não tem por que acreditar neles. Só tem um Dragão em Beirágua, que é Verde", disse ele, obtendo uma risada geral.

"Está bem", assentiu Sam, rindo com os outros. "Mas e esses Homens-árvores, esses gigantes, como se poderia dizer? Dizem que um, maior que uma árvore, foi visto lá em cima além dos Pântanos do Norte não faz muito tempo."

"Quem *dizem*?"

"Meu primo Hal, por exemplo. Ele trabalha para o Sr. Boffin em Sobremonte e sobe para a Quarta Norte para caçar. Ele *viu* um."

"Diz que viu, quem sabe. O seu Hal sempre diz que viu coisas; e talvez veja coisas que não estão lá."

"Mas esse era do tamanho de um olmo e andava... andava sete jardas[2] em cada passo, nem uma polegada a menos."

"Então aposto que foram umas polegadas a menos. O que ele viu *foi* um olmo, muito provavelmente."

"Mas esse estava *andando*, estou lhe dizendo; e não tem olmo nos Pântanos do Norte."

"Então Hal não pode ter visto um", disse Ted. Houve algumas risadas e palmas; a plateia parecia achar que Ted marcara um ponto.

"Ainda assim," continuou Sam, "não pode negar que outros, além do nosso Halfast, viram gente estranha atravessando o Condado — atravessando, veja bem: tem mais gente que é rechaçada na divisa. Os Fronteiros nunca estiveram tão ocupados antes.

"E ouvi dizer que os Elfos estão se deslocando para o oeste. Eles dizem que estão indo para os portos, lá longe além das Torres Brancas." Sam balançou o braço vagamente: nem ele, nem nenhum deles sabia a que distância ficava o Mar, depois das velhas torres além das divisas ocidentais do Condado. Mas era uma tradição antiga que para aqueles lados ficavam os Portos Cinzentos, de onde às vezes os navios-élficos zarpavam para jamais retornar.

"Estão navegando, navegando, navegando sobre o Mar, estão indo para o Oeste e nos deixando", disse Sam, meio entoando as palavras, balançando a cabeça de modo triste e solene. Mas Ted riu-se.

"Bem, isso não é novidade nenhuma, se você acreditar nas velhas histórias. E não sei o que isso importa para mim ou para você. Eles que naveguem! Mas garanto que você não os viu navegando; nem qualquer outra pessoa do Condado."

"Bem, não sei", declarou Sam, pensativo. Ele acreditava ter visto um Elfo na floresta, certa vez, e ainda esperava ver outros algum dia. De todas as lendas que ouvira nos dias de infância, esses fragmentos de relatos e histórias meio recordadas sobre os Elfos, como os hobbits sabiam,

---

[2] A jarda tem cerca de 91 centímetros, portanto, sete jardas equivalem a quase 6,4 metros. [N. T.]

sempre o haviam comovido mais profundamente. "Tem alguns, mesmo por aqui, que conhecem o Belo Povo e têm notícias dele", disse. "Ora, tem o Sr. Bolseiro para quem eu trabalho. Ele me contou que eles estavam navegando, e ele sabe um bocado sobre os Elfos. E o velho Sr. Bilbo sabia mais: foram muitas as conversas que tive com ele quando era garotinho."

"Oh, os dois são birutas", retrucou Ted. "Pelo menos o velho Bilbo era biruta, e Frodo está ficando. Se é deles que vêm as suas notícias, nunca vai lhe faltar devaneio. Bem, amigos, vou para casa. Saúde!" Esvaziou o caneco e saiu ruidosamente.

Sam ficou sentado em silêncio e não falou mais nada. Tinha bastante em que pensar. Por exemplo, havia muita coisa para fazer no jardim de Bolsão, e o dia seguinte seria trabalhoso se o tempo abrisse. A grama estava crescendo depressa. Mas Sam tinha mais em que pensar do que jardinagem. Algum tempo depois, suspirou, levantou-se e saiu.

Era o começo de abril, e o céu já estava clareando após chuvas intensas. O sol se pusera, e uma tardinha fresca e pálida lentamente desbotava e se tornava noite. Caminhou para casa sob as estrelas precoces, atravessando a Vila-dos-Hobbits e subindo a Colina, assobiando baixinho, pensativo.

Foi bem a esse tempo que Gandalf reapareceu após sua longa ausência. Por três anos após a Festa ele estivera afastado. Depois fez uma breve visita a Frodo e, após olhá-lo bem, foi-se embora outra vez. Durante o próximo ano ou dois ele aparecera com razoável frequência, chegando inesperado após o anoitecer e partindo sem aviso antes do nascer do sol. Não discutia seus próprios afazeres nem viagens e parecia interessado principalmente em pequenas notícias sobre a saúde e as atividades de Frodo.

Então, de repente, suas visitas haviam cessado. Fazia mais de nove anos que Frodo não o vira nem escutara falar dele, e começara a pensar que o mago não voltaria nunca e que desistira de todo interesse nos hobbits. Mas, naquela tarde, enquanto Sam caminhava para casa e o crepúsculo se desfazia, ouviu-se a batida, outrora familiar, na janela do escritório.

Frodo recebeu o velho amigo com surpresa e grande deleite. Entreolharam-se com intensidade.

"Tudo bem, hein?", disse Gandalf. "Você parece o mesmo de sempre, Frodo."

"Você também", respondeu Frodo; mas em segredo pensava que Gandalf parecia mais velho e mais atormentado. Exigiu-lhe notícias sobre ele e o vasto mundo, e logo estavam imersos em diálogo, e ficaram acordados até tarde da noite.

Na manhã seguinte, após um desjejum tardio, o mago estava sentado com Frodo junto à janela aberta do escritório. Havia um fogo intenso na lareira, mas o sol estava quente e o vento vinha do Sul. Tudo parecia fresco, e o verde novo da primavera rebrilhava nos campos e nas pontas dos dedos das árvores.

Gandalf pensava numa primavera, quase oitenta anos antes, quando Bilbo saíra correndo de Bolsão sem um lenço. Talvez seus cabelos estivessem mais brancos do que naquela época, e sua barba e suas sobrancelhas, mais compridas, e seu rosto, mais enrugado com preocupações e sabedoria; mas seus olhos eram brilhantes como sempre, e ele fumava e soprava anéis de fumaça com o mesmo vigor e deleite.

Agora fumava em silêncio, pois Frodo estava sentado, imóvel, imerso em pensamentos. Mesmo na luz da manhã ele sentia a obscura sombra das novas que Gandalf trouxera. Por fim rompeu o silêncio.

"A noite passada você começou a me contar coisas estranhas sobre meu anel, Gandalf", apontou ele. "E depois você parou porque disse que seria melhor deixar tais assuntos para a luz do dia. Não acha que é melhor terminar agora? Você diz que o anel é perigoso, muito mais perigoso do que eu imagino. De que modo?"

"De muitos modos", respondeu o mago. "Ele é mais poderoso do que ousei pensar no começo, tão poderoso que no final ele conquistaria qualquer pessoa de raça mortal que o possuísse. Ele a possuiria.

"Em Eregion, muito tempo atrás, foram feitos muitos anéis-élficos, anéis mágicos, como você os chama, e é claro que eram de vários tipos: alguns mais potentes e outros menos. Os anéis menores eram apenas ensaios do ofício antes que este estivesse maduro, e para os artífices-élficos eles eram meras miudezas — ainda assim, em minha opinião, arriscados para os mortais. Mas os Grandes Anéis, os Anéis de Poder, esses eram perigosos.

"Um mortal, Frodo, que tenha posse de um dos Grandes Anéis, não morre, porém não cresce nem obtém mais vida, ele meramente continua até que afinal cada minuto seja uma fadiga. E, se ele usar o Anel com frequência para se tornar invisível, ele *míngua*: no fim torna-se invisível permanentemente e caminha na penumbra sob o olho do Poder Sombrio que controla os Anéis. Sim, mais cedo ou mais tarde — mais tarde, se ele for forte ou de boas intenções no começo, porém nem a força nem o bom propósito durarão —, mais cedo ou mais tarde o Poder Sombrio o devorará."

"Que aterrorizante!", exclamou Frodo. Houve outro longo silêncio. O som de Sam Gamgi aparando o gramado entrava do jardim.

"Por quanto tempo você soube disso?", perguntou Frodo, por fim. "E quanto Bilbo sabia?"

"Bilbo não sabia mais do que lhe contou, tenho certeza", disse Gandalf. "Ele certamente jamais teria legado a você qualquer coisa que acreditasse ser perigosa, mesmo depois de eu prometer cuidar de você. Ele pensava que o anel era muito belo e muito útil em caso de necessidade; e se havia alguma coisa errada ou esquisita era ele mesmo. Ele disse que lhe estava 'dominando a mente' e sempre se preocupava com ele; mas não suspeitava que a culpa era do próprio anel. Porém ele tinha descoberto que o objeto exigia atenção; não parecia ter sempre o mesmo tamanho ou peso; encolhia e se dilatava de modo estranho e podia, subitamente, cair de um dedo onde estivera apertado."

"Sim, ele me alertou sobre isso em sua última carta", afirmou Frodo. "Portanto, sempre o mantive em sua corrente."

"Muito sábio", falou Gandalf. "Mas, quanto à sua vida longa, Bilbo nunca fez a conexão com o anel. Assumiu todo o crédito por isso e tinha muito orgulho. Mas estava ficando inquieto e desconfortável. 'Fino, como que esticado', ele disse. Um sinal de que o anel estava assumindo o controle."

"Por quanto tempo você soube de tudo isso?", Frodo perguntou outra vez.

"Soube?", seguiu Gandalf. "Eu soube de muita coisa que somente os Sábios sabem, Frodo. Mas se você quer dizer 'soube *deste* anel', bem, ainda não *sei*, poderíamos dizer. Há um último teste a ser feito. Mas não duvido mais de minha conjectura."

"Quando comecei a conjecturar?", refletiu ele, buscando no fundo da memória. "Deixe-me ver — foi no ano em que o Conselho Branco expulsou o Poder Sombrio de Trevamata, logo antes da Batalha dos Cinco Exércitos, que Bilbo encontrou seu anel. Na época, uma sombra se abateu sobre meu coração, apesar de eu ainda não saber o que temia. Muitas vezes me perguntei como Gollum obteve um Grande Anel, pois claramente era isso — pelo menos isso estava óbvio desde o início. Depois ouvi a estranha história de Bilbo sobre como ele o 'ganhara', e não consegui acreditar nela. Quando afinal arranquei a verdade dele, vi de imediato que ele estava tentando pôr acima de qualquer dúvida sua reivindicação do anel. Quase como Gollum com seu 'presente de aniversário'. As mentiras eram parecidas demais para meu conforto. Obviamente o anel tinha um poder doentio que se punha imediatamente a agir sobre o possuidor. Esse foi o primeiro alerta que tive de que nem tudo estava bem. Muitas vezes disse a Bilbo que seria melhor que anéis assim não fossem usados; mas ele se ressentiu disso e logo ficou com raiva. Havia pouca coisa mais que eu pudesse fazer. Eu não podia tirá-lo dele sem causar mal maior; e de qualquer modo não tinha o direito de fazê-lo. Eu só podia observar e esperar. Talvez pudesse ter consultado Saruman, o Branco, mas algo sempre me reteve."

"Quem é ele?", perguntou Frodo. "Nunca ouvi falar dele antes."

"Talvez não", respondeu Gandalf. "Os hobbits não são, ou não eram, interesse dele. No entanto, ele é grande entre os Sábios. É o chefe de minha ordem e comanda o Conselho. Seu conhecimento é profundo, mas seu orgulho cresceu junto com ele e leva a mal qualquer interferência. O saber dos anéis dos Elfos, grandes e pequenos, é sua província. Estudou-o por longo tempo, buscando os segredos perdidos de sua feitura; mas, quando os Anéis foram debatidos no Conselho, tudo o que nos quis revelar do seu saber dos anéis contradisse meus temores. Assim, minha dúvida dormiu — mas inquieta. Assim mesmo observei e esperei.

"Tudo parecia estar bem com Bilbo. E os anos passaram. Sim, passaram e pareciam não tocá-lo. Ele não demonstrava estar envelhecendo. A sombra outra vez se abateu sobre mim. Mas eu me disse: 'Afinal de contas ele vem de uma família longeva pelo lado materno. Ainda há tempo. Espere!'

"E esperei. Até aquela noite em que ele partiu desta casa. Naquela ocasião ele falou e fez coisas que me encheram com um temor que nenhuma palavra de Saruman poderia aplacar. Por fim, eu sabia que algo obscuro e mortífero estava agindo. E passei a maior parte dos anos desde então encontrando a verdade a esse respeito."

"Não houve nenhum prejuízo permanente, houve?", perguntou Frodo, ansioso. "Ele iria melhorar com o tempo, não iria? Quero dizer, ser capaz de descansar em paz?"

"Ele se sentiu melhor de imediato", declarou Gandalf. "Mas só há um Poder neste mundo que sabe tudo sobre os Anéis e seus efeitos; e até onde sei não há Poder no mundo que saiba tudo sobre hobbits. Entre os Sábios eu sou o único que se interessa pelo saber dos hobbits: um ramo obscuro do conhecimento, mas cheio de surpresas. Eles podem ser moles como manteiga, porém às vezes duros como velhas raízes de árvore. Acho provável que alguns resistiriam ao Anel por muito mais tempo do que a maioria dos Sábios poderia crer. Não acho que você precise se preocupar com Bilbo.

"É claro que ele possuiu o anel por muitos anos, e o usou, por isso poderia levar muito tempo para a influência enfraquecer — antes que fosse seguro ele voltar a vê-lo, por exemplo. Do contrário ele poderia viver por muitos anos bem feliz: simplesmente parando do modo como estava quando se separou dele. Pois no fim desistiu dele de própria vontade: um ponto importante. Não, eu não estava mais preocupado com o caro Bilbo uma vez que ele havia se livrado do objeto. É por *você* que me sinto responsável.

"Desde que Bilbo partiu, tenho-me preocupado profundamente com você e com todos estes hobbits encantadores, absurdos, indefesos. Seria um golpe atroz para o mundo se o Poder Sombrio dominasse o Condado; se todos os seus bondosos, joviais, estúpidos Bolgers, Corneteiros, Boffins, Justa-Correias, e todos os demais, sem mencionar os ridículos Bolseiros, fossem escravizados."

Frodo estremeceu. "Mas por que seríamos?", perguntou. "E por que ele quereria escravos assim?"

"Para lhe dizer a verdade," retrucou Gandalf, "acredito que até agora — *até agora*, veja bem — ele deixou de notar por completo a existência dos hobbits. Vocês deveriam ser gratos. Mas sua segurança passou. Ele não precisa de vocês — tem muitos serviçais mais úteis — mas não esquecerá vocês de novo. E hobbits como escravos miseráveis o agradarão bem mais do que hobbits felizes e livres. Existe uma coisa que se chama malícia e vingança."

"Vingança?", disse Frodo. "Vingança pelo quê? Ainda não compreendo o que tudo isso tem a ver com Bilbo, comigo e com nosso anel."

"Tem tudo a ver", respondeu Gandalf. "Você ainda não sabe qual é o perigo real; mas há de saber. Eu mesmo não tinha certeza da última vez em que estive aqui, mas chegou a hora de falar. Dê-me o anel por um momento."

Frodo o tirou do bolso dos calções, onde estava enganchado numa corrente suspensa do seu cinto. Desprendeu-o e o entregou devagar ao mago. Subitamente ele parecia muito pesado, como se ele ou o próprio Frodo estivessem relutantes, de alguma maneira, de que Gandalf o tocasse.

Gandalf ergueu-o. Ele parecia feito de ouro puro e sólido. "Você consegue ver alguma marca nele?", perguntou.

"Não", respondeu Frodo. "Não há nenhuma. Ele é bem liso e nunca mostra riscos nem marcas de uso."

"Muito bem, olhe!" Para espanto e desconforto de Frodo o mago lançou o anel de súbito no meio de um canto incandescente da lareira. Frodo deu um grito e procurou as tenazes às apalpadelas; mas Gandalf o deteve.

"Espere!", exclamou ele em voz de comando, dando uma olhadela em Frodo por debaixo das sobrancelhas eriçadas.

Nenhuma mudança aparente aconteceu no anel. Pouco depois Gandalf ergueu-se, fechou as venezianas do lado de fora da janela e puxou as cortinas. O recinto ficou escuro e silencioso, apesar de os estalos da tesoura de Sam, agora mais perto das janelas, ainda poderem ser ouvidos debilmente do jardim. Por um momento o mago ficou de pé, olhando o fogo; depois inclinou-se e removeu o anel para a borda da lareira com as tenazes e o apanhou de imediato. Frodo teve um sobressalto.

"Está bem frio", disse Gandalf. "Pegue-o!" Frodo o recebeu na palma da mão, que se retraía; ele parecia ter-se tornado mais grosso e pesado do que jamais fora.

"Levante-o!", orientou Gandalf. "E olhe de perto!"

Quando Frodo fez isso, logo viu linhas finas, mais finas que os mais finos traços de pena, dando a volta no anel, por fora e por dentro: linhas de fogo que pareciam formar as letras de uma caligrafia fluente. Brilhavam com luz penetrante e ainda assim remota, como se viesse de grande profundeza.

"Não consigo ler as letras de fogo", disse Frodo com voz trêmula.

"Não," prosseguiu Gandalf, "mas eu consigo. As letras são élficas, de um modo antigo, mas a língua é de Mordor, que não pronunciarei aqui. Mas na língua comum é isto que elas dizem, aproximadamente:

*Um Anel que a todos rege, Um Anel para achá-los,
Um Anel que a todos traz para na escuridão atá-los.*[A]

"São apenas dois versos de um poema conhecido há muito tempo no saber-élfico:

*Três Anéis para os élficos reis sob o céu,
    Sete para os Anãos em recinto rochoso,
Nove para os Homens, que a morte escolheu,
    Um para o Senhor Sombrio no espaldar tenebroso
Na Terra de Mordor aonde a Sombra desceu.
    Um Anel que a todos rege, Um Anel para achá-los,
    Um Anel que a todos traz para na escuridão atá-los
Na Terra de Mordor aonde a Sombra desceu.*"[B]

Fez uma pausa e depois disse devagar, com voz grave: "Este é o Anel-Mestre, o Um Anel que a todos rege. Este é o Um Anel que Sauron perdeu muitas eras atrás, com grande enfraquecimento de seu poder. Ele o deseja intensamente — mas não pode recuperá-lo."

Frodo ficou sentado em silêncio e imóvel. O medo parecia estender uma vasta mão, como uma nuvem escura que se erguesse no Leste e assomasse para envolvê-lo. "Este anel!", balbuciou. "Como, como foi que ele veio parar comigo?"

"Ah!", disse Gandalf. "Essa é uma história muito longa. Os começos remontam aos Anos de Trevas, que agora são lembrados apenas pelos mestres-do-saber. Se eu fosse lhe contar toda essa história, ainda estaríamos sentados aqui quando a primavera tivesse se tornado inverno.

"Mas ontem à noite eu lhe contei de Sauron, o Grande, o Senhor Sombrio. Os boatos que você ouviu são verdadeiros: de fato ele voltou a se erguer, deixou seu baluarte em Trevamata e voltou à sua antiga fortaleza na Torre Sombria de Mordor. Até vocês hobbits ouviram falar nesse nome, como uma sombra nas beiras de velhas histórias. Sempre, depois de uma derrota e uma folga, a Sombra assume outra forma e volta a crescer."

"Gostaria que não tivesse que acontecer no meu tempo", afirmou Frodo.

"Eu também," assentiu Gandalf, "e gostariam todos os que vivem para ver tais tempos. Mas isso não cabe a eles decidir. Tudo o que temos que decidir é o que fazer com o tempo que nos é dado. E, Frodo, nosso tempo já começa a parecer sombrio. O Inimigo rapidamente torna-se muito forte. Seus planos estão longe de estarem maduros, creio, mas estão amadurecendo. Teremos grandes dificuldades a enfrentar. Teríamos grandes dificuldades a enfrentar mesmo que não fosse por este tremendo acaso.

"Ao Inimigo falta ainda uma coisa para lhe dar força e conhecimento para abater toda a resistência, romper as últimas defesas e cobrir todas as terras com uma segunda treva. Falta-lhe o Um Anel.

"Os Três, mais belos de todos, os senhores-élficos esconderam dele, e sua mão jamais os tocou nem conspurcou. Sete estiveram em posse dos reis dos Anãos, mas três ele recuperou, e os demais os dragões consumiram. Nove ele deu a Homens mortais, altivos e grandiosos, e assim os apanhou na armadilha. Muito tempo atrás eles caíram sob o domínio do Um e se tornaram Espectros-do-Anel, sombras sob sua grande Sombra, seus mais terríveis serviçais. Muito tempo atrás. Faz muitos anos desde que os Nove caminharam livremente. Mas quem sabe? À medida que a Sombra volta a crescer, também eles poderão caminhar de novo. Mas vamos! Não falemos dessas coisas, nem mesmo na manhã do Condado.

"Assim é agora: os Nove ele recolheu para si; os Sete também, ou então estão destruídos. Os Três ainda estão ocultos. Mas isso não o perturba mais. Só precisa do Um; pois ele mesmo fez esse Anel, é seu, e deixou grande parte de seu antigo poder passar para dentro dele, de modo que pudesse reger todos os demais. Se ele o recuperar, voltará a comandar todos eles de novo, onde quer que estejam, mesmo os Três, e tudo o que foi realizado com eles será desnudado, e ele será mais forte que nunca.

"E esse é o tremendo acaso, Frodo. Ele acreditava que o Um tinha perecido; que os Elfos o haviam destruído, como deveriam ter feito. Mas agora ele sabe que *não* pereceu, que foi encontrado. Portanto, ele o busca, busca, e todo o seu pensamento se dirige para ele. É sua grande esperança e nosso grande temor."

"Por que, por que não foi destruído?", questionou Frodo. "E como o Inimigo chegou a perdê-lo, se era tão forte, e ele lhe era tão precioso?" Agarrou o Anel na mão, como se já visse dedos escuros se estendendo para agarrá-lo.

"Foi tomado dele", disse Gandalf. "A força dos Elfos para resistir a ele foi maior outrora; e nem todos os Homens estavam afastados deles. Os Homens de Ociente vieram em ajuda deles. Esse é um capítulo de história antiga que seria bom relembrar; pois também então havia pesar e treva crescente, mas também grande proeza e grandes feitos que não foram totalmente em vão. Um dia, quem sabe, eu lhe contarei toda a história, ou você a ouvirá ser contada toda por alguém que a conhece melhor.

"Mas, no momento, já que principalmente você precisa saber como este objeto chegou até você, e isso será um relato bem extenso, eis tudo o que vou dizer. Foram Gil-galad, Rei-élfico, e Elendil de Ociente que derrotaram Sauron, apesar de eles próprios terem perecido ao fazê-lo; e Isildur, filho de Elendil, cortou o Anel da mão de Sauron e o tomou para si. Então Sauron foi vencido, e seu espírito fugiu e esteve escondido por longos anos, até que sua sombra voltasse a tomar forma em Trevamata.

"Mas o Anel foi perdido. Caiu no Grande Rio Anduin e desapareceu. Pois Isildur marchava para o norte seguindo as margens orientais do Rio e, perto dos Campos de Lis, foi tocaiado por orques das Montanhas, e quase toda a sua gente foi morta. Ele saltou nas águas, mas o Anel se desprendeu de seu dedo enquanto nadava, e então os orques o viram e o mataram a flechadas."

Gandalf fez uma pausa. "E ali, nas lagoas escuras em meio aos Campos de Lis," disse, "o Anel escapou do conhecimento e da lenda; e mesmo assim grande parte de sua história agora só é conhecida de alguns poucos, e o Conselho dos Sábios não conseguiu descobrir mais nada. Mas finalmente consigo continuar a história, eu creio.

"Muito tempo depois, mas ainda muito tempo atrás, vivia junto às margens do Grande Rio, na beirada das Terras-selváticas, um pequeno povo de mãos hábeis e pés silenciosos. Imagino que fossem da espécie dos hobbits; parentes dos pais dos pais dos Grados, pois amavam o Rio e muitas vezes nadavam nele, ou faziam barquinhos de juncos. Havia entre eles uma família de grande reputação, pois era numerosa e mais rica que a maioria, e era regida por uma avó do povo, severa e sábia no antigo saber, aquele que possuíam. O mais inquisitivo e de mente mais curiosa dessa família chamava-se Sméagol. Interessava-se por raízes e começos; mergulhava em lagos profundos; escavava debaixo de árvores e plantas crescentes; fazia túneis em morros verdes; e parou de erguer os olhos para o topo das colinas, ou as folhas das árvores, ou as flores que se abriam no ar: sua cabeça e seus olhos estavam voltados para baixo.

"Tinha um amigo chamado Déagol, de jeito semelhante, de olhos mais agudos, porém menos ágil e forte. Certa vez pegaram um barco e desceram para os Campos de Lis, onde havia grandes extensões de íris e juncos floridos. Ali Sméagol desembarcou e foi explorar as margens, mas Déagol ficou sentado no barco, pescando. De repente um grande peixe apanhou seu anzol, e, antes que soubesse onde estava, ele foi puxado para fora do barco e para dentro da água, até o fundo. Então soltou a linha, pois lhe pareceu que via algo brilhando no leito do rio; e, segurando a respiração, agarrou o objeto.

"Depois subiu cuspindo água, com algas no cabelo e a mão cheia de lama; e nadou até a margem. Pasme! Quando lavou a lama havia em sua mão um lindo anel dourado; ele brilhava e reluzia ao sol, e seu coração se alegrou. Mas Sméagol estivera vigiando-o detrás de uma árvore, e enquanto Déagol se regozijava com o anel, Sméagol chegou furtivo por trás.

"'Nos dê isso, Déagol, meu querido', disse Sméagol por cima do ombro do amigo.

"'Por quê?', indagou Déagol.

"'Porque é meu aniversário, querido, e eu quer ele', respondeu Sméagol.

"'Não me importa', disse Déagol. 'Já lhe dei um presente, mais do que pude gastar. Encontrei isto e vou ficar com ele.'

"'Oh, vai mesmo, querido', retrucou Sméagol; e pegou Déagol pelo pescoço e o estrangulou, porque o ouro parecia tão brilhante e lindo. Depois pôs o anel no dedo.

"Ninguém jamais descobriu o que acontecera com Déagol; foi assassinado longe de casa, e seu corpo foi ocultado habilmente. Mas Sméagol voltou sozinho; e descobriu que ninguém de sua família podia vê-lo quando estava usando o anel. Ficou muito contente com sua descoberta e a escondeu; e usou-a para descobrir segredos, e usou seus conhecimentos para fins distorcidos e maliciosos. Seus olhos e seus ouvidos se aguçaram para tudo que fosse doloroso. O anel lhe dera poder de acordo com sua condição. Não admira que ele se tornasse muito impopular e fosse evitado (quando visível) por todos os conhecidos. Chutavam-no e ele lhes mordia os pés. Começou a roubar, e a andar por aí resmungando sozinho, e a gorgolejar na garganta. Assim chamaram-no de Gollum, e o amaldiçoaram, e o mandaram ir para bem longe; e sua avó, que desejava a paz, o expulsou da família e o colocou para fora de sua toca.

"Vagou solitário, chorando um pouco por causa da dureza do mundo, e viajou Rio acima até chegar a um riacho que vinha do alto das montanhas, e seguiu por ali. Apanhava peixes em lagoas fundas com seus dedos invisíveis e comia-os crus. Certo dia fazia muito calor, e ao se inclinar numa lagoa sentiu queimar o topo da cabeça, e uma luz cegante vinda da água lhe doeu nos olhos úmidos. Admirou-se com isso, pois quase se esquecera do Sol. Então, pela última vez, ergueu os olhos e sacudiu o punho em sua direção.

"Mas ao baixar os olhos viu à frente, ao longe, os cumes das Montanhas Nevoentas das quais vinha o riacho. E pensou de repente: 'Deve estar fresco e sombreado debaixo dessas montanhas. A Sol[3] não pode me vigiar

---

[3] Segundo o saber dos Elfos e Hobbits, o Sol é uma figura feminina, e a Lua, masculina. [N. T.]

lá. As raízes dessas montanhas devem ser raízes de verdade; ali deve haver grandes segredos enterrados que não foram descobertos desde o princípio.'

"Assim, viajou à noite, subindo para as terras altas, e encontrou uma pequena caverna pela qual saía o riacho escuro; e insinuou-se como uma larva no coração dos morros e desapareceu de qualquer conhecimento. O Anel foi com ele para as sombras, e seu próprio artífice, quando seu poderio recomeçou a crescer, não conseguiu saber nada a respeito."

"Gollum!", exclamou Frodo. "Gollum? Quer dizer que essa é a própria criatura Gollum que Bilbo encontrou? Que repugnante!"

"Acho que é uma triste história," ponderou o mago, "e poderia ter acontecido a outros, até a alguns hobbits que conheci."

"Não posso crer que Gollum tivesse conexão com os hobbits, por muito distante que fosse", disse Frodo, um tanto agitado. "Que ideia abominável!"

"É verdadeira mesmo assim", prosseguiu Gandalf. "Sobre suas origens pelo menos, eu sei mais que os próprios hobbits. E mesmo a história de Bilbo sugere um parentesco. Havia muita coisa no fundo de suas mentes e lembranças que era bem semelhante. Eles se compreendiam notavelmente bem, muito melhor do que um Hobbit compreenderia, digamos, um Anão ou um Orque, ou até um Elfo. Pense nas adivinhas que ambos conheciam, por exemplo."

"Sim", concordou Frodo. "Porém, outras gentes além dos hobbits fazem adivinhas, e de tipo bem parecido. E os hobbits não trapaceiam. Gollum pretendia trapacear o tempo todo. Só estava tentando deixar desatento o pobre do Bilbo. E ouso dizer que sua maldade se divertia com ideia de que estava começando um jogo que poderia acabar lhe fornecendo uma vítima fácil, mas que não faria mal se ele perdesse."

"É bem verdade, eu temo", disse Gandalf. "Mas havia outra coisa aí, creio, que você ainda não vê. Mesmo Gollum não estava completamente arruinado. Ele tinha demonstrado mais resistência do que até um dos Sábios poderia imaginar — como um hobbit demonstraria. Havia um cantinho de sua mente que ainda lhe pertencia, e uma luz passava por ali, como que por uma fresta no escuro: uma luz do passado. Chegava a ser agradável, eu acho, ouvir de novo uma voz bondosa, recuperando lembranças do vento, e das árvores, e do sol na grama, e de tais coisas esquecidas.

"Mas isso, é claro, só acabaria enfurecendo mais a parte malvada dele — a não ser que pudesse ser conquistada. A não ser que pudesse ser curada." Gandalf suspirou. "Ai! para ele existe pouca esperança disso. Porém não nenhuma esperança. Não, apesar de ele possuir o Anel por tanto tempo, quase no limite de sua lembrança. Pois fazia muito que ele não o usara por longo tempo: na treva negra raramente era necessário. Certamente ele jamais havia 'minguado'. Ainda está fino e rijo. Mas é claro que o objeto lhe devorava a mente, e o tormento se tornara quase insuportável.

"Todos os 'grandes segredos' sob as montanhas tinham revelado ser apenas noite vazia: não havia mais nada para descobrir, nada que valesse a pena fazer, apenas asquerosas comilanças furtivas e lembranças ressentidas. Ele estava desgraçado por completo. Odiava o escuro e odiava a luz mais ainda: odiava todas as coisas, e o Anel mais que tudo."

"O que quer dizer?", perguntou Frodo. "Por certo o Anel era seu Precioso, a única coisa que lhe importava? Mas, se ele o odiava, por que não se livrou dele ou foi embora deixando-o para trás?"

"Você deveria começar a entender, Frodo, depois de tudo que ouviu", disse Gandalf. "Ele o odiava e o amava, assim como odiava e amava a si mesmo. Não podia livrar-se dele. Não lhe restava vontade nesse assunto.

"Um Anel de Poder toma conta de si mesmo, Frodo. Ele pode soltar-se traiçoeiramente, mas seu possuidor jamais o abandona. No máximo joga com a ideia de entregá-lo aos cuidados de outra pessoa — e isso só na primeira etapa, quando o domínio está só começando. Mas ao que sei, só Bilbo, em toda a história, já passou de jogar e realmente o fez. Precisou de toda a minha ajuda também. E mesmo assim nunca o teria abandonado ou jogado de lado. Não era Gollum, Frodo, e sim o próprio Anel que decidia as coisas. O Anel o abandonou."

"O quê, bem a tempo de encontrar Bilbo?", indagou Frodo. "Um Orque não lhe teria servido melhor?"

"Isso não é assunto de piada", disse Gandalf. "Não para você. Foi o evento mais estranho em toda a história do Anel até agora: a chegada de Bilbo bem naquela hora, pondo a mão sobre ele, às cegas, no escuro.

"Havia mais que um poder agindo, Frodo. O Anel estava tentando voltar a seu mestre. Ele se soltara da mão de Isildur e o traíra; depois, quando veio a oportunidade, apanhou o coitado do Déagol, e ele foi assassinado; e depois disso Gollum, e o devorara. Não podia fazer mais uso dele: ele era demasiado pequeno e mesquinho; e enquanto ficasse com ele jamais voltaria a deixar sua lagoa profunda. Aí então, quando seu mestre estava desperto outra vez, emitindo seu sombrio pensamento de Trevamata, ele abandonou Gollum. Para ser apanhado pela pessoa mais improvável que se possa imaginar: Bilbo do Condado!

"Por trás disso havia outra coisa em ação, além de qualquer intenção do artífice do Anel. Não posso expressá-lo mais simplesmente senão dizendo que Bilbo estava destinado a encontrar o Anel, e não por seu artífice. E nesse caso também você estava destinado a tê-lo. E esse pode ser um pensamento encorajador."

"Não é", disse Frodo. "No entanto, não tenho certeza se entendo você. Mas como você descobriu tudo isso sobre o Anel e sobre Gollum? Você realmente sabe tudo, ou está apenas adivinhando ainda?"

Gandalf olhou para Frodo, e seus olhos rebrilharam. "Eu sabia muito e aprendi muito", respondeu. "Mas não vou fazer um relato de todos os meus atos a você. A história de Elendil e de Isildur e do Um Anel é conhecida de todos os Sábios. O seu anel demonstra ser o Um Anel apenas pela escrita de fogo, à parte de qualquer outra evidência."

"E quando você descobriu isso?", perguntou Frodo, interrompendo-o.

"Agora mesmo, nesta sala, é claro", respondeu o mago rispidamente. "Mas eu esperava encontrá-lo. Retornei de escuras jornadas e longas buscas para fazer esse teste final. É a última prova, e agora tudo está demasiado claro. Discernir o papel de Gollum e encaixá-lo na lacuna da história exigiu algum raciocínio. Posso ter começado com conjecturas sobre Gollum, mas agora não estou conjecturando. Eu sei. Eu o vi."

"Você viu Gollum?", exclamou Frodo, admirado.

"Sim. A coisa óbvia a ser feita, é claro, se fosse possível. Tentei muito tempo atrás; mas consegui afinal."

"Então o que aconteceu depois que Bilbo escapou dele? Você sabe isso?"

"Não tão claramente. O que lhe contei é o que Gollum estava disposto a contar — claro que não do modo como relatei. Gollum é mentiroso, e é preciso peneirar suas palavras. Por exemplo, chamava o Anel de seu 'presente de aniversário' e insistia nisso. Dizia que vinha de sua avó, que tinha montes de objetos bonitos daquela espécie. Uma história ridícula. Não tenho dúvida de que a avó de Sméagol era uma matriarca, uma grande pessoa à sua maneira, mas era absurdo dizer que ela possuía muitos anéis-élficos e que os dava de presente, isso era mentira. Mas uma mentira com um grão de verdade.

"O assassinato de Déagol assombrava Gollum, e ele montara uma defesa, repetindo-a muitas e muitas vezes ao seu 'Precioso' enquanto roía ossos no escuro, até quase acreditar nela. *Era* o seu aniversário. Déagol deveria lhe ter dado o anel. Obviamente ele surgira bem a tempo de ser um presente. *Era* seu presente de aniversário, e assim por diante.

"Eu o aguentei por quanto tempo pude, mas a verdade era desesperadoramente importante, e no fim tive de ser ríspido. Pus nele o temor do fogo e espremi dele a história verdadeira, pedaço a pedaço, junto com muita lamúria e grunhido. Ele achava que fora incompreendido e abusado. Mas quando finalmente tinha me contado sua história, até o fim do jogo de Adivinhas e a fuga de Bilbo, não disse mais nada, exceto por alusões obscuras. Havia nele algum outro temor além do meu. Resmungava que ia recuperar o que era seu. As pessoas iam ver se ele ia aguentar ser chutado e expulso para um buraco e depois *roubado*. Agora Gollum tinha bons amigos, amigos bons e muito fortes. Eles iam ajudá-lo. Bolseiro ia pagar por isso. Esse era seu principal pensamento. Odiava Bilbo e maldizia o seu nome. Mais ainda, sabia de onde ele vinha."

"Mas como ele descobriu isso?", perguntou Frodo.

"Bem, quanto ao nome, o próprio Bilbo tolamente o contou a Gollum; e depois disso não foi difícil descobrir seu país, uma vez que Gollum saiu.

Oh, sim, ele saiu. Seu anseio pelo Anel demonstrou ser mais forte que seu medo dos Orques ou até da luz. Depois de um ou dois anos ele deixou as montanhas. Veja, apesar de ainda estar atado pelo desejo dele, o Anel não o devorava mais; ele começou a reviver um pouco. Sentia-se velho, terrivelmente velho, porém menos tímido, e estava mortalmente faminto.

"A luz, a luz do Sol e da Lua ele ainda temia e odiava, e sempre será assim, creio; mas era ardiloso. Descobriu que podia se esconder da luz do dia e do luar, e seguir rápida e tranquilamente na escuridão da noite, com seus olhos pálidos e frios, e apanhar criaturinhas amedrontadas ou desatentas. Ficou mais forte e ousado com nova comida e novos ares. Encontrou o caminho para dentro de Trevamata, como era de se esperar."

"Foi lá que você o encontrou?", perguntou Frodo.

"Eu o vi lá," respondeu Gandalf, "mas antes disso ele vagara longe, seguindo a trilha de Bilbo. Foi difícil saber qualquer coisa segura dele, pois sua fala era constantemente interrompida por imprecações e ameaças. 'O que ele tem nos bolsossos?' dizia. 'Não queria dizer, não, precioso. Trapaceirozinho. Não foi pergunta que vale. Ele trapaceou primeiro, foi isso. Quebrou as regras. Devíamos ter espremido ele, sim, precioso. E vamos espremer, precioso!'

"Isso é uma amostra de sua fala. Não acho que você queira mais. Ouvi isso durante dias cansativos. Mas, por alusões que soltou entre os rosnados, deduzi que seus pés compassados o haviam finalmente levado a Esgaroth, e mesmo às ruas de Valle, escutando em segredo e espiando. Bem, a notícia dos grandes eventos se espalhou pelas Terras-selváticas, e muitos tinham ouvido o nome de Bilbo e sabiam de onde ele vinha. Em nossa viagem de volta não tínhamos feito segredo do seu lar no Oeste. Os ouvidos aguçados de Gollum logo descobriram o que ele queria."

"Então por que não perseguiu Bilbo mais além?", perguntou Frodo. "Por que não veio ao Condado?"

"Ah," disse Gandalf, "agora chegamos ao ponto. Creio que Gollum tentou. Partiu e voltou para o oeste, até o Grande Rio. Mas depois desviou-se. Não ficou assustado com a distância, estou certo. Não, outra coisa o puxou para longe. Assim pensam meus amigos, os que o caçaram para mim.

"Os Elfos-da-floresta o rastrearam primeiro, tarefa fácil para eles, pois então sua trilha ainda estava fresca. Através de Trevamata e de volta outra vez ela os conduziu, porém nunca o apanharam. A floresta estava repleta de rumores sobre ele, histórias pavorosas mesmo entre animais e pássaros. Os Homens-da-floresta diziam que havia algum novo terror à larga, um fantasma que bebia sangue. Escalava árvores para encontrar ninhos; esgueirava-se para dentro de tocas para encontrar filhotes; insinuava-se em janelas para encontrar berços.

"Mas na borda ocidental de Trevamata a trilha se desviou. Foi rumo ao sul, e escapou ao conhecimento dos Elfos-da-floresta, e se perdeu. E então cometi um grande erro. Sim, Frodo, e não foi o primeiro; porém temo que demonstrará ser o pior. Deixei o assunto de lado. Deixei-o ir embora; pois tinha muito mais coisas em que pensar nessa época e ainda confiava no saber de Saruman.

"Bem, isso foi anos atrás. Paguei por isso desde então, com muitos dias escuros e perigosos. A trilha esfriara havia tempo quando a retomei, depois que Bilbo partiu daqui. E minha busca teria sido em vão não fosse pela ajuda que tive de um amigo: Aragorn, o maior viajante e caçador desta era do mundo. Juntos procuramos Gollum, por toda a extensão das Terras--selváticas, sem esperança e sem êxito. Mas, por fim, quando eu havia desistido da perseguição e me voltara para outros caminhos, Gollum foi encontrado. Meu amigo voltou de grandes perigos trazendo consigo a criatura desgraçada.

"Não queria dizer o que andara fazendo. Só chorava e nos chamava de cruéis, com muito *gollum* na garganta; e quando o pressionamos ele choramingou e se encolheu, e esfregava as mãos compridas, lambendo os dedos como se lhe doessem, como se lembrasse alguma antiga tortura. Mas temo que não haja dúvida possível: ele fizera seu caminho lento e sorrateiro, passo a passo, milha a milha, para o sul, descendo afinal à Terra de Mordor."

Um silêncio pesado se abateu sobre o recinto. Frodo podia ouvir seu coração batendo. Até do lado de fora tudo parecia quieto. Já não se ouvia o som da tesoura de Sam.

"Sim, para Mordor", disse Gandalf. "Ai de nós! Mordor atrai todos os seres malignos, e o Poder Sombrio empenhava toda a sua vontade para os reunir ali. O Anel do Inimigo também deixaria sua marca, o deixaria aberto à convocação. E então toda a gente sussurrava sobre a nova Sombra no Sul e sobre seu ódio do Oeste. Esses eram seus belos novos amigos, que o ajudariam em sua vingança!

"Tolo desgraçado! Naquela terra ele aprenderia muito, demais para seu conforto. E mais cedo ou mais tarde, espreitando e espionando nas fronteiras, ele seria apanhado e levado para um interrogatório. Foi assim que aconteceu, eu temo. Quando foi encontrado ele já estivera lá por muito tempo e estava no caminho de volta. Em alguma missão de maldade. Mas agora isso não importa muito. Sua pior maldade estava feita.

"Sim, infelizmente através dele o Inimigo ficou sabendo que o Um foi reencontrado. Ele sabe onde Isildur tombou. Ele sabe onde Gollum encontrou seu anel. Ele sabe que é um Grande Anel, pois concedeu vida longa. Ele sabe que não é um dos Três, pois esses jamais foram perdidos e não suportam o mal. Ele sabe que não é um dos Sete, nem dos Nove, pois deles foram prestadas contas. Ele sabe que é o Um. E finalmente ouviu falar, creio, dos *hobbits* e do *Condado*.

"O Condado — ele pode estar procurando-o agora, se já não descobriu onde fica. Na verdade, Frodo, temo que ele até possa pensar que o nome *Bolseiro*, despercebido por longo tempo, tenha se tornado importante."

"Mas isso é terrível!", exclamou Frodo. "Muito pior do que o pior que imaginei por suas alusões e seus avisos. Ó Gandalf, melhor dos amigos, o que vou fazer? Pois agora estou com medo de verdade. O que vou fazer? Que pena que Bilbo não apunhalou essa vil criatura quando teve a chance!"

"Pena? Foi a Pena que deteve sua mão. A Pena e a Compaixão: de não golpear sem necessidade. E ele foi bem recompensado, Frodo. Tenha a certeza de que ele teve tão poucos danos devidos ao mal, e escapou por fim, porque começou sua posse do Anel desse modo. Com Pena."

"Lamento", disse Frodo. "Mas estou apavorado; e não sinto nenhuma pena de Gollum."

"Você não o viu", interrompeu Gandalf.

"Não, e não quero vê-lo", retrucou Frodo. "Não consigo compreender você. Quer dizer que você e os Elfos o deixaram continuar vivo depois de todos esses feitos horríveis? Seja como for, agora ele é tão mau quanto um Orque e apenas um inimigo. Ele merece a morte."

"Merece! Imagino que merece. Muitos que vivem merecem a morte. E alguns que morrem merecem a vida. Você pode dá-la a eles? Então não seja ávido demais por conferir a morte em julgamento. Pois nem mesmo os muito sábios conseguem ver todos os fins. Não tenho muita esperança de que Gollum possa ser curado antes de morrer, mas existe uma chance. E ele está atado ao destino do Anel. Meu coração me diz que ele ainda tem algum papel a desempenhar, pelo bem ou pelo mal, antes do fim; e quando este chegar, a pena de Bilbo poderá reger o destino de muitos — não menos o seu. Em qualquer caso, não o matamos: ele está muito velho e muito desgraçado. Os Elfos-da-floresta o mantêm na prisão, mas tratam-no com a bondade que conseguem encontrar em seus sábios corações."

"Ainda assim," afirmou Frodo, "mesmo que Bilbo não tenha matado Gollum, queria que não tivesse ficado com o Anel. Queria que nunca o tivesse encontrado e que eu não o tivesse ganho! Por que me deixou ficar com ele? Por que não me obrigou a jogá-lo fora, ou, ou a destruí-lo?"

"Deixá-lo? Obrigá-lo?", indagou o mago. "Você não escutou tudo o que eu disse? Você não está pensando no que está dizendo. Mas, quanto a jogá-lo fora, isso era obviamente errado. Esses Anéis têm maneiras de serem encontrados. Em mãos malignas ele poderia ter feito grande mal. Pior que tudo, poderia ter caído nas mãos do Inimigo. Na verdade, teria com certeza; pois este é o Um, e ele está exercendo todo o seu poder para encontrá-lo ou atraí-lo para si.

"É claro, meu querido Frodo, que era perigoso para você; e isso me perturbou profundamente. Mas havia tanta coisa em jogo que precisei assumir algum risco — mesmo que, quando eu estava longe, não houvesse um só dia em que o Condado não fosse vigiado por olhos atentos. Enquanto você não o usasse, eu não pensava que o Anel teria qualquer efeito duradouro sobre você, não para o mal, não por muito longo tempo, seja lá como for. E você deve recordar que nove anos atrás, quando o vi pela última vez, eu ainda tinha certeza de poucas coisas."

"Mas por que não destruí-lo, como você diz que deveria ter acontecido muito tempo atrás?", questionou Frodo outra vez. "Se me tivesse alertado, ou mesmo mandado uma mensagem, eu teria dado cabo dele."

"Teria? Como faria isso? Alguma vez tentou?"

"Não. Mas imagino que poderia ser martelado ou derretido."

"Tente!", exclamou Gandalf. "Tente agora!"

Frodo retirou o Anel do bolso e olhou para ele. Agora parecia singelo e liso, sem marca nem desenho que ele pudesse ver. O ouro parecia muito bonito e puro, e Frodo pensou como era rica e linda a sua cor, como era perfeita a sua forma redonda. Era um objeto admirável e totalmente precioso. Quando o tirou, pretendia jogá-lo para longe, para a parte mais quente do fogo. Mas agora via que não podia fazê-lo, não sem grande esforço. Sopesou o Anel na mão, hesitante, e forçando-se a lembrar tudo o que Gandalf lhe dissera; e então, com um esforço da vontade, fez um movimento como que para lançá-lo fora — mas descobriu que o pusera de volta no bolso.

Gandalf riu, sinistro. "Está vendo? Também você, Frodo, já não consegue se livrar dele com facilidade, nem ter vontade de danificá-lo. E eu não poderia 'obrigá-lo' — exceto à força, o que lhe destroçaria a mente. Mas quanto a quebrar o Anel, a força é inútil. Mesmo que você o pegasse e golpeasse com um malho pesado, ele nem se amassaria um pouco. Ele não pode ser desfeito por suas mãos, nem pelas minhas.

"Seu foguinho, claro, não derreteria nem ouro comum. Este Anel já passou por ele ileso, até sem se aquecer. Mas não há forja de ferreiro neste Condado que possa alterá-lo nem um pouco. Nem mesmo as bigornas e fornalhas dos Anãos poderiam fazê-lo. Disseram que o fogo dos dragões poderia fundir e consumir os Anéis de Poder, mas já não há dragão que reste na terra em que o antigo fogo esteja quente o bastante; nem jamais houve dragão, nem mesmo Ancalagon, o Negro, que pudesse causar dano ao Um Anel, o Anel Regente, pois esse foi feito pelo próprio Sauron.

"Só há uma maneira: encontrar as Fendas da Perdição nas profundezas de Orodruin, a Montanha-de-Fogo, e lançar o Anel lá dentro, se realmente você quiser destruí-lo, pô-lo além do alcance do Inimigo para sempre."

"Eu realmente quero destruí-lo!", exclamou Frodo. "Ou, bem, que seja destruído. Não sou feito para demandas perigosas. Gostaria de jamais ter visto o Anel! Por que ele veio ter comigo? Por que fui escolhido?"

"Tais perguntas não podem ser respondidas", disse Gandalf. "Pode ter certeza de que não foi por algum mérito que outros não possuam: não por poder nem sabedoria, seja como for. Mas você foi escolhido, e, portanto, precisa usar a força, a coragem e a inteligência que possui."

"Mas tenho tão pouco de tudo isso! Você é sábio e poderoso. Não quer pegar o Anel?"

"Não!", exclamou Gandalf, pondo-se de pé com um salto. "Com esse poder eu teria poder demasiado grande e terrível. E sobre mim o Anel obteria um poder ainda maior e mais mortífero." Seus olhos relampejaram e seu rosto foi iluminado como que por um fogo interior. "Não me tente! Pois não desejo me tornar igual ao próprio Senhor Sombrio. No entanto, o caminho do Anel para meu coração é pela pena, pena da fraqueza e desejo de força para fazer o bem. Não me tente! Não me atrevo a pegá-lo, nem mesmo para mantê-lo guardado, sem uso. O desejo de manejá-lo seria grande demais para minha força. Vou precisar muito dela. Grandes perigos estão diante de mim."

Foi até a janela e abriu as cortinas e as venezianas. A luz do sol voltou a fluir para dentro do quarto. Sam passou assobiando pelo caminho lá fora. "E agora", disse o mago, voltando-se outra vez para Frodo, "a decisão está com você. Mas eu sempre o ajudarei." Pôs a mão no ombro de Frodo. "Vou ajudá-lo a levar este fardo, enquanto ele for seu para ser levado. Mas precisamos fazer alguma coisa logo. O Inimigo se move."

Fez-se um longo silêncio. Gandalf sentou-se de novo e deu baforadas no cachimbo, como que perdido em pensamentos. Seus olhos pareciam fechados, mas por baixo das pálpebras ele observava Frodo com atenção. Frodo fitava fixamente as brasas vermelhas na lareira, até que elas preenchessem toda a sua visão e ele parecesse estar olhando para dentro de fundos poços de fogo. Pensava nas lendárias Fendas da Perdição e no terror da Montanha de Fogo.

"Bem!", pontuou Gandalf finalmente. "No que está pensando? Decidiu o que fazer?"

"Não!", respondeu Frodo, voltando a si da escuridão e descobrindo, surpreso, que não estava escuro, e que pela janela podia ver o jardim iluminado pelo sol. "Ou quem sabe sim. Até onde entendi o que você disse, suponho que devo manter o Anel e guardá-lo, ao menos por ora, não importa o que ele me fizer."

"Qualquer coisa que ele lhe fizer será lenta, lenta rumo ao mal, se você o mantiver com esse propósito", afirmou Gandalf.

"Assim espero", colocou Frodo. "Mas espero que você logo encontre outro guardador melhor. Mas, enquanto isso, parece que sou um perigo, um perigo para todos os que vivem perto de mim. Não posso guardar o Anel e ficar aqui. Eu devia deixar Bolsão, deixar o Condado, deixar tudo e ir embora." Suspirou.

"Gostaria de salvar o Condado, se puder — porém houve tempos em que pensei que os habitantes eram demasiado estúpidos e obtusos às palavras e senti que um terremoto ou uma invasão de dragões poderia lhes fazer bem. Mas não me sinto assim agora. Sinto que, contanto que o Condado fique para trás, seguro e confortável, eu acharei a vida errante mais suportável: vou saber que em algum lugar existe uma base firme, mesmo que meus pés não possam mais pisar ali.

"É claro que algumas vezes pensei em ir embora, mas imaginei isso como uma espécie de férias, uma série de aventuras como as de Bilbo ou melhores, terminando em paz. Mas isso significaria o exílio, uma fuga de perigo em perigo, puxando-os atrás de mim. E suponho que preciso ir sozinho, se tiver de fazer isso e salvar o Condado. Mas sinto-me muito pequeno, muito desarraigado e, bem, desesperado. O Inimigo é tão forte e terrível."

Não contou a Gandalf, mas, à medida que falava, um grande desejo de seguir Bilbo se acendeu em seu coração — seguir Bilbo e, quem sabe, até encontrá-lo de novo. Era tão forte que superou seu medo: quase se pôs a correr ali mesmo, descendo a estrada sem chapéu, como Bilbo fizera numa manhã parecida, muito tempo atrás.

"Meu caro Frodo!", exclamou Gandalf. "Os hobbits são realmente criaturas espantosas, como eu disse antes. Pode-se aprender tudo o que há para saber sobre seus modos em um mês, e, no entanto, cem anos depois eles ainda podem surpreendê-lo num aperto. Eu mal esperava obter tal resposta, nem mesmo de você. Mas Bilbo não se enganou quando escolheu o herdeiro, por muito pouco que soubesse como isso revelaria ser importante. Temo que você tenha razão. O Anel não conseguirá permanecer oculto no Condado por muito mais tempo; e para seu próprio bem, e o de outros, você terá de partir e deixar para trás o nome Bolseiro. Não será seguro usar esse nome fora do Condado ou no Ermo. Agora vou lhe dar um nome de viagem. Quando se for, vá como Sr. Sotomonte.

"Mas não creio que precise ir sozinho. Não se você conhecer alguém em quem possa confiar e que esteja disposto a ir ao seu lado — e que você esteja disposto a levar para perigos desconhecidos. Mas se buscar um companheiro, escolha com cuidado! E cuidado com o que disser, mesmo aos amigos mais próximos! O inimigo tem muitos espiões e muitas formas de ouvir."

Deteve-se de repente como se escutasse. Frodo tomou consciência de que estava tudo muito quieto, dentro e fora. Gandalf esgueirou-se para um lado da janela. Então, num arranco, pulou para o peitoril e estendeu o braço comprido para fora e para baixo. Ouviu-se um grasnido, e a cabeça encaracolada de Sam Gamgi subiu puxada por uma orelha.

"Ora, ora, pela minha barba!", disse Gandalf. "Sam Gamgi, é isso? O que é que você está fazendo?"

"Bendito seja, Sr. Gandalf, senhor!", exclamou Sam. "Nada! Quer dizer, eu estava só aparando a borda da grama embaixo da janela, se me entende." Pegou sua tesoura e a exibiu à guisa de evidência.

"Não entendo", prosseguiu Gandalf, severo. "Faz algum tempo que não ouço mais o som de sua tesoura. Por quanto tempo bancou o abelhudo?"

"Abelhudo, senhor? Não compreendo, com seu perdão. Não tem abelhas em Bolsão, isso é fato."

"Não seja tolo! O que você ouviu e por que estava escutando?" Os olhos de Gandalf lampejavam e as sobrancelhas se projetavam como cerdas.

"Sr. Frodo, senhor!", exclamou Sam, trêmulo. "Não deixe que ele me machuque, senhor! Não deixe que ele me transforme em coisa antinatural! Meu velho pai ia ficar magoado. Não quis causar dano, juro pela minha honra, senhor!"

"Ele não vai machucá-lo", disse Frodo, mal conseguindo conter o riso, apesar de estar ele próprio espantado e um tanto perplexo. "Ele sabe tão bem quanto eu que você não quer causar dano. Mas vá, responda às perguntas agora mesmo!"

"Bem, senhor", respondeu Sam, um pouco trepidante. "Ouvi bastante coisa que não entendi direito, sobre um inimigo, e anéis, e o Sr. Bilbo, senhor, e dragões, e uma montanha de fogo, e... e Elfos, senhor. Ouvi porque não consegui me conter, se entende o que quero dizer. Bendito seja, senhor, mas adoro histórias desse tipo. E acredito nelas também, não importa o que diz o Ted. Elfos, senhor! Gostaria imensamente de ver *eles*. Não podia me levar para ver os Elfos, senhor, quando partir?"

Subitamente Gandalf riu. "Venha para dentro!", gritou ele e, estendendo ambos os braços, ergueu através da janela o espantado Sam com tesoura, retalhos de grama e tudo, pondo-o de pé no chão. "Levá-lo para ver os Elfos, hein?", disse ele, espiando Sam de perto, mas com um sorriso vacilando no rosto. "Então ouviu que o Sr. Frodo vai embora?"

"Ouvi, senhor. E foi por isso que engasguei: o que parece que o senhor ouviu. Tentei não engasgar, senhor, mas me escapou: fiquei tão perturbado."

"Não há como evitar, Sam", declarou Frodo tristemente. De súbito dera-se conta de que fugir do Condado envolveria mais despedidas dolorosas do que meramente dizer adeus aos confortos familiares de Bolsão. "Vou ter que partir. Mas" — então olhou intensamente para Sam — "se você realmente se preocupa comigo vai manter isso em *absoluto* segredo. Viu? Se não mantiver, se pronunciar uma só palavra do que ouviu aqui, espero que Gandalf o transforme num sapo malhado e encha o jardim de cobras-d'água."

Sam caiu de joelhos, tremendo. "Levante-se, Sam!", falou Gandalf. "Pensei em algo melhor que isso. Algo que lhe fechará a boca e o castigará adequadamente por escutar. Você vai partir com o Sr. Frodo!"

"Eu, senhor!", exclamou Sam, pulando como um cachorro convidado a passear. "Eu, partir e ver os Elfos e tudo o mais! Viva!", gritou, e depois irrompeu em lágrimas.

3

Três não
é Demais

"Você precisa ir sem alarde, e precisa ir logo", disse Gandalf. Duas ou três semanas haviam passado, e ainda Frodo não dava sinais de se aprontar para a partida.

"Eu sei. Mas é difícil fazer as duas coisas", objetou ele. "Se eu simplesmente sumir como Bilbo, a história vai correr o Condado em um instante."

"É claro que você não pode sumir!", afirmou Gandalf. "Isso não vai funcionar! Eu disse *logo*, não *instantaneamente*. Se você puder imaginar algum modo de escapar do Condado sem que isso seja de conhecimento geral, valerá a pena um pequeno atraso. Mas não pode se atrasar demais."

"Que tal no outono, no Nosso Aniversário ou depois?", perguntou Frodo. "Acho que provavelmente poderei fazer acertos para essa época."

Para dizer a verdade, ele relutava muito em partir, agora que o tempo havia chegado: Bolsão parecia uma residência mais desejável do que fora por anos, e ele queria aproveitar o quanto pudesse de seu último verão no Condado. Quando chegasse o outono, ele sabia que pelo menos parte de seu coração pensaria mais favoravelmente sobre a viagem, como sempre acontecia naquela estação. De fato, em particular decidira-se a partir em seu quinquagésimo aniversário: o centésimo vigésimo oitavo de Bilbo. De algum modo, parecia ser o dia adequado para partir a segui-lo. Seguir Bilbo era a coisa mais importante em sua mente, e a única que tornava tolerável a ideia de ir embora. Pensava o mínimo possível sobre o Anel e aonde este poderia levá-lo no final. Mas não contava a Gandalf todos os seus pensamentos. O quanto o mago adivinhava era sempre difícil saber.

Ele olhou para Frodo e sorriu. "Muito bem", disse ele. "Acho que isso vai estar bem — mas não pode ser mais tarde. Estou ficando muito ansioso. Enquanto isso, cuide-se e não dê qualquer indicação sobre aonde vai! E assegure-se de que Sam Gamgi não fale. Se falar, vou mesmo transformá-lo num sapo."

"Quanto a *aonde* estou indo," declarou Frodo, "seria difícil de revelar, pois eu mesmo ainda não tenho ideia clara."

"Não seja absurdo!", exclamou Gandalf. "Não o estou alertando contra deixar um endereço no correio! Mas você está saindo do Condado — e isso não pode ser conhecido até que você esteja bem longe. E você precisa ir, ou pelo menos partir, para o Norte, Sul, Oeste ou Leste — e a direção certamente não pode ser conhecida."

"Estive tão ocupado com a ideia de deixar Bolsão e de me despedir que nem mesmo considerei a direção", disse Frodo. "Pois irei aonde? E como me guiarei? Qual deverá ser minha demanda? Bilbo saiu para encontrar um tesouro, lá e de volta outra vez; mas eu saio para perder um, e não retornar, até onde posso ver."

"Mas você não consegue ver muito longe", comentou Gandalf. "Nem eu consigo. Pode ser tarefa sua encontrar as Fendas da Perdição; mas essa demanda poderá ser de outros: não sei. Seja como for, você ainda não está pronto para essa longa estrada."

"Não mesmo!", assentiu Frodo. "Mas, enquanto isso, que curso devo tomar?"

"Na direção do perigo; mas não muito temerário, nem muito direto", respondeu o mago. "Se quer meu conselho, rume para Valfenda. Essa viagem não deverá resultar muito perigosa, apesar de a Estrada estar menos favorável do que já esteve, e ela piorará à medida que o ano avança."

"Valfenda!", disse Frodo. "Muito bem: vou para o leste e vou rumar para Valfenda. Levarei Sam para visitar os Elfos; ele ficará encantado." Falava com despreocupação; mas seu coração se emocionou de repente com o desejo de ver a casa de Elrond Meio-Elfo e de respirar o ar daquele vale profundo onde muitos do Belo Povo ainda moravam em paz.

Certa tardinha de verão uma notícia espantosa chegou à Moita de Hera e ao Dragão Verde. Gigantes e outros portentos nas fronteiras do Condado foram esquecidos em favor de assuntos mais importantes: O Sr. Frodo estava vendendo Bolsão, na verdade, já vendera — aos Sacola-Bolseiros!

"Por um precinho bom, também", disseram alguns. "Uma pechincha," disseram outros, "e isso é mais provável quando a Sra. Lobélia é quem compra." (Otho morrera alguns anos antes, na idade madura, porém decepcionada, de 102 anos.)

O motivo pelo qual o Sr. Frodo estava vendendo sua bela toca era ainda mais discutível que o preço. Alguns adotavam a teoria — sustentada pelos gestos de cabeça e insinuações do próprio Sr. Bolseiro — de que o dinheiro de Frodo estava acabando: iria deixar a Vila-dos-Hobbits e viver tranquilamente com o produto da venda lá na Terra-dos-Buques entre seus parentes Brandebuques. "O mais longe possível dos Sacola-Bolseiros", acrescentavam alguns. Mas tornara-se tão firmemente estabelecida a ideia da fortuna incomensurável dos Bolseiros de Bolsão que a maioria achava difícil acreditar nisso, mais difícil que qualquer outra razão ou desrazão que sua fantasia poderia sugerir: para a maioria isso sugeria um complô, obscuro e ainda não revelado, de Gandalf. Apesar de este se manter muito quieto e não sair de dia, era bem conhecido que estava "escondido lá em cima em Bolsão". Mas, não importa o quanto a mudança pudesse se encaixar com os desígnios de sua magia, não havia dúvida sobre este fato: Frodo Bolseiro estava retornando à Terra-dos-Buques.

"Sim, vou me mudar neste outono", dizia ele. "Merry Brandebuque está procurando uma bela tocazinha para mim, ou quem sabe uma pequena casa."

Na verdade, com a ajuda de Merry ele já escolhera e comprara uma casinha em Cricôncavo, na região além de Buqueburgo. Para todos, além de Sam, ele fingia que ia estabelecer-se ali permanentemente. A decisão de partir rumo ao leste lhe sugerira a ideia; pois a Terra-dos-Buques ficava nas beiras orientais do Condado, e, como ele vivera ali na infância, a volta pelo menos pareceria plausível.

Gandalf ficou no Condado por mais de dois meses. Então, certa tarde no fim de junho, logo depois de o plano de Frodo estar finalmente acertado, ele anunciou de repente que estava indo embora outra vez na manhã seguinte. "Só por um tempinho, espero", afirmou ele. "Mas vou descer além da fronteira sul para obter notícias, se puder. Estive ocioso mais tempo do que deveria."

Falava com tranquilidade, mas a Frodo pareceu que ele tinha um aspecto bem preocupado. "Aconteceu alguma coisa?", perguntou.

"Bem, não; mas ouvi algo que me preocupou e precisa ser investigado. Se eu pensar, afinal, que vocês devem partir de imediato, voltarei de pronto, ou pelo menos mandarei um recado. Enquanto isso atenha-se ao seu plano; mas tome mais cuidado do que nunca, especialmente com o Anel. Deixe-me insistir mais uma vez: *não o use!*"

Partiu ao amanhecer. "Posso voltar em qualquer dia", disse ele. "No mais tardar voltarei para a festa de despedida. Acho que afinal vocês vão precisar de minha companhia na Estrada."

Inicialmente Frodo ficou bastante perturbado, e muitas vezes perguntou-se o que Gandalf teria ouvido; mas sua inquietação diminuiu, e diante daquele clima agradável ele esqueceu um pouco suas inquietações. Raramente o Condado vira um verão tão bonito ou um outono tão rico: as árvores estavam carregadas de maçãs, o mel pingava das colmeias e o trigo estava alto e cheio.

O outono já estava bem adiantado quando Frodo começou a se preocupar com Gandalf de novo. Setembro estava passando e ainda não havia notícia dele. O Aniversário e a mudança aproximavam-se, e ainda ele não chegara nem mandara recado. Bolsão começou a ficar movimentado. Alguns amigos de Frodo vieram ficar com ele para ajudar na mudança: lá estavam Fredegar Bolger e Folco Boffin, e naturalmente seus amigos especiais Pippin Tûk e Merry Brandebuque. O grupo virou a casa toda de pernas para o ar.

Em 20 de setembro, dois carroções cobertos partiram carregados para a Terra-dos-Buques, levando ao novo lar, pelo caminho da Ponte do Brandevin, a mobília e os objetos que Frodo não havia vendido. No dia seguinte, Frodo estava ansioso de verdade e manteve constante vigilância por Gandalf. Na quinta-feira, manhã de seu aniversário, o dia amanheceu bonito e claro, como na grande festa de Bilbo longo tempo atrás. Ainda assim, Gandalf não aparecera. À tardinha, Frodo deu seu banquete de despedida: foi bem reduzido, apenas um jantar para si e seus quatro ajudantes; mas ele estava perturbado e sem o espírito certo. A ideia de que logo precisaria se despedir dos jovens amigos lhe pesava no coração. Perguntava-se como lhes anunciaria o fato.

Os quatro hobbits mais jovens, porém, estavam animadíssimos, e logo a festa se tornou muito alegre, a despeito da ausência de Gandalf. A sala de jantar estava vazia, exceto por uma mesa e cadeiras, mas a comida era boa e havia bom vinho: o vinho de Frodo não fora incluído na venda aos Sacola-Bolseiros.

"Seja lá o que acontecer com o resto de minhas coisas quando os S.-B. puserem as garras aqui, pelo menos encontrei um bom lar para isto!", disse Frodo esvaziando o copo. Era a última gota de Velhos Vinhedos.

Quando haviam cantado muitas canções e falado de muitas coisas que fizeram juntos, brindaram ao aniversário de Bilbo, e beberam à saúde dele e de Frodo juntos, conforme o costume de Frodo. Depois saíram para tomar um pouco de ar e espiar as estrelas, então foram dormir. A festa de Frodo terminara, e Gandalf não havia chegado.

Na manhã seguinte estavam ocupados carregando outro carroção com o restante da bagagem. Merry encarregou-se disso e partiu com Fofo (isto é, Fredegar Bolger). "Alguém precisa ir lá esquentar a casa antes que você chegue", comentou Merry. "Bem, até mais tarde — depois de amanhã, se você não for dormir no caminho!"

Folco foi para casa após o almoço, mas Pippin ficou para trás. Frodo estava inquieto e ansioso, procurando em vão escutar algum som de Gandalf. Decidiu esperar até o cair da noite. Depois disso, se Gandalf precisasse dele com urgência, poderia ir a Cricôncavo, e até poderia chegar lá antes. Pois Frodo estava indo a pé. Seu plano — por lazer e uma última olhada no Condado, tanto quanto qualquer outro motivo — era caminhar da Vila-dos-Hobbits até a Balsa de Buqueburgo com a maior tranquilidade.

"Vou treinar um pouco também", disse ele, olhando-se num espelho empoeirado no saguão meio vazio. Fazia muito tempo que não caminhara com energia, e o reflexo parecia bem flácido, pensou.

Depois do almoço, os Sacola-Bolseiros, Lobélia e seu filho arruivado, Lotho, apareceram, para grande incômodo de Frodo. "Enfim nosso!", exclamou Lobélia ao dar um passo para dentro. Isso não era educado; nem estritamente verdadeiro, pois a venda de Bolsão não teria efeito antes da meia-noite. Mas talvez Lobélia possa ser perdoada: ela fora obrigada a esperar por Bolsão cerca de setenta e sete anos mais do que esperava outrora, e tinha agora cem anos de idade. De qualquer modo, viera para ver se não haviam levado nada que ela pagara; e queria as chaves. Levou muito tempo para satisfazê-la, pois ela trouxera um inventário completo e começou a conferi-lo de imediato. No fim, partiu com Lotho e a chave de reserva e a promessa de que a outra chave seria deixada na casa dos Gamgis, na Rua do Bolsinho. Ela bufou e demonstrou com clareza que achava os Gamgis capazes de saquearem a toca durante a noite. Frodo não lhe ofereceu chá.

Ele tomou seu próprio chá com Pippin e Sam Gamgi na cozinha. Fora oficialmente anunciado que Sam iria à Terra-dos-Buques "para trabalhar para o Sr. Frodo e cuidar do seu pequeno jardim"; um acerto que foi aprovado pelo Feitor, mas que não o consolou pela perspectiva de ter Lobélia como vizinha.

"Nossa última refeição em Bolsão!", disse Frodo, empurrando a cadeira para trás. Deixaram a louça suja para Lobélia. Pippin e Sam afivelaram suas três mochilas e as empilharam na varanda. Pippin saiu para um último passeio no jardim. Sam desapareceu.

O sol se pôs. Bolsão parecia triste, abatido e desgrenhado. Frodo perambulou pelos recintos familiares e viu a luz do pôr do sol se apagando nas paredes, e as sombras se insinuando dos cantos. Lentamente escureceu lá dentro. Ele saiu e desceu até o portão na extremidade inferior do caminho, depois caminhou um pouco pela Estrada da Colina. Meio que esperava ver Gandalf chegar andando pelo crepúsculo.

O céu estava claro, e as estrelas brilhavam intensamente. "Vai ser uma bela noite", afirmou em voz alta. "É bom para o começo. Sinto vontade de caminhar. Não aguento mais ficar por aí. Vou partir, e Gandalf terá de me seguir." Virou-se para voltar e depois parou, pois ouviu vozes, logo virando a esquina junto ao final da Rua do Bolsinho. Uma voz certamente era do velho Feitor; a outra era estranha e um tanto desagradável. Não conseguiu distinguir o que ela dizia, mas ouviu as respostas do Feitor, bastante estridentes. O velho parecia aborrecido.

"Não, o Sr. Bolseiro foi embora. Foi hoje de manhã, e meu Sam foi com ele: seja como for, todas as coisas dele foram. Sim, liquidou e foi embora, estou dizendo. Por quê? O porquê não é da minha conta, nem da sua. Aonde? Isso não é segredo. Mudou para Buqueburgo ou outro lugar assim, lá bem longe. É sim — um pedaço de caminho. Eu nunca fui tão longe; é gente esquisita na Terra-dos-Buques. Não, não posso dar recado. Boa noite para você!"

Passos se afastaram descendo a Colina. Frodo se perguntou vagamente por que parecia um grande alívio o fato de eles não subirem a Colina. "Estou farto de perguntas e curiosidade sobre o que estou fazendo, acho", pensou. "Que gente bisbilhoteira, todos eles!" Meio que pretendia ir perguntar ao Feitor quem era o intrometido; mas pensou melhor (ou pior), deu a volta e caminhou depressa para Bolsão.

Pippin estava sentado na mochila na varanda. Sam não estava lá. Frodo deu um passo porta escura adentro. "Sam!", chamou. "Sam! É hora!"

"Chegando, senhor!", veio a resposta bem de dentro, logo seguida pelo próprio Sam, enxugando a boca. Estivera dando adeus ao barril de cerveja no porão.

"Todos a bordo, Sam?", indagou Frodo.

"Sim, senhor. Agora vou aguentar bastante, senhor."

Frodo fechou e trancou a porta redonda e deu a chave a Sam. "Corra com ela até sua casa, Sam!", disse ele. "Depois corte caminho pela Rua e nos encontre o mais depressa que puder no portão da alameda, além dos prados. Hoje à noite não vamos passar pela vila. Orelhas em pé e olhos espiando demais." Sam saiu correndo a toda velocidade.

"Bem, finalmente partimos!", comentou Frodo. Puseram as mochilas nos ombros, pegaram os bastões e dobraram a esquina até o lado oeste de Bolsão. "Adeus!", disse Frodo, olhando as janelas escuras e vazias. Acenou com a mão, depois voltou-se e (seguindo Bilbo sem saber) apressou-se atrás de Peregrin, que descia a trilha do jardim. Pularam o trecho baixo da sebe lá embaixo e entraram nos campos, passando para o escuro como um farfalhar no capim.

No sopé da Colina, do lado ocidental, chegaram ao portão que dava para uma alameda estreita. Ali pararam e ajustaram as tiras das mochilas. Logo apareceu Sam, trotando depressa e respirando forte; sua pesada mochila estava empoleirada nos ombros, e ele pusera na cabeça um alto saco disforme de feltro que chamava de chapéu. À meia-luz ele se parecia muito com um anão.

"Estou certo de que me deram todas as coisas mais pesadas", disse Frodo. "Tenho pena dos caracóis e de todos que carregam a casa nas costas."

"Ainda posso levar muito mais, senhor. Meu pacote é bem leve", declarou Sam, decidido e inverídico.

"Não pode não, Sam!", exclamou Pippin. "É bom para ele. Ele só tem o que nos mandou empacotar. Esteve frouxo ultimamente e vai sentir menos peso quando, caminhando, tiver perdido um pouco do seu próprio."

"Sejam bondosos com um pobre velho hobbit!", riu-se Frodo. "Vou estar fino como uma vara de salgueiro, tenho certeza, antes de chegar à Terra-dos-Buques. Mas eu estava dizendo bobagens. Suspeito que você assumiu mais que a sua parte, Sam, e vou verificar isso da próxima vez que fizermos as mochilas." Apanhou novamente o bastão. "Bem, todos gostamos de caminhar no escuro," disse ele, "portanto, vamos percorrer algumas milhas antes de dormir."

Por um curto espaço seguiram a alameda rumo ao oeste. Depois, deixando-a, viraram para a esquerda e outra vez entraram silenciosamente nos campos. Andaram enfileirados ao longo de sebes e das bordas de capoeiras, e a noite caiu escura sobre eles. Em suas capas escuras estavam tão invisíveis como se todos tivessem anéis mágicos. Visto que todos eram hobbits e tentavam ser silenciosos, não faziam nenhum barulho que os próprios hobbits pudessem ouvir. Mesmo os seres selvagens nos campos e bosques mal perceberam sua passagem.

Algum tempo depois atravessaram o Água, a oeste da Vila-dos-Hobbits, numa estreita ponte de pranchas. Ali o rio não era mais que uma serpenteante fita negra ladeada de amieiros inclinados. Uma ou duas milhas mais ao sul, atravessaram apressados a grande estrada que vinha da Ponte do Brandevin; estavam agora na Terra-dos-Tûks e, fazendo uma curva para o sudeste, rumaram para a Terra das Colinas Verdes. Quando começavam a subir suas primeiras encostas, olharam para trás e viram as lâmpadas da Vila--dos-Hobbits ao longe, piscando no suave vale do Água. Logo ela desapareceu nas dobras da paisagem escurecida, e foi seguida por Beirágua junto à sua lagoa cinzenta. Quando a luz da última fazenda estava bem para trás, espiando através das árvores, Frodo se virou e acenou com a mão num adeus.

"Pergunto-me se ainda vou olhar para o vale lá embaixo outra vez", disse baixinho.

Quando haviam caminhado por umas três horas, fizeram um descanso. A noite estava clara, fresca e estrelada, mas fiapos de névoa, como fumaça, se arrastavam subindo as encostas dos morros desde os rios e prados fundos. Bétulas com pouca folhagem, balançando ao vento leve sobre suas cabeças, faziam uma teia negra diante do céu pálido. Comeram uma janta muito frugal (para hobbits) e depois seguiram adiante. Logo deram com uma estrada estreita que rolava para cima e para baixo, desfazendo-se cinzenta na escuridão à frente: a estrada para Vila-do-Bosque, Tronco e a Balsa de Buqueburgo. Ela subia da estrada principal no vale do Água e fazia curvas pelos sopés das Colinas Verdes rumo à Ponta do Bosque, um canto selvagem da Quarta Leste.

Algum tempo depois mergulharam numa trilha funda encravada entre altas árvores cujas folhas secas farfalhavam na noite. Estava muito escuro. No começo conversaram, ou cantarolaram uma melodia juntos, baixinho, já que estavam longe de ouvidos intrometidos. Depois seguiram marchando em silêncio, e Pippin começou a ficar para trás. Por fim, quando principiaram a escalar uma encosta íngreme, ele parou e bocejou.

"Estou com tanto sono", comentou ele, "que logo vou despencar na estrada. Vocês vão dormir em pé? Já é quase meia-noite."

"Pensei que você gostava de caminhar no escuro", disse Frodo. "Mas não há grande pressa. Merry nos espera a alguma hora depois de amanhã; mas isso nos dá quase mais dois dias. Vamos parar no primeiro ponto adequado."

"O vento está no Oeste", afirmou Sam. "Se alcançarmos o outro lado deste morro vamos encontrar um ponto bem abrigado e confortável, senhor. Tem um bosque seco de abetos logo em frente, se bem me lembro." Sam conhecia bem a paisagem num raio de vinte milhas da Vila-dos--Hobbits, mas esse era o limite de sua geografia.

Logo além do topo da colina deram com o capão de abetos. Saindo da estrada, penetraram na profunda escuridão das árvores, com aroma de resina, e reuniram galhos secos e pinhas para fazer fogo. Logo obtiveram alegres estalidos de chamas ao pé de um grande abeto e passaram algum tempo sentados em torno dele até começarem a cabecear. Então, cada um num canto das raízes da grande árvore, enrodilharam-se nas capas e nos cobertores, e logo estavam dormindo profundamente. Não puseram vigia; mesmo Frodo ainda não temia nenhum perigo, pois estavam ainda no coração do Condado. Algumas criaturas vieram olhá-los depois de o fogo se apagar. Uma raposa que passava pela floresta em seus próprios afazeres parou por alguns minutos e farejou.

"Hobbits!", pensou. "Bem, e o que mais? Ouvi falar de feitos estranhos nesta terra, mas raramente ouvi de um hobbit dormindo ao relento embaixo de uma árvore. Três deles! Há algo muito esquisito por trás disto." Tinha toda a razão, porém nunca descobriu nada mais a respeito.

Chegou a manhã, pálida e úmida. Frodo acordou primeiro e descobriu que uma raiz da árvore tinha feito um furo em suas costas e que tinha um torcicolo. "Caminhar por prazer! Por que não vim de carroça?", pensou ele, como costumava pensar no começo de uma expedição. "E todos os meus belos edredons de pena foram vendidos aos Sacola-Bolseiros! Estas raízes de árvore fariam bem a eles." Esticou-se. "Acordem, hobbits!", exclamou. "É uma linda manhã."

"O que tem de linda?", indagou Pippin, espiando sobre a beira de seu cobertor com um olho. "Sam! Apronte o desjejum para as nove e meia! Já esquentou a água do banho?"

Sam levantou-se de um salto, com aspecto um tanto lacrimejante. "Não senhor, ainda não, senhor!", disse ele.

Frodo arrancou os cobertores de Pippin e o rolou para o lado, depois caminhou até a borda do bosque. Longe no leste, o sol se erguia vermelho das névoas que jaziam espessas sobre o mundo. Tocadas de ouro e vermelho, as árvores outonais pareciam navegar sem raízes em um mar sombreado. Pouco abaixo dele, à esquerda, a estrada descia íngreme para uma depressão e desaparecia.

Quando voltou, Sam e Pippin tinham acendido uma boa fogueira. "Água!", gritou Pippin. "Onde está a água?"

"Não levo água nos bolsos", afirmou Frodo.

"Pensamos que você tinha ido buscar", respondeu Pippin, ocupado em dispor a comida e as canecas. "É melhor você ir agora."

"Você também pode vir", disse Frodo, "e trazer todos os cantis." Havia um regato no sopé da colina. Encheram os cantis e a chaleirinha de acampamento numa pequena queda onde a água descia alguns pés sobre um afloramento de pedra cinzenta. Estava fria; e eles cuspiram e bufaram, banhando os rostos e as mãos.

Quando o desjejum estava terminado, e as mochilas, afiveladas de novo, passava das dez, e o dia começava a ficar limpo e quente. Desceram a encosta, atravessaram o riacho onde ele passava sob a estrada, e subiram pela encosta seguinte, e subiram e desceram por outro flanco das colinas; e a essa altura suas capas, cobertores, água, comida e outros equipamentos já pareciam um fardo pesado.

A marcha do dia prometia ser um trabalho quente e exaustivo. Algumas milhas após, no entanto, a estrada deixou de rolar para cima e para baixo: subiu ao topo de uma encosta íngreme de um jeito serpenteante e preguiçoso, e depois aprestou-se a descer pela última vez. Diante deles viram as terras baixas pontilhadas com pequenos capões de árvores que se desfaziam ao longe numa névoa parda de bosques. Olhavam por cima da Ponta do Bosque na direção do Rio Brandevin. A estrada fazia curvas diante deles como um pedaço de barbante.

"A estrada segue sempre avante", disse Pippin; "mas eu não posso sem descansar. É mais do que hora do almoço." Sentou-se na margem junto à estrada e fitou a névoa, longe no leste, além da qual estava o Rio, e o fim do Condado onde passara toda a sua vida. Sam estava de pé ao seu lado. Seus olhos redondos estavam bem abertos — pois olhava por cima de terras que jamais vira, na direção de um novo horizonte.

"Moram Elfos nesses bosques?", perguntou.

"Não que eu jamais tenha ouvido dizer", comentou Pippin. Frodo estava em silêncio. Também ele fitava o leste ao longo da estrada, como se jamais a tivesse visto antes. De repente falou, em voz alta, mas como para si mesmo, dizendo devagar:

A Estrada segue sempre avante
   Da porta onde é seu começo.
Já longe a Estrada vai, constante,
   E eu vou por ela sem tropeço,

> *Seguindo-a com pés morosos,*
>   *Pois outra estrada vou achar*
> *Onde há encontros numerosos.*
>   *Depois? Não posso adivinhar.*[A]

"Isso soa como um pedaço das rimas do velho Bilbo", disse Pippin. "Ou é uma das suas imitações? Não soa lá muito animador."

"Não sei", respondeu Frodo. "Isso me ocorreu agora, como se eu estivesse inventando; mas posso tê-lo ouvido muito tempo atrás. Certamente lembra-me muito Bilbo nos últimos anos, antes de ele partir. Muitas vezes ele costumava dizer que só havia uma Estrada; que era como um grande rio: suas nascentes estavam em cada soleira, e cada trilha era seu afluente. 'É um negócio perigoso, Frodo, sair pela sua porta', ele costumava dizer. 'Você dá um passo na Estrada e, se não cuidar dos seus pés, não há como saber para onde você poderá ser arrastado. Você se dá conta de que esta é a própria trilha que atravessa Trevamata e, se você deixar, ela poderá levá-lo à Montanha Solitária, ou mais longe ainda, a lugares piores?' Costumava dizer isso na trilha junto à porta dianteira de Bolsão, especialmente depois de voltar de uma longa caminhada."

"Bem, a Estrada não vai me arrastar a nenhum lugar por uma hora ao menos", disse Pippin, tirando a mochila. Os outros seguiram seu exemplo, apoiando as mochilas na encosta e esticando as pernas na estrada. Depois de descansarem, fizeram um bom almoço e descansaram mais.

O sol começava a declinar e a luz da tarde iluminava a paisagem quando desceram a colina. Até então não tinham encontrado vivalma na estrada. Aquele caminho não era muito usado, já que mal servia para carroças, e havia pouco tráfego na direção da Ponta do Bosque. Haviam prosseguido por uma hora ou mais quando Sam parou por um instante, como quem escuta. Já estavam em solo plano, e a estrada, depois de muitas voltas, estendia-se reta à frente através de capinzais salpicados de árvores altas, isoladas da floresta que se avizinhava.

"Posso ouvir um pônei ou cavalo que vem pela estrada atrás de nós", comentou Sam.

Olharam para trás, mas a curva da estrada não os deixava enxergar longe. "Eu me pergunto se é Gandalf vindo atrás de nós", disse Frodo; mas enquanto dizia isso teve um sentimento de que não era assim, e o acometeu um desejo súbito de se esconder das vistas do cavaleiro.

"Pode não ser muito importante," falou como quem se desculpa, "mas preferia não ser visto na estrada — por ninguém. Estou farto de notarem e discutirem minhas atividades. E se for Gandalf," acrescentou em reflexão posterior, "podemos fazer-lhe uma surpresinha como paga pelo seu atraso. Vamos nos esconder!"

Os outros dois correram depressa para a esquerda, descendo para uma pequena depressão não longe da estrada. Ali deitaram-se no chão. Frodo hesitou por um segundo: a curiosidade ou alguma outra sensação se opunha ao desejo de se esconder. O som dos cascos se aproximava. Bem a tempo, jogou-se num tufo de capim alto atrás de uma árvore que fazia sombra na estrada. Então ergueu a cabeça e espiou cautelosamente por cima de uma das grandes raízes.

Virando a curva veio um cavalo negro — não um pônei de hobbit, mas um cavalo crescido; e nele estava montado um homem grande, que parecia agachado na sela, enrolado em um grande manto e capuz negros, de modo que embaixo apareciam apenas suas botas nos altos estribos; o rosto estava na sombra, invisível.

Quando chegou à árvore e estava emparelhado com Frodo, o cavalo parou. O vulto montado mantinha-se bem imóvel, com a cabeça inclinada, como quem escuta. De baixo do capuz veio um ruído como de alguém que fareja para apanhar um odor fugidio; a cabeça virou-se de um lado da estrada para o outro.

Um súbito temor irracional de ser descoberto tomou conta de Frodo, e ele pensou em seu Anel. Mal ousava respirar, e, ainda assim, o desejo de tirá-lo do bolso se tornou tão forte que começou a mexer a mão devagar. Sentia que só precisava colocá-lo e estaria a salvo. O conselho de Gandalf parecia absurdo. Bilbo usara o Anel. "E ainda estou no Condado", pensou ele, com a mão tocando a corrente em que estava suspenso. Nesse momento o cavaleiro se ergueu e sacudiu as rédeas. O cavalo deu um passo avante, primeiro caminhando devagar e depois irrompendo num trote rápido.

Frodo engatinhou até a beira da estrada e observou o cavaleiro até este sumir à distância. Não podia ter certeza absoluta, mas teve a impressão de que subitamente, antes de sair de sua vista, o cavalo desviou para o lado e entrou nas árvores à direita.

"Bem, eu digo que isso é muito esquisito, na verdade, perturbador", disse Frodo consigo, caminhando em direção aos companheiros. Pippin e Sam haviam ficado deitados no capim e nada tinham visto; portanto Frodo descreveu o cavaleiro e seu estranho comportamento.

"Não sei dizer por que, mas tive a certeza de que ele estava me procurando com a visão ou o *faro*; e também tive a certeza de que não queria que ele me descobrisse. Nunca vi nem senti nada parecido no Condado até agora."

"Mas o que alguém do Povo Grande tem a ver conosco?", disse Pippin. "E o que ele está fazendo nesta parte do mundo?"

"Há alguns Homens por aí", afirmou Frodo. "Lá embaixo, na Quarta Sul, tiveram problemas com o Povo Grande, creio. Mas nunca ouvi falar de nada parecido com este cavaleiro. Eu me pergunto de onde ele vem."

"Com sua licença", atalhou Sam de repente. "Eu sei de onde ele vem. É da Vila-dos-Hobbits que vem esse cavaleiro negro, a não ser que tenha mais do que um. E sei aonde ele vai."

"O que quer dizer?", indagou Frodo rispidamente, encarando-o espantado. "Por que não se manifestou antes?"

"É que acabo de lembrar, senhor. Foi assim: quando voltei à nossa toca ontem à tardinha com a chave, meu pai, ele me disse: 'Alô, Sam!', disse ele. 'Pensei que tinha saído com o Sr. Frodo esta manhã. Teve um freguês esquisito perguntando pelo Sr. Bolseiro de Bolsão, e ele acaba de ir embora. Eu mandei ele ir para Buqueburgo. Não que eu gostasse do som dele. Ele pareceu muito desapontado quando eu falei que o Sr. Bolseiro tinha saído da velha casa para valer. Chiou pra mim, foi isso. Isso me deu um belo calafrio.' 'Que tipo de sujeito ele era?', eu falei ao Feitor. 'Não sei', respondeu ele; 'mas não era um hobbit. Era alto e meio preto, e se inclinou sobre mim. Acho que era do Povo Grande das partes estrangeiras. Falava engraçado.'

"Não pude ficar para ouvir mais, senhor, já que o senhor estava esperando; e eu mesmo não dei muita importância. O Feitor está ficando velho e mais do que um pouco cego, e já devia estar quase escurecendo quando esse sujeito subiu a Colina e encontrou ele tomando os ares na ponta da nossa Rua. Espero que ele não tenha feito nenhum mal, senhor, e nem eu."

"Seja como for, o Feitor não tem culpa", afirmou Frodo. "Na verdade, eu o ouvi falando com um estrangeiro, que parecia estar perguntando por mim, e quase fui lhe perguntar quem era. Gostaria de ter feito isso, ou que você me tivesse contado antes. Eu poderia ter sido mais cuidadoso na estrada."

"Ainda assim pode não haver ligação entre este cavaleiro e o estrangeiro do Feitor", disse Pippin. "Deixamos a Vila-dos-Hobbits em bastante segredo, e não sei como ele poderia ter nos seguido."

"E isso do *faro*, senhor?", indagou Sam. "E o Feitor falou que era um sujeito de preto."

"Devia ter esperado por Gandalf", resmungou Frodo. "Mas quem sabe isso só tivesse piorado as coisas."

"Então você sabe ou supõe alguma coisa sobre este cavaleiro?", disse Pippin, que percebera as palavras resmungadas.

"Não sei e preferia não adivinhar", declarou Frodo.

"Muito bem, primo Frodo! Pode guardar seu segredo por ora, se quiser ser misterioso. Enquanto isso, o que devemos fazer? Eu gostaria de um bocado e de um trago, mas de algum modo acho que seria melhor irmos embora daqui. Sua conversa de cavaleiros farejadores com narizes invisíveis me perturbou."

"Sim, acho que vamos prosseguir agora", disse Frodo; "mas não na estrada — caso aquele cavaleiro volte ou outro o siga. Devíamos fazer mais uma boa caminhada hoje. A Terra-dos-Buques ainda está a milhas de distância."

As sombras das árvores eram longas e estreitas no capim quando partiram outra vez. Mantinham-se agora a uma pedrada de distância, à esquerda da estrada, e tanto quanto podiam ficavam longe da visão dela. Mas isso os atrapalhou; pois o capim era espesso e em tufos, e o chão irregular, e as árvores começavam a se agrupar em capões.

O sol se pusera vermelho nas colinas atrás deles, e a tardinha chegou antes que retornassem à estrada no final do longo trecho plano que ela percorrera reta por algumas milhas. Naquele ponto ela dobrava à esquerda e descia para a planície da Baixada, rumando para Tronco; mas uma alameda saía para a direita, serpenteando por uma floresta de velhos carvalhos a caminho da Vila-do-Bosque. "Esse é o caminho para nós", comentou Frodo.

Não muito longe da confluência das estradas eles deram com o enorme vulto de uma árvore: ainda estava viva e tinha folhas nos raminhos que emitira ao redor dos tocos quebrados dos galhos caídos muito tempo atrás; mas era oca, e podia-se entrar nela por uma grande fenda do lado oposto à estrada. Os hobbits enfiaram-se lá dentro e se sentaram num chão de folhas velhas e madeira decomposta. Descansaram e fizeram uma refeição leve, conversando baixinho e escutando de tempos em tempos.

O crepúsculo os envolveu quando se esgueiraram de volta para a alameda. O vento Oeste silvava nos galhos. As folhas sussurravam. Logo a estrada começou a descer para a penumbra, lenta, mas continuamente. Uma estrela saiu acima das árvores no Leste, que se apagava diante deles. Seguiram lado a lado e acertando o passo, para se manterem animados. Algum tempo depois, as estrelas se tornaram mais densas e luminosas, a sensação de desconforto os abandonou, e não procuravam mais ouvir o som de cascos. Começaram a cantarolar baixinho, como os hobbits costumam fazer quando caminham, especialmente quando se aproximam de casa à noite. No caso da maioria dos hobbits é uma melodia de ceiar ou de ir para a cama; mas aqueles hobbits cantarolavam uma melodia de caminhada (mas não, é claro, sem mencionarem o jantar ou a cama). Bilbo Bolseiro escrevera a letra, com uma música antiga como as colinas, e a ensinara a Frodo quando andavam nas alamedas do vale do Água e conversavam sobre Aventuras.

> *Há fogo rubro na lareira,*
> *E um leito sob a cumeeira;*
> *Mas inda correm nossos pés,*
> *Na curva achamos, de través,*
> *Pedra fincada, tronco estranho*
> *Que só nós vimos desde antanho.*
>   *Bosque e flor, folha e capim,*
>   *Passem sim! Passem sim!*
>   *Morro e água a rolar,*
>   *Deixe estar! Deixe estar!*

Virando a esquina espera quieto
Nova estrada, portão secreto,
E, se hoje de relance os vemos,
Quem sabe amanhã voltemos
Para tomar a trilha nua
Que vai à Sol, que vai ao Lua.
  Noz, maçã, abrunho, espinho,
  A caminho! A caminho!
  Lago, vale, pedra e areia,
  Vamos, eia! Vamos, eia!

O lar pra trás, o mundo à frente,
E muitas trilhas para a gente,
Por sombras pela noite bela,
Até que raie cada estrela.
O mundo atrás, à frente o lar,
À casa e ao leito já tornar!
  Névoa, nuvem, sombra, escuro
  Esconjuro! E esconjuro!
  Fogo e luz, e carne e pão,
  À cama então! À cama então![B]

A canção terminou. "À cama *agora*! À cama *agora*!", cantou Pippin em alta voz.

"Quieto!", pontuou Frodo. "Acho que estou ouvindo cascos outra vez."

Pararam de repente e se mantiveram silenciosos como sombras de árvores, escutando. Ouviu-se um som de cascos na alameda, um pouco mais atrás, porém chegando devagar e nítido com o vento. Rápidos e em silêncio, deslizaram para fora do caminho e correram para a sombra mais profunda sob os carvalhos.

"Não vamos longe demais!", disse Frodo. "Não quero ser visto, mas quero ver se é outro Cavaleiro Negro."

"Muito bem!", assentiu Pippin. "Mas não se esqueça do faro."

Os cascos se aproximaram. Não tinham tempo de encontrar esconderijo melhor que a escuridão geral embaixo das árvores; Sam e Pippin se agacharam atrás de um grande tronco de árvore, enquanto Frodo voltou engatinhando algumas jardas[1] rumo à alameda. Esta aparecia cinza e pálida, uma linha de luz esmaecida através do bosque. Acima dela as estrelas eram espessas no céu sombrio, mas não havia lua.

O som dos cascos parou. Frodo, observando, viu algo escuro passar diante do espaço mais claro entre duas árvores e depois parar. Parecia a

---

[1] A jarda tem 3 pés, ou cerca de 91 centímetros. [N. T.]

sombra negra de um cavalo conduzido por uma sombra menor. A sombra negra parou perto do ponto onde haviam deixado a trilha e oscilava de um lado para o outro. Frodo pensou ouvir o som de fungadelas. A sombra se inclinou para o chão e depois começou a engatinhar na direção dele.

Mais uma vez o desejo de colocar o Anel dominou Frodo; mas desta vez era mais forte que antes. Tão forte que, quase antes de ele perceber o que fazia, sua mão estava tateando seu bolso. Mas nesse momento houve um som como canção e riso mesclados. Vozes claras subiam e desciam no ar iluminado pelas estrelas. A sombra negra levantou-se e recuou. Montou no cavalo obscuro e pareceu sumir do lado oposto da alameda, na treva da outra beira. Frodo voltou a respirar.

"Elfos!", exclamou Sam num sussurro rouco. "Elfos, senhor!" Teria irrompido das árvores e corrido em direção às vozes se não o tivessem puxado para trás.

"Sim, são Elfos", disse Frodo. "Às vezes pode-se encontrá-los na Ponta do Bosque. Não vivem no Condado, mas perambulam nele na primavera e no outono, vindos de suas próprias terras lá longe além das Colinas das Torres. Sou grato por isso! Vocês não viram, mas aquele Cavaleiro Negro parou bem aqui e estava mesmo engatinhando em nossa direção quando a canção começou. Assim que ouviu as vozes, ele escapuliu."

"E quanto aos Elfos?", indagou Sam, animado demais para se preocupar com o cavaleiro. "Não podemos ir vê-los?"

"Ouça! Estão vindo para cá", comentou Frodo. "Só precisamos esperar."

O canto se aproximou. Uma voz nítida já se erguia acima das demais. Cantava na bela língua-élfica, de que Frodo só conhecia pouca coisa, e os outros, nada. Porém, o som mesclado à melodia parecia moldar-se, nos pensamentos deles, em palavras que só compreendiam em parte. Esta era a canção como Frodo a ouviu:

> *Neve-alva! Neve-alva! Clara Dama!*
>   *Rainha além do Mar do Oeste!*
> *Ó Luz dos que vamos sob a rama*
>   *Das árvores do mundo agreste!*
>
> *Gilthoniel! Ó Elbereth!*
>   *De alento e olhos puros és!*
> *Neve-alva! Neve-alva! O canto vós*
>   *De uma terra do Oceano empós.*
>
> *Ó astros que na Era Obscura*
>   *Ela plantou com mão luzente,*
> *Em campos ao vento, clara e pura,*
>   *Vossa prata-flor vemos nascente!*

Ó Elbereth! Gilthoniel!
Lembramos, a vagar ao léu,
Em terra longe de selva agreste
Tua luz d'estrelas no Mar do Oeste.[C]

A canção terminou. "Estes são Altos Elfos! Falaram o nome de Elbereth!", disse Frodo admirado. "Poucos desse mais belo povo jamais são vistos no Condado. Agora não restam muitos na Terra-média, a leste do Grande Mar. É de fato um estranho acaso!"

Os hobbits ficaram sentados na sombra junto ao caminho. Logo depois os Elfos vieram descendo a alameda rumo ao vale. Passaram devagar, e os hobbits podiam ver a luz das estrelas rebrilhando em seus cabelos e seus olhos. Não traziam lanternas, porém, ao caminharem, um tremeluzir, como a luz da lua acima da beira das colinas antes que ela nasça, parecia cair em torno de seus pés. Agora estavam em silêncio, e quando o último Elfo passou ele se virou, olhou para os hobbits e riu.

"Salve, Frodo!", exclamou. "Estás fora de casa tarde. Ou quem sabe estás perdido?" Então chamou os demais em voz alta, e toda a companhia parou e se reuniu em volta deles.

"Isto é maravilha deveras!", comentaram. "Três hobbits em uma floresta à noite! Não vimos tal coisa desde que Bilbo partiu. Qual é o significado disto?"

"O significado disto, bela gente," disse Frodo, "é simplesmente que parecemos estar indo na mesma direção que vós. Agrada-me caminhar sob as estrelas. Mas vossa companhia me será bem-vinda."

"Mas não temos necessidade de outra companhia, e os hobbits são tão enfadonhos", riram-se eles. "E como sabes que vamos na mesma direção, já que não sabes aonde vamos?"

"E como sabeis meu nome?", retrucou Frodo.

"Sabemos muitas coisas", afirmaram eles. "Amiúde te vimos antes com Bilbo, por muito que não nos tenhas visto."

"Quem sois vós, e quem é vosso senhor?", perguntou Frodo.

"Eu sou Gildor", respondeu o líder deles, o Elfo que o saudara primeiro. "Gildor Inglorion da Casa de Finrod. Somos Exilados, e a mor parte de nosso clã há muito partiu, e também nós agora apenas nos demoramos aqui por algum tempo, antes que tornemos por sobre o Grande Mar. Mas alguns dos nossos habitam ainda em paz em Valfenda. Vem, Frodo, conta-nos o que fazes. Pois vemos que há alguma sombra de temor sobre ti."

"Ó Povo Sábio!", interrompeu Pippin com avidez. "Contai-nos sobre os Cavaleiros Negros."

"Cavaleiros Negros?!", indagaram eles em voz baixa. "Por que perguntas dos Cavaleiros Negros?"

"Porque dois Cavaleiros Negros nos ultrapassaram hoje, ou um deles o fez duas vezes", disse Pippin; "faz bem pouco tempo que ele escapuliu quando vós vos aproximastes."

Os Elfos não responderam de imediato, mas falaram baixinho entre si na sua própria língua. Por fim, Gildor se virou para os hobbits. "Não falaremos disso aqui", declarou ele. "Pensamos ser melhor que agora venhais conosco. Não é nosso costume, mas por esta vez vos levaremos em nosso caminho, e haveis de permanecer conosco esta noite, se vos apraz."

"Ó Belo Povo! Isto é sorte além de minha esperança", exclamou Pippin. Sam não tinha palavras. "Agradeço-vos deveras, Gildor Inglorion", disse Frodo com uma mesura. "*Elen síla lúmenn' omentielvo*, uma estrela brilha sobre a hora de nosso encontro", acrescentou na fala dos Altos Elfos.

"Acautelai-vos, amigos!", exclamou Gildor, rindo. "Não dizei segredos! Eis um erudito da língua antiga. Bilbo foi um bom mestre. Salve, Amigo-dos-Elfos!", disse ele, inclinando-se diante de Frodo. "Vem agora com teus amigos e une-te à nossa companhia! Melhor será que caminheis no meio para não vos desviardes. Podereis estar exaustos antes que paremos."

"Por quê? Aonde ides?", perguntou Frodo.

"Por esta noite iremos aos bosques nas colinas acima da Vila-do-Bosque. São algumas milhas, mas haveis de ter repouso ao final delas, e isso abreviará vossa jornada de amanhã."

Voltaram a marchar em silêncio e passaram como sombras e luzes débeis: pois os Elfos (ainda mais que os hobbits) conseguem caminhar, quando querem, sem ruído nem som de passos. Logo Pippin começou a se sentir sonolento e tropeçou uma ou duas vezes; mas de cada vez um Elfo alto a seu lado estendeu o braço e o salvou de cair. Sam caminhava ao lado de Frodo, como que num sonho, tendo no rosto uma expressão meio de medo e meio de alegria admirada.

A mata de ambos os lados tornava-se mais densa; agora as árvores eram mais jovens e espessas; e à medida que a alameda descia, entrando em uma dobra das colinas, havia muitas moitas de aveleira nas encostas que se erguiam de ambos os lados. Por fim os Elfos desviaram da trilha. Um caminho verde passava quase invisível pelo matagal à direita; e seguiram-no, fazendo curvas enquanto subia as encostas arborizadas, até o topo de um flanco das colinas que se projetavam sobre a terra mais baixa do vale do rio. De repente saíram da sombra das árvores, e diante deles estendia-se um amplo espaço gramado, cinzento sob a noite. Em três lados a mata se aproximava dele; mas a leste o solo descia íngreme, e os altos das árvores escuras que cresciam no sopé da encosta estavam abaixo dos pés deles. Lá embaixo a baixada era sombria e plana sob as estrelas. Mais perto piscavam algumas luzes na aldeia de Vila-do-Bosque.

Os Elfos sentaram-se na grama e conversaram em voz baixa; pareciam não prestar mais atenção nos hobbits. Frodo e seus companheiros enrolaram-se em capas e cobertores, e a sonolência tomou conta deles. A noite prosseguia, e as luzes no vale se apagaram. Pippin pegou no sono, tendo por travesseiro um montículo verde.

Longe no Leste rodavam Remmirath, as Estrelas Enredadas, e lentamente a rubra Borgil se ergueu sobre as névoas, brilhando como joia de fogo. Então, por alguma mudança de ares, toda a névoa foi afastada como um véu, e levantou-se, subindo acima da borda do mundo, o Espadachim do Céu, Menelvagor com seu cinto luminoso. Todos os Elfos irromperam a cantar. De súbito, sob as árvores, uma fogueira surgiu com luz vermelha.

"Vinde!", os Elfos chamaram os hobbits. "Vinde! É hora de conversação e divertimento!"

Pippin sentou-se e esfregou os olhos. Teve um calafrio. "Há uma fogueira no salão e comida para hóspedes famintos", disse um Elfo que estava de pé diante dele.

Na extremidade sul do gramado havia uma abertura. Ali o solo verde entrava pelo bosque e formava um espaço amplo como um salão, coberto pelos ramos das árvores. Os grandes troncos desciam como pilastras de ambos os lados. No meio ardia uma fogueira, e nas pilastras arbóreas queimavam com constância tochas de luzes douradas e prateadas. Os Elfos sentavam-se ao redor do fogo, na grama ou nos anéis serrados de velhos troncos. Alguns iam e vinham levando taças e servindo bebidas; outros traziam comida acumulada em travessas e pratos.

"É alimento modesto", afirmaram aos hobbits; "pois estamos alojados na floresta verde, longe de nossos paços. Se chegardes a vos hospedar em nossa casa tratar-vos-emos melhor."

"Parece-me bom o bastante para uma festa de aniversário", disse Frodo.

Mais tarde, Pippin recordou pouca coisa da comida ou da bebida, pois sua mente estava repleta da luz nos rostos dos elfos e do som de vozes tão variadas e belas que ele sentia que estava num sonho acordado. Mas lembrava-se de que havia pão, de sabor melhor que um belo pedaço branco para quem está faminto; e frutas doces como bagas selvagens e mais ricas que os frutos cultivados nos pomares; esvaziou uma taça repleta de uma bebida perfumada, fresca como uma fonte límpida, dourada como uma tarde de verão.

Sam nunca conseguiu descrever com palavras nem fazer uma imagem nítida do que sentiu ou pensou naquela noite, por muito que ela permanecesse em sua lembrança como um dos principais acontecimentos de sua vida. O mais próximo que jamais conseguiu foi dizer: "Bem, senhor, se eu conseguisse cultivar maçãs daquele jeito eu diria que sou um jardineiro. Mas foi o canto que entrou em meu coração, se me entende."

Frodo estava sentado, comendo, bebendo e conversando deliciado; mas sua mente atentava principalmente para as palavras que eram ditas. Sabia um pouco da fala-élfica e escutava com avidez. Vez por outra falava com os que o serviam e lhes agradecia na própria língua deles. Sorriam para ele e diziam, rindo: "Eis uma joia entre os hobbits!"

Depois de algum tempo, Pippin caiu em sono profundo e foi erguido e levado a um caramanchão sob as árvores; ali o deitaram num leito macio, e ele dormiu pelo restante da noite. Sam recusou-se a deixar o patrão. Quando Pippin se fora, ele veio aninhar-se aos pés de Frodo, onde acabou cabeceando e fechando os olhos. Frodo ficou acordado muito tempo, conversando com Gildor.

Falaram de muitas coisas, antigas e novas, e Frodo muito interrogou Gildor sobre os acontecimentos no grande mundo fora do Condado. As notícias eram em sua maioria tristes e agourentas: de treva crescente, das guerras dos Homens e da fuga dos Elfos. Por fim Frodo fez a pergunta que ocupava mais de perto seu coração:

"Dize-me, Gildor, alguma vez viste Bilbo depois que ele nos deixou?"

Gildor sorriu. "Sim", respondeu. "Duas vezes. Ele se despediu de nós neste mesmo lugar. Mas eu o vi de novo uma vez, longe daqui." Nada mais falou sobre Bilbo, e Frodo silenciou.

"Não me perguntas nem contas muita coisa acerca de ti próprio, Frodo", disse Gildor. "Mas um pouco já sei, e consigo ler mais em teu rosto e no pensamento por trás de tuas perguntas. Estás deixando o Condado e ainda assim duvidas que encontrarás o que buscas, ou que realizarás o que pretendes, ou que voltarás algum dia. Não é assim?"

"É", assentiu Frodo; "mas pensei que minha partida era um segredo conhecido apenas de Gandalf e de meu fiel Sam." Baixou os olhos para Sam, que roncava baixinho.

"Por nós o segredo não alcançará o Inimigo", disse Gildor.

"O Inimigo?", questionou Frodo. "Então sabeis por que estou deixando o Condado?"

"Não sei por que razão o Inimigo persegue-te", respondeu Gildor; "contudo percebo que te persegue — por muito que me pareça deveras estranho. E te alerto que agora o perigo está à tua frente e atrás de ti, e de ambos os lados."

"Queres dizer os Cavaleiros? Eu temia que fossem serviçais do Inimigo. O que *são* os Cavaleiros Negros?"

"Gandalf nada te contou?"

"Nada sobre tais criaturas."

"Então creio que não serei eu a te dizer nada mais — para que o terror não te afaste de tua jornada. Pois parece-me que partiste no tempo justo, se é que deveras estás em tempo. Agora precisas apressar-te, e não te demores nem retornes; pois o Condado não é mais proteção para ti."

"Não posso imaginar que informações poderiam ser mais aterrorizantes que tuas alusões e alertas", exclamou Frodo. "Eu sabia que havia perigo à frente, é claro; mas não esperava encontrá-lo em nosso próprio Condado. Um hobbit não pode caminhar do Água ao Rio em paz?"

"Mas não é vosso próprio Condado", disse Gildor. "Outros aqui habitaram antes que hobbits houvesse; e outros aqui habitarão de novo quando os hobbits não mais existirem. O amplo mundo está em todo vosso redor: podeis vos encerrar em uma cerca, mas com cerca jamais podereis repeli-lo."

"Eu sei — e ainda assim ele sempre pareceu tão seguro e familiar. O que posso fazer agora? Meu plano era deixar o Condado em segredo e seguir rumo a Valfenda; mas agora meus passos estão sendo perseguidos antes que eu tenha chegado à Terra-dos-Buques."

"Creio que ainda deves seguir esse plano", afirmou Gildor. "Não creio que a estrada se revele demasiado difícil para tua coragem. Mas, se desejas conselhos mais claros, deves pedi-los a Gandalf. Não conheço a razão de tua fuga e, portanto, não sei por quais meios teus perseguidores te assediarão. Estas coisas é Gandalf quem deve saber. Imagino que o encontrarás antes de deixares o Condado?"

"Assim espero. Mas essa é outra coisa que me deixa ansioso. Estive à espera de Gandalf por vários dias. Ele deveria ter chegado à Vila-dos--Hobbits pelo menos duas noites atrás; mas nunca apareceu. Agora pergunto-me o que pode ter acontecido. Eu deveria esperar por ele?"

Gildor silenciou por um momento. "Não me agrada essa nova", disse ele por fim. "Gandalf atrasar-se não é bom agouro. Mas dizem: 'Não te intrometas nas questões dos Magos, pois são sutis e se encolerizam depressa.' A escolha é tua: ir ou esperar."

"E dizem também", respondeu Frodo: "Não vás buscar conselho aos Elfos, pois dirão que não e sim."

"Dizem deveras?", riu-se Gildor. "Os Elfos raramente dão conselhos descuidados, pois um conselho é uma dádiva perigosa, mesmo dos sábios aos sábios, e todos os caminhos poderão resultar mal. Mas o que queres? Não me contaste tudo acerca de ti; e como então hei de escolher melhor que tu? Mas, se queres um conselho, dar-te-ei por bem da amizade. Creio que agora deves ir de pronto, sem demora; e se Gandalf não chegar antes de partires também te aconselho isto: não vás a sós. Leva amigos que sejam confiáveis e dispostos. Agora deves ser grato, pois não dou este conselho de bom grado. Os Elfos têm suas próprias labutas e seus próprios pesares e pouco se importam com os assuntos dos hobbits ou de quaisquer outras criaturas da terra. Nossas trilhas raro cruzam as deles, por acaso ou propósito. Neste encontro pode haver mais do que acaso; mas o motivo não me é claro, e temo dizer demasiado."

"Estou profundamente grato", disse Frodo; "mas gostaria que me contasses diretamente o que são os Cavaleiros Negros. Se eu aceitar teu conselho poderei não ver Gandalf por longo tempo e precisaria saber qual é o perigo que me persegue."

"Não basta saber que são serviçais do Inimigo?", respondeu Gildor. "Foge deles! Não lhes digas palavra! São mortíferos. Não me perguntes mais! Mas meu coração pressagia que, antes que tudo termine, tu, Frodo, filho de Drogo, mais saberás desses seres cruéis que Gildor Inglorion. Que Elbereth te proteja!"

"Mas onde hei de encontrar coragem?", perguntou Frodo. "É do que principalmente preciso."

"A coragem se encontra em lugares inesperados", comentou Gildor. "Tenhas boa esperança! Agora dorme! Pela manhã teremos partido; mas enviaremos nossas mensagens pelas terras. As Companhias Errantes hão de saber de tua jornada, e aqueles que têm poder para o bem hão de estar alertas. Nomeio-te Amigo-dos-Elfos; e que as estrelas brilhem sobre o fim de tua estrada! Raramente tanto nos deleitamos com estranhos, e é belo ouvir palavras da fala antiga dos lábios de outros viandantes do mundo."

Frodo sentiu que o sono o acometia enquanto Gildor terminava sua fala. "Vou dormir agora", encerrou ele; e o Elfo o conduziu para um pavilhão junto a Pippin, e ele se jogou num leito e mergulhou de imediato num sono sem sonhos.

4
Um Atalho para Cogumelos

Pela manhã Frodo acordou revigorado. Estava deitado em um caramanchão feito de uma árvore viva com ramos entrelaçados e inclinados para o chão; seu leito era de samambaia e capim, fundo e macio e estranhamente perfumado. O sol brilhava através das folhas agitadas que ainda estavam verdes na árvore. Pôs-se de pé num salto e saiu.

Sam estava sentado na grama junto à beira da floresta. Pippin estava de pé, estudando o céu e o tempo. Não havia sinal dos Elfos.

"Deixaram frutas e bebida para nós, e pão", disse Pippin. "Venha fazer seu desjejum. O pão está quase tão gostoso quanto ontem à noite. Eu não queria deixar nenhum para você, mas Sam insistiu."

Frodo sentou-se ao lado de Sam e começou a comer. "Qual é o plano para hoje?", perguntou Pippin.

"Caminhar até Buqueburgo o mais depressa possível", respondeu Frodo, e deu atenção à comida.

"Você acha que vamos ver aqueles Cavaleiros?", indagou Pippin de modo jovial. Ao sol matutino a perspectiva de ver toda uma tropa deles não lhe parecia muito alarmante.

"Sim, provavelmente", afirmou Frodo, com aversão ao lembrete. "Mas espero atravessar o rio sem que nos vejam."

"Descobriu alguma coisa sobre eles com Gildor?"

"Não muita coisa — só alusões e enigmas", disse Frodo, evasivo.

"Perguntou sobre o faro?"

"Não discutimos isso", respondeu Frodo de boca cheia.

"Deviam ter discutido. Tenho certeza de que é muito importante."

"Nesse caso tenho certeza de que Gildor se recusaria a explicar", disse Frodo abruptamente. "E agora me deixe em paz um pouco! Não quero responder a uma fiada de perguntas enquanto estou comendo. Quero pensar!"

"Céus!", exclamou Pippin. "No desjejum?" Saiu andando para a beira do gramado.

Da mente de Frodo, a manhã luminosa — traiçoeiramente luminosa, pensou — não expulsara o medo da perseguição; e ele ponderou as palavras de Gildor. A voz alegre de Pippin chegou até ele. Ele corria na grama verde e cantava.

"Não! Eu não poderia!", disse ele consigo. "É uma coisa trazer comigo meus jovens amigos numa caminhada pelo Condado, até ficarmos famintos e exaustos, e a comida e o leito serem agradáveis. Levá-los ao exílio, onde a fome e a exaustão podem não ter cura, é bem outra coisa — mesmo que estejam dispostos a ir. A herança é só minha. Acho que nem deveria levar Sam." Olhou para Sam Gamgi e notou que Sam o observava.

"Bem, Sam!", comentou ele. "Que tal? Vou sair do Condado assim que puder — na verdade, decidi-me a não esperar nem um dia em Cricôncavo, se conseguir."

"Muito bem, senhor!"

"Você ainda pretende vir comigo?"

"Pretendo."

"Vai ser muito perigoso, Sam. Já é perigoso. Muito provavelmente nenhum de nós vai voltar."

"Se o senhor não voltar então eu não volto, isso é certeza", respondeu Sam. "'Não o deixe!', me disseram. 'Deixar ele!', eu respondi. 'Nunca pretendo fazer isso. Eu vou com ele mesmo que ele escale até a Lua; e se algum desses Cavaleiros Negros tentar parar ele, vão ter que se haver com Sam Gamgi', eu disse. Eles riram."

"Quem são *eles*, e do que você está falando?"

"Os Elfos, senhor. Conversamos um pouco ontem à noite; e parecia que eles sabiam que o senhor estava de partida, então não vi razão para negar. Gente maravilhosa, os Elfos, senhor! Maravilhosa!"

"São mesmo", assentiu Frodo. "Ainda gosta deles agora que os viu mais de perto?"

"Parece que estão um pouco acima dos meus gostos e desgostos, por assim dizer", respondeu Sam devagar. "Parece que não importa o que eu penso deles. São bem diferentes do que eu esperava — tão velhos e jovens, e tão alegres e tristes, por assim dizer."

Frodo olhou para Sam bastante admirado, meio esperando ver um sinal exterior da estranha mudança que parecia tê-lo dominado. Não soava como a voz do velho Sam Gamgi que ele cria conhecer. Mas tinha o aspecto do velho Sam Gamgi sentado ali, exceto pelo rosto notavelmente pensativo.

"Você sente que é preciso deixar o Condado agora — quando já se realizou seu desejo de vê-los?", perguntou.

"Sim, senhor. Não sei como dizer, mas depois de ontem à noite eu me sinto diferente. Parece que enxergo à frente, de certo jeito. Sei que vamos pegar uma estrada muito comprida, para a escuridão; mas sei que não posso dar a volta. Agora não é ver os Elfos, nem dragões, nem montanhas que eu quero — não sei direito o que eu quero: mas tenho algumas coisas para fazer antes do fim, e ele fica à frente, não no Condado. Preciso resolver isso, senhor, se me entende."

"Nem um pouco. Mas compreendo que Gandalf escolheu um bom companheiro para mim. Estou contente. Iremos juntos."

Frodo terminou seu desjejum em silêncio. Depois, erguendo-se, esquadrinhou a paisagem à frente e chamou Pippin.

"Tudo pronto para partir?", indagou ele quando Pippin veio correndo. "Precisamos ir embora já. Dormimos até tarde; e falta caminharmos muitas milhas."

"*Você* dormiu até tarde, quer dizer", retrucou Pippin. "Acordei muito antes; e só esperamos que você acabe de comer e pensar."

"Agora acabei as duas coisas. E vou rumar para a Balsa de Buqueburgo o mais depressa possível. Não vou me desviar, de volta à estrada que abandonamos ontem à noite: vou cortar caminho direto pelos campos daqui."

"Então você vai voar", disse Pippin. "A pé não vai cortar caminho direto em nenhum lugar deste terreno."

"Seja como for, podemos cortar mais direto que a estrada", respondeu Frodo. "A Balsa fica a leste da Vila-do-Bosque; mas a estrada dura se volta para a esquerda — pode ver uma curva dela ali longe, ao norte. Ela circunda a ponta norte do Pântano para dar no caminho elevado da Ponte acima de Tronco. Mas isso é um desvio de milhas. Podemos poupar um quarto da distância se formos reto para a Balsa de onde estamos."

"Atalhos fazem grandes atrasos", argumentou Pippin. "É uma paisagem irregular por aqui, e há lodaçais e todo tipo de dificuldades lá no Pântano — eu conheço o terreno por lá. E se você está preocupado com os Cavaleiros Negros, não sei se é muito pior encontrá-los na estrada ou num bosque ou campo."

"É menos fácil encontrar pessoas nos bosques e campos", respondeu Frodo. "E, se supõem que você está na estrada, há mais probabilidade de você ser procurado na estrada que fora dela."

"Tudo bem!", disse Pippin. "Vou segui-lo em cada lodaçal e valeta. Mas é difícil! Eu esperava passar pela Perca Dourada, em Tronco, antes do pôr do sol. A melhor cerveja da Quarta Leste, pelo menos costumava ser: faz muito tempo que não a provo."

"Isso decide tudo!", exclamou Frodo. "Atalhos fazem atrasos, mas tavernas fazem atrasos maiores. A todo custo precisamos manter você longe da Perca Dourada. Queremos chegar a Buqueburgo antes do anoitecer. O que diz, Sam?"

"Vou com o senhor, Sr. Frodo", respondeu Sam (apesar de receios particulares e um profundo pesar pela melhor cerveja da Quarta Leste)."

"Então, se vamos mourejar pelo lodaçal e pela urze, vamos agora!", disse Pippin.

Já estava quase tão quente como estivera no dia anterior; mas começavam a vir nuvens do Oeste. Parecia provável que fosse chover. Os hobbits desceram de qualquer jeito uma íngreme encosta verde e mergulharam nas árvores densas lá embaixo. Seu curso fora escolhido para deixarem a Vila-do-Bosque à esquerda e cortarem caminho numa linha oblíqua pelos bosques que se agrupavam do lado oriental das colinas, até alcançarem a planície embaixo. Dali podiam rumar direto para a Balsa por um terreno que era aberto, exceto por algumas valetas e cercas. Frodo calculou que tinham dezoito milhas a percorrer em linha reta.

Logo descobriu que o capão era mais próximo e mais emaranhado do que parecera. Não havia trilhas na vegetação rasteira, e não avançaram muito depressa. Quando haviam chegado, com esforço, ao pé da ladeira, encontraram um riacho que descia das colinas atrás deles em um leito fundamente escavado, com margens íngremes e escorregadias, cobertas de sarças. De modo muito inconveniente, ele atravessava o trajeto que tinham escolhido. Não podiam saltar sobre ele, e nem atravessá-lo de qualquer maneira sem ficarem molhados, arranhados e enlameados. Pararam, pensando o que iriam fazer. "Primeiro obstáculo!", disse Pippin, com um sorriso cruel.

Sam Gamgi olhou para trás. Através de uma abertura nas árvores vislumbrou o topo da encosta verde pela qual tinham descido.

"Olhem!", falou ele, agarrando Frodo pelo braço. Todos olharam, e na beira, acima deles, viram diante do céu um cavalo parado. Ao lado dele estava curvado um vulto negro.

Desistiram imediatamente de qualquer ideia de retornar. Frodo foi à frente e mergulhou depressa nas moitas espessas junto ao riacho. "Ufa!", exclamou a Pippin. "Ambos estávamos certos! O atalho já está estragado; mas nos escondemos no último segundo. Você tem ouvido aguçado, Sam: consegue escutar alguma coisa vindo?"

Ficaram em silêncio, quase sem respirar, enquanto escutavam; mas não havia som de perseguição. "Não imagino que ele tente trazer o cavalo por essa encosta abaixo", disse Sam. "Mas acho que ele sabe que nós descemos por ela. É melhor irmos em frente."

Ir em frente não foi nada fácil. Tinham as mochilas para carregar, e as moitas e sarças relutavam em deixá-los passar. A crista atrás deles cortou o vento, e o ar estava imóvel e abafado. Quando finalmente abriram caminho à força para um terreno mais aberto, estavam encalorados, exaustos e muito arranhados, e também não tinham mais certeza da direção em que estavam indo. As margens do riacho desceram à medida que ele chegava ao terreno plano e ficava mais largo e raso, fluindo em frente rumo ao Pântano e ao Rio.

"Ora, é o Córrego do Tronco!", comentou Pippin. "Se quisermos voltar ao nosso rumo precisamos atravessar imediatamente e virar para a direita."

Passaram o riacho pelo vau e correram sobre um amplo espaço aberto, repleto de juncos e sem árvores, na margem oposta. Além dele, voltaram a entrar num cinturão de árvores: na maioria altos carvalhos, com um olmo ou um freixo aqui e ali. O terreno era bastante plano, e havia pouca vegetação rasteira; mas as árvores eram demasiado próximas para que pudessem ver muito adiante. As folhas eram sopradas para cima em súbitas lufadas de vento, e pingos de chuva começaram a cair do céu encoberto. Então o vento cessou e a chuva caiu a cântaros. Caminhavam com dificuldade, tão depressa quanto podiam, sobre manchas de grama e através de amontoados espessos de folhas mortas; e em toda a volta a chuva tamborilava e gotejava. Não falavam, mas sempre olhavam para trás e de um lado para o outro.

Depois de meia hora Pippin disse: "Espero que não tenhamos virado demais para o sul e não estejamos atravessando esta floresta de comprido! Não é uma faixa muito larga — eu diria que não mais que uma milha na parte mais ampla — e a esta altura já deveríamos ter atravessado."

"Não vale a pena começar a fazer zigue-zagues", apontou Frodo. "Isso não vai consertar as coisas. Vamos prosseguir como estamos indo! Não tenho certeza de que já quero sair a céu aberto."

Foram em frente por mais um par de milhas. Então o sol voltou a brilhar por entre os farrapos de nuvens e a chuva amainou. Já passava do meio-dia, e sentiram que era mais do que hora de almoçar. Pararam embaixo de um olmo: suas folhas, apesar de amarelarem depressa, ainda eram espessas, e o solo a seus pés era bastante seco e protegido. Quando chegaram a fazer a refeição, descobriram que os Elfos haviam enchido seus cantis com uma bebida límpida, de cor dourada pálida: tinha o perfume de um mel feito de muitas flores e era maravilhosamente refrescante. Muito depressa estavam rindo e estalando os dedos para chuva e para os Cavaleiros Negros. Sentiam que as poucas últimas milhas logo seriam percorridas.

Frodo apoiou as costas no tronco da árvore e fechou os olhos. Sam e Pippin estavam sentados por perto e começaram a cantarolar, depois a cantar baixinho:

> *Hô! Hô! Hô! à garrafa eu vou,*
> *O coração curo e adeus ao mal dou.*
> *Chuva caiu, vento soprou,*
> *E muito longe ainda vou,*
> *Mas debaixo da árvore me deito*
> *E as nuvens olho satisfeito.*[A]

Hô! Hô! Hô! recomeçaram eles mais alto. Detiveram-se de repente. Frodo pôs-se de pé num salto. Um longo gemido veio trazido pelo vento, como o grito de alguma criatura maligna e solitária. Ergueu-se e diminuiu, e terminou com uma nota aguda e penetrante. Enquanto se mantinham sentados e de pé, como que congelados de repente, respondeu-lhe outro grito, mais fraco e distante, porém não menos de enregelar o sangue. Então fez-se silêncio, rompido apenas pelo som do vento nas folhas.

"E o que vocês pensam que foi isso?", perguntou Pippin por fim, com voz que tentava soar despreocupada, mas que tremia um pouco. "Se foi uma ave, foi uma que nunca ouvi antes no Condado."

"Não foi ave nem fera", disse Frodo. "Foi um chamado ou sinal — havia palavras nesse grito, apesar de eu não conseguir entendê-las. Mas nenhum hobbit tem uma voz assim."

Nada mais disseram a respeito. Todos pensavam nos Cavaleiros, mas ninguém falou deles. Agora já relutavam em ficar ou prosseguir, porém mais cedo ou mais tarde teriam de atravessar o terreno aberto até a Balsa, e era melhor ir logo e à luz do dia. Em poucos momentos haviam recolocado as mochilas e partido.

Não faltou muito para a floresta terminar de repente. Amplos campos gramados se estendiam diante deles. Viam agora que de fato tinham virado demais para o sul. Do lado oposto da planície podiam entrever o morro baixo de Buqueburgo, na outra margem do Rio, mas ele agora estava à sua esquerda. Esgueirando-se com cuidado para fora da beira da floresta, partiram através do campo aberto o mais depressa que puderam.

Primeiro sentiram medo, longe do abrigo da mata. Muito atrás deles erguia-se o local alto onde haviam feito o desjejum. Frodo meio que esperava ver o pequeno vulto distante de um cavaleiro na crista, escuro diante do céu; mas não havia sinal disso. O sol, escapando das nuvens que se dissipavam à medida que ele descia rumo às colinas que haviam deixado, agora voltara a brilhar intensamente. O medo os abandonou, apesar de ainda se sentirem inseguros. Mas a paisagem se tornava cada vez mais domesticada e organizada. Logo chegaram a campos e prados bem cuidados: havia sebes e portões e diques de drenagem. Tudo parecia tranquilo e pacífico, apenas um canto comum do Condado. Animavam-se mais a cada passo. A linha do Rio aproximou-se; e os Cavaleiros Negros começaram a parecer fantasmas da floresta que já haviam deixado bem para trás.

Passaram pela borda de um enorme campo de nabos e chegaram a um portão maciço. Do outro lado corria uma travessa cheia de sulcos, por entre sebes baixas e bem cuidadas, rumo a um capão de árvores ao longe. Pippin parou.

"Conheço estes campos e este portão!", disse ele. "Aqui é Glebafava, as terras do velho Magote. É a fazenda dele ali entre as árvores."

"Um problema depois do outro!", respondeu Frodo, parecendo quase tão assustado como se Pippin tivesse declarado que a alameda era a fenda que leva ao covil de um dragão. Os outros olharam-no surpresos.

"O que há de errado com o velho Magote?", perguntou Pippin. "Ele é muito amigo de todos os Brandebuques. É claro que é o terror dos invasores e tem cães ferozes — mas afinal as pessoas daqui estão perto da fronteira e precisam estar mais alertas."

"Eu sei", disse Frodo. "Ainda assim," acrescentou com uma risada constrangida, "fico aterrorizado com ele e seus cães. Evitei a fazenda dele durante anos e anos. Ele me pegou várias vezes invadindo para pegar cogumelos, quando eu era jovem na Mansão do Brandevin. Da última vez ele me bateu, depois me agarrou e me mostrou aos cães. 'Vejam, rapazes,' disse ele, 'da próxima vez que este pestinha puser os pés em minhas terras vocês podem devorá-lo. Agora mandem ele embora!' Perseguiram-me até a Balsa. Nunca me esqueci do susto — mas arrisco dizer que as feras sabiam o que estavam fazendo e não me pegariam de verdade."

Pippin riu. "Bem, está na hora de fazer as pazes. Especialmente se estiver voltando para viver na Terra-dos-Buques. O velho Magote é boa gente, na verdade — se você não mexer nos cogumelos dele. Vamos entrar pela alameda, aí não estaremos invadindo. Se nós o encontrarmos sou eu quem vai falar. Ele é amigo de Merry, e em certa época eu costumava vir frequentemente aqui com ele."

Seguiram pela alameda até verem os telhados de palha de uma grande casa e de construções rurais que espiavam pelas árvores à frente. Os Magotes, e os Poçapés de Tronco, e a maioria dos habitantes do Pântano habitavam em casas; e essa fazenda era solidamente construída de tijolos e tinha um muro alto em toda a volta. Havia um amplo portão de madeira que se abria do muro para a alameda.

De repente, quando se aproximavam, irromperam terríveis ladridos e latidos, e ouviu-se uma voz gritando alto: "Garra! Presa! Lobo! Venham, rapazes!"

Frodo e Sam ficaram imóveis, mas Pippin avançou alguns passos. O portão se abriu e três enormes cães saíram a toda para a alameda e correram na direção dos viajantes com ferozes latidos. Não deram importância para Pippin; mas Sam espremeu-se contra o muro enquanto dois cães de aspecto lupino o farejavam cheios de suspeitas e grunhiam quando ele se mexia. O maior e mais feroz dos três parou diante de Frodo, arrepiando e rosnando.

Pelo portão apareceu então um hobbit largo e troncudo, de rosto redondo e rubicundo. "Alô! Alô! E quem é que são vocês, e o que é que querem?", perguntou ele.

"Boa tarde, Sr. Magote!", falou Pippin.

O fazendeiro fitou-o de perto. "Ora, se não é o Mestre Pippin — Sr. Peregrin Tûk, eu devia dizer!", exclamou ele, mudando a expressão carrancuda em um largo sorriso. "Faz muito tempo que não o vejo por aqui. Sorte sua que eu o conheço. Estava justamente saindo para atiçar os cachorros nos estranhos. Tem umas coisas curiosas acontecendo hoje. É claro que às vezes vaga gente esquisita por aqui. Perto demais do Rio", disse ele, balançando a cabeça. "Mas esse sujeito era o mais bizarro que já vi com estes olhos. Ele não vai atravessar minhas terras de novo sem permissão, se eu puder evitar."

"Que sujeito você quer dizer?", perguntou Pippin.

"Então vocês não o viram?", disse o fazendeiro. "Subiu pela alameda para o caminho elevado não faz muito tempo. Era um freguês estranho que fazia perguntas estranhas. Mas quem sabe vocês venham para dentro, e vamos trocar notícias com mais conforto. Eu tenho um bocado de boa cerveja no barril, se você e seus amigos quiserem, Sr. Tûk."

Parecia evidente que o fazendeiro lhes contaria mais se pudesse fazê-lo no seu próprio tempo e do seu próprio jeito, portanto todos aceitaram o convite. "E os cachorros?", perguntou Frodo, ansioso.

O fazendeiro riu. "Não vão lhe fazer mal — não, a menos que eu os ordene. Aqui, Garra! Presa! Junto!", exclamou. "Junto, Lobo!" Para alívio de Frodo e Sam, os cães saíram andando e os deixaram em liberdade.

Pippin apresentou os outros dois ao fazendeiro. "Sr. Frodo Bolseiro", comentou ele. "Pode não se lembrar dele, mas ele morava na Mansão do Brandevin." Ouvindo o nome Bolseiro o fazendeiro teve um sobressalto, e olhou atentamente para Frodo. Por um momento Frodo pensou que a lembrança dos cogumelos roubados fora despertada e que os cães receberiam ordem de mandá-lo embora. Mas o Fazendeiro Magote o tomou pelo braço.

"Ora, que coisa mais estranha!", exclamou. "Sr. Bolseiro, é isso? Venha para dentro! Precisamos conversar."

Entraram na cozinha do fazendeiro e se sentaram junto à larga lareira. A Sra. Magote trouxe cerveja numa jarra enorme e encheu quatro canecas grandes. Era uma boa bebida, e Pippin viu-se mais do que compensado por perder a *Perca Dourada*. Sam bebericou a cerveja com suspeição. Tinha desconfiança natural dos habitantes de outros cantos do Condado; e também não estava disposto a fazer amizade rápida com alguém que tinha surrado seu patrão, não importava quanto tempo atrás.

Depois de algumas observações sobre o tempo e as perspectivas agrícolas (que não eram piores que de costume), o Fazendeiro Magote pousou a caneca e olhou para eles, um por vez.

"Bem, Sr. Peregrin," disse ele, "de onde é que estão vindo, e aonde é que vão? Vinham me visitar? Porque, se era assim, já tinham passado pelo meu portão sem eu vê-los."

"Bem, não", respondeu Pippin. "Para falar a verdade, já que você adivinhou, entramos na alameda pela outra ponta: viemos por cima dos seus campos. Mas isso foi um mero acidente. Nos perdemos na floresta lá atrás, perto de Vila-do-Bosque, tentando pegar um atalho até a Balsa."

"Se estavam com pressa, a estrada teria sido mais útil", comentou o fazendeiro. "Mas eu não estava preocupado com isso. Você tem permissão de caminhar por todas as minhas terras se quiser, Sr. Peregrin. E você, Sr. Bolseiro — por muito que goste de cogumelos." Riu-se. "Ah, sim, eu reconheci o nome. Lembro-me daquele tempo quando o jovem Frodo Bolseiro era um dos piores malandrinhos da Terra-dos-Buques. Mas não era nos cogumelos que eu estava pensando. Eu tinha acabado de ouvir o nome Bolseiro quando vocês apareceram. O que vocês acham que esse freguês esquisito me perguntou?"

Esperaram ansiosamente que ele prosseguisse. "Bem," continuou o fazendeiro, chegando ao ponto com lenta satisfação, "ele veio montado num grande cavalo negro, entrando pelo portão que estava aberto e vindo bem até minha porta. Ele mesmo também estava todo de preto, e encapado e encapuzado como se não quisesse ser reconhecido. 'Ora, que coisa no Condado ele pode estar querendo?', eu pensei comigo. Não vemos muitos do Povo Grande deste lado da fronteira; e de qualquer modo eu nunca tinha ouvido falar de ninguém como esse sujeito de preto.

"'Bom dia para você!', disse eu, saindo na direção dele. 'Esta alameda não leva a lugar nenhum, e aonde estiver indo seu caminho mais rápido vai ser de volta à estrada.' Não gostei do aspecto dele; quando Garra saiu, deu uma farejada e soltou um ganido como se tivesse sido picado: pôs o rabo entre as pernas e fugiu chorando. O sujeito de preto não se mexia.

"'Eu venho de acolá', comentou ele, devagar e meio duro, apontando para o oeste atrás de si, por cima dos *meus* campos, veja só. 'Você viu *Bolseiro*?', perguntou ele com voz estranha, e se inclinou sobre mim. Não pude ver nenhum rosto, pois o capuz dele descia bem baixo; e senti uma espécie de calafrio descendo a espinha. Mas não entendia por que ele vinha cavalgando tão atrevido pela minha terra.

"'Vá embora!', exclamei. 'Não tem Bolseiros aqui. Está na parte errada do Condado. Era melhor voltar para o oeste, para a Vila-dos-Hobbits — mas dessa vez pode ir pela estrada.'

"'Bolseiro partiu', respondeu ele com um sussurro. 'Ele está vindo. Não está longe. Quero encontrá-lo. Se ele passar você me conta? Voltarei com ouro.'

"'Não vai não', disse eu. 'Vai voltar ao seu lugar, bem rapidinho. Eu lhe dou um minuto antes de chamar todos os meus cachorros.'

"Ele soltou uma espécie de chiado. Talvez fosse uma risada, e talvez não. Então esporeou o grande cavalo bem em cima de mim, e eu me desviei com um pulo bem a tempo. Chamei os cães, mas ele girou, cavalgou pelo portão e subiu a alameda na direção do caminho elevado, como um raio de tempestade. O que acham disso?"

Frodo ficou um momento olhando para o fogo, mas seu único pensamento era como haveriam de alcançar a Balsa. "Não sei o que pensar", disse ele por fim.

"Então vou lhe dizer o que pensar", comentou Magote. "Nunca devia ter se misturado com a gente da Vila-dos-Hobbits, Sr. Frodo. As pessoas são esquisitas por lá." Sam remexeu-se na cadeira e olhou inamistosamente para o fazendeiro. "Mas você sempre foi um rapaz afoito. Quando ouvi que tinha deixado os Brandebuques e ido morar com esse velho Sr. Bilbo, eu falei que iria ao encontro da encrenca. Ouça o que digo, tudo isso vem desses feitos esquisitos do Sr. Bilbo. Ele conseguiu seu dinheiro de um jeito estranho no estrangeiro, é o que dizem. Quem sabe alguns querem saber o que foi feito do ouro e das joias que ele enterrou na colina da Vila-dos--Hobbits, segundo ouvi dizer?"

Frodo nada disse: as conjecturas astutas do fazendeiro eram um tanto embaraçosas.

"Bem, Sr. Frodo," prosseguiu Magote, "estou contente que tenha tido o bom senso de voltar à Terra-dos-Buques. Meu conselho é: fique por lá! E não se misture com essa gente de fora. Você vai ter amigos por aqui. Se algum desses sujeitos negros vier atrás de você de novo, eu lido com eles. Digo que está morto, ou que abandonou o Condado, ou qualquer coisa que queira. E poderá ser a verdade, pois bem provavelmente é do velho Sr. Bilbo que eles querem notícias."

"Você pode ter razão", disse Frodo, evitando o olhar do fazendeiro e fitando o fogo.

Magote olhou-o, pensativo. "Bem, estou vendo que você tem suas próprias ideias", comentou. "É evidente como meu nariz que não foi o acaso que trouxe aqui você e esse cavaleiro na mesma tarde; e talvez minha notícia não tenha sido grande notícia para você, afinal. Não estou lhe pedindo que me conte nada que pretenda manter em segredo; mas percebo que se meteu em alguma encrenca. Quem sabe está pensando que não será muito fácil chegar à Balsa sem ser apanhado?"

"Era o que eu estava pensando", disse Frodo. "Mas precisamos tentar chegar até lá; e não vamos conseguir isso ficando sentados pensando. Então lamento dizer que precisamos ir embora. Muitíssimo obrigado por sua gentileza! Estive aterrorizado com você e seus cachorros por mais de trinta anos, Fazendeiro Magote, por muito que você ria de ouvir isso. É pena: pois me faltou um bom amigo. E agora sinto partir tão depressa. Mas voltarei, quem sabe, um dia — se tiver oportunidade."

"Será bem-vindo quando vier", afirmou Magote. "Mas agora tive uma ideia. Já é quase o pôr do sol, e vamos jantar; pois normalmente vamos para a cama logo depois do Sol. Se você e o Sr. Peregrin e todos puderem ficar para comer um bocado conosco, isso nos dará prazer!"

"E a nós também!", disse Frodo. "Mas temo que precisamos partir já. Mesmo agora vai escurecer antes que possamos alcançar a Balsa."

"Ah! mas espere um minuto! Eu ia dizer: depois de um jantarzinho vou tirar uma pequena carroça e levar todos até a Balsa. Isso vai lhes poupar uma boa caminhada, e também poderá poupá-los de outro tipo de problema."

Frodo então aceitou o convite de bom grado, para alívio de Pippin e Sam. O sol já estava atrás das colinas no oeste, e a luz minguava. Entraram dois dos filhos de Magote e suas três filhas, e um generoso jantar foi servido na grande mesa. A cozinha estava iluminada com velas e o fogo foi reavivado. A Sra. Magote entrava e saía alvoroçada. Entraram um ou dois outros hobbits pertencentes ao pessoal da fazenda. Em pouco tempo, quatorze estavam sentados para comer. Havia cerveja em quantidade, e uma enorme travessa de cogumelos e toucinho, além de muitos outros pratos substanciosos de fazenda. Os cães, deitados junto ao fogo, roíam crostas e estalavam ossos.

Quando haviam terminado, o fazendeiro e seus filhos saíram com um lampião e aprontaram a carroça. Estava escuro no pátio quando os visitantes saíram. Jogaram as mochilas na carroça e embarcaram. O fazendeiro sentou-se no lugar do condutor e açoitou seus dois pôneis robustos. Sua esposa estava de pé na luz da porta aberta.

"Tome cuidado, Magote!", exclamou ela. "Não fique discutindo com estrangeiros e volte direto para cá!"

"Vou voltar!", disse ele, e conduziu a carroça para fora do portão. Já não havia nenhum sopro de vento; a noite estava silenciosa e quieta, e o ar, um tanto gélido. Seguiram sem luzes e bem devagar. Uma ou duas milhas adiante a alameda acabou, atravessando uma valeta funda e subindo por um breve aclive até o caminho elevado, de altas margens.

Magote apeou e deu uma boa olhada em ambas as direções, para o norte e para o sul, mas nada se via na escuridão, e não havia nem som no ar silencioso. Tênues fiapos de névoa do rio estavam suspensos sobre as valetas e rastejavam pelos campos.

"Vai ser espesso," comentou Magote, "mas não vou acender meus lampiões antes de virar para casa. Esta noite ouviremos qualquer coisa que venha pela estrada muito antes de encontrá-la."

Eram cinco milhas ou mais da alameda de Magote até a Balsa. Os hobbits enlearam-se, mas os ouvidos estavam alertas para algum som além do rangido das rodas e do lento *clop* dos cascos dos pôneis. A Frodo parecia que a carroça era mais lenta que uma lesma. Ao lado dele, Pippin cabeceava de sono; mas Sam se esforçava para enxergar à frente, na neblina que subia.

Chegaram finalmente à entrada da alameda da Balsa. Estava assinalada com dois altos postes brancos que subitamente surgiram à sua direita. O fazendeiro Magote puxou as rédeas dos pôneis e a carroça parou rangendo. Tinham começado a desembarcar apressados quando de repente ouviram o que todos estavam temendo: cascos na estrada à frente. O som vinha na direção deles.

Magote desceu com um salto e ficou segurando as cabeças dos pôneis, e espiava na treva. *Clip-clop*, *clip-clop*, o cavaleiro vinha se aproximando. A batida dos cascos soava alta no ar silencioso e enevoado.

"Melhor se esconder, Sr. Frodo", disse Sam com ansiedade. "Abaixe-se na carroça e cubra-se com mantas, e vamos mandar esse cavaleiro para o lugar dele!" Apeou e foi até o lado do fazendeiro. Os Cavaleiros Negros teriam de atropelá-lo para chegar perto da carroça.

Clop-clop, *clop-clop*. O cavaleiro estava quase diante deles.

"Quem vem lá?", chamou o fazendeiro Magote. Os cascos que avançavam detiveram-se. Pensavam ser capazes de divisar, indistintamente, um escuro vulto encapuzado na névoa, uma ou duas jardas à frente.

"E aí?", insistiu o fazendeiro, jogando as rédeas para Sam e dando um passo à frente. "Não se aproxime nem mais um passo! O que você quer e aonde vai?"

"Quero o Sr. Bolseiro. Você o viu?", disse uma voz abafada — mas a voz era de Merry Brandebuque. Um lampião tapado foi descoberto e a luz recaiu sobre o rosto espantado do fazendeiro.

"Sr. Merry!", exclamou ele.

"Sim, claro! Quem pensou que era?", indagou Merry, adiantando-se. Quando saiu da neblina e os temores deles amainaram, ele subitamente pareceu diminuir ao tamanho ordinário de um hobbit. Montava um pônei e tinha um cachecol enrolado no pescoço e no queixo para protegê-lo do nevoeiro.

Frodo saltou da carroça para saudá-lo. "Então aí vocês estão, finalmente!", disse Merry. "Estava começando a me perguntar se iriam aparecer hoje e estava prestes a voltar para o jantar. Quando começou a neblina, atravessei e cavalguei na direção de Tronco para ver se tinham caído em alguma valeta. Mas não faço ideia do caminho pelo qual vocês vieram. Onde os encontrou, Sr. Magote? Na sua lagoa dos patos?"

"Não, eu os peguei invadindo", afirmou o fazendeiro, "e quase aticei meus cachorros contra eles; mas eles vão lhe contar a história toda, não tenho dúvida. Agora, se me derem licença, Sr. Merry e Sr. Frodo e todos, é melhor eu voltar para casa. A Sra. Magote vai estar preocupada com essa noite cada vez mais espessa."

Recuou a carroça na alameda e deu a volta. "Bem, boa noite para todos", disse. "Foi um dia esquisito, com certeza. Mas tudo está bem quando acaba bem; mas talvez não deveríamos dizer isso antes de chegarmos na nossa própria porta. Não nego que agora vou ficar contente quando chegar." Acendeu os lampiões e montou. De repente tirou uma grande cesta de baixo do assento. "Quase que me esquecia", comentou. "A Sra. Magote montou esta cesta para o Sr. Bolseiro, com os cumprimentos dela." Entregou-a e se afastou, seguido por um coro de agradecimentos e boas-noites.

Ficaram observando os pálidos anéis de luz em torno dos seus lampiões à medida que sumiam na noite nevoenta. Subitamente Frodo riu: da cesta coberta que estava segurando subia o aroma de cogumelos.

5

UMA CONSPIRAÇÃO DESMASCARADA

"Agora nós é que deveríamos ir para casa", disse Merry. "Há alguma coisa esquisita aqui, já vejo; mas vai ter de esperar até entrarmos."

Entraram pela alameda da Balsa, que era reta e bem cuidada, e ladeada de grandes pedras caiadas. Após cerca de cem jardas ela terminava na margem do rio, onde havia um largo cais de madeira. Uma grande balsa chata estava atracada ao lado dele. Os postes brancos de amarração, junto à beira da água, bruxuleavam à luz de dois lampiões sobre postes altos. Atrás deles, nos campos planos, as névoas já estavam acima das sebes; mas a água diante deles era escura, só com alguns fiapos enrolados, semelhantes a vapor, entre os juncos perto da margem. Parecia haver menos neblina na margem oposta.

Merry conduziu o pônei por um passadiço, subindo na balsa, e os demais o seguiram. Então Merry empurrou a balsa devagar com um bastão comprido. O Brandevin fluía lento e largo diante deles. Do lado oposto, a margem era íngreme, e um caminho tortuoso subia por ela, partindo do desembarcadouro distante. Ali havia lampiões que tremeluziam. Mais atrás erguia-se a Colina Buque; e nesta, através de mantos esparsos de névoa, brilhavam muitas janelas redondas, amarelas e vermelhas. Eram as janelas da Mansão do Brandevin, o antigo lar dos Brandebuques.

Muito tempo atrás, Gorhendad Velhobuque, chefe da família Velhobuque, uma das mais antigas do Pântano, ou de fato do Condado, atravessara o rio, que era a fronteira original das terras a leste. Construiu (e escavou) a Mansão do Brandevin, mudou seu nome para Brandebuque e se estabeleceu como senhor do que era praticamente um pequeno país independente. Sua família cresceu cada vez mais, e após a época dele continuou crescendo, até que a Mansão do Brandevin ocupasse a totalidade da colina baixa, e tinha três grandes portas dianteiras, muitas portas laterais e cerca de cem janelas. Então os Brandebuques e seus numerosos dependentes começaram a escavar, e depois a construir, em todo o arredor. Essa foi a origem da Terra-dos-Buques, uma faixa densamente habitada entre o rio e a Floresta Velha, uma espécie de colônia do Condado. Sua aldeia principal era Buqueburgo, que se agrupava nas margens e encostas atrás da Mansão do Brandevin.

O povo do Pântano era amigo dos habitantes da Terra-dos-Buques, e a autoridade do Senhor da Mansão (como chamavam o chefe da família Brandebuque) ainda era reconhecida pelos fazendeiros entre Tronco e Juncal. Mas a maior parte das pessoas do velho Condado considerava a gente da Terra-dos-Buques peculiar, quase meio estrangeira. De fato eles não eram muito diferentes dos demais hobbits das Quatro Quartas. Exceto por um ponto: gostavam de barcos, e alguns deles sabiam nadar.

Suas terras originalmente não tinham proteção no Leste; mas desse lado haviam cultivado uma sebe: a Sebe Alta. Fora plantada muitas gerações atrás, e agora era espessa e alta, pois era cuidada constantemente. Estendia-se desde a Ponte do Brandevin, em uma grande curva que se afastava do rio, até Fim-da-Sebe (onde o Voltavime, vindo da Floresta, confluía com o Brandevin): bem mais que vinte milhas de uma ponta à outra. Mas é claro que não era uma proteção completa. A Floresta se aproximava da sebe em muitos pontos. Os habitantes da Terra-dos-Buques mantinham as portas trancadas depois do anoitecer, e isso também não era costumeiro no Condado.

A balsa deslocava-se lentamente através da água. A margem da Terra-dos--Buques aproximava-se. Sam era o único membro do grupo que não atravessara o rio antes. Sentia uma sensação estranha enquanto passava por ele a correnteza lenta e gorgolejante: sua vida antiga ficara para trás na névoa, aventuras obscuras estavam à frente. Coçou a cabeça e por um momento teve o efêmero desejo de que o Sr. Frodo tivesse continuado vivendo sossegado em Bolsão.

Os quatro hobbits apearam da balsa. Merry a estava amarrando, e Pippin já conduzia o pônei trilha acima, quando Sam (que estivera olhando para trás, como quem se despede do Condado) disse, num sussurro rouco:

"Olhe para trás, Sr. Frodo! Vê alguma coisa?"

No embarcadouro oposto, sob os lampiões distantes, conseguiam apenas divisar um vulto: parecia um obscuro embrulho negro deixado para trás. Mas enquanto observavam ele pareceu mexer-se e balançar para cá e para lá, como quem esquadrinha o chão. Depois engatinhou, ou voltou agachado para a escuridão além dos lampiões.

"O que em nome do Condado é aquilo?", exclamou Merry.

"Algo que está nos seguindo", disse Frodo. "Mas agora não pergunte mais! Vamos embora imediatamente!" Correram trilha acima até o topo da margem, mas quando olharam para trás a borda oposta estava envolta em névoa, e nada podia ser visto.

"Ainda bem que vocês não mantêm barcos na margem oeste!", disse Frodo. "Cavalos podem atravessar o rio?"

"Podem andar dez milhas para o norte até a Ponte do Brandevin — ou podem nadar", respondeu Merry. "No entanto, nunca ouvi falar de algum cavalo nadando no Brandevin. Mas o que os cavalos têm a ver com isso?"

"Eu lhe conto mais tarde. Vamos entrar e podemos conversar depois."

"Está bem! Você e Pippin sabem o caminho; então vou simplesmente cavalgar em frente e dizer a Fofo Bolger que vocês estão a caminho. Vamos tratar do jantar e tudo o mais."

"Jantamos cedo com o Fazendeiro Magote", comentou Frodo; "mas podemos jantar de novo."

"Hão de jantar! Dê-me essa cesta!", disse Merry, adiantando-se na escuridão.

Havia uma certa distância do Brandevin até a nova casa de Frodo em Cricôncavo. Passaram pela Colina Buque e a Mansão do Brandevin à esquerda, e nos arrabaldes de Buqueburgo deram com a estrada principal da Terra-dos-Buques, que rumava para o sul desde a Ponte. Meia milha para o norte dessa estrada chegaram a uma alameda que saía à direita. Seguiram-na por algumas milhas, subindo e descendo no terreno.

Alcançaram por fim um portão estreito numa sebe espessa. No escuro não se via sinal da casa: ela ficava afastada da alameda, no meio de um amplo círculo de grama cercado por uma fileira de árvores baixas, no interior da sebe externa. Frodo a escolhera porque ela ficava num canto pouco frequentado da região e não havia outras habitações por perto. Podia-se entrar e sair sem ser percebido. Fora construída muito antes pelos Brandebuques, para uso de hóspedes ou de membros da família que quisessem escapar por uns tempos da vida apertada na Mansão do Brandevin. Era uma casa antiquada e rústica, tanto quanto possível parecida com uma toca de hobbit: era comprida e baixa, sem andar de cima; e tinha um telhado de relva, janelas redondas e uma grande porta redonda.

Enquanto subiam pelo caminho verde, vindos do portão, não havia luz visível; as janelas estavam escuras e fechadas por venezianas. Frodo bateu à porta, e Fofo Bolger a abriu. Uma luz amistosa esparramou-se para fora. Esgueiraram-se para dentro depressa e fecharam-se no interior junto com a luz. Estavam num amplo saguão que tinha portas de ambos os lados; diante deles um corredor se estendia para os fundos, pelo meio da casa.

"Bem, o que acha disso?", perguntou Merry, vindo pelo corredor. "Fizemos o melhor possível em pouco tempo para que se parecesse com um lar. Afinal de contas, Fofo e eu só chegamos aqui ontem com a última carroça carregada."

Frodo olhou em volta. Parecia mesmo um lar. Muitos de seus objetos favoritos — ou os de Bilbo (eles faziam com que se lembrasse vivamente dele, em seu novo entorno) — estavam arrumados tanto quanto possível do modo como estiveram em Bolsão. Era um lugar agradável, confortável, acolhedor; e ele se viu desejando que realmente estivesse vindo ali para se estabelecer em tranquila aposentadoria. Parecia injusto ter dado todo aquele trabalho aos amigos; e outra vez perguntou-se como iria lhes dar a notícia de que teria de deixá-los tão breve, de fato, imediatamente. No entanto, isso teria de ser feito naquela mesma noite, antes que fossem todos para a cama.

"É encantador!", disse ele com esforço. "Mal sinto que me mudei."

Os viajantes penduraram as capas e empilharam as mochilas no chão. Merry os conduziu pelo corredor e abriu de chofre uma porta na outra extremidade. A luz do fogo saíra, e uma lufada de vapor.

"Um banho!", exclamou Pippin. "Ó bendito Meriadoc!"

"Em que ordem vamos entrar?", indagou Frodo. "Primeiro o mais velho ou primeiro o mais veloz? De qualquer jeito você será o último, Mestre Peregrin."

"Confie em mim, eu ajeito as coisas melhor que isso!", disse Merry. "Não podemos começar a vida em Cricôncavo brigando pelo banho. Nesse cômodo há *três* banheiras e uma tina de cobre cheia de água fervente. Também há toalhas, esteiras e sabonete. Entrem, e depressa!"

Merry e Fofo foram à cozinha do outro lado do corredor e se ocuparam com os preparativos finais de um jantar tardio. Do banheiro vinham fragmentos de canções concorrentes, misturados ao som de gente chapinhando e chafurdando. A voz de Pippin elevou-se de repente acima das demais, em uma das canções de banho favoritas de Bilbo.

> *Ei! cante o banho no fim do dia*
> *que da lama e cansaço nos alivia!*
> *É bobo quem cantar não tente:*
> *Ó! Coisa nobre é Água Quente!*
>
> *Ó! Doce é o som da chuva caindo,*
> *e o córrego a saltar do morro é lindo;*
> *mas melhor que chuva ou riacho que passa*
> *é Água Quente em vapor e fumaça.*
>
> *Ó! Água fria, se preciso, desce*
> *pela garganta que a sede esquece;*
> *melhor é Cerveja para beber,*
> *e Água Quente no lombo a correr.*
>
> *Ó! Bela é a água que em salto arranca,*
> *debaixo do céu, da fonte branca;*
> *mas não há fonte que mais contente*
> *que chapinhar na Água Quente!*[A]

Houve um tremendo golpe de água, e um grito de *Ôa!* de Frodo. Parecia que grande parte do banho de Pippin imitara uma fonte e arrancara em salto.

Merry foi até a porta. "Que tal jantar e cerveja na garganta?", chamou. Frodo saiu secando o cabelo.

"Há tanta água no ar que vou para a cozinha para terminar", disse ele.

"Cáspite!", exclamou Merry, olhando para dentro. O chão de pedra estava alagado. "Você devia enxugar tudo isso com um esfregão antes de comer qualquer coisa, Peregrin", determinou ele. "Apresse-se ou não vamos esperar por você."

Jantaram na cozinha, numa mesa junto ao fogo. "Imagino que vocês três não vão querer cogumelos de novo?", perguntou Fredegar sem grandes esperanças.

"Vamos sim!", exclamou Pippin.

"São meus!", disse Frodo. "Dados a *mim* pela Sra. Magote, uma rainha entre as esposas de fazendeiros. Tirem suas mãos gananciosas e eu vou servi-los."

Hobbits são apaixonados por cogumelos, muito além das preferências mais gananciosas do Povo Grande. É um fato que explica em parte as longas expedições do jovem Frodo aos renomados campos do Pântano, e a ira de um injuriado Magote. Naquela ocasião havia bastante para todos, mesmo de acordo com os padrões dos hobbits. Também houve muitas outras coisas em seguida, e quando haviam terminado, o próprio Fofo Bolger soltou um suspiro de contentamento. Empurraram a mesa para longe e dispuseram cadeiras em torno da lareira.

"Mais tarde limparemos", comentou Merry. "Agora me contem tudo a respeito! Imagino que estiveram vivendo aventuras, o que não foi muito justo sem mim. Quero um relato completo; e mais do que tudo quero saber qual foi o problema com o velho Magote e por que ele falou comigo daquele jeito. Soava quase como se estivesse *assustado*, se é que isso é possível."

"Todos estivemos assustados", disse Pippin após uma pausa, em que Frodo ficou fitando o fogo e não falou. "Você também teria ficado, se fosse perseguido por Cavaleiros Negros durante dois dias."

"E o que são eles?"

"Vultos negros montados em cavalos negros", respondeu Pippin. "Se Frodo não vai falar, eu vou lhe contar toda a história desde o princípio." Fez então um relato completo de sua viagem desde o momento em que deixaram a Vila-dos-Hobbits. Sam assentiu com várias inclinações de cabeça e exclamações. Frodo ficou em silêncio.

"Eu pensaria que vocês estão inventando tudo isso," disse Merry, "se não tivesse visto aquele vulto negro no atracadouro — e ouvido o som estranho na voz de Magote. O que você acha de tudo isso, Frodo?"

"O primo Frodo esteve muito fechado", comentou Pippin. "Mas chegou a hora de ele se abrir. Até agora não recebemos nenhuma informação exceto a conjectura do Fazendeiro Magote de que tinha algo a ver com o tesouro do velho Bilbo."

"Isso foi só uma conjectura", disse Frodo depressa. "Magote não *sabe* nada."

"O velho Magote é um sujeito astuto", respondeu Merry. "Por trás do seu rosto redondo acontece muita coisa que não transparece na fala. Ouvi dizer que em certa época ele costumava entrar na Floresta Velha, e tem a reputação de conhecer um monte de coisas estranhas. Mas pelo menos você pode nos contar, Frodo, se pensa que a conjectura dele é boa ou ruim."

"Eu *acho*", respondeu Frodo devagar, "que foi uma boa conjectura, até onde chegou. *Existe* uma conexão com as antigas aventuras de Bilbo, e os Cavaleiros estão procurando, ou talvez devêssemos dizer *esquadrinhando*, por ele ou por mim. Também temo, se é que querem saber, que isso não é nenhuma brincadeira; e que não estou seguro aqui nem em qualquer outro lugar." Olhou em torno, para as janelas e as paredes, como se temesse que elas cedessem de repente. Os demais o espiavam em silêncio e trocavam olhadelas significativas.

"Vai escapar num minuto", Pippin cochichou para Merry. Merry assentiu com a cabeça.

"Bem!", disse Frodo por fim, levantando-se na cadeira e endireitando as costas, como se tivesse tomado uma decisão. "Não posso manter isso no escuro por mais tempo. Tenho algo a contar para todos vocês. Mas não sei bem como começar."

"Acho que consigo ajudar você", afirmou Merry calmamente, "contando-lhe eu mesmo parte da história."

"O que quer dizer?", indagou Frodo, olhando para ele ansiosamente.

"Apenas isto, meu bom e velho Frodo: você está desgostoso porque não sabe como dizer adeus. É claro que pretendia abandonar o Condado. Mas o perigo o acometeu mais cedo do que esperava, e agora está se decidindo a partir de imediato. E não quer. Sentimos muito por você."

Frodo abriu a boca e a fechou de novo. Seu ar de surpresa era tão cômico que riram. "Bom e velho Frodo!", disse Pippin. "Você realmente pensava que tinha jogado poeira nos olhos de todos nós? Para isso você nem de perto foi cuidadoso ou esperto o bastante! Obviamente você está planejando partir e se despedir de todos os seus lugares habituais por todo este ano, desde abril. Constantemente ouvimos você resmungando: 'Me pergunto se voltarei a olhar para esse vale outra vez', e coisas assim. E fingindo que seu dinheiro havia acabado, e chegando a vender seu amado Bolsão àqueles Sacola-Bolseiros! E todas aquelas conversas reservadas com Gandalf."

"Céus!", exclamou Frodo. "Pensei que estava sendo cuidadoso e esperto. Não sei o que Gandalf diria. Então todo o Condado está discutindo minha partida?"

"Ah, não!", disse Merry. "Não se preocupe com isso! É claro que o segredo não vai durar muito; mas, no momento, creio, só é conhecido por nós, os conspiradores. Afinal você precisa recordar que o conhecemos bem e estamos com você com frequência. Normalmente conseguimos adivinhar o que você está pensando. Eu conhecia Bilbo também. Para dizer a verdade estive observando você bem de perto desde que ele partiu. Pensei que você iria segui-lo mais cedo ou mais tarde; de fato esperava que fosse mais cedo, e ultimamente estivemos muito ansiosos. Tínhamos pavor de que você pudesse nos escapulir e ir embora de repente, sozinho, como ele. Desde esta primavera temos mantido os olhos abertos e fizemos muito planejamento por nossa conta. Você não vai escapar tão facilmente!"

"Mas preciso ir", disse Frodo. "Não dá para evitar, caros amigos. É uma desgraça para todos nós, mas não adianta tentarem me impedir. Já que deduziram tudo isso, por favor ajudem-me e não me impeçam!"

"Você não compreende!", prosseguiu Pippin. "Você precisa ir — e, portanto, precisamos ir também. Merry e eu vamos com você. Sam é um excelente sujeito, e pularia dentro da goela de um dragão para salvá-lo, se não tropeçasse nos próprios pés; mas você vai precisar de mais de um companheiro em sua aventura perigosa."

"Meus caros e muito amados hobbits!", disse Frodo, profundamente comovido. "Mas eu não poderia permitir. Também decidi isso muito tempo atrás. Vocês falam de perigo, mas não compreendem. Isto não é uma caçada ao tesouro, não é uma viagem de lá-e-de-volta. Estou fugindo de perigo mortal em perigo mortal."

"É claro que compreendemos", comentou Merry com firmeza. "Foi por isso que decidimos vir. Sabemos que o Anel não é assunto para brincadeira; mas vamos fazer o melhor para ajudá-lo contra o Inimigo."

"O Anel!", disse Frodo, agora completamente atônito.

"Sim, o Anel", assentiu Merry. "Meu bom e velho hobbit, você não leva em conta a curiosidade dos amigos. Faz anos que sei da existência do Anel — na verdade, desde antes de Bilbo partir; mas, já que ele obviamente o considerava um segredo, mantive o conhecimento em minha cabeça até formarmos nossa conspiração. É claro que não conheci Bilbo tão bem quanto conheço você; eu era jovem demais e também ele era mais cuidadoso — mas não era cuidadoso o bastante. Se quiser saber como acabei descobrindo, eu lhe conto."

"Prossiga!", disse Frodo com voz fraca.

"Os Sacola-Bolseiros foram a desgraça dele, como se poderia esperar. Certo dia, um ano antes da Festa, aconteceu que eu estava caminhando pela estrada e vi Bilbo à frente. De repente os S.-B. apareceram à distância, vindo em nossa direção. Bilbo diminuiu o passo e depois *puf!*, desapareceu. Fiquei tão espantado que mal tive a iniciativa de me esconder de jeito mais convencional; mas atravessei a sebe e caminhei pelo campo do outro lado. Estava espiando a estrada depois que os S.-B. passaram e encarando Bilbo diretamente quando de repente ele reapareceu. Percebi um brilho de ouro quando ele pôs algo de volta no bolso da calça.

"Depois disso mantive os olhos abertos. De fato, confesso que espionei. Mas você precisa admitir que era muito intrigante, e eu só estava na adolescência. Devo ser a única pessoa do Condado além de você, Frodo, que já viu o livro secreto do velhinho."

"Você leu o livro dele!", exclamou Frodo. "Ora, céus! Nada está seguro?"

"Não seguro demais, devo dizer", disse Merry. "Mas só dei uma olhadela rápida, e essa foi difícil de conseguir. Ele jamais deixava o livro por aí. Pergunto-me o que foi feito dele. Gostaria de dar outra olhada. Está com você, Frodo?"

"Não. Não estava em Bolsão. Ele deve tê-lo levado."

"Bem, como eu dizia," prosseguiu Merry, "guardei comigo meu conhecimento, até esta primavera, quando as coisas ficaram sérias. Então formamos nossa conspiração; e como também éramos sérios e sabíamos o que estávamos fazendo, não fomos escrupulosos demais. Você não é muito fácil de decifrar, e Gandalf é pior. Mas, se quiser ser apresentado a nosso principal investigador, posso revelá-lo."

"Onde está ele?", disse Frodo, olhando em volta como se esperasse que um vulto mascarado e sinistro fosse sair de um armário.

"Um passo à frente, Sam!", falou Merry; e Sam se levantou com o rosto escarlate até as orelhas. "Eis nosso coletor de informações! E coletou bastante coisa, posso lhe dizer, antes de acabar sendo apanhado. Depois disso, devo dizer, ele pareceu considerar-se em liberdade condicional e secou."

"Sam!", exclamou Frodo, sentindo que o espanto não podia ser maior, totalmente incapaz de decidir sentir-se raivoso, divertido, aliviado ou meramente tolo.

"Sim, senhor!", disse Sam. "Com sua licença, senhor! Mas não tive má intenção com o senhor, Sr. Frodo, nem com o Sr. Gandalf também. *Ele tem bom senso, veja; e quando o senhor disse ir sozinho ele disse não! leve alguém em quem possa confiar.*"

"Mas parece que não posso confiar em ninguém", disse Frodo.

Sam olhou-o com tristeza. "Tudo depende do que quer", atalhou Merry. "Pode confiar em nós para estarmos com você venha o que vier — até o amargo fim. E pode confiar em nós para mantermos qualquer segredo seu — melhor do que você mesmo mantém. Mas não pode confiar em nós para o deixarmos encarar sozinho os infortúnios e partir sem uma palavra. Somos seus amigos, Frodo. Seja como for: aí está. Sabemos a maior parte do que Gandalf lhe contou. Sabemos muita coisa sobre o Anel. Estamos com um medo horrível — mas vamos com você; ou vamos segui-lo como cães de caça."

"E afinal de contas, senhor," acrescentou Sam, "devia aceitar o conselho dos Elfos. Gildor falou que deveria levar os que estivessem dispostos, e não pode negar isso."

"Não nego", disse Frodo olhando para Sam, que agora dava um largo sorriso. "Não nego, mas nunca mais vou acreditar que você está dormindo, esteja roncando ou não. Hei de chutar você para ter certeza.

"Vocês são um bando de patifes fraudulentos!", comentou ele, virando-se para os demais. "Mas benditos sejam!", ele riu, erguendo-se e agitando os braços. "Eu me dou por vencido. Vou aceitar o conselho de Gildor. Se o perigo não fosse tão tenebroso eu dançaria de alegria. Ainda assim não posso evitar sentir alegria; mais alegria do que senti por longo tempo. Eu estava temendo esta noite."

"Bom! Isso está decidido. Três vivas para o Capitão Frodo e companhia!", gritaram; e dançaram em torno dele. Merry e Pippin começaram uma canção que aparentemente tinham preparado para essa ocasião.

Era feita conforme o modelo da canção dos anãos que impelira Bilbo à sua aventura muito tempo atrás, e seguia a mesma melodia:

> *Adeus vamos dar ao fogo e ao lar!*
> *Com chuva a cair ou vento a soprar,*
> *Vamos embora antes da aurora,*
> *Além do bosque e do monte a vagar.*
>
> *A Valfenda então, onde Elfos estão*
> *Em clareiras sob nebuloso grotão,*
> *Percorrendo desertos e campos abertos*
> *Sem sabermos se vamos adiante ou não.*
>
> *À frente inimigos, atrás os perigos,*
> *Sob o céu dormiremos em nossos abrigos,*
> *Até que consiga ter fim a fadiga,*
> *Acabar a viagem, a missão dos amigos.*
>
> *Vamos embora! Vamos embora!*
> *Partimos antes que rompa a aurora!*[B]

"Muito bom!", disse Frodo. "Mas nesse caso há um monte de coisas a fazer antes de nos deitarmos — sob um teto, pelo menos esta noite."

"Oh! Isso foi poesia!", disse Pippin. "Você realmente pretende partir antes que rompa a aurora?"

"Não sei", respondeu Frodo. "Temo esses Cavaleiros Negros e tenho certeza de que não é seguro passar muito tempo no mesmo lugar, especialmente num lugar aonde é sabido que vim. E também Gildor me aconselhou a não esperar. Mas gostaria muito de ver Gandalf. Pude ver que o próprio Gildor ficou perturbado quando ouviu que Gandalf jamais apareceu. Na verdade, tudo depende de duas coisas. Quão logo os Cavaleiros podem chegar a Buqueburgo? E quão logo podemos partir? Isso vai exigir muitos preparativos."

"A resposta à segunda pergunta", comentou Merry, "é que podemos ir embora daqui a uma hora. Preparei praticamente tudo. Há cinco pôneis num estábulo além dos campos; as provisões e os apetrechos estão todos embalados, exceto por algumas roupas adicionais e pela comida perecível."

"Parece que foi uma conspiração muito eficiente", disse Frodo. "Mas e os Cavaleiros Negros? Seria seguro esperar um dia por Gandalf?"

"Tudo depende do que você pensa que os Cavaleiros farão se o encontrarem aqui", respondeu Merry. "É claro que *poderiam* ter chegado até aqui, se não fossem detidos no Portão-norte, onde a Sebe se estende até a margem do rio, logo deste lado da Ponte. Os vigias do portão não os deixariam passar à noite, apesar de poderem arrombá-lo. Mesmo à luz do dia tentariam mantê-los fora, creio, pelo menos até transmitirem uma mensagem ao Senhor da Mansão — pois não lhes agradariam o aspecto dos Cavaleiros e certamente se assustariam com eles. Mas é claro que a Terra-dos-Buques não consegue resistir por muito tempo a um ataque determinado. E é possível que de manhã até um Cavaleiro Negro que chegasse montado, perguntando pelo Sr. Bolseiro, fosse deixado passar. É bem conhecido, em geral, que você está voltando para viver em Cricôncavo."

Frodo passou alguns momentos sentado, pensativo. "Eu me decidi", disse ele por fim. "Parto amanhã assim que houver luz. Mas não vou pela estrada: seria mais seguro esperar aqui do que fazer isso. Se eu sair pelo Portão-norte minha partida da terra dos Buques será conhecida de imediato, em vez de permanecer secreta ao menos por vários dias, como poderia ficar. E mais, a Ponte e a Estrada Leste perto da fronteira certamente serão vigiadas, quer algum Cavaleiro penetre na Terra-dos-Buques ou não. Não sabemos quantos eles são; mas há pelo menos dois, e possivelmente mais. A única coisa a fazer é sair numa direção bem inesperada."

"Mas isso só pode significar entrar na Floresta Velha!", apontou Fredegar, apavorado. "Não pode estar pensando em fazer isso. É tão perigoso quanto os Cavaleiros Negros."

"Não exatamente", disse Merry. "Soa bem desesperado, mas acredito que Frodo está certo. É o único modo de ir embora sem ser seguido imediatamente. Com sorte poderemos nos adiantar bastante."

"Mas não vão ter nenhuma sorte na Floresta Velha", objetou Fredegar. "Ninguém jamais tem sorte lá dentro. Vão se perder. As pessoas não entram lá."

"Ah, entram sim!", corrigiu-o Merry. "Os Brandebuques entram — às vezes, quando lhes dá vontade. Temos uma entrada particular. Frodo entrou certa vez, muito tempo atrás. Entrei diversas vezes: normalmente à luz do dia, é claro, quando as árvores estão sonolentas e bastante quietas."

"Bem, façam o que acharem melhor!", disse Fredegar. "Tenho mais medo da Floresta Velha do que de qualquer coisa que conheço: as histórias sobre ela são um pesadelo; mas meu voto pouco conta, já que não vou na viagem. Ainda assim estou muito feliz que fique alguém para trás que possa contar a Gandalf o que vocês fizeram, quando ele aparecer, como com certeza vai aparecer brevemente."

Por muito que gostasse de Frodo, Fofo Bolger não tinha desejo de deixar o Condado, nem de ver o que havia fora dele. Sua família vinha da Quarta Leste, na verdade, do Vau Budge nos Campos da Ponte, mas ele jamais atravessara a Ponte do Brandevin. Sua tarefa, conforme os planos originais dos conspiradores, era ficar para trás e lidar com gente intrometida, e manter pelo tempo possível a presunção de que o Sr. Bolseiro ainda morava em Cricôncavo. Até trouxera algumas roupas velhas de Frodo para ajudá-lo a desempenhar esse papel. Pouco imaginavam o quanto esse papel se revelaria perigoso.

"Excelente!", exclamou Frodo quando compreendeu o plano. "De outra forma não poderíamos ter deixado recado para Gandalf. Não sei se esses Cavaleiros sabem ler ou não, é claro, mas não me atreveria a arriscar um recado escrito, para o caso de entrarem e darem busca na casa. Mas, já que Fofo está disposto a manter o forte, e eu poderei ter certeza de que Gandalf saberá por qual caminho nós fomos, estou decidido. Vou entrar na Floresta Velha amanhã na primeira hora."

"Bem, é isso", disse Pippin. "No geral, prefiro nossa tarefa à de Fofo — esperar aqui até virem os Cavaleiros Negros."

"Espere até estar bem dentro da Floresta", advertiu Fredegar. "Vai querer estar aqui comigo antes desta hora amanhã."

"Não adianta discutir mais sobre isso", disse Merry. "Ainda precisamos fazer ordem e dar os toques finais na bagagem antes de nos deitarmos. Vou chamar todos vocês antes que rompa a aurora."

Quando finalmente estava na cama, Frodo não conseguiu dormir por algum tempo. Suas pernas doíam. Estava contente que iria cavalgar pela manhã. Acabou caindo num sonho vago em que parecia estar olhando por uma alta janela para um escuro mar de árvores emaranhadas. Lá embaixo, junto às raízes, havia um som de criaturas rastejando e fungando. Ele tinha a certeza de que conseguiriam farejá-lo mais cedo ou mais tarde.

Então ouviu um ruído ao longe. Primeiro pensou que fosse um forte vento vindo sobre as folhas da floresta. Então soube que não eram folhas, e sim o som do Mar muito longe; um som que jamais ouvira na vida desperta, apesar de frequentemente lhe perturbar os sonhos. De repente descobriu que estava a céu aberto. Não havia árvores afinal. Estava numa charneca escura, e havia no ar um estranho cheiro de sal. Erguendo os olhos, viu diante de si uma alta torre branca, posta sozinha numa crista elevada. Acometeu-o um forte desejo de subir à torre e ver o Mar. Começou a subir a crista rumo à torre, com esforço: mas de repente veio uma luz no céu, e houve um ruído de trovão.

6

A Floresta Velha

Frodo despertou de repente. Ainda estava escuro no quarto. Merry estava ali de pé, com uma vela numa mão e socando a porta com a outra. "Muito bem! O que é?", disse Frodo, ainda abalado e desnorteado.

"O que é!", exclamou Merry. "É hora de levantar. São quatro e meia e faz muito nevoeiro. Venha! Sam já está aprontando o desjejum. Até Pippin já levantou. Vou só selar os pôneis e buscar o que vai carregar as bagagens. Acorde esse preguiçoso do Fofo! Pelo menos ele precisa levantar e se despedir de nós."

Logo após as seis horas, os cinco hobbits estavam prontos para partir. Fofo Bolger ainda bocejava. Esgueiraram-se para fora da casa em silêncio. Merry ia à frente, conduzindo um pônei carregado, e pegou uma trilha que atravessava um capão atrás da casa e depois cortava diversos campos. As folhas das árvores rebrilhavam, e cada ramo pingava; o capim estava cinza com o orvalho frio. Tudo estava quieto, e ruídos longínquos pareciam próximos e nítidos: aves tagarelando num quintal, alguém fechando a porta de uma casa distante.

No seu barracão encontraram os pôneis, animaizinhos robustos do tipo que os hobbits adoram, não velozes, mas bons para um longo dia de trabalho. Montaram e logo estavam cavalgando no nevoeiro, que parecia abrir-se relutante à frente e fechar-se ameaçador atrás. Depois de cavalgarem por cerca de uma hora, devagar e sem conversarem, viram a Sebe surgindo repentinamente à frente. Era alta e enredada em teias de aranha prateadas.

"Como vão atravessar isso?", perguntou Fredegar.

"Sigam-me!", exclamou Merry, "e verão." Virou à esquerda ao longo da Sebe, e logo chegaram a um ponto onde ela se curvava para dentro, acompanhando a borda de uma depressão. Havia sido feito um corte, a certa distância da Sebe, que descia suavemente para dentro do solo. Era ladeado por muros de tijolo que se erguiam continuamente até, de repente, se arquearem e formarem um túnel que mergulhava fundo embaixo da Sebe, saindo numa depressão do outro lado.

Ali Fofo Bolger parou. "Adeus, Frodo!", disse ele. "Gostaria que você não estivesse entrando na Floresta. Só espero que não precise de socorro antes que o dia termine. Mas boa sorte para você — hoje e todos os dias!"

"Se não houver nada pior à frente do que a Floresta Velha, estarei com sorte", comentou Frodo. "Diga a Gandalf que se apresse pela Estrada Leste: logo havemos de retornar a ela, andando o mais depressa possível." "Adeus!", exclamaram, e desceram pelo declive, desaparecendo das vistas de Fredegar no interior do túnel.

Era escuro e úmido. Na outra ponta estava fechado com um portão de robustas barras de ferro. Merry apeou e destrancou o portão, e quando todos haviam atravessado ele o empurrou para fechá-lo de novo. Ele fechou-se com um som metálico, e a fechadura estalou. O som era agourento.

"Aí está!", disse Merry. "Vocês deixaram o Condado e agora estão do lado de fora, na beira da Floresta Velha."

"São verdadeiras as histórias sobre ela?", perguntou Pippin.

"Não sei a quais histórias você se refere", respondeu Merry. "Se quer dizer as velhas histórias de bicho-papão que as amas de leite de Fofo costumavam lhe contar, sobre gobelins e lobos e coisas do tipo, eu diria que não. Eu, de qualquer modo, não acredito nelas. Mas a Floresta é esquisita. Tudo nela está muito mais vivo, mais consciente do que acontece, por assim dizer, que as coisas do Condado. E as árvores não gostam de estranhos. Elas observam a gente. Normalmente contentam-se em apenas observar a gente, enquanto durar a luz do dia, e não fazem muita coisa. Às vezes as mais hostis podem largar um galho, ou estender uma raiz, ou agarrar a gente com um cipó comprido. Mas à noite as coisas podem ser bem alarmantes, é o que me dizem. Só estive aqui depois do anoitecer uma ou duas vezes, e sempre perto da sebe. Pensei que todas as árvores estavam sussurrando entre si, repassando notícias e tramas em uma língua ininteligível; e os galhos balançavam e tateavam sem haver vento. Dizem que as árvores chegam a se mexer e podem cercar estranhos e confiná-los. Na verdade, faz tempo que atacaram a Sebe: vieram e se plantaram bem ao lado dela, e se inclinaram por cima. Mas os hobbits vieram, e derrubaram centenas de árvores, e fizeram uma grande fogueira na Floresta, e queimaram todo o solo em uma longa faixa a leste da Sebe. Depois disso as árvores desistiram do ataque, mas se tornaram muito hostis. Ainda há um amplo espaço vazio, não muito para dentro, onde foi feita a fogueira."

"São só as árvores que são perigosas?", perguntou Pippin.

"Há diversos seres esquisitos que vivem na profundeza da Floresta e do lado oposto," disse Merry, "ou pelo menos é o que ouvi dizer; mas nunca vi nenhum deles. Mas alguma coisa faz trilhas. Quando se penetra encontra-se trilhas abertas; mas elas parecem se deslocar e mudar de tempos em tempos de um jeito esquisito. Perto deste túnel existe, ou existiu por muito tempo, o começo de uma trilha bem larga que levava à Clareira da Fogueira, e depois mais ou menos em nossa direção, a leste e um pouco ao norte. Essa é a trilha que vou tentar encontrar."

Os hobbits saíram então pelo portal do túnel e atravessaram a larga depressão. Do lado oposto havia uma trilha apagada que subia para o chão da Floresta, uma centena de jardas e mais além da Sebe; mas ela desapareceu assim que os trouxe para debaixo das árvores. Olhando para trás, conseguiam enxergar a linha escura da Sebe através dos troncos das árvores que já estavam densas em redor deles. Olhando para a frente só conseguiam ver troncos de árvores de inúmeros tamanhos e formas: retos ou curvos, torcidos, inclinados, atarracados ou esbeltos, lisos ou rugosos e ramificados; e todos os troncos eram verdes ou cinzentos com musgo e vegetação viscosa e desgrenhada.

Só Merry parecia bastante animado. "É melhor nos guiar e encontrar essa trilha", disse-lhe Frodo. "Não deixe nos perdermos uns dos outros, nem esquecer de que lado fica a Sebe!"

Abriram caminho entre as árvores, e seus pôneis arrastaram-se avante, evitando com cuidado todas as raízes retorcidas e entrelaçadas. Não havia vegetação rasteira. O solo subia continuamente, e, enquanto avançavam, parecia que as árvores se tornavam mais altas, mais escuras e mais densas. Não havia som, exceto por um eventual pingo de umidade que caía pelas folhas silenciosas. Naquele momento não havia sussurros nem movimento entre os ramos; mas todos tiveram uma sensação desconfortável de que estavam sendo observados com reprovação, que se aprofundava em aversão e até inimizade. A sensação cresceu cada vez mais, até perceberem que estavam erguendo os olhos depressa, ou espiando para trás sobre os ombros, como quem espera um golpe repentino.

Ainda não havia sinal de trilha, e as árvores constantemente pareciam barrar-lhes o caminho. De repente Pippin sentiu que não conseguia aguentar mais e sem aviso soltou um grito. "Ei! Ei!", exclamou. "Não vou fazer nada. Só me deixe passar, por favor!"

Os demais pararam espantados; mas o grito morreu como que abafado por uma pesada cortina. Não houve eco nem resposta, apesar de a mata parecer tornar-se mais apinhada e mais vigilante que antes.

"Eu não gritaria se fosse você", disse Merry. "Faz mais mal que bem."

Frodo começou a se perguntar se seria possível encontrar uma passagem e se fizera bem em fazer os outros entrarem naquela mata abominável. Merry olhava de um lado para o outro e já parecia incerto sobre o caminho a tomar. Pippin notou isso. "Você não levou muito tempo para nos perder", comentou ele. Mas nesse momento Merry assobiou aliviado e apontou para a frente.

"Bem, bem!", disse ele. "Essas árvores se deslocam *mesmo*. Ali está a Clareira da Fogueira à nossa frente (ou assim espero), mas a trilha até lá parece ter ido embora!"

A luz ficou mais clara à medida que avançavam. De repente saíram das árvores e se viram em um amplo espaço circular. Lá estava o céu acima deles, azul e claro para sua surpresa, pois embaixo do teto da Floresta não haviam conseguido ver como nascia a manhã e se erguia a neblina. No entanto, o sol ainda não estava alto o bastante para iluminar a clareira, apesar de sua luz estar nos topos das árvores. Todas as folhas eram mais espessas e verdes em torno das bordas da clareira, cercando-a com uma parede quase sólida. Ali não crescia nenhuma árvore, somente capim grosso e muitas plantas altas: abioto e cicuta-dos-prados, desbotados e de longos talos, ervas de queimada que soltavam sementes nas cinzas fofas, urtigas e cardos viçosos. Um lugar lúgubre; mas parecia um jardim encantador e alegre depois da Floresta fechada.

Os hobbits sentiram-se encorajados e ergueram os olhos, esperançosos, para a luz do dia que se espalhava no céu. Do lado oposto da clareira havia uma lacuna na parede de árvores e uma trilha limpa mais além. Podiam vê-la entrando pela mata, larga em alguns lugares e aberta no alto, apesar de às vezes as árvores se fecharem e lhe fazerem sombra com os ramos escuros. Cavalgaram subindo por essa trilha. Ainda estavam num leve aclive, mas agora andavam muito mais depressa e mais animados, pois lhes parecia que a Floresta havia abrandado e afinal iria deixá-los passar sem obstáculo.

Mas pouco depois o ar começou a ficar quente e abafado. As árvores se aproximaram de novo de ambos os lados, e não conseguiam mais enxergar muito à frente. Agora sentiam, mais forte que nunca, a má vontade da mata oprimindo-os. Fazia tanto silêncio que a batida dos cascos de seus pôneis, farfalhando nas folhas mortas e às vezes tropeçando em raízes ocultas, parecia reboar em seus ouvidos. Frodo tentou cantar uma canção para encorajá-los, mas sua voz afundou num murmúrio.

> *Ó vós que vagais na terra sombria,*
> *não desespereis! Apesar de erradia*
> *toda floresta chega ao termo*
> *e o sol aberto percorre o ermo:*
> *o sol poente, o sol nascente,*
> *o fim do dia, o dia iminente.*
> *Pois a leste ou oeste todo bosque se acaba...*[A]

Acaba — enquanto dizia essa palavra, sua voz se desfez em silêncio. O ar parecia pesado, e a pronúncia de palavras, cansativa. Logo atrás deles um grande galho de uma velha árvore inclinada caiu na trilha com estrondo. As árvores pareciam se fechar diante deles.

"Elas não gostam de tudo isso, sobre terminar e acabar", disse Merry. "Eu não cantaria mais neste momento. Espere que cheguemos à beira, e daí vamos nos virar e lhes dar um coro entusiasmado!"

Falou com jovialidade, e se sentia grande ansiedade não a demonstrava. Os demais não responderam. Estavam deprimidos. Um grande peso se abatia continuamente sobre o coração de Frodo, e agora com cada passo adiante ele se arrependia de ter pensado em desafiar a ameaça das árvores. Na verdade, estava prestes a parar e a propor que retornassem (se isso ainda fosse possível) quando as coisas tomaram uma nova direção. A trilha parou de subir e, por algum espaço, ficou quase nivelada. As árvores escuras se afastaram, e podiam ver a trilha à frente, avançando quase reta. Diante deles, mas a alguma distância, estava um morro verde, sem árvores, erguendo-se da mata em volta como uma cabeça calva. A trilha parecia ir direto para lá.

Voltaram então a avançar depressa, deleitados com a ideia de subirem por um tempo acima do teto da Floresta. A trilha afundou e depois recomeçou a subir, levando-os por fim ao sopé da íngreme encosta. Ali ela deixou as árvores e sumiu no capim. A mata se erguia em toda a volta do morro como cabelos densos que acabassem de repente num círculo em torno de um cocuruto rapado.

Os hobbits levaram os pôneis para cima, dando voltas e mais voltas até alcançarem o topo. Ali pararam, olhando atentamente ao redor deles. O ar brilhava iluminado pelo sol, mas estava nebuloso; e não conseguiam enxergar muito longe. Perto dali a névoa já quase desaparecera; mas aqui e ali ela permanecia em depressões da mata, e ao sul deles, de uma profunda dobra que atravessava a Floresta, a neblina ainda subia como vapor ou fiapos de fumaça branca.

"Ali," disse Merry, apontando com a mão, "ali está a linha do Voltavime. Ele desce das Colinas e corre para o sudoeste pelo meio da Floresta para confluir com o Brandevin abaixo de Fim-da-Sebe. Não queremos ir *nessa* direção! Dizem que o vale do Voltavime é a parte mais estranha de toda a mata — o centro de onde vem toda a estranheza, por assim dizer."

Os demais olharam na direção que Merry apontara, mas pouco conseguiam ver além de névoas acima do vale úmido e profundo; e além dele a metade meridional da Floresta desaparecia da visão.

Agora o sol no topo do morro estava esquentando. Deviam ser umas onze horas; mas a névoa do outono ainda os impedia de enxergar muita coisa em outras direções. A oeste não podiam divisar nem a linha da Sebe nem o vale do Brandevin atrás dela. Ao norte, onde olhavam com maior esperança, nada podiam enxergar que pudesse ser a linha da grande Estrada Leste, aonde estavam se dirigindo. Estavam numa ilha em um mar de árvores, e o horizonte estava velado.

Do lado sudeste o solo caía muito depressa, como se as encostas do morro continuassem bem abaixo das árvores, como costas de uma ilha que são, na verdade, os flancos de uma montanha que se ergue de águas profundas. Sentaram-se na borda verde e contemplaram a mata abaixo deles enquanto faziam a refeição meridiana. Quando o sol subiu e passou do meio-dia divisaram, longe no leste, as linhas verde-acinzentadas das Colinas que ficavam além da Floresta Velha daquele lado. Isso os animou bastante; pois era bom ter a visão de algo além das bordas da mata, apesar de não pretenderem ir naquela direção se pudessem evitá-la: as Colinas-dos-túmulos tinham, nas lendas dos hobbits, uma reputação tão sinistra quanto a própria Floresta.

Por fim decidiram-se a prosseguir outra vez. A trilha que os trouxera ao morro reapareceu do lado norte; mas, antes de terem percorrido grande distância nela, deram-se conta de que ela virava continuamente para a direita. Logo ela começou a descer depressa, e imaginaram que, na verdade, ela rumava para o vale do Voltavime: não era de jeito nenhum a direção que queriam tomar. Após uma discussão, decidiram abandonar aquela trilha enganosa e rumar para o norte; pois, apesar de não terem conseguido vê-la do cume, a Estrada devia ficar naquela direção e não podia estar a muitas milhas de distância. Também ao norte, e à esquerda da trilha, o terreno parecia mais seco e mais aberto, subindo até encostas onde as árvores eram menos espessas, e pinheiros e abetos tomavam o lugar dos carvalhos e freixos e outras árvores estranhas e sem nome da mata mais densa.

No começo a escolha pareceu boa: avançaram a velocidade razoável, porém sempre que vislumbravam o sol numa clareira aberta pareciam ter-se inexplicavelmente desviado para o leste. Mas algum tempo depois as árvores começaram a se fechar de novo, bem onde de longe tinham parecido menos densas e emaranhadas. Então descobriram inopinadamente fundas dobras no solo, como sulcos de grandes rodas de gigantes, ou largos fossos e estradas afundadas, há muito desusadas e afogadas em sarças. Geralmente cruzavam bem pela sua linha de marcha, e só podiam ser atravessadas descendo e escalando do outro lado, o que era trabalhoso e difícil com os pôneis. A cada vez que desciam encontravam o fundo repleto de arbustos densos e vegetação rasteira entrelaçada, que por algum motivo não cedia à esquerda, mas só se abria quando viravam à direita; e tinham de andar certa distância pelo fundo até encontrarem um lugar para subirem pela margem oposta. A cada vez que se arrastavam para fora as árvores pareciam mais fundas e escuras; e sempre era mais difícil encontrar um caminho à esquerda e para cima, e eram forçados à direita e para baixo.

Após uma ou duas horas haviam perdido todo sentido nítido de direção, apesar de saberem muito bem que há tempos tinham deixado de seguir rumo ao norte. Estavam sendo interceptados e simplesmente seguiam um curso escolhido para eles — ao leste e ao sul, rumo ao coração da Floresta, e não para fora.

A tarde estava acabando quando toparam, aos trancos e barrancos, com uma dobra que era mais larga e funda que qualquer outra que já tivessem encontrado. Era tão íngreme e saliente que demonstrou ser impossível escalar para fora, à frente ou atrás, sem abandonar os pôneis e a bagagem. Só o que podiam fazer era seguir a dobra — para baixo. O solo tornou-se mole e lodoso em alguns pontos; apareceram nascentes nas margens, e logo viram-se seguindo um regato que escorria e sussurrava num leito cheio de ervas. Então o chão começou a decair rapidamente, e o regato ficou forte e ruidoso, fluindo e saltando depressa encosta abaixo. Estavam em uma funda vala, fracamente iluminada, encoberta por árvores muito acima deles.

Depois de tropeçarem ao longo da correnteza por um certo tempo, saíram da escuridão muito de repente. Viram a luz do sol à frente como se fosse através de um portão. Chegando à abertura descobriram que haviam descido por uma fissura numa encosta alta e íngreme, quase um penhasco. No sopé havia um amplo espaço de capim e juncos; e ao longe podiam divisar outra margem, quase igualmente íngreme. Uma tarde dourada, com tardia luz do sol, repousava quente e sonolenta sobre o terreno oculto entre as duas. No meio serpenteava, preguiçoso, um rio escuro de água parda, ladeado com antigos salgueiros, coberto por salgueiros, bloqueado com salgueiros caídos e manchado com milhares de folhas desbotadas de salgueiro. O ar estava denso com elas, esvoaçando amarelas dos galhos; pois uma brisa morna e suave soprava mansamente no vale, e os juncos farfalhavam, e os ramos de salgueiro rangiam.

"Bem, pelo menos agora tenho alguma ideia de onde estamos!", disse Merry. "Viemos quase na direção oposta da que pretendíamos. Este é o Rio Voltavime! Vou em frente para explorar."

Avançou para a luz do sol e desapareceu no capim alto. Algum tempo depois, reapareceu e relatou que havia terreno bastante sólido entre o sopé do penhasco e o rio; em alguns lugares a grama firme descia até a beira da água. "No mais," disse ele, "parece que há algo como um caminho fazendo curvas deste lado do rio. Se virarmos para a esquerda e o seguirmos, certamente acabaremos saindo pelo lado leste da Floresta."

"Imagino que sim!", assentiu Pippin. "Quer dizer, se a trilha chegar até lá, e não nos conduzir apenas a um lodaçal e lá nos deixar. Quem fez a trilha, você acha, e por quê? Tenho certeza de que não foi em nosso benefício. Estou começando a suspeitar muito desta Floresta e de tudo o que há nela e a acreditar em todas as histórias sobre ela. E você faz ideia do quanto teremos de avançar para leste?"

"Não," disse Merry, "não faço. Não sei nem em que ponto do Voltavime estamos, ou quem haveria de vir aqui com frequência o bastante para fazer uma trilha em sua margem. Mas não há outra saída que eu possa ver ou imaginar."

Já que não havia alternativa, saíram enfileirados, e Merry os levou à trilha que tinha descoberto. Em toda a parte os juncos e capins eram exuberantes e altos, às vezes bem acima de suas cabeças; mas a trilha, uma vez encontrada, era fácil de seguir, dando voltas e se torcendo, escolhendo o solo mais seguro entre os lodaçais e as lagoas. Aqui e ali ela passava sobre outros regatos que desciam por valas rumo ao Voltavime, vindos das terras mais altas da floresta, e nesses pontos havia troncos de árvore ou feixes de galharia cuidadosamente dispostos.

Os hobbits começaram a sentir muito calor. Exércitos de moscas de todos os tipos zumbiam em torno de seus ouvidos, e o sol da tarde lhes queimava as costas. Finalmente chegaram, de repente, a uma tênue sombra; grandes galhos cinzentos atravessavam por cima da trilha. Cada passo à frente tornava-se mais relutante que o anterior. Parecia que uma sonolência se insinuava do chão, lhes subia pelas pernas e caía de mansinho do ar sobre suas cabeças e olhos.

Frodo sentiu o queixo cair e a cabeça inclinar-se. Logo diante dele, Pippin caiu para a frente, de joelhos. Frodo parou. "Não adianta", ouviu Merry dizer. "Não posso dar mais um passo sem descansar. Preciso cochilar. É fresco embaixo dos salgueiros. Menos moscas!"

Frodo não gostou de como isso soava. "Vamos lá!", exclamou. "Não podemos cochilar ainda. Precisamos nos livrar da Floresta primeiro." Mas os demais já tinham passado do ponto e não se importavam. Ao lado deles, Sam estava de pé, bocejando e piscando como bobo.

De repente o próprio Frodo sentiu que o sono o dominava. Sua cabeça girava. Já não parecia haver quase nenhum som no ar. As moscas tinham parado de zumbir. Só um ruído suave no limiar da audição, uma palpitação leve, como de uma canção meio sussurrada, parecia mexer-se nos ramos acima. Ele ergueu os olhos pesados e viu, inclinando-se sobre ele, um enorme salgueiro, velho e grisalho. Parecia enorme, com galhos espalhados que subiam como braços estendidos, com muitas mãos de dedos compridos, e seu tronco nodoso e torcido se abria em largas fissuras que rangiam baixinho à medida que os ramos se mexiam. As folhas esvoaçando diante do céu claro ofuscaram-no, e ele desabou, jazendo onde caíra na grama.

Merry e Pippin arrastaram-se para diante e se deitaram com as costas apoiadas no tronco do salgueiro. Atrás deles as grandes rachaduras se escancararam para recebê-los enquanto a árvore oscilava e rangia. Ergueram os olhos para as folhas cinzentas e amarelas, movendo-se devagar diante da luz e cantando. Fecharam os olhos, e então pareceu que quase conseguiam ouvir palavras, palavras serenas, dizendo algo sobre água e sono. Renderam-se ao encanto e adormeceram profundamente ao pé do grande salgueiro cinzento.

Frodo ficou algum tempo deitado, lutando contra o sono que o dominava; então, com um esforço, pôs-se outra vez de pé com dificuldade. Sentia um desejo irresistível por água fresca. "Espere por mim, Sam", balbuciou. "Preciso banhar os pés um minuto."

Meio em sonho, vagou adiante até o lado da árvore junto ao rio, onde grandes raízes recurvas cresciam rumo à correnteza, como dragonetes nodosos que se esforçassem por beber lá embaixo. Pôs-se a cavalo numa delas e balançou os pés quentes na fresca água parda; e ali também ele adormeceu de repente, encostado à árvore.

Sam sentou-se e coçou a cabeça, e arreganhou a boca num bocejo cavernoso. Estava preocupado. A tarde estava avançando, e ele achava incomum sua súbita sonolência. "Tem mais por trás disto que sol e ar morno", murmurou consigo. "Não gosto desta arvorezona grande. Não confio nela. Escute como está cantando sobre sono agora! Isso não vai ficar assim!"

Ergueu-se de pé e saiu cambaleando, para ver o que fora feito dos pôneis. Descobriu que dois haviam perambulado certa distância ao longo da trilha; e acabara de apanhá-los e trazê-los de volta com os outros quando ouviu dois ruídos; um alto e o outro suave, mas muito nítido. Um era como o impacto de algo pesado caindo na água; o outro era um ruído como o estalo de uma fechadura quando uma porta se fecha depressa e em silêncio.

Correu de volta para a margem. Frodo estava na água perto da beira, e uma grande raiz de árvore parecia estar sobre ele, apertando-o para baixo, mas ele não resistia. Sam o agarrou pela jaqueta e o arrancou de debaixo da raiz; depois, com dificuldade, trouxe-o para a margem. Ele acordou quase de imediato, tossiu e cuspiu.

"Sabe, Sam," disse ele por fim, "a árvore desgraçada me *jogou* na água! Senti isso. A raiz grande simplesmente se torceu e me derrubou!"

"Imagino que estava sonhando, Sr. Frodo", respondeu Sam. "Não devia sentar num lugar assim se está sonolento."

"E os outros?", perguntou Frodo. "Pergunto-me que espécie de sonhos eles estão sonhando."

Deram a volta ao outro lado da árvore, e então Sam compreendeu o estalido que ouvira. Pippin sumira. A fenda junto à qual se deitara tinha fechado de forma que não se via nem uma fresta. Merry fora apanhado: outra fenda se fechara em sua cintura; as pernas estavam para fora, mas o restante dele estava dentro de uma abertura sombria cujas bordas agarravam como uma pinça.

Frodo e Sam golpearam primeiro o tronco onde Pippin estivera deitado. Depois esforçaram-se freneticamente para puxar e abrir as mandíbulas da fenda que segurava o pobre Merry. Foi totalmente em vão.

"Que coisa pérfida que aconteceu!", exclamou Frodo, impetuoso. "Por que foi que viemos a esta Floresta pavorosa? Queria que estivéssemos todos de volta em Cricôncavo!" Chutou a árvore com toda a força, sem atentar para seus próprios pés. Um tremor quase imperceptível percorreu o tronco e subiu aos galhos; as folhas farfalharam e sussurraram, mas agora com um som de riso fraco e longínquo.

"Acha que temos um machado na nossa bagagem, Sr. Frodo?", perguntou Sam.

"Eu trouxe uma machadinha para cortar lenha", disse Frodo. "Não iria adiantar muito."

"Espere um minuto!", exclamou Sam, que tivera uma ideia sugerida pela lenha. "Podemos fazer alguma coisa com fogo!"

"Podemos", disse Frodo, duvidoso. "Podemos conseguir assar Pippin vivo lá dentro."

"Podemos tentar machucar ou assustar esta árvore, pra começar", sugeriu Sam ferozmente. "Se ela não os soltar eu a derrubo, mesmo que precise roê-la." Correu até os pôneis e logo voltou com duas pederneiras e uma machadinha.

Rapidamente juntaram capim seco, folhas e fragmentos de casca; e fizeram uma pilha de ramos quebrados e paus cortados. Encostaram-nos no tronco, do lado oposto dos prisioneiros. Assim que Sam fez uma faísca no pavio, este atiçou o capim seco, e ergueu-se um redemoinho de chamas e fumaça. Os ramos estalaram. Pequenos dedos de fogo lamberam a casca seca e retalhada da antiga árvore e a chamuscaram. Um tremor percorreu todo o salgueiro. As folhas pareciam chiar sobre suas cabeças com um som de dor e raiva. Merry deu um berro alto, e do âmago da árvore ouviram Pippin dando um grito abafado.

"Apaguem! Apaguem!", gritou Merry. "Ele vai me espremer em dois se não apagarem. Ele disse!"

"Quem? O quê?", gritou Frodo, dando a volta correndo para o outro lado da árvore.

"Apaguem! Apaguem!", implorou Merry. Os ramos do salgueiro começaram a oscilar violentamente. Houve um som como de vento começando a soprar e se espalhando para fora, aos ramos das outras árvores em volta, como se tivessem soltado uma pedra na tranquila soneca do vale do rio e produzido ondulações de raiva que percorriam toda a Floresta. Sam chutou a pequena fogueira e pisoteou as fagulhas. Mas Frodo, sem ideia clara por que o fazia, ou o que esperava, correu ao longo da trilha gritando "socorro! socorro! socorro!" Parecia-lhe que mal conseguia ouvir o som de sua própria voz esganiçada: ela era soprada para longe dele pelo vento do salgueiro e se afogava num clamor de folhas assim que as palavras saíam de sua boca. Sentia-se desesperado: perdido e insensato.

De repente parou. Havia uma resposta, ou pensou assim; mas ela parecia vir de trás dele, pela trilha, mais de dentro da Floresta. Virou-se e escutou, e logo não teve dúvida: alguém cantava uma canção; uma voz profunda e contente cantava despreocupada e feliz, mas cantava disparates:

> *Bim, bão! balalão! badala, carrilhão!*
> *Badala ali! salta aqui! debaixo do chorão!*
> *Bom Tom, alegre Tom, Bombadil bom!*[B]

Meio esperançosos e meio temendo algum novo perigo, Frodo e Sam estavam ambos imóveis. De súbito, do meio de uma longa fieira de palavras disparatadas (assim pareciam) a voz se ergueu, alta e clara, e irrompeu nesta canção:

> *Ei! Vem, balalão! alazão! Docinho!*
> *Leve é o vento e o emplumado estorninho.*
> *Lá debaixo da Colina, à luz do sol brilhando,*
> *Na soleira a fria luz dos astros esperando,*
> *Lá minha dama está, filha da Mulher do Rio,*
> *Mais clara que a água, como o salgueiro esguio.*
> *Dom Tom Bombadil, trazendo lírios d'água,*
> *Volta a casa a saltar. Seu canto afasta a mágoa.*
> *Ei! Vem, balalão! alazão! Contente!*
> *Fruta d'Ouro, Fruta d'Ouro, bela e florescente!*
> *Velho Salgueiro, recolhe tua raiz!*
> *Tom está com pressa e a noite por um triz.*
> *Tom volta a casa trazendo lírios d'água.*
> *Ei! Vem, alazão! Meu canto afasta a mágoa.*[C]

Frodo e Sam estavam como que encantados. O vento parou numa lufada. As folhas estavam outra vez suspensas em galhos rígidos. Houve outra explosão de cantoria, e então, de repente, saltitando e dançando ao longo da trilha, surgiu acima dos juncos um velho chapéu surrado de copa alta, com uma longa pena azul enfiada na fita. Com mais um pulinho e um salto viu-se um homem, ou assim parecia. Fosse como fosse, era grande e pesado demais para ser um hobbit, porém não alto o bastante para ser do Povo Grande, se bem que fazia barulho suficiente para ser um, pisoteando com grandes botas amarelas nas pernas grossas e irrompendo pelo capim e pelos juncos como uma vaca descendo para beber. Tinha um casaco azul e uma longa barba castanha; os olhos eram azuis e brilhantes, e o rosto era vermelho como uma maçã madura, mas sulcada por uma centena de rugas de riso. Nas mãos ele levava, sobre uma grande folha, como se fosse uma bandeja, um montículo de nenúfares brancos.

"Socorro!", gritaram Frodo e Sam, correndo em sua direção com as mãos estendidas.

"Ôa! Ôa! Calma aí!", exclamou o velho, erguendo uma mão, e eles se detiveram como se tivessem sido imobilizados. "Ora, rapazinhos, aonde vão vocês, soprando como um fole? Que problema vocês têm? Sabem quem sou eu? Sou Tom Bombadil. Digam o que aflige! Tom agora está com pressa. Não esmaguem os nenúfares!"

"Meus amigos estão presos no salgueiro", exclamou Frodo, sem fôlego.

"O Mestre Merry está sendo esmagado numa fenda!", exclamou Sam.

"O quê?", gritou Tom Bombadil, dando um salto no ar. "O Velho Salgueiro! Nada pior que isso, hein? Isso se conserta. Sei uma canção para ele. Velho Salgueiro cinza! Esfriarei seu tutano se não se comportar. Cantarei suas raízes fora. Chamo vento com canção, sopro folha e galho. Velho Salgueiro!"

Pousando os nenúfares com cuidado na grama, ele correu até a árvore. Ali viu os pés de Merry ainda aparecendo — o restante já fora puxado mais para dentro. Tom encostou a boca na fenda e começou a cantar para dentro, em voz baixa. Não conseguiam distinguir as palavras, mas evidentemente Merry reanimou-se. Começou a espernear. Tom se afastou com um salto e, quebrando um ramo pendente, bateu com ele no flanco do salgueiro. "Deixe-os sair agora, Velho Salgueiro!", disse ele. "O que está pensando? Não devia estar desperto. Coma terra! Cave fundo! Beba água! Vá dormir! É Bombadil quem fala!" Então agarrou os pés de Merry e o puxou para fora da fenda, que se alargou subitamente.

Houve um rangido dilacerante, e a outra fenda se abriu e dela saltou Pippin, como se tivesse sido chutado. Então, com um estalo alto, ambas as fendas voltaram a se fechar firmemente. Um tremor percorreu a árvore da raiz à copa, e fez-se silêncio completo.

"Obrigado!", disseram os hobbits, um após o outro.

Tom Bombadil irrompeu em risada. "Bem, meus rapazinhos!", disse ele, curvando-se para lhes olhar no rosto. "Venham comigo à minha casa! A mesa está posta, creme amarelo, favo, pão branco e manteiga. Fruta d'Ouro aguarda. Tem tempo para perguntas à mesa do jantar. Sigam atrás de mim tão depressa quanto puderem!" Com isso apanhou os nenúfares e então, chamando-os com um aceno de mão, saiu saltitando e dançando pela trilha rumo ao leste, ainda cantando alto e disparatado.

Surpresos e aliviados demais para falar, os hobbits o seguiram o mais depressa que puderam. Mas não foi depressa o bastante. Tom logo desapareceu à frente deles, e o ruído de sua canção se tornou mais fraco e longínquo. Subitamente sua voz veio flutuando de volta para eles, num grande alô!

> *Vão saltando, amiguinhos, pelo Voltavime!*
> *Tom acende velas contra a treva que oprime.*
> *O Sol se põe no oeste: então a tristeza aperta.*
> *Caindo as sombras da noite, a porta será aberta,*
> *Através das vidraças a luz virá amarela.*
> *Não temam amieiro nem salgueiro que apela!*
> *Não temam ramo ou raiz! É Tom que vai à frente.*
> *Ei! vem, balalão! Esperam pela gente!*[D]

Depois disso os hobbits nada mais ouviram. Quase de imediato o sol pareceu se esconder entre as árvores atrás deles. Pensaram na luz oblíqua da tarde rebrilhando no Rio Brandevin e nas janelas de Buqueburgo começando a lampejar com centenas de luzes. Grandes sombras caíram sobre eles; troncos e ramos de árvores pendiam sobre a trilha, escuros e ameaçadores. Névoas brancas começaram a subir e se enrodilhar na superfície do rio e a vagar em torno das raízes das árvores nas suas margens. Do próprio solo a seus pés elevou-se um vapor sombrio e misturou-se ao crepúsculo, que caía rapidamente.

A trilha tornou-se difícil de seguir, e eles estavam muito cansados. Suas pernas pareciam de chumbo. Estranhos ruídos furtivos corriam entre os arbustos e juncos de ambos os lados; e quando erguiam os olhos para o céu pálido avistavam estranhos rostos, retorcidos e nodosos, que assomavam escuros diante da penumbra e os olhavam maliciosamente da margem alta e das bordas da mata. Começaram a sentir que toda aquela região era irreal e que tropeçavam através de um sonho agourento que não levava a nenhum despertar.

Quando já sentiam os pés reduzindo o passo e chegando à imobilidade, notaram que o terreno se elevava suavemente. A água começou a murmurar. Na escuridão perceberam o brilho branco da espuma onde o rio corria sobre uma breve queda d'água. Então, de súbito, as árvores acabaram, e as névoas ficaram para trás. Saíram da Floresta e deram com uma ampla área gramada que brotava diante deles. O rio, pequeno e veloz àquela altura, descia alegre ao encontro deles, reluzindo aqui e ali à luz das estrelas, que já brilhavam no céu.

A grama sob os seus pés era lisa e curta, como se tivesse sido podada ou rapada rente. As beiradas da Floresta eram recortadas e aparadas como uma sebe. Agora a trilha estava nítida diante deles, bem cuidada e ladeada de pedras. Fazia curvas subindo até o topo de um outeiro gramado, cinzento agora na noite pálida e estrelada; e ali, ainda acima deles em mais uma encosta, viram piscar as luzes de uma casa. A trilha desceu outra vez, depois subiu de novo, subiu por uma longa encosta lisa de relva, rumo à luz. De repente um largo feixe amarelo brotou claro de uma porta que foi aberta. Ali estava a casa de Tom Bombadil diante deles, sobe, desce, sob o morro. Atrás dela um aclive íngreme do terreno se estendia, cinzento e sem vegetação, e, além dele, as formas escuras das Colinas-dos-túmulos entravam pela noite oriental a dentro.

Todos correram adiante, hobbits e pôneis. Metade de sua exaustão e todos os seus temores já os haviam abandonado. *Ei! vem, balalão!* ressoou a canção para saudá-los.

> *Ei! Vem, alazão! Que caras são estas?*
> *Hobbits e pôneis, todos gostam de festas.*
> *Vamos nos divertir! Juntos cantemos!*[E]

Então outra voz clara, jovem e antiga como a Primavera, como a canção de água contente que vem fluindo na noite desde uma manhã luminosa nas colinas, veio caindo como prata ao seu encontro:

> *A canção que comece! Juntos cantemos*
> *Sol, astro, lua e névoa, chuva e vapor que vemos,*
> *Orvalho na pena, luz nos ramos extremos,*
> *Vento na colina, no campo os crisantemos,*[1]
> *Lírios sobre a água, juncos no lago sombrio:*
> *Dom Tom Bombadil e a Filha do Rio!*[F]

E com essa canção os hobbits se viram na soleira da porta, e uma luz dourada brilhava a toda a sua volta.

---

[1] Para manter a sonoridade do poema, optou-se por não acentuar a palavra "crisântemos". [N. T.]

7

Na Casa de Tom Bombadil

Os quatro hobbits passaram sobre a larga soleira de pedra e se detiveram, piscando. Estavam em um recinto comprido e baixo, repleto da luz de lampiões que balançavam nas vigas do teto, e na mesa de madeira escura polida havia muitas velas, altas e amarelas, que queimavam com luz intensa.

Numa cadeira, do lado oposto da sala diante da porta de entrada, estava sentada uma mulher. Seus longos cabelos amarelos lhe desciam ondulados pelos ombros; seu vestido era verde, verde como juncos jovens, pontilhado de prata como contas de orvalho; e seu cinto era de ouro, em forma de uma corrente de lírios guarnecida de olhos azuis-claros de miosótis. Ao redor de seus pés, em amplos vasos de cerâmica verde e marrom, flutuavam nenúfares brancos, de forma que ela parecia entronizada no meio de uma lagoa.

"Entrem, bons visitantes!", disse ela, e quando falou eles perceberam que era dela a voz clara que tinham ouvido cantando. Com alguns passos tímidos penetraram mais no recinto e começaram a fazer profundas mesuras, sentindo-se estranhamente surpresos e desajeitados, como gente que, batendo à porta de um chalé para pedir um gole d'água, se depara com uma bela e jovem rainha-élfica, trajada de flores vivas. Mas antes que pudessem dizer qualquer coisa ela se levantou com um leve salto, passou por cima das vasilhas de nenúfares e correu na direção deles, rindo; e ao correr, seu vestido farfalhava suavemente, como o vento nas margens floridas de um rio.

"Venham, cara gente!", prosseguiu ela, tomando Frodo pela mão. "Riam e se alegrem! Eu sou Fruta d'Ouro, filha do Rio." Então passou por eles com leveza e, fechando a porta, deu-lhe as costas com os braços alvos estendidos diante dela. "Vamos deixar a noite lá fora!", prosseguiu. "Pois vocês ainda temem, quem sabe, a névoa, e as sombras das árvores, e a água funda, e os seres indóceis. Nada temam! Pois hoje à noite estão sob o teto de Tom Bombadil."

Os hobbits olharam-na admirados; e ela olhou para cada um deles e sorriu. "Bela senhora Fruta d'Ouro!", disse Frodo por fim, sentindo o coração movido por uma alegria que não compreendia. Estava ali de pé, como às vezes estivera, encantado por belas vozes-élficas; mas o feitiço que agora repousava sobre ele era diferente: menos incisivo e exaltado era o deleite, porém mais profundo e mais próximo do coração mortal; maravilhoso, mas não estranho. "Bela senhora Fruta d'Ouro!", disse outra vez. "Agora está clara para mim a alegria que se escondia nas canções que ouvimos.

> *Ó clara como água! Do salgueiro ramo esguio!*
> *Junco no lago vivo! Bela Filha do Rio!*
> *Primavera e verão, de novo primavera!*
> *Vento na cachoeira, folha que a rir me espera!"*[A]

Parou de repente e gaguejou, dominado pela surpresa de se ouvir dizendo tais coisas. Mas Fruta d'Ouro riu.

"Bem-vindo!", comentou ela. "Eu não tinha ouvido que a gente do Condado tinha línguas tão doces. Mas vejo que você é um Amigo-dos--Elfos; a luz em seus olhos e o timbre de sua voz o revelam a mim. Este é um encontro festivo! Sente-se agora e espere pelo Mestre da casa! Não vai demorar. Está cuidando de seus animais cansados."

Os hobbits sentaram-se de bom grado em cadeiras baixas, de assentos de junco, enquanto Fruta d'Ouro se ocupava com a mesa; e seus olhos a seguiam, pois a esbelta graça de seu movimento os enchia de deleite tranquilo. De algum lugar atrás da casa veio o som de alguém cantando. Vez por outra escutaram, entre muitos *vem, alazão* e *vem, balalão* e *badala, carrilhão*, as palavras repetidas:

> *Dom Tom Bombadil gosta de chacota;*
> *Azul-claro é o paletó, amarela a bota.*[B]

"Bela senhora!", disse Frodo outra vez, algum tempo depois. "Conte--me, se minha pergunta não parece tola, quem é Tom Bombadil?"

"Ele é", respondeu Fruta d'Ouro, interrompendo seus movimentos rápidos e sorrindo.

Frodo fitou-a com olhar de interrogação. "Ele é, assim como você o viu", afirmou ela em resposta ao olhar dele. "Ele é o Mestre do bosque, da água e da colina."

"Então toda esta terra estranha lhe pertence?"

"Não de fato!", respondeu ela, e seu sorriso se apagou. "Isso seria um fardo deveras", acrescentou em voz baixa, como que para si mesma. "As árvores e os capins e todas as coisas que crescem ou vivem na terra pertencem cada um a si mesmo. Tom Bombadil é o Mestre. Ninguém jamais apanhou o velho Tom caminhando na floresta, chapinhando na água, saltando no alto dos morros sob luz e sombra. Ele não tem medo. Tom Bombadil é mestre."

Uma porta se abriu, e Tom Bombadil entrou. Agora estava sem chapéu, e seus espessos cabelos castanhos estavam coroados com folhas de outono. Ele riu e, chegando-se a Fruta d'Ouro, tomou-a pela mão.

"Eis minha linda senhora!", disse ele, inclinando-se diante dos hobbits. "Eis minha Fruta d'Ouro, traje todo em prata e verde, flores no seu cinto! A mesa está posta? Eis creme amarelo, favo, pão branco e manteiga; leite, queijo, ervas verdes, frutas bem maduras. Isso nos basta assim? Pronto está o jantar?"

"Está", assentiu Fruta d'Ouro; "mas quem sabe os visitantes não estão?"

Tom bateu palmas e exclamou: "Tom, Tom! Estão cansados, quase você esquece! Venham já, meus bons amigos, Tom vai renová-los! Limpem as sujas mãos, lavem os seus rostos; tirem a capa imunda, arrumem os cabelos!"

Abriu a porta, e eles o seguiram por um curto corredor, passando por um canto abrupto. Chegaram a um recinto baixo de teto inclinado (um alpendre, ao que parecia, agregado à extremidade norte da casa). As paredes eram de pedra limpa, mas em sua maioria estavam cobertas de esteiras verdes suspensas e cortinas amarelas. O piso era de lajes, e juncos verdes frescos estavam espelhados sobre ele. Havia quatro colchões grossos, cada um com cobertores brancos empilhados, postos no chão ao longo de um dos lados. Na parede oposta havia um banco comprido com largas bacias de cerâmica, e, junto a ele, estavam jarros marrons cheios d'água, alguns frios e outros fumegantes. Chinelos verdes macios estavam dispostos ao lado de cada cama.

Logo depois, lavados e refeitos, os hobbits estavam sentados à mesa, dois de cada lado, e nas extremidades sentavam-se Fruta d'Ouro e o Mestre. Foi uma refeição longa e jovial. Apesar de os hobbits comerem do jeito que só hobbits famintos conseguem, nada lhes faltou. A bebida em suas canecas parecia água límpida e fria, porém encheu-lhes o coração como vinho e libertou-lhes as vozes. De súbito, os visitantes se deram conta de que estavam cantando alegremente, como se isso fosse mais fácil e mais natural que falar.

Por fim, Tom e Fruta d'Ouro se levantaram e limparam a mesa depressa. Mandaram os visitantes ficarem sentados, e eles foram instalados em cadeiras, cada um com um banquinho para os pés cansados. Havia fogo na ampla lareira diante deles, e ele queimava com um aroma doce, como se fosse feito com madeira de macieira. Quando estava tudo posto em ordem, foram apagadas todas as luzes da sala, exceto por um lampião e um par de velas nas pontas do consolo da lareira. Então Fruta d'Ouro se postou à frente deles com uma vela nas mãos e desejou a cada um uma boa noite e um sono profundo.

"Agora fiquem em paz," disse ela, "até a manhã! Que o ruído da noite não os perturbe! Pois aqui nada passa pela porta e pela janela, a não ser o luar, a luz das estrelas e o vento do alto da colina. Boa noite!" Saiu do recinto com um lampejo e um farfalhar. O som de suas passadas era como um regato descendo suave pela encosta, por cima de pedras frias, no silêncio da noite.

Tom ficou algum tempo sentado em silêncio ao lado deles, enquanto cada um tentava reunir a coragem de fazer uma das muitas perguntas que pretendia fazer no jantar. O sono se acumulava nas suas pálpebras. Por fim Frodo falou:

"Você me ouviu chamando, Mestre, ou foi só o acaso que o trouxe naquele momento?"

Tom mexeu-se, como alguém que desperta agitado de um sonho agradável. "Eh, o quê?", disse ele. "Eu o ouvi chamando? Não, eu não ouvi: o canto me ocupava. O acaso me levou, se dizem que é acaso. Não foi plano meu, se bem que o esperava. Notícias já ouvimos, soubemos que vagavam. Achamos que vinham logo descendo até a água: toda trilha lá conduz para o Voltavime. Velho Salgueiro cinza é cantor pujante; é difícil pros pequenos fugir de sua armadilha. Mas Tom tinha sua tarefa que ele não impediu." Tom cabeceou como se o sono o estivesse dominando de novo; mas prosseguiu com voz suave e cantante:

> *Esta era minha tarefa: colher lírios d'água,*
> *folhas verdes, lírios brancos, agrado à bela senhora,*
> *os últimos do fim do ano, a proteger do inverno,*
> *florindo a seus belos pés até sumir a neve.*
> *Todo ano, ao fim do verão, para ela vou buscá-los,*
> *em ampla lagoa, funda e clara, descendo o Voltavime;*
> *lá primeiro abrem no ano, lá mais tempo duram.*
> *Nessa lagoa há muito tempo achei a Filha do Rio,*
> *a bela e jovem Fruta d'Ouro sentada entre os juncos.*
> *Cantava docemente e o coração batia forte!*[C]

Abriu os olhos e fitou-os com um súbito lampejo azul:

> *Vocês tiveram sorte — pois agora não vou mais*
> *descer assim tão longe seguindo o rio do bosque,*
> *não enquanto finda o ano. Nem hei de passar*
> *na casa do Salgueiro antes da primavera,*
> *a alegre primavera quando a Filha do Rio*
> *dançando desce a trilha e se banha no baixio.*[D]

Calou-se outra vez; mas Frodo não pôde se abster de fazer mais uma pergunta: aquela cuja resposta ele mais desejava. "Conte-nos, Mestre," disse ele, "sobre o Salgueiro. O que é ele? Nunca ouvi falar dele antes."

"Não, não conte!", exclamaram Merry e Pippin ao mesmo tempo, sentando-se eretos de repente. "Não agora! Não antes que seja manhã!"

"Isso está certo!", assentiu o velho. "Agora é descanso. Há coisas que não se devem ouvir quando o mundo é sombra. Durmam até a manhã, repousem no travesseiro! Ruído à noite não escutem! Salgueiro gris não temam." E com isso arriou o lampião, o apagou com um sopro e, pegando uma vela em cada mão, conduziu-os para fora da sala.

Seus colchões e travesseiros eram macios como plumas, e os cobertores eram de lã branca. Mal se haviam deitado nas camas espessas e puxado as mantas leves e já tinham adormecido.

No meio da noite, Frodo estava deitado, num sonho sem luz. Então viu nascer a lua nova: à sua luz delgada erguia-se diante dele um muro negro de rocha, perfurado por um arco escuro semelhante a um grande portão. A Frodo pareceu que o erguiam, e passando por cima ele viu que o muro era um círculo de colinas, e que no interior havia uma planície, e no meio desta se erguia um pináculo de pedra, como uma enorme torre, porém não feita por mãos. No topo estava o vulto de um homem. A lua, à medida que subia, pareceu por um momento estar suspensa sobre sua cabeça e rebrilhava em seus cabelos brancos, que eram agitados pelo vento. Da planície escura lá embaixo subiam gritos de vozes cruéis e o uivo de muitos lobos. De súbito uma sombra, como a forma de grandes asas, passou diante da lua. O vulto ergueu os braços, e uma luz brilhou no cajado que empunhava. Uma enorme águia desceu em mergulho e o carregou. As vozes se lamentaram, e os lobos choramingaram. Veio um ruído, como o sopro de forte vento, e trouxe o som de cascos, galopando, galopando, galopando desde o Leste. "Cavaleiros Negros!", pensou Frodo ao despertar, com o som dos cascos ainda ecoando em sua mente. Perguntou-se se algum dia voltaria a ter coragem de deixar a segurança daquelas paredes de pedra. Ficou deitado imóvel, ainda escutando; mas tudo já estava em silêncio, e por fim ele se virou e caiu outra vez no sono, ou vagou em algum outro sonho não recordado.

Ao lado dele, Pippin tinha sonhos agradáveis; mas eles sofreram uma mudança, e ele se virou e gemeu. De repente acordou, ou pensou ter acordado, e, no entanto, ainda ouvia no escuro o som que lhe perturbara o sono: *tip-tap, quic* — o ruído era como de galhos trasteando ao vento, dedos de ramos arranhando a parede e a janela: *cric, cric, cric*. Perguntou-se se havia salgueiros perto da casa; e então, de repente, teve a sensação terrível de que nem estava em uma casa comum, e sim dentro do salgueiro, escutando aquela horrível voz seca e rangente, rindo-se dele outra vez. Sentou-se, sentiu os travesseiros macios cedendo às mãos e deitou-se de novo aliviado. Parecia ouvir o eco de palavras em seus ouvidos: "Não temam! Fiquem em paz até a manhã! Ruído à noite não escutem!" Então voltou a dormir.

Foi o som de água que Merry ouviu caindo em seu sono tranquilo: água caindo suavemente e depois espalhando-se, espalhando-se irresistivelmente em volta de toda a casa, em uma escura lagoa sem margens. Ela gorgolejava sob as paredes e subia de modo lento, mas constante. "Vou me afogar!", pensou ele. "Ela vai dar um jeito de entrar, aí vou me afogar." Sentiu-se deitado em um lodaçal mole e viscoso e, levantando-se de um salto, pôs o pé no canto de uma laje fria e dura. Recordou então onde estava e se deitou outra vez. Parecia ouvir, ou lembrar-se de ouvir: "Nada passa pela porta e pela janela, a não ser o luar, a luz das estrelas e o vento do alto da colina". Uma leve lufada de ar puro mexeu a cortina. Ele respirou fundo e caiu no sono de novo.

Até onde pôde se lembrar, Sam dormiu a noite toda em profundo contentamento, se é que uma pedra fica contente.

Despertaram, todos os quatro ao mesmo tempo, à luz da manhã. Tom mexia-se pelo quarto, assobiando como um estorninho. Quando ouviu que se agitavam, bateu palmas e exclamou: "Ei! Vem, balalão! alazão! Meus caros!" Abriu as cortinas amarelas, e os hobbits viram que elas cobriam as janelas em ambas as pontas do quarto, uma dando para o leste e a outra, para o oeste.

Saltaram de pé descansados. Frodo correu até a janela oriental e viu-se olhando para uma horta cinzenta com orvalho. Esperava, de certa forma, ver gramado chegando até as paredes, um gramado todo marcado de marcas de cascos. Na verdade, sua visão estava encoberta por uma alta fileira de favas em postes; mas acima delas, muito além, o cume cinzento da colina se erguia diante do sol nascente. Era uma manhã pálida: no Leste, atrás de nuvens compridas como fiapos de lã suja tingidos de vermelho nas bordas, havia reluzentes profundezas de amarelo. O céu revelava uma chuva que estava por vir; mas a luz se espalhava depressa, e as flores vermelhas das favas começaram a luzir diante das folhas verdes e úmidas.

Pippin olhou pela janela ocidental, para uma lagoa de névoa. A Floresta estava escondida debaixo de neblina. Era como olhar de cima para um telhado inclinado de nuvens. Havia uma dobra ou canal onde a névoa se partia em muitas plumas e vagas: o vale do Voltavime. O riacho descia pela colina à esquerda e desaparecia nas sombras brancas. Ali perto havia um jardim de flores e uma sebe aparada, enredada de prata, e mais além uma grama cortada cinzenta, pálida com gotas de orvalho. Não havia salgueiro à vista.

"Bom dia, alegres amigos!", exclamou Tom, escancarando a janela do leste. Ar fresco fluiu para dentro; tinha cheiro de chuva. "O sol não vai dar as caras muito hoje, creio. Estive andando por aí, saltando pelos altos, desde a madrugada gris, nariz pro vento e pro tempo, grama úmida nos pés, úmido céu por cima. Acordei Fruta d'Ouro cantando à janela; mas nada desperta hobbits de manhã bem cedo. O povo pequeno à noite desperta no escuro, e dorme quando chega a luz! Badala, carrilhão! Despertem, alegres amigos! Ruído à noite já esqueçam! Badala, carrilhão dão! dão badão, meus caros! Se vierem logo atrás encontram desjejum à mesa. Se se atrasarem é capim, água da chuva!"

Nem é preciso dizer — não que a ameaça de Tom parecesse muito séria — que os hobbits logo vieram, e saíram da mesa tarde, só quando ela estava começando a parecer bem vazia. Nem Tom nem Fruta d'Ouro estavam lá. Ouvia-se Tom pela casa, fazendo estardalhaço na cozinha, subindo e descendo as escadas, e cantando aqui e ali do lado de fora. O recinto dava para o oeste, acima do vale envolto em névoa, e a janela estava aberta. Pingava água do beiral de palha lá em cima. Antes que tivessem terminado o desjejum, as nuvens haviam-se unido em um telhado ininterrupto, e começou a descer uma chuva reta e cinzenta, suave e contínua. Por trás de sua profunda cortina, a Floresta estava completamente oculta.

Enquanto olhavam pela janela, veio até eles, caindo docilmente como se descesse do céu fluindo com a chuva, a clara voz de Fruta d'Ouro, que cantava acima deles. Conseguiam ouvir poucas palavras, mas pareceu-lhes evidente que a canção era uma canção de chuva, doce como chuviscos em colinas secas, que contava a história de um rio desde a nascente no planalto até o Mar muito abaixo. Os hobbits escutaram deleitados; e Frodo tinha o coração alegre, e abençoava o tempo clemente, porque ele atrasava sua partida. A ideia de ir embora estivera pesando sobre ele desde o momento em que despertara; mas agora acreditava que não iriam adiante naquele dia.

O vento alto assentou-se no Oeste, e nuvens mais finas e úmidas vieram rolando para derramarem sua carga de chuva nas cabeças nuas das Colinas. Em torno da casa, nada se via senão água caindo. Frodo estava parado junto à porta aberta, vendo a trilha branca de greda se transformar num riacho de leite e descer borbulhando rumo ao vale. Tom Bombadil dobrou trotando uma esquina da casa, agitando os braços como se enxotasse a chuva — e de fato, quando saltou sobre a soleira, estava bem seco, exceto pelas botas. Estas ele tirou e as pôs no canto da lareira. Então sentou-se na cadeira maior e chamou os hobbits a se reunirem em torno dele.

"É o dia de lavagem de Fruta d'Ouro", disse ele, "e de limpeza de outono. Molhado demais pros hobbits — deixe-os descansar enquanto podem! É dia bom pra contos longos, perguntas e respostas, e é Tom quem vai falando."

Contou-lhes então muitas histórias notáveis, às vezes meio que falando sozinho, às vezes fitando-os de repente com um brilhante olho azul debaixo de sobrancelhas fundas. Muitas vezes sua voz se tornava canção, e ele saía da cadeira e dançava por ali. Contou-lhes histórias de abelhas e flores, dos modos das árvores, e das estranhas criaturas da Floresta, dos seres maus e dos seres bons, seres amistosos e seres hostis, seres cruéis e seres bondosos, e segredos ocultos sob as sarças.

À medida que escutavam, começaram a compreender as vidas da Floresta à parte de si próprios, na verdade, a sentir que eles próprios eram os estranhos ali onde todos os demais seres estavam em casa. Movia-se constantemente para dentro e para fora da sua fala o Velho Salgueiro, e Frodo já estava sabendo o bastante para se contentar, na verdade mais que o bastante, pois não era um saber confortável. As palavras de Tom desnudaram os corações das árvores e seus pensamentos, que eram muitas vezes sombrios, estranhos e repletos de ódio pelos seres que andam livres sobre a terra, roendo, mordendo, quebrando, picando, queimando: destruidores e usurpadores. Não era sem motivo que ela se chamava Floresta Velha, pois era antiga de fato, uma sobrevivente de vastas matas esquecidas; e nela viviam ainda, sem envelhecer mais depressa que as colinas, os pais dos pais das árvores, recordando os tempos em que eram os senhores. Os anos incontáveis os haviam enchido de orgulho e sabedoria enraizada, e de malícia. Mas nenhum era mais perigoso que o Grande Salgueiro: seu coração era corrompido, mas sua força era verde; e era astucioso, e mestre dos ventos, e sua canção e seu pensamento percorriam as matas de ambos os lados do rio. Seu espírito cinza e sedento retirava poder da terra e se espalhava no solo, como delgados filamentos de raízes e invisíveis dedos de ramos no ar, até ter sob seu domínio quase todas as árvores da Floresta, desde a Sebe até as Colinas.

De súbito a fala de Tom deixou as matas e saiu aos saltos, subindo pelo jovem regato, sobre cascatas borbulhantes, sobre pedregulhos e rochas desgastadas, e entre florezinhas na grama densa e em recantos úmidos, vagando afinal ao alto das Colinas. Ouviram falar dos Grandes Túmulos, e dos morros verdes, e dos anéis de pedras nas colinas e nas depressões entre as colinas. Os carneiros baliam em rebanhos. Muros verdes e muros brancos se erguiam. Havia fortalezas nas elevações. Reis de pequenos reinos lutavam entre si, e o jovem Sol brilhava, como fogo no metal vermelho de suas espadas novas e ávidas. Havia vitória e derrota; e torres caíam, fortalezas eram queimadas, e chamas subiam ao céu. Ouro era empilhado nos ataúdes de reis e rainhas mortos; e morros os cobriam, e as portas de pedra se fechavam; e a grama crescia por cima de tudo. Os carneiros andavam por algum tempo mordendo a grama, mas logo as colinas estavam outra vez desertas. Uma sombra veio de lugares escuros e longínquos, e os ossos eram agitados nos morros. Cousas-tumulares caminhavam nos lugares ocos com um tinido de anéis em dedos frios, e correntes de ouro ao vento. Anéis de pedra se arreganhavam no solo como dentes quebrados ao luar.

Os hobbits estremeceram. Mesmo no Condado ouvira-se o rumor das Cousas-tumulares das Colinas-dos-túmulos além da Floresta. Mas não era uma história que algum hobbit gostasse de ouvir, mesmo junto a uma confortável lareira lá longe. Agora aqueles quatro se lembraram do que a alegria daquela casa expulsara de suas mentes: a casa de Tom Bombadil se aninhava sob a própria encosta daquelas colinas temidas. Perderam o fio da história dele e se remexeram inquietos, entreolhando-se de lado.

Quando voltaram a acompanhar as palavras dele, descobriram que já se embrenhara em estranhas regiões além da sua lembrança e além dos seus pensamentos despertos, em tempos quando o mundo era mais amplo, e os mares fluíam direto para a Praia no oeste; e Tom seguiu cantando, para lá e para cá, rumo à antiga luz das estrelas, quando somente os antepassados dos Elfos estavam despertos. Então ele parou de repente, e viram que ele cabeceava, como se estivesse adormecendo. Os hobbits estavam sentados imóveis diante dele, encantados; e pareceu que sob o encanto de suas palavras o vento se fora, e as nuvens haviam secado, e o dia fora retirado, e a escuridão tinha chegado do Leste e do Oeste, e todo o céu estava repleto da luz de estrelas brancas.

Frodo não sabia dizer se haviam passado a manhã e a tarde de um dia ou de muitos dias. Não sentia nem fome e nem cansaço, apenas um completo assombro. As estrelas brilhavam pela janela, e o silêncio dos céus parecia estar ao seu redor. Finalmente ele falou, movido por seu assombro e um súbito medo daquele silêncio:

"Quem é você, Mestre?", perguntou.

"Eh, o quê?", disse Tom, erguendo-se na cadeira e com os olhos rebrilhando no escuro. "Não sabe meu nome ainda? Só essa é a resposta. Diga quem é você, só, o mesmo e sem nome? Mas você é jovem, eu sou velho. O mais velho, é o que sou. Ouçam bem, amigos: Tom aqui esteve antes do rio e das árvores; Tom recorda a primeira gota de chuva e a primeira bolota. Fez trilhas antes do Povo Grande, viu o Povo Pequeno chegar. Esteve aqui antes dos Reis, dos túmulos e das Cousas-tumulares. Quando os Elfos foram pro oeste Tom já estava aqui, antes dos mares serem curvados. Viu a treva sob os astros quando não havia temor — antes que o Senhor Sombrio viesse de Fora."

Uma sombra pareceu passar pela janela, e os hobbits espiaram impacientes pelas vidraças. Quando se viraram outra vez, Fruta d'Ouro estava de pé na porta atrás deles, emoldurada de luz. Segurava uma vela, protegendo a chama da corrente de ar com a mão; e a luz fluía através dela como a luz do sol através de uma concha branca.

"A chuva acabou," disse ela; "e novas águas estão correndo morro abaixo, sob as estrelas. Agora vamos rir e nos contentar!"

"E vamos à comida e bebida!", exclamou Tom. "Histórias compridas dão sede. E escutar por muito tempo é tarefa faminta, manhã, tarde e noite!" Com essas palavras saltou da cadeira e, num pulo, pegou uma vela do consolo da lareira, acendendo-a na chama que Fruta d'Ouro segurava; depois dançou em torno da mesa. De súbito pulou pela porta e desapareceu.

Voltou logo trazendo uma bandeja grande e repleta. Então Tom e Fruta d'Ouro puseram a mesa; e os hobbits, sentados, meio se admiravam e meio riam: tão bela era a graça de Fruta d'Ouro e tão alegres e esquisitas as cabriolas de Tom. Porém, de algum modo, eles pareciam executar uma só dança, e nenhum impedia o outro, entrando e saindo da sala, e em volta da mesa; e com grande agilidade a comida e as vasilhas e as luzes foram postas em ordem. As prateleiras ardiam com velas brancas e amarelas. Tom fez uma mesura aos visitantes. "O jantar está pronto", disse Fruta d'Ouro; e então os hobbits viram que ela estava trajada toda de prata, com um cinto branco, e seus sapatos eram como escamas de peixe. Mas Tom estava todo de azul puro, azul como miosótis lavados pela chuva, e suas meias eram verdes.

Foi um jantar ainda melhor que antes. Os hobbits, sob o encanto das palavras de Tom, podiam ter perdido uma refeição ou muitas, mas quando a refeição estava diante deles parecia que não tinham comido há pelo menos uma semana. Por algum tempo não cantaram nem mesmo falaram muito, e ficaram muito atentos aos seus afazeres. Mas, algum tempo depois, seus corações e ânimos se reergueram, e suas vozes soaram com júbilo e riso.

Depois de comerem, Fruta d'Ouro lhes cantou muitas canções, canções que começavam alegres nas colinas e suavemente caíam no silêncio; e nos silêncios eles viam em suas mentes lagoas e águas mais largas do que já tinham conhecido, e olhando nelas viam o céu embaixo e as estrelas como joias nas profundezas. Então, mais uma vez, ela lhes desejou boa noite e os deixou junto à lareira. Mas agora Tom parecia bem desperto e os cumulou de perguntas.

Parecia já conhecer muita coisa sobre eles e todas as suas famílias e, na verdade, conhecer muito sobre toda a história e os acontecimentos do Condado, desde dias mal lembrados entre os próprios hobbits. Isso não os surpreendia mais; mas ele não escondeu que devia seu conhecimento recente em grande parte ao Fazendeiro Magote, que parecia considerar pessoa de maior importância do que eles haviam imaginado. "Há terra sob seus velhos pés, argila nos seus dedos; sabedoria nos seus ossos, e tem dois olhos abertos", disse Tom. Também era evidente que Tom tratava com os Elfos, e parecia que de algum modo recebera notícias de Gildor acerca da fuga de Frodo.

Na verdade, Tom sabia tanta coisa, e questionava de maneira tão astuta, que Frodo se viu contando mais sobre Bilbo e suas próprias esperanças e temores do que contara antes, mesmo a Gandalf. Tom balançava a cabeça para cima e para baixo, e seus olhos brilharam quando ouviu falar dos Cavaleiros.

"Mostre o precioso Anel!", disse ele subitamente, no meio da história: e Frodo, para seu próprio espanto, tirou a corrente do bolso e, desprendendo o Anel, entregou-o a Tom de imediato.

Ele pareceu crescer, jazendo por um momento em sua grande mão de pele morena. Então de repente ele o aproximou do olho e riu. Por um segundo os hobbits tiveram uma visão, ao mesmo tempo cômica e alarmante, do seu claro olho azul brilhando através de um círculo de ouro. Então Tom pôs o Anel em torno da ponta do dedo mínimo e o ergueu à luz das velas. Por um momento os hobbits não notaram nada estranho nisso. Então arquejaram. Não havia sinal de que Tom tivesse desaparecido! Tom riu outra vez e, então, rodopiou o Anel no ar — e ele sumiu num clarão. Frodo deu um grito — e Tom se inclinou para a frente e o devolveu para ele, com um sorriso.

Frodo examinou-o atentamente e com alguma suspeição (como quem emprestou um berloque a um prestidigitador). Era o mesmo Anel, ou parecia ser o mesmo e pesar o mesmo: pois esse Anel sempre parecera a Frodo estranhamente pesado na mão. Mas algo o incitou a se assegurar. Talvez estivesse um bocado aborrecido por Tom parecer tão despreocupado com algo que o próprio Gandalf considerava tão perigosamente importante. Esperou por uma oportunidade, quando a conversa prosseguiu, e Tom contava uma história absurda sobre texugos e seus modos estranhos — então colocou o Anel.

Merry voltou-se em sua direção para dizer alguma coisa, teve um sobressalto e conteve uma exclamação. Frodo estava contente (de certo modo): era seu próprio anel afinal de contas, pois Merry fitava sua cadeira perplexo e, obviamente, não conseguia vê-lo. Levantou-se e se esgueirou em silêncio de junto da lareira para a porta externa.

"Ei, você!", exclamou Tom, olhando para ele, tendo nos olhos brilhantes uma expressão de quem enxerga muito bem. "Ei! Venha, Frodo, você! Aonde está indo? O velho Tom Bombadil ainda não é cego. Tire o anel de ouro! A mão fica melhor sem ele. Volte! Deixe de chiste e sente ao meu lado! Vamos falar mais um pouco, pensar sobre amanhã. Tom ensina a estrada certa pros seus pés não se perderem."

Frodo riu (tentando sentir-se satisfeito) e, tirando o Anel, voltou e sentou-se de novo. Tom então lhes disse que calculava que o Sol fosse brilhar no dia seguinte, e que seria uma linda manhã, e que a partida seria esperançosa. Mas fariam bem em sair cedo; pois naquela região o tempo era algo de que o próprio Tom não podia ter grande certeza, e às vezes mudava mais depressa do que ele conseguia trocar de jaqueta. "Não sou mestre do clima", disse ele; "nem ninguém que anda em duas pernas é."

A conselho dele, decidiram rumar quase diretamente para o Norte ao saírem de sua casa, sobre as encostas ocidentais e mais baixas das Colinas: desse modo esperavam dar com a Estrada Leste em um dia de viagem e evitar os Túmulos. Ele lhes disse que não tivessem medo — mas que se concentrassem em seus próprios afazeres.

"Fiquem na grama verde. Não se intrometam com pedra velha ou Cousas frias, nem espreitem suas casas, só se fossem gente forte de coração robusto!" Disse isso mais de uma vez; e aconselhou-os a passarem pelos túmulos do lado oeste, se acontecesse de se verem junto a um deles. Depois ensinou-lhes um poema para ser cantado caso por azar caíssem em algum perigo ou dificuldade no dia seguinte.

Ó! Tom Bombadil, Tom Bombarqueiro!
Pela água, bosque e morro, caniço e salgueiro,
Pelo fogo, sol e lua, ouçam nosso grito!
Tom Bombadil, nos salve do apuro aflito![E]

Quando todos tinham cantado depois dele, ele deu um tapinha nas costas de cada um, rindo, e pegando as velas levou-os de volta ao quarto de dormir.

8

Neblina nas Colinas-dos-Túmulos

Naquela noite não ouviram ruídos. Mas, em seus sonhos ou fora deles, não sabia onde, Frodo escutou uma suave canção percorrendo-lhe a mente: uma canção que parecia vir feito luz pálida detrás de uma cortina de chuva cinzenta, e que crescia para transformar o véu todo em vidro e prata, até que este finalmente se abrisse e se descortinasse diante dele uma longínqua paisagem verde sob um breve nascer do sol.

A visão se desfez ao despertar; e ali estava Tom, assobiando como uma árvore cheia de pássaros; e o sol já se inclinava colina abaixo, através da janela aberta. Lá fora tudo era verde e ouro pálido.

Após o desjejum, que outra vez comeram sozinhos, aprestaram-se para dizer adeus, com os corações tão pesados quanto era possível numa manhã assim: fria, luminosa e limpa debaixo de um céu outonal lavado, de azul tênue. O ar vinha fresco do Noroeste. Seus pôneis tranquilos estavam quase brincalhões, farejando e mexendo-se sem parar. Tom saiu da casa, acenou com o chapéu e dançou na soleira, mandando os hobbits se erguerem, partirem e saírem em boa marcha.

Cavalgaram ao longo de uma trilha que fazia curvas atrás da casa e subiram pela encosta rumo à extremidade norte do topo da colina que a abrigava. Tinham acabado de apear para conduzir os pôneis pelo último aclive íngreme quando Frodo parou de repente.

"Fruta d'Ouro!", exclamou ele. "Minha bela senhora trajada toda de verde-prateado! Não nos despedimos dela, nem a vimos desde a tardinha!" Estava tão aflito que voltou atrás, mas nesse momento um chamado nítido desceu ondulando. Ali estava ela no topo da colina, acenando para eles: os cabelos voavam soltos e luziam e rebrilhavam ao captar o sol. Uma luz, semelhante ao brilho da água na grama orvalhada, cintilou sob seus pés enquanto ela dançava.

Subiram apressados o último aclive e se postaram junto a ela, sem fôlego. Inclinaram-se, mas com um aceno do braço ela os mandou olharem em volta; e vislumbraram do alto da colina as terras sob a manhã. Agora estava tão claro e podia-se enxergar tão distante quanto antes estivera velado e nevoento quando estiveram no morro da Floresta, o qual agora podiam ver erguendo-se pálido e verde através das árvores escuras no Oeste. Naquela direção, o terreno se erguia em cristas de mata, verdes, amarelas, ruivas ao sol, além das quais se escondia o vale do Brandevin. Ao Sul, além da linha do Voltavime, havia um brilho distante como vidro pálido onde o Rio Brandevin fazia uma grande curva na planície e fluía para longe do conhecimento dos hobbits. Ao norte, além das colinas que minguavam, o terreno corria em trechos planos e em elevações cinzentas, verdes e de cores pálidas de terra, até se desfazer na distância indistinta e sombria. A leste erguiam-se as Colinas-dos-túmulos, crista após crista na manhã, e sumiam da vista numa impressão: não eram mais que uma impressão de azul e um remoto rebrilhar branco que se mesclava à bainha do céu, mas que lhes falava, da lembrança e dos contos antigos, sobre as montanhas altas e distantes.

Inspiraram profundamente o ar e sentiram que um salto e alguns passos decididos os levariam aonde quisessem. Parecia tímido caminhar de lado, passando sobre os sopés enrugados das colinas rumo à Estrada, quando deviam estar saltando, saudáveis como Tom, sobre as alpondras das colinas direto para as Montanhas.

Fruta d'Ouro lhes falou e chamou de volta seus olhos e pensamentos. "Vão depressa agora, belos visitantes!", disse ela. "E mantenham-se firmes no propósito! Ao norte com o vento no olho esquerdo e uma bênção em seus passos! Apressem-se enquanto brilha o Sol!" E a Frodo ela falou: "Adeus, Amigo-dos-Elfos, foi um alegre encontro!"

Mas Frodo não encontrou palavras para responder. Fez uma funda mesura, montou em seu pônei e, seguido pelos amigos, desceu devagar o leve declive por trás da colina. A casa de Tom Bombadil, o vale e a Floresta se perderam de vista. O ar tornou-se mais quente entre as paredes verdes das encostas, e o aroma da relva subiu forte e doce ao respirarem. Voltando-se para trás quando alcançaram o fundo da depressão verde, viram Fruta d'Ouro, agora pequena e esbelta como uma flor iluminada pelo sol diante do céu: estava parada, vigiando-os ainda, e suas mãos estavam estendidas na direção deles. Enquanto olhavam, ela deu uma exclamação límpida e, erguendo a mão, virou-se e desapareceu atrás da colina.

O caminho deles serpenteou pelo fundo da depressão, deu a volta no verde sopé de uma colina íngreme, entrando em outro vale mais fundo e mais largo, e passou sobre as encostas de mais outras colinas, descendo por seus longos declives, subindo de novo por seus flancos lisos, ascendendo a novos cumes e baixando a novos vales. Não havia árvore nem água visível: era uma região de capim e relva curta e elástica, silenciosa, exceto pelo sussurro do ar sobre as bordas da paisagem e por gritos altos e solitários de estranhas aves. À medida que viajavam, o sol subiu e esquentou. A cada vez que escalavam uma crista, a brisa parecia ter diminuído. Quando vislumbraram o terreno a oeste, a Floresta distante parecia fumegar, como se a chuva que caíra estivesse se alçando de novo, em forma de vapor, das folhas, das raízes e do húmus. Agora jazia uma sombra na beira da visão, uma névoa escura acima da qual o firmamento superior era como uma tampa azul, quente e pesada.

Por volta do meio-dia chegaram a uma colina cujo cume era largo e achatado, como uma tigela rasa de borda verde amontoada. No interior nenhum ar se movia, e o céu parecia próximo às suas cabeças. Atravessaram por ali e olharam para o norte. Então se animaram; pois parecia evidente que já haviam avançado mais do que esperavam. É verdade que todas as distâncias haviam se tornado nebulosas e ilusórias, mas não podia haver dúvida de que as Colinas estavam terminando. Um longo vale se estendia abaixo deles, encurvando-se rumo ao norte até alcançar uma abertura entre duas encostas íngremes. Não parecia haver outras colinas mais além. Bem ao norte entreviam tenuemente uma longa linha escura. "Essa é uma fileira de árvores," disse Merry, "e ela deve marcar a Estrada. Ao longo de toda ela, por muitas léguas a leste da Ponte, crescem árvores. Alguns dizem que elas foram plantadas nos dias de outrora."

"Esplêndido!", exclamou Frodo. "Se hoje à tarde avançarmos tão bem quanto nesta manhã, teremos saído das Colinas antes que o Sol se ponha e andaremos em busca de um lugar para acamparmos." Mas, ao falar, ele voltou o olhar para o leste e viu que daquele lado as colinas eram mais altas e os olhavam de cima; e todas essas colinas estavam coroadas de montículos verdes, e em algumas havia pedras fincadas apontando para cima, como dentes pontiagudos em gengivas verdes.

A visão era um tanto inquietante; por isso voltaram-se para o outro lado e desceram no círculo côncavo. No meio dele estava uma pedra solitária que muito se erguia sob o sol no alto, e àquela hora não lançava sombra. Era disforme e, ainda assim, significativa: como um marco divisório, ou um dedo vigiando, ou mais como um alerta. Mas já estavam com fome, e o sol ainda estava no topo destemido; portanto, encostaram-se ao lado leste da pedra. Ela estava fresca, como se o sol não tivesse poder para aquecê-la; mas naquele momento isso parecia agradável. Ali comeram, beberam e fizeram a céu aberto um almoço tão bom quanto alguém poderia desejar; pois a comida vinha "lá debaixo da Colina". Tom lhes fornecera o bastante para confortar o dia. Seus pôneis, livres da carga, vagavam na grama.

Cavalgar sobre as colinas e comer a contento, o sol morno e o aroma da relva, ficar deitado um pouco demais, esticar as pernas e olhar o céu acima de seus narizes: talvez essas coisas bastem para explicar o que aconteceu.

Seja como for: acordaram de repente, desconfortáveis, de um sono em que jamais tinham pretendido cair. A pedra fincada estava fria e lançava uma longa sombra pálida que se estendia a leste por cima deles. O sol, de um amarelo pálido e aguado, brilhava através da névoa logo acima da borda oeste da depressão em que estavam deitados; ao norte, sul e leste, além da borda, a neblina era espessa, fria e branca. O ar estava silencioso, pesado e gélido. Seus pôneis estavam parados juntos, de cabeças baixas.

Os hobbits, alarmados, puseram-se de pé aos saltos e correram até a borda oeste. Viram-se em uma ilha na neblina. Enquanto olhavam consternados na direção do sol poente, ele caiu ante seus olhos em um mar branco, e uma fria sombra cinzenta surgiu no Leste atrás deles. A neblina rolou até as bordas e se ergueu acima deles e, ao subir, inclinou-se sobre suas cabeças até se transformar em teto: estavam encerrados em um salão de névoa cuja coluna central era a pedra fincada.

Sentiram-se como se uma armadilha estivesse se fechando em torno deles; mas não desanimaram por completo. Ainda recordavam a visão esperançosa que tiveram da linha da Estrada à frente e ainda sabiam em qual direção ela ficava. De qualquer modo, já estavam tão desgostosos daquele lugar oco em torno da pedra que não tinham em mente qualquer intenção de ficar ali. Fizeram as mochilas tão depressa quanto os dedos gélidos funcionavam.

Logo estavam conduzindo seus pôneis, enfileirados, por cima da borda, descendo pela longa encosta norte da colina, afundando em um mar nevoento. À medida que desciam, a névoa se tornava mais fria e úmida, e os cabelos lhes pendiam da testa, frouxos e gotejantes. Quando chegaram ao fundo, estava tão gelado que pararam e buscaram capas e capuzes, que logo se orvalharam com gotas cinzentas. Depois, montando nos pôneis, voltaram a avançar devagar, estimando o caminho pelas subidas e descidas do terreno. Estavam se dirigindo, do melhor modo que sabiam, à abertura semelhante a um portão na extrema ponta norte do longo vale que haviam visto pela manhã. Assim que passassem pela brecha só teriam que prosseguir numa linha mais ou menos reta e, no fim, certamente topariam com a Estrada. Seus pensamentos não iam além disso, exceto por uma vaga esperança de que além das Colinas, quem sabe, talvez não houvesse neblina.

Prosseguiram muito devagar. Para evitar que se separassem e vagassem em direções diferentes, iam em fila com Frodo à frente. Sam estava atrás dele, e atrás dele, Pippin, e depois, Merry. O vale parecia estender-se sem fim. Subitamente Frodo viu um sinal de esperança. De ambos os lados, à frente, uma escuridão começou a surgir através da névoa; e ele supôs que finalmente estavam se aproximando da abertura nas colinas, o portão-norte das Colinas-dos-túmulos. Se pudessem atravessá-lo estariam livres.

"Venham! Sigam-me!", chamou por cima do ombro e correu à frente. Mas sua esperança logo minguou em confusão e alarme. As manchas escuras ficaram mais escuras, porém reduziram-se; e de repente ele viu, erguendo-se ameaçadoras diante dele e inclinando-se um pouco uma na direção da outra, como as colunas de uma porta sem topo, duas enormes pedras fincadas. Não conseguia recordar que tivesse visto sinal delas no vale quando vigiara da colina pela manhã. Passou entre elas quase antes de se dar conta disso: e, no momento em que passou, a escuridão pareceu cair sobre ele. Seu pônei empinou e bufou, e ele caiu. Quando olhou para trás descobriu que estava sozinho: os outros não o tinham seguido.

"Sam!", chamou. "Pippin! Merry! Sigam-me! Por que não me acompanham?"

Não houve resposta. O medo tomou conta dele, e ele correu de volta, passando pelas pedras, gritando desesperado: "Sam! Sam! Merry! Pippin!" O pônei escapou para o nevoeiro e sumiu. De certa distância, ou assim parecia, pensou ter ouvido um grito: "Ei! Frodo! Ei!" Era para o lado leste, à sua esquerda quando estava postado abaixo das grandes pedras, espiando com esforço na escuridão. Arremeteu na direção do chamado e viu-se subindo um aclive íngreme.

Chamou de novo durante seu esforço e continuou chamando de modo cada vez mais frenético; mas durante algum tempo não ouviu resposta, e depois ela pareceu fraca e muito à frente e bem acima dele. "Frodo! Ei!" vinham as vozes débeis do nevoeiro: e depois um grito que parecia *socorro, socorro!* repetido muitas vezes, terminando num último *socorro!* que acabava com um longo gemido, interrompido de súbito. Avançou aos tropeços com toda a velocidade que podia, rumo aos gritos; mas a luz já se fora e a noite grudenta se fechara sobre ele, de modo que era impossível ter certeza de qualquer direção. O tempo todo ele parecia estar escalando para cima, para cima.

Somente a mudança de nível do solo a seus pés lhe revelou quando finalmente alcançou o topo de uma crista ou colina. Estava exausto, suado e, no entanto, gelado. A escuridão era total.

"Onde vocês estão?", gritou desolado.

Não houve resposta. Ele se deteve, escutando. De repente teve consciência de que estava esfriando muito e de que um vento começava a soprar, um vento gelado. O tempo estava mudando. Agora a névoa fluía ao seu redor aos fiapos e farrapos. Sua respiração fumegava, e a escuridão estava menos próxima e espessa. Olhou para cima e viu surpreso que débeis estrelas estavam surgindo sobre sua cabeça em meio aos filamentos de nuvens e neblina que corriam. O vento começou a chiar acima do capim.

Imaginou de repente que escutara um grito abafado e foi naquela direção; e, enquanto ele avançava, a neblina enrolou-se e se afastou para os lados, e revelou-se o céu estrelado. Um olhar lhe mostrou que estava de frente para o sul, no topo de uma colina redonda que devia ter escalado pelo norte. Do leste soprava um vento cortante. À direita uma forma negra, sombria, se erguia diante das estrelas ocidentais. Ali ficava um grande túmulo.

"Onde vocês estão?", gritou outra vez, ao mesmo tempo raivoso e com medo.

"Aqui!", respondeu uma voz, grave e fria, que parecia vir do chão. "Estou te esperando!"

"Não!", disse Frodo; mas não saiu correndo. Seus joelhos fraquejaram e ele caiu no chão. Nada aconteceu, e não se fez nenhum ruído. Ergueu os olhos tremendo, em tempo de ver um vulto alto e obscuro, como uma sombra diante das estrelas. Este inclinou-se sobre ele. Pensou que havia dois olhos, muito frios, apesar de animados por uma luz pálida que vinha de remota distância. Então um aperto mais forte e frio que o ferro o dominou. O toque gélido congelou-lhe os ossos, e não recordou mais nada.

Quando recobrou os sentidos não conseguiu lembrar-se de nada por um momento, exceto pela sensação de pavor. Então soube de repente que estava aprisionado, apanhado sem esperança; estava num túmulo. Uma Cousa-tumular o apanhara, e ele provavelmente já estava sujeito aos terríveis feitiços das Cousas-tumulares das quais falavam as histórias sussurradas. Não se atreveu a mexer-se, mas ficou sentado como se encontrava: deitado de costas numa pedra fria, com as mãos sobre o peito.

Mas, apesar de seu medo ser tão grande que parecia fazer parte da própria treva que o cercava, viu-se deitado ali, pensando em Bilbo Bolseiro e suas histórias, de suas caminhadas juntos nas alamedas do Condado e de conversas sobre estradas e aventuras. Há uma semente de coragem oculta (amiúde no fundo, é bem verdade) no coração do mais gordo e tímido hobbit, esperando por algum perigo final e desesperado que a faça crescer. Frodo não era nem muito gordo nem muito tímido; na verdade, apesar de não sabê-lo, Bilbo (e Gandalf) consideravam-no o melhor hobbit do Condado. Pensou que havia chegado ao fim de sua aventura, um fim terrível, mas o pensamento o fortaleceu. Descobriu que estava ficando tenso, como quem vai dar um salto final; não se sentia mais flácido como uma presa desamparada.

Ali deitado, pensando e concentrando-se, ele notou de súbito que a treva estava cedendo devagar: uma pálida luz esverdeada acrescia em torno dele. No começo ela não lhe mostrou em que espécie de lugar estava, pois a luz parecia provir dele mesmo e do chão ao seu lado e ainda não alcançara o teto ou as paredes. Virou-se, e ali, no brilho frio, viu Sam, Pippin e Merry jazendo ao seu lado. Estavam deitados de costas, e os rostos pareciam pálidos de morte; e trajavam branco. Em volta deles jaziam muitos tesouros, de ouro talvez, se bem que àquela luz pareciam frios e desgraciosos. Tinham diademas na cabeça, havia correntes de ouro em suas cinturas e nos dedos traziam muitos anéis. Havia espadas estendidas ao lado deles, e escudos, a seus pés. Mas por cima dos três pescoços estava deitada uma longa espada nua.

De repente começou uma canção: um murmúrio frio, erguendo-se e decaindo. A voz parecia muito longínqua e incalculavelmente lúgubre, às vezes alta no ar e aguda, às vezes como um gemido grave vindo do chão. Do fluxo informe de sons tristes, porém horríveis, fieiras de palavras formavam-se vez por outra: palavras cruéis, duras, frias, impiedosas e desgraçadas. A noite se rebelava contra a manhã da qual fora privada, e o frio maldizia o calor pelo qual ansiava. Frodo estava gelado até a medula. Pouco depois a canção tornou-se mais nítida, e com terror no coração ele percebeu que ela se transformara num encantamento:

> *Frios são alma, mão e osso,*
> *frio o sono em pétreo fosso:*
> *não mais despertem na pedra crua*
> *'té gasto o Sol e morta a Lua.*
> *Os astros morrerão ao negro vento,*
> *e no ouro hão de jazer em sono lento,*
> *'té o senhor sombrio a mão levantar*
> *sobre terra murcha e morto mar.*[A]

Ouviu atrás da cabeça um som rangente e raspante. Erguendo-se em um braço, olhou e logo viu, à luz pálida, que estavam em uma espécie de corredor que virava uma esquina atrás deles. Por essa esquina um braço comprido tateava, caminhando nos dedos na direção de Sam, que estava deitado mais próximo, e rumo ao punho da espada que jazia sobre ele.

De início Frodo sentiu-se como quem de fato fora transformado em pedra pelo encantamento. Então veio-lhe um feroz pensamento de escape. Perguntou-se se, caso pusesse o Anel, a Cousa-tumular não o veria, e ele poderia achar o caminho da saída. Pensou em si correndo livre pela grama, lamentando-se por Merry, Sam e Pippin, mas ele próprio livre e vivo. Gandalf admitiria que não havia nada mais que ele pudesse fazer.

Mas a coragem que fora despertada nele era agora demasiado forte: ele não conseguiria abandonar os amigos tão facilmente. Vacilou, tateando no bolso, e então lutou outra vez consigo mesmo; e enquanto isso, o braço esgueirou-se mais para perto. Uma súbita resolução firmou-se dentro dele, e ele agarrou uma espada curta que estava a seu lado e, ajoelhado, agachou-se raso sobre os corpos dos companheiros. Com a força que tinha, golpeou o braço rastejante perto do pulso, e a mão desprendeu-se; mas no mesmo momento a espada se fendeu até o punho. Houve um guincho, e a luz sumiu. No escuro ouviu-se o ruído de um rosnado.

Frodo caiu para a frente em cima de Merry, e o rosto de Merry estava frio. De súbito voltou-lhe à mente, de onde desaparecera com a primeira chegada da neblina, a lembrança da casa junto à Colina e de Tom cantando. Lembrou-se do poema que Tom lhes ensinara. Com voz fraca e desesperada começou: *Ó! Tom Bombadil!* e com aquele nome sua voz pareceu fortalecer-se: tinha um som pleno e vivaz, e o recinto escuro ecoava como se fossem tambores e trombetas.

>   *Ó! Tom Bombadil, Tom Bombarqueiro!*
>   *Pela água, bosque e morro, caniço e salgueiro,*
>   *Pelo fogo, sol e lua, ouça nosso grito!*
>   *Tom Bombadil, nos salve do apuro aflito!*[B]

Fez-se um silêncio súbito e profundo, em que Frodo conseguia ouvir seu coração batendo. Após um momento, longo e lento, ouviu claramente, mas muito longe, como se ela descesse através do solo ou de paredes espessas, uma voz que cantava em resposta:

>   *Dom Tom Bombadil gosta de chacota;*
>   *Azul-claro é o paletó e amarela a bota.*
>   *Ninguém jamais o apanha, pois Tom é mestre a sós:*
>   *Potentes são suas canções, seu pé é bem veloz.*[C]

Houve um intenso som ribombante, como de pedras rolando e caindo, e de repente a luz entrou em jorro, luz de verdade, a singela luz do dia. Uma abertura baixa, semelhante a uma porta, apareceu na extremidade do recinto para além dos pés de Frodo; e ali estava a cabeça de Tom (chapéu, pena e tudo o mais) emoldurada diante da luz do sol que nascia vermelho atrás dele. A luz atingiu o chão e os rostos dos três hobbits deitados ao lado de Frodo. Eles não se mexeram, mas o aspecto doentio os abandonara. Agora pareciam apenas estar dormindo muito profundamente.

Tom agachou-se, tirou o chapéu e entrou no recinto escuro, cantando:

>   *Saia daí, velho Fantasma! Suma à luz do sol!*
>   *Murche como a névoa fria, uive como os ventos,*
>   *Longe nas terras ermas, bem além dos montes!*
>   *Nunca mais volte aqui! Vazia deixe a tumba!*
>   *Seja perdido, esquecido, mais sombrio que a treva,*
>   *Nos portões trancados sempre, até que o mundo se emende.*[D]

A estas palavras ouviu-se um grito, e parte da extremidade interna do recinto desabou com estrépito. Então veio um guincho longo e arrastado que se desfez em distância inimaginável; e depois disso silêncio.

"Venha, amigo Frodo!", disse Tom. "Vamos sair pra grama limpa! Ajude-me a levá-los."

Juntos, carregaram Merry, Pippin e Sam. Quando Frodo deixou o túmulo pela última vez, pensou ver uma mão decepada ainda contorcendo-se, como uma aranha ferida, num montículo de terra caída. Tom voltou para dentro e ouviu-se o som de muitos baques e pisadas. Quando saiu, trazia nos braços uma grande carga de tesouro: objetos de ouro, prata, cobre e bronze; muitas contas, e correntes, e ornamentos cravejados de joias. Subiu no túmulo verde e depositou-os em cima dele, deixando todos à luz do sol.

Ali ficou de pé, de chapéu na mão e cabelos ao vento, olhando os três hobbits que tinham sido deitados de costas na grama, do lado oeste do montículo. Erguendo a mão direita, disse em voz clara e imperiosa:

> *Despertem, bons rapazes! Despertem sem ter medo!*
> *Aqueçam alma e membro! Caiu o frio rochedo;*
> *Abriu-se a negra entrada; partida está mão morta.*
> *A Noite rumo à Noite foi-se, aberta está a Porta!*[E]

Para grande alegria de Frodo, os hobbits remexeram-se, estenderam os braços, esfregaram os olhos e depois puseram-se de pé aos saltos. Olharam em torno, admirados, primeiro para Frodo e depois para Tom, parado no topo do túmulo acima deles, em tamanho natural; e depois para si mesmos, trajando finos trapos brancos, coroados e cingidos de ouro pálido e tilintando com quinquilharias.

"O que foi, que prodígio?", começou Merry, sentindo o diadema dourado que escorregara por cima de um olho. Então deteve-se, e uma sombra tomou seu rosto, e fechou os olhos. "É claro, eu me lembro!", exclamou. "Os homens de Carn Dûm nos acometeram de noite, e fomos derrotados. Ah! a lança em meu coração!" Agarrou o peito. "Não! Não!", disse ele, abrindo os olhos. "O que estou dizendo? Estive sonhando. Aonde você foi, Frodo?"

"Pensei que estava perdido", comentou Frodo; "mas não quero falar nisso. Vamos pensar no que faremos agora! Vamos em frente!"

"Vestidos deste jeito, senhor?", indagou Sam. "Onde estão minhas roupas?" Jogou na grama o diadema, o cinto e os anéis e olhou em torno, desamparado, como se esperasse encontrar sua capa, jaqueta, calça e outras roupas de hobbit, jogadas ali à mão.

"Não vai encontrar as roupas de novo", disse Tom, descendo do montículo com um salto e rindo enquanto dançava em volta deles à luz do sol. Dir-se-ia que nada perigoso nem pavoroso tinha acontecido; e de fato o horror se desfez em seus corações enquanto o olhavam e viam o alegre lampejo nos seus olhos.

"O que quer dizer?", perguntou Pippin, olhando-o meio perplexo e meio divertido. "Por que não?"

Mas Tom balançou a cabeça dizendo: "Já se reencontraram, saídos da água funda. Roupas são pouca perda para quem não se afoga. Alegrem-se, amigos, que a morna luz do sol aqueça alma e membro! Arranquem trapos velhos! Corram nus sobre a grama, que Tom vai à caça!"

Desceu a colina aos pulos, assobiando e chamando. Seguindo-o com o olhar, Frodo o viu correndo rumo ao sul, seguindo a depressão verde entre a colina deles e a vizinha, ainda assobiando e exclamando:

> *Ei! venham! Oi, venham! Aonde vão vagar?*
> *Acima, abaixo, perto ou longe, aqui, ali ou lá?*
> *Orelha-Alerta, Focinhudo, Bronco e Rabinho,*
> *Meia-Branca, meu rapaz, e o velho Parrudinho!*[F]

Cantava assim, correndo veloz, jogando o chapéu para cima e apanhando-o, até ser ocultado por uma dobra do terreno: mas por certo tempo seu *ei venham! oi venham!* voltava flutuando, trazido pelo vento que mudara de direção para o sul.

O ar tornava-se outra vez muito quente. Os hobbits correram pela grama por algum tempo, como ele os mandara. Então deitaram-se ao sol para se aquecerem, com o deleite de quem foi arrebatado subitamente do inverno cruel para um clima ameno, ou de pessoas que, após longa doença que as acamou, acordam um dia e dão-se conta de que estão inesperadamente curadas e que o dia outra vez está pleno de promessas.

Quando Tom voltou, estavam se sentindo fortes (e famintos). Ele ressurgiu, primeiro o chapéu, por cima da crista da colina, e atrás dele vinham em fila obediente *seis* pôneis: os cinco deles e mais um. Este último era obviamente o velho Parrudinho: era maior, mais forte, mais gordo (e mais velho) que os pôneis deles. Merry, a quem pertenciam os outros, na verdade, não lhes dera nenhum daqueles nomes, mas eles responderam aos nomes novos que Tom lhes dera pelo resto de suas vidas. Tom chamou-os um a um, e eles atravessaram a crista e pararam enfileirados. Então Tom fez uma mesura aos hobbits.

"Aqui estão seus pôneis!", disse ele. "Têm mais juízo (de certo modo) que vocês, hobbits vagantes — mais juízo nos focinhos. Pois farejam risco à frente em que vocês tropeçam; e se correm pra salvar-se é na direção certa. Perdoem-nos a todos; embora tenham coração fiel, encarar Cousas-tumulares não é pro que nasceram. Vejam, lá vêm de novo, com toda a sua carga!"

Merry, Sam e Pippin vestiram-se então com os trajes de reserva das mochilas; e logo sentiram calor demais, pois foram obrigados a vestir algumas das roupas mais grossas e quentes que haviam trazido prevendo a chegada do inverno.

"De onde vem esse outro animal velho, esse Parrudinho?", perguntou Frodo.

"É meu", disse Tom. "Amigo de quatro patas; quase nunca o monto, sai vagando por aí, livre nas colinas. Os seus pôneis em minha casa conheceram Parrudinho; farejaram-no de noite, correram ao seu encontro. Pensei que os buscaria e com palavras sábias lhes tiraria o medo. Mas agora, Parrudinho, Tom vai cavalgar. Ei! ele vem com vocês para pô-los na estrada; para isso usa o pônei. Pois não é fácil falar com hobbits que cavalgam quando se está a pé, trotando ao lado deles."

Os hobbits se deleitaram ao ouvir isso e agradeceram a Tom muitas vezes; mas ele riu e disse que eram tão bons em se perder que ele não se sentiria feliz antes de tê-los posto a salvo além dos limites de sua terra. "Tenho coisas para resolver," comentou ele, "meu fazer e meu canto, minha fala e meu andar, e minha vigia da região. Tom não está sempre perto abrindo portas e fendas de salgueiro. Tom tem casa para cuidar, e Fruta d'Ouro aguarda."

De acordo com o sol, ainda era bastante cedo, algo entre nove e dez horas, e os hobbits começaram a pensar em comida. Sua última refeição fora o almoço junto à pedra fincada no dia anterior. Agora fizeram o desjejum com o restante das provisões de Tom, que deviam ser para o jantar, com acréscimos que Tom trouxera consigo. Não foi uma refeição grande (considerando os hobbits e as circunstâncias), mas sentiram-se muito melhor depois dela. Enquanto comiam, Tom subiu pelo montículo e vasculhou os tesouros. Amontoou a maioria numa pilha que cintilava e faiscava na grama. Mandou que lá ficassem "livres para quem os achar, aves, feras, Elfos ou Homens, e todos os seres bondosos"; pois assim o encanto do montículo seria rompido e disperso, e nenhuma Cousa jamais voltaria ali. Para si, escolheu na pilha um broche engastado com pedras azuis, de muitos tons, como flores de linho ou asas de borboletas azuis. Olhou-o por muito tempo, como se alguma lembrança o movesse, balançando a cabeça e dizendo enfim:

"Eis um belo brinquedo pro Tom e sua senhora! Era bela a que outrora usou este no ombro. Fruta d'Ouro o usará, e não a esqueceremos!"

Escolheu para cada hobbit um punhal, longo, em formato de folha e aguçado, de feitura maravilhosa, damasquinado com formas de serpentes em vermelho e ouro. Eles brilharam quando os tirou das bainhas negras, feitas de algum estranho metal, leve e forte, e engastado com muitas pedras ígneas. Fosse por alguma virtude dessas bainhas, fosse pelo encantamento que residia no montículo, as lâminas pareciam intocadas pelo tempo, sem ferrugem, afiadas, reluzindo ao sol.

"Velhos punhais são compridos como espadas para hobbits", disse ele. "É bom ter lâminas afiadas se os do Condado andam ao leste, ao sul ou muito longe pra sombra e pro perigo." Contou-lhes então que aquelas lâminas tinham sido forjadas muitos longos anos atrás pelos Homens de Ociente: eram inimigos do Senhor Sombrio, mas foram derrotados pelo maligno rei de Carn Dûm na Terra de Angmar.

"Poucos ainda se lembram deles," murmurou Tom, "mas alguns inda vagam, filhos de olvidados reis que andam solitários, protegendo de seres maus gente desatenta."

Os hobbits não compreenderam suas palavras, mas enquanto ele falava tiveram uma visão como de uma grande extensão de anos às suas costas, como uma vasta planície sombria sobre a qual andavam, a largos passos, vultos de Homens, altos e soturnos com espadas reluzentes, e no fim vinha um com uma estrela na testa. Então a visão se desfez, e estavam de volta no mundo iluminado pelo sol. Era hora de partir outra vez. Aprestaram-se arrumando as mochilas e carregando os pôneis. Penduraram suas novas armas nos cintos de couro sob as jaquetas, sentindo que eram bem desajeitadas e pensando se teriam alguma utilidade. Antes nenhum deles havia pensado em combate como uma das aventuras em que sua fuga os colocaria.

Finalmente puseram-se a caminho. Conduziram os pôneis colina abaixo; depois, montando, trotaram velozes ao longo do vale. Olharam para trás e viram o topo do velho montículo na colina, e dali a luz do sol no ouro subia como uma chama amarela. Depois deram a volta em uma encosta das Colinas, e ele ficou oculto de sua visão.

Apesar de Frodo olhar em volta por todos os lados, não via sinal das grandes pedras fincadas que pareciam um portão, e, em pouco tempo, chegaram à lacuna no norte e passaram cavalgando depressa, e o terreno fez um declive à sua frente. Foi uma bela viagem com Tom Bombadil trotando alegre ao lado deles, ou diante deles, montado em Parrudinho, que era capaz de andar muito mais depressa do que seu volume prometia. Tom cantava a maior parte do tempo, mas era quase tudo absurdo, ou então, quem sabe, uma língua estranha desconhecida dos hobbits, uma língua antiga cujas palavras eram mormente de assombro e deleite.

Avançaram continuamente, mas logo viram que a Estrada estava mais longe do que tinham imaginado. Mesmo sem neblina, o sono deles no meio do dia não teria permitido que a alcançassem antes do cair da noite do dia anterior. A linha escura que haviam visto não era de árvores, e sim uma linha de arbustos que cresciam à beira de uma vala funda, com um muro íngreme do lado oposto. Tom disse que fora outrora a fronteira de um reino, porém muito tempo atrás. Parecia recordar algo triste a esse respeito e não falou muito.

Desceram na vala, subiram do outro lado e passaram por uma brecha no muro, e então Tom se virou direto para o norte, pois estavam rumando um tanto para oeste. Agora o terreno era aberto e bastante plano, e apressaram o passo, mas o sol já estava baixo quando finalmente viram uma linha de altas árvores à frente e souberam que tinham voltado à Estrada após muitas aventuras inesperadas. Galoparam nos pôneis, percorrendo os últimos oitavos de milha, e pararam sob as sombras compridas das árvores. Estavam no alto de uma ribanceira inclinada, e a Estrada, agora indistinta com o cair da tarde, fazia curvas abaixo deles. Naquele ponto ela corria quase de Sudoeste a Nordeste e, à direita, descia rapidamente para uma depressão larga. Era sulcada e mostrava muitos sinais da recente chuva forte; havia poças e buracos cheios de água.

Desceram pela ribanceira e olharam para lá e para cá. Não havia nada à vista. "Bem, finalmente estamos aqui de novo!", disse Frodo. "Acho que não perdemos mais de dois dias com meu atalho pela Floresta! Mas quem sabe o atraso acabe sendo útil — pode tê-los desviado de nosso encalço."

Os outros o encararam. A sombra do temor dos Cavaleiros Negros subitamente os assaltou de novo. Desde que tinham entrado na Floresta tinham se preocupado principalmente em voltar à Estrada; só agora, com ela se estendendo diante de seus pés, foi que recordaram o perigo que os perseguia e que mais provavelmente os espreitava na própria Estrada. Voltaram-se ansiosos para o sol poente, mas a Estrada era parda e vazia.

"Você acha," perguntou Pippin, hesitante, "você acha que podemos ser perseguidos hoje à noite?"

"Não, espero que não hoje à noite", respondeu Tom Bombadil; "nem talvez no dia seguinte. Mas não creiam em meu palpite; não tenho certeza. Meu saber falha a leste. Tom não é mestre dos Cavaleiros da Terra Negra longe do seu domínio."

Ainda assim os hobbits desejavam que ele os acompanhasse. Sentiam que, se alguém soubesse lidar com Cavaleiros Negros, seria ele. Agora logo estariam avançando em terras que lhes eram inteiramente estranhas, além de todas as lendas do Condado exceto as mais vagas e distantes, e na penumbra crescente ansiavam pelo lar. Abateu-se sobre eles uma profunda solidão e um sentido de perda. Ficaram parados em silêncio, relutantes na despedida final, e só lentamente se deram conta de que Tom lhes estava dando adeus e dizendo-lhes que se animassem e cavalgassem sem parar até o anoitecer.

"Tom vai dar um bom conselho, té que o dia acabe (depois disso que a sua sorte os acompanhe e guie): a quatro milhas pela Estrada há um vilarejo, Bri sob a Colina-de-Bri, com portas que dão pro oeste. Lá há a velha estalagem O Pônei Empinado. Cevado Carrapicho é o bom taverneiro. Podem passar a noite, e, depois, a manhã os porá a caminho. Coragem, mas alertas! Sejam os corações alegres, cavalguem rumo à sina!"

Imploraram-lhe que pelo menos fosse até a estalagem e bebesse com eles uma vez mais; mas ele riu e recusou dizendo:

Aqui acaba a terra de Tom: não passo a divisa.
Tenho a casa para cuidar, e Fruta d'Ouro aguarda!^G

Então deu a volta, jogou o chapéu para o alto, montou no lombo de Parrudinho e cavalgou ribanceira acima e para longe, cantando no crepúsculo.

Os hobbits subiram pela encosta e o observaram até que se perdesse de vista.

"Sinto muito me despedir do Mestre Bombadil", disse Sam. "Ele é um aviso, não tem dúvida. Calculo que podemos ir bem mais longe e não ver ninguém melhor, nem mais esquisito. Mas não nego que vou ficar contente de ver esse Pônei Empinado que ele falou. Espero que seja como O Dragão Verde lá perto de casa! Que tipo de gente tem em Bri?"

"Há hobbits em Bri," comentou Merry, "e também Povo Grande. Imagino que seja bem acolhedor. Segundo todos os relatos, O Pônei é uma boa estalagem. Vez por outra minha gente cavalga até lá."

"Pode ser tudo o que desejamos," disse Frodo, "mas assim mesmo fica fora do Condado. Não se sintam muito em casa! Por favor, lembrem-se — todos vocês — de que o nome Bolseiro NÃO pode ser mencionado. Eu sou o Sr. Sotomonte, se for preciso dar algum nome."

Então montaram nos pôneis e partiram em silêncio para dentro do entardecer. A escuridão desceu depressa, enquanto lenta e penosamente desciam o declive e subiam do outro lado, até por fim verem luzes piscando um tanto à frente.

Adiante erguia-se a Colina-de-Bri, bloqueando o caminho, uma massa escura diante das estrelas nevoentas; e debaixo de seu flanco ocidental aninhava-se uma aldeia grande. Foi na direção dela que se apressaram então, desejando apenas encontrar uma lareira e uma porta entre eles e a noite.

9

NA ESTALAGEM DO PÔNEI EMPINADO

Bri era a principal aldeia de sua área, uma pequena região habitada como uma ilha em meio às terras vazias ao seu redor. Além da própria Bri, havia Estrado do outro lado da colina, Valão num fundo vale um pouco mais a leste e Archet na beira da Floresta Chet. Em torno da Colina-de-Bri e das aldeias ficava uma pequena região de campos e bosques cultivados com apenas algumas milhas de largura.

Os Homens de Bri tinham cabelos castanhos, eram troncudos e um tanto baixos, joviais e independentes: não pertenciam a ninguém a não ser a eles mesmos; mas eram mais amistosos e familiares com Hobbits, Anãos, Elfos e outros habitantes do mundo em redor do que costumava (ou costuma) acontecer com o Povo Grande. De acordo com seus próprios relatos, eram os habitantes originais e descendiam dos primeiros Homens que vagaram rumo ao Oeste do mundo médio. Poucos haviam sobrevivido aos tumultos dos Dias Antigos; mas, quando os Reis retornaram por sobre o Grande Mar, encontraram os Homens de Bri ainda ali, e ali eles ainda estavam agora, quando a lembrança dos antigos Reis se esvaíra na grama.

Naqueles dias, outros Homens não tinham moradias estabelecidas tão longe para o oeste, nem no raio de cem léguas do Condado. Mas nas terras selvagens além de Bri havia viandantes misteriosos. A gente de Bri os chamava de Caminheiros e nada sabia de sua origem. Eram mais altos e morenos que os Homens de Bri, e acreditava-se que tivessem estranhos poderes de visão e audição e que compreendiam as linguagens das feras e das aves. Vagavam à sua vontade rumo ao sul e a leste até as Montanhas Nevoentas; mas agora viam-se poucos e raros. Quando apareciam, traziam notícias de longe e contavam histórias estranhas e olvidadas que se escutavam com avidez; mas as pessoas de Bri não se tornavam amigas deles.

Havia também muitas famílias de hobbits na região de Bri; e *essas* afirmavam ser o mais antigo povoamento de Hobbits do mundo, que fora fundado muito antes da própria travessia de Brandevin e da colonização do Condado. Viviam mormente em Estrado, apesar de haver algumas mesmo em Bri, especialmente nas encostas mais altas da colina, acima das casas dos Homens. O Povo Grande e o Povo Pequeno (como se chamavam) viviam amistosamente, cuidando de seus próprios afazeres à sua própria maneira, mas ambos considerando-se, corretamente, como partes necessárias da gente de Bri. Em nenhum outro lugar do mundo encontrava-se esse peculiar (mas excelente) arranjo.

A própria gente de Bri, Grandes e Pequenos, não viajava muito; e os afazeres das quatro aldeias eram sua principal preocupação. Ocasionalmente os Hobbits de Bri chegavam até a Terra-dos-Buques, ou à Quarta Leste; mas, apesar de sua pequena terra não ficar a muito mais de um dia de cavalgada a leste da Ponte do Brandevin, os hobbits do Condado visitavam-na raramente agora. Um eventual morador da Terra-dos-Buques ou um Tûk aventureiro poderia sair até a Estalagem por uma ou duas noites, mas até isso estava se tornando cada vez menos comum. Os hobbits do Condado se referiam aos de Bri, e a qualquer outro que morasse além dos limites, como Forasteiros, e muito pouco se interessavam por eles, considerando-os obtusos e rudes. Provavelmente havia muito mais Forasteiros espalhados pelo Oeste do Mundo nesses dias do que a gente do Condado imaginava. Alguns, sem dúvida, não eram mais que vagabundos, dispostos a cavar uma toca em qualquer encosta e só ficar ali enquanto lhes servisse. Mas, seja como for, na região de Bri os hobbits eram decentes e prósperos, e não eram mais rústicos que a maioria de seus parentes distantes de Dentro. Ainda não tinham esquecido que houvera um tempo em que havia muitas idas e vindas entre o Condado e Bri. Conforme todos os relatos, havia sangue de Bri entre os Brandebuques.

A aldeia de Bri tinha cerca de cem casas de pedra do Povo Grande, a maioria acima da Estrada, aninhando-se na encosta da colina, com janelas que davam para o oeste. Daquele lado, correndo em mais que um semicírculo desde a colina e de volta para ela, havia uma funda vala com uma sebe espessa do lado interno. A Estrada cruzava por cima dela num caminho elevado; mas onde atravessava a sebe estava bloqueada por um grande portão. Havia outro portão no canto sul, onde a Estrada saía da aldeia. Os portões eram fechados ao cair da noite; mas logo em seu interior havia pequenas guaritas para os porteiros.

Junto à Estrada, ali onde ela virava à direita para circundar o sopé da colina, estava uma grande estalagem. Fora construída muito tempo atrás, quando o tráfego das estradas era muito maior. Pois Bri se localizava num velho encontro de caminhos; outra antiga estrada cruzava a Estrada Leste logo além da vala, na extremidade ocidental da aldeia, e em dias passados Homens e outras pessoas de vários tipos haviam viajado muito por ali. "Estranho como Notícias de Bri" ainda era um dito na Quarta Leste, descendendo daqueles dias quando notícias do Norte, Sul e Leste podiam ser ouvidas na estalagem, e quando os hobbits do Condado costumavam ir ouvi-las com maior frequência. Mas as Terras do Norte estavam desoladas há tempos, e a Estrada Norte já mal era usada: estava coberta de capim, e a gente de Bri a chamava de Caminho Verde.

A Estalagem de Bri ainda estava lá, no entanto, e o taverneiro era uma pessoa importante. Sua casa era ponto de encontro dos ociosos, tagarelas e curiosos entre os habitantes, grandes e pequenos, das quatro aldeias; e refúgio de Caminheiros e outros viandantes, e para aqueles viajantes (anãos em sua maioria) que ainda percorriam a Estrada Leste, indo e vindo das Montanhas.

Estava escuro e brilhavam estrelas brancas quando Frodo e seus companheiros chegaram enfim à encruzilhada do Caminho Verde e se aproximaram da aldeia. Chegaram ao Portão-oeste e o encontraram fechado; mas havia um homem sentado à porta da guarita logo além. Ele levantou-se de um salto, buscou um lampião e olhou-os por cima do portão, surpreso.

"O que vocês querem e de onde vêm?", perguntou rispidamente.

"Estamos a caminho da estalagem daqui", respondeu Frodo. "Estamos viajando para o leste e não podemos ir mais longe esta noite."

"Hobbits! Quatro hobbits! E mais, pela fala são do Condado", disse o porteiro, baixinho como quem fala consigo mesmo. Fitou-os de modo sombrio por um momento e depois abriu o portão devagar, deixando-os passar.

"Não é sempre que vemos gente do Condado cavalgando na Estrada de noite", prosseguiu ele, quando pararam por um momento à sua porta. "Vão desculpar meu espanto, que afazeres levam vocês lá longe, a leste de Bri? E quais são os seus nomes, posso perguntar?"

"Nossos nomes e nossos afazeres são só nossos, e este não parece um bom lugar para discuti-los", afirmou Frodo, desgostoso com o aspecto do homem e seu tom de voz.

"Seus afazeres são só seus, não tem dúvida", disse o homem; "mas é afazer meu fazer perguntas depois que anoitece."

"Somos hobbits da Terra-dos-Buques e inventamos de viajar e pernoitar na estalagem daqui", atalhou Merry. "Eu sou o Sr. Brandebuque. Isso basta para você? A gente de Bri costumava ser cortês com os viajantes, ao que ouvi."

"Está bem, está bem!", assentiu o homem. "Não quis ofender. Mas talvez vocês encontrem mais gente do que o velho Harry do portão que vai lhes fazer perguntas. Tem gente esquisita por aí. Se forem até O Pônei vão descobrir que não são os únicos hóspedes."

Desejou-lhes boa noite, e nada mais disseram; mas Frodo pôde ver, à luz do lampião, que o homem ainda os observava com curiosidade. Ficou contente de ouvir o portão se fechar com estrépito atrás deles enquanto avançavam. Perguntou-se por que o homem tinha tantas suspeitas e se alguém teria pedido notícias de um grupo de hobbits. Podia ter sido Gandalf? Ele podia ter chegado enquanto eles se atrasavam na Floresta e nas Colinas. Mas no aspecto e na voz do porteiro havia algo que o inquietou.

O homem ficou fitando os hobbits por um momento e depois voltou à sua casa. Assim que deu as costas, um vulto escuro escalou o portão rapidamente e se dissolveu nas sombras da rua da aldeia.

Os hobbits subiram por um aclive suave, passando por algumas casas isoladas, e pararam diante da estalagem. As casas lhes pareciam grandes e estranhas. Sam ergueu os olhos para a estalagem, com seus três andares e muitas janelas, e sentiu desânimo no coração. Imaginara-se encontrando gigantes mais altos que árvores e outras criaturas ainda mais apavorantes em algum momento do decorrer de sua jornada; mas nesse momento achou bem suficiente sua primeira visão dos Homens e suas casas altas, de fato demais para o fim escuro de um dia cansativo. Imaginou cavalos negros parados, todos selados, nas sombras do pátio da estalagem e Cavaleiros Negros espiando pelas escuras janelas superiores.

"Com certeza não vamos passar a noite aqui, vamos, senhor?", exclamou. "Se tem hobbits nesse lugar, por que não procuramos alguns dispostos a nos abrigar? Seria mais acolhedor."

"O que há de errado com a estalagem?", disse Frodo. "Tom Bombadil a recomendou. Imagino que seja bem acolhedor lá dentro."

Mesmo de fora, a estalagem parecia uma casa agradável a olhos familiares. Dava de frente para a Estrada, e duas alas se estendiam para trás, em um terreno parcialmente recortado nas encostas inferiores da colina, de forma que nos fundos as janelas do segundo andar estavam ao nível do chão. Havia um amplo arco que abria para um pátio entre as duas alas, e à esquerda, sob o arco, havia um grande portal ao qual se subia por alguns degraus largos. A porta estava aberta, e a luz escoava por ela. Acima do arco havia um lampião, e embaixo dele balançava uma grande tabuleta: um gordo pônei branco erguido nas patas traseiras. Por cima da porta estava pintado em letras brancas: O PÔNEI EMPINADO DE CEVADO CARRAPICHO. Muitas das janelas inferiores mostravam luzes por trás de cortinas grossas.

Enquanto hesitavam no escuro do lado de fora, alguém começou a cantar uma alegre canção lá dentro, e muitas vozes joviais uniram-se, altas, no refrão. Passaram um momento ouvindo aquele som animador e depois apearam dos pôneis. A canção terminou, e irromperam risadas e palmas.

Conduziram os pôneis por baixo do arco e, deixando-os parados no pátio, subiram os degraus. Frodo adiantou-se e quase atropelou um homem gordo e baixo, de cabeça calva e rosto rubicundo. Vestia um avental branco e estava alvoroçado, saindo por uma porta e entrando em outra, carregando uma bandeja repleta de canecas cheias.

"Podemos...", começou Frodo.

"Meio minuto, por favor!", gritou o homem por cima do ombro, e sumiu em uma babel de vozes e uma nuvem de fumaça. Um momento depois tinha saído de novo, enxugando as mãos no avental.

"Boa noite, pequeno mestre!", disse ele, inclinando-se. "Do que está precisando?"

"Camas para quatro e cocheiras para cinco pôneis, se isso for possível. É o Sr. Carrapicho?"

"Isso mesmo! Cevado é o meu nome. Cevado Carrapicho, às suas ordens! Vocês são do Condado, hein?", indagou ele, depois subitamente bateu com a mão na testa, como quem tenta recordar alguma coisa. "Hobbits!", exclamou. "Ora, o que isso me lembra? Posso perguntar seus nomes, senhores?"

"Sr. Tûk e Sr. Brandebuque", respondeu Frodo; "e este é Sam Gamgi. Meu nome é Sotomonte."

"Veja só!", exclamou o Sr. Carrapicho, estalando os dedos. "Lá se foi de novo! Mas vai voltar quando eu tiver tempo de pensar. Estou correndo mais que os pés; mas vou ver o que posso fazer pelos senhores. Não é sempre que vem um grupo do Condado por estes dias, e eu sentiria muito se não pudesse recebê-los. Mas hoje à noite já tem tamanha multidão na casa que há tempos não aparece. Nunca chove, mas depois derrama, como dizemos em Bri."

"Ei! Nob!", gritou ele. "Cadê você, sua lesma de pés lanudos? Nob!"

"Chegando, senhor! Chegando!" Um hobbit de aspecto jovial surgiu de repente por uma porta e, ao ver os viajantes, parou e os encarou com grande interesse.

"Cadê o Bob?", perguntou o senhorio. "Não sabe? Bem, encontre-o! À toda! Não tenho seis pernas e nem seis olhos! Diga ao Bob que tem cinco pôneis que precisam de estábulos. Ele precisa achar espaço de algum jeito." Nob saiu trotando com um sorriso e uma piscadela.

"Ora bem, o que eu ia dizer?", disse o Sr. Carrapicho, batendo na testa. "Uma coisa expulsa a outra, por assim dizer. Esta noite estou tão ocupado que minha cabeça está rodando. Tem um grupo que veio subindo o Caminho Verde, lá do Sul, ontem à noite — e isso já foi bem estranho para começar. Depois tem uma companhia viajante de anãos rumando para o Oeste que chegou esta tardinha. E agora são vocês. Se não fossem hobbits, duvido que pudéssemos alojá-los. Mas temos um ou dois quartos na ala norte que foram feitos especialmente para hobbits quando este lugar foi construído. No térreo, como eles costumam preferir; janelas redondas e tudo o que eles gostam. Espero que fiquem confortáveis. Vão querer jantar, sem dúvida. Assim que for possível. Agora, por aqui!"

Conduziu-os por curto espaço ao longo de um corredor e abriu uma porta. "Aqui tem uma bela salinha de estar!", disse ele. "Espero que sirva. Agora deem licença. Estou tão ocupado. Sem tempo para falar. Preciso ir trotando. É trabalho duro para duas pernas, mas não emagreço. Mais tarde passo aqui. Se quiserem alguma coisa toquem a sineta e Nob virá. Se ele não vir, toquem e gritem!"

Finalmente partiu, deixando-os sentindo-se sem fôlego. Parecia capaz de falar num fluxo infindável, não importa o quanto estivesse ocupado. Viram-se num recinto pequeno e acolhedor. Havia um bom fogo aceso na lareira e, diante dela, algumas cadeiras baixas e confortáveis. Havia uma mesa redonda, já coberta com uma toalha branca, e sobre ela uma grande sineta. Mas Nob, o criado hobbit, entrou apressado muito antes que pensassem em tocar. Trouxe velas e uma bandeja repleta de pratos.

"Vão querer algo para beber, mestres?", perguntou. "E posso lhes mostrar os quartos enquanto aprontam seu jantar?"

Estavam lavados e ocupados com boas e fundas canecas de cerveja quando o Sr. Carrapicho e Nob entraram outra vez. Num piscar de olhos a mesa estava posta. Havia sopa quente, frios, uma torta de amoras-pretas, pães frescos, pedaços de manteiga e meio queijo maduro: comida boa e simples, boa como teriam no Condado e bastante acolhedor para desfazer a última desconfiança de Sam (já bem aliviada pela excelência da cerveja).

O senhorio rodou um pouco por ali e depois preparou-se para deixá-los. "Não sei se gostariam de se juntar ao grupo quando tiverem jantado", comentou ele, de pé junto à porta. "Quem sabe vão preferir ir para a cama. Ainda assim, a companhia teria muito prazer em recebê-los, se estiverem dispostos. Não temos Forasteiros — viajantes do Condado, eu devia dizer, com seu perdão — com frequência; e gostamos de ouvir algumas notícias, ou qualquer história ou canção em que estejam pensando. Mas como quiserem! Toquem a sineta se precisarem de alguma coisa!"

Sentiram-se tão refeitos e reanimados ao final do jantar (cerca de três quartos de hora de contínua atividade, sem interrupções para conversa desnecessária) que Frodo, Pippin e Sam decidiram juntar-se à companhia. Merry disse que seria abafado demais. "Vou ficar sentado quieto aqui junto ao fogo por algum tempo e quem sabe saia mais tarde para tomar ar. Cuidado com o que fazem e dizem, e não se esqueçam de que deveriam estar escapando em segredo, mas ainda estão em plena estrada e não muito longe do Condado!"

"Muito bem!", disse Pippin. "Cuide-se você! Não se perca e não esqueça que é mais seguro dentro de casa!"

A companhia estava no grande salão comum da estalagem. O grupo era grande e misturado, como Frodo percebeu quando seus olhos se acostumaram à iluminação. Esta vinha principalmente de um intenso fogo de troncos, pois os três lampiões suspensos nas vigas eram fracos e estavam meio envoltos em fumaça. Cevado Carrapicho estava de pé junto ao fogo, conversando com alguns anões e um ou dois homens de aspecto estranho. Nos bancos havia gente variada: homens de Bri, uma coleção de hobbits locais (sentados juntos, tagarelando), mais alguns anões, e outros vultos vagos difíceis de distinguir lá nas sombras e nos cantos.

Assim que os hobbits do Condado entraram, houve um coro de boas-vindas da gente de Bri. Os estranhos, especialmente os que tinham subido do Caminho Verde, encararam-nos curiosos. O senhorio apresentou os recém-chegados ao povo de Bri tão depressa que, apesar de terem entendido muitos nomes, raramente tiveram certeza de quem eram os donos. Os Homens de Bri pareciam todos ter nomes um tanto botânicos (e bem esquisitos para a gente do Condado), como Vela-de-Junco, Barba-de-Bode, Urzal, Macieira, Lã-de-Cardo e Samambaia (sem falar em Carrapicho). Alguns dos hobbits tinham nomes semelhantes. Os Artemísias, por exemplo, pareciam numerosos. Mas a maior parte tinha nomes naturais como Ladeira, Texugo, Buraqueiro, Areias e Tuneloso, muitos dos quais se usavam no Condado. Havia vários Sotomontes de Estrado, e, como não podiam imaginar que alguém tivesse o mesmo nome sem ser parente, acolheram Frodo cordialmente como um primo há muito perdido.

Na verdade, os hobbits de Bri eram amistosos e curiosos, e Frodo logo descobriu que teria que fornecer alguma explicação sobre o que estava fazendo. Afirmou que se interessava por história e geografia (o que provocou grande balançar de cabeças, apesar de nenhuma dessas palavras ser muito usada no dialeto de Bri). Disse que pensava em escrever um livro (o que provocou silencioso espanto), e que ele e os amigos queriam coletar informações sobre hobbits que viviam fora do Condado, especialmente nas terras orientais.

Diante disso, irrompeu um coro de vozes. Se Frodo realmente quisesse escrever um livro e tivesse muitos ouvidos, em poucos minutos teria aprendido o suficiente para vários capítulos. E como se não bastasse, deram-lhe toda uma lista de nomes, começando com "o Velho Cevado aqui", que ele poderia consultar para informações adicionais. Mas, algum tempo depois, visto que Frodo não dava sinal de escrever um livro ali mesmo, os hobbits voltaram às suas perguntas sobre os fatos do Condado. Frodo não se mostrou muito comunicativo e logo se viu sentado sozinho num canto, escutando e olhando em volta.

Os Homens e Anãos falavam mormente de eventos distantes e contavam notícias de um tipo que estava se tornando demasiado comum. Havia distúrbios lá no Sul e parecia que os Homens que tinham subido pelo Caminho Verde estavam se mudando, procurando terras onde pudessem encontrar alguma paz. A gente de Bri era solidária, mas claramente não estava disposta a admitir grande número de estrangeiros em sua terrinha. Um dos viajantes, um sujeito estrábico e repulsivo, previa que cada vez mais pessoas viriam para o norte no futuro próximo. "Se não lhes derem espaço, eles mesmos vão fazê-lo. Têm direito de viver como todo mundo", disse em voz alta. Os habitantes locais não pareceram contentes com a perspectiva.

Os hobbits não deram muita atenção a tudo aquilo, pois no momento não parecia dizer respeito a hobbits. O Povo Grande dificilmente pediria alojamento em tocas de hobbits. Estavam mais interessados em Sam e Pippin, que já se sentiam bem em casa e conversavam alegres sobre os eventos do Condado. Pippin provocou muitos risos com um relato do desabamento do teto da Toca Municipal de Grã-Cava: Will Pealvo, Prefeito e o hobbit mais gordo da Quarta Oeste, fora enterrado em greda e saiu como um bolinho enfarinhado. Mas houve várias perguntas que deixaram Frodo um pouco inseguro. Um dos moradores de Bri, que parecia ter estado no Condado várias vezes, queria saber onde viviam os Sotomontes e de quem eram parentes.

De repente Frodo percebeu que um homem curtido pelo tempo, de estranho aspecto, sentado nas sombras junto à parede, também escutava atento a conversa dos hobbits. Tinha à sua frente um caneco alto e fumava um cachimbo de tubo comprido com entalhes curiosos. Tinha as pernas estendidas à frente, mostrando botas altas de couro maleável que lhe serviam bem, mas tinham passado por muitas agruras e agora estavam empastadas de barro. Uma capa de pano grosso, verde-escura e manchada pelas viagens, estava fechada em torno dele, e, apesar do calor do recinto, ele usava um capuz que fazia sombra em seu rosto; mas o brilho de seus olhos podia ser visto enquanto observava os hobbits.

"Quem é esse?", perguntou Frodo quando teve oportunidade de sussurrar ao Sr. Carrapicho. "Acho que não o apresentou."

"Ele?", disse o senhorio sussurrando em resposta, olhando de esguelha sem virar a cabeça. "Não sei ao certo. É dessa gente vagante — nós os chamamos de Caminheiros. Ele raramente fala: não que não possa contar uma bela história quando está disposto. Some por um mês, ou um ano, e daí aparece de novo. Na primavera passada ficou entrando e saindo bastante; mas não o vi por aí ultimamente. O nome de verdade dele eu nunca ouvi: mas por aqui o conhecem como Passolargo. Anda bem veloz nas pernas compridas; mas não conta a ninguém o seu motivo para pressa. Mas não há como explicar o Leste e o Oeste, como dizemos em Bri, significando os Caminheiros e a gente do Condado, com sua licença. Engraçado você perguntar dele." Mas, nesse momento, o Sr. Carrapicho foi chamado por um pedido de mais cerveja, e sua última observação permaneceu sem explicação.

Frodo percebeu que Passolargo agora olhava para ele, como se tivesse ouvido ou adivinhado tudo o que fora dito. Pouco depois, acenando com a mão e inclinando a cabeça, ele convidou Frodo a vir sentar-se junto dele. Quando Frodo se aproximou, ele puxou o capuz para trás, mostrando uma cabeça desgrenhada, de cabelos escuros salpicados de cinza, e um par de olhos cinzentos e alertas em um rosto pálido e severo.

"Chamam-me de Passolargo", disse ele em voz baixa. "Tenho muito prazer em conhecê-lo, Mestre... Sotomonte, se é que o velho Carrapicho acertou seu nome."

"Acertou", assentiu Frodo com rigidez. Estava longe de se sentir confortável à vista daqueles olhos alertas.

"Bem, Mestre Sotomonte," disse Passolargo, "se eu fosse você, impediria seus jovens amigos de falarem demais. Bebida, fogo e encontros fortuitos são bem agradáveis, mas, bem... aqui não é o Condado. Há gente esquisita por aí. Mas não devia ser eu dizendo isso, você pode estar pensando", acrescentou com um sorriso retorcido, vendo a olhadela de Frodo. "E houve viajantes ainda mais estranhos passando por Bri ultimamente", prosseguiu, observando o rosto de Frodo.

Frodo retornou-lhe o olhar, mas nada disse; e Passolargo não deu mais sinal. Sua atenção pareceu fixar-se repentinamente em Pippin. Alarmado, Frodo deu-se conta de que o ridículo jovem Tûk, encorajado pelo sucesso com o gordo Prefeito de Grã-Cava, estava, na verdade, fazendo um relato cômico da festa de despedida de Bilbo. Já estava fazendo uma imitação do Discurso e se aproximava do espantoso Desaparecimento.

Frodo aborreceu-se. Era uma história bem inofensiva para a maioria dos hobbits locais, sem dúvida: apenas uma história engraçada sobre aquela gente engraçada do outro lado do Rio; mas alguns (por exemplo, o velho Carrapicho) sabiam de algumas coisas e provavelmente já tinham ouvido boatos do sumiço de Bilbo muito tempo atrás. Isso lhes recordaria o nome Bolseiro, especialmente se tivesse havido investigações sobre esse nome em Bri.

Frodo ficou irrequieto, pensando no que deveria fazer. Pippin evidentemente estava apreciando a atenção que conquistara, esquecendo-se por completo do seu perigo. Frodo temeu de repente que, no humor do momento, ele pudesse chegar a mencionar o Anel; e isso poderia ser um desastre.

"É melhor fazer alguma coisa depressa!", Passolargo cochichou em seu ouvido.

Frodo levantou-se de um salto, pôs-se de pé numa mesa e começou a falar. A atenção da plateia de Pippin foi perturbada. Alguns dos hobbits olharam para Frodo, riram e bateram palmas, pensando que o Sr. Sotomonte tinha tomado toda a cerveja que aguentava.

Frodo sentiu-se repentinamente muito tolo e viu-se (como costumava fazer quando discursava) manuseando os objetos em seu bolso. Sentiu o Anel em sua corrente e, muito inexplicavelmente, foi tomado pelo desejo de colocá-lo e sumir daquela situação tola. De algum modo pareceu-lhe que a sugestão lhe vinha de fora, de alguém ou algo naquela sala. Resistiu firmemente à tentação e agarrou o Anel na mão, como se quisesse dominá-lo e evitar que escapasse ou causasse algum dano. De qualquer modo, isso não lhe deu nenhuma inspiração. Falou "algumas palavras adequadas", como diriam no Condado: "Estamos todos muito gratos pela gentileza de sua recepção, e arrisco-me a esperar que minha breve visita ajude a renovar os velhos laços de amizade entre o Condado e Bri"; depois hesitou e tossiu.

Todos na sala estavam agora olhando para ele. "Uma canção!", gritou um dos hobbits. "Uma canção! Uma canção!", gritaram todos os demais. "Vamos, mestre, cante-nos alguma coisa que não ouvimos antes!"

Por um momento, Frodo ficou boquiaberto. Depois, desesperado, começou uma canção ridícula de que Bilbo gostava bastante (e, na verdade, se orgulhava bastante, pois ele mesmo inventara a letra). Era sobre uma estalagem; e provavelmente foi por isso que Frodo a recordou justo naquele momento. Aqui está toda ela. Hoje em dia, em regra, só se recordam algumas palavras.

Numa estalagem, velha estalagem
   ao pé do morro antigo,
A cerveja que fazem é tão castanha
Que o Homem da Lua com sede tamanha
   desceu que nem pôde consigo.

O gato ébrio do estribeiro
   na rabeca é mestre cheio;
O arco empunha o gato borracho,
Guinchando alto, roncando baixo
   ou serrando pelo meio.

O dono tem um cachorrinho
   que é louco por um chiste;
Se fazem graça os fregueses,
Escuta e ri todas as vezes,
   engasga, mas não desiste.

Também têm lá uma vaca chifruda,
   altiva qual rainha;
A música a anima e faz com que aplauda,
E como que ébria balança a cauda,
   na grama dança sozinha.

Ó! quanta baixela feita de prata
   e de prata colheres a rodo!
Pro domingo[1] *existe um par especial,*
Polido e lustrado, nada banal,
   durante o sábado todo.

---

[1] Ver nota 6, III, p. 1169. [N. A.]

O Homem da Lua bebeu quanto pôde
  e o gato pôs-se a lamentar;
Colher e prato dançavam na mesa,
No jardim a vaca saltava bem tesa,
  e o cachorro a cauda a caçar.

O Homem da Lua tomou mais um trago
  e sob a cadeira rolou;
E lá cochilou e sonhou com cerveja,
As estrelas do céu a sumir, ora veja,
  e por pouco o Sol não raiou.

O estribeiro então falou ao seu gato:
  "Os brancos corcéis da Lua
Relincham e mordem os freios de prata;
Mas o Homem ressona, e nada o resgata,
  e logo o Sol sai à rua!"

O gato ao violino tocou grosso e fino
  uma dança de erguer o freguês:
Guinchando, serrando, dá tudo que pode,
E o dono o Homem da Lua sacode
  Dizendo: "Já passa das três!"

Rolaram o Homem colina acima,
  na Lua o puseram no ato,
Os corcéis a galope atrás da ressaca,
Saltando qual corça vinha a vaca,
  e a colher fugiu com um prato.

À toda o violino tocou grosso e fino,
  rugia bem alto o cão,
A vaca e os cavalos de ponta-cabeça;
Convivas pulavam da cama depressa
  dançando sobre o chão.

Pim, pum, da rabeca as cordas romperam!
  a vaca saltou sobre a Lua,
O cãozinho já não parava de rir,
E o prato de sábado pôs-se a fugir
  co'a colher que aos domingos atua.

A Lua escondeu-se por trás da colina
  quando a Sol[2] foi erguendo a cabeça.

---

[2]Os Elfos (e os Hobbits) sempre se referem ao Sol como Ela. [N. A.]

E mal conseguia crer no que via,
Pois, incrível que fosse, apesar de já dia,
foram todos pra cama depressa![A]

Houve aplausos altos e longos. Frodo tinha boa voz, e a canção lhes estimulou a imaginação. "Onde está o velho Cevada?", exclamaram. "Ele devia ouvir isso. Bob devia ensinar o gato a tocar rabeca, e daí poderíamos dançar." Pediram mais cerveja e começaram a gritar: "Vamos ouvir de novo, mestre! Vamos lá! Mais uma vez!"

Fizeram Frodo beber mais uma e depois recomeçar a canção, enquanto muitos deles cantavam junto; pois a melodia era bem conhecida, e eles eram rápidos em pegar a letra. Agora foi a vez de Frodo sentir-se contente. Deu pulinhos na mesa; e, quando chegou pela segunda vez em *a vaca saltou sobre a Lua*, deu um pulo no ar. Com demasiado vigor; pois desceu, bum, em cima de uma bandeja cheia de canecas, e escorregou, e rolou da mesa com estrondo, tinido e choque! Toda a plateia escancarou a boca de rir e parou em silêncio pasmado; pois o cantor desapareceu. Simplesmente sumiu, como se tivesse passado pelo chão, zás, sem deixar buraco!

Os hobbits locais olharam fixamente, estupefatos, e depois se ergueram aos saltos e chamaram Cevado aos gritos. Toda a companhia se afastou de Pippin e Sam, que se viram abandonados num canto e observados de longe, sombria e duvidosamente. Era evidente que muitas pessoas já os consideravam companheiros de um mágico viajante com poderes e propósitos desconhecidos. Mas havia um morador moreno de Bri que ficou fitando-os com uma expressão astuciosa e meio zombeteira que os deixou muito desconfortáveis. Logo ele se esgueirou porta afora, seguido pelo sulista estrábico: os dois tinham cochichado juntos durante boa parte da noite.

Frodo sentiu-se um tolo. Sem saber o que mais fazer, engatinhou por baixo das mesas até o canto escuro junto a Passolargo, que permanecia sentado imóvel, sem dar sinal de seus pensamentos. Frodo reclinou-se na parede e tirou o Anel. Não sabia dizer como este acabara em seu dedo. Só podia supor que estivera manuseando-o no bolso enquanto cantava e que, de algum modo, o pusera no dedo quando estendeu a mão, num solavanco, para amortecer a queda. Por um momento perguntou-se se o próprio Anel não lhe pregara uma peça; talvez tivesse tentado revelar-se como reação a algum desejo ou comando sentido na sala. Não lhe agradava o aspecto dos homens que haviam saído.

"Bem?", comentou Passolargo quando ele ressurgiu. "Por que fez aquilo? Pior do que qualquer coisa que seus amigos poderiam dizer! Meteu os pés pelas mãos! Ou devo dizer o dedo?"

"Não sei o que quer dizer", disse Frodo, irritado e alarmado.

"Oh, sabe sim", respondeu Passolargo; "mas é melhor esperarmos que o alvoroço diminua. Depois, por favor, Sr. *Bolseiro*, gostaria de uma conversinha tranquila."

"Sobre o quê?", perguntou Frodo, ignorando o súbito uso de seu nome correto.

"Um assunto de certa importância — para nós dois", respondeu Passolargo, olhando nos olhos de Frodo. "Você poderá ouvir algo do seu interesse."

"Muito bem", comentou Frodo, tentando parecer indiferente. "Falo com você mais tarde."

Enquanto isso, uma discussão acontecia junto à lareira. O Sr. Carrapicho entrara trotando e agora estava tentando escutar ao mesmo tempo vários relatos conflitantes do acontecido.

"Eu vi ele, Sr. Carrapicho", disse um hobbit; "ou melhor, não vi ele, se me entende. Ele sumiu no ar, por assim dizer."

"Não me diga, Sr. Artemísia!", respondeu o senhorio, com expressão perplexa.

"Digo sim!", retrucou Artemísia. "E quero dizer isso mesmo, ainda por cima."

"Tem algum engano em algum lugar", disse Carrapicho, balançando a cabeça. "O Sr. Sotomonte era meio grande para sumir no ar, ou na névoa, o que é mais provável nesta sala."

"Bem, onde está ele agora?" exclamaram diversas vozes.

"Como é que vou saber? Ele é livre para ir aonde quiser, contanto que pague pela manhã. Ali está o Sr. Tûk: esse não sumiu."

"Bem, eu vi o que vi e vi o que não vi", disse Artemísia obstinado.

"E eu digo que tem algum engano", repetiu Carrapicho, apanhando a bandeja e recolhendo a louça quebrada.

"É claro que há um engano!", disse Frodo. "Eu não desapareci. Aqui estou! Só estava trocando algumas palavras com Passolargo no canto."

Avançou à luz do fogo; mas a maior parte da companhia se afastou, ainda mais perturbada que antes. Não estavam nem um pouco satisfeitos com sua explicação de que engatinhara depressa por baixo das mesas depois de cair. A maioria dos Hobbits e os Homens de Bri saíram na mesma hora, ofendidos, sem gosto para mais entretenimento naquela noite. Um ou dois olharam para Frodo de modo sombrio e partiram resmungando entre si. Os Anãos e os dois ou três Homens estranhos que ainda restavam levantaram-se e deram boa noite ao senhorio, mas não a Frodo e seus amigos. Pouco tardou para não sobrar ninguém, exceto Passolargo, que continuava sentado, sem ser notado, junto à parede.

O Sr. Carrapicho não parecia muito aborrecido. Calculava, com boa probabilidade, que em muitas noites futuras sua casa estaria lotada outra vez até o presente mistério estar exaustivamente discutido. "Ora, o que andou fazendo, Sr. Sotomonte?", perguntou. "Assustando meus fregueses e quebrando minha louça com suas acrobacias!"

"Sinto muito se lhe causei algum inconveniente", disse Frodo. "Foi totalmente sem querer, eu asseguro. Um acidente muito infeliz."

"Está certo, Sr. Sotomonte! Mas se vai dar mais cambalhotas, fazer prestidigitação ou o que for, seria melhor avisar as pessoas antes — e avisar a *mim*. Por aqui temos algumas suspeitas de tudo o que é fora do normal — inquietante, se me entende; e não passamos a gostar disso de repente."

"Não hei de fazer mais nada parecido, Sr. Carrapicho, eu lhe prometo. E agora acho que vou indo para a cama. Vamos partir cedo. Pode mandar aprontar nossos pôneis para as oito horas?"

"Muito bem! Mas antes que vá gostaria de uma palavrinha em particular, Sr. Sotomonte. Acabo de recordar uma coisa que devia lhe contar. Espero que não me leve a mal. Quando eu tiver ajeitado uma ou duas coisas, vou até seu quarto, se me permitir."

"Certamente!", disse Frodo; mas sentia desânimo. Pensou em quantas conversas privadas precisaria ter antes de ir dormir e o que elas revelariam. Toda essa gente estava aliada contra ele? Começou a suspeitar que até o rosto gordo do velho Carrapicho ocultava intenções sombrias.

10

Passolargo

Frodo, Pippin e Sam retornaram à sala de estar. Não havia luz. Merry não estava lá, e o fogo estava quase apagado. Foi só depois de soprarem as brasas para produzir fogo e de lhe jogarem em cima alguns feixes de lenha que descobriram que Passolargo viera com eles. Ali estava ele, sentado calmamente numa cadeira junto à porta!

"Alô!", disse Pippin. "Quem é você e o que quer?"

"Sou chamado de Passolargo", respondeu ele; "e, apesar de ele poder ter esquecido, seu amigo prometeu ter uma conversa tranquila comigo."

"Creio que você disse que eu ouviria algo do meu interesse", disse Frodo. "O que tem a dizer?"

"Várias coisas", respondeu Passolargo. "Mas é claro que tenho meu preço."

"O que quer dizer?", perguntou Frodo abruptamente.

"Não se assuste! Só quero dizer isto: eu lhe contarei o que sei e lhe darei alguns bons conselhos — mas vou querer uma recompensa."

"E qual seria ela, se me faz favor?", indagou Frodo. Suspeitava agora que tinha caído nas mãos de um tratante e pensou incomodado que só trouxera pouco dinheiro. Ele todo mal satisfaria um trapaceiro, e Frodo não podia abrir mão de nem um pouco.

"Nada mais do que você pode gastar", respondeu Passolargo com um lento sorriso, como se adivinhasse os pensamentos de Frodo. "Apenas isto: você precisa levar-me consigo até que eu queira deixá-lo."

"Oh, realmente!", retrucou Frodo, surpreso, mas não muito aliviado. "Mesmo que eu quisesse mais um companheiro, não concordaria com uma coisa dessas antes de saber muito mais sobre você e seus afazeres."

"Excelente!", exclamou Passolargo, cruzando as pernas e reclinando-se confortavelmente. "Você parece estar recuperando o bom-senso, e isso é muito bom. Foi muito descuidado até aqui. Muito bem! Vou lhe contar o que sei e deixar a recompensa por sua conta. Você poderá dá-la de bom grado depois de me ouvir."

"Então prossiga!", disse Frodo. "O que sabe?"

"Demais; coisas sombrias demais", comentou Passolargo, soturno. "Mas quanto aos seus afazeres…" Levantou-se e foi até a porta, abriu-a depressa e olhou para fora. Depois fechou-a silenciosamente e sentou-se outra vez. "Tenho ouvidos aguçados", prosseguiu, abaixando a voz, "e, apesar de não conseguir desaparecer, cacei muitas criaturas selvagens e desconfiadas, e normalmente consigo evitar que me vejam, se assim quiser. Ora, esta tarde eu estava atrás da sebe na Estrada a oeste de Bri quando vieram quatro hobbits da região das Colinas. Não preciso repetir tudo que eles disseram ao velho Bombadil ou uns aos outros; mas uma coisa me interessou. 'Por favor lembrem-se', disse um deles, 'de que o nome Bolseiro não pode ser mencionado. Eu sou o Sr. Sotomonte, se for preciso dar algum nome.' Isso me interessou tanto que eu os segui até aqui. Esgueirei-me por cima do portão bem atrás deles. Quem sabe o Sr. Bolseiro tenha um motivo honesto para deixar o nome para trás; mas, se for assim, eu o aconselharia, e a seus amigos, a terem mais cuidado."

"Não sei que interesse meu nome tem para qualquer pessoa de Bri", disse Frodo com raiva, "e ainda preciso saber por que ele interessa a você. O Sr. Passolargo pode ter um motivo honesto para espionar e ouvir conversas alheias; mas, se for assim, eu o aconselharia a explicá-lo."

"Boa resposta!", exclamou Passolargo, rindo. "Mas a explicação é simples: eu estava buscando um hobbit chamado Frodo Bolseiro. Queria encontrá-lo depressa. Fiquei sabendo que ele levava para fora do Condado, bem, um segredo que diz respeito a mim e a meus amigos.

"Ora, não me entenda mal!", exclamou Passolargo quando Frodo se ergueu da cadeira e Sam pulou de cenho franzido. "Vou cuidar do segredo melhor que você. E é preciso cuidado!" Inclinou-se para diante e olhou para eles. "Vigiem cada sombra!", disse em voz baixa. "Cavaleiros negros passaram por Bri. Na segunda-feira veio um descendo pelo Caminho Verde, dizem; e outro apareceu depois, subindo pelo Caminho Verde, vindo do sul."

Fez-se silêncio. Finalmente Frodo falou a Pippin e Sam: "Eu devia ter adivinhado, pela forma como o porteiro nos recebeu", disse ele. "E o senhorio parece ter ouvido alguma coisa. Por que nos pressionou a irmos ter com a companhia? E por que cargas d'água nos comportamos de modo tão tolo: devíamos ter ficado quietos aqui dentro."

"Teria sido melhor", comentou Passolargo. "Eu os teria impedido de ir ao salão comum, se pudesse; mas o taverneiro não me deixou entrar para falar-lhe, nem levou recado."

"Acha que ele...", começou Frodo.

"Não, não penso mal do velho Carrapicho. Só que ele não gosta nada de vagabundos misteriosos do meu tipo." Frodo olhou-o confuso. "Bem, eu tenho um aspecto bem de tratante, não tenho?", disse Passolargo com o lábio torcido e um brilho esquisito nos olhos. "Mas espero que possamos nos conhecer melhor. Quando isso acontecer, espero que você explique o que aconteceu no fim de sua canção. Pois essa pequena travessura..."

"Foi puro acidente!", interrompeu Frodo.

"Fico pensando", prosseguiu Passolargo. "Acidente então. Esse acidente pôs em perigo sua posição."

"Quase nada além do que já estava", retrucou Frodo. "Eu sabia que esses cavaleiros estavam me perseguindo; mas, de qualquer modo, agora eles parecem ter me perdido e foram embora."

"Não pode contar com isso!", disse Passolargo abruptamente. "Eles vão voltar. E mais estão chegando. Há outros. Sei quantos são. Conheço esses Cavaleiros." Fez uma pausa, e seus olhos estavam frios e severos. "E há algumas pessoas em Bri que não merecem confiança", prosseguiu. "Bill Samambaia, por exemplo. Tem um mau nome na região de Bri, e gente esquisita visita sua casa. Deve tê-lo visto na companhia: um sujeito moreno com expressão de escárnio. Estava bem perto de um dos estrangeiros Sulistas, e saíram de fininho juntos, logo após o seu 'acidente'. Nem todos esses Sulistas têm boas intenções; e quanto a Samambaia, ele venderia qualquer coisa a qualquer pessoa; ou causaria prejuízos para se divertir."

"O que Samambaia vai vender e o que meu acidente tem a ver com ele?", disse Frodo, ainda decidido a não entender as insinuações de Passolargo.

"Notícias suas, é claro", respondeu Passolargo. "Um relato de seu número seria muito interessante para certas pessoas. Depois disso dificilmente teriam que ficar sabendo seu nome verdadeiro. Parece-me extremamente provável que vão sabê-lo antes que esta noite termine. Isso basta? Pode fazer o que quiser com minha recompensa: leve-me como guia ou não. Mas posso dizer que conheço todas as terras entre o Condado e as Montanhas Nevoentas, pois perambulei por elas durante muitos anos. Sou mais velho do que pareço. Posso ser de alguma valia. Depois desta noite você terá que abandonar a estrada aberta, pois os cavaleiros vão vigiá-la noite e dia. Poderá escapar de Bri, e lhe permitirão avançar enquanto brilhar o Sol, mas não irá longe. Vão atacá-lo no ermo, em algum lugar escuro onde não há auxílio. Quer que o encontrem? Eles são terríveis!"

Os hobbits olharam-no e viram, surpresos, que seu rosto estava distorcido como se fosse de dor, e suas mãos agarravam os braços da cadeira. O quarto estava muito quieto e silencioso, e a luz parecia ter enfraquecido. Por um instante ele ficou sentado com olhos que nada viam, como se caminhasse numa lembrança distante ou escutasse sons longínquos na Noite.

"Aí está!", exclamou um momento depois, passando a mão pela testa. "Talvez eu saiba mais do que vocês sobre esses perseguidores. Vocês os temem, mas ainda não os temem o bastante. Amanhã terão que escapar, se puderem. Passolargo pode conduzi-los por trilhas que raramente são pisadas. Querem a companhia dele?"

Fez-se um pesado silêncio. Frodo não deu resposta, sua mente estava confusa com dúvida e temor. Sam franziu o cenho e os olhos para o patrão e finalmente irrompeu:

"Com sua licença, Sr. Frodo, eu diria que *não*! Este Passolargo, ele alerta e ele diz 'tomem cuidado'; e eu digo *sim* para isso, e vamos começar por ele. Ele vem lá do Ermo, e nunca ouvi falar bem de gente assim. Ele sabe alguma coisa, isso está claro, e mais do que eu gosto; mas não é motivo pra nós deixarmos que ele nos conduza a algum lugar escuro e longe de auxílio, como ele diz."

Pippin estava irrequieto e parecia desconfortável. Passolargo não respondeu a Sam, mas voltou os olhos aguçados para Frodo. Frodo viu que ele o espiava e desviou os olhos. "Não", disse devagar. "Não concordo. Eu penso, penso que você não é realmente como decidiu parecer. Começou falando comigo como o povo de Bri, mas sua voz mudou. Ainda assim, parece que Sam tem razão nisto: não vejo por que você nos alerta para termos cuidado, porém pede que confiemos em você. Por que o disfarce? Quem é você? O que você realmente sabe sobre... sobre meus afazeres? E como sabe?"

"A lição de cautela foi bem aprendida", disse Passolargo com um sorriso inflexível. "Mas cautela é uma coisa e titubear é outra. Agora jamais chegará a Valfenda por seus próprios meios, e confiar em mim é sua única chance. Você precisa decidir-se. Responderei a algumas de suas perguntas, se isso o ajudar na decisão. Mas por que haveria de acreditar na minha história se já não confia em mim? Seja como for, aqui está..."

Nesse momento alguém bateu à porta. O Sr. Carrapicho chegara com velas e, atrás dele, estava Nob com jarras de água quente. Passolargo encolheu-se num canto escuro.

"Vim lhes dar boa noite", disse o senhorio pondo as velas na mesa. "Nob! Leve a água aos quartos!" Entrou e fechou a porta.

"É assim", começou ele, hesitando e parecendo aflito. "Se fiz algum mal, estou sinceramente arrependido. Mas uma coisa expulsa a outra, como se deve admitir; e sou um homem ocupado. Mas nesta semana uma coisa e depois outra atiçaram minha memória, como diz o ditado, e espero que não seja tarde demais. Veja, me pediram para esperar hobbits do Condado, em especial um com o nome de Bolseiro."

"E o que isso tem a ver comigo?", perguntou Frodo.

"Ah! você é quem sabe", respondeu o senhorio, com astúcia. "Não vou denunciá-lo, mas me disseram que esse Bolseiro estaria viajando com o nome de Sotomonte, e recebi uma descrição que se ajusta bem em você, eu é que digo."

"De fato! Como é então?", indagou Frodo, interrompendo imprudentemente.

"'Um sujeitinho robusto de bochechas vermelhas', comentou o Sr. Carrapicho solenemente. Pippin deu uma risadinha, mas Sam pareceu indignado. 'Isso não vai ajudá-lo muito; vale para a maioria dos hobbits, Cevada', ele me disse", prosseguiu o Sr. Carrapicho com uma olhadela para Pippin. 'Mas este é mais alto que alguns e mais bonito que a maioria, e tem um corte no queixo: rapaz animado de olhos brilhantes'. Perdão, mas foi ele quem disse, não eu."

"*Ele* disse? E quem era ele?", perguntou Frodo com avidez.

"Ah! Foi Gandalf, se sabe a quem me refiro. Um mago, dizem que ele é, mas é bom amigo meu, seja mago ou não. Mas agora não sei o que ele há de me dizer se eu o vir de novo: vai azedar toda a minha cerveja ou me transformar num bloco de madeira, não me espantaria. Ele é meio apressado. Seja como for, o que está feito não pode ser desfeito."

"Bem, o que você fez?", indagou Frodo, perdendo a paciência com o lento desenrolar dos pensamentos de Carrapicho.

"Onde eu estava?", disse o senhorio, fazendo uma pausa e estalando os dedos. "Ah, sim! O velho Gandalf. Três meses atrás ele entrou direto em minha sala sem bater. 'Cevada,' diz ele, 'vou partir pela manhã. Pode fazer algo por mim?' 'Basta dizer', eu respondi. 'Estou com pressa', disse ele, 'e eu próprio não tenho tempo, mas quero mandar um recado ao Condado. Você tem alguém que possa mandar, em quem você confie?' 'Posso achar alguém,' eu falei, 'quem sabe amanhã ou depois de amanhã.' 'Que seja amanhã', disse ele, e me deu uma carta.

"Está endereçada bem claramente", afirmou o Sr. Carrapicho, tirando uma carta do bolso e lendo o endereço lenta e altivamente (dava valor à sua reputação de homem letrado):

Sr. FRODO BOLSEIRO, BOLSÃO,
VILA-DOS-HOBBITS no CONDADO.

"Uma carta de Gandalf para mim!", exclamou Frodo.

"Ah!", disse o Sr. Carrapicho. "Então seu nome verdadeiro é Bolseiro?"

"É," assentiu Frodo, "e é melhor me dar essa carta imediatamente e explicar por que jamais a mandou. Imagino que isso é o que veio me contar, apesar de ter levado muito tempo para chegar ao ponto."

O pobre Sr. Carrapicho parecia incomodado. "Tem razão, mestre," disse ele, "e peço seu perdão. E tenho medo mortal do que Gandalf vai dizer, se tiver causado algum mal. Mas não a segurei de propósito. Guardei-a em segurança. Daí não consegui encontrar ninguém disposto a ir ao Condado no dia seguinte, nem no dia depois desse, e não podia abrir mão de ninguém do meu pessoal; e daí uma coisa e depois outra expulsou isso da minha cabeça. Sou um homem ocupado. Vou fazer o que puder para ajeitar as coisas e, se houver alguma ajuda que eu possa dar, basta dizer.

"Deixando de lado a carta, eu não prometi menos a Gandalf. 'Cevada', disse ele para mim, 'esse meu amigo do Condado, pode ser que apareça por aqui brevemente, ele e outro. Virá com o nome de Sotomonte. Atente para isso! Mas não precisa fazer perguntas. E, se eu não estiver com ele, poderá estar em apuros e poderá precisar de ajuda. Faça por ele tudo o que puder e serei grato', ele disse. E aqui está você, e parece que os apuros não estão longe."

"O que quer dizer?", perguntou Frodo.

"Esses homens de preto", disse o senhorio, baixando a voz. "Estão buscando por *Bolseiro* e se eles têm boas intenções, eu sou um hobbit. Foi na segunda-feira, e todos os cachorros estavam choramingando, e os gansos gritavam. Sinistro, disse eu. Nob, ele veio e me contou que dois homens de preto estavam à porta perguntando por um hobbit chamado Bolseiro. O cabelo de Nob estava todo em pé. Mandei embora os sujeitos de preto e bati a porta na cara deles; mas ouvi dizer que estão fazendo a mesma pergunta daqui até Archet. E aquele Caminheiro, Passolargo, ele também esteve fazendo perguntas. Tentou entrar aqui para encontrá-lo antes de você comer um bocado ou jantar, foi isso."

"Foi isso!", disse Passolargo de repente, adiantando-se para a luz. "E muitos apuros poderiam ter sido evitados se você o tivesse deixado entrar, Cevado."

O senhorio deu um salto, surpreso. "Você!", exclamou. "Está sempre surgindo de repente. O que quer agora?"

"Ele está aqui com minha permissão", disse Frodo. "Veio oferecer-me sua ajuda."

"Bem, quem sabe de seus afazeres é você, talvez", comentou o Sr. Carrapicho, olhando para Passolargo com suspeita. "Mas se eu estivesse na sua dificuldade não me associaria com um Caminheiro."

"Então se associaria com quem?", perguntou Passolargo. "Com um taverneiro gordo que só se lembra do próprio nome porque as pessoas o gritam para ele o dia inteiro? Eles não podem ficar no Pônei para sempre e não podem ir para casa. Têm uma longa estrada diante de si. Você vai com eles para afastar os homens de preto?"

"Eu? Deixar Bri! Eu não faria isso por dinheiro nenhum", disse o Sr. Carrapicho, parecendo assustado de verdade. "Mas por que não pode passar um tempo quieto aqui, Sr. Sotomonte? O que são todos esses acontecimentos esquisitos? O que esses homens de preto estão perseguindo e de onde vêm, é o que eu queria saber."

"Lamento não poder explicar tudo", respondeu Frodo. "Estou cansado e muito preocupado, e é uma longa história. Mas, se quer me ajudar, eu o aviso de que estará em perigo enquanto eu estiver em sua casa. Esses Cavaleiros Negros: não tenho certeza, mas penso, temo que venham de..."

"Eles vêm de Mordor", disse Passolargo em voz baixa. "De Mordor, Cevado, se isso significa algo para você."

"Salve-nos!", exclamou o Sr. Carrapicho, empalidecendo; evidentemente o nome lhe era conhecido. "Essa é a pior notícia que chegou em Bri no meu tempo."

"É sim", disse Frodo. "Ainda está disposto a me ajudar?"

"Estou", assentiu o Sr. Carrapicho. "Mais do que nunca. Porém não sei o que alguém como eu pode fazer contra, contra...", hesitou.

"Contra a Sombra no Leste", completou Passolargo, baixinho. "Não é muito, Cevado, mas todo pouquinho ajuda. Pode deixar o Sr. Sotomonte dormir aqui esta noite, como Sr. Sotomonte, e pode esquecer o nome Bolseiro até que ele esteja bem longe."

"Vou fazer isso", disse Carrapicho. "Mas vão descobrir que ele está aqui sem ajuda minha, eu temo. É pena o Sr. Bolseiro ter chamado atenção para si esta noite, para não dizer mais. A história da partida desse Sr. Bilbo foi ouvida em Bri antes de hoje à noite. Até nosso Nob adivinhou algumas coisas no seu cocuruto lerdo; e tem outros em Bri que raciocinam mais depressa que ele."

"Bem, só podemos esperar que os Cavaleiros não voltem logo", disse Frodo.

"Espero mesmo que não", concordou Carrapicho. "Mas sejam assombrações ou não, não vão entrar tão facilmente no Pônei. Não se preocupem até a manhã. Nob não vai dizer palavra alguma. Nenhum homem de preto vai passar por minhas portas enquanto eu puder ficar de pé. Eu e meu pessoal vamos vigiar hoje à noite; mas é melhor que durmam um pouco, se puderem."

"Seja como for, precisamos ser chamados ao amanhecer", avisou Frodo. "Precisamos partir o mais cedo possível. Desjejum às seis e meia, por favor."

"Certo! Vou dar as ordens", disse o senhorio. "Boa noite, Sr. Bolseiro — Sotomonte, eu deveria dizer! Boa noite — ora, veja só! Onde está o seu Sr. Brandebuque?"

"Não sei", respondeu Frodo com súbita ansiedade. Tinham-se esquecido de Merry por completo, e estava ficando tarde. "Temo que esteja lá fora. Ele falou alguma coisa sobre sair para tomar ar."

"Bem, vocês precisam ser vigiados com certeza: seu grupo parece que está de férias!", exclamou Carrapicho. "Preciso ir depressa aferrolhar as portas, mas vou garantir que deixem seu amigo entrar quando ele chegar. É melhor mandar Nob procurá-lo. Boa noite a todos!" Finalmente o Sr. Carrapicho saiu, com outro olhar duvidoso para Passolargo e um balanço de cabeça. Seus passos recuaram pelo corredor.

"Bem?", disse Passolargo. "Quando vai abrir a carta?" Frodo examinou o lacre com cuidado antes de rompê-lo. Certamente parecia ser de Gandalf. No interior, escrita na letra vigorosa, mas graciosa, do mago, havia a seguinte mensagem:

O PÔNEI EMPINADO, BRI.
Dia do Meio-do-verão, Ano 1418 do Condado.

Caro, Frodo,

Más notícias me chegaram aqui. Preciso partir imediatamente. É melhor que você deixe Bolsão logo e saia do Condado o mais tardar antes do final de julho. Vou retornar assim que puder e vou segui-lo, se descobrir que foi embora. Deixe um recado para mim aqui, se passar por Bri. Pode confiar no senhorio (Carrapicho). Poderá encontrar um amigo meu na Estrada: um Homem magro, moreno e alto, que alguns chamam de Passolargo. Ele conhece nosso assunto e vai ajudá-lo. Rume para Valfenda. Ali espero que possamos nos reencontrar. Se eu não chegar, Elrond vai aconselhá-lo.

Seu, com pressa,

GANDALF ᚠ

OBS: NÃO O use de novo, não importa por qual motivo! Não viaje de noite! ᚠ

OBS2: Assegure-se de que é o Passolargo de verdade. Há muitos homens estranhos nas estradas. Seu nome verdadeiro é Aragorn. ᚠ

Não rebrilha tudo que é ouro,
  Nem perdidos estão os que vagam;
Não fenece o antigo tesouro,
  Nem geadas raízes apagam.
Das cinzas um fogo renasce,
  Uma luz das sombras virá;
A espada partida refaz-se,
  O sem-coroa outra vez reinará.[A]

OBS3: Espero que Carrapicho mande esta mensagem imediatamente. É um homem valoroso, mas sua memória é como um depósito de trastes: o que buscamos está sempre enterrado. Se ele esquecer, hei de assá-lo.

Boa Viagem! ᚠ

Frodo leu a carta para si e depois a passou a Pippin e Sam. "Realmente o velho Carrapicho confundiu as coisas!", disse ele. "Merece ser assado. Se eu tivesse recebido esta carta imediatamente, agora poderíamos todos estar a salvo em Valfenda. Mas o que terá acontecido com Gandalf? Ele escreve como se estivesse rumando para um grande perigo."

"Faz muitos anos que ele vem fazendo isso", comentou Passolargo.

Frodo virou-se e olhou-o, pensativo, admirado com a segunda OBS de Gandalf. "Por que não me contou logo que era amigo de Gandalf?", perguntou ele. "Isso teria poupado tempo."

"Teria? Algum de vocês teria acreditado em mim até agora?", disse Passolargo. "Eu nada sabia dessa carta. O que sabia é que teria de persuadi-lo a confiar em mim sem prova, se fosse ajudá-lo. Seja como for, eu não pretendia contar-lhe tudo sobre mim de imediato. Eu precisava estudar *você* primeiro e ter certeza de você. O Inimigo já me armou ciladas antes de hoje. Assim que eu estivesse decidido, estava disposto a lhe contar qualquer coisa que perguntasse. Mas preciso confessar", acrescentou ele com uma risada estranha, "que esperava que me aceitasse por mim mesmo. Às vezes um homem caçado se cansa da desconfiança e anseia por amizade. Mas nesse ponto eu creio que minha aparência está contra mim."

"Está — pelo menos à primeira vista", riu Pippin com súbito alívio após ter lido a carta de Gandalf. "Mas bonito é quem bonito faz, como dizemos no Condado; e ouso dizer que todos nós vamos ter a mesma aparência depois de passarmos dias deitados em sebes e valas."

"Levaria mais que alguns dias, ou semanas, ou anos de andanças no ermo para você se parecer com Passolargo", respondeu ele. "E você morreria primeiro, a não ser que seja feito de material mais duro do que parece."

Pippin deu-se por vencido; mas Sam não se assustou, e ainda olhava duvidoso para Passolargo. "Como vamos saber que você é o Passolargo que Gandalf fala?", exigiu. "Você nunca mencionou Gandalf até esta carta aparecer. Você poderia ser um espião representando um papel, ao que posso ver, tentando nos fazer ir consigo. Você pode ter apagado o Passolargo de verdade e pegado as roupas dele. O que tem a dizer sobre isso?"

"Que você é um sujeito decidido", respondeu Passolargo; "mas temo que minha única resposta a você, Sam Gamgi, é esta. Se eu tivesse matado o Passolargo de verdade, eu poderia matar vocês. E já os teria matado sem tanta conversa. Se eu estivesse buscando o Anel, eu poderia tê-lo — AGORA!"

Levantou-se e pareceu tornar-se subitamente mais alto. Em seus olhos brilhava uma luz incisiva e imperiosa. Jogando a capa para trás, pôs a mão no punho de uma espada que trazia escondida no flanco. Eles não ousaram mover-se. Sam ficou sentado, boquiaberto, fitando-o emudecido.

"Mas eu *sou* o Passolargo de verdade, felizmente", disse ele, baixando os olhos para eles com um rosto suavizado por um sorriso repentino. "Eu sou Aragorn, filho de Arathorn; e se puder salvá-los por vida ou morte, eu o farei."

Fez-se um longo silêncio. Por fim Frodo falou, hesitante: "Eu acreditava que você fosse amigo antes que a carta chegasse," disse ele, "ou pelo menos desejava. Você me assustou diversas vezes esta noite, mas nunca do modo como os serviçais do Inimigo me assustariam, assim imagino. Acho que um de seus espiões iria... bem, parecer mais belo e dar impressão mais imunda, se me entende."

"Entendo", riu-se Passolargo. "Eu pareço imundo e dou uma bela impressão. É isso? 'Não rebrilha tudo que é ouro, nem perdidos estão os que vagam.'"

"Então os versos se referiam a você?", perguntou Frodo. "Não consegui distinguir sobre o que eles eram. Mas como sabia que estavam na carta de Gandalf, se jamais a viu?"

"Eu não sabia", respondeu ele. "Mas eu sou Aragorn, e esses versos vêm com esse nome." Sacou a espada, e viram que a lâmina de fato estava partida um pé[1] abaixo do punho. "Não serve para grande coisa, não é, Sam?", disse Passolargo. "Mas está próxima a hora em que há de ser reforjada."

Sam nada disse.

"Bem," continuou Passolargo, "com a permissão de Sam vamos considerar isso resolvido. Passolargo há de ser seu guia. E agora acho que é hora de irem dormir e descansar o quanto puderem. Amanhã teremos uma estrada difícil. Mesmo que nos permitam deixar Bri sem impedimento, agora dificilmente podemos esperar partir sem sermos notados. Mas tentarei perder-nos assim que possível. Sei de um ou dois caminhos para sair da região de Bri que não são pela estrada principal. Assim que nos desfizermos da perseguição, vou rumar para o Topo-do-Vento."

"Topo-do-Vento?", indagou Sam. "O que é isso?"

"É uma colina logo ao norte da Estrada, perto da metade do caminho daqui até Valfenda. Ela domina uma ampla vista de todo o entorno; e ali teremos a oportunidade de olharmos em nossa volta. Gandalf vai rumar para esse ponto, se nos seguir. Depois do Topo-do-Vento nossa viagem ficará mais difícil, e vamos ter de escolher entre diferentes perigos."

"Qual foi a última vez que viu Gandalf?", perguntou Frodo. "Sabe onde está ou o que está fazendo?"

Passolargo assumiu uma expressão grave. "Não sei", disse. "Vim para o oeste com ele na primavera. Muitas vezes vigiei as fronteiras do Condado nos últimos anos, quando ele estava ocupado em outros lugares. Ele raramente o deixou desprotegido. Encontramo-nos pela última vez em primeiro de maio: no Vau Sarn, rio abaixo no Brandevin. Ele me contou que seu assunto com você havia progredido bem e que você partiria para Valfenda na última semana de setembro. Como eu sabia que ele estava ao seu lado, fui embora em minha própria viagem. E isso demonstrou ser ruim; pois é óbvio que alguma notícia chegou até ele, e eu não estava disponível para ajudar.

"Estou preocupado pela primeira vez desde que o conheço. Devíamos ter tido mensagens, mesmo que ele próprio não pudesse vir. Quando

---

[1] Cerca de 30 centímetros. [N. T.]

voltei, muitos dias atrás, ouvi as más novas. Espalhara-se por toda a parte a notícia de que Gandalf desaparecera e de que os cavaleiros tinham sido vistos. Foi a gente-élfica de Gildor que me contou; e mais tarde contaram-me que você havia saído de casa; mas não havia notícia de sua partida da Terra-dos-Buques. Estive observando a Estrada Leste com ansiedade."

"Você acha que os Cavaleiros Negros têm alguma coisa a ver com isso — quero dizer, com a ausência de Gandalf?", perguntou Frodo.

"Não sei de nada mais que pudesse tê-lo impedido, exceto pelo próprio Inimigo", disse Passolargo. "Mas não perca a esperança! Gandalf é maior do que sua gente do Condado pensa — em regra vocês só conseguem ver seus gracejos e seus brinquedos. Mas esse nosso assunto será a maior tarefa dele."

Pippin bocejou. "Lamento," disse ele, "mas estou exausto. Apesar de todo o perigo e preocupação, preciso ir para a cama ou dormir onde estou sentado. Onde está aquele sujeito tolo, o Merry? Seria a gota d'água se tivéssemos de sair no escuro para procurá-lo."

Nesse momento ouviram uma porta batendo; depois vieram pés apressando-se pelo corredor. Merry entrou à toda, seguido por Nob. Fechou a porta com pressa e se encostou nela. Estava sem fôlego. Fitaram-no alarmados por um momento, antes de ele dizer com voz entrecortada: "Eu os vi, Frodo! Eu os vi! Cavaleiros Negros!"

"Cavaleiros Negros!", exclamou Frodo. "Onde?"

"Aqui. Na aldeia. Fiquei dentro por uma hora. Depois, como vocês não voltavam, saí para um passeio. Eu já tinha voltado e estava parado um pouco fora da luz do lampião, olhando as estrelas. De repente tive um arrepio e senti que alguma coisa horrível estava rastejando para perto: havia uma espécie de sombra mais profunda entre as sombras do outro lado da estrada, logo além da beira da luz do lampião. Ela imediatamente se esgueirou para a treva, sem fazer ruído. Não havia cavalo."

"Para que lado foi?", perguntou Passolargo, súbita e bruscamente.

Merry teve um sobressalto, percebendo o estranho pela primeira vez. "Prossiga", disse Frodo. "Ele é amigo de Gandalf. Explico mais tarde."

"Pareceu que saiu Estrada acima, para o leste", continuou Merry. "Tentei seguir. É claro que sumiu quase num instante; mas dobrei a esquina e avancei até a última casa da Estrada."

Passolargo olhou para Merry, admirado. "Você tem coração resoluto", comentou ele; "mas isso foi tolice."

"Não sei", disse Merry. "Nem coragem nem tolice, eu acho. Mal consegui me segurar. Eu parecia estar sendo puxado de alguma forma. De qualquer modo, eu fui e de repente ouvi vozes junto à sebe. Uma estava murmurando, e a outra cochichava, ou chiava. Não consegui ouvir uma só palavra do que diziam. Não me arrastei mais para perto, porque comecei a tremer inteiro. Então fiquei aterrorizado, e dei a volta, e estava justamente a ponto de correr para casa quando alguma coisa chegou por trás de mim, e eu... eu despenquei."

"Eu encontrei ele, senhor", atalhou Nob. "O Sr. Carrapicho me mandou sair com um lampião. Desci até o Portão-oeste, depois voltei subindo no rumo do Portão-sul. Bem ao lado da casa de Bill Samambaia, pensei que podia ver alguma coisa na Estrada. Não posso jurar, mas me pareceu que dois homens estavam se abaixando para alguma coisa, levantando ela. Dei um grito, mas quando cheguei ao ponto não tinha sinal deles, só o Sr. Brandebuque deitado à beira da estrada. Ele parecia que estava dormindo. 'Pensei que caí em água profunda', ele disse para mim, quando sacudi ele. Estava muito esquisito, e assim que o despertei ele se levantou e correu para cá como uma lebre."

"Temo que isso seja verdade," afirmou Merry, "mas não sei o que eu disse. Tive um sonho feio que não consigo recordar. Eu me desfiz em pedaços. Não sei o que me deu."

"Eu sei", afirmou Passolargo. "O Hálito Negro. Os Cavaleiros devem ter deixado seus cavalos do lado de fora e voltaram secretamente pelo Portão-sul. Agora devem estar sabendo de todas as notícias, pois visitaram Bill Samambaia; e provavelmente aquele sulista era espião também. Alguma coisa poderá acontecer durante a noite, antes que deixemos Bri."

"O que vai acontecer?", indagou Merry. "Vão atacar a estalagem?"

"Não, acho que não", respondeu Passolargo. "Ainda não estão todos aqui. E, de qualquer modo, não é esse o costume deles. São mais fortes na sombra e solidão; não atacam abertamente uma casa onde haja luzes e muita gente — não se não estiverem desesperados, não enquanto todas as longas léguas de Eriador ainda estiverem diante de nós. Mas o poder deles está no terror, e alguns de Bri já estão em suas garras. Vão obrigar esses coitados a algum trabalho maligno: Samambaia e alguns dos estrangeiros, e quem sabe o porteiro também. Trocaram palavras com Harry no Portão-oeste na segunda-feira. Eu os estava observando. Ele estava pálido e trêmulo quando eles o deixaram."

"Parece que temos inimigos à volta toda", disse Frodo. "O que havemos de fazer?"

"Fiquem aqui e não vão aos seus quartos! Eles certamente descobriram quais são. Os quartos dos hobbits têm janelas dando para o norte e próximas do chão. Vamos todos ficar juntos e aferrolhar esta janela e a porta. Mas primeiro Nob e eu vamos buscar sua bagagem."

Enquanto Passolargo estava fora, Frodo fez a Merry um rápido relato de tudo o que ocorrera desde o jantar. Merry ainda estava lendo e ponderando a carta de Gandalf quando Passolargo e Nob voltaram.

"Bem, mestres," disse Nob, "alvorocei os lençóis e pus um almofadão no meio de cada cama. E fiz uma bela imitação de sua cabeça com um capacho de lã marrom, Sr. Bol... Sotomonte, senhor", acrescentou arreganhando os dentes.

Pippin riu. "Muito natural!", comentou ele. "Mas o que vai acontecer quando desmascararem o disfarce?"

"Havemos de ver", respondeu Passolargo. "Esperemos que possamos defender o forte até a manhã."

"Boa noite para vocês", disse Nob e saiu para assumir sua parte da vigia nas portas.

Empilharam as mochilas e o equipamento no chão da sala de estar. Empurraram uma cadeira baixa de encontro à porta e fecharam a janela. Espiando para fora, Frodo viu que a noite ainda estava limpa. A Foice[2] girava luminosa sobre as encostas da Colina-de-Bri. Depois fechou e aferrolhou as pesadas venezianas internas e juntou as cortinas. Passolargo reforçou o fogo e soprou todas as velas.

Os hobbits deitaram-se em seus cobertores, com os pés voltados para a lareira; mas Passolargo estabeleceu-se na cadeira junto à porta. Conversaram um pouco, pois Merry ainda tinha várias perguntas a fazer.

"Saltou sobre o Lua!", riu Merry à socapa, enrolando-se no cobertor. "Muito ridículo da sua parte, Frodo! Mas queria ter estado lá para ver. A nobre gente de Bri estará comentando isso daqui a cem anos."

"Assim espero", disse Passolargo. Depois todos fizeram silêncio, e, um após o outro, os hobbits caíram no sono.

---

[2] O nome que os hobbits dão à Ursa Maior. [N. A.]

11

Um Punhal no Escuro

Enquanto se preparavam para dormir na estalagem em Bri, a escuridão jazia sobre a Terra-dos-Buques; uma névoa errou pelos vales e ao longo da margem do rio. A casa em Cricôncavo estava silenciosa. Fofo Bolger abriu a porta com cuidado e espiou para fora. Um sentimento de temor estivera crescendo dentro dele o dia todo, e era incapaz de descansar ou ir para a cama: havia uma ameaça pairando no imóvel ar noturno. Enquanto ele fitava a treva lá fora, uma sombra negra se mexeu sob as árvores; o portão pareceu abrir-se por vontade própria e fechar-se de novo sem ruído. O terror tomou conta dele. Encolheu-se e por um momento ficou parado no saguão, tremendo. Depois fechou e trancou a porta.

A noite avançou. Ouviu-se o som baixo de cavalos sendo conduzidos furtivamente pela alameda. Pararam diante do portão, e três vultos negros entraram, como sombras da noite rastejando pelo chão. Um foi até a porta, os outros, um para cada canto da casa de ambos os lados; e ali ficaram em pé, imóveis como sombras de pedras, enquanto a noite prosseguia devagar. A casa e as árvores, imóveis, pareciam esperar sem fôlego.

Houve um leve remexer de folhas, e um galo cantou ao longe. A hora fria antes do amanhecer estava passando. O vulto junto à porta moveu-se. No escuro sem luar nem estrelas rebrilhou uma lâmina sacada, como se uma luz gélida tivesse sido desembainhada. Ouviu-se uma pancada baixa, mas pesada, e a porta estremeceu.

"Abra em nome de Mordor!", disse uma voz tênue e ameaçadora.

No segundo golpe, a porta cedeu e caiu para dentro, com o madeirame estourado e a fechadura rompida. Os vultos negros entraram rapidamente.

Nesse momento, entre as árvores próximas, soou uma trompa. Ela rasgou a noite como fogo no topo de uma colina.

DESPERTEM! MEDO! FOGO! INIMIGOS! DESPERTEM!

Fofo Bolger não estivera ocioso. Assim que vira os vultos sombrios rastejando do jardim, soubera que precisava correr ou pereceria. E correu, saindo pela porta dos fundos, através do jardim e por sobre os campos.

Quando alcançou a casa mais próxima, a mais de uma milha de distância, desabou na soleira da porta. "Não, não, não!", gritava ele. "Não, eu não! Não está comigo!" Levou algum tempo até alguém conseguir entender sobre o que ele estava balbuciando. Por fim captaram a ideia de que havia inimigos na Terra-dos-Buques, alguma estranha invasão da Floresta Velha. Então não perderam mais tempo.

MEDO! FOGO! INIMIGOS!

Os Brandebuques estavam dando o Toque-de-Trompa da Terra-dos--Buques que não fora dado por cem anos, não desde que os lobos brancos haviam vindo no Fero Inverno, quando o Brandevin congelou todo.

DESPERTEM! DESPERTEM!

Ao longe, ouviram-se trompas em resposta. O alarme se espalhava.
Os vultos negros fugiram da casa. Um deles, ao correr, deixou cair uma capa de hobbit na soleira. Na alameda irrompeu um barulho de cascos que se intensificou em galope e fugiu martelando na escuridão. Em toda a volta de Cricôncavo ouvia-se o ruído de trompas tocando, vozes gritando e pés correndo. Mas os Cavaleiros Negros cavalgaram como um vendaval para o Portão-norte. Os pequenos que toquem! Sauron lidaria com eles mais tarde. Enquanto isso, tinham outra missão: agora sabiam que a casa estava vazia e o Anel se fora. Atropelaram os guardas do portão e desapareceram do Condado.

No início da noite, Frodo despertou de um sono profundo, de repente, como se algum som ou presença o tivesse incomodado. Viu que Passolargo estava sentado, alerta, em sua cadeira: seus olhos rebrilhavam à luz do fogo, que fora cuidado e ardia forte; mas não fez sinal nem movimento.
Frodo logo caiu no sono outra vez; mas seus sonhos outra vez foram perturbados pelo barulho do vento e de cascos galopando. O vento parecia enrodilhar-se na casa e sacudi-la; e ao longe ouviu o toque impetuoso de uma trompa. Abriu os olhos e ouviu um galo cantando com vontade no pátio da estalagem. Passolargo abrira as cortinas e empurrara as venezianas com um estalo. A primeira luz cinzenta do dia entrava pelo recinto, e vinha um ar frio pela janela aberta.
Assim que Passolargo acordou a todos, foi diante deles até os quartos. Quando os viram ficaram contentes de terem seguido seu conselho: as janelas tinham sido arrombadas e balançavam; e as cortinas esvoaçavam; as camas estavam remexidas, e os almofadões, retalhados e jogados no chão; o capacho marrom fora feito em pedaços.

Passolargo foi imediatamente buscar o taverneiro. O pobre Sr. Carrapicho parecia sonolento e assustado. Mal fechara os olhos a noite toda (dizia ele), mas não ouvira ruído nenhum.

"Jamais aconteceu coisa assim na minha época!", exclamou, erguendo as mãos horrorizado. "Hóspedes que não conseguem dormir em suas camas, bons almofadões arruinados e tudo o mais! A que ponto chegamos?"

"A tempos sombrios", disse Passolargo. "Mas por ora você poderá ser deixado em paz quando tiver se livrado de nós. Vamos partir imediatamente. Não se preocupe com o desjejum: um gole e um bocado em pé vão ter de bastar. Vamos empacotar tudo em alguns minutos."

O Sr. Carrapicho saiu às pressas para mandar aprontar os pôneis e para lhes buscar um "bocado". Porém, bem logo voltou, consternado. Os pôneis haviam sumido! Todas as portas dos estábulos tinham sido abertas durante a noite, e eles haviam sumido: não só os pôneis de Merry, mas todos os outros cavalos e animais da casa.

Frodo ficou devastado com a notícia. Como podiam esperar chegar a Valfenda a pé, perseguidos por inimigos montados? Seria mais fácil partir rumo à Lua. Passolargo ficou um instante sentado em silêncio, olhando para os hobbits como se pesasse sua força e coragem.

"Pôneis não nos ajudariam a escapar de cavaleiros", disse ele por fim, pensativo, como se adivinhasse o que Frodo tinha em mente. "A pé não iríamos muito mais devagar, não nas estradas que pretendo trilhar. Eu ia caminhar, em todo caso. São a comida e as provisões que me preocupam. Não podemos confiar em que consigamos algo para comer entre aqui e Valfenda, a não ser o que levarmos conosco; e deveríamos levar mais que o necessário; pois poderemos nos atrasar ou sermos obrigados a fazer desvios, bem longe do caminho direto. Quanto estão dispostos a carregar nas costas?"

"O quanto for necessário", respondeu Pippin com desânimo, mas tentando mostrar que era mais resistente do que parecia (ou se sentia).

"Eu consigo carregar por dois", afirmou Sam, desafiador.

"Não se pode fazer nada, Sr. Carrapicho?", perguntou Frodo. "Não podemos conseguir uns pôneis na aldeia, ou quem sabe apenas um para a bagagem? Não acho que possamos alugá-los, mas poderíamos ser capazes de comprá-los", acrescentou, duvidoso, perguntando-se se poderia arcar com essa despesa.

"Duvido", disse o senhorio, infeliz. "Os dois ou três pôneis de montar que havia em Bri estavam alojados no meu pátio, e esses se foram. Quanto a outros animais, cavalos ou pôneis de tração ou coisa assim, existem muito poucos em Bri, e não estarão à venda. Mas vou fazer o que puder. Vou desencavar o Bob e mandá-lo fazer uma ronda assim que possível."

"Sim," assentiu Passolargo, relutante, "é melhor fazer isso. Temo que precisemos tentar conseguir um pônei pelo menos. Mas assim termina qualquer esperança de partirmos cedo e nos esgueirarmos em silêncio! Bem poderíamos ter tocado uma trombeta para anunciar nossa partida. Isso fazia parte do plano deles, sem dúvida."

"Existe uma migalha de consolo," comentou Merry, "e mais que uma migalha, espero: podemos comer o desjejum enquanto esperamos — e sentados. Vamos achar o Nob!"

O atraso acabou sendo de mais de três horas. Bob voltou com o relato de que não se podia obter cavalo nem pônei nas redondezas, nem por boa vontade nem por dinheiro — exceto um: Bill Samambaia tinha um que poderia vender. "É uma coitada duma criatura velha, meio morta de fome", disse Bob; "mas ele não se separa dela por menos que o triplo do valor, sabendo que vocês têm posses, não se eu conheço Bill Samambaia."

"Bill Samambaia?", indagou Frodo. "Não há algum truque? O animal não vai voltar correndo para ele com todo o nosso equipamento, ou ajudar a seguir nossa trilha, ou coisa assim?"

"Fico me perguntando", disse Passolargo. "Mas não consigo imaginar que algum animal corra de volta para ele uma vez que tenha escapado. Imagino que seja só uma ideia adicional do bondoso Mestre Samambaia: simplesmente um modo de aumentar seus lucros com este caso. O principal perigo é que o pobre animal está provavelmente às portas da morte. Mas não parece haver nenhuma opção. Quanto ele está cobrando?"

O preço de Bill Samambaia eram doze tostões de prata; e de fato isso era pelo menos o triplo do valor do pônei naquelas paragens. Revelou-se um animal ossudo, mal alimentado e desanimado; mas não parecia que fosse morrer tão logo. O próprio Sr. Carrapicho pagou por ele e ofereceu a Merry mais dezoito tostões como alguma compensação pelos animais perdidos. Era um homem honesto e bem de vida, conforme se calculava em Bri; mas trinta tostões de prata eram um duro golpe para ele, e ser enganado por Bill Samambaia tornava isso mais duro de suportar.

Na verdade, ele acabou se dando bem no final. Ficou evidente mais tarde que apenas um cavalo fora realmente roubado. Os demais tinham sido enxotados, ou tinham fugido aterrorizados, e foram encontrados vagando em diferentes cantos da região de Bri. Os pôneis de Merry tinham fugido de fato, e eventualmente (já que tinham bastante bom senso) acabaram achando o caminho das Colinas em busca de Parrudinho. Assim passaram algum tempo aos cuidados de Tom Bombadil e ficaram bem. Mas, quando a notícia dos eventos de Bri chegou aos ouvidos de Tom, ele os mandou ao Sr. Carrapicho, que assim conseguiu cinco bons animais a um preço bem razoável. Tiveram que trabalhar mais em Bri, mas Bob os tratou bem; de forma que, no fim das contas, tiveram sorte: perderam uma viagem sombria e perigosa. Mas nunca chegaram a Valfenda.

Enquanto isso, porém, o Sr. Carrapicho achava que seu dinheiro se fora, por bem ou por mal. E tinha outros problemas. Pois houve grande agitação assim que os demais hóspedes se levantaram e ouviram as notícias do ataque à estalagem. Os viajantes sulistas tinham perdido vários cavalos e culparam o taverneiro em alta voz, até que ficaram sabendo que um dentre eles também sumira durante a noite, que não era outro que o companheiro estrábico de Bill Samambaia. A suspeita imediatamente recaiu nele.

"Se vocês se juntam com um ladrão de cavalos e o trazem à minha casa," disse Carrapicho, furioso, "deveriam vocês pagar todo o prejuízo e não vir gritando comigo. Vão perguntar ao Samambaia onde está seu lindo amigo!" Mas revelou-se que ele não era amigo de ninguém, e ninguém conseguia recordar quando ele se juntara ao grupo.

Após o desjejum, os hobbits tiveram que refazer as bagagens e reunir suprimentos adicionais para a viagem mais longa que agora esperavam. Eram quase dez horas quando finalmente partiram. A essa altura, toda Bri estava zumbindo de animação. O truque de desaparecimento de Frodo; o surgimento dos cavaleiros negros; o roubo dos estábulos; e não menos a notícia de que Passolargo, o Caminheiro, se havia juntado aos misteriosos hobbits, compunham uma história que duraria por muitos anos vazios de acontecimentos. A maior parte dos moradores de Bri e Estrado, e muitos até de Valão e Archet, estava apinhada na estrada para ver a partida dos viajantes. Os outros hóspedes da estalagem estavam às portas ou dependurados nas janelas.

Passolargo mudara de ideia e decidira sair de Bri pela estrada principal. Qualquer tentativa de sair imediatamente por cima dos campos só pioraria as coisas: a metade dos habitantes os seguiria para ver o que estavam tramando e para evitar que invadissem algum terreno.

Disseram adeus a Nob e Bob e despediram-se do Sr. Carrapi-cho com muitos agradecimentos. "Espero que voltemos a nos encontrar algum dia, quando tudo voltar a ser alegre", disse Frodo. "Nada me agradaria mais do que me hospedar em sua casa em paz por uns tempos."

Saíram caminhando, ansiosos e desanimados, debaixo dos olhos da multidão. Nem todos os rostos eram amistosos, bem como as palavras que foram gritadas. Mas Passolargo parecia ter a reverência da maioria dos moradores de Bri, e aqueles que ele encarou fecharam a boca e se afastaram. Caminhava na frente com Frodo; em seguida vinham Merry e Pippin, e no fim andava Sam, conduzindo o pônei, que estava carregado com tanta bagagem quanto tinham coragem de lhe dar; mas ele já parecia menos desalentado, como se aprovasse sua mudança de sorte. Sam mastigava uma maçã, pensativo. Tinha um bolso cheio: um presente de despedida de Nob e Bob. "Maçãs para andar e um cachimbo para sentar", disse ele. "Mas calculo que bem logo vou sentir falta dos dois."

Os hobbits não deram atenção às cabeças curiosas que espiavam pelas portas, ou se erguiam acima dos muros e das cercas, enquanto passavam. Mas, quando se aproximavam do portão posterior, Frodo viu uma casa escura, malcuidada, por trás de uma sebe densa: a última casa da aldeia. Em uma das janelas vislumbrou um rosto lívido com olhos matreiros e oblíquos; mas este sumiu de imediato.

"Então é aí que esse sulista se esconde!", pensou Frodo. "Parece mais do que metade gobelim."

Por cima da sebe outro homem o encarava com atrevimento. Tinha espessas sobrancelhas pretas e olhos escuros e desdenhosos; sua boca grande se contorcia num sorriso de escárnio. Fumava um cachimbo negro curto. Quando chegaram perto, ele o tirou da boca e cuspiu.

"Dia, Canela-Comprida!", disse ele. "Saindo cedo? Finalmente encontrou uns amigos?" Passolargo assentiu com a cabeça, mas não respondeu.

"Dia, meus amiguinhos!", prosseguiu ele, dirigindo-se aos demais. "Imagino que sabem com quem se meteram? É o Passolargo Pandilheiro, é ele! Mas ouvi outros nomes menos bonitos. Cuidem-se hoje à noite! E você, Sammie, não vá maltratar meu pobre pônei velho! Bah!" Cuspiu outra vez.

Sam virou-se depressa. "E você, Samambaia," comentou ele, "tire sua cara feia das minhas vistas, senão ela vai se machucar." Com um rápido tranco, veloz como um raio, uma maçã voou de sua mão e atingiu Bill bem no nariz. Ele se esquivou tarde demais, e pragas vieram de trás da sebe. "Desperdício de maçã boa", disse Sam, arrependido, e continuou andando.

Por fim deixaram a aldeia para trás. A escolta de crianças e acompanhantes dispersos que os seguira cansou-se e fez a volta no Portão-sul. Passando por ele, mantiveram-se na Estrada por algumas milhas. Ela se virou para a esquerda, curvando-se de volta para sua linha rumo ao leste ao contornar a Colina-de-Bri, e depois começou a descer rapidamente para um terreno arborizado. À esquerda podiam ver algumas das casas e tocas de hobbits de Estrado, nas encostas sudeste da colina, menos íngremes; numa funda depressão ao norte da Estrada havia fiapos de fumaça subindo, mostrando a localização de Valão; Archet estava oculta nas árvores mais além.

Depois de a Estrada ter prosseguido por alguma distância, deixando para trás a Colina-de-Bri, erguendo-se alta e parda atrás deles, deram com uma trilha estreita que levava na direção norte. "É aqui que deixamos o terreno aberto e buscamos cobertura", disse Passolargo.

"Não é um 'atalho', espero", disse Pippin. "Nosso último atalho pela mata quase terminou em desastre."

"Ah, mas aí eu não estava com vocês", riu-se Passolargo. "Meus atalhos, curtos ou compridos, não dão errado." Olhou a Estrada nas duas direções.

Não havia ninguém à vista; e ele os guiou depressa para baixo, na direção do vale arborizado.

Seu plano, até onde podiam compreendê-lo sem conhecer a região, era rumar inicialmente para Archet, mas virar para a direita e passar a leste dela; e depois seguir o mais diretamente que pudessem, por cima das terras ermas, até a Colina do Topo-do-Vento. Desse modo, se tudo corresse bem, cortariam uma grande curva da Estrada, que mais adiante se virava para o sul para evitar os Pântanos dos Mosquitos. Mas é claro que teriam que passar pelos próprios pântanos, e a descrição que Passolargo fez deles não era animadora.

Enquanto isso, porém, não era incômoda a caminhada. Na verdade, não fosse pelos eventos perturbadores da noite anterior, teriam apreciado aquela parte da viagem mais do que qualquer outra até então. O sol brilhava, claro, mas não quente demais. As matas do vale ainda tinham muitas folhas, estavam repletas de cores e pareciam pacíficas e sadias. Passolargo guiou-os, confiante, por muitas trilhas entrecruzadas, mas se estivessem sozinhos logo teriam se perdido. Ele fazia um trajeto serpeante, com muitas curvas e voltas atrás, para despistar qualquer perseguição.

"Bill Samambaia certamente observou onde deixamos a Estrada", disse ele; "mas não creio que ele mesmo vá nos seguir. Conhece bastante bem as terras em volta, mas sabe que não é páreo para mim na mata. O que me preocupa é o que ele poderá dizer a outros. Não acho que estejam muito longe. Se pensarem que estamos rumando para Archet, tanto melhor."

Fosse pela habilidade de Passolargo ou por algum outro motivo, em todo aquele dia não viram sinal nem ouviram som de outro ser vivo: nem de duas patas, exceto pássaros; nem de quatro patas, exceto uma raposa e alguns esquilos. No dia seguinte, começaram a rumar diretamente para o leste; e tudo ainda estava silencioso e em paz. No terceiro dia depois da partida de Bri, saíram da Floresta Chet. O terreno estivera baixando constantemente, desde que haviam se desviado da Estrada, e agora entraram numa ampla extensão de solo plano, muito mais difícil de transpor. Estavam muito além dos limites da região de Bri, bem longe no ermo sem trilhas, e se aproximavam dos Pântanos dos Mosquitos.

O solo já se tornava úmido, lodoso em alguns lugares, e aqui e ali topavam com lagoas e com amplos trechos de caniços e juncos, repletos dos trinados de passarinhos ocultos. Precisavam escolher o caminho com cuidado para manterem os pés secos e no curso certo. No começo avançaram bem, mas, à medida que prosseguiam, sua passagem ficava mais lenta e mais perigosa. Os pântanos eram confusos e traiçoeiros, e não havia trilha permanente que mesmo um Caminheiro pudesse encontrar em meio aos seus atoleiros cambiantes. As moscas começaram a atormentá-los, e o ar estava cheio de nuvens de mosquitos minúsculos que se insinuavam por suas mangas e calças e em seus cabelos.

"Estou sendo devorado vivo!", exclamou Pippin. "Pântanos dos Mosquitos! Há mais mosquitos que pântanos!"

"Do que eles se alimentam quando não conseguem hobbits?", perguntou Sam, coçando o pescoço.

Passaram um dia infeliz naquela região solitária e desagradável. O local do seu acampamento era úmido, frio e desconfortável; e os insetos que mordiam não os deixavam dormir. Também havia criaturas abomináveis assombrando os caniços e as moitas, que pelo ruído eram parentes malignos dos grilos. Havia milhares deles, e guinchavam em toda a volta, *nic-bric, bric-nic*, sem cessar a noite toda, até os hobbits ficarem quase enlouquecidos.

O dia seguinte, o quarto, não foi muito melhor, e a noite foi quase igualmente desconfortável. Apesar de terem deixado para trás os Niquebriques (como Sam os chamou), os mosquitos ainda os perseguiam.

Frodo estava deitado, cansado, porém incapaz de fechar os olhos, e lhe pareceu que muito longe havia uma luz no céu oriental: ela lampejava e enfraquecia muitas vezes. Não era a aurora, pois ainda faltavam algumas horas para ela.

"O que é essa luz?", disse ele a Passolargo, que se erguera e estava de pé, fitando a noite à frente.

"Não sei", respondeu Passolargo. "Está distante demais para distinguir. É como um relâmpago que salta do topo das colinas."

Frodo deitou-se de novo, mas por longo tempo ainda conseguiu ver os lampejos brancos, e diante deles o vulto alto e sombrio de Passolargo, em pé, silencioso e vigilante. Finalmente caiu num sono inquieto.

No quinto dia, não tinham avançado muito quando deixaram para trás as últimas lagoas esparsas e os tufos de caniços dos pântanos. Diante deles, o terreno recomeçou a subir continuamente. Bem longe para o leste, podiam agora ver uma linha de colinas. A mais alta ficava na extremidade direita da linha, um pouco separada das demais. Tinha um topo cônico, levemente achatado no cume.

"Esse é o Topo-do-Vento", disse Passolargo. "A Estrada Velha, que deixamos bem longe à nossa direita, corre ao sul dele e não se afasta muito do seu sopé. Poderemos chegar lá amanhã ao meio-dia, se formos direto em sua direção. Imagino que isso seria o melhor a fazer."

"O que quer dizer?", perguntou Frodo.

"Quero dizer: quando chegarmos lá não tenho certeza do que havemos de encontrar. Fica perto da Estrada."

"Mas certamente estávamos esperando encontrar Gandalf lá?"

"Sim, mas é uma esperança tênue. Se é que ele vem para este lado, poderá não passar por Bri, e assim não saberá o que estamos fazendo.

E seja como for, a não ser que por sorte cheguemos quase juntos, nós vamos nos desencontrar; não será seguro para ele nem para nós passarmos muito tempo lá esperando. Se os Cavaleiros não nos encontrarem no ermo, é provável que eles mesmos rumem para o Topo-do-Vento. Ele domina uma visão ampla em toda a volta. Na verdade, há muitas aves e animais nesta região que poderiam nos ver, aqui onde estamos, do topo daquela colina. Nem todas as aves merecem confiança, e existem outros espiões mais malignos que elas."

Os hobbits olhavam ansiosos para as colinas distantes. Sam ergueu os olhos para o céu pálido, temendo ver falcões ou águias pairando sobre eles com olhos vivos e inamistosos. "Você de fato faz eu me sentir desconfortável e solitário, Passolargo!", disse ele.

"O que recomenda que façamos?", perguntou Frodo.

"Acho," respondeu Passolargo devagar, como se não tivesse muita certeza, "acho que o melhor será ir daqui para o leste, o mais reto que pudermos, a fim de rumarmos para a linha de colinas e não para o Topo-do-Vento. Ali poderemos tomar uma trilha que conheço, que corre ao pé delas; ela nos levará ao Topo-do-Vento pelo norte, num caminho menos despojado. Aí veremos o que veremos."

Caminharam com dificuldade todo aquele dia até que descesse a noitinha, fria e precoce. O terreno tornou-se mais seco e árido; mas, atrás deles, névoas e vapores se estendiam sobre os pântanos. Algumas aves melancólicas piavam e gemiam, até o sol redondo e rubro se esconder devagar nas sombras do oeste; aí caiu um silêncio vazio. Os hobbits pensavam na suave luz do ocaso, espiando pelas alegres janelas de Bolsão, bem longe.

No fim do dia, chegaram a um riacho que descia serpenteando das colinas para se perder nos charcos estagnados e subiram pelas suas margens enquanto havia luz. Já era noite quando finalmente pararam e montaram o acampamento embaixo de alguns amieiros mirrados à beira do riacho. À frente erguiam-se agora, diante da penumbra do céu, os dorsos das colinas, áridos e sem árvores. Naquela noite puseram sentinela, e pareceu que Passolargo não dormiu nem um pouco. A lua estava crescendo, e nas primeiras horas da noite havia uma luz fria e cinzenta sobre a terra.

Na manhã seguinte, voltaram a partir logo após o nascer do sol. O ar estava gelado, e o céu era de um azul limpo e pálido. Os hobbits sentiam-se revigorados, como se tivessem tido uma noite de sono ininterrupto. Já estavam se acostumando a caminhar longe, com provisões escassas — sem dúvida mais escassas do que, no Condado, julgariam mal bastar para mantê-los de pé. Pippin declarou que Frodo parecia o dobro do hobbit que tinha sido.

"Muito esquisito," disse Frodo, apertando o cinto, "considerando que, na verdade, há bem menos de mim. Espero que o processo de emagrecimento não continue indefinidamente, pois do contrário vou me transformar em um espectro."

"Não fale nessas coisas!", exclamou Passolargo depressa e com sinceridade surpreendente.

As colinas se aproximaram. Faziam uma crista ondulante que amiúde se erguia quase a mil pés de altura e que, aqui e ali, voltava a cair em fendas baixas ou passagens que levavam à terra a leste, mais além. Ao longo do topo da crista os hobbits podiam ver algo que parecia restos de muros e diques cobertos de verde, e nas fendas ainda se erguiam as ruínas de antigas obras de pedra. À noite, alcançaram os sopés das encostas ocidentais e ali acamparam. Era a noite de cinco de outubro, e fazia seis dias que haviam saído de Bri.

De manhã, encontraram, pela primeira vez desde que saíram da Floresta Chet, uma trilha claramente visível. Viraram para a direita e seguiram-na rumo ao sul. Tinha um traçado astucioso, tomando um trajeto que parecia escolhido para manter-se o mais possível escondido das vistas, tanto dos cumes das colinas acima quanto da planície a oeste. Mergulhava em vales e se encostava em margens íngremes; e, quando passava sobre um terreno mais plano e aberto, havia de ambos os lados fileiras de grandes rochedos e pedras talhadas que escondiam os viajantes, quase como uma sebe.

"Pergunto-me quem fez esta trilha e para quê", disse Merry, enquanto andavam por uma daquelas avenidas onde as pedras eram incomumente grandes e postas bem juntas. "Não tenho certeza de que gosto disso: tem um aspecto... bem, meio de cousa-tumular. Existe algum túmulo no Topo-do-Vento?"

"Não. Não há túmulo no Topo-do-Vento, nem em qualquer destas colinas", respondeu Passolargo. "Os Homens do Oeste não viviam aqui; porém em seus últimos dias defenderam as colinas por certo tempo do mal que veio de Angmar. Esta trilha foi feita para servir aos fortes ao longo das muralhas. Mas muito antes, nos primeiros dias do Reino do Norte, construíram uma grande torre de vigia no Topo-do-Vento. Amon Sûl era chamada. Ela foi queimada e demolida, e agora nada resta dela senão um anel desabado, como uma coroa rude na cabeça da colina velha. Mas foi outrora alta e bela. Contam que Elendil lá esteve, observando a vinda de Gil-galad do Oeste nos dias da Última Aliança."

Os hobbits encararam Passolargo. Parecia que ele era versado no saber antigo, tanto quanto nos modos do ermo. "Quem foi Gil-galad?", perguntou Merry; mas Passolargo não respondeu e parecia perdido em pensamentos. De repente uma voz baixa murmurou:

Gil-galad foi um Elfo-rei.
Seus tristes feitos cantarei:
foi belo e livre seu lugar,
o último entre Monte e Mar.

Longa a espada, aguda a lança,
do elmo o brilho longe alcança;
os astros mil do firmamento
se espelham no escudo argento.

Mas muito faz que nos deixou,
e ninguém sabe onde ficou;
tombou seu astro na escuridão
em Mordor, onde as sombras são.[A]

Os outros viraram-se admirados, pois a voz era de Sam.

"Não pare!", exclamou Merry.

"É só isso que sei", gaguejou Sam, enrubescendo. "Aprendi com o Sr. Bilbo quando era menino. Ele costumava me contar histórias como essa, sabendo que eu sempre gostava de ouvir sobre os Elfos. Foi o Sr. Bilbo que me ensinou a ler. Era muito letrado em livros, o velho e querido Sr. Bilbo. E escrevia *poemas*. Ele escreveu o que eu acabei de dizer."

"Ele não inventou isso", corrigiu Passolargo. "É parte da balada chamada "A Queda de Gil-galad", que se encontra em idioma antigo. Bilbo deve tê-la traduzido. Eu nunca soube disso."

"Tinha muito mais," disse Sam, "tudo sobre Mordor. Não aprendi essa parte, ela me dava calafrios. Nunca pensei que eu mesmo iria por esse caminho!"

"Ir a Mordor!", exclamou Pippin. "Espero que não chegue a esse ponto!"

"Não fale esse nome tão alto!", disse Passolargo.

Já era o meio do dia quando se aproximaram da extremidade sul da trilha e viram diante deles, à luz pálida e limpa do sol de outubro, uma encosta verde acinzentada, conduzindo para cima como uma ponte para a face norte da colina. Decidiram subir ao topo de imediato, enquanto havia clara luz do dia. Não era mais possível ficarem escondidos, e só podiam esperar que nenhum inimigo ou espião os estivesse observando. Nada se via mexendo-se na colina. Se Gandalf estava nas redondezas, não havia sinal dele.

No flanco oeste do Topo-do-Vento encontraram uma depressão abrigada, em cujo fundo havia um pequeno vale com beiras gramadas. Ali deixaram Sam e Pippin com o pônei, as mochilas e a bagagem. Os outros três prosseguiram. Depois de meia hora de difícil escalada, Passolargo alcançou o alto da colina; Frodo e Merry vieram atrás, cansados e sem fôlego. A última encosta fora íngreme e rochosa.

No topo encontraram, como Passolargo dissera, um largo anel de antiga cantaria, agora desmoronando ou coberto com o capim dos séculos. Mas no centro havia sido empilhado um montículo de pedras quebradas. Estavam enegrecidas como que pelo fogo. À sua volta, a relva estava queimada até as raízes, e, em todo o interior do anel, a grama estava chamuscada e murcha, como se chamas tivessem varrido o cume da colina; mas não havia sinal de ser vivo.

Parados na borda do círculo em ruínas, enxergaram um amplo panorama abaixo deles, em toda a volta, mormente de terras vazias e desinteressantes, exceto por capões de mata ao sul, além dos quais entreviam aqui e ali o brilho da água distante. Abaixo deles, daquele lado sul, corria como uma fita a Estrada Velha, vinda do Oeste e curvando-se para lá e para cá, até sumir por trás de uma crista de terras sombrias a leste. Nada se mexia nela. Seguindo seu traçado com os olhos, para o leste, viram as Montanhas: os contrafortes mais próximos eram pardos e sombrios; atrás deles erguiam-se formas mais elevadas de cinza, e atrás destas, por sua vez, estavam picos altos e brancos que reluziam entre as nuvens.

"Bem, aqui estamos nós!", disse Merry. "E parece bem tristonho e pouco acolhedor! Não há água nem abrigo. Nem sinal de Gandalf. Mas não o culpo por não esperar — se é que ele veio até aqui."

"Eu me pergunto", comentou Passolargo, olhando em torno pensativo. "Mesmo que ele estivesse um ou dois dias atrás de nós em Bri, poderia ter chegado aqui antes. Ele sabe cavalgar muito velozmente quando a necessidade o impele." De repente parou e olhou para a pedra no topo do montículo; era mais chata que as outras e mais branca, como se tivesse escapado ao fogo. Apanhou-a e a examinou, virando-a entre os dedos. "Ela foi manuseada recentemente", disse ele. "O que acham destas marcas?"

Na face plana inferior Frodo viu alguns rabiscos: ᚷ·ᛁᛁᛁ. "Parece que há um risco, um ponto e mais três riscos", disse ele.

"O risco da esquerda poderia ser uma runa G com ramos finos", afirmou Passolargo. "Poderia ser um sinal deixado por Gandalf, mas não se pode ter certeza. Os rabiscos são finos e certamente parecem recentes. Mas as marcas podem significar algo bem diferente e nada terem a ver conosco. Os Caminheiros usam runas, e eles vêm aqui às vezes."

"O que poderiam significar, mesmo que Gandalf as tenha feito?", perguntou Merry.

"Eu diria", respondeu Passolargo, "que querem dizer G3, e são um sinal de que Gandalf esteve aqui em três de outubro: isso já faz três dias. Também mostrariam que ele estava com pressa e havia perigo por perto, de modo que não teve tempo e não ousou escrever nada mais comprido ou evidente. Se é assim, precisamos ter cautela."

"Gostaria que pudéssemos ter certeza de que ele fez as marcas, seja lá o que signifiquem", disse Frodo. "Seria um grande consolo saber que ele estava a caminho, à nossa frente ou atrás de nós."

"Quem sabe", continuou Passolargo. "Quanto a mim, acredito que ele esteve aqui e que estava em perigo. Passaram chamas escaldantes por aqui; e agora me volta à mente a luz que vimos três noites atrás no céu oriental. Acho que ele foi atacado no topo desta colina, mas não sei dizer com qual resultado. Não está mais aqui, e agora precisamos nos ajeitar sozinhos e achar nosso próprio caminho para Valfenda, o melhor que pudermos."

"A que distância fica Valfenda?", perguntou Merry, olhando em volta cansado. O mundo parecia selvagem e extenso do Topo-do-Vento.

"Não sei se a Estrada alguma vez foi medida em milhas além da Estalagem Abandonada, um dia de viagem a leste de Bri", respondeu Passolargo. "Alguns dizem que é tal distância, e outros dizem diferente. É uma estrada estranha, e as pessoas ficam contentes em chegarem ao fim de sua viagem, seja o tempo longo ou breve. Mas eu sei quanto tempo levaria por meus próprios pés, com bom clima e sem má sorte: doze dias daqui até o Vau do Bruinen, onde a Estrada atravessa o Ruidoságua que flui de Valfenda. Temos pelo menos uma quinzena de viagem diante de nós, pois não creio que consigamos usar a Estrada."

"Uma quinzena!", disse Frodo. "Muita coisa pode acontecer nesse tempo."

"Pode", assentiu Passolargo.

Por alguns momentos ficaram em silêncio no cume da colina, perto da beira sul. Naquele lugar solitário, Frodo percebeu pela primeira vez o quanto estava privado do lar e em perigo. Tinha o amargo desejo de que sua sorte o tivesse deixado no tranquilo e amado Condado. Baixou os olhos para a odiosa Estrada que conduzia de volta rumo ao oeste — à sua casa. De repente deu-se conta de que duas manchas negras se moviam devagar ao longo dela, indo para oeste, e olhando de novo viu que outras três se arrastavam rumo ao leste, ao encontro delas. Soltou uma exclamação e agarrou o braço de Passolargo.

"Olhe", indicou ele, apontando para baixo.

Imediatamente Passolargo se jogou no chão ao lado do círculo arruinado, puxando Frodo para junto de si. Merry lançou-se ao lado deles.

"O que é?", sussurrou.

"Não sei, mas temo o pior", respondeu Passolargo.

Lentamente engatinharam outra vez até a borda do anel e espiaram por uma fresta entre duas pedras pontiagudas. A luz não estava mais intensa, pois a manhã clara se esvaíra, e nuvens que se arrastavam do Leste já haviam alcançado o sol, que começava a se pôr. Todos podiam ver as manchas negras, mas nem Frodo nem Merry conseguiam distinguir suas formas com certeza; porém algo lhes dizia que ali, lá embaixo, havia Cavaleiros Negros reunindo-se na Estrada para além do sopé da colina.

"Sim", disse Passolargo, cuja visão mais aguçada não lhe deixava dúvida. "O inimigo está aqui!"

Afastaram-se engatinhando às pressas e esgueiraram-se, descendo a face norte da colina, para encontrarem os companheiros.

Sam e Peregrin não tinham ficado ociosos. Haviam explorado o pequeno vale e as encostas em volta. Não muito longe encontraram uma nascente de água límpida no flanco da colina, e, perto dela, pegadas que não tinham mais que um dia ou dois. No próprio vale encontraram vestígios recentes de fogo e outros sinais de um acampamento apressado. Havia algumas rochas caídas na beirada do vale que ficava junto à colina. Atrás delas Sam topou com um pequeno depósito de lenha, empilhada com capricho.

"Pergunto-me se o velho Gandalf esteve aqui", comentou ele com Pippin. "Quem pôs tudo isso aqui parece que pretendia voltar."

Passolargo interessou-se muito por essas descobertas. "Eu devia ter esperado e explorado eu mesmo o terreno aqui embaixo", disse ele, correndo até a nascente para examinar as pegadas.

"É bem como eu temia", falou ele ao voltar. "Sam e Pippin pisotearam o chão mole, e as marcas estão destruídas ou confusas. Caminheiros estiveram aqui ultimamente. Foram eles que deixaram a lenha. Mas também há diversas pegadas mais recentes que não foram feitas por Caminheiros. Pelo menos um conjunto foi deixado por botas pesadas, só um ou dois dias atrás. Pelo menos um. Agora não posso ter certeza, mas acho que havia muitos pés calçando botas." Fez uma pausa e ficou parado, pensando aflito.

Cada hobbit enxergou em sua mente uma visão dos Cavaleiros encapuzados calçando botas. Se eles já haviam achado o pequeno vale, quanto antes Passolargo os levasse a outro lugar, melhor. Sam via a depressão com grande desgosto, agora que ouvira notícias de seus inimigos na Estrada, a apenas algumas milhas dali.

"Não seria melhor ir embora depressa, Sr. Passolargo?", perguntou ele, impaciente. "Está ficando tarde e não gosto deste buraco: de certa forma ele me desanima."

"Sim, com certeza precisamos decidir imediatamente o que fazer", respondeu Passolargo, olhando para cima e ponderando a hora e o clima. "Bem, Sam," disse ele por fim, "também não gosto deste lugar; mas não consigo pensar em nenhum lugar melhor aonde possamos chegar antes do cair da noite. Pelo menos estamos fora das vistas por ora e, se nos mexermos, seria muito mais provável que os espiões nos enxergassem. Só o que poderíamos fazer seria nos afastarmos do caminho rumo ao norte, deste lado da linha de colinas, onde o terreno é bem parecido com o daqui. A Estrada é vigiada, mas teríamos de atravessá-la se tentássemos nos esconder nos matagais para o sul. Do lado norte da Estrada, além das colinas, a região é árida e plana por milhas."

"Os Cavaleiros conseguem *ver*?", perguntou Merry. "Quero dizer, normalmente parece que eles usam o nariz em vez dos olhos, farejando-nos, se é que farejar é a palavra certa, pelo menos à luz do dia. Mas você nos fez deitar no chão quando os viu lá embaixo; e agora está falando sobre sermos vistos se nos mexermos."

"Fui descuidado demais no topo da colina", respondeu Passolargo. "Estava muito ansioso por encontrar sinal de Gandalf; mas foi um erro três de nós subirmos e ficarmos tanto tempo em pé ali. Pois os cavalos negros podem enxergar, e os Cavaleiros podem usar homens e outras criaturas como espiões, como descobrimos em Bri. Eles próprios não veem o mundo da luz como nós vemos, mas nossas formas lançam sombras em suas mentes, que só o sol do meio-dia destrói; e na treva eles percebem muitos sinais e formas que estão ocultas de nós: é aí que devem ser mais temidos. E a qualquer tempo farejam o sangue de seres vivos, desejando-o e odiando-o. Também existem outros sentidos além da visão ou do olfato. Nós podemos sentir sua presença — ela nos perturbou o coração assim que aqui chegamos e antes de os vermos; eles sentem a nossa mais intensamente. Além disso," acrescentou, e sua voz desceu a um sussurro, "o Anel os atrai."

"Então não há como escapar?", disse Frodo, olhando em volta inquieto. "Se eu me mexer, serei visto e caçado! Se eu ficar, vou atraí-los a mim!"

Passolargo pôs a mão em seu ombro. "Ainda há esperança", disse ele. "Você não está sozinho. Vamos tomar por sinal esta lenha pronta para queimar. Aqui há pouco abrigo e defesa, mas o fogo servirá para ambas as coisas. Sauron pode fazer uso maligno do fogo, como de todas as coisas, mas estes Cavaleiros não gostam dele e temem os que o manejam. O fogo é nosso amigo no ermo."

"Talvez", murmurou Sam. "Também é o melhor jeito de dizer 'estamos aqui' que consigo imaginar, fora gritar."

Bem no canto mais baixo e abrigado do pequeno vale, fizeram uma fogueira e prepararam uma refeição. As sombras da tarde começaram a cair, e chegou o frio. Subitamente deram-se conta de grande fome, pois não haviam comido nada desde o desjejum; mas não se atreviam a comer mais do que um jantar frugal. As terras à frente eram vazias de tudo, exceto aves e feras, lugares inóspitos abandonados por todas as raças do mundo. Às vezes passavam Caminheiros além das colinas, mas eram poucos e não se detinham. Outros caminhantes eram raros e de espécie maligna: trols poderiam vagar, às vezes, vindos dos vales setentrionais das Montanhas Nevoentas. Só na Estrada encontravam-se viajantes, mais frequentemente anãos, apressando-se em seus próprios afazeres, sem prestar auxílio e com poucas palavras para trocar com estranhos.

"Não vejo como podemos fazer nossa comida durar", disse Frodo. "Fomos bem cuidadosos nos últimos dias, e este jantar não é banquete; mas usamos mais do que deveríamos, se ainda temos duas semanas à frente, e quem sabe mais."

"Há alimento no ermo", afirmou Passolargo; "frutas, raízes e ervas; e se for preciso, tenho habilidade como caçador. Não precisam ter medo de morrer de fome antes que chegue o inverno. Mas coletar e apanhar alimento é um trabalho longo e árduo, e precisamos de pressa. Portanto apertem os cintos e pensem esperançosos nas mesas da casa de Elrond!"

O frio aumentava à medida que a escuridão crescia. Espiando pela beira do vale, nada conseguiam ver senão uma terra cinzenta, que agora desaparecia depressa nas sombras. O céu acima estava limpo outra vez e enchia-se devagar de estrelas piscantes. Frodo e seus companheiros ajuntaram-se em redor da fogueira, envoltos em todas as roupas e cobertores que possuíam; mas Passolargo contentava-se com uma simples capa, e sentou-se à pequena distância, dando baforadas pensativas no cachimbo.

À medida que a noite caía e a luz da fogueira principiava a se projetar intensamente, ele começou a lhes contar histórias para desviar suas mentes do medo. Conhecia muitas histórias e lendas de outrora, dos Elfos, dos Homens e dos feitos bons e maus dos Dias Antigos. Perguntavam-se que idade ele teria e onde aprendera todo aquele saber.

"Fale-nos de Gil-galad", disse Merry de repente, quando ele fez uma pausa no final de uma história dos reinos-élficos. "Você conhece mais daquela antiga balada de que falou?"

"Conheço, de fato", respondeu Passolargo. "E Frodo também, pois ela nos toca de perto." Merry e Pippin olharam para Frodo, que fitava a fogueira.

"Só sei o pouco que Gandalf me contou", disse Frodo devagar. "Gil-galad foi o último dos grandes reis-élficos da Terra-média. Gil-galad é *Luz das Estrelas* na língua deles. Com Elendil, o Amigo-dos-Elfos, ele foi à terra de…"

"Não!", exclamou Passolargo, interrompendo-o. "Não creio que essa história deva ser contada agora, com os serviçais do Inimigo por perto. Se conseguirmos atravessar até a casa de Elrond, lá vocês poderão ouvi-la, contada por inteiro."

"Então conte-nos alguma outra história dos dias antigos", implorou Sam; "uma história sobre os Elfos antes do tempo do desvanecimento. Eu gostaria imensamente de ouvir mais sobre os Elfos; o escuro parece que nos cerca tão de perto."

"Vou contar-lhes a história de Tinúviel", começou Passolargo, "brevemente — pois é uma história longa cujo fim não se conhece; e agora não há mais ninguém, exceto Elrond, que a recorde com a mesma certeza tal como foi contada outrora. É uma bela história, apesar de triste, como são todas as histórias da Terra-média, e mesmo assim pode lhes dar ânimo." Ficou em silêncio por algum tempo, e depois começou não a falar, e sim a recitar baixinho:

> *Longas as folhas, verde a grama,*
>   *Flor de cicuta alta e bela,*
> *Luz na clareira sob a rama*
>   *Na sombra estelar brilhando.*
> *Tinúviel dança; em volta dela*
>   *Um som de flauta se derrama,*
> *A luz astral cabelos vela,*
>   *Em suas vestes tremulando.*
>
> *Beren chegou da fria colina,*
>   *Sob folhas caminhou um tanto,*
> *E onde o rio dos Elfos mina*
>   *Andou sozinho lamentando.*
> *Logo avistou, com grande espanto,*
>   *De ouro tanta flor mais fina*
> *Nas mangas dela e no seu manto,*
>   *Qual sombra as tranças contemplando.*
>
> *Seus pés exaustos curou o encanto,*
>   *De morro em morro a vagar;*
> *Correndo sempre, forte entanto,*
>   *Raios da lua alcançando.*
> *Em mata trançada no élfico lar*
>   *Ela a dançar fugia enquanto*
> *Ele ficava só a vagar,*
>   *No bosque silente escutando.*
>
> *O som em voo ele ouvia,*
>   *Pés leves tal folhas de tília,*
> *Acorde que do solo saía,*
>   *Nos vales ocultos ressoando.*
> *Murcha a cicuta, em ramo e forquilha,*
>   *E uma a uma em lamento caía*
> *A folha da faia que se desvencilha*
>   *No bosque invernal bruxuleando.*
>
> *Buscou-a sempre, vagando com lastros*
>   *Nas folhas dos anos na terra crua,*
> *Através do luar e dos raios dos astros*
>   *Brilhando em todo o frio firmamento.*

O manto dela luzia à lua,
  Enquanto dançava e deixava seus rastros
Num cume longínquo, e na relva nua
  Uma névoa de prata em movimento.

Passado o inverno outra vez ela veio,
  E seu canto anunciou a fugaz primavera,
A chuva a cair, cotovia em gorjeio,
  A água da neve que se derrama.
As flores dos elfos surgiram à espera
  Dos seus leves pés, e ele já sem receio
Quis com ela dançar e cantar, como era
  Seu canto e dança sobre a grama.

Outra vez foi-se ela, ele logo a seguiu.
  Tinúviel! Tinúviel!
Chamando o nome da Elfa insistiu;
  E ela o escutou e deteve seu passo.
Parou um instante, e como um dossel
  A voz de Beren chegando a cobriu;
O destino tomou Tinúviel
  Deitada luzindo sobre seu braço.

E Beren, pondo os olhos nos dela,
  Nas sombras que seu cabelo lançava,
Do céu a vibrante luz da estrela
  Lá viu retratada em brilhante reflexo.
Tinúviel, que linda o fitava,
  Dos elfos imortal donzela,
Em volta dele os braços passava,
  Qual prata luzindo no doce amplexo.

O destino os levou por muitos apuros,
  Por frias, cinzentas montanhas afora,
Por salas de ferro e portais escuros,
  E bosques sem aurora. Os Mares
Divisores se estendiam, de fora a fora,
  Voltaram porém a juntar-se sozinhos,
E faz muito tempo que foram embora
  Na floresta cantando sem pesares.[B]

Passolargo suspirou e fez uma pausa antes de voltar a falar. "Essa é uma canção", disse ele, "do tipo chamado *ann-thennath* entre os Elfos, mas é difícil de reproduzir em nossa fala comum, de modo que este é somente um eco grosseiro. Ela fala do encontro de Beren, filho de Barahir, e Lúthien

Tinúviel. Beren era um homem mortal, mas Lúthien era filha de Thingol, Rei dos Elfos na Terra-média quando o mundo era jovem; e ela era a mais linda donzela que já houve entre os filhos deste mundo. Como as estrelas acima das névoas das terras setentrionais era seu encanto, e em seu rosto havia uma luz brilhante. Naqueles dias, o Grande Inimigo, do qual Sauron de Mordor era mero serviçal, habitava em Angband, no Norte, e os Elfos do Oeste, retornando à Terra-média, o combateram para recuperar as Silmarils que ele roubara; e os pais de Homens auxiliaram os Elfos. Mas o Inimigo foi vitorioso, e Barahir foi morto, e Beren, escapando através de grande perigo, passou sobre as Montanhas de Terror e chegou ao oculto Reino de Thingol, na floresta de Neldoreth. Ali contemplou Lúthien cantando e dançando numa clareira junto ao encantado rio Esgalduin; e deu-lhe o nome de Tinúviel, que é Rouxinol na língua de outrora. Muitos pesares os acometeram depois, e por muito tempo estiveram separados. Tinúviel resgatou Beren dos calabouços de Sauron, e juntos passaram por grandes perigos, e derrubaram do trono o próprio Grande Inimigo, e tomaram de sua coroa de ferro uma das três Silmarils, mais luzentes de todas as joias, como preço do compromisso de Lúthien para seu pai, Thingol. Mas no fim, Beren foi morto pelo Lobo que veio dos portões de Angband e morreu nos braços de Tinúviel. Mas ela escolheu a mortalidade, e morrer no mundo, para poder segui-lo; e canta-se que eles se reencontraram além dos Mares Divisores, e após breve tempo outra vez caminhando vivos nas verdes matas, passaram juntos, muito tempo atrás, para além dos confins deste mundo. Assim é que só Lúthien Tinúviel, da gente dos Elfos, morreu de fato e deixou o mundo, e perderam aquela que mais amavam. Mas dela descendeu entre os Homens a linhagem dos senhores-élficos de outrora. Ainda vivem aqueles de quem Lúthien foi ancestral, e dizem que sua linha jamais há de se interromper. Elrond de Valfenda é dessa Família. Pois de Beren e Lúthien nasceu Dior, herdeiro de Thingol; e dele Elwing, a Branca, que desposou Eärendil, o que pilotou sua nau desde as névoas do mundo até os mares do firmamento com a Silmaril na fronte. E de Eärendil vieram os Reis de Númenor, que é Ociente."

Enquanto Passolargo falava, eles observavam seu rosto estranho e ávido, fracamente iluminado pelo fulgor vermelho da fogueira. Seus olhos brilhavam, e sua voz era cheia e profunda. Acima dele estava um céu negro e estrelado. Subitamente uma luz pálida surgiu por cima do cume do Topo-do-Vento atrás dele. A lua crescente subia devagar sobre a colina que lhes fazia sombra, e as estrelas acima do topo desbotaram.

A história terminou. Os hobbits remexeram-se e se espreguiçaram. "Olhem!", disse Merry. "O Lua está nascendo: deve estar ficando tarde."

Os demais ergueram os olhos. Enquanto faziam isso, viram no topo da colina algo pequeno e escuro em face do luzente nascer da lua. Talvez fosse apenas uma pedra grande ou uma rocha saliente destacada pela luz pálida.

Sam e Merry levantaram-se e afastaram-se do fogo. Frodo e Pippin permaneceram sentados em silêncio. Passolargo vigiava atentamente o luar na colina. Tudo parecia quieto e silencioso, mas Frodo sentiu um pavor frio insinuando-se em seu coração, agora que Passolargo não estava mais falando. Aninhou-se mais perto do fogo. Nesse momento Sam voltou correndo da beira do pequeno vale.

"Não sei o que é," disse ele, "mas de repente senti medo. Não me atrevo a sair deste valezinho por dinheiro nenhum; senti que alguma coisa estava rastejando encosta acima."

"Você *viu* alguma coisa?", perguntou Frodo, pondo-se de pé com um salto.

"Não, senhor. Não vi nada, mas não parei para olhar."

"Eu vi algo", disse Merry; "ou pensei ter visto — lá para o oeste, onde o luar caía no solo plano além da sombra dos topos das colinas, *pensei* que havia duas ou três formas negras. Pareciam estar vindo para cá."

"Fiquem perto do fogo, de rostos para fora!", exclamou Passolargo. "Fiquem com alguns galhos mais compridos prontos nas mãos!"

Durante um certo tempo, sem fôlego, ficaram ali sentados, silenciosos e alertas, dando as costas para a fogueira, cada um fitando as sombras que os cercavam. Nada aconteceu. Não havia ruído nem movimento na noite. Frodo mexeu-se, sentindo que precisava romper o silêncio: desejava gritar alto.

"Quietos!", sussurrou Passolargo. "O que é aquilo?", disse Pippin com voz entrecortada, no mesmo momento.

Por cima da beirada do pequeno vale, do lado oposto à colina, sentiram mais do que viram erguer-se uma sombra, uma sombra ou mais que uma. Esforçaram a visão, e as sombras pareceram crescer. Logo não restava dúvida: três ou quatro vultos, altos e negros, estavam de pé ali na encosta, olhando para eles mais embaixo. Eram tão negros que pareciam buracos negros na profunda sombra atrás deles. Frodo pensou ouvir um chiado fraco, como de um hálito peçonhento, e sentiu o ar gélido, fino e penetrante. Então as sombras avançaram devagar.

O terror dominou Pippin e Merry, e prostraram-se no chão. Sam encolheu-se ao lado de Frodo. Frodo estava pouco menos aterrorizado que seus companheiros; tremia como se sentisse um frio imenso, mas seu terror foi engolido por uma súbita tentação de pôr o Anel no dedo. O desejo de fazê-lo tomou conta dele, e não conseguia pensar em mais nada. Não se esquecera do Túmulo nem da mensagem de Gandalf; mas algo parecia compeli-lo a descartar todos os alertas, e ele ansiava por ceder. Não esperando escapar, nem fazer alguma coisa, fosse boa ou má: simplesmente sentia que precisava pegar o Anel e pô-lo no dedo. Não conseguia falar. Sentiu que Sam o olhava como se soubesse que o patrão estava em grande dificuldade, mas não conseguia virar-se para ele. Fechou os olhos e lutou por um tempo; mas a resistência tornou-se insuportável, e, finalmente, ele puxou a corrente para fora, devagar, e deslizou o Anel no indicador da mão esquerda.

Imediatamente, apesar de tudo o mais continuar como antes, obscuro e sombrio, as formas tornaram-se terrivelmente nítidas. Ele conseguia enxergar por baixo de suas roupas negras. Havia cinco vultos altos: dois em pé na beira do pequeno vale, três avançando. Nos seus rostos brancos ardiam olhos penetrantes e implacáveis; sob seus mantos havia longas vestes cinzentas; sobre seus cabelos grisalhos havia elmos de prata; em suas mãos magras havia espadas de aço. Seus olhos recaíram sobre ele e o penetraram, enquanto se precipitavam em sua direção. Desesperado, sacou a própria espada, e lhe pareceu que ela tremeluzia vermelha, como se fosse um tição. Dois vultos pararam. O terceiro era mais alto que os outros: seus cabelos eram longos e lustrosos, e no seu elmo havia uma coroa. Em uma mão tinha uma espada comprida, e na outra, um punhal; tanto o punhal quanto a mão que o segurava brilhavam com luz pálida. Saltou para a frente e assaltou Frodo.

Nesse momento, Frodo jogou-se de frente no chão e ouviu-se gritando em alta voz: "Ó *Elbereth! Gilthoniel!*" Ao mesmo tempo, golpeou os pés do inimigo. Um grito estridente soou na noite; e ele sentiu uma dor, como se um dardo de gelo envenenado atravessasse seu ombro esquerdo. Já desmaiando entreviu, como que através de uma névoa rodopiante, um vislumbre de Passolargo saltando da escuridão com um tição de madeira chamejante em cada mão. Com um esforço derradeiro Frodo, largando a espada, tirou o Anel do dedo e fechou a mão direita apertada sobre ele.

12

Fuga para o Vau

Quando Frodo recobrou os sentidos, ainda estava agarrando o Anel em desespero. Estava deitado junto à fogueira, que agora estava empilhada alta e queimava forte. Seus três companheiros curvavam-se sobre ele.

"O que aconteceu? Onde está o rei pálido?", perguntou precipitado.

Estavam demasiado exultantes de ouvi-lo falar para responderem logo; e nem compreenderam sua pergunta. Finalmente ele ficou sabendo por Sam que nada tinham visto exceto as vagas formas sombrias que vinham ao seu encontro. De repente, horrorizado, Sam descobrira que o patrão havia desaparecido; e naquele momento uma sombra negra passara por ele correndo, e ele caíra. Ouvira a voz de Frodo, mas ela parecia vir de grande distância, ou de baixo da terra, gritando palavras estranhas. Nada mais tinham visto até tropeçarem no corpo de Frodo, que jazia como morto, de bruços na grama, com a espada debaixo dele. Passolargo mandara que o apanhassem e o pusessem deitado junto ao fogo, e então desapareceu. Isso já fazia um bom tempo.

Sam estava claramente recomeçando a ter dúvidas sobre Passolargo; mas enquanto falavam ele voltou, aparecendo de súbito das sombras. Tiveram um sobressalto, e Sam sacou a espada e se pôs de pé acima de Frodo; mas Passolargo ajoelhou-se depressa ao lado dele.

"Não sou um Cavaleiro Negro, Sam", disse ele com suavidade; "nem estou aliado com eles. Estive tentando descobrir algo sobre os movimentos deles; mas nada encontrei. Não posso imaginar por que eles se foram e não atacaram de novo. Mas não há sensação da presença deles em qualquer lugar próximo."

Quando ouviu o que Frodo tinha para contar, ficou muito preocupado, balançou a cabeça e suspirou. Depois mandou que Pippin e Merry esquentassem nas suas pequenas chaleiras toda a água que conseguissem e que banhassem o ferimento com ela. "Mantenham o fogo bem aceso e mantenham Frodo aquecido!", orientou ele. Então levantou-se e se afastou andando, e chamou Sam para perto de si. "Acho que agora entendo melhor as coisas", disse ele em voz baixa. "Parece que só havia cinco inimigos. Por que não estavam todos aqui eu não sei; mas não acho que esperavam encontrar resistência. Afastaram-se por enquanto. Mas não para longe, eu temo. Eles vão voltar noutra noite, se não pudermos escapar. Estão apenas esperando, porque pensam que seu propósito está quase cumprido e que o Anel não pode fugir para muito mais longe. Eu temo, Sam, que acreditam que seu patrão tem um ferimento mortal que o subjugará à vontade deles. Veremos!"

Sam engasgou com as lágrimas. "Não se desespere!", disse Passolargo. "Precisa confiar em mim agora. Seu Frodo é feito de material mais resistente do que eu acreditava, apesar de Gandalf dar indicações de que isso haveria de ser demonstrado. Ele não foi morto, e creio que resistirá ao poder maligno da ferida por mais tempo do que seus inimigos esperam. Farei tudo que puder para ajudá-lo e curá-lo. Guarde-o bem enquanto eu estiver longe!" Partiu às pressas e voltou a desaparecer na escuridão.

Frodo cochilava, apesar de a dor do seu ferimento aumentar lentamente, e uma gelidez mortal se espalhava do ombro para o braço e o flanco. Seus amigos o vigiavam, aquecendo-o e banhando sua ferida. A noite passou, lenta e cansativa. A aurora crescia no céu, e o pequeno vale se enchia de luz cinzenta quando Passolargo enfim voltou.

"Vejam!", exclamou; e, abaixando-se, ergueu do chão uma capa negra que lá estivera jazendo, oculta pela escuridão. Um pé acima da bainha inferior havia um rasgo. "Isto foi o golpe da espada de Frodo", disse ele. "O único mal que ela causou ao inimigo, temo dizer; pois ela não sofreu dano, mas perecem todas as lâminas que transpassam aquele Rei terrível. Foi mais mortal para ele o nome de Elbereth."

"E mais mortal para Frodo foi isto!" Abaixou-se outra vez e ergueu um punhal, longo e fino. Tinha um brilho frio. Quando Passolargo o levantou, viram que perto da extremidade o gume estava entalhado e que a ponta se quebrara. Mas, enquanto ele o mantinha erguido na luz crescente, eles fitaram com espanto, pois a lâmina pareceu derreter, e sumiu como fumaça no ar, deixando apenas o punho na mão de Passolargo. "Lamentável!", exclamou ele. "Foi este punhal maldito que causou a ferida. Poucos ainda possuem a habilidade de cura para enfrentar armas tão malignas. Mas farei o que puder."

Sentou-se no chão e, tomando o punho da arma, depositou-o nos joelhos e cantou sobre ele uma lenta canção em idioma estranho. Depois, pondo-o de lado, virou-se para Frodo e falou em tom suave palavras que os demais não puderam entender. Da bolsa que trazia no cinto tirou as folhas compridas de uma planta.

"Estas folhas," disse, "andei longe para encontrá-las; pois esta planta não cresce nas colinas áridas, mas nos matagais ao sul da Estrada. Encontrei-a no escuro pelo aroma de suas folhas." Esmagou uma folha entre os dedos, e ela emitiu uma fragrância doce e pungente. "Foi sorte eu conseguir encontrá-la, pois é uma planta curativa que os Homens do Oeste trouxeram à Terra-média. *Athelas* eles a chamaram, e agora ela cresce esparsa, e somente perto de lugares onde eles habitavam ou acampavam antigamente; e não é conhecida no Norte, exceto por alguns dentre os que vagam no Ermo. Tem grandes virtudes, mas em um ferimento como este seus poderes curativos poderão ser pequenos."

Jogou as folhas em água fervente e banhou o ombro de Frodo. A fragrância do vapor era refrescante, e aqueles que não estavam feridos sentiram as mentes calmas e limpas. A erva também teve algum poder sobre a ferida, pois Frodo sentiu que a dor e também a sensação de frio gélido diminuíram em seu flanco; mas não retornou a vida ao seu braço, e não conseguia erguer nem usar a mão. Arrependia-se amargamente de sua tolice e repreendia-se pela fraqueza de vontade; pois percebia agora que ao pôr o Anel obedecera não só ao seu próprio desejo, mas também à intenção imperiosa de seus inimigos. Perguntava-se se continuaria mutilado pelo resto da vida e como haveriam agora de prosseguir na jornada. Sentia-se fraco demais para ficar em pé.

Os demais discutiam essa mesma questão. Rapidamente decidiram abandonar o Topo-do-Vento o quanto antes. "Penso agora", disse Passolargo, "que o inimigo estava vigiando este lugar durante alguns dias. Se Gandalf alguma vez chegou aqui, deve ter sido obrigado a ir embora e não vai retornar. Em todo caso, corremos grande perigo aqui após o anoitecer, desde o ataque de ontem à noite, e dificilmente encontraremos perigo maior em qualquer lugar aonde formos."

Assim que a luz do dia estava plena, comeram alguma coisa às pressas e arrumaram as mochilas. Para Frodo era impossível caminhar, e assim dividiram entre os quatro a maior parte da bagagem deles e puseram Frodo no pônei. Nos últimos dias, o pobre animal havia melhorado de forma maravilhosa; já parecia mais gordo e forte e começara a demonstrar afeto pelos novos donos, especialmente por Sam. O tratamento de Bill Samambaia devia ter sido muito rigoroso para a viagem no ermo parecer tão melhor que sua vida anterior.

Partiram em direção ao sul. Isso significava atravessar a Estrada, mas era o caminho mais rápido para uma área mais arborizada. E precisavam de lenha; pois Passolargo dizia que Frodo tinha de ser mantido aquecido, em especial durante a noite, e, ademais, o fogo seria proteção para todos eles. Também tinha o plano de abreviar a viagem cortando outra grande curva da Estrada: a leste, além do Topo-do-Vento, ela mudava de percurso e fazia uma larga volta para o norte.

Avançaram devagar e com cautela em redor das encostas sudoeste da colina e em pouco tempo alcançaram a beira da Estrada. Não havia sinal dos

Cavaleiros. Mas, bem quando atravessavam apressados, ouviram ao longe dois gritos: uma voz fria chamando e uma voz fria respondendo. Trêmulos, avançaram num salto e rumaram para os matagais à frente. O terreno diante deles fazia um declive para o sul, mas era ermo e sem trilhas; arbustos e árvores mirradas cresciam em densos capões entremeados de amplos espaços áridos. O capim era escasso, grosseiro e cinzento; e as folhas dos matagais eram desbotadas e decíduas. Era uma região triste, e a viagem foi lenta e desanimada. Falavam pouco na penosa caminhada. O coração de Frodo afligia-se ao vê-los andando ao lado dele, de cabeças baixas e costas arqueadas com os fardos. O próprio Passolargo parecia cansado e pesaroso.

Antes que terminasse a caminhada do primeiro dia, a dor de Frodo recomeçou a aumentar, mas ele ficou muito tempo sem falar nela. Passaram-se quatro dias sem que o terreno ou o cenário se alterassem muito, exceto que atrás deles o Topo-do-Vento submergia devagar, e à frente as montanhas distantes assomavam um pouco mais próximas. Porém, desde aquele grito longínquo, não haviam visto nem ouvido sinal de que o inimigo notara sua fuga ou os estivesse seguindo. Temiam as horas escuras e faziam vigias aos pares à noite, esperando ver, a qualquer hora, formas negras espreitando na noite cinzenta, fracamente iluminada pela lua velada por nuvens; mas nada viram, e não ouviram ruído senão o suspiro de folhas murchas e capim. Nem uma vez tiveram a sensação da presença do mal que os assaltara antes do ataque no vale. Parecia demais esperar que os Cavaleiros já tivessem perdido sua trilha outra vez. Quem sabe estavam esperando para realizar alguma emboscada em lugar confinado?

Ao fim do quinto dia o terreno recomeçou a subir lentamente, saindo do vale largo e raso aonde tinham descido. Passolargo então retornou o percurso para o nordeste, e, no sexto dia, alcançaram o alto de uma longa encosta pouco inclinada e viram muito à frente um agrupamento de colinas arborizadas. Muito abaixo de si viam a Estrada circundando os sopés das colinas; e à direita um rio cinzento reluzia pálido à débil luz do sol. Ao longe entreviam mais outro rio, num vale pedregoso meio envolto em névoa.

"Temo que aqui precisemos voltar à Estrada por um tempo", disse Passolargo. "Chegamos agora ao Rio Fontegris, que os Elfos chamam de Mitheithel. Ele desce correndo da Charneca Etten, os morros dos trols ao norte de Valfenda, e conflui com o Ruidoságua lá longe no Sul. Alguns o chamam de Griságua depois disso. É um grande curso d'água antes de encontrar o Mar. Não há como cruzá-lo abaixo de suas nascentes na Charneca Etten, a não ser pela Última Ponte onde a Estrada atravessa."

"Qual é o outro rio que podemos ver lá longe?", perguntou Merry.

"Aquele é o Ruidoságua, o Bruinen de Valfenda", respondeu Passolargo. "A Estrada corre ao longo da borda das colinas por muitas milhas, da Ponte até o Vau do Bruinen. Mas ainda não imaginei como havemos de atravessar essa água. Um rio de cada vez! Certamente teremos sorte se não encontrarmos a Última Ponte ocupada por adversários."

No dia seguinte, cedo de manhã, chegaram novamente à beira da Estrada. Sam e Passolargo foram em frente, mas não encontraram sinal de quaisquer viajantes ou cavaleiros. Ali, sob a sombra das colinas, caíra um pouco de chuva. Passolargo julgou que isso fora dois dias antes, e ela lavara todas as pegadas. Desde então não passara nenhum cavaleiro, até onde ele conseguia ver.

Apressaram-se com toda a velocidade possível e, depois de uma ou duas milhas, viram a Última Ponte à frente, ao pé de um declive curto e íngreme. Temiam ver vultos negros esperando ali, mas não viram nenhum. Passolargo fez com que se escondessem num matagal à beira da Estrada enquanto ele avançava para explorar.

Pouco depois, voltou correndo. "Não consigo ver sinal do inimigo", disse, "e muito desconfio do que isso significa. Mas encontrei algo muito estranho."

Estendeu a mão e mostrou uma única joia de verde-pálido. "Encontrei-a na lama no meio da Ponte", afirmou ele. "É um berilo, uma pedra-élfica. Não sei dizer se foi posta lá ou se caiu por acaso; mas ela me traz esperança. Vou tomá-la como sinal de que podemos atravessar a Ponte; mas além daí não me atrevo a percorrer a Estrada sem algum sinal mais claro."

Seguiram em frente de imediato. Atravessaram a Ponte em segurança, sem ouvir ruído senão a água em redemoinho nos seus três grandes arcos. Uma milha avante chegaram a uma ravina estreita que levava para o norte através das terras acidentadas à esquerda da Estrada. Ali Passolargo se desviou, e logo estavam perdidos numa região sombria de árvores escuras, fazendo curvas entre os sopés de colinas soturnas.

Os hobbits ficaram contentes de deixarem para trás as terras tristonhas e a Estrada perigosa; mas aquela nova região parecia ameaçadora e inóspita. À medida que avançavam, as colinas ao redor cresciam cada vez mais. Aqui e ali, nas alturas e cristas, viam vislumbres de antigas muralhas de pedra e de ruínas de torres: tinham aspecto agourento. Frodo, que não estava caminhando, tinha tempo de olhar à frente e pensar. Recordou o relato que Bilbo fizera de sua jornada, e as torres ameaçadoras nas colinas ao norte da Estrada, na área próxima da mata dos Trols, onde ocorrera sua primeira aventura séria. Frodo imaginou que agora estivessem na mesma região, e perguntou-se se acaso passariam perto daquele ponto.

"Quem vive nesta terra?", perguntou. "E quem construiu essas torres? É região de trols?"

"Não!", disse Passolargo. "Trols não constroem. Ninguém vive nesta terra. Os Homens moraram aqui outrora, eras atrás; mas agora não resta nenhum. Tornaram-se um povo mau, como dizem as lendas, pois caíram sob a sombra de Angmar. Porém foram todos destruídos na guerra que trouxe o fim do Reino do Norte. Mas agora isso faz tanto tempo que as colinas os esqueceram, apesar de ainda jazer uma sombra sobre a terra."

"Onde aprendeu essas histórias, se a terra toda é vazia e esquecida?", perguntou Peregrin. "As aves e as feras não contam histórias desse tipo."

"Os herdeiros de Elendil não se esquecem de todas as coisas do passado," disse Passolargo, "e muito mais do que posso contar é recordado em Valfenda."

"Você esteve muitas vezes em Valfenda?", indagou Frodo.

"Estive", disse Passolargo. "Morei lá certa vez e ainda retorno quando posso. Lá está meu coração; mas não é minha sina sentar-me em paz, mesmo na bela casa de Elrond."

Agora as colinas começavam a rodeá-los. A Estrada atrás continuava a caminho do Rio Bruinen, mas ambos já estavam escondidos de suas vistas. Os viajantes chegaram a um vale comprido; estreito, profundamente fendido, escuro e silencioso. Árvores com raízes velhas e retorcidas estavam suspensas sobre os penhascos e se aglomeravam mais atrás em encostas ascendentes de pinheiros.

Os hobbits estavam exaustos. Avançavam devagar, pois tinham que achar o caminho numa região sem trilhas, impedidos por árvores caídas e rochas despencadas. Enquanto podiam evitavam escaladas, pelo bem de Frodo e porque, de fato, era difícil encontrar algum caminho que os tirasse de dentro dos estreitos vales. Haviam passado dois dias naquela região quando o tempo se tornou úmido. O vento começou a soprar continuamente do Oeste, derramando a água dos mares distantes nas escuras cabeças das colinas, em chuva fina e encharcadiça. Ao cair da noite estavam todos empapados, e o acampamento foi tristonho, pois não conseguiam fazer o fogo pegar. No dia seguinte as colinas se ergueram ainda mais altas e íngremes diante deles, e foram forçados a se voltar para o norte, saindo do curso. Passolargo parecia ficar ansioso: fazia quase dez dias que haviam partido do Topo-do-Vento, e o estoque de víveres estava começando a rarear. Continuava chovendo.

Naquela noite acamparam numa plataforma de pedra com uma muralha de rocha por trás, onde havia uma caverna rasa, um mero recorte no penhasco. Frodo estava inquieto. O ar gélido e a umidade haviam tornado sua ferida mais dolorosa que antes, e a dor e a sensação de friagem mortal lhe roubaram o sono. Estava deitado, agitando-se e virando-se, escutando temeroso os furtivos barulhos noturnos: o vento em frestas da rocha, a água pingando, um estalo, a súbita queda estrepitosa de uma pedra solta.

Sentia que formas negras avançavam para sufocá-lo; mas quando se ergueu nada viu senão as costas de Passolargo, sentado com a coluna arqueada, fumando seu cachimbo e vigiando. Deitou-se outra vez e caiu num sonho inquieto em que caminhava na grama em seu jardim no Condado, mas isso lhe pareceu fraco e obscuro, menos nítido que as altas sombras negras que espiavam por cima da sebe.

Pela manhã despertou e viu que a chuva cessara. As nuvens ainda eram espessas, mas estavam se desfazendo, e pálidas faixas azuis apareciam entre elas. O vento mudava outra vez de direção. Não partiram cedo. Imediatamente após o desjejum, frio e desconfortável, Passolargo saiu sozinho, mandando os demais ficarem sob o abrigo do penhasco até que ele voltasse. Iria escalar, se pudesse, e observar a forma do terreno.

Quando voltou, não os tranquilizou. "Viemos longe demais para o norte", disse ele, "e precisamos encontrar algum modo de rumar outra vez para o sul. Se continuarmos nesta direção vamos chegar aos Vales Etten bem ao norte de Valfenda. É uma região de trols, e pouco a conheço. Talvez possamos encontrar um caminho de passagem e alcançar Valfenda pelo norte; mas levaria demasiado tempo, pois não conheço o caminho, e nossa comida não iria durar. Portanto, de um jeito ou de outro, temos de achar o Vau do Bruinen."

Passaram o resto do dia escalando um terreno rochoso. Encontraram uma passagem entre duas colinas que os levou a um vale correndo para o sudeste, a direção que queriam tomar; mas ao fim do dia descobriram que outra vez o caminho estava bloqueado por uma crista de terreno alto; sua borda escura diante do céu estava quebrada em muitas pontas nuas, como os dentes de uma serra rombuda. Podiam escolher entre voltar ou escalá-la.

Decidiram tentar a escalada, mas ela demonstrou ser muito difícil. Não demorou para Frodo ser obrigado a apear e se esforçar a pé. Mesmo assim várias vezes quase desistiram de subir com o pônei, ou, na verdade, de encontrar uma trilha para si, carregados que estavam. A luz quase desaparecera, e estavam todos exaustos, quando finalmente alcançaram o topo. Haviam subido a uma estreita sela entre dois pontos mais elevados, e pouco adiante o terreno descia outra vez, íngreme. Frodo jogou-se ao chão e lá ficou deitado, com calafrios. Seu braço esquerdo estava inerte, e o flanco e o ombro davam a sensação de terem garras geladas sobre eles. As árvores e as rochas em redor lhe pareciam sombrias e apagadas.

"Não podemos ir mais longe", disse Merry a Passolargo. "Temo que tenha sido demais para Frodo. Estou terrivelmente aflito por ele. O que havemos de fazer? Você crê que serão capazes de curá-lo em Valfenda, se é que vamos chegar lá?"

"Havemos de ver", respondeu Passolargo. "Não há mais nada que eu possa fazer no ermo; e é principalmente por causa do seu ferimento que estou tão ansioso por avançar. Mas concordo que não podemos prosseguir esta noite."

"O que há com meu patrão?", perguntou Sam em voz baixa, olhando suplicante para Passolargo. "Sua ferida era pequena e já fechou. Não se vê nada a não ser um sinal frio e branco no ombro."

"Frodo foi tocado pelas armas do Inimigo," disse Passolargo, "e há algum veneno ou mal em ação que está além de minha habilidade de expulsar. Mas não perca a esperança, Sam!"

A noite foi fria no alto da crista. Fizeram uma pequena fogueira embaixo das raízes retorcidas de um velho pinheiro que se inclinava sobre um buraco raso: parecia que ali tinha sido uma pedreira antigamente. Sentaram-se encolhidos uns junto aos outros. O vento soprava gélido pela passagem, e ouviam as copas das árvores mais embaixo, gemendo e suspirando. Frodo jazia meio em sonho, imaginando que infindas asas escuras voavam acima dele, e que nas asas estavam montados perseguidores que o buscavam em todas as covas das colinas.

A manhã raiou luminosa e bonita; o ar estava limpo e a luz era pálida e clara no céu lavado pela chuva. Seus corações se encorajaram, mas ansiavam pelo sol que lhes aquecesse os membros frios e enrijecidos. Assim que clareou, Passolargo levou Merry consigo, e foram examinar a região desde a elevação a leste da passagem. O sol nascera e brilhava intensamente quando ele voltou com novas mais confortantes. Já estavam indo mais ou menos na direção certa. Se fossem em frente, descendo o lado oposto da crista, teriam as Montanhas à sua esquerda. Um pouco avante Passolargo tinha vislumbrado o Ruidoságua outra vez, e sabia que, apesar de estar escondida da visão, a Estrada para o Vau não estava longe do Rio e ficava do lado mais próximo.

"Precisamos rumar para a Estrada outra vez", disse ele. "Não podemos ter esperança de achar uma trilha nestas colinas. Seja qual for o perigo que a assola, a Estrada é nosso único caminho para o Vau."

Logo depois de comerem partiram outra vez. Desceram lentamente pelo lado meridional da crista; mas o caminho era muito mais fácil do que esperavam, pois daquele lado a encosta era muito menos íngreme, e logo Frodo conseguiu montar de novo. O pobre pônei velho de Bill Samambaia estava desenvolvendo um talento inesperado para achar a trilha e para poupar o cavaleiro de quantos solavancos pudesse. O grupo animou-se de novo. O próprio Frodo sentia-se melhor à luz matutina, mas vez por outra uma névoa parecia obscurecer-lhe a visão, e passava as mãos por cima dos olhos.

Pippin estava um pouco à frente dos demais. Subitamente virou-se para trás e os chamou. "Há uma trilha aqui!", exclamou.

Quando o alcançaram viram que não se enganara: havia nitidamente o começo de uma trilha, que subia com muitas voltas da mata lá embaixo e desaparecia no cume mais atrás. Em alguns lugares estava apagada e coberta de vegetação, ou sufocada por pedras e árvores caídas; mas parecia que em alguma época fora muito usada. Era uma trilha feita por braços fortes e pés pesados. Aqui e ali, árvores velhas tinham sido cortadas ou quebradas, e grandes rochas, fendidas ou jogadas de lado para abrir caminho.

Seguiram a trilha por certo tempo, pois ela representava o caminho mais fácil para descerem, mas andaram com cautela, e sua ansiedade cresceu quando entraram na mata escura e a trilha ficou mais evidente e larga. Saindo repentinamente de um cinturão de abetos, ela descia íngreme por uma ladeira e fazia uma curva fechada à esquerda, virando o canto de uma encosta rochosa da colina. Quando chegaram ao canto, olharam em volta e viram que a trilha corria sobre uma faixa plana abaixo da face de um penhasco baixo, com árvores suspensas. Na muralha de pedra havia uma porta, pendendo torta e entreaberta de uma grande dobradiça.

Todos pararam diante da porta. Havia uma caverna ou câmara rochosa atrás dela, mas nada se via na escuridão lá dentro. Passolargo, Sam e Merry empurraram com toda força e conseguiram abrir a porta um pouco mais, e então Passolargo e Merry entraram. Não foram longe, pois no chão havia muitos ossos velhos, e nada mais se via perto da entrada senão alguns grandes jarros vazios e potes quebrados.

"Com certeza é uma toca de trol, se é que já houve uma!", afirmou Pippin. "Saiam, vocês dois, e vamos embora. Agora sabemos quem fez a trilha — e é melhor sair dela depressa."

"Acho que não é preciso", disse Passolargo, saindo. "Certamente é uma toca de trol, mas parece estar abandonada faz tempo. Não acho que precisemos ter medo. Mas vamos continuar a descer com cautela e havemos de ver."

A trilha prosseguiu depois da porta, e virando outra vez à direita, após o trecho plano, mergulhou por uma encosta de árvores densas. Pippin, não querendo mostrar a Passolargo que ainda estava com medo, foi na frente com Merry. Sam e Passolargo vinham atrás, um de cada lado do pônei de Frodo, pois a trilha já era bastante larga para quatro ou cinco hobbits andarem lado a lado. Mas não haviam ido muito longe quando Pippin voltou correndo, seguido por Merry. Ambos pareciam aterrorizados.

"Lá *tem* trols!", exclamou Pippin, ofegante. "Lá embaixo numa clareira da mata, não muito longe. Nós os vimos através dos troncos das árvores. São muito grandes!"

"Vamos até lá para olhá-los", indicou Passolargo, apanhando um bastão. Frodo nada disse, mas Sam parecia assustado.

O sol já estava alto e brilhava através dos galhos meio desfolhados das árvores, iluminando a clareira com brilhantes manchas de luz. Detiveram-se de súbito na beira e espiaram através dos troncos, prendendo a respiração. Ali estavam parados os trols: três trols grandes. Um estava curvado, e os outros dois de pé, olhando para ele.

Passolargo avançou despreocupado. "Levante-se, pedra velha!", ordenou ele, e quebrou o bastão no trol curvado.

Nada aconteceu. Ouviu-se um grito de espanto sufocado dos hobbits, e então o próprio Frodo riu. "Bem!", comentou ele. "Estamos esquecendo nossa história familiar! Estes devem ser os mesmos três que foram apanhados por Gandalf, brigando pelo jeito certo de cozinhar treze anãos e um hobbit."

"Eu não fazia ideia de que estávamos perto desse lugar!", disse Pippin. Conhecia bem a história. Bilbo e Frodo a haviam contado com frequência; mas de fato ele jamais acreditara em mais da metade. Mesmo agora olhava para os trols de pedra com suspeita, perguntando-se se alguma magia não poderia de repente trazê-los de volta à vida.

"Vocês não apenas estão esquecendo sua história familiar, mas também tudo o que já sabiam sobre trols", comentou Passolargo. "É plena luz do dia, com sol forte, e ainda assim vocês voltam tentando me assustar com um relato de trols vivos esperando por nós nesta clareira! Seja como for, devem ter notado que um deles tem um velho ninho de pássaro atrás da orelha. Seria um enfeite bem incomum para um trol vivo!"

Todos riram. Frodo sentiu seu ânimo revivendo: a lembrança da primeira aventura bem-sucedida de Bilbo era encorajadora. O sol também estava morno e reconfortante, e a névoa diante dos seus olhos parecia dissipar-se um pouco. Descansaram por algum tempo na clareira e fizeram a refeição do meio-dia bem embaixo da sombra das grandes pernas dos trols.

"Alguém não pode nos cantar uma canção enquanto o sol está alto?", perguntou Merry depois de terminarem. "Faz dias que não ouvimos uma canção nem uma história."

"Não desde o Topo-do-Vento", disse Frodo. Os demais olharam-no. "Não se preocupem comigo!", acrescentou. "Sinto-me muito melhor, mas não acho que poderia cantar. Quem sabe Sam possa desenterrar alguma coisa da memória."

"Vamos lá, Sam!", comentou Merry. "Há mais coisa armazenada em sua cabeça do que você revela."

"Isso eu não sei", respondeu Sam. "Mas será que isto serve? Não é o que eu chamo de poesia de verdade, se me entende: só uma coisinha tola. Mas estas velhas imagens aqui me fizeram lembrar." De pé, com as mãos atrás das costas como se estivesse na escola, começou a cantar uma antiga melodia.

Trol senta sozinho na pedra do caminho,
Resmungando e roendo um osso magrinho;
   Já faz mais de ano, nem tem mais tutano,
     Pois carne já não se acha.
       Racha! Taxa!
Na caverna do morro vive sozinho,
   E carne já não se acha.

Lá vem o Tom com calçado do bom
E diz ao Trol em alto e bom som:
   "É a canela, é sim, do meu velho tio Tim,
     Que devia estar lá no túmulo.
       Húmulo! Cúmulo!
O Tim já se foi faz anos, sei não,
   Pensei que jazia no túmulo."

Diz o Trol: "Meu rapaz, já peguei, tanto faz.
Um osso da cova sem remorso se traz.
   Era morto o tio como pedra de rio
     Quando eu encontrei a canela.
       Aquela! Balela!
Para oferecê-la a um trol voraz
   Não vai fazer falta a canela."

Diz Tom: "Não se vê por que é que você
Vai pegando assim, sem qualquer mercê,
   A canela subtrai do irmão do meu pai;
     Entregue o velho osso!
       Grosso! Insosso!
Está morto, sim, mas não tem o quê:
   Entregue o velho osso!"

"Na minha caverna", diz Trol com baderna,
"Eu devoro você, e roo sua perna.
   Refeição principesca é carne bem fresca!
     Você vai é sentir o meu dente.
       Quente! De repente!
Roer pele e osso já me consterna;
   Vou jantar coisa bem diferente."

Mas antes que creia ter pegado a ceia,
Das mãos lhe escapa, nem inteira nem meia.
   Nem bem se refaz, já Tom vem por trás,
     Dá-lhe um chute a servir de lição.
       Missão! Remissão!

> *Tom pensou que um pé lá atrás, bota cheia,*
> *Pro trol ia servir de lição.*
>
> *Mais cruel que cimento é o assento*
> *De um trol da montanha, velho e odiento.*
> *Menos mal se esmigalha seu pé na muralha,*
> *Que o fundilho do trol nada sente.*
> *Saliente! Valente!*
> *O velho Trol ri ao ouvir o lamento,*
> *Pois sabe o dedão como sente.*
>
> *Após esse tranco Tom de dor está branco,*
> *E sem botas nos pés pra valer ficou manco;*
> *Mas Trol nem se importa, e o que o conforta*
> *É o osso roubado do dono.*
> *Patrono! Abono!*
> *O fundilho do trol nada sente, sou franco,*
> *Nem o osso roubado do dono!*[A]

"Bem, isso é um alerta para todos nós!", riu-se Merry. "Ainda bem que usou um bastão e não a mão, Passolargo!"

"Onde encontrou isso, Sam?", perguntou Pippin. "Nunca ouvi essa letra antes."

Sam murmurou algo inaudível. "É da cabeça dele, é claro", disse Frodo. "Estou aprendendo muita coisa sobre Sam Gamgi nesta viagem. Primeiro era conspirador, agora é bufão. Vai acabar se tornando um mago — ou um guerreiro!"

"Espero que não", comentou Sam. "Não quero ser nada disso!"

À tarde prosseguiram pela mata. Provavelmente estavam seguindo a mesma trilha que Gandalf, Bilbo e os anões tinham usado muitos anos antes. Algumas milhas adiante saíram no topo de uma alta ribanceira acima da Estrada. Naquele ponto a Estrada deixara o Fontegris muito para trás em seu vale estreito, e agora ela se apegava aos sopés das colinas, rolando e serpenteando para o leste, entre bosques e encostas cobertas de urze, rumo ao Vau e às Montanhas. Não muito além, na margem, Passolargo apontou para uma pedra no capim. Nela, entalhadas grosseiramente e agora muito desgastadas, ainda se viam runas-anânicas e marcas secretas.

"Aí está!", disse Merry. "Essa deve ser a pedra que marcava o lugar onde foi escondido o ouro dos trols. Quanto resta da porção de Bilbo, é o que me pergunto, Frodo?"

Frodo olhou para a pedra e desejou que Bilbo não tivesse levado para casa nenhum tesouro mais perigoso, nem menos fácil de se desfazer.

"Nada", respondeu ele. "Bilbo doou tudo. Ele me disse que não sentia que fosse seu de verdade, já que vinha de ladrões."

A Estrada se estendia quieta sob as longas sombras da tardinha. Não se via sinal de quaisquer outros viajantes. Já que agora não havia outro percurso possível, desceram da ribanceira e, virando-se para a esquerda, partiram o mais depressa que conseguiram. Logo uma encosta das colinas bloqueou a luz do sol, que descia depressa. Um vento frio soprou ao seu encontro, descendo das montanhas à frente.

Estavam começando a buscar um lugar fora da Estrada onde pudessem acampar à noite, quando ouviram um som que trouxe o medo súbito de volta a seus corações: o ruído de cascos atrás deles. Olharam para trás, mas não conseguiam enxergar longe por causa das muitas curvas e reviravoltas da Estrada. O mais depressa possível, subiram com mãos e pés para longe do caminho batido, até a urze alta e o matagal de arandos nas encostas acima, até chegarem a um pequeno capão de aveleiras densas. Espiando por entre os arbustos, podiam ver a Estrada, apagada e cinzenta à luz minguante, uns trinta pés abaixo deles. O som dos cascos aproximou-se. Andavam depressa, com um leve *clípeti-clípeti-clip*. Então lhes pareceu que ouviam fracamente, como se a brisa o soprasse para longe, um tênue tinido, como de sinetas tocando.

"Isso não soa como o cavalo de um Cavaleiro Negro!", disse Frodo, escutando atentamente. Os outros hobbits concordaram, esperançosos que assim era, mas ficaram todos cheios de suspeita. Fazia tanto tempo que temiam uma perseguição que qualquer som detrás deles parecia agourento e ameaçador. Mas Passolargo já se inclinava para a frente, agachado no chão, com uma mão na orelha e uma expressão de alegria no rosto.

A luz se apagava e as folhas dos arbustos farfalhavam baixinho. Os sinos já tiniam mais nítidos e mais próximos, e *clípeti-clip* vinham os rápidos pés trotando. Subitamente avistaram lá embaixo um cavalo branco, reluzindo nas sombras, correndo veloz. Na penumbra, seu cabresto rebrilhava e piscava, como se estivesse engastado com gemas semelhantes a estrelas vivas. A capa do cavaleiro esvoaçava atrás dele, e seu capuz estava abaixado; seus cabelos dourados fluíam reluzentes ao vento de sua corrida. A Frodo parecia que uma luz branca atravessava a forma e a veste do cavaleiro, como por um fino véu.

Passolargo saiu do esconderijo com um salto e correu para baixo, rumo à Estrada, pulando através da urze com um grito; mas, mesmo antes que ele tivesse se movido ou chamado, o cavaleiro refreara o cavalo e parara, erguendo os olhos para o matagal onde eles estavam. Quando viu Passolargo, apeou e correu ao seu encontro exclamando: *"Ai na vedui Dúnadan! Mae govannen!"* Sua fala e sua clara voz ressoante não deixaram dúvida nos corações deles: o cavaleiro pertencia ao povo dos Elfos. Ninguém mais que morasse no vasto mundo tinha vozes tão belas de se ouvir. Mas parecia haver uma nota de pressa ou medo em seu chamado, e viram que agora ele falava rápida e urgentemente com Passolargo.

Logo Passolargo lhes acenou, e os hobbits saíram dos arbustos e se apressaram a descer para a Estrada. "Este é Glorfindel, que habita na casa de Elrond", apresentou-o Passolargo.

"Salve e bom encontro afinal!", disse o senhor-élfico a Frodo. "Fui enviado de Valfenda para vos procurar. Temíamos que estivésseis correndo perigo na estrada."

"Então Gandalf chegou a Valfenda?", exclamou Frodo, alegre.

"Não. Não chegara quando parti; mas isso faz nove dias", respondeu Glorfindel. "Elrond recebeu notícias que o perturbaram. Alguns da minha gente, viajando em vossa terra além do Baranduin,[1] souberam que havia algo errado e enviaram mensagens o mais depressa que podiam. Disseram que os Nove estavam à larga e que vós estáveis perdidos, portando um grande fardo sem orientação, pois Gandalf não retornara. Mesmo em Valfenda poucos há que possam sair abertamente contra os Nove; mas os que havia Elrond enviou rumo ao norte, oeste e sul. Pensava-se que pudésseis vos desviar muito para evitar a perseguição, e vos perdêsseis no Ermo.

"Coube a mim tomar a Estrada, e cheguei à Ponte de Mitheithel, e ali deixei um sinal, cerca de sete dias atrás. Três dos serviçais de Sauron estavam sobre a Ponte, mas recuaram e eu os persegui rumo ao oeste. Topei também com dois outros, mas eles se desviaram para o sul. Desde então tenho buscado vossa trilha. Encontrei-a dois dias atrás e a segui por sobre a Ponte; e hoje percebi onde havíeis descido das colinas outra vez. Mas vamos lá! Não há tempo para mais notícias. Já que estais aqui precisamos arriscar o perigo da Estrada e partir. Há cinco em nosso encalço, e quando encontrarem vossa trilha na Estrada eles nos perseguirão como o vento. E não são todos. Onde hão de estar os outros quatro, eu não sei. Receio que possamos descobrir que o Vau já está dominado por nossos inimigos."

Enquanto Glorfindel falava, as sombras da tarde se aprofundavam. Frodo sentiu que um grande cansaço o dominava. Desde que o sol começara a se pôr, a névoa diante de seus olhos havia ficado mais escura, e ele sentia que uma sombra se interpunha diante dos rostos de seus amigos. Agora a dor o acometeu, e ele sentiu frio. Titubeou, agarrando o braço de Sam.

"Meu patrão está doente e ferido", disse Sam com raiva. "Ele não pode continuar cavalgando depois do pôr do sol. Precisa de descanso."

---

[1] O Rio Brandevin. [N. A.]

Glorfindel apanhou Frodo, que desabava no chão, e, tomando-o gentilmente nos braços, olhou seu rosto com grave ansiedade.

Passolargo falou brevemente do ataque ao acampamento sob o Topo-do-Vento e do punhal mortífero. Pegou o punho que guardara e o entregou ao Elfo. Glorfindel estremeceu ao tomá-lo, mas olhou-o atentamente.

"Há coisas malévolas escritas neste punho", afirmou ele; "apesar de vossos olhos talvez não as poderem ver. Guarda-o, Aragorn, até que cheguemos à casa de Elrond! Mas cuida-te e manuseia-o o quanto menos! Ai! Os ferimentos desta arma ultrapassam minha habilidade de cura. Farei o que puder — porém ainda mais peço-te agora que avances sem descanso."

Examinou com os dedos a ferida do ombro de Frodo, e seu rosto se tornou mais sério, como se estivesse perturbado pelo que descobrira. Mas Frodo sentiu que o gelo no flanco e no braço diminuiu; um pouco de calor insinuou-se do ombro para a mão, e a dor amainou. A penumbra da tarde parecia tornar-se mais clara em seu redor, como se uma nuvem tivesse sido removida. Voltou a ver mais claramente os rostos dos amigos, e retornou-lhe um tanto de nova esperança e força.

"Tu hás de montar meu cavalo", disse Glorfindel. "Encurtarei os estribos até a beira da sela, e precisas sentar-te o mais firme possível. Mas não precisas temer: meu cavalo não deixará cair um cavaleiro que eu o mande levar. Seu passo é leve e macio; e se o perigo se aproximar demais, ele te carregará com uma presteza com que nem as negras montarias do inimigo podem competir."

"Não, não me carregará!", exclamou Frodo. "Não o montarei se for carregado para Valfenda ou qualquer outro lugar abandonando meus amigos ao perigo."

Glorfindel sorriu. "Duvido muito", disse ele, "que teus amigos estarão em perigo se não estiveres com eles! Creio que a perseguição seguiria a ti e nos deixaria em paz. És tu, Frodo, e aquilo que levas que nos põe a todos em perigo."

Para isso Frodo não tinha resposta, e foi convencido a montar no cavalo branco de Glorfindel. O pônei, por sua vez, foi carregado com boa parte do fardo dos demais, de forma que estes agora marchavam mais leves e por certo tempo fizeram boa velocidade; mas os hobbits começaram a achar difícil acompanhar os pés do Elfo, velozes e incansáveis. Ele os conduziu avante, para a boca da escuridão, e ainda avante sob a profunda noite nebulosa. Não havia estrela nem lua. Só no cinzento do amanhecer ele permitiu que parassem. Àquela altura, Pippin, Merry e Sam estavam quase dormindo em suas pernas trôpegas; e o próprio Passolargo, a julgar pela curvatura de seus ombros, parecia exausto. Frodo estava sentado no cavalo, em sonho sombrio.

Lançaram-se urze abaixo, a algumas jardas da beira da estrada, e caíram no sono de imediato. Mal pareciam ter fechado os olhos quando Glorfindel, que se pusera de guarda enquanto dormiam, voltou a acordá-los. O sol já subira bastante na manhã, e as nuvens e névoas da noite haviam desaparecido.

"Bebei isto!", disse Glorfindel, servindo a cada um, por sua vez, um pouco da bebida que tinha em seu cantil de couro guarnecido de prata. Era límpida como água da fonte e não tinha gosto, e não dava na boca sensação de frescor nem de calor; mas a força e o vigor pareciam fluir para todos os seus membros quando a beberam. Comidos após aquela beberagem, o pão amanhecido e as frutas secas (que agora era tudo o que lhes restava) pareciam satisfazer melhor a sua fome do que muitos bons desjejuns do Condado.

Haviam descansado um tanto menos que cinco horas quando tomaram a Estrada outra vez. Glorfindel ainda os apressava e só permitiu duas breves paradas durante a marcha do dia. Deste modo, percorreram quase vinte milhas antes do pôr do sol e chegaram a um ponto onde a Estrada se curvava à direita e descia em direção ao fundo do vale, já rumando direto para o Bruinen. Até então não houvera sinal nem som de perseguição que os hobbits pudessem ver ou ouvir; mas muitas vezes Glorfindel parava e escutava por um momento quando se atrasavam, e um ar de ansiedade lhe toldava o rosto. Uma ou duas vezes falou com Passolargo em língua-élfica.

Mas, por ansiosos que estivessem seus guias, estava claro que os hobbits não poderiam ir mais longe naquela noite. Estavam dando passos em falso, tontos de exaustão, incapazes de pensar em outra coisa senão seus pés e suas pernas. A dor de Frodo tinha redobrado, e durante o dia as coisas em seu redor se esvaíam em sombras de um cinza fantasmagórico. Quase recebeu de bom grado a chegada da noite, pois aí o mundo parecia menos pálido e vazio.

Os hobbits ainda estavam exaustos quando partiram de novo na manhã seguinte. Ainda havia muitas milhas a percorrer entre o lugar onde estavam e o Vau, e andavam cambaleando no melhor passo que lhes era possível.

"Nosso perigo será maior logo antes de alcançarmos o rio", disse Glorfindel; "pois meu coração me alerta de que agora a perseguição é rápida em nosso encalço, e outro perigo pode estar aguardando junto ao Vau."

A Estrada ainda descia continuamente, e agora em alguns lugares havia muito capim de ambos os lados, onde os hobbits caminhavam quando podiam, para aliviar os pés cansados. No final da tarde chegaram a um lugar onde a Estrada passava subitamente embaixo da obscura sombra de altos pinheiros e depois mergulhava em um profundo corte com paredes íngremes e úmidas de pedra vermelha. Corriam ecos à medida que eles avançavam às pressas; e parecia haver o som de muitas passadas seguindo as deles. De repente, como se passasse por um portão de luz, a Estrada voltou a sair pela extremidade do túnel para o ar livre. Ali, no sopé de um declive escarpado, viram diante de si uma milha longa e plana e, além dela, o Vau de Valfenda. Do outro lado havia uma ribanceira parda íngreme, por onde subia uma trilha serpenteante; e atrás dela as altas montanhas, encosta sobre encosta e pico após pico, se erguiam para o céu desbotado.

Ainda havia um eco como de pés que os perseguissem no corte atrás deles; um ruído sussurrante, como se um vento se erguesse e fluísse pelos ramos dos pinheiros. Num momento Glorfindel virou-se e escutou, e então saltou para diante com um grito intenso.

"Fugi!", exclamou. "Fugi! O inimigo está atrás de nós!"

O cavalo branco deu um pulo adiante. Os hobbits desceram o declive correndo. Glorfindel e Passolargo seguiram na retaguarda. Tinham somente atravessado metade do trecho plano quando veio, de repente, o ruído de cavalos galopando. Pelo portão nas árvores que tinham acabado de deixar saiu um Cavaleiro Negro. Refreou o cavalo e parou, oscilando na sela. Outro o seguiu, e depois outro; e depois mais dois.

"Cavalga em frente! Cavalga!", gritou Glorfindel para Frodo.

Este não obedeceu de imediato, pois foi tomado por uma estranha relutância. Reduzindo o passo do cavalo, virou-se e olhou para trás. Os Cavaleiros pareciam estar sentados em suas grandes montarias como estátuas ameaçadoras em uma colina, escuras e sólidas, enquanto todas as matas e terras em seu redor recuavam como que numa névoa. De repente soube em seu coração que, em silêncio, lhe estavam ordenando que esperasse. Então o medo e o ódio despertaram nele de súbito. Sua mão deixou a rédea e agarrou o punho da espada, e sacou-a com um lampejo rubro.

"Cavalga! Cavalga!", exclamou Glorfindel, e depois, em alto e bom som, gritou para o cavalo em língua-élfica: "*noro lim, noro lim, Asfaloth!*"

Imediatamente o cavalo branco partiu de um salto e correu como o vento pelo último trecho da Estrada. No mesmo momento, os cavalos negros pularam colina abaixo em perseguição, e dos Cavaleiros veio um grito terrível, tal como Frodo o ouvira enchendo as matas de horror muito longe, na Quarta Leste. Ele teve resposta; e, para consternação de Frodo e seus amigos, saíram voando das árvores e rochas à esquerda mais quatro Cavaleiros. Dois tomaram a direção de Frodo; dois galoparam loucamente para o Vau, para interceptarem sua fuga. Parecia-lhe que corriam como o vento e que rapidamente se tornavam maiores e mais escuros à medida que suas trajetórias convergiam com a dele.

Frodo olhou para trás, por cima do ombro, por um momento. Não conseguia mais ver os amigos. Os Cavaleiros atrás dele estavam perdendo terreno: mesmo suas grandes montarias não eram páreo para a velocidade do branco cavalo-élfico de Glorfindel. Olhou para a frente outra vez, e a esperança se desfez. Não parecia haver chance de alcançar o Vau antes de ser interceptado pelos outros que o tinham emboscado. Agora podia vê-los com clareza: pareciam ter tirado os capuzes e as capas negras, e estavam trajados de branco e cinza. Tinham espadas nuas nas mãos pálidas; tinham elmos na cabeça. Seus olhos frios rebrilhavam, e chamavam-no com vozes cruéis.

O medo já preenchia toda a mente de Frodo. Não pensava mais na espada. Nenhum grito saiu dele. Fechou os olhos e se agarrou à crina do cavalo. O vento assobiava em seus ouvidos, e as sinetas do arreio tilintavam, turbulentas e estridentes. Um hálito de frio mortal perpassou-o como uma lança enquanto o cavalo-élfico, com um último arranco, como um lampejo de fogo branco, veloz como se tivesse asas, passava bem diante do rosto do Cavaleiro mais adiantado.

Frodo ouviu o borrifo da água. Ela espumava em torno de seus pés. Sentiu o rápido arquejo e a ondulação quando o cavalo saiu do rio e subiu, com esforço, pela trilha pedregosa. Estava escalando a íngreme ribanceira. Tinha atravessado o Vau.

Mas os perseguidores estavam logo atrás. No alto da ribanceira o cavalo parou e se virou, relinchando feroz. Havia Nove Cavaleiros na beira da água lá embaixo, e o espírito de Frodo acovardou-se diante da ameaça de seus rostos erguidos. Ele nada conhecia que os impedisse de atravessar com a mesma facilidade que ele; e sentiu que era inútil tentar fugir pela longa e incerta trilha do Vau até o limite de Valfenda, uma vez que os Cavaleiros tivessem atravessado. De qualquer modo, sentia que lhe ordenavam urgentemente que parasse. Outra vez o ódio se agitou dentro dele, mas não tinha mais força para recusar.

De repente o primeiro Cavaleiro esporeou o cavalo para que avançasse. Ele se deteve diante da água e empinou. Com grande esforço Frodo sentou-se ereto e brandiu a espada.

"Voltem!", gritou ele. "Voltem à Terra de Mordor e não me sigam mais!" Sua voz soava fina e estridente a seus próprios ouvidos. Os Cavaleiros pararam, mas Frodo não tinha o poder de Bombadil. Seus inimigos riram-se dele com um riso áspero e gélido. "Volte! Volte!", chamaram. "A Mordor o levaremos!"

"Voltem!", sussurrou ele.

"O Anel! O Anel!", gritaram com vozes mortíferas; e de imediato o líder incitou o cavalo para dentro da água, seguido de perto por dois outros.

"Por Elbereth e por Lúthien, a Bela," disse Frodo com um último esforço, erguendo a espada, "não hão de ter nem o Anel e nem a mim!"

Então o líder, que já tinha atravessado metade do Vau, pôs-se de pé nos estribos, ameaçador, e ergueu a mão. Frodo ficou emudecido. Sentia a língua colar-se à boca e o coração batendo com dificuldade. Sua espada se partiu e caiu-lhe da mão trêmula. O cavalo-élfico empinou e bufou. O primeiro cavalo negro quase pisara na margem.

Nesse momento ouviu-se um rugido e um chiado: um som de águas ruidosas rolando muitas pedras. Vagamente, Frodo viu que o rio diante dele se erguia, e por seu leito descia uma cavalaria emplumada de ondas. Pareceu a Frodo que chamas brancas tremeluziam em suas cristas e quase imaginou ver, em meio à água, brancos ginetes em brancos cavalos de crinas espumantes. Os três Cavaleiros que ainda estavam no meio do Vau foram dominados: desapareceram, subitamente cobertos pela espuma furiosa. Os que estavam atrás recuaram aterrados.

Com seus últimos sentidos que desfaleciam, Frodo ouviu gritos e lhe pareceu ver, além dos Cavaleiros que hesitavam na margem, um vulto brilhante de luz branca; e atrás dele corriam pequenas formas sombrias agitando chamas que fulguravam rubras na névoa cinzenta que caía sobre o mundo.

Os cavalos negros foram tomados de loucura e, saltando à frente aterrados, levaram seus cavaleiros para dentro da torrente impetuosa. Seus gritos penetrantes afogaram-se no rugido do rio, que os carregou para longe. Então Frodo sentiu que caía, e o rugido e a confusão pareceram erguer-se e englobá-lo junto com seus inimigos. Não ouviu nem viu mais nada.

LIVRO II

1

Muitos Encontros

Frodo despertou e viu que estava deitado em uma cama. Primeiro pensou que tinha dormido até tarde, depois de um sono longo e desagradável que ainda pairava na beira da memória. Ou quem sabe tivesse estado doente? Mas o teto parecia estranho; era plano e tinha vigas escuras com ricos entalhes. Ficou mais um pouco deitado, olhando as manchas de luz do sol na parede e escutando o som de uma cachoeira.

"Onde estou e que horas são?", disse ele para o teto, em voz alta.

"Na casa de Elrond e são dez horas da manhã", respondeu uma voz. "É a manhã de vinte e quatro de outubro, se quer saber."

"Gandalf!", exclamou Frodo, sentando-se. Lá estava o velho mago, sentado numa cadeira junto à janela aberta.

"Sim", disse ele. "Estou aqui. E você tem sorte de também estar aqui, depois de todas as coisas absurdas que fez desde que saiu de casa."

Frodo deitou-se outra vez. Sentia-se demasiado confortável e pacífico para discutir e, em todo caso, não achava que fosse levar a melhor numa discussão. Agora estava totalmente desperto, e a lembrança de sua viagem estava voltando: o desastroso "atalho" pela Floresta Velha; o "acidente" no Pônei Empinado; e sua loucura em pôr o Anel no dedo no valezinho junto ao Topo-do-Vento. Enquanto pensava em tudo isso e tentava em vão trazer as lembranças até sua chegada a Valfenda, fez-se um longo silêncio, só interrompido pelas leves baforadas do cachimbo de Gandalf, que soprava anéis de fumaça brancos pela janela.

"Onde está Sam?", perguntou Frodo por fim. "E os outros estão bem?"

"Sim, estão todos a salvo", respondeu Gandalf. "Sam estava aqui até eu mandá-lo embora para descansar um pouco, uma meia hora atrás."

"O que aconteceu no Vau?", indagou Frodo. "Tudo parecia tão confuso, de algum modo; e ainda parece."

"Sim, devia parecer. Você estava começando a minguar", respondeu Gandalf. "O ferimento finalmente estava dominando você. Em mais algumas horas você estaria além de nossa ajuda. Mas você tem força em si, meu caro hobbit! Como demonstrou no Túmulo. Aquilo foi por um fio: talvez o momento mais perigoso de todos. Queria que você tivesse resistido no Topo-do-Vento."

"Você já parece saber de muita coisa", disse Frodo. "Não falei com os outros sobre o Túmulo. No começo foi horrível demais, e depois havia outras coisas em que pensar. Como você sabe disso?"

"Você passou muito tempo falando no sono, Frodo," comentou Gandalf gentilmente, "e não foi difícil ler sua mente e sua memória. Não se preocupe! Apesar de eu ter acabado de dizer 'coisas absurdas', não foi o que quis dizer. Penso bem de você — e dos outros. Não é feito desprezível chegar até aqui, e através de tais perigos, ainda trazendo o Anel."

"Nunca teríamos conseguido sem Passolargo", disse Frodo. "Mas precisávamos de você. Eu não sabia o que fazer sem você."

"Fui detido," disse Gandalf, "e isso quase demonstrou ser nossa ruína. E assim mesmo não tenho certeza: pode ter sido melhor assim."

"Gostaria que me contasse o que aconteceu!"

"No seu devido tempo! Você não deve falar nem se preocupar com nada hoje, por ordem de Elrond."

"Mas se eu falar não vou ficar pensando e me perguntando, que são coisas igualmente cansativas", disse Frodo. "Agora estou bem desperto e me lembro de tantas coisas que precisam de explicação. Por que você foi detido? Devia me contar isso pelo menos."

"Logo você ouvirá tudo o que deseja ouvir", disse Gandalf. "Vamos ter um Conselho assim que você estiver bem o bastante. No momento só vou dizer que fui mantido prisioneiro."

"Você?!", exclamou Frodo.

"Sim, eu, Gandalf, o Cinzento", disse o mago solenemente. "Há muitos poderes no mundo, para o bem ou para o mal. Alguns são maiores que eu. Contra alguns ainda não me medi. Mas meu tempo está chegando. O Senhor de Morgul e seus Cavaleiros Negros se revelaram. A guerra está em preparação!"

"Então você já sabia dos Cavaleiros — antes que eu os encontrasse?"

"Sim, eu sabia deles. Na verdade, certa vez lhe falei deles; pois os Cavaleiros Negros são os Espectros-do-Anel, os Nove Serviçais do Senhor dos Anéis. Mas ainda não sabia que haviam surgido de novo, do contrário teria fugido com você imediatamente. Só ouvi notícias deles depois que o deixei em junho; mas essa história precisa esperar. Por ora fomos salvos do desastre por Aragorn."

"Sim," disse Frodo, "foi Passolargo quem nos salvou. No entanto, eu tinha medo dele no começo. Sam nunca confiou totalmente nele, creio, não antes de encontrarmos Glorfindel."

Gandalf sorriu. "Ouvi tudo sobre Sam", comentou ele. "Agora ele não tem mais dúvida."

"Fico contente", respondeu Frodo. "Pois fiquei muito amigo de Passolargo. Bem, *amigo* não é a palavra certa. Quero dizer que ele me é caro; apesar de ser estranho e, às vezes, implacável. Na verdade, muitas vezes ele me lembra você. Eu não sabia que alguns do Povo Grande eram assim. Eu pensava, bem, que eram só grandes e, bem, estúpidos: bondosos e estúpidos como Carrapicho; ou estúpidos e malvados como Bill Samambaia. Mas é verdade que não sabemos muito sobre os Homens no Condado, exceto talvez sobre os moradores de Bri."

"Nem sobre eles você sabe muita coisa, se pensa que o velho Cevado é estúpido", disse Gandalf. "Ele é bem sábio no seu próprio ambiente. Pensa menos do que fala, e mais devagar; porém com o tempo consegue enxergar através de uma parede de tijolos (como dizem em Bri). Mas restam poucos na Terra-média como Aragorn, filho de Arathorn. A raça dos Reis de além do Mar está quase extinta. Pode ser que esta Guerra do Anel seja a última aventura deles."

"Você realmente quer dizer que Passolargo é do povo dos antigos Reis?", indagou Frodo admirado. "Pensei que todos tinham desaparecido muito tempo atrás. Pensei que ele era só um Caminheiro."

"Só um Caminheiro!", exclamou Gandalf. "Meu caro Frodo, é exatamente isso que são os Caminheiros: o último remanescente no Norte do grande povo, os Homens do Oeste. Eles me ajudaram antes; e hei de precisar de sua ajuda nos dias que virão; pois alcançamos Valfenda, mas o Anel ainda não está em repouso."

"Imagino que não", disse Frodo. "Mas até agora meu único pensamento foi chegar aqui; e espero que não tenha de ir mais longe. É muito agradável simplesmente descansar. Tive um mês de exílio e aventura e acho que foi mais do que eu queria."

Silenciou e fechou os olhos. Algum tempo depois falou de novo. "Estive calculando", disse ele, "e não consigo chegar com o total de dias até vinte e quatro de outubro. Devia ser vinte e um. Devemos ter alcançado o Vau no dia vinte."

"Você falou e calculou mais do que lhe convém", disse Gandalf. "Como se sentem o flanco e o ombro agora?"

"Não sei", respondeu Frodo. "Nem os sinto: o que é uma melhora, mas" — fez um esforço — "consigo mexer o braço um pouco de novo. Sim, está voltando à vida. Não está frio", acrescentou, tocando a mão esquerda com a direita.

"Bom!", disse Gandalf. "Está sarando depressa. Logo você estará bom de novo. Elrond o curou: ele cuidou de você por dias, desde que você foi trazido."

"Dias?", disse Frodo.

"Bem, quatro noites e três dias, para ser exato. Os Elfos o trouxeram do Vau na noite do dia vinte, e foi aí que você perdeu as contas. Estivemos terrivelmente ansiosos, e Sam mal saiu do seu lado, dia e noite, exceto para levar recados. Elrond é um mestre da cura, mas as armas de nosso Inimigo são mortais. Para lhe contar a verdade, eu tinha bem pouca esperança; pois suspeitava que ainda havia um fragmento da lâmina no ferimento fechado. Mas até ontem à noite não foi possível encontrá-lo. Aí Elrond removeu um estilhaço. Estava entranhado fundo e se movendo para dentro."

Frodo estremeceu, lembrando-se do punhal cruel de lâmina entalhada que sumira das mãos de Passolargo. "Não se assuste!", disse Gandalf. "Já se foi. Derreteu-se. E parece que os hobbits mínguam com grande relutância. Conheci guerreiros fortes do Povo Grande que seriam rapidamente vencidos por esse estilhaço, que você carregou por dezessete dias."

"O que teriam feito comigo?", perguntou Frodo. "O que os Cavaleiros estavam tentando fazer?"

"Tentaram perfurar seu coração com um punhal de Morgul que permanece na ferida. Se tivessem conseguido, você se tornaria como eles, só mais fraco e sob o comando deles. Ter-se-ia tornado um espectro sob o domínio do Senhor Sombrio; e ele o teria torturado por ter tentado manter o seu Anel, se fosse possível tortura maior que vê-lo roubado e o enxergar na mão dele."

"Ainda bem que não me dei conta do horrível perigo!", disse Frodo fracamente. "Estava mortalmente assustado, é claro; mas se soubesse mais nem teria ousado me mexer. É uma maravilha eu ter escapado!"

"Sim, a sorte ou a sina o ajudaram," afirmou Gandalf, "sem mencionar a coragem. Pois seu coração não foi tocado, e só o seu ombro foi perfurado; e isso foi porque você resistiu até o fim. Mas passou terrivelmente perto, por assim dizer. Você esteve no perigo mais grave quando usou o Anel, pois aí você próprio estava metade no mundo dos espectros, e poderiam tê-lo agarrado. Você podia vê-los, e eles o podiam ver."

"Eu sei", disse Frodo. "Eram terríveis de se contemplar! Mas por que nós todos podíamos ver seus cavalos?"

"Porque são cavalos de verdade; assim como as vestes negras são vestes de verdade que eles usam para darem forma ao seu nada, quando lidam com os viventes."

"Então por que esses cavalos negros suportam tais cavaleiros? Todos os outros animais ficam aterrados quando eles se aproximam, até o cavalo-élfico de Glorfindel. Os cães uivam e os gansos gritam com eles."

"Porque esses cavalos nasceram e foram criados no serviço do Senhor Sombrio em Mordor. Nem todos os seus serviçais e escravos são espectros! Há orques e trols, há wargs e lobisomens; e houve, e ainda há, muitos Homens, guerreiros e reis, que caminham vivos sob o Sol, e mesmo assim estão sob seu domínio. E seu número cresce a cada dia."

"E quanto a Valfenda e os Elfos? Valfenda está a salvo?"

"Sim, por enquanto, até que tudo o mais seja conquistado. Os Elfos podem temer o Senhor Sombrio e podem fugir dele, porém nunca mais o escutarão ou servirão. E aqui em Valfenda vivem ainda alguns de seus principais inimigos: os Sábios-élficos, senhores dos Eldar de além dos mares mais longínquos. Eles não temem os Espectros-do-Anel, pois os que habitaram no Reino Abençoado vivem ao mesmo tempo em ambos os mundos e têm grande poder contra o Visível e o Invisível."

"Pensei ver um vulto branco que luzia e não se apagava como os outros. Esse era Glorfindel, então?"

"Sim, por um momento você o viu como ele é do outro lado: um dentre os poderosos dos Primogênitos. É um Senhor élfico de uma casa de príncipes. De fato, existe em Valfenda um poder que resiste ao poderio de Mordor, por algum tempo: e em outras partes outros poderes ainda habitam. Há, também, poder de outra espécie no Condado. Mas todos esses lugares logo se tornarão ilhas sitiadas, se as coisas continuarem como vão. O Senhor Sombrio está empregando toda a sua força.

"Ainda assim," disse ele, pondo-se subitamente de pé e estendendo o queixo, e sua barba ficou rija e reta como arame eriçado, "precisamos manter nossa coragem. Logo você estará bem, se eu não o matar de tanto falar. Está em Valfenda, e por enquanto não precisa se preocupar com coisa alguma."

"Não tenho coragem para manter," disse Frodo, "mas não estou preocupado no momento. Só me dê notícias de meus amigos e conte-me o fim do incidente no Vau, como fico pedindo, e me contentarei por enquanto. Depois disso vou tirar outra soneca, eu acho; mas não vou conseguir fechar os olhos antes que você me conte o final da história."

Gandalf deslocou sua cadeira para junto da cama e deu uma boa olhada em Frodo. A cor voltara ao seu rosto, e seus olhos estavam límpidos e totalmente despertos e alertas. Ele sorria, e não parecia haver grande coisa de errado com ele. Mas aos olhos do mago havia uma tênue mudança, apenas uma insinuação de transparência, por assim dizer, e especialmente na mão esquerda, que estava pousada fora da coberta.

"Mas isso é de se esperar", disse Gandalf para si mesmo. "Ele ainda não passou nem pela metade, e o que será dele no fim nem Elrond pode prever. Nada de mau, creio. Poderá tornar-se como um vidro repleto de luz límpida para que a vejam os olhos que puderem."

"Você está com esplêndido aspecto", disse em voz alta. "Vou arriscar uma história breve sem consultar Elrond. Mas bem breve, veja lá, e depois você precisa dormir outra vez. Foi isto que aconteceu, até onde consigo compreender. Os Cavaleiros foram direto em sua direção assim que você fugiu. Não precisavam mais da orientação de seus cavalos: você se tornara visível a eles, pois já estava no limiar de seu mundo. E o Anel também os atraía. Seus amigos saltaram de lado, para fora da estrada, do contrário teriam sido atropelados. Sabiam que nada poderia salvá-lo que não fosse o cavalo branco. Os Cavaleiros eram demasiado velozes para serem alcançados, e em número grande demais para serem enfrentados. A pé, nem Glorfindel e Aragorn juntos poderiam resistir a todos os Nove ao mesmo tempo.

"Quando os Espectros-do-Anel passaram a toda, seus amigos correram atrás. Perto do Vau há uma pequena depressão junto à estrada, disfarçada por algumas árvores mirradas. Ali acenderam depressa uma fogueira; pois Glorfindel sabia que desceria uma inundação se os Cavaleiros tentassem atravessar, e então ele teria que lidar com os que permanecessem do seu lado do rio. No momento em que surgiu a inundação, ele correu para eles, seguido por Aragorn e pelos outros, com tições inflamados. Apanhados entre o fogo e a água, e vendo um Senhor-élfico revelado em sua ira, eles ficaram aterrados, e seus cavalos foram tomados de loucura. Três foram arrastados pela primeira investida da inundação; os outros foram lançados na água pelos cavalos e derrotados."

"E esse foi o fim dos Cavaleiros Negros?", perguntou Frodo.

"Não", disse Gandalf. "Seus cavalos devem ter perecido, e sem eles os Cavaleiros ficaram aleijados. Mas os próprios Espectros-do-Anel não podem ser destruídos tão facilmente. Porém, não há nada mais a temer deles por enquanto. Seus amigos, Frodo, atravessaram depois que a inundação passou e encontraram-no deitado de bruços no alto da ribanceira com uma espada quebrada sob o corpo. O cavalo montava guarda ao seu lado. Você estava pálido e frio, e temiam que você estivesse morto, ou pior. A gente de Elrond os encontrou carregando-o lentamente rumo a Valfenda."

"Quem fez a inundação?", indagou Frodo.

"Elrond a ordenou", respondeu Gandalf. "O rio deste vale está sob seu poder e se ergue em ira quando ele tem grande necessidade de bloquear o Vau. Assim que o capitão dos Espectros-do-Anel cavalgou para dentro da água, a inundação foi desencadeada. Se posso dizer, acrescentei alguns toques próprios: você pode não ter notado, mas algumas das ondas assumiram a forma de grandes cavalos brancos com ginetes brancos reluzentes; e havia muitos rochedos rolando e rangendo. Por um momento temi que tivéssemos desencadeado uma ira demasiado feroz, e que a inundação saísse de controle e os arrastasse a todos. Há grande vigor nas águas que descem das neves das Montanhas Nevoentas."

"Sim, agora me recordo de tudo", disse Frodo; "o tremendo rugido. Pensei que estava me afogando com meus amigos, meus inimigos e tudo o mais. Mas agora estamos a salvo!"

Gandalf olhou rapidamente para Frodo, mas este tinha fechado os olhos. "Sim, todos vocês estão a salvo por ora. Logo haverá um banquete e diversão para comemorar a vitória no Vau do Bruinen, e todos vocês estarão lá em lugares de honra."

"Esplêndido!", exclamou Frodo. "É maravilhoso que Elrond, e Glorfindel e outros grandes senhores, sem mencionar Passo-largo, se deem a tanto trabalho e me demonstrem tanta bondade."

"Bem, há muitos motivos para fazerem isso", disse Gandalf, sorrindo. "Eu sou um bom motivo. O Anel é outro: você é o Portador-do-Anel. E você é herdeiro de Bilbo, o Descobridor-do-Anel."

"Querido Bilbo!", disse Frodo, sonolento. "Pergunto-me onde ele está. Gostaria que estivesse aqui e pudesse ouvir tudo. Isso o faria rir. A vaca saltou sobre o Lua! E coitado do velho trol!" Com essas palavras caiu em sono profundo.

Agora Frodo estava a salvo na Última Casa Hospitaleira a leste do Mar. Essa casa era, como Bilbo relatara há muito tempo, "perfeita, não importava se você gostasse de comer, de dormir, de trabalhar, de contar histórias, de cantar, ou de apenas se sentar e pensar melhor no que fazer, ou de uma mistura agradável de tudo isso". Meramente estar ali era cura para cansaço, medo e tristeza.

À medida que a tarde avançava, Frodo despertou de novo e achou que não sentia mais necessidade de descanso ou sono, mas estava inclinado a comida e bebida e depois provavelmente a canções e histórias contadas. Saiu da cama e descobriu que seu braço já estava outra vez quase tão usável quanto já fora antes. Encontrou, dispostas e prontas, roupas limpas de pano verde que lhe serviam de modo excelente. Olhando no espelho, espantou-se ao ver um reflexo muito mais magro de si mesmo do que recordava: parecia-se notavelmente com o jovem sobrinho de Bilbo que costumava sair perambulando com o tio no Condado; mas os olhos o fitavam pensativos.

"Sim, você viu uma ou duas coisas desde a última vez em que espiou por um espelho", disse ele ao seu reflexo. "Mas agora vamos a um alegre encontro!" Estendeu os braços e assobiou uma melodia.

Nesse momento ouviu-se uma batida na porta, e Sam entrou. Correu em direção a Frodo e pegou-lhe a mão esquerda, desajeitado e constrangido. Afagou-a docilmente, depois enrubesceu e se virou apressado.

"Alô, Sam!", disse Frodo.

"Está quente!", comentou Sam. "Quer dizer, sua mão, Sr. Frodo. Ela esteve tão fria durante as longas noites. Mas glória e trombetas!", exclamou, virando-se de novo com os olhos brilhando, dançando no chão. "É ótimo vê-lo de pé e dono de si outra vez, senhor! Gandalf me pediu para vir ver se já estava pronto para descer, e pensei que ele estava brincando."

"Estou pronto", disse Frodo. "Vamos procurar o resto do grupo!"

"Eu posso levá-lo até eles, senhor", respondeu Sam. "É uma casa grande, esta, e muito peculiar. Sempre tem um pouco mais para descobrir, e não se sabe o que vai encontrar virando um canto. E Elfos, senhor! Elfos aqui, e Elfos ali! Alguns como reis, terríveis e esplêndidos; e alguns alegres como crianças. E a música e as canções — não que eu tenha tido tempo ou ânimo para escutar muita coisa depois que chegamos aqui. Mas estou começando a descobrir alguns caminhos do lugar."

"Sei o que você andou fazendo, Sam", disse Frodo, pegando-o pelo braço. "Mas hoje à noite vai se alegrar e vai escutar tudo o que o coração desejar. Vamos, guie-me pelos cantos!"

Sam o conduziu ao longo de vários corredores, descendo muitos degraus e saindo para um alto jardim acima da ribanceira íngreme do rio. Encontrou seus amigos sentados em uma varanda no lado da casa que dava para o leste. Haviam caído sombras sobre o vale lá embaixo, mas ainda havia luz nas faces das montanhas muito acima deles. O ar estava morno. Ouvia-se alto o som de água correndo e caindo, e a tardinha estava repleta de um leve aroma de árvores e flores, como se o verão ainda se demorasse nos jardins de Elrond.

"Viva!", exclamou Pippin, dando um salto. "Eis o nosso nobre primo! Abram alas para Frodo, Senhor do Anel!"

"Quieto!", disse Gandalf das sombras no fundo da varanda. "Seres malignos não vêm até este vale; mas assim mesmo não deveríamos nomeá-los. O Senhor do Anel não é Frodo, e sim o mestre da Torre Sombria de Mordor, cujo poderio outra vez se estende sobre o mundo. Estamos sentados em uma fortaleza. Lá fora está escurecendo."

"Gandalf esteve dizendo muitas coisas animadoras como essa", disse Pippin. "Ele acha que eu preciso ser mantido em ordem. Mas de algum modo parece impossível sentir-se tristonho ou deprimido neste lugar. Eu sinto que poderia cantar se soubesse a canção certa para a ocasião."

"Eu mesmo sinto vontade de cantar", riu Frodo. "Porém no momento sinto mais vontade de comer e beber."

"Isso será curado logo", disse Pippin. "Você demonstrou sua astúcia habitual ao se levantar bem na hora da refeição."

"Mais que uma refeição! Um banquete!", disse Merry. "Assim que Gandalf relatou que você tinha se recuperado começaram os preparativos." Mal terminara de falar quando foram convocados ao salão pelo toque de muitos sinos.

O salão da casa de Elrond estava repleto de gente: Elfos na maioria, apesar de haver alguns convivas de outras espécies. Elrond, como costumava, estava sentado numa grande cadeira na extremidade da longa mesa sobre o tablado; e junto a ele estavam Glorfindel de um lado e Gandalf do outro.

Frodo olhou-os com espanto; pois nunca antes vira Elrond, de quem tantas histórias falavam; e, sentados à mão direita e esquerda dele,

Glorfindel, e mesmo Gandalf, que ele cria conhecer tão bem, revelaram-se como senhores de dignidade e poder.

Gandalf era de estatura mais baixa que os outros dois; mas seus longos cabelos brancos, sua vasta barba prateada e seus ombros largos faziam com que se parecesse com algum rei sábio das antigas lendas. Em seu rosto idoso, por baixo de grandes sobrancelhas nevadas, os olhos escuros estavam engastados como carvões que podiam subitamente irromper em fogo.

Glorfindel era alto e ereto; seus cabelos eram de ouro reluzente, o rosto era belo, e jovem, e destemido, e cheio de regozijo; os olhos eram claros e incisivos, e a voz era como música; em sua fronte assentava-se sabedoria, e em sua mão havia força.

O rosto de Elrond não tinha idade, não era velho nem jovem, apesar de estar escrita nele a lembrança de muitas coisas, tanto alegres como pesarosas. Os cabelos eram escuros como as sombras do crepúsculo, e assentava-se nele um diadema de prata; seus olhos eram cinzentos como uma tarde límpida, e havia neles uma luz como a luz das estrelas. Parecia venerável como um rei coroado de muitos invernos e, no entanto, robusto como um guerreiro experiente na plenitude de sua força. Era Senhor de Valfenda, e poderoso tanto entre os Elfos como entre os Homens.

No meio da mesa, diante dos panos tecidos na parede, havia uma cadeira sob um dossel, e ali estava sentada uma senhora bela de se contemplar, e era tão semelhante a Elrond, em forma feminina, que Frodo adivinhou que era parenta próxima dele. Era jovem e ao mesmo tempo não era. As tranças de seus cabelos escuros não estavam tocadas pela geada; os braços alvos e o rosto límpido eram sem defeito e lisos, e a luz das estrelas estava em seus olhos luzentes, cinzentos como uma noite sem nuvens; mas tinha o aspecto de rainha, e havia pensamento e saber em seu olhar, como de quem conheceu muitas coisas que os anos trazem. Acima da testa, sua cabeça estava coberta com um barrete de renda de prata enredado de pequenas gemas, rebrilhando em branco; porém as macias vestes cinzentas não tinham ornamento senão um cinto de folhas lavradas em prata.

Foi assim que Frodo viu aquela que poucos mortais já haviam visto: Arwen, filha de Elrond, em quem se dizia que a imagem de Lúthien havia voltado à terra; e era chamada Undómiel, pois era a Vespestrela de seu povo. Por muito tempo estivera na terra da gente de sua mãe, em Lórien além das montanhas, e só recentemente retornara a Valfenda, a casa de seu pai. Mas seus irmãos, Elladan e Elrohir, estavam fora em vida errante; pois muitas vezes cavalgavam ao longe com os Caminheiros do Norte, sem jamais esquecerem o tormento de sua mãe nos covis dos orques.

Tal encanto em um ser vivo Frodo jamais vira antes, nem imaginara na mente; e ficou ao mesmo tempo surpreso e embaraçado ao saber que tinha um assento à mesa de Elrond entre todas aquelas pessoas tão nobres e belas. Apesar de ter uma cadeira adequada, e estar erguido sobre várias almofadas, sentia-se muito pequeno e bastante deslocado; mas essa sensação passou depressa. O banquete foi alegre, e a comida era tudo o que sua fome poderia desejar. Passou algum tempo para ele olhar em volta outra vez, ou mesmo se virar para os vizinhos.

Primeiro procurou os amigos. Sam pedira que lhe permitissem servir o patrão, mas tinham-lhe dito que daquela vez ele era convidado de honra. Frodo podia vê-lo agora, sentado com Pippin e Merry na extremidade superior de uma das mesas laterais, perto do tablado. Não conseguia ver sinal de Passolargo.

Ao lado de Frodo, à direita, estava sentado um anão de aparência importante, com ricas vestes. Sua barba, muito comprida e bifurcada, era branca, quase tão branca quando o tecido branco-neve de suas vestes. Usava um cinto de prata e tinha em torno do pescoço uma corrente de prata e diamantes. Frodo parou de comer para olhá-lo.

"Bem-vindo e bom encontro!", disse o anão, virando-se para ele. Depois chegou a levantar-se do assento e fazer uma mesura. "Glóin, a teu serviço", disse ele, e inclinou-se ainda mais baixo.

"Frodo Bolseiro, ao teu e da tua família", apresentou-se Frodo corretamente, levantando-se surpreso e espalhando as almofadas. "Estou correto em supor que és *aquele* Glóin, um dos doze companheiros do grande Thorin Escudo-de-carvalho?"

"Corretíssimo", respondeu o anão, recolhendo as almofadas e cortesmente ajudando Frodo a voltar para o assento. "E não pergunto, porque já me disseram que és o parente e herdeiro adotado de nosso amigo Bilbo, o renomado. Permite-me cumprimentar-te por tua recuperação."

"Muito obrigado", disse Frodo.

"Tiveste algumas aventuras muito estranhas, ouvi dizer", comentou Glóin. "Muito me espanta o que possa trazer *quatro* hobbits em tão longa jornada. Nada semelhante aconteceu desde que Bilbo veio conosco. Mas quem sabe eu não deva inquirir por demasiados detalhes, visto que Elrond e Gandalf não parecem dispostos a falar a respeito?"

"Creio que não vamos falar sobre isso, pelo menos por enquanto", disse Frodo polidamente. Imaginava que até na casa de Elrond o assunto do Anel não era para conversa informal; e, em todo caso, queria esquecer suas dificuldades por algum tempo. "Mas estou igualmente curioso", acrescentou, "por saber o que traz um anão tão importante tão longe da Montanha Solitária."

Glóin encarou-o. "Se não tiveres ouvido, creio que tampouco falaremos disso ainda. Mestre Elrond nos convocará a todos em breve, eu creio, e aí havemos de ouvir muitas coisas. Mas há muitas outras que podem ser contadas."

Durante o resto da refeição conversaram entre si, mas Frodo mais ouvia que falava; pois as notícias do Condado, exceto pelo Anel, pareciam pequenas e longínquas, enquanto que Glóin tinha muito que falar de acontecimentos nas regiões setentrionais das Terras-selváticas. Frodo ficou sabendo que Grimbeorn, o Velho, filho de Beorn, era agora senhor de muitos homens resolutos, e nem orque nem lobo se atreviam a ir às suas terras entre as Montanhas e Trevamata.

"De fato," disse Glóin, "não fosse pelos Beornings, a passagem entre Valle e Valfenda ter-se-ia tornado impossível muito tempo atrás. São homens valentes, que mantém aberto o Passo Alto e o Vau da Carrocha. Mas suas tarifas são altas" acrescentou balançando a cabeça; "e assim como o velho Beorn eles não gostam muito dos anãos. Porém são confiáveis, e isso é muita coisa nestes dias. Em nenhum lugar há homens tão amistosos conosco quanto os Homens de Valle. São boa gente, os Bardings. O neto de Bard, o Arqueiro, os governa, Brand, filho de Bain, filho de Bard. É um rei vigoroso, e agora seu reino se estende bem ao sul e a leste de Esgaroth."

"E quanto à tua própria gente?", perguntou Frodo.

"Há muito que contar, bom e ruim", disse Glóin; "porém há mais coisas boas: até agora fomos afortunados, apesar de não escaparmos à sombra destes tempos. Se realmente queres saber de nós, contar-te-ei as notícias de bom grado. Mas cala-me quando estiveres cansado! As línguas dos anãos correm soltas quando eles falam de suas obras manuais, dizem."

E com essas palavras Glóin embarcou em um longo relato dos feitos do reino dos Anãos. Deleitava-se por ter encontrado um ouvinte tão polido; pois Frodo não dava sinal de cansaço nem tentava mudar de assunto, apesar de logo ficar totalmente perdido entre os nomes estranhos de pessoas e lugares de que jamais ouvira falar antes. Interessou-se, porém, em ouvir que Dáin ainda era Rei sob a Montanha, e já era velho (tendo ultrapassado os duzentos e cinquenta anos), venerável e fabulosamente rico. Dos dez companheiros que haviam sobrevivido à Batalha dos Cinco Exércitos, sete ainda estavam com ele: Dwalin, Glóin, Dori, Nori, Bifur, Bofur e Bombur. Bombur estava agora tão gordo que não conseguia se mexer da cama para a cadeira à mesa, e eram precisos seis jovens anãos para erguê-lo.

"E o que foi feito de Balin e Ori e Óin?", perguntou Frodo.

Uma sombra perpassou o rosto de Glóin. "Não sabemos", respondeu ele. "É principalmente por causa de Balin que vim pedir conselhos dos que habitam em Valfenda. Mas falemos de coisas mais alegres hoje à noite!"

Então Glóin começou a falar das obras de seu povo, contando a Frodo sobre suas grandes labutas em Valle e sob a Montanha. "Saímo-nos bem", disse ele. "Mas em trabalhos de metal não podemos rivalizar com nossos pais, muitos de cujos segredos se perderam. Fazemos boas armaduras e espadas afiadas, mas não podemos voltar a fazer malhas ou lâminas que se igualem àquelas que eram produzidas antes que chegasse o dragão. Só na mineração e construção ultrapassamos os dias antigos. Deverias ver os canais de Valle, Frodo, e as fontes, e as lagoas! Deverias ver as avenidas pavimentadas com pedras de muitas cores! E os salões e as ruas cavernosas sob a terra, com arcos esculpidos como árvores; e os terraços e as torres nos flancos da Montanha! Verias então que não estivemos ociosos."

"Irei vê-los, se puder algum dia", disse Frodo. "Como Bilbo ficaria surpreso de ver todas as mudanças na Desolação de Smaug!"

Glóin olhou para Frodo e sorriu. "Tu gostavas muito de Bilbo, não é?", perguntou.

"Sim", respondeu Frodo. "Preferiria vê-lo a ver todas as torres e palácios do mundo."

Por fim terminou o banquete. Elrond e Arwen se ergueram e desceram pelo salão, e a companhia os seguiu na devida ordem. As portas foram abertas, e eles atravessaram um amplo corredor, passaram por outras portas e chegaram a um salão mais adiante. Ali não havia mesas, mas um fogo intenso ardia em uma grande lareira entre as colunas esculpidas de ambos os lados.

Frodo viu-se caminhando com Gandalf. "Este é o Salão do Fogo", disse o mago. "Aqui você ouvirá muitas canções e histórias — se conseguir manter-se acordado. Mas nos dias que não são de festa ele costuma ficar vazio e silencioso, e aqui vêm aqueles que desejam paz e reflexão. Há sempre fogo aceso aqui, durante o ano todo, mas há poucas outras luzes."

Quando Elrond entrou e se dirigiu ao assento que lhe tinham preparado, menestréis-élficos começaram a tocar uma música encantadora. Lentamente o salão se encheu, e Frodo contemplou deleitado os muitos belos rostos que se haviam reunido; a dourada luz do fogo refletia-se neles e reluzia em seus cabelos. De repente percebeu, não longe da extremidade oposta do fogo, um pequeno vulto escuro sentado num banquinho, com as costas apoiadas numa coluna. Ao seu lado, no chão, havia uma taça e um pouco de pão. Frodo perguntou-se se ele estaria doente (se é que alguém jamais ficava doente em Valfenda) e não tinha podido ir ao banquete. Sua cabeça parecia afundada no peito, dormindo, e uma dobra de seu manto escuro cobria-lhe o rosto.

Elrond adiantou-se e ficou de pé junto ao vulto silencioso. "Desperta, pequeno mestre!", disse ele com um sorriso. Depois, voltando-se para Frodo, acenou-lhe que viesse. "Agora, afinal, chegou a hora que desejavas, Frodo", disse ele. "Eis aqui um amigo que há muito te fez falta."

O vulto escuro ergueu a cabeça e descobriu o rosto.

"Bilbo!", exclamou Frodo, reconhecendo-o de súbito, e deu um salto para a frente.

"Alô, Frodo, meu rapaz!", disse Bilbo. "Então finalmente você chegou aqui. Eu esperava que você conseguisse. Bem, bem! Então todo esse banquete é em sua honra, ao que ouço. Espero que tenha se divertido."

"Por que você não estava lá?", exclamou Frodo. "E por que não me permitiram vê-lo antes?"

"Porque você estava dormindo. Eu vi *você* bastante. Sentei-me ao seu lado com Sam todos os dias. Mas quanto ao banquete, já não gosto muito dessas coisas. E eu tinha outra coisa para fazer."

"O que estava fazendo?"

"Ora, estava sentado pensando. Faço muito isso hoje em dia, e este é o melhor lugar para fazê-lo, em regra. Acordar, ora essa!", disse ele, piscando para Elrond. Havia um brilho luminoso em seus olhos, sem sinal de sonolência que Frodo conseguisse ver. "Acordar! Eu não estava adormecido, Mestre Elrond. Se queres saber, todos saístes cedo demais de vosso banquete, e me perturbastes — no meio da feitura de uma canção. Eu estava encalhado em um ou dois versos e pensava sobre eles; mas agora acho que jamais vou endireitá-los. Vai haver tanta cantoria que as ideias vão ser expulsas de minha cabeça por completo. Vou ter de pedir ao meu amigo Dúnadan que me ajude. Onde está ele?"

Elrond riu. "Ele há de ser encontrado", disse ele. "Então os dois haveis de ir para um canto e terminar vossa tarefa, e nós a ouviremos e julgaremos antes de terminarmos nossa festividade." Foram enviados mensageiros em busca do amigo de Bilbo, apesar de ninguém saber onde ele estava nem por que não estivera presente ao banquete.

Enquanto isso, Bilbo e Frodo sentaram-se lado a lado, e Sam veio depressa para se pôr junto a eles. Conversaram em voz baixa, sem dar atenção ao júbilo e à música no salão em sua volta. Bilbo não tinha muito que contar sobre si. Quando deixara a Vila-dos-Hobbits vagara sem destino, ao longo da Estrada ou nas regiões de ambos os lados; mas de algum modo rumara sempre para Valfenda.

"Cheguei aqui sem muitas aventuras", disse ele, "e, depois de descansar, segui com os anãos para Valle: minha última viagem. Não hei de viajar outra vez. O velho Balin havia partido. Depois voltei aqui e aqui fiquei. Fiz isto e aquilo. Escrevi mais um pouco do meu livro. E, é claro, faço algumas canções. Eles as cantam ocasionalmente: só para me agradar, eu acho; pois é claro que na verdade não são bastante boas para Valfenda. E escuto e penso. Aqui o tempo parece que não passa: ele simplesmente é. Um lugar notável, sem dúvida.

"Ouço todo tipo de notícia, do outro lado das Montanhas, e do Sul, mas quase nada do Condado. Ouvi sobre o Anel, é claro. Gandalf esteve aqui com frequência. Não que me tenha contado grande coisa, nestes últimos anos tem estado mais calado que nunca. O Dúnadan me contou mais.

Imagine esse meu anel causar tanto distúrbio! É pena que Gandalf não tenha descoberto mais e antes. Eu mesmo poderia ter trazido essa coisa para cá, muito tempo atrás, sem tanta dificuldade. Muitas vezes pensei em voltar à Vila-dos-Hobbits para buscá-lo; mas estou ficando velho, e não me deixariam: Gandalf e Elrond, quero dizer. Pareciam pensar que o Inimigo estava me procurando em toda parte e que faria picadinho de mim se me pegasse vacilando no Ermo.

"E Gandalf disse: 'O Anel foi em frente, Bilbo. Não seria bom para você nem para os outros se você tentasse se intrometer com ele de novo.' Tipo de observação esquisita, bem coisa de Gandalf. Mas ele disse que estava cuidando de você, então deixei as coisas como estavam. Estou imensamente contente em vê-lo são e salvo." Fez uma pausa e olhou para Frodo, em dúvida.

"Ele está aqui com você?", perguntou num cochicho. "Não posso evitar sentir curiosidade, você sabe, depois de tudo o que ouvi. Gostaria muito de só espiá-lo outra vez."

"Sim, está comigo", respondeu Frodo, sentindo uma estranha relutância. "Está com o mesmo aspecto que sempre teve."

"Bem, eu gostaria de vê-lo só por um momento", disse Bilbo.

Quando se vestira, Frodo percebera que durante o sono o Anel fora dependurado em seu pescoço numa nova corrente, leve, porém resistente. Trouxe-o para fora devagar. Bilbo estendeu a mão. Mas Frodo puxou o Anel de volta depressa. Consternado e admirado, percebeu que não estava mais olhando para Bilbo; uma sombra parecia ter caído entre eles, e, através dela, viu-se encarando uma criaturinha enrugada de rosto faminto e mãos ossudas e tateantes. Sentiu um desejo de bater nele.

A música e a canção em redor deles pareceram fraquejar, e fez-se silêncio. Bilbo olhou rapidamente para o rosto de Frodo e passou a mão pelos olhos. "Agora compreendo", disse ele. "Guarde-o! Eu lamento: lamento que você tenha assumido esse fardo; lamento por tudo. As aventuras não acabam nunca? Acho que não. Alguém sempre precisa continuar a história. Bem, não há como evitar. Pergunto-me se adianta eu tentar terminar meu livro. Mas não vamos nos preocupar com isso agora — vamos a Notícias de verdade! Conte-me tudo sobre o Condado!"

Frodo escondeu o Anel, e a sombra se foi, mal deixando um fragmento de lembrança. A luz e a música de Valfenda estavam em redor dele outra vez. Bilbo sorriu e riu contente. Cada notícia do Condado que Frodo soube contar — auxiliado e corrigido por Sam, vez por outra — era extremamente interessante para ele, desde a derrubada da menor árvore até as travessuras da menor criança da Vila-dos-Hobbits. Estavam tão imersos nos fatos das Quatro Quartas que não perceberam a chegada de um homem trajando tecido verde-escuro. Durante muitos minutos ele ficou parado, olhando-os abaixo de si e sorrindo.

De repente Bilbo ergueu os olhos. "Ah, aí está você finalmente, Dúnadan!", exclamou ele.

"Passolargo!", disse Frodo. "Você parece ter um monte de nomes."

"Bem, seja como for, *Passolargo* é um que não ouvi antes", disse Bilbo. "Por que você o chama assim?"

"Chamam-me assim em Bri," disse Passolargo, rindo, "e assim fui apresentado a ele."

"E por que você o chama de Dúnadan?", perguntou Frodo.

"*O* Dúnadan", disse Bilbo. "Aqui frequentemente o chamam assim. Mas pensei que você soubesse bastante élfico para conhecer *dún-adan* pelo menos: Homem do Oeste, Númenóreano. Mas não é hora de lições!" Voltou-se para Passolargo. "Onde esteve, meu amigo? Por que não estava no banquete? A Senhora Arwen estava lá."

Passolargo olhou para Bilbo com gravidade. "Eu sei", respondeu ele. "Mas muitas vezes preciso pôr o júbilo de lado. Elladan e Elrohir voltaram do Ermo inesperadamente e tinham novas que eu desejava ouvir de pronto."

"Bem, meu caro," disse Bilbo, "agora que ouviu as notícias, não pode me ceder um momento? Quero sua ajuda em algo urgente. Elrond diz que esta minha canção tem de estar acabada antes do fim da tarde, e estou encalhado. Vamos a um canto para poli-la!"

Passolargo sorriu. "Vamos então!", disse ele. "Deixe-me ouvi-la!"

Frodo foi deixado a sós por algum tempo, pois Sam adormecera. Estava sozinho e se sentia um tanto desamparado, apesar de toda a gente de Valfenda estar reunida em seu redor. Mas os que estavam a seu lado faziam silêncio, atentos à música das vozes e dos instrumentos, e não davam atenção a outra coisa. Frodo começou a escutar.

De início a beleza das melodias e das palavras entrelaçadas em línguas-élficas, por pouco que ele as entendesse, o mantiveram encantado assim que se pôs a lhes dar atenção. Parecia quase que as palavras assumiam forma, e visões de terras distantes e de objetos reluzentes que ele até então jamais imaginara abriram-se diante dele; e o salão iluminado pelo fogo tornou-se como uma névoa dourada acima de mares de espuma que suspiravam nas margens do mundo. Então o encantamento ficou cada vez mais semelhante a um sonho, até ele sentir que um rio infindo de ouro e prata dilatados fluía sobre ele, demasiado numeroso para seu desenho ser compreendido; fez-se parte do ar que pulsava ao seu redor, e o alagou e afogou. Rapidamente ele afundou, debaixo do seu peso luzidio, em um profundo reino de sono.

Vagou ali por muito tempo em um sonho de música que se transformou em água corrente, e depois subitamente em uma voz. Parecia ser a voz de Bilbo recitando versos. Primeiro débeis, e depois mais nítidas, soaram as palavras.

*Eärendil foi um navegante
errante desde Arvernien;
buscou madeira pro navio
em Nimbrethil e foi além;
velas de prata ele teceu,
o farol seu de prata fez,
qual cisne a proa foi formada,
e embandeirada a nau de vez.*

*Em trajes de antigos reis,
cota de anéis, ele se armou;
no claro escudo gravou runas,
o infortúnio afastou;
no arco corno de dragão,
as flechas são de negro lenho,
e prata a cota d'armas tinha
e a bainha bom desenho;
a espada de aço triunfante,
no elmo diamante se desfralda,
pluma de águia no brasão
e no gibão verde-esmeralda.*

*Sob as estrelas e a Lua
a trilha sua sai do norte,
confuso em encantadas vias
além dos dias de vida e morte.
Do Gelo Estreito a ranger,
trevas a ver em morros frios,
de grãos calores e deserto
fugiu esperto, por desvios,
remotas águas sem estrelas,
chegou a vê-la: Noite-Nada,
passou sem nunca ver a cara
da praia clara tão buscada.
Um vento de ira o impeliu,
cego fugiu pela espuma
de oeste a leste, sem destino,
em desatino a casa ruma.*

*A encontrá-lo Elwing voava,
e cintilava na treva cegante;*

mais claro que diamante a brilhar
é em seu colar o fogo faiscante.
A Silmaril na sua fronte ela atou
e o coroou co'a luz vivente;
sem medo, com clara coroa,
virou a proa, na noite em frente,
do Outro-Mundo além do Mar
viu levantar grande caudal,
vento possante em Tarmenel;
em trilha cruel pr'um mortal
sua nau levou co'alento forte,
furor de morte mar afora,
perdido em solitário teste:
de leste a oeste foi-se embora.

Por Semprenoite fez a ronda
em negra onda a rugir,
obscuras léguas, praias distantes
submersas antes de o Dia surgir;
em praia de nácar ouviu então
longa canção no fim do mundo,
onde há no vagalhão mais belo
ouro amarelo, joias do fundo.
Viu silencioso erguer-se o Monte
que está defronte dos limiares
de Valinor e Eldamar
longe a brilhar além dos mares.
Viajante, já da noite salvo,
ao porto alvo enfim chegou,
a Casadelfos verde e linda
cujo ar ainda não se turvou,
torres luzentes de Tirion
brilhando estão em vale fundo,
no Lago-sombra reflexo tinham,
Em Ilmarin no fim do mundo.

Lá descansou do seu vagar,
e a cantar o ensinaram,
de antigos sábios ouviu agouro,
e harpas d'ouro lhe buscaram.
Lhe deram élficos costumes,
e sete lumes à sua frente;
passou por Calacirian,
chegou então à oculta gente.
Pisou depois perpétuos paços
pelos compassos de anos sem fim,

domínio eterno do Rei Antigo
no Monte e abrigo de Ilmarin;
o que se disse não ouviu ninguém,
nem Elfo nem Mortal de fora;
de além do mundo viu signo novo
oculto ao povo que nele mora.

Fizeram-lhe novo navio
de mithril e elfa pedra bela,
de proa clara, sem remo feito,
no mastro direito não tinha vela:
a Silmaril qual estandarte,
por toda parte luzindo clara,
por Elbereth foi nele posta,
a que disposta lá chegara,
e fez-lhe asas imortais,
deu-lhe ademais a sina sua,
singrar os céus como farol
atrás do Sol e à luz da Lua.

De Semprenoite dos altos montes
onde as fontes jorram prata,
em voo foi-se, luz errante,
que além da possante Muralha remata.
Do Fim do Mundo se afastou
e almejou largar seu lastro
no lar, viajando pela treva,
e fogo leva qual ilha-astro,
chegando alto sobre a bruma,
ao Sol como uma chama errante,
ao arrebol mistério forte
n'água do Norte vai adiante.

Passando sobre a Terra-média
ouviu tragédia e gemidos
de damas-élficas e humanas
de Dias de Antanho, tempos idos.
Mas foi-lhe imposto grave fado:
ser transformado em astro errante,
passar, sem descansar jamais
onde os mortais têm lar constante;
e ser pra sempre mensageiro
o tempo inteiro indo em frente,
longe levando a luz que inflama,
o Porta-Chama de Ociente.[A]

A recitação terminou. Frodo abriu os olhos e viu que Bilbo estava sentado em seu banquinho, num círculo de ouvintes que sorriam e aplaudiam.

"Agora seria melhor ouvirmos de novo", disse um Elfo.

Bilbo levantou-se e fez uma mesura. "Estou lisonjeado, Lindir", disse ele. "Mas seria demasiado cansativo repetir tudo."

"Não demasiado cansativo para ti", responderam os Elfos rindo. "Sabes que jamais te cansas de recitar teus próprios versos. Mas na verdade não podemos responder tua pergunta numa só audição!"

"O quê!", exclamou Bilbo. "Não conseguis dizer quais partes foram minhas e quais foram do Dúnadan?"

"Não nos é fácil distinguir a diferença entre dois mortais", disse o Elfo.

"Tolice, Lindir", bufou Bilbo. "Se não consegues distinguir um Homem de um Hobbit, teu julgamento é pior do que imaginei. São tão diferentes quanto ervilhas e maçãs."

"Talvez. Aos carneiros sem dúvida os outros carneiros parecem diferentes", riu-se Lindir. "Ou aos pastores. Mas os Mortais não foram nosso estudo. Temos outros afazeres."

"Não discutirei contigo", retrucou Bilbo. "Estou sonolento depois de tanta música e cantoria. Vou deixar-te entregue às tuas conjecturas, se quiseres."

Ergueu-se e aproximou-se de Frodo. "Bem, isso está acabado", disse ele em voz baixa. "Saiu melhor do que eu esperava. Não é sempre que me pedem uma segunda audição. O que você achou?"

"Não vou tentar adivinhar", respondeu Frodo, sorrindo.

"Não precisa", disse Bilbo. "Na verdade, era tudo meu. Exceto que Aragorn insistiu em que eu incluísse uma pedra verde. Parecia achar isso importante. Não sei por quê. No mais, ele obviamente achou que tudo isso estava bem acima de minha capacidade e disse que, se eu tinha o atrevimento de fazer versos sobre Eärendil na casa de Elrond, era problema meu. Acho que ele tinha razão."

"Não sei", comentou Frodo. "De algum modo pareceu-me adequado, mas não sei explicar. Eu estava meio adormecido quando você começou, e parecia ser a sequência de algo com que eu estava sonhando. Foi só no final que entendi que na verdade era você falando."

"É difícil manter-se acordado aqui até que nos acostumemos", disse Bilbo. "Não que os hobbits jamais adquiram o apetite dos elfos por música, poesia e histórias. Eles parecem gostar disso tanto quanto de comida, ou mais. Ainda vão continuar por muito tempo. Que tal escaparmos para um pouco mais de conversa tranquila?"

"Podemos?", disse Frodo.

"É claro. Isto é festejo, não negócios. Vá e venha como quiser, contanto que não faça barulho."

Levantaram-se e se retiraram silenciosamente para as sombras, rumando para as portas. Sam foi deixado para trás, em sono profundo, ainda com um sorriso no rosto. Apesar de seu deleite pela companhia de Bilbo, Frodo sentiu uma pontada de arrependimento quando saíram do Salão do Fogo. Enquanto passavam pela soleira, uma única voz límpida se ergueu a cantar.

> *A Elbereth Gilthoniel,*
> *silivren penna míriel*
> *o menel aglar elenath!*
> *Na-chaered palan-díriel*
> *o galadhremmin ennorath,*
> *Fanuilos, le linnathon*
> *nef aear, sí nef aearon!*[B]

Frodo deteve-se por um momento, olhando para trás. Elrond estava em sua cadeira, e o fogo lhe iluminava o rosto como a luz do verão nas árvores. Junto dele estava sentada a Senhora Arwen. Surpreso, Frodo viu que Aragorn estava de pé ao lado dela; sua capa escura estava jogada para trás, e ele parecia vestir uma cota de malha-élfica, e uma estrela brilhava em seu peito. Falavam um com o outro, e então, de repente, pareceu a Frodo que Arwen se virava em sua direção, e a luz de seus olhos recaiu nele de longe e lhe transpassou o coração.

Ficou imóvel, encantado, enquanto as doces sílabas da canção-élfica caíam como claras joias de palavras e melodia misturadas. "É uma canção a Elbereth", disse Bilbo. "Vão cantar esta e outras canções do Reino Abençoado muitas vezes esta noite. Venha!"

Conduziu Frodo de volta ao seu próprio quartinho. Ele dava para os jardins e olhava para o sul por sobre a ravina do Bruinen. Ali ficaram sentados por algum tempo, olhando pela janela as estrelas brilhantes acima das matas que subiam íngremes e conversando baixinho. Não falavam mais das pequenas notícias do Condado distante, nem das sombras escuras e dos perigos que os cercavam, e sim das coisas belas que haviam visto juntos pelo mundo, dos Elfos, das estrelas, das árvores e do suave declínio do ano luzidio nas matas.

Por fim ouviu-se uma batida à porta. "Com sua licença," disse Sam, pondo a cabeça para dentro, "mas eu estava pensando se estavam precisando de alguma coisa."

"E com a sua, Sam Gamgi," respondeu Bilbo, "acho que você quer dizer que é hora de seu patrão ir para a cama."

"Bem, senhor, tem um Conselho amanhã cedo, ouvi dizer, e hoje foi a primeira vez que ele se levantou."

"Muito certo, Sam", riu-se Bilbo. "Pode ir trotando e dizer a Gandalf que ele foi para a cama. Boa noite, Frodo! Ora, mas como foi bom ver você de novo! Afinal não há ninguém como os hobbits para uma conversa boa de verdade. Estou ficando muito velho, e começava a me perguntar se iria viver para ver os seus capítulos de nossa história. Boa noite! Acho que vou dar uma caminhada e olhar as estrelas de Elbereth no jardim. Durma bem!"

2

O Conselho
de Elrond

No dia seguinte Frodo acordou cedo, sentindo-se refeito e bem-disposto. Caminhou pelos terraços acima do Bruinen, que corria ruidoso, e observou o sol pálido e frio que se erguia sobre as montanhas longínquas e brilhava oblíquo através da fina névoa de prata; o orvalho nas folhas amarelas rebrilhava, e as redes tecidas de filandras piscavam em todos os arbustos. Sam caminhava ao seu lado, sem nada dizer, mas farejando o ar, e de quando em quando olhava com pasmo nos olhos para as grandes altitudes no Leste. A neve era branca sobre seus picos.

Num assento recortado em pedra, junto a uma curva da trilha, toparam com Gandalf e Bilbo em profunda conversa. "Alô! Bom dia!", disse Bilbo. "Sente-se preparado para o grande conselho?"

"Sinto-me preparado para qualquer coisa", respondeu Frodo. "Mas mais que tudo eu gostaria de caminhar hoje e explorar o vale. Gostaria de entrar naquelas matas de pinheiros lá em cima." Apontou para longe, para a margem norte de Valfenda.

"Poderá ter a oportunidade mais tarde", disse Gandalf. "Mas ainda não podemos fazer nenhum plano. Há muito que ouvir e decidir hoje."

De súbito, enquanto falavam, ouviu-se o som nítido de um único sino. "É o sino de alerta para o Conselho de Elrond", exclamou Gandalf. "Venham comigo agora! Você e Bilbo estão convocados."

Frodo e Bilbo seguiram o mago rapidamente ao longo da trilha sinuosa, voltando à casa; atrás deles, sem convite e esquecido por ora, trotava Sam.

Gandalf levou-os à varanda onde Frodo encontrara os amigos na tarde anterior. A luz da clara manhã de outono já fulgurava no vale. O som de águas borbulhantes subia do leito espumante do rio. Pássaros cantavam, e havia uma paz salutar sobre a terra. A Frodo, sua fuga perigosa e os rumores da treva que crescia no mundo exterior já pareciam ser apenas as lembranças de um sonho agitado; mas eram sérios os rostos que se voltaram em sua direção quando eles entraram.

Elrond ali estava, e vários outros estavam sentados em silêncio ao seu redor. Frodo viu Glorfindel e Glóin; e num canto, sozinho, estava sentado

Passolargo, outra vez trajando suas velhas roupas gastas de viagem. Elrond puxou Frodo até um assento junto dele e o apresentou à companhia, dizendo:

"Aqui, meus amigos, está o hobbit, Frodo, filho de Drogo. Poucos já chegaram aqui passando por maior perigo ou em missão mais urgente."

Então indicou e nomeou aqueles que Frodo não encontrara antes. Havia um anão mais jovem ao lado de Glóin: seu filho Gimli. Junto a Glorfindel estavam diversos outros conselheiros da casa de Elrond, o principal dos quais era Erestor; e com ele estava Galdor, um elfo dos Portos Cinzentos que viera em missão de Círdan, o Armador. Também ali estava um estranho elfo trajando verde e marrom, Legolas, mensageiro de seu pai Thranduil, Rei dos Elfos do Norte de Trevamata. E sentado um pouco separado estava um homem alto de rosto belo e nobre, de cabelos escuros e olhos cinzentos, altivo e de olhar severo.

Usava capa e botas como quem viaja a cavalo; e, na verdade, apesar de suas vestes serem ricas e de sua capa ser forrada de pele, estavam manchadas pela longa jornada. Tinha um colar de prata onde estava engastada uma solitária pedra branca; os cachos de seu cabelo estavam cortados à altura dos ombros. Num boldrié trazia uma grande trompa de ponta de prata, agora jazendo sobre seus joelhos. Encarou Frodo e Bilbo com súbita admiração.

"Aqui", disse Elrond, virando-se para Gandalf, "está Boromir, um homem do Sul. Ele chegou na manhã cinzenta e busca conselho. Pedi-lhe para estar presente, pois aqui suas perguntas serão respondidas."

Nem tudo o que foi falado e debatido no Conselho precisa ser contado agora. Muito se disse dos acontecimentos no mundo exterior, em especial no Sul e nas amplas terras a leste das Montanhas. De tudo isso Frodo já ouvira muitos rumores; mas a história de Glóin era nova para ele e, quando o anão falou, ele escutou atentamente. Parecia que, em meio ao esplendor das obras de suas mãos, os corações dos Anãos da Montanha Solitária estavam perturbados.

"Já faz muitos anos", disse Glóin, "que uma sombra de inquietação recaiu sobre nosso povo. De onde vinha, não percebemos no início. Palavras começavam a ser sussurradas em segredo: diziam que estávamos restritos em um lugar estreito, e que riqueza e esplendor maiores seriam encontrados em um mundo mais amplo. Alguns falavam de Moria: a imensa obra de nossos pais que em nossa própria língua se chama Khazad--dûm; e declaravam que agora tínhamos enfim o poder e o número de pessoas para retornarmos."

Glóin suspirou. "Moria! Moria! Maravilha do mundo setentrional! Demasiado fundo escavamos ali e despertamos o medo sem nome. Por longo tempo suas vastas mansões estiveram vazias desde que fugiram os filhos de Durin. Mas agora outra vez falávamos dela com anseio, porém com temor; pois nenhum anão ousou passar pelas portas de Khazad-dûm durante muitas vidas de reis, exceto por Thrór, e ele pereceu. Finalmente, no entanto, Balin deu ouvido aos sussurros e resolveu ir; e apesar de Dáin não lho permitir de bom grado, ele levou consigo Ori e Óin e muitos de nosso povo, e partiram rumo ao sul.

"Isso faz quase trinta anos. Durante algum tempo tivemos notícias, e pareciam boas: mensagens relatavam que Moria havia sido penetrada, e lá iniciaram grande obra. Depois fez-se silêncio, e desde então não vieram mais novas de Moria.

"Então, cerca de um ano atrás, veio um mensageiro a Dáin, porém não de Moria — de Mordor: um cavaleiro na noite, que chamou Dáin ao seu portão. O Senhor Sauron, o Grande, assim disse ele, desejava nossa amizade. Dar-nos-ia anéis por ela, assim como fizera outrora. E perguntou com urgência acerca de *hobbits*, de que espécie eram e onde habitavam. 'Pois Sauron sabe', disse ele, 'que um deles foi conhecido por vós em certa época.'

"Diante disso ficamos extremamente preocupados e não demos resposta. E então sua voz cruel falou mais baixo, e ele a teria adoçado se pudesse. 'Como pequeno sinal de vossa amizade, apenas, Sauron pede isto,' disse ele, 'que encontreis esse ladrão', foi essa sua palavra, 'e obtenhais dele, queira ele ou não, um pequeno anel, o menor dos anéis, que ele roubou certa vez. Nada mais é que uma miudeza do capricho de Sauron e penhor de vossa boa vontade. Encontrai-o, e três anéis que os antepassados dos Anãos outrora possuíam vos serão devolvidos, e o reino de Moria há de ser vosso para sempre. Encontrai apenas notícias do ladrão, se ele vive ainda e onde, e havereis de ter grande recompensa e amizade duradoura do Senhor. Recusai e as coisas parecerão estar menos bem. Vós recusais?'

"Com essas palavras seu hálito saía como o silvo de serpentes, e todos os que estavam em volta estremeceram, porém Dáin disse: 'Não digo sim nem não. Preciso considerar esta mensagem e o que ela quer dizer sob seu belo manto.'

"'Considerai bem, mas não leveis tempo demais', disse ele.

"'O tempo de meus pensamentos é meu para usar', respondeu Dáin.

"'Por ora', afirmou ele, e cavalgou para a treva.

"Pesarosos estiveram os corações de nossos chefes desde aquela noite. Não necessitávamos da cruel voz do mensageiro para nos alertar de que suas palavras continham a um tempo ameaça e engano; pois já sabíamos que o poder que retornou a Mordor não mudou e sempre nos traiu outrora. Duas vezes o mensageiro voltou e se foi sem resposta. A terceira e última vez, diz ele, logo virá, antes do fim do ano.

"E assim, portanto, fui finalmente enviado por Dáin para avisar Bilbo de que o Inimigo está à sua busca e para saber, se possível, por que ele deseja esse anel, esse menor dos anéis. Também ansiamos pelo aconselhamento de Elrond. Pois a Sombra cresce e se aproxima. Ficamos sabendo que também ao Rei Brand, em Valle, chegaram mensageiros e que ele está temeroso. Tememos que ele possa ceder. A guerra já se avizinha de suas fronteiras orientais. Se não dermos resposta, o Inimigo poderá mover Homens do seu domínio em assalto ao Rei Brand e também a Dáin."

"Fizestes bem em vir", disse Elrond. "Hoje ouvireis tudo do que necessitais para compreender os propósitos do Inimigo. Nada há que possais fazer exceto resistir, com esperança ou sem ela. Mas não estais a sós. Sabereis que vossa aflição é tão somente parte da aflição de todo o mundo ocidental. O Anel! O que havemos de fazer com o Anel, o menor dos anéis, a miudeza do capricho de Sauron? Eis a sentença que devemos sentenciar.

"É esse o propósito pelo qual aqui fostes chamados. Chamados, digo, apesar de eu não vos ter chamado a mim, estranhos de terras distantes. Viestes e aqui vos encontrastes, nesta mesma hora crítica, ao que parece por acaso. Porém não é assim. Crede, isso sim, que foi ordenado que nós, que aqui nos sentamos, e ninguém mais, temos agora de encontrar conselhos para o perigo do mundo.

"Ora, portanto hão de ser ditas abertamente coisas que até este dia estiveram ocultas de todos, a não ser de alguns poucos. E primeiro, para que compreendam todos qual é o perigo, a História do Anel há de ser contada desde o princípio até este presente. E começarei eu essa história, por muito que outros hajam de terminá-la."

Então todos escutaram enquanto Elrond, com clara voz, falava de Sauron e dos Anéis de Poder, e de como foram forjados na Segunda Era do mundo, muito tempo antes. Parte de sua história era conhecida de alguns ali, mas de ninguém a história completa, e muitos olhos se voltaram para Elrond, com temor e assombro, quando falou dos Ferreiros-élficos de Eregion, de sua amizade com Moria e de sua avidez por conhecimento, pela qual Sauron os engodou. Pois naquele tempo ele ainda não era maligno de se contemplar, e receberam sua ajuda e se tornaram poderosos em seu ofício, enquanto que ele aprendeu todos os seus segredos, e os traiu, e forjou secretamente na Montanha de Fogo o Um Anel para ser mestre deles. Mas Celebrimbor estava atento a ele e ocultou os Três que fizera; e houve guerra, e a terra foi arrasada, e o portão de Moria fechou-se.

Então, durante todos os anos seguintes ele seguiu o rastro do Anel; mas, visto que essa história é contada alhures, como o próprio Elrond a registrou em seus livros de saber, ela não será recordada aqui. Pois é uma história longa, repleta de feitos grandes e terríveis, e, apesar de Elrond falar com brevidade, o sol se alçou no céu, e a manhã terminava quando ele cessou.

De Númenor falou ele, de sua glória e sua queda, e do retorno dos Reis dos Homens à Terra-média desde as profundas do Mar, trazidos nas asas da tempestade. Então Elendil, o Alto, e seus poderosos filhos, Isildur e

Anárion, tornaram-se grandes senhores; e estabeleceram o reino do Norte em Arnor, e o do Sul em Gondor, acima das fozes do Anduin. Mas Sauron de Mordor os assaltou, e fizeram a Última Aliança de Elfos e Homens, e as hostes de Gil-galad e Elendil estavam reunidas em Arnor.

Nesse ponto Elrond fez uma pequena pausa e suspirou. "Lembro-me bem do esplendor de seus estandartes", disse ele. "Ele me recordou a glória dos Dias Antigos e as hostes de Beleriand, tantos eram os grandes príncipes e capitães ali reunidos. Porém não tantos, nem tão belos, quanto no rompimento das Thangorodrim, quando os Elfos julgaram que o mal estava terminado para sempre, e não estava."

"Vós vos lembrais?", indagou Frodo, dizendo seu pensamento em voz alta de tão admirado. "Mas pensei," gaguejou quando Elrond se voltou para ele, "pensei que a queda de Gil-galad aconteceu em era muito longínqua."

"Assim foi de fato", respondeu Elrond com gravidade. "Mas minha memória remonta até aos Dias Antigos. Eärendil foi meu pai, nascido em Gondolin antes que esta caísse; e minha mãe foi Elwing, filha de Dior, filho de Lúthien de Doriath. Vi três eras no Oeste do mundo, e muitas derrotas, e muitas vitórias infrutíferas.

"Fui arauto de Gil-galad e marchei com sua hoste. Estive na Batalha de Dagorlad diante do Portão Negro de Mordor, onde fomos vitoriosos: pois à Lança de Gil-galad e à Espada de Elendil, Aeglos e Narsil, ninguém podia resistir. Contemplei o último combate nas encostas de Orodruin, onde Gil-galad morreu e Elendil tombou, e Narsil se rompeu embaixo dele; mas o próprio Sauron foi derrotado, e Isildur cortou o Anel de sua mão com o fragmento da empunhadura da espada de seu pai e o tomou para si."

A essas palavras o estranho, Boromir, interrompeu. "Então isso é o que foi feito do Anel!", exclamou. "Se tal história alguma vez foi contada no Sul, há tempos está esquecida. Ouvi dizer do Grande Anel daquele que não nomeamos; mas críamos que tinha perecido do mundo na ruína de seu primeiro reino. Isildur o tomou! Isso são novas deveras."

"Sim, ai de nós!", disse Elrond. "Isildur o tomou, o que não deveria ter feito. Ele deveria ter sido lançado, então, no fogo de Orodruin ali perto, onde foi feito. Mas poucos perceberam o que Isildur fez. Só ele esteve junto ao pai naquele último embate mortal; e junto a Gil-galad só estivemos Círdan e eu. Mas Isildur não quis ouvir nosso conselho.

"'Guardarei isto como veregildo[1] por meu pai e meu irmão', disse ele; e assim, quiséssemos ou não, ele o tomou para guardá-lo como tesouro. Mas logo foi à morte, traído por ele; e assim o chamam no Norte de Ruína

---

[1] O veregildo (em inglês *weregild*) era, na lei teutônica e anglo-saxã, o preço atribuído a uma pessoa, de acordo com sua condição, a ser pago pelo culpado como compensação, em caso de homicídio, à família que, de outra forma, teria direito à vingança. [N. T.]

de Isildur. Porém talvez a morte tenha sido melhor do que outro fim que poderia tê-lo acometido.

"Somente ao Norte chegaram essas notícias, e somente a alguns. Pouco admira que não as tenhas ouvido, Boromir. Da ruína dos Campos de Lis, onde pereceu Isildur, apenas três homens voltaram por sobre as montanhas, após longo vagar. Um deles foi Ohtar, escudeiro de Isildur, que carregava os fragmentos da espada de Elendil; e ele os trouxe a Valandil, herdeiro de Isildur, que por não ser mais que uma criança havia ficado aqui em Valfenda. Mas Narsil estava partida, e sua luz se extinguira, e ela ainda não foi reforjada.

"Chamei de infrutífera a vitória da Última Aliança? Não o foi totalmente, porém não alcançou seu objetivo. Sauron foi diminuído, mas não destruído. Seu Anel foi perdido, mas não desfeito. A Torre Sombria foi rompida, mas seus fundamentos não foram removidos; pois foram construídos com o poder do Anel e perdurarão enquanto ele permanecer. Muitos Elfos e muitos Homens poderosos, e muitos de seus amigos, pereceram na guerra. Anárion foi morto, e Isildur foi morto; e Gil-galad e Elendil não mais viviam. Nunca mais haverá tal liga de Elfos e Homens; pois os Homens se multiplicam, e os Primogênitos decrescem, e as duas gentes estão apartadas. E desde aquele dia, a raça de Númenor tem decaído, e a extensão de seus anos encurtou.

"No Norte, após a guerra e a matança dos Campos de Lis, os Homens de Ociente minguaram, e sua cidade de Annúminas junto ao Lago Vesperturvo decaiu em ruínas; e os herdeiros de Valandil mudaram-se para habitar em Fornost, nas altas Colinas do Norte, e esta agora também está desolada. Os Homens a chamam de Fosso dos Mortos e temem lá pisar. Pois o povo de Arnor definhou, e seus inimigos os devoraram, e seu senhorio se foi, deixando apenas morros verdes nas colinas gramadas.

"No Sul o reino de Gondor muito durou; e por algum tempo seu esplendor cresceu, relembrando um pouco o poderio de Númenor antes da queda. Altas torres construiu esse povo, e lugares fortificados, e portos de muitos navios; e a coroa alada dos Reis dos Homens foi reverenciada por gente de muitas línguas. Sua cidade principal era Osgiliath, a Cidadela das Estrelas, por cujo meio fluía o Rio. E construíram Minas Ithil, a Torre da Lua Nascente, para o leste, numa encosta das Montanhas de Sombra; e a oeste, no sopé das Montanhas Brancas, construíram Minas Anor, a Torre do Sol Poente. Ali, na corte do Rei, crescia uma árvore branca, da semente daquela que Isildur trouxe por sobre as águas profundas, e a semente dessa árvore veio antes de Eressëa, e antes disso do Extremo Oeste, no Dia antes dos dias, quando o mundo era jovem.

"Mas no desgaste dos velozes anos da Terra-média, a linhagem de Meneldil, filho de Anárion, interrompeu-se, e a Árvore murchou, e o sangue dos Númenóreanos misturou-se ao de homens menores. Então adormeceu a vigia das muralhas de Mordor, e seres obscuros arrastaram-se de volta para Gorgoroth. E certa feita surgiram seres malignos, e tomaram Minas Ithil e ali habitaram, e tornaram-na em um lugar de pavor; e é chamada Minas Morgul, a Torre de Feitiçaria. Então Minas Anor foi renomeada Minas Tirith, a Torre de Guarda; e essas duas cidades estiveram sempre em guerra, mas Osgiliath, situada entre elas, ficou deserta, e sombras caminhavam em suas ruínas.

"Assim tem sido por muitas vidas dos homens. Mas os Senhores de Minas Tirith continuam lutando, desafiando nossos inimigos, mantendo a passagem do Rio desde as Argonath até o Mar. E agora terminou a parte da história que eu haveria de contar. Pois nos dias de Isildur o Anel Regente desapareceu do conhecimento de todos, e os Três foram libertados de seu domínio. Porém agora, nestes dias tardios, eles estão em perigo outra vez, pois para nosso pesar o Um foi encontrado. Outros hão de falar do seu descobrimento, pois aí meu papel foi reduzido."

Deteve-se, mas de imediato levantou-se Boromir diante deles, alto e orgulhoso. "Dai-me licença, Mestre Elrond," disse ele, "para primeiro dizer mais sobre Gondor, pois deveras da terra de Gondor eu vim. E seria bom que todos soubessem o que lá ocorre. Pois poucos, julgo eu, conhecem nossos feitos e, portanto, pouco conhecem do seu perigo, caso cheguemos a falhar.

"Não crede que na terra de Gondor o sangue de Númenor findou, nem que esteja esquecida toda a sua altivez e dignidade. Graças à nossa proeza o povo selvagem do Leste é contido ainda, e o terror de Morgul, rechaçado; e somente assim a paz e a liberdade são mantidas nas terras atrás de nós, o baluarte do Oeste. Mas se as passagens do Rio forem conquistadas, o que será então?

"Porém essa hora, quem sabe, não está longe. O Inimigo Inominável ergueu-se novamente. Mais uma vez a fumaça sobe de Orodruin, que chamamos de Monte da Perdição. O poder da Terra Negra cresce, e estamos cruelmente assediados. Quando o Inimigo retornou, nossa gente foi expulsa de Ithilien, nosso belo domínio a leste do Rio, apesar de mantermos ali uma cabeça de ponte e força d'armas. Mas neste mesmo ano, nos dias de junho, a guerra súbita nos acometeu desde Mordor, e fomos arrebatados. Estávamos em minoria, pois Mordor aliou-se aos Lestenses e aos cruéis Haradrim; mas não foi pelos números que fomos derrotados. Havia ali um poder que não havíamos sentido antes.

"Alguns diziam que ele podia ser visto como um grande cavaleiro negro, uma sombra obscura sob a lua. Por onde vinha, uma loucura tomava conta de nossos inimigos; mas o medo se abatia nos mais audaciosos dentre nós, de forma que cavalos e homens cediam e fugiam. Só voltou um remanescente de nossa força do leste, destruindo a última ponte que ainda estava de pé em meio às ruínas de Osgiliath.

"Eu estava na companhia que defendia a ponte, até que ela foi derrubada atrás de nós. Apenas quatro se salvaram nadando: meu irmão, eu e dois outros. Mas prosseguimos lutando ainda, ocupando toda a margem oeste do Anduin; e os que se abrigam atrás de nós nos dão louvor quando ouvem nosso nome: muito louvor, mas pouco auxílio. Só de Rohan agora nos vêm os homens quando os chamamos.

"Nesta má hora vim em missão, atravessando muitas léguas perigosas, até Elrond: por cento e dez dias viajei a sós. Mas não busco aliados na guerra. O poder de Elrond está na sabedoria, não nas armas, ao que dizem. Venho pedir conselho e que desenredem palavras difíceis. Pois na véspera do assalto súbito veio ao meu irmão um sonho em sono perturbador; e depois um sonho semelhante lhe retornou diversas vezes, e uma vez a mim.

"Nesse sonho pensei que o céu escurecia a leste e ouvi um trovão crescente, mas no Oeste subsistia uma luz pálida, e dali ouvi uma voz, remota, mas nítida, exclamando:

> *Busca a Espada partida:*
> *Em Imladris está por enquanto;*
> *Lá vai tomar-se medida*
> *Maior que de Morgul o encanto.*
> *Lá vai mostrar-se um alerta*
> *Da Sina que próxima está,*
> *A Ruína de Isildur desperta*
> *E o Pequeno se revelará.*[A]

Pouco pudemos entender dessas palavras e falamos com nosso pai, Denethor, Senhor de Minas Tirith, sábio no saber de Gondor. Só nos disse que Imladris foi outrora, entre os Elfos, o nome de um vale muito ao norte onde habitava Elrond Meio-Elfo, maior dentre os mestres do saber. Portanto meu irmão, vendo como era desesperadora nossa necessidade, ficou ávido por obedecer ao sonho e buscar Imladris; mas, visto que o caminho era pleno de dúvida e perigo, assumi eu mesmo a viagem. De mau grado meu pai mo permitiu, e longamente vaguei por estradas esquecidas, buscando a casa de Elrond, de que muitos haviam ouvido falar, mas que poucos sabiam onde ficava."

"E aqui na casa de Elrond mais coisas te serão esclarecidas", disse Aragorn, pondo-se de pé. Lançou a espada na mesa que estava diante de Elrond, e a lâmina estava partida em duas. "Eis a Espada que foi Partida!", disse ele.

"E quem és tu, e o que tens a ver com Minas Tirith?", perguntou Boromir, olhando com pasmo o rosto magro do Caminheiro e sua capa manchada pela intempérie.

"Ele é Aragorn, filho de Arathorn," disse Elrond; "e descende, através de muitos pais, de Isildur, filho de Elendil, de Minas Ithil. É Chefe dos Dúnedain do Norte, e agora já restam poucos desse povo."

"Então ele pertence a você, e não a mim!", exclamou Frodo admirado, levantando-se de um salto, como se esperasse que o Anel fosse exigido de imediato.

"Não pertence a nenhum de nós", disse Aragorn; "mas foi ordenado que você o mantivesse por algum tempo."

"Mostre o Anel, Frodo!", disse Gandalf solenemente. "Chegou a hora. Erga-o, e então Boromir compreenderá o restante de seu enigma."

Fez-se silêncio, e todos voltaram os olhos para Frodo. Este foi sacudido por súbito constrangimento e medo; e sentiu grande relutância em revelar o Anel e aversão por tocá-lo. Desejava estar bem longe dali. O Anel luzia e rebrilhava quando ele o ergueu diante deles na mão trêmula.

"Contemplai a Ruína de Isildur!", disse Elrond.

Os olhos de Boromir lampejaram quando fitou o objeto dourado. "O Pequeno!", murmurou. "Então a sina de Minas Tirith chegou enfim? Mas por que então devemos buscar uma espada partida?"

"As palavras não eram *a sina de Minas Tirith*", disse Aragorn. "Mas a sina e grandes feitos estão próximos deveras. Pois a Espada que foi Partida é a Espada de Elendil, que se partiu embaixo dele quando tombou. Foi guardada como tesouro por seus herdeiros quando todas as outras heranças se perderam; pois desde outrora dizia-se entre nós que ela haveria de ser refeita quando o Anel, a Ruína de Isildur, fosse encontrado. Agora que viste a espada que buscavas, o que pedes? Desejas que a Casa de Elendil retorne à Terra de Gondor?"

"Não fui enviado para implorar obséquio, e sim somente para buscar o significado do enigma", respondeu Boromir, altivo. "Porém somos acossados cruelmente, e a Espada de Elendil seria um auxílio além de nossa esperança — se deveras tal objeto pode retornar das sombras do passado." Olhou outra vez para Aragorn, e havia dúvida em seus olhos.

Frodo sentiu que Bilbo se remexia impaciente ao seu lado. Estava evidentemente incomodado a favor do amigo. Pondo-se subitamente de pé, irrompeu:

> *Não rebrilha tudo que é ouro,*
>   *Nem perdidos estão os que vagam;*
> *Não fenece o antigo tesouro,*
>   *Nem geadas raízes apagam.*

Das cinzas um fogo renasce,
  Uma luz das sombras virá;
A espada partida refaz-se,
  O sem-coroa outra vez reinará.^B

"Talvez não seja muito bom, mas é a propósito — se for preciso algo além da palavra de Elrond. Se isso valeu uma viagem de cento e dez dias para ser ouvido, é melhor escutar." Sentou-se bufando.

"Eu mesmo compus isso", cochichou para Frodo, "para o Dúnadan, muito tempo atrás, da primeira vez em que ele me contou sobre si. Quase queria que minhas aventuras não tivessem terminado e que eu pudesse ir com ele quando seu dia chegar."

Aragorn sorriu para ele; depois voltou-se de novo para Boromir. "De minha parte, perdoo tua dúvida", disse ele. "Pouco me pareço com os vultos de Elendil e Isildur que estão majestosamente esculpidos no paço de Denethor. Sou tão somente herdeiro de Isildur, não o próprio Isildur. Tive vida dura e longa; e as léguas que medeiam daqui a Gondor são pequena parte da extensão de minhas jornadas. Atravessei muitas montanhas e muitos rios e pisei muitas planícies, mesmo nos longínquos países de Rhûn e Harad, onde as estrelas são estranhas.

"Mas meu lar, se é que o tenho, é no Norte. Pois ali os herdeiros de Valandil sempre moraram em longa linhagem ininterrupta de pai para filho por muitas gerações. Nossos dias se obscureceram, e nós minguamos; mas a Espada sempre passou a um novo possuidor. E isto eu te digo, Boromir, antes de terminar. Homens solitários somos nós, Caminheiros do ermo, caçadores — mas sempre caçadores dos serviçais do Inimigo; pois esses se encontram em muitos lugares, não apenas em Mordor.

"Se Gondor, Boromir, tem sido uma torre vigorosa, nós desempenhamos outro papel. Existem muitos seres malignos que vossas fortes muralhas e espadas reluzentes não detêm. Pouco sabeis das terras além de vossas fronteiras. Paz e liberdade, tu dizes? O Norte pouco as conheceria se não fosse por nós. O medo os teria destruído. Mas quando seres sombrios vêm das colinas desabitadas ou se esgueiram das matas sem sol, eles fogem de nós. Que estradas alguém ousaria trilhar, que segurança haveria nas terras silenciosas ou nos lares de homens simples durante a noite, se os Dúnedain estivessem adormecidos ou jazessem todos no túmulo?

"E, no entanto, recebemos menos gratidão que vós. Os viajantes nos franzem o cenho, e os camponeses nos dão nomes desdenhosos. Eu sou 'Passolargo' para um homem gordo que mora a um dia de marcha de inimigos que lhe congelariam o coração, ou arruinariam seu pequeno vilarejo, se ele não fosse guardado sem cessar. Porém não faríamos de modo diverso. Se a gente simplória estiver livre de preocupação e medo ela será simplória, e temos de ser secretos para mantê-los assim. Essa tem sido a tarefa de minha gente enquanto os anos se alongaram e o capim cresceu.

"Mas agora o mundo está mudando outra vez. Chega uma nova hora. A Ruína de Isildur foi encontrada. A batalha está próxima. A Espada será reforjada. Irei a Minas Tirith."

"A Ruína de Isildur foi encontrada, dizes", comentou Boromir. "Vi um anel brilhante na mão do Pequeno; mas Isildur pereceu antes que começasse esta era do mundo, ao que dizem. Como sabem os Sábios que este anel é o dele? E como ele passou pelos anos até ser trazido para cá por tão estranho mensageiro?"

"Isso há de ser contado", respondeu Elrond.

"Mas ainda não, eu imploro, Mestre!", exclamou Bilbo. "A Sol já sobe para o meio-dia, e sinto necessidade de algo que me fortifique."

"Eu não tinha dito teu nome", disse Elrond, sorrindo. "Mas digo-o agora. Vem! Conta-nos tua história. E se ainda não compuseste tua história em versos podes contá-la em simples palavras. Quanto mais breve, mais cedo serás revigorado."

"Muito bem", assentiu Bilbo. "Farei o que me pedes. Mas agora vou contar a história verdadeira, e se alguém aqui me ouviu contá-la de outra forma," — olhou de lado para Glóin — "peço que a esqueçam e me perdoem. Naqueles dias eu só queria reivindicar o tesouro para mim e me livrar do nome de ladrão que me impuseram. Mas quem sabe agora eu compreenda as coisas um pouco melhor. Seja lá como for, foi isto que aconteceu."

Para alguns, a história de Bilbo era completamente nova, e escutaram com espanto enquanto o velho hobbit, que na verdade não estava nem um pouco contrariado, relatou sua aventura com Gollum do começo ao fim. Não omitiu um só enigma. Teria feito também um relato de sua festa e de seu desaparecimento do Condado, se fosse permitido, mas Elrond ergueu a mão.

"Bem contado, meu amigo," disse ele, "mas isso basta por ora. No momento basta saber que o Anel passou a Frodo, teu herdeiro. Que ele fale agora!"

Então, menos disposto que Bilbo, Frodo contou sobre todos os seus feitos com o Anel desde o dia em que este passara à sua posse. Cada passo de sua viagem da Vila-dos-Hobbits até o Vau do Bruinen foi questionado e considerado, e tudo o que conseguiu recordar acerca dos Cavaleiros Negros foi examinado. Por fim sentou-se outra vez.

"Nada mau", disse-lhe Bilbo. "Você teria contado uma boa história se eles não tivessem ficado interrompendo. Tentei tomar algumas notas, mas vamos ter que repassar tudo de novo alguma outra vez, se eu for redigir isso. Há capítulos inteiros de material, mesmo antes de você chegar aqui!"

"Sim, acabou sendo um relato bem longo", respondeu Frodo. "Mas a história ainda não me parece completa. Ainda quero saber muita coisa, especialmente sobre Gandalf."

Galdor dos Portos, sentado ali perto, ouviu suas palavras. "Falas por mim também", exclamou, e disse, virando-se para Elrond: "Os Sábios podem ter boas razões para crer que o achado do Pequeno é de fato o Grande Anel de longos debates, por muito improvável que isso possa parecer aos que menos sabem. Mas não podemos ouvir as provas? E também pergunto isto. E quanto a Saruman? Ele é versado no saber dos Anéis, porém não está entre nós. Qual é seu conselho — se ele sabe daquilo que ouvimos?"

"As perguntas que fazes, Galdor, estão interligadas", disse Elrond. "Eu não as negligenciei, e hão de ser respondidas. Mas é tarefa de Gandalf esclarecer estas coisas; e eu o convoco por último, pois é o lugar de honra, e em todo este assunto ele teve o papel principal."

"Alguns, Galdor," disse Gandalf, "pensariam que as notícias de Glóin e a perseguição de Frodo são prova bastante de que o achado do Pequeno é um objeto de grande valor para o Inimigo. No entanto é um anel. E então? Os Nove estão em posse dos Nazgûl. Os Sete foram tomados ou destruídos." Diante disso, Glóin se mexeu, mas não falou. "Dos Três nós sabemos. O que é então esse que ele tanto deseja?

"Há de fato uma ampla extensão de tempo entre o Rio e a Montanha, entre a perda e a descoberta. Mas a lacuna do conhecimento dos Sábios foi finalmente preenchida. Mas lentamente demais. Pois o Inimigo veio logo atrás, ainda mais perto do que eu receava. E é bom que só este ano, ao que parece neste mesmo verão, ele tenha sabido de toda a verdade.

"Alguns aqui recordarão que muitos anos atrás eu próprio ousei passar pelas portas do Necromante, em Dol Guldur, e explorei em segredo seus caminhos, e assim descobri que nossos temores eram verdadeiros: ele não era outro senão Sauron, nosso Inimigo de antigamente, finalmente reassumindo forma e poder. Alguns também recordarão que Saruman nos dissuadiu de ações abertas contra ele, e por muito tempo apenas o observamos. Mas por fim, à medida que sua sombra crescia, Saruman cedeu, e o Conselho empregou sua força e expulsou o mal de Trevamata — e isso foi no mesmo ano em que o Anel foi encontrado: um estranho acaso, se é que foi acaso.

"Mas estávamos atrasados, como Elrond previa. Sauron também nos tinha observado e por muito tempo preparara-se contra nosso golpe, governando Mordor de longe, através de Minas Morgul, onde habitavam seus Nove serviçais, até que estivesse tudo pronto. Então cedeu diante de nós, mas só fingiu fugir, e logo depois chegou à Torre Sombria e se declarou abertamente. Então o Conselho se reuniu pela última vez; pois então ficamos sabendo que ele buscava cada vez mais avidamente pelo Um. Temíamos então que tivesse dele alguma notícia de que nada soubéssemos. Mas Saruman negou isso, e repetiu o que nos dissera antes: que o Um nunca mais seria encontrado na Terra-média.

"'No pior caso,' disse ele, 'nosso Inimigo sabe que não o temos e que ainda está perdido. Mas o que foi perdido ainda poderá ser achado, pensa ele. Não temais! Sua esperança o logrará. Pois não estudei esse assunto com seriedade? Ele caiu em Anduin, o Grande; e muito tempo faz, enquanto Sauron dormia, ele rolou Rio abaixo até o Mar. Que jaza lá até o Fim.'"

Gandalf silenciou, olhando para o leste da varanda até os longínquos picos das Montanhas Nevoentas, em cujas grandes raízes o perigo do mundo estivera oculto por tanto tempo. Suspirou.

"Aí cometi um erro", continuou ele. "Fui embalado pelas palavras de Saruman, o Sábio; mas devia ter buscado antes a verdade, e agora nosso perigo seria menor."

"Todos cometemos um erro," disse Elrond, "e não fosse por tua vigilância, a Escuridão, quem sabe, já estaria sobre nós. Mas continua!"

"Desde o começo tive dúvidas, contra todas as razões que conhecia," disse Gandalf, "e eu desejava saber como esse objeto chegara até Gollum e por quanto tempo ele o possuíra. Por isso fiz com que fosse vigiado, supondo que não levaria muito tempo para ele emergir da sua treva e procurar seu tesouro. Ele veio, mas escapou e não foi encontrado. E então, ai de mim! deixei estar o assunto, apenas observando e esperando, como fizemos demasiadas vezes.

"O tempo passou com muitas preocupações, até que minhas dúvidas outra vez foram despertadas para um súbito temor. De onde vinha o anel do hobbit? O que, se fosse justificado meu temor, deveria ser feito dele? Essas coisas precisei decidir. Mas ainda não falei a ninguém do meu medo, conhecendo o perigo de um sussurro intempestivo, caso ele se extravie. Em todas as longas guerras com a Torre Sombria, a traição sempre foi nosso maior adversário.

"Isso foi dezessete anos atrás. Logo dei-me conta de que espiões de muitas formas, até feras e aves, estavam reunidos ao redor do Condado, e meu medo cresceu. Solicitei ajuda dos Dúnedain, e sua vigia foi redobrada; e abri o coração para Aragorn, herdeiro de Isildur."

"E eu", disse Aragorn, "aconselhei que caçássemos Gollum, por muito que parecesse ser tarde demais. E, já que parecia adequado o herdeiro de Isildur trabalhar para desfazer o erro de Isildur, parti com Gandalf na busca longa e desesperançada."

Então Gandalf contou como haviam explorado toda a extensão das Terras-selváticas, descendo até as Montanhas de Sombra e as divisas de

Mordor. "Ali ouvimos rumor dele e supomos que tenha lá ficado por muito tempo nas colinas escuras; mas jamais o encontramos, e desesperei-me por fim. E então, em meu desespero, pensei outra vez em uma prova que poderia tornar desnecessário encontrar Gollum. O próprio anel podia revelar se era o Um. Voltou-me a lembrança de palavras ditas no Conselho: palavras de Saruman, mal consideradas à época. Agora eu as ouvia claramente no coração.

"'Os Nove, os Sete e os Três', disse ele, 'tinham cada um sua própria gema. Mas não o Um. Era redondo e sem adorno, como se fosse um dos anéis menores; mas seu artífice lhe colocou marcas que os hábeis talvez ainda possam ver e ler.'

"Ele não dissera que marcas eram essas. Quem saberia agora? O artífice. E Saruman? Mas, por grande que fosse seu saber, ele devia ter uma fonte. Que mão, exceto a de Sauron, jamais tinha segurado esse objeto antes que se perdesse? Só a mão de Isildur.

"Com esse pensamento abandonei a caçada e dirigi-me depressa para Gondor. Em dias antigos os membros de minha ordem haviam sido bem recebidos ali, e Saruman mais que todos. Frequentemente, e por longo tempo, fora hóspede dos Senhores da Cidade. O Senhor Denethor demonstrou-me então menos hospitalidade do que outrora e relutantemente me permitiu buscar entre seus rolos e livros depositados.

"'Se deveras buscas somente, como dizes, registros dos dias antigos e dos começos da Cidade, vai e lê!', disse ele. 'Pois para mim aquilo que foi é menos obscuro do que o que está por vir, e é essa minha preocupação. Mas a não ser que tenhas mais habilidade que o próprio Saruman, que muito aqui estudou, nada encontrarás que não seja bem conhecido por mim, que sou mestre do saber desta Cidade.'

"Assim falou Denethor. E, no entanto, existem em seus depósitos muitos registros que mesmo dentre os mestres do saber poucos ainda podem ler, pois suas escritas e línguas tornaram-se obscuras aos homens recentes. E, Boromir, em Minas Tirith ainda está, creio que sem ter sido lido por ninguém, senão por Saruman e por mim, desde que os reis deixaram de existir, um rolo que o próprio Isildur escreveu. Pois Isildur não marchou direto da guerra em Mordor, como alguns contaram."

"Alguns do Norte, talvez", interrompeu Boromir. "Em Gondor todos sabem que ele foi primeiro a Minas Anor e morou por algum tempo com seu sobrinho Meneldil, instruindo-o antes de lhe confiar o governo do Reino do Sul. Nessa época plantou ali o último broto da Árvore Branca em memória de seu irmão."

"Mas nessa época também escreveu esse rolo", disse Gandalf; "e ao que parece isso não é lembrado em Gondor. Pois esse rolo diz respeito ao Anel, e assim Isildur escreveu ali:

Agora o Grande Anel há de se tornar herança do Reino do Norte; mas registros dele hão de ser deixados em Gondor, onde habitam também os herdeiros de Elendil, para que não venha um tempo em que a lembrança destes grandes feitos se desvaneça.

"E após essas palavras, Isildur descreveu o Anel, tal como o encontrou.

Estava quente quando o tomei pela primeira vez, quente como brasa, e minha mão foi chamuscada, de tal maneira que duvido que algum dia me livre dessa dor. Mas enquanto escrevo, ele arrefeceu, e parece encolher, porém não perde sua beleza nem sua forma. Já a escrita que traz, que de início era nítida como chama rubra, míngua e agora mal pode ser lida. Está redigida em escrita-élfica de Eregion, pois não há letras em Mordor para obra tão sutil; mas o idioma me é desconhecido. Julgo que seja uma língua da Terra Sombria, visto que é imunda e rude. Não sei que mal ela expressa; mas traço aqui uma cópia, temendo que desvaneça de modo irremediável. Ao Anel falta, quem sabe, o calor da mão de Sauron, que era negra e, ainda assim, ardia como fogo, e assim foi destruído Gil-galad; e talvez, se o ouro fosse reaquecido, a escrita seria renovada. Porém de minha parte não arriscarei danificar esse objeto: a única bela dentre todas as obras de Sauron. É precioso para mim, apesar de eu o comprar com grande dor.

"Quando li estas palavras minha demanda estava terminada. Pois a escrita traçada era de fato, como Isildur supunha, na língua de Mordor e dos serviçais da Torre. E o que dizia já era conhecido. Pois no dia em que Sauron primeiro usou o Um, Celebrimbor, artífice dos Três, tomou consciência dele e de longe ouviu-o dizer essas palavras, e assim foram revelados seus propósitos malignos.

"Despedi-me imediatamente de Denethor, mas enquanto seguia rumo ao norte chegaram-me mensagens de Lórien, de que Aragorn passara por ali e que encontrara a criatura chamada Gollum. Por isso fui primeiro ao encontro dele para ouvir seu relato. Não me atrevia a imaginar com que perigos mortais se deparara sozinho."

"Há pouco que contar deles", disse Aragorn. "Se um homem precisar caminhar à vista do Portão Negro, ou pisar as flores mortíferas do Vale Morgul, então correrá perigo. Também eu acabei perdendo a esperança e comecei a viagem de volta. E então, por sorte, topei de repente com o que buscava: as pegadas de pés macios junto a uma lagoa barrenta. Mas então a trilha ainda era fresca e recente, e não levava a Mordor e sim na direção oposta. Segui-a ao longo das bordas dos Pântanos Mortos e então o apanhei. Emboscado junto a uma lagoa estagnada, espiando a água enquanto descia o escuro anoitecer, eu o peguei, Gollum. Estava coberto de limo verde. Jamais gostará de mim, temo; pois mordeu-me, e eu não fui bondoso. Nada mais consegui da sua boca senão as marcas de seus dentes. Julguei que era a pior parte de toda a minha jornada, o caminho de volta, vigiando-o dia e noite, fazendo-o caminhar à minha frente com um cabresto no pescoço, amordaçado, até ser domado pela falta de bebida e comida, empurrando-o sempre rumo a Trevamata. Finalmente levei-o até lá e o entreguei aos Elfos, pois havíamos combinado que assim devia ser; e fiquei contente de me livrar de sua companhia, pois ele fedia. De minha parte, espero nunca mais pôr os olhos nele; mas Gandalf veio e suportou uma longa conversa com ele."

"Sim, longa e cansativa," disse Gandalf, "mas não sem lucro. Por exemplo, a história que contou sobre sua perda concordava com a que Bilbo agora contou abertamente pela primeira vez; mas pouco importava, visto que eu já a adivinhara. Mas então fiquei sabendo, pela primeira vez, que o anel de Gollum vinha do Grande Rio perto dos Campos de Lis. E também soube que ele o possuíra por muito tempo. Muitas vidas da sua pequena espécie. O poder do anel multiplicara seus anos muito além do normal; mas só os Grandes Anéis contêm esse poder.

"E se isso não fosse evidência bastante, Galdor, há a outra prova de que falei. Neste mesmo anel que aqui viste erguido para o alto, redondo e sem adorno, as letras que Isildur relatou ainda podem ser lidas, se tivermos a força de vontade de deixar o anel no fogo por certo tempo. Eu fiz isso, e foi isto que li:

> *Ash nazg durbatulûk, ash nazg gimbatul, ash nazg*
> *thrakatulûk agh burzum-ishi krimpatul."*

A mudança da voz do mago foi aterradora. De repente ela se tornou ameaçadora, poderosa, rude como pedra. Uma sombra pareceu passar sobre o sol no alto, e por um momento a varanda escureceu. Todos estremeceram, e os Elfos taparam os ouvidos.

"Nunca antes alguma voz ousou pronunciar palavras dessa língua em Imladris, Gandalf, o Cinzento", disse Elrond, quando a sombra passou e a companhia voltou a respirar.

"E esperemos que ninguém a fale aqui de novo", respondeu Gandalf. "Ainda assim não vos peço perdão, Mestre Elrond. Pois, se essa língua não deve ser logo ouvida em cada canto do Oeste, que ninguém mais tenha dúvida de que este objeto é deveras o que os Sábios declararam: o tesouro do Inimigo, carregado de toda a sua malícia; e nele reside grande parte de sua força de outrora. Provêm dos Anos de Trevas as palavras que os Joalheiros de Eregion ouviram e souberam que tinham sido traídos:

> *Um Anel que a todos rege, Um Anel para achá-los,*
> *Um Anel que a todos traz para na Escuridão atá-los.*[C]

"Sabei também, meus amigos, que soube ainda mais coisas de Gollum. Ele relutava em falar, e sua história não era clara, mas está fora de qualquer dúvida que ele foi a Mordor, e que ali tudo o que sabia lhe foi arrancado à força. Portanto o Inimigo já sabe que o Um foi encontrado, que passou longo tempo no Condado; e, já que seus serviçais o perseguiram quase até nossa porta, logo ele saberá, pode já saber, enquanto falo, que o temos aqui."

Todos se quedaram silenciosos por alguns momentos, até que Boromir falou por fim: "É um ser pequeno, esse Gollum, tu dizes? Pequeno, mas grande em maldade. O que foi feito dele? A que fim o condenastes?"

"Está preso, nada pior", disse Aragorn. "Tinha sofrido muito. Não há dúvida de que foi torturado, e o temor de Sauron reside sombrio em seu coração. Eu, por mim, estou contente de que está sendo mantido em segurança pelos vigilantes Elfos de Trevamata. Sua malícia é grande e lhe confere uma força quase incrível em alguém tão magro e murcho. Ainda poderia causar muito mal se estivesse livre. E não duvido de que lhe permitiram deixar Mordor com alguma missão maligna."

"Ai de nós! ai de nós!", exclamou Legolas, e havia grande aflição em seu belo rosto élfico. "As novas que me mandaram trazer precisam ser contadas agora. Não são boas, mas só aqui descobri quão más elas podem parecer a esta companhia. Sméagol, que agora se chama Gollum, escapou."

"Escapou?", exclamou Aragorn. "Isso é de fato uma má notícia. Temo que todos nos arrependamos disso. Como foi que o povo de Thranduil falhou em sua responsabilidade?"

"Não por falta de vigilância", disse Legolas; "mas talvez por excesso de bondade. E tememos que o prisioneiro tenha tido ajuda de outros, e que se saiba mais de nossos atos do que gostaríamos. Vigiamos essa criatura dia e noite, a pedido de Gandalf, por muito que nos cansássemos da tarefa. Mas Gandalf nos pediu que ainda tivéssemos esperança de sua cura, e não tivemos coragem de mantê-lo sempre em calabouços embaixo da terra, onde recairia em seus velhos pensamentos sombrios."

"Fostes menos gentis comigo", disse Glóin com um lampejo nos olhos, quando foram evocadas antigas lembranças de sua prisão nos lugares profundos do paço do Rei-élfico.

"Ora, vamos!", disse Gandalf. "Por favor, não interrompas, meu bom Glóin. Isso foi um lamentável mal-entendido, acertado muito tempo atrás. Se forem levantadas aqui todas as queixas que existem entre os Elfos e os Anãos, podemos muito bem abandonar o Conselho."

Glóin ergueu-se e fez uma mesura, e Legolas prosseguiu. "Em dias de bom tempo levávamos Gollum através dos bosques; e havia uma árvore alta, postada a sós longe das demais, que ele gostava de escalar. Muitas vezes o deixamos subir até os ramos mais altos para que sentisse o vento livre; mas pusemos guarda ao pé da árvore. Certo dia ele se recusou a descer, e os guardas não pretendiam escalar atrás dele: aprendera o truque de se prender aos galhos com os pés assim como com as mãos; por isso ficaram sentados junto à árvore até tarde da noite.

"Foi nessa mesma noite de verão, porém sem luar e sem estrelas, que Orques nos atacaram de surpresa. Rechaçamo-los após algum tempo; eram muitos e ferozes, mas vinham do outro lado das montanhas e não tinham o costume da mata. Quando a batalha terminou, descobrimos que Gollum se fora e que seus guardas foram mortos ou aprisionados. Então pareceu-nos evidente que o ataque fora feito para resgatá-lo, e que ele sabia disso de antemão. Não podemos imaginar como isso foi planejado; mas Gollum é astucioso, e os espiões do Inimigo são muitos. Os seres sombrios que foram expulsos no ano da queda do Dragão retornaram em grandes quantidades, e Trevamata voltou a ser um lugar maligno, exceto onde mantemos nosso reino.

"Não conseguimos recapturar Gollum. Demos com seu rastro entre os de muitos Orques, e ele se aprofundava longe na Floresta, rumando para o sul. Mas logo escapou à nossa habilidade, e não ousamos prosseguir na caçada; pois estávamos nos aproximando de Dol Guldur, e esse é ainda um lugar muito maligno; não vamos naquela direção."

"Bem, bem, ele se foi", disse Gandalf. "Não temos tempo de procurá-lo outra vez. Ele deve fazer o que quiser. Mas poderá ainda desempenhar um papel que nem ele nem Sauron previram.

"E agora responderei às outras perguntas de Galdor. E quanto a Saruman? Quais são seus conselhos para nós nesta dificuldade? Esta história preciso contar por completo, pois somente Elrond já a ouviu, e brevemente; mas ela influenciará tudo que temos de resolver. É o último capítulo do Conto do Anel, até onde ele alcançou.

"No final de junho eu estava no Condado, mas havia uma nuvem de ansiedade em minha mente, e cavalguei até os limites meridionais da pequena terra; pois tinha presságio de algum perigo que ainda me estava oculto, mas se aproximava. Ali me chegaram mensagens falando de guerra e derrota em Gondor, e quando ouvi falar da Sombra Negra, um calafrio me atingiu o coração. Mas nada encontrei senão alguns fugitivos do Sul; porém pareceu-me que neles residia um medo de que não queriam falar. Voltei-me então para o leste e o norte e viajei ao longo do Caminho Verde; e não longe de Bri topei com um viajante sentado numa encosta junto à estrada, com o cavalo pastando a seu lado. Era Radagast, o Castanho, que em certa época morou em Rhosgobel perto dos limites de Trevamata. É membro de minha ordem, mas eu não o vira por muitos anos.

"'Gandalf!', exclamou ele. 'Eu te buscava. Mas sou estranho nesta região. Só o que sabia é que podias ser encontrado em uma região selvagem com o rude nome de Condado.'

"'Tua informação foi correta', disse eu. 'Mas não digas desse modo se encontrares algum dos habitantes. Estás perto da fronteira do Condado agora. E o que queres de mim? Deve ser urgente. Nunca foste viajante, a não ser que uma grande necessidade te impelisse.'

"'Tenho uma missão urgente', disse ele. 'Minhas notícias são más.' Então olhou em volta como se as sebes tivessem ouvidos. 'Nazgûl', sussurrou ele. 'Os Nove estão à solta outra vez. Atravessaram o Rio em segredo e movem-se para o oeste. Assumiram o aspecto de cavaleiros trajados de preto.'

"Então eu soube o que temera sem sabê-lo.

"'O Inimigo deve ter alguma grande necessidade ou propósito', prosseguiu Radagast; 'mas não consigo imaginar o que o faz observar estas regiões distantes e desoladas.'

"'O que queres dizer?', indaguei.

"'Disseram-me que, aonde quer que vão, os Cavaleiros exigem notícias de uma terra chamada Condado.'

"'*O* Condado', disse eu; mas afligi-me. Pois os próprios Sábios temem enfrentar os Nove quando estes estão reunidos sob seu chefe cruel. Foi outrora um grande rei e feiticeiro e agora domina um temor mortal. 'Quem te disse e quem te mandou?', perguntei.

"'Saruman, o Branco', respondeu Radagast. 'E mandou-me dizer que, se achares necessário, ele ajudará; mas precisas buscar seu auxílio de imediato, do contrário será tarde demais.'

"E essa mensagem me trouxe esperança. Pois Saruman, o Branco, é o maior de minha ordem. É claro que Radagast é um Mago de valor, mestre das formas e mudanças de cor; e tem grande saber sobre ervas e animais, e as aves em especial são suas amigas. Mas Saruman estudou por longo tempo as artes do próprio Inimigo, e assim muitas vezes fomos capazes de interceptá-lo. Foi graças aos expedientes de Saruman que o expulsamos de Dol Guldur. Podia ser que ele tivesse encontrado armas que repelissem os Nove.

"'Irei ter com Saruman', disse eu.

"'Então tens de ir *agora*', afirmou Radagast; 'pois desperdicei tempo procurando por ti, e os dias passam depressa. Foi me dito para encontrar-te antes do Meio-do-Verão, e ele chegou. Mesmo que partas deste ponto, dificilmente chegarás até ele antes que os Nove descubram a terra que estão buscando. Eu mesmo hei de retornar de pronto.' E com essas palavras ele montou, e teria partido de imediato.

"'Espera um momento!', exclamei. 'Precisaremos de tua ajuda, e da ajuda de todos os seres que a derem. Envia mensagens a todos os animais e aves que são teus amigos. Pede que tragam notícias a Saruman e a Gandalf de qualquer coisa que tenha a ver com esse assunto. Que as mensagens sejam enviadas a Orthanc.'

"'Farei isso', disse ele, e saiu a cavalo como se os Nove estivessem no seu encalço.

"Não pude segui-lo ali e então. Naquele dia eu já cavalgara longe e estava tão cansado quanto meu cavalo; e precisava sopesar as coisas. Passei a noite em Bri e decidi que não tinha tempo de voltar ao Condado. Jamais cometi erro maior!

"No entanto, escrevi uma mensagem para Frodo e confiei em que meu amigo taverneiro a mandasse para ele. Parti a cavalo ao amanhecer; e por fim cheguei à morada de Saruman. Ela fica muito ao sul, em Isengard, no final das Montanhas Nevoentas, não longe do Desfiladeiro de Rohan. E Boromir vos contará que é um grande vale aberto que se situa entre as Montanhas Nevoentas e os sopés setentrionais das Ered Nimrais, as Montanhas Brancas de seu lar. Mas Isengard é um círculo de rochas íngremes que circundam um vale, como se fossem uma muralha, e no meio desse vale fica uma torre de pedra chamada Orthanc. Não foi feita por Saruman, e sim pelos Homens de Númenor muito tempo atrás; e é muito alta e tem muitos segredos; no entanto não parece ser obra de engenho. Só pode ser alcançada ultrapassando o círculo de Isengard; e nesse círculo há apenas um portão.

"Certa tardinha cheguei ao portão, semelhante a um grande arco na muralha de pedra; e era fortemente vigiado. Mas os guardiões do portão estavam à minha espera, e disseram-me que Saruman me aguardava. Passei por baixo do arco, e o portão se fechou silenciosamente atrás de mim, e subitamente tive medo, apesar de não saber por qual motivo.

"Mas cavalguei até o sopé de Orthanc e cheguei à escadaria de Saruman; e ali ele me recebeu e me levou para sua alta câmara. Usava um anel no dedo.

"'Então vieste, Gandalf', disse-me com gravidade; mas em seus olhos parecia haver uma luz branca, como se tivesse um riso frio no coração.

"'Sim, eu vim', respondi. 'Vim buscando teu auxílio, Saruman, o Branco.' E esse título pareceu enfurecê-lo.

"'Vieste deveras, Gandalf, o *Cinzento*!', retrucou ele com desprezo. 'Pelo auxílio? Poucas vezes se ouviu que Gandalf, o Cinzento, buscasse auxílio, alguém tão astucioso e tão sábio, vagando pelas terras e envolvendo-se em todos os assuntos, quer lhe pertençam quer não.'

"Olhei para ele e fiquei perplexo. 'Mas, se não me engano," disse eu, 'agora ocorrem fatos que exigirão a união de toda a nossa força.'

"'Pode ser que sim,' disse ele, 'mas pensas nisso tarde demais. Por quanto tempo, pergunto-me, ocultaste de mim, chefe do Conselho, um assunto da maior importância? O que te traz agora de teu esconderijo no Condado?'

"'Os Nove voltaram a se revelar', respondi. 'Atravessaram o Rio. Foi o que Radagast me contou.'

"'Radagast, o Castanho!', riu-se Saruman, e não escondia mais seu desprezo. 'Radagast, o Domador de Aves! Radagast, o Simplório! Radagast, o

Tolo! Mas teve esperteza bastante para desempenhar o papel que lhe impus. Pois tu vieste, e foi só esse o propósito de minha mensagem. E aqui ficarás, Gandalf, o Cinzento, e descansarás das viagens. Pois eu sou Saruman, o Sábio, Saruman, Artífice-do-Anel, Saruman de Muitas Cores!'

"Então olhei e vi que suas vestes, que pareceram brancas, não o eram, e sim tecidas de todas as cores, e quando ele se movia elas tremeluziam e mudavam de tom de forma a confundir a visão.

"'Eu gostava mais do branco', disse eu.

"'Branco!', zombou ele. 'Serve como começo. O pano branco pode ser tingido. A página branca pode ser coberta de escrita; e a luz branca pode ser fragmentada.'

"'E nesse caso ela não é mais branca', disse eu. 'E aquele que quebra uma coisa para descobrir o que é abandonou a trilha da sabedoria.'

"'Não precisas falar comigo como a um dos tolos que consideras amigos', disse ele. 'Não te trouxe aqui para ser instruído por ti, e sim para te dar uma escolha.'

"Então empertigou-se e começou a declamar, como se fizesse um discurso há muito ensaiado. 'Os Dias Antigos acabaram. Os Dias Médios estão passando. Os Dias Recentes estão começando. O tempo dos Elfos passou, mas o nosso tempo é iminente: o mundo dos Homens, que nós devemos governar. Mas precisamos ter poder, poder para ordenar todas as coisas como quisermos, para aquele bem que somente os Sábios podem enxergar.

"'E escuta, Gandalf, meu velho amigo e ajudante!', disse ele, aproximando-se e já falando em voz mais baixa. 'Eu disse *nós*, pois *nós* é o que poderá ser se te aliares a mim. Um novo Poder se ergue. Contra ele os antigos aliados e políticas de nada nos servirão. Não resta esperança nos Elfos ou na agonizante Númenor. Esta, então, é uma escolha diante de ti, diante de nós. Podemos unir-nos a esse Poder. Seria sábio, Gandalf. Existe esperança por aí. Sua vitória é iminente; e haverá rica recompensa para aqueles que o ajudaram. À medida que o Poder cresce, seus amigos provados crescerão também; e os Sábios, como tu e eu, com paciência poderão afinal chegar a dirigir seus cursos, a controlá-los. Podemos esperar a hora propícia, podemos guardar nossos pensamentos nos corações, quem sabe lamentando os males feitos no caminho, mas aprovando o propósito elevado e definitivo: Saber, Domínio, Ordem; tudo que até agora porfiamos em vão para realizar, mais impedidos que auxiliados por nossos amigos fracos ou ociosos. Não precisa haver, não deve haver nenhuma mudança de fato em nossos desígnios, somente em nossos meios.'

"'Saruman,' comentei, 'ouvi discursos dessa espécie antes, mas somente das bocas de emissários enviados de Mordor para iludir os ignorantes. Não consigo imaginar que me trouxeste tão longe apenas para me fatigares os ouvidos.'

"Ele me olhou de lado e fez uma pequena pausa enquanto pensava. 'Bem, vejo que esse sábio procedimento não te agrada', disse ele. 'Ainda não? Não se for possível arquitetar uma maneira melhor?'

"Chegou perto e pôs a mão comprida em meu braço. 'E por que não, Gandalf?', sussurrou. 'Por que não? O Anel Regente? Se pudermos comandá-lo, o Poder passará para *nós*. Foi deveras por isso que te trouxe aqui. Pois tenho muitos olhos a meu serviço e creio que sabes onde se encontra agora esse objeto precioso. Não é assim? Ou por que os Nove perguntam pelo Condado e qual é teu interesse ali?' Ao dizer isso, uma avidez que não conseguia ocultar brilhou de repente em seus olhos.

"'Saruman,' disse eu, afastando-me dele, 'só uma mão de cada vez pode usar o Um, e bem o sabes, então não te esforces em dizer *nós*! Mas eu não o daria, não, nem mesmo notícias dele eu te daria, agora que conheço teu pensamento. Tu foste chefe do Conselho, mas estás desmascarado afinal. Bem, parece que as opções são submeter-me a Sauron ou a ti. Não escolho nenhuma delas. Tens outras a oferecer?'

"Agora ele estava frio e perigoso. 'Sim', respondeu. 'Não esperava que demonstrasses sabedoria, mesmo em teu próprio benefício; mas dei-te a oportunidade de me ajudares voluntariamente e de assim poupares muito distúrbio e dor. A terceira opção é ficar aqui, até o fim.'

"'Até que fim?'

"'Até que me reveles onde o Um pode ser encontrado. Posso achar modos de te persuadir. Ou até que ele seja encontrado a despeito de ti, e o Governante tenha tempo de se voltar a assuntos menores: digamos, a criar uma recompensa adequada ao impedimento e à insolência de Gandalf, o Cinzento.'

"'Pode ser que esse acabe não sendo um dos assuntos menores', disse eu. Ele riu de mim, pois minhas palavras eram vazias, e ele o sabia.

"Levaram-me e me puseram a sós no pináculo de Orthanc, no lugar de onde Saruman costumava observar as estrelas. Não há descida senão por uma estreita escada de muitos milhares de degraus, e o vale lá embaixo parece distante. Contemplei-o e vi que, apesar de outrora ter sido verde e belo, agora estava repleto de poços e forjas. Lobos e orques estavam alojados em Isengard, pois Saruman reunia um grande exército por sua própria conta, em rivalidade contra Sauron e não a seu serviço, ainda. Sobre todas as suas obras, uma fumaça escura pairava e se envolvia nos flancos de Orthanc. Eu estava de pé, sozinho, numa ilha entre as nuvens; e não tinha chance de escapar, e meus dias foram amargos. Fiquei transido de frio e só tinha pouco espaço para andar para lá e para cá, ruminando a vinda dos Cavaleiros ao Norte.

"Estava certo de que os Nove de fato tinham surgido, à parte as palavras de Saruman que poderiam ser mentiras. Muito antes de chegar a Isengard eu ouvira notícias a caminho que não podiam ser equivocadas. Todo o tempo tive temor no coração pelos amigos no Condado; mas ainda tinha alguma esperança. Esperava que Frodo tivesse partido de imediato, como minha carta recomendara, e que tivesse chegado a Valfenda antes que começasse a perseguição mortal. E tanto meu temor quanto minha esperança acabaram sendo infundados. Pois minha esperança se baseava em um homem gordo em Bri; e meu temor se baseava na astúcia de Sauron. Mas homens gordos que vendem cerveja têm muitos chamados a atender; e o poder de Sauron ainda é menor do que o temor o torna. Mas no círculo de Isengard, aprisionado e sozinho, não era fácil pensar que os caçadores, diante de quem todos fugiram ou caíram, iriam vacilar no longínquo Condado."

"Eu vi você!", exclamou Frodo. "Você andava para trás e para a frente. O luar brilhava em seus cabelos."

Gandalf fez uma pausa, admirado, e olhou para ele. "Foi só um sonho," disse Frodo, "mas de repente ele voltou para mim. Eu o tinha esquecido por completo. Veio algum tempo atrás; depois que deixei o Condado, eu acho."

"Então ele veio tarde," disse Gandalf, "como você verá. Eu estava em graves apuros. E quem me conhece concordará que raramente estive em tal dificuldade, e não suporto bem tal infortúnio. Gandalf, o Cinzento, apanhado como uma mosca na teia traiçoeira de uma aranha! Porém até as aranhas mais sutis podem deixar um fio fraco.

"De início eu temia, como sem dúvida Saruman pretendia, que Radagast também tivesse caído. Mas eu não percebera indício de qualquer coisa errada em sua voz ou em seu olho quando nos encontramos. Se tivesse, jamais teria ido a Isengard, ou teria ido com mais cautela. Foi o que Saruman imaginou, e ocultara sua mente e enganara seu mensageiro. De qualquer modo teria sido em vão tentar converter à traição o honesto Radagast. Ele me procurou de boa-fé, e assim me persuadiu.

"Foi essa a ruína da trama de Saruman. Pois Radagast não tinha motivo para deixar de fazer o que eu pedira; e cavalgou rumo a Trevamata, onde tinha muitos amigos de antigamente. E as Águias das Montanhas foram a toda parte, e viram muitas coisas: a reunião dos lobos e a convocação dos Orques; e os Nove Cavaleiros indo e vindo pelas terras; e ouviram a notícia da fuga de Gollum. E enviaram um mensageiro para trazer essas novas até mim.

"Assim foi que, minguando o verão, veio uma noite de luar, e Gwaihir, Senhor-dos-Ventos, mais veloz das Grandes Águias, chegou a Orthanc inesperado; e me encontrou de pé no pináculo. Então falei-lhe e ele me levou embora antes que Saruman se desse conta. Eu estava longe de Isengard antes que os lobos e orques saíssem pelo portão em meu encalço.

"'Até onde podes me carregar?', disse eu a Gwaihir. 'Muitas léguas,' respondeu ele, 'mas não aos confins da terra. Fui enviado para levar notícias, não cargas.'

"'Então preciso ter montaria em terra,' afirmei, 'e uma montaria extremamente veloz, pois nunca antes tive tal necessidade de pressa.'

"'Então levar-te-ei a Edoras, onde o Senhor de Rohan reside em seu paço', disse ele; 'pois isso não fica muito longe.' E fiquei contente, pois na Marca-dos-Cavaleiros de Rohan habitam os Rohirrim, os Senhores-de-cavalos, e não há cavalos como os criados naquele grande vale entre as Montanhas Nevoentas e as Brancas.

"'Ainda se pode confiar nos Homens de Rohan, tu crês?', perguntei a Gwaihir, pois a traição de Saruman abalara minha fé.

"'Pagam tributo em cavalos', respondeu ele, 'e anualmente enviam muitos a Mordor, é o que se diz; mas ainda não estão subjugados. Mas se, como dizes, Saruman se tornou mau, então a sina deles não pode tardar muito.'

"Depositou-me na terra de Rohan antes do amanhecer; e agora alonguei demais minha história. O restante tem de ser mais breve. Em Rohan encontrei o mal já em ação: as mentiras de Saruman; e o rei da terra não escutava meus alertas. Mandou-me pegar um cavalo e ir embora; e escolhi um muito do meu agrado, mas pouco do dele. Tomei o melhor cavalo de sua terra, e jamais vi outro semelhante."

"Então deve ser um nobre animal deveras," disse Aragorn, "e saber que Sauron exige tal tributo me contrista mais do que muitas notícias que podem parecer piores. Não era assim da última vez que estive naquela terra."

"Nem é agora, eu juro", disse Boromir. "É uma mentira que vem do Inimigo. Conheço os Homens de Rohan, fiéis e valorosos, nossos aliados, ainda habitando nas terras que lhes demos muito tempo atrás."

"A sombra de Mordor se estende sobre terras distantes", respondeu Aragorn. "Saruman sucumbiu a ela. Rohan está assediada. Quem sabe o que encontrarás lá, se alguma vez voltares?"

"Isso não, pelo menos," disse Boromir, "que compram suas vidas com cavalos. Amam seus cavalos quase tanto quanto as famílias. E não sem motivo, pois os cavalos da Marca-dos-Cavaleiros vêm dos campos do Norte, longe da Sombra, e sua raça, assim como a de seus senhores, descende dos dias livres de outrora."

"Deveras é verdade!", assentiu Gandalf. "E há um dentre eles que poderia ter nascido na manhã do mundo. Os cavalos dos Nove não conseguem competir com ele; incansável, veloz como o vento que voa. Scadufax o chamaram. De dia seu pelo reluz como prata; e à noite é como uma sombra, e ele passa sem ser visto. Leve é sua pisada! Nunca antes homem nenhum o montara, mas eu o levei e domei, e tão depressa ele me carregou que alcancei o Condado quando Frodo estava nas Colinas-dos-túmulos, apesar de ter partido de Rohan só quando ele partiu da Vila-dos-Hobbits.

"Mas o temor crescia em mim à medida que eu cavalgava. Quanto mais ia para o norte mais ouvia novas dos Cavaleiros, e, apesar de me aproximar deles dia após dia, estavam sempre à minha frente. Fiquei sabendo que dividiram suas forças: alguns ficaram nas divisas do leste, não longe do Caminho Verde, e alguns invadiram o Condado pelo sul. Cheguei à Vila-dos-Hobbits, e Frodo se fora; mas troquei palavras com o velho Gamgi. Muitas palavras, e poucas objetivas. Ele tinha muito a dizer sobre os defeitos dos novos proprietários de Bolsão.

"'Não suporto mudanças,' disse Gamgi, 'não na minha idade, e menos que tudo mudanças para pior.' 'Mudanças para pior', repetiu ele muitas vezes.

"'Pior é uma palavra ruim,' disse-lhe eu, 'e espero que você não viva para ver isso.' Mas do meio de sua fala finalmente concluí que Frodo deixara a Vila-dos-Hobbits fazia menos de uma semana e que um cavaleiro negro viera à Colina na mesma tarde. Então prossegui temeroso. Cheguei à Terra-dos-Buques e a encontrei em polvorosa, agitada como um formigueiro que foi remexido com uma vareta. Cheguei à casa de Cricôncavo, e estava arrombada e vazia; mas na soleira estava uma capa que pertencera a Frodo. Então a esperança me abandonou por algum tempo, e não esperei para reunir notícias, do contrário teria me consolado; mas fui no encalço dos Cavaleiros. Foi difícil segui-los, pois iam em muitas direções, e fiquei perdido. Mas parecia-me que um ou dois haviam cavalgado rumo a Bri; e para ali fui, pois pensava em palavras que poderiam ser ditas ao taverneiro.

"'Carrapicho é como o chamam', pensei. 'Se esse atraso foi culpa dele, vou torrar todos os carrapichos que há nele. Vou tostar o velho tolo em fogo baixo.' Ele já esperava por isso e quando viu meu rosto caiu no chão e começou a derreter ali mesmo."

"O que fez com ele?", exclamou Frodo, alarmado. "Ele foi mesmo muito bondoso conosco e fez tudo o que podia."

Gandalf riu. "Não tenha medo!", disse ele. "Não mordi e ladrei bem pouco. Fiquei tão entusiasmado com a notícia que arranquei dele, quando parou de tremer, que abracei o velho camarada. Não consegui adivinhar como ocorrera, mas fiquei sabendo que você estivera em Bri na noite anterior e partira naquela manhã com Passolargo."

"'Passolargo!', exclamei, gritando de alegria.

"'Sim, senhor, receio que sim, senhor', disse Carrapicho, compreendendo-me mal. 'Ele os pegou, apesar de tudo que pude fazer, e eles se foram com ele. Eles se comportaram de um jeito muito esquisito todo o tempo que estiveram aqui: voluntariosos, poderíamos dizer.'

"'Asno! Tolo! Cevado três vezes valoroso e querido!', disse eu. 'É a melhor notícia que tive desde o Meio-do-Verão; vale pelo menos uma moeda de ouro. Que sua cerveja receba um encantamento de suprema excelência por sete anos!', disse eu. 'Agora posso ter uma noite de descanso, a primeira nem me lembro desde quando.'

"Portanto passei ali aquela noite, muito me perguntando o que fora feito dos Cavaleiros; pois só de dois havia relatos em Bri, ao que parecia. Mas à noite ouvimos mais. Pelo menos cinco vieram do oeste, e derrubaram os portões e passaram por Bri como um vento uivante; e a gente de Bri ainda está tiritando e esperando o fim do mundo. Levantei-me antes do amanhecer e fui atrás deles.

"Não sei, mas parece-me claro que foi isto que aconteceu. O Capitão deles ficou em segredo ao sul de Bri, enquanto dois seguiram à frente, atravessando a aldeia, e mais quatro invadiram o Condado. Mas estes, quando foram frustrados em Bri e em Cricôncavo, voltaram ao seu Capitão trazendo notícias, e assim deixaram a Estrada por um tempo sem estar vigiada, exceto pelos seus espiões. Então o Capitão mandou alguns para o leste, direto por cima do terreno, e ele mesmo, com os demais, cavalgou ao longo da Estrada em grande fúria.

"Galopei para o Topo-do-Vento como um vendaval e cheguei ali antes do pôr do sol em meu segundo dia depois de Bri — e eles estavam lá antes de mim. Afastaram-se de mim porque sentiram a vinda de minha ira e não ousavam enfrentá-la enquanto o Sol estava no céu. Mas cercaram-me à noite, e fui assediado no topo na colina, no antigo anel de Amon Sûl. Fiquei de fato em apuros: tal luz e chama não devem ter sido vistas no Topo-do-Vento desde os faróis de guerra de antigamente.

"Ao nascer do sol escapei e fugi rumo ao norte. Não podia esperar fazer mais. Era impossível encontrá-lo, Frodo, no ermo, e seria loucura tentar com todos os Nove em meus calcanhares. Portanto tive de confiar em Aragorn. Mas eu esperava desviar alguns deles e, ainda assim, alcançar Valfenda antes de vocês e enviar socorros. Quatro Cavaleiros de fato me seguiram, mas deram a volta algum tempo depois e rumaram para o Vau, ao que parece. Isso ajudou um pouco, pois eram somente cinco, não nove, quando seu acampamento foi atacado.

"Finalmente cheguei aqui por uma via longa e difícil, subindo pelo Fontegris, atravessando a Charneca Etten e descendo pelo norte. Levei quase quinze dias desde o Topo-do-Vento, pois não conseguia cavalgar entre as rochas dos morros dos trols, e Scadufax partiu. Mandei-o de volta ao dono, mas cresceu grande amizade entre nós, e se eu precisar ele virá ao meu chamado. Mas foi assim que vim a Valfenda somente dois dias antes do Anel, e as novas do seu perigo já haviam sido trazidas aqui — o que acabou sendo muito bom.

"E esse, Frodo, é o fim do meu relato. Que Elrond e os demais perdoem o seu comprimento. Mas tal coisa não aconteceu antes, que Gandalf faltou a um encontro e não veio quando prometeu. Penso que era necessário um relato de tão estranho evento ao Portador-do-Anel.

"Bem, agora o Conto está contado, do começo ao fim. Aqui estamos todos, e aqui está o Anel. Mas ainda não chegamos mais perto de nosso propósito. O que havemos de fazer com ele?"

Fez-se silêncio. Por fim Elrond voltou a falar.

"Essas são novas aflitivas acerca de Saruman", disse ele; "pois confiávamos nele e ele conhece profundamente todas as nossas deliberações. É perigoso estudar com demasiado detalhe as artes do Inimigo, pelo bem ou pelo mal. Mas tais quedas e traições, ai de nós, ocorreram antes. Das histórias que ouvimos neste dia a de Frodo foi para mim a mais estranha. Conheci poucos hobbits, exceto por Bilbo aqui; e parece-me que talvez ele não seja tão único e singular quanto eu o considerava. O mundo mudou muito desde a última vez em que estive nas estradas rumo ao oeste.

"Conhecemos as Cousas-tumulares por muitos nomes; e da Floresta Velha muitas histórias se contaram: agora tudo o que resta é apenas uma extensão de sua parte setentrional. Houve época em que um esquilo podia ir de árvore em árvore de onde hoje é o Condado até a Terra Parda a oeste de Isengard. Nessas terras viajei certa vez, e conheci muitos seres selvagens e estranhos. Mas esquecera-me de Bombadil, se é que de fato ainda é o mesmo que caminhava nas matas e colinas muito tempo atrás, e que mesmo então era mais antigo que os antigos. Não era esse então o seu nome. Iarwain Ben-adar nós o chamávamos, mais velho e sem pai. Mas desde então recebeu muitos outros nomes de outros povos: Forn dos Anãos, Orald dos Homens do Norte, e outros nomes além desses. É uma estranha criatura, mas quem sabe eu o devesse ter convocado a nosso Conselho."

"Não teria vindo", disse Gandalf.

"Não podemos ainda mandar-lhe mensagens para obter sua ajuda?", perguntou Erestor. "Parece que tem poder até sobre o Anel."

"Não, eu não diria isso", comentou Gandalf. "Digamos antes que o Anel não tem poder sobre ele. É mestre de si mesmo. Mas ele não pode alterar o próprio Anel, nem quebrar seu poder sobre os demais. E agora recolheu-se a uma terra pequena, entre limites que ele estabeleceu, apesar de ninguém conseguir vê-los, quem sabe esperando por uma mudança dos dias, e não porá os pés fora deles."

"Mas dentro desses limites nada parece afligi-lo", disse Erestor. "Ele não tomaria o Anel e o manteria lá, inofensivo para sempre?"

"Não," respondeu Gandalf, "não voluntariamente. Poderia fazê-lo se todos os povos livres do mundo lhe implorassem, mas não compreenderia a necessidade. E se lhe dessem o Anel ele logo o esqueceria, ou mais provavelmente o jogaria fora. Tais objetos não têm domínio sobre sua mente. Ele seria um guardião extremamente inseguro; e apenas isso é resposta o bastante."

"Mas, em todo caso," disse Glorfindel, "mandar o Anel a ele só adiaria o dia maligno. Ele está longe. Agora não poderíamos levá-lo de volta para ele, insuspeito, despercebido por qualquer espião. E mesmo que conseguíssemos, cedo ou tarde o Senhor dos Anéis saberia do esconderijo e empenharia todo o seu poder na direção dele. Esse poder poderia ser desafiado por Bombadil sozinho? Creio que não. Creio que no fim, se tudo o mais for conquistado, Bombadil cairá, Último como foi Primeiro; e então virá a Noite."

"Pouco sei de Iarwain exceto o nome", afirmou Galdor; "mas Glorfindel está certo, creio. Não há nele poder para desafiar nosso Inimigo, salvo se tal poder estiver na própria terra. Porém vemos que Sauron pode torturar e destruir mesmo as colinas. O poder que ainda resta reside conosco, aqui em Imladris, ou com Círdan nos Portos, ou em Lórien. Mas têm eles a força, temos nós aqui a força para resistir ao Inimigo, a vinda de Sauron no final, quando tudo o mais estiver derrotado?"

"Não tenho a força", disse Elrond; "nem eles."

"Então, se o Anel não pode ser sempre mantido longe dele pela força," retomou Glorfindel, "só restam duas coisas para tentarmos: enviá-lo por sobre o Mar, ou destruí-lo."

"Mas Gandalf nos revelou que não podemos destruí-lo com qualquer perícia que aqui possuamos", respondeu Elrond. "E os que habitam além do Mar não o receberiam: pelo bem ou pelo mal ele pertence à Terra-média; cabe a nós que ainda habitamos aqui lidarmos com ele."

"Então," disse Glorfindel, "lancemo-lo nas profundas, e assim tornemos verdadeiras as mentiras de Saruman. Pois agora está claro que mesmo no Conselho seus pés já estavam numa trilha distorcida. Ele sabia que o Anel não estava perdido para sempre, mas desejava que assim pensássemos; pois ele próprio começou a cobiçá-lo. Porém muitas vezes nas mentiras a verdade se oculta: no Mar ele estaria a salvo."

"Não a salvo para sempre", ressaltou Gandalf. "Há muitas coisas nas águas profundas; e os mares e as terras podem mudar. E aqui não é nosso papel pensar apenas em uma estação, ou em algumas poucas vidas de Homens, ou em uma passageira era do mundo. Devemos buscar um fim definitivo dessa ameaça, mesmo que não tenhamos esperança de obtê-lo."

"E não havemos de encontrá-lo nas estradas rumo ao Mar", disse Galdor. "Se o retorno a Iarwain é considerado perigoso demais, a fuga para o Mar já é marcada pelo mais grave perigo. Meu coração me diz que Sauron esperará que tomemos o caminho do oeste, quando souber o que aconteceu. Logo saberá. Os Nove foram deveras desmontados, mas isso é apenas um adiamento antes que encontrem novas e mais velozes montarias. Agora só o poderio minguante de Gondor se interpõe entre ele e uma marcha poderosa ao longo das costas rumo ao Norte; e se ele vier, assaltando as Torres Brancas e os Portos, daqui em diante os Elfos não terão como escapar das sombras crescentes da Terra-média."

"Ainda demorará muito para essa marcha ocorrer", afirmou Boromir. "Gondor míngua, tu dizes. Mas Gondor está de pé, e mesmo o fim de seu vigor ainda é muito forte."

"Porém sua vigilância não pode mais reter os Nove", disse Galdor. "E ele poderá encontrar outras estradas que Gondor não vigia."

"Então," pontuou Erestor, "há apenas dois caminhos, como Glorfindel já declarou: ocultar o Anel para sempre; ou destruí-lo. Mas ambos estão além de nossas forças. Quem resolverá esse enigma para nós?"

"Ninguém aqui pode fazê-lo", disse Elrond com gravidade. "Ninguém, pelo menos, pode prever o que ocorrerá se tomarmos esta ou aquela estrada. Mas agora parece-me claro qual é a estrada que devemos tomar. A estrada para o oeste parece a mais fácil. Portanto precisa ser evitada. Ela estará vigiada. Com demasiada frequência os Elfos fugiram nessa direção. Agora, por fim, precisamos tomar uma estrada difícil, uma estrada imprevista. Aí reside nossa esperança, se esperança for. Caminhar para o perigo — para Mordor. Precisamos enviar o Anel para o Fogo."

Fez-se silêncio outra vez. Frodo, mesmo naquela bela casa, com vista para um vale ensolarado repleto do ruído de águas claras, sentiu no coração uma treva morta. Boromir agitou-se, e Frodo olhou para ele. Ele manuseava sua grande trompa e franzia o cenho. Por fim Boromir falou.

"Não compreendo tudo isso", iniciou ele. "Saruman é um traidor, mas ele não teve um vislumbre de sabedoria? Por que falais sempre de ocultar e destruir? Por que não deveríamos pensar que o Grande Anel veio a nossas mãos para nos servir na própria hora da necessidade? Usando-o, os Senhores Livres dos Livres podem certamente derrotar o Inimigo. Isso, julgo eu, é o que ele mais teme.

"Os Homens de Gondor são valorosos e jamais se submeterão; mas podem ser abatidos. O valor precisa primeiro de força, depois de uma arma. Que o Anel seja vossa arma, se tem o poder que dizeis. Tomai-o e parti para a vitória!"

"Ai de nós, não", disse Elrond. "Não podemos usar o Anel Regente. Isso já sabemos bem demais. Ele pertence a Sauron, foi feito por ele só e é mau por completo. Sua força, Boromir, é demasiado grande para que alguém o use como quiser, exceto aqueles que já possuem grande poder por si. Mas para esses ele contém um perigo ainda mais mortal. O próprio desejo de tê-lo corrompe o coração. Considera Saruman. Se algum dos Sábios derrotasse o Senhor de Mordor com esse Anel, usando suas próprias artes, estabelecer-se-ia então no trono de Sauron, e surgiria mais um Senhor Sombrio. E essa é outra razão pela qual o Anel deve ser destruído: enquanto estiver no mundo, será um perigo até mesmo para os Sábios. Pois nada é mau no começo. O próprio Sauron não o era. Receio tomar o Anel para escondê-lo. Não tomarei o Anel para usá-lo."

"Nem eu", assentiu Gandalf.

Boromir olhou-os em dúvida, mas inclinou a cabeça. "Assim seja", disse ele. "Então em Gondor precisamos confiar nas armas que temos. E pelo menos, enquanto os Sábios guardam esse Anel, continuaremos combatendo. Quem sabe a Espada-que-foi-Partida ainda possa deter a maré — se a mão que a empunha herdou não somente um legado, mas os nervos dos Reis de Homens."

"Quem pode dizer?", indagou Aragorn. "Mas iremos pô-la à prova algum dia."

"Que o dia não tarde muito", disse Boromir. "Pois, apesar de eu não pedir ajuda, precisamos dela. Consolar-nos-ia saber que outros também lutam com todos os meios que possuem."

"Então consola-te", disse Elrond. "Pois há outros poderes e reinos que não conheces, e eles estão ocultos de ti. Anduin, o Grande, flui por muitas margens antes de chegar às Argonath e aos Portões de Gondor."

"Ainda assim poderia ser bom para todos," comentou Glóin, o Anão, "se todas essas forças fossem unidas, e os poderes de cada uma fossem usados em aliança. Outros anéis pode haver, menos traiçoeiros, que poderiam ser usados em nossa necessidade. Os Sete estão perdidos para nós — se Balin não encontrou o anel de Thrór, que era o último; nada se ouviu dele desde que Thrór pereceu em Moria. De fato, posso revelar agora que foi em parte na esperança de encontrar esse anel que Balin partiu."

"Balin não encontrará anel em Moria", disse Gandalf. "Thrór o deu a seu filho Thráin, mas Thráin não o deu a Thorin. Ele foi tirado de Thráin, com tormento, nos calabouços de Dol Guldur. Cheguei tarde demais."

"Ah, ai de nós!", exclamou Glóin. "Quando chegará o dia de nossa vingança? Mas existem ainda os Três. E quanto aos Três Anéis dos Elfos? Anéis muito poderosos, dizem. Os Senhores-élficos não os guardam? Porém também eles foram feitos pelo Senhor Sombrio muito tempo atrás. Estão ociosos? Vejo Senhores-élficos aqui. Eles não dirão?"

Os Elfos não deram resposta. "Não me ouviste, Glóin?", indagou Elrond. "Os Três não foram feitos por Sauron, nem ele jamais os tocou. Mas deles não é permitido falar. Apenas isto posso dizer agora, nesta hora de dúvida.

Não estão ociosos. Mas não foram feitos como armas de guerra ou conquista: não é esse seu poder. Aqueles que os fizeram não desejam força, nem dominação, nem riqueza entesourada, e sim compreensão, feitura e cura para preservar imaculadas todas as coisas. Isso os Elfos da Terra-média obtiveram em certa medida, porém com pesar. Mas tudo o que foi produzido por aqueles que usam os Três voltar-se-á para seu próprio desfazimento, e suas mentes e corações serão revelados a Sauron, se ele recuperar o Um. Seria melhor que os Três nunca tivessem existido. Esse é o propósito dele."

"Mas o que aconteceria então, se o Anel Regente fosse destruído, como aconselhas?", perguntou Glóin.

"Não sabemos com certeza", respondeu Elrond com tristeza. "Alguns esperam que os Três Anéis, que Sauron jamais tocou, tornar-se-iam livres então, e seus possuidores poderiam curar as chagas do mundo que ele produziu. Mas talvez, quando o Um se for, os Três fracassem, e muitas coisas belas desvaneçam e sejam esquecidas. Essa é minha crença."

"No entanto, todos os Elfos estão dispostos a suportar esse acaso," disse Glorfindel, "se por ele puder ser rompido o poder de Sauron e afastado para sempre o temor de seu domínio."

"Assim voltamos mais uma vez à destruição do Anel", disse Erestor, "e mesmo assim não nos aproximamos dela. Que força temos nós para encontrarmos o Fogo em que ele foi feito? Essa é a trilha do desespero. Da loucura, diria eu, se a longa sabedoria de Elrond não mo proibisse."

"Desespero, ou loucura?", disse Gandalf. "Desespero não é, pois o desespero é somente para aqueles que veem o fim além de qualquer dúvida. Não o vemos. É sabedoria reconhecer a necessidade quando todas as outras rotas foram sopesadas, por muito que pareça loucura àqueles que se apegam à falsa esperança. Bem, que a loucura seja nossa capa, um véu diante dos olhos do Inimigo! Pois ele é muito sábio e pesa todas as coisas com grande precisão na balança de sua malícia. Mas a única medida que conhece é o desejo, o desejo de poder; e assim julga todos os corações. Não penetra em seu coração o pensamento de que alguém o recuse, de que possuindo o Anel nós busquemos destruí-lo. Se buscarmos isso havemos de frustrar seus cálculos."

"Pelo menos durante algum tempo", complementou Elrond. "A estrada tem de ser trilhada, mas será muito difícil. E nem a força nem a sabedoria nos levarão longe nela. Esta demanda pode ser tentada pelos fracos com a mesma esperança dos fortes. Porém assim costuma ser o curso dos feitos que movem as rodas do mundo: as mãos pequenas os fazem porque precisam, enquanto os olhos dos grandes estão alhures."

"Muito bem, muito bem, Mestre Elrond!", disse Bilbo de repente. "Não digas mais! Está bem claro o que estás indicando. Bilbo, o hobbit tolo, começou esse assunto, e é melhor que Bilbo o acabe, ou se acabe. Eu estava muito confortável aqui, e continuando meu livro. Se queres saber, estou justamente escrevendo um desfecho para ele. Pensei em colocar: *e viveu feliz para sempre até o fim de seus dias*. É um bom desfecho, e não importa que tenha sido usado antes. Agora vou ter de mudar isso: não parece que vá se realizar; e, seja como for, evidentemente terá de haver mais vários capítulos, se eu viver para escrevê-los. É um terrível inconveniente. Quando devo partir?"

Boromir olhou surpreso para Bilbo, mas o riso morreu em seus lábios quando viu que todos os demais olhavam o velho hobbit com grave respeito. Só Glóin sorriu, mas seu sorriso vinha de antigas lembranças.

"É claro, meu caro Bilbo", comentou Gandalf. "Se você realmente tivesse começado esse assunto, seria de se esperar que você o acabasse. Mas agora você sabe muito bem que *começar* é uma reivindicação demasiado grande para qualquer pessoa, e que só um pequeno papel é desempenhado por qualquer herói nos grandes feitos. Não precisa fazer mesura! Mas a palavra foi sincera, e não duvidamos de que, por baixo da brincadeira, você está fazendo uma valente oferta. Mas ela está além de suas forças, Bilbo. Você não pode retomar esse objeto. Ele passou adiante. Se ainda precisa de meu conselho, eu diria que seu papel terminou, exceto como registrador. Termine seu livro e deixe o desfecho inalterado! Ainda há esperança para ele. Mas prepare-se para escrever uma continuação quando eles voltarem."

Bilbo riu. "Não me lembro de você me dar um conselho agradável antes", disse ele. "Como todos os seus conselhos desagradáveis foram bons, fico pensando se este conselho não é ruim. Ainda assim, acho que não me resta força nem sorte para lidar com o Anel. Ele cresceu e eu não. Mas diga-me: o que quer dizer com *eles*?"

"Os mensageiros que são enviados com o Anel."

"Exatamente! E quem serão eles? Parece-me que é isso que este Conselho deve decidir, e é só o que deve decidir. Os Elfos podem prosperar com falas apenas, e os Anãos suportam grande cansaço; mas eu sou apenas um velho hobbit e sinto falta da minha refeição ao meio-dia. Não podemos pensar em alguns nomes agora? Ou adiar isso para depois do almoço?"

Ninguém respondeu. O sino do meio-dia soou. Ainda ninguém falava. Frodo olhou de relance todos os rostos, mas não estavam voltados para ele. Todo o Conselho estava sentado de olhos abaixados, como que em profundos pensamentos. Um grande pavor o dominou, como se ele esperasse o pronunciamento de algum julgamento que previra há muito tempo e esperasse em vão que afinal nunca fosse dito. Um esmagador anseio de descansar e ficar em paz ao lado de Bilbo em Valfenda preenchia seu coração. Finalmente, com esforço, ele falou, e admirou-se de ouvir as próprias palavras, como se alguma outra vontade usasse sua pequena voz.

"Eu levarei o Anel," disse ele, "apesar de não conhecer o caminho."

Elrond ergueu os olhos e o encarou, e Frodo sentiu o coração transpassado pela súbita agudeza do olhar. "Se entendo bem tudo o que ouvi," disse ele, "creio que essa tarefa está destinada a ti, Frodo; e que se não achares um caminho, ninguém o achará. Esta é a hora do povo do Condado, quando se erguem de seus campos tranquilos para abalar as torres e os conselhos dos Grandes. Quem, dentre todos os Sábios, poderia tê-lo previsto? Ou, se sábios são, por que haveriam de esperar sabê-lo antes que soasse a hora?

"Mas é um fardo pesado. Tão pesado que ninguém poderia impô-lo a outrem. Não o imponho a ti. Mas, se o tomares livremente, direi que tua escolha é certa; e mesmo que todos os poderosos Amigos-dos-Elfos de outrora, Hador, e Húrin, e Túrin, e o próprio Beren, estivessem reunidos, teu assento haveria de ser entre eles."

"Mas certamente não vai mandá-lo partir sozinho, Mestre?", exclamou Sam, incapaz de se conter por mais tempo, saltando do canto onde estivera sentado no chão em silêncio.

"Não deveras!", disse Elrond, voltando-se para ele de repente com um sorriso. "Ao menos tu hás de ir com ele. É quase impossível separar-te dele, mesmo quando ele é convocado a um conselho secreto, e tu não."

Sam sentou-se, corando e murmurando. "Em que bela enrascada nos metemos, Sr. Frodo!", disse ele, balançando a cabeça.

3

O Anel vai para o Sul

Mais tarde, no mesmo dia, os hobbits fizeram sua própria reunião no quarto de Bilbo. Merry e Pippin ficaram indignados quando ouviram que Sam se esgueirara para dentro do Conselho e fora escolhido como companheiro de Frodo.

"É muito injusto", disse Pippin. "Em vez de jogá-lo fora e metê-lo em correntes, Elrond vai e o *recompensa* pelo atrevimento!"

"Recompensa!", exclamou Frodo. "Não consigo imaginar punição mais severa. Você não pensa no que está dizendo: condenado a ir nessa viagem desesperada, isso é recompensa? Ontem sonhei que minha tarefa estava cumprida e que eu poderia ficar aqui por longo tempo, quem sabe para sempre."

"Não me espanta," disse Merry, "e gostaria que você pudesse. Mas estamos com inveja de Sam, não de você. Se precisar ir, será castigo para qualquer um de nós ficar para trás, mesmo em Valfenda. Viemos longe com você e passamos algumas horas difíceis. Queremos ir em frente."

"Foi isso que eu quis dizer", comentou Pippin. "Nós hobbits precisamos ficar unidos e vamos ficar. Eu hei de ir a não ser que me acorrentem. Precisa haver alguém com inteligência no grupo."

"Então você certamente não será escolhido, Peregrin Tûk!", disse Gandalf, espiando de fora pela janela, que era próxima ao solo. "Mas todos vocês estão preocupados sem necessidade. Nada foi decidido ainda."

"Nada decidido!", exclamou Pippin. "Então o que todos vocês estavam fazendo? Passaram horas trancados."

"Falando", disse Bilbo. "Houve muito falatório, e cada um teve com o que arregalar os olhos. Até o velho Gandalf. Acho que a notícia de Legolas sobre Gollum espantou até ele, mas ele passou por cima."

"Você se enganou", afirmou Gandalf. "Estava desatento. Eu já ouvira falar disso por Gwaihir. Se quer saber, os únicos motivos reais para arregalar os olhos, como você se expressou, foram você e Frodo; e eu fui o único que não se surpreendeu."

"Bem, seja como for," disse Bilbo, "nada foi decidido a não ser a escolha dos pobres Frodo e Sam. O tempo todo eu temia que fosse chegar a esse ponto se me dispensassem. Mas se me perguntarem, Elrond vai enviar um bom número quando os relatos chegarem. Já partiram, Gandalf?"

"Sim", confirmou o mago. "Alguns dos batedores já foram enviados. Mais irão amanhã. Elrond está mandando Elfos, e eles vão entrar em contato com os Caminheiros, e quem sabe com o povo de Thranduil em Trevamata. E Aragorn partiu com os filhos de Elrond. Vamos ter que esquadrinhar todas as terras em volta, por muitas longas léguas, antes de fazermos qualquer movimento. Portanto alegre-se, Frodo! Provavelmente sua estadia aqui será bem comprida."

"Ah!", disse Sam, sombrio. "Só vamos esperar que chegue o inverno."

"Não há como evitar isso", comentou Bilbo. "Em parte é culpa sua, Frodo, meu rapaz: insistir em esperar pelo meu aniversário. Não posso deixar de pensar que é um jeito engraçado de honrá-lo. *Não* é o dia que eu escolheria para deixar os S.-B.s entrarem em Bolsão. Mas é isso: agora você não pode esperar até a primavera; e não pode partir antes que voltem os relatos.

Quando o inverno vibra o açoite
e racha a pedra na fria noite,
entre árvores nuas, negros lagos,
no Ermo os passos são aziagos.[A]

Mas receio que sua sorte será bem essa."

"Receio que sim", disse Gandalf. "Não podemos partir antes de descobrirmos o que houve com os Cavaleiros."

"Pensei que foram todos destruídos na inundação", disse Merry.

"Não se pode destruir Espectros-do-Anel desse modo", disse Gandalf. "O poder de seu mestre está neles, e por ele mantêm-se de pé ou caem. Esperamos que todos tenham sido desmontados e desmascarados e que, portanto, estejam menos perigosos por algum tempo; mas precisamos descobrir com certeza. Enquanto isso você deveria tentar esquecer suas aflições, Frodo. Não sei se posso fazer algo para ajudá-lo; mas vou sussurrar isto em seu ouvido. Alguém disse que seria necessária inteligência no grupo. Ele tinha razão. Creio que irei com vocês."

O deleite de Frodo diante dessa revelação foi tão grande que Gandalf saiu do peitoril da janela onde estivera sentado, tirou o chapéu e fez uma mesura. "Eu só disse *creio que irei*. Não conte com nada ainda. Nesse assunto Elrond terá muito a dizer, e seu amigo Passolargo. O que me lembra de que quero encontrar Elrond. Preciso ir."

"Quanto tempo você acha que terei aqui?", perguntou Frodo a Bilbo quando Gandalf se fora.

"Oh, não sei. Não consigo contar os dias em Valfenda", disse Bilbo. "Mas um bom tempo, eu acho. Poderemos ter muitas boas conversas.

Que tal ajudar-me com meu livro e começar o próximo? Pensou em um desfecho?"

"Sim, vários, e todos são sombrios e desagradáveis", disse Frodo.

"Oh, assim não dá!", disse Bilbo. "Os livros precisam ter bons desfechos. Que tal isto: *e todos se acomodaram e viveram juntos felizes para sempre?*"

"Vai servir bem, se chegar a esse ponto", disse Frodo.

"Ah!", exclamou Sam. "E onde eles vão viver? É nisso que muitas vezes fico pensando."

Por algum tempo os hobbits continuaram conversando, pensando na jornada passada e nos perigos que tinham à frente; mas era tal a virtude da terra de Valfenda que logo todo o medo e ansiedade foram apagados de suas mentes. O futuro, bom ou mau, não foi esquecido, mas deixou de ter qualquer poder sobre o presente. A saúde e a esperança se fortaleceram neles, e contentavam-se com cada dia bom da forma em que ele vinha, com prazer em cada refeição, e em cada palavra e canção.

Assim fugiram os dias, cada manhã alvorecendo luminosa e bela, e cada tarde seguindo-se fresca e clara. Mas o outono minguava depressa; lentamente a luz dourada se desfez em prata pálida, e as folhas restantes caíram das árvores nuas. Um vento gélido começou a soprar das Montanhas Nevoentas a leste. A Lua do Caçador arredondou-se no céu noturno e pôs em fuga todos os astros menores. Mas baixo, no Sul, um astro brilhava vermelho. A cada noite, à medida que a Lua voltava a minguar, ele brilhava cada vez mais intenso. Frodo podia vê-lo de sua janela, na profundidade do firmamento, ardendo como um olho vigilante que espiava fixo por cima das árvores na beira do vale.

Fazia quase dois meses que os hobbits estavam na casa de Elrond, e novembro se fora com os últimos farrapos do outono, e dezembro passava, quando os batedores começaram a voltar. Alguns haviam rumado ao norte, além das nascentes do Fontegris, até a Charneca Etten; e outros haviam rumado para o oeste, e com a ajuda de Aragorn e dos Caminheiros tinham buscado longe nas terras Griságua abaixo, até Tharbad, onde a antiga Estrada do Norte atravessava o rio junto a uma cidade em ruínas. Muitos haviam ido ao leste e sul; e alguns destes tinham cruzado as Montanhas e penetrado em Trevamata, enquanto que outros escalaram o passo nas nascentes do Rio de Lis, descendo às Terras-selváticas e atravessando os Campos de Lis, alcançando por fim o antigo lar de Radagast em Rhosgobel. Radagast não estava ali; e retornaram por cima da alta passagem que se chamava Portão do Chifre-vermelho. Os filhos de Elrond, Elladan e Elrohir, foram os últimos a voltar; haviam feito uma grande jornada, descendo o Veio-de-Prata até uma região estranha, mas a ninguém falaram de sua missão senão a Elrond.

Em nenhuma região os mensageiros haviam descoberto sinais nem notícias dos Cavaleiros ou de outros serviçais do Inimigo. Nem das Águias das Montanhas Nevoentas haviam sabido de novas recentes. Nada fora visto nem ouvido de Gollum; mas os lobos selvagens ainda se reuniam, e outra vez caçavam nas terras altas do Grande Rio. Três dos cavalos negros foram achados ao mesmo tempo, afogados no Vau inundado. Nas rochas das corredeiras mais abaixo, os buscadores descobriram os corpos de mais cinco, e também uma longa capa negra, retalhada e esfarrapada. Nenhuma outra pista dos Cavaleiros Negros pôde ser vista, e em nenhum lugar se sentia sua presença. Parecia que tinham desaparecido do Norte.

"Oito dos Nove, pelo menos, estão considerados", disse Gandalf. "É arriscado ter certeza demais, porém penso que agora podemos esperar que os Espectros-do-Anel foram dispersos e obrigados a retornar, da melhor maneira possível, a seu Mestre em Mordor, vazios e sem forma.

"Se assim é, levará algum tempo para poderem recomeçar a caçada. É claro que o Inimigo tem outros serviçais, mas esses terão de viajar até os limites de Valfenda antes de conseguirem detectar nossa trilha. E ela será difícil de achar se formos cautelosos. Mas não podemos nos demorar mais."

Elrond convocou a si os hobbits. Olhou gravemente para Frodo. "A hora chegou", disse ele. "Se o Anel deve partir, precisa ir logo. Mas os que forem com ele não podem confiar em que sua missão seja auxiliada por guerra ou força. Devem penetrar no domínio do Inimigo longe da ajuda. Ainda manténs tua palavra, Frodo, de seres o Portador-do-Anel?"

"Mantenho-a", assentiu Frodo. "Irei com Sam."

"Então não posso ajudar-te muito, nem com conselhos", disse Elrond. "Bem pouco posso prever de tua estrada; e não sei como tua tarefa será cumprida. A Sombra já se esgueirou até os sopés das Montanhas e se aproxima das próprias bordas do Griságua; e embaixo da Sombra tudo me é obscuro. Encontrarás muitos inimigos, alguns evidentes e outros disfarçados; e poderás encontrar amigos no caminho quando menos os esperares. Enviarei mensagens, do modo que posso tramar, aos que conheço no vasto mundo; mas as terras já se tornaram tão perigosas que algumas poderão se extraviar, ou não chegar antes de ti.

"E escolherei companheiros que irão contigo, até onde quiserem ou a sorte permitir. O número deve ser reduzido, visto que tua esperança está na velocidade e no segredo. Tivera eu uma hoste de Elfos com armaduras dos Dias Antigos, de pouco serviria, exceto para atiçar o poder de Mordor.

"A Comitiva do Anel será de Nove; e os Nove Caminhantes hão de ser opostos aos Nove Cavaleiros que são malignos. Contigo e com teu fiel servidor, Gandalf irá; pois esta será sua grande tarefa, e talvez o fim de sua labuta.

"Quanto aos demais, hão de representar os outros Povos Livres do Mundo: Elfos, Anãos e Homens. Legolas há de ir pelos Elfos; e Gimli, filho de Glóin, pelos Anãos. Estão dispostos a irem pelo menos até os passos das Montanhas, e quem sabe além. Pelos homens hás de ter Aragorn, filho de Arathorn, pois o Anel de Isildur lhe diz respeito intimamente."

"Passolargo!", exclamou Frodo.

"Sim", disse ele com um sorriso. "Mais uma vez peço permissão para ser seu companheiro, Frodo."

"Eu lhe teria implorado para vir," disse Frodo, "só que pensei que você iria a Minas Tirith com Boromir."

"E vou", disse Aragorn. "E a Espada-que-foi-Partida há de ser reforjada antes que eu parta à guerra. Mas sua estrada e a nossa correm juntas por muitas centenas de milhas. Portanto Boromir também estará na Comitiva. É um homem valoroso."

"Restam mais dois a encontrar", disse Elrond. "Vou considerá-los. Em minha casa poderei encontrar alguém que me pareça bom mandar."

"Mas isso não vai deixar lugar para nós!", exclamou Pippin, consternado. "Não queremos ser deixados para trás. Queremos ir com Frodo."

"Isso é porque não compreendeis e não podeis imaginar o que está à frente", disse Elrond.

"Nem Frodo pode", disse Gandalf, inesperadamente apoiando Pippin. "Nem qualquer um de nós enxerga com clareza. É verdade que, se estes hobbits entendessem o perigo, não se atreveriam a ir. Mas ainda assim desejariam ir, ou desejariam atrever-se, e ficariam envergonhados e infelizes. Creio, Elrond, que neste assunto seria bom fiar-se mais em sua amizade que em grande sabedoria. Mesmo que escolhesses para nós um Senhor-élfico, como Glorfindel, ele não seria capaz de tomar de assalto a Torre Sombria, nem de abrir a estrada rumo ao Fogo pelo poder que nele reside."

"Falas com gravidade," disse Elrond, "mas tenho dúvidas. O Condado, pressagio, já não está livre de perigo; e eu pensara em mandar estes dois de volta para lá como mensageiros, para fazerem o que pudessem, de acordo com os modos de seu país, para alertarem o povo do perigo. Seja como for, julgo que o mais jovem dos dois, Peregrin Tûk, deveria ficar. Meu coração se opõe à sua ida."

"Então, Mestre Elrond, vai ter que me trancar na prisão ou mandar-me de volta para casa amarrado em um saco", disse Pippin. "Pois do contrário hei de seguir a Comitiva."

"Então assim seja. Haveis de ir", disse Elrond, e suspirou. "Agora a contagem dos Nove está plena. Em sete dias a Comitiva deve partir."

A Espada de Elendil foi reforjada por ferreiros élficos, e em sua lâmina traçou-se um emblema de sete estrelas postas entre a Lua crescente e o

Sol raiado, e em volta havia muitas runas escritas; pois Aragorn, filho de Arathorn, partia à guerra nos confins de Mordor. Era muito luzidia a espada quando se tornou inteira outra vez; a luz do sol brilhava rubra nela, e a luz da lua brilhava fria, e seu gume era duro e afiado. E Aragorn lhe deu um novo nome e a chamou Andúril, Chama do Oeste.

Aragorn e Gandalf caminhavam juntos ou sentavam-se falando da estrada e dos perigos que enfrentariam; e ponderavam os mapas descritos e ilustrados e os livros de saber que havia na casa de Elrond. Às vezes Frodo estava com eles; mas contentava-se em se apoiar na sua liderança e passava quanto tempo podia com Bilbo.

Naqueles últimos dias, os hobbits sentavam-se juntos, à tardinha, no Salão do Fogo, e ali, entre muitas histórias, ouviram contada por completo a balada de Beren e Lúthien e a conquista da Grande Joia; mas de dia, enquanto Merry e Pippin passeavam, Frodo e Sam podiam ser encontrados com Bilbo no quartinho deste. Então Bilbo lia trechos de seu livro (que ainda parecia bem incompleto), ou fragmentos de seus versos, ou tomava nota das aventuras de Frodo.

Na manhã do último dia, Frodo estava a sós com Bilbo, e o velho hobbit tirou debaixo da cama uma caixa de madeira. Ergueu a tampa e remexeu dentro dela.

"Aqui está sua espada", disse ele. "Mas ela se partiu, você sabe. Eu a peguei para mantê-la a salvo, mas esqueci de perguntar se os ferreiros podiam consertá-la. Agora não há tempo. Então pensei, talvez você gostasse de ter isto, sabe?"

Tirou da caixa uma pequena espada numa velha bainha surrada de couro. Então sacou-a, e a lâmina polida e bem cuidada reluziu subitamente, fria e brilhante. "Esta é Ferroada", comentou ele, e enfiou-a fundo, com pouco esforço, numa viga de madeira. "Pegue-a, se quiser. Não vou precisar dela de novo, espero."

Frodo aceitou-a com gratidão.

"E tem isto!", disse Bilbo, tirando um pacote que parecia ser um tanto pesado para o tamanho. Desenrolou várias dobras de panos velhos e ergueu uma pequena cota de malha. Tinha uma trama fechada de muitos anéis, quase tão flexível quanto o linho, fria como gelo e mais dura que aço. Brilhava como prata ao luar, e estava engastada com gemas brancas. Junto a ela havia um cinto de pérolas e cristais.

"É uma coisa linda, não é?", disse Bilbo, remexendo-a na luz. "E útil. É minha malha-anânica que Thorin me deu. Eu a resgatei em Grá-Cava antes de partir e a embalei com minha bagagem. Trouxe comigo todas as lembranças de minha Jornada, exceto o Anel. Mas eu não esperava usar esta, e agora não preciso dela, exceto para olhá-la de vez em quando. Mal se sente o peso quando se veste."

"Eu iria parecer... olha, não acho que eu iria parecer bem nela", disse Frodo.

"Foi bem o que eu mesmo falei", disse Bilbo. "Mas não se importe com a aparência. Pode usá-la por baixo das roupas externas. Vamos lá! Você precisa compartilhar este segredo comigo. Não conte a ninguém mais! Mas eu me sentirei mais feliz sabendo que você a usa. Imagino que resistiria até aos punhais dos Cavaleiros Negros", terminou em voz baixa.

"Muito bem, vou pegá-la", disse Frodo. Bilbo a vestiu nele, e prendeu Ferroada ao cinto reluzente; e depois Frodo vestiu por cima suas velhas calças, túnica e jaqueta, manchadas pelo tempo.

"Você parece apenas um simples hobbit", disse Bilbo. "Mas agora você contém mais do que aparece na superfície. Boa sorte para você!" Deu-lhe as costas e olhou pela janela, tentando cantarolar uma melodia.

"Não consigo lhe agradecer como deveria, Bilbo, por isto e por todas as suas bondades do passado", disse Frodo.

"Não tente!", disse o velho hobbit, virando-se e dando-lhe um tapa nas costas. "Ai!", gritou ele. "Agora você está duro demais para dar tapas! Mas é isso: os Hobbits precisam se unir, em especial os Bolseiros. Só o que peço em troca é: cuide-se o máximo que puder, e traga de volta todas as notícias que puder, e quaisquer canções ou contos antigos que conseguir. Vou fazer o melhor para terminar meu livro antes que você volte. Gostaria de escrever o segundo livro, se eu for poupado." Interrompeu-se e voltou-se outra vez para a janela, cantando baixinho.

> *Sentado junto ao fogo eu penso*
>   *em tudo que já vi,*
> *em cores e em flores*
>   *do verão que já vivi;*
>
> *Em folhas amarelas*
>   *do outono, já sem vê-lo,*
> *com brumas e de prata um sol*
>   *e vento em meu cabelo.*
>
> *Sentado junto ao fogo eu penso*
>   *no mundo, se vier*
> *o inverno sem a primavera*
>   *que eu haja de viver.*
>
> *Pois tanta coisa que existe*
>   *eu nunca tive à frente:*
> *em cada bosque, em cada fonte*
>   *o verde é diferente.*

*Sentado junto ao fogo eu penso
   em gente que passei,
e gente que verá um mundo
   que nunca eu verei.*

*Mas lá, sentado a pensar
   na era que está morta,
escuto passos que retornam
   e vozes junto à porta.*[B]

Era um dia frio e cinzento perto do fim de dezembro. O Vento Leste voava através dos ramos nus das árvores e fervilhava nos pinheiros escuros das colinas. Nuvens esfarrapadas corriam no alto, escuras e baixas. Quando as sombras tristonhas do início do entardecer começavam a cair, a Comitiva se aprestava para a partida. Deviam partir quando anoitecesse, pois Elrond lhes aconselhara a viajarem ocultos pela noite tanto quanto pudessem até estarem longe de Valfenda.

"Deveis temer os muitos olhos dos serviçais de Sauron", disse ele. "Não duvido de que a notícia do desbaratamento dos Cavaleiros já o alcançou, e deve estar repleto de ira. Já logo seus espiões, a pé e alados, estarão à larga nas terras setentrionais. Mesmo do céu acima deveis vos cuidar quando fizerdes vosso percurso."

A Comitiva levou pouco equipamento de combate, pois sua esperança estava no segredo, não na batalha. Aragorn tinha Andúril e nenhuma outra arma, e partiu trajando apenas verde e pardo de ferrugem, como Caminheiro do ermo. Boromir tinha uma espada comprida, de feitio semelhante a Andúril, porém de menor linhagem, e trazia também um escudo e sua trompa-de-guerra.

"Alta e nítida ela soa nos vales das colinas," disse, "e que fujam então todos os adversários de Gondor!" Levando-a aos lábios deu um sopro, e os ecos saltaram de rocha em rocha, e todos os que ouviram aquela voz em Valfenda puseram-se de pé com um salto.

"Cuida-te de não soprares essa trompa de novo, Boromir," disse Elrond, "enquanto não estiveres outra vez nas fronteiras de tua terra e grave necessidade te afligir."

"Talvez", disse Boromir. "Mas sempre fiz minha trompa gritar à partida, e por muito que depois caminhemos nas sombras, eu não irei como um ladrão na noite."

Somente o anão Gimli usava abertamente uma camisa curta de anéis de aço, pois os anãos carregam as cargas com facilidade; e em seu cinto havia um machado de lâmina larga. Legolas tinha arco e aljava e um longo punhal branco à cinta. Os hobbits mais jovens usavam as espadas que tinham tirado do túmulo; mas Frodo só levou Ferroada; e sua cota de malha, por desejo de Bilbo, permanecia oculta. Gandalf trazia seu cajado, mas tinha no cinto a seu lado a espada-élfica Glamdring, companheira de Orcrist, que agora jazia sobre o peito de Thorin sob a Montanha Solitária.

Todos foram bem equipados por Elrond com roupas espessas e quentes e tinham jaquetas e capas forradas de pele. Alimentos de reserva, roupas, cobertores e outros apetrechos foram carregados em um pônei, que não era outro senão o pobre animal que haviam trazido de Bri.

A estada em Valfenda lhe operara uma mudança maravilhosa: estava lustroso e parecia ter o vigor da juventude. Fora Sam quem insistira em escolhê-lo, declarando que Bill (como o chamava) definharia se não viesse.

"Esse animal quase sabe falar," disse ele, "e falaria se ficasse aqui mais tempo. Ele me deu um olhar tão claro quanto o Sr. Pippin falando: se não me deixar ir com você, Sam, eu sigo você sozinho." Portanto Bill ia como besta de carga, mas era o único membro da Companhia que não parecia deprimido.

As despedidas tinham acontecido no grande salão junto ao fogo, e agora só esperavam por Gandalf, que ainda não saíra da casa. Um clarão de fogo saía pelas portas abertas, e luzes suaves brilhavam em muitas janelas. Bilbo, envolto numa capa, estava silencioso na soleira da porta, ao lado de Frodo. Aragorn estava sentado de cabeça inclinada até os joelhos; só Elrond sabia plenamente o que aquela hora significava para ele. Os demais podiam ser vistos como formas cinzentas no escuro.

Sam estava de pé ao lado do pônei, sugando os dentes e fitando melancolicamente a escuridão onde o rio rugia nas pedras lá embaixo; seu desejo de aventura estava na mais baixa maré.

"Bill, meu rapaz," disse ele, "você não devia ter se juntado conosco. Podia ter ficado aqui, comendo o melhor feno até chegar o capim novo." Bill balançou a cauda e nada disse.

Sam tirou a mochila dos ombros e repassou mentalmente, com ansiedade, todas as coisas que tinha alojado ali, perguntando-se se esquecera de algo: seu principal tesouro, o equipamento de cozinha; e a caixinha de sal que sempre levava e completava quando podia; um bom suprimento de erva-de-fumo (mas não o bastante, garanto); pederneiras e iscas para fazer fogo; meias de lã; roupa branca; vários pequenos pertences do patrão que Frodo esquecera e Sam guardara para tirá-los em triunfo quando fossem necessários. Repassou-os todos.

"Corda!" resmungou. "Sem corda! E foi só na noite passada que você disse para si mesmo: 'Sam, que tal um pedaço de corda? Você vai precisar se não tiver.' Bem, vou precisar. Não posso arranjar agora."

Nesse momento Elrond saiu com Gandalf e chamou a si a Comitiva. "Estas são minhas últimas palavras", disse ele em voz baixa. "O Portador-do-Anel está partindo na Demanda do Monte da Perdição. Só sobre ele pesa uma obrigação: de nem lançar fora o Anel, nem entregá-lo a qualquer serviçal do Inimigo, nem deveras deixar qualquer pessoa manuseá-lo, exceto os membros da Comitiva e do Conselho, e mesmo assim apenas na mais grave necessidade. Os demais vão com ele como companheiros livres, para auxiliá-lo no caminho. Podeis demorar-vos, ou voltar, ou desviar-vos para outras trilhas, conforme o acaso permitir. Quanto mais longe fordes menos fácil será retirar-se; porém nenhum juramento nem vínculo vos é imposto para irdes mais longe do que quiserdes. Pois não conheceis ainda a força de vossos corações e não conseguis prever o que cada um poderá encontrar na estrada."

"Infiel é aquele que diz adeus quando a estrada escurece", disse Gimli.

"Pode ser," respondeu Elrond, "mas que não jure que caminhará no escuro aquele que não viu o anoitecer."

"Porém a palavra jurada pode fortalecer o coração trêmulo", retrucou Gimli.

"Ou parti-lo", disse Elrond. "Não olheis muito longe à frente! Mas ide agora de bom grado! Adeus, e que a bênção dos Elfos e Homens e todos os Povos Livres vá convosco. Que as estrelas brilhem sobre vossos rostos!"

"Boa... boa sorte!", exclamou Bilbo, gaguejando de frio. "Não acho que você consiga escrever um diário, Frodo, meu rapaz, mas vou esperar um relato completo quando você voltar. E não demore muito! Boa viagem!"

Muitos outros da casa de Elrond estavam nas sombras, observando sua partida, desejando-lhes boa viagem com vozes suaves. Não havia risos, nem canção, nem música. Finalmente deram-lhes as costas e se desvaneceram em silêncio na penumbra.

Atravessaram a ponte e, fazendo curvas, subiram devagar pelas trilhas longas e íngremes que levavam para fora do vale partido de Valfenda; e chegaram por fim à alta charneca onde o vento sibilava através da urze. Então, com uma olhada para a Última Casa Hospitaleira que cintilava abaixo deles, foram-se caminhando fundo dentro da noite.

No Vau do Bruinen deixaram a Estrada e, virando para o sul, seguiram por trilhas estreitas em meio às terras acidentadas. Seu propósito era manter esse curso a oeste das Montanhas por muitas milhas e dias. O terreno era muito mais rude e mais árido que no verde vale do Grande Rio, nas Terras-selváticas do lado oposto da cordilheira, e seu avanço seria lento; mas daquele modo esperavam escapar à atenção de olhos inamistosos. Os espiões de Sauron pouco tinham sido vistos naquela região vazia até então, e as trilhas eram pouco conhecidas, a não ser da gente de Valfenda.

Gandalf andava na frente, e com ele ia Aragorn, que conhecia a região até no escuro. Os demais faziam fila atrás, e Legolas, cujos olhos eram aguçados, estava na retaguarda. A primeira parte da viagem foi dura e enfadonha, e Frodo pouco recordou dela exceto pelo vento. Durante muitos dias sem sol vinha um sopro gelado das Montanhas a leste, e nenhuma roupa parecia capaz de repelir seus dedos esquadrinhadores. Apesar de a Comitiva estar bem vestida, raramente se sentiam aquecidos, quer andando, quer parados. Dormiam inquietos durante o meio do dia, em alguma depressão do terreno, ou ocultos sob os espinheiros emaranhados que em muitos lugares cresciam em capões. No fim da tarde eram acordados pela sentinela e comiam a refeição principal: normalmente fria e sem graça, pois raramente podiam se arriscar a acender fogo. À tardinha prosseguiam de novo, sempre tanto ao sul quanto conseguiam abrir caminho.

No começo parecia aos hobbits que, apesar de caminharem e tropeçarem até a exaustão, estavam se arrastando adiante como lesmas e não chegavam a lugar nenhum. A cada dia o terreno parecia praticamente igual ao dia anterior. Porém as montanhas se aproximavam continuamente. Ao sul de Valfenda elas se elevavam cada vez mais e curvavam-se para o oeste; e em torno do sopé da cadeia principal revolvia-se uma terra cada vez mais ampla de colinas áridas e fundos vales repletos de águas turbulentas. As trilhas eram poucas e tortuosas, e muitas vezes só os levavam à beira de algum precipício escarpado ou para dentro de pântanos traiçoeiros.

Haviam viajado durante uma quinzena quando o tempo mudou. O vento amainou de repente e depois virou para o sul. As nuvens que fluíam depressa levantaram-se e derreteram, e o sol saiu, pálido e luminoso. Veio um amanhecer frio e límpido ao final de uma longa e cambaleante marcha noturna. Os viajantes alcançaram uma crista baixa coroada de antigos pés de azevinho, cujos troncos cinza-esverdeados pareciam ter sido esculpidos na própria pedra das colinas. Suas folhas escuras brilhavam, e as frutinhas reluziam vermelhas à luz do sol nascente.

Longe no sul, Frodo podia ver as formas indistintas de montanhas altivas que agora pareciam se interpor no caminho que a Comitiva estava trilhando. À esquerda daquela alta cordilheira erguiam-se três picos; o mais alto e mais próximo subia como um dente encimado de neve; seu grande e descoberto precipício norte ainda estava quase todo na sombra, mas reluzia vermelho onde a luz do sol o atingia obliquamente.

Gandalf, parado ao lado de Frodo, espiou por baixo da mão. "Viemos bem", disse ele. "Chegamos às bordas da região que os Homens chamam Azevim; aqui viviam muitos Elfos em dias mais felizes, quando seu nome era Eregion. Percorremos cinco e quarenta léguas a voo de corvo, apesar de nossos pés terem caminhado muitas longas milhas a mais. Agora o terreno e o tempo serão mais amenos, mas quem sabe também mais perigosos."

"Perigosos ou não, um nascer do sol de verdade é muito bem-vindo", comentou Frodo, jogando o capuz para trás e deixando a luz da manhã atingir seu rosto.

"Mas as montanhas estão à nossa frente", disse Pippin. "Devemos ter virado para o leste durante a noite."

"Não", afirmou Gandalf. "Mas enxerga-se mais longe à luz límpida. Além desses picos a cordilheira se vira para o sudoeste. Há muitos mapas na casa de Elrond, mas, imagino, você nunca pensou em olhá-los?"

"Olhei, sim, algumas vezes," respondeu Pippin, "mas não me lembro deles. Frodo tem melhor cabeça para esse tipo de coisa."

"Não preciso de mapa", disse Gimli, que chegara com Legolas e olhava diante de si atentamente, com uma estranha luz nos olhos profundos. "Ali está a terra onde nossos pais labutavam outrora, e lavramos a imagem dessas montanhas em muitas obras de metal e de pedra, e em muitas canções e histórias. Elevam-se alto em nossos sonhos: Baraz, Zirak, Shathûr.

"Só uma vez antes de hoje eu os vi de longe, desperto, mas eu os conheço e os seus nomes, pois embaixo deles fica Khazad-dûm, a Covanana, que agora se chama o Abismo Negro, Moria na língua élfica. Ali está Barazinbar, o Chifre-vermelho, o cruel Caradhras; e além dele ficam o Pico-de-Prata e a Cabeça-de-Nuvem: Celebdil, o Branco, e Fanuidhol, o Cinzento, a que chamamos Zirakzigil e Bundushathûr.

"Ali as Montanhas Nevoentas se dividem, e entre seus braços está o vale de sombras profundas que não podemos esquecer: Azanulbizar, o Vale do Riacho-escuro, que os Elfos chamam de Nanduhirion."

"É para o Vale do Riacho-escuro que estamos rumando", comentou Gandalf. "Se escalarmos o passo que se chama Portão do Chifre-vermelho, embaixo do lado oposto de Caradhras, havemos de descer pela Escada do Riacho-escuro para o fundo vale dos Anãos. Ali está o Espelhágua, e ali o Rio Veio-de-Prata nasce em suas fontes geladas."

"Escura é a água de Kheled-zâram," disse Gimli, "e escuras são as nascentes de Kibil-nâla. Meu coração estremece ao pensar que logo poderei vê-las."

"Que tenhas a alegria da visão, meu bom anão!", exclamou Gandalf. "Mas, não importa o que faças, pelo menos nós não podemos nos demorar nesse vale. Precisamos descer o Veio-de-Prata até os bosques secretos, e depois ao Grande Rio, e depois…"

Fez uma pausa.

"Sim, e depois aonde?", perguntou Merry.

"Ao final da jornada — no fim", respondeu Gandalf. "Não podemos olhar muito à frente. Contentemo-nos de que a primeira etapa foi cumprida em segurança. Creio que vamos descansar aqui, não só hoje, mas também esta noite. Há um ar sadio em Azevim. Muito mal precisa acontecer em uma região para que ela se esqueça dos Elfos por completo, se alguma vez eles lá habitaram."

"Isso é verdade", assentiu Legolas. "Mas os Elfos desta terra eram de uma raça estranha a nós, que somos do povo silvestre, e as árvores e o capim já não se recordam deles. Só ouço as pedras lamentando-os: *fundo nos escavaram, belas nos edificaram; mas eles se foram*. Eles se foram. Em busca dos Portos há muito tempo."

Naquela manhã fizeram fogo em uma baixada funda oculta por grandes arbustos de azevinho, e seu jantar-desjejum foi mais alegre do que fora desde que haviam partido. Não se apressaram a ir para a cama depois, já que esperavam ter a noite toda para dormir e não pretendiam prosseguir antes da tarde do dia seguinte. Somente Aragorn estava silencioso e inquieto. Depois de certo tempo ele deixou a Comitiva e perambulou até a crista; ali ficou parado na sombra de uma árvore, espiando para o sul e o oeste, com a cabeça inclinada como se estivesse escutando. Depois voltou à beira da baixada e olhou os demais, rindo e conversando.

"Qual é o problema, Passolargo?", Merry o chamou lá em cima. "O que está procurando? Sente falta do Vento Leste?"

"Não mesmo", respondeu ele. "Mas sinto falta de algo. Estive na região de Azevim em muitas estações. Agora não mora gente aqui, mas muitas outras criaturas vivem aqui o tempo todo, especialmente aves. Porém agora todos estão silenciosos a não ser vocês. Posso senti-lo. Não há ruído por milhas em nossa volta, e as vozes de vocês parecem fazer o chão ecoar. Não compreendo."

Gandalf ergueu os olhos com súbito interesse. "Mas qual é o motivo, você acha?", perguntou. "Ele representa mais do que a surpresa de ver quatro hobbits, sem falar no resto de nós, onde tão raramente se veem ou ouvem pessoas?"

"Espero que seja isso", respondeu Aragorn. "Mas tenho uma sensação de vigilância e de medo que nunca tive aqui antes."

"Então precisamos ser mais cautelosos", disse Gandalf. "Se trouxemos um Caminheiro conosco é bom prestar atenção nele, especialmente se o Caminheiro for Aragorn. Precisamos parar de falar em voz alta, descansar em silêncio e pôr uma sentinela."

Naquele dia foi a vez de Sam montar a primeira guarda, mas Aragorn juntou-se a ele. Os demais pegaram no sono. Então o silêncio aumentou até o próprio Sam conseguir senti-lo. A respiração dos que dormiam podia ser ouvida claramente. O balanço da cauda do pônei e os movimentos ocasionais de seus pés tornaram-se ruídos altos. Sam podia ouvir suas próprias juntas rangendo quando se mexia. Um silêncio profundo estava em toda a sua volta, e por cima de tudo pendia um límpido céu azul, com o Sol subindo do Leste. Lá longe, no Sul, apareceu uma mancha escura, e cresceu, e voou rumo ao norte como fumaça levada pelo vento.

"O que é isso, Passolargo? Não parece uma nuvem", disse Sam a Aragorn, sussurrando. Este não deu resposta, pois fitava o céu atentamente; mas não passou muito tempo para o próprio Sam conseguir ver por si só o que estava se aproximando. Revoadas de aves, voando a grande velocidade, giravam e rodavam, e atravessavam toda a região como se estivessem em busca de alguma coisa; e estavam chegando cada vez mais perto.

"Deite no chão, imóvel!" chiou Aragorn, puxando Sam para a sombra de um pé de azevinho; pois todo um regimento de aves havia-se separado de repente da hoste principal e veio voando baixo, direto para a crista. Sam pensou que eram uma espécie de corvo de grande tamanho. Quando passaram por cima deles, numa aglomeração tão densa que sua sombra os seguia, escura, no chão cá embaixo, ouviu-se um só grasnido rouco.

Foi só depois que sumiram à distância, no norte e no oeste, e o céu estava limpo outra vez, que Aragorn resolveu levantar-se. Então ergueu-se com um salto e foi acordar Gandalf.

"Regimentos de corvos negros estão voando por cima de toda a região entre as Montanhas e o Griságua", disse ele, "e passaram sobre Azevim. Não são nativos daqui; são *crebain* de Fangorn e da Terra Parda. Não sei a que vieram: possivelmente há algum distúrbio no sul do qual estão fugindo; mas acredito que estão espionando a região. Também vislumbrei muitos falcões voando bem alto no céu. Acho que deveríamos andar de novo à noitinha. Azevim não é mais salutar para nós: está sendo vigiada."

"E nesse caso o Passo do Chifre-vermelho também está", afirmou Gandalf; "e não consigo imaginar como podemos passar sobre ele sem sermos vistos. Mas vamos pensar nisso quando precisarmos. Quanto a andar assim que escurecer, receio que você tenha razão."

"Por sorte nossa fogueira fez pouca fumaça e já estava baixa antes de os *crebain* chegarem", comentou Aragorn. "Devemos apagá-la e não acendê-la de novo."

"Bem, se isso não é uma praga e um incômodo!", disse Pippin. Assim que ele acordara no final da tarde, tinham-lhe dado a notícia: sem fogo e andar outra vez à noite. "Tudo por causa de um bando de corvos! Eu estava esperando uma boa refeição de verdade esta noite: alguma coisa quente."

"Bem, pode continuar esperando", disse Gandalf. "Para você poderá haver muitos banquetes inesperados à frente. Quanto a mim, gostaria de um cachimbo para fumar em conforto e de pés mais quentes. No entanto, pelo menos de uma coisa temos certeza: ficará mais quente à medida que rumarmos para o sul."

"Quente demais não ia me espantar", murmurou Sam para Frodo. "Mas estou começando a pensar que é hora de enxergar essa Montanha de Fogo e de ver o fim da Estrada, por assim dizer. Primeiro pensei que podia ser este Chifre-vermelho aqui, ou seja qual for o nome dele, antes de Gimli fazer sua fala. Que belo quebra-queixo que deve ser a língua dos Anãos!" Os mapas nada diziam à mente de Sam, e todas as distâncias naquelas terras estranhas pareciam tão vastas que ele estava totalmente desorientado.

Por todo aquele dia a Comitiva permaneceu escondida. As aves escuras passaram por cima, vez por outra; mas à medida que o Sol poente se tornava vermelho elas desapareceram para o sul. Na penumbra a Comitiva partiu, e agora, virando meio para o leste, dirigiu-se rumo a Caradhras, que lá longe ainda brilhava num vermelho apagado à última luz do Sol desaparecido. Uma a uma, estrelas brancas surgiram à medida que o céu desbotava.

Guiados por Aragorn, encontraram uma boa trilha. Parecia a Frodo ser o resto de uma antiga estrada, que outrora fora larga e bem planejada, de Azevim ao passo da montanha. A Lua, agora cheia, nasceu sobre as montanhas e lançou uma luz pálida em que as sombras das pedras eram negras. Muitas pareciam ter sido lavradas à mão, apesar de estarem agora tombadas e arruinadas em uma terra árida e estéril.

Era a hora gélida e inamistosa antes do primeiro raiar da aurora, e a lua estava baixa. Frodo ergueu os olhos para o céu. Repentinamente viu ou sentiu uma sombra passando diante das altas estrelas, como se por um momento elas se apagassem e depois voltassem a brilhar. Teve um calafrio.

"Viu alguma coisa passar por cima?", sussurrou ele a Gandalf, que estava logo à frente.

"Não, mas senti, o que quer que fosse", respondeu ele. "Pode não ser nada, só um fiapo de nuvem fina."

"Então estava se movendo depressa," murmurou Aragorn, "e não era com o vento."

Nada mais aconteceu naquela noite. A manhã seguinte raiou ainda mais luminosa que antes. Mas o ar estava gélido outra vez; o vento já se voltava para o leste. Durante mais duas noites eles marcharam, subindo sempre, porém cada vez mais devagar, à medida que sua estrada serpenteava colina acima, e as montanhas se elevavam, cada vez mais próximas. Na terceira manhã, Caradhras se ergueu diante deles, um pico imenso, encimado de neve como prata, mas com flancos íngremes e nus, de um vermelho mortiço como se estivessem manchados de sangue.

Havia um quê de escuro no céu, e o sol estava lívido. Agora o vento virara para nordeste. Gandalf farejou o ar e olhou para trás.

"O inverno se aprofunda atrás de nós", disse ele baixinho para Aragorn. "Os altos ao norte estão mais brancos do que estavam; a neve se estende baixa em suas encostas. Esta noite havemos de estar a caminho, bem alto rumo ao Portão do Chifre-vermelho. Poderemos ser vistos por vigias naquela trilha estreita e atocaiados por algum mal; mas o tempo poderá demonstrar ser o inimigo mais mortal de todos. O que acha de nosso trajeto agora, Aragorn?"

Frodo ouviu essas palavras por acaso e compreendeu que Gandalf e Aragorn estavam continuando algum debate que começara muito tempo antes. Escutou ansioso.

"Não gosto de nosso trajeto do começo ao fim, como você bem sabe, Gandalf", respondeu Aragorn. "E os perigos conhecidos e desconhecidos crescerão à medida que avançarmos. Mas precisamos avançar; e não é bom retardar a passagem das montanhas. Mais ao sul não há passos, até que se chegue ao Desfiladeiro de Rohan. Não confio nesse caminho desde suas notícias sobre Saruman. Agora quem sabe a que lado servem os marechais dos Senhores-de-cavalos?"

"Quem sabe deveras!", disse Gandalf. "Mas existe outro caminho, e não é pelo passo de Caradhras: o caminho escuro e secreto de que falamos."

"Mas não falemos dele outra vez! Ainda não. Não diga nada aos outros, eu peço, enquanto não for evidente que não há outro caminho."

"Temos de decidir antes de avançarmos mais", respondeu Gandalf.

"Então vamos pesar o assunto em nossa mente enquanto os outros descansam e dormem", concluiu Aragorn.

No final da tarde, enquanto os demais terminavam o desjejum, Gandalf e Aragorn se afastaram juntos e ficaram olhando para Caradhras. Agora seus flancos estavam escuros e tristonhos, e sua cabeça, envolta em nuvens cinzentas. Frodo observava-os, perguntando-se qual rumo o debate tomaria. Quando voltaram à Comitiva, Gandalf falou, e então ele soube que fora decidido enfrentar o tempo e o passo alto. Ficou aliviado. Não conseguia imaginar o que seria o outro caminho, escuro e secreto, mas a simples menção dele parecera encher Aragorn de apreensão, e Frodo ficou contente de que fora abandonado.

"Pelos sinais que vimos ultimamente," disse Gandalf, "receio que o Portão do Chifre-vermelho possa estar sendo vigiado; e também tenho dúvidas sobre o tempo que nos persegue. Poderá vir neve. Precisamos ir com toda a pressa que pudermos. Mesmo assim levaremos mais de duas marchas para alcançarmos o topo do passo. Esta tarde o escuro chegará cedo. Precisamos partir assim que puderem se aprontar."

"Vou acrescentar um pequeno conselho, se puder", disse Boromir. "Nasci sob a sombra das Montanhas Brancas e sei alguma coisa sobre viagens em lugares elevados. Havemos de encontrar um frio intenso, se não coisa pior, antes de descermos do outro lado. Não nos ajudará sermos tão furtivos se isso nos fizer morrer congelados. Quando sairmos daqui, onde ainda há algumas árvores e touceiras, cada um de nós deveria levar um feixe de lenha, o maior que puder carregar."

"E o Bill pode levar mais um pouco, não pode, rapaz?", indagou Sam. O pônei encarou-o pesaroso.

"Muito bem", disse Gandalf. "Mas não devemos usar a lenha — a não ser que tenhamos que escolher entre o fogo e a morte."

A Comitiva partiu novamente, de início a boa velocidade; mas logo o caminho se tornou íngreme e difícil. A estrada, que dava voltas e subia, em muitos lugares quase desaparecera e estava bloqueada por muitas pedras caídas. A noite tornou-se mortalmente escura sob grandes nuvens. Um vento doloroso fazia redemoinhos entre as rochas. À meia-noite já haviam escalado até os joelhos das grandes montanhas. Agora a trilha estreita se curvava por uma parede escarpada de penhascos à esquerda, acima da qual os cruéis flancos de Caradhras se erguiam invisíveis na treva; à direita havia um abismo de escuridão onde o terreno despencava repentinamente numa funda ravina.

A muito custo escalaram uma encosta pronunciada e pararam por um momento no topo. Frodo sentiu um toque macio no rosto. Estendeu o braço e viu os flocos de neve, indistintos e brancos, pousando em sua manga.

Foram em frente. Mas não demorou muito para a neve começar a cair depressa, preenchendo todo o ar e rodopiando nos olhos de Frodo. Mal se podiam ver as formas escuras e encurvadas de Gandalf e Aragorn apenas um ou dois passos à frente.

"Não gosto disto nem um pouco", disse Sam, ofegante, logo atrás. "Neve é muito bom numa bela manhã, mas eu gosto de estar na cama enquanto ela cai. Gostaria que este quinhão fosse dar na Vila-dos-Hobbits! Lá as pessoas iriam apreciar." Exceto pelas altas charnecas da Quarta Norte, as nevascas intensas eram raras no Condado e eram consideradas ocasiões agradáveis, oportunidades para diversão. Nenhum hobbit vivo (exceto Bilbo) lembrava-se do Fero Inverno de 1311, quando lobos brancos invadiram o Condado, vindos por sobre o Brandevin congelado.

Gandalf parou. Tinha neve espessa em seu capuz e ombros; ela já estava na altura dos tornozelos de suas botas.

"Era isto que eu temia", disse ele. "O que diz agora, Aragorn?"

"Que eu também temia isto," respondeu Aragorn, "porém menos que outras coisas. Eu sabia do risco da neve, apesar de ser raro ela cair assim intensamente tão ao sul, exceto no alto das montanhas. Mas ainda não estamos alto; ainda estamos bem embaixo, onde normalmente as trilhas ficam abertas o inverno todo."

"Pergunto-me se isto é maquinação do Inimigo", comentou Boromir. "Em minha terra dizem que ele consegue governar as tempestades das

Montanhas de Sombra que se erguem nos limites de Mordor. Ele tem estranhos poderes e muitos aliados."

"Seu braço alongou-se deveras," disse Gimli, "se ele consegue trazer neve do Norte para nos afligir aqui, a trezentas léguas de distância."

"Seu braço alongou-se", afirmou Gandalf.

Enquanto estavam parados o vento amainou, e a neve diminuiu quase até cessar. Voltaram a avançar com dificuldade. Mas não haviam percorrido mais que um oitavo de milha[1] quando a tempestade voltou com fúria renovada. O vento assobiava, e a neve se transformou em nevasca cegante. Logo o próprio Boromir encontrou dificuldade em avançar. Os hobbits, curvados quase até os pés, mourejavam atrás das pessoas mais altas, mas era evidente que não conseguiriam ir muito adiante se a neve continuasse. Os pés de Frodo pareciam chumbo. Pippin arrastava-se mais atrás. O próprio Gimli, robusto como qualquer anão, resmungava ao caminhar penosamente.

A Comitiva se deteve repentinamente, como se tivessem chegado a um acordo sem falar uma só palavra. Ouviam ruídos sinistros na escuridão ao redor. Podia ser apenas um ardil do vento nas frestas e nos sulcos da parede rochosa, mas os sons eram de gritos agudos e selvagens uivos de riso. Pedras começaram a cair do flanco da montanha, assobiando por cima de suas cabeças ou se espatifando na trilha ao lado deles. Vez por outra ouviam um ribombo abafado, quando um grande rochedo descia rolando das alturas ocultas acima deles.

"Não podemos ir mais longe esta noite", disse Boromir. "Quem quiser que chame de vento; há vozes cruéis no ar; e estas pedras nos têm por alvo."

"Eu chamo de vento", comentou Aragorn. "Mas isso não torna falso o que dizes. Há muitos seres malignos e inamistosos no mundo que têm pouco apreço pelos que caminham em duas pernas, e ainda assim não estão aliados a Sauron, e sim têm seus próprios propósitos. Alguns têm estado neste mundo por mais tempo que ele."

"Caradhras era chamado o Cruel e tinha mau nome," disse Gimli, "longos anos atrás, quando o rumor de Sauron ainda não fora ouvido nestas terras."

"Pouco importa quem é o inimigo se não pudermos rechaçar seu ataque", afirmou Gandalf.

"Mas o que podemos fazer?", exclamou Pippin, infeliz. Apoiava-se em Merry e Frodo e tiritava.

"Ou paramos onde estamos, ou damos a volta", respondeu Gandalf. "Não adianta prosseguir. Só um pouco acima, se bem me lembro, esta trilha deixa o penhasco e corre para uma grota larga e rasa ao pé de um

---

[1] No original *furlong*, equivalente a 201 metros. [N. T.]

declive comprido e difícil. Ali não teríamos abrigo da neve, nem das pedras — nem de nada mais."

"E não adianta voltar enquanto a tempestade prossegue", disse Aragorn. "Na subida não passamos por nenhum lugar que desse mais abrigo que esta parede do penhasco sob a qual estamos agora."

"Abrigo!", murmurou Sam. "Se isto é abrigo, então uma parede e nenhum teto fazem uma casa."

A Comitiva agora se agrupou o mais possível junto ao penhasco. Este dava para o sul e perto do sopé inclinava-se um pouco para fora, de modo que esperavam que ele lhes desse alguma proteção do vento norte e das pedras que caíam. Mas lufadas em redemoinho rodopiavam ao redor deles por todos os lados, e a neve descia fluindo em nuvens cada vez mais densas.

Ajuntaram-se com as costas contra a parede. O pônei Bill parou, paciente, porém desalentado, diante dos hobbits, e os protegia um pouco; mas logo a neve à deriva estava acima de seus jarretes e continuava subindo. Se não tivessem companheiros maiores, os hobbits logo estariam inteiramente sepultados.

Uma grande sonolência se apossou de Frodo; ele se sentia afundando depressa em um sonho morno e nebuloso. Pensava que um fogo lhe aquecia os dedos dos pés, e das sombras do outro lado da lareira ouvia a voz de Bilbo falando. "Não achei grande coisa o seu diário", ele dizia. "Tempestades de neve em doze de janeiro: não havia necessidade de voltar para relatar isso!"

"Mas eu queria descansar e dormir, Bilbo", respondeu Frodo com esforço, quando se sentiu sacudido, e voltou dolorosamente ao estado desperto. Boromir o erguera do chão, tirando-o de um ninho de neve.

"Isto significará a morte dos pequenos, Gandalf", disse Boromir. "É inútil nos sentarmos aqui até que a neve suba acima de nossas cabeças. Precisamos fazer algo para nos salvarmos."

"Dá-lhes isto", disse Gandalf, dando uma busca em sua mochila e tirando um frasco de couro. "Só um gole para cada um — para nós todos. É muito precioso. É *miruvor*, o licor de Imladris. Elrond mo deu quando nos despedimos. Passa-o adiante!"

Assim que Frodo engoliu um pouco do licor morno e perfumado ele sentiu nova força em seu coração, e o pesado entorpecimento deixou seus membros. Os demais também se refizeram e encontraram esperança e vigor renovados. Mas a neve não amainou. Rodopiava ao redor deles mais espessa que nunca, e o vento soprava mais ruidoso.

"O que achais de uma fogueira?", perguntou Boromir de repente. "Agora parece próxima a escolha entre o fogo e a morte, Gandalf. Sem dúvida estaremos ocultos de todos os olhos inamistosos quando a neve nos tiver coberto, mas isso não nos ajudará."

"Podes fazer uma fogueira se quiseres", respondeu Gandalf. "Se houver algum observador que possa suportar esta tempestade, ele poderá nos ver, com ou sem fogo."

Mas, apesar de terem trazido lenha e iscas a conselho de Boromir, estava além da habilidade de Elfo, ou mesmo de Anão, produzir uma chama que aguentasse em meio ao vento em turbilhão ou pegasse no combustível molhado. Por fim o próprio Gandalf, relutante, pôs mãos à obra. Apanhando um feixe, ele o ergueu por um momento, e então, com a palavra de comando, *naur an edraith ammen!*, enfiou a extremidade do cajado no meio dele. Imediatamente irrompeu um grande jorro de chamas verdes e azuis, e a lenha flamejou e crepitou.

"Se houver alguém para ver, eu pelo menos me revelei a ele", disse. "Escrevi *Gandalf está aqui* em sinais que todos podem ler, de Valfenda até as fozes do Anduin."

Mas a Comitiva não se importava mais com observadores nem com olhos inamistosos. Alegrou-lhes o coração ver a luz do fogo. A lenha queimava alegremente; e, apesar de a neve chiar em toda a sua volta, e de poças de lama se insinuarem sob os seus pés, eles de bom grado aqueceram as mãos nas chamas. Ali ficaram em pé, curvados em círculo ao redor das pequenas chamas que dançavam e arfavam. Havia uma luz vermelha em seus rostos exaustos e ansiosos; atrás deles a noite era como um muro negro.

Mas a lenha queimava depressa, e a neve ainda caía.

O fogo enfraqueceu e o último feixe foi jogado sobre ele.

"A noite está envelhecendo", disse Aragorn. "O amanhecer não está longe."

"Se é que um amanhecer consegue penetrar nestas nuvens", disse Gimli.

Boromir saiu do círculo e encarou o negror acima deles. "A neve está diminuindo," disse ele, "e o vento está mais quieto."

Frodo, cansado, olhava para os flocos que ainda caíam da escuridão para se revelarem brancos por um momento à luz do fogo agonizante; mas por muito tempo não conseguiu ver sinal de que estavam minguando. Então, de repente, quando o sono recomeçava a se insinuar sobre ele, deu-se conta de que realmente o vento amainara e de que os flocos se tornavam maiores e menos numerosos. Muito devagar, uma luz tênue começou a crescer. Finalmente a neve cessou por completo.

À medida que a luz aumentava, ela revelava um mundo silencioso e amortalhado. Abaixo do refúgio deles havia montículos e cúpulas brancas, e profundezas informes sob as quais a trilha que haviam percorrido estava perdida por completo; mas os altos, lá em cima, estavam ocultos por grandes nuvens ainda pesadas com a ameaça de neve.

Gimli ergueu os olhos e balançou a cabeça. "Caradhras não nos perdoou", disse ele. "Ele ainda tem mais neve para lançar sobre nós, se prosseguirmos. Quanto antes voltarmos e descermos melhor."

Todos concordaram com isso, mas agora era difícil recuar. Poderia até demonstrar ser impossível. A uns poucos passos das cinzas da sua fogueira, a neve tinha muitos pés de altura, acima das cabeças dos hobbits; em alguns lugares ela fora varrida e amontoada pelo vento em grandes montes junto ao penhasco.

"Se Gandalf fosse à nossa frente com uma chama luminosa, poderia derreter uma trilha para vós", disse Legolas. A tempestade pouco o perturbara, e da Comitiva só ele ainda estava animado.

"Se os Elfos pudessem voar acima das montanhas, poderiam buscar o Sol para nos salvar", respondeu Gandalf. "Mas eu preciso de alguma coisa sobre a qual possa agir. Não consigo queimar neve."

"Bem," disse Boromir, "quando as cabeças estão perplexas os corpos precisam trabalhar, como dizemos em meu país. Os mais fortes dentre nós precisam buscar um caminho. Vede! Apesar de agora estar tudo envolto em neve, nossa trilha da subida dava uma volta naquela encosta rochosa ali embaixo. Foi ali que a neve começou a nos assolar. Se pudermos alcançar esse ponto, quem sabe adiante demonstrar ser mais fácil. Não está a mais de um oitavo de milha, calculo."

"Então vamos abrir uma trilha à força até lá, tu e eu!", disse Aragorn.

Aragorn era o mais alto da Comitiva, mas Boromir, pouca coisa mais baixo, era mais encorpado e de compleição mais maciça. Saiu na frente, e Aragorn o seguiu. Afastaram-se devagar e logo estavam em pesada labuta. Em alguns lugares a neve era da altura do peito, e muitas vezes Boromir parecia não estar caminhando, e sim nadando ou escavando com os grandes braços.

Legolas observou-os por algum tempo com um sorriso nos lábios e depois voltou-se para os demais. "Os mais fortes precisam buscar um caminho, vós dizeis? Mas eu digo: que o arador are, mas escolhamos uma lontra para nadar e para correr leve sobre a grama e a folha, ou sobre a neve — um Elfo."

Com essas palavras partiu em salto lépido, e então Frodo notou como se fosse a primeira vez, apesar de sabê-lo há tempo, que o Elfo não usava botas, e sim, como sempre, apenas sapatos leves e que seus pés pouco marcavam a neve.

"Adeus!", disse ele a Gandalf. "Vou em busca da Sol!" Então, veloz como um corredor em areia firme, partiu a toda e, ultrapassando depressa os homens que mourejavam, passou por eles com um aceno de mão e correu para longe, desaparecendo atrás da curva rochosa.

Os demais esperaram aninhados uns contra os outros, vendo Boromir e Aragorn se reduzirem a pontos negros na brancura. Finalmente também eles não podiam mais ser vistos. O tempo arrastou-se. As nuvens baixaram e logo alguns flocos de neve voltaram a descer em espirais.

Passou-se talvez uma hora, apesar de parecer muito mais tempo, e então finalmente viram que Legolas voltava. Ao mesmo tempo Boromir e Aragorn ressurgiram de trás da curva, bem atrás dele, e vieram subindo o aclive com esforço.

"Bem," exclamou Legolas, aproximando-se a correr, "eu não trouxe a Sol. Ela caminha nos campos azuis do Sul e uma pequena grinalda de neve neste morrinho do Chifre-vermelho não a incomoda nem um pouco. Mas trouxe de volta um lampejo de boa esperança para aqueles que estão condenados a andar a pé. O maior monte de neve de todos está logo atrás da curva, e ali nossos Homens Fortes quase foram sepultados. Perderam a esperança até eu retornar e lhes dizer que o monte era pouco mais espesso que uma parede. E do outro lado a neve subitamente diminui, enquanto que mais embaixo ela nada mais é que um cobertor branco para esfriar os dedos dos pés de um hobbit."

"Ah, é como eu disse", grunhiu Gimli. "Não era uma tempestade comum. É a má vontade de Caradhras. Ele não gosta de Elfos nem de Anãos, e esse monte foi depositado para interromper nossa fuga."

"Mas felizmente teu Caradhras esqueceu que há Homens contigo", disse Boromir, chegando nesse momento. "E são Homens robustos, se assim posso dizer; porém homens menores com pás poderiam ter sido de mais valia. Ainda assim, abrimos uma passagem através do monte; e por isso todos aqui que não conseguem correr leves como os Elfos devem ser gratos."

"Mas como vamos descer ali, mesmo vocês tendo perfurado o monte?", disse Pippin, expressando o pensamento de todos os hobbits.

"Tem esperança!", disse Boromir. "Estou exausto, mas ainda me resta alguma força e a Aragorn também. Vamos carregar a gente pequena. Os demais, sem dúvida, conseguirão caminhar na trilha atrás de nós. Vem, Mestre Peregrin! Começarei por ti."

Ergueu o hobbit. "Agarra-te às minhas costas! Precisarei de meus braços", disse ele, caminhando avante. Aragorn foi atrás com Merry. Pippin admirou-se com sua força, vendo a passagem que já abrira sem outro instrumento que não seus grandes membros. Mesmo agora, carregado como estava, alargava a trilha para os que vinham atrás, jogando a neve para os lados à medida que avançava.

Finalmente chegaram ao grande monte de neve. Ele se estendia por cima da trilha da montanha como um muro escarpado e súbito, e sua crista, afiada como se tivesse sido escavada à faca, erguia-se a mais do dobro da altura de Boromir; mas uma passagem fora aberta pelo meio, subindo e descendo como uma ponte. Do lado oposto Merry e Pippin foram arriados, e ali esperaram com Legolas a chegada do restante da Comitiva.

Algum tempo depois, Boromir voltou carregando Sam. Atrás dele, na trilha estreita, mas àquela altura bem pisada, vinha Gandalf conduzindo

Bill, com Gimli empoleirado no meio da bagagem. Por último veio Aragorn, carregando Frodo. Passaram através da abertura; mas Frodo mal tocara o chão quando uma avalanche de pedras e neve deslizante desceu rolando com um ribombo grave. O borrifo que produziu quase cegou a Comitiva, agachando-se junto ao penhasco, e quando o ar voltou a ficar limpo viram que a trilha estava bloqueada atrás deles.

"Basta, basta!", exclamou Gimli. "Estamos partindo o mais depressa possível!" E de fato, com esse último golpe parecia estar gasta a malícia da montanha, como se Caradhras se certificasse de que os invasores haviam sido rechaçados e não ousariam voltar. A ameaça de neve ergueu-se; as nuvens começaram a se dissipar e a luz espalhou-se.

Como Legolas relatara, descobriram que a neve ficava cada vez mais rasa à medida que desciam, de forma que os próprios hobbits conseguiam avançar com alguma dificuldade. Logo estavam todos parados outra vez na projeção plana, no topo da encosta íngreme onde haviam sentido os primeiros flocos de neve na noite anterior.

A manhã já avançara bastante. Daquele lugar alto, contemplaram outra vez as terras mais baixas a oeste. Bem longe, no terreno acidentado que se estendia ao pé da montanha, ficava o pequeno vale de onde haviam começado a escalar o passo.

As pernas de Frodo doíam. Estava gelado até os ossos e faminto; e sua cabeça girava ao pensar na longa e dolorosa marcha para baixo. Manchas negras lhe nadavam diante dos olhos. Ele os esfregou, mas as manchas negras ficaram. Lá longe, abaixo dele, mas ainda bem acima dos contrafortes inferiores, pontos escuros giravam no ar.

"As aves de novo!", disse Aragorn, apontando para baixo.

"Agora não há como evitá-las", disse Gandalf. "Quer sejam boas ou más, ou nada tenham a ver conosco, temos de descer imediatamente. Nem nos joelhos de Caradhras esperaremos por outro anoitecer!"

Um vento frio soprava atrás deles enquanto davam as costas para o Portão do Chifre-vermelho e tropeçavam, exaustos, descendo a encosta. Caradhras os derrotara.

4

Uma Jornada no Escuro

Era o entardecer, e a luz cinzenta outra vez minguava depressa, quando se detiveram para passar a noite. Estavam muito cansados. As montanhas estavam veladas no crepúsculo crescente, e o vento era frio. Gandalf distribuiu a cada um, com parcimônia, mais um gole do *miruvor* de Valfenda. Depois de terem comido algum alimento, ele convocou um conselho.

"É claro que esta noite não podemos prosseguir", disse ele. "O ataque no Portão do Chifre-vermelho nos exauriu, e precisamos descansar um pouco aqui."

"E aonde devemos ir depois?", perguntou Frodo.

"Ainda temos diante de nós nossa jornada e nossa missão", respondeu Gandalf. "Não temos opção senão irmos em frente, ou voltarmos a Valfenda."

O rosto de Pippin iluminou-se visivelmente diante da simples menção da volta a Valfenda; Merry e Sam ergueram os olhos, esperançosos. Mas Aragorn e Boromir não deram sinal. Frodo parecia aflito.

"Gostaria de estar lá outra vez", comentou ele. "Mas como posso voltar sem vergonha — a não ser que de fato não haja outra maneira, e já estejamos derrotados?"

"Tem razão, Frodo," disse Gandalf, "voltar é admitir a derrota e enfrentar uma derrota pior que virá. Se voltarmos agora, então o Anel terá de ficar lá: não conseguiremos partir de novo. Então, mais cedo ou mais tarde, Valfenda será sitiada, e após um tempo breve e amargo será destruída. Os Espectros-do-Anel são inimigos mortais, mas ainda são apenas sombras do poder e do terror que possuiriam se o Anel Regente tivesse voltado à mão de seu mestre."

"Então precisamos prosseguir, se houver caminho", disse Frodo, suspirando. Sam afundou no abatimento outra vez.

"Há um caminho que podemos tentar", disse Gandalf. "Pensei desde o começo, quando primeiro considerei esta jornada, que deveríamos tentá-lo. Mas não é um caminho agradável, e não falei dele antes à Comitiva. Aragorn era contrário até que tivéssemos pelo menos tentado o passo sobre as montanhas."

"Se for uma estrada pior que o Portão do Chifre-vermelho, então deve ser maligno de verdade", disse Merry. "Mas é melhor você nos contar sobre ele e deixar que saibamos logo do pior."

"A estrada de que falo conduz às Minas de Moria", disse Gandalf. Só Gimli ergueu a cabeça; tinha nos olhos um fogo latente. Todos os demais sentiram pavor à menção daquele nome. Mesmo para os hobbits era uma lenda de vago temor.

"A estrada pode conduzir a Moria, mas como podemos esperar que ela conduza através de Moria?", disse Aragorn, sombrio.

"É um nome de mau agouro", afirmou Boromir. "E tampouco vejo necessidade de irmos para lá. Se não pudermos atravessar as montanhas, vamos viajar rumo ao sul até chegarmos ao Desfiladeiro de Rohan, onde os homens são amigos de meu povo, tomando a estrada que segui vindo para cá. Ou poderíamos passar adiante e atravessar o Isen para Praia-comprida e Lebennin, assim chegando a Gondor pelas regiões próximas do mar."

"As coisas mudaram desde que vieste para o norte, Boromir", respondeu Gandalf. "Não ouviste o que vos contei sobre Saru-man? Com ele poderei resolver meus próprios assuntos antes que tudo termine. Mas o Anel não pode chegar perto de Isengard, se isso puder ser evitado por algum meio. O Desfiladeiro de Rohan está fechado para nós enquanto acompanharmos o Portador.

"Quanto à estrada mais longa: não temos esse tempo para gastar. Poderíamos passar um ano em tal jornada, e passaríamos por muitas terras que estão ermas e sem abrigo. Porém não seriam seguras. Os olhos vigilantes, tanto de Saruman quanto do Inimigo, estão sobre elas. Quando vieste para o norte, Boromir, eras aos olhos do Inimigo somente um vagante extraviado do Sul, e pouco lhe importavas: a mente dele estava ocupada com a perseguição do Anel. Mas agora retornas como membro da Comitiva do Anel e estás em perigo enquanto permaneceres conosco. O perigo aumentará a cada légua que andarmos para o sul sob o céu descoberto.

"Receio que desde nossa tentativa declarada no passo da montanha nosso apuro tenha se tornado mais desesperado. Agora vejo pouca esperança se não desaparecermos logo de vista durante algum tempo e dissimularmos nossa trilha. Portanto aconselho que nem passemos sobre as montanhas nem ao redor delas, e sim por baixo delas. Essa, seja como for, é uma estrada que o Inimigo pouco esperará que tomemos."

"Não sabemos o que ele espera", comentou Boromir. "Ele poderá vigiar todas as estradas, as prováveis e as improváveis. Nesse caso, entrar em Moria seria penetrar em uma armadilha, pouco melhor que bater aos portões da própria Torre Sombria. O nome de Moria é negro."

"Falas do que não conheces, quando comparas Moria ao baluarte de Sauron", respondeu Gandalf. "Dentre vós só eu já estive nos calabouços do

Senhor Sombrio, e apenas em sua moradia mais antiga e menor, em Dol Guldur. Os que passam pelos portões de Barad-dûr não retornam. Mas eu não vos conduziria para dentro de Moria se não houvesse esperança de sair outra vez. Se há Orques ali, é verdade que isso nos causará problemas. Porém a maioria dos Orques das Montanhas Nevoentas foi dispersa ou destruída na Batalha dos Cinco Exércitos. As Águias relatam que os Orques se reúnem outra vez, vindos de longe; mas há esperança de que Moria ainda esteja livre.

"Há até uma chance de que haja Anãos ali, e de que Balin, filho de Fundin, possa ser encontrado em algum profundo salão de seus pais. Seja como for, deve-se trilhar o caminho que a necessidade escolhe!"

"Trilharei o caminho contigo, Gandalf!", disse Gimli. "Irei contemplar os salões de Durin, não importa o que nos espere ali — se conseguires encontrar as portas que estão fechadas."

"Bom, Gimli!", respondeu Gandalf. "Tu me encorajas. Buscaremos juntos as portas ocultas. E atravessaremos. Nas ruínas dos Anãos uma cabeça de anão será mais difícil de confundir que Elfos ou Homens ou Hobbits. Porém não será a primeira vez que estive em Moria. Por longo tempo lá busquei Thráin, filho de Thrór, depois que ele se perdeu. Atravessei e saí vivo!"

"Também eu certa vez passei pelo Portão do Riacho-escuro", disse Aragorn em voz baixa; "mas, apesar de eu também ter saído, a lembrança é muito má. Não desejo entrar em Moria pela segunda vez."

"E eu não desejo entrar lá nem uma vez", retrucou Pippin.

"Nem eu", murmurou Sam.

"É claro que não!", disse Gandalf. "Quem desejaria? Mas a questão é: quem irá me seguir se eu vos conduzir para lá?"

"Eu irei", disse Gimli avidamente.

"Eu irei", disse Aragorn, pesaroso. "Tu seguiste minha liderança até o quase desastre na neve e não disseste palavra de acusação. Agora seguirei tua liderança — se este último alerta não te demover. Não penso agora no Anel, nem em nós outros, e sim em ti, Gandalf. E te digo: se passares pelas portas de Moria, toma cuidado!"

"Eu *não* irei", disse Boromir; "a não ser que o voto de toda a Comitiva me seja contrário. O que dizem Legolas e o povo pequeno? Certamente precisa ser ouvida a voz do Portador-do-Anel?"

"Eu não desejo ir a Moria", respondeu Legolas.

Os hobbits nada disseram. Sam olhou para Frodo. Por fim, Frodo falou. "Eu não desejo ir", disse ele; "mas tampouco desejo recusar o conselho de Gandalf. Peço que não haja voto antes que tenhamos dormido. Gandalf obterá votos mais facilmente à luz da manhã do que nesta escuridão fria. Como uiva o vento!"

A estas palavras todos caíram em pensamentos silenciosos. Ouviam o vento chiando entre as rochas e as árvores, e ao redor deles havia uivos e lamentos nos espaços vazios da noite.

De repente Aragorn se ergueu com um salto. "Como uiva o vento!", exclamou. "Está uivando com vozes de lobos. Os wargs vieram a oeste das Montanhas!"

"Então precisamos esperar pela manhã?", disse Gandalf. "É como eu disse. A caçada está em andamento! Mesmo que vivamos para ver o amanhecer, quem agora quererá viajar de noite rumo ao sul, com os lobos selvagens em seu encalço?"

"Qual a distância até Moria?", perguntou Boromir.

"Havia uma porta a sudoeste de Caradhras, a umas quinze milhas a voo de corvo, e quem sabe vinte a passo de lobo", respondeu Gandalf, sisudo.

"Então partamos assim que houver luz amanhã, se pudermos", disse Boromir. "O lobo que se ouve é pior que o orque que se teme."

"Verdade!", assentiu Aragorn, desprendendo a espada na bainha. "Mas onde o warg uiva, o orque também vagueia."

"Queria ter ouvido o conselho de Elrond", murmurou Pippin para Sam. "Afinal de contas, não sirvo para nada. Não há em mim o suficiente da estirpe de Bandobras, o Berratouro: esses uivos me gelam o sangue. Não me recordo de jamais ter-me sentido tão infeliz."

"Meu coração desceu até os dedos dos pés, Sr. Pippin", disse Sam. "Mas ainda não fomos devorados e temos indivíduos valentes aqui conosco. Não sei o que está reservado pro velho Gandalf, mas aposto que não é uma barriga de lobo."

Para se defender durante a noite, a Comitiva escalou o topo da pequena colina sob a qual estiveram se abrigando. Era encimada por um capão de árvores velhas e retorcidas, em torno das quais havia um círculo rompido de matacães. Fizeram uma fogueira no meio delas, pois não havia esperança de a escuridão e o silêncio evitarem que sua trilha fosse descoberta pelas matilhas de caçadores.

Ficaram sentados ao redor do fogo, e os que não estavam de sentinela cochilavam inquietos. O pobre pônei Bill, de pé, tremia e suava. Agora os uivos dos lobos estavam em toda a sua volta, às vezes mais perto e às vezes mais longe. Na madrugada viam-se muitos olhos luminosos espiando por cima da crista da colina. Alguns avançaram quase até o anel de pedras. Numa brecha do círculo via-se um grande vulto escuro de lobo parado, espiando-os. Soltou um uivo estremecido, como se fosse um capitão convocando a matilha ao ataque.

Gandalf levantou-se e caminhou em frente, erguendo o cajado. "Ouve, Cão de Sauron!", gritou. "Gandalf está aqui. Foge se dás valor à tua pele imunda! Eu te farei murchar da cauda ao focinho se entrares neste anel."

O lobo rosnou e pulou sobre eles em grande salto. Nesse momento ouviu-se um zunido agudo. Legolas disparara seu arco. Ouviu-se um berro hediondo, e o vulto que saltava caiu pesadamente no chão; a flecha élfica lhe perfurara a garganta. Os olhos que vigiavam apagaram-se de súbito. Gandalf e Aragorn deram alguns passos para a frente, mas a colina estava deserta; as matilhas de caça tinham fugido. Em toda a volta deles a escuridão se fez silenciosa, e não veio nenhum grito no vento que suspirava.

A noite estava avançada, e no oeste a lua minguante se punha, brilhando caprichosa através das nuvens que se desfaziam. De repente, Frodo acordou num sobressalto. Sem aviso, uma tempestade de uivos irrompeu feroz e selvagem em torno do acampamento. Uma grande hoste de wargs se reunira em silêncio e agora os atacava de todos os lados ao mesmo tempo.
"Joguem lenha na fogueira!", gritou Gandalf para os hobbits. "Saquem as armas e postem-se de costas uns para os outros!"
À luz súbita da lenha nova que se inflamava, Frodo viu muitas formas cinzentas que saltavam por cima do anel de pedras. Outras e outras mais se seguiram. Num ímpeto, Aragorn perpassou a garganta de um enorme líder com a espada; Boromir, em movimento amplo, decepou a cabeça de outro. Ao lado deles Gimli estava de pé, com as pernas robustas afastadas, empunhando seu machado-anânico. O arco de Legolas cantava.
À luz bruxuleante da fogueira, Gandalf pareceu crescer de repente: ergueu-se em grande forma ameaçadora, como o monumento de um antigo rei de pedra posto sobre uma colina. Inclinando-se como uma nuvem, apanhou um galho em chamas e caminhou ao encontro dos lobos. Recuaram diante dele. Ele lançou a tocha ardente alto no ar. Ela rebentou em chamas, com súbita radiância branca como de um raio; e a voz dele rolou como um trovão.
"*Naur an edraith ammen! Naur dan i ngaurhoth!*", exclamou.
Ouviu-se um rugido e uma crepitação, e a árvore acima dele irrompeu numa folha e flor de chamas cegantes. O fogo saltou de copa em copa. Toda a colina estava coroada de luz ofuscante. As espadas e adagas dos defensores reluziam e fulguravam. A última flecha de Legolas incendiou-se no ar ao voar, e em chamas enterrou-se no coração de um grande chefe dos lobos. Todos os demais fugiram.
O fogo apagou-se devagar, até nada restar senão cinzas e fagulhas a cair; uma fumaça amarga enrolou-se sobre os tocos de árvore queimados e soprou da colina, escura, à medida que a primeira luz do amanhecer surgiu débil no céu. Seus inimigos estavam desbaratados e não voltaram.
"O que foi que eu lhe disse, Sr. Pippin?", disse Sam, embainhando a espada. "Os lobos não o derrotam. Foi de encher os olhos, sem dúvida! Quase chamuscou os cabelos da minha cabeça!"

Quando chegou a luz plena da manhã, não se via sinal dos lobos, e em vão eles procuraram os corpos dos mortos. Não restava vestígio da luta senão as árvores carbonizadas e as flechas de Legolas no chão do cume. Estavam todas intactas, exceto uma da qual só sobrara a ponta.

"É como eu temia", disse Gandalf. "Não eram lobos comuns caçando alimento no ermo. Vamos comer depressa e partir!"

Naquele dia o tempo mudou outra vez, quase como se fosse por ordem de algum poder que não tinha mais serventia para a neve, já que haviam recuado do passo, um poder que agora desejava ter luz clara para ver de longe os seres que se movessem no ermo. O vento estivera virando pelo norte para o noroeste durante a noite e agora parara. As nuvens se retiraram para o sul e o céu se abriu, alto e azul. Quando estavam de pé na encosta da colina, prontos para partir, a pálida luz do sol brilhava sobre os cimos das montanhas.

"Precisamos alcançar as portas antes do pôr do sol," disse Gandalf, "ou receio que nunca as alcancemos. Não é longe, mas nossa trilha poderá ser tortuosa, pois aqui Aragorn não pode nos guiar; poucas vezes ele caminhou nesta terra, e eu só uma vez estive embaixo da muralha ocidental de Moria, e isso foi muito tempo atrás.

"Ali está ela", informou ele, apontando para o sudeste, onde os flancos das montanhas caíam íngremes para as sombras em seus sopés. Ao longe podia-se ver, indistintamente, uma linha de penhascos nus, e no meio deles, mais alta que o restante, uma grande muralha cinzenta. "Quando deixamos o passo eu vos conduzi rumo ao sul, e não de volta ao nosso ponto de partida, como alguns de vós podem ter notado. Foi bom fazer assim, pois agora temos várias milhas a menos para transpor, e a pressa é necessária. Vamos embora!"

"Não sei o que esperar", disse Boromir, sisudo; "que Gandalf encontre o que busca ou que, chegando ao penhasco, descubramos que os portões se perderam para sempre. Todas as opções parecem ruins, e a maior probabilidade é sermos apanhados entre os lobos e a muralha. Conduze-nos!"

Agora Gimli caminhava à frente, ao lado do mago, de tão ávido para chegar a Moria. Juntos conduziram a Comitiva de volta rumo às montanhas. A única estrada antiga que conduzia a Moria pelo oeste corria ao longo do curso de um riacho, o Sirannon, que saía do sopé dos penhascos perto de onde haviam estado as portas. Mas ou Gandalf se enganava, ou então o terreno mudara em anos recentes; pois ele não topou com o riacho onde pretendia encontrá-lo, algumas poucas milhas ao sul do seu ponto de partida.

A manhã estava se tornando em meio-dia, e a Comitiva ainda vagava e escalava em um terreno árido de pedras vermelhas. Em nenhum lugar conseguiam ver o brilho da água nem escutar o seu ruído. Estava tudo deserto e seco. Eles desanimaram. Não viam ser vivo e não havia nenhuma ave no céu; mas o que a noite traria, se os apanhasse naquela terra perdida, nenhum deles se atrevia a pensar.

De repente Gimli, que havia avançado às pressas, os chamou. Estava de pé num outeiro e apontava para a direita. Apressando-se, viram abaixo deles um sulco profundo e estreito. Estava vazio e silencioso, e mal escorria um fio de água entre as pedras do seu leito, pardas e manchadas de vermelho; mas na margem próxima havia uma trilha, muito estragada e decaída, que serpenteava entre as muralhas arruinadas e as pedras do pavimento de uma antiga estrada.

"Ah! Aqui está afinal!", exclamou Gandalf. "Era aqui que corria o riacho: Sirannon, o Riacho-do-portão, assim costumavam chamá-lo. Mas não consigo imaginar o que aconteceu com a água; ela costumava ser veloz e ruidosa. Vinde! Precisamos nos apressar. Estamos atrasados."

A Comitiva tinha os pés doloridos e estava exausta; mas caminharam penosa e obstinadamente por muitas milhas ao longo da trilha grosseira que fazia curvas. O sol desceu do meio-dia e começou a rumar para o oeste. Após uma breve parada e uma refeição feita às pressas, seguiram em frente. Diante deles as montanhas tinham a cara fechada, mas a trilha corria por uma funda cova do terreno, e só conseguiam ver as encostas mais altas e os picos mais orientais.

Finalmente chegaram a uma curva fechada. Ali a estrada, que viera tendendo para o sul entre a beira do sulco e um declive íngreme à esquerda, fazia uma volta e voltava a seguir direto para o leste. Virando a curva, viram diante de si um penhasco baixo, de umas cinco braças[1] de altura, com um topo rompido e recortado. Por cima dele pingava um fio d'água, através de uma fenda larga que parecia ter sido escavada por uma cascata que fora outrora vigorosa e abundante.

"Deveras as coisas mudaram!", disse Gandalf. "Mas não há como se confundir o lugar. Ali está tudo o que resta da Cachoeira da Escada. Se bem me lembro, havia um lanço de degraus escavados na rocha ao lado dela, mas a estrada principal se curvava para a esquerda e subia, em várias voltas, até o terreno plano do topo. Havia um vale raso além da cachoeira, dali até as Muralhas de Moria, e o Sirannon corria por ele tendo a estrada ao lado. Vamos ver como as coisas estão agora!"

Encontraram sem dificuldade os degraus de pedra, e Gimli os subiu em saltos rápidos, seguido por Gandalf e Frodo. Quando chegaram ao topo viram que não podiam prosseguir por ali, e a razão pela qual o

---

[1] A braça equivale a 2 jardas, ou aproximadamente 1,8 metro. [N. T.]

Riacho-do-portão secara foi revelada. Atrás deles a Sol poente preenchia o frio céu ocidental com ouro rebrilhante. Diante deles estendia-se um lago escuro e imóvel. Nem o céu nem o ocaso se refletiam em sua superfície tristonha. O Sirannon fora represado e preenchera todo o vale. Além da água agourenta erguiam-se vastos penhascos, com faces severas e pálidas à luz minguante: finais e impassáveis. Frodo não podia ver sinal de portão nem de entrada, nenhuma fissura nem rachadura na pedra carrancuda.

"Ali estão as Muralhas de Moria", disse Gandalf, apontando para o outro lado da água. "E ali ficava antigamente o Portão, a Porta Élfica no fim da estrada vinda de Azevim, pela qual chegamos. Mas este caminho está bloqueado. Nenhum membro da Comitiva, imagino, quererá nadar nesta água sombria ao final do dia. Ela tem um aspecto doentio."

"Precisamos encontrar um meio de contornar a margem norte", disse Gimli. "A primeira coisa que a Comitiva deve fazer é escalar pela trilha principal e ver aonde isso nos levará. Mesmo que não houvesse lago não poderíamos fazer nosso pônei de carga subir por esta escada."

"Mas em todo caso não podemos levar o pobre animal para dentro das Minas", disse Gandalf. "A estrada por baixo das montanhas é uma estrada obscura, e há lugares estreitos e íngremes onde ele não pode pisar, mesmo que nós possamos."

"Coitado do velho Bill!", disse Frodo. "Eu não tinha pensado nisso. E coitado do Sam! Pergunto-me o que ele dirá."

"Lamento", disse Gandalf. "O coitado do Bill foi um companheiro útil, e me dói o coração deixá-lo à deriva agora. Eu poderia ter viajado com menos carga, sem trazer animal, menos que todos este, de que Sam gosta, se fosse à minha maneira. O tempo todo receei que haveríamos de ser obrigados a tomar esta estrada."

O dia estava se aproximando do fim, e estrelas frias reluziam no céu muito acima do pôr do sol, quando a Comitiva subiu pelas encostas com toda a pressa que podia e chegou à beira do lago. Não parecia não ter mais do que dois ou três oitavos de milha de largura no ponto mais amplo. À luz minguante não conseguiam ver o quanto se estendia para o sul; mas a extremidade norte não ficava a mais de meia milha de onde se encontravam, e entre as cristas de pedra que cercavam o vale e a beira da água havia uma borda de terreno livre. Avançaram às pressas, pois ainda tinham que percorrer uma ou duas milhas até chegarem ao ponto da margem oposta aonde Gandalf estava rumando; e depois disso ele ainda precisaria encontrar as portas.

Quando chegaram à ponta norte do lago, encontraram um arroio estreito que lhes bloqueava o caminho. Era verde e estagnado, estendido como um braço viscoso para as colinas que os cercavam. Gimli foi em frente sem impedimento e descobriu que a água era rasa, não chegando acima dos tornozelos na borda. Caminharam enfileirados atrás dele, traçando seu caminho com cuidado, pois embaixo das poças cheias de algas havia pedras escorregadias e limosas, e o piso era traiçoeiro. Frodo estremeceu de repugnância diante do toque da água escura e imunda em seus pés.

Quando Sam, último da Comitiva, conduzia Bill para a terra seca do lado oposto, ouviu-se um ruído baixo: um silvo, seguido de um estalo, como se um peixe tivesse mexido a superfície imóvel da água. Virando-se depressa, eles viram ondulações, delineadas em negro pela sombra à luz que minguava: grandes anéis se alargavam a partir de um ponto bem longe no meio do lago. Fez-se um som borbulhante, e depois silêncio. O crepúsculo aprofundou-se, e os últimos raios do ocaso ficaram envoltos em nuvens.

Agora Gandalf os impelia à grande pressa, e os demais seguiam o mais rapidamente que podiam. Alcançaram a faixa de terra seca entre o lago e os penhascos: era estreita, muitas vezes medindo pouco mais de uma dúzia de jardas de largura, e estava impedida por rochedos e pedras caídas; mas encontraram passagem, encostados ao penhasco e mantendo-se o mais longe que conseguiam da água escura. Uma milha mais ao sul, ao longo da beira, toparam com pés de azevinho. Tocos e ramos mortos apodreciam na água rasa, parecendo restos de antigas moitas ou de uma sebe que outrora ladeara a estrada através do vale submerso. Mas bem abaixo do penhasco, ainda fortes e vivos, havia dois pés altos, maiores que qualquer azevinheiro que Frodo jamais vira ou imaginara. Suas grandes raízes se espalhavam da muralha até a água. Sob os penhascos que assomavam, haviam parecido simples arbustos, vistos de longe desde o topo da Escada; mas agora erguiam-se acima de suas cabeças, rijos, escuros e silenciosos, projetando em torno de suas bases fundas sombras noturnas, eretos como colunas sentinelas no fim da estrada.

"Bem, eis-nos aqui finalmente!", disse Gandalf. "Aqui terminava o Caminho-élfico desde Azevim. O azevinho era o símbolo do povo daquela terra, e plantaram-no aqui para marcar o fim de seu domínio; pois a Porta Oeste foi feita mormente para uso deles em seus negócios com os Senhores de Moria. Aqueles eram dias mais felizes, quando às vezes ainda havia amizade intensa entre povos de diferentes raças, até entre os Anãos e os Elfos."

"Não foi por culpa dos Anãos que a amizade se extinguiu", disse Gimli.

"Não ouvi que tenha sido culpa dos Elfos", respondeu Legolas.

"Ouvi ambas as coisas", continuou Gandalf; "e agora não farei julgamento. Mas peço aos dois, Legolas e Gimli, que sejais amigos ao menos e que me ajudeis. Preciso de ambos. As portas estão fechadas e ocultas, e quanto antes as encontrarmos melhor. A noite se avizinha!"

Voltando-se para os outros, disse: "Enquanto procuro, aprontai-vos cada um para entrar nas Minas. Pois aqui, receio, precisamos nos despedir de nosso bom animal de carga. Deveis descartar grande parte do material que trouxemos para o mau tempo: não precisareis dele lá dentro, nem, assim espero, quando tivermos atravessado e prosseguirmos a jornada rumo ao Sul. Ao invés disso, cada um de nós terá de carregar uma parcela do que o pônei levava, especialmente a comida e os odres de água."

"Mas não pode deixar o pobre velho Bill para trás neste lugar abandonado, Sr. Gandalf!", exclamou Sam, irado e perturbado. "Não vou admitir isso e está falado. Depois de ele chegar até aqui e tudo o mais!"

"Lamento, Sam", disse o mago. "Mas quando a Porta se abrir não acho que você será capaz de arrastar seu Bill para dentro, para a longa escuridão de Moria. Vai ter de escolher entre Bill e seu patrão."

"Ele seguiria o Sr. Frodo para dentro do covil de um dragão, se eu o conduzisse", protestou Sam. "Seria um verdadeiro assassinato soltá-lo com todos esses lobos por aí."

"Será menos que um assassinato, espero", disse Gandalf. Pôs a mão na cabeça do pônei e falou em voz baixa. "Vá levando palavras de proteção e guia", disse ele. "Você é um animal sábio e aprendeu muita coisa em Valfenda. Ache o caminho para lugares onde possa encontrar capim e chegue por fim à casa de Elrond, ou aonde quer que deseje ir.

"Aí está, Sam! Ele terá a mesma chance de escapar dos lobos e chegar em casa do que nós."

Sam ficou parado junto ao pônei, tristonho, e não deu resposta. Bill, que parecia entender bem o que estava acontecendo, afocinhou-o, pondo o nariz na orelha de Sam. Sam irrompeu em lágrimas e remexeu nas correias, descarregando todos os fardos do pônei e jogando-os no chão. Os demais distribuíram os pacotes, fazendo uma pilha de tudo o que podia ser deixado para trás e dividindo o restante entre si.

Quando isto estava feito, voltaram-se para observar Gandalf. Ele parecia não ter feito nada. Estava em pé entre as duas árvores, fitando a parede nua do penhasco como se quisesse perfurá-la com os olhos. Gimli andava por perto, dando pancadinhas de machado na pedra aqui e ali. Legolas estava encostado ao rochedo, como quem escuta.

"Bem, aqui estamos nós, todos prontos", disse Merry; "mas onde estão as Portas? Não consigo ver nenhum sinal delas."

"As portas-anânicas são feitas para não serem vistas quando estão fechadas", disse Gimli. "São invisíveis, e seus próprios construtores não conseguem encontrá-las nem abri-las se o seu segredo for esquecido."

"Mas esta Porta não foi feita para ser um segredo conhecido apenas pelos Anãos", disse Gandalf, adquirindo vida de repente e virando-se. "A não ser que esteja tudo inteiramente mudado, os olhos que sabem o que buscar podem descobrir os sinais."

Andou em frente até a muralha. Bem entre as sombras das árvores havia um espaço liso, e sobre este ele passou as mãos, para lá e para cá, murmurando palavras a meia-voz. Depois deu um passo para trás.

"Vede!", disse ele. "Podeis ver algo agora?"

A Lua já brilhava sobre a face cinzenta da rocha; porém nada mais puderam ver por algum tempo. Então lentamente, na superfície onde haviam passado as mãos do mago, apareceram linhas débeis como finos veios de prata correndo pela pedra. No início nada mais eram que pálidos filamentos de teia, tão delgados que só rebrilhavam intermitentemente onde a Lua os iluminava, mas foram continuamente ficando mais largos e nítidos até que se pudesse adivinhar seu desenho.

No topo, tão alto quanto Gandalf podia alcançar, havia um arco de letras entrelaçadas em caracteres élficos. Mais abaixo, apesar de em alguns lugares os filamentos estarem borrados ou rompidos, podia-se ver o contorno de uma bigorna e um martelo encimados por uma coroa com sete estrelas. Abaixo destes, por sua vez, estavam duas árvores, cada uma carregada de luas crescentes. Mais claramente que tudo o mais brilhava, no meio da porta, uma única estrela de muitos raios.

"Eis os emblemas de Durin!", exclamou Gimli.

"E eis a Árvore dos Altos Elfos!", disse Legolas.

"E a Estrela da Casa de Fëanor", disse Gandalf. "São lavrados em *ithildin*, que só reflete a luz das estrelas e o luar e dorme até ser tocado por quem fale palavras já há muito esquecidas na Terra-média. Faz muito tempo que as ouvi e pensei intensamente até conseguir recordá-las em minha mente."

"O que diz a escrita?", perguntou Frodo, que tentava decifrar a inscrição do arco. "Pensei que conhecia as letras-élficas, mas não consigo ler estas."

"As palavras são na língua-élfica do Oeste da Terra-média nos Dias Antigos", respondeu Gandalf. "Mas não dizem nada que tenha importância para nós. Dizem somente: *As Portas de Durin, Senhor de Moria. Fala, amigo, e entra*. E embaixo, em letras pequenas e apagadas, está escrito: *Eu, Narvi, as fiz. Celebrimbor de Azevim desenhou estes sinais.*"

"O que quer dizer com 'fala, amigo, e entra'?", indagou Merry.

"Isso é bem claro", disse Gimli. "Se fores amigo, fala a senha, e as portas se abrirão, e poderás entrar."

"Sim," assentiu Gandalf, "estas portas provavelmente são controladas por palavras. Alguns portões-anânicos só se abrem em tempos especiais ou para pessoas determinadas; e alguns têm fechaduras e chaves que ainda são precisas quando são conhecidos todos os tempos e palavras necessários. Estas portas não têm chave. Nos dias de Durin elas não eram secretas. Normalmente ficavam abertas e guarda-portões sentavam-se aqui. Mas quando eram fechadas, qualquer um que soubesse a palavra de abertura poderia falá-la e ingressar. Pelo menos é assim que está registrado, não está, Gimli?"

Aqui está escrito nos caracteres feanorianos de acordo com o modo de Beleriand: Ennyn Durin Aran Moria: pedo mellon a minno. Im Narvi hain echant: Celebrimbor o Eregion teithant i thiw hin.

"Está", respondeu o anão. "Mas não é lembrado qual era a palavra. Narvi e seu ofício e toda a sua gente desapareceram da terra."

"Mas *tu* não conheces a palavra, Gandalf?", perguntou Boromir, surpreso.

"Não!", disse o mago.

Os demais pareceram consternados; somente Aragorn, que conhecia Gandalf bem, permaneceu em silêncio e impassível.

"Então de que adiantou nos trazer a este lugar maldito?", exclamou Boromir, olhando com um estremecimento para a água escura atrás de si. "Tu nos disseste que certa vez havias passado pelas Minas. Como podia ser isso se não sabias como entrar?"

"A resposta à tua primeira pergunta, Boromir," disse o mago, "é que não sei a palavra — ainda. Mas logo haveremos de ver. E", acrescentou, com um brilho nos olhos debaixo das sobrancelhas eriçadas, "podes perguntar de que servem meus feitos quando demonstram ser inúteis. Quanto à tua outra pergunta: duvidas de meu relato? Ou não te sobra esperteza? Não entrei por aqui. Vim do Leste.

"Se queres saber, eu te direi que estas portas se abrem para fora. De dentro podes empurrá-las com as mãos. De fora nada as move senão o encantamento de comando. Não podem ser forçadas para dentro."

"O que vai fazer então?", perguntou Pippin, pouco intimidado pelas sobrancelhas eriçadas do mago.

"Bater nas portas com tua cabeça, Peregrin Tûk", disse Gandalf. "Mas se isso não as despedaçar, e me permitirem um pouco de paz ante perguntas tolas, vou buscar as palavras de abertura.

"Já conheci todos os encantamentos, em todas as línguas, dos Elfos ou Homens ou Orques, que foram usados para tal finalidade. Ainda consigo recordar dez vintenas deles sem dar busca em minha mente. Mas algumas poucas tentativas, eu penso, serão necessárias; e não hei de pedir a Gimli as palavras da língua secreta dos Anãos que não ensinam a ninguém. As palavras de abertura eram élficas, como a escrita no arco: isso parece certo."

Aproximou-se da rocha mais uma vez e tocou de leve com o cajado a estrela de prata no meio, abaixo do sinal da bigorna.

"Annon edhellen, edro hi ammen!
Fennas nogothrim, lasto beth lammen!",

disse ele em voz imperiosa. As linhas de prata esmaeceram, mas a pedra lisa e cinzenta não se moveu.

Muitas vezes ele repetiu essas palavras em ordem diferente, ou as variou. Depois tentou outros encantos, um após o outro, falando ora mais depressa e alto, ora baixo e devagar. Depois falou muitas palavras isoladas da fala élfica. Nada aconteceu. O penhasco se erguia na noite, as incontáveis estrelas se acenderam, o vento soprava frio, e as portas permaneceram firmes.

Outra vez Gandalf se aproximou da muralha e, erguendo os braços, falou em tons imperiosos e ira crescente. "*Edro, edro!*", exclamou ele, e golpeou a rocha com o cajado. "Abre, abre!", gritou, e em seguida disse o mesmo comando em todos os idiomas que já foram falados no Oeste da Terra-média. Depois jogou o cajado no chão e sentou-se em silêncio.

Naquele momento o vento trouxe de longe, aos ouvidos atentos deles, o uivo dos lobos. O pônei Bill teve um sobressalto de medo, e Sam saltou para junto dele e lhe sussurrou baixinho.

"Não o deixes fugir!", disse Boromir. "Parece que ainda precisaremos dele, se os lobos não nos encontrarem. Como odeio esta lagoa imunda!" Abaixou-se e, pegando uma grande pedra, lançou-a longe na água escura.

A pedra sumiu com um impacto mole; mas no mesmo instante houve um silvo e um borbulhamento. Grandes anéis ondulantes formaram-se na superfície distante onde caíra a pedra, e moveram-se devagar na direção do sopé do penhasco.

"Por que fizeste isso, Boromir?", indagou Frodo. "Também odeio este lugar e tenho medo. Não sei do quê: não dos lobos, nem da escuridão atrás das portas, mas de outra coisa. Tenho medo da lagoa. Não a agites!"

"Queria que pudéssemos ir embora", disse Merry.

"Por que Gandalf não faz alguma coisa depressa?", perguntou Pippin.

Gandalf não lhes deu atenção. Estava sentado de cabeça baixa, fosse por desespero ou pensamento ansioso. Ouviram-se outra vez os uivos lamentosos dos lobos. As ondulações da água cresceram e chegaram mais perto; algumas já marulhavam na margem.

Com um repente que sobressaltou a todos, o mago se levantou de um salto. Estava rindo! "Achei!", exclamou ele. "É claro, é claro! Absurdamente simples, como a maioria dos enigmas quando se vê a resposta."

Apanhando o cajado, postou-se diante da rocha e disse em voz clara: "*Mellon!*"

A estrela brilhou brevemente e apagou-se outra vez. Então, silenciosamente, um grande portal se delineou, apesar de nem uma fenda ou junção estar visível antes. Devagar ele se dividiu ao meio e girou para fora, polegada após polegada, até ambas as portas estarem encostadas à parede. Através da abertura podia-se ver uma escada sombria que subia íngreme; mas além dos degraus inferiores a treva era mais profunda que a noite. A Comitiva fitava, assombrada.

"Eu estava errado afinal," disse Gandalf, "e Gimli também. Merry, imaginai só, estava na pista certa. A palavra de abertura estava inscrita no arco o tempo todo! A tradução deveria ser: *Dize 'Amigo' e entra*. Só precisei dizer a palavra élfica para *amigo* e as portas se abriram. Bem simples. Simples demais para um erudito mestre do saber nestes dias suspeitos. Aqueles eram tempos mais felizes. Agora vamos!"

Deu um passo para a frente e pôs o pé no degrau inferior. Mas nesse momento várias coisas aconteceram. Frodo sentiu que algo o agarrava pelo tornozelo e caiu com um grito. O pônei Bill soltou um relincho selvagem de pavor, deu as costas e fugiu a toda pela beira do lago para a escuridão. Sam saltou em seu encalço e depois, ouvindo o grito de Frodo, voltou correndo, chorando e praguejando. Os demais viraram-se e viram as águas do lago fervilhando, como se uma hoste de serpentes estivesse nadando vinda do extremo sul.

Um tentáculo longo e sinuoso havia se arrastado para fora da água; tinha cor verde pálida, era luminoso e úmido. A extremidade semelhante a um dedo agarrou o pé de Frodo e o estava arrastando para dentro da água. Sam, de joelhos, já a estava golpeando com uma faca.

O braço soltou Frodo, e Sam o puxou para longe, gritando por socorro. Vinte outros braços surgiram ondulando. A água escura fervia, e o mau cheiro era hediondo.

"Para o portal! Escada acima! Depressa!", gritou Gandalf, saltando para trás. Despertando-os do horror que parecia ter enraizado a todos, exceto Sam, no chão onde estavam parados, ele os impeliu para a frente.

Foi bem a tempo. Sam e Frodo só haviam galgado alguns degraus, e Gandalf mal começara a subir, quando os tentáculos tateantes, contorcendo-se, atravessaram a beira estreita e sondaram a parede do penhasco e as portas. Um deles retorceu-se e transpôs a soleira, reluzindo à luz das estrelas. Gandalf virou-se e parou. Se estava imaginando qual palavra voltaria a fechar o portão por dentro, isso não foi necessário. Muitos braços enroscados agarraram as portas de ambos os lados e as giraram com força horrível. Elas bateram com um eco dilacerante, e toda a luz se perdeu. Um ruído de algo despedaçando-se e caindo com estrondo passou surdamente através da pesada pedra.

Sam, agarrado ao braço de Frodo, despencou no degrau na treva negra. "Coitado do velho Bill!", disse ele com voz embargada. "Coitado do velho Bill! Lobos e cobras! Mas as cobras foram demais para ele. Eu tive de escolher, Sr. Frodo. Eu tive de vir com o senhor."

Ouviram Gandalf descendo os degraus e golpeando as portas com o cajado. Houve um tremor na pedra e a escada estremeceu, mas as portas não se abriram.

"Bem, bem!", disse o mago. "Agora a passagem está bloqueada atrás de nós, e só há um caminho de saída — do outro lado das montanhas. Pelos ruídos, receio que os rochedos tenham sido amontoados, e as árvores arrancadas e lançadas, fechando o portão. Lamento; pois as árvores eram belas e estiveram de pé por muito tempo."

"Senti que havia algo horrível por perto desde o momento em que meu pé tocou a água", disse Frodo. "O que era a coisa, ou havia muitas delas?"

"Não sei", respondeu Gandalf; "mas todos os braços eram dirigidos por um propósito. Alguma coisa se arrastou ou foi expulsa das águas escuras sob as montanhas. Há seres mais antigos e mais imundos que os Orques nas profundas do mundo." Não falou em voz alta seu pensamento de que o habitante do lago, fosse o que fosse, havia agarrado Frodo primeiro dentre toda a Comitiva.

Boromir resmungou em voz baixa, mas a pedra ecoante ampliou o som a um sussurro rouco que todos conseguiram ouvir: "Nas profundas do mundo! E é para lá que estamos indo contra minha vontade. Quem nos conduzirá agora nesta treva mortal?"

"Eu," respondeu Gandalf, "e Gimli há de caminhar comigo. Segui meu cajado!"

Ao passar à frente, subindo os grandes degraus, o mago ergueu o cajado, e uma radiância débil luziu em sua extremidade. A ampla escadaria estava ilesa e incólume. Duzentos degraus eles contaram, largos e rasos; e no topo encontraram uma passagem em arco com um piso horizontal que conduzia para a escuridão.

"Vamos sentar e descansar e comer alguma coisa, aqui no patamar, já que não podemos encontrar um refeitório!", disse Frodo. Tinha começado a se livrar do terror do braço que o agarrara e sentiu-se de repente extremamente faminto.

A proposta foi bem recebida por todos; e sentaram-se nos degraus superiores, vultos sombrios no escuro. Depois de comerem, Gandalf deu a cada um o terceiro gole do *miruvor* de Valfenda.

"Receio que não dure muito mais", disse ele; "mas creio que precisamos dele depois daquele horror no portão. E, a não ser que tenhamos muita sorte, vamos precisar de tudo o que resta antes de vermos o outro lado! Tomai cuidado com a água também! Há muitos riachos e poços nas Minas, mas eles não devem ser tocados. Poderemos não ter oportunidade de encher nossos odres e frascos até descermos ao Vale do Riacho-escuro."

"Quanto tempo vamos levar para isso?", perguntou Frodo.

"Não sei dizer", respondeu Gandalf. "Isso depende de muitos acasos. Mas andando direto, sem termos contratempos nem nos perdermos, espero que levemos três ou quatro marchas. Não pode haver menos de quarenta milhas da Porta-oeste ao Portão-leste em linha reta, e o caminho poderá fazer muitas curvas."

Depois de um breve descanso, voltaram a se pôr a caminho. Todos estavam ansiosos por terminar a jornada o mais depressa possível e, mesmo estando exaustos, dispunham-se a seguir marchando por mais algumas horas. Gandalf caminhava na frente como antes. Na mão esquerda erguia seu cajado reluzente, cuja luz só mostrava o chão diante dos seus pés; na direita segurava a espada Glamdring. Atrás dele vinha Gimli, com os olhos brilhando na luz fraca enquanto virava a cabeça para um e outro lado. Atrás do anão caminhava Frodo e havia sacado a espada curta, Ferroada. Nenhum brilho vinha das lâminas de Ferroada nem Glamdring; e isso era um alívio, pois, visto que essas espadas eram obra de ferreiros élficos dos Dias Antigos, elas luziam com luz fria se houvesse Orques nas redondezas. Atrás de Frodo vinha Sam, e depois dele Legolas, e os hobbits jovens, e Boromir. Na escuridão da retaguarda, carrancudo e silencioso, caminhava Aragorn.

A passagem contornou algumas curvas e depois começou a descer. Fez um declive constante por longo tempo antes de nivelar-se outra vez. O ar ficou quente e sufocante, mas não era fétido, e às vezes eles sentiam correntes de ar mais fresco em seus rostos, saídas de aberturas meio adivinhadas nas paredes. Havia muitas. Ao pálido raio do cajado do mago, Frodo vislumbrou escadas e arcos e outras passagens e túneis, que subiam, ou desciam íngremes, ou se abriam em escuro vazio de ambos os lados. Era desnorteante para além da possibilidade de se recordar.

Gimli ajudou Gandalf muito pouco, exceto por sua robusta coragem. Pelo menos não estava, como a maioria dos outros, perturbado pela mera escuridão. Muitas vezes o mago o consultou em pontos onde a escolha do caminho era duvidosa; mas era sempre Gandalf quem tinha a última palavra. As Minas de Moria eram vastas e intrincadas além da imaginação de Gimli, filho de Glóin, por muito que ele fosse anão da raça montanhesa. A Gandalf as lembranças remotas de uma jornada muito anterior já não eram de grande ajuda, mas, mesmo na treva e apesar de todas as voltas do caminho, ele sabia aonde queria ir e não titubeava enquanto houvesse uma trilha que conduzisse rumo à sua meta.

"Não temais!", disse Aragorn. Houve uma pausa mais longa que o usual, e Gandalf e Gimli estavam cochichando entre si; os demais aglomeravam-se atrás deles, esperando ansiosos. "Não temais! Estive com ele em muitas jornadas, se bem que nunca em uma tão escura; e há histórias em Valfenda sobre feitos seus, maiores que os que eu tenha visto. Ele não se extraviará — se houver uma trilha para encontrar. Ele nos trouxe aqui contra nossos temores, mas vai nos levar para fora não importa o custo para si mesmo. Ele tem mais segurança ao achar o caminho de casa numa noite cega que os gatos da Rainha Berúthiel."

A Comitiva tinha sorte de ter tal guia. Não tinham combustíveis nem quaisquer meios de fazerem tochas; na correria desesperada diante das portas muitas coisas tinham sido deixadas para trás. Mas sem luz, logo teriam malogrado. Não somente havia muitos caminhos para escolher, também havia em muitos lugares buracos e alçapões, e poços escuros junto à trilha, onde seus pés ecoavam ao passar. Havia fissuras e abismos nas paredes e no piso, e de vez em quando uma fenda se abria bem diante dos seus pés. A mais larga tinha mais de sete pés, e passou muito tempo antes que Pippin juntasse coragem bastante para saltar sobre a brecha pavorosa. O ruído de água em agitação vinha de grande profundidade, como se uma grande roda de moinho estivesse girando nas profundezas.

"Corda!", murmurou Sam. "Eu sabia que ia precisar se não tivesse!"

À medida que esses perigos aumentavam em frequência, a marcha se tornava mais lenta. Já parecia que tinham perambulado avante, avante, incessantemente, até as raízes das montanhas. Estavam mais do que exaustos, e no entanto não parecia haver alívio na ideia de parar em algum lugar. O ânimo de Frodo havia melhorado por algum tempo depois de seu escape, e depois da comida e do gole do licor; mas agora um profundo desconforto, crescendo até se tornar pavor, insinuou-se de novo sobre ele. Apesar de ter sido curado do golpe de punhal em Valfenda, aquela ferida cruel não ficara sem efeito. Seus sentidos estavam mais aguçados e mais conscientes de coisas que não se podia ver. Um sinal de mudança que ele logo percebeu foi que conseguia enxergar no escuro melhor que seus companheiros, exceto talvez por Gandalf. E de qualquer maneira ele era o portador do Anel: este pendia em sua corrente junto ao peito dele, e parecia às vezes um peso enorme. Sentia a certeza do mal à frente e do mal a segui-los; mas nada dizia. Aferrou-se mais ao punho da espada e seguiu em frente, obstinado.

Atrás dele a Comitiva pouco falava, e só em sussurros apressados. Não havia ruído senão o dos seus próprios pés: a pisada surda das botas-anânicas de Gimli; os passos pesados de Boromir; a passada leve de Legolas; o tropear suave, mal audível, dos pés dos hobbits; e na retaguarda, o ruído lento e firme de Aragorn caminhando a passos largos. Quando se detinham por um momento nada ouviam, a não ser, ocasionalmente, um débil gotejar e pingar de água invisível. Porém Frodo começou a ouvir, ou a imaginar que ouvia, algo diferente: como os tênues passos de pés descalços e macios. Nunca eram altos o bastante, nem próximos o bastante, para lhe dar certeza de que os ouvira; mas, uma vez iniciados, eles não pararam nunca enquanto a Comitiva se movia. Mas não era um eco, pois quando eles paravam, o ruído continuava um pouco por si só e depois se calava.

Haviam entrado nas Minas depois do cair da noite. Tinham avançado por várias horas, apenas com breves paradas, quando Gandalf chegou ao seu primeiro impasse sério. Diante dele estava um amplo arco escuro que se abria em três passagens: todas levavam na mesma direção geral, para o leste; mas a passagem da esquerda mergulhava para baixo, enquanto que a da direita subia, e o caminho do meio parecia seguir em frente, liso e horizontal, mas muito estreito.

"Não tenho nenhuma lembrança deste lugar!", afirmou Gandalf, parado hesitante embaixo do arco. Ergueu o cajado esperando encontrar alguma marca ou inscrição que o pudesse auxiliar na escolha; mas não se via nada parecido. "Estou exausto demais para decidir", disse ele, balançando a cabeça. "E imagino que todos estais tão exaustos quanto eu, ou mais. Seria melhor pararmos aqui pelo que resta da noite. Sabeis o que quero dizer! Aqui dentro está sempre escuro, mas lá fora a Lua tardia ruma para o oeste e a meia-noite passou."

"Coitado do velho Bill!", disse Sam. "Eu me pergunto onde ele está. Espero que aqueles lobos ainda não o tenham pegado."

À esquerda do grande arco encontraram uma porta de pedra; estava meio fechada, mas rodou facilmente para dentro com um leve empurrão. Além dela parecia haver um recinto amplo escavado na rocha.

"Devagar! Devagar!", exclamou Gandalf quando Merry e Pippin correram à frente, contentes por acharem um lugar onde podiam descansar pelo menos com a sensação de mais abrigo que na passagem aberta. "Devagar! Vocês ainda não sabem o que há lá dentro. Eu vou primeiro."

Entrou com cautela, e os demais fizeram fila atrás. "Aí está!", disse ele, apontando com o cajado o meio do piso. Diante dos seus pés viram um grande buraco redondo, como a boca de um poço. Correntes rompidas e enferrujadas jaziam na borda e se estendiam para dentro da cova negra. Havia fragmentos de pedra ao redor.

"Um de vocês poderia ter caído aí dentro e ainda estaria pensando quando é que iria atingir o fundo", disse Aragorn a Merry. "Deixem o guia ir à frente enquanto vocês têm um."

"Parece que esta era uma sala de guarda feita para vigiar as três passagens", disse Gimli. "Esse buraco claramente era um poço para uso dos vigias, coberto com uma tampa de pedra. Mas a tampa está quebrada, e todos precisamos tomar cuidado no escuro."

Pippin sentia-se curiosamente atraído pelo poço. Enquanto os demais desenrolavam cobertores e montavam leitos junto às paredes do recinto, o mais longe possível do buraco no chão, ele engatinhou até a beira e espiou para dentro. Um ar gélido pareceu atingir seu rosto, ascendendo de profundidades invisíveis. Movido por um impulso súbito, tateou para achar uma pedra solta e a deixou cair. Sentiu o coração bater muitas vezes antes de ouvir algum som. Então, muito embaixo, como se a pedra tivesse caído em água profunda em algum lugar cavernoso, veio um *plunc*, muito distante, mas ampliado e repetido no poço oco.

"O que é isso?", exclamou Gandalf. Ficou aliviado quando Pippin confessou o que fizera; mas estava furioso, e Pippin podia ver seu olho rebrilhando. "Tolo de um Tûk!" rosnou ele. "Esta é uma jornada séria, não uma caminhada festiva de hobbits. Jogue-se lá dentro da próxima vez e não será mais incômodo. Agora fique quieto!"

Nada mais se ouviu por vários minutos; mas depois disso vieram pancadas fracas das profundezas: *tom-tap*, *tap-tom*. Elas pararam, e quando os ecos silenciaram, repetiram-se: *tap-tom*, *tom-tap*, *tap-tap*, *tom*. Soavam inquietantemente como algum tipo de sinal; mas pouco tempo depois as pancadas silenciaram e não foram mais ouvidas.

"Isso foi o som de um martelo, se é que já ouvi um", disse Gimli.

"Sim," assentiu Gandalf, "e não gosto dele. Pode não ter nada a ver com a tola pedra de Peregrin; mas provavelmente foi perturbado algo que seria melhor deixar quieto. Por favor, não faça mais nada parecido! Esperemos descansar um pouco sem mais problemas. Você, Pippin, pode fazer a primeira guarda, como recompensa", rosnou ele, enrolando-se num cobertor.

Pippin, infeliz, ficou sentado junto à porta na escuridão profunda; mas virava-se de tempos em tempos, temendo que algum ser desconhecido se arrastasse para fora do poço. Desejava poder tapar o buraco, nem que fosse só com um cobertor, mas não se atrevia a se mexer nem aproximar-se dele, mesmo com Gandalf parecendo adormecido.

Na verdade, Gandalf estava acordado, apesar de jazer imóvel e em silêncio. Estava em profundos pensamentos, tentando relembrar cada memória de sua jornada anterior nas Minas e meditando ansiosamente sobre o próximo rumo que deveria tomar; uma direção errada agora poderia ser desastrosa. Uma hora depois ergueu-se e chegou até Pippin.

"Vá para um canto e tire uma soneca, meu rapaz", disse ele em tom bondoso. "Imagino que você queira dormir. Eu não consigo fechar o olho, por isso bem que posso ser a sentinela.

"Eu sei qual é meu problema", murmurou ele, sentando-se junto à porta. "Preciso de fumaça! Não a provei desde a manhã antes da nevasca."

A última coisa que Pippin viu, sendo tomado pelo sono, foi um vislumbre obscuro do velho mago acocorado no chão, protegendo um cavaco em brasa com as mãos enrugadas entre os joelhos. Por um momento o lampejo mostrou seu nariz adunco e a baforada de fumaça.

Foi Gandalf quem os acordou a todos. Havia ficado sentado, vigiando sozinho, por cerca de seis horas, e deixara os demais descansarem. "E na vigia eu me decidi", disse ele. "Não gosto da sensação do caminho do meio; e não gosto do cheiro do caminho da esquerda: há ar fétido lá embaixo, ou então não sou um guia. Hei de tomar a passagem da direita. É hora de começarmos a subir de novo."

Durante oito horas escuras, sem contar duas breves paradas, seguiram em marcha; e não encontraram nenhum perigo, e nada ouviram, e nada viram senão o débil brilho da luz do mago, balouçando como um fogo-fátuo diante deles. A passagem que haviam escolhido serpenteava subindo sempre. Até onde podiam julgar, ela avançava em grandes curvas de aclive, e ao subir tornava-se mais alta e mais larga. Já não havia aberturas para outras galerias ou túneis de ambos os lados, e o piso era nivelado e íntegro, sem buracos nem fendas. Evidentemente haviam topado com um caminho outrora importante; e prosseguiram mais depressa do que em sua primeira marcha.

Desta forma avançaram umas quinze milhas, medidas rumo ao leste em linha direta, apesar de na verdade deverem ter caminhado vinte milhas ou mais. À medida que o caminho ascendia, o ânimo de Frodo melhorou um pouco; mas ainda se sentia oprimido, e às vezes ainda ouvia, ou pensava ouvir, longe atrás da Comitiva e além das pisadas e passadas de seus pés, um passo que os seguia e que não era eco.

Haviam marchado o mais longe que os hobbits podiam suportar sem descanso, e todos pensavam em um lugar onde pudessem dormir, quando de repente as paredes à direita e à esquerda sumiram. Pareciam ter passado através de algum portal em arco para um espaço escuro e vazio. Havia uma grande corrente de ar mais morno atrás deles, e, diante deles, a escuridão era fria em seus rostos. Pararam e se agruparam ansiosos.

Gandalf parecia contente. "Escolhi o caminho certo", disse ele. "Pelo menos estamos chegando às partes habitáveis, e creio que já não estamos longe do lado leste. Mas estamos muito alto, bem mais que o Portão do Riacho-escuro, a não ser que me engane. Pela sensação do ar, devemos estar em um salão amplo. Agora vou arriscar um pouco de luz de verdade."

Ergueu o cajado, e por um breve instante houve um resplendor semelhante a um relâmpago. Grandes sombras saltaram e fugiram, e por um segundo viram um vasto teto, muito acima de suas cabeças, sustentado por muitas enormes colunas talhadas em pedra. Diante deles e de ambos os lados estendia-se um imenso salão vazio; suas paredes negras, polidas e lisas como vidro, cintilavam e rebrilhavam. Viram três outras entradas, obscuros arcos negros: um bem diante deles a leste, e um de cada lado. Então a luz se apagou.

"Isso é tudo a que me arriscarei no momento", comentou Gandalf. "Costumava haver grandes janelas no flanco da montanha, e poços que conduziam à luz nos confins superiores das Minas. Creio que agora chegamos até eles, mas lá fora é noite outra vez, e não podemos saber antes que amanheça. Se eu estiver certo, amanhã poderemos mesmo ver a manhã espiando para dentro. Mas enquanto isso é melhor não avançarmos mais.

Vamos descansar se pudermos. Até aqui tudo correu bem, e a maior parte do caminho escuro já passou. Mas ainda não atravessamos, e é longa a descida até os Portões que se abrem para o mundo."

A Comitiva passou aquela noite no grande salão cavernoso, aninhada junta em um canto para fugir da corrente de ar: parecia haver uma entrada constante de ar gelado através do arco oriental. Em toda a volta deles, deitados, pendia a escuridão, oca e imensa, e oprimia-os a solidão e vastidão dos salões escavados e das escadas e passagens infinitamente ramificadas. A mais arrebatada imaginação que os obscuros rumores já haviam sugerido aos hobbits reduzia-se a bem pouco diante do verdadeiro pavor e assombro de Moria.

"Aqui deve ter havido uma enorme multidão de anãos em alguma época", disse Sam; "e cada um deles mais ocupado que texugos durante quinhentos anos para fazer tudo isto, e na maioria ainda em rocha dura! Por que fizeram isso tudo? Com certeza não moravam nesses buracos escuros?"

"Não são buracos", disse Gimli. "Este é o grande reino e cidade de Covanana. E antigamente não era escura, e sim cheia de luz e esplendor, como ainda é recordada em nossas canções."

Ergueu-se e, de pé no escuro, começou a recitar com voz grave, enquanto os ecos se perdiam no teto.

> *O mundo era jovem, verde a montanha,*
> *Sem mancha a Lua cuja luz nos banha,*
> *Nem de rio nem de pedra o nome soou,*
> *Ergueu-se Durin e a sós andou.*
> *Denominou os vales e os montes;*
> *Bebeu de ainda incógnitas fontes;*
> *No Espelhágua esteve a vê-las,*
> *Diante dele coroa de estrelas,*
> *De gemas num fio de prata a miragem*
> *Da sua cabeça sobre a imagem.*

> *O mundo era belo, a montanha era alta*
> *Nos Dias Antigos antes da falta*
> *Em Nargothrond dos reis e também*
> *Em Gondolin, que agora além*
> *Passaram do Mar do Oeste profundo:*
> *Nos Dias de Durin belo era o mundo.*

> *Foi rei entronado de longa data*
> *Em salões de pedra com colunata,*
> *Com telhado de ouro, de prata o chão,*
> *E mágicas runas no seu portão.*

A luz solar, lunar, astral,
Em lâmpadas feitas de cristal,
Sem sombra noturna ou nuvem que vela
Brilhava sempre clara e bela.

Lá estava o martelo a soar na bigorna,
Lá se entalhava a letra que orna;
Forjavam espadas, atavam bainhas;
Abriam túneis por retas linhas.
Berilo, pérola, opala em chama,
Metal trabalhado como escama,
Broquel e couraça, machado e espada,
E lança no arsenal guardada.

A gente de Durin não se cansava
E sob as montanhas canções entoava;
As harpas tocando, a cantar menestréis,
Soando ao portão as trombetas fiéis.

Cinzento é o mundo, as montanhas são velhas,
As forjas têm cinzas sobre as grelhas,
Calaram martelos, da harpa as canções:
Reside a treva em seus amplos salões;
Seu túmulo jaz sem brilho nenhum
Em Moria, em Khazad-dûm.
Inda estrelas submersas se veem um momento
No Espelhágua, atro, sem vento;
Nas águas profundas jaz a coroa
Até que de Durin o sono se escoa.[A]

"Eu gosto disso!", disse Sam. "Gostaria de aprender. 'Em Moria, em Khazad-dûm!' Mas faz o escuro parecer mais pesado, pensar em todas essas lâmpadas. Ainda tem montes de joias e ouros jogados por aqui?"

Gimli silenciou. Depois de cantar sua canção não queria dizer mais nada.

"Montes de joias?", indagou Gandalf. "Não. Os Orques frequentemente saquearam Moria; nada resta nos salões superiores. E, desde que os anãos fugiram, ninguém se atreve a fazer buscas nos poços e tesouros dos lugares profundos: estão submersos na água — ou em uma sombra de pavor."

"Então por que os anãos querem voltar?", perguntou Sam.

"Por *mithril*", respondeu Gandalf. "A fortuna de Moria não estava em ouro e joias, os brinquedos dos Anãos; nem em ferro, seu serviçal. É verdade que encontraram essas coisas aqui, especialmente ferro; mas não precisavam escavar para obtê-las: tudo o que desejavam podiam obter

pelo comércio. Pois só aqui em todo o mundo encontrava-se a prata-de-
-Moria, ou prata-vera, como alguns a chamaram: *mithril* é o nome élfico.
Os Anãos têm um nome que não contam. Seu valor era dez vezes o do
ouro, e agora não tem preço; pois resta pouco na superfície do solo, e
os próprios Orques não ousam escavá-lo aqui. Os veios rumam para o
norte, na direção de Caradhras, e descem à treva. Os Anãos não contam
nenhuma história; mas, assim como o *mithril* foi o fundamento de sua
riqueza, foi também sua destruição: escavaram com demasiada ganância
e demasiado fundo, e perturbaram aquilo de que fugiram, a Ruína de
Durin. De quanto trouxeram à luz do dia os Orques recolheram quase
tudo e o deram em tributo a Sauron, que o ambiciona.

"*Mithril!* Todos o desejavam. Podia ser batido como o cobre e polido
como o vidro; e os Anãos sabiam fazer dele um metal, leve, porém mais
duro que aço temperado. Sua beleza era semelhante à da prata comum,
mas a beleza do *mithril* não se embaçava nem se toldava. Os Elfos gostavam muito dele e entre muitos usos faziam dele *ithildin*, lua-estrela, que
vistes nas portas. Bilbo tinha um colete de anéis-de-mithril que Thorin
lhe deu. Pergunto-me o que foi feito dele. Ainda pegando pó na Casa-
-mathom de Grã-Cava, imagino."

"O quê?", exclamou Gimli, arrancado do silêncio pelo espanto. "Um
colete de prata-de-Moria? Esse foi um presente de rei!"

"Sim", assentiu Gandalf. "Eu nunca disse a ele, mas seu valor era maior
que o do Condado inteiro e de tudo o que ele contém."

Frodo nada disse, mas pôs a mão por baixo da túnica e tocou os anéis
de sua cota de malha. Sentia-se atordoado em pensar que estivera caminhando com o preço do Condado sob a jaqueta. Bilbo sabia? Não tinha
dúvida de que Bilbo sabia muito bem. Fora de fato um presente de rei.
Mas agora seus pensamentos haviam sido levados das escuras Minas para
Valfenda, para Bilbo e para Bolsão, nos dias em que Bilbo ainda estava ali.
Desejava de todo o coração estar outra vez lá, e naqueles dias, cortando
a grama ou passando o tempo entre as flores, e jamais ter ouvido falar de
Moria, ou de *mithril* — ou do Anel.

Fez-se um silêncio profundo. Um a um, os demais caíram no sono. Frodo
estava de vigia. Como se fosse um sopro entrando por portas invisíveis,
vindo de lugares profundos, o pavor o acometeu. Tinha as mãos frias e a
testa úmida. Apurou o ouvido. Toda a sua mente foi entregue a escutar, e
nada mais, por duas lentas horas; mas não ouviu ruído, nem mesmo o eco
imaginado de uma passada.

Sua guarda estava quase terminada quando, lá longe, onde cria que
se erguesse o arco ocidental, imaginou que podia ver dois pálidos pontos de luz, quase como se fossem olhos luminosos. Teve um sobressalto.

Tinha cabeceado. "Devo ter quase adormecido durante a vigia", pensou. "Estava à beira de um sonho." Pôs-se de pé, esfregou os olhos e ficou parado, espiando no escuro, até ser rendido por Legolas.

Quando se deitou, adormeceu depressa, mas lhe parecia que o sonho continuava: ouvia sussurros e via os dois pálidos pontos de luz aproximando-se lentamente. Despertou e percebeu que os demais falavam baixinho junto dele, e que uma luz fraca lhe caía no rosto. Muito do alto, acima do arco oriental, vinha um longo e pálido raio de luz através de um poço próximo ao teto; e do outro lado do salão também brilhava uma luz, fraca e distante, pelo arco do norte.

Frodo sentou-se. "Bom dia!", disse Gandalf. "Pois finalmente já é manhã de novo. Eu tinha razão, como vê. Estamos bem alto do lado leste de Moria. Antes que o dia de hoje termine, deveremos encontrar os Grandes Portões e ver as águas do Espelhágua estendendo-se no Vale do Riacho-escuro à nossa frente."

"Estarei contente", comentou Gimli. "Contemplei Moria, e é muito grande, mas tornou-se escura e pavorosa; e não encontramos sinal de minha gente. Agora duvido de que Balin alguma vez tenha vindo aqui."

Depois do desjejum, Gandalf decidiu prosseguir de imediato. "Estamos cansados, mas descansaremos melhor quando estivermos fora", disse ele. "Creio que nenhum de nós desejará passar mais uma noite em Moria."

"Não deveras!", exclamou Boromir. "Que caminho havemos de tomar? Aquele arco a leste?"

"Quem sabe", disse Gandalf. "Mas ainda não sei exatamente onde estamos. A não ser que eu esteja totalmente perdido, estimo que estamos acima e ao norte dos Grandes Portões; e poderá não ser fácil encontrar o caminho certo para descer até eles. O arco do leste provavelmente demonstrará ser o caminho que devemos tomar; mas antes de nos decidirmos deveríamos olhar em redor. Vamos na direção daquela luz na porta do norte. Se conseguirmos achar uma janela isso será útil, mas receio que a luz está apenas descendo por profundos poços."

Seguindo sua orientação, a Comitiva passou sob o arco do norte. Viram-se em um largo corredor. À medida que o seguiam, o brilho se intensificou, e viram que ele vinha através de um portal à direita. Era alto e de topo chato, e a porta de pedra ainda pendia dos gonzos, meio aberta. Além dela havia uma grande sala quadrada. Era fracamente iluminada, mas aos olhos deles, depois de tanto tempo no escuro, parecia de um fulgor cegante, e piscavam ao entrar.

Seus pés remexeram uma poeira funda no chão e tropeçaram em objetos deitados no portal, cujas formas de início não conseguiam distinguir. A sala era iluminada por um largo poço nas alturas da parede oposta, a do leste; ele se inclinava para cima e, bem no alto, podia-se ver uma pequena mancha quadrada de céu azul. A luz do poço caía diretamente numa mesa no meio da sala: um único bloco oblongo, com cerca de dois pés de altura, sobre o qual estava posta uma grande laje de pedra branca.

"Parece um túmulo", murmurou Frodo, e inclinou-se para frente, com uma curiosa sensação de pressentimento, para olhá-la mais de perto. Gandalf veio depressa para seu lado. Na laje havia runas profundamente entalhadas:

"Estas são Runas de Daeron, como se usavam antigamente em Moria", disse Gandalf. "Aqui está escrito nas línguas dos Homens e dos Anãos:

> BALIN, FILHO DE FUNDIN
> SENHOR DE MORIA."

"Então ele está morto", disse Frodo. "Eu temia isso." Gimli puxou o capuz sobre o rosto.

5

A Ponte de Khazad-Dûm

A Comitiva do Anel postou-se em silêncio junto ao túmulo de Balin. Frodo pensava em Bilbo e sua longa amizade com o anão, e na visita de Balin ao Condado, muito tempo atrás. Naquela sala poeirenta nas montanhas, parecia que fora há mil anos e do outro lado do mundo.

Por fim mexeram-se e ergueram os olhos, e começaram a procurar qualquer coisa que lhes desse notícias do destino de Balin, ou que mostrasse o que fora feito do seu povo. Havia outra porta menor do lado oposto da sala, embaixo do poço. Agora podiam ver que muitos ossos jaziam junto a ambas as portas, e no meio deles havia espadas e lâminas de machado quebradas, e escudos e elmos partidos. Algumas das espadas eram recurvas: cimitarras-órquicas com lâminas enegrecidas.

Havia muitas reentrâncias talhadas na rocha das paredes, e nelas estavam grandes arcas de madeira com amarras de ferro. Todas tinham sido quebradas e saqueadas; mas ao lado da tampa despedaçada de uma delas jaziam os restos de um livro. Fora talhado e perfurado e parcialmente queimado, e estava tão manchado de negro, e com outras marcas escuras como sangue seco, que pouco se podia ler nele. Gandalf ergueu-o com cuidado, mas as folhas racharam e quebraram quando ele o depositou na laje. Estudou-o por algum tempo sem falar. Frodo e Gimli, parados ao seu lado, podiam ver, à medida que ele virava cautelosamente as folhas, que estas eram escritas por muitas mãos diferentes, em runas, de Moria e de Valle, e aqui e ali em escrita-élfica.

Finalmente Gandalf ergueu os olhos. "Parece ser um registro da sina do povo de Balin", disse ele. "Creio que começou com sua vinda ao Vale do Riacho-escuro, cerca de trinta anos atrás: as páginas parecem ter números que se referem aos anos após a sua chegada. A página superior está marcada *um — três*, de modo que faltam pelo menos duas do início. Escutai isto!

"*Expulsamos orques do grande portão e sala da* — eu creio; a palavra seguinte está borrada e queimada: provavelmente *guarda — matamos muitos ao claro* — creio — *sol no vale. Flói foi morto por uma flecha. Ele matou o grande*. Depois há um borrão seguido de *Flói sob a grama junto ao Espelho d'água*. Não consigo ler a linha seguinte, ou duas. Depois vem *Tomamos o vigésimo primeiro salão da extremidade Norte para habitar. Há* não consigo ler o quê. Mencionam um *poço*. Depois *Balin estabeleceu seu assento na Câmara de Mazarbul.*"

"A Câmara dos Registros", disse Gimli. "Creio que é onde estamos agora."

"Bem, por um longo trecho não consigo ler mais nada," disse Gandalf, "exceto pela palavra *ouro*, e *Machado de Durin* e *elmo* alguma coisa. Depois *Balin é agora senhor de Moria*. Aí parece terminar um capítulo. Depois de algumas estrelas começa outra caligrafia, e posso ver *encontramos pratavera*, e mais tarde a palavra *bem-forjado*, e depois alguma coisa, descobri! *mithril*; e as últimas duas linhas *Óin para buscar os arsenais superiores da Terceira Profunda*, alguma coisa *ir para o oeste*, um borrão, *ao portão de Azevim*."

Gandalf fez uma pausa e pôs algumas folhas de lado. "Há várias páginas do mesmo tipo, escritas com alguma pressa e muito danificadas", disse ele; "mas com esta luz consigo ver pouca coisa nelas. Agora deve haver algumas folhas faltantes, porque começam a estar numeradas *cinco*, o quinto ano da colônia, imagino. Deixai-me ver! Não, estão cortadas e manchadas demais; não consigo lê-las. Poderíamos fazer melhor à luz do sol. Esperai! Eis algo: uma caligrafia grande e confiante, usando uma escrita élfica."

"Seria a caligrafia de Ori", disse Gimli, olhando por cima do braço do mago. "Ele sabia escrever bem e depressa, e frequentemente usava os caracteres élficos."

"Receio que ele tivesse más notícias para registrar com bela letra", comentou Gandalf. "A primeira palavra clara é *pesar*, mas o resto da linha se perdeu, a não ser que termine em *tem*. Sim, deve ser *ontem* seguido de *foi dez de novembro Balin senhor de Moria tombou no Vale do Riacho-escuro. Foi a sós olhar no Espelho d'água. um orque o alvejou de trás de uma pedra. matamos o orque, porém muitos mais... do leste subindo o Veio-de-Prata.* O restante da página está tão borrado que mal consigo distinguir qualquer coisa, mas acho que posso ler *trancamos os portões*, e depois *segurá-los muito tempo se*, e depois talvez *horrível* e *sofrer*. Pobre Balin! Parece ter mantido por menos de cinco anos o título que assumiu. Pergunto-me o que aconteceu depois; mas não há tempo para decifrar as últimas páginas. Eis a última de todas." Fez uma pausa e suspirou.

"É uma leitura impiedosa", disse ele. "Receio que o fim deles tenha sido cruel. Escutai! *Não podemos sair. Não podemos sair. Tomaram a Ponte e segundo salão. Frár e Lóni e Náli tombaram ali.* Depois há quatro linhas esfregadas, de modo que só posso ler *foram 5 dias atrás*. As últimas linhas dizem *a lagoa chegou até a muralha no Portão Oeste. O Vigia na Água apanhou Óin. Não podemos sair. O fim chega*, e depois *tambores, tambores na profundeza*. Pergunto-me o que isso significa. A última coisa escrita é num rabisco arrastado de letras-élficas: *eles estão chegando*. Não há mais nada." Gandalf deteve-se e ficou parado, pensando em silêncio.

Um súbito pavor e um horror da sala abateram-se sobre a Comitiva. "*Não podemos sair*", murmurou Gimli. "Tivemos sorte de a lagoa ter baixado um pouco, e de o Vigia estar dormindo lá na extremidade sul."

Gandalf ergueu a cabeça e olhou em volta. "Parece que fizeram a última defesa junto às duas portas", disse ele; "mas não haviam restado muitos àquela hora. Assim acabou a tentativa de retomar Moria! Foi valorosa, mas tola. A hora ainda não chegou. Agora, receio, precisamos nos despedir de Balin, filho de Fundin. Aqui ele tem de jazer nos salões de seus pais. Vamos levar este livro, o Livro de Mazarbul, e depois consultá-lo mais detidamente. É melhor tu o guardares, Gimli, e o levares de volta a Dáin, se tiveres oportunidade. Ele lhe interessará, porém o entristecerá profundamente. Vinde, vamos embora! A manhã está passando."

"Que caminho havemos de tomar?", perguntou Boromir.

"De volta ao salão", respondeu Gandalf. "Mas nossa visita a esta sala não foi em vão. Agora sei onde estamos. Esta deve ser, como diz Gimli, a Câmara de Mazarbul; e o salão deve ser o vigésimo primeiro da extremidade Norte. Portanto deveríamos partir pelo arco leste do salão e rumar para a direita e para o sul e descer. O Vigésimo Primeiro Salão deve estar no Sétimo Nível, ou seja, seis níveis acima daquele dos Portões. Vinde agora! De volta ao salão!"

Gandalf mal dissera estas palavras quando houve um grande ruído: um *Bum* ribombante que parecia vir das profundezas lá embaixo e estremecer na pedra aos pés deles. Saltaram na direção da porta, alarmados. *Dum, dum* reboou outra vez, como se enormes mãos estivessem transformando as próprias cavernas de Moria em um vasto tambor. Depois veio um clangor ecoante: uma grande trompa soou no salão, e em resposta ouviram-se ao longe trompas e gritos estridentes. Ouviu-se o som da correria de muitos pés.

"Eles estão chegando!", exclamou Legolas.

"Não podemos sair", disse Gimli.

"Apanhados!", exclamou Gandalf. "Por que me demorei? Aqui estamos nós, pegos exatamente como eles foram antes. Mas daquela vez eu não estava aqui. Vamos ver o que..."

Dum, dum veio o toque de tambor, e as paredes estremeceram.

"Batei as portas e entalai-as", gritou Aragorn. "E ficai com as mochilas enquanto puderdes: ainda poderemos ter oportunidade de forçar a saída."

"Não!", disse Gandalf. "Não podemos ser presos. Deixai a porta leste entreaberta! Vamos para lá se tivermos chance."

Ouviram-se outro toque de trompa estridente e gritos esganiçados. Desciam pés pelo corredor. Houve um tinido e um fragor quando a Comitiva sacou as espadas. Glamdring brilhou com luz pálida, e Ferroada reluziu nos gumes. Boromir pôs o ombro de encontro à porta oeste.

"Espera um momento! Não a feches ainda!", disse Gandalf. Saltou em frente, para o lado de Boromir, e ergueu-se à plena altura.

"Quem vem aqui para perturbar o repouso de Balin, Senhor de Moria?", exclamou em alta voz.

Houve um repente de risadas roucas, como a queda de pedras deslizando para dentro de um abismo; em meio ao clamor ergueu-se uma voz grave de comando. *Dum, bum, dum* soavam os tambores na profundeza.

Com um movimento rápido, Gandalf postou-se diante da estreita abertura da porta e empurrou o cajado para a frente. Produziu-se um lampejo cegante que iluminou a sala e a passagem do lado de fora. Por um instante o mago se pôs a vigiar. Flechas zuniram e assobiaram, vindas pelo corredor, enquanto ele saltava para trás.

"Há Orques, muitíssimos", afirmou ele. "E alguns são grandes e malignos: Uruks negros de Mordor. No momento estão contidos, mas há algo mais ali. Penso que é um grande trol-das-cavernas, ou mais de um. Não há esperança de escapar por ali."

"E não há esperança nenhuma se entrarem pela outra porta também", disse Boromir.

"Aqui ainda não há ruído do lado de fora", disse Aragorn, que estava parado junto à porta oriental, escutando. "A passagem deste lado desce direto por uma escada: claramente ela não leva de volta ao salão. Mas não adianta fugir cegamente por aqui com os perseguidores logo atrás. Não podemos bloquear a porta. Sua chave se perdeu e a fechadura está quebrada, e ela abre para dentro. Precisamos primeiro fazer alguma coisa para atrasar o inimigo. Vamos fazer com que temam a Câmara de Mazarbul!", disse ele, inflexível, apalpando o gume de sua espada Andúril.

Ouviram-se pés pesados no corredor. Boromir jogou-se contra a porta e empurrou para fechá-la; depois entalou-a com lâminas de espada quebradas e lascas de madeira. A Comitiva recuou para o outro lado da sala. Mas ainda não tinham chance de fugir. Veio um golpe na porta que a fez estremecer; e então ela começou a se abrir devagar, com atrito, empurrando as cunhas para trás. Um enorme braço e ombro, com pele escura de escamas esverdeadas, insinuou-se pela abertura crescente. Depois um grande pé, chato e sem dedos, forçou passagem embaixo. Lá fora havia um silêncio de morte.

Boromir saltou para a frente e golpeou o braço com toda a força; mas sua espada retiniu, resvalou e lhe caiu da mão abalada. A lâmina tinha um entalhe.

Subitamente, e para sua própria surpresa, Frodo sentiu que uma ira ardente se acendia em seu coração. "O Condado!", exclamou ele, e, saltando para o lado de Boromir, abaixou-se e golpeou o pé hediondo com

Ferroada. Ouviu-se um berro e o pé recuou com um solavanco, quase arrancando Ferroada do braço de Frodo. Gotas negras pingavam da lâmina e fumegavam no chão. Boromir lançou-se contra a porta e a bateu de novo.

"Um para o Condado!", exclamou Aragorn. "A mordida do hobbit é funda! Você tem uma boa lâmina, Frodo, filho de Drogo!"

Houve um estrondo na porta, seguido por mais um estrondo e mais outro. Aríetes e martelos batiam contra ela. Ela rachou e cedeu, trêmula, e de repente a abertura se alargou. Flechas entraram assobiando, mas atingiram a parede norte e caíram no chão, inofensivas. Ouviu-se um toque de trompa e um correr de pés, e orques saltaram para dentro da sala um após o outro.

A Comitiva não conseguia contar quantos eram. O embate foi violento, mas os orques ficaram consternados com a ferocidade da defesa. Legolas atingiu dois na garganta. Gimli golpeou as pernas de outro que saltara sobre o túmulo de Balin. Boromir e Aragorn mataram muitos. Quando treze haviam tombado, o restante fugiu guinchando, deixando ilesos os defensores, exceto por Sam, que tinha um arranhão no couro cabeludo. Uma esquivada rápida o havia salvo; e derrubara o seu orque: um vigoroso impulso com sua lâmina do Túmulo. Em seus olhos castanhos ardia um fogo que faria Ted Ruivão dar um passo para trás se o tivesse visto.

"Agora é a hora!", exclamou Gandalf. "Vamos embora antes que o trol volte!"

Porém, bem quando estavam recuando, e antes que Pippin e Merry tivessem chegado à escada do lado de fora, um enorme chefe-órquico, quase da altura de um homem, trajando cota de malha negra da cabeça aos pés, pulou para dentro da sala; atrás dele seus seguidores se apinhavam no portal. Sua cara larga e chata era escura, tinha olhos como brasas e a língua vermelha; empunhava uma grande lança. Com um empurrão do enorme escudo de couro, desviou a espada de Boromir e o arrojou para trás, lançando-o ao chão. Mergulhando por baixo do golpe de Aragorn com a velocidade de uma cobra no bote, investiu contra a Comitiva e arremeteu com a lança direto contra Frodo. O golpe atingiu-o do lado direito, e Frodo foi jogado contra a parede e imobilizado. Sam, com um grito, golpeou a haste da lança, e ela se partiu. Mas, no momento em que o orque lançou fora o bastão e sacou a cimitarra, Andúril desceu sobre seu elmo. Houve um lampejo como uma chama, e o elmo se partiu em dois. O orque tombou com a cabeça partida. Seus seguidores fugiram uivando, enquanto Boromir e Aragorn saltavam sobre eles.

Dum, dum soavam os tambores na profundeza. A grande voz voltou a ribombar.

"Agora!", gritou Gandalf. "Agora é a última chance. Correi por vossas vidas!"

Aragorn apanhou Frodo, que estava deitado junto à parede, e rumou para a escada, empurrando Merry e Pippin à sua frente. Os demais o seguiram; mas Gimli teve de ser arrastado por Legolas: apesar do perigo, ele se demorava de cabeça baixa junto ao túmulo de Balin. Boromir empurrou a porta leste, fechando-a com rangido de gonzos: ela tinha grandes anéis de ferro de ambos os lados, mas não podia ser trancada.

"Estou bem", arfou Frodo. "Consigo andar. Ponha-me no chão!"

Aragorn quase o derrubou de tão admirado. "Pensei que você estivesse morto!", exclamou.

"Ainda não!", disse Gandalf. "Mas não há tempo para espanto. Ide embora, todos vós, escada abaixo! Esperai por mim alguns minutos ao pé dela, mas se eu não vier logo, segui em frente! Ide depressa e escolhei trilhas que vão para a direita e para baixo."

"Não podemos deixá-lo defendendo a porta sozinho!", disse Aragorn.

"Fazei o que digo!", disse Gandalf com ferocidade. "As espadas nada mais adiantam aqui. Ide!"

A passagem não era iluminada por nenhum poço e estava totalmente no escuro. Desceram um longo lanço de escadas, apalpando o caminho, e depois olharam para trás; mas nada podiam ver exceto o débil brilho do cajado do mago, longe acima deles. Ele parecia ainda estar de vigia junto à porta fechada. Frodo respirou com dificuldade e se apoiou em Sam, que o amparou com os braços. Estavam parados espiando escada acima, para a escuridão. Frodo imaginou que ouvia a voz de Gandalf lá em cima, murmurando palavras que desciam pelo teto inclinado com um eco suspirante. Não conseguia entender o que estava sendo dito. As paredes pareciam estremecer. De quando em vez os toques de tambor vibravam e rolavam: *dum, dum*.

Subitamente, no topo da escada, viu-se um relâmpago de luz branca. Depois vieram um ribombar abafado e um pesado baque. Os toques de tambor irromperam selvagens: *dum-bum, dum-bum*, e então pararam. Gandalf desceu as escadas a toda e caiu ao chão no meio da Comitiva.

"Bem, bem! Isso está acabado!", disse o mago, erguendo-se com esforço. "Fiz tudo o que podia. Mas encontrei um adversário à altura, e quase fui destruído. Mas não fiqueis parados aqui! Avante! Tereis de aguentar sem luz por algum tempo: estou bastante abalado. Avante! Avante! Onde estás, Gimli? Vem comigo à frente! Ficai logo atrás, todos vós!"

Seguiram-no aos tropeços, perguntando-se o que acontecera. *Dum, dum* recomeçaram os toques de tambor: agora soavam abafados e distantes, mas seguiam-nos. Não havia outro ruído de perseguição, nem impacto de passadas, nem qualquer voz. Gandalf não se desviou para a direita ou esquerda, pois a passagem parecia seguir na direção que ele queria. De tempos em tempos ela descia por um lanço de degraus, cinquenta ou mais, até um nível inferior. No momento era esse o principal perigo; pois no escuro não conseguiam ver a descida até darem com ela e porem os pés no vazio. Gandalf apalpava o chão com o cajado como um cego.

Ao cabo de uma hora, haviam percorrido uma milha, ou talvez pouco mais, e tinham descido muitos lanços de escada. Ainda não havia ruído de perseguição. Quase começavam a crer que conseguiriam escapar. Ao pé do sétimo lanço Gandalf parou.

"Está esquentando!", disse ofegante. "Agora devemos ter descido pelo menos até o nível dos Portões. Creio que logo precisaremos procurar uma curva à esquerda que nos leve para o leste. Espero que não esteja longe. Estou muito cansado. Preciso descansar aqui por um momento, mesmo que todos os orques que já foram gerados estejam em nosso encalço."

Gimli o tomou pelo braço e o ajudou a sentar-se no degrau. "O que aconteceu lá em cima junto à porta?", perguntou. "Encontraste o tocador de tambor?"

"Não sei", respondeu Gandalf. "Mas de repente vi-me encarando algo que não encontrei antes. Não consegui pensar em mais nada senão tentar lançar um encanto de fechamento na porta. Conheço muitos; mas fazer certo esse tipo de coisa exige tempo, e mesmo assim a porta poderá ser rompida à força.

"Ali parado eu podia ouvir vozes-órquicas do outro lado: pensei que a qualquer momento eles a arrombariam. Não consegui ouvir o que diziam; pareciam falar em sua própria língua hedionda. Tudo o que percebi foi *ghâsh*: isso é 'fogo'. Então algo entrou na sala — eu o senti através da porta, e os próprios orques tiveram medo e silenciaram. O ser agarrou o anel de ferro e aí percebeu a mim e ao meu encantamento.

"Não posso imaginar o que fosse, mas jamais senti tal desafio. O contraencanto era terrível. Ele quase me destruiu. Por um instante a porta escapou ao meu controle e começou a se abrir! Tive de proferir uma palavra de Comando. Isso acabou sendo um esforço excessivo. A porta se partiu em pedaços. Algo escuro como uma nuvem bloqueava toda a luz do lado de dentro, e fui jogado de costas escada abaixo. Toda a parede cedeu, e o teto da sala também, eu creio.

"Receio que Balin esteja sepultado muito fundo, e quem sabe algo mais também esteja sepultado ali. Não sei dizer. Mas ao menos a passagem atrás de nós foi completamente bloqueada. Ah! Nunca me senti tão exaurido, mas está passando. E agora, quanto a você, Frodo? Não houve tempo de dizer isso, mas nunca estive tão deleitado em minha vida quanto no momento em que você falou. Temia que Aragorn estivesse carregando um hobbit valente, mas morto."

"Quanto a mim?", comentou Frodo. "Estou vivo e acho que inteiro. Estou contundido e dolorido, mas não é muito grave."

"Bem," disse Aragorn, "só posso dizer que os hobbits são feitos de um material tão duro que jamais vi coisa parecida. Se eu soubesse, teria falado mais macio na estalagem em Bri! Aquele golpe de lança teria transpassado um javali selvagem!"

"Bem, não me transpassou, folgo em dizer", disse Frodo; "apesar de eu me sentir como quem foi apanhado entre um martelo e uma bigorna." Não disse nada mais. Respirar era dolorido.

"Você saiu a Bilbo", disse Gandalf. "Sempre há mais a seu respeito do que qualquer um espera, como eu disse sobre ele muito tempo atrás." Frodo perguntou-se se a observação queria dizer mais do que parecia.

Logo seguiram em frente. Não passou muito tempo para Gimli falar. Tinha olhos aguçados no escuro. "Penso", disse ele, "que há uma luz à frente. Mas não é a luz do dia. É vermelha. O que pode ser?"

"*Ghâsh*!", murmurou Gandalf. "Pergunto-me se é isso que eles queriam dizer: que os níveis inferiores estão incendiados? Ainda assim, só podemos ir em frente."

Logo a luz se tornou evidente e podia ser vista por todos. Tremeluzia e ardia nas paredes, lá longe na passagem diante deles. Agora conseguiam enxergar aonde iam: à frente o caminho descia depressa, e um tanto adiante erguia-se um arco baixo; através dele vinha a luz crescente. O ar estava ficando muito quente.

Quando chegaram ao arco, Gandalf o atravessou, fazendo sinal para que esperassem. Viram seu rosto, parado logo além da abertura, iluminado por um fulgor vermelho. Deu um passo para trás depressa.

"Aqui existe alguma nova crueldade", disse ele, "criada para nos receber, sem dúvida. Mas agora sei onde estamos: alcançamos a Primeira Profunda, o nível imediatamente abaixo dos Portões. Este é o Segundo Salão da Antiga Moria; e os Portões estão próximos: para além da extremidade leste, à esquerda, a não mais de um quarto de milha. Atravessando a Ponte, subindo por uma escada larga, seguindo um caminho amplo, atravessando o Primeiro Salão e para fora! Mas vinde ver!"

Espiaram à frente. Diante deles havia outro salão cavernoso. Era mais alto e muito mais comprido que aquele onde haviam dormido. Estavam próximos da extremidade oriental; a oeste ele se estendia para a escuridão. Pelo centro alinhava-se uma fileira dupla de colunas altíssimas. Eram talhadas como troncos de árvores enormes cujos ramos sustentavam o teto com uma renda ramificada de pedra. Tinham hastes lisas e negras, mas um brilho rubro se espelhava obscuramente em seus flancos. Bem do lado oposto do piso, junto aos pés de duas colunas imensas, abrira-se uma grande fissura. Dela vinha uma feroz luz vermelha, e vez por outra chamas lambiam a beira e se enrolavam nas bases das colunas. Fiapos de fumaça escura oscilavam no ar quente.

"Se tivéssemos vindo pelo caminho principal, descendo dos salões superiores, estaríamos aprisionados aqui", disse Gandalf. "Esperemos que agora o fogo esteja entre nós e os perseguidores. Vinde! Não há tempo a perder."

No momento em que ele falava ouviram novamente o toque de tambor que os seguia: *Dum, dum, dum.* De longe, além das sombras na extremidade oeste do salão, vieram gritos e toques de trompa. *Dum, dum*: as colunas pareciam tremer, e as chamas, palpitar.

"Agora é a última corrida!", disse Gandalf. "Se o sol estiver brilhando lá fora ainda poderemos escapar. Segui-me!"

Virou para a esquerda e correu pelo chão liso do salão. A distância era maior do que parecera. Ao correr, ouviram a batida e o eco de muitos pés que os seguiam às pressas. Ergueu-se um berro estridente: tinham sido vistos. Houve um retinir e estrépito de aço. Uma flecha assobiou por cima da cabeça de Frodo.

Boromir riu. "Eles não esperavam por isto", disse ele. "O fogo os encurralou. Estamos do lado errado!"

"Olhe em frente!", exclamou Gandalf. "A Ponte está próxima. É perigosa e estreita."

De repente Frodo viu à sua frente um abismo negro. No final do salão o piso desaparecia e caía a uma profundidade desconhecida. A porta exterior só podia ser alcançada por uma delgada ponte de pedra, sem parapeito nem corrimão, que transpunha o abismo em um salto curvo de cinquenta pés. Era uma antiga defesa dos Anãos contra algum inimigo que capturasse o Primeiro Salão e as passagens exteriores. Só podiam atravessá-la em fila única. Na beira Gandalf se deteve, e os demais o alcançaram agrupados.

"Lidera a fila, Gimli!", disse ele. "Pippin e Merry em seguida. Direto em frente, e subindo a escada além da porta!"

Flechas caíram entre eles. Uma atingiu Frodo e resvalou. Outra perfurou o chapéu de Gandalf e ali ficou, espetada como uma pena negra. Frodo olhou para trás. Além do fogo, viu vultos negros enxameando: parecia haver centenas de orques. Brandiam lanças e cimitarras que brilhavam rubras como sangue à luz do fogo. *Dum, dum* rolavam os toques de tambor, cada vez mais alto, *dum, dum*.

Legolas virou-se e pôs uma flecha na corda, apesar de ser um tiro longo para seu pequeno arco. Puxou a corda, mas sua mão caiu e a flecha tombou ao chão. Deu um grito de aflição e medo. Surgiram dois grandes trols; carregavam grandes lajes de pedra, e as jogaram ao chão para servirem de passadiços por cima do fogo. Mas não foram os trols que encheram o Elfo de terror. As fileiras dos orques se abriram, e espremiam-se para os lados como se eles próprios estivessem aterrorizados. Algo estava chegando por trás deles. Não era possível ver o que era: parecia uma grande sombra, em cujo meio estava um vulto escuro, talvez em forma de homem, porém maior; e um poder e terror pareciam estar nele e vir diante dele.

Chegou até a borda do fogo, e a luz minguou como se uma nuvem a tivesse toldado. Então, num ímpeto, saltou por cima da fissura. As chamas subiram rugindo para saudá-lo e se enroscaram nele; e uma fumaça negra rodopiou no ar. Sua crina ondulante incendiou-se e ardeu às suas costas. Tinha na mão direita uma lâmina semelhante a uma língua trespassante de fogo; na esquerda segurava um açoite de muitas correias.

"Ai! ai!" lamentou-se Legolas. "Um Balrog! Um Balrog chegou!"

Gimli fitava de olhos arregalados. "A Ruína de Durin!", exclamou e, deixando cair o machado, cobriu o rosto.

"Um Balrog", murmurou Gandalf. "Agora compreendo." Titubeou e apoiou-se pesadamente no cajado. "Que má sorte! E já estou exausto."

O vulto escuro, num caudal de fogo, correu na direção deles. Os orques berraram e se espalharam pelos passadiços de pedra. Então Boromir ergueu a trompa e soprou. O desafio ressoou alto e bramiu como o grito de muitas gargantas sob o teto cavernoso. Por um momento os orques se acovardaram, e a sombra ígnea se deteve. Então os ecos morreram repentinamente, como uma chama apagada por um vento obscuro, e o inimigo avançou outra vez.

"Por cima da ponte!", gritou Gandalf, recuperando a força. "Correi! Este é um adversário maior que qualquer um de vós. Preciso sustentar o caminho estreito. Correi!" Aragorn e Boromir não obedeceram ao comando, mas ainda mantiveram suas posições, lado a lado, atrás de Gandalf na extremidade distante da ponte. Os demais pararam bem dentro do portal na ponta do salão e se viraram, incapazes de deixar seu líder encarando o inimigo a sós.

O Balrog alcançou a ponte. Gandalf estava de pé no meio da ponte, apoiado no cajado na mão esquerda, mas na outra mão Glamdring reluzia, fria e branca. Seu inimigo parou outra vez, encarando-o, e a sombra ao seu redor estendeu-se como duas vastas asas. Ergueu o açoite, e as correias gemeram e estalaram. Saía-lhe fogo pelas ventas. Mas Gandalf manteve-se firme.

"Não podes passar", disse ele. Os orques estavam imóveis, e fez-se um grande silêncio. "Sou servidor do Fogo Secreto, brandindo a chama de Anor. Não podes passar. O fogo escuro não te valerá, chama de Udûn. Volta para a Sombra! Não podes passar."

O Balrog não deu resposta. O fogo em seu interior pareceu morrer, mas a treva cresceu. Avançou devagar para cima da ponte e, de súbito, ergueu-se a grande altura, e suas asas se expandiram de parede a parede; mas Gandalf ainda podia ser visto, tremeluzindo na escuridão; parecia pequeno e totalmente só: cinzento e encurvado, como uma árvore mirrada antes da investida de uma tempestade.

De dentro da sombra uma espada rubra saltou chamejante.

Glamdring reluziu branca em resposta.

Houve um estrondo ressoante e um lampejo de fogo branco. O Balrog recuou, e sua espada voou em fragmentos derretidos. O mago oscilou na ponte, deu um passo para trás, e depois se deteve outra vez.

"Não podes passar!", disse ele.

De um salto, o Balrog pulou na ponte com o corpo todo. Seu açoite girou e chiou.

"Ele não pode resistir sozinho!", exclamou Aragorn de repente, e correu de volta pela ponte. "*Elendil!*", gritou. "Estou contigo, Gandalf!"

"Gondor!", exclamou Boromir e saltou atrás dele.

Nesse momento Gandalf ergueu o cajado e gritando em alta voz golpeou a ponte à sua frente. O cajado se rompeu e lhe caiu da mão. Brotou uma parede cegante de chama branca. A ponte estalou. Quebrou-se bem aos pés do Balrog, e a pedra onde ele estava despencou no abismo, enquanto o restante permaneceu equilibrado, estremecendo como uma língua de rocha estendida para o vazio.

Com um grito terrível o Balrog caiu para a frente, e sua sombra mergulhou na profundeza e desapareceu. Mas enquanto caía vibrou o açoite, e as correias chicotearam e se enrolaram nos joelhos do mago, arrastando-o para a beira. Ele cambaleou e caiu, em vão agarrando-se à pedra, e deslizou para o abismo. "Correi, tolos!", gritou ele, e sumiu.

Os fogos se apagaram, e caiu uma escuridão absoluta. A Comitiva estava enraizada de horror, fitando o despenhadeiro. Enquanto Aragorn e Boromir vinham correndo de volta, o restante da ponte partiu-se e caiu. Aragorn reanimou-os com um grito.

"Vinde! Eu vos guiarei agora!", chamou ele. "Precisamos obedecer ao seu último comando. Segui-me!"

Desordenadamente, subiram às pressas pela grande escadaria além da porta, com Aragorn à frente e Boromir na retaguarda. No alto havia uma ampla passagem ecoante. Fugiram por ela. Frodo ouviu Sam chorando ao seu lado, e então descobriu que ele próprio chorava enquanto corria. *Dum, dum, dum* rolavam os toques de tambor atrás deles, agora lamentosos e lentos; *dum!*

Seguiram correndo. A luz surgia diante deles; grandes poços perfuravam o teto. Correram mais depressa. Entraram em um salão iluminado pela luz do dia que vinha das altas janelas no leste. Fugiram através dele. Passaram por suas enormes portas quebradas, e de súbito abriram-se diante deles os Grandes Portões, um arco de luz resplandecente.

Havia uma guarda de orques acocorada nas sombras atrás dos grandes batentes que se erguiam de ambos os lados, mas os portões estavam despedaçados e derrubados. Aragorn derrubou ao chão o capitão que se pôs no seu caminho, e os demais fugiram aterrados por sua ira. A Comitiva passou por eles precipitada e não lhes deu atenção. Correram para fora dos Portões e saltaram descendo os degraus enormes e gastos pelas eras, o limiar de Moria.

Assim finalmente, além da esperança, chegaram sob o céu e sentiram o vento no rosto.

Não pararam antes de se afastarem das muralhas além da distância de uma flechada. O Vale do Riacho-escuro estava em torno deles. A sombra das Montanhas Nevoentas jazia sobre ele, mas a leste havia uma luz dourada sobre a terra. Passava apenas uma hora do meio-dia. O sol brilhava; as nuvens eram brancas e altas.

Olharam para trás. O arco dos Portões escancarava-se escuro sob a sombra das montanhas. Fracos e distantes, embaixo da terra, rolavam os lentos toques de tambor: *dum*. Uma tênue fumaça negra arrastava-se para fora. Nada mais podia ser visto; o vale em todo o redor estava vazio. *Dum*. Finalmente o pesar os dominou por completo, e choraram por muito tempo: alguns em pé e silenciosos, outros lançados ao solo. *Dum, dum*. Os toques de tambor minguavam.

6

LOTHLÓRIEN

"Ai de nós! Receio que não podemos ficar mais tempo por aqui", comentou Aragorn. Olhou para as montanhas e ergueu a espada. "Adeus, Gandalf!", exclamou. "Eu não te disse: 'se passares pelas portas de Moria, toma cuidado?' Ai de mim que falei a verdade! Que esperança temos sem ti?"

Voltou-se para a Comitiva. "Precisamos nos arranjar sem esperança", disse ele. "Pelo menos ainda poderemos nos vingar. Aprestemo-nos e não choremos mais! Vinde! Temos uma longa estrada e muito que fazer."

Levantaram-se e olharam em torno. Ao norte o vale subia para uma ravina de sombras entre dois grandes braços das montanhas, acima da qual reluziam três picos brancos: Celebdil, Fanuidhol e Caradhras, as Montanhas de Moria. Na ponta da ravina corria uma torrente como renda branca sobre uma escada infinda de breves cascatas, e uma névoa de espuma pendia no ar em torno dos sopés das montanhas.

"Ali está a Escada do Riacho-escuro", disse Aragorn, apontando a cachoeira. "Deveríamos ter descido pelo caminho profundamente entalhado que vem pelo flanco da torrente, se tivesse sido mais clemente a sorte."

"Ou menos cruel Caradhras", comentou Gimli. "Ali se ergue ele, sorrindo ao sol!" Sacudiu o punho para o mais longínquo dos picos encimados de neve e lhe deu as costas.

A leste, o braço estendido das montanhas atingia um fim súbito, e além delas era possível divisar terras distantes, amplas e vagas. Ao sul, as Montanhas Nevoentas afastavam-se infindas até onde a vista alcançava. A menos de uma milha de distância, e um pouco abaixo delas, visto que ainda estavam bem alto na borda ocidental do vale, estendia-se um lago. Era longo e oval, em forma de uma grande ponta de lança que penetrava fundo na ravina ao norte; mas a extremidade sul estava além das sombras, sob o céu ensolarado. Porém suas águas eram escuras: de um azul profundo como o límpido céu do anoitecer visto de um recinto iluminado por lâmpadas. Sua superfície era imóvel e imperturbada. Um relvado liso o circundava, descendo em camadas por todos os lados até a beira nua e ininterrupta.

"Ali jaz o Espelhágua, o profundo Kheled-zâram!", disse Gimli tristemente. "Lembro-me de que ele disse: 'Que tenhas a alegria da visão!

Mas não podemos nos demorar ali.' Agora hei de viajar longe antes de ter alegria outra vez. Sou eu quem preciso partir às pressas, e é ele quem precisa ficar."

Então a Comitiva desceu pela estrada dos Portões. Era áspera e destruída, reduzindo-se a uma trilha serpenteante entre urze e tojo que se espremia em meio às pedras rachadas. Mas ainda era possível ver que outrora uma grande estrada calçada subira, fazendo curvas, das terras baixas rumo ao reino dos Anãos. Em alguns lugares havia obras de pedra arruinadas junto à trilha, e montículos verdes encimados por bétulas esguias, ou abetos suspirando ao vento. Uma curva para o leste levou-os mesmo à borda do gramado do Espelhágua, e ali, não longe da beira da estrada, erguia-se uma coluna isolada de topo quebrado.

"Essa é a Pedra de Durin!", exclamou Gimli. "Não posso passar sem me desviar por um momento para contemplar a maravilha do vale!"

"Então sê breve!", disse Aragorn, olhando para os Portões atrás dele. "O Sol se põe cedo. Quem sabe os Orques não saiam antes do entardecer, mas temos de estar bem longe antes do cair da noite. A Lua está quase sumida, e hoje a noite será escura."

"Vem comigo, Frodo!", exclamou o anão, saltando da estrada. "Não gostaria que te fosses sem veres Kheled-zâram." Desceu correndo a longa encosta verde. Frodo o seguiu devagar, atraído pela água ainda azul, a despeito da dor e da exaustão; Sam veio atrás.

Ao lado da pedra fincada Gimli parou e ergueu os olhos. Ela estava rachada e gasta pela intempérie, e as runas apagadas em seu flanco não podiam ser lidas. "Este pilar marca o local onde Durin olhou pela primeira vez no Espelhágua", disse o anão. "Olhemos nós uma vez, antes de partirmos!"

Inclinaram-se sobre a água escura. De início nada puderam ver. Depois, lentamente, viram as formas das montanhas circundantes espelhadas em um azul profundo, e os picos eram como penachos de chama branca acima deles; além delas havia um espaço de céu. Ali, como joias submersas no abismo, resplandeciam estrelas reluzentes, apesar de o sol brilhar lá em cima no céu. De seus próprios vultos curvados não se via nem sombra.

"Ó Kheled-zâram, belo e maravilhoso!", disse Gimli. "Ali jaz a Coroa de Durin até que ele desperte. Adeus!" Fez uma mesura, virou-se e subiu às pressas pelo gramado até a estrada.

"O que você viu?", indagou Pippin a Sam, mas este estava demasiado imerso em pensamentos para responder.

Agora a estrada se voltava para o sul e descia rapidamente, saindo do meio dos braços do vale. Pouco abaixo do lago toparam com um fundo poço d'água, límpida como cristal, do qual uma torrente caía sobre uma borda de pedra e descia, rebrilhando e balbuciando, por um íngreme canal rochoso.

"Eis a nascente de onde provém o Veio-de-Prata", disse Gimli. "Não bebei dela! É fria como gelo."

"Logo ela se transforma em um rio veloz, e recolhe água de muitas outras correntezas das montanhas", disse Aragorn. "Nossa estrada o ladeia por muitas milhas. Pois hei de vos levar pela estrada que Gandalf escolheu, e primeiro espero chegar às florestas onde o Veio-de-Prata conflui com o Grande Rio — lá além." Olharam para onde ele apontava e puderam ver diante deles a correnteza que descia saltando para o fundo do vale e depois seguia adiante para as terras mais baixas até se perder em uma névoa dourada.

"Ali ficam as florestas de Lothlórien!", disse Legolas. "É a mais bela dentre todas as moradas de meu povo. Não há árvores como as árvores dessa terra. Pois no outono suas folhas não caem, mas se transformam em ouro. Só caem quando vem a primavera e o verde novo se abre, e então os ramos ficam carregados de flores amarelas; e o chão da floresta é dourado, e dourado é o teto, e suas colunas são de prata, pois a casca das árvores é lisa e cinzenta. Assim dizem ainda nossas canções em Trevamata. Meu coração se alegraria se eu estivesse sob o beiral dessa floresta e fosse primavera!"

"Meu coração se alegrará mesmo no inverno", disse Aragorn. "Mas está a muitas milhas de distância. Apressemo-nos!"

Durante algum tempo Frodo e Sam conseguiram acompanhar os demais; mas Aragorn os liderava a grande velocidade, e pouco depois eles ficaram para trás. Não haviam comido nada desde o começo da manhã. O corte de Sam queimava como fogo, e sua cabeça girava. Apesar do sol que brilhava, o vento parecia gelado depois da morna escuridão de Moria. Tinha calafrios. Frodo sentia que cada passo era mais dolorido e respirava ofegante.

Por fim Legolas virou-se e, vendo que eles estavam muito atrás, falou com Aragorn. Os demais pararam, e Aragorn voltou correndo, chamando Boromir para vir com ele.

"Lamento, Frodo!", exclamou ele, pleno de preocupação. "Tanta coisa aconteceu hoje, e temos tanta necessidade de pressa, que esqueci que você estava ferido; e Sam também. Deviam ter falado. Nada fizemos para aliviá-los como devíamos, apesar de todos os orques de Moria nos perseguirem. Agora venham! Um pouco adiante há um lugar onde podemos ter algum descanso. Ali farei o que puder por vocês. Vem, Boromir! Vamos carregá-los."

Logo depois deram com outro riacho que descia do oeste e juntava suas águas borbulhantes com o apressado Veio-de-Prata. Juntos, mergulhavam por uma cascata de pedra esverdeada e caíam espumando em um pequeno vale. Em torno havia abetos baixos e encurvados, e suas bordas eram íngremes e recobertas de fetos e moitas de arandos. No fundo havia um espaço plano atravessado pelo riacho, que corria ruidoso sobre pedregulhos brilhantes. Ali descansaram. Já passavam quase três horas do meio-dia e só haviam percorrido algumas poucas milhas desde os Portões. O sol já começava a se pôr.

Enquanto Gimli e os dois hobbits mais jovens acendiam uma fogueira com lenha de moitas e abetos e buscavam água, Aragorn cuidou de Sam e Frodo. O ferimento de Sam não era profundo, mas tinha aspecto feio, e o rosto de Aragorn era grave enquanto o examinava. Um momento depois ergueu os olhos aliviado.

"Teve sorte, Sam!", afirmou ele. "Muitos receberam coisa pior em paga por matarem seu primeiro orque. O corte não é venenoso como demasiadas vezes são as feridas das lâminas de Orques. Deverá sarar bem quando eu o tiver tratado. Banhe-o quando Gimli tiver aquecido água."

Abriu a bolsa e tirou algumas folhas murchas. "Estão secas, e parte de sua virtude se foi," disse ele, "mas aqui ainda tenho algumas das folhas de *athelas* que colhi perto do Topo-do-Vento. Esmague uma na água e lave a ferida, e eu vou enfaixá-la. Agora é sua vez, Frodo!"

"Estou bem", disse Frodo, relutando em deixar que mexessem em suas roupas. "Só precisava de um pouco de comida e de algum descanso."

"Não!", disse Aragorn. "Precisamos olhar para ver o que o martelo e a bigorna fizeram com você. Ainda me admiro de que esteja vivo." Com cuidado, tirou a velha jaqueta de Frodo e a túnica surrada e ofegou de espanto. Depois riu. O colete de prata rebrilhava diante de seus olhos como a luz num mar encrespado. Tirou-o com cuidado e o ergueu, e suas gemas piscavam como estrelas, e o som dos anéis agitados era como o tinir da chuva numa lagoa.

"Olhai, meus amigos!" chamou ele. "Eis uma bela pele de hobbit para envolver um principezinho élfico! Se soubessem que os hobbits têm um couro assim, todos os caçadores da Terra-média estariam cavalgando rumo ao Condado."

"E todas as flechas de todos os caçadores do mundo seriam em vão", disse Gimli, contemplando a malha admirado. "É um colete de mithril. Mithril! Nunca vi nem ouvi falar de um tão belo. É este o colete de que Gandalf falou? Então ele o subestimou. Mas foi bem dado!"

"Muitas vezes me perguntei o que você e Bilbo estavam fazendo, tão fechados em seu quartinho", disse Merry. "Bendito velho hobbit! Eu o amo mais do que nunca. Espero que tenhamos a oportunidade de lhe contar sobre isso!"

O flanco e peito direito de Frodo tinham uma contusão escura e enegrecida. Por baixo da cota de malha havia uma camisa de couro macio, mas em certo ponto os anéis haviam sido forçados através dela, chegando à carne. O flanco esquerdo de Frodo também fora marcado e contundido quando ele tinha sido arremessado contra a parede. Enquanto os demais aprontavam a comida, Aragorn banhou as feridas com água em que fora embebida *athelas*. A fragrância pungente preencheu o pequeno vale, e todos os que se inclinavam sobre a água fumegante sentiam-se refeitos e fortalecidos. Logo Frodo sentiu que a dor o abandonava, e a respiração estava mais fácil: porém ficou rígido e sensível ao toque por muitos dias. Aragorn lhe atou aos flancos algumas almofadas de pano macio.

"A malha é maravilhosamente leve", disse ele. "Vista-a de novo se puder suportar. Meu coração se alegra em saber que você tem um colete assim. Não o deixe de lado, mesmo dormindo, a não ser que a sorte o leve aonde estiver seguro por algum tempo; e isso raramente acontecerá enquanto durar sua demanda."

Depois de comerem, a Comitiva se aprontou para prosseguir. Apagaram a fogueira e esconderam todos os vestígios dela. Depois, saindo do valezinho, tomaram a estrada outra vez. Não haviam ido longe quando o sol se escondeu atrás dos altos a oeste e grandes sombras se insinuaram descendo os flancos das montanhas. A penumbra lhes ocultou os pés e a névoa subiu nas baixadas. Lá longe, a leste, a luz da tardinha se estendia pálida sobre as terras obscuras de planícies e matas distantes. Agora Sam e Frodo, sentindo-se aliviados e bem refeitos, conseguiam avançar a bom passo e com apenas uma breve parada Aragorn conduziu a Comitiva por quase três horas mais.

Estava escuro. Caíra uma noite profunda. Havia muitas estrelas nítidas, mas a lua, que minguava depressa, só apareceria mais tarde. Gimli e Frodo estavam na retaguarda, caminhando com cuidado e sem falar, escutando qualquer ruído na estrada atrás deles. Por fim Gimli quebrou o silêncio.

"Não há som senão o do vento", comentou ele. "Não há gobelins por perto, ou então meus ouvidos são feitos de madeira. Esperemos que os Orques se contentem em nos expulsar de Moria. E quem sabe fosse esse todo o seu propósito e não tivessem nada mais a ver conosco — com o Anel. Porém os Orques muitas vezes perseguem os inimigos por muitas milhas na planície, se tiverem um capitão morto para vingar."

Frodo não respondeu. Olhou para Ferroada, e a lâmina estava apagada. Porém ouvira alguma coisa, ou pensava ter ouvido. Assim que as sombras haviam caído em torno, e a estrada atrás estava indistinta, ouvira outra vez as passadas de pés rápidos. Ouvia-as mesmo agora. Virou-se depressa. Havia dois minúsculos lampejos de luz atrás dele, ou pensou vê-los por um momento, mas de imediato eles se afastaram para um lado e sumiram.

"O que foi?", disse o anão.

"Não sei", respondeu Frodo. "Pensei ter ouvido pés, e pensei ver uma luz — como olhos. Muitas vezes pensei desde que entramos em Moria."

Gimli parou e se agachou no chão. "Não ouço nada senão a fala noturna das plantas e pedras", disse ele. "Vem! Vamos apressar-nos! Os outros estão fora de vista."

O vento noturno soprava gelado do vale ao encontro deles. À frente erguia-se uma larga sombra cinzenta, e ouviram um interminável farfalhar de folhas, como álamos na brisa.

"Lothlórien!", exclamou Legolas. "Lothlórien! Chegamos ao beiral da Floresta Dourada. É pena que seja inverno!"

Sob a noite, as árvores se erguiam altas diante deles, formando arcos sobre a estrada e o córrego que fluía repentinamente embaixo dos seus ramos espalhados. À débil luz das estrelas, seus troncos eram cinzentos, e as folhas trêmulas tinham um quê de ouro não cultivado.

"Lothlórien!", disse Aragorn. "Alegro-me de ouvir outra vez o vento nas árvores! Ainda estamos a pouco mais de cinco léguas dos Portões, mas não podemos ir mais longe. Esperemos que a virtude dos Elfos nos proteja esta noite do perigo que nos segue."

"Se deveras ainda habitam Elfos aqui, no mundo que se obscurece", disse Gimli.

"Muito tempo faz que alguém de meu próprio povo viajou para cá, de volta à terra de onde nos afastamos em eras passadas," comentou Legolas, "mas ouvimos que Lórien ainda não está deserta, pois aqui há um poder secreto que afasta o mal da terra. Ainda assim seu povo raramente se vê, e quem sabe habitem agora na profundeza das matas, longe da borda setentrional."

"Deveras habitam na profundeza da mata", disse Aragorn, e suspirou como se uma lembrança se tivesse atiçado dentro dele. "Esta noite temos de nos defender sozinhos. Vamos avançar um pouco, até que as árvores estejam em toda a nossa volta, e então nos desviaremos da trilha e buscaremos um lugar para descansar."

Deu um passo à frente; mas Boromir ficou parado, indeciso, e não o seguiu. "Não há outro caminho?", disse ele.

"Que outro caminho mais belo desejarias?", disse Aragorn.

"Uma estrada direta, por muito que levasse através de uma moita de espadas", disse Boromir. "Por estranhas trilhas esta Comitiva foi conduzida, e à má sorte até agora. Contra minha vontade passamos sob as sombras de Moria e sofremos perda. E agora precisamos entrar na Floresta Dourada, tu dizes. Mas dessa terra perigosa ouvimos falar em Gondor, e dizem que dentre os que entram poucos saem; e desses poucos nenhum escapou ileso."

"Não digas *ileso*, mas se disseres *inalterado* talvez fales a verdade", disse Aragorn. "Mas o saber míngua em Gondor, Boromir, se na cidade dos que outrora foram sábios agora se fala mal de Lothlórien. Acredita no que quiseres, não há outro caminho para nós — a não ser que queiras voltar ao portão de Moria, ou escalar as montanhas sem trilha, ou nadar a sós no Grande Rio."

"Então guia-nos!", disse Boromir. "Mas é perigosa."

"Perigosa deveras," disse Aragorn, "bela e perigosa; mas só o mal deve temê-la, ou aqueles que trazem algum mal consigo. Segui-me!"

Haviam avançado pouco mais de uma milha na floresta quando toparam com outro riacho, que descia depressa das encostas cobertas de árvores que se estendiam a oeste na direção das montanhas. Ouviam-no borrifando por cima de uma cascata entre as sombras do lado direito. Suas velozes águas escuras cruzavam a trilha à frente deles e juntavam-se ao Veio-de-Prata em um redemoinho de lagoas obscuras entre as raízes das árvores.

"Eis o Nimrodel!", disse Legolas. "Sobre este riacho os Elfos Silvestres fizeram muitas canções tempos atrás, e ainda as cantamos no Norte, recordando o arco-íris em suas cascatas e as flores douradas que flutuavam em sua espuma. Agora está tudo escuro, e a Ponte do Nimrodel está derrubada. Vou banhar meus pés, pois dizem que a água cura os exaustos." Avançou, desceu pela margem escarpada e pôs os pés no riacho.

"Segui-me!", exclamou. "A água não é funda. Vamos passar a vau! Na margem oposta podemos repousar, e o som da água caindo poderá nos trazer o sono e o esquecimento do pesar."

Um a um, desceram e seguiram Legolas. Por um momento Frodo parou na margem e deixou a água correr sobre os pés cansados. Era fria, mas seu toque era limpo e, à medida que prosseguiu e ela lhe subiu até os joelhos, sentiu que a nódoa da viagem e toda a exaustão eram lavadas dos seus membros.

Quando toda a Comitiva tinha atravessado, sentaram-se e descansaram, e comeram algum alimento; e Legolas lhes contou histórias de Lothlórien que os Elfos de Trevamata ainda mantinham no coração, da luz do sol e das estrelas nos prados junto ao Grande Rio, antes que o mundo ficasse cinzento.

Por fim fez-se silêncio, e ouviram a música da cascata fluindo docemente nas sombras. Frodo quase imaginava poder ouvir uma voz a cantar, mesclada ao som da água.

"Ouves a voz de Nimrodel?", perguntou Legolas. "Cantar-vos-ei uma canção da donzela Nimrodel, que levava o mesmo nome do riacho junto do qual vivia muito tempo atrás. É uma bela canção em nossa língua da floresta; mas é assim que soa na fala westron, como alguns a cantam agora em Valfenda." Em voz suave, que mal se ouvia em meio ao farfalhar das folhas acima deles, ele começou:

Donzela élfica houve outrora
   Qual astro de dia armado:
Ouro seu alvo manto decora
   E prata o seu calçado.

Estrela leva à fronte atada,
   Luz nos cabelos tem,
Qual sol na áurea ramada
   Na bela Lórien.

Tem longos cachos, mãos de neve,
   Livres caminhos trilha;
No vento a passear tão leve
   Qual folha de uma tília.

Na cachoeira de Nimrodel,
   De clara água corrente,
Qual prata caía o canto seu
   No belo lago luzente.

Ignora-se onde anda agora,
   Se à sombra ou sol desceu;
Pois Nimrodel se foi embora,
   Nos montes se perdeu.

A nau dos Elfos em porto gris
   Na costa abrigada
Por muitos dias notícias quis
   Esperando sua chegada.

À noite um vento das terras do Norte
   Rugindo se levantou,
A nau tomando de tal sorte
   Que da praia a afastou.

A terra sumira ao romper da aurora,
   E cinzentas as montanhas
Por trás das ondas iam-se embora
   Para além de espumas tamanhas.

Amroth contempla a costa ao léu
   E a vaga longe o arrasta,
Amaldiçoando a nau infiel
   Que de Nimrodel o afasta.

Rei-élfico de outrora era,
  Senhor de vale e mata,
Sob ramos d'ouro que a primavera
  Em Lothlórien desata.

Do leme o viram saltando ao mar,
  Qual flecha deixando o arco,
Na água profunda a mergulhar,
  Gaivota voando do barco.

Cabelo ao vento, triste sorte,
  Em torno clara espuma;
Já longe o viam, belo e forte,
  Qual cisne a terra ruma.

Do Oeste não veio voz propícia;
  Na Costa de Cá, nos cais,
Os Elfos não ouviram notícia
  De Amroth nunca mais.[A]

A voz de Legolas vacilou, e a canção cessou. "Não posso cantar mais", afirmou ele. "Esta é somente uma parte, pois esqueci muita coisa. É longa e triste, pois conta como o pesar acometeu Lothlórien, Lórien da Flor, quando os Anãos despertaram o mal nas montanhas."

"Mas os Anãos não fizeram o mal", disse Gimli.

"Eu não disse isso; porém o mal veio", respondeu Legolas com tristeza. "Então muitos dos Elfos da gente de Nimrodel deixaram suas moradas e partiram, e ela se perdeu longe no Sul, nos passos das Montanhas Brancas; e não chegou ao navio onde Amroth, seu amante, a aguardava. Mas na primavera, quando o vento sopra nas folhas novas, o eco de sua voz ainda pode ser ouvido junto às cascatas que têm o seu nome. E quando o vento está no Sul, a voz de Amroth vem subindo do mar; pois o Nimrodel conflui com o Veio-de-Prata, que os Elfos chamam Celebrant, e o Celebrant com Anduin, o Grande, e o Anduin flui para a Baía de Belfalas de onde os Elfos de Lórien zarparam. Mas nem Nimrodel nem Amroth jamais voltaram.

"Contam que ela tinha uma casa construída nos ramos de uma árvore que crescia junto às cascatas; pois era esse o costume dos Elfos de Lórien, habitar nas árvores, e quem sabe ainda seja assim. Por isso eram chamados de Galadhrim, o Povo-das-árvores. Na profundeza de sua floresta as árvores são muito grandes. O povo das matas não escavava o solo como os Anãos nem construía fortificações de pedra antes que viesse a Sombra."

"E mesmo nestes dias recentes pode-se pensar que habitar nas árvores é mais seguro que sentar-se no chão", disse Gimli. Olhou o outro lado da correnteza, para a estrada que levava de volta ao Vale do Riacho-escuro, e depois ergueu os olhos para o teto de ramos escuros lá em cima.

"Tuas palavras trazem bom conselho, Gimli", disse Aragorn. "Não podemos construir uma casa, mas esta noite faremos como os Galadhrim e buscaremos refúgio nas copas das árvores, se pudermos. Já ficamos sentados aqui à beira da estrada por mais tempo que o recomendável."

Então a Comitiva abandonou a trilha, e penetrou na sombra das matas mais profundas, para oeste ao longo do riacho da montanha, afastando-se do Veio-de-Prata. Não longe das cascatas do Nimrodel encontraram um grupo de árvores, algumas das quais se inclinavam sobre o riacho. Seus grandes troncos cinzentos tinham circunferência enorme, mas a altura não podia ser estimada.

"Vou escalar", disse Legolas. "Entre as árvores estou em casa, por raiz ou ramo, apesar de estas serem de uma espécie que me é estranha, exceto como nome nas canções. *Mellyrn* elas se chamam, e são as que dão a flor amarela, mas jamais escalei uma. Agora verei qual é sua forma e modo de crescer."

"Qualquer que seja," disse Pippin, "serão árvores maravilhosas de fato se puderem oferecer repouso à noite, exceto aos pássaros. Não posso dormir num poleiro!"

"Então cava um buraco no chão," disse Legolas, "se isso for mais à moda de tua espécie. Mas deves cavar depressa e fundo se quiseres esconder-te dos Orques." Saltou leve, deixando o solo e apanhando um galho que saía do tronco muito acima de sua cabeça. Mas, enquanto pendia ali por um momento, uma voz falou de repente nas sombras da árvore acima dele.

"*Daro!*", disse ela em tom de comando, e Legolas deixou-se cair de volta ao solo, surpreso e temeroso. Encostou-se ao tronco da árvore.

"Ficai imóveis!" cochichou para os demais. "Não vos mexei nem falai!"

Ouviu-se o som de risos suaves sobre suas cabeças, e então outra voz falou em língua-élfica. Frodo pouco conseguiu entender do que foi dito, pois a fala que o povo silvestre a leste das montanhas usava entre si era diverso daquele do Oeste. Legolas ergueu os olhos e respondeu na mesma língua.[1]

"Quem são eles e o que dizem?", perguntou Merry.

"São Elfos", disse Sam. "Não está ouvindo as vozes deles?"

"Sim, são Elfos", disse Legolas; "e dizem que respiras tão alto que poderiam te alvejar no escuro." Sam, apressado, pôs a mão sobre a boca. "Mas também dizem que não precisas temer. Faz tempo que estão a par de nós. Ouviram minha voz do outro lado do Nimrodel e souberam que eu era de sua gente do Norte, e por isso não impediram que atravessássemos; e

---

[1] Ver nota no Apêndice F: "Dos Elfos". [N. A.]

depois ouviram minha canção. Agora pedem-me que eu suba com Frodo; pois parecem ter tido alguma notícia dele e de nossa jornada. Pedem que os outros esperem um pouco, e que vigiem ao pé da árvore até que decidam o que deve ser feito."

Uma escada foi baixada das sombras; era feita de corda, cinza-prata e rebrilhando no escuro e, apesar de parecer delgada, demonstrou ser bastante forte para suportar muitos homens. Legolas subiu veloz e leve, e Frodo o seguiu devagar; atrás dele foi Sam, tentando não respirar alto. Os galhos do mallorn cresciam quase retos a partir do tronco, e depois se viravam para cima; mas junto ao topo o caule principal se dividia numa copa de muitos ramos, e entre esses eles descobriram que fora construída uma plataforma de madeira, ou *eirado*, como tais coisas eram chamadas naqueles dias: os Elfos chamavam aquilo de *talan*. O acesso era por um buraco redondo no centro, através do qual passava a escada.

Quando Frodo finalmente chegou em cima do eirado, encontrou Legolas sentado com três outros Elfos. Trajavam cinza sombrio, e não podiam ser vistos entre os caules da árvore a não ser que se mexessem de repente. Levantaram-se, e um deles destapou uma pequena lâmpada que emitiu um estreito facho prateado. Ergueu-a, olhando o rosto de Frodo e o de Sam. Depois voltou a fechar a luz e falou palavras de boas-vindas em sua língua-élfica. Frodo respondeu hesitante.

"Bem-vindo!", repetiu então o Elfo na língua comum, falando devagar. "Raramente usamos outra língua que não a nossa; pois agora habitamos no coração da floresta, e não lidamos de bom grado com qualquer outro povo. Mesmo nossa própria gente no Norte está apartada de nós. Mas há alguns dentre nós que ainda deixam nossa terra para saber de notícias e vigiar nossos inimigos, e eles falam os idiomas de outras terras. Eu sou um deles. Haldir é meu nome. Meus irmãos, Rúmil e Orophin, pouco falam de vossa língua.

"Mas ouvimos rumores de vossa vinda, pois os mensageiros de Elrond passaram por Lórien a caminho de casa, subindo pela Escada do Riacho-escuro. Não tínhamos ouvido falar dos... hobbits, dos pequenos, por muitos longos anos, e não sabíamos que ainda habitavam na Terra-média. Não pareceis malvados! E, já que vindes com um Elfo de nossa gente, estamos dispostos a vos amparar, como Elrond pediu; porém não é nosso costume conduzir estranhos por nossa terra. Mas deveis ficar aqui esta noite. Quantos sois?"

"Oito", disse Legolas. "Eu, quatro hobbits; e dois homens, um dos quais, Aragorn, é um Amigo-dos-Elfos do povo de Ociente."

"O nome de Aragorn, filho de Arathorn, é conhecido em Lórien," comentou Haldir, "e ele tem o favor da Senhora. Então tudo está bem. Mas até agora só falaste de sete."

"O oitavo é um anão", respondeu Legolas.

"Um anão!", disse Haldir. "Isso não está bem. Não lidamos com os Anãos desde os Dias Sombrios. Não lhes permitimos entrar em nossa terra. Não posso consentir que ele passe."

"Mas ele vem da Montanha Solitária, é do confiável povo de Dáin e amigo de Elrond", disse Frodo. "O próprio Elrond o escolheu para ser um de nossos companheiros, e tem sido bravo e fiel."

Os Elfos confabularam em voz baixa e questionaram Legolas em sua própria língua. "Muito bem", respondeu Haldir finalmente. "Faremos isso, apesar de ser a contragosto. Se Aragorn e Legolas o vigiarem e responderem por ele, há de passar; mas deve andar vendado por Lothlórien.

"Mas agora não devemos debater mais. Vossa gente não pode permanecer no solo. Estivemos vigiando os rios desde que vimos uma grande tropa de Orques rumando ao norte, na direção de Moria, ao longo dos sopés das montanhas, muitos dias atrás. Os lobos uivam nos limites da floresta. Se deveras viestes de Moria, o perigo não pode estar muito atrás. Amanhã cedo deveis prosseguir.

"Os quatro hobbits hão de subir aqui e ficar conosco — não os tememos! Há outro *talan* na árvore ao lado. Ali devem refugiar-se os demais. Tu, Legolas, precisas responder-nos por eles. Chama-nos se houver algo errado! E mantém os olhos nesse anão!"

Legolas desceu a escada de imediato para levar a mensagem de Haldir; e logo depois Merry e Pippin subiram com dificuldade para o eirado alto. Estavam ofegantes e pareciam um tanto assustados.

"Aí está!", disse Merry, arfando. "Alçamos os cobertores de vocês junto com os nossos. Passolargo escondeu todo o resto de nossa bagagem em um monte alto de folhas."

"Não tínheis necessidade de vossos fardos", disse Haldir. "Nos topos das árvores faz frio no inverno, apesar de hoje o vento estar no Sul; mas temos comida e bebida para vos dar que afastarão a gelidez noturna, e temos peles e mantos de sobra."

Os hobbits aceitaram este segundo (e bem melhor) jantar de muito bom grado. Depois envolveram-se para se aquecerem, não apenas nas mantas de peles dos Elfos, mas também em seus próprios cobertores, e tentaram pegar no sono. Mas, por muito que estivessem exaustos, só Sam teve facilidade em fazê-lo. Os hobbits não gostam de alturas e não dormem no andar de cima, mesmo que haja andar de cima. O eirado não lhes agradava nem um pouco como dormitório. Não tinha paredes, nem mesmo corrimão; só de um lado havia uma leve tela trançada, que podia ser movida e fixada em diferentes lugares conforme o vento.

Pippin ficou conversando um pouco. "Espero que, se eu realmente adormecer neste poleiro de aves, não role para fora", disse ele.

"Uma vez que eu adormecer," disse Sam, "vou continuar dormindo, quer role para fora ou não. E quanto menos falar, mais cedo vou dormir, se me entende."

Frodo ficou algum tempo deitado desperto e olhou as estrelas lá em cima, brilhando através do pálido teto de folhas trêmulas. Sam roncava ao seu lado muito antes de ele próprio fechar os olhos. Podia ver, indistintamente, os vultos cinzentos de dois elfos sentados imóveis, com os braços em torno dos joelhos, falando em sussurros. O outro descera para vigiar em um dos ramos inferiores. Por fim, embalado pelo vento nos galhos lá em cima e pelo doce murmúrio das cascatas do Nimrodel lá embaixo, Frodo adormeceu com a canção de Legolas rodando em sua mente.

Acordou tarde da noite. Os outros hobbits dormiam. Os Elfos haviam ido embora. A Lua de foice reluzia fraca entre as folhas. O vento parara. A pouca distância ouviu um riso áspero e as pisadas de muitos pés no chão lá embaixo. Houve um retinir de metal. Os sons desapareceram pouco a pouco e pareceram rumar para o sul, entrando na floresta.

De repente surgiu uma cabeça pelo buraco do eirado. Frodo sentou-se alarmado e viu que era um Elfo de capuz cinzento. Ele olhou para os hobbits.

"O que é?", disse Frodo.

"*Yrch!*", disse o Elfo num sussurro chiado, e jogou no eirado a escada de corda enrolada.

"Orques!", exclamou Frodo. "O que estão fazendo?" Mas o Elfo se fora.

Não houve mais ruídos. Até as folhas estavam em silêncio, e as próprias cascatas pareciam ter calado. Frodo sentou-se e sentiu calafrios em suas cobertas. Estava grato por não terem sido apanhados no chão; mas sentia que as árvores proporcionavam pouca proteção, exceto como esconderijo. Os Orques eram alertas como cães de caça farejando, dizia-se, mas também sabiam escalar. Sacou Ferroada: ela reluziu e brilhou como uma chama azul; e depois voltou a se apagar lentamente e perdeu o brilho. Apesar de sua espada ter-se apagado, a sensação de perigo imediato não abandonou Frodo, na verdade ficou mais forte. Levantou-se, engatinhou até a abertura e espiou para baixo. Tinha quase certeza de que podia ouvir movimentos furtivos ao pé da árvore, bem abaixo.

Não eram Elfos; pois o povo da floresta era bem silencioso em seus movimentos. Depois ouviu fracamente um som como de fungada; e algo parecia estar subindo pela casca do tronco. Fitou o escuro lá embaixo, segurando a respiração.

Agora algo escalava devagar, e sua respiração parecia um chiado baixinho através de dentes apertados. Então, subindo perto do caule, Frodo viu dois olhos pálidos. Eles pararam e olharam para cima, sem piscar.

De repente viraram-se, e um vulto sombrio deslizou em torno do tronco da árvore e desapareceu.

Imediatamente depois Haldir chegou, escalando depressa através dos ramos. "Havia algo nesta árvore que nunca vi antes", disse ele. "Não era um orque. Fugiu assim que toquei o caule da árvore. Parecia ser cauteloso e ter alguma habilidade com árvores, do contrário eu pensaria que era um de vós, hobbits.

"Não atirei porque não ousava provocar gritos: não podemos nos arriscar ao combate. Passou uma forte companhia de Orques. Atravessaram o Nimrodel — malditos pés imundos na água limpa! — e seguiram descendo pela velha estrada ao lado do rio. Parecia que seguiam algum faro, e esquadrinharam o chão por algum tempo junto ao lugar onde tínheis parado. Nós três não podíamos desafiar uma centena, por isso fomos em frente e falamos com vozes fingidas, conduzindo-os para dentro da floresta.

"Agora Orophin voltou às pressas para nossas moradas para alertar nosso povo. Nenhum dos Orques jamais voltará a sair de Lórien. E haverá muitos Elfos ocultos na fronteira norte antes que caia outra noite. Mas deveis tomar a estrada do sul assim que amanhecer por completo."

O dia chegou pálido do Leste. A luz, à medida que aumentava, era filtrada pelas folhas amarelas do mallorn, e aos hobbits parecia que brilhava o sol precoce de uma fresca manhã de verão. O céu azul-claro espiava por entre os galhos em movimento. Olhando por uma abertura do lado sul do eirado, Frodo viu todo o vale do Veio-de-Prata estendendo-se como um mar de ouro não cultivado ondulando de leve na brisa.

A manhã ainda era jovem e fria quando a Comitiva partiu outra vez, agora guiada por Haldir e seu irmão Rúmil. "Adeus, doce Nimrodel!", exclamou Legolas. Frodo olhou para trás e vislumbrou um lampejo de espuma branca entre os caules cinzentos das árvores. "Adeus", disse ele. Parecia-lhe que nunca mais ouviria uma água corrente tão bela, sempre mesclando suas incontáveis notas numa música infinda e variegada.

Voltaram à trilha que ainda prosseguia ao longo da margem oeste do Veio-de-Prata e por alguma distância seguiram-na rumo ao sul. Havia pegadas de pés de orques na terra. Mas logo Haldir se desviou entre as árvores e parou na margem do rio, sob as sombras delas.

"Ali está um do meu povo na outra margem do rio," disse ele, "apesar de não poderdes vê-lo." Emitiu um chamado como o assobio baixo de uma ave, e um Elfo saiu de um matagal de árvores jovens, trajando cinza, mas com o capuz jogado para trás; seus cabelos brilhavam como ouro ao sol da manhã. Haldir habilmente lançou por cima do rio um rolo de corda cinzenta, e ele a apanhou e amarrou a extremidade ao redor de uma árvore perto da margem.

"O Celebrant já é um rio vigoroso aqui, como vedes," comentou Haldir, "e corre ao mesmo tempo veloz e fundo, e é muito frio. Não pomos os pés nele tanto ao norte, a não ser que precisemos. Mas nestes dias de vigilância não fazemos pontes. É assim que atravessamos! Segui-me!" Prendeu sua ponta da corda em torno de outra árvore, e depois correu leve sobre ela, por cima do rio e de volta, como se estivesse numa estrada.

"Eu consigo andar nessa trilha", disse Legolas; "mas os outros não têm tal habilidade. Precisarão nadar?"

"Não!" disse Haldir. "Temos mais duas cordas. Vamos prendê-las acima da outra, uma na altura dos ombros e a outra a meia altura, e segurando-as os estrangeiros deverão ser capazes de atravessar com cuidado."

Quando estava pronta aquela ponte delgada, a Comitiva atravessou, alguns com cautela e lentamente, outros com maior facilidade. Dentre os hobbits, Pippin demonstrou ser o melhor, pois tinha pés firmes, e passou andando depressa, segurando-se com uma mão apenas; mas manteve a vista na margem oposta e não olhou para baixo. Sam passou arrastando os pés, agarrando-se com força e olhando a água pálida em redemoinhos lá embaixo como se fosse um precipício nas montanhas.

Respirou aliviado quando passara a salvo. "Vivendo e aprendendo! como costumava dizer o feitor. Mas ele estava pensando em jardinagem, não em se empoleirar como pássaro ou tentar andar como aranha. Nem meu tio Andy jamais fez um truque assim!"

Quando finalmente toda a Comitiva estava reunida na margem leste do Veio-de-Prata, os Elfos desamarraram as cordas e enrolaram duas delas. Rúmil, que ficara do outro lado, puxou a última de volta, colocou-a a tiracolo e partiu com um aceno de mão, voltando ao Nimrodel para vigiar.

"Agora, amigos," disse Haldir, "entrastes no Naith de Lórien, ou no Gomo, como poderíeis dizer, pois é a terra que fica como uma ponta de lança entre os braços do Veio-de-Prata e de Anduin, o Grande. Não permitimos que estrangeiros espionem os segredos do Naith. A poucos deveras é mesmo permitido pôr os pés ali.

"Como combinamos, aqui hei de vendar os olhos de Gimli, o Anão. Os demais podem andar livres por algum tempo, até que nos aproximemos mais de nossas moradas lá embaixo em Egladil, no Ângulo entre as águas."

Isso não agradou a Gimli nem um pouco. "A combinação foi feita sem meu consentimento", disse ele. "Não caminharei vendado como um mendigo ou prisioneiro. E não sou espião. Meu povo jamais tratou com qualquer dos serviçais do Inimigo. Nem causamos mal aos Elfos. Não é mais provável que eu vos traia do que Legolas, ou qualquer outro de meus companheiros."

"Não duvido de ti", disse Haldir. "No entanto é esta nossa lei. Não sou mestre da lei e não posso pô-la de lado. Fiz muito ao deixá-lo pôr os pés na outra margem do Celebrant."

Gimli estava obstinado. Plantou os pés no chão, firmes e afastados, e pôs a mão no cabo do machado. "Irei em frente livre," retrucou ele, "ou voltarei em busca de minha própria terra, onde é sabido que sou fiel à minha palavra, por muito que pereça sozinho no ermo."

"Não podes voltar", disse Haldir com severidade. "Agora que vieste até este ponto terás de ser levado diante do Senhor e da Senhora. Eles hão de te julgar, para segurar-te ou deixar-te ir, conforme queiram. Não podes atravessar os rios outra vez, e agora há sentinelas secretas atrás de ti pelas quais não podes passar. Serias morto antes que as visses."

Gimli sacou o machado do cinto. Haldir e seus companheiros armaram os arcos. "Uma praga sobre os Anãos e sua obstinação!", disse Legolas.

"Ora!", exclamou Aragorn. "Se eu for ainda liderar esta Comitiva, deveis fazer o que vos peço. Para o Anão é duro ser isolado desse modo. Seremos vendados todos, até Legolas. Isso será o melhor, por muito que torne a jornada lenta e monótona."

Gimli riu-se de repente. "Vamos parecer uma bela tropa de tolos! Haldir nos conduzirá a todos numa corda, como muitos mendigos cegos com um cão? Mas estarei contente se apenas Legolas aqui compartilhar minha cegueira."

"Sou um Elfo, e aqui sou membro da gente", disse Legolas, zangando-se por sua vez.

"Agora vamos exclamar: 'uma praga sobre a obstinação dos Elfos!'", disse Aragorn. "Mas toda a Comitiva há de ter o mesmo tratamento. Vamos, venda nossos olhos, Haldir!"

"Hei de reivindicar plena restituição por cada queda e topada, se não nos conduzires bem", disse Gimli quando lhe amarraram um pano nos olhos.

"Não terás o que reivindicar", disse Haldir. "Hei de vos conduzir bem, e as trilhas são lisas e retas."

"Ai de nós pela loucura destes dias!", disse Legolas. "Todos aqui são inimigos do único Inimigo, e mesmo assim tenho de caminhar cego enquanto o sol brilha alegre na mata sob as folhas de ouro!"

"Pode parecer loucura", disse Haldir. "Deveras o poder do Senhor Sombrio em nada se mostra mais claramente que na desavença que divide a todos que ainda se lhe opõem. Porém agora encontramos tão pouca fé e confiança no mundo além de Lothlórien, exceto talvez em Valfenda, que não ousamos pôr nossa terra em perigo por nossa própria confiança. Vivemos agora em uma ilha em meio a muitos perigos, e nossas mãos mais frequentemente pegam a corda do arco que a harpa.

"Os rios nos defenderam por muito tempo, porém não são mais proteção segura; pois a Sombra se esgueirou rumo ao norte em toda a nossa volta. Alguns falam em partir, mas já parece demasiado tarde para isso. As montanhas a oeste tornam-se malignas; a leste as terras são ermas e repletas das criaturas de Sauron; e há boatos de que agora não podemos passar a salvo rumo ao sul através de Rohan, e que as fozes do Grande Rio são vigiadas pelo Inimigo. Mesmo que conseguíssemos chegar às praias do Mar, não encontraríamos mais abrigo ali. Diz-se que ainda existem portos dos Altos Elfos, mas ficam muito ao norte e oeste, além da terra dos Pequenos. Mas onde pode ser isso, por muito que o saibam o Senhor e a Senhora, eu não o sei."

"Deverias pelo menos adivinhar, já que nos viste", disse Merry. "Há portos-élficos a oeste de minha terra, o Condado, onde vivem os Hobbits."

"Um povo feliz são os Hobbits por viverem perto das costas do mar!", disse Haldir. "Deveras faz muito tempo que alguém do meu povo o contemplou, porém ainda o recordamos em canções. Conta-me desses portos enquanto caminhamos."

"Não posso", respondeu Merry. "Eu nunca os vi. Nunca antes estive fora de minha própria terra. E se eu soubesse como era o mundo aqui fora não acho que teria tido coragem de deixá-la."

"Nem mesmo para ver a bela Lothlórien?", disse Haldir. "O mundo está deveras repleto de perigos e há nele muitos lugares escuros; mas ainda existe muita coisa que é bela, e, por muito que em todas as terras o amor já esteja mesclado ao pesar, talvez ele se torne maior.

"Há alguns dentre nós que cantam que a Sombra recuará, e a paz há de vir de novo. Porém não creio que o mundo ao nosso redor volte outra vez a ser como foi outrora, ou a luz do Sol como era antigamente. Para os Elfos, receio, acabará sendo no melhor caso uma trégua, na qual poderão chegar ao Mar sem impedimento e abandonar a Terra-média para sempre. Ai de Lothlórien que amo! Seria uma vida miserável em uma terra onde não crescesse o mallorn. Mas, se há árvores mallorn além do Grande Mar, ninguém o relatou."

Enquanto falavam assim, a Comitiva andava devagar, enfileirada ao longo das trilhas da floresta, conduzida por Haldir, enquanto o outro Elfo caminhava atrás. Sentiam que o solo sob seus pés era liso e macio e, algum tempo depois, caminhavam mais livremente, sem temer ferimento nem queda. Como estava privado da visão, Frodo descobriu que sua audição e os demais sentidos estavam aguçados. Podia sentir o cheiro das árvores e da grama pisada. Podia ouvir muitas notas diferentes no farfalhar das folhas sobre sua cabeça, o rio passando a murmurar à sua direita, e as vozes agudas e nítidas dos pássaros alto no céu. Sentia o sol no rosto e nas mãos quando atravessavam uma clareira aberta.

Assim que pusera os pés na outra margem do Veio-de-Prata, assaltara-o uma sensação estranha, que se intensificava à medida que avançava para dentro do Naith: parecia-lhe ter transposto uma ponte de tempo, chegando a um canto dos Dias Antigos, e que agora caminhava em um mundo que não mais existia. Em Valfenda havia a lembrança de coisas antigas; em Lórien as coisas antigas ainda sobreviviam no mundo desperto. O mal fora visto e ouvido ali, o pesar fora conhecido; os Elfos temiam o mundo lá fora e desconfiavam dele: lobos uivavam nas bordas da mata, mas na terra de Lórien não residia nenhuma sombra.

Por todo aquele dia a Comitiva seguiu marchando, até sentirem chegar a tardinha fresca e ouvirem o vento noturno precoce sussurrando entre muitas folhas. Então repousaram e dormiram sem medo no chão; pois seus guias não permitiam que desvendassem os olhos, e não eram capazes de escalar. De manhã prosseguiram outra vez, andando sem pressa. Ao meio-dia pararam, e Frodo se deu conta de que haviam saído para o sol brilhante. De repente ouviu o som de muitas vozes em toda a sua volta.

Uma hoste de Elfos em marcha se aproximara em silêncio: rumavam às pressas para as divisas do norte para se proteger contra algum ataque de Moria; e traziam notícias, algumas das quais foram relatadas por Haldir. Os orques saqueadores tinham sido emboscados e quase todos destruídos; os remanescentes fugiram para o oeste, rumo às montanhas, e estavam sendo perseguidos. Também fora vista uma criatura estranha, correndo encurvada e com as mãos junto ao solo, como uma fera, porém não em forma de fera. Escapara à captura, e não tinham atirado nela, pois não sabiam se era boa ou má, e ela desaparecera para o sul, descendo o Veio-de-Prata.

"Também", comentou Haldir, "trazem-me uma mensagem do Senhor e da Senhora dos Galadhrim. Todos devem caminhar livres, mesmo o anão Gimli. Parece que a Senhora sabe quem e o que é cada membro de vossa Comitiva. Quem sabe tenham vindo novas mensagens de Valfenda."

Primeiro removeu a bandagem dos olhos de Gimli. "Seu perdão!", disse ele, inclinando-se muito. "Olha-nos agora com olhos amigáveis! Olha e sê contente, pois és o primeiro anão a contemplar as árvores do Naith de Lórien desde o Dia de Durin!"

Quando, por sua vez, teve os olhos descobertos, Frodo olhou para cima e tomou fôlego. Estavam de pé em um espaço aberto. À esquerda erguia-se um grande morro, coberto por um gramado verde como a Primavera dos Dias Antigos. Sobre ele, como dupla coroa, cresciam dois círculos de árvores: as exteriores tinham casca branca como a neve e estavam sem folhas, mas belas em sua formosa nudez; as interiores eram mellyrn de grande altura, ainda enfeitados de ouro pálido. Bem no alto, em meio aos ramos de uma árvore altaneira posta no centro de tudo, reluzia um eirado branco. Aos pés das árvores, e por todos os verdes flancos do morro, a grama estava semeada de florezinhas douradas em forma de estrela. Entre elas, balançando em caules delgados, havia outras flores, brancas e de verde muito pálido: lampejavam como névoa em meio ao tom intenso da grama.

Por cima de tudo o céu era azul, e o sol da tarde brilhava no morro e lançava longas sombras verdes sob as árvores.

"Contemplai! Chegastes a Cerin Amroth", disse Haldir. "Pois é este o coração do antigo reino, tal como foi há muito tempo, e aqui está o morro de Amroth, onde em dias mais felizes foi construída sua alta casa. Aqui florescem sempre as flores do inverno na grama imarcescível: a *elanor* amarela e a pálida *niphredil*. Aqui ficaremos por um tempo, e chegaremos à cidade dos Galadhrim ao anoitecer."

Os demais se deixaram cair na grama perfumada, mas Frodo ficou mais um tempo em pé, ainda perdido em pasmo. Parecia-lhe ter transposto uma alta janela que dava para um mundo desaparecido. Havia sobre ele uma luz para a qual sua língua não possuía nome. Tudo o que via era formoso, mas as formas pareciam ao mesmo tempo bem delineadas, como se acabassem de ser concebidas e desenhadas quando desvendara os olhos, e antigas, como se tivessem durado para sempre. Não via cores além das que conhecia, ouro e branco e azul e verde, mas eram frescas e pungentes, como se naquele momento ele as tivesse percebido pela primeira vez e feito para elas nomes novos e maravilhosos. Aqui, no inverno, nenhum coração poderia lamentar-se pelo verão ou pela primavera. Nenhum defeito, nem doença, nem deformidade era visível em qualquer coisa que crescesse na terra. Na terra de Lórien não havia nódoa.

Virou-se e viu que agora Sam estava parado ao seu lado, olhando em volta com expressão perplexa e esfregando os olhos como quem não tem certeza de que está desperto. "Tem luz do sol e é dia claro, sem dúvida", comentou ele. "Eu pensava que os Elfos eram mais chegados à lua e às estrelas: mas isto é mais élfico que qualquer coisa de que já ouvi falar. Eu me sinto como se estivesse *dentro* de uma canção, se me entende."

Haldir olhou para eles, e de fato parecia compreendê-los em pensamento e palavra. Sorriu. "Sentis o poder da Senhora dos Galadhrim", disse ele. "Agradar-vos-ia subir comigo a Cerin Amroth?"

Seguiram-no quando ele pisou de leve as encostas gramadas. Apesar de estar caminhando e respirando, e as folhas vivas e as flores em seu redor serem agitadas pelo mesmo vento fresco que lhe soprava no rosto, Frodo sentiu que estava em uma terra fora do tempo, que não se apagava, nem mudava, nem caía no esquecimento. Quando tivesse partido e passado outra vez ao mundo exterior, o errante Frodo do Condado ainda iria caminhar ali, na grama entre *elanor* e *niphredil,* na bela Lothlórien.

Entraram no círculo de árvores brancas. Nesse momento o Vento Sul soprou em Cerin Amroth e suspirou entre os ramos. Frodo ficou imóvel, ouvindo muito ao longe os grandes mares, em praias que há tempos haviam sido arrastadas pelas águas, e o grito de aves marinhas, cuja raça perecera na terra.

Haldir fora em frente e agora estava subindo ao alto eirado. Quando Frodo se preparava para segui-lo, pôs a mão na árvore ao lado da escada: nunca antes estivera cônscio, tão súbita e nitidamente, da sensação e da textura de uma casca de árvore e da vida que ela continha. Sentiu o deleite da madeira e de seu toque nem como silvicultor nem como marceneiro; era o deleite da própria árvore vivente.

Quando finalmente pôs os pés na plataforma elevada, Haldir o tomou pela mão e o virou para o Sul. "Olha primeiro para este lado!", disse ele.

Frodo olhou e viu, ainda a alguma distância, uma colina com muitas árvores enormes, ou uma cidade de torres verdes: não sabia dizer qual dos dois. Pareceu-lhe que era dali que provinha todo o poder e a luz que mantinha toda aquela região sob controle. Subitamente almejou voar como uma ave para pousar na cidade verde. Depois olhou para o leste e viu toda a terra de Lórien descendo rumo ao brilho pálido do Anduin, o Grande Rio. Ergueu os olhos para o outro lado do rio, e toda a luz se apagou, e ele estava de volta no mundo que conhecia. Além do rio o terreno parecia plano e vazio, informe e vago, até muito longe voltar a se erguer como uma muralha, escura e lúgubre. O sol que brilhava sobre Lothlórien não tinha o poder de iluminar a sombra daquela altura distante.

"Ali está a fortaleza de Trevamata Meridional", disse Haldir. "Está envolta em uma floresta de escuros abetos, onde as árvores porfiam umas contra as outras e seus ramos apodrecem e murcham. No meio, em uma elevação rochosa, ergue-se Dol Guldur, onde por muito tempo o Inimigo oculto teve sua morada. Receamos que agora esteja habitado de novo e com poder septuplicado. Ultimamente costuma jazer uma nuvem negra sobre ele. Neste lugar elevado podes ver os dois poderes que se opõem um ao outro; e agora porfiam sempre em pensamento, mas, enquanto a luz percebe o coração mesmo da treva, seu próprio segredo não foi descoberto. Ainda não." Virou-se e desceu a escada depressa, e eles o seguiram.

No sopé do morro Frodo encontrou Aragorn, parado imóvel e silencioso como uma árvore; mas tinha na mão uma florzinha dourada de *elanor* e luz em seus olhos. Estava envolto em alguma bela lembrança: e Frodo, ao olhá-lo, soube que ele contemplava as coisas como haviam sido outrora naquele mesmo lugar. Pois os anos cruéis tinham sido removidos do rosto de Aragorn, e ele parecia trajado de branco, um jovem senhor alto e belo; e falou palavras em língua élfica a alguém que Frodo não podia ver. "*Arwen vanimelda, namárië!*", disse ele, e então deu um suspiro e, ao retornar de seus pensamentos, olhou para Frodo e sorriu.

"Aqui é o coração da Gente Élfica na terra," disse ele, "e aqui meu coração habita sempre, a não ser que haja uma luz além das estradas escuras que ainda temos de trilhar, você e eu. Venha comigo!" E, tomando a mão de Frodo, deixou o morro de Cerin Amroth e nunca mais retornou ali enquanto viveu.

7

O Espelho
de Galadriel

O sol se punha atrás das montanhas, e as sombras se aprofundavam na floresta, quando seguiram em frente outra vez. Agora suas trilhas entravam em matagais onde a penumbra já se avolumara. A noite chegou sob as árvores à medida que caminhavam, e os Elfos destaparam suas lamparinas de prata.

De repente voltaram a sair para um lugar aberto e viram-se embaixo de um pálido céu vespertino perfurado por algumas estrelas precoces. Diante deles havia um amplo espaço sem árvores, fazendo um grande círculo e curvando-se de ambos os lados. Além dele estava um grande fosso perdido em sombra suave, mas a grama em sua borda era verde, como se ainda fulgurasse com a lembrança do sol que se fora. Do outro lado erguia-se a grande altura um muro verde, cercando uma colina verde apinhada de mellyrn, mais altos que quaisquer outros que já houvessem visto em toda aquela terra. Sua altura não podia ser estimada, mas erguiam-se na penumbra como torres vivas. Em seus galhos de muitos níveis, e entre suas folhas sempre em movimento reluziam incontáveis luzes, em verde e ouro e prata. Haldir voltou-se para a Comitiva.

"Bem-vindos a Caras Galadhon!", disse ele. "Esta é a cidade dos Galadhrim, onde habitam o Senhor Celeborn e Galadriel, Senhora de Lórien. Mas aqui não podemos entrar, pois os portões não dão para o norte. Devemos dar a volta para o lado sul, e o caminho não é curto, pois a cidade é grande."

Havia uma estrada calçada de pedras brancas que circundava a borda externa do fosso. Seguiram-na rumo ao oeste, com a cidade erguendo-se sempre à esquerda como uma nuvem verde; e à medida que a noite avançava, outras luzes se acenderam, até que toda a colina parecesse arder com estrelas. Por fim chegaram a uma ponte branca e ao atravessar encontraram os grandes portões da cidade: davam para o sudoeste, postos entre as extremidades da muralha circundante que ali se sobrepunham, e eram altos e fortes e guarnecidos de muitas lâmpadas.

Haldir bateu e falou, e os portões se abriram silenciosamente; mas Frodo não conseguia ver sinal de guardas. Os viajantes passaram para dentro, e os portões se fecharam atrás deles. Estavam em uma alameda funda entre as extremidades da muralha, e atravessando-a depressa entraram na Cidade das Árvores. Não podiam ver gente nem ouvir pés nas trilhas; mas havia muitas vozes em sua volta e no ar acima. Bem longe, na colina, podiam ouvir o som de cantos que desciam do alto como chuva suave sobre as folhas.

Percorreram muitas trilhas e subiram por muitas escadarias até chegarem aos lugares elevados e verem à sua frente, em meio a um amplo gramado, uma fonte que rebrilhava. Era iluminada por lâmpadas de prata que oscilavam nos ramos das árvores, e a água caía em uma bacia de prata da qual se derramava uma torrente branca. Do lado sul do gramado erguia-se a mais imensa de todas as árvores; seu grande caule liso brilhava como seda cinzenta, e ela subia até que os primeiros galhos, bem no alto, abrissem seus enormes membros embaixo de sombrias nuvens de folhas. Junto a ela estava apoiada uma larga escada branca, e ao pé desta estavam sentados três Elfos. Levantaram-se de um salto quando os viajantes se aproximaram, e Frodo viu que eram altos, e trajavam cotas de malha cinzentas, e de seus ombros pendiam longos mantos brancos.

"Aqui habitam Celeborn e Galadriel", disse Haldir. "É desejo deles que subais e faleis com eles."

Então um dos guardiões-élficos soprou uma nota límpida numa pequena trompa, e ela foi respondida três vezes muito do alto. "Eu irei primeiro", disse Haldir. "Que Frodo seja o próximo, e Legolas com ele. Os demais podem seguir como desejarem. É uma longa escalada para os que não estão acostumados com tais escadas, mas podeis descansar a caminho."

À medida que subia lentamente, Frodo passou por muitos eirados: alguns de um lado, outros do outro, e alguns postos junto ao tronco da árvore, de modo que a escada passava através deles. A grande altura acima do solo ele chegou a um amplo *talan*, como o convés de um grande navio. Sobre ele estava construída uma casa, tão grande que quase teria servido de paço aos Homens sobre a terra. Entrou atrás de Haldir e viu-se em um salão de forma oval, no meio do qual crescia o tronco do grande mallorn, que já se afunilava na direção da copa e ainda assim formava um pilar de grande circunferência.

O salão estava repleto de uma luz suave; suas paredes eram verdes e prateadas, e seu teto, de ouro. Muitos Elfos estavam assentados ali. Em duas cadeiras abaixo do caule da árvore, tendo um ramo vivente por dossel, estavam sentados lado a lado Celeborn e Galadriel. Levantaram-se para saudar os visitantes, à maneira dos Elfos, mesmo os que eram tidos por reis poderosos. Eram muito altos, e a Senhora não era menor que o Senhor; e eram graves e belos. Estavam trajados todos de branco; e os cabelos da Senhora eram de dourado profundo, e os cabelos do Senhor Celeborn eram de prata, longos e luzidios; mas não portavam sinal de idade, a não ser no fundo de seus olhos; pois estes eram aguçados como lanças à luz das estrelas e, no entanto, profundos, poços de intensa memória.

Haldir conduziu Frodo diante deles, e o Senhor lhe deu boas-vindas em sua própria língua. A Senhora Galadriel não disse palavra, mas fitou-lhe o rosto por muito tempo.

"Senta-te agora ao lado de minha cadeira, Frodo do Condado!", disse Celeborn. "Quando todos tiverem vindo, falaremos entre nós."

Saudou cortesmente, pelo nome, cada um dos companheiros à medida que entravam. "Bem-vindo, Aragorn, filho de Arathorn!", disse ele. "Faz oito e trinta anos do mundo exterior que vieste a esta terra; e esses anos jazem pesados sobre ti. Mas o fim está próximo, por bem ou por mal. Depõe tua carga aqui por algum tempo!"

"Bem-vindo, filho de Thranduil! Mui raramente minha gente viaja para cá vindo do Norte."

"Bem-vindo, Gimli, filho de Glóin! Muito tempo faz deveras que vimos alguém do povo de Durin em Caras Galadhon. Mas hoje quebramos nossa longa lei. Que seja um sinal de que, apesar de agora o mundo estar escuro, dias melhores se avizinham e de que a amizade haja de se renovar entre nossos povos." Gimli fez uma mesura profunda.

Quando todos os visitantes estavam sentados diante de sua cadeira, o Senhor os olhou de novo. "Aqui estão oito", disse ele. "Nove deviam ter partido; assim diziam as mensagens. Mas talvez tenha ocorrido alguma mudança de conselho que não ouvimos. Elrond está longe, e a treva se acumula entre nós, e por todo este ano as sombras se tornaram mais compridas."

"Não, não houve mudança de conselho", disse a Senhora Galadriel, falando pela primeira vez. Sua voz era límpida e musical, porém mais grave que o costumeiro nas mulheres. "Gandalf, o Cinzento, partiu com a Comitiva, mas não atravessou as fronteiras desta terra. Agora contai-nos onde ele está; pois eu muito desejava falar outra vez com ele. Mas não consigo vê-lo de longe, a não ser que venha ter entre as barreiras de Lothlórien: há uma névoa cinzenta em seu redor, e os caminhos de seus pés e de sua mente me são ocultos."

"Ai de nós!", exclamou Aragorn. "Gandalf, o Cinzento, tombou na sombra. Ele ficou em Moria e não escapou."

Diante dessas palavras todos os Elfos do salão clamaram em alta voz, de pesar e espanto. "Estas são notícias malignas," disse Celeborn, "as mais malignas que foram ditas aqui em longos anos repletos de feitos aflitivos." Voltou-se para Haldir. "Por que nada disto me foi contado antes?", perguntou na língua-élfica.

"Não falamos a Haldir sobre nossos feitos ou propósitos", disse Legolas. "De início estávamos exaustos, e o perigo estava muito perto atrás de nós;

e depois quase nos esquecemos de nosso pesar por um tempo, caminhando contentes nas belas trilhas de Lórien."

"Porém nossa aflição é grande e nossa perda não pode ser reparada", comentou Frodo. "Gandalf foi nosso guia e nos conduziu através de Moria; e quando nossa fuga parecia estar além da esperança ele nos salvou e tombou."

"Contai-nos agora toda a história!", disse Celeborn.

Então Aragorn relatou tudo o que ocorrera no passo de Caradhras e nos dias que se seguiram; e falou de Balin e seu livro, e do combate na Câmara de Mazarbul, e do fogo, e da ponte estreita, e da vinda do Terror. "Parecia um mal do Mundo Antigo, tal como jamais vi antes", disse Aragorn. "Era ao mesmo tempo sombra e chama, forte e terrível."

"Era um Balrog de Morgoth", disse Legolas; "dentre todas as ruínas dos Elfos a mais mortífera, exceto pelo Um que se assenta na Torre Sombria."

"Deveras vi sobre a ponte aquilo que assombra nossos mais sombrios sonhos, vi a Ruína de Durin", disse Gimli em voz baixa, e tinha pavor nos olhos.

"Ai de nós!", disse Celeborn. "Por muito tempo temermos que um terror dormisse sob Caradhras. Mas soubesse eu que os Anãos voltaram a instigar esse mal em Moria, ter-te-ia proibido ultrapassar as fronteiras do norte, a ti e a todos os que vinham contigo. E, se fosse possível, dir-se-ia que no fim Gandalf caiu da sabedoria para a loucura, entrando sem necessidade na rede de Moria."

"Seria deveras temerário quem dissesse tal coisa", disse Galadriel com gravidade. "Não foi inútil nenhum dos feitos de Gandalf em sua vida. Os que o seguiam não lhe conheciam a mente e não podem relatar seu pleno propósito. Mas, não importa o guia, os seguidores são inocentes. Não te arrependas de tuas boas-vindas ao Anão. Se nosso povo tivesse sido exilado de Lothlórien por muito tempo e muito longe, quem dentre os Galadhrim, mesmo Celeborn, o Sábio, passaria por perto e não desejaria contemplar seu antigo lar, por muito que tivesse se tornado morada de dragões?

"Escura é a água de Kheled-zâram, e frias são as nascentes de Kibil--nâla, e belos foram os salões de muitas colunas de Khazad-dûm nos Dias Antigos, antes da queda de reis poderosos sob a pedra." Fitou Gimli, que estava sentado carrancudo e triste, e sorriu. E o Anão, ouvindo os nomes ditos em sua própria língua antiga, ergueu os olhos e encontrou os dela; e lhe pareceu que olhava de súbito para dentro do coração de um inimigo e via ali amor e compreensão. O pasmo lhe veio ao rosto, e então ele sorriu em resposta.

Levantou-se desajeitado e fez uma mesura à maneira dos Anãos, dizendo: "Porém ainda mais bela é a terra vivente de Lórien, e a Senhora Galadriel está acima de todas as joias que jazem sob a terra!"

Fez-se silêncio. Por fim Celeborn falou de novo. "Não sabia que vosso apuro era tão maligno", disse ele. "Que Gimli esqueça minhas palavras rudes: falei pela inquietação de meu coração. Farei o que puder para auxiliar-vos, a cada um conforme seu desejo e necessidade, mas especialmente àquele do povo pequeno que leva o fardo."

"Tua demanda nos é conhecida", comentou Galadriel, olhando para Frodo. "Mas aqui não falaremos mais abertamente dela. Porém, não se provará em vão, quem sabe, que viestes a esta terra em busca de auxílio, como o próprio Gandalf obviamente pretendia. Pois o Senhor dos Galadhrim é considerado o mais sábio dos Elfos da Terra-média e doador de dádivas além do poder dos reis. Ele habitou no Oeste desde os dias do amanhecer, e eu habitei com ele por anos incontados; pois antes da queda de Nargothrond ou Gondolin passei por cima das montanhas, e juntos, através das eras do mundo, combatemos a longa derrota.

"Fui eu quem primeiro convocou o Conselho Branco. E se meus desígnios não tivessem malogrado, ele teria sido governado por Gandalf, o Cinzento, e então talvez as coisas tivessem se passado de outro modo. Mas mesmo agora resta esperança. Não vos darei conselhos, dizendo fazei isto, ou fazei aquilo. Pois não na feitura e na trama, nem na escolha entre este caminho e outro, posso valer; mas apenas em saber o que foi e o que é, e em parte também o que há de ser. Mas isto vos direi: vossa Demanda repousa sobre o gume de uma faca. Desviai-vos apenas um pouco e ela fracassará, para a ruína de todos. No entanto, a esperança permanece enquanto toda a Comitiva for fiel."

E com essa palavra ela os deteve com os olhos, e em silêncio os olhou um a um, esquadrinhando-os. Nenhum exceto Legolas e Aragorn pôde suportar seu olhar por muito tempo. Sam enrubesceu depressa e deixou a cabeça pender.

Por fim a Senhora Galadriel os liberou do seu olhar e sorriu. "Não deixai vossos corações se afligirem", disse ela. "Esta noite haveis de dormir em paz." Então eles suspiraram e sentiram-se subitamente exaustos, como quem foi interrogado longa e profundamente, apesar de nenhuma palavra ter sido falada em público.

"Ide agora!", disse Celeborn. "Estais esgotados de pesar e grande labuta. Mesmo que vossa Demanda não nos dissesse respeito intimamente, deveríeis ter refúgio nesta Cidade até estardes curados e refeitos. Agora haveis de descansar, e por algum tempo não falaremos da continuação de vossa estrada."

Naquela noite, a Comitiva dormiu no chão, para grande satisfação dos hobbits. Os Elfos abriram para eles um pavilhão entre as árvores, junto à fonte, e puseram nele almofadões macios; então, dizendo palavras de paz em belas vozes-élficas, deixaram-nos. Por breve tempo os viajantes falaram da noite anterior nas copas das árvores, e da jornada daquele dia, e do Senhor e da Senhora; pois ainda não tinham coragem de se voltar mais para o passado.

"Por que ficou vermelho, Sam?", indagou Pippin. "Você logo se abateu. Qualquer um pensaria que você tinha um peso na consciência. Espero que não fosse nada mais que um complô malvado para roubar um dos meus cobertores."

"Nunca pensei em nada disso", respondeu Sam, sem humor para brincadeiras. "Se quer saber, eu me senti como se não estivesse usando nenhuma roupa e não gostei disso. Ela parecia que estava olhando dentro de mim e me perguntando o que eu faria se ela me desse a oportunidade de voar de volta para casa, para o Condado, para uma bela tocazinha com... com um jardinzinho só para mim."

"Isso é esquisito", disse Merry. "Quase exatamente o que eu senti; só que, só que, bem, acho que não vou dizer mais nada", terminou sem grande convicção.

Todos eles, ao que parecia, tinham tido experiências parecidas: cada um sentira que lhe davam a opção entre uma sombra repleta de pavor que estava à frente e algo que desejava intensamente: isto estava nítido diante de sua mente e, para obtê-lo, bastava que se desviasse da estrada e deixasse para outros a Demanda e a guerra contra Sauron.

"E também me pareceu", disse Gimli, "que minha escolha permaneceria secreta e que só eu saberia dela."

"A mim pareceu deveras estranho", comentou Boromir. "Quem sabe fosse apenas um teste, e ela buscava ler nossos pensamentos para seus próprios bons propósitos; mas eu quase diria que ela nos tentava e nos oferecia o que fingia ter o poder de dar. Nem é preciso dizer que me recusei a escutar. Os Homens de Minas Tirith são fiéis à sua palavra." Mas Boromir não contou o que pensava que a Senhora lhe oferecera.

E quanto a Frodo, este não falou, apesar de Boromir pressioná-lo com perguntas. "Por muito tempo ela te manteve preso ao seu olhar, Portador-do-Anel", disse ele.

"Sim", assentiu Frodo; "mas aquilo que então me veio à mente eu vou manter lá."

"Bem, toma cuidado!", recomendou Boromir. "Não me sinto muito seguro com essa Senhora élfica e seus propósitos."

"Não fales mal da Senhora Galadriel!", disse Aragorn com severidade. "Não sabes o que dizes. Nela e nesta terra não existe mal, a não ser que um homem o traga para cá ele mesmo. Nesse caso ele que se cuide! Mas esta noite hei de dormir sem medo pela primeira vez desde que deixei Valfenda. E que durma profundamente e esqueça meu pesar por alguns momentos!

Estou exausto de corpo e de coração." Lançou-se no almofadão e caiu de imediato num sono profundo.

Os demais logo fizeram o mesmo, e nenhum som nem sonho lhes perturbou o sono. Quando despertaram viram que a luz do dia se espalhava pelo gramado diante do pavilhão e que a fonte subia e caía rebrilhando ao sol.

Ficaram alguns dias em Lothlórien, na medida em que conseguiam saber ou recordar. Durante todo o tempo que lá passaram o sol era claro, exceto por uma chuva suave que caía às vezes e passava deixando tudo novo e limpo. O ar era fresco e suave como se fosse o começo da primavera, no entanto sentiam em torno a quietude profunda e pensativa do inverno. Parecia-lhes que pouca coisa faziam senão comer, e beber, e repousar, e caminhar entre as árvores; e era o bastante.

Não haviam revisto o Senhor e a Senhora, e pouco conversavam com o povo-élfico; pois poucos dentre estes conheciam ou usavam a língua westron. Haldir despedira-se deles e voltara às divisas do Norte, onde havia agora grande vigilância desde as novas de Moria que a Comitiva trouxera. Legolas passava muito tempo fora entre os Galadhrim, e após a primeira noite não dormiu com os demais companheiros, apesar de voltar para comer e conversar com eles. Muitas vezes levava Gimli consigo quando saía pelas terras, e os outros se admiravam com essa mudança.

Agora, quando os companheiros se sentavam ou caminhavam juntos, falavam de Gandalf, e tudo o que cada um dele conhecera e vira tornou-se claro diante das suas mentes. À medida que se curavam da dor e do cansaço do corpo, o pesar da sua perda tornava-se mais penetrante. Muitas vezes ouviam vozes-élficas cantando por perto e sabiam que faziam canções de lamento pela queda dele, pois percebiam seu nome entre as palavras doces e tristes que não podiam compreender.

"Mithrandir, Mithrandir", cantavam os Elfos, "Ó Peregrino Cinzento!" Pois assim apreciavam chamá-lo. Mas quando Legolas estava com a Comitiva ele não lhes interpretava as canções, dizendo não ter essa habilidade e que, para ele, o desgosto ainda estava demasiado próximo, assunto para lágrimas e não ainda para canção.

Foi Frodo quem primeiro pôs parte do seu pesar em palavras hesitantes. Raramente tinha a compulsão de compor canções ou versos; mesmo em Valfenda ele escutara e não cantara ele próprio, apesar de sua memória estar repleta de muitas coisas que outros haviam feito antes dele. Mas agora, sentado junto à fonte em Lórien e ouvindo em redor as vozes dos Elfos, seu pensamento se moldou numa canção que lhe pareceu bela; porém ao tentar repeti-la para Sam só restavam fragmentos, desbotados como um punhado de folhas murchas.

> *Em tardes cinzentas no Condado*
> *na Colina se ouvia andar sem demora;*
> *antes da aurora, sem mais ter falado,*
> *em longa jornada foi-se embora.*
>
> *Das Terras-selváticas ao mar do Ocidente,*
> *dos desertos do norte às colinas do sul,*
> *pela porta oculta e a toca ardente*
> *caminhou como quis em mata e paul.*
>
> *Com Elfo e Homem, Hobbit e Anão,*
> *com todo mortal ou imortal,*
> *com ave no ramo e bicho no chão*
> *falou a língua de cada qual.*
>
> *A mão que cura, a espada mortal,*
> *as costas com fardo sempre curvadas;*
> *a voz de trombeta, na treva um fanal,*
> *andante exausto nas longas estradas.*
>
> *Senhor da sapiência num trono assentado,*
> *veloz na ira, a rir sem demora;*
> *um velho usando um chapéu bem surrado*
> *e que num rude cajado se escora.*
>
> *Sozinho esteve na ponte aprumado*
> *e o Fogo e a Sombra desafiou;*
> *na pedra dura rompeu o cajado,*
> *em Khazad-dûm sua sapiência tombou.*[A]

"Ora, logo vai derrotar o Sr. Bilbo!", disse Sam.

"Não, receio que não", respondeu Frodo. "Mas isso é o melhor que posso fazer por enquanto."

"Bem, Sr. Frodo, se tentar de novo espero que diga umas palavras sobre os fogos de artifício dele", disse Sam. "Alguma coisa assim:

> *Os mais belos fogos de artifício:*
> *astros verdes e azuis desde o início,*
> *ou borrifos dourados depois do trovão*
> *como chuva de flores caindo no chão.*[B]

Mas isso não lhes faz justiça, nem de longe."

"Não, deixo isso para você, Sam. Ou quem sabe para Bilbo. Mas — bem, não posso mais falar nisso. Não suporto pensar em levar a notícia a ele."

Certa tardinha, Frodo e Sam andavam juntos na penumbra fresca. Ambos sentiam-se inquietos outra vez. Sobre Frodo caíra de repente a sombra da partida: de algum modo sabia estar muito próxima a hora em que teria de deixar Lothlórien.

"O que você acha dos Elfos agora, Sam?", indagou ele. "Eu já lhe fiz a mesma pergunta antes — parece que faz muito tempo; mas desde então você viu mais deles."

"Vi mesmo!", assentiu Sam. "E acho que tem Elfos e Elfos. São todos bastante élficos, mas não são todos iguais. Este povo daqui não é vagante nem sem lar, e parece um pouco mais próximo de gente como nós: parece que pertencem a este lugar, ainda mais do que os Hobbits pertencem ao Condado. Se foram eles que fizeram a terra ou a terra que os fez, é difícil dizer, se me entende. Aqui é maravilhosamente tranquilo. Nada parece que está acontecendo, e ninguém parece querer que aconteça. Se tem magia por aí, ela está bem no fundo, onde não consigo pôr a mão, por assim dizer."

"Pode-se vê-la e senti-la em toda parte", disse Frodo.

"Bem," respondeu Sam, "não dá para ver ninguém fazendo ela. Não tem fogos de artifício como o pobre velho Gandalf costumava exibir. Me admira que não vimos sinal do Senhor e da Senhora esses dias todos. Mas imagino que *ela* poderia fazer algumas coisas maravilhosas se quisesse. Gostaria imensamente de ver alguma magia-élfica, Sr. Frodo!"

"Eu não", comentou Frodo. "Estou contente. E não sinto falta dos fogos de artifício de Gandalf, e sim das suas sobrancelhas cerradas, do seu gênio impaciente e da sua voz."

"Tem razão", disse Sam. "E não pense que estou me queixando. Muitas vezes eu quis ver uma magia, como dizem nos velhos contos, mas nunca ouvi falar de uma terra melhor que esta. É como estar em casa e de férias ao mesmo tempo, se me entende. Não quero ir embora. Ainda assim estou começando a sentir que, se precisamos ir em frente, seria melhor começar logo.

'É o serviço que nunca começa que leva mais tempo para acabar', como costumava dizer meu velho feitor. E não acho que esta gente pode fazer muito mais para nos ajudar, com ou sem magia. É quando sairmos desta terra que vamos sentir mais falta de Gandalf, é o que penso."

"Receio que isso seja bem verdade, Sam", disse Frodo. "Mas tenho grande esperança de que antes de partir havemos de ver a Senhora dos Elfos outra vez."

Enquanto ele falava eles viram, como se viesse em resposta às suas palavras, a Senhora Galadriel que se aproximava. Alta e alva e bela, caminhava sob as árvores. Não disse palavra, mas lhes acenou que viessem.

Desviando-se, levou-os rumo às encostas meridionais da colina de Caras Galadhon, e atravessando uma alta sebe verde eles chegaram a um jardim cercado. Ali não crescia nenhuma árvore, e ele estava aberto para o céu. O astro vespertino nascera e brilhava com fogo branco sobre as matas a oeste. Descendo por um longo lanço de escadas, a Senhora entrou no profundo côncavo verde, atravessado pelo murmurante riacho de prata que saía da nascente na colina. No fundo, sobre um pedestal baixo entalhado como árvore ramificada, havia uma bacia de prata, larga e rasa, e um jarro de prata ao lado dela.

Com a água do riacho, Galadriel encheu a bacia até a borda, e soprou nela, e quando a água voltou a se aquietar ela falou. "Eis o Espelho de Galadriel", disse ela. "Trouxe-vos aqui para que possais olhar nele se quiserdes."

O ar estava muito tranquilo, e o valezinho, escuro, e a Senhora-élfica ao seu lado era alta e pálida. "O que havemos de buscar e o que havemos de ver?", perguntou Frodo, repleto de pasmo.

"Muitas coisas posso mandar que o Espelho revele," respondeu ela, "e a alguns posso mostrar o que desejam ver. Mas o Espelho também mostra coisas inesperadas, e essas muitas vezes são mais estranhas e mais vantajosas que aquelas que desejamos contemplar. O que verás, se deixares o Espelho livre para agir, não sei dizer. Pois ele mostra coisas que foram, e coisas que são, e coisas que ainda poderão ser. Mas qual delas ele vê mesmo o mais sábio não pode sempre saber. Desejas olhar?"

Frodo não respondeu.

"E tu?", disse ela, voltando-se para Sam. "Pois isto é o que teu povo chamaria de magia, creio eu; porém não compreendo claramente o que querem dizer; e parecem usar a mesma palavra sobre os engodos do Inimigo. Mas esta, se assim quiseres, é a magia de Galadriel. Não falaste que querias ver magia-élfica?"

"Falei", comentou Sam, um pouco trêmulo entre o medo e a curiosidade. "Vou dar uma espiada, Senhora, se for do seu agrado.

"E não me importaria com uma olhadela no que está acontecendo em casa", disse ele à parte para Frodo. "Parece que estou longe há um tempo terrivelmente longo. Mas é bem provável que eu só vá ver as estrelas, ou alguma coisa que não vou entender."

"Bem provável", disse a Senhora com um riso suave. "Mas vamos lá, hás de olhar e verás o que puderes. Não toques a água!"

Sam subiu na base do pedestal e se inclinou sobre a bacia. A água parecia dura e escura. As estrelas se refletiam nela.

"Só tem estrelas, como eu pensei", disse ele. Então sua voz foi entrecortada, pois as estrelas se apagaram. Como se tivesse sido retirado um véu escuro, o Espelho se tornou cinzento e depois límpido. O sol brilhava, e os galhos das árvores balançavam e se agitavam ao vento. Mas, antes que Sam pudesse decidir o que estava vendo, a luz se desfez; e agora cria ver Frodo, de rosto pálido, jazendo profundamente adormecido sob um grande penhasco escuro. Então pareceu ver-se a si próprio caminhando por uma passagem sombria e escalando uma escadaria infindável e serpenteante. Deu-se conta de repente de que procurava algo com urgência, mas não sabia o que era. Como um sonho, a visão se alterou e retornou, e ele viu as árvores outra vez. Mas dessa vez não estavam tão próximas, e ele conseguia ver o que estava ocorrendo: não estavam balançando ao vento, estavam caindo, despencando no chão.

"Ei!", exclamou Sam com voz ultrajada. "É aquele Ted Ruivão cortando árvores, o que não devia fazer. Elas não podiam ser derrubadas: é aquela avenida além do Moinho que faz sombra na estrada de Beirágua. Queria pegar o Ted e derrubar *ele*!"

Mas então Sam notou que o Velho Moinho tinha desaparecido, e que estavam erguendo uma grande construção de tijolos vermelhos onde ele estivera. Muita gente estava trabalhando com afinco. Havia uma alta chaminé vermelha ali perto. Fumaça negra parecia toldar a superfície do Espelho.

"Tem alguma crueldade acontecendo no Condado", disse ele. "Elrond sabia o que estava fazendo quando quis mandar o Sr. Merry de volta." Então, de repente, Sam soltou um grito e se afastou com um salto. "Não posso ficar aqui", disse ele, agitado. "Preciso ir para casa. Escavaram a Rua do Bolsinho, e ali está o pobre velho Feitor descendo a Colina com suas tralhas num carrinho de mão. Preciso ir para casa!"

"Não podes ir para casa a sós", disse a Senhora. "Não querias ir para casa sem teu patrão antes de olhares no Espelho e ainda assim sabias que coisas más podiam muito bem estar ocorrendo no Condado. Lembra-te de que o Espelho mostra muitas coisas, e nem todas já chegaram a acontecer. Algumas não acontecem jamais, a não ser que os que contemplam as visões se desviem de sua trilha para evitá-las. O Espelho é perigoso como guia dos feitos."

Sam sentou-se no chão e pôs a cabeça entre as mãos. "Queria nunca ter vindo aqui, e não quero mais ver nenhuma magia", disse ele e silenciou. Um momento depois voltou a falar, com dificuldade, como se lutasse com as lágrimas. "Não, vou para casa pela estrada comprida com o Sr. Frodo, ou nem vou", continuou ele. "Mas espero voltar algum dia. Se virar verdade o que vi, alguém vai pagar por isso!"

"Agora desejas olhar, Frodo?", disse a Senhora Galadriel. "Não querias ver magia-élfica e estavas contente."

"Me aconselhais a olhar?", perguntou Frodo.

"Não", disse ela. "Não te aconselho nem uma coisa nem outra. Não sou conselheira. Podes aprender algo, e se for belo ou maligno o que vires, isso poderá ser proveitoso, ou pode ser que não. Ver é ao mesmo tempo bom e perigoso. No entanto penso, Frodo, que tens coragem e sabedoria bastantes para te arriscares, do contrário eu não te teria trazido aqui. Faze como quiseres!"

"Vou olhar", disse Frodo, e subiu no pedestal e se curvou por cima da água escura. De imediato o Espelho se tornou límpido, e ele viu uma terra crepuscular. Montanhas erguiam-se escuras ao longe diante de um céu pálido. Uma longa estrada cinzenta fazia curvas até se perder de vista. À distância, um vulto vinha devagar pela estrada, de início indistinto e pequeno, porém tornando-se maior e mais nítido à medida que se aproximava. De repente Frodo se deu conta de que ele lhe lembrava Gandalf. Quase chamou o nome do mago em voz alta, e depois viu que o vulto estava vestido não de cinza e sim de branco, um branco que luzia fracamente na penumbra; e tinha na mão um cajado branco. A cabeça estava tão inclinada que ele não podia ver o rosto, e por fim o vulto se desviou em torno de uma curva da estrada e saiu da visão do Espelho. A dúvida tomou conta da mente de Frodo: seria uma visão de Gandalf em uma de suas muitas viagens solitárias de outrora, ou seria Saruman?

Logo a visão mudou. Breve e pequena, mas muito vívida, ela lhe mostrou um vislumbre de Bilbo caminhando inquieto pelo quarto. A mesa estava atulhada de papéis em desordem; a chuva batia nas janelas.

Então houve uma pausa, e depois seguiram-se muitas cenas rápidas que, de alguma forma, Frodo sabia fazerem parte de uma grande história em que ele se envolvera. A névoa sumiu e ele viu uma visão que jamais vira antes, mas reconheceu de imediato: o Mar. A escuridão caiu. O mar se ergueu e se agitou em grande tempestade. Então viu diante do Sol, piscando num vermelho de sangue em nuvens esparsas, o contorno negro de uma alta nau, com velas rotas, navegando vinda do Oeste. Depois um largo rio correndo através de uma cidade populosa. Depois uma fortaleza branca com sete torres. E depois, ainda, uma nau de velas negras, mas já era manhã de novo, e a água ondulava de luz, e um estandarte adornado do emblema de uma árvore branca brilhou ao sol. Levantou-se uma fumaça como de fogo e batalha, e outra vez o sol desceu num vermelho abrasado que se desfez em névoa cinzenta; e na névoa zarpou uma pequena nau, rebrilhando com luzes. Ela desapareceu, e Frodo suspirou e se preparou para afastar-se.

Mas de súbito o Espelho escureceu por completo, tão escuro como se um buraco se abrisse no mundo da visão, e Frodo contemplou o vazio. No abismo negro surgiu um Olho isolado que cresceu lentamente até preencher quase todo o Espelho. Era tão terrível que Frodo ficou enraizado, incapaz de gritar ou afastar o olhar. O Olho tinha bordas de fogo, mas ele próprio era embaçado, amarelo como se fosse de gato, vigilante e atento, e a fenda negra de sua pupila dava para um poço, uma janela para o nada.

Então o Olho começou a vaguear, buscando para cá e para lá; e Frodo soube com certeza e horror que, entre as muitas coisas que eram buscadas, estava ele próprio. Mas soube também que ele não o podia ver — ainda não, a não ser que quisesse. O Anel que pendia na corrente ao redor de seu pescoço tornou-se pesado, mais pesado que uma grande pedra, e sua cabeça estava sendo arrastada para baixo. O Espelho parecia aquecer-se, e anéis de vapor subiam da água. Ele deslizava para a frente.

"Não toques a água!", disse suavemente a Senhora Galadriel. A visão se apagou, e Frodo percebeu-se olhando para as frias estrelas que piscavam na bacia de prata. Deu um passo para trás, todo trêmulo, e olhou para a Senhora.

"Sei o que foi que viste por último", comentou ela; "pois isso está também em minha mente. Não temas! Mas não creias que é só pelas canções em meio às árvores, nem mesmo pelas esguias setas dos arcos-élficos, que esta terra de Lothlórien mantém-se e defende-se contra seu Inimigo. Eu te digo, Frodo, que neste momento em que te falo percebo o Senhor Sombrio e conheço sua mente, ou toda a sua mente que concerne aos Elfos. E ele sempre tateia para ver a mim e ao meu pensamento. Mas ainda a porta está fechada!"

Ergueu os alvos braços, e estendeu as mãos rumo ao Leste num gesto de rejeição e negação. Eärendil, a Estrela Vespertina, mais adorada dos Elfos, brilhava intensamente acima dela. Era tão clara que o vulto da Senhora-élfica lançava uma fraca sombra no solo. Seus raios roçavam um anel em seu dedo; ele rebrilhava como ouro polido recoberto de luz prateada, e nele uma pedra branca piscava como se a Estrela-vésper tivesse descido para repousar em sua mão. Frodo contemplou o anel, pasmado; pois de súbito lhe pareceu que compreendia.

"Sim," disse ela, adivinhando seu pensamento, "não é permitido falar nele, e Elrond não podia fazê-lo. Mas ele não pode ser ocultado do Portador-do-Anel e de alguém que viu o Olho. Deveras é na terra de Lórien, no dedo de Galadriel, que permanece um dos Três. Este é Nenya, o Anel de Diamante, e sou eu quem o guarda.

"Ele suspeita, mas não sabe — ainda não. Não vês agora por que tua vinda é para nós como as passadas da Condenação? Pois se fracassares estaremos revelados ao Inimigo. Porém se tiveres sucesso, nosso poder diminuirá, e Lothlórien minguará, e as marés do Tempo a varrerão. Teremos de partir para o Oeste, ou definhar em um povo rústico de vale e caverna para lentamente esquecermos e sermos esquecidos."

Frodo curvou a cabeça. "E o que desejas?", disse ele por fim.

"Que seja aquilo que deva ser", respondeu ela. "O amor dos Elfos por sua terra e suas obras é mais profundo que as profundas do Mar, e seu remorso é imorredouro e jamais pode ser aliviado por completo. No entanto lançarão tudo ao longe antes de se submeterem a Sauron: pois agora o conhecem. Pela sina de Lothlórien tu não respondes, e sim apenas pela realização de tua própria tarefa. No entanto eu desejaria, se de alguma coisa servisse, que o Um Anel jamais tivesse sido feito, ou que tivesse ficado perdido para sempre."

"Vós sois sábia e destemida e bela, Senhora Galadriel", disse Frodo. "Dar-vos-ei o Um Anel, se mo pedirdes. É algo demasiado grande para mim."

Galadriel riu um riso repentino e nítido. "Sábia pode ser a Senhora Galadriel," disse ela, "porém aqui ela encontrou seu igual em cortesia. Gentilmente te vingas por meu escrutínio de teu coração quando primeiro nos encontramos. Começas a ver com olho penetrante. Não nego que meu coração muito desejou pedir o que ofereces. Por muitos longos anos ponderei o que haveria de fazer caso o Grande Anel me caísse nas mãos, e eis que ele foi trazido a meu alcance. O mal que outrora foi tramado continua agindo de muitas formas, quer o próprio Sauron perdure ou caia. Não teria sido um nobre feito para ser creditado ao seu Anel, se eu o tivesse tirado de meu hóspede à força ou pelo medo?

"E agora ele vem afinal. Tu me darás o Anel de livre vontade! No lugar do Senhor Sombrio colocarás uma Rainha. E não hei de ser sombria, e sim linda e terrível como a Manhã e a Noite! Bela como o Mar e o Sol e a Neve na Montanha! Terrível como a Tempestade e o Relâmpago! Mais forte que os fundamentos da terra. Todos hão de me amar e se desesperar!"

Ergueu a mão, e do anel que usava brotou uma grande luz que iluminava só a ela, deixando tudo o mais no escuro. Agora estava de pé diante de Frodo, parecendo alta além de qualquer medida, e linda além do que podia ser suportado, terrível e venerável. Então deixou cair a mão, e a luz se extinguiu, e de repente ela riu outra vez, e eis que havia minguado: uma elfa esbelta, trajada de branco singelo, cuja voz gentil era suave e triste.

"Passo pelo teste", disse ela. "Diminuirei e partirei para o Oeste, e continuarei sendo Galadriel."

Ficaram muito tempo parados em silêncio. Por fim a Senhora voltou a falar. "Vamos retornar!", comentou ela. "Pela manhã deveis partir, pois agora decidimos, e as marés do destino estão fluindo."

"Eu perguntaria uma coisa antes de partirmos," disse Frodo, "uma coisa que muitas vezes quis perguntar a Gandalf em Valfenda. É permitido a mim usar o Um Anel: por que *eu* não posso ver todos os demais e conhecer os pensamentos dos que os usam?"

"Não tentaste", disse ela. "Só três vezes puseste o Anel no dedo desde que soubeste o que possuías. Não tentes! Ele te destruiria. Gandalf não te disse que os anéis conferem poder de acordo com a medida de cada possuidor? Antes que pudesses usar esse poder precisarias tornar-te muito mais forte e treinar tua vontade para o domínio dos demais. Mas mesmo assim, como Portador-do-Anel e alguém que o teve no dedo e viu o que está oculto, tua visão se aguçou. Percebeste meu pensamento mais claramente do que muitos que são tidos por sábios. Viste o Olho daquele que detém os Sete e os Nove. E não viste e reconheceste o anel em meu dedo? Tu viste meu anel?", perguntou ela, voltando-se outra vez para Sam.

"Não, Senhora", respondeu ele. "Para dizer a verdade, estava me perguntando do que estavam falando. Vi uma estrela através dos vossos dedos. Mas, se perdoardes minha fala, acho que meu patrão estava certo. Gostaria que pegásseis o Anel dele. Iríeis consertar as coisas. Iríeis evitar a escavação do Feitor e o abandono dele. Iríeis fazer com que algumas pessoas pagassem pelo trabalho sujo."

"Eu iria", disse ela. "Assim é que começaria. Mas não pararia por aí, ai de vós! Não falaremos mais disso. Vamos embora!"

8

Adeus a Lórien

Naquela noite, a Comitiva foi outra vez convocada à sala de Celeborn, e ali o Senhor e a Senhora os saudaram com belas palavras. Por fim Celeborn falou de sua partida.

"Esta é a hora", disse ele, "em que os que desejam prosseguir na Demanda devem endurecer os corações para deixarem esta terra. Os que não desejam mais avançar podem ficar aqui, por algum tempo. Mas, quer fique quer parta, ninguém poderá ter certeza de paz. Pois agora chegamos à beira da sina. Aqui os que desejarem poderão aguardar a chegada da hora, até que os caminhos do mundo se abram outra vez ou os convoquemos para a última necessidade de Lórien. Então poderão voltar às próprias terras, ou então ir ao longínquo lar dos que tombam em combate."

Fez-se silêncio. "Todos estão resolvidos a ir adiante", disse Galadriel, fitando-os nos olhos.

"Quanto a mim," disse Boromir, "meu caminho do lar está à frente e não atrás."

"Isso é verdade," respondeu Celeborn, "mas toda esta Comitiva vai contigo a Minas Tirith?"

"Não decidimos nosso curso", comentou Aragorn. "Além de Lothlórien não sei o que Gandalf pretendia fazer. De fato, não creio que ele mesmo tivesse um propósito definido."

"Talvez não," disse Celeborn, "porém quando deixardes esta terra não podereis mais esquecer o Grande Rio. Como alguns de vós bem sabem, ele não pode ser atravessado por viajantes com bagagem entre Lórien e Gondor, a não ser de barco. E não estão derrubadas as pontes de Osgiliath, e tomados pelo Inimigo todos os desembarcadouros?"

"De qual lado ireis viajar? O caminho para Minas Tirith fica deste lado, a oeste; mas a rota direta da Demanda está a leste do Rio, na margem mais obscura. Qual margem tomareis agora?"

"Se meu conselho for levado em conta, será a margem oeste e o caminho para Minas Tirith", respondeu Boromir. "Mas não sou eu o líder da Comitiva." Os demais nada disseram, e Aragorn parecia duvidoso e perturbado.

"Vejo que ainda não sabeis o que fazer", disse Celeborn. "Não é papel meu decidir por vós; mas ajudar-vos-ei como puder. Há alguns dentre vós que sabem manejar barcos: Legolas, cujo povo conhece o veloz Rio da Floresta; e Boromir de Gondor; e Aragorn, o viajante."

"E um Hobbit!", exclamou Merry. "Nem todos nós enxergamos barcos como cavalos bravios. Meu povo vive junto às margens do Brandevin."

"Isso é bom", disse Celeborn. "Então equiparei vossa Comitiva com barcos. Precisam ser pequenos e leves, pois se fordes longe pela água existem lugares onde sereis obrigados a carregá-los. Chegareis às corredeiras de Sarn Gebir e, por fim, quem sabe, às grandes cachoeiras de Rauros, onde o Rio despenca trovejando de Nen Hithoel; e há outros perigos. Os barcos poderão tornar vossa jornada menos laboriosa por algum tempo. No entanto, não vos darão conselhos: no fim tereis de abandoná-los e ao Rio e vos voltar para o oeste — ou leste."

Aragorn agradeceu muitas vezes a Celeborn. O presente dos barcos muito o confortou, nem que fosse porque agora não precisariam decidir seu curso por alguns dias. Também os outros pareciam mais esperançosos. Não importavam os perigos à frente, parecia melhor enfrentá-los flutuando, descendo a larga correnteza do Anduin, que caminhar em frente com esforço e costas encurvadas. Somente Sam tinha dúvidas: ele, fosse como fosse, ainda considerava os barcos tão ruins quanto cavalos bravios, ou piores, e nem todos os perigos a que sobrevivera faziam com que pensasse melhor deles.

"Tudo há de ser preparado para vós, e vos aguardará no porto antes do meio-dia de amanhã", disse Celeborn. "Enviar-vos-ei minha gente pela manhã para vos auxiliarem nos preparativos da jornada. Agora vamos desejar a todos uma boa noite e um sono despreocupado."

"Boa noite, meus amigos!", disse Galadriel. "Dormi em paz! Esta noite não ocupeis demasiado os vossos corações com pensamentos da estrada. Quem sabe as trilhas que cada um há de percorrer já estejam estendidas diante de vossos pés, apesar de não as verdes. Boa noite!"

A Comitiva então se despediu e voltou a seu pavilhão. Legolas foi com eles, pois aquela seria sua última noite em Lothlórien, e, apesar das palavras de Galadriel, eles queriam se aconselhar uns com os outros.

Por longo tempo debateram o que deveriam fazer e como seria melhor tentar a realização de seu propósito com o Anel; mas não chegaram a nenhuma decisão. Estava claro que a maioria desejava ir primeiro a Minas Tirith e escapar pelo menos por algum tempo do terror do Inimigo. Estariam dispostos a seguir um líder para o outro lado do Rio e até a sombra de Mordor; mas Frodo não disse palavra, e Aragorn ainda tinha a mente dividida.

Seu próprio plano, enquanto Gandalf estava com eles, fora o de ir com Boromir e ajudar a libertar Gondor com sua espada. Pois acreditava que a mensagem dos sonhos era uma convocação, e que finalmente chegara a hora de o herdeiro de Elendil se revelar e competir com Sauron pelo domínio. Mas em Moria, o fardo de Gandalf fora imposto a ele; e sabia que já não podia abandonar o Anel se no fim Frodo se recusasse a ir com Boromir. E, no entanto, que ajuda ele ou qualquer membro da Comitiva podia prestar a Frodo, exceto caminhar às cegas rumo à treva com ele?

"Hei de ir a Minas Tirith, a sós se necessário for, pois é meu dever", disse Boromir; e depois disso ficou em silêncio por algum tempo, sentado de olhos fixos em Frodo, como se estivesse tentando ler os pensamentos do Pequeno. Finalmente voltou a falar, em voz baixa, como quem debate consigo mesmo. "Se quiserdes apenas destruir o Anel," disse ele, "então de pouco servem guerra e armas; e os Homens de Minas Tirith não podem ajudar. Mas se quiserdes destruir o poderio armado do Senhor Sombrio, então é loucura entrar sem forças em seu domínio; e loucura lançar fora." Deteve-se de repente, como se tivesse se dado conta de que dizia seus pensamentos em voz alta. "Seria loucura lançar fora as vidas, quero dizer", concluiu. "É uma escolha entre defender um local fortificado e caminhar abertamente para os braços da morte. Assim, pelo menos, é como vejo."

Frodo percebeu algo novo e estranho no olhar de Boromir e fitou-o intensamente. Claramente o pensamento de Boromir era diverso de suas palavras finais. Seria loucura lançar fora: o quê? O Anel de Poder? Ele dissera algo semelhante no Conselho, mas depois aceitara a correção de Elrond. Frodo olhou para Aragorn, mas este parecia imerso em seu próprio pensamento e não deu sinal de ter atentado para as palavras de Boromir. E assim terminou o debate deles. Merry e Pippin já estavam adormecidos, e Sam cabeceava. A noite avançava.

Pela manhã, quando começavam a embalar seus parcos pertences, vieram ter com eles Elfos que falavam sua língua e lhes trouxeram muitos presentes de comida e roupas para a viagem. A comida era mormente em forma de biscoitos muito finos, feitos de farinha que por fora era assada, de cor parda clara, e no interior era cor de creme. Gimli pegou um dos biscoitos e o examinou com olhar duvidoso.

"*Cram*", disse ele em voz baixa, quebrando um canto tostado e mordiscando-o. Sua expressão mudou depressa, e ele comeu deliciado todo o resto do biscoito.

"Nada mais, nada mais!" exclamaram os Elfos, rindo. "Já comeste o suficiente para um longo dia de marcha."

"Pensei que era apenas uma espécie de *cram*, que os homens de Valle fazem para jornadas no ermo", disse o Anão.

"E é", responderam. "Mas nós o chamamos *lembas,* ou pão-de-viagem, e é mais fortificante que qualquer alimento feito pelos Homens e mais saboroso que *cram*, por tudo que nos dizem."

"De fato é", disse Gimli. "Ora, é melhor que os biscoitos de mel dos Beornings, e isso é grande elogio, pois os Beornings são os melhores padeiros que conheço; mas não estão muito dispostos a distribuir seus biscoitos aos viajantes nos dias de hoje. Vós sois anfitriões bondosos!"

"Assim mesmo pedimos que poupeis a comida", disseram eles. "Comei pouco de cada vez e só quando necessário. Pois estes alimentos vos são dados para servirem quando tudo o mais faltar. Os biscoitos continuarão doces por muitos, muitos dias, se não forem quebrados e permanecerem em seus embrulhos de folhas, assim como os trouxemos. Cada um manterá um viajante de pé por um dia de longa labuta, mesmo que seja um dos altos Homens de Minas Tirith."

Em seguida os Elfos desembrulharam e deram a cada membro da Comitiva as roupas que haviam trazido. Para cada um haviam providenciado um capuz e um manto, feitos de acordo com seu tamanho, do material sedoso, leve, mas quente, que os Galadhrim teciam. Era difícil dizer de que cor eram: pareciam cinzentos, do tom do crepúsculo sob as árvores; e, no entanto, quando se moviam, ou eram postos em outra luz, eram verdes como folhas à sombra, ou pardos como campos não cultivados à noite, de prata sombreada como água sob as estrelas. Cada manto era preso ao pescoço com um broche semelhante a uma folha verde de veios prateados.

"Estes são mantos mágicos?", perguntou Pippin, olhando-os admirado.

"Não sei o que queres dizer com isso", respondeu o líder dos Elfos. "São belas vestes, e o tecido é bom, pois foi feito nesta terra. Certamente são roupas élficas, se é isso que queres dizer. Folha e ramo, água e pedra: possuem o tom e a beleza de todas essas coisas na penumbra da Lórien que amamos; pois colocamos o pensamento de tudo o que amamos em tudo o que fazemos. Porém são vestes, não armaduras, e não desviarão haste nem lâmina. Mas devem servir-vos bem: são leves no uso e bastante quentes, ou bastante frescos, conforme necessário. E descobrireis que muito vos auxiliarão a vos manter fora da vista de olhos hostis, quer caminheis entre as pedras ou as árvores. Estais deveras em alta conta com a Senhora! Pois ela própria e suas donzelas teceram este material; e nunca antes vestimos estrangeiros nos trajes de nosso próprio povo."

Depois da refeição matutina, a Comitiva se despediu do gramado junto à fonte. Tinham um peso no coração; pois era um belo local e se tornara como um lar para eles, por muito que não conseguissem contar os dias e noites que ali haviam passado. Enquanto estavam por um momento olhando a água branca à luz do sol, Haldir veio caminhando em sua direção pela grama verde da clareira. Frodo saudou-o com deleite.

"Voltei das Divisas do Norte", disse o Elfo, "e agora fui enviado para ser vosso guia de novo. O Vale do Riacho-escuro está cheio de vapor e nuvens de fumaça, e as montanhas estão inquietas. Há ruídos nas profundezas da terra. Se algum de vós pensava em voltar ao lar, rumo ao norte, não seria capaz de passar por ali. Mas vinde! Agora vossa trilha segue para o sul."

Ao caminharem através de Caras Galadhon, os caminhos verdes estavam vazios; mas nas árvores acima deles muitas vozes murmuravam e cantavam. Eles mesmos iam em silêncio. Por fim, Haldir os fez descer as encostas meridionais da colina, e chegaram outra vez ao grande portão repleto de lâmpadas, e depois à ponte branca; e assim saíram e deixaram a cidade dos Elfos. Então desviaram-se da estrada calçada e tomaram uma trilha que entrava em um fundo capão de mellyrn e prosseguia, serpenteando por bosques ondulantes de sombra prateada, levando-os sempre para baixo, para o sul e o leste, rumo às margens do Rio.

Haviam percorrido cerca de dez milhas, e o meio-dia estava próximo, quando toparam com um alto muro verde. Passando por uma abertura, saíram subitamente das árvores. Diante deles estendia-se um longo gramado de erva reluzente, salpicado de douradas flores de *elanor* que brilhavam ao sol. O gramado acabava em uma língua estreita entre margens claras: à direita e a oeste o Veio-de-Prata corria rebrilhando; à esquerda e a leste o Grande Rio rolava suas largas águas, fundas e escuras. Na beira oposta as matas ainda marchavam rumo ao sul até onde a vista alcançava, mas todas as margens estavam áridas e nuas. Nenhum mallorn erguia seus ramos de ouro pendente além da Terra de Lórien.

Na margem do Veio-de-Prata, um pouco acima do encontro dos rios, havia um atracadouro de pedras brancas e madeira branca. Junto a ele estavam amarradas muitas canoas e barcaças. Algumas eram pintadas de cores vivas e luziam em prata e ouro e verde, mas a maioria era branca ou cinzenta. Três pequenos barcos cinzentos estavam preparados para os viajantes, e neles os Elfos arranjaram seus pertences. E acrescentaram também rolos de corda, três em cada barco. Pareciam delgados, mas fortes, sedosos ao tato, de tom cinzento como os mantos-élficos.

"O que são estes?", perguntou Sam, mexendo em um que estava sobre o gramado.

"Cordas deveras!", respondeu um Elfo dos barcos. "Nunca viajeis longe sem uma corda! Uma que seja comprida, forte e leve. Estas são assim. Podem ser de ajuda em muitas necessidades."

"Não precisa me contar isso!", disse Sam. "Eu vim sem nenhuma e me preocupo desde então. Mas estava pensando do que estas são feitas, pois sei alguma coisa de cordoaria: é de família, como se poderia dizer."

"São feitas de *hithlain*," disse o Elfo, "mas agora não há tempo de te instruir na arte de sua feitura. Se soubéssemos que esse ofício te deleitava, muito te poderíamos ter ensinado. Mas agora, ai de ti! a não ser que alguma vez voltes para cá, terás de te contentar com nosso presente. Que te sirva bem!"

"Vinde!", disse Haldir. "Tudo já está preparado para vós. Entrai nos barcos! Mas cuidai-vos primeiro!"

"Ouvi estas palavras!", acrescentaram os outros Elfos. "Estes barcos são de construção leve, e são artificiosos e diversos dos barcos de outros povos. Não afundam, não importa como os carregueis; mas são caprichosos se forem mal manejados. Seria de bom alvitre vos acostumardes a entrar e sair deles, aqui onde há um atracadouro, antes de partirdes rio abaixo."

A Comitiva dispôs-se deste modo: Aragorn, Frodo e Sam estavam em um barco; Boromir, Merry e Pippin em outro; e no terceiro estavam Legolas e Gimli, que àquela altura eram bons amigos. Neste último barco estava armazenada a maior parte dos pertences e pacotes. Os barcos eram movidos e dirigidos com remos de cabo curto que tinham lâminas largas em forma de folha. Quando estava tudo pronto, Aragorn os levou num ensaio subindo o Veio-de-Prata. A correnteza era rápida, e avançaram devagar. Sam estava sentado à proa, agarrado às bordas, olhando melancólico para a margem lá atrás. A luz do sol que brilhava na água lhe ofuscava os olhos. Ao passarem além do campo verde da Língua, as árvores se aproximaram da beira da água. Aqui e ali, folhas douradas balançavam e flutuavam na correnteza ondulante. O ar era muito claro e imóvel, e reinava o silêncio, exceto pelo canto alto e distante das cotovias.

Passaram por uma curva fechada do rio, e ali, navegando altivo correnteza abaixo em sua direção, viram um cisne de grande tamanho. A água encrespava-se de ambos os lados do peito branco, por baixo do pescoço encurvado. O bico luzia como ouro lustrado, e os olhos brilhavam como azeviche engastado em pedras amarelas; as enormes asas brancas estavam meio elevadas. Uma música desceu pelo rio à medida que se aproximou; e de repente perceberam que era uma nau, trabalhada e entalhada com habilidade-élfica à semelhança de uma ave. Dois Elfos trajando branco a dirigiam com remos negros. No meio do navio estava sentado Celeborn, e atrás dele Galadriel estava de pé, alta e alva; tinha nos cabelos um diadema de flores douradas, e na mão, uma harpa, e cantava. Triste e doce era o som de sua voz no ar fresco e límpido:

> *De folhas canto, folhas d'ouro, e folhas d'ouro vêm:*
> *De vento canto, um vento chega, nos ramos se detém.*
> *Além do Sol, além da Lua, espuma sobre o Mar,*
> *Junto à praia de Ilmarin, árvore d'ouro a medrar.*
> *Em Semprenoite, em Eldamar sob astros que lá vão,*

Ao pé das élficas muralhas da bela Tirion.
As folhas d'ouro sobre os anos crescem entretanto,
E aqui, além do Mar-Divisa, dos Elfos soa o pranto.
Ó Lórien! Chega o Inverno, o Dia tão vazio;
As folhas caem na corrente, e longe flui o Rio.
Ó Lórien! Na Costa de Cá demais eu já pousei
E a elanor dourada em grinalda inerte atei.
Se agora eu cantasse a nau, que nau iria chegar,
Que nau me restituiria por tão amplo Mar?[A]

Aragorn parou seu barco quando a Nau-cisne emparelhou com ele. A Senhora terminou sua canção e os saudou. "Viemos dar nosso último adeus", disse ela, "e enviar-vos de nossa terra com bênçãos."

"Apesar de terdes sido nossos hóspedes," comentou Celeborn, "ainda não comestes conosco, e, portanto, vos convidamos a um banquete de partida, aqui entre as águas correntes que vos levarão para longe de Lórien."

O Cisne aproximou-se lentamente do atracadouro, e eles deram a volta nos barcos e o seguiram. Ali, no último extremo de Egladil, sobre a grama verde, foi festejado o banquete de partida; mas Frodo pouco comeu e bebeu, atentando apenas para a beleza da Senhora e sua voz. Não parecia mais perigosa nem terrível, nem repleta de poder oculto. Já lhe parecia assim como os Elfos por vezes são vistos pelos homens dos tempos posteriores: presente e, no entanto, remota, uma visão viva daquilo que já foi deixado muito para trás pelas fluidas correntezas do Tempo.

Depois que haviam comido e bebido e estavam sentados na grama, Celeborn outra vez lhes falou de sua viagem, e erguendo a mão apontou ao sul, para as matas além da Língua.

"Ao descerdes pela água", disse ele, "vereis que as árvores vão rarear e chegareis a uma região árida. Ali o Rio corre em vales pedregosos entre altas charnecas, até chegar por fim, após muitas léguas, à alta ilha da Rocha-do--Espigão, que chamamos Tol Brandir. Ali ele lança os braços em torno das íngremes costas da ilha, e depois cai, com grande ruído e fumaça, sobre as cataratas de Rauros, em direção a Nindalf, o Campo Alagado, como o chamam em vossa língua. É uma região ampla de pântanos indolentes, onde o rio se torna tortuoso e muito dividido. Ali o Entágua conflui por muitas fozes desde a Floresta de Fangorn a oeste. Junto a essa correnteza, deste lado do Grande Rio, está Rohan. Do lado oposto ficam as colinas desertas das Emyn Muil. Lá o vento sopra do Leste, pois eles dão para os Pântanos Mortos e as Terras-de-Ninguém até Cirith Gorgor e os portões negros de Mordor.

"Boromir, e quem quer que o acompanhe em demanda a Minas Tirith, fará bem em deixar o Grande Rio acima de Rauros e atravessar o Entágua antes que este encontre os pântanos. Porém não devem subir muito longe por esse rio nem se arriscar a ficarem enredados na Floresta de Fangorn. Aquela é uma terra estranha e agora pouco conhecida. Mas Boromir e Aragorn sem dúvida não precisam deste alerta."

"De fato ouvimos falar de Fangorn em Minas Tirith", comentou Boromir. "Mas o que ouvi me parecem ser mormente histórias de anciãs, como as que contamos a nossas crianças. Agora tudo o que fica ao norte de Rohan está tão longe de nós que a fantasia pode vagar livremente por ali. Outrora Fangorn estava na fronteira de nosso reino; mas agora faz muitas vidas de homens que algum dentre nós a visitou para provar ou refutar as lendas que foram transmitidas de anos distantes.

"Eu mesmo estive em Rohan algumas vezes, mas jamais o atravessei rumo ao norte. Quando fui enviado como mensageiro, passei pelo Desfiladeiro junto ao sopé das Montanhas Brancas e atravessei o Isen e o Griságua para a Terra-do-Norte. Uma jornada longa e extenuante. Calculo que fossem quatrocentas léguas, e levou-me muitos meses; pois perdi meu cavalo em Tharbad, passando o vau do Griságua. Depois dessa jornada e da estrada que trilhei com a Comitiva, não tenho muitas dúvidas de que hei de encontrar um caminho através de Rohan, e de Fangorn também, se necessário."

"Então nada mais preciso dizer", comentou Celeborn. "Mas não desprezes o saber que foi transmitido de anos distantes; pois com frequência pode ocorrer que anciãs guardem na memória o conhecimento de coisas outrora necessárias ao saber dos sábios."

Então Galadriel se ergueu da grama e, tomando uma taça de uma de suas donzelas, encheu-a de hidromel branco e a deu a Celeborn.

"Esta é a hora de beber a taça do adeus", disse ela. "Bebe, Senhor dos Galadhrim! E não deixes teu coração se entristecer, por muito que a noite deva seguir-se ao meio-dia e já se aproxime nosso entardecer."

Levou então a taça a cada membro da Comitiva e pediu que bebessem e se despedissem. Mas quando haviam bebido, mandou que se sentassem outra vez na grama, e foram arrumadas cadeiras para ela e Celeborn. Suas donzelas a cercavam em silêncio, e ela contemplou os hóspedes por algum tempo. Por fim voltou a falar.

"Bebemos a taça da partida," disse ela, "e as sombras caem entre nós. Mas, antes de partirdes, eu trouxe em minha nau dádivas que o Senhor e a Senhora dos Galadhrim agora vos oferecem como lembrança de Lothlórien." Então chamou cada um por sua vez.

"Eis a dádiva de Celeborn e Galadriel ao líder de vossa Comitiva", disse ela a Aragorn, e deu-lhe uma bainha que fora feita para se ajustar à sua espada. Era imbricada com um rendilhado de flores e folhas, lavradas em prata e ouro, e sobre ela estavam postos, em runas-élficas formadas de muitas gemas, o nome Andúril e a linhagem da espada.

"A lâmina que for sacada desta bainha não há de se manchar nem romper, mesmo na derrota", disse ela. "Mas há algo mais que desejes de mim em nossa despedida? Pois a escuridão fluirá entre nós, e pode ser que não mais nos encontremos, a não ser daqui a muito tempo, em uma estrada que não tem retorno."

E Aragorn respondeu: "Senhora, conheceis todo o meu desejo, e por muito tempo guardastes o único tesouro que busco. Porém não é vosso para mo dardes, mesmo que quisésseis, e só através da treva hei de chegar a ele."

"Porém quem sabe isto te alivie o coração," disse Galadriel; "pois foi deixado aos meus cuidados para te ser dado, caso passasses por esta terra." Então apanhou do colo uma grande pedra de verde límpido, engastada em um broche de prata lavrado à semelhança de uma águia de asas estendidas; e, quando a ergueu, a gema reluziu como o sol brilhando através das folhas da primavera. "Esta pedra eu dei à minha filha Celebrían, e ela à filha dela; e agora vem a ti como sinal de esperança. Nesta hora assume o nome que te foi vaticinado, Elessar, Pedra Élfica da Casa de Elendil!"

Então Aragorn tomou a pedra e prendeu o broche no peito, e os que o viram se admiraram; pois antes não haviam percebido quão alto e régio se portava, e pareceu-lhes que muitos anos de labuta lhe haviam caído dos ombros. "Pelas dádivas que me destes eu vos agradeço," respondeu ele, "ó Senhora de Lórien, de quem descendem Celebrían e Arwen Vespestrela. Que maior louvor posso dizer?"

A Senhora inclinou a cabeça e depois se voltou para Boromir, e deu a ele um cinto de ouro; e a Merry e Pippin deu pequenos cintos de prata, cada um com uma fivela lavrada como flor dourada. A Legolas deu um arco dos que usavam os Galadhrim, mais longo e robusto que os arcos de Trevamata, encordoado com uma corda de cabelos-élficos. Com ele foi uma aljava de flechas.

"Para ti, pequeno jardineiro e amante das árvores," disse ela a Sam, "tenho apenas uma pequena dádiva." Pôs-lhe na mão uma caixinha de madeira cinzenta lisa, sem adornos, exceto por uma única runa de prata na tampa. "Aqui está posto G de Galadriel", continuou ela; "mas também pode significar gazão em vossa língua. Nesta caixa há terra de meu pomar, e nela está a bênção que Galadriel ainda possui para outorgar. Não te manterá na estrada nem te defenderá contra qualquer perigo; mas, se a guardares e ao fim voltares a ver teu lar, talvez ela te recompense. Por muito que encontres tudo árido e devastado, haverá poucos jardins na Terra-média que florirão como o teu, se ali esparzires esta terra. Então poderás recordar Galadriel e ter um vislumbre longínquo de Lórien, que só viste em nosso inverno. Pois nossa Primavera e nosso Verão se foram, e nunca mais serão vistos na terra, exceto em lembranças."

Sam enrubesceu até as orelhas e murmurou algo inaudível, segurando a caixa e fazendo a melhor mesura que podia.

"E que dádiva um Anão pediria aos Elfos?", indagou Galadriel, voltando-se para Gimli.

"Nenhuma, Senhora", respondeu Gimli. "Basta-me ter visto a Senhora dos Galadhrim e ter ouvido suas palavras gentis."

"Ouvi todos, Elfos!", exclamou ela aos que a cercavam. "Que ninguém volte a dizer que os Anãos são possessivos e descorteses! Mas certamente, Gimli, filho de Glóin, desejas algo que eu possa dar? Dize-o, eu te peço! Não hás de ser o único hóspede sem dádiva."

"Não há nada, Senhora Galadriel", comentou Gimli, fazendo uma mesura profunda e gaguejando. "Nada, a não ser que fosse... a não ser que seja permitido pedir, não, mencionar uma única mecha de vosso cabelo, que supera o ouro da terra assim como as estrelas superam as gemas da mina. Não peço tal dádiva. Mas me mandastes dizer qual era meu desejo."

Os Elfos agitaram-se e murmuraram com espanto, e Celeborn encarou o Anão, admirado, mas a Senhora sorriu. "Dizem que a habilidade dos Anãos está em suas mãos, não em suas línguas", disse ela; "porém isso não vale para Gimli. Pois ninguém jamais me fez um pedido tão ousado e ao mesmo tempo tão cortês. E como hei de recusar, visto que o mandei falar? Mas dize-me, o que farias com tal dádiva?"

"Guardá-la-ia como um tesouro, Senhora," respondeu ele, "em memória de vossas palavras para mim em nosso primeiro encontro. E, se algum dia eu retornar às forjas de meu lar, ela há de ser posta em cristal imperecível para ser herança de minha casa e penhor de boa vontade entre a Montanha e a Floresta até o fim dos dias."

Então a Senhora destrançou um de seus longos cachos, cortou três cabelos dourados e os colocou na mão de Gimli. "Estas palavras hão de acompanhar a dádiva", disse ela. "Não predigo, pois agora toda predição é vã: de um lado está a treva, e do outro apenas a esperança. Mas, se a esperança não fracassar, então digo a ti, Gimli, filho de Glóin, que tuas mãos transbordarão de ouro, e mesmo assim o ouro não terá domínio sobre ti.

"E tu, Portador-do-Anel", disse ela, voltando-se para Frodo. "Venho por último a ti, que não és o último em meus pensamentos. Para ti preparei isto." Ergueu nas mãos um pequeno frasco de cristal: ele rebrilhava quando ela o movia, e raios de luz branca emanavam de sua mão. "Neste frasco", comentou ela, "está presa a luz da estrela de Eärendil, posta entre as águas de minha fonte. Luzirá ainda mais forte quando a noite estiver ao teu redor. Que te seja uma luz nos lugares escuros, quando todas as outras luzes se apagam. Recorda Galadriel e seu Espelho!"

Frodo tomou o frasco, e por um momento, quando ele brilhava entre eles, viu-a de novo de pé como rainha, grande e bela, porém não mais terrível. Inclinou-se, mas não achou palavras para dizer.

Então a Senhora se ergueu, e Celeborn os levou de volta para o atracadouro. Um meio-dia amarelo se estendia sobre a verde terra da Língua, e a água reluzia com prata. Por fim estava tudo preparado. A Comitiva ocupou seus lugares nos barcos como antes. Com exclamações de despedida, os Elfos de Lórien os empurraram para o rio corrente com longas varas cinzentas, e lentamente as águas encrespadas os levaram embora. Os viajantes estavam sentados imóveis, sem se mexer nem falar. Na margem verde junto à ponta extrema da Língua, a Senhora Galadriel estava só e silenciosa. Quando passaram por ela viraram-se, e seus olhos a observaram flutuando devagar para longe deles. Pois assim lhes parecia: Lórien deslizava para trás, como uma nau luminosa com árvores encantadas por mastros, navegando rumo a costas esquecidas, enquanto eles permaneciam indefesos na margem do mundo cinzento e desfolhado.

Enquanto observavam, o Veio-de-Prata se juntou às correntezas do Grande Rio, e seus barcos viraram e começaram a correr rumo ao sul. Logo o vulto branco da Senhora estava pequeno e distante. Ela luzia como uma janela de vidro numa colina distante ao sol poente, ou como um lago remoto visto de uma montanha: um cristal caído no colo da terra. Então pareceu a Frodo que ela levantava os braços num adeus final e longínquo, mas com penetrante nitidez, no vento que os seguia veio o som de sua voz que cantava. Mas cantava agora na língua antiga dos Elfos além do Mar, e ele não compreendia as palavras: bela era a música, mas não o consolava.

Porém, como sói acontecer com as palavras élficas, elas permaneceram gravadas em sua memória, e muito tempo depois ele as interpretou o melhor que pôde: a língua era a das canções-élficas, e falava de coisas pouco conhecidas na Terra-média.

Ai! laurië lantar lassi súrinen,
yéni únótimë ve rámar aldaron!
Yéni ve lintë yuldar avánier
mi oromardi lisse-miruvóreva
Andúnë pella, Vardo tellumar
nu luini yassen tintilar i eleni
ómaryo airetári-lírinen.

Sí man i yulma nin enquantuva?

An sí Tintallë Varda Oiolossëo
ve fanyar máryat Elentári ortanë,
ar ilyë tier undulávë lumbulë;

ar sindanóriello caita mornië
i falmalinnar imbë met, ar hísië
untúpa Calaciryo míri oialë.
Sí vanwa ná, Rómello vanwa, Valimar!

Namárië! Nai hiruvalyë Valimar.
Nai elyë hiruva. Namárië!

"Ah! como ouro caem as folhas ao vento, longos anos inumeráveis como as asas das árvores! Os anos passaram como breves goles do doce hidromel em altivos salões além do Oeste, sob as azuis abóbadas de Varda onde as estrelas estremecem na canção de sua voz, sacra e régia. Quem agora há de voltar a encher minha taça? Pois agora a Inflamadora, Varda, Rainha das Estrelas, do Monte Sempre-branco, ergueu as mãos como nuvens, e todas as trilhas estão submersas em funda sombra; e de uma terra cinzenta a treva se estende nas ondas espumantes entre nós, e a névoa cobre as joias de Calacirya para sempre. Agora perdida, perdida para os do Leste está Valimar! Adeus! Quem sabe tu encontres Valimar. Quem sabe tu mesmo a encontres. Adeus!" Varda é o nome da Senhora que os Elfos nessas terras do exílio chamam de Elbereth.

Repentinamente o Rio circundou uma curva, e as margens subiram de ambos os lados, e a luz de Lórien se escondeu. Àquela bela terra Frodo nunca mais voltou.

Agora os viajantes voltaram os rostos para a jornada; o sol estava à sua frente, e seus olhos foram ofuscados, pois estavam todos repletos de lágrimas. Gimli chorava abertamente.

"Por último contemplei o que era mais belo", disse ele ao companheiro Legolas. "Daqui em diante não chamarei nada de belo senão a dádiva dela." Pôs a mão no peito.

"Conta-me, Legolas, por que vim nesta Demanda? Mal sabia eu onde estava o principal perigo! Bem falou Elrond, dizendo que não poderíamos prever o perigo que encontraríamos em nossa estrada. O tormento na treva era o perigo que eu temia, e isso não me reteve. Mas eu não teria vindo se conhecesse o perigo da luz e da alegria. Agora recebi minha pior ferida nesta despedida, mesmo que hoje à noite eu rumasse direto para o Senhor Sombrio. Ai de Gimli, filho de Glóin!"

"Não!", exclamou Legolas. "Ai de nós todos! E de todos os que caminham no mundo nestes dias posteriores. Pois é assim que as coisas são: encontrar e perder, como parece àqueles cujo barco está no rio corrente. Mas considero-te abençoado, Gimli, filho de Glóin: pois sofres tua perda pela própria livre vontade, e poderias ter escolhido de outro modo. Não renegaste teus companheiros, e a mínima recompensa que terás é que a lembrança de Lothlórien há de restar sempre clara e imaculada em teu coração e não há de minguar nem deteriorar-se."

"Quem sabe", disse Gimli; "e te agradeço por tuas palavras. Palavras verdadeiras, sem dúvida; porém todo esse consolo é frio. A lembrança não é o que deseja o coração. Ela é apenas um espelho, apesar de límpido como Kheled-zâram. Ou assim diz o coração de Gimli, o Anão. Pode ser que os Elfos enxerguem de outro modo. Deveras ouvi dizer que para eles a lembrança é mais semelhante ao mundo desperto que ao sonho. Não é assim com os Anãos.

"Mas não falemos mais disso. Cuida do barco! Está muito baixo na água com toda esta bagagem, e o Grande Rio é veloz. Não desejo afogar meu pesar em água fria." Apanhou um remo e dirigiu rumo à margem ocidental, seguindo o barco de Aragorn à frente, que já saíra da correnteza mediana.

Assim a companhia prosseguiu em seu longo caminho, descendo pelas águas largas e apressadas, levada sempre rumo ao sul. Matas nuas espreitavam em ambas as margens, e não conseguiam ter vislumbre das terras atrás delas. A brisa morreu, e o Rio corria sem ruído. Nenhuma voz de ave rompeu o silêncio. O sol ficou enevoado, à medida que o dia envelhecia, até brilhar no céu pálido como uma elevada pérola branca. Depois minguou no Oeste, e o crepúsculo chegou cedo, seguido de uma noite cinzenta e desprovida de estrelas. Seguiram flutuando por muito tempo nas horas escuras e silenciosas, guiando os barcos por baixo das sombras salientes das matas ocidentais. Grandes árvores passavam como fantasmas, estendendo suas raízes retorcidas e sedentas através da névoa para chegar à água. Era monótono e fazia frio. Frodo, sentado, escutava o fraco marulhar e gorgolejar do Rio, encrespando-se entre as raízes das árvores, e a madeira flutuante junto à margem, até que cabeceou e caiu em um sono inquieto.

9

O Grande Rio

Frodo foi despertado por Sam. Descobriu que estava deitado, bem envolto, debaixo de altas árvores de casca cinza, num canto tranquilo das matas na margem oeste do Grande Rio, Anduin. Dormira a noite toda, e o cinzento da manhã passava indistinto entre os ramos desnudos. Gimli estava ocupado com uma pequena fogueira ali perto.

    Partiram outra vez antes de o dia avançar. Não que a maior parte da Comitiva estivesse ávida para se apressar rumo ao sul: contentavam-se com o fato de que a decisão, que tinham de tomar o mais tardar quando chegassem a Rauros e à Ilha da Rocha-do-Espigão, ainda estava alguns dias à frente; e deixavam que o Rio os carregasse à sua própria velocidade, sem desejarem correr em direção aos perigos que ficavam mais além, não importando o curso que tomassem no fim. Aragorn deixou-os derivarem com a correnteza como quisessem, poupando forças com vistas à exaustão que viria. Mas insistia em que pelo menos partissem cedo todos os dias e viajassem até tarde, no anoitecer; pois sentia no coração que o tempo urgia, e temia que o Senhor Sombrio não tivesse estado ocioso enquanto eles se demoravam em Lórien.

    Não obstante, não viram sinal de nenhum inimigo naquele dia, nem no seguinte. As monótonas horas cinzentas passavam sem ocorrência. À medida que o terceiro dia da viagem avançava, o terreno mudava lentamente: as árvores escassearam e depois desapareceram por completo. Na margem leste, à esquerda, viam longas encostas informes que se erguiam em direção ao céu; pareciam pardas e murchas, como se o fogo tivesse passado por ali sem deixar viva uma só folha verde: um ermo inóspito sem mesmo uma árvore quebrada ou uma pedra destacada que aliviasse o vazio. Haviam chegado às Terras Castanhas que se estendiam, vastas e desoladas, entre Trevamata Meridional e as colinas das Emyn Muil. O próprio Aragorn não sabia dizer que pestilência ou guerra ou feito maligno do Inimigo havia arruinado a região daquele modo.

    A oeste, à sua direita, o terreno também era isento de árvores, mas era plano e em muitos lugares era verde com amplas planícies gramadas. Daquele lado do Rio passaram por florestas de grandes juncos, tão altos que bloqueavam toda a vista para o oeste, enquanto os barquinhos margeavam farfalhando suas beiras palpitantes. Seus penachos, escuros e mirrados, dobravam-se e balançavam nos ares claros e frios, chiando com som fraco e triste. Aqui e ali, através de aberturas, Frodo podia ver súbitos vislumbres de prados ondulantes, e longe atrás deles colinas ao pôr do sol, e mais além, na margem da visão, uma linha escura onde marchavam as fileiras mais meridionais das Montanhas Nevoentas.

Não havia sinal de seres vivos que se mexessem, exceto aves. Havia muitas delas: pequenos pássaros que assobiavam e piavam nos juncos, mas raramente podiam ser vistos. Uma ou duas vezes os viajantes ouviram o sopro e o gemido de asas de cisnes e, ao erguerem os olhos, viram uma grande falange percorrendo o céu.

"Cisnes!", exclamou Sam. "E são muito grandões!"

"Sim," disse Aragorn, "e são cisnes negros."

"Como parece ampla, vazia e tristonha toda esta região!", comentou Frodo. "Sempre imaginei que, à medida que se viajasse para o sul, o clima ficasse mais quente e alegre, até o inverno ficar para trás definitivamente."

"Mas ainda não viajamos muito para o sul", respondeu Aragorn. "Ainda é inverno, e estamos longe do mar. Aqui o mundo é frio até a súbita primavera, e ainda poderemos ter neve novamente. Muito longe, na Baía de Belfalas aonde corre o Anduin, faz calor e o clima é alegre, quem sabe, ou assim seria se não fosse pelo Inimigo. Mas aqui, eu estimo, não estamos a mais de sessenta léguas ao sul da Quarta Sul, lá no seu Condado, a centenas de longas milhas daqui. Agora você está olhando para o sudoeste, por cima das planícies setentrionais da Marca-dos-Cavaleiros, Rohan, a terra dos Senhores-de-cavalos. Em pouco tempo chegaremos à foz do Limclaro, que corre desde Fangorn para se juntar ao Grande Rio. Essa é a fronteira norte de Rohan; e outrora tudo o que ficava entre o Limclaro e as Montanhas Brancas pertencia aos Rohirrim. É uma terra rica e agradável, e seu capim não tem rival; mas nestes dias malignos o povo não habita junto ao Rio nem cavalga com frequência até suas margens. O Anduin é largo, no entanto os orques conseguem atirar suas flechas longe através da correnteza; e ultimamente, dizem, atreveram-se a atravessar a água e atacar os rebanhos e as coudelarias de Rohan."

Sam olhava de uma margem para a outra, inquieto. Antes as árvores lhe pareciam hostis, como se abrigassem olhos secretos e perigos furtivos; agora ele desejava que as árvores ainda estivessem lá. Sentia que a Comitiva estava descoberta demais, flutuando em barquinhos em meio a terras sem abrigo e num rio que era a fronteira da guerra.

Em um ou dois dias seguintes, à medida que avançavam, continuamente levados para o sul, essa sensação de insegurança se apossou de toda a Comitiva. Durante um dia inteiro pegaram nos remos e avançaram às pressas. As margens passavam deslizando. Logo o Rio alargou-se e se tornou mais raso; a leste ficavam longas praias pedregosas, e havia baixios de cascalho na água, de forma que era preciso manobrar com cuidado. As Terras Castanhas ergueram-se em áridos descampados por cima dos quais fluía um ar gelado do Leste. Do outro lado os prados haviam se transformado em morros ondulados de capim murcho em meio a uma paisagem de pântanos e moitas. Frodo arrepiou-se ao pensar nos gramados e fontes, no sol brilhante e nas chuvas suaves de Lothlórien. Havia pouca fala e nenhum riso em todos os barcos. Cada membro da Comitiva estava ocupado com seus próprios pensamentos.

 O coração de Legolas corria sob as estrelas de uma noite de verão em alguma clareira do norte em meio aos bosques de faias; Gimli manuseava ouro em sua mente e perguntava-se se era adequado para produzir um estojo para a dádiva da Senhora. Merry e Pippin, no barco do meio, estavam desconfortáveis, pois Boromir estava sentado resmungando para si mesmo, às vezes mordendo as unhas, como se o consumisse alguma inquietação ou dúvida, às vezes agarrando um remo e impelindo o barco para logo atrás do de Aragorn. Então Pippin, sentado à proa olhando para trás, viu de relance um estranho brilho no olho de Boromir, que espiava adiante, fitando Frodo. Há muito tempo Sam decidira que, apesar de talvez os barcos não serem tão perigosos quanto sua criação o fizera crer, eram muito mais desconfortáveis do que ele mesmo imaginara. Estava apertado e infeliz, sem nada para fazer senão encarar as terras invernais que passavam se arrastando e a água cinzenta de ambos os lados. Mesmo quando os remos eram usados, não confiavam um a Sam.

 Com a tardinha descendo no quarto dia, ele estava olhando para trás, por cima das cabeças inclinadas de Frodo e Aragorn e dos barcos seguintes; estava sonolento, ansiando por um acampamento e pela sensação da terra sob os dedos dos pés. De repente uma coisa atraiu sua visão: de início ele a fitou com indiferença, depois sentou-se ereto e esfregou os olhos; mas quando olhou de novo não podia mais vê-la.

Naquela noite acamparam em uma ilhota próxima da margem oeste. Sam estava deitado ao lado de Frodo, enrolado em cobertores. "Tive um sonho engraçado uma ou duas horas antes de pararmos, Sr. Frodo", disse ele. "Ou quem sabe não foi um sonho. Foi engraçado, seja como for."

 "Bem, o que foi?", indagou Frodo, sabendo que Sam não sossegaria até contar sua história, fosse qual fosse. "Não vi nada nem pensei em nada que me fizesse sorrir desde que deixamos Lothlórien."

 "Não foi engraçado desse jeito, Sr. Frodo. Foi esquisito. Tudo errado, se não foi sonho. E é melhor o senhor ouvir. Foi assim: eu vi um tronco com olhos!"

"O tronco é normal", disse Frodo. "Há muitos no Rio. Mas deixe os olhos de fora!"

"Isso eu não vou fazer", disse Sam. "Foram os olhos que me fizeram sentar direito, por assim dizer. Eu vi algo que achei que era um tronco flutuando, ali na meia-luz atrás do barco de Gimli; mas não dei muita atenção a ele. Então pareceu que o tronco estava nos alcançando devagar. E isso era estranho, como se poderia dizer, já que estávamos todos flutuando juntos na correnteza. Foi bem aí que vi os olhos: duas espécies de pontos pálidos, meio luminosos, numa corcova na ponta de cá do tronco. E mais ainda, não era tronco, porque tinha pés com nadadeiras, quase como um cisne, só que pareciam maiores, e ficavam entrando e saindo da água.

"Foi aí que me sentei reto e esfreguei os olhos, e pretendia dar um grito se ele ainda estivesse lá quando eu tivesse esfregado a sonolência da cabeça. Porque agora o fosse-o-que-fosse estava avançando depressa, e chegando perto atrás de Gimli. Mas se aquelas duas lâmpadas me apanharam mexendo e espiando, ou se eu tomei consciência, não sei dizer. Quando olhei de novo ele não estava lá. Mas acho que apanhei um vislumbre, com o rabo do olho, como dizem, de alguma coisa escura correndo para baixo da sombra da margem. Mas não consegui ver mais os olhos.

"Eu disse para mim mesmo: 'Sonhando outra vez, Sam Gamgi', disse eu; e não disse mais nada naquela hora. Mas estive pensando desde então, e agora não tenho tanta certeza. O que pensa disso, Sr. Frodo?"

"Eu não pensaria nada, exceto que era um tronco, o anoitecer e o sono nos seus olhos, Sam," respondeu Frodo, "se fosse a primeira vez que esses olhos foram vistos. Mas não foi. Eu os vi lá longe no norte, antes de chegarmos a Lórien. E vi uma criatura estranha com olhos escalando o eirado naquela noite. Haldir também a viu. E você se lembra do relato dos Elfos que perseguiram o bando de orques?"

"Ah," disse Sam, "lembro; e também lembro mais. Não gosto dos meus pensamentos; mas pensando em uma coisa e outra, e nas histórias do Sr. Bilbo e tudo isso, imagino que posso dar um nome à criatura, adivinhando. Um nome asqueroso. Gollum, quem sabe?"

"Sim, é isso que receio desde há algum tempo", assentiu Frodo. "Desde aquela noite no eirado. Suponho que ele estava espreitando em Moria e ali pegou nossa pista; mas eu esperava que nossa estada em Lórien confundisse seu faro outra vez. A criatura desgraçada deve ter se escondido na floresta junto ao Veio-de-Prata, vendo-nos partir!"

"É mais ou menos isso", disse Sam. "E é melhor nós mesmos ficarmos um pouco mais vigilantes, do contrário vamos sentir uns dedos asquerosos ao redor do pescoço uma noite dessas, se é que vamos acordar para sentir alguma coisa. E é nesse ponto que eu queria chegar. Não é preciso incomodar Passolargo ou os outros hoje à noite. Eu vou ficar de vigia. Posso dormir amanhã, já que sou só bagagem num barco, como você poderia dizer."

"Eu poderia," respondeu Frodo, "e poderia dizer 'bagagem com olhos'. Você vai ficar de vigia; mas só se prometer me acordar a meio tempo da manhã, se nada acontecer até lá."

Nas horas mortas, Frodo emergiu de um sono profundo e obscuro com Sam sacudindo-o. "É pena acordar o senhor," sussurrou Sam, "mas foi o que o senhor disse. Não tem nada para contar, ou não tem muita coisa. Pensei que ouvi uns borrifos leves e um som de fungadas faz pouco tempo; mas a gente ouve muitos desses sons esquisitos junto ao rio, de noite."

Deitou-se, e Frodo se sentou, aconchegado em seus cobertores, e tentou enxotar o sono. Minutos ou horas passaram devagar, e nada aconteceu. Frodo estava a ponto de ceder à tentação de se deitar outra vez quando um vulto escuro, quase invisível, flutuou perto de um dos barcos atracados. Podia-se ver indistintamente uma mão comprida e esbranquiçada, estendendo-se de repente e agarrando a amurada; dois olhos pálidos, semelhantes a lâmpadas, brilharam frios ao espiarem lá dentro, e depois ergueram-se e olharam para Frodo na ilhota. Não estavam a mais de uma ou duas jardas de distância, e Frodo ouviu o chiado leve de uma inspiração. Pôs-se de pé, sacando Ferroada da bainha, e encarou os olhos. Imediatamente sua luz se apagou. Houve outro chiado e um borrifo, e a escura forma de tronco partiu a toda, rio abaixo, no meio da noite. Aragorn mexeu-se no sono, virou o corpo e sentou-se.

"O que é?", sussurrou ele, pondo-se de pé com um salto e vindo até Frodo. "Senti alguma coisa durante o sono. Por que sacou a espada?"

"Gollum", respondeu Frodo. "É o que acho, pelo menos."

"Ah!", disse Aragorn. "Então você sabe do nosso salteadorzinho, não é? Ele veio andando atrás de nós, em silêncio, através de toda Moria e até o Nimrodel. Desde que embarcamos ele esteve deitado em um tronco, remando com as mãos e os pés. Tentei apanhá-lo uma ou duas vezes à noite; mas ele é mais manhoso que uma raposa e escorregadio como um peixe. Eu esperava que a viagem pelo rio o enganasse, mas ele tem demasiada habilidade na água.

"Vamos ter de tentar um avanço mais rápido amanhã. Agora vá deitar-se, vou montar guarda pelo resto da noite. Gostaria de pôr as mãos no desgraçado. Poderíamos fazer uso dele. Mas se eu não puder, vamos tentar perdê-lo. Ele é muito perigoso. À parte de ele próprio cometer um assassinato à noite, poderá pôr em nosso encalço algum outro inimigo que esteja por aí."

A noite passou sem que Gollum voltasse a mostrar nem uma sombra. Depois disso, a Comitiva manteve vigilância atenta, mas não viram mais sinal de Gollum enquanto a viagem durou. Se ainda os estava seguindo, era com muita cautela e astúcia. A pedido de Aragorn, passaram a remar por longos trechos, e as margens passavam rapidamente. Mas viam pouca coisa da paisagem, pois viajavam mormente à noite e à meia-luz, descansando de dia e mantendo-se tão ocultos quanto o terreno permitia. Deste modo o tempo passou sem ocorrências até o sétimo dia.

O tempo ainda estava cinzento e encoberto, com vento do Leste, mas à medida que a tarde se transformou em noite o céu limpou do lado oeste, e poças de luz fraca, amarela e verde pálida, abriram-se sob as costas cinzentas das nuvens. Ali a lasca branca da Lua nova podia ser vista reluzindo nos lagos remotos. Sam olhou para ela e franziu a testa.

No dia seguinte, o terreno de ambos os lados começou a mudar rapidamente. As ribanceiras começaram a subir e a ficar pedregosas. Logo estavam passando por uma região de colinas rochosas, e em ambas as margens havia encostas íngremes encobertas por fundas moitas de espinhos e abrunheiros, emaranhadas com sarças e trepadeiras. Atrás deles erguiam-se penhascos baixos e esfarelados e chaminés de pedra cinzenta e desgastada, cobertas de hera escura; e mais atrás, por sua vez, subiam altas cristas coroadas de abetos retorcidos pelo vento. Estavam se aproximando da região dos morros cinzentos das Emyn Muil, a divisa sul das Terras-selváticas.

Havia muitas aves em torno dos penhascos e das chaminés de rocha, e durante todo o dia, altas no ar, revoadas de pássaros voavam em círculos, negros diante do céu pálido. Naquele dia, enquanto estavam acampados, Aragorn observava os bandos duvidoso, pensando se Gollum cometera alguma malícia e se a notícia da viagem deles já andava pelo ermo. Mais tarde, ao pôr do sol, quando a Comitiva se agitava, aprontando-se para partir de novo, ele divisou uma mancha escura diante da luz que minguava: uma grande ave, alta e distante, ora dando voltas, ora voando devagar rumo ao sul.

"O que é aquilo, Legolas?", perguntou ele, apontando para o céu ao norte. "É uma águia, como penso?"

"Sim", disse Legolas. "É uma águia, uma águia caçadora. Pergunto-me o que isso pressagia. Está longe das montanhas."

"Não partiremos até que esteja totalmente escuro", disse Aragorn.

Veio a oitava noite da jornada. Era silenciosa e sem vento; o cinzento vento leste havia passado. O estreito crescente da Lua caíra cedo no pálido pôr do sol, mas acima deles o céu estava limpo, e, apesar de haver longe ao Sul grandes cordilheiras de nuvens que ainda luziam fracamente, no Oeste as estrelas brilhavam luminosas.

"Vamos!", disse Aragorn. "Arriscaremos mais uma jornada de noite. Estamos chegando a trechos do Rio que não conheço bem; pois nunca antes viajei pela água nestas regiões, não entre este lugar e as corredeiras de Sarn Gebir. Mas, se meus cálculos estão certos, até lá ainda há muitas milhas à frente. Ainda há lugares perigosos mesmo antes de lá chegarmos: rochas e ilhotas rochosas na correnteza. Precisamos vigiar atentamente e não tentar remar depressa."

A Sam, no barco dianteiro, foi dada a tarefa de vigia. Ele ficava à proa, espiando a treva. A noite tornou-se escura, mas lá em cima as estrelas estavam estranhamente luminosas, e havia um brilho na superfície do Rio. Era quase meia-noite, e tinham passado algum tempo à deriva, mal usando os remos, quando de repente Sam deu um grito. Apenas algumas jardas à frente, vultos escuros assomavam na correnteza, e ele ouvia o redemoinho da água corrente. Havia uma correnteza veloz que virava para a esquerda, rumo à margem leste onde o canal estava livre. Enquanto eram carregados para o lado, os viajantes puderam ver, muito de perto agora, a pálida espuma do Rio que açoitava rochas afiadas, bem projetadas na correnteza como uma fileira de dentes. Os barcos estavam todos agrupados.

"Ó de bordo, Aragorn!", gritou Boromir quando seu barco abalroou o do líder. "Isto é loucura! Não podemos enfrentar as Corredeiras de noite! Mas nenhum barco sobrevive a Sarn Gebir, seja de noite ou de dia."

"Para trás, para trás!", gritou Aragorn. "Vira! Vira, se puderes!" Enfiou o remo na água, tentando segurar o barco e fazê-lo dar a volta.

"Calculei mal", disse ele a Frodo. "Não sabia que tínhamos vindo tão longe: o Anduin corre mais depressa do que eu pensava. Sarn Gebir já deve estar perto."

Com grande esforço, contiveram os barcos e os viraram devagar; mas inicialmente só conseguiram avançar pouco contra a corrente e o tempo todo eram arrastados cada vez mais perto da margem leste. Ela já surgia na noite, escura e agourenta.

"Todos juntos, remar!", gritou Boromir. "Remar! Do contrário seremos jogados nos baixios." Enquanto ele falava, Frodo sentiu que a quilha abaixo dele ralava na pedra.

Nesse momento ouviu-se um zunido de cordas de arco: várias flechas assobiaram por cima deles, e algumas caíram em seu meio. Uma atingiu Frodo entre os ombros, e ele cambaleou para a frente com um grito, largando o remo: mas a flecha resvalou, frustrada por sua cota de malha oculta. Outra atravessou o capuz de Aragorn; e uma terceira se cravou na amurada do segundo barco, perto da mão de Merry. Sam pensou vislumbrar vultos negros que corriam para cá e para lá nas longas encostas de seixos que ficavam abaixo da margem leste. Pareciam muito próximos.

"*Yrch!*", disse Legolas, recaindo em sua própria língua.

"Orques!", exclamou Gimli.

"Obra de Gollum, aposto", disse Sam a Frodo. "E que belo lugar escolheu. O Rio parece disposto a nos levar reto aos braços deles!"

Todos se inclinaram para a frente, fazendo força nos remos: o próprio Sam deu uma mão. A cada momento esperavam sentir a ferroada de setas de penas negras. Muitas assobiaram por cima deles ou atingiram a água por perto; mas não houve mais nenhum tiro certeiro. Estava escuro, mas não demais para os olhos noturnos dos Orques, e no lampejo das estrelas eles haveriam de ser alvos para seus inimigos astuciosos, não fosse pelos mantos cinzentos de Lórien e pelas madeiras cinzentas dos barcos de feitura-élfica, iludindo a malícia dos arqueiros de Mordor.

Remada a remada, prosseguiram com esforço. No escuro era difícil ter certeza de que estavam se movendo de fato; mas lentamente o redemoinho da água amainou, e a sombra da margem leste desapareceu na noite. Finalmente, até onde podiam julgar, haviam alcançado de novo o meio da correnteza e afastado os barcos a certa distância acima das rochas salientes. Então, dando metade de uma volta, lançaram-nos com toda a força rumo à margem oeste. Sob a sombra de moitas que se inclinavam sobre a água, pararam e tomaram fôlego.

Legolas largou o remo e apanhou o arco que trouxera de Lórien. Depois saltou para a margem e subiu alguns passos na ribanceira. Ajustando a corda no arco e encaixando uma seta, voltou-se e espiou por cima do Rio na escuridão. Do outro lado da água ouviram-se gritos estridentes, mas nada podia ser visto.

Frodo ergueu os olhos para o Elfo, em pé bem acima dele, fitando a noite, buscando um alvo para atirar. Sua cabeça era escura, coroada de nítidas estrelas brancas que brilhavam nos poços negros do céu atrás dele. Mas agora, subindo e navegando desde o Sul, as grandes nuvens avançavam, enviando escuros emissários aos campos estrelados. Um súbito pavor se abateu sobre a Comitiva.

"*Elbereth Gilthoniel!*", suspirou Legolas, olhando para cima. Quando o fez, um vulto escuro como uma nuvem, porém não uma nuvem, pois se movia muito mais depressa, surgiu do negrume no Sul e voou em direção à Comitiva, maculando toda a luz à sua chegada. Logo apareceu como grande criatura alada, mais negra que os poços da noite. Vozes selvagens se ergueram para saudá-la do lado oposto da água. Frodo sentiu um súbito ar gelado a lhe percorrer e lhe agarrar o coração; em seu ombro havia um frio mortal, como a lembrança de uma antiga ferida. Agachou-se como se fosse se esconder.

De súbito o grande arco de Lórien cantou. Estridente, a flecha partiu da corda-élfica. Frodo ergueu os olhos. Quase acima dele, o vulto alado deu uma guinada. Ouviu-se um berro áspero e grasnante quando ele caiu do alto, desaparecendo na escuridão da margem leste. O céu estava limpo outra vez. Houve um tumulto de muitas vozes ao longe, praguejando e choramingando na treva, e depois silêncio. Nem seta nem grito vieram outra vez do leste naquela noite.

Algum tempo depois, Aragorn conduziu os barcos rio acima de novo. Tatearam ao longo da beira da água por alguma distância até encontrarem uma pequena baía rasa. Algumas árvores baixas cresciam ali, perto da água, e atrás delas se elevava uma ribanceira íngreme e rochosa. Ali a Comitiva decidiu ficar para esperar o amanhecer: era inútil tentar avançar mais de noite. Não montaram acampamento nem fizeram fogueira, mas deitaram-se agrupados nos barcos, amarrados uns junto aos outros.

"Louvados sejam o arco de Galadriel e a mão e o olho de Legolas!", disse Gimli, mastigando um pedaço de *lembas*. "Foi um poderoso tiro no escuro, meu amigo!"

"Mas quem pode saber o que ele atingiu?", disse Legolas.

"Eu não posso", disse Gimli. "Mas estou contente de que a sombra não se aproximou mais. Não gostei nada dela. Lembrou-me demasiado da sombra em Moria — da sombra do Balrog", concluiu num sussurro.

"Não era um Balrog", disse Frodo, ainda trêmulo pela gelidez que o acometera. "Era algo mais frio. Acho que era..." Então deteve-se e silenciou.

"O que pensas?", perguntou Boromir ansiosamente, inclinando-se do seu barco, como se tentasse vislumbrar o rosto de Frodo.

"Penso... Não, não vou dizer", respondeu Frodo. "Não importa o que fosse, sua queda desesperou nossos inimigos."

"Assim parece", disse Aragorn. "Porém onde estão, quantos são e o que farão a seguir, isso não sabemos. Esta noite todos precisamos passar sem dormir! A escuridão nos oculta agora. Mas quem pode dizer o que o dia mostrará? Mantende as armas à mão!"

Sam estava sentado, batendo de leve no punho da espada como quem conta nos dedos e olhando o céu lá em cima. "É muito estranho", murmurou ele. "O Lua é o mesmo no Condado e nas Terras-selváticas, ou devia ser. Mas ou ele está rodando errado, ou meus cálculos estão todos enganados. Lembra-se, Sr. Frodo, o Lua era minguante quando estávamos deitados no eirado em cima daquela árvore: uma semana depois de cheio, calculo. E ontem à noite faz uma semana que estamos a caminho, e lá surge um Lua Novo, estreito como uma apara de unha, como se não tivéssemos passado tempo nenhum na terra élfica.

"Bem, consigo me lembrar com certeza de três noites lá, e parece que me lembro de várias mais, mas juraria que de jeito nenhum foi um mês inteiro. A gente poderia pensar que o tempo não conta lá dentro!"

"E quem sabe seja assim mesmo", disse Frodo. "Naquela terra, talvez, estávamos em um tempo que em outros lugares faz muito que já passou. Acho que foi só quando o Veio-de-Prata nos levou de volta para o Anduin que retornamos ao tempo que flui através das terras mortais rumo ao Grande Mar. E não me lembro de nenhum lua, nem novo nem velho, em Caras Galadhon: só estrelas de noite e sol de dia."

Legolas mexeu-se em seu barco. "Não, o tempo não se detém jamais", disse ele; "mas a mudança e o crescimento não são iguais em todas as coisas e lugares. Para os Elfos o mundo se move, e move-se ao mesmo tempo muito depressa e muito devagar. Depressa porque eles próprios pouco mudam, e tudo o mais passa fugaz: é um desgosto para eles. Devagar porque não precisam contar os anos correntes, não para si. As estações que passam são apenas ondulações sempre repetidas na longa, longa correnteza. Porém sob a Sol todas as coisas finalmente devem se desgastar e acabar."

"Mas o desgaste é lento em Lórien", disse Frodo. "O poder da Senhora está ali. Ricas são as horas, por muito que pareçam breves, em Caras Galadhon, onde Galadriel controla o Anel-élfico."

"Isso não deveria ter sido dito fora de Lórien, nem para mim", disse Aragorn. "Não fale mais disso! Mas assim é, Sam: naquela terra você perdeu as contas. Ali o tempo nos ultrapassou fluindo depressa, como para os Elfos. A lua velha passou, e a lua nova cresceu e minguou no mundo cá fora enquanto nos demorávamos ali. E ontem à noite uma nova lua voltou. O inverno está quase acabado. O tempo flui adiante, rumo a uma primavera de pouca esperança."

A noite passou em silêncio. Não se ouviu mais voz nem chamado do outro lado da água. Os viajantes aninhados em seus barcos sentiram a mudança do tempo. O ar tornou-se morno e bem imóvel sob as grandes nuvens úmidas que flutuaram vindas do Sul e dos mares distantes. O ímpeto do Rio nas rochas das corredeiras parecia tornar-se mais alto e mais próximo. Os ramos das árvores acima deles começaram a gotejar.

Quando chegou o dia, o humor do mundo em torno deles tornara-se indolente e triste. Lentamente o amanhecer surgiu em luz pálida, difusa e sem sombras. Havia uma névoa sobre o Rio, e uma neblina branca envolvia a margem; a ribanceira oposta não estava visível.

"Não suporto neblina", disse Sam; "mas esta parece que é de sorte. Quem sabe agora podemos ir embora sem que esses malditos gobelins nos vejam."

"Quem sabe", comentou Aragorn. "Mas será difícil encontrar a trilha a não ser que a neblina se erga um pouco mais tarde. E precisamos encontrar a trilha se formos ultrapassar Sarn Gebir e chegar às Emyn Muil."

"Não vejo por que deveríamos passar pelas Corredeiras ou seguir o Rio mais adiante", disse Boromir. "Se as Emyn Muil estão à nossa frente, então podemos abandonar estas cascas de noz e avançar para o oeste e o sul até atingirmos o Entágua e atravessarmos à minha própria terra."

"Podemos, se estivermos rumando para Minas Tirith," disse Aragorn, "mas isso ainda não está combinado. E tal curso pode ser mais perigoso do que parece. O vale do Entágua é plano e pantanoso, e lá a neblina é um perigo mortal para quem está a pé e carregado. Eu não abandonaria nossos barcos até sermos obrigados a isso. O Rio, pelo menos, é uma trilha que não se pode perder."

"Mas o Inimigo domina a margem leste", objetou Boromir. "E mesmo que passes pelos Portões das Argonath e chegues à Rocha-do-Espigão sem seres importunado, o que farás então? Saltar cascata abaixo e pousar nos pântanos?"

"Não!", respondeu Aragorn. "Dize antes que carregaremos nossos barcos pelo antigo caminho ao sopé de Rauros, e ali tomaremos a água de novo. Não conheces, Boromir, ou escolhes ignorar a Escadaria do Norte e o alto assento no topo de Amon Hen que foram feitos nos dias dos grandes reis? Eu ao menos pretendo me postar de novo naquele lugar elevado antes de decidir a continuação de meu trajeto. Quem sabe ali hajamos de ver algum sinal que nos guie."

Por muito tempo Boromir resistiu a essa escolha; mas quando se tornou claro que Frodo seguiria Aragorn, aonde quer que este fosse, ele cedeu. "Não é costume dos Homens de Minas Tirith desertar de seus amigos na necessidade," disse ele, "e precisareis de minha força se pretendeis alcançar a Rocha-do-Espigão. À alta ilha irei, mas não além. Ali hei de me voltar para meu lar, a sós se meu auxílio não tiver merecido a recompensa de algum companheirismo."

O dia já avançava, e a neblina se erguera um pouco. Ficou decidido que Aragorn e Legolas iriam avançar de imediato ao longo da margem, enquanto os demais permaneceriam junto aos barcos. Aragorn esperava encontrar algum caminho por onde pudessem carregar seus barcos e também sua bagagem até a água mais tranquila além das Corredeiras.

"Pode ser que os barcos dos Elfos não afundem", disse ele, "mas isso não quer dizer que passemos vivos por Sarn Gebir. Ninguém ainda fez isso. Nenhuma estrada foi construída pelos Homens de Gondor nesta região, pois mesmo em seus dias de grandeza seu reino não alcançava o Anduin acima além das Emyn Muil; mas existe um caminho de varação em algum lugar da margem oeste, se eu puder encontrá-lo. Não pode ter se deteriorado ainda; pois barcos leves costumavam fazer a viagem vindos das Terras-selváticas, descendo até Osgiliath, e ainda o faziam até poucos anos atrás, quando os Orques de Mordor começaram a se multiplicar."

"Raramente em minha vida veio qualquer barco do Norte, e os Orques vagueiam pela margem leste", disse Boromir. "Se fores em frente, o perigo aumentará a cada milha, mesmo que encontres um caminho."

"O perigo está diante de nós em todas as estradas rumo ao sul", respondeu Aragorn. "Esperai por nós um dia. Se não retornarmos nesse tempo, sabereis que deveras o mal nos assaltou. Então deveis tomar um novo líder e segui-lo da melhor forma que puderdes."

Foi com um peso no coração que Frodo viu Aragorn e Legolas escalarem a ribanceira íngreme e desaparecerem nas névoas; mas seus temores acabaram sendo infundados. Só duas ou três horas haviam passado, e mal chegara o meio do dia, quando os vultos sombrios dos exploradores ressurgiram.

"Está tudo bem", disse Aragorn, descendo a ribanceira com dificuldade. "Há uma trilha, e ela leva a um bom desembarcadouro que ainda é usável. A distância não é grande: o topo das Corredeiras está apenas meia milha abaixo de nós, e elas têm pouco mais de uma milha de comprimento. A pouca distância além delas a correnteza volta a ficar límpida e lisa, apesar de ser veloz. Nossa tarefa mais difícil será levar os barcos e a bagagem ao antigo caminho de varação. Nós o encontramos, mas aqui ele fica bem afastado da beira da água e corre a sota-vento de uma parede de rocha, a um oitavo de milha ou mais da margem. Não descobrimos onde fica o desembarcadouro do norte. Se ele ainda existir, devemos ter passado por ele ontem à noite. Poderíamos subir o rio com esforço e ainda assim perdê-lo na neblina. Receio que agora precisamos abandonar o Rio e rumar daqui para o caminho de varação do melhor modo que pudermos."

"Isso não seria fácil mesmo que fôssemos todos Homens", disse Boromir.

"No entanto vamos tentar assim como somos", disse Aragorn.

"Sim, vamos tentar", disse Gimli. "As pernas dos Homens se atrasam numa estrada acidentada, enquanto um Anão vai em frente, nem que a carga seja o dobro do seu próprio peso, Mestre Boromir!"

A tarefa demonstrou ser difícil de fato, porém acabou sendo realizada. A carga foi tirada dos barcos e levada ao topo da ribanceira, onde havia um espaço plano. Depois os barcos foram puxados para fora da água e carregados para o alto. Eram bem menos pesados do que esperavam. Nem Legolas sabia de que árvore que crescia na terra élfica eles eram feitos; mas a madeira era dura e, ainda assim, estranhamente leve. Merry e Pippin sozinhos puderam facilmente carregar seu barco pelo trecho plano. Ainda assim foi necessária a força dos dois Homens para erguê-los e transportá-los sobre o terreno que a Comitiva teve de atravessar depois. Ele subia ao se afastar do Rio, numa confusa extensão de rochedos de calcário cinzento, com muitos buracos ocultos cobertos de ervas daninhas e touceiras; havia moitas de sarças e depressões repentinas; e aqui e ali havia poças lodosas alimentadas por águas que escorriam dos terraços mais no interior.

Um a um, Boromir e Aragorn carregaram os barcos, enquanto os demais mourejaram e lutaram seguindo-os com a bagagem. Por fim tudo tinha sido removido e depositado no caminho de varação. Depois, sem muito empecilho adicional, exceto pelas urzes escarrapachadas e muitas pedras caídas, todos seguiram em frente juntos. A neblina ainda se estendia em véus na parede de pedra esfarelada, e à esquerda deles a névoa encobria o Rio: podiam ouvi-lo marulhando e espumando por cima dos baixios afiados e dos dentes rochosos de Sarn Gebir, mas não podiam vê-lo. Duas vezes fizeram o percurso antes de tudo estar trazido a salvo ao desembarcadouro do sul.

Ali o caminho de varação, virando-se outra vez para a margem da água, descia suavemente até a margem rasa de uma pequena lagoa. Esta parecia ter sido escavada na beira do rio, não por mãos, e sim pela água que descia rodopiando de Sarn Gebir e dava contra um pilar baixo de rocha que se projetava a alguma distância para dentro da correnteza. Além dele a margem subia íngreme até um penhasco cinzento, e mais além não havia passagem para quem estivesse a pé.

A tarde breve já terminava, e um crepúsculo sombrio e nublado se aproximava. Sentaram-se junto à água, escutando o ímpeto e o rugido confuso das Corredeiras escondidas na névoa; estavam exaustos e sonolentos e tinham os corações abatidos como o dia que acabava.

"Bem, aqui estamos nós, e aqui vamos ter de passar mais uma noite", disse Boromir. "Precisamos dormir e, mesmo que Aragorn pretendesse passar pelos Portões das Argonath à noite, estamos todos demasiado cansados — exceto por nosso robusto anão, sem dúvida."

Gimli não deu resposta; estava sentado cabeceando.

"Agora vamos repousar o mais que pudermos", disse Aragorn. "Amanhã teremos de viajar de dia outra vez. A não ser que o tempo mude de novo e nos engane, havemos de ter uma boa chance de atravessar sem sermos vistos por olhos na margem leste. Mas esta noite dois terão de vigiar juntos em turnos: três horas livres e uma de guarda."

Naquela noite nada aconteceu de pior que um breve chuvisco uma hora antes do amanhecer. Assim que estava totalmente claro eles partiram. A neblina já rareava. Mantiveram-se o mais perto possível do lado oeste, e podiam ver as formas indistintas dos penhascos baixos que se elevavam cada vez mais, muralhas sombrias com os pés no rio apressado. Na metade da manhã as nuvens desceram mais, e começou a chover intensamente. Puxaram as capotas de couro sobre os barcos para evitar que se alagassem e seguiram à deriva; pouco podiam enxergar à frente ou em volta através das cortinas cinzentas que caíam.

A chuva, porém, não durou muito. Lentamente o céu acima deles foi clareando, e então de repente as nuvens se abriram e suas beiradas rotas foram arrastadas Rio acima para o norte. As neblinas e garoas se foram. Diante dos viajantes estendia-se uma larga ravina, com grandes bordas rochosas às quais se agarravam, em cima de plataformas e em frestas estreitas, algumas árvores retorcidas. O canal estreitou-se, e o Rio corria mais depressa. Já avançavam velozes, com pouca esperança de pararem ou virarem, não importa o que encontrassem à frente. Por cima deles havia uma vereda de céu azul-pálido, em torno deles, o Rio escuro e sombreado, e diante deles, negras, eclipsando o sol, as colinas das Emyn Muil, em que não se via nenhuma abertura.

Espiando à frente, Frodo viu ao longe duas grandes rochas que se aproximavam: pareciam dois grandes pináculos ou pilares de pedra. Erguiam-se altas, íngremes e agourentas de ambos os lados da correnteza. Uma brecha estreita apareceu entre elas, e o Rio arrastou os barcos em sua direção.

"Contemplai as Argonath, os Pilares dos Reis!", exclamou Aragorn. "Logo havemos de passar por eles. Mantende os barcos em linha e o mais afastados que puderdes! Ficai no meio da correnteza!"

À medida que Frodo era levado em sua direção, os grandes pilares subiam ao seu encontro como torres. Pareciam-lhe gigantescos, vastos vultos cinzentos, silenciosos, mas ameaçadores. Então ele viu que de fato tinham sido moldados e lavrados: a perícia e o poder de outrora os haviam trabalhado, e ainda preservavam, depois dos sóis e das chuvas de olvidados anos, as imensas semelhanças em que tinham sido esculpidos. Sobre grandes pedestais alicerçados nas águas profundas elevavam-se dois grandes reis de pedra: com olhos embaçados e frontes gretadas, ainda olhavam para o Norte de cenho franzido. A mão esquerda de cada um estava erguida, com a palma para fora, em gesto de advertência; na direita cada um trazia um machado; em cada cabeça havia um elmo e uma coroa esfacelados. Ainda envergavam grande poder e majestade, guardiões silenciosos de um reino há muito desaparecido. O pasmo e o medo se abateram sobre Frodo, e ele se encolheu, fechando os olhos sem ousar erguê-los quando o barco se aproximava. O próprio Boromir abaixou a cabeça quando os barcos passaram rodopiando, frágeis e fugazes como folhinhas, sob a sombra duradoura das sentinelas de Númenor. Assim penetraram no escuro abismo dos Portões.

Os penhascos terríveis erguiam-se de ambos os lados até alturas inimaginadas. O céu indistinto estava longe. As águas negras rugiam e ecoavam, e um vento guinchava acima delas. Frodo, agachado de joelhos, ouviu Sam à sua frente, murmurando e gemendo: "Que lugar! Que lugar horrível! Só me deixem sair deste barco e nunca mais vou molhar os dedos dos pés numa poça, muito menos num rio!"

"Não temais!", disse uma voz estranha atrás dele. Frodo virou-se e viu Passolargo, e, no entanto, não era Passolargo; pois o Caminheiro curtido pelo tempo não estava mais ali. Na proa estava assentado Aragorn, filho de Arathorn, altivo e ereto, conduzindo o barco com remadas hábeis; seu capuz estava jogado para trás, e seus cabelos escuros voavam ao vento, e tinha uma luz nos olhos: um rei retornando do exílio à sua própria terra.

"Não temais!", disse ele. "Há muito desejo contemplar as imagens de Isildur e Anárion, meus antepassados de outrora. Sob a sombra deles Elessar, o Pedra Élfica, filho de Arathorn da Casa de Valandil, filho de Isildur, herdeiro de Elendil, nada tem a temer!"

Então a luz de seus olhos minguou, e ele falou para si mesmo: "Gostaria que Gandalf estivesse aqui! Como meu coração anseia por Minas Anor e as muralhas de minha própria cidade! Mas agora aonde hei de ir?"

O abismo era comprido e escuro, repleto com o ruído do vento, da água corrente e da pedra ecoante. Inclinava-se um pouco para o oeste, de forma que inicialmente estava tudo escuro à frente; mas logo Frodo viu diante de si uma alta brecha de luz que crescia constantemente. Aproximou-se depressa, e de súbito os barcos a atravessaram a toda, saindo para uma luz ampla e límpida.

O sol, que já descera há muito do meio-dia, brilhava em um céu tempestuoso. As águas confinadas se espalhavam em um longo lago oval, o pálido Nen Hithoel, cercado de íngremes colinas cinzentas cujas encostas estavam cobertas de árvores, mas cujos topos eram vazios de vegetação, reluzindo frios à luz do sol. Na extremidade sul erguiam-se três picos. O do meio avançava um pouco à frente dos outros e estava separado deles, uma ilha nas águas, ao redor da qual o Rio corrente lançava braços pálidos e rebrilhantes. Distante, mas grave, subia pelo vento um som de rugido como o ribombar do trovão ouvido de longe.

"Contemplai Tol Brandir!", disse Aragorn, apontando o pico alto ao sul. "À esquerda está Amon Lhaw, e à direita, Amon Hen, os Morros da Audição e da Visão. Nos dias dos grandes reis havia altos assentos em seus topos, e ali se mantinha vigia. Mas dizem que nenhum pé de homem ou animal jamais pisou em Tol Brandir. Antes que caia a sombra da noite havemos de chegar até eles. Ouço a voz infinda de Rauros que chama."

Então a Comitiva repousou um pouco, derivando rumo ao sul na correnteza que fluía pelo meio do lago. Comeram algum alimento e depois apanharam os remos e avançaram com pressa. Os flancos das colinas a oeste caíram na sombra, e o Sol ficou redondo e rubro. Aqui e ali espiava uma estrela enevoada. Os três picos erguiam-se diante deles, obscuros no crepúsculo. Rauros rugia com voz possante. A noite já se estendia nas águas correntes quando os viajantes finalmente alcançaram a sombra das colinas.

O décimo dia de viagem terminara. As Terras-selváticas estavam atrás deles. Não podiam avançar mais sem escolher entre o caminho do leste e o do oeste. A última etapa da Demanda estava diante deles.

10

O Rompimento
da Sociedade

Aragorn conduziu-os até o braço direito do Rio. Ali, na margem oeste, sob a sombra de Tol Brandir, um gramado verde se estendia para a água desde o sopé de Amon Hen. Atrás dele erguiam-se as primeiras encostas suaves do morro, cobertas de árvores, e as árvores marchavam para oeste ao longo da costa curva do lago. Uma pequena nascente despencava do alto e regava a grama.

"Vamos descansar aqui hoje à noite", disse Aragorn. "Este é o gramado de Parth Galen: um belo lugar nos dias de verão de outrora. Esperemos que nenhum mal ainda tenha chegado aqui."

Puxaram os barcos para as ribanceiras verdes e montaram acampamento ao lado deles. Puseram guarda, mas não viam nem ouviam seus inimigos. Se Gollum achara um modo de segui-los, continuava invisível e inaudível. Ainda assim, à medida que a noite avançava, Aragorn ficou inquieto, revirando-se no sono e acordando muitas vezes. De madrugada levantou-se e veio ter com Frodo, que estava no turno de vigia.

"Por que está acordado?", perguntou Frodo. "Não é seu turno."

"Não sei", respondeu Aragorn; "mas uma sombra e uma ameaça estiveram crescendo em meu sono. Seria bom você sacar sua espada."

"Por quê?", disse Frodo. "Há inimigos por perto?"

"Vejamos o que Ferroada nos mostra", respondeu Aragorn.

Então Frodo sacou a lâmina-élfica da bainha. Para sua consternação, os gumes reluziam fracamente na noite. "Orques!", exclamou ele. "Não muito próximos, porém próximos demais, ao que parece."

"Era o que eu temia", disse Aragorn. "Mas talvez não estejam deste lado do Rio. A luz de Ferroada é fraca, e pode não indicar nada mais que espiões de Mordor vagando nas encostas de Amon Lhaw. Nunca antes ouvi falar de Orques em Amon Hen. Mas quem sabe o que pode acontecer nestes dias malignos, agora que Minas Tirith não mantém mais seguras às passagens do Anduin. Amanhã precisamos andar com cautela."

O dia chegou como fogo e fumaça. Perto do horizonte Leste havia estrias negras de nuvens, como os fumos de um grande incêndio. O sol nascente as iluminava por baixo com chamas de um vermelho sujo; mas logo subiu acima delas para um céu límpido. O cume de Tol Brandir tinha uma ponta de ouro. Frodo olhou para o leste e contemplou a alta ilha. Seus flancos subiam escarpados da água corrente. Muito alto, acima dos grandes penhascos, havia encostas íngremes escaladas pelas árvores, erguendo uma copa por cima da outra; e mais acima, por sua vez, havia faces cinzentas de rochas inacessíveis, coroadas com um grande ápice de pedra. Muitas aves giravam em torno dele, mas não se via sinal de outros seres vivos.

Depois de comerem, Aragorn convocou a Comitiva. "O dia por fim chegou", disse ele; "o dia da decisão que por longo tempo retardamos. Agora o que há de ser de nossa Comitiva que até aqui viajou em sociedade? Havemos de nos voltar para o oeste com Boromir e ir às guerras de Gondor; ou nos voltar para o leste, ao Medo e à Sombra; ou havemos de romper nossa sociedade e ir para cá e para lá, aonde cada um escolher? Não importa o que façamos, temos de fazê-lo logo. Não podemos nos deter aqui por muito tempo. O inimigo está na margem leste, isso sabemos; mas temo que os Orques já possam estar deste lado da água."

Fez-se um longo silêncio em que ninguém falou nem se mexeu.

"Bem, Frodo", disse Aragorn por fim. "Receio que o fardo recaia sobre você. Você é o Portador designado pelo Conselho. Só você pode decidir seu próprio caminho. Neste assunto não posso aconselhá-lo. Não sou Gandalf e, apesar de ter tentado desempenhar o papel dele, não sei que intenção ou esperança ele tinha para esta hora, se é que tinha alguma. Parece mais provável que, se ele estivesse aqui agora, ainda assim a decisão caberia a você. Essa é sua sina."

Frodo não respondeu de imediato. Depois falou devagar: "Sei que é necessária pressa, e, no entanto, não consigo decidir. O fardo é pesado. Dai-me mais uma hora, e falarei. Deixai-me a sós!"

Aragorn olhou-o com bondosa compaixão. "Muito bem, Frodo, filho de Drogo", assentiu ele. "Você terá uma hora e há de ficar a sós. Ficaremos aqui por um tempo. Mas não se afaste longe nem fora do alcance da voz."

Frodo ficou um momento sentado de cabeça baixa. Sam, que estivera observando o patrão com grande preocupação, balançou a cabeça e murmurou: "É claro como o dia, mas não é bom Sam Gamgi meter o bedelho nesta hora."

Logo Frodo se ergueu e saiu andando; e Sam viu que, enquanto os demais se controlaram e não o encaravam, os olhos de Boromir seguiram Frodo atentamente até que este saísse de vista nas árvores do sopé de Amon Hen.

Depois de inicialmente vagar sem destino na floresta, Frodo viu que seus pés o conduziam para cima, rumo às encostas do morro. Chegou a uma trilha, as ruínas definhantes de uma estrada de antigamente. Nos lugares íngremes haviam sido talhados degraus de pedra, mas estavam agora rachados, gastos e fendidos pelas raízes das árvores. Durante algum tempo ele subiu, sem se importar para que lado ia, até chegar a um lugar gramado. Cresciam sorveiras ao redor, e no meio havia uma larga pedra chata. O pequeno gramado de montanha era aberto a Leste, e agora estava repleto de luz do sol precoce. Frodo parou e olhou por sobre o Rio, muito abaixo dele, até Tol Brandir e as aves que circulavam no grande golfo de ar entre ele e a ilha inexplorada. A voz de Rauros era um imenso rugido misturado a um ribombo grave e pulsante.

Sentou-se na pedra e apoiou o queixo nas mãos, fitando o leste, mas pouco enxergando com os olhos. Tudo o que acontecera desde que Bilbo deixara o Condado lhe passava pela mente, e ele rememorou e ponderou tudo o que conseguia lembrar das palavras de Gandalf. O tempo passou, e ainda assim ele não estava mais perto de decidir.

De súbito despertou dos seus pensamentos: veio-lhe uma estranha sensação de que havia algo atrás dele, de que olhos inamistosos o fitavam. Deu um salto e se virou; mas, para sua surpresa, tudo o que viu foi Boromir, e seu rosto estava risonho e gentil.

"Estava com medo por ti, Frodo", disse ele, avançando. "Se Aragorn tem razão e há Orques por perto, então nenhum de nós deveria vagar sozinho, e tu menos que todos: tanta coisa depende de ti. E meu coração também está apreensivo. Posso ficar aqui e conversar um pouco, já que te encontrei? Isso me consolaria. Onde há tantos, toda fala se transforma em debate sem fim. Mas quem sabe dois juntos possam encontrar a sabedoria."

"És bondoso", respondeu Frodo. "Mas não creio que a conversa vá me ajudar. Pois eu sei o que deveria fazer, mas tenho medo de fazê-lo, Boromir: medo."

Boromir manteve-se em silêncio. Rauros prosseguia em seu rugido infindo. O vento murmurava nos ramos das árvores. Frodo teve um calafrio.

De repente Boromir veio sentar-se a seu lado. "Tens certeza de que não sofres inutilmente?", disse ele. "Desejo ajudar-te. Precisas de conselho em tua difícil decisão. Não aceitas o meu?"

"Creio que já sei que conselho me darias, Boromir", disse Frodo. "E pareceria sábio, não fosse pela advertência de meu coração."

"Advertência? Advertência contra o quê?", indagou Boromir bruscamente.

"Contra o adiamento. Contra o caminho que parece mais fácil. Contra a recusa do fardo que me foi imposto. Contra — bem, se é preciso dizê-lo, contra a confiança na força e na fidelidade dos Homens."

"Porém essa força há muito vos protege lá longe em vossa pequena terra, apesar de não o saberdes."

"Não duvido da valentia de teu povo. Mas o mundo está mudando. As muralhas de Minas Tirith podem ser fortes, mas não são fortes o bastante. Se fracassarem, o que será então?"

"Havemos de tombar valentemente na batalha. Porém ainda há esperança de que não fracassem."

"Nenhuma esperança enquanto perdurar o Anel", disse Frodo.

"Ah! O Anel!", disse Boromir, e seus olhos se iluminaram. "O Anel! Não é uma sina estranha que devamos sofrer tanto medo e dúvida por um objeto tão pequeno? Um objeto tão pequeno! E eu o vi apenas por um instante na casa de Elrond. Não poderia dar-lhe uma olhadela de novo?"

Frodo olhou para cima. Seu coração esfriou de repente. Vislumbrou um estranho brilho nos olhos de Boromir, porém o rosto deste ainda era gentil e amistoso. "É melhor que permaneça oculto", respondeu.

"Como quiseres, não me importa", comentou Boromir. "No entanto nem mesmo posso falar dele? Pois pareces sempre pensar apenas no seu poder em mãos do Inimigo: em seus usos maus, não nos bons. O mundo está mudando, dizes. Minas Tirith tombará se o Anel perdurar. Mas por quê? Certamente, se o Anel estivesse com o Inimigo. Mas por quê, se estiver conosco?"

"Não estiveste no Conselho?", respondeu Frodo. "Porque não podemos usá-lo, e o que se faz com ele torna-se mau."

Boromir levantou-se e andou para lá e para cá, impaciente. "Então tu vais em frente", exclamou. "Gandalf, Elrond — toda essa gente te ensinou a dizê-lo. Para si mesmos eles podem ter razão. Esses elfos e meio-elfos e magos, quem sabe eles possam malograr. Mas muitas vezes me pergunto se são sábios, e não meramente tímidos. Mas cada um faz como os seus. Os Homens leais, esses não se corrompem. Nós de Minas Tirith nos mantivemos firmes por longos anos de provação. Não desejamos o poder dos senhores magos, apenas força para nos defendermos, força numa causa justa. E eis! em nossa necessidade o acaso traz à luz o Anel de Poder. É uma dádiva, digo eu; uma dádiva aos adversários de Mordor. É tolice não usá-lo, não usar o poder do Inimigo contra ele. Os destemidos, os impiedosos, só estes alcançarão a vitória. O que não poderia fazer um guerreiro nesta hora, um grande líder? O que não poderia fazer Aragorn? Ou, se ele se recusar, por que não Boromir? O Anel me daria o poder do Comando. Como eu afugentaria as hostes de Mordor, e todos os homens se congregariam junto a meu estandarte!"

Boromir caminhava para cima e para baixo, falando cada vez mais alto. Parecia quase ter esquecido Frodo, enquanto sua fala se ocupava de muralhas e armas e da convocação de homens; e traçava planos para grandes alianças e gloriosas vitórias do porvir; e abatia Mordor, e ele próprio se tornava um rei poderoso, benévolo e sábio. Subitamente parou e agitou os braços.

"E nos mandam jogá-lo fora!", gritou. "Não, digo, para o *destruir*. Isso poderia estar bem se a razão mostrasse alguma esperança de fazê-lo. Não mostra. O único plano que nos propõem é que um pequeno caminhe cegamente para Mordor e ofereça ao Inimigo todas as oportunidades de ele mesmo recapturá-lo. Tolice!

"Certamente tu vês, meu amigo?", disse ele, já se voltando outra vez, subitamente, para Frodo. "Dizes que tens medo. Se assim for, o mais audaz deveria perdoar-te. Mas na verdade não é teu bom senso que se revolta?"

"Não, tenho medo", disse Frodo. "Simplesmente medo. Mas estou contente de ter-te ouvido falar tão detalhadamente. Agora minha mente está mais clara."

"Então virás a Minas Tirith?", exclamou Boromir. Seus olhos brilhavam, e seu rosto era impaciente.

"Interpretas-me mal", disse Frodo.

"Mas virás, pelo menos por algum tempo?", insistiu Boromir. "Minha cidade já não está longe; e de lá é pouco mais longe até Mordor do que daqui. Faz muito tempo que estamos no ermo, e precisas de notícias do que o Inimigo está fazendo antes de te moveres. Vem comigo, Frodo", disse ele. "Precisas de repouso antes de tua aventura, se é que precisas ir." Pôs a mão amistosamente no ombro do hobbit; mas Frodo sentiu a mão tremer de ansiedade reprimida. Afastou-se depressa com um passo e encarou alarmado o alto Homem, com quase o dobro de sua altura e muitas vezes sua própria força.

"Por que és tão hostil?", disse Boromir. "Sou um homem fiel, não sou ladrão nem perseguidor. Preciso de teu Anel: isso já sabes; mas dou-te minha palavra de que não desejo guardá-lo. Não me deixarás pelo menos fazer um ensaio de meu plano? Empresta-me o Anel!"

"Não! não!", gritou Frodo. "O Conselho me encarregou de portá-lo."

"É por tua própria tolice que o Inimigo nos derrotará", exclamou Boromir. "Como isso me irrita! Tolo! Tolo obstinado! Correndo de propósito para a morte e arruinando nossa causa. Se quaisquer mortais têm pretensão ao Anel são os homens de Númenor, e não os Pequenos. Não é teu senão por infeliz acaso. Poderia ter sido meu. Deveria ser meu. Dá-o a mim!"

Frodo não respondeu, mas afastou-se até que a grande pedra chata estivesse entre eles. "Vamos, vamos, meu amigo!", continuou Boromir em voz mais amena. "Por que não se livrar dele? Por que não ficar livre de tua dúvida e de teu medo? Podes pôr a culpa em mim se quiseres. Podes dizer que eu era forte demais e o tomei à força. Porque sou forte demais para ti, pequeno", exclamou; e repentinamente pulou por cima da pedra e saltou sobre Frodo. Seu rosto belo e agradável estava hediondamente mudado; em seus olhos havia um fogo raivoso.

Frodo esquivou-se para o lado e outra vez deixou a pedra entre eles. Só havia uma coisa que podia fazer: trêmulo, puxou o Anel pela corrente e o pôs depressa no dedo, no próprio momento em que Boromir saltava sobre ele outra vez. O Homem deu um grito sufocado, ficou um momento fitando espantado e depois correu loucamente para um lado e outro, procurando aqui e ali entre as rochas e as árvores.

"Trapaceiro miserável!", gritou. "Deixa-me pôr as mãos em ti! Agora vejo o que pensas. Levarás o Anel a Sauron e nos venderás a todos. Só esperaste pela oportunidade de nos deixar em apuros. Malditos sejais tu e todos os pequenos com morte e treva!" Então, topando o pé numa pedra, caiu estatelado, de rosto para baixo. Por um instante ficou imóvel como se sua própria praga o tivesse abatido; depois, subitamente, chorou.

Ergueu-se e passou a mão nos olhos, afastando as lágrimas num ímpeto. "O que eu disse?", exclamou. "O que fiz? Frodo, Frodo!" chamou. "Volta! Uma loucura me tomou, mas já passou. Volta!"

Não houve resposta. Frodo nem mesmo ouviu seus gritos. Já estava bem longe, saltando cegamente trilha acima, rumo ao topo da colina. O terror e o pesar o sacudiam, e ele via em pensamento o rosto doido e feroz de Boromir e seus olhos em brasa.

Logo foi dar sozinho no cume de Amon Hen e parou, arfando ao respirar. Via, como que através de uma névoa, um amplo círculo plano calçado de lajes enormes e cercado por uma ameia arruinada; e no meio, posto sobre quatro colunas esculpidas, havia um alto assento acessível por uma escada de muitos degraus. Subiu por ela e se sentou na antiga cadeira, sentindo-se uma criança perdida que escalou o trono dos reis da montanha.

De início pouco conseguia enxergar. Parecia estar em um mundo de névoa onde só havia sombras: o Anel o dominava. Depois, aqui e ali, a névoa cedeu e ele viu muitas visões: pequenas e nítidas, como se estivessem sob seus olhos em uma mesa, e no entanto remotas. Não havia som, apenas imagens vivas e luminosas. O mundo parecia ter encolhido e silenciado. Estava sentado no Assento da Visão, em Amon Hen, o Morro do Olho dos Homens de Númenor. Olhou para o leste, para terras amplas e desconhecidas, planícies inominadas e florestas inexploradas. Olhou para o norte, e o Grande Rio se estendia abaixo dele como uma fita, e as Montanhas Nevoentas se erguiam pequenas e duras como dentes quebrados. Olhou para o oeste, e viu os largos pastos de Rohan; e Orthanc, o pináculo de Isengard, como um espigão negro. Olhou para o sul, e sob seus próprios pés o Grande Rio se enrodilhava como uma onda desabando e despencava por cima das cataratas de Rauros em um poço espumante; um reluzente arco-íris dançava sobre o vapor. E viu Ethir Anduin, o imenso delta do Rio, e miríades de aves marinhas rodopiando como uma poeira branca ao sol, e, abaixo delas, um mar verde e prata, ondulando em linhas infindas.

Mas onde quer que olhasse via os sinais da guerra. As Montanhas Nevoentas pululavam como formigueiros: orques emergiam de um milhar de buracos. Sob os ramos de Trevamata havia combate mortal de Elfos, Homens e feras cruéis. A terra dos Beornings estava em chamas; havia uma nuvem sobre Moria; a fumaça subia nas fronteiras de Lórien.

Cavaleiros galopavam no capim de Rohan; lobos arremetiam de Isengard. Dos portos de Harad naus de guerra zarpavam rumo ao mar; e do Leste os Homens vinham infindos: espadachins, lanceiros, arqueiros a cavalo, carruagens de chefes e carroças com suas cargas. Todo o poderio do Senhor Sombrio estava em movimento. Então, voltando-se outra vez para o sul, ele divisou Minas Tirith. Parecia muito distante e linda: de muralhas brancas e muitas torres, altiva e bela em seu assento montanhoso; suas ameias rebrilhavam com aço e seus torreões eram coloridos com muitos estandartes. A esperança se agitou em seu coração. Mas a Minas Tirith opunha-se outra fortaleza, maior e mais possante. Para ali, rumo ao leste, seu olho era involuntariamente atraído. Passava pelas pontes arruinadas de Osgiliath, pelos portões arreganhados de Minas Morgul e pelas Montanhas assombradas, e contemplava Gorgoroth, o vale do terror na Terra de Mordor. Ali a treva se estendia sob o Sol. O fogo ardia em meio à fumaça. O Monte da Perdição queimava, e erguia-se um grande fumo. Então finalmente seu olhar se deteve: muralha sobre muralha, ameia sobre ameia, negra, incalculavelmente possante, montanha de ferro, portão de aço, torre de diamante, ele a viu: Barad-dûr, a Fortaleza de Sauron. Toda a esperança o abandonou.

E repentinamente ele sentiu o Olho. Havia na Torre Sombria um olho que não dormia. Ele sabia que tomara consciência do seu olhar. Havia ali uma vontade feroz e ávida. Ela saltou em sua direção; ele a sentiu quase como um dedo, procurando por ele. Muito logo ela o localizaria, saberia exatamente onde ele estava. Tocou Amon Lhaw. Resvalou em Tol Brandir — ele se jogou do assento, agachando-se, cobrindo a cabeça com o capuz cinzento.

Ouviu-se exclamando: "Nunca, nunca!" Ou seria: "Deveras eu venho, eu venho a ti!"? Não sabia dizer. Então, como um lampejo de algum outro ponto de poder, veio-lhe à mente outro pensamento: "Tira-o! Tira-o! Tolo, tira-o! Tira o Anel!"

Os dois poderes digladiavam-se nele. Por um momento, perfeitamente equilibrado entre suas pontas penetrantes, ele se contorceu, atormentado. De repente estava outra vez consciente de si, Frodo, nem a Voz e nem o Olho: livre para escolher, e com um instante que lhe restava para fazê-lo. Tirou o Anel do dedo. Estava ajoelhado diante do alto assento, à clara luz do sol. Uma sombra negra pareceu passar como um braço acima dele; desviou-se de Amon Hen, tateou rumo ao oeste e se desfez. Então todo o céu ficou limpo e azul, e pássaros cantavam em todas as árvores.

Frodo pôs-se de pé. Uma grande exaustão o dominava, mas sua vontade era firme, e seu coração, mais leve. Falou consigo em voz alta. "Agora vou fazer o que é preciso", disse ele. "Pelo menos isto está claro: o mal do Anel já está agindo na própria Comitiva, e o Anel precisa abandoná-los antes de causar mais mal. Irei sozinho. Em alguns não posso confiar, e aqueles em quem confio me são caros demais: o pobre velho Sam, e Merry e Pippin. Passolargo também: seu coração anseia por Minas Tirith, e ele será necessário lá agora que Boromir caiu na maldade. Irei sozinho. Imediatamente."

Desceu rápido pela trilha e voltou ao gramado onde Boromir o encontrara. Então parou, escutando. Pensou ouvir gritos e chamados da mata próxima à margem, lá embaixo.

"Devem estar me caçando", disse ele. "Pergunto-me por quanto tempo estive longe. Horas, imagino." Hesitou. "O que posso fazer?", murmurou. "Preciso ir agora ou não irei jamais. Não vou ter outra oportunidade. Detesto deixá-los, e assim sem qualquer explicação. Mas com certeza entenderão. Sam entenderá. E que outra coisa posso fazer?"

Lentamente puxou o Anel e o pôs outra vez no dedo. Desapareceu e foi-se colina abaixo, menos que um farfalhar do vento.

Os outros permaneceram longamente junto à margem. Por algum tempo haviam mantido silêncio, remexendo-se inquietos; mas agora estavam sentados em círculo e conversavam. Vez por outra faziam um esforço para falar de outras coisas, da sua longa estrada e muitas aventuras; interrogavam Aragorn acerca do reino de Gondor e sua história antiga, e dos restos de suas grandes obras que ainda podiam ser vistos naquela estranha terra fronteiriça das Emyn Muil: os reis de pedra e os assentos de Lhaw e Hen, e a grande Escadaria junto às cataratas de Rauros. Mas seus pensamentos e suas palavras sempre vagavam de volta a Frodo e ao Anel. O que Frodo decidiria fazer? Por que hesitava?

"Está debatendo qual o caminho mais desesperado, penso eu", disse Aragorn. "E isso faz sentido. Agora é mais desesperançoso que nunca a Comitiva rumar para o leste, já que fomos rastreados por Gollum e devemos recear que o segredo de nossa jornada já foi traído. Mas Minas Tirith não é mais próxima do Fogo e da destruição do Fardo.

"Podemos ficar aqui um pouco e resistir bravamente; mas o Senhor Denethor e todos os seus homens não podem esperar fazer o que o próprio Elrond disse estar além do seu poder: manter o Fardo em segredo, ou então rechaçar o pleno poderio do Inimigo quando ele vier tomá-lo. Como algum de nós decidiria no lugar de Frodo? Eu não sei. Agora deveras sentimos a maior falta de Gandalf."

"Aflitiva é nossa perda", disse Legolas. "Porém temos de deliberar sem seu auxílio. Por que não podemos decidir e assim ajudar Frodo? Chamemo-lo de volta e então votemos! Eu votaria a favor de Minas Tirith."

"E também eu", assentiu Gimli. "É claro que nós só fomos enviados para auxiliar o Portador em seu caminho, para não irmos além do que quiséssemos; e nenhum de nós está sob juramento ou comando para ir em busca do Monte da Perdição. Dura foi minha partida de Lothlórien. Porém cheguei até aqui, e digo isto: agora que alcançamos a última decisão está claro para mim que não posso abandonar Frodo. Eu escolheria Minas Tirith, mas se ele não escolher, então o seguirei."

"E eu também irei com ele", disse Legolas. "Seria desleal despedir-se agora."

"Seria deveras uma traição se todos o abandonássemos", comentou Aragorn. "Mas se ele rumar para o leste nem todos precisam ir com ele; nem penso que todos deveriam. Essa aventura é desesperada: tanto para oito quanto para três ou dois, ou um sozinho. Se me deixásseis escolher, eu designaria três companheiros: Sam, que não suportaria de outro modo; e Gimli; e eu mesmo. Boromir retornará à sua própria cidade, onde seu pai e seu povo necessitam dele; e com ele deveriam ir os demais, ou ao menos Meriadoc e Peregrin, se Legolas não estiver disposto a nos deixar."

"Isso não está certo!", exclamou Merry. "Não podemos deixar Frodo! Pippin e eu sempre pretendemos ir aonde ele fosse, e ainda é assim. Mas não nos dávamos conta do que isso significaria. Parecia diferente lá longe, no Condado ou em Valfenda. Seria loucura e crueldade deixar Frodo ir a Mordor. Por que não podemos detê-lo?"

"Precisamos detê-lo", disse Pippin. "E é com isso que ele está preocupado, tenho certeza. Ele sabe que não vamos concordar se ele rumar para o leste. E ele não quer pedir a ninguém para ir com ele, pobre rapaz. Imagine só: partir para Mordor sozinho!", Pippin estremeceu. "Mas o querido velho e tolo hobbit, ele devia saber que não precisa pedir. Devia saber que, se não podemos detê-lo, não havemos de deixá-lo."

"Com sua licença", disse Sam. "Não acho que estão compreendendo meu patrão nem um pouco. Ele não está hesitando sobre o caminho que vai tomar. Claro que não! De que serve Minas Tirith afinal? Para ele, quero dizer, com sua licença, Mestre Boromir", acrescentou, e virou-se. Foi aí que descobriram que Boromir, que de início estivera sentado em silêncio fora do círculo, não estava mais lá.

"Agora aonde ele foi?", exclamou Sam, parecendo preocupado. "Esteve meio esquisito ultimamente, na minha opinião. Mas de qualquer jeito ele não está neste negócio. Está a caminho de casa, como ele sempre disse; e não dá para culpá-lo. Mas o Sr. Frodo, esse sabe que precisa encontrar as Fendas da Perdição, se puder. Mas está com *medo*. Agora que chegou a hora ele está simplesmente apavorado. É esse o problema dele. É claro que ele teve umas aulinhas, por assim dizer — todos nós — desde que saímos de casa, do contrário estaria tão apavorado que simplesmente jogaria o

Anel no Rio e sairia correndo. Mas ainda está com medo demais para partir. E também não está se preocupando conosco: se vamos junto com ele ou não. Ele sabe que pretendemos ir. Aí está outra coisa que o incomoda. Se ele tomar coragem para ir, vai querer ir sozinho. Ouçam o que digo! Vamos ter problemas quando ele voltar. Porque ele vai mesmo tomar coragem, tão certo como se chama Bolseiro."

"Creio que você fala mais sabiamente que qualquer um de nós, Sam", disse Aragorn. "E o que havemos de fazer se você estiver correto?"

"Pará-lo! Não o deixar ir!", exclamou Pippin.

"Será deveras?", disse Aragorn. "Ele é o Portador, e a sina do Fardo está sobre ele. Não creio que seja nosso papel impeli-lo para um lado ou outro. Nem creio que teríamos êxito se tentássemos. Há outros poderes muito mais fortes em ação."

"Bem, gostaria que Frodo 'tomasse coragem' e voltasse, e que acabássemos com isso", disse Pippin. "Esta espera é horrível! O tempo já não acabou?"

"Sim", disse Aragorn. "A hora passou faz tempo. A manhã está terminando. Precisamos chamá-lo."

Nesse momento Boromir reapareceu. Saiu do meio das árvores e caminhou na direção deles sem falar. Seu rosto parecia severo e triste. Deteve-se como quem conta os que estavam presentes e depois sentou-se à parte, com os olhos no chão.

"Onde estiveste, Boromir?", perguntou Aragorn. "Viste Frodo?"

Boromir hesitou por um segundo. "Sim e não", respondeu lentamente. "Sim: eu o encontrei um tanto colina acima e falei com ele. Instei para que viesse a Minas Tirith e não rumasse para o leste. Zanguei-me e ele me deixou. Desapareceu. Nunca antes vi tal coisa acontecer, apesar de tê-lo ouvido em histórias. Ele deve ter posto o Anel no dedo. Não pude reencontrá-lo. Pensei que ele iria voltar para vós."

"Isso é tudo o que tens a dizer?", disse Aragorn, encarando Boromir com rigor e sem grande benevolência.

"Sim", respondeu ele. "Não direi mais nada agora."

"Isso é ruim!", exclamou Sam, erguendo-se com um salto. "Não sei o que este Homem andou fazendo. Por que o Sr. Frodo iria pôr a coisa no dedo? Não devia fazer isso; e, se fez, sabe-se lá o que pode ter acontecido!"

"Mas ele não o manteria no dedo", disse Merry. "Não se tivesse escapado do visitante indesejado, como Bilbo fazia."

"Mas aonde ele foi? Onde está ele?", exclamou Pippin. "Já faz um tempão que ele se foi."

"Quanto tempo faz que viste Frodo pela última vez, Boromir?", perguntou Aragorn.

"Meia hora talvez", respondeu ele. "Ou poderia ser uma hora. Depois disso vaguei durante um tempo. Não sei! Não sei!" Pôs a cabeça entre as mãos e ficou sentado como quem está arqueado de pesar.

"Uma hora desde que ele desapareceu!", gritou Sam. "Precisamos tentar encontrá-lo imediatamente. Vamos!"

"Espere um momento!", exclamou Aragorn. "Precisamos nos dividir em pares, e arrumar — ei, parem! Esperem!"

Não adiantou. Não lhe deram atenção. Sam saíra correndo primeiro. Merry e Pippin foram em seguida, e já estavam sumindo a oeste, nas árvores junto à margem, gritando: "Frodo! Frodo!" com suas vozes nítidas e agudas de hobbits. Legolas e Gimli estavam correndo. Um súbito pânico ou loucura parecia ter recaído sobre a Comitiva.

"Vamos todos nos dispersar e nos perder", gemeu Aragorn. "Boromir! Não sei que papel desempenhaste nesta desgraça, mas ajuda agora! Vai atrás desses dois jovens hobbits e vigia-os pelo menos, mesmo que não consigas encontrar Frodo. Volta a este ponto se o encontrares, ou alguma pista dele. Hei de voltar logo."

Aragorn saltou, afastando-se rapidamente, e saiu no encalço de Sam. Logo que chegou ao pequeno gramado entre as sorveiras ele o alcançou, subindo a colina com esforço, ofegante e chamando: "Frodo!"

"Venha comigo, Sam!", disse ele. "Nenhum de nós deve ficar sozinho. Há uma desgraça acontecendo. Eu a sinto. Vou até o topo, ao Assento de Amon Hen, para ver o que puder ser visto. E veja! É como meu coração suspeitava, Frodo veio por aqui. Siga-me e mantenha os olhos abertos!" Subiu correndo pela trilha.

Sam fez o que pôde, mas não conseguia acompanhar Passolargo, o Caminheiro, e logo ficou para trás. Não havia ido longe quando Aragorn, à frente, saiu de sua visão. Sam parou e ofegou. De repente bateu com a mão na cabeça.

"Ôpa, Sam Gamgi!", disse ele em voz alta. "Suas pernas são curtas demais, portanto use a cabeça! Deixe-me ver agora! Boromir não está mentindo, não é o jeito dele; mas ele não nos contou tudo. Alguma coisa assustou muito o Sr. Frodo. Ele acabou tomando coragem, de repente. Afinal se decidiu... a ir. Para onde? Para o Leste. Não sem o Sam? Sim, até sem o seu Sam. Isso é duro, cruelmente duro."

Sam passou a mão pelos olhos, pondo as lágrimas de lado. "Firme, Gamgi!", disse ele. "Pense, se puder! Ele não pode atravessar rios voando e não pode pular por cima de cascatas. Não tem equipamento. Então precisa voltar para os barcos. Voltar para os barcos! Volte para os barcos, Sam, feito um raio!"

Sam deu a volta e desceu a trilha a toda. Caiu e esfolou os joelhos. Levantou-se e continuou correndo. Chegou à beira do gramado de Parth Galen junto à margem, onde os barcos haviam sido puxados da água. Não havia ninguém ali. Pareciam soar gritos nas matas atrás dele, mas ele não lhes deu atenção. Por um momento fitou fixamente, todo imóvel, boquiaberto. Um barco deslizava sozinho, descendo pela margem. Com um grito, Sam atravessou correndo o gramado. O barco escorregou para dentro da água.

"Chegando, Sr. Frodo! Chegando!", chamou Sam e jogou-se da ribanceira, tentando agarrar o barco que partia. Errou por uma jarda. Com um grito e uma pancada, caiu de rosto para baixo na água funda e veloz. Afundou borbotando, e o Rio se fechou sobre sua cabeça encaracolada.

Uma exclamação de desespero partiu do barco vazio. Um remo revirou-se e o barco mudou de rumo. Frodo veio bem a tempo de agarrar Sam pelos cabelos quando este emergiu, fazendo bolhas e debatendo-se. O pavor estava fixo em seus olhos castanhos redondos.

"Suba, Sam, meu rapaz!", exclamou Frodo. "Agora pegue minha mão!"

"Me salve, Sr. Frodo!", disse Sam arfando. "Estou afogado. Não consigo ver sua mão."

"Aqui está ela. Não belisque, rapaz! Não vou largá-lo. Mexa as pernas e não se debata, do contrário vai virar o barco. Isso mesmo, segure-se na borda e deixe-me usar o remo!"

Com algumas remadas Frodo levou o barco de volta à margem, e Sam foi capaz de sair rastejando, molhado como um ratão d'água. Frodo tirou o Anel e pôs os pés na margem outra vez.

"Entre todas as malditas amolações você é a pior, Sam!", disse ele.

"Oh, Sr. Frodo, isso é duro!", respondeu Sam, tiritando. "Isso é duro, tentar ir embora sem mim e tudo isso. Se eu não tivesse adivinhado direito, onde o senhor estaria agora?"

"Em segurança, a caminho."

"Em segurança!", disse Sam. "Bem sozinho e sem mim para ajudá-lo? Eu não teria suportado, seria a minha morte."

"Seria a sua morte vir comigo, Sam," comentou Frodo, "e isso eu não teria suportado."

"Não tão certo como ser deixado para trás", disse Sam.

"Mas estou indo para Mordor."

"Sei disso muito bem, Sr. Frodo. Claro que está. E vou com o senhor."

"Ora, Sam," disse Frodo, "não me atrapalhe! Os outros vão voltar a qualquer minuto. Se me apanharem aqui vou ter de discutir e explicar, e nunca hei de ter coragem nem oportunidade de ir embora. Mas preciso partir já. É o único jeito."

"Claro que é", respondeu Sam. "Mas não sozinho. Eu vou também, ou não vai nenhum de nós. Antes disso vou fazer furos em todos os barcos."

Frodo chegou a rir. Um súbito calor e contentamento lhe tocou o coração. "Deixe um!", disse ele. "Vamos precisar dele. Mas você não pode vir assim, sem seu equipamento nem comida nem nada."

"Aguente só um momento, que vou pegar minhas coisas!", exclamou Sam, impaciente. "Está tudo pronto. Pensei que íamos partir hoje." Precipitou-se até o acampamento, pescou sua mochila na pilha onde Frodo a pusera ao esvaziar o barco dos objetos de seus companheiros, agarrou um cobertor de reserva e alguns pacotes a mais de comida e correu de volta.

"Então todo o meu plano malogrou!", disse Frodo. "Não adianta tentar escapar de você. Mas estou contente, Sam. Não posso lhe dizer o quanto. Venha! É óbvio que devíamos partir juntos. Vamos embora, e que os outros encontrem uma estrada segura! Passolargo vai tomar conta deles. Não acho que vamos vê-los de novo."

"Podemos ainda, Sr. Frodo. Podemos", respondeu Sam.

Assim Frodo e Sam partiram juntos na última etapa da Demanda. Frodo remou, afastando-se da margem, e o Rio os carregou rapidamente para longe, descendo pelo braço ocidental, passando pelos penhascos carrancudos de Tol Brandir. O rugido da grande cascata se aproximava. Mesmo com a ajuda que Sam era capaz de dar, foi trabalho duro atravessar a correnteza na extremidade sul da ilha e dirigir o barco para o leste, rumo à margem oposta.

Por fim voltaram outra vez a terra firme nas encostas meridionais de Amon Lhaw. Ali encontraram uma margem inclinada e puxaram o barco para fora, bem acima da água, e o esconderam o melhor que podiam atrás de um grande rochedo. Depois, pondo os fardos nos ombros, partiram em busca de uma trilha que os levasse por cima das colinas cinzentas das Emyn Muil, e para baixo rumo à Terra da Sombra.

AS DUAS TORRES

Segunda parte de
O SENHOR DOS ANÉIS

LIVRO III

1

A Partida
de Boromir

Aragorn subiu a colina às pressas. Vez por outra inclinava-se para o chão. Hobbits pisam leve, e suas pegadas não são fáceis de decifrar, nem mesmo para um Caminheiro, mas não longe do topo um regato atravessava a trilha, e na terra úmida ele viu o que estava buscando.

"Interpreto bem os sinais", disse ele para si mesmo. "Frodo correu até o cume. Pergunto-me o que ele viu lá. Mas voltou pelo mesmo caminho e desceu a colina outra vez."

Aragorn hesitou. Desejava ir ele mesmo ao alto assento, esperando ver ali algo que o guiasse na sua perplexidade; mas o tempo urgia. De repente deu um salto para frente e correu até o topo, atravessando as grandes lajes e subindo os degraus. Então, sentado no alto assento, olhou em volta. Mas o sol parecia obscurecido, e o mundo, apagado e remoto. Virou-se do Norte até retornar ao Norte e nada viu senão as colinas distantes, a não ser que bem longe conseguisse ver novamente uma grande ave, como uma águia voando alto no ar, descendo lentamente em círculos amplos rumo a terra.

Mesmo enquanto observava, seus ouvidos aguçados perceberam sons nas matas lá embaixo, do lado oeste do Rio. Aprumou-se. Havia gritos, e entre eles, para seu horror, podia distinguir as vozes ásperas de Orques. Então, de repente, uma grande trompa fez soar um chamado rouco, e seus toques golpearam as colinas e ecoaram nos vales, erguendo-se em possante grito acima do rugido das cataratas.

"A trompa de Boromir!", exclamou ele. "Ele está em apuros!" Desceu os degraus aos saltos e seguiu pulando trilha abaixo. "Ai de nós! Uma sina má me acomete neste dia, e tudo o que faço dá errado. Onde está Sam?"

Enquanto corria, os gritos vinham mais altos, mas agora a trompa soava mais débil e desesperada. Ferozes e estridentes erguiam-se os berros dos Orques, e de repente os toques de trompa cessaram. Aragorn desceu correndo a última encosta, mas, antes que conseguisse alcançar o sopé da colina, os sons se extinguiram; e quando se virou para a esquerda e correu naquela direção eles recuaram, até que finalmente não conseguia mais ouvi-los. Sacando a espada reluzente e gritando *"Elendil! Elendil!"*, ele passou com estrondo pelo meio das árvores.

A cerca de uma milha de Parth Galen, numa pequena clareira próxima do lago, encontrou Boromir. Estava sentado, encostado a uma grande árvore, como se descansasse. Mas Aragorn viu que ele estava transpassado por muitas flechas de penas negras; ainda tinha a espada na mão, mas ela estava partida junto ao punho; sua trompa, rachada em dois pedaços, estava ao seu lado. Muitos Orques jaziam abatidos, amontoados em toda a sua volta e a seus pés.

Aragorn ajoelhou-se junto a ele. Boromir abriu os olhos e esforçou-se para falar. Por fim vieram palavras lentas. "Tentei tirar o Anel de Frodo", disse ele. "Eu lamento. Eu paguei." Seu olhar desviou-se para os inimigos tombados; havia pelo menos vinte deitados ali. "Eles se foram: os Pequenos; os Orques os levaram. Acho que não estão mortos. Os Orques os amarraram." Fez uma pausa, e seus olhos se fecharam de exaustão. Um momento depois voltou a falar.

"Adeus, Aragorn! Vai a Minas Tirith e salva meu povo! Eu falhei."

"Não!", disse Aragorn, tomando-lhe a mão e beijando-lhe a fronte. "Tu venceste. Poucos ganharam tal vitória. Fica em paz! Minas Tirith não há de cair!"

Boromir sorriu.

"Para que lado foram? Frodo estava lá?", perguntou Aragorn.

Mas Boromir não voltou a falar.

"Ai de nós!", exclamou Aragorn. "Assim passa o herdeiro de Denethor, Senhor da Torre de Guarda! Este é um amargo fim. Agora a Comitiva está toda em ruínas. Fui eu que falhei. Vã foi a confiança de Gandalf em mim. O que hei de fazer agora? Boromir incumbiu-me de ir a Minas Tirith, e meu coração assim deseja; mas onde estão o Anel e o Portador? Como hei de encontrá-los e salvar a Demanda do desastre?"

Ficou algum tempo de joelhos, curvado pelo choro, ainda segurando a mão de Boromir. Foi assim que Legolas e Gimli o encontraram. Vinham das encostas ocidentais da colina, em silêncio, esgueirando-se pelas árvores como se estivessem caçando. Gimli tinha o machado na mão, e Legolas, seu longo punhal: todas as suas flechas haviam sido usadas. Quando entraram na clareira detiveram-se perplexos; e então pararam por um momento, cabeças baixas de pesar, pois parecia-lhes evidente o que acontecera.

"Ai de nós!", lamentou Legolas, chegando ao lado de Aragorn. "Caçamos e matamos muitos Orques nas matas, mas teríamos sido mais úteis aqui. Viemos quando ouvimos a trompa — mas tarde demais, ao que parece. Receio que tenhas sido ferido de morte."

"Boromir está morto", disse Aragorn. "Estou ileso, pois não estava aqui com ele. Tombou defendendo os hobbits enquanto eu estava longe, no topo da colina."

"Os hobbits!", exclamou Gimli. "Mas onde estão eles? Onde está Frodo?"

"Não sei", respondeu Aragorn, desanimado. "Antes de morrer Boromir me contou que os Orques os haviam amarrado; não cria que estivessem mortos. Eu o mandei seguir Merry e Pippin; mas não lhe perguntei se Frodo ou Sam estavam com ele: não até ser tarde demais. Tudo o que fiz hoje deu errado. O que se há de fazer agora?"

"Primeiro temos de cuidar do tombado", disse Legolas. "Não podemos deixá-lo jazendo como carniça em meio a estes Orques imundos."

"Mas temos de ser rápidos", comentou Gimli. "Ele não desejaria que nos demorássemos. Temos de seguir os Orques, se houver esperança de que algum membro de nossa Comitiva seja prisioneiro vivo."

"Mas não sabemos se o Portador-do-Anel está com eles ou não", disse Aragorn. "Vamos abandoná-lo? Não devemos procurá-lo primeiro? Agora uma decisão maligna está diante de nós!"

"Então façamos primeiro o que temos de fazer", respondeu Legolas. "Não temos tempo nem ferramentas para sepultar condignamente nosso companheiro, nem de erguer um morro tumular sobre ele. Poderíamos empilhar um monte de pedras."

"O trabalho seria duro e demorado: não há pedras que possamos usar mais perto da margem", disse Gimli.

"Então vamos colocá-lo em um barco com suas armas e com as armas de seus inimigos derrotados", concluiu Aragorn. "Nós o enviaremos às Cataratas de Rauros e o entregaremos ao Anduin. O Rio de Gondor, pelo menos, cuidará de que nenhuma criatura maligna desonre seus ossos."

Fizeram uma rápida busca nos corpos dos Orques, reunindo em um monte suas espadas, seus elmos partidos e seus escudos.

"Vede!", exclamou Aragorn. "Aqui encontramos indícios!" Separou da pilha de armas cruéis dois punhais de lâminas em forma de folha, tauxiados de ouro e vermelho; e buscando mais encontrou também as bainhas, negras e incrustadas com pequenas gemas vermelhas. "Estes não são instrumentos de Orques!", disse ele. "Eram levados pelos hobbits. Sem dúvida os Orques os despojaram, mas temiam ficar com os punhais, sabendo o que eram: obras de Ociente, envolvidas com encantamentos para a desgraça de Mordor. Bem, agora, se ainda vivem, nossos amigos estão sem armas. Pegarei estes objetos, esperando além da esperança poder devolvê-los."

"E eu", comentou Legolas, "pegarei as flechas que conseguir encontrar, pois minha aljava está vazia." Procurou na pilha e no chão em volta, e encontrou não poucas que estavam ilesas e tinham hastes mais longas que as flechas que os Orques costumavam usar. Examinou-as de perto.

Aragorn olhou os mortos e disse: "Aqui jazem muitos que não são gente de Mordor. Alguns são do Norte, das Montanhas Nevoentas, se é que sei alguma coisa dos Orques e seus tipos. E aqui há outros que me são estranhos. Seu equipamento não combina com os costumes dos Orques!"

Havia quatro soldados-gobelins de maior estatura, morenos e de olhos inclinados, de pernas grossas e mãos grandes. Estavam armados com espadas curtas de lâmina larga, não com as costumeiras cimitarras curvas dos Orques; e tinham arcos de teixo, de comprimento e forma semelhante aos dos Homens. Nos escudos traziam uma estranha divisa: uma pequena mão branca no centro de um campo negro; na frente de seus elmos de ferro estava marcada uma runa S, feita em algum metal branco.

"Não vi esses símbolos antes", disse Aragorn. "O que significam?"

"S é de Sauron", comentou Gimli. "Isso é fácil ler."

"Não!", respondeu Legolas. "Sauron não usa as runas-élficas."

"Nem usa seu nome certo, nem permite que seja escrito ou falado", disse Aragorn. "E não usa branco. Os Orques a serviço de Barad-dûr usam o sinal do Olho Vermelho." Parou pensativo por um momento. "S é de Saruman, eu creio", disse ele por fim. "Há mal sendo tramado em Isengard, e o Oeste não está mais a salvo. É como Gandalf temia: por algum meio o traidor Saruman teve notícias de nossa jornada. Também é provável que saiba da queda de Gandalf. Perseguidores de Moria podem ter escapado à vigilância de Lórien, ou podem ter evitado aquela terra e chegado a Isengard por outras trilhas. Os Orques viajam depressa. Mas Saruman tem muitos modos de receber notícias. Recordais as aves?"

"Bem, não temos tempo para ponderar enigmas", disse Gimli. "Vamos levar Boromir embora!"

"Mas depois disso temos de decifrar os enigmas, se formos escolher o percurso correto", respondeu Aragorn.

"Talvez não haja escolha correta", comentou Gimli.

Tomando então o machado, o Anão cortou vários galhos. Amarraram-nos com cordas de arco e estenderam suas capas na armação. Nesse rude féretro carregaram o corpo do companheiro até a margem, junto com os troféus de sua última batalha que resolveram enviar com ele. Era um percurso curto, mas descobriram que não era tarefa fácil, pois Boromir fora homem tanto alto quanto forte.

À beira da água Aragorn ficou, vigiando o féretro, enquanto Legolas e Gimli voltaram a pé, às pressas, a Parth Galen. Era uma milha ou mais de distância, e levou algum tempo até voltarem, remando dois barcos rapidamente ao longo da beira.

"Há uma estranha história para contar!", disse Legolas. "Só há dois barcos na margem. Não pudemos encontrar pista do outro."

"Os Orques estiveram lá?", perguntou Aragorn.

"Não vimos sinal deles", respondeu Gimli. "E os Orques teriam levado ou destruído todos os barcos e a bagagem também."

"Vou olhar o chão quando chegarmos lá", disse Aragorn.

Então deitaram Boromir no meio do barco que o levaria embora. O capuz cinzento e a capa-élfica foram dobrados e postos sob sua cabeça. Pentearam seus longos cabelos escuros e arrumaram-nos em seus ombros. O cinto dourado de Lórien reluzia em torno de sua cintura. Seu elmo foi posto ao seu lado, e no colo lhe puseram a trompa partida, a bainha e os fragmentos de sua espada; sob os pés puseram as espadas de seus inimigos. Então, prendendo a proa à popa do outro barco, puxaram-no para o meio da água. Remaram tristemente ao longo da margem e, virando-se para o canal de correnteza veloz, passaram pelo gramado verde de Parth Galen. Os flancos íngremes de Tol Brandir reluziam: já era o meio da tarde. À medida que rumavam para o sul, os vapores de Rauros subiam e bruxuleavam diante deles, uma névoa de ouro. O ímpeto e o trovão das cataratas sacudiam o ar sem vento.

Pesarosos, desataram o barco fúnebre: ali jazia Boromir sossegado, em paz, deslizando no seio da água corrente. A correnteza o levou enquanto retinham o próprio barco com os remos. Ele os ultrapassou flutuando, e lentamente seu barco partiu, reduzindo-se a uma mancha escura diante da luz dourada; e então, de repente, desapareceu. Rauros seguia rugindo imutável. O Rio levara Boromir, filho de Denethor, e ele não foi mais visto em Minas Tirith, de pé, como costumava, sobre a Torre Branca pela manhã. Mas em Gondor foi dito por muito tempo, em dias posteriores, que o barco-élfico superou a catarata e a lagoa espumante e o levou rio abaixo através de Osgiliath, passando pelas muitas fozes do Anduin, para o meio do Grande Mar à noite sob as estrelas.

Por certo tempo, os três companheiros ficaram em silêncio, seguindo-o com o olhar. Então Aragorn falou. "Vão procurá-lo desde a Torre Branca," disse ele, "mas ele não retornará do monte ou do mar." Depois, lentamente, começou a cantar:

> *Por Rohan, sobre brejo e campo, onde longa cresce a grama,*
> *O Vento Oeste vem andando e nas muralhas clama.*
> *"Que novas d'Oeste, vento errante, à noite vens me dar?*
> *Viste Boromir, o Alto, à luz dos astros ou luar?"*
> *"Vi-o passar por sete rios, por amplas águas passou;*
> *Vi-o andar em terras ermas, até que se ocultou*
> *Nas sombras do Norte. Desde então não mais vi o senhor.*
> *O Vento Norte ouviu a trompa do filho de Denethor."*
> *"Ó Boromir! Dos altos muros vigiei o oeste,*
> *Mas de onde não há gente, dos ermos não vieste."*[A]

Então Legolas cantou:

Da Beira-mar voa o Vento Sul, das pedras, dos morros de areia,
Carrega o choro das gaivotas, junto ao portão pranteia.
"Que novas do Sul, ó vento uivante, me trazes ao relento?
Onde anda Boromir, o Belo? Demora-se e lamento."
"Não me perguntes onde está — há tantos ossos soltos
Nas praias brancas, praias negras, sob os céus revoltos;
Buscando o Mar desceram muitos pelo Anduin.
Do Vento Norte pede novas que o Vento traz a mim!"
"Ó Boromir! A trilha ao sul, ao mar, passa na porta,
Mas co'as gaivotas não vieste da cinza praia morta."[B]

Então Aragorn continuou a cantar:

Do Portão dos Reis sopra o Vento Norte, passando a cachoeira;
E junto à torre fria soa a trompa altaneira.
"Que novas do Norte, vento possante, me trazes neste dia?
Que novas de Boromir, o Audaz? Há tempos não o via."
"Clamou sob Amon Hen. Muitas armas repeliu.
Espada e broquel partidos trouxeram para o rio.
A fronte altiva, o rosto belo, o corpo depuseram;
E de Rauros as cascatas d'ouro no seio o receberam."
"Ó Boromir! A Torre de Guarda ao norte sempre mira
A Rauros, as cascatas d'ouro, enquanto o mundo gira."[C]

Assim terminaram. Depois deram a volta no barco e o impeliram contra a corrente, com toda a velocidade possível, de volta a Parth Galen.

"Deixastes o Vento Leste para mim," disse Gimli, "mas nada direi dele."

"É assim que deve ser", respondeu Aragorn. "Em Minas Tirith suportam o Vento Leste, mas não lhe pedem notícias. Mas agora Boromir partiu em seu caminho, e precisamos nos apressar em escolher o nosso."

Examinou o gramado verde, rápida, mas meticulosamente, abaixando-se ao chão muitas vezes. "Nenhum Orque esteve neste solo", disse ele. "No mais, nada pode ser distinguido com certeza. Todas as nossas pegadas estão aqui, cruzando-se e recruzando-se. Não consigo dizer se algum hobbit voltou desde que começou a busca por Frodo." Voltou à margem, perto de onde o regato da nascente escorria para o Rio. "Aqui há algumas pegadas nítidas", comentou ele. "Um hobbit vadeou água adentro e voltou; mas não sei dizer quanto tempo faz."

"Então como decifras este enigma?", perguntou Gimli.

Aragorn não respondeu de pronto, mas retornou ao lugar do acampamento e olhou a bagagem. "Faltam duas mochilas," disse ele, "e uma certamente é a de Sam: era bem grande e pesada. Esta é a resposta então: Frodo partiu de barco e seu serviçal foi com ele. Frodo deve ter voltado enquanto estávamos todos longe. Encontrei Sam subindo a colina e mandei que me seguisse; mas é óbvio que ele não fez isso. Adivinhou os pensamentos do patrão e voltou para cá antes que ele partisse. Frodo não achou fácil deixar Sam para trás!"

"Mas por que ele nos deixaria para trás e sem palavra?", indagou Gimli. "Foi um estranho feito!"

"E um bravo feito", disse Aragorn. "Sam estava certo, creio. Frodo não queria levar consigo nenhum amigo para a morte em Mordor. Mas sabia que ele próprio precisava ir. Depois que nos deixou, aconteceu algo que sobrepujou seu medo e sua dúvida."

"Quem sabe Orques caçadores o atacaram e ele fugiu", supôs Legolas.

"Fugiu com certeza," assentiu Aragorn, "mas não dos Orques, creio." Aragorn não disse qual acreditava ser a causa da resolução e de fuga súbita de Frodo. Por muito tempo manteve em segredo as últimas palavras de Boromir.

"Bem, pelo menos isto está claro agora", disse Legolas: "Frodo não está mais deste lado do Rio: só ele pode ter levado o barco. E Sam está com ele; só ele teria levado sua mochila."

"Então nossa escolha", comentou Gimli, "é tomar o barco restante e seguir Frodo, ou então seguir os Orques a pé. Há pouca esperança em ambos os casos. Já perdemos horas preciosas."

"Deixai-me pensar!", disse Aragorn. "E que eu faça agora a escolha certa e mude a má sina deste dia infeliz!" Ficou em silêncio por um momento. "Seguirei os Orques", disse ele por fim. "Eu teria conduzido Frodo até Mordor e ido com ele até o fim; mas se agora eu o procurar no ermo terei de abandonar os cativos ao tormento e à morte. Finalmente meu coração fala com clareza: o destino do Portador não está mais em minhas mãos. A Comitiva desempenhou seu papel. Porém nós que restamos não podemos desamparar nossos companheiros enquanto nos restarem forças. Vinde! Agora vamos partir. Deixai para trás tudo de que nos pudermos privar! Avançare-mos de dia e de noite!"

Puxaram para cima o último barco e o carregaram até as árvores. Depositaram embaixo dele os bens de que não precisavam e que não conseguiam carregar consigo. Depois deixaram Parth Galen. A tarde definhava quando voltaram à clareira onde Boromir tombara. Ali captaram a pista dos Orques. Não foi necessária grande habilidade para encontrá-la.

"Nenhuma outra gente pisoteia assim", disse Legolas. "Parece que se deleitam em talhar e abater seres que crescem e que nem estão em seu caminho."

"Mas ainda assim seguem a grande velocidade", completou Aragorn, "e não se cansam. E mais tarde poderemos ser obrigados a encontrar nossa trilha em terreno duro e descoberto."

"Bem, atrás deles!", exclamou Gimli. "Os Anãos também conseguem andar depressa e não se cansam antes dos Orques. Mas será uma longa caçada: eles têm muita vantagem."

"Sim," disse Aragorn, "todos precisaremos da resistência dos Anãos. Mas vinde! Com esperança ou sem esperança, seguiremos a pista de nossos inimigos. E ai deles se nos revelarmos mais velozes! Faremos uma caçada tal que há de ser considerada uma maravilha entre as Três Gentes: os Elfos, os Anãos e os Homens. Avante, Três Caçadores!"

Partiu qual cervo, com um salto. Passou correndo por entre as árvores. Conduziu-os sempre em frente, incansável e veloz, pois sua decisão finalmente fora tomada. Deixaram para trás as matas em torno do lago. Escalaram longas encostas escuras, de duros contornos diante do céu, já rubro com o pôr do sol. Veio o anoitecer. Foram-se para longe, sombras cinzentas em uma terra rochosa.

2

Os Cavaleiros de Rohan

O anoitecer aprofundou-se. Atrás deles, nas árvores mais abaixo, a névoa se estendia e pairava nas pálidas margens do Anduin, mas o céu estava limpo. Saíram as estrelas. A lua crescente flutuava no Oeste, e as sombras das rochas eram negras. Haviam chegado ao sopé de colinas pedregosas, e seu passo se tornou mais lento, pois a pista não era mais fácil de ser seguida. Ali os planaltos das Emyn Muil corriam do Norte ao Sul em duas longas cristas acidentadas. O lado ocidental de cada crista era íngreme e difícil, mas as encostas do leste eram mais suaves, sulcadas com muitos regos e ravinas estreitas. Por toda a noite, os três companheiros avançaram com dificuldade naquela terra ossuda, escalando o topo da primeira crista, a mais alta, e voltando a descer para a escuridão de um vale fundo e tortuoso do lado oposto.

Ali, na hora silenciosa e fresca antes do amanhecer, descansaram por breve tempo. Fazia muito que a lua se pusera à sua frente, as estrelas rebrilhavam acima deles; a primeira luz do dia ainda não viera por cima das escuras colinas lá atrás. Naquele momento Aragorn estava incerto: a pista dos Orques descera para o vale, mas desaparecera ali.

"Para que lado eles virariam, tu crês?", indagou Legolas. "Ao norte, para tomarem uma estrada mais reta rumo a Isengard, ou a Fangorn, se for essa a sua meta, como acreditas? Ou ao sul para toparem com o Entágua?"

"Não rumarão para o rio, qualquer que seja a meta deles", disse Aragorn. "E, a não ser que haja muita coisa errada acontecendo em Rohan e o poder de Saruman esteja grandemente aumentado, tomarão o caminho mais curto que puderem encontrar por cima dos campos dos Rohirrim. Vamos buscar para o norte!"

O vale corria como uma depressão pedregosa entre as colinas sulcadas, e um regato gotejante fluía entre os rochedos no fundo. Um penhasco carrancudo estava à direita deles; à esquerda erguiam-se encostas cinzentas, indistintas e sombrias na madrugada. Prosseguiram rumo ao norte por uma milha ou mais. Aragorn buscava, curvado para o chão, entre as dobras e os regos que subiam para a crista a oeste. Legolas estava um tanto à frente. Subitamente o Elfo deu um grito, e os outros vieram correndo em sua direção.

"Já ultrapassamos alguns dos que estamos caçando", disse ele. "Olhai!" Ele apontou, e viram que aquilo que inicialmente tinham tomado por rochedos jogados no sopé da encosta eram corpos amontoados. Cinco Orques mortos jaziam ali. Haviam sido abatidos com muitos golpes cruéis, e dois tinham sido decapitados. O chão estava molhado com seu sangue escuro.

"Eis outro enigma!", disse Gimli. "Mas precisa da luz do dia, e não podemos esperar por ela."

"Ainda assim, não importa como interpreteis, isso não parece isento de esperança", comentou Legolas. "Os inimigos dos Orques provavelmente são amigos nossos. Mora alguma gente nestas colinas?"

"Não", disse Aragorn. "Os Rohirrim raramente vêm até aqui, e estamos longe de Minas Tirith. Pode ser que alguma companhia de Homens estivesse caçando aqui por razões que não conhecemos. Porém creio que não."

"O que crês?", indagou Gimli.

"Creio que o inimigo trouxe consigo o seu próprio inimigo", respondeu Aragorn. "Estes são Orques do Norte de muito longe. Entre os mortos não há nenhum dos grandes Orques com os emblemas estranhos. Houve uma briga, acredito: não é coisa incomum entre essa gente imunda. Quem sabe houve alguma disputa acerca da estrada."

"Ou acerca dos cativos", disse Gimli. "Esperemos que eles não tenham também encontrado o seu fim aqui."

Aragorn deu busca no chão em um amplo círculo, mas não encontrou outros vestígios da luta. Foram em frente. O céu do leste já se tornava pálido; as estrelas minguavam, e uma luz cinzenta crescia devagar. Um pouco mais ao norte deram com uma dobra onde um minúsculo riacho, descendo e dando voltas, cortara uma trilha pedregosa que descia para o vale. Ali cresciam alguns arbustos, e havia manchas de relva em seus flancos.

"Finalmente!", exclamou Aragorn. "Eis as pistas que buscamos! Subindo por este canal d'água: este é o caminho seguido pelos Orques após sua discussão."

Então os perseguidores deram a volta depressa e seguiram a nova trilha. Como quem acaba de sair de uma noite de repouso, saltavam de pedra em pedra. Por fim alcançaram a crista da colina cinzenta, e uma brisa súbita lhes soprou nos cabelos e agitou suas capas: o vento gelado do amanhecer.

Olhando para trás, viram do outro lado do Rio as colinas distantes que se inflamavam. O dia saltou para o firmamento. A borda vermelha do sol ergueu-se sobre os ombros da terra escura. Diante deles, no Oeste, o mundo jazia imóvel, informe e cinzento; mas, enquanto observavam, as sombras da noite derreteram, as cores da terra que despertava retornaram: o verde fluía sobre os amplos prados de Rohan; as névoas brancas reluziam

nos vales d'água; e bem longe à esquerda, a trinta léguas ou mais, erguiam-
-se azuis e roxas as Montanhas Brancas, subindo até picos de azeviche,
encimadas de neves rebrilhantes, enrubescidas com o rosa da manhã.

"Gondor! Gondor!", exclamou Aragorn. "Quisera contemplar-te outra
vez em hora mais feliz! Minha estrada ainda não conduz ao sul para teus
rios luminosos.

> *Gondor! Gondor, entre os Montes e o Mar!*
> *Ao Vento Oeste a luz na Árvore de Prata a brilhar*
> *Nos jardins de antigos Reis caiu qual chuva de agouro.*
> *Altos muros! Brancas torres! Coroa alada e trono d'ouro!*
> *Ó Gondor, Gondor! Verão a Árvore a brilhar,*
> *Ou o Vento Oeste retorna entre os Montes e o Mar?*[A]

Agora vamo-nos!", disse ele, afastando os olhos do Sul e olhando para o
oeste e o norte, para o caminho que precisava trilhar.

A crista em que se encontravam os companheiros descia íngreme diante
de seus pés. Vinte braças abaixo ou mais, havia uma plataforma larga e
acidentada que terminava de súbito na beira de um penhasco escarpado: a
Muralha Leste de Rohan. Assim acabavam as Emyn Muil, e as planícies verdes dos Rohirrim se estendiam ao longe diante deles, até o limite da visão.

"Vede!", exclamou Legolas, apontando para o céu pálido acima deles.
"Ali está a águia de novo! Está muito alto. Agora parece estar voando para
longe, voltando desta terra para o Norte. Vai a grande velocidade. Vede!"

"Não, mesmo meus olhos não conseguem vê-la, meu bom Legolas",
disse Aragorn. "Deve estar muito alto deveras. Pergunto-me qual será sua
missão, se for a mesma ave que vi antes. Mas vede! Posso enxergar algo
mais próximo e mais urgente; alguma coisa se move sobre a planície!"

"Muitas coisas", disse Legolas. "É uma grande companhia a pé; porém
não posso dizer mais, nem ver que tipo de gente pode ser. Estão a muitas
léguas de distância: doze, creio; mas a uniformidade da planície é difícil
de medir."

"Penso, ainda assim, que não precisamos mais de pista para nos dizer
em que direção ir", disse Gimli. "Vamos encontrar uma trilha que desça
aos campos o mais depressa possível."

"Duvido que encontres uma trilha mais veloz que aquela escolhida
pelos Orques", comentou Aragorn.

Já seguiam os inimigos à clara luz do dia. Parecia que os Orques haviam
avançado com toda a pressa possível. Vez por outra os perseguidores
encontravam objetos que tinham sido largados ou jogados fora: sacos de
comida, cascas e crostas de pão duro e cinzento, uma capa negra rasgada,

um pesado sapato com cravos de ferro rompido nas pedras. A pista os levou para o norte ao longo do topo da escarpa, e, por fim, chegaram a uma fenda profunda, escavada na rocha por um córrego que descia com borrifos ruidosos. Na ravina estreita descia uma trilha grosseira, como uma escada íngreme para a planície.

No fundo toparam, de modo repentino e estranho, com a relva de Rohan. Ela se avolumava como um mar verde, chegando ao próprio sopé das Emyn Muil. O riacho, em sua queda, sumiu em uma funda moita de agrião e plantas aquáticas, e podiam ouvi-lo tinindo em túneis verdes, descendo por longas encostas suaves em direção aos longínquos pântanos do Vale do Entágua. Parecia que haviam abandonado o inverno agarrado às colinas lá atrás. Ali o ar era mais suave e morno, e com um odor sutil, como se a primavera já se agitasse e a seiva voltasse a correr em erva e folha. Legolas inspirou profundamente, como alguém que bebe um grande gole após longa sede em lugares áridos.

"Ah! o aroma verde!", exclamou ele. "É melhor que muito sono. Vamos correr!"

"Pés leves podem correr velozes aqui", disse Aragorn. "Mais velozes, quem sabe, que os Orques calçados de ferro. Agora temos a oportunidade de reduzir a vantagem deles!"

Seguiram em fila única, correndo como cães de caça de faro forte, e tinham uma luz impaciente nos olhos. A larga esteira dos Orques marchantes estendia sua feia faixa quase exatamente para o oeste; a doce relva de Rohan fora machucada e enegrecida à sua passagem. Logo Aragorn deu uma exclamação e se virou para o lado.

"Esperai!", gritou ele. "Não me sigais ainda!" Correu rapidamente para a direita, afastando-se da pista principal; pois vira pegadas que seguiam para ali, ramificando-se das demais, marcas de pequenos pés descalços. No entanto elas não iam longe antes de serem interceptadas por pegadas-órquicas que também vinham da pista principal, atrás e à frente, e depois voltavam a fazer uma curva fechada e se perdiam no pisoteio. No ponto mais afastado, Aragorn se curvou e apanhou algo na relva; depois correu de volta.

"Sim," disse ele, "são bem claras: pegadas de hobbit. De Pippin, eu creio. Ele é menor que os outros. E vede isto!" Ergueu um objeto que rebrilhou à luz do sol. Parecia a folha recém-aberta de uma faia, bela e estranha naquela planície sem árvores.

"O broche de uma capa-élfica!", exclamaram juntos Legolas e Gimli.

"Não é à toa que caem as folhas de Lórien", disse Aragorn. "Esta não tombou por acaso: foi jogada longe como sinal para quem viesse atrás. Creio que Pippin fugiu correndo da trilha com esse propósito."

"Então pelo menos ele estava vivo", disse Gimli. "E fez uso do seu bom senso e das pernas também. Isso é encorajador. Não estamos perseguindo em vão."

"Esperemos que não tenha pagado caro demais pela ousadia", disse Legolas. "Vinde! Vamos em frente! A ideia desses alegres jovens sendo tangidos como gado queima-me o coração."

O sol subiu para o meio-dia e depois desceu lentamente pelo firmamento. Nuvens tênues subiram do mar, no Sul distante, e foram sopradas para longe pela brisa. O sol se pôs. Sombras ergueram-se atrás e estenderam longos braços do Oeste. Os caçadores ainda seguiam em frente. Já se passara um dia desde que Boromir tombara, e os Orques ainda estavam muito à frente. Não se podia mais enxergar sinal deles nas planícies uniformes.

Com a sombra da noite fechando-se em torno deles, Aragorn parou. Só duas vezes na marcha daquele dia haviam descansado por breve tempo, e agora havia doze léguas entre eles e a muralha oriental onde haviam parado ao amanhecer.

"Por fim chegamos a uma escolha difícil", comentou ele. "Vamos repousar à noite ou vamos prosseguir enquanto durarem nossa vontade e nossa força?"

"A não ser que nossos inimigos descansem também, eles nos deixarão muito para trás, se ficarmos para dormir", disse Legolas.

"Certamente mesmo os Orques precisam fazer pausas na marcha, não?", indagou Gimli.

"Raramente os Orques viajam a céu aberto, sob o sol, porém estes o fizeram", respondeu Legolas. "Com certeza não descansarão à noite."

"Mas se caminharmos de noite não poderemos seguir sua pista", disse Gimli.

"A pista é reta e não se desvia para a direita nem para a esquerda, até onde meus olhos enxergam", afirmou Legolas.

"Quem sabe eu pudesse guiar-vos no escuro por conjecturas e manter a linha", sugeriu Aragorn; "mas se nos desviássemos, ou eles saíssem para um lado, quando a luz voltasse poderia haver um longo atraso para reencontrarmos a pista."

"E há isto também", disse Gimli; "só de dia podemos ver se alguma pista se bifurca. Se um prisioneiro escapar ou for levado para longe, digamos rumo ao leste, para o Grande Rio, rumo a Mordor, poderemos passar pelos sinais sem percebê-los."

"Isso é verdade", assentiu Aragorn. "Mas, se bem interpretei os sinais lá atrás, os Orques da Mão Branca dominaram, e a companhia toda está agora rumando para Isengard. Sua rota atual me confirma."

"No entanto seria temerário ter certeza das intenções deles", disse Gimli. "E quanto a uma fuga? No escuro teríamos passado pelos sinais que te levaram até o broche."

"Desde então os Orques devem estar duplamente vigilantes, e os prisioneiros ainda mais exaustos", disse Legolas. "Não haverá outra fuga, se não a tramarmos. Como isso seria feito eu não posso imaginar, mas precisamos alcançá-los primeiro."

"E, no entanto, nem mesmo eu, Anão de muitas jornadas e não o menos robusto de meu povo, consigo correr daqui até Isengard sem qualquer pausa", comentou Gimli. "Também me arde o coração, e teria partido mais cedo; mas agora preciso descansar um pouco para melhor correr. E se vamos descansar, a noite morta é a melhor hora para isso."

"Eu disse que era uma escolha difícil", disse Aragorn. "Como havemos de concluir esse debate?"

"Tu és nosso guia", respondeu Gimli, "e és hábil na caçada. Tu hás de escolher."

"Meu coração me manda prosseguir", disse Legolas. "Mas precisamos nos manter unidos. Seguirei teu conselho."

"Dais a escolha a um mau escolhedor", afirmou Aragorn. "Desde que atravessamos as Argonath minhas decisões deram errado." Silenciou, observando o norte e o oeste na noite que avançava por longo tempo.

"Não vamos caminhar no escuro", disse ele afinal. "O perigo de perdermos a pista ou os sinais de outras idas e vindas me parece o maior. Se a Lua desse luz o suficiente poderíamos usá-la, mas ai de nós! ela se põe cedo e ainda está nova e pálida."

"E, de qualquer modo, esta noite ela está encoberta", murmurou Gimli. "Quisera que a Senhora nos tivesse dado uma luz, uma dádiva como a que deu a Frodo!"

"Será mais útil onde foi concedida", disse Aragorn. "É com ele que está a verdadeira Demanda. A nossa é somente um assunto pequeno nos grandes feitos deste tempo. Uma perseguição vã desde o começo, quem sabe, que nenhuma decisão minha pode prejudicar nem emendar. Bem, decidi. Então usemos o tempo o melhor que pudermos!"

Lançou-se ao chão e caiu no sono de imediato, pois não dormira desde a noite sob a sombra de Tol Brandir. Antes de a aurora chegar ao céu, ele despertou e se levantou. Gimli ainda estava em sono profundo, mas Legolas estava de pé, fitando ao norte na escuridão, pensativo e silencioso como uma jovem árvore em noite sem vento.

"Estão bem, bem longe", disse ele tristemente, voltando-se para Aragorn. "Sei em meu coração que não descansaram hoje à noite. Só uma águia poderia alcançá-los agora."

"Não obstante seguiremos ainda como pudermos", colocou Aragorn. Abaixou-se e despertou o Anão. "Vem! Precisamos ir", afirmou ele. "O rastro está esfriando."

"Mas ainda está escuro", disse Gimli. "Mesmo Legolas no alto de uma colina não poderia vê-los antes de o sol nascer."

"Receio que tenham saído de minha vista em morro ou planície, sob lua ou sol", disse Legolas.

"Quando a vista falha, a terra pode nos trazer rumores", afirmou Aragorn. "O terreno deve gemer sob os seus pés odiados." Estendeu-se no solo com a orelha apertada contra a relva. Ficou ali deitado, imóvel, por tanto tempo que Gimli se perguntou se desmaiara ou pegara no sono outra vez. A aurora chegou reluzente, e lentamente uma luz cinzenta cresceu em torno deles. Por fim ele se levantou, e agora seus amigos puderam ver-lhe o rosto: estava pálido e contraído, e sua expressão era aflita.

"O rumor da terra é indistinto e confuso", disse ele. "Nada caminha nela por muitas milhas em nosso redor. Débeis e longínquos são os pés de nossos inimigos. Mas são altos os cascos dos cavalos. Vem-me à mente que os escutei, mesmo adormecido no chão, e perturbaram-me os sonhos: cavalos galopando, passando no Oeste. Mas agora afastam-se de nós ainda mais, cavalgando para o norte. Pergunto-me o que está ocorrendo nesta terra!"

"Vamos embora!", exclamou Legolas.

Assim começou o terceiro dia de sua caçada. Durante todas as longas horas de nuvem e sol caprichoso eles mal se detiveram, ora a passos largos, ora correndo, como se nenhuma exaustão pudesse arrefecer o fogo que os queimava. Raramente falavam. Passaram sobre a ampla solidão, e suas capas-élficas se confundiam com o fundo dos campos cinza-esverdeados; mesmo na fresca luz do sol ao meio-dia poucos olhos que não fossem élficos os teriam percebido antes que estivessem bem próximos. Muitas vezes em seus corações agradeceram à Senhora de Lórien pela dádiva do *lembas*, pois podiam comê-lo e encontrar novas forças mesmo enquanto corriam.

O dia todo a trilha de seus inimigos levava reto em frente, rumando para o noroeste sem interrupção nem curva. Com o dia mais uma vez se aproximando do fim, chegaram a longas encostas desprovidas de árvores onde o terreno subia, avolumando-se na direção de uma linha de morros baixos e acorcundados à frente. A trilha-órquica enfraquecia ao se virar para o norte na direção destes, pois o solo se tornou mais duro, e a relva, mais curta. Muito longe, à esquerda, serpenteava o rio Entágua, um filamento de prata num piso verde. Não se via coisa movente. Muitas vezes Aragorn se admirou de não verem sinal de animal nem de homem. As moradias dos Rohirrim ficavam mormente a muitas léguas de distância para o Sul, embaixo dos sopés arborizados das Montanhas Brancas, agora ocultas em neblina e nuvem; porém os Senhores-de-cavalos antigamente mantinham muitas manadas e coudelarias no Eastemnet, aquela região oriental de seu reino, e ali os pastores muito haviam vagado, vivendo em acampamentos e tendas, mesmo na época do inverno. Mas agora toda a região estava vazia, e havia um silêncio que não parecia ser a quietude da paz.

No crepúsculo pararam mais uma vez. Já haviam percorrido duas vezes doze léguas nas planícies de Rohan, e a muralha das Emyn Muil estava perdida nas sombras do Leste. A lua nova reluzia em um céu enevoado, mas dava pouca luz, e as estrelas estavam veladas.

"Agora mais me arrependo das horas de descanso ou de qualquer parada em nossa perseguição", disse Legolas. "Os Orques correram diante de nós como se os próprios açoites de Sauron estivessem atrás deles. Receio que já tenham alcançado a floresta e as colinas escuras e neste momento estejam penetrando nas sombras das árvores."

Gimli rangeu os dentes. "É um amargo fim de nossa esperança e toda a nossa labuta!", comentou ele.

"Da esperança talvez, mas não da labuta", respondeu Aragorn. "Não vamos voltar daqui. Porém estou exausto." Olhou para trás, pelo caminho que haviam percorrido na direção da noite que se avizinhava no Leste. "Há algo estranho em ação nesta terra. Desconfio do silêncio. Desconfio até da pálida Lua. As estrelas estão fracas; e estou exausto como poucas vezes estive antes, exausto como nenhum Caminheiro deveria estar com uma pista clara para seguir. Há alguma vontade que confere pressa aos nossos inimigos e põe diante de nós uma barreira invisível: um cansaço que está mais no coração que nos membros."

"Deveras!", disse Legolas. "Isso senti desde o momento em que descemos das Emyn Muil. Pois a vontade não está atrás de nós, e sim diante de nós." Apontou por sobre a terra de Rohan para o Oeste sombrio sob a lua de foice.

"Saruman!", murmurou Aragorn. "Mas ele não há de nos rechaçar! Precisamos parar uma vez mais, pois vede! a própria Lua está caindo em nuvens que se avolumam. Mas ao norte está nossa estrada, entre o morro e o charco, quando o dia retornar."

Como antes, Legolas foi o primeiro a se levantar, se é que de fato dormira. "Despertai! Despertai!", exclamou. "É um amanhecer rubro. Estranhas coisas nos aguardam junto à beira da floresta. Boas ou más, não sei; mas somos chamados. Despertai!"

Os outros se ergueram de um salto e quase de imediato partiram de novo. Lentamente as colinas se aproximavam. Ainda faltava uma hora para o meio-dia quando as alcançaram: encostas verdes erguendo-se a cristas nuas que corriam em linha direta para o Norte. Aos pés delas, o solo era seco e a relva era curta, mas uma longa faixa de terreno afundado, com umas dez milhas de largura, se estendia entre elas e o rio, que vagava no fundo de sombrias moitas de caniços e juncos. Logo a Oeste da encosta mais meridional havia um grande anel onde a relva fora arrancada e batida por muitos pés pisoteantes. Dali a trilha-órquica partia de novo, virando-se para o norte ao longo dos sopés secos das colinas. Aragorn parou e examinou as pistas detidamente.

"Descansaram aqui um pouco," disse ele, "porém mesmo a trilha que sai já está velha. Receio que teu coração tenha dito a verdade, Legolas: faz três vezes doze horas, calculo, que os Orques estiveram onde estamos agora. Se mantiveram o passo, teriam alcançado as bordas de Fangorn ontem ao pôr do sol."

"Nada posso ver ao norte nem ao oeste senão relva que se perde na névoa", disse Gimli. "Poderíamos ver a floresta se escalássemos as colinas?"

"Ela ainda está muito longe", disse Aragorn. "Se bem me recordo, estas colinas correm oito ou mais léguas rumo ao norte, e depois, a noroeste, até a foz do Entágua ainda há um terreno amplo, talvez mais quinze léguas."

"Bem, vamos em frente", disse Gimli. "Minhas pernas precisam esquecer as milhas. Teriam mais boa vontade se meu coração estivesse menos pesado."

O sol se punha quando finalmente se aproximaram do fim da linha de colinas. Por muitas horas haviam marchado sem descanso. Agora andavam devagar, e as costas de Gimli estavam curvadas. São duros como pedra os Anãos em labuta ou jornada, mas aquela caçada infinda começava a abatê-lo, com toda a esperança morrendo em seu coração. Aragorn caminhava atrás dele, carrancudo e silencioso, abaixando-se vez por outra para esquadrinhar alguma pegada ou marca no chão. Só Legolas ainda pisava leve como sempre, com os pés mal parecendo pressionar a relva, não deixando pegadas ao passar; mas no pão-de-viagem dos Elfos encontrava todo o sustento de que precisava, e era capaz de dormir, se é que os Homens podiam chamar aquilo de dormir, repousando a mente nas estranhas trilhas dos sonhos élficos, mesmo caminhando de olhos abertos na luz deste mundo.

"Vamos subir nesta colina verde!", disse ele. Seguiram-no exaustos, escalando a longa encosta, até chegarem ao cume. Era um outeiro redondo, liso e nu, erguendo-se sozinho, a mais setentrional das colinas. O sol se pôs, e as sombras do entardecer caíram como uma cortina. Estavam sós em um mundo cinzento e informe, sem marca nem medida. Só muito longe, a noroeste, havia uma escuridão mais profunda diante da luz que morria: as Montanhas de Névoa e a floresta a seus pés.

"Nada podemos ver que nos guie aqui", comentou Gimli. "Bem, agora temos de parar de novo e passar a noite. Está esfriando!"

"O vento vem do norte, das neves", disse Aragorn.

"E antes da manhã estará no Leste", respondeu Legolas. "Mas descansai, se precisardes. Porém não rejeitai toda a esperança. O amanhã é desconhecido. Muitas vezes encontra-se conselho ao nascer do Sol."

"Três sóis já nasceram em nossa caçada e não trouxeram conselho", retrucou Gimli.

A noite tornou-se ainda mais fria. Aragorn e Gimli dormiram intermitentemente e sempre que acordavam viam Legolas em pé junto deles, ou caminhando para lá e para cá, cantando baixinho para si mesmo na sua própria língua e, enquanto cantava, as estrelas brancas se abriam na dura e negra abóbada por cima deles. Assim passou a noite. Juntos viram o amanhecer crescendo devagar no firmamento, agora limpo e sem nuvens, até que por fim chegou o nascer do sol. Foi pálido e límpido. O vento estava no Leste, e todas as névoas tinham sido varridas; amplas terras estendiam-se áridas em torno deles à luz amarga.

À frente e para o leste viam os planaltos ventosos do Descampado de Rohan, que já tinham vislumbrado muitos dias atrás desde o Grande Rio. A noroeste estendia-se a escura floresta de Fangorn; ainda a dez léguas estavam suas beiradas sombrias e suas encostas mais longínquas se esvaneciam no azul distante. Mais além rebrilhava muito longe, como se flutuasse em uma nuvem cinzenta, o topo branco do alto Methedras, último pico das Montanhas Nevoentas. Da floresta o Entágua fluía ao encontro deles, com correnteza que era agora veloz e estreita, e margens fundamente escavadas. A trilha-órquica virava-se dos morros em sua direção.

Seguindo com seus olhos aguçados a trilha até o rio, e depois o rio na direção da floresta, Aragorn viu uma sombra no verde distante, um borrão escuro que se movia depressa. Jogou-se no chão e outra vez escutou atentamente. Mas Legolas estava de pé ao seu lado, fazendo sombra aos brilhantes olhos-élficos com a mão longa e delgada, e não viu nem sombra nem borrão, e sim os pequenos vultos de cavaleiros, muitos cavaleiros, e o reluzir da manhã nas pontas de suas lanças era como o rebrilhar de minúsculas estrelas além do limite da visão mortal. Muito atrás deles uma fumaça escura subia em finos filamentos enrodilhados.

Havia silêncio nos campos vazios, e Gimli podia ouvir o ar movendo-se na relva.

"Cavaleiros!", exclamou Aragorn, pondo-se de pé com um salto. "Muitos cavaleiros em velozes montarias vêm em nossa direção!"

"Sim," disse Legolas, "são cento e cinco. São amarelos seus cabelos e reluzentes suas lanças. Seu líder é muito alto."

Aragorn sorriu. "Aguçados são os olhos dos Elfos", disse ele.

"Não! Os cavaleiros estão a pouco mais de cinco léguas de distância", respondeu Legolas.

"Cinco léguas ou uma," comentou Gimli, "não podemos fugir deles nesta terra nua. Vamos esperar aqui por eles ou seguir caminho?"

"Vamos esperar", disse Aragorn. "Estou exausto, e nossa caçada fracassou. Ou pelo menos outros se adiantaram a nós; pois esses cavaleiros estão retornando pela trilha-órquica. Poderemos receber notícias deles."

"Ou lanças", disse Gimli.

"Há três selas vazias, mas não vejo hobbits", afirmou Legolas.

"Eu não disse que ouviríamos notícias boas", disse Aragorn. "Porém, más ou boas, aguardá-las-emos aqui."

Os três companheiros então deixaram o topo da colina, onde podiam ser alvos fáceis diante do céu pálido, e caminharam devagar descendo pela encosta norte. Pararam um pouco acima do sopé da colina e, envolvendo-se em suas capas, ficaram sentados, encostados uns aos outros, na relva desbotada. O tempo passou lenta e pesadamente. O vento era fino e penetrante. Gimli estava inquieto.

"O que sabes desses cavaleiros, Aragorn?", ele perguntou. "Vamos ficar sentados aqui esperando a morte súbita?"

"Estive entre eles", respondeu Aragorn. "São altivos e voluntariosos, porém fiéis, generosos em pensamento e ação; audazes, mas não cruéis; sábios, mas incultos, pois não escrevem livros e sim cantam muitas canções, à maneira dos filhos dos Homens antes dos Anos Sombrios. Mas não sei o que ocorreu aqui ultimamente e nem com que disposição podem agora estar os Rohirrim entre o traidor Saruman e a ameaça de Sauron. Por muito tempo foram amigos do povo de Gondor, apesar de não serem aparentados. Foi em anos há muito olvidados que Eorl, o Jovem, trouxe-os do Norte, e seu parentesco é mais com os Bardings de Valle e com os Beornings da Floresta, entre os quais ainda se podem ver muitos homens altos e claros, como são os Cavaleiros de Rohan. Pelo menos não gostam dos Orques."

"Mas Gandalf falou de um rumor de que pagam tributo a Mordor", disse Gimli.

"Não creio nisso mais do que cria Boromir", respondeu Aragorn.

"Logo saberás da verdade", disse Legolas. "Já se aproximam."

Logo o próprio Gimli conseguia ouvir a batida longínqua de cascos galopantes. Os cavaleiros, seguindo a trilha, haviam-se desviado do rio e se aproximavam das colinas. Cavalgavam como o vento.

Já vinham gritos de vozes nítidas e fortes ressoando sobre os campos. Subitamente assomaram com um ruído de trovão, e o cavaleiro mais adiantado guinou, passando junto ao sopé da colina e conduzindo a hoste de volta para o sul ao longo dos flancos ocidentais dos morros. Cavalgaram atrás dele: uma longa fileira de homens trajando cota de malha, velozes, reluzentes, ferozes e belos de se ver.

Seus cavalos eram de grande estatura, fortes e de membros formosos; tinham pelagens cinzentas que rebrilhavam, longas caudas que voavam ao vento e crinas trançadas em seus pescoços altivos. Os Homens que os montavam combinavam bem com eles: altos e de membros longos; os cabelos, pálidos como linho, fluíam sob os elmos leves e ondeavam em longas tranças atrás deles; seus rostos eram severos e alertas. Tinham nas mãos altas lanças de freixo, às costas, escudos pintados a tiracolo, nos cintos, espadas compridas; e suas cotas de malha lustrosas lhes caíam nos joelhos.

Passaram galopando aos pares e, apesar de, vez por outra, um deles se erguer nos estribos e olhar à frente e para ambos os lados, pareciam não perceber os três estranhos sentados em silêncio e observando-os. A hoste havia quase passado quando subitamente Aragorn se pôs de pé e chamou em alta voz:

"Que novas do Norte, Cavaleiros de Rohan?"

Com presteza e habilidade espantosas eles refrearam as montarias, fizeram a volta e voltaram em investida. Logo os três companheiros se viram no meio de um anel de cavaleiros que se moviam em círculo corrente, subindo a encosta da colina atrás e descendo, sempre em volta deles, e fechando o cerco cada vez mais. Aragorn manteve-se de pé em silêncio, e os outros dois estavam sentados sem se mexer, imaginando que rumo as coisas iriam tomar.

Sem palavra nem exclamação, de chofre, os Cavaleiros pararam. Um matagal de lanças estava apontado para os estranhos; e alguns dos cavaleiros tinham arcos nas mãos, e as flechas já estavam ajustadas às cordas. Então um se adiantou, um homem alto, mais alto que todos os demais; do elmo fluía uma cauda branca de cavalo à guisa de timbre. Avançou até a ponta de sua lança ficar a um pé de distância do peito de Aragorn. Aragorn não se mexeu.

"Quem sois vós e o que fazeis nesta terra?", perguntou o Cavaleiro, usando a fala comum do Oeste, à maneira e com tom semelhante à fala de Boromir, Homem de Gondor.

"Chamam-me Passolargo", respondeu Aragorn. "Vim do Norte. Estou caçando Orques."

O Cavaleiro saltou da montaria. Entregando a lança a outro que se aproximou e apeou ao seu lado, sacou a espada e ficou face a face com Aragorn, esquadrinhando-o com atenção e não sem espanto. Por fim falou outra vez.

"De início pensei que vós próprios éreis Orques", disse ele; "mas agora vejo que não é assim. Deveras sabeis pouco dos Orques, se os ides caçar deste modo. Eram velozes e bem armados, e eram muitos. Ter-vos-íeis tornado de caçadores em presas, se os tivésseis alcançado. Mas há algo estranho em ti, Passolargo." Mais uma vez dirigiu os olhos claros e brilhantes para o Caminheiro. "Isso não é nome de Homem que me dás. E é também estranha tua veste. Brotastes da relva? Como escapastes à nossa visão? Sois Gente-élfica?"

"Não", disse Aragorn. "Apenas um de nós é Elfo, Legolas do Reino da Floresta, na distante Trevamata. Mas atravessamos Lothlórien, e as dádivas e o favor da Senhora vão conosco."

O Cavaleiro olhou-os com espanto renovado, mas seus olhos se endureceram. "Então existe uma Senhora na Floresta Dourada, como dizem os antigos contos!", disse ele. "Poucos escapam às suas redes, ao que dizem. Estes são dias estranhos! Mas, se tendes o favor dela, então também sois tecedores de redes e, quem sabe, feiticeiros." De repente voltou um olhar frio para Legolas e Gimli. "Por que não falais, gente silenciosa?", exigiu.

Gimli ergueu-se e plantou os pés afastados com firmeza: a mão agarrou o cabo do machado, e os olhos escuros reluziram. "Dá-me teu nome, mestre-de-cavalos, e eu te darei o meu e mais coisas além disso", disse ele.

"Quanto a isso," disse o cavaleiro, olhando fixamente para o Anão abaixo dele, "o estranho deveria declarar-se primeiro. Porém meu nome é Éomer, filho de Éomund, e sou chamado de Terceiro Marechal da Marca-dos-Cavaleiros."

"Então, Éomer, filho de Éomund, Terceiro Marechal da Marca-dos-Cavaleiros, deixa que o Anão Gimli, filho de Glóin, te alerte contra palavras tolas. Falas mal daquilo que é belo além do alcance de teu pensamento, e só o pouco juízo pode desculpar-te."

Os olhos de Éomer se inflamaram, e os Homens de Rohan murmuraram irados e fecharam o cerco, avançando com as lanças. "Eu te cortaria a cabeça, com barba e tudo, Mestre Anão, se ela estivesse só um pouco mais acima do solo", disse Éomer.

"Ele não está só", disse Legolas, fletindo o arco e ajustando uma flecha com mãos que se moviam mais depressa que a visão. "Morrerias antes de desferires o golpe."

Éomer ergueu a espada, e tudo poderia ter acabado mal, mas Aragorn saltou no meio deles e ergueu a mão. "Vosso perdão, Éomer!", exclamou. "Quando souberes mais compreenderás por que encolerizaste meus companheiros. Não queremos mal a Rohan nem a ninguém do seu povo, nem aos homens nem aos cavalos. Não queres ouvir nosso relato antes de atacares?"

"Quero", assentiu Éomer, baixando a lâmina. "Mas vagantes na Marca-dos-Cavaleiros fariam bem em ser menos altivos nestes dias de dúvida. Primeiro conta-me teu nome verdadeiro."

"Primeiro conta-me a quem serves", disse Aragorn. "És amigo ou inimigo de Sauron, o Senhor Sombrio de Mordor?"

"Sirvo somente ao Senhor da Marca, Théoden Rei, filho de Thengel", respondeu Éomer. "Não servimos ao Poder da Terra Negra lá longe, e tampouco estamos em guerra declarada contra ele; e se estais fugindo dele é melhor que deixeis esta terra. Agora há desordem em todas as nossas fronteiras, e estamos ameaçados; mas desejamos apenas ser livres e viver como temos vivido, ao nosso próprio modo e sem servir a nenhum senhor estrangeiro, bom ou mau. Acolhíamos visitantes com benevolência nos dias melhores, mas nestes tempos o estranho inesperado nos encontra velozes e duros. Vamos! Quem sois? A quem servis *vós*? A mando de quem caçais Orques em nossa terra?"

"Não sirvo a homem nenhum", disse Aragorn; "mas os serviçais de Sauron eu persigo em qualquer terra aonde possam ir. Há poucos entre os Homens mortais que mais sabem sobre os Orques; e não os caço deste modo por opção. Os Orques a quem perseguíamos capturaram dois de meus amigos. Em tal necessidade o homem que não tem cavalo anda a pé e não pede permissão para seguir a pista. Nem conta as cabeças dos inimigos a não ser com a espada. Não estou isento de armas."

Aragorn puxou a capa para trás. A bainha-élfica reluziu quando ele a agarrou, e a clara lâmina de Andúril brilhou como chama repentina quando a puxou para fora. "Elendil!", exclamou ele. "Eu sou Aragorn, filho de Arathorn, e sou chamado Elessar, Pedra-Élfica, Dúnadan, herdeiro de Isildur, filho de Elendil de Gondor. Eis a Espada que foi Partida e foi forjada de novo! Irás ajudar-me ou frustrar-me? Escolhe depressa!"

Gimli e Legolas olharam o companheiro com espanto, pois não o haviam visto antes em tal humor. Parecia ter crescido em estatura enquanto Éomer diminuía; e em seu rosto vivo tiveram um breve vislumbre do poder e da majestade dos reis de pedra. Por um momento pareceu aos olhos de Legolas que uma chama branca rebrilhava na fronte de Aragorn como uma coroa luzente.

Éomer deu um passo para trás e tinha uma expressão de pasmo no rosto. Abaixou os olhos altivos. "Estes são deveras dias estranhos", murmurou. "Sonhos e lendas adquirem vida vindos da relva.

"Dize-me, senhor," prosseguiu ele, "o que vos traz aqui? E qual era o significado das palavras obscuras? Faz muito que Boromir, filho de Denethor, se foi em busca de resposta, e o cavalo que lhe emprestamos voltou sem cavaleiro. Que sina trazes do Norte?"

"A sina da escolha", respondeu Aragorn. "Podes dizer isto a Théoden, filho de Thengel: a guerra declarada está à sua frente, com Sauron ou contra ele. Já ninguém pode viver como vivia, e poucos hão de manter o que chamam de seu. Mas desses grandes assuntos falaremos mais tarde. Se a oportunidade permitir eu mesmo irei até o rei. Agora estou em grande necessidade e peço auxílio, ou pelo menos notícias. Ouviste que estamos perseguindo uma hoste-órquica que levou nossos amigos. O que nos podes dizer?"

"Que não precisais persegui-los mais", disse Éomer. "Os Orques foram destruídos."

"E nossos amigos?"

"Não achamos ninguém senão Orques."

"Mas isso é deveras estranho", disse Aragorn. "Fizestes busca entre os mortos? Não havia outros corpos que não os da gente-órquica? Seriam pequenos, apenas crianças aos vossos olhos, descalços, mas de trajes cinzentos."

"Não havia anãos nem crianças", afirmou Éomer. "Contamos todos os mortos e os despojamos, e depois empilhamos as carcaças e as queimamos segundo nosso costume. As cinzas ainda fumegam."

"Não falamos de anãos nem de crianças", disse Gimli. "Nossos amigos eram hobbits."

"Hobbits?", disse Éomer. "E o que seriam eles? É um estranho nome."

"Um estranho nome para um estranho povo", disse Gimli. "Mas esses nos eram muito caros. Parece que em Rohan ouvistes falar das palavras que perturbaram Minas Tirith. Falavam do Pequeno. Esses hobbits são os Pequenos."

"Pequenos!", riu-se o Cavaleiro que estava junto a Éomer. "Pequenos! Mas são apenas um povo diminuto em velhas canções e contos infantis vindos do Norte. Caminhamos em lendas ou na terra verde à luz do dia?"

"Um homem pode fazer ambas as coisas", respondeu Aragorn. "Pois não nós, e sim os que vierem depois farão as lendas de nosso tempo. A terra verde, tu dizes? Esse é um poderoso tema de lendas, apesar de tu a pisares sob a luz do dia!"

"O tempo urge", disse o Cavaleiro, sem dar atenção a Aragorn. "Precisamos nos apressar rumo ao sul, senhor. Deixemos esse povo selvagem às suas fantasias. Ou amarremo-los e os levemos ao rei."

"Paz, Éothain!", disse Éomer em sua própria língua. "Deixa-me um pouco. Dize ao *éored* que se reúna na trilha e se apreste para cavalgar ao Vau Ent."

Resmungando, Éothain retirou-se e falou com os demais. Logo partiram e deixaram Éomer a sós com os três companheiros.

"Tudo o que dizes é estranho, Aragorn", comentou ele. "No entanto dizes a verdade, isso é claro: os Homens da Marca não mentem e, portanto, não são fáceis de enganar. Mas não contaste tudo. Não falarás agora mais plenamente de tua missão, para que eu possa julgar o que fazer?"

"Parti de Imladris, como se chama no poema, muitas semanas atrás", respondeu Aragorn. "Comigo foi Boromir de Minas Tirith. Minha missão era ir àquela cidade com o filho de Denethor para auxiliar seu povo em sua guerra contra Sauron. Mas a Comitiva com que eu viajava tinha outros afazeres. Agora não posso falar disso. Gandalf, o Cinzento, era nosso líder."

"Gandalf!", exclamou Éomer. "Gandalf Capa-cinzenta é conhecido na Marca; mas seu nome, alerto-te, não é mais uma senha para o favor do rei. Foi hóspede da terra muitas vezes na lembrança dos homens, vindo como queria, após uma estação ou após muitos anos. É sempre arauto de estranhos eventos: alguém que traz o mal, alguns dizem agora.

"Deveras desde sua última vinda, no verão, tudo tem dado errado. Nessa época começaram nossos apuros com Saruman. Até ali considerávamos

Saruman nosso amigo, mas então veio Gandalf e nos alertou de que uma guerra súbita estava sendo preparada em Isengard. Disse que ele próprio fora prisioneiro em Orthanc e escapara por pouco, e implorou ajuda. Mas Théoden não o escutou, e ele se foi. Não fales o nome de Gandalf em voz alta aos ouvidos de Théoden! Ele está irado. Pois Gandalf levou o cavalo chamado Scadufax, a mais preciosa de todas as montarias do rei, o chefe dos *Mearas*, que só o Senhor da Marca pode montar. Pois o antepassado de sua raça foi o grande cavalo de Eorl, que sabia a fala dos Homens. Sete noites atrás Scadufax voltou; mas a ira do rei não diminuiu, pois agora o cavalo está selvagem e não deixa homem nenhum lidar com ele."

"Então Scadufax encontrou seu caminho sozinho desde o Norte longínquo", disse Aragorn; "pois foi ali que ele e Gandalf se separaram. Mas ai dele! Gandalf não cavalgará mais. Tombou na treva nas Minas de Moria e não retorna."

"Essa é uma notícia grave", respondeu Éomer. "Ao menos para mim e para muitos; porém não para todos, como poderás descobrir se chegares até o rei."

"É uma notícia mais aflitiva do que alguém desta terra pode compreender, por muito que possa tocá-los penosamente antes que o ano esteja muito mais velho", disse Aragorn. "Mas quando os grandes caem, os menores têm de liderar. Tem sido meu papel conduzir nossa Comitiva na longa estrada desde Moria. Viemos através de Lórien — da qual bom seria que aprendesses a verdade antes de voltares a falar nela — e dali descemos pelas léguas do Grande Rio até as cataratas de Rauros. Ali Boromir foi morto pelos mesmos Orques que destruístes."

"Tuas notícias são todas de desgraça!", exclamou Éomer, consternado. "Grande prejuízo é essa morte para Minas Tirith e para todos nós. Aquele foi um homem valoroso! Todos falavam em seu louvor. Poucas vezes vinha à Marca, pois estava sempre nas guerras dos limites orientais; mas eu o vi. Pareceu-me mais semelhante aos velozes filhos de Eorl que aos graves Homens de Gondor, e propenso a se provar um grande capitão de seu povo quando chegasse sua hora. Mas não tivemos novas deste pesar vindas de Gondor. Quando ele tombou?"

"Este é o quarto dia desde que foi morto", respondeu Aragorn; "e a partir do entardecer daquele dia viemos viajando desde a sombra de Tol Brandir."

"A pé?", exclamou Éomer.

"Sim, assim como nos vês."

Uma grande admiração veio aos olhos de Éomer. "Passolargo é um nome demasiado fraco, filho de Arathorn", disse ele. "Pé-de-Vento eu te nomeio. Este feito dos três amigos deveria ser cantado em muitos paços. Quarenta léguas e mais cinco medistes antes de terminar o quarto dia! Intrépida é a raça de Elendil!

"Mas agora, senhor, o que quereis que eu faça? Preciso voltar às pressas para Théoden. Falei com cautela diante de meus homens. É verdade que ainda não estamos em guerra declarada com a Terra Negra, e existem alguns, próximos ao ouvido do rei, que falam conselhos covardes; mas a guerra está vindo. Não havemos de abandonar nossa antiga aliança com Gondor, e enquanto eles combaterem havemos de auxiliá-los: assim digo eu e todos os que concordam comigo. A Marca-oriental é minha responsabilidade, a guarda do Terceiro Marechal, e removi todos os nossos rebanhos e pastores, retirando-os para além do Entágua e não deixando aqui ninguém senão vigias e batedores velozes."

"Então não pagais tributo a Sauron?", indagou Gimli.

"Não pagamos e jamais o fizemos", disse Éomer com olhos coruscantes; "mas chegou-me aos ouvidos que essa mentira foi contada. Alguns anos atrás o Senhor da Terra Negra desejou comprar cavalos de nós, a alto preço, mas recusamo-lo, pois ele faz uso maligno dos animais. Então mandou Orques saqueadores, e esses carregam o que podem, sempre escolhendo os cavalos negros: já sobram poucos deles. Por esse motivo é amarga nossa rixa com os Orques.

"Mas neste momento nossa preocupação principal é Saruman. Ele reivindicou o domínio de toda esta terra, e por muitos meses tem havido guerra entre nós. Ele trouxe Orques a seu serviço, e Cavalga-lobos, e Homens malignos, e nos fechou o Desfiladeiro, de modo que estamos abertos a assaltos do leste e do oeste.

"É difícil lidar com tal inimigo: é um mago ao mesmo tempo ardiloso e astuto na magia, e tem muitos disfarces. Caminha aqui e ali, dizem, como ancião encapuzado e coberto por uma capa, muito semelhante a Gandalf, como muitos agora recordam. Seus espiões deslizam através de todas as redes, e suas aves de mau agouro estão à solta no céu. Não sei como tudo terminará, e meu coração está apreensivo; pois me parece que nem todos os seus amigos habitam em Isengard. Mas se vieres à casa do rei tu mesmo verás. Não queres vir? Espero em vão que me foste enviado como auxílio na dúvida e necessidade?"

"Irei quando puder", disse Aragorn.

"Vem agora!", disse Éomer. "O Herdeiro de Elendil seria uma força deveras para os Filhos de Eorl nesta maré maligna. Agora mesmo há combate no Westemnet, e temo que nos daremos mal.

"De fato, saí nesta cavalgada rumo ao norte sem permissão do rei, pois em minha ausência sua casa fica com pouca guarda. Mas os batedores me avisaram da hoste-órquica que descia da Muralha Leste, quatro noites atrás, e entre eles relataram que alguns traziam os emblemas brancos de Saruman. Assim, suspeitando o que mais temo, uma aliança entre Orthanc e a Torre Sombria, parti com meu *éored*, os homens de minha própria casa;

e alcançamos os Orques ao cair da noite dois dias atrás, perto das beiras da Floresta Ent. Ali os cercamos e travamos batalha ontem ao amanhecer. Quinze dos meus homens eu perdi, e doze cavalos, ai deles! Pois os Orques eram em maior número do que esperávamos. Outros se uniram a eles, vindos do Leste atravessando o Grande Rio: sua trilha é claramente visível um pouco ao norte deste ponto. E também outros saíram da floresta. Grandes Orques que também traziam a Mão Branca de Isengard: essa espécie é mais forte e mais cruel que todas as outras.

"Ainda assim demos cabo deles. Mas estivemos longe por demasiado tempo. Precisam de nós no sul e no oeste. Não virás? Há cavalos de sobra, como vês. Há trabalho para ser feito pela Espada. Sim, e podemos achar uso para o machado de Gimli e o arco de Legolas, se eles perdoarem minhas palavras impensadas acerca da Senhora da Floresta. Falei apenas como falam todos os homens de minha terra e me aprazeria aprender algo melhor."

"Agradeço-te por tuas belas palavras," disse Aragorn, "e meu coração deseja ir contigo; mas não posso desertar meus amigos enquanto permanecer a esperança."

"A esperança não permanece", comentou Éomer. "Não encontrarás teus amigos nas fronteiras do Norte."

"No entanto meus amigos não ficaram para trás. Encontramos um claro sinal, não longe da Muralha Leste, de que pelo menos um deles ainda estava vivo ali. Mas entre a muralha e as colinas não encontramos nenhuma outra pista deles, e nenhuma trilha se desviou, para cá ou para lá, a não ser que minha habilidade me tenha abandonado por completo."

"Então o que crês que foi feito deles?"

"Não sei. Podem ter sido mortos e queimados entre os Orques; mas isso tu dirás que não pode ser, e não o temo. Só posso crer que foram levados para dentro da floresta antes da batalha, talvez mesmo antes de cercardes vossos inimigos. Podes jurar que ninguém escapou à vossa rede desse modo?"

"Eu juraria que nenhum Orque escapou depois que os avistamos", disse Éomer. "Alcançamos a beira da floresta antes deles, e, se depois disso algum ser vivo atravessou nosso cerco, não era Orque e tinha algum poder de Elfo."

"Nossos amigos estavam trajados assim como nós", afirmou Aragorn; "e passastes por nós à plena luz do dia."

"Eu me esquecera disso", comentou Éomer. "É difícil ter certeza de alguma coisa entre tantas maravilhas. O mundo todo se tornou estranho. Um Elfo e um Anão caminham em companhia nos nossos campos quotidianos; e pessoas falam com a Senhora da Floresta e não obstante vivem; e a Espada retorna à guerra, a que foi partida nas longas eras antes que os pais de nossos pais cavalgassem rumo à Marca! Como um homem há de julgar o que fazer em tempos tais?"

"Como sempre julgou", respondeu Aragorn. "O bem e o mal não mudaram desde antanho; nem são uma coisa entre os Elfos e os Anãos e outra entre os Homens. É papel do homem distingui-los, tanto na Floresta Dourada quanto em sua própria casa."

"Verdade de fato", disse Éomer. "Mas não duvido de ti, nem do feito que meu coração faria. Porém não sou livre para fazer tudo como bem quiser. É contra nossa lei deixar estranhos perambulando à vontade em nossa terra, a não ser que o próprio rei lhes dê permissão, e o comando é mais estrito nestes dias de perigo. Implorei-te que voltasses comigo de vontade própria, e não queres. Reluto em começar uma batalha de cem contra três."

"Não creio que vossa lei tenha sido feita para tal eventualidade", disse Aragorn. "Nem sou deveras um estranho; pois estive antes nesta terra, mais de uma vez, e cavalguei com a hoste dos Rohirrim, porém com outro nome e outra aparência. A ti não vi antes, pois és jovem, mas falei com teu pai Éomund e com Théoden, filho de Thengel. Nos dias de outrora jamais um alto senhor desta terra obrigaria um homem a abandonar uma demanda como a minha. Meu dever pelo menos está claro: prosseguir. Vamos, filho de Éomund, a decisão tem de ser tomada finalmente. Ajuda-nos, ou no pior caso deixa-nos partir livres. Ou procura executar vossa lei. Se o fizeres haverá menor número para retornar à vossa guerra ou ao vosso rei."

Éomer ficou em silêncio por um momento, e depois falou. "Ambos necessitamos de pressa", afirmou ele. "Minha companhia está impaciente por partir, e cada hora reduz a vossa esperança. Esta é minha decisão. Podeis ir; e mais ainda, emprestar-vos-ei cavalos. Só peço isto: quando vossa demanda estiver atingida, ou demonstrar ser em vão, voltai com os cavalos por sobre o Vau Ent até Meduseld, a alta casa em Edoras onde Théoden ora se assenta. Assim haveis de lhe provar que não julguei mal. Deste modo ponho-me a mim, e quem sabe minha própria vida, em poder de tua boa-fé. Não fracasses."

"Não fracassarei", disse Aragorn.

Houve grande admiração, e muitos olhares obscuros e duvidosos entre seus homens, quando Éomer ordenou que os cavalos sobressalentes fossem emprestados aos estranhos; mas somente Éothain ousou falar abertamente.

"Pode ser muito bom para este senhor da raça de Gondor, como ele afirma," comentou ele, "mas quem ouviu falar de um cavalo da Marca dado a um Anão?"

"Ninguém", disse Gimli. "E não te aflijas: ninguém jamais ouvirá falar nisso. Prefiro caminhar a sentar-me no lombo de um animal tão grande, livre ou a contragosto."

"Mas agora tens de cavalgar, do contrário nos impedirás", disse Aragorn.

"Vamos, hás de te sentar atrás de mim, amigo Gimli", disse Legolas. "Então estará tudo bem, e nem precisarás tomar um cavalo emprestado nem te aborrecer com um."

Um grande cavalo cinza-escuro foi trazido para Aragorn, e ele o montou. "Hasufel é seu nome", informou Éomer. "Que te carregue bem e para melhor sorte que a Gárulf, seu falecido dono!"

Um cavalo menor e mais leve, porém indócil e fogoso, foi trazido para Legolas. Arod era seu nome. Mas Legolas pediu que tirassem a sela e as rédeas. "Não preciso delas", disse ele, saltando-lhe em cima com leveza, e, para espanto deles, Arod ficou manso e disposto sob ele, andando para cá e para lá apenas com uma palavra falada; essa era a maneira élfica com todos os bons animais. Gimli foi erguido para trás do amigo, e segurou-se a ele, não muito mais confortável que Sam Gamgi num barco.

"Adeus e que encontreis o que buscais!", exclamou Éomer. "Voltai com a rapidez que puderdes, e que, depois disso, nossas espadas reluzam juntas!"

"Eu virei", disse Aragorn.

"E eu também virei", disse Gimli. "O assunto da Senhora Galadriel ainda permanece entre nós. Ainda preciso ensinar-te a fala gentil."

"Havemos de ver", disse Éomer. "Aconteceram tantas coisas estranhas que aprender a louvar uma bela senhora sob os golpes carinhosos de um machado de Anão não parecerá grande maravilha. Adeus!"

Assim despediram-se. Eram muito velozes os cavalos de Rohan. Quando Gimli olhou para trás pouco tempo depois, a companhia de Éomer já estava pequena e distante. Aragorn não olhou para trás: estava observando a trilha enquanto a percorriam às pressas, inclinando-se para baixo com a cabeça próxima ao pescoço de Hasufel. Logo chegaram às margens do Entágua e ali encontraram a outra trilha de que Éomer falara, descendo do Leste desde o Descampado.

Aragorn apeou e esquadrinhou o solo, e depois, saltando outra vez para a sela, cavalgou um tanto para leste, mantendo-se de um lado e cuidando para não atropelar as pegadas. Então apeou de novo e examinou o solo, andando a pé para trás e para a frente.

"Há pouca coisa a descobrir", comentou ele quando voltou. "A trilha principal está toda confusa pela passagem dos cavaleiros em seu retorno; o percurso de ida deles deve ter sido mais próximo ao rio. Mas esta trilha rumo ao leste é fresca e nítida. Ali não há sinal de quaisquer pés indo em sentido contrário, de volta para o Anduin. Agora precisamos cavalgar mais devagar e nos assegurar de que nenhuma pista ou pegada se desvie de um ou outro lado. A partir deste ponto os Orques devem ter-se dado conta de que estavam sendo perseguidos; podem ter feito alguma tentativa de afastar os cativos antes de serem alcançados."

Durante o avanço a cavalo, o dia estava encoberto. Nuvens cinzentas baixas vieram por cima do Descampado. Uma névoa toldou o sol. As encostas arborizadas de Fangorn assomavam cada vez mais perto, escurecendo lentamente à medida que o sol ia para o oeste. Não viram sinal de trilha à direita ou à esquerda, mas aqui e ali passaram por Orques isolados, derrubados no caminho enquanto corriam, com flechas de penas cinzentas cravadas nas costas ou na garganta.

Por fim, com a tarde definhando, chegaram à beira da floresta, e em uma clareira aberta entre as primeiras árvores encontraram o lugar da grande fogueira: as cinzas ainda estavam quentes e fumegantes. Ao lado havia uma grande pilha de elmos e cotas de malha, escudos rachados, espadas quebradas, arcos, setas e outros equipamentos de guerra. Numa estaca no meio estava enfiada uma grande cabeça de gobelim; no seu elmo despedaçado ainda se via o emblema branco. Mais adiante, não longe do rio onde este vinha escoando da borda da floresta, havia um morro. Fora erguido recentemente: a terra bruta fora coberta de torrões de relva recém-cortados: em redor havia quinze lanças espetadas.

Aragorn e seus companheiros buscaram em todos os lugares do campo de batalha, mas a luz minguou e o entardecer desceu logo, obscuro e nevoento. Ao cair da noite não haviam descoberto nenhuma pista de Merry e Pippin.

"Nada mais podemos fazer", disse Gimli tristemente. "Fomos o alvo de muitos enigmas desde que chegamos a Tol Brandir, mas este é o mais difícil de desemaranhar. Eu imaginaria que os ossos queimados dos hobbits estão agora misturados aos dos Orques. Será uma triste notícia para Frodo, se ele viver para ouvi-la; e triste também para o velho hobbit que aguarda em Valfenda. Elrond se opôs a que eles viessem."

"Mas Gandalf não se opôs", comentou Legolas.

"Mas o próprio Gandalf decidiu vir, e ele foi o primeiro a se perder", respondeu Gimli. "Sua presciência fracassou."

"O conselho de Gandalf não se baseava no conhecimento prévio da segurança, dele ou dos outros", disse Aragorn. "Há algumas coisas que é melhor começar do que recusar, mesmo que o fim seja obscuro. Mas ainda não hei de partir deste lugar. Seja como for, precisamos esperar aqui pela luz da manhã."

Pouco adiante do local da batalha, fizeram seu acampamento sob uma árvore que se esparramava: parecia uma castanheira e, no entanto, ainda trazia muitas folhas largas e pardas de um ano já passado, como mãos secas com longos dedos espalhados; elas farfalhavam de modo lamentoso na brisa noturna.

Gimli teve um calafrio. Cada um havia trazido só um cobertor. "Vamos acender uma fogueira", sugeriu ele. "Não me preocupo mais com o perigo.

Os Orques que venham numerosos como as mariposas do verão em torno de uma vela!"

"Se aqueles hobbits infelizes estão perdidos na floresta, ela poderá atraí-los para cá", complementou Legolas.

"E poderá atrair outras coisas que não são Orque nem Hobbit", disse Aragorn. "Estamos perto das divisas montanhosas do traidor Saruman. Também estamos bem na beira de Fangorn, e é perigoso tocar as árvores dessa floresta, ao que dizem."

"Mas os Rohirrim fizeram uma grande queima aqui ontem", disse Gimli, "e derrubaram árvores para fazer fogo, como se vê. No entanto, depois disso passaram a noite aqui em segurança quando tinham concluído sua labuta."

"Eles eram muitos", disse Aragorn, "e não dão importância à ira de Fangorn, pois raramente vêm aqui e não andam sob as árvores. Mas nossas trilhas provavelmente nos conduzirão para dentro da própria floresta. Portanto cuidai-vos! Não corteis madeira viva!"

"Não é preciso", mencionou Gimli. "Os Cavaleiros deixaram lascas e galhos suficientes, e há bastante madeira morta espalhada." Saiu para recolher lenha e ocupou-se montando e acendendo uma fogueira; mas Aragorn ficou sentado em silêncio, encostado à grande árvore, em profundo pensamento; e Legolas ficou em pé, sozinho e descoberto, olhando para a profunda sombra da floresta, inclinado para a frente como quem escuta vozes que chamam de longe.

Quando o Anão havia conseguido uma labareda pequena e luminosa, os três companheiros se reuniram perto dela e sentaram-se juntos, encobrindo a luz com seus vultos encapuzados. Legolas ergueu os olhos para os ramos da árvore que se estendiam acima deles.

"Vede!", disse ele. "A árvore está contente com o fogo!"

Podiam ser as sombras dançantes iludindo-lhes os olhos, mas certamente a cada um dos companheiros os ramos pareciam dobrar-se para cá e para lá, de modo a se postarem acima das chamas, enquanto os galhos superiores se inclinavam para baixo; agora as folhas pardas se projetavam rijas e se esfregavam como muitas mãos frias e rachadas que se confortavam com o calor.

Fez-se silêncio, pois de repente a floresta escura e desconhecida, tão perto deles, se fazia sentir como uma grande presença que meditava, repleta de propósito secreto. Algum tempo depois, Legolas voltou a falar.

"Celeborn nos avisou para não entrarmos longe em Fangorn", disse ele. "Sabes por que, Aragorn? Quais são as fábulas da floresta que Boromir ouvira?"

"Ouvi muitas histórias em Gondor e em outros lugares," respondeu Aragorn, "mas, se não fosse pelas palavras de Celeborn, eu as consideraria apenas fábulas que os Homens fizeram à medida que minguou o saber verdadeiro. Pensei em perguntar a ti o que o assunto tinha de verdade. E, se um Elfo da floresta não sabe, como um Homem há de responder?"

"Viajaste mais longe que eu", disse Legolas. "Nada ouvi sobre isso em minha própria terra, exceto por canções que contam como os Onodrim, que os Homens chamam de Ents, habitaram ali muito tempo atrás; pois Fangorn é antiga, antiga como os próprios Elfos a avaliariam."

"Sim, é antiga," comentou Aragorn, "tão antiga quanto a floresta junto às Colinas-dos-túmulos, e muito maior. Elrond diz que as duas são afins, os últimos baluartes das imensas matas dos Dias Antigos, quando os Primogênitos vagavam enquanto os Homens ainda dormiam. Porém Fangorn guarda algum segredo próprio. Qual é eu não sei."

"E eu não desejo saber", afirmou Gimli. "Que nada que habita em Fangorn se perturbe por minha causa!"

Então sortearam os turnos de vigia, e o primeiro coube a Gimli. Os outros deitaram-se. Quase imediatamente o sono se apossou deles. "Gimli!", disse Aragorn, sonolento. "Lembra-te, é perigoso cortar um ramo ou rebento de uma árvore vivente em Fangorn. Mas não te afastes muito em busca de madeira morta. Melhor deixar o fogo morrer! Chama-me se precisares!"

Com essas palavras, ele adormeceu. Legolas já jazia imóvel, com as mãos claras postas sobre o peito, sem fechar os olhos, combinando a noite viva com o sonho profundo, como costumam fazer os Elfos. Gimli sentou-se arqueado junto ao fogo, passando o polegar, pensativo, pelo gume do machado. A árvore farfalhava. Não havia nenhum outro som.

De súbito Gimli ergueu os olhos, e ali, bem na borda da luz da fogueira, estava de pé um homem velho e encurvado, apoiado num cajado e envolto em um grande manto; o chapéu de aba larga estava puxado por cima dos olhos. Gimli levantou-se com um salto, demasiado espantado para dar um grito naquele momento, porém de imediato cintilou-lhe na mente o pensamento de que Saruman os apanhara. Tanto Aragorn quanto Legolas, despertados pelo seu movimento repentino, sentaram-se e o encararam. O velho não falou nem deu sinal.

"Bem, pai, o que podemos fazer por ti?", disse Aragorn, levantando-se com um pulo. "Vem e aquece-te, se estás com frio!" Deu um passo à frente, mas o velho se fora. Não havia sinal dele que se achasse ali perto, e não se atreviam a errar ao longe. A lua se pusera, e a noite estava muito escura.

De repente Legolas deu um grito. "Os cavalos! Os cavalos!"

Os cavalos tinham ido embora. Haviam arrancado as estacas e desaparecido. Por algum tempo os três companheiros ficaram imóveis e em silêncio, perturbados por aquele novo golpe de azar. Estavam sob os beirais de Fangorn, e infindas léguas se estendiam entre eles e os Homens de Rohan, seus únicos amigos naquela terra ampla e perigosa. Parados ali, pareceu-lhes que ouviam, longe na noite, o som de cavalos rinchando e relinchando. Depois tudo ficou em silêncio novamente, exceto pelo frio sussurro do vento.

"Bem, eles se foram", disse Aragorn por fim. "Não podemos achá-los nem apanhá-los; assim, se não voltarem de própria vontade, precisamos nos aviar sem eles. Começamos a pé e ainda temos os nossos."

"Pés!", exclamou Gimli. "Mas não podemos comê-los e ao mesmo tempo andar com eles." Jogou um pouco de lenha na fogueira e desabou junto dela.

"Algumas poucas horas atrás estavas avesso a te sentares em um cavalo de Rohan", riu-se Legolas. "Ainda te tornarás um cavaleiro."

"Parece improvável que eu tenha essa oportunidade", disse Gimli.

"Se quereis saber o que penso," recomeçou ele algum tempo depois, "acho que era Saruman. Quem mais? Lembrai as palavras de Éomer: 'caminha como ancião encapuzado e coberto por uma capa'. Foram essas as palavras. Ele se foi com nossos cavalos ou os afugentou, e eis-nos aqui. Há mais apuros chegando, guardai minhas palavras!"

"Eu as guardo", disse Aragorn. "Mas notei também que esse ancião tinha um chapéu, não um capuz. Ainda assim, não duvido de que estimas corretamente, e aqui estamos em perigo, de noite ou de dia. Porém, por ora, não há nada que possamos fazer a não ser descansar enquanto podemos. Agora vigiarei por algum tempo, Gimli. Necessito mais de reflexão que de sono."

A noite passou devagar. Legolas seguiu-se a Aragorn, e Gimli seguiu-se a Legolas, e seus turnos foram findando. Mas nada aconteceu. O velho não apareceu de novo, e os cavalos não voltaram.

3

OS URUK-HAI

Pippin jazia em sonho escuro e agitado: parecia ser capaz de ouvir sua própria vozinha ecoando em negros túneis, chamando "Frodo, Frodo!" Mas em vez de Frodo, centenas de hediondas faces-órquicas arreganhavam os dentes para ele das sombras, centenas de braços hediondos o agarravam de todos os lados. Onde estava Merry?

Despertou. O ar frio lhe soprava no rosto. Estava deitado de costas. A tardinha chegava, e o céu lá em cima tornava-se indistinto. Virou-se e descobriu que o sonho fora pouco pior que o despertar. Seus pulsos, suas pernas e seus tornozelos estavam atados com cordas. Ao lado dele estava deitado Merry, de rosto branco, com um trapo sujo amarrado na testa. Em toda a volta deles estava sentada ou em pé uma grande companhia de Orques.

Lentamente, na cabeça dolorida de Pippin, as lembranças se reuniram e apartaram-se das sombras do sonho. É claro: ele e Merry haviam fugido correndo para a mata. O que dera neles? Por que haviam saído daquele jeito, às pressas, sem darem atenção ao velho Passolargo? Haviam corrido longe, gritando — ele não conseguia se lembrar a que distância ou por quanto tempo; e então, de súbito, haviam topado bem com um grupo de Orques: estavam parados, escutando, e pareciam não ter visto Merry e Pippin até que estes estivessem quase em seus braços. Então berraram, e dúzias de outros gobelins saltaram das árvores. Merry e ele haviam sacado as espadas, mas os Orques não queriam lutar, e só tentaram se apossar deles, mesmo quando Merry decepou vários braços e mãos. O bom e velho Merry!

Então Boromir chegara saltando através das árvores. Ele os fez lutar. Matou muitos deles, e os demais fugiram. Mas não tinham avançado muito no caminho de volta quando foram atacados de novo por cem Orques no mínimo, alguns muito grandes, e estes dispararam uma chuva de flechas: sempre em Boromir. Boromir soprara sua grande trompa até as matas ressoarem, e, no começo, os Orques ficaram espantados e recuaram; mas, quando não veio resposta senão os ecos, eles haviam atacado mais ferozmente que antes. Pippin não recordava muito mais. Sua última lembrança era de Boromir encostado a uma árvore, arrancando uma flecha; depois a treva se abateu de repente.

"Acho que levei uma pancada na cabeça", disse para si mesmo. "Pergunto-me se o coitado do Merry está muito machucado. O que aconteceu com Boromir? Por que os Orques não nos mataram? Onde estamos e aonde vamos?"

Não conseguia responder às perguntas. Sentia frio e enjoo. "Queria que Gandalf jamais tivesse convencido Elrond a nos deixar vir", pensou ele. "Qual foi minha serventia? Só de incômodo: um passageiro, uma peça de bagagem. E agora fui roubado e sou só uma peça de bagagem para os Orques. Espero que Passolargo ou alguém venha nos resgatar! Mas será que eu devia esperar isso? Isso não atrapalhará todos os planos? Queria conseguir me soltar!"

Esforçou-se um pouco, totalmente sem efeito. Um dos Orques sentados ali perto riu e comentou algo com um companheiro na língua abominável deles. "Descanse enquanto pode, pequeno tolo!", disse depois a Pippin, na fala comum, que ele tornava quase tão hedionda como seu próprio idioma. "Descanse enquanto pode! Vamos achar uso para suas pernas logo, logo. Vai querer não ter pernas antes de chegarmos em casa."

"Se fosse por mim, ia querer estar morto agora", comentou o outro. "Eu faria você guinchar, seu rato desgraçado." Inclinou-se sobre Pippin, trazendo as presas amarelas perto do seu rosto. Tinha na mão uma faca negra de lâmina comprida e dentada. "Fique deitado quieto, senão eu faço cócegas em você com esta", chiou ele. "Não chame a atenção, senão posso esquecer minhas ordens. Malditos Isengardenses! *Uglúk u bagronk sha pushdug Saruman-glob búbhosh skai*": começou uma longa fala furiosa em sua própria língua, que lentamente se desfez em resmungos e rosnados.

Pippin, aterrorizado, ficou deitado imóvel, apesar de a dor dos pulsos e tornozelos estar aumentando e de as pedras embaixo dele lhe perfurarem as costas. Para desviar os pensamentos de si mesmo, escutou atentamente tudo o que podia ouvir. Havia muitas vozes em torno e, apesar de a fala-órquica soar sempre repleta de ódio e ira, parecia claro que algo semelhante a uma briga começara e estava esquentando.

Para surpresa de Pippin, ele descobriu que grande parte da fala era inteligível; muitos dos Orques usavam o idioma ordinário. Aparentemente estavam presentes membros de duas ou três tribos bem diferentes, e não conseguiam compreender a fala-órquica uns dos outros. Havia um debate furioso sobre o que deveriam fazer agora: que caminho iriam seguir e o que deveria ser feito dos prisioneiros.

"Não tem tempo para matar eles direito", disse um. "Não tem tempo para brincar nesta viagem."

"Isso não tem jeito", respondeu outro. "Mas por que não matar eles depressa, matar eles agora? Eles são um maldito incômodo, e nós estamos com pressa. A tardinha está chegando, e precisamos nos mexer."

"Ordens", disse uma terceira voz com um grunhido grave. 'Matem todos, mas NÃO os Pequenos; eles devem ser trazidos VIVOS o mais depressa possível.' Essas são as minhas ordens."

"Para que precisam deles?", perguntaram diversas vozes. "Por que vivos? São bons pra diversão?"

"Não! Ouvi que um deles tem uma coisa, uma coisa que é necessária pra Guerra, um complô élfico ou algo assim. De qualquer jeito, os dois vão ser interrogados."

"É só isso que você sabe? Por que não revistamos eles e descobrimos? Podemos encontrar alguma coisa que nós mesmos podemos usar."

"Essa é uma observação muito interessante", escarneceu uma voz, mais macia que as demais, porém mais maligna. "Quem sabe eu precise relatar isso. Os prisioneiros NÃO devem ser revistados, nem saqueados: essas são as *minhas* ordens."

"E as minhas também", disse a voz grave. "'Vivos e como capturados; sem pilhagem.' Essas são as minhas ordens."

"Não as nossas ordens!", comentou uma das primeiras vozes. "Viemos lá das Minas para matar e para vingar nosso povo. Quero matar e depois voltar pro norte."

"Então você pode querer de novo", disse a voz grunhidora. "Eu sou Uglúk. Eu comando. Eu volto para Isengard pela estrada mais curta."

"É Saruman que é o mestre ou o Grande Olho?", disse a voz maligna. "Nós devíamos voltar já para Lugbúrz."

"Se pudéssemos atravessar o Grande Rio, nós poderíamos", falou outra voz. "Mas não tem o bastante de nós para nos arriscarmos a descer até as pontes."

"Eu atravessei", disse a voz maligna. "Um Nazgûl alado nos espera mais ao norte, na margem leste."

"Quem sabe, quem sabe! Então você sai voando com nossos prisioneiros e ganha todo o pagamento e os elogios em Lugbúrz, e nos deixa andando do melhor jeito possível através do País-de-cavalos. Não, precisamos ficar unidos. Estas terras são perigosas: cheias de rebeldes e bandidos imundos."

"É, precisamos ficar unidos", grunhiu Uglúk. "Não confio em vocês, seus porquinhos. Vocês não têm tutano fora dos seus chiqueiros. Se não fosse por nós, teriam todos fugido. Nós somos os Uruk-hai combatentes! Nós matamos o grande guerreiro. Nós pegamos os prisioneiros. Nós somos os serviçais de Saruman, o Sábio, a Mão Branca: a Mão que nos dá carne humana para comer. Viemos de Isengard, trouxemos vocês para cá e vamos levar vocês de volta pelo caminho que nós escolhermos. Eu sou Uglúk. Eu falei."

"Você falou mais que o bastante, Uglúk", escarneceu a voz maligna. "Fico pensando se vão gostar disso em Lugbúrz. Podem achar que os ombros do

Uglúk precisam ser aliviados de uma cabeça inchada. Podem perguntar de onde vieram suas ideias esquisitas. Vieram do Saruman, quem sabe? Quem *ele* pensa que é, que se estabelece sozinho com seus emblemas brancos imundos? Pode ser que eles concordem comigo, com seu mensageiro de confiança Grishnákh; e eu, Grishnákh, digo isto: Saruman é um tolo, e um tolo sujo e traiçoeiro. Mas o Grande Olho está sobre ele.

"É *porcos* então? Vocês, pessoal, gostam de ser chamados de *porcos* pelos dedos-duros de um magozinho sujo? Garanto que é carne-órquica que eles comem."

Muitos berros altos, em fala-órquica, responderam a ele, e o estrépito ressoante de armas sendo sacadas. Cautelosamente Pippin rolou para o lado, esperando ver o que iria acontecer. Seus vigias haviam saído para se juntarem à rixa. À meia-luz, viu um grande Orque negro, provavelmente Uglúk, de pé encarando Grishnákh, uma criatura baixa de pernas tortas, muito larga e de braços compridos que pendiam quase até o chão. Ao redor deles havia muitos gobelins menores. Pippin supôs que estes fossem os do Norte. Haviam sacado os punhais e as espadas, mas hesitavam em atacar Uglúk.

Uglúk deu um grito, e vieram correndo alguns outros Orques quase do seu tamanho. Então, de repente, sem aviso, Uglúk saltou para a frente e com dois golpes rápidos decepou a cabeça de dois oponentes. Grishnákh desviou-se e sumiu nas sombras. Os outros cederam, e um deu um passo para trás e caiu por cima do vulto prostrado de Merry, praguejando. Mas isso provavelmente lhe salvou a vida, pois os seguidores de Uglúk saltaram por cima dele e abateram outro com suas espadas de lâmina larga. Era o guardião de presas amarelas. Seu corpo caiu bem em cima de Pippin, ainda agarrando a faca comprida de lâmina serrilhada.

"Baixem as armas!", gritou Uglúk. "E vamos parar com as bobagens! Daqui vamos direto pro oeste e descer a escada. De lá direto pras colinas, depois seguindo o rio pra floresta. E marchamos dia e noite. Tá claro?"

"Ora," pensou Pippin, "se esse sujeito feio levar um tempinho para controlar suas tropas, eu tenho chance." Viera-lhe um lampejo de esperança. O gume da faca negra lhe fizera um pique no braço e depois escorregara até seu pulso. Sentia o sangue gotejando em sua mão, mas sentia também o toque frio do aço em sua pele.

Os Orques se preparavam para marchar outra vez, mas alguns dos Nortistas ainda estavam relutantes, e os Isengardenses mataram mais dois antes de o restante se intimidar. Houve muitas pragas e confusão. No momento, Pippin não estava sendo vigiado. Suas pernas estavam atadas com firmeza, mas os braços só estavam amarrados pelos pulsos, e as mãos estavam à sua frente. Podia movê-las ambas juntas apesar de os laços serem cruelmente apertados. Empurrou o Orque morto para um lado e depois, mal se atrevendo a respirar, moveu para cima e para baixo o nó da corda do pulso de encontro à lâmina da faca. Esta era afiada, e a mão morta a segurava firme. A corda foi cortada! Rapidamente Pippin a tomou nos dedos e lhe deu um novo nó, numa pulseira frouxa de duas voltas, e a deslizou sobre as mãos. Depois ficou deitado, bem imóvel.

"Apanhem esses prisioneiros!", gritou Uglúk. "Não tentem nenhum truque com eles! Se não estiverem vivos quando nós voltarmos, mais alguém vai morrer também."

Um Orque arrebatou Pippin como um saco, pôs a cabeça entre suas mãos amarradas, agarrou-lhe os braços e os puxou para baixo até que o rosto de Pippin ficasse esmagado de encontro ao seu pescoço; depois partiu com ele aos solavancos. Outro tratou Merry da mesma forma. A mão do Orque, semelhante a uma garra, segurava os braços de Pippin como ferro; as unhas o ferroavam. Fechou os olhos e mergulhou de novo em sonhos malignos.

De repente foi jogado outra vez no chão de pedra. Era o começo da noite, mas a lua delgada já decaía rumo ao oeste. Estavam na beira de um penhasco que parecia vigiar um mar de nevoeiro pálido. Havia o som de água caindo ali perto.

"Os batedores voltaram afinal", disse um Orque junto dele.

"Bom, e o que vocês descobriram?", grunhiu a voz de Uglúk.

"Só um cavaleiro sozinho, e ele foi pro oeste. Está tudo limpo agora."

"Agora, aposto. Mas por quanto tempo? Seus tolos! Deviam ter atirado nele. Ele vai dar o alarme. Os malditos criadores de cavalos vão ouvir falar de nós pela manhã. Agora vamos ter que partir em carreira dobrada."

Uma sombra se inclinou sobre Pippin. Era Uglúk. "Sente!", disse o Orque. "Meus rapazes estão cansados de arrastar você por aí. Precisamos descer em escalada, e você tem que usar as pernas. Agora coopere. Sem gritos, sem tentar escapar. Temos jeitos para pagar truques que você não vai gostar, mas que não vão estragar sua utilidade pro Mestre."

Cortou as correias em torno das pernas e dos tornozelos de Pippin, apanhou-o pelos cabelos e o pôs de pé. Pippin caiu, e Uglúk o arrastou para cima pelos cabelos outra vez. Vários Orques riram. Uglúk enfiou-lhe um frasco entre os dentes e derramou um pouco de líquido ardente garganta abaixo: ele sentiu um fulgor quente e feroz fluir por seu corpo. A dor nas pernas e nos tornozelos sumiu. Conseguia ficar em pé.

"Agora o outro!", disse Uglúk. Pippin o viu aproximar-se de Merry, que estava deitado ali perto, e dar-lhe um pontapé. Merry gemeu. Agarrando-o rudemente, Uglúk o puxou até que estivesse sentado e lhe arrancou a atadura da cabeça. Então untou a ferida com uma substância escura que tirou de uma caixinha de madeira. Merry deu um grito e se debateu violentamente.

Os Orques bateram palmas e vaiaram "Não consegue tomar o remédio", escarneceram. "Não sabe o que é bom para ele. Ei! Vamos nos divertir um pouco depois."

Mas naquele momento, Uglúk não estava ocupado com diversão. Precisava de pressa e tinha de contentar seguidores relutantes. Estava curando Merry à maneira-órquica; e seu tratamento funcionou depressa. Quando havia forçado um gole do seu frasco pela garganta do hobbit, cortado as amarras de suas pernas e o arrastado para que ficasse em pé, Merry levantou-se, com aspecto pálido, mas carrancudo e desafiador, e totalmente vivo. O talho em sua testa não o incomodou mais, porém ele carregou uma cicatriz marrom até o fim dos seus dias.

"Alô, Pippin!", disse ele. "Então você também veio nesta pequena expedição? Onde ganhamos cama e desjejum?"

"Ora essa!", exclamou Uglúk. "Nada disso! Calem a boca. Não falem um com o outro. Qualquer encrenca vai ser relatada na outra ponta, e Ele vai saber pagar vocês. Vão ganhar cama e desjejum, sim: mais do que conseguem digerir."

O bando-órquico começou a descer por uma ravina estreita que levava para a planície enevoada lá embaixo. Merry e Pippin, separados por uma dúzia de Orques ou mais, desceram com eles. No sopé pisaram na relva, e os corações dos hobbits se animaram.

"Agora reto e em frente!", gritou Uglúk. "Para o oeste e um pouco ao norte. Sigam Lugdush."

"Mas o que vamos fazer ao nascer do sol?", disseram alguns dos Nortistas.

"Continuar correndo", respondeu Uglúk. "O que estão pensando? Sentar-se na relva e esperar que os Peles-Brancas se juntem ao piquenique?"

"Mas não podemos correr à luz do sol."

"Vão correr comigo atrás de vocês", disse Uglúk. "Corram! Ou nunca mais vão ver seus queridos buracos de novo. Pela Mão Branca! De que serve mandar vermes-da-montanha numa viagem, só meio treinados? Corram, malditos! Corram enquanto dura a noite!"

Então toda a companhia começou a correr com as passadas compridas e galopantes dos Orques. Não mantinham ordem, empurrando, dando cotoveladas e praguejando; porém sua velocidade era muito grande. Cada hobbit tinha uma guarda de três Orques. Pippin estava bem na traseira da fila. Perguntava-se quanto tempo seria capaz de prosseguir naquele passo: não tinha comido nada desde a manhã. Um de seus guardas tinha um chicote. Mas naquele momento o licor-órquico ainda estava quente dentro dele. Também seu juízo estava bem desperto.

Vez por outra lhe vinha à mente, sem ser convidada, uma visão do rosto atento de Passolargo, inclinado sobre uma trilha obscura e correndo,

correndo atrás deles. Mas o que mesmo um Caminheiro poderia ver, a não ser uma trilha confusa de pés-órquicos? Suas próprias pequenas pegadas, e as de Merry, estavam submersas pelo pisoteio dos sapatos ferrados diante deles e atrás deles e em volta deles.

Haviam avançado só cerca de uma milha desde o penhasco quando o terreno se inclinou para baixo, para uma ampla depressão rasa onde o solo era mole e úmido. Ali havia névoa, reluzindo pálida aos últimos raios da lua em foice. As formas escuras dos Orques à frente tornaram-se indistintas e depois foram engolidas.

"Ei! Firmes agora!", gritou Uglúk da retaguarda.

Um pensamento súbito saltou para a mente de Pippin, e ele reagiu de imediato. Esquivou-se para o lado direito e mergulhou para fora do alcance do guarda que queria agarrá-lo, de cabeça na névoa; pousou esparramado na relva.

"Parem!", berrou Uglúk.

Por um momento houve tumulto e confusão. Pippin ergueu-se com um salto e correu. Mas os Orques estavam em seu encalço. Alguns assomaram de repente bem diante dele.

"Sem esperança de escapar!", pensou Pippin. "Mas há esperança de eu ter deixado algumas das minhas próprias pegadas intactas no solo úmido." Tateou na garganta com as duas mãos amarradas e desprendeu o broche da capa. No momento em que era agarrado por braços compridos e garras duras, deixou-o cair. "Imagino que vá jazer aí até o fim dos tempos", pensou. "Não sei por que fiz isso. Se os outros escaparam, provavelmente foram todos com Frodo."

A correia de um chicote se enleou em suas pernas, e ele reprimiu um grito.

"Chega!", gritou Uglúk, correndo em sua direção. "Ele ainda vai ter de correr bastante. Façam os dois correrem! Só usem o chicote como lembrete."

"Mas não é só isso", rosnou ele, virando-se para Pippin. "Não vou esquecer. O pagamento só foi adiado. Em marcha!"

Nem Pippin nem Merry recordaram muita coisa da parte subsequente da jornada. Maus sonhos e maus despertares confundiam-se em um longo túnel de desgraça, com a esperança minguando cada vez mais atrás deles. Correram e correram, esforçando-se para acompanhar o passo estabelecido pelos Orques, lambidos vez ou outra por uma correia cruel manejada com destreza. Quando paravam ou tropeçavam eram agarrados e arrastados por certa distância.

O calor da bebida-órquica se fora. Pippin sentia-se frio e enjoado outra vez. De repente caiu na relva, de rosto para baixo. Mãos duras com unhas que rasgavam pegaram-no e ergueram-no. Foi outra vez carregado como um saco, e a escuridão cresceu em torno dele: se era a escuridão de outra noite ou uma cegueira de seus olhos, ele não sabia dizer.

Tomou consciência nebulosa de vozes clamando: parecia que muitos dos Orques estavam exigindo uma parada. Uglúk gritava. Sentiu-se lançado ao chão e ficou deitado assim como caiu até que negros sonhos se apossassem dele. Mas não escapou da dor por muito tempo; logo o aperto férreo de mãos implacáveis o assaltou mais uma vez. Por muito tempo foi jogado e sacudido, e então, devagar, a escuridão cedeu, e ele voltou ao mundo desperto e descobriu que era manhã. Ordens foram gritadas, e ele foi lançado rudemente na relva.

Ali ficou algum tempo deitado, lutando contra o desespero. Sua cabeça rodava, mas pelo calor no corpo deduziu que tinham-lhe dado mais um gole. Um Orque se inclinou sobre ele e lhe lançou um pouco de pão e uma tira de carne crua seca. Comeu avidamente o pão, dormido e cinzento, mas não a carne. Estava faminto, mas ainda não faminto o bastante para comer carne que um Orque lhe jogara; a carne de que criatura ele não ousava imaginar.

Sentou-se e olhou em torno. Merry não estava longe dele. Estavam junto à margem de um rio veloz e estreito. À frente erguiam-se montanhas: um pico alto recebia os primeiros raios do sol. Uma mancha escura de floresta se estendia nas encostas inferiores à sua frente.

Havia grande gritaria e debate entre os Orques; parecia que uma rixa estava a ponto de estourar outra vez entre os Nortistas e os Isengardenses. Alguns apontavam de volta para o sul e alguns apontavam para o leste.

"Muito bem", disse Uglúk. "Então deixem eles comigo! Sem matança, como eu disse antes; mas se querem jogar fora o que viemos pegar de tão longe, joguem fora! Eu cuido disso. Os Uruk-hai combatentes que façam o serviço, como sempre. Se estão com medo dos Peles-Brancas, corram! Corram! Ali está a floresta", gritou, apontando à frente. "Vão para lá! É sua melhor esperança. Vão embora! E depressa, antes que eu arranque mais algumas cabeças para botar bom senso nas outras."

Houve um tanto de pragas e desordem, e depois a maioria dos Nortistas se separou e partiu às pressas, mais de cem, correndo desordenadamente ao longo do rio na direção das montanhas. Os hobbits foram deixados com os Isengardenses: um bando carrancudo e obscuro, pelo menos quatro vintenas de Orques grandes, de compleição escura e olhos puxados, com grandes arcos e espadas curtas de lâmina larga. Alguns dos Nortistas maiores e mais ousados ficaram com eles.

"Agora vamos lidar com Grishnákh", disse Uglúk; mas mesmo alguns dos seus próprios seguidores estavam olhando ansiosamente para o sul.

"Eu sei", grunhiu Uglúk. "Os malditos meninos-de-cavalos nos farejaram. Mas é tudo culpa sua, Snaga. Você e os outros batedores deviam ter as orelhas decepadas. Mas nós somos os combatentes. Ainda vamos nos banquetear com carne de cavalo ou coisa melhor."

Nesse momento, Pippin viu por que parte da tropa tinha apontado para o leste. Daquela direção já vinham gritos roucos, e ali estava Grishnákh de novo, e às suas costas algumas vintenas de outros como ele: Orques de braços compridos e pernas tortas. Tinham um olho vermelho pintado nos escudos. Uglúk deu um passo à frente para recebê-los.

"Então vocês voltaram?", disse ele. "Pensaram melhor, hein?"

"Voltei para garantir que as Ordens sejam cumpridas e os prisioneiros estejam seguros", respondeu Grishnákh.

"É mesmo!", disse Uglúk. "Perda de esforço. Eu garanto que as ordens sejam cumpridas no meu comando. E para que mais voltaram? Vocês foram às pressas. Deixaram alguma coisa para trás?"

"Deixei um tolo", rosnou Grishnákh. "Mas tinha com ele uns camaradas decididos que são bons demais para perder. Eu sabia que você iria levá-los para uma encrenca. Eu vim ajudá-los."

"Esplêndido!", riu Uglúk. "Mas, a não ser que vocês tenham tutano para lutar, pegaram o caminho errado. Lugbúrz era o destino de vocês. Os Peles-Brancas estão chegando. O que aconteceu com seu precioso Nazgûl? Outra montaria foi abatida debaixo dele? Ora, se tivessem trazido ele isso poderia ser útil — se esses Nazgûl são tudo o que dizem."

"*Nazgûl, Nazgûl*", disse Grishnákh, estremecendo e lambendo os lábios, como se a palavra tivesse um gosto podre que ele saboreasse dolorosamente. "Você fala do que está fundo além do alcance dos seus sonhos lamacentos, Uglúk", disse ele. "*Nazgûl!* Ah! Tudo o que dizem! Um dia você vai querer não ter dito isso. Macaco!", rosnou ele com ferocidade. "Devia saber que eles são os prediletos do Grande Olho. Mas os Nazgûl alados: ainda não, ainda não. Ele ainda não deixa que se mostrem deste lado do Grande Rio, não cedo demais. São para a Guerra — e outras finalidades."

"Você parece que sabe muita coisa", disse Uglúk. "Mais do que é bom para você, eu acho. Quem sabe os de Lugbúrz estejam pensando como e por quê. Mas, enquanto isso, os Uruk-hai de Isengard podem fazer o serviço sujo, como sempre. Não fique aí babando! Reúna sua ralé! Os outros porcos estão fugindo para a floresta. É melhor você ir atrás deles. Você não voltaria vivo ao Grande Rio. A postos! Agora! Vou estar nos seus calcanhares."

Os Isengardenses agarraram Merry e Pippin outra vez e os jogaram nas costas. Então a tropa partiu. Correram hora após hora, fazendo uma pausa de vez em quando apenas para jogarem os hobbits em novos carregadores. Fosse porque eram mais velozes e resistentes, ou por algum plano de Grishnákh, os Isengardenses gradativamente passaram pelos Orques de Mordor, e a gente de Grishnákh vinha atrás. Logo também estavam ultrapassando os Nortistas à sua frente. A floresta começou a se aproximar.

Pippin estava contundido e lanhado, sua cabeça dolorida esfregava na mandíbula imunda e na orelha peluda do Orque que o segurava. Logo à frente havia lombos encurvados, e pernas duras e grossas que subiam e desciam, subiam e desciam, sem descanso, como se fossem feitas de arame e chifre, marcando os segundos de pesadelo de um tempo infindável.

À tarde, a tropa de Uglúk ultrapassou os Nortistas. Estavam afrouxando aos raios do sol claro, apesar de ser o sol do inverno brilhando em um céu pálido e frio; tinham as cabeças baixas e as línguas pendendo para fora.

"Vermes!", escarneciam os Isengardenses. "Vocês estão fritos. Os Peles-Brancas vão apanhar e comer vocês. Eles estão chegando!"

Um grito de Grishnákh mostrou que isso não era uma mera caçoada. Cavaleiros muito velozes tinham sido avistados de fato: ainda muito atrás, mas ganhando terreno dos Orques, ganhando terreno como uma maré nos baixios sobre pessoas vagando na areia movediça.

Os Isengardenses começaram a correr com um passo redobrado que admirou Pippin, no que parecia um arranco tremendo num fim de corrida. Então ele viu que o sol estava descendo, caindo atrás das Montanhas Nevoentas; as sombras se estendiam sobre o terreno. Os soldados de Mordor ergueram a cabeça e também começaram a aumentar a velocidade. A floresta era escura e próxima. Já haviam passado por algumas árvores mais afastadas. O terreno começava a formar um aclive, cada vez mais íngreme; mas os Orques não pararam. Tanto Uglúk quanto Grishnákh gritavam, atiçando-os ao último esforço.

"Ainda vão conseguir. Vão escapar", pensou Pippin. E então achou um modo de virar o pescoço para espiar para trás, com um olho por cima do ombro. Viu que cavaleiros, longe no leste, já estavam emparelhados com os Orques, galopando sobre a planície. O pôr do sol lhes dourava as lanças e os elmos e rebrilhava em seus pálidos cabelos ao vento. Estavam encurralando os Orques, evitando que se dispersassem e impelindo-os ao longo da linha do rio.

Admirou-se muito de que tipo de gente seriam. Agora desejava ter aprendido mais em Valfenda, olhado mais mapas e outras coisas; mas naqueles dias os planos da jornada pareciam estar em mãos mais competentes, e ele nunca contara com estar isolado de Gandalf, ou de Passolargo e até de Frodo. Tudo o que podia recordar sobre Rohan era que o cavalo de Gandalf, Scadufax, viera daquela terra. Isso soava esperançoso, até certo ponto.

"Mas como vão saber que não somos Orques?", pensou ele. "Não acho que jamais tenham ouvido falar de hobbits por aqui. Acho que eu devia estar contente porque parece que os Orques bestiais vão ser destruídos, mas eu mesmo preferiria me salvar." Era provável que ele e Merry fossem mortos junto com seus captores, mesmo antes que os Homens de Rohan se dessem conta deles.

Alguns dos cavaleiros pareciam ser arqueiros, hábeis em atirar de um cavalo em carreira. Pondo-se depressa ao alcance, dispararam flechas contra os Orques que vagueavam atrasados, e vários deles tombaram; então os cavaleiros deram a volta, afastando-se do alcance dos arcos dos inimigos, que retrucavam atirando a esmo, não ousando parar. Isso aconteceu muitas vezes, e em certa ocasião caíram flechas entre os Isengardenses. Um deles, bem à frente de Pippin, tropeçou e não se levantou de novo.

A noite desceu sem que os Cavaleiros se aproximassem para o combate. Muitos Orques haviam tombado, mas restavam bem uns duzentos. Ao cair da escuridão, os Orques alcançaram um morrinho. A beira da floresta estava muito próxima, provavelmente a não mais de três oitavos de milha, mas não podiam avançar mais. Os cavaleiros tinham-nos encurralado. Um pequeno bando desobedeceu ao comando de Uglúk e seguiu correndo rumo à floresta: só três retornaram.

"Bom, aqui estamos", disse Grishnákh com escárnio. "Bela liderança! Espero que o grande Uglúk nos leve para fora outra vez."

"Arriem esses Pequenos!", ordenou Uglúk, sem dar atenção a Grishnákh. "Você, Lugdush, pegue dois outros e fique vigiando eles! Não podem ser mortos, a não ser que os Peles-Brancas imundos consigam passar. Entendeu? Enquanto eu estiver vivo eu quero eles. Mas não podem gritar e não podem ser resgatados. Amarrem as pernas deles!"

A última parte da ordem foi executada sem compaixão. Mas Pippin descobriu que pela primeira vez estava perto de Merry. Os Orques estavam fazendo muito barulho, gritando e batendo as armas, e os hobbits conseguiram sussurrar entre si por alguns instantes.

"Não estou gostando nada disto", disse Merry. "Sinto que estou quase liquidado. Não acho que poderia engatinhar longe, mesmo que estivesse livre."

"*Lembas!*", sussurrou Pippin. "*Lembas*: tenho um pouco. Você tem? Acho que não pegaram nada, a não ser nossas espadas."

"Sim, eu tinha um pacote no bolso," respondeu Merry, "mas ele deve ter sido malhado a migalhas. Seja como for, não posso pôr a boca no bolso!"

"Não vai precisar. Eu tenho...": mas nesse mesmo instante um pontapé violento alertou Pippin de que o barulho amainara, e os guardas estavam vigilantes.

A noite estava fria e silenciosa. Em toda a volta do morrinho onde os Orques estavam reunidos acenderam-se pequenas fogueiras de vigia, de um vermelho dourado na escuridão, um anel completo delas. Estavam ao alcance de um tiro longo de arco, mas os cavaleiros não se mostravam frente à luz, e os Orques desperdiçaram muitas flechas, atirando nas fogueiras, até Uglúk mandá-los parar. Os cavaleiros não faziam nenhum ruído. Mais tarde da noite, quando a lua surgiu da névoa, eles podiam ser vistos às vezes, formas sombrias que reluziam vez por outra à luz branca, movendo-se em patrulha incessante.

"Vão esperar pelo Sol, malditos!", grunhiu um dos guardas. "Por que não nos juntamos e fazemos uma investida para passar? O que o velho Uglúk pensa que está fazendo? Eu queria saber!"

"Acho que quer mesmo", rosnou Uglúk, vindo de trás. "Quer dizer que eu não penso nada, hein? Maldito! Vocês são tão ruins como a outra ralé: os vermes e os macacos de Lugbúrz. Não adianta tentar uma investida com eles. Eles só vão guinchar e sair em disparada, e tem mais do que o suficiente desses imundos meninos-de-cavalos para enxugar nossa turma na planície.

"Só tem uma coisa que esses vermes podem fazer: eles enxergam como o diacho no escuro. Mas esses Peles-Brancas têm olhos melhores de noite do que a maioria dos Homens, pelo que ouvi; e não esqueçam os cavalos deles! Dizem que conseguem enxergar a brisa da noite. Mas tem uma coisa que os belos sujeitos não sabem: Mauhúr e os rapazes dele estão na floresta e devem aparecer agora a qualquer momento."

As palavras de Uglúk aparentemente bastaram para satisfazer os Isengardenses; mas os demais Orques estavam ao mesmo tempo desanimados e rebeldes. Postaram alguns vigias, mas a maior parte se deitou no chão, descansando na agradável escuridão. Na verdade voltou a escurecer muito; pois a lua andou para o oeste, em nuvens espessas, e Pippin não conseguia ver nada que estivesse a mais de alguns pés de distância. As fogueiras não projetavam luz no morrinho. Porém os cavaleiros não se contentaram em apenas esperar o amanhecer e deixar os inimigos repousarem. Um clamor súbito do lado leste do morrinho demonstrou que havia algo errado. Parecia que alguns dos Homens haviam cavalgado para perto, deslizado dos cavalos, engatinhado até a beira do acampamento, matado vários Orques e depois tinham se esvaído de novo. Uglúk saiu às pressas para deter uma debandada.

Pippin e Merry sentaram-se. Seus guardas, Isengardenses, haviam ido com Uglúk. Mas se os hobbits tinham alguma intenção de escapar ela foi logo despedaçada. Um longo braço peludo pegou cada um deles pelo pescoço e os puxou para ficarem juntos. Estavam vagamente conscientes da grande cabeça e cara hedionda de Grishnákh entre eles; seu hálito podre lhes atingia as bochechas. Ele começou a apalpá-los e tateá-los. Pippin estremeceu quando dedos duros e frios lhe tentearam as costas.

"Bem, meus pequeninos!", disse Grishnákh com um sussurro baixo. "Estão apreciando o belo descanso? Ou não? Talvez numa posição meio desconfortável: espadas e chicotes de um lado e torpes lanças do outro! Gente pequena não devia se meter em assuntos que são grandes demais para ela." Seus dedos continuaram tenteando. Havia uma luz como um fogo pálido, mas quente, atrás dos seus olhos.

De súbito veio um pensamento à mente de Pippin, como se o apanhasse direto dos pensamentos urgentes do inimigo: "Grishnákh sabe do Anel! Está procurando por ele enquanto Uglúk está ocupado: provavelmente ele o quer para si." Havia um temor frio no coração de Pippin, mas ao mesmo tempo ele se perguntava como poderia se aproveitar do desejo de Grishnákh.

"Acho que não vai encontrá-lo desse jeito", sussurrou. "Não é fácil de encontrar."

"*Encontrá-lo?*", disse Grishnákh: seus dedos pararam de rastejar e agarraram o ombro de Pippin. "Encontrar o quê? Do que está falando, pequenino?"

Por um momento Pippin fez silêncio. Então de repente na escuridão fez um ruído na garganta: *gollum, gollum*. "Nada, meu precioso", acrescentou.

Os hobbits sentiram os dedos de Grishnákh se contorcendo. "Ohô!", sussurrou o gobelim baixinho. "É isso que ele quer dizer, é? Ohô! Muito, mui-to perigoso, meus pequeninos."

"Talvez", respondeu Merry, já alerta e consciente da conjectura de Pippin. "Talvez; e não só para nós. Ainda assim, você conhece melhor seus próprios afazeres. Você o quer ou não? E o que daria por ele?"

"Eu quero? Eu quero?", disse Grishnákh, como quem está perplexo; mas seus braços tremiam. "O que eu daria por ele? O que vocês querem dizer?"

"Nós queremos dizer", disse Pippin, escolhendo as palavras com cuidado, "que não adianta tatear no escuro. Podemos lhe poupar tempo e trabalho. Mas primeiro precisa desamarrar nossas pernas, do contrário não vamos fazer nada nem dizer nada."

"Meus caros e frágeis tolinhos," chiou Grishnákh, "tudo que vocês têm e tudo que vocês sabem vai ser arrancado de vocês a seu tempo: tudo! Vão querer que tivessem mais coisas que contar para satisfazer o Interrogador, vão sim: logo, logo. Não vamos apressar o inquérito. Oh não! Para que vocês pensam que foram mantidos vivos? Meus caros sujeitinhos, por favor, acreditem em mim quando eu digo que não foi por bondade: isso não é defeito nem mesmo de Uglúk."

"Acho bem fácil acreditar nisso", disse Merry. "Mas você ainda não levou sua presa para casa. E ela não parece estar indo na sua direção, aconteça o que acontecer. Se chegarmos a Isengard não vai ser o grande Grishnákh que se beneficiará: Saruman vai tomar tudo que puder achar. Se você quer alguma coisa para si, esta é a hora de fazer um acordo."

Grishnákh começou a perder a paciência. O nome de Saruman parecia irritá-lo especialmente. O tempo passava e a perturbação estava amainando. Uglúk ou os Isengardenses podiam voltar a qualquer minuto. "Está com vocês — algum de vocês?", rosnou ele.

"*Gollum, gollum!*", disse Pippin.

"Desamarre nossas pernas!", disse Merry.

Sentiram os braços do Orque tremendo violentamente. "Malditos sejam, vermezinhos imundos!", chiou ele. "Desamarrar suas pernas? Vou desamarrar todos os cordões dos seus corpos. Pensam que eu não posso esquadrinhar vocês até os ossos? Esquadrinhar vocês! Eu vou cortar os dois em farrapos palpitantes. Não preciso da ajuda das suas pernas para tirar vocês daqui e ficar com vocês só para mim!"

Agarrou-os de repente. A força de seus braços compridos e seus ombros era aterrorizante. Enfiou um embaixo de cada braço e esmagou-os ferozmente contra os flancos; tapou cada boca com uma grande mão sufocante. Então saltou para a frente, agachando-se bastante. Seguiu rápida e silenciosamente até chegar à beira do morrinho. Ali, escolhendo uma brecha entre os vigias, saiu como uma sombra maligna para a noite, desceu a encosta e partiu rumo ao oeste no sentido do rio que corria de dentro da floresta. Naquela direção havia um amplo espaço aberto com apenas uma fogueira.

Depois de percorrer uma dúzia de jardas ele parou, espiando e escutando. Nada se via nem ouvia. Esgueirou-se avante devagar, dobrado quase até o chão. Depois agachou-se e escutou de novo. Então pôs-se de pé, como quem vai arriscar uma arrancada súbita. Nesse mesmo momento, o vulto escuro de um cavaleiro assomou bem à sua frente. Um cavalo bufou e empinou-se. Um homem fez um chamado.

Grishnákh lançou-se de bruços no chão, arrastando os hobbits consigo; então sacou a espada. Sem dúvida pretendia matar seus cativos em vez de permitir que escapassem ou fossem resgatados; mas essa foi sua desgraça. A espada retiniu baixinho e reluziu um pouco à luz da fogueira logo à sua esquerda. Uma flecha veio assobiando da treva: fora apontada com habilidade, ou guiada pela sina, e atravessou-lhe a mão direita. Deixou cair a espada e guinchou. Houve um rápido bater de cascos, e, no momento em que Grishnákh se levantou com um salto e correu, foi atropelado e transpassado com uma lança. Deu um hediondo grito trêmulo e jazeu imóvel.

Os hobbits ficaram junto ao chão, como Grishnákh os deixara. Outro cavaleiro veio rapidamente em ajuda do companheiro. Fosse por causa de alguma agudeza especial da visão, fosse por algum outro sentido, o cavalo se ergueu e pulou leve por cima deles; mas seu cavaleiro não os viu, deitados cobertos por suas capas-élficas, esmagados demais no momento e temerosos demais para se mexerem.

Finalmente Merry se agitou e sussurrou baixinho: "Até aqui tudo bem; mas como é que *nós* vamos evitar sermos espetados?"

A resposta veio quase de imediato. Os gritos de Grishnákh haviam alvoroçado os Orques. Pelos berros e guinchos que vinham do morrinho os hobbits souberam que seu desaparecimento fora descoberto:

Uglúk provavelmente estava decepando mais algumas cabeças. Então, de repente, vieram da direita respostas gritadas em vozes-órquicas, de fora do círculo de fogueiras de vigia, desde a floresta e as montanhas. Aparentemente Mauhúr chegara e estava atacando os sitiadores. Veio o som de cavalos galopando. Os Cavaleiros estavam apertando seu cerco em redor do morrinho, expondo-se às flechas-órquicas, de forma a evitar qualquer surtida, enquanto uma companhia partia a cavalo para lidar com os recém-chegados. Subitamente Merry e Pippin se deram conta de que, sem se moverem, já estavam fora do círculo: nada havia entre eles e a fuga.

"Ora," disse Merry, "se nossas pernas e mãos estivessem livres nós poderíamos escapar. Mas não consigo tocar os nós e não posso mordê-los."

"Não é preciso tentar", disse Pippin. "Eu ia lhe contar: consegui livrar minhas mãos. Estes laços só ficaram por aparência. Melhor você comer um bocado de *lembas* primeiro."

Fez os cordões deslizarem dos pulsos e pescou um embrulho. Os biscoitos estavam quebrados, mas bons, ainda em suas embalagens de folhas. Cada hobbit comeu dois ou três pedaços. O sabor fê-los recordar a lembrança de rostos belos, e do riso, e de comida saudável em dias tranquilos que já iam bem longe. Durante algum tempo comeram pensativos, sentados no escuro, desatentos aos gritos e ruídos da batalha próxima. Pippin foi o primeiro a voltar ao presente.

"Precisamos ir embora", disse ele. "Meio momento!" A espada de Grishnákh jazia perto deles, mas era demasiado pesada e desajeitada para que ele a usasse; por isso ele engatinhou para a frente, e encontrando o corpo do gobelim, sacou da bainha uma faca comprida e afiada. Com ela cortou rapidamente as amarras deles.

"Agora é avante!", disse ele. "Quando tivermos nos aquecido um pouco, quem sabe sejamos capazes de ficar em pé outra vez e de caminhar. Mas de qualquer modo seria melhor começar engatinhando."

Engatinharam. A relva era funda e flexível, e isso os ajudou; mas parecia um esforço longo e lento. Contornaram de longe a fogueira de vigia e avançaram pouco a pouco, arrastando-se, até chegarem à margem do rio que gorgolejava nas sombras negras sob as fundas ribanceiras. Então olharam para trás.

Os ruídos haviam cessado. Evidentemente Mauhúr e seus "rapazes" tinham sido mortos ou afugentados. Os Cavaleiros tinham retornado à sua vigília silenciosa e ameaçadora. Ela não duraria muito mais tempo. A noite já estava velha. No Leste, que permanecera livre de nuvens, o céu começava a ficar pálido.

"Precisamos nos abrigar," disse Pippin, "do contrário, seremos vistos. Não será consolo para nós se esses cavaleiros descobrirem que não somos Orques depois que estivermos mortos." Ergueu-se e bateu os pés. "Esses cordões me cortaram como se fossem arames; mas meus pés estão esquentando de novo. Agora eu seria capaz de ir cambaleando. E você, Merry?"

Merry ergueu-se. "Sim," respondeu ele, "eu consigo. O *lembas* reanima a gente! Também é uma sensação mais sadia que o calor da bebida-órquica. Pergunto-me do que era feita. Melhor não saber, eu acho. Vamos tomar um gole de água para lavar a lembrança dela!"

"Aqui não, as ribanceiras são íngremes demais", disse Pippin. "Em frente agora!"

Viraram-se e caminharam lado a lado, lentamente, pela linha do rio. Atrás deles a luz crescia no Leste. À medida que caminhavam comparavam suas lembranças, conversando despreocupados, à maneira dos hobbits, sobre as coisas que haviam acontecido desde sua captura. Quem os escutasse não adivinharia, pelas suas palavras, que tinham sofrido cruelmente e estado em perigo medonho, avançando sem esperança para o tormento e a morte; ou que naquele mesmo momento, como bem sabiam, tinham pouca chance de alguma vez reencontrarem amigos ou segurança.

"Você parece ter-se dado bem, Mestre Tûk", comentou Merry. "Você vai ganhar quase um capítulo no livro do velho Bilbo, se alguma vez eu tiver a oportunidade de relatar a ele. Bom trabalho: especialmente em adivinhar o joguinho daquele vilão peludo e fazer o mesmo jogo. Mas eu me pergunto se alguém vai chegar a descobrir sua pista e encontrar aquele broche. Eu detestaria perder o meu, mas receio que o seu se foi de vez."

"Vou ter de escovar os artelhos se quiser emparelhar com você. Na verdade, o Primo Brandebuque irá andando na frente agora. É aqui que ele entra. Acho que você não faz muita ideia de onde estamos; mas passei muito melhor meu tempo em Valfenda. Estamos caminhando para o oeste ao longo do Entágua. A ponta das Montanhas Nevoentas está à frente, e a Floresta de Fangorn."

Enquanto ele falava, a beira escura da floresta assomou bem diante deles. A Noite parecia ter-se refugiado sob suas grandes árvores, esgueirando-se para longe da Aurora que chegava.

"Conduza-nos avante, Mestre Brandebuque!", disse Pippin. "Ou de volta! Fomos alertados contra Fangorn. Mas alguém tão sapiente não terá esquecido isso."

"Não esqueci," respondeu Merry; "mas a floresta me parece melhor, ainda assim, do que voltar para o meio de uma batalha."

Foi em frente, por baixo dos enormes ramos das árvores. Elas pareciam antigas além da imaginação. Grandes barbas pendentes de líquen estavam suspensas nelas, voando e balançando na brisa. Os hobbits espiaram das sombras, para trás e encosta abaixo: pequenos vultos furtivos que na luz fraca se pareciam com crianças-élficas nas profundezas do tempo, contemplando desde a Floresta Selvagem, maravilhados, sua primeira Aurora.

Longe além do Grande Rio e nas Terras Castanhas, a léguas e léguas cinzentas de distância, a Aurora chegou, rubra como chama. As trompas de caça soaram alto para saudá-la. Os Cavaleiros de Rohan adquiriram vida de repente. De novo uma trompa respondeu à outra.

Merry e Pippin ouviram, nitidamente no ar frio, o relinchar de cavalos-de-combate e o súbito canto de muitos homens. A curva do Sol ergueu-se, um arco de fogo, sobre a margem do mundo. Então, com um grande grito, os Cavaleiros atacaram do Leste; a luz vermelha rebrilhava em malha e lança. Os Orques berravam e atiravam todas as flechas que lhes restavam. Os hobbits viram vários cavaleiros tombarem; mas sua linha ficou firme, subindo a colina e passando por cima dela, e deu a volta e atacou de novo. Então a maior parte dos adversários que ainda vivia irrompeu e fugiu, para cá e para lá, perseguidos um por um até a morte. Mas um bando, mantendo-se unido em uma cunha negra, avançou resoluto na direção da floresta. Investiram diretamente encosta acima na direção dos observadores. Já se aproximavam, e parecia certo que iriam escapar: já tinham abatido três Cavaleiros que lhes barravam o caminho.

"Observamos tempo demais", disse Merry. "Ali está Uglúk! Não quero me encontrar com ele de novo." Os hobbits deram a volta e fugiram para o fundo das sombras da floresta.

Foi assim que não viram a última resistência, quando Uglúk foi alcançado e encurralado na própria borda de Fangorn. Ali foi finalmente abatido por Éomer, Terceiro Marechal da Marca, que apeou e o combateu espada contra espada. E por sobre os amplos campos, os Cavaleiros de olhos aguçados caçaram os poucos Orques que haviam escapado e ainda tinham força para fugir.

Então, depois de depositarem os camaradas tombados em um outeiro e cantarem seus louvores, os Cavaleiros fizeram uma grande fogueira e espalharam as cinzas de seus inimigos. Assim terminou o ataque, e nenhuma notícia dele jamais voltou a Mordor ou a Isengard; mas a fumaça da queima subiu alto no céu e foi vista por muitos olhos vigilantes.

4

BARBÁRVORE

Enquanto isso, os hobbits avançaram com a velocidade que a floresta, escura e enredada, lhes permitia, seguindo a linha do rio corrente, rumo ao oeste, subindo em direção às encostas das montanhas, cada vez mais fundo para dentro de Fangorn. Lentamente seu medo dos Orques se dissipou, e o passo diminuiu. Assaltou-os uma estranha sensação sufocante, como se o ar fosse ralo ou escasso demais para ser respirado.

Por fim Merry parou. "Não podemos continuar desse jeito", ofegou ele. "Quero um pouco de ar."

"Seja como for, vamos beber alguma coisa", disse Pippin. "Estou ressequido." Escalou uma grande raiz de árvore que se insinuava na correnteza e, abaixando-se, apanhou um pouco de água nas mãos em cuia. Estava límpida e fria, e ele bebeu muitos goles. Merry seguiu-o. A água os refrescou e pareceu alegrar-lhes os corações; por alguns momentos ficaram sentados juntos à beira da correnteza, chapinhando com os pés e pernas doídos e espiando em sua volta as árvores que se erguiam silenciosas ao seu redor, fileira após fileira, até esmaecerem na meia-luz cinzenta em todas as direções.

"Será que você já nos pôs a perder?", indagou Pippin, encostando-se num grande tronco de árvore. "Pelo menos podemos seguir o curso deste rio, o Entágua ou como queira chamá-lo, e sair de novo pelo caminho da vinda."

"Poderíamos, se as nossas pernas permitissem", disse Merry; "e se conseguíssemos respirar direito."

"Sim, é tudo muito turvo e abafado aqui dentro", concordou Pippin. "De algum jeito me lembra a velha sala da Grande Casa dos Tûks, lá longe nos Smials em Tuqueburgo: um lugar enorme, onde os móveis nunca foram movidos nem mudados por gerações. Dizem que o Velho Tûk morou lá ano após ano, enquanto ele e a sala envelheciam e ficavam gastos ao mesmo tempo — e ela jamais foi mudada depois que ele morreu, um século atrás. E o Velho Gerontius foi meu trisavô: a coisa remonta um pouquinho. Mas isso não é nada em comparação com a sensação de velhice desta floresta. Olhe todas essas barbas e bigodes de líquen, escorrendo e se arrastando! E a maior parte das árvores parece meio coberta de folhas secas esfarrapadas que nunca caíram. Desleixado. Não consigo imaginar como seria a primavera aqui, se é que ela chega algum dia; muito menos uma faxina de primavera."

"Mas de algum modo a Sol[1] deve espiar para dentro às vezes", disse Merry. "Isso não se parece nada com a descrição de Trevamata que Bilbo fez. Aquela era toda escura e negra e abrigava coisas escuras e negras. Esta é só turva e assustadoramente arvoresca. Não dá para imaginar nenhum *animal* vivendo aqui, ou ficando muito tempo."

"Não, nem hobbits", disse Pippin. "E também não gosto da ideia de tentar atravessá-la. Nada para comer por cem milhas, imagino. Como estão nossos suprimentos?"

"Baixos", respondeu Merry. "Saímos correndo só com alguns pacotes de reserva de *lembas* e deixamos todo o resto para trás." Olharam para o que restava dos biscoitos-élficos: fragmentos quebrados para uns cinco dias parcos, isso era tudo. "E nenhum agasalho nem cobertor", disse Merry. "Vamos passar frio hoje à noite, não importa aonde formos."

"Bem, é melhor decidir o caminho agora", disse Pippin. "A manhã deve estar avançada."

Naquele mesmo momento, deram-se conta de uma luz amarela que surgira um pouco mais para dentro da mata: feixes de luz solar pareciam ter subitamente perfurado o teto da floresta.

"Alô!", disse Merry. "A Sol deve ter topado com uma nuvem enquanto estávamos embaixo dessas árvores e agora saiu outra vez; ou então subiu o bastante para espiar por alguma abertura. Não é longe — vamos investigar!"

Descobriram que era mais longe do que pensavam. O terreno ainda subia íngreme e tornava-se cada vez mais pedregoso. A luz ficou mais intensa à medida que avançavam, e logo viram que havia uma parede de rocha diante deles: o flanco de uma colina, ou a extremidade abrupta de alguma longa raiz projetada pelas montanhas distantes. Não havia árvores crescendo sobre ela, e o sol caía pleno sobre sua face de pedra. Os ramos das árvores em seu sopé estendiam-se rígidos e imóveis, como se tentassem alcançar o calor. Ao contrário de antes, quando tudo parecera tão surrado e cinzento, agora a floresta reluzia com ricos tons de marrom e com os lisos cinza-negros das cascas semelhantes a couro polido. Os troncos das árvores brilhavam com um verde suave semelhante a relva fresca: havia em seu entorno a primavera precoce ou uma visão fugaz dela.

Na face da parede de pedra havia algo parecido com uma escada: talvez natural, feita na rocha gasta pelas intempéries e fendida, pois era tosca e

---

[1] Segundo o saber dos Elfos e Hobbits, o Sol é uma figura feminina, e a Lua, masculina. [N. T.]

desigual. Bem no alto, quase no nível dos topos das árvores da floresta, havia um patamar sob um penhasco. Ali nada crescia senão uns poucos capins e ervas na beirada e um velho toco de árvore com apenas dois galhos: quase se parecia com o vulto de um ancião retorcido, ali de pé, piscando à luz matutina.

"Para cima!", exclamou Merry alegremente. "Agora é um alento de ar e uma visão da paisagem!"

Escalaram a rocha e subiram por ela precipitados. Se a escada fora escavada, seria para pés maiores e pernas mais compridas que as deles. Estavam com pressa demais para se surpreenderem com a forma notável como os cortes e as feridas de seu cativeiro haviam sarado e como o vigor lhes voltara. Chegaram finalmente à borda do patamar, quase aos pés do velho toco; depois deram um salto e se viraram de costas para a colina, respirando fundo e olhando para o leste. Viram que só haviam avançado umas três ou quatro milhas para dentro da floresta: as cabeças das árvores marchavam encosta abaixo rumo à planície. Ali, perto da orla da floresta, subiam grandes torres de fumaça negra e enrolada, oscilando e flutuando na direção deles.

"O vento está mudando", disse Merry. "Voltou-se para o leste outra vez. Parece frio aqui em cima."

"Sim", assentiu Pippin; "receio que seja somente um brilho passageiro e que tudo vai ficar cinzento outra vez. Que pena! Esta velha floresta desgrenhada parecia tão diferente à luz do sol. Quase senti que me agradava este lugar."

"Quase sentiste que te agradava a Floresta! Isso é bom! Isso é excepcionalmente gentil de tua parte", disse uma voz estranha. "Virai-vos e deixai-me dar uma olhada em vossos rostos. Quase sinto que me desagradais os dois, mas não sejamos apressados. Virai-vos!" Uma grande mão de nós salientes desceu sobre o ombro de cada um, e foram rodopiados de forma suave, porém irresistível; então dois grandes braços os ergueram.

Viram-se olhando para um rosto totalmente extraordinário. Pertencia a um grande vulto semelhante a um Homem, quase a um Trol, com pelo menos quatorze pés de altura, muito robusto, de cabeça alta e quase sem pescoço. Era difícil dizer se estava trajado num material como casca verde e cinza, ou se aquilo era sua pele. De qualquer modo, os braços, a pouca distância do tronco, não eram enrugados, e sim cobertos de pele parda e lisa. Os grandes pés tinham sete dedos cada um. A parte inferior do rosto comprido estava coberta com uma ampla barba cinzenta, cerrada, de raízes quase ramosas, de pontas finas e musgosas. Mas naquele momento os hobbits pouco notaram senão os olhos. Aqueles olhos fundos agora os esquadrinhavam, lentos e solenes, mas muito penetrantes. Eram castanhos, perpassados de luz verde. Mais tarde Pippin muitas vezes tentou descrever a primeira impressão que teve deles.

"Davam a sensação de haver um enorme poço por trás deles, repleto de eras de lembrança e pensamentos longos, lentos e contínuos; mas a superfície rebrilhava com o presente; como o sol tremeluzindo nas folhas exteriores de uma árvore vasta ou nas ondulações de um lago muito profundo. Não sei, mas dava a sensação de que algo crescendo no solo — adormecido, poderíamos dizer, ou só sentindo-se como algo entre a ponta da raiz e a ponta da folha, entre a terra profunda e o céu, tivesse despertado de repente e estivesse estudando você com o mesmo cuidado lento que dedicara aos seus próprios assuntos internos por anos incontáveis."

"*Hrum, Huum*", murmurou a voz, uma voz profunda como um instrumento muito grave de sopro, feito de madeira. "Deveras muito estranho! Não ser apressado, esse é meu lema. Mas se vos tivesse visto antes de ouvir vossas vozes — agradaram-me: belas vozinhas; lembraram-me algo que não consigo recordar —, se vos tivesse visto antes de vos ouvir, eu vos teria simplesmente pisado, achando que éreis pequenos Orques, e depois teria descoberto meu engano. Sois deveras muito estranhos. Raiz e ramo, muito estranhos!"

Pippin, apesar de ainda espantado, não estava mais temeroso. Diante daqueles olhos sentia um curioso suspense, mas não medo. "Por favor," disse ele, "quem és? E o que és?"

Uma expressão estranha tomou os velhos olhos, uma espécie de desconfiança; os poços fundos foram encobertos. "*Hrum*, ora", respondeu a voz; "bem, eu sou um Ent, ou é assim que me chamam. Sim, Ent é a palavra. *O* Ent eu sou, poderíeis dizer em vosso modo de falar. *Fangorn* é meu nome, conforme alguns, outros dizem *Barbárvore*. *Barbárvore* há de servir."

"Um *Ent*?", disse Merry. "O que é isso? Mas como tu mesmo te chamas? Qual é teu nome de verdade?"

"Huu, ora!", respondeu Barbárvore. "Huu! Ora, isso seria revelador! Sem tanta pressa. E sou *eu* que estou perguntando. Estais em *minha* região. O que sois *vós*, eu me pergunto? Não consigo localizar-vos. Não parece que fazeis parte das velhas listas que aprendi quando era jovem. Mas isso foi muito, muito tempo atrás, e pode ser que tenham feito listas novas. Deixa-me ver! Deixa-me ver! Como é que era?

> *Canta o conto das Coisas Viventes!*
> *Antes conta os quatro, aqueles povos livres:*
> *Os de antes dos outros, dos Elfos a gente;*
> *O Anão que escava, tem casas escuras;*
> *Ent qual árvore, muitos anos nos montes;*
> *Humano que morre, mestre dos cavalos:*[A]

"Hm, hm, hm.

Castor construtor, saltando o gamo,
Urso que busca abelhas, javardo de briga;
Muito come o cão, acanha-se a lebre...[B]

"Hm, hm.

Águia no alto, na erva o boi,
Cervo tem cornos, fugaz é o falcão,
Cisne luzente, serpe mais fria...[C]

"Huum, hm; huum, hm, como é que era? Ruum tum, ruum tum, ruumti tuum tum. Era uma longa lista. Mas, seja como for, não parece que vos encaixais em nenhum lugar!"

"Parece que sempre fomos deixados de fora das velhas listas e das velhas histórias", disse Merry. "No entanto estivemos por aí por bastante tempo. Somos *hobbits*."

"Por que não fazer um novo verso?", indagou Pippin.

"Hobbits são baixos, habitam em tocas.[D]

"Coloca-nos entre os quatro, ao lado do Humano (o Povo Grande) e pronto."

"Hm! Nada mau, nada mau", disse Barbárvore. "Isso serve. Então viveis em tocas, hein? Isso soa bem certo e adequado. Porém quem vos chama de *hobbits*? Isso não me soa élfico. Os Elfos fizeram todas as palavras antigas: eles começaram isso."

"Ninguém mais nos chama de hobbits; somos nós que nos chamamos assim", respondeu Pippin.

"Huum, hmm! Ora essa! Sem tanta pressa! Chamais a *vós mesmos* de hobbits? Mas não podeis sair contando a qualquer um. Ireis revelar vossos nomes verdadeiros se não fordes cautelosos."

"Não somos cautelosos com isso", disse Merry. "Na verdade, eu sou um Brandebuque, Meriadoc Brandebuque, apesar de a maioria das pessoas só me chamar de Merry."

"E eu sou um Tûk, Peregrin Tûk, mas geralmente sou chamado de Pippin, ou até de Pip."

"Hm, mas vós *sois* gente apressada, ao que vejo", comentou Barbárvore. "Fico honrado com vossa confidência; mas não deveis ser muito liberais logo de início. Existem Ents e Ents, vós sabeis; ou existem Ents e seres que se parecem com Ents, mas não são, como poderíeis dizer. Vou chamá-los Merry e Pippin, se quiserdes — belos nomes. Pois não vou vos contar o *meu* nome, pelo menos não ainda." Veio-lhe aos olhos uma expressão estranha, meio astuciosa, meio divertida, com um lampejo verde. "Por um lado, levaria muito tempo: meu nome está crescendo continuamente, e vivi por longo, longo tempo; portanto *meu* nome é como uma história. Os nomes de verdade contam a história dos seres aos quais pertencem em minha língua, no entês antigo, como poderíeis dizer. É uma linda língua, mas leva um tempo muito longo para se dizer algo nela, porque nela não dizemos nada a não ser que valha a pena levar longo tempo para dizer e para escutar.

"Mas agora," e os olhos se tornaram muito luzidios e *presentes*, parecendo ficar menores e quase aguçados, "o que está acontecendo? O que fazeis em tudo isso? Consigo ver e ouvir (*e* cheirar *e* sentir) muita coisa neste, neste, neste *a-lalla-lalla-rumba-kamanda-lind-or-burúmë*. Perdão: essa é parte do nome que lhe dou; não sei qual é a palavra nas línguas de fora: vós sabeis, a coisa em que estamos, onde fico em pé e observo nas belas manhãs e penso sobre o Sol, e a grama além da mata, e os cavalos, e as nuvens, e o desdobrar do mundo. O que está acontecendo? O que Gandalf pretende? E esses — *burárum*," fez um ruído grave e ribombante, como uma desarmonia num grande órgão — "esses Orques e o jovem Saruman lá em Isengard? Gosto de notícias. Mas não rápido demais agora."

"Há bastante coisa acontecendo", disse Merry; "e mesmo que tentássemos ser rápidos levaria muito tempo para contar. Mas tu nos pediste para não sermos apressados. Deveríamos contar-te alguma coisa tão cedo? Acharias grosseiro te perguntarmos o que vais fazer conosco e de que lado estás? E conhecias Gandalf?"

"Sim, eu o conheço: o único mago que realmente se preocupa com as árvores", disse Barbárvore. "Vós o conheceis?"

"Sim," respondeu Pippin com tristeza, "conhecíamos. Foi um grande amigo e foi nosso guia."

"Então posso responder às vossas outras perguntas", disse Barbárvore. "Não vou fazer nada *convosco*: não se quereis dizer 'fazer algo *a* vós' sem vossa permissão. Poderíamos fazer algumas coisas juntos. Não sei sobre *lados*. Vou pelo meu próprio caminho; mas o vosso caminho pode acompanhar o meu por uns tempos. Mas falais do Mestre Gandalf como se ele estivesse em uma história que chegou ao fim."

"Sim, falamos", confirmou Pippin com tristeza. "A história parece que continua, mas receio que Gandalf tenha caído para fora dela."

"Huu, ora essa!", disse Barbárvore. "Huum, hm, ah, bem." Fez uma pausa, fitando os hobbits por longo tempo. "Huum, ah, bem, não sei o que dizer. Ora essa!"

"Se quiseres ouvir mais," continuou Merry, "nós te contaremos. Mas vai levar algum tempo. Não preferes pôr-nos no chão? Não podemos sentar aqui ao sol, enquanto ele durar? Deves estar ficando cansado de nos erguer."

"Hm, *cansado*? Não, não estou cansado. Não me canso facilmente. E não me sento. Não sou muito, hm, flexível. Mas vede, o Sol *está* se escondendo. Vamos deixar este — dissestes... como o chamais?"

"Morro?", sugeriu Pippin. "Patamar? Degrau?", sugeriu Merry.

Barbárvore repetiu as palavras, pensativo. "*Morro*. Sim, era isso. Mas é uma palavra apressada para uma coisa que esteve aqui desde que esta parte do mundo foi formada. Não importa. Vamos deixá-lo e ir embora."

"Aonde vamos?", perguntou Merry.

"Ao meu lar, ou a um dos meus lares", respondeu Barbárvore.

"É longe?"

"Não sei. Poderíeis dizer que é longe, quem sabe. Mas o que importa isso?"

"Bem, entendes, perdemos todos os nossos pertences", disse Merry. "Só temos um pouco de comida."

"Ó! Hm! Não precisais vos preocupar com isso", disse Barbárvore. "Posso dar-vos uma bebida que vos manterá verdes e crescendo por muito, muito tempo. E, se decidirmos nos separar, posso depositar-vos fora de minha região em qualquer ponto que quiserdes. Vamos!"

Segurando os hobbits suave, mas firmemente, cada um na dobra de um braço, Barbárvore ergueu primeiro um grande pé, e depois o outro, e moveu-os até a beira do patamar. Os artelhos semelhantes a raízes agarraram-se às rochas. Então, cautelosa e solenemente, foi dando passos de degrau em degrau e alcançou o chão da Floresta.

Partiu de imediato com passos longos e deliberados por entre as árvores, penetrando mais e mais na mata, nunca longe do rio, subindo continuamente rumo às encostas das montanhas. Muitas das árvores pareciam adormecidas, ou tão inconscientes dele quanto de qualquer outra criatura que só estivesse passando; mas algumas estremeciam, e algumas erguiam os galhos sobre a cabeça dele quando ele chegava. O tempo todo, enquanto caminhava, falava consigo mesmo numa longa torrente contínua de sons musicais.

Os hobbits ficaram em silêncio por algum tempo. Sentiam-se, muito estranhamente, a salvo e confortáveis, e tinham muito em que pensar e com que se admirar. Finalmente Pippin arriscou-se a falar outra vez.

"Por favor, Barbárvore," disse ele, "posso perguntar-te uma coisa? Por que Celeborn nos alertou sobre tua floresta? Disse que não nos arriscássemos a nos enredar nela."

"Hmm, ele fez isso?", ribombou Barbárvore. "E eu poderia ter dito quase a mesma coisa, se estivésseis indo na outra direção. Não vos arrisqueis a vos enredar nas matas de *Laurelindórenan*! É como os Elfos costumavam chamá-la, mas agora encurtam o nome: *Lothlórien* é como a chamam. Talvez estejam certos: talvez esteja minguando e não crescendo. A Terra do Vale do Ouro Cantante, é o que era certa vez. Agora é a Flor-do-Sonho. Ah, bem! Mas é um lugar esquisito, e não é para qualquer um se aventurar nele. Estou surpreso de que tenham chegado a sair, mas muito mais surpreso de que tenham chegado a entrar: faz muitos anos que isso não acontece aos estranhos. É uma terra esquisita.

"E esta também. Pessoas deram-se mal aqui. Deram-se mal, sim. *Laurelindórenan lindelorendor malinornélion ornemalin*", cantarolou para si. "Lá dentro estão se atrasando bastante em relação ao mundo, eu acho", disse ele. "Nem esta região, nem qualquer outro lugar fora da Floresta Dourada, é o que foi quando Celeborn era jovem. Mesmo assim:

Taurelilómëa-tumbalemorna Tumbaletaurëa Lómëanor[2]

é o que costumavam dizer. As coisas mudaram, mas ainda é verdade em alguns lugares."

"O que queres dizer?", indagou Pippin. "O que é verdade?"

"As árvores e os Ents", disse Barbárvore. "Eu mesmo não compreendo tudo o que ocorre, portanto não posso explicá-lo a vós. Alguns de nós ainda são Ents verdadeiros e bastante vivazes à nossa maneira, porém muitos estão ficando sonolentos, tornando-se arvorescos, como poderíeis dizer. A maior parte das árvores são só árvores, é claro; porém muitas estão meio despertas. Algumas estão bem despertas, e umas poucas estão, bem, ah, bem, ficando *entescas*. Isso está ocorrendo o tempo todo.

"Quando isso acontece a uma árvore, descobre-se que algumas têm corações *maus*. Nada a ver com sua madeira: não é isso que quero dizer. Ora, conheci alguns velhos salgueiros bons mais abaixo no Entágua, faz tempo que se foram, ai deles! Estavam bem ocos, na verdade estavam todos se despedaçando, mas tão tranquilos e de fala tão mansa como uma folha nova. E depois existem algumas árvores nos vales sob as montanhas, saudáveis como quê, e malvadas até a raiz. Esse tipo de coisa parece que se espalha. Costumava haver algumas partes muito perigosas nesta região. Ainda há algumas manchas muito sombrias."

"Como a Floresta Velha lá para o norte, queres dizer?", perguntou Merry.

"Sim, sim, algo assim, mas muito pior. Não duvido de que haja alguma sombra da Grande Treva ainda jazendo lá para o norte; e lembranças ruins são repassadas. Mas há vales fundos nesta terra onde a Treva jamais foi erguida, e as árvores são mais velhas que eu. Ainda assim fazemos o que podemos. Afastamos os estranhos e os imprudentes; e treinamos e ensinamos, caminhamos e capinamos.

---

[2]Ver Apêndice F em *Ents*. [N. A.]

"Somos pastores-de-árvores, nós, os velhos Ents. Agora restam bem poucos de nós. As ovelhas se tornam como os pastores, e os pastores como as ovelhas, é o que dizem; mas devagar, e nenhum deles passa muito tempo no mundo. É mais rápido e mais próximo para as árvores e os Ents, e eles caminham juntos pelas eras. Pois os Ents são mais como os Elfos: menos interessados em si mesmos que os Homens e melhores para penetrar em outras coisas. E, no entanto, os Ents são mais como os Homens, mais mutáveis que os Elfos, e mais rápidos para assumirem a cor do exterior, poderíeis dizer. Ou melhores que ambos: pois são mais estáveis e mantêm as mentes por mais tempo nas coisas.

"Alguns da minha espécie já se parecem muito com árvores e precisam de algo grande que os incite; e só falam em sussurros. Mas algumas de minhas árvores têm membros ágeis, e muitas conseguem falar comigo. Os Elfos começaram com isso, é claro, despertando árvores, ensinando-as a falar e aprendendo sua fala-arvoresca. Sempre quiseram falar com tudo, os velhos Elfos. Mas então veio a Grande Treva, e eles se foram por sobre o Mar, ou fugiram para vales longínquos e se esconderam, e fizeram canções sobre dias que não retornariam nunca mais. Nunca mais. Sim, sim, certa feita havia só uma mata daqui até as Montanhas de Lûn, e esta era apenas a Extremidade Leste.

"Aqueles foram os dias amplos! Houve tempo em que eu podia caminhar e cantar o dia todo e não ouvir mais do que o eco de minha própria voz nas colinas encovadas. As matas eram como as matas de Lothlórien, só que mais espessas, mais fortes, mais jovens. E o cheiro do ar! Eu costumava passar uma semana só respirando."

Barbárvore silenciou, caminhando avante, porém mal fazendo ruído com os grandes pés. Então começou a cantarolar outra vez, e passou para um canto murmurante. Gradativamente os hobbits se deram conta de que cantarolava para eles:

> *Nos salgueirais de Tasarinan caminhei na Primavera.*
> *Ah! a paisagem e o perfume da Primavera em Nan-tasarion!*
> *E falei que isso era bom.*
> *Passeei no Verão entre os olmeiros de Ossiriand.*
> *Ah! a luz e a música no Verão junto aos Sete Rios de Ossir!*
> *E pensei que isso era melhor.*
> *Às faias de Neldoreth cheguei no Outono.*
> *Ah! o ouro e o rubro e o rumor das folhas no Outono em*
> *Taur-na-neldor!*
> *Era mais que o meu desejo.*
> *Aos pinheiros do planalto de Dorthonion subi no Inverno.*
> *Ah! o vento e o alvor e os negros ramos do Inverno em Orod-na-Thôn!*
> *Minha voz se ergueu e cantou no céu.*
> *E agora todas essas terras jazem sob as ondas,*

E caminho em Ambaróna, em Tauremorna, em Aldalómë,
Em minha própria terra, no país de Fangorn,
Onde as raízes são longas,
E os anos jazem mais espessos que as folhas
Em Tauremornalómë.[E]

Ele terminou e continuou caminhando em silêncio, e em toda a mata, até onde alcançava o ouvido, não havia ruído nenhum.

O dia minguou, e o anoitecer se enrodilhava nos caules das árvores. Finalmente os hobbits viram, erguendo-se indistintamente diante deles, uma terra íngreme e escura: haviam chegado aos sopés das montanhas e às raízes verdes do alto Methedras. Descendo pelo flanco da colina, o jovem Entágua, saltando de suas nascentes muito acima, corria ruidoso de degrau em degrau ao encontro deles. À direita da correnteza havia uma longa encosta coberta de grama, já cinzenta na penumbra. Nela não cresciam árvores, e ela estava aberta para o céu; já brilhavam estrelas em lagos entre praias de nuvens.

Barbárvore caminhou encosta acima, quase sem diminuir o passo. De repente os hobbits viram diante de si uma larga abertura. Duas grandes árvores erguiam-se ali, uma de cada lado, como postes de portão viventes, mas não havia portão, exceto por seus ramos que se cruzavam e entreteciam. À medida que o velho Ent se aproximou, as árvores ergueram os galhos, e todas as suas folhas palpitaram e farfalharam. Pois eram árvores perenes, e suas folhas eram escuras e polidas, e reluziam na penumbra. Além delas havia um amplo espaço plano, como se o piso de um grande salão tivesse sido esculpido no flanco da colina. De ambos os lados, as paredes se inclinavam para o alto até atingirem cinquenta pés ou mais de altura, e, ao longo de cada parede, estava uma fileira de árvores cuja altura também aumentava à medida que marchavam para dentro.

Na extremidade oposta, a parede de rocha era íngreme, mas na base havia sido escavada para formar uma concavidade rasa de teto arqueado: o único teto do salão, exceto pelos ramos das árvores, que no interior faziam sombra a todo o chão, deixando aberta apenas uma trilha larga no meio. Um pequeno regato escapava das nascentes mais acima e, deixando o curso d'água principal, descia tinindo pela face nua da parede, derramando-se em gotas de prata como uma fina cortina diante da concavidade arqueada. A água reunia-se de novo em uma bacia de pedra no chão entre as árvores, e dali ela se derramava e fluía para fora, ao lado da trilha aberta, para juntar-se ao Entágua em sua jornada através da floresta.

"Hm! Aqui estamos!", disse Barbárvore, quebrando seu longo silêncio. "Eu vos trouxe por cerca de setenta mil passadas-de-ent, mas não sei a quanto isso equivale na medida de vossa terra. Seja como for, estamos próximos das raízes da Última Montanha. Parte do nome deste lugar poderia ser Gruta-da-Nascente, se o transformássemos em vossa língua. Gosto disso. Vamos ficar aqui hoje à noite." Depositou-os na grama entre as fileiras de árvores, e eles o seguiram rumo ao grande arco. Os hobbits notaram então que, à medida que ele andava, seus joelhos mal se dobravam, mas as pernas se abriam em grande passada. Primeiro plantava no chão os dedões (e eram de fato grandes e muito largos), antes de qualquer outra parte dos pés.

Por um momento, Barbárvore ficou em pé sob a chuva da nascente que caía e respirou profundamente; depois riu e passou para dentro. Ali estava uma grande mesa de pedra, mas não havia cadeiras. O fundo da concavidade já estava bem escuro. Barbárvore ergueu dois grandes recipientes e os pôs sobre a mesa. Pareciam cheios d'água; mas ele pôs as mãos acima deles, e imediatamente começaram a reluzir, um com luz dourada, e o outro, com brilhante luz verde; e a fusão das duas luzes iluminou a concavidade, como se o sol do verão brilhasse através de um teto de folhas jovens. Olhando para trás, os hobbits viram que as árvores do pátio também começavam a reluzir, primeiro fracamente, porém cada vez com maior intensidade, até cada folha estar bordejada de luz: umas verdes, umas douradas, umas vermelhas como cobre, enquanto os troncos das árvores pareciam colunas moldadas de pedra luminosa.

"Bem, bem, agora podemos conversar de novo", comentou Barbárvore. "Estais sedentos, eu imagino. Talvez estejais cansados também. Bebei isto!" Foi até o fundo da concavidade, e viram então que ali havia vários vasos altos de pedra com tampas pesadas. Ele removeu uma das tampas e mergulhou ali uma grande concha, e com ela encheu três tigelas, uma muito grande e duas menores.

"Esta é uma casa-de-ent," disse ele, "e receio que não haja assentos. Mas podeis vos sentar na mesa." Erguendo os hobbits, depositou-os na grande placa de pedra, seis pés acima do chão, e ali ficaram sentados balançando os pés e bebendo aos golinhos.

A bebida era como água, de fato com gosto muito parecido ao dos goles que haviam tomado do Entágua perto das bordas da floresta, e, ainda assim, havia nela um aroma ou sabor que não podiam descrever: era fraco, mas lhes recordava o cheiro de uma mata distante, trazido de longe, à noite, por uma brisa fresca. O efeito da bebida começava nos dedos dos pés e subia continuamente por todos os membros, trazendo refrigério e vigor à medida que fluía para cima, bem até as pontas dos cabelos. Na verdade, os hobbits sentiam que o cabelo em suas cabeças chegava a ficar de pé, balançando, enrolando-se e crescendo. Quanto a Barbárvore, ele primeiro lavou os pés na bacia além do arco e depois esvaziou sua tigela de um só gole, um gole comprido e lento. Os hobbits pensaram que ele jamais terminaria.

Por fim voltou a pousar a tigela. "Ah — ah", suspirou. "Hm, huum, agora podemos conversar mais facilmente. Podeis sentar-vos no chão, e eu vou me deitar; isso evitará que esta bebida me suba à cabeça e me ponha a dormir."

Do lado direito da concavidade havia um grande leito de pernas baixas, com não mais que alguns pés de altura, com uma espessa camada de relva e samambaias secas. Barbárvore deixou-se descer lentamente sobre ele (só com o mais leve sinal de dobra no meio), até estar todo deitado, com os braços atrás da cabeça, olhando para o teto onde rebrilhavam luzes, como o movimento de folhas à luz do sol. Merry e Pippin sentaram-se ao seu lado em almofadas de relva.

"Agora contai-me vosso relato e não vos apresseis!", disse Barbárvore.

Os hobbits começaram a lhe contar a história de suas aventuras desde que haviam deixado a Vila-dos-Hobbits. Não seguiram uma ordem clara, pois interrompiam um ao outro o tempo todo, e muitas vezes Barbárvore fez parar quem estava falando e voltou a algum ponto anterior ou saltou adiante fazendo perguntas sobre eventos posteriores. Nada disseram sobre o Anel e não lhe contaram por que haviam partido nem aonde estavam indo, e ele não pediu nenhuma razão.

Interessou-se imensamente por tudo: pelos Cavaleiros Negros, por Elrond e Valfenda, pela Floresta Velha e Tom Bombadil, pelas Minas de Moria, e por Lothlórien e Galadriel. Fez com que descrevessem o Condado e sua região várias e várias vezes. Nesse ponto, disse algo estranho. "Nunca vedes algum, hm, algum Ent por ali, vedes?", perguntou ele. "Bem, não Ents, *Entesposas* é o que eu realmente devia dizer."

"*Entesposas*?", disse Pippin. "São mais ou menos como tu?"

"Sim, hm, bem, não. Agora não sei de verdade", disse Barbárvore, pensativo. "Mas elas gostariam de vossa terra, portanto só estive pensando."

No entanto, Barbárvore interessou-se especialmente por tudo o que dizia respeito a Gandalf; e mais que tudo nos feitos de Saruman. Os hobbits lamentaram muitíssimo saberem tão pouco sobre eles: só um relato bastante vago de Sam sobre o que Gandalf contara ao Conselho. Mas, de qualquer modo, tinham certeza de que Uglúk e sua tropa vinham de Isengard e falavam sobre Saruman como sendo seu mestre.

"Hm, huum!", disse Barbárvore quando finalmente a história havia dado voltas e vagado até a batalha dos Orques com os Cavaleiros de Rohan. "Bem, bem! Isso é um fardo de notícias sem qualquer engano. Não me contastes tudo, não mesmo, nem de longe. Mas não duvido de que estais fazendo o que Gandalf desejaria. Há algo muito grande acontecendo, isso posso ver, e quem sabe fique sabendo o que é em boa hora, ou em má hora. Por raiz e ramo, mas é um assunto estranho: brota aí uma gente miúda que não está nas antigas listas, e eis! os Nove Cavaleiros esquecidos reaparecem para caçá-los, e Gandalf os leva numa grande viagem, e Galadriel os abriga em Caras Galadhon, e Orques os perseguem por todas as léguas das Terras-selváticas: deveras parecem ter sido apanhados em uma grande tempestade. Espero que sobrevivam a ela!"

"E quanto a ti?", perguntou Merry.

"Huum, hm, não me ocupei com as Grandes Guerras", disse Barbárvore; "elas dizem respeito principalmente aos Elfos e aos Homens. Isso é afazer dos Magos: os Magos sempre estão ocupados com o futuro. Não gosto de me preocupar com o futuro. Não estou totalmente do *lado* de ninguém, porque ninguém está totalmente do meu *lado*, se me entendem: ninguém cuida das matas como eu cuido delas, nem mesmo os Elfos hoje em dia. Ainda assim, simpatizo mais com os Elfos que com os outros: foram os Elfos que nos curaram da mudez muito tempo atrás, e essa foi uma grande dádiva que não pode ser esquecida, apesar de nossos caminhos terem se separado desde então. E há algumas coisas, é claro, de cujo lado eu totalmente *não* estou; sou totalmente contrário a elas: esses — *burárum*" (outra vez deu um ribombo grave de desgosto) "— esses Orques e seus mestres.

"Estava ansioso quando a sombra jazia sobre Trevamata, mas quando ela se mudou para Mordor não me preocupei por algum tempo: Mordor é muito longe daqui. Mas parece que o vento está virando para o Leste, e o murchar de todas as matas pode estar se aproximando. Nada existe que um velho Ent possa fazer para deter essa tempestade: ele precisa sobreviver-lhe ou rachar.

"Mas agora Saruman! Saruman é um vizinho: não posso fazer vista grossa a ele. Preciso fazer alguma coisa, suponho. Ultimamente perguntei-me muitas vezes o que deveria fazer com Saruman."

"Quem é Saruman?", perguntou Pippin. "Sabes alguma coisa sobre sua história?"

"Saruman é um Mago", respondeu Barbárvore. "Mais do que isso não posso dizer. Não conheço a história dos Magos. Apareceram primeiro depois que os Grandes Navios vieram por sobre o Mar; mas se vieram com os navios não sou capaz de dizer. Saruman era considerado grande entre eles, creio. Ele desistiu de vagar por aí e se ocupar dos assuntos dos Homens e Elfos faz algum tempo — vós diríeis que faz muitíssimo tempo; e estabeleceu-se em Angrenost, ou Isengard, como os Homens de Rohan dizem. Estava muito quieto no começo, mas sua fama começou a crescer. Foi escolhido para ser o chefe do Conselho Branco, dizem; mas isso não acabou muito bem. Agora pergunto-me se mesmo naquele tempo Saruman não estava se voltando para maus caminhos. Mas de qualquer modo ele não costumava dar trabalho aos vizinhos. Eu costumava conversar com ele. Houve um tempo em que ele sempre caminhava por minhas matas.

Era polido naquela época, sempre pedindo minha licença (pelo menos quando me encontrava); e sempre disposto a escutar. Contei-lhe muitas coisas que jamais teria descoberto sozinho; mas ele nunca me restituiu do mesmo modo. Não consigo me lembrar de que jamais tenha me contado alguma coisa. E foi ficando cada vez mais desse modo; seu rosto, como o recordo — não o tenho visto por muito tempo —, se tornou como janelas num muro de pedra: janelas com venezianas por dentro.

"Acho que agora compreendo o que ele pretende. Está conspirando para se tornar um Poder. Tem uma mente de metal e rodas; e não se preocupa com seres que crescem, exceto na medida em que lhe servem no momento. E agora está claro que é um traidor sombrio. Meteu-se com gente imunda, com os Orques. Brm, huum! Pior que isso: andou fazendo alguma coisa com eles; algo perigoso. Pois esses Isengardenses são mais parecidos com Homens malignos. Uma marca dos seres malvados que vieram na Grande Treva é que não suportam o Sol; mas os Orques de Saruman o suportam, mesmo que o odeiem. Pergunto-me o que ele fez. São Homens que ele arruinou, ou misturou as raças dos Orques e dos Homens? Esse seria um mal sombrio!"

Barbárvore ribombou por um momento, como se pronunciasse alguma maldição entesca profunda e subterrânea. "Algum tempo atrás comecei a me perguntar como os Orques ousavam passar tão livremente por minhas matas", prosseguiu ele. "Só ultimamente percebi que a culpa era de Saruman, e que há muito ele estivera espionando todos os caminhos e descobrindo meus segredos. Ele e sua gente imunda estão produzindo devastação agora. Lá nas bordas estão derrubando árvores — boas árvores. Algumas das árvores eles simplesmente abatem e deixam apodrecer — isso é injúria de Orque; mas a maioria é picada e levada para alimentar os fogos de Orthanc. Sempre há fumaça subindo de Isengard nestes dias.

"Maldito seja, raiz e ramo! Muitas daquelas árvores eram minhas amigas, criaturas que eu conhecia desde a noz e a bolota; muitas tinham suas próprias vozes que agora estão perdidas para sempre. E há desertos de tocos e sarças onde outrora havia arvoredos cantantes. Estive ocioso. Deixei as coisas fugirem ao controle. Isso precisa parar!"

Barbárvore ergueu-se do leito com um arranco, pôs-se de pé e bateu com a mão na mesa. Os recipientes de luz tremeram e emitiram para cima dois jatos de chama. Houve um tremeluzir em seus olhos como um fogo verde, e sua barba se projetava, rígida, como uma grande vassoura.

"Eu vou parar isso!", disse com estrondo. "E vós haveis de vir comigo. Podeis ser capazes de me ajudar. Desse modo também ajudareis vossos próprios amigos; pois se Saruman não for impedido, Rohan e Gondor terão um inimigo às costas assim como pela frente. Nossas estradas andam juntas — a Isengard!"

"Iremos contigo", afirmou Merry. "Faremos o que pudermos."

"Sim!", disse Pippin. "Gostaria de ver a Mão Branca derrotada. Gostaria de estar lá, mesmo se não tiver muita utilidade: jamais hei de esquecer Uglúk e a travessia de Rohan."

"Bom! Bom!", exclamou Barbárvore. "Mas falei apressadamente. Não podemos ser apressados. Fiquei esquentado demais. Preciso me refrescar e pensar; pois é mais fácil gritar *pare!* do que fazê-lo."

Caminhou até o arco e passou algum tempo de pé sob a chuva da nascente que caía. Depois riu e sacudiu-se, e onde quer que as gotas d'água caíssem dele até o chão, reluzentes, elas brilhavam como centelhas vermelhas e verdes. Voltou, deitou-se de novo no leito e ficou em silêncio.

Algum tempo depois, os hobbits o ouviram murmurando de novo. Parecia estar contando nos dedos. "Fangorn, Finglas, Fladrif, sim, sim", suspirou. "O problema é que restam tão poucos de nós", disse ele voltando-se para os hobbits. "Só restam três dos primeiros Ents que caminhavam nas matas antes da Treva: apenas eu, Fangorn, e Finglas e Fladrif — esses são seus nomes élficos; podeis chamá-los Mecha-de-Folha e Casca-de-Pele, se assim preferirdes. E dentre nós três, Mecha-de-Folha e Casca-de-Pele não são muito úteis neste afazer. Mecha-de-Folha tornou-se sonolento, quase arvoresco, poderíeis dizer: deu de ficar parado a sós, meio adormecido, durante todo o verão, com a relva alta dos prados em torno dos joelhos. Coberto de cabelos folhosos ele está. Costumava animar-se no inverno; mas ultimamente, assim mesmo, tem estado sonolento demais para andar longe. Casca-de-Pele vivia nas encostas das montanhas a oeste de Isengard. Foi lá que aconteceram os piores problemas. Foi ferido pelos Orques, e grande parte de sua gente e seus pastores-de-árvores foi assassinada e destruída. Ele subiu aos lugares altos, entre as bétulas que mais ama, e não quer descer. Ainda assim, ouso dizer que eu poderia reunir uma boa companhia da nossa gente mais jovem — se puder fazê-los compreender a necessidade; se eu puder estimulá-los: não somos gente apressada. Que pena que existem tão poucos de nós!"

"Por que há tão poucos, se vivestes por tanto tempo nesta região?", perguntou Pippin. "Morreram muitos?"

"Oh, não!", disse Barbárvore. "Nenhum morreu de dentro, como poderíeis dizer. Alguns, é claro, tombaram nas ocorrências malignas dos longos anos; e mais ainda tornaram-se arvorescos. Mas nunca houve muitos de nós, e não aumentamos em número. Não tem havido Entinhos — crianças, diríeis, não por um período de anos terrivelmente longo. Perdemos as Entesposas, vós sabeis."

"Que coisa triste!", exclamou Pippin. "Como foi que morreram todas?"

"Elas não *morreram*!", disse Barbárvore. "Eu nunca disse *morreram*. Nós as perdemos, eu disse. Nós as perdemos e não conseguimos encontrá-las."

Deu um suspiro. "Eu pensava que a maioria das pessoas sabia disso. Canções sobre a busca dos Ents pelas Entesposas foram cantadas entre os Elfos e os Homens desde Trevamata até Gondor. Elas não podem estar totalmente esquecidas."

"Bem, receio que as canções não chegaram ao oeste por sobre as Montanhas até o Condado", disse Merry. "Não queres nos contar mais, ou cantar-nos uma das canções?"

"Sim, farei isso deveras", respondeu Barbárvore, parecendo contente com o pedido. "Mas não consigo contar adequadamente, só em resumo; e depois precisamos encerrar nossa conversa: amanhã temos conselhos para convocar, e trabalho para fazer, e quem sabe uma jornada para começar."

"É uma história um tanto estranha e triste", prosseguiu ele após uma pausa. "Quando o mundo era jovem, e as matas eram amplas e selvagens, os Ents e as Entesposas — e havia Entezelas então: ah! a graça de Fimbrethil, da Pé-de-Vara de pés leves, nos dias de nossa juventude! — caminhavam juntos e moravam juntos. Mas nossos corações não seguiram crescendo do mesmo modo: os Ents deram seu amor às coisas que encontravam no mundo, e as Entesposas deram seu pensamento a outras coisas, pois os Ents amavam as grandes árvores, e as matas selvagens, e as encostas dos altos morros; e bebiam das torrentes das montanhas, e só comiam as frutas que as árvores deixavam cair em sua trilha; e aprendiam com os Elfos e falavam com as Árvores. Mas as Entesposas davam suas mentes às árvores menores, e aos prados à luz do sol além dos pés das florestas; e viam os abrunhos na moita, e a maçã silvestre e a cereja florindo na primavera, e as ervas verdes nas terras alagadas no verão, e os capins dando sementes nos campos do outono. Não queriam falar com esses seres; mas desejavam que ouvissem e obedecessem ao que lhes fosse dito. As Entesposas os mandaram crescer de acordo com seus desejos e dar folha e fruto ao seu agrado; pois as Entesposas queriam ordem, abundância e paz (e com isso queriam dizer que as coisas deviam permanecer onde as tinham colocado). Assim, as Entesposas fizeram jardins para neles viverem. Mas nós Ents seguimos vagando e só de vez em quando chegávamos aos jardins. Então, quando a Treva chegou no Norte, as Entesposas atravessaram o Grande Rio, e fizeram novos jardins, e cultivaram novos campos, e nós as víamos mais raramente. Depois que a Treva foi derrotada, a terra das Entesposas floriu ricamente, e seus campos eram repletos de grãos. Muitos homens aprenderam os ofícios das Entesposas e muito os honravam; mas nós éramos para eles apenas uma lenda, um segredo no coração da floresta. Porém ainda estamos aqui, enquanto todos os jardins das Entesposas estão baldios: agora os Homens os chamam de Terras Castanhas.

"Lembro-me de que foi muito tempo atrás — no tempo da guerra entre Sauron e os Homens do Mar — que me acometeu o desejo de rever

Fimbrethil. Ela ainda era muito bela aos meus olhos, da última vez que a vi, apesar de diversa da Entezela de outrora. Pois as Entesposas foram curvadas e amorenadas por sua labuta; seus cabelos foram crestados pelo sol até o tom do trigo maduro, e suas faces eram como maçãs vermelhas. Porém seus olhos ainda eram os olhos de nosso próprio povo. Atravessamos o Anduin e chegamos à sua terra; mas encontramos um deserto: estava tudo queimado e desarraigado, pois a guerra passara sobre ela. Mas as Entesposas não estavam lá. Por muito tempo chamamos, e por muito tempo buscamos; e perguntamos a toda a gente que encontrávamos em que direção haviam ido as Entesposas. Alguns diziam que jamais as viram; e alguns diziam que as haviam visto caminhando rumo ao oeste, e alguns diziam ao leste, e outros ao sul. Mas em nenhum lugar aonde fôssemos pudemos encontrá-las. Nosso pesar foi muito grande. Porém a mata selvagem nos chamava, e retornamos a ela. Por muitos anos costumávamos sair de tempos em tempos e procurar as Entesposas, caminhando em toda parte e chamando-as por seus belos nomes. Mas, à medida que o tempo passava, saíamos mais raramente e vagávamos menos longe. E agora as Entesposas são somente uma lembrança para nós, e nossas barbas estão compridas e cinzentas. Os Elfos fizeram muitas canções acerca da Busca dos Ents, e algumas das canções passaram às línguas dos Homens. Mas não fizemos canções sobre isso, contentando-nos em recitar seus belos nomes quando pensávamos nas Entesposas. Acreditamos que poderemos nos reencontrar em algum tempo vindouro, e quem sabe achemos algures uma terra onde possamos viver juntos e ambos ficarmos contentes. Mas está pressagiado que isso dar-se-á apenas quando ambos tivermos perdido tudo o que temos agora. E bem pode ser que essa época esteja finalmente se aproximando. Pois se outrora Sauron destruiu os jardins, parece provável que o Inimigo de hoje murche todas as matas.

"Havia uma canção élfica que falava disso, ou pelo menos assim a compreendo. Costumava ser cantada em toda a extensão do Grande Rio. Nunca foi uma canção entesca, vede bem: teria sido uma canção muito comprida em entês! Mas nós a conhecemos de cor e a cantarolamos vez por outra. É assim que fica em vossa língua:

ENT. *As folhas abrem na Primavera, na folha a seiva resta;*
Há luz no córrego da floresta, e o vento sopra a testa;
É longo o passo, o alento é fundo, e o monte já degela,
Retorna a mim! Retorna e diz que minha terra é bela!

ENTESPOSA. *Ao campo a Primavera chega, e o trigo a brotar;*
Qual neve alva estão as flores abrindo no pomar;
Com chuva e sol a terra então fragrâncias mil revela,
Eu fico aqui, a ti não vou, pois minha terra é bela.

ENT.	*Quando é Verão no vasto mundo, e em ouro meridiano* *Sob folhas sonham árvores seu sonho cotidiano;* *Nas verdes, frescas matas sopra o vento Oeste ainda,* *Retorna a mim! Retorna e diz que minha terra é linda!*
ENTESPOSA.	*Aquece a fruta o Verão, e o arbusto enfeita;* *A palha é ouro, alva a espiga, na vila há colheita;* *Derrama o mel, incha a maçã, o vento Oeste brinda,* *Eu fico aqui, à luz do Sol, pois minha terra é linda!*
ENT.	*O Inverno vem selvagem e devora mata e monte;* *As árvores abate, a treva tolda o horizonte;* *Com vento Leste a arquejar, na chuva inclemente* *Hei de buscar-te e chamar-te; eu volto novamente!*
ENTESPOSA.	*O Inverno vem, o canto cessa; as trevas já desabam;* *Está partido o ramo nu, a luz e a faina acabam;* *Hei de buscar-te e esperar-te, com o encontro em mente:* *Juntos iremos pela estrada na chuva inclemente!*
AMBOS.	*Juntos iremos pela estrada que no Oeste finda,* *Os corações repousarão em terra longe ainda.*"[F]

Barbárvore concluiu sua canção. "É assim que é", disse ele. "É élfica, claro: despreocupada, de palavras rápidas, e acaba logo. Ouso dizer que é bem bonita. Mas os Ents poderiam dizer mais sobre o lado deles, se tivessem tempo! Mas agora vou ficar de pé e dormir um pouco. Onde ficareis de pé?"

"Normalmente nos deitamos para dormir", respondeu Merry. "Vamos ficar muito bem onde estamos."

"Deitar para dormir!", disse Barbárvore. "Ora, é claro que deitais! Hm, huum, estava me esquecendo: cantar essa canção me recordou os velhos tempos; quase pensei que estava falando com jovens Entinhos, quase pensei. Bem, podeis deitar no leito. Vou ficar em pé na chuva. Boa noite!"

Merry e Pippin subiram no leito e se enrodilharam na relva e samambaia macias. Eram frescas, de aroma doce e mornas. As luzes minguaram, e o luzir das árvores se extinguiu; mas lá fora, sob o arco, podiam ver o velho Barbárvore de pé, imóvel, com os braços erguidos acima da cabeça. As estrelas brilhantes espiavam do céu e iluminavam a água que caía, derramando-se em seus dedos e cabeça, e pingava, pingava, em centenas de gotas de prata a seus pés. Escutando o tinido das gotas, os hobbits caíram no sono.

Acordaram e deram com um sol frio brilhando no grande pátio e no piso da concavidade. Farrapos de nuvens altas estavam no firmamento, correndo com um forte vento do leste. Barbárvore não estava à vista; mas, enquanto Merry e Pippin se banhavam na bacia junto ao arco, ouviram-no trauteando e cantando, enquanto subia pela trilha entre as árvores.

"Huu, hô! Bom dia, Merry e Pippin!", ribombou ele quando os viu. "Dormis muito. Hoje já percorri muitas centenas de passadas. Agora vamos tomar um gole e ir ao Entencontro."

Serviu-lhes duas tigelas cheias de um jarro de pedra; mas de um jarro diferente. O gosto não era o mesmo da noite anterior: era mais terroso e rico, mais nutritivo e semelhante a alimento, por assim dizer. Enquanto os hobbits bebiam, sentados na beira do leito e mordiscando pedacinhos de biscoito-élfico (mais por sentirem que comer era parte necessária do desjejum do que por se sentirem famintos), Barbárvore estava em pé, cantarolando em entês ou élfico ou em alguma língua estranha, e erguendo os olhos para o céu.

"Onde é Entencontro?", Pippin arriscou-se a perguntar.

"Huu, eh? Entencontro?", perguntou Barbárvore, virando-se. "Não é um lugar, é uma reunião de Ents — que hoje em dia não acontece com frequência. Mas consegui que um bom número prometesse vir. Vamos nos reunir no lugar onde sempre nos reunimos: os Homens o chamam de Valarcano. Fica ao sul daqui. Temos de estar lá antes do meio-dia."

Logo partiram. Barbárvore carregou os hobbits nos braços como no dia anterior. Na entrada do pátio virou à direita, passou por cima do riacho e saiu caminhando rumo ao sul, ao longo dos sopés de grandes encostas revoltas onde as árvores eram escassas. Acima delas, os hobbits viram capões de bétulas e sorveiras e, além delas, escuros pinheirais que se elevavam. Logo Barbárvore se desviou um pouco das colinas e mergulhou em bosques profundos, onde as árvores eram maiores, mais altas e mais espessas do que os hobbits já haviam visto antes. Por algum tempo tiveram a leve sensação de sufoco que tinham percebido da primeira vez em que se aventuraram em Fangorn, mas logo ela passou. Barbárvore não falava com eles. Cantarolava para si, de modo grave e pensativo, mas Merry e Pippin não perceberam palavras de verdade: soava como *bum, bum, rumbum, búrar, bum bum, dárar bum bum, dárar bum*, e assim por diante, com constante mudança de nota e ritmo. Vez por outra pensaram ouvir uma resposta, um zumbido ou tremor de som, que parecia sair da terra, ou de ramos acima de suas cabeças, ou talvez dos caules das árvores; mas Barbárvore não parou nem virou a cabeça para nenhum lado.

Fazia tempo que estavam a caminho — Pippin tentara contar as "passadas-de-ent", mas fracassara, perdendo a conta por volta das três mil — quando Barbárvore começou a reduzir o passo. Subitamente parou, depositou os hobbits e ergueu as mãos enroladas até a boca, fazendo com elas um tubo oco; depois soprou ou chamou através delas. Um grande *huum, hom* ressoou como uma trompa de voz grave nas matas e pareceu ecoar nas árvores. Veio de longe, de várias direções, um *huum, hom, huum* semelhante, que não era eco, e sim resposta.

Então Barbárvore empoleirou Merry e Pippin nos ombros e saiu caminhando outra vez, emitindo de quando em quando outro chamado de trompa, e a cada vez as respostas vinham mais altas e próximas. Desse modo acabaram chegando ao que parecia ser uma parede impenetrável de escuras árvores perenes, árvores de um tipo que os hobbits jamais tinham visto antes: ramificavam-se logo nas raízes e estavam densamente recobertas de folhas escuras e lustrosas, como azevinho sem espinhos, e traziam muitas espigas florais rijas e verticais, com grandes rebentos brilhantes cor de oliva.

Virando para a esquerda e contornando essa enorme sebe, em algumas passadas Barbárvore chegou a uma entrada estreita. Através dela passava uma trilha gasta que subitamente mergulhava por uma encosta longa e íngreme. Os hobbits viram que estavam descendo a um grande recôncavo, redondo, quase como uma bacia, muito largo e fundo, com a borda coroada pela escura sebe de árvores perenes. O interior era liso e coberto de grama, e não havia árvores, exceto três bétulas prateadas, muito altas e bonitas, que se erguiam no fundo da bacia. Duas outras trilhas conduziam ao fundo do recôncavo: do oeste e do leste.

Diversos Ents já haviam chegado. Mais deles desciam pelas outras trilhas, e agora alguns estavam seguindo Barbárvore. À medida que se aproximaram, os hobbits os examinaram. Tinham esperado ver algumas criaturas tão parecidas com Barbárvore como um hobbit se parece com outro (aos olhos de um estranho, seja como for); e surpreenderam-se muito ao não verem nada disso. Os Ents eram tão diferentes entre si como árvores de árvores: alguns tão diferentes como uma árvore de outra com o mesmo nome, mas crescimento e história bem diferentes; e alguns tão diferentes como uma espécie de árvore da outra, como a bétula da faia, o carvalho do abeto. Havia alguns Ents mais velhos, barbudos e retorcidos como árvores sãs, porém antigas (apesar de nenhum parecer tão antigo quanto Barbárvore); e havia Ents altos e fortes, de membros retos e pele lisa, como árvores da floresta no seu apogeu; mas não havia Ents jovens, não havia rebentos. No total, cerca de duas dúzias estavam de pé no amplo fundo gramado do recôncavo, e outro tanto entrava marchando.

De início, Merry e Pippin se impressionaram mormente com a variedade que viam: as muitas formas e cores, as diferenças de contorno, altura e comprimento das pernas e braços; e o número de dedos dos pés e das mãos (qualquer coisa entre três e nove). Alguns pareciam mais ou menos aparentados com Barbárvore e lhes recordavam faias ou carvalhos. Mas havia outros tipos. Alguns lembravam o castanheiro: Ents de pele parda com grandes mãos de dedos espalhados e pernas curtas e grossas. Alguns lembravam o freixo: Ents altos, retos e cinzentos com mãos de muitos dedos e pernas compridas; alguns o abeto (os Ents mais altos), e outros a bétula, a sorveira e a tília. Mas quando todos os Ents se reuniram em torno de Barbárvore, inclinando levemente as cabeças, murmurando com suas vozes lentas e musicais e olhando os estranhos longa e atentamente, então os hobbits viram que eram todos da mesma espécie, e tinham todos os mesmos olhos: nem todos tão velhos e profundos como os de Barbárvore, mas todos com a mesma expressão lenta, constante, pensativa, e o mesmo reluzir verde.

Assim que toda a companhia estava reunida, plantada em círculo amplo em redor de Barbárvore, começou uma conversa curiosa e ininteligível. Os Ents começaram a murmurar devagar: primeiro juntou-se um e depois outro, até que todos cantarolavam juntos num longo ritmo ascendente e descendente, ora mais alto de um lado do círculo, ora minguando ali e erguendo-se a um grande ribombo do outro lado. Apesar de não ser capaz de captar nem entender qualquer palavra — supunha que a língua era entês —, Pippin inicialmente achou o som muito agradável de escutar; mas gradativamente sua atenção hesitou. Muito tempo depois (e o cantarolar não dava mostras de afrouxar), deu consigo pensando se, visto que o entês era uma língua tão "desapressada", já tinham avançado além do *Bom Dia*; e, se Barbárvore faria a chamada, quantos dias levaria para cantar todos os seus nomes. "Pergunto-me como se diz em entês *sim* ou *não*", pensou. Bocejou.

Barbárvore imediatamente se deu conta dele. "*Hm, ha, hei*, meu Pippin!", disse ele, e os outros Ents interromperam seu canto. "Sois um povo apressado, já me esquecia; e de qualquer modo é cansativo ouvir uma fala que não se entende. Podeis descer agora. Disse vossos nomes ao Entencontro, e eles vos viram e concordaram em que não sois Orques e que seja posto um novo verso nas antigas listas. Ainda não passamos disso, mas é serviço rápido para um Entencontro. Tu e Merry podeis passear no recôncavo, se quiserdes. Há um poço de boa água, se precisardes de refrigério, lá longe na ribanceira norte. Ainda há algumas palavras a serem ditas antes que o Encontro comece de fato. Virei ter convosco outra vez e vos contarei como vão as coisas."

Pôs os hobbits no chão. Antes de saírem andando, fizeram uma profunda mesura. Esse feito pareceu divertir muito os Ents, a julgar pelo tom de seus murmúrios e pelo reluzir de seus olhos; mas logo se voltaram para seus próprios afazeres. Merry e Pippin subiram pela trilha que vinha do oeste e olharam pela abertura da grande sebe. Longas encostas cobertas de árvores se erguiam da beira do recôncavo, e, além delas, acima dos abetos da crista mais longínqua, erguia-se afiado e branco o pico de uma alta montanha. Ao sul, à esquerda, podiam ver a floresta descendo para a lonjura cinzenta. Ali, bem longe, havia um lampejo verde-pálido que Merry supôs ser um vislumbre das planícies de Rohan.

"Eu me pergunto onde fica Isengard", disse Pippin.

"Não sei bem onde estamos", comentou Merry; "mas aquele pico provavelmente é Methedras, e até onde me lembro o anel de Isengard fica numa bifurcação, ou fenda profunda, no fim das montanhas. Provavelmente está lá embaixo, atrás desta grande crista. Parece haver uma fumaça ou névoa acolá, à esquerda do pico, não acha?"

"Como se parece Isengard?", indagou Pippin. "De qualquer jeito, pergunto-me o que os Ents podem fazer a respeito."

"Eu também", disse Merry. "Isengard é uma espécie de anel de rochas ou colinas, eu acho, com um espaço plano no interior e uma ilha ou pilar de rocha no meio, chamado Orthanc. Saruman tem uma torre em cima dele. Há um portão, quem sabe mais de um, na muralha circundante, e creio que há um riacho que a atravessa; vem das montanhas e continua fluindo através do Desfiladeiro de Rohan. Não parece o tipo de lugar que os Ents possam enfrentar. Mas tenho uma sensação esquisita sobre esses Ents: de algum modo não acho que sejam assim tão seguros nem, bem, tão engraçados como parecem. Parecem lentos, estranhos e pacientes, quase tristes; e ainda assim acredito que *poderiam* ser incitados. Se isso acontecer, eu prefiro não estar do outro lado."

"Sim!", assentiu Pippin. "Sei o que quer dizer. Pode haver toda a diferença entre uma vaca velha sentada, mastigando pensativa, e um touro arremetendo; e a mudança pode ocorrer de repente. Pergunto-me se Barbárvore os incitará. Tenho certeza de que pretende tentar. Mas eles não gostam de ser incitados. Barbárvore ficou incitado ontem à noite, e depois voltou a esconder tudo outra vez."

Os hobbits deram a volta. As vozes dos Ents ainda subiam e desciam em seu conclave. O sol já se erguera o bastante para espiar por cima da alta sebe: brilhava nos topos das bétulas e iluminava o lado norte do recôncavo com uma luz amarela e fria. Ali viram uma pequena fonte rebrilhante. Caminharam ao longo da beira da grande bacia ao pé das árvores perenes — era agradável sentir outra vez a grama fresca em torno dos dedos dos pés e não ter pressa — e depois desceram até a água que esguichava. Beberam um pouco, um trago limpo, frio, picante, e sentaram-se numa pedra musgosa, observando as manchas de sol na grama e as sombras das nuvens navegantes que passavam sobre o piso do recôncavo. O murmúrio dos Ents prosseguia. Parecia um lugar muito estranho e remoto, fora do seu mundo, e longe de tudo que já lhes acontecera. Foram acometidos de grande saudade dos rostos e das vozes de seus companheiros, especialmente de Frodo e Sam e de Passolargo.

Por fim fez-se uma pausa nas vozes dos Ents; e erguendo os olhos eles viram Barbárvore vindo em sua direção com outro Ent a seu lado.

"Hm, huum, aqui estou eu de novo", disse Barbárvore. "Estais vos cansando, ou vos sentis impacientes, hmm, eh? Bem, receio que não podeis vos impacientar ainda. Terminamos a primeira etapa agora; mas ainda tenho de explicar as coisas outra vez àqueles que vivem muito longe daqui, longe de Isengard, e àqueles com quem não consegui me comunicar antes do Encontro, e depois disso vamos ter de decidir o que fazer. No entanto, decidir o que fazer não demora tanto para os Ents quanto repassar todos os fatos e eventos sobre os quais precisam decidir. Mesmo assim, não adianta negar, ainda passaremos muito tempo aqui: alguns dias, muito provavelmente. Por isso eu vos trouxe um companheiro. Ele tem uma casa-de-ent aqui perto. Bregalad é seu nome élfico. Ele diz que já se decidiu e não precisa permanecer no Encontro. Hm, hm, ele é a coisa mais próxima que temos de um Ent apressado. Deveis vos dar bem. Adeus!" Barbárvore voltou-se e os deixou.

Bregalad passou algum tempo esquadrinhando solenemente os hobbits; e eles o olharam, perguntando-se quando ele daria algum sinal de "pressa". Era alto e parecia ser um dos Ents mais jovens; tinha pele lisa e brilhante nos braços e nas pernas; seus lábios eram corados, e seus cabelos, de um verde acinzentado. Era capaz de se dobrar e balançar como uma árvore esbelta ao vento. Por fim ele falou, e sua voz, apesar de ressoante, era mais aguda e nítida que a de Barbárvore.

"Ha, hmm, meus amigos, vamos dar uma caminhada!", disse ele. "Eu sou Bregalad, isso é Tronquesperto em vossa língua. Mas é apenas um apelido, é claro. Chamaram-me assim desde que eu disse *sim* a um Ent mais velho antes que ele terminasse a pergunta. Também bebo depressa e saio enquanto alguns ainda estão molhando as barbas. Vinde comigo!"

Estendeu dois braços bem formados e deu a cada hobbit uma mão de dedos compridos. Por todo aquele dia perambularam nas matas com ele, cantando e rindo; pois Tronquesperto ria com frequência. Ria quando o sol saía de trás de uma nuvem, ria quando topavam com um riacho ou uma nascente: então se abaixava e salpicava os pés e a cabeça com água; ria às vezes de algum som ou sussurro nas árvores. Sempre que via um pé de sorveira parava por um instante de braços estendidos e cantava, e oscilava ao cantar.

Ao cair da noite, levou-os a sua casa-de-ent: nada mais que uma pedra musgosa posta sobre torrões de grama embaixo de uma ribanceira verde. Pés de sorveira cresciam em círculo ao redor dela, e havia água (como em todas as casas-de-ents), uma nascente que borbulhava da ribanceira. Conversaram um pouco enquanto a escuridão caía na floresta. Não muito longe podiam-se ouvir as vozes do Entencontro que ainda prosseguiam; mas pareciam agora mais graves e menos sossegadas, e vez por outra uma grande voz se erguia em música aguda e acelerada, enquanto todas as demais minguavam. Mas, ao seu lado, Bregalad falava suavemente na própria língua deles, quase sussurrando; e ficaram sabendo que ele pertencia à gente de Casca-de-Pele, e que a região onde haviam morado fora destroçada. Isso pareceu aos hobbits bem suficiente para explicar sua "pressa", pelo menos em se tratando de Orques.

"Havia pés de sorveira em meu lar," disse Bregalad, suave e tristemente, "pés de sorveira que criaram raízes quando eu era um Entinho, muitos, muitos anos atrás, na quietude do mundo. Os mais velhos foram plantados pelos Ents para tentarem agradar às Entesposas; mas elas os olharam e sorriram e disseram saber onde cresciam flor mais branca e fruto mais rico. Porém não há árvores de toda essa raça, do povo da Rosa, que sejam tão belas para mim. E aquelas árvores cresceram e cresceram, até a sombra de cada uma ser como um salão verde, e seus frutos vermelhos no outono eram um fardo, e uma beleza, e um prodígio. Os pássaros costumavam apinhar-se ali. Gosto de pássaros, mesmo quando tagarelam; e a sorveira tem de sobra. Mas os pássaros se tornaram hostis e cobiçosos, e dilaceraram as árvores, e lançavam os frutos ao chão e não os comiam. Então vieram Orques com machados e derrubaram minhas árvores. Cheguei e as chamei por seus longos nomes, mas elas não palpitaram, elas não ouviram nem responderam: jaziam mortas.

> *Ó Orofarnë, Lassemista, Carnimírië!*
> *Sorveira mansa, na tua trança alva a flor se abria!*
> *Sorveira minha, que brilho tinha no verão um dia,*
> *Casca qual neve, a folha leve, a voz tão clara soa:*
> *Na tua ramada tão dourada levavas a coroa!*
> *Sorveira morta, ainda porta a trança cinza e fria;*
> *Coroa tombada, voz calada que o tempo distancia.*
> *Ó Orofarnë, Lassemista, Carnimírië!*^G

Os hobbits adormeceram ao som do suave canto de Bregalad, que parecia lamentar em muitas línguas a queda de árvores que ele amara.

Passaram o dia seguinte também em companhia dele, mas não se afastaram muito de sua "casa". A maior parte do tempo ficaram sentados em silêncio sob o abrigo da ribanceira; pois o vento estava mais frio, e as nuvens, mais próximas e cinzentas; havia pouca luz do sol, e ao longe as vozes dos Ents no Encontro ainda subiam e desciam, às vezes altas e fortes, às vezes baixas e tristes, às vezes acelerando, às vezes lentas e solenes como um canto fúnebre. Veio uma segunda noite, e ainda os Ents mantinham o conclave sob nuvens apressadas e estrelas caprichosas.

Rompeu o terceiro dia, triste e ventoso. Ao nascer do sol, as vozes dos Ents se ergueram em grande clamor e depois se reduziram de novo. À medida que a manhã avançava, o vento amainou e o ar se tornou pesado com expectativa. Os hobbits podiam ver que Bregalad agora escutava atento, apesar de para eles, no fundo do vale de sua casa-de-ent, o som do Encontro ser débil.

Veio a tarde, e o sol, rumando ao oeste na direção das montanhas, emitia longos raios amarelos por entre as fendas e fissuras das nuvens. Subitamente deram-se conta de que tudo estava muito quieto; toda a floresta estava parada em silêncio e à escuta. Claro, as vozes dos Ents haviam cessado. O que isso significava? Bregalad estava de pé, ereto e tenso, olhando para o norte na direção de Valarcano.

Então, com um estrondo, veio um grande grito ressoante: *ra-huum-rá!* As árvores estremeceram e se dobraram, como se uma rajada de vento as tivesse atingido. Houve outra pausa, e então começou uma música de marcha como tambores solenes, e, por cima das batidas e ribombos rolantes, brotaram vozes que cantavam alto e forte.

Com furor, com furor, com rufar de tambor:
ta-runda runda runda rom![H]

Os Ents estavam chegando: cada vez mais perto e alto ergueu-se sua canção:

Com furor, com furor, com trompa e tambor:
ta-rūna rūna rūna rom![I]

Bregalad apanhou os hobbits e saiu da casa a largos passos.

Logo viram a fila marchante que se aproximava: os Ents vinham balançando com grandes passadas, descendo a encosta na direção deles. Barbárvore estava à cabeça deles, e atrás vinham uns cinquenta seguidores, em fila dupla, marcando o passo com os pés e batendo o ritmo com as mãos nos flancos. À medida que se aproximavam, podia-se ver o reluzir e o bruxulear de seus olhos.

"Huum, hom! Aqui chegamos com ribombo, aqui chegamos enfim!", chamou Barbárvore quando avistou Bregalad e os hobbits. "Vinde, juntai-vos ao Encontro! Estamos de partida. Estamos de partida a Isengard!"

"A Isengard!", gritaram os Ents com muitas vozes. "A Isengard!"

A Isengard! Pode Isengard cercado estar com pedra e tocha;
Pode Isengard se resguardar, ser duro e frio qual osso ou rocha,
À guerra, à guerra, à guerra então, romper a pedra e o portão;
Com tronco e galho em transtorno ruge o forno — à guerra então!
À terra escura com fúria dura, a rufar tambor, com vigor, com vigor:
A Isengard com furor e vigor!
Com furor e vigor, com furor e vigor![J]

Assim cantavam eles ao marcharem rumo ao sul.

Bregalad, de olhos brilhando, entrou na fila ao lado de Barbárvore. Agora o velho Ent tomou os hobbits de volta e os assentou de novo nos ombros, e, assim, montaram altivos à frente da companhia cantante com os corações batendo e as cabeças erguidas. Apesar de terem esperado que algo acabasse acontecendo, estavam espantados com a mudança que se apossara dos Ents. Agora ela parecia tão súbita quanto a irrupção de uma enchente que por muito tempo fora contida por um dique.

"Afinal os Ents se decidiram bem depressa, não foi?", arriscou-se Pippin a dizer algum tempo depois, quando por um momento cessou o canto e só se ouvia a batida de mãos e pés.

"Depressa?", disse Barbárvore. "Huum! Sim, deveras. Mais depressa do que eu esperava. Deveras não os vi tão incitados por muitas eras. Nós Ents não gostamos de ser incitados; e nunca nos incitamos a não ser que nos seja óbvio que nossas árvores e nossas vidas estão em grande perigo. Isso não acontece nesta Floresta desde as guerras de Sauron e dos Homens do Mar. Foi o serviço-órquico, a derrubada desenfreada — *rárum* —, sem nem a desculpa ruim de alimentar as fogueiras, que nos enfureceu tanto; e a traição de um vizinho, que nos deveria ter ajudado. Os Magos deveriam saber melhor: eles sabem melhor. Não há maldição em élfico, em entês ou nas línguas dos Homens suficientemente má para tal traição. Abaixo Saruman!"

"Ireis mesmo romper os portões de Isengard?", perguntou Merry.

"Ho, hm, bem, nós poderíamos, tu sabes! Não sabes, talvez, quão fortes somos. Talvez tenhas ouvido falar dos Trols? São extremamente fortes. Mas os Trols são apenas imitações, feitas pelo Inimigo na Grande Treva, como escárnio dos Ents, assim como os Orques foram dos Elfos. Somos mais fortes que os Trols. Somos feitos dos ossos da terra. Podemos rachar a pedra como as raízes das árvores, só que mais depressa, muito mais depressa, se nossas mentes forem incitadas! Se não formos derrubados nem destruídos pelo fogo ou pelo impacto da feitiçaria, podemos despedaçar Isengard em estilhaços e fender suas muralhas em entulho."

"Mas Saruman tentará impedir-vos, não é?"

"Hm, ah, sim, assim é. Não me esqueci disso. Deveras passei muito tempo pensando a respeito. Mas, tu vês, muitos dos Ents são mais jovens que eu, em muitas vidas de árvores. Agora estão todos incitados, e suas mentes estão todas em uma só coisa: romper Isengard. Mas logo vão começar a pensar de novo; vão esfriar um pouco, quando tomarmos nosso trago da tardinha. Que sede havemos de ter! Mas agora que marchem e cantem! Temos um longo caminho a percorrer, e há tempo à frente para pensar. Já é alguma coisa ter começado."

Barbárvore seguiu marchando, cantando com os demais por um pouco. Mas algum tempo depois sua voz se reduziu a um murmúrio e silenciou outra vez. Pippin podia ver que sua velha testa estava enrugada e franzida.

Por fim ele ergueu os olhos, e Pippin podia ver uma expressão triste em seus olhos, triste, mas não infeliz. Havia uma luz neles, como se a chama verde tivesse se aprofundado mais nos escuros poços de seu pensamento.

"É claro que é bem provável, meus amigos," disse ele lentamente, "bem provável que estejamos indo à nossa ruína: a última marcha dos Ents. Mas se ficássemos em casa e nada fizéssemos, a ruína nos encontraria de qualquer modo, mais cedo ou mais tarde. Esse pensamento há tempos vem crescendo em nossos corações; e é por isso que estamos marchando agora. Não foi uma resolução apressada. Agora, pelo menos, a última marcha dos Ents pode valer uma canção. Sim," suspirou ele, "podemos ajudar os outros povos antes de nos irmos. Ainda assim, gostaria de ter visto as canções sobre as Entesposas se tornarem verdade. Gostaria muito de ter visto Fimbrethil outra vez. Mas aí está, meus amigos, as canções, como as árvores, só dão fruto em seu próprio tempo e ao seu próprio modo: e às vezes murcham antes do tempo."

Os Ents seguiram caminhando a grande velocidade. Haviam descido para uma longa dobra do terreno que caía para o sul; agora começavam a subir, a subir, até a alta crista ocidental. As matas ficaram para trás, e eles chegaram a grupos esparsos de bétulas, e depois a encostas áridas onde só cresciam alguns pinheiros desolados. O sol se escondeu atrás do escuro topo da colina em frente. Caiu uma penumbra cinzenta.

Pippin olhou para trás. O número de Ents havia crescido — ou o que estava acontecendo? Onde deviam estar as encostas áridas e indistintas que haviam atravessado, ele pensava ver capões de árvores. Mas elas se moviam! Podiam as árvores de Fangorn estar despertas, e a floresta se erguendo, marchando à guerra por cima das colinas? Esfregou os olhos, perguntando-se se o sono e a sombra o tinham enganado; mas os grandes vultos cinzentos avançavam continuamente. Havia um ruído como de vento em muitos galhos. Agora os Ents se aproximavam da beira da crista, e todas as canções haviam cessado. Caiu a noite e fez-se silêncio: nada se ouvia senão um fraco estremecimento da terra sob os pés dos Ents e um farfalhar, a sombra de um sussurro como de muitas folhas à deriva. Por fim estavam no cume, e olharam para uma cova escura lá embaixo: a grande fenda no fim das montanhas: Nan Curunír, o Vale de Saruman.

"A noite jaz sobre Isengard", disse Barbárvore.

5

O Cavaleiro Branco

"Até meus ossos estão enregelados", comentou Gimli, abanando os braços e batendo os pés. O dia viera por fim. Ao amanhecer os companheiros haviam comido o desjejum que podiam; agora, à luz crescente, estavam se preparando para outra vez buscar no chão sinais dos hobbits.

"E não vos esqueçais daquele ancião!", disse Gimli. "Eu ficaria mais feliz de ver a pegada de uma bota."

"Por que isso te faria feliz?", indagou Legolas.

"Porque um ancião com pés que deixam marcas pode ser apenas o que parece", respondeu o Anão.

"Talvez", disse o Elfo; "mas uma bota pesada pode não deixar pegada aqui: a relva é alta e elástica."

"Isso não desconcertaria um Caminheiro", disse Gimli. "Uma folha dobrada é o bastante para Aragorn ler. Mas não espero que ele encontre nenhum vestígio. Foi um fantasma maligno de Saruman que vimos ontem à noite. Tenho certeza disso, mesmo à luz da manhã. Quem sabe agora mesmo seus olhos nos estejam vigiando desde Fangorn."

"É bastante provável", afirmou Aragorn; "porém não estou certo. Estou pensando nos cavalos. Ontem à noite disseste, Gimli, que eles fugiram assustados. Mas não pensei assim. Tu os ouviste, Legolas? Para ti soaram como animais aterrorizados?"

"Não", respondeu Legolas. "Ouvi-os claramente. Não fossem a escuridão e nosso próprio medo, eu pensaria que eram animais animados por algum súbito contentamento. Falavam como falam os cavalos quando encontram um amigo de que há tempos sentem falta."

"Assim pensei", disse Aragorn; "mas não consigo decifrar o enigma, a não ser que voltem. Vamos! A luz aumenta depressa. Vamos olhar primeiro e adivinhar depois! Devíamos começar aqui, perto de nosso próprio acampamento, dando busca cuidadosa em toda a volta e avançando encosta acima rumo à floresta. Encontrar os hobbits é nossa missão, não importa o que pensemos de nosso visitante noturno. Se por algum acaso eles escaparam, então devem ter-se escondido nas árvores, do contrário teriam sido vistos. Se nada encontrarmos daqui até as bordas da floresta, então daremos uma última busca no campo de batalha e entre as cinzas. Mas ali há pouca esperança: os cavaleiros de Rohan fizeram seu trabalho bem demais."

Por algum tempo os companheiros engatinharam e tatearam no chão. A árvore erguia-se acima deles, pesarosa, com as folhas secas já pendendo moles, e chocalhando no gélido vento leste. Aragorn afastou-se devagar. Chegou às cinzas da fogueira de vigia perto da margem do rio, e depois começou a reexaminar o chão, voltando para o morrinho onde fora travada a batalha. Parou de súbito e se inclinou fundo, com o rosto quase dentro da relva. Então chamou os outros. Estes vieram correndo.

"Aqui finalmente encontramos novas!", disse Aragorn. Ergueu uma folha quebrada para que eles a vissem, uma grande folha pálida de tom dourado, já murchando e ficando marrom. "Eis uma folha de mallorn de Lórien, e há pequenas migalhas nela, e mais algumas migalhas na relva. E vede! há alguns pedaços de corda cortada ali perto no chão!"

"E eis a faca que os cortou!", disse Gimli. Agachou-se e puxou de uma touceira, onde fora pisoteada por algum pé pesado, uma lâmina curta e denteada. O punho do qual se quebrara estava ao lado dela. "Era uma arma-órquica", disse ele, segurando-a com cautela e olhando enojado para o cabo entalhado: fora moldado como uma cabeça hedionda de olhos estrábicos e boca de sorriso malicioso.

"Bem, eis o mais estranho enigma que encontramos até agora!", exclamou Legolas. "Um prisioneiro atado escapa tanto dos Orques como dos cavaleiros em redor. Depois para, enquanto ainda está a céu aberto, e corta suas amarras com uma faca-órquica. Mas como e por quê? Pois se tinha as pernas amarradas como foi que caminhou? E se tinha os braços amarrados como foi que usou a faca? E se nenhum desses estava amarrado por que foi que cortou as cordas? Contente com sua habilidade, sentou-se então e tranquilamente comeu um pouco de pão-de-viagem! Pelo menos isto basta para mostrar que era um hobbit, sem a folha de mallorn. Depois disso, suponho, transformou os braços em asas e saiu voando a cantar por cima das árvores. Deve ser fácil encontrá-lo: só precisamos ter asas nós mesmos!"

"É certo que aqui houve feitiçaria", disse Gimli. "O que aquele ancião estava fazendo? O que tens a dizer, Aragorn, sobre a interpretação de Legolas? Podes fazer melhor?"

"Quem sabe eu possa", respondeu Aragorn sorrindo. "Há alguns outros sinais nas proximidades que não consideraste. Concordo que o prisioneiro era um hobbit e devia estar com as pernas ou as mãos livres antes de chegar aqui. Conjecturo que eram as mãos, porque assim o enigma fica mais fácil, e também porque, conforme leio as marcas, ele foi *carregado* até este ponto por um Orque. Ali foi derramado sangue, a alguns passos de distância, sangue-órquico. Em toda a volta deste ponto há fundas pegadas de cascos e sinais de que um objeto pesado foi arrastado para longe. O Orque foi morto por cavaleiros, e mais tarde seu corpo foi levado para a fogueira. Mas o hobbit não foi visto: ele não estava 'a céu aberto', pois era noite e ele ainda tinha sua capa-élfica. Estava exausto e faminto, e não espanta que, depois de cortar as amarras com a faca de seu inimigo tombado, descansasse e comesse um pouco antes de se esgueirar para longe. Mas é um consolo saber que tinha algum *lembas* no bolso, mesmo tendo fugido correndo sem equipamento nem mochila; isso, talvez, tem jeito de hobbit. Digo *ele*, apesar de esperar e adivinhar que tanto Merry como Pippin estiveram aqui juntos. No entanto, nada há que demonstre isso com certeza."

"E como supões que algum dos nossos amigos tenha chegado a ter uma mão livre?", perguntou Gimli.

"Não sei como aconteceu", respondeu Aragorn. "Nem sei por que um Orque os estava carregando para longe. Não para ajudá-los a escapar, podemos estar certos disso. Não, na verdade penso que agora começo a entender um assunto que me intrigou desde o começo: por que, quando Boromir havia perecido, os Orques se contentaram com a captura de Merry e Pippin? Não procuraram o restante de nós, nem atacaram nosso acampamento; mas em vez disso partiram a toda rumo a Isengard. Supunham ter capturado o Portador-do-Anel e seu fiel camarada? Acho que não. Seus mestres não ousariam dar aos Orques ordens tão evidentes, mesmo que eles próprios soubessem o bastante; não lhes falariam abertamente do Anel: eles não são serviçais confiáveis. Mas creio que os Orques tinham sido ordenados a capturar *hobbits*, vivos, a qualquer custo. Foi feita uma tentativa de escapulir com os preciosos prisioneiros antes da batalha. Traição talvez, bem provável entre tal gente; algum Orque grande e ousado pode ter tentado escapar sozinho com a presa, para seus próprios fins. Aí está, essa é minha história. Outras podem ser inventadas. Mas nisto devemos nos fiar em qualquer caso: pelo menos um de nossos amigos escapou. É nossa tarefa encontrá-lo e ajudá-lo antes de voltarmos a Rohan. Não podemos nos desencorajar com Fangorn, visto que a necessidade o impeliu a esse lugar obscuro."

"Não sei o que me desencoraja mais: Fangorn ou pensar na longa estrada através de Rohan a pé", comentou Gimli.

"Então vamos à floresta", disse Aragorn.

Não se passou muito tempo antes que Aragorn encontrasse novos sinais. Em certo ponto, perto da margem do Entágua, ele deu com pegadas: pegadas de hobbit, mas leves demais para que muita coisa pudesse ser deduzida delas. Depois, sob o caule de uma grande árvore, bem na borda da mata, mais pegadas foram descobertas. A terra era nua e seca e não revelou muito.

"Pelo menos um hobbit esteve de pé aqui por algum tempo e olhou para trás; e depois voltou-se para entrar na floresta", disse Aragorn.

"Então precisamos entrar também", disse Gimli. "Mas não gosto do aspecto dessa Fangorn; e nos alertaram contra ela. Queria que a perseguição tivesse levado a outro lugar!"

"Não penso que a mata dê sensação de maligna, o que quer que digam as histórias", comentou Legolas. Estava parado sob a beira da floresta, inclinado para a frente como quem escuta, e esquadrinhando as sombras com olhos bem abertos. "Não, não é maligna; ou o mal que há nela está bem longe. Só detecto os mais fracos ecos de lugares obscuros onde os corações das árvores são negros. Não há malícia perto de nós; mas há vigilância e ira."

"Bem, ela não tem razão para estar irada comigo", disse Gimli. "Não lhe causei nenhum dano."

"Ainda bem", disse Legolas. "Mas mesmo assim ela sofreu dano. Algo está acontecendo lá dentro, ou vai acontecer. Não sentes a tensão? Ela me tira o fôlego."

"Sinto que o ar está abafado", respondeu o Anão. "Esta floresta é mais leve que Trevamata, mas é mofada e surrada."

"É antiga, muito antiga", disse o Elfo. "Tão antiga que quase volto a me sentir jovem, como não me senti desde que viajei convosco, crianças. É antiga e repleta de lembranças. Eu poderia ter sido feliz aqui, se tivesse vindo em dias de paz."

"Imagino que poderias", bufou Gimli. "Seja como for, tu és um Elfo-da-floresta, apesar de Elfos de qualquer tipo serem gente estranha. No entanto me confortas. Aonde fores eu irei. Mas mantém teu arco bem à mão, e manterei meu machado solto no cinto. Não para usá-lo em árvores", acrescentou apressado, erguendo os olhos para a árvore embaixo da qual estavam parados. "Não quero me encontrar desprevenido com aquele ancião sem ter um argumento bem à mão, só isso. Vamos!"

Com essas palavras os três caçadores mergulharam na floresta de Fangorn. Legolas e Gimli deixaram a busca de pistas para Aragorn. Havia pouca coisa para ele ver. O chão da floresta estava seco e coberto por folhas trazidas pelo vento; mas supondo que os fugitivos ficariam perto da água, ele voltou várias vezes às margens do rio. Assim foi que topou com o lugar onde Merry e Pippin haviam bebido e banhado os pés. Ali, evidente a quem quisesse ver, estavam as pegadas de dois hobbits, uma um tanto menor que a outra.

"Estas são boas novas", disse Aragorn. "Porém as pegadas têm dois dias de idade. E parece que neste ponto os hobbits deixaram a beira da água."

"Então o que havemos de fazer agora?", disse Gimli. "Não podemos persegui-los através de todo o reduto de Fangorn. Viemos com poucos suprimentos. Se não os acharmos logo, não lhes seremos de ajuda, exceto sentando-nos ao seu lado e demonstrando nossa amizade morrendo de fome juntos."

"Se isso deveras for tudo o que pudermos fazer, então isso temos de fazer", afirmou Aragorn. "Prossigamos."

Chegaram por fim à extremidade íngreme e abrupta da Colina de Barbárvore e olharam para o muro de rocha lá em cima, com seus degraus rudes que levavam ao alto patamar. Lampejos de sol perpassavam as nuvens apressadas, e a floresta já parecia menos cinzenta e lúgubre.

"Vamos subir e olhar em nossa volta!", disse Legolas. "Ainda sinto falta de fôlego. Gostaria de provar um ar mais livre por alguns momentos."

Os companheiros escalaram. Aragorn foi por último, movendo-se devagar: estava esquadrinhando de perto os degraus e as plataformas.

"Tenho quase certeza de que os hobbits estiveram aqui em cima", disse ele. "Mas há outras marcas, marcas muito estranhas, que não compreendo. Pergunto-me se nesse patamar poderemos ver algo que nos ajude a deduzir a direção que tomaram em seguida."

Pôs-se de pé e olhou em volta, mas nada viu que servisse de alguma coisa. O patamar dava para o sul e o leste; mas só no leste a visão era desimpedida. Ali conseguia ver os topos das árvores descendo em fileiras rumo à planície da qual haviam vindo.

"Fizemos um grande desvio em nossa viagem", comentou Legolas. "Poderíamos todos ter vindo aqui, juntos e em segurança, se tivéssemos deixado o Grande Rio no segundo ou terceiro dia e rumado para o oeste. Poucos conseguem prever aonde sua estrada os levará, até que cheguem ao seu fim."

"Mas não queríamos vir a Fangorn", disse Gimli.

"No entanto aqui estamos — e lindamente apanhados na rede", respondeu Legolas. "Olhai!"

"Olhar o quê?", perguntou Gimli.

"Ali nas árvores."

"Onde? Não tenho olhos-élficos."

"Quieto! Fala mais baixo! Olha!", disse Legolas, apontando. "Lá embaixo na mata, no caminho pelo qual acabamos de vir. É ele. Não podes vê-lo, passando de árvore em árvore?"

"Eu vejo, eu vejo agora!", cochichou Gimli. "Olha, Aragorn! Não te preveni? Ali está o ancião. Todo de trapos sujos e cinzentos: foi por isso que não pude vê-lo de início."

Aragorn olhou e contemplou um vulto encurvado movendo-se devagar. Não estava longe. Parecia um velho mendigo, caminhando com cautela, apoiado em um cajado grosseiro. Tinha a cabeça inclinada e não olhava na direção deles. Em outras terras tê-lo-iam saudado com palavras bondosas; mas agora estavam parados em silêncio, cada um sentindo uma estranha expectativa: algo se aproximava que detinha um poder oculto — ou uma ameaça.

Gimli observou por algum tempo de olhos arregalados, à medida que o vulto se aproximava passo a passo. Então, de súbito, incapaz de conter-se mais, irrompeu: "Teu arco, Legolas! Verga-o! Apresta-te! É Saruman. Não o deixes falar, ou nos lançará um feitiço! Atira primeiro!"

Legolas tomou o arco e o vergou, devagar e como se alguma outra vontade lhe resistisse. Segurou uma flecha, solta na mão, mas não a ajustou à corda. Aragorn estava parado em silêncio, com o rosto vigilante e atento.

"Por que esperas? O que há contigo?", perguntou Gimli num sussurro chiante.

"Legolas está certo", disse Aragorn baixinho. "Não podemos alvejar assim um ancião, de surpresa e sem sermos desafiados, não importa o medo nem a dúvida que nos acometa. Observa e espera!"

Naquele momento, o ancião apressou o passo e veio com surpreendente velocidade até o sopé da parede de rocha. Então subitamente olhou para cima, enquanto eles permaneciam imóveis olhando para baixo. Não havia ruído.

Não conseguiam ver seu rosto: estava encapuzado e usava sobre o capuz um chapéu de aba larga, de forma que todos os seus traços estavam eclipsados, exceto a ponta do nariz e a barba cinzenta. Porém a Aragorn pareceu que vislumbrava o brilho de olhos agudos e luzidios dentro da sombra dos supercílios encobertos.

Finalmente o ancião rompeu o silêncio. "Bom encontro deveras, meus amigos", disse ele em voz suave. "Desejo falar-vos. Descereis, ou subirei eu?" Sem esperar resposta começou a escalar.

"Agora!", exclamou Gimli. "Detém-no, Legolas!"

"Não disse que desejava falar-vos?", disse o ancião. "Põe de lado esse arco, Mestre Elfo!"

O arco e a flecha caíram das mãos de Legolas, e seus braços lhe penderam frouxos dos lados.

"E tu, Mestre Anão, queiras tirar a mão do cabo do machado até eu ter subido! Não precisarás de tais argumentos."

Gimli sobressaltou-se e depois ficou imóvel como pedra, fitando-o, enquanto o ancião saltava subindo os degraus grosseiros com a agilidade de uma cabra. Todo o cansaço parecia tê-lo abandonado. Quando pisou no patamar viu-se um lampejo, demasiado breve para se ter certeza, um rápido vislumbre de branco, como se alguma veste oculta pelos trapos cinzentos tivesse sido revelada por um instante. A respiração de Gimli podia ser ouvida como um chiado alto no silêncio.

"Bom encontro, digo outra vez!", disse o ancião, aproximando-se deles. Quando estava a alguns pés de distância se levantou, inclinado sobre o cajado, com a cabeça projetada para a frente, espiando-os debaixo do capuz. "E o que será que fazeis nestas plagas? Um Elfo, um Homem e um

Anão, todos trajados à maneira élfica. Sem dúvida há por trás de tudo isso uma história que vale a pena ouvir. Tais coisas nem sempre se veem aqui."

"Falas como quem conhece bem Fangorn", disse Aragorn. "É assim?"

"Não bem," respondeu o ancião, "isso seria um estudo de muitas vidas. Mas venho aqui vez por outra."

"Podemos saber teu nome e depois ouvir o que tens a nos dizer?", indagou Aragorn. "A manhã está passando, e temos uma missão que não espera."

"Quanto ao que queria dizer, eu o disse: o que será que fazeis e que história podeis contar sobre vós? Quanto ao meu nome", interrompeu-se, rindo longa e suavemente. Aragorn sentiu um arrepio perpassá-lo diante daquele som, uma estranha excitação fria; e, no entanto, não era medo nem terror que sentia: era, isso sim, como a picada súbita de um ar penetrante, ou o impacto de uma chuva fria que desperta um dorminhoco inquieto.

"Meu nome!", disse outra vez o ancião. "Já não o adivinhastes? Vós o ouvistes antes, creio. Sim, vós o ouvistes antes. Mas vamos lá, e vossa história?"

Os três companheiros ficaram em silêncio e não deram resposta.

"Há alguns que começariam a duvidar de que vossa missão é para ser contada", comentou o ancião. "Felizmente sei algo a respeito. Estais perseguindo as pegadas de dois jovens hobbits, creio. Sim, hobbits. Não me olheis espantados, como se jamais tivésseis ouvido antes o estranho nome. Vós o ouvistes, e eu também. Bem, eles subiram aqui anteontem; e encontraram alguém que não esperavam. Isso vos consola? E agora gostaríeis de saber aonde foram levados? Bem, bem, quem sabe eu possa vos dar alguma nova sobre isso. Mas por que estamos de pé? Vossa missão, estais vendo, não é mais tão urgente quanto pensáveis. Vamos sentar-nos e ficar mais à vontade."

O ancião deu-lhes as costas e se dirigiu a uma pilha de pedras e rochas caídas no sopé do penhasco mais atrás. Imediatamente, como se um feitiço tivesse sido removido, os outros relaxaram e se mexeram. A mão de Gimli foi de imediato para o cabo do machado. Aragorn sacou a espada. Legolas apanhou o arco.

O ancião não lhes deu atenção, mas abaixou-se e se sentou numa pedra baixa e chata. Então o manto cinzento se abriu, e viram sem dúvida que por baixo ele estava todo trajado de branco.

"Saruman!", exclamou Gimli, saltando na direção dele com o machado na mão. "Fala! Conta-nos onde escondeste nossos amigos! O que fizeste deles? Fala, ou te farei um talho no chapéu que mesmo um mago achará difícil de lidar!"

O ancião foi rápido demais para ele. Pôs-se de pé com um salto e pulou para o topo de uma grande rocha. Ali ficou parado, subitamente crescido em estatura, elevando-se acima deles. Seu capuz e seus trapos cinzentos foram lançados fora. Suas vestes brancas reluziram. Ergueu o cajado, e o machado de Gimli saltou-lhe da mão e caiu no chão com estrépito. A espada de Aragorn, rígida em sua mão imóvel, inflamou-se com fogo súbito. Legolas deu um grande grito e atirou uma flecha alto no ar: ela desapareceu em um lampejo de chama.

"Mithrandir!", exclamou ele. "Mithrandir!"

"Bom encontro, digo-te outra vez, Legolas!", disse o ancião.

Todos o encararam. Seus cabelos eram brancos como neve à luz solar; e de um branco reluzente era sua túnica; os olhos embaixo das fundas sobrancelhas eram brilhantes, penetrantes como os raios do sol; havia poder em sua mão. Entre o pasmo, a alegria e o medo, ficaram ali parados e não encontraram palavras para dizer.

Por fim Aragorn mexeu-se. "Gandalf!", exclamou ele. "Além da esperança tu voltas a nós em nossa necessidade! Que véu cobria minha visão? Gandalf!" Gimli nada disse, mas caiu de joelhos, protegendo os olhos.

"Gandalf", repetiu o ancião, como se recordasse da memória uma palavra há muito desusada. "Sim, esse era o nome. Eu era Gandalf."

Desceu da rocha e, apanhando a capa cinzenta, enrolou-se nela: parecia que o sol estivera brilhando, mas agora estava outra vez oculto em nuvens. "Sim, ainda podeis me chamar Gandalf", disse ele, e a voz era a voz do seu velho amigo e guia. "Levanta-te, meu bom Gimli! Tu não tens culpa, e eu não sofri dano. Deveras, meus amigos, nenhum de vós tem arma que me possa ferir. Alegrai-vos! Encontramo-nos de novo. Na virada da maré. A grande tempestade está chegando, mas a maré virou."

Pôs a mão na cabeça de Gimli, e o Anão ergueu os olhos e riu de repente. "Gandalf!", disse ele. "Mas está todo de branco!"

"Sim, sou branco agora", disse Gandalf. "Na verdade eu *sou* Saruman, quase se poderia dizer, Saruman como ele deveria ter sido. Mas vamos lá, contai-me sobre vós! Passei por fogo e água profunda desde que nos separamos. Esqueci muita coisa que pensava saber e reaprendi muita coisa que havia esquecido. Posso ver muitas coisas à distância, mas muitas coisas que estão próximas não consigo ver. Contai-me sobre vós!"

"O que desejas saber?", disse Aragorn. "Tudo o que aconteceu desde que nos separamos na ponte seria uma longa história. Não queres primeiro dar-nos notícias dos hobbits? Encontraste-os e estão em segurança?"

"Não, não os encontrei", respondeu Gandalf. "Havia uma escuridão sobre os vales das Emyn Muil, e não fiquei sabendo do seu cativeiro antes que a águia me contasse."

"A águia!", disse Legolas. "Vi uma águia, alta e bem distante: a última vez faz quatro dias, sobre as Emyn Muil."

"Sim," prosseguiu Gandalf, "aquele era Gwaihir, o Senhor-dos-Ventos, que me resgatou de Orthanc. Mandei-o à minha frente para vigiar o Rio e reunir novas. Sua visão é aguçada, mas ele não consegue ver tudo o que passa sob colina e árvore. Algumas coisas ele viu, e outras eu mesmo vi. Agora o Anel passou para além de meu auxílio, ou do auxílio de qualquer membro da Comitiva que partiu de Valfenda. Quase foi revelado ao Inimigo, mas escapou. Tive algum papel nisso, pois estive sentado em um lugar alto e porfiei com a Torre Sombria; e a Sombra passou. Então fiquei cansado, muito cansado; e por longo tempo caminhei em sombrio pensamento."

"Então sabes de Frodo!", disse Gimli. "Como estão as coisas com ele?"

"Não sei dizer. Foi salvo de grande perigo, mas muitos ainda estão diante dele. Resolveu ir para Mordor a sós e partiu: isso é tudo o que posso dizer."

"Não a sós", pontuou Legolas. "Acreditamos que Sam tenha ido com ele."

"Foi!", disse Gandalf, e tinha um lampejo no olho e um sorriso no rosto. "Foi deveras? Isso é novo para mim, porém não me surpreende. Bom! Muito bom! Aliviais meu coração. Precisais contar-me mais. Agora sentai-vos comigo e contai-me a história de vossa jornada."

Os companheiros sentaram-se no chão a seus pés, e Aragorn iniciou o relato. Por muito tempo Gandalf nada disse e não fez perguntas. Tinha as mãos estendidas nos joelhos e os olhos fechados. Por fim, quando Aragorn falou da morte de Boromir e de sua última jornada no Grande Rio, o ancião suspirou.

"Não disseste tudo o que sabes ou supões, meu amigo Aragorn", disse ele com tranquilidade. "Pobre Boromir! Não pude ver o que lhe aconteceu. Foi uma grave provação para um homem assim: um guerreiro e senhor de homens. Galadriel me contou que ele estava em perigo. Mas ele escapou no fim. Estou contente. Não foi em vão que os jovens hobbits vieram conosco, nem que fosse só pelo bem de Boromir. Mas esse não é o único papel que eles têm de desempenhar. Foram trazidos a Fangorn, e sua chegada foi como a queda de pedrinhas que inicia uma avalanche nas montanhas. No momento em que aqui falamos, ouço os primeiros roncos. É melhor que Saruman não seja apanhado longe de casa quando o dique romper!"

"Em uma coisa não mudaste, caro amigo," comentou Aragorn, "ainda falas por enigmas."

"O quê? Em enigmas?", disse Gandalf. "Não! Pois estava falando comigo mesmo em voz alta. Um hábito dos velhos: eles escolhem a pessoa mais sábia presente para falar com ela; as longas explicações de que os jovens precisam são cansativas." Riu-se, mas agora o som parecia morno e bondoso como um lampejo de luz do sol.

"Não sou mais jovem, nem na contagem dos Homens das Antigas Casas", respondeu Aragorn. "Não abrirás tua mente com maior clareza para mim?"

"Então o que hei de dizer?", indagou Gandalf e fez uma pequena pausa pensativa. "É assim, brevemente, que vejo as coisas neste momento, se queres ouvir parte dos meus pensamentos do modo mais simples possível. É claro que o Inimigo sabe há muito tempo que o Anel está livre e que é levado por um hobbit. Agora sabe o número de nossa Comitiva que partiu de Valfenda, e a gente de cada um de nós. Mas ainda não percebe claramente nossa intenção. Supõe que estamos todos indo a Minas Tirith; pois é isso que ele mesmo teria feito em nosso lugar. E, conforme sua sabedoria, esse teria sido um pesado golpe contra seu poderio. De fato, ele está muito temeroso, sem saber que pessoa poderosa poderá surgir de súbito, empunhando o Anel e assaltando-o com guerra, procurando derrubá-lo e tomar seu lugar. Podermos desejar derrubá-lo e não pôr *ninguém* em seu lugar não é um pensamento que ocorre à sua mente. Tentarmos destruir o próprio Anel ainda não entrou em seu mais sombrio sonho. Aí vereis sem dúvida nossa boa sorte e nossa esperança. Pois imaginando a guerra, ele desencadeou a guerra, crendo não ter tempo a desperdiçar; pois aquele que dá o primeiro golpe, se o der com força bastante, pode não precisar golpear mais. Assim, está agora pondo em movimento as forças que há muito vem preparando, mais cedo do que pretendia. Tolo sábio. Pois se tivesse usado todo o seu poder para guardar Mordor, de forma que ninguém pudesse entrar, e dedicado toda sua astúcia à caçada do Anel, deveras a esperança teria minguado: nem o Anel nem o portador poderiam tê-lo eludido por muito tempo. Mas agora seu olho fita a distância, não a proximidade de sua casa; e olha mormente para Minas Tirith. Agora não falta muito para que sua força caia sobre ela como uma tormenta.

"Pois já sabe que os mensageiros que mandou para emboscar a Comitiva fracassaram outra vez. Não encontraram o Anel. Nem trouxeram algum hobbit como refém. Se tivessem feito apenas isso, teria sido um pesado golpe para nós, e poderia ter sido fatal. Mas não toldemos nossos corações imaginando a provação de sua dócil lealdade na Torre Sombria. Pois o Inimigo fracassou — até aqui. Graças a Saruman."

"Então Saruman não é traidor?", indagou Gimli.

"Sim, deveras", disse Gandalf. "Duplamente. E não é estranho isso? Nada que suportamos ultimamente pareceu tão aflitivo quanto a traição de Isengard. Mesmo considerado como senhor e capitão, Saruman fortaleceu-se muito. Ameaça os Homens de Rohan e desvia seu auxílio de Minas Tirith, mesmo enquanto o golpe principal se aproxima do Leste. Porém uma arma traiçoeira é sempre um perigo para a mão. Saruman também pretendia capturar o Anel para si, ou pelo menos apanhar alguns hobbits para seus fins malignos. Assim, nossos inimigos combinados só conseguiram trazer Merry e Pippin com espantosa pressa, e bem na hora, até Fangorn, aonde de outro modo nem teriam chegado!

"Também encheram-se de novas dúvidas que lhes perturbam os planos. Nenhuma nova da batalha chegará a Mordor, graças aos cavaleiros de Rohan; mas o Senhor Sombrio sabe que dois hobbits foram aprisionados nas Emyn Muil e carregados rumo a Isengard contra a vontade de seus próprios serviçais. Agora ele tem Isengard para temer, além de Minas Tirith. Se Minas Tirith cair, as coisas correrão mal para Saruman."

"É pena que nossos amigos estejam no meio", comentou Gimli. "Se nenhuma terra dividisse Isengard de Mordor, eles poderiam combater enquanto nós ficássemos a observar e a esperar."

"O vencedor emergiria mais forte que qualquer um dos dois, e livre de dúvida", disse Gandalf. "Mas Isengard não pode combater Mordor, a não ser que Saruman obtenha o Anel primeiro. Isso ele já não fará mais. Ele ainda não conhece seu perigo. Há muita coisa que ele não conhece. Estava tão ávido por ter a presa nas mãos que não pôde esperar em casa e saiu para encontrar e espionar seus mensageiros. Mas veio tarde demais desta vez, e a batalha estava terminada e além de seu auxílio antes que ele chegasse a estas plagas. Não passou muito tempo aqui. Observo-lhe a mente e vejo sua dúvida. Ele não tem habilidade na mata. Crê que os cavaleiros mataram e queimaram todos no campo de batalha; mas não sabe se os Orques traziam prisioneiros ou não. E não sabe da contenda entre seus serviçais e os Orques de Mordor; nem sabe do Mensageiro Alado."

"O Mensageiro Alado!", exclamou Legolas. "Alvejei-o com o arco de Galadriel acima de Sarn Gebir e derrubei-o do céu. Encheu-nos a todos de medo. Que novo terror é esse?"

"Um terror que não podes abater com flechas", disse Gandalf. "Só abateste sua montaria. Foi um bom feito; mas o Cavaleiro logo estava montado outra vez. Pois era um Nazgûl, um dos Nove, que agora cavalgam montarias aladas. Logo o terror deles eclipsará os últimos exércitos de nossos amigos, bloqueando o sol. Mas ainda não lhes foi permitido atravessar o Rio, e Saruman não sabe desta nova forma em que os Espectros-do-Anel foram trajados. Seu pensamento está sempre com o Anel. Estava presente na batalha? Foi encontrado? E se Théoden, Senhor da Marca, o obtiver e ficar sabendo de seu poder? Esse é o perigo que ele vê, e fugiu de volta para Isengard para duplicar e triplicar seu ataque a Rohan. E o tempo todo existe outro perigo, bem perto, que ele não vê, às voltas com seus pensamentos fogosos. Esqueceu-se de Barbárvore."

"Agora estás falando sozinho outra vez", disse Aragorn sorrindo. "Barbárvore eu não conheço. E adivinhei parte da dupla traição de Saruman; porém não vejo de que modo a chegada dos dois hobbits a Fangorn nos serviu, a não ser para nos proporcionar uma caçada longa e infrutífera."

"Espera um minuto!", exclamou Gimli. "Há outra coisa que gostaria de saber primeiro. Foi a ti, Gandalf, ou a Saruman que vimos na noite passada?"

"Certamente não vistes a mim," respondeu Gandalf, "portanto devo deduzir que vistes Saruman. Evidentemente estamos tão parecidos que deve ser desculpado teu desejo de fazer um talho incurável em meu chapéu."

"Bom, bom!", disse Gimli. "Estou contente que não eras tu."

Gandalf riu-se de novo. "Sim, meu bom Anão," respondeu ele, "é um consolo não ser confundido em todos os pontos. E não sei disso muito bem! Mas é claro que nunca vos culpei pela recepção que me destes. Como poderia, eu que tantas vezes aconselhei meus amigos a suspeitarem até das próprias mãos quando lidam com o Inimigo. Bendito sejas, Gimli, filho de Glóin! Quem sabe tu vejas a nós juntos algum dia e julgarás entre nós!"

"Mas os hobbits!", interrompeu Legolas. "Viemos longe para buscá-los, e parece que sabes onde estão. Onde estão agora?"

"Com Barbárvore e os Ents", respondeu Gandalf.

"Os Ents!", exclamou Aragorn. "Então há verdade nas velhas lendas sobre os moradores das fundas matas e os gigantescos pastores-das-árvores? Ainda há Ents no mundo? Pensei que fossem apenas uma lembrança dos dias antigos, se é que alguma vez foram mais do que uma lenda de Rohan."

"Uma lenda de Rohan!", bradou Legolas. "Não, todo Elfo das Terras--selváticas cantou canções dos velhos Onodrim e seu longo pesar. Porém mesmo entre nós são apenas uma lembrança. Se encontrasse um ainda caminhando neste mundo, deveras eu me sentiria jovem outra vez! Mas Barbárvore: essa é só uma versão de Fangorn na fala comum; porém parece que falas de uma pessoa. Quem é esse Barbárvore?"

"Ah! agora pedes muito", respondeu Gandalf. "O pouco que sei de sua longa e lenta história daria um relato para o qual agora não temos tempo. Barbárvore é Fangorn, o guardião da floresta; é o mais velho dos Ents, o mais velho ser vivo que ainda caminha sob o Sol nesta Terra-média. Deveras espero, Legolas, que chegues a conhecê-lo. Merry e Pippin foram afortunados: encontraram-no aqui, bem onde estamos sentados. Pois ele veio aqui dois dias atrás e os levou à sua morada, muito longe junto às raízes das montanhas. Frequentemente vem aqui, especialmente quando sua mente está inquieta e rumores do mundo lá fora o perturbam. Eu o vi faz quatro dias, caminhando a largos passos entre as árvores, e creio que ele me viu, pois fez uma pausa; mas não falei, pois estava carregado de pensamentos e exausto após meu combate com o Olho de Mordor; e ele tampouco falou, nem chamou meu nome."

"Quem sabe também ele pensasse que eras Saruman", disse Gimli. "Mas falas dele como se fosse um amigo. Pensei que Fangorn fosse perigoso."

"Perigoso!", exclamou Gandalf. "Também eu o sou, muito perigoso: mais perigoso que qualquer coisa que jamais encontrarás, a não ser que sejas trazido vivo diante do assento do Senhor Sombrio. E Aragorn é perigoso, e Legolas é perigoso. Estás cercado de perigos, Gimli, filho de Glóin; pois tu mesmo és perigoso, à tua própria maneira. Certamente a floresta de Fangorn é perigosa — não menos àqueles que são ligeiros demais com os machados; e o próprio Fangorn, ele também é perigoso; porém, não obstante, é sábio e bondoso. Mas agora sua longa e lenta ira está transbordando, e toda a floresta está repleta dela. A chegada dos hobbits e as novas que eles trouxeram derramaram-na: logo ela estará fluindo como uma enchente; mas sua maré se volta contra Saruman e os machados de Isengard. Está prestes a acontecer algo que não acontecia desde os Dias Antigos: os Ents vão despertar e descobrir que são fortes."

"O que farão?", perguntou Legolas, admirado.

"Não sei", respondeu Gandalf. "Não creio que eles mesmos saibam. Pergunto-me..." Ficou em silêncio, de cabeça inclinada, pensativo.

Os demais olharam para ele. Um lampejo de sol através de nuvens passageiras caiu-lhe sobre as mãos, que agora jaziam no colo, viradas para cima: pareciam estar repletas de luz, como uma taça está repleta de água. Finalmente ergueu os olhos e encarou o sol diretamente.

"A manhã está se consumindo", disse ele. "Logo teremos de ir."

"Vamos ao encontro de nossos amigos e ver Barbárvore?", perguntou Aragorn.

"Não", respondeu Gandalf. "Não é essa a estrada que tendes de trilhar. Falei palavras de esperança. Mas somente de esperança. Esperança não é vitória. A guerra nos acomete e a todos os nossos amigos, uma guerra em que apenas o uso do Anel poderia nos assegurar a vitória. Isso me enche de grande pesar e grande temor: pois muita coisa há de ser destruída e tudo poderá se perder. Eu sou Gandalf, Gandalf, o Branco, mas o Negro é ainda mais poderoso."

Levantou-se e fitou o leste, protegendo os olhos como se visse coisas muito distantes que nenhum deles podia ver. Depois balançou a cabeça. "Não," continuou ele em voz suave, "escapou ao nosso alcance. Pelo menos disso alegremo-nos. Não podemos mais ser tentados a usar o Anel. Precisamos descer para encarar um perigo próximo do desespero, porém aquele perigo mortal foi removido."

Virou-se. "Vem, Aragorn, filho de Arathorn!", disse ele. "Não te arrependas de tua escolha no vale das Emyn Muil e nem a chames de perseguição vã. Escolheste entre dúvidas a trilha que parecia certa: a escolha foi justa e teve sua recompensa. Pois assim nos encontramos a tempo, nós que de outro modo poderíamos nos ter encontrado tarde demais. Mas a demanda de teus companheiros terminou. Tua próxima jornada é marcada pela palavra que deste. Tens de ir a Edoras e buscar Théoden em seu paço. Pois precisam de ti. Agora a luz de Andúril tem de ser revelada na batalha pela qual esperou por tanto tempo. Há guerra em Rohan e mal pior: as coisas vão mal com Théoden."

"Então não devemos rever os alegres jovens hobbits?", indagou Legolas.

"Eu não disse isso", respondeu Gandalf. "Quem sabe? Tem paciência. Vai aonde deves ir e tem esperança! A Edoras! Vou para lá também."

"É um longo caminho para um homem caminhar, jovem ou velho", disse Aragorn. "Receio que a batalha esteja terminada muito antes que eu lá chegue."

"Havemos de ver, havemos de ver", disse Gandalf. "Vireis comigo agora?"

"Sim, partiremos juntos", disse Aragorn. "Mas não duvido de que chegues lá antes de mim, se desejares." Ergueu-se e olhou para Gandalf por longo tempo. Os outros fitaram-nos em silêncio, ali de pé, um encarando o outro. O vulto cinzento do Homem, Aragorn, filho de Arathorn, era alto e severo como pedra, com a mão no punho da espada; parecia que algum rei vindo das névoas do mar havia pisado nas praias de homens menores. Diante dele inclinava-se o velho vulto, branco, agora reluzente como se alguma luz se acendesse dentro dele, curvado, carregado de anos, mas detendo um poder além da força dos reis.

"Não digo a verdade, Gandalf," comentou Aragorn por fim, "quando digo que poderias ir a qualquer lugar que quisesses mais depressa que eu? E também digo isto: tu és nosso capitão e nosso estandarte. O Senhor Sombrio tem Nove. Mas nós temos Um, mais poderoso que eles: O Cavaleiro Branco. Ele passou através do fogo e do abismo, e eles hão de temê-lo. Iremos aonde ele conduzir."

"Sim, juntos nós te seguiremos", disse Legolas. "Mas primeiro aliviar-me-ia o coração, Gandalf, ouvir o que te acometeu em Moria. Não nos contarás? Não podes ficar só para contares aos amigos como foste libertado?"

"Já me demorei tempo demais", respondeu Gandalf. "O tempo é curto. Mas se houvesse um ano para gastar eu não vos contaria tudo."

"Então conta-nos o que quiseres e o que o tempo permitir!", disse Gimli. "Vamos, Gandalf, conta-nos como lidaste com o Balrog!"

"Não o nomeies!", disse Gandalf, e por um momento pareceu que uma nuvem de dor lhe passou sobre o rosto, e ficou sentado em silêncio, parecendo velho como a morte. "Por longo tempo caí", disse por fim, lentamente, como quem tem dificuldade em pensar no passado. "Longamente caí, e ele caiu comigo. Seu fogo estava ao meu redor. Fui queimado. Então mergulhamos na água profunda, e tudo ficou escuro. Era fria como a maré da morte: quase congelou-me o coração."

"Fundo é o abismo transposto pela Ponte de Durin, e ninguém o mediu", comentou Gimli.

"No entanto tem fundo, além da luz e do conhecimento", disse Gandalf. "Ali cheguei, por fim, aos mais remotos fundamentos de pedra. Ele ainda estava comigo. Seu fogo estava extinto, mas era agora uma criatura de lodo, mais forte que uma serpente estranguladora.

"Combatemos longe, debaixo da terra vivente, onde o tempo não é contado. Sempre ele apertava, e sempre eu o golpeava, até que finalmente ele fugiu para túneis escuros. Eles não foram feitos pelo povo de Durin, Gimli, filho de Glóin. Muito, muito abaixo das mais fundas escavações dos Anãos, o mundo é roído por seres sem nome. O próprio Sauron não os conhece. São mais antigos que ele. Agora caminhei ali, mas não trarei relato para obscurecer a luz do dia. Naquele desespero meu inimigo era a única esperança, e eu o persegui agarrado a seu calcanhar. Assim finalmente me trouxe de volta aos caminhos secretos de Khazad-dûm: demasiado bem ele os conhecia todos. Agora subíamos sempre, até chegarmos à Escada Interminável."

"Por muito tempo esteve perdida", disse Gimli. "Muitos disseram que jamais foi feita, salvo em lenda, mas outros dizem que foi destruída."

"Foi feita e não fora destruída", respondeu Gandalf. "Do mais baixo calabouço até o mais alto pico ela subia, ascendendo em espiral ininterrupta, com muitos milhares de degraus, até emergir finalmente na Torre de Durin, esculpida na rocha viva de Zirakzigil, o pináculo do Pico-de-Prata.

"Ali, no alto de Celebdil, havia uma janela solitária na neve, e diante dela estendia-se um espaço estreito, um vertiginoso ninho acima das névoas do mundo. Ali o sol brilhava ferozmente, porém embaixo estava tudo envolto em nuvens. Ele saltou para fora e, mesmo enquanto eu o seguia, irrompeu em nova chama. Não havia ninguém para ver, do contrário, quem sabe em eras posteriores ainda se cantassem canções sobre a Batalha do Pico." Gandalf riu de repente. "Mas o que diriam na canção? Os que olhavam de longe pensaram que a montanha estava coroada de tempestade. Ouviram trovão, e os raios, disseram, atingiram Celebdil e ressaltaram rompidos em línguas de fogo. Isso não basta? Uma grande fumaça ergueu-se ao nosso redor, névoa e vapor. O gelo caiu como chuva. Derrubei meu inimigo, e ele caiu da altura e fraturou o flanco da montanha onde o atingiu em sua ruína. Então a escuridão me dominou, e perdi-me fora do pensamento e do tempo, e vaguei longe em estradas que não contarei.

"Nu fui mandado de volta — por breve tempo, até minha tarefa estar concluída. E nu jazi no topo da montanha. A torre atrás de mim desfizera-se em pó, a janela se fora; a escada arruinada estava obstruída com pedras queimadas e quebradas. Eu estava só, esquecido, sem escape sobre o duro chifre do mundo. Ali fiquei deitado, o olhar fixo no alto, enquanto as estrelas rodavam em cima, e cada dia era longo como a idade da vida da terra. Chegava-me débil aos ouvidos o rumor reunido de todas as terras: o brotar e o morrer, a canção e o choro, e o lento gemido perpétuo da pedra sobrecarregada. E assim, finalmente, Gwaihir, o Senhor-dos-Ventos, outra vez me encontrou, ergueu-me e levou-me embora.

"'Sempre estou destinado a ser teu fardo, amigo, na necessidade', disse eu.

"'Foste um fardo,' ele respondeu, 'mas não agora. És leve como uma pena de cisne em minha garra. O Sol brilha através de ti. Deveras não creio que precisas mais de mim: se eu te deixasse cair, flutuarias ao vento.'

"'Não me deixes cair!', arfei, pois outra vez sentia a vida em mim. 'Leva-me a Lothlórien!'

"'Esse é deveras o comando da Senhora Galadriel, que me mandou à tua busca', ele respondeu.

"Assim foi que cheguei a Caras Galadhon e descobri que havíeis partido pouco antes. Demorei-me ali no tempo imutável daquela terra, onde os dias trazem cura e não declínio. A cura eu encontrei, e fui trajado de branco. Conselhos dei e conselhos aceitei. Dali vim por estranhos caminhos, e mensagens trago a alguns de vós. A Aragorn pediram-me que dissesse isto:

> *Onde estão os Dúnedain, Elessar, Elessar?*
> *Por que tua gente está longe a vagar?*
> *Chega a hora em que surge a Perdida coorte*
> *E a Companhia Cinzenta cavalga do Norte.*
> *Mas negro é o caminho que te cabe trilhar:*
> *Os Mortos vigiam a estrada pro Mar.*[A]

A Legolas ela mandou estas palavras:

> *Legolas Verdefolha, no bosque a contento*
> *Em júblio viveste. Ao Mar fica atento!*
> *Se ouves da gaivota o grito na costa,*
> *Do bosque o teu coração se desgosta.*"[B]

Gandalf silenciou e fechou os olhos.

"Então ela não me mandou mensagem?", indagou Gimli, e inclinou a cabeça.

"Obscuras são suas palavras," disse Legolas, "e pouco significam aos que as recebem."

"Isso não é consolo", respondeu Gimli.

"Então o quê?", disse Legolas. "Querias que ela te falasse abertamente sobre tua morte?"

"Sim, se nada mais tivesse a dizer."

"O que é isso?", disse Gandalf abrindo os olhos. "Sim, creio que consigo adivinhar o que possam significar as suas palavras. Perdoa-me, Gimli! Eu estava meditando outra vez sobre as mensagens. Mas deveras ela te mandou palavras, e nem são obscuras nem tristes.

"'A Gimli, filho de Glóin,' disse ela, 'dá a saudação de sua Senhora. Portador-do-Cacho, aonde quer que vás meu pensamento vai contigo. Mas cuida-te de aplicar teu machado à árvore certa!'"

"Em feliz hora retornaste a nós, Gandalf!", exclamou o Anão, saltitando enquanto cantava alto na estranha língua-anânica. "Vamos, vamos!", gritou, brandindo o machado. "Já que a cabeça de Gandalf agora é sagrada, vamos encontrar uma que seja certo rachar!"

"Essa não será buscada longe", disse Gandalf, erguendo-se do assento. "Vamos! Passamos todo o tempo permitido para um encontro de amigos apartados. Agora é necessária a pressa."

Envolveu-se de novo em sua velha capa esfarrapada e saiu adiante deles. Seguindo-o, desceram depressa do alto patamar e fizeram o caminho de volta através da floresta, descendo pela margem do Entágua. Não disseram mais palavra até estarem outra vez na relva além da beira de Fangorn. Não se via sinal de seus cavalos.

"Eles não voltaram", disse Legolas. "Será uma caminhada cansativa!"

"Não hei de caminhar. O tempo urge", disse Gandalf. Então, erguendo a cabeça, deu um assobio comprido. A nota era tão nítida e penetrante que os demais ficaram pasmos de ouvirem tal som vindo daqueles velhos lábios barbados. Três vezes assobiou; e então, fraco e distante, pareceu-lhes ouvirem o relincho de um cavalo trazido das planícies pelo vento leste. Esperaram admirados. Logo depois veio o som de cascos, de início pouco mais que um tremor do chão apenas perceptível a Aragorn, deitado na relva, depois tornando-se cada vez mais alto e claro, chegando a um rápido tamborilar.

"Há mais de um cavalo vindo", disse Aragorn.

"Certamente", respondeu Gandalf. "Somos um fardo excessivo para um."

"São três", disse Legolas, observando a planície. "Vede como correm! Ali está Hasufel, e ali está meu amigo Arod ao seu lado! Mas há outro que corre à frente: um cavalo muito grande. Nunca vi igual antes."

"Nem verás outra vez", disse Gandalf. "Esse é Scadufax. É o chefe dos *Mearas*, Senhores-dos-cavalos, e nem o próprio Théoden, Rei de Rohan, jamais contemplou um melhor. Não brilha como prata e corre suavemente como uma torrente veloz? Ele veio para mim: o cavalo do Cavaleiro Branco. Vamos juntos ao combate."

Enquanto o velho mago falava, o grande cavalo veio a largos passos, subindo a encosta na direção deles; sua pelagem reluzia, e sua crina fluía ao vento da corrida. Os dois outros seguiam-no, já bem atrás. Assim que Scadufax viu Gandalf, reduziu o passo e relinchou alto; depois, avançando em trote lento, inclinou a cabeça altiva e aconchegou as grandes narinas no pescoço do ancião.

Gandalf acariciou-o. "É um longo caminho de Valfenda, meu amigo", disse ele; "mas és sábio e veloz, e vens quando é preciso. Agora cavalguemos longe juntos e neste mundo não nos separemos mais!"

Logo os demais cavalos chegaram e ficaram imóveis ali perto, como quem aguarda ordens. "Vamos de imediato a Meduseld, o paço de vosso mestre Théoden", informou Gandalf, dirigindo-se gravemente a eles.

Inclinaram as cabeças. "O tempo urge, portanto, com vossa licença, meus amigos, vamos cavalgar. Pedimo-vos que useis toda a velocidade que puderdes. Hasufel há de levar Aragorn, e Arod, Legolas. Porei Gimli à minha frente, e com sua licença, Scadufax, nos carregará a ambos. Agora esperaremos só para beber um pouco."

"Agora entendo parte do enigma de ontem à noite", disse Legolas, saltando leve no lombo de Arod. "Quer tenham primeiro fugido de medo, quer não, nossos cavalos encontraram Scadufax, seu chefe, e o saudaram com alegria. Sabias que ele estava por perto, Gandalf?"

"Sim, eu sabia", respondeu o mago. "Dirigi meu pensamento a ele, pedindo-lhe que se apressasse; pois ontem estava longe, no sul desta terra. Que me leve de volta rapidamente!"

Então Gandalf falou com Scadufax, e o cavalo partiu a boa velocidade, porém não além da medida dos demais. Pouco tempo depois fez uma volta súbita e, escolhendo um lugar onde as ribanceiras eram mais baixas, vadeou o rio e em seguida levou-os adiante, direto rumo ao sul para uma terra plana, sem árvores e ampla. O vento avançava como ondas cinzentas através das infindas milhas de relva. Não havia sinal de estrada nem trilha, mas Scadufax não parou nem vacilou.

"Agora ele está seguindo um percurso reto rumo ao paço de Théoden sob as encostas das Montanhas Brancas", comentou Gandalf. "Assim será mais rápido. O solo é mais firme no Eastemnet, onde fica a principal trilha para o norte, do outro lado do rio, mas Scadufax conhece o caminho através de cada pântano e vale."

Por muitas horas cavalgaram através dos prados e das terras ribeirinhas. Muitas vezes a relva era tão alta que alcançava acima dos joelhos dos cavaleiros, e suas montarias pareciam estar nadando em um mar verde acinzentado. Toparam com muitas lagoas ocultas e com amplas extensões de caniços balançando sobre lodaçais úmidos e traiçoeiros; mas Scadufax encontrava o caminho, e os outros cavalos seguiam em sua trilha. Lentamente o sol caiu no céu, descendo para o Oeste. Observando a grande planície, os cavaleiros o viram por um momento, muito longe, como um fogo vermelho que afundava na relva. Embaixo, na borda da visão, as encostas das montanhas reluziam vermelhas de ambos os lados. Uma fumaça parecia erguer-se e obscurecer o disco do sol em tom sanguíneo, como se ele tivesse inflamado a relva ao descer abaixo da beira do mundo.

"Ali fica o Desfiladeiro de Rohan", disse Gandalf. "Está agora quase exatamente a oeste de nós. Naquela direção fica Isengard."

"Vejo uma grande fumaça", disse Legolas. "O que pode ser aquilo?"

"Batalha e guerra!", disse Gandalf. "Cavalguemos avante!"

6

O Rei do Paço Dourado

Cavalgaram através do pôr do sol, do lento crepúsculo e da noite que se avizinhava. Quando finalmente pararam e apearam, o próprio Aragorn estava rígido e exausto. Gandalf só lhes permitiu algumas horas de descanso. Legolas e Gimli dormiram, e Aragorn deitou-se no chão, estendido de costas; mas Gandalf ficou de pé, apoiado no cajado, fitando a escuridão, a leste e a oeste. Tudo estava silencioso, e não havia sinal nem ruído de ser vivente. A noite estava riscada de nuvens compridas, correndo ao vento gelado, quando se ergueram outra vez. Sob a lua fria avançaram mais uma vez, rápidos como à luz do dia.

As horas passaram e eles cavalgavam ainda. Gimli cabeceava e teria caído do assento se Gandalf não o agarrasse e sacudisse. Hasufel e Arod, exaustos, porém altivos, seguiam seu líder incansável, uma sombra cinzenta diante deles que mal se podia ver. As milhas passavam. A lua crescente declinou no Oeste nublado.

Uma gelidez cortante dominou o ar. Lentamente, no Leste, o escuro se desfez em cinzento frio. Raios vermelhos de luz saltaram acima das muralhas negras das Emyn Muil, muito longe à esquerda deles. O amanhecer chegou claro e brilhante; um vento soprou cruzando-lhes o caminho, correndo através das ervas encurvadas. Subitamente Scadufax ficou imóvel e relinchou. Gandalf apontou para a frente.

"Olhai!", exclamou ele, e ergueram os olhos cansados. Diante deles erguiam-se as montanhas do Sul: de pontas brancas e rajadas de preto. Os capinzais rolavam de encontro às colinas que se agrupavam aos pés delas e fluíam subindo por muitos vales, ainda indistintos e escuros, intocados pela luz do amanhecer, insinuando-se pelo coração das grandes montanhas. Imediatamente diante dos viajantes, a mais larga dessas ravinas abria-se como um longo golfo entre os morros. Bem no interior vislumbraram uma desordenada massa de montanhas com um pico alto; na boca do vale erguia-se, como uma sentinela, um cume solitário. Em volta do seu sopé corria, como filamento de prata, a torrente que nascia no vale; em seu topo enxergaram, ainda muito longe, uma cintilação ao sol nascente, um lampejo de ouro.

"Fala, Legolas!", disse Gandalf. "Conta-nos o que vês ali à nossa frente!"

Legolas fitou à frente, protegendo os olhos dos raios horizontais do sol recém-nascido. "Vejo uma correnteza branca que desce das neves", disse ele. "Ali onde ela deixa a sombra do vale ergue-se uma colina verde a leste. Um dique, uma enorme muralha e uma cerca espinhosa a circundam. No interior erguem-se os telhados de casas; e no meio, posto em um verde terraço, está construído um grande paço dos Homens. E aos meus olhos parece que está coberto de ouro. Sua luz brilha longe pela região. Dourados são também os batentes de suas portas. Ali estão postados homens em reluzentes cotas de malha; mas todos os demais, no interior da corte, dormem ainda."

"Essas cortes são chamadas de Edoras," comentou Gandalf, "e Meduseld é aquele paço dourado. Ali habita Théoden, filho de Thengel, Rei da Marca de Rohan. Chegamos com o nascer do dia. Agora a estrada está fácil de se ver à nossa frente. Mas temos de cavalgar com mais cautela; pois a guerra está à solta, e os Rohirrim, os Senhores-de-cavalos, não dormem, mesmo que de longe assim pareça. Não sacai arma, não dizei palavra altiva, aconselho a todos, até que tenhamos chegado diante do assento de Théoden."

A manhã estava luminosa e clara em torno deles, e pássaros cantavam, quando os viajantes chegaram ao riacho. Ele descia veloz rumo à planície e, além dos sopés das colinas, virava-se para cruzar seu caminho em uma curva ampla, fluindo depois ao leste para alimentar o Entágua bem longe em seus leitos apinhados de juncos. A terra era verde: nos prados úmidos e ao longo das beiras ervosas do riacho cresciam muitos salgueiros. Naquela terra meridional eles já coravam rubros nas pontas dos dedos, sentindo a aproximação da primavera. Havia um vau sobre o riacho, entre margens baixas muito pisoteadas pela passagem de cavalos. Os viajantes o atravessaram e deram com uma trilha larga e sulcada que levava para a região mais alta.

Ao pé da colina murada, o caminho corria sob a sombra de muitos morrinhos, altos e verdes. Nos seus flancos ocidentais a relva era branca, como que coberta de neve trazida pelo vento: pequenas flores brotavam ali como incontáveis estrelas em meio à relva.

"Vede!", disse Gandalf. "Como são belos os olhinhos na grama! Chamam-se Sempre-em-mente, *simbelmynë* nesta terra de Homens, pois florescem em todas as estações do ano e crescem onde repousam os homens mortos. Contemplai! Chegamos aos grandes morros onde dormem os antepassados de Théoden."

"Sete morros à esquerda e nove à direita", observou Aragorn. "Faz muitas longas vidas de homens que foi construído o paço dourado."

"Quinhentas vezes caíram as folhas vermelhas em Trevamata, meu lar, desde então," disse Legolas, "e isso nos parece tão somente um pequeno instante."

"Mas aos Cavaleiros da Marca parece que faz tanto tempo," comentou Aragorn, "que a construção desta casa é apenas uma lembrança em canção, e os anos anteriores estão perdidos na névoa do tempo. Agora chamam esta terra de lar, de sua própria, e sua fala se apartou dos parentes do norte." Então começou a cantarolar baixinho em uma língua lenta desconhecida do Elfo e do Anão; no entanto eles escutaram, pois havia nela uma forte música.

"Essa, imagino, é a língua dos Rohirrim", respondeu Legolas; "pois é semelhante a esta mesma terra; rica e vibrante em parte, e no mais, dura e severa como as montanhas. Mas não consigo imaginar o que significa, exceto por estar carregada da tristeza dos Homens Mortais."

"Diz assim na fala comum," disse Aragorn, "o mais próximo que consigo vertê-la.

> *"Onde o cavalo e o ginete? Onde a trompa a soar?*
> *Onde o elmo e a malha, e o claro cabelo a voar?*
> *Onde a mão sobre a harpa e o rubro fogo a queimar?*
> *Onde o semear e a colheita e o alto trigo a brotar?*
> *Passaram qual chuva no monte, passaram qual vento que a leva;*
> *Os dias descerem no Oeste, além dos morros em treva.*
> *Quem buscará a fumaça da lenha morta queimando,*
> *Ou verá os anos fugazes desde o Mar retornando?*[A]

"Assim falou um poeta esquecido em Rohan, muito tempo faz, relembrando como era alto e belo Eorl, o Jovem, que cavalgou descendo do Norte; e havia asas nos pés de sua montaria, Felaróf, pai de cavalos. Assim os homens ainda cantam ao anoitecer."

Com essas palavras, os viajantes passaram pelos morros silenciosos. Seguindo o caminho tortuoso que subia pelas encostas verdes das colinas, chegaram por fim às amplas muralhas varridas pelo vento e aos portões de Edoras.

Ali estavam sentados muitos homens, em brilhantes cotas de malha, que imediatamente se puseram de pé, com um salto, e bloquearam o caminho com lanças. "Parai, estranhos aqui desconhecidos!", exclamaram na língua da Marca-dos-Cavaleiros, demandando dos estranhos seus nomes e sua missão. Havia espanto em seus olhos, mas pouca afabilidade; e olhavam sombriamente para Gandalf.

"Bem compreendo vossa fala", respondeu ele na mesma língua; "porém poucos estrangeiros a compreendem. Então por que não falais na fala comum, como é costume no Oeste, se desejais receber resposta?"

"É vontade de Théoden Rei que ninguém entre por seus portões, exceto os que conhecem nossa língua e são nossos amigos", retrucou um dos guardas. "Em dias de guerra ninguém é bem-vindo aqui senão nosso próprio povo, e os que vêm de Mundburg na terra de Gondor. Quem sois vós que vindes imprudentes por sobre a planície, trajados tão estranhamente, montados em cavalos semelhantes a nossos próprios cavalos? Por muito tempo mantivemos guarda aqui e observamo-vos de longe. Nunca vimos outros cavaleiros tão estranhos, nem algum cavalo mais altivo que um destes que vos trazem. É um dos *Mearas*, a não ser que nossos olhos sejam fraudados por algum feitiço. Dize, não és um mago, algum espião de Saruman ou fantasmas de seu artifício? Falai agora e sede rápidos!"

"Não somos fantasmas," disse Aragorn, "nem vossos olhos vos fraudam. Pois deveras são vossos próprios cavalos que montamos, como bem sabíeis antes de perguntar, assim creio. Mas raramente o ladrão cavalga de volta ao estábulo. Aqui estão Hasufel e Arod, que Éomer, Terceiro Marechal da Marca, nos emprestou apenas dois dias atrás. Agora os trazemos de volta, assim como lhe prometemos. Então Éomer não retornou e avisou sobre nossa chegada?"

Um olhar perturbado tomou os olhos do guarda. "De Éomer nada tenho a dizer", respondeu ele. "Se é verdade o que me dizes, então sem dúvida Théoden terá ouvido falar disso. Quem sabe vossa vinda não tenha sido totalmente inesperada. Faz apenas duas noites que Língua-de-Cobra veio a nós e disse que pela vontade de Théoden nenhum estrangeiro deveria passar por estes portões."

"Língua-de-Cobra?", disse Gandalf, olhando para o guarda incisivamente. "Não digas mais nada! Minha missão não é para Língua-de-Cobra, e sim para o próprio Senhor da Marca. Tenho pressa. Não irás ou mandarás dizer que viemos?" Seus olhos rebrilhavam sob as fundas sobrancelhas enquanto ele fitava o homem.

"Sim, irei", respondeu ele devagar. "Mas que nomes hei de relatar? E o que hei de dizer sobre ti? Agora pareces velho e exausto, e, no entanto, és feroz e severo por baixo, julgo eu."

"Bem vês e falas", comentou o mago. "Pois eu sou Gandalf. Eu voltei. E vede! Também trago um cavalo de volta. Aqui está Scadufax, o Grande, que nenhuma outra mão pôde domar. E aqui ao meu lado está Aragorn, filho de Arathorn, herdeiro de Reis, e é a Mundburg que ele vai. Aqui estão também Legolas, o Elfo, e Gimli, o Anão, nossos camaradas. Vai agora e dize a teu mestre que estamos nos seus portões e desejamos lhe falar, se ele nos permitir entrar em seu paço."

"Dais nomes deveras estranhos! Mas vou relatá-los como pedis e saber da vontade de meu mestre", disse o guarda. "Esperai aqui um pouco, e eu vos trarei a resposta que bem lhe parecer. Não esperai demasiado! Estes são dias escuros." Afastou-se depressa, deixando os estrangeiros na vigilante companhia de seus camaradas.

Voltou algum tempo depois. "Segui-me!", exclamou ele. "Théoden vos dá licença para entrardes; mas qualquer arma que portardes, mesmo que seja apenas um cajado, deveis deixar na soleira. Os guardiões da porta as guardarão."

Os escuros portões foram abertos. Os viajantes entraram, caminhando enfileirados atrás de seu guia. Encontraram uma larga trilha, calçada de pedras talhadas, que ora ascendia em curvas, ora subia em breves lances de degraus bem-dispostos. Passaram por muitas casas construídas de madeira e por muitas portas escuras. Junto ao caminho, em um canal de pedra, corria um riacho de água límpida, reluzindo e chilreando. Por fim chegaram ao cume da colina. Ali estendia-se uma alta plataforma por cima de um terraço verde, a cujo pé uma clara nascente jorrava de uma pedra esculpida à semelhança de uma cabeça de cavalo; por baixo havia uma ampla bacia de onde a água se derramava e alimentava o riacho que caía. Subia pelo terraço verde uma escada de pedra, alta e larga, e de ambos os lados do degrau superior havia assentos talhados em pedra. Ali sentavam-se outros guardas, com espadas nuas deitadas nos joelhos. Seus cabelos dourados eram trançados nos ombros; o sol estava brasonado em seus escudos verdes, seus longos corseletes brilhavam de lustrosos, e quando se ergueram pareciam mais altos que homens mortais.

"Eis as portas diante de vós", disse o guia. "Preciso voltar agora ao meu serviço no portão. Adeus! E que o Senhor da Marca vos seja clemente!"
Deu a volta e desceu depressa pela estrada. Os demais subiram pela longa escada debaixo dos olhos dos altos vigias. Estes agora estavam de pé mais acima, silenciosos, e não disseram palavra até Gandalf pisar no terraço calçado no alto da escada. Então subitamente com vozes nítidas fizeram uma saudação cortês em sua própria língua.
"Salve os que vindes de longe!", disseram eles, e viraram os punhos das espadas na direção dos viajantes como sinal de paz. Gemas verdes reluziram à luz do sol. Então um dos guardas adiantou-se e falou na fala comum.
"Eu sou o Guardião-das-Portas de Théoden", apresentou-se ele. "Háma é meu nome. Aqui tenho de pedir-vos que deixeis as armas de lado antes de entrardes."
Então Legolas lhe pôs na mão seu punhal de punho de prata, sua aljava e seu arco. "Guarda-os bem," disse ele, "pois vêm da Floresta Dourada, e a senhora de Lothlórien mos deu."
Os olhos do homem encheram-se de admiração, e ele depôs as armas apressadamente junto à parede, como se temesse manejá-las. "Nenhum homem os tocará, prometo-te", respondeu ele.
Aragorn ficou hesitante por um momento. "Não é minha vontade", disse ele, "pôr minha espada de lado ou entregar Andúril nas mãos de algum outro homem."

"É a vontade de Théoden", disse Háma.

"Não está claro para mim que a vontade de Théoden, filho de Thengel, mesmo sendo ele senhor da Marca, deve prevalecer sobre a vontade de Aragorn, filho de Arathorn, herdeiro de Elendil de Gondor."

"Esta é a casa de Théoden, não de Aragorn, mesmo que este fosse Rei de Gondor no assento de Denethor", disse Háma, pondo-se depressa diante das portas e bloqueando o caminho. Agora tinha a espada na mão, com a ponta voltada para os estrangeiros.

"Isto é fala ociosa", disse Gandalf. "É desnecessária a exigência de Théoden, mas é inútil recusar. Um rei impõe sua vontade no próprio paço, seja loucura ou sabedoria."

"É verdade", assentiu Aragorn. "E eu faria o que me pede o senhor da casa, mesmo que esta fosse apenas uma choupana de lenhador, se eu portasse agora outra espada que não Andúril."

"Não importa que nome tenha," disse Háma, "aqui hás de depositá-la, se não quiseres combater sozinho todos os homens de Edoras."

"Não sozinho!", respondeu Gimli, manejando o gume do machado e erguendo os olhos sombriamente para o guarda, como se fosse uma árvore jovem que Gimli pretendesse derrubar. "Não sozinho!"

"Vamos, vamos!", exclamou Gandalf. "Aqui somos todos amigos. Ou deveríamos ser; pois o riso de Mordor será nossa única recompensa se brigarmos. Minha missão é urgente. Aqui, pelo menos, está *minha* espada, meu bom Háma. Guarda-a bem. Chama-se Glamdring, pois os Elfos a fizeram muito tempo atrás. Agora deixa-me passar. Vem, Aragorn!"

Lentamente Aragorn desafivelou o cinto e ele mesmo pôs a espada em pé, encostada à parede. "Ponho-a aqui", disse ele; "mas ordeno que não a toques, nem que permitas a outro pôr-lhe a mão. Nesta bainha élfica reside a Lâmina que foi Partida e foi refeita. Foi Telchar quem a forjou nas profundezas do tempo. A morte há de vir para qualquer homem que sacar a espada de Elendil a não ser o herdeiro de Elendil."

O guarda recuou e olhou admirado para Aragorn. "Parece que chegaste nas asas da canção, vindo dos dias esquecidos", disse ele. "Há de ser, senhor, como comandas."

"Bem," disse Gimli, "se tiver Andúril para lhe fazer companhia, meu machado também pode ficar aqui sem humilhação"; e depositou-o no chão. "Ora bem, se está tudo como desejas, vamos falar com teu mestre."

O guarda ainda hesitava. "Teu cajado", disse ele a Gandalf. "Perdoa-me, mas este também precisa ser deixado junto às portas."

"Tolice!", disse Gandalf. "A prudência é uma coisa, mas a descortesia é outra. Sou velho. Se não posso me apoiar no bastão enquanto caminho, então ficarei sentado aqui fora até que agrade ao próprio Théoden sair mancando para falar comigo."

Aragorn riu. "Todo homem tem algo que lhe é demasiado caro para confiar a outro. Mas separarás um ancião do seu apoio? Vamos, não nos deixarás entrar?"

"O cajado na mão de um mago pode ser mais que um suporte para a velhice", disse Háma. Olhou fixo para o cajado de freixo em que Gandalf se apoiava. "Porém, na dúvida, um homem de valor confia em sua própria sabedoria. Creio que sois amigos e gente digna de honra que não tem má intenção. Podeis entrar."

Então os guardas ergueram as pesadas barras das portas e as empurraram para dentro devagar, resmungando nas grandes dobradiças. Os viajantes entraram. O interior parecia escuro e quente após o ar límpido no alto da colina. O salão era longo e largo, repleto de sombras e meias-luzes; enormes colunas sustentavam seu alto teto. Mas aqui e ali claros raios de sol caíam em feixes reluzentes das janelas orientais, bem do alto, debaixo dos largos beirais. Através do lanternim no teto, acima dos tênues fiapos de fumaça que subia, o céu aparecia pálido e azul. À medida que seus olhos se adaptavam, os viajantes percebiam que o chão estava calçado de pedras de muitos tons; runas ramificadas e estranhos emblemas entrelaçavam-se sob seus pés. Viam agora que as colunas eram ricamente entalhadas, reluzindo vagamente com ouro e cores meio percebidas. Muitos panos tecidos estavam suspensos das paredes, e por seus amplos espaços marchavam vultos de antigas lendas, alguns apagados pelos anos, alguns obscuros na sombra. Mas sobre uma forma caía a luz do sol: um jovem em um cavalo branco. Soprava uma grande trompa, e seus cabelos amarelos voavam ao vento. A cabeça do cavalo estava erguida, e as narinas eram largas e rubras em seu relincho, farejando a batalha ao longe. Água espumante, verde e branca, fluía e ondulava em torno de seus joelhos.

"Contemplai Eorl, o Jovem!", disse Aragorn. "Assim ele cavalgou vindo do Norte para a Batalha do Campo de Celebrant."

Agora os quatro companheiros avançaram, passando junto ao luminoso fogo de lenha que queimava na longa lareira no meio do salão. Então detiveram-se. No extremo oposto da casa, além da lareira e dando para o norte, na direção das portas, havia um tablado com três degraus; e no meio do tablado havia uma grande cadeira dourada. Nela estava sentado um homem tão encurvado pela idade que quase parecia ser um anão; mas seus cabelos brancos eram longos e espessos, e caíam em grandes tranças de baixo de um fino diadema dourado posto em sua fronte. No centro, em sua testa, reluzia um único diamante branco. Sua barba deitava-se como neve em seus joelhos; mas os olhos ainda ardiam com uma luz intensa, relampejando ao olhar para os estranhos. Atrás de sua cadeira estava em pé uma mulher trajando branco. A seus pés, nos degraus, estava sentado um encarquilhado vulto de homem, de rosto pálido e sábio, e olhos de pálpebras pesadas.

Fez-se silêncio. O ancião não se mexeu em sua cadeira. Por fim Gandalf falou. "Salve, Théoden, filho de Thengel! Eu voltei. Pois vê! a tempestade vem, e agora todos os amigos deveriam se reunir para que não seja destruído cada um por si."

Devagar o ancião se pôs de pé, apoiando-se pesadamente num curto cajado negro com cabo de osso branco; e então os estrangeiros viram que, apesar de curvado, ele ainda era de grande estatura, e na juventude deveria ter sido deveras alto a orgulhoso.

"Saúdo-te," disse ele, "e quem sabe busques boas-vindas. Mas, verdade seja dita, é duvidosa tua acolhida aqui, Mestre Gandalf. Sempre foste arauto do pesar. Os infortúnios te seguem como corvos, e sempre tanto piores quanto são frequentes. Não te enganarei: quando ouvi que Scadufax retornara sem cavaleiro, regozijei-me com a volta do cavalo, porém mais ainda com a falta do cavaleiro; e, quando Éomer trouxe novas de que finalmente tinhas partido para teu lar definitivo, não lamentei. Mas notícias de longe raramente são verdade. Outra vez vens aqui! E contigo vêm males piores que antes, como era de se esperar. Por que eu te daria boas-vindas, Gandalf Corvo-da-Tempestade? Dize-me isso." Lentamente, sentou-se de novo em sua cadeira.

"Falais com justiça, senhor", respondeu o homem pálido sentado nos degraus do tablado. "Ainda não faz cinco dias que vieram as amargas novas de que vosso filho Théodred foi morto nas Marcas Ocidentais: vosso braço direito, o Segundo Marechal da Marca. Em Éomer pouco há que confiar. Poucos homens restariam para guardar tuas muralhas se lhe fosse permitido governar. E mesmo agora sabemos por Gondor que o Senhor Sombrio se agita no Leste. Tal é a hora em que este vagante resolve voltar. Por que, deveras, haveríamos de vos dar boas-vindas, Mestre Corvo-da-Tempestade? *Láthspell* eu te chamo, Más-notícias; e más notícias são maus hóspedes, dizem." Riu de modo soturno, erguendo as pálpebras pesadas por um momento, fitando os estrangeiros com olhos escuros.

"És tido por sábio, meu amigo Língua-de-Cobra, e sem dúvida és grande apoio para teu mestre", respondeu Gandalf com voz suave. "Porém um homem pode trazer más novas de duas maneiras. Pode ser autor do mal; ou pode ser alguém que deixa estar e só vem para trazer auxílio em tempos de necessidade."

"Assim é", assentiu Língua-de-Cobra; "mas há uma terceira espécie: descarnadores de ossos, intrometidos nos pesares de outros homens, aves de carniça que engordam com a guerra. Que auxílio já nos trouxeste, Corvo--da-Tempestade? E que auxílio trazes agora? Foi nosso auxílio que buscaste da última vez em que aqui estiveste. Então meu senhor te deixou escolher qualquer cavalo que quisesses e que fosses embora; e para espanto de todos levaste Scadufax em tua insolência. Meu senhor muito se entristeceu; porém a alguns pareceu que para te fazer partir às pressas desta terra o preço não era demasiado alto. Imagino que há de se revelar a mesma coisa outra vez: buscarás auxílio em vez de prestá-lo. Trazes homens? Trazes cavalos, espadas, lanças? Isso eu chamaria de auxílio; essa é nossa necessidade presente. Mas quem são estes que seguem atrás de teu rabo? Três viandantes esfarrapados de cinza, e tu mesmo o mais mendigo de todos!"

"A cortesia de teu paço minguou um tanto ultimamente, Théoden, filho de Thengel", disse Gandalf. "O mensageiro de teu portão não relatou os nomes de meus companheiros? Raramente um senhor de Rohan recebeu três hóspedes assim. Deitaram armas às tuas portas que valem muitos homens mortais, mesmo os mais poderosos. Cinzento é seu traje porque os Elfos os vestiram, e assim passaram através da sombra de grandes perigos até teu paço."

"Então é verdade, como relatou Éomer, que estás aliado à Feiticeira da Floresta Dourada?", indagou Língua-de-Cobra. "Não admira: teias de engano sempre foram tecidas em Dwimordene."

Gimli adiantou-se de um passo, mas sentiu de súbito a mão de Gandalf, que o segurava pelo ombro, e parou, rígido como pedra.

> *A Dwimordene, a Lórien*
> *Bem poucos Homens ali vêm.*
> *Poucos mortais já viram a luz*
> *Que lá está a olhos nus.*
> *Galadriel! Galadriel!*
> *Tua fonte é clara e sem véu;*
> *Branca é a estrela em tua mão alva;*
> *Do bosque a terra é pura e salva*
> *Em Dwimordene, em Lórien,*
> *Mais bela que juízo que Homens têm.*[B]

Assim Gandalf cantou baixinho, e então transformou-se de súbito. Lançando longe a capa esfarrapada, ergueu-se e não se apoiou mais no cajado; e falou em voz nítida e fria.

"Os sábios só falam do que conhecem, Gríma, filho de Gálmód. Tornaste-te um verme insensato. Portanto silencia e mantém tua língua furcada atrás dos dentes. Não passei por fogo e morte para trocar palavras desonestas com um serviçal até cair o raio."

Ergueu o cajado. Ouviu-se um ribombo de trovão. A luz do sol eclipsou-se nas janelas orientais; todo o paço tornou-se de repente escuro como a noite. O fogo minguou a brasas tristonhas. Só Gandalf podia ser visto, de pé, branco e alto diante da lareira enegrecida.

Na escuridão ouviram o chiado da voz de Língua-de-Cobra: "Não vos aconselhei, senhor, a lhe proibir o cajado? Aquele tolo Háma nos traiu!" Houve um lampejo, como se um raio tivesse fendido o telhado. Então tudo ficou em silêncio. Língua-de-Cobra estava estatelado de rosto no chão.

"Agora, Théoden, filho de Thengel, escutar-me-ás?", disse Gandalf. "Pedes ajuda?" Ergueu o cajado e apontou para uma janela alta. Ali a escuridão pareceu ceder, e pela abertura podia-se ver, alta e longínqua, uma mancha de céu reluzente. "Nem tudo está escuro. Toma coragem, Senhor da Marca; pois ajuda melhor não encontrarás. Não tenho conselho para dar aos que se desesperam. Porém conselhos eu poderia dar, e palavras eu te poderia dizer. Vais escutá-las? Não são para todos os ouvidos. Peço-te que saias diante de tuas portas e olhes em torno. Demasiado tempo estiveste sentado nas sombras, confiando em histórias torcidas e sugestões desonestas."

Lentamente Théoden ergueu-se da cadeira. Uma luz fraca voltou a iluminar o salão. A mulher apressou-se a ficar ao lado do rei, tomando-o pelo braço, e com passos hesitantes o ancião desceu do tablado e caminhou com cautela pelo salão. Língua-de-Cobra ficou deitado no chão. Chegaram às portas, e Gandalf bateu.

"Abri!", exclamou. "O Senhor da Marca está saindo!"

As portas se afastaram rolando, e entrou assobiando um ar penetrante. Soprava um vento na colina.

"Manda teus guardas descerem ao pé da escada", disse Gandalf. "E tu, senhora, deixa-o comigo por um momento. Cuidarei dele."

"Vai, Éowyn, filha de minha irmã!", disse o velho rei. "O tempo do medo passou."

A mulher deu a volta e devagar adentrou mais na casa. Ao passar pelas portas, virou-se e olhou para trás. Grave e pensativo era seu olhar, contemplando o rei com fria compaixão nos olhos. Era muito belo o seu rosto, e seus cabelos longos eram como um rio de ouro. Era esbelta e alta em sua túnica branca cingida de prata; mas parecia forte e severa como o aço, uma filha de reis. Assim Aragorn, pela primeira vez à plena luz do dia, contemplou Éowyn, Senhora de Rohan, e a julgou bela, bela e fria, como uma manhã de pálida primavera que ainda não alcançou a idade de mulher. E agora ela subitamente se deu conta dele: alto herdeiro de reis, sábio de muitos invernos, de manto cinzento, ocultando um poder que ela não obstante sentia. Por um momento ela se manteve imóvel como pedra, depois virou-se depressa e se foi.

"Agora, senhor," disse Gandalf, "contempla tua terra! Respira outra vez o ar livre!"

Do pórtico no topo do alto terraço podiam ver, além do riacho, os campos verdes de Rohan que se desfaziam num cinza distante. Cortinas de chuva soprada pelo vento desciam inclinadas. O céu, acima e no oeste, ainda estava escuro com os trovões, e relâmpagos reluziam ao longe entre os cumes de colinas escondidas. Mas o vento mudara para o norte, e a tempestade que viera do Leste já recuava, rolando rumo ao sul, para o mar. De repente, através de uma fresta nas nuvens atrás deles, trespassou um raio de sol. O chuvisco que caía reluziu como prata, e ao longe o rio rebrilhou como vidro luzidio.

"Não está tão escuro aqui", disse Théoden.

"Não", respondeu Gandalf. "Nem a idade pesa tanto em teus ombros como alguns queriam que pensasses. Lança fora teu apoio!"

Da mão do rei o cajado negro caiu nas pedras com fragor. Ele se levantou, devagar, como quem está enrijecido de tanto se curvar em labuta tediosa. Erguia-se agora alto e ereto, e eram azuis seus olhos que miravam o céu que se abria.

"Foram escuros meus sonhos recentes," disse ele, "mas sinto-me como alguém recém-desperto. Agora queria que tivesses vindo antes, Gandalf. Pois receio que já tenhas vindo tarde demais, só para veres os últimos dias de minha casa. Agora não se manterá mais por muito tempo o alto paço que Brego, filho de Eorl, construiu. O fogo há de devorar o alto assento. O que se há de fazer?"

"Muito", comentou Gandalf. "Mas primeiro manda buscar Éomer. Não é verdade o que imagino, que o mantéms prisioneiro por conselho de Gríma, desse a quem todos, exceto tu, chamam Língua-de-Cobra?"

"É verdade", assentiu Théoden. "Ele se rebelou contra meus comandos e ameaçou Gríma de morte em meu paço."

"Um homem pode amar-te e ainda assim não amar Língua-de-Cobra nem seus conselhos", disse Gandalf.

"Isso pode ser. Farei o que pedes. Chamai-me Háma. Já que demonstrou ser indigno de confiança como guarda-da-porta, ele que se torne mensageiro. O culpado há de trazer o culpado ao julgamento", afirmou Théoden, e sua voz era severa, e no entanto olhou para Gandalf e sorriu, e, quando o fez, muitas rugas de preocupação se alisaram e não voltaram.

Quando Háma fora convocado e havia partido, Gandalf levou Théoden a um assento de pedra e sentou-se ele próprio diante do rei, no degrau mais alto. Aragorn e seus companheiros estavam por perto.

"Não há tempo de contar tudo o que deverias ouvir", disse Gandalf. "Porém, se minha esperança não se engana, não demorará a vir um tempo em que poderei falar mais amplamente. Contempla! chegaste a um perigo maior do que a própria astúcia de Língua-de-Cobra poderia tecer em teus sonhos. Mas vê! não estás mais sonhando. Tu vives. Gondor e Rohan não estão sós. O inimigo é forte além do que podemos calcular, porém temos uma esperança que ele não adivinhou."

Gandalf então falou rapidamente. Sua voz era baixa e secreta, e ninguém, senão o rei, ouviu o que disse. Mas, à medida que falava, a luz brilhava mais clara no olho de Théoden, e por fim ele se ergueu do assento, à plena estatura, e Gandalf ao seu lado, e juntos olharam do lugar elevado para o Leste.

"Deveras," disse Gandalf, já em voz alta, incisiva e clara, "naquela direção está nossa esperança, ali onde se assenta nosso maior temor. A sina ainda pende por um fio. Porém ainda há esperança, contanto que nos mantenhamos invictos por um breve tempo."

Agora os demais também voltaram os olhos para o leste. Por sobre as léguas divisórias de terra, fitaram muito longe até o limite da visão, e a esperança e o temor levaram seus pensamentos ainda mais longe, além de montanhas escuras até a Terra da Sombra. Onde estava agora o Portador-do-Anel? Quão delgado, de fato, era o fio em que ainda pendia a sina! Parecia a Legolas, esforçando os olhos que enxergavam longe, captar um lampejo de branco: muito distante, quem sabe, a sol reluzia em um pináculo da Torre de Guarda. E ainda mais além, infinitamente remota e ainda assim ameaça presente, havia uma minúscula língua de fogo.

Lentamente Théoden voltou a se sentar, como se a exaustão ainda lutasse para dominá-lo contra a vontade de Gandalf. Virou-se e olhou sua grande casa. "Ai de mim!", disse ele. "Que estes dias malignos tenham que ser meus e venham em minha velhice no lugar daquela paz que mereci. Ai de Boromir, o bravo! Os jovens perecem e os velhos subsistem, murchando." Segurou os joelhos com as mãos enrugadas.

"Teus dedos recordariam melhor a antiga força se segurassem um punho de espada", disse Gandalf.

Théoden levantou-se e pôs a mão do lado; mas não pendia espada em seu cinto. "Onde Gríma a depositou?", murmurou a meia voz.

"Tomai esta, caro senhor!", respondeu uma voz nítida. "Esteve sempre a teu serviço." Dois homens haviam subido a escada em silêncio e estavam agora a poucos passos do topo. Éomer estava ali. Não tinha elmo na cabeça, nem cota de malha no peito, mas segurava na mão uma espada nua; e ajoelhado ofereceu o punho ao seu mestre.

"Como é isto?", disse Théoden com severidade. Virou-se para Éomer, e os homens o olharam admirados, agora de pé, altivo e ereto. Onde estava o ancião que haviam deixado acocorado na cadeira ou apoiado na bengala?

"É obra minha, senhor", disse Háma, trêmulo. "Entendi que Éomer devia ser libertado. Havia tanta alegria em meu coração que talvez eu tenha errado. No entanto, já que ele estava livre outra vez, e sendo ele Marechal da Marca, eu lhe trouxe a espada como me pediu."

"Para pô-la a vossos pés, senhor", disse Éomer.

Por um momento de silêncio, Théoden ficou de olhos baixos, olhando Éomer que ainda estava de joelhos diante dele. Nenhum deles se moveu.

"Não tomarás a espada?", indagou Gandalf.

Devagar, Théoden estendeu a mão. Quando seus dedos tomaram o punho, pareceu aos que observavam que a firmeza e a força retornavam a seu braço magro. De súbito ergueu a lâmina e a brandiu rebrilhando e assobiando no ar. Então deu um grande grito. Sua voz soou nítida, recitando na língua de Rohan um chamado às armas.

> *À carga, à carga, Cavaleiros de Théoden!*
> *Feros despertam feitos, confuso é o leste.*
> *Selas nos cavalos, ao som das cornetas!*
> *Avante, Eorlingas!*[C]

Os guardas, crendo que estavam sendo convocados, subiram a escada aos saltos. Olharam admirados para seu senhor, e depois, como um só homem, sacaram as espadas e as depuseram aos seus pés. "Comandai-nos!", disseram.

"*Westu Théoden hál!*", exclamou Éomer. "É uma alegria para nós ver-vos de volta como éreis. Nunca mais há de ser dito, Gandalf, que só vens com pesar!"

"Toma de volta tua espada, Éomer, filho de minha irmã!", disse o rei. "Vai, Háma, e busca a minha espada! Gríma a tem em sua custódia. Traze-me também ele. Agora, Gandalf, disseste que tens um conselho a dar, se eu o ouvisse. Qual é teu conselho?"

"Tu mesmo já o recebeste", respondeu Gandalf. "Depositares tua confiança em Éomer e não em um homem de mente distorcida. Lançares fora o desapontamento e o medo. Fazeres o feito que está à mão. Cada homem capaz de cavalgar deve ser enviado de imediato rumo ao oeste, como Éomer te aconselhou: precisamos primeiro destruir a ameaça de Saruman enquanto temos tempo. Se falharmos, fracassamos. Se tivermos êxito — então enfrentaremos a próxima tarefa. Enquanto isso, teu povo que resta, as mulheres e as crianças e os velhos, devem escapar para os refúgios que tendes nas montanhas. Eles não foram preparados pensando justamente em um mau dia como este? Que levem provisões, mas não se demorem, nem se carreguem com tesouros, nem grandes nem pequenos. São suas vidas que estão em jogo."

"Agora este conselho me parece bom", disse Théoden. "Que todo o meu povo se apreste! Mas vós, meus hóspedes... disseste em verdade, Gandalf, que a cortesia de meu paço minguou. Cavalgastes a noite toda, e a manhã está passando. Não dormistes nem comestes. Uma casa de hóspedes há de ser preparada: ali haveis de dormir quando tiverdes comido."

"Não, senhor", respondeu Aragorn. "Ainda não há descanso para os exaustos. Os homens de Rohan devem partir hoje, e nós cavalgaremos com eles, machado, espada e arco. Não os trouxemos para descansarem junto ao teu muro, Senhor da Marca. E prometi a Éomer que minha espada e a dele seriam sacadas ao mesmo tempo."

"Agora há de fato esperança de vitória!", exclamou Éomer.

"Esperança sim", disse Gandalf. "Mas Isengard é forte. E outros perigos aproximam-se cada vez mais. Não tardes, Théoden, quando tivermos partido. Conduz teu povo depressa ao Forte do Fano-da-Colina, nos morros!"

"Não, Gandalf!", disse o rei. "Não conheces tua própria perícia de cura. Não há de ser assim. Eu mesmo irei à guerra, para tombar na frente de batalha se preciso for. Assim hei de dormir melhor."

"Então mesmo a derrota de Rohan será gloriosa nas canções", afirmou Aragorn. Os homens armados ali perto bateram as armas com estrépito, exclamando: "O Senhor da Marca cavalgará! Avante, Eorlingas!"

"Mas teu povo não pode ficar a um tempo desarmado e sem alguém que o conduza", disse Gandalf. "Quem há de guiá-lo e governá-lo em teu lugar?"

"Pensarei nisso antes de partir", respondeu Théoden. "Aqui vem meu conselheiro."

Nesse momento Háma voltou do paço. Atrás dele, encolhido entre dois outros homens, vinha Gríma, o Língua-de-Cobra. Seu rosto estava muito branco. Seus olhos piscavam à luz do sol. Háma ajoelhou-se e apresentou a Théoden uma espada comprida em bainha de fivela de ouro e engastada com gemas verdes.

"Aqui, senhor, está Herugrim, vossa antiga lâmina", disse ele. "Foi encontrada em sua arca. Ele relutou em entregar as chaves. Há ali muitos outros objetos de que os homens deram falta."

"Mentes", disse Língua-de-Cobra. "E esta espada teu próprio mestre me deu em custódia."

"E agora ele te a exige de volta", disse Théoden. "Isso te desagrada?"

"Certamente não, senhor", disse Língua-de-Cobra. "Cuido de vós e dos vossos do melhor modo que consigo. Mas não vos canseis, nem abusai demasiado de vossa força. Outros que lidem com estes hóspedes maçantes. Vossa refeição está prestes a ser posta na mesa. Não quereis ir até ela?"

"Irei", respondeu Théoden. "E que a comida de meus hóspedes seja posta na mesa ao meu lado. A hoste cavalga hoje. Despachai os arautos! Que convoquem a todos os que habitam por perto! Todos os homens e rapazes fortes, capazes de portar armas, todos os que têm cavalos, que estejam prontos na sela diante do portão antes da segunda hora a contar do meio-dia!"

"Caro senhor!", exclamou Língua-de-Cobra. "É como eu temia. Este mago vos enfeitiçou. Não restará ninguém para defender o Paço Dourado de vossos pais e todo o vosso tesouro? Ninguém para guardar o Senhor da Marca?"

"Se isto é feitiçaria," disse Théoden, "parece-me mais saudável que teus cochichos. Não faltava muito para tua curandice me pôr andando de quatro como um animal. Não, ninguém há de restar, nem mesmo Gríma. Gríma há de cavalgar também. Vai! Ainda tens tempo de limpar a ferrugem de tua espada."

"Mercê, senhor!", choramingou Língua-de-Cobra, rastejando no chão. "Tende piedade de quem se esfalfou em vosso serviço. Não me afasteis de vosso lado! Eu, pelo menos, me manterei junto a vós quando todos os demais tiverem partido. Não mandeis embora vosso fiel Gríma!"

"Tens minha piedade", disse Théoden. "E não te afasto de meu lado. Eu mesmo vou à guerra com meus homens. Peço-te que venhas comigo e proves tua fidelidade."

Língua-de-Cobra olhou de rosto em rosto. Em seus olhos havia o olhar perseguido de um animal que busca alguma lacuna no círculo de seus inimigos. Lambeu os lábios com uma língua comprida e pálida. "Uma tal resolução pode ser esperada de um senhor da Casa de Eorl, por velho que seja", comentou ele. "Mas os que deveras o amam poupariam seus anos de declínio. Porém vejo que vim tarde demais. Outros, que talvez pranteassem menos a morte de meu senhor, já o persuadiram. Se não posso desfazer a obra deles, ouvi-me nisto pelo menos, senhor! Alguém que conheça vossa mente e honre vossos comandos deveria ser deixado em Edoras. Nomeai um regente fiel. Que vosso conselheiro Gríma mantenha tudo até vosso retorno — e desejo que possamos vê-lo, apesar de nenhum sábio julgar que seja esperado."

Éomer riu. "E se essa súplica não te livrar da guerra, mui nobre Língua-de-Cobra," disse ele, "que ofício de menor honra aceitarias? Carregar um saco de farinha montanha acima — se algum homem te o confiar?"

"Não, Éomer, não compreendes em sua totalidade a mente do Mestre Língua-de-Cobra", disse Gandalf, voltando para ele o olhar penetrante. "Ele é ousado e sagaz. Mesmo agora disputa um jogo com o perigo e ganha um lance. Já desperdiçou horas de meu precioso tempo. Desce, serpente!", disse ele de súbito com voz terrível. "Desce de rastos! Quanto tempo faz que Saruman te comprou? Qual foi o preço prometido? Quando todos os homens estivessem mortos, poderias escolher teu quinhão do tesouro e tomar a mulher que desejas? Demasiado tempo a vens observando por baixo das pálpebras e assombrando seus passos."

Éomer agarrou a espada. "Isso eu já sabia", murmurou. "Por esse motivo eu o teria abatido antes, esquecendo a lei do paço. Mas há outros motivos." Avançou um passo, mas Gandalf o deteve com a mão.

"Agora Éowyn está a salvo", disse ele. "Mas tu, Língua-de-Cobra, tu fizeste o que podias para teu verdadeiro mestre. Alguma recompensa, pelo menos, tu mereceste. Porém Saruman pode muito bem desprezar suas pechinchas. Eu te aconselharia a partir depressa e lembrá-lo, para que não se esqueça de teu serviço fiel."

"Mentes", retrucou Língua-de-Cobra.

"Essa palavra vem demasiado amiúde e fácil de teus lábios", disse Gandalf. "Não minto. Vê, Théoden, eis uma serpente! Com segurança não a podes levar contigo, nem podes deixá-la para trás. Matá-la seria justo. Mas ela nem sempre foi como é agora. Outrora foi um homem e vos prestou serviço à sua maneira. Dá-lhe um cavalo e deixa-o partir de imediato, aonde escolher. Pela sua escolha tu hás de julgá-lo."

"Ouves isso, Língua-de-Cobra?", disse Théoden. "Esta é tua escolha: cavalgar à guerra comigo, e deixar-nos ver na batalha se és fiel; ou partir agora, aonde quiseres. Mas então, se alguma vez nos reencontrarmos, não hei de ser misericordioso."

Lentamente Língua-de-Cobra ergueu-se. Olhou-os com olhos semicerrados. Por último esquadrinhou o rosto de Théoden e abriu a boca como quem vai falar. Então levantou-se de súbito. Suas mãos se mexiam. Seus olhos rebrilhavam. Havia tanta malevolência neles que os homens recuaram diante dele. Arreganhou os dentes; e depois, com um sopro chiante, cuspiu diante dos pés do rei e, pulando para um lado, fugiu escada abaixo.

"Atrás dele!", disse Théoden. "Cuidai para que não machuque ninguém, mas não o firais nem impeçais. Dai-lhe um cavalo se ele assim desejar."

"E se algum o carregar", disse Éomer.

Um dos guardas correu escada abaixo. Outro foi até o poço ao pé do terraço e tirou água usando seu elmo. Com ela, lavou as pedras que Língua--de-Cobra conspurcara.

"Agora, meus hóspedes, vinde!", disse Théoden. "Vinde e tomai o refrigério que a pressa permite."

Voltaram a entrar na grande casa. Já ouviam na cidade, lá embaixo, os arautos gritando e as trompas de guerra soando. Pois o rei ia partir a cavalo assim que os homens da cidade e os que habitavam nas redondezas pudessem ser armados e reunidos.

À mesa do rei sentaram-se Éomer e os quatro hóspedes, e também ali, servindo o rei, estava a senhora Éowyn. Comeram e beberam depressa. Os demais permaneceram em silêncio, enquanto Théoden interrogava Gandalf acerca de Saruman.

"Desde quando vem sua traição, quem pode adivinhar?", comentou Gandalf. "Não foi sempre mau. Outrora não duvido de que fosse amigo de Rohan; e mesmo quando seu coração esfriou, ele ainda te achava útil. Mas agora faz muito tempo que trama tua ruína, usando a máscara da amizade, até estar pronto. Nesses anos a tarefa de Língua-de-Cobra foi fácil, e tudo o que fazias era conhecido depressa em Isengard; pois tua terra era aberta, e os estrangeiros vinham e iam. E o sussurro de Língua-de-Cobra estava sempre em teus ouvidos, envenenando teu pensamento, gelando teu coração, enfraquecendo teus membros, enquanto outros assistiam e nada podiam fazer, pois tua vontade estava em poder dele.

"Mas quando escapei e te alertei, a máscara foi rasgada para quem quisesse ver. Depois disso Língua-de-Cobra jogou com o perigo, sempre procurando atrasar-te, evitar que se reunisse toda a tua força. Era ardiloso; embotando a cautela dos homens ou trabalhando com seus temores, conforme servisse à ocasião. Não te lembras de quão ansiosamente insistiu em que nenhum homem fosse poupado em uma caçada infrutífera rumo ao norte, quando o perigo imediato estava a oeste? Persuadiu-te a proibir que Éomer perseguisse os Orques atacantes. Se Éomer não tivesse desafiado a voz de Língua-de-Cobra que falava por tua boca, aqueles Orques teriam alcançado Isengard a esta altura, trazendo uma grande presa. Não, de fato, a presa que Saruman deseja mais do que tudo, mas pelo menos dois membros de minha Comitiva que compartilham uma esperança secreta, da qual nem a ti, senhor, ainda posso falar abertamente. Ousas pensar o que eles poderiam estar sofrendo agora, ou o que Saruman já poderia ter sabido para nossa destruição?"

"Devo muito a Éomer", respondeu Théoden. "O coração fiel pode ter língua rebelde."

"Dize também", disse Gandalf, "que aos olhos embotados a verdade pode ter face distorcida."

"Deveras meus olhos estavam quase cegos", afirmou Théoden. "A maior parte devo a ti, meu hóspede. Mais uma vez chegaste a tempo. Queria dar-te um presente antes que partamos, o que tu escolheres. Só precisas mencionar qualquer coisa que seja minha. Agora só reservo minha espada!"

"Se cheguei a tempo ou não ainda está por ser visto", disse Gandalf. "Mas quanto a teu presente, senhor, escolherei um que se ajuste à minha necessidade: veloz e certeiro. Dá-me Scadufax! Antes ele só foi emprestado, se pudermos chamar aquilo de empréstimo. Mas agora hei de montá-lo em grande risco, pondo o prateado contra o negro: não quero arriscar nada que não seja meu. E já há um laço de amor entre nós."

"Escolhes bem", disse Théoden; "e agora dou-o de bom grado. Porém é um grande presente. Não há nenhum semelhante a Scadufax. Nele retornou uma das poderosas montarias de outrora. Nenhum igual há de voltar outra vez. E a vós, meus outros hóspedes, oferecerei objetos que possam ser encontrados em minha armaria. De espadas não tendes necessidade, mas há elmos e cotas de malha com trabalho habilidoso, presentes de Gondor a meus pais. Escolhei dentre esses antes que partamos, e que bem vos sirvam!"

Vieram então homens trazendo indumentárias de guerra do depósito do rei e vestiram Aragorn e Legolas em reluzentes cotas de malha. Também escolheram elmos e escudos redondos: suas bossas eram recobertas de ouro e engastadas com gemas verdes, vermelhas e brancas. Gandalf não levou armadura; e Gimli não precisava de cota de anéis, mesmo que se encontrasse alguma adequada à sua estatura, pois não havia malha nos depósitos de Edoras de melhor feitura que seu corselete curto, forjado sob a Montanha no Norte. Mas escolheu um capacete de ferro e couro que se ajustava bem à sua cabeça redonda; e também levou um pequeno escudo. Este trazia o cavalo correndo, branco sobre fundo verde, que era o emblema da Casa de Eorl.

"Que te proteja bem!", disse Théoden. "Foi feito para mim nos dias de Thengel, quando eu ainda era menino."

Gimli inclinou-se. "Estou orgulhoso, Senhor da Marca, de portar vosso emblema", disse ele. "Na verdade, prefiro levar um cavalo que ser levado por um. Gosto mais de meus pés. Mas quem sabe eu ainda chegue aonde possa estar de pé e lutar."

"Pode muito bem ser assim", disse Théoden.

O rei ergueu-se então, e de imediato Éowyn se adiantou trazendo vinho. "*Ferthu Théoden hál!*", exclamou ela. "Recebe agora esta taça e bebe em hora feliz. A saúde esteja contigo em tua chegada e partida!"

Théoden bebeu da taça, e depois ela a ofereceu aos hóspedes. Parada diante de Aragorn, fez uma súbita pausa e olhou para ele, e os olhos dela reluziam. E ele baixou os olhos para ver seu belo rosto e sorriu; mas ao tomar a taça, a mão dele se encontrou com a dela, e ele soube que ela estremeceu ao toque. "Salve, Aragorn, filho de Arathorn!", disse ela. "Salve, Senhora de Rohan!", respondeu ele, mas agora seu rosto estava perturbado, e ele não sorria.

Quando todos tinham bebido, o rei atravessou o salão até as portas. Ali os guardas o esperavam e estavam postados arautos, e estavam reunidos juntos todos os senhores e chefes que restavam em Edoras ou moravam nas redondezas.

"Vede! vou partir, e parece provável que seja minha última cavalgada", informou Théoden. "Não tenho filhos. Théodred, meu filho, foi morto. Nomeio Éomer, filho de minha irmã, como herdeiro. Se nenhum de nós retornar, escolhei um novo senhor como quiserdes. Mas a alguém preciso agora confiar meu povo que deixo para trás, que os governe em meu lugar. Qual de vós ficará?"

Ninguém falou.

"Não há ninguém que nomeeis? Em quem meu povo confia?"

"Na Casa de Eorl", respondeu Háma.

"Mas de Éomer não posso prescindir, nem ele ficará," disse o rei; "e ele é o último dessa Casa."

"Eu não disse Éomer", respondeu Háma. "E ele não é o último. Há Éowyn, filha de Éomund, sua irmã. É destemida e corajosa. Todos a amam. Que seja como um senhor para os Eorlingas enquanto estivermos longe."

"Assim há de ser", assentiu Théoden. "Que os arautos anunciem ao povo que a Senhora Éowyn os liderará!"

Então o rei ocupou um assento diante de suas portas, e Éowyn ajoelhou-se diante dele e recebeu uma espada e um belo corselete. "Adeus, filha de minha irmã!", disse ele. "Escura é a hora, porém quem sabe retornemos ao Paço Dourado. Mas no Fano-da-Colina o povo poderá defender-se por longo tempo, e, se a batalha tiver mau desfecho, irão para ali todos os que escaparem."

"Não fales assim!", respondeu ela. "Resistirei um ano para cada dia que se passar até tua volta." Mas ao falar seus olhos se dirigiram para Aragorn, em pé ali perto.

"O rei há de voltar outra vez", comentou ele. "Não temas! Não no Oeste, e sim no Leste nossa sina nos aguarda."

O rei então desceu a escada com Gandalf a seu lado. Os outros seguiram-nos. Aragorn olhou para trás quando se dirigiam ao portão. Éowyn, sozinha, estava diante das portas da casa, no topo da escada; a espada estava posta em pé à sua frente, e suas mãos repousavam no punho. Estava agora vestida de cota de malha e brilhava como prata ao sol.

Gimli caminhava com Legolas, machado ao ombro. "Bem, finalmente partimos!", disse ele. "Os Homens precisam de muitas palavras antes dos feitos. Meu machado está impaciente em minhas mãos. Porém não duvido de que estes Rohirrim tenham mãos cruéis quando sua hora chegar. Ainda assim, este não é o conflito que me agrada. Como hei de chegar à batalha? Gostaria de poder andar, não ficar aos solavancos como um saco no arção da sela de Gandalf."

"Um assento mais seguro que tantos outros, imagino", respondeu Legolas. "Porém sem dúvida Gandalf ficará contente de te pôr em pé no chão quando os golpes começarem; ou o próprio Scadufax. O machado não é arma para um cavaleiro."

"E um Anão não é ginete. São pescoços de Orques que quero golpear, não rapar os escalpos dos Homens", disse Gimli, dando tapinhas no cabo do machado.

No portão encontraram grande hoste de homens, velhos e jovens, todos prontos na sela. Mais de mil estavam reunidos ali. Suas lanças eram como um bosque nascente. Gritaram em voz alta e alegre quando Théoden se adiantou. Alguns seguravam em prontidão o cavalo de Théoden, Snawmana, e outros seguravam os cavalos de Aragorn e Legolas. Gimli estava pouco à vontade, carrancudo, mas Éomer veio até ele conduzindo seu cavalo.

"Salve, Gimli, filho de Glóin!", exclamou ele. "Não tive tempo de aprender fala gentil sob teu bastão, como prometeste. Mas não podemos pôr nossa contenda de lado? Pelo menos não falarei mais mal da Senhora da Floresta."

"Esquecerei minha ira por um momento, Éomer, filho de Éomund", disse Gimli; "mas, se algum dia tiveres a oportunidade de ver com teus olhos a Senhora Galadriel, então hás de reconhecer que é a mais bela das senhoras, ou então terminará nossa amizade."

"Assim seja!", disse Éomer. "Mas até esse dia perdoa-me, e em sinal de perdão cavalga comigo, eu peço. Gandalf estará à frente com o Senhor da Marca; mas Pé-de-Fogo, meu cavalo, nos levará a ambos, se quiseres."

"Agradeço-te deveras", disse Gimli, muito contente. "Irei contigo de bom grado, se meu camarada Legolas puder cavalgar ao nosso lado."

"Assim há de ser", assentiu Éomer. "Legolas à minha esquerda, e Aragorn à minha direita, e ninguém ousará postar-se diante de nós!"

"Onde está Scadufax?", indagou Gandalf.

"Correndo solto no gramado", responderam. "Ele não deixa nenhum homem manejá-lo. Ali vai ele, lá longe perto do vau, como uma sombra entre os salgueiros."

Gandalf assobiou e chamou em voz alta o nome do cavalo, e na distância ele balançou a cabeça e relinchou, e, virando-se, correu na direção da hoste como uma flecha.

"Se o hálito do Vento Oeste assumisse corpo visível, apareceria bem assim", disse Éomer quando o grande cavalo veio em carreira até se pôr diante do mago.

"O presente já parece dado", disse Théoden. "Mas ouvi todos! Aqui e agora nomeio meu hóspede, Gandalf Capa-Cinzenta, mais sábio dos conselheiros, mais bem-vindo dos caminhantes, como um senhor da Marca, um chefe dos Eorlingas enquanto durar nossa gente; e dou a ele Scadufax, príncipe dos cavalos."

"Agradeço-te, Théoden Rei", respondeu Gandalf. Então de súbito lançou para trás a capa cinzenta, e jogou de lado o chapéu, e saltou para o lombo do cavalo. Não usava elmo nem cota de malha. Seus cabelos nevados voavam livres ao vento, sua túnica branca brilhava ofuscante ao sol.

"Contemplai o Cavaleiro Branco!", exclamou Aragorn, e todos repetiram as palavras.

"Nosso Rei e o Cavaleiro Branco!", gritaram. "Avante, Eorlingas!"

As trombetas soaram. Os cavalos empinaram-se e relincharam. Lanças bateram contra os escudos. Então o rei ergueu a mão, e com um ímpeto semelhante à súbita irrupção de um grande vento, a última hoste de Rohan cavalgou trovejante rumo ao Oeste.

Ao longe, por sobre a planície, Éowyn viu, em pé, imóvel, sozinha, o rebrilhar de muitas lanças diante das portas da casa silenciosa.

7

O Abismo de Helm

O sol já caía para o oeste quando partiram de Edoras, e sua luz estava nos olhos deles, transformando todos os campos ondulantes de Rohan em uma névoa dourada. Havia um caminho gasto, rumando para o noroeste ao longo dos sopés das Montanhas Brancas, e eles o seguiram, subindo e descendo em uma região verde, atravessando pequenos regatos velozes em muitos vaus. Muito à frente e à direita erguiam-se as Montanhas Nevoentas; tornavam-se cada vez mais escuras e altas à medida que as milhas passavam. O sol pôs-se lentamente à frente deles. O entardecer veio atrás.

A hoste seguiu cavalgando. A necessidade os impelia. Temendo chegar tarde demais, cavalgavam com toda a velocidade que podiam, raramente parando. Velozes e resistentes eram as montarias de Rohan, mas havia muitas léguas a percorrer. Eram quarenta léguas e mais, a voo de pássaro, de Edoras até os vaus do Isen, onde esperavam encontrar os homens do rei que rechaçavam as hostes de Saruman.

A noite fechou-se sobre eles. Por fim pararam para montar o acampamento. Haviam cavalgado por umas cinco horas e estavam bem longe na planície ocidental, porém mais de metade da sua viagem ainda estava diante deles. Fizeram então seu bivaque em um grande círculo, sob o céu estrelado e a lua crescente. Não acenderam fogueiras, pois estavam incertos dos acontecimentos; mas puseram um anel de guardas montados em seu redor, e batedores montados seguiram muito à frente, passando como sombras pelas dobras do terreno. A noite lenta passou sem novas nem alarme. Ao amanhecer, as trompas soaram, e uma hora depois tinham retomado a estrada.

Ainda não havia nuvens no firmamento, mas o ar levava um peso; fazia calor para aquela estação do ano. O sol nascente estava enevoado, e, atrás dele, seguindo-o lentamente céu acima, vinha uma escuridão crescente, como uma grande tempestade que chegava do Leste. E lá longe, no Noroeste, parecia haver outra escuridão incubando em torno dos pés das Montanhas Nevoentas, uma sombra que se arrastava devagar, vinda do Vale do Mago.

Gandalf atrasou-se até onde Legolas cavalgava ao lado de Éomer. "Tens os olhos aguçados de tua bela gente, Legolas", disse ele; "e eles conseguem distinguir um pardal de um tentilhão a uma légua de distância. Dize-me, podes ver algo lá longe, na direção de Isengard?"

"Muitas milhas nos separam", respondeu Legolas, olhando para aquele lado e protegendo os olhos com a mão comprida. "Posso ver uma escuridão. Há vultos movendo-se nela, grandes vultos bem longe na ribanceira do rio; mas não sei dizer o que são. Não é a névoa nem a nuvem que derrota meus olhos: há uma sombra, como um véu, que algum poder deita sobre a terra, e ela marcha lentamente rio abaixo. É como se a penumbra sob árvores infindas fluísse descendo das colinas."

"E atrás de nós vem uma verdadeira tempestade de Mordor", disse Gandalf. "Será uma noite negra."

À medida que avançava o segundo dia de cavalgada, o peso no ar aumentou. À tarde, as nuvens escuras começaram a alcançá-los: um dossel sombrio com grandes beiradas encapeladas manchadas de luz ofuscante. O sol se pôs, vermelho como sangue em uma névoa fumacenta. As lanças dos Cavaleiros tinham pontas de fogo quando os últimos raios de luz inflamaram as faces íngremes dos picos de Thrihyrne: já se erguiam muito próximos no braço mais setentrional das Montanhas Brancas, três cornos denteados fitando o pôr do sol. No último brilho vermelho, os homens da vanguarda viram um ponto negro, um cavaleiro que voltava na direção deles. Detiveram-se para esperá-lo.

Ele chegou, um homem exausto com elmo amassado e escudo partido. Lentamente apeou do cavalo e ficou um instante ali parado, ofegante. Finalmente falou. "Éomer está aqui?", perguntou ele. "Vós vindes afinal, mas tarde demais, e com pouquíssima força. As coisas têm andado mal desde que Théodred tombou. Ontem fomos rechaçados por cima do Isen com grande perda; muitos pereceram na travessia. Depois, à noite, vieram novas tropas sobre o rio contra nosso acampamento. Todo Isengard deve estar vazio; e Saruman armou os moradores selvagens das colinas e os pastores da Terra Parda além dos rios, e também incitou estes contra nós. Fomos arrasados. A muralha de escudos foi rompida. Erkenbrand de Westfolde conduziu os homens que conseguiu reunir à sua fortaleza no Abismo de Helm. Os restantes estão dispersos.

"Onde está Éomer? Dizei-lhe que não há esperança à frente. Ele precisa voltar a Edoras antes que os lobos de Isengard cheguem até lá."

Théoden havia permanecido em silêncio, escondido da visão do homem, atrás de seus guardas; agora impeliu seu cavalo para a frente. "Vamos, posta-te diante de mim, Ceorl!", disse ele. "Estou aqui. A última hoste dos Eorlingas partiu a cavalo. Ela não retornará sem batalha."

O rosto do homem iluminou-se de alegria e pasmo. Ergueu-se com esforço. Depois ajoelhou-se, oferecendo ao rei a espada denteada. "Comandai-me, senhor!", exclamou. "E perdoai-me! Pensei..."

"Pensaste que fiquei em Meduseld, curvado como uma árvore velha sob a neve do inverno. Era assim quando partiste para a guerra. Mas um vento oeste sacudiu os ramos", disse Théoden. "Dai um cavalo descansado a este homem! Cavalguemos em auxílio de Erkenbrand!"

Enquanto Théoden falava, Gandalf cavalgou um pouco à frente, e ficou ali sentado a sós, fitando o norte no rumo de Isengard e o oeste na direção do sol poente. Depois voltou.

"Cavalga, Théoden!", disse ele. "Cavalga ao Abismo de Helm! Não vás aos Vaus do Isen e não te demores na planície! Preciso deixar-te por um tempo. Scadufax agora precisa levar-me em missão veloz." Voltando-se para Aragorn e Éomer e os homens da casa do rei, exclamou: "Cuidai bem do Senhor da Marca até eu retornar. Esperai por mim no Portão de Helm! Adeus!"

Disse uma palavra a Scadufax, e o grande cavalo partiu de um salto, como flecha disparada do arco. Mesmo enquanto o olhavam ele se foi: um lampejo de prata ao pôr do sol, um vento sobre a relva, uma sombra que fugia e desaparecia de vista. Snawmana bufou e empinou-se, ávido por segui-lo; mas somente uma ave veloz poderia tê-lo alcançado em voo.

"O que isso significa?", perguntou a Háma um dos guardas.

"Que Gandalf Capa-Cinzenta tem necessidade de pressa", respondeu Háma. "Ele sempre vai e vem sem ser esperado."

"Língua-de-Cobra, se aqui estivesse, não acharia difícil explicar", comentou o outro.

"É bem verdade," assentiu Háma, "mas quanto a mim esperarei até ver Gandalf de novo."

"Quem sabe esperes muito tempo", disse o outro.

A hoste agora se desviou da estrada para os Vaus do Isen e tomou um curso rumo ao sul. Caiu a noite, e eles ainda cavalgavam. As colinas aproximaram-se, mas os altos picos de Thrihyrne já estavam indistintos diante do céu que escurecia. Ainda a algumas milhas de distância, do lado oposto do Vale de Westfolde, uma grande enseada nas montanhas, estendia-se uma grota verde de onde saía uma garganta nas colinas. Os homens daquela terra a chamavam de Abismo de Helm, lembrando o nome de um herói das antigas guerras que ali fizera seu refúgio. Ela se insinuava para dentro cada vez mais íngreme e estreita, vinda do norte sob a sombra de Thrihyrne, até os penhascos assombrados por corvos se erguerem como imensas torres de ambos os lados, eclipsando a luz.

No Portão de Helm, diante da boca do Abismo, havia um contraforte de rocha que se projetava do penhasco setentrional. Ali, sobre a crista, elevavam-se altas muralhas de pedra antiga, e no seu interior havia uma torre altiva. Os homens diziam que, nos longínquos dias da glória de Gondor, os reis-do-mar haviam construído ali aquela fortaleza com as mãos de gigantes. Era chamada de Forte-da-Trombeta, pois uma trompa tocada na torre ecoava no Abismo atrás dela, como se exércitos há muito esquecidos estivessem saindo para a guerra das cavernas sob as colinas. Também uma muralha fora feita pelos homens de antigamente, desde o Forte-da-Trombeta até o penhasco meridional, bloqueando a entrada do passo. Por baixo dela, através de um amplo aqueduto, saía o Riacho-do-Abismo. Fazia uma curva em torno do sopé da Rocha-da-Trombeta e depois fluía em um sulco pelo meio de uma larga nesga verde, descendo suavemente do Portão de Helm para o Dique de Helm. Dali caía na Garganta-do-Abismo e saía para o Vale de Westfolde. Ali, no Forte-da-Trombeta, junto ao Portão de Helm, morava agora Erkenbrand, mestre de Westfolde nos limites da Marca. À medida que os dias se obscureciam com a ameaça da guerra, ele, sábio que era, havia consertado a muralha e reforçado a fortaleza.

Os Cavaleiros ainda estavam no vale baixo diante da boca da Garganta quando se ouviram gritos e toques de trompa dos batedores que iam à frente. Flechas assobiaram vindas da escuridão. Rapidamente um batedor retornou e relatou que cavalga-lobos estavam à larga no vale e que uma hoste de Orques e homens selvagens se apressava rumo ao sul, vinda dos Vaus do Isen, e parecia estar rumando para o Abismo de Helm.

"Achamos muitos do nosso povo jazendo mortos ao fugirem para lá", disse o batedor. "E encontramos companhias dispersas, indo para cá e para lá, sem líder. Ninguém parece saber o que foi feito de Erkenbrand. É provável que ele seja alcançado antes de conseguir chegar ao Portão de Helm, se já não pereceu."

"Foi visto algum sinal de Gandalf?", perguntou Théoden.

"Sim, senhor. Muitos viram um ancião trajado de branco, montado em um cavalo, passando pelas planícies para cá e para lá como o vento na relva. Alguns pensaram que fosse Saruman. Dizem que antes do cair da noite ele partiu para Isengard. Alguns dizem também que Língua-de-Cobra foi visto mais cedo, rumando ao norte com uma companhia de Orques."

"Língua-de-Cobra dar-se-á mal se Gandalf topar com ele", comentou Théoden. "Ainda assim, agora sinto falta de meus dois conselheiros, o velho e o novo. Mas nesta aflição não temos escolha melhor senão prosseguir, como disse Gandalf, ao Portão de Helm, quer Erkenbrand esteja lá ou não. Sabe-se o tamanho da hoste que vem do Norte?"

"É muito grande", disse o batedor. "Aquele que foge conta cada inimigo duas vezes, porém falei com homens resolutos, e não duvido de que o grupo principal do inimigo seja muitas vezes maior do que todos que temos aqui."

"Então sejamos rápidos", respondeu Éomer. "Vamos forçar passagem pelos inimigos que já possam estar entre nós e a fortaleza. No Abismo de Helm existem cavernas onde centenas podem se ocultar; e dali caminhos secretos levam para o alto das colinas."

"Não confies em caminhos secretos", disse o rei. "Por muito tempo Saruman tem espionado esta terra. Ainda assim, nesse lugar nossa defesa pode durar bastante. Vamos embora!"

Aragorn e Legolas agora iam na vanguarda com Éomer. Cavalgaram por toda a noite escura, cada vez mais devagar, à medida que a treva aumentava e seu caminho subia rumo ao sul, mais e mais alto para as dobras sombrias ao redor dos pés das montanhas. Encontraram poucos inimigos à frente. Aqui e ali, deram com bandos vagantes de Orques; mas estes fugiam antes que os Cavaleiros os conseguissem apanhar ou matar.

"Receio que não levará muito tempo", disse Éomer, "para a vinda da hoste do rei se tornar conhecida do líder de nossos inimigos, Saruman, ou algum capitão que ele tenha enviado."

O rumor da guerra crescia atrás deles. Já podiam ouvir, trazido através da escuridão, o som de cantos estridentes. Tinham escalado alto na Garganta-do-Abismo quando olharam para trás. Então viram tochas, incontáveis pontos de luz fogosa nos campos negros atrás deles, espalhados como flores vermelhas, ou insinuando-se da baixada em longas filas bruxuleantes. Aqui e ali irrompia uma labareda maior.

"É uma grande hoste, e nos segue de perto", disse Aragorn.

"Trazem fogo", afirmou Théoden, "e estão incendiando à medida que chegam, feixes, choupanas e árvores. Este vale foi rico e tinha muitas herdades. Ai de meu povo!"

"Quisera que fosse dia e pudéssemos atropelá-los como uma tempestade vinda das montanhas!", exclamou Aragorn. "Aflige-me fugir deles."

"Não precisamos fugir muito mais longe", disse Éomer. "Não mais longe, à nossa frente, está o Dique de Helm, antiga trincheira e baluarte escavado através da garganta, um quarto de milha abaixo do Portão de Helm. Ali podemos virar e dar combate."

"Não, somos muito poucos para defendermos o Dique", respondeu Théoden. "Tem uma milha ou mais de comprimento, e a brecha é larga."

"É na brecha que nossa retaguarda deve se postar, se formos pressionados", disse Éomer.

Não havia estrela nem lua quando os Cavaleiros chegaram à brecha no Dique, onde saía o riacho vindo de cima, e a estrada junto dele descia do Forte-da-Trombeta. O baluarte erguia-se de repente diante deles, uma sombra alta além de um oco escuro. Quando se aproximaram, uma sentinela os contestou.

"O Senhor da Marca cavalga ao Portão de Helm", respondeu Éomer. "Eu, Éomer, filho de Éomund, o digo."

"Estas são boas-novas além da esperança", disse a sentinela. "Apressai-vos! O inimigo está em vossos calcanhares."

A hoste passou pela brecha e parou no aclive gramado acima dela. Ficaram então sabendo, para sua alegria, que Erkenbrand deixara muitos homens para guarnecer o Portão de Helm, e que mais haviam escapado desde então.

"Quem sabe tenhamos mil aptos a lutarem a pé", disse Gamling, um ancião, líder dos que vigiavam o Dique. "Mas a maior parte deles viu invernos demasiados, assim como eu, ou de menos, como o filho de meu filho aqui. Que novas há de Erkenbrand? Ontem chegou a notícia de que ele recuava para cá com todos os que restavam dos melhores Cavaleiros de Westfolde. Mas ele não veio."

"Receio que agora não venha", disse Éomer. "Nossos batedores não obtiveram notícia dele, e o inimigo preenche todo o vale atrás de nós."

"Gostaria que ele tivesse escapado", disse Théoden. "Era um homem poderoso. Nele reviveu a valentia de Helm, o Mão-de-Martelo. Mas não podemos aguardá-lo aqui. Agora precisamos levar todas as nossas forças para trás das muralhas. Estais bem estocados? Trazemos poucas provisões, pois partimos à batalha aberta, não a um cerco."

"Atrás de nós, nas cavernas do Abismo, estão três quartos do povo de Westfolde, velhos e jovens, crianças e mulheres", disse Gamling. "Mas também foi reunido ali grande estoque de comida e muitos animais e sua forragem."

"Isso é bom", disse Éomer. "Estão queimando ou saqueando tudo o que resta no vale."

"Se vierem pechinchar nossos víveres no Portão de Helm, pagarão um preço alto", disse Gamling.

O rei e seus Cavaleiros avançaram. Apearam antes do caminho elevado que atravessava o riacho. Em longa fileira, levaram os cavalos rampa acima e entraram nos portões do Forte-da-Trombeta. Ali foram recebidos outra vez com alegria e esperança renovadas; pois havia agora homens bastantes para guarnecer o forte e a muralha de barreira.

Éomer rapidamente pôs seus homens de prontidão. O rei e os homens de sua casa estavam no Forte-da-Trombeta, e também havia ali muitos dos homens de Westfolde. Mas na Muralha do Abismo e em sua torre, e por trás dela, Éomer dispôs a maior parte da força que tinha, pois ali a defesa parecia mais duvidosa, caso o assalto fosse determinado e com muita gente. Os cavalos foram levados para longe, Abismo acima, com tanta guarda quanto estava disponível.

A Muralha do Abismo tinha vinte pés de altura e era tão espessa que quatro homens podiam caminhar pelo topo lado a lado, abrigados por um parapeito sobre o qual só um homem alto conseguia enxergar. Aqui e ali havia fendas na pedra, através das quais era possível atirar. Era possível chegar a essa ameia por uma escada que descia de uma porta no pátio externo do Forte-da-Trombeta; três lances de degraus também subiam para o alto da muralha desde o Abismo atrás dela; mas na frente esta era lisa, e suas grandes pedras estavam dispostas com tanta habilidade que não se podia achar apoio para o pé em suas juntas, e no topo projetavam-se como um penhasco escavado pelo mar.

Gimli estava de pé, apoiado no peitoril da muralha. Legolas estava sentado mais acima, no parapeito, manipulando o arco e espiando a escuridão.

"Isto é mais do meu agrado", disse o anão, batendo o pé nas pedras. "Meu coração sempre se anima quando nos aproximamos das montanhas. Há boa rocha aqui. Esta região tem ossos duros. Senti-os em meus pés quando subimos do dique. Dá-me um ano e uma centena de minha gente, e eu transformaria isto em um lugar no qual os exércitos se quebrariam como água."

"Não duvido disso", respondeu Legolas. "Mas és um anão, e os anãos são um povo estranho. Não gosto deste lugar, e à luz do dia não hei de gostar mais dele. Mas tu me consolas, Gimli, e estou contente de ter-te por perto com tuas pernas robustas e teu machado duro. Queria que houvesse outros de tua parentela entre nós. Mas daria ainda mais por cem bons arqueiros de Trevamata. Havemos de precisar deles. Os Rohirrim têm bons arqueiros, à sua maneira, mas aqui há muito poucos, muito poucos."

"Está escuro para atirar com arco", disse Gimli. "Na verdade, é hora do sono. Sono! Sinto sua falta como jamais pensei que um anão sentiria. Cavalgar é trabalho exaustivo. No entanto, meu machado está inquieto em minha mão. Dá-me uma fileira de pescoços de Orques e espaço para balançar, e toda a exaustão me abandonará!"

Passou-se um tempo lento. Lá longe, no fundo do vale, fogos esparsos ainda ardiam. As hostes de Isengard avançavam agora em silêncio. Era possível ver suas tochas subindo em curvas pela garganta, em muitas filas.

De repente irromperam no Dique gritos e berros, e os ferozes brados de guerra dos homens. Tochas ardentes apareceram por cima da borda e agruparam-se densamente na brecha. Depois dispersaram-se e sumiram. Voltaram homens galopando por sobre o campo, subindo a rampa até o portão do Forte-da-Trombeta. A retaguarda do povo de Westfolde havia sido forçada para dentro.

"O inimigo está próximo!", disseram. "Atiramos todas as flechas que tínhamos e enchemos o Dique de Orques. Mas isso não os deterá por muito tempo. Já estão escalando a ribanceira em muitos pontos, densos como formigas em marcha. Mas nós lhes ensinamos a não carregar tochas."

Já passava da meia-noite. O céu estava totalmente escuro, e a quietude do ar pesado pressagiava uma tempestade. De repente as nuvens foram chamuscadas por um lampejo cegante. Raios ramificados abateram-se nas colinas a leste. Durante um momento de visão fixa, os vigias nas muralhas viram todo o espaço entre eles e o Dique ser iluminado com luz branca: estava fervendo e formigando de vultos negros, alguns atarracados e largos, alguns altos e soturnos, com altos elmos e escudos negros. Mais centenas e centenas derramavam-se por cima do Dique e através da brecha. A maré sombria fluía até as muralhas, de um penhasco ao outro. O trovão rolava no vale. A chuva desceu chicoteando.

Flechas densas como a chuva vieram assobiando por cima das ameia e caíram tilintando e resvalando nas pedras. Algumas encontraram o alvo. O ataque ao Abismo de Helm começara, mas não se ouviu som nem contestação no interior; não vieram flechas em resposta.

As hostes atacantes pararam, frustradas pela ameaça silenciosa da rocha e da muralha. Mais e mais vezes os raios dilaceraram a escuridão. Então os Orques berraram, balançando lanças e espadas, e atirando uma nuvem de flechas em quem estivesse à vista nas ameias; e os homens da Marca olharam para fora, admirados, para o que lhes parecia um grande campo de trigo escuro, agitado por uma tempestade de guerra, e cada espiga reluzia com luz farpada.

Soaram trombetas insolentes. O inimigo avançou encapelado, alguns contra a Muralha do Abismo, outros rumo ao caminho elevado e à rampa que subia para os portões do Forte-da-Trombeta. Ali estavam reunidos os Orques mais descomunais e os homens selvagens dos morros da Terra Parda. Hesitaram por um momento e depois avançaram. Os raios relampejaram e, brasonada em cada elmo e escudo, via-se a horripilante mão de Isengard. Chegaram ao topo da rocha; dirigiam-se aos portões.

Então, por fim, veio a resposta: uma tempestade de flechas os recebeu, e um granizo de pedras. Eles hesitaram, abriram brechas e voltaram em fuga; e depois atacaram de novo, abriram brechas e atacaram de novo; e a cada vez, como a maré que enche, paravam em um ponto mais alto. Outra vez soaram trombetas, e irrompeu uma multidão de homens rugindo. Seguravam para cima seus grandes escudos, como um telhado, e em seu meio traziam dois troncos de árvores enormes. Atrás deles apinhavam-se arqueiros-órquicos, mandando um granizo de setas contra os arqueiros nas muralhas. Alcançaram os portões. As árvores, vibradas por braços fortes, bateram contra o madeirame com um ribombo dilacerante. Se um homem tombava, esmagado por uma pedra que despencava de cima, dois outros saltavam para tomar seu lugar. Mais e mais os grandes aríetes balançaram e bateram.

Éomer e Aragorn estavam de pé, juntos, na Muralha do Abismo. Ouviram o rugido das vozes e o impacto dos aríetes; e então, num súbito lampejo de luz, contemplaram o perigo dos portões.

"Vem!", disse Aragorn. "Esta é a hora em que sacamos juntos as espadas!"

Correndo como o fogo, apressaram-se ao longo da muralha, subiram os degraus e entraram no pátio externo no alto da Rocha. Enquanto corriam, reuniram um punhado de espadachins resolutos. Havia uma pequena porta traseira que se abria em um canto da muralha do forte, a oeste, onde o penhasco se estendia ao seu encontro. Daquele lado uma trilha estreita dava a volta em direção ao grande portão, entre a muralha e a beira escarpada da Rocha. Juntos, Éomer e Aragorn saltaram pela porta com seus homens logo atrás. As duas espadas reluziram ao serem desembainhadas como se fossem uma só.

"Gúthwinë!", exclamou Éomer. "Gúthwinë pela Marca!"

"Andúril!", exclamou Aragorn. "Andúril pelos Dúnedain!"

Atacando pelo flanco, lançaram-se sobre os selvagens. Andúril subia e descia, lampejando com fogo branco. Ergueu-se um grito da muralha e da torre: "Andúril! Andúril vai à guerra. A Lâmina que foi Partida brilha outra vez!"

Consternados, os que manejavam os aríetes deixaram cair as árvores e se viraram para combater; mas o muro de seus escudos foi rompido como por um golpe de raio, e foram varridos, abatidos ou lançados por cima da Rocha no riacho pedregoso lá embaixo. Os arqueiros-órquicos atiraram a esmo e depois fugiram.

Por um momento, Éomer e Aragorn se detiveram diante dos portões. O trovão já ribombava à distância. Os raios ainda bruxuleavam ao longe entre as montanhas no Sul. Um vento cortante soprava do Norte outra vez. As nuvens estavam dilaceradas e à deriva, e as estrelas espiavam; e acima das colinas do flanco da Garganta navegava a lua, rumando ao oeste, luzindo amarela nos destroços da tempestade.

"Não chegamos cedo demais", disse Aragorn, olhando para os portões. Suas grandes dobradiças e barras de ferro estavam arrancadas e retorcidas; muitas madeiras estavam rachadas. "As portas não resistirão a outra saraivada de golpes igual."

"Porém não podemos ficar aqui, além das muralhas, para defendê-las", disse Éomer. "Olha!" Apontou para o caminho elevado. Uma grande multidão de Orques e Homens já se reunia outra vez além do riacho. Flechas uivavam e resvalavam nas pedras ao redor deles. "Vem! Precisamos voltar e ver o que podemos fazer para empilharmos pedras e madeiras nos portões pelo lado de dentro. Vem agora!"

Viraram-se e correram. Naquele momento uma dúzia de Orques que estavam deitados imóveis entre os mortos pôs-se de pé com um salto e veio por trás deles, silenciosa e velozmente. Dois jogaram-se ao chão nos calcanhares de Éomer, fizeram-no tropeçar e em um momento estavam por cima dele. Mas um vulto pequeno e obscuro que ninguém observara saltou das sombras e deu um grito rouco: "*Baruk Khazâd! Khazâd ai-mênu!*" Um machado balançou para a frente e para trás. Dois Orques tombaram sem cabeça. Os demais fugiram.

Éomer levantou-se com esforço enquanto Aragorn voltava correndo em seu auxílio.

A porta traseira foi fechada outra vez, a porta de ferro foi barrada, e pedras foram empilhadas por dentro. Quando estavam todos seguros no interior, Éomer virou-se: "Agradeço-te, Gimli, filho de Glóin!", disse ele. "Não sabia que estavas conosco na surtida. Mas muitas vezes o hóspede não convidado demonstra ser a melhor companhia. Como chegaste ali?"

"Segui-vos para espantar o sono", disse Gimli; "mas olhei para os homens das colinas, e pareceram grandes demais para mim, então sentei-me junto a uma pedra para ver vosso jogo de espadas."

"Não hei de achar fácil restituir-te", disse Éomer.

"Poderá haver oportunidade antes que a noite termine", riu-se o Anão. "Mas estou contente. Até agora nada abati senão madeira desde que deixei Moria."

"Dois!", disse Gimli, dando tapinhas no machado. Voltara ao seu lugar na muralha.

"Dois?", disse Legolas. "Fiz melhor que isso, apesar de precisar agora catar flechas usadas; todas as minhas se foram. Porém minha contagem é de vinte pelo menos. Mas isso são só algumas folhas numa floresta."

Agora o céu estava clareando rapidamente, e a lua que descia brilhava intensa. Mas a luz trouxe pouca esperança aos Cavaleiros da Marca. O inimigo diante deles parecia ter crescido em vez de diminuir, e mais ainda vinham se apinhando do vale através da brecha. A surtida na Rocha só conquistara uma breve prorrogação. O assalto aos portões redobrou. Contra a Muralha do Abismo, as hostes de Isengard rugiam como o mar. Orques e homens das colinas pululavam em torno do seu sopé, de uma ponta à outra. Cordas com garateias eram jogadas por cima do parapeito mais depressa do que os homens conseguiam cortá-las ou lançá-las de volta. Centenas de longas escadas eram erguidas. Muitas eram lançadas para baixo, arruinadas, porém muitas outras as substituíam, e os Orques subiam por elas aos saltos, como macacos nas escuras florestas do Sul. Diante do pé da muralha, os mortos e dilacerados eram empilhados como sarrafos na tempestade; os hediondos amontoados cresciam cada vez mais, e ainda o inimigo avançava.

Os homens de Rohan estavam exaustos. Todas as suas flechas estavam gastas, e cada seta fora atirada; as espadas estavam denteadas, e os escudos, partidos. Três vezes Aragorn e Éomer os arregimentaram, e três vezes Andúril chamejou em um desesperado ataque que afastou o inimigo da muralha.

Então ergueu-se um clamor no Abismo atrás deles. Orques haviam se esgueirado como ratos pelo aqueduto através do qual o riacho fluía para fora. Ali tinham-se reunido na sombra dos penhascos até que o ataque acima deles estivesse mais intenso, e quase todos os homens da defesa tivessem corrido até o topo da muralha. Então saltaram para fora. Alguns já haviam penetrado nas mandíbulas do Abismo e estavam entre os cavalos, combatendo os guardas.

Gimli saltou da muralha com um grito feroz que ecoou nos penhascos. "*Khazâd! Khazâd!*" Logo teve bastante trabalho.

"Ai-oi!", gritou ele. "Os Orques estão atrás da muralha. Ai-oi! Vem, Legolas! Há bastantes para nós dois. *Khazâd ai-mênu!*"

Gamling, o Velho, olhou do Forte-da-Trombeta, ouvindo a possante voz do anão por cima de todo o tumulto. "Os Orques estão no Abismo!", gritou. "Helm! Helm! Avante, Helmingas!", exclamou ele enquanto descia aos saltos a escada da Rocha, com muitos homens de Westfolde às suas costas.

Seu ataque foi feroz e súbito, e os Orques cederam diante deles. Pouco levou para serem encurralados nos estreitos do passo, e, enquanto berravam, foram todos mortos ou perseguidos para a ravina do Abismo, para tombarem diante dos guardiões das cavernas ocultas.

"Vinte e um!", exclamou Gimli. Desferiu um golpe com as duas mãos e abateu o último Orque diante de seus pés. "Agora minha contagem ultrapassa a do Mestre Legolas outra vez."

"Precisamos tapar este buraco de ratos", disse Gamling. "Dizem que os Anãos são um povo astucioso com as pedras. Dá-nos teu auxílio, mestre!"

"Não moldamos pedras com machados de batalha, nem com nossas unhas", disse Gimli. "Mas ajudarei como puder."

Juntaram as pequenas rochas e pedras quebradas que conseguiram encontrar à mão, e, sob a direção de Gimli, os homens de Westfolde bloquearam a extremidade interna do aqueduto até só restar uma saída estreita. Então o Riacho-do-Abismo, inchado pela chuva, remexeu-se e inquietou-se em seu caminho estrangulado, e lentamente se espalhou em frias lagoas de um penhasco ao outro.

"Estará mais seco lá em cima", disse Gimli. "Vem, Gamling, vejamos como vão as coisas na muralha!"

Escalou-a e encontrou Legolas ao lado de Aragorn e Éomer. O elfo afiava seu longo punhal. Por um curto tempo houve uma pausa no ataque, visto que a tentativa de invasão através do aqueduto fora frustrada.

"Vinte e um!", disse Gimli.

"Bom!", disse Legolas. "Mas agora minha contagem é de duas dúzias. Foi trabalho de punhal aqui em cima."

Éomer e Aragorn apoiavam-se exaustos nas espadas. Do lado esquerdo, o estrépito e clamor da batalha na Rocha voltaram a se erguer. Mas o Forte-da-Trombeta ainda resistia firme, como uma ilha no mar. Seus portões jaziam em ruínas; mas por cima da barricada de vigas e pedras lá dentro, nenhum inimigo ainda passara.

Aragorn olhou as estrelas pálidas e a lua, que já se inclinava por trás das colinas ocidentais que cercavam o vale. "Esta é uma noite comprida como anos", disse ele. "Quanto demorará o dia a chegar?"

"O amanhecer não está longe", respondeu Gamling, que já havia subido ao lado dele. "Mas o amanhecer não nos ajudará, receio."

"Porém o amanhecer é sempre a esperança dos homens", comentou Aragorn.

"Mas essas criaturas de Isengard, esses meio-orques e homens-gobelins engendrados pela manha imunda de Saruman, esses não se acovardam diante do sol", disse Gamling. "Nem os homens selvagens das colinas. Não ouves as vozes deles?"

"Ouço-as", afirmou Éomer; "mas aos meus ouvidos são tão somente os guinchos das aves e os bramidos das bestas."

"Porém há muitos que gritam na língua da Terra Parda", disse Gamling. "Conheço essa língua. É uma antiga fala dos homens e foi outrora falada em muitos vales ocidentais da Marca. Escuta! Eles nos odeiam e estão contentes; pois nossa perdição lhes parece certa. 'O rei, o rei!', gritam eles. 'Tomaremos o seu rei. Morte aos Forgoil! Morte aos Cabeças-de-Palha! Morte aos ladrões do Norte!' Tais os nomes que têm para nós. Nem em meio milhar de anos esqueceram seu ressentimento de que os senhores de Gondor deram a Marca a Eorl, o Jovem, e fizeram aliança com ele. Esse antigo ódio Saruman inflamou. São um povo feroz quando se excitam. Agora não cederão, no anoitecer nem no amanhecer, até que tomem Théoden ou eles próprios sejam mortos."

"Não obstante o dia me trará esperança", disse Aragorn. "Não dizem que jamais um inimigo tomou o Forte-da-Trombeta quando homens o defendiam?"

"Assim dizem os menestréis", comentou Éomer.
"Então defendamo-lo e esperemos!", disse Aragorn.

Enquanto falavam, ouviu-se um clangor de trombetas. Então houve um impacto e um lampejo de chama e fumaça. As águas do Riacho-do-Abismo derramaram-se para fora, chiando e espumando: não estavam mais represadas, um buraco largo fora explodido na muralha. Uma hoste de vultos escuros manou para dentro.

"Perversidade de Saruman!", exclamou Aragorn. "Esguei-raram-se outra vez para dentro do aqueduto enquanto falávamos e acenderam o fogo de Orthanc sob os nossos pés. *Elendil, Elendil!*", exclamou ele, enquanto saltava na direção da brecha; mas, mesmo enquanto o fazia, cem escadas foram erguidas ao encontro das ameias. Por cima da muralha e por baixo da muralha, o último assalto veio de roldão, como uma onda escura sobre um morro de areia. A defesa foi varrida para longe. Alguns dos Cavaleiros foram rechaçados, mais e mais fundo para o Abismo, tombando e combatendo enquanto recuavam, passo a passo, rumo às cavernas. Outros abriram caminho a golpes de espada, voltando à cidadela.

Uma larga escadaria subia do Abismo até a Rocha e o portão traseiro do Forte-da-Trombeta. Perto do sopé estava Aragorn. Em sua mão Andúril ainda reluzia, e o terror da espada manteve o inimigo recuado por algum tempo, enquanto todos os que conseguiam alcançar a escada, um por um, subiam rumo ao portão. Atrás dele, nos degraus superiores, Legolas estava ajoelhado. Seu arco estava tenso, mas uma flecha catada era tudo o que lhe restava, e agora ele espiava, pronto a alvejar o primeiro Orque que ousasse se aproximar da escada.

"Todos os que podiam já entraram em segurança, Aragorn", chamou ele. "Volta!"

Aragorn virou-se e subiu a escada correndo; mas ao correr tropeçou de tão exausto. De imediato seus inimigos saltaram avante. Os Orques subiram, berrando, com os longos braços estendidos para agarrá-lo. O mais adiantado caiu com a última flecha de Legolas na garganta, mas os demais saltaram por cima dele. Então um grande rochedo, lançado da muralha externa mais acima, abateu-se na escada e os lançou de volta para o Abismo. Aragorn alcançou a porta, e esta rapidamente se fechou atrás dele com clangor.

"As coisas vão mal, meus amigos", disse ele, enxugando o suor da testa com o braço.

"Bastante mal," assentiu Legolas, "mas ainda não desesperadas enquanto te temos conosco. Onde está Gimli?"

"Não sei", respondeu Aragorn. "Da última vez em que o vi ele lutava no solo atrás da muralha, mas o inimigo nos apartou."

"Ai de nós! Essas são más novas", lamentou Legolas.

"Ele é robusto e forte", disse Aragorn. "Esperemos que escape de volta às cavernas. Ali estaria a salvo por algum tempo. Mais a salvo que nós. Tal refúgio seria do agrado de um anão."

"Essa deve ser minha esperança", disse Legolas. "Mas gostaria que ele tivesse vindo para cá. Queria contar ao Mestre Gimli que agora minha contagem é de trinta e nove."

"Se ele alcançar as cavernas ultrapassará tua contagem outra vez", riu-se Aragorn. "Nunca vi um machado manejado desse modo."

"Preciso ir em busca de algumas flechas", disse Legolas. "Quisera que esta noite terminasse, assim eu teria melhor luz para atirar."

Aragorn entrou então na cidadela. Ali, para sua consternação, soube que Éomer não chegara ao Forte-da-Trombeta.

"Não, ele não veio à Rocha", disse um dos homens de Westfolde. "Da última vez em que o vi, ele reunia homens ao seu redor e combatia na boca do Abismo. Gamling estava com ele, e o anão; mas não pude chegar até eles."

Aragorn caminhou atravessando o pátio interno e subiu até um recinto alto na torre. Ali estava o rei, sombrio diante de uma janela estreita, observando o vale.

"Quais são as novas, Aragorn?", indagou ele.

"A Muralha do Abismo foi tomada, senhor, e toda a defesa foi varrida; mas muitos escaparam aqui para a Rocha."

"Éomer está aqui?"

"Não, senhor. Mas muitos dos teus homens recuaram para o Abismo; e alguns dizem que Éomer estava entre eles. Nos estreitos eles podem reter o inimigo e entrar nas cavernas. Que esperança terão então, isso não sei."

"Mais que nós. Boas provisões, dizem. E ali o ar é saudável por causa das saídas pelas fissuras na rocha, muito acima. Ninguém consegue forçar a entrada enfrentando homens determinados. Poderão resistir por muito tempo."

"Mas os Orques trouxeram uma perversidade de Orthanc", disse Aragorn. "Eles têm um fogo explosivo e com ele tomaram a Muralha. Se não puderem entrar nas cavernas poderão bloquear os que estão lá dentro. Mas agora precisamos voltar todos os nossos pensamentos à nossa própria defesa."

"Impaciento-me nesta prisão", disse Théoden. "Se eu pudesse ter empunhado uma lança, cavalgando diante de meus homens no campo, quem sabe tivesse sentido outra vez a alegria da batalha e terminado assim. Mas aqui sou de pouca valia."

"Aqui pelo menos estás resguardado na mais robusta fortaleza da Marca", disse Aragorn. "Temos mais esperança de te defender no Forte-da-Trombeta que em Edoras, ou mesmo no Fano-da-Colina nas montanhas."

"Dizem que o Forte-da-Trombeta nunca sucumbiu a um ataque", comentou Théoden; "mas agora meu coração está cheio de dúvidas. O mundo muda, e tudo que outrora foi forte demonstra agora ser inseguro. Como alguma torre há de resistir a tais números e a ódio tão afoito? Soubesse eu que a força de Isengard havia crescido tanto, quem sabe não teria partido de modo temerário para enfrentá-la, apesar de todas as artes de Gandalf. Agora seu conselho já não parece tão bom quanto parecia sob o sol matutino."

"Não julgues o conselho de Gandalf antes que esteja tudo terminado, senhor", disse Aragorn.

"O fim não tardará", respondeu o rei. "Mas não acabarei aqui, apanhado como um velho texugo numa armadilha. Snawmana, Hasufel e os cavalos de minha guarda estão no pátio interno. Quando chegar a aurora, mandarei os homens tocarem a trompa de Helm e sairei a cavalo. Então cavalgarás comigo, filho de Arathorn? Quem sabe havemos de forçar um caminho ou ter um fim que valerá uma canção — se restar alguém para nos cantar depois disto."

"Cavalgarei contigo", disse Aragorn.

Despedindo-se, voltou às muralhas e percorreu todo o circuito, encorajando os homens e prestando ajuda onde o ataque fosse intenso. Legolas foi com ele. Explosões de fogo saltavam de baixo, sacudindo as pedras. Garateias de abordagem eram lançadas, e erguiam-se escadas. De novo e de novo os Orques alcançavam o topo da muralha externa, e outra vez os defensores os lançavam para baixo.

Finalmente Aragorn estava de pé acima dos grandes portões, indiferente às setas do inimigo. Olhando ao longe, viu que o firmamento oriental empalidecia. Então ergueu a mão vazia, com a palma para fora em sinal de negociação.

Os Orques berraram e zombaram. "Desça! Desça!", gritavam. "Se quer falar conosco, desça! Traga seu rei! Somos os Uruk-hai combatentes. Vamos buscá-lo em seu buraco se ele não vier. Traga para fora seu rei sorrateiro!"

"O rei fica ou vem por sua própria vontade", retrucou Aragorn.

"Então o que você faz aqui?", responderam. "Por que vigia? Quer ver a grandeza de nosso exército? Somos os Uruk-hai combatentes."

"Vigio para ver a aurora", disse Aragorn.

"Que importa a aurora?", zombaram eles. "Nós somos os Uruk-hai: não paramos o combate pela noite ou pelo dia, pelo bom tempo ou pela tempestade. Nós viemos matar, pelo sol ou pela lua. Que importa a aurora?"

"Ninguém sabe o que o novo dia há de lhe trazer", disse Aragorn. "Vão embora antes que ele seja para seu mal."

"Desça da muralha, ou vamos descê-lo atirando", gritaram. "Isto não é negociação. Você não tem nada a dizer."

"Ainda tenho isto a dizer", respondeu Aragorn. "Nenhum inimigo jamais tomou o Forte-da-Trombeta. Partam, do contrário nem um só será poupado. Nem um só restará vivo para levar notícias de volta ao Norte. Vocês não sabem o perigo que correm."

Tão grande eram o poder e a realeza que se revelavam em Aragorn, ali de pé sozinho acima dos portões arruinados, diante da hoste de seus inimigos, que muitos dos homens selvagens se detiveram e olharam por cima dos ombros na direção do vale, e alguns ergueram os olhos, em dúvida, para o céu. Mas os Orques riram em altas vozes; e uma saraivada de dardos e flechas assobiou por cima da muralha enquanto Aragorn descia em um salto.

Houve um rugido e uma explosão de fogo. O arco do portão, sobre o qual ele estivera de pé um momento antes, desmoronou e desabou em fumaça e poeira. A barricada foi dispersa como por um raio. Aragorn correu até a torre do rei.

Mas no momento em que o portão caiu e os Orques em torno berraram, preparando-se para atacar, ergueu-se um murmúrio atrás deles, como um vento ao longe, e cresceu tornando-se um clamor de muitas vozes gritando estranhas novas na aurora. Os Orques na Rocha, ouvindo o rumor de aflição, hesitaram e olharam para trás. E então, súbito e terrível, da torre lá em cima soou o toque da grande trompa de Helm.

Todos os que ouviram aquele som estremeceram. Muitos dos Orques se lançaram de rosto no chão e cobriram os ouvidos com as garras. Lá de dentro do Abismo vinham os ecos, toque após toque, como se houvesse um poderoso arauto postado em cada penhasco e colina. Mas nas muralhas, os homens ergueram os olhos, escutando pasmados; pois os ecos não morriam. Os toques da trompa seguiam rolando pelas colinas; já mais próximos e mais intensos, respondiam uns aos outros, soprando ferozes e livres.

"Helm! Helm!", gritavam os Cavaleiros. "Helm ergueu-se e volta à guerra. Helm por Théoden Rei!"

E com esse brado veio o rei. Seu cavalo era branco como a neve, dourado era seu escudo, e sua lança era longa. À sua direita estava Aragorn, herdeiro de Elendil, atrás dele cavalgavam os senhores da Casa de Eorl, o Jovem. A luz irrompeu no céu. A noite partiu.

"Avante, Eorlingas!" Com um grito e um grande ruído, eles atacaram. Rugiram descendo dos portões, precipitaram-se sobre o caminho elevado e irromperam entre as hostes de Isengard como um vento no meio da relva. Detrás deles, do Abismo, vinham os gritos implacáveis dos homens que saíam das cavernas, rechaçando o inimigo. Acorreram para fora todos os homens que restavam sobre a rocha. E o som de trompas tocando ecoava sempre nas colinas.

Cavalgaram em frente, o rei e seus companheiros. Capitães e campeões tombavam ou fugiam diante deles. Nem orque nem homem lhes resistia. Tinham as costas voltadas às espadas e lanças dos Cavaleiros e os rostos ao vale. Gritavam e gemiam, pois temor e grande pasmo os assaltaram ao nascer do dia.

Assim o Rei Théoden cavalgou do Portão de Helm e abriu caminho até o grande Dique. Ali a companhia parou. A luz se intensificava ao redor deles. Raios de sol luziam sobre as colinas orientais e rebrilhavam em suas lanças. Mas eles estavam montados nos cavalos, em silêncio, e contemplavam a Garganta-do-Abismo lá embaixo.

O terreno mudara. Onde antes se estendia o verde vale, com encostas gramadas que ladeavam as colinas cada vez mais altas, erguia-se agora uma floresta. Grandes árvores, nuas e silenciosas, estavam dispostas em fileira após fileira, com ramos enredados e topos encanecidos; suas raízes retorcidas enterravam-se na longa relva verde. Havia escuridão abaixo delas. Entre o Dique e a beira daquela mata sem nome só restava aberto um quarto de milha. Ali encolhiam-se agora as altivas hostes de Saruman, no terror do rei e no terror das árvores. Desceram em torrente do Portão de Helm até toda a área acima do Dique ficar livre deles, porém embaixo estavam apinhados como moscas fervilhantes. Em vão engatinhavam e se arrastavam pelas bordas da garganta, tentando escapar. No leste, a beira do vale era demasiado íngreme e pedregosa; à esquerda, do lado oeste, aproximava-se sua sina final.

Subitamente surgiu sobre uma crista um cavaleiro, trajando branco, reluzindo ao sol nascente. Por cima das colinas baixas as trompas soavam. Atrás dele, descendo às pressas pelas longas encostas, havia mil homens a pé; tinham as espadas nas mãos. No meio deles caminhava um homem alto e forte. Seu escudo era vermelho. Ao chegar à borda do vale, levou aos lábios um grande corno negro e soprou um toque ressoante.

"Erkenbrand!", gritaram os Cavaleiros. "Erkenbrand!"

"Contemplai o Cavaleiro Branco!", exclamou Aragorn. "Gandalf voltou outra vez!"

"Mithrandir, Mithrandir!", disse Legolas. "Isto é feito de mago deveras! Vamos! Quero ver esta floresta antes que mude o encantamento."

As hostes de Isengard rugiam, balançando para cá e para lá, virando-se de um medo para o outro. Outra vez a trompa soou na torre. Descendo pela brecha do Dique, a companhia do rei atacou. Descendo das colinas saltou Erkenbrand, senhor de Westfolde. Descendo saltou Scadufax, como um cervo que corre sem passo falso nas montanhas. O Cavaleiro Branco estava diante deles, e o terror de sua vinda encheu o inimigo de loucura. Os homens selvagens caíram de rosto no chão diante dele. Os Orques cambalearam e guincharam e lançaram longe espada e lança. Fugiram como uma fumaça negra impelida por um vento crescente. Lamentando-se, penetraram na sombra que os aguardava das árvores; e daquela sombra nenhum jamais voltou.

8

A Estrada para Isengard

Assim foi que à luz de uma bela manhã o Rei Théoden e Gandalf, o Cavaleiro Branco, voltaram a se encontrar na relva verde junto ao Riacho-do--Abismo. Ali estavam também Aragorn, filho de Arathorn, Legolas, o Elfo, Erkenbrand de Westfolde e os senhores da Casa Dourada. Em torno deles estavam reunidos os Rohirrim, os Cavaleiros da Marca: o espanto dominou sua alegria da vitória, e seus olhos se voltavam para a floresta.

De repente ouviu-se um grande brado, e vieram descendo do Dique aqueles que haviam sido afastados para o Abismo. Ali vinham Gamling, o Velho, e Éomer, filho de Éomund, e ao lado deles caminhava Gimli, o anão. Não tinha elmo, e em torno da cabeça trazia uma faixa de linho manchada de sangue; mas sua voz era alta e forte.

"Quarenta e dois, Mestre Legolas!", exclamou ele. "Ai de mim! Meu machado está lascado: o quadragésimo segundo tinha um colar de ferro no pescoço. Como estás tu?"

"Ultrapassaste minha contagem por um", respondeu Legolas. "Mas não ressinto o jogo, tanto estou contente de te ver de pé!"

"Bem-vindo, Éomer, filho de minha irmã!", disse Théoden. "Agora que te vejo a salvo estou contente deveras."

"Salve, Senhor da Marca!", respondeu Éomer. "A noite escura passou, e retornou o dia. Mas o dia trouxe estranhas novas." Virou-se e fitou admirado, primeiro a floresta e depois Gandalf. "Mais uma vez vens na hora da aflição sem seres esperado", disse ele.

"Sem ser esperado?", disse Gandalf. "Eu disse que voltaria e vos encontraria aqui."

"Mas não mencionaste a hora, nem predisseste o modo de tua vinda. Estranho auxílio tu trazes. És poderoso na magia, Gandalf, o Branco!"

"Pode ser. Mas, se assim é, ainda não a mostrei. Apenas dei bons conselhos no perigo e fiz uso da velocidade de Scadufax. Vossa própria valentia fez mais, e as pernas robustas dos homens de Westfolde marchando pela noite."

Então todos fitaram Gandalf ainda mais admirados. Alguns olharam de relance, sombriamente, para a floresta, e passaram as mãos na testa, como se pensassem que seus olhos enxergavam diferente dos dele.

Gandalf riu-se, longa e alegremente. "As árvores?", disse ele. "Não, eu vejo a floresta tão claramente como vós. Mas não é feito meu. É algo além dos conselhos dos sábios. O evento demonstrou ser melhor que meu intento e melhor ainda que minha esperança."

"Então, se não é tua, de quem é a magia?", indagou Théoden. "Não de Saruman, isso é evidente. Há algum sábio mais poderoso do qual ainda precisamos ouvir falar?"

"Não é magia, e sim um poder muito mais antigo," comentou Gandalf, "um poder que caminhava na terra antes que os Elfos cantassem ou os martelos soassem.

> *Nem ferro achado, nem árvore abatida,*
> *Recente era o monte sob a lua surgida;*
> *Não havia anel nem mal contumaz,*
> *Nos bosques já andava tempos atrás."*[A]

"E qual há de ser a resposta ao teu enigma?", indagou Théoden.

"Se quiserdes saber isso, deveis vir comigo a Isengard", respondeu Gandalf.

"A Isengard?", exclamaram eles.

"Sim", disse Gandalf. "Hei de retornar a Isengard, e os que quiserem podem vir comigo. Ali poderemos ver estranhas coisas."

"Mas não há homens bastantes na Marca, nem que estivessem todos reunidos e curados das feridas e da exaustão, para assaltar o baluarte de Saruman", disse Théoden.

"Ainda assim é a Isengard que vou", afirmou Gandalf. "Não hei de passar muito tempo ali. Agora meu caminho ruma para o leste. Buscai-me em Edoras antes do minguar da lua!"

"Não!", disse Théoden. "Na hora escura antes da aurora eu duvidei, mas agora não nos separaremos. Irei contigo se é esse teu conselho."

"Desejo falar com Saruman, tão logo seja possível", comentou Gandalf, "e, visto que te causou grande prejuízo, seria adequado que lá estivesses. Mas quão logo e quão depressa cavalgarás?"

"Meus homens estão cansados da batalha", disse o Rei; "e também eu estou cansado. Pois cavalguei longe e dormi pouco. Ai de mim! Minha velhice não é fingida nem se deve apenas aos cochichos de Língua-de--Cobra. É um mal que nenhum curador pode sarar por completo, nem mesmo Gandalf."

"Então que descansem agora todos os que vão cavalgar comigo", disse Gandalf. "Viajaremos sob a sombra do entardecer. Está bem assim; pois é meu conselho que todas as nossas idas e vindas devem ser tão secretas quanto possam ser de ora em diante. Mas não ordenes que muitos homens vão contigo, Théoden. Vamos a uma negociação, não a um combate."

Então o Rei escolheu homens que estavam ilesos e tinham cavalos velozes e enviou-os com novas da vitória para todos os vales da Marca; e levaram também sua convocação, mandando que todos os homens, jovens e velhos, viessem às pressas até Edoras. Ali o Senhor da Marca faria uma assembleia com todos aqueles capazes de portar armas, no terceiro dia após a lua cheia. Para cavalgar com ele a Isengard, o Rei escolheu Éomer e vinte homens de sua casa. Com Gandalf iriam Aragorn, Legolas e Gimli. A despeito de seu ferimento, o anão não queria ficar para trás.

"Foi somente um golpe fraco, e o capacete o desviou", disse ele. "Seria preciso mais do que um tal arranhão-órquico para me reter."

"Eu cuidarei dele enquanto descansas", disse Aragorn.

O rei retornou então para o Forte-da-Trombeta e dormiu, um sono de tranquilidade como não conhecera há muitos anos, e o restante de sua companhia escolhida também repousou. Mas os demais, todos os que não estavam machucados ou feridos, começaram grande labuta; pois muitos haviam tombado na batalha e jaziam mortos no campo ou no Abismo.

Nenhum Orque restava vivo; seus corpos eram incontáveis. Mas grande número de homens das colinas havia-se rendido; e tinham medo, e clamavam por mercê.

Os Homens da Marca tiraram-lhes as armas e os puseram para trabalhar.

"Ajudai agora a reparar o mal ao qual vos unistes", disse Erkenbrand; "e depois haveis de fazer um juramento de nunca mais atravessardes em armas os Vaus do Isen nem marchardes com os inimigos dos Homens; e então haveis de voltar livres à vossa terra. Pois fostes iludidos por Saruman. Muitos de vós obtiveram a morte como recompensa por confiardes nele; mas, se tivésseis triunfado, vossa paga teria sido pouco melhor."

Os homens da Terra Parda admiraram-se; pois Saruman lhes dissera que os homens de Rohan eram cruéis e queimavam vivos os cativos.

No meio do campo diante do Forte-da-Trombeta foram erguidos dois montículos, e debaixo deles foram sepultados todos os Cavaleiros da Marca que tombaram na defesa, os dos Vales Orientais de um lado e os de Westfolde do outro. Mas os homens da Terra Parda foram dispostos em um montículo abaixo do Dique. Em um túmulo solitário sob a sombra do Forte-da-Trombeta jazia Háma, capitão da guarda do Rei. Ele tombara diante do Portão.

Os Orques foram acumulados em grandes pilhas, longe dos montículos dos Homens, perto das bordas da floresta. E o povo tinha a mente perturbada; pois as pilhas de carniça eram demasiado grandes para serem enterradas ou queimadas. Tinham pouca madeira para fogueiras, e ninguém teria ousado golpear com machado as estranhas árvores, mesmo que Gandalf não os tivesse alertado para que não ferissem casca nem ramo, sob grande perigo para si mesmos.

"Deixai deitados os Orques", disse Gandalf. "A manhã poderá trazer novo conselho."

À tarde, a companhia do Rei aprestou-se para partir. O trabalho de sepultamento apenas começava; e Théoden lamentou a perda de Háma, seu capitão, e lançou a primeira terra em seu túmulo. "Grande injúria deveras Saruman fez a mim e a toda esta terra", comentou ele; "e lembrar-me-ei dela quando nos encontrarmos."

O sol já se aproximava das colinas a oeste da Garganta quando finalmente Théoden e Gandalf e seus companheiros desceram do Dique montados. Atrás deles estava reunida uma grande hoste, tanto dos Cavaleiros como do povo de Westfolde, velhos e jovens, mulheres e crianças, que haviam saído das cavernas. Cantaram uma canção de vitória com nítidas vozes; e depois fizeram silêncio, perguntando-se o que iria acontecer, pois seus olhos estavam fixos nas árvores, e temiam-nas.

Os Cavaleiros chegaram à floresta e pararam; cavalos e homens, todos hesitavam em entrar. As árvores eram cinzentas e ameaçadoras, e havia em torno delas uma sombra ou névoa. As extremidades de seus longos ramos estendidos pendiam como dedos esquadrinhadores, suas raízes se projetavam do solo como membros de estranhos monstros, e escuras cavernas se abriam embaixo delas. Mas Gandalf foi em frente, conduzindo a companhia, e ali onde a estrada do Forte-da-Trombeta se encontrava com as árvores eles viram então uma abertura, como um portão arqueado sob ramos enormes; e Gandalf o atravessou, e eles o seguiram. Então, para seu espanto, descobriram que a estrada prosseguia, e o Riacho-do-Abismo ao lado dela; e acima o céu estava aberto e repleto de luz dourada. Mas de ambos os lados as grandes veredas da floresta já estavam envoltas em penumbra, estendendo-se para sombras impenetráveis; e ali ouviam o rangido e o gemido dos ramos, e gritos distantes, e um rumor de vozes sem palavras, murmurando zangadas. Não se via Orque nem outra criatura viva.

Legolas e Gimli agora cavalgavam juntos na mesma montaria; e mantinham-se logo ao lado de Gandalf, pois Gimli temia a floresta.

"Faz calor aqui dentro", disse Legolas a Gandalf. "Sinto uma grande ira à minha volta. Não sentes o ar pulsando em teus ouvidos?"

"Sim", assentiu Gandalf.

"O que foi feito dos desgraçados Orques?", indagou Legolas.

"Isso, creio, ninguém jamais saberá", disse Gandalf.

Cavalgaram em silêncio por algum tempo; mas Legolas sempre dava olhadelas de um lado e outro e algumas vezes teria parado para escutar os sons da floresta, se Gimli o tivesse permitido.

"Estas são as árvores mais estranhas que já vi", disse ele; "e vi muitos carvalhos crescerem da bolota até a idade arruinada. Queria ter agora uma folga para caminhar no meio delas; elas têm vozes, e com o tempo eu poderia chegar a compreender seu pensamento."

"Não, não!", respondeu Gimli. "Vamos deixá-las! Já imagino o pensamento delas: ódio de todos os que caminham em duas pernas; e sua fala é de esmagar e estrangular."

"Não de todos os que caminham em duas pernas", disse Legolas. "Aí penso que estás enganado. São os Orques que elas odeiam. Pois elas não são deste lugar e pouco sabem dos Elfos e dos Homens. Muito longe estão os vales de onde elas procedem. Dos fundos valões de Fangorn, Gimli, é de lá que elas vêm, creio eu."

"Então essa é a floresta mais perigosa da Terra-média", disse Gimli. "Eu deveria ser grato pelo papel que elas desempenharam, mas não gosto delas. Podes pensar que são maravilhosas, porém vi uma maravilha maior nesta terra, mais linda que qualquer bosque ou clareira que já cresceu: meu coração ainda está repleto dela.

"Estranhos são os modos dos Homens, Legolas! Aqui eles têm uma das maravilhas do Mundo Setentrional, e o que dizem dela? Cavernas, eles dizem! Cavernas! Buracos para se refugiarem em tempos de guerra, para armazenarem forragem! Meu bom Legolas, sabes que as cavernas do Abismo de Helm são vastas e lindas? Haveria uma infinda peregrinação de Anãos, apenas para contemplá-las, se fosse sabido que tais coisas existem. Sim, deveras, pagariam ouro puro por um breve vislumbre!"

"E eu daria ouro para ser dispensado", respondeu Legolas; "e o dobro para me deixarem sair se eu entrasse por engano!"

"Tu não viste, por isso perdoo teu gracejo", disse Gimli. "Mas falas como um tolo. Crês que são belos aqueles salões onde teu Rei habita sob a colina em Trevamata, e os Anãos ajudaram a construí-los muito tempo atrás? Nada mais são que choupanas comparadas às cavernas que vi aqui: salões incomensuráveis, repletos de uma perpétua música de água que tilinta nas lagoas, belas como Kheled-zâram à luz das estrelas.

"E, Legolas, quando as tochas são acesas e os homens caminham nos pisos arenosos sob as abóbadas ecoantes, ah! então, Legolas, gemas e cristais e veios de minério precioso reluzem nas paredes polidas; e a luz brilha através de mármores dobrados, semelhantes a conchas, translúcidos como as mãos viventes da Rainha Galadriel. Há colunas brancas, e cor de açafrão, e rosadas como o amanhecer, Legolas, estriadas e torcidas em formas de sonho; elas nascem de pisos de muitas cores para se encontrarem com os pingentes rebrilhantes do teto: asas, cordões, cortinas finas como nuvens congeladas; lanças, estandartes, pináculos de palácios suspensos! Lagos tranquilos as espelham: um mundo bruxuleante ergue-se de escuras lagoas cobertas de límpido vidro; cidades que a mente de Durin mal poderia ter imaginado em sonho estendem-se por avenidas e pátios com colunatas, alcançando os escuros recantos aonde nenhuma luz pode chegar. E plim! cai uma gota de prata, e as ondulações redondas no vidro fazem todas as torres dobrarem-se e oscilarem como algas e corais em uma gruta do mar. Então vem a tardinha: elas desbotam e se apagam piscando; as tochas entram em outra sala e outro sonho. Há sala após sala, Legolas; um salão que se abre de outro, um domo após o outro, uma escada além da escada; e ainda as trilhas que se insinuam conduzem ao coração das montanhas. Cavernas! As Cavernas do Abismo de Helm! Feliz foi o acaso que ali me levou! Deixá-las faz-me chorar."

"Então desejo-te esta fortuna para teu consolo, Gimli," disse o Elfo, "que saias a salvo da guerra e voltes para vê-las outra vez. Mas não contes a toda a tua gente! Parece que pouco resta para eles fazerem, julgando por teu relato. Quem sabe os homens desta terra sejam sábios por dizerem pouco: uma família de anãos ativos com martelo e cinzel poderia mais estragar do que fazer."

"Não, não compreendes", disse Gimli. "Nenhum anão ficaria indiferente diante de tal encanto. Ninguém da raça de Durin mineraria essas cavernas buscando pedras ou minério, nem se ali pudesse obter diamantes e ouro. Abates bosques de árvores em flor na primavera para fazer lenha? Nós cultivaríamos essas clareiras de pedra florescente não as faríamos de pedreira. Com habilidade cautelosa, pancadinha a pancadinha — uma lasquinha de rocha e nada mais, quem sabe, em todo um dia aflito — assim poderíamos trabalhar, e à medida que os anos passassem haveríamos de abrir novos caminhos e revelar salas remotas que ainda estão no escuro, só vislumbradas como um vazio além de fissuras na rocha. E luzes, Legolas! Haveríamos de fazer luzes, lamparinas como as que outrora luziam em Khazad-dûm; e quando quiséssemos, expulsaríamos a noite que lá jazeu desde que as colinas foram feitas; e quando desejássemos repouso, deixaríamos a noite voltar."

"Tu me comoves, Gimli", disse Legolas. "Jamais te ouvi falando assim antes. Quase me fazes arrepender-me de não ter visto essas cavernas. Vamos! Façamos este acordo — se ambos voltarmos a salvo dos perigos que nos aguardam, viajaremos juntos por algum tempo. Hás de visitar Fangorn comigo, e depois virei contigo ver o Abismo de Helm."

"Esse não seria o caminho de volta que eu escolheria", respondeu Gimli. "Mas suportarei Fangorn se tiver tua promessa de voltares às cavernas e compartilhares comigo a sua maravilha."

"Tens minha promessa", afirmou Legolas. "Mas ai de nós! Agora temos de deixar para trás a caverna e a floresta por algum tempo. Vê! Estamos chegando ao fim das árvores. Qual a distância a Isengard, Gandalf?"

"Cerca de quinze léguas, conforme voam os corvos de Saruman", disse Gandalf: "cinco da boca da Garganta-do-Abismo até os Vaus; e mais dez dali aos portões de Isengard. Mas não havemos de cavalgar o caminho todo hoje à noite."

"E quando lá chegarmos, o que havemos de ver?", perguntou Gimli. "Tu podes saber, mas eu não posso adivinhar."

"Eu mesmo não sei com certeza", respondeu o mago. "Estive lá ontem ao cair da noite, mas muita coisa pode ter acontecido desde então. Porém creio que não dirás que a jornada foi em vão — mesmo deixando para trás as Cavernas Cintilantes de Aglarond."

Finalmente a companhia atravessou as árvores, e viram que tinham chegado ao fundo da Garganta, onde a estrada do Abismo de Helm se bifurcava, com um ramo indo para o leste, a Edoras, e o outro ao norte, para os Vaus do Isen. Ao saírem debaixo das bordas da floresta, Legolas parou e olhou para trás, pesaroso. Então deu uma exclamação súbita.

"Há olhos!", disse ele. "Olhos espiando das sombras dos ramos! Nunca antes vi olhos assim."

Os outros, surpresos com sua exclamação, pararam e viraram-se; mas Legolas começou a voltar pelo caminho.

"Não, não!", exclamou Gimli. "Faze o que quiseres em tua loucura, mas primeiro deixa-me apear deste cavalo! Não quero ver olho nenhum!"

"Detém-te, Legolas Verdefolha!", disse Gandalf. "Não voltes à floresta, não ainda! Esta não é tua hora."

Enquanto ele falava, avançaram do meio das árvores três estranhos vultos. Eram altos como trols, com doze pés ou mais de altura; seus corpos fortes, robustos como jovens árvores, pareciam vestidos em trajes ou pele justa, cinza e marrom. Seus membros eram longos, e suas mãos tinham muitos dedos; os cabelos eram rijos, e as barbas, de um verde-acinzentado como musgo. Fitavam com olhos solenes, mas não olhavam para os cavaleiros: suas vistas voltavam-se para o norte. De repente ergueram as mãos compridas à boca e emitiram chamados ressoantes, nítidos como notas de trompa, porém mais musicais e variados. Os chamados foram respondidos; e voltando-se outra vez, os cavaleiros viram outras criaturas do mesmo tipo que se aproximavam, com largas passadas na relva. Vinham depressa do Norte, caminhando como garças que vadeiam, no passo, mas não na velocidade; pois suas pernas, em longas passadas, alternavam-se mais velozes que as asas das garças. Os cavaleiros clamaram alto de espanto, e alguns puseram as mãos nos punhos das espadas.

"Não precisais de armas", disse Gandalf. "Estes são apenas pastores. Não são inimigos e na verdade nem se importam conosco."

Assim parecia ser; pois enquanto ele falava, as altas criaturas, sem nem olharem para os cavaleiros, entraram caminhando na floresta e sumiram.

"Pastores!", exclamou Théoden. "Onde estão seus rebanhos? O que são eles, Gandalf? Pois é evidente que para ti, ao menos, eles não são estranhos."

"São pastores-das-árvores", respondeu Gandalf. "Faz tanto tempo que escutaste histórias ao pé da lareira? Há crianças em tua terra que, a partir dos filamentos torcidos das histórias, poderiam encontrar a resposta à tua pergunta. Viste Ents, ó Rei, Ents vindos da Floresta de Fangorn, que em tua língua se chama Floresta Ent. Pensavas que o nome fora dado só por capricho ocioso? Não, Théoden, é diferente: para eles tu és tão somente o conto passageiro; todos os anos desde Eorl, o Jovem, até Théoden, o Velho, pouco contam para eles; e todos os feitos de tua casa são apenas de pouca monta."

O rei estava em silêncio. "Ents!", disse ele por fim. "Das sombras da lenda, começo a compreender um pouco o assombro das árvores, assim creio. Vivi para ver dias estranhos. Por muito tempo cuidamos de nossos animais e nossos campos, construímos nossas casas, produzimos nossos implementos ou cavalgamos ao longe para ajudar nas guerras de Minas Tirith. E chamamos isso de vida dos Homens, de modo do mundo. Pouco nos importamos com o que havia além dos limites de nossa terra. Temos canções que contam dessas coisas, mas as estamos esquecendo, ensinando-as apenas às crianças, como costume descuidado. E agora as canções desceram entre nós, vindas de estranhos lugares, e caminham visíveis sob o Sol."

"Deverias estar contente, Théoden Rei", disse Gandalf. "Pois agora está em perigo não somente a pequena vida dos Homens, mas também a vida daqueles seres que crias serem assunto das lendas. Não estás sem aliados, mesmo que não os conheças."

"Porém eu também deveria estar triste", respondeu Théoden. "Pois, não importa como resulte a fortuna da guerra, ela não poderá terminar de modo que muita coisa que foi bela e maravilhosa abandone a Terra-média para sempre?"

"Poderá", disse Gandalf. "O mal de Sauron não poderá ser curado por completo, nem tornado como se jamais tivesse sido. Mas a tais dias estamos condenados. Continuemos agora a jornada que começamos!"

A companhia afastou-se então da Garganta e da floresta e tomou a estrada rumo aos Vaus. Legolas seguiu-os com relutância. O sol havia-se posto, já mergulhara atrás da borda do mundo; mas quando cavalgavam saindo da sombra das colinas e olharam para o oeste, ao Desfiladeiro de Rohan, o céu ainda estava vermelho, e havia uma luz que ardia sob as nuvens flutuantes. Diante dela, sombrias, rodopiavam e voavam muitas aves de asas negras. Algumas passaram por cima com gritos lamentosos, retornando aos lares entre as rochas.

"As aves de carniça estiveram ocupadas junto ao campo de batalha", disse Éomer.

Agora cavalgavam em passo confortável, e a escuridão descia nas planícies em seu redor. A lua lenta alçava-se, já crescendo para cheia, e em sua fria luz prateada, os prados ondulantes subiam e desciam como um amplo mar cinzento. Haviam cavalgado umas quatro horas desde a bifurcação das estradas quando se aproximaram dos Vaus. Longas encostas desciam rapidamente ao lugar onde o rio se espalhava em baixios pedregosos entre altos terraços de relva. Ouviam o uivo dos lobos trazido pelo vento. Tinham os corações pesarosos, rememorando os muitos homens que haviam tombado em combate naquele lugar.

A estrada mergulhou entre ribanceiras de turfa cada vez mais altas, abrindo caminho através dos terraços até a margem do rio e subindo outra vez do lado oposto. Havia três fileiras de pedras chatas para serem pisadas na travessia da correnteza, e entre elas vaus para os cavalos, que saíam de cada beira rumo a uma ilhota nua no meio. Os cavaleiros contemplaram as travessias, e elas lhes pareceram estranhas; pois os Vaus sempre tinham sido um lugar repleto do ímpeto e barulho da água nas pedras; mas agora estavam em silêncio. Os leitos do rio estavam quase secos, um ermo nu de seixos e areia cinzenta.

"Este lugar se tornou lúgubre", disse Éomer. "Que doença acometeu o rio? Muitas coisas belas Saruman destruiu: devorou também as nascentes do Isen?"

"Assim parece", respondeu Gandalf.

"Ai de nós!", exclamou Théoden. "Temos de passar por aqui, onde as aves de carniça devoram tantos bons Cavaleiros da Marca?"

"Este é nosso caminho", disse Gandalf. "Dolorosa é a queda de teus homens; mas hás de ver que pelo menos os lobos das montanhas não os devoram. É com seus amigos, os Orques, que eles se banqueteiam: assim é deveras a amizade de sua espécie. Vem!"

Desceram até o rio, e quando chegaram os lobos pararam de uivar e escapuliram para longe. Foram tomados de pavor vendo Gandalf à luz da lua e seu cavalo Scadufax reluzindo como prata. Os cavaleiros atravessaram até a ilhota, e olhos brilhantes os observavam, lívidos, desde as sombras das ribanceiras.

"Vede!", disse Gandalf. "Amigos labutaram aqui."

E viram que no meio da ilhota fora erguido um montículo, cercado de pedras e guarnecido de muitas lanças em torno.

"Aqui jazem todos os Homens da Marca que tombaram perto deste lugar", disse Gandalf.

"Que aqui repousem!", respondeu Éomer. "E, quando suas lanças tiverem apodrecido e enferrujado, que seu morro ainda perdure por muito tempo guardando os Vaus do Isen!"

"Isto também é obra tua, Gandalf, meu amigo?", indagou Théoden. "Muito realizaste em uma tarde e uma noite!"

"Com a ajuda de Scadufax — e outros", disse Gandalf. "Cavalguei depressa e longe. Mas aqui, junto ao morro, direi isto para teu consolo:

muitos caíram nas batalhas dos Vaus, porém menos do que disse o rumor. Mais foram dispersos que mortos; reuni todos os que pude encontrar. Alguns homens enviei com Grimbold de Westfolde para se unirem a Erkenbrand. Alguns pus a fazer este sepultamento. Estes agora seguiram teu marechal Elfhelm. Mandei-o com muitos Cavaleiros a Edoras. Eu sabia que Saruman despachara todo o seu poderio contra ti e que seus serviçais haviam se desviado de todas as outras missões e ido ao Abismo de Helm: as terras pareciam vazias de inimigos; porém eu temia que, não obstante, cavalga-lobos e saqueadores poderiam cavalgar rumo a Meduseld enquanto este estava indefeso. Mas agora penso que não precisas temer: encontrarás tua casa dando as boas-vindas a teu retorno."

"E ficarei contente de revê-la," respondeu Théoden, "por breve, não duvido, que agora haja de ser minha estada ali."

Assim a companhia se despediu da ilha e do montículo, atravessou o rio e escalou a ribanceira oposta. Então prosseguiram a cavalo, contentes de haverem deixado os fúnebres Vaus. À medida que avançavam, irrompeu outra vez o uivo dos lobos.

Havia uma antiga estrada que corria de Isengard para as travessias. Por alguma distância ela corria ao lado do rio, curvando-se com ele para o leste e depois para o norte; mas finalmente afastava-se e ia direto na direção dos portões de Isengard; e estes ficavam sob o flanco da montanha no oeste do vale, a dezesseis milhas ou mais da sua abertura. Seguiram essa estrada, mas não cavalgaram sobre ela; pois o solo ao lado dela era firme e plano, coberto de relva curta e fofa por muitas milhas em torno. Agora cavalgavam mais depressa, e por volta da meia-noite os Vaus estavam quase cinco léguas atrás deles. Então pararam, terminando a jornada daquela noite, pois o Rei estava exausto. Tinham chegado aos pés das Montanhas Nevoentas, e os longos braços de Nan Curunír se estendiam para baixo ao encontro deles. Obscuro jazia o vale diante deles, pois a lua rumara para o Oeste e sua luz estava oculta pelas colinas. Mas da profunda sombra do vale erguia-se uma vasta cúspide de fumaça e vapor; ao subir, captava os raios da luz cadente e espalhava-se em vagalhões cintilantes, negros e prateados, pelo céu estrelado.

"O que pensas disso, Gandalf?", perguntou Aragorn. "Dir-se-ia que todo o Vale do Mago está em chamas."

"Sempre há fumo acima desse vale nestes dias," disse Éomer, "mas nunca antes vi nada semelhante. Estes são vapores, não fumaças. Saruman está fermentando alguma crueldade para nos receber. Quem sabe esteja fervendo todas as águas do Isen e é por isso que o rio secou."

"Quem sabe", disse Gandalf. "Amanhã havemos de saber o que ele está fazendo. Agora descansemos um pouco se pudermos."

Acamparam junto ao leito do rio Isen; ele ainda estava silencioso e vazio. Alguns deles dormiram um pouco. Mas tarde da noite, os vigias deram um grito, e todos despertaram. A lua havia sumido. Brilhavam estrelas lá em cima; mas por cima do solo arrastava-se uma escuridão mais negra que a noite. De ambos os lados do rio ela rolava na direção deles, rumando para o norte.

"Ficai onde estais!", disse Gandalf. "Não sacai armas! Esperai! e ela passará por vós!"

Uma névoa cresceu em torno deles. No alto, algumas estrelas ainda brilhavam fracamente; mas de ambos os lados ergueram-se muros de treva impenetrável; estavam em uma senda estreita entre torres movediças de sombra. Ouviam vozes, sussurros e gemidos e um infindo suspiro farfalhante; a terra tremia sob seus pés. Pareceu-lhes que por longo tempo ficaram sentados, temerosos; mas finalmente a escuridão e o rumor passaram e desapareceram entre os braços da montanha.

Longe no sul, no Forte-da-Trombeta, no meio da noite os homens ouviram um grande barulho, como um vento no vale, e o chão estremeceu; e todos temeram, e ninguém se atreveu a sair. Mas pela manhã saíram e se admiraram; pois os Orques abatidos tinham sumido, e as árvores também. Muito embaixo, no vale do Abismo, a relva estava esmagada e pisada, parda, como se pastores gigantescos tivessem apascentado ali grandes manadas de gado; mas uma milha abaixo do Dique fora escavada uma grande cova na terra, e por cima dela pedras estavam empilhadas em um monte. Os homens acreditavam que os Orques que tinham abatido estavam sepultados ali; mas se estavam junto deles os que fugiram para a floresta ninguém sabia dizer, pois ninguém jamais pôs os pés naquele monte. Foi mais tarde chamado de Colina da Morte, e nenhuma relva lá crescia. Mas as estranhas árvores nunca mais foram vistas na Garganta-do-Abismo; haviam retornado durante a noite e ido para muito longe, aos escuros vales de Fangorn. Assim vingaram-se dos Orques.

O rei e sua companhia não dormiram mais naquela noite; mas não viram nem ouviram nada mais de estranho, exceto uma coisa: a voz do rio junto deles despertou de súbito. Houve um ímpeto de água descendo a correr pelas pedras; e, quando passou, o Isen fluía e borbulhava outra vez em seu leito, como sempre fizera.

Ao amanhecer aprestaram-se para ir em frente. A luz veio cinzenta a pálida, e não viram o nascer do sol. O ar no alto estava pesado de neblina, e jazia uma fumaça na terra em torno deles. Avançaram devagar, já cavalgando na estrada. Esta era larga, dura e bem cuidada. Através das névoas, indistintamente, podiam divisar o longo braço das montanhas que se erguia à esquerda. Haviam penetrado em Nan Curunír, o Vale do Mago. Era um vale abrigado que só se abria para o Sul. Fora outrora belo e verdejante, e o

Isen fluía através dele, já fundo e forte antes de encontrar as planícies; pois era alimentado por muitas nascentes e riachos menores entre as colinas lavadas pela chuva e tivera em todo o seu redor uma terra agradável e fértil.

Agora não era assim. Sob os muros de Isengard ainda havia glebas cultivadas pelos escravos de Saruman; mas a maior parte do vale se tornara um ermo de ervas daninhas e espinhos. Sarças arrastavam-se no chão ou, subindo por arbustos e ribanceiras, formavam cavernas desgrenhadas onde habitavam pequenos animais. Ali não cresciam árvores; mas em meio à relva espessa ainda podiam ser vistos os tocos, queimados e abatidos a machado, de antigos arvoredos. Era uma região triste, agora silenciosa, exceto pelo ruído pedregoso de águas velozes. Fumaças e vapores boiavam em nuvens soturnas e escondiam-se nas grotas. Os cavaleiros não falavam. Muitos tinham dúvidas no coração, perguntando-se a que fim sinistro conduziria sua jornada.

Depois de cavalgarem por algumas milhas, a estrada se transformou em uma rua larga, calçada com grandes pedras chatas, habilmente talhadas e dispostas; não se via folha de relva em nenhuma junta. Sarjetas fundas cheias de água gotejante corriam de ambos os lados. De repente surgiu uma coluna alta diante deles. Era negra; e no topo estava posta uma grande pedra, talhada e pintada à semelhança de uma longa Mão Branca. Seu dedo apontava para o norte. Souberam que não deviam mais estar distantes os portões de Isengard, e seus corações ficaram pesarosos; mas os olhos não conseguiam penetrar as névoas à frente.

Sob o braço da montanha, no interior do Vale do Mago, erguera-se por anos incontáveis o antigo lugar que os Homens chamavam Isengard. Fora em parte moldado na feitura das montanhas, mas os Homens de Ociente outrora tinham feito ali imensas obras; e Saruman ali morara por muito tempo e não estivera ocioso.

Era este seu aspecto enquanto Saruman estava no ápice, considerado por muitos o chefe dos Magos. Uma grande muralha circundante de pedra, semelhante a penhascos altaneiros, destacava-se do abrigo do flanco da montanha, de onde se afastava e aonde retornava depois. Só havia uma entrada aberta nela, um grande arco escavado na muralha meridional. Ali, através da rocha negra, fora talhado um longo túnel, fechado em ambas as pontas com imensas portas de ferro. De tal modo eram construídas e postas nas enormes dobradiças, como postes de aço cravados na rocha viva, que uma vez destrancadas podiam ser movidas com um leve empurrão dos braços, sem ruído. Quem ali penetrasse e finalmente saísse do túnel ecoante contemplava uma planície, um grande círculo, um tanto escavado como uma concavidade vasta e rasa: media uma milha de uma borda à outra. Fora outrora verdejante e repleto de avenidas e pomares de árvores frutíferas irrigados por riachos que fluíam das montanhas para um lago. Mas ali não crescia nada verde nos últimos dias de Saruman. As estradas eram calçadas com lajes escuras e duras; e junto às suas beiras marchavam, em vez de árvores, longas fileiras de colunas, algumas de mármore, e outras de cobre e ferro, unidas por pesadas correntes.

Havia muitas casas, câmaras, salões e corredores, cortados e feitos como túneis para o interior dos muros no lado interno, de forma que todo o círculo aberto era cercado de inúmeras janelas e escuras portas. Milhares podiam habitar ali, trabalhadores, serviçais, escravos e guerreiros com grande estoque de armas; lobos eram alimentados e abrigados em fundos covis mais embaixo. Também a planície era perfurada e escavada. Poços desciam fundo no solo; suas extremidades superiores estavam cobertas por montículos baixos e domos de pedra, de modo que, ao luar, o Anel de Isengard parecia um cemitério de mortos inquietos. Pois o chão estremecia. Os poços desciam em muitas ladeiras e escadas em espiral até cavernas bem profundas; ali Saruman tinha tesouros, depósitos, arsenais, forjas e grandes fornalhas. Rodas de ferro giravam ali sem fim, e martelos caíam com baque surdo. À noite, plumas de vapor escapavam dos respiradouros, iluminadas por baixo com luz vermelha, ou azul, ou de um verde peçonhento.

Ao centro levavam todas as estradas por entre suas correntes. Ali erguia-se uma torre de forma espantosa. Fora moldada pelos construtores de outrora, que alisaram o Anel de Isengard, e mesmo assim parecia um objeto não feito pelo artifício dos Homens, e sim arrancado dos ossos da terra no antigo tormento das colinas. Era um pico e ilha de rocha, negro, duro e reluzente: quatro imensos pilares de pedra multifacetada eram fundidos em um só, mas perto do cume abriam-se em chifres afastados, com pináculos afiados como pontas de lança, de gume cortante como punhais. Entre eles havia um espaço estreito, e ali, sobre um piso de pedra polida gravado com estranhos sinais, um homem podia postar-se quinhentos pés acima da planície. Essa era Orthanc, a cidadela de Saruman, cujo nome (de propósito ou por acaso) tinha duplo significado; pois na fala élfica *orthanc* significa Monte Presa, mas na língua da antiga Marca é Mente Sagaz.

Isengard era um lugar fortificado e admirável, e por muito tempo fora belo; e ali habitaram grandes senhores, os guardiões de Gondor no Oeste, e homens sábios que observavam as estrelas. Mas Saruman lentamente o moldara para seus fins mutáveis, e o melhorara, segundo pensava, mas estava enganado — pois todas aquelas artes e os sutis artifícios pelos quais abriu mão de sua antiga sabedoria, e que gostava de imaginar serem seus, de fato vinham de Mordor; de modo que o que ele fazia nada era, tão somente uma pequena cópia, um modelo infantil ou uma bajulação de escravo daquela vasta fortaleza, arsenal, prisão, fornalha de grande poderio, Barad-dûr, a Torre Sombria, que não suportava rival e ria da bajulação, esperando seu momento, segura em sua altivez e incomensurável força.

Aquele era o baluarte de Saruman como a fama o relatava; pois em memória vivente os homens de Rohan não haviam passado por seus portões, exceto talvez uns poucos, como Língua-de-Cobra, que vinham em segredo e a ninguém contavam o que viam.

Agora Gandalf cavalgou até a grande coluna da Mão e passou por ela; e quando o fez, os Cavaleiros viram, com pasmo, que a Mão não parecia mais branca. Estava manchada como que de sangue coagulado; e olhando mais de perto perceberam que as unhas eram vermelhas. Sem lhe dar atenção, Gandalf continuou cavalgando névoa adentro, e eles o seguiram com relutância. Agora em toda a volta, como se tivesse ocorrido uma súbita enchente, amplas lagoas de água estavam ao lado da estrada, enchendo as depressões, e regatos desciam gotejando por entre as pedras.

Por fim Gandalf parou e lhes fez sinal; e vieram, e viram que além dele as névoas haviam se dissipado, e brilhava uma pálida luz do sol. A hora do meio-dia passara. Haviam chegado às portas de Isengard.

Mas as portas jaziam no chão, jogadas e retorcidas. E em toda a volta as pedras, rachadas e estilhaçadas em incontáveis lascas afiadas, estavam espalhadas por todo o lugar, ou amontoadas em pilhas ruinosas. O grande arco ainda estava de pé, mas agora se abria para um abismo sem teto: o túnel fora descoberto, e grandes fendas e brechas haviam sido rasgadas de ambos os lados, nas paredes que pareciam penhascos; suas torres estavam tornadas em pó. Se o Grande Mar tivesse se erguido em fúria e se abatido nas colinas numa tempestade, não poderia ter produzido ruína maior.

Mais além, o anel estava repleto de água fumegante: um caldeirão borbulhante no qual arfavam e flutuavam destroços de vigas e longarinas, baús e pipas e equipamentos quebrados. Colunas torcidas e inclinadas erguiam seus caules estilhaçados por cima da enchente, mas todas as estradas estavam submersas. Bem longe, ao que parecia, meio velada em nuvens rodopiantes, surgia a rocha-ilha. Ainda escura e alta, intocada pela tempestade, erguia-se a torre de Orthanc. Águas pálidas lhe lambiam o sopé.

O rei e toda a sua companhia estavam silenciosos em seus cavalos, admirados, percebendo que o poderio de Saruman fora derrotado; mas não podiam imaginar como. E então voltaram os olhos para o arco e os portões arruinados. Ali viram, logo ao lado deles, um grande monte de entulho; e subitamente deram-se conta de dois pequenos vultos deitados sobre ele, à vontade, vestidos de cinza, mal visíveis entre as pedras. Havia garrafas, tigelas e travessas ao lado deles, como se tivessem acabado de comer bem e agora descansassem da labuta. Um parecia adormecido; o outro, de pernas cruzadas e braços atrás da cabeça, reclinava-se em uma rocha partida e soltava pela boca longos filetes e pequenos anéis de tênue fumaça azul.

Por um momento, Théoden, Éomer e todos os seus homens encararam-nos pasmados. Em meio a toda a ruína de Isengard, aquela lhes parecia ser a visão mais estranha. Mas, antes que o rei pudesse falar, o pequeno vulto que respirava fumaça subitamente se deu conta deles, sentados ali em silêncio na beira da névoa. Pôs-se de pé com um salto. Tinha o aspecto de um homem jovem, ou assim parecia, apesar de não ter muito mais que meio homem de estatura; sua cabeça de cabelos castanhos e encaracolados estava descoberta, mas trajava uma capa manchada de viagem, do mesmo tom e forma que os companheiros de Gandalf usavam quando cavalgaram até Edoras. Fez uma mesura muito profunda, pondo a mão no peito. Depois, parecendo não observar o mago e seus amigos, virou-se para Éomer e o rei.

"Bem-vindos, meus senhores, a Isengard!", disse ele. "Nós somos os guardiões da porta. Meriadoc, filho de Saradoc, é meu nome; e meu companheiro, que, ai dele!, foi dominado pela exaustão," — nesse ponto deu um pontapé no outro — "é Peregrin, filho de Paladin, da Casa de Tûk. Longe no Norte fica nosso lar. O Senhor Saruman está lá dentro; mas está no momento trancado com um certo Língua-de-Cobra, do contrário sem dúvida estaria aqui para receber tão honrados visitantes."

"Sem dúvida estaria!", riu-se Gandalf. "E foi Saruman quem mandou que vigiassem suas portas danificadas e observassem a chegada de visitantes quando sua atenção pudesse se desviar do prato e da garrafa?"

"Não, bom senhor, o assunto lhe fugiu", respondeu Merry com gravidade. "Ele esteve muito ocupado. Nossas ordens vieram de Barbárvore, que assumiu a administração de Isengard. Ele me mandou receber o Senhor de Rohan com palavras adequadas. Fiz o melhor que pude."

"E quanto a vossos companheiros? Quanto a Legolas e a mim?", exclamou Gimli, incapaz de conter-se por mais tempo. "Seus tratantes, seus malandros de pés peludos e cachola de lã! Obrigaste-nos a uma bela caçada! Duzentas léguas através de pântano e floresta, batalha e morte, para vos resgatar! E aqui vos encontramos em banquete e ócio — e fumando! Fumando! Onde encontrastes a erva, seus vilões? Martelo e tenaz! Estou tão dividido entre raiva e alegria que será um espanto se eu não rebentar!"

"Falas por mim, Gimli", riu-se Legolas. "Porém antes gostaria de saber como encontraram o vinho."

"Uma coisa não encontrastes em vossa caçada, que é mais esperteza", disse Pippin, abrindo um olho. "Achai-nos sentados num campo de vitória, em meio à pilhagem de exércitos, e vos perguntais como encontramos alguns confortos bem merecidos!"

"Bem merecidos?", disse Gimli. "Não posso crer nisso!"

Os Cavaleiros riram. "Não é de duvidar que testemunhamos o encontro de caros amigos", disse Théoden. "Então são estes os perdidos de tua comitiva, Gandalf? Os dias estão fadados a serem repletos de maravilhas.

Já vi muitas desde que deixei minha casa; e agora, aqui diante de meus olhos, estão mais outros do povo das lendas. Estes não são os Pequenos, que alguns entre nós chamam de Holbytlan?"

"Hobbits, se fazeis favor, senhor", respondeu Pippin.

"Hobbits?", indagou Théoden. "Vossa língua é estranhamente mudada; mas o nome assim não soa inadequado. Hobbits! Nenhum relato que eu tenha ouvido faz justiça à realidade."

Merry fez uma mesura; e Pippin ergueu-se e fez outra mesura profunda. "Sois indulgente, senhor; ou assim espero poder interpretar vossas palavras", disse ele. "E eis outra maravilha! Vagueio por muitas terras desde que deixei meu lar e nunca encontrei até agora gente que conhecesse alguma história a respeito dos hobbits."

"Meu povo veio do Norte muito tempo atrás", comentou Théoden. "Mas não vos enganarei: não conhecemos histórias sobre os hobbits. Tudo o que dizem entre nós é que bem longe, além de muitas colinas e rios, vive o povo pequeno que mora em tocas em dunas de areia. Mas não há lendas de seus feitos, pois dizem que pouco fazem e evitam a visão dos homens, já que são capazes de sumir num piscar de olhos; e podem mudar as vozes para imitar o piado dos pássaros. Mas parece que se poderia dizer mais coisas."

"Poder-se-ia deveras, senhor", disse Merry.

"Por exemplo," continuou Théoden, "eu não ouvira que lançavam fumaça da boca."

"Isso não surpreende", respondeu Merry; "pois é uma arte que não praticamos há mais que algumas gerações. Foi Tobold Corneteiro, do Vale Comprido na Quarta Sul, o primeiro que cultivou a verdadeira erva-de-fumo em seus jardins, por volta do ano de 1070, conforme nossa contagem. Como o velho Toby encontrou a planta..."

"Não conheces teu perigo, Théoden", interrompeu Gandalf. "Estes hobbits sentam-se à beira da ruína e discutem os prazeres da mesa ou os pequenos feitos de seus pais, avós, bisavós e primos mais remotos em nono grau, se os encorajares com indevida paciência. Alguma outra hora seria mais propícia à história do fumo. Onde está Barbárvore, Merry?"

"Lá longe do lado norte, creio. Foi buscar um gole... de água limpa. A maioria dos outros Ents está com ele, ainda ocupados com seu trabalho... acolá." Merry abanou a mão na direção do lago fumegante; e ao olharem ouviram um ribombo e estrépito distantes, como se uma avalancha caísse do flanco da montanha. De longe veio um *hum-hom*, como trompas tocando em triunfo.

"Então Orthanc foi deixada sem vigia?", perguntou Gandalf.

"Há a água", disse Merry. "Mas Tronquesperto e alguns outros estão vigiando. Nem todos esses postes e colunas na planície foram plantados por Saruman. Tronquesperto, creio, está junto à rocha, perto do pé da escada."

"Sim, está ali um Ent alto e cinzento," respondeu Legolas, "mas tem os braços dos lados e está imóvel como um batente de porta."

"Passa do meio-dia," comentou Gandalf, "e nós, seja como for, não comemos desde o começo da manhã. Porém quero ver Barbárvore assim que seja possível. Ele não me deixou recado, ou o prato e a garrafa o expulsaram da sua lembrança?"

"Deixou recado," disse Merry, "e eu estava chegando nesse ponto, mas fui impedido por muitas outras perguntas. Eu devia dizer que, se o Senhor da Marca e Gandalf cavalgarem até a muralha norte, encontrarão Barbárvore ali, e ele os receberá. Posso acrescentar que ali também encontrarão comida da melhor, descoberta e selecionada por vossos humildes servidores." Fez uma mesura.

Gandalf riu. "Isso está melhor!", respondeu ele. "Bem, Théoden, cavalgarás comigo para encontrar Barbárvore? Precisamos dar a volta, mas não é longe. Quando vires Barbár-vore ficarás sabendo de muita coisa. Pois Barbárvore é Fangorn, o mais velho e principal dos Ents, e quando falares com ele ouvirás a fala do mais velho de todos os seres vivos."

"Irei contigo", afirmou Théoden. "Adeus, meus hobbits! Que voltemos a nos encontrar em minha casa! Ali vós sentareis ao meu lado e me contareis tudo o que vossos corações desejarem: os feitos de vossos antepassados até onde os podeis contar; e falaremos também de Tobold, o Velho, e de seu saber das ervas. Adeus!"

Os hobbits fizeram mesuras profundas. "Então esse é o Rei de Rohan!", comentou Pippin a meia voz. "Um velhinho simpático. Muito gentil."

9

Destroços
e Arrojos

Gandalf e a companhia do Rei partiram a cavalo, virando rumo ao leste para darem a volta nas muralhas arruinadas de Isengard. Mas Aragorn, Gimli e Legolas ficaram para trás. Deixando Arod e Hasufel vagarem em busca de capim, vieram sentar-se ao lado dos hobbits.

"Bem, bem! A caçada terminou, e finalmente nos reencontramos onde nenhum de nós jamais pensou em ir", disse Aragorn.

"E agora que os grandes se foram para discutir assuntos elevados," comentou Legolas, "quem sabe os caçadores possam ficar sabendo das respostas aos seus próprios pequenos enigmas. Seguimos vossa pista até a floresta, mas ainda há muitas coisas cuja verdade eu gostaria de conhecer."

"E há muito, também, que queremos saber sobre vós", respondeu Merry. "Ficamos sabendo de algumas através de Barbárvore, o Velho Ent, mas isso não basta, nem de longe."

"Cada coisa a seu tempo", disse Legolas. "Nós fomos os caçadores, e deveis fazer-nos um relato sobre vós em primeiro lugar."

"Ou segundo", interrompeu Gimli. "Desceria melhor após uma refeição. Minha cabeça está machucada; e passa do meio-dia. Vós, malandros, poderíeis vos regenerar encontrando para nós parte do saque de que falastes. Comida e bebida pagariam parte do crédito que tenho convosco."

"Então terás isso", disse Pippin. "Queres aqui, ou com maior conforto no que resta da casa de vigia de Saruman — acolá embaixo do arco? Tivemos de fazer um piquenique aqui fora para mantermos um olho na estrada."

"Menos que um olho!", exclamou Gimli. "Mas não entrarei em nenhuma casa-órquica; nem tocarei em carne dos Orques ou em algo que eles tenham abatido."

"Não te pediríamos para fazeres isso", disse Merry. "Nós mesmos já vimos Orques bastantes para durar toda uma vida. Mas havia muitos outros povos em Isengard. Saruman manteve sabedoria suficiente para não confiar em seus Orques. Tinha Homens vigiando os portões: alguns dos seus serviçais mais fiéis, suponho. Seja como for, eles eram favorecidos e ganhavam bons víveres."

"E erva-de-fumo?", perguntou Gimli.

"Não, acho que não", riu-se Merry. "Mas isso é outra história, que pode esperar até depois do almoço."

"Bem, então vamos almoçar!", disse o Anão.

Os hobbits foram na frente; e passaram sob o arco e chegaram a uma porta larga à esquerda, no alto de uma escada. Ela dava diretamente em uma grande sala, com outras portas menores na extremidade oposta, e uma lareira com chaminé de um lado. A sala era escavada na pedra; e devia ter sido escura outrora, pois suas janelas só davam para o túnel. Mas agora a luz entrava pelo teto rompido. Na lareira ardia um fogo.

"Fiz um foguinho", disse Pippin. "Isso nos animou nas neblinas. Havia poucos feixes de lenha por aí, e a maioria da madeira que conseguimos achar estava molhada. Mas há uma ótima tiragem de ar na chaminé: parece que ela dá voltas subindo através da rocha e por sorte não foi obstruída. Um fogo vem a calhar. Dá para fazer torradas. Receio que o pão seja de três ou quatro dias atrás."

Aragorn e seus companheiros sentaram-se em uma extremidade de uma mesa comprida, e os hobbits desapareceram por uma das portas internas.

"É um depósito ali e por sorte fica acima dos alagamentos", comentou Pippin, quando voltaram carregados de pratos, tigelas, copos, facas e comida de vários tipos.

"E não precisas torcer o nariz para as provisões, Mestre Gimli", disse Merry. "Isto não é coisa-órquica, e sim comida humana, como Barbárvore a chama. Queres vinho ou cerveja? Há um barril lá dentro — bem razoável. E isto é carne de porco salgada de primeira qualidade. Ou posso cortar-te umas fatias de toucinho e assá-las, se preferires. Lamento que não haja verduras: as entregas ficaram meio interrompidas nos últimos dias! Não posso te oferecer nenhum complemento exceto manteiga e mel para o pão. Estás satisfeito?"

"Sim, deveras", respondeu Gimli. "A dívida está muito reduzida."

Logo os três estavam ocupados com a refeição; e os dois hobbits, sem constrangimento, atacaram pela segunda vez. "Precisamos fazer companhia a nossos hóspedes", disseram.

"Estais repletos de cortesia esta manhã", riu-se Legolas. "Mas quem sabe, se nós não tivéssemos chegado, já estivésseis outra vez fazendo companhia um ao outro."

"Quem sabe; e por que não?", disse Pippin. "Com os Orques nossa comida era nojenta, e antes disso foi bem pouca durante dias. Parece que faz muito tempo que não comemos a contento."

"Isso não vos parece ter prejudicado nem um pouco", observou Aragorn. "Na verdade, pareceis ter uma saúde florescente."

"Sim, pareceis deveras", disse Gimli, olhando-os da cabeça aos pés por cima da beira do copo. "Ora, vossos cabelos estão duas vezes mais espessos e encaracolados do que quando nos separamos; e eu juraria que ambos cresceram um pouco, se é que isso é possível para hobbits de vossa idade. Seja como for, esse Barbárvore não vos deixou passar fome."

"Não deixou", respondeu Merry. "Mas os Ents só bebem, e bebida não basta para satisfazer. Os tragos de Barbárvore podem ser nutritivos, mas sente-se a necessidade de algo sólido. E mesmo *lembas* não é pior para variar."

"Bebestes das águas dos Ents, é isso?", disse Legolas. "Ah, então creio que provavelmente os olhos de Gimli não o enganam. Estranhas canções têm sido cantadas sobre os tragos de Fangorn."

"Muitas histórias estranhas têm sido contadas sobre aquela terra", comentou Aragorn. "Nunca entrei ali. Vamos, contai-me mais sobre ela e sobre os Ents!"

"Ents," disse Pippin, "Ents são... bem, para começar, Ents são bem diferentes. Mas os olhos deles, os olhos são muito estranhos." Tentou algumas palavras desajeitadas que se desfizeram em silêncio. "Oh, bem," prosseguiu, "já vistes alguns ao longe — seja como for, eles vos viram e relataram que estáveis a caminho — e espero que vejais muitos outros antes de partirdes daqui. Precisais formar vossas próprias ideias."

"Ora, ora!", exclamou Gimli. "Estamos começando a história pelo meio. Eu gostaria de um relato na ordem certa, começando por aquele estranho dia em que nossa sociedade foi rompida."

"Tê-lo-ás se houver tempo", disse Merry. "Mas primeiro — se tiverdes terminado de comer — haveis de encher os cachimbos e acendê-los. E então, por algum tempo, podemos fingir que estamos todos a salvo, de volta a Bri ou a Valfenda."

Tirou uma sacolinha de couro cheia de tabaco. "Temos montes disto", continuou ele; "e podeis todos carregar quanto quiserdes, quando formos embora. Fizemos um trabalho de resgate esta manhã, Pippin e eu. Há muita coisa flutuando por aí. Foi Pippin quem encontrou dois pequenos barris, arrastados pela água de algum porão ou depósito, imagino. Quando os abrimos descobrimos que estavam cheios disto: a mais fina erva-de--fumo que se poderia desejar, e nem um pouco estragada."

Gimli pegou um pouco, esfregou-a nas palmas das mãos e cheirou-a. "Parece boa e tem bom cheiro", disse ele.

"Ela é boa!", assentiu Merry. "Meu caro Gimli, é Folha do Vale Comprido! Havia marcas do Corneteiro queimadas nos barris, mais nítidas impossível. Não consigo imaginar como ela veio parar aqui. Imagino que para uso particular de Saruman. Nunca soube que ela chegava tão longe. Mas agora vem a calhar!"

"Viria," disse Gimli, "se eu tivesse um cachimbo para usá-la. Ai de mim, perdi o meu em Moria, ou antes. Não há cachimbo em toda a vossa pilhagem?"

"Não, receio que não", respondeu Merry. "Não encontramos nenhum, nem aqui nas salas de vigia. Parece que Saruman guardava para si esse petisco. E não acho que valeria a pena bater às portas de Orthanc para lhe pedir um cachimbo! Vamos ter que compartilhar os cachimbos, como os bons amigos fazem num aperto."

"Meio momento!", disse Pippin. Pondo a mão no interior da jaqueta, tirou uma sacolinha macia em um cordão. "Guardo um ou dois tesouros perto da pele, para mim tão preciosos como Anéis. Eis um: meu velho cachimbo de madeira. E eis outro: um sem uso. Eu o carreguei longe, mas não sei por quê. Nunca esperei encontrar erva-de-fumo na viagem quando a minha acabou. Mas agora, afinal de contas, ele se revela útil." Ergueu um pequeno cachimbo de fornilho largo e achatado e entregou-o a Gimli. "Isso acerta a dívida entre nós?", perguntou ele.

"Acerta!", exclamou Gimli. "Mui nobre hobbit, isso me deixa em profundo débito contigo."

"Bem, vou voltar ao ar livre para ver o que fazem o vento e o céu!", disse Legolas.

"Iremos contigo", disse Aragorn.

Saíram e sentaram-se nas pedras empilhadas diante do portal. Agora conseguiam enxergar bem longe no vale lá embaixo; as névoas estavam se erguendo e partiam flutuando na brisa.

"Agora vamos sossegar aqui um pouco!", disse Aragorn. "Vamos nos sentar à beira da ruína e conversar, como diz Gandalf, enquanto ele está ocupado em outra parte. Sinto uma exaustão que poucas vezes senti antes." Enrolou-se na capa cinzenta, escondendo a cota de malha, e esticou as pernas compridas. Então recostou-se e emitiu dos lábios uma fina corrente de fumaça.

"Vede!", disse Pippin. "Passolargo, o Caminheiro, voltou!"

"Ele nunca estave longe", disse Aragorn. "Eu sou Passolargo e Dúnadan também, e pertenço tanto a Gondor quanto ao Norte."

Fumaram em silêncio por alguns momentos, e o sol os iluminava; entrava de esguelha no vale, dentre nuvens brancas, altas no Oeste. Legolas estava deitado imóvel, olhando para o sol e o céu com olhos firmes, e cantando baixinho para si mesmo. Finalmente sentou-se. "Vamos agora!", disse ele. "O tempo passa, e as névoas estão sendo sopradas para longe, ou seriam se vós, gente estranha, não vos envolvêsseis em fumaça. E quanto à história?"

"Bem, minha história começa comigo acordando no escuro e me encontrando todo amarrado em um acampamento-órquico", comentou Pippin. "Vejamos, que dia é hoje?"

"Cinco de março pelo Registro do Condado", respondeu Aragorn. Pippin fez algumas contas nos dedos. "Só nove dias atrás!", disse ele.[1] "Parece que faz um ano que fomos apanhados. Bem, apesar de metade ser

---

[1]Todos os meses do calendário do Condado tinham 30 dias. [N. A.]

como um sonho ruim, calculo que se seguiram três dias muito horríveis. Merry vai me corrigir se eu esquecer algo importante — não vou entrar em detalhes — os chicotes e a imundície e o fedor e tudo o mais; a lembrança não é suportável." Com essas palavras mergulhou em um relato do último combate de Boromir e da marcha-órquica das Emyn Muil até a Floresta. Os demais inclinavam a cabeça à medida que os diferentes pontos se encaixavam em suas suposições.

"Aqui estão uns tesouros que deixastes cair", disse Aragorn. "Ficareis contentes de reavê-los." Soltou o cinto sob a capa e tirou dele os dois punhais embainhados.

"Bem!", exclamou Merry. "Jamais esperei vê-los de novo! Marquei alguns orques com o meu; mas Uglúk os tirou de nós. Como arregalou os olhos! Primeiro pensei que ia me esfaquear, mas ele os jogou fora como se o queimassem."

"E aqui também está teu broche, Pippin", continuou Aragorn. "Eu o guardei a salvo, pois é um objeto muito precioso."

"Eu sei", assentiu Pippin. "Foi duro largá-lo; mas o que mais eu podia fazer?"

"Nada mais", respondeu Aragorn. "Quem não consegue jogar fora um tesouro quando precisa está agrilhoado. Fizeste bem."

"Cortar as amarras dos pulsos foi um trabalho esperto!", disse Gimli. "Ali a sorte vos serviu; mas agarrastes a oportunidade com ambas as mãos, poderíamos dizer."

"E nos pusestes um belo enigma", disse Legolas. "Pergun-tei-me se tínheis criado asas!"

"Infelizmente não", comentou Pippin. "Mas não sabíeis sobre Grishnákh." Estremeceu e não disse mais nada, deixando que Merry contasse sobre aqueles últimos momentos horríveis: as mãos escarvando, o hálito quente e a pavorosa força dos braços peludos de Grishnákh.

"Tudo isso sobre os Orques de Barad-dûr, Lugbúrz como eles dizem, me deixa apreensivo", disse Aragorn. "O Senhor Sombrio já sabia demais, e seus serviçais também; e evidentemente Grishnákh mandou alguma mensagem para o outro lado do Rio depois da briga. O Olho Vermelho estará olhando na direção de Isengard. Mas Saruman, seja como for, está em uma arapuca que ele próprio armou."

"Sim, não importa o lado que vença, sua perspectiva é ruim", afirmou Merry. "As coisas começaram todas a dar errado para ele no momento em que seus Orques puseram os pés em Rohan."

"Tivemos um vislumbre do velho vilão, essa é a insinuação de Gandalf", disse Gimli. "Na beira da Floresta."

"Quando foi isso?", perguntou Pippin.

"Cinco noites atrás", disse Aragorn.

"Deixai-me ver", comentou Merry: "cinco noites atrás — agora chegamos a uma parte da história de que nada sabeis. Encontramos Barbárvore naquela manhã após a batalha; e naquela noite estivemos na Gruta-da--Nascente, uma das suas casas-de-ent. Na manhã seguinte fomos ao Entencontro, uma reunião de Ents, quero dizer, e era a coisa mais esquisita que já vi na vida. Durou o dia todo e o dia seguinte; e passamos as noites com um Ent chamado Tronquesperto. E então, ao anoitecer do terceiro dia de seu encontro, os Ents subitamente estouraram. Foi espantoso. A Floresta dava uma sensação tão tensa como se uma tempestade estivesse fermentando dentro dela: então explodiu de repente. Queria que tivésseis ouvido a canção deles enquanto marchavam."

"Se Saruman a tivesse ouvido, a esta altura estaria a cem milhas de distância, mesmo que tivesse que correr com as próprias pernas", afirmou Pippin.

> *"Pode Isengard se resguardar, ser duro e frio qual osso ou rocha,*
> *À guerra, à guerra, à guerra então, romper a pedra e o portão!*[A]

"Havia muito mais. Grande parte da canção não tinha palavras, e era como música de trompas e tambores. Era muito emocionante. Mas pensei que fosse somente música de marcha e nada mais, só uma canção — até eu chegar aqui. Agora entendo melhor."

"Descemos por cima da última crista para Nan Curunír, depois do cair da noite", prosseguiu Merry. "Foi aí que tive a primeira sensação de que a própria Floresta estava se movendo atrás de nós. Pensei que estava sonhando um sonho entesco, mas Pippin também havia percebido. Ambos estávamos apavorados; mas só depois descobrimos mais a respeito.

"Eram os Huorns, como os Ents os chamam em 'linguagem curta'. Barbárvore não diz muita coisa sobre eles, mas creio que são Ents que se tornaram quase como árvores, pelo menos no aspecto. Ficam de pé aqui e ali na floresta ou sob suas beiradas, silenciosos, vigiando as árvores interminavelmente; mas no fundo dos vales mais escuros há centenas e centenas deles, creio.

"Há grande poder neles, e parecem capazes de se envolver em sombra: é difícil vê-los se movendo. Mas movem-se. São capazes de se moverem muito depressa se estiverem zangados. Quem sabe estás imóvel olhando o tempo, ou escutando o farfalhar do vento, e então subitamente descobres que estás no meio de uma mata, com grandes árvores tateando em toda a tua volta. Eles ainda têm vozes, e podem falar com os Ents — é por isso que são chamados de Huorns, diz Barbárvore —, mas tornaram-se estranhos e selvagens. Perigosos. Eu ficaria aterrorizado ao encontrá-los se não houvesse Ents de verdade por perto para cuidar deles.

"Bem, no começo da noite descemos esgueirando-nos por uma longa ravina até a extremidade superior do Vale do Mago, com os Ents e todos os seus Huorns farfalhando atrás de nós. Não podíamos vê-los, é claro, mas todo o ar estava repleto de rangidos. Estava muito escuro, uma noite nublada. Eles se moveram a grande velocidade assim que deixaram as colinas e faziam um ruído como o vento soprando forte. O Lua não surgiu através das nuvens, e pouco depois da meia-noite havia uma mata alta em torno de todo o lado norte de Isengard. Não havia sinal de inimigos nem de qualquer contestação. Havia uma luz brilhando numa janela alta da torre, só isso.

"Barbárvore e mais alguns Ents continuaram se esgueirando, dando a volta até estarem à vista dos grandes portões. Pippin e eu estávamos com ele. Estávamos sentados nos ombros de Barbárvore, e eu podia sentir a tensão palpitante dele. Mas mesmo quando estão incitados os Ents podem ser muito cautelosos e pacientes. Mantinham-se imóveis como pedras esculpidas, respirando e escutando.

"Então de uma vez houve uma tremenda comoção. Trompas ressoaram e os muros de Isengard ecoaram. Pensamos que tínhamos sido descobertos e que a batalha estava prestes a começar. Mas não era nada disso. Todo o povo de Saruman estava marchando para longe. Não sei muita coisa sobre esta guerra, nem sobre os Cavaleiros de Rohan, mas parece que Saruman pretendia dar cabo do rei e de todos os seus homens com um golpe final. Esvaziou Isengard. Vi o inimigo partindo: filas infindáveis de Orques em marcha; e tropas deles cavalgando grandes lobos. E havia batalhões de Homens também. Muitos deles levavam tochas, e no clarão consegui ver-lhes os rostos. A maioria eram homens comuns, um tanto altos e de cabelos escuros, e soturnos, mas não de aspecto especialmente malvado. Mas havia alguns outros que eram horríveis: da altura de um homem, mas com caras de gobelim, lívidos, olhando de soslaio, estrábicos. Sabeis, eles me lembraram logo aquele Sulista de Bri; só que ele não era tão obviamente órquico como a maioria destes."

"Pensei nele também", comentou Aragorn. "Tivemos de lidar com muitos desses meio-orques no Abismo de Helm. Agora parece claro que aquele Sulista era espião de Saruman; mas não sei se trabalhava com os Cavaleiros Negros ou só para Saruman. Com essa gente maligna é difícil saber quando estão aliados e quando estão se traindo."

"Bem, somando todos os tipos deviam ser dez mil no mínimo", disse Merry. "Levaram uma hora saindo pelos portões. Alguns partiram estrada abaixo até os Vaus, e alguns se desviaram e foram para o leste. Ali foi construída uma ponte, a cerca de uma milha daqui, onde o rio corre em um canal muito fundo. Poderíeis vê-la agora se ficásseis de pé. Todos cantavam com vozes ásperas e riam, fazendo um barulho hediondo. Pensei que as coisas pareciam muito sombrias para Rohan. Mas Barbárvore não se moveu. Ele disse: 'Esta noite meu afazer é com Isengard, com rocha e pedra.'

"Mas, apesar de não conseguir ver o que acontecia no escuro, creio que os Huorns começaram a se deslocar para o sul assim que os portões se fecharam outra vez. O afazer deles era com os Orques, creio. Pela manhã tinham descido longe no vale; ou, seja como for, havia ali uma sombra impenetrável.

"Assim que Saruman havia enviado todo o seu exército, chegou nossa vez. Barbárvore nos pôs no chão e subiu até os portões, e começou a martelar as portas e chamar por Saruman. Não houve resposta, exceto flechas e pedras das muralhas. Mas flechas de nada valem contra os Ents. Elas os machucam, é claro, e os enfurecem: como moscas que picam. Mas um Ent pode estar crivado de flechas-órquicas como uma alfineteira sem sofrer sérios danos. Por exemplo, não podem ser envenenados; e sua pele parece ser muito espessa e mais dura que casca. É preciso um golpe de machado muito vigoroso para feri-los com seriedade. Não gostam de machados. Mas teria de haver muitíssimos homens armados de machados para cada Ent: um homem que golpeia um Ent uma vez jamais tem chance de dar o segundo golpe. Um soco de punho-de-Ent amarrota ferro como se fosse lata fina.

"Quando Barbárvore havia levado algumas flechadas, ele começou a esquentar, a ficar positivamente 'apressado', como ele diria. Soltou um grande *huum-hom*, e uma dúzia de outros Ents veio a largos passos. Um Ent zangado é aterrorizante. Seus dedos das mãos e dos pés simplesmente agarram a rocha; e rasgam-na como casca de pão. Era como observar a obra de grandes raízes de árvore em uma centena de anos, tudo comprimido em alguns momentos.

"Empurraram, puxaram, romperam, sacudiram e martelaram; e *clang--bang, crás-crac*, em cinco minutos tinham derrubado em ruínas aqueles enormes portões; e alguns já começavam a roer as muralhas, como coelhos em uma cova de areia. Não sei o que Saruman pensou que estava acontecendo; mas, seja como for, não sabia como lidar com isso. É claro que sua magia pode ter declinado ultimamente; mas de qualquer modo creio que ele não tenha muito tutano, não tenha muita coragem simplesmente, sozinho num lugar apertado sem um monte de escravos e máquinas e coisas assim, se sabeis o que quero dizer. Bem diferente do velho Gandalf. Pergunto-me se o tempo todo a fama dele não era principalmente por ser esperto em se estabelecer em Isengard."

"Não", disse Aragorn. "Outrora ele era tão grande quanto sua fama dizia. Seu conhecimento era profundo, seu pensamento era sutil e suas mãos eram espantosamente hábeis; e tinha poder sobre as mentes alheias. Os sábios ele sabia persuadir e a gente menor ele sabia assustar. Esse poder ele certamente ainda possui. Não há muitos na Terra-média que eu diria estarem a salvo se fossem deixados a falar com ele a sós, mesmo agora quando sofreu uma derrota. Gandalf, Elrond e Galadriel, talvez, agora que sua maldade foi desnudada, mas muito poucos outros."

"Os Ents estão a salvo", comentou Pippin. "Em certa época parece que ele os contornou, mas nunca mais. E de qualquer maneira ele não os compreendeu; e cometeu o grande erro de deixá-los fora de seus cálculos. Não tinha plano para eles e não havia tempo para fazer um, uma vez que eles se haviam posto a trabalhar. Assim que nosso ataque começou, os poucos ratos que restavam em Isengard começaram a escapulir por todos os buracos que os Ents faziam. Os Ents deixaram os Homens ir embora, depois de interrogá-los, só duas ou três dúzias nesta ponta. Não creio que tenham escapado muitos Orques de qualquer tamanho. Não dos Huorns: havia uma mata cheia deles em toda a volta de Isengard àquela altura, além dos que haviam descido pelo vale.

"Quando os Ents tinham reduzido a entulho grande parte das muralhas do sul, e o que restava da sua gente tinha escapulido e desertado, Saruman fugiu em pânico. Parece que estava junto aos portões quando chegamos: imagino que veio assistir a seu esplêndido exército partindo em marcha. Quando os Ents arrombaram e entraram, ele se foi às pressas. De início não o localizaram. Mas a noite tinha-se aberto, e havia muita luz das estrelas, o bastante para os Ents enxergarem, e de repente Tronquesperto deu um grito 'O matador de árvores, o matador de árvores!'. Tronquesperto é uma criatura dócil, mas odeia Saruman mais ferozmente por isto: seu povo sofreu cruelmente com os machados-órquicos. Saltou da trilha que vinha do portão interno, sendo capaz de se mover como o vento quando está irritado. Havia um vulto pálido correndo para dentro e para fora, pelas sombras das colunas, e quase chegara à escadaria da porta da torre. Mas foi por pouco. Tronquesperto o seguia tão depressa que ele ficou a um ou dois passos de ser apanhado e estrangulado quando se insinuou através da porta.

"Quando Saruman estava a salvo, de volta em Orthanc, não demorou muito para ele pôr em ação algumas de suas preciosas máquinas. Àquela altura havia muitos Ents dentro de Isengard: alguns tinham seguido Tronquesperto, e outros tinham invadido vindos do norte e do leste; estavam perambulando e causando muitos danos. De repente subiram fogos e fumos fétidos: os respiradouros e poços em toda a planície começaram a jorrar e vomitar. Diversos Ents foram chamuscados e criaram bolhas. Um deles, acho que se chamava Ossofaia, um Ent muito alto e bonito, foi apanhado num borrifo de uma espécie de fogo líquido e queimou como uma tocha: uma visão horrível.

"Isso os enlouqueceu. Antes eu pensava que eles estavam realmente excitados; mas enganei-me. Finalmente vi como era isso. Foi assombroso. Eles rugiram e ribombaram e trombetearam até que as pedras começaram a rachar e a cair só com o barulho. Merry e eu deitamo-nos no chão e enfiamos as capas nas orelhas. Em toda a volta da rocha de Orthanc os Ents estavam caminhando e assaltando como uma borrasca uivante, quebrando colunas, lançando avalanches de rochedos poço abaixo, jogando enormes lajes de pedra no ar como se fossem folhas. A torre estava no meio de um turbilhão rodopiante. Vi postes de ferro e blocos de alvenaria subirem centenas de pés como foguetes e se despedaçarem de encontro às janelas de Orthanc. Mas Barbárvore manteve a cabeça fria. Por sorte não tinha sofrido nenhuma queimadura. Não queria que seu povo se ferisse devido à própria fúria e não queria que Saruman escapasse por algum buraco na confusão. Muitos dos Ents estavam se jogando de encontro à rocha de Orthanc; mas ela os derrotou. É muito lisa e dura. Quem sabe nela haja alguma magia, mais velha e mais forte que a de Saruman. Seja como for, não conseguiram agarrar-se nela nem causar uma rachadura; e estavam se contundindo e se ferindo ao encontro dela.

"Portanto Barbárvore saiu para o círculo e gritou. Sua enorme voz ergueu-se acima do alarido todo. De repente fez-se um silêncio total. Nele, ouvimos uma risada estridente vinda de uma janela alta da torre. Isso teve sobre os Ents um efeito estranho. Antes estavam em ebulição; agora tornaram-se frios, inflexíveis como gelo e silenciosos. Deixaram a planície e se reuniram em torno de Barbárvore, que estava bem imóvel. Falou-lhes por alguns momentos em sua própria língua; creio que estava lhes contando de um plano que fizera em sua velha cabeça muito tempo atrás. Eles então simplesmente se desvaneceram em silêncio à luz cinzenta. Àquela altura o dia estava nascendo.

"Puseram uma guarda na torre, creio, mas os vigias estavam tão bem escondidos nas sombras e se mantinham tão imóveis que eu não podia vê-los. Os outros foram embora rumo ao norte. Estiveram ocupados o dia todo, fora de vista. Na maioria do tempo deixaram-nos a sós. Foi um dia monótono; e perambulamos um pouco, mas nos mantivemos fora da visão das janelas de Orthanc, o mais que podíamos: elas nos encaravam de forma bem ameaçadora. Passamos boa parte do tempo procurando algo para comer. E também nos sentamos e conversamos, perguntando-nos o que estava acontecendo lá no sul, em Rohan, e o que fora feito de todo o resto de nossa Comitiva. Vez por outra podíamos ouvir ao longe o estrépito e a queda de pedras e ruídos surdos ecoando nas colinas.

"À tarde caminhamos ao redor do círculo e fomos dar uma olhada no que estava ocorrendo. Havia uma grande mata sombria de Huorns na extremidade do vale e outra ao redor da muralha norte. Não nos atrevemos a entrar. Mas havia lá dentro um barulho de atividade, de algo sendo despedaçado e rompendo-se. Os Ents e os Huorns estavam cavando grandes covas e trincheiras, e fazendo grandes lagoas e represas, acumulando todas as águas do Isen e de todas as outras nascentes e riachos que conseguiam achar. Deixamo-los nesse afazer.

"Ao anoitecer Barbárvore voltou ao portão. Estava cantarolando e ribombando sozinho e parecia contente. Parou em pé, esticou os grandes braços e pernas e inspirou fundo. Perguntei-lhe se estava cansado.

"'Cansado?', perguntou ele. 'Cansado? Bem, não, não cansado, mas rijo. Preciso de um bom trago do Entágua. Trabalhamos duro; hoje rachamos mais pedras e roemos mais terra do que em muitos longos anos antes. Mas está quase terminado. Quando cair a noite, não se demorem perto deste portão nem no antigo túnel! Poderá passar água — e por algum tempo será água imunda, até que toda a sujeira de Saruman seja levada pela água. Depois o Isen poderá correr limpo outra vez.' Começou a demolir mais uma parte das muralhas, de um jeito sossegado, só para se divertir.

"Estávamos nos perguntando onde seria seguro para deitar e dormir um pouco, quando aconteceu a coisa mais espantosa de todas. Veio o ruído de um cavaleiro que subia rapidamente pela estrada. Merry e eu ficamos deitados sem nos movermos, e Barbárvore escondeu-se nas sombras embaixo do arco. Subitamente um grande cavalo chegou correndo, como um lampejo de prata. Já estava escuro, mas pude ver claramente o rosto do cavaleiro: ele parecia reluzir, e todos os seus trajes eram brancos. Só me sentei, olhando admirado, de boca aberta. Tentei dar um grito, mas não pude.

"Não foi preciso. Ele parou bem ao nosso lado e nos olhou cá embaixo. 'Gandalf!', eu disse por fim, mas minha voz era só um sussurro. Se ele disse 'Alô, Pippin! É uma agradável surpresa!'? Não mesmo! Ele disse 'Levante-se, seu Tûk bobo! Por tudo que é assombroso, onde está Barbárvore em toda esta ruína? Preciso dele. Depressa!'.

"Barbárvore ouviu sua voz e saiu imediatamente da sombra; e aconteceu um estranho encontro. Eu me surpreendi porque nenhum deles parecia nem um pouco surpreso. Gandalf obviamente esperava achar Barbárvore aqui; e Barbárvore quase poderia estar matando tempo de propósito junto aos portões para encontrá-lo. No entanto, tínhamos contado ao velho Ent tudo sobre Moria. Mas então lembrei-me de um jeito esquisito com que nos olhou na ocasião. Só posso supor que ele vira Gandalf ou tivera alguma notícia dele, mas não queria dizer nada com pressa. 'Não seja apressado' é seu lema; mas ninguém, nem mesmo os Elfos, diz muita coisa sobre os movimentos de Gandalf quando ele não está presente.

"'Huum! Gandalf!', disse Barbárvore. 'Estou contente que tenhas vindo. Madeira e água, pau e pedra eu consigo dominar; mas aqui há um Mago para se lidar.'

"'Barbárvore,' disse Gandalf, 'preciso de tua ajuda. Fizeste muito, mas preciso de mais. Tenho cerca de dez mil Orques para lidar.'

"Então aqueles dois saíram para se aconselhar em algum canto. Deve ter parecido muito apressado para Barbárvore, pois Gandalf estava em tremenda afobação e já falava muito rapidamente antes que saíssem de nossa audição. Só ficaram longe alguns poucos minutos, quem sabe um quarto de hora. Depois Gandalf voltou para nós e parecia aliviado, quase alegre. Então disse que estava contente em nos ver.

"'Mas Gandalf', exclamei, 'onde você esteve? E viu os outros?'

"'Onde quer que eu tenha estado, estou de volta', respondeu ele à genuína moda de Gandalf. 'Sim, vi alguns dos outros. Mas as novas devem esperar. Esta noite é perigosa, e preciso cavalgar depressa. Mas o amanhecer poderá ser mais luminoso; e se assim for havemos de nos reencontrar. Cuidem-se e fiquem longe de Orthanc! Adeus!'

"Barbárvore ficou muito pensativo depois que Gandalf se foi. Evidentemente ficara sabendo de muita coisa em pouco tempo e estava digerindo tudo. Olhou para nós e disse: 'Hm, bem, descobri que não sois gente tão apressada quanto eu pensava. Dissestes muito menos do que podíeis e não mais do que devíeis. Hm, isto é um fardo de notícias sem qualquer engano! Bem, agora Barbárvore precisa se ocupar outra vez.'

"Antes que partisse arrancamos dele algumas novas; e elas não nos alegraram nem um pouco. Mas no momento pensamos mais em vós três que em Frodo e Sam, ou no pobre Boromir. Pois ficamos sabendo que uma grande batalha estava em curso, ou ocorreria logo, e que estáveis nela e poderíeis jamais sair dela.

"'Os Huorns vão ajudar', disse Barbárvore. Então foi embora, e não o vimos mais até hoje de manhã.

"Era noite profunda. Estávamos deitados em cima de uma pilha de pedras e nada podíamos ver mais além. Névoa ou sombras abafavam tudo à nossa volta, como um grande cobertor. O ar parecia quente e pesado; e estava repleto de sussurros, estalidos e um murmúrio como de vozes que passavam. Acho que mais centenas de Huorns deviam estar passando para ajudar na batalha. Mais tarde houve um grande ribombar de trovão para o lado do sul e lampejos de raios muito longe, do outro lado de Rohan. Vez por outra podíamos ver picos de montanhas, a milhas e milhas de distância, que surgiam de chofre, negros e brancos, e depois sumiam. E atrás de nós havia ruídos como de trovão nas colinas, mas diferentes. Às vezes o vale todo ecoava.

"Devia ser por volta da meia-noite quando os Ents romperam as represas e derramaram toda a água acumulada através de uma brecha na muralha norte, para dentro de Isengard. A treva dos Huorns havia passado, e o trovão havia rolado para longe. O Lua descia por trás das montanhas ocidentais.

"Isengard começou a se encher de correntezas e lagoas, negras e rastejantes. Rebrilhavam à última luz do Lua enquanto se espalhavam pela planície. Vez por outra as águas encontravam um caminho para baixo, através de um poço ou repuxo. Grandes vapores brancos subiram chiando. A fumaça ergueu-se em vagalhões. Houve explosões e rajadas de fogo. Um grande rolo de vapor subiu rodopiando, torcendo-se em toda a volta de Orthanc, até se parecer com um alto pico de nuvens, inflamado por baixo e iluminado pelo Lua por cima. E ainda mais água se derramou para dentro, até que no fim Isengard parecia um enorme tacho plano, todo evaporando e borbulhando."

"Vimos uma nuvem de fumaça e vapor do sul na noite passada, quando chegamos à boca de Nan Curunír", afirmou Aragorn. "Receávamos que Saruman estivesse armando alguma nova crueldade para nós."

"Não ele!", disse Pippin. "Provavelmente estava sufocando, e não mais rindo. Pela manhã, ontem de manhã, a água tinha afundado em todos os buracos, e havia uma neblina densa. Refugiamo-nos naquela sala de vigia acolá; e tivemos muito medo. O lago começou a transbordar e derramar-se através do velho túnel, e a água subia rapidamente pelos degraus. Pensamos que seríamos apanhados como Orques num buraco; mas encontramos uma escada volteante nos fundos do depósito, e ela nos levou ao topo do arco lá fora. Foi um aperto para sair, visto que as passagens estavam rompidas e meio bloqueadas com pedras caídas perto do topo. Sentamo-nos ali, bem acima da enchente, e assistimos ao naufrágio de Isengard. Os Ents continuaram derramando mais água para dentro, até todos os fogos serem apagados e todas as cavernas preenchidas. As névoas reuniram-se devagar e subiram em vapor, formando um enorme guarda-chuva de nuvens: devia ter uma milha de altura. À tardinha surgiu um grande arco-íris sobre as colinas do leste; e depois o pôr da sol foi apagado por um chuvisco espesso nos flancos das montanhas. Tudo ficou muito silencioso. Alguns lobos uivavam lamentosos ao longe. À noite os Ents interromperam a afluência de água e mandaram o Isen de volta para o antigo leito. E isso foi o fim de tudo.

"Desde então a água vem baixando outra vez. Em algum lugar deve haver saídas das cavernas lá embaixo, creio eu. Se Saruman espiar por alguma das suas janelas, vai ver uma confusão desmazelada e lúgubre. Sentimo-nos muito solitários. Não havia nem um Ent à vista para se falar em toda a ruína; e não havia notícias. Passamos a noite ali no topo em cima do arco, e estava frio e úmido e não dormimos. Tínhamos a sensação de que a qualquer minuto poderia acontecer algo. Saruman ainda está em sua torre. Houve um barulho à noite, como um vento que subia pelo vale. Acho que foi aí que voltaram os Ents e os Huorns que haviam saído; mas não sei aonde todos foram agora. Era uma manhã nevoenta e úmida quando descemos e olhamos em torno outra vez, e não havia ninguém por perto. E isto é quase tudo que há para contar. Agora parece tudo quase pacífico depois de todo o tumulto. E também mais seguro, de algum modo, desde que Gandalf voltou. Eu preciso dormir!"

Todos fizeram silêncio por alguns momentos. Gimli reabasteceu o cachimbo. "Há uma coisa que me pergunto", comentou ele, acendendo-o com pederneira e isca: "Língua-de-Cobra. Dissestes a Théoden que ele estava com Saruman. Como ele veio parar ali?"

"Ah sim, esqueci-me dele", respondeu Pippin. "Ele só chegou aqui hoje pela manhã. Tínhamos acabado de fazer fogo e comer algo para o desjejum quando Barbárvore apareceu de novo. Ouvimo-lo fazendo *huum* e chamando nossos nomes lá fora.

"'Acabo de vir para ver como estais passando, meus rapazes', disse ele; 'e para vos dar notícias. Os Huorns voltaram. Tudo está bem; sim, muito bem deveras!', riu-se ele, e deu tapinhas nas coxas. 'Não há mais Orques em Isengard, não há mais machados! E virá gente do Sul antes que o dia envelheça; uns que podereis gostar de ver.'

"Mal tinha dito isso quando ouvimos o ruído de cascos na estrada. Corremos para fora dos portões, e fiquei de pé observando, meio esperando ver Passolargo e Gandalf virem a cavalo liderando um exército. Mas da névoa emergiu um homem montado em um cavalo velho e cansado; e ele próprio parecia ser um tipo de criatura esquisita e deturpada. Não havia mais ninguém. Quando saiu da névoa e viu subitamente toda a ruína e destruição à sua frente, ficou sentado boquiaberto, e seu rosto ficou quase verde. Estava tão estupefato que não pareceu nos perceber no começo. Quando nos percebeu deu um grito e tentou dar a volta no cavalo e fugir. Mas Barbárvore deu três passos, estendeu um braço comprido e o levantou da sela. Seu cavalo escapuliu aterrorizado, e ele rastejou no chão. Disse que era Gríma, amigo e conselheiro do rei, e que fora enviado com mensagens importantes de Théoden para Saruman.

"'Ninguém mais se atreveria a cavalgar pelo terreno aberto, tão cheio de Orques imundos,' disse ele, 'por isso eu fui enviado. E fiz uma viagem perigosa e estou faminto e exausto. Fugi longe para o norte, desviando-me do caminho, perseguido por lobos.'

"Notei as olhadelas de soslaio que deu na direção de Barbárvore e disse comigo 'mentiroso'. Barbárvore o olhou por vários minutos, do seu jeito longo e lento, até o desgraçado se contorcer no chão. Depois, finalmente, ele respondeu: 'Ha, hm, eu te esperava, Mestre Língua-de-Cobra.' O homem teve um sobressalto ao ouvir esse nome. 'Gandalf chegou aqui primeiro. Portanto, sei sobre ti tudo o que preciso e sei o que fazer contigo. Põe todos os ratos na mesma armadilha, disse Gandalf; e vou fazer isso. Agora sou eu o senhor de Isengard, mas Saruman está trancado em sua torre; e podes ir lá e lhe dar todas as mensagens que consigas imaginar.'

"'Deixa-me ir, deixa-me ir!', implorou Língua-de-Cobra. 'Sei o caminho.'

"'Sabias o caminho, não duvido disso', respondeu Barbárvore. 'Mas as coisas mudaram um pouco aqui. Vai ver!'

"Soltou Língua-de-Cobra, e este entrou mancando através do arco, conosco em seu encalço, até chegar no interior do anel e conseguir ver toda a inundação que se estendia entre ele e Orthanc. Então voltou-se para nós.

"'Deixai-me ir embora!', choramingou ele. 'Deixai-me ir embora! Agora minhas mensagens são inúteis.'

"'São deveras', disse Barbárvore. 'Mas só tens duas opções: ficar comigo até Gandalf e teu senhor chegarem; ou atravessar a água. Qual escolherás?'

"O homem estremeceu à menção de seu senhor e pôs um pé na água, mas recuou. 'Não sei nadar', respondeu ele.

"'A água não é funda', disse Barbárvore. 'Está suja, mas isso não te fará mal, Mestre Língua-de-Cobra. Entra agora!'

"Com isso o desgraçado partiu debatendo-se na inundação. Ela lhe chegou quase até o pescoço antes que se afastasse demasiado para eu poder vê-lo. Da última vez que o vi estava se agarrando a um velho barril ou pedaço de madeira. Mas Barbárvore entrou na água atrás dele e observou seu avanço.

"'Bem, ele entrou', comentou ao retornar. 'Eu o vi engatinhando escada acima como um rato enlameado. Ainda há alguém na torre: uma mão saiu e o puxou para dentro. Então ali está ele, e espero que a recepção seja do seu agrado. Agora preciso ir lavar-me do limo. Vou estar do lado norte se alguém quiser me ver. Aqui embaixo não há água limpa adequada para um Ent beber ou em que se banhar. Portanto, vou pedir-vos, rapazes, que monteis guarda no portão para as pessoas que estão chegando. Virá o Senhor dos Campos de Rohan, vede bem! Precisais recebê-lo do melhor modo que souberdes: seus homens travaram uma grande luta com os Orques. Quem sabe conheçais o modo certo das palavras dos Homens para tal senhor, melhor que os Ents. Houve muitos senhores nos campos verdes no meu tempo, e nunca aprendi sua fala nem seus nomes. Irão querer comida de homens, e creio que sabeis tudo sobre isso. Então achai o que acrediteis ser adequado à refeição de um rei, se puderdes.' E esse é o fim da história. Porém eu gostaria de saber quem é esse Língua-de-Cobra. Ele era mesmo conselheiro do rei?"

"Era", respondeu Aragorn; "e também espião e serviçal de Saruman em Rohan. A sina não lhe foi mais bondosa do que ele merece. A visão da ruína de tudo que ele cria ser tão forte e magnífico deve ter sido punição quase suficiente. Mas receio que coisa pior o aguarde."

"Sim, não acho que Barbárvore o tenha mandado para Orthanc por bondade", disse Merry. "Ele parecia deleitar-se um tanto cruelmente com o assunto e estava rindo sozinho quando foi tomar seu banho e seu trago. Depois disso ficamos ocupados por um tempo, dando busca nos destroços e esquadrinhando tudo. Encontramos dois ou três depósitos em diferentes lugares aqui perto, acima do nível da inundação. Mas Barbárvore mandou alguns Ents descerem, e eles levaram grande parte do material.

"'Queremos comida de homens para vinte e cinco', disseram os Ents, por isso podeis ver que alguém contou vossa companhia cuidadosamente antes de chegardes. É evidente que pretendiam que vós três fôsseis com o povo grande. Mas não teríeis passado nem um pouco melhor. O que guardamos é tão bom quanto o que mandamos, prometo-vos. Melhor, porque não mandamos bebidas.

"'E quanto à bebida?', eu perguntei aos Ents.

"'Há a água do Isen,' disseram eles, 'e essa é boa o bastante para Ents e Homens.' Mas espero que os Ents tenham tido tempo de preparar um pouco de seus tragos com a água das nascentes das montanhas, e havemos de ver a barba de Gandalf encrespando quando ele voltar. Depois que os Ents se foram, sentimo-nos cansados e famintos. Mas não reclamamos — nossa labuta tinha sido bem recompensada. Foi graças à nossa busca de comida de homens que Pippin descobriu o ponto alto de todos os destroços, aqueles barris do Corneteiro. 'Erva-de-fumo é melhor depois da comida', comentou Pippin; foi assim que a situação surgiu."

"Agora entendemos tudo perfeitamente", disse Gimli.

"Tudo exceto por uma coisa", corrigiu Aragorn: "a folha da Quarta Sul em Isengard. Quanto mais penso nisso, mais curioso acho. Nunca estive em Isengard, mas viajei nesta terra e conheço bem as regiões desertas que ficam entre Rohan e o Condado. Nem mercadorias nem pessoas passaram por ali por muitos longos anos, não abertamente. Saruman tinha negócios secretos com alguém no Condado, creio. É possível encontrar Línguas-de-Cobra em outras casas além da do Rei Théoden. Havia data nos barris?"

"Sim", respondeu Pippin. "Era a safra de 1417, do ano passado; não, agora é do ano anterior, claro: um bom ano."

"Ah, bem, o mal que estava à solta já se acabou, espero; ou então está presentemente além do nosso alcance", afirmou Aragorn. "Mas penso que vou mencionar isso a Gandalf, por muito que pareça ser um assunto pequeno em meio a seus grandes afazeres."

"Pergunto-me o que ele está fazendo", disse Merry. "A tarde avança. Vamos olhar em volta! Seja como for, agora você pode entrar em Isengard se quiser, Passolargo. Mas não é uma visão muito alegre."

10

A Voz
de Saruman

Atravessaram o túnel arruinado e se postaram sobre um monte de pedras, observando a rocha escura de Orthanc e suas muitas janelas, ainda ameaçadoras na desolação que se estendia a toda a sua volta. As águas já haviam quase todas baixado. Aqui e ali restavam lagoas obscuras, cobertas de espuma e escombros; mas a maior parte do amplo círculo estava livre outra vez, um ermo de limo e rochas revoltas, perfurado por buracos enegrecidos e pontilhado de postes e colunas que se inclinavam ébrios para cá e para lá. Na borda da concavidade despedaçada jaziam vastas pilhas e encostas, como seixos amontoados por uma grande tempestade; e além delas o vale verde e emaranhado subia rumo à longa ravina entre os braços escuros das montanhas. Através do ermo viam cavaleiros abrindo caminho; vinham do lado norte e já se aproximavam de Orthanc.

"Ali está Gandalf, e Théoden e seus homens!", disse Legolas. "Vamos ao encontro deles!"

"Caminha com cautela", respondeu Merry. "Há lajes soltas que podem pender e jogar-te para dentro de um poço se não tomares cuidado."

Seguiram o que restava da estrada dos portões até Orthanc, andando devagar, pois as pedras do pavimento estavam rachadas e lodosas. Os cavaleiros, vendo que se aproximavam, pararam embaixo da sombra da rocha e esperaram por eles. Gandalf adiantou-se a cavalo para encontrá-los.

"Bem, Barbárvore e eu tivemos algumas discussões interessantes e fizemos alguns planos", disse ele; "e todos tivemos um descanso muito necessário. Agora precisamos ir em frente outra vez. Espero que vós, companheiros, também tenhais descansado e vos refeito, sim?"

"Sim", disse Merry. "Mas nossas discussões começaram e terminaram em fumaça. Ainda assim, sentimo-nos menos avessos a Saruman do que antes."

"É mesmo?", indagou Gandalf. "Bem, eu não. Agora tenho uma última tarefa a realizar antes de ir embora: preciso fazer uma visita de despedida a Saruman. Perigosa e provavelmente inútil; mas tem de ser feita. Os que quiserem poderão vir comigo — mas cautela! E nada de gracejos! Não é hora para isso."

"Eu irei", disse Gimli. "Quero vê-lo e saber se ele realmente se parece contigo."

"E como saberás isso, Mestre Anão?", disse Gandalf. "Saruman poderia parecer-se comigo aos teus olhos, se isso servisse a seus propósitos para contigo. E já és sábio o bastante para detectar todas as suas falsificações? Bem, havemos de ver, quem sabe. Ele poderá esquivar-se de se mostrar diante de muitos olhos diferentes ao mesmo tempo. Mas ordenei a todos os Ents que se escondam da vista, então quem sabe possamos persuadi-lo a sair."

"Qual é o perigo?", perguntou Pippin. "Ele vai atirar em nós e derramar fogo pelas janelas, ou pode nos enfeitiçar à distância?"

"A última opção é a mais provável, se cavalgares até sua porta levianamente", disse Gandalf. "Mas não há como saber o que ele poderá fazer ou resolverá tentar. Uma fera selvagem encurralada não é segura para se chegar perto. E Saruman tem poderes que você não imagina. Cuidado com a voz dele!"

Já haviam chegado ao pé de Orthanc. Era negra, e a rocha brilhava como se estivesse úmida. As muitas faces da pedra tinham arestas afiadas, como se tivessem sido talhadas há pouco. Alguns riscos e pequenos estilhaços, como lascas junto à base, eram todas as marcas que exibia da fúria dos Ents.

Do lado oriental, no canto entre dois pilares, havia uma grande porta, bem acima do solo; e por cima dela havia uma janela com venezianas que dava para um balcão cercado de barras de ferro. Subia para a soleira da porta uma escadaria de vinte e sete degraus largos, talhados da mesma pedra negra por alguma arte desconhecida. Essa era a única entrada da torre; mas muitas janelas altas haviam sido abertas em fundos vãos nos muros que ascendiam: espiavam muito do alto, como olhinhos nas faces íngremes dos chifres.

Ao pé da escada Gandalf e o rei apearam. "Vou subir", disse Gandalf. "Estive em Orthanc e conheço meu perigo."

"E subirei também", comentou o rei. "Sou velho e não temo mais perigo nenhum. Desejo falar com o inimigo que me fez tanto mal. Éomer há de vir comigo para garantir que meus pés idosos não vacilem."

"Como quiseres", assentiu Gandalf. "Aragorn há de vir comigo. Os outros que nos esperem ao pé da escadaria. Ouvirão e verão o suficiente, se houver o que ouvir ou ver."

"Não!", exclamou Gimli. "Legolas e eu desejamos uma visão mais de perto. Aqui só nós representamos nossas gentes. Também iremos atrás."

"Vinde então!", disse Gandalf, e com essas palavras subiu os degraus, e Théoden foi ao seu lado.

Os Cavaleiros de Rohan estavam montados desconfortáveis em seus cavalos, de ambos os lados da escada, e erguiam os olhos sombriamente para a grande torre, temendo o que poderia acontecer ao seu senhor. Merry e Pippin sentaram-se no degrau inferior, sentindo-se ao mesmo tempo desimportantes e inseguros.

"Meia milha pegajosa daqui até o portão!", resmungou Pippin. "Queria poder me esgueirar de volta à sala de vigia sem ser notado! Para que foi que nós viemos? Não precisam de nós."

Gandalf postou-se diante da porta de Orthanc e golpeou-a com o cajado. Ela ressoou com um ruído oco. "Saruman, Saruman!", gritou ele com voz alta e imperiosa. "Saruman, aparece!"

Por algum tempo não houve resposta. Finalmente a janela acima da porta foi destrancada, mas não se podia ver nenhum vulto em sua escura abertura.

"Quem é?", disse uma voz. "O que quereis?"

Théoden sobressaltou-se. "Conheço essa voz", respondeu ele, "e maldigo o dia em que primeiro a escutei."

"Vai e busca Saruman, já que te tornaste seu lacaio, Gríma Língua-de--Cobra!", disse Gandalf. "E não desperdices nosso tempo!"

A janela fechou-se. Eles esperaram. De súbito outra voz falou, grave e melodiosa, e seu próprio som era um encantamento. Os que escutavam aquela voz incautos raramente eram capazes de relatar as palavras que ouviam; e se o faziam admiravam-se, já que pouco poder restava nelas. Na maior parte só recordavam que era um deleite ouvir a voz falando, que tudo o que dizia parecia sábio e razoável e despertava neles o desejo de, por rápida concordância, parecerem sábios eles mesmos. Quando outros falavam, pareciam rudes e impolidos por contraste; e, se contradiziam a voz, a ira se inflamava nos corações dos que estavam sujeitos ao encanto. Para alguns o encanto só durava enquanto a voz lhes falava, e quando falava a outro eles sorriam, como homens que desmascaram o truque de um prestidigitador enquanto outros ficam boquiabertos diante dele. Para muitos o simples som da voz bastava para mantê-los subjugados; mas para aqueles que ela conquistava, o encanto perdurava quando estavam longe, e ouviam sempre aquela voz macia sussurrando-lhes e estimulando-os. Mas ninguém ficava indiferente; ninguém rejeitava seus apelos e seus comandos sem esforço da mente e da vontade, enquanto seu mestre a mantinha sob controle.

"Bem?", dizia ela agora, com suave questionamento. "Por que tendes de perturbar meu repouso? Não me dareis paz nenhuma de noite nem de dia?" Seu tom era de um coração bondoso entristecido por injúrias imerecidas.

Ergueram os olhos admirados, pois não haviam ouvido o som de sua chegada; e viram um vulto de pé junto ao balaústre, olhando-os abaixo dele: um ancião, envolto em uma grande capa cuja cor não era fácil descrever, pois mudava quando moviam os olhos ou quando ele se mexia. O rosto era comprido, de testa alta, e ele tinha olhos fundos e obscuros, difíceis de sondar, apesar de agora terem um olhar grave, benévolo e um pouco cansado. Tinha cabelos e barba brancos, mas mechas negras ainda apareciam em torno dos lábios e das orelhas.

"Parecido, porém diferente", murmurou Gimli.

"Mas vamos lá", disse a voz macia. "Conheço de nome pelo menos dois de vós. Conheço Gandalf bem demais para ter grande esperança de que ele busque aqui auxílio ou conselho. Mas tu, Théoden, Senhor da Marca de Rohan, estás identificado por teus nobres emblemas e mais ainda pelo belo semblante da Casa de Eorl. Ó valoroso filho de Thengel, o Três Vezes Renomado! Por que não vieste antes e como amigo? Muito desejei ver-te, mais poderoso rei das terras ocidentais, e em especial nestes últimos anos, para te salvar dos conselhos insensatos e malignos que te afligem! Será demasiado tarde? A despeito das injúrias que me foram feitas, em que os homens de Rohan, ai de mim!, tiveram sua parte, ainda assim quero salvar-te e te livrar da ruína que se avizinha inevitável, se cavalgares nesta estrada que tomaste. Deveras só eu te posso auxiliar agora."

Théoden abriu a boca como se fosse falar, mas nada disse. Ergueu os olhos para o rosto de Saruman, com seus olhos escuros e solenes que o fitavam lá embaixo, e depois para Gandalf ao seu lado; e pareceu que hesitava. Gandalf não fez sinal; mas manteve-se em silêncio como uma pedra, como alguém que espera paciente por um chamado que ainda não veio. De início os Cavaleiros se inquietaram, murmurando com aprovação das palavras de Saruman; e depois silenciaram também eles, como homens enfeitiçados. Parecia-lhes que Gandalf jamais falara ao seu senhor de modo tão justo e adequado. Agora todas as suas tratativas com Théoden pareciam rudes e altivas. E nos seus corações insinuou-se uma sombra, o medo de grande perigo: o fim da Marca em uma treva à qual Gandalf os impelia, enquanto Saruman estava postado junto a uma porta de fuga, segurando-a entreaberta, de forma que um raio de luz a atravessava. Fez-se um pesado silêncio.

Foi Gimli, o anão, que irrompeu de repente. "As palavras deste mago estão de cabeça para baixo", grunhiu ele, agarrando o cabo do machado. "Na língua de Orthanc, auxílio significa ruína e salvar significa abater, isso está evidente. Mas não viemos aqui para implorar."

"Paz!", disse Saruman, e por um momento fugidio sua voz estava menos suave, e uma luz rebrilhou em seus olhos e se foi. "Não falo contigo ainda, Gimli, filho de Glóin", continuou ele. "Muito longínquo é teu lar, e pouco te importam os apuros desta terra. Mas não foi por tua própria intenção que te enredaste neles e por isso não culparei o papel que desempenhaste — um papel valoroso, não duvido. Mas peço-te, permite-me falar primeiro com o Rei de Rohan, meu vizinho, outrora meu amigo.

"O que tens a dizer, Théoden Rei? Farás paz comigo e com todo o auxílio que meu conhecimento, fundado em longos anos, é capaz de trazer? Vamos nos aconselhar juntos contra os dias ruins e reparar nossas injúrias com tão boa vontade que ambos os nossos domínios hão de florescer mais belos do que nunca antes?"

Théoden ainda não respondia. Ninguém podia dizer se lutava contra a ira ou a dúvida. Éomer falou.

"Senhor, ouvi-me!", disse ele. "Agora sentimos o perigo de que fomos alertados. Cavalgamos rumo à vitória só para estarmos, enfim, admirados diante um velho mentiroso que tem mel na língua bifurcada? Assim o lobo encurralado falaria aos cães, se pudesse. Que auxílio ele pode dar-vos, em verdade? Tudo o que deseja é escapar de seu apuro. Mas negociareis com este que lida com traição e assassinato? Recorda Théodred nos Vaus e o túmulo de Háma no Abismo de Helm!"

"Se falamos de línguas envenenadas, o que havemos de dizer da tua, jovem serpente?", indagou Saruman, e agora o lampejo de sua ira era claramente visível. "Mas vamos, Éomer, filho de Éomund!", prosseguiu outra vez com sua voz suave. "A cada um o seu papel. A valentia em armas é o teu e com ela conquistas altas honras. Mata a quem teu senhor designa como inimigo e sê contente. Não te intrometas em políticas que não compreendes. Mas quem sabe, se te tornares rei, descobrirás que precisas escolher teus amigos com cautela. A amizade de Saruman e o poder de Orthanc não podem ser levianamente jogados de lado, quaisquer que sejam os ressentimentos, reais ou imaginados, que estejam por trás. Vencestes uma batalha, mas não uma guerra — e foi com uma ajuda com a qual não podeis contar outra vez. Logo podereis encontrar a Sombra da Mata junto à vossa própria porta: ela é caprichosa e sem sentido e não tem amor pelos Homens.

"Mas, meu senhor de Rohan, devo ser chamado de assassino porque homens valentes tombaram em batalha? Se saíres à guerra, inutilmente, pois eu não a desejava, então homens serão mortos. Mas, se por esse motivo sou assassino, então toda a Casa de Eorl está manchada com assassinato; pois combateram em muitas guerras e atacaram muitos que os desafiaram. Porém com alguns depois fizeram a paz, que não foi pior por ser política. Eu digo, Théoden Rei: havemos de ter paz e amizade, tu e eu? É nossa para a ordenarmos."

"Teremos paz", respondeu Théoden por fim, devagar e com esforço. Vários Cavaleiros deram exclamações de alegria. Théoden ergueu a mão. "Sim, teremos paz," continuou ele, agora em voz clara, "teremos paz quando tu e todas as tuas obras tiverdes perecido — e as obras de teu mestre sombrio ao qual nos querias entregar. És mentiroso, Saruman, e corruptor dos corações humanos. Estendes-me a mão, e só percebo um dedo da garra de Mordor. Cruel e frio! Mesmo que fosse justa tua guerra contra mim — e não foi, pois mesmo que fosses dez vezes mais sábio não terias o direito de dominar a mim e aos meus em teu próprio benefício, como desejavas —, mesmo assim, o que dirás de tuas tochas em

Westfolde e das crianças que lá jazem mortas? E despedaçaram o corpo de Háma diante dos portões do Forte-da-Trombeta, depois que estava morto. Quando estiveres pendurado em uma forca em tua janela, para diversão de teus próprios corvos, terei paz contigo e com Orthanc. Eis o que digo da Casa de Eorl. Sou um filho menor de grandes antepassados, mas não preciso lamber-te os dedos. Volta-te para outro lado. Mas receio que tua voz perdeu o encanto."

Os Cavaleiros encararam Théoden como homens que acordam de chofre de um sonho. A voz de seu mestre soava-lhes aos ouvidos rude como a de uma velha gralha após a música de Saruman. Mas por alguns momentos Saruman estava fora de si em fúria. Inclinou-se sobre o balaústre como se fosse golpear o Rei com seu cajado. A alguns pareceu de repente que viam uma cobra enrolada para o bote.

"Forcas e corvos!", sibilou ele, e estremeceram diante da mudança hedionda. "Velho caduco! O que é a casa de Eorl senão um celeiro coberto de palha onde bandidos bebem no meio da fumaça e seus pirralhos rolam no chão entre os cachorros? Eles é que escaparam da forca há demasiado tempo. Mas o laço vem, moroso no estreitamento, firme e duro no final. Pendei se quiserdes!" Agora sua voz mudou à medida que ele se controlava devagar. "Não sei por que tive paciência de falar contigo. Pois não preciso de ti, nem de teu bandinho de galopadores, rápidos na fuga como no avanço, Théoden, Senhor-de-cavalos. Muito tempo atrás ofereci-te uma condição além de teu merecimento e de teu juízo. Outra vez a ofereci, de forma que os que desencaminhas possam ver claramente a escolha das estradas. Tu me dás bazófia e insulto. Assim seja. Volta às tuas cabanas!

"Mas tu, Gandalf! Ao menos por ti eu lamento e sinto por tua vergonha. Como é possível que suportes tal companhia? Pois és altivo, Gandalf — e não sem motivo, já que tens uma mente nobre e olhos que enxergam ao mesmo tempo fundo e longe. Mesmo agora não vais escutar meu conselho?"

Gandalf mexeu-se e olhou para cima. "O que tens a dizer que não disseste em nosso último encontro?", perguntou ele. "Ou quem sabe tenhas coisas para desdizer?"

Saruman fez uma pausa. "Desdizer?", refletiu ele, como quem está perplexo. "Desdizer? Tratei de te aconselhar para teu próprio bem, porém mal escutaste. És orgulhoso e não gostas de conselhos, já que deveras tens abundância de tua própria sabedoria. Mas naquela ocasião erraste, creio, obstinadamente interpretando mal as minhas intenções. Temo que, ansioso por te persuadir, eu tenha perdido a paciência. E deveras me arrependo disso. Pois não tinha má vontade contigo; e mesmo agora não a tenho, por muito que voltes a mim na companhia dos violentos e ignorantes. Como poderia? Não somos ambos membros de uma elevada e antiga ordem, a mais excelente da Terra-média? Nossa amizade nos aproveitaria aos dois igualmente. Muita coisa ainda poderíamos realizar juntos para curar as desordens do mundo. Vamos compreender-nos e rejeitar do pensamento essa gente menor! Eles que sigam nossas decisões! Pelo bem comum estou disposto a reparar o passado e a te receber. Não queres consultar-me? Não queres subir?"

Era tão grande o poder que Saruman exercia naquele último esforço que ninguém ao alcance de sua voz ficou indiferente. Mas agora o encanto era totalmente diverso. Ouviam a gentil admoestação de um rei bondoso a um ministro errante, mas muito amado. Mas estavam do lado de fora, escutando junto à porta palavras que não eram dirigidas a eles: crianças malcriadas ou serviçais estúpidos ouvindo por acaso o diálogo enganoso dos mais velhos e perguntando-se como afetará sua sorte. Aqueles dois eram feitos em molde mais elevado: reverendos e sábios. Era inevitável que fizessem aliança. Gandalf ascenderia à torre para discutir coisas profundas além da compreensão deles nos elevados recintos de Orthanc. A porta se fecharia e eles seriam deixados de fora, dispensados para esperarem a distribuição do trabalho ou do castigo. Na própria mente de Théoden o pensamento se formou, como uma sombra de dúvida: "Ele nos trairá; ele irá — estaremos perdidos."

Então Gandalf riu. A fantasia sumiu como uma baforada de fumaça.

"Saruman, Saruman!", disse Gandalf, ainda rindo. "Saruman, perdeste teu caminho na vida. Devias ter sido bufão do rei e ganhado teu pão, e também tuas chicotadas, imitando seus conselheiros. Ah, não!", fez uma pausa, dominando a hilaridade. "Compreender-nos? Receio estar além da tua compreensão. Mas a ti, Saruman, agora compreendo bem demais. Guardo uma lembrança mais clara de teus argumentos, e de teus feitos, do que supões. Da última vez em que te visitei tu eras o carcereiro de Mordor e para lá eu iria ser mandado. Não, o hóspede que fugiu pelo telhado pensa duas vezes antes de voltar porta adentro. Não, não creio que vá subir. Mas escuta, Saruman, pela última vez! Não queres descer? Isengard demonstrou ser menos forte do que parecia à tua esperança e imaginação. Também outras coisas em que ainda confias poderão ser assim. Não seria bom deixá-la por uns tempos? Voltar-se a coisas novas, quem sabe? Pensa bem, Saruman! Não queres descer?"

Uma sombra perpassou o rosto de Saruman; então ele assumiu uma palidez de morte. Antes que ele conseguisse ocultá-la, viram através da máscara a angústia de uma mente em dúvida, detestando ficar e temendo deixar seu refúgio. Por um segundo ele hesitou, e ninguém respirou. Então falou, e sua voz era estridente e fria. O orgulho e o ódio o estavam conquistando.

"Se quero descer?", zombou ele. "Um homem desarmado desce para falar com ladrões diante da porta? Consigo ouvir-te muito bem daqui. Não sou tolo e não confio em ti, Gandalf. Eles não estão abertamente em minha escadaria, mas sei onde espreitam os selvagens demônios da mata ao teu comando."

"Os traiçoeiros são sempre desconfiados", respondeu Gandalf, cansado. "Mas não precisas temer pela tua pele. Não desejo matar-te nem ferir-te, como saberias se realmente me compreendesses. E tenho o poder de te proteger. Estou te dando uma última chance. Podes deixar Orthanc, livre — se decidires."

"Isso soa bem", escarneceu Saruman. "Muito à maneira de Gandalf, o Cinzento: tão condescendente e tão bondoso. Não duvido de que acharias Orthanc cômoda e minha partida, conveniente. Mas por que eu desejaria partir? E o que queres dizer com 'livre'? Há condições, presumo?"

"Razões para partir tu podes ver de tuas janelas", respondeu Gandalf. "Outras te ocorrerão ao pensamento. Teus serviçais estão destruídos e dispersos; teus vizinhos tu transformaste em inimigos; e lograste teu novo mestre, ou tentaste fazer isso. Quando o olho dele se voltar para cá, será o olho vermelho da ira. Mas quando digo 'livre', quero dizer 'livre': livre de amarras, de correntes ou comando: para ires aonde quiseres, mesmo; mesmo a Mordor, Saruman, se desejares. Mas primeiro me entregarás a Chave de Orthanc e teu cajado. Hão de ser penhores de tua conduta para serem devolvidos mais tarde, se os merecerem."

O rosto de Saruman ficou lívido, contorcido de raiva, e uma luz vermelha se acendeu em seus olhos. Riu selvagemente. "Mais tarde!", gritou, e sua voz se ergueu num berro. "Mais tarde! Sim, quando tiveres também as próprias Chaves de Barad-dûr, suponho; e as coroas de sete reis, e os bastões dos Cinco Magos, e tiveres comprado um par de botas muitos números além que as que usas agora. Um plano modesto. Certamente não um em que minha ajuda seja necessária! Tenho outras coisas a fazer. Não sejas tolo. Se quiseres tratar comigo enquanto tens a oportunidade, vai embora e volta quando estiveres sóbrio! E deixa para trás esses degoladores e essa ralezinha pendurada na aba do casaco! Bom dia!" Virou-se e deixou o balcão.

"Volta, Saruman!", disse Gandalf em voz de comando. Para espanto dos demais, Saruman deu a volta e, como que arrastado contra a vontade, retornou devagar ao balaústre de ferro, apoiando-se nele, respirando com dificuldade. Seu rosto estava sulcado e murcho. Sua mão agarrava-se ao pesado cajado negro, como uma garra.

"Não te dei permissão para ires", continuou Gandalf com severidade. "Não terminei. Tornaste-te um tolo, Saruman, porém digno de pena. Ainda poderias ter-te desviado da loucura e do mal, e serias útil. Mas decidiste ficar e roer as pontas de tuas velhas tramas. Fica então! Mas eu te aviso, não será fácil saíres outra vez. Não, a não ser que as mãos escuras do Leste se estendessem para te pegar, Saruman!", exclamou ele, e sua voz cresceu em poder e autoridade. "Vê, não sou Gandalf, o Cinzento, a quem traíste. Eu sou Gandalf, o Branco, que retornou da morte. Agora não tens cor, e te expulso da ordem e do Conselho."

Ergueu a mão e falou lentamente, em voz clara e fria. "Saruman, teu cajado está rompido." Ouviu-se um estalido, e o cajado se partiu em dois na mão de Saruman, e seu topo caiu aos pés de Gandalf. "Vai!", disse Gandalf. Com um grito, Saruman caiu para trás e se arrastou para longe. Naquele momento, um objeto pesado e brilhante caiu violentamente de cima. Resvalou no balaústre de ferro bem quando Saruman o abandonava e, passando perto da cabeça de Gandalf, bateu na escada onde ele estava em pé. O balaústre ressoou e se partiu. A escada rachou e se estilhaçou em fagulhas reluzentes. Mas a bola estava ilesa: rolou pelos degraus, um globo de cristal escuro, mas rebrilhando com um coração de fogo. Enquanto saltava para longe, na direção de uma poça, Pippin correu atrás dele e o apanhou.

"Patife assassino!", exclamou Éomer. Mas Gandalf estava impassível. "Não, isso não foi jogado por Saruman", disse ele; "nem a seu pedido, creio. Veio de uma janela muito acima. Um golpe de despedida do Mestre Língua-de-Cobra, imagino, porém com má pontaria."

"A pontaria foi ruim, quem sabe, porque ele não conseguiu decidir quem odiava mais, a ti ou a Saruman", disse Aragorn.

"Isso pode ser", disse Gandalf. "Esses dois terão pouco consolo em sua companhia: um vai roer o outro com palavras. Mas a punição é justa. Se algum dia Língua-de-Cobra sair vivo de Orthanc, será mais do que merece.

"Aqui, meu rapaz, eu fico com isso! Não lhe pedi para mexer nisso", exclamou ele, virando-se de repente e vendo Pippin subindo os degraus, devagar, como se carregasse um grande peso. Desceu ao seu encontro e apressadamente tirou o globo escuro do hobbit, envolvendo-o nas dobras da capa. "Vou tomar conta disto", comentou ele. "Acho que não é um objeto que Saruman teria decidido jogar fora."

"Mas ele pode ter outros objetos para jogar", disse Gimli. "Se esse é o fim do debate, vamos pelo menos sair do alcance das pedras!"

"É o fim", afirmou Gandalf. "Vamos embora."

Deram as costas às portas de Orthanc e desceram. Os cavaleiros deram vivas ao rei com alegria e saudaram Gandalf. O encanto de Saruman fora rompido: haviam-no visto atendendo ao chamado e arrastando-se para longe, dispensado.

"Bem, isso está feito", disse Gandalf. "Agora preciso encontrar Barbárvore e lhe contar como tudo andou."

"Com certeza ele adivinhou?", comentou Merry. "Era provável que acabasse de outro modo?"

"Não era provável," respondeu Gandalf, "mas estiveram por um fio de cabelo. Mas tive motivos para tentar; alguns misericordiosos e outros menos. Primeiro Saruman percebeu que o poder de sua voz estava minguando.

Ele não pode ser ao mesmo tempo tirano e conselheiro. Quando a trama está madura ela não fica mais secreta. Porém ele caiu na armadilha e tentou tratar com suas vítimas uma a uma enquanto os demais ouviam. Então dei-lhe uma última opção, uma opção justa: renunciar tanto a Mordor quanto a suas intrigas privadas e emendar-se, ajudando-nos na necessidade. Ele conhece nossa necessidade, melhor que ninguém. Poderia ter-nos prestado grande serviço. Mas decidiu negá-lo e manter o poder de Orthanc. Não quer servir, somente comandar. Agora vive no terror da sombra de Mordor e mesmo assim ainda sonha enfrentar a tempestade. Tolo infeliz! Será devorado se o poderio do Leste estender os braços até Isengard. Não podemos destruir Orthanc de fora, mas Sauron — quem sabe o que ele pode fazer?"

"E se Sauron não o conquistar? O que você vai fazer com ele?", perguntou Pippin.

"Eu? Nada!", disse Gandalf. "Não lhe farei nada. Não desejo a dominação. O que será feito dele? Não sou capaz de dizer. Lamento que tanta coisa que foi boa agora esteja apodrecendo na torre. Ainda assim, para nós as coisas não andaram mal. Estranhas são as voltas da sorte! Muitas vezes o ódio fere a si mesmo! Creio que, mesmo que tivéssemos entrado, teríamos encontrado em Orthanc poucos tesouros mais preciosos que o objeto que Língua-de-Cobra jogou em nós."

Um guincho estridente, interrompido de repente, veio de uma janela aberta muito acima.

"Parece que Saruman também pensa assim", disse Gandalf. "Vamos deixá-los!"

Voltaram então às ruínas do portão. Mas haviam passado sob o arco quando, dentre as sombras das pedras empilhadas onde estavam parados, Barbárvore e uma dúzia de outros Ents vieram caminhando a largos passos. Aragorn, Gimli e Legolas os fitaram admirados.

"Eis três de meus companheiros, Barbárvore", disse Gandalf. "Falei deles, mas tu ainda não os viste", disse seus nomes, um a um.

O Velho Ent olhou-os longamente, com muita atenção, e falou a um de cada vez. Por último dirigiu-se a Legolas. "Então vieste o caminho todo desde Trevamata, meu bom Elfo? Foi antigamente uma floresta enorme!"

"E ainda é", disse Legolas. "Mas não tão grande que nós, que lá habitamos, nos cansemos de ver árvores novas. Gostaria imensamente de viajar à Floresta de Fangorn. Mal lhe atravessei as bordas e não queria voltar atrás."

Os olhos de Barbárvore brilharam de prazer. "Espero que realizes teu desejo antes que as colinas envelheçam muito mais", disse ele.

"Irei se eu tiver essa sorte", respondeu Legolas. "Fiz um pacto com meu amigo de que, se tudo correr bem, visitaremos Fangorn juntos — com tua licença."

"Qualquer Elfo que venha contigo será bem-vindo", afirmou Barbárvore.

"O amigo de quem falo não é Elfo", disse Legolas; "refiro-me a Gimli, filho de Glóin aqui." Gimli fez uma mesura profunda, e o machado lhe deslizou do cinto e retiniu no chão.

"Huum, hm! Ah, bem", hesitou Barbárvore, olhando-o com olhos escuros. "Um anão e portador-de-machado! Huum! Tenho boa vontade com os Elfos; mas pedes muita coisa. Esta é uma estranha amizade!"

"Pode parecer estranha", disse Legolas; "mas enquanto Gimli viver não irei a Fangorn sozinho. Seu machado não é para as árvores, e sim para os pescoço-órquicos, ó Fangorn, Mestre da Floresta de Fangorn. Quarenta e dois ele abateu na batalha."

"Huu! Ora vamos!", disse Barbárvore. "Essa é uma história melhor! Bem, bem, as coisas vão como vão; e não há necessidade de se apressar ao encontro delas. Mas agora temos de nos despedir por algum tempo. O dia está chegando ao fim, porém Gandalf diz que precisais partir antes do anoitecer, e o Senhor da Marca está ansioso por sua própria casa."

"Sim, precisamos partir, e partir agora", comentou Gandalf. "Receio que preciso tirar-te os guardas do portão. Mas arranjar-te-ás bastante bem sem eles."

"Quem sabe", disse Barbárvore. "Mas sentirei sua falta. Tornamo-nos amigos em tão pouco tempo que acho que devo estar ficando apressado — crescendo ao contrário, rumo à juventude, talvez. Mas ora, eles são a primeira coisa nova sob o Sol ou a Lua que vi por muitos longos, longos dias. Não hei de esquecê-los. Pus seus nomes na Longa Lista. Os Ents a recordarão.

> *Ents como árvores, com os anos dos montes,*
> *que amplos andam e água bebem;*
> *e, famintos na mata, os mínimos Hobbits,*
> *os seres risonhos, reduzido povo,*[A]

hão de permanecer amigos enquanto as folhas se renovarem. Adeus! Mas se ouvirdes novas em vossa terra aprazível, no Condado, mandai-me notícias! Sabeis o que quero dizer: menção ou visão das Entesposas. Vinde vós mesmos se puderdes!"

"Viremos!", disseram Merry e Pippin juntos e viraram-se apressados. Barbárvore olhou-os e ficou alguns momentos em silêncio, balançando a cabeça pensativo. Depois voltou-se para Gandalf.

"Então Saruman não queria partir?", indagou ele. "Eu não achava que iria. Seu coração é podre como o de um Huorn negro. Ademais, se eu fosse derrotado e todas as minhas árvores fossem destruídas, eu não viria enquanto tivesse um buraco escuro para me esconder."

"Não", disse Gandalf. "Mas não tramaste cobrir o mundo todo com tuas árvores e sufocar todos os outros seres vivos. Mas aí está, Saruman fica para acalentar seu ódio e tecer outra vez as teias que pode. Ele tem a Chave de Orthanc. Mas não se pode permitir que escape."

"Não deveras! Os Ents vão tratar disso", disse Barbárvore. "Saruman não há de pôr os pés além da rocha sem minha permissão. Os Ents vão vigiá-lo."

"Ótimo!", exclamou Gandalf. "Era o que eu esperava. Agora posso ir e me voltar para outros assuntos com uma preocupação a menos. Mas deves ter cautela. As águas desceram. Não será bastante pôr sentinelas ao redor da torre, receio. Não duvido de que houvesse caminhos profundos escavados por baixo de Orthanc e que Saruman espere ir e vir sem ser notado, em breve. Se quiseres enfrentar esse trabalho, peço que derrames as águas de novo; e que faças isso até que Isengard se transforme em lago fixo ou que descubras os vertedouros. Quando todos os lugares subterrâneos estiverem alagados e os vertedouros estiverem bloqueados, Saruman precisará ficar no alto e espiar pelas janelas."

"Deixa isso para os Ents!", disse Barbárvore. "Havemos de esquadrinhar o vale da cabeça aos pés e espiar embaixo de cada seixo. As árvores estão voltando para viver aqui, árvores velhas, árvores selvagens. Vamos chamá-la de Floresta Vigia. Nem um esquilo andará aqui sem que eu saiba. Deixa isso para os Ents! Até que passem sete vezes os anos em que nos atormentou, não havemos de nos cansar de vigiá-lo."

11

A Palantír

O sol se punha atrás do longo braço ocidental das montanhas quando Gandalf e seus companheiros, e o rei com seus Cavaleiros, partiram outra vez de Isengard. Gandalf levou Merry em sua garupa, e Aragorn levou Pippin. Dois homens do rei foram à frente, cavalgando depressa, e logo saíram de vista, descendo para o vale. Os demais seguiram em passo confortável.

No portão estavam Ents em solene fileira, como estátuas, com os longos braços erguidos, mas não faziam nenhum som. Merry e Pippin olharam para trás quando haviam avançado um pouco pela estrada serpenteante. A luz do sol ainda brilhava no céu, mas longas sombras se estendiam sobre Isengard: ruínas cinzentas que caíam na escuridão. Agora Barbárvore estava em pé ali sozinho, como o toco distante de uma velha árvore: os hobbits recordaram seu primeiro encontro, no ensolarado degrau bem longe dali, na beira de Fangorn.

Chegaram à coluna da Mão Branca. Ainda estava de pé, mas a mão esculpida fora jogada no chão e quebrada em pedacinhos. Bem no meio da estrada jazia o longo indicador, branco na penumbra, com a unha vermelha passando ao negro.

"Os Ents prestam atenção em todos os detalhes!", disse Gandalf.

Prosseguiram na cavalgada, e a tardinha se aprofundou no vale.

"Vamos cavalgar longe esta noite, Gandalf?", perguntou Merry algum tempo depois. "Não sei como você se sente com a ralezinha pendurada atrás de você; mas a ralé está cansada e ficará contente de se despendurar e deitar."

"Então você ouviu aquilo?", disse Gandalf. "Não deixe que o amargure! Seja grato por nenhuma palavra mais longa ter sido dirigida a vocês. Ele estava de olhos postos em vocês. Se isso consola seu orgulho, eu deveria dizer que no momento você e Pippin estão mais presentes nos pensamentos dele que todos nós outros. Quem vocês são; como chegaram ali, e por quê; o que sabem; se foram capturados, e nesse caso como escaparam quando todos os Orques pereceram — é com esses pequenos enigmas que a grande mente de Saruman se aflige. O escárnio dele, Meriadoc, é um elogio, se você se sente honrado com a atenção dele."

"Obrigado!", disse Merry. "Mas é honra maior ficar pendurado na aba do seu casaco, Gandalf. Por exemplo, nessa posição tem-se a oportunidade de fazer uma pergunta pela segunda vez. Vamos cavalgar longe esta noite?"

Gandalf riu. "Um hobbit totalmente irreprimível! Todos os Magos deveriam ter um ou dois hobbits a seu cuidado — para lhes ensinar o significado da palavra e para corrigi-los. Peço desculpas. Mas dei atenção até a esses assuntos simples. Vamos cavalgar por algumas horas, calmamente, até chegarmos ao fim do vale. Amanhã precisamos cavalgar mais depressa.

"Quando viemos, pretendíamos voltar direto de Isengard para a casa do rei em Edoras, por cima das planícies, uma jornada de alguns dias. Mas pensamos melhor e mudamos o plano. Mensageiros seguiram adiante para o Abismo de Helm para alertá-los de que o rei volta amanhã. De lá ele cavalgará com muitos homens ao Fano-da-Colina por trilhas entre os morros. De agora em diante não mais que dois ou três irão juntos em campo aberto, de dia ou de noite, quando isso for possível."

"Seu jeito é nada ou porção dupla!", comentou Merry. "Receio que eu não estava olhando além da cama de hoje. Onde e o que são o Abismo de Helm e todo o resto? Não sei nada sobre esta região."

"Então é melhor aprender alguma coisa se quiser entender o que está acontecendo. Mas não bem agora e não comigo: tenho coisas urgentes demais para pensar."

"Muito bem, vou abordar Passolargo junto à fogueira do acampamento: ele é menos irritadiço. Mas por que todo esse segredo? Pensei que tínhamos vencido a batalha!"

"Sim, vencemos, mas só a primeira vitória, e isso mesmo aumenta nosso perigo. Havia alguma ligação entre Isengard e Mordor que ainda não sondei. Não tenho certeza como trocavam notícias; mas trocavam. O Olho de Barad-dûr estará espiando impacientemente o Vale do Mago, creio; e Rohan. Quanto menos vir, melhor."

A estrada passava devagar, dando voltas na descida para o vale. Ora mais longe, ora mais perto, o Isen corria em seu leito pedregoso. A noite desceu das montanhas. Todas as névoas haviam sumido. Soprava um vento gelado. A lua, já tornando-se redonda, preenchia o céu oriental com um brilho frio e pálido. As encostas das montanhas à direita desciam até colinas nuas. As amplas planícies estendiam-se cinzentas diante deles.

Por fim pararam. Depois desviaram-se, deixando a estrada e percorrendo de novo a bela relva do planalto. Rumando para o oeste, chegaram a um vale cerca de uma milha adiante. Ele se abria para o sul, encostando-se ao aclive da redonda Dol Baran, última colina das cordilheiras setentrionais, de pés verdes e coroada de urze. As bordas da ravina tinham farrapos das samambaias do ano anterior, entre os quais a folhagem da primavera, firmemente enrolada, acabava de surgir da terra de perfume doce. Moitas de espinheiros cresciam densas nas margens baixas, e eles acamparam embaixo delas, cerca de duas horas antes do meio da noite. Fizeram uma fogueira numa depressão, sob as raízes de um pilriteiro espalhado, alto como uma árvore, retorcido com a idade, mas saudável em todos os galhos. Havia brotos saindo na ponta de cada raminho.

Foram postos vigias, dois em cada turno. Os demais, depois de jantarem, enrolaram-se nas capas e cobertores e dormiram. Os hobbits estavam deitados sozinhos a um canto, sobre um monte de samambaias velhas. Merry estava sonolento, mas Pippin parecia curiosamente inquieto. As samambaias estalavam e farfalhavam à medida que ele se torcia e virava.

"Qual é o problema?", perguntou Merry. "Está deitado em um formigueiro?"

"Não," disse Pippin, "mas não estou confortável. Pergunto-me quanto tempo faz que não durmo numa cama."

Merry bocejou. "Calcule nos dedos!", respondeu ele. "Mas precisa saber quanto tempo faz que deixamos Lórien."

"Oh, isso!", disse Pippin. "Quero dizer uma cama de verdade num quarto de dormir."

"Bem, Valfenda então", disse Merry. "Mas hoje à noite eu poderia dormir em qualquer lugar."

"Você teve sorte, Merry", afirmou Pippin baixinho, após uma pausa. "Você estava cavalgando com Gandalf."

"Bem, e daí?"

"Você arrancou alguma novidade, alguma informação dele?"

"Sim, bastante. Mais que o normal. Mas você ouviu tudo ou a maior parte; você estava por perto, e não estávamos falando segredos. Mas pode ir com ele amanhã, se acha que pode arrancar mais coisas dele — e se ele o aceitar."

"Posso? Bom! Mas ele está calado, não está? Não está nada mudado."

"Oh sim, está!", respondeu Merry, acordando um pouco e começando a se perguntar o que incomodava seu companheiro. "Ele cresceu, ou algo assim. Consegue ser ao mesmo tempo mais gentil e mais alarmante, mais alegre e mais solene que antes, acho. Ele mudou; mas ainda não tivemos oportunidade de ver o quanto. Mas pense no final daquele negócio com Saruman! Lembre-se de que Saruman já foi superior de Gandalf: chefe do Conselho, seja lá o que for isso exatamente. Ele era Saruman, o Branco. Agora Gandalf é o Branco. Saruman veio quando recebeu ordem, e seu bastão foi tomado; e depois simplesmente recebeu ordem de ir, e foi!"

"Bem, se Gandalf realmente mudou, então está mais calado do que nunca, só isso", argumentou Pippin. "Essa... bola de vidro, agora. Ele parecia muito contente com ela. Ele sabe ou supõe algo a respeito. Mas ele nos conta o que é? Não, nem uma palavra. Porém eu a apanhei e a salvei de rolar para uma poça. *Aqui, meu rapaz, eu fico com isso* — é só. Fico pensando o que será. Parecia tão pesada." A voz de Pippin tornou-se muito baixa, como se falasse sozinho.

"Alô!", disse Merry. "Então é isso que o incomoda? Ora, Pippin, meu rapaz, não se esqueça do que disse Gildor — o que Sam costumava citar: 'Não te intrometas nas questões dos Magos, pois são sutis e se encolerizam depressa.'"

"Mas durante meses toda a nossa vida tem sido uma longa intromissão nas questões dos Magos", disse Pippin. "Gostaria de um pouco de informação além do perigo. Gostaria de uma olhada naquela bola."

"Vá dormir!", respondeu Merry. "Você vai receber informações bastantes mais cedo ou mais tarde. Meu caro Pippin, nenhum Tûk jamais venceu um Brandebuque em termos de curiosidade; mas esta é a hora, eu lhe pergunto?"

"Muito bem! Qual é o mal de eu lhe contar que gostaria de uma olhada naquela pedra? Sei que não posso tê-la, com o velho Gandalf sentado em cima como uma galinha num ovo. Mas não ajuda muito receber de você só um *não-pode-tê-la-portanto-vá-dormir*!"

"Bem, o que mais eu poderia dizer?", indagou Merry. "Lamento, Pippin, mas realmente você precisa esperar pela manhã. Ficarei tão curioso quanto você quiser depois do desjejum e ajudarei como puder na adulação do mago. Mas não consigo mais me manter acordado. Se eu der mais um bocejo, vou rachar até as orelhas. Boa noite!"

Pippin não disse mais nada. Agora estava deitado quieto, mas o sono continuava muito distante; e não foi estimulado pelo som de Merry respirando baixinho, adormecido poucos minutos depois de dar boa-noite. O pensamento no globo escuro parecia tornar-se mais forte à medida que tudo caía no silêncio. Mais uma vez Pippin sentiu seu peso nas mãos, e mais uma vez viu as misteriosas profundezas vermelhas que contemplara por um momento. Agitou-se, virou-se e tentou pensar em outra coisa.

Finalmente não conseguiu aguentar mais. Levantou-se e olhou em torno. Estava gelado, e ele se envolveu na capa. A lua brilhava fria e branca, lá de cima para o vale, e as sombras dos arbustos eram negras. Havia vultos adormecidos em toda a volta. Os dois guardas não estavam à vista: talvez estivessem no alto da colina ou escondidos nas samambaias. Movido por algum impulso que não compreendia, Pippin caminhou sorrateiro até onde Gandalf estava deitado. Olhou para ele no chão. O mago parecia adormecido, mas com as pálpebras não totalmente fechadas: havia um lampejo de olhos por baixo dos longos cílios. Pippin recuou apressado. Mas Gandalf não deu sinal; e, mais uma vez atraído para a frente, meio contra a vontade, o hobbit esgueirou-se de novo por trás da cabeça do mago. Este estava enrolado em um cobertor, com a capa estendida por cima; e bem junto a ele, entre seu lado direito e o braço encurvado, havia uma protuberância, algo redondo embrulhado em um pano escuro; sua mão parecia ter acabado de escorregar dela para o chão.

Mal respirando, Pippin arrastou-se mais para perto, pé ante pé. Finalmente ajoelhou-se. Então estendeu as mãos furtivamente e lentamente ergueu o montículo: não parecia tão pesado quanto ele esperara. "Quem sabe, afinal, fosse só uma trouxa de tralhas", pensou ele com uma estranha sensação de alívio; mas não voltou a repor a trouxa. Ficou parado por um momento, segurando-a firme. Então uma ideia lhe veio à cabeça. Saiu na ponta dos pés, encontrou uma pedra grande e voltou.

Então puxou o pano depressa, embrulhou nele a pedra e, ajoelhando-se, colocou-a de volta junto à mão do mago. Em seguida olhou, afinal, para o objeto que descobrira. Ali estava ele: um globo liso de cristal, agora escuro e inerte, descoberto diante dos seus joelhos. Pippin ergueu-o, cobriu-o apressado com sua própria capa e deu meia-volta para voltar à cama. Nesse momento Gandalf se mexeu no sono e murmurou algumas palavras: pareciam ser em uma língua estranha; sua mão tateou e apertou a pedra embrulhada, depois ele suspirou e não se mexeu mais.

"Seu tolo idiota!", murmurou Pippin para si mesmo. "Você vai se meter em tremendos apuros. Devolva isso depressa!" Mas viu-se com os joelhos trêmulos, e não se atrevia a se aproximar do mago o bastante para alcançar a trouxa. "Agora jamais vou devolvê-lo sem acordá-lo," pensou ele, "enquanto não ficar um pouco mais calmo. Portanto posso muito bem dar uma olhada primeiro. Só que não bem aqui!" Saiu sorrateiro e sentou-se em um montinho verde não distante de sua cama. A lua espiava por cima da beira do vale.

Pippin sentou-se com os joelhos erguidos e a bola entre eles. Inclinou-se sobre ela, parecendo uma criança cobiçosa curvada sobre uma tigela de comida, num canto afastado das outras. Puxou a capa de lado e espiou. O ar parecia imóvel e tenso à sua volta. No início o globo estava escuro, negro como azeviche, com o luar iluminando-lhe a superfície. Depois veio um brilho fraco, e uma agitação em seu âmago, e isso lhe fascinou os olhos de modo que já não podia afastar o olhar. Logo todo o interior parecia arder em fogo; a bola girava, ou as luzes rodavam lá dentro. De repente as luzes se apagaram. Ele deu um grito sufocado e debateu-se; mas continuou inclinado, segurando a bola com as duas mãos. Inclinou-se cada vez mais perto e depois ficou rígido; moveu os lábios silenciosamente por um momento. Então, com um grito estrangulado, caiu para trás e jazeu imóvel.

O grito foi penetrante. Os guardas saltaram das ribanceiras. Logo todo o acampamento estava se agitando.

"Então este é o ladrão!", disse Gandalf. Apressadamente jogou a capa sobre o globo, ali onde estava no chão. "Mas você, Pippin! Isto é um imprevisto doloroso!" Ajoelhou-se junto ao corpo de Pippin: o hobbit estava deitado de costas, rijo, com olhos inertes voltados para o céu. "Que diabrura! Que travessura ele fez — para si e para todos nós?" O rosto do mago estava tenso e abatido.

Pegou a mão de Pippin e se curvou sobre seu rosto, procurando ouvir sua respiração; depois pôs-lhe as mãos na testa. O hobbit estremeceu. Seus olhos se fecharam. Deu um grito; e sentou-se, encarando espantado todos os rostos ao seu redor, pálido ao luar.

"Não é para ti, Saruman!", exclamou em voz estridente e sem tom, encolhendo-se para longe de Gandalf. "Vou mandar buscá-lo de imediato. Compreendes? Só dize isso!" Então esforçou-se por levantar e fugir, mas Gandalf o segurou gentil e firmemente.

"Peregrin Tûk!", disse ele. "Volte!"

O hobbit relaxou e caiu para trás, agarrado à mão do mago. "Gandalf!", exclamou ele. "Gandalf! Perdoe-me!"

"Perdoá-lo?", indagou o mago. "Primeiro diga-me o que fez!"

"Eu, eu peguei a bola e olhei para ela", gaguejou Pippin; "e vi coisas que me assustaram. E eu queria ir embora, mas não podia. E então veio ele e me interrogou; e olhou para mim, e... e... isso é tudo que recordo."

"Isso não basta", afirmou Gandalf com severidade. "O que você viu e o que você disse?"

Pippin fechou os olhos e teve um calafrio, mas nada disse. Todos o fitavam em silêncio, exceto Merry, que se virou para o outro lado. Mas o rosto de Gandalf ainda estava duro. "Fale!", disse ele.

Com voz baixa e hesitante, Pippin recomeçou, e lentamente suas palavras foram ficando mais nítidas e fortes. "Vi um céu escuro e altas ameias", disse ele. "E estrelas minúsculas. Pareciam estar muito longe e muito tempo atrás, mas brilhantes e nítidas. Então as estrelas acenderam e apagaram — foram tapadas por seres com asas. Na verdade, muito grandes, acho; mas no vidro pareciam morcegos rodopiando em torno da torre. Acho que eram nove. Um deles começou a voar direto em minha direção, aumentando cada vez mais. Tinha um horrível — não, não! Não posso dizer.

"Tentei escapar, porque pensei que ele voaria para fora; mas quando tinha coberto o globo todo ele desapareceu. Então veio *ele*. Ele não falou de modo que eu pudesse ouvir palavras. Só olhou, e eu entendi.

"'Então voltaste? Por que deixaste de relatar por tanto tempo?'

"Não respondi. Ele disse: 'Quem és tu?' Ainda assim não respondi, mas isso me doeu horrivelmente; e ele me pressionou, então eu disse: 'Um hobbit.'

"Então, de repente, pareceu que ele me viu e riu de mim. Foi cruel. Foi como ser apunhalado com facas. Eu me debati. Mas ele disse: 'Espera um momento! Logo havemos de nos reencontrar. Dize a Saruman que esse petisco não é para ele. Vou mandar buscá-lo de imediato. Compreendes? Só dize isso!'

"Então ele me olhou com malícia. Senti que estava me desfazendo em pedaços. Não, não! Não posso dizer mais nada. Não me lembro de mais nada."

"Olhe para mim!", disse Gandalf.

Pippin olhou-lhe direto nos olhos. O mago ficou encarando-o em silêncio por um momento. Depois seu rosto ficou mais bondoso, e surgiu a sombra de um sorriso. Pôs a mão de leve na cabeça de Pippin.

"Muito bem!", disse ele. "Não diga mais nada! Você não sofreu nenhum mal. Não há mentira nos seus olhos como eu receava. Mas ele não falou com você por muito tempo. Um tolo, mas um tolo honesto, é o que você continua sendo, Peregrin Tûk. Outros mais sábios poderiam ter-se dado pior em tal transe. Mas lembra-se disto! Você foi salvo, e todos os seus amigos também, principalmente graças à boa sorte, como a chamam. Não pode contar com ela da segunda vez. Se ele o tivesse interrogado, ali naquele momento, é quase certo que você teria contado tudo o que sabe, para ruína de todos nós. Mas ele estava ávido demais. Não queria apenas informações: ele queria *você*, depressa, para poder lidar com você na Torre Sombria, lentamente. Não estremeça! Se você vai se intrometer nas questões dos Magos, precisa estar preparado para pensar em tais coisas. Mas vamos! Eu o perdoo. Console-se! As coisas não terminaram tão mal como poderiam."

Ergueu Pippin suavemente e o carregou de volta para a cama. Merry seguiu-o e sentou-se ao seu lado. "Deite-se aí e descanse, se puder, Pippin!", disse Gandalf. "Confie em mim. Se sentir coceira nas palmas das mãos outra vez, conte-me! Essas coisas podem ser curadas. Mas seja como for, meu caro hobbit, nunca mais ponha um montículo de pedra embaixo de meu cotovelo! Agora vou deixar vocês dois a sós um pouco."

Com essas palavras, Gandalf retornou aos demais, que ainda estavam em pé junto à Pedra-de-Orthanc, com pensamentos perturbados. "O perigo vem à noite quando menos se espera", disse ele. "Escapamos por pouco!"

"Como está o hobbit Pippin?", perguntou Aragorn.

"Creio que agora tudo ficará bem", respondeu Gandalf. "Ele não foi dominado por muito tempo, e os hobbits têm um espantoso poder de recuperação. A lembrança, ou o horror dela, provavelmente se desfará depressa. Depressa demais, quem sabe. Tu, Aragorn, tomarás a Pedra-de--Orthanc e a guardarás? É um encargo perigoso."

"Perigoso deveras, mas não para todos", afirmou Aragorn. "Há uma pessoa que pode reivindicá-lo por direito. Pois certamente esta é a *palantír* de Orthanc do tesouro de Elendil, posta aqui pelos Reis de Gondor. Agora minha hora se avizinha. Eu a tomarei."

Gandalf olhou para Aragorn e depois, para surpresa dos demais, ergueu a Pedra coberta e fez uma mesura ao entregá-la.

"Recebe-a, senhor!", disse ele. "Em sinal de outros objetos que hão de ser devolvidos. Mas, se posso aconselhar-te no uso do que é teu, não a uses — ainda! Tem cautela!"

"Quando fui apressado ou incauto, eu que esperei e me preparei por tantos longos anos?", indagou Aragorn.

"Nunca ainda. Então não tropeces no final da estrada", respondeu Gandalf. "Mas ao menos mantém este objeto em segredo. Tu e todos os outros que aqui estão! Mais que todos o hobbit Peregrin não deve saber onde ele está depositado. O acesso maligno pode assolá-lo de novo. Pois ai dele! manejou-o e olhou dentro dele, o que jamais deveria ter acontecido. Não deveria tê-lo tocado em Isengard, e lá eu deveria ter sido mais rápido. Mas minha mente concentrava-se em Saruman, e não deduzi de imediato a natureza da Pedra. Depois fiquei exausto, e quando estava deitado ponderando a respeito o sono me dominou. Agora sei!"

"Sim, não pode haver dúvida", disse Aragorn. "Finalmente conhecemos a ligação entre Isengard e Mordor e como funcionava. Muita coisa está explicada."

"Estranhos poderes têm nossos inimigos e estranhas fraquezas!", comentou Théoden. "Mas há muito tem sido dito: 'amiúde o fito mau frustra o mal.'"

"Isso se vê muitas vezes", disse Gandalf. "Mas nestes tempos tivemos uma estranha sorte. Quem sabe este hobbit me tenha salvado de um grave deslize. Eu ponderara se eu mesmo devia ou não testar esta Pedra para descobrir seus usos. Se eu tivesse feito isso, eu próprio teria sido revelado a ele. Não estou pronto para tal provação, se é que alguma vez hei de estar. Mas, mesmo que eu reunisse o poder para me retirar, seria desastroso que ele me visse, por enquanto — até chegar a hora em que o segredo de nada mais valerá."

"Essa hora já chegou, creio", afirmou Aragorn.

"Ainda não", disse Gandalf. "Resta um breve período de dúvida que precisamos usar. O Inimigo, claro está, pensou que a Pedra estava em Orthanc — por que não pensaria? E que, portanto, o hobbit estava prisioneiro ali, impelido a olhar dentro do vidro para ser atormentado por Saruman. Agora aquela mente sombria estará repleta com a voz e o rosto do hobbit e com expectativa: pode levar algum tempo para ele perceber seu erro. Precisamos arrebatar esse tempo. Estivemos ociosos demais. Precisamos nos mover. A vizinhança de Isengard já não é lugar para nos demorarmos. Cavalgarei avante de imediato com Peregrin Tûk. Para ele será melhor que ficar deitado no escuro enquanto os demais dormem."

"Manterei Éomer e dez Cavaleiros", disse o rei. "Eles hão de cavalgar comigo no começo do dia. Os demais podem ir com Aragorn e cavalgar assim que preferirem."

"Como quiseres", assentiu Gandalf. "Mas ruma com a maior presteza possível à cobertura das colinas, ao Abismo de Helm!"

Naquele momento uma sombra se abateu sobre eles. O luar brilhante pareceu eclipsar-se de repente. Vários Cavaleiros soltaram exclamações e se acocoraram, segurando os braços acima da cabeça como se fossem evitar um golpe de cima: um temor cego e um frio mortal os acometeram. Agachados, olharam para cima. Um vasto vulto alado passou diante da lua como uma nuvem negra. Fez uma volta e rumou para o norte, voando a maior velocidade que qualquer vento da Terra-média. As estrelas se apagaram diante dele. Foi-se embora.

Puseram-se de pé, rígidos como pedras. Gandalf olhava para o alto, de braços estendidos para baixo, rijo, de mãos apertadas.

"Nazgûl!", exclamou ele. "O mensageiro de Mordor. A tempestade está chegando. Os Nazgûl atravessaram o Rio! Cavalgai, cavalgai! Não espereis pelo amanhecer! Que os velozes não esperem pelos lentos! Cavalgai!"

Afastou-se com um salto, chamando Scadufax enquanto corria. Aragorn o seguiu. Chegando até Pippin, Gandalf o apanhou nos braços. "Desta vez você há de vir comigo", disse ele. "Scadufax há de lhe mostrar suas qualidades." Depois correu até o lugar onde dormira. Scadufax já se havia postado ali. Suspendendo a tiracolo o pequeno saco que era toda a sua bagagem, o mago saltou no lombo do cavalo. Aragorn ergueu Pippin e o pôs nos braços de Gandalf, envolto em capa e cobertor.

"Adeus! Segui depressa!", exclamou Gandalf. "Avante, Scadufax!"

O grande cavalo meneou a cabeça. Sua cauda fluida latejou ao luar. Então saltou para a frente, impelindo o solo, e se foi como o vento norte das montanhas.

"Uma linda noite repousante", disse Merry a Aragorn. "Algumas pessoas têm uma sorte maravilhosa. Ele não queria dormir e queria cavalgar com Gandalf — e lá vai ele! Em vez de ele próprio ser transformado em pedra para ficar de pé aqui, eternamente, como advertência."

"Se tivesse sido você o primeiro a erguer a Pedra-de-Orthanc, e não ele, o que seria agora?", indagou Aragorn. "Você poderia ter feito pior. Quem sabe dizer? Mas agora sua sorte é vir comigo, receio. De imediato. Vá e se apronte, e traga qualquer coisa que Pippin tenha deixado para trás. Apresse-se!"

Sobre as planícies voava Scadufax, sem precisar de estímulo nem de direção. Havia passado menos de uma hora, e chegaram aos Vaus do Isen e os atravessaram. O Túmulo dos Cavaleiros e suas frias lanças, cinzentas, estavam atrás deles.

Pippin estava se recuperando. Estava quente, mas o vento em seu rosto era intenso e refrescante. Estava com Gandalf. O horror da Pedra e da hedionda sombra diante da lua estava se desfazendo, eram coisas deixadas para trás nas névoas das montanhas ou em um sonho passageiro. Inspirou profundamente.

"Não sabia que você montava em pelo, Gandalf", disse ele. "Você não tem sela nem brida!"

"Não monto à maneira-élfica exceto em Scadufax", disse Gandalf. "Mas Scadufax não aceita arreios. Ninguém cavalga Scadufax: ele se dispõe a carregá-lo — ou não. Se ele se dispuser, isso basta. Daí é problema dele garantir que você se mantenha em seu lombo, a não ser que você salte no ar."

"Quão depressa ele está indo?", perguntou Pippin. "Depressa, a julgar pelo vento, mas muito macio. E como são leves suas passadas!"

"Agora ele corre mais depressa do que conseguiria galopar o cavalo mais veloz", respondeu Gandalf; "mas isso não é depressa para ele. Aqui o terreno se eleva um pouco e é mais acidentado do que era além do rio. Mas veja como as Montanhas Brancas se aproximam sob as estrelas! Lá longe estão os picos de Thrihyrne como lanças negras. Não vai demorar para alcançarmos as estradas que se bifurcam e chegarmos à Garganta-do--Abismo, onde foi travada a batalha duas noites atrás."

Pippin voltou a manter silêncio por alguns momentos. Ouviu Gandalf cantando baixinho consigo mesmo, murmurando breves trechos de versos em muitas línguas, à medida que as milhas corriam por baixo deles. Por fim o mago começou uma canção cujas palavras o hobbit compreendia: alguns versos chegaram-lhe nítidos aos ouvidos através do sopro do vento:

> *Altas naus e altos senhores,*
>   *Três vezes três,*
> *O que trouxeram da terra submersa*
>   *Sobre o mar daquela vez?*
> *Sete estrelas e sete pedras,*
>   *Uma árvore branca, já vês.*[A]

"O que está dizendo, Gandalf?", perguntou Pippin.

"Estava só repassando na mente algumas das Rimas do Saber", respondeu o mago. "Imagino que os hobbits as tenham esquecido, mesmo as que conheceram alguma vez."

"Não, não todas", disse Pippin. "E temos muitas nossas, que talvez não lhe interessem. Mas nunca ouvi esta. Sobre o que é — as sete estrelas e sete pedras?"

"Sobre as *palantíri* dos Reis de Outrora", disse Gandalf.

"E o que são?"

"O nome significava *a que vê ao longe*. A Pedra-de-Orthanc era uma delas."

"Então ela não foi feita, não foi feita", Pippin hesitou, "pelo Inimigo?"

"Não", disse Gandalf. "Nem por Saruman. Está além da sua arte e além da de Sauron também. As *palantíri* vieram de além de Ociente, de Eldamar. Os Noldor as fizeram. Quem sabe o próprio Fëanor as tenha engendrado, em dias tão longínquos que o tempo não pode ser medido em anos. Mas não há nada que Sauron não possa perverter para usos malignos. Ai de Saruman! Foi sua derrota, como percebo agora. São perigosos para todos nós os expedientes de uma arte mais profunda do que nós mesmos possuímos. Porém a culpa deve recair sobre ele. Tolo! de mantê-la em segredo para seu próprio proveito. Jamais falou palavra sobre ela a qualquer membro do Conselho. Ainda não havíamos ponderado a sina das *palantíri* de Gondor em suas guerras ruinosas. Pelos Homens elas foram quase esquecidas. Mesmo em Gondor eram um segredo conhecido só por alguns poucos; em Arnor eram lembradas apenas em uma rima do saber entre os Dúnedain."

"Para que os Homens de outrora as usavam?", perguntou Pippin, deleitado e admirado por obter respostas a tantas perguntas e perguntando-se quanto tempo isso duraria.

"Para enxergarem ao longe e para conversarem em pensamento uns com os outros", disse Gandalf. "Desse modo longamente vigiaram e uniram o reino de Gondor. Instalaram Pedras em Minas Anor, e em Minas Ithil, e em Orthanc, no anel de Isengard. A principal e dominante ficava sob o Domo das Estrelas em Osgiliath, antes de sua ruína. As três outras estavam longe, no Norte. Na casa de Elrond conta-se que estavam em Annúminas e Amon Sûl, e a Pedra de Elendil estava nas Colinas das Torres que dão para Mithlond, no Golfo de Lûn, onde estão atracadas as naus cinzentas.

"Cada *palantír* respondia a todas as outras, mas todas as de Gondor estavam sempre abertas à visão de Osgiliath. Agora parece que, assim como a rocha de Orthanc resistiu às tempestades do tempo, assim também a *palantír* daquela torre lá ficou. Mas sozinha ela nada podia fazer, exceto ver imagens pequenas de coisas longínquas e dias remotos. Muito útil, sem dúvida, isso foi a Saruman; porém parece que ele não se contentou. Observou cada vez mais longe, até lançar seu olhar em Barad-dûr. Então foi apanhado!

"Quem sabe onde jazem agora as Pedras perdidas de Arnor e Gondor, sepultadas ou submersas nas profundas? Mas Sauron deve ter obtido uma pelo menos e a dominou para seus propósitos. Imagino que fosse a Pedra-de-Ithil, pois ele tomou Minas Ithil muito tempo atrás e a transformou em um lugar maligno: tornou-se Minas Morgul.

"Agora é fácil imaginar quão depressa o olho vagueante de Saruman foi capturado e aprisionado; e como desde então ele tem sido persuadido de longe e atemorizado quando a persuasão não funcionava. O mordedor mordido, o falcão sob o pé da águia, a aranha em teia de aço! Por quanto tempo, pergunto-me, ele foi constrangido a vir amiúde até seu vidro para ser inspecionado e instruído, com a Pedra-de-Orthanc tão dirigida para Barad-dûr que, se alguém desprovido de vontade inflexível agora a contemplar, ela levará sua mente e visão rapidamente para ali? E como ela nos atrai para si! Então não a senti? Mesmo agora meu coração deseja testar minha vontade com relação a ela, ver se eu não a conseguiria arrancar dele e voltá-la aonde eu quisesse — olhar, através dos amplos mares de água e de tempo, para Tirion, a Bela, e perceber a mão e mente inimaginável de Fëanor em seu labor, enquanto floriam a Árvore Branca e a Dourada!" Suspirou e silenciou.

"Queria ter sabido antes de tudo isso", disse Pippin. "Eu não tinha noção do que estava fazendo."

"Oh sim, você tinha", respondeu Gandalf. "Você sabia que estava se comportando de modo errado e tolo; e você mesmo se disse isso, apesar de não escutar. Não lhe contei tudo isso antes porque foi só meditando sobre tudo o que aconteceu que finalmente compreendi, enquanto cavalgamos juntos. Mas, se eu tivesse falado antes, isso não diminuiria seu desejo nem o tornaria mais fácil de resistir. Ao contrário! Não, a mão queimada ensina melhor. Depois disso o conselho sobre o fogo alcança o coração."

"Alcança", assentiu Pippin. "Se agora todas as sete pedras estivessem expostas diante de mim, eu fecharia os olhos e poria as mãos nos bolsos."

"Bom!", disse Gandalf. "É o que eu esperava."

"Mas eu gostaria de saber...", começou Pippin.

"Misericórdia!", exclamou Gandalf. "Se a cura de sua curiosidade for o fornecimento de informações, hei de passar todo o resto de meus dias respondendo a você. O que mais quer saber?"

"Os nomes de todas as estrelas e de todos os seres vivos, e a história inteira da Terra-média, e do Sobrecéu, e dos Mares Divisores", riu-se Pippin. "É claro! O que menos? Mas hoje à noite não estou com pressa. No momento eu só me perguntava sobre a sombra negra. Ouvi você exclamar 'mensageiro de Mordor'. O que era? O que estaria fazendo em Isengard?"

"Era um Cavaleiro Negro alado, um Nazgûl", disse Gandalf. "Poderia tê-lo levado para a Torre Sombria."

"Mas não veio à minha procura, veio?", balbuciou Pippin. "Quero dizer, ele não sabia que eu tinha..."

"Claro que não", afirmou Gandalf. "São duzentas léguas ou mais em voo direto de Barad-dûr até Orthanc, e mesmo um Nazgûl levaria algumas horas para voar entre elas. Mas certamente Saruman olhou para dentro da Pedra depois do ataque-órquico, e dos seus pensamentos secretos mais foi lido do que ele pretendia, disso não duvido. Foi enviado um mensageiro para descobrir o que ele está fazendo. E depois do que aconteceu esta noite virá outro, creio, e depressa. Assim Saruman chegará ao último aperto do torno em que pôs sua mão. Não tem prisioneiro para enviar. Não tem Pedra com que enxergar e não pode responder à convocação. Sauron só acreditará que ele está retendo o prisioneiro e recusando-se a usar a Pedra. Não ajudará a Saruman contar a verdade ao mensageiro. Pois Isengard pode estar arruinada, mas ele ainda está a salvo em Orthanc. Portanto, queira ele ou não, parecerá ser rebelde. No entanto, rejeitou-nos para evitar isso mesmo! Não consigo imaginar o que ele fará em tal apuro. Creio que enquanto estiver em Orthanc ainda tem poder para resistir aos Nove Cavaleiros. Pode tentar fazê-lo. Pode tentar aprisionar o Nazgûl, ou pelo menos matar o ser em que ele agora cavalga no ar. Nesse caso, Rohan que cuide de seus cavalos!

"Mas não sei dizer como acabará, bem ou mal para nós. Pode ser que os conselhos do Inimigo sejam confundidos ou impedidos por sua ira contra Saruman. Pode ser que ele descubra que estive ali, de pé na escadaria de Orthanc — com hobbits na aba do casaco. Ou que um herdeiro de Elendil vive e estava junto a mim. Se Língua-de-Cobra não foi enganado pela armadura de Rohan, lembrar-se-á de Aragorn e do título que reivindicou. É isso que receio. E por isso fugimos — não do perigo, e sim para um perigo maior. Cada passada de Scadufax o leva mais para perto da Terra da Sombra, Peregrin Tûk."

Pippin não deu resposta, mas agarrou a capa como se uma gelidez súbita o tivesse acometido. A paisagem cinzenta passava abaixo deles.

"Veja agora!", disse Gandalf. "Os vales de Westfolde se abrem diante de nós. Aqui voltamos à estrada para o leste. A sombra escura lá adiante é a abertura da Garganta-do-Abismo. Naquela direção ficam Aglarond e as Cavernas Cintilantes. Não me pergunte sobre elas. Pergunte a Gimli, se vocês se reencontrarem, e pela primeira vez poderá obter uma resposta mais comprida do que deseja. Você mesmo não verá as cavernas, não nesta jornada. Logo estarão muito para trás."

"Pensei que você ia parar no Abismo de Helm!", disse Pippin. "Aonde vai então?"

"A Minas Tirith, antes que os mares da guerra a cerquem."

"Oh! E a que distância fica?"

"Léguas e mais léguas", respondeu Gandalf. "Ao triplo da distância da morada do Rei Théoden, e esta fica mais de cem milhas a leste daqui, tal como voam os mensageiros de Mordor. Scadufax precisa percorrer uma estrada mais longa. Qual acabará sendo o mais veloz?

"Agora havemos de cavalgar até o romper do dia, e ele está a algumas horas de distância. Então o próprio Scadufax terá de repousar em alguma cova das colinas: em Edoras, espero. Durma se puder! Poderá ver o primeiro lampejo da aurora no telhado dourado da casa de Eorl. E três dias depois há de ver a sombra púrpura do Monte Mindolluin e as muralhas da torre de Denethor, brancas na manhã.

"Avante agora, Scadufax! Corre, grande-coração, corre como jamais correste antes! Agora chegamos às terras onde foste gerado e conheces cada pedra. Corre agora! A esperança está na velocidade!"

Scadufax meneou a cabeça e soltou uma exclamação, como se uma trombeta o tivesse convocado à batalha. Então saltou avante. O fogo desprendeu-se de seus pés; a noite se precipitou por cima dele.

Caindo no sono lentamente, Pippin teve uma estranha sensação: ele e Gandalf estavam imóveis como pedras, sentados na estátua de um cavalo em carreira, enquanto o mundo rolava sob seus pés com um grande ruído de vento.

LIVRO IV

1

A Doma de Sméagol

"Bem, patrão, estamos em apuros, sem nenhum engano", disse Sam Gamgi. Estava em pé, desesperançado e de ombros arqueados, ao lado de Frodo, e espiava a escuridão com olhos apertados.

Era o terceiro entardecer desde que haviam fugido da Comitiva, pelo que conseguiam estimar: quase tinham perdido a conta das horas durante as quais tinham escalado e labutado entre as encostas áridas e as pedras das Emyn Muil, às vezes voltando nos próprios passos por não conseguirem encontrar um caminho avante, às vezes descobrindo que haviam vagueado em círculo até o ponto em que estiveram horas antes. No geral, porém, tinham avançado constantemente rumo ao leste, mantendo-se, na medida em que podiam encontrar um caminho, perto da beira exterior daquele estranho e retorcido agrupamento de morros. Mas sempre encontravam suas faces externas íngremes, altas e impenetráveis, carrancudas acima da planície lá embaixo; além dos seus sopés revoltos estendiam-se pântanos lívidos e infectos onde nada se movia e nem mesmo um pássaro podia ser visto.

Agora os hobbits estavam na borda de um penhasco alto, nu e deserto, cujos sopés estavam envolvidos em névoa; e atrás deles erguiam-se os planaltos acidentados, coroados de nuvens à deriva. Um vento gélido soprava do Leste. A noite surgia sobre as terras informes diante deles; sua doentia cor verde desbotava para um pardo tristonho. Bem longe, à direita, o Anduin, que rebrilhara intermitentemente nos episódios de sol durante o dia, já estava oculto na sombra. Mas seus olhos não olhavam para além do Rio, de volta para Gondor, aos seus amigos, às terras dos Homens. Fixavam o olhar no sul e no leste, para onde, na beira da noite que chegava, estava suspensa uma linha escura, como montanhas distantes de fumaça imóvel. Vez por outra um minúsculo lampejo vermelho, bem longínquo, palpitava para cima na borda da terra e do céu.

"Que apuro!", disse Sam. "Esse é o único lugar, de todas as terras de que ouvimos falar, que não queremos ver mais de perto; e esse é o único lugar aonde estamos tentando chegar! E é bem ali que não conseguimos chegar, de jeito nenhum. Viemos pelo caminho totalmente errado, ao que parece. Não podemos descer; e se descêssemos garanto que íamos descobrir que toda essa terra verde é um charco nojento. Fu! Consegue sentir esse cheiro?" Farejou o vento.

"Sim, consigo sentir o cheiro", disse Frodo, mas não se mexeu e manteve os olhos fixos, fitando a linha escura e a chama bruxuleante. "Mordor!", murmurou ele em voz baixa. "Se preciso ir para lá, gostaria de chegar lá depressa e acabar com isso!" Estremeceu. O vento estava gelado e ainda com o odor de fria deterioração. "Bem," disse ele, finalmente desviando os olhos, "não podemos ficar aqui a noite toda, com ou sem apuro. Precisamos achar um lugar mais abrigado e acampar uma vez mais; e quem sabe o outro dia nos mostrará uma trilha."

"Ou outro e outro e outro", murmurou Sam. "Ou quem sabe nenhum dia. Viemos pelo caminho errado."

"Eu me pergunto", disse Frodo. "Acho que é minha sina ir àquela Sombra lá adiante, de modo que há de se achar um caminho. Mas será o bem ou o mal que o mostrará a mim? A esperança que tínhamos estava na presteza. O atraso dá vantagem ao Inimigo — e eis-me aqui: atrasado. É a vontade da Torre Sombria que nos conduz? Todas as minhas escolhas demonstraram ser ruins. Eu devia ter deixado a Comitiva muito antes e descido do Norte, a leste do Rio e das Emyn Muil, passando sobre a dura terra da Planície da Batalha aos passos de Mordor. Mas agora não é possível que você e eu, sozinhos, encontremos o caminho de volta, e os Orques vagueiam pela margem leste. Cada dia que passa é um dia precioso perdido. Estou cansado, Sam. Não sei o que deve ser feito. Quanta comida nos resta?"

"Só esses, como se chamam, *lembas*, Sr. Frodo. Uma boa provisão. Mas são melhores que nada, com grande margem. Porém nunca pensei, da primeira vez em que cravei os dentes neles, que chegaria a desejar uma mudança. Mas desejo agora: um bocado de pão simples e um caneco — ora, meio caneco — de cerveja iriam descer bem. Arrastei meu material de cozinha desde o último acampamento e de que serviu? Nada para acender fogo, para começo de conversa; e nada para cozinhar, nem mesmo capim!"

Mudaram de rumo e desceram para uma depressão pedregosa. O sol poente estava envolto em nuvens, e a noite chegou depressa. Dormiram da melhor maneira possível no frio, virando-se e revirando-se em um recanto entre grandes pináculos recortados de rocha desgastada; pelo menos estavam abrigados do vento leste.

"Viu eles de novo, Sr. Frodo?", perguntou Sam enquanto estavam sentados, rijos e enregelados, mascando pedaços de *lembas* no frio cinzento do começo da manhã.

"Não", respondeu Frodo. "Não ouvi nada e não vi nada, já faz duas noites."

"Nem eu", disse Sam. "Grrr! Aqueles olhos me pregaram um susto! Mas quem sabe nos desvencilhamos dele afinal, o fugido desgraçado. Gollum! Eu lhe dou *gollum* na garganta se conseguir pôr as mãos no pescoço dele."

"Espero que você jamais precise", comentou Frodo. "Não sei como ele nos seguiu; mas quem sabe ele nos perdeu de novo, como você diz. Nesta terra seca e árida não podemos deixar muitas pegadas, nem muito rastro, mesmo para o nariz fungador dele."

"Espero que seja assim mesmo", disse Sam. "Gostaria que pudéssemos nos livrar dele de uma vez por todas!"

"Eu também", disse Frodo; "mas não é ele meu maior problema. Gostaria que pudéssemos nos afastar destes morros! Eu os odeio. Sinto-me todo nu do lado leste, entalado aqui em cima sem nada, senão os planaltos mortos, entre mim e aquela Sombra mais além. Há um Olho dentro dela. Vamos embora! Precisamos descer hoje de algum jeito."

Mas aquele dia se estendeu, e quando a tarde se transformava em noitinha eles ainda escalavam ao longo do espinhaço e não tinham achado um caminho de escape.

Às vezes, no silêncio daquela região estéril, imaginavam ouvir sons abafados atrás de si, uma pedra caindo, ou o passo imaginado de pés dando palmadas na rocha. Mas quando paravam e se mantinham imóveis, escutando, nada mais ouviam, nada senão o vento suspirando por cima das bordas das pedras — porém até isso lhes recordava um sopro que sibilava baixinho através de dentes afiados.

Por todo aquele dia o espinhaço externo das Emyn Muil estivera curvando-se gradativamente rumo ao norte, à medida que avançavam com dificuldade. Ao longo de sua beirada já se estendia uma ampla planície desordenada de rochas retalhadas e gastas, cortada de tanto em tanto por regos semelhantes a trincheiras que se inclinavam íngremes para fundos entalhes na face do penhasco. Para encontrarem uma trilha naquelas fendas, que se tornavam mais fundas e mais frequentes, Frodo e Sam foram impelidos para a esquerda, para bem longe da beira, e não notaram que por várias milhas estavam descendo por um declive, lenta, mas continuamente: o cume do morro afundava rumo ao nível da planície.

Por fim foram obrigados a parar. A crista fazia uma curva mais pronunciada para o norte e era entalhada por uma ravina mais profunda. Do lado oposto ela voltava a se empinar, muitas braças de um salto só: um grande penhasco cinzento erguia-se diante deles, cortado de repente como por um golpe de faca. Não podiam ir mais longe em frente e agora precisavam virar para o oeste ou para o leste. Mas o oeste só os conduziria a mais labuta e atraso, de volta para o coração dos morros; o leste os levaria ao precipício externo.

"Não há nada a fazer senão escalar descendo este sulco, Sam", disse Frodo. "Vamos ver aonde ele nos leva!"

"A uma queda violenta, aposto", respondeu Sam.

O corte era mais comprido e fundo do que parecia. Em certo ponto da descida, deram com algumas árvores nodosas e mirradas, as primeiras que tinham visto por dias: na maioria bétulas retorcidas, com um abeto aqui e ali. Muitas estavam mortas e macilentas, mordidas até o âmago pelos ventos do leste. Outrora, em dias mais brandos, devia ter existido na ravina um belo matagal, mas agora as árvores acabavam depois de umas cinquenta jardas, apesar de velhos tocos partidos estarem dispersos quase até a beira do penhasco. O fundo do sulco, que acompanhava a borda de uma falha na rocha, era encapelado com pedras quebradas e descia em ladeira íngreme. Quando finalmente chegaram à sua extremidade, Frodo agachou-se e inclinou-se para fora.

"Olhe!", disse ele. "Devemos ter descido muito, ou então o penhasco afundou. Aqui ele é muito mais baixo do que era e parece mais fácil também."

Sam ajoelhou-se junto dele e espiou relutante por cima da borda. Depois ergueu os olhos para o grande penhasco acima deles, do lado esquerdo. "Mais fácil!", grunhiu. "Bem, suponho que sempre é mais fácil descer que subir. Quem não pode voar pode pular!"

"Ainda assim seria um grande pulo", disse Frodo. "Umas, bem," — ficou parado por um momento, medindo-o com os olhos — "umas dezoito braças, estimo. Não mais."

"E isso basta!", disse Sam. "Ugh! Como detesto olhar para baixo das alturas! Mas olhar é melhor que escalar."

"Ainda assim," disse Frodo, "acho que poderíamos escalar aqui; e penso que vamos ter que tentar. Veja — a rocha é bem diferente do que era algumas milhas atrás. Ela deslizou e rachou."

De fato, a queda externa não era mais escarpada, mas fazia um pequeno declive para fora. Parecia um grande baluarte ou quebra-mar cujas fundações se tivessem deslocado, de modo que as fiadas estivessem todas torcidas e desordenadas, deixando grandes fissuras e longas bordas inclinadas que em alguns lugares eram largas, quase como degraus.

"E se formos tentar descer seria melhor tentar de imediato. Está escurecendo cedo. Acho que está chegando uma tempestade."

O borrão enfumaçado das montanhas no Leste perdia-se em um negrume mais profundo que já alcançava o oeste com braços longos. Ouvia-se o murmúrio distante do trovão trazido pela brisa crescente. Frodo farejou o ar e ergueu os olhos, incerto, para o céu. Afivelou o cinto por fora da capa, o apertou e pôs às costas a mochila leve; então deu um passo rumo à borda. "Vou tentar", disse ele.

"Muito bem!", concordou Sam, abatido. "Mas eu vou primeiro."

"Você?", indagou Frodo. "O que o fez mudar de ideia sobre escaladas?"

"Não mudei de ideia. Mas é só bom senso: pôr mais embaixo aquele mais sujeito a escorregar. Não quero descer por cima do senhor e derrubá-lo — não faz sentido matar dois em uma só queda."

Antes que Frodo pudesse detê-lo ele se sentou, jogou as pernas por cima da borda e torceu o corpo, tentando pegar apoio com os dedos dos pés. É duvidoso que alguma vez tivesse feito coisa mais valente a sangue frio, ou mais insensata.

"Não, não! Sam, seu asno velho!", exclamou Frodo. "Vai se matar com certeza, passando por cima desse jeito sem nem olhar para ver aonde vai. Volte!" Segurou Sam pelas axilas e o arrastou de volta para cima. "Agora espere um momento e tenha paciência!", continuou ele. Depois deitou-se no chão, inclinando-se para fora e olhando para baixo; mas a luz parecia apagar-se depressa, apesar de o sol ainda não ter se posto. "Acho que poderíamos conseguir isto", disse ele por fim. "Eu poderia, com certeza; e você também, se mantiver a cabeça fria e me seguir com cuidado."

"Não sei como pode ter tanta certeza", respondeu Sam. "Ora! Não dá para enxergar o fundo nesta luz. E se chegar num lugar em que não há onde pôr os pés nem as mãos?"

"Escalar de volta, acho", disse Frodo.

"Fácil falar", objetou Sam. "Melhor esperar pela manhã com mais luz."

"Não! Não se eu puder evitar", disse Frodo com súbita e estranha veemência. "Ressinto-me de cada hora, cada minuto. Vou descer para fazer uma tentativa. Não me siga antes que eu volte ou chame!"

Agarrando com os dedos a beirada rochosa do penhasco, ele se deixou descer suavemente até que, quando os braços estavam quase plenamente estendidos, os dedos dos pés encontraram uma saliência. "Desci um degrau!", disse ele. "E esta saliência fica mais larga à direita. Eu poderia ficar de pé ali sem me segurar. Vou...", suas palavras foram interrompidas.

A escuridão apressada, que já alcançava grande velocidade, precipitou-se vinda do Leste e engoliu o firmamento. Houve um estalido de trovão, seco e lacerante, bem em cima deles. Raios chamuscantes golpearam os morros. Depois veio um sopro de vento selvagem, e com ele, misturando-se ao seu rugido, veio um guincho alto e estridente. Os hobbits haviam ouvido um grito bem parecido lá longe no Pântano, ao fugirem da Vila-dos-Hobbits, e mesmo ali, nas matas do Condado, ele lhes congelara o sangue. Ali fora, no ermo, seu terror era muito maior: transpassava-os com frias lâminas de horror e desespero, parando o coração e a respiração. Sam caiu de rosto no chão. Involuntariamente, Frodo afrouxou o aperto e pôs as mãos sobre a cabeça e os ouvidos. Balançou, resvalou e escorregou para baixo com um grito lamentoso.

Sam ouviu-o e engatinhou para a borda com esforço. "Patrão, patrão!", chamou. "Patrão!"

Não ouviu resposta. Viu-se tremendo dos pés à cabeça, mas reuniu fôlego e gritou mais uma vez: "Patrão!" O vento pareceu soprar-lhe a voz de volta à garganta, mas quando ele passou, rugindo sulco acima e distanciando-se nos morros, um débil grito de resposta lhe chegou aos ouvidos:

"Tudo bem, tudo bem! Estou aqui. Mas não consigo enxergar."

Frodo chamava com voz fraca. Na verdade, não estava muito longe. Havia escorregado, e não caído, e aterrissara, com impacto nos pés, numa saliência mais larga não muitas jardas abaixo. Felizmente, naquele ponto a face da rocha se inclinava bastante para trás, e o vento o apertara contra o penhasco, de forma que não despencara. Firmou-se um pouco, encostando o rosto na pedra fria, sentindo o coração que pulsava. Mas a escuridão se tornara completa, ou então seus olhos tinham perdido a visão. Tudo estava negro à sua volta. Perguntou-se se tinha ficado cego. Inspirou profundamente.

"Volte! Volte!", ele ouviu a voz de Sam vinda do negror lá em cima.

"Não posso", ele respondeu. "Não consigo enxergar. Não consigo achar nenhum apoio. Ainda não consigo me mexer."

"O que posso fazer, Sr. Frodo? O que posso fazer?", gritou Sam, inclinando-se para fora de modo arriscado. Por que seu patrão não conseguia enxergar? Estava obscuro, com certeza, mas nem tão escuro assim. Podia ver Frodo abaixo de si, um vulto cinzento e desamparado apertado contra o penhasco. Mas ele estava bem longe do alcance de alguma mão que desse socorro.

Houve outro estalido de trovão; e então veio a chuva. Em uma lâmina cegante, misturada com granizo, ela se precipitou de encontro ao penhasco, gélida de morte.

"Vou descer até aí", gritou Sam, apesar de ser incapaz de dizer como esperava ajudar daquele modo.

"Não, não! Espere!", chamou Frodo de volta, agora com mais força. "Logo hei de estar melhor. Já me sinto melhor. Espere! Você não pode fazer nada sem uma corda."

"Corda!", exclamou Sam, loucamente falando sozinho, com excitação e alívio. "Bem, se eu não mereço ser pendurado na ponta de uma, como aviso aos idiotas! Você é um verdadeiro imbecil, Sam Gamgi: foi isso que o Feitor me falou tantas vezes e era fala costumeira dele. Corda!"

"Pare de matraquear!", gritou Frodo, já recuperado o bastante para se sentir ao mesmo tempo divertido e irritado. "Esqueça seu feitor! Está tentando dizer a você mesmo que tem corda no bolso? Se for isso, que venha ela!"

"Sim, Sr. Frodo, na minha mochila e tudo o mais. Carreguei por centenas de milhas e tinha esquecido por completo!"

"Então avie-se e desça uma ponta!"

Rapidamente Sam desafivelou a mochila e remexeu nela. De fato, ali no fundo estava um rolo da corda cinza sedosa feita pela gente de Lórien. Lançou uma ponta ao patrão. A escuridão pareceu erguer-se dos olhos de

Frodo, ou então sua visão estava voltando. Podia ver a linha cinzenta que descia oscilando e pensou que ela tinha um débil lustre prateado. Agora que tinha um ponto na escuridão para fixar os olhos, sentia-se menos zonzo. Inclinando o peso para a frente, fixou a ponta em torno da cintura e depois agarrou a linha com ambas as mãos.

Sam deu um passo para trás e apoiou os pés em um toco, a uma ou duas jardas da beira. Meio puxado, meio bracejando, Frodo subiu e jogou-se no chão.

O trovão rugia e ribombava ao longe, e a chuva ainda caía pesada. Os hobbits engatinharam para dentro do sulco; mas não encontraram muito abrigo ali. Regatos de água começaram a fluir para baixo; logo cresceram e se transformaram em uma inundação que borrifava e fumegava nas pedras, e se derramava por cima do penhasco como as calhas de um vasto telhado.

"Eu estaria meio afogado lá embaixo ou seria arrastado para longe", disse Frodo. "Que sorte você ter essa corda!"

"Melhor sorte se eu tivesse pensado nela antes", disse Sam. "Quem sabe o senhor se lembra de quando puseram as cordas nos barcos, quando partimos: no país élfico. Ela me agradou, e guardei um rolo na minha mochila. Faz anos, ao que parece. 'Pode ser de ajuda em muitas necessidades', disse ele: Haldir, ou uma dessas pessoas. E falou a verdade."

"É pena que eu não tenha pensado em trazer outra peça", disse Frodo; "mas deixei a Comitiva com muita pressa e confusão. Se tivéssemos bastante poderíamos usá-la para descer. Qual o comprimento de sua corda, eu me pergunto?"

Sam esticou-a devagar, medindo-a com os braços: "Cinco, dez, vinte, trinta varas[1], mais ou menos", ele respondeu.

"Quem diria!", exclamou Frodo.

"Ah! Quem diria?", disse Sam. "Os Elfos são gente admirável. Ela parece um tanto fina, mas é resistente; e macia como leite na mão. Também se enrola apertada e é tão leve quanto a luz. Gente admirável com certeza!"

"Trinta varas!", repetiu Frodo, raciocinando. "Creio que bastará. Se a tempestade passar antes do cair da noite, vou tentar."

"A chuva quase já cedeu", disse Sam; "mas não vá fazer nada arriscado na escuridão outra vez, Sr. Frodo! Eu ainda não me refiz daquele guincho no vento, se é que o senhor se refez. Soava como um Cavaleiro Negro — mas um no ar lá em cima, se é que eles podem voar. Estou pensando que é melhor nos deitarmos nesta fenda até a noite passar."

"E eu estou pensando que não vou passar um momento a mais que o necessário encalhado em cima desta borda, com os olhos do País Sombrio espiando por cima dos pântanos", disse Frodo.

---

[1] A vara (*ell*) equivale a aproximadamente 114 centímetros. [N. T.]

Com essas palavras levantou-se e desceu outra vez ao fundo do sulco. Olhou em volta. Mais uma vez um céu limpo estava se formando no Leste. As beiradas da tempestade estavam se erguendo, esfarrapadas e úmidas, e a batalha principal passara para estender suas grandes asas sobre as Emyn Muil, nas quais o pensamento sombrio de Sauron pairou por alguns momentos. Desviou-se dali, atingindo o Vale do Anduin com granizo e raios e lançando sua sombra em Minas Tirith com ameaça de guerra. Depois, abatendo-se sobre as montanhas e reunindo suas grandes espiras, continuou rolando lentamente sobre Gondor e as beiradas de Rohan até que, muito longe, os Cavaleiros na planície viram suas torres negras movendo-se por trás do sol enquanto rumavam para o Oeste. Mas ali, por cima do deserto e dos pântanos fétidos, o profundo céu azul da tardinha se abriu uma vez mais, e apareceram algumas estrelas pálidas, como buraquinhos brancos no dossel acima da lua crescente.

"É bom ser capaz de enxergar de novo", disse Frodo, respirando fundo. "Sabe, por um instante pensei que tinha perdido a visão. Por conta dos raios ou outra coisa pior. Não conseguia ver nada, nada mesmo, até descer a corda cinzenta. Ela parecia cintilar de algum modo."

"Ela parece, sim, meio prateada no escuro", disse Sam. "Nunca notei antes, mas não consigo me lembrar se alguma vez a tirei depois de guardá-la. Mas se está tão disposto a escalar, Sr. Frodo, como vai usá-la? Trinta varas, ou digamos umas dezoito braças: isso é só a sua estimativa da altura do penhasco."

Frodo pensou alguns instantes. "Amarre-a nesse toco, Sam!", disse ele. "Depois acho que desta vez você vai ter o que deseja e irá primeiro. Eu desço você, e você não precisa fazer mais do que usar os pés e as mãos para se afastar da rocha. Mas, se apoiar seu peso em alguns dos ressaltos e me der um descanso, isso vai ajudar. Quando tiver descido eu o sigo. Já estou bem refeito agora."

"Muito bem", respondeu Sam gravemente. "Se tem de ser, vamos acabar com isso!" Tomou a corda e prendeu-a no toco mais próximo da borda; depois amarrou a outra extremidade em sua cintura. Relutantemente virou-se e se preparou para passar por cima da beira da segunda vez.

No entanto, acabou não tendo metade da dificuldade que ele esperava. A corda parecia que lhe dava confiança, apesar de ele fechar os olhos mais de uma vez ao olhar para baixo, por entre os pés. Havia um lugar desajeitado, onde não havia ressalto e a parede era íngreme e até inclinada para fora por curto espaço; ali ele resvalou e balançou na linha de prata. Mas Frodo baixou-o lenta e continuamente, e por fim ele passou. Seu medo principal era de que o comprimento da corda acabasse enquanto ele ainda estivesse bem no alto, mas ainda havia um bom pedaço nas mãos de Frodo quando

Sam chegou ao fundo e gritou para cima: "Desci!" Sua voz subia com clareza lá de baixo, mas Frodo não podia vê-lo; sua capa-élfica cinzenta se mesclara à penumbra.

Frodo levou um tempo maior para segui-lo. Tinha a corda em torno da cintura, e ela estava presa em cima, e ele a encurtara para que o puxasse para cima antes que alcançasse o fundo; ainda assim não queria arriscar-se a uma queda e não tinha a mesma fé de Sam naquela delgada linha cinzenta. Mesmo assim encontrou dois trechos onde teve de se confiar totalmente a ela: superfícies lisas onde não havia apoio, mesmo para seus fortes dedos de hobbit, e os ressaltos eram afastados um do outro. Mas por fim também ele chegou ao fundo.

"Bem!", exclamou ele. "Conseguimos! Escapamos das Emyn Muil! O que vem agora, eu me pergunto? Quem sabe logo estejamos suspirando por voltar a ter boas rochas duras embaixo dos pés."

Mas Sam não deu resposta: estava olhando de volta para o topo do penhasco. "Imbecis!", disse ele. "Raios! Minha linda corda! Ali está ela, amarrada num toco, e nós estamos no fundo. A melhor escadinha que poderíamos deixar para aquele Gollum fugidio. Melhor pôr um cartaz para dizer em que direção nós fomos! Pensei que parecia um pouco fácil demais."

"Se você consegue pensar em um jeito de ao mesmo tempo usarmos a corda e a trazermos para baixo conosco, então pode me passar o imbecil, ou qualquer outro nome que seu feitor lhe deu", disse Frodo. "Escale e desamarre-a e desça por ela, se quiser!"

Sam coçou a cabeça. "Não, não consigo pensar como, com seu perdão", disse ele. "Mas não gosto de deixá-la, e isso é fato." Passou a mão pela ponta da corda e sacudiu-a devagar. "É duro me separar de qualquer coisa que eu trouxe da Terra-élfica. E feita pela própria Galadriel, quem sabe. Galadriel", murmurou ele, balançando a cabeça com tristeza. Olhou para cima e deu um último puxão na corda, como quem se despede.

Para surpresa completa de ambos os hobbits, ela se desprendeu. Sam caiu no chão, e os longos rolos cinzentos colearam silenciosamente por cima dele. Frodo riu. "Quem amarrou a corda?", disse ele. "Ainda bem que ela resistiu por tanto tempo! E pensar que confiei todo o meu peso ao seu nó!"

Sam não riu. "Posso não ser muito bom em escaladas, Sr. Frodo," retrucou ele em tom ofendido, "mas sei algumas coisas sobre cordas e sobre nós. É de família, poderíamos dizer. Ora, meu avô, e depois dele meu tio Andy, que era irmão mais velho do Feitor, teve uma cordoaria lá pro lado do Campo-da-Corda por muitos anos. E eu dei em torno do toco uma volta firme como qualquer um daria, no Condado ou fora dele."

"Então a corda deve ter-se partido — puída na quina da rocha, imagino", disse Frodo.

"Aposto que não!", respondeu Sam com voz ainda mais ofendida. Agachou-se e examinou as pontas. "Não, não foi isso. Nem um filamento!"

"Então receio que tenha sido o nó", comentou Frodo.

Sam balançou a cabeça e não respondeu. Estava passando a corda pelos dedos, pensativo. "Acredite no que quiser, Sr. Frodo," disse ele finalmente, "mas acho que a corda se soltou sozinha — quando a chamei." Enrolou-a e a acomodou com carinho em sua mochila.

"É certo que ela veio," disse Frodo, "e isso é o principal. Mas agora temos de pensar em nosso próximo movimento. Logo a noite vai nos alcançar. Como são bonitas as estrelas e o Lua!"

"Alegram o coração, não é?", disse Sam erguendo os olhos. "São élficos, de certo modo. "E o Lua está crescendo. Faz uma ou duas noites que não o vemos neste tempo nublado. Está começando a dar uma boa luz."

"Sim", disse Frodo; "mas não vai ficar cheio antes de alguns dias. Não acho que vamos experimentar os pântanos à luz de meio lua."

Sob as primeiras sombras da noite, partiram para a próxima etapa de sua jornada. Algum tempo depois, Sam virou-se e olhou para trás, na direção de onde haviam vindo. A boca do sulco era um entalhe negro no penhasco indistinto. "Estou contente que temos a corda", disse ele. "De qualquer jeito, deixamos um enigmazinho para aquele salteador. Ele pode tentar bater os pés nojentos naqueles ressaltos!"

Davam passadas cuidadosas, afastando-se do sopé do penhasco, no meio de uma confusão de rochedos e pedras ásperas, úmidas e escorregadias devido à chuva pesada. O solo ainda descia íngreme. Não haviam avançado muito quando deram com uma grande fissura que se abriu de súbito, negra, a seus pés. Não era larga, mas era larga demais para pular à luz fraca. Pensaram que podiam ouvir água gorgolejando nas profundezas. Ela fazia uma curva do lado esquerdo, rumo ao norte, voltando para as colinas e, portanto, impedia-lhes o caminho naquela direção, pelo menos enquanto durasse a escuridão.

"Seria melhor tentar passar pelo sul, ao longo da linha do penhasco, acho", disse Sam. "Podemos encontrar alguma brecha ali, ou até uma caverna ou coisa assim."

"Imagino que sim", respondeu Frodo. "Estou cansado e não acho que vou conseguir me arrastar entre as pedras por mais tempo hoje à noite — mas me ressinto do atraso. Gostaria que houvesse uma trilha clara à nossa frente: daí eu avançaria até minhas pernas cederem."

Não encontraram caminho mais fácil no confuso sopé das Emyn Muil. Nem Sam encontrou brecha ou concavidade para se abrigarem: só encostas nuas e pedregosas sob o penhasco sisudo que já se erguia de novo, mais alto e mais escarpado à medida que eles voltavam. No fim, exaustos, simplesmente se jogaram no chão sob a proteção de um rochedo que jazia a pouca distância do sopé do precipício. Ali ficaram sentados por algum tempo, encolhidos juntos e pesarosos na noite fria e dura como pedra, enquanto o sono se esgueirava sobre eles, apesar de tudo que fizessem para afastá-lo. A lua já se erguia, alta e luminosa. Sua débil luz branca iluminava as faces das rochas e alagava as paredes gélidas e sisudas do penhasco, transformando toda a ampla escuridão que assomava em um gélido cinzento pálido, riscado por sombras negras.

"Bem!", disse Frodo, pondo-se de pé e enrolando-se mais apertado na capa. "Durma um pouco, Sam, e pegue meu cobertor. Eu vou caminhar para lá e para cá como sentinela por algum tempo." De repente ficou rijo e, agachando-se, agarrou o braço de Sam. "O que é isso?", sussurrou. "Olhe ali no penhasco!"

Sam olhou e inspirou agudamente através dos dentes. "Ssss!", disse ele. "É isso que é. É aquele Gollum! Cobras e lagartos! E pensar que eu pensei que iríamos despistá-lo com nossa escaladazinha! Olhe ele! Como uma aranha nojenta rastejando numa parede."

Descendo pela face do precipício, que parecia escarpado e quase liso ao pálido luar, um pequeno vulto negro se movia com os membros magros estendidos. Quem sabe suas mãos e seus dedos dos pés, macios e pegajosos, encontrassem rachaduras e apoios que nenhum hobbit jamais teria visto nem usado, mas parecia que simplesmente engatinhava para baixo com patas grudentas, como algum ser grande e vagante da espécie dos insetos. E descia de cabeça para baixo, como se farejasse o caminho. Vez por outra erguia a cabeça devagar, virando-a bem para trás no pescoço comprido e magro, e os hobbits vislumbravam duas luzinhas pálidas e brilhantes, seus olhos, que em um momento piscavam para a lua e depois voltavam a fechar as pálpebras depressa.

"Acha que ele consegue nos ver?", perguntou Sam.

"Não sei," respondeu Frodo baixinho, "mas acho que não. Mesmo para olhos amigos é difícil ver estas capas-élficas. Não consigo ver você na sombra, mesmo a alguns passos de distância. E ouvi dizer que ele não gosta da Sol nem do Lua."

"Então por que está descendo bem aqui?", perguntou Sam.

"Quieto, Sam!", disse Frodo. "Quem sabe ele consiga nos farejar. E tem audição aguçada como os Elfos, eu creio. Acho que agora ele ouviu alguma coisa: provavelmente nossas vozes. Lá atrás gritamos bastante; e estávamos falando alto demais há poucos minutos."

"Bem, estou farto dele", afirmou Sam. "Ele veio uma vez além da minha conta, e vou ter uma palavra com ele se puder. Agora não acho que podemos escapar dele, seja como for." Puxando o capuz cinzento fundo sobre o rosto, Sam esgueirou-se silenciosamente na direção do penhasco.

"Cuidado!", sussurrou Frodo, seguindo-o. "Não o assuste! É muito mais perigoso do que parece."

O vulto negro que se arrastava já tinha descido três quartos da altura e estava a uns cinquenta pés ou menos do sopé do penhasco. Agachados à sombra de um grande rochedo, imóveis como pedras, os hobbits o observavam. Ele parecia ter chegado a um trecho difícil ou se perturbado com alguma coisa. Podiam ouvi-lo fungando, e vez por outra ouvia-se um chiado agudo de respiração que soava como uma praga. Ergueu a cabeça, e pensaram tê-lo ouvido cuspir. Depois avançou de novo. Já podiam ouvir sua voz, estalando e assobiando.

"Ach, sss! Cuidado, meu precioso! Mais pressa menos corrida. Não podemos arrisscar o pesscoço, não é, precioso? Não, precioso — *gollum*!" Ergueu a cabeça de novo, piscou para a lua e fechou os olhos depressa. "Nós odeia ele", chiou. "É luz nojenta, nojenta arrepiante — sss — nos essspiona, precioso — nos machuca os olhos."

Já estava mais baixo, e os chiados ficavam mais agudos e mais claros. "Onde esstá, onde esstá: meu Precioso, meu Precioso? É nosso, é sim, e nós quer ele. Os ladrões, os ladrões, os ladrõezinhos imundos. Onde esstão com meu Precioso? Malditos! Nós odeia eles."

"Não parece que ele sabe que estamos aqui, não é?", sussurrou Sam. "E o que é o seu Precioso? Ele quer dizer o…"

"Chh!", cochichou Frodo. "Já está se aproximando, perto o bastante para ouvir um sussurro."

De fato, Gollum parara outra vez de súbito, e sua grande cabeça no pescoço esquelético balançava de um lado para outro como se escutasse. Os olhos pálidos tinham as pálpebras meio erguidas. Sam segurou-se, apesar de seus dedos se retorcerem. Seus olhos, plenos de raiva e repugnância, estavam fixos na criatura desgraçada que já recomeçava a se mover, ainda sussurrando e chiando para si mesma.

Por fim estava a apenas uma dúzia de pés do chão, bem sobre as cabeças deles. Daquele ponto havia uma queda abrupta, pois o penhasco se inclinava um pouco para a frente, e o próprio Gollum não conseguia encontrar qualquer tipo de apoio. Parecia tentar torcer-se para ficar com os pés para baixo, quando de repente, com um guincho intenso e agudo, ele caiu. Ao cair enrolou as pernas e os braços ao redor do corpo, como uma aranha cujo fio de descida se parte.

Como um raio, Sam saiu do esconderijo e atravessou o espaço até o sopé do penhasco em um par de saltos. Antes que Gollum pudesse se erguer, já estava por cima dele. Mas descobriu que Gollum era mais do que ele apostava, mesmo surpreendido daquele jeito, de súbito, de improviso após uma queda. Antes que Sam pudesse agarrá-lo, pernas e braços compridos estavam enrolados nele, imobilizando-lhe os braços, e um aperto firme, macio, porém horrivelmente forte, o esmagava como cordas que se retesavam lentamente; dedos viscosos tateavam para achar sua garganta. Então dentes afiados lhe morderam o ombro. Tudo o que pôde fazer foi golpear o rosto da criatura de lado com a cabeça dura e redonda. Gollum chiou e cuspiu, mas não afrouxou.

Sam teria se dado mal se estivesse sozinho. Mas Frodo ergueu-se de um pulo e sacou Ferroada da bainha. Com a mão esquerda puxou a cabeça de Gollum para trás, segurando os cabelos finos e escorridos, esticando o longo pescoço e forçando os olhos pálidos e peçonhentos a encararem o céu.

"Solte! Gollum", disse ele. "Esta é Ferroada. Você já a viu antes, certa vez. Solte ou desta vez vai senti-la! Eu lhe corto o pescoço."

Gollum desabou e ficou frouxo como barbante molhado. Sam levantou-se, passando os dedos no ombro. Seus olhos ardiam de raiva, mas ele não conseguiu se vingar: seu desgraçado inimigo estava deitado nas pedras, rastejando e choramingando.

"Não nos machuque! Não deixe que nos machuquem, precioso! Não vão nos machucar, não é, pequenos hobbitses bonzinhos? Não queríamos fazer mal, mas eles pula em nós como gatos em camundongosos coitados, pula sim, precioso. E estamos tão sozinhos, *gollum*. Vamos ser bonzinhos com eles, muito bonzinhos, se eles forem bonzinhos conosco, não é, sim, sim."

"Bem, o que vamos fazer com isso?", disse Sam. "Amarrá-lo para não poder mais vir se esgueirando atrás de nós, é isso."

"Mas isso nos mataria, mataria", choramingou Gollum. Pequenos hobbitses cruéis. Nos amarrar na terra fria e dura e nos deixar, *gollum, gollum*." Soluços brotaram em sua garganta gorgolejante.

"Não", disse Frodo. "Se o matarmos precisamos matá-lo imediatamente. Mas não podemos fazer isso, não do jeito que as coisas estão. Pobre coitado! Ele não nos fez mal."

"Oh, não fez?", respondeu Sam, esfregando o ombro. "Seja como for, ele pretendia *e* pretende, eu garanto. Nos esganar no sono, esse é o plano dele."

"Será?", indagou Frodo. "Mas o que ele pretende fazer é outro assunto." Ficou parado por um momento, pensando. Gollum estava imóvel, mas parou de choramingar. Sam estava de pé acima dele, com olhar ameaçador.

Então pareceu a Frodo que ouvia, muito claras, porém distantes, vozes vindas do passado:

Que pena que Bilbo não apunhalou essa vil criatura quando teve a chance!
Pena? Foi a Pena que deteve sua mão. A Pena e a Compaixão: de não golpear sem necessidade. [...]
Não sinto nenhuma pena de Gollum. [...] Ele merece a morte.
Merece! Imagino que merece. Muitos que vivem merecem a morte. E alguns que morrem merecem a vida. Você pode dá-la a eles? Então não seja ávido demais por conferir a morte em nome da justiça. Pois nem mesmo os sábios conseguem ver todos os fins.

"Muito bem", respondeu em voz alta, baixando a espada. "Mas ainda tenho medo. E, no entanto, como você vê, não tocarei na criatura. Pois agora que o vejo eu sinto pena dele."

Sam fitou o mestre, que parecia estar falando com alguém que não estava ali. Gollum ergueu a cabeça.

"Ssim, coitados nós somos, precioso", choramingou ele. "Miséria miséria! Hobbits não vão nos matar, hobbits bonzinhos."

"Não, não vamos", disse Frodo. "Mas também não vamos soltá-lo. Você está repleto de maldade e injúrias, Gollum. Vai ter de vir conosco, só isso, enquanto nós o vigiamos. Mas precisa nos ajudar se puder. Uma mão lava a outra."

"Ssim, sim mesmo", assentiu Gollum, sentando-se. "Hobbits bonzinhos! Nós vamos com eles. Encontrar trilhas seguras no escuro, vamos sim. E aonde eles vão nestas terras frias e duras, nós se pergunta, sim nós se pergunta?" Ergueu os olhos para eles, e uma débil luz de esperteza e avidez tremulou por um segundo em seus olhos pálidos e piscantes.

Sam franziu o cenho para ele e inspirou por entre os dentes; mas parecia sentir que havia algo esquisito no humor de seu mestre e que o assunto estava fora de discussão. Ainda assim admirou-se com a resposta de Frodo.

Frodo olhou direto para dentro dos olhos de Gollum, que se encolheu e se afastou com uma torção. "Você sabe isso, ou adivinha muito bem, Sméagol", disse ele, tranquila e severamente. "Estamos indo para Mordor, é claro. E você conhece o caminho para lá, creio."

"Ach! Sss!", disse Gollum, tapando as orelhas com as mãos como se tal franqueza e a pronúncia aberta dos nomes o machucassem. "Nós adivinhou, sim, nós adivinhou", sussurrou ele; "e nós não queria que eles fossem, não é? Não, precioso, não os hobbits bonzinhos. Cinzas, cinzas e poeira, e sede tem lá; e fossas, poças, poças, e Orques, milhares de Orqueses. Hobbits bonzinhos não podem ir para — sss — esses lugares."

"Então você esteve lá?", insistiu Frodo. "E está sendo atraído de volta para lá, não está?"

"Ssim. Ssim. Não!", guinchou Gollum. "Uma vez, por acidente foi, não foi, precioso? Sim, por acidente. Mas nós não vai voltar, não, não!" Então, de repente, sua voz e sua língua mudaram, e ele soluçou na garganta, e falou, mas não com eles. "Me deixe sozinho, *gollum*! Você me machuca. Ó coitadas das minhas mãos, *gollum*! Eu, nós, eu não quero voltar. Não consigo encontrar. Estou cansado. Eu, nós não consegue encontrar, *gollum*, *gollum*, não, em nenhum lugar. Eles estão sempre acordados. Anãos, Homens, e Elfos, Elfos terríveis com olhos brilhantes. Não consigo encontrar. Ach!" Levantou-se e fechou a mão comprida em um nó ossudo e descarnado, sacudindo-a na direção do Leste. "Nós não vai!", gritou.

"Não para vocês." Então desabou outra vez. "*Gollum, gollum*", choramingou de rosto no chão. "Não olhe para nós! Vai embora! Vai dormir!"

"Ele não vai embora nem dormir ao seu comando, Sméagol", disse Frodo. "Mas se você realmente quer se livrar dele outra vez, então precisa me ajudar. E isso, receio, significa encontrar uma trilha para nós na direção dele. Mas você não precisa ir até o fim do caminho, não além dos portões da sua terra."

Gollum sentou-se de novo e olhou para ele por baixo das pálpebras. "Ele está por lá", cacarejou. "Sempre lá. Orques vão levar vocês até o fim. Fácil achar Orques a leste do Rio. Não pergunte para Sméagol. Coitado, coitado do Sméagol, ele foi embora faz muito tempo. Eles pegaram o Precioso dele e agora ele está perdido."

"Quem sabe nós o encontremos outra vez, se você vier conosco", disse Frodo.

"Não, não, nunca! Ele perdeu o Precioso dele", respondeu Gollum.

"Levante-se!", exclamou Frodo.

Gollum pôs-se de pé e recuou até o penhasco.

"Bem!", disse Frodo. "Consegue achar uma trilha mais facilmente de dia ou de noite? Estamos cansados; mas se você escolher a noite vamos partir esta noite."

"As luzes grandes machuca nossos olhos, é sim", choramingou Gollum. "Não embaixo do Cara Branca, ainda não. Ele vai para trás das colinas logo, ssim. Descansem um pouco primeiro, hobbits bonzinhos!"

"Então sente-se", disse Frodo, "e não se mexa!"

Os hobbits sentaram-se junto a ele, um de cada lado, de costas para a parede de pedra, repousando as pernas. Não foi necessária nenhuma combinação com palavras: eles sabiam que não podiam dormir nem por um momento. Lentamente a lua passou. Caíram sombras das colinas, e tudo escureceu diante deles. As estrelas apareceram densas e brilhantes no céu lá em cima. Ninguém se mexeu. Gollum ficou sentado de pernas encolhidas, joelhos sob o queixo, mãos e pés chatos espalhados no chão, olhos fechados; mas parecia tenso, como se estivesse pensando ou escutando.

Frodo olhou para Sam de soslaio. Seus olhos se encontraram e eles compreenderam. Relaxaram, encostando as cabeças para trás e fechando os olhos, aparentemente. Logo pôde-se ouvir o som de sua respiração tranquila. As mãos de Gollum se moveram em leves espasmos. Quase imperceptivelmente, a cabeça dele se moveu para a esquerda e para a direita, e primeiro um olho se abriu em fenda, depois o outro. Os hobbits não deram sinal.

De repente, com agilidade e velocidade espantosas, saindo direto do chão com um salto como se fosse um gafanhoto ou sapo, Gollum pulou para a frente na escuridão. Mas isso era exatamente o que Frodo e Sam esperavam. Sam pulou sobre ele antes que conseguisse dar dois passos após o salto. Frodo, logo atrás, agarrou sua perna e o jogou no chão.

"Sua corda pode se tornar útil outra vez, Sam", disse ele.

Sam apanhou a corda. "E aonde você ia nas terras frias e duras, Sr. Gollum?", rosnou ele. "Nós se pergunta, sim, nós se pergunta. Encontrar alguns dos seus amigos-órquicos garanto. Sua criatura asquerosa e traiçoeira. É em redor do seu pescoço que esta corda devia ir, e com um laço apertado."

Gollum ficou deitado imóvel e não tentou mais nenhum truque. Não respondeu a Sam, mas lançou-lhe um olhar breve e peçonhento.

"Só precisamos de algo que o segure", disse Frodo. "Queremos que ele ande, por isso não adianta amarrar as pernas — ou os braços, ele parece que os usa quase igualmente. Amarre uma ponta no tornozelo dele e agarre a outra ponta."

Pôs-se de pé acima de Gollum enquanto Sam fazia o nó. O resultado surpreendeu a ambos. Gollum começou a berrar, um som agudo e dilacerante, muito horrível de se ouvir. Contorcia-se e tentava alcançar o tornozelo com a boca e morder a corda. Continuou berrando.

Por fim Frodo se convenceu de que ele realmente sentia dor; mas não podia ser do nó. Examinou-o e verificou que não estava apertado demais, na verdade mal estava apertado o bastante. Sam era mais bondoso que suas palavras. "O que há com você?", disse ele. "Se tentar fugir precisará ser amarrado; mas não queremos machucá-lo."

"Ela nos machuca, nos machuca", chiou Gollum. "Ela gela, ela morde! Os Elfos torceram ela, malditos! Hobbits asquerosos e cruéis! É por isso que nós tenta escapar, é claro que é, precioso. Adivinhamos que eram hobbits cruéis. Eles visita os Elfos, Elfos ferozes de olhos brilhantes. Tirem de nós! Ela nos machuca."

"Não, não vou tirá-la de você," respondeu Frodo, "a não ser que" — fez uma pausa momentânea, pensativo — "a não ser que haja alguma promessa que você possa fazer e em que eu confie."

"Nós vai jurar fazer o que ele quer, sim, ssim", disse Gollum, ainda retorcendo-se e manuseando o tornozelo. "Ela nos machuca."

"Jura?", indagou Frodo.

"Sméagol", disse Gollum, subitamente e com clareza, arregalando os olhos e fitando Frodo com uma estranha luz. "Sméagol vai jurar sobre o Precioso."

Frodo ergueu-se ereto, e mais uma vez Sam se admirou com suas palavras e sua voz severa. "Sobre o Precioso? Como se atreve?", disse ele. "Pense!

"Um Anel que a todos traz para na escuridão atá-los.[A]

"Você empenharia sua promessa por isso, Sméagol? Ele o obrigará. Mas é mais traiçoeiro que você. Poderá torcer suas palavras. Cuidado!"

Gollum encolheu-se. "Sobre o Precioso, sobre o Precioso!", repetiu.

"E o que você juraria?", perguntou Frodo.

"Ser muito muito bom", disse Gollum. Então, engatinhando até os pés de Frodo, rastejou diante dele, sussurrando roucamente: um espasmo o percorreu como se as palavras sacudissem seus próprios ossos de medo. "Sméagol vai jurar que nunca, nunca vai deixar Ele pegar. Nunca! Sméagol vai salvar ele. Mas ele precisa jurar sobre o Precioso."

"Não! Não sobre ele", disse Frodo, olhando-o lá embaixo com severa compaixão. "Você só quer vê-lo e tocá-lo se puder, apesar de saber que vai enlouquecê-lo. Não sobre ele. Jure em nome dele, se quiser. Pois você sabe onde está. Sim, você sabe, Sméagol. Ele está diante de você."

Por um momento pareceu a Sam que seu mestre crescera e Gollum encolhera: uma sombra alta e severa, um senhor poderoso que ocultava seu brilho em uma nuvem cinzenta, e a seus pés um cãozinho choramingando. No entanto, de algum modo os dois eram semelhantes, e não estranhos: conseguiam alcançar a mente um do outro. Gollum ergueu-se e começou a patear Frodo nos joelhos, bajulando-o.

"Abaixe-se! Abaixe-se!", exclamou Frodo. "Agora diga sua promessa!"

"Nós promete, sim, eu prometo!", disse Gollum. "Eu vou servir ao mestre do Precioso. Bom mestre, bom Sméagol, *gollum, gollum*!" De repente começou a chorar e morder o tornozelo outra vez.

"Tire a corda, Sam!", pediu Frodo.

Sam obedeceu com relutância. Imediatamente Gollum se pôs de pé e começou a saltitar, como um vira-lata açoitado cujo dono o afagou. Desde aquele momento dominou-o uma mudança que durou algum tempo. Falava com menos chiados e choros e falava diretamente a seus companheiros, e não a si mesmo como precioso. Encolhia-se e se esquivava quando chegavam junto dele ou faziam algum movimento súbito e evitava o toque de suas capas-élficas; mas era amistoso e, na verdade, deploravelmente ávido por agradar. Cacarejava ao rir e cabriolava se alguém fazia uma brincadeira, ou mesmo quando Frodo lhe falava com bondade, e chorava quando Frodo o censurava. Sam pouco lhe falava sobre qualquer coisa. Suspeitava dele mais intensamente que nunca e, se isso era possível, gostava do novo Gollum, de Sméagol, menos que do velho.

"Bem, Gollum, ou seja lá como vamos chamá-lo," disse ele, "agora vamos lá! O Lua se foi, e a noite está passando. É melhor partirmos."

"Sim, sim", concordou Gollum, saltando para lá e para cá. "Lá vamos nós! Só tem um caminho entre a ponta Norte e a ponta Sul. Eu encontrei, foi sim. Os Orques não usam ele, os Orques não conhecem ele. Os Orques não atravessam os Pântanos, dão a volta por milhas e milhas. Muita sorte vocês virem por aqui. Muita sorte vocês encontrarem Sméagol, sim. Sigam Sméagol!"

Deu alguns passos adiante e olhou para trás, indagante, como um cão que os convidasse para um passeio. "Espere um pouco, Gollum!", exclamou Sam. "Não se adiante demais! Vou ficar nos seus calcanhares e tenho a corda à mão."

"Não, não!", disse Gollum. "Sméagol prometeu."

Na profundeza da noite, sob as estrelas duras e nítidas, eles partiram. Gollum os levou de volta para o norte durante algum tempo, ao longo do caminho por onde tinham vindo; depois desviou-se para a direita, afastando-se da borda íngreme das Emyn Muil, descendo pelas encostas acidentadas e pedregosas rumo aos vastos pântanos lá embaixo. Desapareceram rápida e suavemente na treva. Sobre todas as léguas de deserto diante dos portões de Mordor havia um negro silêncio.

2

A Travessia dos Pântanos

Gollum movia-se rapidamente, com a cabeça e o pescoço projetados para a frente, muitas vezes usando as mãos assim como os pés. Frodo e Sam tinham dificuldade em acompanhá-lo; mas ele não parecia mais pensar em escapar, e quando eles se atrasavam ele se virava e os esperava. Algum tempo depois, conduziu-os até a beira de um sulco estreito pelo qual haviam passado antes; mas agora estavam mais longe das colinas.

"Aqui está!", exclamou ele. "Lá dentro tem um caminho para baixo, sim. Agora nós segue ele — para fora, para fora ali atrás." Apontou para o sul e o leste na direção dos pântanos. O fedor deles chegou-lhes às narinas, pesado e podre mesmo no fresco ar noturno.

Gollum andou para cima e para baixo ao longo da beira e por fim chamou-os. "Aqui! Podemos descer aqui. Sméagol foi por este caminho uma vez: fui por aqui, escondido dos Orques."

Foi à frente deles, e, seguindo-o, os hobbits desceram para a escuridão. Não era difícil, pois naquele ponto a fenda só tinha uns quinze pés de profundidade e cerca de uma dúzia de largura. Havia água corrente no fundo: era de fato o leito de um dos muitos riozinhos que escorriam das colinas e alimentavam as lagoas e os lamaçais estagnados mais além. Gollum virou para a direita, mais ou menos rumo ao sul, e foi chapinhando com os pés no curso d'água raso e pedregoso. Parecia muito feliz em sentir a água e dava risadinhas para si mesmo, às vezes até grasnando em uma espécie de cantoria.

> *O frio, duro chão*
> *nos morde a mão,*
>   *deixa o pé machucado.*
> *Cada pedra e caroço*
> *parece um osso*
>   *bem descarnado.*
> *Mas riacho e lagoa*
> *têm água da boa:*
>   *pros pés é um agrado!*
> *E agora nos deixe...*[A]

"Ha! Ha! Nos deixe o quê?", disse ele, olhando de soslaio para os hobbits. "Nós conta para vocês", grasnou. "Ele adivinhou faz tempo, Bolseiro adivinhou." Veio-lhe um brilho nos olhos, e Sam, percebendo o reluzir no escuro, não o achou nada agradável.

> *Vivo, não respira,*
> *De frio não expira;*
> *Sem sede vai bebendo,*
> *De couraça, não rangendo.*
> *No seco se afoga,*
> *a ilha, roga,*
> *é um alto monte;*
> *pensa que a fonte*
> *é vento subindo.*
> *Tão esbelto, tão lindo!*
>   *Encontrá-lo é um gozo!*
> *Só nos deixe*
> *pegar um peixe,*
>   *macio e gostoso!*[B]

Estas palavras só tornaram mais urgente na mente de Sam um problema que o perturbara desde o momento em que compreendeu que seu mestre iria adotar Gollum como guia: o problema da comida. Não lhe ocorreu que seu mestre também poderia ter pensado nele, mas imaginava que Gollum tinha. Na verdade, como Gollum se mantivera em todas as suas andanças solitárias? "Não muito bem", pensou Sam. "Ele parece bem faminto. Não tão exigente que não vá experimentar que gosto tem um hobbit, se não tiver peixe, aposto — supondo que consiga nos apanhar num cochilo. Bem, não vai apanhar: não Sam Gamgi com certeza."

Seguiram tropeçando no sulco escuro e tortuoso por longo tempo, ou pelo menos assim pareceu aos pés cansados de Frodo e Sam. O sulco virou para o leste, e, à medida que avançavam, ele alargou-se e ficou gradativamente mais raso. Enfim o céu acima deles mostrou debilmente o primeiro cinzento da manhã. Gollum não mostrara sinal de cansaço, mas agora olhou para cima e parou.

"O Dia está perto", sussurrou ele, como se o Dia fosse algo que pudesse escutá-lo e lhe pular em cima. "Sméagol vai ficar aqui: eu vou ficar aqui, e a Cara Amarela não vai me ver."

"Devíamos estar contentes de vermos a Sol," disse Frodo, "mas vamos ficar aqui: estamos cansados demais para irmos mais longe no momento."

"Você não é esperto para ficar contente com a Cara Ama-rela", disse Gollum. "Ela revela você. Hobbits bonzinhos sensatos ficam com Sméagol. Tem Orques e seres nojentos por aí. Eles conseguem ver longe. Fiquem e se escondam comigo!"

Os três instalaram-se para descansar ao pé da parede rochosa do sulco. Já não tinha muito mais que a altura de um homem alto e em sua base havia plataformas chatas e largas de pedra seca; a água corria em um canal do lado oposto. Frodo e Sam sentaram-se em um dos degraus, descansando as costas. Gollum patinhava e bracejava no riacho.

"Precisamos de um pouco de comida", disse Frodo. "Está com fome, Sméagol? Temos muito pouco para compartilhar, mas vamos lhe ceder o que pudermos."

Diante da palavra *fome* inflamou-se uma luz esverdeada nos olhos pálidos de Gollum, e eles pareceram projetar-se mais do que nunca do seu rosto magro e doentio. Por um momento recaiu no seu antigo modo de Gollum. "Esstamos famintos, sim, famintos nós esstamos, precioso", disse ele. "O que é que eles come? Eles têm bons peixesss?" Sua língua pendeu entre os dentes afiados e amarelos, lambendo seus lábios descorados.

"Não, não temos peixe", respondeu Frodo. "Só temos isto" — ergueu uma fatia de *lembas* — "e água, se a água daqui for boa de beber."

"Ssim, ssim, água boa", afirmou Gollum. "Beba, beba, enquanto podemos! Mas o que é que eles têm, precioso? É crocante? É gostoso?"

Frodo quebrou um pedaço de uma fatia e entregou-a a ele em sua embalagem de folha. Gollum farejou a folha e seu rosto se transformou: um espasmo de nojo tomou conta dele e uma insinuação de sua velha malícia. "Sméagol cheira!", disse ele. "Folhas vindas do país-élfico, gah! Elas fedem. Ele subiu nessas árvores e não pôde lavar o cheiro das mãos, minhas belas mãos." Largou a folha, pegou um canto do *lembas* e o mordiscou. Cuspiu e foi sacudido por um ataque de tosse.

"Ach! Não!", exclamou ele numa cusparada. "Você tenta sufocar o coitado do Sméagol. Poeira e cinzas, ele não pode comer isso. Tem de passar fome. Mas Sméagol não se importa. Hobbits bonzinhos! Sméagol prometeu. Ele vai passar fome. Não pode comer comida dos hobbits. Ele vai passar fome. Coitado do Sméagol magrinho!"

"Lamento", disse Frodo; "mas receio que não posso ajudá-lo. Acho que esta comida lhe faria bem se você tentasse. Mas quem sabe você não possa nem tentar, pelo menos ainda não."

Os hobbits mastigaram seu *lembas* em silêncio. Sam pensou que por algum motivo tinha gosto bem melhor do que tivera por um bom tempo: o comportamento de Gollum o fizera atentar para o sabor de novo. Mas não se sentia confortável. Gollum observava cada bocado da mão para a boca, como um cão esperançoso junto da cadeira de um conviva. Foi só quando terminaram e se preparavam para descansar que ele se convenceu, aparentemente, de que não tinham petiscos escondidos que ele pudesse compartilhar. Então foi sentar-se sozinho a alguns passos de distância, choramingando um pouco.

"Olhe aqui!", sussurrou Sam para Frodo, não muito baixo: na verdade não se importava se Gollum o ouviria ou não. "Precisamos dormir um pouco; mas não os dois juntos com esse vilão faminto por perto, com ou sem promessa. Sméagol ou Gollum, garanto que não vai mudar seus hábitos depressa. Vá dormir, Sr. Frodo, e eu o chamo quando não conseguir manter as pálpebras erguidas. Turno e returno, como antes, enquanto ele estiver à solta."

"Talvez você tenha razão, Sam", disse Frodo, falando abertamente. "*Há* uma mudança nele, mas ainda não tenho certeza do tipo de mudança e quão profunda. Mas a sério, não acho que haja necessidade de ter medo — por enquanto. Mas vigie se quiser. Dê-me umas duas horas, não mais, e depois me chame."

Frodo estava tão cansado que sua cabeça caiu para a frente, sobre o peito, e ele dormiu quase imediatamente após dizer essas palavras. Gollum não parecia mais ter nenhum medo. Enrolou-se e adormeceu depressa, bem despreocupado. Logo sua respiração estava chiando baixinho através dos seus dentes apertados, mas ele estava deitado imóvel como uma pedra. Algum tempo depois, temendo ele mesmo cair no sono se ficasse sentado ouvindo a respiração dos dois companheiros, Sam levantou-se e cutucou Gollum de leve. Suas mãos se desenrolaram e estremeceram, mas ele não fez nenhum outro movimento. Sam inclinou-se e disse *peixxe* perto do seu ouvido, mas não houve reação, nem mesmo uma pausa na respiração de Gollum.

Sam coçou a cabeça. "Deve estar dormindo mesmo", murmurou ele. "E se eu fosse como Gollum ele não acordaria nunca mais." Reprimiu as ideias que lhe vieram à mente, de sua espada e da corda, e foi sentar-se junto ao seu patrão.

Quando acordou, o céu acima dele estava indistinto, não mais claro, e sim mais escuro que na hora do desjejum. Sam levantou-se de um salto. Não menos por sua própria sensação de vigor e fome, compreendeu de repente que havia dormido durante a luz do dia, nove horas pelo menos. Frodo ainda estava dormindo profundamente, agora estendido de lado. Gollum não estava à vista. Vários nomes de censura para si mesmo vieram à mente de Sam, tirados do extenso estoque de palavras paterno do Feitor; depois ocorreu-lhe também que seu mestre tivera razão: por enquanto não houvera nada para ser vigiado. Fosse como fosse, estavam ambos vivos e não esganados.

"Pobre desgraçado!", disse ele, meio arrependido. "Agora me pergunto aonde ele foi."

"Não longe, não longe!", disse uma voz acima dele. Ergueu os olhos e viu a forma da grande cabeça e orelhas de Gollum diante do céu vespertino.

"Ei, o que está fazendo?", exclamou Sam, retomando as suspeitas assim que viu aquela forma.

"Sméagol tem fome", disse Gollum. "Volta já."

"Volte agora!", gritou Sam. "Ei! Volte!" Mas Gollum desaparecera.

Frodo despertou com o som do grito de Sam e sentou-se, esfregando os olhos. "Alô!", disse ele. "Alguma coisa errada? Que horas são?"

"Não sei", respondeu Sam. "Passa do pôr do sol, calculo. E ele se foi. Diz que está com fome."

"Não se preocupe!", disse Frodo. "Não há como evitar. Mas ele vai voltar, você verá. A promessa ainda vai valer por algum tempo. E, seja como for, ele não vai deixar seu Precioso."

Frodo não deu importância quando soube que haviam dormido profundamente durante horas, com Gollum, e um Gollum muito faminto, solto junto deles. "Não pense em nenhum nome ruim do seu feitor", disse ele. "Você estava exausto, e tudo acabou bem: agora estamos ambos descansados. E temos uma estrada difícil à frente, a pior estrada de todas."

"Sobre a comida", comentou Sam. "Quanto tempo vai levar para fazermos esse serviço? E quando estiver feito, o que vamos fazer então? Esse pão-de-viagem mantém a gente de pé de um jeito maravilhoso, apesar de não satisfazer direito o bucho, como se poderia dizer: de qualquer jeito, não para mim, sem desrespeitar os que o fizeram. Mas tem que comer um pouco dele todo dia, e ele não cresce. Calculo que temos o bastante para durar, digamos, umas três semanas, e isso com cinto apertado e boca pequena, veja bem. Até agora fomos um tanto generosos com ele."

"Não sei quanto tempo vamos levar para... para acabar", disse Frodo. "Atrasamo-nos miseravelmente nas colinas. Mas Samwise Gamgi, meu caro hobbit — na verdade, Sam, meu caríssimo hobbit, amigo entre os amigos —, não acho que precisamos pensar no que vem depois disso. 'Fazer o serviço', como você diz... que esperança há de que vamos fazê-lo algum dia? E se o fizermos, quem sabe qual será o resultado? Se o Um for para o Fogo e nós estivermos por perto? Eu lhe pergunto, Sam, alguma vez vamos precisar de pão novamente? Acho que não. Se conseguirmos convencer nossos membros a nos levarem até o Monte da Perdição, isso é tudo que podemos fazer. Começo a sentir que é mais do que eu posso."

Sam assentiu com a cabeça, em silêncio. Tomou a mão do patrão e se inclinou sobre ela. Não a beijou, apesar de suas lágrimas caírem sobre ela. Depois virou-se para o outro lado, passou a manga pelo nariz, levantou-se e andou pisoteando, tentando assobiar e dizendo entre os esforços: "Onde está aquela criatura maldita?"

Na verdade, não levou muito tempo para Gollum voltar; mas veio tão silenciosamente que não o ouviram antes que estivesse diante deles. Seus dedos e seu rosto estavam imundos de lama preta. Ainda estava mastigando e babando. Não perguntaram nem queriam saber o que ele mastigava.

"Vermes ou besouros ou alguma coisa viscosa de um buraco", pensou Sam. "Brr! Que criatura nojenta; que pobre desgraçado!"

Gollum não lhes disse nada antes de beber bastante e se lavar no riacho. Depois veio ter com eles, lambendo os beiços. "Melhor agora", disse ele. "Estamos descansados? Prontos para ir embora? Hobbits bonzinhos, dormem bonito. Confiam em Sméagol agora? Muito, muito bom."

A etapa seguinte da jornada foi muito parecida com a anterior. À medida que avançavam, o sulco se tornava cada vez mais raso, e a inclinação do chão, mais gradativa. O fundo era menos pedregoso e mais terroso, e lentamente os lados se reduziram a simples margens. Ele começou a se curvar e a vagar. Aquela noite chegou ao fim, mas agora havia nuvens sobre a lua e as estrelas, e souberam que o dia chegava apenas graças à lenta expansão da luz débil e cinzenta.

Em uma hora gelada chegaram ao fim do curso d'água. As margens se transformaram em morrinhos cobertos de musgo. Sobre a última plataforma de pedra que se desfazia, o riacho gorgolejou, caiu rumo a um lodaçal pardo e se perdeu. Caniços secos sibilavam e chocalhavam, mas eles não sentiam nenhum vento.

De ambos os lados e à frente, havia agora amplos charcos e lamaçais, estendendo-se rumo ao sul e ao leste na indistinta meia-luz. Névoas serpenteavam e se elevavam de poças escuras e fétidas. Seus vapores pairavam, asfixiantes, no ar imóvel. Bem ao longe, agora quase exatamente no sul, assomavam as muralhas montanhosas de Mordor, como uma barra negra de nuvens esfarrapadas flutuando acima de um mar perigoso tomado pela névoa.

Agora os hobbits estavam inteiramente nas mãos de Gollum. Não sabiam, e naquela luz enevoada não podiam adivinhar, que na verdade apenas acabavam de penetrar nos limites setentrionais dos pântanos, cuja extensão principal estava ao sul deles. Se conhecessem o terreno poderiam, com pequeno atraso, ter voltado um pouco sobre seus passos e depois, virando-se para o leste, contornado sobre estradas firmes até a planície nua de Dagorlad: o campo da antiga batalha diante dos portões de Mordor. Não que em tal curso houvesse grande esperança. Naquela planície pedregosa não havia cobertura, e ela era atravessada pelas estradas dos Orques e dos soldados do Inimigo. Nem mesmo as capas de Lórien os teriam ocultado ali.

"Como seguimos nosso caminho agora, Sméagol?", perguntou Frodo. "Precisamos atravessar esses charcos malcheirosos?"

"Não precisa, não precisa mesmo", disse Gollum. "Não se os hobbits querem chegar nas montanhas escuras e ir ver Ele bem depressa. Volta um pouco e contorna um pouco" — seu braço magro acenou para o norte e o leste — "e vão chegar em estradas duras e frias bem nos portões da terra Dele. Vai ter montes de gente Dele observando os hóspedes, muito contentes de levar eles direto para Ele, ó sim. O Olho Dele vigia para lá o tempo todo. Ele pegou Sméagol lá, faz tempo." Gollum estremeceu. "Mas Sméagol usou os olhos depois disso, sim, sim: usei os olhos e os pés e o nariz depois disso. Conheço outros caminhos. Mais difíceis, não tão rápidos; mas melhores, se nós não queremos que Ele veja. Sigam Sméagol! Ele pode levar vocês através dos pântanos, através das névoas, belas névoas grossas. Sigam Sméagol com muito cuidado e vão poder ir longe, bem longe, antes que Ele apanhe vocês, sim talvez."

Já era dia, uma manhã sem vento e soturna, e os vapores do pântano se espalhavam em pesadas barreiras. Não havia sol que perfurasse o céu baixo e nublado, e Gollum parecia ansioso por continuar a jornada de imediato. Assim, após um breve descanso, partiram de novo, e logo estavam perdidos em um silencioso mundo de sombras, isolados de qualquer visão do terreno em volta, quer das colinas que haviam deixado, quer das montanhas que buscavam. Andavam lentamente em fila única: Gollum, Sam, Frodo.

Frodo parecia ser o mais exausto dos três, e por mais que caminhassem devagar, ele muitas vezes ficava para trás. Logo os hobbits descobriram que o que parecia ser um vasto pântano era na verdade uma rede infindável de poças, e charcos moles, e cursos d'água coleantes e meio estrangulados. Entre eles, um olho e um pé astuciosos podiam traçar uma trilha errante. Certamente Gollum tinha tal astúcia e precisava dela toda. Sua cabeça, sobre o pescoço comprido, estava sempre se virando para cá e para lá, enquanto ele fungava e murmurava consigo mesmo o tempo todo. Às vezes levantava a mão e os detinha, e então avançava um pouco, agachado, testando o solo com os dedos das mãos ou dos pés, ou meramente escutando com um ouvido colado à terra.

Era enfadonho e cansativo. O inverno, frio e pegajoso, ainda reinava naquela região esquecida. O único verde era a escuma de ervas daninhas lívidas nas superfícies escuras e oleosas das águas tristonhas. Capim morto e juncos podres apareciam nas neblinas como sombras esfarrapadas de verões há muito esquecidos.

À medida que o dia avançava, a luz aumentava um pouco, e as névoas se erguiam, tornando-se mais esparsas e transparentes. Muito acima da podridão e dos vapores do mundo, o Sol já viajava alto e dourado, em uma região serena com solos de espuma deslumbrante, mas lá embaixo só podiam ver um fantasma passante dele, turvo, pálido, que não conferia cor nem calor. Mas mesmo diante daquela fraca lembrança de sua presença, Gollum franzia a testa e se encolhia. Deteve a jornada, e eles descansaram, acocorados como animaizinhos caçados, na beira de um grande matagal pardo de juncos. Havia um silêncio profundo, só arranhado na superfície pela fraca palpitação de plumas vazias de sementes e de folhas rompidas de capim tremendo em pequenos movimentos do ar que eles não podiam sentir.

"Nenhum pássaro!", disse Sam, pesaroso.

"Não, nenhum pássaro", disse Gollum. "Pássaros bonzinhos!" Lambeu os dentes. "Não tem pássaros aqui. Tem cóbrasas, vérmeses, coisas nas poças. Montes de coisas, montes de coisas nojentas. Nenhum pássaro", concluiu com tristeza. Sam olhou-o com aversão.

Assim passou o terceiro dia da jornada com Gollum. Antes que as sombras da tarde se alongassem em terras mais felizes, eles prosseguiram outra vez, sempre em frente e em frente, apenas com breves paradas. Faziam-nas não tanto para descansar quanto para ajudar Gollum; pois agora mesmo ele tinha de avançar com grande cautela, e às vezes passava algum tempo perdido. Haviam chegado bem ao meio dos Pântanos Mortos, e estava escuro.

Caminhavam devagar, agachados, mantendo-se rigorosamente em fila, seguindo atentamente cada movimento que Gollum fazia. Os charcos ficaram mais úmidos, abrindo-se em largas lagoas estagnadas, entre as quais tornava-se cada vez mais difícil encontrar os lugares mais firmes onde os pés pudessem pisar sem afundar na lama gorgolejante. Os viajantes eram leves, do contrário talvez nenhum deles jamais teria encontrado uma passagem.

Logo a escuridão se tornou total: o próprio ar parecia negro e pesado de se respirar. Quando surgiram luzes, Sam esfregou os olhos: pensou que estava ficando perturbado da cabeça. Viu primeiro uma com o canto do olho esquerdo, um tufo de brilho pálido que se desfez; mas logo depois apareceram outras: algumas como fumaça brilhando fracamente, algumas como chamas enevoadas tremeluzindo devagar acima de velas invisíveis; aqui e ali elas se contorciam como lençóis fantasmagóricos desdobrados por mãos ocultas. Mas nenhum de seus companheiros disse palavra alguma.

Finalmente Sam não pôde suportar mais. "O que é tudo isso, Gollum?", disse ele em um sussurro. "Essas luzes? Agora estão em toda a nossa volta. Fomos apanhados? Quem são eles?"

Gollum ergueu os olhos. Havia uma água escura diante dele, e ele engatinhava no chão, para cá e para lá, incerto sobre o caminho. "Sim, estão em toda a nossa volta", cochichou. "As luzes manhosas. Velas de cadáveres, sim, sim. Não dê atenção a elas! Não olhe! Não siga elas! Onde está o mestre?"

Sam olhou para trás e descobriu que Frodo se atrasara outra vez. Não podia vê-lo. Recuou alguns passos na escuridão, sem se atrever a ir longe nem a chamar mais alto que um sussurro rouco. Subitamente deu um encontrão em Frodo, que estava de pé, perdido em seus pensamentos, olhando para as luzes pálidas. Suas mãos pendiam dos lados, rígidas; água e limo pingavam delas.

"Venha, Sr. Frodo!", disse Sam. "Não olhe para elas! Gollum disse que não devemos. Vamos alcançá-lo e sair deste lugar amaldiçoado o mais depressa que pudermos — se pudermos!"

"Está bem", disse Frodo, como quem retorna de um sonho. "Estou indo. Vá em frente!"

Apressando-se em avançar outra vez Sam tropeçou, enroscando o pé em alguma velha raiz ou moita. Caiu e se apoiou com força nas mãos, que mergulharam fundo na lama pegajosa, de modo que seu rosto se aproximou da superfície da lagoa escura. Houve um chiado fraco, subiu um cheiro fétido, as luzes tremeram e dançaram e rodopiaram. Por um momento a água embaixo dele pareceu ser uma janela, coberta de vidro imundo, através da qual ele espiava. Ao arrancar as mãos do charco, saltou para trás com um grito. "Tem coisas mortas, rostos mortos na água", disse ele com horror. "Rostos mortos!"

Gollum riu. "Os Pântanos Mortos, sim, sim: esse é o nome deles.", cacarejou. "Não devia olhar quando as velas estão acesas."

"Quem são eles? O que são eles?", perguntou Sam, estremecendo, virando-se para Frodo, que já estava atrás dele.

"Não sei", disse Frodo em voz de sonho. "Mas também os vi. Nas lagoas quando as velas estavam acesas. Estão deitados em todas as lagoas, rostos pálidos, fundos sob a água escura. Eu os vi: rostos sisudos e maus, e rostos nobres e tristes. Muitos rostos altivos e belos, e ervas em seus cabelos de prata. Mas todos imundos, todos podres, todos mortos. Há uma luz cruel neles." Frodo escondeu os olhos nas mãos. "Não sei quem são; mas pensei que vi ali Homens, Elfos e Orques junto a eles."

"Sim, sim", disse Gollum. "Todos mortos, todos podres. Elfos e Homens e Orques. Os Pântanos Mortos. Teve uma grande batalha muito tempo atrás, sim, assim disseram a ele quando Sméagol era jovem, quando eu era jovem antes do Precioso chegar. Foi uma grande batalha. Homens altos com espadas compridas, e Elfos terríveis, e Órqueses guinchando. Lutaram na planície por dias e meses nos Portões Negros. Mas os Pântanos cresceram depois disso, engoliram os túmulos; sempre rastejando, rastejando."

"Mas isso faz uma era e mais", disse Sam. "Os Mortos não podem estar ali de verdade! É alguma crueldade tramada na Terra Sombria?"

"Quem sabe? Sméagol não sabe", respondeu Gollum. "Não dá para alcançar eles, não dá para tocar eles. Tentamos uma vez, sim, precioso. Tentei uma vez; mas não dá para alcançar eles. Só formas para ver, talvez, não para tocar. Não, precioso! Todos mortos."

Sam lançou-lhe um olhar sombrio e estremeceu outra vez, pensando que imaginava por que Sméagol tentara tocá-los. "Bem, eu não quero vê-los", disse ele. "Nunca mais! Não podemos seguir e ir embora?"

"Sim, sim", disse Gollum. "Mas devagar, muito devagar. Com muita cautela! Se não os hobbits descem para se juntar aos Mortos e acender velinhas. Sigam Sméagol! Não olhem luzes!"

Engatinhou para a direita, buscando uma trilha ao redor da lagoa. Seguiram-no de perto, curvados, muitas vezes usando as mãos exatamente como ele. "Vamos ser três pequenos Gollums preciosos enfileirados se isto continuar por muito tempo", pensou Sam.

Finalmente chegaram à extremidade da lagoa negra e atravessaram-na, com risco, engatinhando ou saltando de uma ilha-moita traiçoeira para a outra. Muitas vezes se debatiam, pisando ou caindo com as mãos em águas fétidas como pocilgas, até ficarem lodosos e imundos quase até o pescoço, um fedendo nas narinas do outro.

Era tarde da noite quando por fim voltaram outra vez a terreno mais firme. Gollum chiava e cochichava consigo mesmo, mas parecia estar contente: de algum modo misterioso, por algum sentido combinado de tato, olfato e memória incomum para vultos no escuro, outra vez ele parecia saber exatamente onde estava e tinha certeza do caminho à frente.

"Agora vamos adiante!", disse ele. "Hobbits bonzinhos! Hobbits valentes! Muito, muito cansados, é claro; e nós também, meu precioso, todos nós. Mas precisamos afastar o mestre das luzes malvadas, sim, sim, precisamos." Com essas palavras partiu outra vez, quase trotando, descendo pelo que parecia ser uma longa vereda entre juncos altos, e eles tropeçavam atrás dele o mais depressa que podiam. Mas em pouco tempo ele parou de repente e farejou o ar, incerto, chiando como se estivesse outra vez perturbado ou descontente.

"O que é?", rosnou Sam, interpretando errado os sinais. "De que serve farejar? O fedor quase me derruba com o nariz apertado. Você fede e o mestre fede; o lugar todo fede."

"Sim, sim, e Sam fede!", respondeu Gollum. "O pobre Sméagol sente o cheiro, mas o bom Sméagol aguenta. Ajuda mestre bonzinho. Mas isso não importa. O ar está se mexendo, vem uma mudança. Sméagol se pergunta; ele não está feliz."

Foi em frente outra vez, mas sua insegurança era crescente, e vez por outra levantava-se à sua plena estatura, esticando o pescoço para o leste e para o sul. Durante algum tempo os hobbits não conseguiram ouvir nem sentir o que o perturbava. Depois, de súbito, todos os três pararam, rijos, escutando. Pareceu a Frodo e Sam que ouviam, muito longe, um longo grito lamentoso, agudo, fino e cruel. Tiveram arrepios. No mesmo momento a agitação do ar tornou-se perceptível a eles; e veio um frio intenso. Enquanto estavam parados, aguçando os ouvidos, escutaram um ruído como de um vento vindo de longe. As luzes nebulosas tremeluziram, enfraqueceram e se apagaram.

Gollum não se mexia. Estava de pé, tremendo e tagarelando consigo mesmo, até que, com um ímpeto, o vento os acometeu, silvando e rosnando por cima dos pântanos. A noite tornou-se menos escura, bastante clara para que vissem, ou entrevissem, turbilhões informes de neblina, enrolando-se e retorcendo-se ao rolarem por cima deles e os ultrapassarem. Olhando para cima, viram as nuvens se fragmentando e rasgando; e então, alto no sul, a lua reluziu, navegando nos destroços volantes.

Por um momento sua visão alegrou os corações dos hobbits; mas Gollum agachou-se, murmurando maldições contra o Cara Branca. Então Frodo e Sam, fitando o céu, respirando profundamente o ar mais fresco, viram-na chegar: uma pequena nuvem que vinha voando das colinas amaldiçoadas; uma sombra negra solta de Mordor; um vasto vulto alado e agourento. Roçou pela frente da lua e com um grito mortal foi-se rumo ao oeste, ultrapassando o vento em sua pressa cruel.

Caíram para a frente, rastejando negligentes na terra fria. Mas a sombra de horror rodou e retornou, agora passando mais baixo, bem por cima deles, varrendo o vapor do charco com suas asas horripilantes. Depois foi-se embora, voando de volta para Mordor com a velocidade da ira de Sauron; e atrás dela o vento passou rugindo, deixando os Pântanos Mortos vazios e áridos. O deserto nu, até onde os olhos podiam divisar, mesmo até a distante ameaça das montanhas, estava salpicado pelo luar intermitente.

Frodo e Sam ergueram-se esfregando os olhos, como crianças que despertam de um sonho ruim e percebem a noite familiar ainda encobrindo o mundo. Mas Gollum ficou deitado no chão, como se estivesse atordoado. Levantaram-no com dificuldade, e por algum tempo ele não ergueu o rosto e sim, ajoelhado, inclinou-se para a frente apoiado nos cotovelos, cobrindo a parte de trás da cabeça com as grandes mãos chatas.

"Espectros!", choramingou ele. "Espectros de asas! O Precioso é o mestre deles. Eles veem tudo, tudo. Nada pode se esconder deles. Maldito Cara Branca! E eles contam tudo para Ele. Ele vê, Ele sabe. Ach, *gollum, gollum, gollum*!" Foi só depois que a lua desceu para o oeste, muito longe atrás de Tol Brandir, que ele se ergueu ou fez algum movimento.

Daquele momento em diante, Sam pensou outra vez sentir uma mudança em Gollum. Ele estava mais bajulador e aparentemente amistoso; mas Sam às vezes surpreendia algumas expressões estranhas em seus olhos, especialmente dirigidas a Frodo; e ele voltava cada vez mais ao seu antigo modo de falar. E Sam teve outra preocupação crescente. Frodo parecia estar cansado, cansado ao ponto de exaustão. Não dizia nada e na verdade mal falava; e não se queixava, mas caminhava como quem carrega um fardo cujo peso aumenta cada vez mais; e arrastava-se, cada vez mais devagar, de forma que muitas vezes Sam tinha de pedir a Gollum que esperasse e não deixasse seu mestre para trás.

De fato, a cada passo rumo aos portões de Mordor, Frodo sentia o Anel na corrente em torno de seu pescoço tornando-se mais opressivo.

Já começava a senti-lo como um peso real que o arrastava na direção do chão. Mas estava muito mais perturbado pelo Olho: assim ele o chamava consigo mesmo. Era mais que o fardo do Anel que o fazia agachar-se e inclinar-se enquanto andava. O Olho: aquela horrível sensação crescente de uma vontade hostil que se esforçava, com grande poder, por penetrar todas as sombras de nuvem, e terra, e carne, e por vê-lo: fixá-lo sob seu olhar mortífero, nu, imóvel. Tão finos, tão frágeis e finos haviam se tornado os véus que ainda o repeliam. Frodo sabia exatamente onde estavam agora a moradia presente e o coração daquela vontade: tão certamente quanto um homem sabe dizer a direção do sol de olhos fechados. Ele estava de frente para ela, e sua potência lhe golpeava a fronte.

Gollum provavelmente sentia algo da mesma espécie. Mas o que se passava em seu coração desgraçado entre a pressão do Olho, o desejo do Anel que estava tão perto e sua promessa humilhante feita meio pelo medo do ferro frio, os hobbits não podiam adivinhar. Frodo não pensava nisso. A mente de Sam estava ocupada mormente com o patrão, mal notando a nuvem escura que se abatera sobre seu próprio coração. Agora pôs Frodo à sua frente e vigiava atentamente cada um de seus movimentos, apoiando-o quando tropeçava e tentando encorajá-lo com palavras desajeitadas.

Quando finalmente o dia chegou, os hobbits surpreenderam-se em ver o quanto as montanhas agourentas já haviam chegado mais perto. O ar já era mais claro e frio, e, apesar de ainda distantes, as muralhas de Mordor não eram mais uma ameaça nebulosa no limite da visão, mas olhavam carrancudas, como soturnas torres negras por sobre um ermo sinistro. Os pântanos haviam terminado, desfazendo-se em turfas mortas e amplas planícies de lama seca e rachada. O terreno à frente erguia-se em longas encostas rasas, áridas e implacáveis, rumo ao deserto que se estendia diante do portão de Sauron.

Enquanto durou a luz cinzenta, eles se agacharam como vermes sob uma pedra negra, encolhidos, com medo que o terror alado passasse e os enxergasse com seus olhos cruéis. O restante daquela jornada era uma sombra de temor crescente em que a memória nada podia encontrar como apoio. Por mais duas noites eles se esforçaram através da terra exaustiva e sem trilhas. O ar, ao que lhes parecia, tornou-se áspero e repleto de um odor amargo que lhes interrompia a respiração e ressecava a boca.

Por fim, na quinta manhã depois de se porem a caminho com Gollum, pararam mais uma vez. Diante deles, escuras ao amanhecer, as grandes montanhas alcançavam tetos de fumaça e nuvem. Dos seus pés projetavam-se enormes contrafortes e colinas acidentadas, as mais próximas das quais já mal estavam a uma dúzia de milhas. Frodo olhou em torno horrorizado. Por mais pavorosos que fossem os Pântanos Mortos e as charnecas áridas das Terras-de-Ninguém, era ainda mais repugnante a região que o dia rastejante já revelava, lentamente, aos seus olhos contraídos. Até mesmo ao Brejo dos Rostos Mortos vinha algum fantasma desfigurado da primavera verde; mas ali nem a primavera nem o verão jamais haveriam de voltar. Nada vivia ali, nem mesmo a vegetação leprosa que se alimentava de podridão. As lagoas estranguladas sufocavam com cinzas e lamas rastejantes, de um branco e cinzento doentio, como se as montanhas tivessem vomitado a imundície de suas entranhas nas terras em torno. Altos morros de rochas esmagadas e pulverizadas, grandes cones de terra arruinada pelo fogo e manchada por veneno, erguiam-se em fileiras infindáveis como um obsceno cemitério, lentamente revelados à luz relutante.

Haviam chegado à desolação que se estendia diante de Mordor: o perene monumento da obscura labuta de seus escravos que haveria de perdurar quando todos os seus propósitos estivessem anulados; uma terra profanada, doente além de qualquer cura — a não ser que o Grande Mar a invadisse para lavá-la com esquecimento. "Sinto enjoo", disse Sam. Frodo não falou.

Por um momento ficaram parados ali, como homens à beira de um sono onde o pesadelo faz emboscada, repelindo-o apesar de saberem que só podem alcançar a manhã através das sombras. A luz tornou-se mais ampla e dura. Os poços estrangulados e os morros peçonhentos adquiriram hedionda nitidez. O sol havia nascido, caminhando entre nuvens e longas bandeiras de fumaça, mas a própria luz do sol fora profanada. Os hobbits não deram as boas-vindas àquela luz; parecia hostil, revelando-os em seu desamparo — pequenos fantasmas guinchantes que vagavam entre os montes de cinzas do Senhor Sombrio.

Cansados demais para prosseguir, eles buscaram um lugar onde pudessem descansar. Por alguns momentos ficaram sentados, sem falar, à sombra de um monte de escória; mas vapores imundos emanavam dele, fechando suas gargantas e sufocando-os. Gollum foi o primeiro a se levantar. Ergueu-se cuspindo e praguejando e, sem uma palavra ou um olhar para os hobbits, saiu engatinhando de quatro. Frodo e Sam engatinharam atrás dele até chegarem a uma cova ampla, quase circular, com beira alta do lado oeste. Era fria e morta e tinha no fundo uma fossa imunda de limo oleoso e multicor. Nesse buraco maldito ficaram encolhidos, esperando que em sua sombra pudessem escapar da atenção do Olho.

O dia passou devagar. Uma grande sede os assolou, mas beberam apenas algumas gotas dos seus cantis — enchidos pela última vez no sulco que agora, quando voltavam a ele em pensamento, lhes parecia um lugar de paz e beleza. Os hobbits fizeram turnos para vigiar. Primeiro, cansados como estavam, nenhum deles conseguiu dormir; mas, à medida que o sol longínquo descia para trás das lentas nuvens, Sam cochilou. Era o turno de Frodo vigiar. Ele reclinou-se na encosta da cova, mas isso não aliviou a sensação de fardo que o acometia. Olhou para cima, para o céu riscado de fumaça, e viu estranhos fantasmas, vultos escuros cavalgando, e rostos do passado. Perdeu a noção do tempo, pairando entre dormir e despertar, até que o olvido o dominou.

Sam acordou de repente, pensando que ouvira o patrão chamando. Era tardinha. Frodo não poderia ter chamado, pois pegara no sono e deslizara quase até o fundo da cova. Gollum estava ao lado dele. Por um momento Sam pensou que ele tentava despertar Frodo; depois viu que não era isso. Gollum falava sozinho. Sméagol estava debatendo com algum outro pensamento que usava a mesma voz, mas fazia-a guinchar e chiar. Uma luz pálida e uma luz verde alternavam-se em seus olhos enquanto ele falava.

"Sméagol prometeu", disse o primeiro pensamento.

"Sim, sim, meu precioso," veio a resposta, "nós prometeu: salvar nosso Precioso, não deixar Ele pegar — nunca. Mas vai para Ele, sim, mais perto a cada passo. O que o hobbit vai fazer com ele, nós se pergunta, sim, nós se pergunta."

"Não sei. Não posso fazer nada. O mestre tem ele. Sméagol prometeu ajudar o mestre."

"Sim, sim, ajudar o mestre: o mestre do Precioso. Mas se nós fosse mestre, então poderia ajudar nós, sim, e ainda assim manter promessas."

"Mas Sméagol disse que ia ser muito muito bom. Hobbit bonzinho! Ele tirou corda cruel da perna de Sméagol. Fala gentil comigo."

"Muito muito bom, é, meu precioso? Vamos ser bons, bons como peixes, meu doce, mas para nós. Não machucar o hobbit bonzinho, é claro, não, não."

"Mas o Precioso mantém a promessa", objetou a voz de Sméagol.

"Então pega ele," disse a outra, "e nós mesmo vamos segurar ele! Então vamos ser mestre, *gollum*! Fazer o outro hobbit, o hobbit nojento que suspeita, fazer ele rastejar, sim, *gollum*!"

"Mas não o hobbit bonzinho?"

"Oh não, não se não nos agradar. Ainda assim ele é um Bolseiro, meu precioso, sim, um Bolseiro. Um Bolseiro roubou ele. Ele encontrou e não disse nada, nada. Nós odeia Bolseiros."

"Não, não este Bolseiro."

"Sim, todos os Bolseiros. Todas as pessoas que guardam o Precioso. Precisamos ter ele!"

"Mas Ele vai ver, Ele vai saber. Ele vai tirar de nós!"

"Ele vê. Ele sabe. Ele ouviu nós fazendo promessas bobas — contra as ordens Dele, sim. Precisa pegar ele. Os Espectros estão procurando. Precisa pegar ele."

"Não para Ele!"

"Não, meu doce. Olhe, meu precioso: se nós tem ele, então nós pode escapar, até Dele, eh? Quem sabe nós fica muito fortes, mais fortes que Espectros. Senhor Sméagol? Gollum, o Grande? *O* Gollum! Comer peixe todo dia, três vezes por dia, frescos do mar. Mui Precioso Gollum! Precisa ter ele. Nós quer ele, nós quer ele, nós quer ele!"

"Mas eles são dois. Vão acordar cedo demais e matar nós", choramingou Sméagol num último esforço. "Não agora. Não ainda."

"Nós quer ele! Mas" — e aí houve uma longa pausa, como se um novo pensamento tivesse despertado. "Não ainda, eh? Quem sabe não. Ela poderia ajudar. Ela poderia, sim."

"Não, não! Não desse jeito!", gemeu Sméagol.

"Sim! Nós quer ele! Nós quer ele!"

A cada vez que o segundo pensamento falava, a mão comprida de Gollum se arrastava devagar, tentando alcançar Frodo, e depois era puxada de volta com um movimento brusco quando Sméagol voltava a falar. Por fim ambos os braços, com os dedos compridos fletidos e crispados, moveram-se para agarrá-lo pelo pescoço.

Sam estivera deitado imóvel, fascinado por aquele debate, mas observando cada movimento que Gollum fazia por baixo das pálpebras semicerradas. Para sua mente simples, a fome ordinária, o desejo de devorar hobbits, parecera o principal perigo de Gollum. Agora ele percebia que não era isso: Gollum sentia o terrível chamado do Anel. O Senhor Sombrio era *Ele*, é claro; mas Sam perguntava-se quem seria *Ela*. Algum dos amigos nojentos que o pequeno desgraçado fizera em suas andanças, ele supunha. Depois esqueceu-se desse ponto, pois claramente as coisas tinham ido longe demais e estavam ficando perigosas. Sentia um grande peso em todos os membros, mas ergueu-se com esforço e sentou-se. Algo o alertava para ser cauteloso e não revelar que por acaso ouvira o debate. Soltou um suspiro alto e deu um grande bocejo.

"Que horas são?", perguntou ele, sonolento.

Gollum soltou um longo chiado através dos dentes. Ficou de pé por um momento, tenso e ameaçador; depois desabou, caindo para a frente de quatro e engatinhando até a encosta da cova. "Hobbits bonzinhos! Sam bonzinho!", disse ele. "Cabeças de sono, sim, cabeças de sono! Deixam bom Sméagol vigiando! Mas é tardinha. O anoitecer se arrasta. Hora de ir embora."

"Mais que hora!", pensou Sam. "E hora de nos separarmos também." Mas passou-lhe pela mente se de fato Gollum já não era tão perigoso à solta quanto mantido junto deles. "Maldito! Queria que sufocasse!", murmurou. Desceu a encosta tropeçando e despertou o patrão.

Muito estranhamente Frodo sentiu-se refeito. Estivera sonhando. A sombra escura passara, e uma bela visão o visitara naquela terra enferma. Nada dela lhe restava na lembrança, mas por causa dela sentia-se contente e com o coração mais leve. Seu fardo lhe pesava menos. Gollum o recebeu com o deleite de um cão. Cacarejava e tagarelava, estalando os dedos compridos e apalpando os joelhos de Frodo. Frodo sorriu para ele.

"Vamos!", disse ele. "Você nos guiou bem e fielmente. Esta é a última etapa. Leve-nos ao Portão, e depois não vou lhe pedir que vá adiante. Leve-nos ao Portão, e poderá ir aonde quiser — só não até nossos inimigos."

"Ao Portão, eh?", guinchou Gollum, parecendo surpreso e assustado. "Ao Portão, o mestre diz! Sim, ele diz isso. E o bom Sméagol faz o que ele pede, Ó sim. Mas quando nós chega mais perto, nós vê talvez, nós vê então. Não vai ser nada bonito. Ó não! Ó não!"

"Vá em frente!", disse Sam. "Vamos acabar com isso!"

No crepúsculo que caía, saíram da cova escalando-a e lentamente seguiram caminho pela terra morta. Não haviam ido longe quando sentiram mais uma vez o medo que os assaltara quando o vulto alado voara por cima dos pântanos. Pararam, agachando-se no chão fétido; mas nada viram no escuro céu do anoitecer acima deles, e logo a ameaça passou, muito no alto, quem sabe em alguma rápida missão de Barad-dûr. Algum tempo depois Gollum se ergueu e voltou a engatinhar avante, murmurando e tremendo.

Cerca de uma hora após a meia-noite, o medo os acometeu pela terceira vez, mas agora parecia mais remoto, como se passasse muito acima das nuvens, apressando-se rumo ao Oeste com velocidade terrível. Gollum, porém, estava indefeso de terror e convencido de que estavam sendo caçados, de que a aproximação deles era conhecida.

"Três vezes!", choramingou ele. "Três vezes é uma ameaça. Eles sentem nós aqui, eles sentem o Precioso. O Precioso é mestre deles. Não podemos ir mais longe por aqui, não. Não adianta, não adianta!"

Palavras suplicantes e bondosas não faziam mais efeito. Foi só quando Frodo lhe deu um comando raivoso e pôs a mão no punho da espada que Gollum se levantou outra vez. Ergueu-se por fim com um rosnado e andou diante deles como um cão surrado.

Assim seguiram tropeçando pelo tedioso fim da noite, e até a chegada de outro dia de temor caminharam em silêncio, de cabeça baixa, nada vendo e nada escutando senão o vento que sibilava em seus ouvidos.

3

O Portão Negro está Fechado

Antes de amanhecer o dia seguinte, a jornada para Mordor terminara. Os pântanos e o deserto estavam para trás. Diante deles, obscuras diante de um céu pálido, as grandes montanhas erguiam suas cabeças ameaçadoras.

A oeste de Mordor marchava a sombria cordilheira de Ephel Dúath, as Montanhas de Sombra, e ao norte, os picos fraturados e as cristas áridas das Ered Lithui, da cor de cinzas. Mas ali onde essas cordilheiras se aproximavam, visto que na verdade eram apenas partes de uma grande muralha em torno das tristonhas planícies de Lithlad e de Gorgoroth, e no meio o amargo mar interior de Núrnen, elas estendiam longos braços rumo ao norte; e entre esses braços havia um fundo desfiladeiro. Esse era Cirith Gorgor, o Passo Assombrado, entrada para a terra do Inimigo. Altos penhascos desciam de ambos os lados, e da sua boca adiantavam-se duas colinas íngremes, nuas e de ossos negros. Sobre elas estavam os Dentes de Mordor, duas torres fortes e altas. Em dias de outrora haviam sido construídas pelos Homens de Gondor em sua altivez e poder, após a derrota de Sauron e sua fuga, para que não tentasse retornar ao seu antigo reino. Mas a força de Gondor fracassou, e os homens dormiram, e por longos anos as torres permaneceram vazias. Então Sauron retornou. Agora as torres de vigia que haviam decaído estavam consertadas e repletas de armas e guarnecidas com vigilância incessante. Tinham faces pétreas, com escuros buracos à guisa de janelas fitando o norte e o leste e o oeste, e cada janela estava cheia de olhos insones.

Através da boca do passo, de um penhasco ao outro, o Senhor Sombrio havia construído um parapeito de pedra. Havia nele um único portão de ferro e em suas ameias as sentinelas caminhavam incessantemente. Sob as colinas dos dois lados, a rocha fora perfurada em uma centena de cavernas e tocas de vermes; ali espreitava uma hoste de orques, pronta a, dado o sinal, emergir como formigas negras rumando para a guerra. Ninguém podia passar pelos Dentes de Mordor sem sentir sua mordida, a não ser que fosse convocado por Sauron ou conhecesse as senhas secretas que abririam o Morannon, o negro portão de sua terra.

Os dois hobbits encararam as torres e a muralha em desespero. Mesmo de longe conseguiam ver, à luz indistinta, o movimento dos guardas negros sobre a muralha e as patrulhas diante do portão. Agora estavam espiando por cima da beira de uma depressão rochosa, sob a sombra estendida do contraforte setentrional de Ephel Dúath. Percorrendo o ar pesado em voo reto, quem sabe um corvo poderia voar apenas um oitavo de milha desde o esconderijo deles até o negro cume da torre mais próxima. Uma fumaça débil enrolava-se acima dela, como se um fogo ardesse na colina lá embaixo.

Veio o dia, e o sol estéril piscava por sobre as cristas sem vida das Ered Lithui. Então, de repente, ouviu-se o grito de trombetas de gargantas brônzeas: tocavam nas torres de vigia, e de longe, de posições e postos ocultos nas colinas, vieram toques de resposta; e de mais longe ainda, remotas, mas profundas e agourentas, ecoaram na terra oca à frente as enormes trompas e os tambores de Barad-dûr. Outro pavoroso dia de temor e labuta chegara a Mordor; e os guardas da noite foram convocados aos seus calabouços e salões profundos, e os guardas diurnos, de olhos malignos e cruéis, marchavam para seus postos. O aço reluzia indistinto na ameia.

"Bem, aqui estamos!", disse Sam. "Aqui está o Portão, e me parece que é o mais longe que vamos conseguir chegar. Ora, mas o Feitor teria uma ou duas coisas a dizer se me visse agora! Muitas vezes ele disse que eu iria acabar mal se não olhasse onde pisava. Mas agora não acho que vou ver o velhinho outra vez. Ele vai perder a oportunidade do 'eu te avisei, Sam' e é uma pena. Ele poderia ficar me dizendo isso enquanto tivesse fôlego, contanto que eu pudesse ver seu velho rosto outra vez. Mas eu teria que me lavar primeiro, do contrário ele não me conheceria.

"Imagino que não adianta perguntar 'para onde vamos agora?'. Não podemos ir mais longe — a não ser que queiramos pedir uma carona aos Orques."

"Não, não!", respondeu Gollum. "Não adianta. Não podemos ir mais longe. Sméagol disse. Ele disse: nós vamos até o Portão, e depois vamos ver. E estamos vendo. Ó sim, meu precioso, nós estamos vendo. Sméagol sabia que os hobbits não podiam vir por aqui. Ó sim, Sméagol sabia."

"Então por que raios você nos trouxe aqui?", disse Sam, não se sentindo com humor para ser justo ou razoável.

"Mestre disse isso. Mestre diz: 'Nos leve pro Portão'. Então bom Sméagol faz isso. Mestre disse isso, mestre sábio."

"Eu disse", respondeu Frodo. Seu rosto estava sisudo e rígido, mas resoluto. Ele estava imundo, esfarrapado e apertado pela exaustão, mas não se encolhia mais, e seus olhos estavam límpidos. "Eu disse isso porque pretendo entrar em Mordor e não conheço outro caminho. Portanto hei de ir por este caminho. Não peço a ninguém para ir comigo."

"Não, não, mestre!", gemeu Gollum, apalpando-o e parecendo muito aflito. "Não adianta esse caminho! Não adianta! Não leve o Precioso para Ele! Ele vai devorar nós todos se pegar ele, devorar o mundo todo. Fique com ele, mestre bonzinho, e seja gentil com Sméagol. Não deixe Ele pegar. Ou vá embora, vá para lugares bonitos e devolva ele pro pequeno Sméagol. Sim, sim, mestre, devolva, eh? Sméagol vai manter ele em segurança; vai fazer muita coisa boa, especialmente para hobbits bonzinhos. Hobbits vão para casa. Não vão pro Portão!"

"Tenho ordens de ir à terra de Mordor e, portanto, hei de ir", disse Frodo. "Se houver apenas um caminho, então preciso tomá-lo. O que vier depois terá de vir."

Sam nada disse. A expressão do rosto de Frodo era suficiente para ele; sabia que palavras suas eram inúteis. E, afinal de contas, desde o começo ele nunca tivera esperança de verdade nesse caso; mas, sendo um hobbit jovial, não precisava de esperança enquanto o desespero pudesse ser adiado. Agora haviam chegado ao amargo fim. Mas ele estivera junto do patrão todo o tempo; fora principalmente para isso que ele viera e ainda ficaria junto dele. Seu patrão não iria a Mordor sozinho. Sam iria com ele — e de qualquer modo iriam descartar Gollum.

Gollum, porém, ainda não pretendia ser descartado. Ajoe-lhou-se aos pés de Frodo, torcendo as mãos e guinchando. "Não por esse caminho, mestre!", implorou. "Tem outro caminho. Ó sim, de verdade tem. Outro caminho, mais escuro, mais difícil de achar, mais secreto. Mas Sméagol conhece ele. Deixe Sméagol mostrar a vocês!"

"Outro caminho!", disse Frodo em dúvida, esquadrinhando Gollum abaixo dele com os olhos.

"Ssim! Ssim de verdade! *Tinha* outro caminho. Sméagol encontrou. Vamos ver se ainda está lá!"

"Você não falou disso antes."

"Não. Mestre não perguntou. Mestre não disse o que pretendia fazer. Ele não conta ao pobre Sméagol. Ele diz: 'Sméagol, me leve pro Portão — e depois adeus! Sméagol pode sair correndo e ser bom.' Mas agora ele diz: 'Pretendo entrar em Mordor por este caminho.' Então Sméagol fica com muito medo. Ele não quer perder mestre bonzinho. E ele prometeu, mestre fez ele prometer, salvar o Precioso. Mas mestre vai levar para Ele, direto pra Mão Negra, se mestre for por este caminho. Então Sméagol precisa salvar os dois e pensa em outro caminho que tinha, certa vez. Mestre bonzinho. Sméagol muito bom, sempre ajuda."

Sam franziu a testa. Se conseguisse perfurar Gollum com os olhos, teria feito isso. Sua mente estava repleta de dúvidas. Por todas as aparências,

Gollum estava genuinamente aflito e ansioso por ajudar Frodo. Mas Sam, lembrando-se do debate que ouvira por acaso, achava difícil crer que o Sméagol havia muito submerso tinha saído por cima: fosse como fosse, aquela voz não tivera a última palavra no debate. A conjectura de Sam era que as metades Sméagol e Gollum (ou o que, em sua própria mente, ele chamava Fugido e Fedido) tinham feito uma trégua e aliança temporária: nenhum deles queria que o Inimigo obtivesse o Anel; ambos queriam livrar Frodo da captura e mantê-lo sob seus olhos, tanto quanto possível — de qualquer modo, contanto que Fedido ainda tivesse chance de pôr as mãos em seu "Precioso". Sam duvidava que realmente houvesse outro caminho para entrar em Mordor.

"E é bom que nenhuma metade do velho vilão sabe o que o patrão pretende fazer", pensou ele. "Se soubesse que o Sr. Frodo está tentando dar fim definitivo em seu Precioso, haveria problemas bem depressa, aposto. Seja como for, o velho Fedido está com tanto medo do Inimigo — e está sob algum tipo de ordem dele, ou esteve — que preferiria nos entregar a ser apanhado nos ajudando; e quem sabe a deixar seu Precioso ser derretido. Pelo menos é o que acho. E espero que o patrão pondere isso com cuidado. É tão sábio quanto qualquer outro, mas tem coração mole, é isso que tem. Está além das forças de qualquer Gamgi adivinhar o que fará em seguida."

Frodo não respondeu a Gollum de imediato. Enquanto aqueles pensamentos passavam pela lenta, mas sagaz, mente de Sam, ele estava de pé, fitando o penhasco escuro de Cirith Gorgor. A depressão em que se tinham refugiado estava escavada na face de uma colina baixa, um pouco acima de um longo vale semelhante a uma trincheira, que se estendia entre ela e os contrafortes externos da muralha montanhosa. No meio do vale estavam as negras fundações da torre de vigia ocidental. À luz da manhã já se podiam ver claramente as estradas que convergiam para o Portão de Mordor, pálidas e poeirentas; uma serpenteando de volta rumo ao norte; outra perdendo-se em direção ao leste, nas névoas que se agarravam aos pés das Ered Lithui; e uma terceira que corria na direção dele. Ao fazer uma curva fechada em redor da torre, esta estrada entrava em um estreito desfiladeiro e passava abaixo da depressão onde ele estava, não muito longe. A oeste, à sua direita, ela fazia uma volta, apoiada nas encostas das montanhas, e saía para o sul nas fundas sombras que envolviam todo o lado ocidental de Ephel Dúath; além da visão dele, ela seguia caminho para a terra estreita entre as montanhas e o Grande Rio.

Enquanto observava, Frodo deu-se conta de que havia grande agitação e movimento na planície. Parecia que exércitos inteiros estavam em marcha, mas estavam na maior parte ocultos pelos vapores e fumaças trazidos dos charcos e ermos mais além. Mas aqui e ali percebia o luzir de lanças e elmos; e nas planícies ao lado das estradas podiam ser vistos cavaleiros andando em muitas companhias. Lembrou-se de sua longínqua visão em Amon Hen, tão poucos dias antes, apesar de já parecer que fazia muitos anos. Então soube que era vã a esperança que por um momento turbulento se agitara em seu coração. As trombetas não haviam soado como desafio, e sim como saudação. Não se tratava de um ataque ao Senhor Sombrio pelos homens de Gondor, erguidos como fantasmas vingativos das tumbas de valentia de muito tempo atrás. Estes eram Homens de outra raça, vindos das amplas Terras Orientais, reunindo-se pela convocação de seu Senhor Supremo; exércitos que haviam acampado de noite diante de seu Portão e que agora marchavam para dentro a fim de incharem seu poderio crescente. Como se de repente tivesse tomado plena consciência do perigo de sua posição, sozinhos à crescente luz do dia, tão próximos daquela vasta ameaça, Frodo rapidamente puxou o frágil capuz cinza sobre a cabeça e desceu para o pequeno vale. Então voltou-se para Gollum.

"Sméagol," disse ele, "vou confiar em você mais uma vez. De fato, parece que devo fazê-lo e que é minha sina receber ajuda de você, onde menos a esperei, e sua sina ajudar a mim, que por muito tempo você perseguiu com mau intento. Até agora mereceu minha confiança e manteve fielmente sua promessa. Fielmente, eu digo e afirmo," acrescentou com uma olhadela para Sam, "pois duas vezes já estivemos em seu poder, e você não nos fez mal. Nem tentou tirar de mim o que buscava antes. Que a terceira vez demonstre ser a melhor! Mas eu o aviso, Sméagol, você está em perigo."

"Sim, sim, mestre!", assentiu Gollum. "Perigo pavoroso! Os ossos de Sméagol tremem de pensar nisso, mas ele não foge correndo. Ele precisa ajudar mestre bonzinho."

"Não quis dizer o perigo que todos compartilhamos", disse Frodo. "Quero dizer perigo a você só. Você jurou uma promessa pelo que chama de Precioso. Lembre-se disso! Ele a cobrará de você; mas ele achará um modo de torcê-la para a sua desgraça. Você já está sendo torcido. Faz pouco que você se revelou a mim, tolamente. 'Devolva pro Sméagol', você disse. Não diga isso de novo! Não deixe esse pensamento crescer em você! Você jamais o terá de volta. Mas o desejo dele poderá traí-lo a um amargo fim. Você jamais o terá de volta. Em última necessidade, Sméagol, eu usaria o Precioso; e o Precioso o dominou muito tempo atrás. Se eu, usando-o, lhe desse uma ordem, você obedeceria, mesmo que fosse para saltar de um precipício ou jogar-se no fogo. E seria assim a minha ordem. Portanto tome cuidado, Sméagol!"

Sam olhou para seu patrão com aprovação, mas também com surpresa: havia uma expressão em seu rosto e um tom em sua voz que ele não conhecera antes. Sempre fora seu conceito que a bondade do querido Sr. Frodo era de tão alto grau que tinha de implicar uma grande medida de cegueira. É claro que também mantinha firmemente a crença incompatível de que o Sr. Frodo era a pessoa mais sábia do mundo (à possível exceção do Velho Sr. Bilbo e de Gandalf). À sua própria maneira, e com muito maior desculpa, visto que seu conhecimento era muito mais recente, Gollum poderia ter cometido um erro semelhante, confundindo bondade com cegueira. Fosse como fosse, aquele discurso o desconcertou e aterrorizou. Rastejou no chão e não conseguia dizer palavras claras exceto "mestre bonzinho".

Frodo esperou pacientemente por um momento e depois voltou a falar com menos severidade. "Vamos lá, Gollum, ou Sméagol se quiser, conte-me sobre esse outro caminho e mostre-me se puder que esperança há nele, o bastante para me justificar em um desvio de minha trilha evidente. Tenho pressa."

Mas Gollum estava em estado lamentável, e a ameaça de Frodo o desequilibrara por completo. Não foi fácil extrair dele algum relato claro, entre seus murmúrios e guinchos e as frequentes interrupções em que ele engatinhava no chão e implorava aos dois que fossem gentis com o "coitado do pequeno Sméagol". Algum tempo depois ele se acalmou um pouco, e Frodo entendeu, pedaço após pedaço, que, se um viajante seguisse a estrada que se virava para o oeste de Ephel Dúath, acabaria chegando a uma encruzilhada em um círculo de árvores escuras. À direita descia uma estrada para Osgiliath e as pontes do Anduin; no meio, a estrada prosseguia rumo ao sul.

"Pra frente, pra frente, pra frente", disse Gollum. "Nós nunca foi nessa direção, mas dizem que segue por cem léguas até se ver a Grande Água que nunca fica parada. Tem montes de peixes lá, e grandes aves comem peixes: bonitas aves: mas nós nunca foi para lá, ai não! Nós nunca teve chance. E ainda mais longe tem mais terras, dizem, mas a Cara Amarela é muito quente lá, e raramente tem nuvens, e os homens são selvagens e têm caras escuras. Nós não quer ver essa terra."

"Não!", disse Frodo. "Mas não se desvie da sua estrada. E quanto à terceira curva?"

"Ó sim, ó sim, tem um terceiro caminho", comentou Gollum. "Essa é a estrada pra esquerda. Já começa a subir, subir, fazendo curvas e subindo de volta pras sombras altas. Quando ela dá a volta na rocha preta vão ver ela, de repente vão ver ela em cima e vão querer se esconder."

"Ver ela, ver ela? O que se vê?"

"A velha fortaleza, muito velha, muito horrível agora. Nós costumava ouvir histórias do Sul, quando Sméagol era jovem, faz muito tempo. Ó sim, nós costumava contar montes de histórias de tardinha, sentados nas margens do Grande Rio, nas terras dos salgueiros, quando o Rio também era mais jovem, *gollum, gollum*." Começou a chorar e murmurar. Os hobbits esperaram, pacientes.

"Histórias do Sul", prosseguiu Gollum outra vez, "sobre os Homens altos de olhos brilhantes, e as casas deles como morros de pedra, e a coroa de prata do Rei deles e sua Árvore Branca: histórias maravilhosas. Construíram torres muito altas, e uma que ergueram era branca como prata, e tinha nela uma pedra como o Lua, e em redor tinha grandes muros brancos. Ó sim, tinha muitas histórias sobre a Torre do Lua."

"Essa seria Minas Ithil, construída por Isildur, filho de Elendil", comentou Frodo. "Foi Isildur quem cortou o dedo do Inimigo."

"Sim, Ele tem só quatro na Mão Negra, mas é o bastante", disse Gollum, estremecendo. "E Ele odiava a cidade de Isildur."

"O que ele não odeia?", perguntou Frodo. "Mas o que a Torre do Lua tem a ver conosco?"

"Bem, mestre, estava lá e está lá: a torre alta, e as casas brancas, e o muro; mas não belos agora, não bonitos. Ele conquistou faz muito tempo. Agora é um lugar muito terrível. Os viajantes têm arrepios quando veem ele, eles se esgueiram para se esconder, eles evitam sua sombra. Mas mestre vai ter que ir por esse caminho. Esse é o único outro caminho. Porque lá as montanhas são mais baixas, e a estrada velha sobe, sobe, até que chega num passo escuro no alto, e depois desce, desce outra vez — para Gorgoroth." Sua voz se reduziu a um sussurro, e ele estremeceu.

"Mas como isso vai nos ajudar?", perguntou Sam. "Com certeza o Inimigo sabe tudo sobre suas próprias montanhas, e essa estrada vai estar vigiada tão atentamente quanto esta, não? A torre não está vazia, está?"

"Ó não, não vazia!", sussurrou Gollum. "Parece vazia, mas não está, ó não! Coisas muito pavorosas vivem lá. Orques, sim, sempre Orques; mas coisas piores, coisas piores também vivem lá. A estrada sobe bem embaixo da sombra dos muros e passa pelo portão. Nada se mexe na estrada sem eles saberem. As coisas lá dentro sabem: os Vigilantes Silenciosos."

"Então esse é o seu conselho, não é," disse Sam, "que façamos outra longa marcha para o sul para ficarmos no mesmo apuro, ou pior, quando chegarmos lá, se é que vamos chegar?"

"Não, não mesmo", disse Gollum. "Hobbits precisam ver, precisam tentar entender. Ele não espera ataque por ali. O Olho dele está em toda parte, mas presta mais atenção em alguns lugares que em outros. Ele não pode ver tudo ao mesmo tempo, ainda não. Vejam, Ele conquistou toda a região a oeste das Montanhas Sombrias até o Rio e agora Ele tem as pontes. Ele pensa que ninguém consegue chegar na Torre-do-Lua sem combater grande batalha nas pontes ou pegar montes de barcos que eles não podem esconder e Ele vai ficar sabendo."

"Você parece saber muita coisa sobre o que Ele está fazendo e pensando", comentou Sam. "Esteve falando com Ele ultimamente? Ou só batendo papo com Orques?"

"Hobbit ruinzinho, insensato", disse Gollum, lançando a Sam um olhar raivoso e virando-se para Frodo. "Sméagol falou com Orques, sim, é claro, antes de encontrar mestre, e com muitas gentes: ele caminhou muito longe. E o que ele diz agora, muitas gentes estão dizendo. É aqui no Norte que está o grande perigo para Ele e para nós. Ele vai sair pelo Portão Negro algum dia, algum dia logo. Esse é o único caminho pelo qual os grandes exércitos podem vir. Mas lá no oeste Ele não tem medo, e lá estão os Vigilantes Silenciosos."

"É bem isso!", exclamou Sam, impossível de desconcertar. "E então vamos chegar andando e bater no portão deles e perguntar se estamos na estrada certa para Mordor? Ou eles são silenciosos demais para responderem? Não faz sentido. Podíamos fazer isso aqui e poupar uma longa caminhada."

"Não faça piadas com isso", chiou Gollum. "Não tem graça, ó não! Não é divertido. Não faz sentido nenhum tentar entrar em Mordor. Mas se mestre diz 'preciso ir' ou 'eu vou', então precisa tentar algum caminho. Mas ele não pode ir pra cidade terrível, ó não, claro que não. É aí que Sméagol ajuda, Sméagol bonzinho, apesar de ninguém dizer pra ele pra que é tudo isso. Sméagol ajuda de novo. Ele achou. Ele conhece."

"O que você achou?", perguntou Frodo.

Gollum acocorou-se, e sua voz voltou a baixar a um sussurro. "Uma trilha pequena que vai subindo pelas montanhas; e depois uma escada, uma escada estreita, ó sim, muito comprida e estreita. E depois mais escadas. E depois" — sua voz baixou ainda mais — "um túnel, um túnel escuro; e no fim uma pequena fenda, e uma trilha bem alta em cima do passo principal. Foi por esse caminho que Sméagol saiu da escuridão. Mas faz anos. Pode ser que a trilha tenha sumido agora; mas talvez não, talvez não."

"Não gosto nem um pouco do som disso", disse Sam. "Soa fácil demais, pelo menos para contar. Se essa trilha ainda está lá, vai estar vigiada também. Não era vigiada, Gollum?" Ao dizer isso, percebeu, ou imaginou perceber, um lampejo verde no olho de Gollum. Gollum murmurou, mas não respondeu.

"Não é vigiada?", perguntou Frodo com severidade. "E você *escapou* da escuridão, Sméagol? Não é verdade que deixaram você partir, com uma missão? Pelo menos foi isso que Aragorn pensou quando encontrou você junto aos Pântanos Mortos alguns anos atrás."

"É mentira!", chiou Gollum, e uma luz maligna lhe veio aos olhos à menção de Aragorn. "Ele mentiu para mim, mentiu sim. Eu escapei, só por mim mesmo, coitado. Me mandaram mesmo procurar o Precioso; e eu procurei e procurei, é claro. Mas não pro Sombrio. O Precioso era nosso, era meu, eu digo. Eu escapei."

Frodo sentiu uma estranha certeza de que nesse assunto, naquele momento, Gollum não estava tão longe da verdade quanto se poderia suspeitar; que de algum modo encontrara uma saída de Mordor e pelo menos acreditava que fora por sua própria esperteza. Por exemplo, notara que Gollum usara o *eu*, e isso normalmente parecia ser um sinal, nas raras aparições, de que alguns restos da velha verdade e sinceridade estavam dominando naquele momento. Mas, mesmo que fosse possível confiar em Gollum naquele ponto, Frodo não se esquecia das artimanhas do Inimigo. O "escape" poderia ter sido permitido ou arranjado, e bem conhecido na Torre Sombria. E em qualquer caso, Gollum estava claramente escondendo muita coisa.

"Eu lhe pergunto de novo," disse ele, "esse caminho secreto não é vigiado?"

Mas o nome de Aragorn deixara Gollum de humor emburrado. Tinha todo o ar injuriado de um mentiroso suspeito que daquela vez contou a verdade, ou parte dela. Não respondeu.

"Não é vigiado?", repetiu Frodo.

"Sim, sim, talvez. Não tem lugares seguros nesta terra", disse Gollum, mal-humorado. "Não tem lugares seguros. Mas mestre precisa tentar ou ir pra casa. Não tem outro caminho." Não conseguiram fazer com que dissesse mais. O nome do lugar perigoso e do passo alto ele não sabia dizer, ou não queria.

Seu nome era Cirith Ungol, um nome de fama pavorosa. Aragorn talvez pudesse lhes ter dito esse nome e seu significado; Gandalf os teria prevenido. Mas estavam sozinhos, e Aragorn estava longe, e Gandalf estava em meio à ruína de Isengard e porfiava com Saruman, atrasado pela traição. Mas, ao mesmo tempo em que ele falava suas últimas palavras a Saruman e a *palantír* tombava em fogo nos degraus de Orthanc, seu pensamento estava sempre com Frodo e Samwise, por sobre as longas léguas sua mente os buscava em esperança e compaixão.

Talvez Frodo sentisse isso, sem sabê-lo, como sentira em Amon Hen, mesmo acreditando que Gandalf se fora, se fora para sempre à sombra em Moria, muito longe dali. Sentou-se no chão por longo tempo, em silêncio, de cabeça inclinada, esforçando-se por relembrar tudo o que Gandalf lhe dissera. Mas para aquela decisão não conseguia relembrar nenhum conselho. Na verdade, a liderança de Gandalf lhes fora retirada cedo demais, cedo demais, enquanto a Terra Sombria ainda estava muito remota. Gandalf não dissera como haveriam de entrar nela afinal. Quem sabe não soubesse dizer. Ao baluarte do Inimigo no Norte, a Dol Guldur, ele se aventurara outrora. Mas a Mordor, à Montanha de Fogo e à Barad-dûr, desde que o Senhor Sombrio voltara a se erguer com poder, alguma vez ele viajara para lá? Frodo acreditava que não. E ali estava ele, um pequeno do Condado, um simples hobbit do campo tranquilo, que esperava encontrar um caminho aonde os grandes não podiam ir, ou não se arriscavam a ir. Era uma má sina. Mas ele a assumira em sua própria sala de estar, na longínqua primavera de outro ano, agora tão remoto que era como um capítulo em uma história dos primórdios do mundo, quando as Árvores de Prata e Ouro ainda floresciam. Aquela era uma escolha maligna. Que caminho deveria escolher? E se ambos conduzissem ao terror e à morte, de que adiantava escolher?

O dia prosseguiu. Um profundo silêncio se abateu sobre a pequena cova cinzenta onde jaziam, tão próxima dos limites da terra do medo: um silêncio que podia ser sentido, como se fosse um espesso véu que os isolasse de todo o mundo em torno deles. Acima deles havia uma abóbada de céu pálido, riscado de fumaça fugidia, mas parecia alta e distante, como que vista através de grandes profundezas de ar carregado de pensamentos remoídos.

Nem mesmo uma águia postada diante do sol teria notado os hobbits sentados ali, sob o peso da sina, silenciosos, sem se moverem, envoltos em suas finas capas cinzentas. Por um momento ela poderia ter se detido para ponderar Gollum, um vulto minúsculo estatelado no chão: ali talvez jazesse o esqueleto faminto de algum filho dos Homens, com a veste esfarrapada ainda aderindo a ele, com os longos braços e pernas quase brancos como osso e finos como osso: não era carne que valesse uma bicada.

A cabeça de Frodo estava inclinada sobre os joelhos, mas Sam estava reclinado para trás, com as mãos atrás da cabeça, fitando o céu vazio do interior do capuz. Pelo menos ele estivera vazio por um bom tempo. Então de repente Sam pensou ver um vulto escuro, como uma ave, girando para dentro de seu campo de visão, e pairando, e depois girando outra vez para longe. Seguiram-se mais dois, e depois um quarto. Eram muito pequenos de se ver, e, no entanto, ele sabia de algum modo que eram enormes, com vasta envergadura de asas, voando a grande altitude. Cobriu os olhos e se dobrou para a frente, agachado. O mesmo medo de alerta que sentira na presença dos Cavaleiros Negros o acometeu, o horror indefeso que viera com o grito no vento e a sombra na lua, apesar de agora não ser tão esmagador nem tão constrangedor: a ameaça era mais remota. Mas era uma ameaça. Frodo também a sentiu. Seus pensamentos foram interrompidos. Remexeu-se e teve um arrepio, mas não olhou para cima. Gollum encolheu-se como uma aranha encurralada. Os vultos alados fizeram curvas e mergulharam velozmente, apressando-se de volta para Mordor.

Sam inspirou profundamente. "Os Cavaleiros estão de novo por aí, lá em cima", disse ele num sussurro rouco. "Eu os vi. Acha que conseguiram nos ver? Estavam muito alto. E se são Cavaleiros Negros, os mesmos de antes, então não podem ver muita coisa à luz do dia, não é?"

"Não, talvez não", disse Frodo. "Mas suas montarias poderiam ver. E essas criaturas aladas em que montam agora provavelmente conseguem ver mais que qualquer outra criatura. São como grandes aves de carniça. Estão procurando alguma coisa: o Inimigo está de guarda, receio."

A sensação de temor passou, mas o silêncio que os envolvia quebrou-se. Por algum tempo tinham estado isolados do mundo, como que em uma ilha invisível; agora estavam outra vez expostos, o perigo retornara. Mas Frodo ainda não falara com Gollum nem fizera sua escolha. Tinha os olhos fechados, como se sonhasse ou olhasse para dentro, para o coração e a memória. Finalmente mexeu-se e se levantou, e parecia que estava prestes a falar e decidir. Mas "ouçam!", disse ele. "O que é aquilo?"

Um novo medo os acometeu. Ouviram cantos e gritos roucos. De início pareciam bem longínquos, mas se aproximaram: vinham na direção deles. Todos foram assaltados pela ideia de que as Asas Negras os tinham visto e que haviam mandado soldados armados para agarrá-los: nenhuma velocidade parecia demasiado grande para aqueles terríveis serviçais de Sauron. Agacharam-se, escutando. As vozes e o retinir das armas e dos arreios estavam muito próximos. Frodo e Sam soltaram as pequenas espadas em suas bainhas. Fugir era impossível.

Gollum ergueu-se devagar e engatinhou como um inseto até a borda da cova. Com muita cautela, ergueu-se polegada a polegada até poder espiar por cima dela, entre duas pontas de pedra quebrada. Ficou ali imóvel por algum tempo, sem fazer nenhum som. Logo as vozes começaram a recuar de novo, e depois lentamente se esvaneceram. Ao longe, uma trompa soou nos parapeitos do Morannon. Então, silenciosamente, Gollum esgueirou-se de volta e escorregou para a cova.

"Mais Homens indo para Mordor", disse ele em voz baixa. "Caras escuras. Não vimos Homens assim antes, não, Sméagol não viu. São selvagens. Eles têm olhos negros, e cabelos compridos e pretos, e anéis de ouro nas orelhas; sim, montes de ouro bonito. E alguns têm tinta vermelha nas bochechas, e capas vermelhas; e as bandeiras deles são vermelhas, e as pontas das lanças; e têm escudos redondos, amarelos e pretos com grandes espigões. Não bonitos; parecem Homens muito cruéis e maus. Quase tão maus quanto Orques, e muito maiores. Sméagol acha que vieram do Sul além do fim do Grande Rio: subiram por essa estrada. Seguiram para o Portão Negro; mas pode ser que venham mais atrás. Sempre mais gente vindo para Mordor. Um dia todas as gentes vão estar dentro."

"Tinha algum olifante?", perguntou Sam, esquecendo o medo em sua ânsia de notícias de lugares estranhos.

"Não, nenhum olifante. O que são olifantes?", disse Gollum.

Sam levantou-se, pondo as mãos atrás das costas (como sempre fazia quando "falava poesia"), e começou:

Cinzento qual rato,
Sou grande de fato,
Como cobra o focinho,
Tremor do caminho
Se ando na relva;
Parto troncos na selva.
Minha boca tem corno,
No Sul ando em torno,
Minha orelha é enorme.
Há quem não se conforme
De me ver caminhar
Sem nunca deitar,
Nem agonizante.
Eu sou Olifante,
O maior animal,
Velho e descomunal.
Quem me conhece
Jamais me esquece.
Quem nunca me vira
Pensa que sou mentira;
Mas sou velho Olifante,
Não há quem não espante.[A]

"Esse," disse Sam, quando tinha terminado de recitar, "esse é um poema que temos no Condado. Talvez seja uma bobagem, e talvez não. Mas também temos nossas histórias e notícias do Sul, vocês sabem. Nos dias de antigamente os hobbits costumavam sair em viagem vez por outra. Não que muitos voltassem, e não que as pessoas acreditassem em tudo o que falavam: 'notícias de Bri', e não 'certo como conversa do Condado', como dizem os ditados. Mas ouvi histórias do povo grande lá longe nas Terras-do-Sol. Nós os chamamos Tisnados em nossas histórias; e eles montam em olifantes, dizem, quando combatem. Põem casas e torres no lombo dos olifantes e tudo o mais, e os olifantes jogam rochas e árvores um no outro. Então, quando você disse 'Homens do Sul, todos de vermelho e dourado', eu disse 'tinha algum olifante?'. Porque, se tivesse, eu iria dar uma espiada, com risco ou sem risco. Mas agora não acho que jamais vou ver um olifante. Quem sabe nem existe um bicho assim." Deu um suspiro.

"Não, nenhum olifante", disse Gollum outra vez. "Sméagol não ouviu falar deles. Ele não quer ver eles. Ele não quer que eles existam. Sméagol quer ir embora daqui e se esconder num lugar mais seguro. Sméagol quer que mestre vá. Mestre bonzinho, não vai vir com Sméagol?"

Frodo levantou-se. Ele rira em meio a todas as suas preocupações quando Sam desencavara o velho poema ao pé do fogo do *Olifante*, e o riso o libertara da hesitação. "Queria que tivéssemos um milhar de olifantes, encabeçados por Gandalf montado em um branco", disse ele. "Aí, quem sabe, forçaríamos a entrada nesta terra maligna. Mas não temos; só nossas pernas cansadas, isso é tudo. Bem, Sméagol, pode ser que a terceira vez acabe sendo a melhor. Eu vou com você."

"Mestre bom, mestre sábio, mestre bonzinho!", exclamou Gollum, deleitado, apalpando os joelhos de Frodo. "Mestre bom! Então descansem agora, hobbits bonzinhos, embaixo da sombra das pedras, bem perto das pedras! Descansem e fiquem deitados quietos até que a Cara Amarela vá embora. Daí podemos ir depressa. Suaves e rápidos como sombras precisamos ser!"

4

De Ervas e Coelho Ensopado

Descansaram durante as poucas horas de luz do dia que restavam, deslocando-se para a sombra à medida que o sol se movia, até que finalmente se alongasse a sombra da beira ocidental de seu valezinho e a escuridão preenchesse toda a cova. Então comeram um pouco e beberam com frugalidade. Gollum nada comeu, mas aceitou a água de bom grado.

"Logo pegamos mais agora", disse ele, lambendo os beiços. "Corre água boa nos riachos que vão pro Grande Rio, água gostosa nas terras aonde vamos. Sméagol também consegue comida lá, talvez. Ele está com muita fome, sim, *gollum*!" Pôs as mãos grandes e chatas na barriga murcha, e uma pálida luz verde lhe veio aos olhos.

O crepúsculo era profundo quando eles finalmente partiram, arrastando-se por cima da beira oeste do valezinho e desaparecendo como fantasmas no terreno acidentado nas margens da estrada. A lua já estava a três noites da cheia, mas só subiu acima das montanhas quando era quase meia-noite e o início da noite estava muito escuro. Uma única luz vermelha brilhava lá no alto, nas Torres dos Dentes, mas afora isso não se podia ver nem ouvir nenhum sinal da vigia insone do Morannon.

Por muitas milhas o olho vermelho parecia fitá-los enquanto fugiam, tropeçando em um terreno árido e pedregoso. Não se atreviam a ir pela estrada, mas mantinham-na à sua esquerda, seguindo-lhe a linha o melhor que podiam a pequena distância. Por fim, quando a noite estava velha e eles já estavam cansados, visto que haviam feito apenas um breve descanso, o olho se reduziu a um pontinho de fogo e depois sumiu: haviam contornado o escuro ressalto norte das montanhas inferiores e rumavam para o sul.

Com uma estranha leveza nos corações descansaram mais uma vez, mas não por muito tempo. Não estavam indo depressa o bastante para Gollum. Pelas suas estimativas havia quase trinta léguas do Morannon até as Encruzilhadas acima de Osgiliath, e ele esperava percorrer essa distância em quatro jornadas. Assim, logo estavam labutando outra vez, até que o amanhecer começou a se espalhar lentamente na ampla solidão cinzenta.

Haviam andado quase oito léguas até ali, e os hobbits não poderiam avançar mais mesmo que se atrevessem.

A luz crescente lhes revelou uma terra já menos árida e arruinada. As montanhas ainda se erguiam agourentas à esquerda deles, mas podiam ver perto dali a estrada rumo ao sul, que já se afastava das raízes negras das colinas e se inclinava para o oeste. Além dela havia encostas cobertas de árvores sombrias que pareciam nuvens escuras, mas em toda a volta se estendia uma charneca desordenada, coberta de urze, giesta e cornácea e de outros arbustos que eles não conheciam. Aqui e ali viam capões de altos pinheiros. Os corações dos hobbits voltaram a se alegrar um pouco a despeito da exaustão: o ar era fresco e fragrante e lhes lembrava os planaltos da longínqua Quarta Norte. Parecia bom ter um alívio temporário, caminhar em uma terra que estivera sob o domínio do Senhor Sombrio por alguns anos apenas e ainda não caíra totalmente em decadência. Mas não se esqueciam do seu perigo, nem do Portão Negro que ainda estava demasiado próximo, apesar de oculto por trás das sombrias altitudes. Olharam em volta para encontrar um esconderijo onde pudessem se abrigar de olhos malignos enquanto a luz perdurasse.

O dia passou de modo desconfortável. Estavam deitados afundados na urze e contavam as horas lentas em que parecia haver pouca mudança; pois ainda estavam sob as sombras de Ephel Dúath, e o sol estava encoberto. Frodo dormiu algumas vezes, profundamente e em paz, confiando em Gollum ou então cansado demais para se preocupar com ele; mas Sam achou difícil fazer mais que dar um cochilo, mesmo quando Gollum estava evidentemente dormindo a sono solto, assobiando e crispando-se em seus sonhos secretos. Talvez a fome, mais que a desconfiança, o mantivesse desperto: começara a ansiar por uma boa refeição caseira, "algo quente da panela".

Assim que o terreno se desfez em um cinzento disforme sob a noite que chegava, eles partiram novamente. Um pouco depois, conduzidos por Gollum, desceram para a estrada que rumava para o sul; e depois disso seguiram mais depressa, apesar de ser maior o perigo. Seus ouvidos se esforçavam por ouvir o som de cascos ou pés na estrada à frente, ou seguindo-os por trás; mas a noite passou e não ouviram ruído de caminhante nem cavaleiro.

A estrada fora feita em um tempo havia muito perdido e, pelo espaço de talvez trinta milhas abaixo do Morannon, fora consertada recentemente, mas à medida que ela ia para o sul, o ermo se apossava dela. O trabalho manual dos Homens de outrora ainda podia ser visto em seu traçado reto e seguro e seu percurso plano: vez por outra fazia um corte através de encostas nos flancos das colinas, ou saltava sobre um riacho em arco amplo e bem proporcionado de alvenaria duradoura; mas finalmente todos os vestígios de cantaria desapareceram, exceto por um pilar quebrado aqui e ali, espiando dos arbustos à beira, ou de velhas pedras de calçamento ainda escondidas em meio a ervas daninhas e musgo. Urzes e árvores e samambaias desciam desordenadas e caíam sobre as ribanceiras ou se espalhavam na superfície. Por fim a estrada se reduziu a um caminho pouco usado para carroças rurais; mas não serpenteava: mantinha seu percurso seguro e conduzia-os pela via mais rápida.

Assim passaram para os limites setentrionais daquela terra que os Homens outrora chamaram de Ithilien, uma bela região de bosques ascendentes e ribeirões em queda veloz. A noite tornou-se bonita sob as estrelas e a lua redonda, e parecia aos hobbits que a fragrância do ar aumentava à medida que avançavam; e pelos sopros e murmúrios de Gollum parecia que ele também percebia isso, e que não lhe agradava. Aos primeiros sinais do dia pararam outra vez. Haviam chegado ao fim de um longo corte, fundo e de paredes íngremes no meio, pelo qual a estrada passava através de uma crista de pedra. Agora escalaram a borda oeste e olharam em volta.

O dia se abria no céu, e viram que as montanhas já estavam muito mais afastadas, recuando para o leste em uma longa curva que se perdia ao longe. Diante deles, quando se viraram para o oeste, encostas suaves desciam em direção a névoas indistintas muito abaixo. Em toda a volta havia pequenos bosques de árvores resinosas, abetos, cedros, ciprestes e outras espécies desconhecidas no Condado, com amplas clareiras em torno deles; e em toda a parte havia uma abundância de ervas e arbustos de aroma doce. A longa jornada de Valfenda os levara muito ao sul de sua própria terra, mas só agora, naquela região mais abrigada, os hobbits sentiam a mudança de clima. Ali a Primavera já se agitava em torno deles: frondes perfuravam o musgo e o húmus, os lariços tinham dedos verdes, pequenas flores se abriam na relva, pássaros cantavam. Ithilien, o jardim de Gondor agora desolado, ainda retinha um desgrenhado encanto de dríade.

No sul e no oeste ele dava para os mornos vales inferiores do Anduin, abrigados no leste pela Ephel Dúath, porém não embaixo da sombra das montanhas, protegidos no norte pelas Emyn Muil, abertos aos ares meridionais e aos ventos úmidos do Mar longínquo. Muitas grandes árvores cresciam ali, plantadas muito tempo atrás, decaindo na velhice sem cultivo em meio a um tumulto de descendentes descuidados; e havia capões e moitas de tamariscos e terebintos pungentes, de oliveiras e de loureiros; e havia juníperos e murtas; e tomilhos que cresciam em arbustos ou, com seus caules lenhosos e rastejantes, revestiam com fundas tapeçarias as pedras ocultas; sálvias de muitos tipos portando flores azuis, ou vermelhas, ou verde-claras; e manjeronas e salsas recém-germinadas, e muitas ervas de formas e perfumes além do saber da jardinagem de Sam. As grutas e as paredes rochosas já estavam estreladas de saxífragas e saiões-acre. Prímulas e anêmonas estavam despertas nas moitas de aveleiras; e asfódelos e muitas flores de lírio balançavam as cabeças semiabertas na relva: uma relva funda e verde junto às lagoas, onde riachos cadentes se detinham em covas frescas na jornada rumo ao Anduin.

Os viajantes deram as costas à estrada e desceram o declive. Enquanto caminhavam, roçando pelo caminho nas moitas e ervas, doces odores se erguiam em torno deles. Gollum tossiu e teve ânsia de vômito; mas os hobbits inspiraram fundo, e de repente Sam riu, por alívio do coração e não por graça. Seguiram um riacho que descia rápido diante deles. Logo ele os levou a um laguinho límpido em um pequeno vale raso: ficava nas ruínas esfaceladas de uma antiga bacia de pedra, cuja borda esculpida estava quase completamente coberta de musgos e sarças de rosas; espadas-de-íris erguiam-se em fileiras em volta dele, e folhas de nenúfares flutuavam em sua superfície escura, que ondulava suavemente; mas era fundo e fresco, e derramava-se por cima de uma beira de pedra na extremidade oposta.

Ali lavaram-se e beberam à vontade na cascata que caía no lago. Depois buscaram um local de descanso e um esconderijo; pois aquela terra, ainda de belo aspecto, já era todavia território do Inimigo. Não se haviam afastado muito da estrada, e mesmo em tão curto espaço haviam visto cicatrizes das antigas guerras e as feridas mais novas produzidas pelos Orques e outros imundos serviçais do Senhor Sombrio: uma cova de sujeira e refugo descobertos; árvores derrubadas a esmo e deixadas para morrer, com runas malignas ou o cruel sinal do Olho gravados em traços rudes na casca.

Sam, rastejando abaixo da saída do lago, cheirando e tocando as plantas e árvores estranhas, esquecendo-se naquele momento de Mordor, lembrou-se de súbito do perigo sempre presente. Tropeçou em um círculo ainda chamuscado de fogo, e no meio dele encontrou um monte de ossos e crânios carbonizados e quebrados. O rápido crescimento do mato, com urzes, madressilvas silvestres e clematites rastejantes, já cobria com um véu aquele lugar de pavoroso banquete e matança; mas não era antigo. Correu de volta até seus companheiros, mas nada disse: era melhor deixar os ossos em paz para não serem tateados e fossados por Gollum.

"Vamos encontrar um lugar para nos abrigarmos", disse ele. "Não mais baixo. Mais alto para mim."

Um pouco mais atrás, acima do lago, encontraram um leito marrom-escuro das samambaias do ano anterior. Além dele havia uma moita de loureiros de folhas escuras subindo por um aclive íngreme coroado de antigos cedros. Ali decidiram repousar e passar o dia, que já prometia ser claro e quente. Um bom dia para passear no caminho pelos capões e clareiras de Ithilien; mas, apesar de os Orques evitarem a luz do sol, havia ali demasiados lugares onde eles poderiam estar escondidos, espreitando; e havia outros olhos malignos por ali: Sauron tinha muitos serviçais. De qualquer modo, Gollum não queria se mexer sob a Cara Amarela. Logo ela espiaria por cima das escuras cristas de Ephel Dúath, e ele ficaria fraco e encolhido na luz e no calor.

Sam viera pensando seriamente em comida durante a marcha. Agora que o desespero do Portão impenetrável havia ficado para trás, ele não se sentia tão inclinado quanto o mestre a não se preocupar com o sustento até o fim da sua missão; e de qualquer maneira pareceu-lhe mais prudente poupar o pão-de-viagem dos Elfos para tempos piores à frente. Seis ou mais dias haviam-se passado desde que ele calculara que só tinham um suprimento que mal dava para três semanas.

"Se alcançarmos o Fogo nesse tempo, vamos ter sorte, neste ritmo!", pensou ele. "E poderemos querer voltar. Poderemos!"

Além disso, ao fim de uma longa marcha noturna, e depois de tomar banho e beber, ele se sentia ainda mais faminto que o normal. Um jantar, ou um desjejum, junto à lareira na velha cozinha da Rua do Bolsinho era o que ele realmente queria. Teve uma ideia e virou-se para Gollum. Gollum acabara de se esgueirar para longe, sozinho, e rastejava de quatro pelas samambaias.

"Ei! Gollum!", disse Sam. "Aonde vai? Vai caçar? Bem, olhe aqui, velho fuçador, você não gosta de nossa comida e eu mesmo não reclamaria de uma mudança. Seu novo lema é *sempre pronto para ajudar*. Pode encontrar algo que sirva para um hobbit faminto?"

"Sim, talvez, sim", respondeu Gollum. "Sméagol sempre ajuda, se pedirem — se pedirem com jeito."

"Certo!", disse Sam. "Eu peço. E se isso não for jeito bastante, eu imploro."

Gollum desapareceu. Ficou longe por algum tempo, e Frodo, após alguns bocados de *lembas*, aninhou-se no fundo das samambaias marrons e pegou no sono. Sam olhou para ele. A luz do início da manhã estava começando a se insinuar nas sombras embaixo das árvores, mas ele via o rosto do patrão muito claramente e também suas mãos, repousando no chão ao seu lado. Lembrou-se subitamente de Frodo tal como jazera, adormecido na casa de Elrond, após seu ferimento mortal. Naquela ocasião, quando vigiava, Sam notara que às vezes parecia haver uma luz brilhando suavemente no interior; mas agora a luz era ainda mais clara e forte. O rosto de Frodo estava em paz, as marcas do medo e preocupação o haviam deixado; mas parecia velho, velho e belo, como se o cinzelar dos anos que o moldaram estivesse agora revelado em muitas rugas finas que antes estavam escondidas, apesar de a identidade do rosto não ter mudado. Não que Sam Gamgi expressasse isso desse modo para si mesmo. Balançou a cabeça como se considerasse inúteis as palavras e murmurou: "Eu o amo. Ele é assim, e às vezes isso transparece de algum modo. Mas eu o amo, transpareça ou não."

Gollum voltou quieto e olhou por cima do ombro de Sam. Olhando para Frodo, fechou os olhos e engatinhou para longe sem fazer ruído. Sam veio ter com ele um momento depois, e encontrou-o mastigando algo e murmurando sozinho. No chão, ao seu lado, estavam dois pequenos coelhos que ele começava a olhar com gula.

"Sméagol sempre ajuda", disse ele. "Ele trouxe coelhos, bonitos coelhos. Mas mestre foi dormir, e talvez Sam quer dormir. Não quer coelhos agora? Sméagol tenta ajudar, mas não pode apanhar tudo num minuto."

Sam, no entanto, não tinha a mínima objeção aos coelhos, e disse isso. Não, pelo menos, a coelhos cozidos. É claro que todos os hobbits sabem cozinhar, pois começam a aprender a arte antes das letras (um ponto a que muitos jamais chegam); mas Sam era bom cozinheiro, mesmo pelos padrões dos hobbits, e fizera grande parte da cozinha de campo nas viagens deles, quando havia oportunidade. Ainda carregava na mochila, esperançoso, parte do seu equipamento: uma caixinha de iscas para fogo, duas pequenas panelas rasas, sendo que a menor se encaixava na maior; dentro delas estavam guardados uma colher de pau, um garfo curto de duas pontas e alguns espetos; e, escondido no fundo da mochila, em uma caixa chata de madeira, um tesouro minguante, um pouco de sal. Mas precisava de fogo e de outras coisas mais. Pensou por um instante enquanto tirava a faca e a limpava e afiava, e começou a limpar os coelhos. Não ia deixar Frodo dormindo sozinho nem por alguns minutos.

"Agora, Gollum," disse ele, "tenho outro serviço para você. Vá encher estas panelas de água e traga-as de volta!"

"Sméagol vai buscar água, sim", assentiu Gollum. "Mas pra que o hobbit quer toda essa água? Já bebeu, já se lavou."

"Não importa", respondeu Sam. "Se não consegue adivinhar, vai descobrir logo. E quanto antes buscar a água antes vai saber. Não estrague nenhuma das minhas panelas, senão vou fazer picadinho de você."

Enquanto Gollum estava longe, Sam deu mais uma olhada em Frodo. Ele ainda dormia tranquilo, mas agora Sam impressionou-se mais com a magreza de seu rosto e suas mãos. "Está muito seco e chupado", murmurou. "Não está certo para um hobbit. Se eu conseguir cozinhar estes coelhos, vou acordá-lo."

Sam recolheu uma pilha das samambaias mais secas e depois subiu pela encosta, juntando um feixe de galhos e madeira quebrada; o ramo caído de um cedro no topo lhe forneceu boa quantidade. Recortou alguns torrões ao pé da ribanceira, logo além do matagal de samambaias, fez um buraco raso e pôs nele o seu combustível. Visto que era hábil com pederneira e isca, logo acendeu uma pequena fogueira. Fazia pouca ou nenhuma fumaça, mas emitia um odor aromático. Estava justamente inclinado sobre o fogo, protegendo-o e reforçando-o com madeira mais grossa, quando Gollum voltou, carregando as panelas com cuidado e resmungando sozinho.

Pôs as panelas no chão e então viu de repente o que Sam fazia. Deu um guincho agudo e chiado, e parecia estar ao mesmo tempo assustado e raivoso. "Ach! Sss — não!", exclamou. "Não! Hobbits bobos, tolos, sim, tolos! Eles não pode fazer isso!"

"Não podem fazer o quê?", perguntou Sam, surpreso.

"Não fazer as línguas vermelhas ruins", chiou Gollum. "Fogo, fogo! É perigoso, é sim. Ele queima, ele mata. E vai trazer inimigos, vai sim."

"Acho que não", disse Sam. "Não vejo por que iria trazer, se não pusermos material úmido por cima e abafarmos. Mas se trouxer, vai trazer. Vou arriscar de qualquer jeito. Vou ensopar estes coelhos."

"Ensopar os coelhos!", guinchou Gollum, aflito. "Estragar bela carne que Sméagol guardou pra vocês, pobre Sméagol faminto! Para quê? Para quê, hobbit bobo? São jovens, são tenros, são bonitos. Coma eles, coma eles!" Tateou o coelho mais próximo, já esfolado e deitado junto à fogueira.

"Ora, ora!", disse Sam. "Cada um à sua moda. Nosso pão engasga você, e coelho cru me engasga. Quando você me dá um coelho, o coelho é meu, está vendo, para cozinhar se eu quiser. E eu quero. Não precisa me olhar. Vá pegar outro e coma como gostar — em algum lugar privado e fora da minha vista. Então não vai ver o fogo, e eu não vou ver você, e vamos ficar mais felizes os dois. Vou cuidar para o fogo não fazer fumaça, se isso consola você."

Gollum retirou-se resmungando e engatinhou para dentro das samambaias. Sam ocupou-se com suas panelas. "Do que um hobbit precisa com coelho", disse ele para si, "são umas ervas e raízes, especialmente papas — sem falar em pão. Parece que as ervas vamos conseguir."

"Gollum!", chamou baixinho. "A terceira vez paga tudo. Quero algumas ervas." A cabeça de Gollum espiou para fora das samambaias, mas seu olhar não era prestativo nem amistoso. "Algumas folhas de louro, um pouco de tomilho e sálvia, isso basta — antes que a água ferva", disse Sam.

"Não!", disse Gollum. "Sméagol não está contente. E Sméagol não gosta de folhas fedidas. Ele não come grama nem raízes, não, precioso, só quando está morrendo de fome ou muito doente, pobre Sméagol."

"Sméagol vai ficar escaldado de verdade quando esta água ferver, se não fizer o que eu peço", grunhiu Sam. "Sam vai pôr sua cabeça lá dentro, sim, precioso. E eu faria ele procurar nabos e cenouras, e papas também, se fosse a época do ano. Aposto que tem todo tipo de coisas boas correndo selvagens nesta região. Daria muita coisa por meia dúzia de papas."

"Sméagol não vai, ó não, precioso, não desta vez", chiou Gollum. "Ele está com medo e está muito cansado, e este hobbit não é bonzinho, nem um pouco bonzinho. Sméagol não vai escavar raízes e cenôurasas e — papas. O que é papas, precioso, há, o que é papas?"

"Ba-ta-tas", disse Sam. "O deleite do Feitor, e um lastro muito bom para a barriga vazia. Mas você não vai encontrar nenhuma, então não precisa procurar. Mas seja um bom Sméagol e me apanhe as ervas, e vou pensar melhor de você. Ainda mais se você virar a página, e ela ficar virada, eu preparo umas papas para você um dia desses. Vou fazer: peixe frito e fritas, servidos por S. Gamgi. Não pode recusar isso."

"Sim, sim, nós pode. Estragar peixe bonito, chamuscar ele. Me dê peixe *agora* e fique com as fritas nojentass!"

"Oh, você não tem jeito", disse Sam. "Vá dormir!"

No fim ele mesmo teve de encontrar o que queria; mas não teve de ir longe, sem perder de vista o lugar onde seu mestre estava deitado, ainda adormecido. Por algum tempo Sam ficou sentado, refletindo e cuidando do fogo até a água ferver. A luz do dia aumentava, e o ar se tornou morno; o orvalho desapareceu da relva e das folhas. Logo os coelhos, cortados em pedaços, estavam fervendo em suas panelas com as ervas em ramalhetes. Sam quase adormeceu com o passar do tempo. Deixou-os cozinhando por quase uma hora, experimentando-os vez por outra com o garfo e provando o caldo.

Quando achou que estava tudo pronto, ergueu as panelas do fogo e se arrastou para junto de Frodo. Frodo abriu os olhos pela metade quando Sam se pôs de pé junto a ele, e então acordou de seu sonho: outro sonho de paz, suave e irrecuperável.

"Alô, Sam!", disse ele. "Não está descansando? Há alguma coisa errada? Que horas são?"

"Mais ou menos umas duas horas depois do romper da aurora," respondeu Sam, "e quase oito e meia pelos relógios do Condado, quem sabe. Mas não há nada errado. Apesar de não ser bem o que eu chamaria de certo: sem molho, sem cebolas, sem papas. Tem um pouco de ensopado para o senhor e um tanto de caldo, Sr. Frodo. Vai lhe fazer bem. Vai ter que tomar no seu caneco; ou direto da panela, quando tiver esfriado um pouco. Eu não trouxe tigelas nem nada adequado."

Frodo bocejou e esticou-se. "Devia ter descansado, Sam", disse ele. "E fazer uma fogueira foi perigoso nestas plagas. Mas estou com fome, sim. Hmm! Posso cheirar daqui? O que você ensopou?"

"Um presente de Sméagol", disse Sam; "um par de coelhos jovens; mas imagino que Gollum já está arrependido. Mas não tem nada para acompanhá-los a não ser umas ervas."

Sam e seu patrão sentaram-se logo no interior do matagal de samambaias e comeram seu ensopado das panelas, compartilhando o velho garfo e a colher. Permitiram-se comer meio pedaço do pão-de-viagem élfico cada um. Parecia um banquete.

"Fiiu! Gollum", Sam chamou e assobiou baixinho. "Vamos lá! Ainda é hora de mudar de ideia. Tem uma sobra, se você quiser provar coelho ensopado." Não houve resposta.

"Oh, bem, imagino que ele se foi para encontrar alguma coisa para si. Nós vamos dar cabo disto", disse Sam.

"E depois você precisa dormir um pouco", disse Frodo.

"Não pegue no sono enquanto eu cochilo, Sr. Frodo. Não tenho muita certeza sobre ele. Ainda tem nele bastante Fedido — o Gollum mau, se me entende — e está ficando mais forte outra vez. E ainda por cima acho que agora ele tentaria me estrangular primeiro. Nós não concordamos, e ele não está contente com Sam, ó não, precioso, nem um pouco contente."

Terminaram a comida, e Sam foi até o riacho para enxaguar seu material. Quando se levantou para voltar, olhou para trás, encosta acima. Naquele momento viu o sol se erguendo do vapor, ou névoa, ou sombra escura, ou o que fosse, que sempre se estendia a leste, e ele mandava seus raios dourados sobre as árvores e as clareiras em torno dele. Então percebeu uma fina espiral de fumaça cinza-azulada, fácil de enxergar quando era atingida pela luz do sol, erguendo-se de uma moita mais acima. Com um choque, deu-se conta de que era a fumaça da sua fogueirinha de cozinhar que ele esquecera de apagar.

"Assim não dá! Nunca pensei que ia aparecer desse jeito!", murmurou e começou a voltar às pressas. De repente parou e escutou. Ouvira um assobio ou não? Ou era o chamado de alguma ave estranha? Se era um assobio, não vinha da direção de Frodo. Ali estava outra vez, de outro lugar! Sam começou a correr encosta acima do melhor modo que podia.

Descobriu que um pequeno tição, consumindo-se até a ponta, pusera fogo em algumas samambaias na beira do fogo, e as samambaias, queimando, haviam inflamado os torrões de relva. Apressadamente pisoteou para apagar o que restava da fogueira, espalhou as cinzas e pôs os torrões sobre o buraco. Depois arrastou-se para junto de Frodo.

"Ouviu um assobio e o que soava como resposta?", perguntou ele. "Faz uns minutos. Espero que fosse só uma ave, mas não soava bem assim: mais como alguém imitando um grito de ave, eu pensei. E receio que meu foguinho estivesse fazendo fumaça. Agora, se eu consegui causar encrenca jamais vou me perdoar. Nem vou ter a chance, quem sabe!"

"Quieto!", sussurrou Frodo. "Acho que ouvi vozes."

Os dois hobbits amarraram as pequenas mochilas, vestiram-nas prontas para a fuga, e então engatinharam mais fundo para dentro das samambaias. Agacharam-se ali, escutando.

Não havia dúvida sobre as vozes. Falavam baixo e furtivamente, mas estavam próximas e chegando mais perto. Então, bem de repente, uma falou com clareza junto deles.

"Aqui! Era daqui que vinha a fumaça!", disse ele. "Estará por perto. Nas samambaias, sem dúvida. Vamos pegá-lo como um coelho na armadilha. Então havemos de saber que espécie de criatura é."

"Sim, e o que ele sabe!", disse uma segunda voz.

Imediatamente quatro homens vieram de diferentes direções caminhando através das samambaias. Já que não era mais possível fugir nem se esconder, Frodo e Sam puseram-se de pé com um salto, de costas um para o outro e sacando as pequenas espadas.

Se eles se admiraram com o que viram, seus captores ficaram mais admirados ainda. Ali estavam de pé quatro Homens altos. Dois tinham lanças nas mãos, com pontas largas e luzidias. Dois tinham grandes arcos, quase da altura deles próprios, e grandes aljavas com flechas compridas de penas verdes. Todos tinham espadas do lado e trajavam verde e marrom de vários tons, como que para melhor caminharem invisíveis nas clareiras de Ithilien. Luvas verdes de punho largo lhes cobriam as mãos, e os rostos estavam encapuzados e mascarados de verde, exceto pelos olhos, que eram muito alertas e brilhantes. Frodo pensou imediatamente em Boromir, pois aqueles Homens eram como ele em estatura e porte, e no modo de falar.

"Não encontramos o que buscávamos", disse um. "Mas o que encontramos?"

"Não são Orques", respondeu outro, soltando o punho da espada, que agarrara quando viu o reluzir de Ferroada na mão de Frodo.

"Elfos?", disse um terceiro, em dúvida.

"Não! Não são Elfos", comentou o quarto, o mais alto e, ao que parecia, o chefe deles. "Elfos não caminham em Ithilien nestes dias. E Elfos são admiravelmente belos de se contemplar, ao que dizem."

"O que quer dizer que nós não somos, é o que entendo", retrucou Sam. "Muito agradecido. E quando tiverdes terminado de discutir sobre nós, quem sabe direis quem sois *vós* e por que não podeis deixar repousar dois viajantes cansados."

O alto homem verde riu com severidade. "Eu sou Faramir, Capitão de Gondor", disse ele. "Mas não há viajantes nesta terra: somente os serviçais da Torre Sombria, ou da Branca."

"Mas não somos nem uma coisa nem outra", disse Frodo. "E somos viajantes, não importa o que diga o Capitão Faramir."

"Então apressai-vos a vos declarar e a vossa missão", disse Faramir. "Temos um trabalho a realizar e não é a hora nem o lugar para adivinhas ou negociações. Vamos! Onde está o terceiro de vossa companhia?"

"O terceiro?"

"Sim, o sujeito furtivo que vimos com o nariz na lagoa, lá adiante. Tinha um aspecto desagradável. Alguma espécie de Orque espião, imagino, ou uma criatura deles. Mas ele nos escapou graças a algum truque de raposa."

"Não sei onde ele está", respondeu Frodo. "É apenas um companheiro fortuito que encontramos no caminho, e não sou responsável por ele. Se o encontrardes, poupai-o. Trazei-o ou enviai-o até nós. É apenas uma infeliz criatura vagante, mas está sob meus cuidados por algum tempo. Mas quanto a nós, somos Hobbits do Condado, de longe a Norte e Oeste, além de muitos rios. Frodo, filho de Drogo, é meu nome, e está comigo Samwise, filho de Hamfast, um valoroso hobbit a meu serviço. Viemos por longos caminhos — de Valfenda, ou Imladris, como alguns a chamam." Nesse ponto, Faramir teve um sobressalto e ficou atento. "Tínhamos sete companheiros: perdemos um em Moria, deixamos os demais em Parth Galen acima de Rauros: dois de minha parentela; também havia ali um Anão, um Elfo e dois Homens. Eram Aragorn e Boromir, que disse que vinha de Minas Tirith, uma cidade no Sul."

"Boromir!", exclamaram todos os quatro homens.

"Boromir, filho do Senhor Denethor?", disse Faramir, e seu rosto adquiriu uma expressão estranha e severa. "Viestes com ele? Essa é uma nova deveras, se for verdadeira. Sabei, pequenos estranhos, que Boromir, filho de Denethor, era Alto Guardião da Torre Branca e nosso Capitão-General: faz-nos grande falta. Quem sois vós então e o que tínheis a ver com ele? Depressa, que o Sol se ergue!"

"Conheces as palavras enigmáticas que Boromir levou a Valfenda?", retrucou Frodo.

Busca a Espada Partida:
Em Imladris está por enquanto.[A]

"As palavras são conhecidas deveras", disse Faramir, admirado. "O fato de também conhecê-las é um sinal de tua veracidade."

"Aragorn, que mencionei, é o portador da Espada que foi Partida", disse Frodo. "E nós somos os Pequenos de que falava o poema."

"Isso eu vejo", disse Faramir, pensativo. "Ou vejo que poderia ser assim. E o que é a Ruína de Isildur?"

"Essa está oculta", respondeu Frodo. "Sem dúvida isso será esclarecido a seu tempo."

"Precisamos descobrir mais sobre isso", disse Faramir, "e saber o que vos traz tão longe a leste, sob a sombra daquela...", apontou e não disse nenhum nome. "Porém não agora. Temos afazeres a tratar. Vós estais em perigo, e neste dia não teríeis ido longe, pelo campo ou pela estrada. Haverá duros golpes nas vizinhanças antes que este dia esteja terminado. Então será a morte ou uma veloz fuga de volta ao Anduin. Deixarei dois para vos vigiar, para vosso bem e o meu. O homem sábio não confia em encontros casuais na estrada nesta terra. Se eu voltar, falarei mais convosco."

"Adeus!", disse Frodo, fazendo uma mesura funda. "Pensa o que quiseres, sou amigo de todos os inimigos do Um Inimigo. Iríamos convosco se nós, Pequenos, tivéssemos esperança de vos servir, homens robustos e fortes como pareceis ser, e se minha missão o permitisse. Que a luz brilhe sobre vossas espadas!"

"Os Pequenos são um povo cortês, não importa o que mais sejam", disse Faramir. "Adeus!"

Os hobbits sentaram-se de novo, mas nada disseram um ao outro sobre seus pensamentos e dúvidas. Junto deles, bem embaixo da sombra mosqueada dos loureiros escuros, dois homens permaneceram de guarda. Vez por outra tiravam as máscaras para se refrescarem, à medida que aumentava o calor do dia, e Frodo viu que eram homens formosos, de pele pálida e cabelos escuros, olhos cinzentos e rostos tristes e altivos. Falavam entre si em vozes baixas, primeiro usando a fala comum, mas à moda dos dias mais antigos, e depois mudando para outra língua deles próprios. Para seu espanto, ao escutá-los Frodo se deu conta de que era a língua-élfica que falavam, ou uma pouco diferente; e olhou-os com pasmo, pois soube então que deviam ser Dúnedain do Sul, homens da linhagem dos Senhores de Ociente.

Algum tempo depois, falou com eles; mas respondiam devagar e com cautela. Chamavam-se Mablung e Damrod, soldados de Gondor, e eram Caminheiros de Ithilien; pois descendiam de um povo que outrora vivia em Ithilien antes que a região fosse invadida. Dentre esses homens, o Senhor Denethor escolhia seus atacantes, que atravessavam o Anduin em segredo (não diziam como nem onde) para perseguir os Orques e outros inimigos que vagavam entre Ephel Dúath e o Rio.

"São cerca de dez léguas daqui até a margem leste do Anduin," disse Mablung, "e raramente chegamos tão longe. Mas temos uma nova missão nesta jornada: viemos emboscar os Homens de Harad. Malditos sejam!"

"Sim, malditos sejam os Sulistas", disse Damrod. "Dizem que outrora houve negociações entre Gondor e os reinos do Harad no Extremo Sul; porém nunca houve amizade. Naqueles dias nossas fronteiras eram longe para o sul, além das fozes do Anduin, e Umbar, o mais próximo dos reinos deles, reconhecia nosso domínio. Mas isso é de muito tempo atrás. Faz muitas vidas de Homens que ninguém passou entre nós, para lá ou para cá. Pois ultimamente soubemos que o Inimigo esteve entre eles, e se voltaram para o lado Dele, ou retornaram a Ele — sempre foram dispostos à Sua vontade — assim como também muitos no Leste. Não duvido de que os dias de Gondor estejam contados e que os muros de Minas Tirith estejam fadados, tão grandes são Sua força e maldade."

"Mas ainda não havemos de nos sentar ociosos e deixá-lo fazer tudo o que quiser", disse Mablung. "Agora esses malditos Sulistas vêm marchando pelas antigas estradas para inchar as hostes da Torre Sombria. Sim, subindo pelas mesmas estradas que a perícia de Gondor fez. E vêm cada vez mais negligentes, ficamos sabendo, pensando que o poder de seu novo mestre é suficientemente grande, de modo que a simples sombra de Suas colinas os protegerá. Viemos ensinar-lhes outra lição. Foi-nos relatado um grande número deles alguns dias atrás, marchando para o norte. Um dos seus regimentos, pelos nossos cálculos, deverá passar em alguma hora antes do meio-dia, na estrada acima de nós, onde ela atravessa o caminho partido. A estrada poderá passar, mas eles não! Não enquanto Faramir for Capitão. Agora ele lidera todas as expedições perigosas. Mas sua vida é encantada, ou o destino o poupa para algum outro fim."

A conversa minguou para um silêncio de escuta. Tudo parecia silencioso e vigilante. Sam, agachado à beira da moita de samambaias, espiou para fora. Com seus agudos olhos de hobbit, viu que havia muito mais Homens nas redondezas. Podia vê-los subindo furtivamente pelas encostas, sós ou em longas filas, sempre mantendo-se na sombra dos arvoredos ou matagais, ou engatinhando, quase invisíveis em seus trajes marrons e verdes, através da relva e do mato. Estavam todos encapuzados e mascarados, e tinham nas mãos luvas de punho largo, e estavam armados como Faramir e seus companheiros. Não foi preciso muito tempo para todos passarem e desaparecerem. O sol subiu até se aproximar do Sul. As sombras encolheram.

"Eu me pergunto onde está o danado do Gollum", pensou Sam, arrastando-se de volta para a sombra mais escura. "Ele tem boa chance de ser espetado como Orque ou de ser torrado pela Cara Amarela. Mas imagino que vai cuidar de si." Deitou-se ao lado de Frodo e começou a cochilar.

Acordou pensando que ouvira trompas tocando. Sentou-se. Já era pleno meio-dia. Os guardas estavam de pé, alertas e tensos na sombra das árvores. De súbito as trompas soaram mais forte e sem dúvida de cima, do topo da encosta. Sam pensou ouvir também exclamações e gritos desordenados, mas o som era fraco, como se viesse de alguma caverna distante. Então, logo depois, irrompeu o som de combate bem perto, logo acima do esconderijo deles. Ele podia ouvir claramente o rangido vibrante de aço contra aço, o tinido de espadas em capacetes de ferro, a batida surda das lâminas nos escudos; os homens vociferavam e guinchavam, e uma voz alta e nítida exclamava 'Gondor! Gondor!'

"Soa como uma centena de ferreiros todos forjando juntos", disse Sam a Frodo. "Agora eles estão tão perto quanto os quero."

Mas o barulho se aproximava. "Estão vindo!", exclamou Damrod. "Vede! Alguns dos Sulistas romperam a armadilha e estão fugindo da estrada. Ali vão eles! Nossos homens atrás deles, e o Capitão os lidera."

Sam, ávido para ver mais, foi se juntar aos guardas. Engatinhou mais para cima, subindo em um dos loureiros maiores. Por um momento teve um vislumbre de homens tisnados, trajados de vermelho, que corriam encosta abaixo a certa distância dali, com guerreiros de verde que saltavam atrás deles, abatendo-os enquanto fugiam. As flechas eram densas nos ares. Então, de repente, passando direto sobre a borda da ribanceira que os abrigava, um homem caiu, colidindo com as árvores delgadas, quase por cima deles. Imobilizou-se nas samambaias a alguns pés de distância, de rosto no chão, com flechas de penas verdes espetadas no pescoço abaixo de um colar dourado. Tinha as roupas escarlates esfarrapadas, a couraça de chapas de bronze sobrepostas partida e amassada, as negras tranças de cabelos entrelaçados de ouro empapadas de sangue. A mão morena ainda segurava o punho de uma espada quebrada.

Foi a primeira visão que Sam teve de uma batalha de Homens contra Homens e não gostou muito dela. Ficou contente por não poder ver o rosto morto. Perguntou-se qual era o nome do homem e de onde vinha; e se de fato tinha o coração mau, ou quais mentiras e ameaças o haviam trazido na longa marcha desde sua casa; e se de fato não teria preferido ficar lá, em paz — tudo em um lampejo de pensamento que foi rapidamente expulso de sua mente. Pois, exatamente quando Mablung dava um passo na direção do corpo caído, houve um novo barulho. Grandes exclamações e gritos. Em meio a eles, Sam ouviu um estridente bramido ou toque de trombeta. E depois grandes baques e pancadas, como enormes aríetes golpeando o solo.

"Alerta! Alerta!", gritou Damrod ao companheiro. "Que os Valar o desviem! Mûmak! Mûmak!"

Para seu espanto, terror e deleite perene, Sam viu um vulto vasto sair chocando-se com as árvores e vir em carreira encosta abaixo. Grande como uma casa, muito maior que uma casa lhe pareceu, uma colina movente envolta em cinza. O medo e o pasmo, quem sabe, o aumentaram aos olhos do hobbit, mas o Mûmak de Harad era de fato um animal de vasto volume, e agora seus semelhantes já não caminham na Terra-média; seus parentes que ainda vivem nos dias posteriores são somente lembranças de sua grandeza e majestade. Veio vindo, direto para os que o observavam, e então desviou-se para o lado no último instante, passando a apenas algumas jardas de distância, balançando o chão sob os pés deles: grandes pernas como árvores, enormes orelhas estendidas como velas, longo focinho erguido como enorme serpente prestes a dar o bote, pequenos olhos vermelhos em fúria. As presas semelhantes a chifres, viradas para cima, estavam cingidas de faixas de ouro e pingavam de sangue. Os arreios de escarlate e ouro agitavam-se em torno dele em farrapos desordenados. As ruínas do que parecia ser uma verdadeira torre-de-guerra jaziam sobre o lombo arquejante, despedaçadas em sua furiosa passagem pela mata; e no alto do pescoço ainda se agarrava desesperado um minúsculo vulto — o corpo de um poderoso guerreiro, um gigante entre os Tisnados.

O grande animal avançava trovejando, disparando em ira cega através de lagoas e moitas. As flechas resvalavam e se partiam, inofensivas, no tríplice couro de seus flancos. Os homens de ambos os lados fugiam diante dele, mas a muitos ele alcançou e esmagou no solo. Logo perdeu-se de vista, ainda trombeteando e pisoteando ao longe. O que foi feito dele Sam jamais ouviu: se escapou para vagar no ermo por algum tempo, até perecer longe de casa ou ser apanhado em alguma cova funda; ou se prosseguiu em fúria até mergulhar no Grande Rio e ser tragado.

Sam inspirou fundo. "Era um Olifante!", disse ele. "Então existem Olifantes, e eu vi um. Que vida! Mas em casa ninguém jamais vai me acreditar. Bem, se isso passou vou dormir um pouco."

"Dorme enquanto podes", disse Mablung. "Mas o Capitão retornará, se estiver ileso; e quando ele chegar havemos de partir depressa. Havemos de ser perseguidos assim que as novas de nosso feito alcançarem o Inimigo, e isso não demorará."

"Ide em silêncio quando tiverdes de ir!", respondeu Sam. "Não há por que perturbar meu sono. Estive caminhando a noite toda."

Mablung riu. "Não creio que o Capitão te deixe aqui, Mestre Samwise", disse ele. "Mas hás de ver."

A Janela
para o Oeste

Parecia a Sam que só cochilara por alguns minutos quando despertou e viu que era o fim da tarde e Faramir voltara. Trouxera muitos homens consigo; na verdade todos os sobreviventes do ataque estavam agora reunidos na encosta próxima, duzentos ou trezentos homens. Estavam sentados em amplo semicírculo, e entre as suas pontas encontrava-se Faramir, sentado no chão enquanto Frodo estava de pé diante dele. Parecia-se estranhamente com o julgamento de um prisioneiro.

Sam arrastou-se para fora das samambaias, mas ninguém prestou atenção nele, e ele se postou na ponta das fileiras de homens, onde podia ver e ouvir tudo o que ocorria. Observou e escutou atentamente, pronto a correr em auxílio do mestre se necessário. Podia ver o rosto de Faramir, agora sem máscara: era severo e imperioso, e havia uma inteligência aguçada por trás do olhar indagador. Havia dúvida nos olhos cinzentos que fitavam Frodo com firmeza.

Sam logo se deu conta de que o Capitão não estava satisfeito com o relato que Frodo fizera de si mesmo em vários pontos: o papel que desempenhara na Comitiva que partira de Valfenda; por que deixara Boromir; e aonde ia agora. Em particular, voltou várias vezes à Ruína de Isildur. Claramente ele via que Frodo lhe escondia algum assunto de grande importância.

"Mas era com a vinda do Pequeno que a Ruína de Isildur deveria despertar, ou assim devemos interpretar as palavras", insistiu ele. "Então, se tu és o Pequeno que foi mencionado, sem dúvida trouxeste esse objeto, o que quer que seja, ao Conselho de que falas, e ali Boromir o viu. Negas isso?"

Frodo não deu resposta. "Ora!", disse Faramir. "Então desejo saber de ti mais sobre isso; pois o que diz respeito a Boromir diz respeito a mim. Uma flecha de Orque matou Isildur, é o que dizem as velhas histórias. Mas flechas de Orque são abundantes, e a visão de uma não seria tomada por prenúncio de Sina por Boromir de Gondor. Tinhas a posse desse objeto? Está oculto, tu dizes; mas não é porque tu resolveste ocultá-lo?"

"Não, não porque resolvi", respondeu Frodo. "Ele não me pertence. Não pertence a nenhum mortal, grande ou pequeno; porém, se alguém pudesse reivindicá-lo, seria Aragorn, filho de Arathorn, que mencionei, líder de nossa Comitiva de Moria até Rauros."

"Por que ele e não Boromir, príncipe da Cidade que os filhos de Elendil fundaram?"

"Porque Aragorn descende em linhagem direta, de pai para pai, de Isildur, o próprio filho de Elendil. E a espada que ele leva foi a espada de Elendil."

Um murmúrio de espanto percorreu todo o círculo dos homens. Alguns exclamaram em voz alta: "A espada de Elendil! A espada de Elendil vem a Minas Tirith! Grandes novas!" Mas o rosto de Faramir estava impassível.

"Quem sabe", disse ele. "Mas uma reivindicação de tal porte terá de ser comprovada, e serão necessárias provas claras caso esse Aragorn alguma vez venha a Minas Tirith. Ele não havia chegado, nem ninguém de tua Comitiva, quando parti seis dias atrás."

"Boromir se satisfez com essa reivindicação", comentou Frodo. "De fato, se Boromir estivesse aqui ele responderia a todas as tuas perguntas. E, visto que já estava em Rauros muitos dias atrás, e depois pretendia ir diretamente à tua cidade, se voltares ali poderás logo saber as respostas. Meu papel na Comitiva era conhecido por ele e a todos os demais, pois me foi atribuído pelo próprio Elrond de Imladris diante de todo o Conselho. Nessa missão vim a esta terra, mas não é minha para que eu a revele a alguém de fora da Comitiva. Porém os que afirmam opor-se ao Inimigo farão bem em não impedi-la."

O tom de Frodo era altivo, não importava o que sentisse, e Sam o aprovava; mas ele não apaziguou Faramir.

"Ora!", disse ele. "Mandas que eu cuide de meus próprios afazeres, volte para casa e te deixe em paz. Boromir contará tudo quando chegar. Quando chegar, tu dizes! Foste amigo de Boromir?"

Veio nítida à mente de Frodo a lembrança do ataque que Boromir lhe fizera, e por um momento ele hesitou. Os olhos de Faramir, observando-o, endureceram-se. "Boromir foi um valente membro de nossa Comitiva", disse Frodo por fim. "Sim, eu fui seu amigo, de minha parte."

Faramir sorriu com ferocidade. "Então lamentarias saber que Boromir está morto?"

"Lamentaria deveras", disse Frodo. Então, percebendo a expressão dos olhos de Faramir, vacilou. "Morto?", disse ele. "Queres dizer que ele está morto e que tu o sabias? Estiveste tentando apanhar-me com palavras, jogando comigo? Ou agora estás tentando me laçar com uma falsidade?"

"Eu não laçaria nem um orque com uma falsidade", respondeu Faramir.

"Então como ele morreu e como sabes disso? Já que disseste que ninguém da Comitiva chegara à cidade quando partiste."

"Quanto ao modo como morreu, eu esperava que seu amigo e companheiro me contasse como foi."

"Mas ele estava vivo e forte quando nos separamos. E ainda vive, por tudo o que sei. Porém certamente há muitos perigos no mundo."

"Muitos deveras," comentou Faramir, "e a traição não é o menor."

Sam estivera ficando cada vez mais impaciente e furioso com aquela conversa. Aquelas últimas palavras eram mais do que ele podia suportar, e, irrompendo no meio do círculo, ele caminhou para junto do patrão.

"Com seu perdão, Sr. Frodo," disse ele, "mas isso já foi longe demais. Ele não tem o direito de lhe falar assim. Depois de tudo o que o senhor passou, tanto pelo bem dele e de todos estes grandes Homens quanto por outras pessoas.

"Olha aqui, Capitão!" Plantou-se bem diante de Faramir, com as mãos na cintura e uma expressão no rosto como de quem se dirige a um jovem hobbit que lhe deu o que chamava de "insolência" quando questionado sobre visitas ao pomar. Houve alguns murmúrios, mas também alguns sorrisinhos nos rostos dos homens que assistiam: a visão de seu Capitão sentado no chão, olho a olho com um jovem hobbit de pés bem abertos, eriçado de raiva, estava além da sua experiência. "Olha aqui!", continuou ele. "O que pretendes? Vamos chegar ao ponto antes que todos os Orques de Mordor desçam sobre nós! Se pensas que meu patrão assassinou esse Boromir e depois saiu correndo, não tens bom senso; mas dize e termina! E depois deixa-nos saber o que pretendes fazer a respeito. Mas é pena que as pessoas que falam em combater o Inimigo não consigam deixar as outras fazerem sua parte do próprio jeito sem interferir. Ele ficaria muito contente se pudesse te ver agora. Pensaria que tinha um novo amigo, ele pensaria."

"Paciência!", respondeu Faramir, mas sem raiva. "Não fales diante de teu patrão, cuja sabedoria é maior que a tua. E não preciso que ninguém me ensine o nosso perigo. Ainda assim, destino um breve tempo a julgar com justiça um assunto difícil. Se eu fosse apressado como tu, poderia ter-vos matado muito tempo atrás. Pois tenho ordens de matar a todos que encontro nesta terra sem permissão do Senhor de Gondor. Mas não mato homens nem animais sem necessidade, e isso não me agrada nem quando é necessário. Nem falo em vão. Então consola-te. Senta-te junto ao teu patrão e silencia!"

Sam sentou-se pesadamente, com o rosto corado. Faramir voltou-se outra vez para Frodo. "Perguntaste como sei que está morto o filho de Denethor. As notícias de morte têm muitas asas. 'À noite costuma trazer novas aos parentes próximos', é o que dizem. Boromir era meu irmão."

Uma sombra de pesar lhe passou pelo rosto. "Recordas algo de natureza especial que o Senhor Boromir levava consigo entre seus objetos?"

Frodo pensou por um momento, temendo alguma nova armadilha e perguntando-se como aquele debate haveria de terminar. Mal salvara o Anel do altivo alcance de Boromir e não sabia como se daria agora, em meio a tantos homens aguerridos e fortes. Porém sentia no coração que Faramir, apesar de muito semelhante ao irmão no aspecto, era um homem menos autocentrado, ao mesmo tempo mais severo e mais sábio. "Recordo que Boromir levava uma trompa", disse ele por fim.

"Recordas bem e como quem deveras o viu", disse Faramir. "Então talvez possas vê-la com os olhos da mente: um grande chifre de um boi selvagem do Leste, envolto em prata e inscrito com caracteres antigos. Essa trompa foi portada pelo filho mais velho de nossa casa por muitas gerações; e dizem que, se for tocada na necessidade em qualquer lugar dentro dos limites de Gondor, os quais o reino tinha outrora, sua voz não ficará sem ser notada.

"Cinco dias antes de eu partir nesta expedição, faz onze dias mais ou menos nesta hora, ouvi o toque dessa trompa: parecia vir do norte, porém fraco, como se fosse apenas um eco na mente. Consideramo-lo um prenúncio do mal, meu pai e eu, pois não ouvíramos notícias de Boromir desde que ele partira, e nenhum vigia em nossas fronteiras o vira passar. E na terceira noite depois disso outro fato, mais estranho, me acometeu.

"Estava sentado à noite junto das águas do Anduin, na treva cinzenta sob a lua jovem e pálida, observando a correnteza sempre em movimento; e os juncos tristes farfalhavam. Assim sempre vigiamos as margens perto de Osgiliath, que nossos inimigos agora ocupam em parte e de lá saem para assolar nossas terras. Mas naquela noite o mundo todo dormia à hora da meia-noite. Então vi, ou pareceu-me que via, um barco flutuando na água com reluzir cinzento, um pequeno barco de feitura estranha e proa alta, e não havia ninguém a remá-lo ou guiá-lo.

"Acometeu-me um pasmo, pois estava envolto em luz pálida. Mas ergui-me, fui até a margem e comecei a caminhar para dentro da correnteza, pois estava sendo atraído por ele. Então o barco se voltou em minha direção, e interrompeu seu curso, e flutuou devagar até o alcance de minha mão, porém não ousei tocá-lo. Tinha um calado fundo, como se levasse uma pesada carga, e pareceu-me, ao passar sob o meu olhar, que estava quase cheio de água límpida, da qual vinha a luz; e no seio da água jazia um guerreiro adormecido.

"Tinha uma espada partida sobre o joelho. Vi nele muitos ferimentos. Era Boromir, meu irmão, morto. Reconheci seu equipamento, sua espada, seu amado rosto. Somente de uma coisa dei falta: de sua trompa. Somente uma coisa não conheci: um belo cinto, como que de folhas douradas interligadas, em torno da cintura. 'Boromir!', exclamei. 'Onde está tua trompa? Aonde vais? Ó Boromir!' Mas ele se fora. O barco virou para a correnteza e partiu reluzindo para dentro da noite. Foi semelhante a um sonho, porém não foi sonho, pois não houve despertar. E não duvido de que ele esteja morto e tenha percorrido o Rio até o Mar."

"Ai de nós!", disse Frodo. "Esse era de fato Boromir como o conheci. Pois o cinto dourado lhe foi dado em Lothlórien pela Senhora Galadriel. Foi ela quem nos vestiu assim como nos vês, em cinza-élfico. Este broche é da mesma feitura." Tocou a folha verde e cinzenta que lhe prendia a capa abaixo do pescoço.

Faramir olhou-o com atenção. "É belo", comentou ele. "Sim, é obra do mesmo ofício. Então passastes pela Terra de Lórien? Laurelindórenan chamava-se outrora, mas agora faz muito tempo que jaz além do conhecimento dos Homens", acrescentou baixinho, contemplando Frodo com nova admiração nos olhos. "Muito do que era estranho em ti agora começo a compreender. Não queres contar-me mais? Pois é um pensamento amargo ver que Boromir morreu à vista da terra que era seu lar."

"Não posso dizer mais do que disse", respondeu Frodo. "Porém teu relato me enche de pressentimentos. Foi uma visão que viste, eu creio, e nada mais, alguma sombra de má fortuna que foi ou que será. A não ser que seja de fato algum truque mentiroso do Inimigo. Vi os rostos de belos guerreiros de outrora, deitados em sono sob as lagoas dos Pântanos Mortos, ou assim parecia, graças às suas artes imundas."

"Não, não foi isso", disse Faramir. "Pois as obras dele enchem o coração de abominação; mas meu coração se encheu de dor e compaixão."

"Mas como algo assim poderia ter acontecido de verdade?", perguntou Frodo. "Pois nenhum barco poderia ter sido levado por sobre as colinas rochosas desde Tol Brandir; e Boromir pretendia voltar ao lar através do Entágua e dos campos de Rohan. Ainda assim, como qualquer embarcação poderia flutuar na espuma das grandes cataratas sem soçobrar nas lagoas ferventes, por mais que estivesse repleta de água?"

"Não sei", disse Faramir. "Mas de onde vinha o barco?"

"De Lórien", disse Frodo. "Em três barcos assim remamos descendo o Anduin até as Quedas. Também eles eram obra dos Elfos."

"Passastes pela Terra Oculta," disse Faramir, "mas parece que mal compreendestes o seu poder. Quando os Homens lidam com a Senhora da Magia que habita na Floresta Dourada, podem estar certos de que coisas estranhas se seguirão. Pois é um perigo para o homem mortal caminhar fora do mundo deste Sol, e dizem que outrora poucos dali saíram sem mudança.

"Boromir, ó Boromir!", exclamou ele. "O que te disse ela, a Senhora que não morre? O que ela viu? O que despertou então em teu coração? Porque foste a Laurelindórenan e não vieste por tua própria estrada, nos cavalos de Rohan, cavalgando rumo ao lar pela manhã?"

Então, voltando-se outra vez para Frodo, falou de novo em voz tranquila. "A essas perguntas creio que poderias dar alguma resposta, Frodo, filho de Drogo. Mas não aqui nem agora, quem sabe. Mas, para que não creias que meu relato é uma visão, dir-te-ei isto. A trompa de Boromir, pelo menos, voltou em verdade e não em aparência. A trompa veio, mas estava partida em duas, como se fosse por machado ou espada. Os fragmentos chegaram à margem separados: um foi encontrado entre os juncos onde estavam vigias de Gondor, ao norte abaixo das fozes do Entágua; o outro foi encontrado rodopiando na correnteza por alguém que tinha uma missão na água. Estranhos acasos, mas o assassinato se revela, segundo dizem.

"E agora a trompa do filho mais velho jaz em dois pedaços no colo de Denethor, sentado em sua alta cadeira, esperando notícias. E tu nada me podes dizer sobre a partição da trompa?"

"Não, eu não sabia dela", disse Frodo. "Mas o dia em que a ouviste tocando, se teu cálculo estiver correto, foi o dia em que nos separamos, quando eu e meu empregado deixamos a Comitiva. E agora teu relato me enche de temor. Pois se Boromir esteve em perigo então e foi morto, devo temer que todos os meus companheiros também tenham perecido. E eram meus parentes e meus amigos.

"Não queres deixar de lado tuas dúvidas sobre mim e deixar-me ir? Estou exausto, e repleto de pesar, e tenho medo. Mas tenho um feito a realizar, ou a tentar, antes de ser morto eu também. E a pressa é ainda mais necessária se nós, dois Pequenos, formos tudo o que resta de nossa sociedade.

"Volta, Faramir, valoroso Capitão de Gondor; defende tua cidade enquanto puderes e deixa-me ir aonde minha sina me leva."

"A mim não consola nossa conversa", disse Faramir; "mas certamente tiras dela mais temor que o necessário. A não ser que o próprio povo de Lórien tenha vindo a ele, quem aprestou Boromir como se fosse para um funeral? Nem Orques nem serviçais do Inominável. Alguns de tua Comitiva, creio, ainda vivem.

"Mas não importa o que tenha ocorrido na Fronteira Norte, de ti, Frodo, não duvido mais. Se é que os dias difíceis me transformaram em juiz das palavras e dos rostos dos Homens, então posso conjecturar sobre os Pequenos! Porém," e sorriu então, "há algo de estranho em ti, Frodo, um ar élfico talvez. Mas há mais coisas nas palavras que trocamos do que pensei no início. Agora eu deveria levar-te de volta a Minas Tirith, para ali responderes a Denethor, e perderei com justiça o direito à vida se agora escolher um curso que demonstre ser ruim para minha cidade. Portanto não decidirei com pressa o que deve ser feito. Mas precisamos sair daqui sem mais delongas."

Pôs-se de pé com um salto e emitiu algumas ordens. De imediato os homens reunidos em torno dele se dividiram em pequenos grupos e saíram para cá e para lá, sumindo depressa nas sombras dos rochedos e das árvores. Logo restavam apenas Mablung e Damrod.

"Agora vós, Frodo e Samwise, vireis comigo e com meus guardas", disse Faramir. "Não podeis ir pela estrada rumo ao sul, se era esse vosso propósito. Ela estará insegura por alguns dias e sempre vigiada mais atentamente, após este embate, do que foi até agora. E creio que hoje não podeis ir longe, em qualquer caso, pois estais cansados. E nós também. Vamos agora a um local secreto que temos, a pouco menos de dez milhas daqui. Os Orques e os espiões do Inimigo ainda não o acharam, e se o achassem poderíamos defendê-lo por longo tempo, mesmo contra muitos. Ali poderemos nos deitar e repousar um pouco, e vós conosco. Pela manhã decidirei o que é melhor que eu faça e que façais vós."

Nada havia para Frodo fazer senão concordar com esse pedido, ou ordem. De qualquer forma, parecia uma sábia opção para o momento, visto que aquele ataque dos homens de Gondor tornara uma viagem por Ithilien mais perigosa que nunca.

Partiram imediatamente: Mablung e Damrod um pouco à frente, e Faramir com Frodo e Sam atrás. Contornando o lado próximo da lagoa onde os hobbits haviam se banhado, atravessaram o rio, subiram por uma longa ribanceira e entraram em matas de sombras verdes que marchavam sempre para baixo e para o oeste. Enquanto andavam, o mais depressa que os hobbits conseguiam, falavam em vozes abafadas.

"Interrompi nossa conversa", disse Faramir, "não apenas porque o tempo urgia, como o Mestre Samwise me lembrou, mas também porque estávamos nos aproximando de assuntos que seria melhor não debater abertamente diante de muitos homens. Foi por esse motivo que preferi me voltar para o assunto de meu irmão e deixei de lado a Ruína de Isildur. Não foste totalmente franco comigo, Frodo."

"Não contei mentiras, e da verdade contei tudo o que pude", respondeu Frodo.

"Não te culpo", disse Faramir. "Falaste com habilidade em situação difícil, e sabiamente, ao que me parece. Mas fiquei sabendo de ti, ou adivinhei, mais do que tuas palavras diziam. Não eras amistoso com Boromir, ou não vos separastes com amizade. Tu, e também o Mestre Samwise, creio que tendes algum ressentimento. Ora, eu o amava muito e vingaria sua morte de bom grado, porém eu o conhecia bem. A Ruína de Isildur — eu arriscaria dizer que a Ruína de Isildur se pôs entre vós e foi causa de contenda em vossa Comitiva. É claramente um legado poderoso de alguma espécie, e tais coisas não geram paz entre confederados, se é que se pode aprender algo com as antigas histórias. Não estou próximo do alvo?"

"Próximo," afirmou Frodo, "mas não na mosca. Não houve contenda em nossa Comitiva, porém houve dúvida: dúvida sobre o caminho que deveríamos tomar desde as Emyn Muil. Mas, seja como for, as antigas histórias também nos ensinam o perigo de palavras impensadas acerca de coisas como… legados."

"Ah, então é como pensei: tua dificuldade foi só com Boromir. Ele queria que esse objeto fosse levado a Minas Tirith. Ai de nós! É tortuosa a sina que te sela os lábios, de ti que o viste por último, e retém de mim aquilo que anseio por saber: o que havia em seu coração e pensamento em suas últimas horas. Tenha ele errado ou não, disto tenho certeza: morreu bem, realizando algo de bom. Seu rosto era ainda mais belo que em vida.

"Mas, Frodo, de início pressionei-te muito sobre a Ruína de Isildur. Perdoa-me! Foi imprudente em tal hora e lugar. Eu não tivera tempo para refletir. Tivéramos um combate renhido e havia mais que o suficiente para me ocupar os pensamentos. Mas enquanto falava contigo aproximei-me do alvo e, por isso, atirei mais para longe de propósito. Pois precisas saber que entre os Governantes da cidade ainda se conserva muita coisa do antigo saber que não se divulga. Nós, de minha casa, não somos da linhagem de Elendil, apesar de correr em nós o sangue de Númenor. Pois nossa linhagem remonta a Mardil, o bom regente, que governou em nome do rei quando este partiu para a guerra. E esse foi o Rei Eärnur, o último da linhagem de Anárion, que não tinha filhos e jamais voltou. E os regentes vêm governando a cidade desde esse dia, apesar de ter sido há muitas gerações de Homens.

"E recordo isto de Boromir quando era menino, quando juntos aprendemos o relato de nossos antepassados e a história de nossa cidade, que sempre lhe desagradou o fato de que seu pai não fosse rei. 'Quantas centenas de anos é preciso para transformar um regente em rei, se o rei não voltar?', ele perguntava. 'Poucos anos, talvez, em outros lugares de menor realeza', respondia meu pai. 'Em Gondor dez mil anos não bastariam.' Ai dele! Pobre Boromir. Isso não te diz algo sobre ele?"

"Diz", respondeu Frodo. "Porém ele sempre tratou Aragorn com honra."

"Não duvido", disse Faramir. "Se estava convencido da reivindicação de Aragorn, como dizes, muito o reverenciaria. Mas o apuro ainda não chegara. Ainda não haviam alcançado Minas Tirith nem se tornado rivais em suas guerras.

"Mas estou divergindo. Nós, da casa de Denethor, conhecemos muito saber antigo graças à longa tradição, e ademais existem em nossos tesouros muitas coisas preservadas: livros e tabuletas escritos em pergaminhos murchos, sim, e em pedra, e em folhas de prata e de ouro, em diversos caracteres. Alguns já ninguém pode ler; e quanto ao resto, poucos chegam a decifrá-lo. Sei ler um pouco neles, pois tive ensinamento. Foram esses registros que trouxeram o Peregrino Cinzento até nós. Vi-o pela primeira vez quando era criança, e, desde então, ele veio duas ou três vezes."

"O Peregrino Cinzento?", indagou Frodo. "Ele tinha nome?"

"Mithrandir nós o chamávamos à moda dos Elfos," disse Faramir, "e ele se contentava. 'Muitos são meus nomes em muitos países', dizia ele. 'Mithrandir entre os Elfos, Tharkûn para os Anãos; Olórin eu fui na juventude, no Oeste que está esquecido, no Sul, Incánus, no Norte, Gandalf; ao Leste eu não vou.'"

"Gandalf!", disse Frodo. "Pensei que era ele. Gandalf, o Cinzento, mais caro dos conselheiros. Líder de nossa Comitiva. Foi perdido em Moria."

"Mithrandir foi perdido!", exclamou Faramir. "Uma má sina parece ter perseguido vossa sociedade. É deveras difícil crer que alguém com tanta sabedoria e com poder — pois fez muitas coisas maravilhosas entre nós — pudesse perecer e que tanto saber pudesse ser removido do mundo. Tens certeza disso e de que ele não vos abandonou simplesmente para partir aonde queria?"

"Ai de nós! Sim", lamentou Frodo. "Eu o vi cair no abismo."

"Vejo que há nisto alguma grande história de pavor", disse Faramir, "que talvez me possas contar à noitinha. Esse Mithrandir foi, creio agora, mais que um mestre do saber: um grande movimentador dos feitos que são realizados em nosso tempo. Estivesse ele entre nós para o consultarmos acerca das palavras duras de nosso sonho, ele poderia tê-las esclarecido para nós sem necessidade de mensageiro. Porém talvez não o tivesse feito, e a jornada de Boromir fosse destinada. Mithrandir jamais nos falou do que haveria de ser, nem revelou seus propósitos. Obteve permissão de Denethor, não sei como, para olhar os segredos de nosso tesouro, e aprendi alguma coisa com ele, quando ele se dispunha a ensinar (e era raramente). Sempre buscava e nos questionava, acima de tudo, acerca da Grande Batalha que foi travada em Dagorlad, nos começos de Gondor, quando Aquele que não mencionamos foi derrotado. E era ávido por histórias sobre Isildur, apesar de termos menos coisas para contar dele; pois entre nós jamais se soube algo de certo sobre seu fim."

Agora a voz de Faramir se reduziu a um cochicho. "Mas isto fiquei sabendo, ou adivinhei, e desde então sempre o mantive em segredo no coração: que Isildur tirou algo da mão do Inominado antes de partir de Gondor para nunca mais ser visto entre os homens mortais. Essa, pensei, era a resposta ao questionamento de Mithrandir. Mas parecia então um assunto que só dizia respeito aos que buscam antigos ensinamentos. Nem quando as palavras enigmáticas de nosso sonho foram debatidas entre nós, pensei na Ruína de Isildur como sendo esse mesmo objeto. Pois Isildur foi emboscado e morto por flechas-órquicas, de acordo com a única lenda que conhecíamos, e Mithrandir nunca me contara mais.

"O que esse Objeto é na verdade ainda não posso adivinhar; mas deve ser algum legado de poder e perigo. Uma arma cruel, quem sabe, inventada pelo Senhor Sombrio. Se fosse um objeto que dá vantagem na batalha, posso muito bem crer que Boromir, o altivo e destemido, muitas vezes temerário, sempre ansioso pela vitória de Minas Tirith (e sua própria glória nela), poderia desejar um tal objeto e ser seduzido por ele. Ai dele por ter ido nessa missão! Eu deveria ter sido escolhido por meu pai e pelos anciãos, mas ele se adiantou, já que era mais velho e mais intrépido (ambas as coisas são verdade), e não havia como detê-lo.

"Mas não temas mais! Eu não tomaria esse objeto nem que ele jazesse junto à estrada. Nem que Minas Tirith estivesse caindo em ruínas e somente eu a pudesse salvar, assim, usando a arma do Senhor Sombrio para seu bem e minha glória. Não, não desejo tais triunfos, Frodo, filho de Drogo."

"Nem o Conselho desejava", comentou Frodo. "Nem eu. Eu não queria ter nada a ver com tais assuntos."

"Quanto a mim," disse Faramir, "queria ver a Árvore Branca florir de novo nos pátios dos reis, e a Coroa de Prata retornar, e Minas Tirith em paz: outra vez Minas Anor como outrora, repleta de luz, alta e bela, linda como uma rainha entre outras rainhas; não uma senhora de muitos escravos, não, nem mesmo uma senhora bondosa de escravos voluntários. A guerra precisa existir enquanto defendemos nossas vidas contra um destruidor que devoraria a todos; mas não amo a espada brilhante por seu gume, nem a flecha por sua rapidez, nem o guerreiro por sua glória. Amo somente aquilo que eles defendem: a cidade dos Homens de Númenor; e queria que ela fosse amada por sua memória, sua antiguidade, sua beleza e sua sabedoria presente. Não temida, exceto do modo como os homens podem temer a dignidade de um homem velho e sábio.

"Portanto não me temas! Não te peço para me contares mais. Nem mesmo te peço para me contares se agora falo mais próximo do alvo. Mas se confiares em mim, talvez eu possa te aconselhar em tua presente demanda, qualquer que seja ela — sim, e até ajudar-te."

Frodo não deu resposta. Quase cedeu ao desejo de ajuda e conselho, de contar àquele grave jovem, cujas palavras pareciam tão sábias e justas, tudo o que tinha em mente. Mas algo o refreou. Seu coração pesava de medo e pena: se ele e Sam eram de fato, como parecia provável, tudo o que restava agora dos Nove Caminhantes, então ele era o único que dominava o segredo de sua missão. Melhor uma desconfiança imerecida que palavras temerárias. E a lembrança de Boromir, da pavorosa mudança que a atração do Anel produzira nele, estava muito presente em sua mente quando olhava para Faramir e ouvia sua voz: eram diferentes e, no entanto, também muito afins.

Seguiram caminhando em silêncio por algum tempo, passando como sombras cinzentas e verdes sob as velhas árvores, sem que os pés fizessem nenhum som; acima deles cantavam muitos pássaros, e o sol rebrilhava no teto polido de folhas escuras nos bosques perenes de Ithilien.

Sam não tomara parte na conversa, apesar de escutar; e ao mesmo tempo ele atentara, com seus ouvidos aguçados de hobbit, para todos os suaves ruídos da floresta em torno deles. Notara uma coisa: que em toda a conversa o nome de Gollum não surgira nem uma vez. Estava contente, apesar de sentir que era esperar demais que ele jamais o ouviria de novo.

Logo deu-se conta também de que, apesar de caminharem a sós, havia muitos homens nas redondezas: não apenas Damrod e Mablung, entrando e saindo depressa das sombras à frente, mas outros de ambos os lados, todos seguindo em segredo para algum lugar determinado.

Uma vez, olhando para trás de repente, como se alguma comichão na pele lhe revelasse que estava sendo observado pelas costas, pensou entrever um breve lampejo de um pequeno vulto escuro deslizando para trás de um tronco de árvore. Abriu a boca para falar e fechou-a outra vez. "Não tenho certeza", disse para si mesmo, "e por que eu deveria lembrá-los do velho vilão, se decidiram esquecê-lo? Gostaria que eu pudesse!"

Assim foram em frente até que a mata rareou e o terreno começou a decair mais íngreme. Então viraram-se outra vez para um lado, para a direita, e chegaram depressa a um riozinho em uma garganta estreita: era o mesmo riacho que gotejava, muito acima, saindo da lagoa redonda, e que agora crescera a uma torrente veloz, descendo aos saltos por cima de muitas pedras em um leito fundamente escavado, sombreado por ílex e buxos escuros. Olhando para o oeste podiam ver, abaixo deles em uma névoa de luz, terras baixas e largos prados, e, reluzindo na distância, ao sol poente, as amplas águas do Anduin.

"Aqui, lamento! Tenho de fazer-te uma descortesia", disse Faramir. "Espero que a perdoes a quem fez suas ordens cederem à cortesia, a ponto de não vos matar nem atar. Mas o comando é que nenhum estranho, nem mesmo alguém de Rohan que combate conosco, haja de ver com olhos abertos a trilha que agora tomamos. Tenho de vendar-vos."

"Como quiseres", disse Frodo. "Os próprios Elfos fazem isso quando necessário, e vendados atravessamos as divisas da bela Lothlórien. Gimli, o anão, levou isso a mal, mas os hobbits o suportaram."

"Não é a lugar tão belo que hei de vos conduzir", disse Faramir. "Mas estou contente de o aceitardes voluntariamente e não à força."

Deu um chamado baixinho, e de imediato Mablung e Damrod saíram das árvores e voltaram até ele. "Vendai estes visitantes", disse Faramir. "Com segurança, mas não de modo a lhes causar desconforto. Não amarrai suas mãos. Darão sua palavra de que não tentarão enxergar. Eu poderia confiar em que fechariam os olhos de vontade própria, mas os olhos piscam quando os pés tropeçam. Conduzi-os para que não titubeiem."

Com lenços verdes, os dois guardas vendaram então os olhos dos hobbits, e puxaram seus capuzes quase até a boca; depois, rapidamente, tomaram os dois pela mão e seguiram caminho. Tudo o que Frodo e Sam souberam da última milha de estrada foi inferido no escuro. Pouco tempo depois, perceberam que estavam em uma trilha que descia muito inclinada; logo ela se tornou tão estreita que andavam em fila única, roçando uma parede de pedra de cada lado; seus guardas os guiavam por trás com as mãos firmemente postas em seus ombros. Vez por outra topavam com trechos acidentados e eram erguidos no ar durante algum tempo e depois postos outra vez em pé. Havia sempre um ruído de água correndo do lado direito, e ele se tornava mais próximo e mais alto. Por fim foram detidos. Rapidamente Mablung e Damrod os giraram diversas vezes, e eles perderam todo o senso de direção. Subiram um pouco: parecia fazer frio, e o ruído do riacho se enfraquecera. Então foram apanhados e carregados para baixo, para baixo por muitos degraus, e deram a volta em um canto. De súbito voltaram a ouvir a água, agora barulhenta, correndo e borrifando. Parecia estar a toda a sua volta, e sentiram uma chuva fina nas mãos e nas faces. Finalmente foram postos de pé outra vez. Por um momento ficaram assim, meio temerosos, vendados, sem saber onde estavam; e ninguém falou.

Então veio a voz de Faramir logo atrás deles. "Deixai-os ver!", disse ele. Os lenços foram removidos, e os capuzes, puxados para trás, e eles piscaram e ofegaram.

Estavam em pé sobre um piso molhado de pedra polida, como se fosse o umbral de um portão de rocha grosseiramente talhado, abrindo-se escuro atrás deles. Mas na frente estava suspenso um fino véu de água, tão perto que Frodo poderia tê-lo atravessado com o braço estendido. Dava para o oeste. Os raios horizontais do sol poente, do outro lado, incidiam sobre ele, e a luz vermelha se partia em muitos raios rebrilhantes de cores que mudavam sempre. Era como se estivessem à janela de uma torre-élfica, cortinada com joias enfileiradas de prata e ouro, e rubi, safira e ametista, todas inflamadas por um fogo que não se consumia.

"Ao menos chegamos, por boa sorte, na hora certa para vos recompensar pela paciência", disse Faramir. "Esta é a Janela do Poente, Henneth Annûn, a mais bela de todas as cascatas de Ithilien, terra de muitas fontes. Poucos estranhos já a viram. Mas por trás não há um salão régio que combine com ela. Entrai agora e vede!"

Enquanto ele falava, o sol se pôs, e o fogo minguou na água corrente. Viraram-se e passaram por baixo do arco baixo e intimidante. Viram-se de súbito em um recinto de rocha, amplo e tosco, com um teto irregular e inclinado. Algumas tochas estavam acesas e lançavam uma luz indistinta nas paredes cintilantes. Já havia muitos homens ali. Outros ainda entravam, em grupos de dois e três, por uma porta escura e estreita a um lado. À medida que seus olhos se acostumavam com a escuridão, os hobbits viram que a caverna era maior do que supunham e estava repleta com grande estoque de armas e víveres.

"Bem, eis nosso refúgio", disse Faramir. "Não é um lugar de grande conforto, mas aqui podereis passar a noite em paz. É seco, pelo menos, e há comida, mas não há fogo. Antiga-mente a água fluía para baixo através desta caverna e saía pelo arco, mas seu curso foi alterado mais no alto da garganta pelos trabalhadores de outrora, e a correnteza foi desviada para uma cascata de altura dupla por cima das rochas bem lá no topo. Então todos os caminhos para esta gruta foram outra vez bloqueados à entrada da água ou de qualquer outra coisa, todos menos um. Agora só há dois caminhos de saída: pela passagem acolá, por onde entrastes vendados, e pela cortina-da-Janela, para uma concavidade funda repleta de facas de pedra. Agora descansai um pouco até que esteja preparada a refeição vespertina."

Os hobbits foram levados a um canto e receberam uma cama baixa para se deitarem se quisessem. Enquanto isso, os homens se ocupavam pela caverna, em silêncio e com presteza ordeira. Mesas leves foram tiradas das paredes, montadas em cavaletes e providas de utensílios. Estes eram simples e sem adornos, na maioria, mas todos bem-feitos e com graça: travessas redondas, tigelas e pratos de argila marrom glasurada ou madeira de buxo torneada, lisos e limpos. Aqui e ali havia uma taça ou bacia de bronze polido; e um cálice de prata lisa foi posto junto ao assento do Capitão, no meio da mesa mais interna.

Faramir circulava entre os homens, questionando cada um à medida que este entrava, em voz baixa. Alguns voltavam da perseguição dos Sulistas; outros, deixados para trás como batedores junto à estrada, chegaram por último. Todos os Sulistas haviam sido localizados, exceto o grande mûmak: ninguém sabia dizer o que fora feito dele. Nenhum movimento do inimigo podia ser visto; não havia nem mesmo um espião-órquico nas redondezas.

"Nada viste nem ouviste, Anborn?", perguntou Faramir ao último a chegar.

"Bem, não, senhor", disse o homem. "Pelo menos nenhum Orque. Mas vi, ou pensei ter visto, algo um tanto estranho. O crepúsculo estava ficando mais intenso, quando os olhos tornam as coisas maiores do que deveriam ser. Então quem sabe não fosse mais do que um esquilo." Sam apurou os ouvidos ao ouvir isso. "Mas se era assim, era um esquilo preto, e não vi cauda. Era como uma sombra no chão, e sumiu depressa atrás de um tronco de árvore quando me aproximei, e subiu tão depressa como um esquilo poderia subir. Não queres que matemos animais selvagens sem motivo, e parecia não ser mais do que isso, portanto não tentei flechá-lo. De qualquer modo, estava demasiado escuro para um tiro certeiro, e a criatura se foi para a sombra das folhas em um piscar de olhos. Mas fiquei um pouco mais, pois parecia estranha, e depois voltei às pressas. Pensei ouvir o ser chiar para mim lá do alto, quando dei as costas. Um esquilo grande, quem sabe. Talvez sob a sombra do Inominado alguns dos animais de Trevamata estejam vagando aqui para nossas florestas. Dizem que lá há esquilos negros."

"Talvez", disse Faramir. "Mas esse seria um mau agouro se fosse verdade. Não queremos os fugitivos de Trevamata em Ithilien." Sam imaginou que ele havia lançado um rápido olhar aos hobbits enquanto falava; mas Sam nada disse. Por algum tempo, ele e Frodo se recostaram e observaram a luz das tochas e os homens movendo-se para lá e para cá, falando em vozes abafadas. Então repentinamente Frodo pegou no sono.

Sam lutou consigo mesmo, argumentando pró e contra. "Ele pode ser boa gente," pensou, "ou pode não ser. Uma bela fala pode esconder um coração desonesto." Bocejou. "Eu poderia dormir por uma semana e me faria bem. E o que posso fazer se me mantiver acordado, eu sozinho, com todos esses Homens grandes em volta? Nada, Sam Gamgi; mas você tem que ficar acordado assim mesmo." E de algum modo ele conseguiu. A luz minguou na porta da caverna, e o véu cinzento da água caindo apagou-se e se perdeu na sombra crescente. O som da água continuava sempre, sem jamais mudar de nota, de manhã, de tarde ou de noite. Murmurava e sussurrava sobre sono. Sam enfiou os nós dos dedos nos olhos.

Agora mais tochas estavam sendo acesas. Foi sangrado um tonel de vinho. Barris de armazenagem estavam sendo abertos. Os homens buscavam água na cascata. Alguns enxaguavam as mãos em bacias. Trouxeram a Faramir uma tigela larga de cobre e um pano branco, e ele se lavou.

"Despertai nossos hóspedes", disse ele, "e levai-lhes água. É hora de comer."

Frodo sentou-se, bocejou e espreguiçou-se. Sam, desacostumado de ser servido, olhou um tanto surpreso para o homem alto que se inclinou, segurando diante dele uma bacia de água.

"Põe-na no chão, mestre, por favor!", pediu ele. "Mais fácil para mim e para ti." Então, para espanto e diversão dos Homens, mergulhou a cabeça na água fria e borrifou o pescoço e as orelhas.

"É costume em tua terra lavar a cabeça antes do jantar?", indagou o homem que servia os hobbits.

"Não antes do desjejum", disse Sam. "Mas se estás curto de sono, a água fria no pescoço é como chuva em uma alface murcha. Aí está! Agora posso me manter acordado o bastante para comer um pouco."

Então foram levados a assentos ao lado de Faramir: barris cobertos de peles, altos o bastante acima dos bancos dos homens, para sua conveniência. Antes de comer, Faramir e todos os seus homens viraram-se com os rostos para o oeste em um momento de silêncio. Faramir fez sinal a Frodo e Sam para que fizessem o mesmo.

"Assim fazemos sempre", comentou ele quando se sentaram; "olhamos para Númenor que foi, e além, para Casadelfos que é, e para o que está além de Casadelfos e estará sempre. Não tendes um tal costume às refeições?"

"Não", respondeu Frodo, sentindo-se estranhamente rústico e inculto. "Mas quando somos hóspedes inclinamo-nos ao nosso anfitrião e depois de comer nos levantamos e agradecemos a ele."

"Isso também fazemos", disse Faramir.

Após tão longas viagens, acampamentos e dias passados no ermo solitário, a refeição vespertina pareceu um banquete aos hobbits: beber vinho de um amarelo pálido, fresco e perfumado, e comer pão e manteiga, carnes salgadas, frutas secas e bom queijo vermelho, com mãos limpas e facas e pratos limpos. Nem Frodo nem Sam recusaram qualquer coisa que fosse oferecida, nem uma segunda, na verdade nem uma terceira porção. O vinho lhes corria nas veias e nos membros cansados, e sentiam-se contentes e de coração leve como não se haviam sentido desde que deixaram a terra de Lórien.

Quando estava tudo concluído, Faramir os levou a uma reentrância no fundo da caverna, parcialmente encoberta por cortinas; e foram levadas para lá uma cadeira e duas banquetas. Uma pequena lâmpada de argila queimava em um nicho.

"Podeis desejar dormir logo," disse ele, "especialmente o bom Samwise, que não quis fechar os olhos antes de dormir — fosse por medo de embotar o gume de uma nobre fome, fosse por medo de mim, não sei. Mas não é bom dormir logo após a refeição, ainda mais depois de um jejum. Conversemos um pouco. Em vossa jornada desde Valfenda devem ter ocorrido muitas coisas para serem contadas. E quem sabe também vós desejeis saber algo sobre nós e as terras onde estais agora. Contai-me de meu irmão Boromir, e do velho Mithrandir, e do belo povo de Lothlórien."

Frodo não se sentia mais sonolento e estava disposto a conversar. Mas, apesar de a comida e o vinho o terem posto à vontade, ele não perdera toda a cautela. Sam estava radiante, cantarolando para si mesmo, mas quando Frodo falou, ele de início se contentou em escutar, arriscando de vez em quando uma exclamação de concordância.

Frodo contou muitas histórias, porém sempre desviava o assunto da demanda da Comitiva e do Anel, preferindo aumentar o valente papel que Boromir desempenhara em todas as suas aventuras, com os lobos no ermo, nas neves abaixo de Caradhras, e nas minas de Moria onde Gandalf tombara. Faramir emocionou-se mais com a história do combate na ponte.

"Deve ter incomodado a Boromir correr dos Orques," disse ele, "ou mesmo do ser cruel que mencionas, o Balrog — apesar de ser ele o último a partir."

"Foi o último," assentiu Frodo, "mas Aragorn estava obrigado a nos liderar. Só ele conhecia o caminho após a queda de Gandalf. Mas se não estivéssemos ali nós, gente menor, para sermos cuidados, não creio que ele ou Boromir teriam fugido."

"Quem sabe fosse melhor se Boromir tombasse ali com Mithrandir", disse Faramir, "e não seguisse ao destino que aguardava acima das cataratas de Rauros."

"Quem sabe. Mas conta-me agora de tua própria sorte", disse Frodo, desviando o assunto mais uma vez. "Pois quero saber mais de Minas Ithil e Osgiliath, e de Minas Tirith, a persistente. Que esperança tendes para essa cidade em vossa longa guerra?"

"Que esperança temos?", perguntou Faramir. "Faz muito tempo que não temos esperança. A espada de Elendil, se retornar deveras, poderá reacendê-la, mas não creio que fará mais do que adiar o dia mau, a não ser que venha também outro auxílio inesperado, dos Elfos ou dos Homens. Pois o Inimigo cresce, e nós decrescemos. Somos um povo fracassado, um outono sem primavera.

"Os Homens de Númenor estabeleceram-se em toda a parte nas praias e regiões costeiras das Grandes Terras, mas em sua maioria caíram em males e loucuras. Muitos se enamoraram da Escuridão e das artes negras; alguns se entregaram por completo ao ócio e à comodidade, e alguns lutaram entre si até que, em sua fraqueza, foram conquistados pelos homens selvagens.

"Não se diz que alguma vez as artes malignas foram praticadas em Gondor, ou que o Inominável alguma vez foi mencionado ali com honra; e a antiga sabedoria e beleza trazidas do Oeste permaneceram por muito tempo no reino dos filhos de Elendil, o Belo, e ali perduram ainda. Mas mesmo assim foi Gondor que provocou sua própria decadência, caindo gradativamente na senilidade e pensando que o Inimigo estava adormecido, ele que fora apenas banido, e não destruído.

"A morte estava sempre presente, visto que os Númenóreanos ainda, como no antigo reino, e por isso o perderam, ansiavam pela vida infinda e imutável. Os reis faziam tumbas mais esplêndidas que as casas dos vivos e consideravam os antigos nomes nos rolos de sua ascendência mais caros que os nomes dos filhos. Senhores sem descendentes sentavam-se em velhos paços meditando na heráldica; em câmaras secretas, homens murchos compunham potentes elixires, ou em altas torres faziam perguntas às estrelas. E o último rei da linhagem de Anárion não teve herdeiro.

"Mas os regentes foram mais sábios e mais afortunados. Mais sábios, pois recrutaram a força de nosso povo na gente vigorosa da costa marinha e nos resistentes montanheses das Ered Nimrais. E fizeram trégua com os altivos povos do Norte, que frequentemente nos haviam assaltado, homens de feroz valentia, mas nossos parentes longínquos, ao contrário dos selvagens Lestenses ou dos cruéis Haradrim.

"Assim ocorreu nos dias de Cirion, o Décimo Segundo Regente (e meu pai é o sexto e vigésimo), que eles cavalgaram em nosso auxílio e, no grande Campo de Celebrant, destruíram nossos inimigos que haviam tomado nossas províncias setentrionais. Esses são os Rohirrim, como os chamamos, mestres-de-cavalos, e lhes cedemos os campos de Calenardhon, que desde então se chamam Rohan; pois aquela província há muito tempo estivera esparsamente povoada. E tornaram-se nossos aliados e sempre demonstraram ser-nos fiéis, ajudando-nos quando preciso e vigiando nossas fronteiras do norte e o Desfiladeiro de Rohan.

"De nosso saber e costumes aprenderam o que quiseram, e seus senhores falam nossa língua quando necessário; porém, em sua maioria, seguem os modos de seus próprios pais e suas próprias lembranças, e falam entre si sua própria língua do Norte. E nós os amamos: homens altos e mulheres belas, todos igualmente valentes, de cabelos dourados, olhos vivazes e fortes; recordam-nos da juventude dos Homens, assim como eram nos Dias Antigos. Deveras dizem nossos mestres-do-saber que desde outrora têm essa afinidade conosco por virem das mesmas Três Casas dos Homens, como os Númenóreanos no começo; não talvez de Hador, o de Cabelos Dourados, Amigo-dos-Elfos, mas daqueles de seu povo que não atravessaram o Mar rumo ao Oeste, recusando o chamado.

"Pois assim consideramos os Homens em nosso saber, chamando-os de Altos, ou Homens do Oeste, que eram os Númenóreanos; e os Povos Médios, Homens do Crepúsculo, como são os Rohirrim e seus parentes que ainda habitam longe no Norte; e os Selvagens, os Homens da Escuridão.

"Porém agora, se os Rohirrim se tornaram mais parecidos conosco de algumas maneiras, com incremento das artes e da cortesia, também nós nos assemelhamos mais a eles e mal podemos mais reclamar o título de Altos. Tornamo-nos Homens Médios, do Crepúsculo, mas com lembranças de outras coisas. Pois, assim como os Rohirrim, agora amamos a guerra e a valentia como coisas boas em si, ao mesmo tempo entretenimento e fim; e, apesar de ainda afirmarmos que o guerreiro deve ter mais habilidade e conhecimento que o mero ofício das armas e da matança, ainda assim estimamos o guerreiro acima dos homens de outros ofícios. Tal é a necessidade de nossos dias. Era bem assim meu irmão Boromir: um homem de proezas, e por isso era considerado o melhor homem de Gondor. E era deveras muito valoroso: por longos anos nenhum herdeiro de Minas Tirith foi tão intrépido na faina, tão adiantado na batalha, nem tocou uma nota mais possante na Grande Trompa." Faramir suspirou e silenciou por alguns instantes.

"Não dizes muita coisa sobre os Elfos em todas as tuas histórias, senhor", disse Sam, reunindo súbita coragem. Ele notara que Faramir parecia referir-se aos Elfos com reverência, e isso, ainda mais que sua cortesia, sua comida e seu vinho, ganhara o respeito de Sam e acalmara suas suspeitas.

"Não deveras, Mestre Samwise," disse Faramir, "pois não sou versado no saber dos Elfos. Mas aí tocas em outro ponto no qual mudamos, declinando de Númenor para a Terra-média. Pois, como podeis saber, se Mithrandir foi vosso companheiro e falastes com Elrond, os Edain, os Pais dos Númenóreanos, combateram ao lado dos Elfos nas primeiras guerras e foram recompensados com a dádiva do reino em meio ao Mar, à vista de Casadelfos. Mas na Terra-média os Homens e os Elfos separaram-se nos dias de escuridão pelas artes do Inimigo e pelas lentas mudanças do tempo em que cada espécie caminhou mais longe em sua estrada dividida. Agora os Homens temem os Elfos e duvidam deles e, no entanto, pouco sabem sobre eles. E nós de Gondor nos tornamos como os demais Homens, como os homens de Rohan; pois até eles, que são adversários do Senhor Sombrio, evitam os Elfos e falam com temor da Floresta Dourada.

"Porém ainda há alguns entre nós que negociam com os Elfos quando podem, e vez por outra alguém vai secretamente para Lórien e raramente volta. Não eu. Pois agora considero perigoso que um homem mortal vá voluntariamente em busca do Povo Antigo. Ainda assim invejo-vos, que falastes com a Senhora Branca."

"A Senhora de Lórien! Galadriel!", exclamou Sam. "Devias vê-la, devias mesmo, senhor. Eu sou apenas um hobbit, e a jardinagem é meu serviço em casa, senhor, se me entendes, e não sou muito bom em poesia — não em compor: um pouco de rimas cômicas, talvez, vez por outra, sabes, mas não poesia de verdade —, portanto não posso te dizer o que pretendo. Isso devia ser cantado. Terias de ter Passolargo, quer dizer, Aragorn, ou o velho Sr. Bilbo para isso. Mas gostaria de ser capaz de fazer uma canção sobre ela. É bela, senhor! Linda! Às vezes como uma grande árvore em flor, às vezes como um narciso branco, assim pequena e esbelta. Dura como diamantes, suave como o luar. Morna como a luz da sol, fria como a geada nas estrelas. Altiva e distante como uma montanha de neve, e tão alegre como qualquer garota que já vi com margaridas no cabelo na primavera. Mas isso é um montão de bobagens e todo longe do alvo."

"Então ela deve ser deveras linda", respondeu Faramir. "Perigosamente bela."

"Não sei sobre *perigosa*", disse Sam. "Tenho a impressão de que as pessoas levam seu perigo consigo para dentro de Lórien e encontram ele lá porque o trouxeram. Mas quem sabe pudesses chamá-la de perigosa, porque é tão forte em si mesma. Tu, tu poderias despedaçar-te nela, como um navio numa rocha; ou afogar-te, como um hobbit num rio. Mas nem a rocha nem o rio teriam culpa. Ora, Boro..." Deteve-se e enrubesceu.

"Sim? 'Ora, Boromir' tu ias dizendo?", disse Faramir. "O que ias dizendo? Ele levou seu perigo consigo?"

"Sim senhor, com teu perdão, e era um excelente homem teu irmão, se posso dizer assim. Mas o tempo todo estiveste farejando isso. Ora, eu observei Boromir e escutei ele, desde Valfenda por toda a estrada — cuidando de meu patrão, vais compreender, e sem querer mal a Boromir —, e é minha opinião que foi em Lórien que ele viu com clareza, pela primeira vez, o que eu adivinhei antes: o que ele queria. Desde o momento em que o viu pela primeira vez ele queria o Anel do Inimigo!"

"Sam!", exclamou Frodo, horrorizado. Passara algum tempo imerso em seus próprios pensamentos e emergiu deles de repente e tarde demais.

"Salve-me!", disse Sam empalidecendo e depois ficando rubro. "Lá vou eu de novo! 'Sempre que abre sua boca grande sai alguma bobagem', o Feitor costumava me dizer, e tinha toda a razão. Valha-me, valha-me!

"Agora olha aqui, senhor!" Virou-se, encarando Faramir com toda a coragem que conseguiu reunir. "Não vás tirar vantagem de meu patrão porque seu empregado não é mais que um tolo. Conversaste muito bonito o tempo todo, me pondo desprevenido, falando de Elfos e tudo o mais. Mas 'é bonito quem faz bonito', dizemos nós. Esta é uma chance para mostrares tuas qualidades."

"Assim parece", disse Faramir, devagar e muito baixo, com um estranho sorriso. "Então essa é a resposta de todos os enigmas! O Um Anel que se pensava ter desaparecido do mundo. E Boromir tentou tomá-lo à força? E vós escapastes? E correstes o caminho todo — até mim! E aqui, no ermo, eu vos tenho: dois pequenos e uma hoste de homens à minha disposição; e o Anel dos Anéis. Um belo golpe de sorte! Uma oportunidade para Faramir, Capitão de Gondor, mostrar suas qualidades! Ah!" Pôs-se de pé, muito alto e severo, com os olhos cinzentos brilhando.

Frodo e Sam saltaram das banquetas e se postaram lado a lado, de costas para a parede, apalpando para achar os punhos das espadas. Houve um silêncio. Todos os homens na caverna pararam de falar e olharam para eles, admirados. Mas Faramir sentou-se de novo na cadeira e começou a rir baixinho e depois, de súbito, tornou-se grave outra vez.

"Ai de Boromir! Foi uma provação dura demais!", disse ele. "Como aumentastes meu pesar, estranhos vagantes de um país longínquo, carregando o perigo dos Homens! Mas sois piores juízes dos Homens do que eu dos Pequenos. Somos falantes da verdade, nós, homens de Gondor. Raramente nos vangloriamos, e depois realizamos ou morremos tentando. 'Não o tomaria nem que o encontrasse na estrada', eu disse. Mesmo que eu fosse homem de desejar tal objeto, e mesmo que não soubesse claramente o que o objeto era quando falei, ainda assim tomaria essas palavras como juramento e me ateria a elas.

"Mas não sou um homem assim. Ou sou sábio o bastante para saber que há alguns perigos dos quais o homem deve fugir. Sentai-vos em paz! E consola-te, Samwise. Se pareces ter tropeçado, pensa que assim estava destinado. Teu coração é sagaz, e também fiel, e viu mais claramente que teus olhos. Pois, por estranho que pareça, foi seguro declarar isso a mim.

Poderá até ajudar o patrão que amas. Há de ser para seu bem, se estiver em meu poder. Portanto, consola-te. Mas nem voltes a mencionar esse objeto em voz alta. Uma vez basta."

Os hobbits voltaram aos assentos e ficaram bem imóveis. Os homens voltaram às suas bebidas e às suas conversas, percebendo que o capitão fizera alguma brincadeira com os pequenos hóspedes, e que ela terminara.

"Bem, Frodo, agora finalmente nos compreendemos", continuou Faramir. "Se assumiste esse objeto sem o desejares, a pedido de outros, então tens de mim compaixão e honra. E admiro-me de ti: mantê-lo oculto e não usá-lo. Sois para mim uma nova gente e um novo mundo. Todos os vossos parentes são do mesmo tipo? Vossa terra deve ser um reino de paz e contentamento, e ali os jardineiros devem ser altamente honrados."

"Nem tudo está bem por lá," respondeu Frodo, "mas com certeza os jardineiros são honrados."

"Mas as pessoas devem cansar-se lá, mesmo em seus jardins, como todas as coisas sob o Sol deste mundo. E estais longe de casa e exaustos do caminho. Nada mais esta noite. Dormi, vós dois — em paz, se puderdes. Não temais! Não desejo vê-lo, nem tocá-lo, nem saber dele mais do que sei (que é o bastante), temendo que por acaso o perigo me atocaie e eu caia mais baixo na prova que Frodo, filho de Drogo. Agora ide descansar — mas primeiro dizei-me apenas, se quiserdes, aonde desejais ir e fazer o quê. Pois preciso vigiar, e esperar, e pensar. O tempo passa. Pela manhã cada um de nós deve partir depressa nos caminhos que nos são destinados."

Frodo sentira-se trêmulo quando passara o primeiro choque de medo. Agora um grande cansaço desceu sobre ele como uma nuvem. Não podia mais disfarçar e resistir.

"Estava tentando achar um caminho para entrar em Mordor", disse ele fracamente. "Estava indo para Gorgoroth. Preciso achar a Montanha de Fogo e lançar o objeto no abismo da Perdição. Gandalf assim mandou. Não acho que jamais chegarei lá."

Faramir fitou-o por um momento com grave admiração. Então, de repente, apanhou-o quando titubeou e, erguendo-o com cuidado, levou-o até a cama e lá o depositou e o aqueceu com a coberta. Imediatamente ele caiu em sono profundo.

Outra cama estava preparada junto dele para seu empregado. Sam hesitou por um momento, e então, fazendo uma profunda mesura: "Boa noite, Capitão, meu senhor", disse ele. "Tu arriscaste, senhor."

"Arrisquei?", disse Faramir.

"Sim, senhor, e mostraste tuas qualidades: as mais elevadas."

Faramir sorriu. "Um empregado atrevido, Mestre Samwise. Mas não: o louvor dos louváveis está acima de toda recompensa. Porém não havia nisto nada para ser louvado. Não tive fascínio nem desejo de fazer diferente do que fiz."

"Ah, bem, senhor," respondeu Sam, "disseste que meu patrão tinha um ar élfico; e isso foi bom e verdadeiro. Mas posso dizer isto: tu também tens um ar, senhor, que me faz lembrar de, de — bem, Gandalf, de magos."

"Talvez", disse Faramir. "Talvez percebas de longe o ar de Númenor. Boa noite!"

6

A Lagoa Proibida

Frodo despertou percebendo Faramir inclinado sobre ele. Por um segundo os velhos medos se apossaram dele, e ele sentou-se e se encolheu.

"Não há nada a temer", disse Faramir.

"Já é manhã?", indagou Frodo, bocejando.

"Ainda não, mas a noite está terminando, e a lua cheia está se pondo. Virás vê-la? Também há um assunto sobre o qual desejo teu conselho. Lamento despertar-te do sono, mas virás?"

"Irei", disse Frodo, levantando-se com um leve calafrio, deixando o cobertor e as peles quentes. Parecia fazer frio na caverna sem fogueira. O ruído da água soava alto na quietude. Vestiu a capa e seguiu Faramir.

Sam, acordando de repente graças a algum instinto de vigilância, viu primeiro a cama vazia do patrão e pôs-se de pé com um salto. Depois viu dois vultos escuros, de Frodo e um homem, destacados diante do arco, que já se enchia de uma pálida luz branca. Correu ao encontro deles, passando por fileiras de homens adormecidos em colchões ao longo da parede. Cruzando a boca da caverna, viu que a Cortina já se transformara em um véu ofuscante de seda e pérolas e fios de prata: sincelos de luar derretendo. Mas não parou para admirá-la e, desviando-se, seguiu o patrão através da porta estreita na parede da caverna.

Primeiro atravessaram uma passagem negra, depois subiram por muitos degraus úmidos, e por fim chegaram a um pequeno patamar plano, talhado na pedra e iluminado pelo céu pálido, que cintilava bem do alto por meio de um poço longo e profundo. Dali saíam dois lances de escada: um prosseguindo, ao que parecia, até a alta margem do riacho; o outro desviando-se para a esquerda. Seguiram este último. Ele subia dando voltas, como uma escada de torreão.

Por fim emergiram da treva rochosa e olharam em volta. Estavam sobre uma rocha larga e plana, sem amurada nem parapeito. À direita, na direção leste, a torrente caía derramando-se por muitos terraços, e depois, vazando por um declive íngreme, enchia um canal talhado e liso com uma força obscura de água manchada de espuma e, fazendo redemoinhos e correndo com ímpeto quase aos pés deles, precipitava-se de repente pela beira que se escancarava do lado esquerdo. Ali estava parado um homem, perto da borda, em silêncio, olhando para baixo.

Frodo virou-se para observar os lustrosos feixes da água, que faziam curvas e mergulhavam. Depois ergueu os olhos e fitou a distância. O mundo estava silencioso e frio, como se o amanhecer se aproximasse. Bem longe, no Oeste, a lua cheia descia, redonda e branca. Névoas pálidas reluziam no grande vale lá embaixo: um amplo abismo de vapor prateado sob o qual rolavam as frias águas noturnas do Anduin. Uma escuridão negra estendia-se mais além, e nela rebrilhavam, aqui e ali, frios, agudos, remotos, brancos como dentes de fantasmas, os picos das Ered Nimrais, as Montanhas Brancas do reino de Gondor, encimadas por neve eterna.

Por alguns instantes, Frodo ficou parado ali, na alta rocha, e um arrepio percorreu-lhe o corpo, perguntando-se se em algum lugar da vastidão das terras noturnas seus antigos companheiros caminhavam ou dormiam, ou jaziam mortos envoltos em neblina. Por que o levavam para ali, tirando-o do sono do olvido?

Sam estava ávido por uma resposta à mesma pergunta e não conseguiu refrear um murmúrio, só para o ouvido do patrão, ao pensar: "É uma bela vista, sem dúvida, Sr. Frodo, mas gela o coração, sem falar nos ossos! O que está acontecendo?"

Faramir ouviu e respondeu. "Pôr da lua sobre Gondor. O belo Ithil, partindo da Terra-média, olha de relance os cachos brancos do velho Mindolluin. Vale alguns calafrios. Mas não foi para ver isso que vos trouxe — porém quanto a ti, Samwise, não foste trazido e somente pagas a penalidade de tua vigilância. Um gole de vinho há de corrigir isso. Vinde, olhai agora!"

Deu um passo para ficar ao lado da sentinela silenciosa na beira escura, e Frodo o seguiu. Sam ficou para trás. Já se sentia inseguro o bastante naquela plataforma alta e úmida. Faramir e Frodo olharam para baixo. Muito embaixo deles, viram as águas brancas que se derramavam em um bojo espumante e depois rodopiavam, escuras, em torno de uma bacia funda e oval nas rochas, até encontrarem novamente o caminho de saída através de uma estreita abertura e correrem para longe, soltando vapores e trepidando, para um trecho mais calmo e plano. O luar ainda descia em ângulo até o sopé da cascata e reluzia nas ondulações da bacia. Logo Frodo deu-se conta de um pequeno objeto escuro na margem próxima, mas no momento em que o olhou ele mergulhou e sumiu logo além da fervura e das borbulhas da cascata, fendendo a água negra com a precisão de uma flecha ou de uma pedra lançada de beira.

Faramir voltou-se para o homem a seu lado. "Agora, o que dirias que é isso, Anborn? Um esquilo ou um martim-pescador? Há martins-pescadores negros nas lagoas noturnas de Trevamata?"

"Não é ave, seja lá o que for", respondeu Anborn. "Tem quatro pernas e mergulha como homem; também demonstra um belo domínio da arte. O que está fazendo? Buscando um caminho para subir por trás da Cortina até nosso esconderijo? Parece que finalmente fomos descobertos. Tenho aqui meu arco e postei outros arqueiros, com mira quase tão boa quanto a minha, em ambas as margens. Só esperamos teu comando para atirarmos, Capitão."

"Vamos atirar?", perguntou Faramir, virando-se depressa para Frodo.

Por um momento Frodo não deu resposta. "Não!", disse ele depois. "Não! Peço que não atireis." Se Sam se atrevesse, teria dito "sim" mais depressa e mais alto. Não podia ver, mas adivinhava muito bem, pelas palavras deles, o que estavam observando.

"Sabes então o que é esse ser?", disse Faramir. "Vamos, agora que o viste, conta-me por que deveria ser poupado. Em toda a nossa conversa nem uma vez falaste de teu companheiro vagante, e eu o deixei estar por ora. Podia esperar até ser apanhado e trazido à minha presença. Mandei que meus caçadores mais alertas o buscassem, mas ele lhes escapou, e eles não o avistaram até agora, exceto por Anborn aqui, uma vez ontem à tarde, ao anoitecer. Mas agora cometeu uma invasão pior do que apenas pegar coelhos nas terras altas: ousou vir a Henneth Annûn, e sua vida está condenada. Espanto-me com a criatura: tão secreto e tão matreiro, e vem brincar na lagoa diante de nossa própria janela. Ele pensa que os homens dormem a noite toda sem vigia? Por que faz isso?"

"Há duas respostas, creio", começou Frodo. "Por um lado, ele pouco sabe sobre os Homens, e, apesar de ele ser matreiro, o vosso refúgio está tão oculto que ele talvez não saiba que há Homens escondidos aqui. Por outro lado, creio que foi atraído aqui por um desejo dominante, mais forte que sua cautela."

"Foi atraído para cá, tu dizes?", disse Faramir em voz baixa. "Pode ser, então, que ele sabe de teu fardo?"

"Sim, deveras. Ele mesmo o carregou por muitos anos."

"*Ele* o carregou?", indagou Faramir, com a respiração entrecortada, espantado. "Esse assunto vai se envolvendo em novos enigmas. Então ele o está perseguindo?"

"Talvez. É precioso para ele. Mas não falei disso."

"O que a criatura busca então?"

"Peixe", disse Frodo. "Olha!"

Espiaram a lagoa escura lá embaixo. Uma cabecinha negra apareceu na extremidade oposta da bacia, logo no exterior da profunda sombra das rochas. Houve um breve lampejo prateado e um rodopio de diminutas ondulações. Nadou para um lado, e então, com espantosa agilidade, um vulto semelhante a um sapo saiu da água e subiu pela margem. Sentou-se de pronto e começou a roer o pequeno objeto prateado que rebrilhava ao virá-lo: os últimos raios da lua caíam agora além do muro de pedra na extremidade da lagoa.

Faramir riu baixinho. "Peixe!", disse ele. "É uma fome menos perigosa. Ou talvez não: peixes da lagoa de Henneth Annûn podem lhe custar tudo o que ele tem para dar."

"Agora eu o tenho na mira da flecha", disse Anborn. "Não devo atirar, Capitão? Pela vinda a este lugar sem ser convidado, nossa lei é a morte."

"Espera, Anborn", disse Faramir. "Este assunto é mais difícil do que parece. O que tens a dizer agora, Frodo? Por que devemos poupá-lo?"

"A criatura está infeliz e faminta", disse Frodo, "e não tem consciência do perigo. E Gandalf, o seu Mithrandir, pedir-te-ia que não o matasses por esse motivo e por outros. Proibiu os Elfos de fazê-lo. Não sei claramente por que, e do que suponho não posso falar abertamente aqui. Mas essa criatura está ligada de algum modo à minha missão. Antes que nos encontrasses e levasses, ele foi meu guia."

"Teu guia!", exclamou Faramir. "O assunto torna-se cada vez mais estranho. Eu faria muita coisa por ti, Frodo, mas não posso conceder isto: deixar este vagante matreiro sair daqui por vontade própria para se juntar a ti mais tarde, se assim quiser, ou ser apanhado por orques e contar tudo o que sabe sob ameaça de dor. Ele tem de ser morto ou apanhado. Morto, se não for apanhado muito depressa. Mas como esse ser escorregadio de muitas aparências pode ser apanhado, exceto por uma flecha empenada?"

"Deixa-me descer até ele em silêncio", disse Frodo. "Podeis manter os arcos envergados, e atirai em mim pelo menos, se eu fracassar. Não hei de fugir."

"Vai então e sê rápido!", disse Faramir. "Se ele escapar vivo, deveria ser teu serviçal fiel pelo resto dos seus dias infelizes. Leva Frodo ribanceira abaixo, Anborn, e vai devagar. Esse ser tem nariz e ouvidos. Dá-me teu arco."

Anborn grunhiu e guiou Frodo, descendo pela escada que dava voltas, até o patamar e depois subindo pela outra escada, até que por fim chegaram a uma abertura estreita encoberta por arbustos espessos. Atravessando-a em silêncio, Frodo viu-se no topo da margem sul, acima da lagoa. Já estava escuro, e a cascata era pálida e cinzenta, refletindo apenas o luar que restava no firmamento ocidental. Não conseguia ver Gollum. Avançou um pouco, e Anborn veio devagar atrás dele.

"Vai!", sussurrou ele no ouvido de Frodo. "Presta atenção à tua direita. Se caíres na lagoa ninguém poderá te ajudar a não ser teu amigo pescador. E não esqueças que há arqueiros por perto, por muito que não possas vê-los."

Frodo insinuou-se adiante, usando as mãos à maneira de Gollum para tatear o caminho e se firmar. A maior parte das rochas era plana e lisa, mas escorregadia. Parou escutando. De início não pôde ouvir nenhum som, exceto o incessante ímpeto da cascata atrás dele. Então, em seguida, ouviu pouco à frente um murmúrio chiante.

"Peixxe, belo peixxe. Cara Branca sumiu, meu precioso, finalmente, sim. Agora nós pode comer peixe em paz. Não, não em paz, precioso. Porque o Precioso está perdido; sim, perdido. Hobbits imundos, hobbits nojentos. Foram embora e nos deixaram, *gollum*; e o Precioso se foi. Só o pobre Sméagol bem sozinho. Sem Precioso. Homens nojentos, eles vão pegar ele, roubar meu Precioso. Ladrões. Nós odeia eles. Peixxe, belo peixxe. Nos deixa forte. Deixa olhos brilhantes, dedos firmes, sim. Esgana eles, precioso. Esgana eles todos, sim, se nós tiver chances. Belo peixxe. Belo peixxe!"

Assim continuou, quase tão incessante quanto a cascata, só interrompido por um fraco ruído de baba e gorgolejo. Frodo teve um calafrio, escutando com pena e repugnância. Queria que aquilo parasse e que ele nunca precisasse ouvir aquela voz outra vez. Anborn estava a pouca distância atrás dele. Podia arrastar-se de volta e lhe pedir que mandasse os caçadores atirarem. Provavelmente se aproximariam o suficiente enquanto Gollum se empanturrava e estava de guarda baixa. Só um tiro certeiro e Frodo estaria livre da voz desgraçada para sempre. Mas não, Gollum agora tinha um direito sobre ele. O serviçal tem um direito sobre o mestre pelo serviço, até mesmo serviço por medo. Teriam soçobrado nos Pântanos Mortos não fosse por Gollum. Frodo também sabia bem claramente, de certo modo, que Gandalf não desejaria aquilo.

"Sméagol!", disse ele baixinho.

"Peixxe, belo peixxe", respondeu a voz.

"Sméagol!", repetiu ele, um pouco mais alto. A voz silenciou.

"Sméagol, o Mestre veio procurá-lo. O Mestre está aqui. Venha, Sméagol!" Não houve resposta, exceto um chiado baixo, como de alguém inspirando.

"Venha, Sméagol!", disse Frodo. "Estamos em perigo. Os homens vão matá-lo se o encontrarem aqui. Venha depressa se quiser escapar da morte. Venha com o Mestre!"

"Não!", respondeu a voz. "Mestre não é bonzinho. Deixa pobre Sméagol e vai com novos amigos. Mestre pode esperar. Sméagol não terminou."

"Não há tempo", insistiu Frodo. "Traga o peixe com você. Venha!"

"Não! Precisa terminar peixe."

"Sméagol!", exclamou Frodo, desesperado. "O Precioso vai ficar irritado. Hei de pegar o Precioso e hei de dizer: faça com que ele engula os ossos e sufoque. Nunca prove peixe outra vez. Venha, o Precioso está esperando!"

Houve um chiado agudo. Em seguida, Gollum saiu da escuridão, engatinhando de quatro, como um cão extraviado chamado junto do dono. Tinha um peixe meio comido na boca e outro na mão. Chegou perto de Frodo, quase nariz com nariz, e farejou-o. Seus olhos pálidos brilhavam. Então tirou o peixe da sua boca e se pôs de pé.

"Mestre bonzinho!", sussurrou. "Hobbit bonzinho volta para pobre Sméagol. Bom Sméagol vem. Agora vamos embora, vamos depressa, sim. Através das árvores, enquanto as Caras estão escuras. Sim, venha, vamos!"

"Sim, vamos logo", disse Frodo. "Mas não imediatamente. Irei com você como prometi. Prometo de novo. Mas não agora. Você ainda não está em segurança. Eu vou salvá-lo, mas você precisa confiar em mim."

"Nós precisa confiar em Mestre?", disse Gollum, em dúvida. "Por quê? Por que não ir embora já? Onde está o outro, o hobbit mal-humorado e rude? Onde está?"

"Lá em cima", disse Frodo, apontando a cascata. "Não vou sem ele. Precisamos voltar até ele." Sentiu desânimo. Aquilo parecia ser trapaça demais. Ele não temia realmente que Faramir permitiria que matassem Gollum, mas provavelmente ele o aprisionaria e amarraria; e com certeza o que Frodo estava fazendo pareceria trapaça à pobre criatura traiçoeira. Provavelmente seria impossível chegar a fazê-lo entender ou acreditar que Frodo lhe salvara a vida do único modo que podia. O que mais podia fazer? — manter a confiança, ao máximo possível, de ambos os lados. "Venha!", insistiu ele. "Ou o Precioso vai se irritar. Vamos voltar agora, subindo o rio. Vá, vá, você vai na frente!"

Gollum seguiu engatinhando, próximo da beira, por curta distância, fungando e cheio de suspeitas. Logo parou e ergueu a cabeça. "Tem alguma coisa ali!", disse ele. "Não é hobbit." De repente virou-se para trás. Uma luz verde tremeluzia em seus olhos esbugalhados. "Messstre, messstre!", chiou. "Malvado! Trapaceiro! Falso!" Cuspiu e estendeu os braços compridos com os dedos brancos estalando.

Naquele momento, o grande vulto negro de Anborn surgiu por trás e se abateu sobre ele. Uma mão grande e forte pegou-o pela nuca e o imobilizou. Ele se retorceu como um raio, todo molhado e viscoso, coleando como uma enguia, mordendo e arranhando como um gato. Mas dois outros homens saíram das sombras.

"Não te mexas!", disse um deles. "Do contrário vamos encher-te de alfinetes como um porco-espinho. Não te mexas!"

Gollum amoleceu e começou a choramingar e lamentar-se. Amarraram-no não muito gentilmente.

"Devagar, devagar!", disse Frodo. "Ele não tem força para vos enfrentar. Não o machuqueis se for possível. Ele ficará mais quieto se não o machucardes. Sméagol! Não vão machucar você. Eu irei com você e não lhe acontecerá nada de mau. A não ser que me matem também. Confie no Mestre!"

Gollum virou-se e cuspiu nele. Os homens o levantaram, puseram-lhe uma venda nos olhos e o levaram embora.

Frodo seguiu-os, sentindo-se muito infeliz. Passaram pela abertura atrás das moitas e voltaram, descendo pelas escadarias e passagens, ao interior da caverna. Duas ou três tochas haviam sido acesas. Os homens se agitavam. Sam estava lá e olhou esquisito para a trouxa flácida que os homens traziam. "Pegou-o?", disse ele a Frodo.

"Sim. Bem, não, eu não o peguei. Ele veio até mim porque confiava em mim no começo, receio. Não queria que o amarrassem assim. Espero que fique tudo bem; mas detesto toda essa questão."

"Eu também", disse Sam. "E nada ficará bem onde estiver esse pedaço de desgraça."

Um homem chegou, acenou para os hobbits e os levou ao recanto no fundo da caverna. Faramir estava sentado ali, em sua cadeira, e a lamparina fora reacendida no nicho sobre sua cabeça. Fez-lhes sinal que se sentassem nas banquetas junto dele. "Trazei vinho para os hóspedes", disse ele. "E trazei o prisioneiro até mim."

O vinho foi trazido, e depois veio Anborn carregando Gollum. Tirou o capuz da cabeça de Gollum e o pôs de pé, postando-se atrás para sustentá-lo. Gollum piscou, encobrindo a malícia dos olhos com as pálpebras pesadas e pálidas. Parecia ser uma criatura muito infeliz, pingando e molhado, cheirando a peixe (ainda tinha um agarrado na mão); suas melenas esparsas lhe pendiam sobre o cenho ossudo como ervas rançosas, seu nariz fungava.

"Solta nós! Solta nós!", disse ele. "A corda machuca nós, machuca sim, machuca nós, e nós não fez nada."

"Nada?", indagou Faramir, encarando a desgraçada criatura com olhar aguçado, mas sem qualquer expressão no rosto, quer de raiva, ou de pena, ou de espanto. "Nada? Jamais fizeste nada que valesse seres atado ou teres punição pior? No entanto, felizmente isso não me cabe julgar. Mas esta noite vieste aonde vir significa a morte. Os peixes desta lagoa são comprados a alto preço."

Gollum deixou cair o peixe da mão. "Não quer peixe", disse ele.

"O preço não vale para o peixe", disse Faramir. "Só vir até aqui e olhar para a lagoa traz a pena de morte. Até agora poupei-te a pedido de Frodo aqui, que diz que pelo menos dele mereces alguma gratidão. Mas tens de satisfazer a mim também. Qual é teu nome? De onde vens? E aonde vais? Qual é teu afazer?"

"Nós está perdidos, perdidos", disse Gollum. "Sem nome, sem afazeres, sem Precioso, nada. Só vazio. Só faminto; sim, nós está faminto. Alguns peixinhos, peixinhos ossudos nojentos para uma pobre criatura e dizem morte. São tão sábios; tão justos, muito justos."

"Não muito sábios", respondeu Faramir. "Mas justos: sim, talvez, justos na medida em que nossa pouca sabedoria permite. Solta-o, Frodo!" Faramir tirou do cinto uma pequena faca para pregos e a entregou a Frodo. Gollum entendeu errado o gesto, guinchou e caiu no chão.

"Ora, Sméagol!", disse Frodo. "Você precisa confiar em mim. Não o deixarei na mão. Responda a verdade, se puder. Vai lhe fazer bem, não mal." Cortou as cordas dos punhos e tornozelos de Gollum e o pôs de pé.

"Vem até aqui!", disse Faramir. "Olha para mim! Sabes o nome deste lugar? Já estiveste aqui antes?"

Lentamente Gollum ergueu os olhos e fitou a contragosto os de Faramir. Toda a luz se extinguiu neles, e por um momento eles encararam, frios e pálidos, os olhos límpidos e firmes do homem de Gondor. Fez-se um profundo silêncio. Então Gollum baixou a cabeça e se encolheu até estar acocorado no chão, tremendo. "Nós não sabe e nós não quer saber", choramingou ele. "Nunca veio aqui; nunca volta outra vez."

"Há portas trancadas e janelas fechadas em tua mente, e recintos escuros por trás delas", disse Faramir. "Mas nisto julgo que dizes a verdade. É bom para ti. Que juramento farás de não voltares jamais; e de nunca conduzires aqui qualquer criatura vivente, por palavra ou sinal?"

"Mestre sabe", disse Gollum, olhando de soslaio para Frodo. "Sim, ele sabe. Nós vai prometer ao Mestre, se ele nos salvar. Vamos prometer a Ele, sim." Arrastou-se até os pés de Frodo. "Salva nós, Mestre bonzinho!", choramingou. "Sméagol promete ao Precioso, promete firmemente. Nunca volta outra vez, nunca fala, não, nunca! Não, precioso, não!"

"Estás satisfeito?", questionou Faramir.

"Sim", afirmou Frodo. "Pelo menos precisas aceitar esta promessa ou então cumprir vossa lei. Não obterás nada mais. Mas eu prometi que, se ele viesse até mim, não deveria sofrer mal. E não gostaria de ser acusado de infidelidade."

Faramir ficou sentado por um momento, pensativo. "Muito bem", disse ele por fim. "Eu te entrego a teu mestre, a Frodo, filho de Drogo. Ele que declare o que fará contigo!"

"Mas, Senhor Faramir," disse Frodo com uma mesura, "ainda não declaraste tua vontade acerca do mencionado Frodo, e, até que ela seja conhecida, ele não pode moldar seus planos, para si ou seus companheiros. Teu julgamento foi adiado até a manhã; mas agora ela está prestes a chegar."

"Então declararei minha sentença", disse Faramir. "Quanto a ti, Frodo, no que me concerne sob maior autoridade, declaro-te livre no reino de Gondor até os mais remotos de seus antigos limites; exceto pelo fato de que nem tu nem qualquer um que vá contigo tendes permissão de virdes a este lugar sem convite. Essa sentença há de valer por um ano e um dia e depois cessar, a não ser que antes desse prazo venhas a Minas Tirith e te apresentes ao Senhor e Regente da Cidade. Então eu rogarei a ele que confirme o que fiz e o torne vitalício. Enquanto isso, quem quer que tomes sob tua proteção há de estar sob a minha proteção e sob o escudo de Gondor. Tens tua resposta?"

Frodo fez uma profunda mesura. "Tenho minha resposta", assentiu ele, "e me ponho a teu serviço, se isso for de alguma valia para alguém tão elevado e honrado."

"É de grande valia", disse Faramir. "E agora, tomas esta criatura, este Sméagol, sob tua proteção?"

"Tomo Sméagol sob minha proteção", disse Frodo. Sam suspirou audivelmente; e não por causa das cortesias que, como qualquer hobbit, ele aprovava totalmente. De fato, no Condado um tal assunto teria exigido muito mais palavras e mesuras.

"Então eu te digo", comentou Faramir, voltando-se para Gollum, "que estás sob sentença de morte; mas enquanto caminhares com Frodo estás a salvo no que nos diz respeito. Porém, se alguma vez fores encontrado por um homem de Gondor à solta sem ele, a sentença há de valer. E que a morte te encontre depressa, dentro de Gondor ou fora, se não o servires bem. Agora responde-me: aonde queres ir? Tu eras seu guia, ele diz. Aonde o conduzias?" Gollum não deu resposta.

"Não admitirei que isso fique em segredo", disse Faramir. "Responde-me ou revogarei meu julgamento!" Ainda assim Gollum não respondeu.

"Eu responderei por ele", disse Frodo. "Ele me trouxe ao Portão Negro, como pedi; mas era impenetrável."

"Não há portão aberto para a Terra Inominável", respondeu Faramir.

"Vendo isso, desviamo-nos e viemos pela estrada que ruma para o Sul", prosseguiu Frodo; "pois ele disse que há, ou pode haver, uma trilha próxima a Minas Ithil."

"Minas Morgul", disse Faramir.

"Não sei claramente", disse Frodo; "mas creio que a trilha ascende para as montanhas do lado norte daquele vale onde se ergue a antiga cidade. Ela sobe para uma fenda alta e depois desce para... o que está além."

"Sabes o nome dessa alta passagem?", indagou Faramir.

"Não", disse Frodo.

"Chama-se Cirith Ungol." Gollum deu um chiado agudo e começou a murmurar consigo mesmo. "Não é esse o seu nome?", disse Faramir, voltando-se para ele.

"Não!", exclamou Gollum e então guinchou, como se algo o tivesse espetado. "Sim, sim, nós ouviu o nome uma vez. Mas o que importa o nome para nós? Mestre diz que precisa entrar. Então nós precisa tentar algum caminho. Não tem nenhum outro caminho para tentar, não."

"Nenhum outro caminho?", disse Faramir. "Como sabes disso? E quem explorou todos os confins daquele reino sombrio?" Olhou pensativo para Gollum por longo tempo. Por fim falou outra vez. "Leva embora esta criatura, Anborn. Trata-o com tolerância, mas vigia-o. E tu, Sméagol, não tentes mergulhar na cascata. Ali as rochas têm dentes que te matariam antes de teu tempo. Deixa-nos agora e toma teu peixe!"

Anborn retirou-se, e Gollum foi encolhido à frente dele. A cortina fechou-se diante do recanto.

"Frodo, creio que nisto agiste de forma muito insensata", comentou Faramir. "Não creio que devas ir com essa criatura. É malvada."

"Não, não é completamente malvada", redarguiu Frodo.

"Não totalmente, quem sabe," disse Faramir; "mas a malícia a devora como um cancro, e o mal está crescendo. Ele não te conduzirá a bom caminho. Se quiseres separar-te dele, eu lhe darei salvo-conduto e direção até qualquer ponto das fronteiras de Gondor que ele nomeie."

"Ele não aceitaria", respondeu Frodo. "Ele me seguiria como tem seguido por muito tempo. E muitas vezes prometi tomá-lo sob minha proteção e ir aonde ele me levasse. Não me pedirias para ser infiel com ele, não é?"

"Não", ponderou Faramir. "Mas meu coração pediria. Pois parece menos mau aconselharmos outro homem a romper a palavra empenhada do que nós mesmos a rompermos, em especial quando vemos um amigo atado inadvertidamente em seu próprio prejuízo. Mas não — se ele for contigo precisas suportá-lo agora. Mas não creio que estejas obrigado a ir a Cirith Ungol, de que ele te contou menos do que sabe. Isso percebi com clareza em sua mente. Não vás a Cirith Ungol!"

"Aonde hei de ir então?", disse Frodo. "De volta ao Portão Negro e entregar-me à guarda? O que sabes a respeito desse lugar que torna seu nome tão pavoroso?"

"Nada certo", respondeu Faramir. "Nós de Gondor jamais passamos a leste da Estrada nestes dias, e nenhum de nós, homens mais jovens, jamais o fez, nem algum de nós pôs os pés nas Montanhas de Sombra. Delas só conhecemos velhos relatos e o rumor de dias passados. Mas existe algum terror obscuro que habita nos passos acima de Minas Morgul. Quando se menciona Cirith Ungol, os anciãos e os mestres do saber empalidecem e silenciam.

"O vale de Minas Morgul tornou-se maligno muito tempo atrás e foi uma ameaça e um pavor enquanto o Inimigo banido ainda habitava ao longe e Ithilien ainda estava mormente em nosso poder. Como sabes, aquela cidade foi outrora um lugar fortificado, altivo e belo, Minas Ithil, irmã gêmea de nossa cidade. Mas foi tomada por homens cruéis que o Inimigo dominara em seu primeiro poderio e que vagavam sem lar nem mestre após sua queda. Dizem que seus senhores eram homens de Númenor que caíram em maldade sombria; a eles o Inimigo dera anéis de poder e os devorara: tornaram-se fantasmas viventes, terríveis e malignos. Após sua partida eles tomaram Minas Ithil e lá se estabeleceram, e encheram-na, e a todo o vale em torno, de deterioração: parecia vazia e não era, pois um medo informe vivia no interior das muralhas arruinadas. Nove Senhores eram eles e, após o retorno de seu Mestre, que auxiliaram e prepararam em segredo, fortaleceram-se outra vez. Então os Nove Cavaleiros surgiram dos portões do horror e não pudemos resistir a eles. Não te aproximes da sua cidadela. Serás avistado. É um lugar de malícia insone, repleto de olhos sem pálpebras. Não vás por esse caminho!"

"Mas a que outro lugar me dirigirás?", perguntou Frodo. "Tu mesmo não podes, ao que dizes, guiar-me até as montanhas ou por cima delas. Mas por cima das montanhas me comprometi, por solene incumbência no Conselho, a encontrar um caminho ou perecer na busca. E se eu regressar, recusando a estrada no seu amargo fim, aonde hei de ir então entre Elfos ou Homens? Queres que eu vá a Gondor com este Objeto, o Objeto que deixou teu irmão louco de desejo? Que encanto ele produziria em Minas Tirith? Haveriam de existir duas cidades de Minas Morgul, uma arreganhando os dentes para a outra por sobre uma terra morta, repleta de podridão?"

"Não quisera que assim fosse", respondeu Faramir.

"Então o que pretendes que eu faça?"

"Não sei. Só não gostaria que fosses à morte ou ao tormento. E não creio que Mithrandir teria escolhido esse caminho."

"Porém, já que ele se foi, tenho de tomar as trilhas que consigo encontrar. E não há tempo para longas buscas", afirmou Frodo.

"É dura a sina e desesperançada a missão", disse Faramir. "Mas lembra-te ao menos de meu aviso: cuidado com esse guia, Sméagol. Ele cometeu assassinato antes. Percebo isso nele." Suspirou.

"Bem, assim nos encontramos e nos separamos, Frodo, filho de Drogo. Não tens necessidade de palavras suaves: não tenho esperança de ver-te outra vez em qualquer outro dia sob este Sol. Mas agora hás de ir com minha bênção sobre ti e sobre todo o teu povo. Descansa um pouco enquanto preparam alimento para ti.

"Gostaria muito de saber como esse Sméagol rastejante se apossou do Objeto do qual falamos, e como o perdeu, mas não te afligirei agora. Se alguma vez, além da esperança, voltares à terra dos vivos e nós recontarmos nossas histórias, sentados ao sol junto de um muro, rindo dos velhos pesares, então me contarás. Até essa hora, ou alguma outra hora além da visão das Pedras-videntes de Númenor, adeus!"

Ergueu-se, fez uma mesura profunda para Frodo e, puxando a cortina, saiu para a caverna.

7

Jornada para a Encruzilhada

Frodo e Sam voltaram às suas camas e lá ficaram deitados em silêncio, repousando um pouco, enquanto os homens se agitavam e os afazeres do dia começavam. Algum tempo depois, trouxeram-lhes água, e foram então levados a uma mesa onde havia comida servida para três. Faramir fez o desjejum com eles. Não dormira desde a batalha do dia anterior, porém não parecia cansado.

Quando terminaram, ele se pôs de pé. "Que a fome não vos perturbe na estrada", disse Faramir. "Tendes poucas provisões, mas mandei que fosse posta em vossas mochilas pequena quantidade de comida apropriada para viajantes. Não vos faltará água enquanto caminhardes em Ithilien, mas não bebais de nenhum riacho que flui de Imlad Morgul, o Vale da Morte Viva. Também isto preciso vos contar. Meus batedores e vigias retornaram todos, mesmo alguns que se esgueiraram à vista do Morannon. Todos descobriram algo estranho. A terra está vazia. Não há nada na estrada, e em nenhum lugar se ouve o som de pé, nem trompa, nem corda de arco. Um silêncio expectante paira sobre a Terra Inominável. Não sei o que isso pressagia. Mas o tempo corre rápido para alguma grande conclusão. Uma tempestade está chegando. Apressai-vos enquanto podeis! Se estiverdes prontos, vamos embora. Logo o Sol se erguerá sobre a sombra."

Trouxeram aos hobbits suas mochilas (um pouco mais pesadas do que antes) e também dois robustos cajados de madeira polida, com pontas de ferro e cabeças entalhadas perpassadas de tiras de couro trançado.

"Não tenho presentes adequados para vos dar à nossa despedida", comentou Faramir; "mas tomai estes cajados. Poderão servir aos que caminham ou escalam no ermo. Os homens das Montanhas Brancas os usam; porém estes foram reduzidos à vossa estatura e receberam novas pontas. São feitos da bela árvore *lebethron*, apreciada pelos marceneiros de Gondor, e lhes foi imposta uma virtude de encontrar e retornar. Que essa virtude não fracasse por completo sob a Sombra à qual estais indo!"

Os hobbits fizeram profundas mesuras. "Mui bondoso anfitrião," disse Frodo, "foi-me dito por Elrond Meio-Elfo que eu encontraria amizade pelo caminho, secreta e inesperada. Certamente não esperava amizade como a que demonstraste. Encontrá-la transforma o mal em grande bem."

Aprontaram-se então para partir. Gollum foi trazido de algum canto ou buraco-esconderijo e parecia mais contente consigo mesmo do que antes, apesar de se manter junto a Frodo e evitar o olhar de Faramir.

"Vosso guia deve ser vendado," disse Faramir, "mas a ti e a teu empregado Samwise eu libero disso, se quiserdes."

Gollum guinchou, e se contorceu, e se agarrou a Frodo quando vieram lhe vendar os olhos; e Frodo disse: "Vendai-nos os três e cobri meus olhos primeiro; quem sabe ele veja então que não há má intenção." Assim foi feito, e foram levados para fora da caverna de Henneth Annûn. Depois de passarem pelos corredores e pelas escadarias, sentiram o frio ar matutino, fresco e suave, ao seu redor. Ainda prosseguiram cegos por algum tempo, subindo e depois descendo um pouco. Por fim a voz de Faramir ordenou que fossem desvendados.

Estavam mais uma vez sob os ramos da floresta. Não se ouvia o ruído da cascata, pois já se estendia uma longa encosta voltada para o sul entre eles e a ravina onde corria o riacho. A oeste podiam ver uma luz através das árvores, como se ali o mundo chegasse a um súbito fim, em uma beira que desse apenas para o céu.

"Aqui é a última divisão de nossos caminhos", disse Faramir. "Se aceitardes meu conselho, não vos vireis ainda para o leste. Ide reto em frente, pois assim por muitas milhas tereis a cobertura da mata. Do vosso lado oeste há uma crista onde o terreno cai para os grandes vales, às vezes de modo repentino e íngreme, às vezes em longas encostas de colinas. Mantende-vos perto dessa crista e das beiradas da floresta. No começo de vossa jornada podeis caminhar à luz do dia, creio. A terra sonha em falsa paz e por pouco tempo todo o mal se retirou. Tende boa viagem enquanto podeis!"

Abraçou então os hobbits, à moda do seu povo, agachando-se, e lhes pondo as mãos nos ombros, e lhes beijando a testa. "Ide com a boa vontade de todos os homens bons!", disse ele.

Eles se inclinaram até o chão. Então ele se virou e, sem olhar para trás, deixou-os e foi ter com seus dois guardas que estavam a pequena distância. Admiraram-se de ver a velocidade com que se moveram então aqueles homens trajados de verde, desaparecendo quase em um piscar de olhos. A floresta onde Faramir estivera de pé parecia vazia e tristonha, como se um sonho tivesse passado.

Frodo suspirou e se voltou para o sul. Como se quisesse assinalar seu desprezo por toda aquela cortesia, Gollum estava esgaravatando na terra ao pé de uma árvore. "Já está com fome de novo?", pensou Sam. "Bem, vamos lá outra vez!"

"Finalmente foram embora?", disse Gollum. "Homens nojentosss e malvados! O pescoço de Sméagol ainda dói, dói sim. Vamos embora!"

"Sim, vamos embora", respondeu Frodo. "Mas se você só sabe falar mal dos que lhe mostraram clemência, fique quieto!"

"Mestre bonzinho!", disse Gollum. "Sméagol só estava brincando. Sempre perdoa, é mesmo, sim, sim, até os truquezinhos do Mestre bonzinho. Ó sim, Mestre bonzinho, Sméagol bonzinho!"

Frodo e Sam não responderam. Pendurando as mochilas e tomando os cajados nas mãos, penetraram nas matas de Ithilien.

Naquele dia duas vezes descansaram e comeram um pouco dos alimentos que Faramir lhes entregara: frutas secas e carne salgada, o suficiente para muitos dias; e pão bastante para durar enquanto ainda estivesse fresco. Gollum não comeu nada.

O sol se ergueu, passou por cima deles sem ser visto e começou a se pôr, e a luz através das árvores a oeste se tornou dourada; e caminhavam sempre em fresca sombra verde, e havia silêncio em toda a volta. Parecia que todos os pássaros haviam voado para longe ou emudecido.

A escuridão chegou cedo às matas silenciosas, e antes do cair da noite eles pararam, exaustos, pois haviam caminhado sete léguas ou mais desde Henneth Annûn. Frodo deitou-se e dormiu a noite toda na terra funda sob uma árvore antiga. Sam, ao seu lado, estava mais inquieto: acordou muitas vezes, mas nunca havia sinal de Gollum, que escapulira assim que os outros se ajeitaram para descansar. Se dormiu sozinho em algum buraco próximo ou se vagara sem descanso, andando a esmo pela noite, ele não disse; mas retornou com o primeiro lampejo de luz e despertou os companheiros.

"Precisam levantar, sim, eles precisam!", disse ele. "Ainda tem longe para ir, pro sul e pro leste. Hobbits precisam se apressar!"

Aquele dia passou mais ou menos como passara o anterior, exceto que o silêncio parecia mais intenso; o ar tornou-se pesado e começou a ficar sufocante sob as árvores. Era como se uma trovoada estivesse para chegar. Gollum parou várias vezes, farejando o ar, e depois murmurava sozinho e os apressava para que fossem mais depressa.

À medida que passava a terceira etapa da marcha do dia e a tarde minguava, a floresta se abriu e as árvores se tornaram maiores e mais esparsas. Grandes azinheiras de enorme circunferência erguiam-se escuras e solenes em amplas clareiras, entremeadas aqui e ali com veneráveis freixos e gigantescos carvalhos que acabavam de emitir seus brotos pardos-esverdeados. Entre eles estendiam-se longas lacunas de relva verde, salpicada de celidônias e anêmonas, brancas e azuis, já dobradas para o sono; e havia campos povoados de folhas de jacinto silvestre: seus esbeltos caules de sinetas já surgiam no meio da terra. Não se via criatura viva, nem fera nem ave, mas naqueles espaços abertos Gollum tinha medo e já caminhavam com cautela, passando rapidamente de uma sombra comprida para a outra.

A luz se apagava depressa quando chegaram ao fim da floresta. Ali sentaram-se sob um velho carvalho retorcido, que emitia raízes enroscadas como serpentes por um declive íngreme e esfarelado. Diante deles estendia-se um vale fundo e indistinto. Do lado oposto, a mata recomeçava, azul e cinzenta no anoitecer tristonho, e marchava rumo ao sul. À direita reluziam as Montanhas de Gondor, remotas no Oeste, sob um céu pintalgado de fogo. À esquerda havia treva: as muralhas altaneiras de Mordor; e daquela treva vinha o longo vale, caindo íngreme, em depressão cada vez mais larga, na direção do Anduin. No fundo corria um riacho apressado: Frodo podia ouvir sua voz pedregosa que subia através do silêncio; e junto a ele, do lado próximo, uma estrada descia em curvas como uma fita pálida, descia para gélidas névoas cinzentas que não eram tocadas por nenhum lampejo do pôr do sol. Ali pareceu a Frodo que ele percebia muito longe, como que flutuando em um mar sombrio, os cumes altos e indistintos e os pináculos rompidos de velhas torres, abandonadas e escuras.

Voltou-se para Gollum. "Sabe onde estamos?", perguntou ele.

"Sim, Mestre. Lugares perigosos. Esta é a estrada da Torre do Lua, Mestre, que desce pra cidade em ruínas nas margens do Rio. A cidade em ruínas, sim, lugar muito nojento, cheio de inimigos. Nós não devia ter seguido o conselho dos Homens. Hobbits vieram bem longe da trilha. Precisam ir pro leste agora, bem lá em cima." Balançou o braço magro na direção das montanhas sombrias. "E não podemos usar esta estrada. Ó não! Gentes cruéis vêm por aqui, descem da Torre."

Frodo olhou a estrada lá embaixo. Fosse como fosse, agora nada se movia nela. Parecia solitária e abandonada, descendo rumo a ruínas vazias na névoa. Mas havia uma sensação maligna no ar, como se de fato pudessem estar passando seres, subindo e descendo, que os olhos não podiam ver. Frodo estremeceu ao rever os picos distantes, que agora sumiam dentro da noite, e o som da água parecia frio e cruel: a voz de Morgulduin, o rio poluído que corria do Vale dos Espectros.

"O que havemos de fazer?", disse ele. "Caminhamos longe e por muito tempo. Vamos procurar algum lugar na mata mais atrás, onde possamos nos esconder?"

"Não é bom se esconder no escuro", respondeu Gollum. "É de dia que hobbits precisam se esconder agora, sim, de dia."

"Ora vamos!", disse Sam. "Temos de descansar um pouco, mesmo que nos levantemos outra vez no meio da noite. Então ainda terá horas de escuridão, tempo bastante para você nos levar numa longa marcha, se souber o caminho."

Relutante, Gollum concordou com isso e voltou para as árvores, seguindo um pouco no rumo leste ao longo das bordas dispersas da floresta.

Não queria descansar no chão tão perto da estrada maligna, e, após algum debate, todos escalaram até a bifurcação de uma grande azinheira, cujos ramos grossos, nascendo juntos do tronco, formavam um bom esconderijo e um refúgio razoavelmente confortável. Caiu a noite, e a escuridão era total sob o dossel da árvore. Frodo e Sam beberam um gole de água e comeram um pouco de pão e frutas secas, mas Gollum enrolou-se de imediato e pegou no sono. Os hobbits não fecharam os olhos.

Devia ser um pouco depois da meia-noite quando Gollum despertou: de repente deram-se conta dos seus olhos pálidos, de pálpebras abertas, luzindo em sua direção. Ele escutou e fungou, o que parecia ser, como eles haviam notado antes, seu método usual para descobrir qual era a hora da noite.

"Estamos descansados? Tivemos um bonito sono?", disse ele. "Vamos embora!"

"Não estamos e não tivemos", grunhiu Sam. "Mas vamos, se for preciso."

Imediatamente Gollum saltou dos ramos da árvore e ficou de quatro, e os hobbits o seguiram mais devagar.

Assim que haviam descido seguiram avante outra vez, com Gollum à frente, para o leste, subindo pelo terreno escuro e inclinado. Podiam ver pouca coisa, pois a noite já era tão profunda que mal percebiam os troncos das árvores antes de darem de encontro com eles. O solo tornou-se mais acidentado e ficou mais difícil caminhar, mas Gollum não parecia nem um pouco perturbado. Levou-os através de moitas e ermos de sarças; às vezes dando a volta na beira de uma fenda profunda ou de uma cova escura, às vezes descendo para depressões negras envoltas em touceiras e saindo do outro lado; mas sempre que desciam um pouco, o aclive oposto era mais longo e íngreme. Subiam continuamente. Na primeira parada olharam para retaguarda e mal conseguiram perceber as copas da floresta que tinham deixado para trás, estendendo-se como uma vasta sombra densa, uma noite mais escura sob o céu escuro e vazio. Parecia haver um grande negrume erguendo-se devagar vindo do Leste, consumindo as estrelas débeis e embaçadas. Mais tarde a lua poente escapou das nuvens que a perseguiam, mas estava toda envolta em um doentio clarão amarelo.

Por fim Gollum voltou-se para os hobbits. "Dia logo", disse ele. "Hobbits precisam se apressar. Não é seguro ficar descoberto nestes lugares. Tenham pressa!"

Acelerou o passo, e eles o seguiram, exaustos. Logo começaram a escalar uma grande cadeia de colinas escarpadas. Estava mormente coberta com espessas moitas de tojos, arandos e espinheiros baixos e duros, apesar de se abrirem clareiras aqui e ali, cicatrizes de incêndios recentes. Os arbustos de tojo tornaram-se mais frequentes à medida que se aproximavam do topo; eram muito velhos e altos, esquálidos e pernudos embaixo, mas grossos no alto, e já brotavam deles flores amarelas que reluziam no escuro e emitiam um débil aroma doce. Eram tão altas as moitas espinhentas que os hobbits podiam andar eretos por baixo delas, atravessando longos corredores secos atapetados de terra funda e espinhosa.

Do lado oposto daquela larga crista de colinas, interromperam a marcha e engatinharam para se esconderem sob um conjunto emaranhado de espinheiros. Seus ramos torcidos, descendo até o chão, eram encimados por um labirinto rastejante de velhas urzes. Bem no interior havia um recinto oco, com caibros de galhos mortos e sarças e coberto pelas primeiras folhas e brotos da primavera. Ali ficaram deitados por algum tempo, ainda cansados demais para comerem; e, espiando pelos buracos da cobertura, esperaram o lento crescimento do dia.

Mas o dia não veio, só uma penumbra parda e morta. No Leste havia um vago clarão vermelho sob a nuvem baixa: não era o vermelho do amanhecer. Por cima das terras acidentadas a meio caminho, as montanhas de Ephel Dúath se erguiam carrancudas, negras e informes na base, onde a noite jazia espessa e não ia embora, no topo com cumes recortados e bordas delineadas, duras e ameaçadoras, diante do brilho de fogo. À direita deles destacava-se um grande contraforte das montanhas, escuro e negro em meio às sombras, estendendo-se para o oeste.

"Para onde vamos daqui?", perguntou Frodo. "Aquela é a abertura do... do Vale Morgul, lá na frente além daquela massa negra?"

"Precisamos pensar nisso já?", disse Sam. "Certamente não vamos andar mais neste dia, se é que é dia."

"Talvez não, talvez não", disse Gollum. "Mas precisamos ir logo, pra Encruzilhada. Sim, pra Encruzilhada. É aquele caminho por ali, sim, Mestre."

O clarão vermelho sobre Mordor minguou. A penumbra se tornou mais profunda à medida que grandes vapores subiam no Leste e se arrastavam por cima deles. Frodo e Sam comeram algum alimento e depois se deitaram, mas Gollum estava impaciente. Não comia da comida deles, mas bebeu um pouco de água e depois engatinhou por baixo das moitas, fungando e murmurando. Então desapareceu de repente.

"Saiu para caçar, imagino", disse Sam e bocejou. Era sua vez de dormir primeiro, e logo estava afundado em um sonho. Pensou que estava de volta ao jardim de Bolsão, procurando algo; mas tinha nas costas uma mochila pesada que o fazia curvar-se. De algum modo tudo parecia muito exuberante e cheio de ervas daninhas, e espinheiros e samambaias invadiam os canteiros junto à sebe debaixo.

"Um montão de trabalho para mim, posso ver isso; mas estou tão cansado", repetiu ele. Logo lembrou-se do que estava procurando. "Meu cachimbo!", disse ele, e com isso acordou.

"Bobo!", disse para si mesmo, abrindo os olhos e perguntando-se por que estava deitado embaixo da sebe. "Esteve na sua mochila o tempo todo!" Então deu-se conta, primeiro, de que o cachimbo podia estar na mochila, mas ele não tinha folha, e depois de que estava a centenas de milhas de Bolsão. Sentou-se. Parecia estar quase escuro. Por que seu patrão o deixara dormir fora de turno, até a tarde?

"Não pegou no sono, Sr. Frodo?", disse ele. "Que horas são? Parece que está ficando tarde!"

"Não, não está", disse Frodo. "Mas o dia está ficando mais escuro em vez de mais claro: cada vez mais escuro. Pelo que posso estimar, ainda não é meio-dia, e você só dormiu umas três horas."

"Eu me pergunto o que vem por aí", disse Sam. "Está chegando uma tempestade? Se está, vai ser a pior que já houve. Vamos querer estar em um buraco fundo, não só enfiados embaixo de uma sebe." Apurou os ouvidos. "O que é isso? Trovão, ou tambores, ou o que é?"

"Não sei", respondeu Frodo. "Já está acontecendo faz um bom tempo. Às vezes parece que o chão treme, às vezes parece ser o ar pesado que palpita nos ouvidos."

Sam olhou em volta. "Onde está Gollum?", disse ele. "Ele ainda não voltou?"

"Não", disse Frodo. "Não houve sinal nem som dele."

"Bem, eu não aguento ele", comentou Sam. "Na verdade, nunca levei nada em uma viagem que eu sentisse menos pena de perder pelo caminho. Mas seria bem coisa dele, depois de percorrer todas essas milhas, se perder agora, bem quando vamos precisar mais dele — quer dizer, se é que ele vai ter alguma utilidade, do que eu duvido."

"Você se esquece dos Pântanos", disse Frodo. "Espero que nada tenha lhe acontecido."

"E eu espero que ele não esteja tramando nenhum truque. E de qualquer jeito, espero que ele não caia em outras mãos, como se poderia dizer. Porque se cair, logo vamos estar em apuros."

Naquele momento ouviu-se outra vez um ruído de vibração e ribombo, agora mais alto e mais grave. O chão parecia estremecer sob os pés deles. "Acho que vamos estar em apuros de qualquer modo", disse Frodo. "Receio que nossa jornada esteja terminando."

"Quem sabe", disse Sam; "mas 'onde há vida há esperança, como meu feitor costumava dizer; e necessidade de mantimentos', como ele normalmente acrescentava. Coma um bocado, Sr. Frodo, e depois durma um pouco."

A tarde, como Sam supunha que devia ser chamada, avançou. Olhando do refúgio, ele só podia ver um mundo pardacento sem sombras, desfazendo-se lentamente em uma melancolia sem contrastes e sem cor. A sensação era sufocante, mas não de calor. Frodo dormiu inquieto, virando-se, agitando-se e murmurando às vezes. Duas vezes Sam pensou tê-lo ouvido dizendo o nome de Gandalf. O tempo parecia arrastar-se interminavelmente.

De repente Sam ouviu um chiado atrás de si, e ali estava Gollum de quatro, espiando-os com olhos reluzentes.

"Acordem, acordem! Acordem, dorminhocos!", sussurrou ele. "Acordem! Não tem tempo para perder. Precisamos ir, sim, precisamos ir imediatamente. Não tem tempo para perder!"

Sam encarou-o com suspeita: ele parecia assustado ou excitado. "Ir agora? Qual é o seu joguinho? Ainda não é hora. Não pode nem ser hora do chá, pelo menos não em lugares decentes onde existe hora do chá."

"Bobo!", chiou Gollum. "Não estamos em lugares decentes. O tempo está acabando, sim, correndo depressa. Não tem tempo para perder. Precisamos ir. Acorde, Mestre, acorde!" Tateou Frodo; e Frodo, acordando assustado, sentou-se de repente e o agarrou pelo braço. Gollum libertou-se com um tranco e recuou.

"Não podem ser bobos", chiou ele. "Precisamos ir. Não tem tempo para perder!" E não puderam arrancar mais nada dele. Onde estivera e o que pensava que estava se armando para apressá-lo daquele modo ele não dizia. Sam encheu-se de profundas suspeitas e demonstrou isso; mas Frodo não deu sinal do que se passava em sua mente. Suspirou, pôs a mochila e aprontou-se para sair à escuridão que continuava aumentando.

Muito furtivamente, Gollum os levou encosta abaixo, mantendo-se coberto sempre que possível, e correndo, inclinado quase até o chão, por cima de qualquer espaço aberto; mas a luz já estava tão débil que mesmo um animal do ermo, de visão aguçada, mal poderia ter visto os hobbits, encapuzados, de capas cinzentas, nem tê-los ouvido, caminhando com a cautela de que o povo pequeno é capaz. Sem estalo de ramo nem farfalhar de folha, eles passaram e desapareceram.

Por cerca de uma hora foram em frente, silenciosos, em fila, oprimidos pela escuridão e pela absoluta quietude da região, só interrompida vez por outra pelo débil ribombo, como trovão longínquo ou toque de tambores em alguma concavidade das colinas. Desceram desde o esconderijo e depois, voltando-se para o sul, fizeram o percurso mais reto que Gollum conseguiu encontrar através de uma longa encosta acidentada que se inclinava para cima, na direção das montanhas. Logo, pouco à frente, erguendo-se como uma muralha negra, viram um cinturão de árvores. Ao se aproximarem deram-se conta de que elas eram de vasto tamanho, ao que parecia muito antigas, e que ainda se elevavam alto, apesar de terem os topos macilentos e quebrados, como se a tempestade e o raio as tivessem assolado, mas sem matá-las nem abalar suas raízes profundíssimas.

"A Encruzilhada, sim", sussurrou Gollum, as primeiras palavras que foram faladas desde que deixaram o esconderijo. "Precisamos ir por ali." Virando-se então para o leste, ele os levou encosta acima; e então de súbito ali estava ela diante deles: a Estrada do Sul, fazendo curvas em torno dos sopés exteriores das montanhas, até finalmente mergulhar no grande anel de árvores.

"Este é o único caminho", sussurrou Gollum. "Não tem trilha além da estrada. Não tem trilha. Precisamos ir à Encruzilhada. Mas apressem-se! Façam silêncio!"

Furtivos como batedores no acampamento dos inimigos, eles rastejaram até a estrada e se esgueiraram junto à sua margem ocidental sob a ribanceira rochosa, cinzentos como as próprias pedras e de passo macio como gatos caçadores. Por fim alcançaram as árvores e descobriram que estavam em um grande anel sem cobertura, aberto no meio ao céu sombrio; e os espaços entre os imensos caules eram como os grandes arcos escuros de um salão em ruínas. Bem no centro encontravam-se quatro caminhos. Atrás deles estendia-se a estrada para o Morannon; diante deles ela corria outra vez para fora, em sua longa jornada para o sul; pela direita vinha subindo a estrada da velha Osgiliath e, atravessando, ela passava rumo ao leste para a escuridão: o quarto caminho, a estrada que deviam tomar.

Parado ali por um momento, pleno de temor, Frodo deu-se conta de que havia uma luz brilhando; viu-a iluminando o rosto de Sam ao seu lado. Virando-se naquela direção ele viu, além de um arco de ramos, a estrada para Osgiliath que corria quase tão reta quanto uma fita esticada, descendo, descendo para o Oeste. Ali, bem longe, além da triste Gondor agora dominada pela sombra, o Sol se punha, encontrando afinal a orla do grande manto de nuvens que rolavam lentas e caindo em fogo agourento na direção do Mar ainda não conspurcado. O breve luzir caía sobre uma enorme figura sentada, imóvel e solene como os grandes reis de pedra de Argonath. Os anos haviam-na roído, e mãos violentas a tinham mutilado. A cabeça se fora, e em seu lugar fora posta por chacota uma pedra redonda e grosseiramente talhada, pintada com rudeza por mãos selvagens à semelhança de um rosto de sorriso arreganhado, com um grande olho vermelho no meio da testa. Em seus joelhos e na imensa cadeira, e em toda a volta do pedestal, havia garatujas ociosas misturadas aos símbolos imundos usados pelo povo de vermes de Mordor.

De súbito, apanhada pelos raios rasteiros, Frodo viu a cabeça do antigo rei: tendo rolado para ali, jazia junto à estrada. "Olhe, Sam!", exclamou ele, tão admirado que chegou a falar. "Olhe! O rei tem coroa de novo!"

Os olhos eram ocos e a barba esculpida estava quebrada, mas em torno da testa, alta e severa, havia um diadema de prata e ouro. Uma planta rastejante, com flores semelhantes a estrelinhas brancas, enleara-se na fronte como que por reverência ao rei tombado, e nas frestas de seus cabelos de pedra reluzia um saião-acre amarelo.

"Não podem conquistar para sempre!", disse Frodo. E então, repentinamente, o breve relance se foi. O Sol mergulhou e desapareceu, e como quando se fecha um lampião, caiu a noite negra.

8

As Escadarias
de Cirith Ungol

Gollum dava puxões na capa de Frodo e chiava de medo e impaciência. "Precisamos ir", disse ele. "Não podemos ficar aqui parados. Apressem-se!"

Relutante, Frodo deu as costas ao Oeste e seguiu para onde seu guia o levava, saindo rumo à treva do Leste. Deixaram o anel de árvores e se esgueiraram ao longo da estrada, rumo às montanhas. Também aquela estrada corria reta por alguma distância, mas logo começava a se desviar para o sul até chegar bem embaixo da grande projeção rochosa que haviam visto de longe. Erguia-se acima deles, negra e ameaçadora, mais escura que o céu escuro atrás dela. Rastejando sob sua sombra, a estrada prosseguia, circundava-a e outra vez saltava para o leste, começando um aclive íngreme.

Frodo e Sam arrastavam-se desanimados, sem conseguirem mais se preocupar muito com seu perigo. Frodo tinha a cabeça inclinada; seu fardo o puxava para baixo outra vez. Assim que passaram da grande Encruzilhada, o seu peso, quase esquecido em Ithilien, começara a crescer de novo. Agora, sentindo que o caminho se tornava íngreme sob seus pés, ergueu os olhos cansado; e então ele a viu, bem como Gollum dissera que veria: a cidade dos Espectros-do-Anel. Encolheu-se de encontro à ribanceira rochosa.

Um vale longo e inclinado, um profundo abismo de sombra, estendia-se longe para o interior das montanhas. Do lado oposto, um pouco para dentro dos braços do vale, no alto de uma plataforma rochosa sobre os negros joelhos de Ephel Dúath, erguiam-se as muralhas e a torre de Minas Morgul. Tudo era escuro à sua volta, a terra e o céu, mas estava brilhante de luz. Não o luar aprisionado que muito tempo atrás brotava através dos muros marmóreos de Minas Ithil, Torre da Lua, bela e radiante no oco das colinas. Sua luz era agora, de fato, mais pálida que a lua padecendo em lento eclipse, oscilando e rebentando como nociva exalação de apodrecimento, uma vela de defunto, uma luz que nada iluminava. Nas muralhas e na torre viam-se janelas, como incontáveis buracos negros olhando para dentro em direção ao vazio; mas o andar superior da torre girava lentamente, primeiro para um lado e depois para o outro, uma enorme cabeça fantasmagórica olhando maliciosa para a noite. Por um momento, os três companheiros ficaram ali parados, encolhidos, erguendo arregalados os olhos relutantes. Gollum foi o primeiro a se recuperar. Mais uma vez puxou com urgência as suas capas, mas não disse uma palavra sequer. Quase os arrastou para diante. Cada passo era de resistência, e a passagem do tempo parecia se retardar de forma que entre erguer um pé e pousá-lo no chão transcorriam minutos de abominação.

Assim chegaram, lentamente, à ponte branca. Ali a estrada, com débil reluzir, atravessava a correnteza no meio do vale e prosseguia fazendo curvas tortuosas rumo ao portão da cidade: uma boca negra que se abria no círculo externo das muralhas que davam para o norte. Havia amplas áreas planas em ambas as margens, prados sombrios repletos de pálidas flores brancas. Estas eram também luminosas, belas, porém de horrível aspecto, como as formas dementes em um sonho conturbado; e emitiam um leve e nauseante cheiro de sepultura; um odor de podridão enchia o ar. De um prado ao outro saltava a ponte. Ali havia figuras em sua cabeceira, habilmente esculpidas em formas humanas e bestiais, mas todas corruptas e detestáveis. A água que corria embaixo era silenciosa e soltava vapor, mas o vapor que dela se erguia, enrolando-se e retorcendo-se em torno da ponte, era mortalmente frio. Frodo notou os sentidos cambaleando e a mente se obscurecendo. Então, de súbito, como se estivesse agindo uma força diversa de sua própria vontade, ele começou a afobar-se, cambaleando para a frente, com as mãos tateantes estendidas e a cabeça balançando de um lado para outro. Sam e Gollum, ambos correram atrás dele. Sam apanhou o mestre nos braços quando este tropeçou e quase caiu, bem no limiar da ponte.

"Não por aí! Não, não por aí!", sussurrou Gollum, mas o sopro entre seus dentes parecia dilacerar o pesado silêncio como um apito, e ele se encolheu no chão de terror.

"Aguente firme, Sr. Frodo!", murmurou Sam no ouvido de Frodo. "Volte! Não por aí. Gollum diz que não, e desta vez concordo com ele."

Frodo passou a mão pela testa e arrancou os olhos da cidade na colina. A torre luminosa o fascinava, e ele combateu o desejo que o acometia, de subir correndo pela estrada reluzente até o portão. Por fim deu a volta com esforço, e quando o fez sentiu que o Anel lhe resistia, puxando a corrente em torno do seu pescoço; e também seus olhos, ao desviá-los, pareceram por um momento estarem cegados. A escuridão diante dele era impenetrável.

Gollum, rastejando no chão como um animal aterrorizado, já estava desaparecendo na treva. Sam, sustentando e guiando o patrão trôpego, o seguiu o mais depressa que pôde. Perto da margem próxima do riacho havia uma brecha no muro de pedra junto à estrada. Atravessaram-na, e Sam viu que estavam em uma trilha estreita que de início brilhava fracamente, assim como a estrada principal, mas ao subir acima dos prados de flores mortais ela se apagou e escureceu, seguindo seu caminho tortuoso para dentro dos flancos setentrionais do vale.

Ao longo dessa trilha os hobbits caminharam penosamente, lado a lado, incapazes de ver Gollum à sua frente, exceto quando ele se virava para lhes acenar que viessem. Então seus olhos rebrilhavam com uma luz branco-esverdeada, talvez refletindo o nocivo luzir de Morgul, ou inflamada por alguma disposição interior que lhe respondia. Desse brilho mortal e das órbitas escuras dos olhos, Frodo e Sam estavam amiúde conscientes, sempre olhando temerosos por cima dos ombros e sempre forçando seus olhos a voltarem a encontrar a trilha que se obscurecia. Prosseguiram lentamente e com dificuldade. Ao subirem acima do fedor e dos vapores do riacho venenoso, a respiração se tornou mais fácil, e as cabeças, mais livres; mas agora seus membros estavam mortalmente cansados, como se tivessem caminhado toda a noite com um fardo ou tivessem nadado por muito tempo contra uma forte correnteza d'água. Por fim não conseguiram avançar mais sem uma parada.

Frodo deteve-se e sentou-se em uma pedra. Já haviam escalado até o topo de uma grande corcova de rocha nua. À frente deles havia uma concavidade no flanco do vale, e, em volta da sua abertura, a trilha prosseguia, não mais que uma saliência larga com um abismo à direita; arrastava-se para cima atravessando a íngreme face da montanha voltada para o sul, até desaparecer no negrume lá no alto.

"Preciso descansar um momento, Sam", sussurrou Frodo. "Está me pesando, Sam, meu rapaz, pesando muito. Pergunto-me até onde consigo carregá-lo. Seja como for, preciso descansar antes que nos arrisquemos a isso." Apontou o caminho estreito diante deles.

"Chhh! Chh!", chiou Gollum, voltando até eles às pressas. "Chhh!" Tinha os dedos nos lábios e balançava a cabeça com urgência. Puxando a manga de Frodo, apontou a trilha; mas Frodo não se movia.

"Ainda não," disse ele, "ainda não." A exaustão e mais que a exaustão o oprimia; parecia que um pesado feitiço se abatera sobre sua mente e seu corpo. "Preciso descansar", murmurou.

Diante disso, o medo e a agitação de Gollum tornaram-se tão grandes que ele voltou a falar, chiando por trás da mão, como se quisesse esconder o som de ouvintes invisíveis no ar. "Não aqui, não. Não descanse aqui. Tolos! Olhos podem nos ver. Quando chegarem na ponte vão nos ver. Venha embora! Escale, escale! Venha!"

"Venha, Sr. Frodo", disse Sam. "Ele tem razão de novo. Não podemos ficar aqui."

"Está bem", concordou Frodo com voz remota, como quem fala meio adormecido. "Vou tentar." Pôs-se de pé, exausto.

Mas era tarde demais. Naquele momento a rocha palpitou e estremeceu embaixo deles. O grande ruído de ribombo, mais alto que nunca, rolou no solo e ecoou nas montanhas. Então, em um repente dilacerante, veio um grande clarão vermelho. Muito além das montanhas do leste ele saltou no firmamento e borrifou de escarlate as nuvens baixas. Naquele vale de sombra e de luz fria e mortal, ele parecia intoleravelmente violento e feroz. Picos de pedra e cristas semelhantes a facas dentadas foram ressaltados em negro nítido diante da chama que se erguia em Gorgoroth. Então veio um grande trovão.

E Minas Morgul respondeu. Houve um clarão de raios lívidos: forquilhas de chama azul saltando da torre e das colinas circundantes para as nuvens soturnas. A terra gemeu; e da cidade veio um grito. Misturado a vozes ásperas e agudas, como se fossem de aves de rapina, e com o estridente relincho de cavalos ariscos de fúria e medo, veio um guincho dilacerante, vibrante, subindo rapidamente a uma penetrante altura além do alcance da audição. Os hobbits rodopiaram em sua direção e jogaram-se no chão, apertando as mãos nos ouvidos.

Quando o grito terrível terminou, retumbando no silêncio através de um longo lamento nauseante, Frodo ergueu a cabeça devagar. Do outro lado do estreito vale, já quase no nível dos seus olhos, erguiam-se as muralhas da cidade maligna, e seu portão cavernoso, cuja forma era de uma boca aberta com dentes reluzentes, estava escancarado. E pelo portão saiu um exército.

Toda aquela hoste estava trajada de negro, escura como a noite. Diante dos muros lívidos e do luminoso calçamento da estrada, Frodo podia vê-los, pequenos vultos negros em fileira após fileira, marchando rápida e silenciosamente, emergindo em fluxo infindável. À frente deles ia uma grande cavalaria de ginetes que se moviam como sombras ordenadas, e encabeçando-os estava um maior que os demais: um Cavaleiro, todo negro, exceto que na cabeça encapuzada levava um elmo como uma coroa, que tremeluzia com luz perigosa. Já se aproximava da ponte lá embaixo, e os olhos arregalados de Frodo o seguiam, incapazes de piscar ou afastar-se. Certamente seria ele o Senhor dos Nove Cavaleiros, retornado à terra para conduzir à batalha sua hoste horripilante? Sim, ali estava deveras o rei desfigurado, cuja mão fria derrubara o Portador-do-Anel com sua faca mortal. A antiga ferida pulsava de dor, e uma gelidez intensa se espalhou em direção ao coração de Frodo.

Enquanto esses pensamentos o transpassavam de pavor e o atavam como um feitiço, o Cavaleiro parou de súbito, bem diante da entrada da ponte, e atrás dele toda a hoste ficou imóvel. Houve uma pausa, um silêncio de morte. Quem sabe fosse o Anel chamando o Senhor-dos--Espectros, e ele por um momento se perturbou, sentindo outro poder no interior de seu vale. Para cá e para lá virou-se a cabeça escura portando elmo e coroada de temor, varrendo as sombras com seus olhos invisíveis.

Frodo esperou, como um pássaro diante da aproximação de uma serpente, incapaz de se mover. E enquanto esperava sentia, mais urgente que nunca, o comando para pôr no dedo o Anel. Mas, por grande que fosse a pressão, ele já não sentia vontade de ceder a ela. Sabia que o Anel só iria traí-lo e que, mesmo que o pusesse no dedo, não tinha o poder de enfrentar o Rei de Morgul — ainda não. Não houve mais resposta àquele comando na sua própria vontade, por muito que esta estivesse aflita de terror, e ele sentiu apenas um grande poder vindo de fora que o golpeava. Este lhe tomou a mão e, enquanto Frodo observava com a mente, sem querer, mas em suspense (como se observasse de longe uma história antiga), moveu a mão, polegada a polegada, na direção da corrente que ele tinha ao pescoço. Então sua própria vontade se agitou; lentamente obrigou a mão a recuar e a pôs para encontrar outro objeto, um objeto que jazia oculto junto ao seu peito. Pareceu frio e duro quando a mão se fechou sobre ele: o frasco de Galadriel, conservado por tanto tempo e quase esquecido até aquela hora. Ao tocá-lo, todos os pensamentos do Anel foram banidos de sua mente por alguns instantes. Suspirou e inclinou a cabeça.

Naquele momento, o Rei-dos-Espectros virou-se e acicatou o cavalo, e atravessou a ponte, e toda a sua obscura hoste o seguiu. Quem sabe os capuzes-élficos iludissem seus olhos invisíveis, e a mente de seu pequeno inimigo, fortalecida, lhe tivesse desviado o pensamento. Mas ele tinha pressa. Já soara a hora, e a mando de seu grande Mestre ele devia marchar com guerra rumo ao Oeste.

Logo passara, como sombra para a sombra, descendo a estrada recurva, e atrás dele as fileiras negras ainda atravessavam a ponte. Um tão grande exército jamais emergira daquele vale desde os dias do poderio de Isildur; nenhuma hoste tão cruel e fortemente armada já assaltara os vaus do Anduin; e, no entanto, era apenas uma, e não a maior das hostes que Mordor agora enviava.

Frodo mexeu-se. E de súbito recordou-se de Faramir em seu coração. "A tempestade enfim irrompeu", pensou. "Esta grande tropa de lanças e espadas está indo para Osgiliath. Faramir atravessará em tempo? Ele adivinhou, mas conhecia a hora? E agora quem conseguirá defender os vaus quando vier o Rei dos Nove Cavaleiros? E outros exércitos virão. Estou atrasado. Tudo está perdido. Demorei-me no caminho. Tudo está perdido. Mesmo que minha missão seja completada, ninguém jamais saberá. Não haverá ninguém a quem eu possa contar. Será em vão." Dominado pela fraqueza, ele chorou. E ainda a hoste de Morgul atravessava a ponte.

Então, muito de longe, como que vinda de lembranças do Condado, de alguma manhãzinha iluminada pelo sol, com o dia chamando e as portas sendo abertas, ele ouviu a voz de Sam que falava. "Acorde, Sr. Frodo!

Acorde!" Se a voz acrescentasse "Seu desjejum está pronto", ele mal se surpreenderia. Certamente Sam tinha urgência. "Acorde, Sr. Frodo! Eles se foram", disse ele.

Ouviu-se um tinido surdo. Os portões de Minas Morgul haviam-se fechado. A última fileira de lanças desaparecera estrada abaixo. A torre ainda arreganhava os dentes do lado oposto do vale, mas sua luz se esvanecia. Toda a cidade recaía em uma sombra escura e cismática e no silêncio. Mas ainda estava repleta de vigilância.

"Acorde, Sr. Frodo! Eles se foram, e é melhor nós irmos também. Nesse lugar tem alguma coisa que ainda está viva, alguma coisa com olhos, ou uma mente que enxerga, se me entende; e quanto mais tempo ficarmos no mesmo ponto, mais cedo ela vai chegar até nós. Vamos embora, Sr. Frodo!"

Frodo ergueu a cabeça e depois levantou-se. O desespero não o deixara, mas a fraqueza tinha passado. Até sorriu, de modo soturno, sentindo agora, com a mesma clareza com que sentira o contrário um momento antes, que tinha que fazer o que tinha que fazer, se pudesse, e que era indiferente se Faramir, ou Aragorn, ou Elrond, ou Galadriel, ou Gandalf, ou qualquer outra pessoa viessem a saber disso. Tomou o cajado em uma mão e o frasco na outra. Quando viu que a luz intensa já manava através de seus dedos, ele o guardou no peito e o segurou de encontro ao coração. Então, dando as costas à cidade de Morgul, que já não era mais que um lampejo cinzento do outro lado de um abismo escuro, preparou-se para trilhar a estrada ascendente.

Gollum, ao que parecia, engatinhara ao longo da saliência para a treva mais além quando os portões de Minas Morgul se abriram, deixando os hobbits onde estavam deitados. Agora veio arrastando-se de volta, batendo os dentes e estalando os dedos. "Tolos! Bobos!", chiou ele. "Apressem-se! Eles não podem pensar que perigo passou. Não passou. Apressem-se!"

Não responderam, mas o seguiram pela saliência ascendente. Nenhum deles se sentia muito bem ali, mesmo após terem encarado tantos outros perigos; mas ela não durou muito. Logo a trilha chegou a uma esquina arredondada, onde o flanco da montanha se projetava de novo, e ali entrou de súbito por uma estreita abertura na rocha. Haviam chegado à primeira escadaria de que Gollum falara. A escuridão era quase total, e não podiam ver grande coisa além do alcance das mãos; mas os olhos de Gollum tinham um brilho pálido, vários pés acima deles, quando ele se virou em sua direção.

"Cuidado!", sussurrou ele. "Degraus. Montes de degraus. Precisam ter cuidado!"

Certamente o cuidado era necessário. Frodo e Sam sentiram-se aliviados de início, visto que já tinham uma parede de cada lado, mas a escadaria era quase tão íngreme quanto uma escada de mão, e, à medida que subiam e subiam, ficaram cada vez mais conscientes da longa queda negra que tinham atrás de si. E os degraus eram estreitos, a espaços irregulares, e muitas vezes traiçoeiros: estavam gastos e lisos nas bordas, e alguns estavam quebrados, e alguns estalavam quando se punha o pé neles. Os hobbits avançaram com dificuldade, até finalmente estarem agarrados aos degraus à frente com dedos desesperados e forçarem os joelhos doloridos a se curvarem e se esticarem; e o tempo todo, à medida que a escadaria se insinuava mais fundo na montanha escarpada, as paredes rochosas se erguiam cada vez mais alto sobre suas cabeças.

Por fim, bem quando sentiam que não aguentariam mais, viram os olhos de Gollum espiando-os outra vez do alto. "Chegamos no alto", sussurrou ele. "Primeira escadaria acabou. Hobbits espertos de escalar tão alto, hobbits muito espertos. Só mais uns degrauzinhos e acabou, sim."

Tontos e muito cansados, Sam, e Frodo, que o seguia, engatinharam subindo o último degrau e sentaram-se esfregando as pernas e os joelhos. Estavam em uma funda passagem escura que ainda parecia subir diante deles, porém com inclinação mais suave e sem degraus. Gollum não os deixou descansar por muito tempo.

"Ainda tem outra escadaria", disse ele. "Escadaria muito mais comprida." Descansem quando chegarmos no alto da próxima escadaria. Ainda não."

Sam gemeu. "Mais comprida, você disse?", perguntou.

"Sim, ssim, mais comprida", disse Gollum. "Mas não tão difícil. Hobbits subiram pela Escada Reta. Depois vem a Escada Tortuosa."

"E depois disso o quê?", indagou Sam.

"Vamos ver", disse Gollum baixinho. "Ó sim, vamos ver!"

"Pensei que você disse que tinha um túnel", disse Sam. "Não tem um túnel ou coisa parecida para atravessar?"

"Ó sim, tem um túnel", disse Gollum. "Mas hobbits podem descansar antes de tentar ele. Se atravessarem ele vão estar quase no alto. Muito perto, se atravessarem. Ó sim!"

Frodo teve um calafrio. A escalada fizera-o suar, mas agora sentia-se gelado e pegajoso, e havia uma corrente de ar gelada na passagem escura, soprando das alturas invisíveis. Pôs-se de pé e sacudiu-se. "Bem, vamos embora!", disse ele. "Este não é lugar para ficar sentado."

A passagem parecia prosseguir por milhas, e o tempo todo o ar gelado soprava por cima deles, crescendo a um vento implacável à medida que avançavam. As montanhas com seu hálito mortífero pareciam tentar desafiá-los, fazê-los recuar dos segredos das alturas, ou soprá-los para longe na escuridão atrás deles. Só souberam que haviam chegado ao fim quando, de súbito, não sentiram a parede do lado direito. Podiam ver muito pouco. Grandes massas negras e informes e profundas sombras cinzentas erguiam-se acima deles e em volta deles, mas, vez por outra, uma tênue luz vermelha bruxuleava sob as nuvens baixas, e por um momento davam-se conta de altos picos, à frente e de ambos os lados, como colunas que sustentavam um vasto teto que cedia. Pareciam ter escalado muitas centenas de pés até um largo ressalto. Havia um penhasco à esquerda e um abismo à direita.

Gollum foi à frente, passando perto sob o penhasco. Naquele momento não estavam mais subindo, mas agora o solo era mais acidentado e perigoso no escuro, e havia blocos e torrões de pedra desabada no caminho. O progresso foi lento e cauteloso. Nem Sam nem Frodo podiam mais estimar quantas horas se haviam passado desde que entraram no Vale Morgul. A noite parecia infindável.

Finalmente perceberam mais uma vez uma parede que se erguia, e mais uma vez uma escadaria se abriu diante deles. Pararam de novo, e de novo começaram uma escalada. Foi uma subida longa e exaustiva; mas esta escadaria não penetrava no flanco da montanha. Ali a imensa face do penhasco se inclinava para trás, e a trilha, como uma serpente, fazia curvas para lá e para cá ao longo dela. Em certo ponto ela se arrastava de lado, bem até a beira do abismo escuro, e Frodo, espiando para baixo, viu na profundeza, como um poço vasto e fundo, a grande ravina na extremidade do Vale Morgul. Lá em suas profundezas lampejava como uma fieira de vaga-lumes a estrada-dos-espectros, da cidade morta para o Passo Inominável. Desviou-se apressado.

A escadaria ainda se curvava e rastejava avante e para cima até que finalmente, com um último lance curto e reto, voltou a subir para outro nível. A trilha se desviara da passagem principal na grande ravina e agora seguia seu próprio percurso perigoso no fundo de uma fenda menor, entre as regiões mais altas de Ephel Dúath. Os hobbits conseguiam discernir, vagamente, altos pilares e pináculos denteados de pedra de ambos os lados, entre os quais havia grandes fendas e fissuras mais negras que a noite, onde invernos olvidados haviam roído e esculpido as pedras sem sol. E agora a luz vermelha no céu parecia mais forte; porém não sabiam dizer se uma manhã pavorosa chegava deveras àquele lugar de sombra ou se viam somente a chama de alguma grande violência de Sauron no tormento de Gorgoroth mais além. Ainda muito à frente, e ainda bem acima, ao erguer os olhos Frodo via, como imaginava, o último ápice daquela amarga estrada. Diante do rubro tristonho do céu oriental, uma fenda se delineava na crista superior, estreita, entalhada funda entre duas elevações negras; e em cada elevação havia um chifre de pedra.

Parou e olhou mais atentamente. O chifre da esquerda era alto e delgado; e nele ardia uma luz vermelha, ou então a luz vermelha da terra além brilhava através de um buraco. Agora ele a via: era uma torre negra posta acima da passagem externa. Tocou o braço de Sam e apontou.

"Não gosto da cara disso!", comentou Sam. "Então esse seu caminho secreto é vigiado afinal", grunhiu, virando-se para Gollum. "Como você sabia o tempo todo, suponho?"

"Todos os caminhos são vigiados, sim", respondeu Gollum. "Claro que são. Mas hobbits precisam tentar algum caminho. Este pode ser menos vigiado. Talvez todos foram embora pra grande batalha, talvez!"

"Talvez", grunhiu Sam. "Bem, ainda parece estar bem longe, e tem muito que subir até chegarmos lá. E ainda tem o túnel. Acho que deveria descansar agora, Sr. Frodo. Não sei que horas são, do dia ou da noite, mas estamos andando por horas e horas."

"Sim, temos que descansar", assentiu Frodo. "Vamos achar algum canto longe do vento e reunir nossas forças... para a última etapa." Pois sentia que era assim. Os terrores da terra adiante, e o feito a ser realizado ali, pareciam remotos, ainda longínquos demais para perturbá-lo. Toda a sua mente se concentrava em atravessar ou passar por cima daquela muralha e guarda impenetráveis. Uma vez que conseguisse fazer essa coisa impossível, de alguma maneira a missão seria realizada, ou assim lhe parecia naquela escura hora de exaustão, ainda labutando nas sombras rochosas sob Cirith Ungol.

Sentaram-se em uma escura fenda entre dois grandes pilares de rocha: Frodo e Sam um pouco mais para dentro, e Gollum acocorado no chão junto à abertura. Ali os hobbits fizeram o que imaginavam ser sua última refeição antes de descerem para a Terra Inominável, talvez a última refeição que jamais comeriam juntos. Comeram parte dos alimentos de Gondor e obreias do pão-de-viagem dos Elfos e beberam um pouco. Mas pouparam a água e só tomaram o bastante para umedecerem as bocas secas.

"Pergunto-me quando vamos encontrar água de novo", disse Sam. "Mas imagino que mesmo acolá eles bebam. Os Orques bebem, não bebem?"

"Bebem sim", respondeu Frodo. "Mas não falemos disso. Essa bebida não é para nós."

"Então mais do que nunca precisamos encher nossos cantis", disse Sam. "Mas aqui em cima não há água: não ouvi nem um som nem um pingo. E de qualquer jeito, Faramir disse que não devíamos beber nenhuma água de Morgul."

"Nenhuma água que flui de Imlad Morgul, foram as palavras dele", lembrou Frodo. "Não estamos nesse vale agora, e, se encontrássemos uma nascente, ela estaria fluindo para dentro dele, não para fora."

"Eu não confiaria nela," disse Sam, "só se estivesse morrendo de sede. Há uma sensação maligna neste lugar." Fungou. "E um cheiro, eu imagino. Percebe? Um tipo estranho de cheiro, abafado. Não gosto dele."

"Não gosto de nada daqui," comentou Frodo, "degrau ou pedra, sopro ou osso. A terra, o ar e a água, todos parecem amaldiçoados. Mas é assim que está traçado nosso percurso."

"Sim, é isso", disse Sam. "E nem deveríamos estar aqui, se soubéssemos mais sobre isso antes de partirmos. Mas acho que muitas vezes é desse jeito. As coisas corajosas nas velhas histórias e canções, Sr. Frodo: aventuras, como eu costumava chamá-las. Eu costumava pensar que eram coisas que a gente maravilhosa das histórias saía para procurar porque queriam elas, porque elas eram emocionantes, e a vida era um pouquinho tediosa, uma espécie de esporte, poderíamos dizer. Mas esse não é o jeito das histórias que realmente importavam, nem das que ficam na lembrança. Normalmente parece que as pessoas simplesmente caíram dentro delas — os percursos delas foram traçados assim, como o senhor expressou. Mas acho que eles tiveram montes de oportunidades, assim como nós, de darem meia-volta, só que não deram. E se tivessem dado, nós não iríamos saber, porque eles estariam esquecidos. Nós ouvimos falar dos que simplesmente foram em frente — e nem todos tiveram um final feliz, veja bem; pelo menos não o que as pessoas de dentro da história, e não de fora, chamam de final feliz. Sabe, chegar em casa e encontrar tudo em ordem, mas não igual — como o velho Sr. Bilbo. Mas essas não são sempre as histórias melhores de ouvir, apesar de que podem ser as melhores para cair dentro! Eu me pergunto em que espécie de história nós caímos."

"Eu me pergunto", repetiu Frodo. "Mas não sei. E é esse o jeito das histórias de verdade. Pegue qualquer uma de que você goste. Você pode saber ou adivinhar que tipo de história é, de final feliz ou de final triste, mas as pessoas que estão nela não sabem. E você não quer que elas saibam."

"Não senhor, claro que não. Veja Beren, ele nunca pensou que ia conseguir aquela Silmaril da Coroa de Ferro em Thangorodrim, e, no entanto, conseguiu, e aquele era um lugar pior e um perigo mais sombrio que o nosso. Mas é uma história comprida, claro, e que continua depois da felicidade e do pesar e mais além — e a Silmaril foi em frente e chegou a Eärendil. E ora, senhor, nunca pensei nisso antes! Nós temos... o senhor tem um pouco da luz dela naquele cristal-de-estrela que a Senhora lhe deu! Ora, é de pensar que ainda estamos na mesma história! Ela ainda continua. As grandes histórias não terminam nunca?"

"Não, nunca terminam enquanto histórias", disse Frodo. "Mas as pessoas nelas vêm e vão quando seu papel acabou. Nosso papel vai acabar mais tarde — ou mais cedo."

"E então vamos poder descansar e dormir um pouco", completou Sam. Riu de modo sinistro. "E quero dizer bem isso, Sr. Frodo. Quero dizer descanso puro e simples, e sono, e acordar para uma manhã de trabalho no jardim. Receio que é só isso que estou esperando o tempo todo. Todos os grandes planos importantes não são para gente como eu. Ainda assim eu me pergunto se alguma vez vão nos pôr em canções ou histórias. Estamos numa, claro; mas quero dizer: postos em palavras, sabe, contadas ao pé do fogo, ou lidas em um grande livrão com letras vermelhas e pretas, muitos e muitos anos depois. E as pessoas vão dizer: 'Vamos ouvir sobre Frodo e o Anel!' E vão dizer: 'Sim, essa é uma das minhas histórias prediletas. Frodo era muito valente, não era, papai?' 'Sim, meu rapaz, o mais famoso dos hobbits, e isso quer dizer muita coisa.'"

"Quer dizer coisa demais", disse Frodo, e riu, um riso comprido e claro vindo do coração. Tal som não fora ouvido naquelas plagas desde que Sauron viera à Terra-média. Pareceu a Sam, de repente, que todas as pedras escutavam, e as altas rochas se inclinavam sobre eles. Mas Frodo não lhes deu importância; riu uma vez mais. "Ora, Sam," prosseguiu ele, "de alguma forma ouvir você me deixa tão feliz como se a história já estivesse escrita. Mas você deixou de fora um dos personagens principais: Samwise, o destemido. 'Quero ouvir mais sobre Sam, papai. Por que não incluíram mais falas dele, papai? É disso que gosto, me faz rir. E Frodo não teria ido longe sem Sam, não é mesmo, papai?'"

"Ora, Sr. Frodo," disse Sam, "não devia fazer graça. Eu estava falando sério."

"Eu também estava", respondeu Frodo, "e ainda estou. Estamos avançando um pouco depressa demais. Você e eu, Sam, ainda estamos atolados nos piores lugares da história e é muito provável que neste ponto alguns digam: 'Feche o livro agora, papai; não queremos ler mais.'"

"Quem sabe," comentou Sam, "mas não seria eu dizendo isso. As coisas que estão feitas e acabadas e incluídas nas grandes histórias são diferentes. Ora, o próprio Gollum poderia ser bom numa história, melhor do que ter ele ao seu lado, com certeza. E ele já gostou de histórias, ao que ele próprio conta. Fico imaginando se ele pensa que é herói ou vilão.

"Gollum!", chamou ele. "Você gostaria de ser o herói... ora, aonde ele foi de novo?"

Não havia sinal dele na abertura do abrigo, nem nas sombras próximas. Ele recusara a comida deles, porém, como era normal, aceitara um bocado de água; e depois parecera enrolar-se para dormir. Tinham suposto que pelo menos um dos motivos para sua longa ausência no dia anterior fora caçar alimento do seu próprio gosto; e agora evidentemente se esvaíra de novo enquanto conversavam. Mas dessa vez para quê?

"Não gosto que ele se esgueire para longe sem dizer nada", disse Sam. "E agora menos que tudo. Ele não pode estar procurando comida aqui em cima, a não ser que tenha algum tipo de rocha que ele aprecie. Ora, não tem nem um pouco de musgo!"

"Não adianta preocupar-se com ele agora", ponderou Frodo. "Sem ele não poderíamos ter chegado até este ponto, nem mesmo até a vista do passo, portanto vamos ter de suportar os modos dele. Se é falso, é falso."

"Ainda assim, eu preferia ter ele diante dos olhos", disse Sam. "Mais ainda se ele for falso. Lembra-se de que ele nunca disse se o passo era vigiado ou não? E agora vemos uma torre ali — e pode ser que esteja deserta e pode ser que não. O senhor acha que ele foi buscar eles, Orques ou o que for?"

"Não, não acho", respondeu Frodo. "Mesmo que esteja tramando alguma maldade, e suponho que não seja improvável. Não acho que seja isso: não buscar Orques nem outros serviçais do Inimigo. Por que esperar até agora, passar por todo o trabalho da escalada e chegar tão perto da terra que ele teme? Desde que o encontramos, ele provavelmente poderia ter-nos traído aos Orques muitas vezes. Não, se for alguma coisa será algum truquezinho particular dele que ele crê ser bem secreto."

"Bem, imagino que tem razão, Sr. Frodo", disse Sam. "Não que isso me console imensamente. Eu não me engano: não duvido que ele *me* entregaria aos Orques tão fácil como um beija-mão. Mas eu estava me esquecendo — o Precioso dele. Não, acho que o tempo todo foi *O Precioso para o pobre Sméagol*. Essa é a única ideia em todos os pequenos planos dele, se é que ele tem algum. Mas nem consigo imaginar como nos trazer aqui em cima vai ajudá-lo."

"Muito provavelmente nem ele consegue imaginar", disse Frodo. "E não acho que ele só tenha um plano simples na cabeça atrapalhada. Acho que em parte ele realmente está tentando salvar o Precioso do Inimigo pelo tempo que conseguir. Pois esse seria o desastre final também para ele, se o Inimigo o pegasse. E na outra parte, quem sabe esteja apenas ganhando tempo e esperando uma oportunidade."

"Sim, Fugido e Fedido, como eu já disse antes", comentou Sam. "Mas quanto mais se aproximam da terra do Inimigo, mais parecido o Fugido fica com o Fedido. Preste atenção: se chegarmos até o passo, ele não vai mesmo nos deixar atravessar a fronteira com o objeto precioso sem dar algum tipo de trabalho."

"Ainda não chegamos lá", disse Frodo.

"Não, mas é melhor manter os olhos bem abertos até chegarmos. Se nos pegar cochilando, o Fedido vai ficar por cima bem depressa. Ainda assim seria seguro o senhor tirar um soninho agora, patrão. Seguro se deitar perto de mim. Eu ficaria muito contente de vê-lo dormir um pouco. Eu iria vigiá-lo; e de qualquer jeito, se estiver deitado com meu braço em volta, ninguém pode chegar tateando sem que o seu Sam saiba."

"Dormir!", exclamou Frodo e suspirou, como se no deserto tivesse enxergado uma miragem de verde fresco. "Sim, até aqui eu poderia dormir."

"Então durma, patrão! Deite a cabeça em meu colo."

E assim Gollum os encontrou horas mais tarde, quando voltou, engatinhando e arrastando-se caminho abaixo, vindo da treva à frente. Sam estava sentado apoiado na pedra, com a cabeça caindo de lado e a respiração pesada. Em seu colo estava a cabeça de Frodo, profundamente mergulhado no sono; em sua testa branca estava uma das mãos morenas de Sam, e a outra repousava leve no peito do patrão. Havia paz no rosto de ambos.

Gollum olhou para eles. Uma expressão estranha lhe passou pelo rosto magro e faminto. O brilho dos seus olhos se apagou, e eles se tornaram baços e cinzentos, velhos e cansados. Um espasmo de dor pareceu retorcê-lo, e ele lhes deu as costas, espiando de volta para o passo, balançando a cabeça como se estivesse imerso em algum debate interior. Depois voltou e, devagar, estendendo uma mão trêmula, tocou com muita cautela o joelho de Frodo — mas o toque era quase uma carícia. Por um momento fugidio, se algum dos adormecidos pudesse vê-lo, pensaria que estava contemplando um velho hobbit exausto, encolhido pelos anos que o haviam carregado muito além de seu tempo, além dos amigos e da família, e dos campos e riachos da juventude, um ser velho, esfomeado e digno de pena.

Mas com aquele toque Frodo se agitou e deu uma exclamação baixa enquanto dormia, e de imediato Sam estava bem desperto. A primeira coisa que viu foi Gollum — "tateando o mestre", como pensou.

"Ei, você!", disse de modo áspero. "O que está pretendendo?"

"Nada, nada", respondeu Gollum baixinho. "Mestre bonzinho!"

"É, imagino", disse Sam. "Mas aonde você foi — se safando na ida e na volta, seu velho vilão?"

Gollum encolheu-se, e um lampejo verde rebrilhou sob as suas pálpebras pesadas. Agora parecia quase uma aranha, acocorado nos membros curvados, com os olhos esbugalhados. O momento fugidio passara, sem chance de retorno. "Safando, safando!", chiou. "Hobbits sempre tão educados, sim. Ó hobbits bonzinhos! Sméagol traz eles subindo por caminhos secretos que ninguém mais pôde encontrar. Cansado ele está, com sede ele está, sim, com sede; e ele guia eles e ele procura trilhas, e eles dizem "safado, safado". Amigos muito bonzinhos, ó sim, meu precioso, muito bonzinhos."

Sam sentiu um pouco de remorso, porém não mais confiança. "Lamento", disse ele. "Lamento, mas você me fez acordar assustado. E eu não devia estar dormindo, e isso me deixou meio brusco. Mas o Sr. Frodo, ele está tão cansado que eu pedi que desse um cochilo; e, bem, é assim que é. Lamento. Mas *aonde* você foi?"

"Safando", disse Gollum, e o lampejo verde não abandonou seus olhos.

"Ó muito bem," comentou Sam, "seja como quiser! Não acho que esteja tão longe da verdade. E agora é melhor todos nós nos safarmos para longe juntos. Que horas são? É hoje ou amanhã?"

"É amanhã," disse Gollum, "ou agora era amanhã quando hobbits foram dormir. Muito tolo, muito perigoso — se o pobre Sméagol não estivesse se safando por aí para vigiar."

"Acho que logo vamos nos cansar dessa palavra", disse Sam. "Mas não importa. Vou acordar o patrão." Afastou gentilmente os cabelos da testa de Frodo e, inclinando-se, falou-lhe baixinho.

"Acorde, Sr. Frodo! Acorde!"

Frodo agitou-se e abriu os olhos, e sorriu vendo o rosto de Sam que se inclinava sobre ele. "Está me chamando cedo, não é, Sam?", indagou ele. "Ainda está escuro!"

"Sim, está sempre escuro aqui", disse Sam. "Mas Gollum voltou, Sr. Frodo, e ele diz que é amanhã. Por isso precisamos caminhar. A última etapa."

Frodo inspirou fundo e sentou-se. "A última etapa!", disse ele. "Alô, Sméagol! Encontrou alguma comida? Descansou um pouco?"

"Sem comida, sem descanso, nada para Sméagol", respondeu Gollum. "É um safado."

Sam estalou a língua, mas conteve-se.

"Não assuma nomes, Sméagol", disse Frodo. "Não é razoável, sejam eles verdadeiros ou falsos."

"Sméagol tem de pegar o que dão para ele", respondeu Gollum. "Ele recebeu esse nome do bondoso Mestre Samwise, o hobbit que sabe tanta coisa."

Frodo olhou para Sam. "Sim, senhor", disse ele. "Eu usei essa palavra, despertando do meu sono de repente e tudo o mais e encontrando ele por perto. Eu disse que lamentava, mas logo não vou lamentar mais."

"Vamos, deixe estar, então", comentou Frodo. "Mas agora parece que chegamos ao ponto, você e eu, Sméagol. Conte-me. Podemos encontrar sozinhos o resto do caminho? Estamos à vista do passo, de um caminho para entrar, e se pudermos encontrá-lo agora, imagino que podemos considerar nosso acordo como cumprido. Você fez o que prometeu e está livre: livre para voltar à comida e ao descanso, aonde quiser ir, exceto para os serviçais do Inimigo. E algum dia eu poderei recompensá-lo, ou eu ou os que se recordarem de mim."

"Não, não, ainda não", choramingou Gollum. "Ó não! Eles não podem achar o caminho sozinhos, podem? Ó não mesmo. Tem o túnel que vem aí. Sméagol precisa continuar. Sem descanso. Sem comida. Ainda não."

9

A Toca de Laracna

Podia de fato ser dia, como Gollum dissera, mas os hobbits pouca diferença conseguiam ver, a não ser que, talvez, o céu pesado lá em cima estivesse menos totalmente negro, mais como um grande teto de fumaça; enquanto isso, em vez da treva da noite profunda que ainda se demorava nas frestas e nos buracos, uma sombra cinzenta e embaçada envolvia o mundo pedregoso à volta deles. Prosseguiram com Gollum à frente, e os hobbits, agora lado a lado, subindo a longa ravina entre as pilastras e colunas de rochas dilaceradas e gastas pelo tempo que se erguiam de ambos os lados como enormes estátuas disformes. Não havia ruído. Um pouco mais à frente, a uma milha talvez, havia uma grande muralha cinzenta, uma última massa, imensa e erguida, de rocha da montanha. Surgia mais escura e se levantava continuamente à medida que se aproximavam, até se destacar no alto, acima deles, bloqueando a visão de tudo o que havia além. Uma funda sombra se estendia diante do seu sopé. Sam farejou o ar.

"Ugh! Esse cheiro!", disse ele. "Está ficando cada vez mais forte."

Logo estavam sob a sombra e ali, no meio dela, viram a boca de uma caverna. "Este é o caminho para entrar", comentou Gollum baixinho. "Esta é a entrada do túnel." Não disse o nome dele: Torech Ungol, a Toca de Laracna. Saía dele um fedor que não era o odor doentio de decomposição dos prados de Morgul, e sim um cheiro podre, como se imundícies inomináveis estivessem amontoadas e acumuladas no escuro lá dentro.

"Este é o único caminho, Sméagol?", indagou Frodo.

"Sim, sim", respondeu ele. "Sim, precisamos ir por este caminho agora."

"Quer dizer que você já atravessou esse buraco?", perguntou Sam. "Fu! Mas quem sabe você não se importe com cheiros ruins."

Os olhos de Gollum rebrilharam. "Ele não sabe com que se importa, sabe, precioso? Não, não sabe. Mas Sméagol consegue aguentar coisas. Sim. Ele atravessou. Ó sim, atravessou tudo. É o único caminho."

"E o que faz o cheiro, eu me pergunto", disse Sam. "É como... bem, eu não gostaria de dizer. Algum buraco bestial dos Orques, garanto, com uma centena de anos da imundície deles lá dentro."

"Bem," disse Frodo, "com ou sem Orques, se é o único caminho, temos que tomá-lo."

Inspirando fundo, eles entraram. Após alguns passos encontraram-se em uma escuridão total e impenetrável. Frodo e Sam não tinham experimentado tal treva desde as passagens sem luz de Moria, e ali, caso isso fosse possível, ela era mais profunda e densa. Acolá houvera ar soprando, e ecos, e uma sensação de espaço. Ali o ar era imóvel, estagnado e pesado, e o som morria de imediato. Caminhavam como se estivessem em um vapor negro produzido pela própria e verdadeira escuridão que, ao ser respirada, trazia cegueira não só aos olhos, mas também à mente, de modo que até a lembrança das cores, das formas e de toda luz se desfazia no pensamento. A noite sempre fora e sempre seria, e a noite era tudo.

Mas por certo tempo ainda podiam sentir, e na verdade as sensações de seus pés e dedos pareciam ampliadas no começo, de modo quase doloroso. Para sua surpresa as paredes davam a sensação de lisura, e o chão, exceto por um degrau vez por outra, era reto e plano, subindo sempre com o mesmo aclive pronunciado. O túnel era alto e largo, tão largo que, apesar de os hobbits andarem lado a lado, só tocando as paredes laterais com as mãos estendidas, estavam separados, isolados na escuridão.

Gollum entrara primeiro e parecia estar só alguns passos à frente. Enquanto ainda conseguiam prestar atenção a tais coisas eles ouviam a respiração dele, chiando e ofegando bem à frente deles. Mas algum tempo depois seus sentidos se embotaram, tanto o tato como a audição pareceram entorpecer-se, e seguiam em frente, tateando, andando, avante e avante, mormente pela força da vontade com que haviam entrado, a vontade de atravessar e o desejo de chegar enfim ao alto portão do outro lado.

Antes de terem ido muito longe, quem sabe, mas o tempo e a distância logo se tornaram incalculáveis para ele, Sam, sentindo a parede à direita, deu-se conta de que havia uma abertura lateral: por um momento percebeu um leve sopro de um ar menos pesado, e depois eles seguiram em frente.

"Tem mais de uma passagem aqui", sussurrou ele com esforço: parecia difícil forçar a respiração a produzir algum som. "É o lugar mais com cara de Orque que pode existir!"

Após isso, primeiro ele à direita, e depois Frodo à esquerda, passaram por três ou quatro aberturas da mesma espécie, algumas mais largas e outras menores; mas até ali não havia dúvida do caminho principal, pois este era reto e não fazia curvas e ainda subia constantemente. Mas que comprimento tinha, quanto mais daquilo teriam de suportar, ou poderiam suportar? A falta de fôlego aumentava à medida que subiam; e agora, na treva cega, muitas vezes pareciam sentir alguma resistência mais espessa que o ar fétido. Enquanto avançavam à força, sentiam coisas que lhes roçavam a cabeça, ou as mãos, longos tentáculos, ou talvez vegetação pendente: não conseguiam dizer o que era. E o fedor aumentava sempre. Aumentou até que quase lhes pareceu que aquele odor era a única sensação nítida que lhes restava e que era para atormentá-los. Uma hora, duas horas, três horas: quantas haviam passado naquele buraco sem luz? Horas — dias, semanas, isso sim. Sam deixou a borda do túnel e se encolheu na direção de Frodo, e suas mãos se encontraram e se apertaram, e assim juntos foram avançando.

Por fim Frodo, apalpando a parede da esquerda, de repente chegou a uma lacuna. Quase caiu de lado no vazio. Ali havia uma abertura na rocha, muito mais larga que qualquer outra pela qual já tinham passado; e por ela vinha um odor tão podre, e uma sensação de malícia ardilosa tão intensa que Frodo cambaleou. E naquele momento também Sam guinou e caiu para frente.

Afastando ao mesmo tempo o enjoo e o medo, Frodo agarrou a mão de Sam. "Levante-se!", disse ele com respiração rouca, sem voz. "Tudo vem daqui, o fedor e o perigo. Vamos lá! Depressa!"

Reunindo a força e decisão que lhe restavam, ele puxou Sam até este ficar de pé e obrigou seus próprios membros a se movimentarem. Sam tropeçou ao lado dele. Um passo, dois passos, três passos — seis passos enfim. Quem sabe tivessem passado pela pavorosa abertura invisível, mas, fosse assim ou não, era de repente mais fácil mover-se, como se alguma vontade hostil os tivesse largado por um momento. Avançaram com dificuldade, ainda de mãos dadas.

Mas quase imediatamente chegaram a nova dificuldade. O túnel se bifurcava, ou assim parecia, e no escuro não conseguiam saber qual era o caminho mais largo, ou qual se desviava menos da linha reta. Qual haveriam de tomar, o esquerdo ou o direito? Nada sabiam que os pudesse guiar, mas uma decisão errada seria quase certamente fatal.

"Por onde foi Gollum?", ofegou Sam. "E por que ele não esperou?"

"Sméagol!", disse Frodo, tentando chamá-lo. "Sméagol!" Mas sua voz era um grasnido, e o nome se perdeu abafado quase no momento em que lhe escapou dos lábios. Não houve resposta, nem eco, nem mesmo um tremor do ar.

"Desta vez imagino que ele foi embora mesmo", murmurou Sam. "Acho que aqui é exatamente aonde ele pretendia nos trazer. Gollum! Se alguma vez eu puser as mãos em você outra vez, você vai se arrepender."

Logo depois, apalpando e andando às tontas no escuro, descobriram que a abertura da esquerda estava bloqueada: ou era um corredor sem saída, ou então uma grande pedra caíra na passagem. "Não pode ser este o caminho", sussurrou Frodo. "Certo ou errado, temos de tomar o outro".

"E depressa!", disse Sam, ofegante. "Tem coisa pior que Gollum por aí. Consigo sentir alguma coisa olhando para nós."

Não haviam avançado mais que algumas jardas quando, de trás deles, veio um som, assustador e horrível no pesado silêncio abafado: um ruído gorgolejante, borbulhante, e um longo chiado venenoso. Viraram-se de súbito, mas nada podia ser visto. Ficaram parados imóveis como pedras, de olhos arregalados, esperando por não sabiam o quê.

"É uma armadilha!", exclamou Sam, e pôs a mão no punho da espada; e ao fazê-lo, pensou na treva do morro tumular de onde ela viera. "Queria que o velho Tom estivesse perto de nós agora!", pensou. Em seguida, enquanto estava ali parado, com escuridão à volta e um negrume de desespero e ira no coração, pareceu-lhe que via uma luz: uma luz em sua mente, quase insuportavelmente intensa no começo, como um raio de sol nos olhos de quem passou muito tempo oculto em um poço sem janelas. Então a luz se tornou cor: verde, ouro, prata, branco. Bem longe, como se fosse em uma pequena figura desenhada por dedos-élficos, ele viu a Senhora Galadriel, de pé na relva de Lórien, e tinha dádivas nas mãos. "E tu, Portador-do-Anel," ouviu-a dizendo, remota, porém nítida, "para ti preparei isto".

O chiado borbulhante aproximou-se, e ouviu-se um rangido como de algum grande ser articulado que se movia no escuro com lento propósito. Diante dele vinha um cheiro desagradável. "Patrão, patrão!", exclamou Sam, e vida e urgência lhe voltaram à voz. "A dádiva da Senhora! O cristal-de-estrela! Ela disse que lhe seria uma luz nos lugares escuros. O cristal-de-estrela!"

"O cristal-de-estrela?", murmurou Frodo, como alguém que responde do fundo do sono, mal compreendendo. "Ora, sim! Por que me esqueci dele? 'Uma luz quando todas as outras luzes se apagam!' E agora, na verdade, só a luz pode nos ajudar."

Lentamente levou a mão ao peito e lentamente segurou no alto o Frasco de Galadriel. Por um momento ele rebrilhou, débil como uma estrela que nasce, lutando nas pesadas névoas terrenas, e depois, à medida que seu poder aumentava e a esperança crescia na mente de Frodo, ele começou a queimar e se inflamou em uma chama de prata, um diminuto coração de luz cegante, como se o próprio Eärendil tivesse descido das altas trilhas do ocaso com a última Silmaril na testa. A escuridão cedeu diante dele, até que ele pareceu brilhar no centro de um globo de cristal aéreo, e a mão que o segurava cintilava com fogo branco.

Frodo fitou admirado aquela maravilhosa dádiva que carregara por tanto tempo sem imaginar seu pleno valor e poderio. Raras vezes lembrara-se dela na estrada antes de chegarem ao Vale Morgul e jamais a usara por medo da sua luz reveladora. "*Aiya Eärendil Elenion Ancalima!*", exclamou ele, e não sabia o que dissera; pois parecia que outra voz falava através da sua, nítida, inabalada pelo ar fétido da cova.

Mas há outras potências na Terra-média, poderes da noite, e são antigos e fortes. E Ela, a que caminhava na treva, ouvira os Elfos pronunciando aquela exclamação muito atrás, nas profundas do tempo, e ela não lhe dera atenção, e agora não a atemorizava. Enquanto Frodo falava, sentiu uma grande malevolência que se curvava sobre ele e um olhar mortífero que o examinava. Pouco adiante no túnel, entre eles e a abertura onde haviam titubeado e tropeçado, ele se deu conta de olhos que se tornavam visíveis, dois grandes feixes de olhos com muitas janelas — estava desmascarada por fim a ameaça que chegava. A radiância do cristal-de-estrela se refratava e refletia suas milhares de facetas, mas por trás do brilho um fogo pálido e mortal começava a luzir continuamente no interior, uma chama alimentada em algum fundo poço de pensamento maligno. Eram olhos monstruosos e abomináveis, bestiais e, no entanto, repletos de propósito e deleite hediondo, olhando com satisfação a sua presa, apanhada além de qualquer esperança de fuga.

Frodo e Sam, pasmos de horror, começaram a recuar lentamente, com a visão fascinada pelo pavoroso contemplar daqueles olhos malignos; mas, à medida que recuavam, os olhos avançavam. A mão de Frodo hesitou, e lentamente o Frasco pendeu. Então, de repente, libertados do encanto de dominação para correrem por alguns momentos em baldado pânico, para diversão dos olhos, ambos se viraram e fugiram juntos; mas enquanto corriam, Frodo se voltou para trás e viu, aterrado, que os olhos imediatamente vieram saltando atrás deles. O odor da morte parecia uma nuvem em torno dele.

"Pare! pare!", exclamou, desesperado. "Não adianta correr."

Lentamente os olhos se esgueiraram mais para perto.

"Galadriel!", chamou ele e, reunindo coragem, ergueu o Frasco uma vez mais. Os olhos pararam. Por um momento a visão deles se relaxou como se um vislumbre de dúvida os perturbasse. Então o coração de Frodo se inflamou dentro dele, e sem pensar o que fazia, se era loucura ou desespero ou coragem, tomou o Frasco na mão esquerda e com a direita sacou a espada. Ferroada reluziu, e a afiada lâmina-élfica rebrilhou na luz prateada, mas em suas bordas bruxuleou um fogo azul. Então, segurando a estrela no alto e a espada luzente diante de si, Frodo, hobbit do Condado, caminhou firme ao encontro dos olhos.

Eles titubearam. A dúvida os acometeu quando a luz se aproximou. Minguaram um por um e lentamente recuaram. Jamais um brilho tão mortal os afligira antes. Do sol e da lua e das estrelas tinham ficado a salvo no subterrâneo, mas agora uma estrela descera para o interior da própria terra. Ela ainda se aproximava, e os olhos começaram a se acovardar. Um a um, apagaram-se todos; deram a volta, e um grande volume, além do alcance da luz, soergueu sua enorme sombra diante deles. Haviam desaparecido.

"Patrão, patrão!", exclamou Sam. Estava logo atrás, com a própria espada desembainhada e pronta. "Estrelas e glória! Mas os Elfos fariam uma canção sobre isso se ouvissem falar a respeito! E que eu possa viver para contar a eles e ouvi-los cantando. Mas não vá em frente, patrão! Não desça nesse covil! Agora é a nossa única chance. Agora vamos sair deste buraco imundo!"

E assim deram a volta mais uma vez, primeiro caminhando e depois correndo; pois, à medida que avançavam, o chão do túnel subia íngreme, e com cada passo erguiam-se mais acima dos fedores da toca invisível, e a força retornava aos membros e ao coração. Mas o ódio da Vigia ainda estava emboscado atrás deles, talvez cego por alguns instantes, mas invicto, ainda tencionando morte. E então veio uma corrente de ar ao encontro deles, fria e esparsa. A abertura, o fim do túnel, estava finalmente à frente deles. Ofegantes, ansiando por um lugar descoberto, jogaram-se para a frente; e então cambalearam aturdidos, tombando para trás. A saída estava bloqueada por alguma barreira, mas não de pedra: parecia mole e cedia um tanto, e contudo era forte e impenetrável; o ar infiltrava-se por ela, mas nenhum lampejo de luz. Mais uma vez investiram contra ela e foram lançados de volta.

Segurando o Frasco no alto, Frodo olhou e viu diante de si algo cinzento que a radiância do cristal-de-estrela não penetrava nem iluminava, como se fosse uma sombra que, não sendo lançada pela luz, a luz não podia dissipar. Por toda a largura e altura do túnel fora fiada uma vasta teia, organizada como a teia de uma aranha enorme, porém de tessitura mais densa e muito maior, e cada fio era da espessura de uma corda.

Sam riu de modo soturno. "Teias de aranha!", disse ele. "É só isso? Teias de aranha! Mas que aranha! Vamos atacá-las, vamos derrubá-las!"

Em fúria, acometeu-as com a espada, mas o fio que atingiu não se partiu. Cedeu um pouco e depois ressaltou como uma corda de arco que fosse puxada, desviando a lâmina e lançando para o alto a espada e o braço. Três vezes Sam golpeou com toda a força, e por fim um único filamento dentre todos os filamentos incontáveis se partiu e se retorceu, enrolando-se e chicoteando pelo ar. Uma extremidade açoitou a mão de Sam, e ele gritou de dor, saltando para trás e passando a mão diante da boca.

"Vai levar dias para desimpedir a estrada desse jeito", disse ele. "O que se há de fazer? Aqueles olhos voltaram?"

"Não, não dá para vê-los", respondeu Frodo. "Mas ainda sinto que estão olhando para mim ou pensando em mim: quem sabe fazendo algum outro plano. Se esta luz fosse abaixada ou se apagasse, eles voltariam depressa."

"Apanhados no fim!", comentou Sam amargamente, com a raiva voltando a se erguer acima da exaustão e do desespero. "Mosquitos numa rede. Que a maldição de Faramir morda aquele Gollum, e morda depressa!"

"Isso não nos ajudaria agora", disse Frodo. "Vamos! Vejamos o que Ferroada pode fazer. É uma lâmina-élfica. Houve teias de horror nas escuras ravinas de Beleriand onde foi forjada. Mas você terá de ser o vigia e repelir os olhos. Aqui, pegue o cristal-de-estrela. Não tenha medo. Erga-o e observe!"

Então Frodo se aproximou da grande teia cinzenta e a golpeou com um movimento amplo e curvo, passando depressa o gume afiado por uma escada de cordas estendidas umas perto das outras, e saltando imediatamente para trás. A lâmina de brilho azulado passou através delas como uma foice pelo capim, e saltaram e se retorceram e depois penderam soltas. Abriu-se um grande rasgão.

Desferiu golpe após golpe, até finalmente toda a teia ao seu alcance estar despedaçada, e a porção superior vacilou e balançou como um véu solto ao vento que entrava. A armadilha estava vencida.

"Vamos!", exclamou Frodo. "Avante! Avante!" Uma alegria selvagem diante de sua fuga da própria boca do desespero preencheu-lhe a mente de súbito. Sua cabeça rodava como após um gole de vinho potente. Saltou para fora, gritando enquanto avançava.

Aquela terra escura parecia iluminada aos seus olhos que tinham passado pelo covil da noite. As grandes fumaças haviam-se erguido e ficado mais esparsas, e passavam as últimas horas de um dia sombrio; o lampejo rubro de Mordor se desfizera em treva tristonha. No entanto, pareceu a Frodo contemplar uma manhã de esperança súbita. Quase chegara ao alto da muralha. Só um pouco mais alto agora. A Fenda, Cirith Ungol, estava à sua frente, um corte indistinto na crista negra, e os cornos de rocha toldavam o céu de ambos os lados. Uma curta corrida, um percurso de arranque, e ele atravessaria!

"O passo, Sam!", exclamou, sem se importar com a estridência de sua voz que, libertada dos ares sufocantes do túnel, já ressoava aguda e impetuosa. "O passo! Corra, corra, e vamos atravessar — atravessar antes que alguém consiga deter-nos!"

Sam o seguiu o mais depressa que conseguia impelir as pernas; mas, por muito que se alegrasse de estar livre, estava inseguro, e ao correr ficou espiando para trás, para o arco escuro do túnel, receando ver olhos ou um vulto além de sua imaginação saltando para fora em seu encalço. Pouco ele e seu patrão sabiam da manha de Laracna. Ela tinha muitas saídas de sua toca.

Ali habitara durante eras, um ser maligno em forma de aranha, da mesma espécie que vivera outrora na Terra dos Elfos no Oeste que está agora sob o Mar, como as que Beren combateu nas Montanhas de Terror em Doriath, chegando assim até Lúthien na verde clareira, entre as cicutas ao luar, muito tempo atrás. Nenhuma história conta como Laracna chegara até ali, fugindo da ruína, pois dos Anos Sombrios vieram poucas histórias. Mas ainda estava lá, ela que ali estivera antes de Sauron e antes da primeira pedra de Barad-dûr; e não servia a ninguém senão a si mesma, bebendo o sangue dos Elfos e dos Homens, inchada e obesa com infinda ruminação em seus banquetes, tecendo teias de sombra; pois todos os seres vivos eram seu alimento, e seu vômito era a treva. Por toda a parte sua ninhada menor, bastardos dos parceiros desgraçados, sua própria cria que matou, se espalhavam de vale em vale, de Ephel Dúath até as colinas orientais, até Dol Guldur e os fortes de Trevamata. Mas ninguém podia rivalizar com ela, Laracna, a Grande, última filha de Ungoliant a assolar o mundo infeliz.

Anos antes, Gollum já a avistara, Sméagol que explorava todos os buracos escuros e em dias passados fizera-lhe mesuras e a adorara, e a escuridão de sua vontade maligna caminhava junto a ele por todos os caminhos de sua exaustão, isolando-o da luz e do arrependimento. E ele prometera levar-lhe comida. Mas a ânsia dela não era a dele. Pouco ela sabia ou fazia questão de torres, ou anéis, ou qualquer coisa inventada pela mente ou pela mão, ela que só desejava a morte para todos os demais, em mente e corpo, e para si uma saciedade de vida, a sós, inchada até as montanhas não mais poderem sustentá-la e a treva não mais poder contê-la.

Mas esse desejo estava ainda longínquo, e por muito tempo já estivera faminta, à espreita em seu covil, enquanto crescia o poder de Sauron e a luz e os seres vivos abandonavam suas divisas; e a cidade no vale estava morta, e nenhum Elfo ou Homem se aproximava, somente os infelizes Orques. Alimento fraco e cauteloso. Mas tinha que comer, e, por muito que se ocupassem cavando novas passagens tortuosas do passo e da sua torre, ela sempre encontrava algum modo de apanhá-los. Mas ansiava por carne mais doce. E Gollum a trouxera para ela.

"Vamos ver, vamos ver," ele costumava dizer a si mesmo, quando o humor maligno o acometia, caminhando pela estrada perigosa das Emyn Muil ao Vale Morgul, "vamos ver. Pode muito bem ser, ó sim, pode muito bem ser que quando Ela jogar fora os ossos e as roupas vazias, nós vai encontrar ele, vai pegar ele, o Precioso, uma recompensa para o pobre Sméagol que traz comida boa. E vamos salvar o Precioso como nós prometemos. Ó sim. E quando ele estiver a salvo, então Ela vai saber, ó sim, então nós paga Ela na mesma moeda, meu precioso. Então nós paga todos na mesma moeda!"

Assim pensava ele num compartimento interno de sua própria manha, que ainda esperava esconder dela, mesmo tendo voltado a ela e se inclinado à sua frente enquanto os companheiros dormiam.

E quanto a Sauron: ele sabia onde ela espreitava. Agradava-lhe que ela ali habitasse, faminta, mas inabalada em sua malícia, uma guarda mais segura naquela antiga trilha para sua terra do que qualquer outra que sua habilidade poderia criar. E os Orques, estes eram escravos úteis, mas ele os tinha em profusão. Se vez por outra Laracna os apanhasse para saciar o apetite, que estivesse à vontade: ele tinha bastantes. E às vezes, assim como um homem pode jogar um petisco para sua gata (ele a chama de *sua gata*, mas ela não lhe pertence), Sauron lhe mandava prisioneiros para os quais não tinha melhor uso: fazia persegui-los até a cova dela, e relatos de como ela brincava com eles lhe eram trazidos.

Assim viviam ambos, deleitados com seus próprios expedientes, e não temiam ataque, nem ira, nem qualquer fim de sua maldade. Jamais uma mosca escapara ainda das teias de Laracna, e tanto maiores eram agora sua fúria e sua fome.

Mas o pobre Sam nada sabia daquele mal que haviam instigado contra si, exceto que um temor o assaltava, uma ameaça que não conseguia ver; e tornou-se um tal peso que correr era um fardo, e seus pés pareciam de chumbo.

Havia pavor à volta dele, e inimigos diante dele no passo, e seu patrão, em excitação de sina mortal, corria negligente ao encontro deles. Desviando a vista da sombra lá atrás e da profunda treva sob o penhasco à esquerda, ele olhou para a frente e viu duas coisas que lhe aumentaram a aflição. Viu que a espada que Frodo ainda segurava desembainhada reluzia com uma chama azul; e viu que, apesar de o céu atrás dela já estar escuro, a janela na torre ainda brilhava rubra.

"Orques!", murmurou. "Nunca vamos conseguir invadir deste jeito. Tem Orques por perto e coisa pior que Orques." Então, voltando depressa ao antigo hábito de sigilo, fechou a mão sobre o precioso Frasco que ainda trazia. Sua mão reluziu por um momento, vermelha com seu próprio sangue vivente, e então ele enfiou a luz reveladora no fundo de um bolso, junto ao peito, e se envolveu com a capa-élfica. Então tentou acelerar o passo. O mestre ia mais depressa; já estava uns vinte passos à frente, voando como uma sombra; logo estaria fora de vista naquele mundo cinzento.

Sam mal ocultara a luz do cristal de estrela quando ela veio. Um pouco à frente e à esquerda ele viu repentinamente, emergindo de um buraco negro de sombra sob o penhasco, a forma mais detestável que jamais contemplara, horrível além do horror de um pesadelo. Era bem semelhante a uma aranha, porém mais enorme que as grandes feras caçadoras e mais terrível que elas por causa do propósito maligno em seus olhos implacáveis. Os mesmos olhos que ele crera estarem assustados e vencidos, ali estavam eles, outra vez iluminados com luz cruel, agrupados em sua cabeça estendida. Tinha grandes chifres e por trás do pescoço curto que parecia uma haste estava o imenso corpo inchado, um vasto saco intumescido, balançando e bambeando entre as pernas; seu grande volume era negro, borrado de marcas lívidas, mas o ventre embaixo era pálido e luminoso, e emitia fedor. As pernas eram arqueadas, com grandes juntas salientes altas sobre o lombo dela e pelos que se eriçavam como espinhos de aço, e na extremidade de cada perna havia uma garra.

Assim que espremeu pela saída superior da toca o corpo mole e esborrachado e os membros dobrados, moveu-se com velocidade horrível, ora correndo nas pernas que estalavam, ora dando um salto repentino. Estava entre Sam e seu patrão. Ou ela não viu Sam, ou então evitou-o naquele momento como portador da luz e fixou toda a atenção em uma presa, em Frodo, privado de seu Frasco, correndo negligente trilha acima, ainda inconsciente de seu perigo. Corria rápido, mas Laracna era mais rápida; em alguns saltos ela o apanharia.

Sam ofegou e reuniu todo o fôlego que lhe restava para gritar. "Cuidado atrás!", berrou. "Cuidado, patrão! Eu...", mas subitamente seu grito foi abafado.

Uma mão comprida e pegajosa lhe fechou a boca e outra o apanhou pelo pescoço, enquanto algo se enrolava em sua perna. Apanhado desprevenido, despencou para trás nos braços do atacante.

"Pegamos!", chiou Gollum em seu ouvido. "Finalmente, meu precioso, nós pegamos ele, sim, o hobbit asssqueroso. Nós pega este. Ela vai pegar o outro. Ó sim, Laracna vai pegar ele, não Sméagol: ele prometeu; não vai machucar Mestre nem um pouco. Mas ele pegou você, imundozinho asssqueroso safado!" Cuspiu no pescoço de Sam.

A fúria diante da traição e o desespero por ser detido quando seu patrão estava em perigo mortal conferiram a Sam uma súbita violência e força que estavam muito além de qualquer coisa que Gollum esperara daquele hobbit lerdo e estúpido, como o considerava. Nem o próprio Gollum poderia ter-se retorcido mais depressa nem com maior ferocidade. Sua pressão na boca de Sam fraquejou, e Sam agachou-se e investiu para a frente outra vez, tentando arrancar-se do aperto em seu pescoço. Ainda tinha a espada na mão e, no braço esquerdo, suspenso pela tira, estava o cajado de Faramir. Desesperado, tentou virar-se e espetar o inimigo. Mas Gollum foi rápido demais. Seu longo braço direito se estendeu, e ele agarrou o pulso de Sam: seus dedos eram como um torno; lenta e implacavelmente, dobrou a mão para baixo e para a frente, até que, com um grito de dor, Sam soltou a espada, que caiu ao chão; e todo o tempo a outra mão de Gollum apertava mais a garganta de Sam.

Então Sam deu a última cartada. Usando toda a força, libertou-se com um puxão e apoiou os pés com firmeza; então de repente impeliu as pernas contra o chão e com todo o ímpeto jogou-se para trás.

Sem esperar nem aquele truque simples de Sam, Gollum despencou com Sam por cima dele e recebeu o peso do robusto hobbit no estômago. Soltou um chiado agudo, e por um segundo a mão que tinha no pescoço de Sam afrouxou; mas seus dedos ainda seguravam a mão da espada. Sam soltou-se com um arranco avante e pôs-se de pé, e então girou rapidamente para a direita em torno do pulso que Gollum segurava. Apanhando o cajado com a mão esquerda, Sam o ergueu, e ele desceu com um assobio e um estalido no braço estendido de Gollum, logo abaixo do cotovelo.

Com um guincho, Gollum largou-o. Então Sam atacou; sem esperar mudar o cajado da esquerda para a direita, desferiu outro golpe selvagem. Rápido como uma cobra, Gollum deslizou para o lado, e a pancada que visava sua cabeça o atingiu nas costas. O cajado rachou e se partiu. Isso lhe bastou. Agarrar por trás era um antigo jogo seu e raramente fracassara nele. Mas daquela vez, iludido pelo rancor, cometera o erro de falar e se regozijar antes de ter ambas as mãos no pescoço da vítima. Tudo dera errado em seu belo plano desde que aquela luz horrível surgira tão inesperada na escuridão. E agora estava face a face com um inimigo furioso, pouco menor que ele mesmo. Aquela luta não era para ele. Sam recolheu a espada no chão e a ergueu. Gollum guinchou e, dando um pulo para ficar de quatro, fugiu saltando com um grande ímpeto, como um sapo. Antes que Sam pudesse alcançá-lo ele havia fugido, correndo de volta ao túnel com velocidade espantosa.

De espada na mão, Sam foi atrás dele. No momento esquecera-se de tudo o mais, exceto a fúria rubra no cérebro e o desejo de matar Gollum. Mas antes que conseguisse alcançá-lo, Gollum se fora. Então, com o buraco escuro diante dele e o fedor saindo ao seu encontro, como um trovão, o pensamento em Frodo e no monstro acometeu a mente de Sam. Girou de repente e correu desesperado trilha acima, chamando, chamando o nome do patrão. Estava atrasado. Até ali a trama de Gollum tivera sucesso.

10

As Escolhas do Mestre Samwise

Frodo jazia de costas no chão, e o monstro se curvava sobre ele, tão atento à vítima que não deu importância a Sam e seus gritos até ele estar bem perto. Ao chegar correndo, ele viu que Frodo já estava atado com cordas, enroladas do tornozelo ao ombro, e o monstro, com as grandes pernas dianteiras, começava meio a erguer seu corpo, meio a arrastá-lo para longe.

Do lado mais próximo jazia no chão, reluzindo, a sua lâmina-élfica, onde lhe havia caído inútil da mão. Sam não esperou para se perguntar o que deveria ser feito, ou se ele era bravo, ou leal, ou repleto de fúria. Saltou para diante com um grito e agarrou a espada do patrão com a mão esquerda. Então atacou. Jamais se viu assalto mais violento no mundo selvagem das feras, onde uma criaturinha desesperada, armada com pequenos dentes e sozinha, salta sobre uma torre de chifres e couro que se ergue acima do companheiro tombado.

Perturbada por seu pequeno grito, como se despertasse de algum sonho de maldosa satisfação, ela lentamente voltou para ele a pavorosa malícia do seu olhar. Mas, quase antes que ela se desse conta de que a assolava uma fúria maior do que as que conhecera em anos incontáveis, a espada reluzente lhe mordeu o pé e decepou a garra. Sam chegou com um salto no interior dos arcos de suas pernas e, com um rápido movimento ascendente da outra mão, espetou os olhos agrupados sobre a cabeça abaixada. Um grande olho se obscureceu.

Agora a miserável criatura estava bem abaixo dela, naquele momento fora do alcance de seu ferrão e suas garras. O vasto ventre estava por cima dele com sua luz pútrida, e o fedor quase o abateu. A fúria dele ainda bastava para mais um golpe, e antes que ela se deixasse cair sobre ele, asfixiando-o e a toda a sua pequena impudência de coragem, com força desesperada ele lhe desferiu um talho com a luzente lâmina-élfica.

Mas Laracna não era como os dragões, não tinha ponto mole, exceto os olhos. Seu couro antiquíssimo tinha nós e buracos de corrupção, mas sempre tornado mais espesso, de dentro para fora, com camadas e camadas de crescimento maligno. A lâmina marcou-o com um entalhe terrível, mas aquelas dobras hediondas não podiam ser perfuradas pela força dos homens, nem que um Elfo ou Anão tivesse forjado o aço ou a mão de Beren ou de Túrin o empunhasse. Ela cedeu diante do golpe e depois içou alto, acima da cabeça de Sam, o grande saco de seu ventre. O veneno espumou e borbulhou na ferida. Depois, afastando as pernas, outra vez ela lançou sua enorme massa sobre ele. Cedo demais. Pois Sam ainda estava de pé e, deixando cair sua própria espada, segurou com ambas as mãos a lâmina-élfica de ponta para cima, defendendo-se daquele teto horripilante; e assim Laracna, com a força motriz de sua própria vontade, com vigor maior que a mão de qualquer guerreiro, jogou-se sobre um espigão afiado. Ele penetrou fundo, fundo, à medida que Sam era lentamente esmagado contra o chão.

Laracna jamais conhecera tal angústia, nem sonhara em conhecê-la, em todo o seu longo mundo de maldade. Nem o mais robusto soldado da antiga Gondor, nem o mais selvagem Orque aprisionado jamais se opusera a ela daquele modo, nem atacara com lâmina sua bem-amada carne. Um estremecimento perpassou-a. Içando-se de novo, arrancando o corpo para longe da dor, curvou debaixo de si os membros que se contorciam e pulou para trás em salto convulsivo.

Sam caíra de joelhos junto a cabeça de Frodo, com os sentidos atordoados pelo odor fétido e as duas mãos ainda agarradas ao punho da espada. Através da névoa que tinha diante dos olhos, tinha consciência embaçada do rosto de Frodo e teimosamente lutou para se dominar e se arrancar do desmaio que o assaltava. Ergueu a cabeça devagar e a viu, a somente alguns passos de distância, observando-o, com saliva peçonhenta escorrendo do bico e um fluxo verde pingando debaixo do olho ferido. Estava acocorada ali, com o ventre trêmulo espalhado no chão e os grandes arcos das pernas palpitando, reunindo forças para outro salto — dessa vez para esmagar e desferir uma ferroada mortal: não uma pequena mordida venenosa para imobilizar a agitação da comida; desta vez seria para matar e depois despedaçar.

Enquanto o próprio Sam estava de cócoras, olhando para ela, vendo a morte em seus olhos, veio-lhe um pensamento, como se tivesse falado alguma voz remota, e ele remexeu no peito com a mão esquerda e encontrou o que buscava: frio e duro e sólido ele lhe pareceu ao tato em um fantasmagórico mundo de horror, o Frasco de Galadriel.

"Galadriel!", disse ele baixinho, e então ouviu vozes distantes, porém nítidas: as exclamações dos Elfos que caminhavam sob as estrelas nas queridas sombras do Condado e a música dos Elfos que lhe vinha através do sono, no Salão do Fogo na casa de Elrond.

Gilthoniel A Elbereth!

E então sua língua se soltou, e sua voz exclamou em uma língua que não conhecia:

> *A Elbereth Gilthoniel*
> *o menel palan-diriel,*
> *le nallon sí di'nguruthos!*
> *A tiro nin, Fanuilos!*

E com estas palavras pôs-se de pé e era outra vez Samwise, o hobbit, filho de Hamfast.

"Agora venha, imundície!", exclamou. "Feriu meu patrão, sua besta, e vai pagar por isso. Nós vamos em frente; mas primeiro vamos acertar contas com você. Venha aqui e prove-a outra vez!"

Como se seu espírito indômito tivesse posto em movimento a potência dele, o cristal se iluminou de repente como uma tocha branca em sua mão. Flamejou como uma estrela que, saltando do firmamento, crestasse o ar escuro com luz intolerável. Nenhum terror assim, vindo dos céus, jamais havia queimado antes na cara de Laracna. Seus raios penetraram em sua cabeça ferida e a entalharam com dor insuportável, e a terrível infecção de luz se espalhou de um olho a outro. Ela caiu de costas, golpeando o ar com as patas dianteiras, com a visão arruinada por raios interiores e com a mente em agonia. Depois, virando a cabeça mutilada na direção oposta, rolou de lado e começou a rastejar, garra após garra, rumo à abertura no penhasco escuro atrás dela.

Sam avançou. Cambaleava como um bêbado, mas avançou. E Laracna, finalmente intimidada, murcha de derrota, sacudia e estremecia à medida que tentava se afastar dele às pressas. Alcançou a toca e, espremendo-se para baixo, deixando um rastro de muco amarelo-esverdeado, escorregou para dentro no momento em que Sam dava um último golpe em suas pernas que se arrastavam. Então ele caiu ao chão.

Laracna se fora; e esta história não conta se jazeu por muito tempo em sua toca, acalentando sua malícia e seu tormento, e se curou de dentro para fora em lentos anos de treva, reconstruindo os olhos agrupados até, com uma fome de morte, mais uma vez tecer suas pavorosas armadilhas nos vales das Montanhas de Sombra.

Sam fora abandonado. Exausto, com o anoitecer da Terra Inominável caindo sobre o local da batalha, ele se arrastou de volta para junto do patrão.

"Patrão, querido patrão", disse ele, mas Frodo não falou. Quando ele correra para a frente, ávido, regozijando-se por estar livre, Laracna viera por trás com velocidade hedionda e, com um rápido golpe, o ferroara no pescoço. Agora jazia pálido, e não ouvia voz nem se movia.

"Patrão, querido patrão!", repetiu Sam, e por um longo silêncio aguardou, escutando em vão.

Então, o mais depressa que pôde, cortou as cordas que o atavam e pousou a cabeça no peito de Frodo e em sua boca, mas não pôde achar agitação de vida nem sentir a mais débil palpitação do coração. Muitas vezes esfregou as mãos e os pés do patrão e tocou-lhe a testa, mas todos estavam frios.

"Frodo, Sr. Frodo!", chamou ele. "Não me deixe aqui sozinho! É seu Sam chamando. Não vá aonde não posso segui-lo! Acorde, Sr. Frodo! Ó acorde, Frodo, meu querido, meu querido. Acorde!"

Então a raiva o acometeu, e ele correu furioso em torno do corpo do patrão, dando estocadas no ar, golpeando as pedras e gritando desafios. Após algum tempo voltou e, curvando-se, olhou para o rosto de Frodo, pálido abaixo dele na penumbra. E viu de súbito que ele estava na imagem que lhe fora revelada no espelho de Galadriel em Lórien: Frodo, de rosto pálido, jazendo em sono profundo sob um grande penhasco escuro. Ou em sono profundo era o que ele pensara então. "Está morto!", disse ele. "Não dormindo, morto!" E quando disse isso, como se as palavras tivessem feito o veneno agir novamente, pareceu-lhe que o tom do rosto adquiriu um lívido matiz verde.

E então o negro desespero se abateu sobre ele, e Sam se curvou até o chão, e puxou o capuz cinzento sobre a cabeça, e a noite entrou em seu coração, e ele não soube mais nada.

Quando o negror finalmente passou, Sam ergueu os olhos, e havia sombras em torno dele; mas não sabia dizer por quantos minutos ou horas o mundo seguira se arrastando. Ainda estava no mesmo lugar, e ainda seu patrão jazia morto junto dele. As montanhas não haviam desmoronado, nem a terra caíra em ruína.

"O que hei de fazer, o que hei de fazer?", disse ele. "Vim com ele esse caminho todo para nada?" E então recordou sua própria voz dizendo palavras que naquele momento ele mesmo não entendera, no começo de sua jornada: "Tenho alguma coisa para fazer antes do fim. Preciso resolver isso, senhor, se me entende."

"Mas o que posso fazer? Não deixar o Sr. Frodo morto, insepulto no alto das montanhas, e ir para casa? Ou ir em frente? Ir em frente?", repetiu, e por um momento a dúvida e o medo o sacudiram. "Ir em frente? É isso que tenho que fazer? E deixá-lo?"

Então, finalmente, começou a chorar; e chegando até Frodo ajeitou o corpo, e dobrou suas mãos sobre o peito, e envolveu-o com a capa; e deitou de um lado sua própria espada e do outro o cajado que Faramir lhe dera.

"Se for para eu ir em frente," disse ele, "então preciso pegar sua espada, com sua licença, Sr. Frodo, mas vou pôr esta outra deitada ao seu lado, assim como esteve ao lado do antigo rei no morro tumular; e o senhor tem seu lindo colete de mithril do velho Sr. Bilbo. E seu cristal-de-estrela, Sr. Frodo, emprestou-o para mim e vou precisar dele, pois agora sempre vou estar no escuro. É bom demais para mim, e a Senhora lhe deu, mas quem sabe ela entenderia. *O senhor* entende, Sr. Frodo? Preciso ir em frente."

Mas não podia ir, ainda não. Ajoelhou-se e segurou a mão de Frodo, e não pôde soltá-la. E o tempo passou e ele ainda estava de joelhos, segurando a mão do patrão e debatendo em seu coração.

Agora tentava encontrar forças para se libertar e sair em jornada solitária — por vingança. Se conseguisse partir, sua ira o levaria por todas as estradas do mundo, perseguindo-o até apanhá-lo por fim: Gollum. Então Gollum morreria em um canto. Mas não fora para isso que ele partira. Não valeria a pena abandonar o patrão por isso. Isso não o traria de volta. Nada traria. Seria melhor que ambos estivessem mortos juntos. E essa também seria uma jornada solitária.

Contemplou a ponta brilhante da espada. Pensou nos lugares onde havia uma beira negra e uma queda vazia para o nada. Não havia escape daquele modo. Aquilo era não fazer nada, nem mesmo lamentar-se. Não fora para isso que ele partira. "O que devo fazer então?", exclamou outra vez, e agora parecia saber claramente a dura resposta: *resolver isso*. Outra jornada solitária, e a pior.

"O quê? Eu sozinho ir até a Fenda da Perdição e tudo o mais?" Ainda estava acovardado, mas a resolução crescia. "O quê? *Eu* tirar o Anel *dele*? O Conselho o deu a ele."

Mas a resposta veio de imediato: "E o Conselho lhe deu companheiros para a missão não fracassar. E você é o último de toda a Comitiva. A missão não pode fracassar."

"Queria não ser o último", gemeu ele. "Queria que o velho Gandalf estivesse aqui, ou alguém. Por que fiquei abandonado para me decidir? Tenho certeza que vou errar. E pegar o Anel e me pôr à frente não é para mim."

"Mas você não se pôs à frente; você foi posto à frente. E quanto a não ser a pessoa certa e apropriada, ora, o Sr. Frodo não era, como se poderia dizer, nem o Sr. Bilbo. Eles mesmos não escolheram."

"Ah, bem, eu preciso me decidir. Eu vou me decidir. Mas com certeza vou errar: isso seria bem do Sam Gamgi.

"Deixe ver agora: se formos encontrados aqui, ou o Sr. Frodo for encontrado e essa Coisa estiver com ele, bem, o Inimigo vai pegá-la. E isso vai ser o fim de nós todos, de Lórien, e de Valfenda, e do Condado, e de tudo o mais. E não há tempo a perder, se não vai ser o fim de qualquer jeito. A guerra começou, e muito provavelmente as coisas já estão indo a favor do Inimigo. Não tem chance de voltar com Ele para ter conselho ou permissão. Não, é ficar sentado aqui até eles chegarem, me matarem junto ao corpo do patrão e pegarem Ele; ou apanhar Ele e partir." Inspirou fundo. "Então é apanhar Ele!"

Inclinou-se. Muito suavemente, soltou o fecho do pescoço e enfiou a mão na túnica de Frodo; depois, erguendo a cabeça com a outra mão, beijou a testa fria e, tranquilamente, puxou a corrente por cima dela. Depois disso a cabeça estava outra vez deitada, em repouso imóvel. Nenhuma mudança surgiu no rosto sereno, e isso, mais do que todos os outros sinais, finalmente convenceu Sam de que Frodo morrera e deixara de lado a Demanda.

"Adeus, patrão, meu querido!", murmurou. "Perdoe o seu Sam. Ele vai voltar a este ponto quando o serviço estiver feito — se ele der conta. E depois nunca mais vai deixá-lo. Descanse em paz até eu voltar; e que nenhuma criatura imunda chegue perto! E, se a Senhora pudesse me ouvir e me conceder um desejo, eu desejaria voltar e encontrá-lo de novo. Adeus!"

Então inclinou seu próprio pescoço e vestiu a corrente, e imediatamente sua cabeça foi puxada na direção do chão pelo peso do Anel, como se uma grande pedra lhe tivesse sido atada. Mas lentamente, como se o peso diminuísse ou uma nova força crescesse nele, ergueu a cabeça e depois, com grande esforço, pôs-se de pé e descobriu que conseguia caminhar e suportar seu fardo. E por um momento, ergueu o Frasco e olhou para o patrão a seus pés, e agora a luz ardia suavemente, com a terna radiância da estrela vespertina no verão, e naquela luz o rosto de Frodo era outra vez de claro matiz, pálido, porém belo, com uma beleza élfica, como de quem há muito tempo ultrapassou as sombras. E com o amargo consolo daquela última visão, Sam se virou, escondeu a luz e partiu aos tropeços rumo à treva crescente.

Não precisou ir longe. O túnel estava um pouco atrás; a Fenda estava algumas centenas de jardas à frente, ou menos. A trilha era visível na penumbra, um fundo sulco desgastado em eras de travessia, agora subindo devagar por uma longa cova, com penhascos de ambos os lados. A cova estreitou-se depressa. Logo Sam chegou a um comprido lance de degraus largos e rasos. A torre-órquica já estava bem acima dele, carrancuda e negra, e nela luzia o olho vermelho. Ele já estava escondido na escura sombra abaixo dela. Estava chegando ao topo dos degraus e finalmente entrara na Fenda.

"Tomei minha decisão", continuou dizendo a si mesmo. Mas não tomara. Apesar de ter feito o melhor para ponderá-la, o que estava fazendo era totalmente a contragosto de sua natureza. "Decidi errado?", murmurou. "O que eu devia ter feito?"

Com as bordas escarpadas da Fenda fechando-se em volta dele, antes de chegar ao topo de fato, antes de finalmente contemplar a trilha que descia para a Terra Inominável, ele se virou. Por um momento, imóvel em dúvida intolerável, olhou para trás. Ainda podia ver, como uma pequena mancha na treva crescente, a boca do túnel; e pensava poder ver ou adivinhar onde jazia Frodo. Imaginou que ali embaixo havia um lampejo no chão, ou quem sabe era alguma ilusão de suas lágrimas, espiando daquela altura rochosa onde toda a sua vida desabara em ruínas.

"Se eu pudesse ter meu desejo, meu único desejo", suspirou, "de voltar e encontrá-lo!" Então, por fim, voltou-se para a estrada à frente e deu alguns passos: os mais pesados e mais relutantes que jamais dera.

Só alguns passos; e depois mais alguns, e iria descer e nunca mais veria aquela altura. E então, de repente, ouviu exclamações e vozes. Ficou imóvel como uma pedra. Vozes-órquicas. Estavam atrás dele e diante dele. Um ruído de passos pesados e gritos estridentes: os Orques estavam subindo à Fenda pelo lado oposto, quem sabe de alguma entrada da torre. Passos pesados e gritos atrás. Virou-se com um ímpeto. Viu luzinhas vermelhas, tochas, piscando lá embaixo ao saírem do túnel. Finalmente a caçada começara. O olho vermelho da torre não estivera cego. Fora apanhado.

Agora o tremeluzir das tochas que se aproximavam e o tinido do aço à frente estavam muito próximos. Em um minuto alcançariam o topo e estariam junto dele. Levara tempo demais para se decidir e agora de nada adiantava. Como podia escapar, ou salvar-se, ou salvar o Anel? O Anel. Ele não se deu conta de nenhum pensamento nem decisão. Simplesmente viu-se puxando a corrente e segurando o Anel na mão. O chefe da companhia-órquica surgiu na Fenda bem à frente dele. Então ele o pôs no dedo.

O mundo mudou, e um único momento de tempo se encheu com uma hora de pensamento. Deu-se conta de pronto de que a audição ficara mais nítida enquanto a visão se toldava, mas de modo diferente que na toca de Laracna. Agora tudo em volta dele não estava escuro, e sim vago; e ele próprio estava ali, em um mundo cinzento e nebuloso, sozinho, como uma pequena rocha negra e sólida, e o Anel, pesando em sua mão esquerda, era como um orbe de ouro quente. Não se sentia invisível de forma alguma, mas sim horrível e singularmente visível; e sabia que em algum lugar, um Olho procurava por ele.

Ouviu o estalar das pedras e o murmúrio da água bem longe, no Vale Morgul; e lá embaixo, sob a rocha, o tormento borbulhante de Laracna, tateando, perdida em alguma passagem cega; e vozes nos calabouços da torre; e os gritos dos Orques que saíam do túnel; e ensurdecedores, rugindo em seus ouvidos, o bater de pés e o clamor dilacerante dos Orques à sua frente. Encolheu-se de encontro ao penhasco. Mas eles vieram marchando como uma companhia fantasma, vultos cinzentos e distorcidos em uma neblina, apenas sonhos de temor com chamas pálidas nas mãos. E passaram por ele. Agachou-se, tentando se arrastar para alguma fissura e se esconder.

Apurou os ouvidos. Os Orques do túnel e os outros que desciam marchando haviam avistado uns aos outros, e agora os dois grupos corriam e gritavam. Ouvia-os ambos com clareza e entendia o que diziam. Quem sabe o Anel conferisse a compreensão das línguas, ou simplesmente a compreensão, especialmente dos serviçais de Sauron, seu artífice, de forma que se prestasse atenção entenderia e traduziria para si os pensamentos. Certamente o Anel adquirira imenso poder ao se aproximar do lugar onde fora forjado; mas não conferia uma coisa, que era coragem. Naquele momento Sam ainda só pensava em se esconder, em ficar oculto até tudo se acalmar de novo; e escutava ansioso. Não sabia dizer quão próximas estavam as vozes, mas as palavras pareciam estar quase em seus ouvidos.

"Olá! Gorbag! O que está fazendo aqui em cima? Já está farto da guerra?"
"Ordens, pesadão. E você está fazendo o quê, Shagrat? Cansado de espreitar lá em cima? Pensando em descer para lutar?"
"Ordens para você. Estou no comando deste passo. Então fale com jeito. Qual o seu relato?"
"Nada."
"Hai! hai! yoi!" Um berro interrompeu a conversa dos líderes. Os Orques mais abaixo haviam visto algo de repente. Começaram a correr. Os outros também.
"Hai! Olá! Tem alguma coisa aqui! Deitada bem na estrada. Um espião, um espião!" Houve um toque de trompas rosnando e uma babel de vozes que ladravam.

Com um golpe terrível, Sam despertou de sua atitude temerosa. Tinham visto seu patrão. O que iriam fazer? Ele ouvira histórias dos Orques de gelar o sangue. Não era de suportar. Ergueu-se com um salto. Lançou longe a Demanda e todas as suas decisões, e com elas o medo e a dúvida. Agora sabia onde era seu lugar e onde fora: ao lado do patrão, mas não estava claro o que podia fazer ali. Correu de volta pelos degraus, descendo a trilha na direção de Frodo.

"Quantos são?", pensou. "Trinta ou quarenta, pelo menos da torre, e muitos mais lá debaixo, calculo. Quantos posso matar antes de me apanharem? Vão ver a chama da espada assim que eu a sacar e vão me apanhar mais cedo ou mais tarde. Eu me pergunto se alguma canção vai mencionar isso: como Samwise tombou no Passo Alto e fez um muro de cadáveres em redor do seu patrão. Não, nenhuma canção. Claro que não, pois o Anel vai ser encontrado, e não vai ter mais canções. Não posso evitar. Meu lugar é junto do Sr. Frodo. Eles precisam entender isso — Elrond e o Conselho, e os grandes Senhores e Senhoras, com toda a sua sabedoria. Os planos deles deram errado. Eu não posso ser o Portador-do-Anel deles. Não sem o Sr. Frodo."

Mas os Orques já haviam saído de sua visão toldada. Ele não tivera tempo de pensar em si, mas agora percebia que estava cansado, cansado quase à exaustão: as pernas não o levavam como queria. Estava lento demais. A trilha parecia ter milhas de comprimento. Aonde tinham ido todos na neblina?

Ali estavam eles de novo! Ainda um bom tanto à frente. Um agrupamento de vultos em torno de algo deitado no chão; alguns pareciam disparar para cá e para lá, curvados como cães na pista. Tentou uma corrida súbita.

"Vamos, Sam!", disse ele; "do contrário vai chegar tarde demais outra vez." Soltou a espada na bainha. Em um minuto ele a sacaria, e então...

Houve um clamor selvagem, apupos e risos, quando algo foi erguido do chão. "Ya hoi! Ya harri hoi! Sobe! Sobe!"

Então uma voz gritou: "Agora vamos embora! Pelo caminho rápido. De volta pro Portão-de-Baixo! Ela não vai nos incomodar hoje à noite, julgando por todos os sinais." Todo o bando de vultos-órquicos começou a se mover. Quatro no meio deles carregavam um corpo no alto dos ombros. "Ya hoi!"

Tinham levado o corpo de Frodo. Tinham partido. Ele não conseguia alcançá-los. Ainda labutava para avançar. Os Orques chegaram ao túnel e estavam entrando. Os que levavam a carga entraram primeiro, e atrás deles houve muitas brigas e empurrões. Sam aproximou-se. Sacou a espada, um lampejo de azul em sua mão hesitante, mas eles não a viram. Enquanto ele vinha, ofegante, o último deles sumiu no buraco negro.

Por um momento ele ficou parado, arfando, agarrando o peito. Então passou a manga pelo rosto, limpando a sujeira, o suor e as lágrimas. "Malditos imundos!", disse ele, e saltou no encalço deles na escuridão.

No túnel não lhe parecia mais estar muito escuro, mas era como se tivesse saído de uma névoa fina para uma neblina mais espessa. Seu cansaço era crescente, mas sua vontade estava tanto mais vigorosa. Pensava poder ver a luz das tochas um pouco à frente, mas por muito que tentasse não conseguiu alcançá-las. Os Orques andam depressa nos túneis, e aquele túnel eles conheciam bem; pois, a despeito de Laracna, eram obrigados a usá-lo com frequência como caminho mais veloz vindo da Cidade Morta do outro lado das montanhas. Não sabiam em que época longínqua haviam sido feitos o túnel principal e a grande cova redonda, onde Laracna fizera sua habitação em eras passadas; mas muitos desvios eles próprios haviam escavado em torno, de ambos os lados, para escaparem da toca em suas idas e vindas a serviço de seus mestres. Naquela noite não tencionavam descer longe, mas apressavam-se em encontrar uma passagem lateral que levasse de volta à sua torre de vigia no penhasco. A maior parte deles estava jubilante, deleitada com o que tinham achado e visto, e ao correr eles tagarelavam e lamuriavam à maneira de sua espécie. Sam ouviu o ruído de suas vozes ásperas, monótonas e duras no ar morto, e conseguiu distinguir duas vozes dentre todo o resto: eram mais altas e mais próximas dele. Os capitães dos dois grupos pareciam estar andando na retaguarda, debatendo ao caminhar.

"Não pode impedir a sua ralé de fazer tanta algazarra, Shagrat?", grunhiu um. "Não queremos Laracna em cima de nós."

"Vá em frente, Gorbag! Os seus estão fazendo mais da metade do barulho", disse o outro. "Mas deixe os rapazes brincar! Não precisa se preocupar com Laracna por uns tempos, eu acho. Ela sentou num prego, parece, e não vamos chorar por causa disso. Você não viu: uma sujeira asquerosa entrando por aquela maldita fresta dela? Não foi nem uma nem cem vezes que nós tapamos ela. Então deixe eles rirem. E demos um pouco de sorte finalmente: pegamos uma coisa que Lugbúrz quer."

"Lugbúrz quer, há? O que é, você acha? Me parecia élfica, mas em tamanho pequeno. Qual é o perigo que tem uma coisa dessas?"

"Não sei antes de darmos uma olhada."

"Ohô! Então eles não disseram o que era para esperar? Eles não nos contam tudo o que sabem, não é? Nem metade. Mas eles podem cometer enganos, mesmo os Chefões."

"Sh, Gorbag!" A voz de Shagrat abaixou-se, de forma que mesmo com a audição estranhamente aguçada, Sam mal conseguiu entender o que era dito. "Podem sim, mas eles têm olhos e ouvidos em toda parte; alguns no meu grupo, é bem capaz. Mas não tem dúvida disso, estão preocupados com alguma coisa. Os Nazgûl lá embaixo estão, ao que você diz; e Lugbúrz também. Alguma coisa quase deu errado."

"Quase, você diz!", disse Gorbag.

"Está bem," disse Shagrat, "mas vamos falar disso depois. Espere até chegar no Caminho-de-Baixo. Lá tem um lugar onde nós podemos conversar um pouco enquanto os rapazes vão em frente."

Logo depois, Sam viu as tochas desaparecerem. Então houve um ruído surdo e, bem quando ele chegou às pressas, uma colisão. Pelo que pôde deduzir, os Orques haviam dado uma volta e entrado pela mesma abertura que Frodo e ele haviam experimentado e encontrado impedida. Ainda estava impedida.

Parecia haver uma grande pedra no caminho, mas os Orques haviam atravessado de algum modo, pois ele podia ouvir suas vozes do outro lado. Ainda seguiam correndo, cada vez mais fundo para dentro da montanha, voltando à torre. Sam sentiu-se desesperado. Estavam levando o corpo de seu patrão para algum objetivo imundo, e ele não podia segui-los. Arremeteu contra o bloco, o empurrou e lançou-se sobre ele, mas ele não cedeu. Então, não muito longe do lado de dentro, ou assim imaginou, ouviu as vozes dos dois capitães falando de novo. Ficou imóvel escutando um pouco, esperando talvez saber de algo útil. Quem sabe Gorbag, que parecia pertencer a Minas Morgul, saísse, e então ele poderia esgueirar-se para dentro.

"Não, não sei", disse a voz de Gorbag. "As mensagens passam mais depressa do que as coisas voam, em regra. Mas eu não pergunto como é que fazem isso. É mais seguro assim. *Grr!* Esses Nazgûl me dão arrepios. E esfolam seu corpo assim que olham para você, e deixam você todo frio no escuro do outro lado. Mas Ele gosta deles; hoje em dia são os favoritos Dele, então não adianta resmungar. Eu te digo, não é brincadeira o serviço na cidade lá embaixo."

"Você devia tentar ficar aqui em cima tendo Laracna por companhia", disse Shagrat.

"Eu queria tentar em algum lugar onde não tem nenhum deles. Mas agora a guerra começou e quando ela terminar, as coisas podem ficar mais fáceis."

"Está indo bem, dizem."

"É claro que dizem", grunhiu Gorbag. "Vamos ver. Mas de qualquer jeito, se ela for bem vai ter muito mais espaço. O que você diz? — se tivermos chance, você e eu vamos escapulir e nos estabelecer em algum lugar, só nós e uns rapazes de confiança, num lugar que tem pilhagem boa, fácil e à mão, e sem grandes chefes."

"Ah!", exclamou Shagrat. "Como nos velhos tempos."

"Sim", respondeu Gorbag. "Mas não conte com isso. Eu não estou tranquilo. Como eu disse, os Grandes Chefes... é," sua voz se reduziu quase a um sussurro, "é, mesmo os Maiores podem cometer erros. Alguma coisa quase deu errado, você diz. Eu digo que alguma coisa *deu* errado. E precisamos tomar cuidado. Sempre os pobres Uruks para acertar as coisas e pouca gratidão. Mas não esqueça: os inimigos não gostam de nós mais do que gostam Dele, e se eles ficarem por cima Dele, nós também estamos perdidos. Mas olhe aqui: quando mandaram você sair?"

"Mais ou menos uma hora atrás, logo antes de você nos ver. Veio uma mensagem: *Nazgûl inquietos. Receio espiões nas Escadarias. Dupla vigilância. Patrulha ao topo das Escadarias.* Eu vim na hora."

"Negócio ruim", disse Gorbag. "Olhe aqui... nossos Sentinelas Silenciosos estavam inquietos mais de dois dias atrás, isso eu sei. Mas a minha patrulha só foi mandada para fora um dia depois, nem foi mandada mensagem para Lugbúrz: isso porque subiu o Grande Sinal, e o Nazgûl Supremo saiu pra guerra, e tudo isso. E depois não conseguiram fazer Lugbúrz prestar atenção por um bom tempo, me disseram."

"O Olho estava ocupado em outro lugar, suponho", comentou Shagrat. "Coisas grandes acontecendo lá no oeste, dizem."

"Deve ser mesmo", grunhiu Gorbag. "Mas enquanto isso, os inimigos subiram pelas Escadarias. E você estava fazendo o quê? Era para manter guarda, não era, com ou sem ordens especiais? Você serve para quê?"

"Já chega! Não tente me ensinar o meu serviço. Estávamos acordados, sim. Nós sabíamos que tinha coisas esquisitas acontecendo."

"Muito esquisitas!"

"É, muito esquisitas: luzes e gritaria e tudo. Mas Laracna estava em ação. Meus rapazes viram ela e o Safado dela."

"O Safado dela? O que é isso?"

"Você deve ter visto ele: sujeitinho magro e preto; ele mesmo parece uma aranha, ou quem sabe mais um sapo esfomeado. Ele esteve aqui antes. *Saiu* de Lugbúrz da primeira vez, anos atrás, e nos veio mensagem de Lá de Cima para deixar ele passar. Depois disso, subiu as Escadarias uma ou duas vezes, mas deixamos ele em paz: parece que tem algum acerto com a Nobre Senhora. Acho que ele não é bom de comer: ela não ia se preocupar com as palavras de Lá de Cima. Mas vocês mantém uma bela guarda no vale: ele esteve aqui em cima um dia antes de toda essa algazarra. Ontem, no começo da noite, nós vimos ele. Seja como for, meus rapazes relataram que a Nobre Senhora estava se divertindo um pouco, e isso pareceu bem bom para mim, até chegar a mensagem. Pensei que o Safado dela tinha trazido um brinquedo, ou quem sabe que você mandou um presente para ela, um prisioneiro de guerra ou coisa assim. Eu não me meto quando ela está brincando. Nada passa por Laracna quando ela está caçando."

"Nada, você diz! Você não usou os olhos lá atrás? Eu digo que não estou tranquilo. Seja lá o que subiu as Escadarias, ele *passou*. Cortou a teia dela e saiu fácil do buraco. Isso é coisa para pensar!"

"Ah, bem, mas ela pegou ele no fim, não pegou?"

"*Pegou* ele? Pegou *quem*? Esse sujeitinho? Mas se ele era o único ela tinha levado ele pra despensa faz muito tempo, e ele estaria lá agora. E, se Lugbúrz queria ele, *você* tinha que ir buscar ele. Bom para você. Mas tinha mais do que um."

Nesse ponto, Sam começou a escutar mais atentamente e apertou o ouvido contra a pedra.

"Quem cortou as cordas que ela pôs em volta dele, Shagrat? O mesmo que cortou a teia. Você não vê isso? E quem espetou um alfinete na Nobre Senhora? O mesmo, eu acho. E onde ele está? Onde ele está, Shagrat?"

Shagrat não deu resposta.

"Você pode muito bem dar tratos à bola, se tiver uma. Não é assunto para risada. Ninguém, *ninguém* jamais espetou um alfinete em Laracna, como você devia saber muito bem. Nada de mau nisso; mas pense — tem alguém à solta por aqui que é mais perigoso que qualquer outro maldito rebelde que já caminhou desde os maus velhos tempos, desde o Grande Cerco. Alguma coisa *deu* errado."

"Então o que é?", grunhiu Shagrat.

"Por todos os sinais, Capitão Shagrat, eu diria que tem um grande guerreiro à solta, bem provavelmente um Elfo, com uma espada-élfica em todo caso, e quem sabe um machado também; e ele está à solta no seu território, e você nem localizou ele. Muito esquisito mesmo!" Gorbag cuspiu. Sam sorriu, soturno, diante dessa descrição dele.

"Ah, bem, você sempre teve uma visão desanimada", disse Shagrat. "Você pode interpretar os sinais como quiser, mas pode ter outros jeitos de explicar eles. Seja como for, eu tenho vigias em todos os pontos e vou lidar com uma coisa de cada vez. Quando eu tiver dado uma olhada no sujeito que nós *pegamos*, aí vou começar a me preocupar com outra coisa."

"Imagino que você não vai encontrar muita coisa nesse sujeitinho", disse Gorbag. "Pode ser que ele não tenha nada a ver com a confusão de verdade. O grandão com a espada afiada não parece que achou que ele valia muito, de qualquer jeito — só deixou ele deitado: truque élfico ordinário."

"Veremos. Agora vamos lá! Já falamos bastante. Vamos dar uma espiada no prisioneiro!"

"O que você vai fazer com ele? Não esqueça que eu avistei ele primeiro. Se tiver jogo, eu e os meus rapazes precisamos estar dentro."

"Ora, ora," grunhiu Shagrat, "eu tenho as minhas ordens. E quebrar elas vale mais que a minha barriga ou a sua. *Qualquer* invasor encontrado pela guarda deve ser mantido na torre. O prisioneiro deve ser despojado. Descrição completa de cada objeto, roupa, arma, carta, anel ou bagatela deve ser mandada a Lugbúrz de imediato, e a Lugbúrz *apenas*. E o prisioneiro deve ser mantido a salvo e intacto, sob pena de morte para todos os membros da guarda, até Ele mandar alguém ou vir Ele próprio. Isso é bem claro, e é isso que vou fazer."

"Despojado, hein?", disse Gorbag. "O que, dentes, unhas, cabelo, tudo?"

"Não, nada disso. Ele é para Lugbúrz, estou dizendo. É para ficar a salvo e inteiro."

"Você vai achar isso difícil", riu Gorbag. "Agora ele é só carniça. O que Lugbúrz vai fazer com material assim eu não imagino. Podia muito bem ir pra panela."

"Seu idiota", rosnou Shagrat. "Você tem uma fala muito esperta, mas tem muita coisa que você não sabe, apesar de a maioria dos outros saberem. Vai você pra panela ou pra Laracna, se não tomar cuidado. Carniça! É só isso que você sabe da Nobre Senhora? Quando ela amarra com cordas é que está em busca de carne. Ela não come carne morta nem suga sangue frio. Este sujeito não está morto!"

Sam cambaleou, agarrando-se à pedra. Sentiu-se como se todo o mundo obscuro estivesse virando de cabeça para baixo. O choque foi tão grande que ele quase desmaiou, mas, enquanto lutava para manter o controle dos sentidos, bem no fundo tinha consciência do comentário: "Seu idiota, ele não está morto, e o seu coração sabia. Não confie em sua cabeça, Samwise, não é sua melhor parte. Seu problema é que você nunca teve esperança de verdade. Agora o que deve ser feito?" No momento nada, senão apoiar-se na pedra imóvel e escutar, escutar as vis vozes-órquicas.

"Diacho!", disse Shagrat. "Ela tem mais que um veneno. Quando está caçando ela só lhes dá uma cravada no pescoço, e eles ficam moles como peixe desossado, e depois ela se diverte com eles. Lembra do velho Ufthak? Perdemos ele por dias. Depois encontramos ele num canto; estava pendurado, mas estava bem acordado e de olhos arregalados. Como nós rimos! Ela tinha esquecido ele, quem sabe, mas nós não tocamos nele — não é bom interferir com Ela. Não — esse imundozinho, ele vai acordar em algumas horas; e só se sentindo meio enjoado por algum tempo, mas vai ficar bem. Ou ficaria, se Lugbúrz deixasse ele em paz. E, é claro, vai perguntar onde ele está e o que aconteceu com ele."

"E o que vai acontecer com ele?", riu-se Gorbag. "Seja como for, podemos contar umas histórias para ele, já que não podemos fazer outra coisa. Não sei se alguma vez ele esteve na encantadora Lugbúrz, então pode gostar de saber o que deve esperar. Isso vai ser mais engraçado do que eu pensei. Vamos lá!"

"Não vai ter nada engraçado, eu lhe digo", disse Shagrat. "E ele precisa ser mantido a salvo, do contrário todos nós estamos praticamente mortos."

"Muito bem! Mas eu, se fosse você, pegava o grandão que está à solta antes de mandar algum relatório para Lugbúrz. Não vai soar tão bonito dizer que você pegou o gatinho e deixou o gatão escapar."

As vozes começaram a se afastar. Sam ouviu o som dos pés recuando. Estava se recuperando do choque, e agora uma fúria selvagem o acometeu. "Fiz tudo errado!", exclamou ele. "Eu sabia que ia fazer isso. Agora eles o pegaram, os demônios! os imundos! Nunca deixe seu patrão, nunca, nunca: essa era a minha regra certa. E eu a sabia no coração. Que eu possa ser perdoado! Agora preciso voltar a ter com ele. De algum jeito, de algum jeito!"

Sacou a espada outra vez e bateu o cabo na pedra, mas esta só emitiu um ruído abafado. A espada, porém, inflamou-se tão intensamente que ele já conseguia enxergar de modo turvo à sua luz. Para sua surpresa, notou que o grande bloco tinha a forma de uma porta pesada e tinha menos que o dobro de sua própria altura. Acima dela havia um negro espaço vazio, entre o topo e o arco baixo da abertura. Provavelmente destinava-se apenas a ser um obstáculo à intrusão de Laracna, preso por dentro com algum trinco ou ferrolho além do alcance da astúcia dela. Com a força que lhe restava, Sam saltou e agarrou o topo, subiu com dificuldade e deixou-se cair; e então correu loucamente, com a espada inflamada na mão, virando uma curva e subindo por um túnel serpenteante.

A notícia de que o patrão ainda estava vivo o animou a um último esforço além do pensamento da exaustão. Não podia ver nada à frente, pois aquela nova passagem se retorcia e encurvava constantemente; mas achou que estava alcançando os dois Orques: as vozes deles já soavam mais próximas. Agora pareciam estar bem perto.

"É isso que eu vou fazer", disse Shagrat em tom irritado. "Pôr ele bem em cima, na câmara do topo."

"Para quê?" grunhiu Gorbag. "Você não tem cadeia lá embaixo?"

"Ele vai sair do caminho do prejuízo, eu digo", respondeu Shagrat. "Está vendo? Ele é precioso. Eu não confio em todos os meus rapazes e em nenhum dos seus; nem em você, quando está louco para se divertir. Ele vai aonde eu quero ele, e aonde você não vai chegar, se não ficar comportado. Lá em cima no topo, eu digo. Vai estar seguro lá."

"Vai?", disse Sam. "Estão se esquecendo do grande guerreiro élfico que está à solta!" E com essas palavras dobrou correndo a última curva, só para descobrir que devido a algum truque do túnel ou à audição que o Anel lhe conferia, tinha julgado mal a distância.

Os dois vultos-órquicos ainda estavam um tanto à frente. Podia vê-los agora, negros e atarracados diante de um clarão vermelho. A passagem finalmente seguia reta, subindo por um aclive; e no fim, escancaradas, havia grandes portas duplas que provavelmente conduziam a câmaras profundas muito abaixo do alto corno da torre. Os Orques, com seu fardo, já haviam entrado. Gorbag e Shagrat estavam se aproximando do portão.

Sam ouviu um repente de cantoria rouca, um toque de cornetas e um bater de gongos, um clamor hediondo. Gorbag e Shagrat já estavam na soleira.

Sam berrou e brandiu Ferroada, mas sua voz fraca se perdeu no tumulto. Ninguém lhe deu atenção.

As grandes portas fecharam-se com estrondo. *Bum*. As barras de ferro caíram em seus lugares lá dentro. *Blang!* O portão estava fechado. Sam arremessou-se contra as chapas de bronze aferrolhadas e caiu ao chão, sem sentidos. Estava na treva do lado de fora. Frodo estava vivo, mas aprisionado pelo Inimigo.

O RETORNO DO REI

Terceira parte de
O SENHOR DOS ANÉIS

LIVRO V

1

Minas Tirith

Pippin espiou do abrigo da capa de Gandalf. Perguntou-se se estava acordado ou se seguia dormindo, ainda no sonho de rápido movimento em que estivera envolto por tanto tempo desde que começara a grande cavalgada. O mundo escuro passava correndo e o vento cantava alto em seus ouvidos. Não podia ver nada senão as estrelas que rodopiavam e, à sua direita, vastas sombras diante do céu, onde as montanhas do Sul marchavam avante. Sonolento, tentou calcular os tempos e as etapas de sua jornada, mas sua memória estava atordoada e incerta.

Houvera uma primeira cavalgada, em velocidade terrível, sem parada, e então vira ao amanhecer um pálido brilho de ouro, e haviam chegado à cidade silenciosa e à grande casa vazia na colina. E mal haviam atingido esse abrigo quando a sombra alada passara outra vez por cima deles, e os homens murcharam de medo. Mas Gandalf lhe dissera palavras suaves, e ele dormira em um canto, cansado, mas inquieto, remotamente consciente de idas e vindas, de homens falando e de Gandalf dando ordens. E depois outra vez uma cavalgada, uma cavalgada na noite. Aquela era a segunda, não, a terceira noite desde que olhara na Pedra. E com essa lembrança hedionda despertou por completo e teve um calafrio, e o ruído do vento se encheu de vozes ameaçadoras.

Uma luz se inflamou no céu, um lampejo de fogo amarelo por trás de barreiras escuras. Pippin encolheu-se para trás, temeroso por um momento, perguntando-se a que terra pavorosa Gandalf o estava levando. Esfregou os olhos e então viu que era a lua nascendo sobre as sombras do leste, já quase cheia. Então a noite ainda não era velha e a jornada obscura prosseguiria por muitas horas. Remexeu-se e falou:

"Onde estamos, Gandalf?", perguntou.

"No reino de Gondor", respondeu o mago. "A terra de Anórien ainda está passando."

Por algum tempo houve silêncio outra vez. Então Pippin exclamou de repente "O que é aquilo?", agarrando a capa de Gandalf. "Olhe! Fogo, fogo vermelho! Há dragões nesta terra? Olhe, ali há outro!"

Em resposta, Gandalf falou em voz alta com o cavalo. "Avante, Scadufax! Precisamos nos apressar. O tempo é curto. Veja! Os faróis de Gondor estão acesos, chamando ajuda. A guerra se inflamou. Veja, ali está o fogo em Amon Dîn e a chama em Eilenach; e lá vão eles correndo para o oeste: Nardol, Erelas, Min-Rimmon, Calenhad e Halifirien nos limites de Rohan."

Mas Scadufax fez uma pausa na carreira, reduzindo-a ao passo, e então ergueu a cabeça e relinchou. E do escuro veio em resposta o relinchar de outros cavalos; e logo ouviu-se o impacto de cascos, e três cavaleiros surgiram, passaram como fantasmas voadores à luz da lua e desapareceram rumo ao Oeste. Então Scadufax reuniu forças e partiu em um salto, e a noite fluiu por cima dele como um vento que rugia.

Pippin ficou sonolento outra vez e deu pouca atenção a Gandalf, que lhe contava sobre os costumes de Gondor e de como o Senhor da Cidade tinha faróis erguidos nos topos das colinas remotas, ao longo de ambas as bordas da grande cordilheira, e mantinha naqueles lugares postos onde sempre havia cavalos descansados prontos para levar seus mensageiros a Rohan, no Norte, ou a Belfalas, no Sul. "Faz muito tempo que os faróis do Norte não são acesos", disse ele; "e nos dias antigos de Gondor não eram necessários, pois tinham as Sete Pedras." Pippin mexeu-se inquieto.

"Durma outra vez e não tema!", disse Gandalf. "Pois você não vai a Mordor como Frodo, e sim a Minas Tirith, e lá estará tão seguro quanto em qualquer outro lugar nestes dias. Se Gondor cair, ou o Anel for tomado, então o Condado não será refúgio."

"Você não me consola", respondeu Pippin, mas ainda assim o sono insinuou-se sobre ele. A última coisa que recordou antes de cair em sonhos profundos foi um vislumbre de altos picos brancos, reluzindo como ilhas flutuantes por cima das nuvens que apanhavam a luz da lua poente. Perguntou-se onde estaria Frodo, se já estava em Mordor ou se estava morto; e não sabia que Frodo, de longe, olhava para aquela mesma lua que se punha além de Gondor antes da chegada do dia.

Pippin despertou com o som de vozes. Outro dia escondido e uma noite de viagem haviam passado fugazes. Era a aurora: o gélido amanhecer estava chegando outra vez, e havia gélidas névoas cinzentas ao redor deles. Scadufax estava parado, evaporando suor, mas mantinha o pescoço altivo e não dava sinais de cansaço. Muitos homens altos, de capas pesadas, estavam em pé ao seu lado, e atrás deles, na névoa, erguia-se um muro de pedras. Parecia estar parcialmente em ruínas, mas antes de a noite passar já se podia ouvir o som de labuta apressada: o impacto dos martelos, o tinir de pás de pedreiro e o rangido de rodas. Tochas e labaredas luziam foscas aqui e ali na neblina. Gandalf falava aos homens que lhe impediam o caminho, e, ao escutar, Pippin se deu conta de que ele próprio estava sendo discutido.

"Sim, deveras te conhecemos, Mithrandir," disse o líder dos homens, "e conheces as senhas dos Sete Portões e estás livre para ires em frente. Mas não conhecemos teu companheiro. O que é ele? Um anão das montanhas do Norte? Não desejamos estranhos na terra nesta época, a não ser que sejam poderosos homens de armas em cuja fé e ajuda possamos confiar."

"Atestarei por ele diante do assento de Denethor", disse Gandalf. "E quanto à valentia, essa não pode ser computada pela estatura. Ele passou por mais batalhas e perigos do que tu passaste, Ingold, apesar de teres o dobro de sua estatura; e agora ele vem do assalto a Isengard, do qual trazemos novas, e sofre de grande exaustão, do contrário eu o despertaria. Seu nome é Peregrin, um homem muito valoroso."

"Homem?", disse Ingold em dúvida, e os demais riram.

"Homem!", exclamou Pippin, já totalmente desperto. "Homem! Não deveras! Sou um hobbit, e não mais valoroso do que sou homem, exceto talvez uma ou outra vez, por necessidade. Não deixeis que Gandalf vos engane!"

"Muitos que realizam grandes feitos não podem dizer mais que isso", disse Ingold. "Mas o que é um hobbit?"

"Um Pequeno", respondeu Gandalf. "Não, não aquele de que se falou", acrescentou, vendo o espanto nos rostos dos homens. "Não ele, porém um da sua família."

"Sim, e um que viajou com ele", disse Pippin. "E Boromir de vossa Cidade esteve conosco, e me salvou nas neves do Norte, e por fim foi morto defendendo-me de muitos inimigos."

"Silêncio!", exclamou Gandalf. "A notícia desse pesar devia ter sido contada primeiro ao pai."

"Ela já foi adivinhada", disse Ingold; "pois aqui ocorreram estranhos portentos ultimamente. Mas agora prossegui depressa! Pois o Senhor de Minas Tirith estará ansioso por ver alguém que traga as últimas novas do seu filho, seja homem ou…"

"Hobbit", completou Pippin. "Pouco serviço posso oferecer a vosso senhor, mas farei o que puder fazer relembrando Boromir, o bravo."

"Adeus!", disse Ingold; e os homens abriram caminho para Scadufax, e ele passou por um estreito portão no muro. "Que tragas bons conselhos a Denethor em sua aflição e a todos nós, Mithrandir!", exclamou Ingold. "Mas vens com novas de pesar e perigo, como é teu costume, ao que dizem."

"Porque raramente venho senão quando minha ajuda é necessária", respondeu Gandalf. "E quanto ao conselho, a ti eu diria que estás muito atrasado no conserto do muro da Pelennor. Agora a coragem será vossa melhor defesa contra a tempestade que se avizinha — ela e a esperança que trago. Pois nem todas as novas que trago são más. Mas deixai vossas pás de pedreiro e afiai vossas espadas!"

"O trabalho estará terminado antes do anoitecer", disse Ingold. "Esta é a última porção do muro a ser posta em defesa: a menos exposta ao ataque, pois dá para o lado de nossos amigos de Rohan. Sabes algo deles? Responderão à convocação, tu crês?"

"Sim, eles virão. Mas travaram muitas batalhas às vossas costas. Nem esta estrada nem qualquer outra volta-se mais para a segurança. Estai vigilantes! Não fosse por Gandalf Corvo-da-Tempestade, teríeis visto uma hoste de inimigos vindos de Anórien, não Cavaleiros de Rohan. E ainda podereis vê-los. Adeus e não durmais!"

Agora Gandalf estava entrando nas amplas terras além do Rammas Echor. Assim os homens de Gondor chamavam o muro externo que haviam construído com grande labuta depois que Ithilien caíra sob a sombra de seu Inimigo. Por dez léguas ou mais ele se estendia, partindo dos sopés das montanhas e voltando outra vez, envolvendo em seu cerco os campos de Pelennor: belas e férteis propriedades rurais nas longas encostas e terraços que desciam para os níveis mais baixos do Anduin. No ponto mais afastado do Grande Portão da Cidade, a nordeste, o muro estava a quatro léguas de distância e ali, de uma ribanceira carrancuda, vigiava as longas regiões planas junto ao rio, e os homens haviam-no construído alto e forte; pois naquele ponto, por um passadiço murado, entrava a estrada vinda dos vaus e das pontes de Osgiliath, atravessando um portão guardado entre torres ameadas. No ponto mais próximo, o muro estava a pouco mais de uma légua da Cidade, e isso era a sudeste. Ali o Anduin, fazendo uma ampla curva em torno das colinas de Emyn Arnen em Ithilien do Sul, se virava abruptamente para o oeste, e o muro externo se erguia bem na sua margem; e abaixo dele se estendiam os cais e atracadouros de Harlond para embarcações que viessem rio acima dos feudos meridionais.

As propriedades rurais eram ricas, com amplos campos cultivados e muitos pomares, e havia fazendas com fornos de lúpulo e paióis, apriscos e estábulos e muitos regatos que ondulavam através da relva, vindos dos planaltos rumo ao Anduin. Porém não eram numerosos os pastores e fazendeiros que habitavam ali, e a maior parte do povo de Gondor vivia nos sete círculos da Cidade, ou nos altos vales das bordas das montanhas, em Lossarnach, ou mais ao sul, na bela Lebennin com seus cinco rios velozes. Ali habitava uma gente intrépida entre as montanhas e o mar. Eram considerados homens de Gondor, porém tinham o sangue misto, e havia entre eles pessoas baixas e morenas, cujos antepassados vinham mormente dos homens esquecidos que se alojavam na sombra das colinas nos Anos Sombrios antes da chegada dos reis. Mas além, no grande feudo de Belfalas, habitava o Príncipe Imrahil em seu castelo de Dol Amroth, junto ao mar, e era de sangue nobre, e sua gente também, homens altos e orgulhosos de olhos cinzento-marinhos.

Agora, depois de Gandalf ter cavalgado por algum tempo, a luz do dia cresceu no céu, e Pippin despertou e ergueu os olhos. À esquerda estendia-se um mar de névoa, subindo para uma sombra árida no Leste; mas à direita, grandes montanhas erguiam suas cabeças, vindas do Oeste até uma extremidade íngreme e súbita, como se na feitura da paisagem o Rio tivesse irrompido por uma grande barreira, escavando um enorme vale para ser uma terra de batalha e debate em tempos vindouros. E ali, onde chegavam ao fim as Montanhas Brancas de Ered Nimrais, ele viu, como Gandalf prometera, a massa escura do Monte Mindolluin, as fundas sombras púrpuras de seus vales elevados e sua alta face que brilhava branca no dia nascente. E em seu joelho estendido ficava a Cidade Guardada, com suas sete muralhas de pedra tão fortes e antigas, que ela parecia não ter sido construída, e sim esculpida por gigantes nos ossos da terra.

Enquanto Pippin contemplava pasmado, as muralhas passaram de um cinza que assomava para o branco, levemente ruborizadas ao amanhecer; e de súbito o sol se elevou acima da sombra oriental e emitiu um raio que atingiu a face da Cidade. Então Pippin exclamou em voz alta, pois a Torre de Ecthelion, erguendo-se alta no interior da muralha mais superior, reluziu diante do céu, brilhando como um espigão de pérola e prata, elevada, bela e formosa, e seu pináculo cintilou como se fosse feito de cristais; e estandartes brancos se desfraldaram e adejaram das ameias na brisa matutina, e ele ouviu, alto e longínquo, um toque nítido como de trombetas de prata.

Assim Gandalf e Peregrin cavalgaram até o Grande Portão dos Homens de Gondor ao nascer do sol, e suas portas de ferro rodaram abrindo-se diante deles.

"Mithrandir! Mithrandir!", exclamavam as pessoas. "Agora sabemos que a tempestade deveras está próxima!"

"Ela está sobre vós", disse Gandalf. "Eu cavalguei em suas asas. Deixai-me passar! Preciso ir ter com vosso Senhor Denethor enquanto durar sua regência. Não importa o que aconteça, chegastes o fim da Gondor que conhecestes. Deixai-me passar!"

Então recuaram diante do comando de sua voz e não o questionaram mais, apesar de contemplarem maravilhados o hobbit sentado à sua frente e o cavalo que o trazia. Pois a gente da Cidade usava muito poucos cavalos, e estes eram vistos raramente em suas ruas, exceto os montados pelos mensageiros de seu senhor. E diziam: "Certamente é uma das grandes montarias do Rei de Rohan? Quem sabe os Rohirrim venham logo para nos fortalecer." Mas Scadufax caminhava altivo, subindo pela longa estrada que dava voltas.

Pois a maneira de Minas Tirith era tal, que fora construída em sete níveis, cada um deles escavado na colina, e em volta de cada um fora posta uma muralha, e em cada muralha havia um portão. Mas os portões não estavam alinhados: O Grande Portão na Muralha da Cidade ficava no ponto leste do circuito, mas o próximo dava meio para o sul, e o terceiro, meio para o norte, e assim por diante, subindo com idas e voltas; de modo que o caminho calçado que ascendia à Cidadela virava-se primeiro para cá e depois para lá, cruzando a face da colina. E a cada vez que passava pela linha do Grande Portão, ele atravessava um túnel em arco que perfurava uma vasta projeção de pedra, cujo enorme volume estirado dividia ao meio todos os círculos da Cidade, exceto o primeiro. Pois, em parte pela formação primitiva da colina, em parte pela pujante perícia e labuta de outrora, projetava-se dos fundos do largo pátio atrás do Portão um elevado bastião de pedra, de aresta afiada como uma quilha de nau voltada para o leste. Erguia-se até o nível do círculo superior e ali era coroado por uma ameia; de modo que quem estivesse na Cidadela poderia, como marinheiro em uma nau montanhosa, olhar desde seu pico, na vertical, para o Portão, setecentos pés[1] mais abaixo. A entrada da Cidadela também dava para o leste, mas era esculpida no coração da rocha; dali um longo aclive iluminado por lamparinas subia rumo ao sétimo portão. Assim chegava-se por fim ao Pátio Alto e à Praça da Fonte diante dos pés da Torre Branca: alta e formosa, com cinquenta braças da base ao pináculo, onde o estandarte dos Regentes flutuava mil pés[2] acima da planície.

    Era deveras uma poderosa cidadela e não podia ser tomada por uma hoste de inimigos enquanto houvesse dentro dela alguém capaz de portar armas; a não ser que um adversário viesse por trás e escalasse os sopés inferiores de Mindolluin, chegando assim até a estreita plataforma que unia a Colina da Guarda à massa montanhosa. Mas essa plataforma, que se erguia à altura da quinta muralha, estava cercada por grandes baluartes até o precipício que se inclinava sobre sua extremidade oeste; e naquele espaço estavam as casas e os túmulos abobadados dos reis e senhores do passado, silentes para sempre entre a montanha e a torre.

Pippin fitou com crescente admiração a grande cidade de pedra, mais vasta e esplêndida que qualquer coisa que tivesse sonhado; maior e mais forte que Isengard, e muito mais linda. Na verdade, porém, declinava ano após ano; e já lhe faltava a metade dos homens que poderiam habitar ali com folga. Em cada rua passavam por alguma grande casa ou pátio cujas portas e portões arqueados tinham gravadas muitas belas letras de formas estranhas e antigas: nomes que Pippin supunha serem de grandes homens e famílias

---

[1] O equivalente a, aproximadamente, 213 metros. [N. T.]
[2] O equivalente a, aproximadamente, 305 metros. [N. T.]

que outrora tivessem habitado ali; e agora, no entanto, estavam em silêncio, e não soavam passadas em seus amplos calçamentos, nem se ouvia voz em seus salões, nem espiava nenhum rosto pelas portas ou janelas vazias.

Finalmente emergiram da sombra para o sétimo portão, e o sol morno que brilhava além do rio, quando Frodo caminhava nas clareiras de Ithilien, luzia ali nos muros lisos, nas colunas enraizadas e no grande arco, cuja pedra-chave era entalhada à semelhança de uma cabeça coroada e régia. Gandalf apeou, pois não era permitido cavalo na Cidadela, e Scadufax deixou-se levar à suave palavra do mestre.

Os Guardas do portão trajavam negro, e seus elmos eram de estranha forma, de copa alta e longos protetores justos no rosto, e acima dos protetores estavam postas as asas brancas de aves marinhas; mas os elmos reluziam com uma chama de prata, pois eram de fato feitos de *mithril*, heranças da glória dos dias antigos. Nas sobrevestes negras estava bordada em branco uma árvore florindo como neve sob uma coroa de prata e estrelas de muitas pontas. Essa era a libré dos herdeiros de Elendil, e já ninguém a usava em toda Gondor, senão os Guardas da Cidadela diante do Pátio da Fonte onde crescera outrora a Árvore Branca.

Já parecia que a notícia de sua chegada os precedera; e foram admitidos de imediato, em silêncio e sem perguntas. Rapidamente Gandalf caminhou atravessando o pátio de calçamento branco. Ali uma doce fonte brincava ao sol matutino e um gramado verde-claro se estendia em volta; mas no meio, pendendo sobre a lagoa, erguia-se uma árvore morta, e as gotas que caíam pingavam tristes por seus ramos estéreis e quebrados, voltando à água límpida.

Pippin lançou-lhe uma olhadela ao correr no encalço de Gandalf. Parecia fúnebre, pensou, e perguntou-se por que a árvore morta fora deixada naquele lugar onde tudo o mais estava bem cuidado.

Sete estrelas e sete pedras, uma árvore branca, já vês.

As palavras que Gandalf murmurara lhe voltaram à mente. E então viu-se diante das portas do grande paço sob a torre reluzente; e atrás do mago passou pelos guardas da porta, altos e silenciosos, e entrou nas sombras frescas e ecoantes da casa de pedra.

Caminharam por uma passagem pavimentada, longa e vazia, e, enquanto andavam, Gandalf falou baixinho a Pippin. "Tenha cuidado com suas palavras, Mestre Peregrin! Não é hora para atrevimento de hobbit. Théoden é um ancião bondoso. Denethor é de outra espécie, altivo e sutil, um homem de linhagem e poder muito maiores, apesar de não ser chamado de rei. Mas ele falará principalmente com você e o questionará muito, já que você pode lhe contar sobre seu filho Boromir. Ele o amava muitíssimo; talvez demais; e mais porque eles eram diferentes. Mas sob o manto desse amor ele achará mais fácil saber o que deseja através de você do que por mim. Não lhe conte mais do que é preciso e deixe em silêncio o assunto da missão de Frodo. Lidarei com isso a seu tempo. E tampouco diga nada sobre Aragorn, a não ser que seja necessário."

"Por que não? O que há de errado com Passolargo?", sussurrou Pippin. "Ele pretendia vir aqui, não é? E de qualquer modo, ele mesmo vai chegar logo."

"Quem sabe, quem sabe", disse Gandalf. "Porém se ele vier, provavelmente será de alguma maneira que ninguém espera, nem mesmo Denethor. Será melhor assim. Pelo menos ele deveria vir sem ser anunciado por nós."

Gandalf deteve-se diante de uma porta alta de metal polido. "Veja, Mestre Pippin, agora não há tempo para instruí-lo na história de Gondor; mas teria sido melhor se você tivesse aprendido algo a respeito quando ainda estava caçando ninhos de pássaro e vadiando nas matas do Condado. Faça o que mando! Não é muito sábio, quando se traz a um senhor poderoso a notícia da morte de seu herdeiro, falar demais sobre a chegada de alguém que, se vier, reivindicará a realeza. Isso basta?"

"Realeza?", disse Pippin, admirado.

"Sim", disse Gandalf. "Se você caminhou esses dias todos de ouvidos fechados e mente adormecida, acorde agora!" Bateu na porta.

A porta abriu-se, mas não se via ninguém que a tivesse aberto. Pippin olhou para dentro de um grande salão. Era iluminado por janelas fundas nas amplas naves dos dois lados, além das fileiras de colunas altas que sustentavam o teto. Monólitos de mármore negro, elas se erguiam até grandes capitéis esculpidos com muitas figuras estranhas de animais e folhas; e muito no alto, na sombra, a larga abóbada reluzia com ouro fosco. O piso era de pedra polida, brilhando branco, engastado com filigranas fluentes de muitas cores. Não se viam tapeçarias nem tramas que contassem histórias nem qualquer objeto de material tecido nem de madeira naquele salão longo e solene; mas entre as colunas estava postada uma companhia silenciosa de altas imagens talhadas em pedra fria.

De repente Pippin lembrou-se das rochas esculpidas de Argonath, e o pasmo o dominou ao passar os olhos por aquela avenida de reis mortos havia muito tempo. Na extremidade oposta, sobre um estrado de muitos degraus, estava colocado um trono alto sob um dossel de mármore em forma de elmo coroado; atrás dele estava esculpida na parede e engastada com gemas a imagem de uma árvore em flor. Mas o trono estava vazio. Ao pé do estrado, no degrau inferior, que era largo e fundo, havia uma cadeira de pedra, negra e sem adornos, e nela estava sentado um ancião que fitava o próprio colo. Tinha na mão um bastão branco com castão dourado. Não ergueu os olhos. Solenemente, caminharam em sua direção pelo longo piso até se deterem a três passos de seu escabelo. Então Gandalf falou:

"Salve, Senhor e Regente de Minas Tirith, Denethor, filho de Ecthelion! Vim com conselhos e novas nesta hora sombria."

Então o ancião ergueu os olhos. Pippin viu seu rosto esculpido, com ossos altivos, pele como marfim e o longo nariz curvo entre os olhos escuros e fundos; e lembrou-se não tanto de Boromir quanto de Aragorn. "Deveras sombria é a hora," disse o ancião, "e em tais tempos costumas vir, Mithrandir. Mas, apesar de todos os sinais pressagiarem que a sina de Gondor se avizinha, essa treva já me é menor que minha própria treva. Foi-me dito que trazes contigo alguém que viu morrer meu filho. É este?'

"É", assentiu Gandalf. "Um dos dois. O outro está com Théoden de Rohan e poderá vir depois. São Pequenos, como vês, no entanto, este não é o de que falaram os presságios."

"É um Pequeno assim mesmo," comentou Denethor sombriamente, "e pouco apreço tenho pelo nome, desde que aquelas palavras amaldiçoadas vieram perturbar nossos conselhos e atraíram meu filho à selvagem missão de sua morte. Meu Boromir! Agora precisamos de ti. Faramir deveria ter ido no lugar dele."

"Ele teria ido", disse Gandalf. "Não sejas injusto em teu pesar! Boromir assumiu a missão e não permitiria que mais ninguém a tivesse. Era um homem imperioso, que tomava o que desejava. Viajei longe com ele e soube muito sobre seu humor. Mas falas de sua morte. Tiveste notícia disso antes que chegássemos?"

"Recebi isto", respondeu Denethor e, pousando o bastão, ergueu do colo o objeto que estivera fitando. Segurou em cada mão metade de uma grande trompa partida ao meio: um chifre de boi selvagem enleado em prata.

"Essa é a trompa que Boromir sempre usava!", exclamou Pippin.

"Deveras", disse Denethor. "E eu a usei por minha vez, e também cada primogênito de nossa casa, remontando aos anos desaparecidos antes da malogro dos reis, desde que o próprio Vorondil, pai de Mardil, caçou o gado selvagem de Araw nos longínquos campos de Rhûn. Ouvi-a tocando abafada nas divisas do norte treze dias atrás, e o Rio a trouxe a mim, rompida: ela não soará mais." Parou de falar, e fez-se um profundo silêncio. Repentinamente voltou seu olhar negro para Pippin. "O que dizes disso, Pequeno?"

"Treze, treze dias", repetiu Pippin, hesitante. "Sim, acho que seria isso. Sim, estive em pé ao seu lado quando ele tocou a trompa. Mas não veio ajuda. Só mais orques."

"Então", disse Denethor, olhando atentamente para o rosto de Pippin. "Estiveste lá? Conta-me mais! Por que não veio ajuda? E como escapaste, porém ele não, homem valoroso que era, apenas com orques para enfrentá-lo?"

Pippin enrubesceu e esqueceu seu medo. "O homem mais poderoso pode ser abatido por uma flecha", disse ele; "e Boromir foi trespassado por muitas. Da última vez em que o vi, ele tombou junto a uma árvore e arrancou do flanco uma seta de penas negras. Depois desmaiei e fui aprisionado. Não o vi mais e não sei mais. Mas honro sua memória, pois era muito valente. Morreu para nos salvar, meu parente Meriadoc e a mim, emboscados na mata pela soldadesca do Senhor Sombrio; e, apesar de ele perecer e fracassar, minha gratidão não é menor."

Então Pippin encarou os olhos do ancião, pois o orgulho se agitou estranhamente dentro dele, ainda atingido pelo desprezo e pela suspeita naquela voz fria. "Pouco serviço, sem dúvida, tão grande senhor dos Homens crerá encontrar em um hobbit, um pequeno do Condado no norte; porém esse que tenho eu ofereço em pagamento de minha dívida." Tirando de lado, num gesto súbito, a capa cinzenta, Pippin sacou a pequena espada e a depôs aos pés de Denethor.

Um sorriso pálido, como um raio de sol frio em um entardecer de inverno, perpassou o rosto do ancião; mas ele inclinou a cabeça e estendeu a mão, pondo de lado os fragmentos do chifre. "Dá-me a arma!", disse ele.

Pippin a ergueu e lhe apresentou o punho. "De onde veio isso?", indagou Denethor. "Muitos, muitos anos jazem sobre ela. Certamente esta é uma lâmina forjada por nossa própria gente, no Norte, no passado remoto?"

"Ela veio dos morros que se erguem nos limites de meu país", afirmou Pippin. "Mas lá agora só habitam espectros malignos, e não falarei mais deles de bom grado."

"Vejo que estranhas histórias estão tecidas ao teu redor," disse Denethor, "e mais uma vez se demonstra que a aparência pode desmentir o homem — ou o pequeno. Aceito teu serviço. Pois não te amedrontas com palavras; e tens fala cortês, por muito que seu som nos pareça estranho no Sul. E teremos necessidade de toda gente cortês, seja grande ou pequena, nos dias vindouros. Jura a mim agora!"

"Tome o punho", orientou Gandalf, "e fale após o Senhor, se estiver resolvido a isso."

"Estou", disse Pippin.

O ancião depositou a espada no colo, e Pippin pôs a mão no punho e disse devagar, seguindo Denethor:

"Aqui juro fidelidade e serviço a Gondor e ao Senhor e Regente do reino para falar e silenciar, fazer e deixar, vir e ir, na necessidade ou na abundância, na paz ou na guerra, vivendo ou morrendo, a partir desta hora até que meu senhor me liberte, ou a morte me tome, ou o mundo se acabe. Assim digo eu, Peregrin, filho de Paladin, do Condado dos Pequenos."

"E isto ouço, Denethor, filho de Ecthelion, Senhor de Gondor, Regente do Alto Rei, e não o esquecerei nem deixarei de recompensar o que é dado: fidelidade com amor, valor com honra, perjúrio com vingança." Então Pippin recebeu a espada de volta e a embainhou.

"E agora," prosseguiu Denethor, "meu primeiro comando a ti: fala e não silencies! Conta-me toda a tua história e cuida de recordar tudo o que puderes de meu filho Boromir. Senta-te agora e principia!" Enquanto falava, tocou um pequeno gongo de prata que estava próximo ao seu escabelo, e de imediato serviçais se adiantaram. Então Pippin viu que estiveram de pé em alcovas de ambos os lados da porta, invisíveis quando ele e Gandalf entraram.

"Trazei vinho, comida e assentos para os hóspedes", ordenou Denethor, "e cuidai que ninguém nos perturbe por uma hora. É tudo de que posso dispor, pois há muito mais para dar atenção", disse ele a Gandalf. "Muita coisa de maior importância pode parecer, no entanto, menos urgente para mim. Mas quem sabe possamos voltar a falar no final do dia."

"E mais cedo, espera-se", disse Gandalf. "Pois não cavalguei até aqui desde Isengard, cento e cinquenta léguas à velocidade do vento, apenas para te trazer um pequeno guerreiro, por muito que seja cortês. Para ti nada vale que Théoden tenha travado uma grande batalha, que Isengard esteja derrotada e que eu tenha rompido o cajado de Saruman?"

"Muito me vale. Mas já sei o bastante desses feitos para meu próprio conselho contra a ameaça do Leste." Voltou os olhos escuros para Gandalf, e então Pippin viu a semelhança entre os dois e sentiu a tensão entre eles, quase como se visse uma linha de fogo ardente, traçada de um olho ao outro, que poderia irromper em fogo súbito.

De fato, Denethor parecia-se muito mais com um grande mago do que Gandalf, mais régio, belo e poderoso; e mais velho. Mas por um sentido diverso da visão Pippin percebia que Gandalf tinha maior poder, mais profunda sabedoria e uma majestade que estava velada. E era mais velho, muito mais velho. "Quão mais velho?", perguntou-se, e então pensou como era estranho que jamais pensara nisso antes. Barbárvore dissera algo sobre os magos, mas mesmo aí ele não pensara em Gandalf como um deles. O que era Gandalf? Em que longínquo tempo e lugar ele viera ao mundo e quando o deixaria? E então suas reflexões se interromperam, e ele viu que Denethor e Gandalf ainda se olhavam nos olhos, como quem lê a mente um do outro. Mas foi Denethor o primeiro a desviar o olhar.

"Sim", disse ele; "pois, apesar de as Pedras estarem perdidas, ao que dizem, ainda assim os senhores de Gondor têm visão mais aguçada que os homens menores, e muitas mensagens chegam até eles. Mas sentai-vos agora!"

Então vieram homens trazendo uma cadeira e um banco baixo, e um trouxe uma bandeja com um frasco de prata, taças e bolos brancos. Pippin sentou-se, mas não conseguia afastar os olhos do velho senhor. Era verdade ou ele apenas imaginara que, ao falar das Pedras, um súbito lampejo de seus olhos se dirigira ao rosto de Pippin?

"Agora conta-me tua história, meu vassalo", disse Denethor, meio bondoso e meio zombeteiro. "Pois as palavras de alguém de quem meu filho foi tão amigo serão bem-vindas deveras."

Pippin jamais se esqueceu daquela hora no grande salão, sob o olho penetrante do Senhor de Gondor, perpassado vez por outra pelas suas perguntas astutas, o tempo todo cônscio de Gandalf ao seu lado, observando, escutando e (assim sentia Pippin) refreando uma ira e impaciência crescentes. Quando a hora passou e Denethor voltou a tocar o gongo, Pippin sentia-se extenuado. "Não pode ser mais tarde que nove horas", pensou ele. "Agora eu poderia comer três desjejuns enfileirados."

"Levai o Senhor Mithrandir ao alojamento preparado para ele," disse Denethor, "e seu companheiro pode habitar com ele por ora, se quiser. Mas saibam que agora ele está jurado a meu serviço e há de ser conhecido por Peregrin, filho de Paladin, e lhe serão ensinadas as senhas menores. Enviai notícia aos Capitães para que me encontrem aqui, assim que possível, depois de soar a terceira hora.

"E tu, meu Senhor Mithrandir, também hás de vir, como e quando quiseres. Ninguém há de impedir tua vinda até mim a qualquer hora, exceto em minhas breves horas de sono. Que corra para longe tua ira diante da loucura de um ancião e retorna depois para meu consolo!"

"Loucura?", disse Gandalf. "Não, meu senhor, quando fores caduco irás morrer. Podes mesmo usar teu luto como capa. Crês que não compreendo teu propósito, questionando durante uma hora aquele que menos sabe enquanto estou sentado junto a ti?"

"Se compreendes, contenta-te", retrucou Denethor. "O orgulho seria uma loucura que desdenha a ajuda e o conselho na necessidade; mas tu distribuis tais dádivas de acordo com teus próprios desígnios. Porém o Senhor de Gondor não pode se tornar instrumento dos propósitos de outrem, por muito que sejam dignos. E para ele não há propósito mais elevado, no mundo tal como ora está, que o bem de Gondor; e o domínio de Gondor, meu senhor, é meu e de nenhum outro homem, a não ser que o rei volte outra vez."

"A não ser que o rei volte outra vez?", indagou Gandalf. "Bem, meu senhor Regente, é tua tarefa manter ainda algum reino para essa eventualidade, que já poucos esperam ver. Nessa tarefa hás de ter todo o auxílio que te apraza pedir. Mas direi isto: não é meu o domínio de nenhum reino, nem de Gondor nem de qualquer outro, grande ou pequeno. Mas todas as coisas dignas que estão em perigo do modo que o mundo está, essas são minha incumbência. E de minha parte não hei de falhar totalmente em minha tarefa, por muito que Gondor pereça, se por esta noite passar alguma coisa que ainda possa crescer bela ou dar frutos e voltar a florir nos dias vindouros. Pois também eu sou um regente. Não sabias?" E com essas palavras deu a volta e saiu caminhando do salão com Pippin correndo ao seu lado.

Gandalf não olhou para Pippin nem falou palavra com ele enquanto andavam. Seu guia os levou pelas portas do salão e depois os conduziu através do

Pátio da Fonte para uma senda entre altos prédios de pedra. Depois de algumas curvas, chegaram a uma casa próxima da muralha da cidadela, do lado norte, não longe do espigão que ligava a colina à montanha. No interior, no primeiro pavimento acima da rua, subindo por uma larga escada esculpida, ele os introduziu em um belo recinto, claro e arejado, com lindas tapeçarias sem figuras de fosco brilho dourado. Estava mobiliado de maneira frugal e tinha apenas uma mesinha, duas cadeiras e um banco; mas de ambos os lados havia alcovas cortinadas e leitos bem providos dentro delas, com recipientes e bacias para lavar-se. Havia três janelas altas e estreitas que davam para o norte, para a grande curva do Anduin ainda envolta em névoa, na direção das Emyn Muil e de Rauros ao longe. Pippin teve de subir no banco para olhar por cima do alto balaústre de pedra.

"Está irritado comigo, Gandalf?", ele perguntou quando o guia saiu e fechou a porta. "Fiz o melhor que pude."

"Fez mesmo!", respondeu Gandalf, rindo de repente; e veio se postar junto a Pippin, pondo o braço em torno dos ombros do hobbit e olhando para fora da janela. Pippin olhou de relance para o rosto que agora estava próximo ao dele, pois o som daquela risada fora jovial e alegre. Porém de início só viu no rosto do mago linhas de preocupação e pesar; no entanto, olhando mais atentamente, percebeu que por baixo de tudo havia um grande contentamento: uma fonte de alegria suficiente para fazer rir um reino, caso ela jorrasse para fora.

"Deveras você fez o melhor", continuou o mago; "e espero que passe muito tempo antes que você volte a se encontrar em semelhante aperto entre dois anciãos tão terríveis. Ainda assim, o Senhor de Gondor soube por você mais do que você poderia adivinhar, Pippin. Você não conseguiu esconder o fato de que Boromir não liderou a Comitiva depois de Moria e de que havia entre vocês alguém de elevada honra que vinha a Minas Tirith; e de que ele tinha uma espada famosa. Em Gondor os homens pensam muito nas histórias dos velhos tempos; e Denethor meditou longamente no poema e nas palavras *Ruína de Isildur* desde que Boromir partiu.

"Ele não é como outros homens destes tempos, Pippin, e, qualquer que seja sua ascendência de pai para filho, por algum acaso o sangue de Ociente corre nele quase puro; e também em seu outro filho, Faramir, porém não em Boromir, que ele mais amava. Ele tem visão longínqua. Consegue perceber, se direcionar sua vontade, muito do que se passa nas mentes dos homens, mesmo dos que habitam bem longe. É difícil enganá-lo e perigoso tentar.

"Lembre-se disso! Pois agora você está jurado ao serviço dele. Não sei o que convenceu sua cabeça ou seu coração a fazer isso. Mas foi bem--feito. Não o impedi porque um feito generoso não deve ser reprimido pelo conselho frio. Isso tocou o coração dele e ao mesmo tempo (posso dizer) satisfez seu humor. E agora pelo menos você está livre para se mover como quiser em Minas Tirith — quando não estiver de serviço. Pois a coisa tem outro lado. Você está sob o comando dele; e ele não esquecerá. Cuide-se ainda!"

Silenciou e suspirou. "Bem, não é preciso remoer o que o amanhã poderá trazer. Por um lado, o amanhã certamente trará coisas piores que hoje, por muitos dias a seguir. E não há nada mais que eu possa fazer para impedir isso. O tabuleiro está posto e as peças se movem. Uma peça que muito desejo encontrar é Faramir, que agora é herdeiro de Denethor. Não creio que esteja na Cidade; mas não tive tempo de reunir notícias. Preciso ir, Pippin. Preciso ir a esse conselho de senhores e descobrir o que puder. Mas o lance é do Inimigo, e ele está prestes a abrir todo o seu jogo. E os peões provavelmente verão tanto dele quanto os outros, Peregrin, filho de Paladin, soldado de Gondor. Afie sua lâmina!"

Gandalf foi até a porta e ali se virou. "Estou com pressa, Pippin", disse ele. "Faça-me um favor quando sair. Mesmo antes de descansar, se não estiver exausto demais. Vá encontrar Scadufax e veja como ele está alojado. Esta gente é bondosa com os animais, pois são um povo bom e sábio, mas tem menos habilidade com os cavalos do que alguns outros."

Com essas palavras, Gandalf saiu; e nesse momento veio a nota de um sino nítido e melodioso, soando em uma torre da cidadela. Deu três toques, como prata no ar, e cessou: a terceira hora desde o nascer do sol.

Um minuto depois, Pippin foi até a porta, desceu a escada e olhou em volta na rua. O sol já brilhava morno e claro, e as torres e as casas altas lançavam em direção ao oeste sombras compridas e bem delineadas. No alto do ar azul, o Monte Mindolluin erguia seu elmo branco e seu manto nevado. Homens armados iam e vinham nos caminhos da Cidade, como se ao toque da hora fossem trocar de posto e encargo.

"Diríamos nove horas no Condado", disse Pippin a si mesmo, em voz alta. "A hora certa para um belo desjejum junto à janela aberta ao sol da primavera. E como gostaria de um desjejum! Essa gente come desjejum ou já acabou? E quando jantam, e onde?"

Logo percebeu um homem, trajando preto e branco, que vinha pela rua estreita do centro da cidadela em sua direção. Pippin sentia-se solitário e decidiu-se falar quando o homem passasse; mas não foi necessário. O homem veio direto até ele.

"Tu és Peregrin, o Pequeno?", indagou ele. "Disseram-me que juraste serviço ao Senhor e à Cidade. Bem-vindo!" Estendeu a mão e Pippin a apertou.

"Chamo-me Beregond, filho de Baranor. Não tenho serviço hoje de manhã e fui mandado para ensinar-te as senhas e contar-te algumas das muitas coisas que sem dúvida quererás saber. E quanto a mim, queria também aprender contigo. Pois nunca antes vimos um pequeno nesta terra, e, apesar de termos ouvido alarde deles, pouco se diz sobre eles em qualquer história que conhecemos. Ademais, és amigo de Mithrandir. Tu o conheces bem?"

"Bem", disse Pippin. "Eu tive notícias *dele* toda a minha curta vida, como poderias dizer; e ultimamente viajei longe com ele. Mas há muito para ser lido naquele livro, e não posso afirmar que vi mais do que uma ou duas páginas. Mas quem sabe eu o conheça tão bem como qualquer um, exceto por uns poucos. Aragorn era o único de nossa Comitiva, creio, que realmente o conhecia."

"Aragorn?", indagou Beregond. "Quem é ele?'

"Oh," gaguejou Pippin, "era um homem que viajou conosco. Acho que está em Rohan agora."

"Tu estiveste em Rohan, ao que ouvi. Há muita coisa que gostaria de te perguntar sobre essa terra também; pois muito da pouca esperança que temos reside naquele povo. Mas estou me esquecendo de minha missão, que era responder primeiro ao que perguntasses. O que queres saber, Mestre Peregrin?"

"Eh, bem," disse Pippin, "se posso me arriscar a dizer isso, uma questão bem premente na minha cabeça agora é, bem, e quanto ao desjejum e tudo o mais? Quero dizer, quais são os horários das refeições, se me compreendes, e onde está a sala de jantar, se houver? E as tavernas? Olhei, mas não consegui ver nenhuma quando subimos cavalgando, apesar de ter sido alçado pela esperança de um gole de cerveja assim que chegássemos às casas de homens sábios e corteses."

Beregond olhou-o com gravidade. "Um veterano de campanha, ao que vejo", disse ele. "Dizem que os homens que vão a campo combater sempre buscam a próxima esperança de comida e bebida; apesar de eu mesmo não ser um homem viajado. Então ainda não comeste hoje?"

"Bem, sim, para falar com cortesia, sim", respondeu Pippin. "Porém não mais que uma taça de vinho e um ou dois bolos brancos, graças à bondade de teu senhor; mas por isso ele me torturou durante uma hora de perguntas, e isso é trabalho que dá fome."

Beregond riu. "À mesa os homens pequenos podem realizar os maiores feitos, dizemos nós. Mas quebraste teu jejum tão bem quanto qualquer homem da Cidadela, e com maior honra. Esta é uma fortaleza e uma torre de guarda e está agora em prontidão de guerra. Levantamo-nos antes do Sol, comemos um bocado à luz cinzenta e vamos aos nossos deveres na hora inicial. Mas não te desesperes!" Riu outra vez, vendo a consternação no rosto de Pippin. "Os que fizeram serviço *pesado* comem algo para refazer as forças na metade da manhã. Depois há o lanche matinal, ao meio-dia ou depois, conforme os deveres permitam; e os homens se reúnem para a refeição do dia, e a diversão que ainda é possível, por volta da hora do pôr do sol.

"Vem! Vamos caminhar um pouco e depois achar alguma refeição, comer e beber na ameia e esquadrinhar a bela manhã."

"Um momento!", disse Pippin, enrubescendo. "A avidez, ou a fome, por tua cortesia, afastou isso de minha mente. Mas Gandalf, Mithrandir como o chamais, me pediu para ver o seu cavalo — Scadufax, uma grande montaria de Rohan e a menina dos olhos do rei, ao que me dizem, apesar de ele o ter dado a Mithrandir por seus serviços. Acho que o novo dono gosta mais do animal do que de muitos homens e, se a boa vontade dele valer de algo para esta cidade, tratareis Scadufax com toda a honra: com maior bondade do que tratastes este hobbit, se é que isso é possível."

"Hobbit?", indagou Beregond.

"É assim que nos chamamos", explicou Pippin.

"Estou contente de sabê-lo," comentou Beregond, "pois agora posso dizer que sotaques estranhos não desfiguram a bela fala, e os hobbits são um povo bem-falante. Mas vem! Hás de me apresentar esse bom cavalo. Adoro animais, e raramente os vemos nesta cidade pedregosa; pois meu povo veio dos vales das montanhas e, antes disso, de Ithilien. Mas não temas! A visita há de ser breve, uma mera visita de cortesia, e de lá iremos às despensas."

Pippin descobriu que Scadufax fora bem alojado e tratado. Pois no sexto círculo, fora dos muros da cidadela, havia belos estábulos onde mantinham alguns cavalos velozes, bem junto ao alojamento dos portadores de mensagens do Senhor: mensageiros sempre prontos a partirem ao comando urgente de Denethor ou seus principais capitães. Mas agora todos os cavalos e cavaleiros estavam longe.

Scadufax relinchou quando Pippin entrou no estábulo e virou a cabeça. "Bom dia!", disse Pippin. "Gandalf virá assim que puder. Está ocupado, mas manda saudações, e eu fui encarregado de ver se está tudo bem com você; e se você está descansando, espero, depois de sua longa labuta."

Scadufax meneou a cabeça e pisoteou o chão. Mas deixou que Beregond lhe pegasse a cabeça suavemente e afagasse seus grandes flancos.

"Ele parece estar ansioso por uma corrida, e não recém-chegado de uma grande jornada", disse Beregond. "Como é forte e altivo! Onde está seu arreio? Deve ser rico e bonito."

"Nenhum é rico e bonito o bastante para ele", disse Pippin. "Ele não aceita nenhum. Se concordar em te levar, ele te levará; e se não, bem, nenhum freio, rédea, chicote ou correia o domará. Adeus, Scadufax! Tenha paciência. A batalha está chegando."

Scadufax ergueu a cabeça e relinchou de um modo que o estábulo estremeceu, e eles cobriram as orelhas. Depois se despediram, vendo que a manjedoura estava bem cheia.

"E agora vamos à nossa manjedoura", disse Beregond, e levou Pippin de volta à cidadela, até uma porta do lado norte da grande torre. Ali desceram por uma escada longa e fresca até uma viela larga, iluminada com lamparinas. Havia alçapões nas paredes laterais, e um deles estava aberto.

"Este é o depósito e despensa de minha companhia da Guarda", disse Beregond. "Saudações, Targon!", exclamou através do alçapão. "Ainda é cedo, mas aqui está um recém-chegado que o Senhor tomou a seu serviço. Cavalgou longe e por muito tempo com o cinto apertado, teve dura labuta esta manhã e está faminto. Dá-nos o que tiveres!"

Ali conseguiram pão, manteiga, queijo e maçãs: as últimas do estoque de inverno, enrugadas, mas inteiras e doces; e um frasco de couro com cerveja recém-tirada e pratos e copos de madeira. Puseram tudo em uma cesta de vime e subiram de volta para o sol; e Beregond levou Pippin a um lugar na extremidade leste da grande ameia protuberante, onde havia um vão nas muralhas com um assento de pedra sob o peitoril. Dali podiam observar a manhã sobre o mundo.

Comeram e beberam; e falaram ora de Gondor e seus modos e costumes, ora do Condado e dos estranhos países que Pippin vira. E enquanto falavam, Beregond mais e mais se admirava e olhava com maior pasmo para o hobbit, que balançava as pernas curtas sentado no banco ou se punha sobre ele, na ponta dos pés, para espiar por cima do peitoril as terras lá embaixo.

"Não te esconderei, Mestre Peregrin," disse Beregond, "que para nós quase pareces uma de nossas crianças, um rapaz de nove verões mais ou menos; e, no entanto, suportaste perigos e viste maravilhas de que poucos de nossos barbas-cinzentas poderiam se gabar. Pensei que fosse um capricho de nosso Senhor tomar um pajem nobre, à maneira dos reis de outrora, ao que dizem. Mas vejo que não é assim, e precisas perdoar minha tolice."

"Perdoo-a", respondeu Pippin. "Mas não estás muito longe da verdade. Ainda sou pouco mais que um menino pela contagem de meu próprio povo e ainda levará quatro anos para eu 'atingir a maioridade', como dizemos no Condado. Mas não te preocupes comigo. Vem olhar e conta-me o que posso ver."

O sol já subia, e as névoas do vale lá embaixo haviam-se levantado. As últimas flutuavam para longe, bem acima deles, como fiapos de nuvens brancas levados pela brisa do Leste que se intensificava e já fazia drapejar e impelia as bandeiras e os estandartes brancos da cidadela. Lá longe, no fundo do vale, a umas cinco léguas no salto da visão, o Grande Rio já podia ser visto, cinzento e reluzente, vindo do noroeste e fazendo uma enorme curva para o sul e outra vez para o oeste, até se perder de vista em névoa e clarão, muito além do qual estava o Mar, a cinquenta léguas de distância.

Pippin podia ver toda a Pelennor estendida diante dele, salpicada ao longe com fazendas e pequenos muros, celeiros e estábulos, mas em nenhum lugar podia ver gado ou outros animais. Muitas estradas e trilhas atravessavam os campos verdes, e havia muitas idas e vindas: carroças que se moviam em filas rumo ao Grande Portão e outras que saíam. Vez por outra vinha um cavaleiro, saltava da sela e corria para dentro da Cidade. Mas a maior parte do tráfego saía pela estrada principal, e esta se virava para o sul e, depois, fazendo uma curva mais depressa que o Rio, passava ao largo das colinas e logo desaparecia de vista. Era larga e bem calçada e, ao longo de sua beira oriental, corria uma pista para cavalos, extensa e verde, e uma muralha além dela. Na pista galopavam cavaleiros para lá e para cá, mas toda a estrada parecia apinhada com grandes carroções cobertos que iam para o sul. Mas logo Pippin viu que de fato estava tudo bem ordenado: os carroções se moviam em três filas, uma mais veloz puxada por cavalos; outra mais lenta, de grandes carroças com belos abrigos de muitas cores, puxadas por bois; e pela beira oeste da estrada iam muitos carros menores, arrastados por homens esforçados.

"Essa é a estrada para os vales de Tumladen e Lossarnach, para as aldeias montanhesas e depois até Lebennin", disse Beregond. "Ali vão os últimos carroções que levam para o refúgio os idosos, as crianças e as mulheres que devem acompanhá-los. Todos devem ter deixado o Portão e a estrada livre pelo espaço de uma légua antes do meio-dia: essa foi a ordem. É uma triste necessidade." Suspirou. "Poucos, talvez, dos que agora se separam vão se reencontrar. E sempre houve bem poucas crianças nesta cidade; mas agora não há nenhuma — exceto por alguns jovens rapazes que não querem partir e poderão encontrar alguma tarefa a cumprir: meu próprio filho é um deles."

Silenciaram por alguns instantes. Pippin olhava para o leste ansiosamente, como se a qualquer momento pudesse ver milhares de orques derramando-se pelos campos. "O que posso ver ali?", perguntou ele, apontando para o meio da grande curva do Anduin. "É outra cidade ou o que é?"

"Foi uma cidade," disse Beregond, "a principal cidade de Gondor, da qual éramos apenas uma fortaleza. Pois aquela é a ruína de Osgiliath de ambos os lados do Anduin, que nossos inimigos tomaram e incendiaram muito tempo atrás. Porém nós a reconquistamos nos dias da juventude de Denethor: não para morarmos, e sim para a mantermos como posto avançado e para reconstruirmos a ponte para a passagem de nossas tropas. E então vieram os Cavaleiros Cruéis de Minas Morgul."

"Os Cavaleiros Negros?", disse Pippin, abrindo os olhos, e estavam arregalados e escuros com um velho temor novamente despertado.

"Sim, eram negros," afirmou Beregond, "e vejo que sabes algo sobre eles, apesar de não teres falado neles em nenhuma de tuas histórias."

"Sei sobre eles," comentou Pippin baixinho, "mas não falarei neles agora, tão perto, tão perto." Interrompeu a fala, ergueu os olhos acima do Rio e pareceu-lhe que só podia enxergar uma sombra vasta e ameaçadora. Quem sabe fossem as montanhas erguendo-se no limiar da visão, suas arestas recortadas suavizadas por cerca de vinte léguas de ar nebuloso; quem sabe fosse apenas uma muralha de nuvens, e além dela uma treva ainda mais profunda. Mas, à medida que olhava, parecia aos seus olhos que a treva crescia e se concentrava, subindo devagar, muito devagar, para sufocar as regiões do sol.

"Tão perto de Mordor?", disse Beregond baixinho. "Sim, está ali. Raramente dizemos seu nome; mas habitamos sempre à vista daquela sombra: às vezes parece mais fraca e distante; às vezes mais próxima e escura. Agora está crescendo e se tornando escura; e por isso nosso temor e nossa inquietação também aumentam. E os Cavaleiros Cruéis, há menos de um ano eles reconquistaram as travessias, e foram mortos muitos de nossos melhores homens. Foi Boromir quem finalmente rechaçou o inimigo desta margem ocidental, e ainda ocupamos a metade próxima de Osgiliath. Por pouco tempo. Mas agora esperamos um novo ataque ali. Talvez o principal ataque da guerra que chega."

"Quando?", disse Pippin. "Tens alguma estimativa? Pois vi os faróis duas noites atrás e os mensageiros; e Gandalf disse que era um sinal de que a guerra começara. Ele parecia ter uma pressa desesperada. Mas agora parece que tudo ficou lento outra vez."

"Só porque agora está tudo pronto", comentou Beregond. "É apenas a inspiração funda antes do mergulho."

"Mas por que os faróis estavam acesos duas noites atrás?"

"É demasiado tarde para se pedir ajuda quando já se está sitiado", respondeu Beregond. "Mas não conheço a opinião do Senhor e de seus capitães. Eles têm muitos modos de reunir notícias. E o Senhor Denethor é diferente de outros homens: ele enxerga longe. Alguns dizem que à noite, sentado a sós em seu alto recinto da Torre, dirigindo o pensamento para lá e para cá, ele consegue ler algo que está no futuro; e que às vezes perscruta até a mente do Inimigo, debatendo-se com ele. E é por isso que está velho, desgastado antes do tempo. Mas seja como for, meu senhor Faramir está em campo, além do Rio, em alguma missão arriscada, e ele pode ter mandado novas.

"Mas, se queres saber o que penso que acendeu os faróis, foi a notícia que veio de Lebennin naquela tardinha. Há uma grande frota que se aproxima das fozes do Anduin tripulada pelos corsários de Umbar no Sul. Há muito tempo deixaram de temer o poder de Gondor e aliaram-se ao Inimigo, e agora desferem um pesado golpe a favor dele. Pois esse ataque desviará grande parte do auxílio que esperávamos de Lebennin e Belfalas, onde o povo é robusto e numeroso. Por isso nossos pensamentos mais se dirigem ao norte, para Rohan; e mais nos alegramos com essas novas de vitória que trazes.

"E ainda assim," — fez uma pausa, se levantou e olhou em torno, ao norte, a leste e ao sul — "os feitos em Isengard deveriam nos alertar de que já fomos apanhados em grande teia e estratégia. Não se trata mais de uma briga nos vaus, de assaltos desde Ithilien e Anórien, de emboscadas e pilhagens. Esta é uma grande guerra planejada há muito tempo, e somos apenas uma peça dela, não importa o que diga o orgulho. Relatam que há movimentos no Leste longínquo, além do Mar Interior; e ao norte, em Trevamata e além; e ao sul, em Harad. E agora todos os reinos hão de ser postos à prova, para resistirem ou tombarem — sob a Sombra.

"No entanto, Mestre Peregrin, temos esta honra: sempre suportamos o impacto do principal ódio do Senhor Sombrio, pois esse ódio descende das profundas do tempo e através das profundezas do Mar. Aqui o golpe do martelo cairá com maior força. E por essa razão Mithrandir aqui veio com tanta pressa. Pois se nós cairmos, quem há de ficar em pé? E Mestre Peregrin, vês alguma esperança de que havemos de ficar em pé?"

Pippin não respondeu. Olhou para as grandes muralhas, para as torres e os valorosos estandartes, para o sol alto no céu e depois para a treva que crescia no Leste; e pensou nos longos dedos daquela Sombra: nos orques nas matas e nas montanhas, na traição de Isengard, nas aves de olho mau e nos Cavaleiros Negros mesmo nas alamedas do Condado — e no terror alado, os Nazgûl. Estremeceu, e a esperança pareceu murchar. E naquele mesmo momento, por um segundo, o sol vacilou e ficou obscurecido, como se uma asa sombria tivesse passado à frente dele. Quase além da audição, pensou perceber, alto e longe no firmamento, um grito: abafado, mas de sufocar o coração, cruel e frio. Empalideceu e encolheu-se junto ao muro.

"O que foi isso?", perguntou Beregond. "Também sentiste algo?"

"Sim", murmurou Pippin. "É o sinal de nossa queda e a sombra da sina, um Cavaleiro Cruel do ar."

"Sim, a sombra da sina", comentou Beregond. "Receio que Minas Tirith haja de cair. A noite vem. O próprio calor de meu sangue parece que foi arrebatado."

Durante algum tempo ficaram sentados juntos, com as cabeças inclinadas, e não falaram. Então de súbito Pippin olhou para cima e viu que o sol ainda brilhava e os estandartes ainda voavam na brisa. Sacudiu-se. "Passou", disse ele. "Não, meu coração ainda não se desesperará. Gandalf caiu, retornou e está conosco. Podemos ficar em pé, mesmo que em uma só perna, ou pelo menos ainda ser deixados de joelhos."

"Disse bem!", exclamou Beregond, erguendo-se e andando para lá e para cá. "Não, mesmo que todas as coisas tenham que terminar por completo com o tempo, Gondor não há de perecer ainda. Não, mesmo que as muralhas sejam tomadas por um inimigo implacável que erga um morro de carniça diante delas. Ainda existem outras fortalezas e caminhos secretos de fuga para as montanhas. A esperança e a memória ainda hão de viver em algum vale oculto onde a relva é verde."

"Ainda assim, gostaria que tivesse passado, pelo bem ou pelo mal", disse Pippin. "Não sou nem um pouco guerreiro e me desgosta qualquer ideia de combate; mas esperar à beira de um do qual não posso escapar é o pior de tudo. Já parece ser um dia tão comprido! Eu estaria mais feliz se não fôssemos obrigados a ficar parados, observando, sem nos movermos, sem atacarmos primeiro em lugar algum. Creio que nenhum golpe teria sido desferido em Rohan se não fosse por Gandalf."

"Ah, aí estás pondo o dedo na ferida que muitos sentem!", disse Beregond. "Mas as coisas poderão mudar quando Faramir voltar. É audacioso, mais audacioso do que muitos julgam; pois nestes dias os homens têm dificuldade em crer que um capitão possa ser sábio e erudito nos rolos de sabedoria e canção, assim como ele, e ainda assim ser alguém de ousadia e julgamento rápido em campo. Mas assim é Faramir. Menos intrépido e ávido que Boromir, mas não menos resoluto. Mas o que, de fato, ele pode fazer? Não podemos atacar as montanhas de... daquele reino. Nosso alcance abreviou-se, e não podemos atacar antes que algum inimigo venha até dentro dele. Aí nossa mão terá de ser pesada!" Bateu no punho da espada.

Pippin olhou para ele: alto, orgulhoso e nobre, como todos os homens que já vira naquela terra; e com um brilho no olho quando pensava na batalha. "Ai de mim! minha mão parece leve como uma pena", pensou ele, mas nada disse. "Um peão, Gandalf disse? Quem sabe; mas no tabuleiro de xadrez errado."

Assim eles conversaram até o sol chegar a pino, e, de repente, soaram os sinos do meio-dia, e houve uma agitação na cidadela; pois todos, exceto os vigias, estavam a caminho da refeição.

"Virás comigo?", indagou Beregond. "Podes juntar-te ao meu rancho no dia de hoje. Não sei a qual companhia serás alocado; ou o Senhor poderá manter-te sob seu próprio comando. Mas serás bem-vindo. E será bom que encontres o maior número de homens que puderes enquanto ainda há tempo."

"Irei de bom grado", disse Pippin. "Estou solitário, para dizer a verdade. Deixei meu melhor amigo para trás, em Rohan, e não tenho tido ninguém para conversar nem caçoar. Quem sabe eu realmente possa me juntar à tua companhia? Tu és o capitão? Se fores, poderás admitir-me ou falar em meu favor?"

"Não, não", riu-se Beregond. "Não sou capitão. Não tenho nem cargo, nem patente, nem autoridade, já que sou só um simples homem d'armas da Terceira Companhia da Cidadela. Porém, Mestre Peregrin, ser apenas um homem d'armas da Guarda da Torre de Gondor é algo que traz valor na Cidade, e homens assim têm honra no país."

"Então isso está muito além de meu alcance", disse Pippin. "Leva-me de volta para nosso quarto, e, se Gandalf não estiver lá, eu irei aonde quiseres — como teu convidado."

Gandalf não estava no alojamento e não mandara mensagem; assim, Pippin foi com Beregond e foi apresentado aos homens da Terceira Companhia. E disso pareceu que Beregond granjeou tanta honra quanto seu convidado, pois Pippin foi muito bem-vindo. Já houvera muitos comentários na cidadela sobre o companheiro de Mithrandir e sua longa conversa a sós com o Senhor; e o alarde declarava que um Príncipe dos Pequenos viera do Norte para oferecer a Gondor lealdade e cinco mil espadas. E alguns diziam que, quando os Cavaleiros viessem de Rohan, cada um traria atrás de si um guerreiro Pequeno, quiçá diminuto, mas valente.

Apesar de Pippin, pesaroso, ter de destruir essa história esperançosa, ele não conseguiu livrar-se de sua nova dignidade, bem adequada, assim pensavam, a alguém que fora amigo de Boromir e honrado pelo Senhor Denethor; e lhe agradeceram por vir ter com eles, ficaram fascinados por suas palavras e histórias das terras exteriores e lhe deram tanta comida e cerveja quanto ele podia desejar. Na verdade, seu único problema foi "cuidar-se" conforme o conselho de Gandalf e não deixar a língua tagarelar livremente à maneira de um hobbit entre amigos.

Por fim Beregond ergueu-se. "Adeus por ora!", disse ele. "Agora tenho serviço até o pôr do sol, assim como todos os demais aqui, creio. Mas se estiveres solitário, talvez queiras um alegre guia pela Cidade. Meu filho irá contigo de bom grado. Um bom rapaz, posso dizer. Se isso te agradar, desce ao círculo inferior e pergunta pela Velha Hospedaria em Rath Celerdain, a Rua dos Lampioneiros. Lá o encontrarás com outros rapazes que ficaram na Cidade. Pode haver coisas que valham a pena ver lá embaixo no Grande Portão, antes que seja fechado."

Saiu, e logo depois todos os outros o seguiram. O dia ainda estava bonito, apesar de estar ficando mais nevoento, e fazia calor para março, mesmo tão longe no sul. Pippin sentia-se sonolento, mas o alojamento parecia melancólico, e ele decidiu descer e explorar a Cidade. Levou a Scadufax alguns bocados que guardara, e estes foram graciosamente aceitos, apesar de não parecer que faltasse algo ao cavalo. Depois desceu caminhando por muitas vias tortuosas.

As pessoas o encaravam intensamente quando ele passava. Diante dele, os homens eram gravemente corteses, saudando-o à maneira de Gondor, com a cabeça inclinada e as mãos sobre o peito; mas atrás dele ouviu muitas exclamações, quando os que estavam na rua chamavam os outros de dentro para que viessem ver o Príncipe dos Pequenos, companheiro de Mithrandir. Muitos usavam algum idioma diverso da fala comum, mas não passou muito tempo para ele aprender pelo menos o que queria dizer *"Ernil i Pheriannath"* e saber que seu título o precedera até a Cidade.

Por fim, através de ruas com arcos e muitas belas veredas e calçadas, chegou ao círculo inferior, o mais amplo, e ali lhe indicaram a Rua dos Lampioneiros, uma larga via que corria para o Grande Portão. Nela encontrou a Velha Hospedaria, um prédio grande de pedras cinzentas e gastas pelo tempo, com duas alas que se afastavam da rua, e entre elas um estreito gramado, atrás do qual ficava a casa de muitas janelas, tendo em toda a largura da fachada uma varanda de colunas e um lance de escada que descia até a grama. Meninos brincavam entre as colunas, as únicas crianças que Pippin vira em Minas Tirith, e ele parou para olhá-los. Logo um deles o avistou e, com um grito, saltou por cima da grama e veio até a rua, seguido por vários outros. Ali se plantou diante de Pippin, olhando-o dos pés à cabeça.

"Saudações!", disse o rapaz. "De onde vens? És um estranho na Cidade."

"Eu era", respondeu Pippin; "mas dizem que me tornei um homem de Gondor."

"Ora vamos!", exclamou o rapaz. "Então aqui somos todos homens. Mas quantos anos tens e qual é teu nome? Já tenho dez anos e logo terei cinco pés[3] de altura. Sou mais alto que tu. Mas claro que meu pai é Guarda, um dos mais altos. Quem é teu pai?"

"Qual pergunta devo responder primeiro?", disse Pippin. "Meu pai cultiva as terras em torno de Poçalvo, perto de Tuqueburgo, no Condado. Tenho quase vinte e nove anos, de modo que aí estou à tua frente; mas tenho só quatro pés[4] de altura e provavelmente não crescerei mais, exceto de lado."

"Vinte e nove!", disse o rapaz e assobiou. "Ora, tu és bem velho! Tão velho como meu tio Iorlas. Ainda assim," acrescentou, esperançoso, "aposto que te poderia pôr de cabeça para baixo ou te deitar de costas."

"Quem sabe pudesses se eu te deixasse", disse Pippin com um riso. "E quem sabe eu te poderia fazer o mesmo: conhecemos alguns truques de luta livre em nosso pequeno país. Onde, deixa-me dizer, sou considerado incomumente grande e forte; e jamais permiti que ninguém me pusesse de cabeça para baixo. Assim, se chegasse a hora da verdade e nada mais

---

[3]Equivale a, aproximadamente, 1 metro e meio. [N. T.]
[4]Equivale a, aproximadamente, 122 centímetros. [N. T.]

servisse, eu poderia ter de te matar. Pois quando ficares mais velho aprenderás que as pessoas nem sempre são o que parecem; e, apesar de poderes ter-me tomado por um rapaz estrangeiro mole, presa fácil, deixa que eu te previna: não sou isso, sou um pequeno, duro, audaz e malvado!" Pippin fez uma careta tão carrancuda que o menino recuou um passo, mas voltou imediatamente com os punhos cerrados e a luz do combate no olho.

"Não!", riu Pippin. "Também não creias o que os estranhos dizem sobre si! Não sou lutador. Mas em todo caso seria mais polido que o desafiante dissesse quem é."

O menino empertigou-se, orgulhoso. "Eu sou Bergil, filho de Beregond dos Guardas", disse ele.

"Assim pensei," respondeu Pippin, "pois te pareces com teu pai. Eu o conheço e ele me mandou à tua procura."

"Então por que não disseste isso de imediato?", disse Bergil, e de repente uma expressão de desalento lhe veio ao rosto. "Não me digas que ele mudou de ideia e que vai me mandar embora com as donzelas! Mas não, as últimas carroças já foram."

"A mensagem dele é menos ruim que isso, se não boa", comentou Pippin. "Ele diz que, se preferires isso a me pôr de cabeça para baixo, poderias passar algum tempo me mostrando a Cidade e alegrando minha solidão. Em troca posso contar-te algumas histórias de países longínquos."

Bergil bateu palmas e riu de alívio. "Está tudo bem", exclamou. "Vem então! Logo estávamos indo ao Portão para olhar. Vamos agora."

"O que está acontecendo lá?"

"Esperam os Capitães das Terras Estrangeiras que vão subir pela Estrada Sul antes do pôr do sol. Vem conosco e verás."

Bergil demonstrou ser boa companhia, a melhor que Pippin tivera desde que se separara de Merry, e logo estavam rindo e conversando alegremente, percorrendo as ruas, indiferentes aos muitos olhares que os homens lhes lançavam. Não passou muito tempo para se encontrarem em uma multidão que rumava para o Grande Portão. Ali Pippin cresceu muito na estima de Bergil, pois quando disse seu nome e a senha, o guarda o saudou e o deixou passar; e mais ainda, deixaram-no levar seu companheiro consigo.

"Isso é bom!", disse Bergil. "Não permitem mais que nós, meninos, passemos pelo Portão sem um adulto. Agora havemos de ver melhor."

Além do Portão havia uma multidão de homens ao longo da beira da estrada e do grande espaço calçado aonde levavam todos os caminhos que vinham para Minas Tirith. Todos os olhos estavam voltados para o sul, e logo se ergueu um murmúrio: "Há uma poeira ali ao longe! Eles estão chegando!"

Pippin e Bergil forçaram passagem para a frente da multidão e esperaram. Soaram trompas a certa distância, e o barulho dos aplausos rolou na direção deles como um vento crescente. Então ouviu-se um forte toque de trombeta, e em toda a volta deles as pessoas gritavam.

"Forlong! Forlong!", Pippin ouviu os homens exclamando. "O que estão dizendo?", perguntou.

"Forlong chegou", respondeu Bergil; "o velho Forlong, o Gordo, Senhor de Lossarnach. É lá que vive meu avô. Hurra! Aí está ele. O bom e velho Forlong!"

Liderando a fila, veio a passo um grande cavalo de pernas grossas, e nele estava sentado um homem de ombros largos e enorme circunferência, mas velho e de barba cinzenta, porém trajando cota de malha e um elmo negro e portando uma lança comprida e pesada. Atrás dele marchava, altiva, uma fileira empoeirada de homens, bem armados e empunhando grandes machados de batalha; tinham os rostos severos e eram mais baixos e um tanto mais morenos que outros homens que Pippin já vira em Gondor.

"Forlong!", gritavam os homens. "Coração fiel, amigo fiel! Forlong!" Mas quando os homens de Lossarnach haviam passado, eles murmuraram: "Tão poucos! Duzentos, é isso? Esperávamos dez vezes esse número. Deve ser a notícia nova da frota negra. Estão dispondo só de um décimo de suas forças. Ainda assim, cada pouquinho é lucro."

E assim as companhias vinham, eram saudadas e aplaudidas e passavam pelo Portão, homens das Terras Estrangeiras em marcha para defenderem a Cidade de Gondor em uma hora sombria; mas sempre muito poucos, sempre menos do que a esperança aguardava ou a necessidade pedia. Os homens do Vale do Ringló, atrás do filho de seu senhor, Dervorin, caminhando a pé: três centenas. Dos planaltos de Morthond, o grande Vale da Raiz Negra, o alto Duinhir com seus filhos Duilin e Derufin e quinhentos arqueiros. De Anfalas, a longínqua Praia-comprida, uma longa fileira de homens de muitos tipos, caçadores, pastores e homens de pequenas aldeias, parcamente equipados, exceto pela casa de seu senhor Golasgil. De Lamedon, alguns poucos montanheses sisudos sem capitão. Pescadores do Ethir, uns cem ou mais dispensados dos navios. Hirluin, o Alvo, das Colinas Verdes de Pinnath Gelin com três centenas de valorosos homens trajando verde. E o último e mais altivo, Imrahil, Príncipe de Dol Amroth, parente do Senhor, com estandartes dourados portando seu símbolo da Nau e do Cisne de Prata e uma companhia de cavaleiros com todos os petrechos, montados em cavalos cinzentos; e atrás deles, sete centenas de homens d'armas, altos como senhores, de olhos cinzentos e cabelos escuros, cantando ao chegar.

E isso era tudo, menos de três milhares no total. Não viriam mais. Suas exclamações e as pisadas de seus pés passaram para dentro da Cidade e se esvaíram. Os espectadores permaneceram em silêncio por algum tempo. A poeira pairava no ar, pois o vento morrera e a tardinha era pesada. A hora do fim do dia já se avizinhava, e o sol vermelho se escondera atrás de Mindolluin. A sombra desceu sobre a Cidade.

Pippin olhou para cima e pareceu-lhe que o céu se tornara cor de cinzas, como se uma vasta poeira e fumaça estivessem suspensas acima deles e a luz as atravessasse baça. Mas, no Oeste, o sol poente já inflamara todos os vapores, e agora Mindolluin se destacava negro diante de um clarão ardente salpicado de brasas. "Assim um belo dia termina em ira!", disse ele, esquecido do rapaz ao seu lado.

"Terminará se eu não tiver voltado antes dos sinos do ocaso", respondeu Bergil. "Vem! Lá vai a trombeta do fechamento do Portão."

De mãos dadas voltaram para dentro da Cidade, os últimos a passarem pelo Portão antes de ele ser fechado; e quando alcançaram a Rua dos Lampioneiros, todos os sinos das torres soaram solenemente. Acenderam-se luzes em muitas janelas, e das casas e dos recintos dos homens d'armas junto às muralhas vinha o som de canções.

"Adeus por ora", disse Bergil. "Leva minha saudação ao meu pai e agradece-lhe pela companhia que enviou. Volta logo, eu te peço. Agora quase desejo que não houvesse guerra, pois poderíamos ter-nos divertido bastante. Poderíamos ter viajado para Lossarnach, à casa de meu avô; é bom estar lá na primavera, as matas e os campos estão repletos de flores. Mas quem sabe ainda iremos para lá juntos. Nunca derrotarão nosso Senhor, e meu pai é muito valente. Adeus e volta!"

Despediram-se, e Pippin voltou apressado à cidadela. Parecia longe, e ele ficou abafado e muito faminto; e a noite desceu veloz e escura. Não havia estrela perfurando o firmamento. Atrasou-se para a refeição do dia no rancho, e Beregond o saudou contente e o pôs sentado ao seu lado para ouvir notícias do filho. Após a refeição, Pippin permaneceu um pouco e depois se despediu, pois uma treva estranha o acometera, e agora desejava muito rever Gandalf.

"Consegues achar o caminho?", disse Beregond à porta do pequeno salão, do lado norte da cidadela, onde estiveram sentados. "É uma noite negra, e ainda mais negra desde que vieram as ordens para reduzir as luzes dentro da Cidade e para que nenhuma brilhe nas muralhas. E posso dar-te notícias de outra ordem: serás convocado ao Senhor Denethor amanhã cedo. Receio que não irás para a Terceira Companhia. Ainda assim podemos esperar nos reencontrarmos. Adeus e dorme em paz!"

O alojamento estava às escuras, exceto por um pequeno lampião posto sobre a mesa. Gandalf não estava lá. A treva abateu-se ainda mais pesadamente sobre Pippin. Subiu no banco e tentou espiar por uma janela, mas era como olhar para dentro de uma lagoa de tinta. Desceu, fechou a veneziana e foi para a cama. Ficou algum tempo deitado, tentando ouvir o som da volta de Gandalf, e depois caiu em um sono inquieto.

Durante a noite foi acordado por uma luz e viu que Gandalf viera e caminhava para lá e para cá no quarto, além da cortina da alcova. Havia velas na mesa e rolos de pergaminho. Ouviu o mago suspirando e murmurando: "Quando Faramir retornará?"

"Alô!", disse Pippin, espiando em torno da cortina. "Pensei que você me tinha esquecido por completo. Estou feliz de vê-lo de volta. Foi um dia comprido."

"Mas a noite será curta demais", afirmou Gandalf. "Voltei aqui porque preciso de um pouco de paz, sozinho. Você devia dormir numa cama enquanto ainda pode. Ao nascer do sol, hei de levá-lo outra vez ao Senhor Denethor. Não, quando vier a convocação, não ao nascer do sol. A Escuridão começou. Não haverá amanhecer."

A Passagem da Companhia Cinzenta

Gandalf se fora, e os cascos ressoantes de Scadufax haviam-se perdido na noite, quando Merry voltou a Aragorn. Tinha apenas uma trouxa leve, pois perdera a mochila em Parth Galen e tudo o que trazia eram alguns objetos úteis que apanhara entre os destroços de Isengard. Hasufel já estava selado. Legolas e Gimli, com seu cavalo, estavam por perto.

"Então ainda restam quatro da Comitiva", disse Aragorn. "Prosseguiremos juntos. Mas não iremos sós, como eu pensava. Agora o rei está decidido a partir de imediato. Desde a vinda da sombra alada ele deseja voltar às colinas oculto pela noite."

"E depois aonde?", disse Legolas.

"Ainda não sei dizer", respondeu Aragorn. "Quanto ao rei, ele irá à convocação que ordenou em Edoras, daqui a quatro noites. E lá, creio, ele ouvirá notícias da guerra, e os Cavaleiros de Rohan descerão para Minas Tirith. Mas quanto a mim e a qualquer um que deseje ir comigo..."

"Eu sou um!", exclamou Legolas. "E Gimli com ele!", disse o Anão.

"Bem, quanto a mim," disse Aragorn, "há uma obscuridade diante de meus passos. Também preciso descer para Minas Tirith, mas ainda não vejo a estrada. Uma hora há muito preparada se avizinha."

"Não me deixem para trás!", comentou Merry. "Ainda não fui muito útil; mas não quero ser posto de lado, como bagagem a ser recuperada quando tudo tiver passado. Não creio que os Cavaleiros queiram se incomodar comigo agora. Apesar de que, é claro, o rei disse que eu iria me sentar ao seu lado quando ele chegasse à sua casa para contar-lhe tudo sobre o Condado."

"Sim," disse Aragorn, "e sua estrada corre com a dele, creio, Merry. Mas não espere regozijo no final. Vai levar muito tempo, receio, para que Théoden volte a se sentar em Meduseld com tranquilidade. Muitas esperanças murcharão nesta amarga Primavera."

Logo estavam todos prontos para a partida: vinte e quatro cavalos, com Gimli atrás de Legolas e Merry à frente de Aragorn. Pouco depois estavam cavalgando velozes pela noite. Não fazia muito tempo que passaram os Vaus do Isen quando um Cavaleiro veio galopando da retaguarda da fila.

"Meu senhor," disse ele ao rei, "há cavaleiros atrás de nós. Creio tê-los ouvido ao atravessarmos os vaus. Agora temos certeza. Estão nos ultrapassando, cavalgando muito depressa."

Imediatamente Théoden ordenou uma parada. Os Cavaleiros se viraram e pegaram nas lanças. Aragorn apeou, pôs Merry no chão e, sacando a espada, postou-se junto ao estribo do rei. Éomer e seu escudeiro cavalgaram para a retaguarda. Merry sentiu-se mais do que nunca como bagagem desnecessária e perguntou-se o que faria se houvesse combate. Supondo que a pequena escolta do rei fosse cercada e derrotada, mas que ele escapasse para a escuridão — sozinho nos campos selvagens de Rohan, sem ideia de onde estava em todas as milhas infindas? "Nada bom!", pensou. Sacou a espada e apertou o cinto.

A lua, que estava se pondo, foi obscurecida por uma grande nuvem navegante, mas de súbito voltou a surgir com claridade. Então todos ouviram o som de cascos e no mesmo momento viram vultos escuros que vinham depressa pela trilha dos vaus. Aqui e ali o luar rebrilhava nas pontas das lanças. O número de perseguidores não podia ser estimado, mas não pareciam ser menos que a escolta do rei, no mínimo.

Quando estavam a uns cinquenta passos de distância, Éomer gritou em alta voz: "Parai! Parai! Quem cavalga em Rohan?"

Os perseguidores detiveram as montarias de repente. Seguiu-se um silêncio; e então, ao luar, foi possível ver que um cavaleiro apeava e caminhava lentamente para diante. A mão apareceu branca quando ele a ergueu, de palma para fora como sinal de paz; mas os homens do rei agarraram as armas. A dez passos o homem parou. Era alto, uma escura sombra em pé. Então ressoou sua voz nítida.

"Rohan? Rohan disseste? É uma palavra de júbilo. Buscamos essa terra com pressa, vindos de muito longe."

"Vós a encontrastes", disse Éomer. "Quando atravessastes aqueles vaus vós entrastes nela. Mas é o reino de Théoden, o Rei. Ninguém aqui cavalga senão com sua permissão. Quem sois? E qual é vossa pressa?"

"Halbarad Dúnadan, Caminheiro do Norte eu sou", exclamou o homem. "Buscamos um certo Aragorn, filho de Arathorn, e ouvimos que ele estava em Rohan."

"E o encontrastes também!", exclamou Aragorn. Dando as rédeas a Merry, correu para diante e abraçou o recém-chegado. "Halbarad!", disse ele. "De todas as alegrias esta é a menos esperada!"

Merry deu um suspiro de alívio. Pensava que aquilo fosse algum último truque de Saruman, emboscar o rei enquanto este só tinha alguns poucos homens em seu redor; mas parecia que não seria preciso morrer em defesa de Théoden, pelo menos não ainda. Embainhou a espada.

"Tudo está bem", disse Aragorn, voltando-se para trás. "Eis alguns da minha própria parentela, da terra distante onde eu habitava. Mas por que eles vêm e quantos são, Halbarad há de nos contar."

"Tenho trinta comigo", respondeu Halbarad. "É tudo de nossa parentela que pôde ser reunido na pressa, mas os irmãos Elladan e Elrohir cavalgaram conosco, desejosos de irem à guerra. Viemos o mais depressa que podíamos quando chegou tua convocação."

"Mas não vos convoquei," afirmou Aragorn, "exceto em desejo. Muitas vezes meus pensamentos se voltaram para vós e raras vezes mais que hoje à noite; porém não enviei palavra. Mas vamos! Todos esses assuntos terão de esperar. Vós nos encontrais cavalgando com pressa e perigo. Cavalgai conosco agora, se o rei o permitir."

De fato, Théoden ficou contente com a notícia. "Está bem!", disse ele. "Se estes parentes forem de algum modo parecidos contigo, meu senhor Aragorn, trinta cavaleiros assim serão uma força que não pode ser contada em cabeças."

Então os Cavaleiros partiram de novo, e por algum tempo Aragorn seguiu com os Dúnedain; e quando tinham falado das novas do Norte e do Sul, Elrohir lhe disse:

"Trago-te mensagem de meu pai: 'Os dias são breves. Se estás com pressa, lembra-te das Sendas dos Mortos.'"

"Meus dias sempre me pareceram demasiado curtos para alcançar meu desejo", respondeu Aragorn. "Mas será deveras grande minha pressa para que eu tome essa estrada."

"Isso logo se verá", comentou Elrohir. "Mas não falemos mais dessas coisas na estrada aberta!"

E Aragorn disse a Halbarad: "O que é isso que trazes, parente?" Pois viu que em vez de lança ele trazia um bastão comprido, como estandarte, mas estava bem enrolado em um pano negro, atado com muitas tiras.

"É uma dádiva que te trago da Senhora de Valfenda", respondeu Halbarad. "Elaborou-a em segredo e levou tempo para fazê-la. Mas também te manda uma mensagem: 'Agora os dias são breves. Ou chegará nossa esperança ou o fim de toda esperança. Por isso te envio o que fiz para ti. Boa sorte, Pedra-Élfica!'"

E Aragorn disse: "Agora sei o que trazes. Leva-o ainda um pouco para mim!" E virou-se e olhou em direção ao Norte, sob as grandes estrelas, e então silenciou e não falou mais enquanto durou a jornada daquela noite.

A noite estava terminando e o Leste era cinzento quando finalmente subiram pela Garganta-do-Abismo e retornaram ao Forte-da-Trombeta. Ali pretendiam deitar-se, repousar por breve tempo e aconselhar-se.

Merry dormiu até ser acordado por Legolas e Gimli. "A Sol[1] está alta", disse Legolas. "Todos os demais se levantaram e estão ativos. Vamos, Mestre Indolente, e olha para este lugar enquanto podes!"

"Aqui houve uma batalha três noites atrás," disse Gimli, "e aqui Legolas e eu jogamos um jogo que ganhei por um único orque. Vem ver como foi! E há cavernas, Merry, cavernas de maravilha! Vamos visitá-las, tu crês, Legolas?"

"Não! Não há tempo", disse o Elfo. "Não estragues a maravilha com a pressa! Eu te dei minha palavra de que voltaria aqui contigo, se vier mais uma vez um dia de paz e liberdade. Mas agora é quase meio-dia, e nessa hora vamos comer e, ao que ouço, partiremos de novo."

Merry levantou-se e bocejou. Suas poucas horas de sono não tinham bastado nem um pouco; estava cansado e um tanto desolado. Sentia falta de Pippin e sentia que ele era apenas um fardo, enquanto todos estavam fazendo planos urgentes em um assunto que ele não entendia plenamente. "Onde está Aragorn?", perguntou.

"Em um alto recinto do Forte", disse Legolas. "Não descansou nem dormiu, eu creio. Foi para lá algumas horas atrás, dizendo que precisava refletir, e só seu parente Halbarad foi com ele; mas está carregado com alguma sombria dúvida ou preocupação."

"São uma companhia estranha, esses recém-chegados", comentou Gimli. "São homens robustos e nobres, e os Cavaleiros de Rohan parecem quase meninos ao lado deles; pois são severos de rosto, na maioria gastos como rochas expostas ao tempo, como o próprio Aragorn; e são calados."

"Mas como o próprio Aragorn são corteses quando rompem seu silêncio", respondeu Legolas. "E atentaste para os irmãos Elladan e Elrohir? Seu equipamento é menos sombrio que o dos demais e são belos e galantes como senhores-élficos; e isso não é de se admirar nos filhos de Elrond de Valfenda."

"Por que vieram? Vós ouvistes?", perguntou Merry. Agora estava vestido e jogou a capa cinzenta nos ombros; e os três saíram juntos para o portão arruinado do Forte.

"Responderam a uma convocação, como ouviste", disse Gimli. "Dizem que chegou uma mensagem a Valfenda: 'Aragorn precisa de sua parentela. Que os Dúnedain cavalguem para encontrá-lo em Rohan!' Mas de onde veio essa mensagem eles não sabem agora. Gandalf enviou-a, eu diria."

---

[1] Segundo o saber dos Elfos e Hobbits, o Sol é uma figura feminina, e a Lua, masculina. [N. T.]

"Não, Galadriel", disse Legolas. "Ela não falou através de Gandalf da cavalgada da Companhia Cinzenta vinda do Norte?"

"Sim, é como dizes", assentiu Gimli. "A Senhora da Floresta! Ela leu muitos corações e desejos. Agora, por que não desejamos alguns dos nossos próprios parentes, Legolas?"

Legolas postou-se diante do portão, voltou os olhos brilhantes para o norte e o leste e seu belo rosto se perturbou. "Não creio que algum deles viria", respondeu. "Não têm necessidade de cavalgarem à guerra; a guerra já marcha em suas próprias terras."

Por algum tempo os três companheiros caminharam juntos, falando deste e daquele episódio da batalha, e desceram do portão rompido, passaram pelos morros dos tombados no gramado junto à estrada, até se encontrarem no Dique de Helm e contemplarem a Garganta. Ali já se erguia a Colina da Morte, negra e alta e rochosa, e podia-se ver com clareza onde a relva fora muito pisoteada e marcada pelos Huorns. Os Terrapardenses e muitos homens da guarnição do Forte trabalhavam no Dique, nos campos ou em torno das muralhas danificadas mais atrás; porém tudo parecia estranhamente quieto: um vale exausto descansando após uma grande tempestade. Logo deram a volta e foram à refeição do meio-dia no salão do Forte.

O rei já estava lá e, assim que entraram, ele chamou Merry e tinha-lhe um assento preparado junto a ele. "Não é como eu gostaria", comentou Théoden; "pois isto pouco se parece com minha bela casa em Edoras. E teu amigo se foi, que também deveria estar aqui. Mas pode levar muito tempo para nos sentarmos, tu e eu, à mesa alta em Meduseld; não haverá tempo para banquetes quando eu voltar para lá. Mas vamos agora! Come e bebe, e conversemos enquanto podemos. E depois hás de cavalgar comigo."

"Posso?", perguntou Merry, surpreso e deleitado. "Isso seria esplêndido!" Jamais se sentira mais grato por nenhuma bondade em palavras. "Receio que só estou estorvando todos", gaguejou; "mas eu gostaria de fazer qualquer coisa que pudesse, vós sabeis."

"Não duvido", disse o rei. "Mandei aprestar para ti um bom pônei das colinas. Ele te levará tão depressa quanto qualquer cavalo pelas estradas que havemos de tomar. Pois partirei do Forte por trilhas das montanhas, não pela planície, para assim chegar a Edoras pelo Fano-da-Colina, onde a Senhora Éowyn me aguarda. Hás de ser meu escudeiro, se quiseres. Há equipamento de guerra neste lugar, Éomer, que meu ajudante d'armas possa usar?"

"Não há grandes estoques de armas aqui, senhor", respondeu Éomer. "Quem sabe um elmo leve possa ser encontrado que lhe sirva; mas não temos cota de malha nem espada para alguém de sua estatura."

"Eu tenho uma espada", disse Merry, descendo do assento e sacando da bainha negra sua pequena lâmina reluzente. Subitamente repleto de amor por aquele ancião, ajoelhou-se em um joelho, tomou-lhe a mão e a beijou. "Posso depositar a espada de Meriadoc do Condado em vosso colo, Théoden Rei?", exclamou ele. "Recebei meu serviço se quiserdes!"

"De bom grado o tomo", disse o rei; e, deitando as velhas mãos compridas nos cabelos castanhos do hobbit, ele o abençoou. "Ergue-te agora, Meriadoc, escudeiro de Rohan da casa de Meduseld!", disse ele. "Toma tua espada e leva-a à boa fortuna!"

"Haveis de ser como um pai para mim", disse Merry.

"Por um breve tempo", disse Théoden.

Então conversaram enquanto comiam, até que por fim Éomer falou: "Está próxima a hora que acertamos para nossa partida, senhor", disse ele. "Devo pedir aos homens que soprem as trompas? Mas onde está Aragorn? Seu lugar está vazio e ele não comeu."

"Aprestar-nos-emos para a cavalgada", afirmou Théoden; "mas que o Senhor Aragorn seja avisado de que a hora se avizinha."

O rei, com sua guarda e Merry ao seu lado, desceu do portão do Forte até o lugar onde os Cavaleiros se reuniam no gramado. Muitos já estavam montados. Seria uma grande companhia; pois o rei estava deixando no Forte somente uma pequena guarnição, e todos os que podiam ser dispensados estavam rumando para o chamado d'armas em Edoras. De fato, mil lanceiros já haviam partido à noite; mas ainda haveria mais uns quinhentos que iriam com o rei, na maioria homens dos campos e vales do Westfolde.

Os Caminheiros estavam sentados um pouco apartados, em silêncio, em companhia ordeira, armados de lança, arco e espada. Estavam vestidos em capas de um cinza escuro, e agora os capuzes estavam baixados sobre os elmos e as cabeças. Seus cavalos eram fortes e de atitude altiva, mas tinham o pelo áspero; e um deles estava postado sem cavaleiro, o próprio cavalo de Aragorn que tinham trazido do Norte; Roheryn era seu nome. Não havia brilho de pedra, nem ouro, nem qualquer objeto belo em todo o seu equipamento e arreio; nem seus cavaleiros traziam qualquer brasão ou sinal, exceto pelo fato de que cada capa estava afixada no ombro esquerdo com um broche de prata em forma de estrela raiada.

O rei montou em seu cavalo Snawmana, e Merry sentou-se ao lado dele em seu pônei: este chamava-se Stybba. Logo Éomer saiu pelo portão, e com ele estavam Aragorn, Halbarad, trazendo o grande bastão bem enrolado em negro, e dois homens altos, nem jovens nem velhos. Eram tão parecidos, os filhos de Elrond, que poucos conseguiam distingui-los: de cabelos escuros, olhos cinzentos e com rostos belos como os dos Elfos, em trajes semelhantes, de luzidia cota de malha sob capas de cinza prateado.

Atrás deles caminhavam Legolas e Gimli. Mas Merry só tinha olhos para Aragorn, tão espantosa era a mudança que via nele, como se em uma noite muitos anos lhe tivessem tombado sobre a cabeça. Era carrancudo o seu rosto, acinzentado e exausto.

"Tenho a mente inquieta, senhor", disse Aragorn, de pé junto ao cavalo do rei. "Ouvi estranhas palavras e vejo ao longe novos perigos. Por muito tempo labutei em pensamento e agora receio ter de mudar meu propósito. Conta-me, Théoden, agora que cavalgas rumo ao Fano-da-Colina, quanto tempo levarás para lá chegares?"

"Agora passa uma hora completa do meio-dia", informou Éomer. "Antes da noite do terceiro dia a contar deste deveremos chegar ao Forte. Então a Lua terá passado dois dias da cheia, e a convocação que o rei ordenou terá lugar no dia seguinte. Não podemos ser mais velozes se a força de Rohan tiver de ser reunida."

Por um momento, Aragorn ficou em silêncio. "Três dias", murmurou, "e a convocação de Rohan só terá começado. Mas vejo que agora ela não pode ser apressada." Olhou para cima, e pareceu que ele tinha tomado alguma decisão; seu rosto estava menos inquieto. "Então, senhor, com tua vênia, devo tomar nova decisão para mim e minha parentela. Temos de cavalgar em nossa própria estrada e não mais em segredo. Para mim terminou o tempo da reserva. Cavalgarei rumo ao leste pelo caminho mais rápido e trilharei as Sendas dos Mortos."

"As Sendas dos Mortos!", exclamou Théoden e estremeceu. "Por que falas delas?" Éomer voltou-se e encarou Aragorn, e a Merry pareceu que os rostos dos Cavaleiros que estavam ao alcance dessas palavras empalideceram diante delas. "Se tais sendas existem em verdade," continuou Théoden, "seu portão é no Fano-da-Colina; mas nenhum homem vivente pode passar por ele."

"Ai de ti! Aragorn, meu amigo!", disse Éomer. "Eu esperava que rumássemos juntos para a guerra; mas, se buscas as Sendas dos Mortos, a nossa despedida chegou, e é pouco provável que algum dia voltemos a nos encontrar sob o Sol."

"Não obstante trilharei essa estrada", disse Aragorn. "Mas eu te digo, Éomer, que na batalha ainda poderemos nos reencontrar, mesmo que todas as hostes de Mordor se ponham entre nós."

"Fará o que quiseres, meu senhor Aragorn", disse Théoden. "É tua sina, quem sabe, trilhar estranhas sendas que outros não ousam trilhar. Esta separação me aflige, e minha força diminui por causa dela; mas agora preciso tomar as estradas montanhesas e não me atrasar mais. Adeus!"

"Adeus, senhor!", disse Aragorn. "Cavalga rumo a grande renome! Adeus, Merry! Eu te deixo em boas mãos, melhores do que esperávamos quando caçávamos os orques rumando para Fangorn. Legolas e Gimli ainda caçarão comigo, espero; mas não havemos de esquecê-lo."

"Até logo!", disse Merry. Não conseguiu achar nada mais para dizer. Sentia-se muito pequeno e estava perplexo e deprimido com todas aquelas palavras sombrias. Mais do que nunca, sentia falta da alegria irreprimível de Pippin. Os Cavaleiros estavam prontos, e seus cavalos, impacientes; ele gostaria que partissem e acabassem com aquilo.

Então Théoden falou a Éomer, e ele ergueu a mão e deu um grito intenso, e com essa palavra os Cavaleiros partiram. Passaram sobre o Dique, desceram pela Garganta e depois, voltando-se rapidamente para o leste, tomaram uma trilha que contornava os contrafortes por mais ou menos uma milha, até que, dando a volta para o sul, voltou a entrar entre as colinas e desapareceu de vista. Aragorn cavalgou até o Dique e vigiou até os homens do rei estarem bem avançados na Garganta. Voltou-se então para Halbarad.

"Ali vão três que amo, e o menor deles não menos", disse ele. "Ele não sabe a que fim cavalga; mas se soubesse, avançaria mesmo assim."

"Um povo pequeno, mas de grande valia é o do Condado", afirmou Halbarad. "Pouco sabem de nossa longa labuta para manter seguras as suas fronteiras, e, no entanto, não levo isso a mal."

"E agora nossas sinas estão entretecidas", disse Aragorn. "E, no entanto, ai de nós! aqui temos de nos separar. Bem, preciso comer alguma coisa, e depois também nós temos de partir às pressas. Vinde, Legolas e Gimli! Preciso falar-vos enquanto como."

Juntos voltaram para dentro do Forte; mas durante algum tempo Aragorn esteve sentado em silêncio à mesa do salão, e os demais esperaram que ele falasse. "Vamos!", pediu Legolas por fim. "Fala, consola-te e sacode a sombra! O que ocorreu desde que voltamos a este lugar cruel na manhã cinzenta?"

"Uma luta que de minha parte foi um tanto mais cruel que a batalha do Forte-da-Trombeta", respondeu Aragorn. "Olhei na Pedra de Orthanc, meus amigos."

"Olhaste naquela amaldiçoada pedra de feitiçaria!", exclamou Gimli, mostrando no rosto temor e espanto. "Disseste alguma coisa a... ele? Mesmo Gandalf temia esse embate."

"Esqueces a quem estás falando", respondeu Aragorn gravemente, e seus olhos brilharam. "O que temes que eu lhe diria? Não proclamei abertamente meu título diante das portas de Edoras? Não, Gimli", disse ele em voz mais suave, e a sisudez deixou seu rosto, e ele se parecia com alguém que labutou em dor insone por muitas noites. "Não, meus amigos, eu sou o mestre legítimo da Pedra e tinha o direito e também a força de usá-la, ou assim julguei. O direito não admite dúvida. A força bastou... debilmente."

Inspirou profundamente. "Foi uma luta amarga, e a exaustão leva tempo para passar. Não lhe falei palavra e no fim arrebatei a Pedra com minha própria vontade. Apenas isso ele achará difícil suportar. E ele me contemplou. Sim, Mestre Gimli, ele me viu, mas com outro aspecto do que me vês aqui. Se isso o ajudar, então fiz mal. Mas não creio que seja assim. Saber que eu vivia e caminhava na terra foi um golpe em seu coração, assim julgo; pois ele não o sabia até agora. Os olhos de Orthanc não enxergavam através da armadura de Théoden; mas Sauron não esqueceu Isildur e a espada de Elendil. Agora, na própria hora de seus grandes desígnios, o herdeiro de Isildur e a Espada se revelam; pois mostrei a ele a lâmina reforjada. Ele ainda não é poderoso o bastante para estar acima do medo; não, a dúvida sempre o corrói."

"Mas ainda assim ele comanda uma grande dominação", disse Gimli; "e agora atacará mais depressa."

"O golpe apressado muitas vezes se extravia", comentou Aragorn. "Precisamos pressionar nosso Inimigo, não mais esperar que ele faça seu lance. Vede, meus amigos, quando dominei a Pedra fiquei sabendo de muitas coisas. Vi grave perigo chegando inesperadamente a Gondor, vindo do Sul, que desviará grande força da defesa de Minas Tirith. Se não for enfrentado rapidamente, julgo que a Cidade estará perdida antes que se passem dez dias."

"Então estará perdida", ponderou Gimli. "Pois que auxílio existe para enviar ali e como poderia lá chegar em tempo?"

"Não tenho auxílio para mandar, portanto devo ir eu mesmo", disse Aragorn. "Mas só há um caminho através das montanhas que me levará às regiões costeiras antes que esteja tudo perdido. São as Sendas dos Mortos."

"As Sendas dos Mortos!", exclamou Gimli. "É um nome cruel; e pouco do agrado dos Homens de Rohan, como vi. Podem os vivos usar uma tal estrada sem perecerem? E mesmo que passes por ali, de que servirão tão poucos para se opor aos golpes de Mordor?"

"Os vivos jamais usaram essa estrada desde a vinda dos Rohirrim," disse Aragorn, "pois está fechada para eles. Mas nesta hora sombria o herdeiro de Isildur pode usá-la, se ousar. Ouvi! Estas são as palavras que os filhos de Elrond me trazem de seu pai em Valfenda, do mais sábio no saber: 'Dizei a Aragorn que se lembre das palavras do vidente e das Sendas dos Mortos.'"

"E quais seriam as palavras do vidente?", indagou Legolas.

"Assim falou Malbeth, o Vidente, nos dias de Arvedui, último rei em Fornost", disse Aragorn:

> *Sobre a terra se estende treva longa,*
> *asas obscuras que alcançam o oeste.*
> *A Torre treme; nas tumbas dos reis*
> *o destino se adensa. Despertam os Mortos;*
> *pois eis a hora em que os perjuros se erguem:*
> *na Pedra de Erech de pé ficarão*

> *atentos à trompa que toca nos morros.*
> *De quem é o corno? Quem os convoca*
> *na ocaso gris, a esquecida gente?*
> *O herdeiro do fidalgo a quem deram fiança.*
> *Do Norte virá, o denodo o impele:*
> *e passa a Porta para as Sendas dos Mortos.*[A]

"Caminhos obscuros, sem dúvida," assentiu Gimli, "porém não mais obscuros do que me são esses versos."

"Se queres entendê-los melhor, peço que venhas comigo", disse Aragorn; "pois esse é o caminho que tomarei agora. Mas não vou de bom grado; só a necessidade me impele. Portanto, só te faria vir de livre vontade, pois encontrarás labuta, e também grande temor, e talvez coisa pior."

"Irei contigo mesmo pelas Sendas dos Mortos e a qualquer fim que elas conduzam", disse Gimli.

"Também irei," afirmou Legolas, "pois não temo os Mortos."

"Espero que o povo esquecido não tenha se esquecido de como se luta", disse Gimli; "pois do contrário não vejo por que devemos perturbá-los."

"Isso saberemos se chegarmos a alcançar Erech", disse Aragorn. "Mas o juramento que eles quebraram foi lutar contra Sauron, e portanto terão que lutar se forem cumpri-lo. Pois em Erech ainda se ergue uma pedra negra que, dizem, foi trazida de Númenor por Isildur; e foi posta no alto de uma colina, e sobre ela, o Rei das Montanhas lhe jurou fidelidade no princípio do reino de Gondor. Mas, quando Sauron retornou e outra vez cresceu em poderio, Isildur convocou os Homens das Montanhas a cumprirem seu juramento, e eles não o fizeram: pois haviam adorado Sauron nos Anos Sombrios.

"Então Isildur disse ao seu rei: 'Tu hás de ser o último rei. E se o Oeste demonstrar ser mais poderoso que o Mestre Sombrio, eu imponho esta maldição a ti e a teu povo: jamais repousar enquanto vosso juramento não for cumprido. Pois esta guerra durará por anos incontáveis, e havereis de ser convocados mais uma vez antes do fim.' Então fugiram diante da ira de Isildur e não ousaram sair à guerra do lado de Sauron; esconderam-se em lugares secretos nas montanhas e não se relacionaram com outros homens, mas lentamente minguaram nas colinas áridas. E o terror dos Mortos Insones se estende em torno da Colina de Erech e de todos os lugares onde esse povo subsistiu. Mas esse é o caminho que tenho de percorrer, já que não há nenhum vivente que me auxilie."

Pôs-se de pé. "Vinde!", exclamou, sacando a espada, e ela reluziu na penumbra do salão do Forte. "À Pedra de Erech! Busco as Sendas dos Mortos. Venha comigo quem quiser!"

Legolas e Gimli não deram resposta, mas ergueram-se e seguiram Aragorn que saía do salão. No gramado esperavam, imóveis e silenciosos, os Caminheiros encapuzados. Legolas e Gimli montaram. Aragorn saltou sobre Roheryn. Então Halbarad ergueu uma grande trompa, e seu toque ecoou no Abismo de Helm: e com isso eles partiram de um salto, cavalgando Garganta abaixo como o trovão, enquanto todos os homens restantes no Dique e no Forte os olhavam com pasmo.

E enquanto Théoden ia pelas trilhas lentas das colinas, a Companhia Cinzenta passou veloz sobre a planície, e, na tarde do dia seguinte, chegaram a Edoras; e ali só se detiveram brevemente, antes de subirem pelo vale e assim alcançarem o Fano-da-Colina ao cair da escuridão.

A Senhora Éowyn saudou-os e alegrou-se por terem vindo; pois não vira homens mais poderosos que os Dúnedain e os belos filhos de Elrond; mas seus olhos pousavam mais que tudo em Aragorn. E, quando se sentaram com ela para jantar, conversaram entre si, e ela ouviu falar de tudo o que ocorrera desde que Théoden partira, a respeito do que só notícias apressadas ainda lhe tinham chegado; e quando ouviu da batalha no Abismo de Helm, da grande matança dos seus inimigos e da investida de Théoden e seus cavaleiros, seus olhos brilharam.

Mas ela disse por fim: "Senhores, estais cansados e agora haveis de ir aos leitos com o conforto que for possível arranjar na pressa. Mas amanhã há de vos ser encontrado um alojamento melhor."

Mas Aragorn respondeu: "Não, senhora, não te preocupes conosco! Se pudermos nos deitar aqui esta noite e fazer o desjejum amanhã, será o bastante. Pois cavalgo em missão mui urgente, e com a primeira luz da manhã temos de partir."

Ela lhe sorriu e disse: "Então foi um bondoso feito, senhor, desviardes vossa cavalgada em tantas milhas para trazer novas a Éowyn e para lhe falar em seu exílio."

"Deveras nenhum homem consideraria desperdiçada uma tal jornada", afirmou Aragorn; "e, no entanto, senhora, eu não poderia ter chegado aqui se a estrada que devo trilhar não me levasse ao Fano-da-Colina."

E ela respondeu como quem não gosta do que foi dito: "Então, senhor, extraviaste-te; pois do Vale Harg não parte nenhuma estrada para o leste ou o sul; e seria melhor retornares por onde vieste."

"Não, senhora," respondeu ele, "não me extraviei; pois caminhei nesta terra antes que nascesses para adorná-la. Há uma estrada que sai deste vale, e essa estrada hei de trilhar. Amanhã hei de cavalgar pelas Sendas dos Mortos."

Então ela o encarou como alguém que levou um golpe, e seu rosto empalideceu, e por longo tempo nada mais disse, enquanto todos estavam sentados em silêncio. "Mas Aragorn," retomou ela por fim, "então tua missão é ir em busca da morte? Pois isso é tudo o que encontrarás nessa estrada. Eles não permitem que os viventes passem."

"Poderão permitir que eu passe", afirmou Aragorn; "mas ao menos o arriscarei. Nenhuma outra estrada servirá."

"Mas isso é loucura", disse ela. "Pois eis aqui homens de renome e proeza que não deverias levar para as sombras, e sim conduzir à guerra, onde os homens são necessários. Imploro-te que fiques e cavalgues com meu irmão; pois assim se alegrarão todos os nossos corações e nossa esperança será mais luzidia."

"Não é loucura, senhora", respondeu ele; "pois vou a uma trilha designada. Mas os que me seguem o fazem de livre vontade; e, se agora desejarem ficar e cavalgar com os Rohirrim, podem fazê-lo. Mas hei de tomar as Sendas dos Mortos, a sós se for preciso."

Então nada mais disseram e comeram em silêncio; mas os olhos dela estavam sempre voltados para Aragorn, e os demais viram que sua mente estava muito atormentada. Por fim levantaram-se, despediram-se da Senhora, agradeceram-lhe por seus cuidados e foram repousar.

Mas quando Aragorn chegou à barraca onde devia se alijar com Legolas e Gimli, e seus companheiros tinham entrado, a Senhora Éowyn o seguiu e o chamou. Ele virou-se e a viu como um lampejo na noite, pois ela trajava branco; mas tinha os olhos em fogo.

"Aragorn," disse ela, "por que vais tomar essa estrada mortífera?"

"Porque devo", respondeu ele. "Só assim poderei ver alguma esperança de desempenhar meu papel na guerra contra Sauron. Não escolho trilhas de perigo, Éowyn. Se eu fosse aonde mora meu coração, estaria agora vagando longe, no Norte, no belo vale de Valfenda."

Por certo tempo ela ficou em silêncio, como se ponderasse o que isso poderia significar. Então pôs de súbito a mão no braço dele. "Tu és um senhor sisudo e resoluto", observou ela; "e assim os homens ganham renome." Fez uma pausa. "Senhor," continuou ela, "se tens de ir, deixa-me cavalgar em teu séquito. Pois estou cansada de me esquivar nas colinas e desejo enfrentar o perigo e a batalha."

"Teu dever é para com teu povo", respondeu ele.

"Demasiadas vezes ouvi falar de dever", exclamou ela. "Mas não sou da Casa de Eorl, uma donzela-do-escudo, e não uma ama-seca? Há tempo demais tenho cuidado de pés hesitantes. Já que não hesitam mais, ao que parece, não posso agora passar minha vida como quiser?"

"Poucos podem fazê-lo com honra", respondeu ele. "Mas quanto a ti, senhora, não aceitaste o encargo de governar o povo até a volta de seu senhor? Se não tivesses sido escolhida, então algum marechal ou capitão teria sido posto no mesmo lugar, e ele não poderia se afastar do encargo, estivesse ou não cansado dele."

"Hei de ser escolhida sempre?", indagou ela com amargura. "Hei de ser sempre deixada para trás quando os Cavaleiros partem, para cuidar da casa enquanto eles ganham renome e encontram comida e leitos quando retornam?"

"Poderá chegar logo um tempo", disse ele, "quando nenhum voltará. Então haverá necessidade de valor sem renome, pois ninguém há de recordar os feitos que se fazem na última defesa de vossos lares. Porém os feitos não serão menos valorosos por lhes faltar louvor."

E ela respondeu: "Todas as tuas palavras só querem dizer: és uma mulher e teu papel é na casa. Mas, quando os homens tiverem morrido na batalha e na honra, tens permissão de ser queimada na casa, pois os homens não terão mais necessidade dela. Mas eu sou da Casa de Eorl, não uma serviçal. Sei cavalgar e empunhar a lâmina e não temo nem a dor nem a morte."

"O que temes, senhora?", perguntou ele.

"Uma gaiola", disse ela. "Ficar atrás das barras até que o costume e a velhice as aceitem e que toda oportunidade de fazer grandes feitos tiver-se ido além da recordação ou do desejo."

"E, no entanto, me aconselhaste a não me arriscar na estrada que escolhi porque é perigosa?"

"Assim um pode aconselhar o outro", disse ela. "Porém não te peço para fugir do perigo, e sim para cavalgar à batalha onde tua espada poderá ganhar renome e vitória. Não me agrada ver algo elevado e excelente lançado fora sem necessidade."

"Nem a mim", comentou ele. "Portanto eu te digo, senhora: fica! Pois não tens missão no Sul."

"Nem esses outros que vão contigo. Eles vão somente porque não querem ser apartados de ti — porque te amam." Então ela se voltou e desapareceu na noite.

Quando a luz do dia chegou ao céu, mas o sol ainda não se erguera acima das altas cristas no Leste, Aragorn aprestou-se para partir. Sua companhia estava toda montada, e ele estava prestes a saltar na sela, quando a Senhora Éowyn veio se despedir deles. Estava trajada como um Cavaleiro e cingida com uma espada. Trazia uma taça na mão, encostou-a nos lábios e bebeu um pouco, desejando-lhes boa sorte; e depois deu a taça a Aragorn, e ele bebeu e disse: "Adeus, Senhora de Rohan! Bebo à sorte de tua Casa, à tua e à de todo o teu povo. Dize a teu irmão: para além das sombras quiçá nos reencontramos!"

Então pareceu a Legolas e a Gimli, que estavam próximos, que ela chorou, e em alguém tão severo e altivo isso parecia ainda mais aflitivo. Mas ela disse: "Aragorn, irás?"

"Irei", disse ele.

"Então não me deixarás cavalgar com esta companhia, como pedi?"

"Não deixarei, senhora", respondeu ele. "Pois isso eu não poderia conceder sem permissão do rei e de teu irmão; e eles não retornarão antes de amanhã. Mas agora conto cada hora, deveras cada minuto. Adeus!"

Então ela caiu de joelhos dizendo: "Eu te imploro!"

"Não, senhora", insistiu ele e, tomando-a pela mão, ele a ergueu. Então beijou-lhe a mão, saltou para a sela e partiu em cavalgada sem olhar para trás; e somente os que o conheciam bem e lhe eram próximos viram a dor que suportava.

Mas Éowyn ficou imóvel, como uma figura esculpida em pedra, com as mãos apertadas a seu lado, e observou-os até passarem para dentro das sombras sob a negra Dwimorberg, a Montanha Assombrada, onde estava a Porta dos Mortos. Quando se haviam perdido de vista ela se virou, tropeçando como uma cega, e voltou à sua habitação. Mas ninguém do seu povo viu aquela partida, pois esconderam-se de temor e não saíram antes de o dia estar claro e os estranhos temerários terem partido.

E alguns disseram: "São espectros élficos. Que vão ao lugar a que pertencem, aos locais escuros, e não voltem jamais. Os tempos são malignos o bastante."

A luz ainda estava acinzentada enquanto cavalgavam, pois o sol ainda não subira acima das cristas negras da Montanha Assombrada diante deles. Um temor os assolou, mesmo ao passarem entre as fileiras de antigas pedras, e assim chegaram à Dimholt. Ali, sob a escuridão de árvores negras que nem o próprio Legolas conseguia suportar por muito tempo, encontraram um lugar oco que se abria para a raiz da montanha, e bem no seu trajeto erguia-se uma enorme pedra isolada, como um dedo do destino.

"Meu sangue gela", disse Gimli, mas os demais ficaram em silêncio, e a voz dele tombou morta nos espinhos de abeto úmidos a seus pés. Os cavalos não quiseram passar pela pedra ameaçadora até que os ginetes apeassem e os conduzissem em torno dela. E assim finalmente chegaram à profundeza do vale; e ali se erguia uma parede íngreme de rocha, e na parede escancarava-se a Porta Escura diante deles, como a boca da noite. Sinais e figuras estavam entalhados acima de seu largo arco, demasiado indistintos para serem lidos, e o medo fluía de dentro dela como um vapor cinzento.

A Companhia parou, e não havia entre eles um só coração que não fraquejasse, a não ser o de Legolas dos Elfos, para quem os fantasmas dos Homens não têm terror.

"Esta é uma porta maligna," alertou Halbarad, "e minha morte está para além dela. Ainda assim ousarei passar por ela; mas nenhum cavalo entrará."

"Mas precisamos entrar, e, portanto, os cavalos também terão de ir", disse Aragorn. "Pois, se conseguirmos atravessar esta treva, muitas léguas estarão do outro lado, e cada hora perdida ali trará mais para perto o triunfo de Sauron. Segui-me!"

Então Aragorn os levou adiante e, naquela hora, era tal a força de sua vontade que todos os Dúnedain e seus cavalos o seguiam. E deveras o amor que as montarias dos Caminheiros tinham por seus cavaleiros era tão grande que estavam dispostos a enfrentar o próprio terror da Porta, se os corações de seus donos fossem firmes ao caminharem junto deles. Mas Arod, o cavalo de Rohan, refugou o caminho e parou transpirando e tremendo com um temor que era penoso de se ver. Então Legolas lhe pôs as mãos nos olhos e cantou algumas palavras que soaram suaves na escuridão até que ele permitisse ser conduzido, e Legolas entrou. E ali ficou Gimli, o Anão, todo sozinho.

Seus joelhos tremiam, e ele estava furioso consigo mesmo. "Eis uma coisa inaudita!", disse ele. "Um Elfo que entra em um subterrâneo e um Anão que não se atreve!" Com essas palavras, precipitou-se para dentro. Mas parecia-lhe que arrastava os pés sobre a soleira como se fossem de chumbo; e de imediato foi acometido por uma cegueira, o mesmo Gimli, filho de Glóin, que caminhara sem medo em muitos lugares profundos do mundo.

Aragorn trouxera tochas do Fano-da-Colina e agora ele ia à frente, carregando uma no alto; e Elladan, com outra, ia na retaguarda, e Gimli, tropeçando atrás deles, esforçou-se para alcançá-lo. Não conseguia ver nada senão a fraca chama das tochas; mas quando a Companhia se detinha parecia haver um infindo sussurro de vozes em toda a sua volta, um murmúrio de palavras em nenhuma língua que ele tivesse ouvido antes.

Nada atacou a Companhia nem se opôs à sua passagem, e ainda assim o temor do Anão crescia continuamente à medida que avançava: principalmente porque agora sabia que não poderia haver retrocesso; todas as sendas atrás dele estavam apinhadas de uma hoste invisível que os seguia na escuridão.

Assim passou um tempo desmedido até Gimli contemplar uma visão que mais tarde relutava em relembrar. O caminho era largo, na medida em que ele conseguia julgar, mas agora a Companhia deparou-se de repente com um grande espaço vazio, e já não havia paredes de ambos os lados. O pavor lhe pesava tanto que mal conseguia andar. Longe, à esquerda, algo reluziu na treva à medida que a tocha de Aragorn se aproximou. Então Aragorn parou e foi ver o que poderia ser.

"Ele não sente medo?", murmurou o Anão. "Em qualquer outra caverna, Gimli, filho de Glóin, teria sido o primeiro a correr na direção do brilho do ouro. Mas não aqui! Deixa estar!"

Ainda assim aproximou-se e viu Aragorn ajoelhado enquanto Elladan erguia no alto as duas tochas. Diante dele estavam os ossos de um homem enorme. Estivera trajado de cota de malha, e seus petrechos ainda jaziam ali inteiros; pois o ar da caverna era seco como pó, e sua cota era dourada. O cinto era de ouro e granadas, e era rico com ouro o elmo em sua cabeça ossuda, de rosto para baixo no chão. Caíra perto da parede oposta da caverna, como podiam ver agora, e diante dele havia uma porta de pedra solidamente fechada: os ossos de seus dedos ainda se aferravam às frestas. Junto dele jazia uma espada chanfrada e rompida, como se tivesse golpeado a rocha em seu último desespero.

Aragorn não o tocou, mas depois de encará-lo em silêncio por algum tempo ergueu-se e suspirou. "Aqui as flores de *simbelmynë* não virão até o fim do mundo", murmurou. "Nove morros e sete estão verdes de relva, e por todos os longos anos ele jazeu junto à porta que não conseguiu destrancar. Aonde ela leva? Por que queria passar? Ninguém jamais há de saber!

"Pois não é essa minha missão!", exclamou ele, virando-se e falando à treva sussurrante mais atrás. "Guardai vossos tesouros e vossos segredos ocultos nos Anos Amaldiçoados! Só pedimos presteza. Deixai-nos passar e depois vinde! Eu vos convoco à Pedra de Erech!"

Não houve resposta, a não ser um silêncio total, mais terrível que os sussurros de antes; e depois veio um sopro gélido em que as tochas oscilaram, se apagaram e não puderam ser reacendidas. Do tempo que se seguiu, uma hora ou muitas, Gimli pouco recordou. Os demais avançaram às pressas, mas ele estava sempre atrás, perseguido por um horror tateante que sempre parecia prestes a agarrá-lo; e vinha atrás dele um alarde como o sombrio ruído de muitos pés. Seguiu aos tropeços até estar engatinhando no chão como um animal e sentir que não conseguia suportar mais: precisava achar o fim e escapar, ou então correr para trás em loucura, ao encontro do pavor que o seguia.

De repente ouviu o tilintar de água, um som duro e nítido como de uma pedra caindo em um sonho de sombra obscura. Uma luz ficou mais intensa, e eis que a Comitiva passou por outro portal, de arco alto e largo, e um regato surgiu ao lado deles; e mais além, em declive íngreme, havia uma estrada entre penhascos escarpados, arestas afiadas diante do céu muito acima. Era tão fundo e estreito aquele abismo que o céu estava escuro, e pequenas estrelas rebrilhavam nele. Porém, como Gimli soube depois, ainda faltavam duas horas para o pôr do sol do dia em que haviam partido do Fano-da-Colina; mas então, por tudo que era capaz de perceber, poderia ser a penumbra de algum ano futuro ou de algum outro mundo.

Então a Companhia voltou a montar, e Gimli retornou para junto de Legolas. Cavalgavam em fila, e o anoitecer veio, e, com ele, um crepúsculo de azul profundo; e ainda o temor os perseguia. Legolas, virando-se para falar com Gimli, olhou para trás, e o Anão viu diante de seu rosto o brilho nos luminosos olhos do Elfo. Atrás deles vinha Elladan, o último da Companhia, mas não o último dos que trilhavam a estrada descendente.

"Os Mortos nos seguem", disse Legolas. "Vejo vultos de Homens e cavalos, pálidos estandartes como farrapos de nuvem e lanças como moitas invernais em noite nevoenta. Os Mortos nos seguem."

"Sim, os Mortos cavalgam atrás. Foram convocados", disse Elladan.

Por fim a Companhia saiu da ravina, tão subitamente como se tivesse emergido de uma fresta em um muro; e ali se estendiam diante deles os planaltos de um grande vale, e o rio ao lado deles descia com voz fria por cima de muitas quedas.

"Em que lugar da Terra-média estamos nós?", perguntou Gimli; e Elladan respondeu: "Descemos da nascente do Morthond, o rio gelado e longo que finalmente flui para o mar que lava as muralhas de Dol Amroth. Depois disto não terás de perguntar de onde vem seu nome: os homens o chamam Raiz Negra."

O Vale do Morthond fazia uma grande enseada que dava contra as escarpadas faces meridionais das montanhas. Suas encostas íngremes eram cobertas de relva; mas naquela hora estava tudo cinzento, pois o sol se fora e, muito abaixo, piscavam as luzes nos lares dos Homens. O vale era rico e muita gente vivia ali.

Então, sem se virar, Aragorn gritou em voz alta que todos conseguiram ouvir: "Amigos, esquecei vosso cansaço! Cavalgai agora, cavalgai! Temos de chegar à Pedra de Erech antes que este dia termine e ainda é longo o caminho." Assim, sem olharem para trás, cavalgaram pelos campos montanhosos até chegarem a uma ponte sobre a correnteza crescente, e encontraram uma estrada que descia pelo terreno.

As luzes se apagavam nas casas e aldeias à chegada deles, e as portas se fechavam, e a gente que estava nos campos gritava de terror e corria incontida, como cervos caçados. Sempre se erguia o mesmo grito na noite que chegava: "O Rei dos Mortos! O Rei dos Mortos veio sobre nós!"

Soavam sinos lá embaixo, e todos os homens fugiam diante do rosto de Aragorn; mas a Companhia Cinzenta, apressada, cavalgou como caçadores até suas montarias tropeçarem de exaustão. E assim, logo antes da meia-noite e em uma escuridão negra como as cavernas das montanhas, vieram ter afinal à Colina de Erech.

Por longo tempo o terror dos Mortos repousara naquela colina e nos campos vazios ao redor. Pois no cume erguia-se uma pedra negra, redonda como um grande globo, da altura de um homem, apesar de ter metade enterrada no chão. Parecia não ser deste mundo, como se tivesse caído do firmamento, como criam alguns; mas os que ainda recordavam o saber de Ociente contavam que fora trazida da ruína de Númenor e posta ali por Isildur quando aportou. Do povo do vale ninguém se atrevia a se aproximar dela, nem habitavam por perto; pois diziam que era um local de encontro dos Homens-da-Sombra e que eles se reuniam ali em tempos de temor, apinhando-se ao redor da Pedra e sussurrando.

A essa Pedra a Companhia chegou e parou no silêncio da noite. Então Elrohir deu a Aragorn uma trompa de prata, e ele a soprou; e aos que estavam próximos pareceu ouvirem um som de trompas em resposta, como que um eco em fundas cavernas muito longínquas. Não ouviram nenhum outro som e, no entanto, estavam conscientes de uma grande hoste reunida em redor da colina onde estavam; e um vento gélido como o hálito de fantasmas desceu das montanhas. Mas Aragorn apeou e, de pé junto à Pedra, gritou em alta voz:

"Perjuros, por que viestes?"

E ouviu-se uma voz vinda da noite que lhe respondeu, como que de muito longe:

"Para cumprirmos nosso juramento e termos paz."

Então Aragorn disse: "A hora enfim chegou. Vou agora a Pelargir na margem do Anduin, e vós haveis de vir comigo. E quando toda esta terra estiver limpa dos serviçais de Sauron, considerarei o juramento como cumprido, e haveis de ter paz e partir daí para sempre. Pois eu sou Elessar, herdeiro de Isildur de Gondor."

E com essas palavras mandou Halbarad desenrolar o grande estandarte que trouxera; e eis que era negro e, se havia nele algum emblema, este estava oculto na treva. Então fez-se silêncio e não se ouviu mais nem sussurro nem suspiro durante toda a longa noite. A Companhia acampou junto à Pedra, mas pouco dormiram por causa do pavor das Sombras que os circundavam de todos os lados.

Mas quando veio a aurora, fria e pálida, Aragorn se ergueu de imediato e conduziu a Companhia pela jornada de maior pressa e exaustão que qualquer um deles conhecera, exceto por ele próprio, e somente sua vontade os impeliu a prosseguirem. Nenhum outro Homem mortal poderia tê-la suportado, ninguém senão os Dúnedain do Norte, e com eles Gimli, o Anão, e Legolas dos Elfos.

Passaram pela Garganta de Tarlang e vieram ter em Lamedon; e a Hoste de Sombra corria atrás deles, e o temor os precedia, até chegarem a Calembel, na margem do Ciril, e o sol se pôs como sangue por trás de Pinnath Gelin, longe atrás deles no Oeste. Encontraram desertos o distrito e os vaus do Ciril, pois muitos homens haviam partido para a guerra, e todos os que restavam tinham fugido para as colinas diante do alarde da vinda do Rei dos Mortos. Mas no dia seguinte não houve amanhecer, e a Companhia Cinzenta penetrou na escuridão da Tempestade de Mordor e se perdeu da visão dos mortais; mas os Mortos os seguiam.

3

A Convocação de Rohan

Agora todas as estradas corriam juntas rumo ao Leste para se encontrarem com a chegada da guerra e o início da Sombra. E, ao mesmo tempo em que Pippin estava junto ao Grande Portão da Cidade e viu a entrada do Príncipe de Dol Amroth com seus estandartes, o Rei de Rohan desceu vindo das colinas.

O dia estava terminando. Aos últimos raios de sol, os Cavaleiros lançavam longas sombras pontiagudas que avançavam diante deles. A escuridão já se esgueirara sob os murmurantes bosques de abetos que revestiam os íngremes flancos das montanhas. Agora o rei cavalgava devagar ao fim do dia. Logo a trilha deu a volta em uma enorme e nua protuberância rochosa e mergulhou na treva das árvores que suspiravam baixinho. Desceram mais e mais em longa fila serpente. Quando finalmente chegaram ao fundo da garganta, viram que o entardecer tinha caído sobre os lugares profundos. O sol se fora. O crepúsculo se estendia sobre as cascatas.

Durante todo o dia, muito abaixo deles, um riacho saltitante estivera descendo do alto passo mais atrás, forçando sua estreita passagem entre paredes cobertas de pinheiros; e agora ele fluía para fora através de um portão de pedra, passando para um vale mais amplo. Os Cavaleiros o seguiram, e, de repente, o Vale Harg estava diante deles, ressoando com o ruído das águas à tardinha. Ali o branco Riacho-de-Neve, tendo-se unido à correnteza menor, avançava rápido, fumegando nas pedras, descendo rumo a Edoras, às colinas verdes e às planícies. Do lado direito, encabeçando o grande vale, o enorme Picorrijo se erguia acima de seus vastos contrafortes envoltos em nuvens; mas seu cume escarpado, vestido de neve eterna, reluzia muito acima do mundo, sombreado de azul no Leste e tingido de vermelho pelo pôr do sol no Oeste.

Merry contemplou admirado aquela região estranha, de que ouvira muitas histórias na longa estrada. Era um mundo sem firmamento, onde seu olho, através de indistintas extensões de ar sombrio, via apenas encostas que se elevavam sem fim, grandes muralhas de pedra atrás de grandes muralhas e precipícios sisudos enredados em névoa. Por um momento ficou sentado, meio sonhando, escutando o ruído da água, o sussurro das árvores escuras, o estalar das pedras e o vasto silêncio expectante que avultava por trás de todos os sons. Amava as montanhas, ou amara a ideia delas marchando na beira das histórias trazidas de muito longe; mas agora estava sendo oprimido pelo insuportável peso da Terra-média. Ansiava por se isolar da imensidão em um quarto tranquilo, junto a uma lareira.

Estava muito exausto, pois, apesar de terem cavalgado devagar, tinham cavalgado com muito poucos descansos. Hora após hora, durante quase três dias cansativos, havia sido sacudido para lá e para cá, subindo por passos, através de longos vales e cruzando muitos rios. Às vezes, quando o caminho era mais largo, havia cavalgado ao lado do rei, sem notar que muitos Cavaleiros sorriam ao verem os dois juntos: o hobbit em seu pequeno pônei cinzento e desgrenhado e o Senhor de Rohan em seu grande cavalo branco. Nessas ocasiões ele conversara com Théoden, contando-lhe sobre seu lar e os feitos do povo do Condado, ou ouvindo por sua vez histórias da Marca e de seus poderosos homens de outrora. Mas a maior parte do tempo, especialmente naquele último dia, Merry cavalgara sozinho logo atrás do rei, sem nada dizer, e tentando compreender a fala de Rohan, lenta e sonora, que ouvia sendo usada pelos homens atrás de si. Era uma língua em que parecia haver muitas palavras que conhecia, porém pronunciadas de modo mais rico e vigoroso que no Condado, mas ele não conseguia concatenar as palavras. Às vezes um Cavaleiro erguia sua voz nítida em uma canção de incitação, e Merry sentia o coração animar-se, apesar de não saber do que ela tratava.

Ainda assim, estivera solitário, e nunca mais do que agora, ao fim do dia. Perguntou-se aonde fora parar Pippin em todo aquele estranho mundo; e o que seria feito de Aragorn, Legolas e Gimli. Então, de repente, como um toque frio no coração, pensou em Frodo e Sam. "Estou-me esquecendo deles!", disse para si mesmo, em tom de reprovação. "E, no entanto, eles são mais importantes que o resto de nós. E eu vim para ajudá-los; mas agora devem estar a centenas de milhas de distância, se ainda estiverem vivos." Teve um calafrio.

"Finalmente o Vale Harg!", disse Éomer. "Nossa jornada quase chegou ao fim." Detiveram-se. As trilhas que saíam da garganta estreita desciam íngremes. Só se era possível um vislumbre, como através de uma janela alta, do grande vale na penumbra lá embaixo. Via-se junto ao rio uma única luzinha piscando.

"Esta jornada terminou, talvez," comentou Théoden, "mas ainda tenho um longo caminho a percorrer. Duas noites atrás a lua estava cheia, e pela manhã hei de cavalgar a Edoras para a congregação da Marca."

"Mas, se aceitardes meu conselho," disse Éomer em voz baixa, "voltareis depois de lá para cá, até que tenha terminado a guerra, perdida ou ganha."

Théoden sorriu. "Não, meu filho, pois assim te chamarei, não digas as palavras suaves de Língua-de-Cobra em meus velhos ouvidos!" Empertigou-se e olhou para trás, para a longa fileira de seus homens que se desvanecia no crepúsculo. "Parecem ter passado longos anos no espaço de alguns dias desde que parti rumo ao oeste; porém, nunca mais me apoiarei em um cajado. Se a guerra for perdida, de que valerá eu me esconder nas colinas? E se for ganha, qual será seu pesar, mesmo que eu tombe gastando minha última força? Mas agora deixemos disto. Esta noite deitar-me-ei no Forte do Fano-da-Colina. Resta-nos pelo menos uma noite de paz. Cavalguemos avante!"

Na penumbra crescente desceram para o vale. Ali o Riacho-de-Neve corria próximo às muralhas ocidentais do vale, e logo a trilha os conduziu a um vau onde as águas rasas murmuravam ruidosas nas pedras. O vau estava vigiado. Quando o rei se avizinhou, muitos homens surgiram das sombras das rochas; e quando viram o rei, exclamaram com vozes alegres: "Théoden Rei! Théoden Rei! O Rei da Marca retorna!"

Então um deles tocou um longo chamado em uma trompa. Ele ecoou no vale. Outras trompas lhe responderam, e luzes se acenderam do outro lado do rio.

E de súbito ergueu-se um grande coro de trombetas muito do alto, soando, ao que parecia, desde algum local côncavo que reunia suas notas em uma só voz e a enviava rolando e reverberando nas paredes de pedra.

Assim o Rei da Marca retornou vitorioso do Oeste para o Fano-da--Colina sob os pés das Montanhas Brancas. Ali encontrou a força remanescente de seu povo já reunida; pois assim que sua chegada se tornou conhecida, capitães partiram ao seu encontro no vau, trazendo mensagens de Gandalf. Dúnhere, chefe do povo do Vale Harg, os encabeçava.

"Ao amanhecer três dias atrás, senhor," disse ele, "Scadufax veio como o vento do Oeste para Edoras, e Gandalf trouxe novas de vossa vitória para nos alegrar os corações. Mas trouxe também uma mensagem vossa, para apressarmos a reunião dos Cavaleiros. E depois veio a Sombra alada."

"A Sombra alada?", indagou Théoden. "Também a vimos, mas isso foi no meio da noite, antes que Gandalf nos deixasse."

"Pode ser, senhor", disse Dúnhere. "Porém o mesmo, ou outro semelhante, uma escuridão voadora em forma de ave monstruosa, passou sobre Edoras naquela manhã, e todos os homens foram abalados pelo medo. Pois ele mergulhou sobre Meduseld e quando desceu baixo, quase até a cumeeira, veio um grito que nos parou o coração. Foi então que Gandalf nos aconselhou a não nos reunirmos nos campos, e sim a vos encontrarmos aqui no vale sob as montanhas. E mandou que não acendêssemos mais luzes nem fogos do que o exigido pela extrema necessidade. Assim tem sido feito. Gandalf falou com grande autoridade. Confiamos que seja como desejaríeis. No Vale Harg nada foi visto desses seres malignos."

"Está bem", disse Théoden. "Agora cavalgarei ao Forte e lá, antes de repousar, me reunirei com os marechais e os capitães. Que venham ter comigo assim que puderem!"

Agora a estrada levava ao leste, direto através do vale, que naquele ponto tinha pouco mais de meia milha de largura. Planícies e prados de relva grosseira, agora cinzenta na noite minguante, estendiam-se em toda a volta, mas à frente, do lado oposto do vale, Merry viu uma muralha sisuda, um último contraforte das grandes raízes do Picorrijo, fendida pelo rio em eras passadas.

Em todos os espaços planos havia grande reunião de homens. Alguns apinhavam-se à beira da estrada, saudando o rei e os cavaleiros do Oeste com gritos contentes; mas estendendo-se ao longe, atrás deles, havia linhas ordenadas de tendas e cabanas, fileiras de cavalos presos a estacas e grande estoque de armas e lanças empilhadas, eriçadas como capões de árvores recém-plantadas. Agora toda a grande assembleia se perdia na sombra, e, ainda assim, apesar de a brisa noturna soprar gélida das alturas, não luziam lampiões nem ardiam fogueiras. Vigias trajando pesadas capas caminhavam para lá e para cá.

Merry perguntou-se quantos seriam os Cavaleiros. Não podia estimar o número na penumbra crescente, mas parecia-lhe um grande exército com muitos milhares de homens. Enquanto voltava o olhar de um lado para o outro, o séquito do rei chegou ao penhasco que se erguia do lado oriental do vale; e ali, de repente, a trilha começou a subir, e Merry ergueu os olhos com pasmo. Estava em uma estrada como jamais vira semelhante, uma grande obra das mãos dos homens em anos além do alcance das canções. Fazia voltas ao subir, coleando como uma serpente, perfurando o caminho ao longo do escarpado aclive rochoso. Íngreme como uma escada, curvava-se para trás e para a frente enquanto escalava. Era possível subir por ela montado, e carroças podiam ser puxadas devagar; mas nenhum inimigo podia vir por ali, exceto pelo ar, pois era defendida do alto. Em cada curva da estrada havia grandes pedras fincadas que tinham sido esculpidas à semelhança de homens, enormes e de membros grosseiros, acocorados de pernas cruzadas e cruzando os braços atarracados nas gordas barrigas. Algumas, pelo desgaste do tempo, haviam perdido todas as feições, exceto pelos buracos escuros dos olhos, que ainda encaravam tristemente os transeuntes. Os Cavaleiros mal lhes lançaram um olhar. Chamavam-nos Homens-Púkel e pouco atentavam para eles: não restava neles poder nem terror; mas Merry os fitava com pasmo e um sentimento quase de pena, à medida que se erguiam tristemente na penumbra.

Pouco tempo depois olhou para trás e percebeu que já havia subido algumas centenas de pés acima do vale, mas ainda podia ver indistintamente, muito abaixo, uma fileira serpenteante de Cavaleiros que atravessavam o vau e se alinhavam ao longo da estrada que levava ao acampamento que lhes fora preparado. Somente o rei e sua guarda estavam subindo para o Forte.

Por fim a companhia do rei chegou a uma beirada abrupta, e a estrada ascendente entrou em um corte entre paredes rochosas, subiu por uma breve encosta e saiu para um amplo planalto. Os homens o chamavam Firienfeld, um verde campo montês de relva e urze, muito acima dos cursos fundamente escavados do Riacho-de-Neve, jazendo no colo das grandes montanhas mais atrás: o Picorrijo ao sul, e ao norte a massa serrilhada de Serraferro, entre os quais os cavaleiros se defrontavam com a sisuda muralha negra de Dwimorberg, a Montanha Assombrada que se erguia de íngremes encostas de pinheiros sombrios. Dividindo em dois o planalto, marchava ali uma dupla fileira de pedras fincadas, não trabalhadas, que minguavam na penumbra e desapareciam nas árvores. Os que ousassem seguir aquela estrada logo chegavam à negra Dimholt sob Dwimorberg, à ameaça do pilar de pedra e à sombra hiante da porta proibida.

Assim era o obscuro Fano-da-Colina, obra de homens há muito esquecidos. Seu nome se perdera e nenhuma canção nem lenda o recordava. Para qual propósito haviam feito aquele lugar, como cidade, templo secreto ou tumba de reis, ninguém em Rohan sabia dizer. Ali labutaram nos Anos Sombrios, ainda antes que chegasse alguma nau às praias ocidentais ou que fosse construída Gondor dos Dúnedain; e agora haviam desaparecido e só restavam os velhos Homens-Púkel, ainda sentados nas curvas da estrada.

Merry fitou as filas de pedras que marchavam: estavam gastas e negras; algumas se inclinavam, outras haviam caído, algumas estavam rachadas ou quebradas; pareciam fileiras de dentes velhos e famintos. Perguntou-se o que seriam e esperou que o rei não fosse segui-las rumo à escuridão mais adiante. Então viu que havia agrupamentos de tendas e cabanas de ambos os lados da trilha pedregosa; mas não estavam postas junto às árvores, e, na verdade, pareciam aninhar-se longe delas, para o lado da borda do penhasco. O maior número estava à direita, onde era mais largo o Firienfeld; e à esquerda havia um acampamento menor, no meio do qual se erguia um alto pavilhão. Daquele lado veio um cavaleiro ao encontro deles, e desviaram-se da estrada.

Ao se aproximarem, Merry viu que quem vinha a cavalo era uma mulher de longos cabelos trançados que reluziam na penumbra, porém ela usava elmo, estava trajada como guerreira até a cintura e estava cingida com uma espada.

"Salve, Senhor da Marca!", exclamou ela. "Meu coração se alegra com vosso retorno."

"E tu, Éowyn," disse Théoden, "está tudo bem contigo?"

"Tudo está bem", respondeu ela; porém pareceu a Merry que sua voz a desmentia, e acreditaria que ela estivera chorando, se isso fosse crível em alguém de rosto tão severo. "Tudo está bem. Foi um caminho extenuante para o povo trilhar, subitamente arrancado de seus lares. Houve palavras duras, pois faz muito tempo desde que a guerra nos expulsou dos verdes campos; mas não houve feitos de maldade. Agora tudo está arranjado, como vedes. E vosso alojamento foi preparado para vós; pois tive plenas notícias vossas e sabia a hora em que chegaríeis."

"Então Aragorn veio", disse Éomer. "Ainda está aqui?"

"Não, ele se foi", disse Éowyn, dando-lhe as costas e olhando para as montanhas escuras diante do Leste e do Sul.

"Aonde foi?", perguntou Éomer.

"Não sei", ela respondeu. "Chegou à noite e partiu a cavalo ontem pela manhã, antes que o Sol subisse acima do cume das montanhas. Ele se foi."

"Estás desgostosa, filha", comentou Théoden. "O que aconteceu? Conta-me, ele falou daquela estrada?" Apontou para diante, ao longo das fileiras de pedras que se obscureciam rumo a Dwimorberg. "Das Sendas dos Mortos?"

"Sim, senhor", disse Éowyn. "E penetrou na sombra de onde ninguém retornou. Não pude dissuadi-lo. Ele se foi."

"Então nossas trilhas estão separadas", concluiu Éomer. "Ele está perdido. Temos de cavalgar sem ele, e nossa esperança míngua."

Lentamente atravessaram a urze curta e a relva do planalto, sem mais falar até alcançarem o pavilhão do rei. Ali Merry viu que estava tudo pronto e que ele próprio não fora esquecido. Uma pequena tenda fora erguida para ele ao lado do alojamento do rei; e ali sentou-se sozinho, enquanto os homens passavam para lá e para cá, entrando para verem o rei e se aconselharem com ele. A noite chegou, e as cabeças meio visíveis das montanhas a oeste estavam coroadas de estrelas, mas o Leste estava escuro e vazio. As pedras marchantes desvaneceram-se lentamente de vista, mas ainda além delas, mais negra que a treva, espreitava a vasta sombra acocorada de Dwimorberg.

"As Sendas dos Mortos", murmurou para si mesmo. "As Sendas dos Mortos? O que significa tudo isso? Todos me abandonaram agora. Todos foram a algum destino: Gandalf e Pippin à guerra no Leste; e Sam e Frodo para Mordor; e Passolargo, Legolas e Gimli às Sendas dos Mortos. Mas imagino que minha vez chegará bem depressa. Pergunto-me do que todos estão falando e o que o rei pretende fazer. Pois agora devo ir aonde ele for."

No meio desses pensamentos sombrios ele subitamente se lembrou de que tinha muita fome e levantou-se para ir ver se mais alguém sentia o mesmo naquele estranho acampamento. Porém, no mesmo momento soou uma trombeta, e veio um homem para convocá-lo, escudeiro do rei, para servir à mesa real.

Na parte interna do pavilhão havia um pequeno espaço, separado com cortinas bordadas e com peles espalhadas; e ali, a uma mesinha, estava sentado Théoden com Éomer, Éowyn e Dúnhere, senhor do Vale Harg. Merry postou-se junto ao assento do rei e o serviu, até que pouco depois o ancião, emergindo de profundos pensamentos, se virou para ele com um sorriso.

"Vamos, Mestre Meriadoc!", disse ele. "Não hás de ficar em pé. Hás de te sentar ao meu lado, enquanto eu estiver em minhas próprias terras, e aliviar meu coração com histórias."

Abriram espaço para o hobbit à mão esquerda do rei, mas ninguém pediu história alguma. De fato, houve pouca conversa, e comeram e beberam mormente em silêncio, até que por fim, reunindo coragem, Merry fez a pergunta que o atormentava.

"Senhor, acabo de ouvir falar duas vezes nas Sendas dos Mortos", disse ele. "O que são elas? E aonde Passolargo, quero dizer, o Senhor Aragorn, aonde ele foi?"

O rei suspirou, mas ninguém respondeu até que, por fim, Éomer falou. "Não sabemos, e nossos corações estão aflitos", disse ele. "Mas quanto às Sendas dos Mortos, tu mesmo caminhaste em seus primeiros passos. Não, não digo palavras de mau agouro! A estrada pela qual subimos é o acesso da Porta, acolá em Dimholt. Mas o que há atrás dela ninguém sabe."

"Ninguém sabe," disse Théoden, "no entanto, as antigas lendas, já raramente contadas, têm algo a relatar. Se dizem a verdade as antigas histórias que foram repassadas de pai para filho na Casa de Eorl, então a Porta sob Dwimorberg conduz a um caminho secreto que passa por baixo da montanha até um fim olvidado. Mas ninguém jamais se aventurou a entrar para sondar seus segredos, desde que Baldor, filho de Brego, penetrou pela Porta e nunca mais foi visto entre os homens. Pronunciou uma jura audaz quando esvaziou o corno no banquete feito por Brego para consagrar o Meduseld recém-construído e jamais chegou ao elevado assento do qual era herdeiro.

"Dizem que Mortos dos Anos Sombrios guardam o caminho e não permitem que nenhum homem vivente venha aos seus salões ocultos; mas às vezes eles próprios podem ser vistos emergindo da porta como sombras e descendo pela estrada de pedra. Então o povo do Vale Harg tranca as portas, vela as janelas e tem medo. Mas os Mortos raramente se mostram, somente em tempos de grande inquietação e morte iminente."

"Porém dizem no Vale Harg," comentou Éowyn em voz baixa, "que nas noites sem lua, pouco tempo atrás, passou uma grande hoste estranhamente ataviada. De onde vinham ninguém sabia, mas subiram pela estrada de pedra e desapareceram na colina, como se fossem atender a um encontro marcado."

"Então por que Aragorn foi por esse caminho?", perguntou Merry. "Não sabeis de algo que o explique?"

"A não ser que tenha falado a ti, seu amigo, palavras que não ouvimos," disse Éomer, "ninguém que está agora na terra dos viventes pode saber seu propósito."

"Pareceu-me muito mudado desde a primeira vez em que o vi na casa do rei", acrescentou Éowyn; "mais sisudo, mais velho. Parecia condenado, como alguém que os Mortos chamam."

"Quem sabe tenha sido chamado", disse Théoden; "e meu coração me diz que não hei de vê-lo outra vez. Porém é um homem régio de elevado destino. E consola-te com isto, filha, já que pareces precisar de consolo em teu pesar por esse hóspede. Dizem que, quando os Eorlingas saíram do Norte e acabaram subindo pelo Riacho-de-Neve, buscando lugares fortes de refúgio em tempos de necessidade, Brego e seu filho Baldor ascenderam a Escada do Forte e chegaram diante da Porta. Na soleira estava sentado um ancião, velho além da conta dos anos; fora alto e régio, mas já estava murcho como uma pedra antiga. Deveras creram que fosse uma pedra, pois não se moveu e não disse palavra antes que tentassem passar por ele e entrar. E então saiu dele uma voz, como se fosse do chão, e, para espanto deles, falou na língua ocidental: 'O caminho está fechado.'

"Então detiveram-se, olharam para ele e viram que ele ainda vivia; mas ele não os olhou. 'O caminho está fechado', disse sua voz outra vez. 'Foi feito pelos que estão Mortos, e os Mortos o guardam até chegar a hora. O caminho está fechado.'

"'E quando será essa hora?', perguntou Baldor. Mas jamais obteve resposta. Pois o ancião morreu naquela hora e caiu de rosto no chão; e nosso povo nunca soube de outras notícias dos antigos moradores das montanhas. Mas quem sabe finalmente tenha chegado a hora prevista e Aragorn possa passar."

"Mas como um homem pode saber se essa hora chegou ou não, exceto enfrentando a Porta?", indagou Éomer. "E eu não tomaria esse caminho mesmo que todas as hostes de Mordor estivessem postadas diante de mim e eu estivesse a sós, sem ter outro refúgio. Ai de nós, que um humor de condenado recaiu em um homem de coração tão grande nesta hora de aflição! Não há suficientes coisas más no mundo sem que as busquemos sob a terra? A guerra está próxima."

Fez uma pausa, pois naquele momento houve um ruído do lado de fora, uma voz de homem gritando o nome de Théoden e a interpelação da guarda.

Logo o capitão da Guarda afastou a cortina para um lado. "Está aqui um homem, senhor," iniciou ele, "um mensageiro de Gondor. Ele deseja vir diante de vós de imediato."

"Que venha!", assentiu Théoden.

Entrou um homem alto, e Merry reprimiu uma exclamação; por um momento pareceu-lhe que Boromir revivera e voltara. Então viu que não era assim; o homem era um estranho, porém tão semelhante a Boromir como se fosse de sua família, alto e de olhos cinzentos e altivos. Estava trajado como cavaleiro, com uma capa verde-escura sobre uma cota de malha fina; na dianteira do elmo estava lavrada uma pequena estrela de prata. Trazia na mão uma única flecha, de penas negras e farpa de aço, mas a ponta era pintada de vermelho.

Ajoelhou-se em um joelho e apresentou a flecha a Théoden. "Salve, Senhor dos Rohirrim, amigo de Gondor!", disse ele. "Hirgon sou eu, mensageiro de Denethor, que vos trago este sinal de guerra. Gondor está em grande apuro. Muitas vezes os Rohirrim nos auxiliaram, mas agora o Senhor Denethor pede toda a vossa força e toda a vossa presteza para que Gondor não acabe caindo."

"A Flecha Vermelha!", exclamou Théoden, segurando-a como quem recebe uma convocação esperada há muito tempo, porém terrível quando chega. Sua mão tremia. "A Flecha Vermelha não foi vista na Marca em todos os meus anos! Chegamos deveras a este ponto? E o que o Senhor Denethor calcula que seja toda a minha força e toda a minha presteza?"

"Isso vós sabeis melhor, senhor", disse Hirgon. "Mas muito em breve bem poderá acontecer que Minas Tirith seja cercada, e, a não ser que tenhais a força de romper um cerco feito por muitos poderes, o Senhor Denethor manda-me dizer que julga que as possantes armas dos Rohirrim seriam melhores no interior de suas muralhas que fora."

"Mas ele sabe que somos um povo que prefere combater a cavalo, em campo aberto, e que somos também um povo disperso, é preciso tempo para reunirmos nossos Cavaleiros. Não é verdade, Hirgon, que o Senhor de Minas Tirith sabe mais do que põe em sua mensagem? Pois já estamos em guerra, como podes ter visto, e não nos encontras de todo despreparados. Gandalf, o Cinzento, esteve entre nós, e agora mesmo estamos em convocação para o combate no Leste."

"O que o Senhor Denethor pode saber ou adivinhar de tudo isso eu não sei dizer", respondeu Hirgon. "Mas nosso caso é deveras desesperador. Meu senhor não vos dá nenhum comando, apenas vos implora que recordeis a antiga amizade e as juras proferidas há muito tempo e que em vosso próprio bem façais tudo que puderdes. Foi-nos relatado que muitos reis vieram do Leste a serviço de Mordor. Do Norte até o campo de Dagorlad há escaramuças e alardes de guerra. No Sul, os Haradrim estão se movimentando, e o medo recaiu sobre todas as nossas terras costeiras, de modo que dali nos virá pouco auxílio. Apressai-vos! Pois é diante das muralhas de Minas Tirith que a sina de nosso tempo será decidida, e, se a maré não for contida, ali ela fluirá sobre todos os belos campos de Rohan, e mesmo neste Forte entre as colinas não haverá refúgio."

"Novas sombrias," lamentou Théoden, "porém não de todo inesperadas. Mas dize a Denethor que, mesmo que Rohan não sentisse perigo para si, ainda assim iríamos em seu auxílio. Mas sofremos pesadas perdas em nossas batalhas contra o traidor Saruman e ainda precisamos pensar em nossa fronteira do norte e do leste, como deixam claro suas próprias novas. Um poder tamanho como o Senhor Sombrio já parece dominar pode muito bem nos deter em combate diante da Cidade e assim mesmo golpear com grande força do outro lado do Rio, além do Portão dos Reis.

"Mas não falaremos mais de conselhos de prudência. Nós iremos. O chamado d'armas foi marcado para amanhã. Quando estiver tudo ordenado nós partiremos. Eu poderia ter enviado dez mil lanças, cavalgando sobre a planície, para desespero de vossos adversários. Agora serão menos, receio; pois não deixarei meus baluartes de todo sem guarda. Porém pelo menos seis mil hão de cavalgar atrás de mim. Pois dize a Denethor que nesta hora o próprio Rei da Marca descerá à terra de Gondor, por muito que talvez não vá retornar. Mas é uma longa estrada, e os homens e animais devem chegar a seu término com força para lutar. Desde amanhã de manhã poderá se passar uma semana antes que ouçais o grito dos Filhos de Eorl vindos do Norte."

"Uma semana!", disse Hirgon. "Se tem de ser assim, que seja. Mas pode ser que encontreis apenas muralhas arruinadas daqui a sete dias, a não ser que venha outro auxílio inesperado. Ainda assim, podeis ao menos perturbar os Orques e os Homens Tisnados em seu festim na Torre Branca."

"Isso pelo menos faremos", afirmou Théoden. "Mas eu próprio estou recém-chegado de batalha e longa jornada e agora irei repousar. Fica aqui esta noite. Então contemplarás a convocação de Rohan e partirás mais contente por tê-la visto e mais veloz pelo descanso. Pela manhã os conselhos são melhores, e a noite muda muitos pensamentos."

Com essas palavras o rei levantou-se, e ergueram-se todos. "Ide agora cada um ao seu repouso", disse ele, "e dormi bem. E de ti, Mestre Meriadoc, não preciso mais esta noite. Mas fica pronto para meu chamado assim que o Sol tiver nascido."

"Estarei pronto," assentiu Merry, "mesmo que me ordeneis cavalgar convosco nas Sendas dos Mortos."

"Não digas palavras de presságio!", disse o rei. "Pois é possível que haja mais de uma estrada que possa levar esse nome. Mas eu não disse que te mandaria cavalgar comigo em qualquer estrada. Boa noite!"

"Não vou ser deixado para trás para ser apanhado na volta!", disse Merry. "Não vou ser deixado, não vou." E, repetindo isto muitas vezes para si mesmo, finalmente caiu no sono em sua tenda.

Foi despertado por um homem que o sacudia. "Acorda, acorda, Mestre Holbytla!", exclamou ele; e finalmente Merry emergiu de sonhos profundos e se sentou de chofre. Pensou que ainda parecia estar muito escuro.

"Qual é o problema?", perguntou.

"O rei te chama."

"Mas a Sol não nasceu, ainda", disse Merry.

"Não, e não nascerá hoje, Mestre Holbytla. Nem nunca mais, poderíamos pensar sob esta nuvem. Mas o tempo não para, apesar de o Sol estar perdido. Apressa-te!"

Vestindo as roupas depressa, Merry olhou para fora. O mundo enegrecia-se. O próprio ar parecia pardo, e tudo em volta estava negro, cinzento e sem sombra; havia um grande silêncio. Não se via forma de nuvem, exceto longe para o oeste, onde os mais remotos dedos tateantes da grande treva ainda se arrastavam para diante, e um pouco de luz vazava entre eles. Por cima deles pendia um pesado teto, sombrio e sem detalhes, e a luz parecia estar mais se apagando que acendendo.

Merry viu muitas pessoas paradas, olhando para cima e murmurando; todas tinham os rostos cinzentos e tristes, e algumas estavam com medo. Com um peso no coração, foi ter com o rei. Hirgon, o cavaleiro de Gondor, estava ali diante dele e ao seu lado estava de pé outro homem, parecido com ele e de trajes semelhantes, porém mais baixo e largo. Quando Merry entrou, ele falava com o rei.

"Vem de Mordor, senhor", disse ele. "Começou ontem à tarde, ao pôr do sol. Das colinas do Eastfolde em vosso reino eu a vi subindo e se arrastando pelo céu e durante toda a noite, enquanto eu cavalgava, ela veio atrás devorando as estrelas. Agora a grande nuvem pende sobre todas as terras entre esta e as Montanhas de Sombra; e está ficando mais intensa. A guerra já começou."

Por algum tempo o rei ficou sentado em silêncio. Por fim ele falou. "Assim chegamos a este ponto, afinal," disse ele, "a grande batalha de nosso tempo, em que muitas coisas hão de se desfazer. Mas ao menos não há mais necessidade de nos escondermos. Cavalgaremos pelo caminho reto e pela estrada aberta com toda a nossa velocidade. A convocação há de começar de imediato e não esperará por ninguém que se atrase. Tendes boas provisões em Minas Tirith? Pois se tivermos de partir agora, com toda a pressa, então teremos de levar pouca carga, com apenas alimento e água que nos bastem até a batalha."

"Temos mui grande provisão, preparada há tempo", respondeu Hirgon. "Cavalgai agora, o mais leve e veloz que puderdes!"

"Então chama os arautos, Éomer", disse Théoden. "Que os Cavaleiros sejam postos em ordem de batalha!"

Éomer saiu, e logo as trombetas soaram no Forte e foram respondidas por muitas outras debaixo; mas suas vozes não soavam mais nítidas e bravas como pareceram a Merry na noite anterior. Pareciam abafadas e ásperas no ar pesado, zurrando agourentas.

O rei voltou-se para Merry. "Parto à guerra, Mestre Meriadoc", iniciou ele. "Em pouco tempo tomarei a estrada. Eu te liberto do meu serviço, mas não de minha amizade. Hás de morar aqui e, se quiseres, poderás servir à Senhora Éowyn, que governará o povo em meu lugar."

"Mas, mas, senhor", gaguejou Merry. "Eu vos ofereci minha espada. Não quero me separar de vós deste modo, Théoden Rei. E como todos os meus amigos partiram à batalha, eu sentiria vergonha de ficar para trás."

"Mas cavalgamos em montarias altas e velozes", disse Théoden; "e por muito que seja grande teu coração, não podes montar tais animais."

"Então amarrai-me no lombo de um, ou deixai-me suspenso em um estribo, ou qualquer coisa", retrucou Merry. "É longe para correr; mas hei de correr se não puder cavalgar, mesmo que gaste meus pés e chegue com semanas de atraso."

Théoden sorriu. "Antes eu te levaria comigo em Snawmana", disse ele. "Mas ao menos virás comigo a Edoras e contemplarás Meduseld; pois é por ali que irei. Até lá Stybba poderá carregar-te: a grande corrida só começará quando alcançarmos as planícies."

Então Éowyn se ergueu. "Vamos, Meriadoc!", disse ela. "Vou mostrar-te o equipamento que preparei para ti." Saíram juntos. "Só este pedido Aragorn me fez," disse Éowyn, enquanto passavam entre as tendas, "que fosses armado para a batalha. Eu o concedi do modo que pude. Pois meu coração me conta que terás necessidade de tal equipamento antes do fim."

Então levou Merry a uma barraca entre os alojamentos da guarda do rei; e ali um armeiro lhe trouxe um pequeno elmo, um escudo redondo e outras peças.

"Não temos malha que te sirva," disse Éowyn, "nem tempo para que seja forjada tal cota; mas aqui há também um robusto gibão de couro, um cinto e uma faca. Espada tu tens."

Merry fez uma mesura, e a senhora lhe mostrou o escudo, que era semelhante ao que fora dado a Gimli, e trazia o emblema do cavalo branco. "Toma todas estas coisas", disse ela, "e porta-as à boa sorte! Agora adeus, Mestre Meriadoc! Mas quem sabe hajamos de nos reencontrar, tu e eu."

Assim foi que, em meio à escuridão crescente, o Rei da Marca se aprestou para conduzir todos os seus Cavaleiros na estrada para o leste. Os corações estavam consternados, e muitos se acovardaram sob a sombra. Mas era um povo severo, leal a seu senhor, e pouco se ouviu de choro ou murmúrio, mesmo no campo do Forte onde estavam alojados os exilados de Edoras: mulheres, crianças e anciãos. A sina pendia sobre eles, mas encaravam-na em silêncio.

Passaram duas horas velozes, e então o rei se sentou em seu cavalo branco, rebrilhando à meia-luz. Parecia orgulhoso e de grande estatura, apesar de serem como a neve os cabelos que fluíam sob seu alto elmo; e muitos se admiraram dele e se encorajaram por vê-lo ereto e sem temor.

Ali, nas amplas planícies junto ao ruidoso rio, estavam postas em ordem de batalha cerca de cinco e cinquenta centenas de Cavaleiros, plenamente armados, e muitas centenas de outros homens com cavalos de reserva pouco carregados. Soou uma única trombeta. O rei ergueu a mão, e então, em silêncio, a hoste da Marca começou a se mover. Na frente iam doze dos homens da casa do rei, Cavaleiros de renome. Depois seguia o rei com Éomer à sua direita. Dissera adeus a Éowyn no Forte lá em cima, e a lembrança era aflitiva; mas agora voltava a mente para a estrada que se estendia à frente. Atrás dele vinha Merry em Stybba, com os mensageiros de Gondor e atrás deles, por sua vez, mais doze da casa do rei. Passaram pelas longas fileiras de homens expectantes com rostos severos e isentos de emoção. Mas, quando haviam chegado quase ao final da fila, um deles ergueu os olhos relanceando agudamente o hobbit. Um jovem, pensou Merry ao devolver o olhar, menos alto e encorpado que a maioria. Percebeu o brilho de olhos límpidos e cinzentos; e então teve um calafrio, pois lhe ocorreu de súbito que era o rosto de alguém sem esperança que ia em busca da morte.

Prosseguiram pela estrada cinzenta ao lado do Riacho-de-Neve que corria em suas pedras; atravessaram os vilarejos de Sototemplo e Sobrerriacho, onde muitos tristes rostos femininos espiavam pelas portas escuras; e assim, sem trompa, nem harpa, nem música de vozes humanas, começou a grande cavalgada para o Leste, de que depois as canções de Rohan se ocuparam por muitas longas vidas humanas.

> *Do Fano-da-Colina na fria manhã*
> *com fidalgo e alferes sai o filho de Thengel:*
> *a Edoras vem, ao alto paço*
> *dos senhores da cidade que encerra a névoa;*
> *de ouro vero as vigas que vela a treva.*
> *Depois que se despede do povo livre,*
> *do assento, do solar, dos sítios sagrados*
> *onde fez tantas festas antes da fuga da luz,*
> *põe-se em marcha o monarca, o medo abandonando,*
> *seu fado à frente. Fica fiel;*
> *a jura não rejeita nem enjeita promessa.*

> *Sai Théoden na sela. Por cinco noites e dias,*
> *sempre ao nascente seguem os Eorlingas,*
> *pelo Folde e Fenmark e a Floresta Firien,*
> *seis mil lanceiros à Terra do Sol saem,*
> *à magna Mundburg ao pé do Mindolluin,*
> *dos mestres-do-Mar no Reino do Sul,*
> *num cerco acerbo e círculo de fogo.*
> *A sina os incita. A treva os assola,*
> *cavalo e cavaleiro; cascos ao longe,*
> *Esvaem-se em silêncio, eis que cantam as canções.*[A]

Foi de fato em treva crescente que o rei chegou a Edoras, apesar de ser apenas meio-dia conforme a hora. Ali parou apenas por pouco tempo e reforçou sua hoste em cerca de três vintenas de Cavaleiros que se haviam atrasado para o chamado d'armas. Em seguida, depois de comer, aprestou-se para partir novamente e despediu-se bondosamente de seu escudeiro. Mas Merry implorou pela última vez para não ser separado dele.

"Esta não é jornada para montarias como Stybba, como te falei", disse Théoden. "E em batalha tal como pretendemos travar nos campos de Gondor, o que farias tu, Mestre Meriadoc, apesar de seres escudeiro, e maior de coração que de estatura?"

"Quanto a isso, quem pode dizer?", respondeu Merry. "Mas por que, senhor, me recebestes como escudeiro, se não for para me manter a vosso lado? E eu não gostaria que só dissessem de mim nas canções que sempre fui deixado para trás!"

"Eu te recebi para te manter a salvo", respondeu Théoden; "e também para fazeres o que eu comandasse. Nenhum de meus Cavaleiros pode levar-te como carga. Se a batalha fosse diante de meus portões, quem sabe teus feitos fossem lembrados pelos menestréis; mas são cento e duas léguas até Mundburg, onde Denethor é o senhor. Nada mais direi."

Merry fez uma mesura, se afastou infeliz e encarou as filas de cavaleiros. As companhias já se preparavam para partir: os homens apertavam correias, cuidavam das selas, acariciavam seus cavalos; alguns olhavam incertos para o céu ameaçador. Sem ser notado, um cavaleiro se aproximou e falou baixinho no ouvido do hobbit.

"'Quando a vontade é bastante, uma trilha se abre', assim dizemos nós", sussurrou ele; "e isso eu mesmo descobri." Merry olhou para cima e viu que era o jovem Cavaleiro que ele notara de manhã. "Tu queres ir aonde vai o Senhor da Marca: eu o vejo em teu rosto."

"Quero", afirmou Merry.

"Então hás de ir comigo", disse o Cavaleiro. "Eu te levarei à minha frente, embaixo de minha capa até estarmos bem longe e esta escuridão se tornar ainda mais escura. Tão boa vontade não deveria ser negada. Não digas mais nada a ninguém, mas vem!"

"Deveras obrigado!", exclamou Merry. "Obrigado, senhor, apesar de eu não saber teu nome."

"Não sabes?", disse o Cavaleiro baixinho. "Então chama-me Dernhelm."

Assim aconteceu que, quando o rei partiu, diante de Dernhelm estava sentado Meriadoc, o hobbit, e a grande montaria cinzenta, Windfola, pouco se importou com a carga; pois Dernhelm pesava menos que a maioria dos homens, apesar de ser ágil e bem feito de corpo.

Para a sombra cavalgaram eles. Nos capões de salgueiros onde o Riacho-de-Neve confluía com o Entágua, doze léguas a leste de Edoras, acamparam naquela noite. E depois prosseguiram pelo Folde; e através de Fenmark, onde, do lado direito, grandes florestas de carvalhos subiam pelos contrafortes das colinas sob a sombra da escura Halifirien, junto às divisas de Gondor; mas à esquerda as névoas se estendiam nos pântanos alimentados pelas fozes do Entágua. E enquanto cavalgavam, vinham alardes da guerra no Norte. Homens solitários, cavalgando desesperados, traziam novas de inimigos que lhes assaltavam os limites orientais, de hostes-órquicas que marchavam no Descampado de Rohan.

"Avante! Avante!", gritava Éomer. "Agora é tarde demais para nos desviarmos. Os charcos do Entágua terão de nos proteger o flanco. Agora precisamos ter pressa. Avante!"

E assim o Rei Théoden partiu de seu próprio reino, e milha após milha a longa estrada ficou para trás, e as colinas dos faróis passaram por eles: Calenhad, Min-Rimmon, Erelas, Nardol. Mas seus fogos estavam apagados. Todas as terras estavam cinzentas e silenciosas; e a sombra sempre se aprofundava diante deles, e a esperança minguava em todos os corações.

4

O Cerco
de Gondor

Pippin foi acordado por Gandalf. Havia velas acesas no quarto, pois pelas janelas só vinha uma fraca penumbra; o ar estava pesado, como se um trovão se aproximasse.

"Que horas são?", perguntou Pippin, bocejando.

"Passa da segunda hora", respondeu Gandalf. "Hora de se levantar e tornar-se apresentável. Você foi chamado à presença do Senhor da Cidade para saber de seus novos deveres."

"E ele fornecerá desjejum?"

"Não! Eu o forneci: tudo o que você terá antes do meio-dia. Agora a comida é distribuída por ordens."

Pippin olhou desapontado para o pão pequeno e a porção de manteiga (segundo ele) muito inadequada que lhe fora servida, ao lado de um copo de leite ralo. "Por que você me trouxe aqui?", indagou ele.

"Você sabe muito bem", disse Gandalf. "Para afastá-lo das travessuras; e se não lhe agrada estar aqui, você pode se lembrar de que foi você mesmo que causou isso." Pippin não disse mais nada.

Pouco tempo depois estava outra vez caminhando com Gandalf pelo frio corredor que levava à porta do Salão da Torre. Ali Denethor estava sentado em uma treva cinzenta, como uma aranha velha e paciente, pensou Pippin; ele não parecia ter se mexido desde o dia anterior. Fez um sinal para que Gandalf se sentasse, mas Pippin foi deixado de pé, sem atenção, por alguns momentos. Logo o ancião se voltou para ele:

"Bem, Mestre Peregrin, espero que tenhas usado o dia de ontem de modo lucrativo e de modo agradável. Porém receio que nesta cidade a mesa seja mais desprovida do que desejas."

Pippin teve a desconfortável sensação de que a maior parte do que dissera ou fizera era conhecido, de algum modo, pelo Senhor da Cidade e de que muita coisa do que ele pensava também era adivinhado. Ele não respondeu.

"O que farias a meu serviço?"

"Pensei, senhor, que me diríeis quais são meus deveres."

"Eu direi quando descobrir para que serves", disse Denethor. "Mas isso, talvez, eu saberei mais cedo se te mantiver junto a mim. O escudeiro de minha câmara pediu licença para ir com a guarnição externa, portanto, hás de tomar seu lugar por algum tempo. Vais me servir, levar mensagens e conversar comigo, se a guerra e o conselho me deixarem algum lazer. Sabes cantar?"

"Sim", respondeu Pippin. "Bem, sim, bastante bem para meu próprio povo. Mas não temos canções adequadas para grandes salões e tempos malignos, senhor. Raramente cantamos sobre alguma coisa mais terrível que o vento ou a chuva. E a maior parte de minhas canções são sobre coisas que nos fazem rir; ou sobre comida e bebida, é claro."

"E por que tais canções seriam inadequadas para meus salões ou para horas como esta? Nós, que por muito tempo vivemos sob a Sombra, certamente podemos escutar ecos de uma terra que não sofreu com ela. Então poderemos sentir que nossa vigília não foi infrutífera, apesar de ter sido ingrata."

Pippin desanimou. Não lhe agradava a ideia de cantar uma canção do Condado para o Senhor de Minas Tirith, certamente não as cômicas que conhecia melhor; eram demasiado, bem, rústicas para uma tal ocasião. No entanto, naquele momento foi poupado da provação. Não recebeu ordem para cantar. Denethor voltou-se para Gandalf, fazendo perguntas sobre os Rohirrim e suas políticas e sobre a posição de Éomer, sobrinho do rei. Pippin admirou-se com a quantidade de coisas que o Senhor parecia saber sobre um povo que vivia muito longe, pois pensava que devia fazer muitos anos que o próprio Denethor havia viajado para o exterior.

Por fim Denethor acenou para Pippin e o dispensou de novo por algum tempo. "Vai aos arsenais da Cidadela", disse ele, "e pega lá a libré e o equipamento da Torre. Estará pronto. Foi pedido ontem. Retorna quando estiveres vestido!"

Era como ele dissera; e logo Pippin viu-se ataviado com estranhas vestes, todas de negro e prata. Tinha uma pequena cota de malha, com anéis forjados de aço, talvez, porém negros como azeviche; e um elmo de copa alta com pequenas asas de corvo de ambos os lados, adornado com uma estrela de prata no centro do aro. Por cima da malha havia uma curta sobreveste negra, mas bordada no peito, em prata, com o emblema da Árvore. Suas roupas velhas foram dobradas e guardadas, mas permitiram-lhe ficar com a capa cinzenta de Lórien, porém não para ser usada em serviço. Agora parecia, sem sabê-lo, o verdadeiro *Ernil i Pheriannath*, o Príncipe dos Pequenos, como as pessoas o haviam chamado; mas sentia-se desconfortável. E a escuridão começou a lhe pesar no ânimo.

Esteve escuro e indistinto o dia todo. Do amanhecer sem sol até o entardecer, a pesada sombra se intensificara, e os corações de todos na Cidade estavam oprimidos. Bem no alto, uma grande nuvem fluía lentamente rumo ao oeste vinda da Terra Negra, devorando a luz, carregada por um vento de guerra; mas embaixo o ar estava imóvel e arquejante, como se todo o Vale do Anduin esperasse pela irrupção de uma tempestade ruinosa.

Por volta da décima primeira hora, finalmente libertado do serviço por algum tempo, Pippin saiu e foi em busca de comida e bebida para alegrar o coração pesado e tornar mais suportável sua tarefa de espera. No rancho reencontrou Beregond, que acabara de vir de uma missão por sobre a Pelennor até as torres da Guarda no Passadiço. Juntos passearam até as muralhas; pois Pippin sentia-se aprisionado dentro das construções e abafado mesmo na elevada cidadela. Agora estavam outra vez sentados lado a lado no vão dando para o leste, onde haviam comido e conversado no dia anterior.

Era a hora do pôr do sol, mas o grande manto já se estendera longe para o Oeste, e, só ao finalmente mergulhar no Mar, o Sol escapou para enviar um breve lampejo de adeus antes da noite, no mesmo momento em que Frodo o viu na Encruzilhada, tocando a cabeça do rei tombado. Mas aos campos de Pelennor, sob a sombra de Mindolluin, não veio lampejo nenhum: eles estavam pardos e tristes.

Já parecia a Pippin que fazia anos que se sentara ali antes, em algum tempo meio olvidado quando ainda era um hobbit, um despreocupado viandante pouco afetado pelos perigos que atravessara. Agora era um pequeno soldado em uma cidade que se preparava para um grande ataque, trajado à maneira altiva, mas sombria, da Torre de Guarda.

Em algum outro lugar e tempo, Pippin poderia ter-se agradado de sua nova vestimenta, mas agora sabia que não estava participando de uma peça; era serissimamente o serviçal de um mestre sisudo, que corria o maior perigo. A cota de malha era desconfortável, e o elmo lhe pesava na cabeça. Jogara a capa de lado, sobre o assento. Desviou o olhar cansado dos obscuros campos lá embaixo, bocejou e depois deu um suspiro.

"Estás cansado deste dia?", indagou Beregond.

"Sim," disse Pippin, "muito: exausto do ócio e da espera. Andei para cá e para lá à porta do aposento de meu senhor por muitas horas lentas enquanto ele debatia com Gandalf, o Príncipe e outras grandes pessoas. E não estou acostumado, Mestre Beregond, a servir aos outros faminto enquanto eles comem. Isso é uma pesada provação para um hobbit. Sem dúvida pensarás que eu devia sentir a honra mais profundamente. Mas de que serve uma tal honra? Na verdade, de que servem até a comida e a bebida sob esta sombra que se arrasta? O que significa? O próprio ar parece espesso e pardo! Sempre tendes escuridões assim quando o vento vem do Leste?"

"Não," comentou Beregond, "este não é um clima do mundo. Isso é algum artifício da malícia dele; algum ardor de vapor da Montanha de

Fogo que ele envia para escurecer os corações e os conselhos. E de fato isso acontece. Queria que voltasse o Senhor Faramir. Ele não se desanimaria. Mas agora, quem sabe se chegará a voltar do outro lado do Rio, saído da Escuridão?"

"Sim," respondeu Pippin, "Gandalf também está ansioso. Creio que estava desapontado de não encontrar Faramir aqui. E aonde foi ele próprio? Deixou o conselho do Senhor antes da refeição do meio-dia, e penso que tampouco estava de bom humor. Talvez tenha alguma premonição de más notícias."

Subitamente, ao falarem, foram acometidos de mudez, como se tivessem sido congelados a pedras ouvintes. Pippin encolheu-se com as mãos apertadas nos ouvidos; mas Beregond, que estivera observando na ameia enquanto falava de Faramir, ficou onde estava, rijo, de olhar fixo e olhos esbugalhados. Pippin reconheceu o grito trêmulo que ouvira: era o mesmo que escutara muito tempo atrás, no Pântano do Condado, mas agora havia se intensificado em poder e ódio, perfurando o coração com um desespero venenoso.

Finalmente Beregond falou com esforço. "Eles vieram!", disse ele. "Toma coragem e olha! Há seres cruéis lá embaixo."

Com relutância, Pippin subiu no assento e espiou por cima da muralha. A Pelennor estendia-se obscura abaixo dele, desaparecendo na direção da linha mal entrevista do Grande Rio. Mas agora, rodopiando depressa por cima dela, como sombras de noite precoce, ele viu nos ares medianos abaixo de si cinco formas semelhantes a aves, horríveis como comedores de carniça, porém maiores que águias, cruéis como a morte. Já se precipitavam para perto, arriscando-se quase à distância de um tiro de flecha das muralhas, e já se afastavam fazendo curvas.

"Cavaleiros Negros!", murmurou Pippin. "Cavaleiros Negros do ar! Mas vê, Beregond!", exclamou. "Certamente estão procurando algo... Vê como giram e mergulham, sempre em direção àquele ponto acolá! E podes ver algo que se move no solo? Pequenas coisas escuras. Sim, homens a cavalo: quatro ou cinco. Ah! Não posso suportar! Gandalf! Gandalf nos salve!"

Outro guincho comprido ergueu-se e decaiu, e ele se jogou para trás outra vez, para longe da muralha, arfando como um animal caçado. Débil e aparentemente remoto através daquele grito trêmulo, ele ouviu, subindo lá de baixo, um som de trombeta que terminava em uma nota longa e aguda.

"Faramir! O Senhor Faramir! É seu chamado!", exclamou Beregond. "Valente coração! Mas como poderá alcançar o Portão se esses imundos gaviões do inferno tiverem outras armas que não o medo? Mas olha! Eles seguem em frente. Vão alcançar o Portão. Não! os cavalos correm desesperados. Olha! os homens foram derrubados; estão correndo a pé. Não, um ainda está montado, mas cavalga de volta para os outros. Deve ser o Capitão: ele consegue comandar os animais e os homens. Ah! ali está um dos seres imundos que mergulha sobre ele. Socorro! Socorro! Ninguém vai sair até ele? Faramir!"

Com essas palavras Beregond deu um salto e saiu correndo rumo à escuridão. Envergonhado de seu terror, enquanto Beregond da Guarda pensava primeiro no capitão que amava, Pippin levantou-se e olhou para fora. Naquele momento percebeu um lampejo de branco e prata vindo do Norte, como uma pequena estrela lá embaixo nos campos obscuros. Movia-se com a velocidade de uma flecha e crescia à medida que se aproximava, convergindo depressa com a fuga dos quatro homens rumo ao Portão. Parecia a Pippin que uma pálida luz estava dispersa em torno dele e que as pesadas sombras abriam caminho para ele; e então, quando ele se aproximou, pensou ouvir como um eco nas muralhas uma possante voz que chamava.

"Gandalf!", exclamou. "Gandalf! Ele sempre aparece quando as coisas estão mais escuras. Avante! Avante, Cavaleiro Branco! Gandalf, Gandalf!", gritou incontido, como um espectador de uma grande corrida que estimula um corredor que está muito além do incentivo.

Mas as sombras escuras em mergulho já estavam cônscias no recém-chegado. Uma girou e veio em direção dele; mas a Pippin pareceu que ele erguia a mão e dela um raio de luz branca se cravava para cima. O Nazgûl deu um longo grito lamentoso e se afastou numa curva; e com isso os outros quatro hesitaram e depois, ascendendo em velozes espirais, foram-se para o leste, desaparecendo na ameaçadora nuvem acima deles; e lá embaixo, na Pelennor, por alguns momentos pareceu estar menos escuro.

Pippin observava e viu que o ginete e o Cavaleiro Branco se encontravam e paravam, esperando pelos que vinham a pé. Agora homens saíam às pressas ao encontro deles, vindos da Cidade; e logo todos eles sumiram de vista sob as muralhas externas, e ele soube que estavam entrando pelo Portão. Imaginando que viriam de imediato à Torre e ao Regente, ele correu para a entrada da cidadela. Ali juntaram-se a ele muitos outros que haviam assistido à corrida e ao resgate dos altos muros.

Não demorou muito para se ouvir um clamor nas ruas que subiam dos círculos exteriores, e houve muitos vivas e exclamações dos nomes de Faramir e Mithrandir. Logo Pippin viu tochas e dois cavaleiros andando devagar, seguidos por uma multidão de pessoas: um de branco, porém não mais reluzente, pálido na penumbra como se seu fogo estivesse gasto ou oculto; o outro escuro e de cabeça baixa. Apearam e, enquanto os palafreneiros levavam Scadufax e o outro cavalo, eles caminharam à frente, até a sentinela no portão: Gandalf firme, com a capa cinzenta jogada para trás e um fogo ainda ardendo nos olhos; o outro, todo trajado de verde, lentamente, cambaleando um pouco, como alguém exausto ou ferido.

Pippin abriu caminho adiante quando passaram sob o lampião abaixo do arco do portão e quando viu o rosto pálido de Faramir ficou sem fôlego. Era o rosto de alguém que foi assaltado por grande medo ou angústia, mas os dominou e agora está tranquilo. Por um momento ficou postado, altivo e grave, falando ao guarda, e Pippin, observando-o, viu o quanto ele era parecido com seu irmão Boromir — de quem Pippin gostara desde o começo, admirando as maneiras nobres, mas bondosas do grande homem. Mas de súbito, por Faramir seu coração se comoveu estranhamente com um sentimento que não conhecera antes. Aí estava alguém com ar de alta nobreza, como Aragorn revelava às vezes, talvez menos elevado, mas também menos incalculável e remoto: um dos Reis de Homens nascido em tempo posterior, mas tocado pela sabedoria e pela tristeza da Raça Antiga. Agora sabia por que Beregond pronunciava o seu nome com amor. Era um capitão que os homens seguiriam, que ele seguiria, mesmo sob a sombra das asas negras.

"Faramir!", exclamou em voz alta junto com os demais. "Faramir!" E Faramir, percebendo sua estranha voz em meio ao clamor dos homens da Cidade, virou-se, baixou os olhos para ele e admirou-se.

"De onde vens tu?", disse ele. "Um pequeno, e com a libré da Torre! De onde...?"

Mas nesse ponto Gandalf se pôs ao seu lado e falou. "Ele veio comigo da terra dos Pequenos", disse ele. "Ele veio comigo. Mas não nos demoremos aqui. Há muito a ser dito e feito, e estás cansado. Ele há de vir conosco. Na verdade precisa, pois, se não se esquece de seus novos deveres mais facilmente que eu, deve voltar a servir seu senhor no decorrer desta hora. Venha, Pippin, siga-nos!"

Assim chegaram por fim ao aposento privado do Senhor da Cidade. Três assentos fundos estavam postos em torno de um braseiro de carvão; e trouxeram vinho; e ali Pippin, quase imperceptível, se postou atrás da cadeira de Denethor e pouco sentiu seu cansaço, tão avidamente escutava tudo o que era dito.

Quando Faramir tinha comido pão branco e bebido um gole de vinho, sentou-se em uma cadeira baixa à esquerda do pai. Um pouco afastado, do outro lado, estava Gandalf em uma cadeira de madeira entalhada; e de início parecia estar dormindo. Pois no começo Faramir falou somente da missão em que fora mandado dez dias antes, e trouxe novas de Ithilien e dos movimentos do Inimigo e seus aliados; e contou do combate na estrada, quando os homens de Harad e seu grande animal foram derrotados: um capitão relatando ao superior assuntos que haviam sido ouvidos muitas vezes antes, pequenas coisas da guerra fronteiriça que já pareciam inúteis e desprezíveis, privadas de seu renome.

Então Faramir olhou subitamente para Pippin. "Mas agora chegamos a um estranho caso", disse ele. "Pois este não é o primeiro pequeno que vi caminhando das lendas setentrionais para as terras do Sul."

Diante dessas palavras Gandalf se ergueu e agarrou os braços da cadeira; mas nada disse, e com um olhar deteve a exclamação nos lábios de Pippin. Denethor olhou-os no rosto e assentiu com a cabeça, como que dando um sinal de que ali percebera muita coisa antes que fosse falada. Lentamente, com os demais sentados em silêncio e imóveis, Faramir contou sua história, mormente mantendo os olhos em Gandalf, mas deixando o olhar desviar-se vez por outra para Pippin, como para refrescar sua lembrança de outros que vira.

À medida que se desdobrava sua história do encontro com Frodo e seu serviçal e dos eventos em Henneth Annûn, Pippin deu-se conta de que as mãos de Gandalf tremiam ao agarrar a madeira esculpida. Agora pareciam brancas e muito velhas, e, enquanto as olhava, Pippin soube de repente, com um frêmito de temor, que Gandalf, o próprio Gandalf, estava perturbado, até com medo. O ar do recinto era abafado e imóvel. Por fim, quando Faramir falou de sua despedida dos viajantes e de sua resolução de irem a Cirith Ungol, sua voz minguou, ele balançou a cabeça e deu um suspiro. Então Gandalf se ergueu com um salto.

"Cirith Ungol? O Vale Morgul?", indagou ele. "O tempo, Faramir, o tempo? Quando despediu-se deles? Quando iriam chegar àquele vale amaldiçoado?"

"Despedi-me deles pela manhã, dois dias atrás", disse Faramir. "São quinze léguas dali até o vale do Morgulduin, se tiverem rumado direto para o sul; e aí ainda estariam cinco léguas a oeste da amaldiçoada Torre. O mais rapidamente não poderiam chegar lá antes de hoje, e quem sabe ainda não tenham chegado lá. Deveras vejo o que temes. Mas a escuridão não se deve à aventura deles. Começou ontem ao anoitecer, e toda Ithilien estava debaixo de sombra na noite passada. Para mim está claro que o Inimigo está planejando um ataque contra nós há muito tempo e que sua hora já fora determinada ainda antes que os viajantes deixassem os meus cuidados."

Gandalf andava para cá e para lá. "Na manhã de dois dias atrás, quase três dias de viagem! A que distância fica o lugar onde vos separastes?"

"A umas vinte e cinco léguas, a voo de pássaro", respondeu Faramir. "Mas não pude vir mais depressa. Ontem à tardinha estava parado em Cair Andros, na longa ilha ao norte no Rio, que defendemos; e mantemos cavalos na margem de cá. Quando a escuridão se prolongou, eu soube que era necessária pressa, de forma que cavalguei para lá com três outros que também poderiam receber montarias. Mandei ao sul o restante de minha companhia para reforçarem a guarnição dos vaus de Osgiliath. Espero não ter feito mal." Olhou para o pai.

"Mal?", exclamou Denethor, e seus olhos relampejaram de súbito. "Por que perguntas? Os homens estavam sob teu comando. Ou pedes meu julgamento para todos os teus feitos? Tua atitude é humilde em minha presença, mas já faz muito tempo que não te desvias de teu próprio caminho a conselho meu. Vê, falaste com habilidade, como sempre; mas eu, eu não vi teus olhos fixos em Mithrandir, buscando saber se falaste bem ou demasiado? Há muito ele tem teu coração em seu poder.

"Meu filho, teu pai é velho, mas ainda não caduco. Posso ver e ouvir, assim como costumava; e pouco daquilo que meio disseste ou deixaste sem dizer me está oculto agora. Conheço a resposta de muitos enigmas. Ai de Boromir, ai dele!"

"Se o que fiz te desagrada, meu pai," disse Faramir com tranquilidade, "desejaria ter conhecido teu conselho antes que o fardo de tão pesado julgamento me fosse imposto."

"Isso teria adiantado para mudar teu julgamento?", indagou Denethor. "Ainda assim terias feito exatamente igual, creio eu. Eu te conheço bem. Teu desejo é sempre parecer nobre e generoso como um rei de outrora, gracioso, gentil. Isso pode muito bem servir a alguém de elevada raça se estiver assentado em poder e paz. Mas em horas de desespero a gentileza pode ser paga com a morte."

"Assim seja", disse Faramir.

"Assim seja!", exclamou Denethor. "Mas não apenas com a tua morte, Senhor Faramir: também com a morte de teu pai e de todo o teu povo, e teu papel é protegê-lo agora que Boromir se foi."

"Então desejas", disse Faramir "que nossos lugares tivessem sido trocados?"

"Sim, deveras o desejo", afirmou Denethor. "Pois Boromir me era leal, e não um pupilo de mago. Ele teria recordado a necessidade de seu pai e não teria desperdiçado o que foi dado pela sorte. Ele me teria trazido uma poderosa dádiva."

Por um momento o controle de Faramir cedeu. "Eu te pediria, meu pai, que recordasses por que eu, e não ele, estava em Ithilien. Pelo menos em uma ocasião teu conselho prevaleceu, não faz muito tempo. Foi o Senhor da Cidade que deu a missão a ele."

"Não remexas o amargor na taça que eu mesmo misturei", disse Denethor. "Já não o senti em minha língua por muitas noites, pressagiando que coisas ainda piores restavam na borra? E agora descubro deveras que assim é. Antes não fosse! Antes tivesse vindo a mim esse objeto!"

"Consola-te!", disse Gandalf. "Em nenhuma hipótese Boromir o teria trazido a ti. Está morto e morreu bem; que durma em paz! Porém tu te enganas. Ele teria estendido a mão para esse objeto e, ao tomá-lo, teria caído. Tê-lo-ia guardado para si e quando voltasse, não terias conhecido teu filho."

O rosto de Denethor fixou-se, duro e frio. "Achaste Boromir menos manejável por tua mão, não é?", disse baixinho. "Mas eu, que fui seu pai, digo que ele o teria trazido a mim. Tu és sábio, talvez, Mithrandir, porém com todas as tuas sutilezas não tens a sabedoria toda. É possível encontrar conselhos que não são nem as teias dos magos nem a pressa dos tolos. Neste assunto tenho mais saber e sabedoria do que julgas."

"Então qual é tua sabedoria?", indagou Gandalf.

"O bastante para perceber que duas tolices devem ser evitadas. Usar esse objeto é perigoso. Nesta hora, enviá-lo nas mãos de um pequeno insensato para a terra do próprio Inimigo, como tu e este meu filho fizestem, isso é loucura."

"E o Senhor Denethor teria feito o quê?"

"Nenhuma dessas coisas. Mas, com toda a certeza, por nenhuma razão teria exposto esse objeto a um risco maior que tudo, exceto a esperança de um tolo, arriscando nossa ruína total caso o Inimigo recupere o que perdeu. Não, ele deveria ter sido guardado, oculto, oculto em lugar escuro e profundo. Não usado, digo eu, exceto na mais extrema necessidade, mas posto além do alcance dele, senão por uma vitória tão final que, quando ocorresse, não nos incomodaria, já que estaríamos mortos."

"Como de costume, meu senhor, pensas apenas em Gondor", respondeu Gandalf. "Porém existem outros homens, outras vidas e um tempo ainda vindouro. E quanto a mim, sinto pena até de seus escravos."

"E onde os demais homens buscarão auxílio, se Gondor cair?", retrucou Denethor. "Se eu agora tivesse esse objeto nas fundas abóbadas desta cidadela, não estaríamos tremendo de pavor sob esta treva, temendo o pior, e nossos conselhos não seriam perturbados. Se não confias que eu suporte a prova, ainda não me conheces."

"Ainda assim não confio em ti", disse Gandalf. "Se confiasse, eu poderia ter enviado esse objeto para cá, aos teus cuidados, e poupado a mim e a outros de muita angústia. E agora, ouvindo-te falar, menos confio em ti, não mais que em Boromir. Não, detém tua ira! Nesse assunto não confio nem em mim e recusei esse objeto, mesmo como dádiva entregue livremente. Tu és forte e em alguns casos ainda podes te dominar, Denethor; mas se tivesses recebido esse objeto, ele te teria derrotado. Mesmo que estivesse sepultado sob as raízes de Mindolluin, ainda assim te consumiria a mente, à medida que cresce a treva e se seguem as coisas ainda piores que logo nos assolarão."

Por um momento os olhos de Denethor voltaram a reluzir, encarando Gandalf, e mais uma vez Pippin sentiu a tensão entre suas vontades; mas agora quase parecia que seus olhares eram como lâminas de um olho ao outro, rebrilhando durante a esgrima. Pippin estremeceu, temendo algum golpe terrível. Mas subitamente Denethor relaxou e esfriou outra vez. Deu de ombros.

"Se eu tivesse! Se tu tivesses!", disse ele. "Tais palavras e hipóteses são vãs. Ele foi para a Sombra e só o tempo mostrará que sina o espera e a nós. O tempo não tardará. No que resta, que se unam todos os que combatem o Inimigo à sua maneira, e mantenham a esperança enquanto puderem, e depois da esperança, ainda a intrepidez de morrerem livres." Voltou-se para Faramir. "O que pensas da guarnição em Osgiliath?"

"Não é forte", afirmou Faramir. "Mandei a companhia de Ithilien reforçá-la, como disse."

"Não o bastante, creio", disse Denethor. "É lá que cairá o primeiro golpe. Precisarão de um capitão destemido lá."

"Lá e alhures, em muitos lugares", disse Faramir, suspirando. "Ai de meu irmão, que também eu amava!" Levantou-se. "Posso ter tua licença, pai?" E então balançou e se apoiou na cadeira do pai.

"Estás cansado, vejo", comentou Denethor. "Cavalgaste depressa, longe e sob sombras do mal no ar, ao que me dizem."

"Não falemos disso!", disse Faramir.

"Então não falaremos", assentiu Denethor. "Agora vai e descansa como puderes. A necessidade de amanhã será mais severa."

Então todos se despediram do Senhor da Cidade e foram repousar enquanto ainda podiam. Lá fora a escuridão não tinha estrelas, enquanto Gandalf, com Pippin a seu lado levando uma pequena tocha, caminhava para seu alojamento. Não falaram antes de estarem atrás de portas fechadas. Foi então que Pippin finalmente tomou a mão de Gandalf.

"Conte-me," disse ele, "há alguma esperança? Para Frodo, quero dizer; ou pelo menos principalmente para Frodo."

Gandalf pôs a mão na cabeça de Pippin. "Nunca houve muita esperança", respondeu ele. "Só uma esperança de tolo, como me disseram. E quando ouvi falar de Cirith Ungol..." Parou de falar e deu alguns passos até a janela, como se seus olhos pudessem penetrar a noite do Leste. "Cirith Ungol!", murmurou. "Por que por ali, eu me pergunto?" Virou-se. "Há pouco, Pippin, meu coração quase parou quando ouvi esse nome. Porém, na verdade, creio que há alguma esperança nas notícias que Faramir trouxe. Pois parece evidente que nosso Inimigo finalmente iniciou a guerra e fez o primeiro lance enquanto Frodo ainda estava livre. Agora, portanto, por muitos dias voltará os olhos para cá e para lá, para fora de seu próprio país. Ainda assim, Pippin, sinto de longe sua pressa e seu medo. Ele começou antes do que devia. Aconteceu algo que o instigou."

Gandalf ficou parado em pensamentos por um instante. "Quem sabe", murmurou. "Quem sabe até a sua tolice tenha ajudado, meu rapaz. Deixe-me ver: uns cinco dias atrás ele teria descoberto que derrubamos Saruman e pegamos a Pedra. E daí? Não podíamos usá-la para muita coisa, nem sem ele saber. Ah! Eu me pergunto. Aragorn? Sua hora está chegando. E ele é forte e severo por baixo, Pippin; audacioso, determinado, capaz de seguir seus próprios conselhos e ousar grandes riscos se for preciso. Pode ser isso. Ele pode ter usado a Pedra e se mostrado ao Inimigo, desafiando-o, por esse mesmo motivo. Eu me pergunto. Bem, não havemos de saber a resposta antes que cheguem os Cavaleiros de Rohan, se não chegarem tarde demais. Há dias malignos pela frente. Vamos dormir enquanto podemos!"

"Mas", disse Pippin.

"Mas o quê?", interrompeu-o Gandalf. "Só vou permitir um *mas* esta noite."

"Gollum", continuou Pippin. "Como é que eles podiam estar viajando *com* ele, até seguindo-o? E pude ver que Faramir não gostou do lugar aonde ele os estava levando, nem você tampouco. O que está errado?"

"Não posso responder a isso agora", disse Gandalf. "Mas meu coração imaginava que Frodo e Gollum iriam se encontrar antes do fim. Pelo bem ou pelo mal. Mas de Cirith Ungol não falarei hoje à noite. Traição, traição é o que temo; traição daquela criatura desgraçada. Mas assim tem de ser. Recordemos que um traidor pode trair a si mesmo e fazer um bem que não pretende. Às vezes pode ser assim. Boa noite!"

O dia seguinte veio com uma manhã de penumbra parda, e os corações dos homens, animados por algum tempo com a volta de Faramir, voltaram a se desesperar. As Sombras aladas não foram vistas outra vez naquele dia, mas de tempos em tempos, muito acima da cidade, vinha um grito débil, e muitos que o ouviam paravam atingidos por temor passageiro, enquanto os menos corajosos se acovardavam e choravam.

E Faramir já se fora outra vez. "Não lhe dão descanso", murmuravam alguns. "O Senhor exige demais do filho, e agora ele precisa fazer o serviço de dois, o seu e o daquele que não voltará." E sempre os homens olhavam para o norte, perguntando: "Onde estão os Cavaleiros de Rohan?"

Na verdade, Faramir não partiu por escolha própria. Mas o Senhor da Cidade era mestre de seu Conselho e naquele dia não estava com vontade de se curvar aos outros. Cedo de manhã o Conselho fora convocado. Ali todos os capitães julgaram que, por causa da ameaça no Sul, seu exército era demasiado fraco para desferir algum golpe de guerra por iniciativa própria, a não ser que por acaso os Cavaleiros de Rohan ainda viessem. Enquanto isso, deviam ocupar as muralhas e esperar.

"Porém," disse Denethor, "não deveríamos abandonar à toa as defesas exteriores, o Rammas feito com tão grande labuta. E o Inimigo precisa pagar caro pela travessia do Rio. Essa ele não pode empreender com força suficiente para assaltar a Cidade ao norte de Cair Andros por causa dos pântanos, ou então ao sul, do lado de Lebennin, por causa da largura do

Rio, onde são precisos muitos barcos. É em Osgiliath que ele concentrará seu peso, assim como antes, quando Boromir lhe negou travessia."

"Aquilo foi apenas um ensaio", disse Faramir. "Hoje podemos fazer o Inimigo pagar dez vezes nossa perda na travessia, e ainda assim nos arrependermos da troca. Pois ele pode se dar ao luxo de perder um exército mais do que nós podemos perder uma companhia. E a retirada dos que colocamos em campo, longe de nós, será perigosa se ele atravessar com toda a força."

"E quanto a Cair Andros?", indagou o Príncipe. "Essa também precisa ser mantida, se Osgiliath for defendida. Não nos esqueçamos do perigo à nossa esquerda. Os Rohirrim poderão vir, mas poderão não vir. Faramir nos contou de grandes multidões que chegam sempre ao Portão Negro. Mais de uma hoste poderá sair por ali e poderá atacar mais de uma travessia."

"Muita coisa precisa ser arriscada na guerra", disse Denethor. "Cair Andros está guarnecida, e não podemos mandar mais por enquanto. Mas não cederei o Rio e a Pelennor sem combate — não se houver aqui um capitão que ainda tenha coragem para fazer a vontade de seu senhor."

Então todos fizeram silêncio. Mas finalmente Faramir disse: "Não me oponho à tua vontade, senhor. Já que foste privado de Boromir, eu irei e farei o que puder em seu lugar — se assim comandares."

"Assim comando", respondeu Denethor.

"Então adeus!", disse Faramir. "Mas, se eu voltar, pensa melhor de mim!"

"Isso depende do modo como voltares", disse Denethor.

Foi Gandalf o último que falou com Faramir antes que este cavalgasse para o leste. "Não desperdices tua vida por temeridade ou amargura", aconselhou ele. "Serás necessário aqui, para outras coisas que não a guerra. Teu pai te ama, Faramir, e se lembrará disso antes do fim. Adeus!"

Assim o Senhor Faramir partira de novo e levara consigo um número de homens dispostos a ir ou que podiam ser dispensados. Nas muralhas, alguns fitavam a cidade arruinada através da treva e perguntavam-se o que acontecia lá, pois nada podia ser visto. E outros, como sempre, olhavam para o norte e contavam as léguas até Théoden em Rohan. "Ele virá? Ele se lembrará de nossa antiga aliança?", questionavam.

"Sim, ele virá," dizia Gandalf, "mesmo que venha tarde demais. Mas pensai! Na melhor hipótese a Flecha Vermelha não lhe terá chegado mais que dois dias atrás, e são longas as milhas desde Edoras."

Anoiteceu outra vez antes que chegassem notícias. Um homem veio cavalgando a toda dos vaus, dizendo que uma hoste saíra de Minas Morgul, já se avizinhava de Osgiliath e se juntara a regimentos do Sul, Haradrim cruéis e altos. "E soubemos", informou o mensageiro, "que o Capitão Negro os lidera outra vez, e o temor dele o precedeu na travessia do Rio."

Com essas palavras de mau agouro terminou o terceiro dia desde que Pippin chegara a Minas Tirith. Poucos foram repousar, pois já ninguém tinha grandes esperanças de que o próprio Faramir pudesse manter os vaus por longo tempo.

No dia seguinte, apesar de a escuridão haver atingido o máximo e não se aprofundar mais, ela estava mais pesada sobre os corações dos homens, e um grande pavor os acometia. Logo voltaram a chegar más notícias. A travessia do Anduin fora conquistada pelo Inimigo. Faramir recuava para a muralha da Pelennor, reunindo seus homens nos Fortes do Passadiço; mas os adversários eram dez vezes mais numerosos.

"Se ele conseguir atravessar a Pelennor de volta, os inimigos estarão em seus calcanhares", disse o mensageiro. "Pagaram caro pela travessia, porém menos caro do que esperávamos. O plano foi bem concebido. Vemos agora que, em segredo, fazia muito tempo que construíam grande número de balsas e barcaças em Osgiliath do Leste. Atravessaram enxameando como besouros. Mas é o Capitão Negro que nos derrota. Poucos permanecem parados, suportando até o alarde de sua vinda. Sua própria gente titubeia diante dele e matar-se-iam a seu comando."

"Então sou mais necessário lá que aqui", concluiu Gandalf, e de imediato partiu a cavalo, e seu reluzir logo desapareceu de vista. E por toda aquela noite, Pippin, só e insone, ficou de pé na muralha fitando o leste.

Os sinos do dia mal haviam voltado a tocar, um escárnio na escuridão sem alívio, quando viu fogos se iluminando ao longe, além dos espaços indistintos onde se erguiam as muralhas da Pelennor. Os vigias deram exclamações em voz alta, e todos os homens da Cidade pegaram em armas. Vez por outra havia um lampejo vermelho, e lentamente, através do ar pesado, podiam-se ouvir ribombos abafados.

"Tomaram a muralha!", exclamavam os homens. "Estão detonando brechas nela. Estão vindo!"

"Onde está Faramir?", exclamou Beregond, aturdido. "Não digais que ele caiu!"

Foi Gandalf quem trouxe as primeiras novas. Com um punhado de cavaleiros, ele chegou no meio da manhã, fazendo escolta de uma fileira de carroças. Estavam repletas de homens feridos, todos os que puderam ser salvos da derrocada dos Fortes do Passadiço. Foi imediatamente ter com Denethor. O Senhor da Cidade estava então sentado em um alto recinto, acima do Salão da Torre Branca, com Pippin a seu lado; e através das janelas turvas, ao norte e ao sul e ao leste, ele espiava com os olhos escuros, como se procurasse perfurar as sombras da sina que o cercavam. Olhava mais para o Norte e às vezes se detinha para escutar, como se graças a alguma antiga arte seus ouvidos conseguissem escutar o trovão dos cascos nas planícies longínquas.

"Faramir veio?", perguntou ele.

"Não", disse Gandalf. "Mas ainda vivia quando o deixei. Porém está decidido a ficar com a retaguarda para que a retirada através da Pelennor não se transforme em debandada. Pode ser que consiga manter seus homens juntos por tempo suficiente, mas duvido. Está empenhado contra um adversário demasiado numeroso. Pois veio alguém que eu temia."

"Não!... O Senhor Sombrio?", exclamou Pippin aterrorizado, esquecendo-se de seu lugar.

Denethor riu com amargor. "Não, ainda não, Mestre Peregrin! Ele não virá senão para triunfar sobre mim quando estiver tudo vencido. Ele usa outros como armas. Assim fazem todos os grandes senhores, se forem sábios, Mestre Pequeno. Ou por que eu haveria de me sentar aqui em minha torre e pensar, observar e esperar, desperdiçando meus próprios filhos? Pois ainda sou capaz de empunhar uma tocha."

Pôs-se de pé e abriu de chofre a longa capa negra, e eis! por baixo trajava cota de malha e estava cingido com uma espada comprida, de grande punho, em bainha de negro e prata. "Assim tenho caminhado e assim já tenho dormido por muitos anos", disse ele, "para que com a idade o corpo não se torne mole e temeroso."

"Porém agora, sob o Senhor de Barad-dûr, o mais cruel de todos os seus capitães já domina tuas muralhas exteriores", continuou Gandalf. "Rei de Angmar muito tempo atrás, Feiticeiro, Espectro-do-Anel, Senhor dos Nazgûl, uma lança de terror na mão de Sauron, sombra de desespero."

"Então, Mithrandir, tiveste um adversário à tua altura", disse Denethor. "Quanto a mim, por muito tempo soube quem é o capitão-mor das hostes da Torre Sombria. Voltaste para dizer apenas isso? Ou será possível que te retiraste porque fostes assoberbado?"

Pippin estremeceu, temendo que Gandalf fosse provocado a uma ira repentina, mas seu temor foi desnecessário. "Poderia ser assim", respondeu Gandalf suavemente. "Mas nossa prova de força ainda não chegou. E, se forem verdadeiras as palavras ditas outrora, ele não cairá pela mão de um homem, e está oculta dos Sábios a sina que o espera. Seja como for, o Capitão do Desespero ainda não força o avanço. Ele domina, isso sim, conforme a sabedoria que acabas de mencionar, da retaguarda, impelindo seus escravos avante em loucura.

"Não, eu vim para proteger os homens feridos que ainda podem ser curados; pois o Rammas foi rompido em toda a parte, e logo a hoste de Morgul entrará em muitos pontos. E vim mormente para dizer isto. Logo haverá batalhas nos campos. Uma surtida deve ser preparada. Que seja de homens montados. É neles que reside nossa breve esperança, pois de apenas uma coisa o inimigo ainda está mal provido: ele tem poucos cavaleiros."

"E também nós temos poucos. Agora a vinda de Rohan seria no momento crítico", disse Denethor.

"É provável que antes disso vejamos outros recém-chegados", disse Gandalf. "Fugitivos de Cair Andros já nos alcançaram. A ilha caiu. Outro exército veio do Portão Negro, atravessando desde o nordeste."

"Alguns te acusaram, Mithrandir, de te deleitares em trazer más notícias," comentou Denethor, "mas para mim isso não é mais notícia: eu já o sabia ontem antes do cair da noite. Quanto à surtida, eu já pensara nela. Vamos descer."

O tempo passou. Por fim os vigias das muralhas puderam ver o recuo das companhias exteriores. Pequenos bandos de homens exaustos, muitas vezes feridos, vinham à frente sem muita ordem; alguns corriam desordenadamente, como se fossem perseguidos. Para o lado do leste reluziam as fogueiras distantes, e já parecia que aqui e ali elas se arrastavam por cima da planície. Casas e celeiros ardiam. Então, de muitos pontos vieram correndo riachos de chama rubra, serpenteando através da escuridão, convergindo para a linha da larga estrada que levava do Portão da Cidade para Osgiliath.

"O inimigo", murmuravam os homens. "O dique tombou. Aí vem eles, derramando-se através das brechas! E trazem tochas, ao que parece. Onde está nossa gente?"

O anoitecer já se aproximava depressa, e a luz era tão turva que mesmo os homens de visão aguda na Cidadela conseguiam distinguir pouca coisa com clareza nos campos, exceto os incêndios que se multiplicavam cada vez mais e as linhas de fogo que cresciam em comprimento e velocidade. Finalmente, a menos de uma milha da Cidade, tornou-se visível uma massa mais ordeira de homens, marchando, e não correndo, ainda mantendo-se juntos.

Os que vigiavam seguraram a respiração. "Faramir deve estar ali", disseram. "Ele consegue dominar os homens e os animais. Ainda conseguirá."

A retirada principal mal estava a um quarto de milha de distância. Vinda da escuridão mais atrás, galopou uma pequena companhia de homens, tudo o que restava da retaguarda. Mais uma vez deram a volta, acuados, enfrentando as linhas de fogo que chegavam. Então houve de repente um tumulto de gritos violentos. Os cavaleiros do inimigo vieram a toda. As linhas de fogo se tornaram torrentes em fluxo, fileiras e fileiras de Orques portando chamas, e selvagens homens Sulistas com estandartes rubros, gritando em fala áspera, vindo em ondas, alcançando a retirada. E com um grito penetrante desceram do céu turvo as sombras aladas, os Nazgûl, mergulhando para a matança.

A retirada se transformou em debandada. Os homens já se desgarravam, fugindo para cá e para lá desesperados e enlouquecidos, lançando fora as armas, gritando de medo, caindo ao chão.

E então soou uma trombeta da Cidadela, e Denethor finalmente soltou a surtida. Alinhados na sombra do Portão e sob as muralhas que se erguiam do lado de fora, haviam esperado seu sinal: todos os homens montados que restavam na Cidade. Agora saltaram avante, organizaram-se, aceleraram para um galope e atacaram com grande grito. E das muralhas ergueu-se um grito de resposta; pois na dianteira iam a campo os cavaleiros-do-cisne de Dol Amroth, tendo à frente seu Príncipe e seu estandarte azul.

"Amroth por Gondor!", gritavam. "Amroth para Faramir!"

Assolaram o inimigo como um trovão, de ambos os flancos da retirada; mas um cavaleiro os ultrapassou a todos, veloz como o vento na relva: Scadufax o levava, luzente, mais uma vez desvelado, emitindo luz da mão erguida.

Os Nazgûl guincharam e voaram para longe, pois seu Capitão ainda não chegara para desafiar o fogo branco do adversário. As hostes de Morgul, atentas à presa, apanhadas inesperadamente em selvagem carreira, desfizeram-se e se espalharam como fagulhas em um vendaval. Com um grande viva, as companhias exteriores se viraram e golpearam os perseguidores. Os caçadores se tornaram caçados. A retirada se transformou em arremetida. O campo ficou coalhado de orques e homens abatidos, e ergueu-se o fumo das tochas jogadas longe, apagando-se e crepitando em fumaça rodopiante. A cavalaria avançou.

Mas Denethor não permitiu que fossem longe. Apesar de o inimigo ter sido detido, até rechaçado no momento, grandes forças fluíam desde o Leste. A trombeta tocou outra vez, soando em retirada. A cavalaria de Gondor parou. Atrás de seu anteparo, as companhias exteriores reagruparam-se. Então vieram marchando de volta, continuamente. Alcançaram o Portão da Cidade e entraram com passos orgulhosos; e orgulhosamente o povo da Cidade os contemplou e lhes gritou louvores, mas, no entanto, tinham o coração apreensivo. Pois as companhias estavam tristemente reduzidas. Faramir perdera um terço de seus homens. E onde estava ele?

Chegou último de todos. Seus homens entraram. Os cavaleiros montados retornaram e, na retaguarda deles, o estandarte de Dol Amroth e o Príncipe. E trazia nos braços, diante de si no cavalo, o corpo de seu parente Faramir, filho de Denethor, encontrado no campo dos tombados.

"Faramir! Faramir!", gritavam os homens, chorando nas ruas. Mas ele não respondeu, e o levaram subindo pelas curvas da rua até a Cidadela e seu pai. No momento em que os Nazgûl se haviam desviado do ataque do Cavaleiro Branco, veio voando uma seta mortífera, e Faramir, acossando um campeão montado de Harad, caíra por terra. Só a carga de Dol Amroth o salvara das rubras espadas das terras meridionais que o teriam abatido ao jazer ali.

O Príncipe Imrahil levou Faramir à Torre Branca e disse: "Vosso filho voltou, senhor, após grandes feitos", e contou tudo o que vira. Mas

Denethor ergueu-se e contemplou o rosto do filho e ficou em silêncio. Então mandou que preparassem um leito no aposento, deitassem Faramir nele e partissem. Mas ele próprio subiu a sós para a sala secreta sob o cume da Torre; e muitos que olharam para lá nesse tempo viram uma luz pálida que brilhou e piscou por alguns momentos nas janelas estreitas e depois se apagou com um lampejo. E quando Denethor voltou a descer, ele foi ter com Faramir; e sentou-se ao lado dele sem falar, mas o semblante do Senhor estava cinzento, mais cadavérico que o do filho.

Assim a Cidade estava finalmente sitiada, cercada por um anel de adversários. O Rammas fora rompido e toda a Pelennor fora abandonada ao Inimigo. A última palavra a chegar de fora das muralhas foi trazida por homens que fugiam ao longo da estrada do norte antes de o Portão se fechar. Eram o resto da guarda que era mantida naquele ponto onde o caminho de Anórien e Rohan alcançava as propriedades rurais. Ingold os liderava, o mesmo que admitira Gandalf e Pippin menos de cinco dias antes, quando o sol ainda nascia e havia esperança na manhã.

"Não há novas dos Rohirrim", disse ele. "Agora Rohan não virá. Ou, se vier, isso de nada nos servirá. A nova hoste de que tivemos notícia chegou primeiro por cima do Rio, pelo caminho de Andros, ao que dizem. São fortes: batalhões de Orques do Olho e incontáveis companhias de Homens de nova espécie que não encontramos antes. Não são altos, e sim largos e carrancudos, barbudos como anãos, empunhando grandes machados. Vêm, julgamos nós, de alguma terra selvagem no amplo Leste. Ocupam a estrada para o norte; e muitos penetraram em Anórien. Os Rohirrim não podem vir."

O Portão estava fechado. Por toda a noite os vigias nas muralhas ouviram o alarde dos inimigos que vagueavam do lado de fora, queimando campos e árvores e retalhando qualquer homem que encontrassem à solta, vivo ou morto. O número deles que já atravessara o Rio não podia ser estimado na escuridão, mas quando a manhã, ou sua sombra indistinta, se esgueirou por cima da planície, viu-se que o próprio medo noturno não o exagerara. A planície estava obscurecida por suas companhias em marcha, e até onde os olhos alcançavam, com esforço, na treva brotavam grandes acampamentos de tendas negras ou vermelho-escuras em torno de toda a cidade sitiada, como uma imunda infestação de fungos.

Laboriosos como formigas, orques apressados cavavam e cavavam linhas de fundas trincheiras em enorme anel, logo além do alcance de um tiro de arco das muralhas; e, à medida que as trincheiras ficavam prontas, cada uma era preenchida com fogo, mas ninguém era capaz de ver como ele era inflamado nem alimentado, por arte ou feitiçaria. Durante todo o dia a labuta avançou, enquanto os homens de Minas Tirith a miravam, incapazes de impedi-la. E, à medida que era completado cada trecho de trincheira, podiam ver grandes carroções que chegavam; e logo ainda mais companhias do inimigo montavam, sempre atrás da proteção de uma trincheira, grandes máquinas lançadoras de projéteis. Nas muralhas da Cidade não havia nenhuma grande o bastante para ter o mesmo alcance ou impedir o trabalho.

De início, os homens riram e não temeram muito esses engenhos. Pois a muralha principal da Cidade era de grande altura e espantosa espessura, construída antes que o poder e a habilidade de Númenor minguassem no exílio; e sua face externa era como a Torre de Orthanc, dura, escura e lisa, inconquistável pelo aço ou pelo fogo, inquebrável exceto por alguma convulsão que dilacerasse a própria terra em que se apoiava.

"Não," diziam, "nem que viesse o próprio Inominável, nem ele poderia aqui penetrar enquanto ainda estamos vivos." Mas alguns respondiam: "Enquanto ainda estamos vivos? Por quanto tempo? Ele tem uma arma que derrubou muitos lugares fortificados desde que o mundo começou. A fome. As estradas estão interrompidas. Rohan não virá."

Mas as máquinas não desperdiçaram disparos na muralha indômita. Não foi um salteador nem um chefe-órquico quem ordenou o ataque ao maior inimigo do Senhor de Mordor. Ele foi guiado por um poder e uma mente de malícia. Assim que as grandes catapultas estavam montadas, com muitos berros e o ranger de cordas e guindastes, elas começaram a lançar projéteis a altura prodigiosa, de modo que estes passavam bem acima das ameias e caíam com estrondo no primeiro círculo da Cidade; e muitos deles, graças a alguma arte secreta, explodiam em chamas ao despencarem do alto.

Logo houve grande perigo de fogo atrás da muralha, e todos os que podiam ser dispensados se afanavam em debelar as chamas que nasciam em muitos lugares. Então, entre os lançamentos maiores, caiu outra saraivada, menos ruinosa, porém mais horrível. Despencou em todas as ruas e vielas por trás do Portão, pequenos mísseis redondos que não queimavam. Mas, quando os homens correram para descobrir o que era, gritaram em alta voz ou choraram. Pois o inimigo lançava para dentro da Cidade todas as cabeças dos que haviam tombado em combate em Osgiliath, no Rammas ou nos campos. Eram pavorosas de se ver; pois, apesar de algumas estarem esmagadas e disformes e de algumas terem sido retalhadas com crueldade, muitas ainda tinham feições que se podiam reconhecer, e parecia que haviam morrido dolorosamente; e todas estavam marcadas com o emblema imundo do Olho sem Pálpebra. Mas, por muito que estivessem desfiguradas e desonradas, acontecia com frequência de um homem rever o rosto de alguém que conhecera, que outrora caminhara altivo em armas, lavrara os campos ou chegara cavalgando em dia festivo desde os verdes vales das colinas.

Em vão os homens brandiram os punhos contra os adversários impiedosos que se apinhavam diante do Portão. Estes não se importavam com imprecações nem entendiam as línguas dos homens do ocidente, gritando com vozes rudes como bestas e aves de carniça. Mas logo restavam poucos em Minas Tirith que tivessem a coragem de desafiar em pé as hostes de Mordor. Pois outra arma ainda tinha o Senhor da Torre Sombria, mais veloz que a fome: pavor e desespero.

Os Nazgûl voltaram, e, à medida que seu Senhor Sombrio crescia e avançava seu poderio, as suas vozes, que só lhe expressavam a vontade e a malícia, ficaram repletas de mal e horror. Rodopiavam sempre acima da Cidade, como abutres que esperam seu quinhão da carne dos homens condenados. Voavam fora da visão e fora do alcance das armas, e, no entanto, estavam sempre presentes, e suas vozes mortíferas fendiam o ar. Tornavam-se mais insuportáveis, não menos, a cada novo grito. Por fim, mesmo os corajosos se lançavam ao chão quando a ameaça oculta passava acima deles, ou mantinham-se de pé, deixando as armas caírem das mãos insensíveis enquanto as mentes eram invadidas por um negror, e não pensavam mais em guerra; apenas na morte e em se esconderem e se arrastarem.

Durante todo aquele dia negro Faramir jazeu no leito, no recinto da Torre Branca, vagando em febre desesperada; alguns diziam que estava à morte, e logo todos diziam "à morte" nas muralhas e nas ruas. E seu pai estava sentado junto dele e nada dizia, mas vigiava e não dava mais atenção à defesa.

Pippin não conhecera horas tão obscuras, nem mesmo nas garras dos Uruk-hai. Era seu dever servir ao Senhor, e ele o serviu, aparentemente esquecido, de pé junto à porta do recinto às escuras, dominando seus próprios temores do melhor modo que podia. E, enquanto observava, pareceu-lhe que Denethor envelhecia diante de seus olhos, como se algo se tivesse rompido em sua vontade altiva, e sua mente severa tivesse sido derrotada. Talvez o pesar tivesse produzido isso, e o remorso. Viu lágrimas naquele semblante outrora isento de lágrimas, mais insuportáveis que a ira.

"Não choreis, senhor", gaguejou ele. "Quem sabe ele melhore. Perguntastes a Gandalf?"

"Não me consoles com magos!", disse Denethor. "A esperança de tolo fracassou. O Inimigo o encontrou, e agora seu poder cresce; ele vê até nossos pensamentos, e tudo o que fazemos é ruinoso.

"Mandei meu filho partir, sem gratidão, sem bênção, para o perigo desnecessário, e aqui ele jaz com veneno nas veias. Não, não, não importa o que aconteça agora na guerra, também minha linhagem está chegando ao fim, a própria Casa dos Regentes fracassou. Gente mesquinha há de governar o último resquício dos Reis dos Homens, espreitando nas colinas até que sejam todos desentocados."

Chegaram homens à porta clamando pelo Senhor da Cidade. "Não, não descerei", disse ele. "Devo ficar junto de meu filho. Ele poderá ainda falar antes do fim. Mas este está próximo. Segui a quem quiserdes, mesmo o Tolo Cinzento, apesar de a esperança dele ter fracassado. Aqui fico eu."

Assim foi que Gandalf assumiu o comando da última defesa da Cidade de Gondor. Aonde ele chegava, os corações dos homens se reanimavam, e as sombras aladas saíam da lembrança. Ele caminhava incansável da Cidadela ao Portão, do norte ao sul pela muralha; e com ele ia o Príncipe de Dol Amroth em sua malha reluzente. Pois ele e seus cavaleiros ainda se consideravam senhores em quem a raça de Númenor permanecia inalterada. Os que os viam sussurravam, dizendo: "É possível que as velhas histórias digam a verdade; há sangue-élfico nas veias dessa gente, pois o povo de Nimrodel já habitou naquela terra muito tempo atrás." E então um deles cantava, em meio à treva, alguns versos da Balada de Nimrodel, ou outras canções do Vale do Anduin de anos desaparecidos.

E, no entanto, depois que passavam, as sombras se abatiam outra vez sobre os homens, e seus corações esfriavam, e a valentia de Gondor murchava em cinzas. E assim, lentamente, passaram de um dia turvo de temores para a escuridão de uma noite desesperançada. As fogueiras já ardiam incontroladas no primeiro círculo da Cidade e a guarnição na muralha externa já estava isolada do recuo em muitos locais. Mas os fiéis que ali restavam em seus postos eram poucos; a maioria fugira para além do segundo portão.

Muito atrás da batalha, o Rio fora rapidamente transposto por pontes, e por todo o dia mais tropas e equipamentos de guerra se derramaram de uma margem para a outra. Agora, finalmente, no meio da noite, o assalto foi desencadeado. A vanguarda atravessou as trincheiras de fogo por muitas trilhas tortuosas que haviam sido deixadas entre elas. Vinham vindo, negligenciando as perdas ao se aproximarem, ainda agrupados e tangidos, do alcance dos arqueiros na muralha. Mas de fato ali já restavam muito poucos para que lhes infligissem grandes danos, apesar de a luz das fogueiras revelar vários alvos para arqueiros tão habilidosos quanto os de que Gondor já se vangloriara. Então, percebendo que a valentia da Cidade já estava abatida, o Capitão oculto mostrou sua força. Lentamente as grandes torres-de-cerco construídas em Osgiliath rolaram avante através da treva.

Outra vez vieram mensageiros ao recinto na Torre Branca, e Pippin os deixou entrar, pois eram urgentes. Denethor lentamente desviou a cabeça do rosto de Faramir e olhou-os em silêncio.

"O primeiro círculo da Cidade está em chamas, senhor", disseram eles. "Quais são vossos comandos? Ainda sois Senhor e Regente. Nem todos querem seguir Mithrandir. Os homens fogem das muralhas e as deixam desguarnecidas."

"Por que? Por que os tolos fogem?", indagou Denethor. "Melhor queimar antes que depois, pois devemos queimar. Voltai à vossa fogueira! E eu? Agora irei à minha pira. À minha pira! Nenhuma tumba para Denethor e Faramir. Nenhuma tumba! Nenhum sono longo e lento de morte embalsamada. Queimaremos como reis pagãos antes que a primeira nau aqui chegasse vinda do Oeste. O Oeste fracassou. Voltai e queimai!"

Os mensageiros, sem mesura nem resposta, viraram-se e fugiram.

Então Denethor se ergueu e largou a mão febril de Faramir que estivera segurando. "Está queimando, já queimando", comentou com tristeza. "A casa de seu espírito desmorona." Então, dando um passo lento na direção de Pippin, baixou os olhos para ele.

"Adeus!", disse ele. "Adeus, Peregrin, filho de Paladin! Teu serviço foi breve e agora se avizinha do fim. Dispenso-te do pouco que resta. Vai agora e morre do modo que melhor te parecer. E com quem quiseres, mesmo com aquele amigo cuja loucura te trouxe a esta morte. Manda vir meus serviçais e depois vai. Adeus!"

"Não direi adeus, meu senhor", respondeu Pippin, ajoelhando-se. E então, subitamente hobbitesco outra vez, levantou-se e olhou nos olhos do ancião. "Pedirei vossa licença, senhor", disse ele; "pois quero muito deveras ver Gandalf. Mas ele não é tolo; e não pensarei em morrer antes que ele desespere da vida. Mas de minha palavra e vosso serviço não desejo ser dispensado enquanto vós viverdes. E se enfim chegarem à Cidadela, espero estar aqui e me postar a vosso lado, e quem sabe fazer por merecer as armas que me destes."

"Faze como quiseres, Mestre Pequeno", disse Denethor. "Mas minha vida está rompida. Manda vir meus serviçais!" Tornou a se voltar para Faramir.

Pippin deixou-o e chamou os serviçais, e eles vieram: seis homens da casa, fortes e belos; porém estremeceram diante da convocação. Mas em voz tranquila Denethor mandou que pusessem cobertores quentes no leito de Faramir e o tomassem. Fizeram isso e, erguendo o leito, eles o levaram do recinto. Davam passos lentos para perturbar o menos possível o homem febril, e Denethor, inclinando-se agora em um cajado, os seguiu; e Pippin foi por último.

Caminharam para fora da Torre Branca, como quem vai a um funeral, saindo para a escuridão, onde a nuvem que pairava sobre eles era iluminada por baixo com lampejos de um vermelho indistinto. Sem ruído, passaram pelo grande pátio e, a uma palavra de Denethor, pararam ao lado da Árvore Seca.

Tudo estava em silêncio, exceto pelo alarde de guerra na Cidade lá embaixo, e ouviam a água que gotejava triste dos ramos mortos para a lagoa escura. Então prosseguiram pelo portão da Cidadela, onde a sentinela os encarou ao passarem, pasma e desalentada. Virando para o oeste, chegaram finalmente a uma porta no muro traseiro do sexto círculo. Chamava-se Fen Hollen, pois era sempre mantida fechada, exceto em tempos de cortejos fúnebres, e apenas o Senhor da Cidade podia usar aquele caminho, ou os que portavam o sinal das tumbas e cuidavam das casas dos mortos. Além dela seguia um caminho tortuoso que descia, fazendo muitas curvas, até o terreno estreito sob a sombra do precipício do Mindolluin, onde se erguiam as mansões dos Reis mortos e de seus Regentes.

Um porteiro estava sentado em uma casinha junto ao caminho e, com temor nos olhos, saiu trazendo um lampião na mão. A um comando do Senhor ele destrancou a porta, e ela se moveu para trás em silêncio; e atravessaram-na, tomando-lhe o lampião da mão. Estava escuro na estrada ascendente entre antigos muros e balaústres de muitas colunas que surgiam no facho oscilante do lampião. Seus pés lentos ecoavam enquanto caminhavam para baixo, para baixo, até por fim chegarem à Rua Silente, Rath Dínen, entre pálidas cúpulas, salões vazios e imagens de homens mortos há muito tempo; e entraram na Casa dos Regentes e depuseram sua carga.

Ali Pippin, olhando em volta apreensivo, viu que estava em um amplo recinto abobadado, como que acortinado pelas grandes sombras que o pequeno lampião lançava em suas paredes amortalhadas. E havia, indistintamente visíveis, muitas fileiras de mesas esculpidas em mármore; e sobre cada mesa jazia um vulto adormecido, de mãos postas e cabeça almofadada em pedra. Mas uma mesa próxima erguia-se larga e livre. A um sinal de Denethor, deitaram nela Faramir e seu pai lado a lado, e cobriram-nos com uma mesma coberta, e então pararam de cabeça baixa, como enlutados junto a um leito de morte. Então Denethor falou em voz baixa.

"Aqui esperaremos", disse ele. "Mas não mandeis vir os embalsamadores. Trazei-nos madeira que queime depressa, e colocai-a em toda a nossa volta, e por baixo; e derramai óleo nela. E, quando eu vos mandar, lançai nela uma tocha. Fazei isso e não me faleis mais. Adeus!"

"Com vossa licença, senhor!", disse Pippin, e virou-se e fugiu aterrado da casa mortal. "Pobre Faramir!", pensou. "Preciso encontrar Gandalf. Pobre Faramir! É bem provável que precise mais de remédio que de lágrimas. Oh, onde posso encontrar Gandalf? No lugar de maior atividade, suponho; e ele não terá tempo a perder com moribundos ou loucos."

À porta, voltou-se para um dos serviçais que lá tinham ficado vigiando. "Teu mestre está fora de si", disse ele. "Vai devagar! Não tragas fogo a este lugar enquanto Faramir vive! Não faças nada enquanto Gandalf não vier!"

"Quem é o mestre de Minas Tirith?", respondeu o homem. "O Senhor Denethor ou o Errante Cinzento?"

"O Errante Cinzento ou ninguém, ao que parece", disse Pippin e correu de volta, subindo pelo caminho tortuoso tão depressa quanto seus pés conseguiam levá-lo, passando pelo porteiro espantado, saindo pela porta e avante até chegar próximo ao portão da Cidadela. Foi saudado pela sentinela quando passou e reconheceu a voz de Beregond.

"Aonde corres, Mestre Peregrin?", exclamou ele.

"Encontrar Mithrandir", respondeu Pippin.

"As missões do Senhor são urgentes e não deveriam ser impedidas por mim", disse Beregond; "mas conta-me depressa se puderes: o que acontece? Aonde foi meu Senhor? Acabo de assumir o plantão, mas ouvi que ele passou rumo à Porta Fechada e que diante dele estavam homens carregando Faramir."

"Sim," disse Pippin, "para a Rua Silente."

Beregond baixou a cabeça para esconder as lágrimas. "Disseram que estava à morte," suspirou, "e agora ele morreu."

"Não," corrigiu-o Pippin, "ainda não. E mesmo agora sua morte pode ser evitada, creio. Mas o Senhor da Cidade, Beregond, caiu antes que sua cidade fosse tomada. Parece condenado e é perigoso." Contou rapidamente das estranhas palavras e dos estranhos feitos de Denethor. "Preciso encontrar Gandalf imediatamente."

"Então precisas descer até a batalha."

"Eu sei. O Senhor me deu permissão. Mas Beregond, se puderes, faze alguma coisa para evitar que aconteça algo pavoroso."

"O Senhor não permite que os que trajam negro e prata deixem seus postos por qualquer causa, exceto por seu próprio comando."

"Bem, tens de escolher entre as ordens e a vida de Faramir", disse Pippin. "E quanto às ordens, creio que tens de lidar com um louco, não um senhor. Tenho de correr. Voltarei se puder."

Saiu correndo, descendo, descendo para a cidade externa. Homens que fugiam do incêndio passavam por ele, e alguns, vendo sua libré, viravam-se e gritavam, mas ele não lhes dava atenção. Finalmente passara pelo Segundo Portão, além do qual grandes fogos saltavam entre as muralhas. Porém tudo parecia estranhamente silencioso. Não se ouvia barulho, nem gritos de combate, nem fragor de armas. Então de repente houve um grito pavoroso, um grande choque e um ribombo grave e ecoante. Forçando-se a avançar contra uma rajada de medo e horror que o sacudia quase até pô-lo de joelhos, Pippin virou uma esquina que dava para a ampla praça por trás do Portão da Cidade. Parou de chofre. Encontrara Gandalf; mas encolheu-se, agachando-se em uma sombra.

Desde o meio da noite o ataque prosseguira. Os tambores ressoavam. Ao norte e ao sul, uma companhia inimiga depois da outra encostava-se às muralhas. Vieram grandes animais, como casas moventes à luz rubra e incerta, os *mûmakil* do Harad, que arrastavam pelas veredas entre as fogueiras enormes torres e máquinas. Porém, seu Capitão não se importava muito com o que eles faziam nem com quantos poderiam ser mortos: sua finalidade era apenas testar a força da defesa e manter os homens de Gondor ocupados em muitos lugares. Era contra o Portão que ele lançaria seu maior peso. Ele podia ser muito forte, feito de aço e ferro e protegido por torres e bastiões de pedra indômita, porém era a chave, o ponto mais fraco de toda aquela muralha alta e impenetrável.

Os tambores ressoaram mais alto. As fogueiras se ergueram de um salto. Grandes máquinas arrastavam-se através do campo; e no meio estava um imenso aríete, do tamanho de uma árvore da floresta com cem pés de comprimento, balançando em enormes correntes. Por longo tempo vinha sendo forjado nas escuras oficinas de Mordor, e sua hedionda cabeça, fundida em aço negro, era moldada à semelhança de um lobo voraz; feitiços de ruína aderiam a ela. Chamavam-no Grond, em memória do Martelo do Mundo Ínfero de outrora. Grandes animais o puxavam, orques o cercavam e atrás caminhavam trols-das-montanhas para o impelir.

Mas em torno do Portão a resistência ainda era robusta, e ali os cavaleiros de Dol Amroth e os mais valentes da guarnição estavam acuados. Os projéteis e as setas caíam densos; torres de cerco despencavam ou inflamavam-se subitamente como tochas. Diante das muralhas, de ambos os lados do Portão, o chão estava apinhado de destroços e dos corpos dos mortos; porém, dirigidos como por loucura, mais e mais chegavam.

Grond arrastava-se avante. Em sua cobertura o fogo não pegava; e, apesar de vez por outra um grande animal que o puxava enlouquecer e espalhar a destruição pisoteando os incontáveis orques que o protegiam, seus corpos eram empurrados para o lado do caminho e outros tomavam seus lugares.

Grond arrastava-se avante. Os tambores ressoavam selvagens. Por cima dos montes de abatidos surgiu uma forma hedionda: um cavaleiro alto, encapuzado, de capa negra. Lentamente, tripudiando nos caídos, ele avançou sem mais se importar com seta alguma. Parou e ergueu uma longa espada pálida. E, quando o fez, um grande temor se abateu sobre todos, tanto defensores como inimigos; e as mãos dos homens lhes caíram dos lados, e nenhum arco cantou. Por um momento estava tudo em silêncio.

Os tambores ressoavam e chocalhavam. Com vasto ímpeto, Grond foi lançado à frente por mãos enormes. Alcançou o Portão. Oscilou. Um ribombo grave percorreu a Cidade como um trovão que corre pelas nuvens. Mas as portas de ferro e os postes de aço resistiram ao golpe.

Então o Capitão Negro se ergueu nos estribos e gritou em voz alta e terrível, pronunciando em língua olvidada palavras de poder e terror para dilacerar o coração e a rocha.

Três vezes gritou. Três vezes o grande aríete bateu. E de súbito, no último golpe, o Portão de Gondor se rompeu. Como se fosse atingido por um feitiço explosivo, ele se desfez: houve um lampejo de relâmpago crestante, e as portas despencaram ao chão em fragmentos estilhaçados.

Para dentro cavalgou o Senhor dos Nazgûl. Erguia-se como grande vulto negro diante dos fogos mais além, inchado a vasta ameaça de desespero. Para dentro cavalgou o Senhor dos Nazgûl, por baixo do arco que nenhum inimigo jamais atravessara, e todos fugiram na presença de seu semblante.
　Todos menos um. Ali, esperando, silencioso e imóvel no espaço diante do Portão, assentava-se Gandalf em Scadufax: Scadufax, único dentre os cavalos livres da terra capaz de suportar o terror, sem se mover, firme como uma imagem esculpida em Rath Dínen.
　"Não podes entrar aqui", disse Gandalf, e a imensa sombra parou. "Volta ao abismo que te foi preparado! Volta! Cai no nada que espera a ti e a teu Mestre. Vai!"
　O Cavaleiro Negro jogou o capuz para trás, e eis! ele tinha uma coroa régia; porém ela não estava posta em cabeça visível. Os fogos rubros luziam entre ela e os ombros encapotados, vastos e escuros. De uma boca invisível veio um riso mortífero.
　"Velho tolo!", disse ele. "Velho tolo! Esta é minha hora. Não conheces a Morte quando a vês? Morre agora e impreca em vão!" E com essas palavras ergueu alto a espada, e chamas desceram fluindo pela lâmina.

Gandalf não se moveu. E naquele mesmo momento, muito atrás, em algum pátio da Cidade, um galo cantou. Seu canto era estridente e nítido, não se importando com feitiçaria nem guerra, apenas dando as boas-vindas à manhã que, no firmamento muito acima das sombras da morte, chegava com a aurora.
　E, como que em resposta, de muito longe veio outra nota. Trompas, trompas, trompas. Ecoavam opacas nos escuros flancos do Mindolluin. Grandes trompas do Norte soando incontidas. Rohan chegara enfim.

5

A Cavalgada
dos Rohirrim

Estava escuro, e Merry nada podia ver, deitado no chão enrolado em um cobertor; mas, apesar de a noite estar isenta de ar e de vento, em toda a sua volta árvores ocultas suspiravam baixinho. Ergueu a cabeça. Então ouviu de novo: um som como de tambores débeis nas colinas e nos degraus montanheses cobertos de matas. A vibração cessava de repente e depois era retomada em algum outro ponto, ora mais perto, ora mais distante. Perguntou-se se os vigias a escutavam.

Não podia vê-las, mas sabia que em toda a volta estavam as companhias dos Rohirrim. Podia cheirar os cavalos no escuro e podia ouvir seus movimentos e seu pisoteio no chão coberto de agulhas de pinheiro. A hoste estava temporariamente acampada nos pinheirais que se agrupavam em torno do Farol de Eilenach, uma alta colina que se erguia das longas cristas da Floresta Drúadan, situada ao lado da grande estrada em Anórien do Leste.

Por muito que estivesse cansado, Merry não conseguia dormir. Já cavalgara por quatro dias a fio, e a escuridão que se tornava cada vez mais profunda lhe havia lentamente deprimido o coração. Começava a se perguntar por que estivera tão ansioso por vir, quando lhe foram dadas todas as desculpas, até o comando de seu senhor, para ficar para trás. Perguntava-se também se o velho Rei sabia que tinha sido desobedecido e estava irado. Talvez não. Parecia haver algum tipo de combinação entre Dernhelm e Elfhelm, o Marechal que comandava o *éored* em que cavalgavam. Ele e todos os seus homens ignoravam Merry e fingiam não ouvir quando ele falava. Poderia ser apenas mais um saco que Dernhelm carregava. Dernhelm não era consolo: ele nunca falava com ninguém. Merry sentia-se pequeno, desprezado e solitário. Agora o tempo era de ansiedade, e a hoste estava em perigo. Estavam a menos de um dia de cavalgada das muralhas exteriores de Minas Tirith que cercavam as propriedades rurais. Batedores haviam sido mandados à frente. Alguns não tinham voltado. Outros, retornando às pressas, haviam relatado que a estrada estava ocupada por grande número de adversários. Uma hoste do inimigo estava acampada nela, três milhas a oeste de Amon Dîn, e certo número de homens já avançava pela estrada e não estava a mais de três léguas de distância. Orques vagavam nas colinas e matas à beira da estrada. O rei e Éomer fizeram conselho durante as vigias noturnas.

Merry queria alguém com quem falar e pensava em Pippin. Mas isso só aumentava sua inquietação. Pobre Pippin, encerrado na grande cidade de pedra, solitário e com medo. Merry desejava ser um Cavaleiro alto como Éomer, capaz de tocar trompa ou coisa assim, e ir salvá-lo a galope. Sentou-se, escutando os tambores que tocavam outra vez, agora mais perto. Em seguida ouviu vozes falando baixo e viu lampiões indistintos, meio tapados, que passavam através das árvores. Os homens próximos começavam a se mexer inquietos na escuridão.

Um vulto alto surgiu e tropeçou nele, maldizendo as raízes das árvores. Reconheceu a voz de Elfhelm, o Marechal.

"Não sou raiz de árvore, Senhor," disse ele, "nem um saco, mas sim um hobbit contundido. Como desculpa, o mínimo que podeis fazer é contar-me o que está acontecendo."

"Qualquer coisa que consiga acontecer nesta treva diabólica", respondeu Elfhelm. "Mas meu senhor manda dizer que devemos nos manter alertas: poderão vir ordens para um movimento repentino."

"Então o inimigo está chegando?", perguntou Merry, ansioso. "Esses são os tambores deles? Comecei a pensar que os estava imaginando, visto que ninguém mais parecia percebê-los."

"Não, não," disse Elfhelm, "o inimigo está na estrada, não nas colinas. Ouves os Woses, os Homens Selvagens das Matas: assim eles conversam de longe. Ainda assombram a Floresta Drúadan, ao que dizem. São resquícios de um tempo mais antigo, vivendo em pequeno número e em segredo, selvagens e cautelosos como as feras. Não vão à guerra com Gondor nem com a Marca; mas agora estão perturbados pela escuridão e pela vinda dos orques: temem que estejam voltando os Anos Sombrios, como parece bem provável. Sejamos gratos por não estarem caçando a nós: pois usam flechas envenenadas, ao que se diz, e são incomparavelmente hábeis nas matas. Mas ofereceram seus serviços a Théoden. Agora mesmo um dos seus chefes está sendo conduzido ao rei. Ali vão as luzes. Só isso ouvi, porém nada mais. E agora preciso ocupar-me dos comandos de meu senhor. Embale-se, Mestre Saco!" Desapareceu nas sombras.

Merry não gostava dessa fala de homens selvagens e setas envenenadas, mas muito além disso, um grande fardo de temor pesava sobre ele. Esperar era insuportável. Ansiava por saber o que estava por acontecer. Levantou-se e logo estava caminhando com cautela, em busca do último lampião, antes que este sumisse entre as árvores.

Chegou finalmente a um espaço aberto onde uma pequena tenda para o rei fora montada sob uma grande árvore. Um grande lampião, coberto na parte superior, pendia de um ramo e lançava um pálido círculo de luz abaixo de si. Ali estavam sentados Théoden e Éomer e, diante deles, no chão, sentava-se um estranho vulto humano atarracado, nodoso como uma velha pedra, e os pelos de sua barba rala se dispersavam como musgo seco em seu queixo cheio de rugas. Tinha pernas curtas e braços gordos, era largo e entroncado, e estava vestido somente de capim em torno da cintura. Merry sentiu que o vira antes em algum lugar e subitamente lembrou-se dos Homens-Púkel do Fano-da-Colina. Ali estava uma daquelas antigas imagens que adquirira vida, ou quem sabe uma criatura que descendia em linhagem direta, através dos anos infindáveis, dos modelos usados muito tempo antes pelos artífices olvidados.

Tudo estava em silêncio enquanto Merry engatinhou mais para perto, e então o Homem Selvagem começou a falar, ao que parecia respondendo a alguma pergunta. Sua voz era grave e gutural, mas para surpresa de Merry, ele se expressava na fala comum, porém de modo hesitante, e palavras pouco costumeiras estavam misturadas a ela.

"Não, pai dos Homens-dos-cavalos," disse ele, "não lutamos. Caçamos só. Matamos *gorgûn* na mata, odiamos povo-órquico. Vocês odeiam *gorgûn* também. Nós ajudamos como podemos. Homens Selvagens têm orelhas longas e olhos longos; conhecem todas as trilhas. Homens Selvagens vivem aqui antes das Casas-de-pedra; antes de virem os Homens Altos pela Água."

"Mas necessitamos de auxílio na batalha", disse Éomer. "Como tu e teu povo nos ajudarão?"

"Trazemos notícias", respondeu o Homem Selvagem. "Nós observamos das colinas. Nós escalamos montanha grande e olhamos para baixo. Cidade-de-pedra está fechada. Fogo queima lá do lado de fora; agora dentro também. Vocês querem chegar lá? Então precisam ser rápidos. Mas *gorgûn* e homens de muito longe", abanou um braço curto e nodoso para o leste, "sentam na estrada dos cavalos. Muitos mesmo, mais que Homens-dos-cavalos."

"Como sabes disso?", indagou Éomer.

O rosto chato e os olhos escuros do ancião nada demonstravam, mas sua voz estava aborrecida de desagrado. "Homens Selvagens são selvagens, livres, mas não crianças", respondeu ele. "Eu sou grande chefe Ghân-buri--Ghân. Eu conto muitas coisas: estrelas no céu, folhas nas árvores, homens no escuro. Vocês têm uma vintena de vintenas contadas dez vezes e cinco. Eles têm mais. Grande luta, e quem vai vencer? E muitos mais andam em redor dos muros das Casas-de-pedra."

"Ai de nós! Ele fala com demasiada sagacidade", disse Théoden. "E nossos batedores dizem que eles abriram trincheiras e puseram estacas bloqueando a estrada. Não podemos varrê-los em um assalto súbito."

"Porém precisamos nos apressar muito", disse Éomer. "Mundburg arde em fogo!"

"Deixe Ghân-buri-Ghân terminar!", exclamou o Homem Selvagem. "Mais de uma estrada ele conhece. Vai levar vocês por estrada onde não tem covas, não andam *gorgûn*, só Homens Selvagens e bichos. Muitas trilhas foram feitas quando Povo das Casas-de-pedra era mais forte. Trinchavam colinas como caçadores trincham carne de animais. Homens Selvagens pensam que eles comiam pedra. Atravessaram Drúadan para Rimmon com grandes carroças. Não vão mais. Estrada está esquecida, mas não pelos Homens Selvagens. Por cima do morro e por trás do morro ela ainda está embaixo do capim e da árvore, ali atrás de Rimmon, descendo para Dîn e no fim voltando pra estrada dos Homens-dos-cavalos. Homens Selvagens vão mostrar para vocês essa estrada. Então vocês vão matar *gorgûn* e expulsar o escuro ruim com ferro brilhante, e Homens Selvagens podem voltar a dormir nas matas selvagens."

Éomer e o rei conversaram em seu próprio idioma. Por fim, Théoden voltou-se para o Homem Selvagem. "Aceitaremos tua oferta", disse ele. "Pois, apesar de deixarmos para trás uma hoste de inimigos, o que importa? Se a Cidade-de-pedra cair, então não teremos retorno. Se for salva, então a própria hoste-órquica estará isolada. Se fores fiel, Ghân-buri-Ghân, então te daremos rica recompensa, e hás de ter a amizade da Marca para sempre."

"Homens mortos não são amigos dos vivos e não dão presentes para eles", disse o Homem Selvagem. "Mas, se vocês viverem depois da Escuridão, deixem os Homens Selvagens sozinhos na mata e não cacem mais eles como animais. Ghân-buri-Ghân não vai levar vocês pra armadilha. Ele mesmo vai com pai dos Homens-dos-cavalos e, se conduzir vocês errado, vocês vão matar ele."

"Assim seja!", assentiu Théoden.

"Quanto tempo levará para contornar o inimigo e voltar à estrada?", perguntou Éomer. "Teremos de andar a passo se nos conduzires; e não duvido de que seja estreito o caminho."

"Homens Selvagens andam depressa a pé", disse Ghân. "Caminho tem largura para quatro cavalos no Vale das Carroças-de-pedra ali adiante", abanou a mão na direção do sul; "mas estreito no começo e no fim. Homem Selvagem pode andar daqui até Dîn entre o nascer do sol e o meio-dia."

"Então temos de supor pelo menos sete horas para os líderes", disse Éomer; "mas precisamos calcular melhor, cerca de dez horas para todos. Fatos imprevistos podem nos impedir, e se nossa hoste estiver toda estendida levará tempo para pô-la em ordem quando sairmos das colinas. Qual a hora agora?"

"Quem sabe?", disse Théoden. "Agora é tudo noite."

"Está tudo escuro, mas nem tudo é noite", comentou Ghân. "Quando Sol vem nós sentimos ela, mesmo quando está escondida. Ela já sabe por cima das montanhas do Leste. É a abertura do dia nos campos do céu."

"Então devemos partir o quanto antes", concluiu Éomer. "Mesmo assim, não podemos esperar prestar auxílio a Gondor hoje."

Merry não esperou para ouvir mais, mas escapuliu para se aprontar para a convocação de marcha. Aquela era a última etapa antes da batalha. Não lhe parecia provável que muitos deles sobrevivessem a ela. Mas pensou em Pippin, nas chamas em Minas Tirith e reprimiu seu próprio temor.

Naquele dia correu tudo bem, e nem enxergaram nem ouviram o inimigo que esperasse para emboscá-los. Os Homens Selvagens tinham enviado um anteparo de caçadores alertas para que nenhum orque nem espião vagante soubesse dos movimentos nas colinas. A luz estava mais apagada que nunca enquanto se avizinhavam da cidade assediada, e os Cavaleiros passavam em longas filas como sombras obscuras de homens e cavalos. Cada companhia era guiada por um silvícola selvagem; mas o velho Ghân caminhava ao lado do rei. A partida fora mais lenta do que o esperado, pois levara tempo para os Cavaleiros, caminhando e conduzindo as montarias, encontrarem trilhas através das cristas densamente arborizadas atrás do acampamento, descendo para o oculto Vale das Carroças--de-pedra. Era tardinha quando os líderes chegaram a amplos matagais cinzentos que se estendiam além do lado leste de Amon Dîn e encobriam uma grande lacuna na linha de colinas que corria para o leste e oeste, de Nardol a Dîn. Muito tempo atrás, a esquecida estrada de carroças passara através da lacuna, descendo de volta para o caminho principal para montarias que vinha da Cidade através de Anórien; mas agora, por muitas vidas humanas as árvores a haviam dominado, e ela desaparecera, quebrada e sepultada sob as folhas de incontados anos. Mas os matagais ofereciam aos Cavaleiros sua última chance de cobertura antes de entrarem em combate aberto; pois além deles estendiam-se a estrada e as planícies do Anduin, enquanto que ao leste e ao sul as encostas eram nuas e rochosas, onde as colinas retorcidas se reuniam e se erguiam, um baluarte após o outro, na grande massa e contrafortes de Mindolluin.

A companhia de vanguarda parou, e, à medida que os que vinham atrás saíam enfileirados da concavidade do Vale das Carroças-de-pedra, espalhavam-se e se dirigiam a locais de acampamento sob as árvores cinzentas. O rei convocou os capitães a um conselho. Éomer despachou batedores para espionarem a estrada; mas o velho Ghân sacudiu a cabeça.

"Não é bom mandar Homens-dos-cavalos", disse ele. "Homens Selvagens já viram tudo que pode ser visto no ar ruim. Eles vêm logo e falam comigo aqui."

Os capitães vieram; e então saíram das árvores, rastejando com cuidado, outros vultos-púkel, tão semelhantes ao velho Ghân, que Merry mal conseguia distingui-los uns dos outros. Falaram com Ghân em uma língua estranha e gutural.

Por fim Ghân voltou-se para o rei. "Homens Selvagens dizem muitas coisas", comentou ele. "Primeiro, tenham cuidado! Ainda muitos homens no acampamento além de Dîn, a uma hora de caminhada daqui", agitou o braço para o oeste, na direção do farol negro. "Mas nenhum para ver daqui até os muros novos do Povo-de-pedra. Muitos ocupados lá. Muros não resistem mais; *gorgûn* derrubam eles com trovão da terra e com maças de ferro preto. São descuidados e não olham em volta. Pensam que os amigos deles vigiam todas as estradas!" Com essas palavras, Ghân fez um curioso ruído gorgolejante, e parecia que estava rindo.

"Boas novas!", exclamou Éomer. "Mesmo nesta treva a esperança volta a luzir. Os artifícios de nosso Inimigo muitas vezes nos servem, a despeito dele. A própria escuridão maldita nos encobriu. E agora, ansiando por destruir Gondor e derrubá-la pedra por pedra, seus orques removeram meu maior temor. A muralha externa poderia ser defendida contra nós por muito tempo. Agora poderemos atravessá-la a toda velocidade — uma vez que cheguemos até lá."

"Mais uma vez te agradeço, Ghân-buri-Ghân das matas", disse Théoden. "A boa sorte vos acompanhe pelas notícias e pela orientação!"

"Matem *gorgûn*! Matem povo-órquico! Nenhuma outra palavra agrada aos Homens Selvagens", respondeu Ghân. "Expulsem ar ruim e escuridão com ferro brilhante!"

"Para fazer essas coisas cavalgamos longe," respondeu o rei, "e havemos de tentá-las. Mas só o amanhã mostrará o que havemos de realizar."

Ghân-buri-Ghân acocorou-se e tocou a terra com a testa calosa em sinal de despedida. Então levantou-se como quem vai partir. Mas de súbito parou, erguendo os olhos como um animal silvestre espantado que fareja um ar estranho. Uma luz se acendeu em seus olhos.

"Vento está mudando!", exclamou ele e, com essas palavras, aparentemente em um piscar de olhos, ele e seus companheiros sumiram nas escuridões para nunca serem vistos outra vez por nenhum Cavaleiro de Rohan. Pouco depois, bem longe no leste, os débeis tambores pulsaram outra vez. Porém nenhum coração de toda a hoste temeu que os Homens Selvagens fossem infiéis, por muito estranhos e desgraciosos que parecessem.

"Não precisamos de mais orientação", disse Elfhelm; "pois há cavaleiros da hoste que percorreram o caminho até Mundburg em dias de paz. Eu sou um deles. Quando chegarmos à estrada, ela se desviará para o sul, e ainda teremos diante de nós sete léguas antes que alcancemos a muralha das propriedades rurais. Ao longo da mor parte desse caminho há muita relva de ambos os lados da estrada. Nesse trecho os mensageiros de Gondor calculavam avançar à maior velocidade. Podemos percorrê-lo depressa e sem grande alarde."

"Então, já que devemos buscar feitos ferozes e a necessidade de toda a nossa força," disse Éomer, "aconselho que repousemos agora e partamos daqui à noite e que, de tal modo acertemos nossa ida, que cheguemos aos campos quando o amanhã estiver tão claro quanto possa estar, ou quando nosso senhor der o sinal."

Com isso o rei assentiu, e os capitães partiram. Mas logo Elfhelm retornou. "Os batedores não encontraram nada a relatar além da Floresta Cinzenta, senhor," informou ele, "exceto por dois homens apenas: dois homens mortos e dois cavalos mortos."

"Bem?", disse Éomer. "E então?"

"Isto, senhor: eram mensageiros de Gondor; um deles era Hirgon, talvez. Pelo menos sua mão ainda apertava a Flecha Vermelha, mas sua cabeça foi decepada. E também isto: pelos sinais parece que fugiam *para o oeste* quando tombaram. Interpreto que encontraram os inimigos já na muralha externa, ou atacando-a, quando voltavam — e isso seria duas noites atrás, se usavam cavalos descansados dos postos, como costumam fazer. Não puderam alcançar a Cidade e retornaram."

"Ai de nós!", exclamou Théoden. "Então Denethor não ouviu notícias de nossa cavalgada e desesperará de nos ver chegar."

"À emergência não aproveita atraso, porém tarde é melhor que nunca", disse Éomer. "E quem sabe neste tempo o velho adágio demonstre ser mais verdadeiro que nunca, desde que os homens falam com suas bocas."

Era noite. De ambos os lados da estrada, a hoste de Rohan se movia em silêncio. Agora a estrada, contornando os contrafortes de Mindolluin, se voltava para o sul. Bem longe, e quase diretamente à frente, havia um brilho vermelho sob o céu negro, e os flancos da grande montanha surgiam escuros diante dele. Aproximavam-se do Rammas da Pelennor, mas o dia ainda não viera.

O rei cavalgava no meio da companhia de vanguarda, com os homens de sua casa em volta dele. O *éored* de Elfhelm vinha a seguir; e agora Merry notou que Dernhelm deixara seu lugar e, na escuridão, movia-se continuamente para a frente, até finalmente cavalgar logo atrás da guarda do rei. Ocorreu uma parada. Merry ouviu vozes na frente, falando baixinho. Haviam voltado batedores que se arriscaram a avançar quase até a muralha. Vieram ter com o rei.

"Há grandes fogueiras, senhor", disse um deles. "A Cidade está toda cercada de chamas, e o campo está repleto de adversários. Mas todos parecem concentrados no assalto. Como bem pudemos imaginar, restam poucos na muralha exterior, e estão desatentos, ocupados com a destruição."

"Vós vos lembrais das palavras do Homem Selvagem, senhor?", disse outro. "Vivo no Descampado aberto em dias de paz; Wídfara é meu nome, e também a mim o ar traz mensagens. O vento já está virando. Do Sul vem um sopro; ele traz uma maresia, por muito débil que seja. A manhã trará coisas novas. Por cima dos fumos haverá o amanhecer quando atravessardes a muralha."

"Se falas a verdade, Wídfara, então que possas viver além deste dia em anos de bem-aventurança!", disse Théoden. Voltou-se para os homens de sua casa que estavam por perto, e então falou em voz nítida, de forma que também o ouvissem muitos cavaleiros do primeiro *éored*:

"Agora chegou a hora, Cavaleiros da Marca, filhos de Eorl! Inimigos e fogo estão diante de vós, e vossos lares, muito atrás. Porém, por muito que combatais em campo estrangeiro, a glória que ali colherdes há de ser vossa para sempre. Fizestes juras: agora cumpri-as todas, ao senhor, à terra e à liga da amizade!"

Os homens golpearam os escudos com as lanças.

"Éomer, meu filho! Liderarás o primeiro *éored*", disse Théoden; "e ele há de ir atrás do estandarte do rei no centro. Elfhelm, conduz tua companhia à direita quando atravessarmos a muralha. E Grimbold há de conduzir a sua para a esquerda. Que as demais companhias sigam esses três que lideram, como tiverem oportunidade. Golpeai onde quer que o inimigo se reúna. Outros planos não podemos fazer, pois ainda não sabemos como estão as coisas no campo. Avante agora, e não temais a treva!"

A companhia da vanguarda partiu o mais depressa que pôde, pois ainda estava escuro, não importando a mudança que Wídfara prognosticava. Merry cavalgava atrás de Dernhelm, agarrando-se com a mão esquerda enquanto tentava, com a outra, soltar a espada da bainha. Agora sentia amargamente a verdade das palavras do velho rei: "em batalha tal o que farias tu, Meriadoc?" "Apenas isto," pensou, "atrapalhar um cavaleiro, e esperar, na melhor das hipóteses, permanecer sentado e não morrer esmagado por cascos galopantes!"

Não havia mais de uma légua até o lugar onde as muralhas externas se haviam erguido. Logo chegaram ali; demasiado cedo para Merry. Irromperam gritos selvagens, e houve algum choque de armas, mas foi breve. Os orques que estavam ocupados nas muralhas eram poucos e atônitos e foram rapidamente mortos ou expulsos. Diante da ruína do portão norte do Rammas, o rei parou outra vez. O primeiro *éored* dispôs-se atrás dele e em volta dele, de ambos os lados. Dernhelm ficou próximo ao rei, apesar de a companhia de Elfhelm estar mais longe, à direita. Os homens de Grimbold desviaram-se para o lado e contornaram até uma grande lacuna na muralha, mais a leste.

Merry espiava de trás das costas de Dernhelm. Bem longe, talvez a dez milhas ou mais, havia um grande incêndio, mas entre ele e os Cavaleiros ardiam linhas de fogo em um vasto crescente, a menos de uma légua de distância no ponto mais próximo. Pouco mais ele podia distinguir na planície escura e ainda não via esperança de amanhecer e nem sentia vento, alterado ou inalterado.

Agora, em silêncio, a hoste de Rohan avançou para o campo de Gondor, penetrando lenta, mas continuamente, como a maré enchente através de aberturas em um dique que os homens criam ser seguro. Mas a mente e a vontade do Capitão Negro estavam voltadas totalmente para a cidade que caía, e ainda não lhe chegavam notícias alertando-o de que seus desígnios continham alguma falha.

Pouco tempo depois, o rei levou seus homens um pouco mais para o leste, para se postarem entre as fogueiras do cerco e os campos externos. Ainda não os tinham contestado, e ainda Théoden não dava sinal. Por fim ele parou uma vez mais. A Cidade já estava mais próxima. Havia um odor de queima no ar e a própria sombra da morte. Os cavalos estavam inquietos. Mas o rei estava montado em Snawmana, imóvel, contemplando a agonia de Minas Tirith, como que subitamente acometido de angústia ou de temor. Parecia encolher, intimidado pela velhice. O próprio Merry sentia que um grande peso de horror e dúvida se abatera sobre ele. Seu coração batia devagar. O tempo parecia pairar em incerteza. Tinham chegado tarde demais! Tarde demais era pior que nunca! Quem sabe Théoden fosse titubear, inclinar a velha cabeça, virar-se, ir embora furtivamente para se esconder nas colinas.

Então Merry a sentiu finalmente, além da dúvida: uma mudança. O vento soprava em seu rosto! Uma luz rebrilhava. Bem, bem longe no Sul, as nuvens podiam ser vistas indistintamente como vultos cinzentos, rolando, vagando: a manhã estava por trás delas.

Mas naquele mesmo momento veio um lampejo, como se um raio tivesse emergido da terra embaixo da Cidade. Por um segundo crestante ela se ergueu, cegante em preto e branco ao longe, e sua mais alta torre era como uma agulha reluzindo; e então, quando a escuridão se fechou outra vez, veio rolando por cima dos campos um grande *bum*.

Àquele som, a figura curvada do rei subitamente se pôs ereta de um salto. Parecia outra vez alto e orgulhoso; e erguendo-se nos estribos exclamou em alta voz, mais nítida do que alguém dali jamais ouvira um homem mortal pronunciar:

> *À carga, à carga, Cavaleiros de Théoden!*
> *Feros feitos despertam: fogo e matança!*
> *brandindo a lança, batendo o broquel,*
> *dia de combate, dia em brasa, antes do rubor da aurora!*
> *A galope, a galope! Galopem para Gondor!*[A]

Com estas palavras tomou uma grande trompa de Guthláf, portador do seu pendão, e tocou nela um tal toque que ela se partiu em duas. E de pronto todas as trompas da hoste se ergueram em música, e o toque das trompas de Rohan naquela hora foi como uma procela na planície e um trovão nas montanhas.

A galope, a galope! Galopem para Gondor!

Repentinamente o rei deu uma exclamação para Snawmana, e o cavalo partiu em um salto. Atrás dele seu pendão drapejava ao vento, um cavalo branco em campo verde, mas ele corria mais veloz. Após ele vinham trovejando os cavaleiros de sua casa, mas ele estava sempre diante deles. Ali cavalgava Éomer, em cujo elmo a cauda de cavalo branca flutuava de tão veloz, e a frente do primeiro *éored* rugia como um vagalhão que chega espumando à praia, mas Théoden não pôde ser ultrapassado. Parecia destinado à morte, ou a fúria de batalha de seus pais corria em suas veias como fogo novo, e foi carregado por Snawmana como um deus de outrora, como o próprio Oromë, o Grande, na batalha dos Valar, quando o mundo era jovem. Seu escudo dourado estava descoberto, e eis! brilhava como uma imagem do Sol, e a relva se inflamava de verde em torno dos alvos pés de sua montaria. Pois a manhã estava chegando, a manhã e um vento do mar; e a escuridão foi removida, e as hostes de Mordor pranteavam, e o terror se apossou deles, e fugiram, e morreram, e os cascos da ira passaram sobre eles. E então toda a hoste de Rohan irrompeu em canção, e cantavam enquanto abatiam, pois a alegria da batalha estava neles, e o som de seu canto, que era belo e terrível, chegou até a própria Cidade.

6

A Batalha dos Campos de Pelennor

Mas não era um chefe-órquico nem um bandido quem liderava o ataque a Gondor. A treva estava irrompendo cedo demais, antes da data que seu Mestre lhe fixara: a sorte o traíra naquele momento, e o mundo se voltara contra ele; a vitória lhe escapava do alcance no mesmo momento em que ele estendia a mão para agarrá-la. Mas seu braço era longo. Ainda estava no comando, exercendo grandes poderes. Rei, Espectro-do-Anel, Senhor dos Nazgûl, ele tinha muitas armas. Abandonou o Portão e desapareceu.

Théoden, Rei da Marca, alcançara a estrada do Portão ao Rio e voltou-se na direção da Cidade, que já estava a menos de uma milha de distância. Reduziu um pouco sua velocidade, buscando novos inimigos, e seus cavaleiros vieram em seu redor, e Dernhelm estava com eles. À frente, mais perto das muralhas, os homens de Elfhelm estavam no meio das máquinas-de-cerco, retalhando, matando, empurrando os adversários para as covas de fogo. Praticamente toda a metade norte da Pelennor fora invadida, e ali os acampamentos estavam em chamas, os orques fugiam em direção ao Rio como manadas diante dos caçadores; e os Rohirrim iam e vinham o quanto queriam. Mas ainda não tinham derrotado o cerco nem conquistado o Portão. Muitos inimigos estavam postados à frente dele, e na metade oposta da planície havia outras hostes ainda não combatidas. Ao sul, além da estrada, encontrava-se o principal exército dos Haradrim, e ali seus cavaleiros estavam reunidos em torno do estandarte de seu chefe. E ele observou e viu, na luz crescente, o pendão do rei, e viu que este estava muito à frente da batalha, com poucos homens em redor. Então foi tomado de ira rubra, deu um grande grito e, exibindo seu estandarte, uma serpente negra em fundo escarlate, investiu contra o cavalo branco e o verde com grande turba de homens; e o desembainhar das cimitarras dos Sulistas foi como um reluzir de estrelas.

Então Théoden se deu conta dele e não quis esperar por seu assalto, mas gritando para Snawmana arremeteu impetuoso para saudá-lo. Foi grande o choque do seu encontro. Mas a fúria inflamada dos Homens-do-Norte ardeu mais quente, e era mais hábil sua cavalaria com lanças compridas e afiadas.

Eram em menor número, mas abriram caminho entre os Sulistas como um raio de fogo em uma floresta. Penetrou no meio da turba Théoden, filho de Thengel, e sua lança se estilhaçou quando ele abateu o chefe deles. Sacou a espada e deu esporas rumo ao estandarte, retalhando o mastro e o portador; e a serpente negra foi a pique. Então todos daquela cavalaria que não tinham sido abatidos deram a volta e fugiram para bem longe.

Mas eis! de súbito, em meio à glória do rei, seu escudo dourado se embaçou. A manhã nova foi obliterada do firmamento. A treva caiu em torno dele. Os cavalos empinaram e relincharam. Os homens lançados da sela jaziam de rastos no chão.
"A mim! A mim!", gritou Théoden. "Sus, Eorlingas! Não temei a escuridão!" Mas Snawmana, incontido de terror, pôs-se de pé, lutando contra o ar, e depois despencou de lado com um grande grito: uma seta negra o transpassara. O rei caiu embaixo dele.
A grande sombra desceu como uma nuvem em queda. E eis! era uma criatura alada: se era ave, era maior que todas as outras aves, e era nua, e não trazia cálamo nem pena, e suas vastas asas eram como redes de couro entre dedos córneos; e tresandava. Talvez fosse uma criatura de um mundo mais antigo, cuja espécie, demorando-se em montanhas olvidadas e frias sob a Lua, vivera além dos seus dias e em ninho hediondo gerara aquela última cria extemporânea, fadada ao mal. E o Senhor Sombrio a tomou e a nutriu com carnes pavorosas até que crescesse além da medida de todos os demais seres voadores; e a deu a seu serviçal para servir de montaria. Veio descendo, descendo, e então, dobrando as redes dos dedos, emitiu um grito crocitante e pousou no corpo de Snawmana, cravando-lhe as garras e arremetendo em seu longo pescoço desprotegido.
Sobre ele estava sentado um vulto de manto negro, enorme e ameaçador. Usava uma coroa de aço, mas entre a borda e o traje não havia nada para ser visto, senão o brilho mortífero dos olhos: o Senhor dos Nazgûl. Retornara ao ar, convocando sua montaria antes que a escuridão se desfizesse, e agora estava de volta, trazendo ruína, transformando a esperança em desespero e a vitória em morte. Empunhava uma grande maça negra.
Mas Théoden não estava totalmente abandonado. Os cavaleiros de sua casa jaziam abatidos ao seu redor, ou então, dominados pela loucura das montarias, tinham sido levados para longe. Porém um ainda estava ali em pé: Dernhelm, o jovem, fiel além do temor; e chorava, pois amara seu senhor como a um pai. Durante toda a investida, Merry fora levado ileso atrás dele, até a chegada da Sombra; e então Windfola os havia derrubado em seu terror, e agora corria selvagem pela planície. Merry engatinhava de quatro como um animal atordoado, e tal era seu horror que estava cego e enfermo.
"Homem do Rei! Homem do Rei!", exclamava o coração dentro dele. "Você precisa ficar com ele. Haveis de ser como um pai para mim, você

disse." Mas sua vontade não deu resposta, e seu corpo tremia. Não se atrevia a abrir os olhos ou a erguê-los.

Então, do interior da treva de sua mente, pensou ouvir Dernhelm falando; porém agora a voz parecia estranha, lembrando outra voz que ele conhecera.

"Vai-te, imundo abantesma, senhor da carniça! Deixa os mortos em paz."

Uma voz fria respondeu: "Não te postes entre o Nazgûl e sua presa! Ou ele não te matará por tua vez. Levar-te-á para as casas do lamento, além de toda a treva, onde tua carne há de ser devorada, e tua mirrada mente, deixada nua diante do Olho Sem Pálpebra."

Uma espada tiniu ao ser desembainhada. "Faze o que quiseres; mas eu te impedirei se puder."

"Impedir-me? Tolo que és. Nenhum homem vivente pode impedir-me!"

Então Merry ouviu o mais estranho de todos os sons naquela hora. Parecia que Dernhelm ria, e a voz nítida era como o tinir do aço. "Mas não sou homem vivente! Contemplas uma mulher. Éowyn eu sou, filha de Éomund. Puseste-te entre mim e meu senhor e parente. Vai-te, se não és imortal! Pois, sejas vivente ou obscuro morto-vivo, eu te abaterei se o tocares."

A criatura alada deu-lhe um guincho, mas o Espectro-do-Anel não deu resposta e quedou-se silencioso, como se de repente duvidasse. O próprio espanto conquistou o medo de Merry por um momento. Abriu os olhos, e o negror afastou-se deles. Ali, a alguns passos, estava sentada a grande besta, e tudo parecia escuro ao seu redor, e acima dela surgia o Senhor dos Nazgûl como uma sombra de desespero. Logo à esquerda, de frente para eles, estava de pé aquela a quem chamara Dernhelm. Mas o elmo de seu segredo tombara dela, e seus cabelos luzidios, libertados das amarras, brilhavam com ouro pálido em seus ombros. Seus olhos, cinzentos como o mar, eram duros e ferozes, e, no entanto, havia lágrimas em suas faces. Tinha uma espada na mão e ergueu o escudo contra o horror dos olhos do inimigo.

Era Éowyn e Dernhelm também. Pois lampejou na mente de Merry a lembrança do rosto que vira na partida do Fano-da-Colina: o rosto de quem vai em busca da morte, sem ter esperança. A pena encheu seu coração, e grande pasmo, e de súbito, a coragem lentamente nutrida de sua raça despertou. Apertou o punho. Ela não devia morrer, tão bela, tão desesperada! Ao menos não devia morrer só, sem auxílio.

A face de seu inimigo não estava voltada para ele, mas ainda assim ele mal ousava se mexer, temendo que os olhos mortíferos recaíssem sobre ele. Devagar, devagar, começou a engatinhar para um lado; mas o Capitão Negro, atento à mulher diante dele com dúvida e malícia, não lhe dava mais atenção que a um verme na lama.

De chofre a grande besta bateu as asas hediondas, e o vento delas era imundo. Saltou mais uma vez no ar e então mergulhou veloz sobre Éowyn, guinchando, atacando com o bico e as garras.

Ainda assim ela não titubeou; donzela dos Rohirrim, filha de reis, delgada, mas como lâmina de aço, bela, mas terrível. Desferiu um rápido golpe, hábil e mortal. Cortou em dois o pescoço estendido, e a cabeça decepada caiu como uma pedra. Saltou para trás enquanto o imenso vulto despencava em ruína, com as vastas asas estendidas, amarrotado na terra; e com sua queda a sombra se desfez. Uma luz caiu sobre ela, e seus cabelos brilharam ao nascer do sol.

Dos destroços ergueu-se o Cavaleiro Negro, alto e ameaçador, elevando-se acima dela. Com um grito de ódio que feria os ouvidos como veneno, deixou cair a maça. O escudo dela se desfez em muitos pedaços, e seu braço se quebrou; ela se ergueu sobre os joelhos, titubeante. Ele se inclinou acima dela como uma nuvem, e seus olhos rebrilhavam; ergueu a maça para matar.

Mas de súbito também ele tropeçou para a frente com um grito de intensa dor, e seu golpe errou o alvo, enterrando-se no chão. A espada de Merry o ferira por trás, transpassando o manto negro e, subindo sob a cota de malha, retalhara o tendão atrás do enorme joelho.

"Éowyn! Éowyn!", gritou Merry. Depois, cambaleando, lutando para se levantar, com sua última força ela empurrou a espada entre a coroa e o manto, no momento em que os grandes ombros se inclinavam à sua frente. A espada rompeu-se, cintilando, em muitos fragmentos. A coroa caiu rolando com um tinido. Éowyn caiu para a frente por cima do adversário tombado. Mas eis que o manto e a cota estavam vazios. Agora jaziam informes no chão, dilacerados e em desordem; e um grito ascendeu pelo ar que estremecia e se desfez em um lamento estridente, passando com o vento, uma voz incorpórea e débil que morreu e foi engolida e nunca mais foi ouvida naquela era do mundo.

E ali ficou parado Meriadoc, o hobbit, no meio dos abatidos, piscando como uma coruja à luz do dia, pois as lágrimas o cegavam; e através de uma névoa contemplava a bela cabeça de Éowyn, deitada sem se mover; e contemplou o rosto do rei, tombado em meio à sua glória. Pois Snawmana, em sua agonia, rolara e se afastara dele outra vez; porém foi ele a perdição do dono.

Então Merry se agachou e levantou sua mão para beijá-la, e eis! Théoden abriu os olhos, e estavam límpidos, e falou em voz tranquila, apesar de laboriosa.

"Adeus, Mestre Holbytla!", disse ele. "Meu corpo está rompido. Vou ter com meus pais. E mesmo na possante companhia deles, agora não me envergonharei. Abati a serpente negra. Uma sombria manhã, e um alegre dia, e um dourado ocaso!"

Merry não pôde falar, mas voltou a chorar. "Perdoai-me, senhor," disse ele por fim, "se desobedeci a vosso comando e mesmo assim nada mais fiz a vosso serviço do que chorar em nossa despedida."

O velho rei sorriu. "Não te aflijas! Está perdoado. Um grande coração não se nega. Vive agora em bem-aventurança; e quando estiveres sentado em paz com teu cachimbo pensa em mim! Pois agora nunca hei de me sentar contigo em Meduseld, como prometi, nem ouvir teu saber sobre as ervas." Fechou os olhos, e Merry se inclinou junto a ele. Logo falou outra vez. "Onde está Éomer? Pois meus olhos se obscurecem, e queria vê-lo antes que me vá. Ele deve ser rei depois de mim. E queria mandar uma mensagem a Éowyn. Ela, ela não queria que eu a deixasse, e agora não hei de vê-la de novo, a que me é mais cara que uma filha."

"Senhor, senhor," começou Merry com voz entrecortada, "ela está…"; mas naquele momento houve um grande clamor, e em toda a volta deles soavam cornos e trombetas. Merry olhou em volta: esquecera-se da guerra e de todo o mundo em redor, e pareciam ter passado muitas horas desde que o rei cavalgara para sua queda, porém na verdade era só um breve tempo. Mas agora viu que se arriscavam a ser apanhados no meio da própria grande batalha que logo seria travada.

Novas tropas do inimigo subiam às pressas pela estrada do Rio; e debaixo das muralhas vinham as legiões de Morgul; e dos campos ao sul vinha a infantaria de Harad precedida de cavaleiros, e, atrás deles, erguiam-se os enormes lombos dos *mûmakil* encimados de torres de combate. Mas ao norte, o penacho branco de Éomer liderava a grande frente dos Rohirrim que ele realinhara e organizara; e da Cidade vinha toda a força de homens que nela havia, e o cisne de prata de Dol Amroth era portado na vanguarda, expulsando os inimigos do Portão.

Por um momento o pensamento perpassou a mente de Merry: "Onde está Gandalf? Não está aqui? Ele não poderia ter salvo o rei e Éowyn?" Mas em seguida chegou Éomer cavalgando apressado, e com ele vieram os cavaleiros da casa que ainda estavam vivos e agora haviam dominado as montarias. Olharam pasmados para a carcaça da besta cruel que jazia ali; e suas montarias não quiseram se aproximar. Mas Éomer saltou da sela, e o pesar e o desespero se abateram sobre ele quando veio para o lado do rei e ali parou em silêncio.

Então um dos cavaleiros tomou o estandarte do rei das mãos de Guthláf, o portador que jazia morto, e o ergueu. Lentamente Théoden abriu os olhos. Vendo o estandarte, fez sinal de que fosse dado a Éomer.

"Salve, Rei da Marca!", disse ele. "Cavalga agora à vitória! Dá adeus a Éowyn!" E assim morreu, sem saber que Éowyn jazia junto a ele. E os que estavam em volta choraram, exclamando: "Théoden Rei! Théoden Rei!"

Mas Éomer lhes disse:

Sem muito lamento! Magno era o morto,
propício se despede. Ao comporem sua tumba
pranteiam as damas. Adiante, à guerra![A]

Porém ele mesmo chorava ao falar. "Que seus cavaleiros fiquem aqui", disse ele, "e levem o corpo do campo com honras para que a batalha não se precipite sobre ele! Sim, e todos estes outros homens do rei que aqui jazem." E olhou para os abatidos, relembrando-lhes os nomes. Então de súbito contemplou sua irmã Éowyn, ali deitada, e a reconheceu. Por um momento ficou imóvel como quem é trespassado, no meio de um grito, por uma flecha no coração; e depois seu rosto empalideceu mortalmente, e uma fria fúria se ergueu nele, de modo que por algum tempo não foi capaz de dizer palavra. Um humor furioso se apossou dele.

"Éowyn, Éowyn!", exclamou enfim. "Éowyn, como chegaste aqui? Que loucura ou feitiçaria é esta? Morte, morte, morte! A morte nos leve a todos!"

Então, sem se aconselhar nem esperar a chegada dos homens da Cidade, meteu as esporas e retornou precipitado à frente da grande hoste, soprou uma trompa e em voz alta ordenou a investida. Sobre o campo ressoava sua voz nítida, gritando: "Morte! Cavalgai, cavalgai à ruína e ao fim do mundo!"

E com isso a hoste começou a se mover. Mas os Rohirrim não cantavam mais. *Morte* foi seu grito, com uma só voz potente e terrível, e, ganhando velocidade como uma grande maré, contornaram o rei tombado e passaram, rugindo rumo ao sul.

E Meriadoc, o hobbit, ainda estava ali, piscando através das lágrimas, e ninguém lhe falava, na verdade, ninguém parecia notá-lo. Afastou as lágrimas com a mão e se agachou para apanhar o escudo verde que Éowyn lhe dera e o pendurou às costas. Então procurou a espada que deixara cair; pois, no instante em que desferira o golpe, seu braço ficara amortecido e agora só podia usar a mão esquerda. E eis! ali estava a arma no chão, mas a lâmina fumegava como um ramo seco que foi lançado ao fogo; e enquanto a observava, ela se contorceu, murchou e se consumiu.

Assim desapareceu a espada das Colinas-dos-túmulos, obra de Ociente. Mas ficaria contente em lhe conhecer a sina aquele que lentamente a forjara muito tempo atrás, no Reino-do-Norte, quando os Dúnedain eram jovens e seu mor inimigo era o temido reino de Angmar e seu rei feiticeiro. Nenhuma outra lâmina, por muito possantes as mãos que a empunhassem, teria infligido àquele adversário uma ferida tão amarga, fendendo a carne morta-viva, rompendo o feitiço que unia à sua vontade os tendões invisíveis.

Então os homens ergueram o rei e, pondo capas sobre hastes de lanças, arranjaram-se para o levar rumo à Cidade; e outros levantaram Éowyn com cuidado e a levaram atrás dele. Mas ainda não podiam retirar do campo os homens da casa do rei; pois sete dos cavaleiros do rei haviam tombado ali, e Déorwine, seu chefe, estava entre eles. Assim, deitaram-nos longe dos adversários e da besta cruel e postaram lanças em torno deles. E mais tarde, quando estava tudo terminado, os homens retornaram, fizeram ali uma fogueira e queimaram a carcaça da besta; mas para Snawmana escavaram um túmulo e plantaram uma pedra onde estava entalhado, nas línguas de Gondor e da Marca:

> *Ser criado fiel e do dono a ruína*
> *Do filho de Pesperto, Snawmana, foi a sina.*[B]

Verde e longa cresceu a relva no Túmulo de Snawmana, mas ficou para sempre negro e nu o solo onde foi queimada a besta.

Agora Merry caminhava do lado dos carregadores, lenta e tristemente, e não deu mais atenção à batalha. Estava exausto e cheio de dor, e seus membros tremiam como se estivessem gelados. Uma grande chuva veio do Mar, e parecia que todas as coisas pranteavam Théoden e Éowyn, extinguindo os fogos da Cidade com lágrimas cinzentas. Foi através de uma névoa que finalmente viu a vanguarda dos homens de Gondor que se aproximavam. Imrahil, Príncipe de Dol Amroth, chegou a cavalo e puxou as rédeas diante deles.

"Que carga trazeis, Homens de Rohan?", exclamou ele.

"Théoden Rei", responderam. "Está morto. Mas Éomer Rei cavalga agora na batalha: o que tem o penacho branco ao vento."

Então o príncipe apeou do cavalo e se ajoelhou junto ao féretro em homenagem ao rei e seu grande ataque; e chorou. E depois, ao levantar-se, olhou para Éowyn e se admirou. "Certamente está aqui uma mulher?", disse ele. "As próprias mulheres dos Rohirrim vieram guerrear em nosso auxílio?"

"Não! Uma apenas", responderam. "É ela a Senhora Éowyn, irmã de Éomer; e nada sabíamos de sua viagem até esta hora e muito a deploramos."

Então o príncipe, vendo sua beleza, por muito que o rosto dela estivesse pálido e frio, tocou-lhe a mão quando se inclinou para olhá-la mais de perto. "Homens de Rohan!", exclamou. "Não há curadores entre vós? Ela está ferida, talvez mortalmente, mas julgo que vive ainda." E pôs diante de seus lábios frios o avambraço polido e lustroso que usava, e eis! uma débil névoa se depositou nele, que mal podia ser vista.

"Agora precisamos nos apressar", disse ele, e mandou um dos seus voltar rapidamente à Cidade em busca de ajuda. Mas ele, fazendo uma profunda mesura ao falecido, despediu-se deles, montou e voltou à batalha.

Agora o combate se tornava furioso nos campos da Pelennor; e o estrépito das armas se erguia para o alto, com os gritos dos homens e o relincho dos cavalos. Soavam cornos e zurravam trombetas, e os *mûmakil* bramiam ao serem incitados à guerra. Sob as muralhas meridionais da Cidade, a infantaria de Gondor se lançava contra as legiões de Morgul que ainda estavam reunidas ali em grande número. Mas os cavaleiros rumaram ao leste para socorrerem Éomer: Húrin, o Alto, Guardião das Chaves e o Senhor de Lossarnach, e Hirluin das Colinas Verdes, e o belo Príncipe Imrahil, cercado de todos os seus ginetes.

Não foi cedo demais que chegaram para ajudar os Rohirrim; pois a sorte se voltara contra Éomer, e sua fúria o traíra. A grande ira de seu ataque derrotara por completo a frente dos inimigos, e grandes cunhas dos seus Cavaleiros haviam atravessado diretamente as fileiras dos Sulistas, desconcertando seus soldados montados e atropelando à ruína sua infantaria. Mas aonde iam os *mûmakil,* os cavalos não se arriscavam, mas titubeavam e se desviavam para longe; e os grandes monstros não eram atacados e estavam postados como torres de defesa, e os Haradrim se reagrupavam em torno deles. E se, ao atacarem os Rohirrim eram em número de um terço apenas dos Haradrim, logo sua situação piorou; pois novas forças já chegavam ao campo, em correnteza, desde Osgiliath. Ali haviam sido reunidas para o saque da Cidade e a violação de Gondor, esperando pelo chamado de seu Capitão. Este agora estava destruído; mas Gothmog, lugar-tenente de Morgul, os lançara no embate; Lestenses com machados, Variags de Khand, Sulistas de escarlate e, do Extremo Harad, homens negros semelhantes a meio-trols, com olhos brancos e línguas rubras. Alguns já aceleravam no encalce dos Rohirrim, outros rumavam ao oeste para deter as forças de Gondor e evitar que se juntassem a Rohan.

Foi mesmo enquanto o dia assim começava a se voltar contra Gondor e sua esperança era hesitante que um novo grito se ergueu na Cidade; era o meio da manhã, e soprava um forte vento, e a chuva voava para o norte, e brilhava o sol. Nesse ar limpo os vigias nas muralhas viram de longe uma nova visão de temor, e a última esperança os abandonou.

Pois o Anduin, desde a curva em Harlond, corria de modo que da Cidade era possível enxergar ao longo dele por algumas léguas, e os que tinham visão longínqua podiam ver as naus que se aproximassem. E, olhando para lá, gritaram de desespero; pois contemplaram, negra diante da correnteza reluzente, uma frota trazida pelo vento: dromundas e naus de grande calado com muitos remos, com velas negras infladas na brisa.

"Os Corsários de Umbar!", exclamavam os homens. "Os Corsários de Umbar! Vede! Os Corsários de Umbar estão vindo! Então Belfalas foi tomada, e o Ethir, e Lebennin se foi. Os Corsários nos atacam! É o último golpe da sina!"

E alguns, desordenadamente, já que não se achava ninguém para comandá-los na Cidade, correram até os sinos e tocaram o alarme; e alguns sopraram as trombetas em sinal de retirada. "Voltai às muralhas!", gritavam. "Voltai às muralhas! Retornai à Cidade antes que sejamos todos avassalados!" Mas o vento que impelia as naus soprava para longe todo o seu clamor.

De fato, os Rohirrim não precisavam de notícias nem de alarme. Eles próprios podiam ver muito bem as velas negras. Pois agora Éomer estava a menos de uma milha do Harlond, e havia grande número dos seus primeiros inimigos entre ele e o porto que ali ficava, enquanto novos adversários vinham em turbilhão atrás deles, isolando-o do Príncipe. Olhou então para o Rio, e a esperança morreu em seu coração, e já chamava de maldito o vento que abençoara. Mas as hostes de Mordor se encorajaram e, repletas de nova ânsia e fúria, iniciaram um ataque aos gritos.

Era severo o humor de Éomer, e sua mente estava clara outra vez. Fez tocarem as trompas para reunir sob seu estandarte todos os homens que ali pudessem chegar; pois pretendia fazer uma grande parede de escudos como último recurso, e aguentar, e ali combater a pé até tombarem todos e fazerem feitos para canções nos campos de Pelennor, nem que não restasse ninguém no Oeste para recordar o último Rei da Marca. Assim, dirigiu-se a um morrinho verde e ali postou o estandarte, e o Cavalo Branco voou ondulando ao vento.

> *Da dúvida, da treva, dia nascente,*
> *canção entoo ao sol, saco a espada.*
> *Fui da esperança ao fim e ao fundo da coragem:*
> *Agora é raiva que arruina e um rubro anoitecer!*[C]

Pronunciou esses versos, mas ria enquanto os declamava. Pois outra vez a ânsia do combate o acometera; e ainda estava ileso, era jovem e era rei: o senhor de um povo feroz. E eis! mesmo ao se rir do desespero, espiou novamente as naus negras e ergueu a espada para desafiá-las.

E então foi tomado de pasmo e de grande alegria; e lançou a espada para o alto à luz do sol e cantou quando a apanhou. E todos os olhos seguiram sua vista, e eis! na nau dianteira desfraldou-se um grande estandarte, e o vento o revelou quando a nau se virou para o Harlond. Ali floria uma Árvore Branca, simbolizando Gondor; mas havia Sete Estrelas à sua volta e, acima dela, uma coroa alta, os signos de Elendil que nenhum senhor portara por anos sem conta. E as estrelas chamejavam à luz do sol, pois foram feitas de gemas por Arwen, filha de Elrond; e a coroa era luzente na manhã, pois fora feita de mithril e ouro.

Assim veio Aragorn, filho de Arathorn, Elessar, herdeiro de Isildur, das Sendas dos Mortos, trazido por um vento do Mar ao reino de Gondor; e o contentamento dos Rohirrim era uma torrente de risos e um reluzir de espadas, e o deleite e assombro da Cidade era uma música de trombetas e um retinir de sinos. Mas as hostes de Mordor foram tomadas de perplexidade, e lhes pareceu grande feitiçaria que suas próprias naus estivessem repletas de seus inimigos; e um negro temor se abateu sobre eles, sabendo que as marés do destino se haviam voltado contra eles e que sua sina estava próxima.

Para o leste rumaram os cavaleiros de Dol Amroth, empurrando diante de si os inimigos: homens-trols, Variags e orques que detestavam a luz do sol. Para o sul avançou Éomer, e fugiam diante de sua face, mas eram apanhados entre o martelo e a bigorna. Pois agora saltavam homens das naus, para os cais do Harlond, e se precipitavam ao norte como uma tempestade. Ali vieram Legolas, Gimli, empunhando o machado, Halbarad com o estandarte, Elladan e Elrohir com estrelas na testa e os Dúnedain de duras mãos, Caminheiros do Norte, liderando o mui valoroso povo de Lebennin e de Lamedon, dos feudos do Sul. Mas diante de todos ia Aragorn com a Chama do Oeste, Andúril como fogo recém-inflamado, Narsil reforjada tão mortífera como outrora; e em sua testa estava a Estrela de Elendil.

E assim, finalmente, Éomer e Aragorn se encontraram em meio à batalha, se apoiaram nas espadas, olharam um para o outro e estavam contentes.

"Assim voltamos a nos encontrar, mesmo que todas as hostes de Mordor estivessem entre nós", disse Aragorn. "Não o disse no Forte-da-Trombeta?"

"Assim falaste," respondeu Éomer, "mas com frequência a esperança engana, e eu não sabia então que eras um homem presciente. Mas é duas vezes abençoado o auxílio que não se esperava, e jamais um encontro de amigos foi mais prazenteiro." E apertaram as mãos um do outro. "Nem deveras mais oportuno", disse Éomer. "Não chegaste cedo demais, meu amigo. Muitas perdas e aflições nos acometeram."

"Então vinguemo-las antes de falarmos nelas!", exclamou Aragorn, e voltaram à batalha cavalgando juntos.

Ainda tinham pela frente árduo combate e longa labuta; pois os Sulistas eram homens audazes, severos e ferozes no desespero; e os Lestenses eram fortes e endurecidos pela guerra e não pediam mercê. E assim aqui e ali, junto a herdades ou celeiros queimados, sobre as colinas e os morros, sob os muros ou no campo, eles ainda se ajuntavam e reagrupavam e lutavam até acabar o dia.

Então, por fim, o Sol desceu atrás de Mindolluin e encheu todo o firmamento com um grande incêndio, de modo que as colinas e as montanhas ficaram como que tingidas de sangue; luzia fogo no Rio, e a relva da Pelennor se estendia rubra ao cair da noite. E naquela hora a grande Batalha do campo de Gondor terminou; e não restou um único inimigo vivo dentro do circuito do Rammas. Foram todos abatidos, exceto os que fugiram para morrer ou se afogar na espuma vermelha do Rio. Poucos chegaram ao leste, em Morgul ou Mordor; e à terra dos Haradrim só chegou um relato de muito longe: um rumor da ira e do terror de Gondor.

Aragorn, Éomer e Imrahil cavalgaram de volta ao Portão da Cidade e já estavam exaustos além da alegria ou do pesar. Os três estavam ilesos, pois tal fora sua fortuna, a habilidade e o poder de suas armas, e deveras poucos tinham ousado enfrentá-los ou encará-los na hora de sua ira. Porém muitos outros haviam sido feridos, mutilados ou mortos no campo. Os machados retalharam Forlong, lutando a sós e desmontado; e tanto Duilin de Morthond quanto seu irmão morreram atropelados quando atacaram os *mûmakil*, trazendo seus arqueiros para perto a fim de atirarem nos olhos dos monstros. Nem Hirluin, o belo, retornaria a Pinnath Gelin, nem Grimbold a Grimslade, nem Halbarad às Terras do Norte, o Caminheiro de duras mãos. Não eram poucos os que haviam tombado, renomados ou anônimos, capitães ou soldados; pois fora uma grande batalha, e nenhuma história contou seu relato completo. Assim, muito tempo depois, um bardo de Rohan disse em sua canção dos Morros de Mundburg:

> *Escuta os cornos que cantam nas colinas,*
> *retinem cimitarras na Terra-do-Sul.*
> *Montados vão à batalha na Petroterra*
> *como aragem na aurora. Terrível é a guerra.*
> *Lá Théoden tomba, Thengling possante,*
> *que ao paço dourado, às campinas doces*
> *nas terras do Norte não torna jamais,*
> *senhor alto da hoste. Harding e Guthláf,*
> *Dúnhere e Déorwine, o intrépido Grimbold,*
> *Herefara e Herubrand, Horn e Fastred,*
> *vão à carga, à queda em campos distantes:*
> *nos Morros de Mundburg sob o musgo repousam*
> *unidos aos companheiros, senhores de Gondor.*
> *Nem Hirluin, o Belo, aos cabeços da costa,*
> *nem Forlong, o velho, aos vales floridos,*
> *inda a Arnach, à área amada,*
> *tornam em vitória; nem os formidáveis arqueiros,*
> *Derufin e Duilin, às turvas suas águas*
> *amadas de Morthond, dos montes sob a sombra.*
> *A morte na madrugada e na meta do dia*
> *amos ceifa e servos. Seu sono é longo*
> *sob a grama de Gondor junto ao Grande Rio.*
> *Já lívida como lágrimas, límpida prata,*
> *era rubra em rolos e barulho a água:*
> *do sangue era tinta, centelhas ao sol poente;*
> *como flamas de fogo ao fim da tarde os montes;*
> *rubro é o sereno em Rammas Echor.*[D]

7

A Pira de Denethor

Quando a sombra obscura se retirou do Portão, Gandalf ainda estava sentado imóvel. Mas Pippin pôs-se de pé, como se um grande peso lhe tivesse sido retirado; e ficou escutando as trompas, pois parecia que lhe romperiam o coração de alegria. E em anos vindouros nunca conseguiu ouvir uma trompa tocada ao longe sem que lhe brotassem lágrimas nos olhos. Mas agora sua missão lhe voltou à lembrança de chofre, e correu para a frente. Naquele momento, Gandalf remexeu-se, falou com Scadufax e estava prestes a partir pelo Portão.

"Gandalf, Gandalf!", exclamou Pippin, e Scadufax parou.

"O que está fazendo aqui?", indagou Gandalf. "Não é lei na Cidade que os que usam negro e prata devem permanecer na Cidadela, a não ser que seu senhor lhes dê permissão?"

"Ele me deu", disse Pippin. "Mandou-me embora. Mas estou com medo. Algo terrível poderá acontecer lá em cima. Creio que o Senhor está enlouquecido. Temo que se mate e mate Faramir também. Você não pode fazer alguma coisa?"

Gandalf olhou através do Portão escancarado e já ouvia nos campos o ruído crescente da batalha. Apertou o punho. "Preciso ir", disse ele. "O Cavaleiro Negro está em campo e ele ainda nos arruinará. Não tenho tempo."

"Mas Faramir!", exclamou Pippin. "Ele não está morto, mas vão queimá-lo vivo se alguém não os detiver."

"Queimá-lo vivo?", disse Gandalf. "Que história é essa? Seja breve!"

"Denethor foi às Tumbas," disse Pippin, "levou Faramir e diz que todos teremos de queimar e que não vai esperar, e mandou fazerem uma pira e o queimarem nela, e a Faramir também. E mandou homens trazerem lenha e óleo. E eu contei a Beregond, mas receio que ele não vai se atrever a deixar o posto: está de guarda. E o que é que ele pode fazer?" Assim Pippin despejou sua história, erguendo o braço e tocando o joelho de Gandalf com mãos trêmulas. "Você não pode salvar Faramir?"

"Quem sabe eu possa," disse Gandalf, "mas se eu fizer isso, receio que outros morrerão. Bem, preciso ir, já que nenhum outro auxílio pode chegar até ele. Mas isto produzirá mal e pesar. Mesmo no coração de nosso baluarte o Inimigo tem o poder de nos atingir: pois é a vontade dele que está em ação."

Então, tendo decidido-se, agiu depressa; e, apanhando Pippin e pondo-o diante de si, virou Scadufax com uma palavra. Subiram com estrépito pelas ruas ascendentes de Minas Tirith, enquanto o ruído da guerra se erguia atrás deles. Por toda a parte os homens emergiam de seu desespero e pavor, tomando as armas, exclamando uns para os outros: "Rohan chegou!" Os Capitães gritavam, as companhias se reuniam; muitos já marchavam ao Portão lá embaixo.

Encontraram o Príncipe Imrahil, e ele os interpelou: "E agora para onde, Mithrandir? Os Rohirrim estão lutando nos campos de Gondor! Devemos reunir todas as forças que pudermos achar."

"Precisarás de todos os homens e mais", disse Gandalf. "Apressa-te ao máximo. Irei quando puder. Mas tenho junto ao Senhor Denethor uma missão que não esperará. Assume o comando na ausência do Senhor!"

Foram em frente; e ao subirem e se aproximarem da Cidadela sentiram o vento lhes soprando nos rostos e enxergaram o brilho da manhã ao longe, uma luz que aumentava no céu meridional. Mas ela lhes trazia pouca esperança, pois não sabiam que mal estava diante deles e temiam chegar tarde demais.

"A escuridão está passando," disse Gandalf, "mas ela ainda pesa sobre esta Cidade."

No portão da Cidadela não encontraram guarda. "Então Beregond foi", disse Pippin, mais esperançoso. Deram a volta e se apressaram pela estrada que levava à Porta Fechada. Esta estava escancarada, e o porteiro jazia diante dela. Fora morto e lhe tinham levado a chave.

"Obra do Inimigo!", disse Gandalf. "Estes feitos ele aprecia: amigo guerreando contra amigo; lealdade dividida em confusão de corações." Então apeou e mandou Scadufax voltar ao estábulo. "Pois, meu amigo," disse ele, "tu e eu deveríamos ter cavalgado aos campos muito tempo atrás, mas outros assuntos me atrasam. Mas vem depressa se eu chamar!"

Entraram pela Porta e avançaram a pé, descendo pela estrada íngreme e serpenteante. A luz crescia, e as altas colunas e figuras esculpidas junto ao caminho passavam lentamente como fantasmas cinzentos.

De súbito o silêncio foi rompido, e ouviram abaixo deles gritos e retinir de espadas: sons que não haviam sido ouvidos nos lugares consagrados desde a construção da Cidade. Finalmente chegaram a Rath Dínen e correram na direção da Casa dos Regentes, que surgia à meia-luz sob sua grande cúpula.

"Parai! Parai!", exclamou Gandalf, saltando adiante para a escada de pedra em frente à porta. "Parai essa loucura!"

Pois ali estavam os serviçais de Denethor com espadas e tochas nas mãos; mas no alpendre do degrau superior postara-se Beregond, sozinho, trajando o negro e prata da Guarda; mantinha-os distante da porta. Dois já haviam sido abatidos por sua espada, manchando os fanos com seu sangue; e os demais o amaldiçoavam, chamando-o de proscrito e traidor do seu mestre.

Bem quando Gandalf e Pippin corriam para a frente, ouviram de dentro da casa dos mortos a voz de Denethor que gritava: "Depressa, depressa! Fazei o que mandei! Matai-me este renegado! Ou preciso fazer isso eu mesmo?" Com essas palavras, a porta que Beregond mantinha fechada com a mão esquerda foi aberta à força, e ali, atrás dele, estava de pé o Senhor da Cidade, alto e feroz; tinha nos olhos uma luz como de chama e empunhava uma espada nua.

Mas Gandalf subiu os degraus aos saltos, e os homens recuaram diante dele e taparam os olhos; pois sua vinda era como a entrada de uma luz alva em lugar escuro, e ele vinha com grande ira. Ergueu a mão, e, nesse mesmo golpe, a espada de Denethor voou para cima, saindo-lhe do punho, e caiu atrás dele nas sombras da casa; e Denethor deu um passo para trás diante de Gandalf, como quem está pasmado.

"O que é isto, meu senhor?", interrogou o mago. "As casas dos mortos não são lugares para os vivos. E por que combatem aqui nos Fanos quando há guerra bastante diante do Portão? Ou nosso Inimigo chegou até a Rath Dínen?"

"Desde quando o Senhor de Gondor responde a ti?", questionou Denethor. "Ou não posso comandar meus próprios serviçais?"

"Podes", respondeu Gandalf. "Mas outros podem contestar tua vontade quando ela se volta para a loucura e o mal. Onde está teu filho Faramir?"

"Jaz lá dentro," disse Denethor, "queimando, já queimando. Atearam fogo em sua carne. Mas logo tudo há de ser queimado. O Oeste fracassou. Tudo há de arder em uma grande fogueira e tudo há de estar terminado. Cinza! Cinza e fumaça sopradas para longe pelo vento!"

Então Gandalf, vendo a loucura que o acometera, receou que ele já tivesse cometido algum feito maligno e forçou caminho para diante, com Beregond e Pippin seguindo-o, enquanto Denethor recuava até estar de pé junto à mesa no interior. Mas ali encontraram Faramir, ainda delirando de febre, deitado sobre a mesa. Havia lenha empilhada por baixo e em pilhas altas em toda a volta, e estava tudo encharcado de óleo, mesmo os trajes de Faramir e os cobertores; mas ainda não fora ateado fogo ao combustível. Então Gandalf revelou a força que jazia oculta nele, do mesmo modo que a luz de seu poder estava escondida sob a capa cinzenta. Saltou sobre os feixes e, erguendo o enfermo com facilidade, pulou novamente para baixo e o carregou na direção da porta. Mas quando fez isso, Faramir gemeu e chamou pelo pai em sonho.

Denethor teve um sobressalto, como quem desperta de um transe, e a chama morreu em seus olhos, e chorou e disse: "Não me tires meu filho! Ele me chama."

"Ele chama," disse Gandalf, "mas ainda não podes vir ter com ele. Pois ele deve buscar a cura no limiar da morte e talvez não a encontre. Enquanto isso, teu papel é saíres à batalha de tua Cidade, onde talvez a morte te aguarde. Sabes isso em teu coração."

"Ele não despertará de novo", disse Denethor. "A batalha é vã. Por que deveríamos querer viver por mais tempo? Por que não deveríamos rumar para a morte lado a lado?"

"Não te é conferida autoridade, Regente de Gondor, para ordenares a hora de tua morte", respondeu Gandalf. "E somente os reis pagãos, sob o domínio do Poder Sombrio, assim fizeram, matando-se em orgulho e desespero, assassinando seus familiares para aliviarem sua própria morte." Então, atravessando a porta, tirou Faramir da casa mortífera e o deitou no féretro onde fora trazido e que agora fora posto no alpendre. Denethor o seguiu e ficou em pé tremendo, olhando com anseio para o rosto do filho. E por um momento, enquanto estavam todos em silêncio e imóveis, observando o Senhor em sua agonia, ele hesitou.

"Vem!", disse Gandalf. "Precisam de nós. Ainda há muito que podes fazer."

Então Denethor riu de repente. Ergueu-se outra vez, alto e orgulhoso, e andando rapidamente de volta à mesa ergueu dela a almofada em que estivera deitada sua cabeça. Então, chegando-se à porta, puxou o revestimento para um lado e eis! tinha entre as mãos uma *palantír*. E, quando a ergueu, pareceu aos observadores que o globo começava a brilhar com uma chama interior, de forma que o rosto magro do Senhor se iluminou como que com um fogo rubro, e parecia talhado de pedra dura, agudo com negras sombras, nobre, altivo e terrível. Seus olhos reluziam.

"Orgulho e desespero!", exclamou. "Pensaste que os olhos da Torre Branca eram cegos? Não, vi mais do que sabes, Tolo Cinzento. Pois tua esperança é ignorância somente. Vai então e labuta na cura! Vai embora e luta! Vaidade. Por breve tempo poderás triunfar em campo, por um dia. Mas contra o Poder que ora se levanta não há vitória. Para esta Cidade só se estendeu ainda o primeiro dedo de sua mão. Todo o Leste se move. E agora mesmo o vento de tua esperança te ilude e sopra Anduin acima uma frota de negras velas. O Oeste fracassou. É hora de partirem todos os que não queiram ser escravos."

"Tais conselhos tornarão deveras certa a vitória do Inimigo", disse Gandalf.

"Então continua esperando!", riu-se Denethor. "Eu não te conheço, Mithrandir? Tua esperança é governares em meu lugar, te postares atrás de todos os tronos, no norte, sul ou oeste. Li tua mente e suas políticas. Não sei eu que mandaste este Pequeno ficar em silêncio? Que ele foi trazido para cá para ser espião em meu próprio aposento? E, no entanto, em nossa conversa, fiquei sabendo dos nomes e das intenções de todos os teus companheiros. Ora! Com a mão esquerda querias usar-me por algum tempo como escudo contra Mordor, e com a direita, trazer esse Caminheiro do Norte para me suplantar.

"Mas eu digo a ti, Gandalf Mithrandir, que não serei teu instrumento! Sou Regente da Casa de Anárion. Não abdicarei para ser o caquético mordomo de um oportunista. Mesmo que sua reivindicação me fosse demonstrada, é apenas da linhagem de Isildur que ele provém. Não me inclinarei diante de alguém assim, o último de uma casa esfarrapada há muito privada de senhoria e dignidade."

"Então o que desejarias," perguntou Gandalf, "se tua vontade pudesse ser satisfeita?"

"Desejaria que as coisas fossem como foram em todos os dias de minha vida", respondeu Denethor, "e nos dias de meus antepassados antes de mim: ser Senhor desta Cidade em paz, e deixar meu assento a um filho depois de mim, que fosse seu próprio senhor e não pupilo de um mago. Mas se a sina mo negar não quero *nada*: nem uma vida diminuída, nem um amor pela metade, nem uma honra minorada."

"Não me parece que um Regente que entregue fielmente seu encargo seja diminuído em amor ou honra", respondeu Gandalf. "E ao menos não hás de privar teu filho da sua escolha, enquanto sua morte ainda estiver em dúvida."

Diante destas palavras, os olhos de Denethor arderam outra vez, e, tomando a Pedra sob o braço ele sacou um punhal e deu um passo na direção do féretro. Mas Beregond saltou para diante e se postou em frente a Faramir.

"Ora!", exclamou Denethor. "Já roubaste metade do amor de meu filho. Agora roubas também os corações de meus cavaleiros para que no fim me roubem meu filho por completo. Mas pelo menos nisto não hás de desafiar minha vontade: governar meu próprio fim."

"Vinde aqui!", gritou aos serviçais. "Vinde, se não sois totalmente renegados!" Então dois correram escada acima para junto dele. Rapidamente ele arrebatou uma tocha da mão de um deles e saltou de volta para dentro da casa. Antes que Gandalf conseguisse impedi-lo, empurrou o archote para o meio da lenha, que imediatamente crepitou e se inflamou com um rugido.

Então Denethor saltou para cima da mesa e em pé ali, rodeado de fogo e fumaça, apanhou o bastão de sua regência, que jazia a seus pés, e o quebrou no joelho. Lançando os pedaços na fogueira, inclinou-se e se deitou na mesa, abraçando a *palantír* no peito com ambas as mãos. E dizem que depois, se alguém olhasse para dentro daquela Pedra, se não tivesse grande força de vontade para desviá-la a outro fim, só via duas mãos envelhecidas murchando nas chamas.

Com pesar e horror, Gandalf desviou o rosto e fechou a porta. Por algum tempo ficou parado pensativo, silencioso no limiar, enquanto os de fora ouviam o rugido voraz do fogo no interior. E então Denethor deu um grande grito e não falou mais depois disso, nem jamais foi visto outra vez pelos homens mortais.

"Assim finda Denethor, filho de Ecthelion", disse Gandalf. Então voltou-se para Beregond e os serviçais do Senhor que ali se postavam aterrados. "E assim findam também os dias da Gondor que conhecestes; pelo bem ou pelo mal estão terminados. Maus feitos foram cometidos aqui; mas que agora toda inimizade que resta entre vós seja posta de lado, pois ela foi tramada pelo Inimigo e age conforme sua vontade. Fostes apanhados em uma teia de deveres opostos que não tecestes. Mas pensai, serviçais do Senhor, cegos em vossa obediência, que, não fosse pela traição de Beregond, Faramir, Capitão da Torre Branca, agora também estaria queimado.

"Levai deste lugar infeliz vossos companheiros que tombaram. Nós levaremos Faramir, Regente de Gondor, a um local onde possa dormir em paz ou morrer se for essa sua sina."

Então Gandalf e Beregond, apanhando o féretro, levaram-no embora para as Casas de Cura, enquanto Pippin caminhava atrás deles de cabeça baixa. Mas os serviçais do Senhor ficaram fitando a casa dos mortos como homens arrasados; e bem quando Gandalf chegava à extremidade de Rath Dínen houve um grande barulho. Olhando para trás, viram que a cúpula da casa rachara, expelindo fumaças; e depois, com ímpeto e estrondo de pedras, desabou em enxurrada de fogo; mas as chamas, ainda inabaláveis, dançavam e tremeluziam entre as ruínas. Então, aterrorizados, os serviçais fugiram e seguiram Gandalf.

Por fim alcançaram a Porta do Regente, e Beregond olhou o porteiro com pesar. "Sempre hei de me arrepender deste feito", comentou ele; "mas fui tomado por uma loucura de pressa e ele não me escutava, mas sacou a espada contra mim." Então, tomando a chave que arrebatara do morto, fechou a porta e a trancou. "Agora esta deve ser dada ao Senhor Faramir", disse ele.

"O Príncipe de Dol Amroth está no comando na ausência do Senhor", disse Gandalf; "mas já que ele não está aqui, devo eu mesmo assumi-la. Peço que fiques com a chave e a guardes até que a Cidade seja reposta em ordem."

Finalmente alcançaram os altos círculos da Cidade e, à luz da manhã, tomaram o rumo das Casas de Cura, que eram belas casas apartadas para que ali fossem cuidados os gravemente enfermos, mas que agora estavam preparadas para o tratamento dos homens feridos em combate ou moribundos. Não ficavam longe do portão-da-Cidadela, no sexto círculo, perto da sua muralha meridional, e havia em torno delas um jardim e um gramado com árvores, o único lugar assim na Cidade. Ali moravam as poucas mulheres a quem se permitiu ficar em Minas Tirith, visto que eram hábeis na cura ou no serviço dos curadores.

Mas, no momento em que Gandalf e seus companheiros chegavam carregando o féretro à porta principal das Casas, ouviram um grande grito que se erguia do campo diante do Portão, passou subindo ao céu, estridente e penetrante, e morreu no vento. Era tão terrível o grito que, por um momento, todos se imobilizaram, porém quando ele passou, seus corações subitamente se animaram com uma esperança tal que não haviam conhecido desde que a escuridão viera do Leste; e lhes pareceu que a luz se tornava mais intensa e que o sol irrompia pelas nuvens.

Mas o rosto de Gandalf estava grave e triste, e, pedindo que Beregond e Pippin levassem Faramir para dentro das Casas de Cura, ele subiu às muralhas próximas; e ali, como uma figura esculpida em branco, postou-se ao sol novo e olhou ao longe. E contemplou com a visão que lhe fora dada tudo o que ocorrera; e, quando Éomer veio cavalgando da vanguarda da batalha e se pôs junto dos que jaziam no campo, suspirou, se envolveu de novo na capa e desceu das muralhas. E Beregond e Pippin, quando saíram, encontraram-no em pé, pensativo, diante da porta das Casas.

Olharam para ele, e por algum tempo ele permaneceu em silêncio. Por fim falou.: "Meus amigos", disse ele, "e todos vós, povo desta cidade e das terras do Oeste! Ocorreram fatos de grande pesar e renome. Havemos de chorar ou nos alegrar? Além da esperança, o Capitão de nossos adversários foi destruído, e ouvistes o eco de seu último desespero. Mas ele não se foi sem dor e amarga perda. E eu poderia tê-la evitado não fosse pela loucura de Denethor. Tão longo se tornou o alcance de nosso Inimigo! Ai de nós! Mas agora percebo como sua vontade foi capaz de penetrar no próprio coração da Cidade.

"Apesar de os Regentes acreditarem que era um segredo guardado somente por eles, há muito adivinhei que aqui na Torre Branca pelo menos uma das Sete Pedras Videntes fora preservada. Nos dias de sua sabedoria, Denethor não se atrevia a usá-la para desafiar Sauron, conhecendo os limites de sua própria força. Mas sua sabedoria fracassou; e temo que, à medida que crescia o perigo de seu reino, ele olhasse para dentro da Pedra e fosse enganado: demasiadas vezes, creio, desde que Boromir partiu. Era muito grande para ser subjugado pela vontade do Poder Sombrio, mas ainda assim via apenas as coisas que esse Poder lhe permitia ver. O conhecimento que obteve sem dúvida lhe foi útil muitas vezes; porém a visão do grande poderio de Mordor que lhe foi mostrada alimentou o desespero de seu coração até derrotar sua mente."

"Agora entendo o que me parecia tão estranho!", comentou Pippin, estremecendo com as lembranças enquanto falava. "O Senhor saiu do recinto onde jazia Faramir; e foi só quando retornou que pensei pela primeira vez que ele estava mudado, velho e alquebrado."

"Foi na própria hora em que Faramir foi levado à Torre que muitos de nós viram uma estranha luz no recinto superior", acrescentou Beregond. "Mas vimos aquela luz antes, e por muito tempo correu na Cidade o boato de que o Senhor às vezes porfiava em pensamento com seu Inimigo."

"Ai de nós! então supus corretamente", disse Gandalf. "Assim a vontade de Sauron penetrou em Minas Tirith; e assim fui retido aqui. E aqui ainda serei obrigado a ficar, pois logo hei de ter outros tutelados, não apenas Faramir.

"Agora preciso descer para me encontrar com os que chegam. Vi no campo uma visão que é muito penosa para meu coração, e um pesar maior ainda poderá acontecer. Venha comigo, Pippin! Mas tu, Beregond, deverias voltar à Cidadela e contar ao chefe da Guarda o que ocorreu. Receio que será dever dele retirar-te da Guarda; mas dize-lhe que, se eu puder aconselhá-lo, deverias ser mandado às Casas de Cura, para seres vigia e serviçal de teu capitão e para estares junto dele quando ele despertar — se é que isso voltará a acontecer. Pois foi por ti que ele foi salvo do fogo. Vai agora! Hei de retornar logo."

Com essas palavras deu-lhes as costas e desceu com Pippin rumo à cidade inferior. E enquanto se apressavam em seu caminho, o vento trouxe uma chuva cinzenta, e todos os fogos minguaram, e ergueu-se uma grande fumaça diante deles.

8

As Casas de Cura

Nos olhos de Merry havia uma névoa de lágrimas e exaustão quando se aproximaram do Portão arruinado de Minas Tirith. Deu pouca atenção aos destroços e à matança que estavam por toda a parte. Havia fogo, fumaça e fedor no ar; pois muitas máquinas haviam sido incendiadas ou lançadas nas valas de fogo, e também muitos dos mortos, enquanto que aqui e ali jaziam muitas carcaças dos grandes monstros dos Sulistas, meio queimados, ou quebrados por lances de pedras, ou alvejados nos olhos pelos valentes arqueiros de Morthond. A chuva que pairava tinha cessado por algum tempo, e o sol brilhava no alto; mas toda a cidade inferior ainda estava envolta em um fumo ardente.

Os homens já labutavam para limpar um caminho através dos arrojos da batalha; e agora saíam pelo Portão alguns trazendo padiolas. Suavemente deitaram Éowyn em almofadas macias; mas cobriram o corpo do rei com um grande tecido de ouro e portaram tochas ao seu redor, e suas chamas, pálidas à luz do sol, tremulavam ao vento.

Assim chegaram Théoden e Éowyn à Cidade de Gondor, e todos os que os viam descobriam a cabeça e se inclinavam; e atravessaram a cinza e a fumaça do círculo incendiado e prosseguiram ascendendo ao longo das ruas de pedra. Para Merry, a subida pareceu levar séculos, uma jornada sem sentido em um sonho odioso, avante e avante para algum fim indistinto que a memória não consegue apreender.

Lentamente, as luzes das tochas à sua frente tremeluziram e se apagaram, e ele caminhava na treva; e pensou: "Este é um túnel que leva a uma tumba; havemos de ficar ali para sempre." Mas de repente veio ao seu sonho uma voz vivente.

"Bem, Merry! Ainda bem que encontrei você!"

Olhou para cima, e a névoa diante dos seus olhos clareou um pouco. Ali estava Pippin! Estavam cara a cara em uma viela estreita que estava vazia, exceto por eles mesmos. Esfregou os olhos.

"Onde está o rei?", indagou ele. "E Éowyn?" Então tropeçou, sentou-se no degrau de uma porta e recomeçou a chorar.

"Subiram para a Cidadela", disse Pippin. "Acho que você deve ter adormecido andando e errado alguma esquina. Quando descobrimos que você não estava com eles, Gandalf me mandou procurá-lo. Pobre velho Merry! Como estou contente de vê-lo outra vez! Mas você está exausto, e não vou incomodá-lo com conversa. Mas conte-me, está com dor ou ferido?"

"Não", respondeu Merry. "Bem, não, acho que não. Mas não consigo usar o braço direito, Pippin, desde que o golpeei. E minha espada se consumiu toda em fogo, como um pedaço de madeira."

O rosto de Pippin estava ansioso. "Bem, é melhor vir comigo o mais depressa que puder", disse ele. "Queria ser capaz de carregá-lo. Você não está bem para caminhar muito mais longe. Nem deviam ter deixado você caminhar; mas precisa perdoá-los. Tantas coisas pavorosas aconteceram na Cidade, Merry, que é fácil negligenciar um pobre hobbit vindo do combate."

"Não é sempre uma desgraça ser negligenciado", disse Merry. "Acabo de ser negligenciado por... não, não, não posso falar disso. Ajude-me, Pippin! Está tudo escurecendo de novo e meu braço está tão frio."

"Apoie-se em mim, Merry, meu rapaz!", disse Pippin. "Vamos agora! Pé ante pé. Não é longe."

"Vai me sepultar?", perguntou Merry.

"Não mesmo!", exclamou Pippin, tentando soar alegre, apesar de ter o coração retorcido de medo e pena. "Não, vamos às Casas de Cura."

Saíram da viela que passava entre casas altas e a muralha externa do quarto círculo e recobraram a rua principal que subia para a Cidadela. Seguiram passo a passo, enquanto Merry balançava e murmurava como quem está dormindo.

"Nunca vou conseguir levá-lo para lá", pensou Pippin. "Não há ninguém para me ajudar? Não posso deixá-lo aqui." Nesse momento, para sua surpresa, veio um menino correndo de trás, e, ao passar, ele reconheceu Bergil, filho de Beregond.

"Alô, Bergil!", chamou. "Aonde vais? Que bom ver-te outra vez, e ainda vivo!"

"Estou entregando recados para os Curadores", disse Bergil. "Não posso ficar."

"Não fiques!", disse Pippin. "Mas conta a eles lá em cima que tenho um hobbit doente, um *perian*, veja bem, chegado do campo de batalha. Não acho que ele consiga andar até lá. Se Mithrandir estiver lá, ele ficará contente com a mensagem." Bergil saiu correndo.

"É melhor esperar aqui", pensou Pippin. Portanto, deixou Merry se deitar lentamente no calçamento, em uma mancha de luz do sol, e então sentou-se ao lado dele, pondo a cabeça de Merry em seu colo. Apalpou devagar seu corpo e seus membros e tomou em sua mão as mãos do amigo. A mão direita estava gelada ao toque.

Não levou muito tempo para o próprio Gandalf vir em busca deles. Inclinou-se sobre Merry e lhe acariciou a testa; então ergueu-o com cuidado. "Ele devia ter sido trazido a esta cidade com honras", disse ele. "Retribuiu bem a minha confiança; pois, se Elrond não tivesse cedido a mim, nenhum de vocês teria partido; e então teriam sido muito mais dolorosos os males deste dia." Suspirou. "E, no entanto, eis outro tutelado em minhas mãos, enquanto o tempo todo a batalha pende na balança."

Assim, finalmente Faramir, Éowyn e Meriadoc foram deitados em leitos nas Casas de Cura; e ali foram bem cuidados. Pois, apesar de naqueles dias tardios todo o saber ter decaído da plenitude de outrora, a medicina de Gondor ainda era sábia e hábil na cura de feridas, dores e de todas as doenças a que estavam sujeitos os homens mortais a leste do Mar. Exceto pela velhice. Para esta não haviam encontrado cura; e de fato, a duração de suas vidas já minguara a pouco mais que a dos demais homens, e já eram poucos entre eles os que ultrapassavam com vigor a contagem de cinco vintenas de anos, exceto em algumas casas de sangue mais puro. Mas agora sua arte e seu conhecimento estavam desorientados; pois havia muitos doentes de uma enfermidade que não podia ser sarada; e chamavam-na de Sombra Negra, pois provinha dos Nazgûl. E os que eram acometidos dela caíam lentamente em um sonho cada vez mais profundo, depois passavam ao silêncio e à frialdade mortal e assim faleciam. E aos cuidadores dos doentes parecia que essa enfermidade era intensa no Pequeno e na Senhora de Rohan. Mesmo assim, vez por outra, à medida que a manhã passava, eles falavam, murmurando em sonhos; e os observadores escutavam tudo o que era dito, esperando talvez saber de algo que os ajudasse a entender suas dores. Mas logo começaram a decair na escuridão, e quando o sol se voltou para o oeste, uma sombra cinzenta se insinuou em seus rostos. Mas Faramir ardia com uma febre que não amainava.

Gandalf ia de um para o outro cheio de cuidados, e lhe contaram tudo o que os observadores conseguiam ouvir. E assim passou o dia, enquanto a grande batalha do lado de fora prosseguia com esperanças cambiantes e estranhas notícias; e Gandalf ainda esperava, observava e não partia; até que finalmente o rubro pôr do sol preencheu todo o firmamento, e a luz que vinha pelas janelas caiu nos rostos cinzentos dos doentes. Então pareceu aos que estavam por perto que, naquele brilho, os rostos enrubesceram suavemente, como se a saúde retornasse, mas era somente uma zombaria da esperança.

Então uma anciã, Ioreth, a mais velha das mulheres que serviam naquela casa, chorou contemplando o belo rosto de Faramir, pois todo o povo o amava. E disse: "Ai de nós se ele morrer! Antes houvesse reis em Gondor, como houve certa vez, ao que dizem! Pois está dito na antiga sabedoria:

'As mãos do rei são mãos de curador'. E assim sempre se podia conhecer o rei de direito."

E Gandalf, que estava por perto, disse: "Que os homens se lembrem por muito tempo de tuas palavras, Ioreth! Pois nelas há esperança. Quem sabe um rei tenha de fato voltado a Gondor; ou não ouviste as estranhas notícias que vieram à Cidade?"

"Estive ocupada demais com isto e aquilo para dar atenção a todo o clamor e gritaria", respondeu ela. "Só espero que esses demônios assassinos não entrem nesta Casa e perturbem os doentes."

Então Gandalf saiu às pressas, e o fogo no céu já se apagava, e as colinas em brasa minguavam, enquanto a tarde cor de cinza se arrastava sobre os campos.

Agora, ao sol poente, Aragorn, Éomer e Imrahil se avizinharam da Cidade com seus capitães e cavaleiros; e, quando chegaram diante do Portão, Aragorn disse:

"Contemplai o Sol que se põe em grande fogo! É um sinal do fim, da queda de muitas coisas e de mudança nas marés do mundo. Mas esta Cidade e este reino permaneceram a cargo dos Regentes por muitos longos anos, e receio que, se eu entrar nela sem ser solicitado, poderão surgir dúvida e debate, o que não deveria ocorrer enquanto esta guerra está em andamento. Não entrarei, nem farei qualquer reivindicação, antes que fique evidente se prevaleceremos nós ou Mordor. Os homens hão de erguer minhas tendas no campo, e aqui aguardarei as boas-vindas do Senhor da Cidade."

Mas Éomer respondeu: "Já hasteaste o estandarte dos Reis e exibiste os símbolos da Casa de Elendil. Permitirás que sejam contestados?"

"Não", disse Aragorn. "Mas considero que ainda é cedo; e não tenho disposição para disputa, exceto com nosso Inimigo e seus serviçais."

E o Príncipe Imrahil comentou: "Vossas palavras, senhor, são sábias, se alguém aparentado com o Senhor Denethor vos pode aconselhar neste assunto. Ele é obstinado e orgulhoso, mas velho; e seu humor tem estado estranho desde que o filho sofreu o golpe. Mas eu não desejaria que ficásseis como um mendigo à porta."

"Não um mendigo", disse Aragorn. "Dize capitão dos Caminheiros, que estão desacostumados de cidades e casas de pedra." E mandou enrolar seu estandarte; e tirou a Estrela do Reino-do-Norte e a deu aos cuidados dos filhos de Elrond.

Então o Príncipe Imrahil e Éomer de Rohan o deixaram, atravessaram a Cidade e o tumulto do povo e subiram à Cidadela; e chegaram ao Salão da Torre em busca do Regente. Mas encontraram seu assento vazio, e, diante do estrado, jazia Théoden, Rei da Marca, em leito solene; e doze tochas estavam postadas em torno, e doze guardas, tanto cavaleiros de Rohan quanto de Gondor. E as cortinas do leito eram verde e branco, mas sobre o rei fora posto o grande pano de ouro, até o peito, e acima dele sua espada desembainhada e o escudo a seus pés. A luz das tochas reluzia em seus cabelos brancos como o sol no borrifo de uma fonte, mas o rosto era belo e jovem, porém havia nele uma paz além do alcance da juventude; e parecia adormecido.

Depois de ficarem por algum tempo em silêncio junto ao rei, Imrahil disse: "Onde está o Regente? E onde está Mithrandir também?"

E um dos guardas respondeu: "O Regente de Gondor está nas Casas de Cura."

Mas Éomer perguntou: "Onde está a Senhora Éowyn, minha irmã? Pois certamente ela deveria estar jazendo ao lado do rei, e não com menos honra. Onde a puseram?"

E Imrahil comentou: "Mas a Senhora Éowyn ainda vivia quando a trouxeram para cá. Não o sabias?"

Então a esperança imprevista veio tão de súbito ao coração de Éomer, e com ela a picada da preocupação e do temor renovados, que nada mais disse, mas deu a volta e saiu depressa do salão; e o Príncipe o seguiu. E quando saíram, já caíra o entardecer, e havia muitas estrelas no céu. E ali vinha Gandalf, a pé, e com ele, alguém vestindo um capuz cinzento; e se encontraram diante das portas das Casas de Cura. E saudaram Gandalf e disseram: "Buscamos o Regente, pois dizem que ele está nesta Casa. Algum mal o acometeu? E a Senhora Éowyn, onde está ela?"

E Gandalf respondeu: "Ela jaz lá dentro e não está morta, mas está à morte. Mas o Senhor Faramir foi ferido por uma seta maligna, como ouvistes, e agora é ele o Regente; pois Denethor partiu, e sua casa está reduzida a cinzas." E encheram-se de dor e espanto com o relato que ele fez.

Mas Imrahil disse: "Então a vitória foi desprovida de contentamento e foi comprada a preço amargo, se Gondor e Rohan foram, ambas no mesmo dia, privadas de seus senhores. Éomer governa os Rohirrim. Quem há de governar a Cidade enquanto isso? Não deveríamos agora pedir que venha o Senhor Aragorn?"

E o homem encapuzado falou e disse: "Ele veio." E viram, quando ele deu um passo para a luz do lampião junto à porta, que era Aragorn, envolto na capa cinzenta de Lórien por cima da cota de malha, e ele não trazia outro símbolo senão a pedra verde de Galadriel. "Vim porque Gandalf me implorou para vir", acrescentou ele. "Mas no presente sou apenas o Capitão dos Dúnedain de Arnor; e o Senhor de Dol Amroth há de governar a Cidade até que Faramir desperte. Mas é meu conselho que Gandalf nos governe a todos nos dias que se seguem e em nossas relações com o Inimigo." E concordaram com isso.

Então Gandalf disse: "Não nos demoremos à porta, pois o tempo urge. Entremos! Pois é apenas na vinda de Aragorn que resta alguma esperança para os doentes que jazem na Casa. Assim falou Ioreth, sábia de Gondor: 'As mãos do rei são mãos de curador, e assim há de ser conhecido o rei de direito.'"

Então Aragorn entrou na frente, e os demais o seguiram. E ali, à porta, havia dois guardas usando a libré da Cidadela: um era alto, mas o outro mal atingia o tamanho de um menino; e quando os viu ele deu uma exclamação de surpresa e alegria.

"Passolargo! Que esplêndido! Sabe, imaginei que fosse você nas naus negras. Mas todos estavam gritando *corsários* e não me escutavam. Como fez isso?"

Aragorn riu e tomou a mão do hobbit. "Bom encontro deveras!", disse ele. "Mas ainda não há tempo para histórias de viajantes."

Mas Imrahil disse a Éomer: "É assim que falamos com nossos reis? Mas quem sabe ele vá usar a coroa com algum outro nome!"

E Aragorn, ouvindo-o, voltou-se e disse: "Deveras, pois no alto idioma de outrora sou *Elessar*, o Pedra-Élfica, e *Envinyatar*, o Renovador"; e ergueu do peito a pedra verde que lá repousava. "Mas Passolargo há de ser o nome de minha casa, se algum dia for estabelecida. No alto idioma não soará tão mal, e serei *Telcontar* e todos os herdeiros de meu corpo."

E com essas palavras entraram na Casa; e enquanto se dirigiam às salas onde eram cuidados os doentes, Gandalf contou dos feitos de Éowyn e Meriadoc. "Pois," disse ele, "por muito tempo estive ao lado deles, e primeiro falavam muito em sonhos, antes de imergirem na treva mortal. Também tenho o dom de ver muitas coisas longínquas."

Aragorn foi primeiro até Faramir, depois até a Senhora Éowyn e por último até Merry. Quando havia contemplado os rostos dos doentes e visto seus males, ele suspirou. "Aqui preciso empregar todo o poder e a habilidade que me são dados", disse ele. "Gostaria que Elrond estivesse aqui, pois ele é o mais velho de toda a nossa raça e tem o maior poder."

E Éomer, vendo que ele estava ao mesmo tempo pesaroso e cansado, disse: "Certamente precisas descansar primeiro, ou pelo menos comer alguma coisa."

Mas Aragorn respondeu: "Não, para estes três, e mais depressa para Faramir, o tempo está acabando. Toda a presteza é necessária."

Então chamou Ioreth e indagou: "Tendes nesta Casa um estoque de ervas de cura?"

"Sim, senhor", respondeu ela; "mas não o bastante, creio, para todos os que precisarão delas. Mas estou certa de que não sei onde encontraremos mais; pois está tudo fora de propósito nestes dias terríveis, com todos os incêndios e queimadas, e são tão poucos os rapazes que levam recados, e todas as estradas estão bloqueadas. Ora, faz dias sem conta que não vem um portador de Lossarnach ao mercado! Mas fazemos o melhor que podemos nesta Casa com o que temos, como certamente vossa senhoria sabe."

"Julgarei isso quando vir", disse Aragorn. "Mais uma coisa é escassa, o tempo para falar. Tendes *athelas*?"

"Com certeza não sei, senhor," respondeu ela, "pelo menos não com esse nome. Vou perguntar ao mestre-das-ervas; ele conhece todos os antigos nomes."

"Também é chamada de *folha-do-rei*", disse Aragorn; "e talvez a conheças por esse nome, pois assim os camponeses a chamam nestes dias tardios."

"Oh, isso!", assentiu Ioreth. "Bem, se vossa senhoria a tivesse mencionado primeiro, eu poderia ter-lhe contado. Não, não temos nada dela, tenho certeza. Ora, nunca ouvi dizer que tivesse alguma grande virtude; e, na verdade, muitas vezes disse às minhas irmãs quando topamos com ela crescendo na mata: 'folha-do-rei', dizia eu, 'é um nome estranho, e me pergunto por que a chamam assim; pois se eu fosse rei teria plantas mais bonitas no jardim'. Ainda assim, tem cheiro doce quando é amassada, não tem? Se doce for a palavra certa: talvez saudável seja mais correto."

"Deveras saudável", disse Aragorn. "E agora, senhora, se amas o Senhor Faramir, corre tão depressa quanto tua língua e me busca folha-do-rei, se houver uma folha na Cidade."

"E se não houver," comentou Gandalf, "cavalgarei a Lossarnach com Ioreth atrás de mim, e ela há de me levar à mata, mas não às suas irmãs. E Scadufax há de lhe mostrar o significado da pressa."

Quando Ioreth se fora, Aragorn mandou que as outras mulheres aquecessem água. Então tomou a mão de Faramir na sua e deitou a outra mão na testa do doente. Esta estava encharcada de suor; mas Faramir não se moveu, nem fez qualquer sinal e mal parecia estar respirando.

"Está quase exaurido", disse Aragorn, voltando-se para Gandalf. "Mas isso não vem da ferida. Veja! ela está sarando. Se ele tivesse sido atingido por uma seta dos Nazgûl, como você pensava, teria morrido naquela noite. Este ferimento foi produzido por uma flecha dos Sulistas, imagino. Quem a extraiu? Guardaram-na?"

"Eu a extraí", disse Imrahil, "e estanquei a ferida. Mas não guardei a flecha, pois tínhamos muito a fazer. Ao que me lembro era uma seta como as usadas pelos Sulistas. Mas acreditei que viesse das Sombras lá em cima, pois do contrário não haveria como compreender sua febre e enfermidade, visto que a ferida não era profunda nem vital. Então como interpretas esse caso?"

"Exaustão, pesar pelo humor do pai, um ferimento e, sobretudo, o Hálito Negro", relatou Aragorn. "É um homem de vontade segura, pois já chegara perto sob a Sombra antes mesmo de partir ao combate nas muralhas externas. A treva deve ter-se insinuado nele lentamente, enquanto lutava e buscava manter seu posto avançado. Queria eu ter estado aqui mais cedo!"

Com isso entrou o mestre-das-ervas. "Vossa senhoria pediu *folha-do-rei*, como os camponeses a chamam," disse ele, "ou *athelas*, no nobre idioma, ou para os que conhecem um pouco de valinoreano..."

"Eu conheço," disse Aragorn, "mas não me importa se disseres agora *asëa aranion* ou *folha-do-rei*, contanto que tenhas um pouco."

"Vosso perdão, senhor!", disse o homem. "Vejo que sois mestre-do-saber, não meramente capitão de guerra. Mas ai de nós! senhor, não mantemos essa coisa nas Casas de Cura, onde só são cuidados os gravemente feridos ou enfermos. Pois ela não tem virtude que conheçamos, exceto talvez para adoçar o ar fétido ou expulsar algum abatimento passageiro. A não ser, é claro, que deis crédito aos poemas dos dias antigos, que as mulheres como nossa boa Ioreth ainda repetem sem os compreender.

> *"Quando o hálito negro desce*
> *e a sombra da morte cresce*
> *e longe da luz estás,*
> *venha athelas! venha athelas!*
>   *Vida para o que morre*
> *Na mão do rei que o socorre!*[A]

"Receio que sejam só versos de pé-quebrado, distorcidos na lembrança das velhinhas. Deixo seu significado ao vosso julgamento, se de fato eles têm algum. Mas a gente velha ainda usa uma infusão da erva contra dores de cabeça."

"Então, em nome do rei, vai e encontra algum ancião com menos tradição e mais sabedoria que tenha alguma em casa!", exclamou Gandalf.

Agora Aragorn estava de joelhos junto a Faramir e pôs uma mão em sua testa. E os que observavam sentiram que ocorria um grande combate. Pois o rosto de Aragorn se tornou cinzento de cansaço; e vez por outra chamou o nome de Faramir, mas a cada vez mais fraco aos ouvidos deles, como se o próprio Aragorn estivesse remoto e caminhasse bem longe, em um vale escuro, chamando por alguém perdido.

E finalmente Bergil entrou correndo, e trazia seis folhas em um pano. "É folha-do-rei, Senhor", disse ele; "mas não é fresca, receio. Deve ter sido colhida pelo menos duas semanas atrás. Espero que sirva, Senhor." Então, olhando para Faramir, irrompeu em lágrimas.

Mas Aragorn sorriu. "Servirá", afirmou ele. "O pior já passou. Fica e consola-te!" Então, tomando duas folhas, depositou-as nas mãos, soprou nelas e depois esmagou-as, e de imediato um frescor vivo preencheu o recinto, como se o próprio ar despertasse e tinisse, cintilando de alegria. Então lançou as folhas nas tigelas de água fumegante que lhe trouxeram, e imediatamente todos os corações se sentiram mais leves. Pois a fragrância que veio a cada um era como uma lembrança de manhãs orvalhadas de sol sem sombra, em alguma terra onde o próprio belo mundo da primavera é apenas uma lembrança fugidia. Mas Aragorn se pôs de pé como quem está refeito, e seus olhos sorriam quando segurou uma tigela diante do rosto sonhador de Faramir.

"Ora veja! Quem iria acreditar?", disse Ioreth a uma mulher que estava a seu lado. "A erva é melhor do que eu pensava. Lembra-me as rosas de Imloth Melui quando eu era garota, e nenhum rei poderia pedir coisa melhor."

De repente Faramir mexeu-se, abriu os olhos e olhou para Aragorn, inclinado sobre ele; e uma luz de conhecimento e amor se acendeu em seus olhos, e falou baixinho: "Meu senhor, vós me chamastes. Eu vim. O que o rei ordena?"

"Não caminhes mais nas sombras, mas desperta!", disse Aragorn. "Estás exausto. Descansa um pouco, alimenta-te e te apronta para quando eu retornar."

"Farei isso, senhor!", respondeu Faramir. "Pois quem ficará ocioso se o rei retornou?"

"Então adeus por um breve tempo!", disse Aragorn. "Preciso ir ter com outros que precisam de mim." E deixou o recinto com Gandalf e Imrahil; mas Beregond e seu filho ficaram para trás, incapazes de conter a alegria. Ao seguir Gandalf e fechar a porta, Pippin ouviu Ioreth exclamando:

"Rei! Ouviste isso? O que eu disse? Mãos de curador, eu disse." E logo se espalhou a notícia, vinda da Casa, de que o rei deveras estava entre eles e de que trazia a cura após a guerra; e as novas correram pela Cidade.

Mas Aragorn foi ter com Éowyn e disse: "Aqui há um grave ferimento e um pesado golpe. O braço que se quebrou foi cuidado com a habilidade devida e com o tempo vai sarar, se ela tiver força para viver. O braço do escudo foi mutilado; mas o mal principal vem do braço da espada. Nele já parece não haver vida, apesar de não estar quebrado.

"Ai dela! Pois enfrentou um adversário além da força de sua mente ou seu corpo. E quem toma uma arma diante de tal inimigo deve ser mais resistente que o aço, se o próprio choque não o destruir. Foi uma má sina que a pôs no caminho dele. Pois é uma bela donzela, a mais bela senhora de uma casa de rainhas. Porém não sei como eu deveria falar dela. Da primeira vez em que a contemplei e percebi sua infelicidade, pareceu-me ver uma flor branca, ereta e altiva, formosa como um lírio, e ainda assim soube que era dura como se tivesse sido talhada em aço por artífices-élficos. Ou quem sabe fora uma geada que lhe tornara a seiva em gelo, e assim ela estava em pé, agridoce, ainda bela de se ver, mas atingida, para logo cair e morrer? Sua enfermidade começa muito antes deste dia, não é assim, Éomer?"

"Admiro-me por me perguntardes, senhor", respondeu ele. "Pois vos considero inocente neste caso, como em tudo o mais; porém eu não sabia que Éowyn, minha irmã, tivesse sido tocada por uma geada até a primeira vez em que vos viu. Preocupação e temor ela tinha e compartilhava comigo nos dias de Língua-de-Cobra e do enfeitiçamento do rei; e ela cuidava do rei com medo crescente. Mas isso não a pôs neste estado!"

"Meu amigo," comentou Gandalf, "tu tinhas cavalos, feitos d'armas e os campos livres, mas ela, nascida em corpo de donzela, tinha espírito e coragem pelo menos iguais aos teus. Porém estava fadada a cuidar de um ancião, a quem amava como a um pai, e a vê-lo cair em senilidade medíocre e desonrosa; e seu papel lhe parecia mais ignóbil que o do cajado onde ele se apoiava.

"Pensas que Língua-de-Cobra só tinha veneno para os ouvidos de Théoden? 'Velho caduco! O que é a casa de Eorl senão um celeiro coberto de palha onde bandidos bebem no meio da fumaça e seus pirralhos rolam no chão entre os cachorros?' Não ouviste antes essas palavras? Saruman as pronunciou, o instrutor de Língua-de-Cobra. Porém não duvido de que em casa Língua-de-Cobra envolvesse seu significado em termos mais habilidosos. Meu senhor, se o amor de tua irmã por ti, e sua vontade ainda subordinada ao dever, não lhe tivessem refreado os lábios, poderias ter ouvido saindo deles coisas iguais a essas. Mas quem sabe o que ela dizia à escuridão, a sós, nas amargas vigílias da noite, quando toda a sua vida parecia encolher, e as paredes de seu aposento pareciam se fechar sobre ela, uma cabana para entravar uma criatura selvagem?"

Então Éomer ficou em silêncio e olhou para a irmã, como se ponderasse de novo todos os dias da vida que haviam passado juntos. Mas Aragorn disse: "Também vi o que vias, Éomer. Poucos pesares dentre os maus acasos deste mundo contêm mais amargor e vergonha para o coração humano do que contemplar o amor de uma senhora tão bela e valente que não pode ser devolvido. O pesar e a pena me seguiram desde que a deixei desesperada no Fano-da-Colina e cavalguei rumo às Sendas dos Mortos; e nenhum medo nesse caminho foi tão presente quanto o medo do que poderia lhe acontecer. E mesmo assim, Éomer, eu te digo que ela te ama mais verdadeiramente que a mim; pois a ti ela ama e conhece; mas em mim ama apenas uma sombra e um pensamento: uma esperança de glória, grandes feitos e terras longe dos campos de Rohan.

"Pode ser que eu tenha o poder de curar seu corpo e de chamá-la de volta do vale escuro. Mas para o que ela despertará: esperança, ou olvido, ou desespero, eu não sei. E se for para o desespero, então ela morrerá, a não ser que venha outra cura que não posso trazer. Ai dela! pois seus feitos a puseram entre as rainhas de grande renome."

Então Aragorn agachou-se e olhou em seu rosto, e de fato este estava branco como um lírio, frio como a geada e duro como pedra esculpida. Mas ele se inclinou e a beijou na testa, e chamou por ela baixinho, dizendo:

"Éowyn, filha de Éomund, desperta! Pois teu inimigo se foi!"

Ela não se mexeu, mas já começava a respirar profundamente, de forma que o peito subia e caía sob o linho branco do lençol. Mais uma vez Aragorn esmagou duas folhas de *athelas* e as lançou em água fumegante; e lavou com ela a sua testa e seu braço direito, que repousava na coberta, frio e insensível.

Então, quer Aragorn tivesse de fato algum poder esquecido de Oriente, ou quer fossem apenas suas palavras sobre a Senhora Éowyn agindo sobre eles, quando a doce influência da erva se insinuou no recinto, pareceu aos que estavam próximos que um vento vivo soprava pela janela, e não trazia aroma, mas era um ar totalmente fresco, limpo e novo, como se antes não tivesse sido respirado por nenhum ser vivente e viesse recém-feito de montanhas nevadas que se erguessem sob uma cúpula de estrelas, ou de longínquas praias de prata banhadas por mares de espuma.

"Desperta, Éowyn, Senhora de Rohan!", disse Aragorn outra vez, e tomou em sua mão a direita dela, e sentiu-a morna com o retorno da vida. "Desperta! A sombra se foi e toda a escuridão foi lavada!" Então pôs a mão dela na de Éomer e afastou-se. "Chama-a!", disse ele, e saiu do recinto em silêncio.

"Éowyn, Éowyn!", exclamou Éomer entre lágrimas. Mas ela abriu os olhos e disse: "Éomer! Que alegria é esta? Pois disseram que tinhas sido abatido. Não, mas essas eram somente as vozes escuras em meu sonho. Por quanto tempo estive sonhando?"

"Não muito, minha irmã", respondeu Éomer. "Mas não penses mais nisso!"

"Estou estranhamente cansada", comentou ela. "Preciso repousar um pouco. Mas conta-me, o que é feito do Senhor da Marca? Ai de nós! Não me digas que isso foi um sonho; pois sei que não foi. Ele está morto, como previa."

"Está morto," disse Éomer, "mas mandou-me dar adeus a Éowyn, mais cara que uma filha. Agora jaz em grande honra na Cidadela de Gondor."

"Isso é doloroso", lamentou ela. "E mesmo assim é bom além de tudo que ousei esperar nos dias escuros, quando parecia que a Casa de Eorl se afundara em honra menor que uma choupana de pastor. E o que é feito do escudeiro do rei, do Pequeno? Éomer, hás de fazer dele um cavaleiro da Marca, pois é valoroso!"

"Jaz aqui perto nesta Casa, e vou ter com ele", informou Gandalf. "Éomer há de ficar aqui por algum tempo. Mas não fales ainda de guerra ou pesar até que estejas recuperada. É grande ventura ver-te despertar outra vez para a saúde e a esperança, tão valorosa senhora!"

"Para a saúde?", disse Éowyn. "Pode ser. Ao menos enquanto houver uma sela vazia de um Cavaleiro tombado que eu possa ocupar e houver feitos a realizar. Mas para a esperança? Não sei."

Gandalf e Pippin foram ao quarto de Merry e ali encontraram Aragorn de pé junto ao leito. "Pobre velho Merry!", exclamou Pippin, e correu para a beira da cama, pois lhe parecia que o amigo estava com aspecto pior, e tinha um tom cinzento no rosto, como se o peso de anos de tristeza estivesse sobre ele; e de repente Pippin foi assaltado pelo medo de que Merry fosse morrer.

"Não tenha medo", disse Aragorn. "Cheguei a tempo e o chamei de volta. Agora está exausto, triste e feriu-se como a Senhora Éowyn, tentando golpear aquele ser mortífero. Mas esses males podem ser emendados, tão forte e alegre é o seu espírito. Sua tristeza ele não esquecerá; mas ela não lhe obscurecerá o coração, e sim lhe ensinará sabedoria."

Então Aragorn pôs a mão na cabeça de Merry e, passando-a suavemente pelos cachos castanhos, tocou as pálpebras e o chamou pelo nome. E quando a fragrância da *athelas* perpassou o quarto, como o aroma de pomares e da urze à luz do sol, cheia de abelhas, Merry despertou de repente e disse:

"Estou com fome. Que horas são?"

"Já passa da hora do jantar", respondeu Pippin; "mas arrisco dizer que eu poderia lhe trazer alguma coisa, se me deixarem."

"Deixarão de fato", afirmou Gandalf. "E qualquer outra coisa que este Cavaleiro de Rohan possa desejar, se puder ser encontrada em Minas Tirith, onde seu nome é honrado."

"Bom!", exclamou Merry. "Então gostaria de jantar primeiro, e depois um cachimbo." Nesse ponto seu rosto se anuviou. "Não, não um cachimbo. Não acho que vá voltar a fumar."

"Por que não?", perguntou Pippin.

"Bem", respondeu Merry devagar. "Ele morreu. Isso me fez relembrar tudo. Ele disse que sentia muito por nunca ter tido a oportunidade de conversar comigo sobre o saber-das-ervas. Quase a última coisa que chegou a dizer. Jamais hei de conseguir fumar de novo sem pensar nele e naquele dia, Pippin, em que veio cavalgando a Isengard e foi tão polido."

"Fume então e pense nele!", disse Aragorn. "Pois tinha um coração gentil, era um grande rei e cumpria suas juras; e ergueu-se das sombras para uma última bela manhã. Apesar de ter sido breve o seu serviço com ele, deveria ser uma lembrança feliz e honrada até o fim de seus dias."

Merry sorriu. "Então muito bem," comentou ele, "se Passolargo conseguir o necessário, vou fumar e pensar. Eu tinha da melhor erva de Saruman na mochila, mas certamente não sei o que foi feito dela na batalha."

"Mestre Meriadoc," disse Aragorn, "se você pensa que passei pelas montanhas e pelo reino de Gondor com fogo e espada para trazer ervas a um soldado descuidado que joga fora seu equipamento, está enganado. Se a sua mochila não foi encontrada, precisa mandar vir o mestre-das-ervas desta Casa. E ele lhe dirá que não sabia que a erva que você deseja tem qualquer virtude, mas que é chamada *erva-do-homem-do-oeste* pelo vulgo, e *galenas* pelos nobres, e outros nomes em outras línguas mais eruditas; e depois de acrescentar alguns versos meio esquecidos que não entende, ele o informará, pesaroso, de que ela não existe na Casa e vai deixá-lo refletindo sobre a história das línguas. E agora farei o mesmo. Pois não dormi em uma cama como esta desde que parti do Fano-da-Colina, nem comi desde a escuridão antes do amanhecer."

Merry agarrou sua mão e a beijou. "Lamento imensamente", disse ele. "Vá logo! Desde aquela noite em Bri temos sido um estorvo para você. Mas é o modo de meu povo usar palavras leves em tempos assim e dizer menos do que se quer significar. Receamos dizer demais. Isso nos tira as palavras certas quando um chiste está fora de lugar."

"Sei bem disso, do contrário não lidaria com vocês da mesma maneira", respondeu Aragorn. "Que o Condado viva para sempre sem perder o vigor!" Beijou Merry e saiu, e Gandalf foi com ele.

Pippin ficou para trás. "Alguma vez existiu alguém como ele?", indagou. "Exceto por Gandalf, é claro. Acho que devem ser parentes. Meu caro asno, sua mochila está no chão ao lado de sua cama e estava em suas costas quando o encontrei. Ele a viu o tempo todo, é claro. E seja como for, eu tenho um pouco da minha. Vamos agora! É Folha do Vale Comprido. Encha o cachimbo enquanto saio para achar alguma comida. E depois vamos relaxar um pouco. Valha-me! Nós, Tûks e Brandebuques, não podemos viver muito tempo nas alturas."

"Não", disse Merry. "Eu não posso. Ainda não, seja como for. Mas pelo menos, Pippin, agora podemos vê-las e honrá-las. É melhor apreciar primeiro o que somos feitos para apreciar, acho: precisamos começar em algum lugar e ter raízes, e o solo do Condado é fundo. Ainda assim, há coisas mais fundas e mais altas; e nem um feitor poderia cuidar do jardim no que ele chama de paz se não fosse por elas, quer ele saiba a respeito ou não. Estou contente de saber delas, um pouco. Mas não sei por que estou falando desse jeito. Onde está essa folha? E pegue meu cachimbo na mochila, se não estiver quebrado."

Em seguida, Aragorn e Gandalf foram ter com o Diretor das Casas de Cura e lhe aconselharam que Faramir e Éowyn lá ficassem e ainda fossem cuidados com atenção por muitos dias.

"A Senhora Éowyn", disse Aragorn, "logo desejará se levantar e partir; mas não devem permitir que ela o faça, se for possível retê-la de algum modo, até que se passem pelo menos dez dias."

"Quanto a Faramir," comentou Gandalf, "ele logo precisa ser informado de que o pai está morto. Mas não lhe deve ser contada a história completa da loucura de Denethor até estar bem curado e ter deveres a cumprir. Cuida que Beregond e o *perian* que estavam presentes não lhe falem ainda desses fatos!"

"E o outro *perian*, Meriadoc, que está a meus cuidados, o que fazer com ele?", indagou o Diretor.

"É provável que esteja apto a se levantar amanhã, por breve tempo", respondeu Aragorn. "Deixa-o levantar-se, se ele quiser. Poderá caminhar um pouco, cuidado pelos amigos."

"São uma raça notável", acrescentou o Diretor, assentindo com a cabeça. "De fibras muito rijas, julgo eu."

Às portas das Casas, muitos já se aglomeravam para ver Aragorn e o seguiam; e quando ele finalmente jantara, vieram homens pedir que curasse seus parentes ou amigos, cujas vidas estavam em perigo de enfermidade ou ferimento ou que jaziam sob a Sombra Negra. E Aragorn se ergueu e saiu, e mandou vir os filhos de Elrond, e juntos labutaram até tarde da noite. E as palavras se espalharam pela Cidade: "Deveras o Rei voltou". E chamavam-no de Pedra-Élfica por causa da pedra verde que usava, e, assim, o nome que ele deveria usar, como vaticinado em seu nascimento, foi escolhido para ele por seu próprio povo.

E quando não conseguia mais labutar, envolveu-se na capa, saiu da Cidade às escondidas e foi à sua tenda logo antes do amanhecer, onde dormiu um pouco. E pela manhã o estandarte de Dol Amroth, uma nau branca semelhante a um cisne sobre água azul, flutuava na Torre, e os homens erguiam os olhos e se perguntavam se a vinda do Rei fora apenas um sonho.

9

O Último Debate

Veio a manhã após o dia da batalha, e era bela, com poucas nuvens e um vento que virava para o oeste. Legolas e Gimli estavam de pé cedo e pediram permissão para subirem à Cidade; pois estavam ansiosos para verem Merry e Pippin.

"É bom ficar sabendo que ainda estão vivos", disse Gimli; "pois nos custaram grande esforço em nossa marcha por Rohan, e eu não gostaria de desperdiçar esse esforço."

Juntos, o Elfo e o Anão entraram em Minas Tirith, e as pessoas que os viam passar se admiravam de ver tais companheiros; pois Legolas tinha o rosto belo além da medida dos Homens e cantava uma canção-élfica em nítida voz ao caminhar na manhã; mas Gimli andava altivo ao seu lado, cofiando a barba e olhando em torno.

"Aqui há boas obras de pedra", comentou ele, observando os muros; "mas também algumas que são menos boas, e as ruas podiam ser mais bem projetadas. Quando Aragorn assumir sua herança, hei de lhe oferecer o serviço de alvanéis da Montanha, e ele a transformará em uma cidade para se orgulhar."

"Precisam de mais jardins", disse Legolas. "As casas são mortas, e aqui há bem poucas coisas que crescem e estão contentes. Se Aragorn assumir sua herança, o povo da Floresta lhe trará aves que cantam e árvores que não morrem."

Finalmente chegaram até o Príncipe Imrahil, e Legolas o encarou e fez uma funda mesura; pois via que ali deveras estava alguém que tinha sangue-élfico nas veias. "Salve, senhor!", disse ele. "Faz tempo que o povo de Nimrodel deixou as matas de Lórien, porém ainda se pode ver que nem todos zarparam do porto de Amroth rumo ao oeste por sobre as águas."

"Assim se diz na tradição de minha terra", respondeu o Príncipe; "porém por anos sem conta nunca se viu lá alguém do belo povo. E me admiro de ver um deles aqui, agora, em meio ao pesar e à guerra. O que buscas?"

"Sou um dos Nove Companheiros que partiram com Mithrandir de Imladris", disse Legolas; "e com este Anão, meu amigo, vim junto ao

Senhor Aragorn. Mas agora desejamos ver nossos amigos Meriadoc e Peregrin, que estão a vossos cuidados, ao que nos dizem."

"Ireis encontrá-los nas Casas de Cura, e eu vos levarei até lá", disse Imrahil.

"Será o bastante se mandares alguém que nos conduza, senhor", comentou Legolas. "Pois Aragorn vos manda esta mensagem. Ele não quer entrar outra vez na Cidade por ora. Porém é preciso que os capitães se reúnam em conselho de imediato, e ele pede que vós e Éomer de Rohan desçais às suas tendas assim que for possível. Mithrandir já está lá."

"Iremos", afirmou Imrahil; e despediram-se com palavras corteses.

"Este é um bom senhor e um grande capitão dos homens", afirmou Legolas. "Se Gondor ainda tem tais homens nestes dias de desvanecimento, deve ter sido grande a sua glória nos dias de sua ascensão."

"E sem dúvida as boas obras de pedra são as mais antigas, e foram feitas na primeira construção", observou Gimli. "Sempre é assim com as coisas que os Homens começam: há uma geada na primavera, ou uma seca no verão, e eles descumprem a promessa."

"Mas raramente falha a sua semente", disse Legolas. "E essa jazerá no pó e na podridão para brotar de novo em tempos e lugares inesperados. Os feitos dos Homens durarão mais que nós, Gimli."

"E mesmo assim, acredito, no fim nada mais serão que possibilidades desperdiçadas", retrucou o Anão.

"Para isso os Elfos não conhecem resposta", disse Legolas.

Veio então o serviçal do Príncipe e os levou às Casas de Cura; e ali encontraram os amigos no jardim, e foi alegre o seu encontro. Por algum tempo passearam e conversaram, comprazendo-se por breve espaço na paz e no descanso naquela manhã, no alto dos círculos da Cidade soprados pelo vento. Então, quando Merry se cansou, foram sentar-se na muralha, tendo atrás de si o gramado das Casas de Cura; e ao sul, diante deles, o Anduin reluzia ao sol, correndo para longe, saindo da vista até de Legolas, para as amplas planícies e a névoa verde de Lebennin e Ithilien do Sul.

E agora Legolas silenciou, enquanto os demais conversavam, e observou na direção do sol, e fitando viu brancas aves marinhas que vinham voando Rio acima.

"Vede!", exclamou ele. "Gaivotas! Estão voando longe para o interior. Para mim são uma maravilha e uma inquietação do coração. Nunca as havia encontrado em toda a minha vida até que chegamos a Pelargir, e ali as ouvi gritando no ar, quando cavalgamos rumo à batalha das naus. Então fiquei imóvel, esquecendo-me da guerra na Terra-média; pois suas vozes plangentes me falavam do Mar. O Mar! Ai de mim! ainda não o contemplei. Mas no fundo do coração de toda a minha gente reside o anseio pelo mar, que é perigoso agitar. Ai de mim pelas gaivotas! Não hei de ter paz outra vez sob faia ou sob olmo."

"Não digas isso!", pediu Gimli. "Ainda há coisas incontáveis para serem vistas na Terra-média e grandes obras a realizar. Mas se todo o belo povo partir para os Portos será um mundo mais enfadonho para os que estão fadados a ficar."

"Enfadonho e melancólico, de fato!", assentiu Merry. "Não podes ir aos portos, Legolas. Sempre haverá pessoas, grandes ou pequenas, e até alguns poucos anãos sábios, como Gimli, que precisam de ti. Pelo menos é o que espero. Mas de algum modo eu sinto que o pior desta guerra ainda está por vir. Como eu gostaria que estivesse tudo terminado, e bem terminado!"

"Não seja tão sombrio!", exclamou Pippin. "A Sol está brilhando, e aqui estamos nós, juntos por um ou dois dias pelo menos. Quero ouvir mais sobre todos vós. Vamos, Gimli! Tu e Legolas já mencionastes vossa estranha jornada com Passolargo uma dúzia de vezes nesta manhã. Mas não me contastes nada a respeito."

"O Sol pode estar brilhando aqui," disse Gimli, "mas há lembranças daquela estrada que não desejo trazer de volta da escuridão. Se eu soubesse o que tinha pela frente, creio que nem por qualquer amizade eu trilharia as Sendas dos Mortos."

"As Sendas dos Mortos?", indagou Pippin. "Ouvi Aragorn falando nisso e perguntei-me o que quereria dizer. Não queres nos contar um pouco mais?"

"Não de bom grado", respondeu Gimli. "Pois naquela estrada fui envergonhado: Gimli, filho de Glóin, que se considerara mais duro que os Homens e mais intrépido sob a terra que qualquer Elfo. Mas não demonstrei nenhuma das duas coisas; e fui mantido no caminho somente pela vontade de Aragorn."

"E também pelo amor a ele", acrescentou Legolas. "Pois todos os que chegam a conhecê-lo também o amam à sua própria maneira, mesmo a fria donzela dos Rohirrim. Foi na manhãzinha do dia antes que lá chegasses, Merry, que deixamos o Fano-da-Colina, e todo o povo estava tão temeroso que ninguém queria assistir à nossa partida, exceto a Senhora Éowyn, que agora jaz ferida na Casa aqui embaixo. Houve pesar naquela despedida, e me afligi de contemplá-la."

"Ai de mim! eu só me importava comigo mesmo", disse Gimli. "Não! Não falarei daquela jornada."

Silenciou; mas Pippin e Merry estavam tão ansiosos por notícias que finalmente Legolas disse: "Vou contar-vos o suficiente para sossegardes; pois não senti o horror, e não temi as sombras dos Homens, que considerei impotentes e frágeis."

Então contou rapidamente da estrada assombrada sob as montanhas, do obscuro encontro em Erech e da grande cavalgada a partir de lá, noventa léguas e três até Pelargir, à margem do Anduin. "Quatro dias e noites e o começo do quinto dia cavalgamos desde a Pedra Negra", disse ele. "E eis! na escuridão de Mordor acendeu-se minha esperança; pois naquela treva a Hoste de Sombra parecia tornar-se mais forte e mais terrível de contemplar. Vi alguns cavalgando, alguns caminhando, porém todos movendo-se com a mesma grande velocidade. Eram silenciosos, mas tinham um brilho nos olhos. Nos planaltos de Lamedon alcançaram nossos cavalos, passaram em nossa volta e nos teriam ultrapassado se Aragorn não lhos tivesse proibido.

"Ao seu comando eles se refrearam. 'Mesmo as sombras dos Homens obedecem à sua vontade', pensei. 'Ainda poderão servir aos seus propósitos!'

"Cavalgamos por um dia de luz, e depois veio o dia sem amanhecer, e ainda prosseguimos a cavalo e atravessamos o Ciril e o Ringló; e no terceiro dia chegamos a Linhir, acima da foz do Gilrain. E ali os homens de Lamedon disputavam os vaus com o povo feroz de Umbar e Harad, que subira de barco pelo rio. Mas todos, defensores e adversários, desistiram do combate e fugiram quando viemos, gritando que o Rei dos Mortos os acometia. Só Angbor, Senhor de Lamedon, teve a coragem de nos suportar; e Aragorn mandou que ele reunisse seu povo e que viessem atrás de nós, se ousassem, depois da passagem da Hoste Cinzenta.

"'Em Pelargir, o Herdeiro de Isildur precisará de vós', disse ele.

"Assim atravessamos sobre o Gilrain, impelindo diante de nós, em alvoroço, os aliados de Mordor; e depois repousamos um pouco. Mas Aragorn logo se ergueu, dizendo: 'Eis! Minas Tirith já foi atacada. Receio que caia antes que cheguemos em seu auxílio.' Portanto, montamos de novo antes de terminar a noite e prosseguimos à toda pressa que nossos cavalos podiam suportar por sobre as planícies de Lebennin."

Legolas fez uma pausa, suspirou e, voltando os olhos para o sul, cantou baixinho:

> *Como prata correm os rios do Celos ao Erui*
> *Nos verdes campos de Lebennin!*
> *Lá alta cresce a grama. Ao vento do Mar*
> *Balançam os lírios brancos,*
> *E se agitam os sinos dourados de mallos e alfirin*
> *Nos verdes campos de Lebennin,*
> *Ao vento do Mar!*[A]

"São verdes esses campos nas canções de meu povo; mas então estavam escuros, desertos cinzentos no negror diante de nós. E por cima da ampla terra, pisoteando sem perceber a relva e as flores, caçamos nossos inimigos por um dia e uma noite até que, no amargo fim, acabamos alcançando o Grande Rio.

"Então pensei em meu coração que nos avizinhávamos do Mar; pois era ampla a água na escuridão, e incontáveis aves marinhas gritavam em suas margens. Ai de mim pelo choro das gaivotas! A Senhora não me disse que tomasse cuidado com elas? E agora não consigo esquecê-las."

"Eu, de minha parte, não lhes dei atenção", disse Gimli; "pois aí finalmente começamos a combater a sério. Ali, em Pelargir, estava atracada a principal frota de Umbar, cinquenta grandes naus e embarcações menores sem conta. Muitos dos que perseguimos haviam chegado aos portos antes de nós e levaram seu medo consigo; e algumas das naus haviam zarpado, procurando escapar Rio abaixo ou alcançar a margem oposta; e muitos dos barcos menores estavam em chamas. Mas os Haradrim, agora levados ao extremo, viraram-se acuados, e eram ferozes em seu desespero; e riram quando nos contemplaram, pois ainda eram um grande exército.

"Mas Aragorn parou e gritou em alta voz: 'Agora vinde! Pela Pedra Negra eu vos chamo!' E de súbito a Hoste de Sombra, que até o fim se refreara, veio como uma maré cinzenta, varrendo todos diante de si. Ouvi gritos débeis, o soar de trompas indistintas e um murmúrio como de incontáveis vozes longínquas: era como o eco de alguma batalha olvidada nos Anos Sombrios muito tempo atrás. Espadas pálidas foram desembainhadas; mas não sei se suas lâminas ainda feriam, pois os Mortos não necessitavam mais de nenhuma arma além do medo. Ninguém lhes resistia.

"Foram a todas as naus que estavam atracadas e depois passaram sobre a água àquelas que estavam ancoradas; e todos os marujos foram tomados por uma loucura de terror e saltaram sobre a borda, exceto os escravos acorrentados aos remos. Cavalgamos temerários entre nossos inimigos em fuga, empurrando-os como folhas, até alcançarmos a margem. E então Aragorn mandou um dos Dúnedain a cada uma das grandes naus que restavam, e consolaram os cativos que estavam a bordo e mandaram-nos pôr de lado o medo e serem livres.

"Antes que terminasse aquele dia escuro, não restava um só dos inimigos para nos resistir; estavam todos afogados, ou fugiam rumo ao sul na esperança de encontrarem a pé as suas próprias terras. Considerei estranho e maravilhoso que os desígnios de Mordor fossem derrotados por tais espectros de temor e treva. Foi vencido com suas próprias armas!"

"Estranho deveras", observou Legolas. "Naquela hora olhei para Aragorn e pensei como poderia ter-se tornado um Senhor grande e terrível, com a força de sua vontade, se tivesse tomado o Anel para si. Não é em vão que Mordor o teme. Mas seu espírito é mais nobre que a compreensão de Sauron; pois não é ele um dos filhos de Lúthien? Jamais há de falhar essa linhagem, por muito que os anos se estendam sem conta."

"Estão além dos olhos dos Anãos tais vaticínios", disse Gimli. "Mas deveras poderoso foi Aragorn nesse dia. Eis! toda a frota negra estava em suas mãos; e escolheu a maior nau para ser a sua e embarcou nela. Então fez soar um grande conjunto de trompas tiradas do inimigo; e a Hoste de

Sombra se retirou para a margem. Ali se postaram em silêncio, quase invisíveis, exceto por um brilho rubro em seus olhos que refletia o clarão das naus que queimavam. E Aragorn falou em alta voz aos Mortos, exclamando:

"'Ouvi agora as palavras do Herdeiro de Isildur! Vossa jura está cumprida. Voltai e nunca mais importunai os vales! Parti e ficai em sossego!'

"E diante disso, o Rei dos Mortos se adiantou da hoste, quebrou sua lança e a jogou ao chão. Então fez uma profunda reverência e lhe deu as costas; e rapidamente toda a hoste cinzenta se retirou e desapareceu como uma neblina impelida por um vento repentino; e pareceu-me acordar de um sonho.

"Naquela noite descansamos enquanto outros labutavam. Pois muitos cativos tinham sido libertados, e foram soltos muitos escravos que eram gente de Gondor aprisionada em incursões; e logo houve também grande reunião de homens vindos de Lebennin e do Ethir, e Angbor de Lamedon chegou com todos os cavaleiros que conseguiu convocar. Agora que fora removido o temor dos Mortos eles vieram nos ajudar e contemplar o Herdeiro de Isildur; pois o rumor desse nome correra como fogo no escuro.

"E esse é quase o fim de nossa história. Pois durante aquele entardecer e aquela noite muitas naus foram aprestadas e tripuladas; e pela manhã a frota partiu. Já parece que faz muito tempo, mas foi apenas na manhã do dia de anteontem, o sexto depois de nossa partida do Fano-da-Colina. Mas Aragorn ainda era impelido pelo medo de que o tempo não bastaria.

"'São quarenta léguas e duas de Pelargir até os cais do Harlond', disse ele. 'Mas ao Harlond precisamos chegar amanhã, ou fracassaremos por completo.'

"Agora os remos estavam sendo manejados por homens livres, e labutavam de modo varonil; porém subimos lentamente pelo Grande Rio, pois porfiávamos contra sua correnteza e, apesar de ela não ser veloz lá no Sul, não tínhamos auxílio do vento. Eu estaria muito apreensivo, por muito que tivéssemos vencido nos Portos, se Legolas não tivesse rido de repente.

"'Ergue tua barba, filho de Durin!', disse ele. 'Pois assim foi dito: *Nasce a esperança amiúde quando o homem se desilude.*' Mas não queria contar que esperança enxergava de longe. Quando a noite chegou, só fez aprofundar a treva, e nossos corações estavam inflamados, pois lá longe no Norte víamos um fulgor vermelho sob a nuvem, e Aragorn disse: 'Minas Tirith está em chamas.'

"Mas à meia-noite deveras renasceu a esperança. Hábeis marinheiros do Ethir, olhando para o sul, falaram de uma mudança que vinha com o vento fresco do Mar. Muito antes de chegar o dia, as naus de mastros içaram velas, e nossa velocidade aumentou até o amanhecer alvejar a espuma em nossas proas. E assim foi, como sabeis, que viemos à terceira hora da manhã, com bom vento e Sol descoberto, e desfraldamos em batalha o grande estandarte. Foi um grande dia e uma grande hora, não importa o que vier depois."

"O que quer que se siga, grandes feitos não têm seu valor diminuído", comentou Legolas. "Foi grande feito percorrer as Sendas dos Mortos, e grande há de permanecer, por muito que não reste ninguém em Gondor para cantá-lo nos dias que estão por vir."

"E isso pode muito bem acontecer", respondeu Gimli. "Pois os rostos de Aragorn e Gandalf estão sérios. Muito me pergunto que conselhos estão trocando nas tendas lá embaixo. De minha parte, como Merry, gostaria que a guerra já tivesse acabado com nossa vitória. Mas, não importa o que ainda reste a ser feito, espero ter meu papel, pela honra do povo da Montanha Solitária."

"E eu pelo povo da Grande Floresta", disse Legolas, "e pelo amor do Senhor da Árvore Branca."

Então os companheiros silenciaram, mas ficaram por algum tempo sentados no lugar elevado, cada um ocupado com seus próprios pensamentos, enquanto os Capitães debatiam.

Quando o Príncipe Imrahil se havia despedido de Legolas e Gimli, mandou que Éomer viesse de imediato; com ele desceu da Cidade, e chegaram às tendas de Aragorn, que estavam montadas no campo não longe do local onde tombara o Rei Théoden. E ali aconselharam-se juntamente com Gandalf, Aragorn e os filhos de Elrond.

"Meus senhores," disse Gandalf, "escutai as palavras do Regente de Gondor antes de sua morte: 'Poderás triunfar nos campos da Pelennor por um dia, mas contra o Poder que ora se levanta não há vitória.' Não peço que vos desespereis como ele, mas que ponderes a verdade destas palavras.

"As Pedras Videntes não mentem e nem mesmo o Senhor de Barad-dûr pode fazê-las mentir. Talvez possa escolher, por sua vontade, quais coisas hão de ser vistas por mentes mais débeis ou fazer com que se enganem quanto ao significado do que veem. Ainda assim não se pode duvidar de que, vendo grandes exércitos preparados contra ele em Mordor, e ainda mais sendo reunidos, Denethor tenha visto aquilo que é em verdade.

"Nossa força mal bastou para rechaçar o primeiro grande ataque. O próximo será maior. Esta guerra, portanto, é sem esperança final, como Denethor percebeu. A vitória não pode ser conseguida pelas armas, quer vos senteis aqui para suportardes um cerco após o outro, quer partais em marcha para serdes sobrepujados além do Rio. Só tendes uma escolha entre males; e a prudência vos aconselharia a reforçardes os lugares fortificados que tendes e esperardes ali o assalto; pois assim o tempo até vosso fim será prolongado um pouco."

"Então queres que recuemos a Minas Tirith, Dol Amroth ou ao Fano-da-Colina, e ali nos sentemos como crianças em castelos de areia quando a maré está fluindo?", indagou Imrahil.

"Esse não seria um conselho novo", respondeu Gandalf. "Não fizestes isso e pouco mais em todos os dias de Denethor? Mas não! Eu disse que isso seria prudente. Não aconselho a prudência. Eu disse que a vitória não podia ser conseguida pelas armas. Ainda tenho esperança de vitória, mas não pelas armas. Pois no meio de todas estas políticas entra o Anel de Poder, a fundação de Barad-dûr e a esperança de Sauron.

"A respeito desse objeto, meus senhores, agora todos vós sabeis o bastante para compreenderdes nosso apuro e o de Sauron. Se ele o recuperar, vossa valentia será vã, e a vitória dele será rápida e completa: tão completa que ninguém pode prever seu fim enquanto durar este mundo. Se o objeto for destruído, ele cairá; e sua queda será tão vertiginosa que ninguém pode prever que ele alguma vez se reerga. Pois ele perderá a maior parte da força que lhe era nativa em seu princípio, e tudo o que foi feito ou começado com esse poder se esfarelará, e ele estará mutilado para sempre, tornando-se um mero espírito de malevolência que se remorde nas sombras, mas que não pode voltar a crescer nem assumir forma. E assim será removido um grande mal deste mundo.

"Há outros males que poderão vir; pois o próprio Sauron é apenas um serviçal ou emissário. Porém não é nosso papel dominar todas as marés do mundo, e sim fazer o que está em nós para socorro dos anos em que fomos postos, extirpando o mal nos campos que conhecemos, para que os que viverem depois tenham terra limpa para cultivar. O clima que enfrentarão não nos cabe imaginar.

"Ora, Sauron sabe de tudo isso, e sabe que esse objeto precioso que ele perdeu foi reencontrado; mas não sabe ainda onde está, ou assim esperamos. E por isso ele agora está em grande dúvida. Pois, se tivermos encontrado esse objeto, há alguns entre nós com bastante força para manejá-lo. Também isso ele sabe. Pois não tenho razão em supor, Aragorn, que te mostraste a ele na Pedra de Orthanc?"

"Mostrei-me antes de partir do Forte-da-Trombeta", respondeu Aragorn. "Julguei que o instante era certo e que a Pedra viera até mim exatamente para esse fim. Já fazia dez dias que o Portador-do-Anel partira de Rauros rumo ao leste, e o Olho de Sauron, pensei, devia ser atraído para fora de sua própria terra. Mui raramente ele foi desafiado desde que voltou a sua Torre. Porém, se eu tivesse previsto quão veloz seria seu ataque em resposta, talvez não tivesse ousado mostrar-me. Foi-me dado apenas o tempo justo para vir em vosso socorro."

"Mas como é isso?", disse Éomer. "Tudo é vão, dizes, se ele tiver o Anel. Por que ele pensaria que não é vão atacar-nos se nós o tivermos?"

"Ele ainda não tem certeza", comentou Gandalf, "e não desenvolveu seu poder esperando até que seus inimigos estivessem seguros, como fizemos nós. Também não seríamos capazes de aprender a manejar o pleno poder em um só dia. Deveras ele pode ser usado apenas por um só mestre, não por muitos; e ele esperará por um tempo de contenda, antes que um dos grandes dentre nós se torne o mestre e derrote os demais. Nesse tempo o Anel poderia ajudá-lo, se ele agisse de súbito.

"Ele está observando. Vê muito e ouve muito. Seus Nazgûl ainda estão por aí. Passaram por cima deste campo antes do nascer do sol, apesar de poucos dentre os exaustos e os que dormiam se darem conta deles. Ele estuda os sinais: a Espada que lhe roubou seu tesouro, refeita; os ventos da sorte virando em nosso favor e a derrota inesperada de seu primeiro ataque: a queda de seu grande Capitão.

"Sua dúvida deve estar crescendo mesmo enquanto falamos aqui. Seu Olho já se inclina em nossa direção, cego a quase todas as outras coisas que se movem. Temos de mantê-lo assim. Nisso reside toda a nossa esperança. Este, portanto, é meu conselho. Não temos o Anel. Em sabedoria ou grande loucura ele foi mandado embora para ser destruído, para que não destruísse a nós. Sem ele não podemos derrotar a força de Sauron pela força. Mas a todo custo temos de afastar seu Olho do seu verdadeiro perigo. Não podemos obter a vitória pelas armas, mas pelas armas podemos dar ao Portador-do-Anel sua única chance, por muito frágil que seja.

"Assim como Aragorn começou, nós temos de prosseguir. Temos de forçar Sauron ao seu lance final. Temos de provocar sua força oculta, de modo que ele esvazie sua terra. Temos de marchar ao encontro dele de imediato. Temos de nos transformar em isca, por muito que suas mandíbulas se fechem sobre nós. Ele pegará a isca, na esperança e na cobiça, pois pensará ver em tal precipitação a altivez do novo Senhor-do-Anel; e dirá: 'Ora! Ele estica o pescoço cedo demais e longe demais. Ele que venha, e eis que o prenderei em uma armadilha da qual não poderá escapar. Ali o esmagarei, e o que ele tomou em sua insolência há de ser meu outra vez, para sempre.'

"Temos de caminhar para essa armadilha de olhos abertos, com coragem, mas com pouca esperança para nós mesmos. Pois, meus senhores, pode muito bem acontecer que nós próprios pereçamos por completo em negra batalha longe das terras viventes; de modo que, mesmo que Barad-dûr seja derrubada, não hajamos de viver para vermos uma nova era. Mas esse, julgo, é nosso dever. E é melhor assim do que perecermos não obstante — como certamente haveremos de perecer se ficarmos sentados aqui — e sabermos, ao morrer, que não haverá nova era."

Ficaram em silêncio por algum tempo. Por fim Aragorn falou. "Assim como comecei eu prosseguirei. Agora chegamos à própria beira, onde a esperança e o desespero são similares. Titubear é cair. Que agora ninguém rejeite os conselhos de Gandalf, cujas longas labutas contra Sauron finalmente chegam à prova. Não fosse por ele, há muito tudo estaria perdido. Mesmo assim ainda não tenho pretensão de comandar ninguém. Os demais que escolham como quiserem."

Então respondeu Elrohir: "Viemos do Norte com essa finalidade e de nosso pai Elrond trouxemos esse mesmo conselho. Não voltaremos atrás."

"Quanto a mim," comentou Éomer, "pouco conhecimento tenho desses assuntos profundos; mas não preciso dele. Sei isto, e basta: que assim como meu amigo Aragorn socorreu a mim e ao meu povo, eu o auxiliarei quando ele chamar. Eu irei."

"Quanto a mim," disse Imrahil, "considero o Senhor Aragorn como meu senhor-suserano, quer ele reivindique isso, quer não. Para mim seu desejo é um comando. Também irei. Mas por certo tempo ocupo o lugar do Regente de Gondor e me cabe pensar primeiro em seu povo. Ainda é preciso atentar para a prudência. Pois temos de nos preparar contra todas as eventualidades, as boas assim como as más. Ora, pode ser que triunfemos, e, enquanto há alguma esperança disso, Gondor precisa ser protegida. Não gostaria que voltássemos vitoriosos a uma Cidade em ruínas e a uma terra devastada atrás de nós. Porém sabemos pelos Rohirrim que há um exército ainda não enfrentado em nosso flanco norte."

"Isso é verdade", assentiu Gandalf. "Não vos aconselho a deixar a Cidade desguarnecida por completo. Deveras a força que levarmos para o leste não precisa ser bastante grande para um ataque a sério contra Mordor, contanto que seja bastante grande para provocar o combate. E precisa mover-se logo. Portanto pergunto aos Capitães: que número podemos convocar e fazer partir daqui a dois dias o mais tardar? E têm de ser homens valorosos, que partam de boa vontade, conhecendo seu perigo."

"Todos estão cansados, e muitíssimos têm ferimentos leves ou graves," disse Éomer, "e sofremos grande perda de nossos cavalos, e isso é difícil de suportar. Se tivermos de partir logo, então não posso esperar liderar nem dois milhares e ainda deixar o mesmo número na defesa da Cidade."

"Não precisamos calcular apenas com os que combateram neste campo", afirmou Aragorn. "Novos reforços estão a caminho dos feudos do sul, agora que as costas foram libertadas. Mandei marchar quatro milhares de Pelargir, através de Lossarnach, dois dias atrás; e Angbor, o destemido, cavalga diante deles. Se sairmos daqui a dois dias, eles estarão próximos antes que partamos. Ademais mandei que muitos me seguissem Rio acima em qualquer embarcação que pudessem reunir; e com este vento logo estarão nas proximidades, e, de fato, diversas naus já chegaram ao Harlond. Julgo que possamos levar sete milhares a cavalo e a pé e ainda deixar a Cidade mais bem defendida que no início do ataque."

"O Portão foi destruído," disse Imrahil, "e agora onde está a habilidade que o reconstrua e remonte?"

"Em Erebor, no Reino de Dáin, tal habilidade existe", disse Aragorn; "e se não perecerem todas as nossas esperanças, mandarei, no devido tempo, Gimli, filho de Glóin, para pedir artífices da Montanha. Mas homens são melhores que portões, e nenhum portão resistirá a nosso Inimigo se os homens o desertarem."

Esse, portanto, foi o fim do debate dos senhores: que deveriam partir na segunda manhã depois daquele dia, com sete milhares se fosse possível encontrá-los; e a mor parte dessa força deveria ir a pé, por causa das terras malignas em que penetrariam. Aragorn deveria encontrar cerca de dois milhares dos que reunira em torno de si no Sul; mas Imrahil deveria encontrar três milhares e meio; e Éomer cinco centenas dos Rohirrim que estavam sem cavalos, mas aptos para a guerra, e ele próprio deveria liderar cinco centenas de seus melhores Cavaleiros montados; e deveria haver outra companhia de quinhentos homens montados, entre os quais os filhos de Elrond, com os Dúnedain e os cavaleiros de Dol Amroth: no total seis mil a pé e mil a cavalo. Mas a força principal dos Rohirrim que ainda tivesse cavalos e fosse capaz de lutar, cerca de três mil sob o comando de Elfhelm, deveria emboscar a Estrada do Oeste contra o inimigo que estava em Anórien. E de imediato foram enviados cavaleiros velozes para reunirem as notícias que pudessem no norte; e a leste desde Osgiliath e a estrada para Minas Morgul.

E, quando haviam estimado toda a sua força e planejado as jornadas que haveriam de fazer e as estradas que haveriam de escolher, de repente Imrahil riu alto.

"Certamente", exclamou ele, "este é o maior chiste em toda a história de Gondor: que partimos com sete milhares, pouco menos que a vanguarda de seu exército nos dias de seu poderio, para assaltarmos as montanhas e o impenetrável portão da Terra Negra! Assim uma criança poderia ameaçar um cavaleiro em cota de malha, com um arco de barbante e salgueiro verde! Se o Senhor Sombrio sabe tanto quanto dizes, Mithrandir, ele não sorrirá em vez de temer e não nos esmagará com o dedinho como a uma mosca que tenta picá-lo?"

"Não, ele tentará aprisionar a mosca e lhe tomar o ferrão", disse Gandalf. "E há nomes entre nós que valem mais, cada um, que mil cavaleiros trajando cota de malha. Não, ele não sorrirá."

"Nem nós", acrescentou Aragorn. "Se isto for um chiste, então é amargo demais para se rir. Não, é o último lance de um grande risco, e para um ou outro lado trará o fim do jogo." Então sacou Andúril e a ergueu, reluzindo ao sol. "Não hás de ser embainhada de novo até que seja travada a última batalha", concluiu ele.

10

O Portão Negro se Abre

Dois dias depois, o exército do Oeste estava todo reunido na Pelennor. A hoste de Orques e Lestenses havia recuado de Anórien, mas, assolados e espalhados pelos Rohirrim, haviam-se dispersado e fugido com pouco combate rumo a Cair Andros; e, com essa ameaça destruída e novas forças chegando do Sul, a Cidade estava tão bem guarnecida quanto era possível. Os batedores relatavam que não restava nenhum inimigo nas estradas a leste até a Encruzilhada do Rei Caído. Agora estava tudo pronto para o último lance.

Legolas e Gimli iriam mais uma vez cavalgar juntos, em companhia de Aragorn e Gandalf, que iam na vanguarda com os Dúnedain e os filhos de Elrond. Mas Merry, para vergonha sua, não iria com eles.

"Você não está apto a tal jornada", disse Aragorn. "Mas não se envergonhe. Se não fizer mais nada nesta guerra, já fez por merecer grandes honras. Peregrin irá representando o povo do Condado; e não lhe inveje sua chance de risco, pois, apesar de ele ter se portado tão bem quanto sua sorte lhe permitiu, ele ainda precisa igualar o seu feito. Mas em verdade agora estão todos no mesmo perigo. Apesar de ser nosso papel encontrar um amargo fim diante do Portão de Mordor, se o fizermos, também você chegará à sua última resistência, aqui ou em qualquer lugar onde a maré negra o alcançar. Adeus!"

E assim, abatido, Merry estava parado assistindo à convocação do exército. Bergil estava com ele e também ele estava desanimado; pois seu pai iria marchar liderando uma companhia de Homens da Cidade: ele não podia voltar para a Guarda até seu caso ser julgado. Naquela mesma companhia também Pippin deveria ir, como soldado de Gondor. Merry conseguia vê-lo não muito longe, um vulto pequeno, porém ereto entre os altos homens de Minas Tirith.

Finalmente as trompas soaram e o exército começou a se mover. Tropa por tropa e companhia por companhia deram a volta e partiram rumo ao leste. E muito depois de terem saído da sua visão, descendo pela grande estrada para o Passadiço, Merry estava parado ali. O último reluzir do sol matinal nas lanças e nos elmos rebrilhou e se perdeu, e ele ainda permanecia de cabeça baixa e coração pesado, sentindo-se privado de amigos e solitário. Todos de que gostava haviam ido embora para a escuridão que pendia sobre o distante firmamento do leste; e em seu coração restava bem pouca esperança de que veria algum deles outra vez.

Como que chamada por seu humor de desesperança, a dor em seu braço voltou, e ele se sentiu fraco e velho, e a luz do sol parecia rala. Foi despertado pelo toque da mão de Bergil.

"Vem, Mestre Perian!", disse o rapaz. "Ainda sentes dor, eu vejo. Vou ajudar-te a voltar para os Curadores. Mas não temas! Eles voltarão. Os Homens de Minas Tirith jamais serão derrotados. E agora eles têm o Senhor Pedra-Élfica e também Beregond da Guarda."

Antes do meio-dia o exército chegou a Osgiliath. Ali ocupavam-se todos os operários e artífices que podiam ser dispensados de outras tarefas. Alguns reforçavam as balsas e as pontes flutuantes que o inimigo fizera e parcialmente destruíra ao fugir; alguns reuniam provisões e pilhagens; e outros, do lado leste na outra margem do Rio, erguiam obras de defesa improvisadas.

A vanguarda atravessou as ruínas da Velha Gondor, o largo Rio e subiu pela estrada longa e reta que nos dias gloriosos fora construída para levar da bela Torre do Sol para a alta Torre da Lua, que era agora Minas Morgul em seu vale amaldiçoado. Cinco milhas depois de Osgiliath fizeram uma parada, concluindo a marcha do primeiro dia.

Mas os cavaleiros seguiram em frente e antes do entardecer chegaram à Encruzilhada e ao grande anel de árvores, e tudo estava em silêncio. Não tinham visto sinal de nenhum inimigo, não haviam ouvido grito nem chamado, nenhuma seta voara de rocha ou moita junto ao caminho, mas, à medida que avançavam, sentiam aumentar a vigilância da terra. Árvores e pedras, ramos e folhas estavam à escuta. A escuridão fora afastada, e muito longe, no oeste, o pôr do sol se estendia sobre o Vale do Anduin, e os brancos picos das montanhas enrubesciam no ar azul; mas uma sombra e uma treva pesavam sobre a Ephel Dúath.

Então Aragorn postou trombeteiros em cada uma das quatro estradas que penetravam no anel de árvores, e tocaram uma grande fanfarra, e os arautos gritaram em alta voz: "Os Senhores de Gondor retornaram e tomam de volta toda esta terra que lhes pertence." A hedionda cabeça-órquica que fora posta na figura esculpida foi lançada ao chão e quebrada em pedaços, e a cabeça do velho rei foi erguida e posta mais uma vez em seu lugar, ainda coroada de flores brancas e douradas; e os homens labutaram para lavar e desbastar todas as infames garatujas que os orques haviam posto na pedra.

Ora, no debate alguns haviam opinado que Minas Morgul deveria ser atacada primeiro e, se pudessem tomá-la, deveria ser destruída por completo. "E quem sabe", disse Imrahil, "a estrada que leva dali para o passo no alto demonstrará ser uma via mais fácil de ataque contra o Senhor Sombrio que seu portão setentrional."

Mas Gandalf contradissera isso com urgência por causa do mal que habitava no vale, onde as mentes dos vivos voltar-se-iam para loucura e horror, e também por causa das novas que Faramir trouxera. Pois, se o Portador-do-Anel de fato tentara ir por ali, deveriam especialmente não atrair para lá o Olho de Mordor. Assim, no dia seguinte, quando veio a hoste principal, puseram uma forte guarda na Encruzilhada para defendê-la caso Mordor enviasse um exército por cima do Passo Morgul ou trouxesse mais soldados do Sul. Para essa guarda escolheram mormente arqueiros que conheciam os caminhos de Ithilien e se manteriam ocultos nas matas e nas encostas em torno do encontro das estradas. Mas Gandalf e Aragorn cavalgaram com a vanguarda até a entrada do Vale Morgul e contemplaram a cidade maligna.

Estava escura e sem vida; pois os Orques e as criaturas menores de Mordor que ali habitaram tinham sido destruídos em combate, e os Nazgûl estavam em campo. Porém o ar do vale estava pesado de temor e inimizade. Então destruíram a ponte maligna, puseram chamas rubras nos campos fétidos e partiram.

No dia seguinte, o terceiro desde que tinham partido de Minas Tirith, o exército começou sua marcha para o norte ao longo da estrada. Havia cerca de cem milhas por aquela via, da Encruzilhada até o Morannon, e nenhum deles sabia o que haveria de lhes acontecer antes de chegarem até lá. Iam abertamente, mas com cautela, com batedores montados precedendo-os na estrada, e outros, a pé, de ambos os lados, especialmente no flanco leste; pois ali se estendiam moitas escuras e um terreno acidentado de ravinas e despenhadeiros rochosos, atrás dos quais se alçavam as longas encostas ameaçadoras da Ephel Dúath. O clima do mundo continuava bonito, e o vento se mantinha no oeste, mas nada conseguia dissipar as trevas e as tristes névoas que se agarravam às Montanhas de Sombra; e atrás deles, às vezes se erguiam grandes fumaças que pairavam nos ventos superiores.

Vez por outra Gandalf mandava soar as trombetas, e os arautos gritavam: "Os Senhores de Gondor chegaram! Que todos abandonem esta terra ou a entreguem!" Mas Imrahil disse: "Não digais 'Os Senhores de Gondor'. Dizei 'O Rei Elessar'. Pois isso é verdade, mesmo que ele ainda não tenha se assentado no trono; e o Inimigo terá mais em que pensar se os arautos usarem esse nome." E depois disso, três vezes ao dia os arautos proclamavam a vinda do Rei Elessar. Mas ninguém respondeu ao desafio.

Ainda assim, apesar de marcharem em aparente paz, os corações de todo o exército, do maior ao menor, estavam desanimados, e, a cada milha que avançavam para o norte, mais pesava sobre eles o presságio do mal. Foi perto do fim do segundo dia de marcha desde a Encruzilhada que encontraram a primeira ameaça de combate. Pois um grande número de Orques e Lestenses tentou emboscar suas companhias dianteiras; e isso ocorreu no mesmo lugar onde Faramir armara uma cilada para os homens de Harad, e a estrada entrava por um rasgo profundo no meio de um contraforte das colinas a leste. Mas os Capitães do Oeste estavam bem prevenidos pelos batedores, homens hábeis de Henneth Annûn liderados por Mablung; e assim a própria emboscada foi apanhada em armadilha. Pois os cavaleiros deram uma volta ampla pelo oeste e atacaram os inimigos pelo flanco e por trás, e estes foram destruídos ou empurrados rumo ao leste, para as colinas.

Mas a vitória pouco contribuiu para encorajar os capitães. "É só um subterfúgio", disse Aragorn; "e creio que seu principal propósito era nos atrair para diante com uma falsa estimativa da fraqueza de nosso Inimigo, não ainda causar-nos grande perda." A partir daquela tardinha, os Nazgûl vieram e seguiram cada movimento do exército. Ainda voavam alto e fora da visão de todos, exceto de Legolas, e, no entanto, sua presença podia ser sentida como um aprofundamento da sombra e uma turvação do sol; e, apesar de os Espectros-do-Anel ainda não mergulharem baixo sobre os adversários e de manterem silêncio, sem emitir grito, o temor deles não podia ser eliminado.

Assim consumiram-se o tempo e a jornada desesperançada. No quarto dia desde a Encruzilhada e sexto desde Minas Tirith, chegaram enfim à extremidade das terras viventes e começaram a penetrar na desolação que jazia diante dos portões do Passo de Cirith Gorgor; e podiam divisar os pântanos e o deserto que se estendiam ao norte e oeste, até as Emyn Muil. Eram tão desolados esses lugares e era tão profundo o horror que neles se alojara que parte da hoste perdeu a coragem, e não conseguiam andar nem cavalgar mais para o norte.

Aragorn olhou para eles, e em seus olhos havia pena em vez de ira; pois aqueles eram jovens de Rohan, do longínquo Westfolde, ou lavradores de Lossarnach, e para eles Mordor fora desde a infância um nome maligno, porém irreal, uma lenda que não desempenhava papel em suas vidas simples; e agora caminhavam como homens em hediondo sonho tornado realidade e não compreendiam aquela guerra nem por que a sina os haveria de conduzir a tal impasse.

"Ide!", disse Aragorn. "Mas mantende a honra que puderdes e não corrais! E há uma tarefa que podeis tentar, e assim não vos envergonhareis de todo. Rumai para o sudoeste até chegardes a Cair Andros e, se ela ainda estiver tomada pelos inimigos, como penso, retomai-a caso puderdes; e ocupai-a até o fim em defesa de Gondor e Rohan!"

Então alguns, envergonhados por sua clemência, dominaram o medo e seguiram em frente, e os demais ganharam nova esperança, ouvindo falar de um feito corajoso à sua medida ao qual se podiam dedicar, e partiram. E assim, visto que muitos homens já haviam sido deixados na Encruzilhada, foi com menos de seis milhares que os Capitães do Oeste finalmente vieram desafiar o Portão Negro e o poderio de Mordor.

Agora avançavam devagar, esperando a qualquer momento uma resposta ao seu desafio, e juntaram-se, posto que era mero desperdício de homens enviar batedores ou pequenos grupos separados da hoste principal. Ao cair da noite do quinto dia de marcha desde o Vale Morgul, fizeram seu último acampamento e puseram em volta dele fogueiras da madeira e urze morta que foram capazes de achar. Passaram despertos as horas da noite, e tendo consciência de muitos seres entrevistos que caminhavam e espreitavam em toda a volta deles e ouvindo os uivos dos lobos. O vento cessara e todo o ar parecia imóvel. Pouco conseguiam enxergar, pois, apesar de não haver nuvens e a lua crescente ter quatro noites de idade, havia fumos e vapores que emanavam da terra, e a branca meia-lua estava envolta nas névoas de Mordor.

O ar esfriou. Com a chegada da manhã, o vento começou a soprar de novo, mas agora vinha do Norte, e logo refrigerou-se em brisa crescente. Todos os caminhantes da noite haviam ido embora, e a terra parecia vazia. Ao norte, em meio às covas fétidas, estavam os primeiros grandes montes e morros de escória, rochas partidas e terra fulminada, o vômito do povo-verme de Mordor; mas ao sul, agora próximo, surgia o grande baluarte de Cirith Gorgor, o Portão Negro no meio de tudo e as duas Torres dos Dentes, altas e negras, de ambos os lados. Pois em sua última marcha os Capitães tinham se afastado da velha estrada, que fazia uma curva para o leste, e evitado o perigo das colinas que espreitavam e, portanto, agora estavam se aproximando do Morannon pelo noroeste, exatamente como Frodo fizera.

As duas vastas portas de ferro do Portão Negro, sob seu arco austero, estavam firmemente fechadas. Nas ameias nada podia ser visto. Tudo estava silencioso, porém vigilante. Haviam chegado ao extremo fim de sua loucura e pararam abandonados e gelados à luz cinzenta do começo do dia, diante de torres e muralhas que seu exército não era capaz de atacar com qualquer esperança, nem que para ali tivesse levado engenhos de grande poder e que o Inimigo não tivesse mais força do que o bastante para guarnecer somente o portão e a muralha. Porém sabiam que todas as colinas e rochas em torno do Morannon estavam repletas de adversários ocultos e que o sombrio desfiladeiro mais além estava perfurado e cheio de túneis cavados por enxameantes ninhadas de malvados seres. E parados ali viram todos os Nazgûl reunidos, pairando sobre as Torres dos Dentes como abutres; e sabiam que eram observados. Mas o Inimigo ainda não dava nenhum sinal.

Não lhes restava escolha senão desempenharem seu papel até o fim. Portanto Aragorn dispôs a hoste do melhor modo que pôde ser planejado; e estavam colocados em dois grandes morros de pedra e terra fulminada que os orques haviam empilhado em anos de labuta. Diante deles, na direção de Mordor, estendia-se como fosso um grande charco de lama fétida e lagoas de odor imundo. Quando estava tudo arranjado, os Capitães se adiantaram rumo ao Portão Negro com grande guarda de cavaleiros, estandarte, arautos e trombeteiros. Ali estavam Gandalf, como arauto-mor, Aragorn com os filhos de Elrond, Éomer de Rohan e Imrahil; e a Legolas, Gimli e Peregrin também foi pedido que fossem, de modo que todos os inimigos de Mordor tivessem uma testemunha.

Aproximaram-se do Morannon ao alcance da voz, desfraldaram o estandarte e sopraram as trombetas; e os arautos se adiantaram e enviaram suas vozes por cima das ameias de Mordor.

"Apareça!", gritaram. "Que o Senhor da Terra Negra apareça! Ser-lhe-á feita justiça. Pois injustamente moveu guerra contra Gondor e lhe arrebatou as terras. Portanto o Rei de Gondor exige que ele expie seus males e depois parta para sempre. Apareça!"

Houve um longo silêncio, e da muralha e do portão não se ouviu nenhum grito nem som em resposta. Mas Sauron já fizera seus planos e primeiro pretendia brincar cruelmente com aqueles camundongos antes de desferir o golpe fatal. Assim foi que, bem quando os Capitães estavam prestes a dar a volta, o silêncio foi quebrado de chofre. Ouviu-se um longo rufar de grandes tambores, como trovão nas montanhas, e depois um zurrar de cornos que sacudiu as próprias pedras e atordoou os ouvidos dos homens. E, com isso, a porta do Portão Negro foi aberta com grande estrépito, e emergiu dela uma embaixada da Torre Sombria.

Encabeçando-a vinha uma forma alta e maligna, montada em um cavalo negro, se é que era cavalo; pois era enorme e hediondo, e sua cara era uma máscara apavorante, mais semelhante a um crânio que a uma cabeça vivente, e nas órbitas dos olhos e nas narinas ardia uma chama. O cavaleiro estava todo trajado de preto, e era preto seu alto elmo; porém não era Espectro-do-Anel, e sim um homem vivo. Era o Lugar-Tenente da Torre de Barad-dûr, e seu nome não é lembrado em nenhuma história; pois ele mesmo o esquecera e dizia: "Eu sou o Boca de Sauron." Mas contam que era um renegado que provinha da raça dos que se chamam Númenóreanos Negros; pois estabeleceram suas moradas na Terra-média durante os anos do domínio de Sauron e o adoravam, apaixonados pelo saber maligno. E ele tomara o serviço da Torre Sombria quando ela foi reerguida e, por causa de sua astúcia, tornou-se cada vez mais favorecido pelo Senhor; e aprendeu grande feitiçaria, e muito sabia da mente de Sauron; e era mais cruel que qualquer orque.

Foi ele quem então saiu a cavalo, e com ele veio apenas uma pequena companhia de soldadesca em armaduras negras e um só estandarte, preto, mas trazendo em vermelho o Olho Maligno. Parando então a poucos passos dos Capitães do Oeste, olhou-os dos pés à cabeça e riu.

"Há alguém nesta ralé com autoridade para negociar comigo?", perguntou ele. "Ou deveras com juízo para me compreender? Não tu pelo menos!", escarneceu, virando-se com desprezo para Aragorn. "É preciso mais para fazer um rei que um pedaço de vidro élfico ou uma turba dessas. Ora, qualquer bandido das colinas pode exibir um séquito tão bom quanto este!"

Aragorn nada disse em resposta, mas atraiu o olho do outro e o fixou, e, por um momento, porfiaram assim; mas logo, apesar de Aragorn não se mexer nem levar a mão à arma, o outro titubeou e recuou, como que ameaçado por um golpe. "Sou arauto e embaixador e não posso ser atacado!", exclamou.

"Onde têm vigência tais leis," disse Gandalf, "também é costume que os embaixadores usem de menos insolência. Mas ninguém te ameaçou. Nada tens a temer de nós até que esteja cumprida tua missão. Mas, a não ser que teu mestre tenha obtido nova sabedoria, tu e todos os teus serviçais estareis em grande perigo."

"Ora!", respondeu o Mensageiro. "Então és tu o porta-voz, velho barba-cinzenta? Não ouvimos falar de ti algumas vezes e de tuas peregrinações, sempre urdindo tramas e injúrias a distância segura? Mas desta vez esticaste demais o nariz, Mestre Gandalf; e hás de ver o que aguarda aquele que põe suas teias tolas diante dos pés de Sauron, o Grande. Tenho testemunhos que me mandaram mostrar-te — a ti especialmente, se ousasses vir." Fez um sinal a um de seus guardas, e este se adiantou trazendo um embrulho enfaixado em panos negros.

O Mensageiro removeu-os, e ali, para pasmo e desespero de todos os Capitães, ergueu primeiro a espada curta que Sam levara, em seguida, uma capa cinza com broche élfico e por último a cota de malha de mithril que Frodo usara, envolta em suas roupas esfarrapadas. Um negror se abateu sobre os olhos deles e lhes pareceu, em um momento de treva, que o mundo parara, mas que seus corações estavam mortos e que sua última esperança se fora. Pippin, em pé atrás do Príncipe Imrahil, saltou adiante com um grito de aflição.

"Silêncio!", disse Gandalf com severidade, empurrando-o para trás; mas o Mensageiro riu alto.

"Então tens contigo mais um desses pirralhos!", exclamou. "Não consigo imaginar de que te servem; mas mandá-los entrar em Mordor como espiões está além até de tua loucura costumeira. Ainda assim agradeço a ele, pois fica claro que ao menos este fedelho viu estes testemunhos antes e seria vão que o negasses agora."

"Não desejo negá-lo", disse Gandalf. "Deveras conheço-os todos e toda a sua história e, apesar de teu desprezo, imundo Boca de Sauron, não podes dizer o mesmo. Mas por que os trazes aqui?"

"Cota-anânica, capa-élfica, lâmina do Oeste caído e espião da terrinha de ratos do Condado — não, não te sobressaltes! Nós bem o sabemos — eis as marcas de uma conspiração. Ora, talvez o que levava estes objetos fosse uma criatura que não ficarias triste em perder, mas talvez fosse o contrário: quem sabe alguém que te era caro? Se assim era, aconselha-te depressa com o pouco juízo que te resta. Pois Sauron não aprecia espiões e o destino que terá depende agora de tua decisão."

Ninguém lhe respondeu; mas ele viu seus rostos cinzentos de medo, o horror em seus olhos e riu de novo, pois lhe parecia que sua diversão progredia bem. "Bom, bom!", disse ele. "Ele te era caro, eu vejo. Ou então sua missão era uma que não desejavas que fracassasse? Fracassou. E agora ele há de sofrer o lento tormento dos anos, tão longo e lento quanto podem maquinar nossas artes na Grande Torre, e jamais há de ser libertado, a não ser talvez quando estiver mudado e quebrado, para que possa vir até ti, e hás de ver o que fizeste. Isso certamente acontecerá a não ser que aceites os termos de meu Senhor."

"Dize os termos", respondeu Gandalf com firmeza, mas os que estavam próximos viram a angústia em seu rosto, e agora ele parecia um homem velho e grisalho, esmagado, finalmente derrotado. Não duvidavam de que ele fosse aceitar.

"Estes são os termos", disse o Mensageiro, e sorria ao encará-los um a um. "A ralé de Gondor e seus aliados iludidos hão de se retirar de imediato para a outra margem do Anduin, jurando primeiro que nunca mais atacarão com armas Sauron, o Grande, abertamente ou em segredo. Todas as terras a leste do Anduin hão de pertencer a Sauron para sempre, unicamente. As a oeste do Anduin, até as Montanhas Nevoentas e o Desfiladeiro de Rohan, hão de ser tributárias de Mordor, e ali os homens não hão de portar armas, mas terão licença de governar seus próprios assuntos. Mas hão de ajudar na reconstrução de Isengard, que destruíram arbitrariamente, e que há de pertencer a Sauron, e ali habitará seu lugar-tenente: não Saruman, e sim alguém mais digno de confiança."

Olhando o Mensageiro nos olhos, eles leram seu pensamento. Seria ele esse lugar-tenente e reuniria sob seu domínio tudo o que restasse do Oeste; seria seu tirano, e eles seriam escravos dele.

Mas Gandalf disse: "Isso é demasiado para pedir pela entrega de um serviçal: que teu Mestre receba em troca o que de outro modo precisaria recuperar travando várias guerras! Ou o campo de Gondor destruiu sua esperança na guerra, de modo que ele se rebaixa a regatear? E se deveras déssemos tanto valor ao prisioneiro, que garantia temos de que Sauron, o Vil Mestre da Traição, manterá sua parte? Onde está esse prisioneiro? Que ele seja trazido e nos seja entregue, e então consideraremos essas exigências."

Então pareceu a Gandalf, atento, observando-o como quem esgrime com um inimigo mortal, que pelo tempo de uma respiração o Mensageiro ficou perdido; mas logo ele voltou a rir.

"Não troques palavras, em tua insolência, com o Boca de Sauron!", exclamou. "Anseias por garantia! Sauron não dá nenhuma. Se apelas para sua clemência tens primeiro de fazer o que ele manda. Esses são seus termos. Aceita-os ou rejeita-os!"

"Aceitaremos estes!", afirmou Gandalf de repente. Lançou de lado a capa, e uma luz branca brilhou como uma espada naquele lugar sombrio. Diante de sua mão erguida, o imundo Mensageiro recuou, e Gandalf, aproximando-se, agarrou e tirou dele os testemunhos: cota, capa e espada. "Tomaremos estes em memória de nosso amigo", exclamou. "Mas quanto a teus termos, rejeitamo-los por completo. Vai-te daqui, pois tua embaixada acabou e a morte te é próxima. Não viemos aqui para desperdiçarmos palavras em tratativas com Sauron, infiel e amaldiçoado; muito menos com um de seus escravos. Vai-te!"

Então o Mensageiro de Mordor não riu mais. Seu rosto retorceu-se com espanto e ira, à semelhança de fera selvagem que, ao se jogar na presa, fosse golpeada no focinho por uma vara com ferrão. A raiva o dominou, sua boca babava e informes sons de fúria lhe escaparam, estrangulados, da garganta. Mas olhou para os rostos cruéis dos Capitães e seus olhos mortíferos, e o medo sobrepujou sua ira. Deu um grande grito e se voltou, saltou na montaria e, junto de sua companhia, galopou loucamente de volta para Cirith Gorgor. Mas, enquanto iam, seus soldados sopraram as trompas em sinal há muito acertado; e mesmo antes de chegarem ao portão, Sauron soltou sua armadilha.

Rufaram tambores e saltaram fogueiras. As grandes portas do Portão escancararam-se balouçando. Por elas fluiu uma grande hoste, veloz como águas rodopiantes quando se ergue uma comporta.

Os Capitães montaram outra vez e cavalgaram de volta, e da hoste de Mordor subiu um berro de escárnio. A poeira se elevou, sufocando o ar, quando das proximidades veio marchando um exército de Lestenses que haviam esperado pelo sinal nas sombras das Ered Lithui, além da Torre mais distante. Pelas encostas das colinas de ambos os lados do Morannon derramaram-se incontáveis Orques. Os homens do Oeste estavam apanhados em uma cilada, e logo, em toda a volta dos morros cinzentos onde estavam postados, forças dez vezes e mais que dez vezes as deles os envolveriam em um mar de inimigos. Sauron apanhara com mandíbulas de aço a isca oferecida.

Restava pouco tempo para Aragorn organizar sua batalha. Em um dos morros estava ele com Gandalf, e ali, belo e desesperado, erguia-se o estandarte da Árvore e das Estrelas. No outro morro, bem próximo, estavam os estandartes de Rohan e Dol Amroth, Cavalo Branco e Cisne de Prata. E em torno de cada morro foi montado um anel dando para todos os lados, eriçado de lanças e espadas. Mas na frente, do lado de Mordor de onde viria o primeiro amargo assalto, estavam de pé os filhos de Elrond à esquerda com os Dúnedain em volta deles, e à direita o Príncipe Imrahil com os homens de Dol Amroth, altos e belos, e com homens escolhidos da Torre de Guarda.

O vento soprava, as trombetas cantavam e as flechas zuniam; mas o sol, agora subindo em direção ao Sul, estava velado nos fumos de Mordor, e brilhava através de uma névoa ameaçadora, remoto, com um vermelho carrancudo, como se fosse o fim do dia, ou quem sabe o fim de todo o mundo de luz. E da treva crescente vieram os Nazgûl com suas vozes frias, gritando palavras de morte; e então toda esperança se arrefeceu.

Pippin curvara-se, esmagado pelo horror, quando ouviu Gandalf rejeitando os termos e condenando Frodo ao tormento da Torre; mas dominou-se e agora estava junto a Beregond na primeira fileira de Gondor com os homens de Imrahil. Pois lhe parecia melhor morrer logo e abandonar a amarga história de sua vida, pois estava tudo em ruínas.

"Gostaria que Merry estivesse aqui", ouviu-se dizendo, e pensamentos velozes lhe percorriam a mente enquanto via os inimigos investindo para o ataque. "Bem, bem, seja como for, agora entendo um pouco melhor o pobre Denethor. Poderíamos morrer juntos, Merry e eu, e já que temos de morrer, por que não? Bem, visto que ele não está aqui, espero que encontre um fim mais fácil. Mas agora preciso fazer o melhor que posso."

Sacou a espada e olhou para ela e para as formas entrelaçadas de vermelho e ouro; e os caracteres fluentes de Númenor reluziam como fogo na lâmina. "Isto foi feito exatamente para uma hora destas", pensou. "Se eu conseguisse golpear com ela aquele imundo Mensageiro, eu poderia quase me igualar ao velho Merry. Bem, vou golpear alguns desse bando sórdido antes do fim. Queria poder ver a fresca luz do sol e a grama verde outra vez!"

Então, bem quando estava tendo esses pensamentos, o primeiro assalto os atingiu com estrondo. Os orques, impedidos pelos charcos que se estendiam diante das colinas, pararam e despejaram suas flechas nas fileiras da defesa. Mas através deles veio a grandes passos, rugindo como feras, uma grande companhia de trols das colinas de Gorgoroth. Eram mais altos e largos que homens e estavam vestidos apenas com uma malha justa de escamas córneas, ou quem sabe aquela fosse seu couro hediondo; mas levavam broquéis redondos, enormes e negros, e empunhavam pesados martelos nas mãos nodosas. Temerários, saltaram nas lagoas e passaram o vau, bramindo enquanto vinham. Desabaram como uma tempestade na fileira dos homens de Gondor e martelaram elmos, cabeças, braços e escudos, como ferreiros golpeando o ferro quente e maleável. Ao lado de Pippin, Beregond foi atordoado, subjugado e caiu; e o grande chefe dos trols que o derrubara se inclinou sobre ele, estendendo uma garra para apertá-lo; pois aquelas criaturas ferozes mordiam as gargantas dos que eles derrubavam.

Então Pippin deu uma estocada para cima, e a lâmina escrita de Ociente transpassou o couro e penetrou fundo nas vísceras do trol, e seu sangue negro esguichou para fora. Desabou para a frente e despencou com estrondo, como uma rocha que cai, ocultando os que estavam embaixo dele. Negrume, fedor e dor esmagadora assaltaram Pippin, e sua mente se esvaiu em grande escuridão.

"Assim termina, como imaginei que iria terminar", disse seu pensamento enquanto ia embora esvoaçando; e riu um pouco dentro dele antes de fugir e, quase alegre, parecia estar finalmente lançando fora todas as dúvidas, preocupações e medos. E então, mesmo enquanto voava rumo ao olvido, ouviu vozes, e pareciam gritar em algum mundo esquecido muito no alto:

"As Águias estão chegando! As Águias estão chegando!"

Por mais um instante, o pensamento de Pippin pairou. "Bilbo!", disse ele. "Mas não! Isso foi na história dele, muito, muito tempo atrás. Esta é a minha história e agora ela terminou. Adeus!" E seu pensamento fugiu para longe, e seus olhos nada mais viram.

LIVRO VI

1

A Torre de Cirith Ungol

Sam levantou-se do chão dolorosamente. Por um momento perguntou-se onde estava, e então toda a angústia e o desespero retornaram a ele. Estava em profunda escuridão, do lado de fora do portão inferior do baluarte de orques; suas portas de bronze estavam fechadas. Devia ter caído, atordoado, quando se lançara contra elas; mas não sabia por quanto tempo jazera ali. Ele estivera inflamado, desesperado e furioso; agora tiritava e tinha frio. Esgueirou-se até as portas e apertou as orelhas de encontro a elas.

Bem longe, lá dentro, conseguia ouvir fracamente as vozes dos orques em algazarra, mas logo elas pararam ou saíram do alcance de sua audição e tudo ficou em silêncio. Sua cabeça doía e seus olhos viam luzes fantasmagóricas na treva, mas ele lutou para se equilibrar e pensar. Fosse como fosse, era evidente que ele não tinha esperança de entrar no covil-órquico por aquele portão; poderia passar dias esperando que fosse aberto e não podia esperar: o tempo era desesperadamente precioso. Não tinha mais dúvida sobre seu dever: precisava resgatar o mestre ou perecer tentando.

"Perecer é o mais provável e, de qualquer forma, será bem mais fácil", disse ele de si para si, sombriamente, embainhando Ferroada e dando as costas às portas de bronze. Lentamente, tateando, achou o caminho de volta pelo túnel na escuridão, sem se atrever a usar a luz-élfica; e enquanto isso tentou reconstituir os eventos desde que Frodo e ele haviam partido da Encruzilhada. Perguntava-se que horas eram. Em algum ponto entre um dia e o seguinte, supunha; mas perdera a conta até mesmo dos dias. Estava em uma terra de treva onde os dias do mundo pareciam esquecidos e onde todos os que entravam eram esquecidos também.

"Fico me perguntando se eles chegam a pensar em nós", comentou ele, "e o que está acontecendo com todos eles lá longe." Abanou a mão no ar, vagamente, à sua frente; mas de fato estava de frente para o sul ao voltar ao túnel de Laracna, não para o oeste. Na direção oeste do mundo aproximava-se o meio-dia do décimo quarto dia de março no Registro do Condado, e naquele momento Aragorn liderava a frota negra vinda de Pelargir, e Merry descia, cavalgando com os Rohirrim, o Vale das Carroças-de-pedra, enquanto em Minas Tirith as chamas se erguiam e Pippin via a loucura crescendo nos olhos de Denethor. Mas, em meio a todas as suas preocupações e seus medos, os pensamentos de seus amigos voltavam-se constantemente para Frodo e Sam. Eles não estavam esquecidos. Mas estavam muito além da ajuda, e nenhum pensamento ainda era capaz de trazer ajuda a Samwise, filho de Hamfast; ele estava totalmente sozinho.

Voltou, por fim, à porta de pedra da passagem-órquica e, ainda incapaz de descobrir a tranca ou o ferrolho que a segurava, subiu por cima dela como antes e deixou-se cair de leve no chão. Depois seguiu em silêncio até a saída do túnel de Laracna, onde os farrapos de sua grande teia ainda esvoaçavam e balançavam nos ares frios. Pois pareciam frios a Sam depois da fétida escuridão lá atrás; mas o sopro deles o reanimou. Saiu esgueirando-se com cautela.

Tudo estava sinistramente silencioso. A luz não era mais que a do crepúsculo no fim de um dia escuro. Os vastos vapores que se erguiam em Mordor e corriam rumo ao oeste passavam baixos por cima dele, uma grande massa de nuvens e fumaça, outra vez iluminada por baixo com uma turva incandescência rubra.

Sam ergueu os olhos para a torre-órquica, e de repente, pelas janelas estreitas, irromperam luzes como olhinhos vermelhos. Perguntou-se se era algum sinal. Seu medo dos orques, esquecido por alguns instantes na ira e na desesperança, voltava agora. Até onde podia ver, só havia um caminho possível de trilhar: tinha de prosseguir e tentar encontrar a entrada principal da torre pavorosa; mas sentia os joelhos fracos e viu-se tremendo. Afastando os olhos da torre e dos chifres da Fenda à sua frente, obrigou os pés relutantes a lhe obedecer e, devagar, escutando com todos os ouvidos, espiando nas densas sombras das rochas ao lado do caminho, voltou sobre seus passos, passando pelo lugar onde Frodo caíra e o fedor de Laracna ainda persistia, e depois seguiu e subiu até se encontrar outra vez na mesma fenda onde pusera o Anel no dedo e vira passar a companhia de Shagrat.

Ali parou e sentou-se. Naquele momento não conseguia forçar-se a ir adiante. Sentia que, uma vez que ultrapassasse a crista da passagem e desse um passo, descendo de verdade para a terra de Mordor, esse passo seria irrevogável. Jamais voltaria. Sem propósito claro, tirou o Anel e o pôs outra vez no dedo. Imediatamente sentiu o grande fardo de seu peso e sentiu de novo, mas agora com maior força e urgência que antes, a malevolência do Olho de Mordor, esquadrinhando, tentando perfurar as sombras que fizera para sua própria defesa, mas que agora o atrapalhavam em sua inquietude e dúvida.

Assim como antes, Sam sentiu que sua audição se aguçara, mas que à visão as coisas deste mundo pareciam ralas e vagas. As paredes rochosas da trilha eram pálidas, como que vistas através de um nevoeiro, mas ao longe ele ainda ouvia o borbulhar de Laracna em seu tormento; e acres e nítidos, e aparentemente muito perto, escutava gritos e o retinir de metal. Pôs-se de pé com um salto e apertou-se contra a parede ao lado da estrada. Estava contente de ter o Anel, pois ali estava mais uma companhia de orques em marcha. Foi o que pensou de início. Então deu-se conta, de repente, de que não era isso, de que a audição o enganara: os gritos-órquicos vinham da torre, cujo chifre mais alto já estava bem acima dele, do lado esquerdo da Fenda.

Sam teve um calafrio e tentou obrigar-se a se mexer. Claramente estava acontecendo alguma perversidade. Talvez, a despeito de todas as ordens, a crueldade dos orques tinha tomado conta deles e estavam atormentando Frodo, ou até desmembrando-o com selvageria. Ele escutou; e nesse momento veio-lhe um lampejo de esperança. Não podia haver grande dúvida: havia luta na torre, os orques deviam estar combatendo entre si; Shagrat e Gorbag haviam chegado às vias de fato. Por débil que fosse a esperança trazida por essa suposição, foi o bastante para animá-lo. Poderia haver uma pequena chance. Seu amor por Frodo superou todos os outros pensamentos e, esquecendo-se do perigo, ele exclamou em alta voz: "Estou indo, Sr. Frodo!"

Correu à frente para a trilha que subia e passou por cima. De imediato a estrada fez uma curva para a esquerda e mergulhou íngreme. Sam atravessara para Mordor.

Tirou o Anel, talvez movido por alguma profunda premonição de perigo, apesar de só pensar consigo mesmo que queria enxergar com mais clareza. "Melhor dar uma olhada no pior", murmurou. "Não é bom ficar tropeçando no nevoeiro!"

Era dura, cruel e amarga a terra que se apresentou à sua vista. Diante de seus pés a crista mais alta de Ephel Dúath caía íngreme, em grandes penhascos que desciam para uma vala escura, em cuja margem oposta se erguia outra crista, bem mais baixa, com a borda recortada e entalhada por rochedos semelhantes a presas, que se destacavam negros diante da luz vermelha por trás: era o ameaçador Morgai, o anel interno das muralhas daquele país. Muito além dele, mas quase diretamente à frente, do outro lado de um amplo lago de treva pontilhado de minúsculos fogos, havia um grande brilho ardente; e dali erguia-se em enormes colunas uma fumaça rodopiante, de um vermelho poeirento nas raízes e negra em cima, onde se fundia com o dossel ondeante que servia de teto para toda a terra amaldiçoada.

Sam estava olhando para Orodruin, a Montanha de Fogo. Vez por outra as fornalhas, muito abaixo de seu cone de cinzas, aqueciam-se e, com grandes surtos e latejos, despejavam rios de rocha fundida por abismos em seus flancos. Alguns corriam ardentes na direção de Barad-dûr, descendo por grandes canais; outros serpenteavam para a planície rochosa até arrefecerem e jazerem como retorcidas formas de dragão vomitadas pela terra atormentada. Em tal hora de labuta Sam contemplou o Monte da Perdição, e sua luz, escondida pelo alto anteparo de Ephel Dúath daqueles que subiam a trilha do Oeste, resplandecia agora nas rijas faces das rochas, de forma que estas pareciam ensopadas de sangue.

Naquela luz pavorosa Sam estava aterrado, pois agora, olhando para a esquerda, podia ver a Torre de Cirith Ungol em toda a sua força. O chifre que vira do outro lado era apenas seu torreão superior. A face oriental erguia-se em três grandes lances desde uma saliência na muralha da montanha, muito abaixo; suas costas davam para um grande penhasco do lado traseiro, de onde ressaltava em bastiões pontiagudos, um sobre o outro, que diminuíam à medida que subiam, com flancos empinados de habilidosa alvenaria que se voltavam para nordeste e sudeste. Em torno do lance inferior, duzentos pés abaixo de onde Sam agora se encontrava, havia uma muralha com ameias que cercava um pátio estreito. Seu portão, do lado sudeste próximo, abria-se para uma estrada larga, cujo parapeito externo seguia a beira de um precipício até curvar-se para o sul e descer, fazendo voltas pela treva, para se juntar à estrada que vinha por sobre o Passo Morgul. Prosseguia então através de uma fresta recortada no Morgai, saindo para o vale de Gorgoroth e finalmente para Barad-dûr. O estreito caminho superior onde Sam estava descia depressa por escadarias e trilhas íngremes ao encontro da estrada principal, sob os sisudos muros próximos ao portão da Torre.

Observando-o, Sam entendeu de repente, quase com um choque, que aquele baluarte fora construído não para manter os inimigos fora de Mordor, mas sim para mantê-los dentro. Era de fato uma das obras da Gondor de outrora, um posto avançado oriental das defesas de Ithilien feito quando, após a Última Aliança, os Homens de Ociente vigiavam a terra maligna de Sauron, onde suas criaturas ainda espreitavam. Mas, assim como em Narchost e Carchost, as Torres dos Dentes, também ali a vigilância fracassara, e a traição entregara a Torre ao Senhor dos Espectros--do-Anel, e agora fazia longos anos que era dominada por seres malévolos. Desde sua volta a Mordor, Sauron a achara útil; pois tinha poucos serviçais, mas muitos escravos pelo temor, e sua principal finalidade, como antigamente, ainda era evitar fugas de Mordor. Porém, se um inimigo fosse temerário a ponto de tentar penetrar naquela terra em segredo, era também uma última guarda que não dormia contra quem quer que passasse pela vigilância de Morgul e de Laracna.

Sam via com toda a clareza quão desesperançado seria ele se arrastar ao pé daquelas muralhas de muitos olhos e passar pelo portão vigilante. E mesmo que o fizesse, não poderia ir longe na estrada guardada mais além: nem mesmo as sombras negras, estendendo-se fundas onde o brilho rubro não podia alcançá-las, o ocultariam por muito tempo da visão noturna órquica. Mas, por muito que fosse desesperado aquele caminho, agora sua tarefa era muito pior: não evitar o portão e escapar, mas sim entrar por ele, sozinho.

Seus pensamentos voltaram-se para o Anel, mas nele não havia consolo, apenas temor e perigo. Mal avistara o Monte da Perdição, ardendo ao longe, e se deu conta de uma mudança em seu fardo. À medida que se aproximava das grandes fornalhas onde, nas profundas do tempo, fora formado e forjado, o poder do Anel crescia e tornava-se mais cruel, indomável, exceto por alguma possante vontade. Ali de pé, mesmo sem estar usando o Anel, que pendia em sua corrente em redor do seu pescoço, Sam sentia-se aumentado, como que paramentado em uma enorme sombra distorcida dele mesmo, uma ameaça vasta e agourenta postada nas muralhas de Mordor. Sentiu que dali por diante só tinha duas escolhas: abrir mão do Anel, mesmo que isso o atormentasse; ou tomar posse dele e desafiar o Poder assentado em sua sombria fortificação além do vale de sombras. Já o Anel o tentava, roendo-lhe a vontade e a razão. Fantasias impetuosas lhe surgiram na mente; e viu Samwise, o Forte, Herói da Era, caminhando com uma espada flamejante por sobre a terra escurecida, e exércitos congregando-se ao seu chamado enquanto ele marchava para a derrocada de Barad-dûr. E então se afastavam todas as nuvens e brilhava o alvo sol, e, ao seu comando, o vale de Gorgoroth se tornava um jardim de flores e árvores, e produzia frutos. Bastava que pusesse o Anel e o tomasse por seu e tudo isso poderia vir a ser.

Naquela hora de provação foi o amor por seu patrão que mais o ajudou a se manter firme; mas também, bem no fundo dele, ainda vivia inconquistado seu simples bom senso de hobbit: sabia no âmago do coração que não era suficientemente grande para suportar um tal fardo, mesmo que tais visões não fossem apenas um mero logro para enganá-lo. Um pequeno jardim de jardineiro livre era tudo de que precisava e a que tinha direito, não um jardim inchado até se tornar reino; suas próprias mãos para usar, não as mãos de outros para comandar.

"E de qualquer jeito todas essas ideias são só um truque", disse para si mesmo. "Ele ia me localizar e me intimidar antes que eu conseguisse dar um único grito. Ele ia me localizar, bem depressa, se eu pusesse o Anel agora, em Mordor. Bem, só posso dizer isto: as coisas parecem ter tanta esperança quanto uma geada na primavera. Bem quando seria útil de verdade ficar invisível eu não posso usar o Anel! E se eu chegar a ir mais longe, ele vai ser só um entrave e um fardo a cada passo. Então o que se há de fazer?"

Na verdade, não tinha nenhuma dúvida. Sabia que precisava descer ao portão e não se demorar mais. Dando de ombros, como quem quer sacudir a sombra e mandar os fantasmas embora, começou lentamente a descer. Parecia diminuir a cada passo. Não tinha ido muito longe antes de encolher outra vez a um hobbit muito pequeno e amedrontado. Agora passava sob as próprias muralhas da Torre, e os gritos e sons de briga podiam ser ouvidos com as orelhas sem ajuda. Naquele momento, o ruído parecia vir do pátio atrás do muro externo.

Sam descera cerca de metade da trilha quando dois orques vieram correndo do escuro portal para o brilho rubro. Não se viraram para ele. Rumavam para a estrada principal; mas ao correrem tropeçaram e caíram ao chão e ficaram deitados imóveis. Sam não vira flechas, mas imaginava que os orques haviam sido alvejados por outros nas ameias, ou escondidos na sombra do portão. Foi em frente, encostando-se no muro à esquerda. Uma olhadela para cima lhe mostrara que não havia esperança de escalá-lo. A cantaria subia a trinta pés de altura, sem fresta nem ressalto, com fieiras projetadas como degraus invertidos. O portão era o único caminho.

Seguiu arrastando-se; e enquanto andava perguntou-se quantos orques viviam na Torre com Shagrat, quantos orques Gorbag tinha e pelo que estavam brigando, se é que era isso que acontecia. A companhia de Shagrat parecia conter uns quarenta, e a de Gorbag, mais que o dobro; mas é claro que a patrulha de Shagrat era apenas parte de sua guarnição. Quase com certeza estavam discutindo por causa de Frodo e da pilhagem. Por um segundo Sam se deteve, pois de repente tudo lhe pareceu evidente, quase como se os tivesse visto com os próprios olhos. A cota de mithril! Claro, Frodo a estava usando e eles a encontrariam. E pelo que Sam ouvira, Gorbag a cobiçaria. Mas as ordens da Torre Sombria eram a única proteção que Frodo tinha no momento, e, se fossem postas de lado, Frodo poderia ser morto de imediato a qualquer instante.

"Avante, seu infeliz preguiçoso!", exclamou Sam para si mesmo. "Agora vamos lá!" Sacou Ferroada e correu para o portão aberto. Mas bem quando estava prestes a passar sob o grande arco sentiu um choque: como se tivesse atingido uma teia como a de Laracna, só que invisível. Não conseguia ver nenhum obstáculo, mas algo demasiado forte para ser sobrepujado por sua vontade lhe bloqueava a passagem. Olhou em torno e então, no interior da sombra do portão, viu as Duas Sentinelas.

Eram como grandes efígies sentadas em tronos. Cada uma tinha três corpos unidos e três cabeças dando para fora, para dentro e para o lado oposto do portal. As cabeças tinham caras de abutre e nos grandes joelhos repousavam mãos semelhantes a garras. Pareciam esculpidas em enormes blocos de pedra, irremovíveis, e, no entanto, estavam conscientes: residia nelas algum pavoroso espírito de maligna vigilância. Conheciam os inimigos. Visível ou invisível, ninguém podia passar sem ser notado. Barrar-lhe-iam a entrada ou o escape.

Endurecendo a vontade, Sam mais uma vez arremeteu para diante e parou de chofre, cambaleando como se tivesse recebido um golpe no peito e na cabeça. Então, com grande ousadia, porque não conseguia pensar em fazer outra coisa, respondendo a um súbito pensamento que lhe veio, revelou lentamente o frasco de Galadriel e o ergueu. Sua luz branca rapidamente se expandiu, e as sombras sob o arco escuro fugiram. As monstruosas Sentinelas estavam sentadas frias e imóveis, reveladas em toda a sua forma hedionda. Por um momento Sam entreviu um brilho nas pedras negras de seus olhos, cuja simples malícia o fez titubear; mas lentamente sentiu que a vontade delas vacilava e se desfazia em temor.

Passou entre elas com um salto; mas no momento em que o fazia, guardando o frasco outra vez no peito, teve consciência, tão claramente como se uma barra de aço houvesse se fechado atrás dele, que a vigilância delas fora renovada. E daquelas cabeças malignas veio um grito, agudo e estridente, que ecoou nos muros altíssimos diante dele. Muito no alto, como um sinal de resposta, um sino áspero deu uma única badalada.

"Agora está feito!", disse Sam. "Agora toquei a campainha da porta da frente! Bem, alguém que venha!", exclamou. "Digam ao Capitão Shagrat que o grande guerreiro-élfico veio de visita, com espada-élfica e tudo!"

Não houve resposta. Sam caminhou em frente. Ferroada reluzia azul em sua mão. O pátio jazia em sombra profunda, mas ele podia ver que o calçamento estava coalhado de corpos. Bem a seus pés estavam dois arqueiros-órquicos com punhais enfiados nas costas. Além jaziam muitos vultos mais; alguns sozinhos, como haviam sido talhados ou alvejados; outros aos pares, ainda se atracando, mortos na própria agonia de apunhalar, esganar, morder. As pedras estavam escorregadias de sangue escuro.

Sam reparou em duas librés, uma marcada com o Olho Vermelho, a outra, com uma Lua desfigurada por uma sinistra face da morte; mas não parou para olhar mais de perto. Do outro lado do pátio, uma grande porta ao pé da Torre estava meio aberta, e passava por ela uma luz rubra; um grande orque jazia morto na soleira. Sam saltou por cima do corpo e entrou; e então espiou em volta, perdido.

Um corredor largo e ecoante levava da porta na direção do flanco da montanha. Estava indistintamente iluminado por tochas que ardiam em suportes nas paredes, mas sua extremidade distante se perdia na treva. Podiam-se ver muitas portas e aberturas deste e daquele lado; mas ele estava vazio, exceto por mais dois ou três corpos esparramados no chão. Do que ouvira da fala dos capitães, Sam sabia que, morto ou vivo, Frodo muito provavelmente se encontraria em algum recinto bem no alto do torreão lá em cima; mas ele poderia passar um dia buscando antes de achar o caminho.

"Vai estar perto dos fundos, imagino", murmurou Sam. "A Torre toda sobe meio para trás. E, seja como for, é melhor eu seguir essas luzes."

Avançou pelo corredor, mas agora devagar, mais relutante a cada passo. O terror começava a dominá-lo outra vez. Não havia som exceto pela batida de seus pés, que parecia se intensificar a um ruído ecoante como palmadas de grandes mãos nas pedras. Os corpos mortos; o vazio; as paredes úmidas e negras que à luz das tochas pareciam gotejar sangue; o medo da morte súbita à espreita em uma porta ou sombra; e por trás de toda a sua mente a malícia que aguardava e vigiava no portão: era quase mais do que podia se obrigar a enfrentar. Seria mais bem-vindo um combate — não com demasiados inimigos ao mesmo tempo — que aquela incerteza hedionda e cismante. Obrigou-se a pensar em Frodo, jazendo amarrado, dolorido ou morto em algum ponto daquele lugar pavoroso. Seguiu em frente.

Havia passado além da luz das tochas, quase até a grande porta em arco no extremo do corredor, o lado interno do portão inferior como ele supusera corretamente, quando veio lá do alto um terrível guincho estrangulado. Parou de chofre. Então ouviu passos chegando. Alguém descia, com muita pressa, por uma escadaria ecoante mais acima.

Sua vontade era demasiado fraca e lenta para lhe refrear a mão. Ela puxou a corrente e agarrou o Anel. Mas Sam não o pôs no dedo; pois no instante em que o apertou contra o peito, um orque veio descendo com estrépito. Saltou de uma abertura escura do lado direito e correu em sua direção. Não estava a mais de seis passos de distância quando ergueu a cabeça e o enxergou; e Sam pôde ouvir sua respiração ofegante e ver o brilho de seus olhos injetados de sangue. Ele parou de repente, apavorado. Pois o que via não era um pequeno hobbit amedrontado tentando segurar firme a espada: via um grande vulto silencioso, envolto em sombra cinzenta, surgindo diante da luz oscilante atrás dele; em uma mão segurava uma espada cuja própria luz era uma dor aguda, e a outra estava fechada contra o peito, mas segurava escondida uma ameaça inominada de poder e sina.

Por um momento o orque se agachou e depois, com um hediondo ganido de temor, deu a volta e fugiu pelo caminho de onde viera. Jamais um cão se animou mais quando o adversário lhe deu as costas do que Sam diante daquela fuga inesperada. Saiu em perseguição com um grito:

"Sim! O guerreiro-élfico está à solta!", exclamou. "Estou chegando. Você me mostre o caminho para cima ou eu o esfolo!"

Mas o orque estava em seu próprio antro, ágil e bem alimentado. Sam era um estranho faminto e exausto. As escadarias eram altas, íngremes e tortuosas. A respiração de Sam começou a vir em arfadas. O orque logo sumiu de vista, e já se podia ouvir bem fracamente a batida de seus pés que avançavam e subiam. Vez por outra soltava um berro, e o eco percorria as paredes. Mas lentamente todos os seus sons se abafaram.

Sam avançou com esforço. Sentia que estava no caminho certo e seu ânimo aumentara bastante. Guardou o Anel e apertou o cinto. "Bem,

bem!", disse ele. "Se todos forem tão avessos a mim e à minha Ferroada, isto pode acabar melhor do que eu esperava. E de qualquer jeito parece que Shagrat, Gorbag e companhia fizeram quase todo o meu serviço por mim. Exceto por esse ratinho assustado, acredito que não sobrou ninguém vivo neste lugar!"

E com estas palavras parou, de supetão, como se tivesse batido a cabeça na parede de pedra. O pleno significado do que dissera o atingiu como um golpe. Não sobrou ninguém vivo! De quem tinha sido aquele horrível guincho de morte? "Frodo, Frodo! Patrão!", exclamou, meio soluçando. "Se mataram o senhor, o que hei de fazer? Bem, finalmente estou chegando bem ao topo para ver o que for preciso."

Foi subindo cada vez mais. Estava escuro, exceto por alguma tocha isolada que ardia em uma curva ou ao lado de uma abertura que levava para os níveis mais altos da Torre. Sam tentou contar os degraus, mas depois dos duzentos perdeu as contas. Agora movia-se em silêncio; pois acreditava poder ouvir o som de vozes falando, ainda um tanto mais acima. Parecia que mais de um rato continuava vivo.

De repente, quando ele sentia que não conseguia mais bombear a respiração nem obrigar os joelhos a se dobrarem outra vez, a escadaria terminou. Parou imóvel. As vozes já eram altas e próximas. Sam espiou em torno. Escalara até o topo plano do terceiro nível da Torre, o mais alto: um espaço aberto, com cerca de vinte jardas de diâmetro e uma amurada baixa. Ali a escadaria estava coberta por um pequeno recinto abobadado no meio da plataforma, com portas baixas que davam para o leste e o oeste. A leste Sam podia ver a planície de Mordor, vasta e escura abaixo dele, e a montanha ardente ao longe. Um novo tumulto se agitava em seus fundos poços, e os rios de fogo resplandeciam tão ferozes que, mesmo àquela distância de muitas milhas, sua luz iluminava o alto da torre com um brilho vermelho. A oeste a vista estava impedida pela base do grande torreão que se elevava nos fundos daquele pátio superior e estendia seu chifre muito acima da crista das colinas que o cercavam. Uma luz brilhava em uma seteira. A porta não ficava a dez jardas de onde Sam se encontrava. Estava aberta, mas às escuras, e as vozes vinham logo de dentro da sua sombra.

Inicialmente Sam não escutou; deu um passo para fora da porta leste e olhou em volta. Viu de imediato que ali em cima o combate fora o mais feroz. Todo o pátio estava apinhado de orques mortos ou de suas cabeças e membros cortados e espalhados. O lugar fedia a morte. Um rosnado, seguido de um golpe e um grito, fez com que se lançasse de volta no esconderijo. Uma voz-órquica se ergueu com fúria, e ele a reconheceu de imediato, áspera, brutal e fria. Era Shagrat quem falava, Capitão da Torre.

"Não vai outra vez, você diz? Maldito seja, Snaga, seu vermezinho! Se pensa que estou tão ferido que pode zombar de mim com segurança, está enganado. Venha aqui e eu lhe espremo os olhos como acabei de fazer com Radbug. E quando vierem uns rapazes novos eu vou lidar com você: vou mandar você pra Laracna."

"Eles não vão vir, não antes de você estar morto, de qualquer jeito", respondeu Snaga, ríspido. "Eu lhe disse duas vezes que os porcos de Gorbag chegaram no portão primeiro, e nenhum dos nossos saiu. Lagduf e Muzgash passaram correndo, mas foram alvejados. Eu vi isso por uma janela, eu lhe digo. E eles foram os últimos."

"Então você tem de ir. Eu preciso ficar aqui de qualquer maneira. Mas estou ferido. Que os Abismos Negros levem esse imundo rebelde do Gorbag!" A voz de Shagrat prosseguiu com uma fieira de nomes e imprecações abomináveis. "Ele levou mais do que deu, mas me esfaqueou, esse esterco, antes de eu esganá-lo. Você tem de ir, do contrário devoro você. As notícias têm de chegar a Lugbúrz, do contrário nós dois vamos para os Abismos Negros. É, você também. Não vai escapar se escondendo aqui."

"Não vou descer essas escadas outra vez," grunhiu Snaga, "você sendo capitão ou não. Nar! Tire as mãos do seu punhal, senão ponho uma flecha nas suas tripas. Você não vai durar como capitão quando Eles ouvirem sobre todos esses ocorridos. Combati pela Torre contra esses ratos fedorentos de Morgul, mas vocês dois, capitães preciosos, fizeram uma bela confusão brigando pela presa."

"Já chega de você", rosnou Shagrat. "Eu tinha minhas ordens. Foi Gorbag quem começou, tentando afanar aquela camisa bonita."

"Bem, você pôs ele no lugar, grandioso e poderoso. E, seja como for, ele tinha mais juízo que você. Mais de uma vez ele lhe disse que o mais perigoso desses espiões ainda estava à solta, mas você não quis escutar. E não quer escutar agora. Gorbag tinha razão, eu digo. Tem um grande combatente por aí, um desses Elfos de mãos sangrentas ou um dos *tarks*[1] imundos. Ele vem para cá, eu digo. Você ouviu o sino. Ele passou pelas Sentinelas e isso é serviço de *tark*. Está na escadaria. E até ele sair dela eu não desço. Nem que você fosse um Nazgûl eu ia."

"Então é isso, não é?", berrou Shagrat. "Você vai fazer isso e você não vai fazer aquilo? E quando ele vier você vai se escafeder e me deixar? Não vai não! Primeiro vou pôr buracos vermelhos pros vermes na sua barriga."

Pela porta do torreão veio correndo o orque menor. Atrás dele veio Shagrat, um orque grande de braços compridos que chegavam ao chão quando ele corria agachado. Mas um braço pendia flácido e parecia estar sangrando; o outro abraçava uma grande trouxa negra. No clarão vermelho Sam, encolhido atrás da porta da escada, teve um lampejo de sua cara

---

[1] Ver Apêndice F, p. 1192. [N. A.]

maligna ao passar: estava riscada como por garras dilacerantes e borrada de sangue; a baba lhe pingava das presas salientes; a boca rosnava como a de um animal.

Até onde Sam pôde ver, Shagrat perseguiu Snaga em redor do topo até que, desviando-se e lhe escapando, o orque menor correu de volta para o torreão ganindo e desapareceu. Então Shagrat parou. Pela porta do leste Sam podia vê-lo agora, junto ao parapeito, ofegante, com a garra esquerda apertando-se e soltando-se debilmente. Pôs a trouxa no chão e, com a garra direita, sacou um longo punhal vermelho e cuspiu nele. Foi até o parapeito e se inclinou por cima dele, olhando para o pátio externo muito abaixo. Gritou duas vezes, mas não veio resposta.

De súbito, enquanto Shagrat se abaixava sobre a ameia, de costas para a plataforma, Sam viu admirado que um dos corpos esparramados se mexia. Estava engatinhando. Estendeu uma garra e agarrou a trouxa. Ergueu-se cambaleante. Na outra mão tinha uma lança de lâmina larga e cabo curto, quebrado. Estava a postos para a estocada. Mas no mesmo momento um chiado lhe escapou pelos dentes, um arfar de dor ou ódio. Rápido como uma cobra, Shagrat se esquivou para o lado, virou-se e enfiou o punhal na garganta do inimigo.

"Peguei você, Gorbag!", exclamou ele. "Não estava bem morto, eh? Bem, agora vou acabar o serviço." Saltou sobre o corpo caído e o calcou e esmagou com fúria, abaixando-se vez por outra para esfaqueá-lo e retalhá-lo com o punhal. Por fim, satisfeito, jogou a cabeça para trás e emitiu um horrível berro gorgolejante de triunfo. Depois lambeu o punhal, pô-lo entre os dentes, apanhou a trouxa e veio trotando para a porta da escada mais próxima.

Sam não teve tempo de pensar. Poderia ter-se esgueirado pela outra porta, mas dificilmente sem ser visto; e não podia passar muito tempo brincando de esconde-esconde com aquele orque hediondo. Fez o que foi provavelmente o melhor que podia fazer. Saltou para fora ao encontro de Shagrat, com um grito. Não estava mais segurando o Anel, mas este estava ali, um poder oculto, uma ameaça intimidadora para os escravos de Mordor; e em sua mão estava Ferroada, e sua luz atingiu os olhos do orque como o brilho de estrelas cruéis nas terríveis regiões-élficas, cujo sonho era um medo frio para toda a sua espécie. E Shagrat não podia lutar e segurar seu tesouro ao mesmo tempo. Parou grunhindo, mostrando as presas. Então mais uma vez, à maneira-órquica, saltou de lado e, quando Sam saltou sobre ele, usou a pesada trouxa ao mesmo tempo como escudo e arma e a empurrou com força no rosto do inimigo. Sam cambaleou e, antes que pudesse se recuperar, Shagrat passou por ele como um raio e desceu as escadas.

Sam correu atrás dele, praguejando, mas não foi longe. Logo lhe retornou a lembrança de Frodo e recordou que o outro orque voltara para o torreão. Ali estava outra escolha terrível, e ele não tinha tempo de ponderá-la. Se Shagrat fugisse, logo obteria ajuda e voltaria. Mas se Sam o perseguisse, o outro orque poderia fazer algo horrível lá em cima. E, de qualquer modo, Sam poderia perder Shagrat ou ser morto por ele. Deu a volta depressa e tornou a subir as escadas correndo. "Errado outra vez, imagino", suspirou. "Mas é meu serviço subir primeiro bem até o topo, não importa o que aconteça depois."

Lá embaixo Shagrat foi saltando escada abaixo, saiu pelo pátio e atravessou o portão, levando o precioso fardo. Se Sam pudesse vê-lo e saber do pesar que sua fuga iria trazer, poderia ter vacilado. Mas agora sua mente estava concentrada na última etapa de sua busca. Chegou-se com cautela à porta do torreão e deu um passo para dentro. Ela se abria para a escuridão. Mas logo seus olhos arregalados se deram conta de uma luz débil do lado direito. Vinha de uma abertura que levava a outra escadaria, escura e estreita: parecia que subia pelo torreão dando voltas no interior da redonda parede externa. Em algum lugar no alto bruxuleava uma tocha.

Suavemente, Sam começou a subir. Alcançou a tocha que gotejava, presa acima de uma porta à sua esquerda, diante de uma seteira que dava para o oeste: um dos olhos vermelhos que ele e Frodo haviam visto lá debaixo, perto da boca do túnel. Rapidamente Sam passou pela porta e seguiu apressado para o segundo andar, temendo a qualquer momento ser atacado e sentir dedos esganadores lhe agarrando o pescoço por trás. Em seguida chegou a uma janela que dava para o leste, e outra tocha sobre a porta para um corredor através do meio do torreão. A porta estava aberta, o corredor estava às escuras, exceto pelo brilho da tocha e o clarão rubro de fora que perpassava a seteira. Mas ali a escadaria terminava e não subia mais além. Sam esgueirou-se para dentro do corredor. De cada lado havia uma porta baixa; estavam ambas fechadas e trancadas. Não havia ruído nenhum.

"Um beco sem saída", murmurou Sam; "e depois de toda a minha escalada! Isto não pode ser o topo da torre. Mas o que posso fazer agora?"

Correu de volta para o andar de baixo e tentou abrir a porta. Ela não se movia. Correu para cima outra vez, e o suor começou a lhe gotejar pelo rosto. Sentia que cada minuto era precioso, mas eles escapavam um a um; e ele nada podia fazer. Não se importava mais com Shagrat, Snaga ou qualquer outro orque que já fora gerado. Só ansiava pelo patrão, por um vislumbre do seu rosto ou um toque de sua mão.

Por fim, exausto e sentindo-se finalmente vencido, sentou-se em um degrau abaixo do nível do pavimento do corredor e inclinou a cabeça nas mãos. Tudo estava silencioso, horrivelmente silencioso. A tocha, que à sua chegada já estava perto do fim, crepitou e apagou-se; e ele sentiu a treva cobri-lo como uma maré. E então, baixinho, para sua própria surpresa, ali no vão término de sua longa jornada e seu pesar, movido por um pensamento em seu coração que não sabia identificar, Sam começou a cantar.

Sua voz soava débil e trêmula na fria e escura torre: a voz de um hobbit abandonado e cansado que nenhum orque à escuta poderia confundir com a nítida canção de um senhor-élfico. Murmurou antigas melodias infantis do Condado e fragmentos dos poemas do Sr. Bilbo que lhe vinham à mente como vislumbres fugidios do seu país natal. E então, de repente, uma nova força surgiu nele, e sua voz ressoou enquanto suas próprias palavras, sem serem chamadas, vinham acoplar-se àquela singela melodia.

> *Ao Sol nas terras do Ocidente*
>   *há flores da estação,*
> *árvores brotam, a água é corrente,*
>   *e canta o tentilhão.*
> *Ou pode ser noite sem bruma:*
>   *na faia as estrelas,*
> *qual joia d'Elfos cada uma,*
>   *nos ramos brilham belas.*
>
> *No fim da marcha, quase à morte,*
>   *estou sepulto em treva,*
> *além da torre alta e forte,*
>   *do monte que se eleva;*
> *mas sobre a sombra o Sol me guia*
>   *há Astros nos olhos meus:*
> *não vou dizer: morreu o Dia,*
>   *e nem vou dar adeus.*[A]

"Além da torre alta e forte", recomeçou ele, e então parou de chofre. Pensava ter ouvido uma fraca voz que lhe respondia. Mas agora nada conseguia ouvir. Sim, podia ouvir algo, mas não uma voz. Passos se aproximavam. Agora uma porta era aberta silenciosamente no corredor em cima; as dobradiças rangeram. Sam acocorou-se, escutando. A porta se fechou com um baque surdo; e então ouviu-se uma voz-órquica rosnando.

"Olá! Você aí em cima, seu rato de monte de esterco! Para de guinchar, senão vou lidar com você. Ouviu?"

Não houve resposta.

"Muito bem", grunhiu Snaga. "Mas vou aí dar uma olhada em você assim mesmo para ver o que está aprontando."

As dobradiças rangeram de novo, e Sam, agora espiando por cima do canto da soleira do corredor, viu um lampejo de luz em uma porta aberta e a sombra indistinta de um orque que saía. Parecia estar carregando uma escada. De repente a resposta surgiu diante de Sam: o recinto superior era acessível por um alçapão no teto do corredor. Snaga empurrou a escada para cima, firmou-a e depois sumiu escalando-a. Sam ouviu um ferrolho sendo destravado. Depois ouviu a voz hedionda falando mais uma vez.

"Fique quieto deitado, se não vai pagar por isso! Acho que você não tem muito tempo para viver em paz; mas se não quiser que a diversão comece agora mesmo fique de bico calado, viu? Aqui tem um lembrete para você!" Ouviu-se um som, como um estalido de chicote.

Diante disso, a raiva se inflamou em súbita fúria no coração de Sam. Ergueu-se de um salto, correu e subiu pela escada como um gato. Sua cabeça saiu no meio do piso de um grande recinto redondo. Um lampião vermelho pendia do teto; a seteira oeste era alta e escura. Algo estava deitado no chão junto à parede sob a janela, mas um negro vulto-órquico estava escarranchado por cima. Ele ergueu o chicote pela segunda vez, mas o golpe nunca foi desferido.

Dando um grito, Sam atravessou o piso de um salto com Ferroada na mão. O orque virou-se de chofre, mas antes que pudesse fazer um movimento, Sam lhe separou do braço a mão do chicote. Uivando de dor e medo, mas desesperado, o orque investiu contra ele de cabeça baixa. O golpe seguinte de Sam errou o alvo, e ele caiu para trás desequilibrado, agarrando-se ao orque que cambaleou por cima dele. Antes de conseguir se levantar, no atropelo, ouviu um grito e um impacto. Em sua pressa incontida, o orque tropeçara na ponta da escada e caíra pelo alçapão aberto. Sam não lhe deu mais atenção. Correu até o vulto encolhido no chão. Era Frodo.

Estava nu, jazendo como que desmaiado em um monte de farrapos imundos: o braço estava erguido, protegendo a cabeça, e tinha ao longo do flanco um feio vergão de chicote.

"Frodo! Sr. Frodo, meu querido!", exclamou Sam, quase cego pelas lágrimas. "É Sam, eu vim!" Soergueu o mestre e o abraçou contra o peito. Frodo abriu os olhos.

"Ainda estou sonhando?", murmurou. "Mas os outros sonhos eram horríveis."

"Não está sonhando não, Patrão", disse Sam. "É de verdade. Sou eu. Eu vim."

"Mal consigo acreditar", respondeu Frodo, agarrando-se a ele. "Havia um orque com um chicote, e aí ele se transforma no Sam! Então eu não estava mesmo sonhando quando ouvi aquela canção lá embaixo e tentei responder? Era você?"

"Era mesmo, Sr. Frodo. Eu tinha perdido as esperanças, quase. Não conseguia encontrá-lo."

"Bem, agora encontrou, Sam, querido Sam", disse Frodo, e recostou-se nos braços amáveis de Sam, fechando os olhos como uma criança que repousa quando os medos da noite são expulsos por uma voz ou mão amada.

Sam sentia que podia ficar sentado daquela maneira em felicidade infinda; mas não era permitido. Não bastava ele encontrar o patrão, ainda tinha de tentar salvá-lo. Beijou a testa de Frodo. "Venha! Acorde, Sr. Frodo!", pediu ele, tentando soar tão alegre como quando abria as cortinas de Bolsão em uma manhã de verão.

Frodo suspirou e sentou-se. "Onde estamos? Como vim parar aqui?", perguntou ele.

"Não tem tempo para histórias antes que cheguemos em outro lugar, Sr. Frodo", disse Sam. "Mas está no topo daquela torre que o senhor e eu vimos lá debaixo, junto ao túnel, antes de os orques o pegarem. Não sei quanto tempo faz isso. Mais de um dia, eu acho."

"Só isso?", questionou Frodo. "Parece que faz semanas. Você precisa me contar tudo a respeito, se tivermos oportunidade. Alguma coisa me atingiu, não foi? E caí na escuridão e em sonhos abomináveis, mas despertei e descobri que estar acordado era pior. Havia orques em toda a minha volta. Acho que tinham acabado de derramar uma horrível bebida queimante pela minha garganta. Minha cabeça clareou, mas eu estava dolorido e exausto. Despojaram-me de tudo; e então vieram dois grandes brutamontes e me interrogaram, me interrogaram até eu pensar que ia enlouquecer, eles de pé acima de mim, se regozijando, manuseando os punhais. Nunca vou esquecer as garras e os olhos deles."

"Não vai esquecer se falar sobre eles, Sr. Frodo", disse Sam. "E se não quisermos vê-los de novo, o quanto antes formos embora melhor. Consegue andar?"

"Sim, consigo andar", afirmou Frodo, erguendo-se devagar. "Não estou ferido, Sam. Só me sinto muito cansado e tenho dor aqui." Pôs a mão na nuca, acima do ombro esquerdo. Pôs-se de pé, e a Sam pareceu que estava envolto em chamas: sua pele nua estava escarlate à luz do lampião acima deles. Duas vezes percorreu o chão para lá e para cá.

"Assim está melhor!", disse ele, animando-se um pouco. "Não me atrevia a me mexer quando era deixado sozinho ou quando vinha um dos guardas. Até começar a gritaria e a luta. Os dois brutamontes: eles brigaram, creio. Por causa de mim e minhas coisas. Fiquei deitado aqui, aterrorizado. E depois tudo ficou em um silêncio de morte, e isso foi pior."

"Sim, eles brigaram, ao que parece", respondeu Sam. "Devia haver umas centenas dessas criaturas imundas por aqui. Uma tarefa meio grande para Sam Gamgi, poderíamos dizer. Mas eles fizeram sozinhos toda a matança. Foi sorte, mas é muito comprido para fazer uma canção até sairmos daqui. Agora o que se há de fazer? Não pode sair caminhando na Terra Negra nu em pelo, Sr. Frodo."

"Levaram tudo, Sam", disse Frodo. "Tudo que eu tinha. Você compreende? *Tudo!*" Acocorou-se de novo no chão, de cabeça baixa, quando suas próprias palavras o fizeram perceber a plenitude do desastre, e o desespero o dominou. "A demanda fracassou, Sam. Mesmo que saiamos daqui, não podemos escapar. Só os Elfos podem escapar. Para longe, longe da Terra-média, muito longe além do Mar. Se mesmo isso for longe o bastante para manter a Sombra à distância."

"Não, *não* tudo, Sr. Frodo. E não fracassou, ainda não. Eu o peguei, Sr. Frodo, com sua licença. E o mantive a salvo. Está pendurado em meu pescoço agora e é um fardo terrível também." Sam tateou em busca do Anel e sua corrente. "Mas imagino que o senhor precisa pegá-lo de volta." Agora que chegara a esse ponto, Sam sentia-se relutante em entregar o Anel e oprimir o patrão com ele outra vez.

"Você está com ele?", arquejou Frodo. "Está com ele aqui? Sam, você é uma maravilha!" Então, de modo rápido e estranho, seu tom mudou. "Dê-o para mim!", exclamou, levantando-se, estendendo uma mão trêmula. "Dê-o para mim imediatamente! Você não pode ficar com ele!"

"Muito bem, Sr. Frodo", disse Sam, um tanto espantado. "Aqui está!" Lentamente tirou o Anel e passou a corrente por cima da cabeça. "Mas está na terra de Mordor agora, senhor; e quando sair vai ver a Montanha de Fogo e tudo o mais. Vai achar o Anel muito perigoso agora, e muito pesado de carregar. Se for um serviço muito pesado, quem sabe eu possa compartilhá-lo com o senhor?"

"Não, não!", exclamou Frodo, arrancando o Anel e a corrente das mãos de Sam. "Não vai não, seu ladrão!" Ofegou, encarando Sam com olhos repletos de medo e inimizade. Então, de súbito, segurando o Anel em um punho fechado, ficou aterrado. Uma névoa pareceu afastar-se dos seus olhos, e ele passou uma mão sobre a testa dolorida. A hedionda visão lhe parecera tão real, a ele que ainda estava meio atordoado pela ferida e pelo medo. Diante dos seus próprios olhos, Sam se transformara em um orque de novo, olhando atrevido e escarvando seu tesouro, uma criaturinha asquerosa de olhos cobiçosos e boca babando. Mas agora a visão passara. Ali estava Sam ajoelhado diante dele, com o rosto retorcido de dor, como se tivesse sido apunhalado no coração; as lágrimas lhe vertiam dos olhos.

"Ó Sam!", exclamou Frodo. "O que eu disse? O que eu fiz? Perdoe-me! Depois de tudo o que fez. É o poder horrível do Anel. Queria que ele nunca, nunca tivesse sido achado. Mas não se importe comigo, Sam. Preciso carregar o fardo até o fim. Isso não pode ser alterado. Você não pode se pôr entre mim e essa sina."

"Está tudo bem, Sr. Frodo", disse Sam, esfregando os olhos com a manga. "Eu entendo. Mas ainda posso ajudar, não posso? Preciso tirá-lo daqui. Imediatamente, viu! Mas primeiro precisa de roupas e equipamento, e depois de comida. As roupas vão ser a parte mais fácil. Já que estamos em Mordor, é melhor se vestir à moda de Mordor; e, de qualquer modo, não tem escolha. Vão ter de ser coisas-órquicas para o senhor, Sr. Frodo, eu receio. E para mim também. Se formos juntos é melhor estarmos combinados. Agora enrole-se nisto!"

Sam desafivelou a capa cinzenta e a jogou nos ombros de Frodo. Depois, soltando a mochila, colocou-a no chão. Puxou Ferroada da bainha. Mal se via um lampejo em sua lâmina. "Estava me esquecendo disto, Sr. Frodo", disse ele. "Não, não pegaram tudo! O senhor me emprestou Ferroada, se se recorda, e o vidro da Senhora. Ainda tenho os dois. Mas empreste-me um pouco mais, Sr. Frodo. Preciso ir ver o que consigo encontrar. Fique aqui. Caminhe um pouco por aí e alivie as pernas. Não vou demorar. Não vou ter de ir longe."
   "Cuide-se, Sam!", exclamou Frodo. "E apresse-se! Pode haver orques ainda vivos, esperando à espreita."
   "Preciso arriscar", disse Sam. Foi até o alçapão e desceu a escada. Em um minuto sua cabeça ressurgiu. Jogou no chão uma faca comprida.
   "Aqui está algo que pode ser útil", disse ele. "Ele está morto: o que o açoitou. Parece que quebrou o pescoço na pressa. Agora puxe a escada para cima, se puder, Sr. Frodo; e não a arrie antes que me ouça dizer a senha. Vou dizer *Elbereth*. O que os Elfos dizem. Nenhum orque diria isso."

Frodo ficou por algum tempo sentado, sentindo calafrios, com medos pavorosos se perseguindo em sua mente. Depois levantou-se, envolveu-se na capa-élfica cinzenta e, para manter a mente ocupada, começou a andar para lá e para cá, espreitando e espiando cada canto de sua prisão.
   Não levou muito tempo, apesar de o medo fazer parecer pelo menos uma hora, antes que ouvisse a voz de Sam chamando-o suavemente debaixo: "*Elbereth, Elbereth.*" Frodo arriou a escada leve. Sam subiu por ela, bufando, equilibrando na cabeça um grande fardo. Deixou-o cair com um baque.
   "Agora depressa, Sr. Frodo!", disse ele. "Tive de procurar um bocado para encontrar alguma coisa pequena o bastante para gente como nós. Vamos ter de improvisar. Mas precisamos nos apressar. Não encontrei nada vivo e não vi nada, mas não estou tranquilo. Acho que este lugar está sendo observado. Não sei explicar, mas muito bem: tenho a sensação de que um daqueles asquerosos Cavaleiros voadores estava por aí, lá em cima na treva, onde não pode ser visto."
   Abriu o fardo. Frodo olhou enojado para o conteúdo, mas não havia o que fazer: tinha de vestir aquilo ou sair nu. Havia calças compridas peludas de alguma imunda pele de animal e uma túnica de couro sujo. Vestiu-se. Por cima da túnica foi uma cota de malha de anéis resistentes, curta para um orque de tamanho normal, comprida demais para Frodo, e pesada. Afivelou em torno um cinto em que estava suspensa uma bainha curta contendo uma espada para estocada, de lâmina larga. Sam trouxera vários elmos-órquicos. Um deles serviu razoavelmente em Frodo, um boné negro de borda de ferro, com arcos de ferro cobertos de couro em que o Olho

Maligno estava pintado em vermelho sobre o guarda-nariz semelhante a um bico.

"As coisas de Morgul, o equipamento de Gorbag, serviam melhor e eram mais bem-feitas", disse Sam; "mas acho que não seria boa ideia sair carregando seus emblemas em Mordor, não depois deste caso aqui. Bem, é isso, Sr. Frodo. Um perfeito pequeno orque, se posso me atrever — pelo menos o senhor seria, se pudéssemos cobrir seu rosto com uma máscara, dar-lhe braços mais compridos e tornar suas pernas cambaias. Isto vai esconder alguns dos traços reveladores." Pôs uma grande capa negra em torno dos ombros de Frodo. "Agora está pronto! Pode pegar um escudo no caminho."

"E quanto a você, Sam?", disse Frodo. "Não vamos combinar?"

"Bem, Sr. Frodo, estive pensando", disse Sam. "Prefiro não deixar nada do meu equipamento para trás, e não podemos destruí-lo. E não posso usar uma malha-órquica por cima de todas as minhas roupas, não é? Vou ter que cobri-las apenas."

Ajoelhou-se e dobrou a capa-élfica com cuidado. Ela formou um rolo espantosamente pequeno. Colocou-a na mochila que estava no chão. Pôs-se de pé, pendurou-a às costas, pôs um elmo-órquico na cabeça e jogou nos ombros outra capa negra. "Pronto!", disse ele. "Agora estamos combinados, mais ou menos. E agora precisamos ir embora!"

"Não posso correr o caminho todo, Sam", disse Frodo com um sorriso irônico. "Espero que você tenha se informado sobre as estalagens na estrada. Ou esqueceu-se da comida e bebida?"

"É mesmo, esqueci sim!", respondeu Sam. Assobiou desconcertado. "Veja só, Sr. Frodo, mas o senhor foi me deixar faminto e sedento! Não sei qual foi a última vez em que um gole ou um bocado passaram pelos meus lábios. Eu esqueci tentando achá-lo. Mas deixe-me pensar! Da última vez em que olhei eu tinha mais ou menos o suficiente daquele pão-de-viagem e do que o Capitão Faramir nos deu para me manter vivo por algumas semanas em um aperto. Mas se restava uma gota no meu cantil, não é mais que isso. De jeito nenhum isso vai bastar para dois. Os orques não comem e não bebem? Ou só vivem de ar imundo e veneno?"

"Não, eles comem e bebem, Sam. A Sombra que os gerou só pode zombar, não pode fazer; não coisas novas e reais por si mesma. Não acho que tenha dado vida aos orques, apenas os arruinou e perverteu; e se eles têm de viver, devem viver como as outras criaturas viventes. Aceitam águas imundas e carnes imundas, se não puderem conseguir coisa melhor, mas não veneno. Eles me alimentaram, portanto estou em melhor estado que você. Deve haver comida e água em algum lugar por aqui."

"Mas não temos tempo para procurá-los", afirmou Sam.

"Bem, as coisas estão um pouco melhores do que você pensa", disse Frodo. "Tive um pouco de sorte enquanto você estava fora. Na verdade, não levaram tudo. Encontrei meu saco de comida entre uns trapos no chão. É claro que o remexeram. Mas acredito que rejeitaram o próprio aspecto e cheiro do *lembas*, ainda mais que Gollum. Está espalhado, e parte dele foi pisoteada e quebrada, mas eu o reuni. Não é muito menos que o que você tem. Mas levaram a comida de Faramir e retalharam meu cantil."

"Bem, não há nada mais a dizer", disse Sam. "Temos o bastante para o começo. Porém, a água vai ser um caso sério. Mas venha, Sr. Frodo! Vamos embora, do contrário todo um lago cheio não vai nos ajudar!"

"Só depois que você comer um bocado, Sam", insistiu Frodo. "Não vou arriar pé. Aqui, pegue este biscoito-élfico e beba essa última gota do seu cantil! Tudo isto é bem desesperançoso, portanto não adianta se preocupar com o amanhã. Provavelmente ele não virá."

Finalmente partiram. Desceram escada abaixo, e depois Sam a tomou e a pôs no corredor junto do corpo amontoado do orque caído. A escadaria estava escura, mas no topo ainda se podia ver o clarão da Montanha, apesar de agora ele estar se reduzindo a um vermelho baço. Apanharam dois escudos para completar o disfarce e foram em frente.

Desceram com dificuldade pela grande escadaria. O alto recinto do torreão lá atrás, onde tinham se reencontrado, parecia quase aconchegante: agora estavam outra vez ao ar livre, e o terror corria ao longo dos muros. Podiam estar todos mortos na Torre de Cirith Ungol, mas ela ainda estava impregnada de medo e mal.

Acabaram chegando à porta do pátio externo e pararam. Mesmo de onde estavam podiam sentir a malignidade das Sentinelas atingindo-os, formas negras e silentes de ambos os lados do portão através do qual se via indistintamente o clarão de Mordor. Ao abrirem caminho entre os hediondos corpos dos orques, cada passo tornava-se mais difícil. Mesmo antes de atingirem o arco, eles se imobilizaram. Mover-se mais uma polegada era doloroso e fatigante à vontade e aos membros.

Frodo não tinha força para tal batalha. Desabou no chão. "Não posso ir em frente, Sam", murmurou. "Vou desmaiar. Não sei o que me deu."

"Eu sei, Sr. Frodo. Aguente agora! É o portão. Tem alguma crueldade ali. Mas eu atravessei e vou sair. Não pode ser mais perigoso que antes. Vamos lá!"

Sam tirou outra vez o vidro-élfico de Galadriel. Como se honrasse sua resistência e agraciasse com esplendor sua fiel mão morena de hobbit que fizera tais feitos, o frasco resplandeceu de repente, de modo que todo o pátio obscuro foi iluminado com uma radiância cegante como um relâmpago; mas ela permaneceu firme e não se apagou.

"*Gilthoniel, A Elbereth!*", exclamou Sam. Pois, não sabia por quê, seus pensamentos voltaram de repente aos Elfos no Condado e à canção que afastara o Cavaleiro Negro nas árvores.

"*Aiya elenion ancalima!*", exclamou Frodo mais uma vez, atrás dele.

A vontade das Sentinelas foi quebrada tão repentinamente quanto uma corda rompendo, e Frodo e Sam tropeçaram para a frente. Depois correram através do portão, passando pelos grandes vultos sentados com seus olhos reluzentes. Houve um estalo. A pedra superior do arco despencou quase nos calcanhares deles, e o muro acima dela se esfarelou e caiu em ruína. Escaparam apenas por um fio. Um sino ressoou; e das Sentinelas ergueu-se um lamento agudo e pavoroso. Muito no alto, na escuridão, ele teve resposta. Do céu negro veio mergulhando, como um raio, um vulto alado, dilacerando as nuvens com um berro medonho.

2

A Terra da Sombra

A Sam restava juízo o bastante para voltar a enfiar o frasco no peito. "Corra, Sr. Frodo!", exclamou ele. "Não, não por aí! Tem uma queda repentina por cima do muro. Siga-me!"

Fugiram descendo a estrada que saía do portão. Em cinquenta passos, com uma rápida curva em torno de um bastião que se projetava do penhasco, eles estavam fora da visão da Torre. Haviam escapado por ora. Agachando-se de encontro à rocha, tomaram fôlego e depois apertaram os corações com as mãos. Agora, empoleirado na muralha junto ao portão arruinado, o Nazgûl emitia seus gritos mortais. Todos os penhascos faziam eco.

Prosseguiram aterrorizados, aos tropeços. Logo a estrada fez outra curva fechada para leste e os expôs por um momento pavoroso à vista da Torre. Atravessando às pressas, lançaram o olhar para trás e viram a grande forma negra sobre a ameia; depois mergulharam entre altas paredes de rocha, em um corte que descia íngreme para se juntar à estrada de Morgul. Chegaram ao encontro dos caminhos. Ainda não havia sinal de orques nem de resposta ao grito do Nazgûl; mas eles sabiam que o silêncio não duraria muito tempo. A qualquer momento começaria a caçada.

"Isto não vai dar certo, Sam", disse Frodo. "Se fôssemos orques de verdade deveríamos estar correndo de volta para a Torre, não indo embora. O primeiro inimigo que encontrarmos vai nos desmascarar. De algum modo precisamos sair desta estrada."

"Mas não podemos," disse Sam, "a não ser que tenhamos asas."

As faces orientais de Ephel Dúath eram escarpadas, caindo em penhascos e precipícios até a depressão negra que se estendia entre elas e a crista interna. Pouco além do encontro dos caminhos, depois de outro declive íngreme, uma ponte temporária de pedra saltava sobre o abismo e levava a estrada para o outro lado, nas encostas acidentadas e nos vales de Morgai. Com um esforço desesperado, Frodo e Sam correram pela ponte; porém mal tinham alcançado o lado oposto quando ouviram gritos revoltosos de protesto começando. Bem atrás deles, agora no alto do flanco da montanha, erguia-se a Torre de Cirith Ungol com pedras de incandescência fosca. De repente, seu sino estridente badalou de novo, e então irrompeu em um repique de despedaçar. Soaram trompas. E agora vieram gritos em resposta da outra extremidade da ponte. No fundo da depressão escura, isolados do fulgor minguante de Orodruin, Frodo e Sam não conseguiam enxergar à frente, mas já ouviam as passadas de pés calçados de ferro, e na estrada ressoou o tropel de cascos.

"Depressa, Sam! Vamos por cima!", exclamou Frodo. Escalaram a amurada baixa da ponte. Felizmente não havia mais tombo assustador no abismo, pois as encostas do Morgai já haviam subido quase até o nível da estrada; mas estava escuro demais para estimarem a profundidade da queda.

"Bem, aí vai, Sr. Frodo", disse Sam. "Adeus!"

Deixou-se cair. Frodo seguiu-o. E enquanto caíam ouviram o ímpeto dos cavaleiros que passavam a toda sobre a ponte e o estrépito dos pés-órquicos que os seguiam correndo. Mas Sam teria rido se se atrevesse. Meio temendo um mergulho violento sobre rochas invisíveis, os hobbits aterrissaram com um baque e um ruído triturante, depois de caírem não mais que uma dúzia de pés na última coisa que esperavam: um emaranhado de moitas espinhentas. Ali Sam ficou deitado, imóvel, chupando mansamente a mão arranhada.

Quando o som dos cascos e pés passara, ele arriscou um sussurro. "Bendito seja, Sr. Frodo, mas eu não sabia que crescia alguma coisa em Mordor! Mas se eu soubesse eu teria procurado bem isto. Estes espinhos devem ter um pé de comprimento, pela sensação que dão; atravessaram tudo que eu vesti. Queria ter posto aquela cota de malha!"

"Malha-órquica não evita esses espinhos", disse Frodo. "Nem um gibão de couro adianta."

Foi uma luta para saírem da moita. Os espinhos e as sarças eram duros como arame e agarravam como presas. Antes de finalmente se libertarem, suas capas já estavam rasgadas e esfarrapadas.

"Agora vamos para baixo, Sam", sussurrou Frodo. "Descer depressa para o vale e depois virar para o norte, o mais cedo que pudermos."

O dia estava voltando no mundo lá fora, e muito além das trevas de Mordor o Sol subia por cima da borda leste da Terra-média; mas ali ainda estava tudo escuro como a noite. A Montanha reluziu e seus fogos se apagaram. O clarão desapareceu dos penhascos. O vento leste que estivera soprando desde que haviam deixado Ithilien parecia morto agora. Lenta e dolorosamente fizeram a descida, tateando, tropeçando, dando passos em falso entre as rochas, as sarças e a madeira seca nas sombras cegas, descendo cada vez mais até não poderem mais avançar.

Finalmente pararam e se sentaram lado a lado, encostados em um rochedo. Ambos transpiravam. "Se o próprio Shagrat me oferecesse um copo d'água, eu apertaria a mão dele", afirmou Sam.

"Não diga coisas assim!", exclamou Frodo. "Isso só piora tudo." Então estirou-se, tonto e exausto, e não falou mais por algum tempo. Por fim reergueu-se com dificuldade. Para seu espanto, descobriu que Sam tinha adormecido. "Acorde, Sam!", disse ele. "Vamos lá! É hora de fazermos mais um esforço."

Sam pôs-se de pé com dificuldade. "Ora essa!", disse ele. "Eu devo ter cochilado. Faz muito tempo, Sr. Frodo, que não durmo direito, e os meus olhos se fecharam sozinhos."

Agora Frodo ia em frente, para o norte o melhor que podia estimar, entre as pedras e os rochedos que jaziam densos no fundo da grande ravina. Mas logo ele parou de novo.

"Não adianta, Sam", disse ele. "Eu não dou conta. Desta cota de malha, quero dizer. Não no estado em que estou. Até minha cota de mithril parecia pesada quando eu estava cansado. Esta é muito mais pesada. E de que adianta? Não vamos atravessar lutando."

"Mas pode ser que tenhamos alguma luta", retrucou Sam. "E tem facas e flechas perdidas. E mais, aquele Gollum não está morto. Não gosto de pensar no senhor só com um pouco de couro para protegê-lo de uma estocada no escuro."

"Olhe aqui, Sam, meu caro rapaz," respondeu Frodo, "estou cansado, exausto. Não me resta nenhuma esperança. Mas preciso continuar tentando chegar à Montanha, enquanto puder me mexer. O Anel é suficiente. Este peso extra está me matando. Ele tem de ir embora. Mas não me ache ingrato. Detesto pensar no trabalho abominável que você deve ter tido entre os corpos para encontrá-lo para mim."

"Nem fale nisso. Sr. Frodo. Bendito seja! Eu o carregaria nas costas se pudesse. Então livre-se dele!"

Frodo pôs a capa de lado, tirou a malha-órquica e a lançou fora. Teve um leve arrepio. "Do que preciso mesmo é algo quente", disse ele. "Esfriou, ou eu me resfriei."

"Pode ficar com minha capa, Sr. Frodo", disse Sam. Soltou a mochila e tirou a capa-élfica. "Que tal isto, Sr. Frodo?", sugeriu ele. "Enrole-se firme nesse trapo de orque, e ponha o cinto por fora. Aí esta pode ir por cima de tudo. Não parece muito a moda-órquica, mas vai mantê-lo mais aquecido; e arrisco dizer que vai protegê-lo do mal mais que qualquer outro traje. Foi feita pela Senhora."

Frodo tomou a capa e prendeu o broche. "Assim está melhor!", disse ele. "Sinto-me muito mais leve. Agora posso ir em frente. Mas esta escuridão cega parece estar penetrando em meu coração. Deitado na prisão, Sam, tentei me lembrar do Brandevin, da Ponta do Bosque e do Água correndo pelo moinho na Vila-dos-Hobbits. Mas já não posso vê-los."

"Veja só, Sr. Frodo, desta vez é o senhor falando em água!", disse Sam. "Se a Senhora pudesse nos ver ou ouvir, eu diria a ela: 'Vossa Senhoria, tudo o que queremos é luz e água: só água limpa e pura luz do dia, melhor que qualquer joia, com sua licença.' Mas é longe daqui até Lórien." Sam suspirou e acenou com a mão na direção dos altos da Ephel Dúath, que agora só podiam ser adivinhados como um negrume mais profundo diante do céu negro.

Partiram outra vez. Não haviam avançado muito antes de Frodo parar. "Há um Cavaleiro Negro acima de nós", comentou ele. "Posso senti-lo. É melhor ficarmos imóveis por algum tempo."

Agachados sob um grande rochedo, sentaram-se voltados para trás, para o oeste, e passaram um bom tempo sem falar. Então Frodo deu um suspiro de alívio. "Passou", afirmou ele. Levantaram-se e então ambos olharam espantados. Do lado esquerdo, para o sul, diante de um firmamento que se tornava cinzento, os picos e as altas cristas da grande cordilheira começavam a aparecer escuros e negros, como formas visíveis. A luz se intensificava atrás deles. Esgueirava-se devagar rumo ao Norte. Havia batalha nas alturas, nos altos espaços do ar. As nuvens encapeladas de Mordor estavam sendo empurradas para trás, com bordas que se esfarrapavam à medida que um vento do mundo vivente chegava varrendo os vapores e os fumos de volta à sua obscura terra de origem. Sob as beiradas erguidas do tristonho dossel, uma fraca luz se insinuava em Mordor como a pálida manhã através da janela encardida de uma prisão.

"Veja isso, Sr. Frodo!", disse Sam. "Veja isso! O vento mudou. Está ocorrendo alguma coisa. Ele não está tendo tudo do jeito que queria. A escuridão dele está se desfazendo no mundo lá fora. Gostaria de poder ver o que está acontecendo!"

Era a manhã de quinze de março e, sobre o Vale do Anduin, o Sol se erguia acima da sombra do leste e o vento sudoeste soprava. Théoden jazia moribundo nos Campos de Pelennor.

À medida que Frodo e Sam, em pé, observavam, a beirada de luz se espalhou ao longo de toda a linha da Ephel Dúath, e então viram uma sombra que vinha a grande velocidade do Oeste, de início só uma mancha negra diante da faixa reluzente acima dos cumes das montanhas, mas crescendo, até mergulhar como um raio no dossel escuro e passar alto acima deles. A caminho, emitiu um grito longo e estridente, a voz de um Nazgûl; mas aquele grito não os aterrorizava mais: era um grito de desgraça e aflição, más novas para a Torre Sombria. O Senhor dos Espectros-do-Anel encontrara sua sina.

"O que eu disse? Está ocorrendo alguma coisa!", exclamou Sam. "'A guerra está indo bem', disse Shagrat; mas o Gorbag não tinha tanta certeza. E aí tinha razão também. As coisas estão melhorando, Sr. Frodo. Não tem um pouco de esperança agora?"

"Bem, não, não muito, Sam", suspirou Frodo. "Isso é lá longe, além das montanhas. Estamos indo para o leste, não para o oeste. Estou tão cansado. E o Anel é tão pesado, Sam. E estou começando a vê-lo em minha mente o tempo todo, como uma grande roda de fogo."

A pronta animação de Sam desfez-se de imediato. Olhou ansioso para o patrão e tomou-lhe a mão. "Vamos, Sr. Frodo!", disse ele. "Tenho uma coisa que eu queria: um pouco de luz. O bastante para nos ajudar, e ainda assim acho que é perigosa também. Esforce-se mais um pouco, e aí vamos nos recolher e descansar. Mas pegue um bocado para comer agora, um pedaço da comida dos Elfos; poderá animá-lo."

Partilhando uma fatia de *lembas* e mastigando-a o melhor que podiam com as bocas ressequidas, Frodo e Sam avançaram com esforço. A luz, apesar de não ser mais que uma penumbra cinzenta, já era suficiente para verem que estavam na profundeza do vale entre as montanhas. Ele fazia um fraco aclive rumo ao norte, e no fundo corria o leito de um rio, agora seco e murcho. Além do seu curso pedregoso viram uma trilha pisada que serpenteava sob os sopés dos penhascos a oeste. Se soubessem, tê-lo-iam alcançado mais depressa, pois era uma trilha que saía da estrada principal de Morgul, na extremidade oeste da ponte, e descia por uma longa escada cortada na rocha até o fundo do vale. Era usada por patrulhas ou mensageiros que rumavam depressa para postos e redutos menores no norte, entre Cirith Ungol e os estreitos da Boca-ferrada, as férreas mandíbulas de Carach Angren.

Era arriscado para os hobbits usarem uma trilha assim, mas precisavam de velocidade, e Frodo sentia que não conseguiria enfrentar a labuta de escalar entre os rochedos ou nos vales sem trilha do Morgai. E julgava que o rumo norte, talvez, fosse o caminho que seus perseguidores menos esperassem que eles fossem tomar. A estrada para o leste até a planície, ou o passo lá atrás no oeste, esses eles esquadrinhariam primeiro e mais meticulosamente. Só quando estivesse bem ao norte da Torre ele pretendia fazer uma volta e buscar algum caminho que o levasse para o leste, ao leste na última etapa desesperada de sua jornada. Portanto, agora atravessaram o leito pedregoso, seguiram pela trilha-órquica e por algum tempo marcharam ao longo dela. Os penhascos do lado esquerdo projetavam-se, e não era possível vê-los de cima; mas a trilha fazia muitas curvas, e em cada uma agarravam os punhos das espadas e avançavam com cautela.

A luz não se tornou mais intensa, pois Orodruin ainda vomitava um grande vapor que, lançado para cima pelos ares contrários, ascendia mais e mais até alcançar uma região acima do vento e se espalhar em um teto incomensurável, cujo pilar central se erguia das sombras além da visão deles. Haviam andado penosamente por mais de uma hora quando ouviram um som que os fez parar. Inacreditável, mas inconfundível. Água escorrendo. De um sulco do lado esquerdo, tão escarpado e estreito que parecia que o penhasco negro fora fendido por um enorme machado, a água descia gotejando: talvez os últimos restos de alguma doce chuva recolhida de mares iluminados pelo sol, mas malfadada a cair enfim nas muralhas da Terra Negra e vagar infrutífera rumo ao pó. Ali ela emergia da rocha em um riachinho que descia, escorria por cima da trilha e, virando-se para o sul, fugia depressa para se perder entre as pedras mortas.

Sam deu um salto em sua direção. "Se alguma vez eu vir a Senhora de novo, vou contar a ela!", exclamou. "Luz e agora água!" Então parou. "Deixe-me beber primeiro, Sr. Frodo", disse ele.

"Muito bem, mas há espaço bastante para dois."

"Não quis dizer isso", comentou Sam. "Quero dizer: se for venenosa ou alguma coisa que mostre logo que é ruim, bem, melhor eu que o senhor, patrão, se me entende."

"Entendo. Mas acho que vamos arriscar a sorte juntos, Sam; ou a bênção. Ainda assim, cuidado agora, se for muito fria!"

A água era fresca, mas não gelada, e tinha um gosto desagradável, ao mesmo tempo amargo e oleoso, ou assim diriam se estivessem em casa. Ali ela parecia além de qualquer louvor e além do medo e da prudência. Beberam à vontade, e Sam completou o cantil. Depois disso Frodo sentiu-se mais à vontade, e avançaram várias milhas até que a estrada se alargasse e os começos de um muro grosseiro à sua beira os alertassem de que se avizinhavam de outro baluarte-órquico.

"É aqui que nos desviamos, Sam", disse Frodo. "E precisamos virar para o leste." Suspirou ao contemplar as cristas obscuras do outro lado do vale. "Só tenho força suficiente para encontrar um buraco lá em cima. E depois preciso descansar um pouco."

Agora o leito do rio estava um pouco abaixo da trilha. Desceram até lá com dificuldade e começaram a atravessá-lo. Para sua surpresa, deram com lagoas escuras alimentadas por fiapos de água que desciam gotejando de alguma fonte mais acima no vale. Em suas margens externas, sob as montanhas do oeste, Mordor era uma terra moribunda, porém ainda não morta. E ali algo ainda crescia, árido, retorcido, amargo, esforçando-se para viver. Nas covas do Morgai, do outro lado do vale, árvores baixas e mirradas escondiam-se agarradas, touceiras de capim, ásperas e cinzentas, lutavam contra as pedras e musgos murchos se arrastavam por cima delas; e em toda a parte se espalhavam grandes sarças contorcidas e emaranhadas. Algumas tinham longos espinhos transpassantes, algumas tinham farpas com ganchos que dilaceravam como facas. As tristonhas folhas enrugadas de anos passados pendiam delas, raspando e crepitando nos ares tristes, mas seus brotos repletos de vermes acabavam de se abrir. Moscas pardas, cinzentas ou negras, marcadas como orques com uma mancha vermelha em forma de olho, zumbiam e picavam; e, por cima das moitas de urze, nuvens de mosquitos famintos dançavam e rodopiavam.

"Roupa-órquica não adianta", disse Sam, agitando os braços. "Queria ter couro de orque!"

Por fim Frodo não conseguiu avançar mais. Haviam escalado uma estreita ravina inclinada, mas ainda restava muito caminho antes que pudessem ao menos avistar a última crista recortada. "Preciso descansar agora, Sam, e dormir se puder", disse Frodo. Olhou em volta, mas não parecia haver nenhum lugar aonde mesmo um animal pudesse se arrastar naquela lúgubre região. Finalmente, exaustos, escapuliram para baixo de uma cortina de sarças pendurada como uma esteira por cima de uma face rochosa baixa.

Ali sentaram-se e fizeram a refeição que podiam. Reservando o precioso *lembas* para os dias ruins à frente, comeram metade das provisões de Faramir que ainda restavam na mochila de Sam: algumas frutas secas e uma fatiazinha de carne curada; e bebericaram um pouco de água. Haviam bebido outra vez nas lagoas do vale, mas tinham muita sede outra vez. Havia no ar de Mordor um sabor amargo que ressecava a boca. Quando Sam pensava em água, mesmo seu espírito esperançoso desanimava. Além do Morgai restava atravessar a pavorosa planície de Gorgoroth.

"Agora vá dormir primeiro, Sr. Frodo", disse ele. "Está escurecendo de novo. Calculo que este dia esteja quase terminando."

Frodo suspirou e adormeceu quase antes de serem ditas as últimas palavras. Sam lutou com o próprio cansaço e pegou a mão de Frodo; e ali ficou sentado, em silêncio, até cair a noite profunda. Então, finalmente, para manter-se desperto engatinhou para fora do esconderijo e olhou em volta. A região parecia repleta de ruídos que rangiam, estalavam e eram matreiros, mas não havia som de voz nem de pés. Muito acima da Ephel Dúath no Oeste, o céu noturno ainda era baço e pálido. Ali, espiando por entre os farrapos de nuvens acima de um pico escuro no alto das montanhas, Sam viu uma estrela branca piscando por alguns instantes. Sua beleza lhe atingiu o coração, olhando para cima desde a terra abandonada, e a esperança retornou a ele. Pois como um raio, nítido e frio, perpassou-lhe o pensamento de que no fim a Sombra era somente uma coisa pequena e passageira: havia luz e elevada beleza para sempre além do seu alcance. Sua canção na Torre fora mais de desafio que de esperança; pois naquele momento estava pensando em si mesmo. Agora, por um instante, seu próprio destino, e mesmo o do seu patrão, deixaram de afligi-lo. Voltou engatinhando para dentro da sarça, deitou-se ao lado de Frodo e, deixando de lado todos os medos, lançou-se em sono profundo e tranquilo.

Acordaram juntos, de mãos dadas. Sam estava quase renovado, pronto para mais um dia; mas Frodo suspirou. Seu sono fora inquieto, cheio de sonhos de fogo, e o despertar não lhe trouxe consolo. Ainda assim, seu sono não fora totalmente isento de virtude curativa: estava mais forte, mais capaz de carregar seu fardo por mais uma etapa. Não sabiam as horas, nem por quanto tempo tinham dormido; mas após um bocado de comida e um golinho de água prosseguiram ravina acima, até esta terminar em uma encosta íngreme de cascalho e pedras deslizantes. Ali os últimos seres vivos desistiam da luta; os cimos do Morgai eram sem relva, áridos, escarpados, estéreis como uma lousa.

Depois de muito vagarem e buscarem, encontraram um caminho que podiam escalar e chegaram ao topo agarrando-se e porfiando na última centena de pés. Chegaram a uma fenda entre dois penhascos escuros e, ao atravessarem, viram-se bem na beira da última barreira de Mordor. Abaixo deles, no fundo de uma queda de uns mil e quinhentos pés, estava a planície interna que se estendia em uma obscuridade informe além do alcance de sua visão. Agora o vento do mundo soprava do Oeste, e as grandes nuvens subiam alto, flutuando rumo ao leste; mas ainda assim só chegava uma luz cinzenta aos lúgubres campos de Gorgoroth. Ali a fumaça se espalhava pelo chão e espreitava nas depressões, e vazavam vapores das fissuras da terra.

Ainda bem longe, a quarenta milhas pelo menos, viam o Monte da Perdição, cujo sopé tinha a base em ruína cor de cinza e cujo imenso cone subia a grande altura, onde o cume fumacento estava envolto em nuvens. Seus fogos já estavam mais turvos, e ele se erguia em sonolência latente, tão ameaçador e perigoso quanto uma fera adormecida. Atrás dele pendia uma vasta sombra, agourenta como uma nuvem de trovoada, os véus de Barad-dûr que se levantava na distância sobre um longo esporão das Montanhas de Cinza lançado do Norte. O Poder Sombrio estava em pensamento profundo, e o Olho se voltava para dentro, ponderando notícias de dúvida e perigo: via uma espada reluzente e um rosto severo e régio, e por um momento pouco se importava com outras coisas; e todo o seu grande baluarte, portão sobre portão, e torre sobre torre, estava envolto em treva cismante.

Frodo e Sam observaram aquela terra odiosa com uma mistura de abominação e espanto. Entre eles e a montanha fumegante, e em volta dela ao norte e ao sul, tudo parecia arruinado e morto, um deserto queimado e estrangulado. Perguntavam-se como o Senhor daquele reino mantinha e alimentava seus escravos e seus exércitos. E, não obstante, exércitos ele tinha. Até onde seus olhos alcançavam, ao longo dos flancos do Morgai e mais em direção ao sul, havia acampamentos, alguns de barracas e outros ordenados como pequenas aldeias. Uma das maiores destas estava bem abaixo deles. A pouco menos de uma milha na planície, estava agrupada como um enorme ninho de insetos, com ruas retas e lúgubres de choças e construções compridas, baixas e tediosas. Em volta, o terreno estava movimentado com gente que ia e vinha; uma estrada larga saía no rumo sudeste para se unir ao caminho de Morgul, e, ao longo dela, apressavam-se muitas filas de pequenos vultos negros.

"Não gosto nem um pouco da cara dessas coisas", disse Sam. "Bem desesperançoso, eu digo — exceto porque onde tem tanta gente deve ter poços ou água, sem falar em comida. E esses são Homens, não Orques, ou então meus olhos muito me enganam."

Nem ele nem Frodo sabiam nada sobre os grandes campos cultivados por escravos, mais no sul daquele amplo reino, além dos vapores da Montanha, junto às águas escuras e tristes do Lago Núrnen; nem sobre as grandes estradas que corriam rumo ao leste e ao sul para terras tributárias, de onde os soldados da Torre traziam longas fileiras de carroças com bens, pilhagem e escravos novos. Ali, nas regiões do norte, ficavam as minas e forjas e as convocações para a guerra há muito planejada; e ali o Poder Sombrio, movendo seus exércitos como peças no tabuleiro, os reunia. Seus primeiros lances, as primeiras apalpadelas de sua força, haviam sido rechaçados na linha ocidental, no sul e no norte. No momento ele os retirava e trazia forças novas, apinhando-as em torno de Cirith Gorgor para um golpe de vingança. E, se também tivera a intenção de defender a Montanha contra qualquer aproximação, dificilmente poderia ter feito melhor.

"Bem!", prosseguiu Sam. "Seja lá o que tiverem para comer e beber, nós não podemos ter. Não tem caminho para descer ali, que eu possa ver. E não poderíamos atravessar todo esse terreno aberto pululando de inimigos, mesmo que conseguíssemos descer."

"Ainda assim vamos ter que tentar", disse Frodo. "Não é pior do que eu esperava. Eu nunca tive a esperança de atravessar. Agora não consigo ver nenhuma esperança disso. Mas ainda tenho de fazer o melhor que posso. No momento isso é evitar ser capturado pelo maior tempo possível. Portanto, ainda precisamos rumar para o norte, creio, e ver como é onde a planície aberta é mais estreita."

"Eu imagino como vai ser", comentou Sam. "Onde for mais estreita, os Orques e Homens só vão estar mais apertados. Vai ver, Sr. Frodo."

"Arrisco-me a dizer que vou, se chegarmos até lá", disse Frodo, e lhe deu as costas.

Logo descobriram que era impossível prosseguir ao longo da crista do Morgai, ou em qualquer lugar ao longo de seus níveis mais altos, que não tinham trilhas e eram recortados por fendas profundas. No fim foram obrigados a voltar, descendo pela ravina que haviam escalado e buscando um caminho ao longo do vale. Era um trajeto difícil, pois não se atreviam a atravessar para a trilha do lado oeste. Depois de uma milha ou mais viram, amontoado em uma depressão ao pé do penhasco, o covil-órquico que imaginavam estar nas redondezas: um muro e um ajuntamento de cabanas de pedra postas em redor da escura abertura de uma caverna. Não se via movimento algum, mas os hobbits passaram esgueirando-se com cautela, mantendo-se o mais perto possível dos matagais de espinheiros que naquele ponto cresciam densos em ambas as margens do antigo curso d'água.

Avançaram mais duas ou três milhas, e o covil-órquico ficou oculto da visão atrás deles; mas mal haviam recomeçado a respirar mais livremente quando ouviram vozes-órquicas, ásperas e altas. Rapidamente sumiram de vista por trás de uma moita parda e mirrada. As vozes se aproximaram. Logo dois orques puderam ser vistos. Um estava vestido de trapos pardos e armado com um arco de chifre; era de estirpe miúda, de pele negra e largas narinas que fungavam: evidentemente uma espécie de rastreador. O outro era um grande orque combatente, como os da companhia de Shagrat, portando o emblema do Olho. Também tinha um arco às costas e levava uma lança curta de ponta larga. Como de costume, estavam brigando e por serem de estirpes diferentes usavam a fala comum à sua maneira.

A cerca de vinte passos de onde os hobbits espreitavam, o orque pequeno parou. "Nar!", rosnou ele. "Vou pra casa." Apontou o outro lado do vale, para o covil-órquico. "Não vale mais a pena gastar o nariz nas pedras. Não sobrou rastro, é o que digo. Perdi a pista cedendo a você. Ela subia pras colinas, não ia pelo vale, estou dizendo."

"Vocês não servem para muita coisa, né, seus fungadorezinhos?", disse o orque grande. "Acho que os olhos são melhores que os narizes ranhosos de vocês."

"Então o que você viu com eles?", rosnou o outro. "Diacho! Você nem sabe o que está procurando."

"Isso é culpa de quem?", questionou o soldado. "Não é minha. Isso vem Lá de Cima. Primeiro eles dizem que é um grande Elfo com armadura brilhante, depois é uma espécie de homem-anão pequeno, depois deve ser um bando de Uruk-hai rebelde; ou quem sabe é tudo isso junto."

"Ar!", disse o rastreador. "Perderam a cabeça, é isso que é. E alguns dos chefes vão perder a pele também, acho eu, se for verdade o que eu ouvi: torre assaltada e tudo o mais, centenas dos seus rapazes apagados e o prisioneiro fugiu. Se é esse o jeito que trabalham vocês, combatentes, não admira que tem notícias ruins das batalhas."

"Quem diz que tem notícias ruins?", gritou o soldado.

"Ar! Quem diz que não?"

"Isso é maldita conversa de rebelde, e eu espeto você se não calar a boca, viu?"

"Tá bem, tá bem!", disse o rastreador. "Não vou dizer mais nada e vou continuar pensando. Mas o que o sorrateiro preto tem a ver com tudo isso? Aquele devorador de mãos agitadas?"

"Não sei. Nada, quem sabe. Mas ele não é boa coisa, espionando por aí, aposto. Maldito seja! Assim que escapou de nós e fugiu, veio a notícia de que era procurado vivo, procurado depressa."

"Bem, espero que peguem ele e façam o processo", grunhiu o rastreador. "Ele confundiu a pista lá atrás, furtando a cota de malha jogada fora que ele achou e chapinhando por toda a parte antes de eu conseguir chegar lá."

"De qualquer jeito, isso salvou a vida dele", disse o soldado. "Ora, antes de eu saber que ele era procurado eu atirei nele, bem certinho, a cinquenta passos bem nas costas; mas ele continuou correndo."

"Diacho! Você errou ele", disse o rastreador. "Primeiro você atira a esmo, depois você corre muito devagar e depois manda vir os coitados dos rastreadores. Já me enchi de você." Saiu a trote.

"Volte aqui," gritou o soldado, "senão vou denunciar você!"

"Para quem? Não pro seu precioso Shagrat. Ele não vai mais ser capitão."

"Eu vou dar seu nome e número pros Nazgûl", disse o soldado, baixando a voz a um chiado. "Um *deles* está encarregado da Torre agora."

O outro parou, e sua voz estava repleta de medo e ira. "Seu maldito traidor, ladrão rasteiro!", berrou. "Não consegue fazer seu serviço e nem consegue apoiar a sua própria gente. Vá pros seus Guinchadores imundos, e eles que congelem e arranquem a sua carne! Se o inimigo não pegar eles primeiro. Apagaram o Número Um, ouvi dizer, e espero que seja verdade!"

O orque grande, de lança na mão, saltou sobre ele. Mas o rastreador, pulando para trás de uma pedra, atirou uma flecha em seu olho quando ele veio correndo, e ele caiu com estrondo. O outro correu atravessando o vale e desapareceu.

Por alguns instantes os hobbits ficaram sentados em silêncio. Por fim Sam remexeu-se. "Bem, eu chamo isso de bem feito", disse ele. "Se essa bela simpatia se espalhasse em Mordor, metade dos nossos problemas estaria terminada."

"Quieto, Sam", sussurrou Frodo. "Pode haver outros por aí. Evidentemente escapamos por bem pouco e a caçada estava mais perto da nossa pista do que nós achávamos. Mas esse *é* o espírito de Mordor, Sam; e ele se espalhou por todos os cantos. Os orques sempre se comportaram assim, é o que dizem todas as histórias, quando estão sozinhos. Mas não se pode ter grandes esperanças com base nisso. Eles nos odeiam muito mais, por completo e o tempo todo. Se aqueles dois nos tivessem visto, teriam esquecido toda a sua briga até estarmos mortos."

Houve outro longo silêncio. Sam rompeu-o outra vez, mas dessa vez com um sussurro. "Ouviu o que disseram sobre *aquele devorador*, Sr. Frodo? Eu lhe disse que Gollum ainda não estava morto, não foi?"

"Sim, eu me lembro. E me perguntei como você sabia", disse Frodo. "Bem, agora vamos! Acho que é melhor não nos mexermos daqui outra vez antes que tenha escurecido bastante. Assim você há de me contar como sabe, e sobre tudo o que aconteceu. Se puder fazer isso baixinho."

"Vou tentar," disse Sam, "mas quando penso naquele Fedido fico tão agitado que poderia gritar."

Ali os hobbits ficaram sentados, ocultos sob a moita de espinheiro, enquanto a luz baça de Mordor se dissolvia lentamente em noite profunda e sem estrelas; e Sam falou no ouvido de Frodo tudo para que pôde achar palavras, do ataque traiçoeiro de Gollum, do horror de Laracna e de suas próprias aventuras com os orques. Quando terminou, Frodo nada disse, mas tomou a mão de Sam e a apertou. Por fim mexeu-se.

"Bem, imagino que temos de partir outra vez", disse ele. "Pergunto-me quanto tempo vai levar para que realmente sejamos apanhados e para que toda a labuta e furtividade estejam terminadas, e em vão." Levantou-se. "Está escuro, mas não podemos usar o vidro da Senhora. Mantenha-o a salvo para mim, Sam. Agora não tenho lugar para guardá-lo, exceto em minha mão, e hei de precisar de ambas as mãos na noite cega. Mas eu lhe dou Ferroada. Tenho uma lâmina-órquica, mas não acho que meu papel seja desferir algum golpe outra vez."

Foi uma movimentação difícil e arriscada, à noite, na terra sem trilhas; mas devagar e com muitos tropeços os dois hobbits labutaram hora após hora, rumo ao norte, ao longo da borda leste do vale pedregoso. Quando uma luz cinzenta voltou esgueirando-se pelos cumes do oeste, muito depois de o dia se abrir nas terras mais além, eles se esconderam novamente e dormiram um pouco, cada um por sua vez. Em suas horas despertas, Sam ocupou-se com pensamentos sobre comida. Por fim, quando Frodo se levantou e falou de comerem e se prepararem para mais um esforço, ele fez a pergunta que mais o perturbava.

"Com sua licença, Sr. Frodo," disse ele, "mas tem alguma ideia de quanto ainda falta percorrer?"

"Não, não tenho ideia clara, Sam", respondeu Frodo. "Em Valfenda, antes de partir, mostraram-me um mapa de Mordor feito antes que o Inimigo voltasse aqui; mas só me lembro dele vagamente. Lembro-me mais nitidamente de que havia um lugar no norte onde a cordilheira ocidental e a cordilheira setentrional lançam esporões que quase se encontram.

Isso deve ficar a pelo menos vinte léguas da ponte lá atrás, junto à Torre. Poderia ser um bom ponto para atravessar. Mas é claro que, se chegarmos lá, vamos estar mais longe da Montanha do que antes, a sessenta milhas, creio. Acho que agora percorremos umas doze léguas para o norte desde a ponte. Mesmo que corra tudo bem, eu dificilmente poderia alcançar a Montanha em uma semana. Receio, Sam, que o fardo fique muito pesado, e hei de ir ainda mais devagar à medida que nos aproximemos."

Sam suspirou. "É bem como eu temia", comentou ele. "Bem, sem falar em água, precisamos comer menos, Sr. Frodo, ou então andar um pouco mais depressa, pelo menos enquanto ainda estivermos neste vale. Mais uma mordida e toda a comida vai acabar, exceto o pão-de-viagem dos Elfos."

"Vou tentar ser um pouco mais rápido, Sam", disse Frodo, inspirando profundamente. "Vamos, então! Vamos começar mais uma marcha!"

Ainda não havia escurecido por completo. Avançaram com esforço noite adentro. As horas passaram em uma marcha exausta com tropeços e algumas poucas breves paradas. No primeiro vislumbre de luz cinzenta sob as beiradas do dossel de escuridão, esconderam-se novamente em uma depressão escura embaixo de uma pedra que se projetava.

Lentamente a luz ficou mais intensa, até estar mais clara do que fora antes. Um forte vento do Oeste já expulsava os vapores de Mordor dos ares superiores. Não passou muito tempo para os hobbits conseguirem divisar a forma do terreno por algumas milhas em volta. A vala entre as montanhas e o Morgai reduzira-se cada vez mais à medida que subia, e a crista interna já não era mais que uma saliência nos flancos íngremes da Ephel Dúath; mas no leste ela caía tão íngreme quanto antes na direção de Gorgoroth. À frente, o curso d'água chegou ao fim em degraus fraturados de rocha; pois projetava-se da cordilheira principal um esporão alto e árido, estendendo-se para o leste como uma muralha. Ao seu encontro, vinha da cinzenta e enevoada cordilheira setentrional de Ered Lithui um longo braço protuberante; e entre as extremidades havia uma brecha estreita: Carach Angren, a Boca-ferrada, além da qual ficava o fundo vale de Udûn. Nesse vale por trás do Morannon estavam os túneis e profundos arsenais que os serviçais de Mordor haviam feito para a defesa do Portão Negro de sua terra; e ali seu Senhor reunia agora, às pressas, grandes exércitos para resistir ao assalto dos Capitães do Oeste. Nos esporões estendidos, fortes e torres estavam sendo construídos, e ardiam fogueiras de vigia; e em toda a extensão da brecha fora erguido um muro de terra e fora escavada uma funda trincheira que só podia ser atravessada por uma única ponte.

Algumas milhas ao norte, nas alturas do ângulo onde o esporão ocidental se destacava da cordilheira principal, erguia-se o antigo castelo de Durthang, agora um dos muitos baluartes-órquicos que se agrupavam em torno do vale de Udûn. Uma estrada, já visível à luz crescente, descia dali em curvas até que, a apenas uma ou duas milhas de onde estavam os hobbits, ela se virava para o leste e corria ao longo de uma saliência recortada no flanco do esporão, descendo assim à planície e seguindo para a Boca-ferrada.

Aos hobbits, observando de onde estavam, parecia que fora inútil toda a sua jornada para o norte. A planície à direita era indistinta e enfumaçada, e não podiam ver acampamentos nem tropas em movimento; mas toda aquela região estava sob a vigilância dos fortes de Carach Angren.

"Chegamos a um beco sem saída, Sam", disse Frodo. "Se formos em frente, só vamos topar com aquela torre-órquica, mas a única estrada a trilhar é a que desce de lá — a não ser que retornemos. Não podemos escalar para o oeste, nem descer para o leste."

"Então precisamos tomar a estrada, Sr. Frodo", respondeu Sam. "Precisamos tomá-la e arriscar nossa sorte, se é que existe sorte em Mordor. Vai ser a mesma coisa nos rendermos, continuarmos vagando ou tentarmos voltar. Nossa comida não vai durar. Precisamos dar uma corrida!"

"Muito bem, Sam", disse Frodo. "Conduza-me! Enquanto lhe restar alguma esperança. A minha se foi. Mas não posso correr, Sam. Vou me arrastar atrás de você."

"Antes de começar a se arrastar mais, precisa de sono e comida, Sr. Frodo. Venha pegar o quanto puder!"

Deu a Frodo água e mais uma fatia de pão-de-viagem e fez com sua capa um travesseiro para a cabeça do patrão. Frodo estava cansado demais para discutir o assunto e Sam não lhe contou que ele bebera a última gota de água que tinham e que comera a porção de Sam da comida, além da sua própria. Quando Frodo adormeceu, Sam se inclinou sobre ele, escutou sua respiração e lhe esquadrinhou o rosto. Estava enrugado e magro, porém no sono parecia contente e destemido. "Bem, vamos lá, Patrão!", murmurou Sam para si mesmo. "Vou ter de deixá-lo por uns momentos e confiar na sorte. Precisamos ter água, do contrário não vamos mais longe."

Sam afastou-se furtivamente e, passando depressa de uma pedra à outra com cautela maior que a normal dos hobbits, desceu até o curso d'água e depois o seguiu por algum espaço, subindo rumo ao norte, até chegar aos degraus de pedra onde sem dúvida muito tempo atrás sua nascente jorrara em pequena cascata. Agora parecia tudo seco e silencioso; mas, refutando o desespero, Sam agachou-se e escutou, e ouviu para seu deleite o ruído de água gotejando. Escalando alguns degraus, encontrou uma minúscula correnteza de água escura que descia do flanco da colina e enchia uma pequena lagoa descoberta, de onde se derramava de novo e depois sumia sob as pedras áridas.

Sam provou a água, que parecia bastante boa. Depois bebeu a largos goles, encheu o cantil, e virou-se para retornar. Naquele momento teve um vislumbre de uma forma ou sombra negra que passava rápida entre as rochas, perto do esconderijo de Frodo. Reprimindo um grito, desceu da nascente com um salto e correu, pulando de pedra em pedra. Era uma criatura prudente, difícil de ver, mas Sam tinha poucas dúvidas a respeito: ansiava por colocar as mãos no pescoço dela. Mas ela o ouviu chegando e escapuliu depressa. Sam pensou ver um último vislumbre fugidio dela, espiando para trás por cima da beira do precipício a leste, antes de agachar-se e desaparecer.

"Bem, a sorte não me abandonou," murmurou Sam, "mas foi por pouco! Já não basta ter orques aos milhares sem esse vilão fedorento vir xeretando por aqui? Queria que tivesse sido morto com uma flechada!" Sentou-se junto a Frodo e não o acordou; mas ele próprio não se atreveu a dormir. Por fim, quando sentiu os olhos se fechando e soube que a luta para se manter acordado não podia continuar por muito mais tempo, despertou Frodo gentilmente.

"Aquele Gollum está de novo por aí, eu receio, Sr. Frodo", disse ele. "Pelo menos, se não era ele então tem dois dele. Fui embora para encontrar alguma água e o espiei xeretando por aqui, bem quando me virei para voltar. Calculo que não é seguro para nós dois dormirmos ao mesmo tempo e, com sua licença, não consigo manter as pálpebras abertas muito mais."

"Bendito seja, Sam!", respondeu Frodo. "Deite-se e use seu turno! Mas eu preferia ter Gollum que os orques. Seja como for, ele não vai nos delatar para eles — só se ele mesmo for apanhado."

"Mas poderia cometer seu próprio roubo e assassinato", grunhiu Sam. "Mantenha os olhos abertos, Sr. Frodo! Aqui tem um cantil cheio d'água. Beba tudo que puder. Podemos enchê-lo de novo quando formos em frente." Com essas palavras, Sam mergulhou no sono.

Quando ele acordou, a luz estava diminuindo outra vez. Frodo estava sentado, apoiado na rocha atrás dele, mas adormecera. O cantil estava vazio. Não havia sinal de Gollum.

A treva de Mordor retornara e os fogos de vigia nas alturas ardiam ferozes e rubros quando os hobbits partiram outra vez na etapa mais perigosa de toda a sua jornada. Primeiro foram até a pequena nascente e depois, escalando com cautela, alcançaram a estrada no ponto onde ela fazia uma curva para o leste, na direção da Boca-ferrada, a vinte milhas de distância. Não era uma estrada larga, não tinha muro nem parapeito em sua borda e, à medida que avançava, a queda abrupta da sua beirada se tornava cada vez mais profunda. Os hobbits não conseguiam ouvir nenhum movimento e, depois de escutarem por algum tempo, partiram rumo ao leste a passo constante.

Depois de percorrerem cerca de doze milhas eles pararam. Um pouco mais atrás, a estrada se voltara levemente para o norte, e o trecho que haviam atravessado estava agora oculto de suas vistas. Isso demonstrou ser desastroso. Descansaram por alguns minutos e depois foram em frente; mas não tinham dado muitos passos quando de súbito, no silêncio da noite, ouviram o som que tinham receado em segredo o tempo todo: o ruído de pés em marcha. Ainda estava um tanto atrás deles, mas voltando o olhar conseguiam ver o tremeluzir de tochas fazendo a curva, a menos de uma milha de distância, e moviam-se depressa: depressa demais para que Frodo escapasse fugindo pela estrada à frente.

"Eu receava isso, Sam", disse Frodo. "Confiamos na sorte, e ela nos falhou. Fomos apanhados." Ergueu os olhos desesperado para o muro carrancudo, onde os antigos construtores de estradas haviam feito um corte abrupto na rocha até muitas braças acima de suas cabeças. Correu até o outro lado e olhou por cima da beira para uma escura cova de trevas. "Finalmente fomos apanhados!", exclamou ele. Desabou no chão ao pé do muro de pedra e inclinou a cabeça.

"Assim parece", observou Sam. "Bem, só podemos esperar para ver." E com essas palavras sentou-se ao lado de Frodo, à sombra do penhasco.

Não tiveram de esperar muito. Os orques vinham a grande velocidade. Os da fila dianteira levavam tochas. Vieram vindo, chamas vermelhas na escuridão, crescendo rapidamente. Agora Sam também inclinou a cabeça, esperando que isso lhe ocultasse o rosto quando as tochas os alcançassem; e pôs os escudos diante de seus joelhos para esconder os pés.

"Espero que estejam com pressa, deixem em paz um par de soldados cansados e vão em frente!", pensou ele.

E parecia que iriam fazer isso mesmo. Os orques dianteiros vieram a trote, ofegantes, mantendo as cabeças baixas. Eram um bando das espécies menores sendo impelidos a contragosto para as guerras de seu Senhor Sombrio; só se importavam em acabar a marcha e escapar ao chicote. Ao lado deles, corr333ndo para a frente e para trás ao longo da fila, iam dois dos grandes e ferozes *uruks*, estalando açoites e gritando. Passou uma fileira após a outra, e a reveladora luz das tochas já estava um tanto à frente. Sam segurou a respiração. Mais de metade da fila já havia passado. Então, de súbito, um dos condutores de escravos avistou os dois vultos junto à margem da estrada. Agitou um chicote na direção deles e berrou: "Ei, vocês! Levantem!" Não responderam, e com um grito ele deteve a companhia toda.

"Vamos lá, suas lesmas!", gritou. "Não é hora de fazer corpo mole." Deu um passo na direção deles e mesmo na escuridão reconheceu os emblemas em seus escudos. "Desertando, eh?", rosnou ele. "Ou pensando em desertar? Toda a sua gente devia estar dentro de Udûn antes de ontem à tarde. Vocês sabem disso. Levantem-se e entrem em forma, senão pego seus números e delato vocês."

Puseram-se de pé com dificuldade e, sempre curvados, mancando como soldados de pés doloridos, foram arrastando os pés para o fim da fila. "Não, não na retaguarda!", gritou o condutor de escravos. "Três filas adiante. E fiquem aí, do contrário vão ver quando eu vier acompanhando a fila!" Vibrou seu longo açoite, estalando, por cima das cabeças deles; depois, com mais um estalo e um berro, fez a companhia partir de novo em trote enérgico.

Foi difícil o bastante para o pobre Sam, exausto como estava; mas para Frodo foi um tormento, e logo depois um pesadelo. Apertou os dentes e tentou impedir sua mente de pensar e avançou com esforço. O fedor dos orques suados ao redor era sufocante, e ele começou a arfar de sede. Foram em frente, em frente, e ele empenhou toda a sua vontade em tomar fôlego e forçar as pernas a irem em frente; no entanto, não ousava pensar para que fim maligno labutava e suportava. Não havia esperança de se desviar sem ser visto. Vez por outra o condutor-órquico recuava e zombava deles.

"Aí!", ria ele, salpicando-lhes as pernas. "Onde tem vergão tem vontade, minhas lesmas. Aguentem firme! Eu daria um belo refresco agora, mas quando chegarem atrasados no seu acampamento vão ganhar todas as chicotadas que a pele pode suportar. E vai ser bem feito. Não sabem que estamos em guerra?"

Haviam avançado algumas milhas, e a estrada finalmente descia por um longo declive rumo à planície, quando o vigor de Frodo começou a fraquejar e sua vontade vacilou. Cambaleou e tropeçou. Desesperado, Sam tentou ajudá-lo e mantê-lo de pé, apesar de ele próprio sentir que dificilmente poderia manter o ritmo por muito mais tempo. Sabia que o fim chegaria a qualquer momento: seu patrão iria desmaiar ou cair, tudo seria descoberto e seus esforços dolorosos seriam em vão. "De qualquer jeito vou acabar com esse grande demônio condutor de escravos", pensou ele.

Então, bem quando punha a mão no punho da espada, veio um alívio inesperado. Já haviam saído para a planície e se aproximavam da entrada de Udûn. Um pouco à frente, diante do portão na extremidade da ponte, a estrada do oeste convergia com outras que vinham do sul e de Barad-dûr. Ao longo de todas as estradas moviam-se tropas; pois os Capitães do Oeste estavam avançando e o Senhor Sombrio apressava suas forças rumo ao norte. Assim ocorreu que diversas companhias se juntaram no encontro das estradas, na escuridão além da luz das fogueiras de vigia na muralha. Imediatamente houve muitos empurrões e muitas imprecações, pois cada tropa tentava chegar primeiro ao portão e ao término da marcha. Apesar de os condutores berrarem e manejarem os chicotes, irromperam rixas e algumas lâminas foram sacadas. Uma tropa de *uruks* de Barad-dûr, fortemente armados, investiu sobre a fileira de Durthang e os lançou em confusão.

Mesmo atordoado de dor e cansaço, Sam despertou, agarrou rápido a oportunidade e jogou-se ao chão, arrastando Frodo consigo para baixo.

Orques caíram por cima deles, rosnando e praguejando. Devagar, nas mãos e nos joelhos, os hobbits engatinharam para longe do tumulto, até que afinal, sem serem notados, se jogaram por cima da beira oposta da estrada. Ela tinha um parapeito alto para os líderes de tropas se orientarem na noite escura ou no nevoeiro e elevava-se em ribanceira alguns pés acima do nível do terreno aberto.

Ficaram algum tempo deitados e imóveis. Estava escuro demais para buscarem um esconderijo, se é que havia algum a ser encontrado; mas Sam sentiu que pelo menos deviam se afastar das estradas e sair do alcance da luz das tochas.

"Vamos lá, Sr. Frodo!", sussurrou. "Mais uma engatinhada e depois pode se deitar quieto."

Com um último esforço desesperado, Frodo ergueu-se nas mãos e avançou com dificuldade por umas vinte jardas. Depois deixou-se tombar em uma cova rasa que se abriu inesperada diante deles e ficou jazendo ali como um ser morto.

3

O Monte
da Perdição

Sam pôs sua capa-órquica esfarrapada embaixo da cabeça do patrão e cobriu a ambos com o manto cinzento de Lórien; e, ao fazê-lo, seus pensamentos se dirigiram àquela bela terra e aos Elfos, e esperava que o pano tecido pelas mãos deles pudesse ter a virtude de mantê-los ocultos além de qualquer esperança naquele deserto de temor. Ouviu que o tumulto e os gritos diminuíam gradualmente à medida que as tropas passavam através da Boca-ferrada. Parecia que, na confusão e mistura de várias companhias de diferentes tipos, não tinham dado pela falta deles, pelo menos ainda não.

Sam tomou um golinho de água, mas obrigou Frodo a beber, e quando o patrão se recuperara um pouco deu-lhe toda uma fatia do seu precioso pão-de-viagem e fez com que o comesse. Depois, demasiado cansados até para sentir muito medo, estenderam-se no chão. Dormiram um pouco em períodos inquietos; pois seu suor os enregelava, as pedras duras os mordiam e tinham calafrios. Um ar frio e ralo fluía sussurrando ao longo do solo desde o norte, vindo do Portão Negro através de Cirith Gorgor.

Pela manhã voltou uma luz cinzenta, pois nas regiões altas o Vento Oeste ainda soprava, mas lá embaixo nas pedras, atrás dos muros da Terra Negra, o ar parecia quase morto, gelado, porém sufocante. Sam ergueu os olhos de dentro da cova. A terra em toda a volta era monótona, plana e de tons pardacentos. Nas estradas próximas nada mais se movia; mas Sam temia os olhos vigilantes na muralha da Boca-ferrada, a não mais que um oitavo de milha rumo ao norte. A sudeste, longínqua como uma escura sombra empinada, erguia-se a Montanha. Fumaça despejava-se dela, e, enquanto a que subia para os ares superiores voava na direção leste, grandes nuvens encapeladas flutuavam flancos abaixo e se espalhavam pelo solo. Algumas milhas a nordeste, os contrafortes das Montanhas de Cinza se erguiam como sombrios fantasmas cinzentos atrás dos quais subiam os nebulosos planaltos do norte, como uma linha de nuvens distantes pouco mais escura que o firmamento baixo.

Sam tentou estimar as distâncias e decidir qual o caminho que deveriam seguir. "Parece que não são menos que cinquenta milhas," murmurou desanimado, encarando a montanha ameaçadora, "e isso vai levar uma semana — o que normalmente seria um dia — com o Sr. Frodo do jeito que está." Balançou a cabeça e, enquanto fazia os planos, lentamente cresceu em sua mente um novo pensamento sombrio. A esperança jamais morrera por muito tempo em seu leal coração, e até então ele sempre pensara em como voltariam. Mas a amarga verdade finalmente o atingiu: suas provisões no máximo os levariam até o objetivo; e, quando a tarefa estivesse feita, eles acabariam ali, sozinhos, sem abrigo, sem comida, no meio de um terrível deserto. Não poderia haver retorno.

"Então esse era o serviço que eu sentia que tinha que fazer quando parti," pensou Sam, "ajudar o Sr. Frodo até o último passo e depois morrer com ele? Bem, se é esse o serviço, então preciso fazê-lo. Mas gostaria imensamente de rever Beirágua, e Rosinha Villa e seus irmãos, e o Feitor e Calêndula, e todos. De certo modo, não consigo acreditar que Gandalf mandaria o Sr. Frodo nessa missão se não tivesse nenhuma esperança de ele chegar a voltar. Tudo deu errado quando ele caiu em Moria. Gostaria que não tivesse caído. Ele teria feito alguma coisa."

Mas, mesmo enquanto a esperança morria em Sam, ou parecia morrer, ela se transformava em uma nova força. O singelo rosto de hobbit de Sam tornou-se severo, quase sisudo, à medida que a vontade se endurecia nele, e sentia todos os seus membros atravessados por uma excitação, como se estivesse se transformando em uma criatura de pedra e aço que nem o desespero, nem a exaustão, nem infindáveis milhas áridas podiam subjugar.

Com nova sensação de responsabilidade, trouxe os olhos de volta para o solo próximo, estudando o lance seguinte. À medida que a luz se intensificava um pouco, ele viu surpreso que a planície que de longe parecera ampla e desprovida de detalhes era na verdade toda fraturada e acidentada. Na verdade, toda a superfície das planícies de Gorgoroth estava marcada por grandes buracos, como se, enquanto ainda era um deserto de argila mole, tivesse sido atingida por uma chuva de setas e enormes projéteis de funda. Os maiores dentre esses buracos estavam cercados de cristas de rocha fraturada, e deles divergiam largas fissuras em todas as direções. Era uma terra em que seria possível arrastar-se de um esconderijo ao outro, invisível a todos os olhos, exceto os mais vigilantes: possível ao menos para quem fosse forte e não tivesse de se apressar. Para os famintos e exaustos que tinham um longo caminho a percorrer antes que a vida falhasse, tinha aspecto maligno.

Pensando em tudo isso, Sam voltou para junto do patrão. Não precisou despertá-lo. Frodo estava deitado de costas, de olhos abertos, fitando o céu nublado. "Bem, Sr. Frodo," disse Sam, "estive dando uma olhada em volta e pensando um pouco. Não tem nada nas estradas e é melhor nós irmos embora enquanto temos chance. Consegue fazer isso?"

"Consigo fazer isso", assentiu Frodo. "Preciso."

Partiram mais uma vez, engatinhando de uma cova à outra, passando depressa para trás da cobertura que conseguiam achar, mas sempre movendo-se de esguelha na direção dos contrafortes da cordilheira ao norte. Mas, à medida que avançavam, a mais oriental das estradas os seguiu até afastar-se, encostada aos flancos das montanhas, na direção de uma parede de sombra negra muito à frente. Já não se moviam homens nem orques ao longo de seus trechos planos e cinzentos; pois o Senhor Sombrio quase completara o movimento de suas forças e até na segurança de seu próprio reino ele buscava o sigilo da noite, temendo os ventos do mundo que se haviam voltado contra ele, dilacerando seus véus, e perturbado pelas novas de espiões ousados que tinham atravessado seus muros.

Os hobbits haviam andado algumas milhas cansativas quando pararam. Frodo parecia quase consumido. Sam viu que ele não poderia ir muito mais longe daquela maneira, rastejando, curvado, ora escolhendo muito devagar um caminho duvidoso, ora apressando-se em corrida aos tropeços.

"Vou voltar para a estrada enquanto durar a luz, Sr. Frodo", disse ele. "Confiar na sorte outra vez! Ela quase nos traiu da última vez, mas não foi por completo. Uma caminhada firme por mais algumas milhas e descanso depois."

Estava assumindo um risco muito maior do que suspeitava; mas Frodo estava demasiado ocupado com seu fardo e com a luta em sua mente para discutir, e quase desesperançado demais para se importar. Escalaram até o passadiço e seguiram a trote, ao longo da estrada dura e cruel que levava à própria Torre Sombria. Mas sua sorte durou e, no restante daquele dia, não encontraram ser vivente nem movente; e quando caiu a noite eles desapareceram na escuridão de Mordor. Agora toda a terra ruminava como se estivesse chegando uma grande tempestade: pois os Capitães do Oeste haviam passado pela Encruzilhada e incendiado os campos mortíferos de Imlad Morgul.

Assim prosseguiu a jornada desesperada: com o Anel indo para o sul e os estandartes dos reis indo para o norte. Para os hobbits, cada dia, cada milha, era mais amarga que a anterior, à medida que sua força minguava e a terra se tornava mais maligna. Não encontraram inimigos durante o dia. Às vezes à noite, encolhidos ou cochilando inquietos em algum esconderijo junto à estrada, ouviam gritos e o ruído de muitos pés ou a rápida passagem de alguma montaria cavalgada com crueldade. Mas era muito pior que todos esses perigos o prenúncio, que se avizinhava cada vez mais e que os assolava enquanto iam em frente: a ameaça pavorosa do Poder que aguardava, cismando em pensamentos profundos e malícia insone por trás do escuro véu que envolvia seu Trono. Aproximava-se cada vez mais, erguendo-se mais negra, como a chegada da ruína da noite no derradeiro fim do mundo.

Chegou enfim um terrível cair da noite; e, mesmo enquanto os Capitães do Oeste se avizinhavam do fim das terras viventes, os dois caminhantes chegaram a uma hora de desespero absoluto. Haviam passado quatro dias desde que escaparam dos orques, mas o tempo se estendia atrás deles como um sonho cada vez mais obscuro. Durante todo aquele último dia Frodo não falara, mas caminhara meio encurvado, tropeçando com frequência, como se seus olhos não enxergassem mais o caminho diante dos pés. Sam imaginou que entre todas as dores deles era ele que suportava a pior, o peso crescente do Anel, um fardo no corpo e um tormento para a mente. Ansiosamente, Sam notou que a mão esquerda do patrão muitas vezes se erguia como para se defender de um golpe ou para encobrir os olhos contraídos de um Olho pavoroso que tentava enxergar dentro deles. E às vezes a mão direita se insinuava em direção ao peito, apertando-se, e depois era retirada devagar, à medida que a vontade recuperava o domínio.

Agora, com o retorno do negrume da noite, Frodo estava sentado com a cabeça entre os joelhos e os braços pendendo exaustos para o chão onde jaziam as mãos, em débeis estremecimentos. Sam observou-o até que a noite cobrisse a ambos e os ocultasse um do outro. Não conseguia mais encontrar palavras a serem ditas; e voltou-se para os seus próprios pensamentos sombrios. Quanto a ele, apesar de exausto e sujeito a uma sombra de temor, ainda lhe restava alguma força. O *lembas* tinha uma virtude sem a qual muito tempo atrás teriam se deitado para morrer. Não satisfazia o desejo, e às vezes a mente de Sam ficava repleta da lembrança de comida e do anseio por simples pão e carne. E, no entanto, aquele pão-de-viagem dos Elfos tinha uma potência que aumentava à medida que os viajantes contavam só com ele e não o misturavam a outros alimentos. Ele alimentava a vontade e conferia força para resistir e para dominar os tendões e os membros além da medida da gente mortal. Mas agora tinha de ser tomada uma nova decisão. Não podiam mais se manter naquela estrada; pois ela seguia rumo ao leste para dentro da grande Sombra, mas a Montanha já se erguia à direita, quase precisamente ao sul, e tinham de se voltar na direção dela. Porém, ainda se estendia diante dela uma ampla região de terreno fumegante, árido, atulhado de cinzas.

"Água, água!", murmurou Sam. Ele se restringira, e na boca ressequida sua língua parecia grossa e inchada; mas a despeito de todo o seu cuidado, já lhes restava muito pouco, talvez metade do seu cantil, e quem sabe ainda faltassem dias de trajeto. Toda ela teria sido consumida há tempos se não tivessem ousado seguir a estrada-órquica. Pois nessa estrada haviam sido construídas cisternas, a longos intervalos, para uso das tropas enviadas às pressas através das regiões sem água. Em uma delas Sam encontrara um resto de água, choca, enlameada pelos orques, mas ainda suficiente para seu caso desesperado. Mas isso já fazia um dia. Não havia esperança de acharem mais.

Por fim, exausto de preocupação, Sam cochilou, deixando o amanhã para quando viesse; nada mais podia fazer. O sonho e o estado desperto misturavam-se de modo inquieto. Via luzes como olhos que o fitavam maldosos e escuros vultos rastejantes e ouvia ruídos como de feras selvagens ou os pavorosos gritos de seres torturados; e sobressaltava-se para encontrar um mundo todo escuro, apenas um negrume vazio em toda a sua volta. Somente uma vez, de pé e olhando em torno a esmo, pareceu-lhe que, embora já acordado, ainda podia ver pálidas luzes como olhos; mas elas logo tremeram e sumiram.

A noite odiosa passou lenta e relutantemente. A luz do dia que a seguiu era baça; pois ali, com a Montanha se aproximando, o ar era sempre tenebroso, enquanto emanavam da Torre Sombria os véus de Sombra que Sauron tecia em seu entorno. Frodo estava deitado de costas, imóvel. Sam estava de pé junto dele, relutando em falar, porém sabendo que agora a palavra estava com ele: precisava aprestar a vontade do patrão para se empenhar em mais um esforço. Por fim, inclinando-se e acariciando a testa de Frodo, falou em seu ouvido.

"Acorde, Patrão!", chamou ele. "É hora de partir outra vez."

Como quem é despertado por um sino repentino, Frodo levantou-se depressa, pôs-se de pé e olhou na direção do sul; mas, quando seus olhos contemplaram a Montanha e o deserto, desanimou outra vez.

"Eu não consigo, Sam", lamentou-se ele. "É tanto peso para carregar, tanto peso."

Antes de falar, Sam soube que era em vão e que tais palavras poderiam causar mais mal que bem, mas de tanta pena não podia ficar em silêncio. "Então deixe-me carregá-lo um pouco para o senhor, Patrão", disse ele. "Sabe que eu faria isso, e contente, enquanto eu ainda tiver força."

Uma luz selvagem tomou conta dos olhos de Frodo. "Afaste-se! Não me toque!", exclamou. "É meu, estou dizendo. Fora!" Sua mão se moveu na direção do punho da espada. Mas em seguida sua voz mudou rapidamente. "Não, não, Sam", disse ele com tristeza. "Mas você precisa entender. É o meu fardo e ninguém mais pode carregá-lo. Agora é tarde demais, caro Sam. Você não pode me ajudar desse jeito outra vez. Estou quase sob o poder dele agora. Eu não poderia entregá-lo e, se você tentasse pegá-lo, eu iria enlouquecer."

Sam assentiu com a cabeça. "Compreendo", disse ele. "Mas estive pensando, Sr. Frodo, tem outras coisas de que podemos abrir mão. Por que não aliviar um pouco a carga? Agora estamos indo para lá, o mais reto que conseguirmos." Apontou a Montanha. "Não adianta levar nada de que não vamos precisar com certeza."

Frodo olhou mais uma vez na direção da Montanha. "Não," disse ele, "não havemos de precisar de muita coisa nessa estrada. E no fim dela, de nada." Apanhando o escudo-órquico, lançou-o longe e jogou o elmo depois dele. Depois, tirando a capa cinzenta, desafivelou o pesado cinto e o deixou cair ao chão, e com ele a espada embainhada. Arrancou e espalhou os farrapos da capa negra.

"Aí está, não vou mais ser orque", exclamou, "e não vou portar arma, nem honesta nem imunda. Eles que me apanhem se quiserem!"

Sam fez o mesmo e pôs de lado seu equipamento-órquico; e tirou todos os objetos da mochila. De algum modo cada um deles tornara-se caro a ele, nem que fosse apenas por ele tê-los levado tão longe com tanta labuta. O mais difícil de tudo foi separar-se de seu material de cozinha. Brotaram lágrimas em seus olhos ao pensar em jogá-lo fora.

"Lembra-se daquela peça de coelho, Sr. Frodo?", comentou ele. "E do nosso lugar embaixo da ribanceira morna na terra do Capitão Faramir, no dia em que vi um olifante?"

"Não, receio que não, Sam", respondeu Frodo. "Pelo menos sei que essas coisas aconteceram, mas não consigo vê-las. Não me resta sabor de comida, nem sensação de água, nem som de vento, nem lembrança de árvore ou grama ou flor, nem imagem de lua ou estrela. Estou nu no escuro, Sam, e não há véu entre mim e a roda de fogo. Começo a vê-la até com os olhos despertos, e tudo o mais desbota."

Sam foi até ele e lhe beijou a mão. "Então quanto antes nos livrarmos dele, antes vamos descansar", disse ele com hesitação, sem encontrar palavras melhores para dizer. "Falar não vai consertar nada", murmurou para si mesmo, reunindo todas as coisas que haviam decidido jogar fora. Não tinha vontade de deixá-las jogadas à vista no deserto para qualquer olho as ver. "O Fedido apanhou aquela malha-órquica, ao que parece, e ele não vai acrescentar uma espada. As mãos dele são más o bastante quando estão vazias. E não vai mexer com as minhas panelas!" Com essas palavras, levou todo o equipamento até uma das muitas fissuras escancaradas que retalhavam o terreno e o jogou lá dentro. O estrépito de suas preciosas panelas despencando no escuro parecia um dobre de morte em seu coração.

Voltou para junto de Frodo e então cortou um pedaço curto de sua corda-élfica para servir de cinto ao patrão e lhe atar justa na cintura a capa cinzenta. Enleou o restante com cuidado e o pôs de volta na mochila. Além disso, ficou apenas com os restos do seu pão-de-viagem, o cantil e Ferroada, ainda suspensa em seu cinto; e ocultos em um bolso da túnica, próximos ao peito, o frasco de Galadriel e a caixinha que ela lhe dera como sua.

Agora finalmente voltaram os rostos para a Montanha e partiram, sem pensarem mais em se esconderem, impelindo sua exaustão e suas vontades minguantes apenas à tarefa única de irem em frente. Na turvação do dia lúgubre, mesmo naquela terra de vigilância, poucos seres poderiam tê-los divisado, exceto muito de perto. De todos os escravos do Senhor Sombrio, somente os Nazgûl poderiam tê-lo alertado do perigo que se arrastava, pequeno, mas indômito, rumo ao próprio coração de seu reino vigiado. Mas os Nazgûl e suas asas negras estavam fora em outra missão: estavam reunidos bem longe, fazendo sombra à marcha dos Capitães do Oeste, e para lá estava voltado o pensamento da Torre Sombria.

Naquele dia pareceu a Sam que seu patrão encontrara novas forças, mais do que poderia ser explicado pelo pequeno alívio da carga que tinha que levar. Nas primeiras marchas, foram mais longe e mais depressa do que ele esperara. O terreno era acidentado e hostil, e, no entanto, progrediram bastante, e a Montanha se aproximava cada vez mais. Mas, à medida que o dia avançava e a fraca luz começava a se apagar muito logo, Frodo curvou-se outra vez e começou a cambalear, como se o esforço renovado tivesse desperdiçado sua força remanescente.

Na última parada ele desabou e disse: "Estou com sede, Sam", e não falou mais. Sam lhe deu um bocado de água; só restava um bocado mais. Ele mesmo ficou sem água; e agora, com a noite de Mordor mais uma vez se fechando sobre eles, veio através de todos os seus pensamentos a lembrança da água; e cada regato ou riacho ou fonte que ele jamais vira, sob verdes sombras de salgueiros ou rebrilhando ao sol, dançava e ondulava para seu tormento por trás da cegueira de seus olhos. Sentia a lama fresca em torno dos dedos dos pés, chapinhando na Lagoa de Beirágua com Risonho Villa, Tom, Fessor e Rosinha, irmã deles. "Mas isso foi anos atrás," suspirou, "e muito longe. O caminho de volta, se existir, passa pela Montanha."

Não conseguia dormir e debateu consigo mesmo. "Bem, vamos lá, nos demos melhor do que você esperava", disse com firmeza. "Pelo menos começamos bem. Calculo que atravessamos a metade da distância antes de pararmos. Um dia a mais vai ser suficiente." E então fez uma pausa.

"Não seja tolo, Sam Gamgi", veio a resposta com sua própria voz. "Desse jeito ele não anda nem mais um dia, se é que vai se mexer. E você não pode continuar por muito tempo dando a ele toda a água e a maior parte da comida."

"Mas posso ir em frente bem longe, e vou."

"Para onde?"

"Para a Montanha, é claro."

"Mas e depois, Sam Gamgi, e depois? Quando chegar lá o que você vai fazer? Ele não vai ser capaz de fazer nada sozinho."

Para seu desespero, Sam percebeu que não tinha resposta para aquilo. Não tinha nenhuma ideia clara. Frodo não lhe falara muito sobre sua missão e Sam só sabia vagamente que, de algum modo, o Anel tinha de ser posto no fogo. "As Fendas da Perdição", murmurou, o antigo nome surgindo-lhe na mente. "Bem, se o Patrão sabe como encontrá-las, eu não sei."

"Aí está!", veio a resposta. "É tudo bem inútil. Ele mesmo disse isso. Você que é tolo, continuando a esperar e se esforçar. Podiam ter-se deitado e dormido juntos dias atrás, se você não fosse tão teimoso. Mas vão morrer do mesmo jeito, ou pior. Podia muito bem deitar agora e desistir. De qualquer jeito, nunca vão chegar ao topo."

"Vou chegar lá nem que deixe para trás tudo exceto meus ossos", disse Sam. "E eu mesmo vou carregar o Sr. Frodo lá para cima, nem que quebre minhas costas e meu coração. Então pare de discutir!"

Naquele momento, Sam sentiu um tremor no solo embaixo dele e ouviu ou percebeu um ribombo fundo e remoto, como de trovão aprisionado sob a terra. Viu-se uma breve chama rubra que tremeluziu sob as nuvens e se desfez. Também a Montanha dormia inquieta.

Chegou a última etapa da jornada rumo a Orodruin, e foi um tormento maior do que Sam jamais pensara ser capaz de suportar. Estava dolorido e tão ressequido que não conseguia mais engolir nem um bocado de comida. Continuava escuro, não somente por causa da fumaça da Montanha: parecia que uma tempestade se avizinhava e longe, no sudeste, havia um lampejo de relâmpagos por baixo dos céus negros. Pior que tudo, o ar estava repleto de vapores; respirar era dolorido e difícil, e uma vertigem os acometeu, de modo que cambaleavam e caíam com frequência. E mesmo assim suas vontades não cediam, e porfiavam em frente.

A Montanha insinuava-se cada vez mais para perto até que, quando erguiam as cabeças pesadas, ela preenchia toda a sua visão, erguendo-se vasta diante deles: uma massa imensa de cinzas, escória e pedras queimadas, da qual se levantava às nuvens um cone de flancos escarpados. Antes que a penumbra do dia todo findasse e a noite verdadeira fizesse seu retorno, eles haviam engatinhado e tropeçado até o próprio sopé.

Com um grito sufocado, Frodo se jogou no chão. Sam sentou-se ao seu lado. Para sua surpresa, sentia-se cansado, porém mais leve, e a cabeça parecia ter clareado outra vez. Não havia mais debates perturbando-lhe a mente. Conhecia todos os argumentos do desespero e não iria lhes dar ouvidos. Sua vontade estava decidida e só a morte a romperia. Não sentia mais desejo nem necessidade de sono, mas sim de vigilância. Sabia que todos os riscos e perigos já estavam se reunindo em um ponto: o dia seguinte seria um dia de sina, o dia do esforço final ou do desastre, o último fôlego.

Mas quando viria? A noite parecia infinda e sem tempo, com minuto após minuto caindo morto sem se acumular em hora passante, sem trazer mudança. Sam começou a se perguntar se começara uma segunda escuridão e nenhum dia jamais voltaria a surgir. Por fim tateou na direção da mão de Frodo. Estava fria e trêmula. Seu patrão tinha calafrios.

"Eu não devia ter deixado meu cobertor para trás", murmurou Sam; e, deitando-se, tentou confortar Frodo com os braços e o corpo. Então o sono o dominou, e a luz baça do último dia da sua demanda os encontrou lado a lado. No dia anterior o vento amainara ao se deslocar do Oeste, mas agora vinha do Norte e começava a soprar mais forte; e lentamente a luz do Sol invisível era filtrada para as sombras onde jaziam os hobbits.

"Agora vamos lá! Agora é o último fôlego!", disse Sam, lutando para se pôr de pé. Inclinou-se sobre Frodo, animando-o gentilmente. Frodo gemeu; mas com grande esforço da vontade ergueu-se cambaleando; e depois voltou a cair de joelhos. Elevou os olhos com dificuldade para as escuras encostas do Monte da Perdição que se erguiam acima dele, e depois, deploravelmente, começou a rastejar para a frente.

Sam olhou-o e chorou no coração, mas não vieram lágrimas aos seus olhos secos e ardidos. "Eu disse que o carregaria, mesmo que isso quebrasse minhas costas," murmurou, "e vou fazer isso!"

"Venha, Sr. Frodo!", exclamou ele. "Não posso carregá-lo pelo senhor, mas posso carregar o senhor e ele também. Então levante-se! Vamos lá, Sr. Frodo, meu querido! Sam vai lhe dar uma carona. Só diga a ele aonde ir e ele irá."

Com Frodo agarrado às costas, com seus braços frouxos em torno do pescoço e suas pernas firmemente apertadas sob os braços, Sam levantou-se vacilante; e então, para seu espanto, achou leve o fardo. Ele receara mal ter força para erguer seu patrão sozinho e, além disso, imaginara que compartilharia o terrível peso de arrasto do maldito Anel. Mas não foi assim. Fosse porque Frodo estava tão desgastado por suas longas dores, pela ferida do punhal e pela picada venenosa, e pelo pesar, medo e andança sem lar, ou seja porque lhe fora dado algum dom de força final, Sam ergueu Frodo sem maior dificuldade do que quem carrega uma criança hobbit no cangote, em uma travessura nos gramados ou campos de feno do Condado. Inspirou fundo e partiu.

Haviam alcançado o sopé da Montanha do lado norte e um pouco para oeste; ali suas longas encostas cinzentas, apesar de acidentadas, não eram escarpadas. Frodo não falava, e assim Sam avançou com esforço do melhor modo que podia, sem orientação senão a vontade de escalar tão alto quanto possível antes que sua força falhasse e sua vontade se rompesse. Seguiu labutando, subindo cada vez mais, virando-se para cá e para lá visando amainar o aclive, muitas vezes tropeçando para a frente, e por fim engatinhando como uma lesma com pesado fardo às costas. Quando sua vontade não pôde impeli-lo adiante e seus membros fraquejaram, ele parou e deitou o patrão suavemente.

Frodo abriu os olhos e inspirou. Era mais fácil respirar ali, acima da fumaça que se enrolava e andava à deriva mais embaixo. "Obrigado, Sam", disse ele com um sussurro dissonante. "Quanto falta para andar?"

"Não sei," disse Sam, "porque não sei aonde estamos indo."

Olhou para trás e depois olhou para cima; e admirou-se de ver quão longe seu último esforço o levara. A Montanha, erguendo-se agourenta e solitária, parecera mais alta do que era. Agora Sam via que ela se elevava menos que os altos passos de Ephel Dúath que ele e Frodo haviam escalado. Os flancos confusos e acidentados de sua grande base subiam a cerca de três mil pés acima da planície, e sobre eles se erguia, com mais metade dessa altura, seu alto cone central, como um vasto forno de secagem ou uma chaminé encimada por uma cratera recortada. Mas Sam já estava a mais da metade da altura da base, e a planície de Gorgoroth era indistinta abaixo dele, envolta em vapor e sombra. Ao olhar para cima teria emitido um grito, se a garganta ressequida o permitisse; pois em meio às ásperas corcovas e encostas lá em cima ele via claramente uma trilha ou estrada. Ela subia do oeste como um cinturão ascendente e se enrolava na Montanha à maneira de uma serpente até que, antes de fazer uma curva e sair de vista, alcançava o sopé do cone no lado leste.

Sam não podia ver o curso imediatamente acima, onde era mais baixo, pois uma encosta íngreme subia de onde ele estava; entretanto, imaginava que, se pudesse esforçar-se e escalar um pouco mais, eles alcançariam a trilha. Voltou a ele um lampejo de esperança. Ainda poderiam conquistar a Montanha. "Ora, parece que foi posta ali de propósito!", disse para si mesmo. "Se não estivesse ali, eu teria de dizer que fui derrotado no fim."

A trilha não fora posta ali para os propósitos de Sam. Ele não sabia, mas estava olhando para a Estrada de Sauron desde Barad-dûr até as Sammath Naur, as Câmaras de Fogo. Ela saía do enorme portão ocidental da Torre Sombria, por cima de um fundo abismo e sobre uma vasta ponte de ferro, e depois, entrando na planície, corria por uma légua entre dois precipícios fumegantes, chegando assim a um longo passadiço inclinado que conduzia ao lado leste da Montanha. Dali, fazendo uma curva e envolvendo toda a sua ampla circunferência do sul para o norte, ela finalmente ascendia, nas alturas do cone superior, mas ainda longe do cume fumegante, para uma escura entrada que dava para o leste, diretamente para a Janela do Olho na fortaleza envolta na sombra de Sauron. Frequentemente bloqueada pelos tumultos das fornalhas da Montanha, aquela estrada era sempre consertada e desimpedida pela labuta de incontáveis orques.

Sam inspirou fundo. Havia uma trilha, mas ele não sabia como haveria de subir a encosta até ela. Primeiro precisava aliviar as costas doloridas. Deitou-se estendido ao lado de Frodo por algum tempo. Nenhum deles falou. Lentamente a luz se tornou mais intensa. Subitamente uma sensação de urgência que ele não compreendia se apossou de Sam. Era quase como se o tivessem chamado: "Agora, agora, do contrário será tarde demais!" Preparou-se e se levantou. Também Frodo parecia ter sentido o chamado. Pôs-se de joelhos com dificuldade.

"Vou engatinhar, Sam", arfou ele.

Assim, de pé em pé, como pequenos insetos cinzentos, arrastaram-se encosta acima. Chegaram à trilha e encontraram-na larga, calçada com cascalho partido e cinzas socadas. Frodo subiu nela de rastos e depois, como que movido por uma compulsão, virou-se devagar de frente para o Leste. Na distância pendiam as sombras de Sauron; mas, dilaceradas por uma lufada de vento vinda do mundo, ou então movidas por uma grande inquietação interior, as nuvens envolventes rodopiaram e se afastaram de lado por um momento; e então ele viu, erguendo-se negros, mais negros e escuros que as vastas sombras no meio das quais se encontravam, os cruéis píncaros e a coroa de ferro da torre mais alta de Barad-dûr. Apenas por um momento ela lhe apareceu, mas, como se fosse de uma grande janela desmedidamente alta, projetou-se rumo ao norte uma chama rubra, o lampejo de um Olho penetrante; e então as sombras se enrolaram novamente e a visão terrível desapareceu. O Olho não se voltava para eles: fitava o norte, onde os Capitães do Oeste estavam acuados, e para ali ele inclinava toda a sua malícia, à medida que o Poder se movia para desferir seu golpe mortal; mas Frodo, diante daquele vislumbre pavoroso, caiu como quem é mortalmente atingido. Sua mão foi em busca da corrente em torno do pescoço.

Sam ajoelhou-se junto dele. Fraco, quase inaudível, ouviu que Frodo sussurrava: "Ajude-me, Sam! Ajude-me, Sam! Segure minha mão! Não consigo detê-la." Sam tomou as mãos do patrão, juntou-as palma com palma e as beijou; e depois segurou-as suavemente entre as suas. De súbito veio-lhe o pensamento: "Ele nos localizou! Está tudo acabado, ou logo vai estar. Agora, Sam Gamgi, este é o fim dos fins."

Mais uma vez ergueu Frodo e puxou suas mãos para diante do seu próprio peito, deixando pender as pernas do mestre. Então inclinou a cabeça e partiu com esforço pela estrada ascendente. Não era um caminho tão fácil de percorrer quanto parecera antes. Por sorte, os fogos que se haviam derramado nos grandes tumultos quando Sam estivera no topo de Cirith Ungol haviam escorrido para baixo mormente nas encostas do sul e do oeste, e daquele lado a estrada não estava impedida. Porém, em muitos lugares ela se esboroara ou era atravessada por fendas escancaradas. Depois de algum espaço subindo rumo ao leste, ela se voltava sobre si mesma em ângulo agudo e percorria um trecho na direção oeste. Ali, na curva, fora feito um fundo corte através de um rochedo de pedra antiga e desgastada, vomitada muito tempo atrás das fornalhas da Montanha. Ofegante sob o fardo, Sam virou a curva; e no momento em que o fez teve um vislumbre, no canto do olho, de algo que caía do rochedo, como um pequeno fragmento de pedra negra que despencara à sua passagem.

Um peso súbito o atingiu e ele despencou para a frente, dilacerando as costas das mãos que ainda seguravam as do mestre. Então soube o que acontecera, pois acima de si, deitado, ouviu uma voz odiada.

"Messtre malvado!", chiou ela. "Messtre malvado nos engana; engana Sméagol, *gollum*. Não pode ir por essse caminho. Não pode machucar Preciossso. Dá ele para Sméagol, ssim, dá ele para nós! Dá ele para nóss!"

Com um violento arranque, Sam se ergueu. Sacou a espada imediatamente; mas nada podia fazer. Gollum e Frodo estavam engalfinhados. Gollum dava puxões em seu patrão, tentando alcançar a corrente e o Anel. Aquela era provavelmente a única coisa capaz de despertar as brasas moribundas do coração e da vontade de Frodo: um ataque, uma tentativa de lhe arrancar seu tesouro à força. Defendeu-se com uma fúria repentina que espantou Sam, e Gollum também. Mesmo assim o resultado poderia ter sido muito diverso se o próprio Gollum não tivesse mudado; mas fossem quais fossem as pavorosas trilhas, solitárias e famintas e sem água, que ele palmilhara, impelido por desejo devorador e medo terrível, elas haviam deixado nele marcas aflitivas. Era um ser magro, esfaimado, desfigurado, só ossos e pele lívida esticada. Uma luz selvagem chamejava em seus olhos, mas sua malícia não era mais igualada por sua antiga força controladora. Frodo o lançou fora e se ergueu palpitante.

"Deite, deite!", arquejou, agarrando o peito com a mão de modo a segurar o Anel por baixo da cobertura de sua camisa de couro. "Deite, ser rastejante, e saia do meu caminho! Seu tempo acabou. Agora não pode me trair nem me matar."

Então, de súbito, como antes sob os beirais das Emyn Muil, Sam viu aqueles dois rivais com outra visão. Uma forma agachada, pouco mais que a sombra de um ser vivente, uma criatura já totalmente arruinada e derrotada, porém repleta de um desejo e uma raiva hediondos; e diante dele estava severo, já intocável pela compaixão, um vulto trajado de branco, mas que segurava junto ao peito uma roda de fogo. Do fogo falava uma voz de comando.

"Vá embora e não me perturbe mais! Se me tocar mais uma vez, você mesmo há de ser lançado no Fogo da Perdição."

A forma agachada recuou, com terror nos olhos que piscavam e, ao mesmo tempo, com desejo insaciável.

Então a visão se foi, e Sam viu Frodo de pé, com a mão no peito, respirando em grandes arfadas, e Gollum a seus pés, apoiado nos joelhos com as mãos espalmadas no chão.

"Cuidado!", gritou Sam. "Ele vai pular!" Deu um passo para a frente, brandindo a espada. "Depressa, Patrão!", arquejou. "Vá em frente! Vá em frente! Não tem tempo a perder. Eu lido com ele. Vá em frente!"

Frodo olhou para ele como quem olha para alguém já longínquo. "Sim, tenho que ir em frente", disse ele. "Adeus, Sam! Este é o derradeiro fim. No Monte da Perdição a perdição há de acontecer. Adeus!" Virou-se e foi em frente, caminhando devagar, mas ereto, subindo pela trilha ascendente.

"Agora!", disse Sam. "Finalmente posso lidar com você!" Saltou para diante com a lâmina desembainhada pronta para o combate. Mas Gollum não saltou. Caiu deitado no chão e choramingou.

"Não nos mate", chorou. "Não noss machuque com aço cruel e malvado! Deixa nós viver, sim, viver só um pouco mais. Perdido perdido! Nós está perdido. E quando Precioso for embora nós vai morrer, sim, morrer no pó." Escavou as cinzas da trilha com os longos dedos descarnados. "Pó sseco!", chiou ele.

A mão de Sam hesitou. Sua mente fervilhava com a ira e a lembrança do mal. Seria justo abater aquela criatura traiçoeira, assassina, justo e muitas vezes merecido; e parecia também ser a única coisa segura a fazer. Mas no fundo do coração havia algo que o refreava: não podia golpear aquele ser que jazia no pó, desamparado, arruinado, completamente desgraçado. Ele próprio, mesmo que só por pouco tempo, portara o Anel, e agora ele percebia obscuramente a agonia da mente e corpo atrofiados de Gollum, escravizado por aquele Anel, incapaz de reencontrar paz e alívio outra vez em sua vida. Mas Sam não tinha palavras para expressar o que sentia.

"Oh, maldito seja, ser fedorento!", disse ele. "Vá embora! Fora daqui! Não confio em você, nem até onde consigo chutá-lo; mas fora daqui. Ou eu *vou* machucá-lo, sim, com aço cruel e malvado."

Gollum ergueu-se de quatro, recuou alguns passos e depois virou-se, e quando Sam lhe armou um pontapé, ele fugiu trilha abaixo. Sam não lhe deu mais atenção. Lembrou-se subitamente do patrão. Olhou para o alto da trilha e não conseguiu vê-lo. Trotou estrada acima o mais depressa que pôde. Se tivesse olhado para trás poderia ter visto, não muito embaixo, Gollum dando a volta de novo e depois, com uma selvagem luz de loucura ardendo nos olhos, vindo depressa, mas com cautela, esgueirando-se por trás, uma sombra furtiva entre as pedras.

A trilha seguia subindo. Logo fez outra curva e, com um último trecho para o leste, passou por um corte na face do cone e chegou à porta escura no flanco da Montanha, a porta das Sammath Naur. Muito longe, subindo em direção ao Sul, o sol ardia agourento, penetrando a fumaça e a névoa, um disco embaçado e turvo de cor vermelha; mas toda Mordor se estendia em redor da Montanha como uma terra morta, silenciosa, envolta em sombra, esperando por algum terrível golpe.

Sam chegou à abertura escancarada e espiou para dentro. Estava escuro e quente, e um ribombo grave sacudia o ar. "Frodo! Patrão!", chamou ele. Não houve resposta. Por um momento, ficou parado, com o coração batendo de medo incontido, e depois mergulhou para dentro. Uma sombra o seguiu.

De início nada conseguia ver. Na grande aflição, tirou mais uma vez o frasco de Galadriel, mas este estava pálido e frio em sua mão trêmula e não lançou luz naquela escuridão sufocante. Ele viera ao coração do reino de Sauron e nas forjas de seu antigo poder, as maiores da Terra-média; todos os demais poderes estavam subjugados ali. Temeroso, deu alguns passos incertos na escuridão, e então veio de repente um lampejo rubro que saltou para cima e atingiu o teto alto e negro. Sam viu então que estava em uma longa caverna, ou túnel, que perfurava o cone fumegante da Montanha. Mas pouco adiante o piso e as paredes de ambos os lados eram fendidos por uma grande fissura de onde provinha o clarão vermelho, ora saltando, ora minguando em treva; e todo o tempo, muito abaixo, havia um rumor e barulho como de grandes máquinas pulsando e trabalhando.

A luz saltou outra vez, e ali, na beira do precipício, na própria Fenda da Perdição, Frodo estava de pé, negro diante do clarão, tenso, ereto, mas imóvel como se tivesse se tornado em pedra.

"Patrão!", gritou Sam.

Então Frodo mexeu-se e falou com voz nítida, na verdade com voz mais nítida e mais possante do que Sam jamais o ouvira usar, e ela se ergueu acima da pulsação e do tumulto do Monte da Perdição, ressoando no teto e nas paredes.

"Eu vim", disse ele. "Mas agora resolvo não fazer o que vim fazer. Não farei este feito. O Anel é meu!" E subitamente, quando o pôs no dedo, desapareceu da vista de Sam. Ele deu um grito sufocado, mas não teve chance de exclamar, pois naquele momento aconteceram muitas coisas.

Algo atingiu Sam nas costas violentamente, suas pernas foram golpeadas, e ele, lançado de lado, batendo a cabeça no chão de pedra enquanto um vulto escuro pulava por cima dele. Ficou deitado imóvel, e por um momento tudo escureceu.

E muito longe, quando Frodo pôs o Anel e o reivindicou para si, mesmo nas Sammath Naur, no próprio coração de seu reino, o Poder em Barad-dûr foi abalado, e a Torre estremeceu das fundações até a coroa altiva e amarga. O Senhor Sombrio repentinamente tomou consciência dele, e seu Olho, penetrando todas as sombras, fitou por cima da planície a porta que ele fizera; e a magnitude de sua própria loucura lhe foi revelada em um lampejo cegante, e por fim todos os artifícios de seus inimigos foram desnudados. Então sua ira se inflamou em chama consumidora, mas seu temor cresceu como vasto fumo negro para sufocá-lo. Pois conheceu seu perigo mortal e o fio sobre o qual pendia agora sua sina.

De todos os planos e teias de medo e traição, de todos os estratagemas e guerras sua mente se libertou com um golpe; e por todo o seu reino perpassou um tremor, seus escravos se acovardaram, seus exércitos pararam e seus capitães, subitamente desgovernados, despojados de vontade, titubearam e se desesperaram. Pois estavam esquecidos. Toda a mente e o propósito do Poder que os controlava já se voltara com força avassaladora para a

Montanha. Ao seu chamado, rodando com um grito dilacerante, voaram em última corrida desesperada, mais velozes que os ventos, os Nazgûl, os Espectros-do-Anel, e com uma tempestade de asas arremessaram-se para o sul, ao Monte da Perdição.

Sam levantou-se. Estava atordoado e o sangue que lhe escorria da cabeça pingava em seus olhos. Avançou tateando e viu então algo estranho e terrível. Gollum, na beira do abismo, lutava como louco contra um adversário invisível. Oscilava para lá e para cá, ora tão perto da borda que quase caía para dentro, ora arrastando-se de volta, caindo ao chão, erguendo-se e caindo de novo. E o tempo todo chiava, mas não dizia palavra alguma.
 Os fogos lá embaixo despertaram furiosos, a luz rubra brilhou e toda a caverna se encheu de grande clarão e calor. Subitamente Sam viu as mãos compridas de Gollum se erguerem para a boca; suas presas brancas reluziram, depois estalaram com uma mordida. Frodo deu um grito, e ali estava ele, caído de joelhos na beira do precipício. Mas Gollum, dançando como louco, segurava o anel no alto, com um dedo ainda enfiado no círculo. Agora ele luzia como se fosse deveras feito de fogo vivente.
 "Precioso, precioso, precioso!", exclamou Gollum. "Meu Preioso! Ó meu Precioso!" E com essas palavras, mesmo enquanto tinha os olhos erguidos para se regozijar com sua presa, deu um passo longe demais, vacilou, cambaleou por um momento na beira, e depois caiu com um guincho. Das profundezas veio seu último lamento, "Precioso", e ele se fora.
 Houve um ribombo e grande confusão de ruídos. Fogos saltaram lambendo o teto. A pulsação cresceu a um grande tumulto e a Montanha estremeceu. Sam correu para junto de Frodo, apanhou-o e o carregou até a porta. E ali, no escuro limiar das Sammath Naur, muito acima das planícies de Mordor, lhe vieram tal pasmo e terror que ficou imóvel, esquecendo tudo o mais, e fitou como quem havia se transformado em pedra.
 Teve uma breve visão de nuvens rodopiantes e, no meio delas, torres e ameias, altas como colinas, fundadas sobre um imenso trono-montanha acima de covas incomensuráveis; grandes pátios e calabouços, prisões desprovidas de olhos, escarpadas como penhascos, e portões escancarados de aço e diamante: e então tudo passou. As torres caíram e as montanhas deslizaram; as muralhas se desfizeram e derreteram em queda estrondosa; vastas espiras de fumaça e vapores esguichando encapelaram-se subindo, subindo, até despencarem como uma onda assoberbante, e sua crista selvagem encrespou-se e desceu espumando sobre a terra. Então, finalmente, por sobre as milhas veio de longe um ribombo, erguendo-se em estrépito e rugido ensurdecedor; a terra tremeu, a planície soergueu-se e se partiu, e Orodruin cambaleou. O fogo jorrou do seu cume partido. Os céus irromperam em trovões chamuscados de raios. Precipitou-se como

açoites chicoteantes uma torrente de chuva negra. E para o coração da tempestade, com um grito que penetrou todos os outros sons, esfacelando as nuvens, vieram os Nazgûl, precipitando-se como setas flamejantes, e, apanhados na ruína de fogo das colinas e do firmamento, crepitaram, murcharam e se extinguiram.

"Bem, isso é o fim, Sam Gamgi", disse uma voz ao seu lado. E ali estava Frodo, pálido e exausto, porém ele mesmo outra vez; e agora em seus olhos havia paz, nem esforço de vontade, nem loucura, nem qualquer temor. Seu fardo fora removido. Ali estava o querido patrão dos doces dias no Condado.

"Patrão!", exclamou Sam, e caiu de joelhos. Em toda aquela ruína do mundo, no momento ele só sentia alegria, grande alegria. O fardo se fora. Seu patrão fora salvo; era outra vez ele próprio, estava livre. E então Sam avistou a mão mutilada e sangrando.

"Sua pobre mão!", disse ele. "E não tenho nada para enfaixá-la nem aliviá-la. Eu preferia ter entregado a ele uma mão inteira minha. Mas agora ele se foi sem chance de retorno, foi-se para sempre."

"Sim", respondeu Frodo. "Mas lembra-se das palavras de Gandalf: 'Mesmo Gollum ainda pode ter algo a fazer'? Se não fosse por ele, Sam, eu não poderia ter destruído o Anel. A Demanda seria em vão, mesmo no amargo fim. Então vamos perdoá-lo! Pois a Demanda está concluída, e agora tudo terminou. Estou contente de você estar aqui comigo. Aqui no fim de todas as coisas, Sam."

4

O Campo
de Cormallen

Em toda a volta das colinas vociferavam as hostes de Mordor. Os Capitães do Oeste soçobravam em um mar que se avolumava. O sol brilhava rubro, e sob as asas dos Nazgûl as sombras da morte caíam obscuras na terra. Aragorn estava de pé embaixo de seu estandarte, silencioso e severo, como quem está perdido em pensamentos sobre coisas há muito passadas ou longínquas; mas seus olhos reluziam como estrelas que brilham mais intensas à medida que a noite se aprofunda. No topo do morro estava Gandalf, e era branco e frio, e nenhuma sombra caía sobre ele. A investida de Mordor abateu-se como uma onda nas colinas sitiadas, com vozes rugindo como a maré em meio à destruição e ao estrondo das armas.

Como se tivesse sido dada aos seus olhos uma súbita visão, Gandalf agitou-se; e virou-se, olhando de volta para o norte onde os céus estavam pálidos e límpidos. Então ergueu as mãos e exclamou em alta voz que ressoou acima do alarido: "As águias estão chegando!" E muitas vozes responderam, exclamando: "As águias estão chegando! As águias estão chegando!" As hostes de Mordor ergueram os olhos e se perguntaram o que poderia significar aquele sinal.

Vieram Gwaihir, Senhor-dos-Ventos, e seu irmão Landroval, maior de todas as Águias do Norte, mais poderoso dos descendentes do velho Thorondor, que construiu seus ninhos nos picos inacessíveis das Montanhas Circundantes quando a Terra-média era jovem. Atrás deles, em longas fileiras velozes, vinham todos os seus vassalos das montanhas setentrionais, apressados no vento que se avolumava. Mergulharam direto sobre os Nazgûl, inclinando-se de repente desde os altos ares, e o ímpeto de suas largas asas, no sobrevoo, era como uma borrasca.

Mas os Nazgûl deram a volta, fugiram e desapareceram nas sombras de Mordor, ouvindo um chamado súbito e terrível da Torre Sombria; e naquele mesmo momento todas as hostes de Mordor estremeceram, a dúvida lhes acometeu os corações, seu riso cessou, suas mãos tremeram e seus membros afrouxaram. O Poder que os impelia e os enchia de ódio e fúria titubeava, sua vontade fora removida deles; e agora, encarando os olhos dos inimigos, viam uma luz mortífera e tinham medo.

Então todos os Capitães do Oeste deram um forte grito, pois seus corações se encheram com nova esperança em meio à escuridão. Das colinas cercadas os ginetes de Gondor, os Cavaleiros de Rohan, os Dúnedain do Norte, em companhias compactas, avançaram contra os adversários hesitantes, transpassando a multidão com o impulso de agudas lanças. Mas Gandalf ergueu os braços e exclamou mais uma vez, em voz distinta:

"Parai, Homens do Oeste! Parai e esperai! Esta é a hora da sina."

E enquanto ele falava, a terra balançou sob seus pés. Então, levantando-se depressa, bem acima das Torres do Portão Negro, muito acima das montanhas, uma vasta treva ascendente saltou para o firmamento, bruxuleando com fogo. A terra gemia e estremecia. As Torres dos Dentes oscilaram, cambalearam e despencaram; o imenso baluarte se desfez; o Portão Negro foi lançado em ruína; e de muito longe, ora débil, ora crescente, ora subindo às nuvens, veio um ribombo martelante, um rugido, um longo eco rolante do ruído de ruína.

"O reino de Sauron está acabado!", disse Gandalf. "O Portador-do-Anel cumpriu sua Demanda." E, enquanto os Capitães olhavam rumo ao sul, para a Terra de Mordor, pareceu-lhes que, negro diante da mortalha de nuvens, erguia-se um imenso vulto de sombra, impenetrável, coroado de relâmpagos, preenchendo todo o firmamento. Levantou-se enorme acima do mundo e estendeu na direção deles uma vasta mão ameaçadora, terrível, mas impotente: pois, mesmo enquanto se inclinava sobre eles, um grande vento a apanhou, e foi toda soprada para longe e passou; e então caiu o silêncio.

Os Capitães inclinaram a cabeça; e, quando reergueram os olhos, eis que seus inimigos fugiam e o poder de Mordor se dispersava como poeira ao vento. Assim como as formigas, quando a morte atinge o ser inchado que choca e habita em seu montículo pululante e mantém todas sob seu controle, vagam descuidadas e despropositadas e depois morrem débeis; assim também as criaturas de Sauron, orque, trol ou besta escravizada com feitiço, correram insensatas para cá e para lá; e algumas se mataram, se lançaram em poços ou recuaram, lamentando-se para se esconderem em covas e lugares escuros e sem luz, distantes da esperança. Mas os Homens de Rhûn e de Harad, Lestenses e Sulistas, viram a ruína de sua guerra e a grande majestade e glória dos Capitães do Oeste. E aqueles que estavam mais imersos, e há mais tempo, em maligna servidão, odiando o Oeste, mas eram homens altivos e ousados, reuniram-se então, por sua vez, para uma última resistência em combate desesperado. Mas a maior parte fugiu para o leste da maneira que pôde; e alguns lançaram as armas ao chão e imploraram misericórdia.

Então Gandalf, deixando todos os assuntos de batalha e comando para Aragorn e os demais senhores, pôs-se de pé no topo da colina e chamou;

e desceu até ele a grande águia Gwaihir, o Senhor-dos-Ventos, e se postou diante dele.

"Duas vezes me carregaste, meu amigo Gwaihir", disse Gandalf. "A terceira há de valer por todas, se estiveres disposto. Verás que não sou carga muito maior do que quando me carregaste de Zirakzigil, onde minha antiga vida ardeu e se consumiu."

"Eu te carregaria", respondeu Gwaihir, "aonde quisesses, mesmo que fosses feito de pedra."

"Então vem, e que teu irmão vá conosco, e algum outro de teu povo que seja mui veloz! Pois precisamos de velocidade maior que qualquer vento, superior à das asas dos Nazgûl."

"O Vento Norte sopra, mas havemos de superá-lo", afirmou Gwaihir. E ergueu Gandalf e foi embora rumo ao sul, e com ele foram Landroval e Meneldor, jovem e veloz. E passaram sobre Udûn e Gorgoroth, e viram a terra toda em ruína e tumulto embaixo deles, e à frente o Monte da Perdição resplandecendo, derramando seu fogo.

"Estou contente de você estar aqui comigo", disse Frodo. "Aqui no fim de todas as coisas, Sam."

"Sim, estou com o senhor, Patrão", respondeu Sam, encostando a mão ferida de Frodo suavemente no peito. "E o senhor está comigo. E a jornada terminou. Mas depois de percorrer todo este caminho ainda não quero desistir. Não é meu jeito, digamos, se me entende."

"Talvez não, Sam", disse Frodo; "mas é o jeito como as coisas são no mundo. As esperanças fracassam. Chega o fim. Agora só temos pouco tempo para aguardar. Estamos perdidos em ruína e queda e não há como escapar."

"Bem, Patrão, pelo menos podíamos nos afastar deste lugar perigoso aqui, desta Fenda da Perdição, se esse é o nome. Podíamos, não? Vamos, Sr. Frodo, seja como for, vamos descer a trilha!"

"Muito bem, Sam. Se você quer ir, eu vou", assentiu Frodo; e levantaram-se e desceram lentamente pela estrada que serpenteava; e enquanto passavam rumo ao sopé da Montanha, que estremecia, uma grande fumaça e vapor jorrou das Sammath Naur, o lado do cone abriu-se em uma fenda e um imenso vômito de fogo rolou em lenta cascata trovejante, descendo pelo flanco oriental do monte.

Frodo e Sam não podiam ir adiante. Suas últimas forças de mente e corpo minguavam rapidamente. Tinham alcançado um morro baixo de cinzas, empilhado ao pé da Montanha; mas dele não havia mais como escapar. Era agora uma ilha que não duraria muito em meio ao tormento de Orodruin. Em toda a volta a terra se escancarava, e de fundas frestas e covas saltavam fumaça e vapores. Atrás deles a Montanha estava em convulsão. Grandes fendas abriam-se em seu flanco. Lentos rios de fogo vinham descendo na direção deles pelas longas encostas. Logo eles seriam tragados. Caía uma chuva de cinzas quentes.

Agora estavam em pé; e Sam, ainda segurando a mão do patrão, acariciava-a. Suspirou. "Em que história estivemos, não é, Sr. Frodo?", comentou ele. "Queria ouvir alguém contando-a! Acha que vão dizer: 'Agora vem a história de Frodo-dos-Nove-Dedos e do Anel da Perdição'? E então todos vão fazer silêncio, como nós fizemos quando em Valfenda nos contaram a história de Beren Uma-Mão e da Grande Joia. Queria poder ouvi-la! E me pergunto como ela vai continuar, depois da nossa parte."

Mas, mesmo enquanto dizia isso, para manter o medo à distância até o último fim, seus olhos ainda vagueavam ao norte, ao norte para o olho do vento, para onde o céu longínquo estava limpo porque a rajada fria foi crescendo até se tornar uma borrasca que empurrava para longe a escuridão e a ruína das nuvens.

E foi assim que Gwaihir os viu com seus olhos penetrantes e de visão longínqua, enquanto descia pelo vento impetuoso e rodopiava no ar enfrentando o grande perigo dos céus: dois pequenos vultos escuros, desamparados, de mãos dadas em um pequeno morro, enquanto o mundo estremecia embaixo deles e arfava, e rios de fogo se aproximavam. E no momento em que os divisou e desceu em mergulho ele os viu caindo, exaustos ou sufocados pelos vapores e pelo calor, ou finalmente abatidos pelo desespero, protegendo os olhos deles da morte.

Jaziam lado a lado; e Gwaihir mergulhou, e vieram em mergulho Landroval e Meneldor, o veloz; e em sonho, sem saberem que destino os alcançara, os viandantes foram erguidos e levados para bem longe, fora da escuridão e do fogo.

Quando Sam acordou, descobriu que estava deitado em um leito macio, mas acima dele balançavam lentamente amplos ramos de faia, e através das suas folhas novas a luz do sol brilhava em verde e dourado. Todo o ar estava repleto de um doce aroma mesclado.

Lembrava-se daquele odor: a fragrância de Ithilien. "Ora essa!", refletiu. "Por quanto tempo estive dormindo?" Pois o aroma o levara de volta ao dia em que acendera sua fogueirinha sob a ribanceira ensolarada; e naquele momento tudo o mais era alheio à lembrança desperta. Estirou-se e inspirou fundo. "Ora, que sonho que eu tive!", murmurou. "Ainda bem que acordei!" Sentou-se e viu então que Frodo estava deitado junto dele e dormia em paz, com uma mão atrás da cabeça e a outra pousada no cobertor. Era a direita, e lhe faltava o terceiro dedo.

A plena lembrança lhe retornou, e Sam exclamou em voz alta: "Não foi um sonho! Então onde estamos?"

E uma voz disse baixinho atrás dele: "Na terra de Ithilien e aos cuidados do Rei; e ele os espera." Com essas palavras Gandalf surgiu diante dele, trajado de branco, e agora sua barba reluzia como neve pura nos lampejos da luz do sol através das folhas. "Bem, Mestre Samwise, como se sente?", perguntou ele.

Mas Sam deitou-se de costas e o encarou boquiaberto, e por um momento, entre perplexidade e grande alegria, não pôde responder. Finalmente disse com voz entrecortada: "Gandalf! Pensei que estava morto! Mas daí pensei que eu mesmo estava morto. Tudo que é triste vai deixar de ser verdade? O que aconteceu ao mundo?"

"Uma grande Sombra foi embora", respondeu Gandalf e depois riu, e o som era como música, ou como água em terra ressecada; e enquanto escutava, Sam pensou que não ouvira risos, o som puro da diversão, por dias e mais dias sem conta. Eles lhe entravam nos ouvidos como o eco de todas as alegrias que já conhecera. Mas ele se desfez em lágrimas. Depois, assim como a doce chuva é levada pelo vento da primavera e o sol brilha ainda mais claro, suas lágrimas cessaram e seu riso irrompeu, e rindo ele saltou do leito.

"Como eu me sinto?", exclamou ele. "Bem, não sei como dizer. Eu me sinto, eu me sinto...", agitou os braços no ar, "eu me sinto como a primavera depois do inverno, e o sol nas folhas; e como trombetas e harpas e todas as canções que já ouvi!" Interrompeu-se e se voltou para o patrão. "Mas como está o Sr. Frodo?", indagou ele. "Não é uma pena, a pobre mão dele? Mas espero que de resto ele esteja bem. Foi um tempo cruel para ele."

"Sim, de resto estou bem", afirmou Frodo, sentando-se e rindo por sua vez. "Adormeci de novo esperando por você, Sam, seu dorminhoco. Estive acordado cedo esta manhã e agora deve ser quase meio-dia."

"Meio-dia?", indagou Sam, tentando calcular. "Meio-dia de qual dia?"

"O décimo quarto do Ano Novo", informou Gandalf; "ou, se quiser, o oitavo dia de abril no Registro do Condado[1]. Mas em Gondor, agora, o Ano Novo sempre começará no dia vinte e cinco de março, quando Sauron caiu e quando vocês foram trazidos do fogo para o Rei. Ele cuidou de vocês e agora os aguarda. Vocês hão de comer e beber com ele. Quando estiverem prontos, vou levá-los até ele."

"O Rei?", perguntou Sam. "Qual rei, e quem é ele?"

"O Rei de Gondor e Senhor das Terras do Oeste", respondeu Gandalf; "e ele tomou de volta todo o seu antigo reino. Logo cavalgará à sua coroação, mas espera por vocês."

"O que havemos de vestir?", perguntou Sam; pois tudo o que podia ver eram as roupas velhas e esfarrapadas em que haviam viajado dobradas no chão ao lado dos leitos.

"As roupas que usaram a caminho de Mordor", respondeu Gandalf. "Mesmo os trapos-órquicos que você usou na terra negra, Frodo, hão

---

[1] Havia trinta dias em março (ou glorial) no calendário do Condado. [N. A.]

de ser conservados. Nenhuma seda e linho e nenhuma armadura ou heráldica poderia ser mais honrada. Porém mais tarde talvez eu encontre outras roupas."

Então estendeu-lhes as mãos, e viram que uma delas reluzia. "O que tem aí?", exclamou Frodo. "Pode ser...?"

"Sim, eu trouxe seus dois tesouros. Foram encontrados em poder de Sam quando vocês foram resgatados, as dádivas da Senhora Galadriel: seu vidro, Frodo, e sua caixa, Sam. Gostarão de tê-los outra vez a salvo."

Quando se haviam lavado e vestido e tinham comido uma refeição leve, os Hobbits seguiram Gandalf. Saíram do capão de faias em que estiveram deitados e passaram a um longo gramado verde que luzia sob o sol e era ladeado por imponentes árvores de folhas escuras carregadas de flores escarlates. Atrás de si podiam ouvir o som de água que caía, e um regato descia diante deles, entre margens floridas, até chegar a um verde bosque na extremidade do gramado e depois passar sob um arco de árvores, através do qual viam o rebrilhar da água lá longe.

Ao chegarem à abertura na mata, surpreenderam-se ao ver cavaleiros em brilhante cota de malha e altos guardas em prata e negro ali dispostos, que os saudaram com honras e se inclinaram diante deles. E então um deles tocou uma longa trombeta, e avançaram através do corredor de árvores junto ao regato cantante. Assim chegaram a um amplo terreno verde, e além dele havia um largo rio em névoa prateada, de onde se erguia uma longa ilha arborizada, e muitas naus estavam atracadas junto à sua costa. Mas no campo onde agora se encontravam estava disposta uma grande hoste, em fileiras e companhias que rebrilhavam ao sol. E à medida que os Hobbits se aproximaram, as espadas foram desembainhadas, e as lanças, sacudidas, e cantaram cornos e trombetas, e os homens exclamaram com muitas vozes e em muitas línguas:

> "*Vida longa aos Pequenos! Louvai-os com grande louvor!*
> *Cuio i Pheriain anann! Aglar'ni Pheriannath!*
> *Louvai-os com grande louvor, Frodo e Samwise!*
> *Daur a Berhael, Conin en Annûn! Eglerio!*
> *Louvai-os!*
> *Eglerio!*
> *A laita te, laita te! Andavë laituvalmet!*
> *Louvai-os!*
> *Cormacolindor, a laita tárienna!*
> *Louvai-os! Os Portadores-do-Anel, louvai-os com grande louvor*"[A]

E assim, com o sangue vermelho lhes enrubescendo os rostos e os olhos brilhando de espanto, Frodo e Sam foram em frente e viram que em meio à hoste clamorosa haviam sido postos três altos assentos montados de torrões de relva verde. Atrás do assento da direita flutuava, em branco sobre verde, um grande cavalo que corria livre; à esquerda havia uma bandeira, em prata sobre azul, com uma nau de proa de cisne singrando o mar; mas atrás do trono mais alto, no meio de tudo, um grande estandarte se espalhava na brisa, e ali floria uma árvore branca em campo negro sob uma coroa brilhante e sete reluzentes estrelas. No trono assentava-se um homem trajado em cota de malha, com uma grande espada deitada nos joelhos, mas sem usar elmo. Ao se aproximarem, ele se levantou. E então o reconheceram, mudado que estava, tão alto e feliz de semblante, régio, senhor de Homens, de cabelos escuros e olhos cinzentos.

Frodo correu ao seu encontro, e Sam o seguiu de perto. "Ora, se isso não é a coroa de tudo!", disse ele. "Passolargo, ou então ainda estou dormindo!"

"Sim, Sam, Passolargo", respondeu Aragorn. "Estamos longe, não estamos, de Bri, onde você não gostou do meu aspecto? Longe para todos nós, mas a sua estrada foi a mais escura."

E então, para surpresa e total confusão de Sam, ele dobrou o joelho diante deles; e tomando-os pela mão, Frodo à direita e Sam à esquerda, conduziu-os até o trono, sentou-os nele e se voltou aos homens e capitães que estavam em volta; e falou de modo que sua voz ressoou por toda a hoste, exclamando:

"Louvai-os com grande louvor!"

E, quando o grito feliz se avolumara e minguara outra vez, para satisfação final e completa de Sam, e pura alegria, um menestrel de Gondor se adiantou, ajoelhou-se e pediu permissão para cantar. E eis que disse:

"Sus! senhores e cavaleiros e homens de valor indômito, reis e príncipes, e bela gente de Gondor, e Cavaleiros de Rohan, e vós, filhos de Elrond, e Dúnedain do Norte, e Elfo e Anão, e intrépidos do Condado, e todo o povo livre do Oeste, escutai agora a minha balada. Pois vos cantarei de Frodo dos Nove Dedos e do Anel da Perdição."

E quando Sam ouviu isso, riu em alta voz de puro deleite e se levantou e exclamou: "Ó grande glória e esplendor! E todos os meus desejos se realizaram!" E então chorou.

E toda a hoste riu e chorou, e, no meio de seu regozijo e suas lágrimas, a nítida voz do menestrel se ergueu como prata e ouro, e todos os homens se calaram. E ele lhes cantou, ora na língua-élfica, ora na fala do Oeste, até que transbordassem seus corações feridos com doces palavras, e sua alegria foi como espadas, e em pensamento saíram para regiões onde a dor e o deleite fluem juntos e as lágrimas são o próprio vinho da bem-aventurança.

E por fim, enquanto o Sol baixava do meio-dia e as sombras das árvores se tornavam mais longas, ele terminou. "Louvai-os com grande louvor!", disse ele e se ajoelhou. E então Aragorn ergueu-se, e toda a hoste se levantou, e passaram a pavilhões preparados para comerem, beberem e se divertirem enquanto durasse o dia.

Frodo e Sam foram levados à parte e trazidos a uma tenda, e ali suas velhas vestes foram tiradas, mas dobradas e postas de lado com honra; e lhes deram roupas limpas. Então veio Gandalf, e nos braços, para pasmo de Frodo, ele trazia a espada, a capa-élfica e a cota de mithril que lhe foram tiradas em Mordor. Para Sam trouxe uma cota de malha dourada e sua capa-élfica toda refeita das manchas e feridas que suportara; e então pôs diante deles duas espadas.

"Não desejo espada nenhuma", disse Frodo.

"Esta noite, pelo menos, você deveria usar uma", aconselhou Gandalf.

Então Frodo tomou a espada pequena que pertencera a Sam e que fora posta ao seu lado em Cirith Ungol. "Eu lhe dei Ferroada, Sam", disse ele.

"Não, patrão! O Sr. Bilbo a deu ao senhor, e ela acompanha a cota de prata dele; ele não gostaria que nenhum outro a usasse agora."

Frodo cedeu; e Gandalf, como se fosse escudeiro deles, ajoelhou-se e os cingiu com os cintos das espadas e depois, levantando-se, pôs diademas de prata em suas cabeças. E quando estavam arrumados foram ao grande banquete; e sentaram-se à mesa do Rei com Gandalf, o Rei Éomer de Rohan, o Príncipe Imrahil e todos os principais capitães; e ali estavam também Gimli e Legolas.

Mas quando, após a Pausa do Silêncio, o vinho foi trazido, entraram dois escudeiros para servirem os reis; ou assim parecia: um deles tinha o traje prata e negro dos Guardas de Minas Tirith, e o outro trajava branco e verde. Mas Sam perguntou-se o que meninos tão jovens faziam em um exército de homens poderosos. Então, de súbito, quando se aproximaram e ele conseguiu vê-los claramente, exclamou:

"Ora, olhe, Sr. Frodo! Olhe aqui! Ora, se não é Pippin, o Sr. Peregrin Tûk, eu devia dizer, e o Sr. Merry! Como cresceram! Ora essa! Mas posso ver que tem mais histórias para contar além das nossas."

"De fato", disse Pippin, virando-se para ele. "E vamos começar a contá-las assim que este banquete termine. Enquanto isso, pode tentar Gandalf. Ele não está tão calado quanto costumava ser, apesar de que agora mais ri do que fala. No momento Merry e eu estamos ocupados. Somos cavaleiros da Cidade e da Marca, como espero que você tenha observado."

Enfim acabou o dia feliz; e, quando o Sol se fora e a Lua redonda navegava devagar acima das névoas do Anduin e cintilava através das folhas tremulantes, Frodo e Sam sentaram-se sob as árvores sussurrantes em meio à fragrância da bela Ithilien; e conversaram até tarde da noite com Merry, Pippin e Gandalf, e algum tempo depois, Legolas e Gimli se juntaram a eles. Ali Frodo e Sam ficaram sabendo de muita coisa que acontecera à Comitiva depois que sua sociedade se rompeu no dia maligno em Parth

Galen, junto ao Vale das Cataratas de Rauros; e ainda havia sempre mais a perguntar e mais a contar.

Orques, e árvores falantes, e léguas de relva, e cavaleiros galopantes, e cavernas cintilantes, e torres brancas e paços dourados, e batalhas, e altas naus navegando, tudo isso passou diante da mente de Sam até ele se sentir desconcertado. Mas em meio a todas aquelas maravilhas, ele sempre voltava ao seu espanto diante do tamanho de Merry e Pippin; e fez com que ficassem costas com costas com Frodo e ele mesmo. Coçava a cabeça. "Não consigo entender isso na sua idade!", disse ele. "Mas é isso: estão três polegadas mais altos do que deviam estar, ou eu sou um anão."

"Isso certamente não és", retrucou Gimli. "Mas o que eu disse? Os mortais não podem sair tomando bebida-de-ent e esperar que não resulte dela mais que de um caneco de cerveja."

"Bebida-de-ent?", indagou Sam. "Aí estás falando de Ents outra vez; mas não faço ideia do que sejam. Ora, vai levar semanas para avaliarmos essas coisas todas!"

"Semanas, de fato", disse Pippin. "E depois Frodo terá de ser trancado em uma torre em Minas Tirith e anotar tudo. Do contrário vai esquecer a metade, e o pobre velho Bilbo ficará terrivelmente desapontado."

Algum tempo depois, Gandalf se levantou. "As mãos do Rei são mãos de cura, caros amigos", disse ele. "Mas vocês foram à própria beira da morte antes de ele resgatá-los, empenhando todo o seu poder, e enviá-los ao doce olvido do sono. E, apesar de realmente terem tido um sono longo e abençoado, ainda assim já é hora de dormir outra vez."

"E não só Sam e Frodo aqui," complementou Gimli, "mas também tu, Pippin. Amo-te, nem que seja apenas pelo esforço que me custaste, que não esquecerei jamais. Nem me esquecerei de te encontrar na colina da última batalha. Não fosse Gimli, o Anão, estarias perdido naquela hora. Mas agora, pelo menos, conheço o aspecto de um pé de hobbit, mesmo que só ele esteja visível embaixo de uma pilha de corpos. E quando tirei de cima de ti aquela grande carcaça tive certeza de que estavas morto. Eu poderia ter arrancado minha barba. E só faz um dia que começaste a te erguer e andar por aí. Agora vais é para a cama. E eu hei de ir também."

"E eu", disse Legolas, "hei de caminhar nas florestas desta bela terra, o que é repouso bastante. Em dias vindouros, se meu senhor-élfico permitir, parte de nosso povo há de se mudar para cá; e quando viermos, ela há de ser abençoada, por algum tempo. Por algum tempo: um mês, uma vida, cem anos dos Homens. Mas o Anduin está próximo, e o Anduin leva para o Mar. Para o Mar!

Para o Mar, para o Mar! Já chama a gaivota,
O vento sopra, a branca espuma brota.

Lá longe no Oeste se põe o sol vermelho.
Nau cinza, nau cinza, escutas o conselho,
A voz da minha gente que me precedeu?
Deixarei a floresta que me aborreceu;
Nossos dias no fim, nossos anos em remoinho.
As amplas águas passarei navegando sozinho.
Na Última Praia o mar há muito brilha,
Doces chamam vozes na Última Ilha,
Em Eressëa, Casadelfos onde o homem é ausente,
De folhas perenes, sempre da minha gente!"[B]

E cantando assim Legolas partiu colina abaixo.

Então os demais também partiram, e Frodo e Sam foram aos seus leitos e dormiram. E pela manhã levantaram-se de novo em esperança e paz; e passaram muitos dias em Ithilien. Pois o Campo de Cormallen, onde a hoste estava acampada agora, era próximo de Henneth Annûn, e o riacho que fluía de sua cascata podia ser ouvido à noite, correndo por seu portão rochoso e atravessando os prados floridos rumo às correntezas do Anduin junto à Ilha de Cair Andros. Os hobbits vagaram para cá e para lá, revisitando os lugares onde haviam passado antes; e Sam sempre esperava, talvez, entrever em alguma sombra da mata ou clareira secreta um vislumbre do grande Olifante. E quando soube que no cerco de Gondor houvera um grande número desses animais, mas que foram todos destruídos, considerou isso uma triste perda.

"Bem, não se pode estar em toda parte ao mesmo tempo, imagino", disse ele. "Mas parece que perdi muita coisa."

Nesse ínterim, a hoste se aprestava para a volta a Minas Tirith. Os cansados repousaram e os feridos foram curados. Pois alguns haviam labutado e combatido muito contra o remanescente dos Lestenses e dos Sulistas, até estarem todos subjugados. E em último lugar retornaram aqueles que haviam penetrado em Mordor e destruído as fortalezas no norte da região.

Mas por fim, quando o mês de maio se avizinhava, os Capitães do Oeste partiram outra vez; embarcaram com todos os seus homens e zarparam de Cair Andros, descendo o Anduin até Osgiliath; e ali ficaram por um dia; e no dia seguinte chegaram aos verdes campos da Pelennor e reviram as torres brancas sob o alto Mindolluin, a Cidade dos Homens de Gondor, última lembrança de Ociente, que atravessara a escuridão e o fogo rumo a um novo dia.

E ali, no meio dos campos, ergueram seus pavilhões e aguardaram a manhã; pois era Véspera de Maio, e o Rei entraria pelos portões com o nascer do Sol.

5

O Regente e o Rei

Sobre a cidade de Gondor pairara dúvida e grande temor. O tempo bonito e o sol brilhante pareciam uma mera zombaria aos homens cujos dias continham pouca esperança e que a cada manhã buscavam novas da perdição. Seu senhor estava morto e incinerado, morto jazia o Rei de Rohan em sua cidadela, e o novo rei que lhes viera na noite partira outra vez em guerra contra poderes demasiado obscuros e terríveis para serem conquistados por qualquer força ou valentia. E não vinham notícias. Depois de a hoste deixar o Vale Morgul e tomar a estrada para o norte sob a sombra das montanhas, nenhum mensageiro voltara e nenhum rumor do que se passava no Leste taciturno.

Quando os Capitães haviam partido há apenas dois dias, a Senhora Éowyn pediu às mulheres que a atendiam que trouxessem suas vestes e não admitiu contradição, mas levantou-se; e, quando a tinham vestido e posto seu braço em uma tipoia de linho, ela foi ter com o Diretor das Casas de Cura.

"Senhor," disse ela, "estou muito inquieta e não posso ficar mais jazendo no ócio."

"Senhora," respondeu ele, "ainda não estais curada, e recebi ordens para vos tratar com cuidado especial. Não deveríeis ter-vos levantado do leito por mais sete dias, é o que me foi mandado. Peço-vos que retorneis."

"Estou curada," disse ela, "curada pelo menos no corpo, exceto apenas por meu braço esquerdo, e ele está confortável. Mas hei de adoecer outra vez se não houver nada para eu fazer. Não há notícias da guerra? As mulheres nada sabem me contar."

"Não há notícias," afirmou o Diretor, "exceto que os Senhores cavalgaram rumo ao Vale Morgul; e dizem que o novo capitão vindo do Norte é seu chefe. Esse é um grande senhor e um curador; e é coisa mui estranha para mim que a mão que cura também empunhe uma espada. Hoje não é assim em Gondor, apesar de outrora ter sido, se forem verdadeiras as antigas histórias. Mas por longos anos nós, curadores, só buscamos remendar as fendas feitas pelos homens da espada. Mas ainda teríamos bastante a fazer sem eles: o mundo está suficientemente cheio de feridas e infortúnios sem que as guerras os multipliquem."

"É preciso só um inimigo para gerar guerra, não dois, Mestre Diretor", respondeu Éowyn. "E os que não têm espadas ainda assim podem morrer por meio delas. Querias que o povo de Gondor recolhesse apenas ervas para ti, quando o Senhor Sombrio recolhe exércitos? E não é sempre bom ter o corpo curado. Nem é sempre mau morrer em combate, mesmo em dor atroz. Se mo permitissem, nesta hora sombria eu escolheria a segunda opção."

O Diretor olhou para ela. Ali estava ela em pé, alta e com olhos brilhantes no rosto alvo, com a mão direita apertada quando se virou e olhou para fora da janela dele, que dava para o Leste. Ele suspirou e balançou a cabeça. Após uma pausa ela se voltou para ele outra vez.

"Não há feito a fazer?", indagou ela. "Quem comanda nesta Cidade?"

"Não sei ao certo", respondeu ele. "Tais coisas não me preocupam. Há um marechal que comanda os Cavaleiros de Rohan; e o Senhor Húrin, ao que me dizem, comanda os homens de Gondor. Mas o Senhor Faramir é de direito o Regente da Cidade."

"Onde posso encontrá-lo?"

"Nesta casa, senhora. Ele sofreu graves ferimentos, mas agora está outra vez encaminhado para a saúde. Mas não sei…"

"Não podeis levar-me até ele? Então sabereis."

O Senhor Faramir caminhava a sós no jardim das Casas de Cura, e a luz do sol o aquecia, e ele sentia a vida correndo outra vez nas veias; mas tinha um peso no coração e olhava por sobre as muralhas na direção do leste. E ao chegar o Diretor, pronunciou seu nome, e ele se virou e viu a Senhora Éowyn de Rohan; e comoveu-se de pena, pois viu que ela estava ferida, e sua visão nítida percebia seu pesar e inquietação.

"Meu senhor," disse o Diretor, "eis a Senhora Éowyn de Rohan. Ela cavalgou com o rei, sofreu graves ferimentos e agora se encontra aos meus cuidados. Mas não está contente e deseja falar ao Regente da Cidade."

"Não o interpreteis mal, senhor", disse Éowyn. "Não é a falta de cuidados que me aflige. Nenhuma casa poderia ser mais bela para os que desejam se curar. Mas não posso jazer na preguiça, ociosa, engaiolada. Busquei a morte na batalha. Mas não morri, e a batalha ainda prossegue."

A um sinal de Faramir, o Diretor fez uma mesura e partiu. "O que quereis que eu faça, senhora?", indagou Faramir. "Também eu sou prisioneiro dos curadores." Olhou para ela e, como era homem a quem a pena abalava profundamente, pareceu-lhe que o encanto dela, em meio ao pesar, lhe perfuraria o coração. E ela o olhou e viu a grave ternura em seus olhos e soube, não obstante, visto que fora criada entre combatentes, que ali estava alguém a quem nenhum Cavaleiro da Marca superaria na batalha.

"O que desejais?", disse ele mais uma vez. "Se estiver em meu poder, eu o farei."

"Queria que comandásseis esse Diretor e lhe ordenásseis deixar-me ir", respondeu ela; mas, apesar de suas palavras serem ainda altivas, seu coração hesitou, e pela primeira vez teve dúvidas de si mesma. Imaginou que aquele homem alto, ao mesmo tempo severo e gentil, poderia tomá-la simplesmente por caprichosa, como uma criança que não tem a firmeza mental para levar a cabo uma tarefa enfadonha.

"Eu mesmo estou aos cuidados do Diretor", respondeu Faramir. "E ainda não assumi minha autoridade na Cidade. Mas se a tivesse assumido eu ainda escutaria o conselho dele e não lhe contrariaria a vontade em assuntos do seu ofício, exceto em grande necessidade."

"Mas não desejo a cura", afirmou ela. "Desejo cavalgar à guerra como meu irmão Éomer, ou melhor, como Théoden, o rei, pois ele morreu e tem ao mesmo tempo honra e paz."

"É tarde demais, senhora, para seguir os Capitães, mesmo que tivésseis força o bastante", disse Faramir. "Mas a morte em batalha ainda poderá nos alcançar a todos, queiramos ou não. Estareis mais bem preparada para encará-la ao vosso próprio modo se, enquanto ainda é tempo, fizeres o que mandou o Curador. Vós e eu, nós temos de suportar com paciência as horas de espera."

Ela não respondeu, mas, olhando-a, pareceu a ele que alguma coisa nela se atenuava, como se uma severa geada cedesse ao primeiro débil presságio da primavera. Uma lágrima lhe brotou no olho e caiu pela face, como uma gota de chuva reluzente. A cabeça altiva inclinou-se um pouco. Então, calmamente, como se falasse mais consigo mesma que com ele: "Mas os curadores querem que ainda fique mais sete dias de cama", respondeu ela. "E minha janela não dá para o leste." Agora sua voz era a de uma donzela jovem e triste.

Faramir sorriu, apesar de ter o coração repleto de pena. "Vossa janela não dá para o leste?", disse ele. "Isso pode ser consertado. Nisto comandarei o Diretor. Se ficardes nesta casa aos nossos cuidados, senhora, e repousardes, então haveis de andar ao sol neste jardim, como quereis; e olhareis para o leste, aonde foram todas as nossas esperanças. E aqui me encontrareis, andando, esperando e também olhando para o leste. Aliviar-me-ia a preocupação se falásseis comigo ou andásseis comigo vez por outra."

Então ela ergueu a cabeça e outra vez lhe olhou nos olhos; e um rubor lhe veio ao rosto pálido. "Como vos aliviaria a preocupação, meu senhor?", indagou ela. "E não desejo a fala de homens viventes."

"Quereis minha resposta franca?", perguntou ele.

"Quero."

"Então, Éowyn de Rohan, digo-vos que sois linda. Nos vales de nossas colinas há flores belas e vivas e donzelas mais belas ainda; mas até agora não vi em Gondor flor nem senhora tão encantadora e tão pesarosa. Pode ser que só restem alguns poucos dias para a escuridão tombar sobre nosso mundo, e quando ela vier, espero encará-la com firmeza; mas aliviar-me-ia o coração se, enquanto ainda brilha o Sol, vos pudesse ver. Pois vós e eu passamos ambos sob as asas da Sombra e a mesma mão nos puxou para trás."

"Ai de mim, não a mim, senhor!", exclamou ela. "A Sombra ainda jaz sobre mim. Não me busqueis para vos curar! Sou uma donzela-do-escudo, e minha mão é pouco dócil. Mas agradeço-vos ao menos por isto, que não tenho de ficar em meu aposento. Andarei à larga por graça do Regente da Cidade." E lhe fez uma reverência e caminhou de volta à casa. Mas por longo tempo Faramir caminhou a sós no jardim, e agora seu olhar desviava-se mais para a casa que para as muralhas orientais.

Quando voltou ao aposento, mandou chamar o Diretor e ouviu tudo o que este sabia dizer da Senhora de Rohan.

"Mas não duvido, senhor," comentou o Diretor, "que saberíeis mais pelo Pequeno que está conosco; pois ele cavalgou com o rei e, ao final, com a Senhora, ao que dizem."

E assim Merry foi enviado a Faramir, e enquanto durou aquele dia passaram muito tempo conversando, e Faramir ficou sabendo de muitas coisas, ainda mais do que Merry dizia em palavras; e agora pensava compreender algo sobre o pesar e a inquietação de Éowyn de Rohan. E no belo entardecer, Faramir e Merry caminharam no jardim, mas ela não veio.

Mas de manhã, quando Faramir saiu das Casas, ele a viu de pé sobre as muralhas; e estava trajada toda de branco e reluzia ao sol. E ele a chamou, e ela desceu, e caminharam na grama ou sentaram-se juntos sob uma árvore verde, ora em silêncio, ora conversando. E depois disso fizeram o mesmo a cada dia. E o Diretor, observando da janela, alegrou-se em seu coração, pois era um curador, e sua preocupação fora aliviada; e era certo que, por pesado que fosse o pavor e o presságio daqueles dias nos corações dos homens, ainda assim aqueles dois que estavam a seu cargo prosperavam e fortaleciam-se dia a dia.

E assim veio o quinto dia depois do primeiro em que a Senhora Éowyn foi ter com Faramir; e agora estavam mais uma vez juntos nas muralhas da Cidade e observavam. Ainda não haviam chegado notícias, e todos os corações estavam toldados. Também o tempo não estava mais claro. Fazia frio. Um vento que surgira de noite já soprava intenso do Norte e crescia; mas as terras em redor pareciam cinzentas e lúgubres.

Vestiam trajes quentes e capas pesadas, e por cima de tudo a Senhora Éowyn usava um grande manto azul, da cor de profunda noite de verão, e era engastado de estrelas de prata na bainha e no decote. Faramir mandara vir aquela túnica e a envolvera nela; e pensou que ela parecia deveras bela e régia ali ao seu lado. O manto fora feito para sua mãe, Finduilas de

Amroth, que morrera cedo demais e era para ele apenas uma lembrança de encanto em dias longínquos e de seu primeiro pesar; e sua túnica lhe parecia vestuário apropriado à beleza e tristeza de Éowyn.

Mas agora ela tinha calafrios sob o manto estrelado e olhava para o norte, por cima das cinzentas terras próximas, para o olho do vento frio onde, bem longe, o céu era duro e límpido.

"O que buscais, Éowyn?", indagou Faramir.

"O Portão Negro não fica naquela direção?", disse ela. "E agora ele não deve ter chegado ali? Faz sete dias que ele partiu."

"Sete dias", repetiu Faramir. "Mas não penseis mal de mim se eu vos disser: eles me trouxeram ao mesmo tempo uma alegria e uma dor que jamais pensei conhecer. Alegria de vos ver; mas dor porque agora o medo e a dúvida deste tempo maligno se tornaram deveras escuros. Éowyn, eu não queria que este mundo acabasse agora, nem perder tão cedo o que encontrei."

"Perder o que encontrastes, senhor?", comentou ela; mas encarou-o com gravidade, e tinha os olhos bondosos. "Não sei o que encontrastes nestes dias que pudésseis perder. Mas vamos, meu amigo, não falemos disso! Não falemos nada! Estou de pé em uma beira pavorosa e o escuro é total no abismo diante de meus pés, mas não sei dizer se há luz atrás de mim. Pois ainda não posso virar-me. Espero um golpe do destino."

"Sim, esperamos pelo golpe do destino", disse Faramir. E nada mais disseram; e pareceu-lhes, de pé na muralha, que o vento amainou, a luz se apagou e o Sol se turvou e que todos os sons na Cidade ou nas terras em redor silenciaram: não se podia ouvir vento, nem voz, nem canto de pássaro, nem farfalhar de folha, nem a própria respiração deles; mesmo a batida de seus corações se deteve. O tempo parou.

E, parados daquele modo, suas mãos se encontraram e se apertaram apesar de eles não o saberem. E ainda esperavam não sabiam pelo quê. Então, pouco depois, pareceu-lhes que, por cima das cristas das montanhas distantes, se erguia outra vasta montanha de treva, pairando no alto como uma onda que engoliria o mundo, e em torno dela tremeluziam relâmpagos; e então um tremor percorreu a terra, e sentiram palpitar os muros da Cidade. Um som semelhante a um suspiro subiu de todas as terras em torno deles; e de repente seus corações voltaram a bater.

"Isso me lembra Númenor", disse Faramir, e admirou-se de se ouvir falando.

"Númenor?", indagou Éowyn.

"Sim," respondeu Faramir, "a terra de Ociente que soçobrou, e a grande onda escura erguendo-se sobre as terras verdes e acima das colinas e vindo, escuridão inescapável. Muitas vezes sonho com isso."

"Então pensais que a Escuridão está vindo?", perguntou Éowyn. "Escuridão Inescapável?" E de súbito ela se aproximou dele.

"Não", disse Faramir, olhando-a no rosto. "Era apenas uma imagem na mente. Não sei o que está acontecendo. A razão de minha mente desperta me diz que ocorreu grande mal e que nos encontramos no fim dos dias. Mas meu coração diz que não; todos os meus membros estão leves, e me vieram uma esperança e uma alegria que nenhuma razão pode negar. Éowyn, Éowyn, Senhora Branca de Rohan, nesta hora não creio que alguma escuridão possa perdurar!" E se inclinou e beijou a testa dela.

E assim ficaram parados nas muralhas da Cidade de Gondor, e um grande vento se ergueu e soprou, e seus cabelos, negros e dourados, escoaram misturando-se no ar. E a Sombra partiu, o Sol foi desvelado e a luz irrompeu; e as águas do Anduin brilharam como prata, e em todas as casas da Cidade os homens cantavam devido à alegria que brotava em seus corações, de cuja fonte não sabiam dizer.

E antes de o Sol declinar muito do meio-dia, veio voando do Leste uma grande Águia que trazia novas além da esperança vindas dos Senhores do Oeste, exclamando:

> *Cantai agora, povo da Torre de Anor,*
> *pois o Reinado de Sauron terminou para sempre,*
>   *e a Torre Sombria foi derrubada.*
>
> *Cantai e regozijai, povo da Torre de Guarda,*
> *pois vossa vigia não foi em vão,*
> *e o Portão Negro foi rompido,*
> *e vosso Rei passou por ele,*
>   *e ele é vitorioso.*
>
> *Cantai e alegrai-vos, todos os filhos do Oeste,*
> *pois vosso Rei há de retornar,*
> *e habitará entre vós*
>   *todos os dias de vossas vidas.*
>
> *E a Árvore que estava murcha há de ser renovada,*
> *e ele a plantará nas alturas,*
>   *e a Cidade será abençoada.*
>
>   *Cantai, todo o povo!*[A]

E o povo cantou em todos os caminhos da Cidade.

Os dias que se seguiram foram dourados, e a primavera e o verão se uniram e festejaram juntos nos campos de Gondor. E agora vieram novas por cavaleiros velozes de Cair Andros sobre tudo o que fora feito, e a Cidade se aprestou para a vinda do Rei. Merry foi convocado e partiu com as carroças que levaram provisão de bens a Osgiliath e dali, por navio, a Cair Andros; mas Faramir não foi, pois agora, já curado, assumiu a autoridade e a Regência, nem que apenas por curto tempo, e seu dever era preparar-se para o que iria substituí-lo.

E Éowyn não foi, apesar de seu irmão mandar uma mensagem pedindo que ela viesse ao Campo de Cormallen. E Faramir admirou-se disto, mas raramente a via, já que estava ocupado com muitos assuntos; e ela ainda habitava nas Casas de Cura e caminhava sozinha no jardim, seu rosto empalideceu outra vez, e parecia que em toda a Cidade apenas ela estava aflita e pesarosa. E o Diretor das Casas preocupou-se e falou com Faramir.

Então Faramir veio à procura dela, e mais uma vez estiveram juntos nas muralhas; e ele disse-lhe: "Éowyn, por que vos demorais aqui e não ides à festividade em Cormallen além de Cair Andros, onde vosso irmão vos aguarda?"

E ela indagou: "Não sabeis?"

Mas ele respondeu: "Duas razões pode haver, mas não sei qual é a verdadeira."

E ela disse: "Não desejo brincar de enigmas. Falai mais claramente!"

"Então, se assim quereis, senhora," continuou ele, "não ides porque somente vosso irmão vos chamou e contemplar o Senhor Aragorn, herdeiro de Elendil, em seu triunfo não vos traria alegria agora. Ou porque eu não fui, e ainda desejais estar perto de mim. E quem sabe por ambas as razões e vós ainda não conseguis escolher por vós entre elas. Éowyn, não me amais ou não quereis me amar?"

"Queria ser amada por outro", respondeu ela. "Mas não desejo a pena de ninguém."

"Isso eu sei", disse ele. "Desejáveis ter o amor do Senhor Aragorn. Porque ele era elevado e poderoso, e desejáveis ter renome e glória e vos erguer muito acima das coisas medíocres que rastejam na terra. E ele vos parecia admirável, como um grande capitão pode parecer a um jovem soldado. Pois assim é ele, um senhor entre os homens, o maior que ora existe. Mas quando ele vos deu somente compreensão e pena, desejastes não ter nada, exceto uma morte corajosa em combate. Olhai-me, Éowyn!"

E Éowyn olhou para Faramir por longo tempo e com firmeza; e Faramir prosseguiu: "Não desprezeis a pena que é dádiva de um coração gentil, Éowyn! Mas não vos ofereço minha pena. Pois sois uma senhora altiva e valorosa, e vós conquistastes renome que não há de ser esquecido; e és uma senhora linda, julgo, além do que podem dizer as próprias palavras da língua-élfica. E eu vos amo. Antes sentia pena de vosso pesar. Mas agora, se não tivésseis pesar, sem medo e sem nenhuma falta, se fôsseis a ditosa Rainha de Gondor, ainda assim eu vos amaria. Éowyn, não me amais?"

Então mudou o coração de Éowyn, ou ela finalmente o compreendeu. E de súbito seu inverno passou, e o sol brilhou sobre ela.

"Estou de pé em Minas Anor, a Torre do Sol", disse ela; "e eis que a Sombra partiu! Não serei mais donzela-do-escudo, nem porfiarei com os grandes Cavaleiros, nem me regozijarei apenas com as canções de matança. Serei uma curadora e amarei todas as coisas que crescem e não são estéreis." E olhou mais uma vez para Faramir. "Não desejo mais ser rainha", disse ela.

Então Faramir riu, divertido. "Isso é bom", respondeu ele; "pois eu não sou rei. Porém desposarei a Senhora Branca de Rohan se for esse o seu desejo. E se ela desejar, atravessemos o Rio, e em dias mais felizes habitemos na bela Ithilien e façamos ali um jardim. Ali tudo crescerá com alegria, se a Senhora Branca vier."

"Então devo deixar meu próprio povo, homem de Gondor?", perguntou ela. "E queres que tua gente altiva diga de ti: 'Ali vai um senhor que domou uma selvagem donzela-do-escudo do Norte! Não havia mulher da raça de Númenor para escolher?'"

"Quero", afirmou Faramir. E a tomou nos braços e a beijou sob o céu ensolarado, sem se importar por estarem no alto das muralhas, à vista de muitos. E de fato muitos os viram, e à luz que brilhava em torno deles, ao descerem das muralhas e irem de mãos dadas para as Casas de Cura.

E ao Diretor das Casas Faramir disse: "Eis a Senhora Éowyn de Rohan e agora está curada."

E o Diretor respondeu: "Então liberto-a de meus cuidados e me despeço dela, e que não sofra mais ferida nem doença. Entrego-a aos cuidados do Regente da Cidade até que retorne seu irmão."

Mas Éowyn disse: "Porém, agora que tenho permissão para partir, quero ficar. Pois esta Casa tornou-se para mim a mais abençoada de todas as moradas." E ficou ali até vir o Rei Éomer.

Agora estava tudo preparado na Cidade; e havia grande afluência de pessoas, pois as novas haviam se espalhado por todas as partes de Gondor, de Min-Rimmon até Pinnath Gelin e as longínquas costas do mar; e todos os que podiam vir à Cidade apressaram-se em vir. E a Cidade ficou outra vez repleta de mulheres e belas crianças que voltavam ao lar carregadas de flores; e de Dol Amroth vieram os harpistas que tocavam com maior habilidade em todo o país; e havia os que tocavam violas, flautas e cornos de prata e cantores de voz límpida vindos dos vales de Lebennin.

Por fim chegou um entardecer em que das muralhas se podiam ver os pavilhões no campo, e por toda a noite arderam luzes enquanto os homens esperavam o amanhecer. E quando o sol se ergueu, na clara manhã, acima das montanhas do Leste em que não jaziam mais sombras, então soaram todos os sinos, e todas as bandeiras foram desfraldadas e tremularam ao vento; e na Torre Branca da cidadela o estandarte dos Regentes, de prata luzidia como neve ao sol, sem desenho nem emblema, foi erguido sobre Gondor pela última vez.

Agora os Capitães do Oeste conduziram sua hoste rumo à Cidade, e o povo os viu avançando fileira após fileira, rebrilhando e cintilando ao nascer do sol e ondulando como prata. E assim chegaram diante do Portal e pararam a um oitavo de milha das muralhas. Ainda não haviam sido reconstruídos os portões, mas uma barreira fora posta fechando a entrada da Cidade, e ali estavam postados homens armados trajando prata e negro, com longas espadas desembainhadas. Diante da barreira estavam Faramir, o Regente, Húrin, Guardião das Chaves, outros capitães de Gondor e a Senhora Éowyn de Rohan com Elfhelm, o Marechal, e muitos cavaleiros da Marca; e de ambos os lados do Portão havia grande multidão de bela gente em trajes de muitas cores e com grinaldas de flores.

Havia, portanto, um amplo espaço diante dos muros de Minas Tirith, e estava cercado de todos os lados pelos cavaleiros e soldados de Gondor e de Rohan e pelo povo da Cidade e de todas as partes do país. Todos se calaram quando se apartaram da hoste os Dúnedain, de prata e cinza; e diante deles veio caminhando devagar o Senhor Aragorn. Trajava cota de malha negra cingida de prata e usava um longo manto de puro branco, afivelado ao pescoço com uma grande joia verde que luzia de longe; mas tinha a cabeça descoberta, exceto por uma estrela na testa, atada por um delgado filete de prata. Com ele estavam Éomer de Rohan, o Príncipe Imrahil, Gandalf, todo vestido de branco, e quatro vultos pequenos que muitos se admiraram de ver.

"Não, prima! não são meninos", disse Ioreth à parente de Imloth Melui que estava ao seu lado. "Esses são *Periain*, do remoto país dos Pequenos, onde são príncipes de grande fama, ao que dizem. Eu é que sei, pois tive um para cuidar nas Casas. São pequenos, mas são valentes. Ora, prima, um deles foi ao País Negro apenas com seu escudeiro, lutou sozinho com o Senhor Sombrio e pôs fogo em sua Torre, se podes acreditar nisso. Pelo menos é o que contam na Cidade. Deve ser aquele que caminha com nosso Pedra-Élfica. São amigos íntimos, ouço dizer. Ora, ele é uma maravilha, o Senhor Pedra-Élfica: não é gentil demais ao falar, vê bem, mas tem um coração de ouro, como costumam dizer; e tem as mãos que curam. 'As mãos do rei são mãos de curador', eu disse; e foi assim que tudo foi descoberto. E Mithrandir, ele me disse: 'Ioreth, por muito tempo os homens se lembrarão de tuas palavras', e..."

Mas não foi permitido que Ioreth prosseguisse na instrução de sua parente do campo, pois soou uma única trombeta e seguiu-se um silêncio absoluto. Então saiu pelo Portão Faramir com Húrin das Chaves e ninguém mais, exceto, caminhando atrás deles, quatro homens usando os altos elmos e a armadura da Cidadela, e traziam um grande escrínio de *lebethron* negro cingido de prata.

Faramir encontrou-se com Aragorn no meio dos que estavam ali reunidos, ajoelhou-se e disse: "O último Regente de Gondor pede permissão para entregar seu cargo." E ele estendeu um bastão branco; mas Aragorn tomou o bastão e o devolveu, dizendo: "Esse cargo não findou e há de ser teu e dos teus herdeiros enquanto durar minha linhagem. Agora cumpre teu dever!"

Então Faramir pôs-se de pé e falou em voz nítida: "Homens de Gondor, ouvi agora o Regente deste Reino! Eis que veio aquele que finalmente volta a reivindicar a realeza. Eis Aragorn, filho de Arathorn, chefe dos Dúnedain de Arnor, Capitão da Hoste do Oeste, portador da Estrela do Norte, o que empunha a Espada Reforjada, vitorioso em batalha, cujas mãos trazem cura, o Pedra-Élfica, Elessar da linhagem de Valandil, filho de Isildur, filho de Elendil de Númenor. Há ele de ser rei e entrar na Cidade e ali habitar?"

E toda a hoste e todo o povo gritaram "sim" com uma só voz.

E Ioreth disse à sua parente: "Esta é só uma cerimônia que temos na Cidade, prima; pois ele já entrou, como eu te contava; e ele me disse..." E então foi mais uma vez obrigada a silenciar, pois Faramir falou de novo.

"Homens de Gondor, os mestres-do-saber contam que foi costume outrora que o rei recebesse a coroa de seu pai antes que este morresse; ou, se isso não fosse possível, que fosse sozinho tomá-la das mãos do pai na tumba onde jazia. Mas, já que agora as coisas têm de ser feitas de outro modo, usando a autoridade de Regente, eu hoje trouxe para cá de Rath Dínen a coroa de Eärnur, o último rei, cujos dias foram no tempo de nossos antepassados de muito tempo atrás."

Então os guardas se adiantaram, e Faramir abriu o escrínio e ergueu uma coroa antiga. Tinha a forma dos elmos dos Guardas da Cidadela, mas era mais alta e toda branca, e as asas de ambos os lados eram lavradas de pérolas e prata à imagem de asas de ave marinha, pois era o emblema de reis que vieram por sobre o Mar; e sete gemas de diamante estavam engastadas no diadema, e no topo estava engastada uma única joia, cuja luz se erguia como uma chama.

Então Aragorn tomou a coroa, ergueu-a e disse:

"*Et Eärello Endorenna utúlien. Sinome maruvan ar Hildinyar tenn' Ambar-metta!*"

E foram essas as palavras que Elendil pronunciou quando saiu do Mar nas asas do vento: "Do Grande Mar vim à Terra-média. Neste lugar habitarei, e meus herdeiros, até o fim do mundo."

Então, para espanto de muitos, Aragorn não pôs a coroa na cabeça, mas devolveu-a a Faramir e disse: "Graças à labuta e à valentia de muitos conquistei minha herança. Em sinal disto quero que o Portador-do-Anel me traga a coroa e que Mithrandir a ponha em minha cabeça, se quiser; pois foi ele o movedor de tudo o que tem sido realizado, e esta é sua vitória."

Então Frodo se adiantou, tomou a coroa de Faramir e a levou até Gandalf; e Aragorn ajoelhou-se, e Gandalf pôs a Coroa Branca em sua cabeça e disse:

"Agora vêm os dias do Rei, e que sejam abençoados enquanto durarem os tronos dos Valar!"

Mas quando Aragorn se ergueu, todos os que o contemplavam fitaram-no em silêncio, pois lhes pareceu que agora ele se revelava a eles pela primeira vez. Alto como os reis navegantes de outrora, ultrapassava em estatura todos os que estavam junto dele; parecia antigo em dias, e, ainda assim, na flor da virilidade; a sabedoria se assentava em sua fronte, havia força e cura em suas mãos e uma luz ao seu redor. E então Faramir exclamou:

"Contemplai o Rei!"

E naquele momento foram tocadas todas as trombetas, e o Rei Elessar avançou e chegou à barreira, e Húrin das Chaves a empurrou para trás; e em meio à música de harpa, de viola e de flauta e ao canto de vozes límpidas, o Rei atravessou as ruas carregadas de flores, chegou à Cidadela e entrou; o estandarte da Árvore e das Estrelas foi desfraldado na torre mais alta, e, assim, começou o reinado do Rei Elessar de que muitas canções têm falado.

Em seu tempo a Cidade foi feita mais bela do que jamais estivera, mesmo nos dias de sua primeira glória; e ficou repleta de árvores e de fontes, e seus portões foram feitos de mithril e aço, e suas ruas, calçadas com mármore branco; e o Povo da Montanha labutou nela, e o Povo da Floresta se regozijou de ali chegar; e tudo foi curado e aprimorado, e as casas se encheram de homens e de mulheres e do riso das crianças, e nenhuma janela era cega e nenhum pátio era vazio; e após o término da Terceira Era do mundo, ela preservou na nova era a memória e a glória dos anos que se foram.

Nos dias que se seguiram à sua coroação, o Rei se assentou em seu trono no Salão dos Reis e pronunciou seus juízos. E vieram embaixadas de muitas terras e muitos povos, do Leste e do Sul, das bordas de Trevamata e da Terra Parda no oeste. E o Rei perdoou os Lestenses que se haviam entregado e os mandou embora livres e fez paz com os povos de Harad; e libertou os escravos de Mordor e lhes deu em propriedade todas as terras em torno do Lago Núrnen. E muitos foram trazidos diante dele para receberem seu louvor e recompensa por sua valentia; e por último o Capitão da Guarda lhe trouxe Beregond para ser julgado.

E o Rei disse a Beregond: "Beregond, por tua espada foi derramado sangue nos Fanos, onde isso é proibido. Também abandonaste teu posto sem licença de Senhor nem Capitão. Para esses feitos outrora a pena era de morte. Agora, portanto, devo pronunciar tua sentença.

"Toda a pena está remida por tua valentia em combate e ainda mais porque tudo o que fizeste foi por amor do Senhor Faramir. Não obstante, deves deixar a Guarda da Cidadela e deves partir da Cidade de Minas Tirith."

Então o sangue abandonou o rosto de Beregond, e ele foi golpeado no coração e inclinou a cabeça. Mas o Rei disse:

"Assim deve ser, pois estás designado à Companhia Branca, a Guarda de Faramir, Príncipe de Ithilien, e hás de ser seu capitão e habitar em Emyn Arnen em honra e paz e a serviço daquele por quem tudo arriscaste para o salvar da morte."

E então Beregond, percebendo a clemência e a justiça do Rei, ficou feliz e, ajoelhando-se, beijou-lhe a mão e partiu em alegria e contentamento. E Aragorn deu a Faramir Ithilien como seu principado e mandou que morasse nas colinas de Emyn Arnen, à vista da Cidade.

"Pois," disse ele, "Minas Ithil no Vale Morgul há de ser destruída por completo, mas, por muito que possa ser purificada em tempos vindouros, ali ninguém poderá habitar por muitos e longos anos."

E por último de todos Aragorn saudou Éomer de Rohan, e abraçaram-se, e Aragorn disse: "Entre nós não pode haver palavras de dar, nem de tomar, nem de recompensa; pois somos irmãos. Em feliz hora Eorl cavalgou vindo do Norte, e jamais aliança de povos foi mais abençoada, de forma que nenhum dos dois jamais falhou ao outro, nem há de falhar. Agora, como sabes, depositamos Théoden, o Renomado, em uma tumba dos Fanos, e ali há de jazer para sempre entre os Reis de Gondor, se quiseres. Ou, se desejares, iremos a Rohan e o levaremos de volta para que repouse com seu próprio povo."

E Éomer respondeu: "Desde o dia em que te ergueste à minha frente da verde relva dos morros eu te amei, e esse amor não há de falhar. Mas agora devo partir por algum tempo ao meu próprio reino, onde há muito a reparar e pôr em ordem. Mas quanto ao Tombado, quando estiver tudo preparado voltaremos para buscá-lo; mas que durma aqui por algum tempo."

E Éowyn disse a Faramir: "Agora devo retornar à minha própria terra, contemplá-la de novo e ajudar meu irmão em sua labuta; mas quando finalmente estiver posto em sossego aquele que por muito tempo amei como pai, eu voltarei."

Assim passaram os dias felizes; e no oitavo dia de maio, os Cavaleiros de Rohan se aprestaram e partiram pelo caminho do Norte, e com eles foram os filhos de Elrond. Toda a estrada estava ladeada de gente que os honrava e louvava, do Portão da Cidade até os muros da Pelennor. Então todos os demais que habitavam longe voltaram ao lar em regozijo; mas na Cidade houve labuta de muitas mãos dispostas para reconstruir, renovar e remover todas as cicatrizes da guerra e a lembrança da treva.

Os hobbits permaneceram em Minas Tirith, com Legolas e Gimli; pois Aragorn relutava que a sociedade se dissolvesse. "No fim todas estas coisas têm de acabar," disse ele, "mas gostaria que esperásseis algum tempo mais: pois o fim dos feitos que compartilhastes ainda não chegou. Avizinha-se um dia pelo qual ansiei em todos os anos de minha idade adulta e, quando ele chegar, gostaria de ter os amigos ao meu lado." Mas desse dia não disse mais nada.

Naqueles dias os Companheiros do Anel moraram juntos em uma bela casa com Gandalf, e iam e vinham como queriam. E Frodo disse a Gandalf: "Sabes que dia é esse do qual fala Aragorn? Pois estamos felizes aqui, e não desejo partir; mas os dias se escoam, e Bilbo aguarda; e o Condado é meu lar."

"Quanto a Bilbo," comentou Gandalf, "ele espera pelo mesmo dia e sabe o que te retém. E quanto ao passar dos dias, ainda é maio e o alto verão ainda não começou; e, apesar de todas as coisas parecerem mudadas, como se tivesse passado uma era do mundo, mesmo assim para as árvores e a relva faz menos de um ano que você partiu."

"Pippin," disse Frodo, "você não disse que Gandalf estava menos calado que antigamente? Então ele estava cansado da labuta, creio. Agora está se recuperando."

E Gandalf respondeu: "Muitas pessoas gostam de saber de antemão o que será posto na mesa; mas os que labutaram para preparar o banquete gostam de manter segredo; pois a admiração torna mais altas as palavras de louvor. E o próprio Aragorn aguarda um sinal."

Chegou um dia em que Gandalf não podia ser encontrado, e os Companheiros se perguntaram o que estava ocorrendo. Mas Gandalf levou Aragorn para fora da Cidade à noite e foi com ele até o sopé meridional do Monte Mindolluin; e ali encontraram uma senda feita em eras passadas, que agora poucos ousavam trilhar. Pois ela subia a montanha até um alto fano, aonde apenas os reis costumavam ir. E ascenderam por caminhos íngremes até chegarem a um campo alto sob as neves que revestiam os altivos picos, e ele dava para o precipício que se estendia atrás da Cidade. E postos ali inspecionaram as terras, pois a manhã chegara; e viram as torres da Cidade, muito abaixo deles, como lápis brancos tocados pela luz do sol, e todo o Vale do Anduin era como um jardim, e as Montanhas de Sombra estavam veladas em névoa dourada. De um lado sua visão alcançava as cinzentas Emyn Muil, e o lampejo de Rauros era como uma estrela piscando ao longe; e do outro lado viam o Rio como uma fita estendida até Pelargir, e mais além havia uma luz na orla do firmamento que falava do Mar.

E Gandalf disse: "Este é o seu reino e o coração do reino maior que há de ser. A Terceira Era do mundo está terminada e a nova era começou; e é sua tarefa ordenar seu começo e preservar o que pode ser preservado. Pois, apesar de muitas coisas terem sido salvas, agora muitas devem ir-se embora; e o poder dos Três Anéis também acabou. E todas as terras que você vê, e as que ficam em redor delas, hão de ser morada dos Homens. Pois vem o tempo do Domínio dos Homens, e a Gente Antiga há de minguar ou partir."

"Bem sei disso, velho amigo", assentiu Aragorn; "mas ainda assim quero seu conselho."

"Não mais por muito tempo", respondeu Gandalf. "A Terceira Era foi a minha era. Eu fui o Inimigo de Sauron; e meu trabalho está concluído. Em breve hei de partir. Agora o fardo tem de repousar sobre você e sua gente."

"Mas eu hei de morrer", disse Aragorn. "Pois sou um homem mortal e, apesar de ser o que sou, e da raça do Oeste sem mistura, hei de ter vida muito mais longa que outros homens, porém isso é apenas um pequeno instante; e quando os que agora estão no ventre das mulheres nascerem e envelhecerem, também eu hei de envelhecer. E então quem há de governar Gondor e os que veem esta Cidade como sua rainha, se meu desejo não for concedido? A Árvore no Pátio da Fonte ainda está seca e estéril. Quando hei de ver um sinal de que algum dia será diferente?"

"Desvie o rosto do mundo verde e olhe onde tudo parece árido e frio!", respondeu Gandalf.

Então Aragorn virou-se, e atrás dele havia uma encosta rochosa que descia das beiradas da neve; e ao olhar deu-se conta de que ali no ermo havia algo que crescia solitário. E escalou até lá e viu que na própria borda da neve brotava um rebento de árvore com não mais que três pés de altura. Já lançara folhas jovens, compridas e formosas, escuras em cima e prateadas embaixo, e na copa delgada trazia um pequeno cacho de flores cujas pétalas brancas brilhavam como neve iluminada pelo sol.

Então Aragorn exclamou: "*Yé! utúvienyes!* Encontrei-a! Eis! aqui está uma descendente da Mais Antiga das Árvores! Mas como veio ter aqui? Pois ainda não tem sete anos de idade."

E Gandalf, aproximando-se, olhou-a e disse: "Deveras este é um rebento da linhagem de Nimloth, a bela; e esta veio da semente de Galathilion, e este fruto de Telperion de muitos nomes, Mais Antiga das Árvores. Quem há de dizer como veio ter aqui na hora indicada? Mas este é um antigo fano, e, antes que os reis desaparecessem ou a Árvore secasse no pátio, um fruto deve ter sido depositado aqui. Pois dizem que, apesar de o fruto da Árvore raramente amadurecer, ainda assim a vida que contém pode se manter adormecida por muitos longos anos, e ninguém sabe prever o tempo em que despertará. Lembre-se disso. Pois se um fruto chegar a amadurecer ele deve ser plantado para que a linhagem não pereça no mundo. Aqui ela estava oculta na montanha, do mesmo modo que a raça de Elendil esteve oculta nos ermos do Norte. Porém a linhagem de Nimloth é muito mais antiga que a sua linhagem, Rei Elessar."

Então Aragorn pôs a mão suavemente no rebento, e eis! ele parecia segurar-se só de leve à terra, e foi removido sem se machucar; e Aragorn o levou de volta à Cidadela. Ali a árvore seca foi desenraizada, mas com reverência; e não a queimaram, mas a depositaram para jazer no silêncio de Rath Díneṅ. E Aragorn plantou a nova árvore no pátio junto à fonte, e ela começou a crescer depressa e alegremente; e quando entrou o mês de junho ela estava carregada de flores.

"O sinal foi dado," disse Aragorn, "e o dia não está longe." E postou vigias nas muralhas.

Era o dia anterior ao Meio-do-Verão quando vieram à Cidade mensageiros de Amon Dîn e disseram que havia uma cavalgada de bela gente vinda do Norte e que já se aproximavam das muralhas da Pelennor. E o Rei comentou: "Finalmente chegaram. Que toda a Cidade se prepare!"

Na própria Véspera do Meio-do-Verão, quando o céu estava azul como safira e estrelas brancas se abriam no Leste, mas o Oeste ainda estava dourado, e o ar era fresco e fragrante, os cavaleiros desceram pelo caminho do Norte até os portões de Minas Tirith. Na frente vinham Elrohir e Elladan com um estandarte de prata, e depois vinham Glorfindel e Erestor e toda a casa de Valfenda, e depois deles vieram a Senhora Galadriel e Celeborn, Senhor de Lothlórien, montados em corcéis brancos, e com eles muita bela gente de sua terra, de capas cinzentas com gemas brancas no cabelo; e por último veio o Mestre Elrond, poderoso entre Elfos e Homens, portando o cetro de Annúminas, e, ao seu lado, em um palafrém cinzento, cavalgava sua filha Arwen, Vespestrela de seu povo.

E Frodo, quando a viu chegar cintilando ao entardecer, com estrelas na testa e uma doce fragrância em seu redor, comoveu-se com grande admiração e disse a Gandalf: "Finalmente compreendo por que esperamos! Este é o término. Agora não somente o dia há de ser querido, mas também a noite há de ser bela e abençoada, e todo o seu temor há de passar!"

Então o Rei deu as boas-vindas a seus hóspedes, e eles apearam; e Elrond entregou o cetro e pôs a mão da filha na mão do Rei, e juntos subiram à Cidade Alta, e todas as estrelas floriram no firmamento. E Aragorn, o Rei Elessar, desposou Arwen Undómiel na Cidade dos Reis no dia do Meio--do-Verão, e a história de sua longa espera e suas labutas chegou a termo.

6

Muitas Despedidas

Quando por fim terminaram os dias de regozijo, os Compa-nheiros pensaram em retornar aos seus lares. E Frodo foi ter com o Rei, que estava sentado com a Rainha Arwen junto à fonte, e ela cantava uma canção de Valinor enquanto a Árvore crescia e florescia. Deram boas-vindas a Frodo e se levantaram para saudá-lo; e Aragorn disse:

"Sei o que você veio dizer, Frodo: quer retornar ao seu lar. Bem, caríssimo amigo, a árvore cresce melhor na terra de seus ancestrais; mas para você sempre haverá acolhida em todas as terras do Oeste. E, apesar de seu povo ter tido pouca fama nas lendas dos grandes, agora ele terá mais renome que muitos amplos reinos que não existem mais."

"É verdade que desejo voltar ao Condado", respondeu Frodo. "Mas primeiro preciso ir a Valfenda. Pois, se algo pode faltar em um tempo tão abençoado, senti falta de Bilbo; e fiquei magoado quando, entre toda a casa de Elrond, vi que ele não viera."

"Isso te admira, Portador-do-Anel?", indagou Arwen. "Pois conheces o poder daquele objeto que agora está destruído; e tudo o que foi feito por esse poder agora vai embora. Mas teu parente possuiu esse objeto por mais tempo que tu. Agora ele é antigo em anos, conforme sua gente; e te aguarda, pois não fará mais nenhuma longa jornada, a não ser uma."

"Então peço licença para partir logo", disse Frodo.

"Em sete dias iremos", comentou Aragorn. "Pois havemos de cavalgar com você por grande trecho da estrada, até o país de Rohan. Daqui a três dias Éomer retornará até aqui para levar Théoden de volta para que repouse na Marca, e havemos de viajar com ele para honrar o tombado. Mas agora, antes de você partir, confirmarei as palavras que Faramir lhe disse e está liberado para sempre do reino de Gondor; e todos os seus companheiros também. E, se houvesse dádivas que eu lhes pudesse dar para se assemelharem a seus feitos, vocês as teriam; mas hão de levar consigo o que quer que desejem e hão de viajar com honra e trajados como príncipes da terra."

Mas a Rainha Arwen disse: "Eu te darei uma dádiva. Pois sou a filha de Elrond. Agora não hei de ir com ele quando partir para os Portos; pois minha escolha é a de Lúthien, e assim como ela eu escolhi, tanto o doce como o amargo. Mas em meu lugar tu hás de ir, Portador-do-Anel, quando o tempo chegar e se o desejares então. Se tuas feridas ainda te afligirem e a lembrança de teu fardo for pesada, então poderás passar ao Oeste até que todos os teus ferimentos e tua exaustão estejam curados. Mas agora usa isto em memória de Pedra-Élfica e Vespestrela, com quem tua vida foi enredada!"

E tomou uma gema branca semelhante à estrela que tinha no peito, suspensa em uma corrente de prata, e pôs a corrente em torno do pescoço de Frodo. "Quando a lembrança do medo e da treva te afligirem," disse ela, "isto te trará auxílio."

Em três dias, como dissera o Rei, Éomer de Rohan veio cavalgando à Cidade, e com ele veio um *éored* dos melhores cavaleiros da Marca. Recebeu as boas-vindas; e quando estavam todos sentados à mesa em Merethrond, o Grande Salão de Banquetes, ele contemplou a beleza das senhoras que viu e se encheu de grande admiração. E antes de ir repousar mandou vir Gimli, o Anão, e disse a ele: "Gimli, filho de Glóin, teu machado está a postos?"

"Não, senhor," respondeu Gimli, "mas posso buscá-lo depressa, se for preciso."

"Tu hás de julgar", disse Éomer. "Pois há certas palavras temerárias acerca da Senhora da Floresta Dourada que ainda restam entre nós. E agora eu a vi com meus olhos."

"Bem, senhor," disse Gimli, "e o que dizeis agora?"

"Ai de mim!", exclamou Éomer. "Não direi que é a senhora mais bela que vive."

"Então devo buscar meu machado", disse Gimli.

"Mas primeiro alegarei esta escusa", disse Éomer. "Se eu a tivesse visto em outra companhia, teria dito tudo que pudesses desejar. Mas agora porei a Rainha Arwen Vespestrela em primeiro lugar e estou disposto a combater, por minha parte, com qualquer um que me contradiga. Devo mandar buscar minha espada?"

Então Gimli fez uma mesura profunda. "Não, de minha parte estais desculpado, senhor", respondeu ele. "Escolhestes o Entardecer; mas meu amor foi dado à Manhã. E meu coração pressagia que logo ela há de passar para sempre."

Por fim chegou o dia da partida, e uma grande e bela companhia se aprestou para cavalgar da Cidade rumo ao norte. Então os reis de Gondor e Rohan foram até os Fanos, chegaram às tumbas em Rath Dínen, levaram o Rei Théoden em um féretro dourado e atravessaram a Cidade em silêncio. Então depuseram o féretro em uma grande carroça, com Cavaleiros de Rohan em toda a volta e seu estandarte levado à frente; e Merry, como escudeiro de Théoden, foi na carroça e guardou as armas do rei.

Quanto aos demais Companheiros, supriram-lhes montarias de acordo com sua estatura; Frodo e Samwise cavalgaram ao lado de Aragorn, Gandalf montou Scadufax, Pippin foi com os cavaleiros de Gondor e Legolas e Gimli, como sempre, cavalgaram juntos em Arod.

Nessa cavalgada também foram a Rainha Arwen, Celeborn e Galadriel com seu povo, e Elrond e seus filhos; e os príncipes de Dol Amroth e de Ithilien, e muitos capitães e cavaleiros. Jamais um rei da Marca tivera tal companhia na estrada como a que acompanhou Théoden, filho de Thengel, à terra de seu lar.

Sem pressa e em paz entraram em Anórien e chegaram à Floresta Cinzenta ao pé de Amon Dîn; e ali ouviram um som como que de tambores ressoando nas colinas, apesar de não estar à vista nenhum ser vivo. Então Aragorn fez soar as trombetas; e os arautos exclamaram:

"Eis que chegou o Rei Elessar! A Floresta de Drúadan ele dá a Ghân--buri-Ghân e seu povo, para que seja deles para sempre; e doravante nenhum homem entre sem sua permissão!"

Então os tambores soaram alto e silenciaram.

Por fim, após quinze dias de viagem, a carroça do Rei Théoden atravessou os verdes campos de Rohan e chegou a Edoras; e ali todos descansaram. O Paço Dourado estava ataviado com belas tapeçarias e todo repleto de luz, e ali ocorreu o mais nobre banquete que conhecera desde os dias em que fora construído. Pois após três dias os Homens da Marca prepararam o funeral de Théoden; e ele foi depositado em uma construção de pedra, com suas armas e muitos outros belos objetos que possuíra, e ergueu-se sobre ele um grande morro, coberto de verdes torrões de relva e de branca sempre-em--mente. E havia agora oito morros do lado leste do Campo-dos-Túmulos.

Então os Cavaleiros da Casa do Rei, em cavalos brancos, circundaram o morro e cantaram juntos uma canção sobre Théoden, filho de Thengel, feita por seu menestrel Gléowine, e depois disso ele não fez nenhuma outra canção. As vozes lentas dos Cavaleiros emocionaram os corações mesmo dos que não conheciam a fala daquele povo; mas as palavras da canção iluminaram os olhos do povo da Marca, que outra vez ouviu ao longe o trovão dos cascos do Norte e a voz de Eorl gritando acima da batalha no Campo de Celebrant; e a história dos reis seguiu rolando, e o corno de Helm ressoou nas montanhas, até chegar a Escuridão e o Rei Théoden se erguer e atravessar a Sombra rumo ao fogo, e morrer em esplendor mesmo enquanto o Sol, retornando além da esperança, brilhava sobre Mindolluin pela manhã.

> *Da dúvida, da treva, dia nascente*
> *canção entoou ao sol, sacou a espada.*
> *A esperança acirrou, em esperança acabou-se;*
> *sobre a sina, sobre o sono eterno ergueu-se*
> *da desgraça e alegria para glória longa.*[A]

Mas Merry estava no sopé do verde morro e chorava e, quando a canção terminou, ele se levantou e exclamou:

"Théoden Rei, Théoden Rei! Adeus! Fostes como um pai para mim por curto tempo. Adeus!"

Quando o funeral acabou, o pranto das mulheres silenciara e Théoden foi finalmente deixado a sós em seu morro tumular, as pessoas se congregaram no Paço Dourado para o grande banquete e puseram o pesar de lado; pois Théoden vivera até a plena idade e terminara em honra não menor que seus maiores antepassados. E quando chegou a hora em que, conforme o costume da Marca, deviam beber em memória dos reis, Éowyn, Senhora de Rohan, se adiantou, dourada como o sol e branca como a neve, e trouxe a Éomer uma taça cheia.

Então um menestrel e mestre-do-saber se levantou e mencionou todos os nomes dos Senhores da Marca em sua ordem: Eorl, o Jovem; e Brego, construtor do Paço; e Aldor, irmão de Baldor, o infeliz; e Fréa, e Fréawine, e Goldwine, e Déor, e Gram; e Helm, que se escondeu no Abismo de Helm quando a Marca foi invadida; e assim terminaram os nove morros do lado oeste, pois naquela época a linhagem foi rompida, e depois vieram os morros do lado leste: Fréaláf, filho da irmã de Helm, e Léofa, e Walda, e Folca, e Folcwine, e Fengel, e Thengel, e Théoden por último. E quando Théoden foi mencionado, Éomer esvaziou a taça. Então Éowyn pediu que os serviçais enchessem as taças, e todos os que ali estavam reunidos se puseram de pé e beberam ao novo rei, exclamando: "Salve, Éomer, Rei da Marca!"

Por fim, quando o banquete estava terminando, Éomer se ergueu e disse: "Agora este é o banquete funeral de Théoden, o Rei; mas antes de nos irmos falarei de alegres notícias, pois ele não levaria a mal que eu assim fizesse, visto que sempre foi um pai para minha irmã Éowyn. Ouvi então, todos os meus convidados, bela gente de muitos reinos, como nunca antes estiveram reunidos neste paço! Faramir, Regente de Gondor e Príncipe de Ithilien, pede que Éowyn, Senhora de Rohan, seja sua esposa, e ela o concede de plena vontade. Portanto hão de contratar casamento diante de todos vós."

E Faramir e Éowyn se adiantaram e puseram as mãos nas mãos do outro; e ali todos beberam em honra deles e estavam contentes. "Assim," disse Éomer, "a amizade da Marca e de Gondor é atada com novo laço, e tanto mais me regozijo."

"Não és avarento, Éomer," comentou Aragorn, "de assim dar a Gondor o que há de mais belo em teu reino!"

Então Éowyn fitou os olhos de Aragorn e disse: "Desejai-me felicidade, meu senhor do feudo e curador!"

E ele respondeu: "Desejei-te felicidade desde a primeira vez em que te vi. Faz-me bem ao coração ver-te contente agora."

Quando o banquete terminou, os que estavam de partida se despediram do Rei Éomer. Aragorn, seus cavaleiros e o povo de Lórien e de Valfenda aprestaram-se para partir; mas Faramir e Imrahil ficaram em Edoras; e Arwen Vespestrela ficou também e disse adeus aos seus irmãos. Ninguém viu seu último encontro com Elrond, seu pai, pois subiram às colinas e lá conversaram por longo tempo, e foi amarga a sua despedida que haveria de durar para além dos fins do mundo.

Por fim, antes da saída dos convidados, Éomer e Éowyn vieram ter com Merry e disseram: "Adeus agora, Meriadoc do Condado e Holdwine da Marca! Cavalga à boa sorte e retorna logo para nossas boas-vindas!"

E Éomer disse: "Os reis de outrora ter-te-iam cumulado de dádivas que uma carroça não poderia levar por teus feitos nos campos de Mundburg; e mesmo assim nada queres levar, ao que dizes, senão as armas que te foram dadas. Concordo com isso, pois deveras não tenho dádiva que seja digna; mas minha irmã implora que recebas este pequeno objeto, em memória de Dernhelm e das trompas da Marca à chegada da manhã."

Então Éowyn deu a Merry uma antiga trompa, pequena, mas feita com habilidade, toda de bela prata com boldrié verde; e os artífices haviam gravado nela velozes ginetes cavalgando em uma fila que a envolvia da ponta à embocadura; e ali estavam postas runas de grande virtude.

"Esta é uma herança de nossa casa", disse Éowyn. "Foi feita pelos Anãos e vem do tesouro de Scatha, a Serpe. Eorl, o Jovem, a trouxe do Norte. Quem a tocar na necessidade há de provocar medo nos corações dos adversários e alegria nos corações dos amigos, e hão de ouvi-lo e vir até ele."

Então Merry tomou a trompa, pois não podia ser recusada, e beijou a mão de Éowyn; e o abraçaram, e assim se despediram por enquanto.

Agora os convidados estavam prontos, e beberam a taça do estribo, e partiram com grande louvor e amizade, e após algum tempo chegaram ao Abismo de Helm, e ali descansaram por dois dias. Então Legolas cumpriu a promessa que fizera a Gimli e foi com ele às Cavernas Cintilantes; e quando voltaram ele estava em silêncio e só quis dizer que apenas Gimli era capaz de encontrar palavras adequadas para falar sobre elas. "E nunca antes um Anão conquistou a vitória sobre um Elfo em disputa de palavras", disse ele. "Agora, pois, vamos a Fangorn para equilibrarmos a contagem!"

Da Garganta-do-Abismo cavalgaram a Isengard e viram como os Ents se haviam ocupado. Todo o círculo de pedras fora derrubado e removido, e o terreno em seu interior fora transformado em um jardim repleto de pomares e árvores, e um riacho corria atravessando-o; mas no meio de tudo havia um lago de água límpida, e dele ainda se erguia a Torre de Orthanc, alta e inexpugnável, e sua rocha negra se espelhava no lago.

Por algum tempo os viajantes permaneceram sentados onde outrora se ergueram os antigos portões de Isengard, e agora havia ali duas árvores altas, como sentinelas no começo de uma trilha ladeada de verde que se estendia para Orthanc; e contemplaram admirados o trabalho que fora feito, mas não conseguiam ver ser vivo, longe nem perto. Mas em seguida ouviram uma voz que chamava "huum-hom, huum-hom"; e ali veio Barbárvore, percorrendo a trilha a largos passos para cumprimentá-los, com Tronquesperto ao seu lado.

"Bem-vindos ao Jardinárvore de Orthanc!", disse ele. "Eu sabia que estavam vindo, mas estava ocupado vale acima; ainda há muito a fazer. Mas tampouco estivestes ociosos lá no sul e no leste, ao que ouço; e tudo o que ouço é bom, muito bom." Então Barbárvore elogiou todos os feitos deles, dos quais parecia ter pleno conhecimento; e finalmente parou e encarou Gandalf por longo tempo.

"Bem, veja só!", exclamou ele. "Tu demonstraste ser o mais poderoso, e todas as tuas labutas terminaram bem. Aonde estás indo agora? E para que vens aqui?"

"Para ver como vai teu trabalho, meu amigo," disse Gandalf, "e para te agradecer por tua ajuda em tudo o que foi realizado."

"Huum, bem, isso é bem justo", disse Barbárvore; "pois na verdade os Ents desempenharam seu papel. E não somente para lidar com aquele, huum, aquele maldito matador de árvores que morava ali. Pois houve uma grande invasão desses, burárum, desses olhomau-mãonegra-pernatorta-empedernidos-mãosdegarra-barrigaimunda-sanguinários, *morimaite--sincahonda*, huum, bem, já que sois gente apressada e o nome completo deles é longo como anos de tormento, desses vermes dos orques; e vieram por cima do Rio e desceram do Norte e por toda a volta da floresta de Laurelindórenan, onde não puderam entrar, graças aos Grandes que estão aqui." Fez uma mesura para o Senhor e a Senhora de Lórien.

"E essas mesmas criaturas imundas ficaram mais que surpresas de nos encontrar lá fora no Descampado, pois não tinham ouvido falar de nós antes; mas isso também pode ser dito sobre gente melhor. E não são muitos que se lembrarão de nós, pois não foram muitos que escaparam vivos, e o Rio levou a maioria deles. Mas foi bom para vós, pois se não nos tivessem encontrado, o rei da pradaria não teria cavalgado longe e, se tivesse, não teria lar ao qual retornar."

"Sabemos bem disso," disse Aragorn, "e isso nunca há de ser esquecido em Minas Tirith nem em Edoras."

"*Nunca* é uma palavra longa demais, até para mim", observou Barbárvore. "Queres dizer, não enquanto durarem vossos reinos; mas deveras terão de durar muito tempo para que pareçam longos aos Ents."

"A Nova Era começa," afirmou Gandalf, "e nesta era pode bem ser verdade que os reinos dos Homens durem mais que tu, meu amigo Fangorn. Mas vamos agora, conta-me: que é da tarefa que te pedi? Como está

Saruman? Ele ainda não está farto de Orthanc? Pois não suponho que ele pense que melhorastes a vista das suas janelas."

Barbárvore encarou Gandalf com um longo olhar, quase um olhar astucioso, pensou Merry. "Ah!", disse ele. "Pensei que chegarias a esse ponto. Farto de Orthanc? Bem farto no fim; mas não tão farto de sua torre como estava farto de minha voz. Huum! Eu lhe dei algumas histórias compridas, ou pelo menos o que poderíeis chamar de compridas em vossa fala."

"Então por que ele ficou escutando? Entraste em Orthanc?", perguntou Gandalf.

"Huum, não, não em Orthanc!", respondeu Barbárvore. "Mas ele veio à janela e escutou, porque não podia obter notícias de outro modo e, apesar de detestar as notícias, ele estava ansioso por tê-las; e tratei de fazer com que ouvisse todas. Mas acrescentei às notícias muitas coisas em que convinha ele pensar. Ele ficou muito cansado. Ele sempre foi apressado. Essa foi sua ruína."

"Observo, meu bom Fangorn," disse Gandalf, "que com grande cuidado disseste *morava*, *foi*, *ficou*. E quanto a *está*? Ele está morto?"

"Não, não está morto, ao que sei", disse Barbárvore. "Mas foi embora. Sim, foi embora faz sete dias. Eu o deixei ir. Restava pouco dele quando ele saiu rastejando, e quanto àquela criatura-verme dele, essa estava como uma sombra pálida. Agora não me digas, Gandalf, que prometi mantê-lo a salvo; pois isso eu sei. Mas as coisas mudaram desde então. E eu o mantive até ele estar a salvo, a salvo de causar mais prejuízo. Devias saber que mais do que tudo odeio enjaular seres vivos, e nem criaturas como essas eu mantenho enjauladas, salvo em grande necessidade. Uma serpente sem presas pode rastejar onde quiser."

"Podes ter razão", comentou Gandalf; "mas a essa serpente ainda restava um dente, penso eu. Ele tinha o veneno de sua voz, e creio que te persuadiu, mesmo a ti, Barbárvore, conhecendo o ponto fraco de teu coração. Bem, ele se foi, e nada mais resta a dizer. Mas a Torre de Orthanc retorna agora ao Rei a quem pertence. Mas pode ser que ele não precise dela."

"Isso se verá mais tarde", disse Aragorn. "Mas darei aos Ents todo este vale, para que façam dele o que quiserem, contanto que mantenham vigia sobre Orthanc e cuidem que ninguém entre ali sem minha permissão."

"Está trancada", afirmou Barbárvore. "Obriguei Saruman a trancá-la e me dar as chaves. Tronquesperto as tem."

Tronquesperto inclinou-se, como uma árvore que se curva ao vento, e entregou a Aragorn duas grandes chaves negras de forma intrincada, unidas por um anel de aço. "Agora agradeço-te mais uma vez", disse Aragorn, "e te dou adeus. Que tua floresta volte a crescer em paz. Quando este vale estiver repleto, há espaço de sobra a oeste das montanhas, onde caminhastes muito tempo atrás."

O rosto de Barbárvore entristeceu-se. "As florestas podem crescer", disse ele. "As matas podem espalhar-se. Mas não os Ents. Não há Entinhos."

"Mas agora pode ser que haja mais esperança em vossa busca", disse Aragorn. "No leste vos estão abertas terras que por muito tempo estiveram fechadas."

Mas Barbárvore balançou a cabeça e disse: "O caminho é longo. E há demasiados Homens lá nestes dias. Mas estou esquecendo meus modos! Quereis ficar aqui e descansar um tanto? E quem sabe haja alguns que se agradariam de passar pela Floresta de Fangorn e assim encurtar o caminho de casa?" Olhou para Celeborn e Galadriel.

Mas todos, exceto Legolas, disseram que já tinham de se despedir e partir, fosse para o sul ou para o oeste. "Vamos, Gimli!", chamou Legolas. "Agora, com a permissão de Fangorn, vou visitar os lugares profundos da Floresta Ent e ver árvores que não se podem encontrar em nenhum outro lugar da Terra-média. Hás de vir comigo e de manter tua palavra; e assim viajaremos juntos rumo a nossas próprias terras, em Trevamata e além." Gimli concordou com isso, porém, ao que parecia, sem grande deleite.

"Então é aqui que chega finalmente o término da Sociedade do Anel", comentou Aragorn. "Porém espero que não demore muito para voltardes à minha terra com a ajuda que prometestes."

"Iremos, se nossos senhores permitirem", disse Gimli. "Bem, adeus, meus hobbits! Agora devereis chegar a salvo aos vossos próprios lares, e não ficarei acordado temendo vosso risco. Mandaremos notícias quando pudermos, e alguns de nós ainda poderão se encontrar de vez em quando; mas receio que não havemos de nos reunir todos outra vez."

Então Barbárvore se despediu de cada um deles por sua vez e fez três mesuras, lentas e com grande reverência, a Celeborn e Galadriel. "Faz muito, muito tempo que nos encontramos junto à árvore ou à pedra, *A vanimar, vanimálion nostari!*", disse ele. "É triste que nos encontremos somente assim, no final. Pois o mundo está mudando: sinto-o na água, sinto-o na terra e farejo-o no ar. Não creio que nos encontraremos de novo."

Celeborn respondeu: "Não sei, Mais-velho." Mas Galadriel afirmou: "Não na Terra-média, nem antes que as terras que jazem sob a onda sejam outra vez erguidas. Então nos salgueirais de Tasarinan poderemos nos encontrar na Primavera. Adeus!"

Por último Merry e Pippin se despediram do velho Ent, e ele se alegrou olhando para eles. "Bem, minha gente alegre," disse ele, "tomareis mais um gole comigo antes de partir?"

"Vamos deveras", disseram eles, e ele os levou de lado, para a sombra de uma das árvores, e viram que ali fora posto um grande jarro de pedra. E Barbárvore encheu três tigelas, e beberam; e viram os estranhos olhos dele, olhando-os por cima da beira de sua tigela. "Cuidai-vos, cuidai-vos!", disse ele. "Pois já crescestes desde a última vez em que vos vi." E eles riram e esvaziaram as tigelas.

"Bem, adeus!", exclamou ele. "E não esqueçais que, se em vossa terra ouvirdes alguma nova das Entesposas, me mandareis notícia." Então acenou com as grandes mãos a toda a companhia e partiu entrando pelas árvores.

Agora os viajantes avançaram com maior velocidade e rumaram na direção do Desfiladeiro de Rohan; e Aragorn finalmente se despediu deles perto do mesmo lugar onde Pippin olhara para dentro da Pedra de Orthanc. Os Hobbits se contristaram com aquela despedida; pois Aragorn nunca lhes falhara e fora seu guia em muitos perigos.

"Queria ter uma Pedra para nela vermos todos os nossos amigos", comentou Pippin, "e para falamos com eles de longe!"

"Agora só resta uma que possam usar", respondeu Aragorn; "pois não desejariam ver o que a Pedra de Minas Tirith lhes mostrasse. Mas a Palantír de Orthanc ficará sob a guarda do Rei, para que veja o que ocorre em seu reino e o que fazem seus servidores. Pois não esqueça, Peregrin Tûk, que você é cavaleiro de Gondor, e não o liberto de meu serviço. Agora você parte em licença, mas posso chamá-lo de volta. E lembrem-se, caros amigos do Condado, de que meu reino também se estende ao Norte, e um dia hei de ir para lá."

Então Aragorn se despediu de Celeborn e Galadriel; e a Senhora lhe disse: "Pedra-Élfica, através da treva chegaste à tua esperança e agora tens todo o teu desejo. Usa bem os dias!"

Mas Celeborn disse: "Parente, adeus! Que tua sina seja diversa da minha e que teu tesouro permaneça contigo até o fim!"

Com essas palavras despediram-se, e já era a hora do pôr do sol; e quando, algum tempo depois, se viraram e olharam para trás, viram o Rei do Oeste montado em seu cavalo, cercado por seus cavaleiros; e o Sol poente os iluminava e fazia todas as suas armaduras reluzirem como ouro vermelho, e o manto branco de Aragorn se transformara em chama. Então Aragorn tomou a pedra verde, a ergueu e brotou um fogo verde de sua mão.

Logo a companhia minguante, seguindo o Isen, voltou-se para o oeste e atravessou o Desfiladeiro rumo às terras ermas mais além, e depois voltaram-se para o norte e atravessaram as fronteiras da Terra Parda. Os Terrapardenses fugiram e se esconderam, pois temiam o povo-élfico, apesar de na verdade poucos deles chegarem às suas terras; mas os viajantes não lhes deram atenção, pois eram ainda uma grande companhia e estavam bem providos de tudo de que necessitavam; e seguiram caminho à vontade, montando as tendas quando queriam.

No sexto dia depois de se separarem do Rei, viajaram através de uma mata que descia das colinas no sopé das Montanhas Nevoentas, que agora marchavam à sua direita. Ao saírem outra vez para terreno aberto, ao pôr do sol, alcançaram um ancião apoiado em um cajado, e vestia farrapos cinzentos ou de um branco sujo, e nos seus calcanhares ia outro mendigo, encurvado e ganindo.

"Bem, Saruman!", exclamou Gandalf. "Aonde vais?"

"O que te importa?", respondeu ele. "Ainda comandarás minhas idas e não estás contente com minha ruína?"

"Sabes as respostas", disse Gandalf; "não e não. Mas, seja como for, o tempo de minha labuta já se aproxima do fim. O Rei assumiu o encargo. Se tivesses esperado em Orthanc, tê-lo-ias visto, e ele te teria demonstrado sabedoria e clemência."

"Ainda mais razão para eu ter partido antes", resmungou Saruman; "pois dele não desejo nem uma coisa nem outra. Deveras, se queres uma resposta à tua primeira pergunta, estou buscando um caminho para sair do seu reino."

"Então mais uma vez vais na direção errada," disse Gandalf, "e não vejo esperança em tua jornada. Mas desprezarás nossa ajuda? Pois nós te a oferecemos."

"A mim?", indagou Saruman. "Não, por favor, não sorrias para mim! Prefiro tuas carrancas. E quanto à Senhora aqui, não confio nela: ela sempre me odiou e conspirou em teu favor. Não duvido de que te trouxe aqui para teres o prazer de contemplar, maldosa, minha pobreza. Se eu tivesse sido alertado de que me seguíeis, ter-vos-ia negado esse prazer."

"Saruman," disse Galadriel, "temos outras missões e outras preocupações que nos parecem mais urgentes do que te caçar. Dize, isso sim, que foste alcançado pela sorte; pois agora tens uma última chance."

"Se em verdade for a última, estou contente", respondeu Saruman; "pois serei poupado do trabalho de recusá-la de novo. Todas as minhas esperanças estão arruinadas, mas não quero compartilhar as vossas. Se tiverdes alguma."

Por um momento seus olhos se inflamaram. "Ide-vos!", disse ele. "Não empenhei longo estudo nesses assuntos por nada. Vós vos condenastes e sabeis disso. E me proporcionará algum consolo em minhas andanças pensar que demolistes vossa própria casa quando destruístes a minha. E agora, que nau vos restituirá por tão amplo mar?", zombou ele. "Será uma nau cinzenta e cheia de fantasmas." Riu-se, mas sua voz estalava e era hedionda.

"Levante-se, idiota!", gritou para o outro mendigo, que se sentara no chão; e bateu nele com o cajado. "Vire-se! Se esta bela gente vai na nossa direção, então vamos em outra. Avante, do contrário não lhe dou casca de pão para o jantar!"

O mendigo virou-se e passou por eles, encurvado e choramingando: "Pobre velho Gríma! Pobre velho Gríma! Sempre surrado e amaldiçoado. Como o odeio! Queria poder abandoná-lo!"

"Então abandone-o!", disse Gandalf.

Mas Língua-de-Cobra só lançou a Gandalf um olhar, com os olhos turvos cheios de terror, e depois passou depressa esquivando-se atrás de Saruman. Passando pela companhia, a dupla desgraçada chegou junto aos hobbits, e Saruman parou e os encarou; mas eles o olharam com pena.

"Então também vieram contemplar-me maldosos, não é, meus rapazinhos?", indagou ele. "Não lhes importa o que falta a um mendigo, não é? Pois têm tudo o que querem: comida, roupas boas e a melhor erva para seus cachimbos. Oh, sim, eu sei! Eu sei de onde vem. Não dariam uma cachimbada a um mendigo, dariam?"

"Eu daria, se tivesse alguma", respondeu Frodo.

"Pode ficar com o que me resta," disse Merry, "se esperar um momento." Apeou e procurou na bolsa em sua sela. Então entregou a Saruman uma sacola de couro. "Pegue o que houver", continuou ele. "Esteja à vontade; veio dos destroços de Isengard."

"Minha, minha sim, e comprada caro!", exclamou Saruman, agarrando a sacola. "Isto é só uma restituição simbólica; pois vocês pegaram mais, tenho certeza. Ainda assim, um mendigo tem de ser grato quando um ladrão lhe devolve mesmo que só uma migalha do que é seu. Bem, vai ser bem feito quando voltarem às suas casas, se encontrarem as coisas na Quarta Sul menos bem do que gostariam. Que sua terra tenha escassez de erva por muito tempo!"

"Obrigado!", respondeu Merry. "Nesse caso quero minha sacola de volta, que não é sua e viajou longe comigo. Embrulhe a erva no seu próprio trapo."

"Um ladrão merece o outro", disse Saruman, e deu as costas para Merry, chutou Língua-de-Cobra e foi embora rumo à mata.

"Bem, gostei disso!", disse Pippin. "Ladrão, de fato! E nossa acusação de nos atocaiar, ferir e arrastar com orques por toda Rohan?"

"Ah!", disse Sam. "E ele disse *comprada*. Como, eu me pergunto? E não gostei do som do que ele disse sobre a Quarta Sul. É hora de voltarmos."

"Tenho certeza", assentiu Frodo. "Mas não podemos ir mais depressa se quisermos ver Bilbo. Vou primeiro a Valfenda, não importa o que aconteça."

"Sim, acho que é melhor você fazer isso", comentou Gandalf. "Mas ai de Saruman! Receio que nada mais se possa fazer com ele. Ele murchou por completo. Ainda assim, não tenho certeza de que Barbárvore esteja certo: imagino que ele ainda possa causar algum mal, de um modo pequeno e mesquinho."

No dia seguinte seguiram para o norte da Terra Parda, onde já não habitava ninguém, apesar de ser uma região verde e agradável. Setembro chegou com dias dourados e noites de prata, e cavalgaram à vontade até alcançarem o rio Cisnefrota, e encontraram o antigo vau, a leste da cascata onde ele repentinamente caía para as terras baixas. Muito a oeste, na névoa, estendiam-se os pântanos e as ilhotas através dos quais ele avançava em curvas rumo ao Griságua: ali habitavam incontáveis cisnes em uma terra de juncos.

Assim entraram em Eregion, e por fim nasceu uma bela manhã, reluzindo acima das névoas brilhantes; e, olhando de seu acampamento em uma colina baixa, os viajantes viram, longe no leste, o Sol iluminando três picos que se projetavam alto no céu através de nuvens flutuantes: Caradhras, Celebdil e Fanuidhol. Estavam perto dos Portões de Moria.

Ali demoraram-se durante sete dias, pois era hora de mais uma despedida que relutavam em fazer. Logo Celeborn, Galadriel e sua gente se voltariam para o leste, atravessariam o Portão do Chifre-vermelho e desceriam a Escada do Riacho-escuro rumo ao Veio-de-Prata e seu próprio país. Até então haviam viajado pelos caminhos ocidentais, pois tinham muito que falar com Elrond e Gandalf, e ali ainda se demoraram em conversa com os amigos. Muitas vezes, bem depois de os hobbits estarem envoltos no sono, sentaram-se juntos sob as estrelas, relembrando as eras passadas e todas as suas alegrias e labutas no mundo, ou em conselho acerca dos dias vindouros. Se algum viandante passasse por acaso, pouco veria ou ouviria, e lhe pareceria apenas ver vultos cinzentos, esculpidos em pedra, memoriais de coisas olvidadas já perdidas em despovoadas terras. Pois não se moviam nem falavam com as bocas, olhando de uma mente para outra; e somente seus olhos brilhantes se mexiam e inflamavam à medida que seus pensamentos iam e vinham.

Mas no fim estava tudo dito, e separaram-se de novo por algum tempo até estar na hora de os Três Anéis irem-se embora. Desaparecendo rapidamente entre as pedras e as sombras, o povo de capas cinzentas de Lórien cavalgou rumo às montanhas; e os que iam a Valfenda ficaram sentados na colina, observando, até vir um lampejo da névoa que se acumulava; e então nada mais viram. Frodo soube que Galadriel erguera seu anel em sinal de despedida.

Sam voltou-se para o outro lado e suspirou: "Queria estar voltando para Lórien!"

Por fim, em certo entardecer, chegaram por cima das altas charnecas, de súbito como aos viajantes sempre parecia, à beira do fundo vale de Valfenda, e viram muito abaixo de si os lampiões acesos na casa de Elrond. E desceram e atravessaram a ponte e vieram ter às portas, e toda a casa estava repleta de luz e canções, de alegria pelo retorno de Elrond ao lar.

Primeiro de tudo, antes de comerem ou se lavarem ou mesmo despirem as capas, os hobbits foram em busca de Bilbo. Encontraram-no sozinho em seu pequeno quarto. Este estava atulhado de papéis, penas e lápis; mas Bilbo estava sentado em uma cadeira diante de um claro foguinho. Parecia muito velho, mas em paz e sonolento.

Abriu e ergueu os olhos quando entraram. "Alô, alô!", disse ele. "Então vocês voltaram? E mais, amanhã é meu aniversário. Que coisa brilhante! Sabiam que vou fazer cento e vinte e nove? E em mais um ano, se eu for poupado, vou igualar o Velho Tûk. Gostaria de ultrapassá-lo; mas haveremos de ver."

Depois da comemoração do aniversário de Bilbo, os quatro hobbits ficaram alguns dias em Valfenda e sentaram-se muitas vezes junto ao velho amigo, que já passava a maior parte do tempo em seu quarto, exceto para as refeições. Para estas ele ainda era muito pontual, em regra, e raramente deixava de acordar a tempo. Sentados em torno do fogo, contaram-lhe em turnos tudo de que se lembravam das suas jornadas e aventuras. No início ele fingiu fazer anotações; mas muitas vezes pegava no sono; e quando acordava dizia: "Que esplêndido! Que maravilhoso! Mas onde estávamos?" Então eles prosseguiam com a história desde o ponto onde ele começara a cabecear.

A única parte que realmente pareceu animá-lo e prender sua atenção foi o relato da coroação e do casamento de Aragorn. "Fui convidado para o casamento, é claro", disse ele. "E esperei muito tempo por ele. Mas de algum modo, quando chegou a hora, descobri que tinha muita coisa para fazer aqui; e é tão incômodo fazer as malas."

Quando havia passado quase uma quinzena, Frodo olhou pela janela e viu que viera geada durante a noite e que as teias de aranha pareciam redes brancas. Então soube de repente que precisava partir e dizer adeus a Bilbo. O tempo ainda estava calmo e bonito, depois de um dos verões mais encantadores de que as pessoas podiam se lembrar; mas viera outubro, e logo o tempo viraria e recomeçaria a chover e a ventar. E ainda havia um caminho muito longo a percorrer. Mas na verdade não foi o pensamento do tempo que o inquietou. Tinha a sensação de que era hora de voltar ao Condado. Sam tinha a mesma sensação. Ainda na noite anterior ele dissera:

"Bem, Sr. Frodo, fomos longe e vimos muita coisa, mas ainda assim não acho que encontramos lugar melhor que este. Aqui tem um pouco de cada coisa, se me entende: o Condado, a Floresta Dourada, Gondor, casas de reis e estalagens, prados e montanhas, tudo misturado. E ainda assim, de algum modo, sinto que deveríamos partir logo. Estou preocupado com meu feitor, para lhe dizer a verdade."

"Sim, um pouco de cada coisa, Sam, exceto o Mar", respondera Frodo; e agora repetia isso para si mesmo: "Exceto o Mar."

Naquele dia Frodo falou com Elrond, e ficou acertado que partiriam na manhã seguinte. Para deleite deles, Gandalf disse: "Acho que hei de ir também. Pelo menos até Bri. Quero ver Carrapicho."

À tardinha foram despedir-se de Bilbo. "Bem, já que precisam ir, precisam ir", disse ele. "Lamento. Sentirei falta de vocês. É bom só saber que estão por aí. Mas estou ficando muito sonolento." Então deu a Frodo sua cota de malha e Ferroada, esquecendo que já fizera isso; e também lhe deu três livros de saber que ele preparara em diversas épocas, escritos em sua letra fininha e rotulados nas lombadas vermelhas: *Traduções do Élfico*, por Bilbo Bolseiro.

Deu a Sam um saquinho de ouro. "Quase a última gota da safra de Smaug", comentou ele. "Pode ser bem útil se estiver pensando em se casar, Sam." Sam enrubesceu.

"Não tenho muita coisa para dar a vocês, jovens," disse ele a Merry e Pippin, "exceto bons conselhos." E, quando lhes tinha dado uma boa amostra deles, acrescentou um último ponto à maneira do Condado: "Não deixem que suas cabeças fiquem grandes demais para os chapéus! Mas, se não pararem logo de crescer, vão achar caros os chapéus e as roupas."

"Mas, se você quiser superar o Velho Tûk," respondeu Pippin, "não vejo por que não podemos tentar superar o Berratouro."

Bilbo riu e tirou do bolso dois lindos cachimbos com boquilhas de pérola, orlados com prata finamente lavrada. "Pensem em mim quando os fumarem!", disse ele. "Os Elfos os fizeram para mim, mas não fumo mais." E então cabeceou de súbito, e pegou no sono por alguns momentos; e quando acordou de novo disse: "Mas onde estávamos? Sim, é claro, dando presentes. O que me lembra: o que foi feito do meu anel, Frodo, aquele que você levou?"

"Eu o perdi, querido Bilbo", respondeu Frodo. "Livrei-me dele, você sabe."

"Que pena!", disse Bilbo. "Eu gostaria de tê-lo visto mais uma vez. Mas não, que bobagem! Foi para isso que você partiu, não foi: para se livrar dele? Mas é tudo tão confuso, pois tantas outras coisas parecem que se misturaram com ele: os assuntos de Aragorn, o Conselho Branco, Gondor, os Cavaleiros, Sulistas, olifantes — você realmente viu um, Sam? — e cavernas, torres, árvores douradas e sabe-se lá o que mais.

"Evidentemente voltei de minha viagem por uma estrada demasiado reta. Acho que Gandalf podia ter-me mostrado um pouco da região. Mas aí o leilão teria terminado antes de eu voltar, e eu teria tido ainda mais problemas do que tive. Seja como for, agora é tarde demais; e na verdade creio que é muito mais confortável ficar sentado aqui ouvindo a respeito de tudo. Aqui a lareira é muito aconchegante, a comida é *muito* boa e há Elfos quando se precisa deles. O que mais se poderia querer?

> *"A Estrada segue sempre avante*
> *Da porta onde é seu começo.*
> *Já longe a Estrada vai, constante,*
> *Outros a sigam com apreço!*
> *Comecem já nova jornada,*
> *Mas eu, exausto, pés morosos,*
> *Me volto para a boa pousada,*
> *Descanso e sonhos tão preciosos."*ᴮ

E enquanto Bilbo murmurava as últimas palavras, sua cabeça caiu sobre o peito e ele adormeceu profundamente.

O entardecer aprofundava-se no quarto, e a luz da lareira ardia mais clara; e olharam para Bilbo adormecido e viram que seu rosto sorria. Por algum tempo ficaram sentados em silêncio; e então Sam, passando os olhos pelo quarto e pelas sombras que tremeluziam nas paredes, disse baixinho:

"Não acho, Sr. Frodo, que ele escreveu muita coisa enquanto estivemos fora. Agora jamais vai escrever nossa história."

Nesse momento, Bilbo abriu um olho, quase como se o tivesse ouvido. Então ergueu-se. "Sabe, estou ficando tão sonolento", comentou ele. "E quando tenho tempo para escrever na verdade só gosto de escrever poemas. Eu me pergunto, Frodo, meu caro rapaz, se você se importaria muito de dar uma arrumada nas coisas antes de partir? Juntar todas as minhas anotações e meus papéis, e meu diário também, e levá-los consigo se quiser. Sabe, não tenho muito tempo para escolher e ordenar e tudo isso. Peça a Sam para ajudar e, quando tiver posto tudo em forma, volte e vou dar uma espiada. Não vou ser muito crítico."

"Claro que vou fazer isso!", assentiu Frodo. "E é claro que vou voltar logo: não vai mais ser perigoso. Agora há um rei de verdade e logo ele vai pôr ordem nas estradas."

"Obrigado, meu caro rapaz!", respondeu Bilbo. "Isso é realmente um grande alívio para minha mente." E com essas palavras caiu no sono outra vez.

No dia seguinte, Gandalf e os hobbits se despediram de Bilbo em seu quarto, pois estava frio lá fora; e depois deram adeus a Elrond e toda a sua casa.

Com Frodo na soleira, Elrond lhe desejou uma boa viagem, o abençoou e disse:

"Creio, Frodo, que talvez não precises voltar, a não ser que venhas muito logo. Pois mais ou menos nesta época do ano, quando as folhas ficarem douradas antes de caírem, procura por Bilbo nas matas do Condado. Hei de estar com ele."

Ninguém mais ouviu essas palavras, e Frodo as guardou para si.

7

Rumo ao Lar

Finalmente os hobbits tinham os rostos voltados para o lar. Já estavam ansiosos por reverem o Condado; mas de início cavalgaram devagar, pois Frodo estivera se sentindo mal. Quando chegaram ao Vau do Bruinen ele parara e parecia relutar em entrar na correnteza; e notaram que por alguns momentos seus olhos pareciam não enxergá-los, nem as coisas ao seu redor. Ficou em silêncio todo aquele dia. Era seis de outubro.

"Sente dor, Frodo?", perguntou Gandalf baixinho, cavalgando ao lado de Frodo.

"Bem, sinto sim", respondeu Frodo. "É meu ombro. A ferida dói e a lembrança da escuridão pesa sobre mim. Hoje faz um ano."

"Ai de nós! Há algumas feridas que não podem ser curadas por completo", comentou Gandalf.

"Receio que seja assim com as minhas", disse Frodo. "Na verdade não há como voltar. Por muito que eu vá ao Condado, ele não parecerá o mesmo; pois eu não hei de ser o mesmo. Estou ferido com faca, ferrão, dente e com um longo fardo. Onde hei de encontrar repouso?"

Gandalf não respondeu.

Ao final do dia seguinte, a dor e o incômodo haviam passado, e Frodo estava outra vez alegre, tão alegre como se não recordasse a escuridão do dia anterior. Depois disso a viagem correu bem, e os dias transcorreram depressa; pois cavalgavam à vontade, e muitas vezes se demoravam nos belos bosques onde as folhas eram vermelhas e amarelas ao sol de outono. Algum tempo depois chegaram ao Topo-do-Vento; e já se aproximava o entardecer, e a sombra da colina se estendia escura sobre a estrada. Então Frodo lhes pediu que se apressassem e não quis olhar para a colina, mas atravessou sua sombra de cabeça inclinada e com a capa bem apertada em torno de si. Naquela noite o tempo mudou, e veio do Oeste um vento carregado de chuva, e soprou alto e gelado, e as folhas amarelas rodopiavam como pássaros no ar. Quando alcançaram a Floresta Chet, os ramos já estavam quase nus, e uma grande cortina de chuva encobria a Colina-Bri das suas vistas.

Foi assim que, perto do fim de uma tarde turbulenta e úmida nos últimos dias de outubro, os cinco viajantes subiram pelo aclive da estrada e chegaram ao Portão-sul de Bri. Estava trancado; e a chuva lhes soprava nos rostos, e no firmamento que escurecia, nuvens baixas passavam rapidamente, e eles desanimaram um pouco, pois haviam esperado uma recepção melhor.

Depois de chamarem muitas vezes, o vigia do Portão acabou saindo, e viram que ele trazia um grande porrete. Olhou-os com medo e suspeita; mas quando viu que Gandalf estava ali e que seus companheiros eram hobbits, a despeito de seus trajes estranhos, iluminou-se e lhes deu as boas-vindas.

"Entrem!", disse ele, destrancando o portão. "Não vamos ficar esperando notícias aqui fora, onde está frio e úmido, uma tardinha de rufião. Mas sem dúvida o velho Cevada os receberá n'O Pônei, e lá vão ouvir tudo o que há para ouvir."

"E lá mais tarde você vai ouvir tudo o que dissermos e mais", riu-se Gandalf. "Como está Harry?"

O vigia do Portão franziu o cenho. "Foi embora", disse ele. "Mas é melhor perguntarem ao Cevado. Boa noite!"

"Boa noite para você!", disseram eles e passaram; e então perceberam que atrás da sebe junto à estrada fora construído um barracão baixo e comprido e que alguns homens haviam saído e os fitavam por cima da cerca. Quando chegaram à casa de Bill Samambaia, viram que ali a sebe estava esfarrapada e descuidada e que as janelas estavam todas fechadas com tábuas.

"Você acha que o matou com aquela maçã, Sam?", perguntou Pippin.

"Não tenho essa esperança, Sr. Pippin", respondeu Sam. "Mas queria saber o que foi feito daquele pobre pônei. Muitas vezes me lembrei dele, com os lobos uivando e tudo."

Por fim chegaram ao Pônei Empinado, e pelo menos ele parecia inalterado por fora; e havia luzes acesas por trás das cortinas vermelhas das janelas inferiores. Tocaram a campainha, e Nob veio à porta, abriu uma fresta nela e espiou para fora; e quando os viu de pé sob o lampião deu uma exclamação de surpresa.

"Sr. Carrapicho! Patrão!", gritou ele. "Eles voltaram!"

"Oh, voltaram? Eu vou ensinar para eles", veio a voz de Carrapicho, e lá saiu ele a toda, com um bastão na mão. Mas quando viu quem era ele se deteve, e a expressão severa e carrancuda em seu rosto se mudou em pasmo e deleite.

"Nob, seu idiota de topete de lã!", exclamou ele. "Não consegue dar nomes aos velhos amigos? Não devia ficar me assustando desse jeito nos tempos que correm. Bem, bem! E de onde vieram? Nunca esperei rever nenhum de vocês, e isso é fato: partir para o Ermo com aquele Passolargo e com todos aqueles Homens de Preto por aí. Mas estou muito contente de vê-los e Gandalf mais do que todos. Entrem! Entrem! Os mesmos quartos de antes? Estão livres. Na verdade, nestes dias a maioria dos quartos está livre, o que não vou lhes esconder, pois vão descobrir isso bem logo. E vou ver o que posso fazer em termos de jantar, assim que for possível; mas no presente estou mal de empregados. Ei, Nob, seu lerdo! Conte ao Bob! Ah, mas estou me esquecendo, Bob foi embora: agora ele vai para casa, para a família, quando anoitece. Bem, leve os pôneis dos hóspedes aos estábulos, Nob! E você mesmo vai levar seu cavalo ao estábulo, Gandalf, sem dúvida. Um belo animal, como eu disse da primeira vez em que pus os olhos nele. Bem, entrem! Façam de conta que estão em casa!"

Fosse como fosse, o Sr. Carrapicho não mudara seu modo de falar e ainda parecia viver em seu velho alvoroço ofegante. No entanto, não havia quase ninguém por ali e estava tudo em silêncio; do Salão Comum vinha um murmúrio baixo de não mais que duas ou três vozes. E, visto mais de perto à luz de duas velas que ele acendera e levava diante deles, o rosto do taverneiro parecia um tanto enrugado e preocupado.

Conduziu-os ao longo do corredor, até a sala de estar que tinham usado naquela estranha noite mais de um ano antes; e seguiram-no, um pouco inquietos, pois lhes parecia evidente que o velho Cevado estava fazendo cara boa diante de algum problema. As coisas não eram o que tinham sido. Mas nada disseram e esperaram.

Como tinham esperado, o Sr. Carrapicho veio à sala de estar depois do jantar para ver se estivera tudo ao gosto deles. E de fato estivera: pelo menos ainda não mudaram para pior nem a cerveja e nem os víveres do Pônei. "Ora, não vou me atrever a sugerir que venham ao Salão Comum hoje à noite", disse Carrapicho. "Devem estar cansados; e de qualquer jeito não tem muita gente ali nesta tardinha. Mas, se puderem me dar meia hora antes de irem para a cama, gostaria muito de ter uma conversinha com vocês, tranquila, só entre nós."

"É bem isso que nós também queremos", disse Gandalf. "Não estamos cansados. Estivemos viajando bem folgados. Estávamos molhados, com frio e famintos, mas você curou tudo isso. Vamos, sente-se! E se tiver erva-de-fumo vamos abençoá-lo."

"Bem, se tivessem pedido coisa diferente eu ficaria mais feliz", disse Carrapicho. "É bem disso que estamos em falta, visto que só temos a que nós mesmos plantamos e isso não basta. Nestes dias não dá para conseguir nenhuma do Condado. Mas vou fazer o que puder."

Quando voltou, trouxe-lhes o suficiente para durar um dia ou dois, um rolo de folhas inteiras. "Borda do Sul," disse ele, "e é a melhor que temos; mas não iguala a da Quarta Sul, como eu sempre disse, apesar de ser favorável a de Bri na maioria das coisas, com seu perdão."

Puseram-no em uma cadeira grande junto ao fogo de lenha, e Gandalf sentou-se do lado oposto da lareira, e os hobbits em cadeiras baixas entre eles; e então conversaram por muitas vezes meia hora e trocaram todas as notícias que o Sr. Carrapicho desejava ouvir ou dar. A maior parte das coisas que tinham para contar eram meras maravilhas e perplexidades para seu hospedeiro e estavam muito além de sua visão; e provocavam poucos comentários diferentes de: "Não diga", muitas vezes repetidos desafiando as evidências dos próprios ouvidos do Sr. Carrapicho. "Não diga, Sr. Bolseiro, ou será Sr. Sotomonte? Estou ficando meio confuso. Não diga, Mestre Gandalf! Ora essa! Quem diria, em nossos tempos!"

Mas disse muito por sua conta. As coisas não estavam nada bem, informou. Os negócios não estavam nem razoáveis, estavam francamente ruins. "Agora ninguém mais se aproxima de Bri vindo de Fora", disse ele. "E o povo de dentro, eles costumam ficar em casa e manter as portas aferrolhadas. É tudo por causa desses recém-chegados e vagabundos que começaram a subir pelo Caminho Verde no ano passado, como podem se lembrar; mas vieram mais depois. Alguns eram só coitados fugindo de encrenca; mas a maioria era de homens maus, cheios de ladroagem e malfeitoria. E teve encrenca aqui em Bri, encrenca feia. Ora, tivemos uma briga de verdade, e algumas pessoas foram mortas, mortas matadas! Se me acreditam."

"Acredito de fato", respondeu Gandalf. "Quantos?"

"Três e dois", continuou Carrapicho, referindo-se ao povo grande e ao pequeno. "Foram os pobres Mat Urzal, Rowlie Macieira e o pequeno Tom Espinheiro do outro lado da Colina; e Willie Ladeira lá de cima e um dos Sotomontes de Estrado; todos gente boa, e fazem falta. E Harry Barba-de--Bode que costumava ficar no Portão-oeste e aquele Bill Samambaia, esses vieram do lado dos forasteiros e foram embora com eles; e eu acredito que deixaram eles entrarem. Na noite da luta, quero dizer. E isso foi depois que mostramos os portões a eles e os empurramos para fora: antes do fim do ano, isso foi; e a luta foi logo no começo do Ano Novo, depois da neve pesada que tivemos.

"E agora eles foram ser assaltantes e vivem lá fora, escondidos nas matas além de Archet e nos ermos para os lados do norte. É como um pouco dos maus velhos tempos de que as histórias contam, é o que digo. Não é seguro na estrada, ninguém vai longe e as pessoas se trancam cedo. Precisamos manter vigias em toda a volta da cerca e pôr muitos homens nos portões de noite."

"Bem, ninguém nos incomodou," comentou Pippin, "e viemos vindo devagar e não montamos guarda. Pensávamos que tínhamos deixado para trás todos os contratempos."

"Ah, não deixaram não, Mestre, e é pena", disse Carrapicho. "Mas não admira que não mexeram com vocês. Não atacam gente armada, com espadas, elmos, escudos e tudo isso. Faz eles pensarem duas vezes, isso faz. E devo dizer que me espantou um pouco quando os vi."

Então os hobbits subitamente se deram conta de que as pessoas os haviam olhado admiradas, não tanto pela surpresa de terem retornado quanto por assombro com seu equipamento. Eles próprios haviam se acostumado tanto com conflitos armados e com cavalgarem em companhias bem organizadas que esqueceram por completo que as brilhantes malhas que espreitavam por baixo de suas capas, os elmos de Gondor e da Marca e os belos emblemas em seus escudos pareceriam exóticos em seu próprio país. E também Gandalf agora montava seu alto cavalo cinzento, todo trajado de branco, com um grande manto azul e prateado por cima de tudo e a longa espada Glamdring ao lado.

Gandalf riu. "Bem, bem," disse ele, "se estão com medo de só cinco de nós, então encontramos inimigos piores em nossas viagens. Mas de qualquer modo eles o deixarão em paz à noite, enquanto estivermos aqui."

"Por quanto tempo será isso?", questionou Carrapicho. "Não nego que ficaríamos contentes de tê-los um pouco por aqui. Sabem, não estamos acostumados com encrencas assim; e os Caminheiros foram todos embora, as pessoas me dizem. Acho que até agora não entendemos direito o que eles fizeram por nós. Pois teve coisa pior que assaltantes por aí. No último inverno uivaram lobos em redor das cercas. E tem vultos escuros nas matas, coisas pavorosas que gelam o sangue só de pensar. Tem sido muito inquietante, se me entendem."

"Imagino que sim", disse Gandalf. "Quase todas as terras foram perturbadas nestes dias, muito perturbadas. Mas alegre-se, Cevado! Você esteve à beira de enormes dificuldades, e fico contente de ouvir que não se afundou mais. Mas estão chegando dias melhores. Talvez melhores do que você se recorda. Os Caminheiros retornaram. Nós voltamos com eles. E há um rei outra vez, Cevado. Logo ele voltará sua atenção para cá.

"Então o Caminho Verde será reaberto, e seus mensageiros virão ao norte, e haverá idas e vindas, e os seres malignos serão expulsos das terras ermas. Na verdade, logo os ermos não serão mais ermos, e haverá gente e campos onde outrora havia deserto."

O Sr. Carrapicho balançou a cabeça. "Se houver algumas pessoas decentes e respeitáveis na estrada, isso não vai fazer mal", disse ele. "Mas não queremos mais ralé nem rufiões. E não queremos nenhum forasteiro em Bri, nem perto de Bri. Queremos que nos deixem em paz. Não quero toda uma multidão de estranhos acampando aqui e se estabelecendo ali e estragando a região inculta."

"Vocês serão deixados em paz, Cevado", insistiu Gandalf. "Há espaço de sobra para reinos entre o Isen e o Griságua, ou ao longo das costas ao sul do Brandevin, sem que viva ninguém a muitos dias de cavalgada de Bri.

E muita gente costumava morar lá no norte, a cem milhas daqui ou mais, na outra extremidade do Caminho Verde: nas Colinas do Norte ou junto ao Lago Vesperturvo."

"Lá longe, perto do Fosso dos Mortos?", indagou Carrapicho, parecendo ainda mais duvidoso. "É uma terra assombrada, dizem. Ninguém iria lá se não fosse assaltante."

"Os Caminheiros vão lá", disse Gandalf. "O Fosso dos Mortos, você diz. Por longos anos foi chamado assim; mas seu nome verdadeiro, Cevado, é Fornost Erain, Norforte dos Reis. E o Rei voltará para lá algum dia; e então você terá bela gente passando por aqui."

"Bem, isso soa mais esperançoso, admito", comentou Carra-picho. "E vai ser bom para os negócios, sem dúvida. Contanto que ele deixe Bri em paz."

"Vai deixar", confirmou Gandalf. "Ele conhece e aprecia Bri."

"É mesmo?", perguntou Carrapicho, parecendo intrigado. "Apesar de que não tenho certeza de por que ele deveria, sentado em sua grande cadeira lá no seu grande castelo, a centenas de milhas daqui. E bebendo vinho em uma taça de ouro, não ia me espantar. O que O Pônei significa para ele, ou canecos de cerveja? Não que minha cerveja não seja boa, Gandalf. Esteve excepcionalmente boa desde que você veio, no outono do ano passado, e falou bem dela. E isso foi um consolo nos contratempos, é o que digo."

"Ah!", disse Sam. "Mas ele diz que sua cerveja é sempre boa."

"Ele diz?"

"Claro que sim. Ele é Passolargo. O chefe dos Caminheiros. Isso ainda não entrou na sua cabeça?"

Entrou finalmente, e o rosto de Carrapicho era um estudo de espanto. Os olhos se arregalaram em seu rosto largo, e sua boca se escancarou, e ele ofegou. "Passolargo!", exclamou ele quando recuperou o fôlego. "Ele, de coroa e tudo o mais, e taça de ouro! Bem, a que ponto chegamos?"

"A tempos melhores, pelo menos para Bri", respondeu Gandalf.

"Assim espero, com certeza", disse Carrapicho. "Bem, esta foi a melhor conversa que tive em um mês de segundas-feiras. E não vou negar que hoje à noite vou dormir mais tranquilo e com o coração mais leve. Vocês me deram um enorme monte de coisas para refletir, mas vou adiar isso até amanhã. Vou para a cama e não tenho dúvida de que vão ficar contentes com suas camas também. Ei, Nob!", chamou ele, indo até a porta. "Nob, seu lerdo!!"

"Nob!", disse a si mesmo, batendo na testa. "Ora, isso me lembra o quê?"

"Não outra carta que esqueceu, espero, Sr. Carrapicho?", indagou Merry.

"Ora, ora, Sr. Brandebuque, não fique me lembrando disso! Mas veja só, interrompeu meu pensamento. Ora, onde eu estava? Nob, estábulos, ah! Era isso. Tenho uma coisa que lhes pertence. Se se lembrarem do Bill Samambaia e seus roubos de cavalos: o pônei dele que compraram, bem, ele está aqui. Voltou sozinho, foi sim. Mas vocês sabem melhor que eu onde ele esteve. Estava desgrenhado como um cachorro velho e magro como um varal, mas estava vivo. O Nob cuidou dele."

"O quê?! Meu Bill?", exclamou Sam. "Bem, nasci sortudo, não importa o que diga o meu feitor. Aí está mais um desejo que se realizou! Onde ele está?" Sam não foi para a cama antes de visitar Bill em sua baia.

Os viajantes ficaram em Bri durante todo o dia seguinte, e o Sr. Carrapicho não pôde se queixar dos negócios, pelo menos na próxima noite. A curiosidade superou todos os medos, e sua casa ficou apinhada. Durante certo tempo, por educação, os hobbits visitaram o Salão Comum à tardinha e responderam bom número de perguntas. Como as lembranças de Bri eram retentivas, muitas vezes perguntaram a Frodo se escrevera seu livro.

"Ainda não", respondeu ele. "Agora vou para casa para pôr ordem em minhas anotações." Prometeu lidar com os espantosos acontecimentos em Bri, e assim conferir um pouco de interesse a um livro que parecia tratar mormente dos assuntos "lá do sul", remotos e menos importantes.

Então um dos mais jovens pediu uma canção. Mas fez-se silêncio diante daquilo, e ele foi dissuadido, e o pedido não se repetiu. Evidentemente não desejavam mais eventos esquisitos no Salão Comum.

Nenhum incômodo de dia e nem ruído de noite perturbaram a paz de Bri enquanto os viajantes estiveram ali; mas na manhã seguinte levantaram-se cedo, pois, como o tempo ainda estava chuvoso, queriam alcançar o Condado antes do anoitecer, e era uma longa cavalgada. Todo o povo de Bri saiu para ver sua partida, e estavam de humor mais alegre do que no último ano; e os que não haviam visto antes os forasteiros com todo o seu equipamento, fitaram-nos espantados: Gandalf com sua barba branca, e a luz que parecia emanar dele, como se seu manto azul fosse apenas uma nuvem diante do brilho do sol; e os quatro hobbits como cavaleiros errantes de contos quase esquecidos. Mesmo os que haviam rido de toda a conversa sobre o Rei começaram a pensar que poderia haver alguma verdade naquilo.

"Bem, boa sorte na estrada e boa sorte na sua volta ao lar!", desejou o Sr. Carrapicho. "Eu devia tê-los alertado antes de que no Condado também não está tudo bem, se for verdade o que ouvimos. Ocorrências esquisitas, dizem. Mas uma coisa expulsa a outra, e eu estava cheio de meus próprios problemas. Mas, se posso me atrever, vocês voltaram mudados das suas viagens e agora parecem gente que consegue lidar com encrencas difíceis. Não duvido de que logo vão ajeitar tudo. Boa sorte para vocês! E quanto mais vezes voltarem, mais vou ficar contente."

Deram-lhe adeus, partiram cavalgando, atravessaram o Portão-oeste e seguiram rumo ao Condado. O pônei Bill estava com eles e, como antes, ele tinha bastante bagagem, mas trotava ao lado de Sam e parecia bem contente.

"Pergunto-me o que o velho Cevado estava insinuando", comentou Frodo.

"Posso adivinhar uma parte", respondeu Sam, abatido. "O que vi no Espelho: árvores derrubadas e tudo o mais, e meu velho feitor expulso da Rua do Bolsinho. Eu devia ter corrido de volta mais depressa."

"E há algo errado com a Quarta Sul, evidentemente", disse Merry. "Há uma falta geral de erva-de-fumo."

"O que quer que seja," pontuou Pippin, "Lotho deve estar por trás disso: pode ter certeza."

"Bem no fundo, mas não por trás", disse Gandalf. "Vocês se esqueceram de Saruman. Ele começou a se interessar pelo Condado antes de Mordor."

"Bem, você está conosco," disse Merry, "e assim tudo logo será arrumado."

"Estou com vocês no momento," respondeu Gandalf, "mas logo não estarei. Não estou indo ao Condado. Vocês mesmos precisam acertar seus assuntos; foi para isso que foram treinados. Não compreendem ainda? Meu tempo acabou: não é mais tarefa minha acertar as coisas e nem ajudar as pessoas a fazê-lo. E quanto a vocês, caros amigos, não vão precisar de ajuda. Agora vocês cresceram. Cresceram muito alto deveras; estão entre os grandes, e não tenho mais o mínimo medo por nenhum de vocês.

"Mas se querem saber, logo vou me desviar. Vou ter uma longa conversa com Bombadil: uma conversa como não tive em todo o meu tempo. Ele recolhe musgo, e eu tenho sido uma pedra condenada a rolar. Mas meus dias de rolar estão acabando, e agora havemos de ter muito a dizer um ao outro."

Em pouco tempo chegaram ao ponto da Estrada Leste onde haviam se despedido de Bombadil; e tinham esperança, e meia expectativa, de o verem parado ali, para saudá-los quando passassem. Mas não havia sinal dele; e havia uma neblina cinzenta sobre as Colinas-dos-túmulos ao sul e um profundo véu sobre a Floresta Velha ao longe.

Pararam, e Frodo olhou tristonho para o sul. "Gostaria muito de rever o velho camarada", disse ele. "Pergunto-me como ele está indo."

"Bem como sempre, pode ter certeza", comentou Gandalf. "Totalmente imperturbado; e imagino que não muito interessado em qualquer coisa que tenhamos feito ou visto, exceto talvez em nossas visitas aos Ents. Pode ser que mais tarde haja tempo para vocês irem vê-lo. Mas, se eu fosse vocês, me apressaria para ir para casa, do contrário não chegarão à Ponte do Brandevin antes que os portões sejam trancados."

"Mas não há portão nenhum," disse Merry, "não na Estrada; você sabe muito bem disso. Há o Portão da Terra-dos-Buques, é claro; mas me deixam passar por ele a qualquer hora."

"Não havia portões, você quer dizer", respondeu Gandalf. "Acho que agora vão encontrar alguns. E mesmo no Portão da Terra-dos-Buques pode ser que tenham mais dificuldade do que pensam. Mas vão se dar bem. Adeus, caros amigos! Não pela última vez, ainda não. Adeus!"

Desviou Scadufax da Estrada, e o grande cavalo saltou sobre o dique verde que ali corria junto a ela; e depois, com uma exclamação de Gandalf, ele se foi, correndo rumo às Colinas-dos-túmulos como um vento do Norte.

"Bem, aqui estamos nós, só os quatro que partimos juntos", disse Merry. "Deixamos todos os outros para trás, um após o outro. Parece quase um sonho que desapareceu devagar."

"Não para mim", comentou Frodo. "Dá-me mais a sensação de adormecer outra vez."

8

O Expurgo
do Condado

Já havia anoitecido quando, molhados e cansados, os viajantes finalmente chegaram ao Brandevin e encontraram o caminho bloqueado. Em ambas as extremidades da Ponte havia grandes portões com espigões; e do lado oposto do rio podiam ver que haviam sido construídas algumas casas novas: de dois andares, com janelas estreitas de bordas retas, desnudas e fracamente iluminadas, tudo muito obscuro e não no estilo do Condado.

Marretaram no portão externo e chamaram, mas no início não houve resposta; e depois, para surpresa deles, alguém tocou uma trompa, e as luzes nas janelas se apagaram. Uma voz gritou no escuro:

"Quem é? Vão embora! Não podem entrar. Não sabem ler o aviso: 'Entrada proibida entre o pôr e o nascer do sol'?"

"É claro que não podemos ler o aviso no escuro", Sam gritou de volta. "E se hobbits do Condado vão ser proibidos de entrar, todos molhados numa noite destas, vou arrancar seu aviso quando o encontrar."

A estas palavras uma janela bateu, e uma turma de hobbits com lampiões extravasou da casa da esquerda. Abriram o portão mais afastado e alguns vieram por sobre a ponte. Quando viram os viajantes, pareciam assustados.

"Venha cá!", chamou Merry, reconhecendo um dos hobbits. "Se você não me conhece, Hob Guarda-Cerca, deveria. Sou Merry Brandebuque e gostaria de saber o que significa tudo isto e o que um morador da Terra-dos-Buques como você está fazendo aqui. Você costumava ficar no Portão da Sebe."

"Ora vejam! É o Mestre Merry, com certeza, e todo vestido para o combate!", disse o velho Hob. "Ora, disseram que você tinha morrido! Perdido na Floresta Velha, por tudo o que diziam. Estou contente de vê-lo vivo, afinal!"

"Então pare de me olhar embasbacado através das barras e abra o portão!", respondeu Merry.

"Lamento, Mestre Merry, mas nós temos ordens."

"Ordens de quem?"

"O Chefe está lá em Bolsão."

"Chefe? Chefe? Quer dizer o Sr. Lotho?", indagou Frodo.

"Imagino que sim, Sr. Bolseiro, mas hoje em dia temos que dizer só 'o Chefe'."

"Têm que dizer!", exclamou Frodo. "Bem, seja como for, ainda bem que ele largou o Bolseiro. Mas evidentemente está mais do que na hora de a família lidar com ele e colocá-lo no lugar."

Caiu o silêncio sobre os hobbits do outro lado do portão. "Não vai ser bom falar desse jeito", disse um deles. "Ele vai acabar ouvindo. E se fizerem todo esse barulho vão acordar o Grandão do Chefe."

"Vamos acordá-lo de um jeito que vai surpreendê-lo", retrucou Merry. "Se você quer dizer que seu precioso Chefe esteve contratando rufiões vindos do ermo, então não voltamos cedo demais." Apeou do pônei e, vendo o aviso à luz dos lampiões, arrancou-o e o jogou por cima do portão. Os hobbits recuaram e não fizeram menção de abri-lo. "Vamos lá, Pippin!", disse Merry. "Dois são o bastante."

Merry e Pippin escalaram o portão, e os hobbits fugiram. Soou outra trompa. Da casa grande do lado direito surgiu um vulto, alto e volumoso, diante da luz na porta.

"O que é tudo isso", rosnou ele, avançando. "Invasão do portão? Vocês deem o fora, senão vou quebrar seus pescocinhos imundos!" Depois parou, pois percebera o brilho das espadas.

"Bill Samambaia," disse Merry, "se não abrir esse portão em dez segundos, vai se arrepender. Vou lhe mostrar o meu aço se não obedecer. E depois de abrir os portões, você vai atravessá-los e não voltar nunca mais. Você é um rufião e um salteador."

Bill Samambaia encolheu-se, foi até o portão arrastando os pés e o destrancou. "Dê-me a chave!", disse Merry. Mas o rufião a jogou em sua cabeça e depois disparou para a escuridão. Ao passar pelos pôneis, um deles escoiceou e chegou a atingi-lo na corrida. Foi-se noite adentro com um ganido e nunca mais se ouviu falar dele.

"Bom trabalho, Bill", disse Sam, referindo-se ao pônei.

"Está resolvido o Grandão", disse Merry. "Vamos ver o Chefe mais tarde. Enquanto isso, queremos alojamento para a noite, e, como parece que demoliram a Estalagem da Ponte e fizeram esta construção sinistra no lugar, vão ter de nos abrigar."

"Lamento, Sr. Merry," respondeu Hob, "mas não é permitido."

"O que não é permitido?"

"Acolher as pessoas assim à toa, e comer comida extra, e tudo isso", informou Hob.

"Qual o problema com este lugar?", questionou Merry. "Foi um ano ruim ou o quê? Pensei que tinha sido um belo verão e uma bela colheita."

"Bem, não, o ano foi bastante bom", disse Hob. "Cultivamos um monte de comida, mas não sabemos bem o que é feito dela. São todos esses 'colhedores' e 'repartidores', eu acho, que circulam contando, medindo e levando pros armazéns. Eles mais colhem que repartem, e a maior parte nós não vemos nunca mais."

"Ó, vamos lá!", disse Pippin, bocejando. "Tudo isso é muito cansativo para mim hoje à noite. Temos comida nas mochilas. Só nos deem um quarto para nos deitarmos. Vai ser melhor que muitos lugares que vi."

Os hobbits do portão ainda pareciam desconfortáveis, pois evidentemente estavam quebrando alguma regra; mas não havia como contradizer quatro viajantes tão autoritários, todos armados, e dois deles anormalmente grandes e de aspecto vigoroso. Frodo mandou que trancassem os portões outra vez. De qualquer modo, fazia sentido manter guarda enquanto ainda houvesse rufiões à larga. Então os quatro companheiros entraram na casa de guarda dos hobbits e se acomodaram do melhor modo que puderam. Era um lugar despojado e feio, com uma lareirazinha miserável que não permitia fazer um bom fogo. Nos quartos superiores havia pequenas fileiras de camas duras, e em todas as paredes havia um aviso e uma lista de Regras. Pippin arrancou-os. Não havia cerveja e havia bem pouca comida, mas com a trazida e compartilhada pelos viajantes, todos fizeram uma refeição razoável; e Pippin quebrou a Regra 4 pondo no fogo a maior parte da porção de lenha do dia seguinte.

"Bem, e agora que tal uma baforada enquanto você nos conta o que tem acontecido no Condado?", disse ele.

"Não tem erva-de-fumo agora", disse Hob; "ou melhor, só pros homens do Chefe. Todos os estoques parecem ter ido embora. Ouvimos dizer que carroças de erva partiram pela estrada velha que sai da Quarta Sul, no caminho por cima do Vau Sarn. Devia ser no fim do ano passado, depois que vocês foram embora. Mas antes disso ela já estava indo em segredo, pouco a pouco. Aquele Lotho..."

"Agora cale a boca, Hob Guarda-Cerca!", exclamaram vários outros. "Você sabe que esse tipo de conversa não é permitido. O Chefe vai ouvir e vamos todos estar encrencados."

"Ele não ia ouvir nada se alguns aqui não fossem traiçoeiros", retrucou Hob, irritado.

"Está bem, está bem!", disse Sam. "Já é o bastante. Não quero ouvir mais nada. Sem boas-vindas, sem cerveja, sem fumaça, e em vez disso um monte de regras e conversa-órquica. Eu esperava descansar, mas já vi que tem trabalho e problemas à frente. Vamos dormir e esquecer isso até a manhã!"

Evidentemente o novo "Chefe" tinha meios de obter notícias. Eram bem quarenta milhas da Ponte até Bolsão, mas alguém fez a viagem às pressas. Isso Frodo e seus amigos logo descobriram.

Não haviam feito planos definidos, mas pensaram vagamente em primeiro descer juntos até Cricôncavo e lá descansar um pouco. Mas agora, vendo como as coisas estavam, decidiram ir direto à Vila-dos-Hobbits. Assim, no dia seguinte partiram pela Estrada e avançaram em trote contínuo. O vento amainara, mas o céu estava cinzento. A região parecia um tanto triste e abandonada; mas afinal de contas era o primeiro dia de novembro, a ponta final do outono. Ainda assim, parecia que havia uma quantidade incomum de queimadas, e a fumaça subia de muitos pontos ao redor. Uma grande nuvem dela erguia-se ao longe, na direção da Ponta do Bosque.

Ao cair da noite estavam se aproximando de Sapântano, uma aldeia junto à Estrada, a cerca de vinte e duas milhas da Ponte. Ali pretendiam passar a noite; O Tronco Flutuante, em Sapântano, era uma boa estalagem. Mas ao chegarem à extremidade leste da aldeia encontraram uma barreira com um grande cartaz que dizia ESTRADA INTERROMPIDA; e atrás dela estava postado um grande bando de Condestáveis com bastões nas mãos e penas nos chapéus, parecendo ao mesmo tempo importantes e um tanto assustados.

"O que é tudo isto?", perguntou Frodo, sentindo-se inclinado a rir.

"Isto é o que é, Sr. Bolseiro", respondeu o líder dos Condestáveis, um hobbit com duas penas. "Estão presos por Invasão do Portão, Rasgar as Regras, Atacar os Guardiões do Portão, Violação de Propriedade, Dormir em Prédios do Condado sem Permissão e Subornar Guardas com Comida."

"E o que mais?", perguntou Frodo.

"Isso basta por ora", disse o líder dos Condestáveis.

"Posso acrescentar mais algumas coisas, se quiser", disse Sam. "Xingar o Seu Chefe, Querer Socar Sua Cara Espinhenta e Pensar que os Condestáveis parecem um monte de Idiotas."

"Aí está, Senhor, já basta. As ordens do Chefe são que vocês devem nos acompanhar quietinhos. Vamos levá-los a Beirágua e entregá-los aos Homens do Chefe; e quando ele lidar com o seu caso, vão poder fazer suas alegações. Mas, se não quiserem ficar em Tocadeados mais tempo que o necessário, eu falaria depressa se fosse vocês."

Para frustração dos Condestáveis, Frodo e seus companheiros rugiram de tanto rir. "Não seja absurdo!", disse Frodo. "Eu vou aonde me dá vontade e no meu próprio tempo. Acontece que estou indo para Bolsão a negócios, mas se insistem em ir também, bem, é assunto seu."

"Muito bem, Sr. Bolseiro", respondeu o líder, empurrando de lado a barreira. "Mas não se esqueça de que o prendi."

"Não vou esquecer", disse Frodo. "Jamais. Mas posso perdoá-lo. Hoje não vou mais adiante, portanto agradeço se fizer a gentileza de me escoltar até O Tronco Flutuante."

"Não posso fazer isso, Sr. Bolseiro. A estalagem está fechada. Tem uma Casa-de-Condestáveis no outro extremo da aldeia. Eu o levarei até lá."

"Muito bem", disse Frodo. "Vá em frente e vamos segui-lo."

Sam estivera examinando os Condestáveis e encontrara um que conhecia. "Ei, venha cá, Robin Covamiúda!", exclamou ele. "Quero dar uma palavrinha com você."

Com uma olhadela acanhada para o líder, que fez expressão de raiva, mas não se atreveu a interferir, o Condestável Covamiúda ficou para trás e caminhou ao lado de Sam, que apeou do pônei.

"Olhe aqui, Pardalzinho!", disse Sam. "Você foi criado na Vila-dos-Hobbits e devia ter mais bom senso em vez de atocaiar o Sr. Frodo e tudo o mais. E o que é isso de a estalagem estar fechada?"

"Estão todas fechadas", respondeu Robin. "O Chefe não gosta que bebam cerveja. Pelo menos foi assim que começou. Mas agora calculo que são os Homens dele que estão com tudo. E ele não gosta que as pessoas se movimentem por aí; portanto, se quiserem ou precisarem, têm de ir à Casa-dos-Condestáveis e explicar seus afazeres."

"Você devia ter vergonha de se envolver com uma besteira dessas", retrucou Sam. "Você mesmo costumava gostar mais do interior que do exterior de uma estalagem. Estava sempre dando uma entradinha, em serviço ou fora dele."

"E ainda estaria fazendo isso, Sam, se pudesse. Mas não seja cruel comigo. O que eu posso fazer? Você sabe como me candidatei a Condestável sete anos atrás, antes de começar tudo isto. Me dava a oportunidade de caminhar pela região, encontrar as pessoas, ouvir as notícias e saber onde estava a boa cerveja. Mas agora é diferente."

"Mas você pode desistir, deixar de ser Condestável, já que isso deixou de ser um serviço respeitável", disse Sam.

"Não é permitido", respondeu Robin.

"Se eu ouvir mais vezes 'não é permitido'," disse Sam, "vou ficar irritado."

"Não posso dizer que ia lamentar", comentou Robin, baixando a voz. "Se todos ficássemos irritados juntos, poderíamos fazer alguma coisa. Mas são esses Homens, Sam, os Homens do Chefe. Ele os manda dar voltas em toda parte, e se algum de nós, gente pequena, insistir em seus direitos, eles o arrastam para Tocadeados. Levaram primeiro o velho Bolinho-de-Farinha, o velho prefeito Will Pealvo e muita gente mais. Ultimamente está piorando. Agora muitas vezes batem neles."

"Então por que você faz o trabalho para eles?", indagou Sam irado. "Quem o mandou a Sapântano?"

"Ninguém. Ficamos aqui na grande Casa-dos-Condestáveis. Agora somos a Primeira Tropa da Quarta Leste. Tem centenas de Condestáveis no total, e querem mais por causa de todas essas regras novas. A maioria toma parte a contragosto, mas não todos. Mesmo no Condado tem alguns que gostam de se meter nos assuntos dos outros e de falar grosso. E tem coisa pior que isso: tem alguns que fazem serviço de espionagem para o Chefe e seus Homens."

"Ah! Então foi assim que ficaram sabendo de nós, foi?"

"É isso. Agora não é permitido mandar mensagens por ele, mas usam o velho serviço do Correio Rápido e mantêm corredores especiais em diversos pontos. Ontem à noite veio um de Fosso Branco com uma 'mensagem secreta', e outro a levou daqui pra frente. E hoje à tarde voltou uma mensagem dizendo que vocês deviam ser presos e levados a Beirágua, não direto para Tocadeados. O Chefe quer ver vocês de imediato, é evidente."

"Ele não vai estar tão impaciente quando o Sr. Frodo tiver acabado com ele", disse Sam.

A Casa-dos-Condestáveis em Sapântano era tão ruim quanto a casa da Ponte. Só tinha um andar, mas as mesmas janelas estreitas, e era construída com tijolos pálidos e feios, mal colocados. Lá dentro era úmido e sombrio, e o jantar foi servido em uma longa mesa vazia que não fora esfregada por semanas. A comida não merecia cenário melhor. Os viajantes ficaram contentes em deixar aquele lugar. Eram cerca de dezoito milhas até Beirágua, e partiram às dez horas da manhã. Teriam saído mais cedo, mas o atraso claramente incomodava o líder dos Condestáveis. O vento oeste virara para o norte e estava esfriando, mas a chuva parara.

Foi um desfile bem cômico que deixou a aldeia, apesar de os poucos que saíram para encarar a "roupagem" dos viajantes não parecerem ter muita certeza se era permitido rir. Uma dúzia de Condestáveis fora destacada como escolta dos "prisioneiros"; mas Merry os fez marchar na frente, enquanto Frodo e seus amigos cavalgavam atrás. Merry, Pippin e Sam estavam sentados à vontade, rindo, conversando e cantando, enquanto os Condestáveis caminhavam pesado, tentando parecer sisudos e importantes. Frodo, porém, estava em silêncio e parecia um tanto triste e pensativo.

A última pessoa pela qual passaram era um velhote robusto que estava aparando uma sebe. "Alô, alô!", zombou ele. "Quem prendeu quem agora?"

Dois dos Condestáveis imediatamente deixaram o grupo e se aproximaram dele. "Líder!", chamou Merry. "Mande seus rapazes voltarem aos lugares imediatamente se não quiser que eu lide com eles!"

A uma palavra ríspida do líder, os dois hobbits voltaram amuados. "Agora avante!", disse Merry, e depois disso os viajantes trataram de apressar o passo dos pôneis a ponto de empurrarem os Condestáveis o mais depressa que conseguiam andar. O sol surgiu, e, a despeito do vento gelado, eles logo estavam bufando e transpirando.

Na Pedra das Três Quartas eles desistiram. Haviam percorrido quase quatorze milhas, só com uma parada ao meio-dia. Já eram três da tarde. Estavam famintos, tinham os pés muito doloridos e não conseguiam suportar a marcha.

"Bem, venham vindo no passo que puderem!", disse Merry. "Nós vamos em frente."

"Adeus, Pardalzinho!", disse Sam. "Vou esperar por você em frente a'O Dragão Verde, se é que você não esqueceu onde fica. Não vá zanzar no caminho!"

"Estão resistindo à prisão, é isso que estão fazendo," comentou o líder, pesaroso, "e não posso me responsabilizar."

"Vamos resistir a muitas coisas mais e não vamos lhe pedir para responder por isso", respondeu Pippin. "Boa sorte para vocês!"

Os viajantes seguiram caminho, e quando o sol começava a se pôr nas Colinas Brancas, no longínquo horizonte ocidental, chegaram a Beirágua junto ao seu extenso lago; e ali tiveram seu primeiro choque realmente doloroso. Era a própria região de Frodo e Sam, e agora descobriram que se importavam mais com ela que com qualquer outro lugar do mundo. Faltavam muitas das casas que tinham conhecido. Algumas pareciam ter sido incendiadas. A aprazível fileira de velhas tocas de hobbit, na ribanceira do lado norte do Lago, estava deserta, e seus jardinzinhos que costumavam descer coloridos até a margem da água, estavam atulhados de ervas daninhas. Pior, havia toda uma fila de feias casas novas ao longo da Beira do Lago, onde a Estrada da Vila-dos-Hobbits corria perto da ribanceira. Ali houvera uma avenida de árvores. Todas haviam sumido. E, olhando consternados estrada acima na direção de Bolsão, viram ao longe uma alta chaminé de tijolos. Despejava fumaça negra no ar vespertino.

Sam estava fora de si. "Vou direto em frente, Sr. Frodo!", exclamou. "Vou ver o que está havendo. Quero encontrar meu feitor."

"Primeiro devíamos avaliar nossa situação, Sam", disse Merry. "Imagino que o 'Chefe' tenha à mão um bando de rufiões. É melhor achar alguém que nos conte como estão as coisas por aqui."

Mas na aldeia de Beirágua todas as casas e tocas estavam fechadas, e ninguém veio ao encontro deles. Admiraram-se com isso, mas logo descobriram o porquê. Quando alcançaram O Dragão Verde, a última casa do lado da Vila-dos-Hobbits, agora desolada e com janelas quebradas, transtornaram-se de ver meia dúzia de Homens, grandes e desajeitados, vadiando junto ao muro da estalagem; eram vesgos e de rostos lívidos.

"Como aquele amigo do Bill Samambaia em Bri", disse Sam.

"Como muitos que vi em Isengard", murmurou Merry.

Os rufiões tinham porretes nas mãos e trompas nos cintos, mas não tinham outras armas até onde podiam ver. Quando os viajantes vieram cavalgando, eles deixaram o muro e andaram até a estrada, impedindo a passagem.

"Onde pensam que estão indo?", indagou um deles, o maior da quadrilha e de aspecto mais malvado. "Pra frente não tem mais estrada para vocês. E onde estão aqueles preciosos Condestáveis?"

"Estão vindo aos poucos", respondeu Merry. "Com os pés um tanto doídos, quem sabe. Prometemos esperar por eles aqui."

"Diacho, o que eu falei?", disse o rufião aos parceiros. "Falei pro Charcoso que não adiantava confiar nesses pequenos tolos. Deviam ter mandado uns camaradas nossos."

"E que diferença isso faria, se faz favor?", perguntou Merry. "Não estamos acostumados com ladrões de estrada nesta terra, mas sabemos lidar com eles."

"Ladrões de estrada, hein?", perguntou o homem. "Então esse é o seu tom, é? Mude, ou nós o mudamos para você. Seu povinho está ficando muito arrogante. Não confiem demais no coração bondoso do Patrão. Agora o Charcoso chegou, e ele vai fazer o que o Charcoso manda."

"E o que seria isso?", indagou Frodo baixinho.

"Esta região precisa ser acordada e ajeitada," respondeu o rufião, "e o Charcoso vai fazer isso; e fazer com o uso da força, se for obrigado. Vocês precisam de um Patrão maior. E vão ter um antes de acabar o ano, se tiver mais encrencas. Daí vão aprender uma ou duas coisas, seu povinho de ratos."

"De fato fico contente em ouvir seus planos", comentou Frodo. "Estou a caminho de visitar o Sr. Lotho, e ele também pode se interessar em ouvi-los."

O rufião riu. "Lotho! Ele sabe sim. Não se preocupe. Ele faz o que o Charcoso manda. Porque se um Patrão der problemas, nós podemos trocar ele. Está vendo? E se o povinho tentar se meter onde não é chamado, nós podemos acabar com as travessuras dele. Está vendo?"

"Sim, estou vendo", respondeu Frodo. "Por exemplo, posso ver que aqui estão atrasados com os tempos e as notícias. Muita coisa aconteceu desde que vocês deixaram o Sul. Seus dias acabaram, e os de todos os outros rufiões. A Torre Sombria caiu e há um Rei em Gondor. E Isengard foi destruída, e seu precioso mestre é um mendigo no ermo. Passei por ele na estrada. Agora os mensageiros do Rei vão subir pelo Caminho Verde, não valentões de Isengard."

O homem encarou-o e sorriu. "Um mendigo no ermo!", zombou ele. "Oh, é mesmo? Bravatas, bravatas, meu pequeno atrevido. Mas isso não vai nos impedir de morar nesta terrinha gorda onde vocês já vadiaram bastante. E" — estalou os dedos no rosto de Frodo — "mensageiros do Rei! Isso é para eles! Quando eu vir um talvez eu preste atenção."

Aquilo foi demais para Pippin. Seus pensamentos voltaram ao Campo de Cormallen, e ali estava um malandro vesgo chamando o Portador-do-Anel de "pequeno atrevido". Jogou a capa para trás, arrancou a espada, e o prata e o negro de Gondor reluziram nele quando se adiantou montado.

"Eu sou mensageiro do Rei", afirmou ele. "Você está falando com o amigo do Rei, um dos mais renomados em todas as terras do Oeste. Você é um rufião e um tolo. De joelhos na estrada e peça perdão, do contrário eu o atravesso com esta perdição dos trols!"

A espada rebrilhou ao sol poente. Merry e Sam também sacaram as espadas e se aproximaram para apoiar Pippin; mas Frodo não se moveu. Os rufiões recuaram. Seu trabalho fora assustar camponeses da região de Bri e intimidar hobbits desnorteados. Hobbits destemidos com espadas brilhantes e rostos severos eram uma grande surpresa. E havia nas vozes daqueles recém-chegados uma nota que não tinham ouvido antes. Ela os gelava de medo.

"Vão!", disse Merry. "Se incomodarem esta aldeia outra vez, vão se arrepender." Os três hobbits avançaram, e então os rufiões se viraram e fugiram, correndo para longe pela Estrada da Vila-dos-Hobbits; mas tocavam as trompas enquanto corriam.

"Bem, não voltamos cedo demais", comentou Merry.

"Nem um só dia. Talvez muito tarde, pelo menos para salvarmos Lotho", comentou Frodo. "Tolo desgraçado, mas sinto pena dele."

"Salvar Lotho? O que é que você quer dizer?", perguntou Pippin. "Destruí-lo, eu diria."

"Não acho que você esteja entendendo bem, Pippin", disse Frodo. "Lotho nunca quis que as coisas chegassem a este ponto. Ele tem sido um tolo malvado, mas agora foi apanhado. Os rufiões estão por cima, recolhendo, roubando, intimidando, dirigindo ou arruinando as coisas à vontade em nome dele. E nem por muito mais tempo em nome dele. Agora está prisioneiro em Bolsão, eu imagino, e muito assustado. Devíamos tentar resgatá-lo."

"Bem, estou atordoado!", respondeu Pippin. "De todos os fins de nossa jornada, este é o último que eu teria imaginado: ter de lutar contra meio-orques e rufiões no próprio Condado — para resgatar Lotho Pústula!"

"Lutar?", disse Frodo. "Bem, imagino que poderá chegar a esse ponto. Mas lembrem-se: não deve haver mortandade de hobbits, nem que eles tenham passado para o outro lado. Quero dizer, passado de verdade; não apenas obedecendo as ordens dos rufiões porque estão com medo. Jamais um hobbit matou outro de propósito no Condado, e isso não vai começar agora. E absolutamente ninguém deve ser morto se for possível evitar. Contenham os temperamentos e refreiem as mãos até o último momento possível!"

"Mas se houver muitos desses rufiões," retrucou Merry, "certamente isso significará combate. Você não vai resgatar Lotho, ou o Condado, só ficando chocado e triste, meu caro Frodo."

"Não", disse Pippin. "Não será tão fácil assustá-los pela segunda vez. Foram apanhados de surpresa. Ouviu aqueles toques de trompa? Evidentemente há outros rufiões por perto. Serão muito mais ousados se houver mais deles juntos. Devíamos pensar em buscar abrigo para a noite em algum lugar. Afinal de contas, somos só quatro, mesmo estando armados."

"Tenho uma ideia", disse Sam. "Vamos à casa do velho Tom Villa, descendo a Alameda Sul! Ele sempre foi um sujeito corajoso. E tem um monte de rapazes que eram todos amigos meus."

"Não!", respondeu Merry. "Não adianta 'abrigar-se'. É bem isso que as pessoas vêm fazendo, e bem do que gostam esses rufiões. Eles simplesmente vão nos atacar em grande número, encurralar e depois expulsar, ou aprisionar com fogo. Não, precisamos fazer alguma coisa de imediato."

"Fazer o quê?", perguntou Pippin.

"Instigar o Condado!", disse Merry. "Agora! Acordar todo o nosso povo! Eles odeiam isto tudo, está vendo: todos, exceto talvez um ou dois malandros e alguns tolos que querem ser importantes, mas não entendem nem um pouco o que realmente está acontecendo. Mas o povo do Condado esteve tão confortável por tanto tempo que não sabe o que fazer. Mas só precisam de um fósforo para pegarem fogo. Os Homens do Chefe devem saber disso. Vão tentar nos pisotear e apagar depressa. Só temos bem pouco tempo.

"Sam, pode dar uma corrida até a fazenda do Villa, se quiser. Ele é a pessoa mais importante por aqui, e a mais robusta. Vamos lá! Vou tocar a trompa de Rohan e dar a todos eles uma música que nunca ouviram antes."

Cavalgaram de volta para o meio da aldeia. Ali Sam se desviou e partiu em galope pela alameda que levava para a casa de Villa, ao sul. Não tinha ido longe quando ouviu um toque de trompa, súbito e nítido, subir ressoando ao céu. Ecoou longe, sobre as colinas e os campos; e aquele chamado era tão forçoso que o próprio Sam quase se virou e voltou às pressas. Seu pônei empinou e relinchou.

"Avante, rapaz! Avante!", exclamou ele. "Vamos voltar logo."

Então ouviu que Merry mudava de nota, e ascendeu o toque-de-trompa da Terra-dos-Buques, abalando o ar.

> Despertem! Despertem! Fuga, Fogo, Desafetos! Despertem!
> Fogo, Desafetos! Despertem!

Sam ouviu atrás de si uma algazarra de vozes, e um grande alarido e batidas de portas. Diante dele surgiram luzes no entardecer; cães latiam; pés vieram correndo. Antes que ele chegasse ao fim da alameda, lá estava o Fazendeiro Villa com três dos seus rapazes, o Jovem Tom, Risonho e Nick, correndo ao seu encontro. Tinham machados nas mãos e bloquearam o caminho.

"Não! Não é um dos rufiões", Sam ouviu o fazendeiro dizer. "É um hobbit, julgando pelo tamanho, mas vestido bem esquisito. Ei!", exclamou ele. "Quem é você e que confusão é essa?"

"É o Sam, Sam Gamgi. Eu voltei."

O Fazendeiro Villa aproximou-se e o encarou na meia-luz. "Bem!", exclamou ele. "A voz está certa, e a sua cara não está pior que antes, Sam. Mas eu iria passar direto por você na rua com esses trajes. Parece que esteve em lugares estrangeiros. Tínhamos medo que estivesse morto."

"Isso eu não estou!", respondeu Sam. "Nem o Sr. Frodo. Ele está aqui, e os amigos dele. E essa é a confusão. Estão instigando o Condado. Vamos nos livrar desses rufiões e do Chefe deles também. Vamos começar agora."

"Bom, bom!", exclamou o Fazendeiro Villa. "Então finalmente começou! Todo este ano tive comichão para fazer encrenca, mas as pessoas não ajudavam. E eu tinha que pensar na esposa e na Rosinha. Esses rufiões não se assustam com nada. Mas vamos agora, rapazes! Beirágua se levantou! Temos que participar!"

"E quanto à Sra. Villa e Rosinha?", indagou Sam. "Ainda não é seguro elas ficarem sozinhas."

"O meu Fessor está com elas. Mas você pode ir ajudá-lo, se preferir", disse o Fazendeiro Villa com um sorriso arreganhado. Depois ele e os filhos saíram apressados rumo à aldeia.

Sam correu até a casa. Junto à grande porta redonda, no alto da escada que vinha do amplo pátio, estavam de pé a Sra. Villa, Rosinha e, na frente delas, Fessor, empunhando um forcado.

"Sou eu!", gritou Sam, chegando a trote. "Sam Gamgi! Então não tente me espetar, Fessor. Seja como for, estou vestindo cota de malha."

Saltou do pônei e subiu os degraus. Encararam-no em silêncio. "Boa tarde, Sra. Villa!", disse ele. "Alô, Rosinha!"

"Alô, Sam!", respondeu Rosinha. "Onde você esteve? Dis-seram que tinha morrido; mas estive esperando você desde a primavera. Você não se apressou, não é?"

"Talvez não", respondeu Sam, constrangido. "Mas estou me apressando agora. Estamos dando um jeito nos rufiões, e preciso voltar para o Sr. Frodo. Mas pensei em dar uma olhada para ver como estava indo a Sra. Villa e você, Rosinha."

"Estamos indo otimamente, obrigada", comentou a Sra. Villa. "Ou estaríamos, se não fosse por esses rufiões larápios."

"Bem, vá logo!", disse Rosinha. "Se esteve cuidando do Sr. Frodo este tempo todo, por que quer deixá-lo assim que as coisas parecem perigosas?"

Isso foi demais para Sam. Exigia uma semana para ser respondido, ou tempo nenhum. Deu-lhe as costas e montou no pônei. Mas quando estava de partida, Rosinha desceu os degraus correndo.

"Acho que você está com ótima aparência, Sam", observou ela. "Agora vá em frente! Mas cuide-se e volte direto assim que tiver dado conta dos rufiões!"

Quando Sam voltou, encontrou toda a aldeia em levante. Além de muitos rapazes mais jovens, já havia mais de cem hobbits robustos reunidos com machados, martelos pesados, facas compridas e bastões resistentes; e alguns tinham arcos de caça. Mais ainda estavam chegando de fazendas remotas.

Alguns dos aldeões tinham feito uma grande fogueira, só para animar as coisas, e também porque era uma das coisas proibidas pelo Chefe. Ela queimava brilhante à medida que a noite chegava. Outros, por ordens de Merry, estavam montando barreiras na estrada em ambas as extremidades da aldeia. Quando os Condestáveis alcançaram a de baixo, ficaram estupefatos; mas assim que viram como as coisas estavam, a maioria tirou as penas e se juntou à revolta. Os demais escapuliram furtivamente.

Sam encontrou Frodo e seus amigos junto à fogueira, falando com o velho Tom Villa, enquanto uma admirada multidão de Beirágua se postava em volta, olhando atenta.

"Bem, qual é o próximo lance?", perguntou o Fazendeiro Villa.

"Não posso dizer", comentou Frodo, "antes de saber mais. Quantos há desses rufiões?"

"Isso é difícil dizer", respondeu Villa. "Eles andam por aí e vêm e vão. Às vezes tem cinquenta deles nos seus barracões pro lado da Vila-dos-Hobbits; mas eles saem dali perambulando, larapiando ou 'recolhendo', como eles dizem. Ainda assim, raramente tem menos que uma vintena em torno do Patrão, como o chamam. Ele está em Bolsão, ou estava; mas agora não sai mais do terreno. Na verdade, ninguém mais o viu por uma semana ou mais; mas os Homens não deixam ninguém chegar perto."

"A Vila-dos-Hobbits não é o único lugar deles, não?", indagou Pippin.

"Não, e é pena", disse Villa. "Tem uns tantos lá no sul, no Vale Comprido e junto ao Vau Sarn, ouvi dizer; e mais alguns espreitando na Ponta do Bosque; e têm barracões na Encruzada. E depois tem Tocadeados, como eles dizem: os velhos túneis de armazenagem em Grá-Cava que eles transformaram em prisões para os que se rebelam contra eles. Ainda assim, calculo que não tem mais de trezentos deles em todo o Condado, e quem sabe menos. Podemos dominá-los se ficarmos unidos."

"Eles têm armas?", perguntou Merry.

"Chicotes, facas e porretes, o suficiente para o seu trabalho sujo: foi só isso que mostraram até agora", explicou Villa. "Mas receio que tenham outros equipamentos, se começar um combate. Alguns pelo menos têm arcos. Dispararam em um ou dois da nossa gente."

"Aí está, Frodo!", disse Merry. "Eu sabia que íamos precisar lutar. Bem, eles começaram a mortandade."

"Não exatamente", continuou Villa. "Pelo menos não os disparos. Os Tûks começaram com isso. Sabe, seu pai, Sr. Peregrin, ele nunca se acertou com esse Lotho, não desde o começo: disse que, se alguém ia bancar o chefe a esta altura, seria o legítimo Thain do Condado e nenhum novo-rico. E quando Lotho mandou seus Homens, eles não conseguiram convencê-lo. Os Tûks têm sorte, têm aquelas tocas fundas nas Colinas Verdes, os Grandes Smials e tudo o mais, e os rufiões não conseguem chegar até eles; e eles não deixam os rufiões entrar em suas terras. Se fizerem isso os Tûks vão caçá-los. Os Tûks alvejaram três por vaguearem e roubarem. Depois disso os rufiões ficaram mais violentos. E vigiam a Terra-dos-Tûks bem de perto. Agora ninguém entra nem sai dali."

"Bom para os Tûks!", exclamou Pippin. "Mas agora alguém vai entrar de novo. Estou de partida para os Smials. Vem alguém comigo para Tuqueburgo?"

Pippin partiu cavalgando com meia dúzia de rapazes em pôneis. "Vejo vocês logo!", exclamou. "São só umas quatorze milhas por cima dos campos. De manhã vou trazer de volta um exército de Tûks." Merry deu um toque de trompa às costas deles, que partiram na noite que caía. O povo deu vivas.

"Ainda assim," disse Frodo a todos os que estavam por perto, "não desejo que ninguém seja morto; nem mesmo dos rufiões, a não ser que precise ser feito, para evitar que machuquem hobbits."

"Muito bem!", respondeu Merry. "Mas a qualquer momento vamos receber uma visita do bando da Vila-dos-Hobbits, creio. Eles não virão só para discutir a situação. Vamos tentar lidar direito com eles, mas temos de estar preparados para o pior. Agora tenho um plano."

"Muito bom", comentou Frodo. "Faça os preparativos."

Naquele momento, alguns hobbits que tinham sido enviados na direção da Vila-dos-Hobbits vieram correndo. "Estão chegando!", disseram. "Uma vintena ou mais. Mas dois saíram rumo ao oeste, por cima dos campos."

"Para Encruzada, com certeza", disse Villa, "para buscar mais do bando. Bem, são quinze milhas só de ida. Ainda não precisamos nos preocupar com eles."

Merry saiu depressa para dar ordens. O Fazendeiro Villa desocupou a rua, mandando todos para dentro, exceto os hobbits mais velhos que tinham alguma espécie de arma. Não precisaram esperar muito. Logo puderam ouvir vozes altas e depois o tropel de pés pesados. Em seguida todo um pelotão de rufiões veio descendo a estrada. Viram a barreira e riram. Não imaginavam que houvesse qualquer coisa naquela terrinha que resistisse a vinte da gente deles juntos.

Os hobbits abriram a barreira e se postaram de lado. "Obri-gado!", zombaram os Homens. "Agora corram pra casa, pra cama, antes que levem chicotadas." Então marcharam ao longo da rua gritando: "Apaguem essas luzes! Vão para dentro e fiquem lá! Ou vamos levar cinquenta de vocês para Tocadeados por um ano. Para dentro! O Patrão está perdendo a paciência."

Ninguém deu atenção às ordens deles; mas quando os rufiões passaram, fecharam-se em silêncio por trás deles e os seguiram. Quando os Homens alcançaram a fogueira, ali estava o Fazendeiro Villa, de pé sozinho, esquentando as mãos.

"Quem é você e o que pensa que está fazendo?", indagou o líder dos rufiões.

O Fazendeiro Villa encarou-o devagar. "Eu ia justamente perguntar isso a vocês", respondeu ele. "Esta terra não é de vocês e não têm nada a procurar aqui."

"Bem, de qualquer jeito você é procurado", retrucou o líder. "Procuramos por você. Peguem ele, rapazes! Tocadeados para ele e deem alguma coisa para ele ficar quieto!"

Os Homens deram um passo à frente e estacaram. Ergueu-se um rugido de vozes em toda a sua volta, e de repente deram-se conta de que o Fazendeiro Villa não estava sozinho. Estavam cercados. No escuro, na beira da luz da fogueira, havia um anel de hobbits que se tinham esgueirado das sombras. Havia quase duzentos, cada um segurando alguma arma.

Merry adiantou-se. "Encontramo-nos antes," disse ele ao líder, "e eu o avisei para não voltar aqui. Aviso-o de novo: vocês estão parados na luz e na mira dos arqueiros. Se puserem um dedo nesse fazendeiro ou em qualquer outro, serão alvejados imediatamente. Deponham todas as armas que tiverem!"

O líder olhou em volta. Fora apanhado na armadilha. Mas não estava com medo, não agora, com uma vintena de camaradas para apoiá-lo. Sabia muito pouco sobre os hobbits para compreender o perigo. Tolamente, decidiu lutar. Seria fácil escapar.

"Ataquem, rapazes!", exclamou. "Partam para cima deles!"

Com uma faca comprida na mão esquerda e um porrete na outra, investiu contra o anel, tentando rompê-lo e voltar na direção da Vila-dos-Hobbits. Dirigiu um golpe selvagem a Merry, que estava em seu caminho. Caiu morto atingido por quatro flechas.

Isso bastou para os demais. Renderam-se. Tiraram-lhes as armas, e foram juntados com cordas, e fizeram-nos marchar até uma cabana vazia que eles mesmos haviam construído, e ali foram amarrados de mãos e pés e trancados sob guarda. O líder morto foi arrastado para longe e enterrado.

"Afinal, parece quase fácil demais, não é?", disse Villa. "Eu disse que podíamos dominá-los. Mas precisávamos de um apelo. Você voltou bem na hora, Sr. Merry."

"Ainda há mais a fazer", comentou Merry. "Se os seus cálculos estiverem certos, ainda não lidamos nem com um décimo deles. Mas agora está escuro. Penso que o próximo golpe deve esperar até de manhã. Aí precisaremos fazer uma visita ao Chefe."

"Por que não agora?", indagou Sam. "Não passa muito das seis horas. E eu quero ver meu feitor. Sabe o que foi feito dele, Sr. Villa?"

"Não está muito bem e não está muito mal, Sam", disse o fazendeiro. "Escavaram a Rua do Bolsinho, e isso foi um triste golpe para ele. Ele está em uma das casas novas que os Homens do Chefe construíam quando ainda faziam algum trabalho que não fosse queimar e larapiar: não mais que uma milha da ponta de Beirágua. Mas ele vem me visitar quando tem a oportunidade, e cuido para ele ficar mais bem alimentado que alguns dos coitados. Tudo contra *As Regras*, é claro. Eu o deixaria morar comigo, mas isso não era permitido."

"Obrigado de verdade, Sr. Villa, eu nunca vou me esquecer disso", disse Sam. "Mas quero vê-lo. Esse Patrão e esse Charcoso, como eles disseram, podem fazer algum mal por lá antes que amanheça."

"Muito bem, Sam", assentiu Villa. "Escolha um ou dois rapazes e vá conduzi-lo à minha casa. Não vai precisar passar perto da velha Vila-dos-Hobbits do outro lado do Água. Meu Risonho aqui vai lhe mostrar."

Sam partiu. Merry organizou sentinelas ao redor da aldeia e guardas nas barreiras durante a noite. Então ele e Frodo foram embora com o Fazendeiro Villa. Sentaram-se com a família na cozinha quente, e os Villas fizeram algumas perguntas polidas sobre suas viagens, mas mal escutaram as respostas: estavam muito mais preocupados com os acontecimentos no Condado.

"Tudo começou com o Pústula, como nós o chamamos", disse o Fazendeiro Villa; "e começou assim que você partiu, Sr. Frodo. Ele tinha ideias esquisitas, o Pústula. Parece que queria ser dono de tudo e depois mandar as outras pessoas irem e virem. Logo se revelou que ele já possuía bem mais do que era bom para ele; e estava sempre agarrando mais, mas era um mistério de onde ele conseguia o dinheiro: moinhos, maltarias, estalagens, fazendas e plantações de erva-de-fumo. Parece que já tinha comprado o moinho do Ruivão antes de chegar em Bolsão.

"É claro que começou com um monte de propriedades na Quarta Sul, que vinham do seu pai; e parece que estava vendendo muito da melhor erva e mandando para longe em segredo por um ou dois anos. Mas no fim do ano passado ele começou a enviar cargas de materiais, não só de erva. As coisas começaram a ficar escassas, e o inverno vinha chegando. As pessoas ficaram furiosas, mas ele tinha resposta. Um monte de Homens, rufiões na maioria, vieram com grandes carroças, alguns para levar as mercadorias pro sul e outros para ficar. E vieram outros. E antes de sabermos onde estávamos, eles se haviam instalado aqui e ali, no Condado todo, e estavam derrubando árvores, cavando e construindo barracos e casas para si, do jeito que queriam. No começo o Pústula pagava pelos bens e pelos danos; mas logo eles começaram a bancar os senhores e a pegar o que queriam.

"Então houve alguma encrenca, mas não o bastante. O velho Will, o Prefeito, foi até Bolsão protestar, mas nem chegou lá. Os rufiões puseram as mãos nele, o levaram e o trancaram numa toca em Grã-Cava, e ele está lá agora. E depois disso, seria logo depois do Ano Novo, não tinha mais Prefeito, e Pústula se intitulou Chefe Condestável, ou apenas Chefe, e fazia o que queria; e se alguém fosse 'presunçoso', como diziam, seguia Will. Então as coisas foram de mal a pior. Não restava mais erva-de-fumo, exceto pros Homens; e o Chefe não concordava com cerveja, exceto pros seus Homens, e fechou todas as estalagens; e tudo, a não ser as Regras, ficou cada vez mais curto, a menos que se pudesse esconder um pouco do que era seu quando os rufiões faziam as rondas recolhendo material 'para distribuição justa': quer dizer, eles tinham e nós não, exceto os restos que dava para conseguir nas Casas-de-Condestáveis, se fosse possível engolir. Tudo muito ruim. Mas depois que Charcoso chegou tem sido a ruína total."

"Quem é esse Charcoso?", perguntou Merry. "Ouvi um dos rufiões falar dele."

"O maior rufião do bando, ao que parece", respondeu Villa. "Foi perto da última colheita, quem sabe no fim de setembro, que ouvimos falar dele primeiro. Nunca o vimos, mas está lá em cima em Bolsão; e agora é ele o verdadeiro Chefe, eu acho. Todos os rufiões fazem o que ele manda; e o que ele manda é principalmente: cortar, incendiar e arruinar; e agora começaram a matar. Nem faz mais nem mau sentido. Cortam as árvores e as deixam no chão, queimam as casas e não constroem mais.

"Veja por exemplo o moinho do Ruivão. Pústula o demoliu quase no dia em que veio a Bolsão. Depois trouxe um monte de Homens de aspecto sujo para construir um maior e enchê-lo de rodas e engenhocas bizarras. Só o tolo do Ted ficou contente com isso, e ele trabalha lá limpando as rodas pros Homens, onde seu pai era Moleiro e seu próprio patrão. A ideia de Pústula era moer mais e com maior velocidade, foi o que ele disse. Ele tem outros moinhos parecidos. Mas precisa ter grão antes de poder moer; e o moinho novo não tinha mais para fazer que o velho. Mas desde que veio Charcoso eles nem moem mais trigo. Estão sempre martelando e soltando fumaça e fedor, e nem de noite há paz na Vila-dos-Hobbits. E derramam imundície de propósito; sujaram toda a parte de baixo do Água, e isso está entrando no Brandevin. Se querem transformar o Condado em deserto, estão fazendo do jeito certo. Não acredito que aquele tolo do Pústula esteja por trás de tudo isso. É Charcoso, eu acho."

"É isso mesmo!", atalhou o Jovem Tom. "Ora, até pegaram a velha mãe do Pústula, aquela Lobélia, e ele gostava dela, mesmo que ninguém mais gostasse. Umas pessoas da Vila-dos-Hobbits, elas viram. Ela estava descendo a alameda com sua sombrinha velha. Uns rufiões estavam subindo com uma carroça grande.

"'Aonde estão indo?', diz ela.

"'Para Bolsão', dizem eles.

"'Para quê?', diz ela.

"'Para montar uns barracões pro Charcoso', dizem eles.

"'Quem disse que vocês podiam?', diz ela.

"'Charcoso', dizem eles. 'Então saia da estrada, bruxa velha!'

"'Eu vou lhe mostrar o Charcoso, seus rufiões ladrões imundos!', diz ela e ergue a sombrinha e vai na direção do líder, que tem quase o dobro do tamanho dela. Então pegaram ela. Arrastaram para Tocadeados, e isso na idade dela. Levaram outros que nos fazem mais falta, mas não dá para negar que ela demonstrou mais coragem que a maioria."

Sam chegou no meio dessa conversa, irrompendo junto com o feitor. O velho Gamgi não parecia muito mais velho, mas estava um pouco mais surdo.

"Boa noite, Sr. Bolseiro!", disse ele. "Estou bem contente de vê-lo de volta são e salvo. Mas tenho contas a ajustar com o senhor, por assim dizer, se posso me atrever. Nunca devia ter vendido Bolsão, como eu sempre disse. Foi isso que começou toda a confusão. E enquanto o senhor estava passeando em lugares estrangeiros, perseguindo os Homens de Preto pelas montanhas, ao que disse o meu Sam, mas não deixou claro para quê, eles vieram e escavaram a Rua do Bolsinho e arruinaram minhas papas!"

"Sinto muito, Sr. Gamgi", respondeu Frodo. "Mas agora que voltei vou fazer o possível para reparar isso."

"Bem, não pode ser mais justo que isso", comentou o Feitor. "O Sr. *Frodo* Bolseiro é um verdadeiro gentil-hobbit, eu sempre disse, não importa o que se pense de outros com o mesmo nome, com seu perdão. E espero que o meu Sam tenha se comportado e dado satisfação…"

"Perfeita satisfação, Sr. Gamgi", garantiu Frodo. "Na verdade, se me acredita, ele é agora uma das pessoas mais famosas em todas as terras, e estão fazendo canções sobre os feitos dele daqui até o Mar e além do Grande Rio." Sam enrubesceu, mas olhou grato para Frodo, pois os olhos de Rosinha brilhavam, e ela sorria para ele.

"Precisa acreditar muito," disse o Feitor, "mas posso ver que ele andou se misturando a companhias estranhas. O que foi feito do colete dele? Não concordo com usar ferragens, não importa se caem bem ou não."

A família do Fazendeiro Villa e todos os seus hóspedes levantaram cedo na manhã seguinte. Nada fora ouvido durante a noite, mas certamente viriam mais problemas antes de o dia terminar. "Parece que não sobrou nenhum rufião lá em Bolsão", disse Villa; "mas o bando de Encruzada vai estar por aqui a qualquer hora."

Após o desjejum veio cavalgando um mensageiro da Terra-dos-Tûks. Estava animadíssimo. "O Thain instigou toda a nossa região," comentou ele, "e a notícia está indo para todos os lados como fogo. Os rufiões que estavam vigiando nossa terra fugiram para o sul, os que escaparam com vida. O Thain foi atrás deles, para segurar o bando grande daquele lado; mas mandou o Sr. Peregrin de volta com todos os outros que podem ser dispensados."

A notícia seguinte era menos boa. Merry, que estivera fora a noite toda, entrou cavalgando por volta das dez horas. "Há um bando grande a umas quatro milhas de distância", contou ele. "Estão vindo pela estrada de Encruzada, mas um bom número de rufiões desgarrados se juntou a eles. Deve haver cerca de cem deles; e estão pondo fogo pelo caminho. Malditos!"

"Ah! Esse grupo não vai parar para conversar, eles vão matar se puderem", disse o Fazendeiro Villa. "Se os Tûks não vierem logo, é melhor nos abrigarmos e atirarmos sem fazer perguntas. Precisa haver algum combate antes disto se resolver, Sr. Frodo."

Os Tûks vieram logo. Não demorou para chegarem marchando, em número de cem, de Tuqueburgo e das Colinas Verdes, com Pippin à frente. Merry já tinha bastante hobbits robustos para lidar com os rufiões. Os batedores relataram que eles estavam se mantendo bem juntos. Sabiam que a região se levantara contra eles, e claramente pretendiam lidar impiedosamente com a rebelião em seu centro, em Beirágua. Mas, por muito cruéis que fossem, pareciam não ter entre eles um líder que entendesse de conflito armado. Vinham sem nenhuma precaução. Merry fez seus planos rapidamente.

Os rufiões vinham em tropel pela Estrada Leste e, sem parar, viraram na Estrada de Beirágua, que corria por alguma distância em um aclive entre ribanceiras altas, com sebes baixas no topo. Virando uma curva, a cerca de um oitavo de milha da estrada principal, encontraram uma barreira resistente de velhas carroças de fazenda viradas. Isso os deteve. No mesmo momento deram-se conta de que as sebes de ambos os lados, logo acima de suas cabeças, estavam cheias de hobbits enfileirados. Atrás deles, outros hobbits empurraram mais algumas carroças que estavam escondidas em um campo, e assim bloquearam o caminho de volta. Uma voz lhes falou de cima.

"Bem, vocês andaram para dentro de uma armadilha", disse Merry. "Seus camaradas da Vila-dos-Hobbits fizeram a mesma coisa, e um deles está morto, e os outros estão prisioneiros. Deponham as armas! Depois recuem vinte passos e sentem-se. Quem tentar escapar será alvejado."

Mas os rufiões já não podiam ser intimidados tão facilmente. Alguns deles obedeceram, mas de imediato foram atiçados pelos companheiros. Uma vintena ou mais correu para trás e atacou as carroças. Seis foram alvejados, mas os demais irromperam, matando dois hobbits e espalhando-se depois pelo terreno, na direção da Ponta do Bosque. Mais dois tombaram ao correr. Merry deu um toque alto de trompa, e outros toques responderam de longe.

"Não irão longe", disse Pippin. "Toda essa região já está fervilhando com nossos caçadores."

Lá atrás, os Homens apanhados na estrada, ainda cerca de quatro vintenas, tentavam escalar a barreira e as ribanceiras, e os hobbits foram obrigados a atirar em muitos deles ou golpeá-los com machados. Mas muitos dos mais fortes e desesperados saíram pelo lado oeste e atacaram os inimigos com ferocidade, agora com mais intenção de matar que de fugir. Vários hobbits tombaram, e os demais estavam hesitantes, quando Merry e Pippin, que estavam do lado leste, atravessaram e atacaram os rufiões. O próprio Merry matou o líder, um grande brutamontes vesgo semelhante a um enorme orque. Então recolheu sua gente, cercando os últimos remanescentes dos Homens com um largo anel de arqueiros.

Finalmente estava tudo terminado. Quase setenta rufiões jaziam mortos no campo e uma dúzia fora aprisionada. Dezenove hobbits foram mortos e cerca de trinta ficaram feridos. Os rufiões mortos foram carregados em carroças, levados para uma antiga cova de areia próxima e enterrados lá: na Cova da Batalha, como se chamou depois. Os hobbits tombados foram sepultados juntos em um túmulo na encosta da colina, onde mais tarde erigiram uma grande pedra com um jardim em volta. Assim terminou a Batalha de Beirágua, em 1419, a última batalha travada no Condado e a única desde os Verdescampos, em 1147, lá longe na Quarta Norte. Como consequência, apesar de felizmente ter custado muito poucas vidas, ela tem seu próprio capítulo no *Livro Vermelho*, e os nomes de todos os que participaram entraram em um Rol e foram aprendidos de cor pelos historiadores do Condado. O muito considerável incremento de fama e fortuna dos Villas data dessa época; mas no topo do Rol, em todos os relatos, constam os nomes dos Capitães Meriadoc e Peregrin.

Frodo estivera na batalha, mas não sacara a espada e seu principal papel fora evitar que os hobbits, enraivecidos por suas perdas, matassem aqueles dentre os inimigos que depusessem as armas. Quando o combate terminou e os trabalhos subsequentes estavam arranjados, Merry, Pippin e Sam se juntaram a ele, e cavalgaram de volta com os Villas. Comeram um almoço tardio, e então Frodo disse com um suspiro: "Bem, imagino que agora seja hora de lidarmos com o 'Chefe'."

"Sim, de fato, quanto mais cedo melhor", assentiu Merry. "E não seja gentil demais! Ele é responsável por trazer esses rufiões e por todo o mal que eles fizeram."

O Fazendeiro Villa reuniu uma escolta de cerca de duas dúzias de hobbits robustos. "Porque é só uma suposição que não restam rufiões em Bolsão", disse ele. "Não sabemos." Então partiram a pé. Frodo, Sam, Merry e Pippin foram à frente.

Foi uma das horas mais tristes de suas vidas. A grande chaminé se ergueu diante deles; e ao se aproximarem da velha aldeia do outro lado do Água, através de fileiras de casas novas e miseráveis de ambos os lados da estrada, viram o novo moinho em toda a sua feiura carrancuda e vil: um grande prédio de tijolos escarranchado sobre o rio, conspurcando-o com um efluente fumegante e fedorento. Em toda a extensão da Estrada de Beirágua as árvores haviam sido derrubadas uma a uma.

Quando atravessaram a ponte e ergueram os olhos para a Colina, deram um grito sufocado. Nem a visão de Sam no Espelho o preparara para o que viam. A Granja Velha do lado oeste fora demolida e seu lugar fora ocupado por fileiras de barracões alcatroados. Todas as castanheiras tinham sumido. As ribanceiras e as cercas vivas estavam despedaçadas. Grandes carroções estavam postados em desordem em um campo pisoteado e sem grama. A Rua do Bolsinho era uma pedreira escancarada de areia e cascalho. Bolsão, mais à frente, não podia ser visto devido a um grupo desordenado de grandes cabanas.

"Derrubaram ela!", exclamou Sam. "Derrubaram a Árvore da Festa!" Apontou o lugar onde se erguera a árvore sob a qual Bilbo fizera seu Discurso de Despedida. Ela jazia no campo, podada e morta. Como se aquilo fosse a última gota, Sam irrompeu em lágrimas.

Uma risada as interrompeu. Havia um hobbit carrancudo, vadiando encostado ao muro baixo do pátio do moinho. Tinha o rosto enfarruscado e as mãos pretas. "Não gostou, Sam?", escarneceu ele. "Mas você sempre foi mole. Pensei que tinha ido embora num dos navios de que costumava tagarelar, navegando, navegando. Quer voltar para quê? Agora temos trabalho para fazer no Condado."

"Estou vendo", disse Sam. "Não tem tempo para se lavar, mas tem para se apoiar no muro. Mas olhe aqui, Mestre Ruivão, tenho contas a acertar nesta aldeia e não as aumente com sua zombaria, do contrário vai assumir uma conta grande demais pro seu bolso."

Ted Ruivão cuspiu por cima do muro. "Diacho!", exclamou ele. "Não pode encostar em mim. Sou amigo do Patrão. Mas ele é que vai encostar em você se eu ouvir mais coisas da sua boca."

"Não desperdice mais palavras com o tolo, Sam!", disse Frodo. "Espero que não haja muito mais hobbits que se tornaram assim. Seria um problema maior que todos os danos que os Homens causaram."

"Você é sujo e insolente, Ruivão", disse Merry. "E também está se enganando bastante nas contas. Estamos agora subindo a Colina para remover seu precioso Patrão. Lidamos com os Homens dele."

Ted ficou boquiaberto, pois naquele momento chegou a ver a escolta que, a um sinal de Merry, estava marchando por cima da ponte. Correu de volta para o moinho, saiu com uma trompa e soprou-a com força.

"Poupe seu fôlego!", riu-se Merry. "Tenho uma melhor." Então, erguendo a trompa de prata, soprou-a, e seu chamado nítido ressoou por cima da Colina; e das tocas, dos barracões e das casas miseráveis da Vila-dos-Hobbits os hobbits responderam, e vieram copiosos e, com vivas e gritos altos, seguiram a companhia estrada acima, rumo a Bolsão.

No alto da vereda o grupo parou, e Frodo e seus amigos prosseguiram; e finalmente chegaram ao lugar outrora querido. O jardim estava repleto de cabanas e barracões, alguns tão perto das antigas janelas do oeste que tapavam toda a luz. Havia montes de refugo em toda a parte. A porta estava cheia de marcas; a corrente da campainha balançava solta, e a campainha não tocava. Batendo à porta, não obtiveram resposta. Por fim empurraram, e a porta cedeu. Entraram. O lugar fedia e estava cheio de sujeira e desordem: não parecia ter sido usado por algum tempo.

"Onde se escondeu aquele miserável Lotho?", indagou Merry. Haviam dado busca em todos os cômodos sem encontrarem nenhum ser vivo, exceto ratos e camundongos. "Vamos pedir aos outros que procurem nos barracões?"

"Isto é pior que Mordor!", disse Sam. "Muito pior, de certo modo. Atinge a gente, como dizem, porque é nossa casa, e lembramos dela antes que estivesse toda arruinada."

"Sim, isto é Mordor", afirmou Frodo. "Mais uma de suas obras. Saruman estava fazendo a sua obra o tempo todo, mesmo quando pensava que trabalhava para si mesmo. E foi o mesmo com os que Saruman logrou, como Lotho."

Merry olhou em volta, aturdido e enojado. "Vamos sair!", disse ele. "Se soubesse de todo o malefício que ele causou, eu devia ter enfiado minha bolsa garganta abaixo de Saruman."

"Sem dúvida, sem dúvida! Mas não enfiou, e assim sou capaz de lhe dar as boas-vindas ao lar." Ali, de pé à porta, estava o próprio Saruman, com aspecto bem alimentado e bem satisfeito; seus olhos brilhavam de malícia e diversão.

Uma súbita luz iluminou Frodo. "Charcoso!", exclamou ele.

Saruman riu. "Então ouviu o nome, não é? Toda a minha gente costumava me chamar assim em Isengard, creio. Um sinal de afeto, possivelmente.[1] Mas é evidente que você não esperava me ver aqui."

---

[1] Era provavelmente de origem órquica: *sharkû*, "ancião". [N. A.]

"Não esperava", respondeu Frodo. "Mas podia ter adivinhado. Uma pequena maldade de modo mesquinho: Gandalf me alertou de que você ainda era capaz disso."

"Bem capaz," disse Saruman, "e mais que um pouco. Vocês me fizeram rir, senhorezinhos hobbits, cavalgando por aí com toda aquela grande gente, tão seguros e tão contentes com suas próprias pessoazinhas. Pensavam que tinham se dado muito bem em tudo isso e que agora podiam simplesmente passear de volta e passar um belo tempo tranquilo no campo. A casa de Saruman podia ser toda destroçada e ele podia ser expulso, mas ninguém podia tocar na sua. Ó não! Gandalf ia cuidar dos seus assuntos."

Saruman riu outra vez. "Não ele! Quando seus instrumentos cumpriram a tarefa, ele os deixa cair. Mas vocês têm de ir pendurados atrás dele, folgando, conversando e dando uma volta duas vezes maior que o necessário. 'Bem,' pensei eu, 'se são tão tolos assim, vou me adiantar a eles e lhes ensinar uma lição. O mal com o mal se paga.' Seria uma lição mais dura se me tivessem dado um pouco mais de tempo e de Homens. Ainda assim, já fiz muita coisa que acharão difícil consertar ou desfazer em suas vidas. E será agradável pensar nisso e assim compensar minhas injúrias."

"Bem, se é nisso que encontra prazer," retrucou Frodo, "sinto pena de você. Será apenas um prazer da lembrança, receio. Vá embora imediatamente e não volte jamais!"

Os hobbits da aldeia tinham visto Saruman saindo de uma das cabanas e vieram apinhar-se de imediato à porta de Bolsão. Quando ouviram o comando de Frodo, murmuraram irados:

"Não o deixem ir! Matem-no! É um vilão e assassino. Matem-no!"

Saruman olhou em torno, para seus rostos hostis, e sorriu. "Matem-no!", zombou ele. "Matem-no, se pensam que estão em número suficiente, meus bravos hobbits!" Ergueu-se e os encarou de modo sombrio com seus olhos negros. "Mas não pensem que ao perder todos os meus bens perdi todo o meu poder! Quem me atingir há de ser amaldiçoado. E se meu sangue manchar o Condado, ele há de murchar e jamais será curado."

Os hobbits recuaram. Mas Frodo disse: "Não acreditem nele! Ele perdeu todo o poder, exceto pela voz que ainda pode assustá-los e enganá-los, se deixarem. Mas não quero que seja morto. É inútil enfrentar vingança com vingança: isso não sara nada. Vá, Saruman, pelo caminho mais rápido!"

"Verme! Verme!", chamou Saruman; e de uma cabana próxima veio Língua-de-Cobra, rastejando, quase como um cão. "Para a estrada outra vez, Verme!", disse Saruman. "Estes belos sujeitos e senhorezinhos estão nos pondo à deriva outra vez. Venha comigo!"

Saruman virou-se para ir, e Língua-de-Cobra o seguiu, arrastando os pés. Mas no momento em que Saruman passava por Frodo, uma faca reluziu em sua mão, e ele golpeou depressa. A lâmina entortou-se na cota de malha oculta e se partiu. Uma dúzia de hobbits, liderados por Sam, saltaram à frente com um grito e lançaram o vilão ao chão. Sam sacou a espada.

"Não, Sam!", exclamou Frodo. "Não o mate nem agora. Pois ele não me feriu. E, em todo caso, não desejo que seja morto com este ânimo mau. Ele foi grande outrora, de uma espécie nobre contra a qual não deveríamos ousar erguer as mãos. Ele caiu, e sua cura está além de nossas forças; mas ainda assim eu o poupo na esperança de que possa encontrá-la."

Saruman pôs-se de pé e encarou Frodo. Havia em seus olhos um estranho olhar de espanto, respeito e ódio misturados. "Você cresceu, Pequeno", disse ele. "Sim, cresceu muito. Você é sábio e cruel. Roubou a doçura de minha vingança, e agora tenho de partir daqui em amargura, em dívida com sua clemência. Eu a odeio e a você! Bem, vou-me e não os perturbarei mais. Mas não esperem que lhes deseje saúde e vida longa. Não terão nem uma nem outra. Mas isso não é obra minha. Eu apenas prevejo."

Saiu andando, e os hobbits abriram uma senda para ele passar; mas os nós dos dedos ficaram brancos ao segurarem as armas. Língua-de-Cobra hesitou e depois seguiu seu mestre.

"Língua-de-Cobra!", chamou Frodo. "Não precisa segui-lo. Não sei de nenhum mal que me tenha feito. Aqui pode ter descanso e comida por algum tempo até estar mais forte e poder seguir seu próprio caminho."

Língua-de-Cobra parou e o olhou de volta, meio preparado para ficar. Saruman virou-se. "Nenhum mal?", cacarejou. "Ó não! Mesmo quando se esgueira à noite é só para olhar as estrelas. Mas ouvi alguém perguntar onde se esconde o pobre Lotho? Você sabe, não sabe, Verme? Vai contar a eles?"

Língua-de-Cobra agachou-se e choramingou: "Não, não!"

"Então eu vou", respondeu Saruman. "Verme matou seu Chefe, pobre sujeitinho, seu belo pequeno Patrão. Não foi, Verme? Esfaqueou-o enquanto dormia, creio. Enterrou-o, espero; porém Verme tem estado muito faminto ultimamente. Não, realmente Verme não é bonzinho. Seria melhor deixá-lo comigo."

Um olhar de ódio selvagem tomou conta dos olhos vermelhos de Língua-de-Cobra. "Você me disse; você me mandou fazer isso", chiou.

Saruman riu. "Você faz o que Charcoso diz sempre, não é, Verme? Bem, agora ele diz: siga!" Chutou o rosto de Língua-de-Cobra, que rastejava, virou-se e partiu. Mas naquele ponto alguma coisa estalou: de repente Língua-de-Cobra se ergueu, sacando um punhal escondido, e então, com um rosnado canino, saltou nas costas de Saruman, puxou-lhe bruscamente a cabeça para trás, cortou-lhe a garganta e, com um berro, fugiu correndo pela vereda. Antes que Frodo pudesse se recuperar ou dizer palavra, três arcos de hobbits zuniram, e Língua-de-Cobra caiu morto.

Para consternação dos que estavam em volta, uma névoa cinzenta se adensou em torno do corpo de Saruman e, subindo lentamente a grande altura como a fumaça de uma fogueira, ergueu-se sobre a Colina como pálido vulto amortalhado. Por um momento hesitou, voltando-se para o Oeste; mas do Oeste veio um vento frio, e ele se vergou para o outro lado e, com um suspiro, dissolveu-se em nada.

Frodo baixou os olhos para o corpo com pena e horror, pois enquanto olhava parecia que longos anos de morte subitamente se revelavam nele, e ele se encolheu, e o rosto enrugado se tornou em farrapos de pele sobre um crânio hediondo. Levantando a aba da capa suja que jazia ao lado, ele o cobriu e lhe deu as costas.

"E isso é o fim disso", afirmou Sam. "Um fim detestável e queria não tê-lo visto; mas já vai tarde."

"E é o último fim da Guerra, espero", disse Merry.

"Assim espero", assentiu Frodo e suspirou. "O último dos golpes. Mas pensar que seria desferido aqui, mesmo à porta de Bolsão! Entre todas as minhas esperanças e temores jamais esperei isso."

"Não vou chamar de fim antes de limparmos a sujeira", disse Sam, abatido. "E isso vai exigir um monte de tempo e trabalho."

9

Os Portos Cinzentos

Certamente a limpeza exigiu muito trabalho, mas levou menos tempo do que Sam receara. No dia após a batalha, Frodo cavalgou até Grá-Cava e libertou os prisioneiros de Tocadeados. Um dos primeiros que encontraram foi o pobre Fredegar Bolger, não mais Fofo. Fora apanhado quando os rufiões desbarataram um bando de rebeldes, liderados por ele, dos esconderijos no alto das Tocas-dos-Texugos, junto às colinas de Escári.

"Afinal, teria sido melhor se você tivesse vindo conosco, pobre velho Fredegar!", disse Pippin enquanto o carregavam para fora, fraco demais para andar.

Ele abriu um olho e bravamente tentou sorrir. "Quem é este jovem gigante com voz possante?", sussurrou. "Não o pequeno Pippin! Qual o seu número de chapéu agora?"

Depois foi a vez de Lobélia. A coitada parecia muito velha e magra quando a resgataram de uma cela escura e estreita. Insistiu em sair mancando com os próprios pés; e teve tal recepção, e houve tantas palmas e vivas quando ela surgiu, apoiada no braço de Frodo, mas ainda agarrada na sombrinha, que ficou bem emocionada e partiu às lágrimas em sua carreta. Nunca antes na vida tinha sido popular. Mas ficou arrasada com a notícia do assassinato de Lotho e não quis voltar a Bolsão. Devolveu-o a Frodo e foi ter com sua própria gente, os Justa-Correias de Tocadura.

Quando a pobre criatura morreu na primavera seguinte — afinal de contas, tinha mais de cem anos de idade — Frodo ficou surpreso e muito emocionado: ela lhe deixara todo o resto do seu dinheiro, e do de Lotho, para que o usasse ajudando hobbits que os distúrbios haviam deixado sem lar. Assim terminou aquela contenda.

O velho Will Pealvo estivera mais tempo em Tocadeados que qualquer outro e, apesar de talvez ter sido tratado com menos rigor que alguns, precisou de muito alimento até ter aspecto de Prefeito; portanto, Frodo concordou em agir como seu Substituto até o Sr. Pealvo estar em forma outra vez. A única coisa que fez como Prefeito Substituto foi reduzir os Condestáveis às suas corretas funções e quantidades. A tarefa de caçar o último remanescente dos rufiões foi entregue a Merry e Pippin, e logo foi cumprida. Os bandos do sul, depois de ouvirem as notícias da Batalha de Beirágua, fugiram da região e ofereceram pouca resistência ao Thain. Antes do Fim do Ano, os poucos sobreviventes foram arrebanhados na floresta, e os que se renderam foram mandados para lá das fronteiras.

Enquanto isso, o trabalho de reparos avançava a toda, e Sam manteve-se muito ocupado. Os hobbits são capazes de trabalhar como abelhas quando são acometidos pelo ânimo e pela necessidade. Agora havia milhares de mãos dispostas de todas as idades, desde as pequenas, porém ágeis, dos rapazes e moças hobbits até as gastas e calosas dos vovôs e vovós. Antes de Iule não restava em pé um tijolo das novas Casas-de-Condestáveis nem de qualquer coisa que fora construída pelos "Homens de Charcoso"; mas os tijolos foram usados para consertar muitas velhas tocas, para torná-las mais confortáveis e secas. Foram encontrados grandes estoques de bens e comida, e de cerveja, que os rufiões tinham escondido em galpões e celeiros e tocas abandonadas, em especial nos túneis de Grã-Cava e nas antigas pedreiras de Escári; assim, aquele Iule foi bem mais alegre do que se esperava.

Uma das primeiras coisas feitas na Vila-dos-Hobbits, mesmo antes da remoção do novo moinho, foi a limpeza da Colina e de Bolsão e o restauro da Rua do Bolsinho. A frente da nova cova de areia foi toda nivelada e transformada em um grande jardim abrigado, e novas tocas foram escavadas na face sul, entrando pela Colina, e foram revestidas de tijolos. O Feitor foi reinstalado no Número Três; e dizia com frequência, e não se importava com quem o ouvisse:

"É um mau vento o que não sopra coisa boa para ninguém, como sempre digo. E Tudo está bem quando acaba Melhor!"

Houve algumas discussões sobre o nome que deveria ser dado à nova rua. Pensou-se em Jardins da Batalha ou em Melhores Smials. Mas algum tempo depois, ao razoável modo dos hobbits, foi chamada simplesmente de Rua Nova. Era uma piada puramente local de Beirágua referir-se a ela como Fim de Charcoso.

As árvores representavam a pior perda e dano, pois a mando de Charcoso tinham sido derrubadas afoitamente em todas as partes do Condado; e Sam lamentava isso mais que tudo. Pois, para começar, aquela ferida demoraria para sarar, e só seus bisnetos, pensava, veriam o Condado como deveria ser.

Então certo dia, de repente, pois passara semanas ocupado demais para pensar em suas aventuras, lembrou-se da dádiva de Galadriel. Tirou a caixa e a mostrou aos outros Viajantes (pois agora todos os chamavam assim) e lhes pediu um conselho.

"Eu me perguntava quando você iria pensar nela", comentou Frodo. "Abra-a!"

Lá dentro ela estava cheia de um pó cinzento, macio e fino, no meio do qual havia uma semente, parecida com uma pequena noz com casca de prata. "O que posso fazer com isto?", indagou Sam.

"Jogue-o no ar em dia de vento e deixe que faça seu trabalho!", respondeu Pippin.

"Em quê?", disse Sam.

"Escolha um ponto como sementeira e veja o que acontece com as plantas de lá", sugeriu Merry.

"Mas estou certo de que a Senhora não gostaria de que eu guardasse tudo para o meu próprio jardim, agora que tanta gente sofreu", disse Sam.

"Use toda a sagacidade e o conhecimento que você mesmo possui, Sam," disse Frodo, "e depois use a dádiva para ajudar e melhorar seu trabalho. E use-a de modo frugal. Aqui não há muito, e imagino que cada grão tem seu valor."

Assim Sam plantou rebentos em todos os lugares onde árvores especialmente bonitas ou apreciadas tinham sido destruídas e pôs um grão do precioso pó na terra de cada raiz. Subiu e desceu pelo Condado nesse trabalho; mas, se dava atenção especial à Vila-dos-Hobbits e a Beirágua, ninguém o culpava. E no fim descobriu que ainda lhe restava um pouco do pó; então foi à Pedra das Três Quartas, que fica tão perto quanto possível do centro do Condado, e o jogou no ar com sua bênção. Plantou a pequena noz prateada no Campo da Festa onde outrora estivera a árvore; e perguntou-se o que resultaria disso. Durante todo o inverno manteve-se tão paciente quanto pôde e tentou se refrear de passar por ali constantemente para ver se acontecia alguma coisa.

A primavera ultrapassou suas esperanças mais imoderadas. Suas árvores começaram a brotar e crescer, como se o tempo tivesse pressa e quisesse fazer um ano valer por vinte. No Campo da Festa surgiu um lindo rebento novo: tinha casca de prata e folhas compridas, e em abril irrompeu em flores douradas. Era de fato um *mallorn* e foi a maravilha da redondeza. Em anos posteriores, crescendo em graça e beleza, ficou conhecido por toda a parte, e as pessoas faziam longas jornadas para vê-lo: o único *mallorn* a oeste das Montanhas e a leste do Mar e um dos mais belos do mundo.

No conjunto, 1420 foi um ano admirável no Condado. Não somente houve maravilhosa luz do sol e chuva deliciosa, no devido tempo e em perfeita medida, mas parecia haver algo mais: um ar de riqueza e crescimento e um lampejo de beleza além da dos verões mortais que tremeluzem e passam nesta Terra-média. Todas as crianças nascidas ou concebidas naquele ano, e foram muitas, eram belas de se ver e fortes, e a maioria tinha lindos cabelos dourados que antes foram raros entre os hobbits. As frutas foram tão abundantes que os jovens hobbits quase se banhavam em morangos e creme; e mais tarde sentavam-se nos gramados sob as ameixeiras e comiam até fazerem montes de caroços como pequenas pirâmides, ou como os crânios empilhados de um conquistador, e depois seguiam adiante. E ninguém adoecia, e todos estavam contentes, exceto os que tinham de cortar a grama.

Na Quarta Sul as parreiras estavam carregadas, e o rendimento de "erva" foi espantoso; e em toda a parte havia tanto trigo na Colheita que todos os celeiros ficaram apinhados. A cevada da Quarta Norte era tão excelente que a cerveja do malte de 1420 foi lembrada por muito tempo e se tornou proverbial. De fato, uma geração mais tarde era possível ouvir algum velho vovô em uma estalagem, depois de um bom quartilho de cerveja merecida, descansando a caneca com um suspiro: "Ah! essa foi uma verdadeira mil quatrocentos e vinte, foi sim!"

Primeiro Sam morou na casa dos Villas com Frodo; mas quando a Rua Nova ficou pronta foi para lá com o Feitor. Além de todas as suas outras labutas, estava ocupado dirigindo a limpeza e restauração de Bolsão; mas frequentemente estava viajando no Condado em seu trabalho de reflorestação. Portanto, não estava em casa no começo de março, e não soube que Frodo estivera doente. No dia treze daquele mês o Fazendeiro Villa encontrou Frodo deitado na cama; agarrava-se a uma gema branca que pendia de uma corrente em volta do seu pescoço e parecia meio imerso em sonho.

"Foi-se para sempre," disse ele, "e agora tudo está escuro e vazio."

Mas o acesso passou, e quando Sam voltou, no dia vinte e cinco, Frodo se recuperara e nada disse sobre si. Enquanto isso, Bolsão havia sido posto em ordem, e Merry e Pippin vieram de Cricôncavo trazendo de volta toda a antiga mobília e equipamentos, de modo que logo a velha toca tinha quase o mesmo aspecto que sempre tivera.

Quando finalmente estava tudo pronto, Frodo disse: "Quando vai se mudar para cá e ficar comigo, Sam?"

Sam pareceu um tanto constrangido.

"Não é preciso vir ainda, se não quiser", continuou Frodo. "Mas você sabe que o Feitor está por perto, e ele será muito bem cuidado pela Viúva Rumbo."

"Não é isso, Sr. Frodo", disse Sam, e ficou muito vermelho.

"Bem, o que é?"

"É a Rosinha, Rosa Villa", respondeu Sam. "Parece que ela não gostou nem um pouco de minha viagem ao estrangeiro, pobre moça; mas, como eu não tinha falado, ela não pôde dizer isso. E não falei porque tinha um trabalho para fazer primeiro. Mas agora falei, e ela disse: 'Bem, você desperdiçou um ano, então por que esperar mais?' 'Desperdicei?', eu perguntei. 'Eu não diria isso.' Ainda assim, entendo o que ela quer dizer. Eu me sinto dividido em dois, como se poderia dizer."

"Entendo," comentou Frodo, "você quer se casar e ainda assim também quer morar comigo em Bolsão? Mas, meu caro Sam, que fácil! Case-se assim que puder e depois mude-se para cá com Rosinha. Em Bolsão há espaço de sobra para uma família tão grande quanto você possa querer."

E assim ficou acertado. Sam Gamgi casou-se com Rosa Villa na primavera de 1420 (que ficou famosa por seus casamentos), e foram morar em Bolsão. E, se Sam achava que era sortudo, Frodo sabia que ele próprio era mais; pois não havia um hobbit no Condado que fosse tratado com tantos cuidados. Quando os trabalhos de conserto tinham sido todos planejados e postos em marcha, ele assumiu uma vida tranquila, escrevendo muito e repassando todas as suas anotações. Renunciou ao cargo de Prefeito Substituto na Feira Livre daquele Meio-do-Verão, e o querido velho Will Pealvo ganhou mais sete anos presidindo Banquetes.

Merry e Pippin moraram juntos em Cricôncavo por algum tempo, e houve muitas idas e vindas entre a Terra-dos-Buques e Bolsão. Os dois jovens Viajantes fizeram muito sucesso no Condado com suas canções, suas histórias, seus atavios e suas maravilhosas festas. As pessoas os chamavam de "senhoris", o que só queria dizer coisa boa; pois todos os corações se alegravam de os ver passar cavalgando com suas cotas de malha tão reluzentes e seus escudos tão esplêndidos, rindo e cantando canções de lugares longínquos; e se agora eram grandes e magníficos, de resto não haviam mudado, a não ser por serem de fato mais corteses, mais joviais e mais plenos de divertimento do que nunca antes.

Frodo e Sam, no entanto, voltaram aos trajes normais, exceto que, quando era necessário, ambos usavam longas capas cinzentas, finamente tecidas e afiveladas no pescoço com lindos broches; e o Sr. Frodo sempre usava uma joia branca em uma corrente, que manuseava com frequência.

Agora corria tudo bem, sempre com a esperança de se tornar melhor; e Sam estava tão ocupado e tão pleno de deleite como até um hobbit poderia desejar. Para ele nada prejudicou todo aquele ano, exceto por uma vaga ansiedade a respeito de seu patrão. Frodo afastou-se discretamente de todas as ocorrências do Condado, e Sam ficou condoído de perceber quão pouca honra Frodo tinha em seu próprio país. Poucas pessoas sabiam ou queriam saber de seus feitos e aventuras; sua admiração e respeito eram dados mormente ao Sr. Meriadoc, ao Sr. Peregrin e (se é que Sam o sabia) a ele mesmo. Além disso, no outono surgiu uma sombra de antigos infortúnios.

Certa tarde, Sam entrou no estúdio e encontrou o patrão com aspecto muito estranho. Estava muito pálido, e seus olhos pareciam ver coisas distantes.

"Qual é o problema, Sr. Frodo?", perguntou Sam.

"Estou ferido," respondeu ele, "ferido; jamais vai sarar de verdade."

Mas depois levantou-se, e o acesso pareceu passar, e no dia seguinte era ele próprio outra vez. Foi só mais tarde que Sam recordou que a data fora seis de outubro. Naquele dia, dois anos antes, estava escuro no vale ao pé do Topo-do-Vento.

O tempo seguiu seu curso, e chegou o ano de 1421. Em março Frodo adoeceu de novo, mas escondeu o fato com grande esforço, pois Sam tinha outras coisas em que pensar. O primeiro rebento de Sam e Rosinha nasceu em vinte e cinco de março, uma data que Sam observou.

"Bem, Sr. Frodo", disse ele. "Estou em um belo impasse. Rosa e eu tínhamos decidido chamá-lo de Frodo, com sua licença; mas não é *ele*, é *ela*. Se bem que é uma menina tão bonita como qualquer um poderia desejar, puxando mais à Rosa que a mim, por sorte. Então não sabemos o que fazer."

"Bem, Sam," comentou Frodo, "o que há de errado com os velhos costumes? Escolham um nome de flor como Rosa. Metade das meninas do Condado é chamada por nomes assim, e o que poderia ser melhor?"

"Acho que tem razão, Sr. Frodo", disse Sam. "Ouvi alguns lindos nomes em minhas viagens, mas acho que são um pouco grandiosos demais para uso e abuso diário, como se poderia dizer. O Feitor, ele diz: 'Faça com que seja curto, e aí não vai ter que encurtar antes de poder usar.' Mas, se for ser um nome de flor, então não me preocupo com o comprimento: precisa ser uma flor bonita, porque, sabe, penso que ela é muito bonita e vai ficar bonitona."

Frodo pensou por um momento. "Bem, Sam, que tal *elanor*, a estrela-sol, lembra-se, a florzinha dourada na relva de Lothlórien?"

"Tem razão mais uma vez, Sr. Frodo!", exclamou Sam com deleite. "Era isso que eu queria."

A pequena Elanor tinha quase seis meses de idade, e 1421 entrara no outono, quando Frodo chamou Sam ao estúdio.

"Na quinta-feira será o aniversário de Bilbo, Sam", comentou ele. "E ele vai ultrapassar o Velho Tûk. Vai fazer cento e trinta e um anos!"

"Vai mesmo!", disse Sam. "Ele é uma maravilha!"

"Bem, Sam," continuou Frodo, "quero que você consulte Rosa e descubra se ela pode abrir mão de você para que você e eu possamos partir juntos. É claro que agora você não pode ir longe nem ficar fora por muito tempo", disse ele, um pouco pensativo.

"Bem, não mesmo, Sr. Frodo."

"Claro que não. Mas não se preocupe. Você poderá me despachar. Diga à Rosa que não vai ficar fora muito tempo, não mais que uma quinzena; e que vai voltar em total segurança."

"Queria poder ir com o senhor no caminho todo de Valfenda, Sr. Frodo, e ver o Sr. Bilbo", afirmou Sam. "Porém, o único lugar onde realmente quero estar é aqui. Estou dividido assim."

"Pobre Sam! A sensação vai ser essa, receio", disse Frodo. "Mas você será curado. Você foi feito para ser sólido e inteiro, e será."

No próximo dia ou dois, Frodo repassou seus papéis e seus escritos com Sam e entregou suas chaves. Havia um livro grande com capas lisas de couro vermelho; suas páginas altas já estavam quase preenchidas. No começo havia muitas folhas cobertas com a caligrafia de Bilbo, delgada e errante; mas a maior parte estava escrita na letra firme e fluida de Frodo. Estava dividido em capítulos, mas o Capítulo 80 estava inacabado, e depois disso havia algumas folhas em branco. O frontispício tinha muitos títulos escritos, riscados um após o outro, assim:

> Meu Diário. Minha Jornada Inesperada. Lá e de Volta Outra Vez. E o Que Aconteceu Depois. Aventuras de Cinco Hobbits. O Conto do Grande Anel, compilado por Bilbo Bolseiro das suas próprias observações e dos relatos de seus amigos. O Que Fizemos na Guerra do Anel.

Ali terminava a caligrafia de Bilbo, e Frodo escrevera:

A QUEDA
DO
SENHOR DOS ANÉIS
E O
RETORNO DO REI

(conforme visto pelo Povo Pequeno; consistindo nas memórias de Bilbo e Frodo do Condado, suplementadas pelos relatos de seus amigos e a erudição dos Sábios.)

Junto com extratos dos Livros de Saber traduzidos por Bilbo em Valfenda.

"Ora, o senhor quase o terminou, Sr. Frodo!", exclamou Sam. "Bem, preciso dizer que se esforçou."

"Já terminei, Sam", disse Frodo. "As últimas páginas são para você."

Em vinte e um de setembro partiram juntos, Frodo no pônei que o trouxera desde Minas Tirith, e que agora se chamava Passolargo; e Sam em seu querido Bill. Era uma bela manhã dourada, e Sam não perguntou aonde estavam indo: achava que era capaz de adivinhar.

Tomaram a Estrada de Tronco por cima das colinas, rumaram para a Ponta do Bosque e deixaram os pôneis andarem à vontade. Acamparam nas Colinas Verdes e, em vinte e dois de setembro, desceram devagar para o começo da área arborizada à medida que a tarde declinava.

"Se essa não é a mesma árvore atrás da qual o senhor se escondeu quando o Cavaleiro Negro surgiu pela primeira vez, Sr. Frodo!", comentou Sam, apontando para a esquerda. "Parece um sonho agora."

Estava anoitecendo, e as estrelas rebrilhavam no céu oriental quando passaram pelo carvalho arruinado, fizeram a curva e seguiram descendo a colina entre as moitas de aveleiros. Sam estava em silêncio, mergulhado em suas lembranças. Logo deu-se conta de que Frodo cantava baixinho para si mesmo, cantava a velha canção de caminhada, mas as palavras não eram bem as mesmas.

> *Virando a esquina espera quieto*
> *Caminho novo, portão secreto;*
> *E, se hoje de relance os vejo,*
> *Um dia virá em que desejo*
> *Que tomarei a trilha nua*
> *A Leste da Sol, a Oeste do Lua.*[A]

E como que respondendo lá debaixo, vindas estrada acima desde o vale, vozes cantavam:

> *A! Elbereth Gilthoniel!*
> *silivren penna míriel*
> *o menel aglar elenath,*
> *Gilthoniel, A! Elbereth!*
> *Lembramos, a vagar ao léu,*
> *Na terra distante de selva agreste*
> *A luz de teus astros no Mar do Oeste.*[B]

Frodo e Sam pararam e sentaram-se em silêncio nas sombras suaves, até verem um reluzir quando os viajantes vieram em sua direção.

Ali estava Gildor, e muita bela gente-élfica; e ali, para maravilha de Sam, cavalgavam Elrond e Galadriel. Elrond trajava um manto cinzento e tinha uma estrela na testa, e em sua mão estava uma harpa de prata, e em seu dedo, um anel de ouro com uma grande pedra azul, Vilya, o mais poderoso dos Três. Mas Galadriel montava um palafrém branco e estava toda vestida de branco reluzente, como nuvens em torno da Lua; pois ela própria parecia brilhar com luz suave. Em seu dedo estava Nenya, o anel lavrado de *mithril*, que levava uma única pedra branca tremeluzindo como uma gélida estrela. Atrás, cavalgando devagar em um pequeno pônei cinzento e parecendo cabecear de sono, estava o próprio Bilbo.

Elrond saudou-os de modo grave e gracioso, e Galadriel sorriu-lhes. "Bem, Mestre Samwise", disse ela. "Ouço e vejo que usaste bem minha dádiva. Agora o Condado há de ser abençoado e amado mais do que nunca." Sam fez uma mesura, mas não achou nada para dizer. Esquecera-se de quão linda era a Senhora.

Então Bilbo acordou e abriu os olhos. "Alô, Frodo!", disse ele. "Bem, hoje ultrapassei o Velho Tûk! Então isso está resolvido. E agora acho que estou bem preparado para sair em outra jornada. Você vem?"

"Sim, eu vou", confirmou Frodo. "Os Portadores-dos-Anéis devem ir juntos."

"Aonde vai, Patrão?", exclamou Sam, como quem finalmente entende o que está acontecendo.

"Aos Portos, Sam", disse Frodo.

"E eu não posso ir."

"Não, Sam. Pelo menos não ainda, não para além dos Portos. Apesar de você também ter sido um Portador-do-Anel, ainda que por pouco tempo. Sua vez poderá chegar. Não fique triste demais, Sam. Não pode ficar sempre dividido. Vai ter de ser um e inteiro, por muitos anos. Você tem tanta coisa para apreciar, para ser e para fazer."

"Mas," disse Sam, e as lágrimas lhe brotaram dos olhos, "pensei que o senhor também ia apreciar o Condado por anos e anos, depois de tudo que fez."

"Também pensei assim, certa vez. Mas fui ferido fundo demais, Sam. Tentei salvar o Condado, e ele foi salvo, mas não para mim. Muitas vezes tem de ser assim, Sam, quando as coisas estão em perigo: alguém precisa desistir delas, perdê-las, para que outros possam mantê-las. Mas você é meu herdeiro: tudo o que tenho e poderia ter eu deixo para você. E você também tem Rosinha e Elanor; e virão o menino Frodo, a menina Rosinha, e Merry, Cachinhos d'Ouro e Pippin; e outros talvez que não posso ver. Suas mãos e sua sagacidade serão necessárias em toda parte. Vai ser Prefeito, é claro, pelo tempo que quiser, e o jardineiro mais famoso da história; e lerá coisas no *Livro Vermelho* e manterá viva a lembrança da era que se foi, de modo que as pessoas se lembrem do Grande Perigo e assim amem ainda mais sua terra amada. E isso o manterá tão ocupado e feliz como alguém pode ser, enquanto continuar sua parte da História.

"Venha agora, cavalgue comigo!"

Então Elrond e Galadriel seguiram em frente; pois a Terceira Era terminara, os Dias dos Anéis haviam passado e chegara o fim das histórias e canções daqueles tempos. Com eles foram muitos Elfos da Alta Linhagem que não queriam mais permanecer na Terra-média; e entre eles, repletos com uma tristeza que, no entanto, era abençoada e sem amargura, cavalgaram Sam, Frodo, Bilbo e os Elfos, deleitados em os honrar.

Apesar de cavalgarem através do meio do Condado por todo o entardecer e toda a noite, ninguém os viu passar, exceto as criaturas selvagens; ou aqui e ali algum viandante no escuro, que via um repentino bruxuleio sob as árvores, ou uma luz e sombra fluindo através da relva à medida que a Lua viajava para o oeste. E quando haviam passado pelo Condado, contornando os sopés meridionais das Colinas Brancas, chegaram às Colinas Distantes, e às Torres, e contemplaram o longínquo Mar; e assim desceram finalmente até Mithlond, aos Portos Cinzentos, no longo braço de mar de Lûn.

Quando vieram aos portões, Círdan, o Armador, adiantou-se para saudá-los. Era muito alto, e sua barba era longa, e era encanecido e velho, exceto pelos olhos, aguçados como estrelas; e olhou para eles, se inclinou e disse: "Tudo agora está pronto."

Então Círdan os conduziu aos Portos, e ali estava atracada uma nau branca, e no cais, junto de um grande cavalo branco, estava de pé um vulto todo trajado de branco que os aguardava. Quando se virou e veio na direção deles, Frodo viu que agora Gandalf usava abertamente na mão o Terceiro Anel, Narya, o Grande, e a pedra dele era rubra como fogo. Então os que iam partir se alegraram, pois souberam que Gandalf também embarcaria com eles.

Mas agora Sam tinha o coração pesaroso e pareceu-lhe que, se a despedida seria amarga, ainda mais aflitiva seria a longa estrada solitária para casa. Mas, enquanto estavam postados ali, e os Elfos estavam indo a bordo, e tudo estava sendo preparado para partir, vieram cavalgando Merry e Pippin em grande pressa. E em meio às lágrimas Pippin ria.

"Você tentou nos escapulir antes e fracassou, Frodo", disse ele. "Desta vez você quase conseguiu, mas fracassou de novo. Mas não foi Sam quem o traiu desta vez, mas o próprio Gandalf!"

"Sim," comentou Gandalf, "pois será melhor que retornem três juntos que um sozinho. Bem, finalmente aqui, caros amigos, nas praias do Mar chega o fim de nossa sociedade na Terra-média. Vão em paz! Não direi: não chorem; pois nem todas as lágrimas são más."

Então Frodo beijou Merry e Pippin, e Sam por último de todos, e subiu a bordo; e as velas foram içadas, e o vento soprou, e lentamente a nau deslizou descendo o longo e cinzento braço de mar; e a luz do vidro de Galadriel que Frodo levava reluziu e se perdeu. E a nau saiu para o Alto Mar e passou para o Oeste, até que por fim, em uma noite de chuva, Frodo sentiu uma doce fragrância no ar e ouviu o som de cantos que vinha por sobre a água. E então lhe pareceu que, assim como em seu sonho na casa de Bombadil, a cinzenta cortina de chuva se tornava toda em cristal prateado e rolava para longe, e contemplou praias brancas e, além delas, uma longínqua paisagem verde sob um breve nascer do sol.

Mas para Sam o entardecer se aprofundou em escuridão enquanto estava ali no Porto; e quando olhava o mar cinzento via apenas uma sombra nas águas que logo se perdeu no Oeste. Ali ficou de pé ainda, até noite alta, ouvindo somente o suspiro e o murmúrio das ondas nas costas da Terra-média, e esse som mergulhou fundo em seu coração. Ao seu lado estavam Merry e Pippin, e faziam silêncio.

Por fim os três companheiros se voltaram, e sem jamais olharem para trás cavalgaram lentamente rumo ao lar; e não disseram palavra entre si até retornarem ao Condado, mas cada um teve grande consolo em seus amigos na longa estrada cinzenta.

Por fim passaram sobre as colinas e tomaram a Estrada Leste, e então Merry e Pippin seguiram em frente rumo à Terra-dos-Buques; e já cantavam a caminho. Mas Sam virou para Beirágua, e assim voltou a subir a Colina com mais outro dia chegando ao fim. E foi em frente, e havia uma luz amarela e fogo no interior; e a refeição vespertina estava pronta, e ele era esperado. E Rosa o trouxe para dentro, o sentou em sua cadeira e pôs a pequena Elanor em seu colo.

Inspirou profundamente. "Bem, estou de volta", disse ele.

Apêndice A

ANAIS DOS REIS E GOVERNANTES

No que diz respeito às fontes da maior parte do material contido nos Apêndices seguintes, especialmente A a D, ver a nota ao final do Prólogo. A seção A III, *O Povo de Durin*, derivou provavelmente de Gimli, o Anão, que manteve sua amizade com Peregrin e Meriadoc e os reencontrou muitas vezes em Gondor e Rohan.

As lendas, histórias e tradições que podem ser encontradas nas fontes são muito extensas. Aqui são apresentadas somente seleções delas, em muitos lugares bastante resumidas. Seu propósito central é ilustrar a Guerra do Anel e suas origens e preencher algumas das lacunas na história principal. As antigas lendas da Primeira Era, nas quais residia o maior interesse de Bilbo, são referidas com grande brevidade, visto que dizem respeito aos ancestrais de Elrond e aos reis e chefes númenóreanos. Extratos verdadeiros de anais e relatos mais longos estão colocados entre aspas. Inserções de data posterior estão envoltos em colchetes. Notas no interior de aspas são as encontradas nas fontes. As demais são editoriais.[1]

As datas indicadas são da Terceira Era, a não ser quando são marcadas com S.E. (Segunda Era) ou Q.E. (Quarta Era). Considerou-se que a Terceira Era terminou quando os Três Anéis foram embora em setembro de 3021, mas, para fins de registros, em Gondor a Q.E. 1 começou em 25 de março de 3021. Sobre a equação da datação de Gondor com o Registro do Condado ver Volumes 1 (p. 35) e 3 (p. 1170). Nas listas, as datas que se seguem aos nomes dos reis e governantes são as datas de sua morte, se for indicada uma data apenas. O símbolo † indica morte prematura, em batalha ou de outro modo, apesar de um anal do evento nem sempre estar incluído.

I
OS REIS NÚMENÓREANOS

(i)

NÚMENOR

Fëanor foi o maior dos Eldar em artes e saber, mas também o mais altivo e voluntarioso. Lavrou as Três Joias, as *Silmarilli*, e preencheu-as com a radiância

---

[1] Algumas referências são dadas pela página desta edição de *O Senhor dos Anéis* e da edição em capa dura de *O Hobbit*. [N. A.]

das Duas Árvores, Telperion e Laurelin,[2] que davam luz à terra dos Valar. As Joias foram cobiçadas por Morgoth, o Inimigo, que as roubou e, depois de destruir as Árvores, as levou à Terra-média e as guardou em sua grande fortaleza de Thangorodrim.[3] Contra a vontade dos Valar, Fëanor renunciou ao Reino Abençoado e exilou-se na Terra-média, levando consigo grande parte do seu povo; pois em seu orgulho tinha o propósito de recuperar as Joias de Morgoth à força. Depois disso seguiu-se a desesperançada guerra dos Eldar e Edain contra Thangorodrim, em que por fim foram completamente derrotados. Os Edain (*Atani*) eram três povos de Homens que, chegando primeiro ao Oeste da Terra-média e às praias do Grande Mar, se tornaram aliados dos Eldar contra o Inimigo.

Houve três uniões entre Eldar e Edain: Lúthien e Beren; Idril e Tuor; Arwen e Aragorn. Por esta última, os ramos há muito separados dos Meio-Elfos foram reunidos e restaurou-se sua linhagem.

Lúthien Tinúviel era filha do Rei Thingol Capa-gris de Doriath na Primeira Era, mas sua mãe era Melian, do povo dos Valar. Beren era filho de Barahir da Primeira Casa dos Edain. Juntos, eles arrancaram uma *silmaril* da Coroa de Ferro de Morgoth.[4] Lúthien tornou-se mortal e se perdeu para a Gente-élfica. Dior foi seu filho. Elwing foi filha dele e tinha a *silmaril* em sua posse.

Idril Celebrindal era filha de Turgon, rei da cidade oculta de Gondolin.[5] Tuor era filho de Huor da Casa de Hador, a Terceira Casa dos Edain e a mais renomada nas guerras contra Morgoth. Eärendil, o Marinheiro, era filho deles.

Eärendil casou-se com Elwing e, com o poder da *silmaril,* passou pelas Sombras[6] e chegou ao Extremo Oeste; falando como embaixador tanto dos Elfos como dos Homens, obteve o auxílio pelo qual Morgoth foi derrotado. Não foi permitido a Eärendil retornar às terras mortais, e seu navio, portando a *silmaril,* foi posto a navegar no firmamento como estrela e sinal de esperança para os habitantes da Terra-média oprimidos pelo Grande Inimigo ou por seus serviçais.[7] Somente as *silmarils* conservavam a antiga luz das Duas Árvores de Valinor antes que Morgoth as envenenasse; mas as duas outras se perderam ao final da Primeira Era. Destas coisas o relato completo, e muito mais a respeito dos Elfos e dos Homens, é contado em *O Silmarillion*.

Os filhos de Eärendil eram Elros e Elrond, os *Peredhil* ou Meio-Elfos. Somente neles foi preservada a linhagem dos heroicos chefes dos Edain na Primeira Era;

---

[2] pp. 277, 634, 1016–017: na Terra-média não restava imagem de Laurelin, a Dourada. [N. A.]
[3] pp. 276, 751. [N. A.]
[4] pp. 227, 751. [N. A.]
[5] *O Hobbit*, p. 76; *O Senhor dos Anéis*, p. 349. [N. A.]
[6] pp. 266–68. [N. A.]
[7] pp. 395, 751, 759–60, 957–55. [N. A.]

e após a queda de Gil-galad,[8] a linhagem dos Reis alto-élficos era representada, também na Terra-média, somente pelos descendentes deles.

No fim da Primeira Era os Valar deram aos Meio-Elfos uma escolha irrevogável sobre a gente à qual iriam pertencer. Elrond escolheu ser da gente dos Elfos e tornou-se mestre da sabedoria. A ele, portanto, foi concedida a mesma graça que àqueles Altos Elfos que ainda permaneciam na Terra-média: que, quando estivessem finalmente fatigados das terras mortais, poderiam tomar uma nau nos Portos Cinzentos e passar ao Extremo Oeste; e esta graça continuou após a mudança do mundo. Mas aos filhos de Elrond também foi designada uma escolha: passarem com ele para além dos círculos do mundo; ou, se permanecessem, tornarem-se mortais e morrerem na Terra-média. Para Elrond, portanto, todas as sortes da Guerra do Anel estavam repletas de pesar.[9]

Elros escolheu ser da gente dos Homens e permanecer com os Edain; mas foi-lhe concedida uma grande duração de vida, muitas vezes a dos homens menores.

Como recompensa por seus sofrimentos na causa contra Morgoth, os Valar, os Guardiões do Mundo, concederam aos Edain uma terra que pudessem habitar, removida dos perigos da Terra-média. Portanto, a maior parte deles zarpou por sobre o Mar e, guiados pela Estrela de Eärendil, chegaram à grande Ilha de Elenna, a mais ocidental de todas as terras Mortais. Ali fundaram o reino de Númenor.

Havia uma alta montanha no meio da terra, o Meneltarma, e do seu cume, aqueles cuja visão alcançasse ao longe podiam avistar a torre branca do Porto dos Eldar em Eressëa. Dali os Eldar vinham ter com os Edain e os enriqueciam com sabedoria e muitas dádivas; mas um comando havia sido imposto aos Númenóreanos, a "Interdição dos Valar": estavam proibidos de navegarem rumo ao oeste, fora de vista de suas próprias costas, ou de tentarem pôr os pés nas Terras Imortais. Pois, apesar de ter sido concedida a eles uma longa duração de vida, no começo o triplo da dos Homens menores, eles tinham de permanecer mortais, visto que aos Valar não era permitido tirar deles a Dádiva dos Homens (ou Sina dos Homens, como foi chamada depois).

Elros foi o primeiro Rei de Númenor e mais tarde ficou conhecido pelo nome alto-élfico de Tar-Minyatur. Seus descendentes foram longevos, mas mortais. Mais tarde, quando se tornaram poderosos, sentiram rancor da escolha de seu antepassado, desejando a imortalidade dentro da vida do mundo que era destino dos Eldar e murmurando contra a Interdição. Deste modo começou sua rebelião que, sob os ensinamentos malignos de Sauron, provocou a Queda de Númenor e a ruína do mundo antigo, como está contado no "*Akallabêth*".

---

[8] pp. 84, 219. [N. A.]
[9] pp. 1018–019, 1022. [N. A.]

APÊNDICE A

Estes são os nomes dos Reis e Rainhas de Númenor: Elros Tar-Minyatur, Vardamir, Tar-Amandil, Tar-Elendil, Tar-Meneldur, Tar-Aldarion, Tar-Ancalimë (a primeira Rainha Governante), Tar-Anárion, Tar-Súrion, Tar-Telperiën (a segunda Rainha), Tar-Minastir, Tar-Ciryatan, Tar-Atanamir – o Grande, Tar-Anca-limon, Tar-Telemmaitë, Tar-Vanimeldë (a terceira Rainha), Tar-Alcarin, Tar-Calmacil, Tar-Ardamin.

Depois de Ardamin, os Reis assumiram o cetro em nomes na língua númenóreana (ou adûnaico): Ar-Adûnakhôr, Ar-Zimrathôn, Ar-Sakalthôr, Ar-Gimilzôr, Ar-Inziladûn. Inziladûn arrependeu-se dos costumes dos Reis e mudou seu nome para Tar-Palantir, "O de Visão Longínqua". Sua filha deveria ter sido a quarta Rainha, Tar-Míriel, mas o sobrinho do Rei usurpou o cetro e se tornou Ar-Pharazôn, o Dourado, último Rei dos Númenóreanos.

Nos dias de Tar-Elendil, as primeiras naus dos Númenóreanos retornaram à Terra-média. Seu primeiro descendente foi uma filha, Silmariën. O filho dela foi Valandil, primeiro dos Senhores de Andúnië no oeste da terra, renomados por sua amizade com os Eldar. Dele descenderam Amandil, o último senhor, e seu filho Elendil, o Alto.

O sexto Rei deixou apenas uma descendente, uma filha. Ela se tornou a primeira Rainha; pois foi feita então uma lei da casa real de que o descendente mais velho do Rei, fosse homem ou mulher, receberia o cetro.

O reino de Númenor perdurou até o fim da Segunda Era e cresceu sempre em poderio e esplendor; e até se passar metade da Era, os Númenóreanos também cresceram em sabedoria e júbilo. O primeiro sinal da sombra que se abateria sobre eles apareceu nos dias de Tar-Minastir, o décimo primeiro Rei. Foi ele quem enviou uma grande tropa em auxílio de Gil-galad. Amava os Eldar, mas invejava-os. Os Númenóreanos, àquela altura, haviam se tornado grandes navegantes, explorando todos os mares rumo ao leste, e começavam a ansiar pelo Oeste e pelas águas proibidas; e quanto mais jubilosa era sua vida, tanto mais começavam a desejar a imortalidade dos Eldar.

Ademais, depois de Minastir, os Reis tornaram-se cobiçosos de riqueza e poder. Inicialmente os Númenóreanos haviam chegado à Terra-média como instrutores e amigos de Homens menores afligidos por Sauron; mas agora seus portos se transformaram em fortalezas, mantendo em sujeição amplas terras costeiras. Atanamir e seus sucessores cobravam pesados tributos, e as naus dos Númenóreanos voltavam carregadas de pilhagem.

Foi Tar-Atanamir quem primeiro falou abertamente contra a Interdição e declarou que a vida dos Eldar era dele por direito. Assim a sombra se intensificou e a ideia da morte obscureceu os corações do povo. Então os Númenóreanos se dividiram: de um lado estavam os Reis e aqueles que os seguiam, e estavam apartados dos Eldar e dos Valar; do outro estavam os poucos que se denominavam Fiéis. Estes viviam mormente no oeste da terra.

Pouco a pouco os Reis e seus seguidores abandonaram o uso das línguas eldarin; e por fim o vigésimo Rei assumiu seu nome régio em forma númenóreana, denominando-se Ar-Adûnakhôr, "Senhor do Oeste". Isso pareceu aos Fiéis ser de mau agouro, pois até então haviam dado aquele título apenas a algum dos Valar, ou ao próprio Rei Antigo.[10] E de fato, Ar-Adûnakhôr começou a perseguir os Fiéis e a punir os que usavam abertamente as línguas dos Elfos; e os Eldar não vieram mais a Númenor.

Não obstante, o poder e a riqueza dos Númenóreanos continuava a aumentar; mas seus anos minguavam à medida que crescia seu medo da morte, e seu júbilo partiu. Tar-Palantir tentou emendar o mal; mas era tarde demais, e houve rebelião e contenda em Númenor. Quando ele morreu, seu sobrinho, líder da rebelião, assumiu o cetro e se tornou o Rei Ar-Pharazôn. Ar-Pharazôn, o Dourado, foi o mais altivo e mais poderoso de todos os Reis e seu desejo era nada menos que a realeza do mundo.

Resolveu desafiar Sauron, o Grande, pela supremacia na Terra-média, e por fim ele próprio zarpou com grande esquadra e atracou em Umbar. Eram tão grandes o poderio e o esplendor dos Númenóreanos que os próprios serviçais de Sauron o desertaram; e Sauron humilhou-se, fazendo homenagem e implorando perdão. Então Ar-Pharazôn, na loucura de seu orgulho, levou-o de volta aprisionado para Númenor. Não demorou muito tempo para Sauron enfeitiçar o Rei e dominar seu conselho; e logo havia revertido os corações de todos os Númenóreanos, exceto pelos Fiéis restantes, de volta à escuridão.

E Sauron mentiu ao Rei, declarando que a vida eterna seria daquele que possuísse as Terras Imortais e que a Interdição fora imposta somente para evitar que os Reis dos Homens ultrapassassem os Valar. "Mas grandes Reis tomam o que é seu direito", disse ele.

Por fim Ar-Pharazôn escutou este conselho, pois sentia que minguavam seus dias e estava assombrado pelo medo da Morte. Então preparou o maior armamento que o mundo já vira e, quando estava tudo pronto, soou suas trombetas e zarpou; e rompeu a Interdição dos Valar, chegando com guerra para arrancar a vida eterna dos Senhores do Oeste. Mas, quando Ar-Pharazôn pôs os pés nas praias de Aman, a Abençoada, os Valar depuseram sua condição de Guardiões e invocaram o Uno, e o mundo foi mudado. Númenor foi derrubada e tragada no Mar, e as Terras Imortais foram removidas para sempre dos círculos do mundo. Assim terminou a glória de Númenor.

Os últimos líderes dos Fiéis, Elendil e seus filhos, escaparam da Queda com nove naus, levando um rebento de Nimloth e as Sete Pedras-Videntes (dádivas dos Eldar à sua Casa);[11] e foram carregados no vento de grande tempestade e lançados nas praias da Terra-média. Ali estabeleceram, no Noroeste,

---

[10]pp. 267–68. [N. A.]
[11]pp. 632–33, 1016. [N. A.]

os reinos númenóreanos no exílio, Arnor e Gondor.[12] Elendil foi o Alto Rei e habitava no Norte em Annúminas; e o governo no Sul foi entregue a seus filhos, Isildur e Anárion. Ali fundaram Osgiliath, entre Minas Ithil e Minas Anor,[13] não longe dos confins de Mordor. Pois criam que ao menos proviera da ruína este bem: que Sauron também perecera.

Mas não era assim. Sauron foi deveras apanhado na destruição de Númenor, de modo que a forma corpórea em que por longo tempo caminhara pereceu; mas fugiu de volta à Terra-média, um espírito de ódio carregado por um vento escuro. Nunca mais foi capaz de assumir uma forma que parecesse bela aos homens, mas tornou-se sombrio e hediondo, e daí em diante seu poder foi somente pelo terror. Entrou outra vez em Mordor e ali, durante certo tempo, ocultou-se em silêncio. Mas foi grande sua ira quando soube que Elendil, a quem mais odiava, lhe escapara e agora organizava um reino em suas fronteiras.

Portanto, algum tempo depois moveu guerra contra os Exilados, antes que se enraizassem. Orodruin mais uma vez irrompeu em chamas e foi renomeada em Gondor como Amon Amarth, Monte da Perdição. Mas Sauron desferiu seu golpe cedo demais, antes que seu próprio poderio estivesse reconstruído, enquanto que o poderio de Gil-galad crescera em sua ausência; e na Última Aliança que se formou contra ele, Sauron foi derrotado e o Um Anel lhe foi tirado.[14] Assim terminou a Segunda Era.

(ii)

OS REINOS NO EXÍLIO

A Linhagem do Norte
Herdeiros de Isildur

Arnor. Elendil †S.E. 3441, Isildur †2, Valandil 249,[15] Eldacar 339, Arantar 435, Tarcil 515, Tarondor 602, Valandur †652, Elendur 777, Eärendur 861.

Arthedain. Amlaith de Fornost[16] (filho mais velho de Eärendur) 946, Beleg 1029, Mallor 1110, Celepharn 1191, Celebrindor 1272, Malvegil 1349,[17] Argeleb I †1356, Arveleg I 1409, Araphor 1589, Argeleb II 1670, Arvegil 1743, Arveleg II 1813, Araval 1891, Araphant 1964, Arvedui Último-rei †1975. Fim do Reino-do-Norte.

---

[12]pp. 275–76. [N. A.]
[13]p. 277. [N. A.]
[14]p. 277. [N. A.]
[15]Foi o quarto filho de Isildur, nascido em Imladris. Seus irmãos foram mortos nos Campos de Lis. [N. A.]
[16]Depois de Eärendur, os Reis não assumiram mais nomes em forma alto-élfica. [N. A.]
[17]Depois de Malvegil, os Reis em Fornost voltaram a reivindicar domínio sobre toda Arnor e assumiram nomes com o prefixo *ar(a)* em sinal disso. [N. A.]

Chefes. Aranarth (filho mais velho de Arvedui) 2106, Arahael 2177, Aranuir 2247, Aravir 2319, Aragorn I †2327, Araglas 2455, Arahad I 2523, Aragost 2588, Aravorn 2654, Arahad II 2719, Arassuil 2784, Arathorn I †2848, Argonui 2912, Arador †2930, Arathorn II †2933, Aragorn II Q.E. 120.

A Linhagem do Sul
Herdeiros de Anárion

Reis de Gondor. Elendil, (Isildur e) Anárion †S.E. 3440, Meneldil, filho de Anárion, 158, Cemendur 238, Eärendil 324, Anardil 411, Ostoher 492, Rómendacil I (Tarostar) †541, Turambar 667, Atanatar I 748, Siriondil 830. Seguiram-se aqui os quatro "Reis-Navegantes":

Tarannon Falastur 913. Foi o primeiro rei sem filhos e foi sucedido pelo filho de seu irmão Tarciryan. Eärnil I †936, Ciryandil †1015, Hyarmendacil I (Ciryaher) 1149. Agora Gondor alcançava o pincaro de seu poderio.

Atanatar II Alcarin, "o Glorioso", 1226, Narmacil I 1294. Foi o segundo rei sem filhos e foi sucedido por seu irmão mais novo. Calmacil 1304, Minalcar (regente 1240–1304), coroado como Rómendacil II 1304, morreu em 1366, Valacar 1432. Em seu tempo começou o primeiro desastre de Gondor, a Contenda-das-Famílias.

Eldacar, filho de Valacar (inicialmente chamado Vinitharya), deposto em 1437. Castamir, o Usurpador, †1447. Após restaurar seu posto, Eldacar morreu em 1490.

Aldamir (segundo filho de Eldacar) †1540, Hyarmendacil II (Vinyarion) 1621, Minardil †1634, Telemnar †1636. Telemnar e todos os seus filhos pereceram na peste; ele foi sucedido por seu sobrinho, o filho de Minastan, segundo filho de Minardil. Tarondor 1798, Telumehtar Umbardacil 1850, Narmacil II †1856, Calimehtar 1936, Ondoher †1944. Ondoher e seus dois filhos foram mortos em batalha. Um ano depois, em 1945, a coroa foi dada ao general vitorioso Eärnil, descendente de Telumehtar Umbardacil. Eärnil II 2043, Eärnur †2050. Aqui a linhagem dos Reis chegou ao fim, até ser restaurada por Elessar Telcontar em 3019. O reino foi então governado pelos Regentes.

Regentes de Gondor. A Casa de Húrin: Pelendur 1998. Governou por um ano após a queda de Ondoher e aconselhou Gondor a rejeitar a reivindicação da coroa por Arvedui. Vorondil, o Caçador, 2029.[18] Mardil Voronwë, "o Resoluto", primeiro dos Regentes Governantes. Seus sucessores deixaram de usar nomes alto-élficos.

---

[18]Ver p. 795. Dizia-se na lenda que o gado selvagem branco que ainda se encontrava perto do Mar de Rhûn descendia do Gado de Araw, o caçador dos Valar, o único dentre eles que vinha frequentemente à Terra-média nos Dias Antigos. *Oromë* é a forma alto-élfica de seu nome (p. 881). [N. A.]

Regentes Governantes. Mardil 2080, Eradan 2116, Herion 2148, Belegorn 2204, Húrin I 2244, Túrin I 2278, Hador 2395, Barahir 2412, Dior 2435, Denethor I 2477, Boromir 2489, Cirion 2567. Em sua época os Rohirrim chegaram a Calenardhon.

Hallas 2605, Húrin II 2628, Belecthor I 2655, Orodreth 2685, Ecthelion I 2698, Egalmoth 2743, Beren 2763, Beregond 2811, Belecthor II 2872, Thorondir 2882, Túrin II 2914, Turgon 2953, Ecthelion II 2984, Denethor II. Foi o último dos Regentes Governantes e foi sucedido por seu segundo filho, Faramir, Senhor de Emyn Arnen, Regente do Rei Elessar, Q.E. 82.

(iii)

ERIADOR, ARNOR E OS HERDEIROS DE ISILDUR

"Eriador foi outrora o nome de todas as terras entre as Montanhas Nevoentas e as Azuis; no Sul era limitada pelo Griságua e pelo Glanduin, que conflui com ele acima de Tharbad.

"Em sua maior extensão, Arnor incluía toda Eriador, exceto pelas regiões além do Lûn e as terras a leste do Griságua e do Ruidoságua, onde ficavam Valfenda e Azevim. Além do Lûn estava a terra élfica, verde e tranquila, aonde não ia Homem nenhum; mas os Anãos habitavam, e ainda habitam, do lado leste das Montanhas Azuis, em especial nas partes ao sul do Golfo de Lûn, onde têm minas que ainda estão em uso. Por esse motivo costumavam passar rumo ao leste ao longo da Grande Estrada, como haviam feito durante longos anos antes que nós chegássemos ao Condado. Nos Portos Cinzentos morava Círdan, o Armador, e alguns dizem que ainda mora ali, até que a Última Nau zarpe para o Oeste. Nos dias dos Reis, a maioria dos Altos Elfos que ainda se demoravam na Terra-média moravam com Círdan ou nas terras de Lindon junto ao mar. Se ainda restam alguns, são poucos."

O Reino-do-Norte e os Dúnedain

Depois de Elendil e Isildur houve oito Altos Reis de Arnor. Após Eärendur, devido a disputas entre seus filhos, o reino foi dividido em três: Arthedain, Rhudaur e Cardolan. Arthedain ficava no Noroeste e incluía as terras entre o Brandevin e o Lûn e também as ao norte da Grande Estrada até as Colinas do Vento. Rhudaur ficava no Nordeste e se estendia entre a Charneca Etten, as Colinas do Vento e as Montanhas Nevoentas, mas também incluía o Ângulo entre o Fontegris e o Ruidoságua. Cardolan ficava no Sul, e suas fronteiras eram o Brandevin, o Griságua e a Grande Estrada.

Em Arthedain a linhagem de Isildur foi mantida e perdurou, mas a linhagem logo pereceu em Cardolan e Rhudaur. Houve frequentes contendas entre os reinos, o que apressou a redução dos Dúnedain. O principal tema de debate era a posse das Colinas do Vento e das terras a oeste rumo a Bri. Tanto Rhudaur quanto Cardolan desejavam possuir Amon Sûl (Topo-do-Vento), que ficava nas divisas de seus reinos; pois a Torre de Amon Sûl continha a principal Palantír do Norte e as outras duas estavam ambas em posse de Arthedain.

"Foi no começo do reino de Malvegil de Arthedain que o mal chegou a Arnor. Pois nessa época o reino de Angmar surgiu no Norte além da Charneca Etten. Suas terras ficavam de ambos os lados das Montanhas, e ali foram reunidos muitos homens malignos, orques e outras criaturas cruéis. [O senhor daquela terra era conhecido como Rei-bruxo, porém só mais tarde ficou-se sabendo que ele era de fato o chefe dos Espectros-do-Anel, que foram ao norte com o fim de destruir os Dúnedain em Arnor, vendo esperança na desunião destes, enquanto Gondor era forte.]"

Nos dias de Argeleb, filho de Malvegil, visto que não restavam descendentes de Isildur nos demais reinos, os reis de Arthedain mais uma vez reivindicaram o domínio de toda Arnor. A reivindicação foi contestada por Rhudaur. Ali os Dúnedain eram poucos, e o poder fora assumido por um senhor maligno dos Homens-das-Colinas que mantinha aliança secreta com Angmar. Portanto Argeleb fortificou as Colinas do Vento;[19] mas foi morto em combate com Rhudaur e Angmar.

Arveleg, filho de Argeleb, com a ajuda de Cardolan e Lindon, expulsou seus inimigos das Colinas; e por muitos anos Arthedain e Cardolan mantiveram guarnecida uma fronteira ao longo das Colinas do Vento, da Grande Estrada e do Fontegris inferior. Dizem que nessa época Valfenda foi sitiada.

Uma grande hoste veio de Angmar em 1409 e, atravessando o rio, entrou em Cardolan e cercou o Topo-do-Vento. Os Dúnedain foram derrotados e Arveleg foi morto. A Torre de Amon Sûl foi queimada e arrasada; mas a *palantír* foi salva e levada de volta ao refúgio em Fornost. Rhudaur foi ocupada por Homens malignos sujeitos a Angmar,[20] e os Dúnedain que restavam ali foram mortos ou fugiram para o oeste. Cardolan foi devastada. Araphor, filho de Arveleg, ainda não era adulto, mas foi valoroso e, com o auxílio de Círdan, repeliu o inimigo de Fornost e das Colinas do Norte. Um remanescente dos fiéis entre os Dúnedain de Cardolan também resistiu em Tyrn Gorthad (as Colinas-dos-túmulos) ou se refugiou na Floresta mais atrás.

Dizem que Angmar foi durante algum tempo reprimido pela Gente-élfica vinda de Lindon; e de Valfenda, pois Elrond trouxe auxílio por cima das Montanhas, vindo de Lórien. Foi nessa época que os Grados que haviam morado no Ângulo (entre o Fontegris e o Ruidoságua) fugiram rumo ao oeste e ao sul por causa das guerras, do temor de Angmar e porque a terra e o clima de Eriador, especialmente no leste, se deterioraram e tornaram-se hostis. Alguns

---

[19]p. 218. [N. A.]
[20]p. 235. [N. A.]

retornaram às Terras-selváticas e habitaram junto do Lis, transformando-se em um povo de pescadores ribeirinhos.

Nos dias de Argeleb II a peste chegou a Eriador, vinda do Sudeste, e a maioria da gente de Cardolan pereceu, especialmente em Minhiriath. Os Hobbits e todos os demais povos sofreram muito, mas a peste diminuiu à medida que passava para o norte, e as partes setentrionais de Arthedain foram pouco afetadas. Foi nessa época que chegaram ao fim os Dúnedain de Cardolan, e espíritos maus de Angmar e Rhudaur entraram nos morros desertos e habitaram ali.

"Dizem que os morros de Tyrn Gorthad, como as Colinas-dos-túmulos eram chamadas outrora, são muito antigos e que muitos foram erguidos nos dias do antigo mundo da Primeira Era pelos antepassados dos Edain, antes que atravessassem as Montanhas Azuis rumo a Beleriand, de que Lindon é tudo o que resta agora. Portanto, esses morros foram reverenciados pelos Dúnedain após seu retorno; e ali foram sepultados muitos de seus senhores e reis. [Alguns dizem que o morro onde o Portador-do-Anel foi aprisionado fora a tumba do último príncipe de Cardolan, que tombou na guerra de 1409.]"

"Em 1974 o poder de Angmar ergueu-se de novo e o Rei-bruxo desceu sobre Arthedain antes que terminasse o inverno. Capturou Fornost e expulsou a maior parte dos Dúnedain restantes para além do Lûn; entre eles estavam os filhos do rei. Mas o Rei Arvedui resistiu nas Colinas do Norte até o fim e então fugiu para o norte com parte de sua guarda; e escaparam graças à presteza de seus cavalos.

"Por algum tempo Arvedui se escondeu nos túneis das antigas minas dos Anãos perto da ponta extrema das Montanhas, mas por fim foi expulso pela fome, buscando a ajuda dos Lossoth, os Homens-das-Neves de Forochel.[21] Alguns destes ele encontrou acampados à beira do mar; mas não ajudaram o rei de bom grado, pois ele nada tinha a lhes oferecer senão algumas joias às quais não davam valor; e temiam o Rei-bruxo, que (diziam eles) podia fazer geada ou derretimento à sua vontade. Mas, em parte por pena do rei magro e de seus homens, e em parte por temor das suas armas, deram-lhes um pouco de alimento e lhes construíram cabanas de neve. Ali Arvedui foi obrigado a esperar, ansiando por ajuda do sul, pois seus cavalos haviam perecido.

---

[21]Estes são um povo estranho e inamistoso, remanescente dos Forodwaith, Homens de dias longínquos, acostumados às extremas frialdades do reino de Morgoth. Na verdade, essas frialdades ainda se mantêm naquela região, apesar de estarem a pouco mais de cem léguas ao norte do Condado. Os Lossoth habitam na neve e dizem que podem correr sobre o gelo usando ossos nos pés e que têm carroças sem rodas. Vivem, na maioria, inacessíveis aos inimigos, no grande Cabo de Forochel que fecha a noroeste a imensa baía do mesmo nome; mas costumam acampar nas margens meridionais da baía, aos pés das Montanhas. [N. A.]

"Quando Círdan ouviu falar por Aranarth, filho de Arvedui, da fuga do rei rumo ao norte, enviou de pronto uma nau a Forochel para procurá-lo. A nau ali chegou, por fim, ao cabo de muitos dias, por causa dos ventos contrários, e os marujos viam de longe a pequena fogueira de madeira salva do mar que os homens perdidos conseguiam manter acesa. Mas naquele ano o inverno demorou a aliviar seu aperto; e, apesar de já ser março, o gelo mal começava a se romper e se estendia para longe além da costa.

"Quando os Homens-das-Neves viram a nau, ficaram admirados e temerosos, pois em suas lembranças jamais haviam visto tal nau no mar; mas já haviam se tornado mais amistosos, e puxaram o rei e aqueles da sua companhia que tinham sobrevivido por cima do gelo, em carroças deslizantes, até o ponto que ousavam. Desse modo um barco da nau foi capaz de alcançá-los.

"Mas os Homens-das-Neves estavam inseguros: pois diziam que farejavam perigo no vento. E o chefe dos Lossoth disse a Arvedui: 'Não montes nesse monstro marinho! Se as tiverem, que os homens do mar nos tragam comida e outras coisas de que necessitamos, e podes ficar aqui até que o Rei-bruxo vá para casa. Pois no verão seu poder míngua; mas agora seu hálito é mortal e é longo seu braço frio.'

"Mas Arvedui não seguiu seu conselho. Agradeceu-lhe e na partida lhe deu o seu anel, dizendo: 'Este é um objeto de valor além do que podes avaliar. Apenas por sua antiguidade. Não tem poder, salvo a estima que têm por ele aqueles que amam minha casa. Ele não te ajudará, mas se algum dia estiveres em dificuldades, minha gente o resgatará com grande provisão de tudo o que desejares.'[22]

"Porém era bom o conselho dos Lossoth, por acaso ou por previsão; pois a nau ainda não alcançara o mar aberto quando se ergueu grande tempestade de vento, e veio com neve cegante desde o Norte, e impeliu a nau de volta sobre o gelo, e lhe amontoou gelo em cima. Até os marujos de Círdan ficaram desamparados, e durante a noite o gelo esmagou o casco, e o navio afundou. Assim pereceu Arvedui Último-rei, e com ele as *palantíri* foram sepultadas no mar.[23] Foi muito depois que se soube, através dos Homens-das-Neves, do naufrágio de Forochel."

---

[22] Deste modo o anel da Casa de Isildur foi salvo; pois foi mais tarde resgatado pelos Dúnedain. Dizem que não era outro senão o anel que Felagund de Nargothrond dera a Barahir e que Beren recuperou com grande risco. [N. A.]

[23] Essas eram as Pedras de Annúminas e Amon Sûl. A única Pedra restante no Norte foi a da Torre nas Emyn Beraid que dá para o Golfo de Lûn. Essa era vigiada pelos Elfos e, apesar de nunca o sabermos, ela permaneceu ali até que Círdan a pusesse a bordo da nau de Elrond, quando este partiu (pp. 76, 141). Mas disseram-nos que ela era diversa das demais e não se acordava com elas; olhava apenas para o Mar. Elendil a colocou ali para poder olhar de volta, com "visão reta", e ver Eressëa no Oeste desaparecido; mas os mares curvos abaixo cobriram Númenor para sempre. [N. A.]

O povo do Condado sobreviveu, apesar de a guerra se abater sobre eles e a maioria fugir e se esconder. Em auxílio do rei, enviaram alguns arqueiros que jamais retornaram; e também outros foram à batalha em que Angmar foi derrotado (do que se conta mais nos anais do Sul). Depois, na paz que se seguiu, o povo do Condado se governou a si mesmo e prosperou. Escolheram um Thain para tomar o lugar do Rei e se contentaram; porém, por longo tempo muitos ainda esperavam o retorno do Rei. Mas, por fim, essa esperança foi esquecida e permanecia apenas no dito "Quando o Rei voltar", usado a respeito de algum bem que não podia ser alcançado ou de algum mal que não podia ser reparado. O primeiro Thain do Condado foi um certo Bucca do Pântano, de quem os Velhobuques diziam descender. Tornou-se Thain em 379 de nosso registro (1979).

Depois de Arvedui terminou o Reino-do-Norte, pois os Dúnedain já eram poucos, e todos os povos de Eriador minguaram. Porém a linhagem dos reis foi continuada pelos Chefes dos Dúnedain, o primeiro dos quais foi Aranarth, filho de Arvedui. Seu filho Arahael foi criado em Valfenda e, do mesmo modo, todos os filhos dos chefes depois dele; e ali também se guardaram as heranças de sua casa: o anel de Barahir, os fragmentos de Narsil, a estrela de Elendil e o cetro de Annúminas.[24]

"Quando o reino terminou, os Dúnedain passaram às sombras e se tornaram um povo secreto e errante, e seus feitos e suas labutas eram raramente cantados ou registrados. Pouco agora se recorda deles desde que Elrond partiu. Apesar de, mesmo antes que terminasse a Paz Vigilante, seres malignos recomeçarem a atacar ou invadir em segredo Eriador, a maior parte dos Chefes viveu plenamente suas longas vidas. Aragorn I, ao que dizem, foi morto por lobos, que continuaram representando um perigo em Eriador e ainda não se extinguiram. Nos dias de Arahad I, os Orques, que, ao que se soube depois, haviam ocupado secretamente baluartes nas Montanhas Nevoentas, de modo a impedir todas as passagens para Eriador, se revelaram repentinamente. Em 2509, Celebrían, esposa de Elrond, viajava a Lórien quando foi emboscada

---

[24] O cetro era o principal emblema da realeza em Númenor, conta-nos o Rei; e também era assim em Arnor, cujos reis não usavam coroa, e sim portavam uma única gema branca, a Elendilmir, Estrela de Elendil, atada à testa com um filete de prata (pp. 179, 891, 904, 1011, 1012) . Ao falar de uma coroa (pp. 203, 281), Bilbo sem dúvida referia-se a Gondor; ele parece ter-se familiarizado bem com os assuntos concernentes à linhagem de Aragorn. Dizem que o cetro de Númenor pereceu com Ar-Pharazôn. O de Annúminas era o bastão de prata dos Senhores de Andúnië e é agora, quem sabe, a mais antiga obra de mãos humanas preservada na Terra-média. Já tinha mais de cinco mil anos quando Elrond o entregou a Aragorn (p. 1017). A coroa de Gondor derivou-se da forma de um elmo de guerra númenóreano. No começo era de fato um elmo singelo; e dizem que era aquele que Isildur usou na Batalha de Dagorlad (pois o elmo de Anárion foi esmagado pela pedra lançada de Barad-dûr, que o matou). Mas nos dias de Atanatar Alcarin ele foi substituído pelo elmo provido de joias que foi usado na coroação de Aragorn. [N. A.]

no Passo do Chifre-vermelho e, quando sua escolta se dispersou pelo ataque súbito dos Orques, foi presa e levada para longe. Foi perseguida e resgatada por Elladan e Elrohir, mas não antes de sofrer tormentos e receber um ferimento envenenado.[25] Foi trazida de volta a Imladris e, apesar de ter o corpo curado por Elrond, perdeu todo o deleite na Terra-média e, no ano seguinte, foi aos Portos e passou por sobre o Mar. E mais tarde, nos dias de Arassuil, os Orques, que outra vez se multiplicaram nas Montanhas Nevoentas, começaram a assolar as terras, e os Dúnedain e os filhos de Elrond os combateram. Foi nessa época que um grande bando chegou tão longe para o oeste que penetrou no Condado e foi expulso por Bandobras Tûk."[26]

Houve quinze Chefes antes de nascer o décimo sexto e último, Aragorn II, que voltou a se tornar Rei de Gondor e também de Arnor. "Nosso Rei, assim o chamamos; e quando ele vem ao norte, à sua casa em Annúminas restaurada, e passa algum tempo junto ao Lago Vesperturvo, então todos no Condado se alegram. Mas ele não entra nesta terra e respeita a lei que fez de que ninguém do Povo Grande há de ultrapassar suas divisas. Mas frequentemente cavalga, com muita gente bela, até a Grande Ponte, e ali recebe seus amigos e quaisquer outros que queiram vê-lo; e alguns cavalgam para longe com ele e ficam em sua casa por quanto tempo querem. O Thain Peregrin esteve ali muitas vezes, e também Mestre Samwise, o Prefeito. Sua filha Elanor, a Bela, é uma das damas de honra da Rainha Vespestrela."

Foi o orgulho e a admiração da Linhagem do Norte que, apesar de seu poder ter acabado e seu povo ter minguado, através de todas as muitas gerações a sucessão ficou ininterrupta de pai para filho. Também, apesar de a duração da vida dos Dúnedain diminuir cada vez mais na Terra-média, após o término de seus reis, a diminuição foi mais rápida em Gondor; e muitos dos Chefes do Norte ainda viviam até o dobro da idade dos Homens e muito além dos dias mesmo dos mais velhos dentre nós. Deveras Aragorn viveu até os duzentos e dez anos de idade, mais do que qualquer outro de sua linhagem desde o Rei Arvegil; mas em Aragorn Elessar foi renovada a dignidade dos reis de outrora.

(iv)

GONDOR E OS HERDEIROS DE ANÁRION

Houve trinta e um reis em Gondor depois de Anárion, que foi morto diante de Barad-dûr. Apesar de a guerra jamais cessar em suas divisas, por mais de mil anos os Dúnedain do Sul cresceram em riqueza e poder, em terra e no mar, até o reino de Atanatar II, que era chamado Alcarin, o Glorioso. Porém, os sinais de decadência já haviam surgido àquela altura; pois os altos homens do

---

[25]p. 259. [N. A.]
[26]pp. 36, 1060. [N. A.]

Sul casavam-se tarde, e seus filhos eram poucos. O primeiro rei sem filhos foi Falastur, e o segundo, Narmacil I, o filho de Atanatar Alcarin.

Foi Ostoher, o sétimo rei, quem reconstruiu Minas Anor, onde mais tarde os reis moravam no verão, em vez de Osgiliath. Em seu tempo, Gondor foi atacada pela primeira vez por homens selvagens do Leste. Mas seu filho Tarostar os derrotou, os expulsou e tomou o nome de Rómendacil "Vitorioso-do--Leste". No entanto, mais tarde foi morto em combate com novas hordas de Lestenses. Seu filho Turambar o vingou e ganhou muitos territórios ao leste.

Com Tarannon, o décimo segundo rei, começou a linhagem dos Reis--Navegantes, que construíram frotas e estenderam o domínio de Gondor ao longo das costas a oeste e ao sul das Fozes do Anduin. Para comemorar suas vitórias como Capitão das Hostes, Tarannon assumiu a coroa com o nome de Falastur "Senhor das Costas".

Seu sobrinho Eärnil I, que lhe sucedeu, reparou o antigo porto de Pelargir e construiu uma grande frota. Sitiou Umbar por mar e por terra e tomou-a, e ela se tornou um grande porto e fortaleza do poderio de Gondor.[27] Mas Eärnil não sobreviveu ao seu triunfo por muito tempo. Perdeu-se, com muitas naus e muitos homens, em grande tempestade diante de Umbar. Seu filho Ciryandil continuou a construção das naus, mas os Homens do Harad, liderados pelos senhores que haviam sido expulsos de Umbar, vieram com grande poderio contra aquele baluarte, e Ciryandil tombou em combate em Haradwaith.

Por muitos anos Umbar foi sitiada, mas não podia ser tomada por causa do poderio marítimo de Gondor. Ciryaher, filho de Ciryandil, aguardou por algum tempo, e por fim, tendo reunido forças, desceu do norte por mar e terra, e, atravessando o Rio Harnen, seus exércitos derrotaram por completo os Homens do Harad, e seus reis foram obrigados a reconhecer o domínio de Gondor (1050). Então Ciryaher tomou o nome de Hyarmendacil "Vitorioso-do-Sul".

Nenhum inimigo ousou contestar o poderio de Hyarmendacil durante o restante de seu longo reinado. Foi rei por cento e trinta e quatro anos, o mais longo reinado, exceto por um, de toda a Linhagem de Anárion. Em seu tempo Gondor atingiu o cume do poder. O reino estendia-se então rumo ao norte até o campo de Celebrant e as bordas meridionais de Trevamata; a oeste até o Griságua; a leste até o Mar Interior de Rhûn; ao sul até o Rio Harnen, e dali, ao longo da costa, até a península e o porto de Umbar. Os Homens dos Vales do Anduin reconheciam sua autoridade; e os reis do Harad prestavam deferência

---

[27] O grande cabo e o braço de mar cercado de terra de Umbar haviam sido uma região númenóreana desde os dias de outrora; mas eram um baluarte dos Homens do Rei, que mais tarde foram chamados de Númenóreanos Negros, corrompidos por Sauron, que odiavam acima de tudo os seguidores de Elendil. Após a queda de Sauron, sua gente minguou depressa ou misturou-se aos Homens da Terra-média, mas herdaram sem diminuição seu ódio de Gondor. Umbar, portanto, só foi conquistada a grande custo.

a Gondor, e seus filhos viviam como reféns na corte do Rei. Mordor estava desolada, mas era vigiada por grandes fortalezas que guardavam os passos.

Assim terminou a linhagem dos Reis-Navegantes. Atanatar Alcarin, filho de Hyarmendacil, viveu em grande esplendor, de modo que os homens diziam que "pedras preciosas são seixos em Gondor para as crianças brincarem". Mas Atanatar apreciava o ócio e nada fazia para manter o poder que herdara e seus dois filhos tinham o mesmo temperamento. O declínio de Gondor já começara antes de ele morrer, e sem dúvida foi observado pelos inimigos. A guarda de Mordor foi relaxada. Ainda assim, foi só nos dias de Valacar que o primeiro grande mal se abateu sobre Gondor: a guerra civil da Contenda-das-Famílias, em que grande perda e ruína foram causadas e jamais reparadas.

Minalcar, filho de Calmacil, foi homem de grande vigor, e em 1240 Narmacil, para se livrar de todas as preocupações, fê-lo Regente do reino. Desde aquele tempo ele governou Gondor em nome dos reis até suceder a seu pai. Seu principal afazer foi com os Nortistas.

Estes haviam aumentado grandemente na paz trazida pelo poderio de Gondor. Os reis lhes eram favoráveis, uma vez que eles eram os mais próximos em parentesco, dentre os Homens menores, aos Dúnedain (já que descendiam mormente daqueles povos dos quais provinham os Edain de outrora); e deram-lhes amplas terras além do Anduin, ao sul da Verdemata, a Grande, para serem uma defesa contra os homens do Leste. Pois no passado os ataques dos Lestenses haviam vindo principalmente por sobre a planície entre o Mar Interior e as Montanhas de Cinza.

Nos dias de Narmacil I seus ataques recomeçaram, porém inicialmente com pouca força; mas o regente soube que os Nortistas nem sempre permaneciam fiéis a Gondor e que alguns uniam forças com os Lestenses, fosse por avidez de butim, fosse por intensificação das rixas entre seus príncipes. Portanto, em 1248, Minalcar liderou grande exército, e entre Rhovanion e o Mar Interior derrotou grande exército dos Lestenses e destruiu todos os seus acampamentos e assentamentos a leste do Mar. Tomou então o nome de Rómendacil.

Ao retornar, Rómendacil fortificou a margem oeste do Anduin até a confluência do Limclaro e proibiu que qualquer estrangeiro descesse pelo Rio além das Emyn Muil. Foi ele quem construiu os pilares das Argonath na entrada de Nen Hithoel. Mas, como necessitava de homens e desejava fortalecer o elo entre Gondor e os Nortistas, trouxe muitos deles para seu serviço e conferiu a alguns uma alta patente em seus exércitos.

Rómendacil demonstrou especial favor a Vidugavia, que o ajudara na guerra. Ele se chamava Rei de Rhovanion e era de fato o mais poderoso dentre os príncipes do Norte, apesar de seu próprio reino estar situado entre Verdemata e o Rio Celduin.[28] Em 1250, Rómendacil enviou seu filho Valacar como

---

[28] O Rio Rápido. [N. A.]

embaixador para morar por algum tempo com Vidugavia e familiarizar-se com a língua, os modos e as políticas dos Nortistas. Mas Valacar ultrapassou em muito as intenções de seu pai. Apaixonou-se pelas terras e pelo povo do Norte e casou-se com Vidumavi, filha de Vidugavia. Levou alguns anos para retornar. Desse casamento resultou mais tarde a guerra da Contenda-das-Famílias.

"Pois os altos homens de Gondor já olhavam de soslaio para os Nortistas entre eles; e era coisa até então inaudita que o herdeiro da coroa, ou qualquer filho do rei, se casasse com alguém de raça menor e estrangeira. Já havia rebelião nas províncias meridionais quando o Rei Valacar envelheceu. Sua rainha fora uma senhora bela e nobre, mas de vida curta, conforme a sina dos Homens menores, e os Dúnedain temiam que seus descendentes demonstrassem ser iguais e decaíssem da majestade dos Reis de Homens. Também estavam relutantes em aceitarem como senhor o filho dela que, apesar de agora se chamar Eldacar, nascera em país estrangeiro e na juventude se chamara Vinitharya, um nome do povo de sua mãe.

"Portanto, quando Eldacar sucedeu ao pai, houve guerra em Gondor. Mas Eldacar demonstrou não ser facilmente removido de sua herança. À linhagem de Gondor, acrescentou o espírito indômito dos Nortistas. Era belo e valoroso e não demonstrava sinal de envelhecer mais depressa que o pai. Quando os confederados liderados pelos descendentes dos reis se ergueram contra ele, ele os enfrentou até o fim de suas forças. Foi finalmente sitiado em Osgiliath e manteve a posição por muito tempo até que a fome e as forças superiores dos rebeldes o expulsassem, deixando a cidade em chamas. Nesse cerco e incêndio foi destruída a Torre da Cúpula de Osgiliath, e a *palantír* perdeu-se nas águas.

"Mas Eldacar escapou aos inimigos e chegou ao Norte, à sua parentela em Rhovanion. Ali muitos se reuniram em torno dele, tanto Nortistas a serviço de Gondor como Dúnedain das regiões setentrionais do reino. Pois muitos dentre estes haviam aprendido a estimá-lo e muitos mais chegaram a odiar seu usurpador. Este era Castamir, neto de Calimehtar, irmão mais novo de Rómendacil II. Não somente ele era um dos mais próximos da coroa pelo sangue, mas tinha o maior séquito de todos os rebeldes; pois era Capitão das Naus e era apoiado pelo povo das costas e dos grandes portos de Pelargir e Umbar.

"Castamir não estivera no trono por muito tempo quando demonstrou ser altivo e pouco generoso. Era um homem cruel, como já mostrara na tomada de Osgiliath. Mandou matar Ornendil, filho de Eldacar, que fora capturado; e a matança e destruição que houve na cidade, a seu mando, excedeu em muito as necessidades da guerra. Isso foi lembrado em Minas Anor e Ithilien; e ali o apreço por Castamir diminuiu ainda mais quando se viu que ele pouco se importava com a terra, e só pensava nas frotas, e pretendia remover a sede do rei para Pelargir.

"Assim, ele só fora rei por dez anos quando Eldacar, percebendo sua hora, veio do norte com grande exército, e o povo se juntou a ele desde Calenardhon, Anórien e Ithilien. Houve uma grande batalha em Lebennin nas Travessias do

Erui, onde foi derramada grande parte do melhor sangue de Gondor. O próprio Eldacar abateu Castamir em combate, e assim vingou Ornendil; mas os filhos de Castamir escaparam, e com outros de sua família e muita gente das frotas resistiram por muito tempo em Pelargir.

"Quando tinham reunido ali todas as forças que conseguiram (visto que Eldacar não tinha naus para acossá-los pelo mar), partiram em seus navios e se estabeleceram em Umbar. Ali fizeram um refúgio para todos os inimigos do rei e um domínio independente de sua coroa. Umbar permaneceu em guerra com Gondor por muitas vidas dos homens, uma ameaça às suas terras costeiras e a todo o tráfego pelo mar. Nunca mais voltou a ser totalmente subjugada antes dos dias de Elessar; e a região de Gondor Meridional se transformou em uma terra disputada entre os Corsários e os Reis."

"A perda de Umbar foi dolorosa para Gondor, não somente porque o reino diminuiu no sul e seu domínio dos Homens do Harad afrouxou, mas porque foi ali que Ar-Pharazôn, o Dourado, último Rei de Númenor, aportou e humilhou o poderio de Sauron. Apesar de grande mal se seguir, os próprios seguidores de Elendil lembravam-se orgulhosos da vinda da grande hoste de Ar-Pharazôn das profundas do Mar; e na mais alta colina do promontório acima do Porto erigiram como monumento uma grande coluna branca. Era coroada com um globo de cristal que apanhava os raios do Sol e da Lua e reluzia como uma estrela intensa que em bom tempo se podia ver mesmo nas costas de Gondor ou longe no mar do oeste. Permaneceu ali até que, após o segundo surgimento de Sauron, que já se avizinhava, Umbar caiu sob o domínio de seus serviçais e o memorial de sua humilhação foi derrubado."

Após o retorno de Eldacar, o sangue da casa real e de outras casas dos Dúnedain tornou-se mais misturado com o de Homens menores. Pois muitos dentre os grandes haviam perecido na Contenda-das-Famílias; porém Eldacar mostrou-se favorável aos Nortistas, com cuja ajuda reconquistara a coroa, e o povo de Gondor foi incrementado por muita gente que veio de Rhovanion.

Inicialmente a mistura não apressou o declínio dos Dúnedain, como se temera; mas ainda assim o declínio continuava, pouco a pouco, assim como antes. Pois sem dúvida deveu-se acima de tudo à própria Terra-média, e à lenta retirada dos dons dos Númenóreanos após a queda da Terra da Estrela. Eldacar viveu até seu ducentésimo trigésimo quinto ano e foi rei por cinquenta e oito anos, dez dos quais vividos no exílio.

O segundo e maior mal acometeu Gondor no reino de Telemnar, o vigésimo sexto rei, cujo pai Minardil, filho de Eldacar, foi morto em Pelargir pelos Corsários de Umbar. (Eram liderados por Angamaitë e Sangahyando, bisnetos de Castamir.) Logo depois, uma peste mortal veio do Leste em ventos obscuros. O Rei e todos os seus filhos morreram, e grande número do povo de Gondor, em especial dos que viviam em Osgiliath. Então, por fadiga e escassez de homens, a guarda das fronteiras de Mordor cessou, e as fortalezas que vigiavam as passagens ficaram desguarnecidas.

Notou-se mais tarde que esses fatos aconteceram ao mesmo tempo em que a Sombra crescia nas profundezas de Verdemata e muitos seres malignos reapareceram, sinais do emergir de Sauron. É verdade que os inimigos de Gondor também sofreram, pois do contrário poderiam tê-la sobrepujado em sua fraqueza; mas Sauron podia esperar, e pode muito bem ser que a abertura de Mordor foi o que ele mais desejava.

Quando morreu o Rei Telemnar, a Árvore Branca de Minas Anor também secou e morreu. Mas seu sobrinho Tarondor, que lhe sucedeu, replantou um rebento na cidadela. Foi ele quem removeu a casa do Rei permanentemente para Minas Anor, pois Osgiliath já estava parcialmente deserta e começava a cair em ruínas. Poucos dentre os que haviam fugido da peste para Ithilien ou os vales ocidentais estavam dispostos a voltar.

Tarondor, chegando jovem ao trono, teve o reinado mais longo de todos os Reis de Gondor; porém realizou pouco mais que o reordenamento no interior do reino e a lenta recuperação de suas forças. Mas seu filho Telumehtar, recordando a morte de Minardil e perturbado pela insolência dos Corsários, que assolavam suas costas chegando até Anfalas, reuniu suas tropas e, em 1810, tomou Umbar de assalto. Nessa guerra pereceram os últimos descendentes de Castamir, e Umbar mais uma vez, por algum tempo, foi governada pelos reis. Telumehtar acrescentou ao seu nome o título de Umbardacil. Mas, nos novos males que logo acometeram Gondor, Umbar perdeu-se outra vez e caiu nas mãos dos Homens do Harad.

O terceiro mal foi a invasão dos Carroceiros, que consumiu a força minguante de Gondor em guerras que duraram quase cem anos. Os Carroceiros eram um povo, ou uma confederação de muitos povos, que vinha do Leste; mas eram mais fortes e bem armados que todos os que haviam surgido antes. Viajavam em grandes carroças, e seus chefes combatiam em carruagens. Agitados, como se viu depois, pelos emissários de Sauron, realizaram um assalto súbito contra Gondor, e o Rei Narmacil II foi morto em batalha contra eles além do Anduin, em 1856. Os povos de Rhovanion oriental e meridional foram escravizados; e as fronteiras de Gondor, nessa época, recuaram até o Anduin e as Emyn Muil. [Acredita-se que nessa época os Espectros-do-Anel retornaram a Mordor.]

Calimehtar, filho de Narmacil II, auxiliado por uma revolta em Rhovanion, vingou o pai com grande vitória sobre os Lestenses em Dagorlad, em 1899, e por algum tempo o perigo foi afastado. Foi no reino de Araphant no Norte e de Ondoher, filho de Calimehtar, no Sul que os dois reinos voltaram a se aconselhar juntos após longo silêncio e alienação. Pois perceberam finalmente que um único poder e uma única vontade dirigia o ataque de muitos lados contra os sobreviventes de Númenor. Foi nesse tempo que Arvedui, herdeiro de Araphant, se casou com Fíriel, filha de Ondoher (1940). Mas nenhum dos reinos foi capaz de enviar auxílio ao outro; pois Angmar renovou seu ataque contra Arthedain ao mesmo tempo em que os Carroceiros ressurgiram em grande número.

Agora muitos dos Carroceiros passaram ao sul de Mordor e se aliaram com os homens de Khand e do Harad Próximo; e nesse grande assalto pelo norte e pelo sul, Gondor chegou perto da destruição. Em 1944, o Rei Ondoher e seus dois filhos, Artamir e Faramir, pereceram em batalha ao norte do Morannon, e o inimigo se espalhou por Ithilien. Mas Eärnil, Capitão do Exército Meridional, conquistou grande vitória em Ithilien do Sul e destruiu o exército de Harad que atravessara o Rio Poros. Dirigindo-se às pressas para o norte, reuniu tudo o que pôde do Exército Setentrional, que recuava, e acossou o acampamento principal dos Carroceiros enquanto estes banqueteavam e festejavam, crendo que Gondor fora derrotada e nada mais restava senão tomar a pilhagem. Eärnil tomou o acampamento de assalto, pôs fogo nas carroças e expulsou o inimigo de Ithilien em grande alvoroço. Muitos dos que fugiram dele pereceram nos Pântanos Mortos.

"Quando morreram Ondoher e seus filhos, Arvedui do Reino-do-Norte reivindicou a coroa de Gondor como descendente direto de Isildur e marido de Fíriel, única filha viva de Ondoher. A reivindicação foi rejeitada. Nisso o papel principal foi desempenhado por Pelendur, Regente do Rei Ondoher.

"O Conselho de Gondor respondeu: 'A coroa e realeza de Gondor pertence somente aos herdeiros de Meneldil, filho de Anárion, a quem Isildur entregou este reino. Em Gondor essa herança é reconhecida apenas através dos filhos homens; e não ouvimos dizer que a lei seja diversa em Arnor.'

"A isto Arvedui respondeu: 'Elendil tinha dois filhos, dos quais Isildur era o mais velho e herdeiro do pai. Ouvimos dizer que até o dia de hoje o nome de Elendil consta encabeçando a linhagem dos Reis de Gondor, visto que era considerado alto rei de todas as terras dos Dúnedain. Enquanto Elendil ainda vivia, o domínio conjunto no Sul foi entregue a seus filhos; mas quando Elendil tombou, Isildur partiu para assumir o alto reinado de seu pai e entregou o domínio do Sul, de igual maneira, ao filho de seu irmão. Não abriu mão de sua realeza em Gondor, nem pretendia que o reino de Elendil fosse dividido para sempre.

"'Ademais, na Númenor de outrora o cetro descendia ao filho mais velho do rei, fosse homem ou mulher. É verdade que a lei não foi observada nas terras do exílio, sempre perturbadas pela guerra; mas era assim a lei de nosso povo, à qual nos referimos agora, considerando que os filhos de Ondoher morreram sem descendência.'[29]

---

[29]Essa lei foi feita em Númenor (como soubemos pelo Rei) quando Tar-Aldarion, o sexto rei, deixou apenas uma filha como descendente. Ela se tornou a primeira Rainha Governante, Tar-Ancalimë. Mas a lei era diversa antes do tempo dela. Tar-Elendil, o quarto rei, foi sucedido por seu filho Tar-Meneldur, apesar de sua filha Silmariën ser mais velha. Era, porém, de Silmariën que Elendil descendia. [N. A.]

"A isto Gondor não deu resposta. A coroa foi reivindicada por Eärnil, o capitão vitorioso; e foi-lhe concedida com a aprovação de todos os Dúnedain em Gondor, já que ele era da casa real. Era filho de Siriondil, que era filho de Calimmacil, que era filho de Arciryas, que era irmão de Narmacil II. Arvedui não insistiu na reivindicação, pois não tinha o poder nem a vontade de se opor à escolha dos Dúnedain de Gondor; porém a reivindicação jamais foi esquecida por seus descendentes, mesmo depois que a realeza desapareceu. Pois já se avizinhava o tempo em que o Reino-do-Norte chegaria ao fim.

"Arvedui foi de fato o último rei, como seu nome significa. Dizem que esse nome lhe foi dado ao nascer por Malbeth, o Vidente, que disse ao seu pai: '*Arvedui* hás de chamá-lo, pois será o último em Arthedain. Porém virá uma decisão aos Dúnedain, e, se escolherem aquela que parece menos esperançosa, então teu filho mudará de nome e se tornará rei de um grande reino. Do contrário, passarão grande pesar e muitas vidas dos homens até que os Dúnedain se ergam e se unam outra vez.'

"Também em Gondor apenas um rei se seguiu a Eärnil. Pode ser que, se a coroa e o cetro tivessem sido unidos, a realeza se mantivesse e se evitassem muitos males. Mas Eärnil era um homem sábio e não arrogante, mesmo que, como a muitos homens em Gondor, o reino de Arthedain parecesse pouca coisa, apesar de toda a linhagem de seus senhores.

"Ele enviou mensagens a Arvedui anunciando que recebia a coroa de Gondor, conforme as leis e as necessidades do Reino-do-Sul, 'mas não me esqueço da realeza de Arnor, nem nego nosso parentesco, nem desejo que os reinos de Elendil se afastem. Mandar-te-ei auxílio quando dele necessitares enquanto eu for capaz.'

"No entanto, demorou para que Eärnil se sentisse seguro o bastante para fazer o que prometera. O rei Araphant continuou, com força minguante, a repelir os assaltos de Angmar, e Arvedui, ao sucedê-lo, fez o mesmo; mas finalmente, no outono de 1973, chegaram a Gondor mensagens dizendo que Arthedain estava em graves apuros e que o Rei-bruxo preparava um último golpe contra ele. Então Eärnil mandou ao norte seu filho Eärnur com uma frota o mais depressa que pôde e com a maior força de que podia dispor. Tarde demais. Antes de Eärnur alcançar os portos de Lindon, o Rei-bruxo havia conquistado Arthedain, e Arvedui perecera.

"Mas quando Eärnur chegou aos Portos Cinzentos houve júbilo e grande admiração entre Elfos e Homens. Eram de tão grande calado as suas naus, e tantas, que mal conseguiram encontrar abrigo no porto, apesar de ficarem repletos o Harlond e o Forlond; e delas desembarcou um exército de poder, com munições e provisões para uma guerra de grandes reis. Ou assim pareceu ao povo do Norte, apesar de se tratar apenas de uma pequena força enviada desde todo o poderio de Gondor. Foram mais louvados os cavalos, pois muitos deles vinham dos Vales do Anduin e estavam com eles cavaleiros altos e belos e altivos príncipes de Rhovanion.

"Então Círdan convocou todos os que quisessem vir ter com ele, de Lindon ou de Arnor, e quando estava tudo pronto, a hoste atravessou o Lûn e marchou rumo ao norte para desafiar o Rei-bruxo de Angmar. Ele habitava então, diziam, em Fornost, que preenchera de gente malévola, usurpando a casa e o domínio dos reis. Em seu orgulho, não esperou a chegada dos inimigos em seu baluarte, e sim saiu ao encontro deles, pretendendo varrê-los, como a outros antes deles, para dentro do Lûn.

"Mas a Hoste do Oeste desceu sobre ele vinda das Colinas de Vesperturvo, e houve grande batalha na planície entre Nenuial e as Colinas do Norte. As forças de Angmar já cediam e recuavam rumo a Fornost quando a principal tropa de cavaleiros que contornara as colinas os acometeu pelo norte e os dispersou em grande alvoroço. Então o Rei-bruxo, com todos os que conseguiu reunir da derrota, fugiu para o norte em busca de sua própria terra de Angmar. Antes que chegasse ao abrigo de Carn Dûm, a cavalaria de Gondor o alcançou, com Eärnur cavalgando à frente. Ao mesmo tempo, uma força comandada por Glorfindel, o Senhor-élfico, veio de Valfenda. Então Angmar foi derrotado tão completamente que nem homem nem orque daquele reino restou a oeste das Montanhas.

"Mas dizem que, quando estava tudo perdido, apareceu repentinamente o próprio Rei-bruxo, de vestes negras e máscara negra montado em um cavalo negro. O temor dominou todos os que o contemplavam; mas ele escolheu o Capitão de Gondor para a plenitude de seu ódio e, com um grito terrível, cavalgou direto sobre ele. Eärnur lhe teria resistido; mas seu cavalo não pôde suportar aquele assalto; e desviou-se e o levou para longe antes que ele conseguisse dominá-lo.

"Então o Rei-bruxo riu-se, e ninguém que o ouviu jamais esqueceu o horror daquele grito. Mas, nesse momento, veio cavalgando Glorfindel em sua montaria branca, e, no meio de seu riso, o Rei-bruxo voltou-se em fuga e passou para as sombras. Pois a noite desceu sobre o campo de batalha, e ele se perdeu, e ninguém viu aonde foi.

"Com isso Eärnur cavalgou de volta, mas Glorfindel, observando a escuridão crescente, disse: 'Não o persigas! Ele não voltará a esta terra. Ainda está muito longe a sua sina e não cairá pela mão de um homem.' Estas palavras foram lembradas por muitos; mas Eärnur ficou irado, desejando apenas vingar-se pela sua desgraça.

"Assim terminou o reino maligno de Angmar; e assim Eärnur, Capitão de Gondor, conquistou o principal ódio do Rei-bruxo, mas ainda iriam passar muitos anos para isso ser revelado."

Foi assim que, no reinado do Rei Eärnil, como ficou claro mais tarde, o Rei-bruxo escapou do Norte, chegou a Mordor, e reuniu ali os demais Espectros-do-Anel, dos quais era o principal. Mas foi só em 2000 que emergiram de Mordor pelo Passo de Cirith Ungol e fizeram sítio a Minas Ithil. Tomaram-na em 2002 e capturaram a *palantír* da torre. Não foram expulsos enquanto durou a Terceira Era; e Minas Ithil se tornou um lugar de medo e foi renomeada Minas Morgul. Muitas das pessoas que ainda restavam em Ithilien abandonaram-na.

"Eärnur era um homem semelhante ao pai em valentia, mas não em sabedoria. Era homem de corpo vigoroso e humor inflamado; mas não tomou esposa, pois seu único prazer estava no combate ou no exercício das armas. Sua proeza era tanta que ninguém em Gondor era capaz de enfrentá-lo nos jogos de armas, em que se deleitava, parecendo mais um campeão que um capitão ou rei, e mantendo o vigor e a habilidade até uma idade mais avançada que o usual naqueles tempos."

Quando Eärnur recebeu a coroa em 2043, o Rei de Minas Morgul o desafiou a combate singular, escarnecendo dele por não ter ousado enfrentá-lo na batalha no Norte. Naquele tempo, Mardil, o Regente, refreou a ira do rei. Minas Anor, que se tornara a principal cidade do reino desde os dias do Rei Telemnar e a residência dos reis, foi então renomeada Minas Tirith, sendo a cidade sempre em guarda contra o mal de Morgul.

Eärnur vinha portando a coroa por apenas sete anos quando o Senhor de Morgul repetiu seu desafio, escarnecendo do rei por ter unido à falta de coragem da juventude a fraqueza da velhice. Então Mardil não conseguiu mais refreá-lo, e ele se dirigiu com pequena escolta de cavaleiros até o portão de Minas Morgul. De nenhum dos que ali cavalgaram jamais se ouviu falar outra vez. Em Gondor cria-se que o inimigo traiçoeiro capturara o rei e que este morrera em tormento em Minas Morgul; mas, visto que não havia testemunhas de sua morte, Mardil, o Bom Regente, governou Gondor em seu nome por muitos anos.

Os descendentes dos reis já eram poucos. Seu número diminuíra muito na Contenda-das-Famílias; ademais, desde aquele tempo, os reis haviam se tornado ciosos e vigilantes dos parentes próximos. Muitas vezes aqueles sobre quem recaía a suspeita fugiram para Umbar e ali se juntaram aos rebeldes, enquanto que outros renunciaram à sua linhagem e tomaram esposas que não eram de sangue númenóreano.

Foi assim que não se encontrou pretendente à coroa que fosse de sangue puro ou cuja reivindicação todos aceitassem; e todos temiam a lembrança da Contenda-das-Famílias, sabendo que, caso tal disputa surgisse novamente, Gondor pereceria. Portanto, apesar de passarem muitos anos, o Regente continuou governando Gondor, e a coroa de Elendil jazia no colo do Rei Eärnil nas Casas dos Mortos, onde Eärnur a deixara.

Os Regentes

A Casa dos Regentes era chamada Casa de Húrin, pois descendiam do Regente do Rei Minardil (1621–34), Húrin de Emyn Arnen, um homem da alta raça númenóreana. Depois dos seus dias, os reis sempre haviam escolhido regentes dentre seus descendentes; e após os dias de Pelendur a Regência se tornou hereditária como a realeza, de pai para filho ou parente mais próximo.

Cada novo Regente, de fato, assumia o cargo com o juramento "de manter o bastão e governar em nome do rei, até que este retorne". Mas estas logo se tornaram palavras rituais de pouca importância, pois os Regentes exerciam todo o poder dos reis. Porém muitos em Gondor ainda criam que um rei de fato voltaria em algum tempo vindouro; e alguns recordavam a antiga linhagem do Norte, que os rumores diziam ainda sobreviver nas sombras. Mas contra tais pensamentos os Regentes Governantes endureceram seus corações.

Não obstante, os Regentes jamais se sentaram no antigo trono; e não usavam coroa nem portavam cetro. Só carregavam um bastão branco como símbolo de seu cargo; e seu estandarte era branco, sem emblema; mas o estandarte real fora negro, e nele se exibia uma árvore branca florida sob sete estrelas.

Após Mardil Voronwë, que foi considerado o primeiro da linhagem, seguiram-se vinte e quatro Regentes Governantes de Gondor até os tempos de Denethor II, vigésimo sexto e último. No início tiveram tranquilidade, pois eram os dias da Paz Vigilante, durante a qual Sauron se recolheu diante do poderio do Conselho Branco e os Espectros-do-Anel ficaram ocultos no Vale Morgul. Mas depois do tempo de Denethor I nunca mais houve paz plena, e, mesmo quando Gondor não sofria guerra intensa ou aberta, suas fronteiras estavam sob constante ameaça.

Nos últimos anos de Denethor I, a raça dos uruks, orques negros de grande força, começou a surgir vinda de Mordor, e em 2475 varreram Ithilien e tomaram Osgiliath. Boromir, filho de Denethor (cujo nome mais tarde foi dado a Boromir dos Nove Caminhantes), derrotou-os e recuperou Ithilien; mas Osgiliath foi finalmente arruinada, e sua grande ponte de pedra foi rompida. Depois disso ninguém mais habitou ali. Boromir foi um grande capitão, e mesmo o Rei-bruxo o temia. Era nobre e de belo semblante, homem forte no corpo e na vontade, mas naquela guerra sofreu um ferimento de Morgul que lhe abreviou os dias, tornou-se encolhido de dor e morreu doze anos após o pai.

Depois dele começou o longo governo de Cirion. Era vigilante e cauteloso, mas o alcance de Gondor se reduzira, e pôde fazer pouco mais que defender suas fronteiras, enquanto seus inimigos (ou o poder que os movia) preparava golpes contra ele que não era capaz de evitar. Os Corsários assolaram suas costas, mas residia no norte sua principal ameaça. Nas amplas terras de Rhovanion, entre Trevamata e o Rio Rápido, habitava agora um povo feroz, totalmente sob a sombra de Dol Guldur. Muitas vezes faziam incursões pela floresta, até que o vale do Anduin, ao sul do Lis, ficasse largamente deserto. Esses Balchoth eram constantemente aumentados por outros da mesma espécie que entravam do leste, enquanto que o povo de Calenardhon minguava. Cirion teve dificuldades de manter a linha do Anduin.

"Prevendo a tempestade, Cirion mandou buscar auxílio no norte, mas era demasiado tarde; pois naquele ano (2510) os Balchoth, tendo construído muitos grandes barcos e balsas nas margens orientais do Anduin, enxamearam atravessando o Rio e varreram os defensores para longe. Um exército que veio marchando do sul foi interceptado e expulso rumo ao norte através do Limclaro e ali foi subitamente atacado por uma horda de Orques vindos das Montanhas e empurrado na direção do Anduin. Então, do Norte, veio uma ajuda além da esperança, e as trompas dos Rohirrim foram ouvidas em Gondor pela primeira vez. Eorl, o Jovem, chegou com seus cavaleiros, varreu o inimigo e perseguiu os Balchoth até a morte por sobre os campos de Calenardhon. Cirion concedeu aquela terra a Eorl para ser sua morada, e este fez a Cirion o Juramento de Eorl, de amizade na emergência ou a chamado aos Senhores de Gondor."

Nos dias de Beren, o décimo nono Regente, um perigo ainda maior acometeu Gondor. Três grandes frotas, há muito preparadas, subiram de Umbar e do Harad e assaltaram as costas de Gondor com grande poderio; e o inimigo aportou em muitos lugares, mesmo para o norte, na foz do Isen. Ao mesmo tempo, os Rohirrim foram assaltados pelo oeste e pelo leste, e sua terra foi invadida, e foram impelidos para os vales das Montanhas Brancas. Naquele ano (2758) começou o Inverno Longo, com frio e muita neve vinda do Norte e do Leste, que durou quase cinco meses. Helm de Rohan e seus dois filhos pereceram naquela guerra; e houve miséria e morte em Eriador e em Rohan. Mas em Gondor, ao sul das montanhas, as coisas estavam menos mal, e, antes da chegada da primavera, Beregond, filho de Beren, havia derrotado os invasores. Mandou de imediato auxílio a Rohan. Era o maior capitão a surgir em Gondor desde Boromir; e quando sucedeu ao pai (2763), Gondor começou a recuperar sua força. Mas Rohan curou-se mais devagar das feridas que recebera. Foi por essa razão que Beren recebeu Saruman e lhe deu as chaves de Orthanc, e desde aquele ano (2759) Saruman habitou em Isengard.

Foi nos dias de Beregond que a Guerra dos Anãos e dos Orques ocorreu nas Montanhas Nevoentas (2793–99), da qual apenas rumores chegaram ao sul, até que os Orques fugidos de Nanduhirion tentassem atravessar Rohan e se estabelecer nas Montanhas Nevoentas. Houve muitos anos de combate nos vales até acabar esse perigo.

    Quando morreu Belecthor II, o vigésimo primeiro Regente, a Árvore Branca também morreu em Minas Tirith; mas foi mantida de pé "até o Rei retornar", pois não se podia encontrar nenhum rebento.

    Nos dias de Túrin II, os inimigos de Gondor recomeçaram a se mover; pois Sauron recuperara seu poder e o dia de seu ressurgimento se aproximava. Todos, exceto os mais intrépidos do seu povo, desertaram Ithilien e se mudaram para o oeste, atravessando o Anduin, pois a terra estava infestada de orques de Mordor. Foi Túrin quem construiu refúgios secretos para seus soldados em Ithilien, entre os quais Henneth Annûn era aquele guardado e guarnecido por mais tempo. Também voltou a fortificar a ilha de Cair Andros[30] para defender Anórien. Mas sua principal ameaça residia no

---

[30]Este nome significa "Nau da Espuma-longa"; pois a ilha tinha a forma de um grande navio, com proa alta apontando para o norte, contra a qual a espuma branca do Anduin se quebrava em rochas afiadas. [N. A.]

sul, onde os Haradrim haviam ocupado Gondor Meridional, e havia muitos embates ao longo do Poros. Quando Ithilien foi invadida com grande força, o Rei Folcwine de Rohan honrou o Juramento de Eorl e pagou sua dívida pelo auxílio trazido por Beregond, mandando muitos homens a Gondor. Com a ajuda deles, Túrin conquistou uma vitória na travessia do Poros; mas ambos os filhos de Folcwine tombaram na batalha. Os Cavaleiros sepultaram-nos à maneira de seu povo, e foram depositados em um só morro, visto que eram irmãos gêmeos. Por muito tempo esteve erguido, *Haudh in Gwanûr*, alto na margem do rio, e os inimigos de Gondor temiam passar junto a ele.

Turgon seguiu-se a Túrin, mas da sua época recorda-se principalmente que, dois anos antes de sua morte, Sauron ressurgiu e declarou-se abertamente; e voltou a entrar em Mordor, há muito preparada para ele. Então foi erguida mais uma vez a Barad-dûr, e o Monte da Perdição irrompeu em chamas, e fugiram para longe os últimos do povo de Ithilien. Quando Turgon morreu, Saruman tomou Isengard para si e fortificou-a.

"Ecthelion II, filho de Turgon, era homem de sabedoria. Com o poder que lhe restava ele começou a fortificar seu reino contra o ataque de Mordor. Encorajou todos os homens valorosos, de perto ou longe, a se porem a seu serviço e, aos que demonstraram ser confiáveis, deu patentes e recompensas. Em muita coisa que fez teve o auxílio e o conselho de um grande capitão a quem estimava acima de todos. Os homens de Gondor o chamavam Thorongil, a Águia da Estrela, pois era veloz, de olhar aguçado e usava uma estrela de prata na capa; mas ninguém conhecia seu verdadeiro nome nem a terra em que nascera. Chegou a Ecthelion vindo de Rohan, onde servira o Rei Thengel, mas não era um dos Rohirrim. Era um grande líder de homens, em terra ou mar, mas partiu para as sombras de onde viera antes que os dias de Ecthelion terminassem.

"Muitas vezes Thorongil aconselhou Ecthelion de que a força dos rebeldes em Umbar era grande perigo para Gondor e uma ameaça aos feudos do sul que acabaria sendo mortal se Sauron iniciasse guerra aberta. Finalmente obteve a permissão do Regente para reunir uma pequena frota, e chegou a Umbar de noite, inesperadamente, e ali incendiou grande parte das naus dos Corsários. Ele próprio derrotou o Capitão do Porto em batalha no cais e depois retirou sua frota com poucas perdas. Mas quando voltaram a Pelargir, para pesar e admiração de seus homens, não quis voltar a Minas Tirith, onde grande honra o aguardava.

"Enviou uma mensagem de adeus a Ecthelion, dizendo: 'Outras tarefas agora me aguardam, senhor, e terão de passar muito tempo e muitos perigos antes que eu retorne a Gondor, se for essa a minha sina.' Apesar de ninguém ser capaz de adivinhar quais seriam essas tarefas, nem que chamado ele recebera, soube-se aonde ele foi. Pois tomou um barco e atravessou o Anduin, e ali se despediu dos companheiros e prosseguiu a sós; e na última vez em que foi visto tinha a face voltada para as Montanhas de Sombra.

"Houve consternação na Cidade na partida de Thorongil, e pareceu grande perda a toda a gente, a não ser para Denethor, filho de Ecthelion, um homem já maduro para a Regência, à qual sucedeu quatro anos mais tarde ao morrer seu pai.

"Denethor II era um homem orgulhoso, alto, valoroso e mais régio que qualquer homem que surgira em Gondor durante muitas vidas dos homens; e era sábio também, de visão longínqua e versado no saber. De fato, era tão parecido com Thorongil como se fosse parente próximo, e ainda assim sempre ocupava o segundo lugar, depois do estranho, nos corações dos homens e na estima de seu pai. À época muitos pensaram que Thorongil partira antes que seu rival se tornasse seu senhor; porém o próprio Thorongil jamais competira com Denethor, nem se considerara mais do que servidor de seu pai. E apenas em um assunto seus conselhos ao Regente divergiam: Thorongil costumava alertar Ecthelion para que não confiasse em Saruman, o Branco, em Isengard, mas que desse preferência a Gandalf, o Cinzento. Mas pouca estima havia entre Denethor e Gandalf, e, após os dias de Ecthelion, houve menos acolhida para o Peregrino Cinzento em Minas Tirith. Portanto, mais tarde, quando tudo foi esclarecido, muitos criam que Denethor, que tinha a mente sutil e enxergava mais longe e mais fundo que outros homens dos seus dias, descobrira quem era na realidade aquele estranho Thorongil e suspeitava de que ele e Mithrandir pretendiam suplantá-lo.

"Quando Denethor se tornou Regente (2984), demonstrou ser um senhor imperioso, mantendo na própria mão o domínio de todas as coisas. Falava pouco. Escutava os conselhos e depois seguia sua própria opinião. Casara-se tarde (2976), tomando por esposa Finduilas, filha de Adrahil de Dol Amroth. Era uma senhora de grande beleza e coração gentil, mas antes que se tivessem passado doze anos ela morreu. Denethor a amava, à sua maneira, mais que a qualquer outra pessoa, a não ser o mais velho dos filhos que ela lhe dera. Mas pareceu aos homens que ela definhou na cidade vigiada, como flor dos vales junto ao mar posta em uma rocha estéril. A sombra no leste enchia-a de horror e ela sempre voltava os olhos para o sul, rumo ao mar de que sentia falta.

"Após sua morte, Denethor tornou-se mais sisudo e silencioso que antes e por muito tempo sentava-se a sós em sua torre, imerso em pensamentos, predizendo que o ataque de Mordor viria no seu tempo. Mais tarde acreditou-se que, necessitado de conhecimento, porém orgulhoso e confiante em sua própria força de vontade, ousou olhar dentro da *palantír* da Torre Branca. Nenhum dos Regentes ousara fazê-lo, nem mesmo os reis Eärnil e Eärnur, depois da queda de Minas Ithil, em que a *palantír* de Isildur chegou às mãos do Inimigo; pois a Pedra de Minas Tirith era a *palantír* de Anárion, a de mais próxima concordância com aquela que Sauron possuía.

"Deste modo Denethor obteve seu grande conhecimento das coisas que ocorriam em seu reino e muito além dos seus limites, para admiração dos homens; mas comprou caro esse conhecimento e envelheceu antes do tempo em sua contenda com a vontade de Sauron. Assim o orgulho aumentou em Denethor junto com o desespero, até ele ver em todos os feitos daquele tempo somente um combate singular entre o Senhor da Torre Branca e o Senhor da Barad-dûr, e desconfiava de todos os demais que resistiam a Sauron, a não ser que servissem apenas a ele.

"Assim o tempo se aproximou da Guerra do Anel, e os filhos de Denethor chegaram à idade adulta. Boromir, mais velho em cinco anos, amado pelo pai, era como ele em semblante e orgulho, mas em pouca coisa mais. Era, isso sim, um homem à maneira do Rei Eärnur de outrora, pois não se casou e se deleitava principalmente com as armas; era destemido e forte, mas pouco se importava com o saber, exceto pelos relatos de antigas batalhas. Faramir, o mais moço, era de aspecto parecido com ele, mas de mente diversa. Lia os corações dos homens com a mesma perspicácia do pai, mas o que lia motivava-o mais à compaixão que ao desprezo. Tinha modos gentis, amava o saber e a música, e, portanto, muitos naqueles dias julgavam que sua coragem era menor que a do irmão. Mas não era assim, exceto pelo fato de que não buscava a glória no perigo sem ter um propósito. Deu boas-vindas a Gandalf em todas as vezes em que este veio à Cidade e aprendeu o que pôde com sua sabedoria; e nisso, assim como em muitas outras coisas, desagradava ao pai.

"Porém havia grande amor entre os irmãos, e fora assim desde a infância, quando Boromir fora ajudante e protetor de Faramir. Não surgira ciúme nem rivalidade entre eles desde então, pela benevolência do pai ou pelo louvor dos homens. Não parecia possível a Faramir que alguém em Gondor rivalizasse com Boromir, herdeiro de Denethor, Capitão da Torre Branca; e Boromir tinha opinião semelhante. Porém, na provação mostrou-se que era diferente. Mas de tudo o que ocorreu a esses três na Guerra do Anel muita coisa está dita alhures. E após a Guerra, os dias dos Regentes Governantes chegaram ao fim; pois o herdeiro de Isildur e Anárion retornou, e a monarquia renovou-se, e o estandarte da Árvore Branca mais uma vez tremulou na Torre de Ecthelion."

(v)

AQUI SEGUE-SE UMA PARTE DO CONTO
DE ARAGORN E ARWEN

"Arador foi o avô do Rei. Seu filho Arathorn buscou casar-se com Gilraen, a Bela, filha de Dírhael, que era ele próprio descendente de Aranarth. A esse casamento Dírhael se opôs; pois Gilraen era jovem e não chegara à idade em que as mulheres dos Dúnedain costumavam casar-se.

"'Ademais,' disse ele, 'Arathorn é um homem sisudo de idade adulta e será chefe mais cedo do que os homens creem; porém meu coração prevê que terá vida curta.'

"Mas Ivorwen, sua esposa, que também enxergava o futuro, respondeu: 'Tanto mais necessária a pressa! Os dias escurecem antes da tempestade e grandes coisas estão por vir. Se esses dois se casarem agora, poderá nascer esperança para nosso povo; mas se demorarem, ela não chegará enquanto durar esta era.'

"E ocorreu que, quando Arathorn e Gilraen estavam casados havia somente um ano, Arador foi apanhado por trols-das-colinas nos Morros Frios, ao norte de Valfenda, e foi morto; e Arathorn tornou-se Chefe dos Dúnedain. No ano seguinte, Gilraen lhe deu um filho, e chamaram-no Aragorn. Mas Aragorn tinha apenas dois anos de idade quando Arathorn saiu em cavalgada contra os Orques com os filhos de Elrond e foi morto por uma flecha-órquica que lhe perfurou o olho; e assim ele de fato demonstrou ter vida curta para alguém de sua raça, pois tinha apenas sessenta anos de idade quando tombou.

"Então Aragorn, sendo agora o Herdeiro de Isildur, foi levado com a mãe a morar na casa de Elrond; e Elrond assumiu o papel de seu pai e passou a amá-lo como seu próprio filho. Mas foi chamado de Estel, que é "Esperança", e seu verdadeiro nome e linhagem foram mantidos secretos a pedido de Elrond; pois os Sábios sabiam então que o Inimigo buscava descobrir o Herdeiro de Isildur, se algum restasse sobre a terra.

"Mas quando Estel tinha apenas vinte anos de idade ocorreu que ele voltou a Valfenda após grandes feitos em companhia dos filhos de Elrond; e Elrond o contemplou e ficou contente, pois viu que ele era belo, nobre e chegara cedo à idade adulta, apesar de que tornar-se-ia ainda maior de corpo e mente. Naquele dia, portanto, Elrond o chamou pelo nome verdadeiro e contou-lhe quem era e de quem era filho; e entregou-lhe os legados de sua casa.

"'Eis o anel de Barahir,' disse ele, 'o símbolo de nosso parentesco longínquo; e eis também os fragmentos de Narsil. Com eles ainda poderás realizar grandes feitos; pois prevejo que a duração de tua vida será maior que a medida dos Homens, a não ser que o mal te acometa ou fracasses na provação. Mas a provação será difícil e longa. O Cetro de Annúminas eu retenho, pois ainda precisas merecê-lo.'

"No dia seguinte, à hora do pôr do sol, Aragorn caminhou a sós na mata, e o coração estava animado em seu peito; e cantava, pois estava repleto de esperança, e o mundo era belo. E de súbito, mesmo enquanto cantava, viu uma donzela que caminhava em um gramado entre os troncos brancos das bétulas; e deteve-se admirado, pensando ter vagado para dentro de um sonho, ou então ter recebido a dádiva dos menestréis-élficos, que podem fazer as coisas de que cantam aparecerem diante dos olhos de quem os escuta.

"Pois Aragorn estivera cantando parte da "Balada de Lúthien", que conta do encontro de Lúthien e Beren na floresta de Neldoreth. E eis! ali Lúthien caminhava diante de seus olhos em Valfenda, trajada de um manto de prata e azul, bela como o crepúsculo em Casadelfos; seus cabelos escuros esvoaçaram em um vento súbito, e sua fronte estava cingida de gemas como estrelas.

"Por um momento Aragorn a fitou em silêncio, mas, temendo que ela se afastasse e nunca mais fosse vista, chamou-a exclamando: 'Tinúviel, Tinúviel!', exatamente como Beren fizera nos Dias Antigos, muito tempo atrás.

"'Então a donzela voltou-se para ele, sorriu e disse: 'Quem és tu? E por que me chamas por esse nome?'

"E ele respondeu: 'Porque cria que eras deveras Lúthien Tinúviel, de quem eu cantava. Mas se não és ela, então caminhas à sua semelhança.'

"'Assim muitos disseram', respondeu ela com gravidade. 'Porém o nome dela não é o meu. Contudo, quem sabe, minha sina não será diversa da dela. Mas quem és tu?'

"'Fui chamado de Estel', ele respondeu; 'mas sou Aragorn, filho de Arathorn, Herdeiro de Isildur, Senhor dos Dúnedain'; porém, mesmo enquanto falava, sentiu que sua alta linhagem, com que seu coração se regozijara, era agora de pouca valia, e como se nada fosse em comparação com a dignidade e o encanto dela.

"Mas ela riu alegremente e comentou: 'Então somos parentes longínquos. Pois eu sou Arwen, filha de Elrond, e também sou chamada Undómiel.'

"'Muitas vezes se vê', disse Aragorn, 'que em dias perigosos os homens escondem seus principais tesouros. No entanto, admiro-me com Elrond e com teus irmãos; pois apesar de ter morado nesta casa desde a infância, não ouvi palavra sobre ti. Como pode ser que nunca tenhamos nos encontrado antes? Certamente teu pai não te manteve trancada em seu tesouro...'

"'Não', respondeu ela e ergueu os olhos para as Montanhas que subiam no leste. 'Morei por algum tempo na terra dos parentes de minha mãe, na longínqua Lothlórien. Só recentemente voltei para visitar meu pai outra vez. Faz muitos anos que não caminho em Imladris.'

"Então Aragorn admirou-se, pois ela não parecia ser mais velha que ele, que ainda não vivera mais que uma vintena de anos na Terra-média. Mas Arwen fitou-lhe os olhos e prosseguiu: 'Não te admires! Pois os filhos de Elrond têm a vida dos Eldar.'

"Então Aragorn ficou desconcertado, pois viu a luz-élfica nos olhos dela e a sabedoria de muitos dias; porém, desde aquela hora, amou Arwen Undómiel, filha de Elrond.

"Nos dias que se seguiram, Aragorn manteve-se em silêncio, e sua mãe percebeu que algo estranho o acometera; e ele por fim cedeu às suas perguntas e lhe contou do encontro no crepúsculo das árvores.

"'Meu filho,' disse Gilraen, 'teu intuito é elevado, mesmo para o descendente de muitos reis. Pois essa senhora é a mais nobre e bela que ora caminha na terra. E não é adequado que mortais desposem Gente-élfica.'

"'No entanto, temos parte nesse parentesco,' respondeu Aragorn, 'se é verdadeira a história que aprendi sobre meus antepassados.'

"'É verdadeira,' afirmou Gilraen, 'mas isso foi muito tempo atrás e em outra era deste mundo, antes que nossa raça diminuísse. Portanto, eu temo; pois sem a boa vontade do Mestre Elrond os Herdeiros de Isildur logo chegarão ao fim. Mas não creio que tenhas a boa vontade de Elrond neste assunto.'

"'Então amargos serão os meus dias e caminharei a sós nos ermos', disse Aragorn.

"'Essa será deveras a tua sina', disse Gilraen; mas apesar de possuir em certa medida a profecia de sua gente, ela nada mais lhe disse de seu pressentimento, nem falou a outra pessoa o que o filho lhe contara.

"Mas Elrond via muitas coisas e lia em muitos corações. Certo dia, portanto, antes do declínio do ano, chamou Aragorn ao seu aposento e disse: 'Aragorn, filho de Arathorn, Senhor dos Dúnedain, escuta-me! Uma grande sina te aguarda, seja para te ergueres acima da altura de todos os teus pais desde os dias de Elendil, ou para caíres na treva com todos os que restam de tua gente. Muitos anos de provação estão diante de ti. Não terás esposa, nem atarás mulher a ti em promessa, até que chegue teu tempo e sejas julgado merecedor disso.'

"Então Aragorn perturbou-se e indagou: 'Pode ser que minha mãe falou disto?'

"'Não deveras', respondeu Elrond. 'Teus próprios olhos te traíram. Mas não falo apenas de minha filha. Não serás ainda prometido à filha de ninguém. Mas quanto a Arwen, a Bela, Senhora de Imladris e de Lórien, Vespestrela de seu povo, ela é de linhagem maior que a tua e já viveu no mundo tanto tempo que para ela és apenas como um rebento de um ano ao lado de uma jovem bétula de muitos verões. Ela está demasiado acima de ti. E assim, penso, pode muito bem parecer a ela. Mas mesmo que assim não fosse, e o coração dela se voltasse para ti, ainda assim eu me afligiria por causa da sina que nos é imposta.'

"'Que sina é essa?', indagou Aragorn.

"'Que, enquanto eu habitar aqui, ela há de viver com a juventude dos Eldar,' respondeu Elrond, 'e quando eu partir ela há de ir comigo, se assim decidir.'

"'Compreendo', disse Aragorn, 'que voltei os olhos para um tesouro não menos caro que o tesouro de Thingol que Beren desejou outrora. Tal é minha sina.' Então de repente o acometeu a profecia de sua gente e continuou: 'Mas eis! Mestre Elrond, os anos de tua permanência reduzem-se afinal, e logo a decisão será imposta a teus filhos: de se despedirem ou de ti ou da Terra-média.'

"'É verdade', assentiu Elrond. 'Logo, do modo como contamos, apesar de ainda deverem passar muitos anos dos Homens. Mas não haverá decisão diante de Arwen, minha amada, a não ser que tu, Aragorn, filho de Arathorn, te interponhas entre nós e conduzas um de nós, a ti ou a mim, a uma amarga despedida além do fim do mundo. Não sabes ainda o que desejas de mim.' Suspirou e, algum tempo depois, contemplando o jovem com gravidade, voltou a falar: 'Os anos trarão o que trouxerem. Não falaremos mais disto até que muitos tenham passado. Os dias se obscurecem e há muito mal por vir.'

"Então Aragorn se despediu amavelmente de Elrond; e no dia seguinte disse adeus à mãe, à casa de Elrond e a Arwen e saiu para o ermo. Por quase trinta anos labutou na causa contra Sauron; e fez-se amigo de Gandalf, o Sábio, de quem obteve muita sabedoria. Com ele fez muitas jornadas perigosas, mas, à medida que os anos avançavam, ia mais frequentemente sozinho. Seus caminhos eram difíceis e longos, e tornou-se um tanto sisudo de aspecto, a não ser que sorrisse por acaso; e ainda assim parecia aos Homens digno de honra, como um rei que está no exílio, quando não ocultava sua forma verdadeira. Pois andava com muitas aparências e conquistou fama com muitos nomes. Cavalgou na hoste dos Rohirrim e combateu pelo Senhor de Gondor por terra e por mar; e depois, na hora da vitória, saiu do conhecimento dos Homens do Oeste e foi a sós ao Leste longínquo e ao Sul profundo, explorando os corações dos Homens, tanto maus como bons, e descobrindo as tramas e os esquemas dos serviçais de Sauron.

"Tornou-se assim o mais intrépido dos Homens viventes, habilidoso em seus ofícios e em seu saber, e era assim mesmo mais do que eles; pois tinha a sabedoria-élfica, e havia uma luz em seus olhos que, quando estes se acendiam, poucos conseguiam suportar. Seu semblante era triste e severo por causa da sina que lhe fora imposta, e, no entanto, a esperança sempre residiu nas profundezas de seu coração, de onde às vezes surgia o júbilo como uma nascente da rocha.

"Aconteceu que, quando Aragorn tinha nove e quarenta anos de idade, voltou de perigos nos escuros confins de Mordor, onde Sauron já voltara a habitar e se ocupava do mal. Estava exausto e desejava voltar a Valfenda e descansar ali por algum tempo antes de viajar para as regiões longínquas; e no caminho chegou às fronteiras de Lórien e foi admitido à terra oculta pela Senhora Galadriel.

"Ele não o sabia, mas Arwen Undómiel também estava lá, outra vez morando por algum tempo com a família de sua mãe. Ela pouco mudara, pois os anos mortais haviam passado ao largo; porém seu semblante era mais grave e seu riso já se ouvia raramente. Mas Aragorn crescera à plena estatura de corpo e mente, e Galadriel lhe pediu que lançasse fora suas vestes gastas de viagem e trajou-o de prata e branco, com uma capa de cinza-élfico e uma gema brilhante na testa. Então teve aspecto maior que qualquer rei dos Homens e parecia-se mais com um Senhor-élfico das Ilhas do Oeste. E foi assim que Arwen primeiro voltou a contemplá-lo depois de seu longo afastamento; e, quando ele veio caminhando em sua direção sob as árvores de Caras Galadhon carregadas de flores de ouro, ela tomou sua decisão e selou sua sina.

"Então, por uma estação, vagaram juntos nas clareiras de Lothlórien, até chegar a hora de ele partir. E na véspera do Meio-do-Verão, Aragorn, filho de Arathorn, e Arwen, filha de Elrond, foram até a bela colina de Cerin Amroth, no meio da terra, e caminharam descalços na relva imorredoura, com elanor e niphredil em redor dos pés. E ali, no alto daquela colina, olharam para o leste na direção da Sombra e para o oeste na direção do Crepúsculo, e empenharam-se um com o outro e estavam contentes.

"E Arwen disse: 'Escura é a Sombra, e, no entanto, meu coração se regozija; pois tu, Estel, hás de estar entre os grandes cuja valentia a destruirá.'

"Mas Aragorn respondeu: 'Ai de mim! Não posso prevê-lo, e o modo como poderá ocorrer me está oculto. Porém, com tua esperança eu terei esperança. E a Sombra eu rejeito por completo. Mas tampouco, senhora, o Crepúsculo é para mim; pois sou mortal, e se te mantiveres fiel a mim, Vespestrela, também terás de renunciar ao Crepúsculo.'

"E então ela se manteve imóvel como uma árvore branca, olhando para o Oeste, e por fim disse: 'Manter-me-ei fiel a ti, Dúnadan, e darei as costas ao Crepúsculo. Porém, ali está a terra de meu povo e o longo lar de toda a minha gente.' Ela amava seu pai intensamente.

"Quando Elrond soube da decisão da filha ficou em silêncio, apesar de ter o coração pesaroso e achar que a sina, por muito que fosse temida há tempo, não era fácil de suportar. Mas quando Aragorn voltou a Valfenda, ele o chamou a si e disse:

"'Meu filho, vêm anos em que a esperança há de minguar, e além deles poucas coisas me são claras. E agora uma sombra jaz entre nós. Quem sabe foi decidido assim, que pela minha perda a realeza dos Homens possa ser restaurada. Portanto, apesar de te amar, eu te digo: Arwen Undómiel não há de diminuir a graça de sua vida por causa menor. Ela não há de ser noiva de Homem menor que o Rei de Gondor e também Arnor. Para mim, portanto, mesmo nossa vitória só pode trazer pesar e separação — mas para ti, a esperança de alegria por certo tempo. Ai de nós, meu filho! Temo que para Arwen a Sina dos Homens possa parecer dura no final.'

"Assim ficaram depois as coisas entre Elrond e Aragorn, e não falaram mais nesse assunto; mas Aragorn partiu outra vez ao perigo e à labuta. E, enquanto o mundo se obscurecia e o temor caía sobre a Terra-média, à medida que o poderio de Sauron crescia e a Barad-dûr se erguia cada vez mais alta e forte, Arwen permaneceu em Valfenda e, quando Aragorn estava longe, ela o vigiava à distância em pensamento; e na esperança fez para ele um estandarte grande e régio, como poderia ser exibido apenas por quem reivindicasse o domínio dos Númenóreanos e a herança de Elendil.

"Após alguns anos Gilraen se despediu de Elrond, voltou ao seu próprio povo em Eriador e viveu sozinha; e raramente reviu o filho, pois ele passava muitos anos em países distantes. Mas certa feita, quando Aragorn retornara ao Norte, ele veio ter com ela, e ela lhe disse antes que partisse:

"'Esta é nossa última despedida, Estel, meu filho. Estou envelhecida de inquietação, mesmo como alguém dos Homens menores; e agora, quando ela se aproxima, não consigo encarar a escuridão de nosso tempo que se avoluma sobre a Terra-média. Hei de deixá-la em breve.'

"Aragorn tentou consolá-la dizendo: 'No entanto, poderá haver uma luz além da escuridão; e, se assim for, gostaria que a visses e estivesses contente.'

"Mas ela só respondeu com este *linnod*:

'Ónen i-Estel Edain, ú-chebin estel anim',[31]

e Aragorn se foi com um peso no coração. Gilraen morreu antes da primavera seguinte.

"Assim passaram-se os anos até a Guerra do Anel, da qual se conta mais alhures: como revelou-se o modo imprevisto pelo qual Sauron poderia ser derrotado e como se cumpriu a esperança além da esperança. E aconteceu que, na hora da derrota, Aragorn veio do mar e desdobrou o estandarte de Arwen na batalha dos Campos de Pelennor, e naquele dia foi aclamado como rei pela primeira vez. E ao fim, quando tudo estava feito, assumiu a herança de seus pais e recebeu a coroa de Gondor e o cetro de Arnor; e no Meio-do-Verão do ano da Queda de Sauron, tomou a mão de Arwen Undómiel, e casaram-se na cidade dos Reis.

"A Terceira Era terminou, assim, em vitória e esperança; e, no entanto, foi aflitiva entre os pesares daquela Era a despedida de Elrond e Arwen, pois foram separados pelo Mar e por uma sina além do fim do mundo. Quando o Grande Anel foi desfeito e os Três foram privados de seu poder, Elrond finalmente cansou-se e renunciou à Terra-média para jamais voltar. Mas Arwen tornou-se como mulher mortal, e, no entanto, não era sua sorte morrer antes de perder tudo o que ganhara.

"Como Rainha de Elfos e Homens ela habitou com Aragorn por seis vintenas de anos, em grande glória e contentamento; porém, finalmente ele sentiu a chegada da velhice e soube que a duração de seus dias de vida se aproximava do fim, por muito que tivesse sido longa. Então Aragorn disse a Arwen:

"'Finalmente, Senhora Vespestrela, mais bela deste mundo e mais amada, meu mundo se desvanece. Eis! recolhemos e gastamos, e agora se aproxima o tempo do pagamento.'

"Arwen bem sabia o que ele pretendia e por muito tempo o previra; ainda assim foi avassalada pelo pesar. 'Então pretendes, senhor, deixar antes do tempo o teu povo que vive por tua palavra?', indagou ela.

"'Não antes do meu tempo', respondeu ele. 'Pois, se eu não me for agora, então forçosamente terei de ir-me logo. E nosso filho Eldarion é um homem plenamente maduro para a realeza.'

"Então, tendo ido à Casa dos Reis na Rua Silente, Aragorn deitou-se no longo leito que lhe fora preparado. Ali despediu-se de Eldarion e lhe pôs nas mãos a coroa alada de Gondor e o cetro de Arnor; e então todos o deixaram, exceto Arwen, e ela ficou de pé sozinha junto ao seu leito. E apesar de toda a sua sabedoria e linhagem, ela não conseguiu abster-se de lhe implorar que ainda ficasse mais um pouco. Ela ainda não se cansara de seus dias e assim provou o amargor da mortalidade que assumira.

---

[31]"Dei Esperança aos Dúnedain, não guardei esperança para mim." [N. A.]

"'Senhora Undómiel,' disse Aragorn, 'a hora é deveras difícil, no entanto, ela foi feita naquele dia em que nos encontramos sob as bétulas brancas no jardim de Elrond, onde já não caminha ninguém. E na colina de Cerin Amroth, quando renunciamos tanto à Sombra como ao Crepúsculo, foi esta a sina que aceitamos. Aconselha-te contigo mesma, amada, e pergunta se de fato queres que eu espere até murchar e cair de meu elevado assento, emasculado e insensato. Não, senhora, sou o último dos Númenóreanos e o último rei dos Dias Antigos; e foi-me dada não apenas uma duração tripla da dos Homens da Terra-média, mas também a graça de partir quando quiser e devolver a dádiva. Agora, portanto, vou dormir.

"'Não te falo de consolo, pois não há consolo para tal dor nos círculos do mundo. A decisão extrema está diante de ti: de te arrependeres e ires aos Portos e carregares para o Oeste a lembrança de nossos dias juntos, que lá hão de ser perenes, mas nunca mais que lembranças; ou então de suportares a Sina dos Homens.'

"'Não, querido senhor,' respondeu ela, 'essa decisão foi tomada há muito. Já não há nau que me leve até lá, e preciso deveras suportar a Sina dos Homens, queira eu ou não: a perda e o silêncio. Mas eu te digo, Rei dos Númenóreanos, que só agora compreendi o relato de teu povo e da sua queda. Eu os desprezava como tolos malvados, mas finalmente tenho pena deles. Pois se esta é de fato, como dizem os Eldar, a dádiva do Uno aos Homens, é amarga de se receber.'

"'Assim parece', comentou ele. 'Mas não nos transtornemos na provação final, nós que outrora renunciamos à Sombra e ao Anel. Com pesar devemos ir-nos, mas não com desespero. Vê! não estamos presos para sempre nos círculos do mundo, e além deles há mais do que lembrança. Adeus!'

"'Estel, Estel!', exclamou ela, e com isso, mesmo enquanto ele lhe tomava a mão e a beijava, ele adormeceu. Então revelou-se nele grande beleza, de forma que todos os que vieram ali depois o contemplaram com pasmo; pois viram que a graça de sua juventude, a valentia de sua idade adulta e a sabedoria e majestade de sua velhice estavam mescladas. E por muito tempo jazeu ali, imagem do esplendor dos Reis de Homens em glória que não se turva antes do rompimento do mundo.

"Mas Arwen partiu da Casa, e a luz de seus olhos estava extinta, e ao seu povo pareceu que ela se tornara fria e cinzenta como o cair da noite no inverno que vem sem nenhuma estrela. Então ela se despediu de Eldarion, de suas filhas e de todos a quem amara; e saiu da cidade de Minas Tirith e foi-se embora à terra de Lórien, e ali morou a sós sob as árvores que murchavam até chegar o inverno. Galadriel partira, e Celeborn também se fora, e a terra estava em silêncio.

"Ali, por fim, quando caíam as folhas do mallorn, mas a primavera ainda não chegara,[32] ela se deitou para repousar em Cerin Amroth; e está ali seu verde

---

[32] p. 368. [N. A.]

túmulo, até que o mundo seja mudado, e todos os dias de sua vida estão totalmente esquecidos pelos homens que vieram depois, e elanor e niphredil não florescem mais a leste do Mar.

"Aqui termina este conto, tal como nos chegou do Sul; e com o passamento de Vespestrela, nada mais se diz neste livro sobre os dias de outrora."

II
A CASA DE EORL

"Eorl, o Jovem, foi senhor dos Homens de Éothéod. Essa terra ficava junto das fontes do Anduin, entre as serras mais longínquas das Montanhas Nevoentas e as partes mais setentrionais de Trevamata. Os Éothéod haviam-se deslocado a essas regiões nos dias do Rei Eärnil II, desde terras nos vales do Anduin entre a Carrocha e o Lis, e eram na origem aparentados com os Beornings e os homens das bordas ocidentais da floresta. Os antepassados de Eorl afirmavam descender dos reis de Rhovanion, cujo reino ficava além de Trevamata antes das invasões dos Carroceiros, e assim consideravam-se parentes dos reis de Gondor que descendiam de Eldacar. Apreciavam mais as planícies e se deleitavam com cavalos e todos os feitos de cavalaria, mas havia naqueles dias muitos homens nos vales médios do Anduin, e, ademais, a sombra de Dol Guldur se estendia; portanto, quando ouviram falar da derrota do Rei-bruxo, buscaram mais espaço no Norte e expulsaram os remanescentes do povo de Angmar do lado leste das Montanhas. Mas nos dias de Léod, pai de Eorl, haviam-se multiplicado e eram um povo numeroso, e outra vez estavam um tanto confinados na terra em que habitavam.

"No bismilésimo quingentésimo décimo ano da Terceira Era, um novo perigo ameaçava Gondor. Uma grande hoste de homens selvagens do Nordeste varreu Rhovanion e, descendo das Terras Castanhas, atravessou o Anduin em balsas. Ao mesmo tempo, por acaso ou de propósito, os Orques (que naquele tempo, antes de suas guerras com os Anãos, eram muito numerosos) realizaram a descida das Montanhas. Os invasores assolaram Calenardhon, e Cirion, Regente de Gondor, mandou buscar auxílio no norte; pois durante muito tempo houvera amizade entre os Homens do Vale do Anduin e o povo de Gondor. Mas no vale do Rio os homens já eram poucos e esparsos, e lentos em prestar o auxílio que podiam. Por fim chegaram novas a Eorl sobre o apuro de Gondor, e, apesar de parecer tarde, ele partiu com grande hoste de cavaleiros.

"Chegou assim à batalha do Campo de Celebrant, pois era esse o nome da terra verde que se estendia entre o Veio-de-Prata e o Limclaro. Ali o exército setentrional de Gondor estava em perigo. Vencido no Descampado e isolado do sul, fora impelido a atravessar o Limclaro e então foi subitamente assaltado pela hoste de Orques que o apertou na direção do Anduin. Toda esperança fora perdida quando, sem serem esperados, os Cavaleiros vieram do Norte e irromperam na retaguarda do inimigo. Então a sorte da batalha se inverteu, e o inimigo foi forçado a atravessar o Limclaro com matança. Eorl liderou seus homens em perseguição, e era tão grande o temor que precedia os cavaleiros do Norte, que os invasores do Descampado também caíram em pânico, e os Cavaleiros os caçaram por sobre as planícies de Calenardhon."

O povo daquela região havia-se reduzido em número desde a Peste, e a maioria dos que restavam fora massacrada pelos selvagens Lestenses. Portanto Cirion, como recompensa por sua ajuda, deu Calenardhon, entre o Anduin e o Isen, a Eorl e seu povo; e mandaram buscar no norte suas esposas, filhos e seus bens, e se estabeleceram naquela terra. Mudaram seu nome para Marca dos Cavaleiros e chamaram-se Eorlingas; mas em Gondor sua terra foi chamada de Rohan, e seu povo, de Rohirrim (isto é, os Senhores-de-cavalos). Assim Eorl se tornou o primeiro Rei da Marca e escolheu como moradia uma colina verde diante dos pés das Montanhas Brancas que eram a muralha meridional de sua terra. Ali os Rohirrim viveram depois como homens livres sob seus próprios reis e leis, mas em aliança perpétua com Gondor.

"Muitos senhores e guerreiros, e muitas mulheres belas e valentes, são citados nas canções de Rohan que ainda recordam o Norte. Frumgar, dizem, era o nome do chefe que conduziu seu povo para Éothéod. De seu filho, Fram, contam que ele matou Scatha, o grande dragão de Ered Mithrin, e a terra depois disso teve paz das serpes-longas. Assim Fram conquistou grande fortuna, mas esteve em rixa com os Anãos, que reivindicavam o tesouro de Scatha. Fram não lhes entregou nem um tostão e mandou-lhes em vez disso os dentes de Scatha transformados em colar, dizendo: 'Joias como estas não tereis iguais em vossos tesouros, pois são difíceis de encontrar.' Alguns dizem que os Anãos mataram Fram pelo insulto. Não havia grande apreço entre Éothéod e os Anãos.

"Léod era o nome do pai de Eorl. Era domador de cavalos selvagens; pois naquela época havia muitos na região. Capturou um potro branco, e este cresceu depressa, tornando-se um cavalo forte, belo e altivo. Ninguém conseguia domá-lo. Quando Léod se atreveu a montá-lo ele o levou para longe e, por fim, o lançou do lombo, e a cabeça de Léod bateu em uma rocha, e assim ele morreu. Tinha então apenas dois e quarenta anos de idade, e seu filho era um jovem de dezesseis anos.

"Eorl jurou que vingaria o pai. Passou muito tempo caçando o cavalo e finalmente o avistou; e seus companheiros esperavam que ele tentaria chegar ao alcance de um tiro de flecha e matá-lo. Mas, quando se aproximaram, Eorl pôs-se de pé e chamou em voz alta: 'Vem para cá, Ruína do Homem, e toma um novo nome!' Para espanto deles, o cavalo olhou para Eorl, veio e se postou diante dele, e Eorl disse: 'Chamo-te Felaróf. Amavas tua liberdade, e não te culpo por isso. Mas agora tu me deves um grande veregildo e hás de me entregar tua liberdade até o fim de tua vida.'

"Então Eorl o montou, e Felaróf se submeteu; e Eorl o cavalgou para casa sem freio nem rédea; e daí em diante sempre o montou do mesmo modo. O cavalo compreendia tudo o que diziam os homens, porém não permitia que ninguém o montasse a não ser Eorl. Foi em Felaróf que Eorl cavalgou ao Campo de Celebrant; pois o cavalo demonstrou ser longevo como um Homem, e seus descendentes também. Esses eram os *mearas*, que não levavam senão o Rei da Marca ou seus filhos até o tempo de Scadufax. Deles os Homens diziam que Béma (que os Eldar chamam Oromë) deve ter trazido seu antepassado do Oeste, por cima do Mar.

"Dos Reis da Marca entre Eorl e Théoden mais se conta sobre Helm Mão-de--Martelo. Foi um homem sisudo de grande força. Houve naquela época um homem chamado Freca, que dizia ser descendente do Rei Fréawine, apesar de ter, ao que diziam os homens, grande parte de sangue terrapardense e de seus cabelos serem escuros. Tornou-se rico e poderoso e tinha amplas terras de ambos os lados do Adorn.[33] Construiu para si um baluarte perto de sua nascente e pouca atenção dava ao rei. Helm desconfiava dele, mas o chamava para seus conselhos; e ele vinha quando lhe agradava.

"Para um desses conselhos, Freca cavalgou com muitos homens e pediu a mão da filha de Helm para seu filho Wulf. Mas Helm disse: 'Cresceste desde a última vez em que estiveste aqui; mas a maior parte, creio, é gordura'; e os homens riram-se disso, pois Freca tinha uma ampla cintura.

"Então Freca enfureceu-se, insultou o rei e por fim disse isto: 'Velhos reis que recusam a oferta de um cajado podem cair de joelhos.' Helm respondeu: 'Ora! O casamento de teu filho é uma ninharia. Que Helm e Freca tratem disso mais tarde. Enquanto isso, o rei e seu conselho têm assuntos de peso para considerar.'

"Quando o conselho terminou, Helm ergueu-se e pôs a grande mão no ombro de Freca, dizendo: 'O rei não permite brigas em sua casa, mas os homens são mais livres do lado de fora"; e obrigou Freca a caminhar diante dele, saindo de Edoras para o campo. Aos homens de Freca que se aproximaram ele disse: 'Ide embora! Não precisamos de audiência. Vamos falar a sós sobre um assunto privado. Ide e conversai com meus homens!' E olharam, viram que os homens do rei e seus amigos eram em número muito maior, e recuaram.

"'Agora, Terrapardense,' disse o rei, 'tens que lidar apenas com Helm, sozinho e desarmado. Mas já disseste muita coisa, e é minha vez de falar. Freca, tua loucura cresceu com tua barriga. Falas de um cajado! Quando Helm se

---

[33] Ele conflui com o Isen desde o oeste das Ered Nimrais. [N. A.]

desagrada de um cajado torto que lhe impõem, ele o quebra. Assim!' Com essas palavras, atingiu Freca com tal soco que este caiu de costas, atordoado, e morreu logo depois.

"Então Helm proclamou que o filho de Freca e seus parentes próximos eram inimigos do rei; e fugiram, pois Helm imediatamente mandou muitos homens a cavalo para as divisas ocidentais."

Quatro anos mais tarde (2758), grandes atribulações vieram a Rohan, e não pôde ser enviada ajuda de Gondor, pois três frotas dos Corsários a atacaram, e havia guerra em todas as suas costas. Ao mesmo tempo, Rohan foi invadida outra vez pelo Leste, e os Terrapardenses, vendo sua oportunidade, atravessaram o Isen e desceram de Isengard. Logo ficou-se sabendo que Wulf era seu líder. Estavam em grande número, pois juntaram-se a eles inimigos de Gondor que aportaram nas fozes do Lefnui e do Isen.

Os Rohirrim foram derrotados e sua terra foi invadida; e aqueles que não foram mortos nem escravizados fugiram para os vales das montanhas. Helm foi rechaçado com grandes perdas das Travessias do Isen e se refugiou no Forte-da-Trombeta e na ravina por trás dele (que depois ficou sendo conhecido como Abismo de Helm). Ali foi sitiado. Wulf tomou Edoras, sentou-se em Meduseld e se intitulou rei. Ali tombou Haleth, filho de Helm, último de todos, defendendo as portas.

"Logo depois começou o Inverno Longo, e Rohan ficou debaixo de neve por quase cinco meses (de novembro de 2758 a março de 2759). Tanto os Rohirrim como seus inimigos sofreram atrozmente no frio e na carestia, que durou mais tempo. No Abismo de Helm houve grande fome após o Iule; e desesperado, contra o conselho do rei, seu filho mais novo, Háma, conduziu os homens para fora, em surtida e pilhagem, mas perderam-se na neve. Helm tornou-se feroz e esquelético de fome e de pesar; e o pavor somente dele valia por muitos homens na defesa do Forte. Saía sozinho, vestido de branco, e espreitava como um trol-das-neves os acampamentos dos inimigos e matava muitos homens com as mãos. Acreditavam que, quando ele não portava armas, nenhuma arma o feria. Os Terrapardenses diziam que comia homens quando não conseguia achar alimento. Essa história durou muito tempo na Terra Parda. Helm tinha uma grande trombeta, e logo observou-se que, antes de partir, ele soprava nela um toque que ecoava no Abismo; e então seus inimigos eram tomados por um medo tão grande que, em vez de se reunirem para capturá-lo ou matá-lo, fugiam Garganta abaixo.

"Certa noite os homens ouviram a trombeta soando, mas Helm não voltou. Pela manhã veio um lampejo de sol, o primeiro em longos dias, e viram um vulto branco imóvel, de pé sobre o Dique, sozinho, pois nenhum dos Terrapardenses se atrevia a chegar perto. Ali estava Helm, morto como pedra, mas seus joelhos não estavam curvados. Porém os homens diziam que às vezes ainda se ouvia a trombeta no Abismo e que o espectro de Helm caminhava entre os adversários de Rohan e matava os homens de medo.

"Logo depois o inverno amainou. Então Fréaláf, filho de Hild, irmã de Helm, desceu do Fano-da-Colina, aonde muitos haviam fugido; e com uma pequena companhia de homens desesperados, surpreendeu Wulf em Meduseld, o matou e reconquistou Edoras. Houve grandes inundações após as neves, e o vale do Entágua se transformou em um vasto pântano. Os invasores do Leste pereceram ou se retiraram; e finalmente veio auxílio de Gondor, pelas estradas a leste e a oeste das montanhas. Antes de terminar o ano (2759), os Terrapardenses foram expulsos até de Isengard; e então Fréaláf tornou-se rei.

"Helm foi trazido do Forte-da-Trombeta e depositado no nono morro tumular. Depois disso, a branca *simbelmynë* sempre cresceu mais densamente ali, de modo que o morro parecia coberto de neve. Quando morreu Fréaláf, foi iniciada uma nova linha de morros."

Os Rohirrim ficaram gravemente reduzidos pela guerra, pela privação e pela perda de gado e de cavalos; e foi bom que nenhum grande perigo voltou a ameaçá-los por muitos anos, visto que só nos tempos do Rei Folcwine recuperaram sua força anterior.

Foi na coroação de Fréaláf que Saruman apareceu, trazendo presentes e falando grandes louvores da valentia dos Rohirrim. Todos o consideraram um visitante bem-vindo. Logo depois ele fixou residência em Isengard. Para isso Beren, Regente de Gondor, lhe deu permissão, pois Gondor ainda considerava Isengard uma fortaleza do reino, e não parte de Rohan. Beren também entregou aos cuidados de Saruman as chaves de Orthanc. Essa torre nenhum inimigo conseguira danificar ou invadir.

Deste modo Saruman começou a se comportar como um senhor de Homens; pois inicialmente deteve Isengard como lugar-tenente do Regente e guardião da torre. Mas Fréaláf, assim como Beren, ficou contente de que fosse assim e de saber que Isengard estava nas mãos de um amigo forte. Por muito tempo ele pareceu ser amigo, e quem sabe no começo o fosse de fato. Porém mais tarde houve pouca dúvida nas mentes dos homens de que Saruman foi a Isengard na esperança de encontrar a Pedra que ainda estaria lá e com o fim de construir seu próprio poderio. Certamente, após o último Conselho Branco (2953) suas intenções para com Rohan, por muito que as ocultasse, eram malignas. Tomou então Isengard como sua propriedade e começou a transformá-la em lugar de força guardada e temor, como se quisesse rivalizar com a Barad-dûr. Então escolheu seus amigos e serviçais dentre todos os que odiavam Gondor e Rohan, fossem eles Homens ou outras criaturas mais malévolas.

APÊNDICE A

OS REIS DA MARCA
Primeira Linhagem

Ano[34]

2485–2545   1. *Eorl, o Jovem.* Foi chamado assim porque sucedeu ao pai na juventude e manteve os cabelos amarelos e a compleição corada até o fim de seus dias. Estes foram abreviados por um ataque renovado dos Lestenses. Eorl tombou em batalha no Descampado, e ergueu-se o primeiro morro tumular. Felaróf também foi depositado ali.

2512–70   2. *Brego.* Expulsou o inimigo do Descampado, e Rohan não voltou a ser atacada por muitos anos. Em 2569 ele concluiu o grande paço de Meduseld. No banquete, seu filho Baldor jurou que trilharia "as Sendas dos Mortos" e não voltou.[35] Brego morreu de desgosto no ano seguinte.

2544–2645   3. *Aldor, o Velho.* Foi o segundo filho de Brego. Ficou conhecido como o Velho porque viveu até idade avançada e foi rei por setenta e cinco anos. Em seu tempo, os Rohirrim se multiplicaram e expulsaram ou subjugaram os últimos do povo terrapardense que permaneciam a leste do Isen. O Vale Harg e outros vales das montanhas foram colonizados. Dos três reis seguintes, pouca coisa é dita, pois Rohan teve paz e prosperou em sua época.

2570–2659   4. *Fréa.* Filho homem mais velho, mas quarto descendente de Aldor; já era velho quando se tornou rei.

2594–2680   5. *Fréawine.*

2619–99   6. *Goldwine.*

2644–2718   7. *Déor.* Em seu tempo os Terrapardenses fizeram frequentes incursões sobre o Isen. Em 2710 ocuparam o anel deserto de Isengard e não puderam ser expulsos.

2668–2741   8. *Gram.*

2691–2759   9. *Helm Mão-de-Martelo.* No fim de seu reino, Rohan sofreu grande perda, por invasão e pelo Inverno Longo. Helm e seus filhos, Haleth e Háma, pereceram. Fréaláf, filho da irmã de Helm, tornou-se rei.

Segunda Linhagem

2726–2798   10. *Fréaláf Hildeson.* Em seu tempo Saruman veio a Isengard, de onde os Terrapardenses haviam sido expulsos. Os Rohirrim

---

[34]As datas são dadas de acordo com o cômputo de Gondor (Terceira Era). Estão na margem as de nascimento e morte. [N. A.]
[35]pp. 828–29, 838. [N. A.]

inicialmente lucraram com sua amizade nos dias de carestia e debilidade que se seguiram.

2752–2842   11. *Brytta*. Seu povo o chamava *Léofa*, pois era amado por todos; era generoso e auxiliava todos os necessitados. Em seu tempo houve guerra com os Orques que, expulsos do Norte, buscaram refúgio nas Montanhas Brancas.[36] Quando morreu, pensou-se que todos haviam sido exterminados; mas não aconteceu assim.

2780–2851   12. *Walda*. Foi rei durante apenas nove anos. Foi morto com todos os seus companheiros quando foram cercados por Orques ao cavalgarem desde o Fano-da-Colina em trilhas das montanhas.

2804–64   13. *Folca*. Foi grande caçador, mas jurou não perseguir nenhum animal selvagem enquanto restasse um Orque em Rohan. Quando o último reduto-órquico foi encontrado e destruído, foi caçar o grande javali de Everholt na Floresta Firien. Matou o javali, mas morreu das feridas das mordidas de suas presas.

2830–2903   14. *Folcwine*. Quando se tornou rei, os Rohirrim haviam recuperado sua força. Reconquistou a divisa ocidental (entre o Adorn e o Isen) que os Terrapardenses haviam ocupado. Rohan recebera grande ajuda de Gondor nos dias difíceis. Portanto, quando ele ouviu dizer que os Haradrim estavam assaltando Gondor com grande força, enviou muitos homens em auxílio ao Regente. Ele mesmo desejava liderá-los, mas foi dissuadido, e seus filhos gêmeos, Folcred e Fastred (nascidos em 2858), foram em seu lugar. Tombaram lado a lado em uma batalha em Ithilien (2885). Túrin II de Gondor enviou a Folcwine um rico veregildo de ouro.

2870–2953   15. *Fengel*. Foi o terceiro filho homem e quarto descendente de Folcwine. Não é lembrado com louvor. Era ávido por comida e ouro e tinha contenda com seus marechais e seus filhos. Thengel, seu terceiro descendente e único filho homem, deixou Rohan quando atingiu a idade adulta e por muito tempo viveu em Gondor, onde conquistou honra a serviço de Turgon.

2905–80   16. *Thengel*. Só tomou esposa tarde na vida, mas em 2943 casou-se com Morwen de Lossarnach em Gondor, apesar de ela ter dezessete anos a menos. Ela lhe deu três descendentes em Gondor, dos quais Théoden, o segundo, foi o único filho homem. Quando Fengel morreu, os Rohirrim o chamaram de volta, e ele retornou de mau grado. Mas demonstrou ser um rei bom e sábio; porém a fala de Gondor era usada em sua casa e nem todos consideravam

---

[36] pp. 1100–101 [N. A.]

isso bom. Morwen lhe deu mais duas filhas em Rohan; e a última, Théodwyn, era a mais bela, apesar de vir tarde (2963), sua descendente da velhice. Seu irmão a amava muito.

Foi logo após a volta de Thengel que Saruman se declarou Senhor de Isengard e começou a perturbar Rohan, transgredindo suas fronteiras e apoiando seus inimigos.

2948–3019   17. *Théoden*. É chamado Théoden Ednew na tradição de Rohan, pois caiu em declínio sob os feitiços de Saruman, mas foi curado por Gandalf e, em seu último ano de vida, ergueu-se e liderou seus homens na vitória no Forte-da-Trombeta e logo depois nos Campos de Pelennor, a maior batalha da Era. Tombou diante dos portões de Mundburg. Por algum tempo descansou em sua terra natal, entre os Reis mortos de Gondor, mas foi levado de volta e depositado no oitavo morro tumular de sua linhagem em Edoras. Então iniciou-se uma nova linhagem.

Terceira Linhagem

Em 2989, Théodwyn casou-se com Éomund do Eastfolde, o principal Marechal da Marca. Seu filho Éomer nasceu em 2991, e sua filha Éowyn, em 2995. Naquela época Sauron ressurgira, e a sombra de Mordor se estendia até Rohan. Os Orques começaram a fazer ataques de surpresa nas regiões orientais e a matar ou roubar cavalos. Outros também desceram das Montanhas Nevoentas, sendo que muitos eram grandes uruks a serviço de Saruman, porém levou muito tempo para que isso fosse suspeitado. O principal encargo de Éomund era nas divisas orientais; e ele apreciava muito os cavalos e odiava os Orques. Quando vinham novas sobre um ataque de surpresa, muitas vezes ele cavalgava ao seu encontro com intensa ira, sem cautela e com poucos homens. Foi assim que acabou sendo morto em 3002; pois perseguiu um pequeno bando até as beiras das Emyn Muil e ali foi surpreendido por um forte grupo que espreitava entre as rochas.

Não levou muito tempo para Théodwyn adoecer e morrer, para grande pesar do rei. Tomou sua prole à sua própria casa, chamando-os de filho e filha. Só tinha um descendente seu, o filho Théodred, que tinha então vinte e quatro anos de idade; pois a rainha Elfhild morrera no parto e Théoden não se casou de novo. Éomer e Éowyn cresceram em Edoras e viram a sombra negra cair sobre o paço de Théoden. Éomer era como seus pais antes dele; mas Éowyn era esguia e alta, com uma graça e altivez que lhe vinham do Sul, de Morwen de Lossarnach, a quem os Rohirrim haviam chamado Brilho-de-Aço.

2991–Q.E. 63 (3084)   *Éomer Éadig*. Ainda jovem, tornou-se Marechal da Marca (3017) e recebeu o encargo do pai nas divisas orientais. Na Guerra do Anel, Théodred tombou em batalha contra Saruman nas Travessias do Isen. Portanto, antes de morrer nos

Campos de Pelennor, Théoden nomeou Éomer seu herdeiro e o chamou de rei. Nesse dia, Éowyn também conquistou renome, pois combateu naquela batalha, cavalgando disfarçada; e depois ficou conhecida na Marca como Senhora do Braço-de-Escudo.[37]

Éomer tornou-se um grande rei e, como era jovem quando sucedeu a Théoden, reinou por sessenta e cinco anos, mais do que todos os seus reis antes dele, exceto por Aldor, o Velho. Na Guerra do Anel tornou-se amigo do Rei Elessar e de Imrahil de Dol Amroth; e muitas vezes cavalgou até Gondor. No último ano da Terceira Era casou-se com Lothíriel, filha de Imrahil. O filho deles, Elfwine, o Belo, governou depois dele.

Nos dias de Éomer na Marca, os homens que a desejassem tiveram paz, e o povo se tornou numeroso nos vales assim como nas planícies, e seus cavalos se multiplicaram. Em Gondor reinava então o Rei Elessar, e em Arnor também. Em todas as terras desses reinos de outrora ele era o rei, exceto apenas por Rohan; pois renovou para Éomer a dádiva de Cirion, e Éomer fez outra vez o Juramento de Eorl. Muitas vezes o cumpriu. Pois, apesar de Sauron ter desaparecido, os ódios e os males que ele fomentou não haviam morrido, e o Rei do Oeste tinha muitos inimigos a subjugar antes que a Árvore Branca pudesse crescer em paz. E aonde quer que o Rei Elessar fosse em guerra, o Rei Éomer ia com ele; e além do Mar de Rhûn e nos longínquos campos do Sul ouvia-se o trovão da cavalaria da Marca, e o Cavalo Branco sobre Verde tremulou em muitos ventos antes de Éomer envelhecer.

III

O POVO DE DURIN

A respeito do começo dos Anãos contam-se relatos estranhos, tanto entre os Eldar como entre os próprios Anãos; mas, visto que esses fatos remontam a muito antes de nossos dias, pouco se diz aqui sobre eles. Durin é o nome que os Anãos usavam para o mais velho dos Sete Pais de sua raça, o ancestral de todos os reis dos Barbas-longas.[38] Ele dormiu a sós, até que nas profundezas do tempo e no despertar daquele povo ele chegou a Azanulbizar, e nas cavernas

---

[37] Pois seu braço do escudo foi quebrado pela maça do Rei-bruxo; mas ele foi aniquilado, e assim foram realizadas as palavras de Glorfindel ao Rei Eärnur, muito tempo antes, de que o Rei-bruxo não tombaria pela mão de nenhum homem. Pois dizem nas canções da Marca que nesse feito Éowyn teve a ajuda do escudeiro de Théoden, e que ele tampouco era um Homem e sim um Pequeno vindo de terra distante, apesar de Éomer lhe conferir honra na Marca e o nome de Holdwine. [Este Holdwine não era outro senão Meriadoc, o Magnífico, que foi Mestre da Terra-dos-Buques.] [N. A.]

[38] *O Hobbit*, p. 80. [N. A.]

acima de Kheled-zâram no leste das Montanhas Nevoentas ele fez sua morada, onde estiveram mais tarde as Minas de Moria, renomadas nas canções.

Ali viveu por tanto tempo que em toda a parte era conhecido como Durin, o Imortal. Porém morreu, afinal, antes que terminassem os Dias Antigos, e seu túmulo foi em Khazad-dûm; mas sua linhagem jamais se interrompeu, e cinco vezes nasceu em sua Casa um herdeiro tão parecido com o Ancestral que recebeu o nome de Durin. Deveras os Anãos o consideravam como o Imortal que retornara; pois eles têm muitas estranhas histórias e crenças a respeito de si próprios e de sua sina no mundo.

Após o fim da Primeira Era, o poder e a fortuna de Khazad-dûm aumentaram em muito; pois foi enriquecida por muita gente e muito saber e ofício quando as antigas cidades de Nogrod e Belegost, nas Montanhas Azuis, foram arruinadas no rompimento de Thangorodrim. O poder de Moria perdurou através dos Anos Sombrios e o domínio de Sauron, pois, apesar de Eregion estar destruída e estarem fechados os portões de Moria, os salões de Khazad-dûm eram demasiado fundos e fortes e repletos de um povo demasiado numeroso e valente para que Sauron os conquistasse do exterior. Assim, sua riqueza por muito tempo ficou inviolada, apesar de seu povo começar a minguar.

Aconteceu que, no meio da Terceira Era, Durin fora outra vez seu rei, e o sexto desse nome. O poder de Sauron, serviçal de Morgoth, voltava então a crescer no mundo, apesar de a Sombra na Floresta que dava para Moria ainda não ser conhecida como aquilo que era. Todos os seres malignos se agitavam. Os Anãos escavaram fundo nessa época, buscando *mithril* embaixo de Barazinbar, o metal sem preço que ano após ano se tornava mais difícil de obter.[39] Assim despertaram do sono[40] um ser de terror que, fugido de Thangorodrim, estivera oculto nos fundamentos da terra desde a chegada da Hoste do Oeste: um Balrog de Morgoth. Durin foi morto por ele, e no ano seguinte, Náin I, seu filho; e então passou a glória de Moria, e seu povo foi destruído ou fugiu para longe.

A maioria dos que escaparam rumou para o Norte, e Thráin I, filho de Náin, veio ter em Erebor, a Montanha Solitária, perto das bordas orientais de Trevamata, e ali começou novas obras e tornou-se Rei sob a Montanha. Em Erebor ele encontrou a grande joia, a Pedra Arken, o Coração da Montanha.[41] Mas seu filho Thorin I mudou-se e foi ao longínquo Norte, às Montanhas Cinzentas, onde se reunia então a maior parte do povo de Durin; pois essas montanhas eram ricas e pouco exploradas. Mas havia dragões nos ermos mais além; e após muitos anos eles se fortaleceram novamente e se multiplicaram,

---

[39] pp. 350–51. [N. A.]
[40] Ou libertaram-no da prisão; pode muito bem ser que ele já tivesse sido despertado pela malícia de Sauron. [N. A.]
[41] *O Hobbit*, pp. 250–51. [N. A.]

e travaram guerra com os Anãos e saquearam suas obras. Por fim Dáin I, junto com seu segundo filho, Frór, foi morto nos portões de seu paço por um grande draco-frio.

Não muito tempo depois, a maior parte do Povo de Durin abandonou as Montanhas Cinzentas. Grór, filho de Dáin, foi-se com muitos seguidores às Colinas de Ferro; mas Thrór, herdeiro de Dáin, com Borin, irmão de seu pai, e o restante do povo, retornou a Erebor. Ao Grande Salão de Thráin, Thrór devolveu a Pedra Arken, e ele e seu povo prosperaram, se tornaram ricos e tinham a amizade de todos os Homens que habitavam nas redondezas. Pois faziam não somente objetos de maravilha e beleza, mas também armas e armaduras de grande valor; e havia grande tráfego de minério entre eles e sua gente nas Colinas de Ferro. Assim, os Nortistas que viviam entre o Celduin (Rio Rápido) e o Carnen (Rubrágua) tornaram-se fortes e rechaçaram todos os inimigos do Leste; e os Anãos viviam em abundância, e havia banquetes e canções nos Salões de Erebor.[42]

Assim o rumor da riqueza de Erebor se espalhou por toda a parte, chegando aos ouvidos dos dragões; e por fim Smaug, o Dourado, maior dos dragões de seus dias, ergueu-se, acometeu inesperadamente o Rei Thrór e desceu em chamas sobre a Montanha. Não levou muito tempo para ser destruído todo aquele reino, e a cidade de Valle ali perto foi arruinada e despovoada; mas Smaug entrou no Grande Salão e se deitou ali sobre um leito de ouro.

Do saque e do incêndio escaparam muitos da gente de Thrór; e por último, saindo dos salões por uma porta secreta, vieram o próprio Thrór e seu filho Thráin II. Partiram para o sul com sua família[43] para longa peregrinação sem lar. Foi também com eles uma pequena companhia de parentes e seguidores fiéis.

Anos depois Thrór, já velho, pobre e desesperado, deu ao filho Thráin o único grande tesouro que ainda possuía, o último dos Sete Anéis, e depois partiu com apenas um velho companheiro, chamado Nár. Sobre o Anel, disse a Thráin quando se despediram:

"Isto ainda poderá se tornar o fundamento de nova fortuna para ti, por muito que pareça improvável. Mas é preciso ouro para gerar ouro."

"Certamente não pensas em voltar a Erebor?", perguntou Thráin.

"Não na minha idade", respondeu Thrór. "Nossa vingança contra Smaug eu lego a ti e a teus filhos. Mas estou cansado da pobreza e do desprezo dos Homens. Vou-me para ver o que posso encontrar." Não disse onde.

Estava, talvez, um tanto ensandecido com a idade, o infortúnio e a longa ruminação sobre o esplendor de Moria nos tempos de seus antepassados; ou

---

[42] *O Hobbit*, p. 47. [N. A.]
[43] Que incluía os filhos de Thráin II: Thorin (Escudo-de-carvalho), Frerin e Dís. Thorin era então um jovem pelo cômputo dos Anãos. Soube-se depois que escaparam mais do Povo sob a Montanha do que se esperava inicialmente; mas a maioria destes foi às Colinas de Ferro. [N. A.]

quem sabe o Anel estava se voltando para o mal, agora que seu mestre estava desperto, levando-o à loucura e à destruição. Da Terra Parda, onde morava então, rumou para o norte com Nár, e atravessaram o Passo do Chifre-vermelho e desceram até Azanulbizar.

Quando Thrór chegou a Moria, o Portão estava aberto. Nár lhe implorou que tomasse cuidado, mas ele não lhe deu atenção e caminhou para dentro, altivo como um herdeiro que retorna. Mas não voltou. Nár ficou por perto, escondido, durante muitos dias. Certo dia ouviu um grito alto e um toque de corneta e um corpo foi jogado para fora, sobre os degraus. Temendo que fosse Thrór, ele começou a se esgueirar para perto, mas veio uma voz do interior do portão:

"Vamos, barbudinho! Podemos ver você. Mas não é preciso ter medo hoje. Precisamos de você como mensageiro."

Então Nár se aproximou e descobriu que era de fato o corpo de Thrór, mas a cabeça fora cortada e estava de rosto para baixo. Ao se ajoelhar ali, ouviu risadas-órquicas nas sombras, e a voz disse:

"Se os mendigos não esperam na porta, mas se esgueiram para dentro e tentam roubar, é isso que fazemos com eles. Se alguém do seu povo espetar sua barba imunda aqui dentro outra vez, vão ter a mesma sorte. Vá e diga isso a eles! Mas se a família dele quiser saber quem é o rei aqui agora, o nome está escrito no rosto dele. Eu escrevi! Eu o matei! Eu sou o mestre!"

Então Nár virou a cabeça e viu, marcado na testa em runas-anânicas, de modo que ele pudesse lê-lo, o nome AZOG. Esse nome ficou marcado em seu coração e nos de todos os Anãos depois disso. Nár agachou-se para pegar a cabeça, mas a voz de Azog[44] disse:

"Deixe cair! Vá embora! Aqui está seu pagamento, barba de mendigo." Um saquinho se chocou contra ele. Continha algumas moedas de pouco valor.

Chorando, Nár fugiu pelo Veio-de-Prata abaixo; mas uma vez olhou para trás e viu que Orques haviam saído do portão e estavam retalhando o corpo e jogando os pedaços aos corvos negros.

Esse foi o relato que Nár trouxe de volta a Thráin; e quando havia chorado e arrancado a barba, ele fez silêncio. Por sete dias ficou sentado sem dizer palavra. Então ergueu-se e disse: "Isto não pode ser suportado!" Esse foi o começo da Guerra dos Anãos e dos Orques, que foi longa, mortífera e combatida, em sua maior parte, em lugares profundos sob a terra.

Thráin imediatamente mandou mensageiros levando o relato ao norte, leste e oeste; mas levou três anos para os Anãos reunirem suas forças. O Povo de Durin juntou toda a sua hoste, e uniram-se a eles grandes forças enviadas das Casas de outros Pais; pois aquela desonra ao herdeiro do Mais Velho de sua raça os enchia de fúria. Quando estava tudo pronto,

---

[44]Azog era pai de Bolg; ver *O Hobbit*, p. 51. [N. A.]

assaltaram e saquearam um a um todos os baluartes dos Orques que conseguiram encontrar de Gundabad até o Lis. Ambos os lados foram impiedosos, e houve morte e feitos cruéis no escuro e no claro. Mas os Anãos eram vitoriosos graças à sua força, às suas armas sem par e ao fogo de sua ira, ao caçarem Azog em todos os covis sob as montanhas.

Por fim todos os Orques que fugiam diante deles reuniram-se em Moria, e a hoste dos Anãos que os perseguia chegou a Azanulbizar. Esse era um grande vale que se estendia entre os braços das montanhas em redor do lago de Kheled-zâram e pertencera outrora ao reino de Khazad-dûm. Quando os Anãos viram na escarpa o portão de suas antigas mansões, emitiram um grande grito como trovão no vale. Mas uma grande hoste de inimigos estava disposta nas encostas acima deles, e pelos portões derramou-se uma multidão de Orques que fora retida por Azog como último recurso.

De início a sorte desfavoreceu os Anãos; pois era um dia escuro de inverno sem sol, e os Orques não hesitaram, e eram em número superior ao dos inimigos e ocupavam o terreno mais alto. Assim começou a batalha de Azanulbizar (ou Nanduhirion, na língua élfica), ante cuja lembrança os Orques ainda estremecem e os Anãos choram. O primeiro assalto da vanguarda liderada por Thráin foi rechaçado com perdas, e Thráin foi empurrado para uma mata de grandes árvores que ainda cresciam não longe de Kheled-zâram. Ali tombaram seu filho Frerin, seu parente Fundin e muitos outros, e Thráin e Thorin foram ambos feridos.[45] Em outros pontos a batalha se voltava para lá e para cá, com grande matança, até que finalmente a gente das Colinas de Ferro ganhou o dia. Chegando tarde e descansados ao campo, os guerreiros em cota de malha de Náin, filho de Grór, atravessaram os Orques até a própria soleira de Moria, gritando "Azog! Azog!", enquanto derrubavam com as picaretas todos os que estavam no caminho.

Então Náin se pôs de pé diante do Portão e gritou com grande voz: "Azog! Se estás dentro, vem para fora! Ou o jogo no vale está muito violento?"

Diante disso Azog saiu, e era um grande Orque com uma enorme cabeça protegida com ferro, e no entanto ágil e forte. Com ele vieram muitos semelhantes, os combatentes de sua guarda e, quando enfrentaram a companhia de Náin, ele se voltou para Náin e disse:

"O quê? Mais um mendigo às minhas portas? Preciso marcar você também?" Com essas palavras investiu contra Náin, e combateram. Mas Náin estava meio cego de fúria e também muito cansado da batalha, enquanto que Azog estava descansado, cruel e cheio de astúcia. Logo Náin deu um grande golpe com toda a força que lhe restava, mas Azog disparou para o lado e

---

[45] Dizem que o escudo de Thorin se fendeu, e ele o jogou fora e cortou com o machado um ramo de carvalho e o segurou na mão esquerda para desviar os golpes dos inimigos ou empunhando-o como maça. Desse modo obteve seu nome. [N. A.]

chutou a perna de Náin, de modo que a picareta se estilhaçou na pedra onde ele estivera, mas Náin tropeçou para diante. Então Azog, com ímpeto rápido, lhe golpeou o pescoço. Seu colar de malha resistiu ao gume, mas o golpe foi tão pesado que o pescoço de Náin se quebrou, e ele caiu.

Então Azog riu e ergueu a cabeça para soltar um grande berro de triunfo; mas o grito morreu em sua garganta. Pois viu que toda a sua hoste no vale estava desbaratada e que os Anãos iam para cá e para lá abatendo à vontade e que os que lhes conseguiam escapar fugiam para o sul, guinchando enquanto corriam. E junto a ele todos os soldados de sua guarda jaziam mortos. Virou-se e fugiu de volta ao Portão.

Aos saltos, subiu os degraus atrás dele um Anão de machado rubro. Era Dáin Pé-de-Ferro, filho de Náin. Bem diante das portas ele apanhou Azog e ali o matou e lhe cortou a cabeça. Isso foi considerado um grande feito, pois nessa época Dáin era apenas um garoto pelo cômputo dos Anãos. Mas uma longa vida e muitas batalhas estavam diante dele, até que finalmente tombou, velho, mas ereto, na Guerra do Anel. Porém, por muito que fosse intrépido e repleto de ira, dizem que ao descer do Portão tinha o rosto cinzento, como alguém que sentiu grande medo.

Quando finalmente a batalha estava vencida, os Anãos restantes se reuniram em Azanulbizar. Tomaram a cabeça de Azog, lhe enfiaram na boca a bolsa de dinheiro miúdo e depois a levantaram em uma estaca. Mas não houve banquete nem canção naquela noite; pois seus mortos estavam além da contagem do pesar. Nem metade deles, ao que dizem, ainda era capaz de ficar em pé ou tinha esperança de cura.

Não obstante, pela manhã Thráin estava diante deles. Tinha um olho cegado além da cura e estava manco por causa de um ferimento na perna; mas disse: "Bom! Temos a vitória. Khazad-dûm nos pertence!"

Mas responderam: "Podes ser o Herdeiro de Durin, mas mesmo com um só olho deverias enxergar mais claramente. Travamos esta guerra por vingança e vingança obtivemos. Mas ela não é doce. Se isto é vitória, então nossas mãos são demasiado pequenas para segurá-la."

E os que não eram do Povo de Durin disseram também: "Khazad-dûm não era a casa de nossos Pais. O que é para nós, senão uma esperança de tesouro? Mas agora, se tivermos de partir sem as recompensas e os veregildos que nos são devidos, quanto mais depressa voltarmos às nossas próprias terras, mais contentes havemos de ficar."

Então Thráin se voltou para Dáin e questionou: "Mas certamente minha própria gente não me desertará?" "Não", afirmou Dáin. "Tu és o pai de nosso Povo, e sangramos por ti e o faremos de novo. Mas não entraremos em Khazad-dûm. Tu não entrarás em Khazad-dûm. Somente eu olhei através da sombra do Portão. Além da sombra ela ainda te aguarda: a Ruína de Durin.

O mundo precisa mudar e precisa chegar outro poder que não o nosso, antes que o Povo de Durin caminhe outra vez em Moria."

Assim foi que, após Azanulbizar, os Anãos se dispersaram outra vez. Mas primeiro, com grande labuta, desnudaram todos os seus mortos, para que não viessem Orques e obtivessem ali grande estoque de armas e cotas de malha. Dizem que cada Anão que partiu daquele campo de batalha estava curvado sob pesado fardo. Então armaram muitas piras e queimaram todos os corpos de sua gente. Houve grande derrubada de árvores no vale, que desde então continuou sem vegetação, e a fumaça da incineração foi vista em Lórien.[46]

Quando os fogos terríveis estavam reduzidos a cinzas, os aliados partiram para suas próprias terras, e Dáin Pé-de-Ferro conduziu o povo de seu pai de volta às Colinas de Ferro. Então, junto à grande estaca, Thráin disse a Thorin Escudo-de-carvalho: "Alguns diriam que esta cabeça foi comprada a alto preço! Pelo menos demos por ela o nosso reino. Voltarás comigo à bigorna? Ou implorarás teu pão em portas altivas?"

"À bigorna", respondeu Thorin. "Pelo menos o martelo manterá os braços fortes até que possam voltar a empunhar ferramentas mais afiadas."

Assim Thráin e Thorin, com o que restava de seu séquito (entre os quais estavam Balin e Glóin), voltaram à Terra Parda, e logo depois mudaram-se e vagaram em Eriador, até finalmente se estabelecerem no exílio no leste das Ered Luin, além do Lûn. Era de ferro a maioria dos objetos que forjaram nesses dias, mas prosperaram de certo modo, e seu número aumentou lentamente.[47] Mas, como Thrór dissera, o Anel precisava de ouro para gerar ouro, e desse metal precioso, ou de qualquer outro, eles tinham pouco ou nada.

Sobre esse Anel algo pode ser dito aqui. Os Anãos do Povo de Durin acreditavam que era o primeiro dentre os Sete que fora forjado; e dizem que foi dado ao Rei de Khazad-dûm, Durin III, pelos próprios artífices-élficos e não por Sauron, apesar de, sem dúvida, seu poder maligno estar nele, visto que ajudara a forjar todos os Sete. Mas os possuidores do Anel não o mostravam nem falavam dele, e raramente o entregavam a não ser que estivessem à morte, de modo que os demais não sabiam com certeza onde ele se encontrava. Alguns pensavam que ele ficara em Khazad-dûm, nas tumbas secretas dos reis, se estas

---

[46]Tais modos de lidar com os mortos pareciam aflitivos aos Anãos, pois eram contrários ao seu uso; mas fazer tumbas como as que costumavam construir (já que depositam os mortos apenas na pedra, não na terra) teria levado muitos anos. Voltaram-se, portanto, ao fogo, para não deixarem sua gente às feras, às aves ou aos Orques carniceiros. Mas os que tombaram em Azanulbizar foram honrados na lembrança, e até este dia um Anão diz com orgulho sobre algum de seus antepassados: "ele foi um Anão queimado", e isso basta. [N. A.]

[47]Tinham muito poucas mulheres. Dís, filha de Thráin, estava ali. Era a mãe de Fíli e Kíli, que nasceram nas Ered Luin. Thorin não tinha esposa. [N. A.]

não tivessem sido descobertas e saqueadas; mas entre a família do Herdeiro de Durin acreditava-se (erroneamente) que Thrór o usara quando temerariamente voltara ali. O que fora feito dele depois eles não sabiam. Não foi encontrado no corpo de Azog.[48]

Ainda assim pode muito bem ser, como os Anãos acreditam agora, que Sauron tenha descoberto graças às suas artes quem possuía esse Anel, o último a permanecer livre, e que os singulares infortúnios dos herdeiros de Durin fossem em grande medida devidos à sua malícia. Pois os Anãos haviam demonstrado que eram indomáveis por esse meio. O único poder que os Anéis exerciam sobre eles era inflamar-lhes os corações com cobiça de ouro e objetos preciosos, de modo que, se esses lhes faltassem, todas as outras boas coisas lhes pareciam pouco proveitosas e ficavam repletos de ira e desejo de vingança contra todos os que os privavam. Mas desde o começo foram feitos com um molde capaz de resistir muito inabalavelmente a qualquer dominação. Apesar de poderem ser mortos ou abatidos, não podiam ser reduzidos a sombras escravizadas por outra vontade; e pela mesma razão suas vidas não eram afetadas por qualquer Anel, para viverem mais ou menos por causa dele. Tanto mais Sauron odiava os possuidores e desejava despojá-los.

Portanto, talvez tenha sido em parte devido à malícia do Anel que Thráin, após alguns anos, se tornou inquieto e descontente. A ânsia do ouro estava sempre em sua mente. Por fim, quando não conseguia mais suportá-la, voltou seus pensamentos a Erebor e resolveu voltar para lá. Nada disse a Thorin do que tinha no coração; mas, com Balin, Dwalin e alguns outros, ele se ergueu, se despediu e partiu.

Pouco se sabe do que lhe aconteceu depois. Agora parece que, assim que partira com poucos companheiros, foi caçado pelos emissários de Sauron. Lobos o perseguiram, Orques o atocaiaram, aves malignas ensombraram sua trilha, e quanto mais se esforçava para rumar ao norte, mais infortúnios se opunham a ele. Chegou uma noite escura quando ele e os companheiros estavam vagando nas terras além do Anduin, e uma chuva negra os forçou a tomarem abrigo sob a beira de Trevamata. Pela manhã ele desaparecera do acampamento, e os companheiros o chamaram em vão. Buscaram-no por muitos dias, até que finalmente, desistindo da esperança, partiram e, após algum tempo, retornaram a Thorin. Só muito depois ficou-se sabendo que Thráin fora apanhado vivo e levado aos fossos de Dol Guldur. Ali foi atormentado, lhe tiraram o Anel e ali por fim ele morreu.

Assim Thorin Escudo-de-carvalho se tornou o Herdeiro de Durin, mas herdeiro sem esperança. Quando Thráin se perdeu, ele tinha noventa e cinco anos, um grande anão de postura altiva; mas parecia contente em ficar em

---

[48]p. 301. [N. A.]

Eriador. Ali labutou por muito tempo, comerciou e ganhou a fortuna que conseguiu; e seu povo aumentou graças a muitos do Povo de Durin vagante, que ouviram de sua morada no oeste e vieram ter com ele. Agora tinham belos salões nas montanhas, estoque de bens e seus dias não pareciam tão difíceis, porém nas canções falavam sempre da Montanha Solitária lá longe.

Os anos se passaram. As brasas no coração de Thorin voltaram a se inflamar enquanto ele remoía as injustiças de sua Casa e a vingança contra o Dragão que ele herdara. Pensava em armas, exércitos e alianças quando seu grande martelo ressoava na forja; mas os exércitos estavam dispersos, e as alianças, rompidas, e os machados de seu povo eram poucos; e uma grande ira sem esperança o queimava enquanto batia o ferro rubro na bigorna.

Mas finalmente ocorreu por acaso um encontro entre Gandalf e Thorin que mudou toda a sorte da Casa de Durin, e, ademais, levou a outros fins maiores. Certa feita[49] Thorin, voltando ao oeste de uma viagem, passou a noite em Bri. Ali também estava Gandalf. Estava a caminho do Condado, que não visitara por uns vinte anos. Estava cansado e pensava em descansar ali por algum tempo.

Entre muitas preocupações, ocupava-lhe a mente o estado perigoso do Norte; pois já sabia então que Sauron planejava a guerra e pretendia, assim que se sentisse forte o bastante, atacar Valfenda. Mas, para resistir a alguma tentativa do Leste de reconquistar as terras de Angmar e os passos setentrionais das montanhas, só havia então os Anãos das Colinas de Ferro. E além deles estendia-se a desolação do Dragão. Esse Dragão Sauron poderia usar com efeito terrível. Então como se poderia obter o fim de Smaug?

Foi justamente quando Gandalf estava sentado, ponderando essas coisas, que Thorin se postou diante dele e disse: "Mestre Gandalf, conheço-te apenas de vista, mas agora me aprazeria falar contigo. Pois ultimamente vieste muitas vezes aos meus pensamentos, como se me mandassem buscar-te. Deveras eu o teria feito se soubesse onde te encontrar."

Gandalf fitou-o com espanto. "Isso é estranho, Thorin Escudo-de-carvalho", respondeu ele. "Pois também eu pensei em ti; e apesar de estar a caminho do Condado, estava pensando que esse é também o caminho para teus salões."

"Chama-os assim se quiseres", comentou Thorin. "São apenas um pobre alojamento no exílio. Mas lá serias bem-vindo se viesses. Pois dizem que és sábio e sabes mais que qualquer outro sobre o que se passa no mundo; e tenho muita coisa em mente e me agradaria teu conselho."

"Irei," disse Gandalf, "pois creio que compartilhamos ao menos uma inquietação. O Dragão de Erebor está em meu pensamento e não creio que ele esteja esquecido pelo neto de Thrór."

---

[49] Em 15 de março de 2941. [N. A.]

APÊNDICE A

Está contada alhures a história que resultou desse encontro: do estranho plano que Gandalf fez para ajudar Thorin, e de como Thorin e seus companheiros partiram do Condado na demanda da Montanha Solitária que alcançou grandes fins inesperados. Aqui só se recordam as coisas que dizem respeito diretamente ao Povo de Durin.

O Dragão foi morto por Bard de Esgaroth, mas houve batalha em Valle. Pois os Orques assaltaram Erebor assim que ouviram falar do retorno dos Anãos; e foram liderados por Bolg, filho daquele Azog que Dáin matou na juventude. Nessa primeira Batalha de Valle, Thorin Escudo-de-carvalho foi mortalmente ferido; e morreu e foi depositado em uma tumba sob a Montanha com a Pedra Arken sobre o peito. Ali também tombaram Fíli e Kíli, filhos de sua irmã. Mas Dáin Pé-de-Ferro, seu primo, que veio em seu auxílio das Colinas de Ferro e era também seu herdeiro de direito, tornou-se então o Rei Dáin II, e o Reino sob a Montanha foi restaurado, exatamente como Gandalf desejara. Dáin demonstrou ser um grande e sábio rei, e os Anãos prosperaram e se fortaleceram outra vez em seus dias.

No fim do verão daquele ano (2941), Gandalf finalmente convencera Saruman e o Conselho Branco a atacarem Dol Guldur, e Sauron recuou e foi a Mordor, para ali estar a salvo, como pensava, de todos os inimigos. Assim foi que, quando a Guerra finalmente chegou, o ataque principal se voltou para o sul; mas mesmo assim Sauron, com a mão direita estendida ao longe, poderia ter provocado grande mal no Norte se o Rei Dáin e o Rei Brand não estivessem em seu caminho. Bem assim Gandalf falou depois a Frodo e Gimli, quando moraram juntos por algum tempo em Minas Tirith. Pouco antes haviam chegado a Gondor notícias de eventos longínquos.

"Entristeci-me com a queda de Thorin", disse Gandalf; "e agora ouvimos que Dáin tombou, outra vez combatendo em Valle, ao mesmo tempo em que combatíamos aqui. Eu chamaria isso de grave perda, se não fosse uma maravilha que, na sua idade avançada, ele ainda conseguia empunhar o machado com o vigor que dizem que tinha, em pé sobre o corpo do Rei Brand diante do Portão de Erebor até a escuridão cair.

"Porém as coisas poderiam ter acontecido de modo bem diverso e bem pior. Quando pensais na grande Batalha da Pelennor, não esqueçais as batalhas em Valle e a valentia do Povo de Durin. Pensai no que poderia ter sido. Fogo de dragão e espadas selvagens em Eriador, noite em Valfenda. Poderia não haver Rainha em Gondor. Agora poderíamos esperar retornar da vitória aqui apenas para ruína e cinzas. Mas isso foi evitado — porque encontrei Thorin Escudo-de-carvalho certa tardinha da beira da primavera em Bri. Um encontro casual, como dizemos na Terra-média."

Dís era filha de Thráin II. É a única anão mulher cujo nome aparece nestas histórias. Foi dito por Gimli que existem poucas anões mulheres, provavelmente não mais que um terço de todo o povo. Raramente saem, exceto em grande necessidade. Na voz e na aparência, e nos trajes quando precisam viajar, são tão semelhantes aos anões homens que os olhos e ouvidos de outros povos não conseguem distingui-los. Isso deu origem à tola opinião entre os Homens de que não há anões mulheres, e de que os Anãos "crescem da pedra".

É por causa da escassez de mulheres entre eles que a gente dos Anãos cresce devagar e está em perigo quando não têm moradias seguras. Pois cada Anão só toma uma esposa ou marido na vida, e são ciumentos como em todos os assuntos relativos aos seus direitos. O número de anões homens que se casa é, na verdade, menos que um terço. Pois nem todas as mulheres tomam maridos: algumas não desejam nenhum; outras desejam um que não podem ter e, portanto, não querem outro. Quanto aos homens, grande número também não deseja se casar, já que está ocupado com seus ofícios.

Gimli, filho de Glóin, é renomado, pois foi um dos Nove Cami-nhantes que partiram com o Anel; e ficou em companhia do Rei Elessar por toda a Guerra. Foi chamado de Amigo-dos-Elfos por causa do grande apreço que se formou entre ele e Legolas, filho do Rei Thranduil, e por causa de sua reverência pela Senhora Galadriel.

Após a queda de Sauron, Gimli levou para o sul parte do povo dos Anãos de Erebor e tornou-se Senhor das Cavernas Cintilantes. Ele e seu povo fizeram grandes obras em Gondor e Rohan. Para Minas Tirith forjaram portões de *mithril* e aço para substituir aqueles quebrados pelo Rei-bruxo. Seu amigo Legolas também levou para o sul Elfos de Verdemata, e habitaram em Ithilien, e essa se tornou outra vez a mais bela região de todas as terras ocidentais.

Mas, quando o Rei Elessar entregou sua vida, Legolas finalmente seguiu o desejo de seu coração e zarpou pelo Mar.

Aqui segue-se uma das últimas anotações no Livro Vermelho

Ouvimos dizer que Legolas levou consigo Gimli, filho de Glóin, por causa de sua grande amizade, maior que qualquer outra entre Elfo e Anão. Se isso for verdade, então é deveras estranho: que um Anão esteja disposto a deixar a Terra-média por qualquer amor, ou que os Eldar o recebam, ou que os Senhores do Oeste o permitam. Mas dizem que Gimli também foi por desejo de rever a beleza de Galadriel; e pode ser que ela, poderosa entre os Eldar, tenha obtido essa graça para ele. Mais não se pode dizer desse assunto.

APÊNDICE A

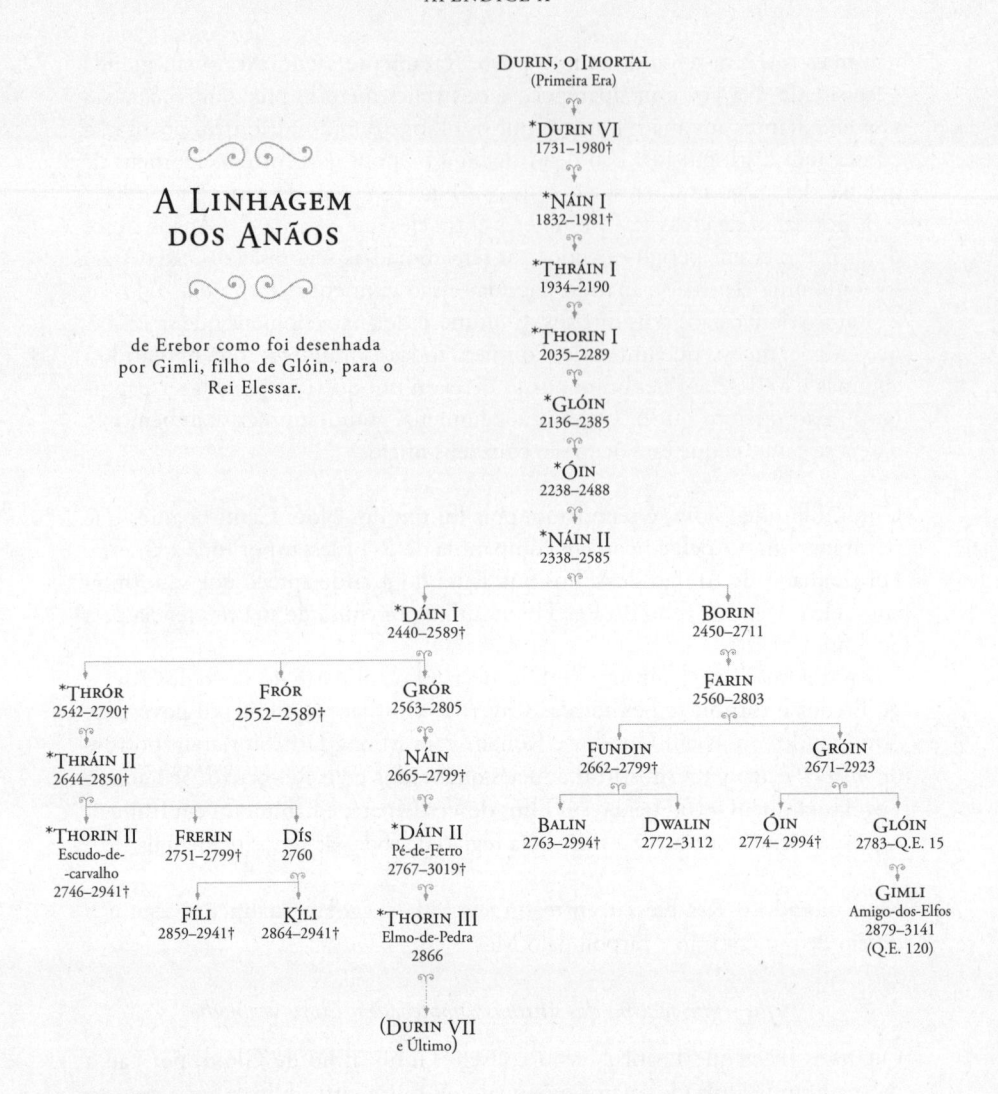

A Linhagem dos Anãos

de Erebor como foi desenhada por Gimli, filho de Glóin, para o Rei Elessar.

Durin, o Imortal
(Primeira Era)

*Durin VI
1731–1980†

*Náin I
1832–1981†

*Thráin I
1934–2190

*Thorin I
2035–2289

*Glóin
2136–2385

*Óin
2238–2488

*Náin II
2338–2585

*Dáin I
2440–2589†

Borin
2450–2711

*Thrór
2542–2790†

Frór
2552–2589†

Grór
2563–2805

Farin
2560–2803

*Thráin II
2644–2850†

Náin
2665–2799†

Fundin
2662–2799†

Gróin
2671–2923

*Thorin II
Escudo-de-
-carvalho
2746–2941†

Frerin
2751–2799†

Dís
2760

*Dáin II
Pé-de-Ferro
2767–3019†

Balin
2763–2994†

Dwalin
2772–3112

Óin
2774–2994†

Glóin
2783–Q.E. 15

Fíli
2859–2941†

Kíli
2864–2941†

*Thorin III
Elmo-de-Pedra
2866

Gimli
Amigo-dos-Elfos
2879–3141
(Q.E. 120)

(Durin VII
e Último)

Fundação de Erebor, 1999.
Dáin I é morto por um dragão, 2589.
Retorno a Erebor, 2590.
Saque de Erebor, 2770.
Assassinato de Thrór, 2790.
Convocação dos Anãos, 2790–93.
Guerra dos Anãos e dos Orques, 2793–99.

Batalha de Nanduhirion, 2799.
Thráin sai vagando, 2841.
Morte de Thráin e perda de seu Anel, 2850.
Batalha dos Cinco Exércitos e morte de
  Thorin II, 2941.
Balin vai a Moria, 2989.

*Os nomes dos que foram considerados reis do Povo de Durin, no exílio ou não, estão assim marcados. Dentre os demais companheiros de Thorin Escudo-de-carvalho na jornada a Erebor, Ori, Nori e Dori também eram da Casa de Durin e parentes mais remotos de Thorin: Bifur, Bofur e Bombur descendiam de Anãos de Moria, mas não eram da linhagem de Durin. Para †, ver p. 1077.

APÊNDICE B

O CONTO DOS ANOS

(CRONOLOGIA DAS TERRAS OCIDENTAIS)

A *Primeira Era* terminou com a Grande Batalha, em que a Hoste de Valinor rompeu Thangorodrim[1] e derrotou Morgoth. Então a maior parte dos Noldor retornou para o Extremo Oeste[2] e habitou em Eressëa à vista de Valinor; e muitos dos Sindar também atravessaram o Mar.

A *Segunda Era* terminou com a primeira derrota de Sauron, serviçal de Morgoth, e com a tomada do Um Anel.

A *Terceira Era* chegou ao fim na Guerra do Anel; mas só se considerou que a *Quarta Era* fora iniciada quando Mestre Elrond partiu, e chegara a época do domínio dos Homens e do declínio de todos os demais "povos falantes" da Terra-média.[3]

Na *Quarta Era*, as eras anteriores costumavam ser chamadas de *Dias Antigos*; mas esse nome era atribuído corretamente apenas aos dias antes da expulsão de Morgoth. As histórias desse tempo não estão registradas aqui.

A Segunda Era

Estes foram os anos sombrios para os Homens da Terra-média, mas os anos da glória de Númenor. Dos eventos da Terra-média os registros são poucos e breves, e suas datas são frequentemente incertas.

No começo dessa era ainda permaneciam muitos dos Altos Elfos. A maioria deles habitava em Lindon, a oeste das Ered Luin; mas antes da construção da Barad-dûr muitos dos Sindar passaram para o leste, e alguns estabeleceram reinos nas florestas distantes, onde seu povo era na maioria de Elfos Silvestres. Thranduil, rei no norte de Verdemata, a Grande, era um deles. Em Lindon, ao norte do Lûn, habitava Gil-galad, último herdeiro dos reis dos Noldor no exílio. Era reconhecido como Alto Rei dos Elfos do Oeste. Em Lindon, ao sul do Lûn, habitou por algum tempo Celeborn, parente de Thingol; sua esposa era

---

[1] p. 276. [N. A.]
[2] p. 787; *O Hobbit*, pp. 189–90. [N. A.]
[3] p. 1016. [N. A.]

Galadriel, a maior das mulheres élficas. Era irmã de Finrod Felagund, Amigo-dos-Homens, outrora rei de Nargothrond, que deu a vida para salvar Beren, filho de Barahir.

Mais tarde alguns dos Noldor foram a Eregion, no oeste das Montanhas Nevoentas e perto do Portão-oeste de Moria. Fizeram isso porque souberam que o *mithril* fora descoberto em Moria.[4] Os Noldor eram grandes artífices, e menos hostis aos Anãos que os Sindar; mas a amizade que se formou entre o povo de Durin e os artífices-élficos de Eregion foi a mais próxima que já houve entre as duas raças. Celebrimbor foi Senhor de Eregion e o maior dos seus artífices; ele descendia de Fëanor.

Ano	
1	Fundação dos Portos Cinzentos e de Lindon.
32	Os Edain chegam a Númenor.
c. 40	Muitos Anãos, deixando suas antigas cidades nas Ered Luin, vão a Moria e aumentam sua população.
442	Morte de Elros Tar-Minyatur.
c. 500	Sauron começa a se agitar novamente na Terra-média.
521	Nascimento de Silmariën em Númenor.
600	As primeiras naus dos Númenóreanos aparecem ao largo das costas.
750	Eregion é fundada pelos Noldor.
c. 1000	Sauron, alarmado pelo poderio crescente dos Núme-nóreanos, escolhe Mordor como a terra para construir um baluarte. Inicia a construção de Barad-dûr.
1075	Tar-Ancalimë torna-se a primeira Rainha Governante de Númenor.
1200	Sauron tenta seduzir os Eldar. Gil-galad recusa-se a tratar com ele; mas os ferreiros de Eregion são convencidos. Os Númenóreanos começam a construir portos permanentes.
c. 1500	Os artífices-élficos instruídos por Sauron alcançam o píncaro de sua habilidade. Começam a forjar os Anéis de Poder.
c. 1590	Os Três Anéis são terminados em Eregion.
c. 1600	Sauron forja o Um Anel em Orodruin. Completa a Barad-dûr. Celebrimbor percebe os desígnios de Sauron.
1693	Começa a Guerra dos Elfos e Sauron. Os Três Anéis são escondidos.
1695	As forças de Sauron invadem Eriador. Gil-galad envia Elrond a Eregion.
1697	Eregion é devastada. Morte de Celebrimbor. Os portões de Moria são fechados. Elrond recua com o remanescente dos Noldor e funda o refúgio de Imladris.
1699	Sauron invade Eriador.

---

[4] pp. 350–51. [N. A.]

1700	Tar-Minastir manda uma grande frota de Númenor a Lindon. Sauron é derrotado.
1701	Sauron é expulso de Eriador. As Terras Ocidentais têm paz por longo período.
c. 1800	Mais ou menos a partir desta época, os Númenóreanos começam a estabelecer domínios nas costas. Sauron estende seu poderio para o leste. A sombra se abate sobre Númenor.
2251	Morte de Tar-Atanamir. Tar-Ancalimon toma o cetro. Começam a rebelião e a divisão dos Númenóreanos. Por volta desta época, os Nazgûl, ou Espectros-do-Anel, escravos dos Nove Anéis, aparecem pela primeira vez.
2280	Umbar se torna uma grande fortaleza de Númenor.
2350	Construção de Pelargir. Torna-se o principal porto dos Númenóreanos Fiéis.
2899	Ar-Adûnakhôr toma o cetro.
3175	Arrependimento de Tar-Palantir. Guerra civil em Númenor.
3255	Ar-Pharazôn, o Dourado, toma o cetro.
3261	Ar-Pharazôn zarpa e aporta em Umbar.
3262	Sauron é levado prisioneiro para Númenor; por volta de 3262–3310, Sauron seduz o Rei e corrompe os Númenóreanos.
3310	Ar-Pharazôn começa a construção do Grande Armamento.
3319	Ar-Pharazôn assalta Valinor. Queda de Númenor. Elendil e seus filhos escapam.
3320	Fundações dos Reinos no Exílio: Arnor e Gondor. As Pedras são divididas (p. 633). Sauron retorna a Mordor.
3429	Sauron ataca Gondor, toma Minas Ithil e queima a Árvore Branca. Isildur escapa descendo o Anduin e vai ter com Elendil no Norte. Anárion defende Minas Anor e Osgiliath.
3430	A Última Aliança de Elfos e Homens se forma.
3431	Gil-galad e Elendil marcham para o leste, rumo a Imladris.
3434	A hoste da Aliança atravessa as Montanhas Nevoentas. Batalha de Dagorlad e derrota de Sauron. Começa o cerco de Barad-dûr.
3440	Anárion é morto.
3441	Sauron é derrotado por Elendil e Gil-galad, que perecem. Isildur toma o Um Anel. Sauron desaparece e os Espectros-do-Anel vão para as sombras. Termina a Segunda Era.

A Terceira Era

Estes foram os anos minguantes dos Eldar. Por longo tempo estiveram em paz, usando os Três Anéis enquanto Sauron dormia e o Um Anel estava perdido; mas não tentaram nada de novo, vivendo na lembrança do passado. Os Anãos esconderam-se em lugares profundos, vigiando seus tesouros; mas, quando o mal começou a se agitar outra vez e os dragões reapareceram, um a um seus antigos tesouros foram saqueados, e eles se tornaram um povo vagante. Por muito tempo Moria permaneceu segura, mas sua população decaiu até que grande parte de suas vastas mansões se tornasse escura e vazia. A sabedoria e a duração da vida dos Númenóreanos também diminuiu à medida que se misturavam com Homens menores.

Quando haviam passado cerca de mil anos, e a primeira sombra caíra sobre Verdemata, a Grande, os *Istari* ou Magos apareceram na Terra-média. Mais tarde foi dito que vieram do Extremo Oeste e eram mensageiros enviados para contestar o poder de Sauron e para unir todos aqueles que tinham a vontade para lhe resistir; mas estavam proibidos de igualarem seu poder com poder ou de buscarem dominar os Elfos ou os Homens pela força e pelo temor.

Vieram, portanto, em forma de Homens, porém jamais foram jovens, mas só envelheciam devagar e tinham muitos poderes de mente e de mão. Revelavam a poucos seus nomes verdadeiros,[5] mas usavam os nomes que lhes davam. Os dois mais altos dessa ordem (na qual dizem que havia cinco) eram chamados pelos Eldar de Curunír, "o Homem de Engenho", e Mithrandir, "o Peregrino Cinzento", mas pelos Homens do Norte, Saruman e Gandalf. Curunír viajava com frequência para o Leste, mas morou finalmente em Isengard. Mithrandir era o de amizade mais próxima com os Eldar, vagava mormente no Oeste e jamais fez para si uma habitação duradoura.

Por toda a Terceira Era a guarda dos Três Anéis só era conhecida dos que os possuíam. Mas no final soube-se que inicialmente estavam de posse dos três maiores dentre os Eldar: Gil-galad, Galadriel e Círdan. Gil-galad, antes de morrer, deu seu anel a Elrond; Círdan, mais tarde, deu o seu a Mithrandir. Pois Círdan enxergava mais longe e mais fundo que qualquer outro na Terra-média e recebeu Mithrandir nos Portos Cinzentos, sabendo de onde vinha e aonde haveria de voltar.

"Toma este anel, Mestre," disse ele, "pois tua labuta será pesada; mas ele te sustentará na exaustão que tomaste sobre ti. Pois este é o Anel de Fogo, e podes com ele reacender os corações em um mundo que se torna gélido. Mas quanto a mim, meu coração está com o Mar, e habitarei junto às praias cinzentas até que zarpe a última nau. Esperarei por ti."

Ano
2	Isildur planta um rebento da Árvore Branca em Minas Anor. Entrega o Reino do Sul a Meneldil. Desastre dos Campos de Lis; Isildur e seus três filhos mais velhos são mortos.
3	Ohtar leva os fragmentos de Narsil a Imladris.
10	Valandil torna-se Rei de Arnor.

---

[5] p. 708. [N. A.]

109	Elrond casa-se com Celebrían, filha de Celeborn.
130	Nascimento de Elladan e Elrohir, filhos de Elrond.
241	Nascimento de Arwen Undómiel.
420	O Rei Ostoher reconstrói Minas Anor.
490	Primeira invasão dos Lestenses.
500	Rómendacil I derrota os Lestenses.
541	Rómendacil é morto em batalha.
830	Falastur inicia a linhagem dos Reis-Navegantes de Gondor.
861	Morte de Eärendur e divisão de Arnor.
933	O Rei Eärnil I toma Umbar, que se torna uma fortaleza de Gondor.
936	Eärnil perde-se no mar.
1015	O Rei Ciryandil é morto no cerco de Umbar.
1050	Hyarmendacil conquista o Harad. Gondor atinge o píncaro de seu poder. Por volta desta época, uma sombra se abate sobre Verdemata, e os homens começam a chamá-la de Trevamata. Os Periannath são mencionados pela primeira vez nos registros, com a vinda dos Pés-Peludos a Eriador.
c. 1100	Os Sábios (os Istari e os principais Eldar) descobrem que um poder maligno estabeleceu um baluarte em Dol Guldur. Supõe-se que seja um dos Nazgûl.
1149	Começa o reinado de Atanatar Alcarin.
c. 1150	Os Cascalvas entram em Eriador. Os Grados atravessam o Passo do Chifre-vermelho e se mudam para o Ângulo ou para a Terra Parda.
c. 1300	Seres malignos recomeçam a se multiplicar. Os Orques aumentam de número nas Montanhas Nevoentas e atacam os Anãos. Os Nazgûl reaparecem. Seu chefe vai a Angmar no norte. Os Periannath migram rumo ao oeste; muitos se estabelecem em Bri.
1356	O Rei Argeleb I é morto em batalha contra Rhudaur. Por volta desta época, os Grados deixam o Ângulo e alguns voltam às Terras-selváticas.
1409	O Rei-bruxo de Angmar invade Arnor. O Rei Arveleg I é morto. Fornost e Tyrn Gorthad são defendidas. A Torre de Amon Sûl é destruída.
1432	Morre o Rei Valacar de Gondor e a guerra civil da Contenda-das--Famílias começa.
1437	Incêndio de Osgiliath e perda da *palantír*. Eldacar foge para Rhovanion; seu filho Ornendil é assassinado.
1447	Eldacar retorna e expulsa o usurpador Castamir. Batalha das Travessias do Erui. Cerco de Pelargir.
1448	Os rebeldes escapam e tomam Umbar.
1540	O Rei Aldamir é morto em guerra contra o Harad e os Corsários de Umbar.
1551	Hyarmendacil II derrota os Homens de Harad.

1601	Muitos Periannath migram de Bri e lhes é concedida terra além do Baranduin por Argeleb II.
c. 1630	Juntam-se a eles os Grados vindos da Terra Parda.
1634	Os Corsários assolam Pelargir e matam o Rei Minardil.
1636	A Grande Peste devasta Gondor. Morte do Rei Telemnar e de seus filhos. A Árvore Branca morre em Minas Anor. A peste se espalha para o norte e o oeste, e muitas partes de Eriador tornam-se desoladas. Além do Baranduin, os Periannath sobrevivem, mas sofrem grandes perdas.
1640	O Rei Tarondor remove a Casa do Rei para Minas Anor e planta um rebento da Árvore Branca. Osgiliath começa a cair em ruínas. Mordor permanece sem ser vigiada.
1810	O Rei Telumehtar Umbardacil retoma Umbar e expulsa os Corsários.
1851	Os ataques dos Carroceiros contra Gondor começam.
1856	Gondor perde seus territórios do leste, e Narmacil II tomba em batalha.
1899	O Rei Calimehtar derrota os Carroceiros em Dagorlad.
1900	Calimehtar constrói a Torre Branca em Minas Anor.
1940	Gondor e Arnor renovam as comunicações e formam uma aliança. Arvedui casa-se com Fíriel, filha de Ondoher de Gondor.
1944	Ondoher tomba em batalha. Eärnil derrota o inimigo em Ithilien do Sul. Ganha então a Batalha do Acampa-mento e expulsa os Carroceiros para os Pântanos Mortos. Arvedui reivindica a coroa de Gondor.
1945	Eärnil II recebe a coroa.
1974	Fim do Reino do Norte. O Rei-bruxo invade Arthedain e toma Fornost.
1975	Arvedui afoga-se na Baía de Forochel. As *palantíri* de Annúminas e Amon Sûl se perdem. Eärnur leva uma frota a Lindon. O Rei-bruxo é derrotado na Batalha de Fornost e perseguido até a Charneca Etten. Ele desaparece do Norte.
1976	Aranarth assume o título de Chefe dos Dúnedain. Os legados de Arnor são entregues à guarda de Elrond.
1977	Frumgar conduz os Éothéod para o Norte.
1979	Bucca de Pântano torna-se primeiro Thain do Condado.
1980	O Rei-bruxo vai a Mordor e ali reúne os Nazgûl. Um Balrog aparece em Moria e mata Durin VI.
1981	Náin I é morto. Os Anãos fogem de Moria. Muitos dos Elfos Silvestres de Lórien fogem para o sul. Amroth e Nimrodel perdem-se.
1999	Thráin I chega a Erebor e funda um reino-anânico "sob a Montanha".
2000	Os Nazgûl emergem de Mordor e sitiam Minas Ithil.
2002	Queda de Minas Ithil, mais tarde conhecida por Minas Morgul. A *palantír* é capturada.
2043	Eärnur torna-se Rei de Gondor. É desafiado pelo Rei-bruxo.

2050	O desafio é renovado. Eärnur cavalga até Minas Morgul e se perde. Mardil torna-se o primeiro Regente Governante.
2060	O poder de Dol Guldur cresce. Os Sábios receiam que possa ser Sauron reassumindo sua forma.
2063	Gandalf vai a Dol Guldur. Sauron recua e se esconde no Leste. Começa a Paz Vigilante. Os Nazgûl permanecem quietos em Minas Morgul.
2210	Thorin I deixa Erebor e ruma ao norte, às Montanhas Cinzentas, onde se reúne agora a maior parte dos remanescentes do Povo de Durin.
2340	Isumbras I torna-se o décimo terceiro Thain, o primeiro da linhagem Tûk. Os Velhobuques ocupam a Terra-dos-Buques.
2460	Termina a Paz Vigilante. Sauron retorna com força aumentada a Dol Guldur.
2463	Forma-se o Conselho Branco. Por volta desta época, Déagol, o Grado, encontra o Um Anel e é assassinado por Sméagol.
2470	Por volta desta época Sméagol-Gollum se esconde nas Montanhas Nevoentas.
2475	Renova-se o ataque a Gondor. Osgiliath é arruinada definitivamente e sua ponte de pedra é quebrada.
c. 2480	Os Orques começam a construir baluartes secretos nas Montanhas Nevoentas para bloquearem todas as passagens para Eriador. Sauron começa a povoar Moria com suas criaturas.
2509	Celebrían, viajando para Lórien, é emboscada no Passo do Chifre-vermelho e recebe um ferimento envenenado.
2510	Celebrían parte por sobre o Mar. Orques e Lestenses assolam Calenardhon. Eorl, o Jovem, conquista a vitória do Campo de Celebrant. Os Rohirrim estabelecem-se em Calenardhon.
2545	Eorl tomba em batalha no Descampado.
2569	Brego, filho de Eorl, termina o Paço Dourado.
2570	Baldor, filho de Brego, entra pela Porta Proibida e se perde. Por volta desta época, os Dragões ressurgem no extremo Norte e começam a afligir os Anãos.
2589	Dáin I é morto por um Dragão.
2590	Thrór retorna a Erebor. Seu irmão Grór vai às Colinas de Ferro.
c. 2670	Tobold planta "erva-de-fumo" na Quarta Sul.
2683	Isengrim II torna-se o décimo Thain e começa a escavação de Grandes Smials.
2698	Ecthelion I reconstrói a Torre Branca em Minas Tirith.
2740	Os Orques renovam suas invasões de Eriador.
2747	Bandobras Tûk derrota um bando de Orques na Quarta Norte.
2758	Rohan é atacada pelo oeste e pelo leste e invadida. Gondor é atacada por frotas dos Corsários. Helm de Rohan refugia-se no Abismo de Helm. Wulf toma Edoras.

2758–59 O Inverno Longo segue-se. Há grande sofrimento e perda de vidas em Eriador e Rohan. Gandalf vem em auxílio do povo do Condado.

2759 Morte de Helm. Fréaláf expulsa Wulf e inicia a segunda linhagem dos Reis da Marca. Saruman fixa residência em Isengard.

2770 Smaug, o Dragão, desce sobre Erebor. Valle é destruída. Thrór escapa com Thráin II e Thorin II.

2790 Thrór é morto por um Orque em Moria. Os Anãos se reúnem para uma guerra de vingança. Nascimento de Gerontius, mais tarde conhecido como Velho Tûk.

2793 A Guerra dos Anãos e dos Orques começa.

2799 Batalha de Nanduhirion diante do Portão Leste de Moria. Dáin Pé-de-Ferro retorna às Colinas de Ferro. Thráin II e seu filho Thorin vagam rumo ao oeste. Estabelecem-se no Sul das Ered Luin além do Condado (2802).

2800–64 Orques do Norte perturbam Rohan. O Rei Walda é morto por eles (2861).

2841 Thráin II parte para revisitar Erebor, mas é perseguido pelos serviçais de Sauron.

2845 Thráin, o Anão, é aprisionado em Dol Guldur; o último dos Sete Anéis é tomado dele.

2850 Gandalf volta a entrar em Dol Guldur e descobre que seu mestre é de fato Sauron, que está reunindo todos os Anéis e buscando notícias do Um e do Herdeiro de Isildur. Encontra Thráin e recebe a chave de Erebor. Thráin morre em Dol Guldur.

2851 O Conselho Branco se reúne. Gandalf incita um ataque contra Dol Guldur. Saruman prevalece sobre ele.[6] Saruman começa a procurar perto dos Campos de Lis.

2872 Belecthor II de Gondor morre. A Árvore Branca morre e não se consegue encontrar rebento. A Árvore Morta é mantida de pé.

2885 Agitados por emissários de Sauron, os Haradrim atravessam o Poros e atacam Gondor. Os filhos de Folcwine de Rohan são mortos a serviço de Gondor.

2890 Bilbo nasce no Condado.

2901 A maior parte dos habitantes remanescentes de Ithilien deserta devido aos ataques dos Uruks de Mordor. O refúgio secreto de Henneth Annûn é construído.

2907 Nascimento de Gilraen, mãe de Aragorn II.

2911 O Fero Inverno. O Baranduin e outros rios congelam. Lobos Brancos invadem Eriador vindos do Norte.

---

[6]Mais tarde torna-se evidente que Saruman, àquela altura, começara a desejar possuir o Um Anel para si e esperava que ele haveria de se revelar, buscando seu mestre, se Sauron fosse deixado em paz por algum tempo.

2912	Grandes enchentes devastam Enedwaith e Minhiriath. Tharbad fica arruinada e deserta.
2920	Morte do Velho Tûk.
2929	Arathorn, filho de Arador dos Dúnedain, casa-se com Gilraen.
2930	Arador é morto por Trols. Nascimento de Denethor II, filho de Ecthelion II, em Minas Tirith.
2931	Aragorn, filho de Arathorn II, nasce em 1º de março.
2933	Arathorn II é morto. Gilraen leva Aragorn a Imladris. Elrond o recebe como filho adotivo e lhe dá o nome de Estel (Esperança); sua ascendência é ocultada.
2939	Saruman descobre que os serviçais de Sauron estão fazendo buscas no Anduin perto dos Campos de Lis e que, portanto, Sauron soube do fim de Isildur. Ele fica alarmado, mas nada diz ao Conselho.
2941	Thorin Escudo-de-carvalho e Gandalf visitam Bilbo no Condado. Bilbo se depara com Sméagol-Gollum e encontra o Anel. O Conselho Branco se reúne; Saruman concorda com um ataque a Dol Guldur, visto que agora deseja evitar que Sauron procure no Rio. Sauron, tendo feito seus planos, abandona Dol Guldur. Batalha dos Cinco Exércitos em Valle. Morte de Thorin II. Bard de Esgaroth mata Smaug. Dáin das Colinas de Ferro torna-se Rei sob a Montanha (Dáin II).
2942	Bilbo volta ao Condado com o Um Anel. Sauron volta em segredo para Mordor.
2944	Bard reconstrói Valle e torna-se Rei. Gollum deixa as Montanhas e começa sua busca pelo "ladrão" do Anel.
2948	Nasce Théoden, filho de Thengel, Rei de Rohan.
2949	Gandalf e Balin visitam Bilbo no Condado.
2950	Nasce Finduilas, filha de Adrahil de Dol Amroth.
2951	Sauron declara-se abertamente e reúne poder em Mordor. Começa a reconstrução de Barad-dûr. Gollum volta-se para Mordor. Sauron manda três dos Nazgûl para reocuparem Dol Guldur. Elrond revela a "Estel" seu verdadeiro nome e ascendência e lhe entrega os fragmentos de Narsil. Arwen, recém-retornada de Lórien, encontra Aragorn nas matas de Imladris. Aragorn sai para o Ermo.
2953	Última reunião do Conselho Branco. Eles debatem os Anéis. Saruman finge ter descoberto que o Um Anel desceu o Anduin para o Mar. Saruman retira-se para Isengard, que toma para si, e fortifica-a. Visto que tem ciúme e medo de Gandalf, ele põe espiões para observar todos os seus movimentos; e nota seu interesse pelo Condado. Logo começa a manter agentes em Bri e na Quarta Sul.
2954	O Monte da Perdição volta a irromper em chamas. Os últimos habitantes de Ithilien fogem atravessando o Anduin.
2956	Aragorn encontra Gandalf e sua amizade começa.

2957–80	Aragorn empreende suas grandes jornadas em sua vida errante. Como Thorongil, serve disfarçado tanto a Thengel de Rohan como a Ecthelion II de Gondor.
2968	Nascimento de Frodo.
2976	Denethor casa-se com Finduilas de Dol Amroth.
2977	Bain, filho de Bard, torna-se Rei de Valle.
2978	Nascimento de Boromir, filho de Denethor II.
2980	Aragorn entra em Lórien e ali reencontra Arwen Undómiel. Aragorn lhe dá o anel de Barahir, e comprometem-se na colina de Cerin Amroth. Por volta desta época Gollum alcança os confins de Mordor e trava conhecimento com Laracna. Théoden torna-se Rei de Rohan. Nascimento de Samwise.
2983	Nascimento de Faramir, filho de Denethor II.
2984	Morte de Ecthelion II. Denethor II torna-se Regente de Gondor.
2988	Finduilas morre jovem.
2989	Balin deixa Erebor e entra em Moria.
2991	Éomer, filho de Éomund, nasce em Rohan.
2994	Balin perece, e a colônia dos Anãos é destruída.
2995	Nascimento de Éowyn, irmã de Éomer.
c. 3000	A sombra de Mordor alonga-se. Saruman ousa usar a *palantír* de Orthanc, mas é apanhado em armadilha por Sauron, que tem a Pedra de Ithil. Torna-se traidor do Conselho. Seus espiões relatam que o Condado está sendo vigiado de perto pelos Caminheiros.
3001	Banquete de despedida de Bilbo. Gandalf suspeita que seu anel seja o Um Anel. A vigilância sobre o Condado é redobrada. Gandalf busca notícias de Gollum e pede ajuda de Aragorn.
3002	Bilbo torna-se hóspede de Elrond e se estabelece em Valfenda.
3004	Gandalf visita Frodo no Condado e volta a fazê-lo a intervalos durante os quatro anos seguintes.
3007	Brand, filho de Bain, torna-se Rei em Valle. Morte de Gilraen.
3008	No outono, Gandalf faz sua última visita a Frodo.
3009	Gandalf e Aragorn renovam sua caçada de Gollum a intervalos durante os oito anos seguintes, procurando nos vales do Anduin, em Trevamata e em Rhovanion até os confins de Mordor. Em algum ponto desses anos, o próprio Gollum se aventurou a entrar em Mordor e foi capturado por Sauron. Elrond manda buscar Arwen e ela retorna a Imladris; as Montanhas e todas as terras a leste estão se tornando perigosas.
3017	Gollum é libertado de Mordor. É aprisionado por Aragorn nos Pântanos Mortos e trazido a Thranduil, em Trevamata. Gandalf visita Minas Tirith e lê o rolo de Isildur.

OS GRANDES ANOS

3018

Abril

12   Gandalf chega à Vila-dos-Hobbits.

Junho

20   Sauron ataca Osgiliath. Por volta da mesma época Thranduil é atacado e Gollum escapa.

Dia do Meio-do-Ano Gandalf encontra-se com Radagast.

Julho

4   Boromir parte de Minas Tirith.
10   Gandalf é aprisionado em Orthanc.

Agosto

Todas as pistas de Gollum são perdidas. Crê-se que por volta desta época, caçado pelos Elfos e pelos serviçais de Sauron, ele se refugiou em Moria; mas quando finalmente descobriu o caminho para o Portão-oeste não conseguiu sair.

Setembro

18   Gandalf escapa de Orthanc nas primeiras horas da madrugada. Os Cavaleiros Negros atravessam os Vaus do Isen.
19   Gandalf chega a Edoras como mendigo e recusam-lhe a entrada.
20   Gandalf consegue entrar em Edoras. Théoden manda-o embora: "Toma qualquer cavalo, mas vai-te antes que o dia de amanhã envelheça!"
21   Gandalf encontra Scadufax, mas o cavalo não o deixa chegar perto. Ele segue Scadufax por grande distância sobre os campos.
22   Os Cavaleiros Negros chegam ao Vau Sarn ao anoitecer; expulsam a guarda de Caminheiros. Gandalf alcança Scadufax.
23   Quatro Cavaleiros entram no Condado antes do amanhecer. Os demais perseguem os Caminheiros para o leste e depois voltam para vigiar o Caminho Verde. Um Cavaleiro Negro chega à Vila-dos-Hobbits ao cair da noite. Frodo deixa Bolsão. Gandalf, tendo domado Scadufax, cavalga partindo de Rohan.
24   Gandalf atravessa o Isen.
26   A Floresta Velha. Frodo vai ter com Bombadil.
27   Gandalf atravessa o Griságua. Segunda noite com Bombadil.

28	Os Hobbits são capturados por uma Cousa-tumular. Gandalf chega ao Vau Sarn.
29	Frodo chega a Bri à noite. Gandalf visita o Feitor.
30	Cricôncavo e a Estalagem em Bri são atacados às primeiras horas da madrugada. Frodo deixa Bri. Gandalf chega a Cricôncavo e alcança Bri à noite.

Outubro

1	Gandalf deixa Bri.
3	Ele é atacado à noite no Topo-do-Vento.
6	O acampamento ao pé do Topo-do-Vento é atacado à noite. Frodo é ferido.
9	Glorfindel deixa Valfenda.
11	Ele expulsa os Cavaleiros da Ponte do Mitheithel.
13	Frodo atravessa a Ponte.
18	Glorfindel encontra Frodo ao anoitecer. Gandalf chega a Valfenda.
20	Fuga atravessando o Vau do Bruinen.
24	Frodo recupera-se e desperta. Boromir chega a Valfenda à noite.
25	Conselho de Elrond.

Dezembro

25	A Comitiva do Anel deixa Valfenda ao anoitecer.

3019
Janeiro

8	A Comitiva chega a Azevim.
11, 12	Neve em Caradhras.
13	Ataque dos Lobos nas primeiras horas da madrugada. A Comitiva chega ao Portão-oeste de Moria ao cair da noite. Gollum começa a rastrear o Portador-do-Anel.
14	Noite no Salão Vinte e Um.
15	A Ponte de Khazad-dûm e a queda de Gandalf. A Comitiva chega a Nimrodel tarde da noite.
17	A Comitiva chega a Caras Galadhon ao entardecer.
23	Gandalf persegue o Balrog até o pico de Zirakzigil.
25	Ele derruba o Balrog e fica desacordado. Seu corpo jaz no pico.

Fevereiro

15	O Espelho de Galadriel. Gandalf retorna à vida e jaz em transe.
16	Adeus a Lórien. Gollum, escondido na margem oeste, observa a partida.
17	Gwaihir leva Gandalf a Lórien.

23	Os barcos são atacados à noite perto de Sarn Gebir.
25	A Comitiva passa pelas Argonath e acampa em Parth Galen. Primeira Batalha dos Vaus do Isen; Théodred, filho de Théoden, é morto.
26	Rompimento da Sociedade. Morte de Boromir; sua trompa é ouvida em Minas Tirith. Meriadoc e Peregrin são capturados. Frodo e Samwise entram na parte oriental das Emyn Muil. Aragorn parte em perseguição dos Orques ao anoitecer. Éomer ouve falar da descida do bando de Orques das Emyn Muil.
27	Aragorn alcança o penhasco oeste ao nascer do sol. Éomer, contrariando as ordens de Théoden, parte do Eastfolde por volta da meia-noite para perseguir os Orques.
28	Éomer alcança os Orques logo na beira da Floresta de Fangorn.
29	Meriadoc e Pippin escapam e encontram Barbárvore. Os Rohirrim atacam ao nascer do sol e destroem os Orques. Frodo desce das Emyn Muil e encontra Gollum. Faramir vê o barco funeral de Boromir.
30	O Entencontro começa. Éomer, voltando a Edoras, encontra Aragorn.

Março

1	Frodo inicia a travessia dos Pântanos Mortos ao amanhecer. O Entencontro continua. Aragorn encontra Gandalf, o Branco. Eles partem rumo a Edoras. Faramir deixa Minas Tirith em missão a Ithilien.
2	Frodo chega ao fim dos Pântanos. Gandalf chega a Edoras e cura Théoden. Os Rohirrim cavalgam para o oeste contra Saruman. Segunda Batalha dos Vaus do Isen. Erkenbrand é derrotado. O Entencontro termina à tarde. Os Ents marcham sobre Isengard e lá chegam à noite.
3	Théoden refugia-se no Abismo de Helm. A Batalha do Forte-da-Trombeta começa. Os Ents completam a destruição de Isengard.
4	Théoden e Gandalf partem do Abismo de Helm rumo a Isengard. Frodo chega aos morros de escória à beira da Desolação do Morannon.
5	Théoden chega a Isengard ao meio-dia. Negociação com Saruman em Orthanc. Um Nazgûl alado passa sobre o acampamento em Dol Baran. Gandalf parte com Peregrin rumo a Minas Tirith. Frodo esconde-se à vista do Morannon e parte ao crepúsculo.
6	Aragorn é alcançado pelos Dúnedain nas primeiras horas da madrugada. Théoden parte do Forte-da-Trombeta rumo ao Vale Harg. Aragorn parte mais tarde.
7	Frodo é levado por Faramir a Henneth Annûn. Aragorn chega ao Fano-da-Colina ao cair da noite.
8	Aragorn toma as "Sendas dos Mortos" ao raiar do dia; ele chega a Erech à meia-noite. Frodo deixa Henneth Annûn.
9	Gandalf chega a Minas Tirith. Faramir deixa Henneth Annûn. Aragorn parte de Erech e chega a Calembel. Ao crepúsculo Frodo chega à

estrada de Morgul. Théoden chega ao Fano-da-Colina. A treva começa a fluir vinda de Mordor.

10   O Dia sem Amanhecer. A Convocação de Rohan: os Rohirrim cavalgam desde o Vale Harg. Faramir é salvo por Gandalf fora dos portões da Cidade. Aragorn atravessa o Ringló. Um exército do Morannon toma Cair Andros e penetra em Anórien. Frodo passa pela Encruzilhada e vê a hoste de Morgul partindo.

11   Gollum visita Laracna, mas, vendo Frodo adormecido, quase se arrepende. Denethor envia Faramir a Osgiliath. Aragorn chega a Linhir e atravessa para Lebennin. Rohan Oriental é invadida pelo norte. Primeiro ataque a Lórien.

12   Gollum leva Frodo à toca de Laracna. Faramir recua aos Fortes do Passadiço. Théoden acampa sob Min-Rimmon. Aragorn expulsa o inimigo rumo a Pelargir. Os Ents derrotam os invasores de Rohan.

13   Frodo é capturado pelos Orques de Cirith Ungol. A Pelennor é invadida. Faramir é ferido. Aragorn chega a Pelargir e captura a frota. Théoden está na Floresta Drúadan.

14   Samwise encontra Frodo na Torre. Minas Tirith é sitiada. Os Rohirrim, liderados pelos Homens Selvagens, chegam à Floresta Cinzenta.

15   Nas primeiras horas o Rei-bruxo rompe os Portões da Cidade. Denethor incinera-se em uma pira. As trompas dos Rohirrim são ouvidas ao cantar do galo. Batalha da Pelennor. Théoden é morto. Aragorn ergue o estandarte de Arwen. Frodo e Samwise escapam e começam sua jornada para o norte ao longo do Morgai. Batalha sob as árvores em Trevamata; Thranduil rechaça as forças de Dol Guldur. Segundo ataque a Lórien.

16   Debate dos comandantes. Do Morgai, Frodo olha o Monte da Perdição por sobre o acampamento.

17   Batalha de Valle. O Rei Brand e o Rei Dáin Pé-de-Ferro tombam. Muitos Anãos e Homens se refugiam em Erebor e são sitiados. Shagrat leva a capa, a cota de malha e a espada de Frodo a Barad-dûr.

18   A hoste do Oeste marcha desde Minas Tirith. Frodo chega à vista da Boca-ferrada; ele é alcançado por Orques na estrada de Durthang a Udûn.

19   A Hoste chega ao Vale Morgul. Frodo e Samwise escapam e começam sua jornada ao longo da estrada à Barad-dûr.

22   O anoitecer terrível. Frodo e Samwise deixam a estrada e se voltam para o sul, para o Monte da Perdição. Terceiro ataque a Lórien.

23   A Hoste sai de Ithilien. Aragorn dispensa os covardes. Frodo e Samwise lançam fora as armas e o equipamento.

24   Frodo e Samwise fazem sua última jornada ao sopé do Monte da Perdição. A Hoste acampa na Desolação do Morannon.

25   A Hoste é cercada nas Colinas-de-Escória. Frodo e Samwise chegam às Sammath Naur. Gollum apodera-se do Anel e cai nas Fendas da Perdição. Queda de Barad-dûr e desaparecimento de Sauron.

Após a queda da Torre Sombria e o desaparecimento de Sauron, a Sombra se ergueu dos corações de todos os que se opunham a ele, mas o medo e o desespero recaíram em seus serviçais e aliados. Três vezes Lórien fora assaltada de Dol Guldur, mas, além da valentia do povo élfico daquela terra, o poder que ali residia era demasiado grande para ser derrotado por quem quer que fosse, a não ser que o próprio Sauron lá tivesse chegado. Apesar de serem causados graves danos às belas matas das fronteiras, os assaltos foram repelidos; e quando a Sombra passou, Celeborn se revelou e conduziu a hoste de Lórien, atravessando o Anduin em muitos barcos. Tomaram Dol Guldur, e Galadriel derrubou seus muros e expôs seus poços, e a floresta foi purificada.

Também no Norte houvera guerra e maldade. O reino de Thranduil foi invadido, e houve longa batalha sob as árvores e grande ruína de fogo; mas no final Thranduil obteve a vitória. E no dia do Ano Novo dos Elfos, Celeborn e Thranduil se encontraram em meio à floresta; e renomearam Trevamata como *Eryn Lasgalen*, a Floresta das Verdefolhas. Thranduil tomou por seu reino toda a região setentrional até as montanhas que se erguem na floresta; e Celeborn tomou toda a mata meridional abaixo dos Estreitos e chamou-a de Lórien Oriental; toda a ampla floresta entre essas regiões foi dada aos Beornings e aos Homens-da-floresta. Mas, após a passagem de Galadriel, em poucos anos Celeborn se cansou de seu reino e foi a Imladris para habitar com os filhos de Elrond. Na Verdemata os Elfos Silvestres permaneceram imperturbados, mas em Lórien demoraram-se tristemente apenas alguns poucos do povo de outrora, e não havia mais luz nem canção em Caras Galadhon.

Ao mesmo tempo em que os grandes exércitos sitiavam Minas Tirith, uma hoste dos aliados de Sauron que há muito tempo vinha ameaçando as fronteiras do Rei Brand atravessou o Rio Carnen, e Brand foi obrigado a recuar para Valle. Ali teve o auxílio dos Anãos de Erebor; e travou-se uma grande batalha no sopé da Montanha. Durou três dias, mas ao final foram mortos tanto o Rei Brand quanto o Rei Dáin Pé-de-Ferro, e os Lestenses conquistaram a vitória. Mas não conseguiram tomar o Portão, e muitos, tanto Anãos como Homens, se refugiaram em Erebor e lá resistiram ao cerco.

Quando vieram notícias das grandes vitórias no Sul, o exército setentrional de Sauron se encheu de desespero; e os sitiados irromperam e os desbarataram, e os que restavam fugiram para o Leste e não perturbaram mais Valle. Então Bard II, filho de Brand, se tornou Rei em Valle, e Thorin III Elmo-de-Pedra, filho de Dáin, se tornou Rei sob a Montanha. Enviaram seus embaixadores à coroação do Rei Elessar; e seus reinos permaneceram depois disso, enquanto duraram, como amigos de Gondor; e estiveram sob a coroa e a proteção do Rei do Oeste.

OS PRINCIPAIS DIAS DA QUEDA DE BARAD-DÛR ATÉ O FIM DA TERCEIRA ERA[7]

3019

Registro do Condado (R.C.) 1419

Março
27 Bard II e Thorin III Elmo-de-Pedra expulsam o inimigo de Valle.
28 Celeborn atravessa o Anduin; inicia-se a destruição de Dol Guldur.

Abril
6   Encontro de Celeborn e Thranduil.
8   Os Portadores-do-Anel são homenageados no Campo de Cormallen.

Maio
1   Coroação do Rei Elessar; Elrond e Arwen partem de Valfenda.
8   Éomer e Éowyn partem para Rohan com os filhos de Elrond.
20 Elrond e Arwen chegam a Lórien.
27 A escolta de Arwen deixa Lórien.

Junho
14 Os filhos de Elrond encontram a escolta e levam Arwen a Edoras.
16 A escolta de Arwen e companhia partem para Gondor.
25 O Rei Elessar encontra o rebento da Árvore Branca.
1º Lite Arwen chega à Cidade.
Dia do Meio-do-Ano Casamento de Elessar e Arwen.

Julho
18 Éomer retorna a Minas Tirith.
22 A escolta funeral do Rei Théoden parte.

Agosto
7   A escolta chega a Edoras.
10 Funeral do Rei Théoden.
14 Os convidados se despedem do Rei Éomer.
15 Barbárvore liberta Saruman.
18 Frodo e companhia chegam ao Abismo de Helm.
22 Eles chegam a Isengard; despedem-se do Rei do Oeste ao pôr do sol.
28 Eles alcançam Saruman; Saruman se dirige para o Condado.

Setembro
6   Frodo e companhia param à vista das Montanhas de Moria.
13 Celeborn e Galadriel partem, os demais rumam para Valfenda.
21 Frodo e companhia retornam a Valfenda.
22 Centésimo vigésimo nono aniversário de Bilbo. Saruman chega ao Condado.

---

[7] Os meses e dias são dados de acordo com o Calendário do Condado. [N. A.]

Outubro
5   Gandalf e os Hobbits deixam Valfenda.
6   Frodo, Sam, Pippin, Merry e Gandalf atravessam o Vau do Bruinen; Frodo sente o primeiro retorno da dor.
28   Frodo, Sam, Pippin, Merry e Gandalf chegam a Bri ao cair da noite.
30   Eles deixam Bri. Os "Viajantes" chegam à Ponte do Brandevin ao escurecer.

Novembro
1   Os hobbits são presos em Sapântano.
2   Os hobbits chegam a Beirágua e incitam o povo do Condado.
3   Batalha de Beirágua e Desaparecimento de Saruman. Fim da Guerra do Anel.

3020

R.C. 1420: O Grande Ano de Fartura

Março
13   Frodo adoece (no aniversário de seu envenenamento por Laracna).

Abril
6   O mallorn floresce no Campo da Festa.

Maio
1   Samwise casa-se com Rosa.

Dia do Meio-do-Ano Frodo renuncia ao cargo de prefeito e Will Pealvo é restaurado ao cargo.

Setembro
22   Centésimo trigésimo aniversário de Bilbo.

Outubro
6   Frodo adoece outra vez.

3021

R.C. 1421: O Último da Terceira Era

Março
13   Frodo adoece outra vez.
25   Nascimento de Elanor, a Bela,[8] filha de Samwise. Neste dia começou a Quarta Era no registro de Gondor.

Setembro
21   Frodo e Samwise partem da Vila-dos-Hobbits.

---

[8] Ela se tornou conhecida como "a Bela" por causa de sua formosura; muitos diziam que ela parecia mais uma donzela-élfica que uma hobbit. Tinha cabelos dourados, o que era muito raro no Condado; mas duas outras filhas de Samwise também os tinham, e da mesma forma muitas dentre as crianças nascidas naquela época. [N. A.]

22 Encontram-se com a Última Cavalgada dos Guardiões dos Anéis na Ponta do Bosque.
29 Chegam aos Portos Cinzentos. Frodo e Bilbo partem para além do Mar com os Três Guardiões. O fim da Terceira Era.

Outubro
6 Samwise retorna a Bolsão.

EVENTOS POSTERIORES QUE DIZEM RESPEITO
AOS MEMBROS DA SOCIEDADE DO ANEL

R.C.
1422 Com o início deste ano começou a Quarta Era na contagem dos anos do Condado; mas os números dos anos do Registro do Condado foram continuados.
1427 Will Pealvo renuncia. Samwise é eleito Prefeito do Condado. Peregrin Tûk casa-se com Diamantina de Frincha Longa. O Rei Elessar publica um édito de que os Homens não podem entrar no Condado e torna-o uma Terra Livre sob a proteção do Cetro do Norte.
1430 Nasce Faramir, filho de Peregrin.
1431 Nasce Cachinhos d'Ouro, filha de Samwise.
1432 Meriadoc, chamado de Magnífico, torna-se Mestre da Terra-dos--Buques. Grandes presentes lhe são enviados pelo Rei Éomer e pela Senhora Éowyn de Ithilien.
1434 Peregrin torna-se o Tûk e Thain. O Rei Elessar transforma o Thain, o Mestre e o Prefeito em Conselheiros do Reino do Norte. Mestre Samwise é eleito Prefeito pela segunda vez.
1436 O Rei Elessar cavalga rumo ao norte e se aloja por algum tempo junto ao Lago Vesperturvo. Vem à Ponte do Brandevin e ali saúda seus amigos. Dá ao Mestre Samwise a Estrela dos Dúnedain, e Elanor se torna dama de honra da Rainha Arwen.
1441 Mestre Samwise torna-se Prefeito pela terceira vez.
1442 Mestre Samwise, com sua esposa e Elanor, cavalgam a Gondor e ali permanecem por um ano. Mestre Tolman Villa age como Prefeito substituto.
1448 Mestre Samwise torna-se Prefeito pela quarta vez.
1451 Elanor, a Bela, casa-se com Fastred de Ilhaverde nas Colinas Distantes.
1452 O Marco Ocidental, das Colinas Distantes até as Colinas das Torres (*Emyn Beraid*),[9] é acrescentado ao Condado por dádiva do Rei. Muitos hobbits mudam-se para lá.
1454 Nasce Elfstan Lindofilho, filho de Fastred e Elanor.

---

[9] pp. 37, 1087 (nota 23). [N. A.]

1455 Mestre Samwise torna-se Prefeito pela quinta vez.
1462 Mestre Samwise torna-se Prefeito pela sexta vez. A seu pedido, o Thain nomeia Fastred Guardião do Marco Ocidental. Fastred e Elanor passam a residir em Sob-as-Torres nas Colinas das Torres, onde seus descendentes, os Lindofilhos das Torres, moraram por muitas gerações.
1463 Faramir Tûk casa-se com Cachinhos d'Ouro, filha de Samwise.
1469 Mestre Samwise torna-se Prefeito pela sétima e última vez, tendo em 1476, no fim de seu mandato, noventa e seis anos de idade.
1482 Morte da Senhora Rosa, esposa de Mestre Samwise, no Dia do Meio-do-Ano. Em 22 de setembro, Mestre Samwise parte de Bolsão. Chega às Colinas das Torres e é visto pela última vez por Elanor, a quem dá o *Livro Vermelho,* mais tarde guardado pelos Lindofilhos. Entre eles é transmitida a tradição vinda de Elanor, de que Samwise passou pelas Torres, rumou para os Portos Cinzentos e atravessou o Mar, o último dos Portadores-do-Anel.
1484 Na primavera deste ano veio uma mensagem de Rohan à Terra-dos-Buques de que o Rei Éomer desejava ver mais uma vez o Mestre Holdwine. Na época Meriadoc era velho (102 anos), mas ainda saudável. Aconselhou-se com seu amigo, o Thain, e logo depois eles entregaram seus bens e cargos aos filhos, partiram atravessando o Vau Sarn e não foram mais vistos no Condado. Ouviu-se dizer depois que Mestre Meriadoc chegou a Edoras e esteve com o Rei Éomer antes que este morresse naquele outono. Então ele e o Thain Peregrin foram a Gondor e passaram naquele reino os breves anos que ainda lhes restavam até morrerem e serem sepultados em Rath Dínen entre os grandes de Gondor.
1541 Neste ano,[10] em 1º de março, ocorreu finalmente o Passamento do Rei Elessar. Dizem que os leitos de Meriadoc e Peregrin foram postos ao lado do leito do grande rei. Então Legolas construiu uma nau cinzenta em Ithilien, navegou descendo o Anduin e atravessou o Mar; e com ele, dizem, foi Gimli, o Anão. E quando esse navio passou, veio o fim, na Terra-média, da Sociedade do Anel.

---

[10] 120 da Quarta Era (Gondor). [N. A.]

Apêndice C

ÁRVORES GENEALÓGICAS

Os nomes dados nestas Árvores são apenas uma seleção dentre muitos. A maioria é de convidados da Festa de Despedida de Bilbo, ou então ancestrais diretos deles. Os convidados da festa estão em negrito. Alguns outros nomes de pessoas envolvidas nos eventos relatados também são dados. Adicionalmente, fornecem-se algumas informações genealógicas acerca de Samwise, fundador da família *Jardineiro*, mais tarde famosa e influente.

Os números após os nomes são as datas de nascimento (e morte, nos casos em que esta está registrada). Todas as datas estão dadas de acordo com o Registro do Condado, calculado desde a travessia do Brandevin pelos irmãos Marcho e Blanco no Ano 1 do Condado (1601 da Terceira Era).

Bolseiro da Vila-dos-Hobbits

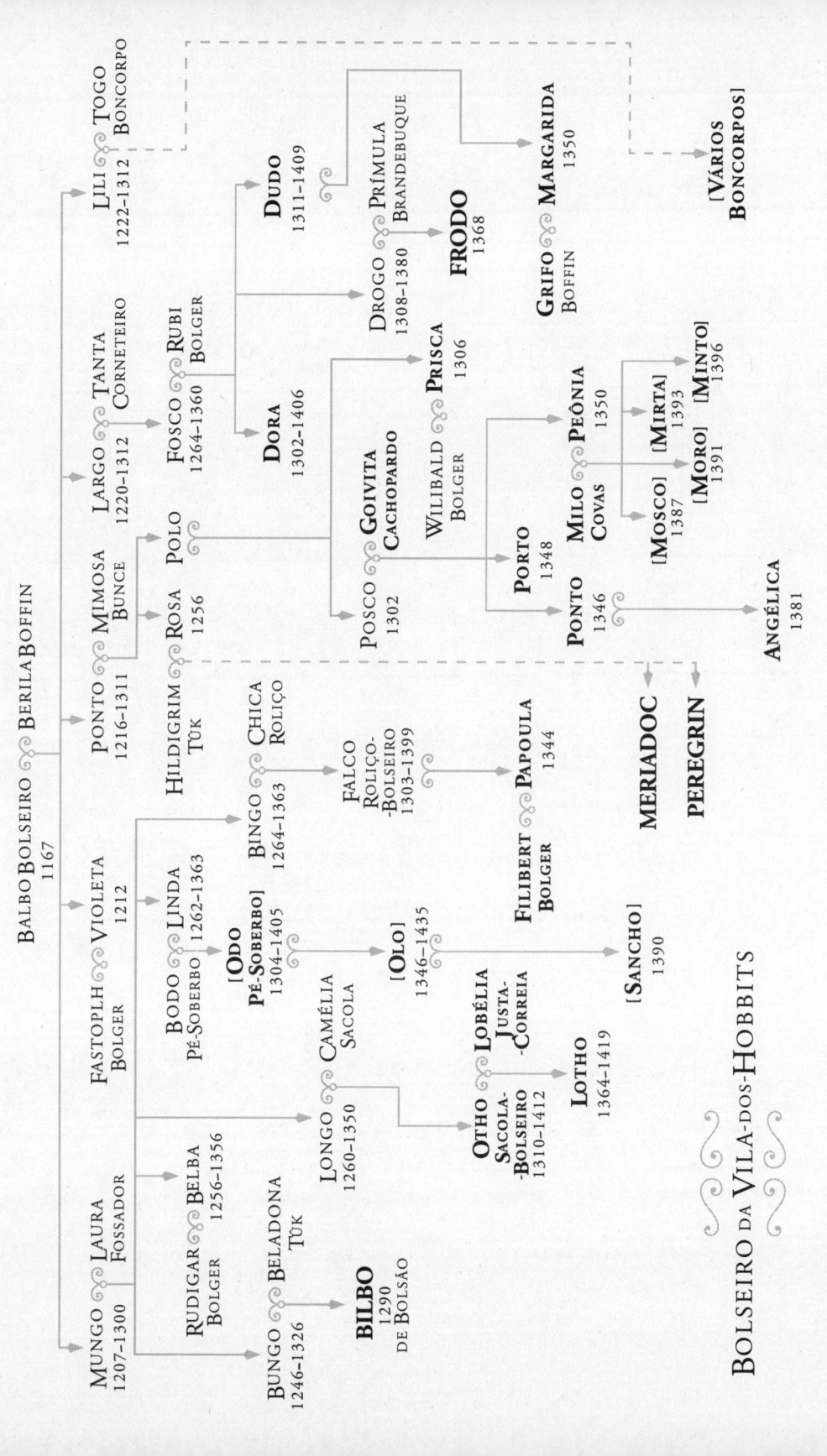

Balbo Bolseiro ⚭ **Berila Boffin**
1167

Descendência

- **Mungo Bolseiro** 1207–1300 ⚭ **Laura Fossador**
  - **Bungo** 1246–1326 ⚭ **Beladona Tûk**
    - **BILBO** 1290 de Bolsão
  - **Rudigar Bolger** ⚭ **Belba** 1256–1356
  - **Longo** 1260–1350 ⚭ **Camélia Sacola**
    - **Otho Sacola-Bolseiro** 1310–1412 ⚭ **Lobélia Justa-Correia**
      - **Lotho** 1364–1419

- **Fastoplh Bolger** ⚭ **Violeta** 1212
  - **Bodo Pé-Soberbo** ⚭ **Linda** 1262–1363
    - [**Odo Pé-Soberbo**] 1304–1405
      - [**Olo**] 1346–1435
        - [**Sancho**] 1390
  - **Bingo Bolseiro** 1264–1363 ⚭ **Chica Roliço**
    - **Falco Roliço-Bolseiro** 1303–1399
      - **Filibert Bolger** ⚭ **Papoula** 1344

- **Ponto Bolseiro** 1216–1311 ⚭ **Mimosa Bunce**
  - **Rosa** 1256 ⚭ **Hildigrim Tûk**
    - **MERIADOC**
    - **PEREGRIN**
  - **Polo**
    - **Posco** 1302 ⚭ **Goivita Cachopardo**
      - **Porto** 1348
      - **Ponto** 1346
        - **Angélica** 1381
    - **Prisca** 1306 ⚭ **Wilibald Bolger**
      - **Milo Covas** ⚭ **Peônia** 1350
        - [**Mosco**] 1387
        - [**Moro**] 1391
        - [**Mirta**] 1393
        - [**Minto**] 1396

- **Largo** 1220–1312 ⚭ **Tanta Corneteiro**
  - **Fosco** 1264–1360 ⚭ **Rubi Bolger**
    - **Dora** 1302–1406
    - **Dudo** 1311–1409
    - **Drogo** 1308–1380 ⚭ **Prímula Brandebuque**
      - **FRODO** 1368
  - **Grifo Boffin** ⚭ **Margarida** 1350

- **Lili** 1222–1312 ⚭ **Togo Boncorpo**
  - [**Vários Boncorpos**]

Bolgers do Vau Budge

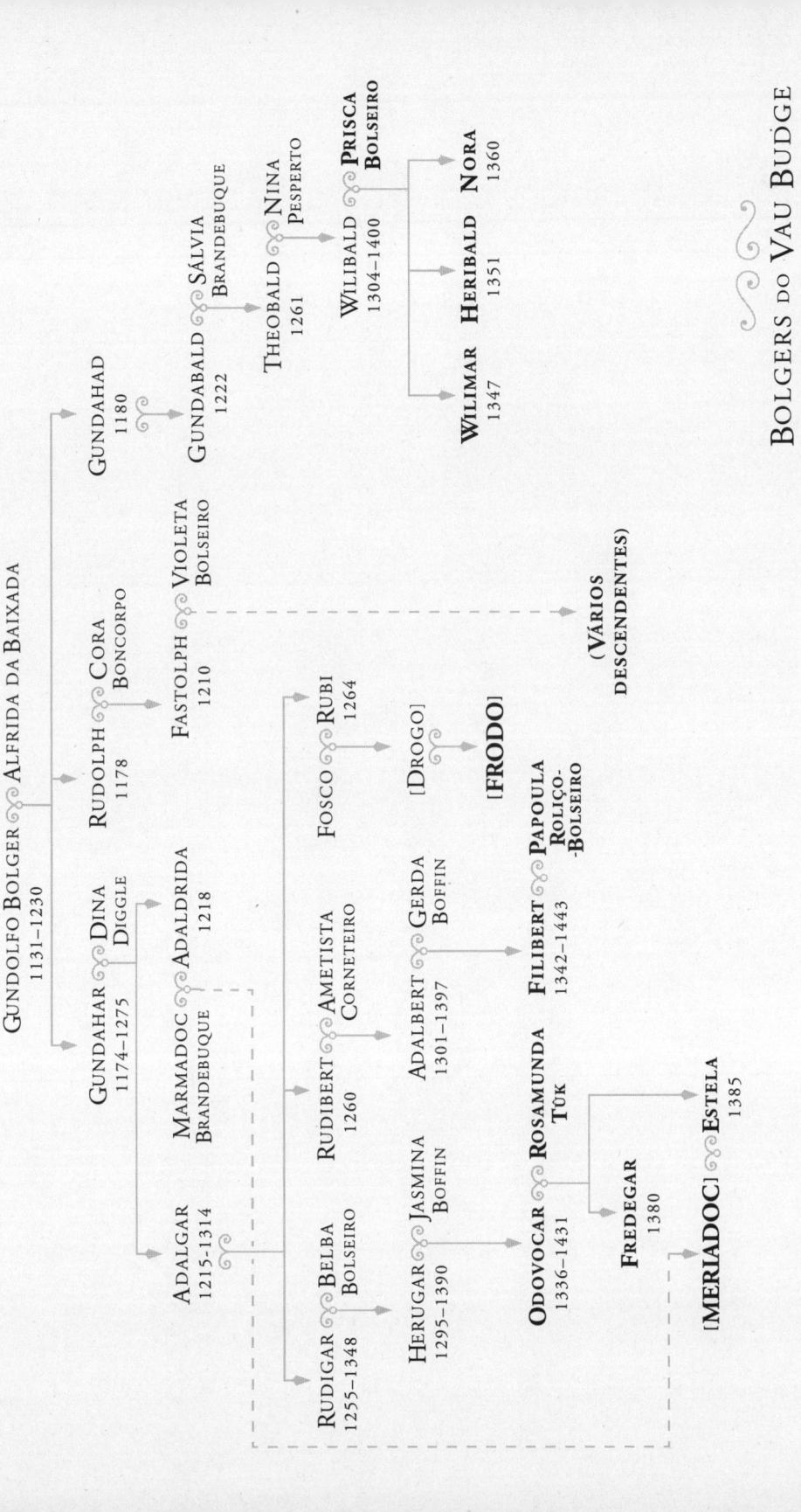

- **Gundolfo Bolger** ⚭ **Alfrida da Baixada**
  1131–1230
  - **Gundahad**
    1180
    - **Gundabald** ⚭ **Sálvia Brandebuque**
      1222
      - **Theobald** ⚭ **Nina Pesperto**
        1261
        - **Wilibald** ⚭ **Prisca Bolseiro**
          1304–1400
          - **Wilimar**
            1347
          - **Heribald**
            1351
          - **Nora**
            1360
  - **Rudolph** ⚭ **Cora Boncorpo**
    1178
    - **Fastolph** ⚭ **Violeta Bolseiro**
      1210
      - (Vários descendentes)
  - **Gundahar** ⚭ **Dina Diggle**
    1174–1275
    - **Adalgar**
      1215-1314
      - **Rudigar** ⚭ **Belba Bolseiro**
        1255–1348
      - **Herugar** ⚭ **Jasmina Boffin**
        1295–1390
        - **Odovocar** ⚭ **Rosamunda Tûk**
          1336–1431
          - **Fredegar**
            1380
            - [**Meriadoc**] ⚭ **Estela**
              1385
    - **Marmadoc Brandebuque** ⚭ **Adaldrida**
      1218
      - **Rudibert** ⚭ **Ametista Corneteiro**
        1260
        - **Fosco** ⚭ **Rubi**
          1264
          - [Drogo]
            - [**Frodo**]
      - **Adalbert** ⚭ **Gerda Boffin**
        1301–1397
        - **Filibert** ⚭ **Papoula Roliço--Bolseiro**
          1342–1443

Árvore Genealógica: Boffin

- **Buffo Boffin** ⚭ **Hera Bembom**
  - **Bosco** 1167–1258
  - **Basso** 1169 — Dizem que se fez ao mar em 1195
  - **Brifo** 1170 (mudou-se para Bri em 1210)
  - **Berila** 1172 ⚭ **Balbo Bolseiro**
    - [Largo] -------→ **[FRODO]**
    - [Mungo]
      - [Laura] ⚭ ······→ **[BILBO]**
      - **Blanco** ⚭ **Prímula Justa-Correia**
        - **Otho Sacola-Bolseiro** ⚭ **[Lobélia]** 1318–1420
          - **[Lotho Sacola-Bolseiro]**
        - **[Bruno Justa-Correia]** 1313–1410
          - **Hugo Justa-Correia** 1350
          - **Seredic Brandebuque** ⚭ **Hilda** 1354
      - **Rollo** 1260 ⚭ **Druda Covas** -------→ (Vários descendentes)
      - **Uffo** 1257 ⚭ **Safira Texugo**
        - **Gruffo** 1300–1399
        - **Adalbert Bolger Q. V.** ⚭ **Gerda** 1304–1404
          - **Grifo Bolseiro** ⚭ **Margarida** 1346
            - **Tosto** 1388
  - **Otto, o Gordo** 1212–1300 ⚭ **Lavanda Fossador**
    - **Hugo** 1254–1345 ⚭ **Donamira Tûk**
      - **Jago** 1294–1386
        - **Vigo** 1337–1430
          - **Folco** 1378
      - **Herugar Bolger** ⚭ **Jasmina** 1297 ·······→ **[Fredegar]**

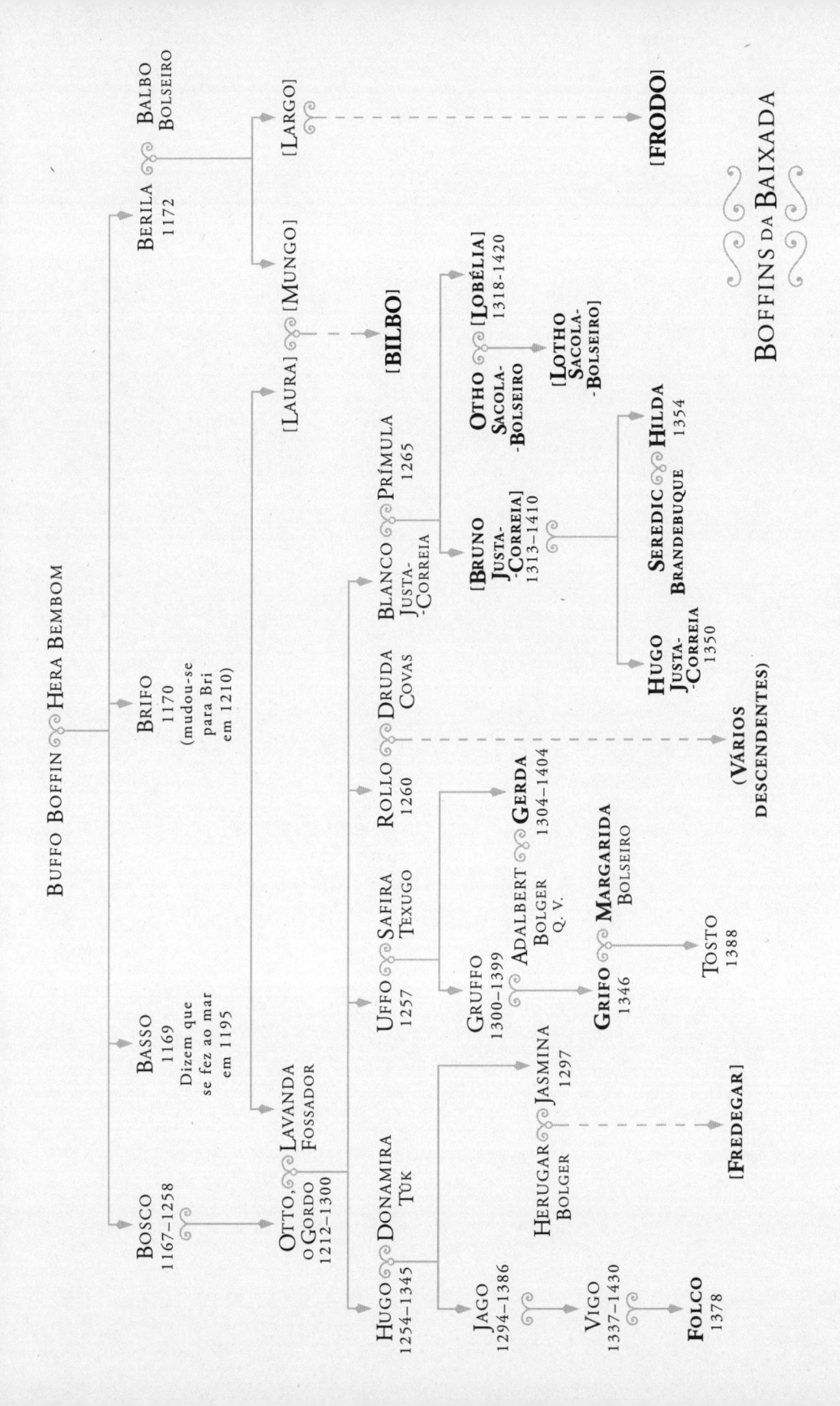

Boffins da Baixada

Túks de Grandes Smials

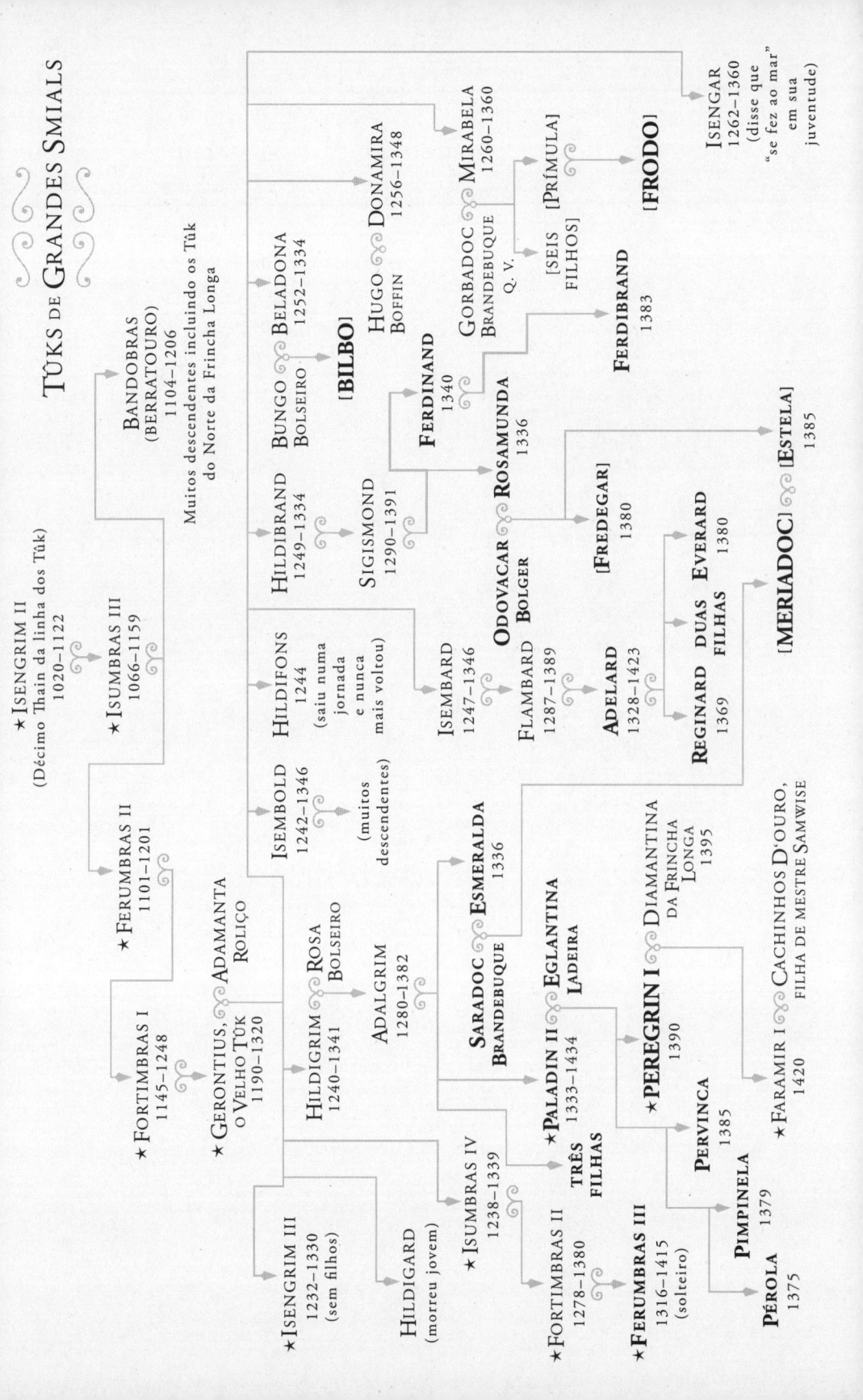

- ★ **Isengrim II** 1020–1122 (Décimo Thain da linha dos Túk)
  - ★ **Isumbras III** 1066–1159
    - ★ **Ferumbras II** 1101–1201
      - ★ **Fortimbras I** 1145–1248
        - ★ **Gerontius, o Velho Túk** 1190–1320 ⚭ **Adamanta Roliço**
          - ★ **Isengrim III** 1232–1330 (sem filhos)
          - **Hildigard** (morreu jovem)
          - ★ **Isumbras IV** 1238–1339
            - ★ **Fortimbras II** 1278–1380
              - ★ **Ferumbras III** 1316–1415 (solteiro)
            - **Três filhas**
            - ★ **Paladin II** 1333–1434 ⚭ **Eglantina Ladeira**
              - **Pérola** 1375
              - **Pimpinela** 1379
              - **Pervinca** 1385
              - ★ **Peregrin I** 1390 ⚭ **Diamantina da Frincha Longa** 1395
                - ★ **Faramir I** 1420 ⚭ **Cachinhos D'ouro**, filha de Mestre Samwise
          - **Hildigrim** 1240–1341 ⚭ **Rosa Bolseiro**
            - **Adalgrim** 1280–1382
              - **Saradoc Brandebuque** ⚭ **Esmeralda** 1336
                - [**Meriadoc**] ⚭ [**Estela**] 1385
          - **Isembold** 1242–1346
            - (muitos descendentes)
          - **Hildifons** 1244 (saiu numa jornada e nunca mais voltou)
          - **Isembard** 1247–1346
            - **Flambard** 1287–1389
              - **Adelard** 1328–1423
                - **Reginard** 1369
                - **duas filhas**
                - **Everard** 1380
          - **Hildibrand** 1249–1334
            - **Sigismond** 1290–1391
              - **Ferdinand** 1340
                - **Ferdibrand** 1383
          - **Bungo Bolseiro** ⚭ **Beladona** 1252–1334
            - [**Bilbo**]
          - **Hugo Boffin** ⚭ **Donamira** 1256–1348
          - **Mirabela** 1260–1360 ⚭ **Gorbadoc Brandebuque** Q. v.
            - [Seis filhos]
            - [**Prímula**]
              - [**Frodo**]
            - **Odovacar Bolger** ⚭ **Rosamunda** 1336
              - [**Fredegar**] 1380
          - **Isengar** 1262–1360 (disse que "se fez ao mar" em sua juventude)
    - **Bandobras (Berratouro)** 1104–1206
      - Muitos descendentes incluindo os Túk do Norte da Frincha Longa

Brandebuques da Terra-dos-Buques

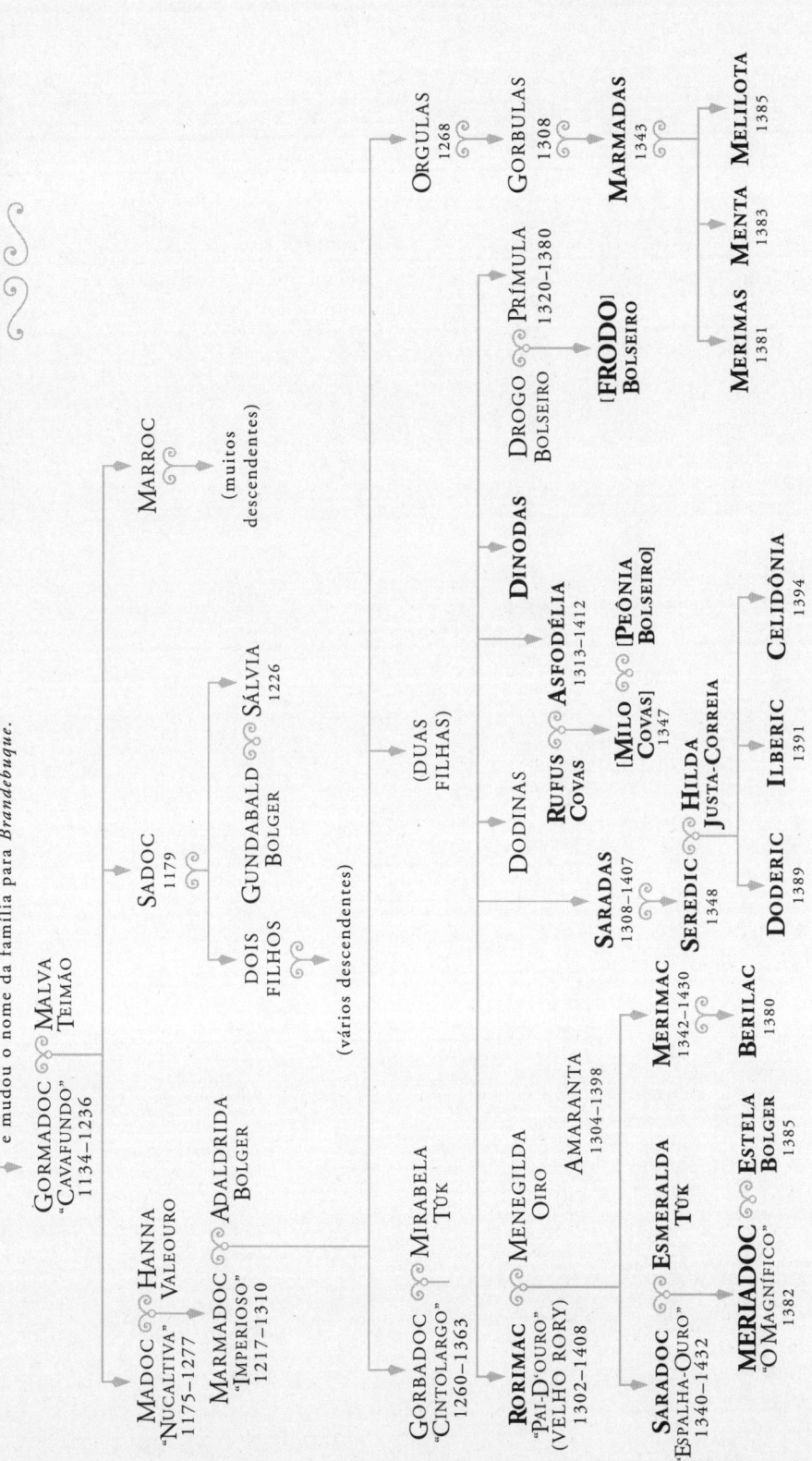

Gorhendad Velhobuque do Pântano, c. 740, começou a construção da *Mansão do Brandevin* e mudou o nome da família para Brandebuque.

```
Gormadoc ⚭ Malva
"Cavafundo"   Teimão
1134–1236
│
├── Madoc ⚭ Hanna
│   "Nucaltiva"  Valeouro
│   1175–1277
│
├── Marmadoc ⚭ Adaldrida
│   "Imperioso"  Bolger
│   1217–1310
│   │
│   ├── Sadoc
│   │   1179
│   │   │
│   │   ├── Dois Filhos
│   │   │   (vários descendentes)
│   │   │
│   │   └── Gundabald ⚭ Sálvia
│   │       Bolger      1226
│   │
│   └── Marroc
│       │
│       └── (muitos descendentes)
│
└── (continua)

Gorbadoc ⚭ Mirabela
"Cintolargo"   Tûk
1260–1363
│
├── (Duas Filhas)
│
├── Rorimac ⚭ Menegilda
│   "Pai-d'Ouro"  Oiro
│   (Velho Rory)
│   1302–1408
│   │
│   ├── Saradoc ⚭ Esmeralda
│   │   "Espalha-Ouro"  Tûk
│   │   1340–1432
│   │   │
│   │   └── Meriadoc ⚭ Estela
│   │       "O Magnífico"  Bolger
│   │       1382            1385
│   │
│   ├── Merimac
│   │   1342–1430
│   │   │
│   │   └── Berilac
│   │       1380
│   │
│   └── Amaranta
│       1304–1398
│
├── Saradas
│   1308–1407
│   │
│   └── Seredic ⚭ Hilda
│       1348      Justa-Correia
│       │
│       ├── Doderic
│       │   1389
│       ├── Ilberic
│       │   1391
│       └── Celidônia
│           1394
│
├── Dodinas
│
├── Dinodas
│
├── Rufus ⚭ Asfodélia
│   Covas    1313–1412
│   │
│   └── [Milo ⚭ [Peônia
│       Covas]    Bolseiro]
│       1347
│
└── Orgulas
    1268
    │
    └── Gorbulas
        1308
        │
        └── Marmadas
            1343
            │
            ├── Drogo ⚭ Prímula
            │   Bolseiro  1320–1380
            │   │
            │   └── [Frodo]
            │       Bolseiro
            │
            ├── Merimas
            │   1381
            ├── Menta
            │   1383
            └── Melilota
                1385
```

A Árvore dos Antepassados de Mestre Samwise

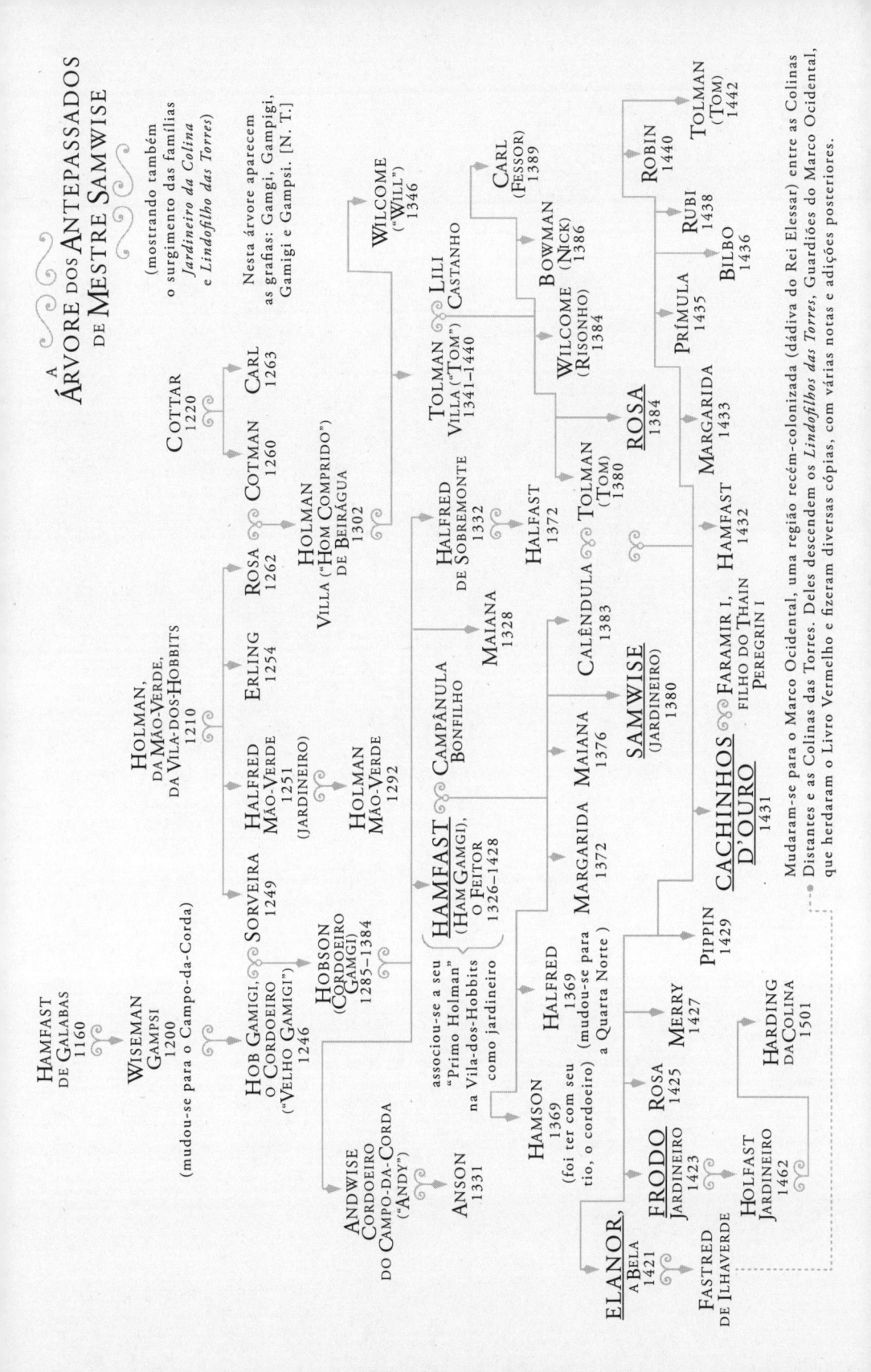

(mostrando também o surgimento das famílias *Jardineiro da Colina* e *Lindofilho das Torres*)

Nesta árvore aparecem as grafias: Gamgi, Gampigi, Gamigi e Gampsi. [N. T.]

- Hamfast de Galabas 1160
  - Wiseman Gampsi 1200 (mudou-se para o Campo-da-Corda)
    - Andwise Cordoeiro do Campo-da-Corda ("Andy")
      - Anson 1331
    - Hob Gamigi, o Cordoeiro ("Velho Gamigi") 1246
      - Hobson (Cordoeiro Gamigi) 1285–1384 — associou-se a seu "Primo Holman" na Vila-dos-Hobbits como jardineiro
        - Hamson 1369 (foi ter com seu tio, o cordoeiro)
        - **Hamfast** (Ham Gamgi), o Feitor 1326–1428 ⚭ Campânula Bonfilho
          - Hamson 1369
          - Halfred 1369 (mudou-se para a Quarta Norte)
          - Margarida 1372
          - Maiana 1376
          - Samwise (Jardineiro) 1380 ⚭ Cachinhos d'Ouro 1431
          - Maiana 1328 → (ver Halfred de Sobremonte)
  - Holman, da Mão-Verde, da Vila-dos-Hobbits 1210
    - Sorveira 1249
    - Halfred Mão-Verde (Jardineiro) 1251
    - Erling 1254
    - Rosa 1262 ⚭ Cotman 1260
      - Holman Villa ("Hom Comprido") de Beirágua 1302
        - Holman Mão-Verde 1292
        - Halfred de Sobremonte 1332 ⚭ Maiana 1328
          - Halfast 1372
          - Calêndula 1383 ⚭ Tolman (Tom) 1380
        - Tolman Villa ("Tom") 1341–1440 ⚭ Lili Castanho
          - Tolman (Tom) 1380
          - Wilcome (Risonho) 1384
          - Bowman (Nick) 1386
          - Carl (Fessor) 1389
          - Wilcome ("Will") 1346
- Cottar 1220
  - Carl 1263

Filhos de Samwise e Cachinhos d'Ouro:
- Elanor, a Bela 1421 ⚭ Fastred de Ilhaverde
- Frodo (Jardineiro) 1423
  - Holfast (Jardineiro) 1462
    - Harding da Colina 1501
- Rosa 1425
- Merry 1427
- Pippin 1429
- Cachinhos d'Ouro 1431 ⚭ Faramir I, filho do Thain Peregrin I
- Hamfast 1432
- Margarida 1433
- Rosa 1384
- Prímula 1435
- Bilbo 1436
- Rubi 1438
- Robin 1440
- Tolman (Tom) 1442

Mudaram-se para o Marco Ocidental, uma região recém-colonizada (dádiva do Rei Elessar) entre as Colinas Distantes e as Colinas das Torres. Deles descendem os *Lindofilhos das Torres*, Guardiões do Marco Ocidental, que herdaram o Livro Vermelho e fizeram diversas cópias, com várias notas e adições posteriores.

APÊNDICE D

CALENDÁRIO DO CONDADO
PARA SER USADO EM TODOS OS ANOS

(1) *Posiule*				(4) *Luzal*				(7) *Poslite*				(10) *Cerrinverno*			
IULE 7	14	21	28	1	8	15	22	29	LITE 7	14	21	28	1	8	15	22	29
1	8	15	22	29	2	9	16	23	30	1	8	15	22	29	2	9	16	23	30
2	9	16	23	30	3	10	17	24	—	2	9	16	23	30	3	10	17	24	—
3	10	17	24	—	4	11	18	25	—	3	10	17	24	—	4	11	18	25	—
4	11	18	25	—	5	12	19	26	—	4	11	18	25	—	5	12	19	26	—
5	12	19	26	—	6	13	20	27	—	5	12	19	26	—	6	13	20	27	—
6	13	20	27	—	7	14	21	28	—	6	13	20	27	—	7	14	21	28	—

(2) *Lodal*				(5) *Trimunge*				(8) *Erval*				(11) *Seival*			
—	5	12	19	26	—	6	13	20	27	—	5	12	19	26	—	6	13	20	27
—	6	13	20	27	—	7	14	21	28	—	6	13	20	27	—	7	14	21	28
—	7	14	21	28	1	8	15	22	29	—	7	14	21	28	1	8	15	22	29
1	8	15	22	29	2	9	16	23	30	1	8	15	22	29	2	9	16	23	30
2	9	16	23	30	3	10	17	24	—	2	9	16	23	30	3	10	17	24	—
3	10	17	24	—	4	11	18	25	—	3	10	17	24	—	4	11	18	25	—
4	11	18	25	—	5	12	19	26	—	4	11	18	25	—	5	12	19	26	—

(3) *Glorial*				(6) *Prelite*				(9) *Rital*				(12) *Preiule*			
—	3	10	17	24	—	4	11	18	25	—	3	10	17	24	—	4	11	18	25
—	4	11	18	25	—	5	12	19	26	—	4	11	18	25	—	5	12	19	26
—	5	12	19	26	—	6	13	20	27	—	5	12	19	26	—	6	13	20	27
—	6	13	20	27	—	7	14	21	28	—	6	13	20	27	—	7	14	21	28
—	7	14	21	28	1	8	15	22	29	—	7	14	21	28	1	8	15	22	29
1	8	15	22	29	2	9	16	23	30	1	8	15	22	29	2	9	16	23	30
2	9	16	23	30	3	10	17	24 LITE	2	9	16	23	30	3	10	17	24 IULE
				Dia do Meio-do-Ano (Sobrelite)												

Todos os anos começavam no primeiro dia da semana, sábado, e terminavam no último dia da semana, sexta-feira. O Dia do Meio-do-Ano, e nos Anos Bissextos o Sobrelite, não tinham nome de dia da semana. O Lite antes do Dia do Meio-do--Ano era chamado de 1º Lite, e o posterior, de 2º Lite. O Iule do final do ano era 1º Iule, e o do começo era 2º Iule. O Sobrelite era um dia de festejos especiais, mas não ocorreu em nenhum dos anos importantes da história do Grande Anel. Ocorreu em 1420, o ano da famosa colheita e do verão maravilhoso, e as comemorações naquele ano, ao que se diz, foram as maiores nas lembranças e nos registros.

OS CALENDÁRIOS

O Calendário do Condado diferia do nosso em vários aspectos. O ano, sem dúvida, tinha o mesmo comprimento,[1] pois, por longínquos que aqueles tempos sejam agora considerados em anos e vidas de homens, não eram muito remotos de acordo com a memória da Terra. Foi registrado pelos Hobbits que não tinham "semana" quando eram ainda um povo errante e, apesar de terem "meses", governados mais ou menos pela Lua, seu registro de datas e seus cálculos do tempo eram vagos e inexatos. Nas terras ocidentais de Eriador, quando haviam começado a se assentar, adotaram o Registro dos Reis, dos Dúnedain, que era remotamente de origem eldarin; mas os Hobbits do Condado introduziram diversas alterações menores. Esse calendário, ou "Registro do Condado", como o chamavam, acabou sendo adotado também em Bri, exceto pelo uso, no Condado, de contar como Ano 1 aquele da colonização do Condado.

Muitas vezes é difícil descobrir, a partir de antigos contos e tradições, informações precisas sobre coisas que as pessoas conheciam bem e consideravam evidentes em seu próprio tempo (como os nomes das letras, ou dos dias da semana, ou os nomes e comprimentos dos meses). Mas, devido ao seu interesse geral pela genealogia e ao interesse pela história antiga que os eruditos entre eles desenvolveram após a Guerra do Anel, os hobbits do Condado parecem ter-se ocupado bastante com datas; e chegaram a montar tabelas complicadas que mostravam a relação de seu próprio sistema com os outros. Não tenho habilidade nestes assuntos e posso ter cometido muitos erros; mas, de qualquer maneira, a cronologia dos anos cruciais R.C. 1418, 1419 está tão cuidadosamente exposta no *Livro Vermelho* que não pode haver grande dúvida sobre dias e épocas nesse ponto.

Parece claro que os Eldar da Terra-média — que, como observou Samwise, tinham mais tempo à disposição — calculavam em períodos longos, e a palavra quenya *yén*, muitas vezes traduzida por "ano" (pp. 411–12), significa na realidade 144 dos nossos anos. Os Eldar preferiam calcular em múltiplos de seis e doze, na medida do possível. Um "dia" do sol era chamado de *ré* e calculado de um pôr do sol ao outro. O *yén* continha 52.596 dias. Para fins rituais, não práticos, os Eldar observavam uma semana, ou *enquië*, de seis dias; e o *yén* continha 8.766 dessas *enquier*, calculadas continuamente por todo o período.

Na Terra-média os Eldar observavam também um período breve, ou ano solar, chamado de *coranar*, ou "ronda-do-sol", quando era considerado mais ou menos astronomicamente, mas normalmente chamado de *loa*, ou "crescimento", (especialmente nas terras no noroeste), quando se consideravam primariamente as mudanças sazonais da vegetação, como era usual entre os Elfos

---

[1] 365 dias, 5 horas, 48 minutos e 46 segundos. [N. A.]

em geral. O *loa* era subdividido em períodos que poderiam ser considerados meses longos ou estações curtas. Sem dúvida eles variavam nas diferentes regiões; mas os Hobbits só forneceram informações a respeito do Calendário de Imladris. Nesse calendário havia seis dessas "estações", cujos nomes em quenya eram *tuilë, lairë, yávië, quellë, hrívë, coirë*, que podem ser traduzidos por "primavera, verão, outono, desvanecimento, inverno, agitação". Os nomes em sindarin eram *ethuil, laer, iavas, firith, rhîw, echuir*. O "desvanecimento" também era chamado de *lasse-lanta,* ou "queda-das-folhas", ou em sindarin *narbeleth*, "míngua-do-sol".

Lairë e *hrívë* continham 72 dias cada um, e os demais, 54 cada. O *loa* começava com *yestarë*, o dia imediatamente anterior a *tuilë*, e terminava com *mettarë*, o dia imediatamente após *coirë*. Entre *yávië* e *quellë* inseriam-se três *enderi,* ou "dias-medianos". Isso produzia um ano de 365 dias que era suplementado dobrando os *enderi* (acrescentando 3 dias) a cada doze anos.

Não é certo como lidavam com as inexatidões resultantes. Se o ano era então do mesmo comprimento que agora, o *yén* seria demasiado longo em mais de um dia. O fato de haver inexatidão é demonstrado por uma nota nos Calendários do *Livro Vermelho*, dizendo que no "Registro de Valfenda" o último ano de cada terceiro *yén* era abreviado em três dias: a duplicação dos três *enderi* que devia ocorrer naquele ano era omitida; "mas isso não ocorreu em nosso tempo". Sobre o ajuste de inexatidões remanescentes não há registro.

Os Númenóreanos alteraram esses arranjos. Dividiram o *loa* em períodos mais curtos, de comprimento mais regular; e aderiram ao costume de começar o ano no meio do inverno, que fora usado na Primeira Era pelos Homens do Noroeste dos quais descendiam. Mais tarde também passaram a usar a semana de 7 dias e calculavam o dia desde um nascer do sol (do mar oriental) até o próximo.

O sistema númenóreano, conforme usado em Númenor, em Arnor e Gondor até o fim dos reis, foi chamado de Registro dos Reis. O ano normal tinha 365 dias. Era dividido em doze *astar,* ou meses, dez dos quais tinham 30 dias, e dois tinham 31. Os *astar* longos eram os que ficavam de um e outro lado do Meio-do-Ano, aproximadamente nosso junho e julho. O primeiro dia do ano era chamado de *yestarë*, o dia mediano (183º) era chamado de *loëndë*, e o último dia, de *mettarë*; esses 3 dias não pertenciam a nenhum mês. A cada quatro anos, exceto no último ano do século (*haranyë*), dois *enderi*, ou "dias-medianos", tomavam o lugar do *loëndë*.

Em Númenor, o cálculo começou na S.E. 1. O déficit causado pela subtração de 1 dia do último ano do século só era ajustado no último ano de um milênio, deixando um déficit milenar de 4 horas, 46 minutos e 40 segundos. Este acréscimo foi feito em Númenor na S.E. 1000, 2000, 3000. Após a Queda, na S.E. 3319, o sistema foi mantido pelos exilados, mas deslocou-se muito devido ao começo da Terceira Era com uma nova numeração: S.E. 3442 tornou-se T.E. 1. Fazendo de T.E. 4 um ano bissexto, em vez de T.E. 3 (S.E. 3444), foi introduzido mais 1 ano curto de apenas 365 dias, causando um déficit de 5 horas, 48 minutos e 46 segundos. Os acréscimos milenares foram feitos com 441 anos de atraso: em T.E. 1000 (S.E. 4441) e T.E. 2000 (S.E. 5441). Para reduzir os erros assim causados e o acúmulo dos déficits milenares, Mardil, o Regente, promulgou um calendário revisado que teria efeito a partir de T.E. 2060, após uma adição especial de 2 dias a 2059 (S.E. 5500), que concluiu 5½ milênios desde o início do sistema númenóreano. Mas isso ainda deixava cerca de 8 horas de déficit. Hador acrescentou 1 dia a 2360, apesar de a deficiência ainda não ter atingido totalmente essa grandeza. Depois disso não foram mais feitos ajustes. (Em T.E. 3000, com a ameaça de guerra iminente, tais assuntos foram negligenciados.) Pelo fim da terceira Era, depois de mais 660 anos, o Déficit ainda não tinha chegado a 1 dia.

O Calendário Revisado introduzido por Mardil foi chamado de Registro dos Regentes e acabou sendo adotado pela maior parte dos usuários da língua westron, exceto pelos Hobbits. Os meses eram todos de 30 dias, e introduziram-se 2 dias exteriores aos meses: 1 entre o terceiro e o quarto mês (março, abril) e 1 entre o nono e o décimo (setembro, outubro). Esses 5 dias exteriores aos meses, *yestarë*, *tuilérë*, *loëndë*, *yáviérë* e *mettarë*, eram feriados.

Os Hobbits eram conservadores e continuaram usando uma forma do Registro dos Reis adaptada para se adequar aos seus próprios costumes. Seus meses eram todos iguais e tinham 30 dias cada um; mas eles tinham 3 Dias Estivais, que no Condado se chamavam Lite ou Dias-de-Lite, entre junho e julho. O último dia do ano e o primeiro do ano seguinte eram chamados de Dias-de--Iule. Os Dias-de-Iule e os Dias-de-Lite permaneceram exteriores aos meses, de forma que 1º de janeiro era o segundo dia do ano, não o primeiro. A cada quatro anos, exceto no último dia do século,[2] havia quatro Dias-de-Lite. Os Dias-de-Lite e os Dias-de-Iule eram os principais feriados e épocas de festejo. O Dia-de-Lite adicional era acrescentado após o Dia do Meio-do-Ano, e, assim, o 184º dia dos Anos Bissextos era chamado de Sobrelite e era um dia de diversão especial. No total, a Época-de-Iule durava seis dias, incluindo os três últimos e os três primeiros dias de cada ano.

O povo do Condado introduziu uma pequena inovação própria (que acabou sendo adotada também em Bri), que chamaram de Reforma-do-Condado. Achavam irregular e inconveniente o deslocamento dos nomes dos dias da semana em relação às datas, de um ano para o outro. Assim, na época de Isengrim II, convieram que o dia extra que interferia na sucessão não deveria ter nome de dia da semana. Depois disso, o Dia do Meio-do-Ano

---

[2] No Condado, onde o Ano 1 correspondia a T.E. 1601. Em Bri, onde o Ano 1 correspondia a T.E. 1300, era o primeiro ano do século. [N. A.]

(e o Sobrelite) passou a ser conhecido apenas pelo nome e não pertencia a nenhuma semana (p. 203). Como consequência dessa reforma, o ano sempre começava no Primeiro Dia da semana e terminava no Último Dia; e a mesma data, em qualquer dado ano, tinha o mesmo nome de dia da semana em todos os demais anos, de forma que o povo do Condado não se preocupava mais em registrar o dia da semana em suas cartas ou seus diários.[3] Achavam isso bem conveniente em casa, mas nem tão conveniente quando chegavam a viajar além de Bri.

Nas notas anteriores, bem como na narrativa, usei nossos nomes modernos tanto para os meses como para os dias da semana, apesar de, logicamente, nem os Eldar, nem os Dúnedain, nem os Hobbits fazerem isso. A tradução dos nomes em westron pareceu ser essencial para evitar confusão, enquanto que as implicações sazonais de nossos nomes são mais ou menos as mesmas, pelo menos no Condado. Parece, porém, que se pretendia que o Dia do Meio-do-Ano correspondesse tanto quanto possível com o solstício de verão. Nesse caso, as datas do Condado estavam de fato uns dez dias adiantadas em relação às nossas, e nosso Dia do Ano Novo correspondia mais ou menos ao 9 de janeiro do Condado.

Em westron, os nomes em quenya dos meses normalmente foram mantidos, assim como os nomes latinos agora são amplamente usados em outros idiomas. Eram: *narvinyë, nénimë, súlimë, víressë, lótessë, nárië, cermië, úrimë, yavannië, narquelië, hísimë, ringarë*. Os nomes em sindarin (usados apenas pelos Dúnedain) eram: *narwain, nínui, gwaeron, gwirith, lothron, nórui, cerveth, urui, ivanneth, narbeleth, hithui, girithron*.

Nessa nomenclatura, porém, os Hobbits, tanto do Condado como de Bri, divergiam do uso em westron e aderiam a seus próprios e antiquados nomes locais, que parecem ter obtido na antiguidade dos Homens dos vales do Anduin; seja como for, nomes semelhantes se encontravam em Valle e Rohan (ver as notas sobre as línguas, pp. 1190–91, 1196–97). Os significados desses nomes, criados pelos Homens, tinham em regra sido esquecidos havia muito tempo pelos Hobbits, mesmo nos casos em que originalmente sabiam o que queriam dizer; e como consequência, as formas dos nomes ficaram muito obscurecidas.

Os nomes do Condado estão expostos no Calendário. Pode-se notar que *trimunge* era muitas vezes escrito *triamojo*. Em Bri os nomes diferiam; eram *gelal, lodal, glorial, brotal, trimunge, lite, os dias estivais, pradal, erval,*

---

[3] Pode-se notar, observando um Calendário do Condado, que o único dia da semana em que não começava nenhum mês era a sexta-feira. Assim, tornou-se uma expressão jocosa no Condado dizer "na sexta-feira, dia primeiro" quando se fazia referência a um dia que não existia, ou a um dia em que poderiam ocorrer eventos muito improváveis como porcos voando ou (no Condado) árvores caminhando. A expressão completa era "na sexta-feira, dia primeiro de cerrestio". [N. A.]

segal, invernal, seival e *iule*. *Gelal, brotal* e *iule* eram também usados na Quarta Leste.[4]

A semana dos Hobbits foi tomada dos Dúnedain, e os nomes eram traduções daqueles dados aos dias no antigo Reino-do-Norte, que por sua vez derivavam dos Eldar. A semana de seis dias dos Eldar tinha dias dedicados a, ou nomeados conforme: as Estrelas, a Sol, o Lua, as Duas Árvores, o Céu e os Valar (ou Poderes), nessa ordem, sendo o último dia o principal da semana. Seus nomes em quenya eram *elenya, anarya, isilya, aldúya, nenelya* e *valanya* (ou *tárion*); os nomes em sindarin eram *orgilion, oranor, orithil, orgaladhad, ormenel* e *orbelain* (ou *rodyn*).

Os Númenóreanos mantiveram as dedicações e a ordem, mas alteraram o quarto dia para *aldëa* (*orgaladh*), com referência apenas à Árvore Branca, de que se cria ser descendente Nimloth, que crescia na Corte do Rei em Númenor. Também, como desejavam um sétimo dia e eram grandes navegantes, inseriram um "Dia do Mar", *eärenya* (*oraearon*), após o Dia do Céu.

Os Hobbits assumiram esse arranjo, mas os significados de seus nomes traduzidos logo foram esquecidos, ou não receberam mais atenção, e as formas foram muito reduzidas, especialmente na pronúncia cotidiana. A primeira tradução dos nomes númenóreanos provavelmente foi feita dois mil anos ou mais antes do final da Terceira Era, quando a semana dos Dúnedain (a componente de seu registro mais cedo adotada pelos demais povos) foi assumida pelos Homens do Norte. Assim como aconteceu com seus nomes dos meses, os Hobbits aderiram a essas traduções apesar de alhures, na área do westron, se usarem os nomes em quenya.

Não foram conservados muitos documentos antigos no Con-dado. No final da Terceira Era o resquício de longe mais notável era a Pele Amarela, ou Anuário de Tuqueburgo.[5] Seus registros mais antigos parecem ter começado pelo menos novecentos anos antes da época de Frodo; e muitos são citados nos anais e nas genealogias do *Livro Vermelho*. Nestes, os nomes dos dias da semana constam em formas arcaicas, sendo estas as mais antigas: (1) *aster-dies*, (2) *sol-dies*, (3) *luna-dies*, (4) *arbor-dies*, (5) *cælo-dies*, (6), *aquo-dies*, (7) *nobili-dies*. Na linguagem da época da Guerra do Anel tinham se tornado *astres, soles, lues, árbores, celes, aques, nobles*.

Também traduzi estes nomes para os nossos próprios, naturalmente começando por domingo e segunda-feira, que correspondem ao *soles* e *lues* da semana

---

[4] Em Bri era um chiste falar do "cerrinverno no Condado (lamacento)", mas, de acordo com o povo do Condado, invernal era uma alteração em Bri do nome mais antigo, que originalmente se referia ao encerramento ou à completude do ano antes do inverno e descendia de épocas anteriores à adoção plena do Registro dos Reis, quando seu ano novo começava após a colheita. [N. A.]
[5] Registrando nascimentos, casamentos e mortes nas famílias Tûk, bem como assuntos como vendas de terras e diversos eventos do Condado. [N. A.]

do Condado, e renomeando os demais em ordem. Deve-se notar, porém, que as associações dos nomes eram bem diferentes no Condado. O último dia da semana, a sexta-feira (nobles), era o principal, dia feriado (após o meio-dia) e de banquetes ao anoitecer. Assim, o sábado corresponde mais proximamente à nossa segunda-feira, e a quinta-feira, ao nosso sábado.[6]

Podem ser mencionados alguns outros nomes que se referem ao tempo, mas que não eram usados em cálculos precisos. As estações normalmente mencionadas eram *tuilë*, primavera, *lairë*, verão, *yávië*, outono (ou colheita), *hrívë*, inverno; mas elas não tinham definições exatas, e *quellë* (ou *lasselanta*) também era usado para a parte final do outono e o começo do inverno.

Os Eldar davam especial atenção ao "crepúsculo" (nas regiões setentrionais), especialmente como tempos de desvanecimento e aparição das estrelas. Tinham muitos nomes para esses períodos, sendo os mais usuais *tindómë* e *undómë*; o primeiro referia-se mormente ao período próximo do amanhecer, e *undómë*, ao entardecer. O nome em sindarin era *uial*, que podia ser definido como *minuial* e *aduial*. No Condado costumavam ser chamados de *matinturvo* e *vesperturvo*. Ver Lago Vesperturvo como tradução de Nenuial.

O Registro do Condado e suas datas são os únicos que têm importância na narrativa da Guerra do Anel. Todos os dias, meses e datas do *Livro Vermelho* estão traduzidos em termos do Condado, ou igualados a eles nas notas. Portanto, em todo *O Senhor dos Anéis*, os meses e dias se referem ao Calendário do Condado. Os únicos pontos em que as diferenças entre ele e o nosso calendário são importantes para a história no período crucial, o final de 3018 e o início de 3019 (R.C. 1418, 1419), são estes: outubro de 1418 tem apenas 30 dias, 1º de janeiro é o segundo dia de 1419, e fevereiro tem 30 dias; de modo que 25 de março, a data da queda da Barad-dûr, corresponderia ao nosso 27 de março, se nossos anos começassem no mesmo ponto sazonal. No entanto, a data era 25 de março tanto no Registro dos Reis como no dos Regentes.

O Novo Registro foi iniciado no Reino Restaurado em T.E. 3019. Representou um retorno ao Registro dos Reis adaptado para se ajustar a um início na primavera, como o *loa* eldarin.[7]

No Novo Registro o ano começava em 25 de março pelo estilo antigo, comemorando a queda de Sauron e os feitos dos Portadores-do-Anel. Os meses mantiveram seus nomes anteriores, e agora começavam por *víressë* (abril), mas se referiam a períodos que em geral começavam cinco dias mais cedo

---

[6]Portanto, na canção de Bilbo (pp. 191–93) usei sábado e domingo em vez de quinta-feira e sexta-feira. [N. A.]

[7]Porém na verdade o *yestarë* do Novo Registro ocorria mais cedo que no Calendário de Imladris, em que correspondia mais ou menos a 6 de abril do Condado. [N. A.]

que antes. Todos os meses tinham 30 dias. Havia 3 *enderi,* ou dias-medianos, (o segundo dos quais era chamado de *loëndë*), entre *yavannië* (setembro) e *narquelië* (outubro), que correspondiam a 23, 24 e 25 de setembro pelo estilo antigo. Mas em homenagem a Frodo, 30 de *yavannië,* que correspondia ao 22 de setembro anterior, seu aniversário, foi declarado festival, e o ano bissexto era acertado duplicando essa festividade, chamada de *Cormarë,* ou Dia-do-Anel.

Considerou-se que a Quarta Era começou com a partida do Mestre Elrond, que ocorreu em setembro de 3021; mas para fins de registro no Reino o ano 1 da Quarta Era foi aquele que começou, de acordo com o Novo Registro, em 25 de março de 3021, pelo estilo antigo.

Esse registro, no decurso do reinado do Rei Elessar, foi adotado em todas as suas terras, exceto no Condado, onde o calendário antigo foi mantido e prosseguiu o Registro do Condado. O ano 1 da Quarta Era, portanto, chamou-se 1422; e, na medida em que os Hobbits deram alguma atenção à mudança de Era, afirmavam que ela começou em 2 Iule de 1422, e não no mês de março anterior.

Não há registro de que o povo do Condado comemorasse 25 de março ou 22 de setembro; mas na Quarta Oeste, especialmente na região em torno da Colina da Vila-dos-Hobbits, surgiu o costume de festejos e danças no Campo da Festa, quando o tempo permitia, em 6 de abril. Alguns diziam que era o aniversário do velho Sam Jardineiro, outros diziam que era o dia em que a Árvore Dourada floriu pela primeira vez em 1420, e outros, que era o Ano Novo dos Elfos. Na Terra-dos-Buques, a Trombeta da Marca era tocada ao pôr do sol todos os dias 2 de novembro, e, em seguida, acendiam fogueiras e faziam banquetes.[8]

---

[8] Aniversário da primeira vez em que foi tocada no Condado, em 3019. [N. A.]

Apêndice E

ESCRITA E GRAFIA[1]

I

PRONÚNCIA DE PALAVRAS E NOMES

O westron, ou fala comum, foi inteiramente traduzido em equivalentes em português. Todos os nomes de Hobbits e suas palavras especiais devem ser pronunciadas de acordo: por exemplo, *Bolger* tem o *g* de *rugir*, e *mathom* rima com *fathom* [em inglês].

Na transcrição das grafias antigas, tentei representar os sons originais (na medida em que podem ser determinados) com razoável precisão e produzir ao mesmo tempo palavras e nomes que não pareçam desajeitados em letras modernas. O quenya, ou alto-élfico, foi grafado tão semelhante ao latim quanto seus sons o permitiam. Por esse motivo preferiu-se o *c* ao *k* em ambas as línguas eldarin.

Os seguintes pontos podem ser observados pelos que se interessam por tais detalhes.

CONSOANTES

C sempre tem o valor de *k*, mesmo antes de *e* e *i*: *celeb* "prata" deve ser pronunciado como *keleb*.

CH só é usado para representar o som ouvido em *bach* (em alemão ou galês), não o do português *chapéu*. Exceto no final das palavras e antes de *t*, esse som era reduzido a *h* na fala de Gondor, e essa mudança foi reconhecida em alguns nomes, como *Rohan*, *Rohirrim*. (*Imrahil* é um nome númenóreano.)

DH representa o *th* sonoro do inglês *these*, *clothes*. [É um som de *z* pronunciado com a ponta da língua tocando os dentes superiores.] Normalmente relaciona-se com *d*, como em síndarin *galadh*, "árvore", comparado com quenya *alda*; mas às vezes deriva de *n+r*, como em *Caradhras*, "Chifre-vermelho", de *caran-rass*.

---

[1] No original esta seção se refere ao idioma inglês e a seus sons. Na presente tradução, foi adaptada — seguindo os princípios do autor — para a língua portuguesa e sua fonologia, com explicações sobre a fonética alheia quando estas se fazem necessárias. Inserções especiais do tradutor estão entre colchetes [ ]. [N. T.]

F   representa *f*, exceto no final das palavras, onde se usa para representar o som de *v* (como no português *vão*): *Nindalf, Fladrif.*

G   só tem o som de *g* como em *gato, gota*; *gil* "estrela", em *Gildor, Gilraen, Osgiliath,* começa como *guiar* em português.

H   isolado, sem outra consoante, tem o som de *h* em *house, behold* em inglês. A combinação *ht* em quenya tem o som de *cht*, como no alemão *echt, acht* [semelhante ao *ch* de *Bach*, aspirado no fundo da garganta]: por exemplo, no nome *Telumehtar* "Órion".[2] Ver também CH, DH, L, R, TH, W, Y.

I   inicialmente, antes de outra vogal, tem o som consonantal de *y* em *Yara*, apenas em sindarin: como em *Ioreth, Iarwain*. Ver Y.

K   usa-se em nomes retirados de línguas não élficas, com o mesmo valor de *c*; assim, *kh* representa o mesmo som que *ch* no órquico *grishnákh*, ou no adûnaico (númenóreano) *adûnakhôr*. Sobre o anânico (khuzdul), ver a seção "Nota", p. 1176.

L   representa mais ou menos o som do *l* inicial em português, como em *ler*. No entanto, era em certo grau "palatalizado" [assemelhado ao *lh* do português] entre *e, i* e uma consoante, ou em posição final após *e, i*. (Os Eldar provavelmente transcreveriam as palavras portuguesas *mal, sol* como *maol, sóul.*) LH representa esse som quando é surdo (normalmente derivado do *sl-* inicial). No quenya (arcaico) ele se escreve *hl*, mas na Terceira Era usualmente se pronunciava como *l*.

NG representa o *ng* de *manga*, exceto em posição final, onde soava como na palavra inglesa *sing* [em que o som do *g* é apagado e pronuncia-se apena o *n*]. Este último som também ocorria inicialmente em quenya, mas foi transcrito *n* (como em *Noldo*), de acordo com a pronúncia da Terceira Era.

PH tem o mesmo som que *f.* Usa-se *(a)* quando o som de *f* ocorre no final de uma palavra, como em *alph* "cisne"; *(b)* quando o som de *f* é relacionado com ou derivado de *p*, como em *i-Pheriannath* "os Pequenos" (*perian*); *(c)* no meio de algumas poucas palavras onde representa um *ff* longo (de *pp*), como em *Ephel* "cerca exterior"; e *(d)* em adûnaico e westron, como em *Ar-Pharazôn* (*pharaz* "ouro").

QU foi usado para *cw* [o som de *qu* no português *quatro*], uma combinação muito frequente em quenya, apesar de não ocorrer em sindarin.

R   representa um *r* vibrante [como no português *caro*] em todas as posições; o som não se perdia antes de consoantes (como no inglês *part* [que na variedade europeia do inglês costuma ser pronunciado como *paht*]). Dizem que os Orques e alguns Anãos usavam um *r* posterior ou uvular [semelhante ao *rr* do português *carro*], um som que os Eldar

---

[2] Normalmente chamado em sindarin de *Menelvagor* (p. 113), quenya *Menelmacar*. [N. A.]

	consideravam desagradável. RH representa um *r* surdo (usualmente derivado de um *sr-* inicial mais antigo). Era grafado *hr* em quenya. Ver L.
S	é sempre surdo, como no português *sou, quis*; o som de *z* não ocorria no quenya ou no sindarin contemporâneos. SH, que ocorre em westron, anânico e órquico, representa sons semelhantes ao *ch* português.
TH	representa o *th* surdo do inglês *thin, cloth*. [É um som de *s* pronunciado com a ponta da língua tocando os dentes superiores.] Ele se tornara *s* em quenya falado, apesar de ainda ser grafado com uma letra diferente; como em quenya *Isil* e sindarin *Ithil*, "Lua".
TY	representa um som provavelmente semelhante ao português *teatro* [quando pronunciado com duas sílabas: *tya-tro*, não *te-a-tro*]. Derivava mormente de *c* ou de *t+y*. O som do *ch* inglês [*tch*], que era frequente em westron, normalmente era usado em seu lugar por falantes desse idioma. Ver HY em Y.
V	tem o som do *v* português, mas não se usa em posição final. Ver F.
W	tem o som do *w* inglês [em português, a semivogal *u* de *quatro*]. HW é um *w* surdo, como no inglês *white* (na pronúncia do norte). Não era um som inicial incomum em quenya, por muito que não pareçam ocorrer exemplos neste livro. Tanto *v* como *w* são usados na transcrição do quenya, a despeito da assimilação de sua grafia ao latim, visto que ambos os sons, de origens distintas, ocorriam na língua.
Y	é usado em quenya para a consoante [semivogal] *y*, como no português *Yara*. Em sindarin *y* é vogal (ver seção a seguir). HY tem a mesma relação com *y* que HW com *w*, e representa um som semelhante ao que se costuma ouvir nas palavras inglesas *hew, huge* [*hy*]; o *h* do quenya *eht, iht* tinha o mesmo som. O som do *ch* português, que era comum em westron, frequentemente era usado em seu lugar pelos falantes desse idioma. Ver TY acima. HY normalmente derivava de *sy-* e *khy-*; em ambos os casos as palavras cognatas em sindarin têm *h* inicial, como em quenya *Hyarmen* e sindarin *Harad*, "sul".

Note que consoantes escritas duas vezes, como *tt, ll, ss, nn*, representam consoantes longas, "duplas". No final de palavras de mais de uma sílaba elas normalmente se tornavam breves: como em *Rohan* de *Rochann* (arcaico *Rochand*).

Em sindarin as combinações *ng, nd, mb*, que eram especialmente favorecidas nas línguas eldarin em um estágio mais primitivo, sofreram várias mudanças. *mb* tornou-se *m* em todos os casos, mas ainda valia como consoante longa para fins de acento tônico (ver a seção "Acento Tônico", pp. 1175–1176), e assim se grafa *mm* em casos onde de outra forma a acentuação poderia ser duvidosa.[3] *ng* permaneceu inalterada, exceto em posição inicial ou final, onde se

---

[3] Como em *galadhremmin ennorath* (p. 270), "regiões enredadas em árvores da Terra-média".

transformou na simples nasal (como no inglês *sing* [o som nasal sem a pronúncia do *-g*]). *nd* tornou-se normalmente *nn*, como em *Ennor*, "Terra-média", *Endóre* em quenya; mas permaneceu como *nd* no final de monossílabos plenamente tônicos como *thond*, "raiz" (ver *Morthond*, "Raiz Negra"), e também antes de *r*, como em *Andros*, "Espuma-longa". Este *nd* também se vê em alguns nomes antigos que derivam de um período anterior, como *Nargothrond*, *Gondolin*, *Beleriand*. Na Terceira Era o *nd* final em palavras compridas tornara-se *n* derivado de *nn*, como em *Ithilien*, *Rohan*, *Anórien*.

VOGAIS

Para as vogais usam-se as letras *i, e, a, o, u* e (apenas em sindarin) *y*. Na medida em que isso pode ser determinado, os sons representados por essas letras (à exceção de *y*) eram de tipo normal, porém sem dúvida muitas variedades locais escaparam à percepção.[4] Isto é, os sons eram aproximadamente os representados por *i, e, a, o, u* nas palavras portuguesas *fim, mês, par, pôr, luz*, independentemente de serem curtos ou longos.

Em sindarin *e, a, o* longos tinham a mesma qualidade das vogais curtas, pois haviam derivado delas em época comparativamente recente (já que *é, á, ó* mais antigos haviam mudado). Em quenya *é* e *ó* longos eram, quando pronunciados corretamente, como pelos Eldar, mais tensos e mais "fechados" que as vogais curtas.

Apenas o sindarin, entre os idiomas contemporâneos, possuía o *u* "modificado", ou frontal, mais ou menos como o *u* do francês *lune*. Era em parte uma alteração de *o* e *u*, em parte derivava de ditongos *eu, iu* mais antigos. Para esse som usou-se *y* (como no antigo inglês): como em *lŷg*, "serpente", em quenya *leuca*, ou em *emyn*, plural de *amon*, "colina". Em Gondor esse *y* normalmente se pronunciava como *i*.

As vogais longas estão normalmente marcadas com "acento agudo", assim como em algumas variedades da escrita fëanoriana. Em sindarin, as vogais longas em monossílabos tônicos são marcadas com circunflexo, já que nesses casos tendiam a ser especialmente prolongadas;[5] assim como em *dûn*, comparado com *Dúnadan*. O uso do circunflexo em outros idiomas, como adûnaico

---

Remmirath (p. 113) contém *rem*, "malha", em quenya *rembe*, + *mîr*, "joia". [N. A.]

[4] Uma pronúncia bastante corriqueira de *é* e *ó* longos como *ei* e *ou*, mais ou menos como no português *sei, vou*, tanto em westron como na reprodução de nomes em quenya por falantes do westron, é evidenciada por grafias como *ei, ou* (ou seus equivalentes nas escritas contemporâneas). Mas tais pronúncias eram consideradas incorretas ou rústicas. Naturalmente eram usuais no Condado. Portanto, aqueles que pronunciam *yéni únótime*, "anos-longos incontáveis", como é natural em inglês (ou seja, mais ou menos como *yêini unôutimi*), errarão pouco mais que Bilbo, Meriadoc ou Peregrin. Dizem que Frodo demonstrava grande "habilidade com sons estrangeiros". [N. A.]

[5] Assim também em *Annûn*, "pôr do sol", *Amrûn*, "nascer do sol", sob a influência das palavras cognatas *dûn*, "oeste", e *rhûn*, "leste". [N. A.]

ou anânico, não tem significado especial, e se usa meramente para marcá-los como línguas estrangeiras (como ocorre com o *k*).

O *e* final nunca é mudo nem mero sinal de vogal longa como em inglês. Para assinalar este *e* final, ele frequentemente (mas não consistentemente) é grafado *ë*.

Os grupos *er, ir, ur* (finais ou diante de consoante) não devem ser pronunciados como no inglês *fern, fir, fur* [com vogal surda diante do *r*], e sim como em português *certo, vir, curto*.

Em quenya *ui, oi, ai* e *iu, eu, au* são ditongos (isto é, são pronunciados em uma só sílaba). Todos os demais pares de sílabas são dissilábicos. Isso muitas vezes se indica grafando *ëa* (*Eä*), *ëo, oë*.

Em sindarin os ditongos são escritos *ae, ai, ei, oe, ui* e *au*. Outras combinações não são ditongos. Escrever o *au* final como *aw* está de acordo com o costume do inglês, mas de fato não é incomum em grafias fëanorianas.

Todos estes ditongos[6] eram "decrescentes", ou seja, acentuados no primeiro elemento, e se compunham das vogais simples agregadas. Assim, *ai, ei, oi, ui, au, eu* devem ser pronunciados respectivamente como os ditongos das palavras portuguesas *pai, sei, dói, fui, mau, meu*.

Não há nada em português que corresponda exatamente a *ae, oe*; esses ditongos podem ser pronunciados como *ai, oi*.

ACENTO TÔNICO

A posição do "acento" ou da sílaba tônica não está marcada, visto que nas línguas eldarin em questão o seu lugar é determinado pela forma da palavra. Em palavras de duas sílabas ele recai, em praticamente todos os casos, na primeira sílaba. Em palavras mais longas ele recai na penúltima sílaba, sempre que esta contiver uma vogal longa, um ditongo, ou uma vogal seguida de duas (ou mais) consoantes. Quando a penúltima sílaba contém (como costuma acontecer) uma vogal curta seguida de apenas uma (ou nenhuma) consoante, o acento recai na sílaba anterior àquela, a terceira a contar do fim. Palavras desta última forma são preferidas nas línguas eldarin, especialmente em quenya.

Nos exemplos seguintes a vogal tônica está marcada por letra maiúscula: *isIldur, Orome, erEssëa, fËanor, ancAlima, elentÁri, dEnethor, periAnnath, ecthElion, pelArgir, silIvren*. Palavras do tipo *elentÁri*, "rainha-das-estrelas", raramente ocorrem em quenya quando se tem a vogal *é, á, ó*, a não ser que (como neste caso) sejam palavras compostas; são mais comuns com as vogais

---

[6]Originalmente. Mas *iu* em quenya, na Terceira Era, costumava ser pronunciado como ditongo crescente, como *yu* no nome *Yuri*. [N. A.]

í, *ú*, como *andÚne*, "pôr do sol, oeste". Elas não ocorrem em sindarin, exceto em palavras compostas. Note que *dh*, *th*, *ch* em sindarin são consoantes simples e representam letras simples nas escritas originais.

NOTA

Em nomes retirados de outras línguas que não as eldarin, a intenção é que os valores das letras sejam os mesmos, caso não estejam especialmente descritos acima, exceto no caso do anânico. Em anânico, que não possuía os sons acima representados por *th* e *ch* (*kh*), *th* e *kh* são aspirados, isto é, *t* ou *k* seguidos de um *h*, mais ou menos como nas palavras inglesas *backhand*, *outhouse*.

Onde ocorre *z*, o som pretendido é do *z* português. *gh*, na língua negra e em órquico, representa uma "fricativa posterior" (que está para *g* assim como *dh* está para *d*): como em *ghâsh* e *agh*.

Os nomes "externos" ou Humanos dos Anãos receberam formas setentrionais, mas os valores das letras são aqueles descritos. É assim também no caso dos antropônimos e topônimos de Rohan (onde não foram modernizados), exceto que aí *éa* e *éo* são ditongos, que podem ser representados [porém na mesma sílaba] pelo *ea* de *teatral* e pelo *eo* de *teologia*; *y* é o *u* modificado. As formas modernizadas são facilmente reconhecidas e devem ser pronunciadas como em inglês. São em sua maioria topônimos.

II

ESCRITA

As escritas e letras usadas na Terceira Era eram todas, em última análise, de origem eldarin, e nessa época já eram de grande antiguidade. Haviam alcançado a etapa do pleno desenvolvimento alfabético, porém ainda estavam em uso modos mais antigos em que só as consoantes eram denotadas por letras plenas.

Os alfabetos eram de dois tipos principais, de origem independente: as *tengwar*, ou *tîw*, aqui traduzidas por "letras"; e as *certar*, ou *cirth*, traduzidas por "runas". As *tengwar* foram criadas para escrita com pincel ou pena e, no seu caso, as formas quadradas das inscrições derivavam das formas manuscritas. As *certar* foram criadas e mormente usadas apenas para inscrições riscadas ou entalhadas.

As *tengwar* eram mais antigas; pois tinham sido elaboradas pelos Noldor, o clã dos Eldar mais habilidoso em tais assuntos, muito tempo antes de seu exílio. As mais antigas letras eldarin, as *tengwar* de Rúmil, não eram usadas na Terra-média. As letras posteriores, as *tengwar* de Fëanor, eram em grande medida uma invenção nova, apesar de deverem algo às letras de Rúmil. Foram trazidas à Terra-média pelos Noldor exilados e assim tornaram-se conhecidas entre os Edain e Númenóreanos. Na Terceira Era, seu uso se espalhara praticamente na mesma área em que era conhecida a fala comum.

As *cirth* foram primeiramente criadas em Beleriand pelos Sindar e por muito tempo só foram usadas para inscrever nomes e breves memoriais em madeira ou pedra. Devem a essa origem suas formas angulares, muito semelhantes às runas de nosso tempo, apesar de diferirem destas nos detalhes e terem um arranjo totalmente diverso. As *cirth*, em sua forma mais antiga e mais simples, espalharam-se rumo ao leste na Segunda Era e tornaram-se conhecidas por muitos povos, aos Homens, aos Anãos e até aos Orques, e todos os alteraram para servirem aos seus propósitos e conforme sua habilidade, ou falta dela. Uma de tais formas simples ainda era usada pelos Homens de Valle, e outra semelhante, pelos Rohirrim.

Mas em Beleriand, antes do final da Primeira Era e parcialmente pela influência das *tengwar* dos Noldor, as *cirth* foram rearranjadas e prosseguiram em seu desenvolvimento. Sua forma mais rica e mais ordenada era conhecida como Alfabeto de Daeron, visto que a tradição élfica dizia que fora inventado por Daeron, o menestrel e mestre-do-saber do Rei Thingol de Doriath. Entre os Eldar, o Alfabeto de Daeron não desenvolveu formas verdadeiramente cursivas, já que os Elfos adotaram para a escrita as letras fëanorianas. Na verdade, os Elfos do Oeste, em sua maior parte, desistiram por completo do uso das runas. No país de Eregion, porém, o Alfabeto de Daeron continuou em uso e dali passou para Moria, onde se tornou o alfabeto mais favorecido pelos Anãos. Permaneceu sempre em uso entre eles e passou com eles para o Norte. Por isso foi muitas vezes chamado, em tempos posteriores, de *Angerthas Moria*, ou "Longas Fileiras de Runas de Moria". Assim como ocorria com sua fala, os Anãos usavam as escritas que eram correntes, e muitos escreviam com habilidade as letras fëanorianas; mas para seu próprio idioma eles aderiam às *cirth* e desenvolveram formas manuscritas à pena para elas.

(i)

AS LETRAS FËANORIANAS

A tabela mostra, no modo formal para livros manuscritos, todas as letras que se usavam comumente nas terras ocidentais na Terceira Era. O arranjo é o mais usual na época e o mesmo em que se costumava então recitar as letras pelos seus nomes.

Esta escrita não era na origem um "alfabeto": isto é, uma série arbitrária de letras, cada uma com seu próprio valor independente, recitada em uma ordem tradicional que não tem relação com suas formas nem com suas funções.[7] Era, isso sim, um sistema de sinais consonantais, de formas e estilo semelhantes, que podia ser adaptado à vontade ou conveniência para representar as consoantes de idiomas observados (ou inventados) pelos Eldar. Nenhuma

---

[7] A única relação de nosso alfabeto que pareceria inteligível aos Eldar é a existente entre P e B; e a separação dessas letras entre si, e de F, M, V, lhes teria parecido absurda. [N. A.]

das letras tinha valor fixo por si; mas certas relações entre elas foram sendo gradativamente reconhecidas.

O sistema continha vinte e quatro letras primárias, 1–24, arranjadas em quatro *témar* (séries), tendo cada uma seis *tyeller* (graus). Havia também "letras adicionais", das quais 25–36 são exemplos. Destas, 27 e 29 são as únicas letras estritamente independentes; as restantes são modificações de outras letras. Havia também um certo número de *tehtar* (sinais) de usos variados. Estes não aparecem na tabela.[8]

Cada uma das *letras primárias* era formada de uma *telco* (haste) e um *lúva* (arco). As formas vistas em 1–4 eram consideradas normais. A haste podia ser elevada, como em 9–16; ou reduzida, como em 17–24. O arco podia ser aberto, como nas Séries I e III; ou fechado, como em II e IV; e em cada caso podia ser duplicado, por exemplo, em 5–8.

A liberdade teórica de aplicação tinha sido modificada pelo costume, na Terceira Era, até o ponto em que a Série I era geralmente aplicada à série dental ou do *t* (*tincotéma*), e a II, às labiais ou série do *p* (*parmatéma*). A aplicação das Séries III e IV variava de acordo com os requisitos dos diferentes idiomas.

Em línguas como o westron, que fazia muito uso de consoantes[9] como nosso *tch*, *dj*, *ch*, a Série III normalmente se aplicava a estas; nesse caso a Série IV se aplicava à série normal do *k* (*calmatéma*). Em quenya, que possuía além da *calmatéma* uma série palatal (*tyelpetéma*) e uma labializada (*quessetéma*), as palatais eram representadas por um diacrítico fëanoriano que denotava "*y* seguinte" (normalmente dois pontos inferiores), enquanto que a Série IV era a do *kw*.

No âmbito destas aplicações gerais, também se observavam comumente as relações seguintes. As letras normais, Grau 1, eram aplicadas às "oclusivas surdas": *t*, *p*, *k* etc. A duplicação do arco indica a adição de "sonoridade": assim, se 1, 2, 3, 4 = *t*, *p*, *tch*, *k* (ou *t*, *p*, *k*, *kw*), então 5, 6, 7, 8 = *d*, *b*, *dj*, *g* (ou *d*, *b*, *g*, *gw*). A elevação da haste indica a abertura da consoante para uma "fricativa": assim, assumindo os valores acima para o Grau 1, o Grau 3 (9–12) = *th*, *f*, *ch*, *tch* (ou *th*, *f*, *kh*, *khw/hw*), e o Grau 4 (13–16) = *dh*, *v*, *j*, *gh* (ou *dh*, *v*, *gh*, *ghw/w*).

O sistema fëanoriano original também possuía um grau com hastes estendidas, tanto acima como abaixo da linha. Este normalmente representava consoantes aspiradas (por exemplo, *t+h*, *p+h*, *k+h*), mas podia representar outras

---

[8] Muitos deles aparecem nos exemplos no frontispício e na inscrição da p. 82, transcrita na p. 287. Eram usados principalmente para expressar sons vocálicos, que em quenya eram normalmente considerados modificações da consoante que acompanhavam; ou para expressar mais brevemente algumas das mais frequentes combinações de consoantes. [N. A.]

[9] Aqui a representação dos sons é a mesma empregada na transcrição e descrita acima, exceto que aqui *tch* representa o *ch* do inglês *church*; *dj* representa o som do *dj* português em *adjunto*, e *j* o som ouvido em *jato*. [N. A., adaptada]

AS TENGWAR

	I	II	III	IV
1	1 p	2 p	3 q	4 q
2	5 pp	6 pp	7 cq	8 cq
3	9 h	10 h	11 d	12 d
4	13 ho	14 ho	15 cd	16 cd
5	17 m	18 m	19 cc	20 cc
6	21 v	22 v	23 c	24 u
	25 y	26 y	27 c	28 s
	29 ϲ	30 ?	31 ɛ	32 ʒ
	33 λ	34 d	35 λ	36 o

    variantes consonantais requeridas. Estas não eram necessárias nos idiomas da Terceira Era que usavam essa escrita; mas as formas estendidas eram muito usadas como variantes (mais claramente diferenciadas do Grau 1) dos Graus 3 e 4.

    O Grau 5 (17–20) era normalmente aplicado às consoantes nasais: assim, 17 e 18 eram os sinais mais comuns para *n* e *m*. De acordo com o princípio observado anteriormente, o Grau 6 deveria então ter representado as nasais surdas; mas, visto que tais sons (exemplificados pelo *nh* galês ou pelo *hn* do inglês antigo) ocorriam muito raramente nas línguas em questão, o Grau 6 (21–24) era mais frequentemente usado para as consoantes mais fracas, ou "semivocálicas", de cada série. Ele consistia das formas menores e mais simples entre as letras primárias. Assim, 21 era frequentemente usada para um *r* fraco (não vibrante), que ocorria originalmente em quenya, sendo considerada no sistema desse idioma como a consoante mais fraca da *tincotéma*; 22 era amplamente usada para *w*; quando a Série III era usadá como série palatal, o uso comum de 23 era como *y* consonantal.[10]

Já que algumas das consoantes do Grau 4 tendiam a se enfraquecer na pronúncia e a se aproximar ou se confundir com as do Grau 6 (como descrito acima), muitas destas últimas deixaram de ter função clara nas línguas eldarin; e foi destas letras que derivaram em grande parte as que expressavam as vogais.

NOTA

A grafia padrão do quenya divergia da aplicação das letras descrita acima. O Grau 2 era usado para *nd*, *mb*, *ng*, *ngw*, todas frequentes, uma vez que *b*, *g*, *gw* só apareciam nessas combinações, enquanto que para *rd*, *ld* se usavam as letras especiais 26, 28. (Para *lv*, não para *lw*, muitos falantes, especialmente os Elfos, usavam *lb*: isso era escrito com 27+6, já que *lmb* não podia ocorrer.) De modo semelhante, o Grau 4 era usado para as combinações extremamente frequentes *nt*, *mp*, *nk*, *nqu*, visto que o quenya não possuía *dh*, *gh*, *ghw* e para *v* usava a letra 22. Ver os nomes das letras em quenya, pp. 1182–183.

As letras adicionais. A número 27 era universalmente usada para *l*. A número 25 (na origem uma modificação de 21) era usada para o *r* vibrante "pleno". As números 26 e 28 eram modificações destas. Usavam-se com frequência para as formas surdas de *r* (*rh*) e *l* (*lh*) respectivamente. Mas em quenya eram usadas para *rd* e *ld*. 29 representava *s*, e 31 (com curva duplicada) *z* naqueles idiomas que necessitavam dele. As formas invertidas, 30 e 32, apesar de estarem disponíveis para serem usadas como sinais separados, eram mormente usadas como meras variantes de 29 e 31, conforme a conveniência da escrita; por exemplo, eram muito usadas quando acompanhadas de *tehtar* sobrepostos.

A número 33 era originalmente uma variante que representava alguma variedade (mais fraca) de 11; seu uso mais frequente na Terceira Era era para simbolizar *h*. 34 usava-se mais (quando era usada) para o *w* surdo (*hw*). 35 e 36, quando usadas como consoantes, eram mormente aplicadas a *y* e *w*, respectivamente.

As vogais. Estas eram, em muitos modos, representadas por *tehtar*, normalmente colocados acima de uma letra consonantal. Em línguas como o quenya, em que a maioria das palavras terminava em vogal, o *tehta* era posto acima da consoante precedente; naquelas como o sindarin, em que a maioria das palavras terminava em consoante, era posto acima da consoante seguinte. Quando não havia consoante presente na posição requerida, o *tehta* era posto sobre o "portador curto", uma de cujas formas comuns era de uma letra *i* sem ponto.

---

[10] A inscrição no Portão-oeste de Moria dá o exemplo de um modo, usado para a grafia do sindarin, em que o Grau 6 representava as nasais simples, mas o Grau 5 representava as nasais duplas ou longas, muito usuais em sindarin: 17 = *nn*, mas 21 = *n*. [N. A.]

Os *tehtar* realmente usados nas diversas línguas como sinais de vogais eram numerosos. Os mais comuns, normalmente aplicados a (variedades de) *e*, *i*, *a*, *o*, *u*, estão exibidos nos exemplos dados. Os três pontos, mais usuais para *a* na escrita formal, eram grafados de formas diversas em estilos mais rápidos, sendo muitas vezes empregada uma forma semelhante a um circunflexo.[11] O ponto único e o "acento agudo" eram frequentemente usados para *i* e *e* (mas em alguns modos para *e* e *î*). As curvas eram usadas para *o* e *u*. Na inscrição do Anel, a curva aberta à direita é usada para *u*; mas no frontispício ela representa *o*, e a curva aberta à esquerda é para *u*. A curva para a direita era preferida e a aplicação dependia da língua em questão: na língua negra *o* era raro.

Vogais longas eram normalmente representadas pondo o *tehta* no "portador longo", em que uma das formas comuns era a de uma letra *j* sem ponto. Mas para o mesmo fim, os *tehtar* podiam ser duplicados. No entanto, isso só se fazia frequentemente com as curvas e, às vezes, com o "acento". Dois pontos eram usados mais comumente como sinal de um *y* seguinte.

A inscrição do Portão-oeste ilustra um modo de "escrita plena", com as vogais representadas por letras separadas. Todas as letras vocálicas usadas em sindarin são mostradas. O uso da número 30 como sinal de *y* vocálico pode ser notado; também a expressão de ditongos pondo o *tehta* de *y* seguinte sobre a letra da vogal. O sinal de *w* seguinte (necessário para expressar *au*, *aw*) era neste modo a curva do *u* ou uma modificação dela. Mas os ditongos eram muitas vezes escritos por extenso, assim como na transcrição. Nesse modo, o comprimento da vogal era normalmente indicado pelo "acento agudo", que nesse caso se chamava *andaith,* "marca longa".

Além dos *tehtar* já mencionados havia diversos outros, usados mormente para abreviar a escrita, especialmente pela expressão de combinações consonantais frequentes, sem escrevê-las por extenso. Entre eles, uma barra (ou um sinal semelhante ao til) posta sobre uma consoante era frequentemente usada para indicar que esta era precedida pela nasal da mesma série (como em *nt*, *mp* ou *nk*); um sinal semelhante posto embaixo, porém, era mormente usado para mostrar que a consoante era longa ou duplicada. Um gancho descendente ligado ao arco (como em *hobbits*, a última palavra do frontispício) era usado para indicar um *s* seguinte, especialmente nas combinações *ts*, *ps*, *ks* (*x*), que eram preferidas em quenya.

É claro que não havia "modo" para representar o inglês [nem o português]. Um modo foneticamente adequado poderia ser criado a partir do sistema fëanoriano. O breve exemplo no frontispício não tenta exibir isso. É, isso sim,

---

[11]Em quenya, em que o *a* era muito frequente, seu sinal vocálico muitas vezes era totalmente omitido. Assim, para *calma,* "lâmpada", podia-se escrever *clm*. Isso seria naturalmente lido como *calma,* visto que *cl* não era uma combinação inicial possível em quenya e *m* nunca ocorria em posição final. Uma leitura possível era *calama,* mas tal palavra não existia. [N. A.]

um exemplo do que um homem de Gondor poderia produzir, hesitando entre os valores das letras familiares em seu "modo" e a grafia tradicional de nosso idioma. Pode-se notar [no frontispício original das edições em língua inglesa] que um ponto inferior (um de cujos usos era representar vogais fracas e obscuras) é ali empregado na grafia do *and* átono, mas é também usado em *here* para o *e* final mudo; *the, of,* e *of the* são expressos por abreviaturas (*dh* estendido, *v* estendido, e este último com um traço inferior).

Os nomes das letras. Em todos os modos, cada letra e sinal tinha um nome; mas esses nomes eram criados para se adequarem ou descreverem os usos fonéticos em cada modo particular. No entanto, muitas vezes considerava-se desejável, especialmente ao descrever os usos das letras em outros modos, ter um nome para cada letra como forma em si. Para esse fim empregavam-se comumente os "nomes plenos" em quenya, mesmo quando se referiam a usos particulares do quenya. Cada "nome pleno" era uma palavra real em quenya que continha a letra em questão. Era, se possível, o primeiro som da palavra; mas quando o som ou a combinação expressa não ocorria em posição inicial, ela se seguia imediatamente a uma vogal inicial. Os nomes das letras da tabela eram (1) *tinco*, "metal", *parma*, "livro", *calma*, "lâmpada", *quesse*, "pena"; (2) *ando*, "portão", *umbar*, "destino", *anga*, "ferro", *ungwe*, "teia de aranha"; (3) *thúle* (*súle*), "espírito", *formen*, "norte", *harma*, "tesouro" (ou *aha*, "raiva"), *hwesta*, "brisa"; (4) *anto*, "boca", *ampa*, "gancho", *anca*, "mandíbulas", *unque*, "cova"; (5) *númen*, "oeste", *malta*, "ouro", *noldo* (antigo *ngoldo*), "alguém do clã dos Noldor", *nwalme* (antigo *ngwalme*), "tormento"; (6) *óre*, "coração (mente interior)", *vala*, "poder angélico", *anna*, "dádiva", *vilya* (antigo *wilya*), "ar, céu"; *rómen*, "leste", *arda*, "região", *lambe*, "língua", *alda*, "árvore"; *silme*, "luz das estrelas", *silme nuquerna*, (*s* invertido); *áre*, "luz do sol" (ou *esse*, "nome"), *áre nuquerna*; *hyarmen*, "sul", *hwesta sindarinwa*, *yanta*, "ponte", *úre*, "calor". Quando existem variantes, isso se deve ao fato de que os nomes foram dados antes de certas mudanças afetarem o quenya conforme falado pelos Exilados. Assim, a número 11 era chamada de *harma* quando representava a aspirada *ch* em todas as posições, mas quando esse som se tornou a aspiração *h* em posição inicial[12] (apesar de permanecer em posição medial) foi inventado o nome *aha*. *áre* era originalmente *áze*, mas quando esse *z* se fundiu com 21, o sinal foi usado em quenya para o *ss*, muito frequente nesse idioma, e o nome *esse* foi dado a ele. *hwesta sindarinwa*, ou *hw*, "élfico-cinzento", era assim chamado porque em quenya 12 tinha o som de *hw*, e não eram necessários sinais distintos para *chw* e *hw*. Os nomes das letras mais amplamente conhecidos e usados eram 17 *n*, 33 *hy*, 25 *r*,

---

[12]Para a aspiração *h*, o quenya usava originalmente uma simples haste elevada sem arco, chamada *halla*, "alto". Ela podia ser posta diante de uma consoante para indicar que esta era surda e aspirada; o *r* e o *l* surdos eram normalmente expressos desse modo e são transcritos *hr, hl*. Mais tarde, 33 foi usada para o *h* independente, e o valor de *hy* (seu valor mais antigo) foi representado pelo acréscimo do *tehta* de *y* seguinte. [N. A.]

10 f: *númen, hyarmen, rómen, formen* = oeste, sul, leste, norte (ver sindarin *dûn* ou *annûn, harad, rhûn* ou *amrûn, forod*). Essas letras comumente indicavam os pontos O, S, L, N, mesmo em línguas que usavam termos bem diferentes. Nas Terras Ocidentais, eram mencionados nesta ordem, começando pelo oeste e de frente para ele: *hyarmen* e *formen*, na verdade, significavam região da esquerda e região da direita (o contrário do arranjo de muitas línguas humanas).

(ii)

AS *CIRTH*

O *Certhas Daeron* foi originalmente inventado para representar somente os sons do sindarin. As *cirth* mais antigas eram as números 1, 2, 5, 6; 8, 9, 12; 18, 19, 22; 29, 31; 35, 36; 39, 42, 46, 50; e uma *certh* variando entre 13 e 15. A alocação dos valores não era sistemática. As números 39, 42, 46, 50 eram vogais e assim permaneceram em todos os desenvolvimentos posteriores. As números 13, 15 eram usadas para *h* ou *s*, conforme 35 fosse usada para *s* ou *h*. Essa tendência à hesitação na aplicação de valores para *s* e *h* continuou em arranjos posteriores. Nos caracteres que consistiam em uma "haste" e um "ramo", 1–31, caso o ramo ficasse apenas de um lado, esse lado normalmente era o direito. O contrário não era infrequente, mas não tinha significado fonético.

A extensão e elaboração deste *certhas* chamou-se, em sua forma mais antiga, de *Angerthas Daeron*, visto que os acréscimos às antigas *cirth* e sua reorganização eram atribuídos a Daeron. Porém os principais acréscimos, a introdução de duas novas séries, 13–17 e 23–28, foram na verdade mais provavelmente invenções dos Noldor de Eregion, uma vez que eram usados para representar sons não encontrados no sindarin.

No rearranjo do *Angerthas* são observáveis os seguintes princípios (evidentemente inspirados pelo sistema fëanoriano): (1) o acréscimo de um traço ao ramo acrescentava "sonoridade"; (2) a inversão da *certh* indicava a abertura para "aspirada"; (3) a colocação do ramo de ambos os lados da haste acrescentava sonoridade e nasalização. Esses princípios eram levados a cabo com regularidade, exceto em um ponto. No sindarin (arcaico) era necessário um sinal para o *m* aspirado (ou *v* nasal), e, como a melhor forma de proporcionar isto era uma inversão do sinal de *m*, a número 6 reversível recebeu o valor de *m*, mas a número 5 recebeu o valor de *hw*.

A número 36, cujo valor teórico era *z*, era usada na grafia do sindarin e do quenya para *ss*: ver a 31 fëanoriana. A número 39 era usada para *i* ou *y* (consoante); 34, 35 eram usadas indiferentemente para *s*; e 38 era usada para a sequência frequente *nd*, apesar de sua forma não estar claramente relacionada com as dentais.

Na Tabela de Valores, os da esquerda são, quando separados por —, os valores do *Angerthas* mais antigo. Os da direita são os valores do *Angerthas Moria*

APÊNDICE E

O ANGERTHAS

1184

Valores

1	p	16	j	31	l	46	e
2	b	17	nj—z	32	lh	47	ē
3	f	18	k	33	ng—nd	48	a
4	v	19	g	34	s—h	49	ā
5	hw	20	kh	35	s—'	50	o
6	m	21	gh	36	z—ŋ	51	ō
7	(mh) mb	22	ŋ—n	37	ng*	52	ö
8	t	23	kw	38	nd—nj	53	n*
9	d	24	gw	39	i (y)	54	h—s
10	th	25	khw	40	y*	55	*
11	dh	26	ghw,w	41	hy*	56	*
12	n—r	27	ngw	42	u	57	ps*
13	d	28	nw	43	ū	58	ts*
14	tch	29	r—dj	44	w		+h
15	ch	30	rh—j	45	ü		&

anânico.[13] Os Anãos de Moria, como se pode ver, introduziram diversas mudanças não sistemáticas nos valores, bem como certas *cirth* novas: 37, 40, 41, 53, 55, 56. O deslocamento dos valores deveu-se principalmente a duas causas: (1) a alteração dos valores de 34, 35, 54 respectivamente para *h*, ' (o início nítido ou glotal de uma palavra com vogal inicial que aparecia em khuzdul), e *s*; (2) o abandono das números 14, 16, em cujos lugares os Anãos puseram 29, 30. O consequente uso de 12 para *r*, a invenção de 53 para *n* (e sua confusão com 22); o uso de 17 como *z* para acompanhar 54 em seu valor *s*, e o consequente uso de 36 como *ŋ*, e da nova *certh* 37 para *ng*, também podem ser observados. As novas 55, 56 eram originalmente uma forma de 46 dividida ao meio, e eram usadas para vogais [surdas, átonas] como as que se ouvem no inglês *butter*, frequentes em anânico e westron. Quando eram fracas ou evanescentes, muitas vezes se reduziam a um mero traço sem haste. Este *Angerthas Moria* está representado na inscrição tumular.

Os Anãos de Erebor usavam uma modificação adicional desse sistema, conhecida como o modo de Erebor e exemplificada no *Livro de Mazarbul*. Suas principais características eram: o uso de 43 como *z*; de 17 como *ks* (*x*); e a invenção de duas novas *cirth*, 57, 58, para *ps* e *ts*. Também reintroduziram 14, 16 para os valores *dj*, *j*; mas usavam 29, 30 para *g*, *gh*, ou como meras variantes de 19, 21. Essas peculiaridades não estão incluídas nesta tabela, exceto pelas *cirth* ereborianas especiais 57, 58.

---

[13]Aqueles entre ( ) são valores encontrados apenas no uso élfico; * marca *cirth* usadas somente por Anãos. [N. A.]

Apêndice F

I

OS IDIOMAS E POVOS DA TERCEIRA ERA

A língua representada pelo português,[1] nesta história, era o *westron* ou "fala comum" das Terras Ocidentais da Terra-média na Terceira Era. No decurso dessa era ela se tornara o idioma nativo de quase todos os povos falantes (exceto dos Elfos) que habitavam nos limites dos antigos reinos de Arnor e Gondor; isto é, ao longo de todas as costas desde Umbar, rumo ao norte, até a Baía de Forochel, e para o interior até as Montanhas Nevoentas e a Ephel Dúath. Também se espalhara para o norte subindo o Anduin, ocupando as terras a oeste do Rio e a leste das montanhas até os Campos de Lis.

À época da Guerra do Anel, ao final da era, esses ainda eram seus limites como idioma nativo, apesar de grandes trechos de Eriador estarem então desertos e de poucos Homens habitarem nas margens do Anduin entre o Lis e Rauros.

Alguns dos antigos Homens Selvagens ainda espreitavam na Floresta Drúadan em Anórien; e nas colinas da Terra Parda permanecia um remanescente de um povo de outrora, os antigos habitantes de grande parte de Gondor. Eles se aferravam às suas próprias línguas; enquanto que nas planícies de Rohan já morava um povo do Norte, os Rohirrim, que haviam chegado àquela terra uns quinhentos anos antes. Mas o westron era usado como segunda língua de intercâmbio por todos os que ainda mantinham seu próprio idioma, mesmo pelos Elfos, não somente em Arnor e Gondor, mas em todos os vales do Anduin, e a leste até as beiras mais remotas de Trevamata. Mesmo entre os Homens Selvagens e os Terrapardenses, que evitavam outros povos, havia alguns que sabiam falá-lo, por muito que cometessem erros.

DOS ELFOS

Nos remotos Dias Antigos, os Elfos se dividiram em dois ramos principais: os Elfos-do-oeste (os *Eldar*) e os Elfos-do-leste. Era deste último grupo a maioria

---

[1] No original essa língua é o inglês, que, pelo processo de tradução, foi "substituído" pela língua portuguesa. [N. T.]

da Gente-élfica de Trevamata e Lórien; mas suas línguas não aparecem nesta história, em que todos os nomes e palavras élficos são de forma *eldarin*.[2]

Duas das línguas *eldarin* se encontram neste livro: o alto-élfico, ou *quenya*, e o élfico-cinzento, ou *sindarin*. O alto-élfico era uma antiga língua de Eldamar além do Mar, a primeira a ser registrada por escrito. Não era mais uma língua de nascença, mas tornara-se por assim dizer um "latim dos Elfos", ainda usada para cerimônias e para elevados temas de saber e canção pelos Altos Elfos, que haviam retornado em exílio à Terra-média ao final da Primeira Era.

O élfico-cinzento era na origem aparentado com o *quenya*; pois era a língua daqueles Eldar que, chegando às praias da Terra-média, não passaram além do Mar, mas demoraram-se nas costas no país de Beleriand. Ali seu rei foi Thingol Capa-gris de Doriath, e, no longo crepúsculo, sua língua mudara com a mutabilidade das terras mortais e se afastara muito da fala dos Eldar de além-Mar.

Os Exilados, habitando entre os mais numerosos Elfos-cinzentos, tinham adotado o *sindarin* para uso diário; e essa era portanto a língua de todos os Elfos e Senhores-élficos que aparecem nesta história. Pois todos eles eram de raça eldarin, mesmo quando o povo que governavam pertencia às gentes menores. A mais nobre de todos era a Senhora Galadriel da casa real de Finarfin, irmã de Finrod Felagund, Rei de Nargothrond. Nos corações dos Exilados, o anseio pelo Mar era uma inquietação que jamais poderia ser tranquilizada; nos corações dos Elfos-cinzentos ela dormitava, mas uma vez despertada não era possível aplacá-la.

DOS HOMENS

O *westron* era uma fala dos Homens, apesar de enriquecida e suavizada sob influência élfica. Era originalmente a língua dos que os Eldar chamavam de *Atani*, ou *Edain*, "Pais de Homens", em especial os povos das Três Casas dos Amigos-dos-Elfos que rumaram para o oeste até Beleriand na Primeira Era e auxiliaram os Eldar na Guerra das Grandes Joias contra o Poder Sombrio do Norte.

Após a derrota do Poder Sombrio, em que Beleriand foi na mor parte submersa ou rompida, foi concedido aos Amigos-dos-Elfos o prêmio de que também eles, assim como os Eldar, poderiam atravessar o Mar rumo ao oeste. Mas, visto que o Reino Imortal lhes estava proibido, foi apartada para eles uma grande ilha, a mais ocidental de todas as terras mortais. O nome dessa

---

[2] Em Lórien, nesse período, falava-se sindarin, porém com "sotaque", já que a maioria do seu povo era de origem silvestre. Esse "sotaque" e seu próprio conhecimento limitado do sindarin induziram Frodo ao erro (como é destacado no *Livro do Thain* por um comentarista de Gondor). Todas as palavras élficas citadas no Livro II, capítulos 6, 7, 8, são de fato sindarin, e também a maior parte dos topônimos e antropônimos. Mas *Lórien, Caras Galadhon, Amroth, Nimrodel* são provavelmente de origem silvestre, adaptados ao sindarin. [N. A.]

ilha era *Númenor* (Ociente). Portanto, a maioria dos Amigos-dos-Elfos partiu e habitou em Númenor, e ali se tornaram grandes e poderosos, navegantes de renome e senhores de muitas naus. Eram belos de semblante, e altos, e a duração de suas vidas era o triplo das dos Homens da Terra-média. Esses eram os Númenóreanos, os Reis de Homens, a quem os Elfos chamavam *Dúnedain*.

Só os *Dúnedain*, entre todas as raças dos Homens, conheciam e falavam uma língua élfica; pois seus antepassados haviam aprendido o idioma sindarin, e eles a repassaram aos filhos como tema de saber, pouco mudando com a passagem dos anos. E seus homens sábios também aprendiam o quenya alto-élfico, o estimavam acima de todas as demais línguas e fizeram nele nomes para muitos lugares de fama e reverência e para muitos homens de realeza e grande renome.[3]

Mas a fala nativa dos Númenóreanos continuou sendo, na maior parte, seu idioma ancestral de Homens, o adûnaico, e a ele seus reis e senhores voltaram nos dias posteriores de sua altivez, abandonando a fala-élfica, exceto pelos poucos que ainda se atinham à antiga amizade com os Eldar. Nos anos de seu poderio, os Númenóreanos haviam mantido muitas fortalezas e portos nas costas ocidentais da Terra-média, para auxílio às suas naus; e um dos principais era Pelargir, junto às Fozes do Anduin. Ali falava-se adûnaico e, misturado a muitas palavras dos idiomas dos homens menores, ele se transformou na fala comum, que dali se espalhou ao longo das costas entre todos os que tinham negócios com Ociente.

Após a Queda de Númenor, Elendil conduziu os sobreviventes dos Amigos-dos-Elfos de volta às costas do noroeste da Terra-média. Ali já moravam muitos que tinham sangue númenóreano, no todo ou em parte; mas poucos dentre eles recordavam a fala élfica. Assim, no total, desde o início os Dúnedain eram em número muito mais reduzido que os homens menores entre os quais viviam e a quem governavam, já que eram senhores de longa vida e grande poder e sabedoria. Portanto, usavam a fala comum em seus negócios com outros povos e no governo de seus amplos reinos; mas ampliaram a língua e enriqueceram-na com muitas palavras tiradas dos idiomas-élficos.

Nos dias dos reis númenóreanos, essa fala westron enobrecida se estendeu por toda a parte, mesmo entre os seus inimigos; e foi cada vez mais usada pelos próprios Dúnedain, de modo que, à época da Guerra do Anel, a língua-élfica só era conhecida por pequena parte dos povos de Gondor e falada diariamente por menos ainda. Estes moravam mormente em Minas Tirith, nas herdades adjacentes e na terra dos príncipes tributários de Dol Amroth. Porém quase

---

[3] São em quenya, por exemplo, os nomes *Númenor* (ou em forma plena *Númenóre*) e *Elendil*, *Isildur*, *Anárion* e todos os nomes reais de *Gondor*, incluindo *Elessar* "Pedra-Élfica". A maior parte dos nomes dos demais homens e mulheres dos Dúnedain, como *Aragorn*, *Denethor*, *Gilraen* são de forma sindarin, e frequentemente eram os nomes de Elfos ou Homens relembrados nas canções e histórias da Primeira Era (como *Beren*, *Húrin*). Alguns poucos são de forma mista, como *Boromir*. [N. A.]

todos os topônimos e antropônimos no reino de Gondor eram de forma e significação élficas. Alguns tinham origem esquecida, mas sem dúvida descendiam dos dias antes que as naus dos Númenóreanos singrassem o Mar; entre estes estavam *Umbar*, *Arnach* e *Erech*; e os nomes de montanhas *Eilenach* e *Rimmon*. *Forlong* também era um nome do mesmo tipo.

A maior parte dos Homens das regiões do norte das Terras Ocidentais descendia dos *Edain* da Primeira Era ou de seus parentes próximos. Portanto, suas línguas eram aparentadas ao adûnaico, e algumas ainda preservavam uma semelhança com a fala comum. Eram desse tipo os povos dos vales superiores do Anduin: os Beornings e os Homens-da-floresta de Trevamata Ocidental; e mais ao norte e a leste os Homens do Lago Longo e de Valle. Das terras entre o Lis e a Carrocha vinha o povo que em Gondor era conhecido por Rohirrim, Mestres de Cavalos. Ainda falavam sua língua ancestral e nela davam novos nomes a quase todos os lugares de sua nova terra; e chamavam a si mesmos de Eorlings, ou Homens da Marca-dos-Cavaleiros. Mas os senhores desse povo usavam livremente a fala comum e a falavam de modo nobre, à maneira de seus aliados em Gondor; pois em Gondor, de onde provinha, o westron ainda mantinha um estilo mais gracioso e antiquado.

Era totalmente diversa a fala dos Homens Selvagens da Floresta Drúadan. Também diversa, ou só remotamente aparentada, era a língua dos Terrapardenses. Estes eram o resto dos povos que tinham morado nos vales das Montanhas Brancas em eras passadas. Os Mortos do Fano-da-Colina eram seus parentes. Mas nos Anos Sombrios outros se haviam mudado para os vales meridionais das Montanhas Nevoentas; e dali alguns haviam penetrado nas terras vazias que se estendiam ao norte, até as Colinas-dos-túmulos. Deles descendiam os Homens de Bri; mas muito antes eles se haviam tornado súditos do Reino do Norte de Arnor e adotado a língua westron. Só na Terra Parda os Homens dessa raça mantinham sua antiga fala e seus costumes: um povo secreto, hostil aos Dúnedain e que odiava os Rohirrim.

Da sua língua nada aparece neste livro, exceto o nome *Forgoil* que davam aos Rohirrim (e que, ao que diziam, significava Cabeças-de-Palha). *Dunland* e *Dunlending*[4] eram os nomes que os Rohirrim lhes davam, pois eram morenos de pele e tinham cabelos escuros; portanto, não há conexão entre a palavra *dunn* nesses nomes e a palavra élfico-cinzenta *Dûn*, "oeste".

DOS HOBBITS

Os Hobbits do Condado e de Bri tinham nessa época, provavelmente durante um milênio, adotado a fala comum. Usavam-na à sua própria maneira, livre e despreocupadamente; porém os mais eruditos entre eles ainda dominavam um idioma mais formal quando a ocasião o exigia.

---

[4] *Terra Parda* e *Terrapardenses*, na língua traduzida dos Rohirrim. [N. T.]

Não há registro de nenhuma língua peculiar aos Hobbits. Nos dias de outrora parece que sempre usaram as línguas dos Homens junto aos quais ou entre os quais viviam. Assim, adotaram depressa a fala comum depois de entrarem em Eriador e, na época em que se estabeleceram em Bri, já haviam começado a esquecer seu idioma anterior. Este era evidentemente uma língua dos Homens do Anduin superior, aparentada com a dos Rohirrim; porém os Grados meridionais parecem ter adotado uma língua aparentada com o terrapardense antes de rumarem para o norte e chegarem ao Condado.[5]

De tudo isto ainda restavam alguns vestígios, na época de Frodo, em palavras e nomes locais, muitos dos quais se assemelhavam bastante aos encontrados em Valle ou Rohan. Os mais notáveis eram os nomes dos dias, dos meses e das estações; diversas outras palavras da mesma espécie (como *mathom* e *smial*) também estavam ainda em uso comum, enquanto que outros se conservavam nos topônimos de Bri e do Condado. Os nomes pessoais dos Hobbits também eram peculiares, e muitos provinham dos dias de outrora.

Hobbit era o nome que o povo do Condado costumava aplicar a toda a sua gente. Os Homens os chamavam de *Pequenos,* e os Elfos, de *Periannath*. A origem da palavra *hobbit* fora esquecida pela maioria. Porém, parece que foi inicialmente um nome dado aos Pés-Peludos pelos Cascalvas e Grados e que era uma forma degradada de uma palavra mais plenamente preservada em Rohan: *holbytla,* "escavador-de-tocas".

DE OUTRAS RAÇAS

Ents. O povo mais antigo que sobrevivia na Terceira Era eram os *Onodrim,* ou *Enyd*. *Ent* era a forma de seu nome na língua de Rohan. Eram conhecidos dos Eldar nos dias de outrora e, de fato, era aos Eldar que os Ents atribuíam, não sua língua, mas sim o desejo da fala. A língua que produziram era diversa de todas as outras: lenta, sonora, aglomerada, repetitiva, na verdade prolixa; formada de uma multiplicidade de matizes de vogais e diferenças de tom e qualidade que os próprios mestres-do-saber entre os Eldar não haviam tentado representar por escrito. Só a usavam entre si; mas não tinham necessidade de mantê-la em segredo, pois nenhum outro conseguia aprendê-la.

Os próprios Ents, porém, tinham habilidade em idiomas, aprendendo-os depressa e jamais os esquecendo. Mas preferiam a língua dos Eldar e tinham predileção pelo antigo idioma alto-élfico. As estranhas palavras e nomes que os Hobbits registram no uso de Barbárvore e de outros Ents são élficos, portanto, ou fragmentos de fala-élfica alinhados à moda dos Ents.[6] Alguns são

---

[5] Os Grados do Ângulo, que retornaram às Terras-selváticas, já haviam adotado a fala comum; mas *Déagol* e *Sméagol* são nomes na língua dos Homens da região próxima ao Lis. [N. A.]
[6] Exceto quando os Hobbits parecem ter feito uma tentativa de representar murmúrios e chamados mais breves emitidos pelos Ents; *a-lalla-lalla-rumba-kamanda-lindor-burúme* tampouco é

em quenya, como *Taurelilómëa-tumbalemorna Tumbaletaurëa Lómëanor*, que pode ser vertido como "Florestamuisombreada-fundovalenegro Fundovaledemata Terraobscura", com o que Barbárvore queria dizer, mais ou menos: "há uma sombra negra nos vales profundos da floresta". Alguns são em sindarin: como *Fangorn*, "barba-(de)-árvore", ou *Fimbrethil*, "faia-delgada".

Orques e a língua negra. Orque é a forma do nome que outras raças davam a esse povo imundo, tal como era na língua de Rohan. Em sindarin era *orch*. Era relacionada, sem dúvida, à palavra *uruk* da língua negra, porém, em regra, esta era aplicada somente aos grandes orques-soldados que nessa época irromperam de Mordor e Isengard. As espécies menores eram chamadas, especialmente pelos Uruk-hai, de *snaga*, "escravo".

Os Orques foram gerados primeiro pelo Poder Sombrio do Norte nos Dias Antigos. Diz-se que não tinham língua própria, mas tomavam o que podiam dos outros idiomas e o pervertiam ao próprio gosto; porém só produziram jargões brutais, que mal bastavam mesmo para suas próprias necessidades, a não ser para maldições e insultos. E essas criaturas, repletas de malícia, que odiavam até sua própria gente, rapidamente desenvolveram tantos dialetos bárbaros quanto havia grupos ou assentamentos da sua raça, de forma que sua fala órquica de pouco lhes servia no intercâmbio entre tribos diferentes.

Assim ocorria que, na Terceira Era, os Orques usavam para a comunicação entre um e outro grupo a língua westron; e de fato muitas das tribos mais antigas, como as que ainda persistiam no Norte e nas Montanhas Nevoentas, tinham há muito tempo usado o westron como idioma nativo, porém de modo a torná-lo pouco menos detestável que o órquico. Nesse jargão *tark*, "homem de Gondor", era uma forma degradada de *tarkil*, uma palavra do quenya usada em westron para alguém de ascendência númenóreana (ver p. 948).

Diz-se que a língua negra foi inventada por Sauron nos Anos Sombrios e que ele desejara transformá-la na língua de todos os que o serviam, mas fracassara nesse intento. Da língua negra, no entanto, derivavam muitas das palavras que na Terceira Era eram de uso corrente entre os Orques, como *ghâsh*, "fogo", mas após a primeira derrota de Sauron, essa língua, em sua forma antiga, foi esquecida por todos, exceto pelos Nazgûl. Quando Sauron se reergueu, ela se tornou mais uma vez o idioma de Barad-dûr e dos capitães de Mordor. A inscrição do Anel era na antiga língua negra, enquanto que a imprecação do Orque de Mordor na p. 480 era na forma mais degradada em uso entre os soldados da Torre Sombria, cujo capitão era Grishnákh. Nesse idioma, *sharkû* significa *ancião*.

élfico e é a única tentativa existente (provavelmente muito inexata) de representar um fragmento de entês verdadeiro. [N. A.]

Trols. Trol foi usado para traduzir o sindarin *Torog*. Em seus começos, na remota penumbra dos Dias Antigos, eram criaturas de natureza obtusa e informe, e não tinham mais linguagem que as feras. Mas Sauron fizera uso deles, ensinando-lhes o pouco que podiam aprender e aumentando sua inteligência com maldade. Assim, os Trols tomaram dos Orques tanta linguagem quanto conseguiam dominar; e nas Terras Ocidentais os Trols-de-Pedra falavam uma forma degradada da fala comum.

Mas, no final da Terceira Era, uma raça de Trols não antes vista surgiu no sul de Trevamata e nas bordas montanhosas de Mordor. Eram chamados de Olog-hai na língua negra. Ninguém duvidava de que Sauron os tivesse gerado, mas não se sabia de qual origem. Alguns afirmavam que não eram Trols, e sim Orques gigantescos; mas os Olog-hai eram, na natureza do corpo e da mente, bem diversos até dos maiores da raça dos Orques, aos quais muito superavam em tamanho e poder. Eram Trols, mas repletos da vontade maligna de seu mestre: uma raça cruel, forte, ágil, feroz e matreira, porém mais dura que pedra. Ao contrário da raça mais antiga do Crepúsculo, eram capazes de suportar o Sol enquanto a vontade de Sauron os dominasse. Falavam pouco, e o único idioma que conheciam era a língua negra de Barad-dûr.

Anãos. Os Anãos são uma raça à parte. Dos seus estranhos começos, e por que são ao mesmo tempo similares e diversos dos Elfos e dos Homens, conta *O Silmarillion*; mas dessa história os Elfos menores da Terra-média não tinham conhecimento, enquanto que os contos dos Homens posteriores estão confusos com lembranças de outras raças.

São na maior parte uma raça rija e obstinada, secreta, laboriosa, que guarda a lembrança das injúrias (e dos benefícios), apreciadores da pedra, das gemas, mais das coisas que assumem forma sob as mãos do artífice que daqueles que vivem por sua vida própria. Porém não são maus por natureza, e poucos jamais serviram ao Inimigo de livre vontade, não importa o que tenham alegado as histórias dos Homens. Pois os Homens de outrora só cobiçavam sua fortuna e o trabalho de suas mãos, e houve inimizade entre as raças.

Mas na Terceira Era ainda se encontrava amizade próxima, em muitos lugares, entre Homens e Anãos; e era conforme a natureza dos Anãos que, viajando, labutando e comerciando em todas as terras, como faziam após a destruição de suas antigas mansões, usassem as línguas dos Homens entre os quais habitavam. Porém em segredo (um segredo que, ao contrário dos Elfos, não revelavam de bom grado, mesmo aos amigos) usavam sua própria língua estranha, pouco mudada pelos anos; pois ela se tornara mais uma língua de saber que uma fala do berço, e eles a cultivavam e vigiavam como um tesouro do passado. Poucos de outras raças conseguiram aprendê-la. Nesta história ela só aparece nos nomes de lugares que Gimli revelou aos companheiros e no grito de batalha que ele pronunciou no cerco do Forte-da-Trombeta. Este, pelo menos, não era secreto, e fora ouvido em muitos campos desde que o mundo era jovem. "*Baruk Khazâd! Khazâd ai-mênu!*", "Machados dos Anãos! Os Anãos estão sobre vós!"

No entanto, o nome do próprio Gimli e os nomes de toda a sua gente são de origem do Norte (dos Homens). Seus próprios nomes secretos e "internos", seus nomes verdadeiros, os Anãos jamais revelaram a ninguém de outra raça. Nem mesmo os inscrevem em seus túmulos.

II
DA TRADUÇÃO

Na apresentação da matéria do *Livro Vermelho*, como uma história para ser lida por pessoas de hoje em dia, todo o ambiente linguístico foi traduzido, na medida do possível, em termos de nossa própria época. Apenas os idiomas alheios à fala comum foram deixados em sua forma original; mas eles aparecem principalmente nos nomes de pessoas e lugares.

A fala comum, como idioma dos Hobbits e de suas narrativas, foi inevitavelmente transformada no português moderno.[7] Nesse processo, a diferença entre as variedades observáveis no uso do westron foi amenizada. Foi feita certa tentativa de representar as variedades por variações no tipo de português empregado; mas a divergência entre a pronúncia e as expressões idiomáticas do Condado e a língua ocidental nas bocas dos Elfos ou dos elevados homens de Gondor era maior do que está mostrado neste livro. Na verdade, os Hobbits falavam mormente um dialeto rústico, enquanto que em Gondor e Rohan se usava uma língua mais antiquada, mais formal e mais concisa.

Pode-se observar um ponto da divergência, uma vez que, apesar de ser importante, ele demonstrou ser impossível de representar. A língua westron fazia uma distinção nos pronomes da segunda pessoa (e muitas vezes também nos da terceira), independentemente do número, entre formas "familiares" e "respeitosas".[8] Porém, uma das peculiaridades do uso do Condado era que as formas respeitosas haviam caído em desuso coloquial. Elas só persistiam entre os aldeões, especialmente na Quarta Oeste, que as usavam como afetuosas. Esse era um dos fatos mencionados quando o povo de Gondor falava da estranheza da fala dos Hobbits. Peregrin Tûk, por exemplo, em seus primeiros dias em Minas Tirith usava o familiar com pessoas de todos os níveis, incluindo o próprio Senhor Denethor. Isso pode ter divertido o idoso Regente, mas deve ter admirado seus servidores. Sem dúvida esse uso livre das formas familiares

---

[7]No original, a língua-destino dessa tradução era o inglês moderno; nesta versão, o português assume o papel do inglês como idioma do leitor. [N. T.]

[8]Na tradução para o português, grande parte dessa distinção semântica foi resolvida pelo contraste entre *você* (familiar) e *tu/vós* (cerimonioso), dependendo de quem fala e com quem fala. Com isso, a nota seguinte deixa de ser significativa para a versão portuguesa. [N. T.]

ajudou a disseminar o rumor popular de que Peregrin era uma pessoa de altíssimo nível em seu país de origem.[9]

Notar-se-á que Hobbits como Frodo e outras pessoas como Gandalf e Aragorn nem sempre usam o mesmo estilo. Isso é proposital. Os mais eruditos e hábeis dentre os Hobbits tinham algum conhecimento da "linguagem livresca", como a chamavam no Condado; e notavam e adotavam rapidamente o estilo dos que encontravam. Em todo caso, era natural que gente bastante viajada falasse mais ou menos à maneira daqueles entre os quais se encontravam, em especial no caso de homens que, como Aragorn, muitas vezes se esforçavam para ocultar sua origem e seus afazeres. Porém, naqueles dias todos os inimigos do Inimigo reverenciavam o que era antigo, não menos na linguagem do que em outros assuntos, e se compraziam nisso de acordo com seu conhecimento. Os Eldar, que acima de tudo eram hábeis com as palavras, dominavam muitos estilos, apesar de falarem mais naturalmente de um modo mais próximo à sua própria fala, que era ainda mais antiquada que a de Gondor. Também os Anãos falavam com habilidade, adaptando-se prontamente à companhia, apesar de sua expressão parecer um tanto rude e gutural para alguns. Mas os Orques e os Trols falavam como queriam, sem apreço pelas palavras nem pelas coisas; e sua língua era de fato mais degradada e imunda do que a mostrei. Não imagino que alguém deseje uma representação mais fiel, apesar de os modelos serem fáceis de encontrar. Mais ou menos o mesmo tipo de fala ainda pode ser encontrado entre os que têm espírito-órquico: monótona e repetitiva com ódio e desprezo, afastada do bem há demasiado tempo para reter até mesmo o vigor verbal, exceto aos ouvidos daqueles aos quais só o que é esquálido soa vigoroso.

Uma tradução desse tipo, naturalmente, é usual por ser inevitável em qualquer narrativa que trate do passado. Ela raramente vai mais longe. Mas fui além dela. Também traduzi todos os nomes em westron conforme seus significados. Quando aparecem neste livro nomes ou títulos em português, isso indica que nomes na fala comum eram correntes à época, ao lado ou em vez de nomes em línguas estranhas (usualmente élficas).

Os nomes em westron eram, em regra, traduções de nomes mais antigos: como Valfenda, Fontegris, Veio-de-Prata, Praia-comprida, O Inimigo, a Torre Sombria. Alguns diferiam no significado: como Monte da Perdição para *Orodruin*, "montanha ardente", ou Trevamata para *Taur e-Ndaedelos*, "floresta do grande temor". Alguns eram alterações de nomes élficos: como Lûn e Brandevin, derivados de *Lhûn* e *Baranduin*.

---

[9]Em um ou dois lugares tentou-se aludir a essas diferenças através de um uso inconsistente de *thou* [o antigo pronome familiar inglês da 2ª pessoa do singular]. Visto que agora esse pronome é incomum e arcaico, ele foi empregado principalmente para representar o uso de linguagem cerimoniosa; mas uma mudança de *you* para *thou, thee* [do atual pronome comum da 2ª pessoa para o familiar] às vezes pretende mostrar, já que não há outro modo de fazê-lo, uma mudança significativa das formas cerimoniosas, ou normais entre homens e mulheres, para as familiares. [N. A.]

Talvez esse procedimento necessite de defesa. Pareceu-me que apresentar todos os nomes em suas formas originais obscureceria uma característica essencial da época, tal como era percebida pelos Hobbits (cujo ponto de vista eu mormente me preocupei em preservar): o contraste entre uma língua generalizada, tão comum e habitual para eles como o português para nós, e os remanescentes vivos de idiomas muito mais antigos e respeitáveis. Todos os nomes, se fossem meramente transcritos, pareceriam igualmente remotos aos leitores modernos: por exemplo, se o nome élfico *Imladris* e a tradução em westron *Karningul* tivessem ambos permanecido inalterados. Mas referir-se a Valfenda como Imladris era como se agora falássemos de Winchester como Camelot, exceto que a identidade era certa, enquanto que em Valfenda ainda residia um senhor de renome muito mais antigo do que seria Artur, caso ainda fosse rei em Winchester hoje em dia.

Os nomes do Condado (*Sûza*) e de todos os demais lugares dos Hobbits, portanto, foram aportuguesados. Isso raramente foi difícil, visto que tais nomes eram comumente compostos de elementos semelhantes aos que se usam em nossos topônimos portugueses mais simples; palavras ainda correntes como *colina* ou *campo*, ou então um pouco alteradas, como *vila*. Mas alguns derivavam, como já se observou, de antigas palavras hobbits que não estavam mais em uso, e estas foram representadas por palavras semelhantes, como *toca*, "habitação", ou *grã*, "grande".

No entanto, no caso das pessoas, os nomes dos Hobbits do Condado e de Bri eram peculiares naquela época, notadamente no hábito que se estabelecera, alguns séculos antes daquele tempo, de ter nomes de família herdados. A maior parte desses nomes tinha significados óbvios (e na linguagem corrente derivavam de apelidos jocosos, de topônimos ou — especialmente em Bri — de nomes de plantas e árvores). A tradução destes apresentou poucas dificuldades; mas restavam um ou dois nomes mais antigos de significado esquecido, e contentei-me em aportuguesá-los na grafia: como Boffin por *Bophîn*.

Tratei os prenomes dos Hobbits, na medida do possível, do mesmo modo. Às meninas, os Hobbits costumavam dar nomes de flores ou joias. Aos meninos, usualmente davam nomes que não tinham nenhum significado na língua cotidiana; e alguns de seus nomes femininos eram semelhantes. São desse tipo Bilbo, Bungo, Polo, Lotho, Tanta, Nina e assim por diante. Há muitas semelhanças inevitáveis, mas acidentais, com nomes que temos ou conhecemos hoje em dia: por exemplo, Otho, Odo, Drogo, Dora, Cora e similares. Mantive esses nomes, apesar de normalmente tê-los aportuguesado alterando as terminações, visto que nos nomes dos Hobbits, *a* era uma terminação masculina, e *o* e *e* eram femininas.

Porém, em algumas famílias antigas, especialmente nas de origem Cascalva, como os Tûks e os Bolgers, era costume dar prenomes altissonantes. Já que a maioria destes parece ter sido retirada de lendas do passado, dos Homens assim como dos Hobbits, e que muitos, apesar de já não terem significado para os Hobbits, eram bem similares aos nomes dos Homens do Vale do Anduin, ou de Valle, ou da Marca, eu os transformei nesses nomes antigos, mormente de origem franca e gótica, que ainda são usados por nós ou encontrados em nossas histórias. Desse modo, pelo menos preservei o contraste, muitas vezes cômico, entre os prenomes e os sobrenomes, do qual os próprios Hobbits estavam bem conscientes. Nomes de origem clássica foram usados raramente; pois os equivalentes mais próximos do latim e do grego no saber do Condado eram as línguas élficas, e estas eram pouco usadas pelos Hobbits na nomenclatura. Poucos deles, em qualquer época, conheciam as "línguas dos reis", como as chamavam.

Os nomes dos habitantes da Terra-dos-Buques eram diferentes dos do restante do Condado. O povo do Pântano e seus descendentes além do Brandevin eram peculiares de muitas maneiras, como foi dito. Foi da antiga língua dos Grados do sul, sem dúvida, que eles herdaram muitos dos seus nomes esquisitíssimos. Deixei estes normalmente inalterados, pois, se agora são estranhos, já eram estranhos na sua época. Tinham um estilo que talvez sintamos vagamente ser "celta".

Visto que a sobrevivência de vestígios do idioma mais antigo dos Grados e dos Homens de Bri se assemelhava à sobrevivência dos elementos celtas na Inglaterra, eu às vezes imitei estes últimos em minha tradução. Assim, Bri, Archet e [Floresta] Chet são modelados em relíquias da nomenclatura britânica, escolhidas conforme o sentido: *bree,* "colina", *chet,* "mata". Mas somente um nome pessoal foi alterado deste modo. Meriadoc foi escolhido para se ajustar ao fato de que o nome abreviado desse personagem, Kali, significava "alegre" em westron [como Merry em inglês], apesar de ser na verdade a abreviatura do nome Kalimac da Terra-dos-Buques, já sem significado.

Não usei nomes de origem hebraica ou similar em minhas transposições. Nada nos nomes dos Hobbits corresponde a esse elemento em nossos nomes. Nomes curtos como Sam, Tom, Tim, Mat eram comuns como abreviaturas de nomes verdadeiros dos Hobbits, como Tomba, Tolma, Matta e similares. Mas Sam e seu pai, Ham, chamavam-se de fato Ban e Ran. Eram abreviaturas de *Banazîr* e *Ranugad,* apelidos na origem, que significavam "semissábio, simples" e "fica-em-casa"; mas, uma vez que eram palavras decaídas do uso coloquial, elas permaneceram como nomes tradicionais em certas famílias. Por isso tentei conservar essas características usando Samwise e Hamfast, modernizações dos nomes ingleses antigos *samwís* e *hámfæst,* que tinham sentido bem próximo.

Tendo chegado a esse ponto em minha tentativa de modernizar e familiarizar o idioma e os nomes dos Hobbits, vi-me envolvido em um processo adicional. Pareceu-me que as línguas dos Homens aparentadas com o westron deveriam ser transformadas em formas aparentadas com o inglês. Desse modo, fiz a língua de Rohan semelhante ao antigo inglês, já que era aparentada (mais de longe) com a fala comum e (muito de perto) também com a antiga língua dos Hobbits setentrionais e era arcaica em comparação com o westron.

No *Livro Vermelho* está anotado em diversos lugares que, quando os Hobbits ouviam a fala de Rohan, eles reconheciam muitas palavras e sentiam que o idioma era próximo ao deles, de modo que pareceu absurdo deixar os nomes dos Rohirrim e suas palavras registradas em um estilo totalmente estrangeiro.

Em diversos casos modernizei as formas e as grafias de topônimos de Rohan; mas não fui consistente, pois segui os Hobbits. Eles alteravam do mesmo modo os nomes que ouviam, se fossem compostos de elementos que reconhecessem ou se fossem similares a topônimos do Condado; mas deixaram muitos intactos, assim como eu fiz, por exemplo em *Edoras*, "as cortes". Pela mesma razão, alguns nomes pessoais também foram modernizados, como Língua-de-Cobra.[10]

Esta assimilação também proporcionou um modo conveniente de representar as peculiares palavras hobbits locais que eram de origem setentrional. Elas receberam as formas que as palavras inglesas perdidas poderiam ter se tivessem chegado até os nossos dias. Assim, *mathom* pretende lembrar o antigo inglês *máthm*, e dessa forma representar a relação da palavra hobbit real *kast* com *kastu*, na língua dos Rohirrim. Similarmente, *smial* (ou *smile*), "escavação", é uma forma provável para uma descendente de *smygel* e representa a relação da palavra hobbit *trân* com o a língua dos Rohirrim *trahan*. *Sméagol* e *Déagol* são equivalentes inventados do mesmo modo para os nomes *Trahald*, "que escava, se insinua", e *Nahald*, "secreto", nas línguas do Norte.

A língua de Valle, ainda mais setentrional, só se vê neste livro nos nomes dos Anãos que vieram daquela região e, portanto, usavam o idioma dos Homens dali, assumindo nomes "externos" nessa língua. Pode-se observar que neste livro, assim como em *O Hobbit*, é usada a forma *anãos*, apesar de o plural mais comum para anão ser anões. [Em inglês o plural de *dwarf* é *dwarfs*, não o *dwarves* usado pelo autor.] Deveria ser *dwarrows* (ou *dwerrows*), se o singular e o plural tivessem percorrido seus próprios caminhos ao longo dos anos, assim como temos *man* [homem] e *men* [homens], ou *goose* [ganso] e *geese* [gansos]. Mas não falamos mais de anãos com a mesma frequência que de homens, ou mesmo de gansos, e as lembranças entre os Homens não têm sido frescas o bastante para guardarmos um plural especial para uma raça que já foi abandonada aos contos populares, onde pelo menos se conserva uma sombra da verdade, ou finalmente a histórias absurdas em que eles se tornaram meras figuras divertidas. Mas na Terceira Era ainda se vislumbra algo do seu antigo caráter e poder, mesmo que já um pouco apagado; aqueles são descendentes dos Naugrim dos Dias Antigos, em cujos corações arde ainda o antigo fogo de Aulë, o Ferreiro,

---

[10]Este procedimento linguístico não implica que os Rohirrim se assemelhassem muito aos antigos ingleses em outros aspectos, na cultura ou na arte, nas armas ou nos modos de guerrear, exceto de um modo geral devido às suas circunstâncias: um povo mais simples e primitivo vivendo em contato com uma cultura mais elevada e venerável e ocupando terras que outrora foram parte do domínio desta. [N. A.]

e estão latentes as brasas de seu longo rancor contra os Elfos; e em cujas mãos vive ainda a habilidade no labor com pedras que ninguém ultrapassou.

Foi para assinalar isso que me aventurei a usar a forma *anãos*, e talvez removê-los um pouco das histórias mais bobas destes dias recentes. *Ananos* teria sido melhor; mas só usei essa forma no nome *Covanana*, para representar o nome de Moria na fala comum: *Phurunargian*. Pois este significava "Cova-dos-Anãos", e mesmo assim já era uma palavra de forma antiquada. Mas Moria é um nome élfico, e dado sem apreço; pois os Eldar, apesar de na necessidade, em suas amargas guerras com o Poder Sombrio e seus serviçais, serem capazes de construir fortalezas subterrâneas, não eram por opção habitantes de tais lugares. Eram amantes da terra verde e das luzes do firmamento; e Moria, em seu idioma, significava o Abismo Negro. Mas os próprios Anãos, e pelo menos este nome nunca foi mantido em segredo, a chamavam *Khazad-dûm*, a Mansão dos Khazâd; pois esse é seu próprio nome para sua própria raça, e tem sido desde que Aulë lho deu quando foram feitos nas profundas do tempo.

Elfos foi usado para traduzir tanto *Quendi*, "os falantes", o nome alto-élfico de toda a sua espécie, e *Eldar*, o nome dos Três Clãs que buscaram o Reino Imortal e ali chegaram no começo dos Dias (exceto apenas pelos *Sindar*). De fato, essa palavra antiga era a única disponível e outrora servia para se aplicar àquelas lembranças desse povo que os Homens preservavam ou aos produtos das mentes humanas, não totalmente diversos. Mas ela minguou, e a muitos pode agora sugerir fantasias delicadas ou tolas, tão diferentes dos Quendi de outrora quanto borboletas são diversas de falcões — não que algum dos Quendi jamais possuísse asas corpóreas, tão pouco naturais para eles como para os Homens. Eram uma raça elevada e bela, os Filhos mais velhos do mundo, e entre eles os Eldar eram como reis, os que agora se foram; o Povo da Grande Jornada, o Povo das Estrelas. Eram altos, de pele clara e olhos cinzentos, apesar de terem as madeixas escuras, exceto na casa dourada de Finarfin;[11] e suas vozes tinham mais melodias que qualquer voz mortal que se ouça agora. Eram valorosos, mas é aflitiva a história dos que retornaram em exílio à Terra-média; e apesar de ter-se cruzado com a sina dos Pais, em tempos remotos, a sina deles não é a dos Homens. Seu domínio passou há muito tempo, e habitam agora além dos círculos do mundo e não retornam.

Nota sobre três nomes: *Hobbit*, *Gamgi* e *Brandevin*.

Hobbit é uma invenção. Em westron a palavra usada, quando de fato havia alguma referência a esse povo, era *banakil*, "pequeno". Mas naquela época o povo do Condado e de Bri usava a palavra *kuduk*, que não se encontrava

---

[11]Estas palavras que descrevem caracteres de rosto e cabelos aplicavam-se, de fato, apenas aos Noldor. [N. E.]

alhures. Meriadoc, porém, registra de fato que o Rei de Rohan usava a palavra *kûd-dûkan*, "habitante-de-toca". Uma vez que, como já se observou, os Hobbits falavam outrora um idioma muito aparentado com o dos Rohirrim, parece provável que *kuduk* fosse uma forma desgastada de *kûd-dûkan*. Esta última eu traduzi, por razões explicadas, por *holbytla*;[12] e *hobbit* fornece uma palavra que poderia muito bem ser uma forma desgastada de *holbytla*, se esse nome tivesse ocorrido em nossa antiga linguagem.

Gamgi. De acordo com uma tradição familiar descrita no *Livro Vermelho*, o sobrenome *Galbasi*, ou *Galpsi* em forma reduzida, vinha da aldeia de *Galabas*, cujo nome se supunha popularmente derivar de *galab-*, "caça",[13] e um antigo elemento *bas-*, mais ou menos equivalente ao nosso *wick, wich*.[14] *Gamwich* (pronunciado como *Gammidge*), portanto, pareceu ser uma representação bem adequada [em inglês]. No entanto, ao reduzir *Gammidgy* para *Gamgi*, representando *Galpsi*, não foi pretendida nenhuma referência à conexão de Samwise com a família Villa,[15] por muito que um chiste desse tipo fosse bem hobbitesco, caso houvesse motivo na língua deles.

Na verdade, *Cotton* representa *Hlothran*, um nome de aldeia bastante comum no Condado, derivado de *hloth*, "habitação ou toca de dois cômodos", e *ran(u)*, um pequeno grupo de tais moradias numa encosta de colina. Como sobrenome, pode ser uma alteração de *hlothram(a)*, "morador de chalé".[16] *Hlothram*, que traduzi por Cotman, era o nome do avô do Fazendeiro Villa.

Brandevin. Os nomes hobbits deste rio eram alterações do élfico *Baranduin* (tônica em *and*), derivado de *baran*, "pardo dourado", e *duin*, "(grande) rio". Brandevin pareceu uma corrupção natural de *Baranduin* em tempos modernos. Na verdade, o nome hobbit mais antigo era *Branda-nîn*, "Água-fronteiriça", que seria representado mais corretamente por Riacho-da-Divisa; mas graças a um chiste que se tornara habitual, referindo-se mais uma vez à sua cor, nessa época o rio costumava ser chamado de *Bralda-hîm*, "cerveja inebriante".

Porém deve-se observar que, quando os Velhobuques (*Zara-gamba*) mudaram seu nome para Brandebuque (*Brandagamba*), o primeiro elemento queria dizer "terra fronteiriça", e Buque-Divisa seria mais próximo. Somente um hobbit muito audacioso teria ousado chamar o Mestre da Terra-dos-Buques de *Braldagamba* quando ele estivesse ouvindo.

---

[12] "Escavador-de-tocas" em inglês antigo. [N. T.]
[13] Em inglês, *game*. [N. T.]
[14] Terminação comum de topônimos ingleses, do inglês antigo *wīc*, "lugar fortificado". [N. T.]
[15] Em inglês, *gamgee* é uma espécie de algodão (*cotton*); mas o nome *Cotton* que foi traduzido por Villa em português é de outra origem, como explicado no parágrafo seguinte. [N. T.]
[16] Em inglês, "chalé" é *cottage*. [N. T.]

Índice Remissivo

Compilado por Christina Scull & Wayne G. Hammond

Esta lista foi compilada independentemente da preparada por Nancy Smith e revisada por J.R.R. Tolkien para a segunda edição (1965) de *O Senhor dos Anéis*, e ampliada nas impressões posteriores; mas o resultado final faz referência ao índice remissivo anterior para resolver questões de conteúdo e para preservar as ocasionais notas e "traduções" acrescentadas por Tolkien [aqui indicadas em colchetes]. Também nos referimos ao índice remissivo que o próprio Tolkien começou a preparar durante o ano de 1954, mas que deixou inacabado após lidar apenas com os topônimos. Ele pretendia, como disse em seu prefácio original de *O Senhor dos Anéis*, fornecer "um índice remissivo de nomes e palavras estranhas com algumas explicações"; mas logo ficou evidente que um tal trabalho seria demasiado longo e custoso, facilmente um breve volume isolado. (A lista manuscrita de topônimos de Tolkien influenciou os índices remissivos de seu filho Christopher em *O Silmarillion* e *Contos Inacabados* e também é referida em *The Lord of the Rings: A Reader's Companion* [O Senhor dos Anéis: Guia de Leitura] desses autores.)

Por muito tempo os leitores têm-se queixado de que o índice remissivo original é demasiado curto e fragmentado para ser usado a sério. Na presente obra dão-se citações mais abrangentes para nomes de pessoas, lugares e objetos, e palavras incomuns (inventadas), mencionadas ou aludidas no texto (isto é, excluindo os mapas); e há uma única sequência principal de verbetes, agora precedida por uma lista de poemas e canções conforme seus primeiros versos, e uma lista de poemas e frases em línguas que não o português (fala comum). Não obstante, apesar de este novo índice remissivo ser muito ampliado em comparação com seu antecessor, foram necessárias algumas limitações à sua extensão para que pudesse se encaixar confortavelmente após os Apêndices. Assim, não foi possível indexar em separado ou fazer referências cruzadas a todas as variações de todos os nomes em *O Senhor dos Anéis* (e existem milhares), e tivemos que ser especialmente seletivos ao indexarmos os Apêndices D a F, concentrando-nos naqueles nomes ou termos que aparecem no texto principal, e ao subdividirmos os verbetes por aspecto.

Os elementos primários dos verbetes foram normalmente escolhidos de acordo com a predominância em *O Senhor dos Anéis*, mas às vezes com base em familiaridade ou facilidade de referência: assim, o predominante *Nazgûl* em vez de *Espectros-do-Anel* ou de *Cavaleiros Negros*, ainda menos frequente, e o predominante e familiar *Barbárvore* em vez de *Fangorn*, com referências cruzadas dos termos alternativos (que nos parecem) mais importantes. Nomes de baías, pontes, vaus, portões, torres, vales etc., incluindo "Baía", "Ponte" etc., normalmente estão registrados no elemento principal: por exemplo, *Belfalas, Baía de* em vez de *Baía de Belfalas*. Nomes de batalhas e montanhas estão registrados diretamente: por exemplo, *Batalha de Beirágua, Monte da Perdição*. Com uma exceção (Rosa Villa), as hobbits casadas estão indexadas nos sobrenomes dos maridos, com referências cruzadas seletivas vindas dos nomes de solteira.

I. Poemas e canções

A canção que comece! Juntos cantemos 165
À carga, à carga, Cavaleiros de Théoden! 553, 880
A Dwimordene, a Lórien 603
A Elbereth Gilthoniel (outro poema) 769
A Elbereth Gilthoniel 292
A Estrada segue sempre avante (três poemas) 66, 104, 1032
A Isengard! Pode Isengard cercado estar com pedra e tocha 570
A! Elbereth Gilthoniel! 1073
Adeus vamos dar ao fogo e ao lar! 138
Ai! laurië lantar lassi súrinen! 411,
Altas naus e altos senhores 692
Ao Sol nas terras do Ocidente 1045
Aqui acaba a terra de Tom: não passo a divisa 193
As folhas abrem na Primavera, na folha a seiva resta 562

Bim, bão! balalão! badala, carrilhão! 152
Busca a Espada partida 301

Canta o conto das Coisas Viventes! 499
Cantai agora, povo da Torre de Anor 1108
Cinzento qual rato 748
Com furor, com furor, com rufar de tambor: ta-runda runda runda rom! 520
Com furor, com furor, com trompa e tambor: ta-rūna rūna rūna rom! 520
Como prata correm os rios do Celos ao Erui 1006

Da dúvida, da treva, dia nascente 976, 1020
De folhas canto, folhas d'ouro, e folhas d'ouro vêm 448
Despertem, bons rapazes! Despertem sem ter medo! 176
Do Fano-da-Colina na fria manhã 928
Dom Tom Bombadil gosta de chacota 167, 175
Donzela élfica houve outrora 411–12

Eärendil foi um navegante 288–90
Ei! cante o banho no fim do dia 141

Ei! Vem, alazão! Que caras são estas? 155
Ei! Vem, balalão! alazão! Docinho! 152
Ei! venham! Oi, venham! Aonde vão vagar? 177
Em tardes cinzentas no Condado 433
Ents como árvores, com os anos dos montes 681
Escuta os cornos que cantam nas colinas 980
Esta era minha tarefa: colher lírios d'água 169

Frios são alma, mão e osso 186

Gil-galad foi um Elfo-rei 235
Gondor! Gondor, entre os Montes e o Mar! 457

Há fogo rubro na lareira 114
Hô! Hô! Hô! À garrafa eu vou 129

Legolas Verdefolha, no bosque a contento 590
Longas as folhas, verde a grama 241

Não rebrilha tudo que é ouro 203, 280
Nem ferro achado, nem árvore abatida 635
Neve-alva! Neve-alva! Clara Dama! 110
Nos salgueirais de Tasarinan caminhei na Primavera 552
Numa estalagem, velha estalagem 203

Ó clara como água! Do salgueiro ramo esguio! 157
O frio, duro chão 719
O mundo era jovem, verde a montanha 377
Ó Orofarnë, Lassemista, Carnimírië! 519
Ó vós que vagais na terra sombria 153
Ó! Tom Bombadil, Tom Bombarqueiro! 167, 175
Onde estão os Dúnedain, Elessar, Elessar? 538
Onde o cavalo e o ginete? Onde a trompa a soar? 543

Para o Mar, para o Mar! Já chama a gaivota 1099
Por Rohan, sobre brejo e campo, onde longa cresce a grama 495

Quando o hálito negro desce 996
Quando o inverno vibra o açoite 330

Saia daí, velho Fantasma! Suma à luz do sol! 175
Sem muito lamento! Magno era o morto 972
Sentado junto ao fogo eu penso 335–36
Ser criado fiel e do dono a ruína 974
Sobre a terra se estende treva longa 902

Três Anéis para os élficos reis sob o céu 86
Trol senta sozinho na pedra do caminho 258

Vão saltando, amiguinhos, pelo Voltavime! 154
Vida longa aos Pequenos! Louvai-os com grande louvor! 998
Virando a esquina espera quieto 1179
Vivo, não respira 720

II. Poemas e frases em idiomas que não a fala comum

A Elbereth Gilthoniel…(variantes) 270, 769
A laita te, laita te! Andave laituvalmet! 998
A! Elbereth Gilthoniel! 1073
Ai na vedui Dúnadan! Mae govannen! 242
Ai! laurië lantar lassi súrinen 453
Aiya Eärendil Elenion Ancalima! 759
Aiya elenion ancalima! 958
A-lalla-lalla-rumba-kamanda-lind-or-burúmë 549
Annon edhellen, edro hi ammen! 340
Arwen vanimelda, namárië! 385
Ash nazg durbatulûk… 287

Baruk Khazâd! Khazâd ai-mênu! 570, 1194

Conin en Annûn! Eglerio! 998
Cormacolindor, a laita tárienna! 998
Cuio i Pheriain anann! Aglar'ni Pheriannath! 998

Daur a Berhael, Conin en Annûn! Eglerio! 998

Elen síla lúmenn' omentielvo 118
Ernil i Pheriannath 889, 848
Et Eärello Endorenna utúlien… 1012

Ferthu Théoden hál! 558

Galadhremmin ennorath 1173 (cf. 319)
Gilthoniel A Elbereth! 768

Khazâd ai-mênu! 570

Laurelindórenan lindelorendor malinornélion ornemalin 551

Naur an edraith ammen! 324, 332
Naur dan i ngaurhoth! 332
Noro lim, noro lim, Asfaloth! 246

Ó Orofarnë, Lassemista, Carnimírië! 519
Ónen i-Estel Edain, ú-chebin estel anim 1109

Taurelilómëa-tumbalemorna Tumbaletaurëa Lómëanor 551, 1192

Uglúk u bagronk sha pushdug Saruman-glob búbhosh skai 526

Westu Théoden hál! 553

Yé! utúvienyes! 1082

III. Pessoas, lugares e objetos

Abantesma [em Rohan, obra de necromancia, espectro] 884
Abismo de Helm (o Abismo) 561–78 *passim*, 582–84, 584, 587, 601, 615, 624, 621, 635, 824, 1021–22, 1137, 1143, 1146; cavernas do *ver* Cavernas Cintilantes de Aglarond; *ver também* Garganta do Abismo; Riacho do Abismo; Muralha do Abismo
Adorn 1113, 1117
Adrahil 1102, 1139
Adûnaico 1080, 1172, 1174, 1189, 1190
Adûnakhôr 1186
Aeglos [Sincelo], Lança de Gil-galad 298
Aglarond *ver* Cavernas Cintilantes de Aglarond
Água, o 62, 85, 102–04, 961, 1056–57, 1061
Águias 233, 294, 308, 330, 850, 936, 993; *ver também* Gwaihir, o Senhor-dos-Ventos; Landroval; Meneldor
Akallabêth 1079
Alameda da Balsa 136, 130
Alameda Sul 1157
Aldalómë 553
Aldamir 1189, 1135
Aldor, o Velho 1123, 1116, 1119
Alfabetos *ver* Escrita e grafia
Alfirin 1006
Alto-élfico *ver* Quenya
Altos Elfos *ver* Eldar: Noldor
Aman (Reino Abençoado, Terras Imortais, Reino Imortal, Extremo Oeste, o Oeste, Praia do Oeste, Terra do Oceano etc.) 110, 186, 255, 277, 398, 399, 450, 540, 587, 646, 1078, 1079, 1081, 1131, 1134, 1188, 1199; *ver também* Eressëa; Valimar; Valinor
Amandil 1186
Ambaróna 553
Amigo-dos-Elfos, epíteto aplicado a Aragorn 414; Beren 328; Elendil 240; Frodo 118, 115, 157, 303; Hador 328, 717; Húrin 328; Túrin 328; Amigos-dos-Elfos de Númenor 1189; Três Casas dos Amigos-dos-Elfos 1188

ÍNDICE REMISSIVO

Amlaith 1188
Amon Dîn (Dîn) 788, 872, 876, 1017, 1020
Amon Hen (Morro da Visão, Morro do Olho) 424, 428–30, 434, 435, 439, 452, 677, 681; assento no (Assento da Visão) 424, 434, 436
Amon Lhaw (Morro da Audição) 428, 429, 435, 441; assento no 480
Amon Sûl *ver* Topo-do-Vento
Amroth 412, 1140; nome 1188; porto de Amroth 412, 915; morro de *ver* Cerin Amroth; *ver também* Dol Amroth
Anânico *ver* Anãos: idioma dos
Anãos 34, 33, 37, 38, 39, 41, 44, 54–7, 66, 71, 75, 82, 83, 92, 138, 182, 184, 186–88, 194, 224, 239, 241, 261, 263, 273, 274, 288, 298, 303, 309, 312, 316, 319, 326, 330, 336, 337, 340, 349–51, 353, 362, 367, 374, 377, 381, 389, 410, 413, 454, 463, 469, 473, 537, 567, 571, 582, 583, 652, 708, 863, 917, 919, 1022, 1084, 1086, 1100, 1111, 1112, 1119–134, 1136, 1137, 1138, 1140, 1144, 1145, 1172, 1176, 1177, 1186 *passim*, 1193–194, 1195, 1198, 1199; Povo de Durin (gente, filhos, raça) 273, 350, 388, 537, 1119–129, 1121–125; Khazâd 624, 571; Barbas-longas 1119; Naugrim 1198; Sete Pais dos 1119; em *O Hobbit* 44-46, 46, 70–2, 239–43, 242–44, 260–61; portas-anânicas, portões 365, 338; reis, senhores, antepassados dos Anãos 86, 83, 273–75, *ver também nomes de reis individuais, como, por exemplo,* Durin; *anãos* vs. *anões* 1128–129, 1198; idioma dos (anânico, khuzdul) 538, 1172, 1176, 1186; nomes 1193; relação com os Elfos 310, 336,
Anãos das Colinas de Ferro 1127
Anãos de Erebor (Povo de, ou sob a Montanha) 1129, 1186; *ver também* Erebor
Anãos de Moria 295, 354, 1130, 1186; *ver também* Moria
Anardil 1189
Anárion 298, 277, 428, 708, 1082, 1083, 1088, 1089, 1095, 1102, 1103, 1133; herdeiros, Casa de (Linhagem Meridional) 708, 784, 897, 1090; nome 1189
Anborn 781, 723–28 *passim,* 730
Ancalagon, o Negro 98
Ancião na Porta dos Mortos 923
Anduin (Grande Rio, o Rio, Rio de Gondor) 39, 84, 276, 279, 284, 301, 324, 374, 380, 385, 402, 414, 415, 420, 422, 424, 429, 434, 449, 451, 452, 455, 474, 512, 639, 646, 678, 688, 689, 697, 704, 705, 711, 723, 736, 746, 790, 799, 804, 805, 831, 849, 859, 866, 876, 889, 896, 916, 917, 927, 933, 962, 1000-002, 1008, 1015, 1090, 1091, 1094, 1096, 1099–101, 1111, 1112, 1127, 1133, 1139, 1140, 1145, 1146, 1149, 1167, 1187, 1189, 1191, 119; fozes, delta do (Ethir [desaguamento] Anduin) 276, 324, 382, 407, 434, 451, 805, 1090,; fontes do 1111
Anduin, Vale(s) do [planícies banhadas pelo Anduin de Lórien ao Ethir; os "vales inferiores" ao sul de Rauros; ao norte de Lórien ficavam os "vales superiores"] 646, 849, 866, 927, 962, 1015, 1096, 1099, 1111, 1140, 1167, 1187, 119; Homens do Vale do 1196
Andúnië, Senhores de 1080, 1088
Andúril (Chama do Oeste, a Espada, a Espada Reforjada) 310, 312, 357, 358, 409, 468, 535, 545–46, 569, 571, 573, 891, 925; *ver também* Narsil
Anéis de Poder (Grandes Anéis, anéis-élficos) 78, 92, 275, 287, 336, 341, 359, 731, 1132; anéis menores 82, 285; Três Anéis (dos Elfos) 82, 274, 301, 302, 1016, 1029, 1077, 1132–134; *ver também* Narya, Nenya, Vilya; Sete Anéis (dos Anãos) 83, 283, 285, 301, 400, 1121, 1138; Nove Anéis (dos Homens Mortais) 83, 283, 1133; *ver também* Artífices-élficos: de Eregion
Anéis-élficos *ver* Anéis de Poder
Anel de Barahir 1194, 1104, 1140
Anel, Comitiva (Companheiros) do *ver* Comitiva do Anel
Anel, o (Um Anel, o Um, Grande Anel, Anel de Poder, Anel Regente, Anel-Mestre, Anel do Inimigo, etc.) 78, 82, 83, 84, 86–93, 94, 96, 98, 106, 110, 136, 138, 166, 174, 190, 193, 204, 210, 228–32, 247, 251, 252, 253, 254, 255, 257, 264, 275, 276, 278, 280, 282, 283, 286, 293, 298–303, 308, 309, 310, 314, 328, 329, 370, 398–400, 403, 423, 432–36, 448, 507, 531–33, 590, 667, 676, 703, 719, 743, 745, 746, 752, 771, 773, 774, 781, 788, 919, 922, 923, 940, 941, 943, 946, 949, 954, 963, 979, 983, 990, 992, 1121, 1122, 1125, 1127, 1129, 1134, 1139; Ruína de Isildur 301, 280, 282, 696, 701, 707–09, 799; Anel de Isildur 213, 285, 309; chamado de *Precioso* por Gollum (e por Frodo e Sam ao mencioná-lo a ele), Bilbo e Isildur 45, 62, 64-865, 83, 88, 89, 491, 525, 650–52 *passim,* 653–55, 659, 661, 665, 670–77 *passim,* 726–29, 753–54, 756, 763, 989, 991; inscrição (escrita de fogo) 81–2, 654; Guerra do *ver* Guerra do Anel
Anfalas *ver* Praia-comprida
Angamaitë 1199
Angband 245
Angbor, Senhor de Lamedon 1006, 920, 924
Angerthas Daeron 1183
Angerthas Moria 1177, 1183, 1186
Angmar 37, 179, 218, 235, 860, 887, 1085, 1086,

1088, 1095, 1097, 1111, 1127, 1135; Senhor de *ver* Rei-bruxo Angrenost *ver* Isengard
Ângulo, em Lothlórien 418
Ângulo, entre o Fontegris e o Ruidoságua 1190, 1085
Aniversário de Bilbo e de Frodo *ver* Bolseiro, Bilbo
Ann-thennath 242
Annúminas 299, 633, 1087, 1088, 1089; palantír de 1188; cetro de (cetro de Arnor) 1017, 1104, 1109
Ano Novo 1095; dos Elfos 1145, 1576
Anor, chama de 399
Anórien (Terra do Sol) 787, 790, 806, 863, 872, 876, 925, 926, 1020, 1092, 1100, 1144, 1174, 1187; Anórien do Leste 958
Anos Amaldiçoados 911
Anos de Trevas 86, 287
Anos Sombrios 511, 762, 790, 823, 836, 838, 873, 919, 1120, 1131, 1190, 1192
Antigas Palavras e Nomes no Condado 48
Arador 1189, 1103–104, 1139
Ar-Adûnakhor "Senhor do Oeste" 1080, 1081, 1133
Araglas 1189
Aragorn I 1189, 1088
Aragorn II, filho de Arathorn II (Passolargo, herdeiro de Elendil e Isildur, Capitão, Chefe, Senhor dos Dúnedain de Arnor, Capitão da Hoste do Oeste, chefe dos Caminheiros, Rei dos Númenóreanos, Rei de Gondor e das Terras do Oeste, Senhor da Árvore Branca, etc.) 90, 189–210, 210–24 274, 252, 253, 256, 269, 270, 279, 280, 281, 284, 286, 288, 295, 297, 301, 306, 307, 309, 310, 312, 313, 314, 317–20 *passim*, 321–33 *passim*, 340, 344–46, 356, 344, 356, 357–60, 361, 363, 364–68, 369–72, 372, 376, 377, 381, 385, 414–41, 447–54 499-506, 463–78 *passim*, 526–51 *passim*, 550, 551, 553, 558–60, 563, 565, 569–79, 580 *passim*, 595–99, 630–31 *passim*, 680–81, 696, 702, 708, 716, 718, 747, 794, 795, 801, 814–33 *passim*, 837–39 *passim*, 843, 852, 857, 890, 891–92, 904–27 *passim*, 923–32, 939, 993, 994 *passim*, 1009–32 *passim*, 1083, 1088, 1089, 1104–110, 1138, 1139, 1143, 1144, 1189, 1195; (o) Dúnadan 262, 263, 265, 269, 281, 468, 598, 1174; Elessar [nome dado a Aragorn em Lórien e adotado por ele como Rei] 45, 409, 468, 538, 831, 890, 906, 928, 1012, 1013, 1017, 1020, 1083, 1084, 1089, 1093, 1119, 1129, 1130, 1145, 1146, 1148, 1149, 1170, 1189, *ver também* Pedra-Élfica *após*; Elessar Telcontar 1189; Pedra-Élfica 451, 914, 927, 1019; Envinyatar, o Renovador 994; Estel 1104, 1105, 1107, 1108, 1109, 1110, 1139;

Canela-Comprida 214; Passolargo [usado em Bri e por seus companheiros hobbits] *frequentemente, especialmente* 196–208; Passolargo Pandilheiro 214; Telcontar 994; Thorongil [água da estrela] 1101, 1102, 1140; Pé-de-Vento 516; nomes 1189; dos filhos de Lúthien 1007; um dos Três Caçadores 498
Aragost 1189
Arahad I 1189, 1088
Arahad II 1189
Arahael 1189, 1088
Aranarth 1189, 1087, 1088, 1103, 1136
Arantar 1188
Aranuir 1189
Araphant 1188, 1094, 1096
Araphor 1188, 1085
Arassuil 1189
Arathorn I 1189
Arathorn II 1189, 1139; *ver também* Aragorn II, filho de Arathorn II
Araval 1188
Aravir 1189
Aravorn 1189
Araw *ver* Oromë
Archet 194, 201, 213, 214, 215, 1036; nome 1197
Arciryas 1196
Arcos de Pedra, Ponte dos 37; *ver também* Ponte do Brandevin
Areias, sobrenome 200
Argeleb I 1188, 1085, 1135
Argeleb II 37, 1082, 1085, 1136
Ar-Gimilzôr 1186
Argonath (Pilares dos Reis, Portão dos Reis, Portões de Gondor, os Portões, sentinelas de Númenor) 278, 301, 424, 426, 427, 460, 741, 794, 1091, 1143
Argonui 1189
Ar-Inziladûn *ver* Tar-Palantir Arnach *ver*Lossarnach
Arnor (Reino-do-Norte, Terras do Norte, etc.) 34, 276, 277, 633, 905, 1012, 1082, 1084–85, 1088, 1089, 1095, 1096 *passim*, 1108, 1109, 1119, 1133, 1134, 1135, 1136, 1165, 1187, 1190; Reino no Exílio 1188; calendário de 1165; Altos Reis de 1188-1190; idioma de 1188, 1084–89, 1187, 1190; palantír de 1136; cetro de *ver* Annúminas; Estrela do Reino-do-Norte *ver* Elendilmir
Arod 520, 539, 540, 541, 544, 595, 828, 1020
Ar-Pharazôn, "o Dourado" 1080, 1081, 1088, 1093, 1133, 1172
Ar-Sakalthôr 1186
Artamir 1195
Artemísia, sobrenome 200
Artemísia, Sr. 194

Arthedain 1188, 1084, 1085, 1086, 1095, 1096, 1136
Artífices *ver* Artífices-élficos
Artífices-élficos, na Primeira Era 372; de Eregion 82, 285, 286; em Valfenda 333
Arvedui "Último-rei" 35, 1082, 1086, 1087, 1088, 1095, 1096, 1136
Arvegil 1188, 1089
Arveleg I 1188, 1135
Arveleg II 1188
Arvernien 288
Árvore Branca, de Gondor (Árvore de Prata, a Árvore) 277, 285, 397, 632, 550, 679, 710, 795, 890, 921, 999, 1094, 1099, 1100, 1103, 1108, 1119 *passim*, 1133–134, 1136, 1168; Nimloth [flor branca] 1016–17, 1081, 1168; *ver também* Árvore Seca
Árvore Branca, de Valinor *ver* Telperion
Árvore da Festa 61, 58–61, 1061
Árvore de Prata *ver* Telperion; Árvore Branca
Árvore dos Altos Elfos 366
Árvore Dourada *ver* Laurelin
Árvore Seca (Árvore Morta) [relíquia morta da Árvore de Gondor] 795, 867, 1016, 1017, 1138; *ver também* Árvore Branca, de Gondor Árvore, a *ver* Árvore Branca
Árvores, Duas *ver* Laurelin; Telperion
Arwen (Senhora, a Senhora de Valfenda, etc.) 259, 262, 265, 270, 385, 409, 890, 1017–20, 1078 *passim*, 1105–110 *passim*, 1135, 1139, 1140, 1146, 1148; Vespestrela 281, 409, 1017, 1019, 1022, 1089, 1106, 1108, 1109, 1111; Rainha Arwen 1120, 1019, 1020, 1148; Rainha de Elfos e Homens 1109; Undómiel [cf. *Undómë* 1583] 259, 1017, 1105, 1107–110, 1135, 1140; lembrada, aludida por Aragorn 253, 385, 409, 825; dádiva a Frodo (passagem para o Oeste) 1018–19; presente para Frodo (gema branca) 113, 1069; estandarte que fez para Aragorn *ver* Aragorn II
Ar-Zimrathôn 1186
Asëa aranion ver Athelas
Asfaloth 266
Assento da Audição *ver* Amon Lhaw
Assento da Visão *ver* Amon Hen
Astro vermelho no Sul 331
Atanatar I 1189
Atanatar II Alcarin, "o Glorioso" 1083, 1089
Atani *ver* Edain
Athelas (*asëa aranion, folha-do-rei*) [uma erva de cura] 232, 369, 370, 907, 908, 911, 912
Aulë, o Ferreiro 1198, 1199
Aves, como espiãs 233, 318, 327, 450, 806
Azanulbizar *ver* Vale do Riacho-escuro; Batalha de Nanduhirion (Azanulbizar)

Azevim *ver* Eregion
Azog 1122–124 *passim*, 1128

Bain, filho de Bard, Rei de Valle 283, 1140
Baixada, a 114, 112
Balchoth 1099, 1100
Baldor 92, 839, 1021, 1116, 1137
Balin, filho de Fundin 283, 263, 274, 301, 330, 352, 353, 354, 355, 356; túmulo de 394, 359, 360
Balrog (Ruína de Durin, ruína dos Elfos379, 363, 364, 389, 422, 536, 716, 1120, 1124, 1136, 1142
Balsa de Buqueburgo (a Balsa) 99, 102, 117, *passim*, 119, 122, 139
Balsa *ver* Balsa de Buqueburgo
Banquete do Quintal 77
Barad-dûr (Torre Sombria, Fortaleza de Sauron, Lugbúrz, Grande Torre, a Torre, etc.) 75, 82, 258, 277, 283, 284, 309, 329, 330, 351, 389, 435, 450, 471, 531, 532, 590, 599, 618, 624, 629, 633, 634, 640, 672, 674, 681, 695, 698, 763, 860, 865, 921, 922, 931, 941, 942, 943, 944, 962, 966, 975, 979, 981, 983, 986, 987, 993, 1008, 1049, 1088, 1089, 1101, 1103, 1108, 1115, 1131, 1132, 1133, 1139, 1144, 1145, 1146, 1169, 1192, 1193; hostes da *ver* Sauron; nome (Torre Sombria) 1195; *algumas vezes usada como sinônimo de* Sauron
Barahir, neto de Faramir 48
Barahir, pai de Beren 242, 1087, 1132; *ver também* Beren, filho de Barahir; Anel de Barahir
Barahir, regente 1078
Baranduin *ver* Brandevin
Barazinbar (Baraz) *ver* Caradhras
Barba-de-Bode, Harry 196, 207, 1036
Barba-de-Bode, sobrenome 200
Barbárvore 544-572 *passim*, 527, 533–35, 592–97, 600–02, 604–08, 608, 609, 611, 620–23, 797, 1023–25, 1028, 1143, 1146; Fangorn 547, 510, 534, 594, 1023, 1025; nome 547; Mais-velho 1127; mais velho ser vivo 586
Barbas-longas *ver* Anãos
Bard de Esgaroth (Bard, o Arqueiro) 261, 1128, 1139
Bard II de Valle 1145
Bardings *ver* Valle, Homens de
Batalha das Travessias do Erui 1135
Batalha de Azanulbizar *ver* Batalha de Nanduhirion
Batalha de Beirágua 1166, 1067, 1147; Rol da 1166
Batalha de Dagorlad (Grande Batalha) 276, 1088, 1133

Batalha de Fornost 1192, 1136
Batalha de Nanduhirion (Azanulbizar) 1130, 1123, 1138
Batalha de Valle, 2941 da Terceira Era *ver* Batalha dos Cinco Exércitos
Batalha de Valle, 3019 da Terceira Era 1144
Batalha do Acampamento 1195, 1142–144
Batalha do Campo de Celebrant 601, 784, 1020, 1090, 1111, 1113, 1137
Batalha do Campo de Gondor *ver* Batalha dos Campos de Pelennor
Batalha do Forte-da-Trombeta 618–22, 580–81, 1143, 1193
Batalha do Pico, isto é, Celebdil 589
Batalha dos Campos de Pelennor 968–80, 962, 1109, 1118, 1119
Batalha dos Cinco Exércitos (de Valle) 42, 261, 330, 1130, 1139
Batalha dos Verdescampos 38, 1060
Batalhas dos Vaus do Isen 895, 1143
Bebidas-de-ent 554–55, 514, 610, 1001, 1127
Beirágua 56, 55–8, 71, 75, 102, 396, 978, 1047–48, 1059–61; Lagoa de 1079; *ver também* Batalha de Beirágua
Belecthor I 1190
Belecthor II 1190, 1100, 1138
Beleg 1190
Belegorn 1190
Belegost 1120
Beleriand (Terras do Norte, Terra-do-Norte) 276, 762, 1086, 1174, 1177, 1188
Belfalas 36, 790, 805, 889
Belfalas, Baía de 412, 415
Belo Povo *ver* Elfos
Béma *ver* Oromë
Beorn 283
Beornings 283, 404, 465, 1111, 1145; biscoitos de mel dos 446; terra dos 479; idioma dos 1190
Beregond, filho de Baranor (Beregond da Guarda) 800–08, 812, 849–52, 869, 893–900, 902, 909, 914, 935–36 *passim*, 1013, 1014, 1084; *ver também* Bergil, filho de Beregond
Beregond, regente 1100, 1101
Beren, filho de Barahir (Beren Uma-Mão) 225, 226, 227, 304, 310, 751, 762, 768, 996, 1078, 1084, 1100, 1104, 1115; nome 1189; Beren e Lúthien, balada de 334
Beren, regente 1115, 1189
Bergil, filho de Beregond 890–92, 902, 908, 926, 927
Berilo, uma pedra-élfica 252
Berratouro *ver* Tûk, Bandobras
Berúthiel, Rainha, gatos da 372
Bibliotecas 47, 46, 285, 310, 1168
Bifur 283, 1130
Bill, pônei 212, 213, 214, 232, 236, 237, 238, 313, 317, 321, 323, 327, 331, 335–36, 337, 341, 342, 346, 1034, 1039, 1040, 1043, 1178
Blanco 37, 1150
Bob 198, 193, 211, 212, 213, 1035
Boca de Sauron (Lugar-Tenente da Torre, Mensageiro) 931–34 *passim*
Boca-ferrada (Carach Angren1057, 971–72, 977, 1144
Boffin, Basso 1155
Boffin, Bosco 1155
Boffin, Briffo 1155
Boffin, Buffo 1155
Boffin, Donamira *nascida* Tûk 1155, 1157
Boffin, Druda *nascida* Covas 1155
Boffin, família 42, 59, 60, 61, 68, 80, 1155; nome 1196
Boffin, Folco 78, 98, 1155
Boffin, Griffo 1151, 1155
Boffin, Gruffo 1155
Boffin, Hera *nascida* Bembom 1155
Boffin, Hugo 1155, 1157
Boffin, Jago 1155
Boffin, Lavanda *nascida* Fossador 1155
Boffin, Margarida *nascida* Bolseiro 1151, 1155
Boffin, Otto, "o Gordo" 1155
Boffin, Rollo 1155
Boffin, Safira *nascida* Texugo 1155
Boffin, Sr. 76
Boffin, Tosto 1155
Boffin, Uffo 1155
Boffin, Vigo 1155
Bofur 283, 1130
Bolg 1122, 1128
Bolger, Adalbert 1153, 1155
Bolger, Adalgar 1153
Bolger, Alfrida 1153
Bolger, Ametista *nascida* Corneteiro 1153
Bolger, Belba *nascida* Bolseiro 1151, 1153
Bolger, Cora *nascida* Boncorpo 1153
Bolger, Dina *nascida* Diggle 1153
Bolger, família 63, 60, 61, 68, 80, 1153; nome 1171; nomes na 1196
Bolger, Fastolph 1151, 1153
Bolger, Filibert 1151, 1153
Bolger, Fredegar "Fofo" 74, 98, 99, 132 *passim*, 209, 1066, 1153, 1155, 1157
Bolger, Gerda *nascida* Boffin 1153, 1155
Bolger, Gundabald 1153, 1159
Bolger, Gundahad 1153
Bolger, Gundahar 1153
Bolger, Gundolpho 1153
Bolger, Heribald 1153
Bolger, Herugar 1153, 1155
Bolger, Jasmina *nascida* Boffin 1153, 1155
Bolger, Nina *nascida* Pesperto 1153
Bolger, Nora 1153

ÍNDICE REMISSIVO

Bolger, Odovacar 1153, 1157
Bolger, Papoula *nascida* Roliço-Bolseiro 1151, 1153
Bolger, Prisca *nascida* Bolseiro 1151, 1153
Bolger, Rosamunda *nascida* Tûk 1153, 1157
Bolger, Rudibert 1153
Bolger, Rudigar 1151, 1153
Bolger, Rudolph 1153
Bolger, Sálvia *nascida* Brandebuque 1153, 1159
Bolger, Theobald 1153
Bolger, Violeta *nascida* Bolseiro 1151, 1153
Bolger, Wilibald 1151, 1153
Bolger, Wilimar 1153
Bolinho-de-Farinha *ver* Pealvo, Will
Bolsão 46, 51–7 *passim*, 67, 68, 72, 74, 77, *passim*, 93, 95–101, 107, 131, 132, 135, 137, 200, 203, 217, 296, 306, 351, 738, 739, 953, 1042, 1044, 1045, 1048, 1050, 1053, 1162–176 *passim*, 1141, 1148, 1149
Bolseiro, Angélica72, 1151
Bolseiro, Balbo 1151, 1155
Bolseiro, Beladona *nascida* Tûk 1151, 1157
Bolseiro, Berila *nascida* Boffin 1151, 1155
Bolseiro, Bilbo 33–40 *passim*, 41–6 *passim*, 51–74 *passim*, 77–81 *passim*, 86–91 *passim*, 94–7, 99, 101, 105–06, 132–38 *passim*, 219, 234, 239, 241, 257, 260, 262–66, 269–74, 282, 302, 303, 305–07, 310–14 *passim*, 351 *passim*, 354, 361, 369, 393, 397, 417, 431, 438 *passim*, 494, 497, 651, 678, 718, 751, 770, 771, 936, 951, 1000, 1001, 1015, 1018, 1028, 1029, 1030, 1031, 1032, 1061, 1071, 1072, 1074, 1075, 1077, 1088, 1138, 1139, 1140, 1146, 1147, 1148, 1150, 1155, 1169, 1174, 1196; aniversário, festas de aniversário 46, 52, 55–62, 65, 67–9, 73–4, 75, 96, 98, 190, 306, 1030, 1071, 1074; livro, diário *ver* Livro Vermelho do Marco Ocidental Bolseiro, Bingo 1151
Bolseiro, Bungo 1151, 1157
Bolseiro, Camélia *nascida* Sacola 1151
Bolseiro, Chica *nascida* Roliço 1151
Bolseiro, Dora 85, 1151
Bolseiro, Drogo 65–6, 81, 1151, 1153, 1159; *ver também* Bolseiro, Frodo, filho de Drogo
Bolseiro, Dudo 1151
Bolseiro, família 42, 52, 60, 61, 80, 125, 311, 1151
Bolseiro, Fosco 1151, 1153
Bolseiro, Frodo, filho de Drogo (Portador-do-Anel, Sr. Sotomonte, o Pequeno, etc.) 33, 38, 41, 44, 45, 46, 51–3, 59–324, 305–21 *passim*, 410–30, 431–41, 447–97, 460, 475, 479, 485, 488, 517, 531, 606, 639–815 *passim*, 788, 795, 794, 833, 837, 849, 853, 856, 857, 930, 932, 935, 939, 940,

941, 944–47, 949, 950, 952–67, 970–86, 987–92, 995–1002 *passim*, 1013, 1017–20, 1028–35, 1039–44, 1045–75 *passim*, 1128, 1140–148 *passim*, 1151 *passim*, 1168, 1170, 1174, 1188, 1191, 1195; Daur 1096; e a história do Anel da Perdição (Frodo dos Nove Dedos) 999
Bolseiro, Goivita *nascida* Cachopardo 1151
Bolseiro, Largo 1151, 1155
Bolseiro, Laura *nascida* Roliço 1151, 1155
Bolseiro, Longo 1151
Bolseiro, Mimosa *nascida* Bunce 1151
Bolseiro, Mungo 1151, 1155
Bolseiro, Polo 1151
Bolseiro, Ponto, o jovem 1151
Bolseiro, Ponto, o velho 1151
Bolseiro, Porto 1151
Bolseiro, Posco 1151
Bolseiro, Prímula *nascida* Brandebuque 57, 1151, 1157, 1159
Bolseiro, Rubi *nascida* Bolger 1151, 1153
Bolseiro, Tanta *nascida* Corneteiro 1151
Bombadil, Tom 162–82 *passim*, 175–81 *passim*, 185, 197, 212, 247, 298–99, 507, 759, 1040, 1076, 1141; Forn 322; Iarwain Ben-adar 322, 299, 1172; Orald 322; O mais velho 176, 298; casa de (sob o morro) 155, 164, 169, 546
Bombur 283, 1130
Boncorpo, família 63–5, 1151
Boncorpo, Lili (Bolseiro) 1151
Boncorpo, Togo 1151
Borda do Sul 1139
Borgil 121
Borin 1121, 1130
Boromir, filho de Denethor II (Capitão, Alto Guardião da Torre Branca, dos Nove Caminhantes, etc.) 273, 276–80, 285, 288, 295, 300–01, 309, 312, 320, 321–457 *passim*, 447–98 *passim*, 459, 465, 466, 468, 476, 479, 480, 525, 531, 552, 599, 606, 695, 696, 701–10, 716–17, 717–19, 789, 795, 795, 797, 799, 805, 807, 808, 840, 852, 854, 855, 858 *passim*, 899, 1084, 1099, 1100, 1103, 1140–143, 1189; nome 1189; trompa de *ver* Trompa de Boromir
Boromir, regente 1190, 1099, 1100
Brand, filho de Bain, Rei de Valle 283, 275, 1128, 1144, 1145
Brandebuque, Adaldrida *nascida* Bolger 1153, 1159
Brandebuque, Amaranta 1159
Brandebuque, Berilac 1159
Brandebuque, Celidônia 1159
Brandebuque, Dinodas 1159
Brandebuque, Doderic 1159
Brandebuque, Dodinas 1159

Brandebuque, Esmeralda *nascida* Tûk 66, 1157, 1159
Brandebuque, Estela *nascida* Bolger 1153, 1157, 1159
Brandebuque, família 40, 52, 59–61, 97, 123, 126, 130, 132, 140, 183, 210, 913, 1159; nome 1200; curiosidade da 686; Senhor da Mansão (Senhor da Terra-dos-Buques), isto é, chefe da família 36, 37, 131, 139
Brandebuque, Gorbadoc "Cintolargo" 53, 1157, 1159
Brandebuque, Gorbulas 1159
Brandebuque, Gormadoc "Cavafundo" 1159
Brandebuque, Hanna *nascida* Valeouro 1159
Brandebuque, Hilda *nascida* Justa-Correia 1155, 1159
Brandebuque, Ilberic 1159
Brandebuque, Madoc "Nucaltiva" 1159
Brandebuque, Malva *nascida* Teimão 1159
Brandebuque, Marmadas 1159
Brandebuque, Marmadoc "Imperioso" 1153, 1159
Brandebuque, Marroc 1159
Brandebuque, Melilota 64, 1159
Brandebuque, Menegilda *nascida* Oiro 1159
Brandebuque, Menta 1159
Brandebuque, Meriadoc, "Merry", filho de Saradoc 48, 69, 70, 74, 98–9, 123, 128–40, 142–55, 166, 170–77, 187 *passim*, 196, 206–08, 206–54 *passim,* 251, 258, 305–06, 310, 316, 305–459 *passim,* 449, 475, 479–80, 483–84, 495–503, 507, 483–542 *passim,* 556–59, 593–615 *passim,* 631, 810, 814, 815, 817–20, 821 *passim,* 832–58 *passim,* 872–76 *passim,* 879–81, 883–88 *passim,* 901–04, 906–07 *passim,* 926–28, 935, 939, 1000, 1001, 1006, 1019, 1022, 1028, 1040, 1042, 1043, 1047, 1048, 1049, 1051, 1062 *passim,* 1075–76, 1077,; Holdwine da Marca 1124; trompa de *ver* Trompa da Marca; nome 1306
Brandebuque, Merimac 1159
Brandebuque, Merimas 1159
Brandebuque, Mirabela *nascida* Tûk 1157, 1159
Brandebuque, Orgulas 1159
Brandebuque, Rorimac "Pai-d'Ouro", "Velho Rory" 62, 69, 1159
Brandebuque, Sadoc 1159
Brandebuque, Saradas 1159
Brandebuque, Saradoc "Espalha-Ouro" 592, 1157, 1159
Brandebuque, Seredic 1159
Brandevin (Baranduin) 28, 35, 53, 99, 102, 104, 124, 130–32, 140, 146, 154, 169, 182, 205, 210, 243, 321, 402, 961, 1037, 1042, 1084, 1147; nome 1199, 1200; vale do 181
Bregalad *ver* Tronquesperto

Brego, filho de Eorl 605, 838, 839, 1021, 1116, 1137
Brejo dos Rostos Mortos *ver* Pântanos Mortos
Bri (região de Bri, gente de Bri, habitantes de Bri) 34, 35, 39, 46, 81, 180, 181, 182, 183, 184, 188, 198, 205, 208, 212, 215, 297, 1050; calendário de 1167; vigia do Portão 1138; Hobbits de (Povo Pequeno) 39, 182, 183 *passim*, 1072; Homens de (Povo Grande) 182, 188, 194 *passim*; idioma, dialeto de 200, 1190–191; nomes em 1196–197; topônimos em 1190–191; Portão-sul de 207, 214, 1034; Portão-oeste de 196, 207, 1036; "estranho com notícias de Bri" 684
Bronco 189
Bruinen (Ruidoságua) 221, 233, 235, 236, 245, 256, 270, 272, 282, 314
Bruinen, Vau do (Vau de Valfenda) 221, 233, 235, 236, 245, 256, 270, 272, 282, 314, 1033, 1142, 1147
Brytta *ver* Léofa
Bucca do Pântano 1194
Bundushathûr (Shathûr) [Cabeça-de-Nuvem] *ver* Fanuidhol
Buqueburgo 48, 98, 99, 100, 102, 107, 117, 119, 122, 131, 132, 139, 154
Buraqueiro, sobrenome 200

Cabeça-de-Nuvem *ver* Fanuidhol
Cachoeira da Escada 360
Cair Andros (Andros) 853, 857, 858, 861, 863, 926, 929, 1002, 1008, 1009, 1100, 1144, 1174
Cajados, presentes de Faramir 803, 765, 770
Calacirya [ravina de luz] 412
Calembel 1143
Calenardhon (*posteriormente* Rohan) 717, 1084, 1092, 1099, 1100, 1111, 1112, 1137
Calendários 48, 1164–165
Calenhad 864, 846
Calimehtar, filho de Narmacil II 1200
Calimehtar, irmão de Rómendacil II 1198
Calimmacil 1196
Calmacil 1189, 1091
Câmara de Mazarbul [Registros] 355–56, 357, 389
Câmaras de Fogo *ver* Sammath Naur
Caminheiros *ver* Dúnedain
Caminho do Norte *ver* Estrada do Oeste
Caminho Verde (Estrada Norte) 112, 132, 184, 188, 197, 289, 296, 1036, 1037, 1038, 1049, 1141; encruzilhada do Caminho Verde 196
Caminho-élfico, desde Azevim 362
Campo Alagado *ver* Nindalf
Campo da Festa 1174, 1147, 1170
Campo-da-Corda 707

ÍNDICE REMISSIVO

Campo-dos-Túmulos 1122
Campos da Ponte 148
Campos de Lis 90, 277, 287, 307, 1082; Desastre dos 90, 1134
Cão de Sauron *ver* Lobos
Capas-élficas *ver* Elfos
Capitães do Oeste 1019, 932, 971 *passim*, 975, 979, 983, 993, 994, 1011
Capitão do Porto de Umbar 1101
Capitão Negro *ver* Rei-bruxo
Carach Angren *ver* Boca-ferrada
Caradhras, o Cruel (Barazinbar, Baraz, Chifre-vermelho) 316, 319, 320, 321, 322, 324, 326, 327, 331, 351, 366, 389, 716, 1029, 1142, 1171; passo de *ver* Portão do Chifre-vermelho
Caras Galadhon (Cidade dos Galadhrim, Cidade das Árvores) 386, 388, 394, 405, 422, 508, 538, 1107, 1142, 1145; nome 1188
Caras, assim chamados por Gollum, *ver* Lua; Sol
Carchost *ver* Torres dos Dentes
Cardolan 1190–192
Carl, filho de Cottar 1161
Carn Dûm 188, 179, 1097
Carnen (Rubrágua) 1121, 1145
Carnimírië 569
Carrapicho, Cevado (Cevada) 180, 185–90 *passim*, 199–257 *passim*, 253, 296, 1031, 1034–40 *passim*
Carrapicho, família 41
Carroceiros 1200, 1095, 1111, 1136
Carrocha 1111, 1190; Vau da 283
Casa de Húrin *ver* Regentes
Casa dos Regentes, tumbas 951, 868, 894, 1098
Casa dos Reis (Casas dos Mortos) 868, 1098, 1109
Casa(s)-de-ent 554, 518, 520
Casadelfos 289, 714, 718, 1002, 1104; *ver também* Doriath
Casa-mathom (museu) 36, 44, 351
Casas de Cura 986-998 *passim*, 916, 1003, 1004, 1009, 1010; Curadores 974, 899, 902, 927, 1003, 1004, 1005; mestre-das-ervas da 995, 908, 913; Diretor das 1002, 1003, 1009, 1010
Casas dos Mortos *ver* Casa dos Reis
Casas–de–Condestáveis 1152, 1057, 1067
Casca-de-Pele (Fladrif) 510, 519, 1172
Cascalvas 35–7, 37, 1135; nomes 1191
Castamir, o Usurpador 1189, 1092, 1093, 1094, 1135
Cavaleiro Branco *ver* Gandalf
Cavaleiros de Rohan *ver* Rohirrim
Cavaleiros Negros *ver* Nazgûl
Cavalga-lobos 517, 564, 587
Cavalo branco, emblema de Rohan *ver* Rohan

Cavernas Cintilantes de Aglarond 640, 635, 1001, 1022, 1129; Senhor das *ver* Gimli
Celduin *ver* Rio Rápido
Celebdil, o Branco (Pico-de-Prata, Zirakzigil, Zirak) 316, 366, 537, 1029
Celeborn, o Sábio (Senhor de Lothlórien, Senhor dos Galadhrim, etc.) 46, 386–402 *passim*, 401, 402, 406–11 *passim*, 476, 502–03, 1017, 1020, 1025, 1026, 1029, 1110, 1131, 1135, 1145, 1146; um dos Grandes 1119
Celebrant, Campo do [planície entre o Veio-de-Prata e o Limclaro] 1090, 1113, 1137; *ver também* Batalha do Campo de Celebrant
Celebrant, rio (Veio-de-Prata, Kibil-nâla) [curso-de-prata] 307, 316, 355, 368, 374, 379, 380, 382, 383, 405, 406, 411, 417, 422, 1029, 1111, 1122, 1195
Celebrían 451, 1088, 1135, 1137
Celebrimbor 297, 286, 338, 1132
Celebrindor 1188
Celepharn 1188
Celos 1006
Cemendur 1189
Ceorl 616
Cerco de Barad-dûr 1133
Cerin Amroth 424, 385, 1107, 1110, 1140
Cerrestio 1167
Cerrinverno 1163, 1168
Certar *ver* Cirth
Certhas Daeron *ver* Runas de Daeron
Charcoso *ver* Saruman
Charneca Etten 251, 297, 307, 1084, 1085, 1136
Chefe, o *ver* Sacola-Bolseiro, Lotho
Chifre-vermelho *ver* Caradhras
Cidade Alta *ver* Cidadela de Gondor
Cidade dos Galadhrim (Cidade das Árvores) *ver* Caras Galadhon
Cidade Guardada *ver* Minas Tirith
Cidade Morta *ver* Minas Morgul
Cidade, a *ver geralmente* Minas Tirith
Cidade-do-lago *ver* Esgaroth
Cidadela das Estrelas *ver* Osgiliath
Cidadela de Gondor (Cidade Alta) 792, 795, 801, 808, 848, 861, 862, 866–69, 893, 894, 899, 911, 1014, 1017; portão da Cidadela 954, 869, 894, 899, 904, 1012; Pátio (Praça) da Fonte 868, 795, 799, 1016; Guardas da *ver* Guardas da Cidadela; Salão dos Reis (da Torre, Salão da Torre) 1012, 1013; Pátio Alto 868; *ver também* Torre Branca
Ciranda-saltitante 64
Círdan, o Armador 295, 276, 299, 1075, 1084, 1085, 1087
Ciril 913, 918; vaus do 913
Cirion 784, 1084, 1099–100, 1111, 1112, 1119

1210

Cirith Gorgor (Passo Assombrado) 407, 673, 676, 929, 930, 934, 967, 977
Cirith Ungol [Passo da Aranha] (Passo Alto, Passo Inominável) 261, 681, 730, 731, 742, 749, 750, 762, 774, 853, 856, 857; Fenda de 845, 772, 990, 995; torre de 1031, 942, 957, 960, 963; *ver também* Escada Reta; Escada Tortuosa Cirth *ver* Runas
Ciryandil 1189, 1090, 1135
Cisne, como emblema *ver* Dol Amroth
Cisnefrota, rio 1131
Cisnes negros 457
Clareira da Fogueira 151, 152
Colina Buque 138, 132
Colina da Morte 644, 818
Colina de Barbárvore 545–48, 501–03, 525–30
Colina, a (Colina da Vila-dos-Hobbits) 51–3, 54, 56, 70–2, 77, 100, 102, 107, 125–27, 296, 396, 1061, 1065, 1067, 1170
Colina-Bri 192, 181, 182, 1033,
Colinas Brancas 39, 41, 1048, 1075
Colinas das Torres (Emyn Beraid) 37, 110, 633, 1087, 1148, 1149; Palantír das 693, 1098–99; *ver também* Torres Brancas
Colinas de escória 1143, 1145
Colinas de Ferro 1121, 1123, 1125, 1127, 1128, 1137–139
Colinas Distantes 37, 217, 447, 456, 1075, 1148
Colinas do Norte 299, 1038, 1085, 1086, 1097
Colinas do Vento 1190, 1085
Colinas dos faróis, faróis 930
Colinas Verdes (Terra das Colinas Verdes), do Condado 108, 811, 832, 889, 1059, 1073
Colinas Verdes, de Gondor *ver* Pinnath Gelin
Colinas-dos-túmulos (região das Colinas) 147, 155, 164, 167–69, 171, 296, 477, 665, 792, 887, 1040, 1041, 1085, 1086, 1190; Tyrn Gorthad 1191, 1086, 1135; portão-norte das 183
Comando, palavra de 350
Comitiva do Anel 332, 309, 312, 313–15, 317, 319, 323–31 *passim*, 333–35 *passim*, 345 *passim*, 348, 349, 352, 357, 358, 364–67, 370, 371, 372, 380, 383, 388, 390, 392, 401, 422, 436, 639, 640, 706, 706, 707, 1000, 1142, 1143; Companheiros do Anel (Companheiros) 915, 1015, 1020; Sociedade 47, 429, 1025, 1143; Sociedade do Anel 1149
Companhia Branca 1114
Companhia Cinzenta 580, 814, 818, 824 *passim*
Companhias Errantes 124
Condado, o (país, terra dos Pequenos) 33 *passim*, 55–7, 59, 63–4, 72 *passim*, 179–81, 197, 198, 199, 200 *passim*, 201, 203, 204, 206, 210, 217, 221, 236, 245, 253, 255, 257, 261, 263, 264, 270, 282, 288, 289, 290, 291, 293, 294, 296, 297, 298, 321, 351, 354, 357, 358, 369, 382, 384, 388, 391, 393, 394, 396, 415, 422, 431, 437, 507, 598, 610, 621, 643, 647, 681, 684, 688, 693, 696, 730, 746, 760, 768, 771, 788, 794, 796, 800, 803, 806, 809, 814, 821, 833, 848, 850, 913, 926, 933, 939, 985, 992, 997, 1015, 1018, 1022, 1030, 1031–35, 1039–40, 1042, 1044, 1045, 1047, 1050–57, 1060, 1061, 1063, 1067–72, 1074–77, 1084, 1086, 1088–89, 1127, 1128, 1138, 1139; calendário do *ver* Registro do Condado; relógios no 759; feriados no 43, 1166, 1169; Marcos do 42; Serviço de Mensageiros 43; nome 1199–120; ordenamento do 36; nomes pessoais no 1191; Mestre-Correio 43; Serviço do Correio Rápido 1153 registros no 34–5, 1168; povoamento do 35; maneira do Condado, conselho 1135; povo do Condado, hobbits do Condado 41, 55, 183, 188, 199, 833, 926, 1042, 1051, 1088, 1138, 1147, 1164, 1166, 1167, 1168, 1170, 1191, 1199 etc.; historiadores do Condado 1166; Tribunal do Condado 42; Tropas do Condado 42; Guarda 43; "certo como conversa do Condado" 684; *ver também* Terra-dos-Buques; Beirágua; Quarta Leste; Quartas; Colinas Verdes; Vila-dos-Hobbits; Hobbits; Pântanos do Norte; Quarta Norte; Quarta Sul; Pedra das Três Quartas; Terra-dos-Tûks; Quarta Oeste; Marco Ocidental; etc.
Condestáveis 43, 1045–47 *passim*, 1049, 1053; Primeiro Condestável 43
Conselho Branco (Conselho dos Sábios) 75, 79, 84, 390, 508, 1031, 1099, 1115, 1128, 1137, 1138, 1139 *passim*
Conselho de Elrond (o Conselho) 272–306, 331, 771, 857, 1142
Conselho dos Sábios *ver* Conselho Branco
Conselho, de Denethor 941
Contenda-das-Famílias 1189, 1091–93, 1098
Conto de Aragorn e Arwen, O 47, 1103
Conto dos Anos, O 48, 1131
Cordoeiro, Andwise "Andy" 647
Cormallen, campo de 1091–1100 *passim*,1109, 1049, 1146
Corneteiro, família 63–5, 80, 593, 597
Corneteiro, Tobold (Tobold, o Velho, Velho Toby) 39, 593
Coroa de Durin 403
Coroa de Ferro 823, 1078
Coroa de Gondor (Coroa de Prata, Coroa Branca, coroa alada, coroa de Elendil) 277, 457, 710, 1013
Córrego do Tronco 128
Corsários de Umbar 885, 889, 1135
Corte do Rei, Númenor 1168

ÍNDICE REMISSIVO

Cortina, a *ver* Henneth Annûn
Corvos *ver* Aves, como espiãs
Costa(s) de Cá *ver* Terra-média
Cottar, ancestral dos Villas 1161
Cousa(s)-tumular(es) (Cousas) 164, 167, 173, 174, 177, 178, 218, 298, 1142
Cousas *ver* Cousas-tumulares
Covamiúda, Robin 1152
Covanana *ver* Moria
Covas, Asfodélia *nascida* Brandebuque 1159
Covas, família 63, 60, 61
Covas, Milo 72, 1151, 1159
Covas, Minto 1151
Covas, Mirta 1151
Covas, Moro 1151
Covas, Mosco 1151
Covas, Peônia *nascida* Bolseiro 1151, 1159
Covas, Rufus 1159
Cram 445
Crebain 342; *ver também* Aves, como espiãs
Crepúsculo, do Oeste 1107–108, 1143
Cricôncavo 104, 99, 118, 132, 133, 139, 140, 151, 209, 210, 296, 297, 1045, 1069, 1070, 1142
Curadores *ver* Casas de Cura
Curunír *ver* Saruman

Dádiva dos Homens (Sina dos Homens) 1079, 1092, 1108, 1110
Daeron 383, 1177, 1183
Dagorlad (Planície da Batalha) 662, 709, 840, 1133; *ver também* Batalha de Dagorlad
Dáin I 1121, 1130, 1137
Dáin II "Pé-de-Ferro" 274, 1128, 1130, 1139
Damrod 763, 699, 706, 711, 712
Déagol 90, 85, 87, 88, 1137; nome 1191, 1198
Demanda 99–100, 97, 303, 390, 401, 412, 428, 448, 460, 710, 716, 772, 774, 953, 985, 992, 994; de Bilbo e Thorin, isto é, de Erebor 44-46; do Monte da Perdição 337
Denethor I 1190, 1099
Denethor II, filho de Ecthelion II (Senhor e Regente de Gondor, de Minas Tirith, da Cidade, da Torre de Guarda, da Torre Branca, Regente do Alto Rei, etc.) 281, 285, 286, 436, 448, 451, 468, 469, 546, 636, 696, 697, 703, 706, 708, 709, 789, 791, 795, 795–800, 802, 804, 840, 841, 845, 852-58 *passim*, 859–63, 867–69, 893–900 *passim*, 904, 904, 914, 921, 1099, 1102–103, 1139, 1140, 1144, 1175, 1189; nome 1194
Dentes de Mordor *ver* Torres dos Dentes
Déor 1123, 1116
Déorwine 973, 892
Dernhelm *ver* Éowyn
Derufin 891, 892

Dervorin 891
Descampado de Rohan 510, 846
Desfiladeiro de Rohan 315, 320, 329, 517, 540, 585, 717, 1026
Desolação de Smaug 284
Desolação do Morannon 1143, 1144
Dia de Durin 366, 349, 383
Dia do Meio-do-Ano 1141, 1163, 1166
Dias Antigos 33-34, 46, 182, 224, 262, 276, 285, 292, 308, 338, 344, 349, 382, 383, 389, 477, 534, 535, 717, 788, 795, 908, 1083, 1104, 1110, 1120, 1187, 1192, 1193, 1198
Dias de Privação 37
Dias Errantes 35
Dias Recentes 316
Dias Sombrios 415
Dimholt 907, 836, 838
Dior, herdeiro de Thingol 245, 276
Dique de Helm (o Dique) 531, 564–68, 577, 578, 581, 588, 818, 821, 824, 861, 880, 924, 1041
Diretor das Casas de Cura *ver* Casas de Cura
Divisas do Norte, de Lothlórien 423, 392, 405
Doispé, Papai 56
Dol Amroth 1010, 935, 1119, 1139; estandarte de 948, 914; homens de 1025; cavaleiros-do-cisne de 948; cisne de prata, emblema 972, 935; nau branca e cisne de prata, emblemas 891; [combinados como uma nau com proa em forma de cisne] 811; *ver também* Adrahil; Finduilas; Imrahil, Príncipe de Dol Amroth; Lothíriel
Dol Baran 684
Dol Guldur 305, 289, 290, 301, 330, 385, 681, 763, 1099, 1111, 1137–139, 1144–145
Domínio dos Homens 1118, 1093, 1131
Domo das Estrelas *ver* Osgiliath
Dori 1130
Doriath (Reino de Thingol) 276, 762, 1078, 1177, 1188; élfico lar 241
Dorthonion (Orod-na-Thôn) 504
Dragão Verde, O 79, 97, 181, 1048
Dragões 58, 75, 83, 92, 94, 95, 118, 389, 767, 787, 1120, 1121, 1133, 1137; *ver também* Ancalagon, o Negro; Scatha, a Serpe; Smaug
Duas Árvores de Valinor *ver* Laurelin; Telperion
Duas Sentinelas *ver* Sentinelas
Duilin 891, 892
Duinhir 891
Dúnedain (Homens do Oeste) na Segunda Era e na Terceira Era 1190, na Terceira Era: de Arnor (do Norte, Caminheiros), exceto aqueles que se juntaram a Aragorn no Sul 36, 35, 37, 39, 182, 183, 215, 220, 222, 223, 253, 259, 281, 306, 307, 697, 819, 824, 828, 891; aqueles do Norte que se juntaram a Aragorn

no Sul 590, 816–33 *passim*, 1084, 1086, 1088, 1089, 1095; Chefes dos Dúnedain 1194; Dúnedain de Cardolan 1191, 1086; Dúnedain de Gondor (do Sul, de Ithilien, Caminheiros) 39, 697, 831, 994, 999, 1089, 1096 *passim*; calendário dos *ver* Registro dos Reis; *ver também* Númenóreanos; Estrela dos Dúnedain

Dúnhere 916, 838, 892

Durin I, "o Imortal" 377–78, 1120, 1130; emblema de [sete estrelas sobre uma coroa e uma bigorna, possuía oito raios, representando a Ursa Maior] 309, 338; herdeiros, Casa de 1127, 1130

Durin III 1125; Portas de *ver* Moria

Durin VI 1130

Durin VII e Último 1130

Durthang 1071, 1144

Dwalin 283, 1127, 1130

Dwimorberg, a Montanha Assombrada 907, 836–38 *passim*; *ver também* Porta dos Mortos; Sendas dos Mortos

Dwimordene *ver* Lothlórien

Eärendil, o Marinheiro 245, 266, 269, 276, 1078–79; a estrela 452, 1079; o Porta-Chama de Ociente 290

Eärendil, rei de Gondor 1189

Eärendur 1188, 1084, 1135

Eärnil I 1189, 1090, 1135

Eärnil II 1189, 1111, 1136

Eärnur 776, 1012, 1083, 1096–98, 1102, 1103, 1119, 1136

Eastemnet 505, 540

Eastfolde 926

Ecthelion I 1190, 1137

Ecthelion II (Senhor de Gondor) 1084, 1101, 1139, 1140; *ver também* Denethor II, filho de Ecthelion II

Edain (Atani, Pais dos Númenóreanos) 718, 1078, 1079, 1086, 1091, 1109, 1132, 1176, 1188, 1190; Três Casas dos Homens (de Amigos-dos-Elfos) 717; Primeira Casa dos 1078; Terceira Casa dos 1078; antepassados dos 1192; uniões de Eldar e Edain 1078; *ver também* Númenóreanos

Edoras 319, 473, 535, 542, 543, 546, 555, 558, 561, 562, 574, 579, 580, 584, 587, 592, 624, 551, 814, 818, 819, 821, 824, 832–34, 844–46, 858, 1020, 1022, 1023, 1113, 1114, 1115, 1118, 1137, 1141, 1143, 1146; nome 1198; *ver também* Meduseld

Egalmoth 1190

Eilenach 864, 872; nome 1190

Eirado (*talan*) 99, 327, 377, 378, 383, 417, 422, 571, 949, 959

Elanor, flor 424, 385, 405, 407, 1071, 1107, 1111

Elbereth (Gilthoniel) 110–11, 116, 229, 231, 247, 268, 270–71, 412, 421, 768, 769, 955, 957, 1073; Varda, a Inflamadora, a Rainha das Estrelas 454 [Elbereth, rainha-das-estrelas; Rainha das Estrelas (*Elentári*); Gilthoniel (= Tintallë), *inflamadora*: título encontrado somente após o seu nome; chamada (em quenya) de *Varda*, a excelsa]

Eldacar, de Anor 1188

Eldacar, de Gondor (Vinitharya) 1083, 1092, 1093, 1111, 1135

Eldamar (Semprenoite) 267, 406, 633, 1188

Eldar (Altos Elfos, da Alta Linhagem, Elfos-do-oeste), exceto se específica ou claramente Noldor 117, 112, 255, 338, 382 *passim*, 1077–81 *passim*, 1109, 1110, 1113, 1119, 1129, 1132, 1133, 1134, 1164 *passim*, 1167, 1172, 1176–177, 1187, 1191, 1199; Noldor (Elfos do Oeste, os Sábios-élficos, Senhores dos Eldar, Exilados) [seguidores de Fëanor] 111, 227, 255, 633, 1082, 1131, 1132, 1176, 1177, 1182, 1183, 1188, 1199; reis dos 1131, *ver também* Elfos de Eregion; Sindar (Elfos-cinzentos) 1131, 1132, 1177, 1199; árvore, como emblema 366; uniões de Eldar e Edain 1078; Eldar e "crepúsculo" 1169

Eldarion 1109–110

Elendil [Amigo-dos-Elfos *ou* Amante-das-Estrelas] de Ociente (o alto) 39, 46, 84, 88, 218, 224, 235, 275-77, 280, 281, 286, 364, 403, 409, 428, 447, 468, 470, 471, 546, 573, 576, 629, 633, 702, 784, 1012, 1080, 1084, 1088, 1090, 1093, 1095, 1106, 1133, 1189; coroa de *ver* Coroa de Gondor; Pedra de Elendil *ver* Palantír; emblemas de [Sete Estrelas de Elendil e seus capitães, possuíam cinco pontas, originalmente representavam a única estrela nos estandartes de cada uma das sete naus (de 9) que levavam uma palantír; em Gondor as sete estrelas foram dispostas em torno de uma árvore de flores brancas, sobre a qual os Reis colocaram uma coroa alada] 309, 632, 795, 890, 904, 999, 1013, 1109; herdeiros, Casa, linhagem de 253, 280, 286, 409, 795, 904, *ver também* Aragorn II; libré dos herdeiros de 871; nome 1189; nome usado como grito de guerra 400, 447, 468, 573; reinos de 1195; estrela de *ver* Elendilmir; espada de *ver* Narsil

Elendilmir (Estrela de Elendil, Estrela do Reino do Norte, Estrela do Norte) [de diamante, possuía cinco pontas, representava a Estrela de Eärendil] 410, 891, 1012, 1079, 1088

Elendur 1188

Elenna, Ilha de *ver* Númenor

Elessar (Aragorn) *ver* Aragorn II

ÍNDICE REMISSIVO

Elessar (Pedra-Élfica, joia) 409, 468, 831, 890, 906, 928, 1012, 1013, 1017, 1020, 1017, 1189

Elfhelm 643, 872, 873, 877–79, 882, 925, 1011

Elfhild 1118

Élfico-cinzento *ver* Sindarin

Elfos (Primogênitos, Gente Antiga, Povo Antigo, Raça Antiga, Gente-élfica, etc.) 32–38 *passim*, 54, 74, 76, 80, 83, 89, 91, 95, 97, 104 *passim*, 110, 111–12, 113–18, 121, 138, 157 176, 165, 169, 178, 182, 192, 219, 224–25 *passim*, 227, 233, 243, 253, 254, 258, 269, 270 *passim*, 276, 276, 277, 279, 287, 288, 292, 300–04, 306, 308, 309, 314, 315, 316 *passim*, 325, 326, 330 *passim*, 336, 338, 340, 351, 371–82, 383–84, 386–90, 392, 394, 398, 403–07, 410, 411, 413, 417, 423, 435, 454, 463, 464, 477, 497, 499, 500, 502, 504, 508, 511, 521, 526, 546, 549, 579, 582, 605, 621, 645, 649, 652, 654, 695, 705, 708, 711, 784, 717, 718, 719, 725, 750, 760, 762, 763, 768, 817, 819, 827, 831, 916, 948, 951, 954, 957, 963, 971, 977, 980, 1075, 1078, 1079, 1129, 1131, 1132, 1187–189, 1191, 1193, 1194, 1199; Elfos como nome de Quendi 1199; Belo Povo 81, 97, 112; barcos dos 447, 411, *passim*, 429, 450 *passim*, 704; broches feitos por 446, 409, 458, 459, 485, 494, 599, 704, 819, 932, 961, 1070; capas, mantos dos 337, 404, 405, 421, 450, 456, 461, 465, 492, 603, 625, 649, 655, 662, 682, 683, 740, 743, 788, 819, 835, 887, 960, 1006, 1017, 1029, 1037, 1070, 1072; calendário dos 1164–165 *passim*; Reis-élficos 86; Senhores-élficos 325, 1188; menestréis-élficos 284, 1104; idiomas dos *ver* Idiomas élficos; saber-élfico 86; magia-élfica 434, 395, 396; e memória 450, 413; e luar, luz do sol 425; nomes 1199; Ano Novo 1169; relação com os Anãos 310–11, 336; montar à maneira-élfica 520, 632; corda feita pelos 447, 644–46, 654–55, 982; anseio pelo mar dos 1004; estações dos 1165; visão-élfica 504, 464, 562; sono e sonhos-élficos 509; habilidade de correr sobre a neve 351-352; canção-élfica 292; experiência do tempo 464, 1164; Companhias Errantes 124; escrita *ver* Escrita-élfica; *ver também* Eldar (Altos Elfos); Elfos de Eregion; Elfos de Lothlórien; Elfos de Trevamata; Elfos Silvestres (Elfos-da-floresta); Última Aliança de Elfos e Homens

Elfos de Eregion 297, 286, 287, 1120, 1132, 1177, 1183; *ver também* Artífices-élficos

Elfos de Lothlórien 402–25; Galadhrim (Povo-das-árvores) 374, 375, 383–84, 389–90, 392, 404, 408, 409, 410; Elfos Silvestres de Lórien 1145; Cidade dos Galadhrim *ver* Caras Galadhon

Elfos de Trevamata (Elfos do Norte, Povo da Floresta) 273, 288, 372, 378, 915, 1013

Elfos Silvestres (povo silvestre, Elfos-da-floresta, Elfos-do-leste) Silvestres 95, 91, 317, 372, 375, 1131, 1145; idioma dos 1187; *ver também nomes de Elfos Silvestres (ex.:* Haldir*)*

Elfos-cinzentos *ver* Eldar

Elfos-da-floresta *ver* Elfos

Elfos-do-oeste *ver* Eldar

Elfwine, o Belo 1119

Elladan, filho de Elrond 281, 265, 307, 816, 817, 828, 829, 830, 891, 1017, 1089, 1135

Elrohir, filho de Elrond 281, 265, 307, 816, 817, 831, 891, 924, 1017, 1089, 1135

Elrond, o Meio-Elfo (Senhor de Valfenda) 46, 97, 203, 224, 227, 235, 243, 251–319 *passim*, 323, 331, 337, 376, 388, 396, 398, 403, 412, 432, 436, 475, 477, 480, 507, 602, 633, 690, 702, 718, 733, 747, 768, 774, 817, 819, 822, 824, 890, 903, 904, 906, 914, 921, 924–25, 1014, 1017, 1018, 1029 *passim*, 1031, 1073–74, 1077–79, 1087–89, 1104–110, 1131, 1135, 1139; Conselho de *ver* Conselho de Elrond; casa de (*ver* Valfenda) 432, 633, 690, 768, 1018, 1029, 1104, 1106; filhos de *ver* Elladan; Elrohir

Elros Tar-Minyatur 1080, 1132

Elwing, a Branca 245, 266, 276, 1078

Emyn Arnen 866, 1014, 1084, 1098

Emyn Beraid *ver* Colinas das Torres

Emyn Muil 449, 414, 419, 423, 424, 427, 436, 441, 455, 457, 530, 533, 535, 541, 599, 639–41, 646–47, 656, 688, 707, 763, 799, 929, 988, 1015, 1091, 1094, 1118, 1143; Muralha Leste de Rohan [os penhascos ocidentais das Emyn Muil] 457

Emyn Uial *ver* Vesperturvo, Colinas de

Encanto de Morgul 301

Encruzada 1159, 1054, 1059

Encruzilhada (do Rei Caído) 686, 738, 740–41, 849, 926

Enedwaith 1139

Entágua 449, 423, 455 *passim*, 458, 461, 463, 464, 471 *passim*, 474, 494, 496, 503, 505, 846; vale do 1115

Entencontro (Encontro) 514, 516, 518, 600, 1143

Entês *ver* Ents: idiomas dos

Ents 523, 500, 503, 504, 507–24 *passim*, 585, 593, 594, 597, 600–10 *passim*, 612, 620–23 *passim*, 1001, 1022–25, 1040 *passim*, 1143, 1144, 1191; Onodrim (Enyd) 477, 534, 1191; pastores-de-árvores 552, 510; Entinhos 558, 513, 1025; Entezelas 561; Entesposas

555, 510, 511, 512, 519, 522, 621, 1026; idioma dos (entês) 501, 512, 514, 516, 521, 1191, 1192; lembrados em canções ou contos infantis 561-563, 534, 585; Sombra da Mata 675

Éomer, filho de Éomund (Éomer Éadig, Terceiro Marechal da Marca-dos-Cavaleiros *ou* da Marca, *posteriormente* Rei Éomer, Rei da Marca) 467-74, 478, 495 *passim*, 542, 544, 548, 549, 551-63, 565-74 *passim*, 578, 580, 585-87, 592, 612,675, 619, 630, 815, 818-21, 833, 834, 837-39, 841, 843-44, 846, 848, 873-79, 882 *passim*, 886, 890, 904, 910-12, 916, 921, 922, 924, 925 *passim*, 1010-11 *passim*, 1014, 1018-23, 1112, 1113, 1140, 1143, 1146, 1148-149

Éomund 513, 473, 1118, 1140; *ver também* Éomer, filho de Éomund; Éowyn, filha de Éomund

Éored [uma tropa de Cavaleiros de Rohan] 469, 471, 872, 878, 879, 881, 1019

Eorl, o Jovem (senhor dos Homens dos Éothéod, Rei da Marca) 465, 470, 543, 547, 551, 572, 585, 1014, 1020, 1021, 1022, 1100, 1101, 1111-113, 1137, 1190; Casa de [dinastia] 555, 558, 576, 614, 615, 616, 825, 826, 838, 910, 911, 1111; casa de [paço] 635; casa de [ambos], isto é, paço e dinastia 1111-115; senhores da Casa de *ver* Théoden: casa de; Juramento de 1100-101, 1119; Filhos de Eorl (Eorlingas) *ver* Rohirrim

Éothain 515, 473

Éothéod 1111, 1112, 1136

Éowyn, filha de Éomund (Senhora de Rohan, *posteriormente de* Ithilien, a Senhora Branca de Rohan) 550, 555, 556, 558, 559, 560, 818, 824, 826, 827, 836-39, 843, 844, 884-88, 901, 903, 905, 906, 909-12 *passim*, 914-1023, 1021-22, 1140, 1146, 1148; disfarçada como Dernhelm 930, 872, 878, 879, 882-84 *passim*, 1022; Senhora do Braço-de-Escudo 1119

Ephel Dúath (Montanhas de Sombra, Montanhas Sombrias, Montanhas Assombradas, divisas, muralhas de Mordor) 277, 284, 322, 435, 673, 674, 676, 678, 679, 687, 688, 690, 697, 731, 736, 738, 742, 749, 763, 769, 842, 927, 928, 941, 942, 959, 962, 965, 971, 986, 1015, 1101, 1187

Era Obscura 116

Eradan 1190

Erebor (Montanha Solitária, local do reino-anânico) 42, 105, 260, 273, 313, 377, 921, 925, 1120, 1121, 1127-131, 1136, 1137, 1138, 1140, 1144, 1145, 1186; Povo de *ver* Anãos de Erebor; portão de 1128; Grande Salão de 1121; chave de 1138; Reino de Dáin 1015; Reis sob a Montanha 44

Erech 903, 917, 1143; nome 1190; Colina de 903, 830; Pedra de *ver* Pedra de Erech

Ered Lithui (Montanhas de Cinza) 673, 674, 676, 934, 966, 971, 977, 1091; muralhas montanhosas de Mordor 724

Ered Luin *ver* Montanhas Azuis

Ered Mithrin 1112

Ered Nimrais *ver* Montanhas Brancas

Eregion (Azevim) 78, 275, 286-87, 315, 316-19, 335, 336, 338, 355, 1029, 1084, 1120, 1142, 1177, 1183; escrita-élfica de 383; Elfos de *ver* Elfos: de Eregion; estrada desde, até Moria 297, 286, 287, 315; *ver também* Artífices-élficos

Erelas 864, 846

Eressëa 299, 1002, 1079, 1087, 1131, 1175; Ilhas do Oeste 1107; Última Ilha 1100; Porto dos Eldar em 1079,

Erestor 295, 298, 300, 302, 1017

Eriador 35, 34, 46, 207, 1084-86, 1088, 1100, 1108, 1125, 1128, 1132-133, *passim*, 1191

Erkenbrand, senhor de Westfolde 616, 563, 564, 566, 577, 578, 580, 587

Erling, filho de Holman "da mão verde" 52

Ermo, o 287, 306, 1034

Erui 1199; Travessias do 1135; *ver também* Batalha das Travessias do Erui

Erva-de-fumo (folha) 38-9, 595, 598; Nicotiana 40; (doce) galenas 41, 913; erva-do-homem-do-oeste 1001; *ver também* variedades de erva-de-fumo (ex.: Folha do Vale Comprido)

Erva-do-homem-do-oeste ver Erva-de-fumo

Escada do Riacho-escuro 340, 366, 1029

Escada Interminável 589

Escada Reta 818, 749

Escada Tortuosa 818

Escada, a, junto a Moria 370, 359, 362, 366

Escadaria do Norte *ver* Escadaria, a, junto a Rauros

Escadaria, a, junto a Rauros (Escadaria do Norte) 424

Escadarias, as, de Cirith Ungol *ver* Escada Reta Escada Tortuosa Escári 1172, 1067

Escrita do Rei *ver* Findegil

Escrita e grafia, na Terra-média 36-7, 1171-186; *ver também* Escrita élfica; Runas; Tengwar; escrita *em nomes de povos (ex.: Anãos)*

Escrita-élfica (letras) 81-2, 286, 338-40, 354-55, 357; letras fëanorianas (escrita) 1177-186; *ver também* Runas; Tengwar

Escuridão (de Mordor, da Tempestade de Mordor) 284, 287, 813, 831, 850, 918, 979,

1020; Escuridão Inescapável 1107; Dia sem Amanhecer 1006, 1144
Esgalduin (Rio dos Elfos) 225, 227
Esgaroth (Lago Longo) 61, 89, 171
Espada que foi partida *ver* Narsil
Espadas *ver nomes de espadas individuais (ex.:* Ferroada*)*; do túmulo 190, 229, 231, 309, 357, 449, 599, 761, 766, 767–68, 770, 796, 819, 944; derrete 973
Espectros *ver* Nazgûl
Espectros-do-Anel *ver* Nazgûl
Espelhágua (Kheled-zâram) 316, 349, 350, 352, 366, 367, 389, 413, 582, 1120, 1123
Espelho de Galadriel 426–42, 770, 1142
Espinheiro, Tom 1140
Estalagem Abandonada, A 237
Estrada da Colina 106, 1061
Estrada da Vila-dos-Hobbits 1154, 1050, 1147
Estrada de Beirágua 56, 1059, 1061
Estrada de Morgul (caminho de Morgul) 959, 967, 1144
Estrada de Sauron 1082
Estrada de Tronco 1179
Estrada do Oeste (Caminho do Norte), de Minas Tirith a Rohan 1015, 975, 1014, 1017
Estrada do Sul, em Ithilien 417, 740
Estrada dos Homens-dos-cavalos 961
Estrada Leste-Oeste (Estrada Leste, Estrada Velha, a Estrada, etc.) 75, 97, 105, 139, 143, 146, 147, 167, 170, 171, 179, 180, 183, 184, 206, 214, 215, 216, 220–22 *passim*, 232–35, 237, 241–43, 245, 246, 297, 314, 679, 925, 1040, 1044, 1059, 1076; Grande Estrada 1190, 1191
Estrada Norte *ver* Caminho Verde
Estrada Sul 890
Estrada Velha *ver* Estrada Leste-Oeste
Estrada, como ideia 70, 104, 319, 1031
Estradas *ver nomes de estradas (ex.:* Estrada Leste-Oeste*)*
Estrado 194, 188, 213, 214, 794, 904, 1036
Estrela de Elendil *ver* Elendilmir
Estrela do Sul 41
Estrela dos Dúnedain 1148
Estrelas, como emblemas *ver* Arnor; Durin; Elendil; Fëanor
Ethir Anduin *ver* Anduin: fozes do
Everholt, grande javali de 1117
Exército do Oeste *ver* Hoste do Oeste
Exilados *ver* Elfos: Noldor; Númenóreanos
Extremo Oeste *ver* Aman

Fala comum (idioma comum, língua comum, westron etc.) 34, 81, 226, 372, 376, 388, 392, 467, 480, 534, 543, 546, 697, 809, 874, 968, 1166, 1190, 1192, 1194 *passim*; nomes na 1194

Falastur 1189, 1090, 1135
Fangorn, o Ent *ver* Barbárvore
Fano, no Monte Mindolluin 1117
Fano-da-Colina (Forte) 554, 559, 574, 624, 818, 820, 824, 828, 829, 834, 836, 844, 874, 884, 910, 913, 917, 920, 922, 1115; nome 1190; Escada do Forte 923
Fano-da-Colina, Mortos do *ver* Mortos, os Fanos, em Minas Tirith 983, 1014; *ver também* Casa dos Reis; Casa dos Regentes
Fanuidhol, o Cinzento (Bundushathûr, Shathûr, Cabeça-de-Nuvem) 316, 366, 1029
Faramir, filho de Denethor (Capitão de Gondor, da Torre Branca, Senhor, *posteriormente* Regente de Gondor, da Cidade, etc.) 46, 695–98, 701–36 *passim*, 746, 747, 750, 761, 765, 770, 795, 799, 800, 850–71 *passim*, 893, 895–909, 914 *passim*, 928, 929, 956, 957, 965, 982, 1004–14, 1018, 1021, 1022, 1084, 1095, 1103, 1143, 1144, 1148; Senhor de Emyn Arnen 1190; Príncipe de Ithilien 1114, 1021
Faramir, filho de Ondoher 1195
Farin 1130
Fastred, de Ilhaverde 1148
Fastred, filho de Folcwine 1117
Fastred, morto na Batalha dos Campos de Pelennor 980
Fëanor anor 366, 633, 634, 1077, 1078, 1132, 1176; letras *ver* Escrita élfica; Estrela da Casa de Fëanor [de prata, possuía oito pontas] 338; *ver também* Eldar
Feira Livre 42, 1070
Feitor, o *ver* Gamgi, Hamfast
Felagund *ver* Finrod Felagund
Felaróf (Ruína do Homem) 543, 1112, 1113
Fen Hollen (Porta Fechada, a Porta do Regente) 868, 869, 894, 898
Fenda(s) da Perdição (Fogo da Perdição, o Fogo, abismo da Perdição) 92, 93, 97, 437, 762, 771–73, 940, 941, 983, 990, 995, 1145; *ver também* Sammath Naur
Fengel 1123, 1117
Fenmark 929, 846
Fero Inverno 210, 321, 1138
Ferroada (punhal élfico), espada 46, 310, 311, 313, 344, 356, 358, 370, 378, 418, 429, 651, 695, 760, 781, 939, 944, 945, 947, 949, 952, 955, 970, 982, 1000, 1135
Fiéis, os *ver* Númenóreanos
Filha do Rio *ver* Fruta d'Ouro
Fíli 1125, 1128, 1130
Fim do Mundo 290
Fim, o 306
Fimbrethil (Pé-de-Vara) [Bétula-esbelta] 511, 512, 522; nome 1192

Fim-da-Sebe 139, 146
Finarfin 1188, 1199
Findegil, escriba do Rei 47, 46
Finduilas de Dol Amroth 1106, 1140
Finglas *ver* Mecha-de-Folha
Finrod Felagund (Amigo-dos-Homens) 1132, 1188; Casa de 117
Fíriel 1195, 1136
Firienfeld 920
Fladrif *ver* Casca-de-Pele
Flecha Vermelha 924, 858, 878
Flói 384
Floresta Chet 36, 182, 215, 218, 1033
Floresta Cinzenta 964, 1020, 1144
Floresta de Fangorn (Floresta Ent) 407, 408, 464, 472, 494, 526, 534, 585, 620, 621, 1025, 1143; nome (Fangorn) 1192; Extremidade Leste 552
Floresta Dourada *ver* Lothlórien
Floresta Drúadan 958, 873, 1144, 1187, 1190
Floresta Ent *ver* Floresta de Fangorn
Floresta Firien 929, 1117
Floresta Velha 56, 130, 135, 139, 140, 142, 143 *passim*, 147, 163, 210, 251, 298, 503, 507, 1040, 1042, 1141; *ver também* Clareira da Fogueira
Floresta Vigia 682
Focinhudo 189
Fogo Secreto 399
Fogos de artifício 59, 58, 393, 394
Foice, a (Ursa Maior) 208
Folca 1123, 1117
Folcred 1117
Folcwine 1123, 1101, 1115, 1117, 1138
Folde 929, 846
Folha da Quarta Sul 668
Folha do Vale Comprido 41, 597, 913
Folha *ver* Erva-de-fumo
Folha-do-rei ver Athelas
Fontegris (Mitheithel) 233, 241, 297, 307, 1084, 1085; nome 1195; Ponte do Mitheithel *ver* Última Ponte Fora (Forasteiros), em relação a Bri ou ao Condado 251, 243, 1142
Fora, de onde veio o Senhor Sombrio 176
Forlond *ver* Portos Cinzentos
Forlong, o Gordo, Senhor de Lossarnach 891, 892, 1190
Fornost (Fornost Erain, Norforte dos Reis, Fosso dos Mortos, cidade-do-norte) 35, 40, 277, 822, 1038, 1082, 1085, 1086, 1097, 1135, 1136; última batalha em *ver* Batalha de Fornost
Forochel 1494; *ver também* Lossoth
Forochel, Baía de 1136, 1187
Forochel, Cabo de 1192
Forodwaith 1192
Forte *ver* Fano da Colina

Forte-da-Trombeta (o Forte) 564–68 *passim*, 571, 573, 574, 575, 576, 580, 581, 588, 616 *passim*, 817, 821, 891, 922, 1114, 1115, 1118, 1143; portões do Forte-da-Trombeta 620, 568, 616; *ver também* Batalha do Forte-da-Trombeta
Fossador, família 63, 60, 61
Fosso Branco 1153
Fosso dos Mortos *ver* Fornost
Fram 1112
Frár 385
Frasco de Galadriel (cristal-de-estrela, vidro da Senhora) 751, 759, 760, 761, 762, 768, 770, 955, 970
Fréa 1123, 1116
Fréaláf Hildeson 1123, 1115, 1116, 1138
Fréawine 1123, 1113, 1116
Freca 1113, 1114
Frerin 1121, 1123, 1130
Frincha Longa 1148
Fronteiros 43, 76
Frór 1121, 1130
Frota negra (velas negras, naus negras) 811, 919, 939
Frumgar 1112, 1136
Fruta d'Ouro (Filha do Rio) 152, 153, 156, 157, 158, 162, 164, 165,, 168, 169, 178, 181
Fundin 1123, 1130; *ver também* Balin, filho de Fundin

Galabas 1161
Galadhrim *ver* Elfos de Lothlórien
Galadriel (Senhora de Lórien, de Lothlórien, dos Elfos, dos Galadhrim, da Floresta Dourada, da Floresta, a Senhora, Senhora-élfica, etc.) 46, 383, 384, 386–91 *passim*, 394, 395, 396, 398, 399, 401, 402, 406, 408, 409, 410, 411, 422, 423, 461, 472, 474, 507, 508, 531, 533, 538, 549, 560, 582, 602, 647, 704, 718, 746, 747, 759, 760, 768, 770, 818, 905, 945, 957, 982, 989, 998, 1017, 1019, 1020, 1023, 1025, 1026, 1027, 1029, 1067, 1073, 1074, 1075, 1107, 1110, 1129, 1132, 1134, 1142, 1145, 1146, 1188; Senhora que não morre 773; Senhora da Magia 773; Rainha Galadriel 638; Feiticeira da Floresta Dourada 603; Senhora Branca 788; bainha para Andúril dada de presente a Aragorn 451, 468; cinto dado de presente a Boromir 451, 451, 704; cabelo dado de presente a Gimli 452, 416, 538; arco e flechas dados de presente a Legolas 451, 421, 545; cintos dados de presente a Merry e Pippin 451; caixa dada de presente a Sam 451, 982, 998, 1067; magia de 435; Espelho de *ver* Espelho de Galadriel; Frasco de *ver* Frasco de Galadriel

Galathilion [a Árvore dos Altos Elfos, que se originou da mais velha das Duas Árvores dos Valar, Telperion e Laurelin] 1118
Galdor 295, 283, 287, 289, 299, 300
Galenas ver Erva-de-fumo Gamgi, Bilbo 1267
Gamgi, Calêndula 1074, 1161
Gamgi, Campânula *nascida* Bonfilho 1161
Gamgi, Elanor 1177, 1074, 1076, 1089, 1147, 1148, 1149, 1161
Gamgi, família 106; nome 1200
Gamgi, Frodo 1180, 1161
Gamgi, Halfast 80, 1161
Gamgi, Halfred, de Sobremonte 1161
Gamgi, Halfred, filho de Hamfast 1161
Gamgi, Hamfast (o Feitor, Velho Gamgi) 52, 57, 54, 57, 69, 100, 101, 107, 396, 400, 704, 647, 660, 674, 693, 696, 719, 769, 940, 978, 1058, 1069, 1142, 1161, 1197; Ranugad (Ran) 119; nome 1197; e batatas (papas) 52, 54, 692, 693, 1164
Gamgi, Hamfast, filho de Samwise 1161
Gamgi, Hamson 1161
Gamgi, Hobson "Cordoeiro" 802, 1161
Gamgi, Maiana 1161
Gamgi, Margarida, filha de Hamfast 1161
Gamgi, Margarida, filha de Samwise 1161
Gamgi, Merry 1180, 1161
Gamgi, Pippin 1180, 1161
Gamgi, Prímula 1161
Gamgi, Robin 1161
Gamgi, Rosa, esposa de Samwise *ver* Villa, Rosa
Gamgi, Rosa, filha de Samwise 1180, 1161
Gamgi, Rubi 1161
Gamgi, Samwise (Sam, Filho de Hamfast, Mestre Samwise, Sam Jardineiro, etc.) 44, 45, 52, 54, 55, 75–8, 81, 90, 93–8, 100–05, 107, 109, 110, 112, 114, 117, 121–28, 131, 134, 136–38, 142, 149, 150–53, 161, 171–77, 181, 185, 186, 187, 188, 189, 193, 197–200, 203–07, 211–17, 219, 222–24, 228, 230–39, 241, 243, 244, 251–53, 257, 258, 260, 263, 264, 265, 270, 271, 304–08, 310, 313, 317–19, 321, 323, 326, 328, 330–35, 337, 341, 342–46, 350, *passim*, 358, 364, 367, 368, 369, 370, 375–78, 380, 390–96, 405, 406, 416–21, 423, 430, 436–41, 453, 639–88, 755–66, 713–15, 717–21, 733–48, 749–63, 765–76 *passim*, 932, 940, 942, 944–67, 969–86, 987–92, 995–1002, 1020, 1028, 1030, 1031, 1034, 1040, 1043, 1044, 1045–53, 1056, 1058, 1064, 1068–75 *passim*, 1143–150, 1164, 1197, 1200; Banazîr 1197; Berhael 1096; nome 1200
Gamgi, Tolman "Tom" 1161

Gamling, o Velho 620, 571, 572, 574, 578
Gampigi, Hob, "o Cordoeiro", "Velho Gamigi" 1161
Gampigi, Sorveira 1161
Gampsi, Wiseman 1161
Gandalf, o Cinzento (Mithrandir, Capa-cinzenta, Peregrino Cinzento, Errante Cinzento, Gandalf, o Branco, o Sábio, Cavaleiro Branco, Líder da Comitiva, etc.) 41, 44, 54–9, 62, 63, 64–7 *passim*, 71–4, 77–81 *passim*, 82, 83, 84, 86–7, 89–100 *passim*, 105–07, 114–16, 119, 136–40, 143, 166, 173–74, 184, 200–07, 216, 219–20, *passim*, 222–24, 228, 232, 239, 241, 243, 251–56 *passim*, 257–59, 262–64, 271–73, 283–84, 287–88 *passim*, 289–96, 298–99, 301–03, 305–06, 308–10, 313–20, 321–25, *passim*, 326–35, 336 *passim*, 337–38, 341–48 *passim*, 350–52, 353–56, 357–64, 368, 369, 388–89, 394, 397, 399, 401, 403, 428, 430, 431–32, 436, 448, 450, 465, 469–71 *passim*, 475, 480, 488, 501, 507–06, 530–42 *passim*, 543–44, 546–64 *passim*, 575, 578–88 *passim*, 591–94, 596, 598–99, 602, 605–10 *passim*, 611–14, 616–36 passim, 678, 681, 685, 709, 716, 720–21, 725, 726, 739, 747, 787–91 *passim*, 795–96, 795–800, 802, 805–08, 812–14, 817, 818, 821, 834, 835, 837, 847–58, 859–61, 863, 865–66, 868, 871, 893–99 *passim*, 902–10, 912, 914, 921–22, 923, 928, 931–35, 978, 992–1001, 1011, 1013, 1015–16, 1020, 1023–24, 1027–29, 1031–38, 1041, 1063, 1075, 1102, 1127–128, 1138–144, 1147, 1195; Tolo Cinzento 952, 896; Incánus, Olórin, Tharkûn 776; Láthspell 602; Corvo-da-Tempestade 602, 866; voz de 395, 777
Garganta de Tarlang 913
Garganta-do-Abismo (a Garganta) 564, 565, 577, 583, 588, 635, 817, 818, 1022
Garra 131, 124, 125
Gelo Estreito (= Helcaraxë) 266
Gente Antiga *ver* Elfos
Gente-élfica *ver* Elfos
Ghân-buri-Ghân (Homem Selvagem) 874, 875, 877, 878
Ghâsh 397
Gildor Inglorion 117, 112, 116
Gil-galad 90, 218, 219, 224, 276, 277, 286, 1079, 1080, 1082, 1131–134 *passim*
Gilraen 1103–106 *passim*, 1138, 1139, 1140, 1172; nome 1189
Gilrain 1006
Gilthoniel *ver* Elbereth
Gimli, filho de Glóin (filho de Durin) 273, 309, 312, 314, 316, 319, 322, 324, 326–27, 330–36, 337–38, 340–47, 377–79, 356,

359–63, 366–67 *passim*, 369–71, 380–81, 383, 388–89, 410, 412 *passim*, 448–54, 456–62, 463–67, 474–76 *passim*, 523–26, 527, 528–38, 559, 570, 571–74, 578, 580, 581–84, 595–99, 607, 610, 612, 614, 621, 711, 814, 817, 820–28, 829–31, 837, 891, 915–21, 925–26, 931, 1001, 1019, 1025, 1128–130, 1149, 1193, 1194; Portador-do-Cacho 590; um dos Três Caçadores 498

Glamdring 337, 344, 356, 363, 364, 546, 1037

Glanduin 1190

Glebafava 130

Gléowine 1122

Glóin, filho de Gróin 282–84, 272–75, 282, 283, 288, 25, 301; *ver também* Gimli, filho de Glóin

Glóin, filho de Thorin I 1130

Glorfindel (Senhor-élfico) 243–47 *passim*, 252, 254, 255, 256 *passim*,323, 300, 302, 309, 1017, 1097, 1119, 1142

Gobelins *ver* Orques

Golasgil 891

Goldwine 1123

Gollum (Sméagol, Fugido, Fedido, etc.) 42, 43, 44, 64–5, 85–91 *passim*, 282, 284–88 *passim*, 289, 294, 305, 308, 417–20, 429, 436, 491, 641, 647, 649, 650–70 *passim*, 669–72, 674–84, 685–86, 698, 710, 725–31, 734–39, 740–60 *passim*, 763, 765–66, 857, 957, 961, 970, 973, 988–91 *passim*, 1137, 1139, 1140, 1141, 1142, 1143, 1144, 1145 *passim*; nome (Sméagol) 1191, 1198; debate de Sméagol-Gollum 734–35

Gomo *ver* Naith de Lórien

Gondolin 29, 276, 349, 390, 1078

Gondor (Reino do Sul, Sul, terras do Sul, etc.) 39, 45, 46, 276–81, 285–86, 289, 300, 301, 312, 329, 364, 371–72, 401–03, 424, 430, 436, 449, 451, 457, 465–66, 468, 470–71, 473, 476, 509, 511, 543, 546, 548, 551, 557, 564, 572, 590, 598, 629, 633, 639, 646, 673, 677, 688, 695, 697–98, 701, 703–02, 706–09, 784, 717–19, 723, 729–33, 736, 741, 750, 768, 788, 866–67, 795–96, 795–800, 803–06, 808–09, 811, 822–23, 839–41, 844, 846–47, 866, 871, 876–77, 880–82, 888–90, 891–92, 894–96, 898, 903–06, 913, 916, 920, 921, 924–29, 931, 997, 1002, 1003, 1004, 1005, 1008, 1011, 1012, 1014, 1018, 1021, 1026, 1030, 1031, 1037, 1049, 1077, 1082–83, 1088–103, 1107–109, 1111, 1112, 1114–115, 1117, 1119, 1128–129, 1133, 1135–138, 1140, 1165, 1187–190, 1194–195 Reinos no Exílio 1133; Petroterra 980; nomes 1195; calendário, registro de 1077, 1083–84; Cidade de Gondor *ver* Minas Tirith; Conselho de 1195; Coroa de *ver* Coroa de Gondor; Mensageiros *ver* Mensageiros de Gondor; Campos de *ver* Pelennor; Reis, Reis– Navegantes de 689, 1014, 1083, 1094–95; idioma de 974, 1129, 1171, 1189; Senhores de *ver* Regentes; Homens de (gente, povo, raça, etc.) 39, 300, 424, 470, 673, 677, 707, 719, 790, 791, 870, 879, 888, 936, 1002, 1004, 1012, 1092, 1101, 1194; Menestrel de 1097; Exército Setentrional de 1195; palantír de 692; feudos meridionais 866; tumbas de *ver* Fanos; guardiões de Gondor no Oeste (em Orthanc) 590; limites orientais 516; Fronteira Norte 774; Gondor Meridional 1199, 1101; *ver também* Anórien; Colinas dos faróis; Ithilien; Minas Tirith; etc.

Gorbag 84-853 *passim*, 941, 944, 947, 948, 949, 956, 962

Gorgoroth 300, 435, 673, 679, 720, 745, 749, 936, 942, 943, 965, 966, 971, 978, 986, 995

Gothmog 975

Grã-Cava 38, 37, 40, 44, 54, 189, 190, 310, 351, 1053, 1057, 1066, 1067; casa-mathom de 38, 44, 351; Prefeito de *ver* Pealvo, Will

Grados 35, 34, 37, 84, 1085, 1135, 1191; nomes 1197

Gram 1123, 1116

Grande Batalha, no final da Primeira Era 1131

Grande Cerco 852

Grande Inimigo *ver* Morgoth

Grande Joia *ver* Silmaril(s)

Grande Perigo 1180

Grande Ponte *ver* Ponte do Brandevin

Grande Portão da Cidade *ver* Minas Tirith

Grande Portão *ver* Moria

Grande Rio *ver* Anduin

Grande Sinal 851

Grande Treva, de Morgoth 551, 504, 509, 521

Grandes Guerras [contra Morgoth e Sauron] 508

Grandes Navios, númenóreanos 556

Grandes Smials (Grande Casa dos Tûks) 38, 45, 46, 1054

Grandes Terras *ver* Terra-média

Grandes, os 35, 304

Granja Velha 1167

Gríma, filho de Gálmód *ver* Língua-de-Cobra

Grimbeorn, o Velho 283

Grimbold [um marechal que se distinguiu nas batalhas nos Vaus do Isen, comandou a Ala-esquerda e tombou na batalha de Pelennor] 587, 879, 892

Grimslade 980

Griságua (Gwathló) 233, 307, 308, 318, 408, 1029, 1037, 1084, 1141

Grishnákh 528, 487–93 *passim*, 599, 1192

ÍNDICE REMISSIVO

Grond, aríete 956
Grond, Martelo do Mundo Ínfero, maça de Morgoth 956
Gruta da Nascente 554, 600
Guarda-Cerca, Hob 1146, 1044
Guardas da Cidadela (de Minas Tirith) 791–92, 803–04, 808–09, 810–11, 839–40, 926–27, 1011–12 *passim*; libré dos 871, 848, 852, 869, 906, 945
Guardiões do Marco Ocidental 47
Guardiões *ver* Valar
Guerra das Grandes Joias 1188
Guerra do Anel 47, 253, 1072, 1077, 1079, 1103, 1109, 1118, 1119, 1124, 1131, 1164, 1168, 1169, 1187, 1189 etc.
Guerra dos Anãos e dos Orques 1100, 1122, 1130, 1138
Guerra dos Elfos e Sauron 1132
Gundabad 1123
Guthláf 967, 886, 892
Gúthwine (espada de Éomer) 569
Gwaihir, o Senhor-dos-Ventos 318, 295, 305, 530, 537, 993, 995, 996, 1142 *passim*
Gwathló *ver* Griságua

Hador dos Cabelos-dourados, o Amigo-dos-Elfos 328, 717; Casa de Hador 1078
Hador, regente 1190, 1166
Halbarad 895-899 *passim*, 821, 824, 827, 831, 891, 892
Haldir 414-428 *passim*, 392, 404, 405, 406, 417, 645
Haleth, filho de Helm 1114, 1116
Halifirien 864, 846
Hálito Negro (Sombra Negra) 207, 289, 903, 907, 914
Hallas 1190
Háma, capitão da Guarda do Rei 599-601, 550–54 *passim*, 563, 580–81
Háma, filho de Helm 1114, 1116
Harad (Sul) 435, 697, 699, 852, 886, 1090, 1093, 1095, 1100, 1135
Haradwaith 1196; Terras-do-Sol 748; portos de 479; reinos de, no Extremo Sul 763; reis de 1196; homens de *ver* Haradrim
Haradrim (povo, homens, povos de Harad) 278, 784, 840, 858, 882, 889, 891, 919, 1101, 1117, 1138; campeão dos 948; chefe (a serpente negra) 882, 883, 885; homens semelhantes a meio-trols do Extremo Harad 975; Homens do Harad Próximo 1195; Sulistas 763, 698, 699, 713, 861, 882, 883, 889, 891, 901, 907, 994, 1002, 1031; Homens Tisnados 925; Tisnados 748, 700, 841
Harding, de Rohan 980

Harlond *ver* Portos Cinzentos
Harlond, cais de Minas Tirith 866, 889, 890, 891, 920, 924, 1096
Harnen 1196
Hasufel 520, 539, 540, 541, 544, 575, 595, 814
Haudh in Gwanûr 1101
Helm "Mão-de-Martelo" 576, 577, 582–84, 1021, 1113 *passim*, 1137–1138, 1143; trompa de 631, 576, 1020
Helmingas *ver* Westfolde: homens de
Henneth Annûn, Janela do Poente (cortina da Janela, Cortina) 712, 722, 724, 725 *passim*, 734, 735, 853, 929, 1002, 1100, 1143
Herefara 980
Herion 1190
Herubrand 980
Herugrim (espada de Théoden) 554
Hild 1112, 1115, 1116
Hirgon 924, 841, 842, 878
Hirluin, o Alvo 891, 889, 892
Hithlain [fio-de-névoa] 405
Hobbit, O 43-45
Hobbits (Povo Pequeno) 31-41 *passim*, 85, 155, 182, 192, 194, 311, 330, 382, 394, 447, 497, 593, 621, 652, 654, 658, 659, 662, 666, 675, 692, 696, 726, 735, 736, 748, 817, 998, 1026, 1050, 1072, 1086, 1142, 1147, 197–168, 1170, 1171, 1190, 1191, 1194–303; Holbytla(n) 593, 842, 885; Periain, Periannath (sing. *Perian*) 45, 927, 1011, 1135, 1136, 1091; e arquitetura, ofício da construção 39-40; e barcos, água 45, 131, 402; calendário dos *ver* Registro do Condado; personalidade, aparência 33-34; educação, saber 33–40, 42, 45, 80, 632; paixão por histórias de família 56, 593; comidas e bebidas 34–5, 57, 73–4, 134, 595; aversão a alturas 415; Hobbits-em-armas 42; idioma dos 34–8, 1190–191; lendas, histórias dos 651, 774, 800–01; e cogumelos 131–33, 127; nomes de raça 1176–186; nomes de Hobbits 1171; costume de presentes 34–40, 57; fumo 40–1, 593, 597, *ver também* Erva-de-fumo; escrita (letras) 34; *ver também* Bri; Cascalvas; Pés-Peludos; Mathom; Condado, o; Grados; etc.
Holbytla(n) *ver* Hobbits
Holman "da mão verde" 52, 54
Homem da Lua 203–04
Homens (Povo Grande, Homens Mortais) 31–39, 76, 82, 83, 89, 106, 114, 178, 179, 182, 183, 188, 194, 224, 253, 254, 259, 261, 275–77, 281, 291, 292, 295, 298, 299, 300, 301, 309, 314, 315, 326, 340, 387, 391, 403, 404, 424, 425, 431, 432, 434, 435, 450, 454, 456, 463, 465, 467, 468, 470, 488, 490, 504, 511, 531,

532, 542, 549, 559, 569, 582, 585, 586, 589, 590, 595, 609, 610, 615, 683, 695, 714, 784, 717–19, 724, 726, 735, 763, 796, 800, 822, 823, 830, 831, 835, 836, 836, 841, 863, 866, 869, 874–77, 888, 915–18, 927, 942, 1012, 1016, 1020, 1023, 1025, 1035, 1046, 1047, 1048, 1051, 1078–80, 1085–87, 1090–94, 1096, 1104, 1107–111, 1113, 1115, 1121, 1131–135, 1144, 1145, 1167, 1168, 1177, 1187–193, 1194, 1196–199; alfabetos dos 1176–177; calendário dos 1164–170; domínio dos 1387, 1538; falham, mas a semente brota 1004; idiomas dos 368, 353, 1197, *ver também* Adûnaico, Fala comum; nomes dos 897, 822–23; *ver também* Terrapardenses; Dádiva dos Homens; Haradrim; Última Aliança de Elfos e Homens; Númenóreanos; Rohirrim; *e nomes de lugares habitados por Homens (ex.: Gondor)*

Homens das Colinas *ver* Terrapardenses; Rhudaur

Homens das Montanhas *ver* Mortos, os

Homens das Neves de Forochel *ver* Lossoth

Homens do Chefe *ver* Rufiões

Homens do Crepúsculo *ver* Rohirrim

Homens do Rei (Númenóreanos Negros) *ver* Númenóreanos

Homens Selvagens (Woses) 873–77, 1144, 1187, 1190; *ver também* Ghân-buri-Ghân

Homens Selvagens, da Terra Parda *ver* Terrapardenses

Homens-árvores 80

Homens-da-floresta, de Trevamata 95

Homens-Púkel 919, 836, 874

Horn, Cavaleiro de Rohan 980

Hoste Cinzenta *ver* Mortos, os

Hoste de Sombra *ver* Mortos, os

Hoste de Valinor 1131

Hoste do Oeste, contra o Rei-bruxo 1112, 1097, 1120

Huor 1078

Huorns 658, 601, 602, 603, 604, 606, 607, 608, 818; treva dos 664

Húrin de Emyn Arnen, regente 1198; Casa de *ver* Regentes

Húrin I, regente 1190

Húrin II, regente 1190

Húrin, da Primeira Era 328; nome 1189

Húrin, o Alto, Guardião das Chaves 975, 1011, 1013

Hyarmendacil "Vitorioso-do-Sul" (Ciryaher) 1090, 1091, 1135

Hyarmendacil II (Vinyarion) 1083, 1135

Iarwain Ben-adar *ver* Bombadil, Tom

Idiomas dos homens *ver* Homens: idiomas dos

Idiomas eldarin *ver* Idiomas élficos

Idiomas élficos (élfico, idioma, fala, língua élfica), geral ou não especificada e incerta 122, 341, 500, 511–12, 514, 1176–185, 1196; idiomas eldarin (quenya e sindarin) 1081, 1171, 1173, *passim*, 1175, 1176, 1180, 1188; língua silvestre (da floresta), sotaque 410; *ver também* Quenya (Alto-élfico); Sindarin (Élfico-cinzento); Valinoreano

Idiomas, da Terra-média 369; *ver também idioma(s) em nomes de povos (ex.: Anãos) e nomes de idiomas individuais ou de grupos de idiomas (ex.: Adûnaico; Idiomas élficos)*

Idril Celebrindal 1078

Ilmarin 289, 268, 406

Imlad Morgul *ver* Vale Morgul

Imladris *ver* Valfenda

Imloth Melui 997, 1011

Imrahil, Príncipe de Dol Amroth (o Príncipe, Senhor de Dol Amroth) 790, 811, 862, 888, 889, 892, 894, 904, 905, 906, 907, 909 *passim*, 915, 916, 921, 922, 924, 925, 928 *passim*, 931, 932, 935, 1000, 1011, 1022, 1119, 1171; nome 1171

Incánus *ver* Gandalf

Ingold 865, 775

Inimigo Inominável *ver* Sauron

Inimigo, o *ver* Morgoth; Sauron

Inominável, o *ver* Sauron

Inverno Longo 37, 1100, 1114, 1116, 1138

Ioreth 991, 904, 906, 907, 908, 909, 1011, 1012, 1172

Iorlas 889

Isen 355, 408, 562, 563, 580, 587, 588, 589, 604, 605, 607, 624, 631, 815, 1037, 1113, 1026, 1112, 1114

Isen, Vaus (Travessias) do 615, 563, 564, 580, 584, 586, 631, 815 *passim*, 1114, 1118, 1141, 1143; fozes do 1100; *ver também* Batalhas dos Vaus do Isen

Isengard 315, 293, 294, 298, 329, 434, 435, 450, 455, 459, 460, 470, 471, 472, 480, 481, 482, 486–91, 495, 501, 507, 508–10, 517, 520–22, 525, 532, 533, 535, 540, 554, 557, 562, 563, 564, 567, 568, 570, 572, 575, 576, 577, 578, 579, 580, 583, 584, 587, 589–92, 595, 599–603, 606–10, 617, 620, 622–24, 630, 633, 635, 681, 789, 792, 797, 1115, 1116, 1134, 1138, 1143, 1146, 1192; Angrenost 556; criaturas de 626; emblema de (mão branca) de 526, 484, 508, 568, 590; portões de 571, 584, 587, 589; Senhor de *ver* Saruman; Anel (círculo) de 648; Isengardenses *ver* Orques; *ver também* Orthanc; Mão Branca; Vale do Mago

Isengrim II 1137, 1166

Isildur, filho de Elendil 90, 87, 88, 90, 275-87, 309, 428, 468, 679, 696, 701, 702, 707, 709 *passim*, 746, 799, 822, 823, 830, 831, 890, 897, 918, 920, 1012, 1082-85, 1087, 1088 *passim*, 1095, 1102-105, 1133, 1134, 1138, 1139, 1140, 1157-276, 1189; nome 1189; rolo de 1140
Istari *ver* Magos
Ithildin [lua-estrela] 338, 351
Ithilien 300, 688, 690, 695, 697, 707, 710, 712, 714, 731, 733, 735, 742, 790, 795, 802, 806, 852, 853, 854, 856, 916, 928, 942, 960, 996, 1000, 1002, 1010, 1014, 1020, 1021, 1092, 1094, 1095, 1097, 1099, 1100, 1101, 1129, 1138, 1139, 1143, 1144, 1148, 1149, 1174; *ver também* Ithilien do Sul
Ithilien do Sul 866, 916, 1095
Iule 1173, 1114, 1163, 1166
Ivorwen 1104

Janela do Olho 1082
Jardineiro, família 1150, 1161
Jardineiro, Frodo 1161
Jardineiro, Holfast 1161
Jardins da Batalha 1173
Jogo das adivinhas 44, 86
Joias, Três *ver* Silmarils
Juncal 139
Juramento de Eorl *ver* Eorl, o Jovem: Juramento de
Justa-Correia, Blanco 1155
Justa-Correia, Bruno 1155
Justa-Correia, família 64, 61, 80, 1066
Justa-Correia, Hugo 72, 1155
Justa-Correia, Prímula *nascida* Boffin 1155

Khand 975, 1095
Khazâd *ver* Anãos Khazad-dûm *ver* Moria
Kheled-zâram *ver* Espelhágua
Khuzdul *ver* Anãos: idioma dos
Kibil-nâla *ver* Celebrant

Lã-de-Cardo, sobrenome 200
Ladeira, sobrenome 200
Ladeira, Willie 1140
Lagduf 1042
Lago Longo *ver* Esgaroth
Lago-sombra 289
Lamedon 891, 831, 891, 918, 920; Senhor de *ver* Angbor
Lança de Gil-galad *ver* Aeglos
Landroval 1091, 995
Laracna (Ela, Nobre Senhora, a Vigia) 756, 762, 763, 764, 765, 767-69, 773, 775-80 *passim*, 939, 940, 941, 942, 944, 948, 970, 1140, 1144, 1147; toca de (Torech Ungol) 756, 773, 1144

Lassemista 569
Laurelin (Árvore Dourada) 1078, 1170; uma das Duas Árvores de Valinor 1078
Laurelindórenan *ver* Lothlórien
Lebennin 355, 790, 804, 805, 857, 889, 891, 916, 918, 920, 1010, 1092, 1144
Lebethron 803, 1012
Lefnui 1114
Legolas Verdefolha 295, 288, 305, 309, 312, 314, 316-17, 325-27, 330, 332, 333, 336, 337-38, 344, 345, 352, 356, 358, 359, 362-63, 368, 371, 372, 374-81, 387-90, 392, 402, 406, 409, 412, 416, 419-25, 436-39, 448-62, 463-68, 472, 474-78, 523-24, 526, 527-36, 538-42, 543, 545, 552, 558-62, 567, 570, 572-74, 580-85, 592, 594-99, 611-12, 620-21, 814, 817-28, 829-31, 833, 837, 891, 915-21, 926, 929, 1000, 1020, 1022, 1025, 1129, 1149; um dos Três Caçadores 498
Lembas (pão-de-viagem) [*lenn-mbass* "pão-de-jornada"] 404, 463, 489, 524, 661, 690, 694, 750, 956, 971, 972, 977, 980, 982
Léod 1111, 1112
Léofa (Brytta) 1021, 1117
Leste, longínquo (Terras Orientais) 806, 1107
Lestenses (povo do Leste) 278, 784, 889, 891, 926, 929, 934, 994, 1002, 1013, 1090, 1091, 1094, 1112, 1116, 1135, 1137, 1251
Limclaro 457, 1091, 1099, 1111, 1112
Lindir 291
Lindofilho, Elfstan 1148
Lindofilhos do Marco Ocidental (das Torres) 1149
Lindon (terra élfica) 1084, 1085, 1096, 1131, 1132, 1133, 1136
Língua Negra (idioma de Mordor) 82, 285, 287, 1175, 1181, 1192
Língua *ver* Naith de Lórien
Língua(s)-élfica(s) *ver* Idiomas élficos
Língua-de-Cobra (Gríma, filho de Gálmód) 544, 548-51, 554-57, 563, 564, 591, 608, 609, 613, 619, 620, 635, 834, 910, 1028, 1063, 1064; nome 1198
Linhir 1006, 1144
Lite 43, 1146, 1163, 1166
Lithlad 737
Livro de Mazarbul 386, 357, 359, 1186
Livro do Thain 47, 1188
Livro Vermelho do Marco Ocidental (livro, diário de Bilbo Bolseiro) 31, 38, 44, 45, 46, 1060, 1074, 1129, 1149, 1164, 1165, 1168, 1169, 1194, 1198, 1200
Livro Vermelho dos Periannath 47
Livros de Saber, em Valfenda 334, 1072
Lobisomens 274
Lobo de Angband 245

Lobo, cão do Fazendeiro Magote 131, 124
Lobos 245, 293, 342, 1127, 1138, 1142; wargs 374, 331–32; lobos brancos 210, 321; Cão de Sauron 357; *ver também* Lobo de Angband
Lóni 385
Lórien Oriental 1145
Lórien *ver* Lothlórien
Lossarnach (Arnach) 790, 804, 811, 812, 889, 907, 924, 929, 1117, 1118
Lossoth (Homens das Neves de Forochel) 1086, 1087
Lothlórien (Lórien, Floresta Dourada, terra élfica, etc.) 259, 286, 299, 366, 368, 371, 372–74, 376, 377, 379–81, 382, 383–86, 388, 389, 392, 394, 398, 401, 402, 404, 405, 407, 408, 409, 411, 412, 413, 414, 416, 417, 421, 423, 435, 437, 450, 451, 458, 461, 466, 470, 502, 504, 507, 524, 538, 545, 549, 625, 644, 662, 704–06, 711, 716, 718, 759, 770, 771, 848, 905, 1017, 1071, 1105, 1107, 1110, 1125, 1136, 1142, 1144, 1145, 1146, 1188; Flor-do-Sonho 551; Dwimordene [Vale da Ilusão, nome em Rohan para Lórien] 549; Egladil 418, 407; Laurelindórenan (Terra do Vale do Ouro Cantante) 502, 705, 1023; Elfos de (Galadhrim) *ver* Elfos: de Lothlórien; tempo em 432, 422; *ver também* Lórien Oriental; Naith de Lórien; Divisas do Norte
Lua (Ithil) 723; e libré de Minas Morgul 1039; e o calendário do Condado 1164; nova após 461, 422; Cara Branca, assim chamada por Gollum 715, 667, 726
Lua do Caçador 331
Lugbúrz *ver* Barad-dûr
Lugdush 530, 489
Lûn (Lhûn), rio 36, 504, 1075, 1084, 1086, 1087, 1096, 1097, 1125; nome 1195
Lûn, braço de mar de 1181
Lûn, Golfo de 693, 1084
Lûn, Montanhas de *ver* Montanhas Azuis
Lúthien Tinúviel [Tinúviel = *rouxinol*] 226, 227 *passim*, 247, 259, 276, 310, 762, 919, 1018, 1078, 1104, 1105; balada de Beren e Lúthien (Balada de Lúthien) 310, 1104

Mablung 763, 698, 699, 700, 706, 711, 929,
Machado de Durin 385
Macieira, Rowlie 1140
Macieira, sobrenome 200
Magia-élfica *ver* Elfos
Mago(s) [membro da Ordem dos Istari] 39, 41, 115, 290, 508, 521, 587, 589, 605, 618, 624, 626, 629, 1134; Istari 1134–135; Cinco Magos 678; *ver também* nomes de Magos individuais (ex.: Gandalf); *a palavra "mago"* com frequência refere-se especificamente a Gandalf, e também é usada casualmente para referir-se a [um mágico; qualquer pessoa à qual se atribuíam estranhos poderes; com desprezo; "magia": mágica do tipo popularmente atribuído aos Magos]
Magote, família 131
Magote, Fazendeiro 132, 126, 128, 132, 135, 165,
Magote, Sra. 124, 127, 128, 129, 134
Mais Antiga das Árvores *ver* Telperion
Malbeth, o Vidente 902, 1096
Mallor 1188
Mallorn (Árvore Dourada, pl. *mellyrn*) 376, 379, 382, 387, 405, 524, 1068, 1110, 1147
Mallos 1006
Malvegil 1188, 1085
Mansão do Brandevin 40, 45, 46, 53, 123, 124, 130–32, 1159
Manwë (Rei Antigo) 268
Mão Branca, pilar da 648–49, 623; como emblema *ver* Isengard
Mapas, mencionados 334, 316, 319, 488
Mar Interior *ver* Núrnen; Rhûn, Mar de
Mar, o 36, 37, 76, 110, 111, 141, 162, 233, 253, 257, 267, 275, 278, 284, 299, 300, 349, 382, 397, 398, 399, 406, 411, 452, 504, 508, 511, 521, 538, 543, 688, 704, 717, 718, 741, 762, 803, 806, 849, 888, 890, 903, 916, 918, 920, 954, 1001, 1012, 1015, 1030, 1058, 1068, 1073, 1075, 1079, 1081, 1083, 1087, 1089, 1090, 1091, 1109, 1111, 1113, 1119, 1129, 1131, 1134, 1137, 1139, 1148, 1149, 1188, 1190; Grande Mar 117, 182, 382, 422, 451, 591, 669, 1012, 1078; Mares Divisores 242, 227, 634; Mares do Oeste 116, 111, 349, 1073
Marca, a *ver* Rohan
Marca-dos-Cavaleiros *ver* Rohan
Marcas da erva-de-fumo do Corneteiro 655
Marcho 42, 1150
Marco do Leste, do Condado 42
Marco do Oeste, do Condado 42
Marco Ocidental 42, 45, 1148; *ver também* Livro Vermelho do Marco Ocidental
Mardil Voronwë, "o Resoluto" 708, 795, 1083, 1084, 1098, 1099, 1137, 1166
Mares Divisores *ver* Mar, o
Martelo do Mundo Ínfero *ver* Grond
Matas dos Trols 250–56 *passim*
Mathom 38, 46, 69, 1171, 1191
Mauhúr 536, 493
Mazarbul, Câmara de *ver* Câmara de Mazarbul
Mazarbul, Livro de *ver* Livro de Mazarbul
Mearas 516, 539, 544
Mecha-de-Folha (Finglas) 510

Meduseld (Paço Dourado, casa de Eorl) 473, 539, 541, 542, 554, 563, 587, 814, 818, 819, 834, 838, 843, 886, 1021, 1114, 1115, 1116, 1243
Meia-branca 189
Meio-do-Verão 43, 290, 297, 1017, 1070, 1107, 1109
Meio–Elfos (Peredhil) 733, 1078–79; *ver também* Elrond, o Meio-Elfo
Melhores Smials 1173
Melian 1078
Mellon [amigo] 341
Meneldil 299, 285, 1083, 1095, 1134
Meneldor 1093, 996
Meneltarma 1079,
Menelvagor (Telumehtar, Órion) 113, 1172
Mensageiros de Gondor 928, 877, 878
Mensageiros do Rei 1155
Merethrond, o Grande Salão de Banquetes 1121
Mestre-Correio, no Condado 43
Methedras (Última Montanha) 464, 505, 517
Minalcar *ver* Rómendacil II
Minardil 1189, 1093, 1094, 1098, 1136
Minas Anor, Torre do Sol (Poente) 277, 278, 285, 428, 633, 710, 1010, 1082, 1090, 1092, 1094, 1098, 1133–136; *ver também o nome posterior* Minas Tirith
Minas de Moria *ver* Moria
Minas Ithil, Torre da Lua (Nascente) 277, 278, 280, 633, 679, 784, 730, 731, 742, 1014, 1082, 1097, 1102, 1133, 1136; Pedra-de-Ithil (palantír) *ver* Palantír; *ver também o nome posterior* Minas Morgul
Minas Morgul, Torre de Feitiçaria (Cidade Morta, amaldiçoada torre) 278, 283, 435, 633, 730, 731, 732, 742, 745, 747, 777, 804, 858, 925, 927, 1097, 1098, 1136, 1137; hoste(s), legiões de (hoste de Morgul, etc.) 432, 820, 839, 862, 865, 881, 886, 889, 890, 891, 993; Rei de *ver* Rei-bruxo; *ver também o nome anterior* Minas Ithil
Minas Tirith, Torre de Guarda (a Cidade, Cidade-de-pedra, etc.) 45, 278–80, 282, 285, 309, 391, 401–04, 407, 408, 423, 424, 429, 432, 433, 435, 436–38, 448, 451, 596, 456, 469, 470, 532, 533, 585, 635, 646, 696, 698, 702, 706–10, 784, 717, 729, 732, 787–89, 791, 795, 799, 800, 806, 809, 810, 814, 822, 840, 842, 848, 859, 864, 865, 868, 872, 876, 880, 894, 899, 900, 901, 912, 915, 918, 920, 922, 926–29, 939, 1000, 1001, 1002, 1011, 1014, 1017, 1023, 1026, 1072, 1098, 1100, 1101, 1102, 1110, 1128, 1129, 1137, 1139–146, 1189, 1194; Cidade Guardada 867; Mundburg [Fortaleza-guardiã] 543, 544, 845, 874, 877, 892, 1022, 1118; Sete Portões 865; *ver também o nome anterior* Minas Anor; Capitães de 879–80; Portão de (Grande Portão, Portão de Gondor) 276, 286, 673, 680, 683, 687, 730, 731, 747, 790, 791, 792, 804, 808, 809, 856, 832, 858, 871, 926, 930, 931, 971, 977, 994, 1007, 1008, 1017, 1118; Senhor(es) de *ver* Regentes; homens da Cidade (da Torre da Guarda) 391, 403, 404, 424, 927; morros de 980; palantír de (Pedra-de-Anor) *ver* Palantír; Segundo Portão de 955; *ver também* Cidadela de Gondor; Casa dos Reis; Casa dos Regentes; Casas de Cura; Rua dos Lampioneiros (Rath Celerdain); Rath Dínen (Rua Silente)
Minastan 1189
Mindolluin *ver* Monte Mindolluin
Minhiriath 1192, 1139
Min-Rimmon (Rimmon) 788, 846, 875, 1010, 1144; nome 1190
Miruvor 349, 328, 343
Mitheithel *ver* Fontegris
Mithlond *ver* Portos Cinzentos
Mithrandir *ver* Gandalf
Mithril [pratavera] 268, 351, 355, 369, 795, 890, 932, 1013, 1074, 1120; prata-de-Moria 379; colete (cota) de mithril 292, 369, 770, 944, 961, 1000
Moinho, na Vila-dos-Hobbits 436, 1056, 1057, 1061, 1062, 1067
Moita de Hera, A 56, 97
Montanha Assombrada *ver* Dwimorberg
Montanha de Fogo *ver* Monte da Perdição
Montanha e a Floresta *ver* Erebor *e* Lothlórien [*ou* Anãos e Elfos em geral]
Montanha Solitária *ver* Erebor
Montanhas Azuis (Ered Luin, Montanhas de Lûn) 34, 75, 504, 1084, 1086, 1120, 1125, 1131, 1132, 1138
Montanhas Brancas (Ered Nimrais, Montanhas de Gondor, etc.) 277, 291, 320, 374, 408, 457, 461, 540, 561, 562, 632, 784, 723, 733, 736, 791, 834, 1100, 1112, 1113, 1117, 1190
Montanhas Circundantes 1091
Montanhas de Cinza *ver* Ered Lithui
Montanhas de Gondor *ver* Montanhas Brancas
Montanhas de Lûn *ver* Montanhas Azuis
Montanhas de Moria *ver* Moria, Montanhas de
Montanhas de Shadow *ver* Ephel Dúath
Montanhas de Terror (= Ered Gorgoroth) 227, 762
Montanhas Nevoentas (Montanhas de Névoa) 33, 34, 42, 182, 198, 223, 256, 284, 291, 295, 307, 308, 316, 330, 365, 415, 434, 435, 449, 463, 464, 488, 494, 561, 587, 933, 1027, 1084, 1088, 1089, 1100, 1111, 1120, 1132, 1133, 1135, 1137, 1187, 1190, 1192
Montanhas Sombrias *ver* Ephel Dúath

Monte da Perdição (Orodruin, Amon Amarth, Montanha de Fogo etc.) 92, 275, 276, 278, 314, 319, 437, 661, 681, 720, 941, 942, 943, 954, 960, 963, 966, 977, 984, 985, 988, 990, 991, 995, 1082, 1101, 1132, 1139, 1144; nome (Orodruin) 1195; *ver também* Fenda(s) da Perdição; Sammath Naur

Monte Mindolluin (Mindolluin) 636, 791, 792, 800, 812, 845, 849, 855, 868, 871, 876, 878, 891, 1015, 1020

Monte Presa *ver* Orthanc

Monte Sempre-branco *ver* Oiolossë

Morannon [portão negro] (o Portão [ou Portões] Negro de Mordor, portão de Sauron) 276, 286, 668, 673, 680, 683, 686, 687, 730, 731, 733, 741, 858, 861, 926, 928, 930, 931, 934, 971, 977, 994, 1007, 1008, 1095, 1143, 1144

Mordor (País Negro, Terra Negra, País Sombrio, Terra da Sombra, Terra Inominável, etc.) 30–1, 75, 82, 90, 201, 209, 219, 227, 247, 254–55, 258, 274, 276, 278, 281, 283, 285–86, 288, 292, 295, 300–01, 308, 310, 322, 357, 402, 407, 421, 424, 429, 432–33, 435, 437, 440, 449, 453, 459, 465, 467, 487, 495, 508, 531–34, 546, 562, 590, 615, 617–18, 620, 624, 630–31, 634–35, 640, 652, 656, 662, 667–68, 669, 673–76, 680–83, 689, 703, 720, 736, 738, 741, 746, 762, 788, 805, 820, 822, 831, 837, 839–40, 842, 864–65, 870, 881, 890, 891, 897, 900, 904, 918–19, 921, 926, 928–35, 940–42, 943, 947, 949, 954, 956–57, 960, 962, 964–66, 969–70, 979, 983, 989, 991, 993–94, 987, 1000, 1002, 1013, 1040, 1062, 1082, 1091, 1094–95, 1097, 1099–102, 1107, 1118, 1128, 1132–133, 1136, 1138–140, 1144, 1192–193; aliados de 1006, *ver também nomes de aliados (ex.:* Haradrim*)*; portões de *ver* Morannon; hoste(s) de 476, 820, 839, 862, 865, 881, 890, 891, 993; idioma de *ver* Língua negra; escravos de 1043, 1013; muralhas de *ver* Ephel Dúath, Ered Lithui; *ver também* Escuridão; Nazgûl; Orques; Sombra

Morgai 1033, 942, 959, 960, 963–67, 971, 1144

Morgoth (Poder Sombrio do Norte, Treva no Norte, o Grande Inimigo, a Sombra) [Vala maligno, Inimigo primordial] 227, 389, 1078, 1079, 1086, 1120, 1131, 1188, 1192; serviçal de *ver* Sauron

Morgulduin 806, 853

Moria (Minas de Moria, Khazad-dûm, Abismo Negro, reino-anânico, salões de Durin, etc.) 273–75, 301, 316, 329–31, 333–36, 337, 338, 344, 377–80, 353–56, 357, 361, 365, 366, 368, 370, 371, 372, 377, 383, 388, 389, 392, 403, 417, 418, 422, 435, 450, 470,
507, 536, 570, 597, 605, 681, 696, 701, 709, 716, 757, 799, 978, 1029, 1120, 1121, 1122, 1123, 1125, 1130, 1132, 1134, 1136, 1137, 1138, 1140–142, 1146, 1177, 1180, 1183, 1186, 1199; Covanana 340, 377; ponte de (Ponte de Khazad-dûm, Ponte de Durin) 536, 1142; portas de (Portas de Durin, Porta élfica, portão de Azevim, Portão-oeste) [entrada oeste para Moria, feita por anãos, mas controlada pelo encantamento de Celebrimbor] 330, 335, 338, 355, 366, 1036, 1040, 1132, 1142; Primeira profunda 397; Primeiro Salão 386, 361, 362; Grandes Portões (Portão do Riacho-escuro, Portão-leste) 330, 343, 348, 352, 365; Senhor de 366, 357; nome 1199; extremidade Norte (Vigésimo primeiro salão) 355; Segundo Salão 397; Sétimo Nível de 386; Terceira Profunda, arsenais superiores 385; Muralhas de 360, 335; *ver também* Livro de Mazarbul; Câmara de Mazarbul; Anãos de Moria

Moria, Montanhas de 1146; *ver também* Caradhras; Celebdil; Fanuidhol

Morro da Audição *ver* Amon Lhaw

Morro do Olho, da Visão *ver* Amon Hen

Morros (em Rohan) 461 *passim*, 465

Morros Frios 1104

Morros *ver* Túmulos

Morthond (Raiz Negra) 811, 830, 892, 1174; arqueiros de 989; planaltos de 891

Mortos, os (Mortos do Fano-da-Colina, povo esquecido, Hoste Cinzenta, Hoste de Sombra, Mortos Insones, etc.) 822, 823, 830, 831, 838, 839, 919; Rei dos 912, 831, 918, 920; Homens das Montanhas 903; Perjuros 913; *ver também* Porta dos Mortos; Sendas dos Mortos

Mulher do Rio 162

Mûmak (pl. *mûmakil*) *ver* Olifante

Mundburg *ver* Minas Tirith

Mundo Antigo 429

Muralha do Abismo (a Muralha) 566–70, 574 *passim*

Muralha Leste *ver* Emyn Muil

Muralha, possante (= Pelóri) 268

Muzgash 1042

Naith de Lórien (Língua, Gomo) 380, 383, 406, 411,

Náli 385

Nan Curunír (Vale do Mago, Vale de Saruman) 522, 561, 587, 588, 589, 600, 607, 624

Nanduhirion *ver* Vale do Riacho-escuro

Nan-tasarion *ver* Tasarinan

Narchost *ver* Torres dos Dentes

Nardol 864, 846, 876

Nargothrond 377, 390, 1087, 1132, 1174, 1188

ÍNDICE REMISSIVO

Narmacil I 1189, 1090, 1091
Narmacil II 1189, 1094, 1096
Narsil (espada que foi partida, espada de Elendil) [chama vermelha e branca] 276, 277, 472, 546, 702, 784, 822, 891, 1088, 1104, 1134, 1139; reforjada 979, *ver também* Andúril
Narvi 366, 340
Narya (O Terceiro Anel, o Anel de Fogo) 1075
Nau branca 1100
Nau, como emblema *ver* Dol Amroth
Nau-cisne 449
Naugrim *ver* Anãos
Nazgûl (Espectros-do-Anel, Cavaleiros Negros, Cavaleiros Cruéis, Homens de Preto, os Nove, Nove Cavaleiros, Nove Senhores, Mensageiros de Mordor, Mensageiro Alado, Guinchadores, etc.) 83, 111, 112, 114, 116, 118–19, 121–22, 128, 134, 139–40, 160, 180, 201, 206, 210, 221, 247, 252, 255–56, 282–83, 290, 294, 306, 308, 311, 328, 481, 487 *passim,* 507–06, 533, 631, 634–35, 682, 731–32, 742, 745–46, 776–77, 804–06, 850–51, 860–62, 865, 871, 882–84, 903, 907, 923, 928, 929, 931, 935, 948, 959, 962, 969, 983, 991–92, 995, 1025, 1058, 1085, 1094, 1099, 1133, 1135–137, 1139, 1141, 1143, 1192 *passim*; grito dos 703, 645, 666, 958, 959, 962; cidade dos *ver* Minas Morgul; sombra dos *ver* Hálito Negro; Senhor dos *ver* Rei-bruxo; montados em criaturas aladas 463, 533, 682, 787, 814, 834, 857, 861, 866, 883, 884, 955, 958, 959, 983, 991, 992; sentidos dos 112, 224, 254, 668
Necromante *ver* Sauron
Neldoreth (Taur-na-neldor) 227, 504, 1104
Nen Hithoel 444, 428, 1091
Nenuial *ver* Vesperturvo, Lago
Nenya (o Anel de Diamante) 398, 1074
Nicotiana ver Erva-de-fumo
Nimbrethil 288
Nimloth *ver* Árvore Branca
Nimrodel, cascatas do 410–13, 378–79
Nimrodel, elfa 410 *passim*; Balada de 952; nome 1188; povo de 952, 915
Nimrodel, Ponte do 410
Nimrodel, rio 410, 374, 379, 380, 418
Nindalf (Campo Alagado) 407, 1172
Niphredil 424, 1107, 1111
Niquebriques 232
Nob 198, 187, 199, 201, 202, 207, 208, 213, 1034, 1035, 1038, 1039
Noite-Nada 288
Noldor *ver* Eldar
Noques 56, 53
Norforte *ver* Fornost
Nori 283, 1130

Norte, o (Terra-do-Norte, etc.) 39, 97, 167, 408, 427, 457, 462, 470, 859, 1087, 1112, 1120, 1136, 1177; palantír do 1195–196, 1097–98; *ver também nomes de terras no Norte da Terra-média (ex.:* Beleriand*)*
Nortistas 1197–199, 1121
Nova Era 1125
Nove (Nove Cavaleiros, Nove Serviçais) *ver* Nazgûl
Nove Anéis *ver* Anéis de Poder
Nove Caminhantes (Nove Companheiros) *ver* Comitiva do Anel
Novo Registro 1169
Númenor (Ociente), reino insular 48, 275, 277, 278, 291, 714, 784, 718, 823, 830, 864, 866, 935, 1010, 1079, 1080, 1081, 1087, 1088, 1095, 1133, 1165, 1189; Elenna, Ilha de 1079; Terra da Estrela 1199; calendário de *ver* Registro dos Reis; Queda de (*"Akallabêth"*) 1079, 1133, 1189; Reis e Rainhas de 245, 1080; Corte do Rei 1168; idiomas de 1189, *ver também* Adûnaico; homens de *ver* Númenóreanos; nome 1189; Pedras-Videntes de *ver* Palantír
Númenóreanos Negros *ver* Númenóreanos
Númenóreanos, do reino insular (Homens do Mar) 278, 354, 511, 521, 717–18, 931, 1079–81, 1090, 1093, 1110, 1132–134, 1165, 1168, 1176, 1189; os Fiéis (Exilados) 1081, 1133; Númenóreanos Negros (Homens do Rei) 931, 1090; Númenóreanos que se tornaram Nazgûl 801; na Terra-média após a Queda (Reis de Homens, Homens da raça ou do sangue de Númenor, Ociente, etc.) 39, 83, 84, 179, 227, 268, 277, 301, 376, 449, 589, 633, 697, 799, 830, 852, 887, 911, 936, 942, 1002, 1007, 1079, 1081, 1092, 1109, 1110, 1165, 1189, *ver também* Dúnedain; Pais dos *ver* Edain; Governantes (Reis, Chefes) dos Reinos no Exílio 194, 253, 1012, 1077–82, 1082–83; obras dos Númenóreanos, de Ociente especificamente mencionados *ver* Minas Tirith; Orthanc; Assento da Visão; Espadas, do túmulo
Núrnen, Lago (mar interior) 673, 967, 1013

Ociente *ver* Númenor
Ohtar 299, 1134
Óin, filho de Gróin 283, 274, 355, 1130
Oiolossë (Monte Sempre-branco), 411, 412
Olho sem Pálpebra *ver* Olho, o
Olho, o (de Barad-dûr, de Mordor, de Sauron, Grande Olho, Olho sem Pálpebra, Olho Vermelho, etc.) 397, 398, 400, 434, 435, 450, 481, 482, 487, 534, 624, 668, 669, 689, 863, 864, 884, 922, 928, 932, 940, 945, 955, 966,

968, 986; Olho Vermelho (Olho Maligno, o Olho), como emblema 494, 599, 932, 945; *algumas vezes usado como sinônimo de* Sauron
Olifante (*mûmak*) 684, 700, 713, 870, 886, 888, 889, 892, 1002
Olog-hai *ver* Trols
Olórin *ver* Gandalf
Ondoher 1189, 1094, 1095, 1136
Onodrim *ver* Ents
Orcrist 337
Orelha-Alerta 189
Ori 283, 274, 1130
Ornendil 1198, 1093, 1135
Orod-na-Thôn *ver* Dorthonion
Orodreth 1190
Orodruin *ver* Monte da Perdição
Orofarnë 569
Oromë (Araw, Béma) [um Vala] 881, 1083, 1113; gado selvagem de Araw 875, 1083
Orophin 414, 379
Orques (gorgûn, yrch) 36, 86, 87, 89, 289, 294, 331, 343, 350, 360, 375, 377, 429, 431, 447, 449, 452–75 *passim*, 465–76 *passim*, 479–98 *passim*, 496–501, 516–18, 524–25, 623, 683, 695–96, 768, 795, 806, 820, 967–72, 1001, 1023, 1097, 1111; gobelins 151, 370, 423, 450, 479, 482, 572; de Cirith Ungol, Minas Morgul 1144 *passim*; de Durthang 1071; de Moria, Montanhas Nevoentas 45, 75, 84, 259, 330, 354, 357–58, 362–63, 365, 367 *passim*, 378–79, 383, 417, 435, 449, 456, 480, 482, 483–85, 486, 488, 489–90, 716, 1001, 1100, 1111, 1128, 1130 *passim*; de Mordor (Sauron, Orques do Olho, Inimigo) 254, 421, 424, 474, 480, 486 *passim*, 487, 516, 519, 525, 599, 601, 605, 679 *passim*; Uruks de Mordor 393, 777, 1138; Orques de Saruman 317, 294, 501 *passim*, 521, 533, 557, 564–84; Uruk-hai (Isengardenses, com divisa da Mão Branca) 479, 481, 486, 487, 575, 865, 968, 1192; alfabetos dos 1177; meio–orques 626, 601; idiomas dos 1614; lâminas envenenadas dos 660; e luz do sol 403, 459; *ver também nomes de orques individuais (ex.:* Grishnákh*)*
Órquico *ver* Orques: idiomas dos
Orthanc (Mente Sagaz, Monte Presa) 290–94, 434, 470–71, 509, 517, 573, 574, 590, 598, 603, 606, 609, 611–14, 615–20, 622, 629–35, 922, 1024, 1026, 1027, 1115, 1141, 1143; perversidade de (fogo explosivo) 574; chave(s) de 1100, 1115; Jardinárvore de 1125
Osgiliath (Cidadela das Estrela) 277–79, 401, 424, 435, 451, 633, 741, 746, 790, 804, 805, 853, 858, 925, 927, 1002, 1009, 1082, 1090, 1092, 1094, 1099, 1133, 1135, 1136, 1137, 1141, 1144, 1172; pontes de 443, 790; Domo das Estrelas 693; vaus de 937; palantír de *ver* Palantír; Osgiliath do Leste 945
Ossir, Sete Rios de 552
Ossiriand 552
Ossofaia 661
Ostoher 1189, 1090, 1135
Outro-Mundo 289

Paço Dourado (Casa Dourada) *ver* Meduseld
País élfico *ver* Lindon; Lothlórien
País Negro *ver* Mordor
Palantír [que vê ao longe, pl. *Palantíri*] (Pedras-Videntes, Sete Pedras) 623, 632, 633, 1026, 1085, 1087, 1141, 1157–267; Sete Pedras 1157-1267; de Amon Sûl 693, 1085, 1087, 1135; de Annúminas 1194, 1136; de Gondor 693; de Minas Ithil (de Isildur; Pedra-de-Ithil) 1102, 1136, 1140; de Minas Tirith (de Anárion, Minas Anor; Pedra-de-Anor) 1082, 1090, 1094, 1102; do Norte 1191; de Orthanc (Pedra-de-Orthanc) 629, 631, 632, 634, 1026, 1140; de Osgiliath 884, 1135; das Colinas da Torre (Pedra de Elendil) 633
Pântano 39, 119, 120, 123, 131, 850, 1136
Pântanos do Norte 80
Pântanos dos Mosquitos 231
Pântanos Mortos 308, 407, 664, 665, 667, 668, 680, 726, 1095, 1136, 1143; Brejo dos Rostos Mortos 733
Pão-de-viagem *ver* Lembas
Papas (batatas) 52, 54, 69, 692, 693, 1058
Parrudinho 189, 178, 179, 212
Parth Galen 471, 439, 448, 450, 451, 452, 453, 696, 814, 1143
Passadiço 933, 926; Fortes do (torres da Guarda) 859, 1144
Passo Alto *ver* Cirith Ungol
Passo Alto, nas Montanhas Nevoentas 283
Passo Assombrado *ver* Cirith Gorgor
Passo Inominável *ver* Cirith Ungol
Passo Morgul 1018, 942
Passolargo *ver* Aragorn II
Passolargo, pônei 1178
Pátio Alto *ver* Cidadela de Gondor
Pátio da Fonte *ver* Cidadela de Gondor
Pausa do Silêncio 1098
Paz Vigilante 1194, 1099, 1137
Pealvo, Will (Prefeito de Grã-Cava, Bolinho-de-Farinha) 40, 189, 1046, 1066, 1070, 1147, 1148
Pé-de-Fogo 614
Pé-de-Vara *ver* Fimbrethil
Pedra Arken 1120, 1121, 1128
Pedra das Três Quartas 1154, 1068
Pedra de Durin 403

ÍNDICE REMISSIVO

Pedra de Erech (Pedra Negra) [uma pedra de juramento (símbolo da soberania de Isildur)] 822, 823, 829, 830, 918, 919; *ver também* Erech
Pedra Negra *ver* Pedra de Erech
Pedra-de-Anor *ver* Palantír
Pedra-de-Ithil *ver* Palantír
Pedra-de-Orthanc *ver* Palantír
Pedra-Élfica *ver* Aragorn II; Elessar (joia)
Pedras fincadas 182, 172, 179
Pedras-Videntes *ver* Palantír
Peixe frito e fritas 759
Pelargir 913, 916, 917–20, 924, 939, 1015, 1090, 1092, 1093, 1101, 1133, 1135, 1136, 1144, 1189
Pele Amarela (Anuário de Tuqueburgo) 1168
Pelendur 1189, 1095, 1098
Pelennor [terra cercada] (Campos de Pelennor, Campos da Pelennor, Campo de Gondor) 865, 790, 803, 849, 850, 851, 858, 859, 949, 878, 882, 888, 890, 891, 921, 926, 962, 1002, 1014, 1017, 1109, 1118, 1119, 1128, 1144; muralha da *ver* Rammas Echor; *ver também* Batalha dos Campos de Pelennor
Pequenos *ver* Hobbits
Pequenos, país dos *ver* Condado
Perca Dourada, A 127, 124
Perdição, Monte da *ver* Monte da Perdição
Peredhil *ver* Meio-Elfos
Peregrin, filho de Paladin *ver* Tûk, Peregrin
Peregrino Cinzento *ver* Gandalf
Periain *ver* Hobbits
Perjuros *ver* Mortos, os
Pé-Soberbo, Bodo 1151
Pé-Soberbo, família 63–5
Pé-Soberbo, Linda *nascida* Bolseiro 1151
Pé-Soberbo, Odo 65, 70, 1151
Pé-Soberbo, Olo 1151
Pé-Soberbo, Sancho 74, 1151
Pés-Peludos 35, 34, 37
Pesperto 974
Pico-de-Prata *ver* Celebdil
Picorrijo 914, 835, 836
Pinnath Gelin [cristas verdes] 811, 831, 892, 1010
Planície da Batalha *ver* Dagorlad
Poçalvo 889
Poçapé, família 131
Poder Sombrio (do Norte) *ver* Morgoth
Poder Sombrio *ver* Sauron
Pônei Empinado, O (a Estalagem de Bri) 39, 180, 181, 182, 1090, 251, 1034
Pôneis *ver nomes de pôneis individuais (ex.:* Bill*)*
Ponta do Bosque 108, 104, 105, 110, 961, 1045, 1053, 1060, 1073, 1148
Ponte de Durin *ver* Moria

Ponte do Brandevin (Ponte dos Arcos de Pedra, Grande Ponte) 35, 55, 99, 102, 131, 132, 140, 183, 1089, 1147, 1148; casa da Ponte 1153; Estalagem da Ponte 1147
Poros 1195, 1101, 1138; travessia do 1101
Porta dos Mortos (Porta Escura, Porta para as Sendas dos Mortos, Porta, Porta Proibida) 823, 827, 1137; *ver também* Mortos, os; Sendas dos Mortos
Porta Élfica *ver* Moria
Porta Escura *ver* Porta dos Mortos
Porta Fechada *ver* Fen Hollen
Porta Proibida *ver* Porta dos Mortos
Portão da Sebe *ver* Terra-dos-Buques
Portão de Azevim *ver* Moria
Portão de Helm (o Portão) 563, 564, 565, 566, 577
Portão de Mordor *ver* Morannon
Portão do Chifre-vermelho (Passo do Chifre-vermelho) 307, 316, 320, 327, 328, 329, 1029
Portão do Riacho-escuro *ver* Moria
Portão dos Reis *ver* Argonath
Portão Negro de Mordor *ver* Morannon
Portão-de-Baixo (portão inferior, Caminho-de-Baixo) 775, 776, 939, 946
Portão-leste, de Moria *ver* Moria
Portão-norte *ver* Terra-dos-Buques
Portão-oeste, de Moria *ver* Moria
Portões de Gondor *ver* Argonath
Portos Cinzentos 39, 46, 75, 76, 273, 1066, 1075, 1079, 1084, 1096, 1132, 1134, 1148, 1149; Forlond 1196; Harlond 1196; Mithlond 693, 1075
Portos *ver* Portos Cinzentos
Povo Antigo *ver* Elfos
Povo da Grande Jornada *ver* Eldar
Povo das Estrelas *ver* Eldar
Povo de Durin, raça *ver* Anãos
Povo Grande *ver* Homens
Povo Pequeno *ver* Hobbits
Povo-das-árvores *ver* Elfos de Lothlórien (Galadhrim)
Povo-élfico *ver* Elfos
Povos Livres (do Mundo, Povo Livre) 309, 314
Povos Médios *ver* Rohirrim
Praga (Peste) 35, 1112, 1136
Praia-comprida (Anfalas) 329, 811, 1094; nome 1195
Prata-de-Moria *ver* Mithril
Precioso *ver* Anel, o
Presa, cão do Fazendeiro Magote 131, 124
Primeira Era 1077, 1078, 1079, 1086, 1120, 1130, 1131, 1188, 1189
Primogênitos *ver* Elfos
Punhal de Morgul 249, 244, 254

Quarta Era 47, 1077, 1131, 1147, 1148, 1149, 1170
Quarta Leste 39, 102, 119, 140, 183, 62, 1046, 1168
Quarta Norte 80, 321, 687, 1060, 1069, 1137; *ver também* Batalha dos Verdescampos
Quarta Oeste 39, 54, 189, 1170, 1194
Quarta Sul 40, 39, 69, 106, 415, 593, 610, 1028, 1035, 1040, 1044, 1056, 1069, 1137
Quartas 42, 131, 264; *ver também* Quarta Leste; Quarta Norte; Quarta Sul; Quarta Oeste
Queda de Gil-galad, A 235
Quendi (Elfos) 1199
Quenya (alto-élfico, fala antiga, língua antiga, língua nobre, etc.) 112, 179, 1168, 1171–175, 1178–183, 1188, 1189, 1192

Rabinho 189
Raça Antiga *ver* Elfos
Radagast, o Castanho 313, 290, 291, 294, 307
Radbug 1042
Raiz Negra *ver* Morthond
Rammas Echor (Rammas) 790, 857, 860, 863, 878, 879, 891, 892
Raposa, pensando 109
Rath Celerdain *ver* Rua dos Lampioneiros
Rath Dínen (Rua Silente) 868, 871, 894, 895, 898, 1012, 1017, 1019, 1149
Rauros (cascatas, cataratas de Rauros) 402, 407, 414, 428, 431, 434, 436, 449, 451, 452, 470, 696, 701, 702, 784, 799, 922, 1001, 1015, 1187
Regentes de Gondor (Regentes Governantes, Governantes da Cidade, Senhor da Cidade, de Gondor, etc.) [Regente do Alto Rei (título de governantes de Gondor)] 788, 847, 852, 854, 856, 857, 859, 865, 866, 868, 869, 894, 895, 899, 904, 1011, 1083, 1084, 1098, 1099, 1102, 1103, 1166, 1169; *ver também* nomes de Regentes individuais *(ex.:* Denethor II*)*; estandarte de 868, 865, 1011, 1098; *ver também* Casa dos Regentes
Região das Colinas *ver* Colinas-dos-túmulos
Registro de Valfenda *ver* Valfenda: calendário de
Registro do Condado 37, 39, 598, 939, 997, 1077, 1146, 1148, 1150, 1164, 1169, 1170
Registro dos Regentes 1166
Registro dos Reis 1164, 1165, 1166, 1168, 1169
Regras, as, leis antigas 42
Rei Antigo (Manwë) 268
Rei da Marca (Rohan) *ver* Éomer; Théoden; etc.
Rei das Montanhas 903
Rei de Angmar *ver* Rei-bruxo
Rei dos Mortos *ver* Mortos, os
Rei Feiticeiro de Angmar *ver* Rei-bruxo
Rei-bruxo (rei feiticeiro de Angmar, Rei-espectro, chefe dos Espectros-do-Anel, Senhor dos Nazgûl, Senhor de Morgul, Capitão Negro, Capitão do Desespero, etc.) 228, 230–31, 232–33, 252, 290, 297, 745–46, 777, 858, 861, 864, 871,969, 884, 885, 893, 957, 962, 1073, 1141; grito do 971; Abantesma 970; criatura alada do 969, 884
Reino Abençoado *ver* Aman
Reino do Norte *ver* Arnor
Reino Reunido (restaurado) 44
Reis de Homens *ver* Númenóreanos
Reis sob a Montanha 44; *ver também* Erebor Reis *ver em topônimos (ex.:* Gondor*) e em nomes de reis individuais (ex.:* Théoden*)*
Reis-Navegantes 1189, 1091, 1135
Remmirath, as Estrelas Enredadas 121
Rhosgobel 313, 307
Rhovanion 1197-1200 *passim*, 1096, 1099; reis de 1111
Rhudaur 1190–192, 1135
Rhûn 303, 1090; homens de 1119
Rhûn, Mar de (Mar Interior) 806, 1083, 1090, 1091, 1119
Riacho–de–Neve 914, 834, 836, 839, 844; nome 1200
Riacho-do-Abismo 618, 571, 573, 581
Riacho-do-portão *ver* Sirannon
Rimas do Saber 692
Rimmon *ver* Min-Rimmon
Ringló 1006
Rio da Floresta 444
Rio de Lis 309, 1086, 1099, 1139, 1187, 1190; nascentes do 331
Rio dos Elfos *ver* Esgalduin
Rio Rápido (Celduin) 1121
Rocha-da-Trombeta (Rocha) 564, 569–74 *passim*
Rocha-do-Espigão *ver* Tol Brandir
Rohan (Marca-dos-Cavaleiros [Riddena-mearc, *terra dos cavaleiros*], a Marca, etc.) 46, 279, 291, 295–96, 320, 329, 382, 407–08, 434–35, 451, 462, 464–67, 469, 474, 477–78, 488, 495, 507–10, 516–17, 524–25, 532–35, 539–40, 542, 543, 549–54, 556, 558, 560–61, 571, 580, 585, 591–92, 594, 599, 601, 604, 606, 609–10, 612, 614–15, 624, 635, 646, 705, 711, 717–18, 788, 866–67, 795, 801–02, 805, 807–08, 814–15, 817, 819–20, 822, 826, 828, 832–33, 836, 841, 844, 846, 857, 858, 861, 863–64, 871, 877–78, 881, 888–89, 894, 903–05, 910–12, 915–16, 929, 931, 933, 935, 994, 999–1000, 1003–006, 1010–11, 1014, 1018–21, 1026, 1028, 1051, 1077, 1100–101, 1112, 1114–119, 1129, 1137–141, 1144, 1191–192, 1194, 1197–198, 1200; túmulos, morros de *ver* Campo-dos-Túmulos;

Marca-oriental 517; Muralha Leste de 501, 471; Marcas Ocidentais 602; emblema de (cavalo branco, grande cavalo correndo livre *geralmente* sobre verde) 843, 792, 890, 935, 999; cavalos de, características 319, 490, 492, 924; cavalos de, roubo ou tributo 319, 465, 472, reis, senhores de 516, 843, 1021; nome 1171, 1190; nomes em 1197; Cavaleiros, homens de *ver* Rohirrim; *ver também* Vales Orientais; Eastfolde; Desfiladeiro de Rohan; Abismo de Helm; Westfolde; Descampado de Rohan; etc.

Roheryn 899, 824

Rohirrim (Cavaleiros, homens de Rohan, hoste, cavaleiros da Marca, Cavaleiros de Théoden, etc.) [Cavaleiro: em Rohan (ridda), um cavaleiro da cavalaria treinada do rei] 46, 295, 415, 455–57, 461, 465, 473, 476, 542, 543, 553, 559, 567, 571, 578, 580, 591, 614, 717, 718, 791, 822, 825, 840, 848, 858, 863, 872, 880, 882, 885–90, 894, 905, 917, 924–26, 939, 1011, 1019, 1084, 1100, 1101, 1107, 1112, 1114–118, 1137, 1143, 1144, 1171, 1177, 1190, 1191, 1198, 1200; Eorlingas (Eorlings) 553, 554, 559, 560, 562, 576, 839, 845, 883, 1112, 1190; Forgoil, Cabeças-de-Palha 626; meninos-de-cavalos (criadores de cavalos) 486, 490; Senhores-de-cavalos (Homens-dos-cavalos) 320, 415, 461, 542; Povos Médios, Homens do Crepúsculo 787; Homens do Norte 1134, 1168; ladrões do Norte 626; Filhos de Eorl 516, 471, 841, 879; Peles-Brancas 530, 486, 489 *passim*; calendário dos 1166; trompas dos 543, 561, 575, 871, 887, 893, 1022; idioma dos 597, 717

Roliço, família 63, 60, 61

Roliço-Bolseiro, Falco 1151

Rua do Bolsinho 56, 57, 69, 100, 396, 690, 1040, 1056, 1058, 1061, 1067

Rua dos Lampioneiros (Rath Celerdain) 808, 809, 812

Rua Nova 1173, 1069

Rua Silente *ver* Rath Dínen

Ruidoságua *ver* Bruinen

Ruína de Durin *ver* Balrog

Ruína de Isildur *ver* Anel, o

Ruivão, o Moleiro 57–8

Ruivão, Ted 79, 358, 396, 1061

Rúmil 414, 379, 380, 1176

Runas 236, 241, 266, 310, 349, 354, 367, 409, 450, 547, 689, 1022, 1122, 1176; *ver também* Angerthas Daeron; Angerthas Moria; Runas de Daeron

Runas de Daeron (Certhas Daeron) 353, 1177, 1183

Saber das Ervas do Condado 41, 46

Sábios, os [os Magos e os Governantes dos Elfos] 33, 79, 80, 84, 86, 88, 255, 282, 283, 287, 290, 292, 301, 304, 860, 1072, 1104, 1135, 1137; *ver também* Conselho Branco

Sacola-Bolseiro, família (os S.-B.s) 51, 54, 59-7462, 69, 97, 99, 103, 135, 136

Sacola-Bolseiro, Lobélia *nascida* Justa-Correia 63, 68–72 *passim*, 97, 99–100, 1057, 1066

Sacola-Bolseiro, Lotho (o Chefe, Pústula) 99, 100, 1049–50

Sacola-Bolseiro, Otho 63, 69–70, 72, 97, 1151, 1196

Salão da Torre *ver* Cidadela de Gondor

Salão do Fogo *ver* Valfenda

Salão dos Reis (da Torre) *ver* Cidadela de Gondor

Salgueiro, Velho (Grande Salgueiro) 152, 153, 159, 160, 163

Salões do Rei-élfico, Trevamata 309, 582

Samambaia, Bill (Grandão do Chefe) 198, 207, 212, 213, 215, 232, 237, 253, 1034, 1036, 1039, 1043, 1048

Samambaia, sobrenome 200

Sangahyando 1199

Sapântano 1151–153, 1147

Sarn Gebir 444, 420, 423, 424, 426, 533; caminho de varação 466–68

Saruman (Saruman, o Branco, Saruman, o Sábio, etc.) 31, 32, 79, 80, 90, 283–85, 289–95, 298–301, 320, 329, 397, 450, 455, 462, 465, 469, 470, 471, 476–78, 480, 481, 482, 491, 501, 507–09, 517, 521, 522, 523, 528–35, 553, 555, 556–57, 561–62, 564, 565, 572, 573, 579–81, 583, 586, 587, 589–93, 595, 597, 599–605, 607–10, 611–23, 625, 628, 630, 633–35, 681, 797, 815, 841, 913, 933, 1024, 1027, 1028, 1040, 1062–64, 1100–102, 1115, 1118, 1138–140, 1143, 1146, 1147 *passim*; Saruman de Muitas Cores 316; Saruman Artífice-do-Anel 316; Charcoso 1155, 1056, 1057, 1058, 1062, 1064, 1067; matador de árvores 661; voz de (poder de persuasão) 602, 613, 614–17; hoste de *ver* Orques; Homens, a serviço de Saruman 519; traição de Isengard 886; *ver também* Isengard; Orthanc; Mão Branca

Sauron (Senhor Sombrio, Inimigo, Sombrio, Mão Negra, Mestre Sombrio, Vil Mestre da Traição, Poder Sombrio, mãos escuras do Leste, Inominável, etc.) 46, 75, 78, 80, 82, 83–4, 90–4, 114, 116, 136, 179, 204, 206, 210, 223, 224, 227, 237, 243, 254–55, 264, 274–78, 283–86, 288, 289–90, 293–95, 298–302, 308, 312, 314, 321–22, 329–31, 351, 380–82, 391, 398–99, 403, 412, 414,

434–35, 450, 462, 465, 467–69, 471, 511–12, 521, 532, 534, 537, 585, 599, 618, 620, 633, 635, 646, 667, 668, 669, 671, 673, 675, 677, 679, 681, 683, 687, 689–90, 706, 709–10, 784, 730, 733, 749–50, 762–64, 769, 772, 774, 796, 806, 822–23, 825, 827, 831, 841, 860, 864–65, 883, 896, 899–900, 919, 922, 923–25, 928, 931–35, 942, 966–67, 975, 979, 981–82, 986, 987, 990, 994, 997, 1004, 1008, 1011, 1016, 1079–82, 1090, 1093, 1094, 1099–104, 1106–109, 1118–120, 1125–129, 1131–134, 1137–141, 1145, 1169, 1188, 1192–193, 1195, 1199; Necromante 305; *ver também* Nazgûl, Orques; Senhor do Anel 280; sombra de 1092; escravos de 1078; trono de 1075; *ver também* Barad-dûr; Olho, o; Sombra

Scadufax 319, 297, 470, 488, 539–41, 548, 549, 557, 559–60, 563, 577, 578, 586, 631, 632, 635, 636, 788, 789, 791, 795, 800, 802, 808, 814, 834, 851, 871, 893, 894, 907, 1020, 1041, 1113, 1141

Scatha, a Serpe 1124, 1112; tesouro de 1112

Sebe Alta (Sebe) 131, 139, 142–44, 146, 163

Sebe *ver* Sebe Alta

Segunda Era 48, 275, 1077, 1080, 1082, 1131, 1133

Sem nome, seres (que roem o mundo) 537

Sempre-branco, Monte *ver* Oiolossë

Sempre-em-mente *ver* Simbelmynë

Semprenoite *ver* Eldamar

Sendas dos Mortos 896, 820, 822, 823, 824, 825, 837, 838, 841, 890, 910, 917, 921, 1116, 1143; *ver também* Mortos, os; Porta dos Mortos

Senhor da Marca (Rohan) *ver* Éomer; Théoden

Senhor da Terra-dos-Buques, da Mansão *ver* Brandebuque, família

Senhor de Barad-dûr *ver* Sauron

Senhor de Minas Tirith *ver* Denethor II; Regentes

Senhor de Morgul *ver* Rei-Bruxo

Senhor do Anel *ver* Sauron

Senhor dos Nazgûl *ver* Rei-bruxo

Senhor Sombrio *ver* Sauron

Senhora de Lothlórien (da Floresta Dourada, etc.) *ver* Galadriel

Senhora de Valfenda *ver* Arwen

Senhores da Cidade *ver* Regentes

Senhores-élficos *ver* Elfos

Sentinelas Silenciosos 851

Sentinelas, de Cirith Ungol (Duas Sentinelas) 944, 945, 957, 958

Serraferro 920

Sete Anéis *ver* Anéis de Poder

Sete Estrelas *ver* Elendil: emblemas de Sete Pedras *ver* Palantír

Shagrat (Capitão da Torre) 774, 776–80, 781 *passim*, 940, 941, 944–50, 960, 962, 968

Sharkû 1168, 1192

Shathûr *ver* Fanuidhol

Silmariën 1080, 1095, 1132

Silmaril(s) (Joias, Grande Joia) 227, 267, 268, 751, 759, 1077, 1078, 1193

Silmarillion, O 1078, 1193

Simbelmynë (sempre-em-mente) 542, 829, 1115

Sina dos Homens *ver* Dádiva dos Homens

Sindar *ver* Eldar

Sindarin (élfico-cinzento) 1165, 1167, 1168, 1169, 1173, 1174, 1175, 1176, 1181, 1183, 1188, 1192, 1193

Sirannon (Riacho-do-portão) 333–35; *ver também* Cachoeira da Escada

Siriondil 1189, 1096

Smaug, o Dourado (o Dragão) 44, 262, 1031, 1121, 1127, 1138, 1139; fogo de artifício 62

Sméagol *ver* Gollum

Smial(s) 38, 45, 46, 1137; *ver também nomes de smials individuais (ex.:* Mansão do Brandevin*)*

Snaga [escravo] 486, 947, 948, 949, 950, 951

Snawmana 613, 563, 575, 819, 843, 880–83, 885, 888

Sob-as-Torres 47, 1149

Sobrecéu 694

Sobrelite 1163, 1166, 1167

Sobremonte 80

Sobrerriacho 928

Sociedade do Anel (Sociedade) *ver* Comitiva do Anel

Sol, chamado de Cara Amarela por Gollum 720, 663, 671, 684, 705, 728

Sombra Negra *ver* Hálito Negro

Sombra(s) Alada(s) *ver* Nazgûl

Sombra, a, isto é, o recorrente e crescente poder do mal, especialmente de Sauron 89, 90, 202, 274, 289, 295, 308, 363, 374, 381, 382, 393, 441, 531, 552, 615, 635, 641, 733, 806, 832, 834, 848, 856, 883, 908, 914, 954, 956, 959, 965, 1006, 1008, 1010, 1020, 1094, 1107, 1108, 1120, 1145

algumas vezes usada como sinônimo de Sauron *ou* Mordor; *ver também* Morgoth

Sombras 1078

Sombrio (Mão Negra) *ver* Sauron

Sotomonte, de Estrado 1140

Sotomonte, sobrenome 237-39; *ver também* Bolseiro, Frodo

Sototemplo 928

Stybba 899, 843, 844, 845

Sul, o, em relação aos habitantes do Norte 198, 188, 263, 289; estrangeiros do, em Bri 198, 188, 197, 213, 1049, *ver também* Sulista,

estrábico; *ver também* Belfalas; Dol Amroth; Gondor; Harad etc.
Sulista, estrábico 200, 193, 198, 207, 213, 601
Sulistas *ver* Haradrim
Sunlending *ver* Anórien

Tabaco *ver* Erva-de-fumo
Talan ver Eirado
Tambores, em Moria 385, 357 *passim*; dos Homens Selvagens (Woses) 873
Tar-Alcarin 1186
Tar-Aldarion 1080, 1095
Tar-Amandil 1186
Tar-Anárion 1186
Tar-Ancalimë 1080, 1132
Tar-Ancalimon 1080, 1133
Tarannon Falastur, "Senhor das Costas" 1083, 1090
Tar-Ardamin 1186
Tar-Atanamir 1080, 1133
Tar-Calmacil 1186
Tarcil 1188
Tarciryan 1189
Tar-Cirytan 1186
Tar-Elendil 1080, 1095
Targon 883
Tark(s) 948, 1192
Tarmenel 289
Tar-Meneldur 1080, 1095
Tar-Minastir 1080, 1133
Tar-Minyatur *ver* Elros Tar-Minyatur
Tar-Míriel 1186
Tarondor 1188, 1083, 1094, 1136
Tarostar *ver* Rómendacil I
Tar-Palantir, "O de Visão Longínqua" (Ar-Inziladûn) 1080, 1081, 1133
Tar-Súrion 1186
Tar-Telemmaitë 1186
Tar-Telperiën 1186
Tar-Vanimeldë 1186
Tasarinan (Nan-tasarion [Vale dos Salgueiros]) 504, 1025
Tauremornalómë 553
Taur-na-neldor *ver* Neldoreth
Telchar 600
Telcontar *ver* Aragorn II
Telemnar 1189, 1093, 1094, 1098, 1136
Telperion (Árvore de Prata, Árvore Branca, Mais Antiga das Árvores) 457, 679, 710, 713, 890, 921, 1016, 1078, 1094; uma das Duas Árvores de Valinor 1078
Telumehtar Umbardacil 1189, 1136
Tengwar 1176
Terceira Era 35, 35, 42, 44–6, 1013, 1016, 1074, 1077, 1097, 1109, 1111, 1116, 1119, 1120, 1120, 1131, 1133, 1134, 1168, 1172, 1176–180, 1187, 1191–193, 1198; início da 1165
Terra da Sombra *ver* Mordor
Terra Inominável *ver* Mordor
Terra Negra *ver* Mordor
Terra Oculta *ver* Lothlórien
Terra Parda 36, 298, 318, 562, 568; idioma da 626; homens da *ver* Terrapardenses; nome 1190; morros da Terra Parda 622
Terra-dos-Buques (habitantes da Terra-dos-Buques) 34, 37, 40, 52–3, 97–8, 99–101, 107, 115, 123, 130–32, 132, 139, 183–84, 206, 209, 296; nomes 1200; Portão da (Portão da Sebe, Portão-norte) 139, 210, 1040, 1041; toque de trompa da 1157; Senhor da *ver* Brandebuque, família
Terra-dos-Tûks 108, 1054, 1059
Terra-élfica *ver* Lothlórien
Terra-média (mundo médio, terras mortais, etc.) 33, 36, 37, 46, 75, 224, 225, 227, 232, 253, 268, 275, 277, 284, 300, 302, 338, 341, 369, 376, 382, 390, 409, 411, 534, 582, 585, 602, 616, 631, 634, 699, 718, 723, 752, 760, 830, 833, 916, 917, 931, 960, 990, 993, 1012, 1025, 1068, 1075–76, 1078–84, 1088–89, 1093, 1105–106, 1108–110, 1128, 1131–132, 1134, 1149, 1164, 1174, 1176, 1188–189, 1193; Grandes Terras 784; Costa(s) de Cá 412, 407; nome 1174; ano solar na 1164–165; Oeste da 366, 341, 1078
Terrapardenses (Homens da Terra Parda, povo terrapardense, moradores selvagens das colinas e pastores) 818, 1114, 1115, 1116, 1117, 1187; nome 1190
Terras Castanhas 456, 416, 495, 511, 1165
Terras Estrangeiras 891; Capitães das 890
Terras familiares 42
Terras Imortais (Reino) *ver* Aman
Terras ocidentais (Oeste do Mundo, Oeste), isto é, o Oeste da Terra–média 195, 1133, 1183, 1187, 1190, 1193; Oeste, o (povo livre do, homens do, filhos do, exército do, etc.), isto é, aqueles livres do, e que se opunham a Sauron 80, 186, 189, 398, 994, 1017, 1065, 1075, 1084, 1108, 1110
Terras-de-Ninguém 449, 669
Terras-selváticas 35, 42, 84, 89, 261, 284, 307, 314, 393, 419, 422, 428, 508, 1086, 1135, 1191
Terror alado *ver* Nazgûl
Texugo, família 63, 60, 61; nome 200
Thain [chefe] 59, 60, 61, 188, 1066
Thangorodrim 298, 751, 1078, 1120, 1131
Tharbad 36, 307, 408, 1084, 1139
Tharkûn *ver* Gandalf

Thengel 513, 468, 473, 542, 546, 1020, 1021, 1101, 1117, 1118, 1139; *ver também* Théoden, filho de Thengel

Théoden, filho de Thengel (Rei, Senhor da Marca, Senhor de Rohan, Senhor dos Rohirrim, Senhor-de-cavalos, Pai dos Homens-dos-cavalos, Théoden Ednew, etc.) 467, 468, 470, 471, 473, 533, 535, 539, 540, 542, 543–46, 548–60, 562–66, 572, 574, 575–79, 581, 584–87, 592–94, 608, 610, 611–17, 630, 635, 795, 795, 797, 814, 815, 816, 818, 819, 820, 821, 822, 824, 833, 835, 835, 836–41, 843, 845, 846, 858, 873–83, 885, 886, 888, 892, 901, 904, 910, 921, 962, 1005, 1014, 1018, 1019, 1020, 1021, 1113, 1117–119, 1139, 1141, 1143, 1144, 1146; casa de (senhores da Casa de Eorl, da Casa Dourada) 546, 576, 578, 1020, 1224

Théodred 602, 558, 562, 615, 1118, 1143

Thingol Capa-gris 245, 1078, 1106, 1131, 1177, 1188

Thorin II "Escudo-de-carvalho" 41–2, 260, 301, 310, 313, 351 *passim*, 1120–123

Thorondir 1190

Thorondor 1091

Thorongil *ver* Aragorn II

Thráin I 1120, 1136

Thráin II, filho de Thrór (Herdeiro de Durin) 301, 330, 1121 *passim*, 1128, 1130, 1138

Thranduil 295, 288, 306, 388, 1129, 1131, 1140, 1144–146

Thrihyrne 616, 563, 632

Thrór 296, 301, 330, 1121–122; anel de 325

Tim, na canção do trol 258

Tinúviel *ver* Lúthien

Tirion 289, 407, 634

Tisnados (Homens Tisnadsos) *ver* Haradrim

Toca Municipal 201

Tocadeados 1151, 1046, 1047, 1053, 1055, 1058, 1066

Tocadura 1172

Tocas-dos-Texugos 1172

Tol Brandir (Rocha-do-Espigão) 407, 414, 424, 428, 429, 430, 431, 435, 441, 451, 460, 470, 475, 667, 705

Tom Bombadir *ver* Bombadil, Tom

Tom, na canção do trol 258

Topo-do-Vento 35, 205, 215–19 *passim*, 227, 232, 233, 235, 239, 251, 297, 369, 1033, 1071, 1085, 1142; Amon Sûl 234, 297, 633, 1085, 1087; Palantír de Amon Sûl *ver* Palantír; Torre de Amon Sûl 1128, 1085, 1135

Toque de trompa da Terra-dos-Buques *ver* Terra-dos-Buques

Torech Ungol *ver* Laracna: toca de

Torre Branca, de Minas Tirith (Torre de Ecthelion) 451, 696, 791, 792, 841, 859, 862, 865, 866, 867, 896, 898, 899, 1011, 1102, 1103, 1136, 1137

Torre da Lua (Nascente) *ver* Minas Ithil

Torre de Durin 589

Torre de Ecthelion *ver* Torre Branca, de Minas Tirith

Torre de Feitiçaria *ver* Minas Morgul

Torre do Sol (Poente) *ver* Minas Anor

Torre Sombria *ver* Barad-dûr

Torres Brancas (Torres-élficas) 37, 76, 300; *ver também* Colinas das Torres

Torres dos Dentes (Carchost e Narchost, Dentes de Mordor) 673, 931, 942, 994

Torres-élficas *ver* Torres Brancas

Tostões 60, 212

Traduções do Élfico 48, 1031

Trem expresso, como analogia 62

Três Anéis *ver* Anéis de Poder

Três Caçadores (Aragorn, Gimli, Legolas) 454

Três Casas dos Homens (os Amigos-dos-Elfos) *ver* Edain

Três Clãs 1199

Três Gentes 498

Trevamata (Grande Floresta, Floresta, etc.) 33, 75, 79, 82, 84, 87, 89, 105, 261, 273, 283, 287, 288, 289, 294, 306, 307, 368, 372, 409, 414, 435, 466, 497, 508, 511, 526, 542, 567, 582, 620, 713, 714, 723, 763, 806, 1013, 1025, 1090, 1099, 1111, 1120, 1127, 1140, 1187; Verdemata, a Grande 35, 1091, 1094, 1129, 1131, 1134; salões do Rei-élfico em 638; Norte de Trevamata 295; Trevamata Meridional 425, 414, *ver também* Lórien Oriental; *ver também* Homens-da-floresta

Trol-das-cavernas 393

Trols (Trols-de-pedra) 40, 223, 233, 234, 236, 238, 239, 241, 254, 297, 362, 584, 870, 889, 891, 936, 1050, 1104; trol-das-cavernas 393; trols-da-colina 1026; canção do trol de Sam 257-261

Trols-da-colina *ver* Trols

Trols-de-pedra *ver* Trols

Trompa da Marca, dada a Meriadoc 1170

Trompa de Boromir 491, 705

Tronco 108, 108, 119, 120, 123, 128, 131

Tronco Flutuante, O 1151

Trono, de Gondor (trono de ouro) 457, 794, 1012–13

Tronquesperto (Bregalad) 518 *passim* 651, 600, 603, 1023, 1024

Tûk, Adalgrim 1157

Tûk, Adamanta *nascida* Roliço 1157

Tûk, Adelard 72, 1157

Tûk, Bandobras, "Berratouro" 32, 36, 331, 1089, 1137, 1157

Tûk, Cachinhos d'Ouro *nascida* Gamgi 1180, 1157
Tûk, Diamantina, da Frincha Longa 1148, 1157
Tûk, Eglantina *nascida* Ladeira 1157
Tûk, Everard 74–5, 1157
Tûk, família 36, 38, 40, 59, 60, 61, 68, 102, 496, 913, 1054, 1059, 1157; nomes 1196; *ver também* Grandes Smials; Terra-dos-Tûks
Tûk, Faramir 1157
Tûk, Ferdibrand 1157
Tûk, Ferdinand 1157
Tûk, Ferumbras (II) 1157
Tûk, Ferumbras (III) 1157
Tûk, Flambard 1157
Tûk, Fortinbras (I) 1157
Tûk, Fortinbras (II) 1157
Tûk, Gerontius, "o Velho Tûk" 39, 52, 53, 55, 74, 496, 1138, 1157
Tûk, Hildibrand 1157
Tûk, Hildifons 1157
Tûk, Hildigard 1157
Tûk, Hildigrim 1157
Tûk, Isembard 1157
Tûk, Isembold 1157
Tûk, Isengar 1157
Tûk, Isengrim (II) 39, 1157
Tûk, Isengrim (III) 1157
Tûk, Isumbras (I) 1137
Tûk, Isumbras (III) 32, 1157
Tûk, Isumbras (IV) 1157
Tûk, O 42
Tûk, Paladin 650, 796, 798, 800, 867, 1157; *ver também* Tûk, Peregrin, filho de Paladin
Tûk, Peregrin (I), "Pippin", filho de Paladin 78, 98–109, 111–27, 127, 131–36, 138, 140, 142–44, 148–51, 153, 160, 171–74, 176, 177, 180, 187, 189–90, 196–97, 199–200, 203–04, 214, 216, 219, 222, 224, 228, 230, 237–39, 241, 244, 258, 260, 305, 309–10, 313, 316, 318, 322, 326, 328, 330–32, 340–41, 345–47, 358, 362, 367, 375, 377, 380, 391, 403–04, 406, 436–39, 449, 458, 475, 479–80, 482–85, 487–91, 493–94, 495–503, 507–06, 510 *passim*, 514–17 *passim* 571–72, 525, 526, 532, 534, 592–601 *passim*, 603, 605, 607–08, 610, 612–13, 619–21, 623, 625–29, 631–36 *passim*, 787–92, 795–96 *passim*, 795–813 *passim*, 847–57, 859, 863, 865, 867–69, 873, 876, 893–95 *passim*, 898–902, 909, 912–13, 915, 917, 926, 932, 935, 936 *passim*, 939, 1000–001, 1015, 1020, 1025–26, 1028, 1031, 1034, 1036, 1040, 1043–44, 1047–51, 1053–54, 1059–61, 1066, 1068–69, 1074–76, 1143, 1147; Príncipe dos Pequenos 888, 809; Thain 1195
Tûk, Pérola 1157
Tûk, Pervinca 1157
Tûk, Pimpinela 1157
Tûk, Reginard 1157
Tûk, Rosa *nascida* Bolseiro 1157
Tûk, Sigismond 1157
Tumbas *ver* Túmulos; Fanos; Casa dos Reis; Casa dos Regentes
Tumladen 884
Túmulo de Snawmana 974
Túmulo dos Cavaleiros 691
Túmulos (morros, tumbas) 163, 167, 228, 251, 1020; túmulo no qual Frodo é aprisionado 185-187, 178, 228, 251, 759, 771, 1086; facas dos *ver* Espadas; dos reis de Rohan *ver* Campo-dos-Túmulos; *ver também* Túmulo dos Cavaleiros
Tuneloso, sobrenome 200
Tuor 1078
Tuqueburgo 39, 46, 496, 809, 1054, 1059, 1168
Turambar 1189, 1090
Turgon, regente 1190, 1101, 1117
Turgon, rei de Gondolin 1078
Túrin I, regente 1190
Túrin II, regente 1190, 1100
Túrin, da Primeira Era 328, 768
Tyrn Gorthad *ver* Colinas-dos-túmulos

Udûn, chama de [inferno], isto é, morada de Morgoth abaixo das Thangorodrim 399; [uma região de Mordor] 971, 972, 974, 975, 995
Ufthak 854
Uglúk 526–37 *passim*, 495, 507, 510, 599
Última Aliança de Elfos e Homens 298, 277, 942, 1082, 1133
Última Casa Hospitaleira *ver* Valfenda
Última Montanha *ver* Methedras
Última Nau 1190
Última Ponte (Ponte do Mitheithel) 233, 234
Última Praia *ver* Aman
Um Anel *ver* Anel, o
Umbar 763, 805, 889, 918, 919, 1081, 1083, 1090, 1093, 1094, 1098, 1100, 1101, 1133, 1135, 1137, 1187; frota de 1007; nome 1190; *ver também* Corsários de Umbar
Undómiel *ver* Arwen
Ungoliant 835
Uno, O (= Eru, Ilúvatar) 1081, 1110
Ursa Maior *ver* Foice, a
Uruk-hai *ver* Orques
Uruks *ver* Orques
Urzal, Mat 1140
Urzal, sobrenome 200

Valacar 1189, 1091, 1135
Valandil 299, 281, 428, 1012, 1080, 1082, 1240

Valandur 1188
Valão 194, 213, 214
Valar, os (Autoridades, Guardiões do Mundo, Senhores do Oeste, aqueles que habitam além do Mar) 514, 520, 699, 881, 1013, 1078, 1079, 1081, 1083, 1168; Interdição dos 1079, 1081; tronos dos 1113
Valarcano 564, 520
Vale Comprido 41, 593, 597, 913
Vale das Carroças-de-pedra 961, 876, 939
Vale do Água 108, 108
Vale do Mago *ver* Nan Curunír
Vale do Morthond (Vale da Raiz Negra) 811, 830, 1174; homens do 912
Vale do Riacho-escuro (Azanulbizar, Nanduhirion) 316, 343, 354, 355, 365, 375, 405 *passim*; *ver também* Batalha de Nanduhirion
Vale do Ringló 891
Vale Harg 904, 832, 833, 834, 835, 838, 1116, 1143, 1144
Vale Morgul (Imlad Morgul [Imlad = *vale fundo*], Vale da Morte Viva, Vale dos Espectros, etc.) 286, 738, 749, 759, 763, 773, 853, 928, 930, 1003, 1014, 1099, 1144
Vales Etten 254
Vales Orientais, de Rohan 636
Valfenda (Imladris, casa de Elrond, Última Casa Hospitaleira) 45, 46, 97, 111, 115, 138, 199, 203, 205, 211–12, 221, 227, 233, 235–36, 243–44, 246–47, 251, 253–56, 259, 261–65, 272, 277, 294, 297, 303, 305–08, 312–15, 324, 328, 337, 343–45, 351, 372, 381, 383, 391, 392, 399, 437, 475, 488, 494, 507, 531–32, 817, 1029, 1072, 1084–85, 1095, 1108, 1127–128, 1140, 1165, 1196; calendário de (Registro de Valfenda) 1165; nome 301; Salão do Fogo 842
Valimar 454
Valinor 289, 1018, 1078, 1131
Valinoreano, idioma 996
Valle 44, 57, 89, 261,284, 263, 275, 354, 403, 465; calendário de 1167; idioma de 1190, 1191; Homens de (Bardings) 261, 403, 465; *ver também* Batalha de Valle; Batalha dos Cinco Exércitos
Varda *ver* Elbereth
Vardamir 1186
Variags de Khand 975
Vau Budge 148, 1153
Vau Ent 515, 473
Vau Sarn 205, 1044, 1053, 1141, 1142, 1149
Veio-de-Prata *ver* Celebrant
Vela-de-Junco, sobrenome 200
Velha Hospedaria 888, 809
Velho Mundo, Noroeste do 35

Velho Salgueiro *ver* Salgueiro, Velho
Velho Toby 41
Velhobuque, família 42, 130, 1137; *ver também* Brandebuque, família
Velhobuque, Gorhendad 138
Velhos Vinhedos 73, 99
Verdemata, a Grande *ver* Trevamata
Verso do Anel, 82; *ver também* Anel, o: inscrição
Vesperturvo, Colinas de (Emyn Uial) 1097
Vesperturvo, Lago (Nenuial) 277, 1038, 1089, 1148
Vespestrela *ver* Arwen
Vidugavia 1197, 1092
Vidumavi 1198
Vigia na Água 385
Vila-do-Bosque 108, 108, 112, 119, 120, 125
Vila-dos-Hobbits 39, 51–3, 55–7, 59, 62, 77, 97, 99, 1008, 107, 125, 126, 134, 263, 264, 282, 296, 321, 507, 643, 961, 1045, 1048, 1050, 1053, 1054, 1057, 1058, 1059, 1067, 1068 *passim*, 1141, 1147, 1170; pessoas da 1164
Villa, Bowman "Nick"1157, 1161
Villa, Calêndula *nascida* Gamgi 1161
Villa, Carl "Fessor" 983, 1052, 1161
Villa, família 1162; nome 1200
Villa, Holman "Hom Comprido" 1161
Villa, Lili *nascida* Castanho 1161
Villa, Rosa "Rosinha" (*posteriormente* Rosa Gamgi) 519, 978, 983, 1052, 1058, 1175, 1070, 1071, 1074, 1076, 1147, 1149, 1161
Villa, Tolman "Tom", o jovem 1161
Villa, Wilcome 'Will' 1161
Villa, Wilcome "Risonho"1267
Vilya 1179
Vinitharya *ver* Eldacar
Visível e o Invisível 275
Voltavime 139, 146, 147–49, 154, 159, 161, 169; vale do 154, 147
Vorondil, "o Caçador" 795, 1083

Walda 1123, 1117, 1138
Wargs *ver* Lobos
Westmnet 517
Westfolde 616–18, 566–67, 571, 574, 577, 578, 580, 581, 929,; Vales de 899; homens de (Helmingas, povo de Westfolde, etc.) 566, 567, 574, 578, 581, *ver também* Erkenbrand, senhor de Westfolde, Grimbold; Vale de 617, 635, 819
Wídfara 964
Windfola 930
Woses *ver* Homens Selvagens
Wulf 1113, 1114, 1137, 1138

Zirakzigil (Zirak) *ver* Celebdil

POEMAS ORIGINAIS

A SOCIEDADE DO ANEL

Livro I

1. Uma Festa Muito Esperada

[A] pp. 66–7:
> The Road goes ever on and on
> > Down from the door where it began.
> Now far ahead the Road has gone,
> > And I must follow, if I can,
> Pursuing it with eager feet,
> > Until it joins some larger way
> Where many paths and errands meet.
> > And whither then? I cannot say.

2. A Sombra do Passado

[A] p. 82:
> One Ring to rule them all, One Ring to find them,
> One Ring to bring them all and in the darkness bind them.

[B] p. 82:
> Three Rings for the Elven-kings under the sky,
> > Seven for the Dwarf-lords in their halls of stone,
> Nine for Mortal Men doomed to die,
> > One for the Dark Lord on his dark throne
> In the Land of Mordor where the Shadows lie.
> > One Ring to rule them all, One Ring to find them,
> > One Ring to bring them all and in the darkness bind
> > > them
> In the Land of Mordor where the Shadows lie.

3. Três Não É Demais

[A] pp. 104–05:   The Road goes ever on and on
       Down from the door where it began.
   Now far ahead the Road has gone,
       And I must follow, if I can,
   Pursuing it with weary feet,
       Until it joins some larger way,
   Where many paths and errands meet.
       And whither then? I cannot say.

[B] pp. 108–09:   Upon the hearth the fire is red,
   Beneath the roof there is a bed;
   But not yet weary are our feet,
   Still round the corner we may meet
   A sudden tree or standing stone
   That none have seen but we alone.
       Tree and flower and leaf and grass,
       Let them pass! Let them pass!
       Hill and water under sky,
       Pass them by! Pass them by!

   Still round the corner there may wait
   A new road or a secret gate,
   And though we pass them by today,
   Tomorrow we may come this way
   And take the hidden paths that run
   Towards the Moon or to the Sun.
       Apple, thorn, and nut and sloe,
       Let them go! Let them go!
       Sand and stone and pool and dell,
       Fare you well! Fare you well!

   Home is behind, the world ahead,
   And there are many paths to tread
   Through shadows to the edge of night,
   Until the stars are all alight.
   Then world behind and home ahead,
   We'll wander back to home and bed.
       Mist and twilight, cloud and shade,
       Away shall fade! Away shall fade!
       Fire and lamp, and meat and bread,
       And then to bed! And then to bed!

[C] pp. 110–111:   Snow-white! Snow-white! O Lady clear!
       O Queen beyond the Western Seas!
   O Light to us that wander here
       Amid the world of woven trees!

Gilthoniel! O Elbereth!
*   Clear are thy eyes and bright thy breath!*
Snow-white! Snow-white! We sing to thee
*   In a far land beyond the Sea.*

O stars that in the Sunless Year
*   With shining hand by her were sown,*
In windy fields now bright and clear
*   We see your silver blossom blown!*

O Elbereth! Gilthoniel!
*   We still remember, we who dwell*
In this far land beneath the trees,
*   Thy starlight on the Western Seas.*

4. Um Atalho para Cogumelos

[A] p. 121:
Ho! Ho! Ho! to the bottle I go
To heal my heart and drown my woe.
Rain may fall and wind may blow,
And many miles be still to go,
But under a tall tree I will lie,
And let the clouds go sailing by.

5. Uma Conspiração Desmascarada

[A] pp. 133–34:
Sing hey! for the bath at close of day
that washes the weary mud away!
A loon is he that will not sing:
O! Water Hot is a noble thing!

O! Sweet is the sound of falling rain,
and the brook that leaps from hill to plain;
but better than rain or rippling streams
is Water Hot that smokes and steams.

O! Water cold we may pour at need
down a thirsty throat and be glad indeed;
but better is Beer, if drink we lack,
and Water Hot poured down the back.

O! Water is fair that leaps on high
in a fountain white beneath the sky;
but never did fountain sound so sweet
as splashing Hot Water with my feet!

[B] p. 138:   *Farewell we call to hearth and hall!*
              Though wind may blow and rain may fall,
              We must away ere break of day
              Far over wood and mountain tall.

              To Rivendell, where Elves yet dwell
              In glades beneath the misty fell,
              Through moor and waste we ride in haste,
              And whither then we cannot tell.

              With foes ahead, behind us dread,
              Beneath the sky shall be our bed,
              Until at last our toil be passed,
              Our journey done, our errand sped.

              We must away! We must away!
              We ride before the break of day!

6. A Floresta Velha

[A] p. 145:   *O! Wanderers in the shadowed land*
              despair not! For though dark they stand,
              all woods there be must end at last,
              and see the open sun go past:
              the setting sun, the rising sun,
              the day's end, or the day begun.
              For east or west all woods must fail ...

[B] p. 152:   *Hey dol! merry dol! ring a dong dillo!*
              Ring a dong! hop along! fal lal the willow!
              Tom Bom, jolly Tom, Tom Bombadillo!

[C] p. 152:   *Hey! Come merry dol! derry dol! My darling!*
              Light goes the weather-wind and the feathered starling.
              Down along under Hill, shining in the sunlight,
              Waiting on the doorstep for the cold starlight,
              There my pretty lady is, River-woman's daughter,
              Slender as the willow-wand, clearer than the water.
              Old Tom Bombadil water-lilies bringing
              Comes hopping home again. Can you hear him singing?
              Hey! Come merry dol! derry dol! and merry-o,
              Goldberry, Goldberry, merry yellow berry-o!
              Poor old Willow-man, you tuck your roots away!
              Tom's in a hurry now. Evening will follow day.
              Tom's going home again water-lilies bringing.
              Hey! Come derry dol! Can you hear me singing?

[D] p. 154:   Hop along, my little friends, up the Withywindle!
               Tom's going on ahead candles for to kindle.
               Down west sinks the Sun: soon you will be groping.
               When the night-shadows fall, then the door will open,
               Out of the window-panes light will twinkle yellow.
               Fear no alder black! Heed no hoary willow!
               Fear neither root nor bough! Tom goes on before you.
               Hey now! merry dol! We'll be waiting for you!

[E] p. 155:   Hey! Come derry dol! Hop along, my hearties!
               Hobbits! Ponies all! We are fond of parties.
               Now let the fun begin! Let us sing together!

[F] p. 155:   Now let the song begin! Let us sing together
               Of sun, stars, moon and mist, rain and cloudy weather,
               Light on the budding leaf, dew on the feather,
               Wind on the open hill, bells on the heather,
               Reeds by the shady pool, lilies on the water:
               Old Tom Bombadil and the River-daughter!

7. Na Casa de Tom Bombadil

[A] p. 157:   O slender as a willow-wand! O clearer than clear water!
               O reed by the living pool! Fair River-daughter!
               O spring-time and summer-time, and spring again after!
               O wind on the waterfall, and the leaves' laughter!'

[B] p. 157:   Old Tom Bombadil is a merry fellow;
               Bright blue his jacket is, and his boots are yellow.

[C] p. 159:   I had an errand there: gathering water-lilies,
               green leaves and lilies white to please my pretty lady,
               the last ere the year's end to keep them from the winter,
               to flower by her pretty feet till the snows are melted.
               Each year at summer's end I go to find them for her,
               in a wide pool, deep and clear, far down Withywindle;
               there they open first in spring and there they linger latest.
               By that pool long ago I found the River-daughter,
               fair young Goldberry sitting in the rushes.
               Sweet was her singing then, and her heart was beating!

[D] p. 159:   And that proved well for you – for now I shall no longer
               go down deep again along the forest-water,
               not while the year is old. Nor shall I be passing
               Old Man Willow's house this side of spring-time,

                    not till the merry spring, when the River-daughter
                    dances down the withy-path to bathe in the water.

[E] p. 167:   *Ho! Tom Bombadil, Tom Bombadillo!*
                    By water, wood and hill, by the reed and willow,
                    By fire, sun and moon, harken now and hear us!
                    Come, Tom Bombadil, for our need is near us!

8. Neblina nas Colinas-dos-Túmulos

[A] p. 174:   *Cold be hand and heart and bone,*
                    and cold be sleep under stone:
                    never more to wake on stony bed,
                    never, till the Sun fails and the Moon is dead.
                    In the black wind the stars shall die,
                    and still on gold here let them lie,
                    till the dark lord lifts his hand
                    over dead sea and withered land.

[B] p. 175:   *Ho! Tom Bombadil, Tom Bombadillo!*
                    By water, wood and hill, by the reed and willow,
                    By fire, sun and moon, harken now and hear us!
                    Come, Tom Bombadil, for our need is near us!

[C] p. 175:   *Old Tom Bombadil is a merry fellow,*
                    Bright blue his jacket is, and his boots are yellow.
                    None has ever caught him yet, for Tom, he is the master:
                    His songs are stronger songs, and his feet are faster.

[D] p. 175:   *Get out, you old Wight! Vanish in the sunlight!*
                    Shrivel like the cold mist, like the winds go wailing,
                    Out into the barren lands far beyond the mountains!
                    Come never here again! Leave your barrow empty!
                    Lost and forgotten be, darker than the darkness,
                    Where gates stand for ever shut, till the world is mended.

[E] p. 176:   *Wake now my merry lads! Wake and hear me calling!*
                    Warm now be heart and limb! The cold stone is fallen;
                    Dark door is standing wide; dead hand is broken.
                    Night under Night is flown, and the Gate is open!

[F] p. 177:   *Hey! now! Come hoy now! Whither do you wander?*
                    Up, down, near or far, here, there or yonder?
                    Sharp-ears, Wise-nose, Swish-tail and Bumpkin,
                    White-socks my little lad, and old Fatty Lumpkin!

[G] p. 181: Tom's country ends here: he will not pass the borders.
Tom has his house to mind, and Goldberry is waiting!

9. Na Estalagem do Pônei Empinado

[A] pp. 191–93: There is an inn, a merry old inn
  beneath an old grey hill,
And there they brew a beer so brown
That the Man in the Moon himself came down
  one night to drink his fill.

The ostler has a tipsy cat
  that plays a five-stringed fiddle;
And up and down he runs his bow,
Now squeaking high, now purring low,
  now sawing in the middle.

The landlord keeps a little dog
  that is mighty fond of jokes;
When there's good cheer among the guests,
He cocks an ear at all the jests
  and laughs until he chokes.

They also keep a horne´d cow
  as proud as any queen;
But music turns her head like ale,
And makes her wave her tufted tail
  and dance upon the green.

And O! the rows of silver dishes
  and the store of silver spoons!
For Sunday* there's a special pair,
And these they polish up with care
  on Saturday afternoons.

The Man in the Moon was drinking deep,
  and the cat began to wail;
A dish and a spoon on the table danced,
The cow in the garden madly pranced,
  and the little dog chased his tail.

The Man in the Moon took another mug,
  and then rolled beneath his chair;
And there he dozed and dreamed of ale,
Till in the sky the stars were pale,
  and dawn was in the air.

Then the ostler said to his tipsy cat:
  'The white horses of the Moon,
They neigh and champ their silver bits;
But their master's been and drowned his wits,
  and the Sun'll be rising soon!'

So the cat on his fiddle played hey-diddle-diddle,
  a jig that would wake the dead:
He squeaked and sawed and quickened the tune,
While the landlord shook the Man in the Moon:
  'It's after three!' he said.

They rolled the Man slowly up the hill
  and bundled him into the Moon,
While his horses galloped up in rear,
And the cow came capering like a deer,
  and a dish ran up with the spoon.

Now quicker the fiddle went deedle-dum-diddle;
  the dog began to roar,
The cow and the horses stood on their heads;
The guests all bounded from their beds
  and danced upon the floor.

With a ping and a pong the fiddle-strings broke!
  the cow jumped over the Moon,
And the little dog laughed to see such fun,
And the Saturday dish went off at a run
  with the silver Sunday spoon.

The round Moon rolled behind the hill
  as the Sun raised up her head.
She* hardly believed her fiery eyes;
For though it was day, to her surprise
  they all went back to bed!

10. Passolargo

[A] p. 203:

All that is gold does not glitter,
  Not all those who wander are lost;
The old that is strong does not wither,
  Deep roots are not reached by the frost.
From the ashes a fire shall be woken,
  A light from the shadows shall spring;
Renewed shall be blade that was broken,
  The crownless again shall be king.

11. Um Punhal no Escuro

[A] p. 219: *Gil-galad was an Elven-king.*
Of him the harpers sadly sing:
the last whose realm was fair and free
between the Mountains and the Sea.

His sword was long, his lance was keen,
his shining helm afar was seen;
the countless stars of heaven's field
were mirrored in his silver shield.

But long ago he rode away,
and where he dwelleth none can say;
for into darkness fell his star
in Mordor where the shadows are.

[B] pp. 225–26: *The leaves were long, the grass was green,*
  The hemlock-umbels tall and fair,
And in the glade a light was seen
  Of stars in shadow shimmering.
Tinúviel was dancing there
  To music of a pipe unseen,
And light of stars was in her hair,
  And in her raiment glimmering.

There Beren came from mountains cold,
  And lost he wandered under leaves,
And where the Elven-river rolled
  He walked alone and sorrowing.
He peered between the hemlock-leaves
  And saw in wonder flowers of gold
Upon her mantle and her sleeves,
  And her hair like shadow following.

Enchantment healed his weary feet
  That over hills were doomed to roam;
And forth he hastened, strong and fleet,
  And grasped at moonbeams glistening.
Through woven woods in Elvenhome
  She lightly fled on dancing feet,
And left him lonely still to roam
  In the silent forest listening.

He heard there oft the flying sound
  Of feet as light as linden-leaves,
Or music welling underground,
  In hidden hollows quavering.

Now withered lay the hemlock-sheaves,
    And one by one with sighing sound
Whispering fell the beechen leaves
    In the wintry woodland wavering.

He sought her ever, wandering far
    Where leaves of years were thickly strewn,
By light of moon and ray of star
    In frosty heavens shivering.
Her mantle glinted in the moon,
    As on a hill-top high and far
She danced, and at her feet was strewn
    A mist of silver quivering.

When winter passed, she came again,
    And her song released the sudden spring,
Like rising lark, and falling rain,
    And melting water bubbling.
He saw the elven-flowers spring
    About her feet, and healed again
He longed by her to dance and sing
    Upon the grass untroubling.

Again she fled, but swift he came.
    Tinúviel! Tinúviel!
He called her by her Elvish name;
    And there she halted listening.
One moment stood she, and a spell
    His voice laid on her: Beren came,
And doom fell on Tinúviel
    That in his arms lay glistening.

As Beren looked into her eyes
    Within the shadows of her hair,
The trembling starlight of the skies
    He saw there mirrored shimmering.
Tinúviel the elven-fair,
    Immortal maiden elven-wise,
About him cast her shadowy hair
    And arms like silver glimmering.

Long was the way that fate them bore,
    O'er stony mountains cold and grey,
Through halls of iron and darkling door,
    And woods of nightshade morrowless.
The Sundering Seas between them lay,
    And yet at last they met once more,

And long ago they passed away
In the forest singing sorrowless.

12. Fuga para o Vau

[A] pp. 240–41: *Troll sat alone on his seat of stone,*
And munched and mumbled a bare old bone;
For many a year he had gnawed it near,
For meat was hard to come by.
Done by! Gum by!
In a cave in the hills he dwelt alone,
And meat was hard to come by.

Up came Tom with his big boots on.
Said he to Troll: 'Pray, what is yon?
For it looks like the shin o' my nuncle Tim,
As should be a-lyin' in graveyard.
Caveyard! Paveyard!
This many a year has Tim been gone,
And I thought he were lyin' in graveyard.'

'My lad,' said Troll, 'this bone I stole.
But what be bones that lie in a hole?
Thy nuncle was dead as a lump o' lead,
Afore I found his shinbone.
Tinbone! Thinbone!
He can spare a share for a poor old troll,
For he don't need his shinbone.'

Said Tom: 'I don't see why the likes o' thee
Without axin' leave should go makin' free
With the shank or the shin o' my father's kin;
So hand the old bone over!
Rover! Trover!
Though dead he be, it belongs to he;
So hand the old bone over!'

'For a couple o' pins,' says Troll, and grins,
'I'll eat thee too, and gnaw thy shins.
A bit o' fresh meat will go down sweet!
I'll try my teeth on thee now.
Hee now! See now!
I'm tired o' gnawing old bones and skins;
I've a mind to dine on thee now.'

But just as he thought his dinner was caught,
He found his hands had hold of naught.

> *Before he could mind, Tom slipped behind*
> *And gave him the boot to larn him.*
> *Warn him! Darn him!*
> *A bump o' the boot on the seat, Tom thought,*
> *Would be the way to larn him.*
>
> *But harder than stone is the flesh and bone*
> *Of a troll that sits in the hills alone.*
> *As well set your boot to the mountain's root,*
> *For the seat of a troll don't feel it.*
> *Peel it! Heal it!*
> *Old Troll laughed, when he heard Tom groan,*
> *And he knew his toes could feel it.*
>
> *Tom's leg is game, since home he came,*
> *And his bootless foot is lasting lame;*
> *But Troll don't care, and he's still there*
> *With the bone he boned from its owner.*
> *Doner! Boner!*
> *Troll's old seat is still the same,*
> *And the bone he boned from its owner!*

Livro II

1. Muitos Encontros

[A] pp. 266–68:
> *Eärendil was a mariner*
> *that tarried in Arvernien;*
> *he built a boat of timber felled*
> *in Nimbrethil to journey in;*
> *her sails he wove of silver fair,*
> *of silver were her lanterns made,*
> *her prow he fashioned like a swan,*
> *and light upon her banners laid.*
>
> *In panoply of ancient kings,*
> *in chaine'd rings he armoured him;*
> *his shining shield was scored with runes*
> *to ward all wounds and harm from him;*
> *his bow was made of dragon-horn,*
> *his arrows shorn of ebony,*
> *of silver was his habergeon,*
> *his scabbard of chalcedony;*
> *his sword of steel was valiant,*
> *of adamant his helmet tall,*

an eagle-plume upon his crest,
upon his breast an emerald.

Beneath the Moon and under star
he wandered far from northern strands,
bewildered on enchanted ways
beyond the days of mortal lands.
From gnashing of the Narrow Ice
where shadow lies on frozen hills,
from nether heats and burning waste
he turned in haste, and roving still
on starless waters far astray
at last he came to Night of Naught,
and passed, and never sight he saw
of shining shore nor light he sought.
The winds of wrath came driving him,
and blindly in the foam he fled
from west to east, and errandless,
unheralded he homeward sped.

There flying Elwing came to him,
and flame was in the darkness lit;
more bright than light of diamond
the fire upon her carcanet.
The Silmaril she bound on him
and crowned him with the living light,
and dauntless then with burning brow
he turned his prow; and in the night
from Otherworld beyond the Sea
there strong and free a storm arose,
a wind of power in Tarmenel;
by paths that seldom mortal goes
his boat it bore with biting breath
as might of death across the grey
and long-forsaken seas distressed:
from east to west he passed away.

Through Evernight he back was borne
on black and roaring waves that ran
o'er leagues unlit and foundered shores
that drowned before the Days began,
until he heard on strands of pearl
where ends the world the music long,
where ever-foaming billows roll
the yellow gold and jewels wan.
He saw the Mountain silent rise
where twilight lies upon the knees

of Valinor, and Eldamar
beheld afar beyond the seas.
A wanderer escaped from night
to haven white he came at last,
to Elvenhome the green and fair
where keen the air, where pale as glass
beneath the Hill of Ilmarin
a-glimmer in a valley sheer
the lamplit towers of Tirion
are mirrored on the Shadowmere.

He tarried there from errantry,
and melodies they taught to him,
and sages old him marvels told,
and harps of gold they brought to him.
They clothed him then in elven-white,
and seven lights before him sent,
as through the Calacirian
to hidden land forlorn he went.
He came unto the timeless halls
where shining fall the countless years,
and endless reigns the Elder King
in Ilmarin on Mountain sheer;
and words unheard were spoken then
of folk of Men and Elven-kin,
beyond the world were visions showed
forbid to those that dwell therein.

A ship then new they built for him
of mithril and of elven-glass
with shining prow; no shaven oar
nor sail she bore on silver mast:
the Silmaril as lantern light
and banner bright with living flame
to gleam thereon by Elbereth
herself was set, who thither came
and wings immortal made for him,
and laid on him undying doom,
to sail the shoreless skies and come
behind the Sun and light of Moon.

From Evereven's lofty hills
where softly silver fountains fall
his wings him bore, a wandering light,
beyond the mighty Mountain Wall.
From World's End then he turned away,
and yearned again to find afar
his home through shadows journeying,

                 and burning as an island star
                 on high above the mists he came,
                 a distant flame before the Sun,
                 a wonder ere the waking dawn
                 where grey the Norland waters run.

                 And over Middle-earth he passed
                 and heard at last the weeping sore
                 of women and of elven-maids
                 in Elder Days, in years of yore.
                 But on him mighty doom was laid,
                 till Moon should fade, an orbe'd star
                 to pass, and tarry never more
                 on Hither Shores where mortals are;
                 for ever still a herald on
                 an errand that should never rest
                 to bear his shining lamp afar,
                 the Flammifer of Westernesse.

[B] p. 270:   *A Elbereth Gilthoniel,*
                 silivren penna mı´riel
                 o menel aglar elenath!
                 Na-chaered palan-dı´riel
                 o galadhremmin ennorath,
                 Fanuilos, le linnathon
                 nef aear, sı´ nef aearon!

2. O Conselho de Elrond

[A] p. 279:   *Seek for the Sword that was broken:*
                    In Imladris it dwells;
                 There shall be counsels taken
                    Stronger than Morgul-spells.
                 There shall be shown a token
                    That Doom is near at hand,
                 For Isildur's Bane shall waken,
                    And the Halfling forth shall stand.

[B] p. 280–81: *All that is gold does not glitter,*
                    Not all those who wander are lost;
                 The old that is strong does not wither,
                    Deep roots are not reached by the frost.
                 From the ashes a fire shall be woken,
                    A light from the shadows shall spring;
                 Renewed shall be blade that was broken:
                    The crownless again shall be king.

[C] p. 287:   One Ring to rule them all, One Ring to find them,
               One Ring to bring them all and in the Darkness bind them.

3. O Anel vai para o Sul

[A] p. 306:   When winter first begins to bite
                   and stones crack in the frosty night,
               when pools are black and trees are bare,
                   'tis evil in the Wild to fare.

[B] pp. 311–12: I sit beside the fire and think
                      of all that I have seen,
                  of meadow-flowers and butterflies
                      in summers that have been;

                  Of yellow leaves and gossamer
                      in autumns that there were,
                  with morning mist and silver sun
                      and wind upon my hair.

                  I sit beside the fire and think
                      of how the world will be
                  when winter comes without a spring
                      that I shall ever see.

                  For still there are so many things
                      that I have never seen:
                  in every wood in every spring
                      there is a different green.

                  I sit beside the fire and think
                      of people long ago,
                  and people who will see a world
                      that I shall never know.

                  But all the while I sit and think
                      of times there were before,
                  I listen for returning feet
                      and voices at the door.

4. Uma Jornada no Escuro

[A] pp. 349–50: The world was young, the mountains green,
                  No stain yet on the Moon was seen,
                  No words were laid on stream or stone
                  When Durin woke and walked alone.

He named the nameless hills and dells;
He drank from yet untasted wells;
He stooped and looked in Mirrormere,
And saw a crown of stars appear,
As gems upon a silver thread,
Above the shadow of his head.

The world was fair, the mountains tall,
In Elder Days before the fall
Of mighty kings in Nargothrond
And Gondolin, who now beyond
The Western Seas have passed away:
The world was fair in Durin's Day.

A king he was on carven throne
In many-pillared halls of stone
With golden roof and silver floor,
And runes of power upon the door.
The light of sun and star and moon
In shining lamps of crystal hewn
Undimmed by cloud or shade of night
There shone for ever fair and bright.

There hammer on the anvil smote,
There chisel clove, and graver wrote;
There forged was blade, and bound was hilt;
The delver mined, the mason built.
There beryl, pearl, and opal pale,
And metal wrought like fishes' mail,
Buckler and corslet, axe and sword,
And shining spears were laid in hoard.

Unwearied then were Durin's folk;
Beneath the mountains music woke:
The harpers harped, the minstrels sang,
And at the gates the trumpets rang.

The world is grey, the mountains old,
The forge's fire is ashen-cold;
No harp is wrung, no hammer falls:
The darkness dwells in Durin's halls;
The shadow lies upon his tomb
In Moria, in Khazad-dûm.
But still the sunken stars appear
In dark and windless Mirrormere;
There lies his crown in water deep,
Till Durin wakes again from sleep.

6. Lothlórien

[A] pp. 373–74:
An Elven-maid there was of old,
    A shining star by day:
Her mantle white was hemmed with gold,
    Her shoes of silver-grey.

A star was bound upon her brows,
    A light was on her hair
As sun upon the golden boughs
    In Lórien the fair.

Her hair was long, her limbs were white,
    And fair she was and free;
And in the wind she went as light
    As leaf of linden-tree.

Beside the falls of Nimrodel,
    By water clear and cool,
Her voice as falling silver fell
    Into the shining pool.

Where now she wanders none can tell,
    In sunlight or in shade;
For lost of yore was Nimrodel
    And in the mountains strayed.

The elven-ship in haven grey
    Beneath the mountain-lee
Awaited her for many a day
    Beside the roaring sea.

A wind by night in Northern lands
    Arose, and loud it cried,
And drove the ship from elven-strands
    Across the streaming tide.

When dawn came dim the land was lost,
    The mountains sinking grey
Beyond the heaving waves that tossed
    Their plumes of blinding spray.

Amroth beheld the fading shore
    Now low beyond the swell,
And cursed the faithless ship that bore
    Him far from Nimrodel.

Of old he was an Elven-king,
A lord of tree and glen,

When golden were the boughs in spring
In fair Lothlo'rien.

From helm to sea they saw him leap,
  As arrow from the string,
And dive into the water deep,
  As mew upon the wing.

The wind was in his flowing hair,
  The foam about him shone;
Afar they saw him strong and fair
  Go riding like a swan.

But from the West has come no word,
  And on the Hither Shore
No tidings Elven-folk have heard
  Of Amroth evermore.

7. O Espelho de Galadriel

[A] p. 393:

When evening in the Shire was grey
his footsteps on the Hill were heard;
before the dawn he went away
on journey long without a word.

From Wilderland to Western shore,
from northern waste to southern hill,
through dragon-lair and hidden door
and darkling woods he walked at will.

With Dwarf and Hobbit, Elves and Men,
with mortal and immortal folk,
with bird on bough and beast in den,
in their own secret tongues he spoke.

A deadly sword, a healing hand,
a back that bent beneath its load;
a trumpet-voice, a burning brand,
a weary pilgrim on the road.

A lord of wisdom throned he sat,
swift in anger, quick to laugh;
an old man in a battered hat
who leaned upon a thorny staff.

He stood upon the bridge alone
and Fire and Shadow both defied;
his staff was broken on the stone,
in Khazad-dû'm his wisdom died.

[B] p. 393: *The finest rockets ever seen:*
they burst in stars of blue and green,
or after thunder golden showers
came falling like a rain of flowers.

8. Adeus a Lórien

[A] p. 406: *I sang of leaves, of leaves of gold, and leaves of gold there grew:*
Of wind I sang, a wind there came and in the branches blew.
Beyond the Sun, beyond the Moon, the foam was on the Sea,
And by the strand of Ilmarin there grew a golden Tree.
Beneath the stars of Ever-eve in Eldamar it shone,
In Eldamar beside the walls of Elven Tirion.
There long the golden leaves have grown upon the branching
    years,
While here beyond the Sundering Seas now fall the Elven-tears.
O Lo'rien! The Winter comes, the bare and leafless Day;
The leaves are falling in the stream, the River flows away.
O Lórien! Too long I have dwelt upon this Hither Shore
And in a fading crown have twined the golden elanor.
But if of ships I now should sing, what ship would come to me,
What ship would bear me ever back across so wide a Sea?

AS DUAS TORRES

Livro III

1. A Partida de Boromir

[A] p. 451: *Through Rohan over fen and field where the long grass grows*
The West Wind comes walking, and about the walls it goes.
'What news from the West, O wandering wind, do you bring to
  me tonight?
Have you seen Boromir the Tall by moon or by starlight?'
'I saw him ride over seven streams, over waters wide and grey;
I saw him walk in empty lands, until he passed away
Into the shadows of the North. I saw him then no more.
The North Wind may have heard the horn of the son of Denethor.'
'O Boromir! From the high walls westward I looked afar,
  But you came not from the empty lands where no men are.'

[B] p. 452: *From the mouths of the Sea the South Wind flies, from the sandhills*
  and the stones;
The wailing of the gulls it bears, and at the gate it moans.
'What news from the South, O sighing wind, do you bring o me at
  eve?
Where now is Boromir the Fair? He tarries and I grieve.'
'Ask not of me where he doth dwell – so many bones there lie
On the white shores and the dark shores under the stormy sky;
So many have passed down Anduin to find the flowing Sea.
Ask of the North Wind news of them the North Wind sends to me!'
'O Boromir! Beyond the gate the seaward road runs south,
  But you came not with the wailing gulls from the grey sea's mouth.'

[C] p. 452: *From the Gate of Kings the North Wind rides, and past the roaring*
  falls;
And clear and cold about the tower its loud horn calls.
'What news from the North, O mighty wind, do you bring to me
  today?
What news of Boromir the Bold? For he is long away.'

'Beneath Amon Hen I heard his cry. There many foes he fought.
His cloven shield, his broken sword, they to the water brought.
His head so proud, his face so fair, his limbs they laid to rest;
And Rauros, golden Rauros-falls, bore him upon its breast.'
'O Boromir! The Tower of Guard shall ever northward gaze
To Rauros, golden Rauros-falls, until the end of days.

2. Os Cavaleiros de Rohan

[A] p. 457:   *Gondor! Gondor, between the Mountains and the Sea!*
West Wind blew there; the light upon the Silver Tree
Fell like bright rain in gardens of the Kings of old.
O proud walls! White towers! O winge'd crown and throne of gold!
O Gondor, Gondor! Shall Men behold the Silver Tree,
Or West Wind blow again between the Mountains and the Sea?

4. Barbávore

[A] p. 499:   *Learn now the lore of Living Creatures!*
First name the four, the free peoples:
Eldest of all, the elf-children;
Dwarf the delver, dark are his houses;
Ent the earthborn, old as mountains;
Man the mortal, master of horses:

[B] p. 500:   *Beaver the builder, buck the leaper,*
Bear bee-hunter, boar the fighter;
Hound is hungry, hare is fearful . . .

[C] p. 500:   *Eagle in eyrie, ox in pasture,*
Hart horn-crowne'd; hawk is swiftest,
Swan the whitest, serpent coldest . . .

[D] p. 500:   *Half-grown hobbits, the hole-dwellers.*

[E] pp. 504–05: *In the willow-meads of Tasarinan I walked in the Spring.*
Ah! the sight and the smell of the Spring in Nan-tasarion!
And I said that was good.
I wandered in Summer in the elm-woods of Ossiriand.
Ah! the light and the music in the Summer by the Seven
*   Rivers of Ossir!*
And I thought that was best.
To the beeches of Neldoreth I came in the Autumn.
Ah! the gold and the red and the sighing of leaves in the
*   Autumn in Taur-na-neldor!*

It was more than my desire.
To the pine-trees upon the highland of Dorthonion I climbed in
the Winter.
Ah! the wind and the whiteness and the black branches of Winter
upon Orod-na-Thôn!
My voice went up and sang in the sky.
And now all those lands lie under the wave,
And I walk in Ambaróna, in Tauremorna, in Aldalómë,
In my own land, in the country of Fangorn,
Where the roots are long,
And the years lie thicker than the leaves
In Tauremornalómë.

[F] pp. 562–63: ent.   *When Spring unfolds the beechen leaf, and sap*
is in the bough;
When light is on the wild-wood stream, and
wind is on the brow;
When stride is long, and breath is deep, and
keen the mountain-air,
Come back to me! Come back to me, and say my
land is fair!

entwife.   *When Spring is come to garth and field, and*
corn is in the blade;
When blossom like a shining snow is on the
orchard laid;
When shower and Sun upon the Earth with
fragrance fill the air,
I'll linger here, and will not come, because my
land is fair.

ent.   *When Summer lies upon the world, and in a*
noon of gold
Beneath the roof of sleeping leaves the dreams
of trees unfold;
When woodland halls are green and cool, and
wind is in the West,
Come back to me! Come back to me, and say
my land is best!

entwife.   *When Summer warms the hanging fruit and*
burns the berry brown;
When straw is gold, and ear is white, and
harvest comes to town;
When honey spills, and apple swells, though
wind be in the West,
I'll linger here beneath the Sun, because my
land is best!

ent.	When Winter comes, the winter wild that hill and wood shall slay;
	When trees shall fall and starless night devour the sunless day;
	When wind is in the deadly East, then in the bitter rain
	I'll look for thee, and call to thee; I'll come to thee again!
entwife.	When Winter comes, and singing ends; when darkness falls at last;
	When broken is the barren bough, and light and labour past;
	I'll look for thee, and wait for thee, until we meet again:
	Together we will take the road beneath the bitter rain!
both.	Together we will take the road that leads into the West,
	And far away will find a land where both our hearts may rest.'

[G] p. 519: O Orofarnë, Lassemista, Carnimírië!
O rowan fair, upon your hair how white the blossom lay!
O rowan mine, I saw you shine upon a summer's day,
Your rind so bright, your leaves so light, your voice so cool and soft:
Upon your head how golden-red the crown you bore aloft!
O rowan dead, upon your head your hair is dry and grey;
Your crown is spilled, your voice is stilled for ever and a day.
O Orofarnë, Lassemista, Carnimírië!'

[H] p. 520: We come, we come with roll of drum: ta-runda runda runda rom!

[I] p. 520: We come, we come with horn and drum: ta-ru⁻na ru⁻na ru⁻na rom!

[J] p. 520: To Isengard! Though Isengard be ringed and barred with doors of stone;
Though Isengard be strong and hard, as cold as stone and bare as bone,
We go, we go, we go to war, to hew the stone and break the door;
For bole and bough are burning now, the furnace roars — we go to war!
To land of gloom with tramp of doom, with roll of drum, we come, we come;
To Isengard with doom we come!
With doom we come, with doom we come!

5. O Cavaleiro Branco

[A] p. 538:   Where now are the Dúnedain, Elessar, Elessar?
Why do thy kinsfolk wander afar?
Near is the hour when the Lost should come forth,
And the Grey Company ride from the North.
But dark is the path appointed for thee:
The Dead watch the road that leads to the Sea.

[B] p. 538:   Legolas Greenleaf long under tree
In joy thou hast lived. Beware of the Sea!
If thou hearest the cry of the gull on the shore,
Thy heart shall then rest in the forest no more.'

6. O Rei do Paço Dourado

[A] p. 543:   Where now the horse and the rider? Where is the horn that
    wsblowing?
Where is the helm and the hauberk, and the bright hair flowing?
Where is the hand on the harpstring, and the red fire glowing?
Where is the spring and the harvest and the tall corn growing?
They have passed like rain on the mountain, like a wind in the
    meadow;
The days have gone down in the West behind the hills into shadow.
Who shall gather the smoke of the dead wood burning,
Or behold the flowing years from the Sea returning?

[B] p. 549:   In Dwimordene, in Ló'rien
Seldom have walked the feet of Men,
Few mortal eyes have seen the light
That lies there ever, long and bright.
Galadriel! Galadriel!
Clear is the water of your well;
White is the star in your white hand;
Unmarred, unstained is leaf and land
In Dwimordene, in Ló'rien
More fair than thoughts of Mortal Men.

[C] p. 553:   Arise now, arise, Riders of Thé'oden!
Dire deeds awake, dark is it eastward.
Let horse be bridled, horn be sounded!
    Forth Eorlingas!

8. A Estrada para Isengard

[A] p. 579:   Ere iron was found or tree was hewn,
When young was mountain under moon;

> *Ere ring was made, or wrought was woe,*
> *It walked the forests long ago.'*

9. Destroços e Arrojos

[A]   p. 600:   *'Though Isengard be strong and hard, as cold as stone and bare as bone,*
                We go, we go, we go to war, to hew the stone and break the door!

10. A Voz de Saruman

[A]   p. 621:   *Ents the earthborn, old as mountains,*
                the wide-walkers, water drinking;
                and hungry as hunters, the Hobbit children,
                the laughing-folk, the little people,

11. A Palantír

[A]   p. 632:   *Tall ships and tall kings*
                    Three times three,
                What brought they from the foundered land
                    Over the flowing sea?
                Seven stars and seven stones
                    And one white tree.

Livro IV

1. A Doma de Sméagol

[A]   p. 654:   *One Ring to rule them all and in the Darkness bind them.*

2. A Travessia dos Pântanos

[A]   p. 657:   *The cold hard lands*
                they bites our hands,
                    they gnaws our feet.
                The rocks and stones
                are like old bones
                    all bare of meat.
                But stream and pool
                is wet and cool:
                    so nice for feet!
                And now we wish —

[B] p. 658:   *Alive without breath;*
              as cold as death;
              never thirsting, ever drinking;
              clad in mail, never clinking.
              Drowns on dry land,
              thinks an island
              is a mountain;
              thinks a fountain
              is a puff of air.
              So sleek, so fair!
                  What a joy to meet!
              We only wish
              to catch a fish,
                  so juicy-sweet!

3. O Portão Negro está Fechado

[A] p. 684:   *Grey as a mouse,*
              Big as a house,
              Nose like a snake,
              I make the earth shake,
              As I tramp through the grass;
              Trees crack as I pass.
              With horns in my mouth
              I walk in the South,
              Flapping big ears.
              Beyond count of years
              I stump round and round,
              Never lie on the ground,
              Not even to die.
              Oliphaunt am I,
              Biggest of all,
              Huge, old, and tall.
              If ever you'd met me
              You wouldn't forget me.
              If you never do,
              You won't think I'm true;
              But old Oliphaunt am I,
              And I never lie.

4. De Ervas e Coelho Ensopado

[A] p. 696:   *Seek for the Sword that was Broken.*
              In Imladris it dwells.

O RETORNO DO REI

Livro V

2. A Passagem da Companhia Cinzenta

[A] pp. 822–23: *Over the land there lies a long shadow,*
westward reaching wings of darkness.
The Tower trembles; to the tombs of kings
doom approaches. The Dead awaken;
for the hour is come for the oathbreakers:
at the Stone of Erech they shall stand again
and hear there a horn in the hills ringing.
Whose shall the horn be? Who shall call them
from the grey twilight, the forgotten people?
The heir of him to whom the oath they swore.
From the North shall he come, need shall drive him:
he shall pass the Door to the Paths of the Dead.

3. A Convocação de Rohan

[A] pp. 844–845: *From dark Dunharrow in the dim morning*
with thane and captain rode Thengel's son:
to Edoras he came, the ancient halls
of the Mark-wardens mist-enshrouded;
golden timbers were in gloom mantled.
Farewell he bade to his free people,
hearth and high-seat, and the hallowed places,
where long he had feasted ere the light faded.
Forth rode the king, fear behind him,
fate before him. Fealty kept he;
oaths he had taken, all fulfilled them.
Forth rode Thé'oden. Five nights and days
east and onward rode the Eorlingas
through Folde and Fenmarch and the Firienwood,
six thousand spears to Sunlending,

> *Mundburg the mighty under Mindolluin,*
> *Sea-kings' city in the South-kingdom*
> *foe-beleaguered, fire-encircled.*
> *Doom drove them on. Darkness took them,*
> *horse and horseman; hoofbeats afar*
> *sank into silence: so the songs tell us.*

5. A Cavalgada dos Rohirrim

[A] p. 880:
> *Arise, arise, Riders of Theʹoden!*
> *Fell deeds awake: fire and slaughter!*
> *spear shall be shaken, shield be splintered,*
> *a sword-day, a red day, ere the sun rises!*
> *Ride now, ride now! Ride to Gondor!*

6. A Batalha dos Campos de Pelennor

[A] p. 886:
> *Mourn not overmuch! Mighty was the fallen,*
> *meet was his ending. When his mound is raised,*
> *women then shall weep. War now calls us!*

[B] p. 888:
> *Faithful servant yet master's bane,*
> *Lightfoot's foal, swift Snowmane.*

[C] p. 890:
> *Out of doubt, out of dark to the day's rising*
> *I came singing in the sun, sword unsheathing.*
> *To hope's end I rode and to heart's breaking:*
> *Now for wrath, now for ruin and a red nightfall!*

[D] p. 892:
> *We heard of the horns in the hills ringing,*
> *the swords shining in the South-kingdom.*
> *Steeds went striding to the Stoningland*
> *as wind in the morning. War was kindled.*
> *There Théoden fell, Thengling mighty,*
> *to his golden halls and green pastures*
> *in the Northern fields never returning,*
> *high lord of the host. Harding and Guthláf,*
> *Duʹnhere and Déorwine, doughty Grimbold,*
> *Herefara and Herubrand, Horn and Fastred,*
> *fought and fell there in a far country:*
> *in the Mounds of Mundburg under mould they lie*
> *with their league-fellows, lords of Gondor.*
> *Neither Hirluin the Fair to the hills by the sea,*
> *nor Forlong the old to the flowering vales*
> *ever, to Arnach, to his own country*
> *returned in triumph; nor the tall bowmen,*

> Derufin and Duilin, to their dark waters,
> meres of Morthond under mountain-shadows.
> Death in the morning and at day's ending
> lords took and lowly. Long now they sleep
> under grass in Gondor by the Great River.
> Grey now as tears, gleaming silver,
> red then it rolled, roaring water:
> foam dyed with blood flamed at sunset;
> as beacons mountains burned at evening;
> red fell the dew in Rammas Echor.

8. As Casas de Cura

[A] p. 908:
> When the black breath blows
> and death's shadow grows
> and all lights pass,
> come athelas! come athelas!
> Life to the dying
> In the king's hand lying!

9. O Último Debate

[A] p. 918:
> Silver flow the streams from Celos to Erui
> In the green fields of Lebennin!
> Tall grows the grass there. In the wind from the Sea
> The white lilies sway,
> And the golden bells are shaken of mallos and alfirin
> In the green fields of Lebennin,
> In the wind from the Sea!

Livro VI

1. A Torre de Cirith Ungol

[A] p. 951:
> In western lands beneath the Sun
>   the flowers may rise in Spring,
> the trees may bud, the waters run,
>   the merry finches sing.
> Or there maybe 'tis cloudless night
>   and swaying beeches bear
> the Elven-stars as jewels white
>   amid their branching hair.
>
> Though here at journey's end I lie
>   in darkness buried deep,

beyond all towers strong and high,
beyond all mountains steep,
above all shadows rides the Sun
and Stars for ever dwell:
I will not say the Day is done,
nor bid the Stars farewell.

4. O Campo de Cormallen

[A]   p. 998:   'Long live the Halflings! Praise them with great praise!
Cuio i Pheriain anann! Aglar'ni Pheriannath!
Praise them with great praise, Frodo and Samwise!
Daur a Berhael, Conin en Annu'n! Eglerio!
Praise them!
Eglerio!
A laita te, laita te! Andave laituvalmet!
Praise them!
Cormacolindor, a laita ta´rienna!
Praise them! The Ring-bearers, praise them with great praise!'

[B]   pp. 1001–002:   To the Sea, to the Sea! The white gulls are crying,
The wind is blowing, and the white foam is flying.
West, west away, the round sun is falling.
Grey ship, grey ship, do you hear them calling,
The voices of my people that have gone before me?
I will leave, I will leave the woods that bore me;
For our days are ending and our years failing.
I will pass the wide waters lonely sailing.
Long are the waves on the Last Shore falling,
Sweet are the voices in the Lost Isle calling,
In Eressë¨a, in Elvenhome that no man can discover,
Where the leaves fall not: land of my people for ever!'

5. O Regente e o Rei

[A]   p. 1008:   Sing now, ye people of the Tower of Anor,
for the Realm of Sauron is ended for ever,
    and the Dark Tower is thrown down.

Sing and rejoice, ye people of the Tower of Guard,
for your watch hath not been in vain,
and the Black Gate is broken,
and your King hath passed through,
    and he is victorious.

Sing and be glad, all ye children of the West,
for your King shall come again,
and he shall dwell among you
    all the days of your life.

And the Tree that was withered shall be renewed,
and he shall plant it in the high places,
    and the City shall be blessed.

Sing all ye people!

6. Muitas Despedidas

[A] p. 1020:   *Out of doubt, out of dark, to the day's rising*
he rode singing in the sun, sword unsheathing.
Hope he rekindled, and in hope ended;
over death, over dread, over doom lifted
out of loss, out of life, unto long glory.

[B] p. 1032:   *The Road goes ever on and on*
    Out from the door where it began.
Now far ahead the Road has gone,
    Let others follow it who can!
Let them a journey new begin,
    But I at last with weary feet
Will turn towards the lighted inn,
    My evening-rest and sleep to meet.'

9. Os Portos Cinzentos

[A] p. 1073:   *Still round the corner there may wait*
    A new road or a secret gate;
And though I oft have passed them by,
    A day will come at last when I
Shall take the hidden paths that run
    West of the Moon, East of the Sun.

[B] p. 1073:   *A! Elbereth Gilthoniel!*
silivren penna mı'riel
o menel aglar elenath,
Gilthoniel, A! Elbereth!
We still remember, we who dwell
In this far land beneath the trees
The starlight on the Western Seas.

Nota sobre as Inscrições em *Tengwar* e em Runas e suas Versões em Português

Por Ronald Kyrmse

Nas edições originais, em inglês, das obras de J.R.R. Tolkien *O Hobbit*, *O Senhor dos Anéis*, *O Silmarillion* e *Contos Inacabados*, existem diversas inscrições — especialmente nos frontispícios — grafadas em *tengwar* (letras-élficas) e *tehtar* (os sinais diacríticos sobre e sob os *tengwar*, que indicam vogais, nasalização e outras modificações), ou então em runas. Nesta última categoria, é preciso destacar que em *O Hobbit* o autor usou runas anglo-saxônicas, ou seja, do nosso Mundo Primário, para representar as runas-anânicas, assim como o idioma inglês representa a Língua Comum da Terra-média e o anglo-saxão representa a língua dos Rohirrim, mais arcaica que aquela. Nas demais obras, a escrita dos anãos é coerentemente representada pelas runas-anânicas, ou *cirth*, de organização bem diversa.

A seguir estão mostradas essas inscrições, traduzidas para o português (em coerência com o restante do texto das edições brasileiras) e suas transcrições para as escritas élficas ou anânicas usadas nos originais. Está indicada em cada caso a fonte usada para transcrever.

O processo pode ser resumido nas seguintes operações (exemplo para texto em tengwar no original):

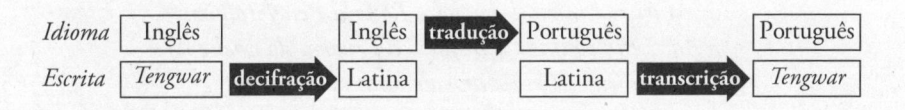

Idioma	Inglês		Inglês	tradução	Português		Português
Escrita	*Tengwar*	decifração	Latina		Latina	transcrição	*Tengwar*

Desta forma, temos as seguintes frases em inglês e traduzidas para o português, nas runas e em *tengwar*:

NOTA SOBRE AS INSCRIÇÕES EM *TENGWAR* E EM RUNAS

TEXTO SUPERIOR DO FRONTISPÍCIO EM PORTUGUÊS:

ᛚ·ᚳᚻᛠᛏ·ᚠᚪᚳ·ᚣᚻᛁᚳ·ᚱ·ᛏᚻᚠᛉᛚᛁᚠᚪ·ᚠᚪ·ᚻᛁᚫᛏᚪ·ᛃᚻᛏᛒᚻᛏᚪ·ᚠᚪ·
ᛒᚾᛏᛁᛚ·ᛚᚳᛁᚠᚻᚣᚱᚾᛏ·ᛈᚪᛏ·ᛄᛚᛚᚣ·ᛏᚪᚣᚾᛏᚠ·ᛏᚻᛉᚻᛏ·ᚱᚪᛏᛁᛁᚻᚣ:
ᚾᛁ·ᚻᚳᛠ·ᛁᚪᚣᚱᚾᛖᚾ·ᚾ·ᛁᚳᚱᛗᛏᛁᚾ·ᚠᚾ·ᛁᚾᛏᛏᚾ·ᚠᚪ·
ᚾᚣᚻᛏ·ᚻ·ᚠᚪ·ᛏᚻᚱᚪᛏᚣᚪ·ᚠᚪ·ᛏᚻᛁ·ᛁᚪᚣᛡᚪᛏᛒᚻ·ᛃᛁᚳᚱᚾ·ᛈᚻᛏᚪᚳ·ᛚᚪᛉᚱᛁᚳ

O Senhor dos Anéis traduzido do Livro Vermelho do
Marco Ocidental por John Ronald Reuel Tolkien.
Aqui está contada a história da guerra do anel e do
retorno do rei conforme vista pelos hobbits.

TEXTO INFERIOR DO FRONTISPÍCIO EM PORTUGUÊS:

[inscrição em tengwar]

O Senhor dos Anéis traduzido do Livro Vermelho do
Marco Ocidental por John Ronald Reuel Tolkien.
Aqui está contada a história da guerra do anel e do
retorno do rei conforme vista pelos hobbits.

INSCRIÇÃO DO ANEL NO CAPÍTULO
"A SOMBRA DO PASSADO"

Ash nazg durbatulûk, ash nazg gimbatul,
ash nazg thrakatulûk agh burzum-ishi krimpatul
[Texto na língua negra de Mordor e, por isso, não traduzido.]

PORTÕES DE MORIA NO CAPÍTULO
"UMA JORNADA NO ESCURO"

Ennyn Durin Aran Moria: pedo mellon a minno.
Im Narvi hain echant: Celebrimbor o Eregion teithant i thiw hin.
[Texto em sindarin, ou élfico-cinzento, e, por isso, não traduzido.]

TÚMULO DE BALIN, NO CAPÍTULO
"UMA JORNADA NO ESCURO"

Balin
Fundinul
Uzbad Khazad-Dûmu
Balin son of Fundin Lord of Moria

NOTA SOBRE AS INSCRIÇÕES EM *TENGWAR* E EM RUNAS

Balin
Fundinul
Uzbad Khazad-Dûmu
Balin filho de Fundin Senhor de Moria
[Texto das três primeiras linhas,
em khuzdul, ou anânico, e, por isso, não traduzido.]

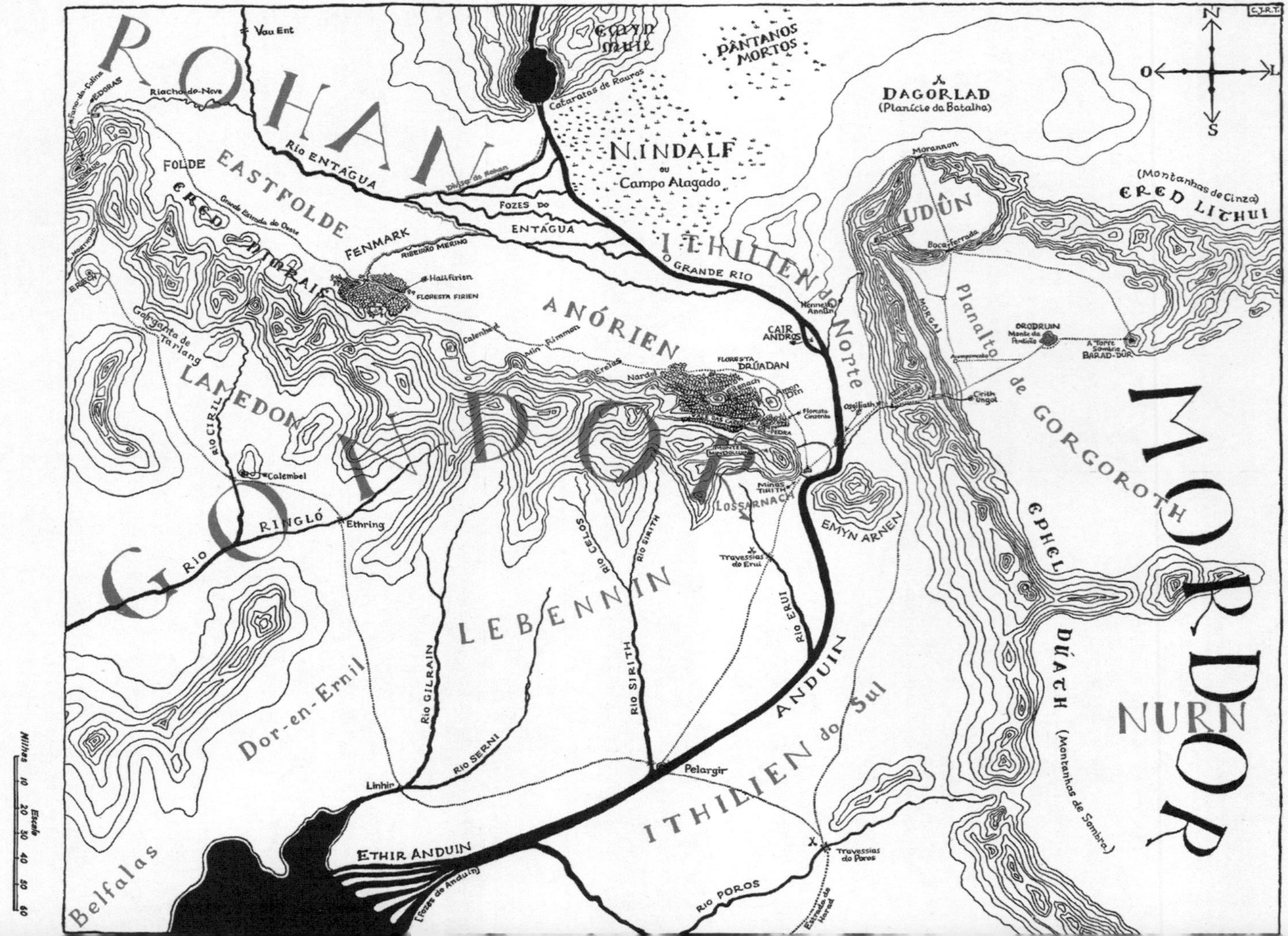
ROHAN
GONDOR
MORDOR
NURN
Vau Ent
Riacho-de-Neve
EDORAS
Fano-do-Colina
FOLDE
EASTFOLDE
Rio ENTÁGUA
CRED NIMRAIS
Grande Estrada do Oeste
FENMARK
Ribeirão Mering
Halifirien
FLORESTA FIRIEN
FOZES DO ENTÁGUA
Divisa de Rohan
EMYN MUIL
Cataratas de Rauros
PÂNTANOS MORTOS
NINDALF ou Campo Alagado
DAGORLAD (Planície da Batalha)
ITHILIEN do Norte
O GRANDE RIO
Henneth Annûn
CAIR ANDROS
ANÓRIEN
FLORESTA DRÚADAN
Amon Dîn
Floresta Cinzenta
Nardol
Erelas
Min-Rimmon
Calenhad
Garganta de Tarlang
LAMEDON
Rio CIRIL
Calembel
RINGLÓ
Rio
Ethring
Minas Tirith
LOSSARNACH
Osgiliath
EMYN ARNEN
Travessias do Erui
Rio CELOS
Rio SIRITH
Rio ERUI
LEBENNIN
Rio GILRAIN
Rio SERNI
Dor-en-Ernil
Linhir
Pelargir
ANDUIN
ITHILIEN do Sul
ETHIR ANDUIN
Fozes do Anduin
Belfalas
Rio POROS
Travessias do Poros
Estrada de Harad
Morannon
UDÛN
Boca-ferrada
MORGAI
Planalto de GORGOROTH
Acampamento
Cirith Ungol
ORODRUIN Monte da Perdição
A Torre Sombria BARAD-DÛR
CRED LITHUI (Montanhas de Cinza)
EPHEL DÚATH (Montanhas de Sombra)
N
S
O
L
C.J.R.T.
Milhas 10 20 30 40 50 60
Escala

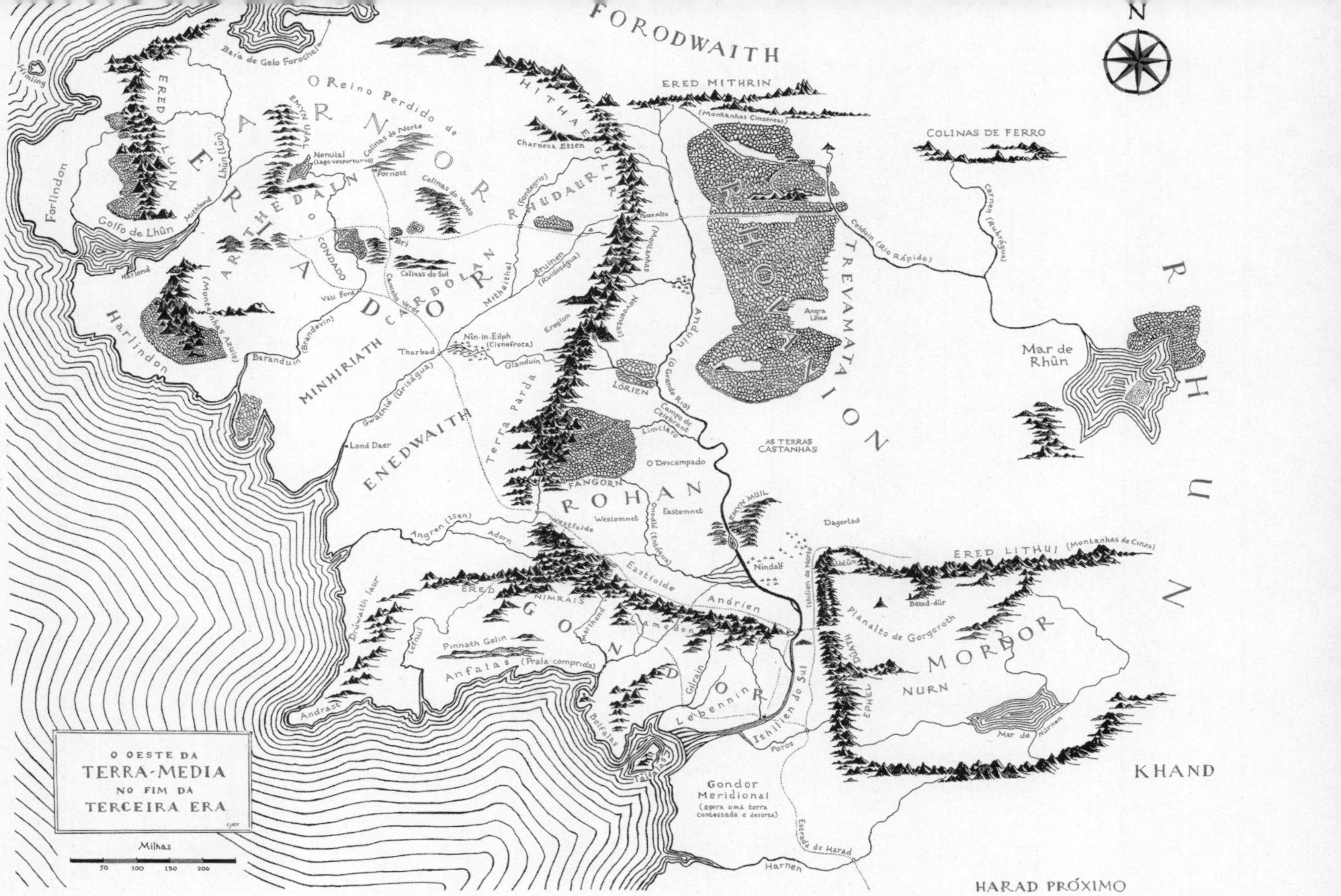

O OESTE DA
TERRA-MEDIA
NO FIM DA
TERCEIRA ERA
Milhas
50
100
150
200
N
FORODWAITH
ERED MITHRIN
(Montanhas Cinzentas)
COLINAS DE FERRO
Carnen (Rubrágua)
Celduin (Rio Rápido)
RHUN
Mar de Rhûn
TREVAMATAION
RHOVANION
Angra Lésse
Anduin (O Grande Rio)
AS TERRAS CASTANHAS
Baía de Gelo Forochel
Himling
Forlindon
ERED LUIN
Lhûn (Lûn)
Mithlond
Golfo de Lhûn
Harlond
Harlindon
(Montanhas Azuis)
O Reino Perdido de ARNOR
EMYN UIAL
Nenuial (Lago vespertúvio)
Colinas do Norte
Fornost
Colinas do Vento
ERIADOR
ARTHEDAIN
CONDADO
Bri
Colinas do Sul
Caminho Verde
Vau Forde
Brandevin
Barandum
CARDOLAN
RHUDAUR
Charneca Etten
HITHAEGLIR
(Fontegris)
Passo Alto
(Montanhas Nevoentas)
Mitheithel
Bruinen (Ruidoságua)
Eregion
Nîn-in-Eilph (Cisnefrota)
Tharbad
Glanduin
MINHIRIATH
Gwathló (Grisáqua)
Lond Daer
ENEDWAITH
Terra parda
LÓRIEN
Campo de Celebrant
Limclaro
O Descampado
FANGORN
ROHAN
Westemnet
Eastemnet
Onodló (Entágua)
EMYN MUIL
Dagorlad
Westfolde
Eastfolde
Angren (Isen)
Adorn
Nindalf
Anórien
ERED NIMRAIS
GONDOR
Lamedon
Morthond
Druwaith Iaur
Lefnui
Pinnath Gelin
Anfalas (Praia comprida)
Andrast
Belfalas
Gilrain
Lebennin
Ithilien do Norte
Ithilien do Sul
Poros
Gondor Meridional
(agora uma terra contestada e deserta)
Estrada de Harad
Harnen
ERED LITHUI (Montanhas de Cinza)
Udûn
Barad-dûr
Planalto de Gorgoroth
EPHEL DUATH
MORDOR
NURN
Mar de Núrnen
KHAND
HARAD PRÓXIMO

Este livro foi impresso pela Lisgráfica, em 2022, para a HarperCollins Brasil. A fonte usada no miolo é Adobe Garamond Pro, corpo 11. O papel do miolo é pólen natural 70 g/m² e o da capa é cartão supremo 250 g/m².